三國戲曲集成

第六卷　現代京劇卷（上）

◎ 胡世厚　主編

◎ 校理　胡世厚

復旦大學出版社

元代卷	胡世厚 校理
明代卷	楊　波 校理
清代雜劇傳奇卷（上下）	胡世厚 衛紹生 校理
清代花部卷	衛紹生 楊　波 胡世厚 校理
晚清昆曲京劇卷	胡世厚 校理
現代京劇卷（上中下）	胡世厚 校理
山西地方戲卷	王增斌 田同旭 啜希忱 校理
當代卷（上下）	胡世厚 校理

《三國戲曲集成》編委會

顧　問　劉世德

主　任　胡世厚

副主任　范光耀　關四平　鄭鐵生　衛紹生　張蕊青

委　員　（按姓氏筆畫排列）

　　　　　王增斌　毛小曼　田同旭　啜希忱　康守勤

　　　　　張競雄　楊　波　趙　青　劉永成

主　編　胡世厚

◎戲畫 《捉放曹》之譚鑫培◎
選自《民國戲劇人物畫》

◎劇照 《捉放曹》◎
譚富英飾陳宮(左),劉硯亭飾曹操(中),哈寶山飾呂伯奢
選自《中國京劇藝術百科全書》

◎戲畫《捉放曹》◎
選自戴一光《戲畫京劇百圖》

◎現代泥塑 《三英戰呂布》◎
選自《中國最美・泥塑》

◎現代戲畫 《連環記》◎
選自《綿竹年畫精品集》

◎**戲畫** 呂布戲貂蟬◎
選自《粉墨梨園——張忠安戲畫集》

◎劇照 《春閨夢》◎
程硯秋飾張凡,俞振飛飾王恢 選自《程硯秋演出劇本選集》

◎戲畫 《春閨夢》◎
選自戴一光《戲畫京劇百圖》

◎劇照 《借趙雲》◎
馬連良飾劉備
選自《中國戲曲發展史》

◎劇照 《借趙雲》◎
姜妙香飾趙雲,王少亭飾劉備
選自《中國京劇藝術發展史》

◎戲畫 《借趙雲》◎
選自鄧元昌《京劇名劇名家240齣·戲畫白描》

◎民國戲畫 《轅門射戟》◎
選自《中國戲劇圖史》

◎劇照 《戰宛城》◎
侯喜端飾曹操　選自《京劇大戲考》

◎戲畫 《戰宛城》之曹操◎
選自《戴敦邦畫譜‧中國戲曲畫》

◎戲畫 《戰宛城》之張繡嬸鄒氏◎
選自《戴敦邦畫譜‧中國戲曲畫》

◎戲畫 《白門樓》◎
選自鄧元昌《京劇名劇名家240齣·戲畫白描》

◎劇照 《青梅煮酒論英雄》◎
郝壽臣飾曹操 選自《郝壽臣戲曲演出劇本選集》

◎戲畫 《擊鼓罵曹》◎
選自戴一光《戲畫京劇百圖》

◎民國泥塑 《擊鼓罵曹》◎
選自《中國京劇藝術百科全書》

◎**戲畫 《白馬坡》**◎
選自鄧元昌《京劇名劇名家240齣·戲畫白描》

◎民國戲畫 《古城會》◎
選自《天津楊柳青木版年畫》

《過五關》：王鴻壽飾關羽

《古城會》：夏月潤飾關羽

◎劇照 關羽◎
選自《關羽戲集》

◎劇照《古城會》◎
唐韵笙飾關羽　選自《中國京劇藝術百科全書》

◎劇照 《文姬歸漢》◎
程硯秋飾蔡文姬,吳富琴飾侍女 選自《京劇老照片》

◎戲圖　木刻戲人曹操◎
選自《中國最美·木偶》

◎戲圖　木刻戲人關羽◎
選自《中國最美·木偶》

三國志之六十
鄉民刺布

董卓在殿上回頭不見呂布心中懷疑速辭了獻帝登車回府見布馬繫於府前問門吏更容回溫侯入後堂去了卓此見左右逕入後堂尋見不見喚諸蟬亦不見問侍妾停蟬在後園看花卓尋入後園正見呂布和諸蟬倚在一邊義語大驚大喝一聲布見卓至大驚回身便走卓奪了畫戟挺著趕來呂布走得快卓肥胖趕不上鄉戟刺布布打鄉落地卓拾戟再趕布已走遠卓起出園門一人飛奔而來與卓胸膛相撞卓倒於地

南洋兄弟煙草有限公司

◎民國烟畫《三國志演義》◎
上海圖書館藏

總　　序

　　魏、蜀、吴三國形成經鼎立至滅亡，即從漢靈帝中平元年（184）黄巾起義起，到吴亡於晉武帝太康元年（280）一統，共九十七年，是我國歷史上一個獨具特色的時代。這一時期，漢室傾頽，天下大亂，群雄争霸，割據稱强，戰争頻仍，生靈塗炭，然而時勢造英雄，湧現出一大批文韜武略功績卓著的英雄人物。他們南征北戰，鬥智鬥勇，演繹出了一場國家從統一到分裂再從分裂到統一的可歌可泣、有聲有色、威武雄壯的活劇。

一

　　記載這一段歷史比較完整的史書，有晉陳壽的《三國志》和南朝宋裴松之的注、南朝宋范曄的《後漢書》、北宋司馬光的《資治通鑑》以及南宋朱熹的《通鑑綱目》。西晉以來，豐富多彩的三國故事在民間流傳。魏晉六朝的筆記小説，如裴啓的《裴子語林》、南朝宋劉義慶的《世説新語》和南朝梁殷芸的《小説》都記載了不少有關以三國人和事爲對象的故事，特别是有關曹操、諸葛亮、劉備等人的故事。到了唐代，三國故事已很流行。唐初道宣的《四分律删繁補闕行事鈔》、唐開元時大覺的《四分律行事鈔批》和晚唐景霄的《四分律行事鈔簡正記》，都記述了忠貞智慧的孔明爲劉備重用和"死諸葛怖生仲達"的傳説故事。到了宋代，三國故事流傳更廣，而且出現了專門説三國故事的藝人。宋蘇軾的《東坡志林》、孟元老的《東京夢華録》都記有專門"説三分"的，但脚本没有流傳下來。今天只能看到宋人話本中提到的三國人物和事件。

　　中國戲曲從萌芽到成熟的各個時期，三國歷史故事都是重要的題材來源，作品數量衆多，影響巨大，搬上舞臺也較早。據舊題顔師古《大業拾遺記·水師圖經》記載，隋煬帝時，就已用木偶戲的形式扮演三國故事。唐人李商隱《驕兒詩》"或謔張飛胡，或笑鄧艾吃"的詩句，説明當時已使用某種藝術形式表演了三國故事，爲兒童所模仿。宋人高承《事物紀原》與張耒《明道雜志》都記載有傀儡戲、影戲表演情節連貫、人物形象鮮明的三國故事戲。隨着宋雜劇的出現，由藝人扮演三國人物的三國故事登上了戲曲舞臺。今見最早著錄三國劇目的是陶宗儀《南村輟耕錄》，記載金院本三國戲劇目有5種：《赤壁鏖兵》《刺董卓》《襄陽會》《大劉備》《罵呂布》；宋元南戲三國戲劇目中有10種：《貂蟬女》《甄皇后》《銅雀妓》《周小郎月夜戲小喬》《關大王古城會》《劉先主跳檀溪》《何郎敷粉》《瀘江祭》《劉備》《斬蔡陽》。然而這些作品的劇本都沒有流傳下來，今僅存宋元南戲3種劇本的幾支殘曲。儘管如此，從中也可以看出金、南宋時代的戲曲藝人，根據史書記載和民間傳說，已把三國故事搬上了戲曲舞臺。

　　元代，雜劇已經成熟，出現繁盛景象。元代戲曲作家特別是戲曲大家關漢卿、王實甫、高文秀、鄭光祖等對三國故事題材十分青睞，他們在宋、金三國戲文和院本的基礎上，以三國史籍和廣爲流傳的三國故事以及稍後的《三國志平話》爲題材，以自己的歷史觀、社會觀、戲曲觀、審美觀創作了大量的三國戲，曲折地反映了元代現實生活，具有鮮明的時代精神。據元鍾嗣成《錄鬼簿》、明賈仲明《錄鬼簿續編》、明朱權《太和正音譜》、清黃丕烈《也是園藏書古今雜劇目錄》和近人傅惜華《元人雜劇全目》、邵曾祺《元明北雜劇總目考略》、莊一拂《古典戲曲存目彙考》、陳翔華《三國故事戲考略》等記載，元代（含元明之間）三國雜劇有62種，現存劇本有21種：關漢卿的《關大王單刀會》《關張雙赴西蜀夢》、高文秀的《劉玄德獨赴襄陽會》、鄭光祖的《虎牢關三戰呂布》《醉思鄉王粲登樓》、朱凱的《劉玄德醉走黃鶴樓》、無名氏的《錦雲堂暗定連環計》《諸葛亮博望燒屯》《關雲長千里獨行》《兩軍師隔江鬥智》《劉關張桃園三結義》《關雲長單刀劈四寇》《張翼德大破杏林莊》《張翼德單戰呂布》《張翼德三出小沛》《莽張飛大鬧石榴園》《走鳳雛龐統掠四郡》《曹操夜走陳倉路》《陽平關五馬破曹》《壽亭侯怒斬關平》《周公瑾得志娶小喬》。又存劇本殘曲7種：高文秀的《周瑜謁魯肅》、王仲文的《諸葛亮軍屯五丈原》、武漢臣的《虎牢關三戰呂布》、花李郎的《相府院曹公勘吉平》、無名氏的《千里獨行》《斬蔡陽》《諸葛亮挂印氣張飛》。今存劇目34種。在這62種今存劇目中，三國時期的重要歷史事件和重要人物劉備、關羽、張飛、趙雲、諸葛亮、孫權、周瑜、魯肅、曹操、袁紹、董卓、呂布、馬超、蔡琰、貂蟬、王粲、司馬懿、司馬昭等都被寫進了劇本，登上了戲曲舞臺。從這些劇目敷演的故事來看，元代的戲劇作家已把最精彩的三國故事搬上了戲曲舞臺，而且以蜀漢爲正統、尊劉貶曹抑孫、崇尚仁義忠孝智勇的思想傾向已很突出，故事情節已相當連貫和完整，人物形象亦相當鮮明，特別是一些主要人物性格特徵、造型已定格，成了範式，如劉備、關羽、張飛、諸葛亮、曹操、周瑜等。

明代三國戲，在繼承元雜劇、宋元南戲的三國戲的基礎上又有了新的發展，尤其是生活於元明之際羅貫中《三國志通俗演義》在明代中期刊刻問世後，不僅給廣大讀者提供了喜愛的讀物，而且爲戲曲作家提供了創作三國戲的素材。據《古典戲曲存目彙考》、陳翔華《明清三國故事戲考略》記載，明代雜劇寫三國故事的有18種，今存劇本有5種：朱有燉《關雲長義勇辭金》、汪道昆《陳思王洛水生悲》、陳與郊《文姬入塞》、徐渭《狂鼓吏漁陽三弄》、無名氏《慶冬至共享太平宴》；今存殘折1種：丘汝成《諸葛平蜀》；今存劇目12種：張國籌《茅廬》、諸葛昧水《女豪傑》、凌濛初《禰正平》、蔣安然《胡笳十八拍》、凌星卿《關岳交代》、鄧雲霄《竹林小紀》、無名氏《銅雀春深》《黃鶴樓》《碧蓮會》《竹林勝集》《斬貂蟬》《氣伏張飛》。明傳奇寫三國故事的32種，今存劇本7種：王濟《連環記》、鄒玉卿《青虹嘯》、無名氏《古城記》《草廬記》《七勝記》《東吳記》《三國志大全》；今存殘曲14種：無名氏《桃園記》(七齣)、《草廬記》、沈璟《十孝記》中的《徐庶見母》(一齣)、《古城記》、《連環記》、無名氏《青梅記》(一齣)、《赤壁記》、《單刀記》(一齣)、《三國記》、《四郡記》、《關雲長訓子》、《魯肅請計喬公》、《五關記》(一齣)、《興劉記》(一齣)；今存劇目14種：馬佶人《借東風》、金成初《荆州記》、長嘯山人《試劍記》、許自昌《報主記》、王異《保主記》、穆成章《雙星記》、黃粹吾《胡笳記》、彭南溟《玉珮記》、汪宗臣《續緣記》、劉藍生《雙忠孝》、孟稱舜《二橋記》、無名氏《猇亭記》《射鹿記》《試劍記》。

從現存的三國戲劇本內容和劇目可以看出，明代的三國戲又有了新的發展，不僅内容豐富，而且表現形式也有突破，出現了敷演複雜故事的多達幾十齣的傳奇，其故事情節更加曲折動人，結構更加緊凑出奇，人物形象更加生動鮮明，曲文典雅富有文采，念白通俗易懂。

二

到了清代，三國戲呈現出相當繁榮的局面，編演三國戲的不僅有雜劇、傳奇，還有花部各種地方劇種，衆多的劇目，幾乎把《三國演義》的主要人物和精彩情節都改編爲戲劇，搬上了舞臺。清代的三國戲，思想内容更加豐富，人物形象更加鮮明，藝術樣式更加多樣，觀衆更多。據《曲海總目提要》

《清代雜劇總目》《古典戲曲存目彙考》記載,清代雜劇三國戲有 22 種,其中存本 15 種:南山逸史的《中郎女》、來集之的《阮步兵鄰廧啼紅》、鄭瑜的《鸚鵡洲》、尤侗的《弔琵琶》、徐石麟的《大轉輪》、嵇永仁的《憤司馬夢裏罵閻羅》、邊汝元的《鞭督郵》、唐英的《笳騷》、楊潮觀的《諸葛亮夜祭瀘江》《窮阮籍醉罵財神》、周樂清的《定中原》(《丞相亮祚綿東漢》)、《真情種遠覓返魂香》(《波弋香》)、黃燮清的《凌波影》、無名氏的《祭瀘江》《耒陽判事》;存目 7 種:萬樹的《罵東風》、許多崙的《梅花三弄》、張維敬的《三分案》、張瘦桐的《中郎女》、無名氏的《反西涼》《文姬歸漢》《黃鶴樓》。清傳奇三國戲有 25 種,其中今存劇本有 13 種:范希哲的《補天記》、曹寅的《續琵琶》、夏綸的《南陽樂》、維安居士的《三國志》、無名氏的《錦繡圖》、《平蠻圖》(中國國家圖書館藏清鈔本)、《西川圖》、《賢星聚》、《雙和合》、《世外歡》、《平蠻圖》(綏中吳氏藏鈔本)、《樊榭記》、周祥鈺的《鼎峙春秋》;今存劇目有 12 種:劉晉充《小桃園》、李玉《銅雀臺》、劉百章《七步吟》、容美田《古城記》、雲槎外史《桃園記》、鳳凰臺上吹簫人《斬五將》、顧彩《後琵琶記》、石子斐《龍鳳衫》、無名氏《八陣圖》《青鋼嘯》《三虎賺》《古城記》。

有一些劇作家,不滿於現實,不滿於《三國演義》三分一統於晉的結局,他們爲泄胸中之氣,翻歷史事實及小說所寫的結局,創作了一些補恨翻案戲。如周樂清的雜劇《丞相亮祚綿東漢》,范希哲的傳奇《補天記》,夏綸的傳奇《南陽樂》,漢爲正統的思想與擁劉貶曹抑孫傾向明顯加強。《丞相亮祚綿東漢》讓諸葛亮滅魏、吳統一天下,《補天記》讓曹操下阿鼻地獄受苦,《南陽樂》讓諸葛亮殺司馬師、擒司馬懿、下許昌囚曹丕、戮曹操屍、收東吳、囚孫權,劉禪禪位給北地王劉諶、諸葛亮功成辭歸南陽。

還有一些劇本,取三國時人名,杜撰故事,反映社會生活,抒發胸中塊壘,曲折地反映針砭時弊的情懷。如嵇永仁的雜劇《憤司馬夢裏罵閻羅》與楊潮觀的雜劇《窮阮籍醉罵財神》。

縱觀清代雜劇、傳奇三國戲,繼承了元明雜劇、傳奇三國戲傳統,但又有自己的特點。這些劇本大多是清初至道光間文人創作的作品,雜劇多側重抒情,表達劇作家的思想理念;傳奇則長於敘述故事,特別是情節複雜、人物衆多、跨度時間長的內容,寫成多本百餘齣甚至二百四十齣劇本。然而,清代的雜劇、傳奇僅知《鼎峙春秋》在宮廷全部連演過兩次,宮廷與民間則選演過其中的一些單齣戲,《南陽樂》及少數劇目演出過,大多未見演出的記載,實際成爲案頭戲曲文學。

上述元明清雜劇、傳奇三國戲的收錄情況，囊括了今知的全部劇本，是戲曲文學的珍貴文獻資料。

三

清初，我國戲曲除以昆腔、京腔演唱傳奇之外，又出現了許多新興的聲腔劇種，據乾隆六十年(1795)，李斗《揚州畫舫錄》載："兩淮鹽務，例蓄花雅兩部，以備大戲。雅部即昆山腔；花部為京腔、秦腔、弋陽腔、梆子腔、羅羅腔、二簧調，統謂之亂彈。"花、雅兩部，後來演變為對一類劇種的總稱，雅部專指昆曲，花部成為新興的地方戲。花、雅經歷了長期的競爭，儘管宮廷官府崇尚保護昆曲，但難阻慷慨激昂、通俗易懂的花部贏得廣大民衆的喜愛，蓬勃興盛，昆曲則逐漸衰落。而傳統三國戲，亦為花部諸腔青睞，尤其是花部諸腔以老生為主，因而改編、創作了許多以老生、武生為主的三國戲，使花部三國戲更為豐富興盛。花部三國戲劇目衆多，且都是經過舞臺實踐、邊演邊改的演出本。據金登才《清代花部戲研究》"花部劇作"考查，乾隆年間三國戲有5種：《斬貂》《博望坡》《漢陽院》《龍鳳呈祥》《截江救主》；嘉慶年間三國戲有21種：《桃園結義》《四(汜)水關》《賜環》《戰宛城》《白門樓》《白逼宮》《斬顏良》《關公挑袍》《過五關》《薦諸葛》《三顧茅廬》《長坂坡》《三氣周瑜》《黃鶴樓》《單刀會》《祭江》《斬馬謖》《葫蘆峪》《五丈原》《鐵籠山》《哭祖廟》；道光年間三國戲有59種：《温明園》《捉放曹》《虎牢關》《磐河戰》《借趙雲》《戰濮陽》《轅門射戟》《奪小沛》《鳳凰臺》《許田射獵》《聞雷失箸》《擊鼓罵曹》《卧牛山》《馬跳檀溪》《金鎖陣》《漢津口》《祭風臺》《舌戰群儒》《臨江會》《群英會》《借箭打蓋》《祭東風》《赤壁記》《華容道》《取南郡》《取桂陽》《取長沙》《戰合肥》《討荆州》《柴桑口》《斬馬騰》《反西涼》《戰渭南》《西川圖》《取雒城》《冀州城》《戰歷城》《葭萌關》《獻成都》《百壽圖》《瓦口關》《定軍山》《陽平關》《收龐德》《玉泉山》《戰山》《受禪臺》《興漢圖》《造白袍》《伐東吳》《白帝城》《英雄志》《渡瀘江》《鳳鳴關》《天水關》《罵王朗》《失街亭》《隴上麥》《葫蘆峪》，三朝共有三國戲85種，其中有一種《葫蘆峪》相重。這些劇本大多收錄在《故宫珍本叢刊》《昇平署檔案集成》《車王府藏曲本》與《楚曲十種》中。我們從中得到88種，另有5種劇目內容相重未收，而《花部戲曲研究》考查的劇目，尚有24種，而未找到劇本。從搜集到的花部三國戲劇本看，劇本都是鈔本或轉錄本，大多無標點，文字差錯較多。劇本有長有短，長者有十本九十六齣，短者一齣。其思想傾向，仍然繼承了以前雜劇傳奇的宗漢尊劉、貶曹抑孫，頌忠義仁孝智勇，斥奸佞專橫殘暴不仁不義；在藝術上突出的是"音樂慷慨動人，文詞直樸易懂"，舞臺動作性強，人物性格鮮明。

　　清乾隆五十五年（1790），四大徽班中的三慶班首先進京，爲慶祝乾隆八十大壽演出之後，留京演出，徽班的四善班、和春班、春臺班亦相繼進京演出。徽班以唱二簧、昆腔爲主。19世紀初的嘉、道年間，湖北漢調藝人進京加入徽班，漢調以唱西皮爲主，於是出現了徽、漢合流。徽班爲了與昆曲、秦腔、京腔爭勝，在繼承徽、漢二調基礎上，廣泛吸取其他聲腔劇種之長，於道光二十年（1840）前後，逐步形成了藝術風格和表演方式相當完整的皮黃戲，即後來的京劇。同、光年間，京劇已經趨於成熟，呈現出繁榮局面。三慶班主程長庚請盧勝奎執筆，據《三國演義》和其他三國戲，編寫了連臺戲三十六本的京戲《三國志》，從劉備投荊襄起到取南郡止。遺憾的是劇本未能全部保留下來，留藏在藝人之手的尚有十九本。這些劇本，經多年舞臺實踐，邊演邊改，如今已成京劇經典作品。除此之外，四大徽班還各有自己名伶擅演的代表性三國劇目，收錄在《梨園集成》《醉白集》《繪圖京都三慶班真正京調全集》中。清末京劇改良先驅汪笑儂還改編創作了四部刺世貶時富有時代精神的三國戲：《獻西川》《受禪臺》《罵王朗》《哭祖廟》。

　　我們從上述京劇集中選錄京劇三國戲47種，這些劇本有一個非常突出的特點，是伶人編寫、演出的文本，代表了京劇形成繁榮時期的文學藝術水平，起着承前啓後的作用，既將傳統三國戲整飾加工，使其更加精彩，又針對現實創作了一些針砭時弊、喚醒民眾發奮、救亡強國的戲曲劇本。這些劇本不僅爲現代京劇和各種地方戲提供了文學劇本和創作經驗，而且有許多劇至今仍活躍在舞臺上。

　　昆曲到晚清，已呈衰落之勢，三國戲雖未出現有影響的新創劇作，但藝人們從元雜劇關漢卿的《關大王單刀會》和明傳奇王濟的《連環記》、無名氏的《古城記》等傳統劇目中，選擇一些精彩片段改編爲單齣戲，常演出於宮廷與民間戲曲舞臺。流傳下來的劇本，均係手鈔本，收錄在《故宮珍本叢刊》《昇平署檔案集成》《車王府藏曲本》等戲曲文獻中。我們從中收錄三國戲30種。雖然多是單齣折子戲，但匡扶漢室、擁劉貶曹的思想傾向突出，故事情節生動精彩，人物形象性格鮮明，言語文雅，唱腔動聽，不僅是流傳下來的藝術精品、珍貴的戲曲文獻，而且有些戲如《單刀會》《貂蟬拜月》《梳妝擲戟》《灞橋餞別》《古城相會》《徐母擊曹》等仍演出於當今舞臺。

四

　　從1919年五四運動起，到1949年中華人民共和國成立，這一時期，文學界多稱爲現代。這一時期的二三十年代，京劇名家輩出，流派紛呈，是京劇的鼎盛時期。就是在八年抗日戰爭期間，有些京劇名家爲抗日明志罷演，但京劇仍然活躍在國統區、淪陷區、敵後抗日根據地的解放區。抗日戰爭勝利之後，京劇舞臺又活躍起來。因此可以說，這一時期，京劇興盛繁榮，流布於大江南北、長城內外，被譽爲"國劇"。在舊中國日漸淪於半封建、半殖民地的境況下，長於急管繁弦、慷慨激越的京劇，在民生凋敝、國勢艱危、日寇入侵之際，承擔起"歌民病""喚民醒"的重任，湧現出許多借古諷今、切中時弊的優秀劇目，生動、深切地折射出國家政局的演變與廣大民衆的心聲。而三國故事尤爲京劇作家和藝人青睞，他們在繼承前代三國戲的基礎上，改編、移植、創作了許多三國戲。據陶君起《京劇劇目初探》著錄三國戲劇目有154種，曾白融《京劇劇目辭典》著錄三國戲劇目511種（其中有一些是一劇多名）。流傳下來的三國戲劇本極其豐富。從這一時期前後出版的劇本集來看，1915年的《戲考》，收錄三國戲劇本77種；1933年的《戲學指南》，收錄三國戲劇本23種；1948年的《戲典》，收錄三國戲劇本18種；1955年的《京劇叢刊》，收錄三國戲劇本20種；1957年的《京劇彙編》，收錄三國戲109種；1957年的上海市《傳統劇目彙編》京劇集，收錄三國戲劇本42種；1962年的《關羽戲集·李洪春演出本》，收錄關羽戲27種。此外，尚有民國年間出版的《京調大觀》《戲曲大全》《舊劇集成》等京劇劇本集，也收錄一些三國戲劇本。有些劇本集，雖然是中華人民共和國成立以後出版的，但收錄的却是民國年間的藝人演出本。現從衆多刊印的京劇劇本集中遴選出146種。這些劇本中有許多是清代名伶編演，傳給弟子、家人或戲班，爲現代京劇名家演出所用而收藏。並且京劇名家在演出過程中，根據本人及時代情況，又進行加工修飾，使情節更加合理，結構更加緊湊，人物性格更加鮮明，語言更加曉暢易懂，且不失文采。

　　這一時期劇本創作出現了一種可喜的新情況，劇作家與藝人合作編劇，而且是一位劇作家專爲某位名伶或幾位名伶編劇。他們量體裁衣，針對某個藝術家的特點，創作出適合該藝術家演出的劇本，這不僅提高了劇本的文學性，也增強了劇本的動作性。比如劇作家齊如山，專爲梅蘭芳寫戲，爲梅蘭芳改編、創作了30多個劇目，其中有三國戲《洛神》。作者依據《洛神賦》和明雜劇《陳思王洛水生悲》、清雜劇《凌波影》進行改編，塑造了超凡脱俗、冷艷情深的宓妃，鑄造了宓妃與曹植"若有情""似無情""欲笑還顰，最斷人腸"的境界。又如劇作家金仲蓀專爲程硯秋寫戲，針對程硯秋的特點量體裁衣，特別注重立意，反映現實。1931年，金仲蓀針對蔣、馮、閻、桂軍閥開戰給民衆造成的災難，創作了《春閨夢》，描寫漢末公孫瓚與劉虞爲爭疆土開戰，强徵兵丁，迫使新婚的王恢從軍戰死。其妻張氏獨守空房，思念丈夫，憂思成夢。夢見丈夫回來，夫妻重温舊情；又夢見戰場刀光劍影、尸橫遍野，丈夫戰死沙場。劇作家借此情揭露痛訴軍閥戰争的殘酷與罪惡，深切同情遭受苦難的民衆。1933年，金仲蓀針對"九一八"事變之後，國民政府實行不抵抗政策，東北三省很快淪入敵手的情況，根據地方戲《江油關》改編爲京劇《亡蜀鑒》，批判了蜀漢江油守將馬邈在强敵壓境之際，不思抵抗、投敵叛國的罪行；歌頌了馬妻李氏深明大義，苦苦勸夫抵抗，後得知丈夫出城投降、江油失守，悲傷欲絶、自盡而亡的民族氣節和愛國情懷，表達了對日本侵略者必須抵抗的决心，唤起民衆反對投降、寧死不做亡國奴的愛國思想，反映了當時民衆的心聲。

　　山西地方戲歷史悠久，源遠流長，從漢代到宋代，經過一千多年的孕育演變，戲曲日趨成形。北宋時晉南、晉東南的一些鄉村已出現了大戲臺專供演員演戲。元代雜劇盛行，山西的平陽（今臨汾）與大都（今北京）是並列的雜劇藝術中心，平陽的雜劇演出盛況無與倫比。

　　山西地方戲劇種，有50多種，居全國省市之首。然最著名的有四大梆子：蒲劇、中路梆子（晉劇）、北路梆子、上黨梆子。山西地方戲劇目甚多，傳本亦豐，三國戲亦然。據《山西地方戲彙編》收録三國戲147種。另有一些劇本收藏在某劇團或藝人手中。今從《彙編》和劇團、藝人所藏中遴選三國戲64種，其中有晉劇、蒲劇、北路梆子、上黨梆子、鄖鄂、鐃鼓雜戲等。這些劇本的寫作年代不知，大多是清代、民國流傳下來的傳統的三國戲，也有新改新編和創作的三國戲，其思想傾向爲尊劉貶曹、張揚忠義，貶斥奸佞不道之行。而部分新改新編的劇本如晉劇《關公與貂蟬》《貂蟬軼事》，描寫細膩，注重心理刻畫，與傳統三國戲以叙述故事情節爲主、粗綫條表現人物有所不同。

　　中華人民共和國成立之後，我國戲曲文學在"百花齊放，推陳出新"方針和"發展現代戲，改編傳統戲，創作歷史劇"三並舉政策的指導下，前十七年出現了繁榮的喜人局面，可以説是我國戲曲發展的黄金時期。"文革"期間，我國戲曲遭受嚴重摧殘，新創作的現代戲、已經改編出新的傳統戲和新編歷史劇統統成爲"封、資、修"的東西，遭到批判和禁演。各地京劇和地方戲改編、新創的劇本極少，除八個樣板戲之外，幾乎無戲可演。粉碎"四人幫"之後，特别改革開放以來，我國戲曲又迎來陽光明媚的春天，戲曲文學呈現出百花争艷的繁榮景象。這期間儘管受到影視藝術、通俗歌曲的影响，戲曲文學仍然改編創作出一批反映生活貼近時代的優秀劇目。

三國戲隨着時代的變化，戲曲的發展，也出現了令人欣喜的繁榮景象，改編整理許多傳統三國戲，新創作一批富有時代精神的三國戲。我們從1949年中華人民共和國成立到2014年六十五年間出版的戲曲文學書刊中，遴選出18個劇種改編或創作的39部三國戲。其中改編的19部、新創的20部。無論是改編傳統三國戲，還是新創三國戲，劇作家都以現代觀念、審美理想，觀照歷史，既尊重歷史事實，又虛構歷史細節和人物，力求在思想内容、人物形象方面出新、創新，使其貼近生活，貼近時代，寓教於樂，以古鑒今，給人以新的認識和啓迪。當代這39部戲，突破了以往以蜀漢爲主的題材，改變了尊劉貶曹抑孫的思想傾向，給曹操、周瑜以公正的評價，擦掉了曹操臉上的白粉，去掉了周瑜心胸狹窄、妒賢嫉能的性格缺陷，並且塑造了許多新的女性形象。

五

綜上所述，我們從歷代三國戲中，彙集587種，其中完整劇本471種，殘曲、存目116種，編爲《三國戲曲集成》，内分八卷：《元代卷》、《明代傳奇卷》、《清代雜劇傳奇卷》（上下卷）、《清代花部卷》、《晚清昆曲京劇卷》、《現代京劇卷》（上中下卷）、《山西地方戲卷》、《當代卷》（上下卷）。縱觀《三國戲曲集成》，亮點有三：

第一，開荒創新，填補空白。我國古代長篇小説有四大名著：《三國演義》《水滸傳》《西遊記》《紅樓夢》，編演、留存戲曲劇本最多的是三國戲。然而，《水滸戲曲集》《西遊記戲曲集》《紅樓夢戲曲集》都已先後出版，唯獨《三國戲曲集》没有問世。也許因爲歷代三國戲多，版本複雜，存本分散，搜集整理難度大，工程浩繁，因而學界無人問津。如今，《三國戲曲集成》的整理出版，作爲一項拓荒創新性的工作，填補了這一領域的空白。

第二，劇本衆多，彙集完備。元代以降的三國戲曲存本、存目衆多。存目分別著錄在許多古籍、書目著作中，有的未見著錄。存本分藏全國各地，版本十分複雜，有刻本、覆刻本、鈔本、轉鈔本，其中有許多是罕見的善本、孤本。有的孤本長期深藏某地書庫，幾乎沒人見過。我們從北京、上海、南京、杭州、鄭州、太原等地的圖書館、博物館，查遍記述戲曲劇目及學界研究論著，搜集劇本的各種版本。因而，該集元明清雜劇、傳奇搜集齊全，清花部、京戲、現當代戲曲甚多難以盡錄，即便如此，也是當今彙集三國戲最多、最全、最爲完備的一部文獻價值極高之書。

第三，版本較好，校勘精細。今存劇本，元雜劇有所整理，但其版本較多，校勘甚難。明清三國戲劇本刊本少，鈔本多，僅有個別劇本經過整理，絕大部分未經整理，因而，曲白異文多，錯別字多，簡寫字不規範，文字有脫落、字跡漫漶不清、錯簡缺頁，多未斷句標點。因而，我們選用較好的版本作底本，精細審慎，務求存真地進行校勘，凡屬異文、誤字、漫漶、空缺、墨丁、脫漏、衍文、倒錯、妄增、誤删等處，皆分別校正，記入校記。凡不明者，注明待考。該集可謂是一部版本較好、校勘精細、存真少誤、可讀可用的戲曲集，而且又具極高的學術價值。

我國人民群衆了解三國歷史、三國人物，並非是因爲讀過陳壽《三國志》和羅貫中《三國演義》，大多是從看三國戲而獲知的。因而，我們校勘整理《三國戲曲集成》，是一件功在當代、澤被後世的工作，將爲繼承傳統優秀文化遺產、爲廣大專家學者提供寶貴的研究文獻資料，爲全國衆多的戲曲劇團和戲曲作家提供資料創作、改編、移植、演出的劇本，爲廣大戲曲愛好者及廣大群衆提供一個完備的三國戲曲讀本，爲衆多文藝形式提供創作素材，爲繼承弘揚優秀傳統戲曲文化，促進當代戲曲振興，推動文化大發展大繁榮都有重要意義。

鑒於我們的學識水平、時間精力所限，收錄劇本或有遺珠，校勘有不妥之處，懇請學界專家學者和廣大讀者批評指正。

凡　　例

一、本書所收劇本敷演三國故事的時間自東漢靈帝中平元年（184）黃巾起義起，至晉武帝太康元年（280）吳亡三國統一于晉止。凡敷演這段歷史故事的戲，統稱三國戲。本書廣泛搜集三國戲曲資料，訂其訛誤，補其缺佚，爲廣大讀者和研究者整理出一部完整的《三國戲曲集成》。

二、本書校勘，以保留原本面貌爲主要原則，訂正文字時，既校異同，又校是非。即從諸本中選用善本作爲底本，以其他版本作爲參校本，對於確屬訛誤衍脱需要校訂改正者，均出校記。若原本有塗改之處，且不知何人所校，未睹真迹，不辨朱墨，又須採其説入校者，均稱"原校"。殘本處理情況同上。劇本若僅存孤本，無他本參校，則用本校法、理校法進行校勘。

三、校勘過程中出現的訛、脱、衍、倒等情況，採取統一格式處理。凡認爲某字爲訛字，則于正文中直接訂正；凡認爲某字脱去，則在正文中增加此字；凡認爲某字爲衍字，則删去；凡出現文字前後倒置的現象，則直接在對應處乙正，上述情況均出校記加以説明；凡是不辨正誤者，則一律注明待考。

四、劇本作者，依前人考定，一一補題。原本劇本多用簡稱，今均依題目正名改用全稱。原本未標楔子、折數、唱詞宫調曲牌名者，一仍其舊，一般不出校記。有些劇本過長，未分折、齣，今依劇情分折、分齣，出校説明。唱、白、科介或曲牌等提示，置於括弧之内。

五、區别對待異體字、通假字和通用字。全書中異體字加以統一。通假字不校不改。反映元明時期特殊用字習慣的通用字，如"們"作"每"，"杖"作"仗"，"賠"作"倍"或"陪"，"跟"作"根"，等等，一般不作改動；若爲避免發生歧義而有所改動，則一律出校記説明。

六、關於劇中角色的唱詞、賓白和科介的次序，一般按照"××唱""曲牌名""唱詞"（或"唱詞＋賓白"）的格式處理。若賓白或科介未標明所屬角色者，則需補充清楚並出校記；若遇"××唱"置於"曲牌名"之後，則在校記中注明"依例前移"。

七、本書採用通行的新式標點符號，版式爲繁體橫排，曲、白分開排。曲牌用黑月牙【　】；唱詞用五號宋體，賓白用五號仿宋體；襯字一般不特別標出，與唱詞字體同，若原本已標出，則用五號仿宋體；上下場詩同唱詞，用五號宋體；唱、念、白、科介等說明性文字用五號仿宋，置於圓括弧之內。

八、曲文斷句，均以曲譜定格，間遇文義斷裂之處，酌情改從文讀。雜劇、傳奇、花部、昆曲唱詞與賓白自然分段；同一支曲，唱中有夾白不分段，換曲牌則另起一段。京劇、現代戲唱詞與賓白，則按《後六十種曲》中京劇《曹操與楊修》體例分段分行。

九、劇本按元、明、清、現、當代分卷，若一卷劇本多，則分上、下册。每卷先雜劇，後戲文、傳奇；先完本、殘本，後存目。元、明、清雜劇傳奇諸卷每卷均以作者年代先後爲序。清代花部、晚清昆曲京劇、現當代京劇及地方戲諸卷，以三國故事發生的時間先後排列。有的劇本時間跨度較長，或故事發生時間難以考定，則酌情處理。

十、每劇解題，略述劇種、作者姓名及其簡介、劇目著錄情況、劇本內容、本事來源、版本情況、以何種版本作底本、參校何種版本、歷年校點情況等，力求簡明扼要。戲曲存目，則須寫明作者、年代、著錄、劇情、本事、版本情況等。清代部分某些劇目聲腔不詳者，一律按花部處理。

十一、每劇均按劇名、作者、解題、正文爲序排列。作者不知姓名者，清代之前署"無名氏"，現、當代署"佚名"。

十二、歷代三國人物故事畫、劇本書影，置於每卷正文之前，作爲扉畫，不作插圖，標明出處。

2015 年 7 月 31 日　校理者識

《現代京劇卷》前言

胡世厚

京劇從徽班進京到道光中葉的形成,至同、光年間的興盛,再到民國年間的大繁榮,京劇逐漸流布於大江南北、長城內外,一百餘年間,京劇在舊中國的北京逐漸確立了它"國劇"的地位。在舊中國日漸淪爲半封建、半殖民地的境況下,長於急管繁弦、慷慨激越的京劇恰好在民生凋敝、國勢艱危之際承擔起"歌民病""喚民醒"的重任,湧現出許多借古諷今、切中時弊的優秀劇目和一批功力深厚的表演藝術家,生動、深切地折射出國家政局的演變與市井百姓的心聲。

京劇的劇目題材廣泛,尤以歷史故事居多,上至遠古的遺聞傳説,中至秦漢隋唐,下至宋元明清歷朝歷代的宮廷鬥争、英雄傳奇、社會生活,一部中華民族五千年的文化史,在京劇中都有全面、生動的展示。而三國時期的歷史故事戲尤爲京劇劇作家和藝人青睞,他們在繼承前代三國戲的基礎上,又改編、移植、創作了許多三國故事戲,據陶君起《京劇劇目初探》著録三國戲劇目有 154 種,曾白融《京劇劇目辭典》著録三國戲劇目 511 種(其中有些是一劇多名)。流傳下來的三國戲劇本極其豐富。1915 年的《戲考》,收録三國戲劇本 77 種;1933 年的《戲學指南》,收録三國戲劇本 23 種;1948 年的《戲典》,收録三國戲劇本 18 種;1955 年的《京劇叢刊》收録傳統的三國戲劇本 20 種;1957 年的《京劇彙編》,收録傳統的三國戲劇本 109 種;1957 年的上海市《傳統劇目彙編》京劇集,收録傳統三國戲劇本 42 種;1962 年的《關羽戲集・李洪春演出本》,收録關羽戲 27 種。此外,尚有《京調大觀》《戲曲大全》《舊劇集成》等京劇劇本集,也收録了一些三國劇本。有些劇本集,雖然是 1949 年以後出版的,但收録的劇本却是民國年間的藝人演出本。現從衆多刊印的京劇劇本集中遴選了 146 種,編爲《現代京劇卷》。本卷收録三國戲劇本的時間爲上起辛亥革命成功的 1911 年,下至中華人民共和國成立的 1949 年。這一時期的劇本中有許多劇本是清代名伶編演,傳給弟子、家人或戲班,爲現代京劇名家演出所用而收藏。這些傳統劇本在京劇名家演出過程中,根據本人及時代情況,又進行加工修飾,使情節更加合理,結構更加緊湊,人物更加鮮明,語言更曉暢易懂,且不失文采。像馬連良收藏的《三求計》《舌戰群儒》《臨江會》《罵王朗》等劇本都有馬連良的個性特點,成爲馬派的代表劇目。

民國年間,尤其是二三十年代,京劇名家輩出,流派紛呈,同一題材的劇目,各家皆演,因而劇目演出的版本衆多,劇名亦不同,像敷演劉備東吳招親的《龍鳳呈祥》,有馬連良的《馬連良演出劇本選集》本《甘露寺》、《京戲大觀》本《甘露寺》、《戲典》本《甘露寺》《美人計》兩本、《戲考》本《回荊州》(一名《龍鳳配》)、《京劇彙編》的北京戲曲藝術職業學院藏本《龍鳳呈祥》等五種版本。因而使這一時的京劇呈現出爭奇鬥艷的繁榮局面。就是在日寇侵略中國的"七七事變"之後,儘管有些京劇名家爲抗日明志罷演,京劇仍然活躍在國統區、淪陷區、敵後抗日根據地的解放區,只不過演出劇目有所變化,但一些傳統的三國戲仍然演出於舞台。抗日戰爭勝利後,戲曲舞臺又逐步活躍起來。現將這一時期的三國戲的劇本流變及創作改編情況略述於下。

一、劇 本 流 變

本卷收錄的京劇三國戲劇本共 146 種,其來源有三:

(一) 大多數是清代傳統劇目的名家演出劇本。由於京劇繁盛,名家輩出,流派紛呈,加上京劇以演員爲中心,名家便依自己所長選擇傳統的三國戲加工潤色,成爲自己常演的代表劇目。據《中國京劇史》載,老生行有前四大鬚生、後四大鬚生、南麒北馬東北唐。前四大鬚生余叔岩,擅演三國戲的劇目是《捉放曹》《戰樊城》《擊鼓罵曹》《陽平關》《定軍山》《連營寨》《失街亭》《空城計》;前四大鬚生言菊朋擅演的三國戲劇目是《捉放曹》《擊鼓罵曹》《讓徐州》《卧龍弔孝》《吞吳恨》《空城計》《罵王朗》;前四大鬚生高慶奎擅演的三國戲劇目是《華容道》《戰長沙》《逍遙津》;前、後四大鬚生馬連良(又稱北馬)擅演的三國戲劇目是《盤河戰》《群英會》《借東風》《甘露寺》《龍鳳呈祥》《許田射鹿》《雍凉關》《戰北原》《罵王朗》《安居平五路》;後四大鬚生譚富英擅演的三國戲劇目有《定軍山》《群英會》《空城計》《捉放曹》;後四大鬚生楊寶森擅演的三國戲劇目有《捉放曹》《空城計》《定軍山》《陽平關》《擊鼓罵曹》;後四大鬚生奚嘯伯擅演的三國戲劇目有《擊鼓罵曹》《白帝城》《空城計》。南麒(指麒麟童,即周信芳)擅演的三國戲劇目是《受禪臺》《亡蜀鑒》;東北唐(指唐韵笙)擅演的三國戲劇目是《趙雲歸漢》《徐州失散》《屯土山》《贈袍賜馬》《白馬坡》《挂印封金》《灞橋挑袍》《五關斬將》《刀劈秦琪》《真假關公》《收周倉》《古城會》《夜走麥城》《造白袍》《大報仇》《哭靈牌》《連營寨》《群英會》《雪弟恨》。這些劇本，是在繼承清代京戲三國戲的基礎上，加以整飾潤色，使其更加精彩。如馬連良的演出本《甘露寺》《借東風》，經過他的加工創造，將喬玄、諸葛亮等二路老生的戲提到主角地位，其所創唱段新腔風靡一時，傳唱不衰。

（二）依據《三國演義》及其他文藝作品和民間傳說創作了一些新劇目，如1928年王鼎臣編、楊小樓演的《取桂陽》；1934年清逸居士編、楊小樓演的《甘寧百騎劫魏營》；1934年吳幻蓀編，楊小樓、郝壽臣演的《壇山谷》；1923年齊如山編、梅蘭芳演的《洛神》；1930年金仲蓀編、程硯秋演的《春閨夢》等。另有歐陽予倩創作的敷演漢末盧江小吏焦仲卿與劉蘭芝夫婦悲劇故事的《孔雀東南飛》，因校理者與編者意見不一，未予收錄。

（三）根據雜劇、傳奇、地方戲、清代京劇的三國戲整理、改編、移植出一些新的京劇三國戲。如1929年馬連良整理演出的《祭瀘江》，高慶奎整理演出的《割麦裝神》，言菊朋整理演出的《讓徐州》《臥龍弔孝》；1930年金仲蓀改編、程硯秋演出的《文姬歸漢》；1933年金仲蓀改編、程硯秋演出的《亡蜀鑒》；1926年徐碧雲改編演出的《二喬》《丹陽恨》，郝壽臣改編演出的《打曹豹》（一名《失徐州》）、《廢曹芳》（一名《紅逼宮》）。

二、改編、創作的三國戲，貼近時代，反映現實生活

運用京劇形式反映現實鬥爭生活，是民國這一歷史時期京劇三國戲的突出特點之一。改編和創作的一些新劇目三國戲，或借古諷今，或曲折反映現實生活，發揮了戲曲反映社會、教化群眾的作用。

1925年，我國處於半封建、半殖民地狀態，國內軍閥在外國列強的支持下，割據一方，進行混戰，給人民群眾造成深重苦難。金仲蓀針對這種情況，改編、創作了京劇《文姬歸漢》，寫東漢末年，軍閥混戰，南匈奴王乘亂攻侵中原，擄去蔡文姬，強納為左賢王妃，並生二子，但她忍辱偷生，日夜思念故鄉，渴望回歸故里。十二年後，曹操出於對故友蔡邕的憐惜和懷念，用重金贖回文姬。作者希望以此情激發人們的民族氣節和愛國主義精神。該劇由程硯秋主演蔡文姬，獲得極大成功。該劇成了程派的代表作。

20世紀30年代初,蔣、馮、閻、桂軍閥之間開始大戰,金仲蓀根據杜甫的《新婚别》《兵車行》及《悲陳陶》詩句"可憐無定河邊骨,猶似春閨夢裏人"的詩意,創作了《春閨夢》,劇寫東漢末年公孫瓚與劉虞爭奪地盤,各征兵丁,平民王恢與妻子張氏新婚不久,即被徵從軍,到軍中不久戰死。張氏獨守空房,日夜思念丈夫歸來。憂思成夢,夢見丈夫回家,夫妻重叙舊情;忽又夢見戰場刀光劍影,屍橫遍野,王恢戰死沙場。張氏夢醒之後,更加悲傷。作者借此揭露痛斥了軍閥混戰的殘酷與罪惡,深切同情了遭受苦難的民衆。

"九一八"事變後,國民政府實行不抵抗政策,在日寇的威逼下,步步退讓,東北三省很快淪入敵手,引起全國人民的一致反對。針對這種情況,金仲蓀於1933年根據地方戲《江油關》及《三國演義》第一一七回馬邈江油降魏的情節,改編出京劇《亡蜀鑒》,批判了蜀漢江油守將馬邈在強敵壓境之際不思抵抗、投敵叛國的罪行,歌頌了馬妻李氏深明大義,苦口勸夫抵抗,後得知其夫出城投降、江油失守,悲痛欲絶、自盡而亡的民族氣節與愛國情懷,表達了對日本侵略者必須抵抗的決心,唤起民衆反對投降、寧死不做亡國奴的愛國思想,反映了當時國人的呼聲、民衆的心聲。

三、提高了京劇三國戲的文學性,加强了動作性,增强了京劇的藝術魅力

中國戲曲劇本的創作,從作者情況來看可分爲兩大類。一是出於文人之手的劇本,有的可搬上舞臺,有的是案頭劇本只可閱讀;其二是出於民間藝人之口的舞臺演出劇本。出於文人之手的劇本,用詞造句十分講究,叙述描寫較多,有着較强的文學性,表現了可讀性的案頭藝術特點。其缺點是舞臺動作性差,不太適宜於表演。如清代的一些傳奇劇本。出於民間藝人之口的舞臺演出本,通俗精練,舞臺動作性較强,宜於表演。其不足之處是多數劇本文學性較差,用詞造句也多有欠通順之病,甚至有的同一劇本,根據表演者需要,任意增删改動。如清代中葉以來的皮黄和地方戲。

而京劇三國戲大多是清代中葉以來的藝人演出劇本,有的是有文化的演員改編創作的劇本,如盧勝奎編演流傳下來的劇本,有的是民間藝人口傳心記而經人記録流傳下來的劇本,如《醉白集》中收録的本子。

進入民國以後,特別是"五四"以來,一些愛好戲曲的文人步入戲曲界,戲曲藝人的文化水平也逐步提高,出現了文人和藝人合作編劇之風,相互補

充彌補不足，發揮各自特長，使戲曲劇目發生了較大變化。由於戲曲特別是京劇，名家輩出，流派紛呈，出現了一批文人專爲某位藝術家或幾位藝術家編寫劇本的情況。他們量體裁衣，針對某個藝人的特點，創作出適合該藝人演出的劇本，這不僅提高了劇本的文學性，由於作者是與演員合作，也增强了劇本的動作性。比如留法歸國的京劇作家齊如山，專爲梅蘭芳寫戲，爲梅蘭芳共改編、創作了30多個劇目，其中有三國戲《洛神》，作者依據曹植《洛神賦》、明汪道昆雜劇《陳思王洛水生悲》、清黄燮清雜劇《凌波影》來進行改編，情節與汪劇基本相同，臺詞多用《洛神賦》的詩句，塑造了超凡脱俗、冷艷情深的宓妃，鑄造了宓妃與曹植"若有情""似無情""欲笑還顰，最斷人腸"的境界，富有意境美，給人以美的遐思。詩人、京劇作家羅瘦公從1921年起至1924年逝世，爲程硯秋編寫劇本10餘種。羅瘦公臨終懇託金仲蓀排除一切困難，扶植程硯秋。程硯秋對金仲蓀執弟子禮，事無巨細都與金氏商量；金氏則以半師半友自居，對程硯秋全力護持，專門爲他編寫京劇劇本10餘種，其中三國戲有1925年的《文姬歸漢》、1931年的《春閨夢》、1933年的《亡蜀鑒》。金仲蓀改編、創作劇本，不輕易形成文字，而是先向程硯秋講明劇本主題、故事情節與創作意圖，提出徵詢意見，然後根據程硯秋的意見，對劇本補充、加工。新劇文字形成後，金仲蓀再與程硯秋一起反復推敲，進一步加工、修改、潤色，因而創作、改編的劇本思想性强，情節動人，語言優美而暢達，既有文學性，又有戲劇性，文學藝術水平很高。

此外，陳墨香專爲荀慧生編寫劇本，清逸居士專爲尚小雲編寫劇本，也爲楊小樓編寫劇本，吴幻蓀專爲馬連良編寫劇本，他們相互合作，創作、改編、整理了大量的演出劇目，其中既保持了原來京劇劇目的利於表演的特點，同時又提高了劇本的文學性，這種文學性、表演性兼容並蓄的結果，大大提高了京劇劇本的藝術水平。當然，其中也包括三國戲的劇本。

四、以旦行爲主的劇本增加，並未改變京劇 三國戲劇本以生行爲主的局面

據《中國京劇史》載，從1911年至1937年間新劇目的創作情況看，新編京劇的生角戲24種，旦行戲98種，而三國戲各有3種；在整理和改編的劇目中，生行戲27種，旦行戲43種，而三國戲生行戲有8種，旦行戲有4種。

本卷收錄了傳統京劇三國戲以旦行爲主的戲，有《鳳儀亭》《關羽月下斬

貂蟬》《徐母罵曹》《徐母失東》《徐母訓子》《徐庶見母》《龍鳳呈祥》《截江奪斗》《別宮・祭江》《孝節義》《取江油》等 11 種，但人物只有貂蟬、徐母、孫尚香、李氏 4 個，甘、糜二夫人雖然多次出場，然均非主角。1911 年之後，劇作家改編、創作了 6 種以旦行爲主的三國戲，如《文姬歸漢》《洛神》《亡蜀鑒》《春閨夢》《月下贊貂蟬》，塑造了蔡文姬、宓妃、李氏、張氏、貂蟬等今人敬仰、同情的婦女形象。另外還有許碧雲編演的《丹陽恨》（又名《東吳女丈夫》，雖未見劇本，但《大戲考》留下了一段唱詞。

貂蟬是中國古代四大美女之一，是歷代戲曲作家關注的人物，元明清都有她的戲，但結局及被殺理由不同。晚清京劇寫她是王允義女，深明大義，甘願獻身施行離間計，除掉竊國權奸董卓。後歸呂布，在下邳爲内應，使曹操擒殺了忘恩負義的三姓家奴呂布。應該説她有功於漢室，理應受到贊揚。然而貂蟬在下邳被張飛所擒，張飛將她送給關羽作侍女。關羽以貂蟬可以喪邦，爲除後患將她殺死。現代京劇的《月下斬貂蟬》，關羽稱贊貂蟬心忠漢室，有除董卓、滅呂布之功，但又慮女子可能水性楊花，爲了成全她的英名，斬了貂蟬。現代觀衆可能對貂蟬被斬的情節不滿意、不公平，有損關羽形象，於是藝人又將其改編爲《關公月下贊貂蟬》，不但贊揚了她的功德，而且給她安排一個後半世安享榮華的結局，大快人心。這樣處理貂蟬合情合理，既給有功於社稷的女丈夫以美好結局，又給關羽增添了光彩。

以旦行爲主的三國戲雖然增多了，但因三國歷史題材所限，並不像整個京劇舞臺那樣，旦行可以與生行平分秋色，甚至更爲突出。本卷所收録的 146 種三國戲中，生行依然佔據大多數。像以諸葛亮爲主角的有 24 種，以關羽爲主的戲有 27 種。

關羽是中國歷史上一個絕無僅有、獨一無二的人物，漢封侯，宋封王，清封帝，形成關羽崇拜，奉祀爲天神。因此，敷演關羽故事的戲元、明、清都有許多。然而，京劇關羽戲，在程長庚時候，只有《戰長沙》《華容道》《單刀會》等幾種，王鴻壽從元、明、清雜劇傳奇改編、移植徽調並據《三國演義》新編關羽戲共 36 種，幾乎把《三國演義》所寫關羽的故事都編成了戲，而且在表演上形成獨樹一幟的紅生戲，塑造了一個莊嚴、威武、高大的關羽形象，並且出現了多位因演關羽而成名的藝術家。據《京劇二百年之歷史》，王鴻壽"於關劇之紅生也，獨開生面，堡壘一新，世稱'活關公'"。王鴻壽的 36 種關羽戲，爲其弟子李洪春繼承，李洪春又增編了《走范陽》《閱軍教刀》《收姚斌》《破羌兵》《教子觀漁》5 種，共 41 種。這些劇目經過王鴻壽和李洪春數十年的舞臺實踐,不斷加工潤色,纔成爲比較系統的關戲。1962 年出版了《關羽戲集‧李洪春演出本》,收錄了關羽戲 27 種。這些劇本可以單折演出,也可連演幾折或連臺全部演出。

此外,以劉備、張飛、曹操、周瑜爲主角的生行戲還有許多,活躍在民國年間戲曲舞臺。

總之,現代這幾十年的京劇三國戲的劇本創作與京劇舞臺是繁榮興盛的,留下來的劇本是極爲豐富、非常珍貴的。

目　　錄

上冊

斬熊虎	王鴻壽　撰	1
桃園結義	王鴻壽　撰	15
造刀投軍	王鴻壽　撰	24
鞭打督郵	佚　名　撰	31
斬丁原	佚　名　撰	39
捉放曹	佚　名　撰	63
斬華雄　虎牢關	佚　名　撰	83
罵董卓	佚　名　撰	95
鳳儀亭	佚　名　撰	101
絕糧返境	佚　名　撰	145
磐河戰	佚　名　撰	149
春閨夢	金仲蓀　撰	162
典韋耀武	佚　名　撰	185
路謀劫殺	佚　名　撰	191
借趙雲	佚　名　撰	195
戰濮陽	佚　名　撰	202
三讓徐州	佚　名　撰	232
打曹豹	佚　名　撰	241
鳳凰臺	佚　名　撰	267
神亭嶺	佚　名　撰	277
周瑜	翁偶虹　撰	285
轅門射戟	佚　名　撰	315
奪小沛	佚　名　撰	328
袁呂結親	佚　名　撰	343
戰宛城	佚　名　撰	354

白門樓	佚　名　撰	383
許田射鹿	佚　名　撰	395
衣帶詔	佚　名　撰	417
青梅煮酒論英雄	佚　名　撰	427
斬車冑	佚　名　撰	439
擊鼓罵曹	佚　名　撰	449
鬧長亭	佚　名　撰	465
鸚鵡洲	佚　名　撰	471
屯土山	王鴻壽　撰	479
贈袍賜馬	王鴻壽　編撰	486
月下斬貂蟬	佚　名　撰	495
月下贊貂蟬	佚　名　撰	501
白馬坡	王鴻壽　撰	506
誅文醜	王鴻壽　撰	517
閱軍教刀	王鴻壽　編撰	528
破汝南	王鴻壽　撰	536
芒碭山	佚　名　撰	543
灞橋挑袍	王鴻壽　撰	553
附：灞橋挑袍	佚　名　撰	571
過五關	王鴻壽　編撰	579
收周倉	王鴻壽　編撰	594
古城會	佚　名　撰	606
收關平	王鴻壽　編撰	616
斬于吉	佚　名　撰	631
戰官渡	佚　名　撰	655
文姬歸漢	金仲蓀　撰	681

中册

奪古城	李洪春　編撰	701
馬跳檀溪	佚　名　撰	734
徐母罵曹	佚　名　撰	748
徐母失柬	佚　名　撰	761

薦諸葛	佚　名　撰	777
徐庶勸友	佚　名　撰	786
徐母訓子	佚　名　撰	793
曹營見母	佚　名　撰	801
一請諸葛	佚　名　撰	806
三顧茅廬	佚　名　撰	823
三求計	佚　名　撰	850
火燒博望坡	王鴻壽　撰	875
長坂坡	佚　名　撰	887
漢津口	王鴻壽　編演	905
舌戰群儒	佚　名　撰	921
臨江會	佚　名　撰	931
群英會	佚　名　撰	960
借東風	佚　名　撰	985
華容道	王鴻壽　編演	993
取南郡	佚　名　撰	1005
取桂陽	佚　名　撰	1017
戰長沙	王鴻壽　編演	1042
戰合肥	佚　名　撰	1062
龍鳳呈祥	佚　名　撰	1075
破石兆	佚　名　撰	1117
黄鶴樓	佚　名　撰	1120
三氣周瑜	佚　名　撰	1136
討荆州	佚　名　撰	1148
柴桑口	佚　名　撰	1160
耒陽縣	佚　名　撰	1175
反西涼	佚　名　撰	1187
戰潼關	佚　名　撰	1201
戰渭南	佚　名　撰	1215
反難楊修	佚　名　撰	1232
張松罵曹	佚　名　撰	1243
獻西川	佚　名　撰	1250

對算薦雛	佚　名　撰	1261
截江奪斗	佚　名　撰	1267
荆襄府	佚　名　撰	1276
過巴州	白玉春　錢鳴業　口述	1285
取雒城	佚　名　撰	1297
鼎足三分	佚　名　撰	1318
戰冀州	蘇連漢　口述	1336
賺歷城	佚　名　撰	1360
葭萌關	佚　名　撰	1374
喬府求計	佚　名　撰	1404
單刀會	王鴻壽　撰	1416
逍遥津	魏紫秋　撰	1435
甘寧百騎劫魏營	清逸居士　撰	1458

下冊

左慈罵曹	佚　名　撰	1477
百壽圖	佚　名　撰	1485
收姚斌	佚　名　撰	1498
瓦口關	佚　名　撰	1526
定軍山	佚　名　撰	1547
陽平關	佚　名　撰	1567
五截山	佚　名　撰	1590
取襄陽	王鴻壽　撰	1600
水淹七軍	王鴻壽　撰	1614
刮骨療毒	王鴻壽　撰	1624
關羽之死	馬少波　撰	1630
走麥城	王鴻壽　撰	1676
關公顯聖	夏月潤　夏月珊　夏月恒　撰	1719
七步吟	佚　名　撰	1748
滾鼓山	佚　名　撰	1758
造白袍	佚　名　撰	1764
伐東吳	佚　名　撰	1775

連營寨	佚　名　撰	1800
洛神	齊如山　撰	1818
白帝城	佚　名　撰	1830
別宮・祭江	佚　名　撰	1835
孝節義	佚　名　撰	1843
安居平五路	佚　名　撰	1850
撲油鼎	佚　名　撰	1877
七擒孟獲	佚　名　撰	1886
雍涼關	佚　名　撰	1947
鳳鳴關	佚　名　撰	1956
天水關	佚　名　撰	1964
賢孝子	佚　名　撰	1978
罵王朗	佚　名　撰	1995
失街亭	佚　名　撰	2001
空城計	佚　名　撰	2009
斬馬謖	佚　名　撰	2018
割麥裝神	賈洪林　撰	2023
戰北原	佚　名　撰	2044
胭粉計	佚　名　撰	2068
七星燈	佚　名　撰	2093
鐵籠山	佚　名　撰	2105
司馬逼宮	佚　名　撰	2111
罎山谷	佚　名　撰	2124
渡陰平	佚　名　撰	2147
取江油	佚　名　撰	2180
亡蜀鑒	金仲蓀　改編	2198
戰綿竹	佚　名　撰	2209
哭祖廟	佚　名　撰	2222
假投降	佚　名　撰	2231

斬　熊　虎

王鴻壽　撰

解　題

　　京劇。現代王鴻壽撰。王鴻壽（1849—1925），藝名三麻子，祖籍安徽，生於江蘇南通。自幼受父薰陶，入自家戲班學戲。後北上天津，初演老生戲，未被重視。遂改演《古城會》《水淹七軍》等關羽戲，一炮而紅，被譽爲"活關公""紅生鼻祖"。關羽戲當初僅有《白馬坡》《華容道》《戰長沙》等數齣，他根據關羽的故事，先後編演了三十六齣關羽戲，還編演連臺本戲四十本的《太平天國》（又名《洪楊傳》）。本劇《京劇劇目初探》《京劇劇目辭典》著錄，均題《斬熊虎》。"初探"云：一名《關公出世》；"辭典"另有《關羽出世》，内容非斬熊虎事。均未署作者。劇寫東漢末蒲州太守熊虎之子熊祥，垂涎張繼昌之女鶯姣，使僕熊福求親，爲張所拒。熊祥假造借據，賄通縣令苗信，斷使鶯姣償債。關羽聞張哭訴情由，憤怒不平，與張同至公堂辯理。熊祥斥之，關羽殺死熊祥、苗信，縱張父女及牢中人犯逃走。熊虎率衆追關羽，關羽藏身八聖廟。熊虎怒而縱火焚廟，關羽殺死熊虎，取泉水净面，臉變丹紅，遂奔范陽避禍投軍。本事出於《三國演義》與民間傳説。《三國志·蜀書·關羽傳》僅云關羽"亡命奔涿郡"。元刊《三國志平話》亦有殺貪財好賄、酷害黎民的縣令亡命涿郡事。清乾隆本傳奇《鼎峙春秋》曾寫關羽殺熊虎事，但劇情與此不同。版本今有《關羽戲集》李洪春演出本。另有《中國京劇戲考》根據《關羽戲集》李洪春演出本的整理本。今以《關羽戲集》李洪春演出本爲底本整理。

第　一　場[1]

（四青袍抬禮物上，四文官、四武官、苗信同上，站門）

苗　信　衆位年兄、年弟請了。
衆　人　請了。
苗　信　熊太守千秋之日，我們大家一同前去拜壽。
衆　人　一同前往。
苗　信　開道，熊府去者。
　　　　（衆人同下）

校記

［1］第一場：場次前，原本有一人物表。爲統一體例今刪。本卷下同。

第　二　場

　　　　（熊祥上）
熊　祥　（念）吾父蒲州太守，
　　　　　　　仗勢慣把人壓。
　　　　　　　最喜美貌女姣娃，
　　　　　　　官府我都不怕。
　　　　我，熊祥。今乃我父壽誕之日，本州大小官員，必定前來拜壽。我不免請爹爹出來，與他老人家拜壽。有請爹爹。
熊　虎　（內白）嗯哼！
　　　　（熊虎上）
熊　虎　（念）老夫官居爲太守，
　　　　　　　全憑勢力壓蒲州。
熊　祥　爹爹請上，孩兒拜壽。
熊　虎　生受你了。
　　　　（熊福上）
熊　福　啓稟太守：文武官員前來拜壽，禮單呈上。
熊　虎　有請！
熊　福　有請！
　　　　（四青袍抬禮物上，四文官、四武官、苗信同上）
衆　人　太守請上，門生等拜壽。
熊　虎　不必拜了，哈哈哈！

（熊虎笑。眾人同拜）

熊　虎　酒宴擺下。

（吹打。熊虎正坐，文官、武官分兩邊坐。【牌子】。眾人同飲酒）

熊　虎　再飲幾杯。
眾　人　我等告醉。
熊　虎　送客。

（吹打。四青袍、四文官、四武官、苗信同出門，同下。熊虎暗下）

熊　祥　哎呀可完事啦。熊福，我在家悶極啦。咱們爺兒倆，外邊遊玩遊玩。福兒帶路。

（唱）主僕二人出府門，
　　　　尋找美貌女佳人。

（熊祥、熊福同下）

第　三　場

（車夫、張鶯姣、張繼昌同上）

張繼昌　（唱）【西皮搖板】
　　　　只因內弟身染病，
　　　　帶領女兒去探親。

老漢張繼昌。只因內弟身染病症，帶領小女前去看望。幸喜內弟病體痊癒，回轉家中。女兒，我們速速回去吧。

（唱）心忙似箭往家奔。

（熊祥、熊福同上，熊祥看張鶯姣。張繼昌、張鶯姣、車夫同下）

熊　祥　（唱）【西皮搖板】
　　　　這個女子動我心，
　　　　福兒帶路回府門。

（熊祥、熊福同走圓場，同回家）

熊　祥　（唱）你快想妙計娶佳人。
熊　福　大爺，您看上那個女子啦吧？
熊　祥　不錯，你認識嗎？
熊　福　那個老頭子叫張繼昌，就在前面大街居住。
熊　祥　那麼你就給我提這門親事怎麼樣？

熊　福　您放心，我一說就成。
熊　祥　事成之後，重金賞賜。
熊　福　您聽喜信吧。
　　　　（熊祥、熊福自兩邊分下）

第　四　場

（張繼昌、張鶯姣同上，同進門，張鶯姣下。院子自下場門上）
張繼昌　家中可有人來訪？
院　子　無人來訪。
　　　　（熊福上）
熊　福　門上有人嗎？
院　子　什麽人？
熊　福　煩勞通禀一聲：熊府管家求見。
院　子　請稍待。啓禀員外：外面有熊府管家求見。
張繼昌　我與熊府並無來往呀！好，請他進來。
熊　福　參見張員外。
張繼昌　罷了。到此何事？
熊　福　恭喜員外，賀喜員外！
張繼昌　喜從何來？
熊　福　我奉熊府之命，前來向小姐求婚，與我家公子結爲秦晉之好。您是一定不能推辭啦。
張繼昌　（冷笑）嘿嘿嘿……
　　　　熊府父子仗勢欺人，人人憤恨，老漢是安善良民，豈肯與那萬惡官吏結親。家院，將他轟了出去！
院　子　出去！
　　　　（張繼昌、院子同下）
熊　福　老小子，瞧着我的吧。
　　　　（熊福出門，走圓場，進門）
　　　　有請公子。
　　　　（熊祥上）
熊　祥　回來啦，親事成啦吧？

熊　福　把我罵回來啦。
熊　祥　這真是給臉不要臉。你有什麼好主意,把那小妞弄到手纔好?
熊　福　這事好辦。咱們造一張假字據,上寫"張繼昌借銀三千兩,限期三月歸還。三個月不還,情願將女兒送上熊府爲妾。空口無憑,立字爲證"。拿着這張假字據,到縣衙去求苗老爺作主,苗知縣是老太爺的門生,一定替您辦好這件美事。
熊　祥　好,好!你就快寫去。
　　　　（熊福下）
熊　祥　好妙計也!
　　　　（唱）【西皮散板】
　　　　　　滿口扯謊搖舌劍,
　　　　　　盡將假話作真言。
　　　　（熊福上）
熊　福　寫好啦。
熊　祥　帶路縣衙走走!
　　　　（唱）見機而行隨機變,
　　　　　　花言巧語胡亂談。
　　　　（熊祥、熊福同走圓場,到縣衙）
熊　福　哪位聽事?
　　　　（門子上）
門　子　什麼人?
熊　福　熊公子求見。
門　子　請稍候。稟老爺:熊公子求見。
苗　信　（內白）有請。
　　　　（苗信上,迎熊祥同進）
苗　信　師兄請坐。
熊　祥　有坐。
苗　信　師兄駕臨,有何見教?
熊　祥　有人欺詐小弟,這有字據一張,請師兄作主。
　　　　（苗信接過字據,看）
苗　信　豈有此理!這還了得!傳捕快前來。
門　子　捕快進見。

（四捕快同上）

四捕快　太爺有何吩咐？

苗　信　你等隨同熊公子，將張繼昌女兒拿來聽審！

（熊祥、熊福、四捕快同下。苗信暗下）

第　五　場

（張繼昌、張鸞姣同上）

張繼昌　（念）收拾俱停當，

張鸞姣　（念）避禍奔他鄉。

張繼昌　兒啊，那熊府說親不成，必來肇事。你我趕快他鄉躲禍去吧！

（四捕快、熊福、熊祥同上）

張繼昌　你們是作什麼的？

熊　祥　你借我的銀子，還我不還？

張繼昌　你們熊府欺人忒甚，哪個借你的銀子？

熊　祥　不與你多說，咱們堂上說去，把他女兒帶走！

（四捕快、熊福帶張鸞姣同下。張繼昌揪熊祥，被熊祥推倒。熊祥下。張繼昌追下）

第　六　場

（四青袍、苗信同上。四捕快帶張鸞姣同上）

張鸞姣　叩見太爺。

苗　信　你是張繼昌的女兒嗎？

張鸞姣　正是。

苗　信　你父借熊府三千兩銀子，不能償還，將你送上熊府，你知道吧？

張鸞姣　無有此事啊。

苗　信　什麼無有此事！來呀，傳女禁卒。

（禁婆上）

禁　婆　伺候老爺。

苗　信　將此女帶去收監。

禁　婆　（對張鸞姣）

（禁婆押張鸞姣同下。張繼昌上）

張繼昌　冤枉！
青　袍　有人喊冤。
苗　信　上堂回話。
張繼昌　與太爺叩頭。
苗　信　你叫什麽名字？有什麽冤枉？
張繼昌　小人張繼昌，只因太守公子將我女兒搶來，求太爺作主。
苗　信　胡說！你欠熊府銀子，還來喊冤哪！
張繼昌　我不曾借他的銀兩！
苗　信　有你親筆寫的借約，你還敢強辯！
張繼昌　把借約拿來我看。
苗　信　你看？你要給扯啦哪！我在上面念，你在下邊聽："立借約人張繼昌，今借到熊府銀子三千兩，言明三月後，連本帶利一併歸還。如若無銀歸還，情願將女兒送上熊府爲妾。空口無憑，立字爲證。"這是假的嗎？
張繼昌　哎呀，太爺呀！實實無有此事。
苗　信　哈哈，這麽大歲數耍無賴呀。來呀，與我亂棍打出去！
（四青袍同轟打張繼昌。苗信退堂下）
張繼昌　好狗官哪！
（唱）【西皮搖板】
　　　　狗賊官行事令人恨，
　　　　他官官相護欺良民。
【叫頭】好王法呀！好王法！
熊祥這賊串通狗官將我女兒押入監中，將我打……下堂來。這……也罷！拚着我的老命不要，上告於他。我就是這個主意，我就是這個主意。
（張繼昌掃頭，下）

第　七　場

關　羽　（内白）嗯哼。

（關羽上）

關　　羽　　咳，困煞英雄也！
　　　　　（唱）【新水令】
　　　　　　　風塵埋沒俺英雄，
　　　　　　　二十年一場春夢。
　　　　　　　徒有凌雲志，
　　　　　　　奈機緣未逢。
　　　　　　　這寶刀要爾何用？
　　　　　（幕內吵嚷聲）

關　　羽　　聽那廂爭吵！
　　　　　（唱）【新水令】
　　　　　　　這一夥癡迷漢子，
　　　　　　　也不顧國家興亡，
　　　　　　　每日裏吵吵喧嚷，
　　　　　　　實不愧狂生樣。
　　　　　　　行過了十字街前，
　　　　　　　且到那酒肆中沽飲佳釀。
　　　　　來此酒館，待俺沽飲幾杯。酒家！
　　　　　（酒保上）

酒　　保　　（念）隔壁三家醉，開壇十里香。
　　　　　關大爺，您吃酒來啦！請到裏面，上座眼亮。您今天吃點什麼酒？

關　　羽　　好酒取來。

酒　　保　　是啦。夥計，好酒一壺。酒到，我給您斟上，您請用吧。

關　　羽　　好酒。

酒　　保　　多年的老酒啦。

關　　羽　　好酒。酒家，我來問你，適纔大街之上，有許多人吵嚷喧嘩，為了何事？

酒　　保　　咳，只因那熊太守之子熊祥，在大街上搶奪民女……

關　　羽　　啊，清平世界，朗朗乾坤，擅搶民女，難道他就不怕王法麼？

酒　　保　　什麼王法！蒲州大小官員都是熊太守的門生。他們是官官相護啊！

關　　羽　　反了哇，反了！

|（唱）【新水令】
　　　　清平世界，竟出這惡霸土棍，
　　　　他倚仗勢力欺人。
　　　　這官府也不理事，
　　　　惱恨不平，惱恨不平。
　　　　俺一怒除盡狂徒。

張繼昌　（內白）走哇！
　　　　（張繼昌上）

張繼昌　（唱）【西皮搖板】
　　　　年紀邁血氣衰路途難奔，
　　　　走得我喘吁吁冷汗淋淋。
　　　　似這樣不平事哪裏去論？
　　　　（張繼昌掃頭，倒地。酒保上前扶起）

張繼昌　反了哇，反了！
酒　保　張大爺，您這是怎麼啦？
張繼昌　哎呀，小哥呀！可恨熊太守之子，將我女兒搶去了！
酒　保　您不會去告他嗎？
張繼昌　哎呀，小哥呀！大小衙門與他父子均有來往，我上得堂去，不容分說，將我打下堂來，叫我何處去告，何處去訴哇！
　　　　（張繼昌哭）
酒　保　咱本縣有一位關大爺，好打不平，您怎麼不去求他去？
張繼昌　此人住在何處？
酒　保　巧啦，在我這裏面吃酒哪。
張繼昌　小哥帶我進去求他。
酒　保　隨我來。
　　　　（張繼昌、酒保同進門）
酒　保　這位就是關大爺。
張繼昌　（向關羽）哎呀爺爺呀！（叩頭）
　　　　（關羽攙起張繼昌）
關　羽　起來，起來！老頭兒，你家住哪裏，姓甚名誰，為了何事，如此悲痛？慢慢講來。
張繼昌　小老兒名叫張繼昌，就是蒲州解良人氏。只因熊太守之子名叫熊祥，將我女兒搶去……
關　羽　啊，清平世界，擅搶民女，你爲何不去告他？
張繼昌　哎呀，關大爺呀！大小衙門與他均有來往，我上堂去，不容分説，將我打下堂來。
關　羽　嗯……我有心帶你前去擊鼓鳴冤，你意如何？
張繼昌　哎呀，關大爺呀！若蒙救出我的女兒，慢説是小老兒，就是我那張氏祖先，也是感恩非淺。請上受我一拜。
　　　　（張繼昌叩頭）
關　羽　起來。
　　　　（張繼昌站起）
張繼昌　唉，女兒呀！
　　　　（張繼昌哭）
關　羽　老頭兒，你不要哭。
張繼昌　女兒呀！
　　　　（張繼昌哭）
關　羽　吷，老頭兒休得啼哭。喘息定了，領俺前往。酒家，酒錢上賬。
酒　保　是啦。
關　羽　走！
　　　　（關羽拉張繼昌同走圓場，下場門擊鼓。四青袍、捕快、熊福、熊祥、苗信同上）
苗　信　何人擊鼓？
捕　快　張繼昌。
苗　信　張繼昌上堂回話。
張繼昌　與老爺叩頭。
苗　信　哈哈，又是你。來，扯下去打！
關　羽　（上堂）
　　　　且慢！
苗　信　那一大漢，你上得堂來，因何攔阻動刑？
關　羽　我來問你，張繼昌身犯何罪，將他扯去要打？
苗　信　他欠熊府的銀子不還。
關　羽　有何爲證？
苗　信　有借約爲證。

關　羽	拿來我看。
苗　信	你看——要是扯啦哪？我念你聽："立借約人張繼昌，今借到熊府銀子三千兩，言明三月後，連本帶利一併歸還，如若無銀歸還，情願將女兒送上熊府爲妾。空口無憑，立字爲證。"這還是什麼假的嗎？
關　羽	張繼昌，你借了熊府的銀兩，立有借約，怎說是冤枉？
張繼昌	那借約乃是假的！小老懷中尚有親書字柬一張，關大爺一對字迹，便知真假。
	（字柬交與關羽）
關　羽	（取過借約對字迹，三笑）哈哈，哈哈，啊哈哈……
	太爺你看，這兩張字樣不同，分明熊府誣賴好人！
	（扯碎字據）
苗　信	咦，真假與你什麼相干。來，打他！
關　羽	住了！你可知：路不平，要人鏟；話不公，有人論。想你乃民之父母，不與百姓平冤，反倒助强爲惡。似你這樣糊塗的官兒，豈不臭名萬代，罵名千載！
苗　信	哎呀呀，師兄啊，你這件事倒是真是假呀？
熊　祥	這個——我問問他去。呔，那一大漢，你是個什麼東西，敢多管閒事！
關　羽	啊，你是何人，敢在此多言？
熊　祥	我就是熊太守之子，你少爺熊祥在此。
關　羽	（扭住熊祥）
	熊祥賊子！你父子仗勢欺人，今日遇見俺關雲長，你休想活命，招打！
	（關羽打死熊祥，熊福跪下）
苗　信	（驚）啊呀，快快將熊公子屍首抬了下去。
	（四青袍抬熊祥同下。熊福隨下）
苗　信	咦，大膽狂徒，打死熊公子，哪裏容得。來呀，將大漢與我拿下。
	（【風入松】牌子。關羽殺死苗信、捕快等）
關　羽	（對張繼昌）你的女兒現在何處？
張繼昌	囚入監中。
關　羽	隨俺來。
	（關羽、張繼昌同走圓場，關羽劈監，四男犯人上）
關　羽	你們逃命去吧！

(四男犯人下)

關　羽　女監看來。
　　　　(關羽、張繼昌同走圓場,關羽劈監,三女犯人扶張鶯姣上)

關　羽　你們快快去吧!
　　　　(三女犯人下)

張鶯姣　(見張繼昌)爹爹呀!

關　羽　你父女逃走了吧。

張繼昌
張鶯姣　恩公請上,受我父女一拜。
　　　　(掃頭,張繼昌、張鶯姣同下)

關　羽　待俺火焚衙署。
　　　　(放火)
　　　　此禍闖的不小,待俺逃走了吧。
　　　　(掃頭下。熊虎上)

熊　虎　(念)每日飲酒取樂,哪替國家耽憂。
　　　　(四青袍、熊福抬熊祥同上)

熊　虎　(驚,哭)哎呀兒啊!
　　　　【牌子】
　　　　公子因何而死?

熊　福　被一大漢打死。那一漢子名叫關雲長。

熊　虎　走的可遠?

熊　福　走的不遠。

熊　虎　各執兵器,追拿行兇之人。
　　　　(眾人同下)

第　八　場

(【急急風】。關羽上,前栽、後坐、甩髯,往前撮步)

關　羽　(看)來此已是聖母廟,聖母廟。待俺進廟藏躲。
　　　　(進廟)
　　　　哎呀聖母啊!保佑弟子脫了此難,異日到此,重修廟宇,塑畫金身!
　　　　(關羽拜。四兵引熊虎同上)

熊　　虎　　且住，追到此處，那大漢因何不見？
　　　　　　（看廟）
　　　　　　想是藏在廟內。來呀，放火焚廟。
　　　　　　（四兵放火）
關　　羽　　（從火中衝出）
　　　　　　（唱）【小上樓】
　　　　　　　　霹靂震，烈火焚，
　　　　　　　　煙霧彌漫，閃光磷。
　　　　　　　　倒教俺無處存身，
　　　　　　　　倒教俺無處存身。
　　　　　　　　奮雄威急忙脫險境，
　　　　　　　　奮雄威抖擻精神遠飛騰。
　　　　　　（關羽衝出廟門，熊虎用劍砍關羽，被關羽托住）
熊　　虎　　吠！你可是關雲長？
關　　羽　　正是。汝乃何人？
熊　　虎　　老夫熊虎。打死我兒可是你？
關　　羽　　關大爺與民除害。熊虎，你父子仗勢欺人，擅搶民女，無惡不做。
　　　　　　今日遇見關某，就是爾的對頭到了！
熊　　虎　　好個大膽狂徒！來呀，拿下了。
　　　　　　（開打，關羽殺衆兵。熊虎欲逃，被關羽殺死）
關　　羽　　且住，衝出火圍，殺却贓官，一路行來，只覺口內焦渴！
　　　　　　（看）
　　　　　　那旁有一清泉，待我淨面飲水。
　　　　　　（用手捧水淨面、飲水，向清泉一看，照見臉色變紅）
　　　　　　哎呀妙哉！霎時臉變丹紅，想是聖母助俺逃脫關隘盤阻之危！待
　　　　　　俺一拜。此禍闖的不小，俺不免投奔范陽避禍便了！
　　　　　　（唱）【沽美酒】
　　　　　　　　恨贓官，橫徵斂，
　　　　　　　　霸莊田，欺良善，
　　　　　　　　搶奪民女膽包天，
　　　　　　　　俺今日與民除患，
　　　　　　　　斬熊虎其禍匪淺！

哎呀!
(唱)清泉水,容顏變,
　　　蒙聖母法力指點,
俺呵!
(唱)奔范陽投效軍前。
(【四擊頭】。亮相。【尾聲】。下)

桃園結義

王鴻壽　撰

解　　題

　　京劇。現代王鴻壽撰。《京劇劇目辭典》著錄,題《桃園三結義》;《京劇劇目初探》著錄,題《三結義》,一名《桃園結義》,又名《劉關張》。均未署作者。劇寫關羽殺死熊虎之後,逃至范陽涿州,在酒樓與劉備、張飛相遇,三人共議投軍,志趣相投:上報國家,下安黎民,誓扶漢室基業。遂於張飛桃園中結拜爲兄弟。元刊《三國志平話》始有劉、關、張結義之説。本事出於元明雜劇《劉關張桃園三結義》、《三國演義》第一回。但情節有所增飾。版本今有《關羽戲集》李洪春演出本。另有《京劇彙編》本、根據《關羽戲集》李洪春演出本整理的《中國京劇戲考》本。今以《關羽戲集》李洪春演出本爲底本,參考《中國京劇戲考》本校勘整理。

第　一　場

（張飛上）

張　飛　（念）【引子】膂力過人,性魯莽,慣打不平。
　　　　（念）（詩）自幼生來膽氣豪,
　　　　　　　　　　愛習兵法與槍刀。
　　　　　　　　　　慣打人間不平事,
　　　　　　　　　　以強壓弱命難逃。
　　　　俺,姓張名飛字翼德。涿州人氏。自幼愛習拳棒武藝,今日心中煩悶,不免去到城外閒遊一番便了。
　　　　（唱）【西皮搖板】
　　　　　　　　悶坐家中心焦躁,

出郊遊玩走一遭。

（下）

第 二 場

（四車夫、蘇雙、張世平、呂常、方雄同上）

蘇　雙	
張世平	（同）俺，
呂　常	
方　雄	

蘇　雙　蘇雙。
張世平　張世平。
呂　常　呂常。
方　雄　方雄。
蘇　雙　衆位兄弟請了。如今群雄四起，道路難行。前面已是涿郡，大家趕到那裏投店便了。
衆　人　大哥言之有理。
蘇　雙　弟兄們，趲行者。

（衆人同下）

第 三 場

（劉備上）

劉　備　（念）頭戴方巾烏角，
　　　　　　　鶉衣百結襤破。
　　　　　　　足踏草鞋跟踢拖，
　　　　　　　堪嘆英雄落魄。

　　　我，劉備字玄德，乃大漢中山靖王之後，孝景皇帝玄孫。不幸家道冷落，父母早喪，一貧如洗，只落得織履爲生，人人將我叫做劉窮。因此，我也就隱其真名不露。看天下荒荒，刀兵四起，黎民塗炭，欲想出世做一番事業，扶持社稷，匡救朝廷。怎奈無有進身引薦之人，以至英雄落魄，流落天涯。蒼天危困英雄，良可嘆也！

(唱)【西皮原板】
　　　　劉備家貧甚慘淒，
　　　　每日裏賣草鞋去東轉西。
　　　　破衣襤衫難遮體，
　　　　饑寒困苦無食無衣。
　　　　何日裏才得轉時機，
　　　　大鵬展翅衝天飛。
　　賣鞋，賣草鞋。
　　（劉備下。四百姓同上）
百姓甲　列位請了。朝廷出了告條，招募軍兵。我們前去看上一看。請。
　　（四百姓同走圓場，看告示。劉備上）
劉　備　賣了半日，一隻草鞋也未曾賣得。他們在這裏講些什麼，待我向前問過。列位請了，你們在此看的是什麼啊？
百姓甲　劉窮來了，不要沾了我們一身窮氣，我們快些走吧。
　　（四百姓同下）
劉　備　咳！這夥小人，真是氣煞人也！正是：燕雀安知鴻鵠志，怎識風塵一丈夫。
　　（上前看告示）
關　羽　（內白）閒人閃開，車來了。
　　（關羽推車上）
劉　備　唉，可惜我劉備呀！
關　羽　看那旁有一漢子，在那裏自言自語，待我向前問來。那一漢子你在此作甚？
劉　備　我呀，看榜。
關　羽　粘貼榜文，為了何事？
劉　備　煙塵四起，朝廷招募新兵，保衛疆土。
關　羽　你便怎麼樣？
劉　備　有道是國家興亡，匹夫有責。意欲前去投軍，與國家做些驚天動地之事呀！
關　羽　唔呼呀！原來是個狂生。待我走去。閒人閃開，車過來了。
　　（推車下）
劉　備　哎呀呀，這個紅臉大漢，他也看不起我啊！

張　飛　（內白）走哇！
　　　　（張飛上）
張　飛　（唱）【西皮散板】
　　　　　　街巷人人來談論，
　　　　　　處處百姓不安寧。
　　　　　　花開美景無人問，
　　　　　　又見城門貼榜文。
　　　　（劉備、張飛對看，同背白）
劉　備
張　飛　此人儀表倒也不凡！
張　飛　那一漢子在此作甚？
劉　備　我在此觀榜。
張　飛　可是招募新軍之事？
劉　備　正是。唉，可惜呀，可惜。
張　飛　你可惜何來？
劉　備　我有心投軍報效，怎奈落得這樣貧窮，衣衫襤褸，被人薄眼相看。
張　飛　聽兄台之言，你我倒也志趣相同。此地不好細講，請到三好酒樓一叙。
劉　備　（爲難地），這個……
張　飛　我來作東道，走，走，走！
　　　　（劉備、張飛同走圓場）
劉　備　（看招牌）三好。
　　　　（酒保上）
酒　保　（念）肆外高挂三尺布，飄來飄去招主顧。
　　　　哪位？
劉　備　我呀。
酒　保　劉窮，你又賒賬來啦？
劉　備　今日有人請我來的。
酒　保　誰請您？
劉　備　你看，這是我的朋友哇。
酒　保　好，你今天又算有準飯碗啦。
張　飛　三好，你這是怎樣講話！

酒　保		張大爺，我和他也是好朋友，常常説笑話。
張　飛		嗯，帶路！
酒　保		是。您二位請吧。

（張飛、劉備進門，同坐）

酒　保		您吃什麼酒？
張　飛		好酒取來。
酒　保		夥計們，好酒一壺。

（下，復上）

　　酒到，您請吃吧。

張　飛		請！
劉　備		請！
張　飛		請問兄長大名？
劉　備		我姓劉名備，大樹樓桑人氏。請問兄台尊姓大名？
張　飛		在下姓張名飛字翼德，涿州人氏。
劉　備		哦，張仁兄。失敬了，失敬了。請酒，請酒。

（關羽上）

關　羽　（唱）【西皮散板】

　　　　悶坐店中神不定，
　　　　沽飲幾杯解煩心。

（看）

　　三好酒樓。酒保。

酒　保		來啦，您吃酒請進吧。
關　羽		前面帶路。

（進門）

劉　備
關　羽　（互看，同背白）此人儀表不凡，倒有些英雄氣概。
張　飛

關　羽		快將好酒取來。
張　飛		你快些取酒來。
酒　保		是啦，是啦。

（取酒送給張飛）

關　羽　　呔！酒保，俺要酒在先，你倒與他們先送上，莫非你這酒館欺人不成！

張　飛　（怒）住了！你這人好無道理，俺在這裏吃酒，你在一旁大驚小怪，是何理也？

關　羽　住了！俺與酒保講話，你在一旁答言，莫非你心中不服？

張　飛　俺本來不服。

關　羽　我勸你少管。

張　飛　我一定要管。

關　羽　呸！著打！

張　飛　著打！

（關羽、張飛對打）

劉　備　（勸解）不要打，不要打。

關　羽
劉　備　（對看）此人在哪裏見過……

（想）

哦……

劉　備　你可是那推車的那個漢子？

關　羽　你可是那觀榜的那個漢子？

劉　備　不錯。你吃酒來了？

關　羽　正是。

張　飛　既是朋友，恕咱老張莽撞了。

關　羽　不敢。是我錯了。

劉　備
關　羽　（同）笑話了。哈哈哈……（同笑）
張　飛

張　飛　請坐，請坐。我們一處來飲。

關　羽　請，我的東道。

張　飛　哎，我的東道。

劉　備　我的東道吧。

酒　保　（旁白）說大話哪。

張　飛　三好，快取好酒來！

酒　保　是啦。

（取酒）

		酒到，我與你們三位斟上。
劉關張	備羽飛	（同）請，乾。哈哈哈……
關	羽	請問二位兄台尊姓大名？
劉	備	我姓劉名備字玄德，大樹樓桑人氏。
張	飛	在下張飛字翼德，涿州人氏。
關	羽	劉、張二兄，失敬了。
劉張	備飛	不敢。尊兄大名？貴鄉何處？
關	羽	小弟姓關名羽字雲長，乃蒲州解良人氏。
劉張	備飛	關仁兄，失敬了。請問兄到此何事？
關	羽	前來貿易未遂，俺意欲前去投軍，與國家出力報效。
劉	備	我們志氣相同。
張	飛	不錯，我三人志氣相同，真是三生有緣。俺有意與二位兄台結爲生死弟兄，不知二位意下如何？
劉	備	我也正有此心。
關	羽	正合我意。
酒	保	（旁白）真巧，三人走一條路啦。
張	飛	今天正是黃道吉日，二位兄台請到舍下。我家有一桃園，花開茂盛。我三人就在桃園結拜，倒也吉利。
關劉	羽備	正要拜府。
張	飛	豈敢。三好，命你準備烏牛白馬，香燭果品，多多備些美酒佳餚，送到我家桃園，快去準備。
酒	保	是啦。

（酒保下）

| 劉關張 | 備羽飛 | （同唱）【西皮散板】
　　弟兄巧遇在三好，
　　結拜生死患難交。|

（同笑，下）

第 四 場

（院子上，擺香案、果品）

院　　子　有請三位老爺。

（劉備、關羽、張飛上，同焚香。院子暗下）

劉　　備　祝告：皇天后土、過往神靈，弟子劉備、關羽、張飛雖爲異姓，今結金蘭之好，禍福共之。不求同年同月同日生，願求同年同月同日死。一在三在，一死三亡。上報國家，下安黎庶，誓扶漢室基業。若有二意者，天神共鑒。

（吹打。焚香，三人同叩首）

關　　羽
張　　飛　大哥請上，受小弟一拜。

（拜劉備）

張　　飛　二哥請上，受小弟一拜。

（拜關羽）

（院子上）

院　　子　來了四位義士，拜訪三位老爺。

劉　　備
關　　羽　（同）請到桃園一敘。
張　　飛

院　　子　有請列位義士。

（吹打。蘇雙、張世平、呂常、方雄同上）

劉　　備
關　　羽　（同）諸位義士！
張　　飛

蘇　　雙
張世平
呂　　常　不敢，三位義士！
方　　雄

劉　　備
關　　羽　諸位義士駕到，有何見教？
張　　飛

蘇　　雙　聞得人言，三位義士，武藝精通，何不與國家出力報效？

劉備關羽張飛	雖有此心，但缺良馬兵器。
張世平	我願贈良馬五十四，折鐵兩千斤。但不知三位使何兵器？
劉備	雙股寶劍。
關羽	冷艷鋸。
張飛	丈八蛇矛。
蘇雙	待等擇一吉日，打造兵器。
劉備關羽張飛	多謝衆位義士美意，桃園設宴，大家痛飲。請！正是：
劉備關羽張飛	（念）群雄巧遇在范陽， （同念）桃園結義劉關張。
蘇雙張世平呂方常雄	（同念）贈送折鐵與良驥，
劉備關羽張飛	（同念）誓扶漢室錦家邦。

（衆人同下）

造 刀 投 軍

王鴻壽 撰

解 題

　　京劇。現代王鴻壽撰。《京劇劇目辭典》著錄，題《造刀投軍》，未署作者。劇寫劉、關、張桃園結拜後，共議投軍，邀請工匠鑄造兵器。衆工匠爲關羽造成三停冷艷鋸，忽一小蛇伏鋸刀面，口吐鮮血，刀顯紅光。衆人爲鋸易名青龍偃月刀。蘇雙等義士仰慕桃園兄弟，約衆同去投軍。本事出於《三國演義》第一回。版本今有《關羽戲集》李洪春演出本。另有根據《關羽戲集》李洪春演出本整理的《中國京劇戲考》本。今以《關羽戲集》李洪春演出本爲底本整理。

第 一 場

四工匠　（內白）諸位長者請哪！

　　　　（工匠甲、乙、丙、丁同上）

工　匠　（笑）哈哈哈哈！

　　　　（念）【數板】

　　　　　　一生學習鐵工匠，
　　　　　　全仗五金度時光。
　　　　　　晝夜裏叮噹響，
　　　　　　烈火裏烏煙揚；
　　　　　　造槍刀，鐵棍棒，
　　　　　　單雙劍，丈八槍，
　　　　　　鐺槊雙錘鞭鐧鐵練流星鈎連槍，
　　　　　　九耳連環刀鋼叉斧鉞兩頭忙。
　　　　　　管保上陣去打仗，

　　　　　　建立功勳得勝還鄉，
　　　　　　功勞簿上把名揚，
　　　　　　提寫幾行，提寫幾行。
　　　　　哈哈哈哈！
工匠丁　哎呀呀，諸位長者！我們說的話，自思可笑。用我們打造的兵器，能够疆場厮殺，臨陣交鋒，還保得勝，這話豈不可笑啊？哈哈哈哈！
工匠甲　我們作工的，生活勞累，打造兵器時，說些個吉言吉語，使人家聽著，心裏高興，多多賞我們一些酒錢罷啦。
衆工匠　哈哈哈哈！
工匠乙　老哥哥講的真是心腹言語。
工匠丙　你說得雖好，生在這兵荒馬亂之時，縱有金錢，也是無用啊！
工匠丁　阿叔說的有道理。寧做太平犬，不做亂世人。
工匠甲　閑言少講。劉、關、張三位找我們打造兵器。聞聽這三位義士，要與國家出力報效，大家要盡心盡意的製造。
工匠乙
工匠丙　那是自然。
工匠丁
工匠甲　張家莊上去者！
工匠乙
工匠丙　請哪！
工匠丁
衆工匠　（唱）【梅花板】
　　　　　　嘆蒼生亂世，
　　　　　　炎漢十常侍誤國專權，
　　　　　　謀害賢良，生靈塗炭民不安，
　　　　　　家家戶戶少食無穿，
　　　　　　連年的荒旱百姓遭難，
　　　　　　何時才得個太平年？
（衆工匠同下）

第 二 場

（四青袍同上，打掃桃園）

| 四青袍 | 有請諸位義士。
（內聲）三位義士請哪！

| 劉　備
| 關　羽　（內白）諸位義士請！
| 張　飛

（蘇雙、張世平、呂常、方雄、劉備、關羽、張飛同上）

| 劉　備 | （唱）【梅花板】
　　　　范陽巧遇關與張，
　　　　心投意合同志向。

| 關　羽 | （唱）為不平把禍闖，
　　　　逃災避難走范陽。
　　　　幸喜得會英雄酒樓上，

| 張　飛 | （唱）劉關張異姓結拜一爐香。

| 劉　備
| 關　羽　（同唱）喜洋洋笑非常，
| 張　飛　　　　豪傑良將聚一堂。

（同）哈哈哈哈！
（吹打【牌子】。蘇雙、張世平、呂常、方雄、劉備、關羽、張飛同入席）

| 蘇　雙
| 張世平　請問關二爺，因何來在范陽，三雄會見？賜教一遍，我們大家洗耳
| 呂　常　恭聽。
| 方　雄

| 關　羽 | 列位不嫌耳煩，容某下位，手舞足蹈，敘說一遍。

| 蘇　雙
| 張世平　請道其詳。
| 呂　常
| 方　雄

| 關　羽 | （念）平生志氣剛，
　　　　文武記胸膛。
　　　　恨無出頭日，
　　　　明珠土內藏。
　　　　宦臣掌朝政，
　　　　漢室亂綱常，
　　　　官吏天良喪，

黎民遭禍殃。

關羽自幼磨穿鐵硯，深通詩書。平生好打不平，那日正在酒肆之中沽飲，忽然闖進一白髮老者，遍體汗淋，痛哭流涕，慘不忍觀。問其情由，老者言道：他名張繼昌，乃是蒲州解良人氏，老妻去世，只有一女，名叫鶯姣。一日，熊府家人，前來提親，張家不允。熊祥詐寫假借約一張，告到解良縣苗信臺前。想那苗信，乃是熊太守門生，自然是官官相護，將張繼昌父女抓到衙中，張鶯姣扣押監中，張繼昌用亂棍打下堂來。可憐張繼昌年過花甲，上下衙門，叩告喊冤，均不准狀。在酒肆之中，遇着關某，領他擊鼓鳴冤。狗官又將張繼昌暴打，那時某上得堂去，與贓官辯理，問得狗官啞口無言。狗子熊祥，向某威唬，某家一怒，當堂將熊祥打死。刀劈監牢，放出一夥被難囚犯，救了張氏父女，火焚解良縣衙。逃出城來，只聽得後面，人聲吶喊，官兵追趕而來。那時某身無寸鐵，如何抵擋？幸喜路旁有一聖母娘娘古廟，是某進廟躲藏，不多時間，又聽得這嘩啦啦一聲響亮，火光衝天，烏煙四起！

（唱）【四塊玉】

　　他他他狐群追趕緊，

　　個個兇勇似鵰鷹，

　　那時某獨樹不成林，

　　手無兵刃無奈古廟把身存，

　　只見那烈焰起，

　　某闖出了火海險境。

那時某從烈火之中，闖出廟門，正遇熊虎，我二人話不投機，被某奪那厮寶劍，斬了熊虎，殺死一夥惡奴。我闖了此禍，山西地面不能存身，因此奔走范陽，巧遇劉、張二位義士。我三人言談議論，志趣相同，結為金蘭之好，又遇眾位義士相助，真乃萬千之幸！這是關某從解良來到范陽一事。眾位義士貽笑了，哈哈哈哈！

蘇張呂方　雙世常雄

（同）關二爺真君子也！我等敬奉三杯。請！

（【牌子】。蘇雙、張世平、呂常、方雄、劉備、關羽、張飛同飲酒）

蘇　　雙
張世　平　（同）請問劉兄貴鄉何處？有何志向？願聞其詳。
呂　　常
方　　雄

劉　　備　備就是這縣郡大樹樓桑人氏，姓劉名備，字玄德。我乃中山靖王之後，孝景皇帝陛下之玄孫，祖父劉雄，父印劉寵，曾爲涿郡太守，去世之後，家業貧窮，只落得織席販履爲生。幼讀經綸，深通兵法，素懷大志，久欲上報國家，下安黎庶，掃平外患，定國安邦。怎奈我時運不至，唉，真是蒼天困煞英雄也！

（唱）【叨叨令】
　　俺平生懷大志丈夫血性，
　　愧煞我徒有宏圖報國心。
　　恨無力斬權臣，外患平，
　　兀的是惱煞人也麼哥，
　　兀的是恨煞人也麼哥。

蘇　　雙
張世　平　（同）劉兄乃是漢室宗親，素懷救國安民之心，令人欽佩！
呂　　常
方　　雄

劉　　備　誇獎了，哈哈哈哈！

張　　飛　列位鄉鄰！咱張飛家世列位盡知。咱老張的志願，與關、劉二兄，可算志同道合，相同無二。

蘇　　雙
張世　平　（同）張三爺！我們大家還未曾請教，張三爺你怎麼自己就提起
呂　　常　　來了？
方　　雄

張　　飛　列位義士問完關兄、劉兄，少不得就要問咱老張。咱張飛自己講了出來，就免得諸位兄台多費唇舌了。

蘇　　雙
張世　平　（同）快人快語，真乃英雄也！
呂　　常
方　　雄

張　　飛　咋，咋，咋！哎呀，列位義士抬愛了，哈哈哈哈！

（小院子上）

小院子	啟稟三位老爺：打造兵器的工匠來了。
張　飛	快快叫他們進來講話。
小院子	有請。
衆工匠	（内白）來了！
	（工匠甲、乙、丙、丁同上）
衆工匠	（同念）全憑兩膀膂力，老君爐内求金。
	參見諸位義士！
劉　備 關　羽 張　飛	罷了。
四工匠	請問劉、關、張三位義士，打造兵器，有多少鋼鐵？
劉　備 關　羽 張　飛	折鐵兩千斤。
衆工匠	打什麽兵器？
劉　備	提龍雙股劍。
張　飛	丈八蛇矛槍。
關　羽	三停冷艷鋸。
衆工匠	在哪裏打造？
張　飛	家院！領他們去到後園草地打造。
小院子	是。諸位隨我來。
	（小院子、工匠甲、乙、丙、丁同下）
蘇　雙 張世平 呂　常 方　雄	（同）三位義士！我們必須多聚集些志同之人，前往投軍方好。
劉　備 關　羽 張　飛	那是自然！還須要招軍買馬。
	（小院子上）
小院子	莊外來了許多壯年漢子，帶了許多兵器，良馬數十騎，前來拜見劉、關、張與衆位義士來了。
劉　備	我們何不出莊迎接！
衆義士	（同）言得極是！大家一同出莊去者。請！

（衆人同下）

第 三 場

（工匠甲、乙、丙、丁抬刀、槍、劍同上。劉備、關羽、張飛、蘇雙、張世平、呂常、方雄同上，觀看兵器，稱讚）

工匠丁　哎呀！稀奇，稀奇！一陣大風，從草內鑽出一條小青蛇，可憐它死在這冷艷鋸刀頭之上。口內吐出鮮血，真如畫在刀頭之上，諸位義士請看。

衆義士　（同）恭喜關兄，賀喜關兄！青龍鉆躐冷艷鋸刀頭之上，口現紅光，冷艷鋸堪稱青龍偃月刀。此乃大吉之兆也！

關　羽　哈哈，哈哈，啊哈哈哈哈！多謝列位義士相贈青龍偃月刀名。關某得志，建功立業，展土辟疆，仰仗諸位金言也！大家收拾馬匹，明日一同投軍，與國除患安邦去者！

衆　人　（同唱）【尾聲】
　　　　　　風雲聚會艷陽嬌，
　　　　　　桃園飲宴集英豪；
　　　　　　明日裏投軍報效，
　　　　　　疆場上建立功勞。

（衆人同下）

鞭打督郵

佚 名 撰

解 題

　　京劇。現代佚名撰。《京劇劇目初探》《京劇劇目辭典》著録，題《鞭打督郵》，一名《打督郵》。均未署作者。劇寫東漢末劉備率兵破黄巾軍後，職授安喜縣尉。督郵奉旨犒賞，勒逼民財。逼縣吏誣劉備貪贓枉法，縣吏不從，將其弔打，百姓代爲求情。張飛聞知大怒，縛督郵於街外樹上，以鞭拷打。劉備因此挂印棄官，與關羽、張飛投奔岱州。本事出於《三國演義》第二回。《三國志·蜀書·先主傳》載有劉備鞭督郵事，非張飛所爲。元刊《三國志平話》已有張飛鞭督郵之説。版本今有上海市《傳統劇目彙編》京劇集產保福藏本、《京劇彙編》北京市藝術研究所藏本及據該本重刊的《京劇傳統劇本彙編》本、《京劇叢刊》祁野雲整理本。諸本題材情節相同，文詞細節有異。今以上海市《傳統劇目彙編》產保福藏本爲底本，參考其他本校勘整理。

第 一 場

　　（四龍套引劉焉上）

劉　焉　（念）掃盡黄巾寇，天下得太平。
　　　　（旗牌上）
旗　牌　啓稟太守：桃園弟兄大破黄巾。
劉　焉　啊，桃園弟兄大破黄巾，實有莫大之功。且玄德又是同宗之親。我不免薦他以爲中山府安喜縣尉，以後還當竭力提拔。文房伺候！
　　　　（劉焉修書介。【牌子】）
劉　焉　旗牌官，這有公文一角，命劉玄德即日安喜縣上任。
旗　牌　遵命。

劉　焉　掩門！

（分下）

第　二　場

（【牌子】。四龍套、書吏引督郵上）

督　郵　（念）一朝權在手，富貴何須憂！

下官，行部督郵。只因黃巾作亂，天下英雄四起，諸侯各據一方。今奉朝廷詔旨，去往中山犒軍。我不免借用詔旨權威，訛詐他們。好在百姓頭上逼些油水，豈不是弄一筆大財？左右，開道！

四龍套　啊！

（【牌子】。同下）

第　三　場

（四青袍引劉備上）

劉　備　（念）弟兄舉義破黃巾，四海昇平滅權臣。

報　子　（內白）報！（上）

督郵到。

劉　備　再探！

報　子　啊！（下）

劉　備　且住！我弟兄舉義建功，許久並無聖諭，多虧同宗劉焉薦我以爲安喜縣尉。到任以來，四方寧靖，秋毫無犯，人民俱受感化。如今詔旨前來，是何緣故？不免請出二弟、三弟商議。來，有請二爺、三爺！

一青袍　有請二爺、三爺！

（關羽、張飛上）

關　羽　（念）初出便把威力展，

張　飛　（念）方顯英雄是桃園。

關　羽
張　飛　大哥

劉　備　請坐！

關　羽
張　飛　喚小弟出來，何事相議？

劉　備　方纔人役報道，督郵奉詔前來。不知爲了何事？
張　飛　大哥、二哥，你我弟兄舉義興兵，有莫大的功勞。君王就該早早派人前來，犒賞的犒賞，封官的封官。怎麼他到今天纔來？少時督郵到此，我要責問他一個"輕賢慢士"！
關　羽　三弟莫要魯莽。看他來意如何。
劉　備　你我須以禮儀相待，出衙迎接。
　　　　（劉備、關羽、張飛出迎介。【牌子】。四龍套、書吏、督郵上，不理介，下）
張　飛　王八旦的，好大的臭架子！
劉　備　三弟呀！
　　　　（唱）遵守法度敬朝廷，
關　羽　（唱）弟兄豈做無禮人？
張　飛　（唱）他耀武揚威令人恨，
劉　備　（唱）三弟還要三思行。
　　　　（同下）

第　四　場

　　　　（四龍套、書吏、督郵上，劉備、關羽、張飛上）
劉　備　卑職劉備參拜行部督郵大人！
督　郵　罷了。身後何人？
劉　備　二弟關羽、三弟張飛。二弟、三弟，見過督郵大人！
關　羽
張　飛　督郵請了！
　　　　（督郵不理介）
關　羽
張　飛　督郵請了！
都　督　哎！怎麼見我大模大樣，禮貌不周？真是兩個蠢漢！
張　飛　你且住口！我們弟兄舉義興兵，有莫大之功。你是什麼東西！坐在上邊，耀武揚威，自尊自大，裝出一副臭架子，反道我弟兄禮貌不周？其情可惱啊！
督　郵　哼哼！

劉　　備　三弟粗魯，大人莫怪！

督　　郵　哪個怪他！劉縣尉，你是什麼出身？

劉　　備　備乃大樹樓桑人氏，中山靖王之後，當今獻帝皇叔。自舉義以來，大小三十餘戰，頗有微功，纔任安喜縣尉。

督　　郵　住了！劉備，你敢冒稱"皇親"，虛報功績？我一路而來，百姓都道你苛待黎民，刮盡地皮。我是奉詔而來，查辦你們這些貪官污吏！

劉　　備　回稟督郵：備到任以來，感化人民，秋毫無犯。何曾貪污？請大人詳察！

督　　郵　住口！明日我要傳齊百姓嚴加詢問。退堂！（下）

（四龍套、書吏下）

關　　羽　大哥！狗官竟敢胡言亂道，其情可惱！

張　　飛　我去問他！

劉　　備　且慢！明日百姓到來，自有公論。

張　　飛　俺老張真真氣煞了！

劉　　備　三弟呀！

（唱）明日百姓有公論，

關　　羽　（唱）胡言亂道怎諒情？

張　　飛　（唱）惡氣難消咬牙恨，

劉　　備　二弟！

（唱）三弟還要——

張　　飛　（唱）三思行。

劉　　備　（笑）哈哈哈！

張　　飛　哼！

（同下）

第　五　場

（四百姓上）

四　百姓　（唱）縣尉到任民安享，

個個沾仰大恩光。

百姓甲　列位請了！

三百姓　請了！

百姓甲　劉縣尉到任以來，四方寧靖，秋毫無犯。我們大家感恩非淺！今日叫我們去見督郵不知爲了何事？
三百姓　管什麼督郵不督郵，見了再講。
四百姓　請！（四百姓同走圓場）
　　　　（書吏上）
書　吏　（念）上官有油水，下人也見肥。
　　　　衆百姓都來啦？
四百姓　書吏先生，督郵大人呼喚我們做什麼呀？
書　吏　督郵大人奉旨而來，要查看你們老百姓田地、房産，不要讓本地縣尉刮完啦。你們有錢，應該奉敬奉敬督郵大人。就是當書吏的，少不得也要喝點湯。
四百姓　這是什麼話呀？
書　吏　等一等也就明白啦。有請大人！
　　　　（督郵上）
督　郵　（念）京裏皇上京外官，裏裏外外樂安然！
書　吏　百姓們都來齊啦！
督　郵　叫他們進來見我。
書　吏　拜見督郵大人！
　　　　（四百姓拜見督郵介）
督　郵　你們都是本縣的百姓嗎？
四百姓　是啊！
督　郵　我問你們：那劉縣尉用了你們多少賄賂？刮了你們多少金錢？老實講。
四百姓　回稟大人：劉縣尉是個清官，從未要過百姓的金錢。
督　郵　哈哈！你們都被他説通了來瞞我。我問你們有多少財産？
四百姓　我們無有多少財産。
督　郵　我要你們每户人家捐出五十兩銀子！
四百姓　我們捐不起。
督　郵　捐款不是我用，是補償朝廷大破黃巾的費用。
四百姓　我們都是窮百姓，實在捐不上來。
督　郵　住了！你們三天之内繳清銀兩便罷。如若不然，叫你們一個一個受刑坐牢！退堂！

四百姓　書吏先生，請你替我們說幾句好話。我們都是窮百姓，實在拿不出銀錢孝敬大人。

書　吏　去你們的！叫我說好話？他跟你們要完了，我還跟你們要呢！（下）

四百姓　哎呀！
　　　　（唱）督郵他把限期曉，
　　　　　　　三天哪有銀錢交？
　　　　　　　沒奈何只好把天叫。
　　　　老天爺呀！

張　飛　（內白）走哇！（上）
　　　　（唱）耳聽喧嘩心內焦。
　　　　　　　怒氣不息看分曉，
　　　　吠！
　　　　（唱）百姓因何哭嚎啕？
　　　　住了！你們這些百姓，在此哭哭啼啼，是何道理？

四百姓　三老爺有所不知。今有督郵大人限我們三天之內每人繳銀五十兩。如若不繳，都要受他的五刑之苦！

張　飛　你們怎講？

四百姓　如若不繳，都要受他的五刑之苦！

張　飛　哇呀呀！
　　　　（唱）聽罷言來心頭惱，
　　　　　　　二目圓睜似火燒。
　　　　　　　抓出了囚囊的（張飛下，抓督郵上）
　　　　　　　衙外來跑！
　　　　你這個王八旦的，老張與你算賬！（抓督郵下）
　　　　（劉備上）

劉　備　（唱）爾等因何鬧嘈嘈？

四百姓　劉老爺，三老爺把督郵拉到衙外去了。

劉　備　哦！
　　　　（唱）回頭便把二弟叫，
　　　　（關羽上）

關　羽	（唱）大哥驚慌爲哪條？
劉　備	（唱）三弟又在發咆哮，
	拉走督郵把禍招。
劉　備 關　羽	（唱）弟兄同去看分曉，（同下）
四百姓	（唱）勒逼黎民情難饒。
	大家同去看熱鬧！（四百姓同走圓場）
	（張飛拉督郵上）
張　飛	（唱）王八日的敢傲高？
	頭上撩下烏紗帽，
	身上再扒下你的紫羅袍。（捆督郵介）
	楊柳枝兒將你拷，
	（張飛打督郵介）
督　郵	（唱）渾身上下似火燒。
	到如今我只得把三爹爹叫，
	三爺，我的活祖宗啊！
張　飛	（唱）禍到臨頭你告饒。
	看你再高傲不高傲！
	（張飛打督郵介）
	（劉備、關羽上）
劉　備 關　羽	（唱）攔住三弟慢開銷。
督　郵	劉縣尉！快快救命！
劉　備	我弟兄把你當做上賓款待，誰知你反道我劉備冒稱"皇親"，虛報功勞。你又勒逼百姓捐獻金銀，私圖賄賂。難怪我三弟對你無禮！
張　飛	我今日打死你個王八日的！
關　羽	且慢！大哥，我們立下許多功勞，纔得這小小的縣尉。如今反被督郵欺辱。想此荊棘叢中，斷非藏龍臥虎之處。不如殺了此賊，棄官歸鄉，別圖遠大之計。
劉　備	也罷！暫留狗命，將印信挂在他的項上，寫明他苦害百姓罪狀，你我投奔別處便了。
張　飛	我來收拾他！

　　　　　（與督郵項上挂印介）
劉　　備　二弟、三弟，你我投奔岱州！
關　　羽
張　　飛　請！
　　　　　（劉備、關羽、張飛下）（書吏上）
書　　吏　大人，我來替你解開吧！
　　　　　（解開督郵介）
督　　郵　大膽桃園弟兄，這樣羞辱於我。不免去到定州報與太守，捉拿三强盜便了！
　　　　　（同下）

斬　丁　原

佚　名　撰

解　題

　　京劇。現代佚名撰。《京劇劇目辭典》著錄，題《斬丁原》，北京市藝術研究所藏本又名《溫明園》。《京劇劇目初探》著錄，題《溫明園》，一名《斬丁原》。均未署作者。劇寫董卓入長安，欲廢少帝立陳留王。荊州刺史丁原斥之。董卓欲殺丁原，而懼丁原義子呂布威勢，不敢下手。董卓採用李儒之計，命自幼與呂布交好的李肅以重禮往說呂布。呂布貪賄忘義，殺死丁原，投靠董卓。董卓廢少帝，立陳留王。少帝退居深宮，怨恨董卓，董卓遂鴆殺少帝，絞殺唐妃。本事出於《三國演義》第三回。《三國志·魏書·呂布傳》載有斬丁原事，《三國志·魏書·董卓傳》載有弒少帝事。元刊《三國志平話》有斬丁原事，明傳奇《連環記》亦敷演其事。版本今有《京劇彙編》收錄的北京市藝術研究所藏本及以該本重刊的《京劇傳統劇目彙編》本、上海市《傳統劇目彙編》京劇集本。然此藏本與前二種本的結構、唱白均有不同。今以《京劇彙編》北京市藝術研究所藏本爲底本，參考其他本校勘整理。

第　一　場

　　　　（丁原、盧植、王允、彭柏上）
丁　原　（念）桓靈失政種亂因，
盧　植　（念）天下荒荒動刀兵，
王　允　（念）諸侯皆懷不臣志，
彭　柏　（念）鐵騎百萬滿京城。
丁　原　荊州刺史丁原。
盧　植　尚書盧植。

王　允	司徒王允。
彭　柏	議郎彭柏。
丁　原	列位大人請了！
盧　植 王　允 彭　柏	請了！
丁　原	董刺史大會百官，說有要事商議。你我兩廂伺候！
盧　植 王　允 彭　柏	遠遠望見董刺史來也。

（吹打。四校尉、李儒引董卓上）

丁　原 盧　植 王　允 彭　柏	參見董刺史！
董　卓	罷了，一旁坐下。
丁　原 盧　植 王　允 彭　柏	謝坐！
丁　原	大人喚下官等前來，不知有可見諭？
董　卓	正有國事議論。

（【水底魚】。呂布上，站丁原身後）

董　卓	啊，丁大人，這位將軍他是何人？
丁　原	乃是小兒奉先。
董　卓	莫非就是呂布呂將軍？
丁　原	正是。
董　卓	唔呼呀，果然是威武得很！
丁　原	誇獎了！方纔大人說是有國事議論，願聞其詳！
董　卓	衆位大人，我有一言，不知當講不當講？
丁　原 盧　植 王　允 彭　柏	但講何妨！
董　卓	想天子爲萬民之主，無威儀不可以奉宗廟社稷。如今皇上懦弱無

　　　　能，豈可以承大業？我看陳留王聰明好學，真乃吾主。我意欲廢少
　　　　帝而立陳留王，不知衆位大人意下如何？
盧　植　這個！
董　卓　怎麽樣？
王　允　只怕……
董　卓　只怕什麽？
彭　柏　但憑董大人！
丁　原　不可！（氣介）
董　卓　怎麽不可？
丁　原　想當今皇帝乃先帝之嫡子，並無過失，豈能妄議廢立？
董　卓　廢立之事，自古有之：伊尹曾放太甲，霍光廢昌邑王，後世傳揚。
　　　　我今欲效伊尹、霍光之故事，爲何不可？
丁　原　大人差矣！昔太甲不明，伊尹放之於桐宮；昌邑王登位方二十七
　　　　日，造惡三千餘條，故爾霍光告太廟而廢之。此乃主上有過，不足
　　　　以威儀天下，不得已而廢之。焉得輕舉妄動，視爲兒戲？大人不過
　　　　是一個外郡刺史，素未參與國政，豈可强行廢立之事？況且，如今
　　　　國家多故，宦官張讓等新遭滅亡，百姓如在水火之中，未曾一日蘇
　　　　息，正該爲朝廷佈施仁政，以安國祚。若是輕言廢立，豈不淆惑人
　　　　心，動搖國本？只怕禍亂無日也！
　　　　（唱）自從宦官來作亂，
　　　　　　　國家何曾一日安？
　　　　　　　今日若再失檢點，
　　　　　　　只怕禍亂又相連。
董　卓　哎！
　　　　（唱）主上無道人心亂，
　　　　　　　廢暗立賢理當然。
丁　原　（唱）大人説話太輕慢，
　　　　　　　衆心不服也枉然。
董　卓　（唱）你且聽我好言勸，
　　　　　　　今日之事休阻攔。
丁　原　（唱）非是丁原我多管，
　　　　　　　擅行廢立理不端。

董　卓　可惱！

　　　　（唱）他那裏一意來爭辯，

　　　　　　　不由我怒氣上眉尖。

　　　　　　　腰中拔出龍泉劍，

　　　　丁原！順我者昌，逆我者亡！

丁　原　以勢相脅，我豈懼你？

董　卓　叫你知道我董卓的厲害！

　　　　（董卓拔劍向丁原介，丁原昂然不懼。呂布亮相介，董卓見，後退介）

丁　原　（冷笑）嘿嘿嘿……

　　　　（李儒暗扯董卓衣，耳語介）

董　卓　呀！

　　　　（唱）且忍怒火計出萬全。

盧　植　二位大人不必動怒，今日不談此事，改日再議吧。

盧　植
王　允　我等告退。丁大人，走吧！（同下）
彭　柏

丁　原　嘿！

　　　　（念）一朝權在手，便把令來行。

　　　　可惱！（下）

　　　　（呂布隨下）

董　卓　可恨丁原，竟敢與老夫作對！

李　儒　丁原並不可怕，可怕的是那呂布。方纔要不是我們見機得快，說不定主公就要吃了他的眼前虧了。

董　卓　久聞那呂布乃是一員勇將，天下無敵。丁原今有此人，老夫豈能安枕？

李　儒　小婿倒有一計在此，可以叫呂布反丁原來投主公。

董　卓　老夫若得此人，乃是如虎添翼，何慮天下諸侯乎？

李　儒　久知那呂布勇而無謀，見利忘義。只要派一能言之士，前去說他來降，保管成功。

董　卓　但不知何人能當此任？

李　儒　中郎將李肅，與呂布為同鄉，勸說呂布，非他不可。

董　卓　如此，喚李肅進見！
李　儒　有請李大夫！
李　肅　（內白）來也！（上）
　　　　（念）漢室衰微刀兵起，正是男兒發奮時。
　　　　參見主公！
董　卓　罷了。
李　肅　喚卑職前來，不知有何事商議？
董　卓　你可認得呂布？
李　肅　他乃卑職同鄉，自幼相厚。主公爲何問起他來？
董　卓　大夫有所不知，老夫要廢少帝，迎立陳留王。那丁原不從，與老夫作對。老夫本待殺了那老賊，怎奈他的義子呂布十分驍勇，難以下手。想呂布乃萬人之敵，若是將他收爲己用，豈不稱雄天下？老夫意欲命你前往說那呂布來降，你可敢去？
李　肅　若是旁人，卑職不敢誇口；若說呂布，易如反掌。
董　卓　哦，你將如何說動於他？
李　肅　那呂布在丁原帳下，鬱鬱不甚得志。若以高官厚祿相誘，豈有不來之理？
董　卓　如此，就請大夫一行！
李　肅　要卑職前去不難，但有一件！
董　卓　哪一件？
李　肅　卑職聞得主公有名馬一匹，號曰"赤兔"，乃是稀世之寶。有道是：寶劍名馬，英雄所喜。須以此馬相贈，方顯主公誠意。
董　卓　你看如何？
李　儒　主公要想奪取天下，何惜一匹馬呢？
董　卓　言之有理。帶赤兔馬！
李　儒　帶赤兔馬！
　　　　（馬夫牽馬上）
李　肅　好馬呀好馬！
　　　　（馬夫牽馬下）
董　卓　李大夫，將此馬帶去，另加黃金千兩，明珠十顆，玉帶一條，順說呂布來降，不得有誤！
李　肅　遵命！

（董卓下，李儒隨下）

李　肅　正是：

（念）要憑赤兔馬，打動故人心。（下）

第 二 場

（呂布上）

呂　布　（唱）一心想取富貴功成名就，
　　　　　　　但不知何日裏遂我心謀。

（馬夫牽馬上，李肅上）

李　肅　（唱）我這裏備下了明珠寶馬，
　　　　　　　全憑着三寸舌打動於他。
　　　　帳下哪位聽事？

（校尉上）

校　尉　何事？

李　肅　煩勞通稟，就說故人李肅求見。

校　尉　等候了。（向呂布）稟將軍：故人李肅求見。

呂　布　說我有請！

校　尉　有請！

（李肅進門介）

呂　布　仁兄！

李　肅　賢弟！

呂　布　\
李　肅　啊哈哈哈……

李　肅　許久不見，賢弟可好？

呂　布　小弟好。仁兄可好？

李　肅　我麼，好好好。

呂　布　\
李　肅　哈哈哈……

呂　布　擺宴！

（吹打。校尉擺酒介）

呂　布　請！

李　肅　請！
　　　　（校尉暗下）
呂　布　請問仁兄，現居何職？
李　肅　四海奔走，未遇其主。
呂　布　今日到此，不知有何見教？
李　肅　愚兄聞得賢弟匡扶社稷，不勝之喜。今有寶馬一匹，日行千里，名曰"赤兔"，特來獻與賢弟，以助虎威。
呂　布　赤兔馬？
李　肅　賢弟你來看，此馬身高八尺，頭尾丈二有餘，渡水登山，如履平地，日行千里見日，夜行八百不明，真乃稀世之寶也。
呂　布　好馬呀好馬！
李　肅　此馬贈與賢弟，真乃是英雄名馬，相得益彰了。
呂　布　仁兄，想此乃是一匹寶馬，小弟如何受得？
李　肅　有道是：名馬送與壯士，寶劍贈與英雄。想賢弟乃是天下第一英雄，你若受不得，哪個受得？
呂　布　如此，小弟愧領了！
　　　　（馬夫牽馬下）
李　肅　這纔顯得賢弟看得起愚兄。
呂　布　請坐！
李　肅　有坐。
呂　布　仁兄請！
李　肅　請！
呂　布　（唱）多謝仁兄寶馬相贈，
李　肅　（唱）你我故交何必挂心！
呂　布　仁兄，話雖如此，小弟不知何以爲報？
李　肅　呃！愚兄乃爲義氣而來，豈是望報的麼！賢弟此言，豈不小看愚兄了！
呂　布　只是心中不安啊！
李　肅　你我相厚，何必介意！我與賢弟雖然少見，却與令尊大人常常見面的。
呂　布　先父棄世多年，怎能與兄相會？仁兄莫非醉了？
李　肅　哈哈哈……我何曾醉來？我說的令尊大人，乃是今日的刺史丁原哪！
呂　布　（羞愧介）仁兄休要取笑。想小弟在此，也是出於無奈。
李　肅　我想賢弟有撐天駕海之才，天下英雄，無不欽佩。要取功名富貴，正如探囊取物，怎說"出於無奈"？
呂　布　仁兄之言雖然有理，只恨未遇明主。
李　肅　那丁原待你，如同親生之子，十分優厚，可謂慶得其所，何言"未遇明主"？
呂　布　想丁原不過一路諸侯，老邁無能。俺呂布豈甘久居他下？
李　肅　賢弟有志氣！有志氣！請！
呂　布　請！
李　肅　啊賢弟，有道是：良禽擇木而栖，良臣擇主而事。賢弟既然不甘久屈於此，就該早打主意纔是！
呂　布　依仁兄看來，當擇何人而事呢？
李　肅　若謂當世可事之主，莫如董卓。
呂　布　董卓？
李　肅　正是。董卓雄才大略，敬賢禮士，將來必成大事。
呂　布　唉！
李　肅　啊！賢弟何故如此？
呂　布　仁兄有所不知，董卓爲廢立之事，與丁刺史不睦，小弟也曾得罪於他。
李　肅　哦，原來如此。
呂　布　不說了吧。
李　肅　賢弟果真有心要事董卓，却也不難。
呂　布　仁兄有何主意？
李　肅　愚兄可爲引見。
呂　布　兄乃何人？
李　肅　賢弟休問，少待便知，（向內）搭上來！
　　　　（二龍套搭金銀、珠寶、玉帶上）
呂　布　仁兄，這是何意？
李　肅　賢弟，待我與你實說了吧：愚兄現在董卓帳下，官居虎賁中郎將之職。只因董刺史昨日在朝堂之上見賢弟器宇軒昂，威風凜凜，真乃當世豪傑，董刺史十分敬慕。只要賢弟願意投奔于他，他不獨不念前雠,還要加官進爵,倚爲心腹,共圖大事。他日貴不可言。這黃金千兩,明珠十顆,玉帶一條,乃是董公送與將軍的禮物。就是這赤兔馬,也是董公所贈。董刺史如今獨掌朝綱,乃是一人之下,萬人之上,威勢煊赫,誰不逢迎?豈是那丁原所能比其萬一!況且他如今厚愛賢弟,非同尋常,這乃是賢弟時至運來,取功名致富貴,千載一時之機也!

(唱)董卓權勢傾當代,

　　　他愛賢弟一英才。

　　　擇主而事休等待,

　　　功名富貴唾手來。

呂　布　哈哈哈……

(唱)董卓果然性慷慨,

　　　金銀珠寶列成排。

　　　如此推誠來相愛,

　　　不由呂布喜開懷。

仁兄,多蒙董刺史如此見愛,只恨無功進見。

李　肅　功在翻手之間,只怕賢弟不肯爲耳。

(二龍套搭禮物下)

呂　布　仁兄此言差矣!小弟既要投效董刺史,只要有功可進,無不爲之。焉知小弟不肯呢?

李　肅　我怕賢弟心意不堅啊!

呂　布　天日皎皎,可鑒此心。仁兄,休要多疑了!

李　肅　非是愚兄多疑。想董公如此推誠相待,賢弟若不以非常之功取信於他,他是怎肯重用於你呢?

呂　布　何謂"非常之功"?

李　肅　這個!賢弟自己想來。

呂　布　小弟愚昧,還望仁兄指教!

李　肅　賢弟,我來問你:董公推愛於你,爲了何來?

呂　布　爲了與他共圖大事,分憂解愁。

李　肅　著哇!既知分憂解愁,如今董公爲了廢立之事,正在憂愁有人與他作對呀!

呂　布　你說的莫非是那丁原?

李　肅　正是令尊大人。

呂　布　俺欲殺此老賊，以爲進見之功，你看如何？

李　肅　（伴驚介）啊！想丁原乃是你的義父，你怎可下此毒手？只怕使不得吧！

呂　布　我與他是什麽"父子"？想俺呂布，乃是堂堂丈夫，豈能做他之子？俺定要殺此老賊！

李　肅　使不得！使不得！

呂　布　俺意已決，休得多言。仁兄回去上稟主公，就説呂布明日定提丁原首級來見！
　　　　（唱）我姓呂來他姓丁，
　　　　　　　與他有甚父子情？
　　　　　　　今夜就把大帳進，
　　　　　　　定殺主公對頭人。

李　肅　賢弟果然如此，乃是一件大大的功勞，主公也就信得過賢弟了。只是事不宜遲，不可泄漏，還須小心爲是。

呂　布　不勞吩咐，小弟自有道理。

李　肅　如此愚兄告辭，明日專候佳音。

呂　布　恕不遠送了！

李　肅　不必客氣。賢弟辦大事要緊。請！

呂　布　請！

李　肅　這就好了。（下）

呂　布　李肅已去，俺不免今夜動手便了。正是：
　　　　（念）量小非君子，無毒不丈夫！（下）

第 三 場

（起二更。幕開，丁原側坐，秉燭閲書，頹然棄書而嘆）

丁　原　想我丁原，奉命勤王，實指望掃清奸佞，以安君側。不想後門除狼，前門引虎，奸宦新滅，又出了一個董卓老賊，竟然要擅行廢立。分明是包藏禍心，謀圖篡逆。昨日在朝堂之上，與他爭論一場，若非我兒奉先護衛一旁，險遭毒手。我想那老賊豈肯就此罷手？思想起來，好不煩悶人也！

斬丁原

(唱)【西皮原板】
　　嘆漢室到桓靈寵信奸宦，
　　十常侍亂朝政朋比爲奸。
　　何國舅大不該失了計算，
　　因此上又出了董賊專權。
　　這纔是除豺狼又來虎患，
　　看起來從今後天下難安。

(呂布上)

呂　布　(唱)【西皮快板】
　　適纔李肅把話講，
　　句句打動某心腸。
　　那丁原縱然待我恩義廣，
　　怎比得那董卓他的威勢強？
　　只要能把功名享，
　　背棄他人又何妨？
　　手持龍泉把帳闖！

丁　原　(唱)我兒到此爲哪樁？
　　我兒深夜提劍而來，爲了何事呀？

呂　布　嘟！哪個是你的兒子？

丁　原　啊！你、你、你何出此言？

呂　布　丁原！老賊！想俺呂布乃是堂堂丈夫，豈能屈居人下，爲你之子？

丁　原　我兒，你莫非醉了？

呂　布　哪個醉了！

丁　原　既不曾醉，怎麼這樣胡言亂語？

呂　布　嘿嘿！你這老賊，還想教訓於我？我今對你言講：俺不願再奉事於你！

丁　原　不想在此，去往哪裏？

呂　布　這個！我要投奔董卓！

丁　原　啊！你要投奔董卓？

呂　布　呣！

丁　原　呃！想那董卓殘暴不仁，乃是一個國賊。你去投他，豈不爲虎作倀，助紂爲虐？

吕　布　這……

丁　原　想董卓昨日在朝堂之上，要行廢立之事，分明是包藏禍心，暗有篡逆之意。此乃是你親眼所見。有道是：亂臣賊子，人人得而誅之！我看他必無善終。你縱然不滿於此，豈能投奔那老賊？常言道：大丈夫在世，必須光明磊落。想你勇猛無敵，若是用得其所，定能前程無量。若是不擇忠奸，急求功名富貴，恐怕一失足成千古恨。那時豈不悔之晚矣！

吕　布　啊！他的話倒也有理。（想介）呃！我豈能爲他幾句言語變了主意？丁原！老匹夫！你休得搖唇鼓舌，惑亂我心。我今去志已定，再休多言！

丁　原　既然不聽我良言相勸，我也不能相強。但是我丁原待你不薄，難道你就不念父子之情？

吕　布　呀呔！不提父子，還則罷了；提起父子，真乃辱沒了我吕布也！
　　　　（唱）提起父子怒難忍，
　　　　　　吕姓和你有甚情？
　　　　　　以往之事休再論，
　　　　　　你今是俺對頭人！

丁　原　啊！
　　　　（唱）聽罷言來怒難忍，
　　　　　　罵聲無義小畜生。
　　　　　　父子之情且不論，
　　　　　　妄言犯上罪非輕。
　　　　　　今日暫把怒氣忍，
　　　　　　快快與我出帳門！

吕　布　（唱）老賊再休施威令，
　　　　　　今日不聽爾令行。

丁　原　（唱）不走不留欲做甚？

吕　布　俺要——

丁　原　怎麽？

吕　布　俺要——

丁　原　怎麽？

吕　布　俺要你的人頭！

　　　　　（唱）要你人頭做證憑。
丁　原　大膽！
　　　　　（唱）賊子狂妄無理性，
　　　　　　　　忘恩負義忒欺人。
　　　　　　　　人來與我推出斬！
　　　　　（二衛士急上，被呂布殺介）
呂　布　（唱）誰敢動我半毫分！
　　　　　丁原！非俺無情，是你無義。你休怪俺呂布了！
　　　　　（唱）是你先絕父子義，
　　　　　　　　休怪呂布不念情。
　　　　　　　　今日你我恩義盡！
　　　　　（呂布進逼丁原，丁原退介，呂布砍丁原介，丁原避介，抓住呂布手，亮相，抖髯介）
丁　原　你、你、你這狠心的賊！
　　　　　（呂布殺丁原，割頭介）
呂　布　（唱）多謝你成全俺功名。
　　　　　哈哈哈……（下）

第　四　場

　　　　　（【長錘】。四校尉上，站門。李儒、董卓上）
董　卓　（唱）家將帶路府堂上，
　　　　　　　　但等呂布來歸降。
　　　　　（李肅上）
李　肅　（唱）呂布果然來歸順，
　　　　　　　　忙與主公報佳音。
　　　　　參見主公！
董　卓　罷了。
李　肅　呂布殺了丁原，歸降主公來了。
董　卓　現在哪裏？
李　肅　現在帳外。
董　卓　說我有請！

李　肅　有請呂賢弟！
　　　　（呂布上）
呂　布　參見大人！
董　卓　將軍少禮。
呂　布　呂布歸降來遲，大人恕罪。
董　卓　將軍說哪裏話來？老夫得遇將軍，真乃久旱而逢甘霖。
呂　布　呂布得人而事，真乃三生之幸。公若不棄，俺情願拜大人為義父。
董　卓　老夫怎敢！
李　儒　呂將軍既有此心，乃是一件大大的喜事，大人不必推辭了！
董　卓　使得的？
李　肅　使得使得。（向呂布）賢弟，快快叩頭！
呂　布　義父在上，待兒參拜！
董　卓　我兒請起。哈哈哈……
李　儒
李　肅　恭喜主公！
董　卓　大家同喜。（向呂布）我兒，為父欲廢少帝，立陳留王，你意如何？
呂　布　此乃國家大事，全憑義父做主。
董　卓　若是有人敢與為父作對呢？
呂　布　叫他劍下身亡！
李　儒　主公，今有奉先，哪個還敢與主公作對？事不宜遲，就該速辦。
董　卓　既然如此，李肅點兵分佈朝門，李儒、奉先隨我前往！
李　儒
李　肅　遵命！
呂　布
董　卓　校尉的，打道上朝！
四校尉　啊！
　　　　（同下）

第　五　場

（丁管、袁隗、周瑟、伍瓊上，【點絳唇】）

丁 袁 周 伍	管 隗 瑟 瓊	衆位大人請了！
		請了！
丁 袁 周 伍	管 隗 瑟 瓊	萬歲登殿，你我分班伺候！
		香烟繚繞，聖駕來也！

（【小開門】。四太監、大太監引少帝上）

少　　帝　（念）【引】漢室凌夷，望江山，無限慘淒。

丁 袁 周 伍	管 隗 瑟 瓊	臣等見駕，吾皇萬歲！

少　　帝　平身。

丁 袁 周 伍	管 隗 瑟 瓊	萬萬歲！

少　　帝　（念）（詩）國事蜩螗亂如麻，
　　　　　　　　　挂名天子空自誇。
　　　　　　　　　來日禍患不堪問，
　　　　　　　　　今始悔生帝王家。
　　　　　　孤，大漢天子少帝在位。只因中涓作亂，帝室凌夷，威令不行，朝政日非。不想又出了董卓老賊，橫行京畿，穢亂宮廷，把持朝政，陰懷不臣之意。孤雖爲天子，不能過問，終日如坐針氈。來日禍患，正不堪問。今日早朝，幸喜那老賊未來，孤心稍安。衆卿！

丁 袁 周 伍	管 隗 瑟 瓊	萬歲！

少　　帝　國事如此，你等有何安邦定國之計？

袁 周 伍	隗 瑟 瓊	這個！

丁　　管　　臣啓萬歲：若要安邦定國，必須滅卻董卓！
少　　帝　　啊呀卿家，你、你、你說話要仔細呀！
袁　　隗　　是啊！那董卓耳目甚多，若是被他聽見，其禍非小！
周　　瑟
伍　　瓊　　這叫做"畫虎不成，反類其犬"！
丁　　管　　你等真乃怕事之輩！我想外郡諸侯，不少忠信之士，陛下若是暗下詔書，叫他們發兵除賊，滅了那董卓，陛下無憂，社稷可保。若是畏首畏尾，只怕變生肘下，後事就不堪問了！
少　　帝　　卿家可知諸侯之中，哪個可託心腹？
丁　　管　　袁太傅之侄袁紹，現為渤海太守，他與董卓不睦。若是令他大會諸侯，起兵前來，無不應詔之理。
少　　帝　　既然如此，何人可使？
丁　　管　　臣願當此任。
少　　帝　　愛卿忠心謀國，真乃國家之幸，跟隨孤王後宮修詔。退班！
董　　卓　　（內白）且慢！
　　　　　　（眾驚介）
　　　　　　（【急急風】。四校尉、呂布、李儒、李肅引董卓上，亮相介）
　　　　　　（少帝恐懼顫抖介。袁隗、周瑟、伍瓊背立，不敢仰視介。丁管含怒，瞪目直視董卓介。冷場片刻）
少　　帝　　董……董愛卿為何盛怒而來？
董　　卓　　某為你而來！
少　　帝　　為孤王何來？
董　　卓　　昏王！想這天下，有德者居之。你天性輕佻，朝政昏亂，豈足以威儀天下？陳留王天性純厚，海內仰望，乃是聖德之主。你可讓位於他，下殿稱臣。
丁　　管　　住口！聖上登位，不過半載，並未失政。你何得欺心罔上，擅行廢立？
董　　卓　　你是何人，敢來多口！
丁　　管　　你是何人，敢亂朝政！
董　　卓　　大膽！
　　　　　　（唱）惱恨丁管真大膽，
　　　　　　　　　　竟敢出頭來阻攔！

　　　　　　抗拒某命就該斬！
　　　　（呂布殺丁管介）
董　卓　（唱）誰敢多口命難全！
　　　　昏王，今有退位詔書在此，快快用印！
少　帝　董、董、董……愛卿，你、你、你且容孤商議！
董　卓　商議什麼？與他用上！
　　　　（李儒、呂布強迫少帝于詔書蓋玉璽介）
董　卓　攙了下去！扶新君登位！
四校尉　啊！
　　　　（二校尉扶少帝立一旁。二校尉下，扶陳留王上，上位介）
董　卓　去到後宮，將唐妃押來參駕！
二校尉　啊！（同下）
唐　妃　（內白）喂呀！
　　　　（內唱）好似晴天霹靂響，
　　　　（二校尉押唐妃上，亮相）
　　　　（唱）變生旦夕心著慌。
　　　　　　我這裏偷目金殿望，
　　　　　　龍椅坐定陳留王。
　　　　　　霎時面目變了樣，
　　　　　　萬歲低頭在一旁。
　　　　　　邁步且把朝堂上，
　　　　喂呀，萬歲呀！（哭介）
　　　　（唱）不想今日這下場。
少　帝　妃子呀！（哭介）
董　卓　休要啼啼哭哭！還不與我參駕？
唐　妃　董卓！老賊！想你不過一個外郡刺史，來到朝中，行不由矩，言不及義。縱容兵士，擾害百姓。出入宮廷，敗壞朝綱。聖上寬宏，不究你罪。你不思恩圖報，竟敢犯上作亂，擅行廢立！我倒要問你：你有何功藐視朝廷，威逼天子？你有何能把持朝政，胡作非爲？你與我說！你與我講！
董　卓　好一張利口！你要討死不成？
唐　妃　我不怕死。像你這樣衣冠禽獸之輩，有何面目立身於天地之間！

董　卓	唔！再敢多言，一劍亡身！
少　帝	妃子，你、你、你忍耐了吧！
唐　妃	喂呀！（哭介）
董　卓	快快參駕！
	（四校尉威逼少帝、唐妃跪介）
陳留王	哎呀！萬歲、娘娘請起！
董　卓	百官聽者：聖上失政，自願下詔退位，讓位陳留王。李儒，宣讀詔書！
李　儒	百官聽詔："自古皇帝，海內仰望。而孤天資輕佻，威儀不恪，居喪慢惰。否德既彰，有忝大位。陳留王協，聖德偉懋，規矩肅然，俊聲美譽，天下所聞，宜承皇業，爲皇世統。特此下詔，即日讓位與陳留王，應天順人，以慰生民之望。欽此。"
	（董卓率衆參拜介）
董　卓 李　儒 李　肅 呂　布 袁　隗 周　瑟 伍　瓊	萬歲！
陳留王	衆卿平身。
董　卓 李　儒 李　肅 呂　布 袁　隗 周　瑟 伍　瓊	萬萬歲！
董　卓	臣啓萬歲：他已修詔退位。有道是：亡國之君，不失王位。可請陛下加封。
陳留王	封他什麼？
董　卓	此乃萬歲之事，休問老臣。
陳留王	寡人實實不知，愛卿賜教。
董　卓	既然如此，就封他爲弘農王，居住永安宮。
陳留王	哦，是是是。萬歲……

董　卓　唔！
陳留王　是。（向少帝）王兄，今封你爲弘農王，居住永安宮。
少　帝　謝萬歲！
陳留王　下殿去吧。
少　帝　唉，妃子！
唐　妃　喂呀，萬歲呀！（哭介）
　　　　（少帝、唐妃下）
陳留王　董愛卿，如今便該如何？
董　卓　陛下新登大寶，就該大赦天下；文武百官，加陞三級。
陳留王　就請愛卿下詔，大赦天下；文武百官，加陞三級。退朝！
董　卓　且慢！老夫請陛下賜封！
陳留王　你也加陞三級呀！
董　卓　老夫加陞三級，是什麼官？
陳留王　你要封什麼？
董　卓　老夫該封什麼，還在陛下，豈有老夫自要之理？
陳留王　衆卿，董刺史該封什麼官職？
李　肅
呂　布
袁　隗　這個……
周　瑟
伍　瓊
李　儒　臣啓陛下：今日陛下得登大寶，乃是董刺史的大功，該封太師之職。
陳留王　啊！該封太師麼？
董　卓　謝主隆恩！
陳留王　啊啊啊！太師免禮。
李　儒　臣啓陛下：方纔萬歲有旨，太師免禮。今後見駕，就不用參拜了。
董　卓　謝主隆恩！
陳留王　孤不曾說這個話呀！
董　卓　萬歲今日辛苦，後宮歇息。朝中之事，自有老臣辦理。不勞聖駕。回宮去吧！
陳留王　是是是。退朝！
　　　　（四太監、大太監、陳留王下）

李　儒	
李　肅	
吕　布	恭喜太師！賀喜太師！
周　瑟	
伍　瓊	
董　卓	大家同喜。

　　　　　（笑）哈哈哈……
　　　　　（同下）

第　六　場

唐　妃　（内唱）【二黄導板】
　　　　　每日裏在宫中以淚洗面，（提籃上）
　　　　（轉唱）【回龍】
　　　　　可憐我與萬歲度日如年。
　　　　（轉唱）【慢板】
　　　　　昔日裏享榮華人人稱羨，
　　　　　曾幾時却成了夢裏雲煙。
　　　　（轉唱）【原板】
　　　　　恨只恨老王爺誤信奸宦，
　　　　　有曹節與張讓擾亂江山。
　　　　　何國舅結外藩平了内亂，
　　　　　又誰知賊董卓陰懷篡逆，把持朝綱，威脅天子，從此喪權。
　　　　　我本是一王妃萬乘之選，
　　　　　又誰知到如今衣食爲難。
　　　　　帝王妃還不如梁上雙燕，
　　　　　但不知何日裏再舒眉尖！
　　　　　來此已是宫門，怎麽不見一人？内侍哪裏？内侍哪裏？
　　　　（二太監上）

太監甲　難猫子喊叫的，什麽事呀？
唐　妃　今日乃萬歲壽誕，你去取些酒飯，與萬歲慶賀千秋。
太監甲　什麽"萬歲""萬歲"的！別挨駡啦！
太監乙　此後只准你稱"千歲"，曉得了嗎？

唐　妃	哦，就稱"千歲"。千歲今日尚未用飯，你們哪一位取些酒食，也好與他充飢。
太監甲	要咱們去取酒飯啦。咱們誰去？
太監乙	董太師派咱們來到這兒，乃是看守他們的，可不是幹送茶送飯的。
太監甲	對呀，咱們可不是伺候他們的。（向唐妃）要去你自己去吧！
太監乙	如今不同往日啦，別擺這份臭架子啦！
唐　妃	不去就罷，何必口出惡言？你們這班奴才，也忒以無禮了！

　　（唱）【搖板】
　　　　他二人原本是狐群狗黨，
　　　　又何必與他們爭短論長。
　　　　我只得暫吞聲親出宮往，
　　　　取酒飯與茶湯奉與君王。（下）

太監甲	去，看着他去！

　　（太監乙下）

太監甲	嘿嘿，還要做壽，真是苦中作樂！

　　（少帝上）

少　帝	唉，苦哇！

　　（唱）【搖板】
　　　　惱恨董賊忒猖狂，
　　　　廢長立幼欺孤王。
　　　　被困深宮無指望，
　　　　缺衣少食受凄涼。

太監甲	參見千歲！
少　帝	你可曾看見娘娘？
太監甲	哪一個"娘娘"？
少　帝	娘娘還有哪個？就是我的妃子。
太監甲	哦，你說的就是唐妃呀？看見啦。
少　帝	她到哪裏去了？
太監甲	出宮去啦。
少　帝	出宮何事啊？
太監甲	替你去取酒飯，説是要給你做壽哪。
少　帝	啊！想她乃是一位王妃，豈能做得此事！你們爲何讓她前去呢？

太監甲　千歲,她做不得,咱們就做得麼?

少　帝　啊!

太監甲　如今不同啦,再說咱到這兒,也不是幹這個的。

少　帝　唉,苦哇!
　　　　(唱)他那裏出言語我難答對,
　　　　　　有道是墻要倒衆人來推。
　　　　(唐妃拿酒飯上,太監乙跟上)

唐　妃　(唱)手提酒飯回宮轉,
　　　　　　且爲君王一日歡。
　　　　參見萬歲!

少　帝　妃子,你往哪裏去了?

唐　妃　我看萬歲連日飯難下咽,悶悶不樂,心中甚是憂慮。却好今日乃是萬歲聖壽之期,妾妃親自取來酒飯,與萬歲慶賀千秋。

少　帝　難得妃子啊!(哭介)

唐　妃　常言道:憂慮傷身。萬歲還要善保龍體,今日且盡一日之歡!
　　　　(二太監暗下)

少　帝　如此,有勞妃子!
　　　　(燕鳴介)

少　帝　妃子,那是什麽鳥?

唐　妃　乃是梁間雙燕。

少　帝　妃子,你看那雙燕呢喃,飛來飛去,何等自在?可憐你我困處深宮之內,竟不如它!
　　　　(念)裊裊雙飛燕,

唐　妃　(念)天地任翩翩;

少　帝　(念)何人仗忠義,
　　　　(【急急風】。四校尉、董卓、李儒上,偷聽介)

少　帝
唐　妃　(同念)還我錦河山!
　　　　(董卓進介,少帝、唐妃大驚介,衆同亮相介)

董　卓　哇呀呀……可惱!
　　　　(唱)昏王竟敢生怨望,
　　　　　　這是你自己取滅亡。

　　　　　　　毒酒白綾來奉上！
唐　　妃　你、你、你怎麼講？
董　　卓　(唱)休怨董卓狠心腸。
少　　帝　董卓,你、你、你欺人忒甚了！
董　　卓　唔！還不與我受死！
唐　　妃　董卓！
董　　卓　唔！
唐　　妃　哎呀,太師！你、你、你饒了他的性命,我情願代他一死！
董　　卓　你也難逃活命！
李　　儒　休要囉哩囉嗦,快快動手！
少　　帝　且慢！請容片刻,待我與妃子相別。
董　　卓　快些講來！
少　　帝　妃子！
唐　　妃　萬歲！
少　帝
唐　妃　唉,妃子／萬歲呀！
唐　　妃　(唱)【楚歌調】
　　　　　　　皇天將崩兮后土頹,
　　　　　　　身爲帝姬兮恨不隨。
　　　　　　　生死異路兮從此別,
　　　　　　　奈何奸佞兮心中悲！
少　　帝　妃子！
唐　　妃　萬歲！
少　帝
唐　妃　唉,妃子／萬歲呀！(相抱介)
董　　卓　快快動手！
　　　　　(二校尉以毒酒灌少帝介,二校尉以白綾絞唐妃,同死介)
李　　儒　啓禀太師:他二人已經死了。
董　　卓　死了麼？哈哈哈……從此無憂矣。
李　　儒　老太師且慢喜歡！少帝雖死,朝中還有一人,不可不防！
董　　卓　哪一個？
李　　儒　就是那曹操！

董　卓　想那曹操乃是小小校尉，成得什麼大事？

李　儒　此人多有權謀，不可小看。況且打聽得各路諸侯都不心服，老太師要謹防一二！

董　卓　我有呂布，天下無敵，豈懼各路諸侯？他等若敢輕舉妄動，管叫他們難逃一死！正是：

　　　　（念）順我者生，逆我者亡！

　　　　（同下）

捉 放 曹

佚 名 撰

解 題

　　京劇。現代佚名撰。《京劇劇目辭典》《京劇劇目初探》著錄,題《捉放曹》,又名《中牟縣》《陳宮計》《捉放宿店》,未署作者。劇寫東漢末年,曹操行刺董卓未遂,逃至中牟,由於各州縣都畫了他的圖像,爲縣役所執,扭送縣令處置。曹操以言激縣令陳宮棄官同逃,路遇父執呂伯奢。伯奢邀請到家,熱情款待,殺豬備菜,親自出外沽酒。操聞磨刀聲,並聞呂家人"縛而殺之"一語,疑將圖己,遂殺呂全家。後知錯殺,即與陳宮倉皇出走。適呂伯奢沽酒歸來,操復拔劍殺之,以絕後患。陳宮責之,操告以"寧可我負天下人,不叫天下人負我"。陳宮後悔不應棄官與操同行。夜宿客店,陳宮見操酣睡,欲拔劍殺此殘忍奸詐之人,但恐連累店家,遂題詩於壁,不辭而去。操醒,讀詩,深恨陳宮。本事出於《三國演義》第四回。《三國志·魏書·武帝紀》及裴注引《魏書》、郭頒《世語》、孫盛《雜記》載有曹操出逃被執殺呂家事,情節不盡相同。清宮大戲嘉慶本《鼎峙春秋》有《棄職從難》《伯奢被害》二齣,無陳宮棄曹操情節。版本今有《戲典》本、《戲考》本、《平劇彙刊》本、《京調大全》本、《名伶京劇大觀》本、《戲學匯考》本、《戲學指南》本、《修訂平劇選》本、據《戲典》重刊的《民國版京劇劇本集》。今以《戲典》本爲底本,參考其他本校勘整理。

第 一 場

　　（四青袍、門子引陳官上）

陳　宮　（念）【引子】官居縣令[1],與黎民,判斷冤情。
　　　　（念）頭戴烏紗奉孝先,

　　　　　慈祥愷悌萬民歡。
　　　　　嘉言猶如壺中地，
　　　　　德需汪洋水底天。
　　　本縣姓陳名宮，字公臺。幼年科甲出身。蒙主恩，特授中牟縣正印。前日接到董太師鈞旨，上面寫道：曹操相府行刺不成，懼罪脫逃，因此命各州縣，畫影圖形，捉拿刺客曹操。我也曾差王申等四門巡查，未見交籤。今日升堂理事。來，伺候了。
　　　（捕頭上）

捕　頭　（念）捉拿曹操事，報與太爺知。
　　　　太爺在上，小人叩頭。
陳　宮　罷了。
捕　頭　恭喜太爺，賀喜太爺！
陳　宮　喜從何來？
捕　頭　曹操被小人們拿獲了。
陳　宮　有何為證？
捕　頭　有寶劍為證。
陳　宮　呈上來。
捕　頭　是。
陳　宮　（接寶劍細看）這要爾等拿得不差，解進京去，俱有千金重賞。
捕　頭　小人們不願領賞，願太爺祿位高升。
陳　宮　（笑）哈哈哈……官升隸賞，分所當然。吩咐將刺客曹操押上堂來。
捕　頭　夥計們，將曹操押上堂來。
捕頭副　（內白）哦。
　　　　（捕頭副押曹操上）
曹　操　（唱）【西皮流水板】
　　　　　跳龍潭出虎穴逃災避禍，
　　　　　又誰知中牟縣又入網羅。
　　　　　怒冲冲站立在滴水簷過，
　　　　　看陳宮他把我怎樣發落。
陳　宮　（唱）【西皮搖板】
　　　　　曹孟德進得來齊聲威喝，
　　　　　書吏們站兩旁虎佔山坡。

　　　　　觀刺客面貌上帶定兇惡，
　　　　　見本縣不下跪却是爲何？
　　　下站可是曹操？
曹　操　既知我名，何必動問？
陳　宮　見了本縣，爲何不跪？
曹　操　我這雙金膝，上跪天子，下跪父母，豈肯跪你這小小縣令？
陳　宮　豈不知王子犯法，與民同罪。
曹　操　我身犯何法？
陳　宮　你行刺董太師，還言無罪？
曹　操　我行刺董太師，可是你親眼得見？
陳　宮　雖非親眼得見，現有董太師鈞旨，捉拿於你，還敢強辯不成？
曹　操　呀！
　　（唱）【西皮流水板】
　　　　　聽他言嚇得我心似刀割，
　　　　　心問口口問心自己揣摩。
　　　　　說幾句巧言語將他哄過，
　　　　　管叫他棄縣令隨我逃脫[2]。
　　　公臺，你可知朝中誰忠誰奸？
陳　宮　我在簾外爲官，怎知朝內之事？
曹　操　却又來。
　　（唱）【西皮原板】
　　　　　你本是外省官怎知朝歌，
　　　　　那知道董卓賊奸雄作惡？
　　　　　刺死了丁建陽文官膽破，
　　　　　滿朝中文共武木雕泥塑。
　　　　　到如今收呂布作事太錯，
　　　　　一心要謀取那漢室山河。
　　　　　我看你做的事廣有才學，
　　　　　細思量董太師奸惡如何！
陳　宮　哦！
　　（唱）【西皮二六板】
　　　　　曹孟德休得要謗壞董卓，

　　　　　　董太師他倒有那治國的韜略。
　　　　　　破黃巾雖無功却也無過,
　　　　　　十常侍亂宮門掃蕩群魔。
　　　　　　收下了呂奉先威鎮海角,
　　　　　　傳一令亞好似山倒海落。
　　　　　　你好比撲燈蛾自來投火,
　　　　　　又好比搶食魚你自投網羅。
　　　　　　你本是出山虎把路來投錯,
　　　　　　既擒虎焉能夠放虎歸窩?
　　　　　　擒住了你反放你必來傷我,
　　　　　　擒虎易放虎難你自去揣摩!
曹　　操　(唱)【西皮快板】
　　　　　　你將我解進京獻與董卓,
　　　　　　那時節見太師自有話說:
　　　　　　刺董卓是陳宮修書與我,
　　　　　　管叫你遍體排牙難以分說!
陳　　宮　哦!
　　　　(唱)【西皮快板】
　　　　　　聽他言嚇得我雙眉皺鎖,
　　　　　　這件事好叫我無可奈何。
　　　　　　若放他只恐怕罪歸於我,
　　　　　　若不放又恐怕惹出風波。
　　　　　　思一思想一想無計定妥,
　　　　哦,有了。
　　　　(接唱)學一個蘇秦放張儀計上心窩。
　　　　　　　既被拿放不放全憑於我,
　　　　　　　就放你也說個言投意合。
曹　　操　(唱)【西皮快板】
　　　　　　陳公臺說此話真個軟弱,
　　　　　　小縣令怎能夠名標煙閣?
　　　　　　依我勸棄縣令隨定與我,
　　　　　　約諸侯帶人馬殺進朝歌。

　　　　　　到那時滅讒臣除奸剿惡,
　　　　　　管叫你換朝衣封官受爵!
　　　　　　陳公臺人道你才似王佐,
　　　　　　細思量想一想心下如何?
陳　宮　（唱）【西皮搖板】
　　　　　　曹孟德出此言如夢初覺,
　　　　　　七品縣豈不負經綸才學。
　　　　　　到不如棄縣令從他入夥,
　　　　　　奔天下約諸侯重整朝歌。
　　　　　　下位來與明公親解扭鎖,
衙　役　哦。
陳　宮　（接唱）書役們且退避,也有發落。
　　　　　（四衙役、二捕頭下）
陳　宮　（接唱）手挽手與明公二堂內坐,
　　　　　　　駕光臨少奉迎望乞恕罪。
　　　　　明公到此,書役們得罪,望乞寬恕。
曹　操　豈敢,多蒙釋放,日後必當重報!
陳　宮　久聞明公獻劍為名,刺殺董卓。天意不隨,今欲何往?
曹　操　我有意奔走天涯,搬來五路諸侯[3],滅却董卓。
陳　宮　下官有意隨同明公,奔走天涯,不知意下如何?
曹　操　若得公臺同去更好,只是連累寶眷不便。
陳　宮　不妨,老母妻子,俱在東郡;僕人使女,不在衙署。料無妨礙。
曹　操　既然如此,事不宜遲,你我連夜出城,以免百姓耳目。
陳　宮　請至書房待茶,待下官料理公案,即便同行。
曹　操　暫且告別。
　　　　（曹操下）
陳　宮　少刻奉陪。來,
門　子　有。
陳　宮　將印信付與右堂代管。説老爺領了上司公文,下鄉查旱,多則十日,少則一日就回。
　　　　你附耳上來。
　　　　（門子附耳去聽,做點頭狀）

陳　宮　備馬伺候。

　　　（同下）

校記

〔1〕官居縣令：此句，原作"身受皇恩"，據《戲學指南》本改。
〔2〕管叫他棄縣令隨我逃脫："脫"，原作"走"，失韻。今改。
〔3〕搬來五路諸侯："搬"，原作"頒"，據文意改。

第 二 場

　　　（呂伯奢上）
呂伯奢　（念）【引子】夜夢不祥，叫人難防。
　　　老漢呂伯奢，乃陳留人氏。承父兄之業，頗有家財。昨晚三更，偶得一夢，也不知主何凶吉。朝晨已過，午膳將近，並無應驗，待我莊前莊後遊玩一番便了。
　　　（唱）【西皮原板】
　　　　　昨夜晚夢大不祥，
　　　　　夢見了猛虎趕群羊。
　　　　　羊入虎口無處往，
　　　　　一家大小被虎傷。
　　　　　將身兒來至在莊頭上，
　　　　　吉凶二字實難防。
曹　操　（在幕內喊）馬來！
　　　（曹操、陳宮同上）
曹　操　（唱）【西皮搖板】
　　　　　八月秋風桂花香，
陳　宮　（唱）【搖板】
　　　　　行人路上馬蹄忙。
曹　操　（唱）【搖板】
　　　　　勒住絲繮用目望，
呂伯奢　哈罕。
陳　宮　（唱）【搖板】

　　　　　見一老丈在道旁。
呂伯奢　那旁來的敢是曹操？
曹　操　我乃行路之人，老丈不要認差了。
呂伯奢　賢侄不要驚慌。老夫呂伯奢，與你父有八拜之交，怎麼賢侄就忘懷了麼？
曹　操　噯呀，原來是呂伯父至此。侄兒不知，多有得罪。待我下馬參拜。
陳　宮　明公，天色不早，趕路要緊！
曹　操　是啊，本當進莊拜見伯母，爭奈有要事在身，不敢久停，就在此處告辭。
呂伯奢　貴客焉有臨門不入的道理？待老漢與二公牽馬。
曹　操　這就不敢。
呂伯奢　前面帶路了。
陳　宮　明公，去得的麼？
曹　操　此乃我父的好友，去得的。
呂伯奢　請哪。
　　　　（唱）【西皮流水板】
　　　　　怪不得昨夜晚燈花放，
　　　　　今日喜鵲鬧門墻。
　　　　　我當大禍從天降，
　　　　　貴客臨門到我莊。
　　　　（家僮上）
家　僮　迎接家爺。
呂伯奢　將馬帶到後槽，多加草料。
曹　操　馬不要下鞍！（家僮應聲，下）
呂伯奢　二公請。
曹　操
陳　宮　請。
呂伯奢　賢侄，此位是誰？
曹　操　此乃中牟縣堂，姓陳名宮，字公臺。伯父向前見過。
呂伯奢　哦呵呀，原來是父母太爺到了。恕小老兒不知，多有待慢。
陳　宮　豈敢！冒到寶莊，老丈海涵。
呂伯奢　豈敢！二公請坐。

曹　操	（同聲）有坐。
陳　宮	
呂伯奢	賢侄爲何這等模樣？
曹　操	噯，伯父。

　　　　　（唱）【西皮原板】
　　　　　　　恨董卓專權亂朝綱，
　　　　　　　欺君王藐法亞賽過虎狼。
　　　　　　　行刺未成命險喪，
　　　　　　　連夜逃出了是非墻。
　　　　　　　中牟縣入羅網，
　　　　　　　身捆索綁到公堂。
　　　　　　　若不虧了公臺將我放，
　　　　　　　侄兒險做了瓦上霜。

呂伯奢　（唱）【西皮流水板】
　　　　　　　老漢撩衣跪草堂，
　　　　　　　多蒙太爺施恩光。
　　　　　　　孟德若不是你釋放，
　　　　　　　險些作了瓦上霜。

陳　宮　老丈啊！
　　　　　（唱）【西皮快板】
　　　　　　　多蒙老丈美言講，
　　　　　　　誅戮同胞非棟梁。
　　　　　　　七品郎官相何樣，
　　　　　　　同奔原爲漢家邦。

呂伯奢　這就是了。怪不得你父昨日逃回原郡去了。
曹　操　不好了！
　　　　　（唱）【西皮搖板】
　　　　　　　聽一言來兩淚汪，
　　　　　　　連累爹爹逃故鄉。

呂伯奢　賢侄不必悲淚，父子們日後還有相會之期。
曹　操　但願如此。
呂伯奢　二公請少待。待老漢去至後面，分派分派。

曹　操	我們前村用過，
曹　操 陳　宮	（同聲）老丈不用費心。
呂伯奢	貴客臨門，焉有待慢之理。二公請坐。
陳　宮 曹　操	（同聲）有坐。
呂伯奢	正是：

（念）在家不會迎貴客，
　　　出外方知少主人。

（呂伯奢下）

陳　宮	明公，方纔老丈提起令尊大人，忽然落淚，真乃忠孝雙全！
曹　操	父子之情，焉有不痛之理？
陳　宮	明公啊，

（唱）【西皮快板】
　　休流淚來免悲傷，
　　忠孝二字挂胸旁。
　　同心協力把業創，
　　凌煙閣上把名揚。

（呂伯奢上）

呂伯奢	（唱）【西皮搖板】

　　人逢喜氣精神爽，
　　月到中秋分外光。

曹　操	伯父手提葫蘆，往哪裏去？
呂伯奢	家中菜蔬俱有，只是缺少美酒。待老漢去至前村，沽瓶美酒回來，還要把敬三杯。
陳　宮 曹　操	（同聲）家常隨便，不要費心。
呂伯奢	焉有待慢之理，二公請坐。
曹　操	請哪。
呂伯奢	（唱）【西皮搖板】

　　二公且坐草堂上，
　　沽瓶美酒待忠良。

（呂伯奢下）

陳　宮　（唱）【西皮搖板】
　　　　老漢親自沽佳釀，
　　　　他人美意似孟嘗。

曹　操　公臺！
　　　　（唱）【西皮搖板】
　　　　家父與他常來往，
　　　　當年結拜一爐香。
　　　　孟德抬頭四下望，

厨　子　（在幕內喊）刀磨快些！

曹　操　（唱）【搖板】
　　　　又聽刀聲響叮噹。
　　　　公臺！

陳　宮　明公！
曹　操　你可曾聽見？
陳　宮　聽見什麼？
曹　操　後面刀聲響亮，敢莫是要下手你我不成。
陳　宮　言語恍惚，叫人難解。
曹　操　後堂觀看動靜如何？
陳　宮　這倒使得。
曹　操　請哪。
　　　　（唱）【西皮搖板】
　　　　孟德撩衣草堂上，

厨　子　（在幕內喊）我們把它捆而殺之！
曹　操　哎呀！
陳　宮　（唱）【西皮搖板】
　　　　言語恍惚實難防。

曹　操　公臺，你又可曾聽見？
陳　宮　又聽見什麼？
曹　操　後面言道"捆而殺之，綁而殺之"。你看四下無人，不是下手你我，還有哪個？
陳　宮　那老丈去往前村沽酒回來，還要把敬三杯，你不要見差了。

曹　操　我倒明白了！
陳　宮　明白何來？
曹　操　想是那老狗以沽酒爲名，去到前村約來鄉約地保，捉拿你我，他去求千金之賞，你道是與不是？
陳　宮　我看那老丈慈厚爲人，豈是貪賞之輩。
曹　操　如今的人兒，看不得面帶厚道。待我動起手來！
陳　宮　明公啊，等那老丈回來。若有此事，你再動手，也還不遲。
曹　操　公臺，等那老狗回來，幫他的人多，你我的人少。難道叫我束手被擒不成？
陳　宮　依你之見呢？
曹　操　還是先下手的爲強，後下手的遭殃。
陳　宮　你可不要莽撞。
曹　操　（唱）【西皮搖板】
　　　　　　惱恨老狗太不良，
陳　宮　（接唱）他人未必有此心腸。
曹　操　（接唱）分明要求千金的賞，
陳　宮　（接唱）求賞焉有此風光。
曹　操　（接唱）寶劍出鞘往後闖，
陳　宮　（攔阻曹操）明公去不得！
曹　操　（摔脫）撒手！
　　　　（曹操下）
陳　宮　哎呀！
　　　　（唱）【西皮搖板】
　　　　　　他一家大小要遭禍殃！
　　　　（陳宮下）

第　三　場

（曹操上）
曹　操　（唱）【西皮搖板】
　　　　　　自作自受自承當，
　　　　　　小鬼怎擋五閻王。

寶劍一舉全家喪，

（呂伯奢妻和丫鬟上，被曹操殺死，下。陳宮上）

陳　宮　哎呀！

（唱）【西皮搖板】

嚇得我三魂七魄亡！

曹　操　（唱）【搖板】

手提寶劍廚下闖，

陳　宮　（唱）【搖板】

陳宮上前拉衣裳。

明公手提寶劍那道而去？

曹　操　我取把火。來燒了他的莊院。

陳　宮　哎呀，明公呀！你將他一家殺死，尚且追悔不及，還要燒他的村莊，斷斷使不得的！

曹　操　咳！這老賊不仁，莫怪我的不義！一不作，二不休，殺他個乾乾淨淨，撒開了[1]！

（唱）【搖板】

取把火來燒他的莊，

陳　宮　（唱）【搖板】

你殺人還要火焚房！

曹　操　（唱）【搖板】

手持寶劍廚下闖，

陳　宮　（唱）【搖板】

又見一豬在廚房。

明公，你將他一家殺錯了！

曹　操　怎見得殺錯了？

陳　宮　那老丈吩咐家下人等，殺豬宰羊，款待你我，豈不是殺錯了？

曹　操　我却不信。

陳　宮　你去看來。

曹　操　呵呵。

陳　宮　呵呵。

曹　操　（唱）【西皮搖板】

孟德做事太莽撞，

　　　　　　錯把一家好人殺。
陳　宮　明公,你將他一家人殺錯,等那老丈沽酒回來,你我拿何言答對?
曹　操　這個……公臺,倒不如尋找馬匹,你我逃走了吧!
陳　宮　事到如此,也只好這一走!
曹　操　走啊!
陳　宮　走!走!走!
曹　操　(唱)【西皮搖板】
　　　　　　出得莊來把馬上,
　　　　(曹操下)
陳　宮　(唱)【西皮快板】
　　　　　　背轉身來自參詳:
　　　　　　只望他是定國的安邦將,
　　　　　　却原來是個人面獸心腸!
　　　　(陳宮下)

校記

[1] 陳宮:哎呀,明公呀!你將他一家殺死,尚且追悔不及,還要燒他的村莊,斷斷使不得的!曹操:咳!這老賊不仁,莫怪我的不義!一不作,二不休,殺他個乾乾净净,撒開了:這幾句對白,原本作"陳宮:殺人放火,斷斷使不得!曹操:曹操做事要乾乾净净,撒開了",據《戲學指南》本改。

第　四　場

　　　　(呂伯奢上)
呂伯奢　合罕。
　　　　(唱)【西皮搖板】
　　　　　　老漢親自沽佳釀,
　　　　　　眼跳心驚爲那樁。
　　　　　　將身來到莊頭上,
　　　　(曹操、陳宮同上)
曹　操　嘿嘿,遇見了。
呂伯奢　(唱)【搖板】

　　　　　這般時候奔何方？
　　　　噯，賢侄這般時候，往那道而去？
曹　　操　侄男避禍事小，連累老丈事大。
呂伯奢　老漢也曾吩咐家下人等，殺豬宰羊。
曹　　操　不能久停。
呂伯奢　款待二公，怎麼就要轉去。老漢就要強留了。
曹　　操　這個……
陳　　宮　是呀，不必強留，回到家去，自然明白。你我後會有期，多謝了！
曹　　操　告辭了！
　　　　（唱）【西皮搖板】
　　　　　辭別伯父把馬跨，
　　　　（曹操下）
陳　　宮　老丈呀，
　　　　（唱）【反西皮搖板】
　　　　　陳宮心中似刀扎。
　　　　　多蒙老丈美意大，
呂伯奢　款待不周。
陳　　宮　（接唱）好意反成了惡冤家。
呂伯奢　這是那裏說起。
陳　　宮　（接唱）急急忙忙難說真心話，
　　　　　　　你休怨我陳宮你怨他。
　　　　（陳宮下）
呂伯奢　哦，
　　　　（唱）【西皮搖板】
　　　　　孟德上馬神恍惚，
　　　　　陳宮爲何淚如麻？
　　　　　莫不是家下人說了閒話，
　　　　　言語不周得罪了他？
　　　　　教人難解真和假，
　　　　啊！
　　　　（接唱）回得家去問根芽。
　　　　（呂伯奢下）

第 五 場

（曹操、陳宮同上）

曹　操　（唱）【西皮搖板】
　　　　　　勒住絲繮且住馬，
陳　宮　（唱）【搖板】
　　　　　　他人不走必有差。
　　　　明公爲何停馬不走？
曹　操　我忘了囑咐老丈幾句言語。
陳　宮　什麼言語？你就放他一條老命去罷。
曹　操　噯！你少管俺的閒事。
陳　宮　唉，天地良心哪！
曹　操　什麼天地良心！伯父請轉！
　　　　（曹操、陳宮作下馬狀）
呂伯奢　（內白）喔呵，來了。
　　　　（呂伯奢上）
　　　　（唱）【西皮搖板】
　　　　　　適纔未說知心話，
　　　　　　再與孟德把話答。
　　　　啊，賢侄可有回轉之意？
曹　操　不錯，回轉之意倒有。伯父你看身後何人？
呂伯奢　在那裏？（回頭望去）
曹　操　看劍！
　　　　（曹操將呂伯奢殺死，呂伯奢下）
陳　宮　哎呀！
　　　　（唱）【西皮搖板】
　　　　　　陳宮一見咽喉啞，
　　　　　　白髮老丈染黃沙。
　　　　　　你一家大小喪劍下，
　　　　（哭喊）老丈啊！
曹　操　（做獰笑）哈哈哈。

陳　宫　呸！

　　　　（接唱）再與孟德把話答。

　　　　明公，你既將他一家殺死，尚且追悔不及，又將老丈劍劈道旁，是何理也？

曹　操　曹操做事要乾乾净净！

陳　宫　你這樣疑心殺人，豈不被天下人笑罵於你？

曹　操　這個……公臺，俺曹操一生，寧可我負天下人，不叫天下人負我！

陳　宫　呀呀！

曹　操　哽！

陳　宫　（唱）【西皮慢板】

　　　　　　聽他言嚇得我心驚膽怕，

　　　　　　背轉身自埋怨我自己做差。

　　　　　　我先前只望他寬宏量大，

　　　　　　却原來賊是個無義的冤家！

　　　　　　馬行在夾道内我難以回馬，

　　　　　　這纔是花隨水，水不能戀花。

　　　　　　這時候我只得暫且忍耐在心下，

　　　　　　既同行共大事，必須要勸解與他。

曹　操　你的言多語詐！

陳　宫　明公！

　　　　（唱）【西皮二六板】

　　　　　　休道我言語多語又奸詐，

　　　　　　你本是大意人把事作差。

　　　　　　吕伯奢與你父相交不假，

　　　　　　爲甚麽起疑心殺他的全家？

　　　　　　一家人被你殺也就該罷，

　　　　　　出莊來殺老丈是何根芽？

曹　操　公臺！

　　　　（唱）【西皮倒板】

　　　　　　陳公臺休埋怨一同上馬，

　　　　（曹操、陳宫一同作上馬狀）

曹　操　（唱）【西皮流水板】

　　　　　　坐雕鞍聽孟德細説根芽：
　　　　　　呂伯奢與我父相交不假，
　　　　　　錯把他當作了對頭冤家。
　　　　　　那怕那嘩喇喇泰山倒下，
　　　　　　五閻君撞着俺也要殺他。
陳　宮　（唱）【西皮搖板】
　　　　　　好言語勸不醒蠢牛木馬，
　　　　　　看此賊好一比井底之蛙。
曹　操　（唱）【搖板】
　　　　　　緊加鞭催動了能行跨下，
陳　宮　（唱）【搖板】
　　　　　　大不該從此賊海走天涯。
曹　操　公臺，天色已晚，你我就在旅店安歇了罷！
陳　宮　但憑於你。
　　　　（曹操、陳宮作下馬狀）
曹　操　店家那裏？
　　　　（店夥上）
店　夥　來了！
　　　　（念）高挂一盞燈，安歇四方人。
　　　　二位敢是下店麼？
曹　操　正是，將馬帶下。
店　夥　是了。
陳　宮　不要下了鞍蹬，明日早行。
店　夥　是了。
　　　　（店夥作牽馬狀，進店狀。曹操、陳宮同作進店狀）
店　夥　二位用些什麼？
陳　宮　前面用過，只用孤燈一盞。
曹　操　暖酒一壺。
店　夥　是。夥計們，盪酒一壺，酒到燈到。
陳　宮　喚你再來，下去。
　　　　（店夥應聲下）
曹　操　公臺，請來用酒。

陳　宮　鞍馬勞頓，吞吃不下。
曹　操　那裏是鞍馬勞頓，吞吃不下；分明是見我殺了呂家，你心中有些不服，是與不是？
陳　宮　既已同行，有什麼心中不服？你那疑心太重了。
曹　操　俺曹操這一生一世，就是這疑心太重。
　　　　（唱）【西皮搖板】
　　　　　　逢人只說三分話，
　　　　　　常在虎口去拔牙。
　　　　　　沽飲幾杯安宿罷，
　　　　　　夢裏陽臺到故家。
　　　　（作入睡狀）（場面打初更）
陳　宮　明公，明公，睡着了。咳，好悔也！
　　　　（唱）【二簧慢板】
　　　　　　一輪明月照窗下，
　　　　　　陳宮心中亂如麻。
　　　　　　悔不該心猿意馬，
　　　　　　悔不該隨他人到呂家。
　　　　　　呂伯奢可算得義氣大，
　　　　　　殺豬沽酒款待於他。
　　　　　　又誰知此賊疑心太大，
　　　　　　拔出劍就將他的滿門來殺！
　　　　　　一家人俱喪在寶劍之下，
　　　　　　年邁老丈命染黃沙。
　　　　　　屈死的冤魂休要怨咱，
　　　　　　自有那神靈哪天地鑒察。
　　　　（場面打二更）
陳　宮　（唱）【二簧快三眼】
　　　　　　聽譙樓打罷了二更鼓下，
　　　　　　越思越想把事來做差。
　　　　　　悔不該把家屬一旦撇下，
　　　　　　悔不該棄縣令拋却了烏紗。
　　　　　　我只說賊是個寬洪量大，

　　　　　　漢室後來賊是個惹禍的根芽！
　　　（場面打三更）
陳　宮　（唱）【二簧原板】
　　　　　　看此賊睡臥真個瀟灑，
　　　　　　安眠好一似井底之蛙。
　　　　　　賊好比蛟龍未生鱗甲，
　　　　　　又好比豺狼未曾長牙。
　　　　　　虎在籠中我不打，
　　　　　　我豈肯放虎歸山又把人抓？
　　　（接唱）【二簧搖板】
　　　　　　取寶劍將賊的頭割下，
　　　（曹操翻過身來）
陳　宮　（唱）【搖板】
　　　　　　我險些把事又做差！
　　　哎呀，且住，我若將他一劍殺死，待到天明，豈不連累店家？有了，
　　　（一望桌上）現有筆墨，待我題詩一首，點動此賊。（作思索狀）
　　　（場面打四更）
陳　宮　就以四更為題，正是：
　　　（念）鼓打四更月正濃，
　　　　　　心猿意馬歸故蹤。
　　　　　　誤殺呂家人數口，
　　　　　　方知曹……
　　　明公？（曹操不應）睡熟了啊。
　　　（念）曹操是奸雄！
　　　陳宮題。看天已明亮，不免尋找行囊馬匹，我就逃走了罷！
陳　宮　（唱）【二簧搖板】
　　　　　　這是我陳宮作事差，
　　　　　　平白無故走天涯。
　　　　　　落花有意隨流水，
　　　　　　流水無心戀落花。
　　　（陳宮下）（場面打五更）
曹　操　（唱）【二簧倒板】

　　　　夢作陽臺歸故家，
（唱）【搖板】
　　　　不見陳宮事又差。
天已明了，爲何不見陳宮？桌上現有詩句，待我看來：
（念）鼓打四更月正濃，
　　　　心猿意馬歸故蹤。
　　　　誤殺呂家人數口，
　　　　方知曹操是奸雄！
陳宮題。呀，他有意留詩在此，叫罵於我。陳宮啊陳宮，我日後若不殺你，誓不爲人也！啊，店家，店房錢在此，俺趕路去了！
（唱）【二簧搖板】
　　　　可恨陳宮作事差，
　　　　不該留詩叫罵咱。
　　　　約會諸侯興人馬，
　　　　拿住陳宮我不饒他！
（曹操下）

斬華雄　虎牢關

佚　名　撰

解　題

　　京劇。現代佚名撰。《京劇劇目辭典》著録,題《斬華雄》,又名《温酒斬華雄》《汜水關》《虎牢關》,又名《三戰吕布》。《京劇劇目初探》著録,題《温酒斬華雄》,一名《汜水關》《虎牢關》,一名《三戰吕布》。均未署作者。劇寫漢末,曹操矯詔,約同十八路諸侯舉義,推袁紹爲盟主,共討董卓。兵至汜水關,董將華雄數敗孫堅,莫敢與戰。關羽討令出戰,袁紹輕之。曹操請使羽出戰,並斟酒敬羽以助威。關羽置酒不飲,出馬立斬華雄,回營交令,杯酒尚温。董將吕布討戰,連敗諸侯人馬。劉、關、張合戰于虎牢關,終獲大勝。本事出於《三國演義》第五回。《三國志·吴書·孫堅傳》載斬華雄者孫堅,非關羽。元刊《三國志平話》有《三戰吕布》《單戰吕布》回目。《孤本元明雜劇》有《三戰吕布》與《單戰吕布》。故事情節與此劇均有不同。該劇本爲二本即《斬華雄》與《虎牢關》。版本今有《京劇彙編》本及以該本重刊的《傳統京劇劇本彙編》本、上海市《傳統劇目彙編》京劇集本。今以《京劇彙編》本爲底本,參考其他本,進行校勘整理。

第　一　場

　　（【長錘】。曹操上）

曹　操　（唱）可恨董卓心不正,

　　　　　　　　要集雄兵滅亂臣。

　　（旗牌暗上）

曹　操　可恨董卓暴虐黎民,擾亂朝綱,陰有不軌之心。是我與群臣定下一計,要刺老賊,不想被他看破,逃回原郡,修下書信,約請各路諸侯,会兵洛阳，共灭董卓。旗牌过来！

旗　牌　在。

曹　操　命你四路下书，不得有误！

旗　牌　遵命。

　　　　（下）

曹　操　正是：

　　　　（念）但愿各路调大兵，要杀董贼一命终！

　　　　（下）

第　二　场

（四龙套同上，站门。袁绍上。【点绛唇】）

袁　绍　（念）（诗）威震渤海掌雄兵，

　　　　　　　　　四世三公谁不尊？

　　　　　　　　　旌旗招展遮日月，

　　　　　　　　　号令辕门鬼神惊！

　某，渤海太守袁绍。可恨董卓专权，残暴不仁，因此每日操演人马，要除奸佞。来，伺候了！

四龙套　啊！

　　　　（中军上）

中　军　禀使君：曹操有书信到来。

袁　绍　呈上来！

　　　　（中军呈书介）

袁　绍　待某一观！

　　　　（观书介。【牌子】）

报　子　（内）报！（上）禀使君：武成侯与众位诸侯到。

袁　绍　有请！

报　子　有请！（下）

（吹打。四龙套引袁术、韩馥、孔伷、刘岱、王匡、张邈、乔瑁、袁遗、鲍信、孔融、张超、陶谦、马腾、张扬、孙坚同上，袁绍迎介，众进介）

袁　绍　不知列位驾到，有失远迎，面前恕罪！

众诸侯　岂敢！某等来得鲁莽，将军海涵！

袁　紹	豈敢！列位將軍可好？
衆諸侯	某等託福。將軍也好？
袁　紹	託福同好。
袁　紹 衆諸侯	啊哈哈哈……
袁　紹	列位請！
衆諸侯	將軍請！
孫　堅	今有曹操在陳留招集義兵，邀請各路諸侯，共滅國賊。故爾同衆諸侯前來，請使君一同前去。
袁　紹	好！既然如此，起兵前往！
四龍套	啊！

（同下）

第 三 場

（公孫瓚上）

公孫瓚　（唱）孟德有書來相請，
　　　　　　　洛陽城內會雄兵。
　　某，公孫瓚。孟德有書前來，約請各路諸侯會兵洛陽，共滅董卓。是我在平原郡請來桃園弟兄，一同滅奸安民，他弟兄隨後就來。我不免先行一步便了！
　　（唱）各路諸侯會兵將，
　　　　　要滅董賊動刀槍。

（下）

第 四 場

（劉備、關羽、張飛趟馬上，亮相介，下）

第 五 場

（四龍套、曹操同上）

曹　　操　（唱）也曾修書把諸侯請，
　　　　　　　　　掃清君側定太平。
報　　子　（內）報！（上）
　　　　　各路諸侯駕到。
曹　　操　吩咐擺隊相迎！
報　　子　擺隊相迎！
四龍套　啊！
　　　　　（同下）

第　六　場

（場設城門。四龍套、曹操同出城迎接介。四龍套、衆諸侯上，進城介，下。公孫瓚上，進城介，下。劉備、關羽、張飛上，進城介，下。四龍套、袁紹上，曹操迎接，袁紹下馬介，同進城介，下）

第　七　場

（場設大賬。四龍套、衆諸侯、劉備、關羽、張飛、袁紹、曹操上。挖門，衆坐介）

曹　　操　衆位諸侯駕到，俺曹操有一言奉禀！
衆諸侯　有何金言，當面請講。
曹　　操　只因董卓廢主害民，故此約請衆位諸侯到來，共滅奸賊，以安社稷。不知列公意下如何？
公孫瓚　既然明公有此義舉，我等敢不追隨！必須立一盟主，也好發施號令。
曹　　操　想渤海太守袁本初，乃是四世三公，門多故吏，可爲盟主。
袁　　紹　慢來！想我袁紹有何德能，焉敢當此重任？
衆諸侯　袁公不必推辭了！
袁　　紹　既然如此，某有僭了！
曹　　操　看香案伺候！
　　　　　（吹打。龍套擺香案介，衆跪介）
袁　　紹　祝告：漢室不幸，皇綱失統。賊臣董卓，加威至尊。我等糾合義師，共赴國難。凡我同盟諸侯，俱宜齊心努力，挽狂瀾於既倒，作砥柱於中流。若蓄異心，神靈共鑒呵！

（【牌子】。衆起介）

袁　　紹　升帳！

（衆升帳介）

袁　　紹　今日蒙諸公推我爲盟主，有功則賞，有罪必罰，國有常刑，軍有紀律，各宜遵守！

衆諸侯　我等遵行。

袁　　紹　我弟袁術得令！

袁　　術　在！

袁　　紹　命你管理糧草，以備各營聽用，不得有誤！

袁　　術　得令！

（下）

袁　　紹　哪位將軍領兵去至氾水關，以振軍威？

孫　　堅　孫堅願往！

袁　　紹　文臺若去，大功必成。文臺聽令！

孫　　堅　在！

袁　　紹　命你直抵氾水關！

孫　　堅　得令！

（下）

曹　　操　後面備酒，與衆位接風。

衆諸侯　請！

（同下）

第　八　場

（【風入松】牌子。四龍套、華雄同上）

華　　雄　某，漢將華雄。

報　　子　（內）報！（上）
　　　　　孫堅討戰。

華　　雄　殺！

四龍套　啊！

(【急急風】。四龍套、程普、祖茂、韓當、黃蓋引孫堅同上，會陣介，起打，孫堅原人敗下，華雄原人追下）

第 九 場

(【亂錘】。孫堅原人敗上，挖門）

孫　　堅　華雄緊緊追趕，如何是好？

祖　　茂　主公易服逃走，小將情願抵擋華雄。

孫　　堅　如此，請上受我一拜！

（拜介。四龍套、程普、韓當、黃蓋、孫堅急下）

（華雄原人追上，祖茂架住介）

華　　雄　來將通名！

祖　　茂　大將祖茂。

華　　雄　殺！

（華雄殺祖茂介，收兵下）

第 十 場

(【長錘】。四龍套、衆諸侯、鮑忠、俞涉、劉備、關羽、張飛、曹操引袁紹上）

袁　　紹　（唱）可恨董卓亂朝綱，
　　　　　　　諸侯興兵會洛陽。
　　　　　　　但願旗開得勝仗，
　　　　　　　要把賊兵一掃亡！

（孫堅上）

孫　　堅　參見盟主！

袁　　紹　勝負如何？

孫　　堅　大敗而歸。

袁　　紹　後帳歇息！

孫　　堅　謝盟主！

（下）

報　　子　（內）報！（上）

袁　紹	華雄討戰。
袁　紹	再探！
報　子	啊！
	（下）
袁　紹	如今華雄又在討戰，哪位諸侯出馬？
鮑　忠	盟主賜我一支將令，生擒華雄入帳！
袁　紹	多加小心！
鮑　忠	得令！（下）
	（幕內三通鼓，眾神氣介）
報　子	（內）報！（上）
	鮑忠命喪軍前！
袁　紹	再探！
報　子	啊！（下）
俞　涉	盟主，待我抵擋一陣。
袁　紹	仔細了！
俞　涉	得令！（下）
	（幕內三通鼓）
報　子	（內）報！（上）
	俞涉帶傷回營！
袁　紹	攙了上來。
報　子	啊！（下）
	（報子攙俞涉上）
袁　紹	攙入後帳！
報　子	啊！
	（攙俞涉下）
報　子	（內）報！（上）
	華雄討戰。
袁　紹	再探！
報　子	啊！（下）
袁　紹	華雄如此驍勇，哪位諸侯出馬？
	（袁紹兩邊看，眾不語）
袁　紹	嘿，初次出兵，先傷兩員大將，可惜啊，可惜！可惜我大將顏良、文

醜不在此處,若有一人在此,華雄可生擒也。
關　　羽　(冷笑介)嘿嘿嘿……
袁　　紹　公孫兄身後何人?
公 孫 瓚　此乃中山靖王之後,漢景帝閣下玄孫,官居平原縣令,姓劉名備字玄德。玄德公見過盟主!
劉　　備　參見盟主。
袁　　紹　哦呵呀,原來是漢室宗親,請來入座!
劉　　備　謝坐!想不到我劉備,今日也有了座位了。
袁　　紹　玄德公身後何人?
劉　　備　二弟雲長。
關　　羽　盟主,俺乃平原縣令麾下馬弓手關雲長。
袁　　紹　嘟!大膽馬弓手,爲何在帳前發笑?
關　　羽　某笑只笑在座的諸侯,俱是無能之輩!
袁　　紹　怎見得?
關　　羽　曹公約請各路諸侯,共滅董卓,如今將一個小小華雄,不能擒之,何能誅滅董卓?豈不是無能之輩!
袁　　紹　你口出大言,有何本領?
關　　羽　如無本領,豈敢口出大言!眼前若有將令,某就立斬華雄!
袁　　紹　嘟!膽大馬弓手,在此帳下,口出狂言,扠出帳去!
曹　　操　且慢!想他既出大言,必有過人之處。何不令他出馬?那華雄也未必知道他是馬弓手。
袁　　紹　如此,馬弓手聽令!
關　　羽　在!
袁　　紹　命你大戰華雄!
關　　羽　得令!
袁　　紹　我看他此去,定然也要死在華雄之手。
曹　　操　馬弓手這裏來!
　　　　　(一龍套斟酒,曹操與關羽敬酒介)
曹　　操　現有暖酒一杯,飲了上馬,好壯壯你的膽量。
關　　羽　且慢!此酒暫且不飲,等某斬了華雄回來,再飲此酒。
曹　　操　好大的口氣!
張　　飛　二哥,此番大戰華雄,待小弟幫助於你。

關　羽　三弟,愚兄的威風,旁人不知,難道你還不曉?
張　飛　華雄十分驍勇,還是小心的好!
關　羽　三弟!
　　　　（唱）盟主他把人小量,
　　　　　　　不由為兄暗參詳。
　　　　　　　你道華雄是好將,
　　　　　　　豈不知強中還有強!
　　　　　　　洋洋得意我就出寶帳,
　　　　　　　弟兄們今日要把名揚。
　　　　（馬夫上,引關羽下）
袁　紹　（唱）人來帶路高坡上,
　　　　（袁紹率眾下）
劉　備　（唱）他怎知我兄弟非比尋常。
　　　　（下）

第 十 一 場

華　雄　（內唱）【西皮導板】
　　　　　　　殺了一將又一將,（上）
　　　　（唱）精神百倍好威揚。
　　　　　　　催馬來在沙場上,
　　　　（袁紹、曹操、眾諸侯、劉備、張飛站高坡上）
華　雄　（唱）哪個再敢動刀槍?
　　　　呔!俺華雄連傷二將,你們各路諸侯,不敢出馬,真乃無能之輩,叫某好笑。啊哈哈哈……
關　羽　（內）華雄小兒休得猖狂,關某來也!
　　　　（馬夫引關羽上）
華　雄　來將通名!
關　羽　馬弓手關雲長!
華　雄　哈哈,哈哈,啊哈哈哈!
關　羽　華雄,你為何發笑?
華　雄　馬弓手,各路諸侯不敢出戰,派了你一個小小的馬弓手前來送死,岂不叫某好笑？

關　羽　休要誇口，關某前來取你首級來了！

華　雄　休走看刀！

（起打，亮相，華雄敗下，關羽殺八將，華雄上，接打，關羽殺死華雄，馬夫提頭，關羽亮相介，下）

（袁紹等神氣介，同下）

第 十 二 場

（【牌子】。四龍套、眾諸侯、劉備、張飛、曹操引袁紹同上）

（馬夫提人頭引關羽上）

關　羽　某斬了華雄首級來獻。

袁　紹　號令轅門！

關　羽　號令轅門！

馬　夫　啊！（下）

曹　操　馬弓手斬了華雄回來，此酒尚溫未寒，真乃虎將也！正是：

（念）轅門戰鼓響鼕鼕，

劉　備　（念）威震乾坤第一功。

關　羽　（念）關某提刀施英勇，

張　飛　（念）二哥溫酒斬華雄。

我替你喝了吧！

（喝酒介）

盟主，俺二哥斬了華雄。何不趁此機會，賜某一支將令，活捉呂布，生擒董卓？

袁　紹　答話者何人？

張　飛　步弓手張飛。

袁　紹　嘟！不是馬弓手，就是步弓手，攵出帳去！

（張飛怒介，劉備阻介）

報　子　（內）報！（上）

呂布討戰。

袁　紹　再探！

報　子　啊！（下）

袁　　紹	衆諸侯聽令！
衆諸侯	在！
曹　　操	迎戰呂布！
衆諸侯	得令！
曹　　操	何不命公孫瓚帶領桃園弟兄，大戰呂布？
袁　　紹	既然如此，公孫瓚聽令！
公孫瓚	在！
袁　　紹	命你帶領桃園弟兄，大戰虎牢關，不得有誤！
公孫瓚	得令！

（公孫瓚、劉備、關羽、張飛下，衆同下）

第 十 三 場

（四龍套、四將官上，站門。呂布上，起霸）

呂　　布　（念）（詩）紫金盔光明燦爛，
　　　　　　　狻猊鎧甲帶絲鸞。
　　　　　　　赤兔馬日行千里，
　　　　　　　畫戟杆神鬼皆寒！

俺，姓呂名布字奉先。只因各路諸侯兵犯虎牢關，太師有諭，命俺點齊人馬對敵。

衆將官，迎敵者！

四龍套
四將官　啊！

（同下）

第 十 四 場

（四龍套、衆諸侯上，四龍套、四將官引呂布上，會陣介，起打，衆諸侯原人敗下，呂布原人追下。）

（公孫瓚上，呂布上，接打，公孫瓚敗下）

呂　　布　哈哈，哈哈，啊哈哈哈！

（下）

第 十 五 場

（張飛、關羽、劉備上，過場，下）

第 十 六 場

（公孫瓚上，呂布上，接打，公孫瓚敗下。張飛、關羽、劉備上，接打，呂布敗下，張飛、關羽、劉備追下）

第 十 七 場

（場設城門。四龍套引董卓出城介）

董　　卓　（唱）虎牢關前殺聲震，
　　　　　　　　看看我兒顯奇能。（站高坡介）
（呂布上，張飛、關羽、劉備上，接打，張飛槍挑呂布紫金冠介，呂布敗進城介，下）

董　　卓　哎呀！（掉令旗介）
（四龍套、董卓同急進城介，下）

劉　　備
關　　羽　哈哈，哈哈，啊哈哈哈！
張　　飛

　　　　　（同下）

罵 董 卓

佚 名 撰

解 題

　　京劇。現代佚名撰。《京劇劇目辭典》著録，題《罵董卓》，未署作者。劇寫東漢末年，董卓專權好色，聞前將軍皇甫規寡妻甚美，欲逼婚。命李儒帶聘禮、備花轎迎娶。皇甫規妻不從，大罵。董卓惱羞成怒，命人將皇甫規妻打死。本事出於《後漢書・皇甫規妻傳》："安定皇甫規妻者，不知何氏女也。……及規卒時，妻年猶盛，面容色美。後董卓爲相國，慕其名，聘以輧輜百乘，馬二十匹，奴婢錢帛充路。妻乃輕服詣卓門，跪至陳情，詞甚酸愴。卓使傅奴、侍者，悉拔刀圍之。……妻知不免，乃立罵卓曰：'君羌胡之種，毒害天下，猶未足耶？妾之先人清德奕世，皇甫氏文武上才，爲漢忠臣，君親非其趣使走吏乎？敢欲行非禮于爾君夫人耶？'卓乃引車庭中，以其頭懸軛，鞭撲交下。妻謂執杖者曰：'何不重乎？速盡爲惠！'遂死車下。"版本今有上海市《傳統劇目彙編》京劇第二十四集產保福藏本。今以此本爲底本校勘整理。

第 一 場

　　　　　　（董卓上）

董　　卓[1]　（唱）可恨那黄巾賊無故反上，
　　　　　　　　　老夫我興人馬抵却四方。
　　　　　　　　　今纔得太平世君民同享，
　　　　　　　　　挾天子遷長安執掌朝綱。
　　　　　　　　老夫董卓，漢室爲臣。自幼生長羌胡，身居前將軍之職。因宦官專權，混亂朝政，何進召俺入朝，廢了少主，奉陳留王爲帝，遷入長安，恐人心不服，在這長安城外，高築郿塢，囤糧靜觀天下事，老夫坐待其變，只是美中不足語難言。咳！
（李儒上）

李　　儒　太師這幾日悶悶不樂，必是想個絶妙女子，陪老太師。
董　　卓　你何以知道老夫心事。哼哼哼！那裏？
（江江江三下鑼）
董　　卓　在那裏？
李　　儒　就是前將軍皇甫規的夫人。
董　　卓　咳，她是朝廷命婦，豈肯嫁我？
李　　儒　這，小官憑三寸不爛之舌，勸説與她，她若不從，我以利害動之。
董　　卓　金銀與你。若能成就，必有重賞。名車一乘，彩錦百端，黄金千兩，權作聘禮。
李　　儒　明日就去。
（董卓、李儒同下）

校記

[１]董卓："卓"，原無。今補。原本出場均用姓無名。今依劇本前人物表補。
　　按：人物表：四下手、董卓、李儒、皇甫夫人、院子。

第　二　場

（皇甫夫人上）
皇甫夫人　（念）【引】國破家亡，恨奸雄，混亂朝綱。
　　　　　奴家，小字季貞。先夫皇甫規，漢室爲臣，文武兼資，封侯拜爵，堅辭不受。出征西域，不幸勞病故，因此董卓扶幼主遷長安。先夫若在，豈容豺狼滿志。咳！未亡人乃一柔弱女子，無尺寸之權。憂國憂家，好不愁悶人也！
　　　　　（唱）痛先夫征西域中途命喪，
　　　　　　　　丟下了未亡人國破家亡。
　　　　　　　　長安城遭兵亂終日掠搶，
　　　　　　　　開門戸難躲亂何日安康？
（院子上）

院　　子	啓夫人：大事不好了！
皇甫夫人	何事驚慌？
院　　子	外面來一位官兒，帶領家童、聘禮、小轎，說董卓太師差來娶夫人。請躲避躲避。
皇甫夫人	怎麼講？
院　　子	躲避躲避。
皇甫夫人	哎呀！

(唱)【倒板】
　　聽一言不由我動魄驚心，
哎呀！
(唱)這奸雄無故的欺壓良民。
　　痛先夫去世早留下遺恨，
　　如不然尋一個玉碎金身。

(院子下，院子攔李儒上)

李　　儒	來此已是。站住，門上那位聽事？
院　　子	有人到此，夫人回避。
皇甫夫人	不必回避，看是何人，叫他進來。
院　　子	是。呵，李老爺。
李　　儒	不錯，說我要見。
院　　子	夫人知道了，請你進去。
李　　儒	哦，請我進去。哦，此事有個八九。夫人那裏？夫人那裏？咳，小官有禮。
皇甫夫人	少禮請坐。
李　　儒	夫人恭喜。
皇甫夫人	呵，先夫屍骨未寒，喜從何來？
李　　儒	這，董太師久聞夫人才德，命小官請夫人同享榮華。
皇甫夫人	住口。你可知夫人甚等樣人？豈肯受老賊凌辱。快快出去，免討沒趣。

(院子推李儒介)

李　　儒	不用忙，不用忙，還有話說。你可知太師威嚴厲害麼？
皇甫夫人	這個？好好好，我隨你前去呵！
院　　子	夫人呵！

皇甫夫人　不必如此,我此去凶多吉少,你們逃往洛陽去罷!
院　　子　這家呢?
皇甫夫人　這個,我也顧不得了!
　　　　　(唱)閉門坐不想禍從天降,
　　　　　(皇甫夫人上轎,下)
李　　儒　(唱)這件事功勞簿又多一樣。
　　　　　哎呵!
　　　　　(全下)

第 三 場

　　　　　(董卓上)
董　　卓　(唱)閉眼殺人睜眼笑,
　　　　　　　全憑機謀壓群豪。
　　　　　(李儒、皇甫夫人全上)
李　　儒　太師,花轎到。
董　　卓　好好,真會辦事。抬上堂來,後面歇息。
李　　儒　是。
　　　　　(李儒下。皇甫夫人下轎介)
董　　卓　是呵夫人。
皇甫夫人　呵啥。
董　　卓　夫人請坐。
皇甫夫人　呵,老太師將未亡人傳來何事?
董　　卓　呵夫人,老夫久聞夫人才貌,老夫不才,要煩夫人安領諸姬,夫人諒無推辭了?
皇甫夫人　太師之言差了,先夫墳土未乾,未亡人焉能喪節?天下美女甚多,何要我這不祥之婦,毀人名節,太師豈不被天下人恥笑。
董　　卓　這,老夫位高極品,何人敢笑。夫人說下纔是。
皇甫夫人　這,老太師,老太師與先夫也是漢家臣子,功在社稷,曾與太師並肩事主,有先夫情份,憐念孤苦,何忍奪故臣之妻!老太師開恩釋放,恩高莫大!
董　　卓　(勸介)老夫威令四方,難道不能行於一婦人麼?

（皇甫夫人立）

皇甫夫人　（罵）老賊老賊，爾乃羌胡之繼，僥倖立功，朝廷待爾不薄，不思感恩圖報，狐假虎狼之威，竟謀篡大位，劫殺人民。恨不得將你碎屍萬段，爲天下人報讎。我是甚等樣人，你敢行非禮！

董　　卓　你好比是我籠中之鳥，怎敢違抗？

皇甫夫人　（笑）哼哼哼！

董　　卓　你爲何發笑？

皇甫夫人　你道我不能違抗與你，可嘆可嘆！

董　　卓　嘆者何來？

皇甫夫人　想漢高祖滅秦破楚，創業艱難，傳二十四帝，傳至桓、靈，桓、靈無道，寵信宦官。咳！這也是天意爲然，非人所爲。可恨何進無謀，以詔引你這老賊進京，你就該力圖報效，秉正忠心，匡扶漢室，纔是你爲人臣之正道。怎麼你廢幼帝，挾少主，焚宮闕，遷百姓，荼毒生靈。咳！你這老賊，自作由你將來自受。心懷篡位，何以爲忠？挾遷百姓，何以爲信？奪人妻女，何以爲仁？劫殺百姓，何以爲義？似你這樣不忠、不信、不仁、不義，真正是人面獸心，衣冠禽獸！何以今日又來奪故舊之寡婦？我乃女流，還有一點烈性，今日之死，圖一個節烈流傳！惜乎惜乎！

（董介）

（唱）未看到你這老賊怎樣結果，
　　　生不能吃你肉，死後也要追你之魂。
　　　漢桓靈任宦官弄權國喪，
　　　容何進讓袁紹私招豺狼。

董　　卓　住口！

（唱）若非我除宦官漢室早喪，
　　　從了我不久要身爲皇娘。

皇甫夫人　（唱）弘農皇何太后無辜命喪，
　　　　　挾天子遷百姓心如豺狼。

董　　卓　（唱）你那知漢宦滅董氏興旺，
　　　　　出此言你不怕去見閻王？

皇甫夫人　（唱）我縱死也圖個後人敬仰，

董　　卓　（唱）我勸你順我者生逆我者亡。

皇甫夫人 （唱）家鳳凰怎入你烏鴉群黨，
董　　卓 （唱）你好比籠中鳥虎落平陽。
皇甫夫人 喂呀！
　　　　　（唱）賊不念舊言恩禽獸一樣，
　　　　　　　　放聲哭日月無光。
　　　　　　　　我此刻拼一死向前去闖，
　　　　　　　先夫呵！
董　　卓 你就不惜命麼？
皇甫夫人 （唱）縱死在九泉之下姓名皆香。
董　　卓 （唱）這賤人說此言潑口狂妄，
　　　　　　　　把性命當兒戲付與汪洋。
　　　　　　　　叫人來你與我齊動杆棒，
　　　　　　　　打死她我心中纔能歡暢。
　　　　　（衆打介）
董　　卓 咳咳！拖過去！
　　　　　（念）賤人作事忒猖狂，
　　　　　　　　那有福分做昭陽。
　　　　　　　　明天差人去尋訪，
　　　　　　　　訪得英鳳伴爺王。
　　　　　（同下）

鳳儀亭

佚名撰

解題

京劇。現代佚名撰。該劇爲趙桐珊藏本,包括《斬張溫》《連環計》《鳳儀亭》《誅董卓》四折。《京劇劇目辭典》著錄,題《貂蟬》,云以旦角爲主,王瑶卿編劇,新艷秋演出;又名《呂布與貂蟬》(即《貂蟬》),以小生爲主時,常用此名。《京劇劇目初探》著錄,題《斬張溫》《連環計》《鳳儀亭》《斬董卓》,並云此四折連演者,總名爲《呂布與貂蟬》或《貂蟬》。劇寫董卓專權,仗呂布之力,挾天子遷都於長安橫行無忌。司空張溫與袁術謀誅董卓。袁術遣人下書,下書人被旗牌當奸細押送呂布,信落呂布之手。時董卓方大宴百官,得知張溫密謀,即席斬之。司徒王允欲除董卓,認有憂國之心的歌姬貂蟬爲義女,共定連環計。先約呂布過府,以貂蟬許之,復邀董卓宴飲,獻貂蟬於董卓,使董、呂二人猜忌。呂布得訊,責王允失信。王允推説董卓稱係迎媳回府。呂布入府,知董卓已納貂蟬爲妾,大怒。後乘董卓入朝,呂布私與貂蟬鳳儀亭相會,貂蟬假意訴苦,並以言激呂布。恰爲董卓撞見,卓怒以戟刺布,義父子反目成讎。董卓携貂蟬至郿塢。王允與呂布合謀,串通李肅,詐稱迎董卓入朝受禪。董卓大喜,行至朝房,爲呂布殺死。呂布領兵去郿塢誅殺了董卓家小,留下貂蟬。本事出於《三國演義》第三至第九回。《三國志·魏書·董卓傳》載有殺張溫與王允謀殺董卓事。元刊《三國志平話》、元無名氏雜劇《錦雲堂暗定連環計》、明傳奇《連環記》均敷演此故事,情節有所不同。但均爲京劇《鳳儀亭》所本。今有《戲典》本、寶文堂本、《戲考》本、北京市戲曲研究所藏本、《京劇彙編》趙桐珊藏本及以該本重刊的《京劇傳統劇本彙編》本。今以《京劇彙編》趙桐珊藏本爲底本,參考其他本校勘整理。按:疑趙藏本即爲王瑶卿所編本,待考。

第 一 場

（四文堂引呂布上）

呂　　布　（唱）【點絳唇】
　　　　　　　蓋世豪强，威名浩蕩。方天戟，無人敢當，誰不來欽仰！
　　　　　（念）（詩）團團殺氣頂上生，
　　　　　　　　　　逼人虎目冷森森。
　　　　　　　　　　追魂索命方天戟，
　　　　　　　　　　力戰桃園顯威名。
　　　　　某，姓呂名布字奉先。曾在丁原麾下爲將，後來他認吾爲義子。只爲丁原非成大器之人。幸遇李肅從中計較，殺却老賊，歸降董太師，他又認吾以爲螟蛉義子。前者列鎮諸侯作亂，是俺奉了義父之命，會戰虎牢關前。不想桃園兄弟十分英勇。俺一時失神，忽聽一聲響亮，俺的束髮金冠竟被張翼德之虎尾鋼鞭打落塵埃。爲此，星夜歸回洛陽，來見我父。我父召集群臣言道："漢家二百年來建都洛陽，氣運已衰。觀看旺氣盡在長安。不如火焚宮殿，遷都西地，以避諸侯之亂。"因此會合衆臣，奏知天子，帶領后妃等遷都此地。聖上龍心大悅，加封我爹爹爲尚父，出入護從全用天子儀仗。前者聞報，各路諸侯均懷異心而散。如今正值無事，倒也清閒自在也。
　　　　　（旗牌上）

旗　　牌　（念）拿住奸細事，報與掌權人。
　　　　　參見溫侯！

呂　　布　罷了。何事來禀？

旗　　牌　適纔巡街，拿住一個奸細。口稱袁術帳下之人，奉主之命與司空張溫府中下書。特來報知。

呂　　布　哦，有這等事？書信今在何處？

旗　　牌　書信在此。

呂　　布　呈上來，下面候令。

旗　　牌　是。（下）

呂　　布　此事甚爲蹊蹺，待我拆開一觀。（觀書介，【牌子】）哈哈哈……可恨司空張溫暗通袁術，欲圖我父。今幸書信誤落我手，此乃我父洪福齊天。今日正值府中大宴群臣，張溫必然在内。俺不免去往府中報與太師知道便了。來，帶馬伺候！

四文堂　啊！

（【牌子】。同下）

第　二　場

（二旗牌、王允上）

王　允　（唱）董賊專權令人恨，
　　　　　　　火焚宮殿欺聖君。
　　　　　　　遷都長安氣運盡，
　　　　　　　苦思良謀扭乾坤。
下官，司徒王允。只爲董賊專權欺君，前者與孟德合謀行刺，不料昊天不佑，以致失敗。幸喜老夫之行藏未叫老賊看破。如今老賊遷都長安，又得呂布相助，更無忌憚矣。奈我勢衰力單，只得忍辱在朝。誓必掃除國賊，方遂吾願。今日乃是董府大宴群臣之期，只得隨班前往。來！

二旗牌　啊！

王　允　帶馬董府去者！
　　　　（唱）忍氣隨衆把宴飲，（上馬介）
　　　　　　　再思妙計斬逆臣。
（同下）

第　三　場

（【牌子】。四龍套上，站門。張溫、李肅、李儒、董旻、董璜騎馬上）

張　溫
李　肅
李　儒　下官，
董　旻
董　璜
張　溫　張溫。

李　肅	李肅。
李　儒	李儒。
董　旻	董旻。
董　璜	董璜。
張　溫	列位大人請了！
李　肅 李　儒 董　旻 董　璜	請了！
張　溫	今有董太師相召我等府中飲宴，大家一同前往。
李　肅 李　儒 董　旻 董　璜	請！
張　溫	來，打道太師府！
四龍套	啊！

（【牌子】。挖門，下馬介）

李　儒	哎呀呀，怎麼這般時候，王司徒還未到來呢？
張　溫	想必就要來了。

（【水底魚】。二旗牌、王允上，下馬介）

王　允	啊，列位大人請了！
張　溫 李　儒	司徒爲何這般時候纔到？
王　允	只因舍下略有小事，故而來遲。有勞衆位相等。
張　溫 李　肅 李　儒 董　旻 董　璜	豈敢！我等均已到齊，一同進府。
王　允 張　溫 李　肅 李　儒 董　旻 董　璜	請！（圓場）

| 王　允 | 門上那位在？ |
| 張　温 | |

（門官上）

| 門　官 | （念）堂堂相府門上官，見主容易見我難。 |
| | 啊，列位大人來了！ |

王　允	
張　温	
李　肅	有勞通禀！
李　儒	
董　旻	
董　璜	

| 門　官 | 候着。 |

王　允	
張　温	
李　肅	是。
李　儒	
董　旻	
董　璜	

| 門　官 | 有請太師爺！ |

（四大鎧引董卓上）

董　卓	（唱）獨霸朝綱誰不敬，
	遷都火焚洛陽城。
	自號尚父把天子挾定，（坐介）
	全仗奉先做螟蛉。

門　官	啓太師爺：列位大人到了。
董　卓	請進來。
門　官	請列位進見！

王　允	
張　温	
李　肅	我等參見太師！
李　儒	
董　旻	
董　璜	

| 董　卓 | 列位少禮，請坐。 |

王　允
張　温
李　肅　謝坐！
李　儒
董　旻
董　璜

王　允　啊太師，相招我等，不知有何旨諭？

董　卓　只爲列公幫同老夫奉隨天子遷都至此。昨日奉先來報，各路諸侯均懷異心而散。如今正值無事，備得有宴，與列位歡聚一番。

王　允
張　温
李　肅　謝太師抬愛我等！
李　儒
董　旻
董　璜

董　卓　來，將宴排下！

門　官　是。（擺宴介）

　　　　（吹打。衆重入座介）

董　卓　列位大人請！

王　允
張　温
李　肅　請！
李　儒
董　旻
董　璜

　　　　（衆飲酒介。【牌子】）

呂　布　（内）走啊！（上，下馬介）
　　　　來此已是。報！呂布告進！參見爹爹！

董　卓　吾兒來此何事？

呂　布　孩兒有密言禀報。

董　卓　好，進前來講！

呂　布　是。（與董卓耳語介）還有書信一封。

董　卓　待老夫一觀。（觀書介。【牌子】）哈哈！哈哈！啊哈哈哈……此乃天不滅我也。來呀，將司空張温拿下了！

四大鎧　啊！

（綁張溫介）

張　溫　哎呀太師！爲何無故將下官綁了？

董　卓　住了！你自己所爲之事，還敢裝呆？不是將書信錯下吾兒之手，老夫的首級不出數日，你就獻與那袁術了。左右，斬了！

四大鎧　啊！

張　溫　哎呀！

（四大鎧推張溫下）

王　允
李　肅
李　儒　啊！太師將張溫斬首，所爲何來？
董　旻
董　璜

董　卓　哈哈哈……
　　　　列公不要驚慌。張溫小輩結連袁術，欲圖於我。那袁術的書信誤下在吾兒之手，故而斬之。公等勿須多疑讒是。

王　允
李　肅
李　儒　此乃太師之洪福！
董　旻
董　璜

李　儒　那張溫也算死而無怨了。哈哈哈……

董　卓　列公，再暢飲幾杯。

王　允　下官等要告辭了。

董　卓　吾兒代送。

呂　布　遵命！

（【牌子】。呂布送王允等出門介）

王　允
李　肅
李　儒　溫侯留步。
董　旻
董　璜

呂　布　請！

（王允、李肅、李儒、董旻、董璜分下）

呂　布　（入介）衆官已去了。

董　卓　兒啊，今日老夫殺了張溫，只恐朝中有與他同黨之人。我兒須要朝夕密查要緊。

吕　布　孩兒遵命！

董　卓　隨我去到後堂，有話對我兒言講。來呀，哈哈哈……（下）

吕　布　門官過來！

門　官　在。

吕　布　吩咐府中大小執事的兵丁，早晚多加防範！

門　官　遵命！

　　　　（分下）

第　四　場

（二旗牌、王允騎馬上）

王　允　哎呀！

　　　（唱）董賊行事心太狠，
　　　　　　張溫遭戮好慘情。
　　　　　　滿朝文武亂談論，（圓場）

（家院暗上，王允下馬介）

王　允　（唱）仕宦場中冷如冰。

　　　　旗牌，外廂伺候！

二旗牌　遵命！（分下）

王　允　咳！

家　院　老爺爲何長嘆？

王　允　這個！不須多問，去吧！

家　院　遵命！（下）

王　允　啊呀且住！適纔老賊聽得吕布密報，不問青紅皂白，竟將張溫殺死，這真是目無天子，篡位之心已露，可恨又有吕布助紂爲虐。此二賊不除，實乃國家之患。這、這、這便如何是好！咳！此時老夫心緒已亂，不免進内説與夫人知道，再想良謀除此二賊便了！

　　　（唱）但願國運不衰盡，
　　　　　　天假奇緣斬逆臣。（下）

第 五 場

（貂蟬上）

貂　蟬　（念）【引】守身如玉，要學那，女中英奇。
　　　　（念）（詩）清夜難眠暗自吁，
　　　　　　　　　花陰月轉粉墻西。
　　　　　　　　　欲知無限含恨處，
　　　　　　　　　十二欄杆不語時。
　　　　奴家，貂蟬。自幼父母雙亡。落在王司徒府中，教授歌舞，充當歌姬。奴自幼亦曾讀過詩書，頗知大義，老爺待我又如親生女兒一般。適纔見老爺回府，面帶愁容，長吁短嘆，想必朝中又有什麽爲難的大事。看看夜色昏黑，明月將昇，我不免去往花園對月禱告一番便了！
　　　　（唱）都只爲董卓賊獨把權攬，
　　　　　　　挾天子令諸侯氣焰衝天。
　　　　　　　進花園跪塵埃對月祝贊，
　　　　　　　願老爺爲國事少受熬煎。

王　允　（内）嗯哼！（上）
　　　　（唱）轉過了荼蘼架牡丹池畔，
　　　　　　　借月光信步兒來到花園。

貂　蟬　咳！
王　允　啊！
　　　　（唱）是何人跪此間長吁短嘆？（看貂蟬介）
　　　　　　　原來是府中的歌姬貂蟬。
　　　　啊呀且住！我道何人，原來是歌姬貂蟬對月長嘆，此女自到我府，老夫甚爲愛惜，想她心中無有什麽苦處。如今看此情景，莫非她有什麽私情麽？

貂　蟬　呀！
　　　　（唱）猛然間又聽聞一聲喝喊，
　　　　　　　見老爺發怒容站立花前。
　　　　　　　忙起身走向前把禮來見，

　　　　　　望大人恕婢子禮貌不端。
　　　　原來老爺至此。婢子叩頭。
王　允　貂蟬，想你自到我府，老夫待你不薄。黑夜在此長嘆，莫非有什麼私情麼？
貂　蟬　婢子蒙大人另眼看待，清白自守，安敢有什麼私情！
王　允　既無私情，黑夜就該早寐。在此長嘆，是何緣故？
貂　蟬　老爺呀！奴婢雖然出身卑賤，頗知大義。今見老爺回府，面帶愁容，一定朝中有什麼爲難的大事。婢子因爲此事，纔對月長嘆。
王　允　唉！朝中縱有大事，你個女孩兒家也萬難辦到。歸房去吧！
貂　蟬　老爺，想我貂蟬自幼蒙老爺撫養，待如己生。若有用我之處，奴婢粉身碎骨，萬死不辭！
王　允　好好好！（背躬介）啊呀且住！看貂蟬言語之中，頗含忠烈之性。不免就此定下連環之計，殺却董卓老賊。看將起來，我漢家四百年天下將在此女手中挽回了。（對貂蟬）貂蟬，方纔之言，可是真情？
貂　蟬　婢子之心，天地鑒之！
王　允　好啊！你隨我去到暖閣，有話對你言講。隨我來！
　　　　（唱）急忙裏扯貂蟬暖閣來進，
　　　　　　一陣陣心腹痛淚沾衣襟。
　　　　　　爲國家託奇女雙膝跪定，（跪介）
　　　　　　你快快搭救那數萬生靈。
貂　蟬　哎呀老爺！爲何行此大禮？折煞奴婢了！有何用我之處，請大人只管吩咐。
王　允　（起身介）哎呀貂蟬哪！如今強橫專權，百姓有倒懸之苦，我君臣有累卵之禍，非你不能救也！
貂　蟬　我乃女流之輩。國家大事，不知怎樣救法呢？
王　允　那董卓久有篡逆之心，滿朝文武無法可施。他有一義子，名叫呂布，驍勇非常，與那老賊均是酒色之徒。若要除却董賊，非使呂布與他離心不可。
貂　蟬　哦！老爺莫非要用我行美人之計麼？
王　允　然也。
貂　蟬　如何行法，請老爺吩咐就是。
王　允　老夫想準一條連環之計。將你認爲自家女兒，先許呂布，然後暗暗献与董卓。你便从中挑拨，使他父子成雠，则贼可除矣。不知你意下如何？

貂　蝉　婢子无不依从。就请大人速速行之可也。

王　允　好。吾儿对为父一拜，从此也好"父女"相称。

貂　蝉　如此，爹爹请上，受孩儿一拜了！（拜介）

（唱）貂蝉施礼忙拜定，
　　　今朝答报养育恩。

王　允　（唱）连环巧计安排准，
　　　我儿归房去吧！

貂　蝉　遵命！（起身介）
（唱）要学西施惑吴君。（下）

王　允　哎呀妙啊！不想貂蝉有此丈夫气概，真乃国家之幸也。前者吕布在虎牢关失了紫金冠一束。我明日用金珠嵌成金冠一个，差人送去。那吕布乃贪利之徒，必定收下，亲身前来谢我。那时留他在府中小宴，就便行起计来。正是：
（念）安排香饵垂竿钓，管叫鱼儿自上钩。
哈哈哈……（下）

第 六 场

（四文堂、二旗牌、吕布上）

吕　布　（念）虎抖雄威人惊怕，目空四海谁敢争！
（院子托紫金冠上）

院　子　（念）束发金冠手捧定，来献权门得意人。
来此已是。门上哪位在？

旗　牌　什么人？

院　子　回禀温侯：司徒王大人差人求见。

旗　牌　候着。启温侯：司徒王大人差人求见。

吕　布　命他进来。

旗　牌　是。来人，温侯传你进来。

院　子　是。叩见温侯！

吕　布　到此何事？

院　子	我家大人送來紫金冠一頂,還有書信一封。溫侯請看。
呂　布	待某看來。(看介。【牌子】)哈哈！哈哈！啊哈哈哈…… 回復你家大人：金冠收下,少時我親自過府面謝。
院　子	遵命！
呂　布	下面領賞。
院　子	謝溫侯！(下)
呂　布	哎呀妙啊！王允真算知趣人也。知某在虎牢關傷壞紫金冠一頂,便命人送來此冠。倒要親自前去謝他一謝。來,帶馬打道王府！
四文堂	啊！
	(【牌子】。衆圓場)
呂　布	前去通禀。
旗　牌	是。門上哪位在？
	(院子上)
院　子	哪一位？
旗　牌	溫侯拜。
院　子	候着。有請大人！
王　允	(內)嗯哼！(上) (念)安排虎狼陷,與主整江山。 何事？
院　子	呂溫侯拜。
王　允	説我出迎。
院　子	司徒出迎！
	(【牌子】。王允出迎介)
呂　布	啊司徒！
王　允	溫侯請！
呂　布	司徒請上,受布一拜！
王　允	不敢不敢！溫侯請坐！
呂　布	有坐。
王　允	溫侯光臨,未能遠迎,望乞恕罪！
呂　布	豈敢！輕造貴府,望乞海涵！
王　允	豈敢！
呂　布	呂布有何德能,蒙賜金冠一頂。銘感肺腑,當面謝過！

王　允	忒謙了。今日難得溫侯光臨敝舍，特備水酒一樽，以爲野人之獻。
呂　布	屢蒙惠顧，何敢當耳！
王　允	來，帶領溫侯差官等下面飲酒！
院　子	是。

（院子領四文堂、二旗牌下，又上）

王　允	看宴！
院　子	是。

（吹打。院子擺宴介。呂布、王允入座介）

王　允	溫侯請！
呂　布	司徒請！
王　允	請！

（唱）將軍威名素欽仰，
　　　老朽依附實榮光。
　　　雖無美味並佳釀，
　　　一杯水酒表心腸。

呂　布	司徒啊！

（唱）一介武夫蒙誇獎，
　　　愛某之意非尋常。

呂布乃一武夫，蒙司徒抬愛。此後諸事，還求多爲指教。

王　允	溫侯說那裏話來！若不棄嫌，從此還要多多地親近親近。
呂　布	知己之交，何出此言？
王　允	哈哈哈……請！
呂　布	請！乾！
王　允	乾！溫侯實在是爽快之人，今日必須盡歡而散。來，請小姐出來！
院　子	有請小姐！（下）
貂　蟬	（內）來了！（上）

（唱）輕移蓮步出蘭房，
　　　懷揣香餌到華堂。
　　　含羞不語嬌怯樣，
　　　深施一禮站一旁。

呂　布	呀！

（唱）飲酒之間抬頭望，

　　　　　　　面前站定一女郎。
　　　　　啊司徒，這是何人？
王　允　乃是小女貂蟬。她在閨中聞得將軍英雄蓋世，常思會面。今日恰巧溫侯在此暢飲，故使她出來瞻仰瞻仰將軍的丰采。
呂　布　哦，原是司徒的令嬡麼？
貂　蟬　正是小女。
呂　布　（出位介）請來見禮。
王　允　兒啊，過來見過溫侯。這就是你常常仰慕的呂奉先。
貂　蟬　是。（向呂布）奴家萬福！
呂　布　小將還禮了。
王　允　兒啊，一旁坐下，把敬溫侯一杯，以表你素日敬愛英雄之意。
呂　布　哎呀，不敢不敢！怎好勞動令嬡呀！
王　允　此乃家宴，又有何妨？兒啊，與溫侯把盞。
貂　蟬　遵命！溫侯，請用酒！
呂　布　有勞小姐了！
王　允　請哪！啊——
呂　布　請哪！啊——
王　允
呂　布　哈哈哈……！
　　　　（唱）深感司徒恩義大，
　　　　　　　又蒙小姐美意佳。
　　　　　　　忙將斗酒來飲下，
　　　　（呂布看貂蟬介，貂蟬羞介）
呂　布　哈哈哈！酒來，酒來！
　　　　（唱）心中一陣亂如麻。
貂　蟬　溫侯啊！
　　　　（唱）溫侯威名揚天下，
　　　　　　　閨中聞聽常美誇。
　　　　　　　滿腹情思難講話，
　　　　　　　兩腮含羞現紅霞。
　　　　（院子上）
院　子　啟大人：董太師著人來請大人過府，有要事商議。

王　允　知道了。

　　　　（院子下）

王　允　咳！正在高興陪伴溫侯飲酒，偏偏太師相召議事，怎敢不去？欲待前去，又無人陪伴溫侯，這倒兩難了。

呂　布　既是我父相召，小將暫且告辭，改日再來請教。

王　允　且慢且慢！那有不歡而散的道理！唔，有了，著小女在此陪伴，下官去去就回，你看如何？

呂　布　令嬡在此，恐有不便。

貂　蟬　這……（欲走介）

王　允　兒啊，不要走，不要走！父與溫侯乃是通家之好，這又何妨？溫侯又是誠實之人，你也不要小家之氣。你二人在此飲酒談話，只當兄妹就是。

呂　布　啊，司徒！司徒！

王　允　哎呀，下官失言了！失言了！

呂　布　這也無妨，哈哈哈……！

王　允　得罪了！得罪了！兒啊，你在此陪伴溫侯，我去去就回。

呂　布　請便。

王　允　告辭！正是：

　　　　（念）設下陷虎阱，請君自入甕。

　　　　哈哈哈……（下）

呂　布　小姐，小將這裏有禮了！

貂　蟬　還禮。請坐！

呂　布　有坐。請問小姐妙齡幾何？

貂　蟬　虛度一十八歲。

呂　布　敢問小姐可擇配否？

貂　蟬　這個……（羞介，搖頭介）

呂　布　小將意欲攀結秦晉，不知可能見允否？

貂　蟬　將軍乃當世英雄。承蒙不棄，無不樂從。惟願將軍勿使有白頭之嘆可矣。

呂　布　小姐說那裏話來。既蒙見允，焉敢負盟？呂布之心，可以對天一表！

貂　蟬　如此，將軍請！

呂　布　蒼天啊！（跪介）
　　　　（唱）二人同心結朱陳，
　　　　　　　虔心稟告過往神：
　　　　　　　呂布若負貂蟬女，
　　　　　　　死在疆場屍不存！
貂　蟬　將軍啊！
　　　　（唱）蒙君多情奴心領，
　　　　溫侯！
呂　布　小姐！
貂　蟬　將軍！
　　　　（呂布拉貂蟬手介）
呂　布　娘子！啊——
貂　蟬　啊——
呂　布　哈哈哈……
貂　蟬　將軍哪！
　　　　（唱）誓願白頭不負盟。（笑介）
　　　　（王允暗上，看介）
王　允　嘟！豈有此理！
呂　布　嗚嚕嚕嚕……醉了，醉了！
王　允　還不進去！進去！
　　　　（貂蟬羞介，急下）
王　允　哼哼！在朋友家，竟敢如此行爲。難道欺壓我王允麼？
呂　布　小將酒醉無知，大人寬恕！（跪介）
王　允　哈哈哈……溫侯請起，此不過是相戲耳。小女素日甚爲仰慕將軍。若不棄嫌，許與溫侯爲婚如何？
呂　布　如此，岳父大人請上，受小婿一拜！
　　　　（唱）多蒙大人許婚姻，
　　　　　　　擇定吉期迎玉人。
　　　　小婿身邊未帶聘禮，明日著人送上就是。
王　允　你我兩家愛好結親。此種俗禮，可以免去。大丈夫一言爲定。
呂　布　請問岳父，佳期約在何時？
王　允　這個！今日十三，明日十四，乃是"月忌"。十五日單日，又不好。

就擇定十六日，送小女過府成婚如何？

呂　布　但憑岳父。就此告辭了。正是：
　　　　（念）從來婚姻由月老，

王　允　（念）誰曉金冠代媒人。
　　　　（四文堂、二旗牌兩邊上）

呂　布　來，帶馬回府！

四文堂　啊！
　　　　（呂布上馬介）
　　　　（四文堂、二旗牌下）

王　允　啊，溫侯請轉！

呂　布　何事？

王　允　此時不醉了吧？

呂　布　（笑）哈哈哈……（下）
　　　　（院子暗上）

王　允　來！

院　子　有。

王　允　拿我名帖，請董太師明日過府飲宴，觀看歌舞。

院　子　遵命！

王　允　轉來！倘若不來，你就說我家大人新教美女歌舞，務請太師賞光，降臨一觀！

院　子　是。（下）

王　允　董卓呀，老賊！此番你來飲宴，一定墜入我的術中了。正是：
　　　　（念）蒼天若助三分力，父子成讎頃刻間。（下）

第　七　場

（【牌子】。四龍套、四大鎧、中軍、董卓上。董卓下轎介，進門入座介）

董　卓　兩廂退下！
　　　　（四龍套、四大鎧下）

董　卓　老夫自殺張溫之後，悶悶不樂。人來報道，郿塢美女選齊，因此去到那裏住了數日。今日回來面君，與萬歲對談許久，纔得下朝歸

	府。中軍，茶水伺候！
中　軍	是。（打茶介）
	（門官上）
門　官	（念）司徒有帖請，報與掌權人。
	啓太師：司徒有帖，請太師過府飲宴。
董　卓	老夫纔歸，身體勞乏。回謝了吧。
門　官	來人說道：司徒新選一班舞女，務必請太師賞光一觀！
董　卓	哦，原來如此。回復於他，說我少刻即到。
門　官	遵命！（下）
董　卓	王允可算知趣人也！不要辜負他的美意。來，吩咐護衛人等，隨老夫前往！
中　軍	護衛走上！
	（四大鎧上）
中　軍	開道王府！
四大鎧	啊！
	（【牌子】。衆圓場，挖門）
董　卓	前去通稟。
中　軍	是。門上那位在？
	（院子上）
院　子	何事？
中　軍	董太師駕到。
院　子	有請大人！
	（王允上）
王　允	何事？
院　子	董太師駕到。
王　允	動樂相迎！
	（吹打。董卓下轎介。四大鎧、中軍分下）
董　卓	啊司徒！
王　允	太師請！
	（董卓、王允同坐介）
王　允	叩見太師！
董　卓	免禮。

王　允	太師降臨，未能遠迎，望乞恕罪！
董　卓	多蒙司徒相召，輕造潭府，望乞海涵！
王　允	太師功德震於天下，恩澤施於黎民。異日倘有用允之處，無不效勞。
董　卓	司徒過譽了。
王　允	想天下並非一人之天下，應有德者居之。當年湯伐桀、武伐紂，正合天意人心，豈過分乎？
董　卓	哈哈哈……日後若得漢土，封你以爲太宰。
王　允	多謝太師！
院　子	宴齊。
王　允	請太師入席！
董　卓	擺下就是。

（吹打。董卓、王允入座介）

| 王　允 | 太師請！ |

（【牌子】。董卓、王允飲酒介）

董　卓	啊司徒，約老夫觀看女樂歌舞，因何不見？
王　允	太師未傳，不敢進見。
董　卓	速速傳見，待老夫一觀。
王　允	是。來，傳舞姬等進見！
院　子	舞姬等進見！

（四歌女、貂蟬上）

貂　蟬	（唱）畫堂結彩紅燈映，
	恰似君王宴宮廷。
	舞衫輕搖多齊整，
	故做媚態惑賊臣。
	叩見太師！
董　卓	罷了。
王　允	爾等歌舞一回，請太師觀賞。
貂　蟬	遵命！

（唱【南梆子】）
　　　領群芳賣風流筵前立定，
　　　似嫦娥離月府來到凡塵。

		兩旁裏陪襯着佳人紅粉，

　　　　　故意兒爭獻媚眉目傳情。
　　　　　似蝴蝶穿花叢飛翔隱隱，
　　　　　又好似蓮池畔點水蜻蜓。
　　　　　弄花枝擺翠袖席前舞定，（舞介）
　　　　　假做那嬌羞態俯首弄裙。

董　卓　哈哈哈！
　　　（唱）歌姬中有一人甚是美俊，
　　　　　轉面來問司徒她叫何名？
　　　　啊司徒！
王　允　太師！
董　卓　舞姬之中，有一紅衣者她叫何名？
王　允　此乃新選歌姬，名叫貂蟬。啊貂蟬過來，見過太師。
貂　蟬　是。貂蟬與太師叩頭。
董　卓　罷了，起來。
貂　蟬　多謝太師！
王　允　與太師把盞。
貂　蟬　遵命！（敬酒介）太師請飲一杯！
董　卓　啊貂蟬，你多大年歲了？
貂　蟬　一十八歲。
董　卓　丰姿絕世，真神仙中之人物也。哈哈哈……
王　允　太師倘若見愛，卑職欲將此女送與太師。不知可如意否？
董　卓　司徒如此見惠，老夫何以爲報？
王　允　此女得侍太師，福分不淺。太師既肯收納，卑職叨光多矣，焉敢望報！
董　卓　哈哈哈……如此多謝了，多謝了！
王　允　來！
院　子　有。
王　允　吩咐外廂預備香車，待我親自送太師帶貂蟬回府。
院　子　是。車輛伺候！
　　　（四大鎧上，二車夫上）
董　卓　改日再來親謝。告辭了！

王　允　請！
　　　　（吹打。四歌女下，貂蟬上車介。董卓上轎介，四大鎧、中軍、二車夫、貂蟬、董卓下）
王　允　帶馬！哈哈哈……
　　　　（院子、王允下）

第　八　場

（二旗牌、呂布上）
呂　布　（念）鵲橋拆斷銀河阻，叫人半路苦憂愁。
　　　　咳！那王允已將貂蟬許配與我。適纔聞報，又送與我父，已然帶回府去，王允親自相送。俺不免在街頭等他便了！
　　　　（院子、王允上）
呂　布　呔！司徒，既以貂蟬許我，爲何又送與太師？無故相戲，你莫非視我之寶劍不利乎？
王　允　哎呀溫侯！原來你還不知。不要動怒。此地非是談話之地，請到寒舍對你言講。
呂　布　哼！聽你說些什麼！
王　允　隨我來！
　　　　（衆圓場）
王　允　請坐請坐！啊，你們外廂伺候！
　　　　（二旗牌下）
王　允　溫侯何故錯怪老夫？
呂　布　適纔家丁報道，說司徒用香車將貂蟬送與太師，是何緣故？
王　允　只因在今早朝堂遇見太師，言說要到舍下閒談。一到下午，太師果然來了。他在筵前問我：你有一女名貂蟬，已許吾兒奉先了麼？請出來老夫一見。我只得命貂蟬出來拜見公公。那太師言道：此女已配吾兒，待老夫將她帶歸府去，與他二人完婚就是。老夫不敢違拗，因此親自送她前去。太師的好意，你不細察，反在半路欺老夫，真豈有此理！
呂　布　這個？
王　允　那個？豈有此理！

吕　布　小婿一時冒失，這廂賠禮了。（跪介）
王　允　賢婿快快請起，回府去吧。
　　　　（二旗牌暗上）
吕　布　如此，告辭了！正是：
　　　　（念）若非面談其中事，險些翁婿成讎敵。
　　　　請！
王　允　請！
　　　　（二旗牌、吕布下）
王　允　看吕布已去。明日我就裝起病來，再請假一月，不見一人，靜候貂
　　　　蟬成功便了。
　　　　正是：
　　　　（念）滿口扯謊搖舌劍，盡將假話當真言！
　　　　哈哈哈……
　　　　（院子、王允下）

第　九　場

丫　鬟　（内）啊哈！（上）
　　　　（念）頭縮蘭花髮髻，
　　　　　　　身穿錦繡羅衣。
　　　　　　　金蓮橫量三寸餘，
　　　　　　　夜叉比我不及。
　　　　我，董太師府中丫鬟首領的便是。昨日太師新納了一位姬妾，天到
　　　　這般時候，還没起床哪。我先到梳妝臺上料理料理去。正是：
　　　　（念）月宫雖比人間雅，富貴還是宰相家。（下）

第　十　場

吕　布　（内）走啊！（上）
　　　　咳！
　　　　（唱）腹中無限傷心事，
　　　　　　　自愧人前不敢言。

哎呀且住！昨晚去到府中，內門已關，不能入內。今早聞聽府中之人言道：太師新納一妾，尚未起床。不想老賊竟做出這等禽獸之事。有了，不免進內窺看一回，看這老賊見我，有何話講。貂蟬見我，是何形狀。我就是這個主意也。（下）

第 十 一 場

（【小過門】。丫鬟扶貂蟬上，坐介）

丫　鬟　梳妝之物均預備齊啦，新人梳妝吧。太師昨晚傳下話來，說預備早宴，要和新人同飲哪。您這兒梳洗，我傳話去啦。

貂　蟬　如此，你去吧。

（丫鬟下）

貂　蟬　咳！天到這般時候，不見外面呂布有什麼動靜。趁太師不曾起床，待我梳妝便了！

（唱）嫩花怎禁狂蝶采，
　　　海棠難敵風卷來。
　　　自照菱花容顏改，

（呂布暗上，偷看介）

貂　蟬　（唱）窗外一人窺奴來。

且住！見有一人頭戴束髮金冠，望內窺探，想必就是呂布。待奴用言語激動於他。哎呀天哪！想我爹爹將奴許配溫侯，不想太師把我強納爲妾。若能得見溫侯，我將此事告訴與他，縱死九泉也能瞑目的了！

（唱）恨太師納兒媳人倫喪盡，
　　　將心事訴溫侯死也甘心。

呂　布　嗯哼！（看貂蟬，指心介）

貂　蟬　哎呀將軍哪！

董　卓　（內）貂蟬，扶我來！

（貂蟬暗示呂布，呂布下。貂蟬下，扶董卓上）

董　卓　（念）昨晚巫山赴陽臺，日上三竿起床來。

貂　蟬　參見太師！

董　卓　起來。

貂　蟬　謝太師！

董　卓　貂蟬，老夫憐你閉月羞花之貌。侍奉老夫，甚慰吾心。日後得了漢室江山，封你以爲貴妃如何？

貂　蟬　太師如此憐愛，賤妾感恩不盡。

（呂布上，進介）

呂　布　呂布參！

董　卓　呂布兒啊，外面有事無有？

呂　布　無有甚事。

董　卓　既然無事，不用在此，出府去吧。

呂　布　遵命！（看貂蟬介）咳！（下）

（丫鬟上）

丫　鬟　啓太師：早膳齊備。

董　卓　貂蟬，隨老夫一同前去。

貂　蟬　妾身陪伴太師。

董　卓　隨我來呀，

（笑）哈哈哈……

（同下）

第 十 二 場

（呂布上）

呂　布　可惱哇可惱！

（唱）適纔去把貂蟬見，

　　　　對面如隔萬重山。

咳！適纔看見貂蟬對我的情景，真如萬箭攢心。董卓呀老賊！俺只望你是當世的英雄，故此殺了丁原，歸服於你，不想老賊行此滅倫之事！貂蟬哪貂蟬！我二人也曾海誓山盟，難道你就這樣甘心受污不成？哎！回想老賊威權太重，滿朝文武，尚且懼怕，何況一個女子？這也難怪於她。且待明日，進內觀看。若得老賊不在身邊，俺便問她幾句也就明白了！

（唱）老賊好比無情劍，

　　　　斬斷夫妻並頭蓮。（下）

第 十 三 場

李　儒　（內）嗯咳！（上）
　　　　（唱）為人欲要圖大業，
　　　　　　　為何又將女色貪？
　　　　下官，李儒。乃董太師之婿。日前聞得王司徒贈了太師一妾，名叫貂蟬。一連三日，未曾入朝。恐怕太師因貪美色而誤大事，不免前去見機相勸一番便了！
　　　　（唱）相府去把太師見，
　　　　　　　要用忠言勸一番。（下）

第 十 四 場

　　　　（場設大帳。貂蟬上，丫鬟隨上）
貂　蟬　（唱）丁香舌比青鋒劍，
　　　　　　　要與漢家除佞奸。
　　　　　　　梳妝已畢繡閣轉，
　　　　　　　假獻殷勤立床前。
　　　　啊太師，天色不早。妾已梳妝完畢。該起床了。
　　　　（董卓啟帳介）
董　卓　哎呀！昨晚大醉，以致貪睡未醒。原來美人已然梳妝完畢了。
貂　蟬　伺候太師更衣。
董　卓　貂蟬，扶我下床。
貂　蟬　是。
　　　　（【過門】。貂蟬扶董卓出帳介）
董　卓　老夫自得美人之後，連日未曾入朝。昨日呂布見我之時，兩眼不時偷看於你，莫非他不懷好意麼？
貂　蟬　日後太師不要使妾與他相見纔是。
董　卓　言得極是。昨日有旨到來，命老夫今日午後入宮，有國事密議。丫鬟！
丫　鬟　有。

董　卓　傳諭下去,吩咐外廂轎馬伺候!
丫　鬟　是啦。
　　　　（丫鬟出門介。呂布上）
呂　布　（念）勢附威權行強霸,怒結心頭恨如山。
　　　　（呂布與丫鬟碰頭介）
呂　布　丫鬟,太師可曾起床?
丫　鬟　將起床,正與貂蟬談心哪。溫侯要見,我給您回一聲。
呂　布　哦,太師正與貂蟬談心?你不要回稟,我去臥房相見。去吧!
丫　鬟　是啦。這位小爺,怎麼有點直眉瞪眼哪?（下）
呂　布　唔哼!（進門介,看貂蟬介）
董　卓　貂蟬,回避了!
　　　　（貂蟬入帳介）
呂　布　呂布參!
董　卓　吾兒前來做甚?
呂　布　與爹爹問安。
　　　　（貂蟬掀帳看呂布,呂布偷看貂蟬介）
董　卓　兒啊,你我雖是父子,日後要見老夫,須要回稟一聲。這臥房之中,不要隨便出入,纔是規矩。
　　　　（貂蟬暗指董卓恨介,又指心流淚介）
呂　布　孩兒知道了。
董　卓　聖上有旨,宣為父今日進宮。吾兒保護為父前往。下面更衣,隨為父入朝。出房去吧!
　　　　（貂蟬從帳中露一目介。呂布兩眼直視,不語介）
董　卓　吾兒出房去吧!
　　　　（董卓回頭看貂蟬介,貂蟬急入帳介。董卓又看呂布,呂布看貂蟬介）
董　卓　嘟!
呂　布　這!爹爹有何吩咐?
董　卓　膽大呂布,如此無禮,擅敢戲吾愛姬!不念父子之情,定要問罪!還不走了出去!
呂　布　（羞惱介）咳!（跑下）
董　卓　咳,真真豈有此理!

（貂蟬出帳介）
貂　蟬　哎呀太師,妾在帳後觀看呂布之動作,見他兩眼屢次往帳內偷看。太師平日待他甚爲恩厚,不想他今日竟生此不良之心。日後須要多多留神防範。如若不然,恐妾終久必被所算。求太師設法保護賤妾纔好啊!（哭介）
董　卓　愛姬不要驚怕。老夫設法將他遣出在外,離開此地也就無有事了。
貂　蟬　太師做主!
　　　（丫鬟上）
丫　鬟　禀太師:李姑老爺求見。
董　卓　貂蟬,你且回避,後房去吧。
貂　蟬　遵命!
　　　（唱）連環巧計將成就,
　　　　　眼看父子要爲讎。（下）
董　卓　請姑老爺進見。
丫　鬟　有請姑老爺!（下）
　　　（李儒上）
李　儒　（念）路遇奉先訴冤恨,進見假做不知情。
　　　岳父在上,小婿拜揖!
董　卓　賢婿請坐!
李　儒　告坐。
董　卓　來此何事?
李　儒　特來問安。
董　卓　有勞賢婿。老夫就要入朝面君,不留賢婿久談了。請回吧!
李　儒　這個!岳父爲何面帶不悅之色?
董　卓　你既看出,就對你實講了吧。適纔呂布戲吾愛姬貂蟬,是我將他逐了出去。故此面有怒容,竟不想被賢婿看出來了。咳,真真豈有此理!
李　儒　啊岳父,你老人家欲圖大業,全仗奉先輔助。滿朝文武不敢藐視太師者,就是懼怕奉先一人耳。今因一貂蟬使呂布灰心,他若改變心腸,大事恐難圖矣。望太師休因小節而誤大事,須要三思!
董　卓　這個……賢婿之言,甚爲有理。只是老夫將事做錯,那奉先忿忿而去,如何是好?

李　儒　不妨,不妨。那奉先乃貪利之人。岳父贈以金帛彩緞,待小婿前去好言安慰,自然無事。

董　卓　如此,就命賢婿速備金帛彩緞,前去好言安慰。說老夫將起床來,精神恍惚,致生此事。叫他千萬不要挂懷!

李　儒　遵命!正是:
(念)不是苦口良言勸,險些父子起禍端。(下)
(丫鬟暗上)

董　卓　來,吩咐外廂人役伺候!

丫　鬟　外廂人役伺候啦!
(四龍套、四大鎧、中軍上)

董　卓　與老夫更換朝服伺候!
(吹打。董卓換衣介,丫鬟暗下)

董　卓　打轎上朝!

四龍套
四大鎧　啊!

(【牌子】,同下)

第 十 五 場

(呂布執戟上)

呂　布　(念)量小非君子,無毒不丈夫。
咳!適纔李儒代老賊送來金帛彩緞,好言安慰於我。因此,只得暫且忍耐,將他送入朝去。是我偷空回來,尋找貂蟬。問她前者之事,也就明白了!
(唱)一妾不能遂心願,
　　　枉在人間走一番。
　　　尋找貂蟬去會面,(圓場)
(貂蟬上)

貂　蟬　呀!
(唱)又見溫侯立堂前。

呂　布　來在堂前,待我徑入。

貂　蟬　溫侯,好容易今朝見你之面。此地不是講話之所。你先去花園鳳儀亭等我，妾我隨後就到。

呂　布　好，待我先去便了。正是：
（念）潛身且入花叢處，等候玉人下瑤臺。（下）

貂　蟬　哎呀且住！看他已去，待我速到鳳儀亭用那花言巧語，將他哄信。正是：
（念）甘心供驅使，國賊可除矣！
（唱）拂柳分花將園進，
　　　救國難顧女兒身。（下）

第 十 六 場

（四龍套、四大鎧、中軍、董卓上）

董　卓　老夫下得朝來，不見呂布，甚爲放心不下。左右，速速回府！

四龍套
四大鎧　啊！

（董卓領衆下）

第 十 七 場

（場設鳳儀亭。呂布上）

呂　布　（唱）鳳儀亭邊來站定，
　　　　遠望貂蟬進園門。

（貂蟬急上）

貂　蟬　哎呀溫侯啊！自那日我父將奴許配郎君，只望美滿姻緣，終身有託。誰知老賊將奴強佔。今朝得與郎君一訴肺腑，妾死也是無恨的了啊⋯⋯

呂　布　娘子，你的心事，我早已看明。乃是老賊強佔，並非你故意失節。呂布至死，也不忘你一片好心。

貂　蟬　溫侯，妾被老賊淫污，恨不即死！只因未與郎君一談，故此忍辱偷生。幸得今日見面，把我一片癡心表明。我乃失節之人，不堪服侍英雄，唯有一死以明妾志。郎君前途珍重，勿以妾身爲念了呀！

呂　布　哎呀娘子！呂布今生不娶你爲妻，非爲英雄也！你且忍耐一時。

待我再思良策,你我夫妻自有團圓之日。俺乃偷空而來,在此久談,恐被老賊見疑。娘子保重,俺就此去也!

貂　蟬　郎君,看你這等懼怕老賊,只恐你我夫妻今生永無團圓之日了。也罷!今既相談,莫若投那魚池而死,以了我的癡情便了!

(唱)俺大英雄無血性,
　　　投池一死了癡情。
(貂蟬假跳魚池介,呂布放戟抱貂蟬介)

呂　布　哎呀,娘子不要如此!
(董卓跑上,看介)

董　卓　嘟!還不快回房去!

貂　蟬　喂呀,喂呀!(假哭介,下)
(董卓、呂布對望介)

董　卓　你是呂布?

呂　布　呂布便怎麼樣?

董　卓　你來這鳳儀亭做什麼來了?

呂　布　你管俺做什麼來了!

董　卓　好奴才!

呂　布　哎呀!

董　卓　(念)【撲燈蛾】
　　　開言大罵小畜生、小畜生,
　　　戲我的愛姬滅人倫、滅人倫。
　　　今日定要兒的命,
哈哈,奴才!

呂　布　老賊你要怎樣?
(董卓執戟介)

董　卓　(接念)
　　　方天戟送你見閻君!
(董卓刺呂布介,呂布打戟落地。董卓倒介。呂布跑下)

董　卓　那裏走?氣死我也!(追下)

第 十 八 場

（李儒急上）

李　儒　哎呀且住！適纔聞報，太師將歸府中，怒氣冲冲急往花園尋找呂布去了。其中定有緣故。待我急去勸解勸解。
（呂布跑上）
李　儒　奉先，何事這等驚慌？
呂　布　一言難盡！
（董卓追上）
董　卓　畜生那裏走！
（董卓扔戟刺呂布介。呂布接戟，踢倒董卓，跑下）
李　儒　太師起來！
（李儒扶董卓起。董卓打李儒介）
董　卓　好奴才，著打！著打！著打！
李　儒　不要打，不要打。我是李儒啊！
董　卓　我打的是呂布。
李　儒　岳父，是我啊。
董　卓　你是哪個？
李　儒　小婿李儒。呂布早跑了。
董　卓　哎呀，把老夫氣糊塗了。
李　儒　岳父因何與奉先相打起來？
董　卓　賢婿，隨我去到房中，與你細講。
李　儒　待我攙扶你老人家。
（李儒扶董卓圓場。董卓坐介）
董　卓　氣死我也！
李　儒　岳父，你為何追殺奉先？
董　卓　這奴才屢次戲吾愛姬。誓必殺之，方解我恨！
李　儒　岳父此言差矣！自古道：見小利，則大事不成。小不忍，則亂大謀。太師既有大志，萬不可為一女子而失一猛將之心呀！
董　卓　依你便怎麼樣？
李　儒　依小婿之見，莫若趁此將貂蟬贈與呂布。那呂布感恩，必然以死報之。如此則大事可成矣。望岳父裁奪!

董　卓　這個?你且回去,容吾思之。

李　儒　遵命!(下)

董　卓　貂蟬快來!

(貂蟬上)

貂　蟬　喂呀!(哭介)

(唱)屏門後聽李儒一番議論,
　　　裝愁容換淚眼再騙奸臣。

喂呀,太師呀!(哭介)

董　卓　嘟!你因何與呂布私通?從實講來!

貂　蟬　哎呀太師,妾因太師入朝,一人在房,甚為寂寞,去到園中鳳儀亭閑步。忽見呂布走入園來,與我講話……

董　卓　你見他來就該速速躲避纔是。

貂　蟬　妾前者亦曾看出此人行為不正,一見他來,趕緊回避要走。不想那呂布笑嘻嘻地將我攔住,說道:"我乃太師之子,何用回避?"一手把我扯住,欲行無禮!

董　卓　好個可惡的奴才!你便怎麼樣?

貂　蟬　賤妾見此情景,且他又是個武夫,恐怕難逃賊手,因此甩開衣衫,要投魚池自盡,不想又被他抱住。正在難解難分之時,恰巧太師趕來,纔救了賤妾性命。太師不與賤妾做主,反說我與呂布私通,真真冤枉死妾身了啊……(哭介)

董　卓　美人不要啼哭。那呂布既然愛你,我就將你贈與呂布。你二人郎才女貌,年庚相對,勝比老夫多矣。不知你意下如何?

貂　蟬　哎呀太師呀!妾雖出身微賤,那良馬不配雙鞍之事,也曾知曉。不想太師因此小節疑惑妾身。也罷!不如死在太師面前,以報太師恩情便了!

(唱)急忙扯下劍青鋒,
　　　玉碎香消報恩情。

(貂蟬假裝自刎介,董卓急奪劍介)

董　卓　噯!美人,不須如此。方纔之言,不過相戲耳。

貂　蟬　喂呀太師呀!(哭介)

董　卓　咳!美人如此真情,李儒之言不能依他了。

貂　蟬　李儒？哦，我明白了。此事必是李儒的主意，相勸太師要行此事。想他與呂布十分交厚，故此纔出這個主意。李儒啊，李儒！你只顧朋友之情，全不顧太師的臉面！恨不得吃爾之肉，方消我心頭之恨也！

董　卓　美人不要如此。老夫言語，莫要挂懷纔好。

貂　蟬　依妾看來，此處不可久居，恐被呂布、李儒所算。

董　卓　這却無妨。明日同美人去到郿塢，共用安樂，料然無事。

貂　蟬　太師如此寵愛，賤妾感激不盡了。

董　卓　丫鬟快來！

丫　鬟　（內）來啦。（上）
　　　　太師有何吩咐？

董　卓　傳諭下去，老夫明日去往郿塢居住，並差李傕、郭汜等一同保護前往！

丫　鬟　遵命！

董　卓　吩咐備酒，與美人一同取樂。

貂　蟬　妾身侍奉太師。

董　卓　隨我來呀。哈哈哈……
　　　　（同下）

第 十 九 場

（李儒上）

李　儒　（唱）太師若聽我相勸，
　　　　　　　定把貂蟬贈奉先。
　　　　昨日勸太師把貂蟬贈與奉先，看看已有允意。適纔聞得一信，太師傳諭要去郿塢。
　　　　我不免催促太師先辦貂蟬、呂布之事，然後再去郿塢。就此走走！
　　　　（唱）只恐日多事有變，
　　　　　　　即見太師再諫言。
　　　　有人麼？
　　　　（門官上）

門　官　（念）太師要起身，人役集府門。

　　　　　原來是姑老爺。可是與太師送行的麼？
李　儒　要面見太師，有事稟告。
門　官　候着。有請太師爺！
　　　　（董卓上）
董　卓　（念）貂蟬年少甚多情，豈肯割愛與他人！
　　　　何事？
門　官　李姑老爺求見。
董　卓　叫他進來！
門　官　太師有請！
李　儒　是。參見岳父大人！
董　卓　請坐。賢婿何故來的如此之早？
李　儒　就爲貂蟬一事。忽聞太師要去郿塢。正逢今天乃是黃道吉日，就
　　　　請先把貂蟬送與呂布成婚，然後再去郿塢靜養。太師以爲如何？
董　卓　這個？老夫思之再三。那呂布與我有父子名分，貂蟬已侍老夫，如
　　　　何賜與呂布？前事一概寬恕於他就是，你再用好言慰之可也。
李　儒　哎呀，太師欲圖大事，何吝一個女子？太師高明，萬不可被婦人
　　　　所惑！
董　卓　嘟！汝之愛妾何不送與呂布？貂蟬之事，休再多言！
李　儒　太師不要動氣！禍到臨頭，悔不及矣。
董　卓　再談此事，定當問斬！下去！
李　儒　是，小婿告退。咳！我等皆死於此婦人之手了！正是：
　　　　（念）再三不聽忠言勸，大事定失酒色中。（下）
董　卓　來！
門　官　有。
董　卓　傳話出去，速速預備轎馬、香車，隨老夫起行！
門　官　是。
　　　　（分下）

第 二 十 場

　　　　（【牌子】。李肅、王允、董旻、董璜、黃琬、張瑞上）
李　肅　列位請了！

王　允 董　旻 董　璜 黃　琬 張　瑞	請了！
李　肅	太師駕幸郿塢，我等理應一同相送。司徒病體可曾痊愈否？
王　允	下官賤恙實未痊愈。因太師去往郿塢，故此扶病出來相送。
李　肅	如此，大家前往！
王　允 董　旻 董　璜 黃　琬 張　瑞	請！

（【牌子】。同下）

第二十一場

呂　布　（內）走啊！（上）

（唱）李儒之言成虛論，

　　　只恐貂蟬歸他人！

哎呀且住！前在鳳儀亭與貂蟬會面，竟被老賊撞見，幸遇李儒解圍。後來李儒出府，對我言道，老賊有意將貂蟬許配與我。適纔聞得老賊要帶貂蟬去往郿塢，李儒也不見蹤迹了。難道是他耍笑於我不成？有了，俺不免站在高坡看老賊起身，那貂蟬跟隨是何景況？就此前往！（圓場）

（吹打。李肅、董旻、董璜、黃琬、張瑞上，送行介）

（四龍套、四丫鬟引貂蟬上，車夫隨上。貂蟬看呂布拭淚介，嘆介，指董卓恨介。過場，下）

（四文堂、四大鎧、四將官、中軍引董卓上，一傘夫隨上）

（四文堂、四大鎧、四將官、中軍、董卓、傘夫下。李肅、董旻、董璜、黃琬、張瑞下）

呂　布　咳！

（王允暗上，拍呂布背介）

王　允　啊溫侯，不隨老太師駕幸郿塢，在此遥望長嘆，是何意也？

吕　布　哦，難道公還不知麼？
王　允　咳！老夫前染小恙，一月未能出門。外面之事，一概不知。
吕　布　貴體欠安，少去問候。
王　允　豈敢，豈敢！到底因爲何事長嘆呢？
吕　布　咳！不過爲公女貂蟬耳。
王　允　啊！太師還未與你二人完婚麼？
吕　布　大人，公女已被老賊強佔爲妾了。
王　允　啊！有這等事？
吕　布　他已僥倖月餘了。
王　允　這是老夫害了月餘之病，以致誤事。咳！不想老賊與溫侯有父子之情，竟做出這禽獸之事！且隨老夫去到舍下，有話對你言講。
吕　布　好！請！
　　　　（衆圓場。院子暗上）
院　子　大人回來了？
王　允　下面伺候！
院　子　是。（下）
王　允　溫侯可曾與小女見過面來？
吕　布　大人哪！
　　　　（唱）令嬡深情實可敬，
　　　　　　那日偷會鳳儀亭。
　　　　　　二人心事未說盡，
　　　　　　被賊撞見趕出門。
王　允　好賊子！
　　　　（唱）當朝太師專國政，
　　　　　　父納子婦亂人倫。
　　　　　　老夫丟臉不要緊，
　　　　咳！溫侯啊！
　　　　（唱）你英雄一世怎見人？
吕　布　（氣介）哎呀司徒！我定殺老賊，以雪你我之恥！
王　允　溫侯蓋世英雄，豈能久居人下？奪妻之恥，實在令人難忍！
吕　布　只是我與老賊有父子之名，若殺此賊，又恐被人指責。如何是好？
王　允　哎呀，溫侯何其呆也！你自姓吕，他自姓董。若顧父子的名分，就

　　　　　不該父霸子妻爲妾了！
呂　布　哎呀，不是司徒提醒，我幾乎自誤矣。不殺老賊，誓不爲人也！
王　允　如今老賊專權，任意橫行，置黎民於水火之中。他所恃者，不過將軍一人耳。若能你我同心，除此國賊，炎漢江山，皆溫侯所賜矣。
呂　布　吾意已決。司徒有何妙計教我？
王　允　要除國賊，須用一與他親近之人，去到郿塢，誆賊進城。老夫自有妙計殺之。
呂　布　前者殺丁原，均是李肅之計。他乃是老賊素信之人，近因老賊不遷其官，懷恨在心。若使此人前去，必不見疑。司徒可派人請他前來商議行事。
王　允　好。甚爲有理。來！
　　　　（院子上）
院　子　大人有何吩咐？
王　允　拿我名帖，請騎都尉李大人過府。說我與呂將軍恭候，有要事面談。
院　子　遵命！（下）
呂　布　不知司徒有何妙計？
王　允　如今天子有疾新愈，且作下殺賊詔旨一道。李肅去往郿塢，說聖上欲將大位禪讓與他，老賊必然相信。候賊入朝，將軍伏下甲兵，出而殺之。此爲上策也。
呂　布　此計甚妙。候李肅到來，一同商議便了。
　　　　（院子引李肅上）
李　肅　（唱）司徒溫侯將我請，
　　　　　　　急忙謁府問原因。
院　子　李大人到！
王　允　　李大人來了，請坐！
呂　布
李　肅　有坐。二公約我，有何見教？
王　允　家院下面伺候！
院　子　是。（下）
呂　布　啊仁兄，小弟歸服董卓，乃兄台所勸。誰知老賊廢嫡立庶，殺害無辜，逆倫滅理，神人共怒。我與司徒商議，想要除此國賊。請兄前

　　　　　來同行此事。若不依者，請試吾劍！
李　肅　我欲行此事久矣，恨無同心之人。溫侯、司徒若得如此，乃天助成功也。但不知怎樣行之？
王　允　我二人已然定好計策在此。且待明日約請那黃琬、張瑞前來商議，一同行之。
李　肅　哎呀，倘若走漏風聲，恐有滅門之禍！
王　允　不妨不妨。他二人與我早有此意。請到後軒，大家商議行事便了。正是：
王　允
呂　布　（念）蒼天若不絕炎漢，
李　肅　（念）二公美名萬古傳。
王　允
呂　布　請！
李　肅

　　　　　（同下）

第二十二場

　　　　　（四丫鬟、貂蟬、董卓上）
董　卓　（唱）陣陣清風入畫堂，
　　　　　　　對面吹來蘭麝香。
　　　　　　　貂蟬好比仙姬樣，
　　　　　　　柳腰花體世無雙。
貂　蟬　太師啊！
　　　　（唱）今朝蒙寵榮華享，
　　　　　　　他日侍寢伴君王。
董　卓　哈哈哈……
　　　　老夫自到郿塢，又得美人朝朝陪伴。天上神仙，未必有此快樂。
貂　蟬　幸蒙太師攜妾來此，享盡人間之樂。妾身幾世纔能修得到此！
　　　　（門官上）
門　官　（念）天子發詔旨，稟與太師知。
　　　　啟稟太師：今有李肅奉了聖上旨意，前來面見太師。

董　卓　李肅前來見我，不知有甚急事。美人，暫且迴避了。
貂　蟬　遵命！
　　　　（貂蟬、四丫鬟下）
董　卓　命他進來！
門　官　有請李大人！（下）
　　　　（李肅上）
李　肅　（念）假傳天子命，來誆叛逆人。
　　　　太師在上，李肅叩見！
董　卓　罷了。到此何事？
李　肅　聖上有旨，詔太師入朝，有大事密議。旨意在此，請太師拜讀。
董　卓　拿來我看。
李　肅　這個！太師請看。（呈旨介）
　　　　（董卓看旨介）
董　卓　哈哈哈……聖上因何有此旨意？
李　肅　天子病愈，自度才力不足，願讓有德者居之。因此召集文武商議，欲禪大位與太師，故有此詔。
董　卓　老夫功微德薄，哪堪為君？
李　肅　這有何妨？昔日堯禪舜、舜禪禹亦不過此也。
董　卓　聖上雖有此詔，不知那王允之意如何？
李　肅　司徒聞得此詔，已命人建築受禪臺矣。
董　卓　你且下面歇息，隨我一同入朝。
李　肅　遵命！（暗笑介，下）
董　卓　哎呀妙啊！此舉正合我意。前者我去司徒家中，司徒對我倍加親近，又以貂蟬送我，說了許多心腹之言。此人素性烈，我甚畏之。今既順服，吾無憂矣。哈哈哈……
　　　　（四丫鬟、貂蟬上）
貂　蟬　（念）詔旨禪大位，連環計已成。
　　　　啊太師，李肅之言，妾在屏風後面均已聽明。既是天子有旨，將大位禪讓與太師，須要速速入朝纔是。
董　卓　天子雖有詔旨，又恐民心不服，因此尚在猶疑之中。
貂　蟬　今太師調元贊化，有功於漢室久矣。承襲大位，正合天意，亦順民心，非為過分。太師不必猶疑不定。請速速入朝，遲則恐有他變。

董　卓　美人言得有理。來！
　　　　（門官暗上）
門　官　有。
董　卓　傳諭下去，命李傕等守住郿塢。吩咐擺齊鑾駕，老夫隨李肅即刻起行！
門　官　遵命！（下）
貂　蟬　妾身備宴與太師慶賀。
董　卓　有勞美人了。哈哈哈……
　　　　（同下）

第二十三場

（【牌子】。四上手、四短刀手、四龍套、王允、呂布、黃琬、張瑞上）

王　允　溫侯，適纔聞報，老賊已隨李肅入城，並未帶領兵將，只有隨護人等。此乃天助我等成功也。
呂　布　司徒等在朝門內等候老賊，待俺潛伏暗處。老賊一到，聽候號令殺之。就此埋伏去也。
王　允　我等在此相候便了。
王　允
呂　布
黃　琬　請！
張　瑞

（同下）

第二十四場

（【牌子】。四大鎧、四校尉、李肅、董卓上，傘夫隨上）

董　卓　適纔離了郿塢，行在半途，車折一輪，因此換馬乘騎入城。忽然馬聲咆哮，韁繩又斷。不知其兆若何？
李　肅　此乃太師應受漢禪，棄舊換新，將乘玉輦金鞍之兆也。
董　卓　既然如此，隨老夫速速入朝便了！
　　　　（【牌子】。衆圓場，歸上場門站一字）

李　肅	已到禁門，隨侍人不得進入。待下官陪伴太師面聖，然後登受禪臺，並受諸臣朝拜之禮。
董　卓	如此，爾等門外伺候！
	（四大鎧、四校尉、傘夫下）
董　卓	前面引路！（圓場）
	（王允、黃琬、張瑞由下場門上，四短刀手、四上手、四武士、四龍套隨上，均持劍介）
董　卓	啊司徒，聖上因何忽有此詔？受禪臺今在何處？
王　允	呔！老賊！你來了！我奉天子密詔，討誅賊臣。來，與我拿下了！
董　卓	哎呀不好！吾兒奉先何在？
呂　布	（內）俺呂布來也！（急上）俺奉天子之詔，前來討誅國賊！
董　卓	唉呀不好了！
呂　布	老賊看戟！
	（刺董卓死介）
王　允	來！
衆兵將	有！
王　允	我等同呂將軍奉天子密詔，誅討國賊。今董賊已死，曉諭闔朝官員，與賊有聯屬者俱皆無事。
衆兵將	遵命！
王　允	啊溫侯！
呂　布	司徒！
王　允	董卓家小現在郿塢，何人前去捉拿？
呂　布	那郿塢有李、郭、張、樊四將在彼，須某自己前去。司徒同衆位入朝去奏知天子。俺就此去也。來，帶馬！
	（四上手、四短刀手領呂布下）
王　允	來，將董賊首級割下，屍首陳在十字街示衆。再拿李儒家小，不得有誤！
四武士	遵命！
王　允	我等入朝面陳天子便了！
	（同下）

第二十五場

（門官上）

門　官　（念）適纔聞得太師信，嚇得三魂少二魂。

哎呀，可了不得啦！太師入朝，被王允等殺害。我們這李、郭、張、樊四位將軍聞聽此信，各帶本部人馬全都四散啦。我趁這個機會，趕緊逃了吧。

（四上手、四短刀手引呂布上）

呂　布　與我拿下。綁上來！

（四上手綁門官介）

門　官　呂將軍饒命啊！

呂　布　我到此地，那李、郭、張、樊四將往那裏去了？

門　官　他們聞聽太師的凶信，均各帶兵四散逃跑啦。

呂　布　董卓家眷今在何處？

門　官　現在後面。

呂　布　那貂蟬呢？

門　官　在花園暖閣。

呂　布　速速與我尋來，饒爾狗命。來，與他鬆綁，跟他前去！

四上手　啊！（四上手押門官下）

呂　布　來，去往後面將董賊家眷盡行誅戮，不許容留一人。賣放者斬！

短刀手　啊！

（四短刀手下。幕內喊聲，四短刀手上）

短刀手　啟稟溫侯：董卓家眷俱已斬訖。

門　官　（內）隨我來呀！

（門官、四丫鬟、貂蟬上）

貂　蟬　（唱）老爹爹爲漢主連環計定，

　　　　　　　到如今除國賊大快人心。

　　　　　　　又聽得衆兵將逃竄無影，

　　　　　　　呂溫侯來到此尋找奴身。

溫侯在那裏？

呂　布　啊娘子來了！

貂　蟬	哎呀溫侯啊！（哭介）
呂　布	娘子請坐！你我夫妻今日重逢，乃大喜之事，不要悲傷。
貂　蟬	妾被老賊強佔，只説與郎君今生不能完聚。誰知上蒼有眼，國賊遭戮，從此國泰民安。此皆將軍所賜。
呂　布	不是與司徒等同心協力，焉能與國家除此強暴！
貂　蟬	這郿塢還有許多老賊擄搶來的民間之女。請溫侯將此處庫內金銀分與他等，發放他等歸家纔是。
呂　布	娘子行此陰德之事，小將何樂不爲！門官，就命你前去辦理此事，快快前去！
門　官	遵命！（下）
貂　蟬	妾已備下團圓酒，與溫侯同飲一番如何？
呂　布	有勞娘子了！
貂　蟬	丫鬟，酒宴伺候！
四丫鬟	是。（擺酒介）
	（吹打。呂布、貂蟬入座介）
貂　蟬	溫侯請！
呂　布	娘子請！
	（呂布、貂蟬飲酒介。【牌子】）
貂　蟬	妾今服侍郎君，已了平生之願。自幼曾習過歌舞。願在席前歌舞一番，以賀溫侯除賊之功。
呂　布	娘子的妙舞倒要領教領教。丫鬟，伺候了！
貂　蟬	來，與吾更衣者！
	（【小過門】。貂蟬更衣介）
	（唱）脱却裙衫舞衣現，
	款動蓮步似天仙。
	織就霓裳隨身轉，（舞介）
	慶賀夫妻再團圓。
報　子	（內）報。（上）
報　子	啓溫侯：今李傕等四將各帶兵將，由小路殺到長安，聲言要與董太師報讎。請令定奪！
呂　布	哦，有這等事？再探！
報　子	啊！（下）

貂　　蟬　溫侯，須要設法保護聖上與我爹爹纔好！
呂　　布　這却無妨。量那李傕等無足爲害。先在這附近尋一所清靜民房，安置了娘子。然後待某殺退逆賊等，再接娘子進城，與令尊相會。
貂　　蟬　但憑溫侯。
呂　　布　來，速備車輛，爾等保護前往。
貂　　蟬　車輛伺候！

　　　　（一車夫上。四龍套、四丫鬟領貂蟬下）

　　　　（四短刀手、四上手兩邊上）

呂　　布　衆兵丁，隨俺殺轉長安去者！
四上手
短刀手　啊！

　　　　（衆倒脱靴下）

絕糧返境

佚 名 撰

解 題

　　京劇。現代佚名撰。《京劇劇目初探》《京劇劇目辭典》著錄,均題《絕糧返境》。未署作者。劇寫董卓死後,李傕、郭汜等犯長安,挾天子掌朝政。西涼太守馬騰與并州太守韓遂引兵勤王。李傕、郭汜閉門不戰,並斬與馬、韓約爲内應的三家,號令轅門。馬騰、韓遂因軍中糧盡,援糧又被劫於陳倉,不得已退兵。李、郭命張濟、樊稠追擊,馬超力戰,全軍突圍而還。本事出於《三國志·魏書》李傕、郭汜傳,《三國演義》第十回。清宮大戲嘉慶本《鼎峙春秋》中有《絕糧返境》。版本今見《京劇彙編》收錄的中國國家圖書館藏本及以該本重刊的《京劇傳統劇本彙編》本。今以《京劇彙編》中國國家圖書館藏本爲底本整理。

第 一 場

　　　　（馬超、龐德同上,雙起霸）
馬　超　（念）威鎮西凉膽氣高,
龐　德　（念）白馬銀槍逞英豪。
馬　超　將軍請了!
龐　德　請了!
馬　超　今日父帥升帳,你我兩廂伺候!
龐　德　請!
　　　　（四西凉兵引馬騰、韓遂同上,同歸帳,同坐介）
馬　超　參見　父帥
龐　德　　　　元帥!

馬　騰	少禮。兩廂伺候！
馬　超 龐　德	啊！
馬　騰	（念）（詩）指望靖難力勤王， 　　　　　　　數萬雄師離西凉。
韓　遂	（念）（詩）賊兵拒守高山上， 　　　　　　　大軍不利內應亡。 （唱）累次攻戰師無向， 　　　堪恨空勞枉逞强！ 　　　此際心中懷惆悵， 　　　再想良謀保朝堂。
馬　騰	賢弟，你我自起勤王之兵，屯於山口，結內應於三家，統大兵於外鎮。不想機關洩漏，三戶被誅。今有小校來報，那李傕、郭汜二賊，反將三人首級，高懸營前，以壯其威。本欲率兵進攻，怎奈軍糧不敷，好生愁悶人也！
韓　遂	吾已遣將催糧去了，不日即到，以應軍用。我與仁兄，分兵兩路奪入山谷，過了此川，李、郭二賊，不難擒也。
報　子	（內）報！（上） （念）糧餉被賊搶，敵勢太猖狂！ （進門介）
報　子	報子告進！啟二位主帥：并州解來軍糧，行至陳倉道口，盡被敵軍搶去，奔入深谷去了。
馬　騰 韓　遂	知道了。再探！
報　子	啊！ （下）
韓　遂	哎呀，敵人久老吾師，又將軍糧劫去，事在燃眉，須當早作計較。
馬　騰	為今之計，不如暫且退兵。待等秋凉，再起兵討之，未為晚也。
韓　遂	此言甚合吾意。可傳令諸將，預備今夜拔營。
馬　騰	說得有理。此皆天數當然，等待養成銳氣，再整軍馬，共滅叛逆便了。眾將官，就此拔營，回轉西凉去者！
眾　人	啊！

（二纛旗同上，衆人同上馬介）

馬　騰　（唱）秉正丹心除逆黨，
韓　遂　（唱）怎奈他兵暗隱藏！
馬　騰　（唱）免戰牌高挂營門上，
韓　遂　（唱）空勞我軍受風霜。
馬　騰　（唱）糧餉不濟收兵往，
韓　遂　（唱）再整雄師滅強梁。
　　　　（衆人同下）

第　二　場

（四軍士、四大鎧、張濟、樊稠同上）

張　濟　（唱）運籌帷幄意精詳，
樊　稠　（唱）樊籠困鳥怎翱翔。
張　濟　賢弟，那馬騰、韓遂，必因軍糧不接，夜間棄營遁去。俺與將軍兵分兩路打從山谷繞出，以劫其軍。兩下相繼而戰，料馬騰、韓遂，難出我計矣！
樊　稠　兵貴神速。衆將官，就此抄路截殺者！
四軍士
四大鎧　啊！
張　濟　（唱）分路剿殺休輕放，
樊　稠　（唱）整頓威風戰西羌。
張　濟　（唱）莫教遁去留餘障！
樊　稠　（唱）兵速如風聲勢揚。
　　　　（衆人同下）

第　三　場

（四西凉兵、馬騰、韓遂同上，二纛旗隨上）

馬　騰　（唱）各整行裝收兵將，
韓　遂　（唱）銜枚息鼓避鋒芒。
馬　騰　衆將官，前面已近大山口。急急趕行，恐有伏兵，截殺不便！

西凉兵	啊！
四軍士 四大鎧	（內）殺！
韓　遂	呀，你聽喊殺之聲漸近。
馬　騰	吾已令龐德、馬超斷後。我與賢弟前行便了！

（四軍士、四大鎧引張濟、樊稠同上，會陣。四軍士、四大鎧、樊稠、四西凉兵、韓遂自兩邊分下）

張　濟	馬騰哪裏走！快快住馬，與你比試三合！
馬　騰	逆賊，你不思奮力王家，反助賊爲虐；俺奉天討逆，還不下馬受縛！
張　濟	一派胡言，放馬過來！

（起打。馬騰下，張濟追下。韓遂上，樊稠追上，打韓遂敗下，樊稠追下。馬騰上，張濟追上，馬超上，接戰，馬騰下。馬超打張濟敗下，馬超追下。樊稠追韓遂同上，龐德上，接戰，韓遂下。龐德打樊稠下，龐德追下。四軍士、四大鎧、四西凉兵同上，攢下。張濟、樊稠追馬騰、韓遂上，打介，四軍士、四大鎧同上，圍戰介。四西凉兵、馬超、龐德上，救出馬騰、韓遂介，下）

張　濟 樊　稠	馬騰、韓遂已敗，窮寇莫追。就此回軍！
四軍士 四大鎧	啊！
張　濟	（唱）今番對壘軍威壯， 　　　一戰成功敗西凉。
樊　稠	（唱）得勝回軍凱歌唱， 　　　英名大振保邊疆。
張　濟 樊　稠	衆將官，收兵者！
四軍士 四大鎧	啊！

（【尾聲】。同下）

磐 河 戰

佚 名 撰

解 題

　　京劇。現代佚名撰。《京劇劇目辭典》《京劇劇目初探》著錄，均題《磐河戰》，未署作者。劇寫東漢末年公孫瓚與袁紹約定夾攻韓馥，得了冀州，平分其疆土。袁紹先得了冀州。公孫瓚遣其弟公孫越前往索地，被袁紹派人暗殺。公孫瓚得訊，大爲震怒，興兵報讎，在磐河與袁紹大戰。當時趙雲在袁紹帳下爲將，請令拒敵，爲袁紹所辱。袁紹遣顏良、文醜等將追趕，大敗公孫瓚。趙雲憤袁紹目不識人，見公孫瓚有難，助他打敗顏良、文醜，突圍而去。本事出於《三國演義》第七回。《三國志・魏書・公孫瓚傳》載有戰磐河事，但無趙雲救公孫事。版本今有《戲考》本、《京劇彙編》王連平藏本、上海市《傳統劇目彙編》京劇集本、《京劇傳統劇本彙編》本。《京劇彙編》本與《戲考》本不盡相同。今以《京劇彙編》王連平藏本爲底本，參考其他本校勘整理。

第 一 場

（四文堂引公孫瓚上）

公孫瓚　（念）【引】威震北壁爲江山，日夜憂戚。
　　　　　（念）（詩）漢室衰微國運傾，
　　　　　　　　　　讒臣當道亂朝廷。
　　　　　　　　　　各路諸侯相爭勝，
　　　　　　　　　　分疆列土動刀兵。
　　　　　本帥，公孫瓚，漢室爲臣。可恨董卓專權，諸侯各霸一方。吾與袁紹有約在先：誰人得了漢室疆土，俱各平分。前者袁紹馳書，約吾

|||共攻冀州。本鎮正欲發兵，忽聞冀州刺史韓馥竟將州事讓與袁紹，恐是本初詭計。不免命二弟前去，一來與袁紹平分疆土，二來探聽虛實。來！

四文堂 有。

公孫瓚 有請二老爺！

一文堂 有請二老爺！

（公孫越上）

公孫越 （念）胸藏英雄膽，懷揣虎狼心。

俺，公孫越。大哥呼喚，進帳參見。大哥！

公孫瓚 賢弟少禮，請坐！

公孫越 告坐。喚小弟進帳，有何軍令？

公孫瓚 只因袁紹與我有言在先：誰若得了漢室疆土，俱各半分。今袁紹已得冀州。愚兄欲命賢弟前去，明分疆土，暗探虛實，不知賢弟意下如何？

公孫越 小弟願往。

公孫瓚 好。聽愚兄一令！

（唱）公孫瓚坐帳中忙傳令號，

　　　叫一聲二賢弟細聽根苗：

　　　那袁紹在冀州圖謀非小，

　　　一心想篡奪那漢室龍朝。

　　　此一番見本初虛言問好，

　　　暗地裏探虛實細心記牢。

公孫越 得令！

（唱）在帳中領受了兄長令號，

　　　爲江山到冀州去走一遭。

　　　叫人來你與我忙帶虎豹，

（二旗牌上，帶馬介，下）

公孫越 （唱）取不了漢疆土誓不回朝。（下）

公孫瓚 （唱）見二弟走上了陽關大道，

　　　不由我公孫瓚暗把心操。

　　　衆三軍各依隊齊歸營號，

　　　候二弟回營來再作計較。

（同下）

第 二 場

（四文堂引袁紹上）

袁　紹　（念）【引】佔據冀州，懷異謀，要坐龍樓。
　　　　（念）（詩）旭日東升鼓角鳴，
　　　　　　　　　　百萬兒郎殺氣騰。
　　　　　　　　　　爲爭江山心用盡，
　　　　　　　　　　提調諸鎮馬步兵。
　　　　某，姓袁名紹字本初。可恨董卓專權，諸侯各霸一方。我與公孫瓚有言在先：不論誰人得了漢室州郡，平分疆土。今某已得冀州，只恐公孫瓚前來平分，若是與他平分，某的大事難成；若是不分，難免又動干戈。思想起來，好不爲難也！
　　　　（軍士上）
軍　士　（念）龍虎臺前出入，貔貅帳內傳宣。
　　　　啓爺：今有公孫瓚差公孫越前來求見。
袁　紹　有這等事！傳麴義進帳！
軍　士　麴義進帳！
　　　　（麴義上）
麴　義　（念）奔走貔貅帳，統帶鐵甲兵。
　　　　參見主公！
袁　紹　罷了。
麴　義　有何軍令？
袁　紹　命你帶領弓箭手，假做董府家將，埋伏三岔路口，候公孫越走過，亂箭射死，不得有誤！
麴　義　得令。馬來！
　　　　（四龍套上，帶馬介，麴義、四龍套下）
袁　紹　有請公孫將軍！
軍　士　有請公孫將軍！
　　　　（公孫越上）
公孫越　盟主！

袁　　紹　　將軍請坐！

公孫越　　有坐！

袁　　紹　　不知將軍駕到，未曾遠迎，面前恕罪！

公孫越　　豈敢！末將來得鹵莽，盟主海涵！

袁　　紹　　將軍到此，所爲何事？

公孫越　　末將奉兄長之命，前來分取冀州疆土。

袁　　紹　　我與公孫兄原是生死之交，焉有二意？將軍回去禀知令兄，某家不失前言就是。

公孫越　　將軍真乃仁義也！

袁　　紹　　後帳擺宴，與將軍接風。

公孫越　　且慢！公務在身，不敢久停。末將復命去了。

袁　　紹　　恕不遠送！

　　　　　（公孫越下）

袁　　紹　　公孫越呀公孫越！管叫你：明槍容易躲，暗箭最難防！掩門！

　　　　　（同下）

第　三　場

（【水底魚】。四龍套、麴義上）

麴　　義　　俺，麴義。今奉袁將軍將令，假扮董府家將，帶領弓箭手，埋伏三岔路口，候公孫越到來，亂箭將他射死。衆將官！

四龍套　　有。

麴　　義　　埋伏了！

四龍套　　啊！

　　　　　（同下）

第　四　場

公孫越　　（内唱）【西皮導板】

　　　　　　昔日楚漢兩爭強，

　　　　　（二旗牌、公孫越上）

公孫越　　（唱）鴻門設宴害高皇。

　　　　　　霸王不聽范增講，
　　　　　　後來自刎在烏江。
　　　　　　催馬來在陽關上！（【掃頭】）
　　　（四龍套、麴義上）
麴　義　呔！來的可是公孫越？
公孫越　然也！何處狂徒？通名受死！
麴　義　某奉董府之命，前來取爾首級！
公孫越　一派胡言，放馬過來！
　　　（起打。麴義原人敗下，公孫越原人追下）
　　　（連場——麴義原人上）
麴　義　且住！公孫越來得厲害。等他到來，亂箭齊發！
　　　（公孫越上，麴義放箭介，公孫越死介）
四龍套　公孫越已死。
麴　義　回營交令！
四龍套　啊！
　　　（同下）

第 五 場

　　　（二旗牌上）
二旗牌　哎呀，且住！今有袁紹命大將麴義假扮董府家將，埋伏三岔路口，將二老爺亂箭射死。不免報與大老爺知道便了！（下）

第 六 場

　　　（四文堂引公孫瓚上）
公孫瓚　（唱）命二弟分疆土尚無音信，
　　　　　　倒叫我終日裏常挂在心。
　　　　　　悶懨懨坐至在二堂內等，
　　　　　　心又驚肉又戰所為何情？
　　　（二旗牌上）
二旗牌　啟爺：大事不好了！

公孫瓚　　何事驚慌？

二旗牌　　今有袁紹命大將麴義假扮董府家將，帶領弓箭手，埋伏三岔路口，將二老爺亂箭射死！

公孫瓚　　怎麼講？

二旗牌　　將二老爺亂箭射死！

公孫瓚　　哎呀！（氣椅）

二旗牌　　老爺醒來！

公孫瓚　　（唱）聽說二弟命喪了，

　　　　　二弟呀！

　　　　　（唱）點點珠淚往下拋。

　　　　　　　手指河北罵袁紹，

　　　　　　　苦害我二弟爲哪條？

　　　　　　　回頭便把三軍叫！

　　　　　（四上手上）

公孫瓚　　（唱）本鎮言來聽根苗：

　　　　　　　我今領兵把讎報，

　　　　　　　爾等可願馬後勞？

四上手
四文堂　　我等願往。

公孫瓚　　好啊！

　　　　　（唱）就此與爺傳令號，

　　　　　　　翻江攪海戰一遭！

　　　　　（同下）

第　七　場

（嚴綱上，起霸）

嚴　綱　　（念）（詩）少小讀《春秋》，

　　　　　　　　殺氣神鬼愁。

　　　　　　　　炮響如雷吼，

　　　　　　　　奉命統貔貅。

　　　　　俺，嚴綱。只因二老爺前去分取疆土，被袁紹用計害死。俺家元帥大怒,今日整頓兵馬,與二老爺報讎,命俺全身披挂,轅門伺候。遠遠望見元帥來也。

（四文堂、四上手、公孫瓚上）

公孫瓚　（念）爲報冤讎恨,日夜苦勞心。

本帥,公孫瓚。今日興兵與二弟報讎。嚴綱聽令!

嚴　綱　在。

公孫瓚　攻打頭陣!

嚴　綱　得令!

（嚴綱、四上手下）

公孫瓚　二弟呀二弟!愚兄興兵與你報讎,但願你靈魂在暗地呵——

（【急三槍】。公孫瓚持槍起舞介）

公孫瓚　保佑!殺!

（同下）

第　八　場

（【長錘】。四龍套、袁紹上）

袁　紹　（唱）四面設下龍虎陣,

　　　　　要使公孫一命傾。

　　　　　邁步我把寶帳進,

　　　　　且聽探馬報軍情。

（中軍上）

中　軍　啓爺：今有公孫瓚要與公孫越報讎,帶領人馬前來攻打冀州。

袁　紹　噢,有這等事!吩咐顏良、文醜、麴義、趙雲全身披挂,轅門聽點!

中　軍　是。

（袁紹下）

中　軍　元帥有令：顏良、文醜、麴義、趙雲全身披挂,轅門聽點!

衆　　　（內）啊!

（同下）

第 九 場

　　　　　（顏良上，起霸）
顏　　良　（念）（詩）大將威名震八方，
　　　　　（文醜上，起霸）
文　　醜　（念）（詩）英雄血戰在沙場。
　　　　　（麴義上，起霸）
麴　　義　（念）（詩）轅門點動兵和將，
　　　　　（趙雲上，起霸）
趙　　雲　（念）（詩）斬將擒王把名揚。
顏　　良
文　　醜　俺，
麴　　義
趙　　雲
顏　　良　顏良。
文　　醜　文醜。
麴　　義　麴義。
趙　　雲　趙雲
顏　　良　衆位將軍請了！
文　　醜
麴　　義　請了！
趙　　雲
顏　　良　主帥升帳，兩廂伺候！
文　　醜
麴　　義　請！
趙　　雲
　　　　　（四龍套、四下手引袁紹上。【點絳唇】）
袁　　紹　（念）（詩）將臺屬吾尊，
　　　　　　　　　旌旗飄轅門。
　　　　　　　　　一戰在北地，
　　　　　　　　　定把公孫擒。

顏良 文醜 麴義 趙雲	參見元帥！
袁紹	站立兩廂！
顏良 文醜 麴義 趙雲	謝元帥！
袁紹	某，袁紹。可恨公孫瓚帶領人馬，前來攻打冀州。爲此整頓人馬，與他對敵。麴義聽令！
麴義	在。
袁紹	攻打頭陣！
麴義	得令！（下）
袁紹	顏良、文醜聽令！
顏良 文醜	在。
袁紹	二隊截殺！
顏良 文醜	得令！（下）
袁紹	且住！今日出兵，非比尋常，待某親自出馬。衆將官，起兵前往！
趙雲	且慢！
袁紹	趙雲爲何阻令？
趙雲	主帥呀！俺趙雲幼習孫、吳，頗曉兵法，自投帳下，並無寸功。今日抵擋公孫瓚，滿營將官，俱有差遣，獨把俺趙雲一字不提，是何理也？
袁紹	不是喏！那公孫瓚乃將中魁首。將軍年幼，你若出兵，焉是他的對手？豈不失了軍中銳氣！
趙雲	主帥，你好小量俺也！ （唱）戰國時伍子胥年紀幼小， 　　　保平王赴臨潼獨顯英豪。 　　　俺本是擎天柱忠心可表， 　　　要學那盟輔將萬載名標。
袁紹	也罷！念你有此一點護國之心，賜你五百短刀手，隨在後隊，聽候

趙　雲　你那五百人馬，俺也不要。待俺趙雲匹馬單槍，生擒公孫瓚入帳。
袁　紹　住了！本帥用兵，神鬼難測，你敢在帳中絮絮叨叨！不念用兵之時，定要將你斬首！來，將他叉出帳去！
趙　雲　（灑介）
　　　　（念）暫息心頭之恨，且自忍氣吞聲。
　　　　哈哈哈！……（下）
袁　紹　衆將官，起兵前往！
　衆　　啊！
　　　　（【牌子】。同下）

第　十　場

（四下手、麴義上，四上手、嚴綱上，會陣介，起打，麴義敗介。文醜上，槍挑嚴綱死介，同下）

第 十 一 場

（趙雲上）
趙　雲　（唱）適纔帳中把令討，
　　　　　　　趕出不用恨怎消。
　　　　唉！想俺趙雲在帳中討令，那袁紹目不識人，將俺趕出帳外。既不重用，俺只好另投別路。蒼天哪，蒼天！困煞俺英雄也！
　　　　（唱）老天無故困英雄，
　　　　　　　淺水怎能養蛟龍？
　　　　　　　有朝一日春雷動，
　　　　　　　大鵬展翅上蒼穹。（下）

第 十 二 場

（四文堂、四上手引公孫瓚上）
報　子　（內）報！（上）

　　　　　嚴綱落馬！
公孫瓚　不好了！（【牌子】）
　　　　（四龍套、四下手、顏良、文醜、麴義引袁紹上）
公孫瓚　（唱）見賊不由怒氣衝，
　　　　　　　大罵袁紹狗奸雄！
　　　　　　　我命二弟把信送，
　　　　　　　亂箭穿身爲哪宗？
　　　　　　　爾爲盟主有何用？
　　　　　　　不殺爾首氣難平！
袁　紹　（唱）戰鼓不住響咚咚，
　　　　　　　陣前交鋒逞英雄。
　　　　　　　勸你收兵休妄動，
　　　　　　　免得屍橫血染紅。
公孫瓚　住了！
　　　　（唱）你好比人面獸心種，
袁　紹　（唱）你好似鶡鳥過彈弓。
公孫瓚　（唱）大小三軍一齊擁！
袁　紹　（唱）要將賊子一掃空！
　　　　（起打。袁紹敗下。顏良、文醜接殺，公孫瓚敗下，顏良、文醜追下）

第 十 三 場

　　　　（【衝頭】。趙雲上）
趙　雲　且住！哪裏人馬吶喊，下馬登高一望！（登高介）
　　　　（公孫瓚敗上，顏良追上，挑公孫瓚盔介。文醜上，同殺，公孫瓚斷槍介。公孫瓚敗下，顏良、文醜追下）
趙　雲　且住！看前面敗的公孫瓚，後面追的顏良、文醜。此時不救，等待何時？呔！顏良、文醜，休得逞強，趙雲來也！（上馬介，追下）
　　　　（公孫瓚敗上，顏良、文醜追上，打，公孫瓚擲槍、落馬、上高介）
　　　　（趙雲衝上，殺介，顏良、文醜敗下，趙雲追下）
公孫瓚　好險哪！
　　　　（唱）老夫性命去八九，

　　　　　險些沙場一命休。
　　　　　從空降下擎天手，
　　　　　保住老夫項上頭。
　　　　　這員小將年紀幼，
　　　　　手使銀槍似龍游。
　　　　　且等他勒馬回頭和袁紹鬥，
　　　　　問他的名姓好把恩酬。
　　　　（麴義上，趙雲上，刺死麴義介。顏良、文醜上，殺介，顏良、文醜敗下）

公孫瓚　將軍請轉！
趙　雲　喚俺轉來做甚？
公孫瓚　請問將軍尊姓大名，爲何舍死來救？
趙　雲　俺姓趙名雲字子龍，在袁紹帳下爲將，被他趕出不用。
公孫瓚　（背躬介）唔呼呀！袁紹若重用此人，我命休矣！（對趙雲）趙將軍，看袁紹人馬，猶如潮水一般，如何是好？
趙　雲　將軍不必驚慌。你我勒轉馬頭，與那廝決一死戰！
公孫瓚　請！
　　　　（趙雲下）
　　　　（公孫瓚自贊趙雲英勇介，拉馬、打馬、上馬、拋槍介）
公孫瓚　唉！（下）

第 十 四 場

　　　　（【牌子】。四龍套、四下手、顏良、文醜、袁紹上）
報　子　（內）報！（上）
　　　　趙雲討戰！
袁　紹　再探！
報　子　啊！（下）
袁　紹　二位將軍，趙雲討戰，殺呀！
顏　良
文　醜　殺！
　　　　（四龍套引顏良、文醜下）

（趙雲上）

袁　紹　咄！趙雲，爾敢是造反？

趙　雲　前來取爾狗命！

（殺介，袁紹敗下。顏良、文醜上，殺介。袁紹上，架住。公孫瓚執槍暗上，殺介，袁紹、顏良、文醜敗下）

（四文堂兩邊暗上。公孫瓚、趙雲下馬對拜介）

公孫瓚　哈哈哈……

（【尾聲】。同下）

春　閨　夢

金仲蓀　撰

解　題

　　京劇。現代金仲蓀撰。《京劇劇目辭典》《京劇劇目初探》著錄，均題《春閨夢》，《辭典》署金仲蓀編劇，《初探》未署作者。劇寫東漢末年奮威將軍公孫瓚與幽州牧劉虞交戰，下令徵兵。平原王恢、趙克奴、曹襄、李信等四人，被迫同往從軍。王恢新婚不及半月，與妻張氏十分恩愛；趙克奴有老母在堂；曹襄夫婦只幼子一人；李信之妻身體衰弱。臨別，均各依戀不捨，母子夫妻相對痛哭。戰後，王恢、趙克奴不幸陣亡，曹襄杳無蹤跡，唯李信一人狼狽逃回，與妻團聚。王恢妻張氏百感交集，悒鬱成夢。夢見王恢回家，重敘舊情，夢中還見沙場厮殺的慘烈情景，醒後更爲傷痛。本事出於唐杜甫詩《新婚別》及陳陶詩"可憐無定河邊骨，猶是春閨夢裏人"。1931年金仲蓀心有所感，取其詩意，假托東漢末年公孫瓚與劉虞戰爭事，創作了《春閨夢》，由程硯秋演出。至今仍常演於舞臺。版本今見《程硯秋演出劇本選集》本、據《程硯秋演出劇本選集》整理的《中國京劇戲考》本。今以《程硯秋演出劇本選集》本爲底本整理。

第　一　場

（十六軍士、四將、中軍、公孫瓚上）

公孫瓚　（念）【引】掌握雄兵，拓疆土，氣奪幽幷。

　　　　　（念）掃蕩烏桓舊有名，
　　　　　　　　五千貂錦耀威稜。
　　　　　　　　當年白馬名猶震，
　　　　　　　　誓縛劉虞入薊城。

　　　　本帥公孫瓚,漢室爲臣。官拜奮威將軍,統兵邊塞,受那劉虞節制。可恨劉虞,有意吞取疆土,爲此兩家對敵;交鋒以來,本部兵馬不敷調用,必須派將徵兵,方可興師討伐。——中軍,傳楊威進帳。

中　軍　元帥有令,楊威進見。
　　　　(楊威上)
楊　威　(念)旌旗耀日影,刁斗肅秋聲。(入帳)
　　　　參見元帥。
公孫瓚　本帥即日討伐劉虞,命你趕往平原地方,按戶徵兵,送大營聽用,限期兩月,不得違誤。
楊　威　得令。(下)
公孫瓚　衆將官,隨同本帥前往校場,操練人馬去者。
　　　　(衆人同下)

第　二　場

　　　　(李信、孫氏同上)
李　信　(唱)【西皮搖板】
　　　　　　少小夫妻方愛戀,
孫　氏　(唱)【西皮搖板】
　　　　　　和諧好似鳳交鸞。
李　信　咳,你聽說沒有:公孫瓚要打劉虞,日前派個軍官到此,徵取壯丁。倘若臨到我的頭上,那可怎麼好?
孫　氏　是啊!誰叫咱們活在這年頭哪!成天打仗,打仗就拉夫!上次那一批,到今兒還沒回來,還不知死活哪! 這你要被徵了去,可怎麼好?
李　信　公孫瓚徵兵打劉虞,劉虞也徵兵打公孫瓚;他們爭權奪利,拉老百姓替他們賣命,我纔不那麼傻哪! 再說我也捨不得你呀!
孫　氏　是呀!想咱們兩口子,自從結婚之後,朝歡暮樂,從來沒有離開過一天;我還沒有給你生養過一男半女,你若出去從軍,倘有個三長兩短,我守寡難受,還是小事,豈不絕了你們李家的後代。我說你想個法子不去成不成?
李　信　要是不去,恐怕得拿錢打點!

孫　氏		那麼咱們就豁出點錢打點打點。
李　信		那倒是好，只怕是花了錢還是不成。
孫　氏		怎麼？
李　信		你想啊：這個仗一時半會是打不完的。躲了這次的徵兵，還有下次哪！咱們家哪來得那麼多的錢往裏填哪！
孫　氏		看來此事要逃不過呀！
李　信		八成是逃不過呀。
孫　氏		你我夫妻怎生割舍？
李　信		你倒會説風流話！別説是咱們夫妻割舍不得；我聽説東鄰趙老太太，已然八十多歲啦，只有一個兒子，也被那軍官徵去了，誰還憐她年老哪！還有西鄰王恢，剛剛娶了一個美貌媳婦，不到四天也把他記下名字，要他前去當兵，誰還體諒他新婚哪？你別癡心妄想啦！他們打仗還管人家妻離子散哪！
孫　氏		照你這麼一説，咱們惹不起，躲得起，乾脆收拾收拾逃跑罷！
李　信		逃跑？這主意不孬！對，收拾收拾跑罷！
		（四校尉、楊威上）
楊　威		來此已是。開門來！
李　信		（開門）哪一位？
楊　威		唉，你叫甚麼名字？多大年紀？
李　信		（跪）小人李信，年方二十一歲。
楊　威		好好，本官奉令徵兵；看你年輕體壯，就命你隨同前往，後日啓程，不得違誤！
孫　氏		（跪）將爺！他是我的丈夫，去年纔娶我過門；我們兩口子，是誰也離不開誰；還求將爺大人救命！
楊　威		呔！事關軍情，豈容婦人多嘴！來——
四校尉		有。
楊　威		記下李信名字，速往前方去者。
		（楊威等人下。孫氏大哭）
李　信		別哭啦！我説甚麼來着？事到如今，也沒有甚麼法子了！你給我收拾行囊，準備啓程了罷。
		（二人大哭，同下）

第 三 場

（曹襄、李氏、曹子同上；四父老子弟、四侍者端酒盤上）

父老們　呵，曹相公，我們鄉中父老，特備薄酒，去到十里長亭，與您同王恢、趙克奴、李信，還有諸位同鄉，餞行送別，略表我鄉人敬愛之意。

曹　襄　多謝諸位高鄰如此厚誼。

曹　子　爸爸，您往哪裏去？孩兒同您一塊去。

曹　襄　我麼——兒呀！你同你母親回家去吧，不必送了！

李　氏　官人此去歸期未卜，拋下我母子二人，你看孩兒年紀幼小，以後怎生度日！（哭）

曹　子　爸爸，您到底往哪裏去哪？

　　　　（曹襄沉吟揩淚不語）

父　老　看天色不早，我們快快前往。

　衆　　請。（下）

第 四 場

（劉氏、趙克奴上）

劉　氏　（唱）【西皮散板】

　　　　　　聽驪歌不由得魂飛心悸，

　　　　（接唱）【西皮流水板】

　　　　　　在途中一陣陣老淚沾衣。
　　　　　　從此後供菽水誰來料理？
　　　　　　況且我年衰邁寸步難移！

趙克奴　（唱）【西皮流水板】

　　　　　　恨無端起戰禍生臨燕地，
　　　　　　別老母在家中好不傷悲！
　　　　　　眼睜睜只好是忍心拋棄，
　　　　　　到今朝真個是死別生離。

劉　氏　兒啊！

（唱）【西皮流水板】
最可嘆你的父早年下世，
留下了小姣兒正在孩提。
那時節家貧窮少柴缺米，
吃千辛和萬苦把你扶携。
實指望你成人勉供菽水，
料不到老年人無靠無依！
我已是年八旬餘生無幾，
怕的是你生還我早西歸。

趙克奴　母親哪！
（唱）【西皮流水板】
這都是兒不肖素無材藝，
不能够奉娘親遠走高飛；
到如今被徵募遠離鄉里，
累老母坐高堂受苦熬飢。
沒奈何臨遠道傷心無比，（圓場）

劉　氏　（唱）【西皮散板】
顧不得年衰邁從後相隨。（圓場）
聽那邊又一陣哭聲遠起，
（劉氏、趙克奴下。李信、孫氏上）

李　信
孫　氏　（唱）【西皮散板】
還有我一對兒恩愛夫妻。
（相抱哭）

李　信　好一個恩愛夫妻！我想戰場之上凶多吉少，我此去十有八九回不來啦，撇下娘子正在青春年少，倘若是守寡，我真是做了鬼也不放心的。

孫　氏　你別胡說八道啦！哪有剛出門就這麼死呀、活呀的！
李　信　咳！
（唱）【西皮散板】
我心中就只是舍不得你，

孫　氏　（唱）【西皮散板】
奴只好怨命苦嫁雞隨雞！（哭）

李　信　娘子來呀！（下）
孫　氏　來了。（哭下）

第　五　場

張　氏　（內唱）【西皮導板】
　　　　　　送征人眼見得身行萬里，
　　　　（張氏、王恢上，丫鬟端酒盤隨上）
張　氏　（唱）【西皮原板】
　　　　　　正新婚不多日便要分離。
王　恢　（唱）【西皮原板】
　　　　　　恨無端開戰釁點行相逼，
張　氏　（唱）【西皮原板】
　　　　　　料不想爲新婦先做征衣！
王　恢　（唱）【西皮原板】
　　　　　　似鴛鴦被浪打分開比翼，
張　氏　（唱）【西皮原板】
　　　　　　一霎時真個是溝水東西。
王　恢　啊，娘子！你我兩人正在新婚，忽被徵募從軍；使我夫妻，一旦分離，叫人如何割舍！（拭淚）
張　氏　官人此番遠行，到了那邊塞寒苦的地方，冰天雪地，舉目誰親；此後官人，飲食起居，務要多多保重，妾身纔好放心。
王　恢　我記下了！
張　氏　丫鬟看酒，待妾身把盞，與官人餞行。
　　　　（丫鬟斟酒，張氏持杯送酒）
張　氏　（唱）【西皮散板】
　　　　　　勸官人飲此酒牢牢謹記，
　　　　　　在戰場還須要審敵知機。
　　　　　　念家中要不斷時通雙鯉，
　　　　　　可憐我薄命人隻影孤栖！
　　　　　　但願得我家軍戰無不利，
　　　　　　不多時就盼你早卜歸期。

王　恢　（唱）【西皮散板】
　　　　　聽妻言不由我心酸落淚，
　　　　　但願得一年中策馬迴回。（【行弦】）
丫　鬟　時候不早，老爺夫人，不要過於傷心；前面就是十里長亭，衆位鄉鄰都在那厢等候了。
王　恢　是呀。衆位鄉鄰都在十里長亭等候，娘子，我們就在此地分別了罷！你你你獨自一人回家，不必送了。
張　氏　官人，不要說是十里長亭，若是有千里萬里長亭，倘能夠允許妾身送去，妾也要送官人去的。
王　恢　終究是要分離，不必送了！
張　氏　官人，你我新婚纔得數日，妾身尚未分明；你到軍中，千萬要多多寄信，免妾挂念。
王　恢　你也不要時時挂念，苦壞了身體，我自然是多多寄信，娘子只管放心，你回去罷。呵呵我的妻呀！
　　　　（唱）【西皮散板】
　　　　　最可嘆我兩人新諧伉儷，
張　氏　我的夫啊！
　　　　（唱）【西皮散板】
　　　　　這生離如死別怎不慘凄！
丫　鬟　他們在那厢等久了！
王　恢　（唱）【西皮散板】
　　　　　從此後向邊疆冰天雪地，（圓場）
張　氏　（唱）【西皮散板】
　　　　　恨不得從君去步步相隨。
　　　　（父老子弟、四侍者端酒盤、劉氏、趙克奴、曹襄、李氏、曹子、李信、孫氏上）
王　恢　趙兄、曹兄、李兄。
趙克奴
曹　襄　王兄。
李　信
王　恢　衆位鄉鄰，在此相候！我們一同拜見。

趙克奴	
曹　襄	是，衆位鄉鄰請了。
李　信	
父　老	各位壯士請了。我等特備酒宴，與諸位送行。
王　恢	今日遠勞餞行，甚是感激。
父　老	此乃某等應盡之責，人役們看酒侍候。

（四侍者斟酒，父老送酒，王恢、趙克奴、曹襄、李信同接酒。吹打）

王　恢　唉！諸位鄉鄰，我有幾句言語，向諸位告禀：
　　　　（念）征戰連年却爲誰，
　　　　　　塗炭生靈無是非。
　　　　　　無故徵兵來此地，
　　　　　　兩旁男女哭啼啼。
　　　　　　眼看此去人千里，
　　　　　　抛下姣妻苦無依！
　　　　　　於今可憐只是你——

張　氏　（念）祝你平安早早歸。
李　信　（念）李信無有牽挂的，
　　　　　　心中難舍美姣妻。
劉　氏　（念）望你成人奉甘旨，
　　　　　　戰事逼迫兩分離。
趙克奴　（念）慈親年邁難割舍，
　　　　　　母親！
　　　　　　留你孤身依靠誰？
曹　襄　（念）曹門只有你這十齡子，（【叫頭】）
　　　　　　娘子！
曹　子　爹爹！
大　衆　（念）痛斷肝腸慘生離。
曹　襄　（唱）【西皮導板】
　　　　　　我曹襄只有這十齡姣子，（揖）
趙克奴　（唱）【西皮散板】
　　　　　　嘆老母在家中無靠無依。（揖）
王　恢　（唱）【西皮散板】

　　　　　　　感父老們遠送行深情厚誼，(揖)
父　老　(同唱)【西皮散板】
　　　　　　　望壯士快登程切莫悲啼。(還揖)
　　　人役們，與各位壯士備馬。
　　　(人役備馬，王恢別妻)
王　恢　娘子呵，告別了！
　　　(唱)【西皮散板】
　　　　　　　辭別了我姣妻遠離鄉里，
　　　娘子呵！
張　氏　(唱)【西皮散板】
　　　　　　　聽《陽關》三疊曲入耳聲淒！
趙克奴　(唱)【西皮散板】
　　　　　　　辭別了老娘親
曹　襄
李　信　(同哭接唱)小心在意！
王　恢
曹　襄　(哭)我的妻呀！
張　氏
李　氏　(哭)我的夫呀！
趙克奴
劉　氏　(哭)我的娘兒呀！
曹　襄
曹　子　(哭)我的妻兒爹爹呀！
李　信　(哭)我的老婆呀！
　　　(以上同哭。王恢、曹襄、趙克奴上馬先下，孫氏扯住李信)
孫　氏　我的心肝呀，我的寶貝呀！
　　　(唱)【西皮散板】
　　　　　　　你不要害得我想破肚皮。
　　　(四校尉、楊威上，衝開李信、孫氏下。李信急上馬，跑下)
劉　氏
李　氏　(同三叫、唱)【哭頭】啊啊啊——
張　氏
劉　氏　我的夫兒呀！

李氏 孫氏	我的夫寶貝呀！
張氏 李氏 劉氏	（同唱）【西皮散板】有千言和萬語無從說起！（自上場門下）
父老	（同勸）大家都已回去，大嫂不要啼哭，請回家去吧！
孫氏	你們哪裏曉得，奴家心頭難受！

　　　　（唱）【西皮散板】
　　　　　　最可憐我一人獨守孤幃。

父　老　（同勸）難爲你大嫂了！回家去罷！
　　　　（孫氏哭下，父老等嘆，反下）

第　六　場

（【風入松】。八兵士、四將、劉虞上）

劉　虞　俺，大司馬劉虞，可恨公孫瓚不受節制；爲此興兵征討。交鋒以來，互有勝負。今日定擒此賊。衆將官，兵發無定河去者。

衆　　　啊！
　　　　（【風入松】。圓場）

衆　　　來到無定河。

劉　虞　人馬列開——衆將聽令！命你等帶領人馬，四面埋伏，信炮一響，一齊殺出。

衆　　　得令！（下）

劉　虞　就在此背水紮營。（下）
　　　　（衆人同下）

第　七　場

（四兵士、四校尉、楊威上）

楊　威　（念）奉了元帥令，星夜送徵兵。
　　　　俺，楊威。奉令徵兵，今日回營繳令。來此已是大營，門上哪位在？
　　　　（中軍反上）

中　　軍　原來是楊將軍。

楊　　威　就煩通稟元帥：說俺奉命徵兵，今已征得王恢、趙克奴等多人，操練精熟，帶在轅門聽用。

中　　軍　轅門聽令、聽點。

　　　　　（衆人分下）

第　八　場

　　　　　（王恢、趙克奴、曹襄、李信【急急風】上）

王　　恢　（念）被服新貂錦，

趙克奴　（念）從軍到大營；

曹　　襄　（念）劉軍已壓境，

李　　信　（念）肉跳心又驚！

王　　恢　諸位請了。元帥點兵攻打劉虞，我等小心侍候。

　　　　　（吹【聯營分隊】。十六兵士、中軍、楊威、公孫瓚騎馬上，挖門，下馬）

王恢等　迎接元帥。

公孫瓚　免禮。人馬校場去者！

　　　　　（上高臺。【普天樂】，【馬隊兒】，【工尺上】。探子上）

探　　子　叩見元帥。

公孫瓚　命你打探劉虞軍情如何？

探　　子　元帥容稟：

　　　　　（念）打聽劉虞賊，

　　　　　　　　屯兵無定河。

　　　　　　　　布下背水陣，

　　　　　　　　兵如潮水多。

　　　　　劉虞人馬好不威嚴也！【急三槍】

公孫瓚　再探。

探　　子　得令。（下）

公孫瓚　可恨劉虞不知悔禍，反敢親率大軍前來迎敵，王恢、趙克奴聽令！

王　　恢
趙克奴　在。

春　閨　夢　173

公孫瓚　劉虞賊子就在前面無定河邊，安營紮寨、防守堅固，王、趙二將聽令：
　　　　（念）敵排背水陣，
　　　　　　已存決死心。
　　　　　　我分兩翼進，
　　　　　　敵亂必功成。
　　　　聽我一令！（【風入松】）

王　恢
趙克奴　得令。
　　　　（四兵士帶槍，上馬下）

公孫瓚　曹襄、李信聽令！

曹　襄
李　信　在。

公孫瓚　命你二人帶領一支人馬，
　　　　（念）後隊去接應，
　　　　　　聞警進援兵。
　　　　　　號炮一聲響，
　　　　　　準備把功成。
　　　　聽我一令！（【風入松】）

曹　襄
李　信　得令。
　　　　（四兵士帶刀、槍，上馬下。內擂三通鼓、叫喊）

公孫瓚　呀，戰鼓震天，殺聲動地；好一場惡戰也！
　　　　（唱）【西皮搖板】
　　　　　　草肥馬壯弓刀勁，
　　　　（內喊）

公孫瓚　（唱）【西皮搖板】
　　　　　　震天戰鼓聽分明。
　　　　（內喊）

公孫瓚　（唱）【西皮搖板】
　　　　　　料是吾軍去陷陣，
　　　　（內喊）

公孫瓚 （唱）【西皮搖板】
　　　　　定然馬到慶功成。
（內喊。探子上）

探　子 報：我軍趙克奴陣亡，王恢身帶箭傷，請元帥速發救兵。

公孫瓚 再探。
（探子下）

公孫瓚 呀，賊軍好不厲害！王恢身帶箭傷，恐怕性命難保。
（探子上）

探　子 王恢傷重回營。

公孫瓚 扶他進帳。
（八兵士扶王恢上）

王　恢 末將身受重傷，不能向前衝鋒，望求元帥恕罪。

公孫瓚 將軍傷重，待本帥與你起箭！
（鼓聲。公孫瓚起箭，王恢痛抖）

王　恢 王恢不能與元帥效力了！（死）

公孫瓚 搭了下去——且住，劉虞如此猖狂，待本帥親自出馬。——眾將官，迎敵者。
（上馬下）
（眾人同下）

第　九　場

（【亂錘】。李信上，回頭望門）

李　信 哎呀，我哪兒見過這個呀！我軍連敗數陣，死傷俱多，我眼瞧着趙克奴陣亡了，王恢帶着箭傷還在那裏傻幹；我看也是凶多吉少！我纔犯不上替公孫瓚賣命哪！對，丟下兵刃，趁這時候，（左右望）敵軍越殺越遠，趕快溜之乎也罷！
（下）

第　十　場

（楊威上）

楊　威　俺楊威。我軍大敗，王恢等都已陣亡，元帥現被敵軍圍困，命我去至薊城，再次徵兵；就此前往！
（下）

第 十 一 場

（李信上）

李　信　（唱）【西皮搖板】
　　　　且喜陣前逃活命，
　　　　急忙星夜轉回程。
來此已是家門，待我上前叫門。
（孫氏上）

孫　氏　（唱）【西皮搖板】
　　　　耳邊忽聽門鬢震，
　　　　你是何人來叫門！
何人叫門？

李　信　你那一口子回來啦！

孫　氏　這個年頭，朦事的很多，可別冒失了；倘或來一個假充字號的，一開了門，小奴家可就上當了！待我隔著門縫瞧一瞧；（偷瞧）哟，可不是他麼！（開門）你怎麼回來了？

李　信　前敵打了敗仗，死的死，亡的亡，我是犯不上替他們賣命的，所以跑了回來。

孫　氏　這倒是你有見識！我可放了心了！瞧你這個狼狽樣兒，快快跟我進房去養傷吧！

李　信　正是：
　　　　（念）逃回性命真可慶，

孫　氏　（念）只怕二次又徵兵。

李　信　少說喪氣話。
（二人同下）

第 十 二 場

（場上布家庭景。張氏上）

張　氏　（念）夫郎一去無音信，
　　　　　　　到今生死不分明。
　　　　　　　閨中孤影多淒冷，
　　　　　　　肝腸望斷盼征人。（坐）
　　　　我夫從軍，一去年餘，杳無音信，朝思暮想，實在放心不下！今值春光明媚，對景傷情；更覺難以排遣。我不免走到左右鄰家，探聽消息，或有音信回來，也未可知！丫鬟哪裏？
丫　鬟　（內）夫人何事？
張　氏　我想往左右鄰家，打聽你家官人消息，在家仔細看守門戶，我去去便回。
丫　鬟　（內）夫人只管前去，待我在家看守便了！
張　氏　（開門，出門）我想趙家離此不遠，不免先到他家，探問便了。
　　　　（圓場）
　　　　（唱）【西皮原板】
　　　　　　　爲兒夫無消息心神不定，
　　　　　　　因此上到鄰家去問分明。（【行弦】。到右邊看）
　　　　來此已是趙老伯母家中，待我向前叫門。（叫門）
　　　　（劉氏上）
劉　氏　（唱）【西皮原板】
　　　　　　　這幾日爲吾兒軍前喪命，
　　　　　　　老年人怎禁得痛苦傷情！
　　　　外面何人叩門？
張　氏　是奴家張氏。
　　　　（開門相見）
張　氏　伯母爲何面帶淚痕？
劉　氏　我的兒子他、他、他，在陣前陣亡了！
張　氏　（驚嘆）怎麽講？陣亡了麽！是誰告訴你的？
劉　氏　是李家嫂嫂告訴我的。

張　氏　我家官人怎麼樣呢？
劉　氏　這却不曾聽見。（哭）兒呀，兒呀！（下）
張　氏　（唱）【西皮原板】
　　　　　　我便到李嫂家再行探問，（【行弦】。叫門）
　　　　（孫氏上）
孫　氏　（唱）【西皮原板】
　　　　　　又聽得叩門聲嚇弔了魂！
　　　　　　莫不是搜逃兵前來問信，
　　　　哎呀，外面有人叩門，莫不是來搜逃兵的麼？待我給他一個下馬威。呸！外面何人叫門？不管人家睡午覺不睡午覺，你們來雞猫子喊叫的！
張　氏　嫂嫂，是我呢！
孫　氏　是個娘們的聲音，想來不是搜逃兵的。（開門）原來是王家嫂嫂，我當是他們跟我鬧着玩呢。
張　氏　敢問嫂嫂，你家官人有書信回來麼？
孫　氏　有書信回來，是他自己親口帶來的。
張　氏　莫不是你家官人已回來了麼？
孫　氏　我們那口子他惦記着我，已經偷跑回來了。
張　氏　他説我丈夫怎麼樣？
孫　氏　他説趙克奴和你家官人，跟隨元帥打進賊營，那趙克奴已陣亡了。
張　氏　（焦急）我家官人呢？
孫　氏　他説他逃跑時，還看見你家官人在那裏奮勇殺敵呢！
張　氏　（略喜）還在那裏奮勇殺敵麼？以後如何？
孫　氏　以後就不知道了！（關門下）
張　氏　（呆愣）（唱）【西皮原板】
　　　　　　聽他言不由得暗地心驚。
　　　　　　想必是我大軍輸贏未定，
　　　　（唱）【西皮散板】
　　　　　　這件事倒叫我真假難憑。（轉家門）
　　　　（丫鬟迎上，開門，張氏入門，坐）
丫　鬟　夫人打聽消息如何？
張　氏　我先到趙家伯母家中；不想他老人家正在哭他的兒子，説是陣前喪

		命了！
丫	鬟	哎呀！可惜那麼一個漢子，怎麼一下子白白的死啦！後來怎麼樣？
張	氏	後來我到李嫂嫂家中；他正在歡天喜地，說他丈夫已由軍前逃回來了。
丫	鬟	沒想他倒能够這麼做！
張	氏	唉！一家啼哭，一家歡笑；悲喜的境遇就大大的不同！
丫	鬟	甚麼境遇同不同呀哇？這還不是打仗打的！咱們老爺怎麼樣了？
張	氏	聽李嫂嫂言道：趙家兄弟同你家老爺隨同元帥打進賊營，趙家兄弟陣亡了！他還看見你家老爺在那裏奮勇殺敵呢！丫鬟，我看你家老爺或尚有生還的希望，你看如何？
丫	鬟	要是老爺也能象李信那樣，一定過兩天就回來啦！
張	氏	你說的話也有道理。但我心中總覺不安，今日身體勞乏，不覺困倦起來；就在此打睡片時，你也歇息去罷。
丫	鬟	不錯，應該養養心神。我也去打個盹兒，回來伺候。（下）
張	氏	（呆愣，念）可憐廢寢忘餐久，盡在胡思亂想中。
		（扶几而睡，又起立望門。見王恢入門，驚喜）
張	氏	官人，你回來了麼？我正在想念，却好官人就回來了。
王	恢	娘子有所不知，下官輔佐公孫瓚，打敗劉虞，天下已然太平，特地解甲歸田，探望於你。
張	氏	這就好了！多虧你們一戰成功，兩州百姓纔得安居樂業，慶享太平。官人如此英勇，真不枉我盼你一場。
王	恢	爲民除害，分所當然。
張	氏	（大喜，牽王恢手）呀，官人，你形容消瘦，與從前大不相同；想你身在軍中，受盡了千辛萬苦。今日回來，還帶着滿面風塵，真是可憐人也！
		（唱）【西皮散板】
		今日裏見郎君形容瘦損，
		乍相逢不由得珠淚飄零。
王	恢	（唱）【西皮散板】
		提起了一年事有如夢境，
		你與我且寬懷重話前因。
張	氏	官人哪！

（唱）【西皮二六板】
　　　　　可憐負弩充前陣，
　　　　　歷盡風霜萬苦辛；
　　　　　飢寒飽暖無人問，
　　　　　獨自眠餐獨自行！
　　　　　可曾身體蒙傷損？
王　恢　沒有受傷。
張　氏　（唱）【西皮二六板】
　　　　　是否烽烟屢受驚？
王　恢　倒也還好。
張　氏　（唱）【西皮二六板】
　　　　　細思往事心猶恨，
　　　（轉唱）【西皮快板】
　　　　　生把鴛鴦兩下分。
　　　　　終朝如醉還如病，
　　　　　苦依熏籠坐到明。
　　　　　去時陌上花如錦，
　　　　　今日樓頭柳又青！
　　　　　可憐儂在深閨等，
　　　　　海棠開日到如今。
王　恢　屈指算來，又是一年餘了，真真的難爲你！
張　氏　（唱）【西皮快板】
　　　　　門環偶響疑投信，
　　　　　市語微譁慮變生；
　　　　　因何一去無音信？
　　　　　不管我家中腸斷的人！
王　恢　軍中寄信不便，我也是朝思暮想，惦記娘子的。
張　氏　（微怒，接唱）【西皮快板】
　　　　　畢竟男人多薄倖，
　　　　　誤人兩字是功名；
　　　　　甜言蜜語真好聽，
　　　　　誰知都是假恩情。

王　恢　（不悦）娘子呀！
　　　　（唱）【西皮搖板】
　　　　　　聽你言無非是滿懷怨憤，
　　　　　　怎知我慘生離豈是甘心！
　　　　　　都只爲在軍中疲於奔命，
　　　　　　都怪我一年來魚雁消沉。
　　　　娘子只管埋怨下官，你爲何也不寄我一信？叫我天天的挂念，我不來怪你，反來埋怨於我，真真豈有此理！（生氣，旁坐）
張　氏　（沉思）是呀，我也沒有寄信與他，倒是錯怪他了！
張　氏　（看王恢，笑）看他在那旁生氣！今日方纔回家，怎麽就鬥起口來？想他是飽受風霜之人，不可難爲於他。待我安慰幾句。官人，你離家一載，怎麽連性情都變了！
　　　　你可記得我們結婚時候，你說過甚麽話來？難道忘了麽？
張　氏　（見王恢一笑）官人哪！
　　　　（唱）【西皮搖板】
　　　　　　你回家也算得重圓破鏡，
　　　　　　休再要覓封侯辜負香衾。
　　　　　　粗茶飯還勝那黃金斗印，
　　　　　　願此生常相守憐我憐卿。
王　恢　好好，下官從此後就不在出門了。
張　氏　丫鬟與老爺看酒！
　　　　（丫鬟暗上，見王恢暗笑，端酒具）
王　恢　是呀，娘子不要舊事重提，我們快快飲酒。
　　　　（唱）【西皮搖板】
　　　　　　今日裏慶團圓開懷痛飲，
　　　　　　説甚麽棄家園貪取功名；
　　　　　　從此後傍妝臺安心任命，
　　　　　　休再要提往事舊恨重申。
　　　　娘子請——
張　氏　（喜，舉杯，唱）【西皮搖板】
　　　　　　我於今也不把前情再論，
　　　　　　只願你從此後難舍難分。

（丫鬟做手勢，示意睡覺，張氏以袖拂丫鬟）

王　恢　是呀！
（唱）【西皮搖板】
　　　見丫鬟催安寢將我提醒，
娘子，我與你去年結婚多少日子呀？

張　氏　（羞，唱）【西皮搖板】
　　　我與你原只是三日新婚。

王　恢　是啊！如今久別勝新婚了！（看丫鬟）丫鬟，你也勞乏了，快去安憩吧。
（丫鬟作手勢，等酒盤）

王　恢　這酒宴麼——明天再來收拾吧。
（丫鬟點頭下。王恢牽張氏衣，張氏不理）

王　恢　娘子啊！你看房裏無人，我們快快安憩。
（唱）【西皮搖板】
　　　料不想今日裏重尋鴛枕，
　　　喜相逢還恐怕是夢非真！
　　　趁良宵正好是月明人靜，
待我關起房門。

張　氏　（暗笑）（唱）【西皮搖板】
　　　可笑他瘋癲樣自起關門。（故作不理）

王　恢　你到底睡是不睡呀？
（唱）【西皮搖板】
　　　勸娘子莫遲疑速速安寢，（又牽張氏衣，溫存）

張　氏　（笑，唱）【西皮搖板】
　　　勸癡郎莫情急且坐談心。

王　恢　你談你的我不聽，明日不好談麼？（牽張氏衣）

張　氏　你急的是甚麼？（看床帳）你看這丫頭連被鋪都不曾收拾，你老老實實的在那邊坐着。（搬椅）
（王恢作不悅色，旁坐，假睡，偷看）

張　氏　呀！
（唱）【南梆子】
　　　被糾纏陡想起婚時情景，

　　　　　算當初曾經得幾晌溫存。
　　　　　我不免去安排羅衾繡枕，
　　（張氏收拾床帳）

張　氏　（唱）【南梆子】
　　　　　莫辜負好春宵一刻千金。（見王恢睡狀）
　　　　（唱）【西皮散板】
　　　　　原來是不耐煩已經睡困，
　　丫頭去了怎麼好！（端酒盤下，再上收拾床帳）
　　　　　待我來攙扶你重訂鴛盟。
　　（王恢偷看而笑，張氏扶王恢入帳。內鼓噪聲。張氏驚出帳）

張　氏　外面喧嘩，莫非是來找我丈夫麼？待我吩咐丫頭，叫他看守門戶，說我丈夫還不曾回來。（開門，出門）
　　（場內鼓噪。王恢出帳，出門）

王　恢　啊呀，外面敵兵來了！待我看來。（出門下）

張　氏　（驚，攔阻）官人你哪裏去？外邊無事，快回來呀！（立等）官人，外邊風大，不要去呀！（又等）怎麼不回來呀！（出大門，左右看，驚訝）官人，你哪裏去呀？敢莫是又到軍前去麼？哎呀，他去了！待我趕他回來。（走圓場）
　　（王恢上，張氏碰見，張氏扯住王恢衣）

張　氏　啊官人，你此番千萬不要去了！

王　恢　快些放手。

張　氏　我是萬萬不能放手的。

王　恢　（聞喊聲）哎呀，敵人來了，俺要交鋒去了。

張　氏　哎呀！（恍惚迷離，一撲兩撲，倒地）
　　（王恢下）

張　氏　（唱）【二黃導板】
　　　　　一霎時頓覺得身軀寒冷，（起立）
　　　　（唱）【迴龍】
　　　　　沒來由一陣陣撲鼻血腥。
　　（場上換無定河邊、屍首縱橫佈景）

張　氏　（驚看）（唱）【二黃快三眼】
　　　　　那不是草間人飢烏坐等，

　　　　還留着一條兒青布衣巾；
　　　　見殘骸都裹着模糊血影,
　　　　最可嘆箭穿胸,刀斷臂,
　　　　臨到死還不知爲着何因?
　　(到場左看)
　　(唱)【二黄快三眼】
　　　　那不是破頭顱目還未瞑,
　　　　更有那死人鬚還結堅冰!
　　　　寡人妻孤人子誰來存問?
　　　　這骷髏幾萬千全不知名。
　　　　隔河流有無數鬼聲淒警,
　　　　聽啾啾和切切似訴説冤魂慘苦,
　　　　怨將軍全不顧塗炭生靈。
　　(轉唱)【二黄散板】
　　　　耳邊厢又聽得刀槍響震,
　　(十六兵士分上,繞場下。王恢隨上點頭招手,四兵士趕上,張氏急下。四兵士繞場下。此時臺上忽黑,換閨房佈景。張氏仍扶几坐,醒,揉眼,沉思,忽喜,忽嗔,忽怒,忽怕。丫鬟上)

丫　鬟　我剛纔去打個盹兒,做了個好夢,快快報與夫人知道。(入門,見張氏沉思)夫人。
　　　　(張氏不理,沉思,東西看,沉思)
丫　鬟　夫人你愣甚麽?我來報喜信。
張　氏　丫鬟你説甚麽?
丫　鬟　夫人,老爺真個回來了!
張　氏　(喜)怎麽講?
丫　鬟　老爺回家,還是我端過酒來;你們見面,又喝酒,又埋怨,又和好,又撐我出去;又要……又要……(止住不説)我都看得明明白白的。夫人你們以後做甚麽事情,我可就不知道了。
張　氏　於今你老爺哪裏去了?
丫　鬟　我説的是個夢呀!
張　氏　(急)原來是個夢。(拭淚)
丫　鬟　雖説是夢,也許倒是個喜信。

張　氏　這怕未必。
丫　鬟　我想老爺一準回家了。
張　氏　（東西看）丫鬟你説老爺回家，怎麽静悄悄的連一點消息都没有麽？
丫　鬟　奴婢有一個最好的法兒。
張　氏　有何妙法？
丫　鬟　還是去做夢——
　　　　（張氏一愣，沉思）
丫　鬟　這亂哄哄的年頭，咱們醒着都不舒坦，只好做夢吧！
張　氏　做夢麽？事到如今也只好如此了。丫鬟掌燈。
丫　鬟　有。（掌燈）
張　氏　（唱）【西皮摇板】
　　　　　　今日等來明日等，
　　　　　　那堪消息更沉沉；
　　　　　　明知夢境無憑準，
　　　　　　無聊還向夢中尋。
　　　　（輕輕閉幕）

典韋耀武

佚　名　撰

解　題

　　京劇。現代佚名撰。《京劇劇目初探》《京劇劇目辭典》著錄，均題《典韋耀武》，未署作者。劇寫東漢末，曹操自虎牢關戰後，歸青州，收納散亡，招賢納士，荀彧、程昱、郭嘉、于禁等紛紛投效。夏侯惇舉薦典韋，曹操命韋舞戟試藝，深愛其勇。忽帳前狂風徒起，帥旗將被刮倒，衆軍士不能扶持，典韋持旗直立昂然不動。曹操大喜，賜典韋錦袍，任爲帳前都尉。本事出於《三國演義》第十回。《三國志·魏書·典韋傳》載有持旗事，但非在曹操帳前。清宮大戲嘉慶本《鼎峙春秋》有《典韋耀武》。版本今有《京劇彙編》中國國家圖書館藏本及據該本重刊的《京劇傳統劇本彙編》本。今以《京劇彙編》中國國家圖書館藏本爲底本整理。

　　（【牌子】。四龍套、四將官、李典、樂進、曹洪、夏侯淵、曹仁、許褚、二中軍引曹操上。左臺口立"帥"字旗）

曹　操　（唱）掃蕩黃巾青州地，

　　　　　　　金鼓催動陣雲低。

　　　　　　　撥亂扶危振綱紀，

　　　　　　　保國安民韜略奇。（入座介）

　　　　（念）（詩）素志雄飛肯雌伏？

　　　　　　　牙旗牙帳列熊羆。

　　　　　　　蛟龍既已得雲雨，

　　　　　　　叱咤風雷山嶽頽。

　　　　下官，曹操。只爲黃巾餘黨騷擾青州，朝廷命吾征剿。且喜三軍奮勇，百日功成，招撫降兵三十餘萬。擇其精鋭者，號爲"青州軍"，其餘盡令歸農。是以朝廷加封我爲鎭東將軍。名傾海內，威震山東。納士招賢，慕周公之先聖；假仁託義，步新莽之後塵。正是：

（念）紛紛豪傑投麾下，濟濟英雄入彀中。

來！

中軍甲 有。

曹　操 在轅門外等候。凡有向慕來投者，即引來相見。

中軍甲 是。

（中軍甲出門候介。荀彧、荀攸上）

荀　彧 （唱）鍾秀源流出潁水，

荀　攸 （唱）似攜雙璧獻珍奇。

荀　彧
荀　攸 請了！

中軍甲 二位何來？叫什麼名字？

荀　彧 學生荀彧，字文若。乃潁川人也。

荀　攸 小生荀攸，字公達。曾拜黃門侍郎。一向棄官在家。今聞曹將軍招賢納士，故同叔父來投。煩勞通報。

中軍甲 二位請少待。（進門介）啓將軍：外面有潁川荀彧、荀攸叔侄二人，來投麾下。

曹　操 吾聞此二人大名久矣。快快請來相見。

中軍甲 是。（出門介）有請二位先生！

（荀彧、荀攸隨中軍進門見介）

荀　彧
荀　攸 將軍在上，愚叔侄參見！

曹　操 不消，只行常禮。

荀　彧
荀　攸 謝將軍！

曹　操 文若乃王佐之才，公達亦海內名士。今日來投，想必有以教我？

荀　彧 昔者高祖東伐，爲義帝縞素，而天下歸心。今天子播越，將軍可乘此時奉主，以從民望，大順也。秉至公以服雄傑，大略也。扶宏義以致英俊，大德也。天下雖有逆節，必不能爲患矣。

曹　操 妙哇！文若真吾之子房也！

荀　彧 吾自知淺陋，不足采聽。有鄉人郭嘉，字奉孝。兗州程昱，字仲德。

曹　操	此二人吾已聞名久矣。若得來歸，皆公之力也。今屈文若爲行軍司馬，公達爲行軍校尉。
荀　彧 荀　攸	多謝將軍！

（四勇士引于禁上）

于　禁	（唱）生成熊腰與猿臂， 　　　虎視眈眈相貌奇。 來此已是轅門。有人麽？
中軍甲	（出門介）啊，壯士何來？
于　禁	俺乃泰山鉅平人氏，姓于名禁。帶領健壯數百，來投曹將軍的。
中軍甲	候着！（進門介）啓將軍：有泰山鉅平人于禁領衆來投。
曹　操	著他們進來！
中軍甲	是。（出門喚介）將軍有令，教你們進見。

（于禁等隨中軍甲進門介）

于　禁	將軍在上，于禁率衆叩見！
曹　操	爾等來投帳下，有何本領？
于　禁	將軍容稟！ （唱）自幼學成穿楊技， 　　　一箭雙雕不足奇。 　　　斬將衝鋒憑武藝， 　　　猛勇爭先破强敵。
曹　操	爾等就將手中兵器比試一回。
于　禁	得令！

（于禁舞槍，四勇士舞雙刀介，舞畢）

曹　操	妙啊！果然武藝高强。命汝爲點軍司馬，各勇士隨營差遣。
于　禁	多謝將軍！

（程昱、郭嘉上）

程　昱	（唱）一諾千金重知己，
郭　嘉	（唱）大展經綸獻珠璣。
程　昱 郭　嘉	來此已是。有人麽？

中軍甲　　（出門介）什麼人？

程　昱
郭　嘉　　勞煩通報：程昱、郭嘉投見。

中軍甲　　候着！（進門介）啓將軍：轅門外有程昱、郭嘉二位投見。

曹　操　　如此，公達爲我迎接。

荀　攸　　遵命！（出迎介）二兄來了。小弟已作先容。將軍盼望久矣，就請相見。

　　　　　（荀攸引程昱、郭嘉見曹操介）

程　昱
郭　嘉　　將軍在上，程昱/郭嘉 參見！

曹　操　　罷了。久仰令名，殊深渴想。今蒙不棄，大慰平生。暫爲軍中從事，另日表薦便了。

程　昱
郭　嘉　　多謝將軍！

　　　　　（夏侯惇、典韋上）

夏侯惇　　（念）（詩）槍刀林中敵萬軍，
　　　　　　　　　　開疆展土夏侯惇。

典　韋　　（念）（詩）雙提鐵戟揚天下，
　　　　　　　　　　勇猛當先豈讓人！

夏侯惇　　夏侯惇打躬！

曹　操　　罷了。

　　　　　（夏侯惇喚典韋進介）

夏侯惇　　過來，叩見將軍。

典　韋　　將軍在上，小將叩見！（行禮介）

曹　操　　此係何人？

夏侯惇　　他乃陳留人，姓典名韋。舊隨張邈，與帳下人不和！手殺數十人，逃竄山中。我因出獵，見他趕逐猛虎過溪，收在軍中。今特薦於帳下。

曹　操　　吾觀此人，相貌魁梧，必非凡品。有何本領，你可講來！

典　韋　　將軍容稟！

　　　　　（唱）將軍問我有何藝，
　　　　　　　　細聽典韋說端的：

　　　　　　生成雄壯真奇異，
　　　　　　力過凡流勇莫敵。
　　　　　　手中慣使雙鐵戟，
　　　　　　軍中斬將敢奪旗。
曹　操　既然如此，可把雙戟試舞一回。
典　韋　得令！（舞戟介）
曹　操　妙啊！
　　　　（唱）雙戟舞動寒光起，
　　　　　　凜凜威風世間稀。
　　　　　　進退盤旋真絕技，
　　　　　　電掣風翻似雪飛。
　　　　（風聲，"帥"字旗被刮倒介。眾軍士趨扶，扶不住，各喧噪介）
一將官　啟將軍：大風陡起，"帥"字旗將要刮倒，眾軍士擁護不住。
典　韋　閃開了，俺來也！
　　　　（唱）霎時一陣狂風起，
　　　　　　卷起塵沙雙目迷。
　　　　　　攪海翻江動天地，
　　　　　　滿營人驚馬亂嘶。
　　　　　　憑俺舉鼎托閘力，
　　　　　　扶住中軍帥字旗。
　　　　（典韋扶帥旗繞場，歸中舉定介）
眾　　　風止了。
　　　　（典韋仍立旗于左臺口介）
曹　操　此乃古之惡來也！夏侯惇，取錦袍一件過來！
夏侯惇　（取袍介）錦袍在此。
曹　操　典韋，賜汝錦袍一襲。命汝為帳前都尉，今後不可離我左右！
典　韋　（接袍介）多謝將軍！
曹　操　（念）勇如孟賁真奇力，
　　　　　　捷如慶忌似鳥飛。
　　　　　　掃蕩賊寇全仗你，
　　　　　　護衛中軍莫遠離。
　　　　啊文若，想我父親自陳留避難，隱居瑯琊。汝可為我修書一封，即

　　　　　　遣泰山太守應劭接取，護送到來。
荀　彧　遵命！
　　　　（曹操下座介）
曹　操　（唱）我父琅琊把禍避，
　　　　　　　即去接取莫要遲。
　　　　　　　沿途保護須仔細，
　　　　　　　盼望嚴親早回歸。
　　　　（【尾聲】。同下）

路 謀 劫 殺

佚 名 撰

解 題

　　京劇。現代佚名撰。《京劇劇目初探》《京劇劇目辭典》著錄，均題《路謀劫殺》，未署作者。劇寫曹操在兗州，派人接在瑯琊避禍的父親曹嵩及庶母等還鄉。路過徐州。徐州牧陶謙盛情款待并命部將張闓率兵護送。張闓見曹嵩行囊豐厚，頓起歹心，於遇雨宿廟時，殺曹全家及和尚，劫財逃往山中。本事出於韋曜《吳書》《三國志·魏書·武帝紀》《三國演義》第十回。清嘉慶本《鼎峙春秋》有《路謀劫殺》。版本今有《京劇彙編》本及以該本重刊的《京劇傳統劇本彙編》收錄的中國國家圖書館藏本。今以中國國家圖書館藏本爲底本整理。

第 一 場

（張闓上）

張　闓　（念）打家劫舍不算啥，殺人放火慣生涯。
　　　　我，張闓。原係黃巾部下。失散之後，投在徐州牧陶謙帳下以爲都尉。今奉差遣，帶領五百步兵，護送鎮東將軍曹公家屬前往兗州進發。看他車輛過多，裝載沉重。是我欲待劫奪，怎奈無處下手。且到前途，再作道理。啊，忽然陰雲四合，莫非要下雨了？車夫們，快快趲了上來！
　　　　（四車夫、四軍卒、四家丁、曹德、書童、侍女、一車夫推胖妾、一車夫推曹嵩上）

曹　嵩　（唱）當年避禍瑯琊往，
　　　　　　　今日纔得轉還鄉。

得意洋洋路途上,
滿目風塵道路長。
時屆新秋天清爽,
晚風蕭瑟體生涼。

老夫,曹嵩。前曾避禍,逃往瑯琊。只因我兒孟德着人接我還鄉,前日路過徐州,蒙徐州牧陶恭祖相留款待,説一向要結納孟德,未得其便。臨行他又撥兵護送。如此厚情,待我到了兗州,與孟德説知,使他兩下通好便了。呀,看陰雲四合,將有驟雨來了。曹德,我們快尋個所在避雨纔好!

曹　德　兄長放心。前面望去,有一古刹,離此不遠。我們且到彼投宿便了。

曹　嵩　如此!快快趲行者!
（唱）天公風雲難測量,
人間禍福怎預防!
霹靂一聲驟雨降,
四面不住閃電光。
大雨傾盆難前往,
且奔古廟做商量。

四車夫
四軍卒　好大雨!好大雨!衣服都濕透了,這便怎麽好?

張　闓　到寺門了。且喜雨也漸漸小啦。和尚哪裏?
（和尚上）

和　尚　（念）慈悲勝念佛,做惡枉燒香。（出門介）
你們這些車輛是哪裏來的?

張　闓　這是鎮東將軍曹爺家屬,因被雨阻,故來至此處。見你禪林寬廣,特借投宿。（指曹嵩介）這就是太老爺。

和　尚　請太老爺和寶眷到後面客堂安歇。
（曹嵩、胖妾、侍女、書童、曹德、四家丁進門介,同下）

張　闓　和尚,我們在哪裏歇息?

和　尚　列位將爺們就在兩廊下歇息吧。

張　闓　你們把車輛都推進廟門去。

四車夫　啊!（推車下）

張　闓　和尚轉來！我們的衣服都濕透了，需要火來烘烘，望乞方便！
和　尚　有，有，有。（取火盆介）天上人間，方便第一。喏喏喏，火盆在此。
張　闓　和尚！你好生伺候那位老人家與那位胖奶奶，我這裏不用伺候，你且去吧！
和　尚　是。（下）
　　　　（四軍卒烘衣介，張闓兩邊望介）
張　闓　列位，如今有個大富貴在此，不知你們願意得著不願意？
四軍卒　在哪裏？我們都願意得著。
張　闓　禁聲！
　　　　（唱）列位低聲莫喧嚷，
　　　　　　此事須要慢商量。
　　　　列位，我們一路之上看見這些輜重，好不動火！待等三更時分，大家殺將進去，把他們都給殺啦，取了財物，同往山中落草，也強過這受人牽制的差使，不知列位以爲如何？
四軍卒　好計，好計！不知現在什麽時候啦？
　　　　（衆四望介，起三更）
四軍卒　天已三更啦。
張　闓　殺了進去！
　　　　（同下）（曹德跑上，四軍卒、張闓殺上）
曹　德　張闓，半夜三更，帶領軍士，到此何幹？
張　闓　特來殺你！
曹　德　家丁們快來！
　　　　（四家丁上，開打，四家丁、曹德敗下，張闓、四軍卒追下）（侍女急上）
侍　女　（念）天有不測風雲，人有旦夕禍福。
　　　　二奶奶，快快起來！（胖妾急上）
胖　妾　（唱）生來福大身體胖，
　　　　　　濃妝艷抹慣作腔。
　　　　　　學那風流嬌模樣，
　　　　　　似一朵鮮花出粉牆。
侍　女　二奶奶，不好啦，四下喊殺連天，想是強人劫掠，那些軍兵正在那裏相殺。我們快去扶着太老爺逃避要緊！

（胖妾驚介，暈介，與侍女急下，扶曹嵩由下場門上）

胖　妾　哎喲老爺，不好啦！四面喊殺連天，強人殺進來啦！

曹　嵩　（驚介）哎呀，嚇煞我也！

（唱）聽一言來魂飛蕩，
　　　何處強徒起不良？
　　　疾速逃命走爲上，

（衆出門介。和尚急上）

和　尚　（接唱）憑空大禍起蕭墙。
　　　什麼人？

曹　嵩　什麼人？

和　尚　原來是太老爺！不好了啊，廊下那些軍士和你們家丁都在那裏相殺，將要殺到裏邊來了！你們快隨我越墙走了吧！

（場設紅墙。衆圓場。侍女、曹嵩、胖妾過墙介，侍女、曹嵩下）

胖　妾　哎呀，我的身子太胖，爬不過去怎麼好？（跌介）

（四家丁敗上，四軍卒追上，殺四家丁介，同下）（書童、院子跑上，張闓追上，殺死書童介）（曹德跑上，四軍卒迫上，起打，張闓上，接打，殺死曹德介）

張　闓　（唱）精神抖擻威風壯，
　　　古刹以內逞強梁。
　　　殺人如同砍瓜樣，
　　　再提寶刀進禪堂。

（衆殺進門介。和尚、胖妾、曹嵩、侍女上，磕頭求饒介，張闓等殺和尚、胖妾、曹嵩、侍女介）

四軍卒　曹氏一家，俱已殺死啦！

張　闓　將輜重盡行收取，快快逃往山中便了！

（唱）僧俗殺盡心纔放，
　　　收拾財物並資裝。
　　　奮勇爭先威風壯，
　　　從此山中稱大王。

（同下）

借 趙 雲

佚 名 撰

解 題

　　京劇。現代佚名撰。《京劇劇目初探》《京劇劇目辭典》著録，均題《借趙雲》，一名《一將難求》，未署作者。劇寫曹操爲報父讎圍攻徐州，州牧陶謙向劉備求救。劉備兵微將寡向公孫瓚借趙雲相助。公孫瓚允借趙雲及士卒三千。張飛輕慢年輕的趙雲，出馬，敗于典韋，趙雲救張飛，大敗典韋，張飛拜服。本事出於《三國演義》第十一回，情節不盡相同，該劇多有增飾。版本今有《戲考》本、《京劇大觀》（丁集）本、《京劇叢刊》本、《京劇彙編》收録的北京市藝術研究所藏本及以該本重刊的《京劇傳統劇本彙編》本，今以《戲考》本爲底本，參考其他本校勘整理。

第 一 場[1]

（四上手、劉備上[2]）

劉　備　（念）千軍容易得，一將最難求。
　　　　俺，劉備。只因曹操，帶領十萬雄兵，攻打徐州，要與他父曹嵩報讎，那陶謙向吾求救，怎奈我兵微將寡，恐難取勝。是我去至北邙，公孫瓚那裏借將。看前面不遠，就此馬上加鞭。
　　　　（【水底魚】。劉備下）

校記

［1］第一場：原不分場，今依劇情分爲九場。
［2］劉備上：原作"生上白"。今將角色"生"改爲人名"劉備"，"白"删，但在上場詩句改作"念"，字號同唱詞。本劇皆依此例改，不另出校。

第 二 場

（四龍套、中軍[1]、公孫瓚同上）

公孫瓚　（念）轅門戰鼓響，兒郎報端詳。

（探子上）

探　子　報，劉使君到。

公孫瓚　有請！（探子下[2]。劉備上）

公孫瓚　未知賢弟駕到，有失遠迎，面前恕罪。

劉　備　備來的鹵莽，仁兄海涵。

公孫瓚　賢弟駕到，必有所為。

劉　備　今有曹操，因張闓殺死他父曹嵩，他就賴在陶謙的身上，因此帶領十萬人馬，攻打徐州，要與他父報讎。陶謙向弟借兵相助，怎奈備兵微將少，皆非典韋對手。所以到此，與仁兄借兵三千，借將一員。

公孫瓚　原來如此。來！

中　軍　有。

公孫瓚　命趙雲帶領三千人馬，隨同劉使君，同往徐州解圍。

中　軍　得令。下面聽者，元帥有令：命趙雲帶領三千人馬，隨劉使君同往徐州。

趙　雲　（內白）得令。

劉　備　告辭。

公孫瓚　備得有酒，與賢弟痛飲。

劉　備　徐州危在旦夕，備不敢久停，告辭了。

　　　　（唱）【西皮搖板】[3]

　　　　　　多蒙仁兄恩量寬，
　　　　　　借兵三千將一員。
　　　　　　辭別仁兄跨走戰，
　　　　　　哪怕典韋小兒男。

（劉備下）

公孫瓚　（唱）人來與爺把門掩，
　　　　　　怕的是劉玄德借將不還。

（眾人同下）

校記

［1］中軍：原無，據下文補。

［2］探子下：原無，據劇情補。下同。

［3］西皮搖板：原作"搖板西皮"，今改。下文"搖板"，均補"西皮"。

第 三 場

（四龍套、四上手、趙雲、劉備雙上）

劉　備　久聞大名，如雷貫耳，今日一見，果然名不虛傳。

趙　雲　趙雲有何德能，敢勞使君稱讚。

劉　備　但不知將軍，幾時起兵？

趙　雲　即刻起程。

劉　備　好，將軍可命人馬前行，你我馬上，緩緩而行，以慰平時渴慕。不知趙將軍，意下如何？

趙　雲　好。眾將官！人馬先行。

（龍套、上手分下）

劉　備　趙將軍，你看當今之時，天下大亂，漢室衰微，眾諸侯各據一方，爭雄賭勝，日後不知何人成王立帝，重整漢室基業[1]？

趙　雲　想俺趙雲，生性蠢笨，乃是草野愚夫，日後成王立帝，是哪一家，使君必有高見。

劉　備　趙將軍，備倒想起一人來了：想公孫瓚，乃是漢室功臣，足智有謀，又有趙將軍輔助，日後成王霸業，莫非就是此人了。

趙　雲　嚇，使君，想我主公孫瓚，性情高傲，不納忠言，日後斷難成其大事，他只怕不能。

劉　備　他不能。呵，備又想起一家來了。

趙　雲　是哪一家？

劉　備　想那袁術，佔據壽春，兵多將勇，又有紀靈、橋蕤，勇冠三軍，日後或者是此人了。

趙　雲　想那袁術，優柔寡斷，生性矯情，雖有橋蕤、紀靈等，皆是一勇之夫，焉能成其大事？袁術他不能。

劉　備　他不能。備又想起一人來了：想河北袁紹，四世三公，謀士有田

	豐、沮授、逢紀、郭圖等，武有顏良、文醜之輩，日後漢室基業，定屬此人了。
趙　雲	想那袁紹，昏庸老悖，猶豫多疑，帳下謀士，互相猜忌，自行殘害，袁紹他也不能。
劉　備	袁紹也不能。備又想起一人來了：想那荊襄王劉表，坐鎮荊州，據有長江之險，統屬一十三郡，兵精糧足，日後定能稱王霸業的了。
趙　雲	那劉表，雖是漢冑，坐鎮荊襄，怎奈他無勇無謀，焉能有此大志？劉表他不能。
劉　備	如此看來，天下竟無人了。
趙　雲	眼前倒有一人，日後定能成王立帝。
劉　備	備倒明白了。
趙　雲	明白何來？
劉　備	想趙將軍，英雄蓋世，智勇雙全，日後天下，定是趙將軍的了。
趙　雲	趙雲有何德能，敢設此妄想？劉使君乃是中山靖王之後，漢室宗親，蓋世英雄，又有關、張輔助，日後天下，定是使君的了。
劉　備	備乃是困水蛟龍，陷阱猛虎，聖人云："有美玉於斯，韞匵而藏諸？求善賈而沽諸[2]？沽之哉！沽之哉！我待賈者也。"正是： （念）天上無雲難下雨，
趙　雲	（念）掌中無劍怎殺人。 （唱）【西皮搖板】 　　低頭不語恨蒼穹，
劉　備	（唱）劉備身旁少英雄。
趙　雲	（唱）你好比紅日撐空亮，
劉　備	（唱）你好比皓月在當空。 （劉備、趙雲同下）

校記

[1]漢室基業："室"，原作"世"，據前後文改。

[2]求善賈而沽諸："賈"，原作"價"，據《論語·子罕》改，下同。

第 四 場

（張飛上）

張　飛　（念）大哥去借兵，未見轉回程。
中　軍　（內白）劉使君到。
張　飛　有請！
　　　　（吹打。劉備上）
張　飛　大哥回來了，你辛苦了，請至後面。
　　　　（劉備下。四龍套、四上手同上，同下。趙雲上）
趙　雲　吓，三將軍。
　　　　（張飛背面）
趙　雲　咳！
　　　　（趙雲下）
張　飛　且住，我道大哥，此番借兵，定必是天神的一般，不料是一個黃毛孺子！嘿！
　　　　（張飛下）

第 五 場

（四龍套、四上手、劉備、趙雲、張飛同上）

張　飛　大哥此番前去，但不知兵借了多少，這將有幾員？
劉　備　此番借得兵馬三千，大將一員。
張　飛　這將在哪裏？
劉　備　就是趙將軍。
張　飛　大哥，想那典韋，是何等英雄。似這等黃毛孺子，慢說是交鋒打仗，就是嚇也將他嚇死了。
劉　備　休得胡言，後帳去罷。
　　　　（張飛下）
劉　備　吓，趙將軍，想吾那三弟張翼德，乃是鹵莽之夫，言語傲慢，備這廂賠罪了。
　　　　（趙雲怒）

劉　備　備這廂有禮了,請至後面痛飲。
　　　　（趙雲、劉備同下）

第 六 場

　　　　（四大鎧、四下手、典韋同上）
典　韋　（念）奉了丞相令,攻打徐州城。
　　　　衆將官,殺上前去。
　　　　（衆人同下）

第 七 場

　　　　（劉備、張飛、趙雲同上）
劉　備　（念）轅門旌旗起,兒郎報端的。
　　　　（探子上）
探　子　典韋討戰。
張　飛　再探。
　　　　（探子下）
張　飛　待俺老張會他一陣。
　　　　（張飛下,劉備下）
趙　雲　且住,看劉備之弟張飛,藐視於我,不免人馬轉回北邙。
　　　　（劉備上）
劉　備　趙將軍,我三弟萬分粗鹵,言語冒犯,休得見怪,備這裏有禮了。
　　　　（劉備、趙雲同下）

第 八 場

　　　　（典韋、張飛同上）
典　韋　張飛,昨日饒爾不死,今日又來作甚?
張　飛　吃你三老子一鞭。
　　　　（典韋、張飛開打。張飛上桌子。趙雲上,起開打,典韋下,趙雲追下。典韋上）

典　韋　趙雲殺法厲害,收兵。
張　飛　趙雲是個好的,好的!
　　　　(張飛下)

第 九 場

　　　　(劉備、趙雲同上)
劉　備　後堂排宴,與將軍慶功。
　　　　(同下)

戰濮陽

佚名撰

解題

　　京劇。現代佚名撰。《京劇劇目初探》《京劇劇目辭典》著錄，題《戰濮陽》，一名《濮陽城》，均未署作者。劇寫東漢末，呂布佔據濮陽。曹操攻濮陽，呂布用陳宮之計，使百姓田某詐降約爲內應，欲誆曹操入城，火燒曹軍。曹操果然中計，幸得典韋救出。曹操佯稱身死，賺呂布劫寨。陳宮識破其計，竭力諫阻，呂布不聽，以致中伏大敗，曹操遂進據濮陽。本事出於《三國志·魏書·武帝紀》、袁暐《獻帝春秋》、《三國演義》第十一至十二回。清宮大戲嘉慶本《鼎峙春秋》有《濮陽破曹》。道光四年《慶昇平班戲目》已列此劇。版本今有《戲考》本、《京劇彙編》收錄的劉硯芳藏本及以該本重刊的《京劇傳統劇本彙編》本、上海市《傳統劇目彙編》京劇集本。今以《京劇彙編》劉硯芳藏本爲底本，參考其他本校勘整理。

第　一　場

（典韋、樂進、夏侯惇、夏侯淵上。起霸）

典　韋
樂　進
夏侯惇
夏侯淵　【點絳唇】殺氣衝霄，兒郎虎豹，軍威浩，地動山搖，要把狼烟掃！

典　韋
樂　進
夏侯惇　某，
夏侯淵

典　韋　典韋。

樂　進	樂進。
夏侯惇	夏侯惇。
夏侯淵	夏侯淵。
典　韋	列位將軍請了。
樂　進 夏侯惇 夏侯淵	請了。
典　韋	丞相升帳，兩廂伺候。
樂　進 夏侯惇 夏侯淵	請！

（四紅文堂、四紅大鎧、中軍上，站門。曹操上）

曹　操	（念）【引】隊伍雄威，氣軒昂，統三軍，奪取濮陽。
典　韋 夏侯惇 夏侯淵 樂　進	丞相在上，末將等參！
曹　操	站立兩廂！
典　韋 樂　進 夏侯惇 夏侯淵	謝丞相。
曹　操	（念）（詩）堂堂將才奮英勇， 　　　　　赫赫威名鎮帝都。 　　　　　森森劍戟如霜雪， 　　　　　各個兒郎膽氣粗。 老夫，曹操，漢室爲臣，職授平西大將軍。可恨陶謙結連賊黨殺吾一家。此讎不共戴天。因此領兵掃蕩徐州。殺得他亡魂喪膽。眼見城池旦夕必破，不想呂布小兒佔奪濮陽等處，勇不可擋。如今老夫傾兵復奪濮陽。衆位將軍，人馬可曾齊備？
典　韋 樂　進 夏侯惇 夏侯淵	俱已齊備。
曹　操	傳令下去，吩咐大隊人馬發往濮陽！

| 韋 典 樂 進 夏侯惇 夏侯淵 四文堂 四大鎧 | 啊！下面聽者！丞相有令：大隊人馬發往濮陽！

啊！

(【牌子】。同下) |

第 二 場

(陳宮上)

陳 宮　(念)【引】膽略胸藏，智謀廣，懷揣志量。
　　　　(念)(詩)干戈風雲現，
　　　　　　　　四海難民遷。
　　　　　　　　龍争虎鬥日，
　　　　　　　　逐鹿在中原。
　　　　下官，陳宮，向爲中牟縣令。只因董卓專權，吾特棄官挂印，與曹操逃走，同謀擧義。誰知曹操那賊心懷奸毒，行事不端，我又棄他回家，安頓老母、妻子。後投呂布帳下以爲參謀。前番設了一計，占取邳城等處，今聞曹操興兵前來，復奪此城。今番一戰，不知誰勝誰負，嗟，回想起來，天下大事，實難定奪也。
　　　　(唱)【西皮搖板】[1]
　　　　　　　　有陳宮坐寶帳自嘆自料[2]，
　　　　　　　　想起了從前事好不心焦。
　　　　　　　　只因那董卓賊橫行霸道，
　　　　　　　　挾天子欺文武謀害英豪。
　　　　　　　　曹孟德行刺他機關漏了，
　　　　　　　　四下裏畫圖形捉拿奸曹。
　　　　　　　　行至在中牟縣被我拿到，
　　　　　　　　在二堂苦哀告求我恕饒。
　　　　　　　　我見他有忠心把國來保，
　　　　　　　　因此上棄縣令隨他遠逃。
　　　　　　　　好一個呂伯奢恩情不小，

　　　　誰知他起歹心全家不饒。
　　　　旅店中我有心將他殺了，
　　　　又恐怕人道我無義兒曹。
　　　　因此上投呂布興師征討，
　　　　東西征南北剿費盡心勞。
　　　　曹孟德他是個豺狼虎豹，
　　　　必須要除奸佞輔保漢朝。
　　　　但願得此一去把曹兵退了，
　　　　那時節整雄兵共滅奸曹。
　　　（旗牌上）
旗　牌　（念）忙將軍情事，報與大人知。
　　　　啟老爺：曹瞞請爺城頭搭話。
陳　宮　哦，曹瞞請我城頭搭話，無非順說歸降。不免將計就計，用言語打動於他，若他退兵回轉，也好用計奪東阿一帶地方。正是：
　　　　（念）且憑三寸舌，打退曹瞞兵。
　　　　哈哈哈……
　　　　（同下）

校記

［1］西皮搖板：原無，據《戲考》本補。本劇多未標唱腔，今均依《戲考》補。不另出校。
［2］有陳宮坐寶帳自嘆自料："嘆"，原作"思"，據《戲考》本改。

第 三 場

（四紅文堂、四紅大鎧、典韋、樂進、夏侯惇、夏侯淵上，站門。曹操上）

曹　操　（唱）【西皮搖板】
　　　　領雄兵好一似泰山壓倒，
　　　　剪除了呂奉先吾心安牢。
　　　　老夫領兵奪取濮陽，聞得陳宮投在呂布帳下，以為參謀。此人智謀深廣。為此著人知會在城頭搭話，順說於他，倘有故友之情，棄布

>　　歸曹,則濮陽唾手可得。來,催動人馬。
衆　將　啊!
　　　　(場設城牆,旗牌暗上城介)
曹　操　(唱)【西皮搖板】
>　　我愛那陳公臺仁義甚好,
>　　可惜他保呂布叛反兒曹。
>　　守城將你快去把信通報,
>　　你就說曹孟德要會故交。
旗　牌　有請參謀。
陳　宮　(內唱)【導板】
>　　又聽得濮陽城人嘶馬叫,(上城介)
>　　站城頭扶垛口往下觀瞧。
曹　操　陳公臺,久別了!
陳　宮　(唱)【慢板】
>　　白彪馬坐的是奸雄曹操,
曹　操　我和你故友相會,爲何破口相嘲?
陳　宮　(唱)你是個無義漢有甚相交!
>　　我從前原見你忠心義表,
曹　操　俺曹操本來就是忠心保國。
陳　宮　(唱)誰知你是一個禽獸兒曹!
曹　操　你何出此言,有失故交之情,言重了。
陳　宮　(唱)你今日領人馬何事來到?
>　　說明了我和你再把兵交。
曹　操　陳公臺!
　　　　(唱)【西皮原板】[1]
>　　你本是大丈夫凌雲志浩,
>　　又何必出惡言辱罵吾曹。
>　　往日裏蒙你恩情義甚好,
>　　到今日重相會喜上眉梢。
>　　我曹操縱有些心胸狹小,
>　　陳公臺量寬洪休挂心巢。
>　　我愛你智謀廣神機奧妙,

為什麼輔反賊名浮水飄？

陳　宮　（唱）【西皮二六板】
曹孟德你不必言花語巧，
我的心似明月照你心梢。
行刺那董卓賊機關漏了，
四下裏畫圖形捉拿奸曹。
行至在中牟縣被我拿到，
在二堂苦哀告求我恕饒。
我見你有忠心把國來保，
因此上棄縣令同你奔逃。
呂伯奢他待你恩情非小，
誰叫你殺一家雞犬不饒。
在旅店我本當將你殺了，
普天下道陳宮無義兒曹。
自那日回故鄉安頓老小，
投至在奉先帳共扶漢朝。
你若是念故交把兵退了，
我和你守疆界不犯邊壕。
你若是興人馬各擺陣道，
兩下裏動干戈鬼哭神嚎。
你若是不退兵也就罷了。
指日間管叫你片甲難逃！

曹　操　（唱）【快板】
陳公臺說此話令人可惱，
講什麼守疆界不犯邊壕？
我曹操不過是替天行道，
奉王命掃烟塵輔保漢朝。
呂奉先他本是豺狼虎豹，
你枉把忠義名付與兒曹。
你若是擒呂布把城獻了，
回朝去我保你玉帶紫袍。

陳　宮　（唱）【快板】

　　　　　　漢獻帝好比那嬰兒懷抱，
　　　　　　你比那王莽賊不差分毫。
　　　　　　挾天子霸朝綱人人知曉，
　　　　　　你將鹿指爲馬甚過趙高。
曹　操　（唱）【搖板】
　　　　　　駡一聲陳公臺説話蹊蹺，
　　　　　　濮陽城彈丸地何在心梢！
　　　　　　叫三軍齊努力把城圍了，
　　　　　　少時間管叫它化爲海潮！
陳　宫　呸！
　　　（唱）【搖板】
　　　　　　好言語勸奸賊將人欺藐，
　　　　　　你把我陳公臺不在心梢。
　　　　　　叫三軍將擂石往下傾倒，
　　　　　　霎時間管叫你死在城壕！（下）
　　　（旗牌、陳宫下）
曹　操　啊！
　　　（唱）【搖板】
　　　　　　叫衆將勒轉馬忙回營道，
　　　　　　奪不轉濮陽城誓不回朝。
　　　（同下）

校記

［1］西皮原板：原作"元板西皮"，徑改。下同。

第　四　場

　　　（張遼、高順上，雙起霸）
張　遼　（念）（詩）張弓搭箭射虎豹，
　　　　　　　　高略奇謀有六韜。
高　順　（念）（詩）旌旗閃閃日光耀，
　　　　　　　　隊伍紛紛列槍刀。

張遼 高順	俺，張遼。 俺，高順。
張遼	高將軍請了！
高順	請了。
張遼	溫侯升帳，你我在此伺候。
高順	請！

（四白文堂、四白大鎧上，站門。呂布上）

呂布	（念）【引】轅門站立三千將，統領貔貅百萬兵。
張遼 高順	參見溫侯。
呂布	站立兩廂。
張遼 高順	啊！
呂布	（念）（詩）虎牢關前戰諸侯， 　　　　　　名揚四海冠九州。 　　　　　　畫戟赤兔誰敢鬥？ 　　　　　　何懼曹操統貔貅。 俺，姓呂名布字奉先。自滅董卓之後，隨處飄遊。幸得陳宮相佐，言無不準，攻無不勝。因此得了濮陽一帶等處，以做久遠之計。且喜兗州已取，只有鄄城、東阿等處未能克下。今聞曹操領兵前來復奪濮陽，為此整頓戈矛，以備交鋒。已命探子前去打探，這般時候，未見回報。
報子	（內）報！（上） 啓溫侯：曹兵討戰。
呂布	再探。
報子	得令！（下）
呂布	啊，曹兵來得如此之驟也！眾將官，曹兵遠來，必然疲倦，趁此機會，殺他個措手不及。必須人人抖擻精神，個個奮勇當先。
眾將	啊！ （同下）

第 五 場

（四紅文堂、四紅大鎧、典韋、夏侯惇、夏侯淵上）

典　　韋　典韋。
夏侯惇　夏侯惇。
夏侯淵　夏侯淵。
典　　韋　二位將軍請了！
夏侯惇
夏侯淵　請了。
典　　韋　你我奉令攻打呂布。衆將官，殺上前去！
四紅文堂
四紅大鎧　啊！

（四白文堂、四白大鎧、張遼、高順、呂布上）

典　　韋　來將？
呂　　布　呂！
典　　韋　呂什麼？
呂　　布　呂布，來將？
典　　韋　典！
呂　　布　典什麼？
典　　韋　典韋。呔！呂布兒呀！
呂　　布　黃臉賊！
典　　韋　今日天兵到此，還不下馬歸順麼？
呂　　布　住了！你乃井底之蛙，能起多大風波？
典　　韋　爾乃小小螳螂，焉能撼得動俺的車輪？
呂　　布　名將會過多少，
典　　韋　何懼你小兒曹。
呂　　布　（念）畫戟龍蛇動，
典　　韋　（念）雙戟稱英豪。
呂　　布　看戟！
典　　韋　哈哈哈……
呂　　布　（唱）【搖板】

典　韋　（唱）【搖板】
　　　　　　　　搖旗吶喊馬嘶吼，
　　　　　　　　殺氣森森貫斗牛。
　　　　　　　　虎牢關前威風抖，
　　　　　　　　誰人不知呂溫侯。
典　韋　（唱）【搖板】
　　　　　　　　雙戟典韋誰敢鬥，
　　　　　　　　交鋒打仗鬼神愁。
　　　　　　　　勸你早早來叩首，
　　　　　　　　傾刻取爾項上頭！
呂　布　（唱）勸爾休得誇海口，
典　韋　（唱）傾刻屍橫血水流。
呂　布　（唱）三軍緊緊擂戰鼓，
典　韋　（唱）天慘地昏雲霧愁。（殺介）
　　　　（典韋、呂布起打介）
呂　布　且慢！
典　韋　爾敢是怯戰？
呂　布　非是俺怯戰，今日天色已晚，你我收兵，明日再戰。
典　韋　誰家先收兵？
呂　布　兩下一齊收兵。
典　韋　（念）來者是君子，
呂　布　（念）怕戰是小人。
典　韋
呂　布　眾將官，收兵！
　眾　　啊！
　　　　（典韋、呂布原人兩邊分下）

第　六　場

　　　　（陳宮上）
陳　宮　（唱）【搖板】
　　　　　　　　今日裏在城頭門口相鬧，
　　　　　　　　罵得那曹孟德羞愧難消。

　　　　　呂溫侯領雄兵出城征討，
　　　　　但願得能取勝共滅奸曹。
　　　　（【水底魚】。呂布原人上，挖門）
陳　宮　溫侯！
呂　布　先生，請坐。
陳　宮　告坐。溫侯今日出城交戰，勝負如何？
呂　布　不分勝敗。吾觀衆將不足介意，必須先取曹操，方爲奇功也。
陳　宮　參謀有計獻上。
呂　布　有何妙計？
陳　宮　濮陽城内有一家豪富田氏，叫他往曹營詐降，説溫侯殘暴不仁，黎民大怨，因此溫侯同陳宮往黎陽去了，城内無人，只有高順一人在内。曹操必不疑心。若是進兵入城，參謀自有計策擒之。
呂　布　啊！如此就煩先生喚來。
陳　宮　遵命！正是：
　　　　（念）計就月中擒玉兔，謀成日裏捉金烏。（下）
呂　布　且住。久聞典韋之勇，今日一見，真乃名不虛傳也！
　　　　（唱）久聞説雙戟將典韋名號，
　　　　　　適纔間在戰場果見英豪。
　　　　（陳宮、田姓甲、乙上）
陳　宮　這裏來！
　　　　（唱）【搖板】
　　　　　　安排下擒猛虎牢籠計巧，
　　　　　　賺取那曹孟德來入火巢。
　　　　田姓二人喚到。
呂　布　喚進來。
陳　宮　過來，見過溫侯。
田姓甲
田姓乙　小人叩首！
呂　布　起來。
田姓甲
田姓乙　是。喚小人們，有何吩咐？
呂　布　只因曹兵十分猖狂，城池旦夕必破。命爾等詐降曹操，賺他入城，

|||吾自有計擒之。爾等可願去否？
田姓甲
田姓乙|一城百姓皆得全生，赴湯蹈火，也是情願！
呂　布|好。聽吾道來。
||（唱）你就説呂温侯不行正道，
||　　　每日間與衆將大醉酕醄。
||　　　幸喜得同陳宫黎陽去了，
||　　　擒高順奪濮陽就在今朝。
田姓甲
田姓乙|遵命！
||（同唱）【摇板】
||　　　呂温侯傳將令誰敢違拗，
||　　　少不得拼一死强走這遭。（下）
呂　布|（唱）【摇板】
||　　　他二人到曹營詐降去了，
||　　　請先生定巧計捉拿奸曹。
陳　宫|（唱）【摇板】
||　　　張文遠東巷内舉火爲號，
||　　　休得要放走了奸雄操曹。
張　遼|得令！
||（唱）【摇板】
||　　　軍師爺定巧計果有奥妙，
||　　　管叫那曹孟德插翅難逃。（下）
陳　宫|（唱）【摇板】
||　　　叫高順近前來聽吾令號，
||　　　埋伏在西巷内等候奸曹。
高　順|得令！
||（唱）西巷内放信炮一齊爲號，
||　　　準備着火光裏捉拿奸曹。（下）
呂　布|（唱）但願得此計成揚名不小，
陳　宫|（唱）滅却了奸曹操輔保漢朝。
||（同下）

第 七 場

（四紅文堂、四紅大鎧、中軍引曹操上）

曹　操　（唱）【搖板】
　　　　恨呂布似虎狼將士熊豹，
　　　　奪不回濮陽城晝夜心焦。
　　　　恁陳宮助逆賊空費才略，
　　　　戰不退呂布賊誓不回朝。
（田姓甲、乙上）

田姓甲
田姓乙　門上有人麼？

中　軍　你們敢是奸細麼？

田姓甲
田姓乙　我們乃是濮陽城內百姓，有機密事求見丞相。

中　軍　候著！稟丞相：門外有濮陽城內的百姓，有機密事求見丞相。

曹　操　搜查明白，帶他進來。

中　軍　是。呔！可有夾帶？

田姓甲
田姓乙　無有。

中　軍　小心了。

田姓甲
田姓乙　是。小人們叩頭。

曹　操　敢是奸細？看刀！

田姓甲
田姓乙　小人並非奸細，乃濮陽城內富戶田氏，前來與丞相獻機密要事。

曹　操　什麼機密要事？

田姓甲
田姓乙　可恨呂布殘暴不仁，民心大怨，我等常想剿除此賊，只恨無有機會，今幸呂布起兵黎陽去了，城內空虛，懇求丞相大兵進城，以救蒼生塗炭之苦，實感恩慈大德！

曹　操　我且問你，呂布既去濮陽，城內還有何人把守？

田姓甲
田姓乙　只有高順把守，提防甚緊。

曹　操	此等碌碌之輩，何足爲慮！爾等速速回去準備，老夫黃昏時進兵。什麽爲號？
田姓甲 田姓乙	白旗爲號。
曹　操	知道了。去吧！
田姓甲 田姓乙	是。
曹　操	轉來！
田姓甲 田姓乙	在。
曹　操	陳宮可在城内？
田姓甲 田姓乙	陳宮與呂布同往黎陽去了。
曹　操	去吧。
田姓甲 田姓乙	是。（下）
曹　操	哈哈哈……喜得陳宮不在，此乃天助我成功也！來，吩咐衆將披挂整齊，黃昏之際隨吾入城。休得聲張！
中　軍	遵命！（下）
曹　操	掩門！
	（同下）

第 八 場

（四龍套上，站門。【水底魚】。張遼、高順上）

張　遼 高　順	俺，
張　遼	張遼。
高　順	高順。
張　遼	將軍請了！
高　順	請了！
張　遼	你我奉令各處埋伏，等候曹兵截殺。就此埋伏去者！
高　順	請！

（衆分下）

第 九 場

（場設城墙，上挂白旗）

曹　操　（內唱）【西皮導板】
　　　　　統三軍一個個威風咆哮，
　　　　（四紅文堂、四紅大鎧、典韋、樂進、夏侯惇、夏侯淵引曹操上）
曹　操　（唱）【原板】
　　　　　今日裏奪濮陽不費心勞。
　　　　　呂奉先他生來心粗膽暴，
　　　　　一派的血氣勇無謀兒曹。
　　　　　笑陳宮見識淺柱用計巧，
　　　　　指日裏濮陽城又歸吾曹。
　　　　　城樓上插白旗隨風飄繞，
　　　　　叫三軍擺隊伍擁進城壕。
　　　　（曹操原人同進城介，下）
　　　　（連場——曹操原人上）
曹　操　啊！
　　　　（唱）【搖板】
　　　　　為什麼靜悄悄人烟稀少？
　　　　（放火彩。四龍套、張遼、高順兩邊抄上，下）
曹　操　哎呀！
　　　　（唱）中了那陳宮的巧計籠牢。
　　　　（張遼上）
張　遼　呔！哪裏走！
　　　　（典韋、樂進擋張遼介。曹操率衆急下，張遼追下）

第 十 場

（曹操跑上）
（放火彩）

曹　操　哎呀！

　　　　（唱）悔不該去劫營中賊計巧，

　　　　（放火彩）

曹　操　（唱）火光裏尋不出生路哪條！

　　　　（高順上）

高　順　呔！哪裏走！

　　　　（夏侯惇、夏侯淵同上，救曹操下，高順追下）

第 十 一 場

（曹操跑上）

曹　操　哎呀！（唱）【搖板】

　　　　　　四下裏安排了連環火炮，

　　　　　　今日裏難逃這性命一條。

　　　　（呂布上）

呂　布　呔！你可是曹操？

曹　操　看前面騎黃馬的就是曹操。

呂　布　去吧。

　　　　（呂布刺曹操介，曹操跑下。典韋上，殺介。典韋敗下，呂布追下）

　　　　（連場——火彩。典韋上，【三衝頭】，挑火介。曹操原人出城介，下）

　　　　（呂布原人出城介，追下）

第 十 二 場

（四紅文堂、四紅大鎧、典韋、樂進、夏侯惇、夏侯淵扶曹操上）

典　韋
樂　進
夏侯惇
夏侯淵　丞相醒來。

曹　操　（唱）【導板】

　　　　　　一腔惡氣心頭惱，

　　　　　哎呀！
　　　　　咬牙切齒恨難消。
　　　　　人欲恕我我難恕，
　　　　　人欲饒我我難饒。
　　　　　若不殺陳宮與呂布，
　　　　　誓不回都面當朝。
報　　子　（內）報！（上）
　　　　　稟丞相：呂布討戰。
曹　　操　再探。
報　　子　得令！（下）
曹　　操　衆位將軍，殺上前去！
典　　韋
樂　　進
夏侯惇　　啊！
夏侯淵
　　　　　（曹操下）
　　　　　（呂布原人上，會陣介，起打，典韋等敗下）
衆　　將　曹兵大敗。
呂　　布　窮寇莫追，收兵回城！
衆　　將　啊！
　　　　　（同下）

第 十 三 場[1]

（四紅文堂、四紅大鎧上，站門。曹操上）

曹　　操　（唱）老夫誤中賊奸巧，
　　　　　　　　昨日濮陽被火燒。
　　　　　　　　呂布有勇無韜略，
　　　　　　　　都是陳宮計籠牢。
　　　　老夫昨日一時不明，誤中奸計，燒得我軍將士膽喪魂消。我想此謀呂布決不能為，必是陳宮的詭計，若不虧衆將救回，老夫一命休矣。我今將計就計，詐言被火燒死。呂布知之，必然前來劫營。我四下裏埋伏人馬,他縱有重瞳之勇,也難擋十面之衆。只願陳宮不解此計,我就又取濮陽也!

(唱)將錯就錯生計巧,
　　　奪回濮陽氣方消。
　　　三軍都要來挂孝,
　　　成功就在這一遭。
　　　人來與我傳令號,
　　　且莫泄漏這音耗。

哈哈哈……

(同下)

校記

[1] 第十三場:此場之後曹操設假之計,賺呂布劫營,呂布中計,復得濮陽情節,《戲考》本無。

第十四場

(典韋、樂進、夏侯惇、夏侯淵上)

典　韋	(唱)誤中賊計費神勇,
樂　進	(唱)主將險喪火陣中。
夏侯惇	(唱)今日滿營來挂孝,
夏侯淵	(唱)昨日濮陽一片紅。

典　韋
樂　進
夏侯惇　俺,
夏侯淵

典　韋　典韋。
樂　進　樂進。
夏侯惇　夏侯惇。
夏侯淵　夏侯淵。
典　韋　列位將軍請坐!
樂　進
夏侯惇　有坐。
夏侯淵

典　韋	主公一時不明，誤入網羅，若不是將軍等護持，一命休矣。
樂　進	此賴典將軍之勇，纔能逃出重圍。
夏侯惇	我想此計乃陳宮所爲，呂布一勇之夫，何能有此大才！陳宮若不早除，乃主公之大害也。
夏侯淵	丞相今日傳令，吩咐我等詐傳主公被火燒死，滿營挂起白幡，衆將都要舉哀。呂布聞之，必來劫營。濮陽可得，呂布定擒矣。
典　韋	丞相妙計，我等依計而行。
樂　進 夏侯惇 夏侯淵	就將紅旗偃滅，立起白幡，大放哀聲。成功之日，都有犒賞。
典　韋	大家後帳改扮起來！請！
樂　進 夏侯惇 夏侯淵	請！

（同下）

第 十 五 場

（場設靈堂。小吹打。典韋、樂進、夏侯惇、夏侯淵上，拜介）

典　韋 樂　進 夏侯惇 夏侯淵	哎呀，丞相啊！（哭介）
典　韋	（唱）可嘆誤把奸計中，
樂　進	（唱）一旦命喪在火中。
夏侯惇	（唱）指日呂布把兵統，
夏侯淵	（唱）靈棺怎得回朝廷！
樂　進	（唱）明日抬營放號炮， 　　　呂布前來一場空。
典　韋 樂　進 夏侯惇 夏侯淵	哎呀丞相啊！

（同下）

第 十 六 場

（探子上）

探子　（唱）昨日城中火太重，
　　　　　　燒得曹操一命終。
　　俺，溫侯帳下能行探子是也。扮做百姓模樣，打聽曹操消息。探得曹操果然被火燒死，營中立起白幡舉哀。不免報與溫侯便了！
　　（唱）急忙回營把信送，
　　　　　　成功就在今夜中。（下）

第 十 七 場

（陳宮上）

陳宮　（唱）昨日裏打一仗可爲不小，
　　　　　　燒得那奸曹操膽喪魂消。
　　　　　　實可嘆我陳宮命運不好，
　　　　　　從未曾遇明主枉把心操。
　　下官，陳宮。昨日設了一計，燒得曹操膽落魂飛，奈他將士兇勇，救他回營。那奸賊必不甘休，定有別計施來。溫侯雖然勝了一仗，連日高歌宴樂，不理軍情。我幾次勸之，反討沒趣。咳！我陳宮好不悔也！
　　（唱）悔只悔幼年間要爲忠孝，
　　　　　　實指望投明主待漏隨朝。
　　　　　　哪知我時不濟官運顛倒，
　　　　　　把一腔忠義心付與水漂。
　　　　　　想從前錯跟了奸雄曹操，
　　　　　　他和那董卓賊不差分毫。
　　　　　　我有心扶漢室把國來保，
　　　　　　因此上投溫侯除滅奸曹。
　　　　　　實指望他是個英雄正道，
　　　　　　又誰知貪酒色不行正條。

　　　　　甚如那楚重瞳一派強暴,
　　　　　料不能成大事一介草茅。
　　　　　我本待棄他走惹人嘲笑,
　　　　　陳公臺心反復兩次三遭。
　　　　　倒不如耐時光暫且忍了,
　　　　　遇明主方顯我智廣才高。
　　　　（家將上）
家　將　（念）打聽曹凶信,報與智謀人。
　　　　啓老爺：小人打聽曹操被火燒死,營中挂起白幡,滿營衆將,哀號不止,五鼓天明就要抬營回去。
陳　宮　爾可打聽明白?
家　將　打聽明白。
陳　宮　退下!
家　將　是。（下）
陳　宮　哎呀!此定是老賊奸計,溫侯聞之,必然統兵前去,豈不中了奸賊之計?我不免前去阻住行軍,看那曹瞞怎樣罷休!哈哈哈……（下）

第 十 八 場

　　　　（呂布上）
呂　布　（念）【引】指望一計除奸雄,蒼天助我成大功。
　　　　（院子暗上）
呂　布　（念）（詩）氣宇軒昂似重瞳,
　　　　　　　　蓋世英雄叱咤中。
　　　　　　　　畫戟亞賽龍蛇動,
　　　　　　　　赤兔猶如駕雲風。
　　　　俺,呂布。昨日用計一戰,燒得曹操人馬十傷八九。我料孟德必然膽喪魂消。也曾命人暗探曹操虛實,便知吉凶。且喜今日消閒,不免請出夫人暢飲一回。來!
院　子　有。
呂　布　有請二夫人出堂!

院　子　丫鬟姐,請二夫人出堂!
丫　鬟　(內)請二夫人出堂!
　　　　(丫鬟、貂蟬上)
貂　蟬　(念)【引】鬢鳴珮響,嘆英雄,血戰沙場。
　　　　溫侯!
呂　布　夫人!請坐!
貂　蟬　有坐。喚妾身出來,有何軍情?
呂　布　連日打仗,未得與夫人少叙。今日閑暇無事,與夫人開懷暢飲幾杯。
貂　蟬　如此,丫鬟,請嚴夫人出來[1]!
丫　鬟　嚴夫人身子不爽,不能出來。
呂　布　不必勉強。看酒來!夫人請!
　　　　(丫鬟看酒介)
呂　布　夫人請!
貂　蟬　溫侯請!
呂　布　請啊!
　　　　(唱)但願得把奸賊一鼓掃盡,
　　　　　　那時節慶歡樂共享安寧。
貂　蟬　溫侯啊!
貂　蟬　(唱)手捧着黃金杯歡笑奉命,
　　　　溫侯請!
呂　布　夫人請!
貂　蟬　乾!
呂　布　乾!哈哈哈……
貂　蟬　(唱)效舉案與齊眉喜氣盈盈。
　　　　請!
呂　布　請!乾!
貂　蟬　(唱)唯願奴與溫侯歡娛不盡,
　　　　　　且飲到月闌干銅漏沉沉。
　　　　(院子上)
院　子　(念)即速來通報,恐遲留禍苗。
　　　　啓溫侯:探子回報,曹操被火燒傷,回營身死。營中挂起白幡,衆將哀哭不止,今晚五鼓抬營。特來報知。

呂 布	哈哈哈……我料那曹瞞必不能活矣。傳吾將令,吩咐衆將三更披挂,四更齊集大堂伺候!
院 子	是。(下)
貂 蟬	啊溫侯,爲何黑夜動兵,想必有什麽緊要軍情麽?
呂 布	曹操被火燒死,衆將拔寨抬營。爲此我要悄悄出城,劫他的營盤,連曹操的靈棺都要搶來,方消我恨。
貂 蟬	妾身女流,不知軍情。溫侯務要三思而行。丫鬟,看大杯來,妾與溫侯飲個成功酒。
呂 布	哈哈哈……好一個"成功酒"! 啊哈哈哈……承夫人美言,滿心歡飲。夫人請!
貂 蟬	妾身酒已够了。溫侯自飲吧。
呂 布	夫人的酒量我是曉得的啊,還可以吃得幾杯。
貂 蟬	酒已深了。
呂 布	夫人不深哪?
貂 蟬	啊!
呂 布	啊哈哈哈……丫鬟,勸夫人!
丫 鬟	請夫人痛飲幾杯!(跪進酒介)
貂 蟬	啊,溫侯!
呂 布	夫人! 啊哈哈哈……
貂 蟬	起來吧!
丫 鬟	謝夫人!
貂 蟬	溫侯,請哪!
呂 布	奉陪夫人。乾!
貂 蟬	乾!
呂 布	哈哈哈…… (唱)願天長和地久鴛鴦交頸,
陳 宫	走哇!(上) (唱)後堂裹轉來了參謀陳宫。 　　　只見那轅門外刀槍齊整, 　　　又不曾打戰書無故動兵。 我,陳宫,適纔有家將來報,溫侯準備連夜出城,大戰曹兵。恐中曹操之計,待我親見溫侯阻攔便了!

　　　　　（唱）我陳宮爲他人心血用盡，
呂　布　夫人請！
貂　蟬　溫侯請！
陳　宮　啊！
　　　　　（唱）交鋒時又何興暢飲杯巡？
　　　　哪位在？
丫　鬟　是哪個？啊，原來是陳軍師！
陳　宮　通稟溫侯，說我要見。
丫　鬟　請少待。啓溫侯：陳軍師要見。
呂　布　請他進來。
丫　鬟　有請軍師！
陳　宮　參見溫侯！
呂　布　軍師到來，有何軍情？
陳　宮　溫侯整頓人馬爲了何事？
呂　布　探馬報到，曹操回營身死，五鼓抬營。我這裏四更前去，與他個措手不及，一戰成功也！
陳　宮　溫侯，豈不知兵法云：虛虛實實，實實虛虛？曹操奸詐之徒，圈套甚多，休中他的機關。必須探得實穩，再行不遲。
呂　布　我自有三分主意。先生不必多慮，請自回避！
陳　宮　溫侯，那曹操啊！
　　　　（唱）只見他定下了白孝之計，
　　　　　　要誆我軍將們前去偸營。
　　　　　　且等待三日內必有準信，
　　　　　　那時節管叫他束手被擒。
　　　　　　今夜晚興人馬不能得勝，
　　　　　　反中了奸雄計損將折兵。
　　　　　　我陳宮忠言語溫侯當信，
　　　　　　且莫要仗血氣背理而行。
　　　　　　到明日那曹操疑心不定，
　　　　　　他必道將軍們猜透十分。
　　　　　　一任他領兵將前來討陣，
　　　　　　有陳宮設巧計片甲不存。

呂　　布　（唱）陳軍師休得要疑心太緊，
　　　　　　　一場火燒得他膽喪心驚。
　　　　　　　旁人的言和語不要聽信，
　　　　　　　想必是衆兵將怕死貪生。
　　　　　　　他縱然埋伏了十面大陣，
　　　　　　　赤兔馬畫杆戟能擋千軍。
　　　　　　　陳公臺且回避自己安静，
　　　　　　　你何必胡言語亂我軍心？
陳　　宮　哦！（唱）陳宮好言語勸他不醒，
　　　　　　　　　反道我胡言語有慢軍心。
　　　　　也罷！
　　　　　（唱）到如今我只得暫觀動静，
　　　　　　　也免得城池破玉石俱焚。
　　　　　咳！（下）
　　　　　（起初更）
貂　　蟬　哎呀，夜深了。妾不能再飲，要去睡了。
呂　　布　如此，丫鬟，扶好了！
丫　　鬟　是。
貂　　蟬　（唱）酒本是助人興樂意厚飲，
　　　　　　　入錦帳赴陽臺瞌睡沉沉。
呂　　布　（唱）與夫人回房去共枕安寢，
　　　　　　　行四更披甲胄提將調兵。
貂　　蟬　（唱）陳軍師金石言應當聽信，
　　　　　　　今夜晚興人馬仔細留神。
呂　　布　（唱）勸夫人休憂慮把心放定，
　　　　　　　呂奉先戰沙場千戰千贏。
貂　　蟬　溫侯！
呂　　布　夫人！啊哈哈哈……
　　　　　（呂布摟貂蟬下，丫鬟隨下）

校記

［１］請嚴夫人出來："嚴"，原作"靈"，誤，據《三國演義》改。下同。

第 十 九 場

（起二更。典韋、樂進、夏侯惇、夏侯淵上）

典　韋
樂　進　（唱）主公定下巧妙計，
夏侯惇　　　　要把呂布一鼓擒。
夏侯淵

典　韋　典韋。

樂　進　樂進。

夏侯惇　夏侯惇。

夏侯淵　夏侯淵。

典　韋　列位將軍請了！

樂　進
夏侯惇　請了！
夏侯淵

典　韋　丞相定下白孝之計，賺擒呂布。不知可能成功？

樂　進　丞相妙計，無有不準。何必多慮！

夏侯惇　呂布真有萬人無敵之勇，不亞當年重瞳之威呀！

夏侯淵　此計若被陳宮猜破，難以成功。

典　韋　不必狐疑[1]，我等四更埋伏者！

樂　進
夏侯惇　請！
夏侯淵

典　韋　請！

典　韋
樂　進　（唱）各領兵將安排定，
夏侯惇　　　　人銜枚來馬摘鈴。
夏侯淵

　　　　請！

　　　　（同下）

校記

[1] 不必狐疑："狐"，原作"胡"，據文意改。

第 二 十 場

（起三更。四白文堂、四白大鎧、張遼、高順、呂布上，過場，下）

第 二 十 一 場

（場設靈堂）

曹　操　（內唱）
　　　　　聽軍中轉更籌銅壺滴漏，
　　　　（四紅文堂執燈上，站門。曹操上）
曹　操　（唱）設巧計要擒那呂布溫侯。
　　　　　可羨那陳公臺韜略廣有，
　　　　　可惜他投反賊枉作名流。
　　　　　昨日裏濮陽城險喪賊手，
　　　　　這都是陳宮的奸計巧謀。
　　　　　我營中挂白幡哭聲四透，
　　　　　引誘那呂奉先中吾計謀。
　　　　　衆將官一個個四下防守！（入靈帳）
　　　　（四紅文堂下。曹操執劍介）
曹　操　啊！
　　　　（唱）怕只怕那陳宮識破計謀。
　　　　（呂布原人上）
呂　布　（唱）聽譙樓交過了四更時候，
　　　　　人銜枚馬摘鈴悄把路投。
　　　　　見曹營挂白幡燈光射透，
曹　操　丞相啊！
呂　布　呀！
　　　　（唱）只聽得哀哭聲好不憂愁。
　衆　　（內）丞相啊！
曹　操　（唱）哭一聲曹將軍英雄名厚，
　　　　　可惜你中賊計身喪荒丘，

　　　　　　可惜你爲國家忠心耿耿，
　　　　　　可惜你靈柩兒不能回頭。
　　　　哎呀，丞相啊！（下）
呂　布　（唱）叫三軍進帳去先搶靈柩，
　　　　　　抵衆將還有我奉先溫侯。
張　遼　且慢！
　　　　（唱）曹孟德那奸雄機關難透，
　　　　　　倒不如收兵回再定良謀。
高　順　（唱）曹瞞賊若有計豈肯坐守？
　　　　　　我衆將齊奮勇寸草不留。
呂　布　一同殺進營去！
　　　　（四龍套、典韋、樂進、夏侯惇、夏侯淵衝上，開打。呂布原人亂下，典韋等追下）

第二十二場

（【水底魚】。四紅文堂、四紅大鎧引曹操上）

曹　操　衆將官，兵發濮陽去者！
四文堂
四大鎧　啊！
　　　　（同下）

第二十三場

（陳宮上）
陳　宮　哎呀！
　　　　（唱）曹孟德用巧計被我猜透，
　　　　　　恨奉先全不聽果中奸謀。
　　　　可恨溫侯不聽我言，果中奸計。曹操人馬已到城下，溫侯也不知殺往哪裏去了，只留家眷在此，我若不救，有誰救來？咳！罷！
　　　　（唱）我陳宮却爲他精神用够，
　　　　　　可恨他全不聽巧計良謀。

　　　　　我本待棄他人私自奔走，
　　　　　反落個臭名兒人笑不休。
　　　罷！
　　　（唱）我只得聽天命與他共守，
　　　　　大丈夫要全義豈做馬牛。
　　　走哇！走哇！走！（下）

第二十四場

　　　（【小鑼】。二丫鬟、貂蟬、嚴氏上）
貂　蟬　（唱）呂溫侯黑夜裏領兵去後，
　　　　　天將明怎不見收兵回頭。
　　　（幕內喊殺聲）
貂　蟬　呀！
　　　（唱）又聽得連珠炮人喊馬吼，
　　　　　好叫我猜不透其中根由。
陳　宮　（內）走哇！（上）
　　　哎呀！
　　　（唱）頃刻間玉石焚全家難救，
　　　　　且逃生保性命再做計籌。
　　　哎呀！二位夫人，大事不好了！
貂　蟬
嚴　氏　何事這等慌張？
陳　宮　溫侯不聽我言，中了曹賊之計，也不知殺往哪裏去了。如今那曹兵殺進城來，如何是好？
貂　蟬
嚴　氏　哎呀，這便怎處？
陳　宮　事已如此，且逃出城，再做道理。
貂　蟬
嚴　氏　如此，快快改扮起來！（換衣介）
陳　宮　走哇！
　　　（唱）眼見得城池陷勢難挽救，

貂　蟬
嚴　氏　（唱）好似那喪家犬無有路投。
陳　宮　二位夫人，快走！快走！
　　　　（灑介，衆同下）

第二十五場

（【急急風】。四紅文堂、四紅大鎧、典韋、樂進、夏侯惇、夏侯淵、曹操上）

曹　操　（唱）一見城頭哈哈笑，
　　　　　　　呂布無謀小兒曹。
　　　　　　　若聽陳宮言計巧，
　　　　　　　某家焉能進城壕？
　　　　　　　三軍吶喊前引道，
　　　　　　　老夫計策比他高。
　　　　（衆進城介，同下）

第二十六場

（場設原城。四白文堂、四白大鎧、張遼、高順、呂布上）

呂　布　呔！開城！
　　　　（曹操上城介）
曹　操　呔！呂奉先，城池被老夫又佔了哇！哈哈！哈哈！啊哈哈哈……
　　　　（下）
呂　布　哎呀！悔不聽陳宮之言，中了曹賊奸計，怎的不氣煞人也！
典　韋　（內）呔！呂布哪裏走！
呂　布　衆將官，奮勇殺上前去！
衆　將　啊！
　　　　（四龍套、典韋出城，會陣介，起打，呂布原人敗下）
四龍套　呂布大敗。
典　韋　衆將官，收兵進城！
四龍套　啊！（進城介，下）
典　韋　哈哈！哈哈！啊哈哈哈……（耍雙戟，進城，下）

三讓徐州

佚 名 撰

解 題

  京劇。現代佚名撰。《京劇劇目初探》著錄,題《三讓徐州》,一名《陶恭祖》;《京劇劇目辭典》著錄,題《三讓徐州》,又名《讓徐州》《陶公(恭)祖》,均未署作者。劇寫曹操爲父報讎,進攻徐州。劉備爲陶謙解圍。陶謙念己年邁力衰,以徐州相讓。劉備避嫌不從。陶謙以慶功爲名,邀劉備、孔融、田楷等前來赴宴,席間重提讓徐州事,孔融與關羽、張飛亦婉言相勸。劉備仍以不義之事堅辭。陶謙無奈乃請劉備暫住小沛,屯兵養馬以保徐州。劉備從命。陶謙病危,再以徐州相讓,劉備始接州印。本事出於《三國志‧蜀書‧先主傳》及《三國演義》第十一、十二回。清宮大戲乾隆本《鼎峙春秋》有《尊有德陶謙讓州》。版本今有《戲考》本、《京劇彙編》收錄的馬連良藏本及以該本重刊的《京劇傳統劇本彙編》本。今以《京劇彙編》馬連良藏本爲底本,參考其他本校勘整理。

第 一 場

  (陶謙上)

陶 謙 (念)【引】坐鎮徐州,爲國家,晝夜憂愁。
    (旗牌暗上)
陶 謙 (念)(詩)惱恨張闓殺曹嵩,
       曹操一怒起雄兵。
       一心要把徐州滅,
       多虧劉備暗調停。
    老夫,姓陶名謙,字恭祖,鎮守徐州。只因曹操之父曹嵩從此經過,是老夫派定張闓，帶領五百軍士，護送他的家眷。誰想那張闓，行至中途，陡起不良之意，將曹嵩家眷四十餘口盡行殺却，劫得行李而逃。曹操聞聽大怒，他就賴在老夫的身上，道我有意害他滿門，點動人馬，要將徐州百姓盡行誅戮。是老夫邀請北海太守孔融、青州太守田楷、平原令劉備等前來助戰。且喜劉備致書曹操，洗白老夫的冤枉，曹操纔將人馬撤回。我觀劉備儀表非凡，人才出衆，又有關、張二將勇敵萬人，日後定可稱王霸業，昨日曾將徐州印牌讓他執掌，怎奈他執意不肯。想老夫年邁，精力日衰，徐州乃是衝要之區，必須才德兼全之人，方能勝任。不免將糜先生請出，與他商議一番。來！

旗　牌　有。
陶　謙　有請糜先生！
旗　牌　有請糜先生。
　　　　（糜竺上）
糜　竺　（念）劉備作書退曹兵，
　　　　　　　　徐州從此保安寧。
　　　　參見主公！
陶　謙　先生少禮，請坐。
糜　竺　謝坐。傳某進帳，有何國事議論？
陶　謙　想這徐州一帶，地廣人稠。教練三軍，撫養百姓，必須有一才德兼全之人，方保無慮。老夫年過花甲，精血衰敗，難以支持。那劉玄德氣宇非凡，英雄蓋世，若守此郡，可稱人地相宜。前日也曾讓他執掌，怎奈他再三不允，老夫甚是焦愁，望先生想一良策。
糜　竺　那劉玄德也曾言道，此番前來，本爲助戰；若要鎭守徐州，豈不是有意奪取？他恐旁人耻笑，故而推讓。
陶　謙　先生呀！
　　　　（唱）【西皮原板】
　　　　　　劉玄德他生來儀表英俊，
　　　　　　抱經綸仗仁義果有才能。
　　　　　　倘若是他能够執掌此郡，
　　　　　　滿城中衆黎民定受厚恩。
　　　　　　我也曾讓過了徐州牌印，

怎奈他再三的不肯擔承。
因此上終日裏焦愁煩悶，
這件事好叫我無計可行。

糜　竺　（唱）【西皮原板】
主公不必心煩悶，
細聽糜竺說分明：
你若要將徐州讓他掌定，
必須要想良謀叫他應承。
主公一定要讓徐州，必須設計而行。

陶　謙　先生計將安出？

糜　竺　想那孔融、田楷等皆因助戰而來，明日主公大排筵宴，一來賀功，二來餞行。等劉備到來，在酒席筵前商議此事，我等在旁幫助，倘若應允，也未可知。

陶　謙　如此！就命先生具貼相請，準備筵席便了。

糜　竺　遵命，正是：
（念）準備酒筵請諸君，
　　　　特爲要讓徐州城。（下）

陶　謙　劉玄德呀，劉使君！你真乃當世英雄也！
（唱）【西皮搖板】
好一仁德劉使君，
可算當世第一人。
但願得他接領徐州郡，
免得我晝夜再勞心。
（同下）

第　二　場

（劉備上）

劉　備　（念）借將統三軍，來助陶府君。
某，劉備。只因曹操領兵攻取徐州，要報殺父之讎，我等前來助戰。昨日曾致書曹操，與他兩家解和，幸喜曹操兵退。這徐州人民可保無虞也。

(唱)【西皮搖板】
　　　　曹陶兩家結讎怨,
　　　　徐州人民不得安。
　　　　我曾修書來解勸,
　　　　幸喜他退兵轉回還。
(關羽、張飛同上)

關　羽　(唱)桃園威名天下揚,
張　飛　(唱)誰人不知劉關張。
關　羽
張　飛　參見大哥!
劉　備　二位賢弟少禮,請坐。
關　羽
張　飛　有坐。
關　羽　大哥,想那曹、陶兩家現已罷兵,你我兄弟也好轉回平原。
劉　備　今有陶府君邀請你我弟兄前去赴宴,宴罷之後,即可啓程。
　　　　(四馬童暗上)
張　飛　如此,即刻往帶馬。來,帶馬!
四馬童　啊!
　　　　(同下)

第　三　場

(吹打。四紅龍套、四白龍套、孔融、田楷、糜竺上,迎接介。四紅龍套、四白龍套下)

糜　竺　有請主公!
　　　　(陶謙上)
　　　　(幕內)劉使君到!
陶　謙
孔　融　有請!
田　楷
　　　　(四馬童、劉備、關羽、張飛上。四馬童下,衆坐介)
劉　備
關　羽　陶府君設筵相邀,我等愧不敢當!
張　飛

陶　謙　仰蒙諸位洪福,將曹兵退回,保全徐州多少生靈。老夫今日特備水酒,與諸位賀功。

孔　融
田　楷　此乃劉使君一人之力,我等只得奉陪。

劉　備　此乃諸公之助也!(旗牌上)

旗　牌　宴齊。

陶　謙　看酒。

　　　　(吹打。旗牌看酒介,劉備、孔融、田楷、陶謙、關羽、張飛、糜竺重入席介)

陶　謙　請!

劉　備
孔　融
田　楷　請!
關　羽
張　飛
糜　竺

　　　　(衆飲酒介,【牌子】)

陶　謙　唉,劉使君哪!今日老夫奉邀台駕到此,還有一事相求,不知使君肯容納否?

劉　備　府君有何金言,當面請講!

陶　謙　老夫年邁,精力衰敗,徐州地廣人稠,又當衝要之區,諸事皆須整頓。老夫雖有二子,學淺才庸,均不能勝國家重任。使君才高德重,又是帝室之胄,堪勝此任。老夫情願將徐州奉讓,千萬不可推辭。

劉　備　備蒙孔文舉招來,同救徐州,此乃義也。今無端據徐州爲己有,天下之人必道備無義矣。此事斷斷不敢從命。

陶　謙　使君說哪裏話來。今日天下大亂,漢室凌夷,海內顛覆,成功立業,正在此時,況徐州殷富,戶口百萬,使君坐守此地,事事相宜,萬勿推却。

劉　備　想那袁公路四世三公,統領數萬人馬,近在壽春,陶府君又何必以此徐州讓於吾劉備?

孔　融　那袁術如同墳中之枯骨,何須提起!今日陶府君以此郡讓與賢弟,此乃是天意,若天與而不取,後悔無及矣。

劉　備	此事斷斷不可！	
陶　謙	使君今日若舍吾陶謙而去，吾雖死在九泉，亦不能瞑目也！	
關　羽	既是陶公再三相讓，情意殷殷，兄長暫爲應允，亦無不可。	
張　飛	此事乃是那陶老頭兒一心情願，又不是我弟兄爭奪來的。大哥你苦苦推辭，是何道理？依咱老張看來，你答應了就完啦。	
劉　備	這不義之事，我劉備斷斷不做。	
陶　謙	既是使君再三不肯應允，此地不遠有一縣邑，名曰小沛，尚可屯軍養馬，就請使君暫住此邑，以保徐州百姓如何？	
孔　融 田　楷 糜　竺	此事甚好，劉使君不可再推讓了。	
劉　備	備遵命就是。	
孔　融 田　楷 劉　備 關　羽 張　飛	酒已够了，我等告辭。	
陶　謙	奉送！	
孔　融	（唱）辭別府君出衙庭，	
劉　備	（唱）去到小沛看分明。	
	（孔融、劉備、田楷、關羽、張飛下）	
陶　謙	（唱）劉備不受徐州郡，	
糜　竺	（唱）可算當世仁義人。	
	（同下）	

第　四　場

（四紅龍套、孔融上、四白龍套、田楷上）

孔　融	（唱）人馬離了徐州郡，	
田　楷	（唱）偃旗息鼓轉回程。	
	（同下）	

第 五 場

（吹打。四龍套、四馬童、劉備、關羽、張飛上）

劉　備　（念）舍去平原郡。
關　羽　（念）屯軍小沛城。
劉　備　（念）撫養衆百姓，
張　飛　（念）教練衆三軍。
　　　　（旗牌上）
旗　牌　有人麼？
一馬童　什麼人？
旗　牌　下書人求見。
一馬童　候着！啓爺：下書人求見。
劉　備　傳。
一馬童　傳你進去。
旗　牌　叩見劉使君。有書信呈上。
劉　備　呈上來！
　　　　（旗牌呈書介，劉備看介，【牌子】）
劉　備　修書不及，照書行事。
旗　牌　是。（下）
劉　備　今有陶恭祖書信前來，邀我去到徐州，有軍情議論。不知爲了何事？
關　羽
張　飛　弟等要隨大哥一同前往。
劉　備　好。來！帶馬。
　　　　（唱）陶謙下書來相請，
關　羽　（唱）不知哪路有軍情？
劉　備　（唱）弟兄一同往前進，
張　飛　（唱）去到徐州看分明。
　　　　（同下）

第 六 場

陶　謙　（内白）攙扶了。
　　　　（陶商、陶應扶陶謙上）
陶　謙　（唱）嘆人生如草木春夏茂盛，
　　　　　　　待等那秋風起日見凋零。
　　　　　　　爲國家愁得我身染重病，
　　　　　　　大限到陽壽終難保殘生。
　　　　（四馬童、劉備、關羽、張飛上，四馬童下）
劉　備
關　羽　（唱）來至在帳外下能行，
張　飛
　　　　（糜竺上）
糜　竺　（唱）急忙向前禮相迎。
劉　備　先生請了。
糜　竺　請了。
劉　備　陶府君見召，不知爲了何事？
糜　竺　使君有所不知，我家主公身染重病，危在旦夕。特請使君前來，有大事相託。
劉　備　如此，就請先生帶路病房。
　　　　（唱）先生與我把路引，
　　　　　　　去到病房看分明。（圓場）
糜　竺　主公醒來。
陶　謙　（唱）適纔間沉沉將睡穩，（看劉備介）
　　　　　　　又只見劉使君在面前存。
劉　備　府君病勢如何？
陶　謙　十分沉重。
劉　備　還是保重要緊。
陶　謙　哎呀，使君哪！此番請你到來，非爲別事，只因老夫身得重病，已入膏肓，萬無生理。徐州乃是國家衝要之地，我今一死，二子才薄，不能擔此重任，現有徐州印牌在此，請使君接領此郡，不可再爲推却了！

劉　備　自古道：父職子襲。況州牧乃是朝廷特簡之職，備焉能接領？

陶　謙　只要使君應許，我陶謙自當表奏朝廷。

劉　備　此事礙難遵命。

陶　謙　唉！使君吶！

（唱）【二黃慢板】
　　　　漢高祖開國基江山初創，
　　　　流傳下四百載錦繡家邦。
　　　　到如今氣運衰四方擾攘，
　　　　衆奸讒亂國政君弱臣強。
　　　　有黃巾佔州郡訓練兵將，
　　　　衆諸侯分疆土各霸一方。
　　　　怎奈我徐州城民多地廣，
　　　　倘若是刀兵起民受災殃。
　　　　望使君領此郡切莫謙讓，
　　　　我縱死九泉下也受恩光。

糜　竺　（唱）勸使君且莫要再來謙讓，
　　　　　　爲國家圖報效理所應當。

陶　謙　（唱）我的兒將印牌速速獻上，
　　　　　　望使君莫推辭一力承當。

劉　備　（唱）陶恭祖只哭得兩淚淋淋，
　　　　　　他一心讓徐州爲國爲民。
　　　　　　無奈何接過了徐州牌印，
　　　　　　我劉備倒做了不義之人。

陶　謙　（唱）一霎時只覺得心血上奔，
　　　　　　三魂散七魄飄一命歸陰。（死介）

（衆哭介，【牌子】）

劉　備　陶府君歸天，速速表奏朝廷。糜先生，吩咐滿營大小將官挂孝，將靈柩停在前堂，大家一同祭奠便了。

糜　竺　遵命。

劉　備　唉，陶府君哪！

（【牌子】。同下）

打 曹 豹

佚 名 撰

解 題

  京劇。現代佚名撰。《京劇劇目初探》《京劇劇目辭典》著錄,題《打曹豹》。"初探"又稱其一名《失徐州》,均未署作者。劇寫呂布山東兵敗,投徐州,劉備納之,使暫住小沛。劉備奉詔討袁術,留張飛守徐州,令張飛戒酒。張飛擬於大宴衆官後戒酒,席上勸曹豹飲酒。曹豹不飲,張飛怒欲鞭打曹豹。曹豹以呂布岳父之名求情,更加激怒張飛,令重責四十。曹豹恨而暗約呂布,夜襲徐州,張飛酒醉不敵,棄城而走。路遇曹豹,將其刺死,然後逃往汝南,尋找劉備。呂布問計于陳宮,陳宮謂可將劉備接回,兵屯小沛,以爲羽翼。呂布修書遣陳宮請劉備回軍,並送還劉備家小。劉備乃引軍還居小沛。本事出於《三國演義》第十三、十四、十五回。《三國志・蜀書・先主傳》載有其事,裴松之注引《英雄記》《魏書》及《三國志・魏書・張邈傳》均載其事而互有出入。版本今有《京劇彙編》本收錄的潘俠風藏本及以該本重刊的《京劇傳統劇本彙編》本、《郝壽臣演出劇本選》。今以《京劇彙編》潘俠風藏本爲底本,參考其他本校勘整理。

第 一 場

  (陳登、糜竺、孫乾、曹豹上)

陳　登　(念)(詩)日讀書萬卷,

糜　竺　(念)(詩)夜觀《孫子》篇。

孫　乾　(念)(詩)不幸當亂世,

曹　豹　(念)(詩)暗保呂奉先。

 衆　　俺——

陳　登　陳登。
糜　竺　糜竺。
孫　乾　孫乾。
曹　豹　曹豹。
陳　登　列位請了。
糜　竺
孫　乾　請了！
曹　豹
陳　登　只因陶公祖三讓徐州，玄德公作了州牧。軍士感戴，百姓歡悅。今日報馬到來，曹操破了定陶。呂布聽信陳官之言，要前來相投。玄德公陞堂議事，兩廂伺候！
糜　竺
孫　乾　請！
曹　豹

（四紅龍套、四紅大鎧、一中軍引劉備上）

劉　備　（念）【引】權領徐州，嘆國事，午夜憂愁！
陳　登
糜　竺　參見主公！
孫　乾
曹　豹
劉　備　列公免禮。
　　　　（念）（詩）國家不幸出奸雄，
　　　　　　　　　董卓曹操一樣同。
　　　　　　　　　漢室天下堪悲恨，
　　　　　　　　　又是春秋戰國風。
　　　　某，劉備。承蒙陶公祖三讓徐州，以家國相託，只得暫爲接印理事。列公！
陳　登
糜　竺　主公！
孫　乾
曹　豹
劉　備　今聞曹操破了定陶，呂布欲來投奔於我。我有意出城迎接，不知列公以爲如何？
孫　乾　呂布乃虎狼之徒，主公不可收留！

劉　備　想那呂布乃當世英雄。將他收留，也可做一膀臂。我當出城迎接
　　　　纔是！
陳　登　明公以仁德之心待呂布，只恐呂布以虎狼之心待明公。還望三思！
劉　備　元龍之言毋乃過慮。呂布到此，隨我出城迎接。見機而行，料也
　　　　無妨。
陳　登　是。衆將聽者：曹操破了定陶，呂布無所依歸，投奔徐州而來。主
　　　　公吩咐衆兵將出城迎接！
　衆　　（内）啊！
張　飛　（内）慢着！（上）
　　　　（唱）【西皮搖板】
　　　　　　聽說呂布投徐州，
　　　　　　翼德怒氣滿胸頭。
　　　　　　將身且進寶帳口，
　　　　　　再與大哥說根由。
　　　　大哥，想那呂布，乃是三姓家奴，狼子野心。大哥為何還去迎接？
　　　　豈不被人恥笑！
劉　備　三弟，前者若非呂布襲取兗州，怎解徐州之圍？他今前來投奔於
　　　　我，哪有不去迎接之理！
張　飛　唉！大哥心腸忒好。依弟之見，還是不要收留為妙！
劉　備　君子扶危濟困，理所當然。不必多言，隨我出城迎接！
張　飛　嘿！
劉　備　吩咐擺隊出城！
　　　　（【牌子】。同下）

第　二　場

呂　布　（内唱）【西皮導板】
　　　　　　風聲鶴唳出羅網，
　　　　（四白龍套、四下手、高順、張遼、宋憲、魏續、陳宮、嚴氏、貂蟬、呂布
　　　　女、二車夫、呂布上）
呂　布　（轉唱）【西皮快板】
　　　　　　棄甲曳兵衆將傷。

英雄事業成空想，
徒用妙計燒濮陽。
定陶一失無依傍，

（呂布原人圓場）

呂　　布　（接唱）【西皮散板】
　　　　　　攜家帶眷奔何方？
　　　　咳！想俺呂布.只因未聽公臺之言，反被曹賊攻破定陶。如今失了立足之地，只得攜帶家小，脫險而逃。有意逃往徐州，不知劉玄德可肯收留否？

陳　　宮　劉玄德新領徐州，自然要收納豪傑。到得彼處，再作道理。

呂　　布　這？

高　順
宋　憲
張　遼
魏　續　　陳公臺言得極是。主公儘管放心前往！

呂　　布　咳！大丈夫不能展土開疆，今卻依靠他人，真真慚愧人也！
　　　　（唱）【西皮搖板】
　　　　　　一著棋錯悔魯莽，
　　　　　　英雄失志意彷徨。
　　　　　　滿懷怨恨催馬往，

（報子上）

報　　子　劉玄德帶領人馬，出城三十里，迎接溫侯。

呂　　布　哈哈哈……再探！

報　　子　啊！（下）

呂　　布　（接唱）【西皮搖板】
　　　　　　不由奉先喜洋洋。
　　　　哎呀且住！玄德果然不疑，竟自接我。此番進城，見機而行。高順、張遼、宋憲、魏續聽令：命你四人好生保護家眷。我同公臺上前拜見玄德便了！

高　順
張　遼
宋　憲
魏　續　　遵命！

呂　　布　（唱）【西皮搖板】
　　　　　　　事情反覆誰能量，
　　　　　　（呂布上馬介。四白龍套、陳宮下）
呂　　布　（接唱）【西皮搖板】
　　　　　　　奪取徐州又何妨。（下）
高　順
張　遼
宋　憲　軍士們，緩緩而行！
魏　續
　　眾　　啊！
　　　　　　（同下）

第　三　場

（大吹打。四紅龍套、陳登、糜竺、孫乾、曹豹、中軍、劉備上。張飛衝上，站介。四白龍套、陳宮、呂布上）

劉　　備　溫侯！
呂　　布　劉使君！
劉　　備　啊哈哈哈……
呂　　布
劉　　備　你我挽手而行！
呂　　布　請！
　　　　　（劉備拉呂布下。眾擁下）
張　　飛　嘿！（下）
　　　　　（連場——四下手、高順、張遼、宋憲、魏續、嚴氏、貂蟬、呂布女、二車夫上，過場下）
　　　　　（連場——大吹打。四紅龍套、四白龍套、陳登、糜竺、孫乾、曹豹、中軍、陳宮、呂布、劉備、張飛上）
呂　　布　使君請上，容布拜見！
劉　　備　不敢！溫侯乃天下英雄，備不勝敬服。請上，容備拜見！
呂　　布　不敢！
　　　　　（呂布作揖，劉備還揖介）
劉　　備　請坐！

呂　布　謝坐！
　　　　（劉備、呂布對坐介）
劉　備　不知溫侯駕到，未曾遠迎。當面恕罪！
呂　布　豈敢！某自與王司徒殺却董卓之後，又遭李傕、郭氾之變，飄零關東。可恨曹操與衆諸侯，多不相容，故此前來相投。
劉　備　是是是！
呂　布　前因曹操不仁，侵犯徐州。布亦不忿，攻襲兗州，以分其勢。不料反中奸計，以致損兵折將。今投使君，共圖大事。未審尊意如何？
劉　備　陶使君新逝，無人管領徐州，令備權攝州事。今幸將軍到此，理當相讓。曹豹，快取印信過來！
　　　　（曹豹取印送介）
曹　豹　印信在此。
劉　備　請溫侯收受！
呂　布　使君言重！諒布一勇之夫，何能作得州牧？
劉　備　溫侯智殺董卓，名震虎牢，何況徐州一郡？就請接任！（送印與呂布介）
陳　宮　啊溫侯，有道是："強賓不壓主！"
呂　布　啊使君，布之相投，別無他意。祈勿多疑！
劉　備　溫侯今日不受，恐有後言。
呂　布　哎呀，不敢不敢！
劉　備　如此備就遵命了。來，看宴來與溫侯洗塵！
中　軍　啊！
　　　　（吹打。呂布、劉備中坐，張飛、陳登、陳宮、糜竺、孫乾、曹豹兩邊坐介）
劉　備　溫侯請！
呂　布　使君請！
　　　　（【牌子】）
劉　備　（唱）【西皮原板】
　　　　　　自從在虎牢關得識尊面，
　　　　　　轉瞬間不覺得已有數年。
　　　　　　患難中又相逢緣分匪淺，
　　　　　　我和你保徐州且圖偏安。

　　　　　　雖然是地方小兵馬有限，
　　　　　　得溫侯來相助必能保全。
呂　布　（唱）【西皮原板】
　　　　　　自滅却董卓後諸事偃蹇，
　　　　　　在兗州又中了曹操機關。
　　　　　　今幸得劉使君情長意遠，
　　　　　　勢必要盡心力共拒曹瞞。
劉　備　溫侯哇！
　　　　（唱）【西皮原板】
　　　　　　自古道人有志事必遂願，
　　　　　　秉丹心替國家定亂除奸。
　　　　溫侯一切放心。家眷且在公館暫住，從容商議安定之策！
呂　布　極感盛情。布有家小，欲喚來拜見賢弟！
劉　備　不敢不敢！
張　飛　呔！呂布，你是甚等樣人，竟敢叫咱大哥"賢弟"？來來來，咱與你
　　　　戰上三百回合，教你知道咱的厲害！
劉　備　三弟不可無禮！
張　飛　呂布！
　　　　（唱）【西皮搖板】
　　　　　　你本是三姓奴無恥下賤，
　　　　　　何敢在徐州堂胡亂狂言？
　　　　　　轅門外等候你較量一戰，
　　　　有膽量的隨咱來！（下）
呂　布　咳！
劉　備　啊啊啊，溫侯！
　　　　（接唱）【西皮搖板】
　　　　　　這是他酒醉後冒犯尊顏。
　　　　溫侯，劣弟酒後狂言，備這厢賠禮了！
呂　布　咳！我向未曾得罪令弟。如此不能相容，布當別投他處安身去了。
劉　備　且慢！溫侯若去，某罪大矣！劣弟冒犯，改日當令賠罪。徐州近邑
　　　　小沛，乃備昔日屯兵之所。溫侯不嫌狹小，權且歇馬。糧草軍需，
　　　　謹當接應。

呂　布	這？既承使君美意，只得權領盛情。
	（報子上）
報　子	啓察主公：三將軍在轅門外跨馬橫槍，要與溫侯拼戰三百回合。
劉　備	快請二將軍攔阻，勸他往關外巡查賊盜。不得有誤！
報　子	遵命！（下）
呂　布	我好錯也！
劉　備	溫侯不必挂懷！
呂　布	使君哪！
	（唱）【西皮搖板】
	今日裏若不看使君情面，
劉　備	啊溫侯！
	（接唱）【西皮搖板】
	我定要責罰他絕不容寬。
	就煩陳公臺好生保護溫侯家眷，同往小沛暫住便了。
陳　宮	請溫侯上馬！
劉　備	恕不遠送了。
呂　布	告辭了。
	（吹打。呂布、陳宮下。報子上）
報　子	稟報主公：曹丞相差人賚了聖旨，已到府前。
劉　備	吩咐伺候接旨！
中　軍	接旨！
	（報子下。大吹打。四校尉、程昱上）
程　昱	聖旨下。跪！
劉　備	萬歲！（跪介）
程　昱	皇帝詔曰："特授劉備爲征東將軍、宜城亭侯、領徐州牧。起兵征剿袁術。成功之後，再加陞賞。欽哉。"謝恩！
劉　備	萬萬歲！（起介）
程　昱	請過聖旨！
劉　備	香案供奉！
	（中軍接聖旨介）
劉　備	有勞大人遠路而來。請臺坐待宴！
程　昱	宴可不必。使君這裏來！

劉　備　有何見教？
程　昱　君侯得此恩命，實乃曹丞相保薦之力也。
劉　備　哦！多感曹丞相厚德。容當相謝！
程　昱　現有丞相私書，使君觀看！（遞書信介）
劉　備　（接書信介）哦，是是是！（看書介）此事尚容計議。
程　昱　告辭！
劉　備　歇息數日？
程　昱　王命在身，不敢久停。告辭了！
劉　備　奉送！
程　昱　請！
　　　　（大吹打。四校尉引程昱下）
衆　將　恭喜使君！賀喜使君！
劉　備　大家同喜。
　　　　（張飛上）
張　飛　（念）射圃去射箭，忽聞聖旨傳。
　　　　大哥，方纔二哥扯我往射圃射箭去了。聖旨到來，爲了何事？
劉　備　朝廷封我爲征東將軍、宜城亭侯、領徐州牧，帶兵征剿袁術。
張　飛　恭喜大哥！賀喜大哥！
劉　備　三弟同喜。還有一事要與列公商議。
衆　將　使君請講！
劉　備　曹操有密書前來，命我殺却呂布。此事如何辦理？
　　　　（曹豹驚怔介）
張　飛　著哇！想那呂布本乃無義之徒，殺之正好。
劉　備　他今勢窮而來投我。我若殺之，乃是不義。
張　飛　唉！好人難做，殺了的爲妙啊！
劉　備　不可！此乃曹孟德恐我與呂布同謀，故用此"二虎競食"之計，他好從中取利。奈何爲他所算？
衆　將　使君所料極是。
張　飛　咱老張本要殺却此賊，以除後患，並不與曹操的書信相干。
劉　備　此非大丈夫所爲。不必多言，征剿袁術要緊！
孫　乾　使君起兵去剿袁術，必須先定守城之人，方保無虞！
劉　備　我二弟關羽自然要同我出征。哪位敢當此守城之任？

張　　飛　小弟願守此城。

劉　　備　你……你守不得此城！

張　　飛　却是爲何？

劉　　備　一者你酒後剛強，鞭打士卒。二者做事浮躁，不聽勸告。我放心不下。

張　　飛　從今以後，咱老張不飲酒，不打士卒，聽人勸告也就是了。

孫　　乾　唔！只恐三將軍口不應心！

張　　飛　咱老張跟隨大哥多年，未嘗失信。你爲何小看於咱？

劉　　備　話雖如此，我終不放心。就命陳元龍輔佐。早晚令其少飲，勿致失事。

陳　　登　只要三將軍聽勸，方可應允。

張　　飛　先生，你囑咐的言語，我句句聽從也就是了。

陳　　登　如此方好！

劉　　備　中軍聽令：傳知二將軍帶兵三萬，即日征剿袁術！

中　　軍　得令！（下）

劉　　備　就命三弟同衆將保守徐州，不得有誤！

衆　　將　遵命！

劉　　備　（唱）【西皮搖板】

　　　　　明知道曹孟德計謀奸險，

　　　　　奉聖旨討逆臣只好上前。（下）

張　　飛　衆將聽者：俺大哥將徐州城池交與咱老張把守。從今以後，一切之事，命陳元龍管理。若有軍機大事，再稟咱老張知道！

衆　　將　遵命！

張　　飛　正是：

　　　　　（念）只恨不能殺呂布，

衆　　將　（念）爲今只要保徐州。

　　　　　（同下）

第　四　場

（四軍士引袁術上）

袁　　術　（念）【引】霸居東南，得玉璽，圖謀江山。

　　　　　（念）（詩）只爲桓靈失德政，

　　　　　　　　　　天下大事落權臣。

群雄四起相爭鬥，
唯我淮南第一人。

孤，袁術。前者曹丞相有書到來，言道："劉備上表，前來奪取淮南。正好乘此剿滅於他。"來！

四軍士　有！
袁　術　傳紀靈將軍進帳！
軍　士　紀將軍進帳！
紀　靈　（內）來也！（上）
（念）大將威名盛，
　　　統帥立奇功。
參見主公！
袁　術　將軍少禮。
紀　靈　主公喚末將進帳，有何軍情議論？
袁　術　昨日曹操有書信前來，說劉備竟敢興兵奪取淮南。孤意欲剿滅於他。命你整頓人馬，即刻發兵！
紀　靈　得令！
袁　術　掩門！
（【牌子】。同下）

第　五　場

（四軍士、曹豹上）

曹　豹　（念）身在徐州為大將，一心暗助呂溫侯！
俺，曹豹。只因劉備征剿袁術去了，命張飛把守徐州城池。今日傳宴文武官員。左右，打道府堂！
四軍士　啊！
（【牌子】。同下）

第　六　場

（四軍士、中軍引張飛上）

張　飛　（念）【引】結義桃園非等閑，憑義氣剿滅群奸。

(念)(詩)一片丹心扶漢鼎,
　　　　成敗事難論英雄。
　　　　大義保主威名震,
　　　　桃園兄弟誰不恭!

某,姓張名飛,字翼德。奉了大哥之命,鎮守徐州。俺大哥統兵領將,征剿袁術去了。臨行之時恐我酒後誤事,命我少要飲酒。故此特請眾文武官員,前來府堂大宴,傳諭戒酒。中軍,各官怎麼還不見到來?

中　　軍　俱已到齊,現在轅門伺候。
張　　飛　好!大開轅門,有請!
中　　軍　是。大開轅門,有請!
　　　　（吹打。陳登、糜竺、孫乾、曹豹上）
陳登
糜竺
孫乾
曹豹　三將軍在上,我等參見!
張　　飛　眾將少禮。中軍擺宴,快快備酒。眾將俱非是客,俺也不必安席,各請按品級而坐。
陳登
糜竺
孫乾
曹豹　遵命!
　　　　（吹打。眾入座介）
張　　飛　眾將聽者:俺大哥領兵征剿袁術。臨行之時,吩咐於俺"少要飲酒",恐俺誤事。今日特請文武眾官赴宴,且盡一醉。明日都要戒酒,堅守城池。你等可願否?
陳登
糜竺
孫乾
曹豹　我等俱願遵命。
張　　飛　好!大家先飲一杯,然後俺要親自把盞。請!
陳登
糜竺
孫乾
曹　　請!

打　曹　豹

(【牌子】。衆飲介)

張　飛　乾！

(唱)【西皮導板】

　　　府堂上擺酒宴共同暢飲，

乾！

(接唱)【西皮原板】

　　　俺同着文武官暢飲杯巡。
　　　俺大哥領兵淮南征，
　　　要把那袁術一掃平。
　　　臨行時也曾(轉【快板】)對我論，
　　　少要飲酒多演兵。
　　　因此上府堂傳將令，
　　　個個戒酒緊守城。
　　　斟酒先將元龍敬，

陳　登　謝將軍！乾！

張　飛　(接唱)【西皮搖板】

　　　轉面再敬糜先生。

糜　竺　謝將軍！乾！

張　飛　(接唱)【西皮搖板】

　　　孫乾飲酒實高興，
　　　一醉方稱老張心。
　　　曹豹將酒來乾飲，

曹　豹　啊，三將軍，我乃是"天戒"。

張　飛　怎麼講？

曹　豹　我乃是"天戒"。

張　飛　(接唱)【西皮搖板】

　　　何爲"天戒"你細説分明！

曹豹，你不來飲酒，反説"天戒"。今當衆官在此，將這"天戒"情由細説明白。你若説得情通理順，俺就不叫你吃酒。你若説得無情無理，俺要將你摔在酒缸之内！

曹　豹　我從幼就不會飲酒，豈不是"天戒"呀！

張　飛　怎麼講？

曹　豹　本來是個"天戒"。

張　飛　曹豹哇曹豹！你自幼不會吃酒，"天"何嘗"戒"你？你言講訛話，欺俺老張也！

（唱）【西皮流水板】

　　　　曹豹不把酒來飲，
　　　　花言巧語欺哄人。
　　　　你道"天戒"無人信，
　　　　把老張當作三歲孩童爲何情？
　　　　你今若把酒乾飲，
　　　　萬事皆休一筆清。
　　　　你若不把酒來飲，
　　　　怒惱了老張氣難平。
　　　　開言便對軍士論：
　　　　你把大斗往上升。
　　　　滿滿斟上一斗酒，

（轉唱）【西皮搖板】

　　　　叫聲曹豹細聽分明。

曹豹！你道"天戒"不能吃酒，俺老張偏偏叫你吃上這杯！

曹　豹　這算何意？

張　飛　你與我快快地乾了！

曹　豹　哎呀乾了！

張　飛　（笑）哈哈哈……咱老張破了他的"天戒"了，中軍，換大杯伺候。俺要親自暢飲一番。

（唱）【西皮搖板】

　　　　飲酒戒酒精神爽，
請！乾！
　　　　一醉方休快心腸。
　　　　衆將但把寬心放，
　　　　大哥降罪有老張。
　　　　連飲幾杯心歡暢，
請！

| 陳 糜 孫 曹 | 登 竺 乾 豹 | 三將軍請！乾！

| 張　飛 | 啊！曹將軍爲何不曾飲乾？
| 曹　豹 | 三將軍，我實在不能多飲了。
| 張　飛 | 啊！

（唱）【西皮摇板】
　　　　違我將令惱心腸！
曹豹！今日飲酒事小，你敢違我將令？軍士們，扯下去重責四十！

| 陳　登 | 且慢！玄德公臨行之時，怎樣吩咐於你？如今爲了吃酒，如何責打大將？
| 張　飛 | 呃！你文官只管文官之事，休來管我！來，扯下去打！
| 曹　豹 | 翼德公，看在我女婿面上，且饒恕我吧！
| 張　飛 | 你的女婿是哪一個？
| 曹　豹 | 就是那吕布。
| 張　飛 | 哇呀呀……嘿！我本不欲打你，你竟把吕布來嚇咱老張。偏要打你這個狗頭。軍士們，扯下去打！

（軍士扯曹豹打介）

| 四軍士 | 一十！二十！三十！四十！打完。
| 張　飛 | 曹豹，我來問你，從今以後，你還飲酒不飲？
| 曹　豹 | 從今以後，我總要飲酒了。
| 張　飛 | 哈哈哈……你這狗頭。既已飲酒，放你起來。
| 曹　豹 | 多謝三將軍！

| 陳 糜 孫 曹 | 登 竺 乾 豹 | 多謝將軍酒筵。我等告辭！

| 張　飛 | 且慢！今日之宴，原爲"戒酒"而設。只望暢飲一番，誰知被曹豹掃興，大煞風景。來來來，快換大斗。待俺自飲三杯，大家盡量而散。

陳糜孫曹	登竺乾豹	是是是！
中	軍	將軍請酒！
張	飛	（唱【西皮搖板】）

   吃酒必須要滿量，

 斟酒來！乾！

 （接唱）飲後小心把城防。（醉介）

 衆位將軍，酒可夠了？

陳糜孫曹	登竺乾豹	我等俱已夠了。
張	飛	嗚……

 （唱）【西皮搖板】

   小校攙我後帳往，

 （四軍士扶張飛下）

陳糜孫曹	登竺乾豹	（接唱）【西皮搖板】

   翼德行爲太張狂。

 （陳登、糜竺、孫乾分下）

| 曹 | 豹 | 呀呸！

 （唱）【西皮搖板】

   這場羞辱真恨甚，

   不報此讎枉爲人！

 且慢！張飛如此無禮。我不免寫封書信，著人去到小沛，告知呂布。教他急速帶兵前來暗襲徐州，我作内應。開城殺了張飛，以報此讎。我就是這個主意。張飛呀張飛！叫你知道我曹豹的厲害呀！（恨極跺足介）哎喲喲！（撫傷下）

第 七 場

（陳宮上）

陳　宮　（念）兩雄不並立，猛虎好踞山。
　　　　有請溫侯！
　　　　（呂布上）

呂　布　（念）英雄不得志，困守待時機。
　　　　公臺，這般時候，進帳何事？

陳　宮　令岳丈曹豹，連夜差人前來下書，說有緊急軍務。溫侯請看。（呈書介）

呂　布　（接書介）待我觀看。（拆書看介）唔呼呀！原來是曹將軍教我夜襲徐州，以殺張飛。公臺意下如何？

陳　宮　小沛原非久居之地。徐州既有機可乘，此時不取，等待何時！

呂　布　公臺言得極是。吩咐衆將進帳！

陳　宮　衆將進帳！
　　　　（四白龍套、高順、張遼、宋憲、魏續分上）

高順
張遼
宋憲
魏續　參見溫侯！

呂　布　趁此月夜，夜襲徐州去者！

高順
張遼
宋憲
魏續　啊！

（【牌子】。同下）

第 八 場

（起三更。曹豹上，登城介）

曹　豹　啊！夜已三更，怎麼還不見呂布人馬到來？
　　　　（起四更。呂布原人上）

吕　布　呔！城上兒郎聽者：劉使君差人前來，有機密大事相商。急速開城！

曹　豹　城下來的可是吕温侯？

吕　布　然也！

曹　豹　開城！

（吕布原人進城介。同下）

第　九　場

（孫乾上）

孫　乾　哎呀且住！吕布詐開城門，看看殺進府衙來了。不免報與三將軍知道便了。三將軍醒來！那吕布他殺來了！

張　飛　（内）小校的，攙我來！

（二軍士攙張飛上。二軍士下）

張　飛　（唱）【西皮搖板】

　　　　　飲美酒醉醺醺站立不穩，

　　　　　只覺得天地轉昏昏沉沉。

　　　　嗚……（吐酒介）

孫　乾　哎呀三將軍，大事不好了！

張　飛　啊！敢是把酒潑了麽？

孫　乾　那吕布詐開城門，殺進府衙來了。

張　飛　怎麽講？

孫　乾　吕布殺進府衙來了！

張　飛　哇呀呀……吕布狗賊，擅敢如此。快快抬槍帶馬！

孫　乾　快快帶馬！

張　飛　帶馬！帶馬！帶馬！

（四軍士分上）

孫　乾　哎呀不好！三將軍酒醉，恐難取勝。我不免去叫糜竺保護主公家眷便了！（下）

（吕布原人衝上。會陣）

吕　布　呔！張飛！當初虎牢關你弟兄三人，尚且不能勝俺。今日你一人前來，難道你就不惜命麽？

張　飛	呂布！狗賊子！你三爹爹當初虎牢關前，槍挑你的盔纓，人人皆知。今爾兵敗來投，俺大哥大仁大義，留你小沛安身。你今竟敢統兵領將，來犯俺的徐州。想你這三姓家奴，忘恩負義，恬不知恥。休在你三爹爹跟前賣弄！
呂　布	張飛休得猖狂！看戟！
張　飛	呂布哇！俺的兒呀！你三爹爹雖然酒醉，英勇尚在。少時將你立擒馬下，方解我恨。休走，看槍！

(唱)【西皮小導板】
　　　怒氣不息心中恨，
(轉)【西皮快板】
　　　抖擻精神把話明：
　　　桃園弟兄威名震，
　　　結拜起義破敵兵。
　　　到如今鎮守徐州郡，
　　　你這賊忘恩負義來襲城。
　　　勸你早早回沛郡，
　　　稍若遲延爾的命難存！

呂　布	(唱)【西皮搖板】

　　　張飛説話太欺心，
　　　畫戟一舉看誰能！
(起打。張飛敗下，呂布追下。曹豹上)

曹　豹	哈哈哈……且喜呂布殺進城來。張飛雖勇，難以取勝。我不免一槍將他刺死，方消我心頭之恨。張飛休走，曹豹來也！(下)

(孫乾上)

孫　乾	哎呀且住！看三將軍酒還未醒，恐有失閃，如何是好？有了！不免吩咐衆將保護出城，投到劉使君大營，再作計議。衆將聽者：三將軍酒醉未醒，不必戀戰。一同殺出東門，投奔使君大營去者！
衆	(內)啊！

(四軍士扶張飛上)

張　飛	啊！你們架着老張往哪裏走？
衆	殺出城去。
張　飛	那呂布呢？

眾　　　呂布被你殺怕了。

張　飛　啊哈哈哈……（曹豹衝上）

曹　豹　呔！張飛往哪裏走？你曹爺爺來也！

張　飛　啊！好狗娘養的！看槍！

（張飛刺曹豹死介）

孫　乾　三將軍哪！那曹豹連人帶馬死在護城河中了。

張　飛　待我看來。咦！這狗頭活着不肯飲酒，死了罰他下河吃水。

哈哈！啊哈哈哈……（吐介）

眾將官，隨某殺奔淮南大營去者！（亮相介，下）

（眾跟下）

第　十　場

（四白龍套、高順、張遼、宋憲、魏續、陳宮、呂布上。報子上）

報　子　報！張飛將曹豹刺死，逃往淮南去了。

呂　布　再探！

報　子　啊！（下）

呂　布　得了徐州，公臺快快出榜，安撫軍民。

陳　宮　是。啊温侯，劉玄德家眷在此，如何安置？

呂　布　想劉玄德接到曹操之書，不肯殺我。又留我小沛安身，情義甚厚，我今奪他徐州，必當好生保護他的家眷，方爲正理。

陳　宮　温侯之言極是。

呂　布　眾將聽者：派遣兵丁一百名，把守玄德家門。有敢擅入者，定斬不貸。

眾　　　啊！

陳　宮　請温侯進入府衙，陞堂理事。

呂　布　府衙去者！

（同下）

第 十 一 場

（四紅龍套、關羽引劉備上）

劉　備　（唱）【西皮搖板】
　　　　　　淮陰河口搭營帳，
　　　　　　紀靈不戰須緊防。
　　　　　　袁術雖然無伎倆，
　　　　　　奈他兵精又足糧。
　　　　（報子上）
報　子　報！三將軍帶領數十騎，投奔大營而來！
劉　備　再探！
報　子　啊！（下）
劉　備　哎呀，三弟來此，徐州休矣！
　　　　（唱）【西皮搖板】
　　　　　　想是三弟又魯莽，
　　　　　　呂布暗地起不良。
　　　　（孫乾、張飛上）
張　飛　大哥！那曹豹與呂布裏應外合，夜襲了徐州。
劉　備　唉！得之何足喜，失之何足憂？
孫　乾　公乃落落丈夫語也！不但失了徐州，主公家眷俱都失陷城中了。
　　　　（劉備點頭不語）
孫　乾　不是孫乾多口。翼德當初要守城池，主公臨行吩咐"不要飲酒"。怎麼你偏偏在府堂之上，依酒撒瘋，責打曹豹？我等怎樣勸你？今日城池失守，使君家眷又陷於城中，如何對得住使君？
張　飛　哎呀！……
　　　　（唱）【西皮搖板】
　　　　　　聽罷言來無話講，
　　　　　　不覺慚愧滿胸膛。
　　　　　　後悔不及自孟浪，
　　　　　　罷！
　　　　　　不如一死免愧惶。
　　　　（張飛拔劍自刎，劉備攔阻介）
劉　備　哎呀，三弟呀！
　　　　（唱）【西皮搖板】
　　　　　　你我結拜同胞樣，

人生最怕手足亡。

三弟,我弟兄三人桃園結義,不求同生,但願同死。雖然失了徐州、家小,安忍教兄弟中道而亡?況徐州本非我有。家眷雖然失陷,我諒吕布必不加害,尚可設計救出。賢弟你……你何必如此啊!

(劉備、張飛同哭介)

劉　備　(唱)【西皮摇板】
　　　　只要齊心把業創,
　　　　徐州不要又何妨!

張　飛　(唱)【西皮摇板】
　　　　大哥如此把話講,
　　　　倒教老張痛斷腸。(哭介)

關　羽　(唱)【西皮摇板】
　　　　大哥三弟免悲傷,
　　　　退敵之事要商量。
　　　　快須商議保全之計!

劉　備　二弟言之甚是。袁術知我徐州已失,必然會合吕布前來攻打。不如趁此撤兵東取廣陵,暫作安身之地。

關　羽　大哥言得極是。就此起兵為上。

(報子上)

報　子　報!袁術用糧食、金帛說合吕布。兩路人馬,殺奔前來。

劉　備　再探!

報　子　啊!(下)

張　飛　殺上前去!

(八軍士、紀靈上。會陣)

紀　靈　劉備!吕布已經襲了徐州,又與我主聯合,差高順領兵前來幫俺拿你。還不下馬受死,等待何時?

張　飛　放你娘的屁!看槍!

(起打。紀靈敗下,張飛追下,兵士連環起打。劉備戰四將敗下)

第 十 二 場

(幕內喊殺介。劉備原人上,紀靈追上,起打。高順上,劉備被圍。

關羽、張飛衝上，挑開。關羽、張飛架住，劉備下。關羽、張飛下。紀靈、高順見面，雙方軍士分上）

高　順　劉玄德已經敗走。前蒙袁公路所許糧食、金帛，可交我帶回，回復溫侯！

紀　靈　未曾擒住劉備。所許之物，恕難奉上。

高　順　這……

紀　靈　衆將官！回軍！

（紀靈亮相下，八軍士隨下）

高　順　唉！

（同下）

第 十 三 場

（四軍士引呂布上）

呂　布　（唱）【西皮搖板】

　　　　張飛好酒機可乘，

　　　　曹豹之讎某已伸。

　　　　將身且坐府堂等！

（高順上）

高　順　參見溫侯！

呂　布　將軍回來了。夾攻劉備之事怎麼樣了？

高　順　劉備被末將夾攻，棄寨敗向廣陵而去了。

呂　布　劉備既然敗走，袁術所許金帛、糧食你可曾帶回？

高　順　紀靈言道："玄德雖走，其害未除。必候拿住劉備，方纔補送前來。"

呂　布　袁術好欺人也！有請陳公臺！

高　順　有請陳公臺！

（陳宮上）

陳　宮　參見溫侯！

呂　布　公臺少禮！可恨袁術許我金帛、糧米。劉玄德已敗，其圍已解，竟敢託詞不與，實爲可恨。俺有意起兵伐之，公臺以爲如何？

陳　宮　不可！袁術佔據壽春，米多糧廣，不可輕敵。不如仍請劉玄德還屯小沛，使爲羽翼。他日令玄德爲先鋒，先取袁術，後取袁紹，方可縱横天下矣！

吕　布　公臺之言有理。待我修書一封。書信呵！
　　　　（【牌子】。吕布寫信介）
　　　　就煩公臺，去請玄德回兵就是。

陳　宫　遵命。正是：
　　　　（念）去請玄德到小沛，

吕　布　（念）增強羽翼顯兵威。
　　　　（陳宫、吕布分下。四軍士隨下）

第 十 四 場

劉　備　（内唱）【西皮導板】
　　　　軍行頃刻憂急變，
　　　　（四紅龍套、孫乾、關羽、張飛、劉備上，圓場）

張　飛　（唱）【西皮摇板】
　　　　咬牙切齒恨奉先！

關　羽　（接唱）【西皮摇板】
　　　　暫取廣陵小州縣，

劉　備　（接唱）【西皮摇板】
　　　　養兵蓄鋭報雛冤，
　　　　大家奮勇風雲卷——

陳　宫　（内白）劉使君慢走！

劉　備　啊！
　　　　（接唱）【西皮摇板】
　　　　見一人飛馬奔軍前。
　　　　（陳宫上）

陳　宫　劉使君且請慢行！

劉　備　公臺何來？

陳　宫　温侯令我致書前來。請使君安居小沛。看書便知。（呈書介）

劉　備　（接書介）待我看來！（看書介）哦！原來温侯深恨袁術誆哄，命我屯兵小沛，以爲羽翼。

張　飛　且慢！那吕布全無信義，不可信也。

陳　宮　翼德公，你好量窄也！
張　飛　俺如何量窄？
陳　宮　（唱）【西皮搖板】
　　　　　　將軍雖勇見識淺，
　　　　　　不可藐視呂奉先。
　　　　　　襲奪徐州心抱歉，
　　　　　　相請使君意流連。
張　飛　住了！
　　　　（唱）【西皮搖板】
　　　　　　你敢巧言將我騙，
　　　　　　可知老張非等閑！
劉　備　呃！
　　　　（唱）【西皮搖板】
　　　　　　此事我已有主見，
　　　　　　暫住小沛待機緣。
　　　　　　大家催馬休遲緩！
　　　　（張遼、糜竺上）
張　遼　（接唱）【西皮搖板】
　　　　　　護送夫人到此間。
　　　　劉使君請了！
劉　備　文遠何來？
張　遼　呂溫侯因恐使君疑心，命遼同糜竺保護甘、糜二位夫人，送還使君往小沛居住。糜子仲，快將二位夫人車輛陪上！
糜　竺　車輛走上！
　　　　（二車夫、甘夫人、糜夫人上）
甘夫人
糜夫人　哎呀使君哪！
　　　　（【哭相思】。張飛下馬跪介）
劉　備　二位夫人受驚了！
甘夫人
糜夫人　自城陷之後，妾等已拼一死。且喜呂布令軍士把守宅門，禁人入內。又常使侍女送鹽米肉食，未嘗有缺。實乃萬幸。
劉　備　我固知奉先必不害我家小也。啊三弟，可曾聽見？啊，三弟哪裏

	去了？
張　飛	啊大哥，小弟跪在這裏呢！
劉　備	這是何意？
張　飛	小弟與二位嫂嫂賠禮。
劉　備	何必如此？
甘夫人 糜夫人	此乃三弟一時酒醉誤事。快快請起！
張　飛	是是。多謝嫂嫂！（起介）
張　遼	溫侯有言，還請使君屯居小沛。即請前往！
劉　備	文遠請！
陳　宮 張　遼	使君請！
劉　備	（唱）【西皮搖板】 　　天有不測風雲變， 　　何況人事有倒顛。 　　守分待時乃高見， 　　先去答謝呂奉先。
	（同下）

鳳 凰 臺

佚 名 撰

解 題

　　京劇。現代佚名撰。《京劇劇目初探》《京劇劇目辭典》著錄，均題《鳳凰臺》，未署作者。劇寫孫策率程普、朱治投袁術，受袁術輕視，不予重用，孫策愁嘆。朱治獻計，使孫策假託借兵救吳景之名敵劉繇，留玉璽爲質，離袁術赴江東圖謀大業。喬公女大喬在鳳凰臺散家財募兵防亂。孫策路過此地，前去借糧，大喬率衆出村迎敵。二人一見鍾情，大喬定計擒住孫策。本事出於《三國演義》第十五回。《三國志·吳書·孫破虜討逆傳》及裴松之注引《江表傳》載有其事。版本今有《京劇彙編》收錄的馬連良藏本及以該本重刊的《京劇傳統劇本彙編》本、上海市《傳統劇目彙編》京劇集本。今以《京劇彙編》馬連良藏本爲底本，參考其他本校勘整理。

第 一 場

　　（四文堂引袁術上）

袁　術　（念）【引】四世三公，鎮東南，名高望衆。
　　　　（念）（詩）一戰此牢定帝都，
　　　　　　　　　風雲萬里卷三吳；
　　　　　　　　　英雄事業英雄做，
　　　　　　　　　董卓原來不丈夫。
　　　　某，壽春太守袁術。自虎戰呂布之後，退兵此地，養精蓄銳，以圖霸業，正是：
　　　　（念）人事蓋棺方諭定，莫把成敗識英雄。
　　　　（朱治、呂範上）

朱　治　（念）孫策今來干父蠱，
呂　範　（念）統軍不成請長纓。
朱　治
呂　范　佐史朱治呂範參見。
袁　術　少禮。
朱　治　今有長沙太守孫堅之子孫策，帶領舊將程普等前來相投，轅門求見。
袁　術　哦，孫堅之子孫策前來相投？
朱　治　正是。
袁　術　看他有多大年紀？
朱　治　不過十餘歲，却是豪邁人。
袁　術　如此，傳他進見。
朱　治　有請孫公子！
　　　　（孫策上）
孫　策　（念）氣吐虹霓三萬丈，胸懷忠考五尺身。
　　　　太守在上，小侄孫策參見！
袁　術　孫郎少禮。何處而來？
孫　策　小侄自父喪之後，退居江南，在丹陽太守母舅吳景處安居。今因兵微將寡，被揚州刺史劉繇所逼，小侄無所依靠，特此帶領舊將程普等來投麾下，以效驅策。未知明公肯收留否？
袁　術　（面露輕慢介）嗯！觀爾形象魁梧，英氣勃發，將來或堪大用。我且拜爾以爲懷義校尉，帳下差遣委用。
孫　策　謝明公！咳，
　　　　（念）早知賢豪皆虛譽，何必英雄奔矮檐！（下）
朱　治
呂　范　明公看此公子如何？
袁　術　此乃少年英雄。若老夫有子如孫策，死後何恨！
朱　治
呂　范　明公既以英雄評之，爲何不甚爲禮？
袁　術　我與孫堅同輩，故倨傲待之，以滅其少年英氣，待日後自當重用。
朱　治
呂　范　原來如此。明公退帳！
袁　術　（念）曾聞洗足驕英布，

朱治　
呂範　（念）何可嬰兒禮項王！

（同下）

第 二 場

孫策　（內唱）【導板】
　　　　聽號角韻悠揚夜靜聲悄。（上）
　　　　又只見初昇月斜挂樹梢，
　　　　可嘆我懷寶劍失了計效，
　　　　投袁術他好似泥塑木雕。
（念）（詩）欲睡唯多悉，
　　　　夜看山銜斗。
　　　　搔首問青天，
　　　　心事可知否？
唉，天哪，天！我孫策好錯也！因甚設投此地，以致袁術待我如同小兒一般！想父親在日，何等英雄！生我不才，如此淪落，追思往事，好不傷心人也！
（唱）天地間古今事命人難料。
　　　　也不知埋沒了多少英豪。
　　　　周室衰五霸強七雄攘擾，
　　　　三尺劍過碭碣滅秦除暴，
　　　　鴻門宴險中了范增籠牢。
　　　　好一個張子房燒絕棧道，
　　　　蕭何相薦韓信平步雲霄。
　　　　九里山逼霸王自刎江道，
　　　　方顯得男兒漢蓋世功勞。
　　　　到如今這三傑何處去了？
　　　　空留下英雄恨淚濕征袍！
且住！昔日董卓燒毀洛陽這時，我父曾于建章殿月下為國揮淚；今我誤投袁術帳前，在這月下為家傷情。淚雖一般，心懷各別。正是：
（念）我有一片心，言與天邊月。

　　　　　蒼天，蒼天！人之傷感，此爲甚也！
　　　　（唱）對明月懷往事神情飄渺，
　　　　　　　想父親創功業膽落魂消。
　　　　　　　事未竟大廈傾將星落早，
　　　　　　　遺留我無用才不能續貂。
　　　　　　　哭不盡衆諸侯橫行亂朝，
　　　　　　　空懸着三尺劍雨行淚弔。
　　　　　　　孫伯符做不得玉關班超，
　　　　（朱治暗上，聽介）

朱　治　啊！
　　　　（唱）年少郎痛哭真正可笑。
　　　　　　　莫不是在月下懷想風騷？
　　　　　啊伯符，何故對月痛哭？尊翁在日，也曾用我朱治之謀。你有什麼不決之事，何不問我決之？

孫　策　朱先生請坐！
朱　治　有坐。請問公子，何故如此？請道其詳。
孫　策　咳，先生，策所哭者，恨不能繼先父之志耳！
　　　　（唱）哭先父破黃巾威風曷浩！
　　　　　先生！
　　　　（唱）哭孫策失祖業水流花飄。（哭介）

朱　治　孫郎英雄，令人可敬。何不告求袁術，借兵往江東，假名救吳景，就便暗圖大事。何必在此困於人下？

孫　策　是呀，承先生開我愚蒙也！
　　　　（唱）深感謝金石言承蒙指教，
　　　　　　　借雄兵向江東起鳳騰蛟。

朱　治　孫郎！
　　　　（唱）照此行方能够鰲魚脫釣，
　　　　　　　到長江戲風雨何等逍遙！
　　　　（呂範暗上，聽介）

呂　範　啊！
　　　　（唱）他二人意欲往南山變豹，
　　　　　　　我這裏附驥尾同上雲霄。

鳳凰臺 271

　　　　　哈哈哈……二公之言，爲吾聽見了！
孫　策　原來是呂範先生！
朱　治
呂　範　吾手下現有精壯百人，願助伯符一臂之力。但恐袁術不肯借兵，如
　　　　　之奈何？
孫　策　吾有先父留下傳國玉璽。送與袁術爲質，必然應允。
呂　範　著啊！公子將無用之物，換有用之兵。袁術若得此寶爲質，必肯借
　　　　　兵。天已明了，一同相求便了。
孫　策　有勞二公了！
　　　　　（唱）得二公是天賜機緣合巧，
　　　　　　　　諒必能成大事裂土分茅。
朱　治　（唱）扶公子我二人義同管鮑，
呂　範　（唱）願求得功名事凌閣名標。
　　　　　（同下）

第 三 場

（四文堂引袁術上）
袁　術　（唱）自昨日退帳後仔細思想，
　　　　　　　　虎牢關忌孫堅轉瞬時光。
　　　　　　　　不意他有此子十分異相，
　　　　　　　　宛若是滅秦的西楚霸王。
（孫策上）
孫　策　（唱）求借兵佔江東假意惆悵，
　　　　　（朱治、呂範上）
朱　治
呂　範　（同唱）附和他創基業龍入長江。
孫　策　啊明公，孫策有事相求！
袁　術　啊孫郎，進帳何事？
孫　策　小侄父讎不能得報，今母舅吳景，又被揚州刺史劉繇所逼。策之老
　　　　　母、幼弟俱在曲河地方，必將被害。敢借雄兵數千，渡江救難。特
　　　　　此拜求明公，伏乞見允。

袁　術　哈哈哈……話雖如此，但你年幼，如何領得大兵？這斷斷不可！
孫　策　哎呀明公啊！自古道：有志者事竟成。明公不信，策有先父留下玉璽一顆，權爲質當，求乞收存。（遞介）
袁　術　哈哈哈……果然漢家傳國玉璽。孫郎，非吾要你玉璽。今且權留在此，請起説話。吾今借與你精兵三千，良馬五百匹，渡江平定之後，可速速回來。你職位卑微，難掌大權。我拜你爲折衝校尉、殄寇將軍，就同朱治、呂範一同前去。不得有誤！
孫　策　多謝明公！
　　　　（唱）拜謝了明公恩提兵調將，
　　　　　　　權在手可算得男兒自強。
　　　　　　　有勞了二先生一同前往，（下）
朱　治
呂　範　（唱）笑袁術他不及年少孫郎。（同下）
袁　術　哈哈哈……
　　　　（唱）好容易傳國璽歸於我掌，
　　　　　　　炎漢家錦社稷事有可商。
　　　　某久想此璽，不料今日到了吾手。稱帝之兆，有幾分穩妥了！
　　　　（唱）我且去暗自裏整頓糧餉，
　　　　　　　趁機會學王莽又有何妨？
　　　　哈哈哈……
　　　　（同下）

第 四 場

　　　　（程普、黄蓋、蔣欽、韓當上。起霸）
程　普　（念）（詩）一劍橫空幾度秋，
黄　蓋　（念）（詩）少年義氣膽肝投。
蔣　欽　（念）（詩）將軍征戰開疆土，
韓　當　（念）（詩）志在江南八十州。
程　普　　　程普。
黄　蓋　俺，黄蓋。
蔣　欽　　　蔣欽。
韓　當　　　韓當。

程　普	衆位將軍請了！
黃　蓋	
蔣　欽	請了！
韓　當	

程　普：我等昔日相隨孫堅太守，不想太守被荆州劉表射死。今公子借得袁術兵馬，前往江南，暗圖功業。你我前去伺候。

黃　蓋	
蔣　欽	請！
韓　當	

程　普	
黃　蓋	看旗幡招展，公子來也！
蔣　欽	
韓　當	

（【牌子】。四文堂、朱治、呂範、孫策上）

程　普	
黃　蓋	公子借兵一事如何？
蔣　欽	
韓　當	

孫　策：託列公之福，幸得袁術借兵。看來大事可成也！

程　普	
黃　蓋	公子少年英雄，求謀必遂。即請發令。
蔣　欽	
韓　當	

孫　策：全仗列位之力。吩咐起馬！
程　普：起馬！
衆　　：啊！
（衆上馬介，同下）

第　五　場

（四丫鬟引大喬上）

大　喬：（念）【引】金針懶繡，向孫武，別樣風流。
　　　　（念）（詩）無鹽才智西施姣，
　　　　　　　　輸於東吳大小喬。
　　　　　　　　紛紛詞客多擱筆，

　　　　　個個公侯欲夢刀。

　　　　奴乃大喬是也。父親喬公，漢室爲臣。因避董卓之亂，告職歸家。生我姐妹二人，名喚大喬、小喬。只因刻下諸侯逆亂，任意征伐，是我姐妹布散家財，招集義兵，在這鳳凰臺畔各立一寨，保守村莊，以防賊盜。暗中查訪英雄，而圖終身大事。妹子隨爹爹往西莊收糧去了。侍女們，喚衆莊丁走上！

四丫鬟　衆莊丁走上！（四莊丁上）

四莊丁　叩見姑娘！有何吩咐？

大　喬　隨我防守寨柵去者！

　　　　（唱）自古來論紅顏多少脂粉，

　　　　　　巾幗中女丈夫能有幾人？

　　　　　　我今日立寨柵並非任性，

　　　　　　也算得爲國家捕盜安民。

一家丁　（內）報！（上）

　　　　啓姑娘：西北來了一支人馬，已到寨門。要借我莊糧草，甚是兇勇。

大　喬　知道了。啊，何人敢來向我借糧？衆莊丁、侍女們，隨我一同迎敵者！

　衆　　啊！（圓場）

　　　　（孫策上，會陣介）

大　喬　啊！

孫　策　啊！

大　喬　何處人馬，敢來我寨，擾亂我莊？

孫　策　呀，好啊！好一絕色女子，因何也能槍馬？

大　喬　通上名來，免做槍頭之鬼！

孫　策　聽者！吾乃長沙孫太守公子孫策是也。帶兵前住丹陽公幹。途中缺少糧草，求乞寶莊借糧一萬斛。事定之後，必然奉還。請姑娘留名，將來重謝。

大　喬　奴乃喬公之女，大喬是也。在此設寨，保護村莊。你既非朝廷官軍，可速回去。如若不然，當以賊兵拿獲。

孫　策　住了！借糧允否，全在於你。何敢藐視少爺！看槍！

大　喬　住了！我和你又無釁隙。一言之下，平白交鋒，所爲何來？

孫　　策　要少爺饒你不難,速速供上糧草!
大　　喬　也罷!你若勝得過你姑娘這支重槍,萬石糧草呈送。
孫　　策　好,仔細了!
　　　　　(唱)比武可知丫頭傻,
　　　　　　　須知孫策是將家。
　　　　　　　惜乎窈窕容如畫,
　　　　　　　動人春色一枝花。
　　　　　　　有心與你來作耍,
　　　　　　　只恐你力小少槍法。
　　　　　　　相勸咱倆解合吧!
　　　　　　　鳳凰臺上看彩霞。
大　　喬　(唱)姑娘不懂狂言話,
　　　　　　　雲龍風虎能捉拿。
　　　　　　　觀看小將實俊雅,
　　　　　　　做對鴛鴦也不差。
孫　　策　看槍!
　　　　　(唱)絲繮一抖催戰馬,
大　　喬　(唱)金槍挑動起黃沙。
孫　　策　(唱)獅吼雄威走獸怕,
大　　喬　(唱)笑你猶如井底蛙。
孫　　策　(唱)勇力千斤稱強霸,
大　　喬　(唱)幾度衝鋒不忍殺。
孫　　策　(唱)丫頭陣前何不嫁?
大　　喬　(唱)戰鬥不過返還家。
　　　　　(敗下。孫策下)

第　六　場

　　　　　(四丫鬟、大喬上)
大　　喬　看小將殺法厲害,絆馬索擒他!
　　　　　(孫策上)
孫　　策　哪裏走!

（起打。孫策被擒，一丫鬟押孫策下）

（四文堂、程普、黃蓋、蔣欽、韓當上，與大喬、三丫鬟起打）

大　喬　眾位將軍請住手。公子被擒，必不加害，自有好音到來。請！（下）

程　普　列公，你我將人馬紮住莊口，且聽好音。

黃　蓋
蔣　欽　有理。眾將官，安營紮寨。
韓　當

四文堂　啊！

（【尾聲】。同下）

神 亭 嶺

佚 名 撰

解 題

　　京劇。現代佚名撰。《京劇劇目辭典》《京劇劇目初探》著録,均題《神亭嶺》。一名《少年立志》。"初探"又名《酣戰太史慈》,與"辭典"著録的《酣戰太史慈》情節不同,係另一本戲。劇寫揚州刺史劉繇被東吳孫策戰敗,退守神亭嶺。孫策派兵到神亭窺探軍情,親自討戰。劉繇怕中誘兵之計,不敢出擊。劉繇部將太史慈請往退敵,劉繇不許。太史慈自領人馬與孫策酣戰,不分勝負。劉繇趕來助戰,爲周瑜所敗。雙方罷兵,約定次日再戰。本事出於《三國演義》第十五回。版本今有《京劇彙編》收録的潘俠風藏本及以該本重刊的《京劇傳統劇本彙編》本。今以《京劇彙編》潘俠風藏本爲底本整理。

第 一 場

張　勇　(内)馬來!(上)
　　　　(唱)打探軍情得一報,
　　　　　　孫策可算膽氣豪。
　　　　某,張勇,在劉繇帳下以爲前部先鋒。奉命巡哨,探得孫策帶領數騎前來窺探我營。
　　　　不免回營稟報君侯知道便了!
　　　　(唱)急忙回營把軍情報,
　　　　　　要與孫策動槍刀。(下)

第 二 場

（太史慈上，起霸）

太史慈　（念）（詩）忠心赤膽一英豪，
　　　　　　　　幾度臨陣試寶刀。
　　　　　　　　恨不封侯嘆李廣，
　　　　　　　　空爲武將挂征袍。
　　　俺，太史慈，乃東萊黃縣人氏。自解北海孔融之圍，後投劉繇帳下以爲部將，那劉繇道俺年輕，不肯重用。今有孫策在神亭嶺上窺探我營。不免報與君侯，請令出戰。
　　　正是：
　　　（念）英雄志氣比天高，
　　　　　　劉繇無目識英豪。
　　　　　　帳中若得一支令，
　　　　　　拔劍要斬海底蛟！
　　　（下）

第 三 場

（【發點】。四龍套、張英、三將官引劉繇上）

劉　繇　（唱）【點絳唇】金鼓齊鳴，旌旗掩映，威風凜，將士紛紛，鎮守揚州郡。

張　英
三將官　參見君侯！

劉　繇　站立兩廂！

張　英
三將官　謝君侯。

劉　繇　（念）（詩）統領貔貅氣概雄，
　　　　　　　　連環戰甲扣玲瓏。
　　　　　　　　將軍懷抱安邦志，
　　　　　　　　逐鹿中原立大功。

某，揚州刺史劉繇。鎮守牛渚，被孫策一戰，殺過江來，因此兵撤神亭嶺。如今，深溝高壘，閉營不戰。也曾命張勇前去哨探，未見回報。

（張勇上）

張　勇　（念）忙將軍情事，報與君侯知。
　　　　參見君侯。末將交令。
劉　繇　收令。張將軍，命你打探軍情，怎麼樣了？
張　勇　末將巡哨，探得孫策帶領數騎，前來窺探我營。特來報知。
劉　繇　哦！今有孫策帶領數騎，前來窺探我營！張英聽令！
張　英　在。
劉　繇　傳我將令：滿營將官不許出戰，違令者斬！
張　英　得令，令出！下面聽者！君侯有令：滿營將官不許出戰，違令者斬！
太史慈　（內）且慢！
張　英　何人阻令？
太史慈　（內）太史慈。
張　英　傳令進帳！
太史慈　（內）來也！（上）
　　　　（唱）不準出戰真好笑，
　　　　　　　特到寶帳問根苗。
　　　　君侯在上，恕俺太史慈有甲冑在身，不能全禮，君侯莫怪！
劉　繇　將軍免禮。進帳何事？
太史慈　方纔君侯傳下將令，不準眾將出戰，是何道理？
劉　繇　那孫策帶領數騎，前來窺探我營，恐怕中了他的誘兵之計。
太史慈　那孫策乃是一勇之夫，有什麼"誘兵之計"？君侯賜俺太史慈一支將令，匹馬單槍，生擒那孫策進帳！
劉　繇　且聽探馬一報！
報　子　（內）報。（上）
　　　　今有孫策帶領數騎，直奔我營而來！
劉　繇　再探！
報　子　得令！（下）
劉　繇　緊閉營門！

太史慈　君侯，那孫策分明是自來送死，爲何緊閉營門？
劉　繇　那孫策有霸王之勇、范增之才，故而緊閉營門。
太史慈　那孫策縱有霸王之勇、范增之才，俺也要會他一會。衆將聽者！哪個有膽量者，隨俺太史慈大戰那孫策！
　　　　（衆將不應）
劉　繇　無人應聲。你出帳去吧！
太史慈　咳！俱是無能之輩！
張　英　嘟！我把你個大膽的太史慈！你敢違抗君侯的將令？呸！吃我一拳！
太史慈　你這無知匹夫！少時擒來孫策，報效君侯，叫你等見識見識。俺去也！
　　　　（唱）臨陣怯敵實可惱，
　　　　　　　何懼孫策小兒曹！（下）
張　英　哎呀，君侯哇，我把那太史慈好有一比！
劉　繇　比做何來？
張　英　初生牛犢不怕虎。我看他定死在孫策之手。
張　勇　住了！我看那太史慈是個英雄好漢，你們不來相助，反而笑罵於他。待俺張勇助他一陣便了！
　　　　（唱）怒氣不息出帳道，
　　　　　　　幫助太史走一遭。（下）
劉　繇　啊老將軍，何計安排？
張　英　君侯！你我去到兩軍陣前觀陣，那太史慈若是勝得過孫策，你我就一擁而上。
劉　繇　若勝不過呢？
張　英　你我就溜了吧！
劉　繇　老將軍高見。衆將官，帶馬陣前去者！
衆兵將　啊！
劉　繇　（唱）人來帶馬戰場到，
　　　　　　　兩軍陣前看根苗。
　　　　（同下）

第 四 場

（程普、黄蓋、韓當、周泰引孫策上）

孫　　策　（唱）帶領衆將探賊巢，
　　　　　　　　　威風凛凛逞英豪。
　　　　　　　　　遠望賊營旌旗繞，
　　　　　　　　　層層密密擺槍刀。

程　普
黄　蓋　　主公！降香已畢，就該回去。
韓　當
周　泰

孫　　策　俺今到此，焉能空回也！
　　　　　（唱）準備金鈎把鰲魚釣，

太史慈　　（內）孫策哪裏走！

孫　　策　（唱）看是何人逞英豪？
　　　　　（張勇、太史慈上）

太史慈　　呔！你們哪一個是孫策？

孫　　策　啊！你是何人，敢叫孫伯符的名諱？

太史慈　　東萊黄縣太史慈在此！

孫　　策　太史慈！爾有多大本領，竟敢前來對敵？你二人放馬過來，俺孫伯符何懼！

太史慈　　將你所帶之將，一齊放馬過來，俺太史慈何懼！

孫　　策　戰爾何用人多？衆位將軍！

程　普
黄　蓋　　主公！
韓　當
周　泰

孫　　策　退下了！

程　普
黄　蓋　　主公，小心了！（下）
韓　當
周　泰

孫　　策　太史慈，你二人來來來！

太史慈　我二人戰你，豈算得了英雄！張將軍退下！
張　勇　小心了！（下）
太史慈　今日與你見個高下。休走，看槍！
孫　策　太史慈！
太史慈　啊！
孫　策　你好大的膽！
太史慈　呸！
　　　　（快【風入松】。孫策、太史慈打快槍，雙收下）

第　五　場

（太史慈上）

太史慈　哎呀且住！孫策雖然年幼，倒有幾合勇戰。俺縱然擒他下馬，難免要被他所帶之將搶去。哦呵有了！不免把他引入無人之處，擒他下馬便了！
　　　　（唱）安排打虎牢籠套，
孫　策　（內）哪裏走！
太史慈　來呀！（下）
　　　　（孫策上）
孫　策　太史慈，你往哪裏走！
　　　　（唱）戰爺不過爾往哪裏逃？（下）

第　六　場

（程普、黃蓋、韓當、周泰上，張勇上）

張　勇　你等前來做甚？
程　普
黃　蓋　前來助戰！
韓　當
周　泰
張　勇　放馬過來！
　　　　（開打。張勇敗下，程普、黃蓋、韓當、周泰追下）

第 七 場

（孫策、太史慈上，開打，雙鎖下）

第 八 場

（【風入松】。四兵卒引周瑜上）

周　瑜　俺，周瑜。今有主公帶領數騎，去到神亭嶺降香。俺放心不下，不免前去保護。眾將官，神亭嶺去者！

四兵卒　啊！

（同下）

第 九 場

劉　繇　（內唱）神亭嶺下旌旗飄，

（四龍套、張英、三將官、劉繇上）

劉　繇　（唱）兒郎個個逞英豪。
　　　　　　下得馬來上山道，
　　　　　　觀看兩家動槍刀。

（雙方兵士上，開打，孫策兵敗下。程普等四將上，接打，劉繇兵敗下。張勇上，接打，張勇敗下，程普等追下）

（孫策、太史慈上，開打，奪戟下）

劉　繇　老將軍，你看那太史慈可以勝得過孫策了！

張　英　可以勝得過孫策了！

劉　繇　眾將官，殺上前去！

眾兵將　啊！

（四兵卒、周瑜上）

周　瑜　劉繇，爾往哪裏走！

劉　繇　老將軍，問過敵將姓名。

張　英　來將通名受死！

周　瑜　周瑜在此，看槍！（刺張英死介）

| 劉 繇 | 殺！ |

（開打，劉繇等敗下，周瑜等追下）

第 十 場

（孫策、太史慈上，太史慈奪孫策盔介，孫策奪太史慈戟介。雙方兵士上。遞槍，孫策、太史慈接槍，開打。周瑜上，上高臺。鳴金介。）

孫 策	敢是怯戰？
太史慈	兩家鳴金收兵，何言怯戰？
孫 策	你家先收兵！
太史慈	你家先收兵！
孫 策 太史慈	放馬過來！

（鳴金介）

| 周 瑜 | 且慢！收兵不在先後。今日天色已晚，明日還在此地鏖戰。主公請來收兵。 |
| 孫 策
太史慈 | 眾將官，收兵哪！ |

（快【風入松】後半段）

| 孫 策
太史慈 | 哈哈！哈哈！啊哈哈哈…… |

（同下）

周 瑜

翁偶虹 撰

解 題

京劇。現代翁偶虹撰。《京劇劇目辭典》著錄，題名"周瑜，署翁偶虹編劇"。劇寫漢末孫堅與袁紹曹操會盟，出兵征討董卓，移家舒城，命長子孫策護衛前往。舒城人喬玄有女兒大喬、小喬，皆國色。當地有風俗，每值暮春，要向"龍姑"敬獻美貌女子——實則江寇姜順從中作祟。喬玄爲避免女兒被選敬獻，買醜陋假面二副，將二女喬裝改扮成醜女。輪到喬家敬獻之年，前來選女的士紳看到二女醜陋頗爲無奈。舒城人周瑜精通音律，傳說他能憑聲音判斷人的相貌，因此被士紳請去分辨二喬的相貌。周瑜顧曲，斷定二喬是美女，因此二喬被抓敬獻。喬玄痛苦不堪，遷怒於周瑜，並告孫策實情。孫策和周瑜一起夜擒"龍姑"，救走二喬，殺死姜順及衆頭目，爲民除害。喬玄念其恩德並世之將才，將大喬許配孫策、小喬許配周瑜。魯肅曾與周瑜相約，得志必舉薦。數年後，孫堅、孫策先後身死，周瑜果然舉薦魯肅於孫權。事於史傳無據，乃據民間傳說創作。版本今有《京劇彙編》收錄的蕭連芳藏本及據此本重刊的《京劇傳統劇本彙編》本。今以《京劇彙編》蕭連芳藏本爲底本整理。

第 一 場

（四白龍套、四校刀手、四將、中軍引孫堅上）

孫　堅　（唱）【點絳唇】

　　　　亂世兵戎，群雄思動。金戈振，鐵馬齊鳴，勤王求效命。

　　　　（念）（詩）董賊竊國政，

　　　　　　　四海起烟塵；

　　　　　　　壯志難豹隱，

雄心得龍伸。

本鎮,孫堅。可恨董卓竊國,欺君霸政,河北袁紹與曹操會盟,本帥誓討國賊,起師相應。又恐此去兵戈連綿,意欲移家舒城。擬命長子孫策保護前往。來!

中　軍　有。

孫　堅　喚孫策進帳!

中　軍　元帥有令:公子進帳!

孫　策　(內)來也!(上)
　　　(念)問字獨從韜略用,知人須在縱橫時。
　　　參見父帥!

孫　堅　罷了。

孫　策　喚兒進帳,有何訓教?

孫　堅　今日興師討賊,命你移家舒城,一路保護。去到那裏,不可荒廢學業。

孫　策　孩兒與舒城周瑜乃同窗契友。此人頗有大志,我等朝夕相伴,論劍讀書,當不負父帥訓誨。

孫　堅　周瑜雖然年幼,英名遠聞,得之為友,乃我兒之幸也。出帳去吧!

孫　策　遵命。正是:
　　　(念)喜得周郎為友伴,(下)

孫　堅　(念)不負逍遙盼子心。
　　　眾將官!

眾　　　有!

孫　堅　起兵前往!

眾　　　啊!
　　　(【牌子】。同下)

第　二　場

(喬玄上)

喬　玄　(念)【引】亂世保身,隱名姓,自有乾坤。
　　　(院子暗上)

喬　玄　(念)(詩)花徑蒼苔失屐痕,

草堂別有一家春。
莫從塵世論長短，
自把心田養太平。

老漢，喬玄。舒城人也。膝下無兒，所生二女：長名大喬，次名小喬，俱是天生國色。此地有一奇異風俗，每年挑選美女二名，獻與白沙灘龍姑廟中爲婢。那龍姑靈是不靈，倒也難測；只是這被選之女，送入廟中，一夜之間，即不知去向。落得骨肉分離，十分凄慘。老漢生此二女，十分憂慮。因此思得一計，用重金買來假面二副，俱是醜陋模樣，每有貴客到來，便命二女戴了假面以掩真容。只是家人眾多，難免洩露於外。今已暮春三月，又到獻美之期。不免喚出女兒，囑咐一番。來，喚小姐出堂！

院　子	二堂傳話，請二位小姐出堂！
喬靚 喬婉	（內）來了！

（喬靚、齊婉、二乳娘上）

喬　靚	（念）靈麝有香莫風立，
喬　婉	（念）螭豹多文帶霧藏。
喬靚 喬婉	爹爹在上，女兒有禮！
喬　玄	罷了，一旁坐下。
喬靚 喬婉	謝坐！喚女兒出來，有何訓教？
喬　玄	今又暮春三月，獻美之期。若有貴客前來，你二人各戴假面，莫露本貌。此事性命牽連，須要仔細記下了！
喬靚 喬婉	爹爹呀！

（唱）老爹爹爲女兒切切教訓，
　　　避災禍又怎敢漠不關心。
　　　戴上了假面具爹爹試認，

（喬靚、喬婉各戴假面介）

喬　玄	（笑）哈哈哈！

（唱）果然是嫫母樣難辨假真。
　　　似這樣巧機關把心放穩，

		後堂去吧！
喬　靚 喬　婉		遵命！
		（唱）這也是無奈何敝帚千金。
		（喬靚、喬婉、二乳娘下）
朱　治		（內）走啊！（上）
		（唱）在此鄉生美女奇禍怎免，
		爲朋友不敢把消息隱瞞。（進介）
		啊仁兄，你在家中好快活呀！
喬　玄		賢弟來了，請坐！
朱　治		謝坐。你在家中好快活呀！
喬　玄		閉門靜坐，有什麽不快活的呀？
朱　治		你看今日是什麽日期了？
喬　玄		暮春三月。
朱　治		著啊！暮春三月，乃龍姑廟獻美之期。你有兩個好女兒，不怕選了去麽？
喬　玄		怎麽不怕！
朱　治		弟正爲此事而來。聽說城中美女，俱已選盡。今年獻美，要選到你家二喬了。
喬　玄		怎麽講？
朱　治		要選到你家二喬了。
喬　玄		哈哈哈！我却不信。
朱　治		因何不信？
喬　玄		我那兩個小冤家，醜陋得緊哪！哈哈哈……
朱　治		今年要面選美人，只憑口傳，難以相信！
喬　玄		面選就面選。我那女兒，本來的貌醜啊！
朱　治		你不要說這假話了。我且問你，有個喬升兒，可曾在你家爲過僕來？
喬　玄		喬升兒？不錯，有的。
朱　治		他可曾偷盜了你的財帛，被你責打，趕出門外？
喬　玄		不錯，也有的。
朱　治		却又來！

|||(念)喬升滅良心，
|||毒計害良民。
|||他道二喬美，
|||醜陋非是真。
|||眾紳聞此言，
|||面選纔得憑。
|||小弟來送信，
||仁兄，|
||(念)早早做思忖！|
|喬　玄|(念)喬升枉用心，
|||女醜本是真。
|||賢弟若不信，
|||喚來看分明。
|朱　治|二喬果然醜陋，弟也就放心了。他們少時就來面選，快到後面吩咐吩咐！
|喬　玄|不必吩咐，她二人本來是面貌醜陋的。
|朱　治|真的面醜？
|喬　玄|本來的面醜。
|朱　治|面醜就好，弟也就放心了。
|喬　玄|你放心，我早就放心了。
|朱　治
喬　玄|啊哈哈哈……
||(幕內：眾鄉紳到！)
|喬　玄|賢弟回避了。
||(朱治下)
|喬　玄|有請！
|院　子|有請！
||(蔣紳、趙虎、錢通、余敬、喬升上)
|喬　玄|不知列位鄉紳駕臨寒舍，有失遠迎，當面恕罪！
|蔣紳
趙虎
錢通
余敬|豈敢！我等來得魯莽，喬員外海涵！

喬　玄	豈敢！請坐！
蔣　紳 趙　虎 錢　通 余　敬	有坐。
蔣　紳	恕我魯莽，先進一言。
喬　玄	有話請講！
蔣　紳	龍姑廟三月獻美，例有年矣。
喬　玄	我是知道的。難道今年要選我那兩個醜女兒麼？
蔣　紳	喬公令嬡，不敢言"選"。若果貌醜，自然罷論。
喬　玄	我那兩個醜女兒，有"大嬷""小嬷"之名，人人皆知啊！
趙　虎	"大嬷""小嬷"也罷，"大喬""小喬"也罷，今日必須見面，方得憑信。
喬　玄	見面無妨。來，後堂傳話，二位小姐出堂！
院　子	後堂傳話，二位小姐出堂！
喬　靚 喬　婉	（内）來了！

　　　　　　（内唱【南梆子】）
　　　　　　　聽傳喚忙把那假面戴上，
　　　　　　（喬靚、喬婉戴假面具上）

喬　靚 喬　婉	（唱）遵父命作醜態避免災殃。 　　　我這裏扭腰肢形容放浪，（作醜態介）
喬　玄	見過列位叔伯！
喬　靚 喬　婉	列位叔伯萬福！
蔣　紳	哎呀列位呀！相傳"大喬、小喬，難畫難描"。今日一見，真正令人魂銷！
趙　虎	什麼"魂銷"？
蔣　紳	我怕的魂銷。
趙　虎	不錯，怕的魂銷。哎呀，好醜啊好醜！
喬　靚 喬　婉	好美呀好美！
喬　玄	難選哪難選！回去吧！
喬　靚 喬　婉	遵命！

		（唱）臨去時轉秋波再作排場。（作醜態介，下）
蔣紳 趙虎 錢通 余敬		哈哈哈……
喬	玄	哈哈哈！
蔣	紳	（唱）喬家有女果貌醜，
喬	玄	（唱）自家女兒自家羞。
趙	虎	（唱）此家不中別家走，
喬	玄	阿彌陀佛！
喬	升	且慢！
趙	虎	喬升兒，你還有何話講？
喬	升	並非小子多口，從前我在喬府上爲僕的時候，親眼瞧見過兩位小姐，俱是天姿國色。今日一見，怎麼變了模樣兒了哪？莫不是偷梁換柱，不是原來的二喬吧！
喬	玄	你住了！ （唱）忘恩負義做對頭。 列位鄉紳，這喬升兒原是我家之僕，只因偷盜老夫的財帛，責逐出府。今日在列位面前搬動是非，乃是以公報私，恩將讎報。
喬	升	你聽着吧！ （念）恩將讎報非爲報， 　　　是非曲直天知道。 　　　大喬小喬原美貌， 　　　怎說小子瞎胡鬧！
喬	玄	這厮還敢胡言。也罷！拼着老命不要，我就與你拼了！（打喬升介）
蔣	紳	且慢！喬公不可如此，老夫有個公斷。
喬玄 趙虎 錢通 余敬		有何公斷？
蔣	紳	大喬小喬，是真是假，難以相信。自古道：言爲心聲，聞聲知人。貌醜貌美，由聲音之中聽得出來的。

趙 錢 余	虎 通 敬	我們俱已聽見了。
蔣	紳	我們俱是愚拙之人,怎能辨得真假!
趙 錢 余	虎 通 敬	誰能辨得真假?
蔣	紳	我有一侄,住此不遠,在道南大宅。此人姓周名瑜,表字公瑾。雖然年幼,精通音律,人歌一曲,有誤即知。世人傳言:"曲有誤,周郎顧。"便是此人。
趙 錢 余	虎 通 敬	此人大大有名了!
蔣	紳	我今請來此人,煩大喬、小喬各歌一曲,是真是假,周郎一聽即知。
喬	升	好啦。周郎大名,我也知道。請周郎顧曲,以曲斷人,說真便真,說假便假。
蔣	紳	喬公意下如何?
喬	玄	這也使得。
蔣	紳	來,拿我名帖,去到南道大宅,請周郎即刻到此。快去!
喬	升	是啦!(下)
趙	虎	啊蔣大哥,那周郎如此神奇,究竟是怎樣一個人兒?
蔣	紳	聽了!

  (念)珠樣精神玉樣姿,
    行年未到弱冠時。
    驚神泣鬼文星劍,
    緯地經天宰相詩。
    風流顧曲三吳噪,
    豁達胸襟四海知。
    江東早毓風雲氣,
    應在高梧鳳一枝。

喬	玄	如此說來,這周瑜是天上神仙,當代俊傑了!
蔣	紳	當得此譽。

(喬升上)

喬　升　周公子到。

蔣　紳
趙　虎
錢　通　有請！
余　敬

喬　升　有請周公子！

周　瑜　（內唱）
　　　　　　按紅牙譜玉柱宮商解妙，
　　　　（四書童——一捧琴、一捧板、一捧劍、一捧書，引周瑜上）

周　瑜　（唱）鳳九奏龍八風繼響唐堯。
　　　　　　我胸藏鴻鵠志飛騰雲表，
　　　　　　豈似那南山豹霧隱光韜？
　　　　　　調青陽無非是閑中談笑，
　　　　　　何日裏射斷了八月秋濤。
　　　　　　衆鄉紳飛請我顧曲來到，
　　　　　列位鄉紳！蔣伯父！

蔣　紳
趙　虎
錢　通　周公子到了，請坐！
余　敬

周　瑜　有僭了！
　　　　（唱）愧無有師曠聰濫竽解嘲。
　　　　衆位鄉紳，相召於我，有何見教？

蔣　紳　只因喬公二女，善歌妙唱。特請公子顧誤！

周　瑜　小生不敢！

蔣　紳　不必過謙。就請喬公轉煩小姐隔簾一唱！

喬　玄　家院，後堂傳話，命二位小姐隔簾歌唱。

院　子　員外有話：二位小姐隔簾歌唱。

喬　靚
喬　婉　（內）知道了！

　　　　（同唱）有鳳飛上下，
　　　　　　　　可憐隔霧花；

　　　　　　　早到銀河畔，
　　　　　　　莫愁海外槎。
周　瑜　哈哈哈……
蔣　紳　為何發笑？
周　瑜　恕瑜癲狂。此乃《鳳儀》之曲，可惜音律俱誤了。
蔣　紳
趙　虎
錢　通　唱得這樣好聽，還有錯誤嗎？
余　敬
周　瑜　曲誤多矣！
喬　玄　既是小女曲中有誤，公子可能一唱否？
蔣　紳　是呀，她們唱得不好，你何妨唱來一聽！
喬　玄　小女也好領教。
周　瑜　如此獻醜了！
　　　　　（唱）有鳳飛上下，
　　　　　　　可憐隔霧花；
　　　　　　　早到銀河畔，
　　　　　　　莫愁海外槎。
　　　　　哈哈哈……
喬　玄　果然仙音不同凡響。
周　喜　（內）走啊！（上）
　　　　　啟稟公子：孫策奉母移家到舒城來了。
周　瑜　哦，我那孫仁兄來了！列位少陪，晚生去也。
　　　　　（喬升扯趙虎衣介）
趙　虎　且慢！
蔣　紳　是呀，只顧唱曲，忘了一件大事。
周　瑜　還有何見教？
蔣　紳　公子妙解音律，必能度曲知人。適纔二喬隔簾一唱，可知她二人的面貌如何？
周　瑜　什麼"面貌"？
喬　升　是醜是美，公子一聽，必知分明。
周　瑜　這是何意？

蒋　绅　试试你的耳音如何。
周　瑜　这……
蒋　绅　但讲何妨，又不是招你做女婿！
周　瑜　若是招我爲婿麽，晚生却愿讲了。
蒋　绅　怎麽？
周　瑜　以曲度人，二乔俱国色也。这、这、这失言了，啊哈哈哈！请！
　　　　（周瑜下，周喜、四书童随下）
乔　升　周瑜可是说啦，二乔俱是国色，我不是胡说八道了吧？
乔　玄　哎呀！
　　　　（唱）狭路偏逢周公瑾，
　　　　　　　断送我二女讲什麽知音！
赵　虎　乔员外，你还有何话讲？
蒋　绅　事到如今，也就说不得了。就请乔公献出二女，与龙姑受用。
乔　玄　这个！【乱锤】列位乡绅！我想人生在世，骨肉爲重。老汉半百无嗣，只有二女，今日活活献与龙姑，叫老汉怎生割舍呀！
赵　虎　也是她们命该如此！
乔　升　对啦，你认命吧！
乔　玄　住了！是你搬动是非，害得我骨肉分离。我今日就与你拼了！（打乔升介）
乔　升　慢来慢来！害得你骨肉分离，都是周瑜一句话。你要拼命啊？你找周瑜去呀！
乔　玄　哦！
　　　　（唱）周瑜年幼少谨慎，
　　　　　　　恃才傲物胡乱云。
　　　　　　　生死二字我不问，
　　　　　　　找著了周公瑾我把老命来拼。
　　　　我寻找周瑜去了！（下）
蒋　绅　哎呀列位呀，那周瑜是我们聘请来的，乔公寻他拼命，我们要前去解劝。
乔　升　咱们走啦，谁看守二乔啊？
赵　虎　且将二乔送往龙姑庙中便了。
蒋　绅　只好如此。来，花轿走上！

喬　升　花轎走上！

　　　　（四青袍、二道婆、二轎夫上）

蔣　紳　將二喬送往龍姑廟！

四青袍
二道婆　是。（下）

　　　　（【亂錘】。四青袍、二道婆拉喬靚、喬婉上，二乳娘上，攔阻介）

二乳娘　使不得！使不得！

　　　　（趙虎、喬升攔介，推二乳娘介）

趙　虎
喬　升　好不識抬舉！

　　　　（二轎夫抬喬靚、喬婉下。二道婆、四青袍、蔣紳、趙虎、錢通、余敬、喬升下）

二乳娘　使不得！使不得！（灑介，下）

第　三　場

朱　治　（內）反了啊反了！（上）

　　　　（唱）聽說二喬搶去了，
　　　　　　　周郎顧曲把禍招。
　　　　　　　這等橫行似強盜，
　　　　　　　我拼着一死救二喬。
　　　　我也尋找周郎去了！（下）

第　四　場

　　　　（四書童、周喜引孫策、周瑜上）

孫　策　（唱）【西皮原板】
　　　　　　　謝賢弟寬厚情大宅相讓，

周　瑜　（接唱）我與你志相合誼屬同窗。

孫　策　（接唱）從此後習書劍勉勵向上，

周　瑜　（接唱）但願得翼扶搖九霄飛黃。

孫　策　策千里來投，承賢弟推宅相讓，陞堂拜母，感愧多矣。

| 周　瑜 | 仁兄説哪裏話來？你我志同道合，正好朝夕相伴，互勉大志。
| 孫　策 | 異日有成，皆賢弟之賜也。
| 周　瑜 | 豈敢！
| 喬　玄 | （内）走啊！（上）
| | 來此已是道南大宅周瑜之家。好周瑜！周瑜，你與我走出來呀！
| 周　瑜 | 啊，外面何人喧嘩？
| 周　喜 | 我瞧瞧去！（出門介）誰這麼大驚小怪的？
| 喬　玄 | 你是周瑜？
| 周　喜 | 我不是周瑜。
| 喬　玄 | 周瑜呢？
| 周　喜 | 現在二堂。
| 喬　玄 | 待我打了進去！（進介）你、你、你是周瑜？
| 周　瑜 | 小生在此。
| 喬　玄 | 好周瑜！周瑜，我與你拼了！
| 孫　策 | 嗯！你這老兒，瘋瘋癲癲，登堂尋釁，是何道理？
| 喬　玄 | 你是何人，敢管我們的閑事？啊！敢管我們的閑事？
| 孫　策 | 江東孫策在此。
| 喬　玄 | 你是孫策？
| 孫　策 | 正是。
| 喬　玄 | 好孫策，我與你講個理兒呀！
| | （唱）【西皮快板】
| | 　　小周郎做事好顛倒，
| | 　　害了我家大小喬。
| | 　　龍姑廟年年敬神道，
| | 　　雙雙獻神玉枝嬌。
| | 　　我家二女醜陋貌，
| | 　　幸得家居免禍招。
| | 　　誰知喬升把是非造，
| | 　　鄉紳要我送二喬。
| | 　　千言萬語纔信了，
| | 　　周瑜又把禍事招。
| | 　　憑曲聲，斷容貌，

>　　　他倒說國色是二喬。
>　　　這就是催命符一道，
>　　　可憐我年邁蒼蒼父女相抛！

孫　策　噢！
　　　（唱）責賢弟大不該恃才性傲，
　　　豈有此理！

周　瑜　哎，仁兄啊！
　　　（唱）閑顧曲又誰知暗把禍招。
　　　哎呀仁兄啊！適纔鄉紳來請，弟但知顧曲，哪知還有別情，怎怪小弟？哎呀喬公啊！顧曲之前，若知有此一樁公案，我滅了良心，也説你家二喬是貌醜的呀！只因事前未聞，我一聞其曲，便知其人。事到如今，你爲何埋怨於我！

喬　玄　我那女兒本來的貌醜，怎説是國色？

周　瑜　你那二喬本來的國色，怎説是貌醜？

喬　玄　哎呀呀，你還是這樣的鐵嘴，我與你拼了吧！（【亂錘】）

蔣　紳　（内）走啊！（上）
　　　喬公不可魯莽！這是令嬡命該如此，不干周郎之事。

喬　玄　啊，老夫年邁蒼蒼，只有二女，如今活活地生離死別，還説什麽"命該如此"，還講什麽"不干周郎"？我拼着性命不要，與你們大家拼了吧！（【亂錘】）

朱　治　（内）走啊！（上）
　　　喬兄在此。哎呀喬兄啊！你家二喬已被鄉紳趙虎等送入龍姑廟中去了。

喬　玄　哎呀！（氣椅）

孫　策　賢弟，你恃才多事，害得這位老人家骨肉分離了。

周　瑜　弟但知顧曲，焉知有這一樁公案。蔣伯父，你陷我於不義了！

蔣　紳　我也不曉得你那顧曲之才，如此的精妙啊！

朱　治　你等不要互相埋怨，喬公性命要緊！

孫　策
周　瑜　喬公醒來！
蔣　紳
朱　治

喬　玄　（唱）聞言悲痛昏迷倒，
　　　　大喬！小喬！咳，女兒呀！
　　　　（唱）怎捨得嬌生付碧濤。
　　　　　　埋怨周郎也無效，
　　　　罷！
　　　　（唱）我父女一同把命抛。
周　瑜　喬公啊！
　　　　（唱）喬公收淚免悲悼，
　　　　　　害了二喬我再救二喬。
　　　　喬公，今日之事，千不是，萬不是，俱是龍姑廟的不是。我想龍姑廟既是神靈，爲何年年索要民女？這二喬麽，不送也罷！
蔣　紳　哎呀呀，倘若不送，那龍姑興波作浪，洪水爲災，如何是好？
周　瑜　龍姑如此，罪惡已極；既有罪惡，人人得而誅之。瑜雖不才，幼習劍法，精通水性。今夜三更時分，我要暗藏龍姑廟，劍斬龍姑，力救二喬，爲我故鄉除一大害，不知衆位意下如何？
蔣　紳
喬　玄　這個！
朱　治
孫　策　好啊！朗朗乾坤，哪有什麽神道？賢弟之言，正合我意。今夜我與賢弟一同前往！
蔣　紳　那龍姑呼風喚雨，十分厲害，二公豈是她的對手？
周　瑜　呃呀！精誠所至，金石爲開。縱是神靈，怎當俺一片正氣啊！
（【牌子】）
蔣　紳　二公壯懷，我等欽敬。待我約聚鄉勇，暗中埋伏，也好相助。
周　瑜　承公美意，瑜多謝了！
蔣　紳　請！（下）
周　瑜　喬公且自回府。今夜三更入廟，四更斬龍。五更時分，即可生還二喬呵！
　　　　（【牌子】。取劍，三點手介，下）
朱　治　喬仁兄，這就好了！
喬　玄　好是好了，怕的是周郎年幼，難以令人憑信。
朱　治　周郎談吐不凡，又有江東孫策，豈能言而無信？

| 喬　玄 | 若得如此,我願將大喬、小喬婚配周郎、孫策。
| 朱　治 | 二喬貌醜,他二人如何肯要!
| 喬　玄 | 哎,那周郎顧曲知音,他道我家二喬,俱是國色。他又怎能推却!
| 朱　治 | 不錯,周郎若是推却,他那顧曲之才,就不靈了。
| | 正是:
| | （念）山窮水盡疑無路,
| 喬　玄 | （念）柳暗花明又一村。
| | 阿彌陀佛!
| | （同下）

第　五　場

（【急急風】。四嘍囉、四頭目引姜順上。快【點絳唇】。上高臺）

| 姜　順 | （念）萬里長江一隻船,
| | 　　　藏龍臥虎非等閒。
| | 　　　斗大金銀來貢獻,
| | 　　　這花丟丟婆娘伴我眠。
| | 我乃江中王姜順是也。自幼精通水性,霸佔長江,自立水寨。每年三月十八日,謊言此地龍姑顯聖,索要美女二名——明獻神靈,暗中受用。俺寨中有一道婆,名喚七七兒,精通劍法。每年獻美之日,命她假扮龍姑模樣,去至廟中,暗取二美。今年廟期又要到來,來,有請七七兒!
| 嘍　囉 | 有請神姑!
| 七七兒 | （內）來也!（上）
| | （念）一對無情劍,斬斷兒女心。
| | 七七兒拜見大王!
| 姜　順 | 神姑少禮,請坐。
| 七七兒 | 謝大王! 大王呼喚,可為龍姑廟獻美之事?
| 姜　順 | 今年會期,又要煩勞你了!
| 七七兒 | 豈敢! 恭喜大王! 賀喜大王!
| 姜　順 | 喜從何來?
| 七七兒 | 適纔回報:今年獻美,乃是喬玄之女大喬、小喬。此二女天生國

　　　　色。大王受用，艷福不淺。
姜　順　全仗神姑！
七七兒　就請大王今夜三更時分，埋伏龍姑廟側，迎接美人便了！
姜　順　有勞了！正是：
　　　　（念）三月春風神作婆，
七七兒　（念）休忘玄門劍影揮。
姜　順　我豈能忘了你呀？哈哈哈……
　　　　（同下）

第　六　場

（四龍燈夫上，二道婆、二轎夫抬喬靚、喬婉上，趙虎、錢通、余敬、喬升上。二乳娘追上。灑介，同下）

第　七　場

（四龍燈夫、二道婆、二轎夫、喬靚、喬婉、趙虎、錢通、余敬、喬升上，進廟介）
（二乳娘追上）
二乳娘　使不得！使不得！
二道婆　別鬧啦！留神龍吃了你！
　　　　（雙進門。拉下）

第　八　場

（四嘍囉、四頭目、姜順、七七兒上）
姜　順　眾嘍兵！
四嘍囉　有！
姜　順　埋伏了！
四嘍囉　啊！
　　　　（同下）

第 九 場

（起初更。【急急風】。周瑜上，走邊）

周　瑜　（唱）【粉蝶兒】
　　　　古劍隨身，
（【急急風】。孫策上。同作身段介）

周　瑜
孫　策　（接唱）【粉蝶兒】
　　　　俺可也古劍隨身，（同作身段介）
　　　　吐虹霓鐵肩雙任。
（起二更）

周　瑜　仁兄請了！

孫　策　請了！

周　瑜　今晚夜探龍姑廟，若無動靜，還則罷了；若有動靜，俺誓必鬧海翻江，殲滅此妖，與地方除害。

孫　策　果有妖邪，俺在陸上等，你在水中拿。不信七尺男兒，捉不得一個妖孽。

周　瑜　仁兄壯言，與瑜助膽也！

周　瑜
孫　策　（接唱）
　　　　好男兒百煉雄心，
　　　　憑神邪行不正敢當利刃。（圓場）

周　瑜　來此已是龍姑廟，我等挨身而入。
（周瑜、孫策進廟介。起三更）

周　瑜　夜已三更，分藏左右，等候動靜便了！
（同下）

（【三衝頭】。大頭目持龍燈上，左右看介，請七七兒介。七七兒持劍上與大頭目耳語介，大頭目下。七七兒摸介。周瑜、孫策同上。周瑜踢七七兒介。七七兒跑下，周瑜追下）

孫　策　且住！妖怪出現，待我救走二喬！（下）
（孫策拉喬靚、喬婉上，下）

第 十 場

（七七兒跑上，周瑜追上，打介）

周　瑜　（唱）【石榴花】
　　　　俺只見雲裳月貌一神婆，
　　　　渾不似山魈與天魔。
（【抽頭】。打介）

周　瑜　（接唱）
　　　　又只見霜鋒閃閃舞也婆娑，
（【抽頭】。打介）

周　瑜　（接唱）須知俺吳鈎利早已橫磨。
　　　　俺可也試馬揮戈，
　　　　俺可也地網天羅。
　　　　俺與那江東父老除災禍，
　　　　雲梯霧索殺到了銀河。
（周瑜打介，七七兒跑下，周瑜追下）

第 十 一 場

（四青袍、蔣紳、余敬、錢通、趙虎、朱治、喬玄上。孫策拉喬靚、喬婉上，交與喬玄介，分下）

第 十 二 場

（四嘍囉，四頭目引姜順上。七七兒急上，作報信介。周瑜追上，孫策上，起打。七七兒跑下，周瑜追下。孫策殺姜順、四頭目、四嘍囉介，同下）

第 十 三 場

（七七兒跑上，下水介。周瑜追上，下水介。水中鬥介。孫策暗上。

（周瑜擒七七兒，孫策綁介。四青袍、蔣紳、余敬、錢通、趙虎、朱治、喬玄兩邊上）

周　瑜　瑜、策不才，捉得龍姑在此。

蔣　紳
錢　通
余　敬　待我看看這龍姑姑。（看七七兒介）
趙　虎
朱　治
喬　玄

蔣　紳　唔呼呀，這不是道婆七七兒麼，怎說是龍姑呢？

周　瑜　列位呀！
　　　　（唱）原來是水中賊神仙假扮，
　　　　　　　每年間索二美欺騙鄉賢。

蔣　紳　原來如此，此案重大，將她送到有司衙門，嚴加審問。

趙　虎　綁下去！

四青袍　啊！
　　　　（四青袍綁七七兒下）

蔣　紳　那些水寇呢？

孫　策　俱被俺殺盡了。

喬　玄　二公真乃神勇也！

周　瑜　啊喬公，你的女兒，醜也好，美也好，如今殺了江寇，擒了七七兒，除了這奇風異俗，你不要再尋我拼命了！

喬　玄　老漢還有一言。

周　瑜　救了你的女兒，你還有何話講？

喬　玄　我家二喬，你當真道她貌美麼？

周　瑜　聞聲知人，萬無一失。

喬　玄　既然貌美，當不負知人。也罷！二公救得小女，又與地方除害，老漢感激不過，願將大喬配與孫郎，小喬配與周郎，以侍箕帚。
　　　　（孫策、周瑜對看介）

孫　策
周　瑜　這個……

朱　治　公子既知二喬貌美，就不該推却了！

周　瑜　證我一言，豈能推却！

孫　策	賢弟,應允得麼?
周　瑜	無妨,有我。
孫　策	好,我二人應允了。
喬　玄	就請列公爲媒,擇吉入贅成禮。
蔣　紳 趙　虎 錢　通 余　敬 朱	我等爲媒。
喬　玄	但有一件:成禮之後,我女若醜,二公不可反悔!
周　瑜	那個自然。
喬　玄	若有反悔,列公作保!
蔣　紳 趙　虎 錢　通 余　敬 朱	我等願保。
喬　玄	列公,這干係是大得很哪!哈哈哈……(下)
蔣　紳	哎呀周郎啊,倘若二喬貌醜,如何是好?
周　瑜	一諾千金,也就説不得了。請!

　　　　（周瑜、孫策下）

蔣　紳 趙　虎 錢　通 余　敬	哎呀列位呀,那二喬明明貌醜,周郎偏説美人。此事呀,糊塗得緊! 糊塗得緊!
蔣　紳	糊塗得緊喏,哈哈哈!

　　　　（同下）

第 十 四 場

　　　　（四丫鬟引喬靚、喬婉上）

喬　靚	（唱）【西皮原板】 　　鳳凰衾鴛鴦帶風裁雨繡,
喬　婉	（接唱）今日裏雙蝴蝶飛上枝頭。

喬	靚	（接唱）同心結成就了同心對偶，
喬	婉	（接唱）但願得乘龍婿萬里封侯。
喬	靚	奴家，喬公長女喬靚是也。
喬	婉	奴家，喬公次女喬婉是也。啊姐姐，爹爹將你我二人許與周瑜、孫策，此二人素有英名，私心愧幸。只是爹爹囑咐，命我二人戴上假面，方可成禮。貴人一見，豈不驚嚇？爹爹此意，令人不解。
喬	靚	賢妹哪裏知道，那周瑜顧曲知音，隔簾聽唱，道我二人俱是國色，纔落得進獻龍姑。若非相救，性命休矣。爹爹命我二人各戴假面，乃戲耍周瑜之意，賢妹何必多慮？
喬	婉	爹爹為了"意氣"二字，苦煞我姐妹也！

  （唱）【西皮原板】
    老爹爹雖年邁童心未斂，
    既相諧又何必巧設機關？
    紅燭下幻出了嫫姑醜面，
    怕的是小周郎怒而不言。

喬	玄	（內）哈哈哈……（上）

  （唱）看一看知音人真假可辨，
    將美人換醜態戲耍一番。

喬喬	靚婉	爹爹來了！
喬	玄	兒呀，那假面可曾攜帶身旁？
喬喬	靚婉	現在身旁。
喬	玄	當着為父將它戴上。
喬喬	靚婉	遵命！

  （唱）爹爹吩咐戴假面，
    風霧遮上牡丹顏。
  （喬靚、喬婉戴假面介）

喬	玄	哈哈哈……我兒暫且回房等候。
喬喬	靚婉	遵命！（下）

  （院子暗上）

喬 玄	喚儐相！
院 子	儐相快來！

（儐相上）

儐 相	叩見員外！
喬 玄	贊禮上來！
儐 相	是。伏以：

　　　　斬妖除害勇無雙，
　　　　自古麒麟配鳳凰；
　　　　今日夫妻成雙對，
　　　　他年定生狀元郎。

　　攙新人！
　　（吹打。二乳娘攙喬靚、喬婉上，二書童攙周瑜、孫策上）

儐 相	一拜天地！二拜高堂！夫妻相拜！送入洞房！

　　（二乳娘攙喬靚、喬婉下，二書童攙周瑜、孫策下）

儐 相	恭賀員外！
喬 玄	下面領賞。
儐 相	謝員外！（下）
喬 玄	哈哈哈……

　　（同下）

第 十 五 場

（【小開門】。乳娘攙喬婉上，書童攙周瑜上，喬婉入帳子介，周瑜旁坐介。乳娘、書童下。起初更）

周 瑜	小姐！小喬！

　　（喬婉不應介）

周 瑜	她倒端起來了。喬公啊喬公！你命小喬戴了假面驚嚇於我，我豈不知你的詭計？我今以計攻計，早已預備下了。少時相見，說不得一場笑話也！

　　（唱）【南梆子】
　　　　笑喬公施巧計容顏醜幻，
　　　　早備下回敬禮一樣的機關。

　　　　　紅燭下戴上了猙獰醜面，
　　　　　且看那國色女有何話言。（揭帳子，揭喬婉蓋頭介）
　　　　啊小姐！
喬　婉　貴人！
　　　　（周瑜、喬婉對看介，喬婉驚介，【亂錘】）
周　瑜　小姐，怎麼樣了？
喬　婉　人言周郎，雅俊風流；今日一見，醜惡怕人。爹爹呀爹爹，你將我錯配了，喂呀！
　　　　（哭介）
周　瑜　人言二喬，天生國色；今日一見，令人哪（作欲吐介）要嘔吐了。啊岳父啊岳父，你害苦了小婿了！喂呀！（伴哭介）
喬　婉　你這樣的醜漢子，還想什麼樣的美人兒？說出此話，豈不可耻！
周　瑜　你這樣的醜姑娘，還嫌什麼醜女婿，說出此話，耻之甚也！羞之甚也！哎呀呀，不通之甚也呀哦哦！
喬　婉　我雖貌醜，不似你這樣醜得可怕！
周　瑜　我雖貌醜，不似你這樣醜得可憐！我若是你，早已不生在人世了！
喬　婉　你道我哪些兒醜？
周　瑜　你自己看哪，眉禿、目眇、鼻翻、齒豁，喏喏喏，滿面上還有這大圈圈、小圈圈，真所謂天下之醜，聚於一身，醜而不可言也呀啊啊！
喬　婉　你道我醜，你不見你自己麼？
周　瑜　我哪些兒醜呢？
喬　婉　你自己看呀，粗眉、惡目、黑臉、花斑，哎呀呀，走起路來，還是這一瘸一點的，真所謂醜惡的蠢材，無用的廢物！令人可怕呀可笑，哈哈哈！
周　瑜　够了够了。你也醜來我也醜，天配一對醜對偶。你配我不屈才，我配你也不錯。來來來，醜人兒不怕醜，說上兩句好長久；願老天念我醜姻緣，醜夫醜妻到白首。
喬　婉　怎麼講，"到白首"啊？啊啊啊……周郎啊！
　　　　（唱）你道我真是這嫫母模樣？
周　瑜　老天生就的醜臉，還有什麼假的不成？
喬　婉　（唱）老爹爹用假面改換容妝。
周　瑜　我却不信！

喬　　婉	（唱）薄命人到此時有何話講，	

你來看！（喬婉摘假面介，周瑜看介）

周　　瑜　哎呀妙啊！

（唱）【南梆子】

果然是月嫦娥飛下天堂。

攜玉手借紅燭細看模樣，

喬　　婉　喂呀！（哭介）

周　　瑜　小姐呀！

（唱）勸小姐免悲泣再看周郎。

（周瑜摘假面介，與喬婉對看介。【亂錘】。二人又對看介，同看假面介，同拋介）

周　　瑜
喬　　婉　哎呀妙啊！

喬　　婉　（唱）醜同醜美同美變化同樣，

周　　瑜　（唱）你有才我有計換柱抽梁。

喬　　玄　（內）哈哈哈……

（喬玄拉孫策、喬靚上）

喬　　玄　（唱）好一個小周郎才高智廣，

計上計猜破了老夫的智囊。

開門來！

（周瑜、喬婉同驚介，各戴假面介。周瑜開門介，喬玄等同進介）

喬　　玄
孫　　策　哈哈哈！

喬　　玄　你的好計，我也看破。他二人已換真容，你二人不要裝模作樣了。

周　　瑜　既已看破，我便不戴了。

（周瑜、喬婉各摘假面介）

喬　　靚　周瑜真真好計！

周　　瑜　岳父之計在先，小生之計在後，這叫做"計上加計"。

喬　　玄　小小年紀，便來弄計；他年用兵，那還了得！

周　　瑜　他年用計，若有不到之處，還請岳父指教。

喬　　玄　哎呀呀，你的計用到老夫的身上來了。我是怕了你了，啊哈哈哈……正是：

|喬靚喬婉|（念）今日纔見父母心，
（念）鳳凰臺上兩知音。
|---|---|
孫　策	（念）化家爲國男兒志，
周　瑜	（念）誰謂周郎不識人？
喬　玄	好一個"誰謂周郎不識人"！賢婿，女兒，來呀，哈哈哈……

（同下）

第 十 六 場

魯　肅　（內白）走啊！（上）

（唱）半世邀遊風塵外，
　　　知人何日會英才。

卑人，魯肅，東川人也。寓居曲阿。承父餘蔭，薄有家財。目睹時艱，思爲世用。前者舒城周瑜假途東歸，借貸糧草。縱談大業，志同道合。是他言道：有朝吳郡興隆，必來薦用於我。今已數載，杳無音信。昨日友好劉子揚約我同赴巢湖，往投鄭寶。微聞此人，庸才碌碌，不堪輔佐。因此躊躇未決。此郡有一活神仙，名喚于吉，能知過去未來之事、成敗利鈍之機。不免前去拜見，借問休咎便了。

（唱）芳草不出十步外，
　　　愧非明珠照乘來。（下）

第 十 七 場

于　吉　（內）哈哈哈……（上）

（唱）【吹腔】
　　　信神仙，唾神仙，
　　　神仙自有世外緣。
　　　嘆英雄好似曇花現，
　　　往日功業化灰烟。

（童兒暗上）

于　吉　貧道，于吉。寄居東方，往來吳會，普施符水，救人萬痛。可笑吳郡孫策，恃才傲物，不信黃老，衝撞於我，癲狂而死。可憐一世英雄，落此下場，天數難違，令人悲嘆。將有一場殺身大禍，應在貧道的身上，說也可憐！（嘆介）今日打坐，心血來潮，必有江東賢俊來問休咎。童兒！

童　兒　有。
于　吉　伺候了。
童　兒　是。
（魯肅上）
魯　肅　（唱）【吹腔】
　　　　　踏青山，過青山。
　　　　　青山深處白雲閑。
　　　　　入古寺花香曲徑遠，
　　　　　登堂禮拜叩神仙。
　　　　師傅在上，弟子魯肅叩問休咎！（于吉下座介）
于　吉　子敬請起，一旁坐下。
魯　肅　魯肅不敢！
于　吉　有話敘談，焉有不坐之理？
魯　肅　如此，謝師傅！
于　吉　子敬此來，可是問你的前程麼？
魯　肅　正是。
于　吉　你的前程，應在江東吳郡。
魯　肅　還請師傅詳示！
于　吉　這吳郡原歸嚴白虎執掌，自從孫策用玉璽借來雄兵，下曲阿，攻吳郡，收了太史慈，斬了嚴白虎，獨霸江東，威名大震，真乃一世之雄也！
魯　肅　如此說來，孫策是吳郡霸主了。
于　吉　可惜呀可惜！
魯　肅　惜者何來？
于　吉　可惜孫策恃才傲物，一世之雄，終歸幻影。
魯　肅　但不知孫伯符怎樣下場？
于　吉　我有乾坤寶鏡一面，能示過去未來之事。爾今一觀，便知明白。
魯　肅　多謝師傅！

于　吉　來，取我寶鏡來！
童　兒　是。（下）
于　吉　（唱）【二黃導板】
　　　　乾坤鏡示幻象一瞬萬變！
（童兒拿寶鏡上，于吉示魯肅觀鏡，【四擊頭】，放火彩介）
于　吉　（唱）【二黃搖板】
　　　　這就是孫家業半壁江山。
　　　　小霸王借雄兵玉璽質換，
（寶鏡內現孫策向袁術獻玉璽介，又現孫策向袁術借兵介，再現孫策領兵上，大旗寫"孫"字）
于　吉　啊子敬，這就是江東孫策，在舒城與周瑜雙雙招親之後，未及一年隨父孫堅，攻打劉表。不幸孫堅身死。孫策投奔袁術。是他胸懷大志，用家傳玉璽，向袁術借兵一支，攻打曲阿。自此之後，好似那龍游大海，鵬騰九霄，殺一陣，勝一陣，攻一郡，取一郡，你看這乾坤鏡中，風雲大作，正孫策得意之時。
（【三衝頭】。寶鏡內現曲阿、神亭嶺，"劉"字旗換"孫"字旗介）
（【三衝頭】。寶鏡內現孫策大戰嚴白虎介。"嚴"字旗換"孫"字旗介）
于　吉　哈哈哈……
　　　　（接唱）【二黃搖扳】
　　　　得曲阿下吳郡威震山川。
（寶鏡內現孫策加冠介，旗上寫"小霸王"字介）
于　吉　你看，這就是孫策得了曲阿，神亭嶺前收了太史慈，吳郡城內斬了嚴白虎，獨霸江東，真乃一世之雄也！
魯　肅　真乃一世之雄也！
于　吉　可惜呀可惜！
魯　肅　惜者何來？
于　吉　可惜他恃才傲物，氣數將盡，一番功業，只得付與孫權了！
（【三衝頭】。寶鏡內現孫策射獵介。許貢家客圍殺孫策，冷箭射中孫策介，孫策病介，口中之氣直衝于吉介，斬于吉介，于吉笑介）
魯　肅　那鏡中的道人，好似神仙模樣，他是何人？
于　吉　未來之事，不當泄露。念你忠厚，但講何妨。

魯　肅　師傅指示。
于　吉　那孫策自霸江東之後,威名大震,求爲司馬;曹操不許,因此結讎。偏偏有個多事的太守許貢,下書與曹,暗害孫策;又被孫策得其書信,因此殺了許貢。許貢家客爲貢報讎,用冷箭射中孫策,箭中有毒,靜養不耐,那一腔怨氣,轉在貧道的身上。貧道再三相避,他却步步相逼。貧道受命于天,孫策豈能殺我。幾日癲狂,可笑這威風一世的小霸王,就金瘡迸裂,昏倒身亡了。啊哈哈哈……
（【三衝頭】。寶鏡內現于吉迷孫策介,孫策死介,吳郡旗換"孫權"字介)
魯　肅　孫伯符下世之後,何人繼位江東?
于　吉　孫策死後,那碧眼紫髯的孫權繼位稱王了。
（唱)這纔是天數定難以挽救,
　　　　虹霓志變做了過眼雲烟。
　　　　天賜下福命主紫髯碧眼,
　　　　眼見得三吳業讓與孫權。
魯　肅　承師傅指示,這江東福主是孫權的了。
于　吉　孫策死後,孫權即位。那舒城周瑜,必來引薦於你,同保孫權。將來東吳大事,俱在你與周瑜的身上。切記此言,靜待好音。去吧!
（于吉下,童兒隨下)
魯　肅　唔呼呀,神仙指示於我,忽然不見,待我望空一拜!
（唱)神仙指點禍福鑒,
　　　　且待綸音列仕班。（下)

第 十 八 場

（四太監、大太監引孫權上)
孫　權　(念)【引】碧眼紫髯,承霸業,坐領江東。
（念)(詩)金戈鐵馬識英雄,
　　　　　志吞山河氣如虹。
　　　　　談笑三吳歸我掌,
　　　　　稱王圖霸謝天公。
孤,孫權。先父孫堅,先兄孫策,轉戰萬里,纔得三吳。可嘆我兄,恃才傲物，衝撞于吉，癲狂而死。孤承父兄遺業，坐領江東。幸得周瑜忠心扶保。昨日周瑜有書信到來，力薦東川名士魯肅。今日早朝。內侍，魯先生上殿！

大太監　千歲有旨：魯先生上殿。

魯　肅　（內）來也！（上）

（念）知機得仙示，輸誠拜英雄。

下士魯肅叩見千歲！

孫　權　先生少禮，一旁坐下。

魯　肅　謝坐！

孫　權　孤承父兄遺志，坐領江東，大業攻守，請先生見教。

魯　肅　千歲容稟！

（【江兒水】牌子。魯肅作身段介）

孫　權　先生之言，正合孤意。今後大業，全仗先生與公瑾之力也。

魯　肅　當報知遇之恩。

孫　權　後殿備酒，與先生暢敘。正是：

（念）喜得周瑜薦賢士，

魯　肅　（念）愧我芻蕘獻上人。

（同下）

轅門射戟

佚　名　撰

解　題

　　京劇。現代佚名撰。《京劇劇目初探》《京劇劇目辭典》著錄，均題《轅門射戟》，未署作者。劇目最早見於道光四年《慶昇平班戲目》。劇寫袁術命紀靈攻小沛，劉備求救於呂布，紀靈厚賄呂布，求其相助。呂布設宴請劉備、紀靈，願二家和解，紀靈不允。呂布請劉備、紀靈二人出帳外，命左右立畫戟轅門外，言稱："如能射中，請即罷兵；不中，聽憑所爲。"呂布果射戟心。紀靈無奈説其難於覆命，呂布乃修書致袁術，讓紀帶回勸其罷兵。劉備向呂布稱謝，張飛不滿。不料紀靈復轉討戰，爲呂布打敗。本事出於《三國演義》第十六回。《三國志·魏書·張邈傳》亦載呂布射戟講和事。版本今有《戲考》本、寶文堂本、《戲典》本、《民國版京劇劇本集》本。今以《戲考》本爲底本，參考其他本校勘整理。

第　一　場[1]

　　　　（吴蘭、雷同上，同起霸）
吴　蘭　（同念[2]）大將威風凛，
雷　同　　　　　騰騰殺氣高，
　　　　　　　　金盔齊眉掃，
　　　　　　　　身披血戰袍。
　　　　請了！元帥發兵在此伺候。
　　　　（四龍套上，紀靈上高臺點將）
紀　靈　（念）大將生來蓋世雄，
　　　　　　　十萬雄兵稱英雄。
　　　　　　　今日奪取小沛地，

滅去劉備方稱心。

本帥,紀靈。奉了我主之命,奪取小沛,滅却劉備。又想前面乃是徐州呂布鎮守,想那劉備與呂布,兩下交好,不能讓俺過去生擒劉備,我也曾送下一份厚禮與那呂布,教他休管我兩家閑事。二位將軍,人馬可齊?

吳　蘭	
雷　同	齊備多時。

紀　靈　起兵前往。

(【排子】。衆人同下)

校記

[1] 第一場:原本不分場,今從《民國版京劇劇本集》本分爲四場。
[2] 念:原無,今補。原本無念、唱的提示。今均據情補。不另出校。

第 二 場

(呂布領中軍上)

呂　布　(念)【引】轅門站立三千將,統領貔貅百萬郎。
　　　　(念)少小英雄世間奇,
　　　　　　手持畫杆方天戟。
　　　　　　跨下赤兔胭脂馬,
　　　　　　戰敗桃園三結義。
　　　某,姓呂名布字奉先,乃是西川鄔原郡人氏。是我佔據徐州,屯軍養馬。今日陞帳,面紅耳熱,必有軍情。來!伺候了。

(旗牌上)

旗　牌　(念)人行千里路,馬過萬重山。
　　　　來此已是,門上那位在?

中　軍　何人到此?

旗　牌　送禮人要見。

中　軍　候着。啓温侯:送禮人要見。

呂　布　傳!

中　軍　温侯傳!

旗　牌　參見溫侯。
呂　布　你奉何人所差？
旗　牌　奉紀將軍所差，現有禮單在此。
呂　布　呈上來，下面伺候。
　　　　（旗牌下）
呂　布　紀將軍送來一份厚禮，不知爲了何事？
　　　　（下書人上）
下書人　（念）奉了使君命，送書到此來。
　　　　門上那位在？
中　軍　何事？
下書人　下書人要見。
中　軍　候着。啓溫侯：下書人要見。
呂　布　傳。
中　軍　溫侯傳。
下書人　參見溫侯。
呂　布　你奉何人所差？
下書人　奉使君所差，有書信在此。
呂　布　呈上來，下面伺候。
　　　　（下書人下）
呂　布　劉使君有書到來，待我拆開一看。
　　　　（【排子】）
呂　布　哦吓！原來紀靈帶領十萬之衆，奪取小沛。那劉使君請我前去，拔刀相助，這便如何是好？哦，有了。待我修書兩封[1]，請他二人到此，與他兩家解圍。中軍，磨墨伺候[2]。
　　　　（唱）【西皮導板】
　　　　　　看過了筆墨紙二張，
　　　　（轉唱）【西皮原板】
　　　　　　手提羊毫寫幾行：
　　　　　　一非待客葡萄釀，
　　　　　　共同大事有商量。
　　　　　　二封請帖忙修上，
　　　　　　明日清晨候午光。

回去你對使君講：
叫他只管放心腸。
明日清晨早須往，
席前大事有商量。
三軍暫退蓮花帳，
明日席前做商量。

（同下）

校記

［1］待我修書兩封："待"，原作"代"，據《戲典》本改。
［2］磨墨伺候："磨"，原作"濃"，據《戲典》本改。

第 三 場

（劉備上，四龍套上）

劉 備　（念）鎮守小沛地，日夜不安寧。

（報子上）

報 子　（白）紀靈帶領人馬，奪取小沛。

劉 備　再探。

（報子下）

劉 備　來，有請二爺、三爺！

（套出白）（關羽、張飛上）

關 羽　（念）胸中志氣廣略韜，

張 飛　（念）大破黃巾美名標。

關 羽　（念）白馬祭天牛祭地，

張 飛　（念）弟兄勝似親同胞。

關 羽
張 飛　參見大哥！

劉 備　二弟少禮，兩廂請坐。

關 羽
張 飛　謝坐。傳小弟進帳，有何軍情議論？

劉 備　二弟、三弟有所不知，只因紀靈帶領人馬，奪取小沛。

張　飛　啊，三軍們，抬槍帶馬！
劉　備　且慢，你我去到城樓，看過明白，再作道理，帶馬。
　　　　（唱）【西皮搖板】
　　　　　　時纔探馬報一聲，
　　　　　　紀靈帶兵來困城。
　　　　　　你我帶馬敵樓進，
　　　　　　旌旗招展好驚人。
　　　　（上城，紀靈原人上，過場）
劉　備　（唱）重重叠叠兵和將，
張　飛　哇呀！
劉　備　（唱）叫聲三弟莫高聲。
　　　　　　下得城來把帳進，
　　　　　　想一妙計破賊兵。
　　　　二弟、三弟有何妙計？
張　飛　小弟倒有一計。
劉　備　有何妙計？
張　飛　你我弟兄三人開城，與那紀靈決一死戰。
劉　備　若是勝了？
張　飛　殺了紀靈，擒了袁術。
劉　備　倘若敗了？
張　飛　你我弟兄溜他娘呢。
劉　備　此計不好。
張　飛　大哥將小弟黑頭割下，挂在城樓。紀靈人馬一見，他就收兵回轉。
劉　備　此計不好。
張　飛　小弟無計了。
劉　備　伺候了。
　　　　（旗牌上）
旗　牌　呂溫侯有書信在此。
張　飛　拿過來！
　　　　（旗牌下）
劉　備　三弟手中拿的什麼？
張　飛　乃是呂布狗賊的信！

劉　備　拿來愚兄觀看！
張　飛　沒有什麼好看。
劉　備　愚兄要看！
張　飛　要看拿去看。
劉　備　溫侯有書信到來，待我拆開觀看。
　　　（【排子】）
關　羽　大哥，書信上面，寫的什麼言語？
劉　備　請我前去，與我兩家解圍。
關　羽　三弟可去？
張　飛　小弟不去。
關　羽　為何不去？
張　飛　呂布性子傲，小弟性子燥，有道是：雛人見面，不是吵，就是鬧，還是不去的穩當！
關　羽　那裏是不去，分明懼怕呂布！
張　飛　啊！我怕他？我怕他？大哥、二哥走！
劉　備　三弟吓！
　　　（唱）【西皮搖板】
　　　　　三弟作事休莽撞，
　　　　　大事總要來商量。
張　飛　大哥吓！
　　　（唱）【西皮搖板】
　　　　　要去何必多議論，
　　　　　老張出世不怕人。
　　　走！（張飛下）
劉　備　（唱）【西皮搖板】
　　　　　弟兄三人徐州闖，
　　　　　準備兩下動刀槍。
　　　（劉備、關羽同下）

第　四　場

（呂布領中軍上）

呂　布　（唱）【西皮原板】
　　　　　　　戰罷疆場在濮陽，
　　　　　　　諸侯見我也張惶[1]。
　　　　　　　丁公不仁被我斬，
　　　　　　　戟刺董卓爲貂蟬。
　　　　　　　虎牢關前打一戰，
　　　　　　　偶遇劉備與關張。
　　　　　　　三人扣住連環戰，
　　　　　　　掩殺兒郎讓雕鞍[2]。
　　　　　　　方天畫戟情不讓，
　　　　　　　張飛誤挑紫金冠。
　　　　　　　含羞帶愧收兵轉，
　　　　　　　誰人不知俺呂奉先。
　　　　　（呂布坐下。劉備、關羽同上）

劉　備
關　羽　（念）離了小沛地，

　　　　　（張飛上）

張　飛　（念）來此狗轅門！
劉　備　來此已是轅門，我心中有些害怕。
張　飛　大哥，有小弟在此，不要害怕。
劉　備　待我上前。
張　飛　大哥那裏去？
劉　備　上前投帖。
張　飛　投帖乃是小事，待小弟上前。
劉　備　你不會講話。
張　飛　我連話都不會講呢？呔，有人麼，滾出一個來！
中　軍　什麼人？
張　飛　呂布狗子，可曾陞帳？
中　軍　他陞帳不陞帳，與你什麼相干？
張　飛　你就説大伯伯、二伯伯、三老子來了！
中　軍　這是什麼話？
張　飛　你不通報，呸，照打！

| 劉 備 | 嚇,你不會講話。
| 張 飛 | 他不與我通報。
| 劉 備 | 你站遠些。煩勞通稟,桃園弟兄求見。
| 中 軍 | 少站一時。啓稟溫侯:桃園弟兄求見。
| 呂 布 | 有請!
| 中 軍 | 有請!

（吹打介）

| 劉 備 | 溫侯!
| 呂 布 | 使君!
| 關 羽 | 溫侯!
| 呂 布 | 君侯!

（張飛進）

| 呂 布 | 請坐。
| 劉 備 關 羽 | 有坐。
| 呂 布 | 吓,賢弟!
| 張 飛 | 呔!俺大哥乃中山靖王之後,孝景皇帝閣下玄孫,你敢叫他賢弟!
| 呂 布 | 這個……
| 劉 備 | 吓,溫侯溫侯。吓!三弟,溫侯叫我賢弟,與你什麼相干?
| 張 飛 | 我不許他叫。
| 劉 備 | 你不要講話。
| 張 飛 | 我就不講話。
| 劉 備 | 你與我坐下。
| 張 飛 | 我就坐下。
| 劉 備 | 吓,溫侯!
| 呂 布 | 不知使君駕到,未得遠迎,當面恕罪。
| 劉 備 | 少來問候,都督海涵。
| 呂 布 | 豈敢,二君侯可好?
| 關 羽 | 溫侯駕安。
| 劉 備 | 三弟!與溫侯見禮。
| 張 飛 | 俺老張不會見禮。
| 劉 備 | 吓,桃園呢?

張　飛	咳，俺老張不與呂布狗子見禮，俺大哥在一旁"桃園""桃園"呢！俺老張一生一世，就吃這"桃園"虧了。呂布狗子，請了！
呂　布	那個是狗子？
張　飛	你是狗子！
呂　布	你是狗子！
劉　備	吓，溫侯！吓，你怎麼叫他狗子？
張　飛	他本來就是狗子！
劉　備	我不許你講話！
張　飛	我就不講話！
劉　備	你與我坐下！
張　飛	我就坐下！
劉　備	溫侯！
張　飛	哎，咦咦咦！
劉　備	吓，溫侯！
呂　布	黑臉的可好？
張　飛	俺老張無病，怎麼不好？
呂　布	身為大將，事要正辦，酒要少飲。
張　飛	呔，俺老張不過一時酒醉，你不該奪我徐州！
呂　布	這個……
張　飛	那個？
劉　備	吓，溫侯！吓，事到如今，提起徐州則甚？
張　飛	這樣之人，我要頂他兩句！
劉　備	你不要講話！
張　飛	我就不講話！
劉　備	你與我坐下！
張　飛	我就坐下！
劉　備	吓，溫侯！
張　飛	我坐下，你請安！
劉　備	溫侯相邀我等，有何見諭？
呂　布	請使君到此，與你二家解圍。
劉　備	但不知怎樣的解法？
呂　布	等紀靈將軍到此，自有定奪。

（報子上）

報　子　紀將軍到！
呂　布　有請！
劉　備　告辭。
呂　布　不妨，有某擔待[3]。
　　　　（紀靈、龍套同上）
紀　靈　溫侯！
呂　布　將軍！
紀　靈
呂　布　請！
紀　靈　告辭。
呂　布　且慢，爲何去心太急？
紀　靈　營中有事。
呂　布　吓，營中有事，你就不該來，坐下了！
紀　靈　有坐。溫侯敢是欺某？
呂　布　非也，俺無霸王之勇，不過與你二家解圍，不必多疑，請坐。
紀　靈　但不知怎樣的解法？
呂　布　宴罷之後，再爲定奪。劉使君見過紀將軍。
劉　備　吓，紀將軍！
紀　靈　那個與你見禮！
呂　布　宴罷之後，自有道理。來，將宴擺下。
　　　　（唱）【西皮導板】
　　　　　　中軍帳內飲瓊漿，
張　飛　哇呀！
紀　靈　是那裏響雷？
龍　套　張將軍虎威。
紀　靈　嚇了我一跳！
張　飛　原來是草包！
呂　布　（唱）【西皮搖板】
　　　　　　只爲和好免爭強。
　　　　　　怒氣不息紀靈將，
　　　　　　那一旁悶壞了劉關張。

		回言便對將軍講：
		看某且免動刀槍。
紀　靈	（唱）【西皮搖板】	
		多蒙溫侯賜瓊漿，
		某家言未聽端詳；
		不看溫侯臉面上，
		霎時席前擺戰場。
劉　備	（唱）【西皮搖板】	
		走上前來忙告退，
		今日此宴難奉陪。
紀　靈	帳下聽者：有人不服者，要殺抬槍，要戰何懼！	
張　飛	吥，紀靈！想你帶領不過十萬之衆，可記得大破黃巾雄兵百萬，被俺槍挑鞭打！	
紀　靈	你敢上來？	
張　飛	你敢下來？	
呂　布	且慢，與你兩家解圍，誰叫你等爭鬥起來！	
紀　靈	不知怎樣的解法？	
呂　布	轅門之外，立一方天畫戟，本侯一箭箭射中心，你兩家收兵回轉。	
紀　靈	倘若不中？	
呂　布	但憑你二家所爲。	
紀　靈	告便。且住，溫侯言道，轅門之外，立一方天畫戟，箭射紅心，我兩家收兵回轉。	
劉　備 關　羽	但願得射得著。	
紀　靈	但憑溫侯。	
呂　布	有佔了！	
紀　靈	（唱）【西皮快板】	
		畫戟抬在轅門外，
		兩家人馬站兩旁。
		人來看過弓和箭，
劉　備	（接唱）【西皮快板】	
		漢劉備上前來祝告神威[4]；

　　　　　　但願得老天爺扶保劉備，

呂　　布　（唱）【西皮快板】
　　　　　　使君休要心發愁，
　　　　　　雙手搭上珠紅扣。
　　　　　照箭！（射介）哈哈哈！
　　　　　（唱）這一箭射去了兵有數千！
　　　　　（白）還有什麼話講？

紀　　靈　想我怎樣回覆我主？

呂　　布　待我修下書信，回覆你主。

紀　　靈　但憑溫侯。

呂　　布　濃墨伺候。
　　　　　（唱）【西皮快板】
　　　　　　上寫拜上多拜上，
　　　　　　拜上袁王看端詳：
　　　　　　劉備看在我面上，
　　　　　　免得兩下動刀槍。
　　　　　　一封書信忙修上，
　　　　　　煩勞將軍奏你王。

紀　　靈　（唱）【西皮快板】
　　　　　　紀靈接書面帶愧，
　　　　　　背轉身來把胸搥。
　　　　　　上前施個分別禮，
　　　　　　奉命奪沛空走一回。
　　　　　（紀靈原人同下）

呂　　布　（唱）【西皮快板】
　　　　　　這一箭射却了百萬雄隊，

劉　　備　（唱）【西皮快板】
　　　　　　呂溫侯可算得將中之魁！

呂　　布　使君，後來若有得地之日，切不可忘却了轅門射戟的情由！

劉　　備　溫侯，後來忘了轅門射戟情由，這天……

張　　飛　大哥！天色不早了，你我弟兄回去了！
　　　　　（報子上）

報　子	紀靈討戰。
呂　布	再探！
關　羽 張　飛	待俺弟兄出馬！
呂　布	且慢，請在後面。
	（劉備、關羽、張飛同下）
呂　布	衆將官，抬槍帶馬！
	（紀靈上，會陣）
呂　布	紀將軍爲何去而復轉？
紀　靈	奉了我主之命，滅爾的徐州！
呂　布	一派胡言！
	（紀靈、呂布會陣，開打。紀靈敗下）
呂　布	哈哈哈！收兵！
	（同下）

校記

［1］諸侯見人也張惶："張惶"，原作"也忙"，據《戲典》本改。

［2］掩殺兒郎讓雕鞍："雕"，原作"刁"，據文意改。

［3］有某擔待："擔待"，原作"擔任"；《戲典》本作"擔代"，均非。據文意改。

［4］漢劉備上前來祝告神威："漢"，《戲曲》本作"俺"。

奪 小 沛

佚 名 撰

解 題

　　京劇。現代佚名撰。《京劇劇目辭典》著錄，題《奪小沛》，未署作者。劇寫劉備屯兵小沛，袁術派部將紀靈率雷薄、陳蘭攻奪小沛。袁術擔心呂布出兵援助劉備，於是派人給呂布送去糧米。當時劉備勢力尚弱，曾寫信給呂布，若袁術派兵攻打小沛，請予支援。呂布深怕袁術得勢，威脅到徐州，乃設宴邀請劉備、紀靈和解。紀靈見劉備先至，立即告辭。呂布強讓其坐。紀靈心不寧，劉備坐不安。張飛欲與紀靈交戰。呂布見狀，命左右將畫戟立於轅門之外，言明如能一箭射中畫戟，兩家各自擺兵。如不中，雙方安排廝殺。有不從者，呂布併力攻之。紀靈料難射中，故許之。呂布一箭果中畫戟，紀靈懾于呂布威勢，並有呂布致袁術的書信，勉強答應和解。回營後，紀靈恐難於向袁術覆命，又帶領人馬復來挑戰，呂布出馬，責紀靈言而無信，並將紀靈打敗。本事見《三國演義》第十六回。《三國志·魏書·張邈傳》載有呂布射戟講和事。清宮大戲嘉慶本《鼎峙春秋》有《賄糧至沛》與《轅門射戟》二齣與此劇大體相同。但乾隆本《鼎峙春秋》却無此段戲文。版本今有《京劇彙編》收錄的趙桐珊藏本及據此本重刊的《京劇傳統劇本彙編》本。今以《京劇彙編》趙桐珊藏本為底本整理。按：該本與《轅門射戟》題材、情節相同，人物、曲白不同，故將其收錄。

第 一 場

　　　　（雷薄、陳蘭同上，起霸）

雷　薄　（念）靜聽邊關報，

陳　蘭　（念）三軍緊戰袍。

雷　薄	（念）大將跨戰馬，
陳　蘭	（念）威名鎮九霄。
雷　薄	俺，雷薄。
陳　蘭	陳蘭。
雷　薄	請了！
陳　蘭	請了！
雷　薄	元帥點兵，兩廂伺候！

（四文堂、紀靈上）

紀　靈　（唱）【點絳唇】

　　　　將士英雄，軍威壓衆，兵將勇，戰馬如龍，令出山搖動。

雷　薄 陳　蘭	參見元帥！
紀　靈	二位將軍少禮。
雷　薄 陳　蘭	啊。

紀　靈　（念）（詩）將在謀略兵在操，

　　　　　　　　暴虎憑河皆難逃。

　　　　　　　　奉命攻打小沛地，

　　　　　　　　再擒呂布立功勞。

　　　　某大將紀靈。奉了袁主之命，先擒桃園弟兄，後滅呂布小兒，以圖大業，今乃黃道吉日。雷、陳二位將軍，人馬可曾齊備？

雷　薄 陳　蘭	俱已齊備。
紀　靈	就此兵發小沛去者！
雷　薄 陳　蘭	兵發小沛去者！

（衆人同下）

第　二　場

（四文堂引呂布上）

呂　布　（念）【引】英雄併立，嘆將士，難卸征衣。

　　　　（念）（詩）憶昔當年保丁原，

後滅董卓已除奸。
堪笑各處狼烟起，
誰不尊重呂奉先。

某呂布。幼習兵馬，頗知戰法，雖無黃公三略，也知呂望六韜。天下英雄，聞名喪膽。前者奪了徐州，袁術聞知，星夜差人來至吾營，許送糧米五萬，戰馬百匹，金銀一萬兩，彩緞千匹，使我夾攻劉備。誰想失信於我，俺欲領兵征伐，被陳宮諫阻。我念劉備乃義氣英雄，請他弟兄屯兵小沛去了。前次有書到來，恐袁術攻打小沛，求我救應。至今未見動靜，爲此每日操兵演將，以防對敵。來，侍候了！

（旗牌上）

旗　牌　（念）忙將軍務事，報與元帥知。
啓溫侯：今有袁術命紀靈謀奪小沛，又命韓將軍送來米糧二十萬。

呂　布　請韓將軍迎賓館待茶，我就去奉陪。

旗　牌　是。

（旗牌下）

呂　布　且住！前許我金銀、糧米、彩緞、馬匹，直到如今，未見一物。今日紀靈奪取小沛，恐我幫助劉備，因此送來米糧二十萬，使我不救玄德。唔，吾想桃園弟兄屯兵小沛，未必能爲吾害；若袁術併了玄德，則北連泰山諸將以圖吾，我不能安枕矣。也罷！我不免修書二封，請他二家到來，我在內中解圍。來，溶墨伺候！

（唱）【西皮導板】
威風凛凛站虎帳，
上下將士似虎狼。
撩袍端帶公座上，
手提羊毫寫幾行。
亦非是待客葡萄釀，
軍國大事有商量。
二封書信忙修上，

（旗牌暗上）

明日定要賞我光。
來！

旗　牌　有。

呂　布		將書分送。
旗　牌		是。

（旗牌下）

呂　布　（唱）戰敗疆場在濮陽，
　　　　　　　衆諸侯見我心也慌。
　　　　　　　丁原不仁劍下喪，
　　　　　　　槍挑董卓一命亡。
　　　　　　　虎牢關前打一仗，
　　　　　　　大戰桃園劉關張。
　　　　　　　三人合打連環仗，
　　　　　　　只殺得兒郎喪疆場。
　　　　　　　方天畫戟手中掌，
　　　　　　　張飛把俺金冠傷；
　　　　　　　氣得某家收兵將，
　　　　　　　含羞帶愧臉無光。
　　　　　　　三軍與我忙退帳，
　　　　　　　明日兩軍免爭强。

（衆人同下）

第　三　場

（四青袍引劉備上）

劉　備　（念）【引】小沛小城，爲縣令，感戴皇恩。
　　　　（念）（詩）桃園聚義結金蘭，
　　　　　　　　　弟兄恩義重如山。
　　　　　　　　　從軍剿滅黃巾黨，
　　　　　　　　　丹心輔保漢江山。

　　　　俺，劉備，樓桑人也。自破黃巾，屢建奇功。今身爲縣職，鎮守小沛。前者三弟酒醉，被呂布奪了徐州縣城，又蒙歸還。今坐二堂，心神不定，不知爲了何事？

　　　　來，伺候了。

（報子上）

報　子　啓爺，紀靈來奪小沛。
劉　備　知道了。
報　子　啊。
　　　　（報子下）
劉　備　且住！紀靈發兵前來奪取小沛。來，請二爺、三爺進帳。
四青袍　請二爺、三爺送帳。
　　　　（關羽、張飛上）
關　羽　（念）英雄義氣薄雲天，
張　飛　（念）結拜金蘭非等閒。
關　羽　（念）白馬祭天牛祭地，
張　飛　（念）凌烟閣上美名傳。
關　羽
張　飛　參見大哥！
劉　備　賢弟少禮。請坐。
關　羽
張　飛　謝坐。傳小弟出來，有何軍情？
劉　備　方纔探馬報道：紀靈帶兵前來，奪取小沛。
關　羽
張　飛　啊！紀靈要戰？
劉　備　正是。
張　飛　來，抬槍帶馬！
劉　備　哪裏去？
張　飛　咱兄弟一同出城，殺退紀靈這廝。
關　羽　且慢！大哥自有主見。
劉　備　二位賢弟隨我上城，觀看陣勢，也好禦敵。
關　羽
張　飛　帶馬伺候。
劉　備　（唱）小沛小城未坐穩，
　　　　　　　無知袁術又逞能，
　　　　　　　卷旗息鼓觀營陣，
　　　　（上城介）
劉　備　哎呀！
　　　　（唱）殺氣衝天亂紛紛。

　　　　　戰鼓響聲如雷震，
　　　（紀靈帶兵上，排一字。）
張　飛　哇呀！哇呀！哇呀呀！
劉　備　（唱）將似虎狼馬如龍。
　　　　　若去交鋒難得勝，
　　　（下城介）
　　　　　頃刻要失小沛城。
　　　二位賢弟，紀靈兵多將廣，如何抵敵？
張　飛　咱弟兄出城殺他一陣，怕他何來！
劉　備　若是勝了？
張　飛　若是勝了，殺退紀靈，生擒袁術。
劉　備　若是敗了，
張　飛　若是敗了，咱弟兄走他娘的。
劉　備　使不得。
張　飛　咱還有個絕妙的計。
劉　備　越妙越好。
張　飛　將俺老張的首級割下，高高的挂在城樓。紀靈一見駭怕，哪怕他不收兵回去。
劉　備　你的計不是走就是死。
張　飛　不走不死，俺老張就無計了。
　　　（旗牌上）
旗　牌　門上有人麼？
青　袍　什麼人？
旗　牌　徐州溫侯下書人求見。
青　袍　候着。徐州溫侯下書人求見。
劉　備　傳他進來。
青　袍　下書人進來。
旗　牌　參見使君。溫侯有書呈上。
劉　備　呈上來。
張　飛　拿過來！不要看。
劉　備　這做什麼？
張　飛　那呂布狗子的書信，還有什麼好意。不要看！

關　羽　看了好作準備。
張　飛　要看你們拿去看。
劉　備　待我拆開一觀。【牌子】你回去拜上溫侯,就說桃園弟兄隨後就到。
旗　牌　是。(旗牌下)
關　羽　書信上面寫的什麼言詞?
劉　備　呂布見紀靈奪我城池,修書前來,教吾弟兄過營飲宴,與我二家解圍。二弟可去?
關　羽　相隨大哥。三弟可去?
張　飛　要去你們去,咱不去。
劉　備
關　羽　你怎麼不去?
張　飛　那呂布前者奪俺的徐州,讎人見面,就起兇心。要去你們去,咱還是不去。
關　羽　三弟不去,敢是懼怕那呂布?
張　飛　啊!走走走!我怕他?我怕他?
關　羽　還要安排二位皇嫂。
劉　備　我自有道理。吩咐五百兵丁,保護城池。餘下兵將聽我吩咐!
　　　　(唱)攻城掠地動刀兵,
　　　　　　袁術平日喜戰爭;
　　　　　　呂布書來解愁悶,
　　　　　　弟兄親自到轅門。
　　　　　　大小將士隨營陣,
　　　　　　五百兵丁緊守城。
　　　　　　三弟休把呂布恨,
　　　　　　怕的玉石盡皆焚。
關　羽　(唱)刀槍劍戟要齊整,
　　　　　　鎧甲鮮明五色分。
　　　　　　此去好比鴻門宴,
　　　　　　某樊噲保定劉使君。
　　　　　　大哥且將心放定,
　　　　　　管保大哥平安無事轉沛城。
張　飛　(唱)紀靈小兒何足論,

　　　　　非是小弟自逞能。
　　　　　百萬的黃巾已平靖，
　　　　　大小戰場數百征；
　　　　　那紀靈縱然有本領，
　　　　　有道是一人拼命萬夫難存。
　　　　　張翼德生來太烈性，
　　　　　全仗着烏騅馬、丈八蛇矛槍一根。
　　　　　小呂布他與我舊有恨，
　　　　　他不該前日裏趁我酒醉，
　　　　　帶領人馬暗奪徐州城。
　　　　　要去何須多議論，
　　　　　老張一世不怕人。
　　（同下）

第 四 場

（四文堂、一中軍、呂布上）

呂　布　（唱）【點絳唇】
　　　　　虎踞徐州，英雄爭鬥，軍威有，敵將難留，令出鬼神愁。
　　（念）（詩）頂天立地一英雄，
　　　　　　統轄將士掌兵戎。
　　　　　　徐州不怕烟塵起，
　　　　　　畫戟駿馬奪戰功。

　　某姓呂名布，字奉先。威鎮徐州，勢壓天下。只因袁術命紀靈統領兵將，攻取小沛。我想桃園弟兄若失此城，並無容身之地；爲此修書二封，請紀靈、玄德到來，我在內中解圍，兩下罷息干戈。書信催請，怎不見到來，只得陞帳等候。正是：
　　（念）但得兩家干戈息，免得將士血染衣。
　　（劉備、關羽、張飛上）

劉　備　（念）爲求狼烟靖，
關　羽
張　飛　（念）來此讎敵門。

劉　備　來此已是溫侯轅門,倒有些威風殺氣,好不驚怕人也。
張　飛　嗜!大哥,咱弟兄威名,誰人不曉。來此狗子轅門,有什麼驚怕?
劉　備　不要放肆。待我前去投帖。
張　飛　待弟上前說一聲便了。
劉　備　你不會說話。
張　飛　咱連話都不會講?
劉　備　好話多說。
張　飛　我知道。呔!裏面有人麼?滾出一個來!
中　軍　呔!做什麼的?
張　飛　呂布狗子可曾陞帳?
中　軍　陞帳便怎麼樣?
張　飛　你就說大伯伯、二伯伯、三老爺來了。教那呂布狗子出來迎接!
中　軍　這樣說話,不與你通報。
張　飛　我打你這狗子!
劉　備　你不會講話,退後些。啊,溫侯可曾陞帳?
中　軍　現已陞帳。
劉　備　煩勞通禀:桃園弟兄求見。
中　軍　暫且等候。啓溫侯:桃園弟兄求見。
呂　布　有請。
中　軍　有請。
劉　備　啊,溫侯!
呂　布　不知賢弟……
張　飛　呔!呂布,俺大哥乃中山靖王之後,漢景帝玄孫,當今天子之皇叔。你敢叫他賢弟?
呂　布　這個……
劉　備　嗜!他叫我賢弟,與你什麼相干?
張　飛　不許他叫!
劉　備　不要你管。
張　飛　我就不管。
劉　備　你坐下。
張　飛　我坐下。
劉　備　溫侯!

呂　布	未曾遠迎，面前恕罪。
劉　備	豈敢。
呂　布	二將軍可好？
關　羽	某家有何德能，敢勞動問？
呂　布	豈敢。
劉　備	三弟可曾與溫侯見禮？
張　飛	俺爲何與他見禮？
劉　備	哎呀，桃園哪！
張　飛	嘻！咱不與呂布狗子見禮，大哥在一旁"桃園"哪"桃園"，想俺老張這一生一世，就吃了這桃園的虧了。也罷！看在大哥面上，與他見個禮。呔！呂布狗子請了！
呂　布	啊！
劉　備	你怎麼叫他狗子？
張　飛	他本是個狗子。
劉　備	我不許你開口。
張　飛	我就不開口。
劉　備	你與我坐下。
張　飛	我就坐下。
劉　備	溫侯，這廂陪禮了。
呂　布	請起。黑臉的可好？
張　飛	咱又没病怎的不好？
呂　布	從今後酒要少吃，事要正辦。
張　飛	呔！呂布哇！咱不過一時酒醉，你爲何奪俺的徐州？
呂　布	這……
劉　備	你怎麼今日提起徐州之事來？
張　飛	這樣人倒要頂他兩句。
劉　備	我不許你説話。
張　飛	我就不説話。
劉　備	你坐下。
張　飛	我坐。你請安。
劉　備	啊！溫侯，這廂有禮。
呂　布	久聞桃園弟兄義氣待人，奈我未列其間。

張　飛　咱不要你這樣。
劉　備　承蒙諭詔,何以教我?
呂　布　且待紀靈到來,自然明白。
　　　　(內)紀靈到!
劉　備　告退。
呂　布　且慢!我實請你二家同來會議,毋得生疑。
劉　備　多謝溫侯!
呂　布　有請。
中　軍　有請。
　　　　(紀靈上。陳蘭、雷薄暗上)
紀　靈　啊,溫侯……帶馬!
呂　布　哪裏去!
紀　靈　營中有事。
呂　布　少坐何妨!
紀　靈　軍務緊急,不敢久停。來,帶馬!
呂　布　帶下去!請坐。
紀　靈　溫侯莫非殺俺紀靈麽?
呂　布　非也。
紀　靈　莫非殺大耳乎?
呂　布　亦非也。
紀　靈　却是爲何?
呂　布　俺與玄德有弟兄之親,今爲將軍所困,故爾相求。
紀　靈　若如此,便殺紀靈。
呂　布　無有此理。俺生平不好鬥,惟好解圍而已。
紀　靈　不知溫侯怎樣解法?
呂　布　將軍不要性急,布自有解法。
紀　靈　且聽溫侯令下。
呂　布　使君與紀將軍見禮。
劉　備　啊,紀將軍請了。
紀　靈　呔!誰與你見禮!
張　飛　這……
陳　蘭　嘸!

中　軍	宴齊。	
呂　布	看酒來！待我把盞。	
紀　靈	告辭。	
呂　布	略飲幾杯。	
紀　靈	不敢叨擾。	
呂　布	坐下了！看酒。	

呂　布　（唱）在席前傳一令各歸營隊！
　　　　（起鼓介）

張　飛　哇呀……
陳　蘭　（笑介）哪裏打雷？
雷　薄　張飛吼聲。
陳　蘭　我好怕。
張　飛　嗻！原來是他。好個草包。
呂　布　（唱）張翼德喊一聲猶如沉雷！
　　　　　　紀將軍量寬宏沉吟一醉，
　　　　　　玄德弟勸將軍多飲幾杯。
紀　靈　（唱）俺奉命領人馬攻打小沛，
　　　　　　呂奉先與劉備結成一堆。
　　　　　　回營去調人馬臨陣對壘，
　　　　　　我要把大耳賊魂命來追。
劉　備　呀！
　　　　（唱）似馬行夾道內難以追悔，
　　　　　　紀靈賊不殺我却還有誰？
　　　　　　他兵多我將少難以敵對，
　　　　　　哎呀！溫侯啊！
　　　　　　漢劉備實不能在此奉陪。
呂　布　（唱）你本是大義人後主大貴，
　　　　　　放寬心在此間略展愁眉。
紀　靈　不知怎樣解法？
呂　布　你二家看我面上，俱各罷兵。
紀　靈　溫侯差矣！俺奉主之命，提兵十萬，捉拿劉備。難以從命。
張　飛　呔！紀靈！想我桃園弟兄，曾破黃巾雄兵百萬，聞名喪膽。你縱有

		十萬之眾,怎擋俺老張這槍挑……這鞭打……你敢來捉我大哥?
紀	靈	誰來懼你!
呂	布	紀、劉二家且住。我請你二家到來,與你兩家解圍。誰教你們厮殺來了?
劉紀	備靈	且候令下!
呂	布	左右,抬戟上來!
中	軍	是。
呂	布	將戟插在轅門外,離中軍帳一百五十步。
劉紀	備靈	要戟何用?
呂	布	我若一箭射中畫戟,你們兩家罷兵。如射不中,你們各自回營,安排厮殺。有不從我言者,併力拒之。
紀	靈	告便。(背白)哎呀且慢。戟在轅門一百五十步之外,焉能射得中?暫且應允。溫侯,如若射不中,那就憑我厮殺?
呂	布	那個自然。
劉張	備飛	只怕射不中。
陳	蘭	但願射的中。
張	飛	草包少說話。
紀	靈	就請溫侯射戟!
呂	布	有僭了!

　　(唱)呂奉先施一禮二家恕罪,
　　　　憑天理俺與你二家解圍。
　　　　白銀鎧似雪飛玲瓏玉珮,
　　　　罩髮冠雙鳳尾胸上飄垂。
　　　　今不是十八國臨潼赴會,
　　　　俺不是伍子胥獨占首魁。
　　　　養由基箭穿楊驚神服鬼,
　　　　漢李廣使神箭耀目光輝。
　　　　俺射戟但願你二家和美,
　　　　射不中再厮殺天意相隨。

　　　　　　衆將官休亂隊各歸營位！
劉　備　（唱）暗祝告過往神忍淚含悲。
　　　　　　老天爺相助我漢室劉備！
　　　　（呂布射中戟介）
紀　靈　（唱）這一番心血力今被風吹。
呂　布　（唱）即吩咐馬步兵各自散隊，
　　　　　　息戰鼓掩旌旗獨自回歸。
　　　　　　斟一杯餞行酒屈膝下跪，
紀　靈　不敢。
呂　布　（唱）看在我呂布面饒恕這回。
紀　靈　（唱）回營去見吾主何言答對？
呂　布　（唱）我與你書一封何須愁眉？
紀　靈　但憑溫侯。
呂　布　看文房四寶伺候！
　　　　（唱）秉忠心全大義不把主背，
　　　　　　罷干戈他却是難把兵催。
　　　　　　見你主你還要好言相對，
　　　　　　有大事紀將軍俱向我推。
紀　靈　告辭了！
　　　　（唱）出營門不由我鋼牙咬碎，
　　　　馬來！
　　　　　　再領兵將小沛馬踏成灰。
　　　　（紀靈原人同下）
劉　備　（唱）細思量今退兵面帶慚愧，
呂　布　（唱）俺一箭十萬衆卷甲而歸。
關　羽　（唱）退雄師全不用交鋒對壘，
張　飛　（唱）到底是紀靈賊懼怕翼德。
劉　備　多謝溫侯解圍之恩。
呂　布　此乃天意，布何敢領謝。但是將軍千萬不要忘了射戟之恩。
劉　備　我若忘了射戟之恩，對天誓表。
呂　布　但憑使君。
劉　備　老天在上，劉備若忘溫侯射戟之恩，我就……

張　飛　就福大量大，後來定坐天下。皇帝起來，不要盟誓。

劉　備　溫侯聽了：老天在上，劉備若忘溫侯射戟之恩，我就天知地知。

呂　布　請起。久聞桃園弟兄大義。今日一見，果然名不虛傳。後帳擺宴，同飲幾杯，再回小沛便了。

劉　備　多謝溫侯。

（報子上）

報　子　紀靈討戰！（報子下）

張　飛　待俺老張出馬。

呂　布　些小之事，後帳歇息。

（劉備、關羽、張飛同下）

呂　布　衆將官！抬槍帶馬！

（四龍套、雷薄、陳蘭、紀靈上）

呂　布　紀靈爲何又來討戰？

紀　靈　受我主厚禮，爲何反助劉備？

呂　布　休得胡言，放馬過來！

（打。紀靈敗下）

呂　布　收兵！

（同下）

袁吕結親

佚 名 撰

解 題

　　京劇。現代佚名撰。《京劇劇目辭典》著錄，題《袁吕結親》，未署作者。劇寫吕布轅門射戟以後，紀靈將吕布書信呈袁術。術讀信，問計韓胤。韓胤獻計，讓術子向布女求婚，以離間吕布、劉備，而後逐個破之。吕布允婚。陳宮識破陰謀，告布。布悟，殺韓胤。宋憲、魏續從遼東販馬數十匹，欲獻吕布，途中被張飛奪取。吕布聞報，大怒，領兵攻小沛。劉備、關羽求布罷兵，吕布不允。張飛怒罵吕布。劉、關、張出城與吕布交戰而敗。本事出於《三國演義》第十六回。《三國志》之《魏書·張邈傳》與《蜀書·先主傳》裴松之注引《英雄記》載有其事。版本今有北京市戲曲研究所藏本（未見）、上海市《傳統劇目彙編》京劇四集吴春霖藏本。今以吴春霖藏本爲底本校勘整理。

第 一 場

　　（【大開門】。四龍套、袁術上）

袁　術　（唱）【點絳唇】

　　　　霸佔一方，自立爲王。興兵將，剿滅他邦，孤把江山闖！

　　（念）（詩）堂堂男兒世間無，

　　　　　　霸佔淮南立帝都。

　　　　　　登基全憑玉璽印，

　　　　　　掃盡烟塵半國無。

　　孤，姓袁名術字公路。自從得了小霸王玉璽，孤在淮南立帝。年年狼烟不息，孤也曾命紀靈到小沛掃滅桃園弟兄，至今未回，伺候了。

　　（韓胤上）[1]

韓　　胤　（念）袖內乾坤大，壺中日月長。
　　　　　臣韓胤參見主公。
袁　　術　韓大夫請坐。
韓　　胤　謝坐。
袁　　術　進帳則甚？
韓　　胤　紀將軍回朝來了。
袁　　術　宣他上殿。
韓　　胤　大王有旨，紀將軍上殿。
紀　　靈　（內）領旨。（上）
　　　　　（念）轅門射戟事，報與主公知。
　　　　　紀靈見駕，大王千歲！
袁　　術　平身。
紀　　靈　千千歲！
袁　　術　賜坐。
紀　　靈　謝坐。
袁　　術　去往徐州一事怎麼樣？
紀　　靈　呂布有書信在此，主公請看。
袁　　術　呈上來。（牌子）原來是呂布轅門射戟，與我二家解圍。紀將軍，後帳歇息。
　　　　　（紀靈下）
袁　　術　韓大夫，孤王要滅呂布，有桃園幫助；要滅桃園，有呂布護助。一時難以下手，大夫計將安在？
韓　　胤　小某倒有一計。聞聽呂布生有一女，可說配與我國殿下爲妻。袁、呂結親後，先滅桃園，後滅呂布，何愁大事不成？
袁　　術　此計甚好。備定花紅彩禮，就命大夫前去提親。正是：
　　　　　（念）計就月中擒玉兔，
韓　　胤　（念）謀成日裏捉金烏。
　　　　　（同下）

校記

［1］韓胤上："韓胤"，原作"韓印"，據《三國志・魏書・張邈傳》改。下同。

第 二 場

(中軍上)

中　軍　(念)站立營門外,單聽將令行。
　　　　(韓胤上)

韓　胤　(念)黃公三略安天下,呂望六韜定邦家。
　　　　來此已是,門上哪位在?

中　軍　哪裏來的?

韓　胤　煩勞通稟,袁術王帳下韓胤求見。

中　軍　韓大夫館驛少坐。

韓　胤　是。正是:
　　　　(念)胸中無有安邦論,焉能出力與皇家?
　　　　嗯呸!(下)

中　軍　陞帳!
　　　　(【大開門】。四龍套、呂布上)

呂　布　(唱)【點絳唇】
　　　　威風抖擻,鎮守徐州。霸諸侯,名揚九州,江山歸我手!
　　　　(念)(詩)蓋世英雄志量高,
　　　　　　　虎牢關前逞英豪。
　　　　　　　赤兔戰馬行天下,
　　　　　　　畫戟一舉萬將逃!
　　　　某,姓呂名布,字奉先。霸佔徐州一帶等地。只因前日與袁、劉二家解圍,那紀靈回去,但不知那袁術王心下如何?中軍,何事稟報?

中　軍　今有袁術王駕前韓大夫求見。

呂　布　有請。

中　軍　有請韓大夫。
　　　　(吹打,韓胤上)

韓　胤　溫侯。

呂　布　韓大夫,請哪,哈哈哈……不知大夫駕到,未能遠迎,當面恕罪。

韓　胤　豈敢。少問溫侯金安,望乞海涵。

呂　布　豈敢。大夫到此,爲了何事?

韓　胤	前日在徐州，多蒙溫侯與我二家解圍。我家主公，命小某前來，面謝溫侯。
呂　布	區區小事，何必挂念。大夫可有別事？
韓　胤	我主公聞聽溫侯生有一女，願請許配我國殿下爲婚。命小某前來提親，不知溫侯你可應允？
呂　布	這……
韓　胤	溫侯你想，我主公兵精糧足，溫侯蓋世英雄。袁、呂結親，何愁天下大事不成？
呂　布	大夫請到館驛用茶，容我商議。
韓　胤	遵命。（下）
呂　布	轉堂！（龍套下。院子上）
呂　布	請夫人出堂。
院　子	有請夫人。（丫鬟、陶氏上[1]）
陶　氏	（念）春前有雨花開早，秋後無霜葉落遲。 參見溫侯。
呂　布	夫人少禮，請坐。
陶　氏	謝坐。溫侯，將妾身叫出，有何吩咐？
呂　布	現今袁術王，命韓胤前來提親，將玉蓮公主許配袁術殿下爲妻，夫人意下如何？
陶　氏	家有千口，主是一人。溫侯做主就是。
呂　布	將姣兒叫出，勸説一番，再作道理。
陶　氏	丫鬟，有請公主出堂。（丫鬟、玉蓮上）
玉　蓮	（念）路過葡萄架，荷花滿池塘。 參見爹娘。
呂　布 陶　氏	我兒罷了，一旁坐下。
玉　蓮	兒謝坐。將兒喚出，有何訓教？
呂　布	我兒有所不知。有意將兒的終身大事，許配袁術王殿下。我兒心下如何？（玉蓮羞）兒啦，聽爲父教訓一番。 （唱）【二六】 　　未曾開言臉帶笑， 　　叫一聲玉蓮聽根苗，

　　　　　　我的兒生來性氣傲，
　　　　　　嬌生慣養女多姣。
　　　　　　此番袁呂結親好，
　　　　　　萬般事兒忍耐高。
　　　　　　爲父今日將兒訓教，
　　　　　　牢牢切切記心梢。
陶　氏　（唱）未曾開言珠淚掉，
　　　　　　點點珠淚灑胸梢。
　　　　　　開言便把女兒叫，
　　　　　　爲娘言來聽根苗。
　　　　　　三從四德要行孝，
　　　　　　莫落罵名千古標。
　　　　　　到後來你丈夫登大寶，
　　　　　　你就是正宮掌龍朝。
玉　蓮　（唱）【搖板】
　　　　　　走上前來忙跪倒，
　　　　　　尊聲爹娘聽根苗。
　　　　　　多蒙二老來訓教，
　　　　　　點點不忘半分毫。
呂　布　（唱）【搖板】
　　　　　　今天玉蓮喜日到，
陶　氏　溫侯！
　　　　（接唱）快請月老飲通宵。
呂　布　（唱）夫人將玉蓮梳妝好，
陶　氏　溫侯！
　　　　（接唱）這點小事妻代勞。
　　　　（陶氏、玉蓮、丫鬟同下）
呂　布　有請韓大夫。
　　　　（韓胤上）
韓　胤　溫侯可曾商議好了？
呂　布　就在今天送親上門！準備花轎伺候，後帳飲酒。（同下）

校記

[1] 陶氏上："陶氏"，《三國演義》與京劇《白門樓》，均作"嚴氏"。

第 三 場

（門子扶陳宮上）

陳　宮　（唱）【二黃原板】
　　　　　自那日回府來身得病恙，
　　　　　思想起國家事好不淒涼。
　　　　　呂溫侯生得來情性傲強，
　　　　　不聽調不聽宣獨霸一方。
　　　　　每日裏進忠言全不思想，
　　　　　不聽諫不聽勸自作主張。
　　　　　叫門子扶老夫病床來上，
　　　　　我死後這徐州付與汪洋。

（院子上）

院　子　參見家爺，大街之上，家家戶戶，挂燈結彩。

陳　宮　我徐州有什麼喜事不成？

院　子　聞聽人言，袁、呂二家結親。

陳　宮　袁、呂結親麼？你知道何人爲媒？

院　子　袁術王帳下有一謀士韓胤爲媒。

陳　宮　敢是那韓胤！此人詭計多謀，他見呂布與劉備交好，一時難以下手。故而袁、呂結親，先滅桃園，後滅溫侯。我豈能坐視不理？家院，拿孝服過來，看衣更換。

（院子應，換衣）退下了！

（唱）【西皮搖板】
　　　　　聽罷言來心頭惱！
　　　　　太陽頭上似火燒。
　　　　　韓胤慣用詭計巧，
　　　　　要害溫侯在今朝。
　　　　　頭上換了麻布帽，

　　　　　　身上換了白孝袍。
　　　　　　手拿喪棒陽關到，
　　　　　　中途路上阻轎回朝。
　　　（吹打，花轎上。龍套、呂布同上）
呂　布　前道爲何不行？
龍　套　大夫當道。
呂　布　列開旗門。
陳　宮　參見溫侯。
呂　布　你不是大夫陳宮麼？
陳　宮　正是老臣。
呂　布　你的病症如何？
陳　宮　微微的好了。
呂　布　身穿重孝，爲了何事？
陳　宮　老臣弔孝來的。
呂　布　與哪一個弔孝？
陳　宮　我與溫侯你來弔孝的。
呂　布　大夫何出此言？
陳　宮　溫侯啊！那袁術見你與桃園交好，難以下手。聽信韓胤的詭計，袁、呂結親以後，先滅桃園，後滅溫侯。到那時間，你死於亂軍之中，老臣弔孝就來不及了。今天先與你弔孝來了！
呂　布　這……（殺韓胤）大夫忠言，豈有不聽，回府修養去罷。
陳　宮　多謝溫侯。（下）
呂　布　將花轎撤回徐州。（同下）

第　四　場

　　　（宋憲、魏續上）
宋　憲　（念）家住在遼東，
魏　續　（念）販馬稱英雄。
宋　憲　俺宋憲。
魏　續　魏續。
宋　憲　賢弟請了。

魏　續　大哥請了。

宋　憲　你我在遼東販來駿馬幾十匹。去往徐州，獻與呂溫侯，就此趲行。走！

（下）

第　五　場

（四下手、張飛上）

張　飛　（念）鐵甲玲瓏胄，
　　　　　　　鬟眼虎豹頭。
　　　　　　　跨下烏騅馬，
　　　　　　　手執丈八矛。

俺張飛。奉大哥之命，巡營了哨。三軍的，巡營去者！
（【牌子】。宋憲、魏續上）

張　飛　吠，你這馬匹從哪裏來的？

宋　憲　從遼東來的。

張　飛　往哪裏去？

宋　憲　往徐州而去。

張　飛　不要往徐州，就丟在我沛縣，也是一樣。

宋　憲　那可不行。

張　飛　放馬過來。
（雙方殺。宋憲、魏續敗下）

張　飛　將馬撤回沛縣。（同下）

第　六　場

（劉備上）

劉　備　（念）蛟龍埋角起波浪，猛虎伏爪困山崗。
（張飛上）

張　飛　參見大哥。小弟巡營，得來駿馬幾十匹，大哥請看！

劉　備　待愚兄看來。此馬從何而來？

張　飛　有二人在遼東販來好馬，送與呂布的，被小弟斷來的。

劉　備　三弟，這就是你的不是。呂溫侯轅門射戟之恩未報，你爲何斷他的馬匹？明日早晨，趕快送往徐州。（同下）

第 七 場

（呂布上）

呂　布　（唱）【搖板】
　　　　　　連年將士刀兵動，
　　　　　　歲歲兵丁大交鋒。
　　　　　　將身打坐寶帳中，
　　　　　　再聽探馬報從容。
　　　　（中軍上）
中　軍　啓稟溫侯。宋憲、魏續求見。
呂　布　傳。
中　軍　傳。
　　　　（宋憲、魏續上）
宋　憲
魏　續　參見溫侯。
呂　布　你二人到此何事？
宋　憲　啓稟溫侯。我二人在遼東販來幾十匹好馬，獻與溫侯。路過沛縣，張飛將馬奪去。
呂　布　張飛啊，匹夫！你將馬奪去，本侯豈能與你干休？宋憲、魏續，後帳歇息。衆將官，明日攻打小沛。掩門！（同下）

第 八 場

（劉備、關羽、張飛上）

劉　備　（唱）三弟做事理不通，
　　　　　　不該奪他馬走龍。
　　　　　　倘若呂布把城攻，
　　　　　　看你逞雄不逞雄？
　　　　　　將身且坐寶帳中，

　　　　　細聽探馬報從容。
　　　　（報子上）
報　子　呂布攻打小沛。
劉　備　再探！（報子下）二弟三弟同到城樓一觀。
　　　　（唱）聽説呂布把城攻，
　　　　　　想必要奪小沛豐。
　　　　　　弟兄三人齊出動，
　　　　　　看看溫侯將英雄。（同下）

第　九　場

呂　布　（内唱）【西皮倒板】
　　　　　　有本侯領人馬誰人敢擋！
　　　　（四龍套、四上手引呂布上）
呂　布　（接唱）【原板】
　　　　　　旌旗不住空中揚。
　　　　　　自幼兒出娘胎情性傲强。
　　　　　　不聽調不聽宣自立爲王。
　　　　　　我心中憤恨那劉備關張，
　　　　　　他不該奪駿馬所爲哪樁？
　　　　　　叫三軍將人馬齊往前闖；
　　　　　　少時刻殺劉備活捉關張，
　　　　　喚劉備城樓答話。
　　　　（四龍套、四下手、劉備、張飛、關羽上城樓）
劉　備　（唱）【二六】
　　　　　　站立城樓把手拱，
　　　　　　尊稱溫侯將英雄。
　　　　　　三弟生來多猛勇，
　　　　　　不該奪你馬走龍。
　　　　　　溫侯待我們恩情重，
　　　　　　這小事何必挂心中？

呂　布　（唱）聽罷言來怒氣衝，
　　　　　　　開言大罵劉梟雄。
　　　　　　　轅門射戟恩情重，
　　　　　　　有恩不報反逞雄。
　　　　　　　本侯帶兵把城攻，
　　　　　　　掃滅桃園一群雄。

關　羽　（唱）站立城樓美言奉，
　　　　　　　丟去愁眉換笑容。
　　　　　　　既然待我們恩情重，
　　　　　　　不該又奪小沛豐。
　　　　　　　虎牢關見過你的威風勇，
　　　　　　　豈不知桃園三弟兄？

呂　布　（唱）聞言怒發山搖動，
　　　　　　　氣得本侯手搥胸。
　　　　　　　奸言巧語全無用，
　　　　　　　是好漢開城大交鋒。

張　飛　呸！
　　　　（唱）【西皮搖板】
　　　　　　　聽罷言來怒氣衝，
　　　　　　　三姓家奴聽從容。
　　　　　　　大哥徐州被你攻，
　　　　　　　二次又奪小沛豐。
　　　　　　　三軍帶過馬青鬃，
　　　　　　　殺他血水馬蹄紅！

（出城，開打。劉、關、張敗下）

（呂布三笑下，眾同下）

戰 宛 城

佚 名 撰

解 題

　　京劇。現代佚名撰。《京劇劇目初探》《京劇劇目辭典》著錄，均題《戰宛城》，又名《割髮代首》《張繡刺嬸》《盜雙戟》，未署作者。劇寫東漢末，曹操征宛城之張繡。傳令禁止馬踏青苗，違令者斬。不料曹操坐騎受驚，誤踏青田。曹操假意欲自殺，衆將勸阻。曹操乃使人砍去馬頭，並割髮一絡以申軍令。張繡不聽賈詡堅守之計，引兵出戰，不敵典韋而降。曹操誤聽曹安民之言，擄占張繡之嬸母鄒氏。張繡知而大怒，但懼典韋之勇，用賈詡之計，遣胡車盜去典韋之雙戟，夜襲曹營。典韋戰死，曹操大敗逃走，張繡刺死曹安民與鄒氏。本事出於《三國演義》第十六、十八回。《三國志·魏書》中《武帝紀》《張繡傳》《典韋傳》，載有其事。版本今有《戲考》本、《戲典》本、《京劇彙編》收錄的潘俠風藏本、《修訂平劇本》、《京劇叢刊》本、以《京劇彙編》重刊的《京劇傳統劇本彙編》本。今以《京劇彙編》潘俠風藏本爲底本，參考其他本校勘整理。

第 一 場

　　　　　　（夏侯惇、于禁上，雙起霸）

夏侯惇　
于　禁　（唱）【點絳脣】將士英豪，

　　　　　　（許褚、典韋上，雙起霸）

許　褚　
典　韋　（唱）【點絳脣】兒郎虎豹，

　　　　　　（曹洪、曹仁上，雙起霸）

曹洪 曹仁	（唱）【點絳唇】軍威浩，
	（李典、樂進上，雙起霸）
李典 樂進	（唱）【點絳唇】地動山搖，
衆	（唱）【點絳唇】要把狼烟掃！
衆	俺，
夏侯惇	夏侯惇。
于禁	于禁。
許褚	許褚。
典韋	典韋。
曹洪	曹洪。
曹仁	曹仁。
李典	李典。
樂進	樂進。
夏侯惇	諸位將軍請了！
衆	請了！
夏侯惇	丞相陞帳，你我兩廂伺候！
衆	請！
	（四龍套、四上手、曹昂、曹安民、曹操上）
曹操	（念）【引】耀武領雄兵， 狼烟一掃平， 宛地張繡陰謀盛， 怎當吾大兵親征！
夏侯惇 于禁 許褚 典韋 曹洪 曹仁 李典 樂進	參見丞相！
曹操	衆位將軍少禮，站立兩廂！
衆將	啊！

曹　操　（念）（詩）聖駕如今幸許都，
　　　　　　　　　　賞功罰罪盡由吾。
　　　　　　　　　　宛城未靖留餘孽，
　　　　　　　　　　親統大兵去掃除。
　　　　老夫，曹操，沛國譙郡人氏。從孝廉出身，南征北討，屢建奇功。只因李傕、郭汜作亂，是吾帶兵前去征剿，聖上見喜，封爲武烈侯。文武有事，先來禀告，然後入奏。老夫秉參國政，權威極矣。如今張繡屯兵宛城，有窺許都之意。趁他未曾舉動，吾領大兵前去征剿。昨日探路軍士報道，還有三百里路程。若從小路而行，能近百里。夏侯惇聽令！

夏侯惇　在。

曹　操　傳令下去："兵發宛城，人卸甲冑，馬摘鑾鈴，一路之上，不准馬踏青苗，騷擾百姓，違令者斬！"

夏侯惇　得令！令出！下面听者！丞相有令："兵發宛城，人卸甲冑，馬摘鑾鈴，一路之上，不准馬踏青苗，騷擾百姓，違令者斬！"

衆　　　啊！

夏侯惇　傳令已畢。

曹　操　帶馬！

夏侯惇　帶馬！

衆　　　（唱）【北泣顏回】
　　　　　　　　驅隊出西郊，
　　　　　　　　逐驊騮，人馬齊咆哮。
　　　　　　　　貔貅簇擁，人如虎生翼，逞英豪，
　　　　　　　　旗幡耀日，韻悠悠，畫角連珠炮。
　　　　　　　　噗咚咚緊擂鼉鼓，
　　　　　　　　布圍場滿寨弓刀。
　　　　　　　　布圍場滿寨弓刀。
　　　　（衆下。曹操趟馬介）

曹　操　呀！
　　　　（唱）【西皮搖板】
　　　　　　　　見斑鳩馬吃驚四蹄發亂，
　　　　　　　　縱然我勒絲繮也是枉然。

　　　　　未出兵傳將令吾自先犯，
　　　　　霎時間踏壞了一方麥田。
　　　　人馬撤回！
　　　　（四紅龍套、四上手、夏侯惇、于禁、許褚、典韋、曹洪、曹仁、李典、樂進、曹昂、曹安民上）
衆　　　丞相爲何將我等撤回？
曹　操　老夫馬踏了青苗。
衆　　　馬踏不多。
曹　操　咳呀，講什麼馬踏不多！吾傳將令，竟自先犯，不能正己，焉能責人？也罷，待我自刎了吧！
衆　　　（跪介）自古《春秋》之義，法不加於尊。此乃鳥飛馬驚，戰馬之過，與丞相無干。
曹　操　公等勸操不義乎？起來。夏侯惇聽令！
夏侯惇　在。
曹　操　將馬頭砍了下來！
夏侯惇　得令！
曹　操　待老夫割髮一綹。
夏侯惇　斬首已畢。
曹　操　將老夫髮髻與馬頭號令一處，曉諭三軍，就說那曹操犯了軍令，割髮代首。如再犯者，斬首不貸！
夏侯惇　得令！下面聽者！丞相有令：今有丞相犯了軍令，割髮代首。如有再犯，斬首不貸！
衆　　　啊！
夏侯惇　傳令已畢。
曹　操　與老夫挑選良騎。
夏侯惇　換馬！
　　　　（衆領圓場）
曹　操　前道爲何不行？
衆　　　來到淯水。
曹　操　人馬列開。夏侯惇聽令！
夏侯惇　在。
曹　操　攻打頭陣！

夏侯惇　得令！

　　　　（四上手、夏侯惇下）

曹　操　許褚、于禁！

許　褚
于　禁　在。

曹　操　二隊截殺！

許　褚
于　禁　得令！

　　　　（四紅龍套、許褚、于禁下）

曹　操　眾將官！

　眾　　有。

曹　操　催軍！

　眾　　啊！

　　　　（眾引曹操下）

第　二　場

　　　　（賈詡上）

賈　詡　（念）四路動刀兵，晝夜不太平。

張　繡　（內）眾將官！

　眾　　（內）有。

張　繡　（內）回操！

　眾　　（內）啊！

　　　　（【風入松】。四白龍套、四火牌軍、四削刀手、雷叙、張先、張繡上）

賈　詡　主公！

張　繡　各歸隊伍！

四白龍套
四火牌軍　啊！
四削刀手

　　　　（四白龍套、四火牌軍、四削刀手下）

賈　詡　主公連日操演人馬，多受風霜之苦。

張　繡　此乃分內之事，何言辛苦。先生！

賈	詡	主公！
張	繡	適纔校場操演，探馬報道：曹操統領雄兵，兵紮淯水，有取宛城之意。特地回來與先生商議破曹的高見。
賈	詡	聞得曹操擁有百萬之衆，依某之見，只可以守，不可出戰。
張	繡	先生此言差矣！想我帳下有張、雷二將，甚是驍勇；火牌、削刀能抵萬軍。何言不戰？
賈	詡	主公出戰，命何人把守城池？
張	繡	如此，就命先生與胡車緊守城池。
賈	詡	遵命！正是： （念）主公不聽良言語， 　　　　損兵折將後悔遲。（下）
張	繡	吩咐衆將走上！
雷　叙 張　先		衆將走上！
四白龍套 四火牌軍 四削刀手		（內）啊！（上）
張	繡	出城迎敵者！
衆		啊！
		（衆圓場，出城介，下）

第　三　場

（四上手、夏侯惇上，過場下）

第　四　場

（四紅龍套、許褚、于禁上，過場下）

第　五　場

（四白龍套、四火牌軍、四削刀手、張先、雷叙、張繡上。四上手、夏侯惇上,會陣。雙方原人鑽烟筒下。張繡、夏侯惇起打,夏侯惇敗下。于禁上,會陣,起打,于禁敗下。許褚上,會陣,起打,許褚敗下。張繡原人上,追下。張繡耍下場下)

第 六 場

(四紅龍套、典韋、曹操上。夏侯惇、許褚、于禁敗上)

夏侯惇
許　褚　張繡來得厲害!
于　禁

曹　操　典韋出馬!

典　韋　得令!

(曹操、夏侯惇、許褚、于禁、四紅龍套下。張繡原人上,典韋扒位倒脫靴,張繡原人下。張繡與典韋起打。張繡敗下。典韋耍下場下)

第 七 場

(賈詡上)

(四白龍套、四火牌軍、四削刀手、張先、雷叙、張繡上)

張　繡　各歸隊伍!

白龍套
火牌軍　啊!(下)
削刀手

賈　詡　主公出戰,勝負如何?

張　繡　悔不聽先生之言,損兵折將,好不氣……

賈　詡　主公不如暫且降曹,暗地練兵,再復此讎。

張　繡　這……

張　先　主公,我二人身爲武將,願戰不願降。
雷　叙

賈　詡　啊二位將軍,知時達務,方爲俊傑也。

張　繡　二位將軍料理軍務去吧!

張　先　嘿!(下)
雷　叙

張　繡　先生與我降曹去者。
賈　詡　且慢！必須換了便服，帶了印信、地理圖，方能前去投降。
張　繡　唉！
　　　　（念）雙手捧盡湘江水，
賈　詡　（念）難洗今朝滿面羞。
　　　　（同下）

第　八　場

（鄒氏上）
鄒　氏　（唱）【西皮原板】
　　　　　　暮春天日正長心神不定，
　　　　　　病懨懨懶梳妝短少精神。
　　　　　　素羅幃嘆寂寞腰圍瘦損，
　　　　　　辜負了好年華貽誤終身。
　　　　奴家，鄒氏。先夫張濟，拜授驃騎將軍。不幸去世，如今已有三載。膝下無子，只有侄兒張繡，尚得依靠。雖然豐衣足食，終難稱意。但見春光明媚，暖風熏人，蛺蝶穿花，正所謂良辰美景，哎呀天哪！好不焦躁人也！
　　　　（唱）【西皮原板】
　　　　　　可憐我獨守孤燈夜難寢，
　　　　　　又遇着兵荒亂晝夜心驚。
　　　　　　但願得破曹兵地方安靖，
　　　　（【小開門】。二鼠桌上相鬥介，鄒氏看介）
鄒　氏　呀！
　　　　（接唱）嬸侄們無驚恐共享太平。
　　　　（春梅上）
春　梅　夫人用茶。
鄒　氏　搭杯。
春　梅　夫人，我見夫人沉吟不語，意懶心煩，莫不是您有什麼心事不成麼？
鄒　氏　這個！
春　梅　夫人不言，我春梅倒明白啦。

鄒　氏　明白何來？
春　梅　想老爺去世已有三載，夫人朝思暮想，幾乎成病，依我看來，您不如看書彈琴，消此煩悶。
鄒　氏　哎呀，春梅呀！
　　　　（唱）【西皮散板】
　　　　　　看古書解不了心中愁悶，
　　　　　　我哪有閑心情去撫瑤琴？
　　　　（院子上）
院　子　（念）忙將降曹事，報與夫人知。
　　　　參見太夫人！
鄒　氏　罷了。院公到此何事？
院　子　大事不好了！
鄒　氏　何事驚慌？
院　子　少老爺帶領全軍降曹去了！
鄒　氏　哦！降曹去了！
春　梅　院公，你這兒來，降曹是怎麼回事情啊？
院　子　降曹，就是不殺我們的頭啦。
春　梅　噢，就是不殺我們的頭啦？
院　子　是的。
春　梅　哎呀夫人，咱們快降曹吧。
鄒　氏　不必多言。院公過來！
院　子　是。
鄒　氏　命你前去打探，若有急事，速來回報。
院　子　遵命！（下）
鄒　氏　哎呀且住！張繡啊張繡！前幾日爲嬸娘怎樣囑咐於你，叫你千萬不可與曹操交兵對敵，方能吉多凶少。是你不聽爲嬸娘之言，故而有此大敗。久聞曹操是個英雄，此番歸降，不知他行事如何！也罷，但聽好音便了！
　　　　（唱）【西皮散板】
　　　　　　久聞得曹丞相英雄本領，
春　梅　英雄不過就是會殺人唄！
鄒　氏　（唱）古今來都如此豈止一人！

（鄒氏、春梅下）

第 九 場

　　　　（張繡、賈詡上）
張　繡　（念）圍困宛城難決策，
賈　詡　（念）暫且降曹救燃眉。
張　繡　來此已是。先生向前！
賈　詡　待某向前。門上哪位在？
　　　　（門官上）
門　官　做什麼的？
賈　詡　今有宛城張繡，帶領參謀賈詡前來投降。
門　官　可有我們的門包？
賈　詡　請尊管笑納。
門　官　候著！有請大將軍！
　　　　（夏侯惇上）
夏侯惇　何事？
門　官　今有宛城張繡，帶領參謀賈詡轅門投降。
夏侯惇　候着！
　　　　（門官下）
夏侯惇　啓丞相！
曹　操　（內）何事？
夏侯惇　今有宛城張繡，帶領參謀賈詡轅門投降。
曹　操　（內）吩咐弓上弦，刀出鞘。開門！
夏侯惇　下面聽者！丞相有令："弓上弦，刀出鞘。開門！"（下）
　衆　　（內）啊！
　　　　（四紅龍套、夏侯惇、于禁、許褚、典韋、曹洪、曹仁、李典、樂進、曹操上）
曹　操　夏侯惇聽令！
夏侯惇　在。
曹　操　下去搜查，搜查完畢，叫他們報門而進！
夏侯惇　得令！張繡，前來投降，可有夾帶？

张　绣　并无夹带。
夏侯惇　某家要搜！
张　绣　这……请搜！
　　　　（夏侯惇搜张绣介）
夏侯惇　张绣，丞相传你，你要小心！你要与我打点了！报门而进！
张　绣　报！宛城张绣带领参谋——
贾　诩　贾诩。
张　绣
贾　诩　告进！
张　绣　宛城张绣带领参谋——
贾　诩　贾诩。
张　绣　投降来迟，死罪呀死罪！
曹　操　手捧何物？
张　绣　宛城印信、地理图。
曹　操　呈上来，待老夫一观。
　　　　（张绣呈印信、地理图，曹操接介）
曹　操　张绣啊！（看介）掩门！
　　　　（四红龙套、夏侯惇、于禁、许褚、典韦、曹洪、曹仁、李典、乐进下）
曹　操　你二人弃暗投明，真乃贤士。待老夫打本进京，封你仍为宛城郡守。
张　绣　多谢丞相！请丞相查点仓库、钱粮，绣也好交代。
曹　操　仓库、钱粮不必查点，将守城将士撤去，待老夫拨兵代替。
张　绣　丞相虎威，万民还要瞻仰。请丞相进城。
曹　操　你且先行，老夫大兵随后。
张　绣　遵命！正是：
　　　　（念）人言曹操多慷慨，
贾　诩　（念）话不虚传果是真。
　　　　（张绣、贾诩下。夏侯惇、于禁、许褚、典韦、曹洪、曹仁、李典、乐进上）
众　　启禀丞相：张绣诡计多端，须当准备。
曹　操　无妨。他今此来，乃真心也。不必多带人马，典韦、许褚同我子侄随我进城，其余众将看守大营。带马！

（衆上馬介，隨曹操下）

第 十 場

（四白龍套、四削刀手、四火牌軍、張先、雷叙、賈詡、張繡上，出城迎介。四紅龍套、許褚、典韋、曹昂、曹安民引曹操上，過場，進城下。張繡原人隨下）

第 十一 場

（四紅龍套、許褚、典韋、曹昂、曹安民、曹操上，張繡上）
曹　操　老夫進得城來，看見黎民雅秀，可稱禮義之邦也。
張　繡　丞相誇讚。
曹　操　但不知宛城有多少人馬？
張　繡　馬軍三千，步軍三千，昨日陣前損傷一半，還有三千人馬，火牌、削刀不在其數。
曹　操　火牌、削刀何人傳授？
張　繡　乃先叔傳授。
曹　操　老夫意欲借討二軍一觀，不知將軍意下如何？
張　繡　這……此地離校場不遠，請丞相賜閱。
曹　操　你且分派他們！
張　繡　遵命！正是：
　　　　（念）忙將勇士藝，演與丞相觀。
曹　操　帶馬校場去者！
　衆　　啊！
　　　　（衆圓場）
張　繡　丞相，先演何陣？
曹　操　先演火牌，次演削刀。
張　繡　火牌軍開操！
　　　　（雷叙領四火牌軍上。操演介，操畢，下）
張　繡　削刀手開操！
　　　　（張先領四削刀手上。操演介，操畢，下）

| 曹　操 | 我看火牌、削刀，好不威嚴也！ |

典韋　　丞相，末將不才，願破火牌軍。
許褚　　　　　　　　　　　削刀手。

| 曹　操 | 看他們陣式，變化無窮，你二人不可輕視。 |

典韋　　丞相，休長他人志氣，滅自己威風。俺若不勝，願當軍令。
許褚

| 張　繡 | 二位將軍天生威武，何必與螻蟻之軍比試？ |

典韋　　張繡，我二人定要比試。
許褚

| 張　繡 | 哦，是是是！ |
| 曹　操 | 如此，不可傷他一軍一卒，違令者斬！ |

典韋　　得令！
許褚

| 張　繡 | 合操上來！ |

（四火牌軍、四削刀手上，與典韋、許褚比試介。四火牌軍、四削刀手被典韋、許褚打倒介。張繡怒，揮四火牌軍、四削刀手下）

典韋　　啊哈哈哈……
許褚

| 張　繡 | 二位將軍真乃虎將也！ |

典韋　　張繡，我二人玩耍玩耍，何足道哉！
許褚

張　繡	哦，是是是！
曹　操	張將軍！
張　繡	丞相！
曹　操	老夫意欲將火牌、削刀撥與典韋、許褚帳下聽用，明日也好攻打呂布，你意下如何？
張　繡	但憑丞相。
曹　操	今日天色已晚，就在館驛安宿。帶馬！
衆	啊！

（四紅龍套、曹昂、曹安民、曹操下。張繡煩悶背手而行介，撞許褚，張繡急拜介，許褚下。張繡又行，撞典韋，張繡再拜揖介，典韋下。張繡嘆氣介，下）

第 十 二 場

（丫鬟、張夫人、雷夫人上）

張夫人　（唱）【西皮搖板】
雷夫人
　　　　來到府門下車輪，
　　　　丫鬟上前叩府門。
　　　丫鬟，前去叩門！

丫　鬟　是。
　　　（丫鬟叩門介，春梅上）

春　梅　什麼人？

丫　鬟　張、雷二位夫人到。

春　梅　候着。有請夫人！
　　　（鄒氏上）

鄒　氏　何事？

春　梅　張、雷二位夫人到。

鄒　氏　有請二位夫人！

春　梅　有請二位夫人！
　　　（張夫人、雷夫人、丫鬟進門介）

張夫人　夫人！
雷夫人

鄒　氏　請坐！

張夫人　有坐。
雷夫人

鄒　氏　春梅看茶！不知二位夫人駕到，未曾遠迎，當面恕罪！

張夫人　豈敢，我二人來得魯莽，夫人海涵。
雷夫人

鄒　氏　豈敢！二位夫人到此何事？

張夫人　聽說張將軍降曹去了，我二人特來看望夫人。
雷夫人

鄒　氏　有勞二位夫人的美意。

張夫人　今當春景，我二人約夫人前去遊春，不知夫人意下如何？
雷夫人

鄒　　氏　奴家相陪便是。春梅,捧定瑤琴,帶路花園去者!

春　　梅　是。

　　　　　(同下)

第 十 三 場

(曹安民、曹昂、曹操上)

曹　　操　(唱)【西皮散板】
　　　　　　　這幾日也未曾交鋒打仗,
　　　　　　　悶坐在宛城內好不愁腸。
　　　　　咳!想老夫在這宛城,一不交鋒,二不打仗,好不愁悶人也!

曹安民　叔父要是悶得慌,咱們到大街上玩兒會兒去。

曹　　操　去得的?

曹安民　去得的。

曹　　昂　且慢,想你我父子,在這宛城,誰人不知,哪個不曉,若到大街前去玩耍,倘被張繡知曉,豈不被他恥笑!

曹安民　你書呆子知道什麼,就知道"子曰"!

曹　　操　去得的。子侄帶路!

曹安民
曹　　昂　是。

曹　　操　(唱)【西皮散板】
　　　　　　　叫子侄速帶路大街遊定,
　　　　　　　看一看街市上散悶我心。

　　　　　(同下)

第 十 四 場

(丫鬟、春梅、張夫人、雷夫人、鄒氏上)

鄒　　氏　(唱)【西皮散板】
　　　　　　　過街樓上閑散悶,
　　　　　　　一曲瑤琴靜裏聽。

(鄒氏撫琴介。曹昂、曹安民、曹操上)

曹　　操　（唱）【西皮散板】
　　　　　　　　走大街過小巷觀看風景，
　　　　　　　　觀不盡一處處柳暗花明。
　　　　　　　　見佳人站門樓容顏美俊，
　　　　　　　　好一似天仙女降下凡塵。
　　　　　　呃！一霎時她把我心腸打動，
曹安民　往上瞧！
曹　　操　（接唱）【西皮散板】
　　　　　　　　回營去定良策再訪詳情。
　　　　　（曹操、曹昂、曹安民下）
鄒　　氏　呀！
　　　　　（唱）【西皮散板】
　　　　　　　　觀此人與亡夫一般貌品，
張夫人
雷夫人　我們也要告辭了！
鄒　　氏　恕不遠送。
　　　　　（張、雷二夫人下）
鄒　　氏　（接唱）不由我情脉脉惹動芳心。
　　　　　（同下）

第 十 五 場

　　　　　（曹昂、曹安民、曹操上）
曹　　操　（唱）【西皮快板】
　　　　　　　　適纔間觀女子十分美俊，
　　　　　　　　能與她配鸞鳳方稱吾心。
曹安民　張繡送來酒筵。
曹　　操　大家同飲！
　　　　　（曹昂、曹安民、曹操飲酒介）
曹　　操　寡酒難飲。
曹安民　哪裏是寡酒難飲，簡直的您是有心事。
曹　　操　心事確有，只怕你猜它不著。

曹安民　我一猜就猜著。方纔在大街之上，您瞧見那個女子，八成是動了心了吧？

曹　操　心事被你猜破，不能成功，也是枉然！

曹安民　我能辦得來。

曹　昂　且慢！你我父子，不可做此傷天害理之事。

曹安民　你知道什麽，你叫"子ヨ"把你給繞住啦！

曹　操　好，去至典韋營中，挑選四十名精壯兵卒，快去！快去！

曹安民　是。（欲下介）

曹　操　轉來，不要囉嗦！

曹安民　是。

　　　　（曹操下）

曹　昂　看你是怎生得了！（下）

　　　　（四下手、車夫暗上）

曹安民　走着！走着！

　　　　（同下）

第十六場

　　　　（春梅、鄒氏上）

鄒　氏　（唱）【西皮散板】

　　　　　　悶坐房中心煩悶，

　　　　　　眼跳心驚爲何情？

　　　　（曹安民、四下手、車夫上）

曹安民　到啦到啦，跟我進來！

鄒　氏　你們是哪裏來的？

曹安民　你不用問啦，走吧！

　　　　（四下手搶鄒氏、春梅下。院子上，扯曹安民，被曹安民推倒介）

曹安民　好不識抬舉！（下）

院　子　且住！哪裏來的這夥官兵，將太夫人與使女春梅搶去，不免報與少老爺知道。（下）

第 十 七 場

（曹安民、四下手、鄒氏、春梅、車夫上，四下手、車夫下）

曹安民　有請叔父！
　　　　（曹操上）
曹　操　啊，你回來了？可曾辦到？
曹安民　辦到啦，辦到啦。
曹　操　免差一月。
曹安民　多謝叔父！（下）
曹　操　哈哈哈……
春　梅　喲！這是哪兒呀？咱們回去吧！
曹　操　只管坐下。
鄒　氏　謝坐！
曹　操　你是何人的寶眷哪？
鄒　氏　我乃張濟之妻，張繡之嬸母，奴家鄒氏。
曹　操　哎呀錯了！原來是張濟之妻，張繡之嬸母，被他們搶來，錯了！（想介）呃！以錯就錯。啊美人，張繡獻城，若不是看在夫人分上，早滅門九族矣！
鄒　氏　多謝丞相！
曹　操　你可認識老夫？
鄒　氏　久聞丞相大名，猶如轟雷貫耳。今日一見，果然名不虛傳。
曹　操　這是何人？
鄒　氏　使女春梅。
曹　操　見過老夫！
鄒　氏　春梅見過丞相！
春　梅　我不去。
鄒　氏　呃！見過丞相！
春　梅　參見丞相！
曹　操　罷了！
春　梅　（學介）罷了！
曹　操　淘氣的丫頭！

春　　梅　淘氣的丫頭！
曹　　操　備得酒筵，與夫人同飲。
鄒　　氏　天已不早，我們要回去了。
春　　梅　是呀，我們該回去啦。
曹　　操　今晚就在營中安歇，不要回去了。
鄒　　氏　我們隨身的衣服未曾帶來，我們要回去了。
曹　　操　老夫明日差人去取，未爲晚也。
鄒　　氏　奴家遵命。春梅掌燈！
　　　　　（圓場）
曹　　操　出去！
春　　梅　出去！
曹　　操　叫你出去！
春　　梅　叫你出去！
曹　　操　過來！我有話對你言講。
春　　梅　什麼事？
曹　　操　（推介）滾了出去！
　　　　　（曹操、鄒氏下）
春　　梅　這深更半夜的，叫我上哪兒去呀？
　　　　　（曹安民上，摸黑介）
曹安民　你是誰？
春　　梅　我是春梅。
曹安民　春梅，跟我走吧。
春　　梅　我不去！
曹安民　丞相有令，違令者斬！
　　　　　（曹安民拉春梅下）

第 十 八 場

　　　　　（張繡上）
張　　繡　（念）俯首依人豈是計，暫保宛城待來時。
　　　　　（院子上）
院　　子　參見少老爺！大事不好了！

張　繡　何事驚慌？
院　子　適纔來了一夥兵卒，將太夫人與春梅搶了去了！
張　繡　可是我軍的打扮？
院　子　不像我軍打扮。
張　繡　報事不明，再去打探！
院　子　遵命！
　　　　（二旗牌暗上）
張　繡　且住！適纔家院報道：來了一夥軍卒，將我嬸娘與侍女春梅搶去。我想這城內之兵，俱是曹操所管，此事定是曹……哦，哦，有了！我不免去至曹營打探。左右！
二旗牌　有。
張　繡　帶馬！
二旗牌　啊！
張　繡　（唱）【西皮搖板】
　　　　　　猛聽得家院報怒氣上升，
　　　　　　膽大的小軍們竟敢胡行！
　　　　　　叫人來帶坐騎忙把路引，
　　　　（門官上）
張　繡　（接唱）【西皮搖板】
　　　　　　到曹營必須要見機而行。
　　　　（張繡下馬，二旗牌接馬，下）
門　官　張將軍到此何事？
張　繡　煩勞通稟：張繡求見丞相。
門　官　丞相尚未起床。
張　繡　啊，天已過午，尚未起床！煩勞通稟，張繡有機密大事，求見丞相，
門　官　候着。有請丞相！
　　　　（曹操、鄒氏上）
曹　操　何事？
門　官　張繡要見。
　　　　（鄒氏跑下）
曹　操　叫他進來！
門　官　張將軍，丞相喚你，小心了！

張　繡　是。
　　　　（門官下）
張　繡　丞相在哪裏，丞相在……
曹　操　嗯哼！
張　繡　丞相在上，張繡大禮參拜！
曹　操　罷了。坐下。
張　繡　謝丞相！丞相連日勞倦，夜睡安否？
曹　操　昨晚麼？好，好，好！啊張將軍，老夫與你叔父交好甚厚，從今以後，你我要"叔侄"相稱。
張　繡　這……
曹　操　料無推辭的了。
張　繡　丞相抬愛，繡願盡子侄之道。
曹　操　吃杯茶。
張　繡　不渴！
曹　操　看茶來！
張　繡　不用！
曹　操　看茶來！
　　　　（春梅捧茶具上）
春　梅　哎呀！（跑下）
曹　操　侄兒！侄兒！
張　繡　啊！丞……
曹　操　呃！要叫叔父。
張　繡　嘔，叔父！
曹　操　哈哈……待老夫打本進京，另加陞賞。
張　繡　多謝丞相！繡告便。
曹　操　請便！
張　繡　且住！適纔春梅前來獻茶，我想此事，定是曹操所爲。曹操哇曹操！我不殺……
曹　操　侄兒，侄兒！
張　繡　哦，哦，叔父！
曹　操　侄兒爲何背地沉吟？
張　繡　侄兒不敢。

| 曹 | 操 | 天色不早，回營去吧！
| 張 | 繡 | 遵命！

（二旗牌上）

| 張 | 繡 | 正是：

（念）休將神色露，回營定計謀。

（二旗牌、張繡下。鄒氏、春梅上）

| 鄒 | 氏 | 啊丞相，方纔我侄兒到此何事？
| 曹 | 操 | 過營探望老夫，我用言語打動於他，從今以後要"叔侄"相稱。
| 鄒 | 氏 | 想我侄兒張繡，行事意狠心毒，不如將他殺了吧。
| 曹 | 操 | 呃！哪有叔父斬殺侄兒的道理！
| 鄒 | 氏 | 如此丞相須要提防他暗算纔好。
| 曹 | 操 | 你我去至典韋營中，料然無事。看衣更換。來，車輛走上！

（一車夫上，鄒氏上車介。眾同下）

第 十 九 場

（二旗牌、張繡上）

| 張 | 繡 | 好惱哇，好惱！

（唱）【西皮搖板】

　　　適纔間到大營去見曹操，
　　　用言語打動我欺壓英豪。
　　　前也思後也想無有計較，

（胡車、賈詡、張先、雷敘上）

| 張 | 繡 | （唱）【西皮搖板】

　　　見先生與眾將定計殺曹。

可惱哇，可惱！

| 胡 | 車 |
| 賈 | 詡 |
| 張 | 先 | 主公為何這等煩惱？
| 雷 | 叙 |

| 張 | 繡 | 清晨起來，家院報道：來了一夥軍卒，將我嬸娘與侍女春梅搶去！
| 賈 | 詡 | 可像我軍的打扮？

張　繡　不像我軍的打扮。
賈　詡　就該去至曹營打探。
張　繡　是我去至曹營打探,那曹操用言語打動於我,又與我"叔侄"相稱,使女春梅前來獻茶,我想此事定是曹操所爲,那曹操他⋯⋯欺我太甚!
賈　詡　請問主公,此讎報也不報?
張　繡　哎呀先生啊,想這不共戴天之讎,焉有不報之理!
賈　詡　主公若報此讎,下官有計獻上。
張　繡　有何妙計?
賈　詡　主公備酒二席,一帖送到曹營,一帖請典韋過營飲宴,再命我營將士,扮做馬夫模樣,在營外押馬。想爲大將者,定有愛馬之意。主公將馬與馬童送與典韋,用酒將他勸醉,夜晚盜他的雙戟盔鎧。雙戟盔鎧到手,將觱篥吹起,那時主公統領人馬,殺入曹營,哪怕曹賊不滅!但是一件!
張　繡　哪一件?
賈　詡　只是我營將士,無人扮此馬夫,也是枉然!
胡　車　主公,俺胡車不才,願扮馬夫模樣,去到典韋營中,盜他的雙戟盔鎧。
張　繡　將軍有此膽量?
胡　車　有此膽量。
張　繡　請上受我一拜!
　　　　（張繡向胡車叩拜介）
張　繡　請坐!
胡　車　謝坐。
張　繡　先生分派。
賈　詡　旗牌過來!
二旗牌　在。
賈　詡　一帖送至曹營,一帖請典韋過營飲宴。
二旗牌　遵命!
　　　　（二旗牌下）
賈　詡　胡將軍聽令!
胡　車　在。

賈　詡	命你扮做馬夫模樣，在營外押馬，附耳上來！
胡　車	遵命！（下）
賈　詡	張、雷二將！
張先 雷叙	在。
賈　詡	埋伏兩廊，看人眼色行事，不得有誤！
張先 雷叙	得令！

（張先、雷叙下。旗牌甲上）

旗牌甲	典將軍到。
張　繡	有請！
旗牌甲	有請。（下）

（四紅龍套、典韋上）

張　繡	典將軍！
典　韋	張將軍！
張　繡	請坐！
典　韋	告坐。
張　繡	不知典將軍駕到，未曾遠迎，面前恕罪！
典　韋	豈敢！某家來得鹵莽，張將軍海涵！
張　繡	豈敢！
典　韋	相邀某家，為了何事？
張　繡	特備水酒與典將軍同飲。
典　韋	到此就要叼擾。

（張繡、典韋、賈詡入席介）

| 張　繡 | 典將軍請！ |
| 典　韋 | 張將軍請！ |

（胡車上）

胡　車	呔！馬來！（趟馬介，下）
典　韋	外面什麼人喧嘩？
張　繡	乃是馬夫押馬。
典　韋	喚他轉來。
張　繡	馬夫轉來！

（胡車拉馬上，典韋看馬介）

典　韋　此馬生來高大，足下未必能快？

張　繡　此馬倒有千里的腳程。

典　韋　啊！有千里的腳程？如此，某家借騎一程。

張　繡　請來乘騎。

典　韋　帶馬！

胡　車　啊！

（典韋上馬，趙馬，與胡車同下）

張　繡　看典韋騎在馬上，人高馬大，倒像一員虎將。

賈　詡　可惜他錯投其主。

張　繡　著哇！

（胡車、典韋上）

典　韋　好馬呀，好馬！

張　繡　將軍連誇數聲好馬，敢麼有愛馬之意？

典　韋　好馬人人皆愛。

張　繡　就將此馬送與典將軍。

典　韋　哦！送與某家了？

張　繡　正是。

典　韋　多謝張將軍。

賈　詡　此馬生來烈性，連馬夫也送與典將軍。

典　韋　噢，連馬童也送與某家了？

賈　詡　正是。

典　韋　多謝參謀。

賈　詡　豈敢！

典　韋　告辭！

張　繡　且慢！大將配得良驥，乃是一喜，你我還要痛飲一番。

典　韋　還要暢飲一回？好，馬童，此馬不要卸去鞍轡，少時某家還要乘騎。看酒來！

胡　車　遵命！（下）

張　繡　酒宴擺下！

（衆入座，飲酒介）

張　繡　請問將軍，每日飲酒有多大酒量？

典　韋	某家素日飲酒，一醉方休。
張　繡	真乃是海量。來，大杯大壇伺候！
典　韋	有大杯大壇？換大杯大壇！
張　繡	大將得馬，乃是一喜，繡要把敬三杯。
典　韋	我擾你三杯。
賈　詡	下官把敬三杯。
典　韋	也擾你三杯！
張　繡	典將軍再飲幾杯。
典　韋	酒已夠了，我要回營去了。
張　繡	外厢帶馬！
	（典韋酒醉介）
賈　詡	典將軍騎不得馬了。來，看車輛伺候！
	（張先、雷叙上，欲綁典韋介）
典　韋	這做什麽？
張　繡	扶將軍上車。
典　韋	不用！不用！
	（典韋上車介。張先、雷叙、胡車隨下）
張　繡	且住！看典韋酒醉，大功必成。正是：
	（念）滿江撒下千絲網，
賈　詡	（念）哪怕魚兒不上鈎！
張　繡 賈　詡	哈哈哈……
	（同下）

第 二 十 場

（四龍套、典韋上，四龍套翻下。典韋入帳子。胡車上，走邊）

胡　車	（念）先生韜略俱好，
	主公懷中智高。
	營外押馬逗英豪，
	要把雙戟來盜。
	俺，胡車。奉了先生之命，去到典韋營中盜他的雙戟，就此走走也！

典　韋　馬童！

胡　車　有。

典　韋　看茶來！

胡　車　啊！茶到。

典　韋　馬童！

胡　車　有。

典　韋　搭杯！

胡　車　哎呀且住！看典韋酒醉，待俺動起手來！（盜盔戟出營介）且住！且喜雙戟到手，待我將觱篥吹起！

（胡車吹觱篥。四白龍套、四火牌軍、四削刀手、張先、雷叙、張繡上，過場下。典韋出帳望介。張繡上，與典韋起打，張繡敗下）

典　韋　且住！雙戟不見，我命休矣！

（胡車上，與典韋起打，胡車敗下。四火牌軍、四削刀手、張先、雷叙上，典韋持彩人起打，張先拉弓射典韋，典韋中箭下。衆追下）

第二十一場

（典韋帶箭跑上，四火牌軍、四削刀手、張先、雷叙、胡車、張繡追上，張繡刺死典韋介。衆同下）

第二十二場

（場設大帳子。曹操、鄒氏暗上，入帳介。曹昂上）

曹　昂　爹爹醒來！

曹　操　（出帳介）何事？

曹　昂　馬棚失火！

曹　操　吩咐兵丁前去求火！（入帳介）

曹　昂　是。（下，又上）爹爹醒來！爹爹醒來！

曹　操　（出帳介）又有何事？

曹　昂　三軍自亂！

曹　操　你去分派他們，不得騷亂！（入帳介）

曹　昂　是。（下，又上）爹爹醒來！爹爹醒來！

曹　操　（出帳介）你怎麼這樣討厭哪！
曹　昂　張繡殺來了！
曹　操　典韋出馬！
曹　昂　典韋中箭而亡。
曹　操　哎呀！
　　　　（曹操、鄒氏出帳，與曹昂驚慌逃下）

第二十三場

（張繡率四火牌軍、四削刀手、張先、雷叙、胡車上，挑帳介，衆追下）

第二十四場

（曹操、鄒氏、春梅、曹安民、曹昂上。張繡率衆追上，刺死曹安民。曹操、曹昂、鄒氏、春梅逃下，張繡率衆追下）

第二十五場

（四紅龍套、曹洪、曹仁、夏侯惇、于禁、許褚、李典、樂進上，過場下）

第二十六場

（曹操、鄒氏、春梅、曹昂上）

曹　操　兒呀，你的哥哥呢？
曹　昂　被張繡刺死了！
曹　操　兒呀……啊哈哈哈……
曹　昂　爹爹爲何發笑？
曹　操　我笑那張繡無謀。若是老夫用兵，在此地埋伏一標軍馬，我命休矣！
　　　　（許褚等幕內喊介）
曹　操　哎呀！
　　　　（四紅龍套、夏侯惇、于禁、許褚、曹洪、曹仁、李典、樂進上）

眾　　將　丞相！
曹　　操　你們從哪裏而來？
眾　　將　從營中而來，特來保護丞相。
曹　　操　與老夫挑選二騎！
眾　　將　（指鄒氏）這是何人？
曹　　操　此乃張濟之妻，張繡之嬸母。
眾　　將　營中不帶家眷。
曹　　操　她待我好。
眾　　將　呃！營中不帶家眷。
鄒　　氏　喂呀……
曹　　操　好，帶馬！帶馬！
鄒　　氏　曹操啊曹操！我們在家裏好好的，你、你、你把我們搶來，如今張繡要殺我們，你不管我們了。曹操啊，我把你這老賊……
　　　　　（曹操與眾將同下。張繡領四火牌軍、四削刀手、張先、雷叙、胡車上，刺死春梅介）
鄒　　氏　張繡，你敢麼是殺昏了？
張　　繡　住口！你做下此事，敗壞我家門庭，今日見面，我豈肯容你！
　　　　　（張繡刺死鄒氏介）
張　　繡　眾將官，殺！
　眾　　啊！
　　　　　（同下）

白 門 樓

佚 名 撰

解 題

  京劇。現代佚名撰。《京劇劇目初探》《京劇劇目辭典》著録，均題《白門樓》。未署作者。劇寫曹操聯合劉備，攻打徐州。吕布貪戀酒色，不理軍務。侯成盜走吕布赤兔馬與方天畫戟，獻與曹操。張遼聞知，闖入帳中，報知吕布。曹操發兵，吕布倉促應戰，戰敗，與陳宫、張遼、貂蟬一同被擒。曹操在白樓門處理俘虜。曹操稱讚貂蟬，允許其養老終身。曹操責陳宫當日不辭而別，今日可歸降。陳宫不從，被斬首。吕布卑躬屈膝，向曹操乞降。曹操欲收留吕布，問劉備可否，劉備乃提丁原、董卓舊事。曹操感知其意，殺掉吕布。曹操欲殺張遼，劉備代爲説情，並勸其歸降。張遼提出厚葬吕布，送陳宫屍首回原郡，還須曹操親自鬆綁，曹操一一應允，張遼乃降。本事見《三國演義》第十九回。《三國志·魏書·吕布傳》載其事，但無吕布妻貂蟬事。元刊《三國志平話》、元明間雜劇《關大王月下斬貂蟬》、元雜劇《錦雲堂暗定連環計》都演有貂蟬事。版本今見《戲考》本、《戲典》本、《京劇彙編》收録的蕭連芳藏本及以該本重刊的《京劇傳統劇本彙編》本。今以《京劇彙編》蕭連芳藏本爲底本，參考其他本校勘整理。

第 一 場

  （四小軍引劉備、關羽、張飛上）

劉　備　（念）桃園義氣結金蘭，

關　羽　
張　飛　（念）保定漢室錦江山。

  大哥！

劉　備　二位賢弟！曹丞相兵發徐州，二位賢弟同到轅門候令。
關　羽
張　飛　大哥請。（同下）

第 二 場

（李典、樂進、曹洪、許褚上。起霸）

四　將　（唱）【點絳唇】
　　　　　殺氣英豪，兒郎虎豹。軍威浩，地動山搖，要把狼烟掃。
李　典　李典。
樂　進　樂進。
曹　洪　曹洪。
許　褚　許褚。
李　典　衆位將軍請了。
衆　將　請了。
李　典　丞相陞帳，你我兩廂伺候。
衆　將　請。
　　　　（四龍套引曹操上）
曹　操　（念）【引】憶昔扶漢朝，威風把名標。
　　　　（張飛、關羽、劉備上）
衆　將　參見丞相。
曹　操　使君請坐。衆位將軍，站立兩廂！
衆　將　啊！
曹　操　（念）（詩）漢室空有主，
　　　　　　　　兵權我爲先。
　　　　　　　　懷志衝霄漢，
　　　　　　　　橫行宇宙間。
　　　　老夫曹操。今奉天子明詔，帶領人馬，掃蕩徐州。可恨呂布戰又不戰，降又不降。使君有何妙計？
劉　備　請丞相發令，備當協力攻打徐州。
曹　操　好，就命使君帶領衆將，攻打徐州，捉拿呂布滿門，不得有誤。
劉　備　得令。

曹　操　掩門。
　　　　（四紅龍套、曹操下）
劉　備　眾位將軍！
關　羽
張　飛　大哥！
劉　備　兵發徐州！
　　　　（【牌子】。同下）

第 三 場

　　　　（二宮女、貂蟬、呂布上）
呂　布　（唱）每日裏無憂愁朝朝飲酒，
　　　　　　　到今日身無事駕坐徐州。
　　　　　　　恨曹操屢次裏興兵入寇，
　　　　　　　他那裏領人馬兵困徐州。
　　　　　　　狗奸賊要擒某怎得能够，
　　　　　　　某若是抖威風誰是對頭。
　　　　　　　內侍臣看過了皇封御酒，
　　　　　　　我二人同歡樂多飲幾甌。
貂　蟬　看酒！
　　　　（唱）老王允定下了連環巧計，
　　　　　　　我這裏用假意諒他不知，
　　　　　　　但願得曹丞相大兵齊至，
　　　　　　　破徐州俱擒去萬事全息。
　　　　（陳宮上）
陳　宮　（唱）曹操領兵奪徐州，
　　　　　　　迷戀宮闈呂溫侯。
　　　　　　　將身來在宮門口，
　　　　　　　見了公爺說從頭。
　　　　煩勞公爺，通稟溫侯，陳宮有本啟奏。
內　侍　原來是公臺。請少待，咱家與你啟奏。
陳　宮　有勞了。

内　侍　啓娘娘：陳宫有本啓奏。
貂　蟬　温侯酒醉,有本改日再奏。
内　侍　是。公臺,温侯酒醉,有本改日再奏。
陳　宫　這話是何人講的？
内　侍　娘娘講的。
陳　宫　不好了！
　　　　（唱）昔日有個商紂王,
　　　　　　　寵愛妲己亂朝綱。
　　　　　　　温侯學了前朝樣,
　　　　　　　貂蟬好比蘇娘娘。
　　　　　　　大着膽兒宫門闖！
内　侍　公臺！這是什麽地方,不想活着了？
陳　宫　哎呀！
　　　　（唱）順者昌來逆者亡。（下）
貂　蟬　温侯請酒！
吕　布　請啊。
張　遼　（内白）走啊！（上）
張　遼　（唱）侯成盗去赤兔馬,
　　　　　　　見了温侯説根芽。
　　　　　　　來此已是,哪位在？
内　侍　原來是張將軍,到此何事？
張　遼　煩勞通稟：張遼有本啓奏。
内　侍　娘娘有話：温侯酒醉,有本改日再奏。
張　遼　閃開了！啓奏温侯：大事不好了！
吕　布　啊,何事驚慌？
張　遼　今有侯成將温侯赤兔馬與畫戟盗去了！
吕　布　再探！
　　　　（張遼下）
吕　布　不好了！
　　　　（念）【撲燈蛾】
　　　　　　聞言怒氣發,怒氣發！
　　　　　　不由人咬碎鋼牙！

　　　　　盜去赤兔胭脂馬，
　　　　　胯下無馬怎厮殺！
貂　蟬　好啊！
　　　　（接念）【撲燈蛾】
　　　　　溫侯不必怒氣發，
　　　　　妾身有言聽根芽：
　　　　　溫侯威名誰不伯，
　　　　　無有戰馬也勝他。
　　　　（馬夫上）
馬　夫　（接念）【撲燈蛾】
　　　　　速報轅門下，
　　　　　曹操把兵發，把兵發！
呂　布　（接念）【撲燈蛾】
　　　　　叫人快備馬，
　　　　　戰場把賊拿。
　　　　來，吩咐備馬！
　　　　（呂布、貂蟬、宮女同下。馬夫備馬）
馬　夫　有請溫侯上馬。
　　　　（四小軍、四大將自兩邊分上。呂布上，會陣。曹四將、劉備、關羽、張飛，打呂布下。眾追下。）

第 四 場

　　　　（四龍套、陳宮、張遼上）
陳　宮　（念）眼觀旌旗起，
張　遼　（念）耳聽好消息。
　　　　（馬童上）
馬　夫　溫侯落馬！
陳　宮　再探！
　　　　（馬童下）
陳　宮　張將軍，敵擋一陣！
張　遼　遵命。帶馬！

（陳宮下。曹四將上，會陣開打，擒張遼下）

第 五 場

（陳宮、貂蟬同上）

陳　宮
貂　蟬　溫侯！溫侯！唉呀！

（曹四將上，擒陳宮、貂蟬同下）

第 六 場

（呂布上）

呂　布　貂蟬！貂蟬！唉呀！
（唱）擒去陳宮、張文遠，
　　　　搶去我妻女貂蟬。
　　　　心中有事難交戰，
罷！
　　　　舍死忘生戰一番！
（曹四將、劉備、關羽、張飛上，擒呂布下）

第 七 場

（四龍套、曹操上。曹操歸座。曹四將、劉備、關羽、張飛上）

衆　將　啓丞相：徐州已破，呂布一併被擒。
曹　操　使君請坐。衆將下面歇息。
（曹四將、關羽、張飛下）
曹　操　來，帶貂蟬！
（四龍套押貂蟬同上）
貂　蟬　（唱）適纔軍士擒住我，
　　　　　霎時鬆綁去繩索。
　　　　　進得帳來忙跪落，
　　　　　丞相寬恩是爲何？

　　　　　叩見丞相！
曹　操　貂蟬爲何不抬起頭來？
貂　蟬　有罪不敢抬頭。
曹　操　恕你無罪。
貂　蟬　謝丞相！
曹　操　呀！
　　　　（唱）王司徒獻連環果然不錯，
　　　　　　　貂蟬女可算得女中魁娥。
　　　　　　　奏天子封你在養老宮坐，
　　　　　　　太平時也許她安然快活。
貂　蟬　謝丞相。
　　　　（唱）叩罷頭來謝恩德，
　　　　　　　養老宮中去快活。
　　（呂布上）
呂　布　貂蟬轉來！
　　　　（唱）見貂蟬不由我心中冒火，
　　　　　　　罵一聲無恥婦膽大賤婆。
　　　　　　　你本是老王允許配與我，
　　　　　　　爲什麼暗地裏又嫁董卓？
　　　　　　　自那日打從那鳳儀亭過，
　　　　　　　你那裏使眼色暗送秋波。
　　　　　　　我爲你丁建陽被我刺過；
　　　　　　　我爲你二次裏又殺董卓。
　　　　　　　實指望你那裏眞心待我，
　　　　　　　又誰知你竟是裏應外合。
　　　　　　　恨不得用鐵鎖將爾的頭打落。
　　（貂蟬下，陳宮上）
陳　宮　（唱）有陳宮向前去忙把話說：
　　　　　　　貂蟬女是假意臣已奏過，
　　　　　　　反說我老陳宮疑心太多；
　　　　　　　到如今君臣們披枷帶鎖，
　　　　　　　纔知道貂蟬女裏應外合。

呂　布	（唱）	陳公臺你不必埋怨於我， 　　　大丈夫遇陰人性命難活。
		（呂布、陳宮同下）
曹　操		使君傳我將令，老夫收呂布帳下爲將，順我者昌逆我者亡。
		（曹操、小軍下）
劉　備		哎呀且住。方纔丞柞有意收留呂布，言道順者昌，逆者亡。這便如何是好？二位賢弟快來！
		（關羽、張飛上）
關　羽 張　飛		大哥何事？
劉　備		丞相要收呂布爲將，言道："順者昌，逆者亡。"若是收了呂布，你我弟兄大事難成。
關　羽 張　飛		大哥呀！
關　羽	（唱）	大哥不必心內慌，
張　飛	（唱）	小弟言來聽端詳：
關　羽	（唱）	今日要收呂布將，
張　飛	（唱）	就提董卓、丁建陽。
劉　備		著著著！
		（關羽、張飛同下。曹操上）
曹　操		來，帶陳宮。
		（四龍套押陳宮上）
陳　宮	（唱）	徐州城門失了計， 　　　猛虎離山被犬欺。
		老夫陳宮。今已被擒，此番進帳，破口大罵，縱然將我斬首，也落一個青史名標，萬古流傳。
	（唱）	到如今顧不得性命爲貴， 　　　呂奉先可笑他將中之魁。 　　　將身兒來至在賊營以內， 　　　生和死我不懼任賊所爲。
曹　操		下面站的可是陳宮？
陳　宮		然。

曹　操　啊，公臺，別來無恙？
陳　宮　曹操哇，曹操！俺陳宮若知你心術不正，那日在旅店之中，一劍將你殺死，焉有今日。
曹　操　住口！我且問你，在中牟縣縱放，棄職同行，要相輔老夫，共謀大事，因何不別而行？
陳　宮　若問前情，教你陳老爺好恨！
曹　操　恨着誰來？
陳　宮　你且聽了：當初釋放於你，因你宮中驍騎，頗有機謀，心雄膽壯，謀刺國賊未成，隻身逃至中牟。我乃一力相助，指望同興漢室。豈知你心性太偏，疑心太重；可嘆呂氏全家，無端慘死。我忠言相勸，你非但不知追悔，反敢昌言"寧我負人"。因此棄你而行，也曾題贈，贈你"奸雄"二字。
曹　操　我心不正，公為何獨事呂布？
陳　宮　呂溫侯心無謀智，却不似你詭計奸刁，聚結豺狼，獨霸諸侯，併吞州郡，久必生亂。看來這漢室山河，難出你奸雄之手！
曹　操　你倒心懷大志，腹隱奇謀，怎麼也有今日？
陳　宮　恨那呂布，他不聽我言，心無定見，酒色傷身。若能依我而行，在濮陽略施小計，燒得你焦頭爛額；他若聽我言，也不能中你哭喪之計。今日還坐守濮陽，怎能遭你毒手！
曹　操　我且問你：今日之事如何？
陳　宮　在徐州我一箭不曾將你射死。今被你擒，不過有死而已。
曹　操　公今一死，不值緊要，只是你還有老母妻子。
陳　宮　（灑淚）哎，我聞治天下者，不害人之親。老母妻子憑你處置。我身既已被擒，請即就戮，並無牽挂。
曹　操　公臺不必執迷，正該歸順老夫，以順天心。你意下如何？
陳　宮　呀呀呸！俺心已定，若改前言，除非日從西起！
曹　操　公臺之意老夫相從。來，將公臺老母妻子送到許都，不可待慢！
衆　　　是。
曹　操　來，將陳宮推出斬了！
陳　宮　多謝明公。
　　　　（念）生死無二志，
　　　　　　平生性剛強。

>   不從奸賊意，
>   爲主一命亡。
>   （大笑，軍士推下。翻上）

軍　　士　斬首已畢。

曹　　操　嗐！
>   （念）苦苦留英才，
>   丈夫何壯哉！
>   不從金石論，
>   空負棟梁才。

曹　　操　來！帶呂布！

呂　　布　（內唱）【導板】
>   昨日裏在小沛打了一仗，
>   （押上）

呂　　布　（唱）似猛虎離山崗落在平陽。
>   某好比楚霸王烏江命喪，
>   又好比三齊王命喪未央。
>   三國中論英雄某爲上將，
>   虎牢關戰諸侯似虎趕羊。
>   沒奈何進寶帳哀告丞相，
>   屈膝跪低下頭呂布願降。

曹　　操　下跪何人？

呂　　布　呂布。

曹　　操　虎牢關的威風何在？

呂　　布　天下英雄誰比丞相。

曹　　操　哈哈哈……使君，老夫有意收留呂布爲將，你意下如何？

劉　　備　收，也在丞相；不收，也在丞相。可記得丁、董之故耳？

曹　　操　這個……斬！

呂　　布　劉使君，你爲座上客，我乃階下囚，何故多發一言？

劉　　備　此乃丞相之令，與備無干。

呂　　布　你可記得轅門射戟之故耳？

劉　　備　備倒忘懷了！

呂　　布　呸！大耳賊！

　　　　（唱）大耳賊忘却了轅門射戟，
　　　　　　　有袁術遣紀靈將爾來欺。
　　　　　　　那時節不是某將他嚇退，
　　　　　　　一杆戟戰退了河北英奇。
　　　　　　　到如今以讎報將恩忘記，
　　　　　　　我死後定把爾生魂來逼。
　　　　　　　二次裏進寶帳屈膝在地，
　　（張遼上）
張　遼　啊溫侯，事到如今，你還怕死不成？
呂　布　將軍哪！
　　　　（唱）某死後漢室中英雄有誰？
曹　操　推出斬了。
　　（軍士押呂布下，翻上。張遼望見頭哭介）
張　遼　哎呀！
　　　　（唱）蓋世英雄輩，
　　　　　　　鋼刀把命催；
　　　　　　　喜愛貂蟬女，
　　　　　　　昏迷在宮闈。
　　　　　　　如今悔不悔，
　　　　　　　事急埋怨誰？
　　　　　　　人頭搭在寶帳內，
　　　　　　　回頭再罵欺君賊。
曹　操　下站何人？
張　遼　連你張老爺都不認得了麼？
曹　操　原來是濮陽火頭。
張　遼　可惜呀，可惜。可惜濮陽火小，若是火大，將爾燒死在內，也免今日之患也。
曹　操　些小火光怎比老夫正當紅日！
張　遼　也是你這奸賊命不該絕。
曹　操　今日被擒就該歸順。
張　遼　要某歸順，除非日從西起！
曹　操　事已至此，還是這等倔犟。來，推出斬了！

劉　　備　且慢。丞相施恩,待備向前。
曹　　操　使君向前。
劉　　備　啊,張將軍不必如此,聽我相勸,歸順丞相,自有封贈。執意如此,家中老小妻兒所靠何人?你要再思再想。
張　　遼　啊,要我歸降,必須應我三件大事!
劉　　備　哪三件?
張　　遼　將溫侯屍首金井玉葬;將公臺屍首送轉原郡;還要曹操下得位來,與俺親自鬆綁。
曹　　操　待老夫下位親自與你鬆綁。
劉　　備　備代勞。
　　　　　(劉備給張遼鬆綁介)
張　　遼　歸降來遲,丞相恕罪!
曹　　操　將軍請起。後帳擺宴,與衆將賀功!
　　　　　(同下)

許田射鹿

佚 名 撰

解 題

　　京劇。現代佚名撰。《京劇劇目初探》著錄，題《許田射鹿》，一名《衣帶詔》；均未署作者。《京劇劇目辭典》著錄，題《許田射鹿》、《許田射鹿》之二，另有《衣帶詔》。劇寫東漢末劉備助曹操掃平呂布，隨曹操班師回朝。馬騰進宮朝見，獻帝賜宴款待。曹操引劉備與獻帝相見，獻帝詢查宗譜，尊劉備爲皇叔，封爲左將軍、宜城亭侯。曹操爲試探百官，請獻帝到許田射獵。獻帝命劉、關、張保駕。獻帝幾次射鹿未中。曹操奪過獻帝的弓箭，一箭將鹿射死。官兵見是金鈚箭，以爲獻帝所射，紛紛上前祝賀，高呼"萬歲"。曹操推獻帝搶上受群臣賀。關羽、張飛大怒，欲殺曹操。劉備急阻之，並稱"丞相真乃神箭"。獻帝大怒，回宮後寫下血詔，藏在玉帶之中賜給國舅董承。董承讀詔後，與王子服、劉備、馬騰等人共商除曹大計。本事出於《三國演義》第十九、二十回。《三國志·蜀書·關羽傳》注引《蜀記》載有許田射鹿事。明傳奇《射鹿記》當寫此事，惜無傳本。版本今有《戲考》本、上海市《傳統劇目彙編》京劇集本、《京劇彙編》收錄的馬連良藏本及以該本重刊的《京劇傳統劇本彙編》本。今以《京劇彙編》馬連良藏本爲底本，參考其他本校勘整理。

第 一 場

　　（車冑、許褚上，雙起霸）

車　冑
許　褚　（唱）【點絳唇】殺氣衝霄，

　　（徐晃、李典上，雙起霸）

徐　　晃 李　　典	（接唱）【點絳唇】旌旗飄搖，
	（于禁、樂進上，雙起霸）
于　　禁 樂　　進	（接唱）【點絳唇】傳令號，
	（朱靈、路昭上，雙起霸）
朱　　靈 路　　昭	（接唱）【點絳唇】齊動槍刀，
車　胄 許　褚 徐　晃 李　典 于　禁 樂　進 朱　靈 路　昭	（接唱）【點絳唇】陣前立功勞。
車　胄 許　褚 徐　晃 李　典 于　禁 樂　進 朱　靈 路　昭	俺，
車　　胄	車胄。
許　　褚	許褚。
徐　　晃	徐晃。
李　　典	李典。
于　　禁	于禁。
樂　　進	樂進。
朱　　靈	朱靈。
路　　昭	路昭。
車　　胄	列位將軍請了。

許徐李于樂朱路車　褚晃典進靈昭胄　請了！

丞相陞帳，你我兩廂伺候。

許徐李于樂朱路車　褚晃典進靈昭胄　請！

（四龍套、四大鎧、四上手、郭嘉、程昱上，站門，曹操上）

曹　操　（念）【引】位列三台，保漢室，文武奇才。

車許徐李于樂朱路　胄褚晃典進靈昭　參見丞相！

曹　操　站立兩廂。

車許徐李于樂朱路　胄褚晃典進靈昭　啊！

曹　操　（念）（詩）漢室空有主，
　　　　　　　　　兵權吾爲先；
　　　　　　　　　志氣衝霄漢，
　　　　　　　　　縱橫宇宙間！

|||老夫,曹操。今奉天子明詔,掃蕩呂布,可恨那廝佔據徐州,擾害百姓。是我決了沂、泗二河之水,又得桃園弟兄暗助,擒了呂布,在白門樓斬首。今日班師回朝,少不得面奏天子,將劉備留在朝中,免得在外滋事,就是這個主意。來!

四龍套　有。

曹　操　桃園弟兄來見!

一龍套　桃園弟兄來見!

劉　備
關　羽　（內）來也!
張　飛

（劉備、關羽、張飛上）

劉　備　（念）徐州滅呂布,

關　羽
張　飛　（念）尚在虎口間。

劉　備
關　羽　參見丞相!
張　飛

曹　操　使君少禮。請坐!

劉　備　謝坐。丞相,喚出我等有何事議?

曹　操　此次剿滅呂布,使君有功。今番回朝面君,少不得要保舉使君在朝內居官。

劉　備　多謝丞相!

曹　操　如此,一同回朝。外廂帶馬!

（曹操、劉備、關羽、張飛、車冑、許褚、徐晃、李典、于禁、樂進、朱靈、路昭上馬介。【牌子】。曹操原人斜門,四百姓上,叩頭介）

四百姓　叩見丞相!

曹　操　爾等何人?

四百姓　徐州百姓。

曹　操　隊伍列開!

四百姓　叩見丞相!

曹　操　衆百姓攔馬爲何?

四百姓　請留劉使君在此爲牧,望丞相開恩。

曹　操　劉使君功勞高大,待等面君封爵,再來不遲。

四百姓	多謝丞相。
曹　操	（想介，看衆百姓介。有怕民變之意）車胄聽令！
車　胄	在。
曹　操	命你鎮守徐州，不得有誤！
車　胄	得令！

（四大鎧、車胄轉至上場門站一條邊）

曹　操	班師回朝去者！

（【衝頭】。四龍套、四上手、路昭、朱靈、樂進、于禁、李典、徐晃、許褚插門下，曹操下）

四百姓	送使君！
劉　備	諸位父老不必悲傷，暫且回去，後會有期。

（劉備、關羽、張飛亮相下）

車　胄	衆百姓休要啼哭，有俺鎮守徐州，可以保護爾等！（同下）

第　二　場

（董承、王子服、种輯、吳碩上）

董　承 王子服 种　輯 吳　碩	（唱）【點絳唇】 　　濟濟冠裳，文臣武將；出朝堂，雲繞建章，金鐘三下響。
董　承 王子服 种　輯 吳　碩	下官，
董　承	車騎將軍董承。
王子服	工部侍郎王子服。
种　輯	長水校尉种輯。
吳　碩	議郎吳碩。
董　承	今有馬騰來到許昌，朝見聖上，少時我等代爲啓奏。
王子服 种　輯 吳　碩	聖駕臨朝，分班伺候。
董　承	香烟繚繞，聖駕來也！

（四太監、大太監、漢獻帝上）

漢獻帝　（念）【引】駕坐許昌，文武臣，扶保孤王。

董　承
王子服
种　輯　萬歲在上，臣等朝見！
吳　碩

漢獻帝　眾卿少禮。

董　承
王子服
种　輯　萬萬歲！
吳　碩

漢獻帝　（念）（詩）一輪紅日照當頭，
　　　　　　　　　大地山河列九州。
　　　　　　　　　十常侍滅黃巾破，
　　　　　　　　　君樂民安國祚悠。

　　　　孤，大漢天子，建安在位。自孤登基以來，天下動亂，群雄並起；幸喜董卓正法，催、汜伏誅。唯有呂布佔據徐州，也曾命曹操前去征討，未見回報。眾卿，有本早奏，無本退班。

董　承　今有西涼太守馬騰，來到許昌，現在午門候旨。

漢獻帝　宣馬騰上殿。

大太監　馬騰上殿哪！

馬　騰　（內）領旨！（上）
　　　　（念）忽聽聖上宣召，急忙叩見當朝。
　　　　馬騰見駕，吾皇萬歲！

漢獻帝　平身。

馬　騰　萬萬歲！

漢獻帝　卿家鎮守西涼，羌人可曾歸服王化？

馬　騰　蒙我主洪福，西涼安靜異常。

漢獻帝　乃卿家之功。吳愛卿！

吳　碩　臣在。

漢獻帝　光祿寺擺宴，與馬愛卿賀功。就命卿家替孤把盞！

吳　碩　遵旨！

馬　騰　謝主隆恩！（下）

(大太監上)
大太監　啓奏萬歲：曹丞相掃滅呂布，得勝回朝。現在午門候旨。
漢獻帝　宣曹丞相上殿。
大太監　曹丞相上殿哪！
曹　操　（內）領旨！（上）
　　　　（念）徐州掃呂布，許昌叩君顏。
　　　　參見萬歲！
漢獻帝　丞相平身。賜坐！
曹　操　謝坐。
漢獻帝　丞相征剿呂布之事如何？
曹　操　呂布已滅，特地回朝交旨。
漢獻帝　丞相之功也！
曹　操　此乃天子洪福，非臣之功也。今有劉備，軍前立功，特來引見，望萬歲內用。
漢獻帝　哦，劉備！丞相請回府歇息去吧！
曹　操　臣遵旨！（下）
漢獻帝　宣劉備上殿！
大太監　劉備上殿哪！
劉　備　（內）領旨！（上）
　　　　（唱）來在殿角用目看，
　　　　　　　文武大臣列兩邊。
　　　　　　　劉備今日把君見，
　　　　　　　跪在丹墀叩龍顏。
　　　　臣，劉備見駕，吾皇萬歲！
漢獻帝　平身。
劉　備　萬萬歲！
漢獻帝　你祖何人，當殿奏來！
劉　備　臣乃中山靖王之後，孝景皇帝陛下之玄孫，劉弘之子。
漢獻帝　卿乃孤家宗族。王愛卿！
王子服　臣在。
漢獻帝　呈宗譜上來，待孤查看。
王子服　遵旨！（呈宗譜介）啓萬歲：劉備乃中山靖王之後，孝景皇帝之玄孫，劉弘之子。

漢獻帝　果然不差。乃孤之叔也！從今以後，眾卿要以皇叔稱之！

董　　承
王 子 服　臣遵旨！
种　　輯
吳　　碩

漢獻帝　皇叔軍前有功，封爲左將軍、宜城亭侯之職。

劉　備　謝萬歲！

漢獻帝　眾卿退班！

董　　承
王 子 服　萬萬歲！（下）
种　　輯
吳　　碩

漢獻帝　內侍，擺駕偏殿！

大太監　擺駕偏殿哪！

（吹打。四太監、二大太監、劉備、漢獻帝圓場）

漢獻帝　待孤參拜！

劉　備　折煞爲臣了！

漢獻帝　先行國制，次則當行家禮。

（漢獻帝拜劉備介，劉備旁立。劉備又拜漢獻帝介）

漢獻帝　內侍，後殿備宴，與皇叔賀功！

大太監　遵旨！

（漢獻帝挽劉備手介）

漢獻帝
　　　　（笑介）啊哈哈哈……
劉　備

（同下）

第　三　場

（四文堂、郭嘉、程昱、曹操上）

曹　操　（唱）【西皮搖板】

　　　　剿滅呂布心歡暢，

　　　　馬到成功誰敢當。

　　　　　　將身且坐寶帳上，
　　　　　　順吾昌來逆吾亡。
　　　　　劉備見君，官封左將軍、宜城亭侯之職，可以困在許昌了！
郭　嘉　丞相，天子尊劉備爲皇叔，恐於丞相不利。
曹　操　他雖爲皇叔，吾以天子命令相召，他焉敢不服！吾將他帶到許昌者，正爲叫他名雖近君，實則不能逍遙在外，自然困在都中，老夫無憂也。
郭　嘉　丞相倒不如趁此機會，將他殺死，以去後患。
曹　操　我明日請天子許田射獵，以觀文武之動靜，劉備倘有不到之處，吾假天子之命，便可處治於他。
郭　嘉
程　昱　丞相高才。
曹　操　命你等四路催糧，以備軍用。
郭　嘉
程　昱　得令！（下）
曹　操　來，打道午門！
四文堂　啊！
　　　　（同下）

第 四 場

（四太監、大太監、漢獻帝上）
漢獻帝　（唱）孤坐在皇宮院心中煩悶，
　　　　　　國家事何日裏纔得安寧！
（曹操上）
曹　操　（唱）邁步且進皇宮院，
　　　　　　特請天子到許田。
　　　　參見萬歲！
漢獻帝　丞相來了，平身。賜坐！
曹　操　謝坐。
漢獻帝　丞相進宮何事？
曹　操　臣請萬歲到許田行圍射獵。

漢獻帝	田獵之事，恐非正道。
曹　操	自古道：帝王四時出郊，春蒐、夏苗、秋獮、冬狩，以示武於天下。今日兵戈四起，正當借田獵以講武事。
漢獻帝	是是是，孤當奉陪。
曹　操	遵旨！正是：
	（念）滿懷心腹事，盡在不言中。（下）
漢獻帝	唉，不知他是何計策！內侍！
大太監	奴婢在。
漢獻帝	準備獵服伺候！
大太監	遵旨！
	（同下）

第　五　場

（關羽、張飛上）

關　羽	（念）將相本無種，
張　飛	（念）男兒當自強。
	（四龍套、劉備上）
關　羽	大哥回來了！
劉　備	回來了。
關　羽	大哥上殿朝見天子，但不知萬歲怎樣傳旨？
劉　備	萬歲查明宗譜，認愚兄爲皇叔，加封左將軍、宜城亭侯之職；又在偏殿設宴，十分恩寵。
關　羽 張　飛	大哥受寵，可喜可賀！
劉　備	大家同喜。
關　羽 張　飛	聞聽曹操邀請萬歲許田射獵，恐有危急之事，特稟大哥知道。
劉　備	你我只可整備軍械，前去保駕。
關　羽 張　飛	遵命！
劉　備	正是：

關 羽 張 飛	（念）保駕盡忠義， （念）謹防有奸謀。 （同下）

第 六 場

（【風入松】牌子。八龍旗、八英雄、曹八將、劉備、關羽、張飛、四太監、二大太監、曹操、漢獻帝上，圓場。曹操與漢獻帝並馬介，關羽提刀在背後欲殺曹操介，【長撕邊】。關羽三次欲殺曹操，劉備三次阻止，張飛欲殺曹操，劉備亦止介）

曹　操	打道許田！
衆	啊！
	（圓場。漢獻帝、曹操、劉備同上山介）
曹　操	撒下圍場！
衆	啊！
	（虎形上，八英雄打虎介，虎死介，八英雄抬虎跪介）
曹　操	下邊領賞！
八英雄	謝丞相！（抬虎下）
漢獻帝	皇叔，今日許田射獵，孤欲看皇叔箭法如何？
劉　備	臣遵旨！（下山介） （唱）領了聖命把馬上， 　　　只見白兔下山崗。 　　　開弓便把雕翎放，（射兔死介） 　　　白兔中箭一命亡。
漢獻帝	好箭法也！
	（鹿形上，八英雄上，追鹿介，下）
漢獻帝	看此鹿身體高大，待孤親自射來。內侍，孤欲消遣，帶馬伺候！ （唱）孤王親自下圍場， （劉備、曹操、漢獻帝下山介。八英雄追鹿形上）
漢獻帝	（唱）又見麋鹿在山旁。 　　　開弓且把雕翎放，（連射三箭不中介）

　　　　　　三箭不中爲哪樁？
曹　操　待爲臣射它一箭！
　　　　（曹操奪漢獻帝弓射鹿，鹿死介。二旗牌上，拔箭看介）
二旗牌　此乃萬歲金鈚箭，吾等向前恭賀。
　衆　　萬歲神箭！萬壽無疆！
　　　　（曹操推漢獻帝搶上受賀介）
曹　操　衆將少禮呀，少禮！
　　　　（關羽、張飛怒介。關羽持刀、張飛持矛，欲殺曹操介，劉備攔阻介。
　　　　曹操回頭看劉備介。劉備急回身，佯作祝賀介）
劉　備　丞相真乃神箭也！
曹　操　（冷笑介）嘿嘿嘿……
漢獻帝　（怒介）打道回宮！
　　　　（四太監、二大太監、漢獻帝下）
曹　操　暢快呀，暢快！大小三軍俱各有賞。帶馬回營！
　　　　（同下）

第　七　場

　　　　（四宮女、伏皇后上）
伏皇后　（唱）【西皮慢扳】
　　　　　　在宮中只恨那奸賊曹操，
　　　　　　上欺天子下壓群僚。
　　　　　　看起來漢室中國運衰了，
　　　　　　賊奸黨專國政紊亂當朝。
　　　　（二大太監、漢獻帝上）
漢獻帝　（唱）在許田射獵回轉至宮院，
　　　　　　見了那愛梓童細説根源。
伏皇后　妾妃見駕。吾皇萬歲！
漢獻帝　梓童平身。賜坐！
伏皇后　謝坐！
漢獻帝　唉！
伏皇后　萬歲，今日爲何這樣煩惱？

漢獻帝　孤自接位以來，奸雄並起，初遇董卓之患，復有催、汜之變！只望曹操忠心保國，誰知他誤國專權！
　　　　（董妃暗上，竊聽介）
漢獻帝　今日在圍場之上，公然受賀，無禮已極！早晚定有反心，因此孤王甚是憂慮！
伏皇后　想這滿朝文武，俱食漢祿，何不宣上幾個忠臣，以除國亂！
漢獻帝　滿朝文武多是依附奸賊，哪得忠臣保國！
　　　　（董妃進門介）
董　妃　萬歲！
漢獻帝　愛妃來了？
董　妃　萬歲所言，妾妃俱已聽見了。
漢獻帝　哦，你俱已聽見了！只是無人可以除賊！
董　妃　妾妃之兄董承，忠心爲國，可以將他宣進宮來，必有妙計除賊。
漢獻帝　想那董國舅，前在西京，也曾救駕。內侍，快快宣召董國舅進宮！須要悄悄而去，不可令奸曹知曉。
大太監　領旨！（下）
漢獻帝　孤今書一血詔，且候董國舅到來便了。梓童，白綾伺候！
董　妃　遵旨！
漢獻帝　（唱）【西皮導板】
　　　　　　龍書案咬指尖珠淚難忍，（咬指介）
　　　　（轉唱）【西皮原板】
　　　　　　鮮血淋淋痛徹在心！
　　　　　　恨曹操在朝中專權亂政，
　　　　　　欺壓孤王無父無君。
　　　　　　滿朝中文武臣附和奸佞，
　　　　　　惟有國舅赤膽忠心。
　　　　　　但願得把奸賊及早除定，
　　　　　　這漢室錦江山纔得安寧。
　　　　　　孤把血詔忙寫定，
　　　　　　再與梓童説分明！
　　　　梓童，可將血詔縫在玉帶裏面，好好縫訖，待國舅到來，賜他便了！

董　　妃	是。（縫玉帶介）
	（大太監、董承上）
董　　承	（唱）萬歲宣我進宮廷，
	倒叫董承心不明。
	煩勞公公把路引，
	見了我主問安寧。
	董承見駕，吾皇萬歲！
漢 獻 帝	平身。
董　　承	萬萬歲！娘娘千歲！
伏 皇 后	平身。
董　　承	宣臣進宮，有何旨意？
漢 獻 帝	愛卿同孤到功臣閣上一觀！
董　　承	臣遵旨！
漢 獻 帝	梓童，與孤換了玉帶。
董　　妃 伏 皇 后	遵旨！（換帶介）
漢 獻 帝	迴避了！
董　　妃 伏 皇 后	是。（下）
漢 獻 帝	內侍，擺駕功臣閣。
二大太監	領旨！
	（圓場。漢獻帝焚香，董承拜介）
漢 獻 帝	賜坐！
董　　承	謝坐！
漢 獻 帝	想我祖高皇起義興兵，是怎樣創成漢室基業，卿家可知之乎？
董　　承	想當年高皇帝在泗上，手提三尺寶劍，斬蛇起義，馳驅東西，掃蕩南北；三年亡秦，五年滅楚，立定漢室基業，爲臣盡知。
漢 獻 帝	想孤先王如此英雄，留下孤這懦弱子孫，豈不有玷先君！
董　　承	萬歲說哪裏話來，君王有難，臣之過也！
漢 獻 帝	愛卿來看！高皇帝左右立定可是張良、蕭何二位先生？
董　　承	正是。
漢 獻 帝	想當年高皇帝創業，全是此二臣之功，所以立於高皇帝之側，卿

	也能學此二人立在孤王之側乎？
董　　承	想張、蕭二公，乃是開國之元勳，所以立在高皇帝之側，臣無寸功，焉能比得！
漢獻帝	想國舅在西京曾經救駕，孤王至今不忘，無以爲賜，今將孤的玉帶賜與國舅，就如同在孤之側。內侍！
二大太監	有。
漢獻帝	更衣！
	（牌子。換衣介）
董　　承	謝萬歲！
漢獻帝	卿回府之後，須要仔細詳查！
董　　承	謹遵聖命！
漢獻帝	內侍擺駕！
大太監	遵旨！
漢獻帝	（唱）內侍擺駕下閣亭，
	回府仔細要查清！
董　　承	（唱）拜謝吾主恩隆盛，
漢獻帝	愛卿回府，須要仔細，勿負孤意！
	（漢獻帝下，二大太監隨下）
董　　承	哦。是是是！
	（唱）回府我要仔細查清。（下）

第 八 場

（【水底魚】。劉備、關羽、張飛上）

關　羽	大哥，今日許田射鹿，曹操在天子面前受賀，欺君罔上，小弟本要將他斬首，大哥以目示弟，極力攔阻，却是爲何？
劉　備	二弟哪裏知道，那曹操與天子僅離這一馬頭之隔，其心腹將士緊緊跟隨，吾弟逞一時之怒，輕舉妄動，成則足以亂國，不成則禍及自身，倘若有傷天子，那時罪歸我等，忠在哪裏？
張　飛	大哥，今日不殺此賊，終爲後患！
劉　備	想我弟兄居近曹操，倘有不測，有負天子提拔之意。你二人須要謹慎，不可輕動！今後我弟兄須要郊外射獵，館中讀書，兄要到菜園

中種菜,學那老圃之事。

關　羽
張　飛　大哥,種菜乃農夫之業,要以國家爲念纔是!

劉　備　常言道:謀而不密,不如不謀。二弟、三弟要以謹慎爲念!正是:
（念）欲待乘機起,暫作耕種人。
（亮相介,同下）

第　九　場

（四校尉、四將官、曹操上）

曹　操　適纔有人報道,萬歲將董承宣進宮去,同到功臣閣敘話,不知爲了何事,待老夫前去看來。校尉的,打道午門!
（【四邊靜】牌子。董承上,與曹操相遇介）

董　承　來者敢是曹丞相?

曹　操　董國舅!

董　承　大丞相!

曹　操　萬歲宣你到功臣閣上做甚?

董　承　在功臣閣上,問的是高祖起義,怎樣創立漢家基業。

曹　操　還講什麼?

董　承　還講了些張良、蕭何的故事。

曹　操　那張良、蕭何二人,乃是漢朝兩個忠臣,但不知他二人比老夫如何?

董　承　想丞相文能安邦,武能定國,他二人焉能比得你曹丞相!

曹　操　（冷笑介）嘿嘿嘿……但不知你的玉帶是哪裏來的?

董　承　這玉帶乃是聖上所賜。

曹　操　聖上爲何賜你玉帶?

董　承　聖上念我當年西京救駕,所以賜這玉帶,以酬功勳。

曹　操　你將玉帶解下,待老夫觀看!

董　承　在此午門,解下玉帶,有些不雅。

曹　操　你說此話可有奸?

董　承　無奸。

曹　操　有詐?

董　承　無詐。

曹　操　既無奸詐，解下何妨？

董　承　這個……

曹　操　什麼？來，與我解了下來！

　　　　（四將官上前解董承玉帶介）

曹　操　拿了過來！（接玉帶看介）

董　承　這玉帶上面並無奸詐夾帶，拿了去吧！

　　　　（曹操將玉帶系於自己腰上介）

曹　操　你等看老夫繫了此帶，可美觀否？

衆　　　倒也好看。

曹　操　國舅，將此帶送與老夫，你意下如何？

董　承　此乃聖上所賜，焉敢轉送！待下官回至府中，另備一條，送與丞相。

曹　操　難道這玉帶之中，有什麼弊病不成？

董　承　不敢，不敢！既是丞相要留，就送與丞相！

曹　操　（轉怒爲喜介）有道是：君子不奪人之愛。此乃君恩所賜，不過作戲而已！請回府去吧！（遞帶介）

　　　　（董承束帶介，下）

曹　操　打道回府！

　　　　（同下）

第　十　場

（馬騰上）

馬　騰　（唱）【西皮搖板】

　　　　　　心中只把奸賊恨，

　　　　　　欺壓天子爲何情！

俺，西涼太守馬騰。天子在許田射獵，哪裏知道，曹操竟敢在天子面前搶禮受賀，滿朝文武多半是奸賊黨羽，唯有董承乃是國舅，又在西京救駕有功。我不免明日面見董承，與他商議，除却這個奸賊，就此前往！

（唱）明日去把董承訪，

　　　　滅却奸賊保朝綱。（下）

第 十 一 場

（董承上）

董　承　（唱）曹賊將我來盤問，
　　　　　　　　泄露機關了不成。
　　　　　　　　將身且把府門進，
　　　　（書童暗上）
書　童　迎接家爺！
董　承　起過！
　　　　（唱）嚇得我渾身汗淋淋！
書　童　家爺用茶？
董　承　不用！
書　童　用飯？
董　承　不用！喚你再來，退下！
書　童　好大氣兒呀！（下）
董　承　今日聖上賜我玉帶，叫我仔細查看，但不知是何緣故？
　　　　（董承作想介。起初更）
董　承　（唱）【四平調】
　　　　　　　　耳聽得譙樓上初更過了，
　　　　　　　　思前想後好心焦，
　　　　　　　　賜玉帶命我仔細瞧，
　　　　　　　　這樣機密為哪條？
　　　　　　　　啊啊啊……為哪條？
　　　　（起二更）
　　　　（接唱）
　　　　　　　　聽譙樓打罷了二更天，
　　　　　　　　手捧玉帶看分明。
　　　　　　　　上面鑲嵌的是玲瓏美玉，
　　　　　　　　倒叫我董承心不明！
　　　　　　　　啊啊啊……我難以思忖！
　　　　（起三更。剪燈花介，回看燈花，燒玉帶，細看玉帶介）

唉！這帶竟被燈花燒破了！（用手摸介）啊，這裏面哪裏來的血迹呀？待我拆開看來。（拆看介）哎呀，原來是聖上的血詔，叫我除却曹操！哎呀聖上啊！

（起四更）

（唱）【二黃搖扳】

　　見血沼不由人淚淋淋，

　　我心中好一似亂箭穿身。

　　在府中我哭一聲漢江山，

萬歲爺呀！

　　哪有忠臣扶保朝廷！

（睡介，起五更，書童上）

書　童　（看介）哎呀，這老爺子一夜沒睡，困啦，讓他睡吧，待一會兒我再來！（下）

王子服　（內）走哇！（上）

（唱）心中只把奸賊恨，

　　去到相府訪董承。

　　進了門首把書院進，

　　只見國舅睡沉沉。

國家危在旦夕，他還這樣的酣睡。待我把他喚醒。（看介）啊！這有白綾一幅，待我看來。哎呀呀，原來是聖上的血詔，叫他設計除却奸賊，爲何這樣的大意？待我嚇他一嚇，國舅醒來！

董　承　（驚醒介）原來是王大人！（尋詔介）

王子服　好哇，你在家中竟敢圖謀曹丞相，我去出首，告知曹丞相！來來來，走走走！

董　承　（驚懼介）哎呀大人哪！你若如此，漢室江山休矣！（跪介）

王子服　（笑介）哈哈哈……起來！我是與你作耍的呀！

董　承　你這一耍，耍出我一身冷汗哪！

王子服　不是我來耍你，你忒以的大意了！

董　承　王大人，可以同謀除却奸賊麼？

王子服　我家世受國恩，久有此心滅却奸賊，奈無首領之人。今有國舅爲首，我王子服誓願相從！

董　承　多謝了！滿朝文武皆是曹賊心腹，唯有長水校尉种輯、議郎吳碩，

　　　　　此二人忠心爲國，可以同謀。
王子服　我還保擧一人，乃是昭信將軍吳子蘭。
董　承　你我同到密室，共寫議狀。
王子服　請！
　　　　（圓場）
董　承　先請書名畫押！
王子服　國舅先寫，我當列後。
　　　　（董承、王子服畫押介）
　　　　（种輯、吳碩上）
种　輯
吳　碩　裏面有人麼？
　　　　（書童上）
書　童　二位大人！
种　輯
吳　碩　國舅可在府中？
書　童　現在府中。
种　輯
吳　碩　快快通報！
書　童　是。啓爺：种、吳二位大人到。
董　承　（向王子服）大人暫在屏風後面少待。
　　　　（王子服下）
董　承　有請！
書　童　有請二位大人！（下）
　　　　（种輯、吳碩進門介）
种　輯
吳　碩　前者許田射獵之事，國舅可聽得奸賊以臣壓君之事乎？
董　承　雖然如此，也是無可如何！
种　輯　此賊不除，漢室江山終不能保！
吳　碩　爲大臣者，當以保國爲先，死而無怨！
　　　　（王子服暗上）
王子服　好哇，你二人要殺曹丞相，好大的膽哪！
种　輯　我寧作漢家鬼，不作曹家臣。強似你們依附國賊，真乃無恥之輩！
王子服　（笑介）哈哈哈……我等正欲往訪二公，議論此事，現有血詔在此，

	拿去看來！
	（种輯、吴碩同看血詔介）
种　輯 吴　碩	既然如此，我等畫押書名啊！
	（【牌子】。吴碩、种輯畫押介）
馬　騰	（内）走哇！（上）
	（唱）只爲奸賊欺君國，
	要求國舅定干戈。
	邁開大步朝前進，
	（書童暗上）
書　童	迎接馬將軍！
馬　騰	（唱）見了國舅定良謀。
	向裏通報！
書　童	啓爺：西凉馬將軍來拜！
董　承	對他去説：我有病在床，不能相見。
書　童	啓將軍：家爺染病，改日再見，特擋大駕。
馬　騰	我非無事而來，我是一定要見！
書　童	是。啓爺：馬將軍言道，有事而來，一定要見。
董　承	列位大人暫請密室少坐，待我會他一會。
王子服 种　輯 吴　碩	請！（下）
董　承	書童！説我出迎。
書　童	家爺出迎。（下）
董　承	馬太守！
馬　騰	國舅！
董　承	請進！
馬　騰	你面帶春色，何言有病！看將起來，你等非救國之人也！
董　承	你到此何事？
馬　騰	那許田射獵之事，我氣滿胸膛，你乃皇親國戚，終日沉沉悶悶，是何道理？
董　承	想那曹丞相，乃國家之大臣，朝廷倚重，你何出此言！
馬　騰	你尚以曹操爲忠臣，真乃貪生怕死之輩！不能與共大事，我便去也！

董　承　將軍且慢！待我取來一物,你要仔細的看來！（取血詔介）
馬　騰　（看介）既有此事,何不明言！
董　承　恐怕你是曹操的奸黨！
馬　騰　忒小心了！
　　　　（王子服、种輯、吳碩上）
王子服
种　輯　拿奸細！
吳　碩
馬　騰　看劍！
董　承　且慢,皆是志同道合之人。
王子服
種　輯　請來書名！
吳　碩
馬　騰　待我書來！（畫押介）如今還有一人,國舅何不將他約來商議！
董　承　但不知是哪一個？
馬　騰　就是那左將軍劉備。
董　承　那劉備現在曹操帳下,安能行此大事？
馬　騰　前日在圍場之中,曹操搶受天子之禮,那關羽欲殺曹操,劉備暗地止之,想是他投鼠忌器,未敢妄動也！
董　承　既然如此,待我前去,與他商議。
馬　騰　如今已有七人,待我回轉西涼,聯結張魯、劉璋等,以作外援！
董　承
王子服
种　輯　我等以做內應！
吳　碩
馬　騰　告辭了！
　　　　（唱）辭別列位出府門,
　　　　　　　同心協力滅奸臣。（下）
王子服　（唱）國舅去訪劉備等,
种　輯
吳　碩　（唱）同心協力除奸臣。
董　承　（唱）但願蒼天多護佑,
　　　　　　　除賊保國定乾坤！
　　　　（同下）

衣 帶 詔

佚 名 撰

解 題

  京劇。現代佚名撰。《京劇劇目辭典》著錄，題《衣帶詔》，未署作者。劇寫獻帝許田射鹿回宮之後，怒寫血詔，命董承聯絡忠良除曹操。馬騰、王子服、董承、种輯、吳碩等密商共簽血詔。董承往訪劉備，責其在圍場攔阻雲長欲殺曹操事。劉備答稱關羽乃一時之怒。董承責劉備相欺，劉備始表明心迹。董承取出詔書，劉備看後書名。劉備爲免遭曹操疑忌，乃到後園種菜。本事出於《三國演義》第二十一回。《後漢書·獻帝紀》："五年春正月，車騎將軍董承、偏將軍王服、越騎將軍种輯，受密詔誅曹操，事泄，壬午，曹操殺董承等。"又《三國志·蜀書·先主傳》《魏書·武帝紀》亦記其事。元刊《三國志平話》有衣帶詔事。清宮大戲《鼎峙春秋》有《賜衣帶血詔潛投》一齣。版本今有北京市戲曲研究所藏本（未見）、上海市《傳統劇目彙編》京劇七集產保福藏本。今以產保福藏本爲底本整理。

第 一 場[1]

（四宮女、伏后、漢獻帝上）

漢獻帝　（唱）【西皮原板】
　　　　　在宮中只恨那賊曹操，
伏　后　（接唱）上欺天子下壓群僚。
漢獻帝　（唱）看起來漢朝中國運衰了，
伏　后　（唱）賊奸黨專國政混亂當朝。
　　　　　妾身見駕，吾皇萬歲。
漢獻帝　梓童平身。賜坐。

伏　后	謝坐。
漢獻帝	咳！
伏　后	萬歲今日爲何這等煩惱？
漢獻帝	朕自即位以來，奸雄並起。初遇董卓之患，後有催、汜之災。只望曹操忠心報國，誰想他弄國專權。（董妃暗上竊聽）今日在圍場之上，公然受賀，無禮已極。早晚定有歹心，因此孤王甚是憂慮。
伏　后	想這滿朝文武，俱食漢祿。萬歲何不宣上幾個忠臣，以除國亂。
漢獻帝	滿朝文武，無不依傍奸曹，哪得忠烈之人？（董妃進）
董　妃	萬歲。
漢獻帝	你……妃子哪裏來呀？
董　妃	萬歲所言，妾妃已聽得明白。
漢獻帝	哦，你已聽見了，只是無人可以除却奸賊。
董　妃	妾妃之兄董承，忠心爲國，將他宣進宮來，與他商議，何愁奸曹不滅？
漢獻帝	好。想那董承國舅，前在西京，曾經救駕。內侍，快快宣董國舅進宮，須要悄悄而去，不可令奸曹知道。
內　侍	領旨。（下）
漢獻帝	孤今書一血詔，等他到來，以此與之便了。梓童，快取白綾伺候。

（唱）【西皮導板】

　　龍書案咬指尖珠淚難忍！（咬指寫詔）

（接唱）【西皮原板】

　　鮮血淋淋痛切在心。

　　恨曹操在朝中專權亂政，

　　欺壓孤王無父無君。

　　滿朝中文武臣俱附奸佞，

　　唯有國舅赤膽忠心。

　　但願得將奸賊早早除定，

　　這漢室錦江山纔得太平。

　　孤這裏將血詔忙寫定，

　　再與梓童把話云。

梓童，可將血詔藏在玉帶之內，好好縫訖。待國舅到來，賜他便了。

（伏后、董妃下）

（內侍引董承上）

董　承　（唱）萬歲宣我皇宮進，
　　　　　　　倒叫董承心不明。
　　　　　　　煩勞公公去傳稟，
　　　　　　　見了吾主問詳情。

內　侍　有請萬歲！
漢獻帝　何事？
內　侍　董承宣到，現在宮外。
漢獻帝　宣他進宮！
內　侍　萬歲有旨，董承進宮！
董　承　參見萬歲！
漢獻帝　平身。
董　承　萬萬歲！將臣宣進宮來，有何國事議論？
漢獻帝　朕今日無事，要同卿家到功臣閣一觀。
董　承　臣遵旨。
漢獻帝　內侍，擺駕功臣閣。
內　侍　領旨。（轉場）

（漢獻帝焚香，董承拜）

漢獻帝　賜坐。
董　承　謝坐。
漢獻帝　想我高皇帝起身何地？是怎樣創業？卿家要一一奏來。
董　承　想高皇帝起自泗上亭長，提三尺劍斬蛇起義，平定海內，四海歸誠。三年亡秦，五年滅楚，得了天下，立漢室之基業。難道萬歲還不知麼？
漢獻帝　想朕祖上如此英雄。生下孤王這樣懦弱子孫，真真令人慚愧。看高帝身旁站立二人，定必是張良、蕭何無疑了。
董　承　正是此二人。
漢獻帝　想當年高祖創業，全仗此二人之功，所以立在高祖身旁，卿亦當學此二人，立在朕的身旁。
董　承　想張良、蕭何乃是開國元勳，所以立在高皇帝之側，臣無寸功，焉能比此二人？
漢獻帝　想國舅當年西京救駕有功，孤王片刻不忘，無以爲賜，今將孤王的

	錦袍玉帶，賜與國舅，就同常在孤王之左右也。內侍，更衣。（牌子，換衣）
董　承	謝萬歲。
漢獻帝	卿回府之後，必須要細細詳察。
董　承	知道了。
漢獻帝	一同下閣。
董　承	（唱）謝罷萬歲出宮門，
漢獻帝	卿家要仔細詳察，切莫負孤王之意。（下）
董　承	哦……
	（唱）回到府中看分明。（下）

校記

［１］第一場：原本未分場，今依劇情分爲六場。

第　二　場

（【水底魚】，關羽、張飛、劉備上）

關　羽	大哥，今日許田射鹿，曹操妄在天子面前受賀，欺君罔上。小弟本要將他斬首，大哥以目視弟，極力阻攔，卻是爲何？
劉　備	二弟哪裏知道。那曹操與天子只離一馬頭之遠，其心腹將士緊跟！
關　羽	今日不殺此賊，後必有患。
劉　備	二弟須要謹慎，不可輕言。想吾等近侍奸曹，須防不測。吾要在後園終日種菜逍遙。
關　羽	想那耕種乃是農人所爲，大哥要以天下之事爲重，何必爲此。
劉　備	此非二弟所知也。正是：
	（念）欲思韜晦計，且作耕種人。（同下）

第　三　場

（四校尉、四將、曹操上）

曹　操	適纔有人報道，萬歲將董承宣進宮去，同到功臣閣叙談。不知爲了何事，待老夫前去看來。校尉們，打道午門。（董承迎上）

董　承　原來是丞相。
曹　操　萬歲叫你到功臣閣上，所談何事？
董　承　在功臣閣上問的乃是高祖起義創業之事。
曹　操　但不知還講些什麽？
董　承　還講張良、蕭何二人之事。
曹　操　那蕭何、張良二人，乃是漢朝兩個忠臣，但不知他二人比老夫如何？
董　承　想丞相文能安邦，武能定國，他二人怎能比得過丞相。
曹　操　（笑）你這件錦袍是哪裏來的？
董　承　這錦袍玉帶乃是聖上所賜。
曹　操　聖上無故賜你錦袍玉帶，却是爲何？
董　承　聖上思想當年吾在西京救駕有功，所以賜下這袍帶。
曹　操　你將這袍帶脫下，待老夫觀看。
董　承　脫去袍帶，未免有些觀之不雅。
曹　操　來，將帶兒與我摘下來。（接帶看）這帶上並無夾帶，你將錦袍脫下來，待老夫觀看。
董　承　這袍若脫將下來，未免失大臣的體統。
曹　操　來，與我剝下（脫袍，曹操照着自穿）你等看老夫穿了此袍，可曾合體？
　　衆　　美得很。
曹　操　國舅，你將這袍帶轉送老夫，你意如何？
董　承　丞相，此乃是天子所賜，焉敢贈於他人。待下官回至家中，另取一件送於丞相就是。
曹　操　難道這袍中還有詐不成？
董　承　不敢。丞相一定要留，就送與丞相。
曹　操　有道是君子不奪人之美，此乃君恩所賜，吾不相奪，你去罷。
　　　　（董接袍帶下）
曹　操　校尉，回府！（同下）

第　四　場

（馬騰上）

馬　騰　（唱）【西皮搖板】

　　　　　心中惱恨曹奸黨，

　　　　　欺壓天子爲哪樁？

　　　昨日聖上在許田射鹿，曹操竟代天子受賀，真真令人可惱。我看當朝文武，俱是奸賊心腹之人。惟有董承乃是皇親國戚，我不免與他商議，定要除却奸賊，就此前往。

　　　（唱）急忙去把董承訪，

　　　　　滅却奸賊保朝綱。（下）

第　五　場

　　　（董承上）

董　承　（唱）【西皮搖板】

　　　　　曹賊將我來盤問，

　　　　　泄漏機關命難存。

　　　　　將身且把府門進[1]，（書童上）

書　童　家爺回來啦。

董　承　（唱）唬得我渾身汗淋淋。

書　童　家爺，你要喝茶吧？

董　承　不用。

書　童　不喝茶吃飯吧？

董　承　也不用。與我退下，喚你再來。

書　童　咋，好大氣呀！（下）

董　承　今蒙聖上賜我袍帶，叫我仔細查看，但不知是何緣故？（內起更）待吾細細看來。

　　　（唱）【四平調】

　　　　　只聽得譙樓上初更過了，

　　　　　仔細觀看錦龍袍，

　　　　　這上面繡的是奇花異草，

　　　　　聖上賜我所爲哪條？

　　　（內打二更持帶看）

　　　（接唱）

　　　　　聽譙樓打罷了二更鼓盡，

　　　　　手捧玉帶看分明。
　　　　　上面鑲的是玲瓏美玉,
　　　　　倒叫董承心内不明。
　　噯噯噯……吾好難思忖。(睡,起,剪燈花,四看。燈花燒帶,舉帶細看)帶上竟被燈花燒破了。啊!這裏面怎麽有血迹呀!待吾拆開看來。——哎呀,原來是聖上的血詔,叫吾設計除却曹操。
　　(唱)【二黄摇板】
　　　　　見血詔不由人珠涙雙抛,
　　　　　吾心中如刺了萬把鋼刀。(睡)
　　　　　(王子服上)

王子服　(唱)心中只把國賊恨,
　　　　　去到府中訪董承。
　　　　　將身且把書院進,
　　　　　只見國舅睡沉沉。
　　他還在此酣睡。還有白綾一幅,待我看來。哦呵呀!原來是聖上的血詔,叫他滅却曹賊,待我唬他一唬。國舅醒來!
董　承　原來是王大人。(尋詔)
王子服　好啊,你在家中竟敢想謀害曹丞相,吾當出首。走走走!
董　承　哎呀,大人吶!你若如此,這漢室江山,一旦休矣!(跪)
王子服　(笑)我是與你做耍的呀。
董　承　你這一耍,耍了我一身冷汗。
王子服　想我祖宗世受國恩,願助國舅一臂之力。
董　承　滿朝文武,皆是曹操心腹,惟有校尉种輯,議郎吴碩,此二人忠心爲國,可以同謀。
王子服　吾還保舉一人,乃是昭信將軍吴文蘭。
董　承　你我同到密室共立議狀。(轉場)先請書名畫押。
王子服　國舅先請書名,我等隨後。(种輯、吴碩上。書童迎上)
种　輯　國舅可在府中?
書　童　現在府中。
种　輯　代吾通禀。
書　童　种、吴二位大人到。
董　承　王大人暫在屏後躲避一時。(王子服下)有請。

書　童　有請二位大人。
董　承　二位大人請。
种　輯
吳　碩　那許田射鹿之事,國舅你可曾懷恨吶?
董　承　雖然懷恨,也是無可如何?
种　輯　吾誓要殺此人,方消吾恨。
吳　碩　爲國除奸,死亦無怨。
　　　　(王子服上)
王子服　好啊,你二人要殺曹丞相,好大的膽吶。
种　輯　吾寧做漢室鬼,不爲曹氏人,強似你等依附國賊!
王子服　吾等正欲見二公議論此事,現有血詔,你拿去看來。
种　輯
吳　碩　(同看)既然如此,吾等一同畫押書名。
　　　　(馬騰上)
馬　騰　(唱)將身來到府門口,(書童迎上)
　　　　　　見了國舅定良謀。
　　　　書童前去通禀,就説西涼馬騰要見。
書　童　啓爺,西涼馬騰來拜。
董　承　你對他言講,就說我染病在床,改日再見罷。
書　童　家爺有病,改日再見吧!
馬　騰　你去通報,吾非無事而來,吾是一定要見。
書　童　他言道有事而來,一定要見。
董　承　列位大人,暫時密室少坐,待吾前去會他。來,説吾出迎。
書　童　家爺出迎。
董　承　馬太守!
馬　騰　國舅!你面帶春色,何言有病?看將起來,你等皆非救國之人也。
董　承　你道何人不能救國?
馬　騰　許田射鹿之事,吾氣滿胸膛,你乃皇親國舅,終日沉於酒色,是何道理?
董　承　想那曹丞相乃國之大臣,朝廷倚賴,你何出此言?
馬　騰　你尚以曹賊爲好人,真是貪生怕死之徒,不能共議大事,吾去也!
董　承　太守請暫息怒,這有一物,你拿去看。

馬　騰	（接詔看）
	（唱）一見血詔心頭恨，
	咬牙切齒罵奸臣！
	（王子服、种輯、吳碩同上）
王子服 种　輯 吳　碩	吾等正在此議論大事，馬太守到此，就請書名。
馬　騰	待吾寫來。如今還有一人，國舅何不將他請來商議。
董　承	但不知是哪一個？
馬　騰	就是那豫州牧劉備。
董　承	那劉備今在曹操帳下，安能行此大事？
馬　騰	前日在圍場之中，曹操迎受衆人稱讚之時，那關羽欲殺曹操，劉備暗地攔住。想是曹操爪牙過衆，不敢妄動之故。
董　承	既然如此，待吾前去與他商議。
馬　騰	於今已有七人，待吾回轉西凉，帶兵前來，以爲外應。告辭了。（下）
王子服 種　輯 吳　碩	吾等也告辭了，但是此事必須慎密要緊。
董　承	那是自然，大家俱要小心。（同下）

校記

［1］將身且把府門進："府門進"三字，原作"府進門"，據文意改。

第　六　場

（劉備上）

劉　備	（唱）【西皮搖板】
	劉備身居在曹營，
	如同飛鳥在樊籠。
	閑來我且把菜種，
	叫他看我是無能。
	（董承上）
董　承	（念）一心圖大事，（旗牌迎上）

來訪智謀人。
煩勞通禀,就說我董承拜見劉皇叔。

旗　牌　啓大爺,董國舅要見。
劉　備　有請。
旗　牌　有請。
董　承　皇叔。
劉　備　國舅請坐。
董　承　有坐。
劉　備　不知國舅駕到,備不曾遠迎,當面恕罪。
董　承　豈敢。
劉　備　國舅到此,必有所爲。
董　承　前在圍場之中,雲長欲殺曹操,皇叔爲何搖頭攔住?
劉　備　國舅怎生知道?
董　承　衆人皆未看見,獨有我一人看得眞切。
劉　備　此乃是二弟見操僭分,一時發怒耳。
董　承　滿朝臣子,若能盡如雲長,這天下可就太平了。
劉　備　那曹丞相文能安邦,武能治國,何言天下不太平吶?
董　承　吾以公爲漢朝皇叔,故披肝瀝膽,前來相告,你爲何如此之詐呀?
劉　備　國舅休得動怒,備恐國舅有詐,故特相試耳。
董　承　現有聖上血詔在此,皇叔請看。
劉　備　(接詔看,跪)
　　　　(唱)一見血詔心內驚,
　　　　　　好似鋼刀刺在心。
董　承　現有議狀,請皇叔書名。
劉　備　待吾看來:車騎將軍董承,工部侍郎王子服,長水校尉种輯,議郎吳碩,昭信將軍吳子蘭,西凉太守馬騰。待備來書名。(寫)左將軍劉備。但此事必須緩緩而行,千萬不可泄漏。
董　承　那是自然,告辭了。
　　　　(唱)辭別皇叔出府門,
　　　　　　大事須要牢記心。(下)
劉　備　關、張二弟出門射獵未回,吾不免仍到後園種菜便了。正是:
(念)後園學老圃,刻刻防曹公。(下)

青梅煮酒論英雄

佚　名　撰

解　題

　　京劇。現代佚名撰。《京劇劇目初探》著錄,題《青梅煮酒論英雄》,一名《聞雷失箸》;《京劇劇目辭典》著錄,題《青梅煮酒》,又名《聞雷失箸》,均未署作者。劇寫劉備簽名誅曹操的血帶詔之後,爲使曹操不疑,每日在後園澆水種菜。曹操命張遼、許褚請劉備到相府叙話。劉備大驚,以爲血帶詔事發。曹操見劉備,問其爲何每日在後園種菜,劉備答稱"不過藉此以消遣耳"。席筵上,曹操問劉備當代英雄人物,劉備列舉袁紹、袁術、劉表等人,曹操均予否定,謂:"天下英雄唯使君與操耳!"劉備大驚,失箸落杯。適有雷聲,劉備詐稱聞雷失箸,以爲掩飾。關羽、張飛聞訊趕來,曹操賜宴。滿寵稟告袁紹已滅公孫瓚,有意進犯中原。劉備趁機討令前往征剿。曹操命帶五萬人馬,立即起程。郭嘉問曹操爲何命劉備督兵前往,此去如放虎歸山。曹操猛然省悟,即命許褚追趕劉備回轉。版本今有《郝壽臣演出劇本選集》本,該劇郝壽臣1922年首演於北京。另有上海市《傳統劇目彙編》京劇集本。兩本迥然不同,郝壽臣演出本偏重唱工,而上海市《傳統劇目彙編》京劇集本唱詞不多,偏重做工。今以郝壽臣演出本爲底本整理。

第　一　場

　　　　　　（【小鑼帽兒頭】。劉備上。【小鑼歸位】）
劉　備　（念）【引】爲了衣帶詔,晝夜（多多）把心焦。（【小鑼歸位】）
劉　備　（念）（詩）曹操專權勢位高,
　　　　　　　　　　欺君罔上壓群僚。
　　　　　　　　　　立志要除朝廷害,

一片丹心佐漢朝。(【小鑼二擊】)

劉　備　孤家劉備。(扎)前因徐州失守,權依曹操帳下,蒙聖恩,封爲左將軍之職。這且不言。今有曹操,心懷篡逆,挾制天子,邀往許田行圍,不料奸賊僥倖,誤射一鹿,受文武山呼萬歲;天子被欺不過,在內廷命董承受下衣帶血詔,意欲掃除漢賊。怎奈曹瞞,勢位過大,只可待時而動。吾今設一詭計,在後園澆水種菜,以釋曹操之疑也。[扎多乙]

(唱)【二黄慢三眼】

恨奸雄懷篡逆欺君過甚,
有二弟秉忠心心懷不平。
食君禄報君恩爲臣分定,
有曹瞞掌兵符勢位權衡。
董國舅受血詔忠心耿耿,
回府去會合了義士七名。
但願得成大事早除奸佞,
必須要多謹慎待機而行。

張　遼
許　褚　(内)走啊!

(大鑼五擊。張遼、許褚同上)

張　遼　(念)奉了丞相命,
許　褚　(念)特邀劉使君。(大鑼三擊)
張　遼　來此已是館驛門首。門上有人麽?

(小鑼五擊。院子上)

院　子　什麽人?(出門)原來是張、許二位將軍到此,有何公幹?
張　遼　我二人奉了丞相鈞旨,來請皇叔,過府一叙。
院　子　稍待,我去通禀。
許　褚　慢着,不用通報,吾二人面請便了。

(【衝頭】。許褚、張遼、院子進門)

許　褚　使君請了。(大鑼一擊)
劉　備　原來是張、許二位將軍到此,有何見論?
張　遼　我二人奉了丞相嚴命,請使君便行。
劉　備　嗚呼呀!(小鑼一擊)二位將軍,丞相相召,不知有何鈞旨?

許	褚	不知有何緊急之事，特命吾二人，前來相召，就此同行。
劉	備	既然如此，二位將軍先行，備隨後就來。
張	遼	
許	褚	速速快來，不可耽誤時刻，吾二人吃罪不起。
劉	備	是是是！備隨後就來。
張	遼	
許	褚	就要來的。請！（大鑼三擊）
張	遼	（念）不辱丞相命，
許	褚	（念）能傳使君言。

（【衝頭】。張遼、許褚同下）

劉　備　（【叫頭】且住！（大鑼五擊）你看他二人匆匆而去，曹操無故相召，必有緣故。（小鑼一擊）哦呵是了，莫非為董國舅奉血詔討賊，我七人共主義狀，被曹賊看破行藏，前來相召？（小鑼叫頭）哎呀蒼天哪，蒼天！果然如此，量劉備插翅難逃，此番性命休矣！【大鑼緊錘】）

劉　備　（唱）【西皮快板】
　　　　　　曹孟德無故的前來相召，
　　　　　　想必是董國舅做事不牢。
　　　　　　若被他看破了牢籠計套，
　　　　　　我七人準備着項上餐刀。
　　　　　　那奸賊做事狠性情驕傲，
　　　　　　此一去必須要謹防禍苗。
　　　　　　細想起這件事吉凶難保，
　　　　　　在矮檐須低頭去走一遭。（一擊，【衝頭】，下）

第　二　場

（大鑼圓場。四龍套上。【四擊頭】。曹操上。【長尖歸位】）

曹　操　（念）【引子】志量如天高，（小鑼二擊）效周公（多多），獨掌皇朝。
　　　　（圓場歸位。坐外座）

曹　操　（念）（詩）憶昔當年刺董卓，
　　　　　　　　除奸去害定朝歌。（小鑼二擊）

　　　　　許田射鹿受呼賀，
　　　　　文武百官莫奈何。
　　　（歸位）
曹　操　老夫,（大鑼一擊）曹操。（大鑼三擊）自許田射鹿回來,人心不服。衆官不放心上,惟有劉備,內懷奸詐之心,外做仁義之事,又有關、張相助,況天子認爲皇叔,倘與同謀,則爲害不淺。前番有人報道,劉備在館驛後園澆水種菜。吾看此人,平素氣概軒昂,今日爲何做此卑鄙之事? 真叫老夫好難解也!
　　　（【閃錘】）
曹　操　（唱）【西皮搖板】
　　　　　劉玄德他爲人多行詭道,
　　　　　爲什麼學種菜做事不高。
　　　　　命許褚和張遼將他請到,
　　　　　那時節看動靜再作籠牢。
　　　（【衝頭】。張遼引劉備上）
張　遼　候着。（大鑼五擊）啓丞相：皇叔到。
曹　操　說我出迎。
張　遼　丞相出迎。（大鑼五擊）
　　　（曹操出門迎劉備,張遼、四龍套同暗下）
劉　備　啊丞相!
曹　操　啊哈哈哈!（大鑼一擊）啊皇叔,在家做的好大事啊!
　　　（大鑼一擊）
劉　備　（驚）備……備在家不曾做什麼大事啊!
曹　操　哈哈哈!（大鑼一擊）皇叔在館驛後園澆水種菜,此乃小人之事,非大丈夫所爲。
劉　備　這個……備無事,不過借此以消遣耳。
曹　操　即如此,皇叔請!
劉　備　丞相請!（大鑼圓場。進門）
曹　操　請坐。
劉　備　有坐。丞相相邀,不知有何台諭?
曹　操　老夫並無別故,適見青梅,開得茂盛,忽然想起去年征張繡之時,路上缺水,軍士們口渴,老夫心生一計,鞭梢一指,說道：前面不遠,就是梅林。軍士們聞聽,個個口生津液,由是不渴。啊,使君!
劉　備　丞相!
曹　操　吾想,人生在世,猶如白駒過隙,大丈夫當及時行樂。你看梅子青青,結蕊成實,芳華可愛,又值煮酒初熟,醇醪適口,故特邀使君前來,小亭一會。
劉　備　備有何德能,多蒙丞相錯愛!
曹　操　皇叔不可忒謙。來!
院　子　有!
曹　操　酒宴可齊?
院　子　俱已齊備。
曹　操　吩咐擺設花亭。
院　子　啊!(下)
曹　操　皇叔請!(扎)
　　　　(曹操、劉備同離位,出門)
劉　備　(念)轉過玉砌雕欄,
曹　操　(念)去到百花亭上。
　　　　(大鑼圓場。曹操、劉備同下)

第 三 場

(【小開門】。院子上,擺酒。場上正面單桌直擺,左右分設兩椅)
院　子　有請丞相!
　　　　(曹操、劉備同上)
曹　操　來此已是。皇叔請坐!
劉　備　備謝坐!
　　　　(曹操、劉備分賓主落座。【小開門】住)
曹　操　皇叔請!
劉　備　請!(【慢長錘】)
曹　操　(唱)【西皮原板】
　　　　　　花亭上擺酒宴共同歡笑,
　　　　　　觀花景賞青梅美酒佳餚。
　　　　　　漢天子坐江山群僚不擾,

　　　　　　　我也曾統貔貅費盡辛勞。
劉　備　（接唱）【西皮原板】
　　　　　　　老丞相扶社稷功勞不小，
　　　　　　　討董卓滅呂布麟閣名標。
　　　　　　　但願得干戈靜狼煙熄了，
　　　　　　　保我主坐龍庭要比唐堯。
　　　　　（水聲。四雲童、四水卒引龍形同上，站下場門前）
曹　操　啊，使君！你看黑霧彌漫，烏雲密佈，想必天要降雨呀！
劉　備　丞相，你我一同出席看來。
　　　　　（大鑼五擊。劉備、曹操出席離位，看天）
院　子　丞相，西北"龍挂"出現。
曹　操　（看）啊，果然是"龍挂"。啊使君，可知神龍的變化？
劉　備　備才疏學淺，未知其詳，願領丞相賜教。
曹　操　皇叔不知，聽道：
劉　備　備願聞。（扎）
曹　操　龍，能大能小，能升能隱，大則興雲吐霧，小則斂迹藏形，升則飛騰宇宙之間，隱則潛伏波濤之內。譬如為人，能屈能伸，能剛能柔，屈則隱居幽僻，伸則得仕朝堂。能剛可以縱橫天下，能柔可以制伏強敵[1]。龍之為物，好比世之英雄。玄德公久歷四方，必知天下英雄，請道其詳，操願聽耳。
　　　　　（大鑼一擊）
劉　備　備肉眼無珠，天下英雄，實為不曉。
曹　操　皇叔不識其面，也聞其名。
劉　備　備今失言一番，丞相諒之。
曹　操　請講。
　　　　　（【大鑼慢長錘】。四雲童、四水卒、龍形同下。曹操、劉備歸座）
劉　備　（唱）【西皮原板】
　　　　　　　袁公路大志威名甚好，
　　　　　　　在淮南亦聚着文武群僚。
　　　　　　　有紀靈和張勳亞賽虎豹，
　　　　　　　兵又精糧又足可算英豪。
曹　操　（唱）【西皮原板】

那袁術竊玉璽僭稱帝號,
他好比秦朝中奸相趙高。
冢中骨無能為如同蒿草,
不久的管叫他命赴陰曹。

劉　備　啊丞相!河北袁紹,四世三公,門多故吏,在冀州地面,龍驤虎踞。文有田豐、沮授,奇計良謀;武有顏良、文醜,武藝高強。因董卓作亂,天下諸侯推為盟主,亦曾報效朝廷。丞相,這可算是得一個大大的英雄。

曹　操　哎!袁紹色厲膽小,好謀無斷;幹大事而惜身,見小利而忘命,文有謀不從,武有勇不用,碌碌的庸才,非英雄也!
　　　　(大鑼一擊)

劉　備　啊丞相!備還聞名一人,不知可中丞相鈞意否?

曹　操　皇叔請講。

劉　備　丞相啊![扎多乙]
　　　　(唱)【西皮原板】
　　　　　　聞聽劉表廣略韜,
　　　　　　名稱八俊志氣豪。
　　　　　　胸藏錦繡多奧妙,
　　　　　　吟詩作賦筆如刀。

曹　操　(接唱原板)
　　　　　　虛名無實非正道,
　　　　　　建功立業無一毫。
　　　　　　蔡瑁、張允將他保,
　　　　　　難出老夫計一條。【閃錘】)

劉　備　(接唱搖板)
　　　　　　伯符孫策武藝好,
　　　　　　威鎮九州立功勞。
　　　　　　血氣方剛韜略妙,
　　　　　　江東領袖算他高。【大鑼鳳點頭】)

曹　操　(接唱搖板)
　　　　　　虛名無實不足表,
　　　　　　有勇無謀算什麼英豪!

劉　備	（接唱快板）

任他雪山萬丈高，
太陽出來自化消。（【大鑼緊錘】三擊）

劉　備　（接唱快板）
　　　　益州劉璋誰不曉？
　　　　能守能爲任逍遥。
　　　　多行仁義無強暴，
　　　　西蜀一帶民富饒。

曹　操　（接唱快板）
　　　　使君把話錯講了，
　　　　守户之犬見人嚎。
　　　　有朝一日大兵到，
　　　　管叫他錦繡華夷（答答）一旦抛。（【大鑼住頭】）

劉　備　啊丞相！備舉此數人，皆不中鈞意，現今漢中張魯、宛城張繡、西凉韓遂、河北公孫瓚等，啊丞相以爲如何？

曹　操　啊哈哈哈！（撕邊大鑼一擊）此等碌碌小人，何足挂齒呀！

劉　備　除此以外，備實不知，望丞相台諭。

曹　操　夫大英雄，胸有大志，腹有良謀，有包藏宇宙之機，吞吐天地之志，上知天文，下曉地理，戰無不勝，攻無不克，運籌帷幄之中，决勝千里之外，有此等的能爲，方可算得英雄。

劉　備　哎呀，如此看來，誰能當得起！

曹　操　嗯——目今天下英雄惟使君與操耳！
　　　　（雷聲，劉備故意驚怕，失箸落杯）

曹　操　皇叔爲何這等模樣？

劉　備　嚇死我也，嚇死我也！
　　　　（【大鑼奪頭】。劉備離座）

劉　備　（唱）【西皮二六板】
　　　　曹操爲人多奸狡，
　　　　説破英雄把禍招。
　　　　趁此機會生計巧，（向曹操）
　　　　丞相前來聽根苗：
　　　　雷聲大作嚇一跳，
　　　　險些劉備魂魄消。

　　　　　偶然失手把箸掉，
　　　　　望丞相寬洪大量休挂心梢。（【閃錘】）
　　　　（曹操離座）
曹　操　（接唱）【西皮搖板】
　　　　　玄德公怕雷聲可發一笑，
　　　　　我看他空有志怎能扶朝？（向劉備）
　　　　　你也曾百萬軍經歷多少，
　　　　　大丈夫創事業身要膽包。
　　　　（曹操入座。大鑼【水底魚】。關羽、張飛上，闖進亭內，站劉備側。曹操暗驚，二目瞪視關、張。大鑼一擊）
關　羽　大哥，丞相好意相請，小亭筵宴，酒要少飲，休要失了禮貌。
　　　　（曹操目不轉睛，仍瞪視關、張。大鑼一擊）
劉　備　你二人從何至此？
關　羽　吾二人聞聽兄長和丞相小亭飲酒，特來舞劍，以助（大鑼二擊。關、張拔劍，曹操探身瞪視劍柄）一笑。
　　　　【撕邊】。關、張撫劍柄，劉備微搖左手以目示意，曹操微挺胸，屏氣凝神。大鑼一擊。關、張亮像，曹操雙手用力按帶，愣住，冷場）
曹　操　（伴笑）哈哈哈！（大鑼一擊）此非鴻門設宴，安用項莊、項（雙手攏水袖）伯（手背朝外一崩水袖）乎！（雙手自然地落於膝上。【冷錘】。坐實，二目睨視關、張，面帶諷笑）
劉　備　丞相，二弟來得魯莽，休要見怪。
曹　操　好弟兄，情深意重，令人可敬。來！
院　子　有！
曹　操　老夫賜宴，與二樊噲壓驚，帶下去。
院　子　是。這裏來。
關　羽
張　飛　謝丞相！
　　　　（關羽、張飛隨院子同下。大鑼三擊。滿寵上）
滿　寵　（念）忙將闈外事，報與丞相知。（【大鑼住頭】）參見丞相。
曹　操　罷了。命你打聽袁紹消息，如何？
滿　寵　丞相容稟：今有袁紹，帶領人馬與公孫瓚交戰，屢戰屢勝。瓚勢孤難敵，差人赴許都求救，不料中途被紹軍所獲，退守城中。袁紹又使一計，挖地入城，放起火來，將瓚全家燒壞，公孫瓚自縊而死。現今袁紹兵勢甚大，意欲擾亂中原，特來稟報。

（大鑼一擊）

曹　操　啊！（大鑼一擊）袁紹如此猖狂！傳令下去：命曹洪挂帥，許褚爲前站先行，帶領三萬人馬，前去征討，不得有誤！

滿　寵　得令！

（大鑼一擊）

劉　備　啊丞相，那袁紹不過疥癬之疾，何勞大隊人馬！備願統一旅之師，前去勸降。丞相以爲如何？

曹　操　好，如此前令追回。請皇叔帶領五萬人馬，前去征剿，不得有誤。

（曹操下。滿寵隨下）

劉　備　得令！（【閃錘】）

劉　備　（唱）【西皮搖板】

　　　　今朝脫離天羅網，
　　　　虎落平陽想山崗。
　　　　三十六計走爲上，（【快長錘】）
　　　　久居虎口定有傷。（大鑼圓場。下）

校記

［１］能柔可以制伏強敵："敵"，原作"歆"，據文意改。

第　四　場

郭　嘉　（内）走啊！（【小鑼抽頭】。郭嘉上）

　　　　（唱）【西皮搖板】

　　　　聞聽劉備領兵往，
　　　　不由郭嘉著了忙。
　　　　撩袍端帶朝前往，
　　　　見了丞相作商量。
　　　　門上哪位在？

（小鑼一擊。小鑼二擊。院子上）

院　子　原來是郭先生，爲何這等驚慌？

郭　嘉　煩勞通稟，有緊急軍情要見。
院　子　候着。有請丞相。
　　　　（大鑼五擊。曹操自下場門上）
曹　操　何事？
院　子　郭先生求見。
曹　操　傳他進帳。
院　子　是。
　　　　（小鑼一擊）
　　　　郭先生進帳。
　　　　（小鑼二擊。郭嘉進帳）
郭　嘉　參見丞相。
曹　操　賜坐。
郭　嘉　謝坐。
　　　　（小鑼二擊）
曹　操　進帳何事？
郭　嘉　丞相爲何命劉備督兵前往？我想他非久居人下之人，此番一去，如縱虎歸山，放龍入海。古人云：一日縱敵，萬世之患。望丞相詳察！
曹　操　呀！是啊！依你之見，命何人追劉備回轉？
郭　嘉　非許褚不可當此重任。丞相須要激他一番。
曹　操　傳許褚進帳。
郭　嘉　丞相有諭：許褚進帳。
許　褚　（內白）來也！
　　　　（大鑼五擊。許褚上）
　　　　（念）丞相傳將令，進帳問分明。
　　　　（大鑼三擊）
　　　　丞相在上，末將參。
　　　　（大鑼一擊）
曹　操　少禮。
　　　　（大鑼三擊）
許　褚　傳末將進帳，有何軍情？
曹　操　今有劉備督兵前往征討袁紹，惟恐他中途有變，老夫放心不下，意

|||欲命你追趕劉備回轉，怎奈有關、張相助，恐將軍非他人敵手！
許　褚　丞相！
（大鑼五擊）
休長他人銳氣，滅自己威風。俺昔日空手打虎，倒曳雙牛，群賊聞名喪膽，到處神鬼皆愁。俺許褚此番乎！
（【急三槍】）
曹　操　好。命你帶領三千鐵騎，追趕劉備回轉，不得有誤！
許　褚　得令！
（【衝頭】。四龍套上）
許　褚　衆將官！（大鑼一擊）就此追趕劉備去者！
（【衝頭】。許褚、四龍套同下）
曹　操　許褚此去，必然成功，等待回來，想一妙計，滅了劉備弟兄，以除心中之患也。
（【閃錘】）
曹　操　（唱）【西皮搖板】
　　　　　虎豹不除是大患，
　　　　　使我晝夜心不安。
　　　　　待等追回將他斬，
（【閃錘】）
　　　　　劉備一死我纔心寬。
（【大鑼】圓場。同下）

斬車胄

佚 名 撰

解 題

　　京劇。現代佚名撰。《京劇劇目初探》《京劇劇目辭典》著錄，均題《斬車胄》。均未署作者。劇寫劉備助徐州太守車胄破袁術後，曹操暗地致書於車胄，命其殺劉備。車胄與陳登計議，設伏兵待劉備放糧回城時，殺之。陳登將此計告關羽。關羽、張飛未告劉備，乘夜假作張遼、許褚人馬，賺車胄出城，將其殺死。劉備懼曹操不肯甘休，問計于陳登。陳登請鄭玄修書於袁紹，劉備因投身袁紹。本事出於《三國演義》第二十一回。《三國志·蜀書·先主傳》與《關羽傳》均謂斬車胄者爲劉備而非關羽。元刊《三國志平話》始有《關公襲車胄》回目，但較簡略。明傳奇《射鹿記》雖已失傳，但《曲海總目提要》載該劇內容提要，有"關羽斬車胄"情節。清宮大戲嘉慶本《鼎峙春秋》有《賺城斬胄》。版本今有《京劇彙編》收錄的潘俠風藏本及以該本重刊的《京劇傳統劇本彙編》本、上海市《傳統劇目彙編》京劇集本、《關羽戲集》李洪春演出本。今以《京劇彙編》潘俠風藏本爲底本，參考其他本校勘整理。

第 一 場

　　（四下手、四大刀手、車胄同上）

車　胄　（念）鎮守徐州地，晝夜費心機。
　　　　（內）劉使君到！
車　胄　有請！
　衆　　有請！
　　　　（張飛、關羽、劉備上）
車　胄　啊，劉使君！

劉　　備　車將軍！

車　　冑　啊，哈哈哈……

劉　　備　

車　　冑　劉使君請！

劉　　備　請！

　　　　　（劉備、關羽、張飛進介，車冑隨進介）

車　　冑　請坐！

劉　　備　謝坐！

　　　　　（劉備、車冑對坐介）

劉　　備　車將軍，可曾與那袁術見過陣來？

車　　冑　見過幾陣，未能取勝。

劉　　備　這有何難，待我弟兄出馬，三馬連環，管叫那廝片甲不歸！

車　　冑　須要小心！

劉　　備　帶馬！（離座介）

車　　冑　帶馬！（離座介）

四 下 手　啊！

　　　　　（劉備、關羽、張飛上馬介。四下手、張飛、關羽、劉備下）

　　　　　（【三衝頭】。車冑一望、兩望介）

　　　　　（幕內喊聲。四下手、張飛、關羽、劉同上）

車　　冑　劉使君，勝負如何？

劉　　備　我弟兄上得陣去，殺得那賊望風而逃；那紀靈被三弟刺于馬下。

車　　冑　三將軍之功！

劉　　備　車將軍虎威！

車　　冑　後帳擺宴，與使君痛飲。

劉　　備　且慢！備要到小沛探望家小，事畢即歸，再來叨擾。

車　　冑　某家備宴恭候。使君請便。

劉　　備　告辭了！

車　　冑　奉送！

　　　　　（張飛、關羽、劉備下）

　　　　　（旗牌上）

旗　　牌　門上哪位在？

下手甲　做什麼的？

旗　牌　　下書人求見。
下手甲　　候着！啓將軍：下書人求見。
車　胄　　傳。
下手甲　　啊！（對旗牌）裏面傳，小心了！
旗　牌　　是。（進介）參見將軍！
車　胄　　罷了。你奉何人所差？
旗　牌　　奉曹丞相所差，有書信呈上。（遞信介）
車　胄　　（接信介）待某看來！
　　　　　（【急三槍】牌子。車胄看信介）
車　胄　　回去上復丞相，說某修書不及，照書行事。
旗　牌　　遵命！（下）
車　胄　　來，有請陳登先生！
下手甲　　有請陳登先生！
陳　登　　（內）來也！（上）
　　　　　（念）懷揣忠義膽，胸藏智謀多。
　　　　　參見將軍！
車　胄　　先生少禮。請坐！
陳　登　　謝坐！（坐介）喚我進帳，有何軍情議論？
車　胄　　曹丞相有書信到來，命我暗殺劉備。特請先生進帳，商議此事。
陳　登　　不知將軍尊意如何？
車　胄　　桃園弟兄驍勇善戰，明殺不易，某家倒有一計在此。
陳　登　　將軍有何妙計？
車　胄　　叫那劉備出城放糧安民。劉備走後，某將人馬埋伏城內，等他放糧回來，伏兵四起，出其不意，殺他個措手不及。先生你看如何？
陳　登　　此計甚好。
車　胄　　就請先生分派眾將。
陳　登　　遵命！
車　胄　　正是：
　　　　　（念）安排牢籠套，金鉤釣海鰲。（下）
　　　　　（四大刀手、四下手隨下）
陳　登　　哎呀且住！那車胄設下奸計，要暗殺劉備。想那劉使君仁義過天，倘若被他殺害，豈不傷了天理！哎呀這這這……（想介）也罷！我不免將此事說與鄭老先生知道,求他一封書信,暗投劉備那裏送上一信便了!

(唱)車冑暗把奸計定,
　　　要害英雄實不仁。
　　　暗暗出城去報信,
　　　一心要救劉使君。(下)

第 二 場

(四上手、四馬童、張飛、關羽同上)

關　羽　(唱)桃園仁義名遠震,
　　　　　扶保漢室錦乾坤。
　　　　　曹孟德兵聚陳留郡,
　　　　　不勝那華雄,
　　　　　衆家諸侯敗回營。
　　　　　關某帳中討將令,
　　　　　立斬華雄喪殘生。
　　　　　到如今曹操掌國政,
　　　　　他不該許田射鹿欺聖君。
　　　　　某心中只把曹賊恨,
　　　　　滅却奸黨方稱心。

張　飛　二哥!
　　　　(唱)桃園弟兄威名震,
　　　　　三戰虎牢顯奇能,
　　　　　槍挑那呂布紫金冠一頂,
　　　　　各路諸侯膽戰驚。
　　　　　有朝一日春雷震,
　　　　　滅掉奸黨保朝廷。
　　　　　弟兄們同把寶帳進,
　　　　(關羽、張飛進帳,坐介)

關　羽　(唱)再與三弟說分明。
　　　　啊三弟!

張　飛　二哥！

關　羽　你我奉了大哥之命，四門散糧。三弟去到東門散糧，酒要少飲，事要正辦，不可大意！

張　飛　二哥請放寬心，小弟此番東門散糧，酒要少飲，你就不要替咱老張擔心了。

關　羽　這便纔是。

張　飛　二哥呀！
　　　　（唱）二哥但把寬心放，
　　　　　　　叮嚀的言語某記心旁。
　　　　　　　辭別二哥出寶帳，
　　　　馬來！

四上手　啊！
　　　　（一上手帶馬，張飛上馬介）
　　　　（四上手下）

張　飛　（唱）東門放糧走一場。（下）

關　羽　（唱）三弟他把東門往，
　　　　　　　安撫黎民放賑糧。
　　　　　　　帶馬西門把糧放，

四馬童　啊！
　　　　（關羽離座，一馬童帶馬，關羽上馬介。四馬童、關羽同走圓場。幕內喊介）

關　羽　啊！
　　　　（唱）又聽人馬鬧嚷嚷。
　　　　　　　坐在馬上用目望，
　　　　　　　只見一人走慌忙。
　　　　（陳登急上）

四馬童　呔，什麼人？少往前進！

關　羽　哎！大膽奸細，擅闖馬頭，休走看劍！（拔劍介）

陳　登　將軍息怒，我是與劉使君送信的。

關　羽　信在哪裏？

陳　登　（掏信、遞介）將軍請看！

關　羽　（接信介）待某看來！（看介）我且問你，你在何人麾下聽調？

陈　登　我在车胄帐下听用。

关　羽　你既在车胄帐下听用，为何前来泄漏他的消息？分明有诈。休走看剑！

　　　　（拔剑介）

陈　登　将军休得动怒，我有下情回禀。

关　羽　（按剑介）讲。

陈　登　那车胄在城内埋伏了五百削刀手，要暗害刘使君。我想刘使君仁义过天，况且郑康成老先生又是他的好友，故而暗暗出城，送此密信。将军若是不信，将此信送与刘使君，必识郑老先生笔迹。这是我一片赤诚，怎说是诈？

关　羽　（想介）关某鲁莽，先生莫怪。

陈　登　岂敢！

关　羽　那车胄因何要害我弟兄，先生可知否？

陈　登　乃是曹操主使。

关　羽　噢，原来如此。请问先生尊姓大名？

陈　登　在下陈登。

关　羽　原来是陈先生，失敬了！

陈　登　不敢。

关　羽　先生暂且请回，容日厚报。

陈　登　告辞了！（欲行又止介）啊将军，使君进城的时节，千万要留心在意呀！

关　羽　知道了，多谢先生关怀！

陈　登　啊，这……（欲再嘱咐介）

关　羽　先生请！

陈　登　请！（下）

关　羽　看陈登已去。来！

四马童　有。

关　羽　转至大营！

四马童　啊！

　　　　（四马童、关羽一翻、两翻。关羽下马，进大营，坐介）

张　飞　（内）三军的！

四上手　（内）有！

張　飛　（內）回營啊！
四上手　（內）啊！
　　　　（四上手、張飛上。張飛下馬，進營介）
張　飛　參見二哥，小弟交令。
關　羽　三弟回來了？
張　飛　放糧已畢，咱回來了。
關　羽　哎呀三弟呀，大事不好了！
張　飛　二哥，為何這樣驚慌？
關　羽　適纔有人送信前來，那車胄定下毒計，在城內埋伏五百削刀手，要暗害你我弟兄。
張　飛　（背躬介）我當為了什麼大事，原來是一樁小事。（對關羽）二哥但放寬心，那車胄無有埋伏便罷——
關　羽　若有埋伏呢？
張　飛　若有埋伏，小弟的跨下馬、掌中槍，要殺他個乾乾淨淨！
關　羽　呃！休要魯莽，必須定計而行。
張　飛　二哥有何妙計？
關　羽　我營現有曹營的盔甲，叫三軍們更換；你我弟兄假充張遼、許褚，趁着黑夜，詐開城門，一擁而進，殺他個片甲不留。
張　飛　真乃好計！
關　羽　照計而行。眾三軍！
四上手
四馬童　有！
關　羽　今晚飽餐戰飯，改換曹軍盔甲，隨某賺城去者！
四上手
四馬童　啊！
　　　　（同下）

第　三　場

車　胄　（內唱）丞相將令飛來到，
　　　　（四下手、四大刀手、陳登、車胄上）
車　胄　（唱）要害劉備命一條。

	安排打虎牢籠套，
	準備金鉤釣海鰲。
	吩咐三軍你們埋伏了！
四下手 四大刀手	啊！
	（四下手、四大刀手、陳登、車冑圓場）
	（下場門設城。陳登、車冑上城介）
車　冑	（唱）站立城樓四下瞧。
	（四上手、四馬童、張飛同上，小邊站一字。關羽急上）
關　羽	（唱）適纔陳登把信報，
	不由關某怒眉梢。
	弟兄們曾把呂布剿，
	何懼車冑小兒曹！
	我把賊當做籠中鳥，
	量他插翅也難逃。
	三軍與某前引道！
	（四上手、四馬童、張飛、關羽跑小圓場。四上手、四馬童、張飛仍歸小邊站一字。關羽站城前）
關　羽	（唱）城上兒郎聽根苗。
	呔，開關！
車　冑	何人叫關？
關　羽	俺乃曹丞相帳下大將張遼。
張　飛	許褚。
關　羽	奉命前來助戰。請車將軍速速開城！
車　冑	這個……（想介）看今日天色已晚，不便開關，二位將軍明日進城，也還不遲。
關　羽	人馬若在城外紮營，走漏消息，劉備聞訊遠遁，何人擔待？
車　冑	啊這……（想介）二位將軍不必如此。眾將官！
四下手 四大刀手	有！
車　冑	開城！
四下手 四大刀手	啊！

（陳登、車胄下城介，陳登暗下。開城，四下手、四大刀手、車胄出城介）

關　羽　殺！

（四上手、張飛進城介）

（關羽、車胄架住介）

車　胄　什麼人？
關　羽　關雲長在此。看刀！

（關羽用刀削車胄介，車胄低頭躲介）

車　胄　（驚介）啊！

（起打。四下手、四大刀手、車胄敗下，四馬童、關羽追下）

（張飛登城介）

（車胄敗上）

車　胄　且住！我當是丞相派來援軍，原來是關羽詐城。某家無心戀戰，回得城去，再做道理。（圓場）呔，開城！
張　飛　車胄啊，咱的兒呀！
車　胄　（驚介）啊！
張　飛　你三爹爹在此，還不下馬受死！
車　胄　（急介）哎呀！
關　羽　（內）哪裏走！（上）

（關羽、車胄起打。關羽殺死車胄。四下手上，關羽殺死四下手。四大刀手續上，關羽殺死四大刀手，亮相介）

（開城。四上手、張飛出城介）

（四馬童、劉備上，進城介，下。關羽進城介，眾隨下）

第 四 場

（四上手、四馬童、陳登、張飛、關羽、劉備上）

劉　備　啊二弟，為何將車胄殺死？
關　羽　大哥有所不知，車胄奉了曹操之命，暗設伏兵，欲殺害你我弟兄。小弟用一小計，賺開城門，將他殺死。
張　飛　小弟一怒，將車胄滿門家眷，俱已殺死了！
關　羽　若不是陳登先生送信，你我弟兄險遭不測。

劉　備　先生厚意，備當面謝過！
陳　登　這就不敢。
劉　備　你二人將曹操心腹之將殺死，那曹賊豈肯甘休？
張　飛　大哥！自古道：兵來將擋，水來土屯。曹兵到此，有小弟抵擋。
劉　備　呃，你又來多口！
張　飛　喳！
劉　備　啊，陳先生！
陳　登　使君！
劉　備　何計教我？
陳　登　袁紹現在河北召集各路諸侯。依愚下之見，劉使君何不投奔那裏！
劉　備　袁術被我弟兄殺得大敗而歸，那袁紹豈肯容我？
陳　登　劉使君與鄭老先生交好甚厚，何不求他修書一封，大事可成。
劉　備　真乃高見也！
陳　登　使君誇獎了。
劉　備　後面備酒，大家同飲。
衆　　　請！
　　　（同下）

擊鼓罵曹

佚 名 撰

解 題

  京劇。現代佚名撰。《京劇劇目辭典》著錄,題《擊鼓罵曹》,又名《打鼓罵曹》《群臣宴》。未署作者。劇寫孔融薦賢士禰衡於曹操,操視衡禮貌不周,故示輕慢。曹操誇讚門下文臣武將,禰衡一一貶斥。操大怒,令衡於次日大宴群臣時充當鼓吏。禰衡知此是要羞辱他,然可借機發泄怨恨。宴會上,禰衡赤身露體,擊鼓罵曹操。張遼拔劍欲殺禰衡,爲朝官、曹操制止。曹操令其去荊州説降劉表,借表之手殺衡。禰衡難以推脱,憤恨而去。本事出於《後漢書·禰衡傳》、《三國志·魏書·荀彧傳》裴松之注引《文士傳》、《三國演義》第二十三回。清李世忠編《梨園集成》、《繪圖京都三慶班真正京調全集》均有此劇。版本今有《戲考》本、據《戲考》本整理的《中國京劇戲考》本、《戲典》本、《戲學指南》本。今以《戲考》本爲底本,參考其他本校勘整理。

第 一 場

（禰衡上）

禰 衡 （念）【引子】天寬地闊海無邊,成敗興亡夢裏眠。
    （念）口若懸河語似流,
      舌上風雲用計謀。
      男兒須當擎天手,
      自幼談笑覓封侯。
    卑人姓禰名衡,字正平,乃山西平原郡幼義村人氏。自幼勤習經史,深知策略,雖懷王佐之才,惜乎未遇其主。身在孔大夫府中作幕,昨日將我薦與曹府效用。想那曹操,名爲漢相,實爲漢賊,焉能敬賢禮士？我此次去至曹府，需要見機而行。正是：
(念)未遇真命主,辜負棟梁才。
(唱)【西皮慢板】
　　平生志氣運未通,
　　似蛟龍困在淺水中。
　　有朝一日春雷動,
　　際會風雲上九重。
(唱)【西皮二六板】
　　自幼兒窗前習孔孟,
　　壯遊北海遇孔融。
　　他將我薦與曹府用,
　　要學孫臏下雲夢。

(禰衡下)

第 二 場

(四文堂引曹操同上)

曹　操　(唱)【西皮搖板】
　　三國紛紛刀兵擾,
　　每日思想計千條。
　　但願狼烟一起掃,
　　四海昇平樂唐堯。

(張遼上)

張　遼　(唱)【西皮搖板】
　　一封書信忙修起,
　　見了丞相說端的。
　　參見丞相。
曹　操　將軍少禮,請坐。
張　遼　謝坐。
曹　操　命你修書,你可曾修起？
張　遼　已經修好。命何人送去？
曹　操　孔融薦舉禰衡,還未見到來。

張　遼　想必來也。
　　　　（孔融上）
孔　融　（唱）【西皮搖板】
　　　　　　禰衡先生我請到，
　　　　　　　見了丞相說根苗。
　　　　參見丞相。
曹　操　少禮請坐。
孔　融　謝坐。
曹　操　禰衡可曾喚到？
孔　融　現在府外。
曹　操　喚他進來。
孔　融　有請禰衡先生。
禰　衡　（內）來也！
　　　　（禰衡上）
禰　衡　（唱）【西皮快板】
　　　　　　相府門前殺氣高，
　　　　　　密密層層擺槍刀。
　　　　　　畫閣雕梁雙鳳繞，
　　　　　　賽似天子九龍朝。
孔　融　禰衡先生參見丞相。
禰　衡　禰衡參見丞相。
曹　操　下站何人？
禰　衡　姓禰名衡，乃山西平原郡人氏。
孔　融　這就是禰先生。
曹　操　怕老夫不知他叫禰衡？見了老夫，這等大模大樣，只行常禮，其實可惱！
禰　衡　哦呵呀！我道曹操敬賢禮士，却原來不識好人。吾進得相府，與他深施一禮，他坐在上面，昂然不動，倒也罷了，反說我禮貌不周。我乃天下奇士，豈肯與奸賊低首嚇！孔文舉你將我薦錯了。
　　　　（唱）【西皮快板】
　　　　　　人言曹操多奸狡，
　　　　　　果然好比秦趙高。

　　　　　　欺君罔上非正道[1]，
　　　　　　全憑勢力壓當朝。
　　　　　　站立在廊下微微笑，
　　　　　　哪怕虎穴與籠牢。哈哈哈……
曹　　操　爲何發笑？
禰　　衡　我笑這天地雖闊，却無一人也。
曹　　操　老夫帳下，文能安邦，武能定國，何言無人？
禰　　衡　你道你帳下，文能安邦，武能定國，俱是英雄豪傑，但不知文有誰高，武有誰能？禰某願聞一二。
曹　　操　你且聽來：文有荀彧、荀攸、郭嘉、程昱，機深智遠，雖蕭何、陳平，不可及也。武有張遼、許褚、李典、樂進，不讓當年岑彭、馬武。我兒曹子孝，人稱天下奇才；夏侯惇可稱無敵將軍。老夫興兵以來，攻無不取，戰無不克。順我者生，逆我者死，何言無人？
禰　　衡　（笑）呀，哈哈哈……
　　　　　你且聽道：你帳下盡都是英雄上將，以我看來，盡是無用之輩！
曹　　操　怎見得？
禰　　衡　你且聽道：荀彧、荀攸，可使弔喪問奠；郭嘉、程昱，只好看墓守墳；李典、樂進，只好牧羊放馬；許褚、張遼……
張　　遼　唔……
禰　　衡　只好擊鼓鳴更。曹子孝呼爲要錢太守，夏侯惇稱爲完體將軍。餘下諸人，盡都是衣架飯囊，酒桶肉袋，碌碌之輩，何足道哉？
曹　　操　你有此狂言，有何德能？
禰　　衡　禰某無才，天文地理之書，無一不知；三教九流，無一不曉。上可以致君爲堯、舜，下可以配德於孔、顏。吾乃天下名士，豈肯與奸賊同黨。孔文舉你不要裝癡了！
　　　　（唱）【西皮快板】
　　　　　　自幼窗前習管鮑，
　　　　　　兵書戰策日夜瞧。
　　　　　　我本堂堂一秀表，
　　　　　　豈與犬馬共同槽。
張　　遼　唉！
　　　　（唱）【西皮搖板】

　　　　　　聽罷言來心煩惱,
　　　　　　誤罵豪傑爲哪條?
　　　　　　三尺青鋒出了鞘,
孔　融　(唱)【西皮搖板】
　　　　　　將軍息怒慢開刀。
曹　操　張將軍休要污穢老夫的寶劍。禰衡,明日老夫大宴群臣,命你當一鼓吏,你可願當?
禰　衡　這個……
孔　融　禰先生應允了吧!
禰　衡　願當鼓吏。
曹　操　好,明日來早便罷,倘若來遲,按軍令施行。張將軍將他趕出帳去!
禰　衡　呀!
　　　　(唱)【西皮二六板】
　　　　　　丞相委用恩非小,
　　　　　　屈爲鼓吏怎敢辭勞?
　　　　　　出得帳來微微笑,
　　　　　　孔大夫做事也不高。
　　　　　　明知曹操眼孔小,
　　　　　　沙灘無水怎能彀藏蛟。
　　　　(唱)【西皮快板】
　　　　　　滿腹經綸空懷抱,
　　　　　　有志不能上九霄。
　　　　　　越思越想心頭惱,
　　　　　　施一個巧計罵奸曹。
　　　　　　安排打虎牢龍套,
　　　　　　大蟲窩內宿一宵。
　　　　　　罷罷罷,暫且忍下了,
　　　　　　明日自有我的巧妙高!
　　　　(禰衡下)
孔　融　(唱)【西皮搖板】
　　　　　　禰衡先生性太傲,
　　　　　　險些兒項上吃一刀。

（孔融下）

張　遼　（唱）【西皮搖板】
　　　　禰衡小兒真可惱，
　　　　丞相不殺爲哪條[2]？
　　（張遼下）

曹　操　（唱）【西皮搖板】
　　　　袖內機關他怎曉[3]，
　　　　殺雞何用宰牛刀。
　　（曹操下）

校記

[1] 欺君罔上非正道："君"，原作"郡"，據文意改。
[2] 禰衡小兒真可惱，丞相不殺爲哪條：此二句，原作"辭別丞相下輿道，相請列位走一遭"，今取《戲學指南》本中二句。
[3] 袖內機關他怎曉：此句原作"大宴群臣文武到"，今取《戲學指南》中句。

第　三　場

禰　衡　（內）走嚇！
　　（禰衡上）

禰　衡　（唱）【西皮導板】
　　　　適纔與賊來叙話，
　　（唱）【西皮搖板】
　　　　氣得某家心亂如麻[1]。
咳！正是：
（念）酒逢知己千杯少，語不投機半句多。
適纔進得相府，與賊深施一禮，他坐在上面，安然不動，倒也罷了，反道俺的禮貌不周。又將我辱爲鼓吏。明日元旦佳節，必然當着滿朝文武羞辱與我。吾乃天下名士，焉肯爲那賊羞辱！明日進得相府，是要赤身露體，百般叫罵於他，縱然將我斬首，也落的一個青史名標！正是：
（念）明知山有虎，偏向虎山行。

（唱）【西皮快板】
　　　　明日進帳將賊罵，
　　　　拼着一死染黃沙。
　　　　縱然將我頭割下，
　　　　落一個罵賊名兒揚天下。
（禰衡下）

校記

［1］氣得某家心亂如麻："心亂"，原本作"淚"，據《戲學指南》本改。

第　四　場

　　　（四朝官上）
朝官甲　（念）日觀三千策，
朝官乙　（念）夜讀七篇詩。
朝官丙　（念）要知今古事，
朝官丁　（念）還讀五車書。
朝官甲　請了。
衆　人　請了。
朝官甲　丞相有帖相邀，不知爲了何事？我等一同去到相府。
衆　人　請。正是：
　　　（念）五鳳樓前朝金闕，相府門前拜元戎。
　　　　門上哪位在？
　　　（張遼上）
張　遼　吓，列位大人。
衆　人　張將軍，煩勞通稟丞相，就說我等要見。
張　遼　少站一時。有請丞相。
　　　（曹操自下場門上）
曹　操　何事？
張　遼　衆位大人要見。
曹　操　有請。
張　遼　有請。

（吹打。衆人同進）

衆　人　丞相在上，我等大禮參拜。

曹　操　老夫也有一拜。

衆　人　丞相宣詔我等，有何事見諭[1]？

曹　操　今日老夫大宴群臣，請列位到此暢飲幾杯。

衆　人　到此就要叨擾。

曹　操　待老夫把盞。

衆　人　擺下就是。

（吹打。二旗牌自兩邊分上，擺宴）

曹　操　請。

（【牌子】）

曹　操　列位大人，老夫帳下，新收一名鼓吏，命他在廊下擂鼓[2]，你我暢飲三杯。

衆　人　既有此事，我等瞻仰。

曹　操　來。

旗　牌　有。

曹　操　傳鼓吏進帳。

旗　牌　傳鼓吏進帳。

禰　衡　（內）來也！

（內唱）【西皮導板】

　　　讒臣當道謀漢朝，

（禰衡上）

（唱）【西皮慢板】

　　　楚漢相爭動槍刀。

　　　項羽無謀落圈套，

　　　九里山前韓信高。

　　　數盡失志烏江道，

　　　蓋世英雄無下梢。

　　　高祖咸陽登大寶，

　　　一統山河樂唐堯。

　　　四百年來國運消，

　　　獻帝皇爺坐九朝。

　　　　　　如今出了奸曹操[3]，
　　　　　　上欺天子下壓群僚。
　　　　　　有心替主把賊掃，
　　　　　　手中缺少殺人刀。
曹　操　請。
衆　人　請。
　　　　（旗牌斟酒）
禰　衡　（唱）【西皮快板】
　　　　　　下席坐了奸曹操，
　　　　　　上席文武衆群僚。
　　　　　　狗奸賊傳令如山倒，
　　　　　　舍死忘生在今朝。
　　　　　　元旦節與賊個不祥兆，
　　　　　　假裝瘋迷耍耍奸曹操。
　　　　　　我把青衣來脫掉，
曹　操　請。
衆　人　請。
　　　　（旗牌斟酒）
禰　衡　（唱）【西皮快板】
　　　　　　破鞋襤衫擺擺搖。
　　　　　　怒氣不息往上跑，
二旗牌　吥！你這鼓吏，丞相大宴群臣，這樣破衣襤衫，成何體統？
禰　衡　（唱）【西皮快板】
　　　　　　帳下兒郎鬧吵吵。
二旗牌　倒說我等吵鬧，好笑嚇，哈哈哈……
禰　衡　（唱）【西皮快板】
　　　　　　列位不必哈哈笑，
　　　　　　有一輩古人聽根苗：
二旗牌　你且講來。
禰　衡　（唱）【西皮快板】
　　　　　　昔日太公曾垂釣，
　　　　　　張良拾履在荒郊。

> 爲人受得苦中苦，
> 脱却襤衫換紫袍。

二旗牌 你焉能比得前朝的古人？

禰　衡 （唱）【西皮快板】
> 你二人把話講錯了，
> 休把猛虎當狸猫。
> 有朝一日時運到，
> 拔劍要斬海底蛟！

二旗牌 青天白日，你在此做夢！

禰　衡 呀吥！
（唱）【西皮快板】
> 休道我白日夢顛倒，
> 登時就要上青霄。
> 我把破衣齊脱掉，

曹　操 請。

衆　人 請。

（旗牌斟酒。禰衡脱衣）

禰　衡 （唱）【西皮快板】
> 赤身露體往上跑，

二旗牌 呔！丞相大宴群臣，你倒赤身露體，丞相降罪，何人承當？

禰　衡 （唱）【西皮快板】
> 你丞相降罪我承招。
> 抽身來在東廊道，
> 看這奸賊把我怎開銷？

二旗牌 鼓吏到。

曹　操 命他擂鼓三通。

二旗牌 丞相命你擂鼓三通。

（禰衡打鼓）

衆　人 列位大人，聽這鼓吏擂鼓，好似金聲玉振，我等暢飲幾杯，慶賀丞相，請嚇！

曹　操 請嚇！

（唱）【西皮原板】

擂鼓三通響如雷,
文武百官飲三杯。
張遼一旁牙咬碎,
孔融帶愧轉回歸。
站立廊下觀鼓吏,

（禰衡打鼓）

曹　操　（唱）【西皮快板】
赤身露體廊下立。
老夫暫忍心頭氣,
再與禰衡說端的。
禰衡。
禰　衡　曹操。
曹　操　你為何叫老夫曹操?
禰　衡　你叫得我禰衡,我就叫得你曹操!
曹　操　這也不計較於你。今日老夫大宴群臣,你赤身露體,成何體統?
禰　衡　我露父母清白之體,顯得我是清潔的君子,不比你是混濁的小人[4]!
曹　操　老夫身居相位,何言混濁?
禰　衡　你且聽道:你雖居相位,不識賢愚,賊的眼濁也;不納忠言,賊的耳濁也;不讀詩書,賊的口濁也;常懷篡逆,賊的心濁也!我乃是天下名士,你將我屈為鼓吏,羞辱與我,猶如陽貨害仲尼,臧倉毀孟子。輕慢賢士,曹操吓,曹操!你真匹夫之輩也!

（唱）【西皮快板】
昔日文王訪呂望,
親臨渭水求棟梁。
臣坐君乘執轡往,
為國求賢禮所當。
你只望在朝中為首相,
全然不知臭和香。

曹　操　（唱）【西皮快板】
老夫興兵誰敢擋,
赫赫威名天下揚。

　　　　　論機謀賽過姜呂望，
　　　　　豈容無知小兒郎。
禰　衡　（唱）【西皮搖板】
　　　　　曹操把話錯來講，
　　　　　無水怎把蛟龍藏？
　　　　　馬槽怎養獅和象，
　　　　　犬穴焉能住鳳凰？
　　　　　鼓打一通天地響，
　　　　　鼓打二通振朝綱。
　　　　　鼓打三通掃奸黨，
　　　　　鼓打四通國泰康。
　　　　　鼓發一陣連聲響，
　　　（禰衡打鼓）
禰　衡　（唱）【西皮搖板】
　　　　　管教你奸賊死無下場。
曹　操　哦。
眾　人　（唱）【西皮搖板】
　　　　　眾人停杯望下廊，
　　　　　丞相為何怒一旁？
曹　操　我與鼓吏交談幾句，故而悶坐在此。
眾　人　丞相息怒，我等上前問來。
曹　操　有勞列位大人！
眾　人　你這鼓吏，家住哪裏，姓甚名誰，一一講的來。
禰　衡　列位，
　　　　（唱）【西皮二六板】
　　　　　未曾開言心頭恨，
　　　　　尊聲列位聽分明：
眾　人　家住哪裏？
禰　衡　（唱）【西皮二六板】
　　　　　家住山西平原郡，
眾　人　姓甚名誰？
禰　衡　（唱）【西皮二六板】

		姓禰名衡字正平。
衆　人		呀，禰先生！
禰　衡		（唱）【西皮二六板】
		腹中頗有安邦論，
		曾與孔融當過幕賓。
		他將我薦與曹奸佞，
		肉眼不識俺的寶和珍。
		我寧做忠良門下客，
		豈作他奸賊的帳下人！
衆　人		你真是舌辯之徒！
禰　衡		（唱）【西皮快板】
		你道我正平是舌辯之徒，
		舌辯之徒有張蘇。
		蘇秦六國爲首相，
		全憑舌尖壓四座。
		有朝一日展昆侖手，
		要把奸賊一筆勾！
曹　操		把你比作井底之蛙，能起多風多浪？
禰　衡		呀呸！
		（唱）【西皮快板】
		賊把我比作井底蛙，
		井底之蛙也不差。
		有朝一日雲霧下，
		要把你奸賊一把抓！
曹　操		列位大人，他道老夫奸，我奸在何處？
衆　人		是吓，丞相奸在何處？
禰　衡		列位，
		（張遼上）
禰　衡		（唱）【西皮搖板】
		狗奸賊出巧言故意問道，
		尊一聲衆公卿細聽根苗。
		自幼兒舉孝廉官卑職小[5]，

　　　　　他本是夏侯子過繼姓曹。
　　　　　到如今作高官忘了宗考,
　　　　　賊吓賊吓,
曹　操　哽。
禰　衡　(唱)【西皮搖板】
　　　　　全不怕臭名兒萬古留標。
張　遼　(唱)【西皮快板】
　　　　　聽他言來心頭惱,
　　　　　辱駡丞相爲哪條?
　　　　　三尺青鋒出了鞘,
衆　人　(同唱)【西皮搖板】
　　　　　張將軍息怒慢開刀。
曹　操　張將軍,休要污穢老夫的寶劍。
禰　衡　狗仗人勢,諒你也不敢!
曹　操　禰衡,老夫有書信一封,命你去往荆州,順說劉表來降。倘若劉表來降,保你官職在朝。
禰　衡　呀呀呸!
　　　　(唱)【西皮搖板】
　　　　　要往荆州怎能够,
　　　　　豈肯與你作馬牛?
衆　人　(唱)【西皮搖板】
　　　　　丞相息怒且聽候,
　　　　　順說禰衡往荆州。
曹　操　有勞列位大人。
衆　人　吓,禰先生,丞相有書信一封,命你去往荆州,順說劉表來降。你若不去,惱了丞相,將你斬首,你家中還有妻兒老小,所靠何人?必須要再思再想嚇!
禰　衡　哦……
　　　　(唱)【西皮二六板】
　　　　　列位公卿齊來勸我[6],
　　　　　酒醒方知夢南柯。
　　　　　自古道責人先責己過,

　　　　　　手摸胸膛自己揣摩。
　　　　　罷罷罷，暫忍我的心頭火，
　　　　　（禰衡穿衣）
衆　人　丞相，禰衡願往荆州去了。
曹　操　嚇，禰衡願往荆州去了？列位大人。
衆　人　丞相。
曹　操　禰衡説老夫是奸臣，奸在何處？
衆　人　丞相是大大的忠臣。
曹　操　哈哈哈，老夫是大大的忠臣。
　　　　　（衆人同笑）
禰　衡　（唱）【西皮快板】
　　　　　　事到頭來沒奈何。
　　　　　　走上前來忙告錯，
　　　　　　尊聲丞相聽我説：
　　　　　　你把書信交與我，
　　　　　　順説劉表作定奪。
曹　操　（唱）【西皮快板】
　　　　　　千錯萬錯先生錯，
　　　　　　話不投機半句多。
　　　　　　倘若劉表歸順我，
　　　　　　保你官職在朝閣。
禰　衡　（唱）【西皮搖板】
　　　　　　丞相息怒且請坐，
　　　　　　披星戴月奔江河。
　　　　　　順説劉表若不妥，
衆　人　早去早回。
禰　衡　（唱）【西皮搖板】
　　　　　　願死他鄉作鬼魔。
　　　　　（禰衡下）
曹　操　（唱）【西皮搖板】
　　　　　　禰衡小兒真可惡，
　　　　　　老夫不殺奈我何[7]？

众　　人　吾等告退。
曹　　操　老夫少送。
　　　　　（众人同下）

校記

［１］有何事見諭：此句，原作"有何見"，據《戲學指南》本補。

［２］命他在廊下擂鼓："廊下"，原作"底下"，據《戲學指南》本改。

［３］如今出了奸曹操："如今"，原作"後來"，據《戲學指南》本改。

［４］不比你是混濁的小人："不比"，原作"不必"，據文意改。

［５］自幼兒舉孝廉官卑職小："舉孝廉"，原作"入學廉"，據《戲學指南》本改。

［６］列位公卿齊來勸我："公卿"，原作"宮卿"，據前文"尊一聲衆公卿細聽根苗"改。此句《戲學指南》本作"列公哦大人提醒我"。

［７］曹操（唱）【西皮搖板】禰衡小兒真可惡，老夫不殺奈我何：此二句，原本無，據《戲學指南》本補。

鬧長亭

佚名撰

解題

  京劇。現代佚名撰。《京劇劇目辭典》著錄,題《鬧長亭》,未署作者。劇寫曹操命荀彧、郭嘉等眾謀士在長亭爲禰衡餞行。眾謀士待禰衡至,皆端坐不起,以示輕慢。禰衡以禮相見,眾謀士慢不爲禮。禰衡感到眾謀士與曹操輕慢於他,心懷憤恨,假意啼哭,眾謀士問其故,禰衡答稱:"來在死屍前。"眾謀士謂其將作"無頭之鬼"。眾謀士與禰衡相互譏諷謾罵。而後,禰衡跨馬揚鞭而去。本事見《三國演義》二十三回。《後漢書·禰衡傳》載有其事。版本今見《京劇彙編》收錄的劉硯芳藏本及以該本重刊的《京劇傳統劇本彙編》本。今以《京劇彙編》收錄的劉硯芳藏本爲底本整理。

程昱
郭嘉 （內同白[1]）開道！（上）
荀攸
荀彧

荀　彧　下官,荀彧。

荀　攸　下官,荀攸。

郭　嘉　下官,郭嘉。

程　昱　下官,程昱。

荀　彧　列位大人請了！

程昱
郭嘉 （同白）請了！
荀攸

荀　彧　你我奉了丞相之命,備酒與禰衡餞行,一同長亭去者！

程　昱	
郭　嘉	請！
荀　攸	

　　　　　（【牌子】）

荀　彧　　列位大人！

程　昱	
郭　嘉	（同白）大人！
荀　攸	

荀　彧　　禰衡到此，我等不要起身，看他有何言辯。

程　昱	
郭　嘉	（同白）言之有理。遠遠望見禰衡來也！
荀　攸	

禰　衡　　（內唱）禰正平在馬上自思自嘆，（上）
　　　　　（唱）古今來過往事顛倒又顛。
　　　　　　　　高祖爺曾赴過鴻門宴，
　　　　　　　　楚漢相爭四百年。
　　　　　　　　曹操中原雖扶漢，
　　　　　　　　心中想謀漢江山。
　　　　　　　　孔融無謀將我薦，
　　　　　　　　曹瞞肉眼不識賢。
　　　　　　　　進帳與賊把舌辯，
　　　　　　　　哪怕一命喪黃泉！
　　　　　　　　列位大人將我勸，
　　　　　　　　順說劉表歸中原。
　　　　　　　　又命謀士把行餞，
　　　　　　　　大丈夫只得去向前。
　　　　　　　　緊緊催動能行戰，
　　　　　　　　兩旁坐的文武官。
　　　　　　　　荀彧荀攸智謀淺，
　　　　　　　　郭嘉程昱只等閑。
　　　　　　　　必是與我把行餞，
　　　　　　　　停鞭下了馬雕鞍。
　　　　　來此已是長亭，這裏面坐的盡是曹瞞的謀士，須要以禮相待。列位

荀彧		先生請了！
荀攸	
荀攸	攸	
程郭	昱嘉	（同白）請了。我等不能遠送了！
禰	衡	

禰　　　哎呀且住！想俺前日進府，與曹操施禮，他昂然不動。今日長亭，連他府下的謀士，也是這等大模大樣。他們輕慢於我，且將他等取笑一番。他有來言，我有去語！

（唱）四海相逢初見面，
　　　人生須要禮爲先。
　　　長亭假裝淚滿面，
　　　問我一聲答一言。

程郭荀荀	昱嘉攸彧	（同白）禰先生，見了我等，爲何啼哭？

禰　衡　（唱）非是禰衡淚滿面，
　　　　　我有言來聽根源：
　　　　　指望走的陽關道，
　　　　　誰知來在死屍前！

程郭荀荀	昱嘉攸彧	（同白）嗯！大膽狂徒，道我等是死屍，爾乃是無頭之鬼，尚不自知！

禰　衡　俺乃漢室之臣，不助曹操之黨，安得無頭？

程郭荀荀	昱嘉攸彧	（同白）俺家丞相福大量寬，不計較於你。荆州劉表，性如烈火，出言不遜，將爾一刀兩斷，豈不是無頭之鬼？

禰　衡　俺禰衡寧作他鄉之鬼，不作賊佞之臣。豈似爾等貪圖眼前富貴，哪知臭名萬代。無恥之輩，何足談論！

程郭荀荀	昱嘉攸彧	（同白）爾乃無恥之輩，胸中有何策論，出此狂言？

禰　衡　要問我胸中的策論，聽俺道來！
　　　　（唱）你道我胸中無策論，
　　　　　　　《戰國》《春秋》腹內存。
　　　　　　　上能致君如堯舜，
　　　　　　　下能安邦撫黎民。
　　　　　　　提兵調將並佈陣，
　　　　　　　可比韓信與陳平。
　　　　　　　有朝一日權在手，
　　　　　　　要把奸賊一掃平！
荀　彧　（唱）大膽狂徒爛言論，
　　　　　　　自稱奇才自誇能。
　　　　　　　人來看過酒一樽，
　　　　　　　丞相嚴命敢不尊。
　　　　　　　你今飲我一杯酒，
　　　　　　　要去他鄉做鬼魂！
禰　衡　（唱）用手接過酒一樽，
　　　　　　　舉酒不飲灑埃塵。
　　　　　　　走向前來禮恭敬，
　　　　　　　有勞你坐在相府門。
　　　　　　　上不能致君如堯舜，
　　　　　　　下不能教化眾黎民。
　　　　　　　非是禰衡酒不飲，
　　　　　　　先奠荀彧死屍靈！
荀　攸　（唱）用手捧過酒一樽，
　　　　　　　我與禰衡來餞行。
　　　　　　　你今飲我一斗酒，
　　　　　　　但願此去早歸陰！
禰　衡　（唱）荀攸雖為漢家臣，
　　　　　　　今作曹瞞帳下人。
　　　　　　　空有滿腹金石論，
　　　　　　　枉讀孔聖詩與文。
　　　　　　　非我不把酒來飲，

　　　　　　怕學你千載落罵名！
郭　嘉　（唱）陽關餞行酒一樽，
　　　　　　一腔惡氣往上升。
　　　　　　若非奉了丞相命，
　　　　　　豈肯與你來餞行？
禰　衡　（唱）臣報君恩子奉親，
　　　　　　不忠不孝何為人！
　　　　　　丞相命你來餞行，
　　　　　　輕我猶如把文輕。
　　　　　　非是我不把酒來飲，
　　　　　　堪嘆你這不孝的人！
程　昱　（唱）程昱捧酒淚雙淋，
　　　　　　雙手奉與登程人。
　　　　　　你今飲了我的酒，
　　　　　　好去地府見閻君！
禰　衡　（唱）程昱不必淚雙淋，
　　　　　　年幼短命小姣生。
　　　　　　我去荊州有不幸，
　　　　　　兒是披麻戴孝人！
　　　　　　將酒奠在塵埃地，
　　　　　　有事在心少留停。
　　　　　　手扳雕鞍踏金鐙，
　　　　　　還有一事要叮嚀。
　　　　　　回頭叫聲群奸佞，
　　　　　　我有言來仔細聽：
　　　　　　我本上界一斗星，
　　　　　　非是凡間等閑人。
　　　　　　只因有事犯了罪，
　　　　　　將我謫貶下凡塵。
　　　　　　賜我一口青龍劍，
　　　　　　斬盡朝中狗奸臣。
　　　　　　爾等回復曹奸佞，

寬心穩坐等信音。
若得劉表來歸順,
禰衡當朝做公卿。
此去若是無音信,
多是孝子與孝孫。
在此不與兒爭論,
跨馬揚鞭早登程!(下)

程昱
郭嘉　(念)長亭去了禰正平,去時有路回無門。
荀攸
荀彧

荀彧　列位大人,禰衡言語張狂,去到荊州吉凶難料,你我回復丞相便了。

程昱
郭嘉　(同白)請!
荀攸

(同下)

校記

[1]內同白:"同白",原無,據文意補,本劇下同。

鸚鵡洲

佚名撰

解題

　　京劇。現代佚名撰。《京劇劇目辭典》著錄,題《鸚鵡洲》,未署作者。劇寫禰衡擊鼓罵曹之後,曹操欲殺之,又恐背負惡名,遂將其推薦給劉表,企圖借劉表之手殺死禰衡。劉表知曹意,亦不願背負殺害忠良的名聲,又將其推薦給黃祖。黃祖與禰衡共飲,禰衡對黃祖出言不恭。黃祖大怒,令將禰衡斬首,其子黃射亟言不可,黃祖恍然大悟,急令放回,爲時已晚,禰衡已被殺。黃祖乃將禰衡盛殮,安葬在鸚鵡洲。本事出於《三國演義》第二十三回。《後漢書·禰衡傳》載有劉表將禰衡薦送黃祖事。清鄭瑜有與此同名的雜劇《鸚鵡洲》,結構、情節、人物大不相同。版本今有《京劇彙編》收錄的中國國家圖書館藏本及以該本重刊的《京劇傳統劇本彙編》本。今以中國國家圖書館藏本爲底本進行整理。

第 一 場

（禰衡上）

禰　衡　（唱）【二黃原板】

　　　　　身不逢堯舜主明珠投暗,
　　　　　可惜我命世才埋没塵寰。
　　　　　懷一刺整十年如同一旦,
　　　　　從未曾向權門觀望盤桓。
　　　　　孔文舉好意兒把我舉薦,
　　　　　曹孟德目無珠哪識泰山。
　　　　　他命我當鼓吏羞辱於俺,

　　　　我也曾赤身體教他難堪。
　　　　那曹賊心惱怒有恨難散，
　　　　想下了借刀計欲害奇賢。
　　　　劉景升原是個庸愚昏暗，
　　　　他對我知名士豈能海涵。
　　　　此一去吉和凶完全不管，
　　　　我把那生死事不放心間。
　　卑人，禰衡，字正平。少讀詩書，胸懷大志，可惜生不逢辰，懷才不遇；又因天性耿直，不能苟合人意，一班權勢當道之人，都聞名而不敢用。幸有北海孔融，把我引爲知己，薦我到曹操府下。本想望他重用，誰知那曹操擅弄威權，氣焰熏天，不識我禰衡爲人，竟將我派爲一名鼓吏。是我氣憤難甘，借着擊鼓，將他辱罵。可恨那賊含羞忍氣，起下陰謀，將我薦與荆州劉表，意在借刀殺人。我禰衡氣蓋天地，忠感鬼神，哪怕它龍潭虎穴，豈能怯而不往？是我一路行來，餐風露宿，十分勞乏，眼前荆州不遠，趁着天氣清和，就此馬上加鞭。
　　（唱）【二黄原板】
　　　　催坐騎我直奔荆州驛站。
　　　　見了那劉景升議論一番。（下）

第　二　場

　　（中軍、劉表上）
劉　表 （念）【引】荆襄八郡地，文武一身尊。
　　某，荆州牧劉表。昨日曹丞相有書到來，將禰衡推薦與我。我想禰正平乃天下知名之士，那曹孟德平日禮賢下士，何以棄而不用，推薦前來，其中必有緣故。我不免將夫人請出，再作計較。中軍，有請夫人！
中　軍 是。有請夫人！（下）
　　（蔡夫人上）
蔡夫人 （念）忽聽主公喚，移步到堂前。
　　（進門介）妾身有禮。
劉　表 夫人少禮。請坐。

蔡夫人　謝坐。主公將妾身喚出，有何話講？
劉　表　夫人，是你有所不知，昨日接到曹丞相一信，薦來禰衡。那禰正平乃天下知名之士。曹孟德何以棄而不用，反來推薦與我？
蔡夫人　你也太糊塗了。
劉　表　我怎麼糊塗呢？
蔡夫人　聽妾道來。
　　　　（唱）【西皮原板】
　　　　　　那禰衡生來禀性狂，
　　　　　　怎能够與曹操共處一堂。
　　　　　　那曹操他對人假模假樣，
　　　　　　因此上纔將他轉薦外方。
　　　　　　倘若是主公你不加容量，
　　　　　　這便是借你刀來把他傷。
劉　表　原來如此。那曹操他殺了禰衡，怕天下人恥笑，難道我就不怕麼！夫人，你看此事如何處置纔好？
蔡夫人　（唱）若依妾身做主張，
　　　　　　不如薦他到外廂。
劉　表　薦到哪裏？
蔡夫人　江夏黄祖，生性魯莽，且將他薦到那裏，再看如何！
劉　表　夫人高見，正合孤意。夫人請回，我依計而行。
蔡夫人　遵命。（下）
　　　　（中軍上）
中　軍　啟禀主公：禰衡求見。
劉　表　吩咐陞帳。
中　軍　陞帳。
　　　　（四龍套上）
劉　表　禰衡進見。
中　軍　禰衡進見。
禰　衡　（内）來也。
　　　　（唱）【西皮導板】
　　　　　　聽中軍傳一聲命我進見，（上）
　　　　（轉唱）【西皮原板】

　　　　　劉景升果然是不能尊賢。
　　　　　我只得走上了荊州衙院,
　　　　　且把那國家事講在當前。(進見介)
　　　　　明公在上,禰衡拜見。
劉　表　少禮,請坐。
禰　衡　謝坐。
劉　表　正平,你由朝中到來,朝中之事如何?
禰　衡　明公容稟。
　　　　(唱)【西皮原板】
　　　　　那曹瞞在朝中大權獨攬,
　　　　　眼見得漢家業被他推翻。
　　　　　公本是天潢派豈可不管,
　　　　　怕只怕荊州地也難苟安。
劉　表　呀!
　　　　(唱)【西皮搖板】
　　　　　那禰衡當孤面對我責難,
　　　　　生就了狂妄性名不虛傳。
　　　　　倘若是殺了他曹操笑俺,
　　　　　我把他薦黃祖這有何難。
　　　　正平,孤家這裏,地僻事少,不足以容高賢之駕。意欲將你薦于黃祖帳下,你可願去?
禰　衡　哦。
　　　　(唱)【西皮快板】
　　　　　那曹賊定下了借刀之計,
　　　　　劉景升雖庸闇豈能不知?
　　　　　他把我薦黃祖哪有好意,
　　　　　也不過轉借刀將我命追。
　　　　　我若是不敢去惹他恥笑,
　　　　　破出去一身死有何稀奇。
　　　　明公既然薦俺,豈有不去之理?就此告辭了。
劉　表　去吧。
禰　衡　(唱)【西皮搖板】

辭別了劉景升忙跨坐騎,(上馬介)

我見了那黃祖再看高低。(下)

劉　表　(唱)【西皮搖板】

只見那禰正平揚長去了,

到後堂見夫人細説根苗。(下)

第　三　場

(四下手、黄祖上)

黄　祖　(念)【引】威震東江,統貔貅,誰人敢當。

(念)(詩)自幼生來性魯莽,

帶領甲兵逞剛强。

哪怕東吳兵將廣,

諒他不敢窺邊墻。

老夫,大將黄祖。奉了主公之命,鎮守江夏,今日陞帳,不知有何軍情來報。

報　子　(内)報。(上)

啓爺:主公有令,命禰衡來見!

黄　祖　我聞禰衡乃天下有名之士,今日遠來,好幸會也。有請。

報　子　喳。

黄　祖　待我迎接。

報　子　有請禰先生!(下)

(禰衡上,黄祖出迎介)

禰　衡　黄將軍!

黄　祖　禰先生,你來了。

禰　衡
黄　祖　(笑介)啊哈哈哈哈……

(同進,揖坐介)

黄　祖　先生遠路駕臨,未去恭迎,多有得罪。

禰　衡　好説。豈敢勞動將軍。

黄　祖　先生,老夫久聞大名,今日相見,真乃幸會也。中軍,安排酒宴伺候。

中　軍　啊!

（中軍擺酒介）

黃　祖　先生請酒！

禰　衡　將軍請！

（吹【牌子】）

黃　祖　禰先生，我聞先生從曹丞相處轉薦而來。曹丞相部下，有些什麼人才，講來一聽。

禰　衡　將軍聽了。

（唱）【西皮原板】

曹營中俱都是無能之輩，
唯楊修與孔融人才出奇。
他二人雖然是天下名士，
比到我也只算大兒小兒。

黃　祖　比老夫如何？

禰　衡　（唱）【西皮搖板】

論到了老將軍本無可比，
俺禰衡說實話恕不恭維。
公好比廟堂中神聖牌位，
雖然是受香烟却少靈機。

黃　祖　（怒介）好匹夫！

（唱）【西皮搖板】

進帳來老夫我款待於你，
你竟敢筵席前把我來欺。
叫軍士快與我推出營去，
一霎時定把他首級來提。

禰　衡　（大笑介）哈哈哈哈……

（唱）俺禰衡自生來無憂無懼，
我把那千年事看作須臾。
未來時早已經料定於你，

黃　祖　你料我什麼？

禰　衡　（唱）【西皮搖板】

我料你這盜跖難容仲尼。

黃　祖　好個禰衡，越發無禮，你藐視世人，全不如你，你把你的本領說來我聽，如果近乎情理，我便饒你不死。

禰　衡　（冷笑介）嘿嘿嘿……你且聽了。

（唱）【西皮搖板】

　　禰衡生來志氣豪，

（唱）【西皮快板】

　　讀詩書明禮義道德崇高。
　　諸子百家我盡曉，
　　曾學三略與六韜。
　　都只爲佞臣出專權當道，
　　上欺天子下壓群僚。
　　我有心替主爺把奸賊掃，
　　纔借擊鼓罵曹操。
　　前去荆州見劉表，
　　彩鳳焉能住鵲巢！
　　我今到此大數到，
　　哪有好言對爾曹！

黃　祖　真乃大言不慚！

禰　衡　（唱）我好比在天仁義鳥，
　　賊好比食母野鴟梟。
　　我好比雷鳴天下曉，
　　賊好比野火遍地燒。

黃　祖　你便有天大本領，人家不用，也是枉然。

禰　衡　（唱）我不戴亂臣烏紗帽，
　　我不穿賊子的蟒龍袍。
　　我只要能爲忠和孝。
　　落一個青史美名標。

黃　祖　你就不怕死麼？

禰　衡　（唱）常言道三寸氣在千般好。
　　一旦無常萬事拋。
　　說罷仰天呵呵笑，

禰　衡　（狂笑介）哈哈哈……

（唱）叫黃祖休遲疑請你開刀。

黃　　祖　（唱）好個大膽禰正平，
　　　　　　　　説出話來理不通。
　　　　　　　　明哲保身有古訓，
　　　　　　　　識時務者爲英雄。
　　　　　　　　留你這狂生有何用，
　　　　　　　　不如把你問斬刑。
　　　　　　此人一味倔強，終非有爲之士，斬就斬了罷。軍校們，推出斬首！
四下手　　啊！
　　　　　（二下手押禰衡下）
　　　　　（黃射上）
黃　　射　（唱）【西皮搖板】
　　　　　　　　聽説要斬禰先生，
　　　　　　　　後帳來了講情人。
　　　　　　　　邁步且把大帳進，
　　　　　　　　父親面前説分明。
　　　　　　參見父親。
黃　　祖　我兒不在後帳，到此何事？
黃　　射　孩兒在後帳，聞聽父親要斬禰衡。想那禰衡乃是天下知名之士，曹丞相、劉主公尚且容他，父親如要將他斬了，豈不被天下人笑罵？
黃　　祖　我兒講得有理。快快傳令，將禰先生放回！
　　　　　（二下手提禰衡首級上）
二下手　　獻頭。
黃　　祖　我兒一步來遲，叫爲父將他錯殺，只好吩咐軍士，以禮埋葬便了。
　　　　　（下）
黃　　射　兒遵命。軍士們！
四下手　　有。
黃　　射　好好將禰先生屍體用棺槨盛殮，葬在鸚鵡洲，聽候祭奠。
四下手　　啊！
黃　　射　唉！
　　　　　（念）可憐此名流，性命一旦休。
　　　　　（同下）

屯 土 山

王鴻壽　撰

解　題

　　京劇。現代王鴻壽撰。《京劇劇目初探》《京劇劇目辭典》著録，均題《屯土山》，又名《約三事》。劇寫曹操起兵征討劉備，攻佔徐州，劉備、張飛兵敗逃走。關羽駐守下邳，保護劉備家小。曹操久攻不下，又愛關羽神勇，於是想找人勸降關羽。曹操用程昱計，誘關羽出城，圍困在土山，命張遼前去勸降。關羽爲保護劉備家小，不得已與曹操約三事，曹操一一答應。關羽見二嫂，禀明其事之後，乃與張遼一同往見曹操。本事見《三國演義》第二十五回。《三國志·蜀書·先主傳》與《關羽傳》均僅謂曹操"擒羽以歸"。元刊《三國志平話》、元雜劇《千里獨行》有以三事相約事。版本今有《關羽戲集》李洪春演出本、《京劇彙編》收録的潘俠風藏本及以該本重刊的《京劇傳統劇本彙編》本、《京劇叢刊》本。今以《關羽戲集》李洪春演出本爲底本，參考其他本進行整理。

第　一　場

　　　　（許褚、徐晃同上，雙起霸）

許　褚
徐　晃　（同念）【點絳唇】將勇兵强，

　　　　（李典、樂進同上，雙起霸）

李　典
樂　進　（同接念）威風浩蕩，

　　　　（曹洪、夏侯惇同上，雙起霸）

曹　洪
夏侯惇　（同接念）軍氣旺；

(朱靈、路昭同上，雙起霸)

朱　靈　路　昭　(同接念)集將鼓響，

衆　將　(念)烟塵齊掃蕩。

徐　晃　列位將軍請了。

衆　將　請了。

徐　晃　我軍今番興師，襲了徐州，攻破小沛，戰敗劉備、張飛，下邳指日可破。丞相今日陞帳理事，我等兩廂候令。請！

(發點、【大開門】。四文堂、四上手、八大刀手、旗牌、荀彧、荀攸、郭嘉、程昱、曹操同上)

曹　操　(念)【引】隊伍雄威，氣軒昂，統領三軍，烟塵掃蕩。

衆　將　參見丞相！

曹　操　站立兩廂。

衆　將　啊！

曹　操　(念)老夫統兵出許都，
　　　　　　　文韜武略勝伊籌。
　　　　　　　三軍威武小沛破，
　　　　　　　眼望下邳頃刻收。

老夫曹操。昨日戰敗劉備，襲了徐州，攻破小沛，某有意攻打下邳，爲此陞帳理事。諸位先生有何高見？

荀　彧　想下邳乃雲長鎮守，是他保護玄德妻小，死守此城，若不速取，恐爲袁紹所得。丞相取之，此爲上策也。

曹　操　吾素愛雲長武藝人材，欲得之以爲己用。

郭　嘉　雲長義氣深重，必不肯降，若使人說之，恐被其害。我營張遼將軍，與雲長有一面之交，命他前往說之可也。

程　昱　文遠雖與雲長有舊，吾觀此人非言詞可說也。某有一計，使其進退無路，然後用文遠說之，必歸丞相矣！

曹　操　先生有何高見？

程　昱　那雲長有力敵萬人之勇，非智謀不能取之。今可差劉備投降之兵，投入下邳，見了雲長，詭說使逃回的軍卒，使其伏於城中以爲內應；再引雲長出戰，詐敗佯輸，誘入他處，以精兵截其歸路，然後說之可也。

曹　操　真乃妙計。來，傳徐州降軍進帳。
旗　牌　徐州降軍進帳。
　　　　（四軍士同上）
四軍士　叩見丞相。
曹　操　命汝等投入下邳，做爲内應，附耳上來。
四軍士　遵命。（同下）
曹　操　夏侯惇聽令！命你以爲先鋒，統領衆將，將關羽誘至高岡之處。哪家損傷雲長者，斬！起兵前往。
　　　　（【泣顔回】牌子。衆人同下）

第　二　場

（四月華旗手、四馬童、大馬童、關羽上）

關　羽　（念）【引】秉丹心，掃蕩烟塵，扶漢室，扭轉乾坤。
　　　　（念）桃園結拜義同心，
　　　　　　　縱橫天下顯奇能。
　　　　　　　赤膽忠心衝宇宙，
　　　　　　　掃盡狼烟滅奸臣。
　　　　某，漢室關。弟兄結義以來，久戰疆場，威名遠振。某大哥鎮守徐州，三弟統兵小沛，某奉大哥重託，保定二嫂，鎮守下邳。可恨曹操，上欺天子，下壓群臣。聞得曹操帶兵攻打徐州，不知大哥勝負如何，也曾命人前去哨探，未見回報。
　　　　（旗牌上）
旗　牌　啓禀二將軍：徐州已破，劉使君不知下落，有徐州兵丁，逃到此間，轅門哭告，要求二將軍收留，現在轅門候令。
關　羽　既是徐州逃來的軍兵，不可欺壓他們，唤他們進帳。
旗　牌　徐州兵丁進帳！
　　　　（四軍士上）
四軍士　與二將軍叩頭。
關　羽　曹操攻破徐州，使君何在？
四軍士　劉使君不知下落。（哭）
關　羽　汝等不必悲痛，各自休息幾日，隨營報效。

四軍士	多謝二將軍。(下)	
	(報子上)	
報　子	啓禀二將軍：徐州已破，小沛已失，使君與三將軍不知下落。曹操統領人馬，攻打下邳，特來報知。	
關　羽	再探！	
報　子	得令！(下)	
關　羽	且住。探馬報道，曹兵奪了徐州，大哥、三弟不知下落。也罷！俺不免出城與曹軍決一死戰。衆將官，開城迎敵去者！	
	(衆人當場出城下)	

第　三　場

(四龍套、四上手、曹將、夏侯惇上，過場下)
(關羽原人上，站門，會陣開打，夏侯惇敗下，關羽等追下)
(四文堂、郭嘉、程昱、荀或、荀攸同上。降兵——四軍士同上，出城迎曹操等進城，同下)
(四龍套、四大刀手、樂進、路昭、朱靈、于禁、夏侯淵上。曹將、夏侯惇上。關羽原人上，會陣開打，曹將敗下。關羽破大刀手，追下)
(四龍套、四上手、張郃、宋憲、徐晃、許褚同上。曹將上。關羽原人會陣，上山。曹將雙抄，兩邊下。起火。關羽站山頭)

關　羽	(唱)【西皮搖板】
	四面俱是曹兵將，
	誤中詭計困山岡。
	眼望下邳火光亮，
	(張遼上)
張　遼	(唱)【西皮搖板】
	只見關羽困山岡。
	雲長公，別來無恙？
關　羽	文遠，欲來相敵耶？
張　遼	非也。念故人舊日之情，特來相見。
關　羽	既然如此，請下馬上山叙談。
張　遼	弟下馬上山來了。

（張遼上山，關羽、張遼分坐）

關　羽　文遠莫非説關某乎？
張　遼　不然。昔日蒙兄救弟，弟今日安得不來救兄。
關　羽　然則文遠將欲助我乎？
張　遼　亦非也。
關　羽　既不助我，此來何幹？
張　遼　玄德不知存亡，翼德未知生死。昨日曹公已破下邳，軍民毫無傷損，並差人護玄德家眷，不許驚擾。如此相待，弟特來報兄，免得懸挂。
關　羽　（怒）嗯……我今雖處絕地，視死如歸。汝當速去，吾即下山迎戰。
張　遼　哈哈哈……兄出此言，豈不被天下人耻笑乎？
關　羽　我爲忠義而死，安得爲天下人耻笑？
張　遼　兄今若死，其罪有三。
關　羽　汝且説我哪三罪？
張　遼　關兄聽道：當初劉使君與兄結義之時，誓同生死，今使君方敗，而兄戰死，倘使君復出，欲求兄相助，而不可得，豈不負當年之盟誓？其罪一也。
關　羽　請問二罪？
張　遼　劉使君以家眷付託與兄，兄今死戰，二位夫人無所依賴，負却使君付託之重，其罪二也。
關　羽　請問這三罪？
張　遼　兄武藝超群，兼通經史，不思與使君匡扶漢室，徒欲赴湯蹈火，以逞匹夫之勇，安得爲義，其罪三也！兄有此三罪，弟不得不告，望兄詳細思之。
關　羽　汝説我有三罪，欲我如何？
張　遼　今四面皆曹公之兵，兄若不降，則必死戰，徒死無益，不如且降曹公，打聽劉使君下落，即往投之，一者可以保二夫人，二者不背桃園之約，三者可留有用之身，以圖後舉。有此三便，望兄再思再想。
關　羽　兄言三便，吾有三約。如丞相能從我，當即卸甲，如其不允，吾寧受三罪而死。
張　遼　丞相寬宏大量，何所不容，願聞一事？
關　羽　一者，吾與皇叔，誓扶漢室，吾今只降漢帝，不降曹操。

張　遼　請問二事？

關　羽　二者，二位嫂嫂要食某大哥之俸祿，一應上下人等皆不許擅入內室。

張　遼　請問三事？

關　羽　三者，但知劉皇叔去向，不管千里萬里，便當辭去。三者缺一，斷不肯降，望文遠急急回報。

張　遼　這三事重大，待俺秉知丞相再議。請！

（張遼下山，上馬，下。）

（二幕下。關羽下。眾隨下）

第 四 場

（曹操原人上）

曹　操　（唱）【西皮搖板】
　　　　統領雄師龍虎鬥，
　　　　將士英勇佔徐州。
　　　　關羽被困土山口，
　　　　文遠順說未回頭。

（張遼上）

張　遼　（念）千軍容易得，一將最難求。
　　　　參見丞相。

曹　操　去說關羽一事如何？

張　遼　關羽約下三事：一者降漢不降曹。

曹　操　哈哈哈……吾為漢相，漢即我也，此可從之。二事？

張　遼　二夫人請給皇叔俸祿，一應上下人等，皆不許擅入內室。

曹　操　吾於皇叔俸內，更加倍與之。至於嚴禁內外，乃是家法，又何疑焉！三事？

張　遼　但知玄德信息，雖遠必往。

曹　操　然則吾養雲長何用？此事難從。

張　遼　丞相豈不知豫讓之論乎？劉玄德待關羽不過恩厚，丞相更施厚恩，以結其心，何憂雲長之不服也？

曹　操　文遠之言甚當，吾願從三事。

張　遼　請丞相傳令，撤回本部人馬。
荀　彧　且慢，不可退兵，恐其有詐。
曹　操　雲長乃義士，必不失信。文遠傳我將令，將人馬退後十里，各歸本部。
張　遼　得令。
　　　　（張遼下）
曹　操　掩門。
　　　　（衆人同下）

第　五　場

（張遼上，下馬，上山。二幕啓。關羽在山上）

張　遼　關兄三事，丞相無一不從。
關　羽　雖然如此，暫請丞相退軍，容我入城見過二嫂，告知其事，然後再行。
張　遼　這有何難。喏，衆將官！丞相有令，將人馬退後十里，各歸隊伍。
　　　　（曹將等兩邊抄下）
　　　　（同下山，上馬，進城，下）

贈袍賜馬

王鴻壽　編撰

解　題

　　京劇。現代王鴻壽編撰。《京劇劇目辭典》著錄，題《賜袍賜馬》。劇寫關羽隨同張遼見曹操。關羽面陳所約三事，曹操答應決不失信。回至許昌，曹操故意將關羽與二嫂安置一處，以圖亂其君臣之分。關羽則夜觀《春秋》秉燭達旦。曹操聞之，更加敬重，贈錦袍一件。曹操設宴，見關羽內穿錦袍，外罩舊袍，問其何故，關羽告之：舊袍乃兄長所賜，不敢得新而忘舊。並告以來遲之因，乃馬瘦多病。曹操贈呂布赤兔馬，關羽稱謝。曹操怪而問之，關羽答以蒙賜良驥，日行千里，若知兄弟下落，一日可見。曹操乃知關羽去心難動，悔贈其馬。本事出於《三國演義》第二十五回。《三國志·蜀書·關羽傳》："及羽殺顏良，曹公知其必去，重加賞賜。"明傳奇《古城計》、清宮大戲《鼎峙春秋》均寫此情節。版本今有《戲考》本、《戲學匯考》本、《京劇叢刊》本、《關羽戲集》李洪春演出本。今以《關羽戲集》李洪春演出本爲底本，參考其他本校勘整理。

第　一　場

　　（四文堂、四大鎧、曹仁、李典、徐晃、夏侯惇、樂進、許褚、曹洪、程昱、郭嘉、曹操上）

曹　操　（念）【引】滿腹經綸，掌兵權，位壓群臣。
　　　　（念）（詩）老夫興兵鬼神愁，
　　　　　　　　　劉備兵敗在徐州。
　　　　　　　　　關羽被困土山口，
　　　　　　　　　張遼順說把吾投。

老夫曹操，官居首相。昨日帶兵襲了徐州，殺得劉備打敗，不知生死存亡。那關羽被吾困在土山之上，進退兩難，也曾命張遼順說來降。這般時候，爲何還不見到來？
（張遼上）

張　遼　參見丞相。
曹　操　關羽可曾到來？
張　遼　已離營門不遠。
曹　操　衆位將軍，隨同文遠，一同迎接。
衆　將　得令。
曹　操　帶馬。
（衆人同下）
關　羽　（内唱）【西皮導板】
　　　　英雄無奈奔曹營，
（曹八將、二馬童、關羽同上）
關　羽　（唱）【西皮快板】
　　　　弟兄失散在徐州城，
　　　　曹操領兵親臨陣，
　　　　將吾圍困在土山頂，
　　　　張遼勸某來歸順，
　　　　三件大事俱應承。
　　　　催馬加鞭往前進，
（轉唱）【西皮搖板】
　　　　含羞帶愧進曹營！
（衆人同下。四文堂原人、曹操上，下馬）（曹八將、二馬童、關羽上，下馬）

關　羽　丞相。
曹　操　關將軍，哈哈哈……
（曹操拉關羽下，衆隨下）（連場，原人同上，曹操引關羽上坐）
曹　操　久慕將軍盛名，今日得近威儀，吾之幸也。
關　羽　豈敢！某請文遠兄，在丞相台前，約請三事，丞相萬勿失信。
曹　操　將軍說哪裏話來，老夫自出世以來，以信義服天下，怎能失信與將軍！

關　羽　嗯！
曹　操　就請將軍同回許昌。
關　羽　待某迎接二位皇嫂同往。（上馬，下）
曹　操　看關羽相貌魁梧，威風抖擻，真英雄也。
　　　　（唱）【西皮搖板】
　　　　　　久聞關羽志量大，
　　　　　　今日看來果不差。
　　　　　　人來與爺忙帶馬，（上馬）
　　　　　　許昌門外迎接他。
　　　　（眾人同下）

第 二 場

（吹打。四馬童同上，甘夫人、糜夫人坐車同上。曹操隨原人出城迎上。甘夫人、糜夫人入城。關羽上，旗牌捧銀盤跪迎，獻上，關羽下馬，曹操迎入城。眾人隨下）（連場，眾人同上，關羽、曹操同坐）

關　羽　但不知吾二位皇嫂，居住何處？
曹　操　老夫已命人安排館舍。
關　羽　如此，待某去問皇嫂金安。
　　　　（旗牌捧金盤跪獻，馬童接，關羽上馬，下）
曹　操　張遼聽令。
張　遼　在。
曹　操　命你去至館舍，將關羽與甘、糜二夫人，安置在一處，以亂他君臣之禮。
張　遼　得令。
曹　操　掩門。
　　　　（眾人同下）

第 三 場

（甘夫人、糜夫人同上）
甘夫人　（唱）【西皮搖板】

|||二人悶坐深庭院，
糜夫人　（接唱）思念皇叔淚漣漣。
甘夫人　（接唱）夫妻徐州遭失散，
糜夫人　（接唱）不知何日得團圓。
（關羽上）
關　羽　（念）思念桃園挂心間，不知二嫂駕可安？
參見二位嫂嫂。
甘夫人
糜夫人　二弟少禮，請坐。
關　羽　有坐。
甘夫人
糜夫人　喂呀！（哭）
關　羽　二位嫂嫂長嘆落淚，所為何事？
甘夫人
糜夫人　想我姊妹二人，自從在徐州與皇叔失散，來到曹營，一不知皇叔生死存亡，二不知何日纔能出離許昌，因此落淚。
關　羽　二位嫂嫂但放寬心，弟雖在曹營，無日不思想兄長，也曾命人各處打探，若得大哥音信，定要保護二位嫂嫂出離許昌。
甘夫人
糜夫人　那曹操待你十分恩厚，只恐他未必叫你走脫。
關　羽　曹公雖然待弟恩厚，奈弟桃園結義，誓同生死。小弟心如鐵石，曹公雖有百計千方，怎能打動關某之心也。
（唱）【西皮原板】
二皇嫂休得要淚悲淋，
細聽小弟說分明：
曹孟德雖待我恩情重，
他怎知我桃園義共死生。
我也曾命人去四路打聽，
不知我大哥何處存身，
倘若是得了準音信，
保定二皇嫂離曹營。
甘夫人
糜夫人　（唱）【西皮搖板】
聽一言來喜在心，

尋訪皇叔莫因循。

（二夫人下場門、關羽上場門分下）

第 四 場

（四文堂、曹操原人同上）

曹　操　（唱）【西皮搖板】
　　　　關羽行事人欽仰，
　　　　秉燭達旦世無雙。
　　　　將身且坐寶帳上，
　　　　再與程昱計端詳。
　　　程昱聽令，現有錦袍一件，命你去到關羽館舍，就說老夫贈與他錦袍，明日在演武廳中與諸將賀功，請他前來赴宴。不得有誤。

程　昱　遵命！（下）
曹　操　衆將聽令！明日在演武廳中飲宴，文武官員，俱要各穿紅袍，不得有誤。
衆　將　得令！

（衆人同下。關羽上）

關　羽　（念）自從下邳來歸曹，思想兄長淚雙拋。

（程昱上）

程　昱　啊，將軍。
關　羽　先生請坐。
程　昱　有坐。今奉丞相之命，有錦袍一件，送與將軍。
關　羽　某當拜領。
程　昱　明日丞相與諸位將軍賀功，請將軍前去赴宴。
關　羽　遵命。
程　昱　下官告辭。
關　羽　恕不遠送。（下）
程　昱　正是：
　　　　（念）丞相用盡千般計，打動關羽一片心。

（程昱下）

第 五 場

（四文堂、曹操原人同上）

曹　操　（唱）【西皮搖板】
　　　　　關羽爲人眞可敬，
　　　　　話不虛傳果是眞。
　　　　　將身來在寶帳等，
　　　　　準備酒宴賀群英。
　　　　這般時候，爲何還不見關羽到來？
程　昱　想必來也。
馬　童　（內）關將軍到。
四文堂　有請。
　　　　（馬童引關羽上）
關　羽　丞相。
曹　操　將軍請坐。
關　羽　告坐。
曹　操　昨日老夫奉送將軍紅袍一件，今日爲何不見穿來？
　　　　（關羽掀袍）
關　羽　這不是丞相所贈之袍？
曹　操　將軍爲何這等的儉樸，一件紅袍能値幾何，爲何還用舊袍遮蓋？
關　羽　丞相有所不知，這新袍乃是丞相所贈，舊袍乃是吾兄長所賜，舊袍穿在外面，見袍如見兄長，不敢得新而忘舊也。
曹　操　原來如此。來，看宴伺候！
　　　　【牌子】
曹　操　將軍請。
關　羽　丞相請。
曹　操　將軍今日爲何來遲？
關　羽　某身軀魁重，所乘之馬，十分瘦小，況又多病，故而來遲。
曹　操　吾營中倒有一騎好馬，只是生性太劣。
關　羽　某家所用馬童，頗能服劣馬。
曹　操　就請將軍喚他前來。

關　羽　馬童走上。
　　　　（馬童上）
馬　童　叩見丞相。
曹　操　你可能騎劣馬？
馬　童　小人能騎。
曹　操　吾營中後槽之上，有一紅馬，你與吾速速牽來。
馬　童　遵命。
曹　操　轉來。
馬　童　啊。
曹　操　須要小心。
馬　童　咋。
　　　　（馬童下）
關　羽　不知丞相之馬，有何貴重之處？
曹　操　此馬遍體皆赤，日行千里，夜行八百，只是其性過劣，竟無人敢乘騎。
　　　　（馬童牽馬上）
馬　童　馬到。
關　羽　此馬果然不差，只是可惜無有鞍韉。
曹　操　現有鞍韉。馬童，速將鞍鐙鞦韉取來。
馬　童　遵命！
　　　　（馬童下）
曹　操　此馬老夫曾經乘騎一次，被它摔將下來，險傷性命。
　　　　（馬童上）
馬　童　鞍韉到。
曹　操　速速備來。
　　　　（馬童備馬）
馬　童　馬到。
關　羽　待某乘騎。
曹　操　將軍須要小心，這馬劣得很哪！
關　羽　馬童，帶馬。
　　　　（關羽上馬，圓場下）
曹　操　看關羽身體魁梧，威風凜凜，上得馬去，人高馬大，猶如天神一般，真虎將也！
關　羽　（內）馬來！
　　　　（關羽上，轉場，下馬）
關　羽　（念）此馬生來世間稀，
　　　　　　　身如火炭果出奇。
　　　　　　　左右兩腋生麟甲，
　　　　　　　逐電追風快如飛。
　　　　好馬呀，好馬。
曹　操　將軍可知此馬之來歷耶？
關　羽　莫非虎牢關前，呂布所騎之赤兔馬乎？
曹　操　然也！將軍真好眼力。將軍口稱好馬，莫非有愛馬之意？
關　羽　好馬人人皆愛。
曹　操　既然如此，將此馬就送與將軍如何？
關　羽　丞相此言當真？
曹　操　當真。
關　羽　果然？
曹　操　果然。
關　羽　如此待某大禮相謝！（行大禮）
曹　操　將軍自到許昌，老夫相待以禮。上馬獻金，下馬獻銀，三日一小宴，五日一大宴，又贈美女、錦袍，並未見將軍道一謝字。今日贈馬一匹，竟這樣大禮相謝，豈非輕人而重畜麼？
關　羽　想吾關羽，終日思念兄長，今見此馬，日行千里，仰蒙丞相恩賜，若得兄長的下落，一日即可相見矣，故而拜謝。
曹　操　唔呼呀！曹操呀，曹操！你這一計又錯了。
關　羽　丞相啊！
　　　　（唱）【西皮二六板】
　　　　　　　躬身施禮把話言，
　　　　　　　細聽關某說根源：
　　　　　　　自從下邳降了漢，
　　　　　　　蒙丞相待我情義厚，
　　　　　　　上馬贈金下馬把銀獻，
　　　　　　　又贈我美女錦袍繡團圞，

　　　　　似這等恩情誠非淺，
　　　　　怎奈這財色二字不挂我心間，
　　　　　今日賜某赤兔馬，
　　　　　千里尋兄不費難。
　　　　　倘若我弟兄從此得相見，
　　　　　不忘丞相恩如山，
　　　　　深施一禮跨雕鞍，
　　（上馬）
　　（唱）【西皮搖板】
　　　　　良驥千里名不虛傳。
　　（關羽下）
曹　操　（唱）【西皮搖板】
　　　　　桃園恩義深似海，
　　　　　他思念劉備常挂懷。
　　　　　聲色利祿他全不愛，
　　　　　倒叫老夫枉費心裁！
　　（衆人同下）

月下斬貂蟬

佚　名　撰

解　題

　　京劇。現代佚名撰。《京劇劇目辭典》著録，題《斬貂蟬》，另有《關公斬貂蟬》《月下斬貂蟬》。《京劇劇目初探》著録，題《月下斬貂蟬》。《京劇知識詞典》著録，題《月下斬貂蟬》。均未署作者。劇寫吕布白門樓喪命，家屬星散。吕布妾貂蟬被曹操擒獲，送與關羽。貂蟬雖有殊色，亦不足以動其心。關羽念貂蟬係司徒王允義女，曾用連環計，除掉董卓，有大功於漢室社稷。又恐貂蟬水性楊花，亂離之際，難保不爲人所污，唯有一死可以保全其名譽。關羽因於夜間唤貂蟬入帳，拔劍斬之。本事出於民間傳説，不見史傳。元明間無名氏有雜劇《關大王月下斬貂蟬》（劇本佚）。版本今見《戲考》本、《京劇彙編》潘俠風藏本及以此本重刊的《京劇傳統劇本彙編》本、上海市《傳統劇目彙編》京劇集本。另有北京大學圖書館藏本、北京市戲曲研究所藏本，惜未見。但據《京劇劇目辭典》《京劇劇目初探》《京劇知識詞典》所云其内容，與此劇情節均不同。今以《京劇彙編》潘俠風藏本爲底本，參考其他本校勘整理。

　　　　（四月華旗、四飛虎旗、大馬童引關羽上[1]）
關　羽　（念）【引】忠心赤膽，扶漢室，錦繡江山。
　　　　（念）（詩）青龍偃月武藝高，
　　　　　　　　萬馬營中逞英豪；
　　　　　　　　温酒未寒華雄斬，
　　　　　　　　桃園美名萬古標。
　　　　某、關羽。弟兄三人桃園結義，白馬祭天，烏牛祭地，一在三在，一亡三亡。只因水淹下邳，吕布被擒，吕布之家屬，均落於相府。那

　　　　　曹操將貂蟬送與某家，以侍枕席。不過欲使某迷戀美色，消磨英雄志氣。某想貂蟬犧牲一身，匡扶社稷，使董卓父子自相殘害，有功於漢朝。當此離亂之時，只有一死，方能保其名節。
　　　　　馬童！

大馬童　有。

關　羽　看看今晚有月無月？

大馬童　啊！（看介）啟爺，明月當空。

關　羽　將窗兒掛起。兩廂退下。

　衆　　啊！

　　　　（四月華旗、四飛虎旗下）
　　　　（大馬童支窗介）

關　羽　呀！

　　　　（唱）【吹腔】

　　　　　　明月當空照窗前，
　　　　　　風吹雲散星斗全。
　　　　　　對孤燈我把《春秋》看，
　　　　　　看《春秋》想起了事一端。

　　　　想那董卓專權，蓄意謀篡，呂布小兒助紂爲虐，若不是那貂蟬呵！

　　　　（唱）【吹腔】

　　　　　　若不是貂蟬女連環計獻，
　　　　　　怎能夠使奸佞父子相殘。

　　　　馬童！

大馬童　有。

關　羽　傳貂蟬進帳！

大馬童　啊！（向外）貂蟬進帳！（下）

貂　蟬　（內）來了！（上）

　　　　（唱）【吹腔】

　　　　　　聽呼喚移步奔虎帳，
　　　　　　十指尖尖捧茶湯。
　　　　　　走向前，用目望，
　　　　　　殺氣森森貌堂堂。
　　　　　　低頭不語雙膝跪，（跪介）

關　羽　（唱）【吹腔】
　　　　　　慢睜鳳眼看端詳。
　　　　下跪可是貂嬋？
貂　蟬　正是。
關　羽　爲何不抬起頭來？
貂　蟬　有罪不敢抬頭。
關　羽　恕你無罪。
貂　蟬　多謝二將軍！
關　羽　呀！
　　　　（唱）【吹腔】
　　　　　　燈光下見貂嬋十分美俊，
　　　　　　好似那嫦娥降下了凡塵。
　　　　貂嬋！
貂　蟬　有。
關　羽　你既是司徒王允之女，可知歷代褒貶之事？
貂　蟬　小女子不知。
關　羽　知道什麼？
貂　蟬　知道三傑。
關　羽　哪三傑？
貂　蟬　周三傑、漢三傑。
關　羽　何爲"周三傑"？
貂　蟬　周公、太公、召公。
關　羽　"漢三傑"呢？
貂　蟬　張良、韓信、蕭何。
關　羽　自周朝以來，古今出了多少名將？
貂　蟬　小女子才疏學淺，倘有差錯，望二將軍指教。
關　羽　你且講來！
貂　蟬　二將軍容稟！
關　羽　講！
貂　蟬　（唱）【吹腔】
　　　　　　前三皇後五帝道德爲上，
　　　　　　有堯舜和禹湯四大明王。

周文王夢飛熊夜入虎帳，
渭水河訪賢臣定國安邦。
十八國伍子胥盟輔上將，
十二國鍾無鹽女中豪強。
前七國有孫龐二人鬥智，
後七國有樂毅兵伐齊邦。
前漢朝至平帝出了王莽，
光武帝整乾坤遷都洛陽。
小女子說不盡古今良將，
一朝君一朝臣犬吠堯王。

關　　羽　（唱）【吹腔】
有關某聞言心中高興，
好一個貂蟬女與衆不同。
我不問前朝的興和廢，
單問你虎牢關誰是英雄？

貂　　蟬　（唱）【吹腔】
我聞言吃一驚心中暗想，
口問心心問口自己思量：
戰沙場論英雄可算呂布，
但是難比劉關張。
走上前曲膝跪，
尊一聲二將軍細聽端詳：
論英雄三將軍天下無雙，

關　　羽　你丈夫呂布呢？

貂　　蟬　（接唱）【吹腔】
那呂布三姓奴臭名遠揚。

關　　羽　你可曾見過我那三弟？

貂　　蟬　（接唱）【吹腔】
虎牢關擺戰場，
金鼓聲喧鬼神忙！

關　　羽　我那三弟他頭戴？

貂　　蟬　（接唱）【吹腔】

　　　　　　　頭戴着烏金盔盔纓燦亮，
關　羽　他身穿？
貂　蟬　（接唱）【吹腔】
　　　　　　　身穿着烏油甲甲放毫光。
關　羽　胯下？
貂　蟬　（接唱）【吹腔】
　　　　　　　胯下一騎烏騅馬，
關　羽　手使何物？
貂　蟬　（接唱）【吹腔】
　　　　　　　手使一杆丈八槍。
　　　　　　　在陣前吼一聲猶如雷響，
　　　　　　　好一似黑煞神下了天堂。
關　羽　呀！
　　　　（唱）【吹腔】
　　　　　　　好一個貂蟬女能言善講，
　　　　　　　言來語去有文章。
　　　　　　　成全她名揚世間上，
　　　　　　　青鋒劍斬她一命亡。（拔劍介）
　　　　貂蟬！
貂　蟬　有。
關　羽　你可識此劍？
貂　蟬　小女子不知。
關　羽　此劍乃周文王所造，傳到關某手中，遇有不平之事，它便做響！
貂　蟬　但不知響過幾次了？
關　羽　響過三次。
貂　蟬　第一次？
關　羽　斬顏良、誅文醜。
貂　蟬　第二次？
關　羽　白門樓斬呂布。
貂　蟬　這第三次呢？
關　羽　這第三次麼！帳前無人，恐怕要應在你的身上！
貂　蟬　二將軍哪！

　　　　　（唱）【吹腔】
　　　　　　聽一言來心驚戰，
　　　　　　尊一聲二將軍聽我言：
　　　　　　你往日裏斬的是英雄漢，
　　　　　　要斬我弱女子所爲哪般？
關　羽　（唱）【吹腔】
　　　　　　我愛你懷撼忠義膽，
　　　　　　匡扶社稷你計獻連環。
　　　　　　功高蓋世人稱贊，
　　　　　　人雖亡美名兒留在世間。
貂　蟬　（唱）【吹腔】
　　　　　　風兒吹得燭光閃，
　　　　　　雲斂晴空月正圓。
　　　　　　人生在世間上時光有限，
　　　　　　死得其所我心也甘。
　　　　　　二將軍請你快把我來斬，（引頸就刃介）
關　羽　（接唱）【吹腔】
　　　　　　關雲長月下斬貂蟬！
　　　　　（關羽斬貂蟬死介）
關　羽　正是：
　　　　　（念）弟兄結拜在桃園，
　　　　　　　三戰呂布虎牢關；
　　　　　　　殺死顏良誅文醜，
　　　　　　　明月之下斬貂蟬。
　　　　　（同下）

校記

［１］四月華旗、四飛虎旗、大馬童引關羽上：這一提示之前，原本有"第一場"。按，此劇僅一場，今删。

月下贊貂蟬[1]

佚　名　撰

解　題

　　京劇。現代佚名撰。《京劇劇目辭典》著録，題《月下贊貂蟬》，未署作者。劇寫關羽降曹後，曹操贈與美女十名，其中有貂蟬，侍奉甘、糜二夫人。貂蟬曾與王允共定連環計，除却董卓，關羽贊其有功於漢室江山，堪稱女中魁元。一日月夜唤貂蟬入帳，共話當年往事。貂蟬剛談及"英雄良人吕"英勇，見關羽瞪眼怒發，立即改口誇贊桃園關、張。關羽大喜，命其暫且侍奉二嫂，待劉備得了天下，定有封贈。事不見史傳，情節與《月下斬貂蟬》大體相同，僅結尾改"斬"爲"贊"。版本今有北京市藝術研究所藏本（未見）、上海市《傳統劇目彙編》京劇四集劉少春藏本。今以劉少春藏本爲底本進行整理。

　　　　（四軍校、旗牌、關羽上[2]）
關　羽　（念）【引】一片丹心扶炎漢，
　　　　　　　　　　何日裏恢復中原？
　　　　　（念）（詩）徐州一戰好慘然，
　　　　　　　　　　相約三事依曹瞞。
　　　　　　　　　　身在曹營心在漢，
　　　　　　　　　　兄南弟北各一天。
　　　　某，漢室關。徐州一戰，被困土山。爲保二嫂，暫歸曹操。曹操待某，三日一小宴，五日一大宴；上馬獻金，下馬獻銀。又贈美女十名，侍奉二嫂。這美女之中，有貂蟬在内，想當年王司徒定下連環之計，誅了董卓。那貂蟬女足智多謀，她可算巾幗丈夫也。軍校！
軍　校　有。
關　羽　看看可有明月？

軍　校　皓月當空。
關　羽　將紗窗撐起。
　　　（唱）【吹腔】
　　　　　真乃是清秋天月色燦爛,
　　　　　廣寒宮擁出了玉兔仙顏。
　　　　　照得某美英雄赤心肝膽;
　　　呀!
　　　（唱）今夜晚心有事懶把書觀。
　　　且住! 董卓誤國專權,就有貂蟬耳!
　　　（唱）王司徒他把那連環計獻,
　　　　　貂蟬女可算得女中魁元。
　　　那貂蟬是甚等之人,計謀多端。吾不免將她喚至帳前,問個明白。
　　　軍校!
　　　（軍校應）
關　羽　傳貂蟬進見。
軍　校　貂蟬進見。
貂　蟬　（內）來了。（上）
　　　（唱）【西皮搖板】
　　　　　恨只恨多薄命苦從心上。
　　　　　白門樓誅良人進退兩難。
　　　奴乃貂蟬。正在後帳侍奉二位主母,忽聽君侯呼喚,吾只得捧茶向前便了。
　　　（唱）奴好比花開放風再作踐,
　　　　　老天爺何生奴苦命貂蟬?
　　　　　曹丞相造銅雀打入下賤,
　　　　　貂蟬女只落得聲名倒懸。
　　　　　站立在寶帳口偷眼觀看,
　　　　　見君侯坐虎帳好不威嚴!
　　　　　無奈何我只得捧茶進見,
　　　　　唬得我戰兢兢不敢開言。
關　羽　下跪何人?
貂　蟬　侍女貂蟬。

關　羽　怎不抬頭？
貂　蟬　有罪不敢抬頭。
關　羽　恕你無罪。
貂　蟬　謝君侯。
關　羽　呀！
（唱）見貂蟬生來的沉魚落雁。
　　　　好一似天仙女降下廣寒。
　　　　怪不得鳳儀亭父子們迷戀，
　　　　父殺子子弒父人倫倒顛。
　　　貂蟬，那廂有坐，你且坐下。
貂　蟬　君侯在此，哪有小婢之坐？
關　羽　你乃司徒之女，溫侯之妻，焉有不坐之理？
貂　蟬　謝君侯。
關　羽　貂蟬，不在虎牢關，來在曹營則甚？
貂　蟬　皆因水淹下邳，白門樓誅了良人呂布，曹丞相將奴打入下賤之輩。
關　羽　這也難說。你父將你先許呂布，後許董卓，是何意也？
貂　蟬　君侯若問此事，一言難盡。
（唱）【西皮導板】
　　　　未開言不由人淚流滿面。
（接唱）【二六】
　　　　尊君侯在上面細聽奴言。
　　　　獻帝爺坐江山信任閹官，
　　　　逼反了黃巾賊抖起狼烟。
　　　　鉅鹿村反張角天下大亂，
　　　　把一個聖天子坐卧不安。
　　　　呂奉先在丁府螟蛉呼喚，
　　　　刺死了丁建陽後投董奸。
　　　　董卓賊得虎子橫行作亂。
　　　　一心要謀漢室錦繡江山。
　　　　滿朝的文武官袖手旁站，
　　　　因此上奴父女巧獻連環。
　　　　也非是小貂蟬生來下賤。

　　　　　　爲的是獻帝爺錦繡江山。
　　　　　　到如今顧不得出頭露面，
　　　　（哭頭）君侯啊！
　　　　　　望君侯施惻隱恕奴貂蟬。
關　羽　呀！
　　　　（唱）【流水】
　　　　　　聽她言不由我心中嗟嘆，
　　　　　　她乃是有功女流落此間。
　　　　　　董卓賊若不是他父女盤算，
　　　　　　這江山到如今老賊專權。
　　　　　　展愁眉睁鳳眼心中轉念，
　　　　　　漢朝中論英雄誰佔魁元？
貂　蟬　（唱）漢朝中論英雄良人呂……
　　　　（關公瞪眼看）
貂　蟬　呀！
　　　　（唱）【流水】
　　　　　　二君侯聽此言怒發威嚴。
　　　　　　嚇的我戰兢兢汗流粉面，
　　　　　　漢朝中論英雄可算桃園。
　　　　　　三將軍如猛虎威風八面。
　　　　　　跨一騎烏騅馬似虎吐烟。
　　　　　　烏油盔烏油甲天神發現。
　　　　　　手使着丈八矛打將鋼鞭。
　　　　　　兩軍戰吼一聲如同電閃，
　　　　　　二君侯可算得義氣衝天。
關　羽　（唱）好一個貂蟬女口能舌辯，
　　　　　　一句話說的吾毛骨悚然。
　　　　　　曾記得虎牢關一場大戰，
　　　　　　惱怒了某三弟奮勇當先。
　　　　　　吼一聲嚇破了吕布肝膽，
　　　　　　鞭打他紫金冠墜落馬前。
　　　　　　吕奉先他本是英雄好漢，

　　　　　　某三弟可算得將中魁元。
　　貂蟬，
　　（唱）你本是有功女誰敢輕慢？
　　　　　好比那浣沙婆西施一般。
　　貂蟬，暫且侍奉二位主母。等我大哥得了天下，定有封贈。下帳去罷。

貂　蟬　謝君侯。
　　（唱）【二六】
　　　　　貂蟬女聽一言喜從心願，
　　　　　到如今撥浮雲纔見青天，
　　　　　但願得劉皇叔把位來踐，
　　　　　也不枉爲國家下賤不堪。（下）

關　羽　（唱）曹丞相他把那美色來獻，
　　　　　哪知道漢關某義氣衝天？
　　　　　我好比柳下惠坐懷不亂，
　　　　　又好比魯男子閉户不貪。
　　（念）但願皇叔把位參，
　　　　　重整漢室錦江山。
　　　　　平生正氣衝霄漢，
　　　　　關某月下贊貂蟬。（下）

校記

［１］"貂蟬"，原本作"貂嬋"，據《三國演義》、元雜劇《錦雲堂暗定連環計》、明傳奇《連環計》改。劇中之"貂嬋"，均改。不另出校。

［２］四軍校、旗牌、關羽上：這一提示之前，原本有"第一場"。按，此劇僅一場，今刪。

白　馬　坡

王鴻壽　撰

解　題

　　京劇。現代王鴻壽撰。《京劇劇目初探》《京劇劇目辭典》著録，均題《白馬坡》，一名《斬顔良》。"辭典"謂此劇爲王鴻壽編。劇寫劉備徐州戰敗，兄弟失散，家小不知存亡，逃奔袁紹。袁紹興師攻打曹操，遣大將顔良攻白馬坡，刀劈宋憲、魏續，砍傷徐晃，軍威大振。程昱請曹操命關羽出馬。關羽爲報答曹操收留之恩，躍馬出陣，立斬顔良。本事出於《三國演義》第二十五回。《三國志·魏書·袁紹傳》與《武帝紀》以及《蜀書·關羽傳》均載斬顔良事。明無名氏《古城記》傳奇、清宫大戲《鼎峙春秋》亦有此情節，但與京劇不同。版本今見《戲考》本、《關羽戲集》李洪春演出本、《戲曲指南》本、《京劇彙編》收録的北京市藝術研究所藏本及以該本重刊的《京劇傳統劇本彙編》本。今以《關羽戲集》李洪春演出本爲底本，參考其他本校勘整理。

第　一　場

　　（劉備上）

劉　備　（念）【引】青梅煮酒，憶奸曹，炎漢家，社稷傾倒。
　　　　（念）（詩）東奔西走路重重，
　　　　　　　　時不遇人嘆困窮。
　　　　　　　　獨對青山思往事，
　　　　　　　　老天何不佑英雄？
　　　　劉備。自徐州失散，家小不知存亡，幸我逃脱，在袁紹帳下爲將，暫且安身，欲想借兵破曹。今日袁紹拜大將顔良爲先鋒，進取白馬坡，特來把盞送行。正是：

　　　　（念）借人槍下易，舉頭世上難。
　　　　（孫乾上）
孫　乾　（念）待等時運到，風雲天地寬。
　　　　啓主公：顏良將軍到。
劉　備　吩咐伺候把盞。
　　　　（吹打。顏良、馬夫、四龍套同上）
劉　備　啊，顏將軍，劉備在此把盞送行。
顏　良　有勞使君。
劉　備　看酒。
孫　乾　酒在。
劉　備　將軍請飲此酒，但願此去，馬到成功，立斬曹操首級，以安天下。
顏　良　非是顏良誇口，此去白馬坡前，必斬曹操首級，以消心中惡氣，方算英雄。
劉　備　哈哈，將軍之言，真乃威壯也！
顏　良　使君。
劉　備　將軍。
顏　良　俺惱恨沮授，在袁公台前，說俺勇而無謀，不可任為先鋒，今日幸有使君識俺是個英雄，可謂有了知己，此去到了白馬坡前，我戰死沙場方休！
劉　備　呀，將軍有勇有謀，何出此不利之言？
顏　良　大丈夫臨陣，不死即傷，有何懼哉？
　　　　（唱）【西皮快板】
　　　　　　使君說話真奧妙，
　　　　　　何況孟德小兒曹。
　　　　　　辭別使君跨虎豹，
　　　　　　白馬坡前立功勞。
　　　　請！
　　　　（顏良原人下）
劉　備　哎呀，顏良性情浮躁，有勇無謀，袁紹此番起兵，恐成畫餅也。
　　　　（唱）【西皮搖板】
　　　　　　指望河北泰山靠，
　　　　　　借他兵將興漢朝。

　　　　　顏良此去多浮躁，
　　　　　十萬雄兵恐徒勞。
　　　　　天意不滅賊曹操，
　　　　　先鋒用了假英豪。
　　　　　且回營帳再計較，
　　　　　埋沒英雄恨難消。（下）

第 二 場

（【風入松】，報子上）

報　子　俺曹丞相麾下探事官軍是也。探得袁紹命大將顏良以爲先鋒，統領大兵十萬，進攻白馬坡，飛報丞相知道。呔，馬來！（下）

第 三 場

（曹八將、四上手、四龍套、曹操上）

曹　操　（念）【引】文韜武略，輔佐漢朝，比周公，謀奸計巧，滅群雄如削草，統雄師，煙塵齊掃。
　　　　（念）（詩）朝朝虎帳夜談兵，
　　　　　　　　　紛紛宇宙何日平？
　　　　　　　　　身繫安危吾肩重，
　　　　　　　　　願做霖雨沛蒼生。
　　　　老夫曹操。聞得袁紹起兵前來，謀窺許昌，特此統領兵將，前來白馬坡地方紮營，以觀動靜，曾命探子哨探，未見回報。

（報子上）

報　子　（念）打探軍情事，報與丞相知。
　　　　報，探子告進。丞相在上，探子叩首。

曹　操　探聽袁紹人馬如何？

報　子　袁紹命大將顏良爲先鋒，統領大兵十萬，來犯白馬坡，特來報知。

曹　操　賞你金牌，再去哨探。

報　子　得令。（下）

曹　操　來！分赴隨營將官聽點。

(起鼓，點名)

曹　操　衆將官！顏良乃河北名將，今爲先鋒前來，休得視爲小敵，聽我號令！

(【玉芙蓉】牌子)(報子上)

報　子　顏良討戰。

曹　操　再探。

報　子　得令。(下)

曹　操　顏良討戰，哪位將軍出馬？

宋　憲
魏　續　丞相，我二人情願出馬，立斬顏良。

曹　操　好，須要小心。

宋　憲
魏　續　得令。(同下)

曹　操　宋憲、魏續，乃呂布手下之勇將，此番出馬定斬顏良。

(三【衝頭】，報子上)

報　子　報：宋憲、魏續，被顏良刀劈馬下！

曹　操　再探。

報　子　得令。(下)

曹　操　哎呀呀，可嘆二位將軍，命喪顏良之手。不知何人能敵顏良？

徐　晃　丞相但放寬心，末將無才，情願立斬顏良。

曹　操　將軍出馬，留心在意。

徐　晃　得令。(下)

曹　操　徐晃出馬，不知勝負如何？且聽探馬一報。

(三【衝頭】，報子上)

報　子　啓丞相：徐晃被顏良砍傷左膀，敗回營來。

曹　操　快快抬往後營，好好醫治。

(龍套抬徐晃下，衆將驚)

曹　操　哎，幸喜傷了左膀，不致傷命，顏良如此英雄，連傷數將，這便怎麽處？

程　昱　啓稟丞相：程昱保舉一人，能敵顏良。

曹　操　所舉何人？

程　昱　非關羽不可。

曹　操　我也知非他不可，恐他立功便想辭去。

程　昱　想劉玄德若在，必投袁紹，今若使關羽斬了顏良，袁紹必疑劉玄德而殺之矣。玄德既死，關公又何所往哉？

曹　操　哈哈哈！借關羽之手，以殺玄德。程昱此計甚佳！張遼聽令，命你速去請關羽前來。

張　遼　得令。（下）

許　褚　丞相，想我曹營，豈無殺退顏良之人，何必去請關羽！俺許褚情願出馬，去戰顏良！

曹　操　仲康既要出馬，我帶領兵將，在土山之上觀戰，以助將軍之威，須要小心在意。

許　褚　丞相但放寬心，俺定斬顏良之首級，獻於丞相。（下）

曹　操　許褚雖然英雄，恐亦不能勝過顏良。衆將官，隨我去到白馬坡上，觀戰去者。

　　　（唱）【西皮搖板】
　　　　　英雄雖非蠢袁紹，
　　　　　他地廣兵強將也驍。
　　　　　此番勝負實難料，
　　　　　不可大意我要運略韜。

　　　（衆人同下）

第　四　場

　　　（顏良原人上）

顏　良　（唱）【西皮搖板】
　　　　　立斬二將血染袍，
　　　　　徐晃左膀中寶刀。
　　　　　顏良今日如虎唬，

　　　（許褚上）

許　褚　（唱）【西皮搖板】
　　　　　來了許褚將英豪。
　　　　呔，來將可是顏良？

顏　良　然！

許　　褚　你可知俺許褚的威風？
顏　　良　無名小輩，倒也不曉。
許　　褚　呸，你且聽了！
　　　　　（唱）【西皮搖板】
　　　　　　　力分雙牛誰不曉？
顏　　良　哈哈哈！
　　　　　（接唱）【西皮搖板】
　　　　　　　村夫蠢子莫逞英豪。
許　　褚　（接唱）【西皮搖板】
　　　　　　　你河北反寇送死到，
顏　　良　（接唱）【西皮搖板】
　　　　　　　要拿曹操祭寶刀！
　　　　　（二人比刀，許褚敗下，顏良追下）

第　五　場

曹　　操　（內唱）【西皮導板】
　　　　　　　殺聲連天紅日淡，
　　　　　（曹操原人上）
曹　　操　（唱）【西皮流水】
　　　　　　　金鼓聲敲心膽寒。
　　　　　　　統領諸將土山站，
　　　　　（上山）
曹　　操　（轉唱）【西皮搖板】
　　　　　　　但願斬將奏凱還。
　　　　　（許褚上，顏良追上。復戰，許褚敗下，顏良追下）
曹　　操　（唱）【西皮搖板】
　　　　　　　只見許褚刀法亂，
　　　　　　　怕的是陣前有傷殘。
　　　　　看許褚刀法已亂，夏侯惇聽令：快快出馬護救。
夏　侯　惇　得令。
　　　　　（唱）【西皮搖板】

    提刀出馬去助戰，
    好比蛟龍浪裏翻。（下）

第 六 場

關　羽　（內唱）【西皮導板】[1]
    緊勒絲繮坐雕鞍，
  （馬童、關羽、飛旗手同上）
關　羽　（唱）【西皮原板】
    正氣衝霄日光寒。
    弟兄三人徐州散，
    爲保皇嫂暫從曹瞞。
    身在曹營心在漢，
    不知兄長駕可安？
    孟德有令將我遣，
    正好立功報效還。
    催馬來到黃河岸，
張　遼　雲長到了。
  （曹操下山，迎接）
曹　操　（唱）【西皮搖板】
    迎接將軍上土山。
關　羽　丞相！
曹　操　二將軍請上土山。
關　羽　丞相請！
曹　操　請！
  （小吹打）
關　羽　丞相傳喚，有何事議？
曹　操　只因顏良連斬宋憲、魏續二將，徐晃亦被刀傷左膀，此人勇不可當，特請將軍前來退敵。
關　羽　容某一觀，便知分曉。
  （內喊聲）
曹　操　呀，二將軍，你看顏良與許褚殺來了！

（許褚、顏良上，起打，許褚敗下，夏侯惇上接戰，敗下。顏良追下）

曹　操　河北人馬如此驍勇，真不愧雄師也。

關　羽　以某看來，猶如土雞瓦犬耳。

（唱）【西皮搖板】

　　　　土雞瓦犬兵十萬，

　　　　有名無實不足觀。

　　　　丞相且把心放寬，

　　　　馬到成功即刻還，

（許褚、夏侯惇敗上）

許　褚
夏侯惇　（同）啟稟丞相：顏良猛勇非常，不能取勝。

曹　操　各歸隊伍。朱靈、路昭聽令，快去敵住顏良，不要叫他衝上土山。

朱　靈
路　昭　（同）得令。

（朱靈、路昭同下）

顏　良　（唱）【西皮導板】

　　　　人似天神刀光閃，

（轉）【西皮快板】

　　　　殺退曹營衆將官。

　　　　鞭梢一指雲霧散，（走陣勢）

（唱）【西皮搖板】

　　　　大罵曹操爾敢下山？

呔！曹操你敢下得山來，與你顏老爺戰上幾個回合，方算英雄好漢。踞山不出，真乃匹夫之輩。衆將官，將土山圍住了。呸！

（顏良原人下）

曹　操　哎呀將軍，你看麾蓋之下，繡袍金甲，手持大刀，那就是河北大將顏良。

關　羽　我觀顏良，如插標賣首！

（唱）【西皮搖板】

　　　　分明魯莽一蠢漢，

　　　　插標賣首幾文錢。

　　　　青龍偃月金光閃，

曹　操　將軍！

　　　（接唱）【西皮搖板】

　　　　　　我營將士心膽寒。

　　　（顏良上，朱靈、路昭上，起打，被顏良斬殺）

顏　良　（笑）哈哈哈……（下）

曹　操　可憐二將，又死于顏良之手，無人去敵，如何是好？

關　羽　丞相休驚，某雖不才，願去萬軍之中，取顏良首級，來獻麾下。

張　遼　啊，二將軍，有道是軍無戲言。

關　羽　文遠，你好小量關某也。

　　　（唱）【西皮搖板】

　　　　　　非是關某敢斗膽，

　　　　　　熟讀《春秋》志不凡。

　　　　　　精神貫日扶炎漢，

　　　　　　氣蓋群雄社稷安。

　　　馬來！（卸袍）

　　　　　　辭別丞相跨雕鞍，（下山）

　　　　　　即刻立功尋兄還！

（關羽下）

校記

[１] 西皮導板："導板"，原作"倒板"，據京劇曲譜改。本劇下同。

第　七　場

（顏良原人上）

顏　良　（唱）【西皮搖板】

　　　　　　曹操被俺殺破膽，

　　　　　　並無有一人到陣前。

　　　　　　顏良要戰你們哪一個敢？

　　　哈哈哈……誰敢來？誰敢來？

　　　　　　得意洋洋站土山。

（關羽上，斬顏良）

關　羽　（唱）【西皮搖板】
　　　　　　赤兔追風快如閃，
　　　　　　青龍偃月血飽餐。
　　　　　　顏良已斬兵將散，
　　　　　　報效曹公第一番！（下）
曹　操　呀！
　　　　（唱）【西皮搖板】
　　　　　　遙望刀光猛一閃，
　　　　　　顏良屍首落雕鞍？
　　　　衆將，你們可曾看見雲長斬顏良麼？
衆　將　我等俱已看見。
曹　操　看得可真？
衆　將　明明白白看見刀起，顏良首級落下。
曹　操　哈哈哈，我好喜也！顏良已死，袁紹，袁紹，你命休矣！
　　　　（唱）【西皮搖板】
　　　　　　這等神勇世上罕，
　　　　　　刀光閃處人馬翻。
　　　　　　捧酒下山迎好漢，
　　　　（曹操下山。關羽上）
關　羽　（唱）【西皮搖板】
　　　　　　丞相虎威得勝還。
　　　　　　獻上首級請觀看，
曹　操　呀！
　　　　（唱）【西皮搖板】
　　　　　　將軍武藝果不凡！
　　　　看酒來，將軍，暫飲此酒，以賀大功！
　　　　（小吹打，關羽接酒，謝天地，坐下）
曹　操　將軍真乃虎將也！
關　羽　某何足道哉！我三弟張翼德，於萬馬軍中，取上將之首級，如探囊取物一般！
　　　　（衆將驚）
曹　操　唔呼呀，這樣的英勇，還不足爲奇，張翼德，在萬馬軍中，取上將之首級，如探囊取物一般，不可輕視。取筆硯過來，記在袍襟之下，日後遇張莫戰。爾等也記下了！

程　昱　筆墨在此。

曹　操　衆將官，快快寫好了。顏良已滅，河北兵將敗走，我今保奏關將軍，進爵漢壽亭侯之職，請到大營設筵賀功。

關　羽　請！

曹　操　請！

（衆人同下）

誅文醜

王鴻壽 撰

解題

京劇。現代王鴻壽撰。《京劇劇目初探》著錄,題《戰延津》,一名《誅文醜》。《京劇劇目辭典》著錄,題《誅文醜》,另名《戰延津》《破汝南》,並云王鴻壽編劇。劇寫袁紹聞關羽斬了顏良,欲殺劉備。劉備極力辯解。袁紹令文醜領兵追殺曹操,又令劉備爲後軍。文醜兵至延津,連敗數名曹將。曹操命關羽帶兵迎戰,關羽用拖刀計斬了文醜。劉備在旁觀陣得知關羽下落。劉辟、龔都興兵汝南,關羽請命前往平之,途中與孫乾相見,得知劉備情況。孫乾願與劉辟、龔都獻出汝南,請關羽回軍,保護二嫂前往河北依劉備。關羽恐其斬顏良誅文醜,袁紹不能相容,孫乾願先往河北探聽虛實,再定行程。關羽班師回朝。本事出於《三國演義》第二十六回。《三國志·魏書·袁紹傳》載有關羽斬文醜事。元刊《三國志平話》有《關公誅文醜》回目。元雜劇《千里獨行》叙有誅文醜事。明《古誠記》傳奇、清《鼎峙春秋》傳奇寫誅文醜情節均極簡略。版本今有《京劇彙編》收錄的潘俠風藏本及以該本重刊的《京劇傳統劇本彙編》本、《關羽戲集》李洪春演出本。今以潘俠風藏本爲底本,參考其他本校勘整理。

第 一 場

(【快長錘】。四黃龍套、沮授引袁紹上)

袁　　紹　(唱)【西皮散板】

　　　　　　我命顏良去征剿,
　　　　　　攻取白馬滅奸曹。
　　　　　　將身且坐寶帳等,(坐介)
　　　　　　且聽探馬報根苗。

報　　子	（內）報！（上）
	啓主公：大將顏良被一紅臉大漢刀劈馬下！
袁　　紹	啊！可知那紅臉大漢的姓名？
報　　子	未通名姓。
袁　　紹	再探！
報　　子	得令！（下）
沮　　授	啓主公：我想那紅臉大漢，定是劉玄德的二弟關羽。
袁　　紹	嗯！來，傳劉玄德進帳！
四黃龍套	劉玄德進帳！
劉　　備	（內）來也！（上）
	（念）忽聽明公喚，邁步到帳前。
	參見明公！
袁　　紹	嘟！你二弟關羽，將我愛將顏良刀劈馬下，定是與你通謀。留你何用？來，斬了！
四黃龍套	啊！
劉　　備	且慢！啊明公，休聽一面之詞，而絕往日之情。備自徐州失落，二弟存亡未卜。況且天下面貌相同者甚多，豈能斷定紅臉之人即是雲長也？望明公察之。
袁　　紹	啊這！（想介）容我察之。
文　　醜	（內）走哇！
	（【急急風】。文醜跑上）
文　　醜	哇呀呀呀……
	（唱）【西皮搖板】
	適纔探馬一聲報，
	顏良陣前墜鞍轎。
	怒氣不息寶帳到，（進帳介）
	再與主公說根苗。
	哼！
	（文醜看劉備介，劉備側臉避視介）
文　　醜	參見主公！
袁　　紹	將軍少禮。
文　　醜	謝主公！

袁	紹	進帳何事？
文	醜	主公，那顏良與某親如同胞，彼今被曹賊所殺，某要領兵與他報讎雪恨。
袁	紹	正合我意，非將軍不能報此大讎。文醜聽令！
文	醜	在！
袁	紹	賜你大兵十萬，速渡黃河，追殺曹賊，不得有誤！
文	醜	得令！
沮	授	且慢！
文	醜	啊！
袁	紹	爲何阻令？
沮	授	爲今之勢，宜留屯延津，兵分官渡，乃爲上策。若輕舉渡河，設或有變，恐衆將皆不能還也！
袁	紹	呃！似你這等遲緩軍心，拖延時日，豈不違誤大事？自古兵貴神速，難道你也不知嗎？你呀，出帳去吧！
沮	授	是是是，遵命！（出帳介）唉，大勢去矣！（下）
劉	備	啊明公，承蒙恩留，無以爲報，意欲同定文將軍去到陣前，一來以報明公大德，二來探聽雲長消息。不知明公意下如何？
袁	紹	這……
文	醜	慢慢慢着！劉備乃是屢敗之將，若隨某前去，於軍不利。
袁	紹	也罷！就賜玄德三萬人馬，以爲後軍，不得有誤！
文	醜	遵命！
劉	備	請！

（袁紹下，四黃龍套隨下）

（四黑龍套、四下手兩邊分上）

| 劉 文 | 備 醜 | 帶馬！ |
| 衆 | | 啊！ |

（劉備、文醜上馬介，圓場，同下）

第 二 場

（【快長錘】。四紅龍套、張遼、曹仁、許褚、徐晃、夏侯惇、曹洪、于

（禁、樂進、程昱、荀彧上，站門，曹操上）

曹　操　（唱）【西皮散板】

　　　　　老夫領兵威風抖，

　　　　　河北哪個敢出頭？

　　　　　將身且坐寶帳口，

　　　　　打量袁紹不甘休。

報　子　（內）報！（上）

　　　　啓丞相：袁紹差來大將文醜，帶領大兵十萬，要與顏良報讎。

曹　操　再探！

報　子　啊！（下）

曹　操　二位先生，有何妙計？

程　昱　依我看來，抵擋文醜，亦非關將軍不可。

曹　操　文遠過來！

張　遼　在！

曹　操　速速去請關將軍前來議事，不得有誤！

張　遼　遵命！（下）

曹　操　（唱）【西皮散板】

　　　　　顏良將死文醜到，

　　　　　倒叫老夫把心操。

　　　　　待等請得關羽到，

　　　　　商議良謀滅兒曹。

　　　　（四綠龍套、張遼、大馬童、關羽上）

關　羽　（唱）【西皮搖板】

　　　　　來在營門下鞍韉，

　　　　（關羽下馬介，大馬童接馬下，四綠龍套隨下）

　　　　（張遼、關羽進帳介）

關　羽　（接唱）【西皮搖板】

　　　　　丞相相邀有何言？

曹　操　將軍請坐！

關　羽　謝坐。（坐介）丞相相邀關某，有何軍情議論？

曹　操　將軍有所不知，適纔探馬報道：袁紹差來大將文醜，帶領大兵十萬，前來與顏良報讎。故請將軍到來，商議此事。

關　　羽	丞相但放寬心。待關某出馬，立斬文醜首級來獻。
曹　　操	既然如此，將軍聽令！
關　　羽	在！（起介）
曹　　操	即令將軍帶兵五萬，大戰文醜，不得有誤！
關　　羽	得令！（出帳介）

（四綠龍套、四馬童、大馬童、大纛旗兩邊暗上）

關　　羽	帶馬！
大　馬　童	啊！

（關羽上馬介，四綠龍套、四馬童、大馬童、關羽、大纛旗下）

曹　　操	眾將聽令！
張遼、曹仁、許褚、徐晃、夏侯惇、曹洪、于禁、樂進	在！
曹　　操	命你等各帶本部人馬，隨後接殺，不得有誤！
張遼、曹仁、許褚、徐晃、夏侯惇、曹洪、于禁、樂進	得令！（下）
曹　　操	眾將官！
眾	有！
曹　　操	帶馬觀陣去者！
眾	啊！
曹　　操	（唱）【西皮搖板】

　　　　　　　人來帶馬去觀戰，（上馬介）

（四紅龍套、程昱、荀彧下）

曹　　操	（接唱）【西皮搖板】

且看君侯立功還。(下)

第 三 場

(【牌子】。四黑龍套、四下手、文醜上,二船夫由下場門上。文醜原人上船介,圓場,同下)

第 四 場

(【水底魚】。四黄龍套、劉備上)

劉　　備　某,劉備。奉了袁紹將令,與曹兵交戰。我不免將人馬紮在此地,單身去到陣前,看看那紅臉大漢可是二弟。衆將官!

四黄龍套　有!

劉　　備　安營紮寨者!

四黄龍套　啊!

(四黄龍套由下場門下,劉備由上場門下)

第 五 場

(【急急風】。四紅龍套、四大刀手、樂進、于禁、曹洪、夏侯惇上。四黑龍套、四下手、文醜上。雙方會陣。四紅龍套、四大刀手、四黑龍套、四下手鑽烟筒下。樂進、于禁、曹洪、夏侯惇共戰文醜,不敵介,敗下)

文　　醜　追!

(四黑龍套、四下手上,過場,追下。文醜耍下場,追下)

第 六 場

(【急急風】。四紅龍套、四大刀手、張遼、許褚、徐晃上,過場下)
(樂進、于禁、曹洪、夏侯惇敗上,過場下。張遼、許褚、徐晃由下場門上,迎敵介。四黑龍套、四下手、文醜上。四黑龍套、四下手倒脫靴下。張遼、許褚、徐晃共戰文醜,不敵介,敗下)

文　　醜　追！

（四黑龍套、四下手上，過場，追下。文醜耍下場，追下）

第 七 場

（【急急風】。四紅龍套，站門。曹仁上。四紅龍套過場下，曹仁站下場門）

（樂進、于禁、曹洪、夏侯惇、張遼、許褚、徐晃敗上，過場下）

（四黑龍套、四下手、文醜上，曹仁扒拉倒脫靴，四黑龍套、四下手由上場門下。曹仁、文醜架住介）

文　　醜　呔！馬前來將，敢是關羽？
曹　　仁　大將曹仁。
文　　醜　無名之輩，看刀！

（文醜舉刀一繞、兩繞、削頭，曹仁低頭躲過）

曹　　仁　啊！

（文醜、曹仁起打。曹仁敗下，文醜追下）

第 八 場

（【快長錘】。四紅龍套、程昱、荀彧引曹操上）

曹　　操　（唱）【西皮散扳】
　　　　　袁紹做事不思量，
　　　　（轉唱）【西皮流水板】
　　　　　屢次興兵忒猖狂。
　　　　　下得馬來土山上，（下馬，上山介）
　　　　（接唱）【西皮散板】
　　　　　觀看兩家動刀槍。
關　　羽　（內唱）【西皮導板】
　　　　　赤兔馬不住聲嘶喊！

（【急急風】。四綠龍套、四飛虎旗、大馬童引關羽上，大纛旗隨上）

關　　羽　（唱）【西皮快板】

斬將奪旗某佔先。

旌旗招展黄河岸，

（四綠龍套、四飛虎旗下）

（大馬童翻跟斗，關羽趟馬介，亮住）

關　羽　（接唱）【西皮散板】

二次立功某要得勝還！

（大馬童、關羽、大纛旗下）

（徐晃、張遼、曹洪、曹仁、于禁、樂進、許褚、夏侯惇上，文醜跟上，起打。徐晃等八將敗下。關羽由下場門挑上，架住文醜介）

（劉備由上場門暗上，登高臺看介）

文　醜　呔！馬前來的紅臉大漢，通名受死！

關　羽　漢室關！

（劉備欲叫關羽介，忽又停止，急下）

（關羽、文醜起打。關羽舉刀三削頭，文醜敗下）

（四下手上，關羽殺死四下手介）

（文醜上，與關羽起打，圓場，關羽用拖刀計殺死文醜介。大馬童翻上，關羽亮相介）

（大馬童、關羽急下）

曹　操　哈哈哈……帶馬回營！

四紅龍套　啊！

（曹操等下山，上馬介。四紅龍套一翻、兩翻。曹操下馬介，進大帳，坐介）

報　子　（内）報！（上）

二將軍得勝回營。

曹　操　有請！

報　子　有請！（下）

曹　操　看酒伺候！

四紅龍套　啊！

（【牌子】。曹操離座出帳迎接介。四綠龍套、四飛虎旗、樂進、于禁、夏侯惇、許褚、曹仁、曹洪、張遼、徐晃上。大馬童引關羽上，大纛旗隨上，關羽下馬介）

（曹操捧酒相迎，關羽接酒，灑酒敬天地介。曹操、關羽進帳同

　　　　　坐介）
曹　　操　將軍馬到功成，立斬文醜，真乃神威也！
關　　羽　一來天子洪福，二來丞相虎威，關某何威之有？
曹　　操　將軍忒謙了，哈哈哈……
報　　子　（內）報！（上）
　　　　　劉辟、龔都在汝南作亂。
曹　　操　再探！
報　　子　啊！（下）
曹　　操　一處烟塵尚未掃盡，一處烟塵又起！
關　　羽　丞相休得憂慮，關某願效犬馬之勞，前去平服汝南。
曹　　操　呃！將軍屢建奇功，鞍馬未歇，怎能再征汝南！
關　　羽　丞相不必過謙，就請傳令。
曹　　操　如此，將軍聽令！
關　　羽　（起身介）在！
曹　　操　帶兵五萬，大破汝南！
關　　羽　得令！帶馬！
大馬童　啊！
　　　　　（關羽上馬介，四綠龍套、四飛虎旗下，大馬童、關羽、大纛旗下）
曹　　操　掩門！
　　　　　（同下）

第　九　場

（四龍套、孫乾、劉辟、龔都上）

劉　　辟　列位將軍請了！
孫　　乾
龔　　都　請了！
劉　　辟　我等兵將點齊，正好起兵。
劉　　辟
孫　　乾　衆將官！
龔　　都
四　龍　套　有！

劉　辟		
孫　乾		起兵前往！
龔　都		
四　龍　套		啊！

（四龍套、劉辟、孫乾、龔都圓場。四綠龍套、四飛虎旗、大馬童、關羽上，大纛旗上，雙方會陣介）

孫　乾　原來是二將軍！

關　羽　孫將軍，你我分手之後，你在何處安身？因何至此？

孫　乾　你我分手之後，俺即漂泊汝南。二位夫人可安好否？

關　羽　二嫂安泰。

孫　乾　二將軍因何身在曹營？

關　羽　唉！將軍哪裏知道，只因曹操攻打下邳，關某中計，被困土山，文遠勸我歸降。本當不降，怎奈二嫂尚在城內，只好降漢不降曹，暗地再打聽某大哥的音信。

孫　乾　哦，原來如此。

關　羽　孫將軍，可知某大哥的下落？

孫　乾　聞聽玄德公現在那袁紹帳下。

關　羽　哦！

孫　乾　俺早有心前去投奔，但未得其便。今日幸遇二將軍，我等願將汝南獻上。二將軍可即速回軍，保護二位夫人河北尋兄。

關　羽　正合某意。某當星夜而往。只是某斬了顏良，又誅文醜，袁紹若是懷恨，恐生他變！

孫　乾　不妨。待我先去探其虛實，再與二將軍報信。

關　羽　有勞將軍！某若能見兄一面，雖萬死不辭。某回許昌辭曹，即往河北尋兄。

孫　乾　好，你我後會有期。

關　羽　請！

孫　乾
劉　辟　請！
龔　都

（四龍套、劉辟、龔都、孫乾下）

關　羽　眾將官！

眾　　　有！

關　羽　班師回朝！
　衆　　啊！
　　　（同下）

閱 軍 教 刀

王鴻壽　編撰

解　　題

　　京劇。現代王鴻壽編撰。未見著錄。劇寫曹操擊敗袁紹歸來,操練兵馬,令衆將比武。教場之上,蔡陽欲與關羽比武,爲張遼等勸阻。關羽與徐晃比試,徐晃却向關羽求教刀法。羽見晃心誠,教其春秋刀法。本事不見史傳。版本今有《關羽戲集》李洪春演出本和據此本整理的《中國京劇戲考》本。今以《關羽戲集》李洪春演出本爲底本進行整理。

第　一　場

　　（八將雙趟馬上,領【四合如意】,圓場,挖門,歸正場一字變一排）
蔡　陽　（念）刀閃如風似秋霜,
張　遼　（念）利刃殺敵震疆場。
曹　洪　（念）六略三韜習鐵硯,
徐　晃　（念）兵書戰策滿腹裝。
夏侯惇　（念）東蕩西殺南北剿,
夏侯淵　（念）衝鋒對壘馬蹄忙。
許　褚　（念）建立功勳扶漢業,
曹　仁　（念）文修武備氣軒昂。
　　　　（衆將各通名）
蔡　陽　衆位將軍請了。
衆　將　請了。
蔡　陽　我軍出征以來,攻無不取,戰無不勝,揚名天下,各路諸侯,聞名喪膽。昨日丞相傳下將令,今日校場閱軍比試,我們與那關雲長,要

	見過高下，分個雌雄。
張　遼	蔡老將軍休出此言。我等與那關將軍同營，千萬不可心懷二意，傷了和氣。
徐　晃	張將軍所言極是。
蔡　陽	這個……末將不過一句戲言耳。
衆　將	大家和睦。齊至轅門候令！
張　遼	好，大家轅門去者。請！
	（【出隊子】牌子，分四隊走。郭嘉、程昱雙上）
郭　嘉 程　昱	（同）諸位將軍。
	（衆將下馬）
衆　將	二位先生，丞相可曾陞帳？
郭　嘉	丞相尚未陞帳。
程　昱	衆將到齊，待我稟知丞相。
衆　將	有勞先生。
程　昱	稟丞相。
曹　操	（內）何事？
程　昱	衆將到齊。
曹　操	（內）吩咐擊鼓陞帳。
程　昱	擊鼓陞帳。
	（發點。四長槍手、四藤牌手、四文堂引曹操同上）
曹　操	（念）【引】智壓孫武，論機謀，
程　昱	前營。
	（蔡陽、張遼雙進）
曹　操	（接念）【引】滿腹珠璣，誰能輕，
郭　嘉	後營。
	（徐晃、曹洪雙進）
曹　操	（接念）【引】統三軍，南征北戰，
程　昱 郭　嘉	（同）左右營。
	（許褚、曹仁、夏侯惇、夏侯淵雙進）
曹　操	（接念）【引】掃群雄，獨霸中原。

衆　　將	參見丞相！
曹　　操	站立兩廂。
衆　　將	啊。
曹　　操	（念）（詩）陳留舉義會諸侯，
	董卓呂布一命休；
	漢室名臣我爲首，
	文韜武略勝伊籌。

　　　　老夫，曹操，漢室爲臣。官居首相，掌握兵符，剿滅諸侯，掃蕩四路烟塵，攻必取，戰必勝。自關羽歸降我營，斬顏良、誅文醜，甚是驍勇，老夫更加厚意相待。昨日傳下將令，今日在校場閲軍，爲此陞帳理事。衆將官！校場去者。

　　　　（【泣顏回】牌子，衆人走場同下）

第　二　場

關　　羽	（內唱）【西皮導板[1]】
	旌旗飄搖金鼓鬧，

　　　　（月華旗手、大纛旗手、馬童引關羽同上）

關　　羽	（唱）【西皮快板[2]】
	殺氣騰騰衝九霄，
	各個兒郎如虎豹，
	氣吐長虹萬丈高。
	全憑赤兔胭脂豹，
	斬將擒敵顯英豪。
	（念）（詩）兄弟聚義在范陽，
	桃園結義劉關張；
	熟讀《春秋》習戰策，
	凌雲壯志滿胸膛。

　　　　某自下邳從曹，約下三事，曹公件件應允。前者白馬坡解圍，刀劈顏良落馬，延津又誅文醜。兩次出戰，打探大哥下落，並無音信。昨日曹公傳下將令，今日在校場閲軍操演。爲此全身披挂，去至校場。軍士們！校場去者！

(唱)【西皮流水板】
　　坐雕鞍勒絲繮自思自想,
　　愧煞我將英才漢室雲長。
　　進曹營與張遼三事約講,
　　知兄信立功勞離却許昌。
　　今日裏校軍場比試較量,
　　論英雄分魁首哪有心腸!(下)

(衆隨下)

校記

[1]西皮導板:"導",原作"倒",據《中國京劇戲考》本改。
[2]西皮快板:"西皮",原本無此聲腔提示,據《中國京劇戲考》本補。下同。

第 三 場

(曹操原人【長錘】上)

曹　操　(唱)【西皮搖板】
　　威風凛凛殺氣昇,
(唱)【西皮原板】
　　隊伍齊整密層層。
　　河北袁紹實可恨,
　　兩次興師敢戰爭。
　　顏良文醜俱喪命,
　　河北兒郎膽戰驚。
　　我軍凱歌許都進,
　　耀武揚威衆群英。
　　今日閱軍來觀定,
　　看一看誰强誰弱與誰能?
　　畫鼓咚咚連聲震,
　　鞭梢一指戰馬停。

(吹打)

曹　操　各歸隊伍!

（衆將下。【急急風】，關羽原人上。曹操迎上高臺）

曹　操　二將軍爲何來遲？

關　羽　某先至轅門，丞相尚未陞帳。回營少停，又到轅門，丞相已起軍校場，故而來遲。

曹　操　原來如此。程昱聽令！

程　昱　在。

曹　操　傳令下去，今日校場比試，不准各懷私怨，哪家傷人，立斬號令，決不寬容。起鼓開操！

（程昱照傳。衆將開操，藤牌手、長槍手、八將比武畢，各歸本隊）

曹　操　二將軍，你看我營軍士，可雄壯否？

關　羽　丞相軍威。

曹　操　二將軍真識勢英才也。

關　羽　過獎了。

曹　操　相煩將軍，與我營將士，比試消遣。

關　羽　得令。

　　　　（唱）【西皮流水板】
　　　　　　適纔將臺閱兵將，
　　　　　　蔡陽刀法果無雙。
　　　　　　校軍場丞相把令降，
　　　　　　風雲聚會各爭強。
　　　　　　寬錦袍緊甲冑校軍場上，
　　　　　　提偃月跨坐騎論論誰強！（要刀，趟馬下）

（關羽、徐晃上，比武）

關　羽　徐公明爲何不往前進？

徐　晃　關兄相讓。

關　羽　敢是不識此刀？

徐　晃　正是。某刀法已亂。

關　羽　公明刀法不佳。

徐　晃　求兄指教。

關　羽　明日請至舍下一叙。

徐　晃　小弟遵命。

關　羽　撥馬再戰，提刀劈面砍來。

　　　　（比武。眾同上，合操，各亮勢）
曹　操　好威嚴也！
　　　　（【牌子】。眾將各站原處，曹操下將臺）
曹　操　（向郭嘉、程昱）速回安排酒宴，犒賞三軍。
郭　嘉
程　昱　（同）遵命！（同下）
曹　操　眾將官，回軍！
　　　　（【牌子】。眾人下）

第　四　場

　　　　（四龍套引李典同上）
李　典　俺，李典。奉丞相將令，帶領人馬探聽四路軍情。如今劉辟、龔都在汝南謀反，不免回營報與丞相知道。呔，眾將官，回營交令去者。
　　　　（下，龍套隨下）
　　　　（【牌子】。關羽原人上，下馬，小坐）
關　羽　（念）疆場廝殺統貔貅，拜將封侯非自由。
　　　　今日校場比試，除蔡陽刀法精通，餘者皆平常武藝。徐公明雖然刀法不佳，識人求教，令人佩服！（看）看天已正午，俺不免去至內室，問過二位嫂嫂金安。
　　　　（唱）【吹腔】
　　　　　　讀聖賢達禮儀平生本性，
　　　　　　我關羽雖武夫通貫古今。
　　　　　　觀《春秋》習兵法謹遵古訓，
　　　　（使女上）
使　女　迎接二爺。
關　羽　二位主母何在？
使　女　二爺。
　　　　（接唱）【吹腔】
　　　　　　二夫人身不爽勞倦安寢。
關　羽　知道了，退下。
　　　　（使女下，馬童上）

馬　童　徐將軍求見。
關　羽　有請！
　　　　（二旗牌抬刀，徐晃上）
徐　晃　（唱）【西皮散板】
　　　　　　校場比試藝不精，
　　　　　　　特來求教拜府門。
　　　　關兄。
關　羽　公明！
　　　　（二人同笑）
關　羽　請坐。
徐　晃　有坐。校場多蒙相讓，小弟這裏謝過。
關　羽　謙而好學，令人欽佩。
徐　晃　誇獎了。小弟特來求兄指教。
關　羽　理應效勞。馬童，看刀伺候，帶路前庭院。
　　　　（當場圓場，挖開，各執刀）
關　羽　徐公明，關某獻醜了。
　　　　（唱）【西皮散板】
　　　　　　徐公明英勇某久仰！
徐　晃　（接唱）怎比關兄天下揚。
關　羽　（接唱）此間好比戰場上。
徐　晃　（接唱）求教學刀永不忘。
　　　　（二人比試，停刀）
關　羽　徐公明，可知此刀名？
徐　晃　小弟不知。
關　羽　此乃春秋刀法：前進者（亮勢），刀劈落馬；後退者（亮勢），人馬回梨；左衝來（亮勢），立取首級；右衝來（亮勢），橫刀剪腰；撥馬迎面（亮勢），劈面便砍；進攻猛者，催馬圍繞（亮勢）。此乃春秋寶刀六十四路之外，暗隱絕命六招，百發百中，徐公明要牢牢緊記。
徐　晃　承兄指教，真我師也。小弟拜謝了。
關　羽　何必過謙。馬童，備酒伺候。
徐　晃　且慢，恐營中有事，改日再來叨擾。小弟告辭了。
　　　　（唱）【西皮散板】

　　　　　　躬身施禮出府門，
　　　　　　改日拜府敘衷情！
　　　（徐晃原人同下）
關　羽　（唱）【西皮散板】
　　　　　　好個聰明徐公明，
　　　　　　拜府求教令人欽！
　　　（老軍上）
老　軍　（唱）【西皮散板】
　　　　　　適纔曹府聞一信，
　　　　　　報與二爺得知情。
　　　啟稟二爺：今有劉辟、龔都，與河北袁紹同盟，在汝南謀反。
關　羽　你是從何處得來此信？
老　軍　小人由丞相府中得來消息。
關　羽　知道了，退下！
　　　（老軍下）
關　羽　（【叫頭】）且住！老軍報道，劉辟、龔都在汝南謀反，俺不免去曹公台前，討令出戰，攻打汝南，探聽兄信，倘有兄長下落，也未可知。馬童，吩咐小校伺候。
馬　童　小校伺候。
　　　（四小校兩邊上）
關　羽　馬童，帶馬伺候！
　　　（唱）【西皮散板】
　　　　　　在許昌每日裏心不安靜，
　　　　　　思兄長使關某珠淚常浸。
　　　　　　討將令統軍士汝南對陣，
　　　　　　倘若是得兄信離却曹營。
　　　（眾人下）

破 汝 南

王鴻壽 撰

解 題

　　京劇。現代王鴻壽撰。《京劇劇目初探》著録，題《戰汝南》。《京劇劇目辭典》著録，題《破汝南》，又名《戰汝南》。劇寫汝南劉辟、龔都聯合袁紹，共討曹操。曹洪屢戰不勝，關羽討令前往助陣，順便探聽劉備消息。曹操應允，並派于禁、樂進同往。劉辟、龔都使孫乾、袁剛乘夜劫寨。二人被關羽擒獲。斬袁剛首，留孫乾。孫乾告知劉備下落。次日，關羽與劉辟、龔都交戰，劉、龔勸羽往依故主，共滅曹操，並假意兵敗，使關羽進入汝南。本事出於《三國演義》第二十六回。版本今有《關羽戲集》李洪春演出本。今以該本爲底本進行整理。

第 一 場

（曹八將上，起霸）

徐　晃
于　禁　（念）【點絳唇】將勇兵強，

張　遼
許　褚　（接念）虎威雄壯；

樂　進
李　典　（接念）戰疆場，

夏侯淵
夏侯惇　（接念）馬蹄奔忙，

衆　將　（接念）烟塵齊掃蕩。
　　　　（衆將各通名）

于　禁　諸位將軍請了。

破　汝　南　537

衆　將　請了！
于　禁　想我軍，此次出征，剿滅河北袁紹，仗關羽英勇，斬了顏良、文醜，纔得班師許都。今日丞相陞帳，吾等兩廂伺候。
（四龍套、四上手、荀彧、曹操同上）
曹　操　（念）【引】謀略壓群雄，掌生殺，剿滅兇勇，壁壘森嚴，誰敢輕，定乾坤，狼烟齊掃。
　　　　（念）（詩）憶昔當年舉孝廉[1]，
　　　　　　　　謀刺董卓起禍端。
　　　　　　　　中牟縣內得脫難，
　　　　　　　　纔得領兵掌大權！
　　　　老夫曹操。只因前者，河北袁紹興兵攻打白馬坡，顏良、文醜被關羽刀劈落馬。吾軍齊唱凱歌，班師回朝。今日陞帳理事。衆位將軍，
衆　將　丞相。
曹　操　吾軍屢次凱歌，老夫奏知聖上，衆軍定有陞賞。
衆　將　丞相提拔。
（報子上）
報　子　啓稟丞相：今有汝南劉辟、龔都謀反，曹洪將軍屢戰不勝，難以抵敵，報與丞相知道。
曹　操　再探！
報　子　得令！（下）
衆　將　丞相，探馬報道，劉辟、龔都謀反，曹洪將軍難以取勝，就該差派吾等，前去幫助。
曹　操　言得極是，容吾思之。
關　羽　（內）嗯哼。
（關羽上）
關　羽　（念）閑觀《春秋》孫武策，
　　　　　　　白馬解圍顯英傑。
　　　　　　　赤兔喜走千里路，
　　　　　　　青龍愛飲上將血。
　　　　聞得汝南謀反，曹洪難以對敵，不免進帳討令，一來尋兄下落，二來報曹公之恩待。正是：

（念）奸相枉將虛禮侍，
　　　豈知關羽不降曹。
丞相在上，關某參。

曹　操　二將軍少禮，請坐。
關　羽　謝坐。
曹　操　二將軍進帳，有何公論？
關　羽　某聞汝南謀反，關某願效犬馬之勞，平復汝南。
曹　操　二將軍建立大功，未曾重酬，豈可復勞征討！
關　羽　丞相不知，關羽久閒，必生病矣！
曹　操　如此就復勞將軍前往。于禁、樂進以爲副將，餘下將士隨營調遣。統領五萬人馬，平復汝南回來，老夫率領大小三軍，親自出城，迎接十里之外。
關　羽　得令呀！
（唱）【西皮搖板】
　　　雲長接令暗自笑，
（轉）【西皮流水板】
　　　曹公真個有韜略：
　　　五日大宴三日小，
　　　送美女賜馬又贈紅袍，
　　　上馬金下馬銀奉敬英豪。
　　　此番汝南把賊討，
　　　一來報效二來尋故交。（下，眾將同下）
荀　彧　啊，丞相，那雲長素有歸劉之心，倘知消息必去矣。丞相何用雲長出征？丞相詳查。
曹　操　今次取功，吾不復教雲長臨敵，以穩他去之心[2]。掩門！
（眾人同下）

校記

[1] 憶昔當年舉孝廉："舉孝廉"，原作"居孝廉"，據《三國志·魏書·武帝紀》改。

[2] 以穩他去之心："穩"，原作"隱"，據文意改。

第 二 場

（四龍套、四下手、四大刀手、四將、劉辟、龔都同上）

劉　辟
龔　都　（念）【點絳唇】鎮守汝南，雄心膽，恨曹瞞，自稱英男，統兵滅奸佞。

（念）（詩）堂堂丈夫立帝基，
　　　　　　雄心蓋世武藝奇。
　　　　　　空中五色旌旗擺，
　　　　　　烈烈轟轟世無敵。

某，劉辟、龔都，威鎮汝南一帶，可恨曹賊專權，是俺會同河北袁紹，共滅曹瞞。也曾命探馬前去打探，未見回報。

（報子上）

報　子　啟稟將軍：今有曹操挂關羽爲帥，統領五萬人馬，戰將千員，攻打汝南，特來報知！

劉　辟
龔　都　再探！

報　子　得令。

（報子下）

劉　辟　關羽統兵前來，將軍有何退兵之計？

龔　都　想桃園當年失散，各自東西，今晚吾軍前去偷營劫寨，假意被擒，將劉備在河北之事，對他說明，那關羽聞知兄信，定離曹尋劉。吾二人明日在陣前，用言語激發於他，吾軍退出汝南，俟關羽到了河北，與吾軍共滅曹操，豈不美哉！

劉　辟　好！傳孫乾、袁剛進帳。

孫　乾
袁　剛　（內）來也。（上）

（念）要爲天下奇男子，須立人間稀世功。

孫　乾
袁　剛　參見將軍，有何軍情？

劉　辟　命你二人，統領本部人馬，今晚去至關羽營盤，偷營劫寨，附耳上來。

（耳語授計）

孫　乾 袁　剛		得令！（四下手同下）
劉　辟		孫乾此去，定然成功。正是： （念）將在謀略哪在勇，
龔　都		（念）兵在精來何用多！ （二人同下。眾人隨下）

第 三 場

（曹八將、關羽牌子上）

關　羽	前道爲何不行？
眾　將	來至汝南地界。
關　羽	人馬列開，就地安營下寨。今晚提防那賊前來偷營劫寨！ （眾人同下）（四下手、孫乾、袁剛同上。四上手、四將同上。開打，孫、袁被擒）
眾　將	有請二將軍！ （馬童持燈，關羽上）
關　羽	（念）風吹旌旗轉，氣出斗牛寒。 何事？
眾　將	拿住奸細。
關　羽	綁進帳來！ （上手綁孫乾、袁剛上，跪）
關　羽	（一驚，繼又正色）嘟！無能之將，竟敢前來偷營劫寨。來！將此賊（指袁剛）斬首，號令營門。衆將歇息去吧。 （眾將下，袁剛押下）
孫　乾	二將軍！
關　羽	禁聲！兩廂退下，老軍伺候。 （四上手下）
關　羽	孫將軍受驚了，請坐。
孫　乾	謝坐。
關　羽	自潰散之後，一向蹤迹不聞，今何爲至此？
孫　乾	某自逃難，飄泊汝南，幸得劉辟收留。將軍因何落在曹營？甘、糜

二位夫人,可無恙否?
關　羽　自那年失散之後,被困土山。爲保二位皇嫂,某萬般無奈,與曹操約下三事,暫棲曹營。幸得二位夫人身體安泰。吾與曹公有言在先,若知大哥下落,立功便離曹營。請問將軍,可知某大哥今落何處?
孫　乾　近聞玄德公在河北袁紹營中,末將意往投之,未得其便。今劉辟、龔都二人歸順袁紹,相助攻曹。今將軍到此,劉、龔二人特令小軍領路,教某以爲細作,來報將軍。明日二人虛敗一陣,公可速引二夫人去投河北袁紹處,也好與玄德公相見。
關　羽　既兄在袁紹營中,吾必星夜而往,但恨吾斬袁紹二將,恐其事有變矣。
孫　乾　將軍休得憂疑,吾當先往,探彼虛實,再來報知將軍如何?
關　羽　好。但見兄長一面,雖萬死不辭。今回許昌,必辭曹操也。拜煩將軍先行!
　　　　（打四更）
關　羽　夜已更深,將軍暗暗出營去吧!
孫　乾　告辭了!
　　　　（孫乾下）
關　羽　且住。孫乾言道,俺大哥今在河北袁紹營中,又言劉辟、龔都退讓汝南,此事未知虛實。明日陣前,見機而行便了。（下）

第　四　場

（劉辟、龔都同上）
劉　辟　（唱）孫乾一去未回報,
　　　　　　　且等回營把令交。
孫　乾　（上）參見將軍。
劉　辟　罷了。可曾與關羽相遇?
孫　乾　那關羽言道,今回許昌,定辭曹操。陣前須要用言語激發於他。
劉　辟　那是自然。後帳歇息去吧。
孫　乾　謝將軍。（下）
劉　辟　衆將官!起兵迎敵者!（同下）

（曹四將站門同上，劉辟原人會陣。開打。曹四將同敗下。劉辟原人追下。關羽、四月華旗手同站門。四將敗上，劉辟原人會陣）

關　羽　呔！汝等因何背反朝廷？

劉　辟　住了，汝乃背主之人，反來責我！

關　羽　呀！何言關某背主？

龔　都　關羽！劉玄德今在河北袁紹軍中，汝却從曹，是何意也？

關　羽　殺！

（過合。兩邊將士分下。打小三見面。架住）

劉　辟　關公，故主之恩，不可相忘。

（劉辟、龔都下。關羽原人追下）

（劉辟、龔都原人上）

劉　辟　衆將官！退讓汝南！（下）

（關羽原人上）

衆　將　那賊大敗，退離汝南。

關　羽　衆將官！兵進汝南！（三笑下，衆將隨下）

芒 碭 山

佚 名 撰

解 題

　　京劇。現代佚名撰。《京劇劇目初探》《京劇劇目辭典》著録,均題《芒碭山》,未署作者。劇寫張飛失去徐州,與兄長失散,暫據芒碭山栖身。因山寨缺糧,張飛改裝前往古城縣借糧。縣令吳良心貪財虐民。張飛爲民除害,趕走吳良心,自任縣令,佔據了古城縣。事不見史傳。本事出於《三國演義》第二十八回。清宫廷大戲《鼎峙春秋》有《翼德據城實作主》一齣,内容與演義所叙相同。版本今有《京劇彙編》本收録的潘俠風藏本及以該本重刊的《京劇傳統劇本彙編》本。今以《京劇彙編》本收録的潘俠風藏本爲底本校勘整理。

第 一 場

（【一錘鑼】。四頭目上）

頭目甲　（念）（詩）憶昔當年去從軍,
頭目乙　（念）（詩）久戰沙場動刀兵。
頭目丙　（念）（詩）不幸徐州曾失敗,
頭目丁　（念）（詩）隨主栖身落山林。
頭目甲　衆位哥弟請了！
頭目乙
頭目丙　請了。
頭目丁
頭目甲　我等自從投軍在桃園弟兄部下,跟隨三將軍爭戰多年。不料在徐
　　　　州失敗,跟隨三將軍暫在芒碭山栖身,以圖後舉。今日三將軍排山

	陞寨，我等兩廂伺候！
頭目乙	
頭目丙	請！
頭目丁	
	（四頭目歸兩邊。【發點】。四嘍兵、四下手引張飛上）
張　飛	（唱）【點絳唇】
	智量剛强，性情豪爽。結桃園，扶漢家邦，誓除讒奸黨！
四頭目	參見三爺！
張　飛	少禮。
四頭目	啊！
張　飛	（念）（詩）俺本涿郡一英豪，
	桃園聚義結故交。
	三戰吕布天下曉，
	亂軍失散落山坳。

某，姓張名飛字翼德。自在范陽得遇劉、關二兄，我三人結義，誓扶漢室。我兄弟三人久戰沙場，建立功勳，得了徐州、小沛、下邳三地。我弟兄分兵鎮守。可恨曹操襲了徐州，奪了小沛，破了下邳。我弟兄黑夜之間，亂軍失散。是俺闖出重圍，奪了芒碭山，暫爲栖身之地。每日招兵買馬，聚草屯糧，以圖後舉。有日弟兄團圓，仍然恢復漢室基業。怎奈山寨缺少糧草，聞得前面古城縣倉庫豐富，俺不免改扮下山，前去借些糧餉，暫爲使用。大頭目，附耳上來！

（張飛與頭目甲附耳介）

頭目甲	遵命！
	（張飛下）
頭目甲	啊，衆位頭領：三將軍改裝下山，前往古城借糧。此番前去，若遇機會，佔了古城，屯軍養馬，招募新兵，剪除讒奸，我們大家就有出頭之日了。
頭目乙	
頭目丙	著哇！
頭目丁	
	（張飛換裝上）
張　飛	衆位頭領，俺去往古城借糧，你等緊守山寨，不可胡爲，聽俺令下！
四頭目	啊！

張　飛	（唱）佔山落草非本願，
	只因曹操理不端。
	欺天子壓諸侯人民塗炭，
	因此上我桃園爲國除奸。
	曹阿瞞興無名統兵征戰，
	料不想徐州破失散桃園。
	我弟兄扶漢室與國除患，
	都只爲全軍潰纔佔荒山。
	到古城借糧草把地理察看，
	倘若能屯軍馬再把營遷。
	我下山爾等要諸事檢點，
	萬不可亂胡爲擾害民間。
	違我令欺百姓定要處斬，
	將人頭挂高竿號令山前。
	但願得此一去稱我心願，
	統三軍棄芒碭離了荒山。（下）
頭目甲	衆頭領，各守山寨去者！
衆	啊！
	（同下）

第　二　場

（崔四鄉、胡喚道、四皂役、四百姓上）

四百姓	（唱）烟塵四起民遭難，
	偏偏遇著糊塗官。
百姓甲	諸位鄉親請了！
百姓乙	
百姓丙	請了！
百姓丁	
百姓甲	我們古城百姓，不幸遇着貪官，每日家家户户與縣中自送常例銀子。前者徵了一年之費，我們不敢違抗，典田的典田，破產的破產，就是可憐無有房地的人兒們，賣了自己的兒女纔得交了這筆

|常例銀子。今日又來傳喚，一定又是要錢。我們大家此去，苦苦哀求便了！

崔四鄉
胡喚道　哪兒那麼些個廢話？走着！

四皂役　走！

四百姓　（唱）只求老天多憐憫，
　　　　　　　何時纔得太平年。
　　　　（同下）

第 三 場

張　飛　（內）啊咳！（上，走邊）
　　　　（念）（詩）獻帝失政寵奸僚，
　　　　　　　　　風塵埋沒將英豪。
　　　　　　　　　老天不遂平生願，
　　　　　　　　　一腔勇氣枉徒勞。
　　　　咱，張飛。下得山來，前往古城借糧。前面已是古城縣。呀，看那山清水秀，樹木成林，紅日當空，秋風透體，甩開大步走遭也！
　　　　（唱）【鬥鵪鶉】
　　　　　　俺平生正直剛强，
　　　　　　居范陽誰不尊仰？
　　　　　　宴桃園，三結義，
　　　　　　劉關張曾破那百萬兒郎。
　　　　　　恨董卓埋功心喪，
　　　　　　掌兵權獨霸朝堂。
　　　　　　今又出阿瞞奸黨，
　　　　　　欺天子慘害忠良。
　　　　　　我桃園亂軍失散，
　　　　　　因此上栖身芒碭。
　　　　　　衆英豪少食缺糧，
　　　　　　奔古城借糧前往。（下）

第 四 場

（四青袍、四捕快引吳良心上）

吳良心　（念）【引】官居古城縣，喜的是，財富銀錢。
　　　　（念）百姓說我是貪官，
　　　　　　我笑百姓心不虔。
　　　　　　爲人若把良心現，
　　　　　　怎能富貴兩雙全？
　　　　下官，吳良心。蒙聖恩身爲古城縣正堂。自到任以來，本地百姓倒好矇騙。家家戶戶，每日交納常例銀子。前者由紳董們交了一年的常例銀子。我看只要想個法兒、出個方子，就可以來錢，倒是個好買賣。我也曾命班頭崔四鄉、胡喚道傳呼紳董、富戶，爲此陞堂，等候百姓來，叫他們交納下一年的常例銀子。若是不交，將他們枷起來，示衆大遊四門。何日交出銀子，何時發放他們。正是：
　　　　（念）只要銀子到手，哪怕臭名傳流。
　　　　（崔四鄉上）
崔四鄉　百姓們喚到。
吳良心　叫他們上堂！
崔四鄉　百姓們上堂！
　　　　（胡喚道押四百姓上）
四百姓　叩見大老爺！
吳良心　起來起來。
四百姓　傳喚我等有何吩咐？
吳良心　我們古城收成甚好，你們急速交納下一年的常例銀子，與你們三天期限，將銀交齊，不得有誤！去吧！
百姓甲　哎呀大老爺！如今烟塵四起，生靈塗炭，我們百姓困苦非常。況且，前者我們費盡千辛萬苦，纔得交齊了一年的常例銀子。如今又叫我們交納下一年的，我們實實地交納不出。望大老爺開恩，收回成命吧！
吳良心　嘟！你這個老奸巨猾，竟敢當堂巧言舌辯？來，把他們枷起來！
　　　　（四捕快枷四百姓介）

吴良心　崔四鄉、胡唤道，命你二人同衆捕快[1]，各執皮鞭押着他們，在城内城外遊行示衆，一步一打。每天清晨出衙，黄昏入衙，交齊了一年的常例銀子，再來發放。退堂！（下）

（四青袍下。崔四鄉、胡唤道、四捕快押四百姓下）

校記

［1］命你二人同衆捕快："衆"，原作"定"，據文意改。

第　五　場

（張飛上）

張　飛　（唱）風吹樹葉響連聲，
　　　　　　　使人行路不消停。
　　　　　　　紅日當空午時正，
　　　　妙哇！
　　　　　　　只見酒館在前村。
　　　　且住！一路行來，口内焦渴，前面有一酒館，俺不免去到那裏，沽飲幾杯再走！
　　　　（【四擊頭】。張飛下）

第　六　場

（四捕快、崔四鄉、胡唤道押四百姓上）

四百姓　苦哇！
　　　　（唱）神靈不把人垂憐，
　　　　　　　何日纔得見青天？
　　　　　　　皮鞭打得氣難喘，
　　　　　　　渾身疼痛行路難。
　　　　（四捕快鞭打四百姓介）

四百姓　苦哇！

張　飛　（内）走哇！（上）
　　　　（唱）酒逢知己千杯少，

四百姓	話不投機起禍端。
四百姓	苦哇……
張　飛	啊！
	（唱）耳旁聽得悲聲慘，
	（四捕快鞭打四百姓介）
四百姓	冤枉啊！
張　飛	（唱）項戴長枷口呼冤。
	皮鞭打下似雨點，
	衆百姓！
	把話對咱說一番。
四百姓	壯士啊！
	（唱）本縣強要常例錢，
	交了一年又一年。
	古城百姓俱遭難，
	不想遇著糊塗官。
張　飛	喳！喳！喳！哇呀呀……
	（唱）聽一言來怒衝冠，
	古城皂役聽我言：
	百姓長枷且寬免，
	休得無故杖皮鞭！
崔四鄉 胡唤道	朝廷王法，你休多管。快快走去。如若不然，將你拿到縣衙，你可吃罪不起啊！
張　飛	怎麼講？
崔四鄉 胡唤道	你吃罪不起！
張　飛	哇呀呀……著打！
	（張飛打崔四鄉、胡唤道介）
崔四鄉 胡唤道	好漢爺饒命！
張　飛	起來！開枷放刑！
	（四捕快與四百姓開枷介）
崔四鄉 胡唤道	好漢爺，私自放刑，小人們擔待不起！

張　飛　俺自有道理，與你們無關。起來。呔！衆百姓，你們放大了膽量，有什麽大禍，咱一人承當。速速進城，隨俺來呀！

（衆進城介，大圓場，拉下）

第　七　場

（四青袍引吳良心上）

吳良心　依仗勢力壓百姓，爲了銀錢，哪管公不公！

（四百姓、崔四鄉、胡喚道、四捕快、張飛上。張飛推倒公案，亮相介）

吳良心　嘟！那一大漢推倒公案，咆哮公堂，你是哪裏來的？

張　飛　俺是芒碭山主。因山寨缺糧，與你借些糧米，屯軍養馬。

吳良心　嘟！想你乃是芒碭山寇，竟敢進得縣衙，前來借糧？似你這強盜行爲，不遵朝廷王法，來，拿下了！

張　飛　住了！你既知朝廷王法，爲何勒索民財，強迫百姓交納常例銀子？前付一年，並無幾日，又要交納下一年的常例銀子。還將本縣父老百姓枷號鞭打、遊行示衆，你這樣行爲也是朝廷王法麽？

吳良心　這個！啊嘟！我乃朝廷命官，一縣之主，我行我爲，與你什麽相干？左右，與我趕出去！

張　飛　住了！你可知：路不平，旁人鏟；話不公，大家論！想你身爲百里侯，乃民之父母，理應與百姓分憂解愁。如今烟塵四起，生靈塗炭，黎民苦不堪言。你這狗官，不體恤百姓之苦，反向他們無理勒索。又將本縣父老枷號示衆，遊行四門。似你這樣行爲，豈不遺臭萬年、罵名千載！今日遇見你三爹爹，就是你的報應到了！

吳良心　嘟！大膽漢子，進得衙來，蠻橫無理，你叫什麽名字？

張　飛　瞎了你的狗眼，你三爹爹姓張名飛字翼德！

吳良心　嘟！你休要在此猖狂！我勸你快快出去，少管閒事。再若如此，本縣我就對你不起了！

張　飛　呸！

　　（唱）聽一言來火燒鬢，
　　　　　豪傑眼中冒火星。
　　　　　不會爲官走了吧，

　　　　　　交出印信你就快逃生！
吳良心　你大膽！
　　　（唱）我官卑職小是奉聖命，
　　　　　　古城縣內管刁民。
　　　　　　無知匹夫敢行不正，
　　　來呀！
　　　　　　快拿狂徒問罪名。
張　飛　好狗官哪！（抓住吳良心）
　　　（唱）手提着害民賊把話來問，
　　　　　　昧良心索民財應是不應？
吳良心　銀子是百姓送給我的。
張　飛　呸！
　　　（唱）索民財有對證你還巧言辯論，
　　　　　　今日裏想活命再世投生！
　　　（張飛打吳良心、奪紗帽、扒官衣、搶印匣介。吳良心跑下）
張　飛　眾位父老百姓，俺今日打走貪官，與民除害。俺要少陪了。
四百姓　哎呀好漢爺爺呀！今日打走贓官，恩同再造。這縣衙內豈可無主？求好漢爺爺執掌古城縣印，教育本縣百姓。好漢爺爺不要推辭，我們跪下了！
　　　（張飛看介）
張　飛　眾位父老，咱老張做得縣令麼？
四百姓　做得的。
張　飛　這印信掌得的？
四百姓　掌得的。
張　飛　如此咱老張就有僭了！
　　　（唱）多承父老來恭敬，
　　　　　　叫咱老張坐古城。
　　　　　　烏紗紫羅來換定，
　　　（張飛換衣介）
張　飛　哈哈哈……
　　　（唱）故意兒裝一派假斯文。
　　　　　　耳聽陞堂鼓聲震，

　　　　　　得意洋洋笑吟吟。

　　　　　　衆位父老百姓聽者：本縣非比前任的狗官，你們先前交納的那一年常例銀子，三月之內，我將倉庫查清，一一退還你們。若有貧苦之家難度生活者，每月到縣衙報道，領取銀米，你們大家回去吧！

四百姓　請問大老爺尊姓大名？

張　飛　俺乃涿州范陽人氏，姓張名飛字翼德。

四百姓　原來是張縣令！我們告辭了！（下）

　　　　（報子上）

報　子　前任縣官家眷，從後門逃走了。

張　飛　不要管他，由他們去吧。

報　子　芒碭山頭領到。

張　飛　喚他們進來！

報　子　是。（下）

張　飛　且住！俺今日得了古城，正好屯軍養馬，招募兵卒，好不灑落人也。

　　　　（四頭目上）

四頭目　恭喜三爺得了古城，可喜可賀！

張　飛　大家之幸。衆位弟兄速回山寨，傳我將令，大家收拾一切，拔寨棄山，同進古城衙門，準備美酒佳餚，大家同飲。

四頭目　請啊！

　　　　（同下）

灞橋挑袍

王鴻壽　撰

解　題

　　京劇。現代王鴻壽撰。《京劇劇目辭典》著錄，題《灞橋挑袍》（之二），謂王鴻壽演出本。劇寫袁紹知顏良、文醜被關羽刀劈馬下，欲斬劉備。劉備辯稱，此是曹操借刀殺人之計，願寫信召來關羽。袁紹命陳震赴許昌給關羽送信。于禁密告曹操。關羽已知劉備在袁紹帳下，曹操因使張遼往見關羽，探其動靜。甘、糜二夫人見關羽歸來，問劉備下落，關羽佯裝不知。張遼奉命訪羽，問關羽是否有投奔劉備之意。關羽請張遼轉告曹操決意尋兄，不日即將啓程。陳震見關羽，送上劉備書信，關羽稟告二嫂並召見陳震，決定辭曹尋兄。曹操知情，懸挂免見牌。關羽兩次去相府與曹操告別，曹操不見。關羽無奈，稟報二嫂，封金挂印，寫柬辭曹。守城官忙報曹操。曹操知羽難以挽留，乃率衆前往餞行。關羽見有追兵，命二嫂車輛先行，自在灞橋守候。張遼、曹操相繼趕到，贈送黃金一盤，關羽不受。又取美酒餞行，關羽疑其有詐，潑酒祭刀，但見火光冒起，大怒。曹操見狀，甚感羞愧，責罵衆將。又取紅袍相贈，關羽在馬上以刀挑袍，揚長而去。本事出於《三國演義》第二十六、二十七回。酒中置毒事不見《演義》。元雜劇《關雲長千里獨行》、明傳奇《古城記》、清宮廷大戲《鼎峙春秋》均演有此事。今見版本《關羽戲集》李洪春演出本，該本係王鴻壽撰、李洪春加工增飾演出本。今以該本爲底本進行整理。另有一種《灞橋挑袍》，結構、情節、人物與此劇不同，然《京劇劇目初探》《京劇劇目辭典》均著錄。版本有《京劇彙編》本、《戲考》本、《戲學匯考》本、《關岳戲劇大觀本》、《京劇叢刊》本、《郝壽臣演出劇本選集》本。今選《京劇彙編》收錄的北京市藝術研究所藏本校勘整理，附在此劇後，以供參考。

第 一 場

（四兵士、中軍、袁紹同上）

袁　紹　（唱）【點絳唇】
　　　　　　將士兵豪，兒郎虎豹，軍威浩，地動山搖，要把群雄掃！
　　　　（念）（詩）河北英雄志量高，
　　　　　　　　　四世三公姓字標。
　　　　　　　　　群雄各自爭疆土，
　　　　　　　　　百萬貔貅滅奸曹。
　　　　某，姓袁名紹字本初。可恨曹操專權，欺壓各路諸侯，妄自稱尊。是我興師進討，前者差大將顏良，攻打白馬坡，被關羽刀劈落馬；又命文醜統領人馬，與顏良報讎，未知勝負。且聽探馬一報。
　　　　（報子上）

報　子　啓主公：文醜被關羽刀劈馬下。

袁　紹　再探！

報　子　啊！（下）

袁　紹　且住。關羽連斬我營兩員上將，欺我太甚！但等劉備回營交令，將他斬首，以消此恨。來，伺候了。
　　　　（四兵士引劉備同上）

劉　備　（唱）【西皮快板】
　　　　　　聽說文醜命喪了，
　　　　　　只恐禍事在今朝。
　　　　　　低頭不語寶帳進，
　　　　　　見機而行把禍消。
　　　　參見明公。

袁　紹　嘟！大膽劉備，關羽降曹，傷我兩員大將，你必通謀。來，綁了！

劉　備　且慢，明公請息雷霆之怒，備有言奉稟。

袁　紹　你有何話講？

劉　備　明公容稟：想備二弟，今因曹營為將，那曹操知備在公處，故使雲長誅殺顏、文二將；明公聞之，必將我斬首。雲長得知，定然實心助曹，攻打河北，此乃曹操借公之手，殺備之頭，使公得不義之名，而

		助曹賊成功也。望明公詳細思之。
袁　紹	唔呼呀！不是使君明言，險些中了曹操借刀之計，誤傷好人，使君請坐。
劉　備	謝坐。
袁　紹	聞你桃園弟兄，誓同生死。使君何不招雲長前來，共圖大事。
劉　備	備早與此心，怎奈無心腹之人，前往許昌下書。
袁　紹	我命陳震前去，萬無一失。使君請回館驛修書。
劉　備	告辭！正是： （念）不是劉備心機巧，險些項上吃一刀。（下）
袁　紹	陳震進帳！
中　軍	陳震進帳！
陳　震	（內）來也。 （陳震上）
陳　震	（念）漢室君王弱，河北事諸侯。 參見主公。喚某進帳，有何將令？
袁　紹	命你去到館驛，聽候劉使君差遣。
陳　震	遵命。（下）
袁　紹	掩門。 （眾人同下）

第 二 場

（劉備上）

劉　備	（唱）【西皮散板】 　　劉備心中如刀絞， 　　鳥入牢籠怎脫逃！ 　　文房四寶端正好， （劉備寫信）
劉　備	（唱）【西皮散板】 　　手提羊毫珠淚拋。 　　你在曹營富貴好， 　　忘却桃園生死交。

　　　　　書不盡言難細表，

（陳震上）

陳　震　（唱）【西皮散板】

　　　　　見了使君問根苗。

　　　參見使君，有何差遣？

劉　備　這有書信一封，煩先生改裝，去至許昌，我二弟那裏，就說備別了二弟，猶如失掉膀臂一般，叫他速離許昌，前來相會。先生請上，受備一拜。

　　　（唱）【西皮搖板】

　　　　　但願雲長早來到，

　　　　　不枉將軍費勤勞。

陳　震　（唱）【西皮搖板】

　　　　　使君但把心放了，

　　　　　此事陳震當效勞。（下）

劉　備　（唱）【西皮搖板】

　　　　　但願二弟早來到，

　　　　　重整漢室滅奸曹。（下）

第　三　場

（四兵士、郭嘉、程昱、二旗牌、曹操同上）

曹　操　（唱）【西皮搖板】

　　　　　老夫洪福齊天降，

　　　（轉）【西皮流水】

　　　　　顏良文醜喪疆場。

　　　　　劉辟龔都賊犯上，

　　　　　關羽領兵滅強梁。

　　　　　但願得早把凱歌唱，

　　　　　且聽探馬報端詳。

（報子上）

報　子　啓丞相：關將軍得勝回營。

曹　操　擺隊相迎！

報　子	擺隊相迎。（下）

（【牌子】。眾擺隊下，曹操下）

第　四　場

（【牌子】。四士兵、許褚、張遼、于禁、曹仁、一小校、一老軍、馬童引關羽上）

關　羽	哈哈，哈哈，啊哈哈哈！

（眾同下）

第　五　場

（四兵士、郭嘉、程昱、二旗牌、曹操迎上。四士兵、許褚、張遼、于禁、曹仁、一小校、一老軍、馬童、關羽上。關羽下馬）

曹　操	二將軍，辛苦了。
關　羽	理當效勞。
曹　操	二將軍請。
關　羽	不敢，丞相請。
曹　操	如此，你我挽手而行。
關　羽	關某斗膽了。
曹　操 關　羽	（同）啊哈哈哈哈！

（眾人同下。眾原人再上。曹、關入座）

曹　操	恭喜二將軍，一戰成功，真神勇也！
關　羽	豈敢，仗天子洪福。羽何功之有！
曹　操	備得喜酒，與將軍接風。
關　羽	還要到二嫂台前請安，改日奉陪，告辭了。帶馬。

（關羽上馬，與軍士、馬童同下）

于　禁	啓禀丞相：近聞劉備，投在河北袁紹帳下，關羽聞之，恐生去心，丞相不可不防。
曹　操	哦，那劉備現在袁紹處嗎？（想）文遠！
張　遼	在。

曹　操　命你去至關羽那裏,探聽他的去心如何,不得有誤。

張　遼　得令!(下)

曹　操　(唱)【西皮散板】
　　　　　好個美髯關雲長,
　　　　　智謀雙全非尋常。
　　　　　屢立功勳某的軍威壯,
　　　　　只恐他在曹營難得久長。
　　　　(眾人同下)

第　六　場

　　　　(甘夫人、糜夫人上)

甘夫人　(唱)【西皮散板】
　　　　　姐妹如同陷羅網,

糜夫人　(接唱)思念皇叔挂心腸。
　　　　(小校、老軍、馬童、關羽同上)

關　羽　(唱)【西皮散板】
　　　　　汝南城外打一仗,
　　　　　劉辟龔都敗疆場。
　　　　(小校、老軍、馬童同下)

關　羽　參見二位嫂嫂!

甘夫人
糜夫人　(同)罷了。

關　羽　謝嫂嫂。

甘夫人
糜夫人　(同)二弟,幾日未曾進內,有何公幹?

關　羽　弟奉丞相將令,攻破汝南,少在台前問安,二位嫂嫂可安泰否?

甘夫人
糜夫人　(同)倒也安泰。啊,二弟,連日出兵在外,可知你大哥的下落?

關　羽　這……弟久思兄長,屢次出兵,探聽大哥下落,未得音訊。

甘夫人
糜夫人　(同)連日辛苦,歇息去吧。

關　羽　謝嫂嫂!(下)

甘夫人	賢妹，聽二弟之言，皇叔一定不在人世了。
糜夫人	是啊，定然亡故了。喂呀，皇叔啊！（哭）
甘夫人 糜夫人	（同唱）【西皮散板】 　　自從徐州遭失散， 　　不知皇叔在哪廂？ 　　想是不幸黃泉往。皇叔啊！

（老軍暗上）

老　軍	（接唱）【西皮散板】 　　二位主母莫悲傷。 二位主母休得悲傷，大主人還在。
甘夫人 糜夫人	（同）何人答話？
老　軍	舊日隨降老軍。
甘夫人 糜夫人	（同）進內講話。
老　軍	是。參見二位主母。
甘夫人 糜夫人	（同）罷了。老軍，大主人之事，你因何知曉，快些講來！
老　軍	只因跟隨二將軍，攻破汝南，在陣前有人言道，大主人現在河北袁紹軍中，故而知曉。
甘夫人 糜夫人	（同）快快請你家二爺前來。
老　軍	是。有請二爺！（下）

（關羽上）

關　羽	（念）棲身暫居在曹營，思兄想弟淚沾襟！ 參見嫂嫂！
甘夫人 糜夫人	（同）嗯！你在汝南陣前，得着你大哥的消息，為何不稟報嫂嫂知道？難道你受曹操的新恩，忘却桃園舊義不成麼？
關　羽	二嫂請息怒。弟奉丞相將令，攻打汝南，在陣前得遇孫乾，道某大哥在河北袁紹軍中，此事未辨真假，恐其有詐，故未敢明言。弟雖受曹丞相新恩，焉能忘却某大哥的舊義。
甘夫人 糜夫人	（同）原來如此。

（馬童上）

馬　童　張將軍求見。

關　羽　嫂嫂請至後面。

（甘夫人、糜夫人同下）

關　羽　有請！

馬　童　有請！（下）

（【牌子】。張遼上）

張　遼　關兄。

關　羽　文遠，請坐。

張　遼　有坐。哈哈哈！

關　羽　文遠爲何這等歡躍？

張　遼　恭喜關兄，賀喜關兄！

關　羽　喜從何來？

張　遼　兄攻破汝南，陣前得着玄德兄音訊，豈不是一喜？

關　羽　故主雖有音訊，未會其面，何喜之有？

張　遼　兄與玄德交，比弟與兄交如何？

關　羽　文遠此言差矣，吾與兄乃朋友之交也！吾與玄德朋友而兄弟，兄弟而君臣也，豈能共論乎？

張　遼　令兄果在河北袁紹軍中，兄可往從否？

關　羽　昔日之言，安肯背之。

張　遼　大丈夫要來明去白。

關　羽　就煩文遠代禀丞相，説關某不日尋兄去矣。

張　遼　這！弟告辭了。（下）

（馬童上）

馬　童　啓爺，故友相訪。

關　羽　啊！某在曹營數載，哪裏來的故友相訪？有請！

馬　童　有請！

（陳震上）

陳　震　將軍在哪裏？

關　羽　故友在不相認。

陳　震　本來不相認。

關　羽　請坐。請問公乃何人也？

| 陳　震 | 我乃南陽陳震，在袁紹帳中，以爲從事，我奉劉……
| 關　羽 | 噤聲！退下。
| | （馬童下）
| 關　羽 | 劉什麼？
| 陳　震 | 吾奉劉使君之命，前來下書。
| 關　羽 | 書信安在？
| 陳　震 | 將軍請看。
| 關　羽 | 請至迎賓館。
| 陳　震 | 請！（下）
| 關　羽 | 某大哥有書信到來，待吾拆書一觀。大哥，弟有罪了。（念信）"備與足下，自桃園締盟，誓以同死，今何中道相違，割恩斷義？君必欲功名，圖富貴，願獻首級，以成全功。書不盡言，死待來命，死待來命。"（哭）大哥！非弟不欲尋兄，奈不知所在。俺豈肯貪圖富貴而背盟誓乎？竊聞義不負心，忠不顧死，羽自幼讀書，粗知禮義，睹羊角哀、左伯桃之事，未嘗不三吁而流涕也。大哥使人下書，待俺稟明嫂嫂知道。有請嫂嫂。
| | （甘夫人、糜夫人上）
| 甘夫人
糜夫人 | （同）何事？
| 關　羽 | 兄長有書前來，嫂嫂請看。
| | （【牌子】。甘夫人、糜夫人同看信）
| 甘夫人
糜夫人 | （同）何人前來下書？
| 關　羽 | 陳震前來。
| 甘夫人
糜夫人 | （同）喚他前來。
| 關　羽 | 是。
| | 有請陳震先生。
| | （陳震上）
| 關　羽 | 見過二位夫人。
| 陳　震 | 參見二位夫人！
| 甘夫人
糜夫人 | （同）罷了。劉皇叔現在何處？

| 陳　震 | 現在河北袁紹軍中。 |

| 甘夫人
糜夫人 | （同）可安泰否？ |

| 陳　震 | 二位夫人容稟，千不該，萬不是，乃二將軍之錯；在白馬坡前，斬了顏良，袁紹聞報，立時要將劉使君斬首…… |

| 甘夫人
糜夫人 | （同）喂呀……（哭） |

陳　震	還在呀！
關　羽	你快些講來！
陳　震	好個使君，花言巧語，將袁紹哄過。袁紹又命文醜前去延津，又被二將軍所誅；那袁紹大怒，就將使君綁出轅門……

| 甘夫人
糜夫人 | （同）喂呀……（哭） |

陳　震	不必驚慌，還有下文呢。
關　羽	陳先生，你快快講來！
陳　震	使君復又舌辯，袁紹方罷！因此使我前來下書。哎呀將軍哪！你速速離了曹營，與使君相見，纔是正理。
關　羽	想人生天地間，無始終者，非君子也。吾來時明白，去時不可不明白。容我辭曹尋兄。
陳　震	倘曹操不允，如之奈何？
關　羽	吾寧死，豈肯留於此地！
陳　震	公速回稟，免得使君懸望。

（馬童暗上）

關　羽	待某修書。關某呵！【牌子】。修書）煩公轉達吾兄長，關某不死必去，不去必死。
陳　震	告辭了。（出門，又折回）啊二將軍，使君望公，甚是殷切，要速速前去。
關　羽	知道了。

（陳震下）

| 甘夫人
糜夫人 | （同）二弟，今得實信，就該辭曹尋兄纔是。 |
| 關　羽 | 二嫂請至後面，待弟去到相府辭曹。 |

甘夫人
糜夫人　（同）這便纔是。

（甘夫人、糜夫人同下）

關　羽　馬童，帶馬相府去者。（下）

第　七　場

（四兵士、旗牌、郭嘉、程昱、曹操上）

曹　操　（唱）【西皮搖板】
　　　　　襲徐州奪下邳聲威大震，
　　　　（轉）【西皮流水】
　　　　　張文遠說雲長投降吾營。
　　　　　贈錦袍賜戰馬恩厚恭敬，
　　　　　上馬金下馬銀美女十名。
　　　　　破汝南在陣前他聞知兄訊，
　　　　　因此上命張遼探聽真情。
　　　　　十二載待關羽我的心神用盡，
　　　　　爲的是買動他扶我的真心。

（張遼上）

張　遼　（唱）【西皮搖板】
　　　　　關雲長不忘舊仁義可敬，
　　　　　回營來忙報與丞相知情。
　　　　啓稟丞相，雲長命末將轉稟丞相，毋食前約，他去心已決矣。

曹　操　哦！雲長叫老夫毋食前約，不日尋兄去矣。唉，想雲長自進吾營，老夫三日一小宴，五日一大宴；上馬獻金，下馬獻銀，贈袍賜馬，奉送美女十名；屢贈之物，不計其數，待他十分恩厚。只求他真心裏助老夫，如今聞得劉備音訊，就要棄我而去。唉，雲長啊雲長，你於心何忍！

張　遼　丞相休得自嘆，早設留他之策。

曹　操　老夫自有留他之法，文遠附耳上來……

張　遼　遵命。（下）

曹　操　濃墨伺候！（【牌子】）旗牌過來，將此迴避牌懸挂府門，關羽到此，

說老夫有公務在身，一概免參免見。若是洩漏機關，打斷你的狗腿。掩門！（下）

（郭嘉等同下）（馬童、關羽上）

關　羽　（唱）【西皮流水】
　　　　大哥使人下書到，
　　　　爲此連夜來辭曹。
　　　　勒住馬頭用目瞧，
　　　　靜靜悄悄爲哪條？

旗　牌　參見二將軍！

關　羽　罷了。煩勞通禀一聲，關某有事，求見丞相。

旗　牌　丞相有命：公務在身，一概免見。現有迴避牌。將軍請看。

關　羽　有勞了。

（旗牌下）

關　羽　唉，來的不湊巧，丞相有公務在身。不免暫且回府，候丞相公務完畢，再來辭行。帶馬回府。

（圓場，下馬。老軍上）

關　羽　老軍，收拾行囊，準備早晚起程。

老　軍　遵命。（下）

（起初更）

關　羽　天交初鼓，丞相公務一定完畢，待某再去辭行。馬童帶馬。

馬　童　啊。

（圓場，旗牌上）

旗　牌　二將軍！

關　羽　丞相公務，可曾完畢？

旗　牌　未曾完畢，一概免見。

關　羽　關某有要事求見，煩勞通禀。

旗　牌　迴避牌在此，不能通禀。

關　羽　啊！不與俺通報，待俺自行進見。

旗　牌　關將軍，忒也放肆了！（下）

關　羽　且住。我連辭曹公，"迴避"高挂，不能相見，如何是好？有了，不免去到張遼營中，說明辭曹之事。馬童，張將軍營中去者。

馬　童　啊。

（關羽、馬童下，又上）

關　羽　且住。想俺連辭曹公，"迴避"高挂，去至張遼營中，他又推病不見。莫非不容關某去乎？待俺禀知二位皇嫂知道。有請嫂嫂。

（甘夫人、糜夫人上）

甘夫人
糜夫人　（同）二弟，辭曹一事如何？

關　羽　小弟連辭曹公，"迴避"高挂，去至張遼營中，又道染病在床，定是不容去矣。

（老軍暗上）

甘夫人
糜夫人　（同）難道我姐妹困死曹營不成？

（同哭）

關　羽　二嫂休得悲痛，待小弟封金挂印，寫柬辭曹。嫂嫂收拾行囊，明日起程。

甘夫人
糜夫人　（同）這便纔是。（同下）

關　羽　準備車輛，明日伺候起程。

老　軍　遵命。（下）

關　羽　馬童，將曹公所贈之物，擺列兩廂，一一封好。

馬　童　啊。

（【牌子】。封金）

關　羽　待某寫柬辭曹。

（唱）【吹腔】
　　　提羊毫我這裏忙修小柬，
　　　一椿椿一件件細寫根源。
　　　辭公數次未相見，
　　　因此上挂印封金尋兄踐前言。

印信在此，懸挂中堂。（挂印）

關　羽　（接唱）將印信懸挂中堂之上，
　　　　　大丈夫作事須與日月同光。

（馬童、老軍、小校、二車夫、甘夫人、糜夫人上）

關　羽　老軍，這有書信一封，送至丞相府中，然後速出北門，追趕你爺。

老　軍	遵命。（下）
關　羽	曹公之物，不可攜帶絲毫；舊日軍卒，隨吾同行。車輛可齊？
馬　童	俱以齊備。
關　羽	請二嫂登車。馬童帶馬！
	（衆人同下）

第 八 場

（四軍士、守城官同上）

守城官	許昌守城官是也。奉丞相之命，把守北門。來，打道上關。
	（馬童、小校、二車夫、甘夫人、糜夫人、關羽上）
守城官	參見二將軍。
關　羽	罷了。
守城官	將軍何往？
關　羽	奉丞相之命，另有公幹。
守城官	可有文憑路引？
關　羽	這——無。
守城官	無有，不能過去。
關　羽	你敢攔阻關某乎？
守城官	這個！
關　羽	出關！
	（衆人同下）
守城官	哎呀且住！關羽帶領舊日軍卒出關去了，待俺報與丞相知道。（下）

第 九 場

（四軍士、郭嘉、程昱、曹操同上）

曹　操	（念）轅門戰鼓響，將士列兩旁。
	（張遼上）
張　遼	參見丞相。
曹　操	罷了。文遠進帳何事？
張　遼	雲長可曾至此，求見丞相？

曹　操	雲長連辭老夫數次，迴避牌懸挂，不容相見，諒他無法去矣。
	（老軍上）
老　軍	哪位聽事？
軍　士	何事？
老　軍	下書人求見。
軍　士	候着。下書人求見。
曹　操	傳。
軍　士	傳你。小心了。
老　軍	與丞相叩頭，書信呈上。
曹　操	奉何人所差？
老　軍	關將軍所差。
曹　操	外厢伺候。
老　軍	是。（下）
曹　操	雲長有書信到來，老夫一觀。（【牌子】）嘿嘿，雲長去矣。
	（守城官上）
守城官	啓稟丞相：關雲長帶了家小，出關去了。
曹　操	啊！爾敢私自放他出關？來，斬了！
守城官	哎呀丞相！想那關雲長，斬顏良，誅文醜，英勇無敵，小官焉能攔擋？望丞相開恩。
曹　操	可也是啊，那關羽英雄非常，汝等如何阻攔；與你無干，去吧。
守城官	謝丞相。（下）
	（衆將同上）
衆　將	丞相，關羽挂印封金而去，待末將等將他趕回。
曹　操	且慢，想那關羽，不忘故主，來明去白，真大丈夫！汝等皆應效之。
程　昱	丞相待關羽甚厚，今不辭而去，亂言片楮，冒瀆鈞威，其罪大矣。若縱之使歸袁紹，是與虎添翼也。不若追而殺之，以絕後患，望丞相思之。
曹　操	先生所言雖是，奈吾昔日已許之，豈可失信於彼。各爲其主，且毋追也。那雲長挂印封金，財賄不足以動其心，爵祿不足以移其志，此等人吾甚敬之。想他此去不遠。文遠，可先去請住雲長，待老夫親自與他送行。快去！
張　遼	得令。（下）

曹　操	二位先生，準備路資、美酒、大紅戰袍，贈與雲長，以爲後日紀念。衆將不許暗帶軍器，隨吾與雲長送行，違令者斬。帶馬追趕雲長去者。

（衆軍士、衆將、曹操下）

郭　嘉	先生，丞相要與關羽送行，何不在酒內暗下毒藥，滅卻關羽。
程　昱	此計甚好。
郭　嘉	正是：
	（念）暗中施毒計，
程　昱	（念）諒他難解知。

（同下）

第　十　場

（老軍、小校、二車夫、甘夫人、糜夫人、馬童、關羽同上，過場下。張遼上，過場下。四軍士、衆將、郭嘉、程昱、曹操上，過場下）

第 十 一 場

（老軍、小校、馬童、二車夫、甘夫人、糜夫人、關羽上）

關　羽	且住。看後面烟塵四起，定是曹操追趕前來。老軍，車輛過橋，望大路緊行；你爺獨站灞陵橋。

（甘、糜二夫人等下。張遼上）

張　遼	關兄請轉！
關　羽	文遠莫非追趕關某回去乎？
張　遼	非也。丞相知兄遠行，欲來相送，關兄略等一時，別無他意。
關　羽	好啊！便是丞相鐵騎到來，某願決一死戰。
張　遼	關兄休疑，丞相來也。

（四軍士、衆將、郭嘉、程昱、曹操上）

曹　操	二將軍請轉！
關　羽	唔呼呀！原來是丞相。恕關某馬上不能全禮；打躬！
曹　操	公爲何不辭而別？
關　羽	公此言差矣！關某前曾稟過丞相，今故主在河北，不由某不急去。

	屢次造府，不得相見，故挂印封金，拜書告辭。還望丞相勿忘昔日之言爲幸。何言關某不辭而別？
曹　操	不不不是啊，吾安肯有負前言。恐將軍前途乏用，特具路資相送。來來來！這有黃金一盤，將軍收納，以做路上之用。
關　羽	屢蒙恩賜，尚有餘資，留此黃金，以賞軍士。
曹　操	特以少酬大功於萬一，何必推辭。
關　羽	區區微勞，何足挂齒。
曹　操	哈哈哈……雲長真天下義士。恨吾福薄，不得相留，特備水酒，聊表寸心。
關　羽	某愧領了！

　　（唱）【西皮搖板】
　　　　在灞陵橋與丞相某就拱拱手，
　　（轉唱）【西皮流水】
　　　　衆將官一個個勒馬站橋頭。
　　　　曹丞相雖待我恩義厚，
　　　　吾豈肯把桃園義氣一筆勾。
　　　　曹孟德雙手捧上香醪酒，
　　　　張文遠在一旁暗地皺眉頭。
　　　　我本當飲了這斗酒，
　　　　又恐怕酒內暗藏奸謀；
　　　　我本當下橋與他來爭鬥，
　　　　又恐怕難過這灞橋頭，前後擔憂。
　　（轉）【西皮搖板】
　　　　叫馬童看過這香醪酒，
　　　　猛然一計上心頭。

　　　丞相，某在公處，屢立奇功，這青龍寶刀，曾助一臂之力。今日恩賜美酒，一祭寶刀。

曹　操	任憑將軍。

　　（關羽祭刀）

關　羽	呀！

　　（唱）【西皮快板】
　　　　青龍偃月火光冒，

不由關某怒眉梢！
任爾奸來任爾巧，
難逃我青龍偃月刀。

曹　操　呀！
（唱）【西皮流水板】
霎時一陣紅光冒，
嚇得老夫魂魄消！
你們哪一個大膽生計巧，
回營查出定不饒。
羞得老夫無話表……
將軍哪！
（唱）【西皮搖板】
灞陵橋贈送你這大紅袍。

關　羽　（唱）【西皮搖板】
人言曹操多奸巧，
他還念當初的舊故交。
叫馬童看過了爺的青龍刀，
灞陵橋刀挑這大紅袍。（挑袍）
丞相！蒙公三日一小宴，五日一大宴，上馬獻金，下馬獻銀；青山不改，綠水長流，未盡之恩，容日答報。關某告辭了。哈哈！哈哈！啊哈哈哈……請！（下）

許　褚　此人無禮太甚，待俺擒之。
曹　操　那雲長一人一騎，吾等數十餘騎，他安得不疑，休得多言，帶馬回營。
眾　將　啊！
（眾人同下）

附：

灞橋挑袍

佚名撰

第 一 場

（四馬童、大馬童引關羽上）

關　羽　（念）【引】身在曹營心在漢，
　　　　　　　　　思念桃園淚漣漣。
　　　　某，漢壽亭侯關。昨聞大哥現在河北袁紹軍中。是我挂印封金，去往曹營走辭。可恨奸曹，將免見牌高挂轅門，不容某相見。某特修書一封，不免遣人送至曹營。就此保定二位皇嫂，闖出許昌便了。來！

一馬童　有。

關　羽　這有書信一封，送至曹丞相營中。不得有誤！

一馬童　得令！（下）

關　羽　小校！

衆馬童　有！

關　羽　車輛可曾齊備？

馬　童　齊備多時。

關　羽　有請二位皇嫂！
　　　　（甘夫人、糜夫人上）

甘夫人　（念）思想皇叔珠淚拋，終日如同坐監牢。
糜夫人　二叔喚我等何事？

關　羽　小弟兩次去見曹操。無奈他高挂免見牌，不容我見。是弟封金挂印，修書一封，送往曹營，意欲不辭而別。特請二位皇嫂登車。

甘夫人　倘若途中有人攔阻，如何是好？
糜夫人

關　羽　二位皇嫂但放寬心。只有小弟這青龍刀,管叫他難逃公道!
甘夫人
糜夫人　全憑二叔。
關　羽　眾小校,趲行者!
（二車夫暗上）
眾　　啊!
（【牌子】,同下）

第 二 場

（守城官上）
守城官　（念）奉了丞相命,把守許昌門。
　　　下官,許昌守城官是也。奉了丞相將令,把守城門,就此上關去者!
（下場門設城,守城官上城介）
（【風入松】。四馬童、甘夫人、糜夫人、二車夫上,大馬童引關羽上）
大馬童　呔,開關!
守城官　何人叫關?
大馬童　關將軍保定二位皇嫂過關!
守城官　（下城介）參見二將軍!
關　羽　罷了。
守城官　二將軍今欲何往?
關　羽　出關另有公幹。
守城官　拿來!
關　羽　要什麼?
守城官　丞相的令箭。
關　羽　無有。
守城官　公文?
關　羽　也無有。
守城官　一無令箭,二無公文。想要出關,萬萬不能!
關　羽　啊!你敢攔阻某的去路?休走,看劍!

| 守城官 | 哎！慢着慢着！放您出去不就結了嘛！
| 關　羽 | 哼！諒爾也不敢。小校，催車！
| 四馬童 | 啊！

（【牌子】。關羽原人下）

| 守城官 | 哎喲我的媽呀！可嚇着了我啦！不免報與丞相知道便了！
（下）

第　三　場

（【快長錘】。四紅龍套、樂進、于禁、夏侯惇、許褚、曹仁、曹洪、張遼、徐晃、郭嘉、程昱引曹操上）

| 曹　操 | （念）【引】燮理陰陽，統雄兵，坐鎮許昌。
（旗牌上）
| 旗　牌 | 今有關將軍書信一封。丞相請看。
| 曹　操 | 呈上來！
（旗牌呈書，曹操看書介。【牌子】）
| 曹　操 | 唔呼呀！關羽封金挂印，去心已定。真乃義人也！
（守城官上）
| 守城官 | 啓丞相，今有關將軍保定二位夫人，怒氣不息，闖出城去。小人等攔擋不住，特來稟報丞相。
| 曹　操 | 與爾無干。再探！
| 守城官 | 啊！（下）
| 曹　操 | 唉！不料此人竟自去了！
| 程　昱 | 啊丞相，看關羽趾高氣揚，性情狂妄。不辭丞相，竟自修書前來，真乃膽大狂妄！丞相何不將他趕回殺之？
| 曹　操 | 那關羽英雄出衆，仗義輕財，不忘故主。吾甚敬之愛之。張遼聽令！
| 張　遼 | 在！
| 曹　操 | 命你速速趕去。見了關羽，叫他少待一時。老夫還要親自送他一程，以表舊日之情。快去快去！
| 張　遼 | 得令！（下）
| 曹　操 | 列位將軍！

樂　進
于　禁
夏侯惇
許　褚　有！
曹　仁
曹　洪
徐　晃
曹　操　帶了美酒、錦袍、黃金千兩，隨同老夫追趕關羽去者。
樂　進
于　禁
夏侯惇
許　褚　啊！
曹　仁
曹　洪
徐　晃
曹　操　帶馬！
　　　　（眾上馬介）
曹　操　（唱）【西皮搖板】
　　　　　　適纔間眾軍校報連番，
　　　　　　許昌城走了關美髯。
　　　　　　人來帶馬速追趕，
　　　　　　見了關羽說根源。
　　　　（四紅龍套、樂進、于禁、夏侯惇、許褚、曹仁、曹洪、徐晃、曹操下）
程　昱　關羽如此地不辭而別，丞相還要與他送行。我有意在酒內暗下毒藥，將關羽害死，以除後患。你意下如何？
郭　嘉　此計甚好。
程　昱　照計而行便了。
郭　嘉　請！
　　　　（同下）

第　四　場

關　羽　（內唱）【西皮導板】
　　　　　　寫柬辭曹出許昌，
　　　　（四馬童、甘夫人、糜夫人、二車夫、大馬童、關羽上）

(唱)【西皮原板】
挂印信，封黃金，來去明白，冠冕堂皇。
曹孟德他待我恩深義廣，
暗用那牢籠計打動我關雲長。
他愛我是一個英雄能將，
我看他到如今枉費心腸。
此一番到河北去尋兄長，
青龍刀赤兔馬保定皇娘。
叫人來你與爺催車仗，
(轉唱)【散板】
見一人騎戰馬急走慌忙。
且住！遠遠望見後面曹兵趕來。小校！

四馬童　有！
關　羽　保護二位主母車輛。過得橋去，只管往大路上緊行。我等隨後！
四馬童　遵命！
（四馬童、甘夫人、糜夫人、二車夫下）
（大馬童拉馬，關羽上橋介）
（張遼上）
張　遼　二將軍請了！
關　羽　原來是文遠賢弟。你此番前來，莫非是丞相要你追關某回轉不成？
張　遼　非也！丞相言道：請二將軍少待片時。丞相要親自送二將軍一程。
關　羽　縱然丞相帶來鐵甲雄兵，關某也要決一死戰！
（唱）張遼把話對我講，
　　　倒叫關某暗思量。
　　　叫人來快把長橋上，
　　　等候曹軍作商量。
張　遼　將軍請勿多疑。丞相來也！
曹　操　(內唱)【西皮導板】
人馬紛紛出城濠！
（四紅龍套、樂進、于禁、夏侯惇、許褚、曹仁、曹洪、徐晃、郭嘉、程

昱、曹操上）

曹　　操　（轉唱）【快板】
　　　　　不料關羽竟脫逃。
　　　　　我念他英雄蓋世武藝好，
　　　　　義氣凌雲貫九霄。
　　　　　在許昌我與他相交好，
　　　　　贈他的上馬金、下馬銀、美女、戰馬和錦袍。
　　　　　都只爲劉備投了賊袁紹，
　　　　　他不忘桃園故舊交。
　　　　　不遠千里把兄找，
　　　　　可算得世間一英豪。
　　　　　人來與爺前引道，
　　　　　見一人勒馬立長橋。
　　　將軍，你爲何去心忒急？

關　　羽　丞相容稟：某本解良一武夫，自幼投侍劉皇叔。桃園結義，誓同生死。皇天后土，共鑒此衷。前在下邳，曾約三事，均蒙丞相恩准。昨日聞得故主劉玄德現在河北袁紹軍中。是某一聞此言，寸心如割。追念前盟，恨不得插翅飛去。有道是：大丈夫義不負心，忠不顧死。新恩雖厚，舊義難忘。倘有未盡之恩，容俟異日圖報。昨日封金挂印，繳還丞相。還望丞相無忘昔日之言爲幸也！

　　　（唱）【西皮二六板】
　　　　　勒馬提刀把話講，
　　　　　尊一聲丞相聽端詳：
　　　　　自從下邳來歸降，
　　　　　蒙丞相帶我見君王。
　　　　　官封我漢壽亭侯皇恩浩蕩，
　　　　　蒙丞相賜我錦袍、戰馬、美女、瓊漿。
　　　　　白馬坡前無能將，
　　　　　某也曾誅文醜斬却顏良。
　　　　　非是我關某忒狂妄，
　　　　　桃園恩情時時挂在心腸。

	望丞相開恩將某放，
	知恩報德不敢忘。
曹　　操	（唱）【西皮搖板】
	聽罷言來心歡暢，
	忠義英雄世無雙。
	老夫欲與將軍朝夕相聚，共扶漢室。不料將軍去心已定，老夫亦不敢強留。現備黃金千兩，與將軍以作路途之費。來！
四紅龍套	有。
曹　　操	將黃金獻上！
四紅龍套	啊！
關　　羽	且慢。久蒙丞相厚恩，感激不盡。某尚有川資，就將黃金分賞丞相之將士可也。
曹　　操	哈哈哈……
	將軍真妙人也！既不收此黃金，現有錦袍一襲，聊以作別。望將收納！
	（唱）人言將軍義氣高，
	千秋萬古美名標。
	千兩黃金他不要，
	輕財仗義大英豪。
	看酒！
四紅龍套	啊！
曹　　操	（唱）人來看過一斗酒，
	雙手送與二君侯。
關　　羽	（唱）丞相賜酒當叨擾，
	（程昱斟酒，大馬童用青龍刀接酒，關羽執酒杯看介）
關　　羽	啊！
	（唱）莫非酒內設籠牢？
	且住！某在曹營，屢建奇功，全仗某這把青龍刀。丞相恩賜美酒，不免祭了俺的刀吧！
	（關羽將酒灑刀上，火彩）
關　　羽	啊！
	（唱）青龍刀頭火光冒，

　　　　　　不由關某怒衝霄。
　　　　　　曹操不該生計巧。
　　　　　　要害某家赴陰曹。
　　　　　　任你奸來任你巧，
　　　　　　諒爾難逃青龍刀！
曹　　操　哎呀！
　　　　（唱）何人設此牢籠套？
　　　　　　回營查明定不饒！
　　　　二將軍，既是黃金不收，現有錦袍一件，贈與二將軍以作紀念。
關　　羽　多謝了！
　　　　（唱）丞相待某恩誼好，
　　　　　　黃金不受賜錦袍。
　　　　　　扳鞍下馬把話表．
　　　　　　曹營中將士殺氣高。
　　　　　　李典樂進把駕保，
　　　　　　又有那許褚和張遼。
　　　　　　曹孟德行事多奸巧，
　　　　　　恐怕中了計籠牢。
　　　　　　手執着青龍刀把袍挑，（挑袍，下橋介）
　　　　　　催馬加鞭下長橋。
　　　　曹丞相，某在營中，多蒙厚待。上馬獻金，下馬獻銀。三日一小宴，五日一大宴。赤兔馬，大紅袍，足見多情。異日相逢，定當厚報。關某去也！
　　　　（關羽原人下）
曹　　操　（唱）一見關羽他去了，
　　　　　　　好叫老夫心內焦。
　　　　關羽已去。老夫少却一員戰將，真真可惜。來，帶馬回營！
衆　　　　啊！
　　　　（同下）

過　五　關

王鴻壽　編撰

解　題

　　京劇。現代王鴻壽編撰。《京劇劇目辭典》著錄，題《過五關》，又題《過關斬將》，署王鴻壽編劇。《京劇劇目初探》著錄，題《過五關》，一名《辭曹斬將》，未署作者。劇寫杜遠與廖化佔山落草。杜遠搶甘、糜二夫人上山，欲作壓寨夫人。廖化問明來歷，殺死杜遠，送甘、糜二夫人下山，交給關羽。關羽一行夜宿胡華家中，胡華敬重關羽，託帶書信給其子胡班。行至東嶺關，關羽斬殺阻擋出關的守將孔秀。到二關，又殺韓福、孟坦。到沂水關，守將卞喜設伏兵于鎮國寺，企圖誘殺關羽。幸得寺僧普净暗示，關羽力斬卞喜。行至滎陽，太守王植命部將胡班深夜到關羽住宿處放火，燒死關羽。關羽將胡華書信交給胡班，胡班讀信，更加敬佩關羽，便將王植火燒之計告知，請關羽急行。王植聞訊領兵追趕，被關羽斬殺。關羽一行走到黃河渡口，守將秦琪領兵阻攔，被關羽斬首。本事出於《三國演義》第二十七、二十八回。事不見史傳。元刊《三國志平話》有關羽千里獨行，內容甚爲簡略。元雜劇《關雲長千里獨行》，無過關斬將事。明傳奇《古城記》、清宮廷大戲《鼎峙春秋》均有過關斬將情節。版本今有《戲考》本、《京劇彙編》收錄的北京市藝術研究所藏本及以該本重刊的《京劇傳統劇本彙編》本、《戲學匯考》本、《關岳戲劇大觀》本、《京劇叢刊》本、《關羽戲集》李洪春演出本。今以《京劇彙編》北京市藝術研究所藏本爲底本，參考其他本校勘整理。

第　一　場

　　　　（四嘍兵、杜遠上）

杜　遠　俺，杜遠。我與廖化在此山落草。看今日天氣清和，不免下山擄搶
　　　　一番。衆嘍兵，下山去者！

四喽兵　啊！
（同下）

第 二 场

（四马童、甘夫人、糜夫人、二车夫上）

甘夫人
糜夫人　（唱）【西皮摇板】

耳旁又听人喧嚷，
兵马到此为哪桩？

（四喽兵、杜远上）

杜　远　原来是两个妇人。来，与我抢上山去！
四喽兵　啊！

（四喽兵、杜远拥四马童、甘夫人、糜夫人、车夫下）

第 三 场

（廖化上）

廖　化　（念）贤弟下山寨，未见转回来。
（四喽兵拥甘夫人、糜夫人上。杜远急随上）
杜　远　参见大哥！
廖　化　贤弟回来了？
杜　远　回来了。
廖　化　今日买卖如何？
杜　远　今日下山，未曾掠得金银财宝。抢来两个妇人，以做压寨夫人。你看如何？
廖　化　可曾问过是哪家眷属？
杜　远　未曾问过。
廖　化　待我问来。
廖　化　那两位夫人，你是谁家的内眷，一一的讲来！
甘夫人
糜夫人　我乃刘皇叔之妻。今有关云长保护我等，去往河北寻找皇叔。你等将我等抢上山来，意欲何为？

廖　化　原來是二位皇娘。末將不知,多多有罪!
杜　遠　大哥可曾問過?
廖　化　也曾問過,乃是劉皇叔之妻。此事斷斷使不得!
杜　遠　使得的!
廖　化　此事斷斷不可!
杜　遠　你若不肯,我就一人受用啦。
廖　化　看劍!
　　　　(砍杜遠死介)
　　　　來,一同下山去者!
四嘍兵　啊!
　　　　(同下)

第 四 場

(大馬童引關羽上)

關　羽　(唱)【西皮搖板】
　　　　　　曹孟德待某恩義好,
　　　　　　多蒙送別灞陵橋。
　　　　某,漢壽亭侯關。是俺封金挂印,保定二位皇嫂逃出許昌。蒙曹操贈我美酒紅袍,在灞陵橋相別。看天色尚早,就此趕上車仗趲行!
大馬童　啊!(下,又上)
大馬童　啓禀二爺:二位皇娘車輛不見。
關　羽　再探!
大馬童　啊!(下)
關　羽　啊!一路行來,不見二位皇嫂車輛,莫非遇了什麽凶險?
　　　　(大馬童上)
大馬童　啓二爺:二位皇娘車輛,被一夥强人搶上山寨去了!
關　羽　再探!
大馬童　啊!(下)
關　羽　(唱)忽聽小校一聲報,
　　　　　　不由某家怒眉梢。
　　　　　　二位皇嫂不見了,

怎對桃園故舊交！

且住！想俺關某受大哥之託，保定二位皇嫂，在曹營之中，一十二載。今日被賊人搶去，叫某怎對大哥？也罷，待某拔劍自刎了吧！

（大馬童急上，攔關羽介）

大馬童　啓二爺：不可自刎。車輛還在。

（廖化、四馬童、甘夫人、糜夫人、車夫上）

廖　化　參見關將軍！

關　羽　你是何人？

廖　化　在下廖化。昔年曾在黃巾張寶帳下。張寶事敗，俺與杜遠在此山中落草。不料杜遠一時冒昧，將二位皇娘搶上山來，要想成親。被俺再三攔阻，執意不允。被某將他殺死，特將首級呈上。

關　羽　某家當面謝過。

廖　化　豈敢！末將不才，欲投將軍鞍前馬後。

關　羽　這？二位皇娘同行，諸多不便。俟某弟兄若有安身之處，再請將軍同聚。

廖　化　如此，某就拜別了！

關　羽　後會有期。請！

廖　化　請！（下）

關　羽　二位皇嫂受驚了！

甘夫人
糜夫人　若非廖化搭救，險遭污辱。

關　羽　衆小校，催車！

　衆　　啊！

（【牌子】。同下）

第　五　場

（胡華上）

胡　華　（念）【引】隱居山林地，喜的是，詩酒琴棋。

老漢，胡華。世居許都城外。只因朝中奸佞專權，不願爲官，隱居田野。我子胡班，現在滎陽太守王植部下爲將。今日閑暇無事，不免到莊前莊後，遊玩一番便了！

(唱)【西皮原板】
　　　　隱居山林樂陶陶，
　　　　焚香彈琴好逍遙。
　　　　莊前莊後遊玩到，
　　　　日落西山野鳥入巢。
（四馬童、甘夫人、糜夫人、二車夫、大馬童引關羽上）

關　羽　(唱)【西皮搖板】
　　　　加鞭催馬如風湧，
　　　　那旁坐定一老翁。
　　　看天色已晚，不免在此借宿一宵，明日再行。啊，老丈請了！
胡　華　來者莫非是關將軍麼？
關　羽　我與老丈素不相識，因何認得某家？
胡　華　久聞將軍，赤面長髯。在曹營之中，曾斬顏良，誅文醜，威震天下。今見將軍，相貌相似，故而認得。
關　羽　原來如此。
胡　華　將軍意欲何往？
關　羽　要到河北尋兄。只因天色已晚，欲在寶莊借宿一宵，明日早行。
胡　華　請到寒舍一敘。
關　羽　還有二位皇嫂。
胡　華　還有二位皇娘，請到後面歇息。丫鬟走上！
（丫鬟上）
胡　華　陪侍二位皇娘後面歇息！
丫　鬟　是
（丫鬟引甘夫人、糜夫人下）
關　羽　請問老丈尊姓大名？
胡　華　老漢胡華，隱居此地多年。我有一子，名叫胡班，現在滎陽太守王植部下為將。老漢欲修書一封，煩勞將軍帶去，不知將軍意下如何？
關　羽　這有何難？就請老丈修書便了。
胡　華　待老漢寫來。
（【牌子】。胡華修書介，遞介。關羽收書）
胡　華　天色不早，將軍請安歇了吧！

　　　　（唱）人生好似水上萍，

關　羽　（唱）漂泊四海不相逢。

　　　　（同下）

第　六　場

（場設城門。四龍套、孔秀上）

孔　秀　俺，孔秀。奉了曹丞相之命，把守東嶺關。今當三六九日上關之期。來，帶馬上關！

四龍套　啊！

（四龍套引孔秀上城介）

（四馬童、甘夫人、糜夫人、二車夫、大馬童引關羽上）

關　羽　開關！

孔　秀　何人叫關？

關　羽　關某在此。

孔　秀　原來是關將軍。來，開關！

四龍套　啊！

（四龍套開關引孔秀出城介）

孔　秀　啊！將軍今欲何往？

關　羽　要往河北尋兄。

孔　秀　既往河北，可有文憑路引？

關　羽　俺不受曹丞相節制，哪裏有什麼路引？

孔　秀　啊，你既無路引，休想過去！

關　羽　你待怎講？

孔　秀　你不能過去！

關　羽　看劍！

（劈孔秀死介）

（關羽等出關介，下）

第　七　場

（四龍套、孟坦、韓福上）

孟　坦	俺，孟坦。
韓　福	，韓福。
孟　坦	奉了丞相之令，把守二關。你我一同前往。
韓　福	請！
報　子	（內）報！（上）
	今有關羽保定二位皇娘，闖過頭關，將孔秀殺死，已到二關來了。
韓　福	再探！
報　子	啊！（下）
韓　福	來，一同上關！
四龍套	啊！
	（四龍套引孟坦、韓福上城介）
	（四馬童、甘夫人、糜夫人、車夫、大馬童、關羽上）
關　羽	開關！
韓　福	原來是關將軍到了，開關！
四龍套	啊！
	（四龍套開關引孟坦、韓福出城介）
韓　福	將軍要往哪裏而去？
關　羽	要到河北尋兄。
韓　福	拿來！
關　羽	要什麽？
韓　福 孟　坦	丞相的文憑路引。
關　羽	俺不受丞相的節制，哪裏有什麽路引？
孟　坦	既無路引，不能過去！
關　羽	你可知東嶺孔秀之事乎？
韓　福	休得胡言，看箭！
	（韓福放箭。關羽劈孟坦、韓福死介）
	（關羽等出關介，下）

第 八 場

（四龍套、卞喜上）

卞　喜　（念）【引】鎮守沂水關，兒郎心膽寒。
　　　　（念）（詩）堂堂丈夫立業基，
　　　　　　　　　身爲武將挂鐵衣。
　　　　　　　　　戰鼓咚咚驚天地，
　　　　　　　　　雀鳥不敢向空飛。
　　　　吾，卞喜，漢室爲臣。奉了丞相將令，鎮守沂水關口。
報　子　（内）報！（上）啓爺：今有關羽闖過二關，連斬三將，已到我關來了。
卞　喜　再探！
報　子　啊！（下）
卞　喜　且住！今有關羽已過二關，連斬三將。倘若到此，如何是好？（想介）此地有一鎮國寺，寺中長老頗有來歷，待我前去與他商議。來！
四龍套　有。
卞　喜　帶馬！
　　　　（一龍套帶馬，卞喜上馬介，圓場）
卞　喜　來此已是。（下馬介）上前叩門！
　　　　（一龍套叩門介）
　　　　（小和尚上）
小和尚　原來是卞將軍到了。
卞　喜　你師父可在寺中？
小和尚　現在寺中。
卞　喜　説我有請！
小和尚　有請禪師！
　　　　（普净上）
普　净　（念）無事不離三寶地，
　　　　　　　　終朝靜坐念經文。
普　净　何事？
小和尚　卞將軍到。
普　净　待我出迎。
小和尚　我師出迎。（下）
　　　　（普净出迎介）
普　净　啊，將軍請！

卞　喜	禪師請！
	（卞喜進門，四龍套下。卞喜坐介）
普　净	將軍駕到，小僧有失遠迎，當面恕罪！
卞　喜	豈敢！
普　净	到此必有所爲。
卞　喜	只因關羽保定二位皇娘，離了許昌。連闖二關，斬了三將。看看已到沂水關。某特來與禪師商議：還是放他過關的好，還是不放的好？
普　净	將軍，想那關羽乃是當世英雄，武藝出衆。據小僧看來，還是放他過關的爲是。
卞　喜	倘若曹丞相怪罪下來，何人擔待？
普　净	依將軍之見？
卞　喜	以某之見：將他迎進關來，就借寶寺請他飲宴。兩旁埋伏下刀斧手五十名，擲杯爲號。將他殺死，首級割下，去到丞相台前請賞。豈不是好？
普　净	哎呀將軍哪！想這鎮國寺乃是清净慈悲之地，並非是殺人的戰場。此事斷斷使不得！
	（四龍套暗上）
卞　喜	吾意已定，休要走漏消息。來，帶馬！
	（一龍套帶馬，卞喜上馬介。四龍套、卞喜下）
普　净	這是哪裏説起！等關羽到來，我用言語打動於他便了！（下）

第 九 場

（場設城門。四龍套、卞喜上，出城遥望介。四馬童、甘夫人、糜夫人、二車夫上，站一字。大馬童引關羽上）

卞　喜	二將軍，請到鎮國寺歇息。
關　羽	請！
	（四馬童、甘夫人、糜夫人、二車夫、大馬童、關羽進城介，下。四龍套、卞喜隨下）

第 十 場

（普净由下場門上，迎接介。四馬童、甘夫人、糜夫人、二車夫過場下。大馬童、關羽上）

普　净　將軍別來無恙？

關　羽　某與禪師素昧平生，何言別來無恙？

普　净　將軍離解良多少年了？

關　羽　已有二十餘載。

普　净　小僧與將軍在解良之時，一水相隔。將軍敢麼忘懷了？

關　羽　原來故鄉舊友。失敬了！

普　净　豈敢！將軍請坐！

關　羽　告坐。

普　净　待小僧去取茶來。
　　　　（念）將軍慢叙話，
　　　　　　　小僧去看茶。（轉身看關羽做手勢，取茶介）
　　　　　　　今將茶當酒，
　　　　　　　獻佛須借花。
　　　　　　　卞喜設陷阱，
　　　　　　　將軍要詳查。
　　　　　　　若不早準備，
　　　　　　　禍起蕭墻下。

關　羽　禪師之言，某多不解。還望直言相告。

普　净　小僧説出，只恐將軍害怕。

關　羽　某在萬馬軍中，斬上將人頭如探囊取物，何懼小小鎮國寺乎？

普　净　只因卞喜心起不良。少時請將軍飲宴，已在寺中兩旁埋伏下五十名刀斧手，擲杯爲號，要害將軍性命。

關　羽　等他到來，某家自有安排。
　　　　（幕内：卞將軍到！）

普　净　小僧要迴避了。（下）
　　　　（四龍套、卞喜上）

卞　喜　將軍請坐！來，將宴擺下！

（【牌子】。關羽、卞喜入席介）

卞　　喜　將軍意欲何往？

關　　羽　河北尋兄。

卞　　喜　拿來！

關　　羽　拿什麼？

卞　　喜　文憑路引哪！

關　　羽　卞喜，你今日在此飲宴，是好意，還是歹意？

卞　　喜　並無歹意。

關　　羽　既無歹意，還要什麼文憑？

（卞喜擲杯介，關羽扯卞喜下，大馬童、四龍套隨下）

（普净上，向上場門、下場門望介）

普　　净　哎呀且住，你看他們殺起來了。衆僧人快來！

（四小和尚急上）

四和尚　參見師父！

普　　净　唉，你們快快各自逃命吧！

四和尚　是！（下）

普　　净　（念）【撲燈蛾】

　　　　　　我佛堂拜神靈，拜神靈，

　　　　　　吹滅佛前燈，

　　　　　　打碎案上磬，

　　　　　　手持木魚、行李去逃生，去逃生。（跑下）

（四下手、四將兩邊上，抄下）

（四馬童引甘夫人、糜夫人、二車夫上，過場下）

（普净、四小和尚上，過場下）

（關羽扯卞喜上，大馬童、四下手、四將隨上。關羽持劍扯卞喜手介）

關　　羽　卞喜，暗害某家，是何道理？

卞　　喜　末將並無此意。

關　　羽　既無此意，他們在此做甚？

卞　　喜　叫他們伺候將軍。

關　　羽　大膽！

（唱）【西皮搖板】

　　　　沂水關前多叨擾，
　　　　你暗設牢籠爲哪條？
　　　　桃園武藝誰不曉，
　　　　我怎肯把你來放饒！
　　（起打。關羽殺卞喜介，衆逃下。大馬童、關羽下）

第 十 一 場

　　（四龍套、中軍引王植上）

王　植　（念）轅門戰鼓響，兒郎報端詳。
　　　　（報子上）
報　子　啓爺：今有關羽，連過三關，斬了四將，已到滎陽來了。
王　植　再探！
報　子　啊！（下）
王　植　大膽關羽，擅敢闖過三關，連斬四將。這便如何是好？我自有道理。來！
中　軍　有。
王　植　傳胡班進見！
中　軍　胡班進帳！
　　　　（胡班上）
胡　班　（念）聞聽太守喚，急忙到跟前。
　　　　參見太守！
王　植　罷了。今有關羽來到滎陽，我將他接進關來，請他在驛館安歇。命你準備乾柴葦草，將驛館圍定，三更時分，放起火來，將他活活燒死，不得違誤！
胡　班　遵命。（下）
王　植　來，出關迎接去者！
四龍套　啊！
　　　　（四龍套、中軍引王植圓場，迎介）
　　　　（四馬童、甘夫人、糜夫人、二車夫、大馬童引關羽上）
王　植　關將軍到此，請至驛館一敘。
關　羽　到此就要叨擾。

王　植　請！（同下）

第十二場

（四馬童、甘夫人、糜夫人、大馬童、關羽上。四馬童、大馬童下。甘夫人、糜夫人下場門下。關羽坐介）

關　羽　來至滎陽，多蒙太守王植十分優待，真真可感。看天氣尚早，待俺觀看《春秋》。

（胡班上）

胡　班　（念）奉了太守令，來在驛館門。
　　　　我，胡班。奉了太守之令，要將關羽燒死。聞聽人言，關羽十分驍勇。但不曾見過此人，待俺上前偷覷偷覷。（看介）久聞人言，關羽蓋世英雄。今日一見，真乃是天神也！

關　羽　外面何人講話？

胡　班　小人胡班。

關　羽　近前答話！

胡　班　喳！叩見將軍！

關　羽　你叫什麼名字？

胡　班　小人名叫胡班。

關　羽　敢是許都城外胡華之子麼？

胡　班　正是。

關　羽　現有你父親書信在此，拿去看來。

胡　班　（看書介）哎呀，險些誤殺忠良！

關　羽　此話從何而起？

胡　班　將軍，今有太守王植，叫俺用柴薪圍住驛館，欲將將軍燒死在內。

關　羽　如此，待某速速脫逃。

胡　班　待我前去叫關。將軍你要快快前來。（下）

關　羽　小校走上！

（四馬童、大馬童上）

關　羽　保定車輛，速速出城！

四馬童
大馬童　啊！

（同下）

第 十 三 場

（場設城門。二守城卒上，守城介）
（胡班上）

胡　　班　　開關！
二守城卒　　啊！（開關介）
（四馬童、甘夫人、糜夫人、大馬童、二車夫引關羽上。衆出關介，胡班暗下。四龍套、四下手、王植追上。四馬童、甘夫人、糜夫人、二車夫下）
王　　植　　將軍爲何不辭而別？
關　　羽　　看刀。
（起打。關羽殺死王植介。四龍套、四下手逃下。關羽亮相介。大馬童、關羽下）

第 十 四 場

（四龍套、四下手引秦琪上）
秦　　琪　　俺，秦琪。奉了夏侯將軍之令，把守黃河渡口。衆將官，黃河去者！
四龍套
四下手　　啊！
（四龍套、四下手、秦琪下）

第 十 五 場

（四馬童、甘夫人、糜夫人、二車夫、大馬童引關羽上）
關　　羽　　（唱）【西皮二六板】
　　　　挂印封金辭曹相，
　　　　保定皇嫂出許昌。
　　　　東嶺關孔秀將某擋，
　　　　在某劍下一命亡。

　　　　　　韓福孟坦兩員將，
　　　　　　被某刀劈在疆場。
　　　　　　卞喜賊心起不良，
　　　　　　鎮國寺中暗埋藏。
　　　　　　多虧了普淨禪師對某講，
　　　　　　劍劈卞喜離禍殃。
　　　　　　可恨王植狗賊黨，
　　　　　　他要焚燒我關雲長。
　　　　　　胡班送信出羅網，
　　　　　　殺却王植出滎陽。
　　　　　　人來與爺往前闖，
衆　　啊！（幕內喊聲）
關　羽　（唱）看是何人到戰場？
　　　　（四龍套、四下手、秦琪上）
秦　琪　來者敢是關羽？
關　羽　然！
秦　琪　你意欲何往？
關　羽　河北尋兄，要請將軍準備船隻。
秦　琪　船隻倒有，必須一件！
關　羽　哪一件？
秦　琪　丞相的路引！
關　羽　俺不受丞相節制，焉有路引？
秦　琪　無有路引，定要將你拿下！
關　羽　你可知一路之上，我過關之事麼？
秦　琪　他等皆是無用之輩。今遇你家秦爺，休想活命！
關　羽　看刀。
　　　　（殺秦琪介）
關　羽　（唱）秦琪出言忒狂妄，
　　　　　　怒惱豪傑關雲長。
　　　　　　過五關斬却了六員將，
　　　　　　關某名兒萬古揚。
　　　（同下）

收 周 倉

王鴻壽　編撰

解　題

　　京劇。現代王鴻壽編撰。《京劇劇目辭典》著錄，題《收周倉》，又名《卧牛山》。《京劇劇目初探》著錄，題《卧牛山》，一名《收周倉》。均未署作者。劇寫關羽保護二嫂過關斬將，往汝南尋兄。夜宿老漢郭常家。郭子不走正道，勾結緑林裴元紹劫關羽赤兔馬。關羽打倒郭子，擒而釋放。卧牛山周倉慕關羽威名，前來搭救。殺死裴元紹。關羽收下有志投於麾下的周倉。本事出於《三國演義》第二十八回，人物關係小有不同。周倉，史無其人，係民間傳説人物。明傳奇《古城記》有《收周倉》一齣，與此劇内容不同。清宮廷大戲《鼎峙春秋》有《棄盗投軍邪改正》一齣，與《三國演義》較爲接近。《初探》所云該劇内容，與此劇不同，不知據何本而言。版本今有《關羽戲集》李洪春演出本。今以此本爲底本進行整理。

第　一　場

（四龍套、四上手、大刀手、夏侯惇上）

夏侯惇　（念）（詩）統領兵和將，

　　　　　　　　　　争戰馬蹄忙。

　　　　　　　　　　曹營爲上將，

　　　　　　　　　　英名天下揚。

　　　某，夏侯惇。奉丞相將令，查看黄河，提防河北袁紹暗渡。這且不言，只因蔡老將軍，將他外甥秦琪，託付某家部下爲將，我也曾命秦琪把守黄河渡口。呀！看帥字旗無風自擺，必有緊急軍情。且聽探馬一報！

（報子上）

報　子　　今有關羽過關，刀劈秦琪落馬！
夏侯惇　再探！不好！
　　　　（報子下。【牌子】）
夏侯惇　眾將官！帶馬追趕關羽去者！
　　　　（眾人同下）

第 二 場

關　羽　　（內唱）【西皮導板】
　　　　　　挂印封金心歸漢，
　　　　（小校、老軍、二車夫、甘夫人、糜夫人、馬童、關羽同上）
關　羽　　（接唱）【西皮原板】
　　　　　　關山阻隔路遙遠。
　　　　　　千里尋兄心似箭，
　　　　　　青龍斬將出五關。
　　　　　　誅孔秀斬王植非我本願，
　　　　　　殺韓福刺孟坦洛陽關前，
　　　　　　鎮國寺蒙普淨將我指點，
　　　　　　沂水關殺卞喜怒髮衝冠，
　　　　　　過黃河遇秦琪刀劈兩段，
　　　　　　奪船隻渡黃河費盡心田。
　　　　　　緊加鞭催赤兔（叫散）風雲似電，
孫　乾　　（內）雲長公慢走！
關　羽　　（接唱）又只見一騎馬飛奔如烟。
　　　　（孫乾上）
孫　乾　　二將軍！稍停戰馬，孫乾趕來相談。
關　羽　　孫先生，自汝南一別，一向消息如何？
孫　乾　　劉辟、龔都自將軍去後，復奪汝南，遣某去往河北，結好袁紹，同謀破曹。不想河北將士，各相妒嫉。田豐尚在獄中，沮授斥退不用，審配、郭圖，各自爭權。袁紹多疑，主持不定。某與劉皇叔商議，先求脫身之計，往汝南會合劉辟、龔都去了。恐將軍不知，投到袁紹営中，反爲傷害，特命某一路接迎將軍，幸得相見。將軍可速往汝南，與劉皇叔相會。

關　羽　言得極是！見過二位夫人。

孫　乾　參見二位夫人。

甘夫人
糜夫人　（同）罷了！將軍所言，可是實情？

孫　乾　句句實言。

甘夫人
糜夫人　（同）喂呀！（哭）

關　羽　孫將軍先行，尋俺大哥，報知關某隨後而行，我弟兄不日相見。

孫　乾　遵命！（下）

關　羽　小校！

小　校　在！

關　羽　人馬不去河北，速奔汝南去者！
　　　　（唱）適纔孫乾把信傳，
　　　　　　　大哥逃奔在汝南。
　　　　　　　但願弟兄早相見，
　　　　（夏侯惇原人過場下）

關　羽　啊！
　　　　（接唱）旌旗遮住半壁天。
　　　　　　　車輛休驚往前趕，
　　　　（夏侯惇上）

夏侯惇　（接唱）過關斬將理不端。
　　　　關羽你往哪裏走！

關　羽　夏侯將軍！汝來趕我，豈不失丞相大度？

夏侯惇　住了！你沿路殺人，斬我部下之將，無禮太甚，俺特來生擒活捉，將你獻與丞相麾下，休走看槍！

關　羽　關某，（架刀）不恭了。
　　　　（關羽、夏侯惇將會陣）

李　典　（內）二位將軍，住手！
　　　　（李典上）

夏侯惇　將軍何來？

李　典　丞相敬愛關將軍忠義，恐一路關隘攔阻，故遣末將，特遞公文，遍行諸處。

夏侯惇　關羽過關斬將，丞相可知？

李　典　這，不知。

（關羽、夏侯惇又會陣。樂進上）

樂　進　二將休得動手！

夏侯惇　樂將軍！可是丞相命你，生擒關羽？

樂　進　非也！丞相恐守關將士阻攔，差某報知關口，一律放行。

夏侯惇　丞相可知關羽過關斬將？

樂　進　這，未知。

夏侯惇　衆將！將關羽團團圍住！

（起打。關羽下，夏侯惇追下）

（張遼過場，下）

（關羽、夏侯惇上，張遼趕上）

張　遼　二將軍休驚，弟張遼來也。

夏侯惇　張將軍！關羽闖關斬將，丞相可知？

張　遼　丞相盡知，特命我報與各處，一律放行，將軍何故如此？

夏侯惇　想那秦琪，乃是蔡陽託付在吾營下，被他刀劈馬下，叫我怎生對待蔡老將軍？

張　遼　吾見蔡將軍自有説服，丞相大度，我們將士，不可違令。

夏侯惇　關將軍，夏侯惇得罪了，請！

（夏侯惇原人下）

張　遼　二將軍，夏侯將軍多有得罪！

關　羽　豈敢！

張　遼　關兄，今欲何往？

關　羽　哎！聞兄長又不在袁紹處，吾欲遊遍天下尋之。

張　遼　既未知玄德兄下落，且再回營去見丞相，意下如何？

關　羽　哈哈哈哈！安有斯理。相煩文遠，回見丞相，幸爲我謝罪，未盡之恩，容日報答。弟告辭了！

（唱）【西皮流水】

　　　自從下邳進曹營，

　　　唯有你我共同心。

　　　　　今日分別（叫散）淚難忍，
　　文遠！
　　（接唱）
　　　　　爲弟拜上徐公明。
（張遼、關羽下）

第 三 場

（郭常上）
郭　常　（唱）靜坐家中心煩悶，
　　　　　　　去到莊門散散心。
　　老漢郭常。小兒少常，長大成人，不習正道，每日遊蕩射獵，殘害生靈，實是我家門不幸。這且不言。哎！靜坐家中無聊，去至莊門散逛便了！
　　（唱）【西皮搖板】
　　　　　嘆人生在世間如夢不醒，
　　　　　有財帛和兒女難樂天倫。
　　　　　我郭常生逆子未有德行，
　　　　　終日裏鎖雙眉常挂淚痕。
（關羽原人上）
關　羽　（唱）天色冥晦路難奔，
　　唔！
　　（接唱）只見山旁一莊門。
　　老丈請了！
郭　常　請了！將軍可是關雲長乎？
關　羽　老丈何以識我？
郭　常　久聞盛名，赤面長髯。今見將軍如此象貌，故而冒叫一聲。將軍莫怪！
關　羽　豈敢！關某辭曹歸漢，行至此間，天色已晚，在此借宿一宵，明日早行。
郭　常　貴客臨門，合莊之幸也！將軍請進。
關　羽　尚有二位皇嫂。

郭　　常	老妻奉陪。老媽媽快來！
	（郭常妻上）
郭常妻	老老何事？
郭　　常	貴客駕臨，你奉敬二位夫人，後堂安歇。
關　　羽	請二位嫂嫂後面歇息。
	（甘夫人、糜夫人下車）
郭常妻	二位夫人請進。
甘夫人 糜夫人	（同）老人家請。
	（甘夫人、糜夫人、郭常妻下。馬童、車夫、小校同下）
關　　羽	請問老丈上姓？
郭　　常	小老兒姓郭名常，祖居在此。
關　　羽	原來是郭老先生。關某失敬了！
郭　　常	豈敢！
	（四下手、郭少常同上）
郭少常	參見爹爹！
郭　　常	你又往哪裏去了？
郭少常	射獵去了！
郭　　常	不習正道。見過關將軍！
郭少常	參見關將軍。夥計們，走！
	（郭少常、四下手下）
郭　　常	唉！
關　　羽	老丈！方纔少年是誰？
郭　　常	此愚男少常也。
關　　羽	此數人何來？
郭　　常	哎！老漢耕讀傳家，只生此子，不務正業，惟以射獵爲事，不習正道。唉！是我家門不幸也！
關　　羽	老丈！何出此言？方今亂世，若武藝精熟，亦可取得功名。何言不幸二字？
郭　　常	他若練習武藝，便是有志之人了！請將軍後面用過酒飯好安歇。
關　　羽	叨擾了！
郭　　常	何出此言？正是：

　　　　　（念）千里有緣來相會，
關　羽　（念）對面無緣不相逢。
　　　　　（同下）

第 四 場

（四下手、郭少常同上）

郭少常　夥計們！你們看來的那人，騎得一匹好紅馬。你們各帶兵器，莊門等候。待俺盜他的寶馬。請！
（四下手、郭少常同下。馬童、關羽司上）

關　羽　（唱）【吹腔】
　　　　　　今夜晚借宿郭家莊，
　　　　　　老丈的禮義如孟嘗。
　　　　　　東奔西馳路途忙，
　　　　　　蒼天何不助忠良？
　　　　　馬童！看守馬匹，須要小心！

馬　童　遵命！（下）
（郭少常上）

郭少常　（念）（詩）習學射獵事，
　　　　　　　　武藝全不通。
　　　　　　　　喬裝來改扮，
　　　　　　　　盜馬顯本領。
　　　　　俺，郭少常。是俺改扮，偷盜戰馬，就此動手。（下）
（馬叫聲。郭少常上，被馬踢倒在地。馬童上）

馬　童　招打！
（郭常妻、甘、糜二夫人、郭常同上）

關　羽　馬童！此子因何倒臥在地？
馬　童　此人前來偷盜赤兔馬，被馬踢倒，我等聞聲，特來查看。
關　羽　咄！獵賊兒，敢來盜我馬乎？
郭　常　將軍！此子罪當萬死，奈老妻最憐愛此子，望將軍仁慈寬恕。
關　羽　此子果然不肖。方纔老翁所言，真乃知子莫若父也。我看汝父之面，姑且恕之。

(郭少常下)

郭　常　謝將軍恩德！天交三鼓，請各安歇了吧！
　　　　（郭常妻、甘夫人、糜夫人同下）
關　羽　好好看守馬匹！
　　　　（馬童下）
郭　常　請！
關　羽　請！
　　　　（郭常、關羽同下）

第　五　場

（四下手、郭少常同上）
郭少常　哎！
　　　（念）量小非君子，無毒不丈夫。
　　　夥計們！戰馬未曾到手，我們與裴元紹送上一信，路途之中，劫奪紅臉大漢行囊馬匹。正是：
　　　（念）一不做來二不休，打蛇不成反成雒。
　　　走！（下，衆隨下）

第　六　場

（裴元紹上）
裴元紹　（念）我本草莽一英豪，佔領山林多逍遙。
　　　　俺，裴元紹。在此山林之中，打劫商旅，倒也逍遙自在。我有一好友，名叫郭少常，近日為何不見？
　　　　（報子上）
報　子　報，郭少爺上山拜訪！
裴元紹　有請郭賢弟！
　　　　（郭少常上）
郭少常　裴大王！山下來了一紅臉大漢，騎得一匹好紅馬，何不下山劫去。
裴元紹　好，衆嘍兵！帶馬下山！（下，衆隨下）

第 七 場

（小校、馬童、二車夫、甘夫人、糜夫人、關羽同上）

關 羽　（唱）【醉花陰】
　　　　　徹夜趲行汝南去，
　　　　　讀《春秋》雄心蓋世。
　　　　　雲霧漫日當空，
　　　　　爲尋兄趕程心急，
　　　　　恨不得脅生雙翅。

昨日郭家借宿，郭常倒有孟嘗君之禮義，他子少常，好無男兒之志也！

（接唱）憑赤兔行千里快如飛，
　　　　青龍刀斬將如泥，
　　　　何俱那千軍敵。

（關羽原人同下）

第 八 場

（周倉上，起霸）

周 倉　（念）（詩）兩肩勇力似金剛，
　　　　　　　　臥牛山前自爲王。
　　　　　　　　武藝精通誰敢擋，
　　　　　　　　黃巾事敗落山岡。

某，姓周名倉，字元福。當年曾在黃巾張寶帳下爲將。黃巾事敗，張寶已死，是俺統領本部人馬，無處投止，佔了臥牛山，自立爲王。我想久在綠林，哪有出頭之日。久聞桃園弟兄，威名遠震，有志投於赤面長髯關雲長麾下，奈無機會。

（報子上。四嘍兵同上）

報 子　啓大王：山下有一紅臉大漢隨同車輛關山而過。特來報知。
周 倉　再探！呔！衆嘍兵，抬槍帶馬，下山去者！
　　　　（唱）【西皮搖板】

　　　　　卧牛山威名誰不曉，
　　　　　抖擞威風逞英豪。
（周倉原人下）

第　九　場

（四下手、郭少常過場上，下）
（裴元紹過場上，下）

第　十　場

（關羽、馬童、小校、甘夫人、糜夫人、二車夫上，圓場）
關　羽　（唱）【喜遷鶯】
　　　　　路不平崎嶇高低，
　　　　　緊加鞭心急箭催，
　　　　　俺恨馬遲急得俺鋼牙咬碎，
　　　　　過五關斬六將抖擞雄威。
（四下手、郭少常、裴元紹同上，衝散甘夫人、糜夫人、二車夫下，裴元紹追下）
郭少常　將馬留下，放你過去。
小　校　看刀！（將郭少常打敗）
關　羽　且慢，看他父面，放他去吧！
郭少常　謝關爺爺。（溜下）
關　羽　好無知逆賊也！
　　　　（唱）【刮地風】
　　　　　哎呀呵！
　　　　　郭常子兩次來欺，
　　　　　看他父面暫留首級，
　　　　　加鞭縱馬追車騎，
　　　　　地形險惡要防提。
（【急急風】。率小校、馬童下）

第 十 一 場

（周倉率四嘍兵同上。二車夫推車旗引甘夫人、糜夫人同上）

周　倉　呔，何人輜車，留下金銀財寶，饒爾不死！
車夫甲　劉使君輜車。
周　倉　我不管甚麼牛使君馬使君的，留下買路錢！
車夫乙　漢壽亭侯駕護二位夫人，莽漢休得無禮！
周　倉　我卻不信。
裴元紹　（內）裴元紹來也！
　　　　（裴元紹上）
裴元紹　呔！留下車輛，饒爾不死！（對周怒視）
周　倉　哪裏來的狂徒，竟敢口出狂言大話？
裴元紹　你是何人？
周　倉　你黑老爺周倉。
　　　　（一槍刺死裴元紹）
關　羽　（內）馬來！
　　　　（馬童、小校引關羽上。關羽、周倉架住，亮相）
關　羽　你是何人？
周　倉　果是美髯公。（收刀，跪）周倉拜見漢壽亭侯！
關　羽　吾與公素不識面，何知吾的名姓？
周　倉　某姓周名倉，字元福。原在張寶帳下爲將。張寶已死，流落綠林。常聽人言，將軍虎威，恨無門徑相見，今日得遇將軍，某之幸也！
關　羽　想綠林之中，非豪傑棲足之處。公今後去邪歸正，方是英雄也！
周　倉　將軍所言甚是。望收爲步卒，早晚侍奉鞍前馬後，某死亦心甘！
關　羽　將軍意願隨我，汝手下人伴如何？
周　倉　願從則從，不願從者聽之可也。
衆嘍兵　（同）關將軍威名遠震，我們俱願順從！
關　羽　妙啊！
　　　　（唱）【水仙子】
　　　　　　呀呀呀寶刀提，
　　　　　　呀呀呀寶刀提，

　　　　　喜喜喜,喜今朝把英雄聚,
　　　　　謝謝謝,謝蒼天並和地,
　　　　　是是是,是大哥洪福起,
　　　　　到到到,到來日疆場建功勞,
　　　　　俺俺俺,俺真堪喜、可也喜氣豪。
　　　呀!
　　　(接唱)看看看,看紅日墜落西山道。
周　倉　關將軍!看紅日西墜,請至臥牛山上一敘!
關　羽　好!往臥牛山去者!
　　　(【尾聲】。眾同下)

古　城　會

佚　名　撰

解　題

　　京劇。現代佚名撰。《京劇劇目辭典》《京劇劇目初探》著録，均題《古城會》，一名《斬蔡陽》，《辭典》又題《古城聚義》。均未署作者。劇寫關羽護從二嫂來至古城，命從人與劉備報信。從人見張飛，張飛責關羽背叛桃園盟誓。從人辯解，被張飛逐出。張飛見關羽不問情由，舉槍刺之。關羽解説，張飛不信。關羽無奈，將張飛打落馬下，張飛假意求饒，回城緊閉城門，罵關羽已降曹操，不懷好意。時蔡陽爲報外甥秦琪被殺之讎，率部趕來。關羽請開城暫歇，再行交戰。張飛不允，只許助以三通戰鼓，斬了蔡陽，再開城。蔡陽責問關羽因何殺死其甥秦琪，關羽不答，用拖刀計殺了蔡陽。劉備、張飛方開城。張飛向關羽認罪，關羽講明爲保二嫂，暫降曹操等情之後，欲回蒲州解良。劉備下跪爲張飛求情。三人始言歸於好。本事出於《三國演義》第二十八回。事不見史傳。元刊《三國志平話》、元雜劇《關雲長千里獨行》均有此情節。明傳奇《古城記》、清宮廷大戲《鼎峙春秋》亦有此故事。版本今有《戲考》本、《關羽戲集》李洪春演出本、《京劇彙編》收録的北京市藝術研究所藏本及依該本重刊的《京劇傳統劇本彙編》本、《京劇叢刊》本。今以《京劇彙編》北京市藝術研究所藏本爲底本，參考其他本校勘整理。另有《關岳戲劇大觀》本、《戲學匯考》本，未見。

第　一　場

關　羽　（内唱）【西皮導板】
　　　　辭曹只用一小束，
　　（四馬童、甘夫人、糜夫人、二車夫上。大馬童引關羽上，趟馬介）

關　羽	（唱）【西皮原板】

> 灞陵橋贈錦袍辭別曹瞞。【扯四門】
> 保定了二皇嫂途歷艱險，
> 一路上斬六將纔過五關。
> 黃河岸斬秦琪文憑來到，
> 送文憑出虎牢又到汝南。
> 眼望着古城地

（轉唱）【散板】

> 離此不遠，
> 且在這松林下稍息一番。（下馬介）

　　啓禀二位皇嫂：天氣炎熱。請皇嫂暫在松林歇息一時，再行趲路。

甘夫人 糜夫人	但憑二叔。
關　羽	馬童，將車輛打至松林。
馬　童	啊！
	（四馬童、甘夫人、糜夫人、二車夫下）
關　羽	馬童！
馬　童	有。
關　羽	前面已是古城，命你前去通報，若見了你家大爺，就說二位皇娘在此，請大爺速速派人前來迎接。
馬　童	遵命！
關　羽	轉來！
馬　童	在！
關　羽	倘若見了你家三爺，他的性情不好，須要小心一二。
馬　童	得令。（下）
關　羽	正是：
	（念）弟兄分別久，今日纔相逢。（下）

第　二　場

（四上手引張飛上）

張　飛	（念）惱恨紅臉的，

　　　　　　不仁又不義。
　　　　　　無故竟降曹，
　　　　　　令人好悶氣。
　　　　　來，伺候了！
　　　　　（大馬童上）
大　馬　童　有人麼？
一　上　手　什麼人？
大　馬　童　馬童求見。
一　上　手　啟爺：馬童求見。
張　　　飛　叫他進來！
一　上　手　傳你進去。小心了！
大　馬　童　參見三爺！
張　　　飛　你奉何人所差？
大　馬　童　奉我家二爺所差。
張　　　飛　敢是那紅臉的？
大　馬　童　正是二爺。
張　　　飛　那紅臉的，不仁不義，忘却桃園盟誓！
大　馬　童　我家二爺，有仁有義，不忘桃園盟誓。
張　　　飛　他有始無終，不該降了曹操！
大　馬　童　我家二爺有始有終，無奈暫依曹公。
張　　　飛　弟兄若要相逢，除非臨陣交鋒。你今到此，甚是不通！
大　馬　童　眼前倒有一人不通。
張　　　飛　哪個不通？
大　馬　童　就是三爺不通。
張　　　飛　休得胡言。看槍！
　　　　　（大馬童跑下）
張　　　飛　不是這廝疾走如風，定刺他個前後皆通。來，帶馬出關！
四　上　手　啊！
　　　　　（同下）

第 三 場

（關羽上）

關　羽　（念）柳營春試馬，虎帳夜談兵。
　　　　（大馬童上）

大馬童　參見二爺。

關　羽　可曾見過你家大爺？

大馬童　未曾見過大爺，見了三爺。

關　羽　你家三爺講些什麼？

大馬童　俺家三爺言道："二爺不仁不義，忘却桃園盟誓。"小人言道："我家二爺有仁有義，不忘桃園盟誓。"三爺他又言道："二爺有始無終，不該降了曹操。"小人言道："二爺有始有終，無奈暫依曹公。"三爺言道："若要弟兄相逢，除非臨陣交鋒。你今到此，甚是不通。"小人言道："眼前倒有一人不通。"三爺問道："哪個不通？"小人言道："就是三爺不通。"怒惱三爺提槍就刺，不是小人兩腿如風，險被刺個前後皆通。

關　羽　你家三爺性情還是這樣古怪。來，與爺帶馬！（上馬介）
　　　　（四上手引張飛上）

關　羽　三弟請了。

張　飛　紅臉的！你背俺大哥，降了曹操，是何道理？來，看槍！（刺槍介）

關　羽　（避槍介）三弟，你我弟兄相別日久，爲何提槍就刺？

張　飛　紅臉的，你投降曹操，貪圖榮華富貴；把桃園結義，一旦拋却。今日還敢與我弟兄相見麼？休走，看槍！（刺槍介）

關　羽　（避槍介）三弟，自從你我弟兄在徐州失散，愚兄萬般無奈，暫依曹操，保定二位皇嫂，那是不知大哥、三弟的下落。前日得了消息，即刻離曹，逃出許昌。連過五關，曾斬六將，一路之上，鞍馬勞頓。三弟休得多疑。

張　飛　巧言遮辯，你三老子不信！

關　羽　也罷。三弟執意不信。愚兄將人頭割下，以表此心便了！
　　　　（唱）【西皮導板】
　　　　　　鞍馬停蹄古城道，

(轉唱)【慢二六板】
　　　青龍刀斜插在馬鞍轎。
　　　弟兄們徐州失散了，
　　　我萬般無奈暫且依曹。
　　　過五關斬六將保定二嫂，
　　　時時不忘桃園故舊交。
　　　罷罷罷我且把頭割掉，
　　　一腔熱血染戰袍。

大馬童　二爺若要自刎，怎對我家大爺？
關　羽　哦！（想介）你放馬過來！
　　　（關羽、張飛起打。張飛落馬介）
張　飛　我説二哥，自盤古以來，哪有哥哥殺兄弟的道理？望二哥饒恕！
關　羽　暫將你的黑頭寄在項上。快快上馬，迎接二位皇嫂進城。
張　飛　二哥請進城！
關　羽　三弟請進城！
　　　（四上手、張飛進城，閉城，上城介）
關　羽　三弟，爲何將城門緊閉？
張　飛　紅臉的，你投降曹操。此番前來，分明是捉拿我弟兄二人來了。你若想進城，是萬萬不能！
關　羽　愚兄若真心降曹，豈能斬他六員大將？
張　飛　想是你與曹操定計，你先來詐開城門，曹操隨後接應。
關　羽　焉有此理！
　　　（幕内喊殺聲）
張　飛　你説無有曹兵，那邊旌旗招展，他是何人？
關　羽　待某看來！（看介）哦哦，是了！想是俺在黄河渡口，斬了秦琪，他乃蔡陽的外甥。蔡陽帶兵前來，定是要替他報讎。三弟快快開城，愚兄進城歇息片時，也好交戰。
張　飛　若是真心，你將蔡陽斬首，我便開城。
關　羽　愚兄一路辛苦，勞乏已極。縱然交戰，還要三弟撥與我些兵將纔好。（拭淚介）
張　飛　看他哭得可憐，就是鐵打心腸，也叫他哭軟了。你要人馬，却也不難，老張就撥與你十人五騎。

關　羽	十人五騎，要他何用？
張　飛	紅臉的，我這裏贈你三通鼓，你若斬了蔡陽，即刻開城。如其不然，弟兄相見，萬萬不能！
關　羽	也罷，拼着性命不要，我就與他死戰一番！

（四龍套、四下手、四大鎧引蔡陽上）

蔡　陽	呔！膽大關羽！爲何將我外甥秦琪殺死？
關　羽	蔡陽，你前來作甚？
蔡　陽	老夫帶兵前來，要與外甥秦琪報讎！
關　羽	滿口胡言，放馬過來！

（起打。關羽敗下，蔡陽原人追下。關羽上）

| 關　羽 | 蔡陽老兒，殺法驍勇。他若來時，拖刀計傷他。 |

（蔡陽上，起打。關羽欲使拖刀計，蔡陽不前介）

關　羽	爾爲何不往前進？
蔡　陽	此乃小小拖刀之計，休在你老爺跟前賣弄。
關　羽	我且問你，曹營中有幾個蔡陽？
蔡　陽	只有老夫一人，並無第二。
關　羽	你身後何人？
蔡　陽	在哪裏？
關　羽	看刀！

（殺蔡陽介，下）

| 張　飛 | 好漢子，好哥哥！三軍的，回營！ |

（同下）

第　四　場

（二旗牌引張飛、劉備上）

劉　備	（念）二弟到古城，叫人喜在心。
	來！
二旗牌	有。
劉　備	備了冠袍帶履，迎接你二爺進城。
二旗牌	得令！
張　飛	啓大哥：適纔小弟在城外，言語冒犯二哥，要求大哥替我講個人情。

劉　　備　你須要換了文職衣服，迎接他入城。進城之後，必須要跪在他的面前求饒。他看在弟兄分上，饒恕於你，也未可知。

張　　飛　還求大哥美言幾句。

劉　　備　那個自然。

　　　　　（同下）

第　五　場

（關羽上）

關　　羽　（唱）【吹腔慢板】

　　　　　　　　弟兄相逢在古城，

　　　　　　　　蔡陽老兒一命傾。

（旗牌甲上）

旗　　牌　與二爺叩頭！

關　　羽　罷了。你奉何人所差？

旗　　牌　小人奉大爺所差。特送冠袍帶履，請二爺進城。

關　　羽　外面伺候！

旗　　牌　是。（下）

　　　　　（大馬童暗上）

關　　羽　來！

大馬童　　有。

關　　羽　卸甲更衣。

大馬童　　是！

　　　　　（【牌子】。關羽換衣介）

　　　　　（雁鳴介）

關　　羽　空中什麼喧叫？

馬　　童　乃是大雁喧叫。

關　　羽　想我弟兄們徐州失散之時，大雁在長空啼叫；今日弟兄相逢，大雁又來啼叫，令人好喜！

關　　羽　（唱）【吹腔】

　　　　　　　　那大雁不住在長空叫，

　　　　　　　　叫得我關雲長喜上眉梢。

（幕內喊聲）

關　　羽　外面何事喧鬧？

大馬童　你們是何人，在此喧吵？

（幕內：乃是蔡陽敗兵吶喊）

大馬童　啓爺：乃是蔡陽敗兵吶喊。

關　　羽　你對他們言講：願降者，叫他們登名列册。不願降者，贈他們些銀兩，叫他們各歸故鄉。

大馬童　是。

關　　羽　（唱）【吹腔】
　　　　　願降者叫他們開名注册，
　　　　　不願降者贈銀兩叫他們歸鄉。
　　　　　人來與爺把路帶，
　　　　　大搖大擺走進了古城。

（同下）

第　六　場

（四上手引張飛冠帶出城迎接介。大馬童引關羽上）

大馬童　免接。

（關羽、大馬童進城。張飛原人進城介，下）

第　七　場

（二旗牌、劉備上。關羽上，跪介）

關　　羽　（唱）【吹腔】
　　　　　弟兄分別有多年，
　　　　　怎不叫人淚漣漣。

劉　　備　賢弟少禮。

關　　羽　謝大哥。

劉　　備　來，看宴！

（二旗牌擺宴）

二旗牌　宴齊。

劉　備　待愚兄把盞。
關　羽　自家弟兄，大哥何必如此？
劉　備　賢弟一路行來，鞍馬勞頓，兄要把敬三杯。
關　羽　小弟怎敢！
　　　　（劉備送酒入座介）
劉　備　（唱）【吹腔】
　　　　　　手足分離在徐州，
　　　　　　今日纔得叙情由。
關　羽　（唱）【吹腔】
　　　　　　有勞兄長來送酒，
　　　　　　倒叫小弟喜心頭。
劉　備　賢弟，安歇了吧！
關　羽　大哥請便！
　　　　（劉備下。張飛暗上）
關　羽　待俺秉燭觀看《春秋》。（看書介）
　　　　（唱）【吹腔】
　　　　　　燭花飛爆喜悠悠，
　　　　　　憑几捫鬚讀《春秋》。
　　　　天色尚早，待我去看看大哥和二位皇嫂安否。啊！你是何人，在此擺來擺去？
張　飛　小弟張翼德。
關　羽　莫非是張將軍？
張　飛　不敢，張飛。
關　羽　張三爺！
張　飛　小三兒，小三兒。
關　羽　你跪在愚兄面前做甚？
張　飛　特來與二哥陪禮。
關　羽　自己弟兄，何必如此！
　　　　（張飛起介）
關　羽　嗯！
　　　　（張飛復跪介）
關　羽　張三爺，張翼德！你且跪在塵埃，聽愚兄道來！

張　飛	喳！
關　羽	想當年你我弟兄自桃園結義以來，誓同生死。皇天后土，共鑒此衷。自從徐州失散以後，誤中奸曹詭計，將我困在土山。內無糧餉，外無救援。是我情急無奈，保定二位皇嫂，暫且依曹。那曹操暗用牢籠之計，贈馬贈袍。三日一小宴，五日一大宴。上馬一盤金，下馬一盤銀。那時愚兄雖然身在曹營，無一日不思兄，無一日不想弟呀呀呀……

（關羽拭淚介，張飛哭介。劉備暗上）

關　羽	今日保得皇嫂，歷盡艱苦。指望來在古城，弟兄相會。不想你見面一言不發，提槍就刺，險些兒落一個弟南兄北。此時話已講明，愚兄要回蒲州解良去了！
劉　備	啊二弟！三弟一時莽撞，還望念在桃園結義之情。
關　羽	（向張飛）你提槍就刺，可就忘了結義之情了！
劉　備	愚兄也跪下了。

（劉備跪。關羽急跪介）

關　羽	（唱）【吹腔】
	大哥且莫施禮儀，
	桃園恩情怎能移！

（劉備、關羽、張飛同起介）

劉　備	正是：
	（念）憶昔桃園共結盟，
關　羽	（念）烏牛白馬祭蒼穹。
張　飛	（念）古城今日重相會，
劉　備	（念）方算當今大英雄。
關　羽	大哥是英雄！
劉　備	二弟是英雄！
關　羽	三弟是英雄！
張　飛	二哥是大英雄！
劉備 關羽 張飛	請！

（同下）

收 關 平

王鴻壽　編撰

解　題

　　京劇。現代王鴻壽編撰。《京劇劇目辭典》著録,題《收關平》,署李洪春編劇。劇寫曹操聞桃園兄弟在古城招兵買馬,大怒,領兵征討。劉備因桃園弟兄失散重聚,大宴三軍,操練人馬。一日,關羽出城遊獵,路過關定村莊,天降大雨,關定請羽入内,以禮相待。劉備聞訊尋來,與關定父子相見,知關平武藝高强。關定仰慕關羽仁義,送關平與關羽爲義子。曹操領衆兵攻城,古城城小人孤,劉備兵敗,率衆棄城而走。本事出於《三國演義》第二十八回。情節有所增飾。《三國志·蜀書·關羽傳》及注引《蜀記》均不言關平爲羽義子。《脉望館抄校本》中《壽亭侯怒斬關平》云關平爲關羽親子。《三國演義》始謂關平爲關羽義子。版本今有《關羽戲集》李洪春演出本。今以該本爲底本進行整理。

第　一　場

（許褚、張遼、李典、樂進、曹仁、曹洪、徐晃、夏侯惇上。起霸。【點絳唇】）

許　褚　許褚。
張　遼　張遼。
李　典　李典。
樂　進　樂進。
曹　仁　曹仁。
曹　洪　曹洪。
徐　晃　徐晃。
夏侯惇　夏侯惇。衆位將軍請了！前者關羽,挂印封金,過關斬將,傷損我軍。今日丞相陞帳，定有事故。我等兩廂候令。
（四上手、四龍套、四大刀手、程昱、郭嘉、曹操上）

曹　操　（念）【引】蓋世奇才，統雄師，掃蕩中原，震乾坤。
　　　　（念）（詩）桃園義氣實可欽，
　　　　　　　　　　厚待關羽枉費心。
　　　　　　　　　　挂印封金棄某去，
　　　　　　　　　　過關斬將傷我軍。
　　　　某，曹操。漢室稱臣，可恨劉備，聞雷失箸，設計逃脫吾營。賺城斬了車冑，奪了徐州。前者某剿滅桃園，得了徐州，收伏關羽，厚待一十二載，聞得劉備之訊，挂印封金而走。五關傷我六員大將，實爲可恨！這且不言。劉辟、龔都謀反，某命蔡陽二次攻打汝南，未知勝負。也曾命探馬前去哨探，未見回報。
　　　　（報子上）
報　子　丞相在上，探子叩頭。
曹　操　打探了哪路軍情？起來講。
報　子　丞相容稟！
　　　　（念）蔡老將軍奉將令，
　　　　　　　二次攻打汝南城。
　　　　　　　中途聞聽報凶信，
　　　　　　　回軍報讎命歸陰。
　　　　蔡老將軍只因要與他外甥秦琪報讎，被關公刀劈落馬。桃園弟兄在古城聚義，招軍養馬，好不威嚴也！
曹　操　賞爾金牌一面，再去哨探！
　　　　（報子下）
曹　操　可惱哇可惱！
　　　　（唱）【西皮搖板】
　　　　　　咬牙切齒罵桃園，
　　　　　　竟敢傷吾大將軍。
　　　　　　親統大兵將他征，
　　　　　　奪取古城氣方平。
衆　將　（同）丞相！桃園弟兄，在古城聚義招軍，若不早滅，乃我軍後患也！
曹　操　衆位將軍言得極是。郭嘉、程昱，緊守許都，不得有誤。

郭　嘉
程　昱　（同）得令！（同下）
曹　操　衆將官！兵發古城。
　　　　（衆人同下）

第　二　場

（四藍龍套、劉備上）
劉　備　（唱）【西皮原板】
　　　　　　想當年在范陽弟兄結義，
　　　　　　虎牢關戰呂布名聞各地。
　　　　　　徐州破兄弟們忍痛分離，
　　　　　　十二年我桃園奔走東西。
　　　　　　到今日又團圓古城聚義，
　　　　　　南滅吳北剿曹重整華夷。
　　　　（糜芳、糜竺、簡雍、孫乾上）
孫　乾　（唱）喜的是我三軍團圓相聚，
　　　　　　　劉玄德笑顏開謝天謝地。
　　　　啓稟主公：酒宴齊備。
劉　備　有請二爺、三爺。
龍　套　有請二爺、三爺。
關　羽
張　飛　（內）嗯哼！
　　　　（關羽、張飛上）
關　羽　（念）兄南弟北十二春，
張　飛　（念）喜得聚義在古城。
關　羽
張　飛　（同）參見大哥。
劉　備　二弟、三弟少禮，請坐。
關　羽
張　飛　（同）謝坐。喚弟等前來，有何事議論？
劉　備　想吾等弟兄，自徐州失散，一十二載，如今又得相聚，實爲萬千之幸。備得酒宴，一來賞軍，二來慶賀。

關　羽
張　飛　（同）多謝大哥。

劉　備　眾將進帳！

糜　芳　眾將進帳！

眾　將　（內）來也！

（四上手、四馬童、四將、周倉上）

眾　將　（同念）棄暗投明主，共扶劉關張。

　　　　參見使君，有何將令？

劉　備　備特設酒宴，慶賀三軍。

眾　將　謝主公！

孫　乾　酒宴擺下！

劉　備　眾位將軍請！

張　飛　大哥，看今日天氣晴和，何不去到校場，大家演習演習兵法？

劉　備　就依三弟。眾將官，同往校場去者！

（【牌子】，圓場）

張　飛　三軍嘚！先將拳術演來。

（眾將演畢）

張　飛　閃開了！

（張飛與眾軍比武較量，眾人不敵）

張　飛　哈哈，哈哈，呵哈哈哈！

周　倉　啊！久聞三將軍部下，步軍齊整，今日一見，也只平常而已！

張　飛　住了！你有何能，出此狂言？

周　倉　三將軍若問，聽某道來：

（念）我本關西一員將，

　　　　勇力過人鎮疆場。

　　　　平原展腿如飛箭，

　　　　登山越嶺似鹿獐。

關　羽　嗯！周元福，爾自逞步下能行，你可敢隨某步行試馬？

周　倉　二將軍！慢說是試馬，就是登山涉水，足行如飛。

關　羽　好，周元福帶馬來！

（關羽、周倉下）

劉　備　（唱）【西皮散板】

　　　　　　二弟上馬威風凛，
　　　　　　周倉步行似風雲。
　　　　　　耳旁又聽雷聲震，
　　　　　　黄沙四起馬奔騰。
　　　　（關羽上，周倉隨上）
關　　羽　（唱）好一關西猛周倉，
　　　　　　步行如飛世無雙，
　　　　　　登山越嶺如平路，
　　　　　　亞賽風雲閃電光。
　　　　元福步行如飛，勇不可當，好一員步行猛將！
周　　倉　君侯台愛！我情願在名下認爲螟蛉。
關　　羽　這……某擔當不起。
周　　倉　君侯請勿推却。父侯請上，受兒一拜！
　　　　（【牌子】，叩拜）
關　　羽　周倉！速回卧牛山，點齊兵將，同到古城。
周　　倉　得令！（下）
劉　　備　衆位將軍！
衆　　將　主公！
劉　　備　汝等也有舊日的兵丁，也有新投將士，今後望諸位將軍，協力相助桃園弟兄，滅奸除惡，扶國救民。他日成功，大家均不失封侯之望。
衆　　將　主公這等仁義，我等萬死不辭。
劉　　備　我軍真義氣忠賢之士。衆將官，各回隊伍！
　　　　（衆人同下）

第　三　場

　　　　（四家將、醜院子、關平同上）
關　　平　（念）【引】幼習孔孟，喜兵法，武藝精通。
　　　　（念）（詩）少小男兒志凌雲，
　　　　　　文韜武略藝隨身。
　　　　　　自嘆不逢平生志，
　　　　　　何日纔得會風雲。

俺，關平。爹爹關定，兄長關寧。是俺幼習孔孟，深通兵法，平生好武，每日帶領家丁在莊外西村演習武藝。看今日天氣晴和，不免去到西村，演武一回。家丁們，帶馬西村去者！

（唱）平生志向除國患，
　　　奈無機會顯英賢，
　　　家丁帶路出莊院，
　　　攀鞍催馬快如烟。

（衆人同下）

第 四 場

（四下手、吳賴、赫轄仁同上）

吳　賴　　（同）俺——
赫轄仁

吳　賴　　吳賴。

赫轄仁　　赫轄仁。

吳　賴　　兄弟請啦！

赫轄仁　　請啦！

吳　賴　　昨天關平這小子到咱們西村演武打拳，平整地方全都變成坑坑洼洼的啦。今天他再來，咱們打這小子的！

赫轄仁　　有理。走啊！（同下）

第 五 場

（關平原人同上）

關　平　　帶住了馬。演習上來！

（衆人演習完畢）

關　平　　哈哈，哈哈，哈哈哈哈！大家歇息歇息再走。

（吳賴、赫轄仁原人上）

吳　賴　　（同）呔！關平，你天天在我們西村胡蹦亂跳，凡是平整地方，都叫
赫轄仁　　你砸壞啦！今天饒了你，快快滾蛋。明天再來呀，教你吃不了兜着走！

關　平　啊？你是何人，在此絮絮叨叨，教俺聽的不明不白。
赫轄仁　你沒聽明白？教你小孩拉屎，挪挪窩兒。你要是不聽，今天要子孫娘娘下廚房，揍活孩子！
關　平　怎麼講？
吳　賴　要揍你！
關　平　照打！一齊動手！
　　　（衆人同下）

第 六 場

（關寧、關定上）

關　定　（唱）【西皮搖板】
　　　　　可嘆漢室運不正，
　　　　　內患外寇不安寧。
　　　　　但願早日干戈靜，
　　　　　免遭塗炭得太平。
　　　（醜院子上）
醜院子　員外，大事不好了！二公子在西村與人打起來啦！
關　定　有這等事？速速帶路。
　　　（衆人同下）

第 七 場

（關平原人、吳賴、赫轄仁原人同上，雙方爭打）
（關寧、關定、醜院子上）

關　定　嗯！大膽的奴才，如此無理非爲！啊，衆位鄉鄰，小兒關平無知，得罪列位，老漢這廂賠禮。
吳　賴　賠禮事小，您看我們這地，都給砸壞啦。
關　定　無妨，老漢明日找莊丁們前來收拾收拾。二位鄉鄰，多多原諒，我這裏賠禮了。
吳　賴　老爺子，這是怎麼啦？我們都是小孩子，打架過去就完，您幹麼這麼客氣，折煞我們，您快請回去吧！

關　定　老漢拜別了！請啊！
　　　　（關定、關寧、關平原人、醜院子同下）
吳　賴　這罵都挨絕啦！走吧。
　　　　（吳賴、赫轄仁原人同下）

第　八　場

關　羽　（內唱）【高撥子導板】
　　　　　　緊勒絲韁陽關上，
　　　　（四馬童、大馬童、關羽上[1]）
關　羽　（唱）【碰板】
　　　　　　弟兄們身經百戰在疆場，
　　　　　　到如今古城相會心歡暢！
　　　　　　平生抱負非尋常，
　　　　　　志氣剛強把名揚，
　　　　　　跨下赤兔千里馬，
　　　　　　青龍，青龍偃月斬上將，
　　　　　　憑俺，憑俺《春秋》一部書，
　　　　　　百戰百勝馳疆場。
　　　　　　霎時烏雲──
　　　　【叫散】從空降，
　　　　（風雨大作）
關　羽　（接唱）急風驟雨襲身上。
　　　　　　緊急加鞭朝前往，
　　　　　　飛奔前村躲雨忙。
　　　　（同下）

校記

[1] 四馬童、大馬童、關羽同上：此二"童"字，原均作"夫"，據《京劇傳統劇本彙編》中之《古城會》改。下同。

第 九 場

（關定上）

關　定　（唱）【西皮散板】
　　　　　霎時烏雲來的緊，
　　　　　老天降下雨甘霖。
　　　　　手扶拐杖站莊門，
　　　　　莊前來的是何人？
（關羽原人上）

關　羽　（唱）【西皮搖板】
　　　　　迎風冒雨路途奔，
　　　　　見一老丈立莊門。

關　定　那旁來的，敢是斬顏良、誅文醜的關將軍乎？

關　羽　正是。老丈怎樣知我？

關　定　風雨甚大，將軍請到草堂再敘。

關　羽　打擾了！

關　定　何出此言？關寧、關平，引關將軍隨從，後面款待。

關　寧
關　平　（同）隨我來。

（關寧、關平、馬童等同下）

關　定　將軍請坐。

關　羽　有坐。冒造貴府，老丈恕罪！

關　定　豈敢。久聞將軍威名，自恨無緣相遇。今日得會尊顏，真敝莊之幸也！

關　羽　豈敢。

關　定　關平打茶來。

（關平上）

關　平　（念）捧茶進草堂，偷視關二王。
　　　　關將軍請茶。

關　羽　老丈請。此是令郎嗎？

關　定　不敢，次子關平。

關　羽　長者何名？
關　定　長子關寧喜文，次子關平好武。
關　羽　原來如此。
　　　　（關寧上）
關　寧　啓爹爹，酒宴齊備。
關　定　關將軍請至後堂小飲。
關　羽　叨擾了！請。
　　　　（衆人同下）

第　十　場

（四龍套、劉備同上）
劉　備　（唱）【西皮散板】
　　　　　二弟遊獵未回程，
　　　　　倒叫劉備心不寧。
昨日二弟帶領隨從數名，出城遊獵，不想天降甘霖，未回古城，使吾一夜未寧。適纔聞報：二弟在關定莊中投宿。因此帶領親隨兵丁，前往關定莊，接吾二弟，同回古城。軍士們！
龍　套　啊！
劉　備　趲行者！
　　　　（唱）【西皮原板】
　　　　　漢劉備坐雕鞍自思自忖，
　　　　　數年來爲國家費盡精神；
　　　　　東西征南北剿心血用盡，
　　　　　到如今還是這奔波伶仃。
　　　　　軍士們前引路關莊投奔，
　　　　　桃園義講的是一片誠心。
（衆人同下）

第　十　一　場

（關平、關寧、關定、關羽同上）

關　定　（唱）【西皮散板】
　　　　　草舍陋公多原諒，
關　羽　（接唱）承公美意似孟嘗。
　　　　（醜院子上）
醜院子　啟員外：莊外來了一夥軍官，說是由古城縣來的，名叫劉備，迎請關將軍，特來報知。
關　羽　某大哥來了！
關　定　一同出莊迎接。
　　　　（劉備原人上）
劉　備　（唱）【西皮散板】
　　　　　家人通稟未回信，
關　羽　大哥！
關　定　玄德公！
劉　備　（接唱）諸公何必禮相迎。
關　羽　大哥！這是關定老翁。昨日遇雨投宿，承蒙老丈款待。
劉　備　關老先生，吾弟多有打擾，備這廂致謝！
關　定　貴駕光臨，敝莊之幸也。
劉　備　豈敢。
關　定　過來見過劉使君！
關　寧
關　平　（同）參見使君。
劉　備　此二位？
關　定　長子關寧，次子關平。
劉　備　二位相公請坐。
關　寧
關　平　（同）不敢。長者在此，哪有我們小孩子的座位。
關　羽　有話敘談，只管坐下。
關　平　實實不敢坐。
劉　備　老丈，何妨叫公子坐下。
關　定　還不上前謝過！
關　寧
關　平　（同）晚生謝座！

關　羽	吾看二位公子，品格非凡。每日有何消遣？
關　定	長子習文，次子好武。
關　羽	壁上懸挂青鋒，何人佩帶？
關　平	晚生每日習演劍術。
劉　備	相煩公子，舞劍賜觀。
關　平	草堂狹小，請至後庭院。
關　定	請君勞步，賞觀賜教。請！
關　羽	公子寬衣賜教。
關　平	獻醜了！

　　　　（唱）【西皮散板】
　　　　　　習文好武平生願，
　　　　　　誓心爲國保家邦。
　　　（舞劍完）

關　羽	呀！

　　　　（唱）【吹腔】
　　　　　　觀此子好劍法絕妙可賞，
　　　　　　亞賽過養由基將中豪強。
　　　　　　關雲長若能够收下此將，
　　　　　　扶漢室又一個架海金梁。

關　定	請坐。
關　羽	公子好劍術！
關　平	誇獎了。
關　定	啊！關將軍，你也姓關，我也姓關。小兒關平，自幼好武，我有意命小兒跟隨將軍，學習武藝。不知將軍可容納否？
關　羽	這……
劉　備	公子年長幾何？
關　定	一十八歲。
劉　備	既蒙長者厚意。吾弟尚未有子，今即以賢令郎爲子，不知老丈尊意如何？
關　定	哈哈哈！多承不棄。關平，拜過你父。

　　　（關平拜）

關　羽	哈哈哈！請起。

關　　定　再拜過你伯父。
　　　　　（關平拜）
劉　　備　請起。
關　　定　後堂擺宴，大家吃杯喜酒。
劉　　備　這喜酒總要吃的。
關　　定　請！
　　　　　（報子上）
報　　子　報，曹操帶領人馬，直奔古城而來。
　　　　　（衆人驚）
劉　　備　速速回城！
　　　　　（劉備、關羽、關平等人急下）
　　　　　（關定、關寧等人從上場門下）

第 十 二 場

曹　　操　（內唱）【西皮導板】
　　　　　　　戰鼓喧天旌旗繞，
　　　　　（龍套、曹將引曹操上）
曹　　操　（接唱）【西皮流水板】
　　　　　　　殺氣連天神鬼嚎。
　　　　　　　鞭梢一指催前哨，
　　　　　　　城上兒郎聽根苗：
　　　　　　　快叫劉備城獻了，
　　　　　　　若遲一步定不饒。
劉　　備　（內唱）【西皮導板】
　　　　　　　耳邊廂又聽得馬嘶人鬧，
　　　　　（關平、周倉、張飛、關羽、劉備同上城樓）
劉　　備　（唱）【西皮原板】
　　　　　　　看曹兵圍古城狀如海潮。
　　　　　　　站城樓扶垛口忙把話表，
　　　　　　　問曹公統雄兵所爲哪條？
曹　　操　（接唱）劉玄德休得要假裝不曉，

		問雲長你不該斬我英豪。
關　羽	（接唱）	某挂印離京都你全知曉，
		衆守將阻去路某豈能饒？
曹　操	（接唱）	關雲長休得要饒舌乖巧，
		速速地獻城池免吃一刀。
張　飛	咋，咋，咋！哇呀呀呀！	
	（接唱）聽一言來怒滿膛，	
		活活氣死俺老張。
		三軍快把弔橋放，
		舍死忘生戰一場。
劉　備	（接唱）二弟保嫂與車輛，	
		大家奮勇到戰場。
曹　操	殺！（下）	

（開打。衆人同下）

第 十 三 場

（龍套、曹操上。老軍上，開城。曹操、龍套進城下）

第 十 四 場

（劉備原人上，雙方打下）

第 十 五 場

（劉備原人敗上）

劉　備　兵撤古城！
　　　　（衆人同下）

第 十 六 場

（曹操原人上）

眾　　將　（同）桃園敗走古城！
曹　　操　人馬收回！
眾　　將　啊！
　　　　　（眾人同下）

斬 于 吉

佚 名 撰

解 題

　　京劇。現代佚名撰。《京劇劇目辭典》著録,題《斬于吉》,又題《怒斬于神仙》。《京劇劇目初探》著録,題《怒斬于吉》,一名《怒斬于神仙》。均未署作者。劇寫孫策承父業,霸江東,上表朝廷,求爲大司馬,曹操不允,懷恨在心。因此孫策欲結連袁紹,奪取許昌。吳郡太守許貢修書告密於曹操,事泄,爲孫策絞殺。孫策出獵,許貢的門客爲許貢報讎,用毒箭射傷孫策。華佗弟子治癒孫策箭傷,但囑孫策静養百日,方保無事。袁紹遣使結好於吳,孫策於城樓設宴款待。適百姓擁術士于吉過樓下,孫策視于吉爲妖人敗其興,命人捕殺。張昭等文武百官聯名求赦,并請于吉祈雨抗旱,以贖罪身,甘霖果降,于吉仍然被斬。吳國太知其事,設醮玉清觀,超度于吉,命孫策往祭。孫策去玉清觀拈香,見于吉魂,以劍刺魂,魂再現。孫策命焚觀而吐血。本事出於《三國演義》第二十九回。《三國志・吳書・孫破虜討逆傳》及注引《江表傳》、干寶《搜神記》載有其事。版本今有《戲考》本、《京劇彙編》收録的北京市藝術研究所藏本及依該本重刊的《京劇傳統劇本彙編》本。今以《京劇彙編》收録的北京市藝術研究所藏本爲底本,參考其他本校勘整理。

第 一 場

（四下手推車引張仁、丁孝上）

張　仁
丁　孝　軍士們,趲行者!

四下手　啊!

（衆當場挖開）

張仁 丁孝	俺，劉太守麾下押糧官張仁、丁孝是也。
張　仁	賢弟請了！
丁　孝	請了。
張　仁	你我弟兄奉了太守之命，各處催糧。且喜糧草催齊，就此回營交令。
張仁 丁孝	嗙！軍士們，廬江去者！
四下手	啊！（下）

（張仁、丁孝雙趟馬，同下）

第　二　場

（報子上）

報　子	俺，廬江劉太守帳下能行探子是也。今有江東孫策，每日操演人馬，有奪取廬江之意。不免報與太守知道，就此馬上加鞭！（下）

第　三　場

（四龍套、四下手上，站門。劉勳上）

劉　勳	（念）【引】鎮守廬江，統雄師，將勇兵強。
	（念）（詩）兵權執掌守廬江，
	威風凛凛誰敢當！
	孫策小兒成霸業，
	準備人馬滅強梁。
	某，廬江太守劉勳。自從掃滅董卓之後，奉命鎮守廬江。可恨孫策小兒，稱霸江東，目空四海。是某心中不服，因此整頓人馬，等候機會，前去征剿。也曾命張、丁二將催解糧草，未見到來。左右，伺候了！
四龍套	啊！

（四下手、張仁、丁孝上）

張仁 丁孝	參見太守！糧草催齊，請來查點。

劉　勳	不必查點，二位將軍之功。
張　仁 丁　孝	將糧草搭入後營！
四下手	啊！（下）
	（報子上）
報　子	啟稟太守：大事不好了！
劉　勳	何事驚慌？
報　子	今有孫策整頓人馬，有奪取廬江之意。
劉　勳	賞你銀牌一面，探聽江東何日起兵，速速回報！
報　子	得令！（下）
劉　勳	二位將軍有何妙計？
張　仁 丁　孝	啟稟太守：想那孫策所據不過彈丸之地，兵微將寡，縱然興兵前來，也是自送其死，何足懼哉！
劉　勳	二位將軍言得雖是，但是那孫策智勇雙全，頗知用兵之道，不可輕視。
張　仁	既然如此，待末將等各領人馬，嚴防汛地；太守緊守城池，等那孫到來，併力攻打，哪怕此賊不滅！
劉　勳	此計甚好。二位將軍聽令！
張　仁 丁　孝	在。
劉　勳	你二人各帶精兵五千，嚴守邊界，江東人馬到此，速報我知。
張　仁 丁　孝	得令！帶馬！（下）
劉　勳	眾將官，小心防守！
四龍套	啊！
	（同下）

第　四　場

（黃蓋、韓當、周泰、程普上，起霸）

黃　蓋	黃蓋。
韓　當	俺，韓當。
周　泰	周泰。
程　普	程普。

| 黃蓋韓當周泰程普 | 衆位將軍請了！ |

| 黃蓋韓當周泰程普 | 請了！ |

| 黃蓋韓當周泰程普 | 主公陞帳，你我兩廂伺候！ |

| 黃蓋韓當周泰程普 | 請！ |

（吹打。四飛虎旗、四上手、張紘、呂範、虞翻、張昭上，孫策上，大纛旗隨上）

| 孫策 | （唱）【點絳唇】 |

名聞四海，大展雄才，掌兵權，拜將登臺，蕩賊稱心懷。

| 黃蓋韓當周泰程普 | 參見主公！ |

孫策	衆位將軍少禮。
衆	謝主公！
孫策	（念）（詩）運籌爲虎踞，

　　　　　決策奮鷹揚；

　　　　　威鎭三江靖，

　　　　　人稱小霸王。

　　　某，姓孫名策字伯符。承父遺業，統領人馬，獨霸江東。方今天下大亂，群雄各據一方。想我江東之地，外有三江之險，內有吳越之衆，縱橫天下，大有可爲。因此，勤修內政，整頓人馬，以便圖取中原。且喜各處主帥，聞某威名，俱來歸順；只有廬江劉勳、豫章華歆，抗命不降。爲此，點動兵將，意欲掃平他等。啊子布，此番興兵，先取何處？

張昭	啓禀主公：想那廬江太守劉勳，兵強將勇，此番興兵，宜先取廬江。廬江若得，則一紙檄文，豫章可不戰而得矣。
孫策	子布所言甚是。就煩先生帶領留守兵將，緊守城池，靜候捷音便了。
張昭	遵命！

孫　策　衆將官,兵發廬江者!
四上手　啊!
　　　　（【牌子】。四飛虎旗、四上手、黃蓋、韓當、周泰、程普、孫策、張紘、呂範、虞翻、張昭、大纛旗分下）

第　五　場

（四龍套、四下手、劉勳上）

劉　勳　（念）風吹刁斗響,月照劍光寒。
　　　　（張仁、丁孝上）
張　仁
丁　孝　啓稟太守：江東人馬已到邊界。
劉　勳　孫策小兒,竟敢前來犯境,豈能容他猖狂!命你二人帶領全部人馬,一半迎敵,一半埋伏,待等誘敵深入,一擁而殺出,不得有誤!
張　仁
丁　孝　得令!（下）
劉　勳　衆將官,迎敵去者!
　衆　　啊!
　　　　（同下）

第　六　場

（四飛虎旗、四上手、黃蓋、韓當、周泰、程普上,孫策上,大纛旗隨上）

孫　策　人馬爲何不行?
　衆　　來到廬江。
孫　策　安營紮寨者!
　衆　　啊!
　　　　（衆挖開。報子上）
報　子　劉勳討戰!
孫　策　再探!
報　子　得令!（下）
孫　策　衆將官,殺!

眾　　啊！
（孫策原人圓場。四龍套、四下手、張仁、丁孝、劉勳上，會陣，開打。劉勳原人敗下，孫策原人追下）

第　七　場

（四龍套、四下手、張仁、丁孝、劉勳上）

劉　勳　孫策來得厲害，張仁、丁孝，一齊殺出！

張　仁
丁　孝　得令！

（劉勳原人圓場。孫策原人上，會陣，打六股檔，孫策眾將殺死張仁、丁孝介。劉勳原人逃下，孫策原人追下，孫策要下場下）

第　八　場

（四飛虎旗、四上手、黃蓋、韓當、周泰、程普引孫策上，大纛旗隨上）

孫　策　且喜廬江已得，只是劉勳逃走，須另派守城之人。韓當、周泰聽令！

韓　當
周　泰　在。

孫　策　命你二人暫守此城，待某回去，另選別將，再將你二人換回。

韓　當
周　泰　得令！

孫　策　眾將官，班師回轉江東者！

眾　　啊！

（【牌子】。韓當、周泰送介，眾分下）

第　九　場

（張昭上）

張　昭　（念）眼觀旌旗起，耳聽好消息。
（四飛虎旗、孫策上）

張　昭　主公旗開得勝，馬到成功，可喜可賀！

孫　策　廬江雖得，豫章未降，先生何以教我？

張　昭　這有何難！主公修下檄文一道，派人送與豫章太守華歆，他見劉勳已敗，定然拱手來降也。

孫　策　此計甚好，待某修書。(【牌子】。修書介)但不知命何人前往？

張　昭　虞翻與華歆相交甚厚，命他前去，定然成功。

孫　策　就煩先生命虞翻前去便了。

張　昭　遵命！

孫　策　啊子布，此番得了廬江，可往許昌報捷否？

張　昭　理應告捷，使曹操知我不可欺也！

孫　策　既然如此，就命張紘前往便了。正是：
(念)戈矛所指烟塵靖，鞭敲金鐙奏凱還。
哈哈，哈哈，啊哈哈哈……
(同下)

第 十 場

(二道童、于吉上)

于　吉　(唱)【西皮原板】
　　　　自幼兒入玄門修真養性，
　　　　每日裏坐雲床誦讀《黃庭》。
　　　　自那年得神書《太平青領》，
　　　　代蒼天去宣化普救萬民。(坐介)
(念)(詩)
　　　　參禪悟道習玄機，
　　　　普度衆生化群迷。
　　　　曲陽泉水得神卷，
　　　　哪管塵凡是和非。
貧道，瑯琊宮羽士于吉是也。幼入玄門，修真養性。昔年入山采藥，得神書《太平青領》於曲陽泉上，書中所載，皆治病良方。貧道自得此書，代天宣化，普救衆生，不取金錢，不貪名利，倒也安然自在。今日雲床打坐，心血上潮，不知主何吉凶。看近日天氣亢旱，瘟疫叢生，不免去到市廛之間，遇機救人，也算功德善舉。童兒，看守觀門，爲師去去就回。
二道童　是。
于　吉　正是：
（念）秋風水月占情性，仙露明珠證道心。
（分下）

第 十 一 場

（張紘上）
張　紘　（唱）江東領了我主命，
　　　　　　　　許昌獻表走一程。
下官，張紘。奉了我主孫伯符之命，因戰勝劉勳，去往許昌曹丞相那裏獻表告捷。就此前往。
（唱）手捧捷表往前進，
　　　　　　見了丞相説分明。（下）

第 十 二 場

（四龍套、郭嘉、曹操上）
曹　操　（唱）想當年會諸侯清除君側，
　　　　　　　掃滅了董卓賊安享天和。
　　　　　　　到如今掌兵權身當相座，
　　　　　　　衆臣僚一個個盡在掌握。
　　　　　　　氣昂昂坐至在大堂暖閣，
　　　　　　　但願得滅群雄平定風波。
（中軍上）
中　軍　啓稟丞相：江東使臣張紘求見。
曹　操　哦，江東遣使到此，爲了何事？奉孝，有何高見？
郭　嘉　孫策既然遣使前來，丞相應以客禮待之，觀其來意，再作道理。
曹　操　如此，説我有請！
中　軍　是。有請！
（張紘上）

張　紘　（念）奉了主公命，前來做使臣。
　　　　下官張紘，叩見丞相！
曹　操　先生少禮。請坐！
張　紘　謝坐。
曹　操　孫將軍近日可好？
張　紘　我家主公近因征戰廬江劉勳，大獲全勝，獻來捷表，一來告捷；二來問候丞相金安。丞相請看。（呈表介）
曹　操　待老夫轉奏朝廷，定有陞賞。中軍，帶領張先生館驛安歇。
張　紘　多謝丞相。
　　　　（中軍領張紘下）
曹　操　孫策如此驍勇，乃老夫心腹之患也！
郭　嘉　丞相可用恩義結之，徐圖計較。
曹　操　可將曹仁之女許配孫匡爲婚，結爲秦晉之好，先生可往館驛告知張紘便了。
郭　嘉　遵命！（下）
曹　操　掩門！
　　　　（同下）

第十三場

　　　　（許貢上）
許　貢　（念）身受皇恩浩，守郡不辭勞。（坐介）
　　　　（院子暗上）
許　貢　老夫，吳郡太守許貢。自從孫堅身亡，其子孫策獨霸江東，目空一切。近因上表朝廷求爲大司馬，曹丞相不允，因此懷恨在心，有結連袁紹奪取許昌之意。不免修書告密，報與曹丞相便了。家院，溶墨伺候！
院　子　是。（磨墨介）
　　　　（【牌子】。許貢修書介。旗牌暗上）
許　貢　旗牌過來！
旗　牌　在。
許　貢　命你星夜去往許昌曹丞相那裏投遞密信，不要走漏消息！

旗　牌	遵命！（下）
許　貢	掩門！
	（同下）

第 十 四 場

（四上手、丁奉、徐盛上）

丁　奉	俺，丁奉。
徐　盛	，徐盛。
丁　奉 徐　盛	奉了主公之命，把守江口。來，伺候了！
四上手	啊！

（旗牌上，欲下介）

丁　奉	吠，回來！做什麼的？
旗　牌	奉了許太守之命，另有公幹。
丁　奉	往哪道而去？
旗　牌	許……昌。
丁　奉	看你形迹可疑，某家要搜。（搜介，得信，看介）
丁　奉	嘟！許貢與曹操密信往來，事有可疑，隨某去見孫將軍。走！

（眾押旗牌下）

第 十 五 場

（四文堂、四刀斧手上，站門。孫策上）

孫　策	（唱）承父業霸江東威名遠震，
	戰廬江我也曾兵勝劉勳。
	牛渚灘戰張英敵人喪命，
	戰敗了太史慈兵進神亭。
	到如今鎮東南誰敢犯境？
	眾謀臣集帳下勇將如雲。

（丁奉、徐盛上）

| 丁　奉
徐　盛 | 啟稟主公：末將防守江邊，搜得吳郡太守許貢與曹操密書。主公請看。 |

孫　策	哦,有這等事!待某看來:"孫策驍勇,與項籍相似。朝廷宜外示榮寵,召還京師,不可使居外鎮,以免後患。"原來許貢暗害於我,我自有道理。二將聽令:將送信之人斬首;請許貢到此議事,不得有誤!
丁　奉 徐　盛	得令!(下)
孫　策	某待許貢不薄,竟懷二意,好不令某惱恨也! (唱)許貢行事真可惱, 　　　暗害某家罪難逃。 (丁奉、徐盛上)
丁　奉 徐　盛	許貢到。
孫　策	有請!
丁　奉 徐　盛	有請! (許貢上)
許　貢	將軍!
孫　策	太守!哈哈哈……太守請坐!
許　貢	告坐。將軍呼喚,有何事議?
孫　策	只因巡江將士盤查行人,得了一封密信,與太守有關,故而相請。
許　貢	(驚介)老夫向少往來書信,將軍須要詳察。
孫　策	事無憑證,焉能誣賴!拿去看來! (許貢看信,抖戰介)
孫　策	嘟!許貢,想某平日待你不薄,竟敢獻計曹操,欲送某於死地耶? 丁、徐二將!
丁　奉 徐　盛	在。
孫　策	將許貢絞殺,不得違誤。
丁　奉 徐　盛	得令!走!
許　貢	唉! (丁奉、徐盛、四刀斧手押許貢下)
孫　策	掩門!

（同下）

第十六場

（許貢家客甲、乙、丙上）

家客甲　二位請了！

家客乙
家客丙　請了！

家客甲　許太守被孫策那賊假意請去議事，竟自活活絞死，全家逃散。我等身受太守厚恩，難道此讎罷了不成？

家客乙
家客丙　聞得孫策不日去往丹徒射獵，我等先去那裏，等孫策到來，將他刺死，大讎豈不得報？

家客甲　此計甚好，就此前往。

（同下）

第十七場

（獅、虎、熊、鹿、兔、蟒等形上，跳介，下）

第十八場

孫　策　（內唱）
　　　　領人馬到丹徒射獵遊玩，
（【急急風】。四文堂、四上手、丁奉、程普、孫策上）

孫　策　（唱）衆將官一個個英武威嚴。
　　　　左持弓右帶矢腰懸寶劍，
　　　　奮雄威去獵獸勇敢當先。
　　　　耳邊廂又聽得馬嘶人喊……【掃頭】

（各獸形上，過場下。丁奉、程普引衆追下。鹿形又上，孫策射介，鹿形逃下，孫策追下）

第 十 九 場

（許貢家客甲、乙、丙上）

家客甲　且住！看孫策那賊，在西山射獵，我等在此林中埋伏，等他到來，將他刺死，與太守報讎，就此埋伏了。

（同下）

第 二 十 場

（孫策上）

孫　策　且住！適纔追趕一隻斑鹿，繞過山頭，爲何不見？看那旁有一深林，斑鹿藏在那裏，也未可知。待某上前尋找。（小圓場）

（家客甲、乙、丙上）

家客乙　參見將軍！
孫　策　你們是做什麼的？
家客丙　我等俱是韓當將軍部下兵士。
孫　策　我且問你，可曾看見帶箭之鹿麼？
家客甲　那鹿麼，逃入林內去了。
孫　策　待某進林尋找。（轉身介）
家客乙　看槍！
孫　策　什麼人膽敢行刺於我！
家客丙　特來爲許太守報讎。休走，看槍！
孫　策　好匹夫，看劍！（劍刃墜下，只存劍柄）

（家客甲、乙、丙射箭中孫策臂。孫策拔箭持弓反射，家客甲中箭死介。孫策跑下，家客乙、丙追下）

第 二 十 一 場

孫　策　且住！刺客三人，雖然射死一個，但是身旁寸鐵皆無，怎能交戰？不免急急逃走便了！

家客乙 家客丙	（內）孫策，哪裏走！（上）
	（開打。四上手引程普、丁奉上）
丁　奉 徐　盛	勿傷我主！（殺死二家客介）主公受驚了！
孫　策	不想竟遇大膽刺客，不是二位將軍到此，險遭不測。（撫臂介）
程　普	主公傷了膀臂，待某割下戰袍，裹住傷口。（扯袍介，裹介）華佗神醫善治箭傷，主公且免煩惱，一同回府。帶馬！
四上手	啊！
	（同下）

第二十二場

（華佗弟子上）

華佗弟子	（念）青囊能濟世，良相可同功。
	（旗牌上）
旗　牌	門上哪位在？
華佗弟子	哪一位？到此何事？
旗　牌	只因孫將軍身受箭傷，特請華佗先生前去診治。
華佗弟子	我家師父遠遊去了，不知何日回來。
旗　牌	華佗先生既不在家，就請先生前去醫治便了。
華佗弟子	如此，待我拿了藥箱，看看傷勢輕重，再作道理。
旗　牌	有勞了。請！
	（圓場）
旗　牌	有請將軍！
	（二院子攙孫策上）
孫　策	何事？
旗　牌	華佗先生不在家中，請他徒兒來了。
孫　策	快快請他進來。
旗　牌	有請！
	（華佗弟子進門介）
華佗弟子	參見將軍！

孫　　策	先生少禮。請坐！
華佗弟子	且慢！請賜傷痕一觀，以便用藥。（看傷介）啊，箭頭有毒，已入骨內，敷藥之後，須靜養百日，方保無事。若使怒氣衝激，即難治矣。（上藥包裹介）告辭！
孫　　策	看紋銀百兩，送先生回去。
華佗弟子	多謝將軍！（旗牌、華佗弟子下）
	（張昭上）
張　　昭	啓主公：袁紹遣使陳震求見。
孫　　策	有請！
張　　昭	有請！
	（陳震上）
陳　　震	參見將軍！
孫　　策	先生少禮。請坐！
陳　　震	謝坐！
孫　　策	先生到此，必有見教。
陳　　震	袁公深恨曹瞞專權亂政，意欲與將軍修好，結爲外應，共破曹操。不知尊意如何？
孫　　策	某亦早有奪取許昌之意。既蒙袁公不棄，敢不從命。子布聽令！
張　　昭	在。
孫　　策	速備酒宴，設於城樓，與陳公接風，命衆將前去陪宴。
張　　昭	遵命！（下）
陳　　震	聞得將軍新受箭傷，想已平復了？
孫　　策	是某一時大意，被小人暗算。今日敷藥，已無痛苦了。
	（張昭上）
張　　昭	宴齊。
孫　　策	大家往城樓去者！
	（衆圓場，上樓介。黃蓋、韓當、周泰、程普上）
黃　　蓋 韓　　當 周　　泰 程　　普	參見主公！
孫　　策	少禮。兩廂陪坐！

黄	蓋	
韓	當	啊！（同坐介）
周	泰	
程	普	

孫　　策　請！

　　衆　　　請！

（【園林好】牌子。衆飲酒介）

孫　　策　啊陳公，想昔日先君與曹操共滅董卓，均聽袁公調遣。不想今日曹操挾天子以令諸侯，權勢浩大。幸得袁公不棄，結爲外應。今日城樓高會，令某好不歡悦也！

（唱）今日城樓擺酒宴，

　　　　合力同心滅曹瞞。

　　　　耳邊聽得人聲喊，

（于吉與衆百姓上，過場下）

孫　　策　（唱）何處妖人到樓前？（看介）

啊子布，是何妖人，快快擒來！

張　　昭　啓主公：此人姓于名吉，寓居東方，往來吳會，普施符水，救人萬病，無不靈驗。當世呼爲神仙，未可輕瀆。

孫　　策　此乃左道惑人之徒，速速擒來，違令者斬！

黄	蓋	
韓	當	啊！
周	泰	
程	普	

（衆將下樓，擒于吉上樓介）

于　　吉　貧道于吉與將軍稽首！

孫　　策　嘟！大膽狂道，竟敢煽惑人心，該當何罪！

于　　吉　貧道乃瑯琊宮道士，順帝時曾入山採藥，得神方《太平青領》於曲陽泉水之上，凡一百餘卷，皆治病良方。貧道得之，唯務代天宣化，普救萬民，未曾取人毫釐之物，安得謂煽惑人心？將軍詳參！

孫　　策　汝毫釐不取，衣服飲食從何而來？汝即黃巾張角之流，今若不誅，必爲後患。左右，斬！

張　　昭　于道人在江東數十年，並無過犯，不可殺害。

孫　　策　吾殺此等妖人，何異屠猪斬狗！

陳	震	看在下官薄面，赦免于道人一死。
孫	策	公既爲之講情，暫將妖人收監，聽候發落。
黃韓周程	蓋當泰普	啊！

（衆將擁于吉下）

陳	震	酒已夠了，下官告退。
孫	策	今日妖人敗某清興，來日再圖暢飲。子布！
張	昭	在。
孫	策	陪同陳大夫館驛安歇。
張	昭	遵命！大夫隨我來！
孫	策	恕不遠送了。請！
陳	震	請！

（張昭、陳震下）

孫　策　正是：

（念）英雄浩氣惟純正，不信人間有鬼神。

（二院子攙孫策下）

第二十三場

（二丫鬟引吳國太上）

吳國太　（念）【引】身受國恩重，江東位獨崇。

（念）（詩）夫君不幸陣前亡，

　　　　母子相依實可傷。

　　　　喜有嬌兒能奉養，

　　　　江東稱霸似君王。

老身，烏程侯孫堅之妻吳氏。自侯爺去世之後，幸有長子孫策承繼父志，南征北剿，立下功勞，兵駐江東，自成霸業，每日在老身膝前盡孝，倒也快樂無憂。只是夫君未能安享清福，竟自戰敗而亡，思想起來，好不傷感也！

（唱）嘆夫君遭不幸陣前喪命，

　　　　　拋下了母子們好不傷情。
　　　　　幸我兒繼父志江東霸定，
　　　　　每日裏在膝前孝順娘親。
　　　（院子上）
院　子　啓稟太夫人：今日大將軍城樓設宴，將于神仙下於獄中了。
吳國太　啊，有這等事！將孫策與我喚來！
院　子　有請大將軍！
　　　（孫策上）
孫　策　（念）忽聽慈母喚，上前問金安。
　　　　母親在上，孩兒有禮！
吳國太　罷了，一旁坐下。
孫　策　告坐，母親喚出孩兒有何訓教？
吳國太　聞得我兒將于神仙下於監中，此人爲人治病，軍民信仰，不可殺害。
孫　策　此乃妖人，以妖術惑亂人心，不可不除。
吳國太　于神仙在江東數十餘年，並無惑亂人心之事。吾兒不可一意胡行。
孫　策　母親勿聽外人之言，孩兒自有辦法。
吳國太　任憑吾兒。只是不可殺害他的性命，隨爲娘後堂飲酒。
孫　策　遵命！
　　　（同下）

第二十四場

（張昭上）

張　昭　且住！主公一時憤怒，將于道人囚入監中，似有殺害之意。是我聯合文武百官，聯本保奏，不免面見主公便了！
　　　（唱）文武百官把本保，
　　　　　見了主公説根苗。（下）

第二十五場

（四文堂上，站門。孫策上）
孫　策　（唱）每日裏在江東操兵演將，

　　　　　　但願得滅群雄獨霸興王。

　　　　　　將身兒坐至在二堂以上，

　　（張昭上）

張　昭　（唱）爲保于吉走慌忙。

　　　　參見主公！

孫　策　子布有何事來見？

張　昭　文武百官聯名保奏，請主公赦免于吉死罪。

孫　策　公與百官皆讀書之人，何不達理！當年交州刺史張津，聽信邪教，常以紅帕包頭，自稱可助軍威，不料後來竟爲敵人所害。某欲殺于吉，是思禁邪教也。

張　昭　昭素知于道人善能祈雨。如今天時亢旱，何不令他祈雨贖罪？

孫　策　既然如此，暫將妖人放出，明日前去祈雨，某要親去觀看。子布前去傳令便了。

張　昭　遵命！

　　（孫策、四文堂下）

　　（張昭下）

第二十六場

　　（衆百姓上）

百姓甲　請了！

衆百姓　請了！

百姓甲　今日于神仙祈雨，我等前去看個熱鬧。

衆百姓　走着！

　　（同下）

第二十七場

　　（張昭上）

張　昭　下官，張昭。奉了主公之命，築壇命于吉求雨。看那旁人馬喧闐，想是主公來也。

　　（四文堂引孫策上）

孫　策　子布,將于吉喚來,當面祈雨。若過午時無雨,即將妖道火焚,不得有誤!

張　昭　遵命!主公有令:將于道人帶了上來。

于　吉　(內唱)【二黃導板】
　　　　　　習玄機學道法瑯琊宮上,
　　　　(眾百姓、于吉上)

于　吉　(唱)【二黃迴龍腔】
　　　　　　知天文曉地理八卦陰陽。
　　　　(轉唱)【二黃原板】
　　　　　　想當年曲陽泉得了神狀,
　　　　　　因此上治病症普度萬方。
　　　　　　孫伯符好殺戮上應天象,
　　　　　　此乃是劫數到不能躲藏。
　　　　　　將身兒來至在大街以上,
　　　　　　烈日中求甘霖祈禱上蒼。
　　　　天哪,天!想我于吉,向抱濟世之心,從無惑人之意,如今劫數來臨,恐不能逃也!

眾百姓　若有靈驗,將軍必然敬服。

于　吉　氣數已定,吾雖拜求三尺甘霖以救萬民,但仍不免一死也!
　　　　(唱)此乃是劫數到早已注定,
　　　　　　最可嘆青領道絕了傳人。

孫　策　看午時將近,甘霖未降。左右,將于吉扛上柴堆!
　　　　(四文堂扛于吉上柴堆仰臥介)

孫　策　四下舉火!

四文堂　啊!
　　　　(火彩介)

于　吉　天靈靈,地靈靈,甘霖速降!
　　　　(風、雨、雷、電諸神上)

于　吉　收了威嚴者!
　　　　(風、雨、雷、電諸神下,眾百姓跪介)

眾百姓　好大雨!
　　　　(四文堂攪于吉下,解索介)

孫　策　嘟！大膽妖人，晴、雨乃是天地定數，妖人偶乘其便，衆百姓休得被他所惑。刀斧手，將于吉速速斬首！
張　昭　于道人既然求下甘霖，務請主公赦免死罪！
孫　策　某心已決，不必再言！
張　昭　仍求主公開恩！
孫　策　難道你欲從于吉造反不成？速速將妖人斬首。再有諫言者，一同問斬！
　　　　（四文堂推于吉下，鼓響，斬介。四文堂持于吉首級上，呈看介）
孫　策　將首級懸挂，號令通衢，帶馬回府！
　衆　　啊！
　　　　（同下）

第二十八場

（二丫鬟引吳國太上）
吳國太　（唱）都只爲冒犯了于吉神道，
　　　　　　　叫老身每日裏好不心焦。
　　　　　　　將身兒坐後堂等兒來到，
　　　　　　　却爲何心驚跳坐立不牢？
　　　　（院子上）
院　子　啓禀太夫人：于神仙被大將軍斬首了！
吳國太　啊！這個奴才，竟自不聽我言，將于神仙斬首，恐怕爲禍不遠。不免在玉清觀內設醮拜懺。家院過來！
院　子　在！
吳國太　命你速往玉清觀，命衆道士設醮超度于道人靈魂，不得有誤！
院　子　是。（下）
吳國太　但願設醮有靈，勿降災禍也！
　　　　（唱）但願得玉清觀設醮有效，
　　　　　　　也免得每日裏挂在心梢。
　　　　（同下）

第二十九場

孫　策　（内）掌燈！
　　　　（内唱）【二黄導板】
　　　　　　聽譙樓打罷了二更時分，
（二燈夫引孫策上）
孫　策　（唱）【二黄迴龍腔】
　　　　　　想起了平生事萬慮縈心。
　　　　（轉唱）【二黄原板】
　　　　　　嘆嚴親在陣前遇害喪命，
　　　　　　因此上承父業執掌甲兵。
　　　　　　恨于吉施邪術妖言惑衆，
　　　　　　被某家排衆議明正典刑。
　　　　　　這幾日只覺得心神不定。
（于吉鬼魂上）
孫　策　（唱）猛抬頭又只見于吉鬼魂。
　　　　　　怒冲冲執寶劍急忙砍定，
（孫策執寶劍三砍，于吉鬼魂躲介，于吉鬼魂下）
孫　策　（唱）霎時不見爲何情？
　　　　哎呀且住！適纔明明看見妖道，怎麽一時不見，莫非有鬼！哎呀，想某孫策自幼隨父出征，殺人如麻，何曾有禍！此乃某心神不定，睡眼迷離所致。正是：
　　　　（念）鬼神皆虛誕，不信自然無。（下）

第三十場

（二丫鬟、吴國太上）
吴國太　（念）玉清建盛醮，
　　　　　　超度于神仙。
　　　　適纔家院報道：玉清觀内已建羅天大醮。等候吾兒到此，命他前往拈香便了。

（孫策上）

孫　策　（唱）自那日見妖魂心神悶倦，
　　　　　　　到堂前見慈母膝下承歡。
　　　　孩兒參見母親！
吳國太　罷了。一旁坐下。
孫　策　告坐。
吳國太　吾兒這幾日容顏消瘦，莫非有何病症麼？
孫　策　孩兒身體安泰，母親請放寬心。
吳國太　兒呀，豈不知聖人云："鬼神之爲德，其盛矣乎！"又云："禱爾於上下神祇。"汝屈殺于先生，豈無報應！我已在玉清觀內設醮，汝可前去拈香拜禱，自然安泰。
　　　　（孫策不語）
吳國太　我兒素日頗知孝道。今日不聽我言，就爲不孝，還不與我快去！
　　　　（院子暗上）
孫　策　母親不必動怒，孩兒前去就是。來，外廂帶馬！
　　　　（唱）辭別母親跨金鐙，
　　　　　　　玉清觀內走一程。
　　　　（院子帶馬，孫策上馬，下，院子下）
吳國太　（唱）一見吾兒上馬行，
　　　　　　　倒叫老身挂在心。
　　　　（同下）

第三十一場

（老道上）
老　道　貧道乃玉清觀監寺是也。今日孫將軍設醮降香，在此伺候。
　　　　（四文堂、四上手、丁奉、程普、孫策上）
孫　策　（唱）來到了玉清觀忙下金鐙，
　　　　　　　又見道士禮相迎。
老　道　將軍在上，貧道稽首！
孫　策　罷了。羅天大醮，設在哪裏？
老　道　設在大殿之內，就請將軍拈香。

孫　策　帶路！
　　　　（孫策焚香叩頭，見爐上于吉鬼魂介）
孫　策　妖人屢次欺我。休走，著打！左右，你等可曾看見妖鬼否？
衆　　　不曾看見。
　　　　（孫策抬頭，又見于吉鬼魂介）
孫　策　看劍！（刺介）
　　　　（一上手倒介）
孫　策　拖了下去。帶馬回府！
　　　　（孫策上馬，又見于吉鬼魂介）
孫　策　此觀亦藏妖之所也。衆將官！
衆　　　有。
孫　策　將道士趕出，將此觀用火焚化！
衆　　　啊！
　　　　（火彩。于吉鬼魂以拂塵拂孫策，孫策吐血介，衆攙下）

戰 官 渡

佚 名 撰

解 題

　　京劇。現代佚名撰。《京劇劇目初探》《京劇劇目辭典》著錄，均題《戰官渡》，一名《烏巢劫糧》，未署作者。劇寫袁紹與曹操在官渡交戰，雙方相持一月有餘。曹軍缺少糧食，遣人帶信回許昌催糧。信被袁紹謀士許攸得到，於是向袁紹獻計，分兵出擊許昌。袁紹不聽，反而斥責許攸。許攸憤而投曹。曹操採用許攸之計，趁袁軍不備，火燒袁軍烏巢糧草。袁紹大將張郃、高覽不爲重用，歸降曹操。曹操用張郃計，設伏誘敵，打敗袁軍。本事出於《三國演義》第三十回。《三國志·魏書·武帝紀》、《袁紹傳》與裴注引《曹瞞傳》所述官渡之戰，與《演義》基本相同。版本今有《京劇彙編》收錄的王連平藏本及依該本重刊的《京劇傳統劇本彙編》本。今以《京劇彙編》王連平藏本爲底本進行整理。

第 一 場

　　　　（郭圖、逢紀、審配、辛評上）

郭　圖　（念）（詩）輔助袁公伐許都，
審　配　（念）（詩）剿賊勤王逞雄圖。
逢　紀　（念）（詩）仁義之師得天助，
辛　評　（念）（詩）不滅曹瞞不丈夫。
郭　圖　　　　　郭圖。
審　配　下官，　審配。
逢　紀　　　　　逢紀。
辛　評　　　　　辛評。
郭　圖　列位大人請了！

| 審逢辛 | 配紀評 | 請了！

郭 圖　想你我自隨主公攻打官渡，與曹操相持匝月，諒他勞師費財，定難持久。一旦食盡糧絕，必然班師。郿時攻其不備，阿瞞可擒矣。

| 審逢辛 | 配紀評 | 郭大夫運籌帷幄，決勝千里，我等不及也。

郭 圖　列公謬贊，愧不敢當。話言未了，主公陞帳，你我兩廂伺候！

| 審逢辛 | 配紀評 | 請！

（四文堂、四大鎧引袁紹上）

袁　紹　（唱）【點絳唇】
　　　　四世三公，志吞幽并，逞威勇，冀北興兵，討賊干戈動。（上高臺）

| 郭審逢辛 | 圖配紀評 | 參見主公！

袁　紹　站立兩廂！

| 郭審逢辛 | 圖配紀評 | 謝主公！

袁　紹　（念）（詩）威赫赫虎踞河北，
　　　　　　　　　浩蕩蕩賢士夾歸，
　　　　　　　　　雄赳赳整頓部伍，
　　　　　　　　　氣昂昂奉詔討賊。
　　　本爵，姓袁名紹字本初。官拜大將軍，敕封太尉，兼領冀、青、幽、并四州都督，祁鄉侯爵。想當年國舅董承與劉備、馬騰等，同奉衣帶詔討滅漢賊曹操，誰知事機不密，董承遇害，劉備逃亡。那時某佔據冀、青、幽、并四大州郡，圖謀討賊，已非一日。前聞孫策暴亡，孫權繼立，曹操封他以為將軍，兼領會稽太守，分明是結為外應。是某心懷不忿，萬難容忍。因此盡起四州人馬七十餘萬，來取許昌。

郭　圖 審　配 逢　紀 辛　評	衆位大夫！ 主公！
袁　紹	吾大軍來至官渡，與曹賊相持將近一月，勝負未分，衆位大夫有何良策？
郭　圖	臣啓主公：曹兵遠道而來，利在速戰。今我軍深溝高壘，以待其疲。待等敵人食盡糧絕，軍心自亂，那時鳴鼓而攻，可操勝券。
配　審	話雖如此，但我軍糧餉亦應準備充足，方保無慮。
逢　紀	四州糧餉，早已徵齊。只消派人押運，朝發夕至，何必多慮？
袁　紹	公等所言極是。但何人可差？
辛　評	韓猛英勇無匹，必能勝任。
郭　圖	韓猛有勇無謀，還須斟酌。
袁　紹	押運糧草，並非迎敵對陣，何用謀略！吾意已決，汝勿多言。
辛　評	著哇！
袁　紹	喚韓猛進帳！
一文堂	韓猛進帳！
韓　猛	（內）來也！（上） （念）力能排南山，英名四海傳。 參見主公。有何差遣？
袁　紹	命你率領本部人馬，回轉四州，催押糧草，軍前應用！
韓　猛	得令！（下）
袁　紹	韓猛此去，軍糧無憂。掩門！ （同下）

第　二　場

（曹仁、許褚、夏侯惇、張遼、徐晃上，起霸）

徐　晃	徐晃。
許　褚	許褚。
張　遼	俺，張遼。
曹　仁	曹仁。
夏侯惇	夏侯惇。

徐　　晃　　眾位將軍請了！
許　　褚
張　　遼　　請了！
曹　　仁
夏侯惇
徐　　晃　　冀北袁紹，興兵來犯官渡，丞相親征，相持一月，未見勝敗。看今日大纛旗隨風飄動，必有軍情。丞相陞帳，兩廂伺候！
許　　褚
張　　遼　　請！
曹　　仁
夏侯惇
　　　　　　（【大發點】。八文堂、四上手引曹操上）
曹　　操　　（念）【引】威凌帝后世無儔，挾天子，以令諸侯。（進大帳坐介）
徐　　晃
許　　褚
張　　遼　　參見丞相！
曹　　仁
夏侯惇
曹　　操　　站立兩廂！
徐　　晃
許　　褚
張　　遼　　謝丞相！
曹　　仁
夏侯惇
曹　　操　　（念）（詩）憶昔當年勤王室，
　　　　　　　　　　四海揚名誰不知！
　　　　　　　　　　袁紹小兒無謀智，
　　　　　　　　　　全軍覆滅後悔遲。
　　　　　　老夫，大漢丞相，領司隸校尉，假節鉞，錄尚書事，武平侯曹操。可恨袁紹妄自稱兵，老夫親臨官渡督討。奈他相持不戰，意在待吾糧盡，以攻後路。一月以來，軍力漸乏。現在糧草果然不敷，路途遙遠，又難接濟，意欲放棄官渡，退守許昌，籌思數日，遲疑不決。也曾命曹洪持書返回許都去問荀彧，已隔多日，為何不見轉來？正是：
　　　　　　（念）進退難決定，躊躇在心頭。

曹 洪　（内）走啊！（上）
　　　（念）奉命星夜回許昌，取來書信報端詳。
　　　參見丞相！
曹 操　罷了。那荀彧可有復函？
曹 洪　現有復函。丞相請看。
曹 操　呈上來！
　　　（曹洪呈上書信，站在夏侯惇下邊，曹操拆信介）
曹 操　"承尊命使決進退之疑。愚以袁紹悉聚其衆於官渡，欲與明公一決勝負。公以至弱當其至強，若不能制，必爲所乘，是天下之大機也。紹軍雖衆，而不能用。以公之神武明哲，何所向而不濟？今軍實雖少，未若楚、漢之在滎陽、成皋間也。公今畫地而守，扼其喉而使之不能進，情見事竭，必將有變。此用奇之時，斷不可失。唯明公裁奪之。"（擲書介）哈哈哈……荀文若真吾之子房也！
　　　（唱）閱罷書信心内爽，
　　　　　荀彧真如漢張良。
　　　　　扼守官渡把袁紹擋，
　　　　　從今不提回許昌。
張 遼　啓丞相：營中缺糧，恐軍心有變。
曹 操　這個！容緩圖之。
報 子　（内）報！（上）
　　　今有韓猛，從冀州押來糧草，離此不遠。
徐 晃　再探！
報 子　啊！（下）
徐 晃　啓禀丞相：久聞敵人帳下大將韓猛，乃是匹夫之勇。若得一人引輕騎數千，夾路擊之，斷其糧草，紹軍自亂，我軍又得接濟，此乃事半功倍之策也。
曹 操　此計甚妙。聽吾令下！
　　　（唱）就命你率人馬急速前往，
　　　　　遇敵人必須要小心提防。
徐 晃　得令！
　　　（唱）俺徐晃領將令忙出寶帳，
　　　（徐晃出門上馬介，四上手引下）

曹　操　（唱）再喚過張文遠、虎癡仲康。
張　遼
許　褚　在。
曹　操　（唱）率領着三千卒接應徐晃，
　　　　　　　山谷裏設疑兵虛勢聲張。
張　遼
許　褚　得令！
　　　　（同唱）出營來束甲冑忙把馬上，
　　　　（張遼、許褚上馬介，下）
曹　操　（唱）遣三將巧安排煞費心腸。
　　　　　　　徐公明果然是智謀深廣，
　　　　　　　要成功還須有文遠仲康。
　　　　　　　袁本初不度德又不自量，
　　　　　　　管叫他在官渡全軍復亡。
　　　　（同下）

第　三　場

（四下手推糧車引韓猛上）

韓　猛　（唱）久在河北稱上將，
　　　　　　　今朝奉命押軍糧。
　　　　　　　不分晝夜朝前闖，
　　　　（放火彩）

韓　猛　啊！
　　　　（唱）爲何四面起火光？
（四上手引徐晃上，會陣。徐晃、韓猛打燈籠炮，架住。四上手劫糧車下。張遼、許褚上，追過場，下。徐晃、韓猛起打，韓猛敗下，徐晃收下）

第　四　場

（四文堂、四大鎧、逢紀、郭圖、辛評、審配引袁紹上）

袁　紹　（唱）胸藏韜略通戰策，
　　　　　　　　四世三公偉績多。
　　　　　　　　但願曹賊遭俘虜，
　　　　　　　　統一華夏定山河。（入座介）
　　　　　（韓猛上）
韓　猛　（唱）押解糧草被劫擄，
　　　　　　　　回營請罪莫奈何。
　　　　　參見主公！
袁　紹　命你徵解糧草，可曾催齊？
韓　猛　末將押解糧草車數千輛，行至山谷，遇曹將徐晃四面放火。末將戰他不勝，所有糧草，半被劫擄，半被火焚，特來請罪。
袁　紹　嘟！無謀之輩，果有此失。左右，推出斬了！
四文堂　啊！
　　　　　（四文堂押韓猛上）
審　配　請主公饒恕！
袁　紹　赦他轉來！
審　配　將韓將軍綁回！
　　　　　（四文堂押韓猛上）
韓　猛　謝主公不斬之恩！
袁　紹　無識匹夫，打在後帳。左右，與吾叉出去！
四文堂
四大鎧　出去！
韓　猛　（出門介）嘿！（下）
審　配　主公，行軍以糧草爲重，不可不用心提防。烏巢乃屯糧之處，必得重兵守之。
袁　紹　吾籌策已定，汝速回鄴郡，監督糧草，休教缺乏。
審　配　遵命！（下）
袁　紹　喚淳于瓊進見！
一文堂　淳于瓊進見！
淳于瓊　（內）來也！（上）
　　　　　（念）一生好酒不惜命，醉生夢死又何妨！
　　　　　參見主公！有何差遣？

袁　紹　命你率領本部人馬，去往烏巢看守糧草，不可大意！
淳于瓊　得令！
　　　　（四文堂、四大鎧、郭圖、逢紀、審配、辛評、袁紹下）
淳于瓊　衆將官！
　　　　（四下手兩邊上）
四下手　有。
淳于瓊　今奉主命，去往烏巢看守糧草，須要小心！
四下手　啊！
淳于瓊　抬槍帶馬！（上馬介）就此前往！
四下手　啊！
　　　　（同下）

第　五　場

（張郃上，起霸）

張　郃　（念）（詩）雄才大略智謀高，
　　　　　　　　　兩手開弓射雁雕。
　　　　　　　　　不該河北投袁紹，
　　　　　　　　　致使豪傑壯氣消。
　　　　某，姓張名郃字儁義。想俺自從來至河北，投奔袁紹，只道他曾爲盟主，必有作爲。誰知是昏庸之主，耳軟心活，毫無定見，信奸任佞，輕慢賢能。皇叔劉備不能安居，田豐、沮授橫遭縲絏。某雖厠身將校，常恐奸佞設機陷害。爲此，日夜辛勞，不卸甲冑。看今宵月色迷蒙，不免往各營巡閱，探視一番。
　　　　（旗牌持燈暗上）
張　郃　來！
旗　牌　有。
張　郃　掌燈帶路！
旗　牌　啊。
張　郃　（唱）袁紹無謀信奸黨，
　　　　　　　輕視賢臣慢忠良。
　　　　　　　田豐沮授遭冤枉，

怕是軍心難提防。

（同下）

第 六 場

（許攸上）

許　攸　（念）【引】少習孫武，通戰術，熟讀兵書。（坐介）

（念）（詩）運籌帷幄智謀多，
　　　　　堪比鄭侯漢蕭何。
　　　　　有朝能遂凌雲志，
　　　　　自然談笑定山河。

卑人，姓許名攸字子遠，乃南陽人氏。幼讀兵書，深通戰略。來至河北，投在袁紹幕下，充當謀士。看那袁紹任用奸邪，性情猜忌，前有謀士田豐、沮授等，俱因諫阻出兵，反遭囚禁。此番兵臨官渡，與曹操互相扼守，屈指匝月，難望成功。足見田、沮二人當初之言確有見解，可惜未逢明主，不能採納。思想起來，兔死狐悲，物傷其類，殊堪浩嘆也！

（唱）可嘆沮授與田豐，
　　　苦口忠言諫袁公。
　　　蓋世奇謀不能用，
　　　反遭縲絏囚獄中。

（二旗牌上）

二旗牌　啓稟大人：我二人出外巡哨，在途中拿獲奸細一名，請予發落。

許　攸　有這等事？帶上來！

二旗牌　啊！

（二旗牌下，綁下書人上）

二旗牌　奸細綁到！

許　攸　膽大奸細，敢來窺探！汝喚何名，奉何人差遣？從實招來！

下書人　哎呀將軍哪！我乃行路之人，被他們錯認了。

許　攸　分明是胡言亂語。來，向他身邊搜檢！

二旗牌　啊。

（二旗牌搜下書人介）

二旗牌　並無夾帶。
　　　　（許攸打下下書人頭巾介）
許　攸　再搜髮髻！
二旗牌　啊。（再搜介）有一小柬。
許　攸　待我看來。"文若手啓"。哎呀且住！聞得人言，曹操帳下有一謀
　　　　士，名喚荀彧，表字文若。此柬大有作用，待吾拆開一觀。（拆書
　　　　介）"前函備悉。現軍中糧餉，業經告竭，請即措辦大宗糧秣，解赴
　　　　軍前接濟，愈速愈妙，勿得遲延！"啊，機會來到。嘿嘿，好了！
　　　　（唱）看罷書信心暗想，
　　　　　　　此事倒要費商量。
　　　　　　　曹營既是缺糧餉，
　　　　　　　正好分兵取許昌。
　　　　　　　兩路夾攻一齊往，
　　　　　　　管叫阿瞞指日亡。
　　　　　　　此人暫且押後帳，
二旗牌　啊！
　　　　（二旗牌押下書人下。許攸圓場）
許　攸　（唱）見了本初說端詳。
　　　　有人麼？
　　　　（中軍上）
中　軍　什麼人？
許　攸　許攸有要事請見主公。
中　軍　有請主公！
　　　　（四文堂引袁紹上）
袁　紹　何事？
中　軍　許攸有要事請見。
袁　紹　傳！（入座介）
中　軍　主公傳！
許　攸　參見主公！
袁　紹　少禮。請坐！
許　攸　謝坐。
袁　紹　汝黃夜進寨，必有所爲？

| 許 攸 | 適纔我營兵士擒獲奸細，携有曹賊書信，内言軍糧告竭，飭荀或迅速解糧接濟。我想曹操屯軍官渡，與我相持已久，許昌必然空虛，若分一軍星夜掩襲許昌，則許昌可拔，而曹操可擒也。今彼糧食已盡，正好乘此機會，兩路擊之，必定成功。

袁 紹 這個……曹操詭計甚多，彼見吾按兵不動，修此假書，乃誘敵之計也。

許 攸 主公今若不取許昌，只恐後將受害。

袁 紹 嘟！你且住口！說什麽後將受害！昨日審配自鄴郡來書，道你當初在冀州時候，濫受民間財物，縱容子侄，多科賦稅，增加錢糧，盡都肥己。今已將汝子侄下獄，似你這濫行匹夫，尚有何面目敢來獻計！聞得汝與曹操乃是故友，分明受其財賄，來做奸細，賺吾出兵，汝却於中取事。本當斬首，今權寄頭在項，可速退出，從此不准進帳。中軍！

中 軍 在。

袁 紹 趕他出去！

中 軍 出去！（趕許攸出門介）
（四文堂、中軍、袁紹下）

許 攸 唉！
（唱）【西皮導板】
　　爲獻奇謀遭讒謗，
（轉唱）【西皮快板】
　　無明火起上胸膛。
　　惱恨袁紹信奸黨，
　　耳軟心活無主張。
　　怪不得田豐遭冤枉，
　　怪不得劉備走他鄉。
　　站立營門心暗想，
　　瞻前顧後實悲傷。
　　人言曹操恩義廣，
　　尊賢禮士非尋常。
　　本初既無容人量，
　　何不棄之把曹降！

　　　　　　看起來孟德洪福降，
　　　　　　這也是袁紹該滅亡。
　　　　　　我不免獻計曹營帳，
　　　　　　叫他烏巢去燒糧。
　　　　　　袁紹的命脉我手中掌，
　　　　　　管叫他全軍復没遭禍殃。（下）

第 七 場

　　　（場設睡帳。起初更）
　　　（四文堂執燈引曹操上）
曹　操　（唱）只爲軍中缺糧餉，
　　　　　　倒叫老夫費愁腸。
　　　　　　也曾修書許昌往，
　　　　　　荀彧必定發軍糧。
　　　　　　掌燈引路中軍帳，
　　　　　　躊躇不安自參詳。
　　　（四文堂下。起二更）
許　攸　（內）走哇！（上）
　　　　（唱）可恨袁紹無智量，
　　　　　　聽信讒言慢忠良。
　　　　　　將我子侄下獄往，
　　　　　　有何面目回冀鄉！
　　　　　　只得投誠來曹帳，
　　　（四文堂引徐晃由下場門上）
徐　晃　（唱）來者何人走慌張？
　　　　吠！何處奸細，敢來窺探，與吾拿下！
許　攸　且慢！吾乃丞相故友、南陽許攸，特來求見丞相。速去通報。
徐　晃　（執燈照介）哦原來是許先生，失敬了！
許　攸　豈敢！
徐　晃　請少待。
許　攸　請！

徐　晃	報：徐晃稟事。
曹　操	（驚介）啊，進來！
徐　晃	（進門介）參見丞相。
曹　操	所稟何事？
徐　晃	南陽許攸求見。
曹　操	哦！說我出迎！
徐　晃	（出門介）丞相出迎。
曹　操	（出迎介）子遠何來？
許　攸	久違丞相，特來致候。
曹　操 許　攸	啊哈哈哈……
徐　晃 曹　操	請！
許　攸	請！（進門介）
許　攸	丞相請上，待某參拜。（拜介）
曹　操	老夫也有一拜。（回拜介）子遠、公明請坐！
許　攸 徐　晃	謝坐。
曹　操	一別數年，今夜來此，必有所為？
許　攸	某不能擇主，屈身袁紹帳下，言不聽，計不從。今特棄之，來見故人，願賜收錄。
曹　操	子遠肯來，吾事濟矣。願即教我以破紹之策。
許　攸	唉，吾曾教袁紹以輕騎掩襲許都，首尾相攻……
曹　操	哎呀，若袁紹用子之言，吾事敗矣！
許　攸	公今軍糧尚有幾何？
曹　操	尚可支援一年。
許　攸	恐怕未必吧？
曹　操	哦，若用半年，足有餘也！
許　攸	唔，吾以誠相投，而公見欺如此，豈吾所料也。告辭！
曹　操	且慢！子遠勿嗔，尚容實訴。軍中之糧實可支三月耳。
許　攸	（冷笑介）嘿嘿嘿……人言孟德奸雄，今果然也。
曹　操	哈哈哈……豈不聞兵不厭詐！我軍只有此月之糧。

許　攸　啊！你休瞞我，糧實已盡矣。
曹　操　這個……何以知之？
許　攸　丞相請看，此書何人所寫？
曹　操　（看書驚介）子遠何處得來？
許　攸　若問此書，你且聽了！
　　　　（唱）【西皮原板】
　　　　　　在營中尊一聲孟德丞相，
　　　　　　且聽我許子遠細説端詳：
　　　　　　早知道你如今缺少糧餉，
　　　　　　命軍士齎書信去往許昌。
　　　　　　半途中又被我兵卒擒綁，
　　　　　　髮髻內檢獲你密函一張。
　　　　　　我也曾見袁紹計策獻上，
　　　　　　我教他分兵力襲取許昌。
　　　　　　那時節定使你首尾難擋，
　　　　　　怎奈他聽讒言不信忠良。
　　　　　　反將我許子遠逐出大帳，
　　　　　　因此上貪夜裏特來投降。
　　　　　　誰想到爾一派奸雄模樣，
　　　　　　故意地欺哄我却爲哪樁？
　　　　　　前後事俱對你細細言講，
　　　　　　若疑忌我許攸另走他鄉。
曹　操　（唱）許子遠念舊交既來寶帳，
　　　　　　因何故又這等浮躁飛揚！
許　攸　（唱）只爲你閃爍言使我失望，
　　　　　　大丞相原來是猜忌心腸。
曹　操　（唱）非是我不誠懇對你實講，
　　　　　　軍營中機密事不得不防。
　　　　　　望先生將良謀急速獻上，
　　　　　　破袁紹建奇勳萬古流芳。
　　　　　　子遠既念舊交而來，願即有計教我。
許　攸　攸有一策，不過三日，使袁紹百萬之衆，不戰自破。不知明公肯聽否？
曹　操　願聞良策。
許　攸　袁紹軍糧輜重盡積烏巢，只有淳于瓊把守，瓊嗜酒無備。公可選精兵，詐稱袁將蔣奇領兵到彼護糧，乘間燒其糧草輜重，則袁軍不出三日必自亂矣。
曹　操　哈哈哈……
許　攸　（唱）淳于瓊在烏巢領兵守望，
　　　　　　　那邊廂為袁紹聚草屯糧。
　　　　　　　願明公速遣派精兵猛將，
　　　　　　　劫糧草給他個致命重傷。
曹　操　（唱）蒙先生指迷途殊堪嘉獎，
　　　　　　　許子遠果能夠濟世安邦。
　　　　　　　待等到大功成再加陞賞，
　　　　　　　出幽谷遷喬木方是棟梁。
許　攸　（唱）村野人怎敢勞丞相誇獎，
　　　　　　　棄袁紹都只為故舊情長。
曹　操　（唱）願先生且歇息暫歸後帳，
　　　　　　　待老夫遣將士烏巢燒糧。
許　攸　（唱）施一禮拜謝了孟德丞相，
　　　　　　　袁本初失糧草難以猖狂。（下）
曹　操　哈哈哈！許攸來降，乃天助我也。
徐　晃　啟稟丞相：袁紹屯糧之所，安得無備，丞相未可輕動，只恐許攸有詐！
曹　操　呃！許攸此來，天敗袁紹。吾軍糧不濟，難以久持。若不用許攸之計，是坐而待困也。彼若有詐，安肯留我寨中？況吾久欲劫寨。今劫糧之舉，勢在必行，君請勿疑。
徐　晃　亦要提防袁紹乘虛來襲我營。
曹　操　吾籌策已定。吩咐眾將齊集帳前聽令！
徐　晃　得令！（曹操下）
徐　晃　下面聽者！丞相有令：吩咐眾將齊集帳前聽令！
　眾　　（內）啊！（徐晃下）
　　　　（連場。【急急風】。四文堂、四上手、曹仁、許褚、夏侯惇、曹洪、張

（遼、徐晃上，站門。曹操上，陞大帳）

曹　操　（念）天使許攸背袁紹，
　　　　　　　準備今夜劫烏巢。
　　　　　衆位將軍！

徐　晃
許　褚
張　遼　丞相！
曹　洪
曹　仁
夏侯惇

曹　操　許攸獻計，烏巢劫糧，你等俱要奮勇當先！

徐　晃
許　褚
張　遼　啊！
曹　洪
曹　仁
夏侯惇

曹　操　曹洪聽令！
曹　洪　在。
曹　操　命你率領本部人馬，與衆謀士固守大寨，倘袁紹來劫，汝即殺出，不
　　　　得有誤！
曹　洪　得令！（下）
曹　操　曹仁、夏侯惇聽令！
曹　仁
夏侯惇　在。
曹　操　命你二人分兵左右，伏於寨外，如有敵兵，一齊殺出，不得有誤！
曹　仁
夏侯惇　得令！（曹仁從上場門下，夏侯惇從下場門下）
曹　操　衆將官！
徐　晃
許　褚　有。
張　遼
曹　操　你等隨我去劫烏巢。張遼、許褚在前，徐晃在後，一個個人銜枚，馬
　　　　去鈴，偃旗息鼓，起兵前往！
　　衆　啊！

（許褚、張遼、徐晃、曹操上馬介。四文堂、四上手繞圓場，同下）

第 八 場

（四下手引淳于瓊上）

淳于瓊　（唱）看守糧秣在烏巢，
　　　　　　　終朝痛飲醉酕醄。
　　　　　　　哪怕阿瞞兵將到，
　　　　　　　叫他片甲也難逃。（入小座）

（旗牌上）

旗　牌　冀州糧到。
淳于瓊　運進後庫！
旗　牌　運進後庫！

（四糧車上，過場下）

淳于瓊　哈哈哈……四州糧草俱已到齊，真是堆積如山！我營糧草豐足，何懼曹操！來！
旗　牌　有！
淳于瓊　軍士連日運糧辛苦，賞他們美酒，各自去飲，若守糧無恙，另有重賞。
旗　牌　得令！（下）
淳于瓊　看酒伺候！（入內座）
　　　　（唱）人生至樂是美酒，
　　　　　　　又助膽量又解憂。
　　　　　　　況且某家海量有，
　　　　　　　不如一醉萬事休。（醉睡介）

（四上手引張遼、許褚上）

四上手　來到烏巢！
張　遼
許　褚　放火燒糧！
四上手　啊！

（眾抄下，放火彩。淳于瓊撲火下）

（連場。【亂錘】。四下手、旗牌、淳于瓊上，眾抄下）

第 九 場

（四文堂、徐晃引曹操上，站斜門。淳于瓊由下場門上，張遼、許褚追上，按倒淳于瓊介）

曹　　操　　咄！汝乃何人？

淳于瓊　　俺乃守糧官淳于瓊。你們怕我不怕？唔嚕……（吐介）

曹　　操　　這廝還未醒酒。來！將這賊耳鼻割掉，放他回去，以羞袁紹。

徐　　晃　　得令！

（徐晃割淳于瓊鼻、耳介）

淳于瓊　　哎呀！（下）

曹　　操　　來，四下放火，燒絕糧草！

衆　　　　啊！（衆分下）

第 十 場

（【急急風】。四文堂、袁譚、袁熙、袁尚、張郃、郭圖、高幹、高覽、逢紀引袁紹上）

袁　　紹　　遠望火光衝霄，想是烏巢不保。（入大座）

（探子上）

探　　子　　（內）報！（上）

啓禀主公：曹兵襲劫烏巢，糧草盡被燒毀。

袁　　紹　　啊，那淳于瓊呢？

探　　子　　那淳於瓊每日好飲瓊漿，平素疏於提防，以致釀成此禍，不知生死存亡。

袁　　紹　　再去打探！

探　　子　　遵命！（下）

袁　　紹　　衆位將軍！

衆　　將　　主公！

袁　　紹　　糧草被曹操襲劫焚燒，汝等有何良策前去援救？

張　　郃　　主公不消憂慮，俺張郃不才，願與高覽同往退敵。

郭　　圖　　呃！何用如此！想那曹操此番劫糧，必定親往，寨中自然空虛。若

　　　　　縱兵取其寨柵,他必回救,此孫臏"圍魏救韓"之計也。
張　郃　公言差矣!曹操多謀,外出必有內應。攻其不備,無非僥倖成功;
　　　　　倘若不勝,則糧草有失,吾等皆被擒矣!
郭　圖　那曹操只顧劫糧,豈能留兵守寨?
袁　紹　是呀!汝勿多疑,速與高覽各率本部,照計而行。
張　郃
高　覽　得令!馬來!
　　　　　(張郃、高覽上馬介,下)
逢　紀　烏巢之軍,亦應遣兵援救。
袁　紹　好。袁譚、袁熙、袁尚、高幹聽令!
袁　譚
袁　熙
袁　尚
高　幹　在!
袁　紹　各引人馬,速往救援!
袁　譚
袁　熙
袁　尚
高　幹　得令!馬來!
　　　　　(袁譚、袁熙、袁尚、高幹上馬介,下)
袁　紹　掩門!
　　　　　(同下)

第 十 一 場

(【急急風】。四上手引許褚、張遼上,站門。四下手引高幹、袁尚、袁熙、袁譚上,會陣,開打。袁譚、袁熙、袁尚、高幹敗下,許褚、張遼雙收下)

第 十 二 場

(四下手引張郃、高覽上,劫營。四上手、曹洪上,火彩,亂殺介。曹仁、夏侯惇兩邊上,起打,眾下,接徐晃、張郃起打,雙收下)

第 十 三 場

（淳于瓊上）

淳于瓊　（唱）奉命烏巢守糧草，
　　　　　　　　不想被賊放火燒。
　　　　　　　　我好酒貪杯把大事耽誤了，
　　　　　　　　回營請罪再立功勞。
　　　　　　有請主公！
　　　　　（四文堂、四大鎧、郭圖、蔣奇兩邊上，袁紹下場門上）

淳于瓊　啓主公：烏巢被劫，死罪呀死罪！
袁　紹　好酒貪杯，誤我軍情。看劍！
　　　　（袁紹殺死淳于瓊介）
　　　　（袁譚、袁熙、袁尚、高幹上）

袁　譚
袁　熙　參見爹爹！
袁　尚

高　幹　參見舅父！
袁　紹　勝敗如何？
袁　譚
袁　熙　大敗而歸！
袁　尚
高　幹

袁　紹　嘿！
郭　圖　哎呀！張郃、高覽見主公兵敗，必然歡喜。
袁　紹　何出此言？
郭　圖　他二人素有降曹之意，此番劫寨，故意不肯用力，以致損折士卒。
袁　紹　啊，匹夫竟敢如此！蔣奇聽令！
蔣　奇　在！
袁　紹　速將二賊召回問罪。
蔣　奇　得令。（下）
袁　紹　來，披鎧帶馬，準備殺敵！
衆　　　啊。（同下）

第十四場

（四下手引張郃、高覽敗上）

張　郃　嘿！劫寨不成，反遭折敗，有何面目回見主公！
高　覽　將軍獻計，彼不能用，反信奸邪，宜有此敗。
蔣　奇　（內）呔，張郃、高覽休要前進！主公有令，聽候定奪！
張　郃
高　覽　遠遠望見蔣奇來也。

（蔣奇上）

張　郃　將軍何來？
蔣　奇　主公有令：命我喚汝二人回營問——
張　郃　問什麼？
蔣　奇　這却不知。
高　覽　呔！看槍！

（高覽刺蔣奇死介）

張　郃　這却爲何？
高　覽　袁紹聽信讒言，必爲曹操所擒。吾等豈可坐而待死，不如去投曹操！
張　郃　某亦久有此心。
張　郃
高　覽　軍士們！
四下手　有！
張　郃
高　覽　汝等願隨者前來，不願者各自散去。
四下手　我等皆願。
張　郃
高　覽　好啊！一同降曹去者！
四下手　啊！

（【牌子】。同下）

第十五場

（四文堂、四上手、曹仁、許褚、夏侯惇、張遼、徐晃引曹操上，挖門。

　　　　　曹操歸小座）
　　　　（曹洪上）
曹　　洪	啓稟丞相：今有袁紹帳下張郃、高覽，因袁紹不用其謀，以致挫敗；又遭讒言，懼禍來降。現在轅門候令。
曹　　操	二將來降，袁紹必破矣。
張　　遼	他二人來降，未知虛實！
曹　　操	老夫以恩遇之，諒無異心。曹洪，喚他二人進帳！
曹　　洪	啊！（出門介）二位將軍快來！
張　　郃 高　　覽	（內）來也！（上）
張　　郃	（念）奇謀不能用，
高　　覽	（念）卸甲降曹公。
張　　郃 高　　覽	參見丞相！歸降來遲，望乞寬恕。
曹　　操	二將請起。倘袁紹能用良謀，怎得失敗！今二將肯來相投，如微子去殷、韓信歸漢也。即封張郃爲偏將軍、都亭侯；高覽爲偏將軍、東萊侯。待老夫奏明聖上，再頒印綬。
張　　郃 高　　覽	多謝丞相！
曹　　操	二將相從袁紹多年，必曉虛實，可速告我，共商破敵之策。
張　　郃	袁紹雖然統有四州人馬，但其子袁譚、袁熙、袁尚與其甥高幹等，互有嫌隙，各相猜忌，軍心早已渙散。今若假稱劫寨，袁紹聞之，必然驚慌。我軍詐敗，誘其來追，設伏兵擊之。他必退守倉亭。沿路再十面埋伏，袁紹可擒矣。
曹　　操	此計甚妙。曹洪、夏侯惇聽令！
曹　　洪 夏侯惇	在。
曹　　操	汝二人分爲左右，作第一隊！
曹　　洪 夏侯惇	得令。（下）
曹　　操	張遼、張郃聽令！
張　　遼 張　　郃	在。

曹　操	汝二人亦分左右，爲第二隊！
張　遼 張　郃	得令。（下）
曹　操	徐晃、曹仁、高覽聽令！
徐　晃 曹　仁 高　覽	在。
曹　操	你等亦分作左右，三路埋伏，夾擊袁兵！
徐　晃 曹　仁 高　覽	得令。（下）
曹　操	許褚聽令！
許　褚	在。
曹　操	命汝以爲中軍先鋒，假做劫營，詐敗誘敵！
許　褚	得令。（下）
曹　操	好妙計也！

　　　　　（唱）假做劫營破袁紹，
　　　　　　　　張郃果然計謀高。
　　　　　　　　待等十面埋伏好，
　　　　　　　　無謀匹夫哪裏逃！

　　　　　哈哈哈……（同下）

第 十 六 場

　　　（四文堂引袁譚上）

袁　譚	（唱）當年駐守青州道，
	（火彩。幕内喊殺介）
袁　譚	啊！

　　　　　（唱）四面埋伏怎逃脱！
　　　（曹仁、高覽下場門上，與袁譚起打，袁譚敗下，曹仁、高覽收下）

第 十 七 場

（四下手引袁尚上）

袁　尚　（唱）誤中曹兵劫營計，
　　　　（火彩。幕內戰鼓聲）
袁　尚　啊！
　　　　（唱）戰鼓頻催有強敵。
　　　　（曹洪、夏侯惇上場門上，與袁尚起打，袁尚敗下，曹洪、夏侯惇收下）

第 十 八 場

（四文堂、四下手、袁熙、高幹引袁紹上）

袁　紹　（念）四世三公成幻夢，
　　　　（袁譚、袁尚敗上）
袁　譚
袁　尚　（念）一敗塗地似曇花。

　　　　啓稟爹爹：曹兵劫寨，兒等敗回。
袁　紹　啊！與父抬刀帶馬！
　　　　（曹洪、許褚、夏侯惇、張遼、張郃、高覽兩邊圍上，衝營，起打，曹將等詐敗下，袁紹收下）

第 十 九 場

（四文堂、四上手執旗引徐晃上，下場列陣。曹洪、許褚、夏侯惇、張遼、張郃、高覽敗上，過場下。袁紹原人追上。徐晃、袁紹起打。曹洪、許褚、夏侯惇、張遼、張郃、高覽返上，大開打。袁紹原人敗下，曹洪等追下，徐晃收下）

第 二 十 場

（【三衝頭】）

袁　紹　（内唱）【西皮導板】
　　　　　　　誤中奸謀全軍喪，（上）
　　　　哎呀！
　　　　（唱）曹兵劫寨實難防。
　　　　　　　勒馬橫刀四下望，（放火彩）
　　　　啊！
　　　　（唱）霎時營中起火光。（幕內鼓聲）
　　　　（唱）耳邊又聽金鼓響，
　　　　（張郃上）
　　　　（唱）又來張郃小兒郎。
　　　　　　　當初待你恩義廣，
　　　　　　　因何背主去投降？
張　郃　（唱）老賊無謀信奸黨，
　　　　　　　屢施詭計把某傷。
　　　　　　　因此投順曹丞相，
　　　　　　　只為扶保漢家邦。
袁　紹　呸！
　　　　（唱）忘恩負義何用講，
張　郃　（唱）明哲保身理所當。
袁　紹　（唱）寶刀一舉汝命喪！
　　　　（袁紹、張郃起打，張郃敗下）
徐　晃　（內）呔！袁紹哪裏走！
袁　紹　啊！
　　　　（唱）又見追兵在後方。（徐晃上，殺介）
袁　紹　（唱）小輩意欲何處往？
徐　晃　（唱）徐晃特來把你傷！
袁　紹　（唱）一派胡言休要講，
徐　晃　（唱）殺你個丟盔——
　　　　（徐晃刺袁紹）
徐　晃　（唱）卸甲亡。
　　　　（起打，曹洪、許褚、夏侯惇、張遼、張郃、高覽上，歸總攢，袁紹敗下）

曹　洪	
許　褚	
夏侯惇	那賊敗逃！
張　遼	
張　郃	
高　覽	
徐　晃	窮寇莫追，收兵啊！
	（【尾聲】。同下）

文姬歸漢

金仲蓀　撰

解　題

　　京劇。現代金仲蓀撰。金仲蓀(1879—1945)，原名金兆炎，號悔廬。浙江金華人。青年時期就讀於京師大學堂。1923年結識羅癭公、程硯秋等。1924年開始從事編劇工作，專爲程硯秋編寫京劇劇本。第一個劇本是續寫羅癭公未完成的《碧玉簪》。1925年至1931年爲程硯秋編寫《亡蜀鑒》等十餘齣戲。其中1925年編有《聶隱娘》《梅妃》《沈雲英》，1926年編有《文姬歸漢》《斟情記》，1927年整理改編有老戲《朱痕記》《柳迎春》，1930年有《荒山淚》，1931年有《春閨夢》。1936年繼焦菊隱之後任中華戲曲專科學校校長，培養京劇人才。該劇《京劇劇目辭典》著錄，題《文姬歸漢》之二，署程硯秋演出本、陳墨香編劇。《京劇劇目初探》著錄，題《文姬歸漢》，署程硯秋編演。劇寫李傕、郭汜霸佔長安，匈奴造反入侵，蔡文姬逃難被擄，被左賢王強納爲妃。曹操曾與蔡琰之父蔡邕交好，平定北方，遷都許昌之後，感嘆蔡邕無子嗣，有才之女流落南匈奴，命周近携黃金千兩、彩緞百段，贖回文姬，承續蔡邕宗祧。時文姬爲王妃十年，已生二子，但常愁悶思念家鄉。周近賫金帛於匈奴國王，言明來意，國王即傳旨命文姬回國。左賢王無奈，不忍見與其愛妻生別痛苦之情，則讓二子送行。文姬兩難，母子分別，依依難舍，後留下丫鬟侍琴照看，允諾以後贖侍琴回國。夜宿館驛，聞胡笳聲有感，製胡笳第十四拍，獨自吟誦。看守昭君墓的老軍李成，聞文姬經過，請與之同行回漢。文姬聞知昭君墓地不遠，請往設祭。祭畢，仍命李成與張四看守墳墓，起程回國。本事出於《三國演義》第七十一回。《後漢書·董祀妻傳》載有此事。明陳與郊《文姬歸漢》雜劇、清南山逸叟《中郎女》雜劇、清尤侗《弔琵琶》雜劇均演此事。清宮大戲《鼎峙春秋》亦有二齣敷演此事。版本今知有李萬春藏本、趙君玉編演本及金仲蓀編劇、程硯秋演出本。各本均寫此事，具體情節人物文辭不同。今以程硯秋演出本爲底本，參考其他本校勘整理。按：此本係根據1953年實況錄音整理。

第 一 場

（侍琴引蔡琰同上）

蔡　琰　（念）【引】才華空把青春誤，薄命難賡白首吟。

　　　　（念）鏡鸞孤掩已成塵，
　　　　　　念亂憂家更痛心。
　　　　　　自古文章難贖命，
　　　　　　可憐身做未亡人。

　　　　奴家蔡琰字文姬，陳留圉人也。我父在日，官拜左中郎將，封高陽鄉侯。奴家幼侍衛仲道，只因夫亡無子，只得歸寧在家。幸有我父留下滿架圖書，堪以日常消遣。今日閑暇無事，我不免將焦尾琴撫弄一回，也好解除愁悶。侍琴！

侍　琴　有。

蔡　琰　取焦尾琴過來！

侍　琴　是啦。

　　　　（侍琴取琴）

侍　琴　小姐，瑤琴在此。

蔡　琰　放下。

侍　琴　是啦。

蔡　琰　待我撫弄一回便了。

　　　　（唱）【南梆子】
　　　　　　日長時怎解我心中煩悶？
　　　　　　見瑤琴不由我睹物思人。

　　　　想我父以撫弄傳名，今已成《廣陵》絕調了。

　　　　（唱）【南梆子】
　　　　　　好比那寡女絲弦清調冷，
　　　　　　又好比別鶴吟動魄淒心。

　　　　（唱）【西皮搖板】
　　　　　　在家中從未見捕蟬奇景，

　　　　　　　却緣何帶有那殺伐之聲？
　　　　　（蒼頭上）
蒼　頭　啓禀小姐：大事不好了！
蔡　琰　何事驚慌？快快講來！
蒼　頭　今有匈奴國造反，逢州搶州，遇縣奪縣，看看殺到我們這裏來了哇！
蔡　琰　這便如何是好哇？
蒼　頭　小姐就該尋個安靜所在，躲避躲避。
蔡　琰　事已至此，也只好暫且逃生。蒼頭！
蒼　頭　在。
蔡　琰　你在我家多年，家中之事，只好奉托與你。別是物件都不要緊，唯有老爺留下滿架圖書，你須要小心保護。侍琴！
侍　琴　有。
蔡　琰　將焦尾琴帶好，同我逃生去吧。
侍　琴　是啦。
蔡　琰　（唱）【西皮搖板】
　　　　　　　沒奈何我只得倉皇逃命，
　　　　　　　留下了老蒼頭看守門庭。
蒼　頭　哦，是是是。
蔡　琰　（唱）【西皮搖板】
　　　　　　　家中事還望你多多地照應。
侍　琴　小姐，咱們可快點兒走吧！
　　　　　（衆人同下）

第　二　場

　　　　　（李傕、衆兵丁同上）
李　傕　俺，大司馬李傕。適纔探馬報道，言道左賢王統兵前來，豈肯容他張狂？衆將官！
衆兵丁　有！
李　傕　陣前去者！
衆兵丁　啊！
　　　　　（吹【排子】。衆人同下）

第 三 場

蔡　琰　（內唱）【西皮導板】
　　　　　　登山涉水爭逃命，
　　　　（蔡琰、侍琴同上）
蔡　琰　（唱）【西皮快板】
　　　　　　女哭男號不忍聞。
　　　　　　胡兵滿野追呼近，
　　　　　　哪曉今朝是死生？
　　　　　　舉目看，旌旗影，
　　　　　　側耳聽，刀劍聲。
　　　　　　我呼天，天不應，
　　　　　　我待入地地無門。
　　　　　　沒奈何我只得奔波前進，
　　　　（唱）【西皮散板】
　　　　　　亂哄哄後邊來萬馬千軍。
　　　　（二番將、眾番兵同上）
二番將　（同）哎！你們是做甚麼的？
侍　琴　你管我們哪！我們是逃難的！
二番將　（同）哪裏是逃難的，分明是奸細！巴圖魯！
眾番兵　（同）有！
二番將　（同）拿下了！
眾番兵　（同）啊！
　　　　（眾人擒蔡琰、侍琴同下）

第 四 場

　　　　（左賢王、眾番兵同上）
左賢王　（唱）【西皮搖板】
　　　　　　此次行軍多不利，
中　軍　拿住奸細！

左賢王　怎麼？奸細？押了上來！
中　軍　是。將奸細押了上來！
　　　　（衆番兵押蔡琰、侍琴同上）
蔡　琰　（唱）【西皮搖板】
　　　　　　聽傳喚想必是凶多吉少，
　　　　　　一霎時怕就要玉殞香消。
左賢王　看這二人，好像好人家女子。左右！
衆番兵　（同）有！
左賢王　與她二人鬆綁。
衆番兵　（同）啊！
　　　　（衆番兵與蔡琰、侍琴鬆綁）
左賢王　你們家住哪裏？姓字名誰？不要害怕，慢慢地講來。
蔡　琰　容稟：
　　　　（唱）【西皮搖板】
　　　　　　我本是漢通儒蔡中郎女，
　　　　　　妾名字叫文姬通曉詩書。
左賢王　哦！你乃蔡中郎之女，文姬姑娘麼？失敬得很。來！
中　軍　有！
左賢王　與蔡小姐看座。
中　軍　是！
蔡　琰　謝座！
　　　　（蔡琰坐）
左賢王　你乃聰明女子，若是服從本帥，同享榮華富貴。
蔡　琰　我乃名父之女，豈肯充人下陳？國破家亡，無心求活。若蒙見殺，妾之惠也。
侍　琴　哎！小姐！別這麼樣說話呀！
左賢王　你如此激烈，本帥決不難為於你。來，將蔡小姐帶到館驛，好生款待。若有怠慢，定責不貸！
中　軍　遵命！
左賢王　啊，蔡小姐，安歇去吧。
侍　琴　小姐，咱們走吧！小姐，走吧，走吧，咱們……
　　　　（蔡琰、侍琴同下）

左賢王　來！
中　軍　有！
左賢王　將王妃官服備好，鼓樂送到館驛。要好言相勸，不要怠慢，違令者斬！
中　軍　遵命！
左賢王　正是：
　　　　（念）難得相逢遇才女，忙將天書叩單于。
　　　　（衆人同下）

第　五　場

（龍套同上，中軍引曹操同上）
曹　操　（念）【引】隊伍神威，氣軒昂，統三軍，剿滅他邦。
　　　　（衆將同上）
曹　操　（念）堂堂將才恃英武，
　　　　　　　威威虎將鎮帝都。
　　　　　　　紛紛劍戟如霜雪，
　　　　　　　個個兒郎膽氣足。
　　　　老夫，曹操。自討滅群雄，遷都許昌，自爲首相，這且不言。今日故舊凋零，復痛橋公之墓。最可嘆者，蔡中郎伯喈與我十分交好，又無子嗣。聞得他女文姬，流落南匈奴，爲左賢王匹配。此女才學，頗有父風。老夫準備厚禮，贖她回國。使蔡中郎有後，以繼香烟。想周近熟悉胡情，不免命他前往。來！
中　軍　有。
曹　操　周近進帳！
中　軍　是。周大夫進帳！
周　近　（內白）來也。
　　　　（周近上）
周　近　（念）一生素識邊夷信，怕是曹公命遠行。
　　　　參見丞相！
曹　操　一旁坐下。
周　近　謝坐。傳喚小官，有何吩咐？

曹　操　老夫今日想起一事，想蔡中郎與老夫交好，又無嗣子。聞得其女文姬，流落南匈奴，爲左賢王妃。命你去往胡營，將她贖回國來。老夫準備黃金千兩，彩緞百段，送與那單于。我想此事，定能辦到，只是有勞大夫遠行了。

周　近　區區遠行，何勞之有？待小官收拾起行便了。

曹　操　有勞大夫了！
　　　（唱）【西皮搖板】
　　　　　想此事表人情一番舉動，
　　　　　準備着行聘禮送到胡中。

周　近　遵命。
　　　（唱）【西皮搖板】
　　　　　別丞相此遠行亦非勞頓，
　　　　　表一表朋友情五倫之中。
　　　（周近下）

曹　操　（唱）【西皮搖板】
　　　　　記當日拜橋公過世腹痛，
　　　掩門。
　　　（龍套同下）

曹　操　（唱）【西皮搖板】
　　　　　喜此番贖文姬定慶成功。
　　　（曹操下，衆人同下）

第　六　場

（侍琴上）

侍　琴　（唱）【西皮搖板】
　　　　　胡中歲月無皇曆，
　　　　　但見草枯又一年。
　　　我，侍琴。只因我家小姐聽我相勸，嫁了左賢王，左賢王倒也十分喜愛。怎奈我家小姐終日愁眉淚眼，悶悶不樂，想念家鄉。唉！這也難怪，就是連我，將來也不知道如何打算哪？計算起來也有十年了，且喜我家小姐生下二子，我家小姐的意思，叫我教給二位公子漢朝的文字，將來也好回國。咳！這也是我家小姐一片癡心妄想。人家的孩子哪能跟你回國呢？咳，看今日天氣晴和，不免帶他們兩人出去遊遊便了。

（唱）【西皮搖板】

　　在胡中衣和食兩都不便，

　　悔不該與小姐誤進忠言。

（侍琴下）

第　七　場

（周近、衆兵丁同上）

周　近　（唱）【西皮搖板】

　　奉朝命不辭勞遠行萬里，

　　都只爲憐才女贖那文姬。

　　滿目中蔽塵沙已到胡地，

　　要與那匈奴國說明是非。

周近。奉曹丞相之命，去到南匈奴，贖回蔡文姬。看看離胡地不遠。

左右！

衆兵丁　（同白）有。

周　近　趲行者！

衆兵丁　（同白）啊。

周　近　（唱）【西皮搖板】

　　數月間在鞍馬程途難定，

　　又只見半空中雨雪霏迷。

（周近、衆兵丁同下）

第　八　場

（衆宮娥引蔡琰、侍琴同上）

蔡　琰　（唱）【西皮原板】

　　荒原寒日嘶胡馬，

萬里雲山歸路遐。
蒙頭霜霰冬和夏,
滿目牛羊風捲沙。
傷心竟把胡人嫁,
忍恥偷生計已差。
月明孤影氈廬下,
何處雲飛是妾家?

(左賢王上)

左賢王 (唱)【西皮散板】
看賢妻這恩情半真半假,
却緣何每日裏淚落如麻?
我只得進宮院撩她情話,

蔡　琰 (唱)【西皮散板】
原來是上早朝走馬還家。

左賢王 啊,我看妃子面帶淚痕,爲了何事?
蔡　琰 我並未落淚呀!
左賢王 明明淚痕未乾,怎說無有?何必隱瞞於我?
侍　琴 對啦,小姐。
左賢王 哦!莫非是我胡人粗魯?還有甚麼不滿意之事麼?
蔡　琰 王爺待我恩情甚好,還有甚麼不滿意之處?王爺不要多疑。
左賢王 既然如此,我從不見你一開笑口。你我既爲夫妻,有話就該言講,不必隱瞞於我,也好替妃子你分憂解愁。
侍　琴 小姐,您有甚麼話兒,就跟王爺說吧!
蔡　琰 王爺再三詢問,妾也不敢隱瞞。自古道:"狐死尚要首丘",何况我們人類?是我每日思念家鄉,故而傷心落淚。
左賢王 這倒容易得很。
蔡　琰 噢!真個容易?不知幾時可以回國?
左賢王 待我養兵數載,奪取漢朝天下,帶你回國。那時還要封你做王后,豈不容易得很?
蔡　琰 王爺,你要取那漢室天下,便是我國讎人。恬顏事讎,妾所不願。唯有一死而已!
左賢王 不必如此,你我飲酒取樂。

蔡　琰　陪侍王爺。

左賢王　來，酒宴擺上。

衆宮娥　（同白）是。

　　　　（吹【排子】。衆人同擺宴）

左賢王　妃子請！

蔡　琰　請！

左賢王　啊！你爲何又傷心落淚呀？

蔡　琰　我並未落淚。

左賢王　待我與妃子把盞。

蔡　琰　妾實不會飲酒，王爺多吃幾杯吧。

左賢王　哦，妃子既不願飲酒，你我去至郊外，行圍射獵，消遣一回，你看如何？

蔡　琰　胡人歡喜騎射，妾是不慣的。

左賢王　這又不好，那又不好，這倒難了。

　　　　（家院上）

家　院　宮中宣召，速速進宮。

左賢王　知道了！

　　　　（家院下）

左賢王　啊，妃子，寬飲幾杯，我去去就來。帶馬。

蔡　琰　送王爺。

　　　　（左賢王下）

蔡　琰　看他這樣殷勤，他哪知我的苦心喏！

　　　　（唱）【西皮散板】

　　　　　　終日裏對胡人笑啼都假，

　　　　　　獻殷勤又何必埋怨於他？

　　　　（蔡琰下，衆人同下）

第　九　場

　　　　（單于、大臣、侍衛同上）

單　于　（唱）【西皮搖板】

　　　　　　滿朝爭識單于貴！

大　臣	周大夫到。
單　于	有請。
大　臣	有請。

（【吹排子】。周近、衆兵丁同上）

單　于	啊，大夫請！請坐！不知大夫駕到，孤有失遠迎，面前恕罪！
周　近	周某來得魯莽，單于海涵！
單　于	豈敢！大夫到此，有何見教？
周　近	只因我國有一女子，名叫蔡文姬，乃是通儒蔡中郎之女。我家丞相特命下官前來贖她回國，單于做主。
單　于	雖有此女，配與左賢王爲妻，在此居住多年。何必叫她回去？
周　近	只因她父無子，就生此女。我家丞相特備黃金千兩，彩緞百段，望求單于笑納。來！
衆兵丁	（同白）有。
周　近	禮物抬上來。
衆兵丁	（同白）啊。

（衆兵丁同抬彩禮）

單　于	嗚呼呼呀！這些個禮物，孤家安能不收？嗯，我自有道理。啊，大夫！那左賢王，乃是我國大臣。若將他夫妻拆散，如之奈何？
周　近	啊，單于！想今日中國，俱都是曹丞相勢力之下。破烏桓，斬蹋頓，殆忘異心。我想爲一女子，開罪天朝，未免有些不便吧！
單　于	大夫所言極是。這禮物焉敢不收？來！
衆侍衛	（同白）有。
單　于	禮物搭了下去。
大　臣	搭了下去。
單　于	大夫暫居館驛歇息，孤家自有主張。
周　近	周某静聽大王好音。暫時別。
單　于	好，奉送。

（周近、衆兵丁同下。單于、衆人同下）

第 十 場

（左賢王上，侍琴上）

左賢王　你將這聖旨交與你家小姐,叫她即刻回國便了。
　　　　（左賢王遞旨）
侍　琴　哎,是啦。
　　　　（左賢王下）
侍　琴　啊!這下可好啦!我們小姐要回國了!我給我們小姐送個信兒去。有請小姐!
　　　　（蔡琰、二王子同上）
蔡　琰　（念）極目胡天空詠嘆,不知何處是長安。
　　　　何事?
侍　琴　小姐,您大喜啦!您瞧瞧這上面都寫的是甚麼?
蔡　琰　待我看來。
　　　　（侍琴呈旨,蔡琰看）
蔡　琰　好了,待我謝天謝地。侍琴!
侍　琴　有。
蔡　琰　你可曉得幾時可以啟程?
侍　琴　那我也不知道哇!
蔡　琰　你去傳話周大夫,要急速啟程纔好。
侍　琴　是啦。
二王子　（同）媽呀!您上哪兒呀?
蔡　琰　無端生此兩兒,我一旦回國,他二人豈不成無母之人麼?侍琴!
侍　琴　哎。
蔡　琰　你替我想來,如今我倒是去住兩難了。
侍　琴　這叫我也是沒有主意呀!
蔡　琰　我一心想念家鄉,適逢機會,難道為這兩個孽障,就永遠葬身此地不成?機緣錯過,後悔難追!還是硬着心腸,回國便了。
二王子　（同白）媽呀!您回去帶着我吧!您帶着我!您帶着我!
侍　琴　哎,我說小姐,這父母疼子可都是一樣的。
蔡　琰　咳!是啊!父母愛子,人有同情。想我父在日,何等疼愛於我。如今三尺孤墳,連一杯麥飯都無人祭掃。我若是牽連私情,把祖宗丘墓棄之不顧,我怎對得住先人?又怎對得起那曹丞相啊?也罷!你與我收拾行裝,就此啟程便了。
侍　琴　是啦。

二王子　（同白）媽！您帶着我！帶着我！您帶着我！
蔡　琰　好好好，你二人不要啼哭，你隨着侍琴去換衣服，我們帶你回去就是。
侍　琴　是啦，咱們去換衣服去。
二王子　（同白）您帶我們去啦？
侍　琴　走吧，走吧，走吧，咱們換衣裳去。
蔡　琰　侍琴！
侍　琴　哎。你們倆先去吧。
二王子　（同白）你來，你來，你來。
　　　　（二王子同下）
侍　琴　小姐，您叫我甚麼事啊？
蔡　琰　你看他二人如此可愛，叫我怎生捨得？
侍　琴　不用説您捨不得，就是連我也捨不得他們哪！
蔡　琰　怎麼！你也是捨不得他們？
侍　琴　對啦。
蔡　琰　哎呀，這就好了。我本想帶你回國，看此情形，只好煩你撫養他們，待成人之後，我多備金銀，贖你回國。你不要推辭，我這裏拜託了。
侍　琴　我説小姐，事到如今，我也不敢推辭。可是一樣，小姐此番回得國去，可不要忘了我呀！
蔡　琰　侍琴，我焉能忘你的大恩？你去哄住他二人，不要與我見面。免得臨別之時，悲痛難捱也！
侍　琴　哎！是啦！
　　　　（侍琴下）
蔡　琰　生離不如死別了！
　　　　（唱）【西皮搖板】
　　　　　　日日思歸歸又怨，
　　　　　　不歸却又一心懸。
　　　　　　還鄉惜別兩難遣，
　　　　　　寧棄胡兒歸故園。
　　　　（蔡琰下）

第 十 一 場

李　成　（內白）啊哈！
　　　　（李成上）
李　成　我本，
　　　　（【數板】）我本是中國人，是也有買賣做。記得那一年，是胡人來打我。胡人來得兇，是殺人又放火。我是慣愛說大話，是趴到死人堆裏頭躲一躲。偏偏肚子不爭氣，是嘰哩咕嚕直覺餓。剛剛把頭鑽出來，胡兵看見把我擄。擄到他國不當人，是愣要當個牛馬做。這樣看起來，是國別亡，是家別破。給人家外國當奴隸，是真叫實難過，實難過。
　　　　在下李成，我也是中國人。只因那年胡人造反，把我擄到他國。還算好，不肯傷害我的性命。賞我一名老軍，讓我看守昭君墓，這且不言。聽說被俘虜來的蔡文姬蔡小姐，奉旨要回國了。可惜一樣啊，不打我們這兒經過。我打算往上趕上幾站，到了那兒我要求要求，把我帶回國去。我們這兒還有一個夥伴哪，把他叫出來，我們商量商量。我說夥計，夥計！
張　四　（內白）啊哈！
　　　　（張四上）
張　四　哎，甚麼事啊？
李　成　甚麼事情啊？
張　四　啊！
李　成　你知道蔡小姐呀，奉旨要回國啦。
張　四　噢！
李　成　可惜一樣啊。
張　四　怎麼？
李　成　不打咱們這兒經過。我打算哪，趕上幾站哪，要求把咱們帶回國去，你瞧怎麼樣啊？
張　四　是這麼個事啊？
李　成　啊！
張　四　你這兒着著，我去。

李　成	嘿嘿嘿！甚麼你去呀？你瞧你長相到那兒一說砸了，不帶咱們了，那怎麼辦哪？
張　四	那怎麼那個？
李　成	怎麼辦？
張　四	啊？
李　成	我去。
張　四	你去？
李　成	你這兒等着我。
張　四	噢。
李　成	向例我是會運動啊。
張　四	是啊。
李　成	運動好了，把咱們帶回國去，咱們還吹哪。
張　四	吹甚麼呀？
李　成	咱們就說呀：新近咱們遊歷外洋回來的。
張　四	哎，這倒不錯！
李　成	聽我的信，我去。
張　四	你可別把我忘了！
李　成	沒錯！聽信兒吧！
張　四	聽信兒！

（李成下，張四下）

第 十 二 場

蔡　琰　（內唱）【西皮導板】
　　　　　整歸鞭行不盡天山萬里，
（衆兵丁、周近引蔡琰同上）
蔡　琰　（唱）【西皮慢板】
　　　　　見黃沙和邊草一樣低迷。
　　　　　又聽得馬嘯嘯悲風動地，
　　　　　雖然是行路難却幸生歸。
　　　　　悔當日生胡兒不能捐棄，
　　　　　到如今行一步一步遠足重難移。

　　　　　　從此後隔死生，
　　　　（唱）【西皮散板】
　　　　　　永無消息，
周　近　趲行者！
蔡　琰　（唱）【西皮散板】
　　　　　　反叫我對穹廬無限依依！
　　　　（眾人同下）

第 十 三 場

（周近上）

周　近　（唱）【西皮搖板】
　　　　　　望長天觀日落光輝暗淡，
　　　　　　倒不如在此處少駐整鞍。
　　　　一路行來，天色將晚，不免在館驛住宿一宵，明日再行。遠遠望見小姐來也。
　　　　（眾人引蔡琰同上）
周　近　稟小姐：天色已晚，就在館驛安宿一宵，特來請示。
蔡　琰　但憑大夫。
周　近　驛館去者。
眾　人　（同白）啊。
　　　　（眾人同走圓場）
蔡　琰　大夫鞍馬勞乏，請歇息去吧。
周　近　遵命。
　　　　（周近下）
蔡　琰　（念）愛胡兒又恨胡鄉，舊怨初平新怨長。
　　　　（吹號角）
蔡　琰　看如此荒郊，月光慘淡，朔風四起，孤燈不明，叫我這傷心人如何可以安睡？驛亭外胡笳遠鳴，聲聲哀怨，似代我訴說離愁。我蔡文姬柔腸寸斷矣！想我在胡中多年，感胡笳之聲，用琴寫之。曾製有《胡笳》第十三拍，今夜千愁萬恨並在心頭，我不免再製成《胡笳》第十四拍，也好稍抒幽憤。人生到此，怎不淒涼人也！

(吹號角)

蔡　琰　（唱）【二簧慢板】
　　　　　身歸國兮兒莫知隨，
　　　　　心懸懸兮長如饑。
　　　　　四時萬物兮有盛衰，
　　　　　唯有愁苦兮不暫移。
　　　　　山高地闊兮見汝無期，
　　　　　更深夜闌兮夢汝來斯。
　　　　　夢中執手兮一喜一悲，
　　　　　覺後痛吾心兮無休歇時。
　　　　　十有四拍兮涕淚交垂，
　　　　　河水東流兮心是思。

侍　女　天已不早，請小姐登程。
蔡　琰　就此啟程。正是：
　　　　（念）星河寥落胡天曉，關塞蕭條白日長。
　　　　（眾人同下）

第 十 四 場

李　成　（內）啊哈！
　　　　（李成上）
李　成　（念）連日趕路多辛苦，大風如刀削屁股。
　　　　今天蔡小姐奉旨回國了，我不免在這大路旁邊等候小姐。看那旁黃塵起處，想必是小姐的人役來也！
　　　　（眾兵丁、周近引蔡琰同上）
李　成　迎接小姐！
蔡　琰　你是甚麼人？
周　近　人役列開！
李　成　是，哦，參見小姐！
蔡　琰　你是做甚麼的？
李　成　小人是看守昭君墓的老軍，我也是中國人。聽說您要回國了，求您把我帶回去吧。

蔡　琰　啊，周大夫，我想昭君可憐得很，我想前去祭奠一番，你意如何？
周　近　但憑小姐。
蔡　琰　墓陵離此多遠？
李　成　還有一箭多地。
蔡　琰　你叫甚麼名字？
李　成　小人名叫李成。
蔡　琰　李成。
李　成　有！
蔡　琰　帶路前往。
李　成　是！諸位隨我來。
　　　　（眾人同下）

第 十 五 場

（張四上。李成上，眾兵丁、周近引蔡琰同上）

李　成　來此已是。
蔡　琰　可有香火？
李　成　哦，外國不興那個。
蔡　琰　待我潦草祭奠一番。
李　成　是。
蔡　琰　明妃啊！我與你境遇相同，這傷心一樣。我今日到此，祭奠與你，不知你地下陰靈可能知曉否？
　　　　（唱）【二簧導板】
　　　　　　見墳臺哭一聲明妃細聽，
周　近　席地而坐。
　　　　（眾人同坐）
蔡　琰　（唱）【回龍】
　　　　　　我文姬來奠酒訴說衷情：
　　　　（唱）【反二簧慢板】
　　　　　　你本是誤丹青畢生飲恨，
　　　　　　我也曾被娥眉累苦此身。
　　　　（唱）【反二簧快三眼】

　　　　　你輸我及生前得歸鄉井，
　　　　　我輸你保骨肉倖免飄零。
　　　　　問蒼天何使我兩人共命？
　　　　　聽琵琶馬上曲悲切筎聲。
　　　　　看狼山聞隴水夢魂
　　　（唱）【反二簧散板】
　　　　　猶警，
　　　　　可憐你留青冢獨向黃昏。
張　四　參見小姐，我名叫張四，我也是中國人。聽説您回國，您把我帶回去得啦。
李　成　哎，小姐，他還年輕哪。讓他這兒看着，您把我帶回去得啦。
張　四　別介！別介！別介！您把我帶回去得啦。
蔡　琰　你二人俱是中原人，可曉得墓中也是中國人哪？煩你們多看守幾年，待有機會，再回國去吧。
李　成
張　四　（同白）是。
蔡　琰　看賞。
周　近　是。
　　　（周近遞銀）
李　成　謝小姐。咳！你呀！你净跟着攪嗎你！
張　四　你净跟我吵嗎！
李　成　誰也不帶啦！
　　　（李成、張四同下）
蔡　琰　我們啓程吧。
　　　（唱）【反二簧散板】
　　　　　這叫做惺惺相憐同命，
　　　　　她那在九泉下應解傷心。
　　　　　我只得含悲淚兼程前進，
　　　　　還望她向天南月夜歸魂。
　　　（衆人同下）

第 十 六 場

（吹打，龍套、曹操同上。衆兵丁、周近引蔡琰同上）

曹　操　大夫歇息去吧。

　　　　（周近下，衆兵丁同下）

蔡　琰　叩見伯父。

曹　操　免禮，快快請起。一路勞乏，歇息去吧。

蔡　琰　容侄女回家探視，再來叩府謝恩。

曹　操　好，回府歇息去吧。

蔡　琰　正是：

　　　　（念）我生不辰逢離亂，幸叫生入玉門關。

　　　　（蔡琰下）

曹　操　回府！

　　　　（衆人同下）

○ 胡世厚 主編

◎ 校理 胡世厚

第六卷 現代京劇卷（中）

三國戲曲集成

復旦大學出版社

元代卷	胡世厚 校理
明代卷	楊　波 校理
清代雜劇傳奇卷（上下）	胡世厚　衛紹生 校理
清代花部卷	衛紹生　楊　波　胡世厚 校理
晚清崑曲京劇卷	胡世厚 校理
現代京劇卷（上中下）	胡世厚 校理
山西地方戲卷	王增斌　田同旭　啜希忱 校理
當代卷（上下）	胡世厚 校理

《三國戲曲集成》編委會

顧　問　劉世德
主　任　胡世厚
副主任　范光耀　關四平　鄭鐵生　衛紹生　張蕊青
委　員　（按姓氏筆畫排列）
　　　　　王增斌　毛小曼　田同旭　啜希忱　康守勤
　　　　　張競雄　楊　波　趙　青　劉永成

主　編　胡世厚

◎戲圖 三國故事畫《三顧茅廬》◎
選自《綿竹年畫精品集》

◎劇照 《長坂坡》◎
程繼仙飾趙雲,徐碧雲飾糜夫人 選自《京劇老照片》

◎劇照 《長坂坡》◎
李萬春飾趙雲
選自《中國京劇百科藝術全書》

◎民國年畫 《長坂坡》◎
選自《天津楊柳青木版年畫》

◎民國戲畫 《赤壁鏖兵》◎
選自《中國戲劇圖史》

◎劇照 《群英會》◎
葉盛蘭飾周瑜　選自《中國京劇藝術百科全書》

◎劇照 《群英會》◎
言菊朋飾魯肅
選自《中國京劇藝術百科全書》

◎劇照 《群英會》◎
肖長華飾蔣幹　選自《老照片》

◎戏画 《群英会》◎
选自戴一光《戏画京剧百图》

◎民國戲畫 《草船借箭》◎
選自《天津楊柳青木版年畫》

◎民國戲畫 《苦肉計》◎
選自《天津楊柳青木版年畫》

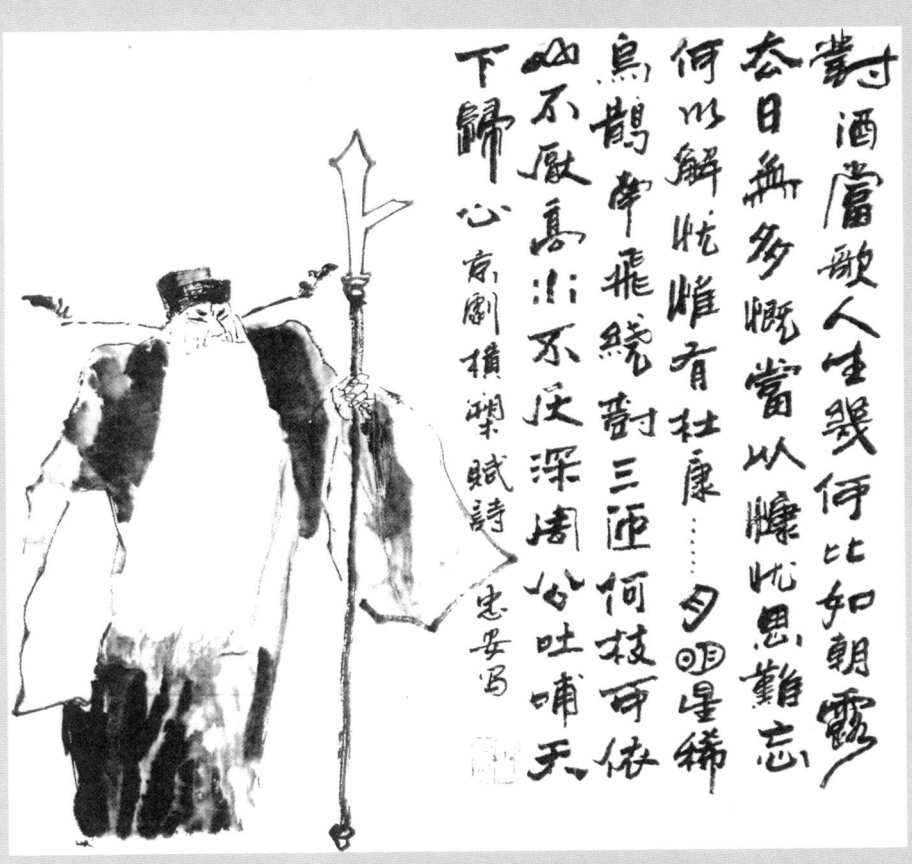

◎戲畫 《橫槊賦詩》◎
選自《粉墨梨園——張忠安戲畫集》

◎**劇照 《借東風》**◎
孫毓堃飾趙雲，馬連良飾諸葛亮　選自《京劇老照片》

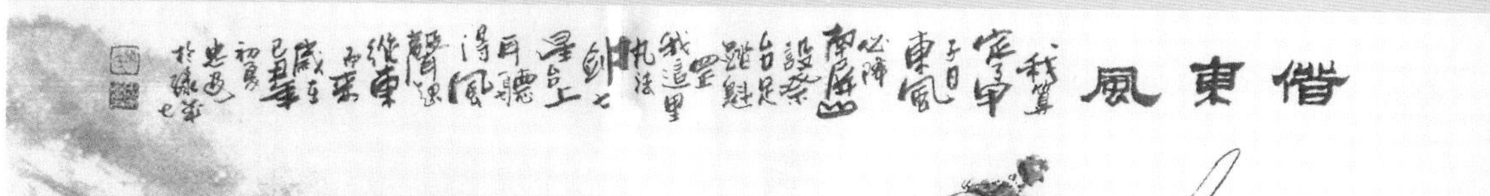

◎**戲畫 《借東風》**◎
選自《粉墨梨園——張忠安戲畫集》

◎劇照 《借東風》◎
譚富英飾諸葛亮
選自《中國京劇藝術百科全書》

◎民國年畫 《箭射篷索》◎
選自《天津楊柳青木版年畫》

◎劇照 《華容道》◎
高盛麟飾關羽
選自《京劇大戲考》

◎民國戲畫 《華容道》◎
選自《天津楊柳青木版年畫》

◎戏画 《龙凤呈祥》◎
选自《粉墨梨园——张忠安戏画集》

◎民國戲畫《回荊州》◎
選自《天津楊柳青木版年畫》

◎戲畫《回荊州》◎
選自戴一光《戲畫京劇百圖》

◎戲圖 《黃鶴樓》之朱素雲◎
選自《民國戲劇人物畫》

◎**戲圖** 《三气周瑜蘆花蕩》◎
和昌(九歲)與弟榮昌(八歲)
選自《民國戲劇人物畫》

◎**戲畫** 《蘆花蕩》張飛◎
選自《戴敦邦畫譜·中國戲曲畫》

◎戲畫 《臥龍弔孝》◎
選自鄧元昌《京劇名劇名家240齣・戲畫白描》

◎民國戲畫 《反西涼》◎
選自《天津楊柳青木版年畫》

◎**戲畫** 夏月潤飾馬超，李連仲飾曹操◎
選自《民國戲曲人物畫》

◎劇照 《截江奪斗》◎
楊小樓飾趙雲,梅蘭芳飾孫尚香　選自《京劇老照片》

◎民國戲畫 《長江奪阿斗》◎
選自《天津楊柳青木版年畫》

○戲畫 《讓成都》○
選自戴一光《戲畫京劇百圖》

◎戲畫《戰冀州》◎
選自鄧元昌《京劇名劇名家240齣‧戲畫白描》

◎劇照 京劇《單刀會》◎
李洪春飾關羽 選自《關羽戲集》

◎**戲畫** 潘月樵飾魯肅，楊小樓飾關平◎
選自《民國戲劇人物畫》

◎戲畫 《刀會》之三麻子◎
選自《民國戲劇人物畫》

◎戲畫 《逍遥津》◎
選自《民國戲劇人物畫》

◎戲畫 《逍遥津》◎
選自鄧元昌《京劇名劇名家240齣·戲畫白描》

◎戲畫 《甘寧百騎劫魏營》◎
選自《戴敦邦畫譜・中國戲曲畫》

◎現代年畫　三國人物諸葛亮◎
選自《綿竹年畫精品集》

奪 古 城

李洪春　編撰

解　題

　　京劇。現代李洪春編撰。《京劇劇目辭典》著錄，題《奪古城》，署李萬春藏本、李洪春編撰。劇寫曹操在倉亭擊敗袁紹，乘勝攻打古城。劉備率張飛、趙雲等將出城迎戰，兵敗，帶衆將及家眷逃離古城，投奔荆州劉表。劉表讓劉備屯兵駐紮新野。劉表妻兄蔡瑁掌握荆襄兵權，竊聽到劉備不讚同劉表廢長立幼之意，恐怕日後劉備對自己不利，借襄陽設宴聚會之機，謀害劉備。劉備帶趙雲赴會。筵席上，伊籍密告劉備蔡瑁之陰謀。劉備急忙離席，揮鞭乘的盧馬跳越檀溪。蔡瑁率兵追至，劉備責其蓄意相害，憤恨而去。趙雲尋至，殺敗蔡瑁。劉備不知去向，趙雲暫回新野。本事出於《三國演義》第三十一回及三十四回。此劇係將《奪古城》《投劉表》《馬跳檀溪》三折串連改編而成。而《奪古城》一折爲諸劇所無。版本今有見《京劇彙編》收錄的北京市藝術研究所藏本及據此本整理重刊的《京劇傳統劇本彙編》本。李萬春藏本未見，是否就是北京市藝術研究所藏本，待考。今以《京劇彙編》北京市藝術研究所藏本爲底本進行整理。

第　一　場

（徐晃、許褚上，雙起霸）

徐　晃
許　褚　（唱）【粉蝶兒】蓋世英豪，

（夏侯淵、夏侯惇上，雙起霸）

夏侯淵
夏侯惇　（接唱）【粉蝶兒】奉軍令，誅滅殘暴。

（樂進、高覽上，雙起霸）

樂　進
高　覽　（接唱）【粉蝶兒】破袁紹，馬喪人逃。

（于禁、李典上，雙起霸）

于　禁
李　典　（接唱）【粉蝶兒】今班師奏凱，回鑾擁道。

徐　晃　俺，徐晃。

許　褚　許褚。

夏侯淵　夏侯淵。

夏侯惇　夏侯惇。

樂　進　樂進。

高　覽　高覽。

于　禁　于禁。

李　典　李典。

徐　晃　列位將軍請了！

許　褚
夏侯淵
夏侯惇
樂　進　請了！
高　覽
于　禁
李　典

徐　晃　丞相興兵，攻打古城。你我兩厢伺候！

許　褚
夏侯淵
夏侯惇
樂　進　請！
高　覽
于　禁
李　典

（四龍套、四大鎧、四上手、曹操上）

曹　操　（念）【引】出將入相，在漢朝，乾坤執掌。

（大吹打。曹操入帳坐介）

奪古城 703

徐晃
許褚
夏侯淵
夏侯惇
樂進
高覽
于禁
李典
曹操　　參見丞相！

徐晃
許褚
夏侯淵
夏侯惇
樂進
高覽
于禁
李典
曹操　　站立兩廂。

徐晃
許褚
夏侯淵
夏侯惇
樂進
高覽
于禁
李典
曹操　　啊！

曹　操　（念）（詩）輔相伊周堪與比，
　　　　　　　　行兵孫武並稱奇。
　　　　　　　　兗州招賢安社稷，
　　　　　　　　許都遷帝定華夷。
　　　　　老夫曹操，字孟德。倉亭一戰，大破袁紹。今日興兵，奪取古城。衆將官，催動人馬！

衆　　　啊！
　　　　（同下）

第　二　場

（四衙役、書吏、張飛官衣上）

張　飛　哈哈哈……
　　　　（唱）將軍今把縣印掌，
　　　　　　　快活最是坐大堂。
　　　　　　　紗帽圓領四不像，哈哈哈……
　　　　　　　名將風流又何妨？（入座介）
　　　　（念）虎牢聲先振，

　　　　　　當陽水逆流。
　　　　　　大將爲知縣，
　　　　　　天意不自由。
　　　　下官張飛，字翼德。自桃園結義，破了黃巾。在安喜縣中，鞭打督郵。虎牢關前，戰敗呂布。不料在徐州被曹瞞詭計所算，以致弟兄分散。俺在芒碭山落草，來到古城借糧。那縣官不肯。是俺一怒，將他趕走。某就做了這古城知縣。且喜弟兄在此團圓。咳！這知縣實在難做。又要審理民情，又要防範書役，又要收繳錢糧。哈哈，且喜老張聰明，上司也不敢來纏，我倒也自在。今乃放告之期。左右，放告牌出去！

書　　吏　放告牌出去！
報　　子　（內）報！（上）啓爺：曹操興兵，來奪古城！
張　　飛　再探！
報　　子　啊！（下）
張　　飛　哎呀！
　　　　（唱）放告未曾收詞狀，
　　　　　　奸雄曹操又猖狂。
　　　　　　張爺興兵去抵擋，
　　　　　　掩門！
　　　　（四衙役、書吏下，張飛轉堂）
張　　飛　（唱）要與大哥作商量。
　　　　　　有請大哥！
　　　　（劉備上）
劉　　備　（唱）桓靈不該寵張讓，
　　　　　　董卓死後曹操强。
　　　　三弟，爲何怒氣不息？
張　　飛　大哥不知。爲弟正在陞堂放告，忽然小軍來報：曹操興兵，攻打古城。
劉　　備　啊，我正要襲取許都，他今卻來搶奪古城。三弟，吩咐子龍、關平、周倉，隨爲兄同去迎敵。
張　　飛　得令！
　　　　（唱）自爲縣令未打仗，

	去了文裝改武裝。（下）
劉　備	（唱）奸雄曹賊不虛謊，
	更比董卓霸朝綱。
	我未興兵他遣將，
	（丫鬟暗上）
劉　備	（唱）此事須要早提防。
	丫鬟，請夫人出堂！
丫　鬟	請夫人出堂！（下）
	（四丫鬟、甘夫人、糜夫人上）
甘夫人	（唱）骨肉重逢愁眉展，
糜夫人	（唱）異姓昆仲聚一堂。
甘夫人 糜夫人	皇叔！
劉　備	夫人！
甘夫人 糜夫人	有何吩咐？
劉　備	只因曹操興兵，來奪古城。特與夫人商議：我欲立即帶兵，出城迎敵。
甘夫人 糜夫人	城內空虛，如何安置？
劉　備	不妨。我命糜竺、糜芳，保護夫人。簡雍、孫乾，城上掠陣。我自有道理。
甘夫人 糜夫人	既是如此，即速點兵，抵擋曹操。
劉　備	夫人退下。待我調遣衆將。
甘夫人 糜夫人	皇叔啊！
甘夫人	（唱）妻似浮萍隨風浪，
糜夫人	（唱）徐州之役猶挂腸。
甘夫人	（唱）怕學當年事一樣，
糜夫人	姐姐呀！
	（唱）吉人天相定呈祥。
	（四丫鬟、甘夫人、糜夫人下）

劉　　備	（唱）先把家事安停當，
	免至臨頭無主張。
	只爲將少兵不廣，
	（劉備圓場，入帳坐介。中軍暗上）
劉　　備	來，傳簡雍、孫乾、糜竺、糜芳進帳！
中　　軍	簡雍、孫乾、糜竺、糜芳進帳！（下）
簡雍孫乾糜竺糜芳	（內）得令！（上）
	（唱）聞報曹操出許昌。
	參見主公！
劉　　備	少禮！聽我吩咐：
	（唱）曹操行奸託漢相，
	實爲國賊心如狼。
	前奪徐州損兵將，
	桃園兄弟各一方。
	今又起兵古城搶，
	迎敵殺賊快心腸。
	簡雍孫乾城頭望，
	糜竺糜芳護娘行。
	四門城下安鐵網，
	小心防護莫慌張。
簡雍孫乾糜竺糜芳	得令！
	（唱）曹操此來必命喪，
	看將國賊比蔡陽。（下）
劉　　備	（唱）英雄創業出草莽，
	爭殺爲的漢家邦。（下）
	（連場——【三通鼓】。四文堂、四大鎧、四下手、關平、周倉、趙雲、張飛、劉備上）

劉　備　（唱）旌旗招展飛龍樣，
　　　　　　　今殺曹操如探囊。
　　　　　　　衆將奮勇戰場往，
　衆　　　啊！
劉　備　（唱）丈夫有志當自強。
　　　　　（同下）

第　三　場

　　　　（【牌子】。龍套、四大鎧、四上手、徐晃、許褚、夏侯淵、夏侯惇、樂
　　　　進、高覽、于禁、李典、曹操上。衆挖門，兩邊站介。曹操入座介）
曹　操　啊，衆位將軍，老夫興兵至此，那劉備動靜如何？
　衆　　但聽一報。
報　子　（內）報！（上）
　　　　啓稟丞相：劉備帶兵殺出城來了。
曹　操　再探！
報　子　得令！（下）
曹　操　啊！那劉備已有準備。衆將官，迎敵去者！
　衆　　啊！
　　　　（曹操原人圓場，站小邊）
　　　　（【牌子】。四文堂、四大鎧、四下手、關平、周倉、趙雲、張飛、劉備
　　　　上，站大邊）
曹　操　玄德，吾待你爲上賓，爲何背義忘恩？
劉　備　曹操，你託名漢相，實爲國賊！吾乃漢室宗親，奉天子密詔，來討反
　　　　賊。衆軍聽令！
　衆　　啊！
劉　備　（念）"皇帝詔曰：朕聞人倫之大，父子爲先。尊卑之殊，君臣爲重。
　　　　　　　近日曹賊弄權，欺壓君父。敗壞朝綱，社稷將危。卿等乃國之
　　　　　　　大臣，朕之至戚。當念高帝創業之艱，糾合忠義兩全之士。殄
　　　　　　　滅國賊，以安天下。破指血書，勿負朕意！建安四年春三
　　　　　　　月詔。"
曹　操　可惱啊，可惱！衆將官，擒拿此賊！

張　飛　殺你這屍囊的！
（張飛刺曹操介，徐晃殺住。雙方原人分下）
（張飛、徐晃起打介。徐晃下。許褚上。許褚、張飛起打介。張飛下）
（趙雲上。趙雲、許褚起打介。許褚下。夏侯淵上。夏侯淵、趙雲起打介。夏侯淵下）
（夏侯惇上。夏侯惇、趙雲起打介。樂進上。趙雲下，夏侯惇追下）
（關平上。關平、樂進起打介。樂進下）
（高覽上。高覽、關平起打介。于禁上。關平下，高覽追下）
（周倉上。周倉、于禁起打介。于禁下）
（李典上。李典、周倉起打介。周倉下，李典追下）
（連場——劉備上）

劉　備　哎呀！
（唱）曹賊兵多將又廣，
　　　我軍臨戰心意慌。
　　　古城若失何地往，
　　　家眷城內無處藏。（下）
（連場——四龍套、四大鎧、四上手、曹操上，追下）
（關平、周倉、趙雲、張飛上，徐晃、許褚、夏侯淵、夏侯惇、樂進、高覽、于禁、李典追上。打總攢。關平、周倉、趙雲、張飛敗下，徐晃、許褚、夏侯淵、夏侯惇、樂進、高覽、于禁、李典追下）
（連場——場設城。劉備上）

劉　備　哎呀！
（唱）兵少將寡難抵擋，
　　　暫退古城作主張。（進城介）
（連場——四龍套、四大鎧、四上手、曹操上）

衆　　回復丞相：城門緊閉。
曹　操　人馬列開！
衆　　啊！
（四龍套、四大鎧、四上手、曹操歸中攢一字站介）
（關平、周倉、趙雲、張飛上，徐晃、許褚、夏侯淵、夏侯惇、樂進、高覽、于禁、李典追上。兩過合。關平、周倉、趙雲、張飛下，曹操原人

追下）

（連場——四文堂、四大鎧、四下手、關平、周倉、趙雲、張飛上。進城介。同下）

（連場——【三衝頭】，上場門設城。四文堂、四大鎧、四下手、簡雍、孫乾、糜竺、糜芳、甘夫人、糜夫人、二車夫、關平、周倉、趙雲、張飛、劉備上。出城介。張飛回望介）

張　飛　（恨介）嘿！

（同下）

（徐晃、許褚、夏侯淵、夏侯惇、樂進、高覽、于禁、李典上。望介）

徐　晃　列位將軍，我等喜得此城，劉備全家逃走。你我回稟丞相。

衆　請！

（同下）

（劉備、張飛、趙雲、孫乾、甘夫人、糜夫人、二車夫上）

劉　備　（唱）初破黃巾何等強！
　　　　　　　曹操得意逞猖狂。

（衆挖門，兩邊站介）

劉　備　咳！
　　　　（唱）我連敗一場又一場！

張　飛　咳！
　　　　（唱）曹操是個奸囚囊，
　　　　　　　賊頭賊腦賊心腸。
　　　　　　　興什麼兵來打什麼仗，
　　　　　　　耽誤我古城坐大堂。

趙　雲　主公！
　　　　（唱）英雄未遇休惆悵，
　　　　　　　勝敗何能定弱強？
　　　　　　　百戰威名俱不講，
　　　　　　　八門金鎖只尋常！

甘夫人　皇叔！
　　　　（唱）雖失城池喜無恙，

糜夫人　（唱）人逢磨難志更強。

甘夫人　（唱）河清有日誰能量？

糜夫人　（唱）養精蓄鋭再戰強梁。
劉　備　咳！
　　　　（唱）憶昔當年聚范陽，
　　　　　　　桃園花開結義香。
　　　　　　　幽州界首破賊黨，
　　　　　　　虎牢威名劉關張。
　　　　　　　徐州失散無尋訪，
　　　　　　　古城團圓聚一堂。
　　　　（同下）

第　四　場

　　　　（劉備原人上，圓場）
劉　備　咳！
　　　　（唱）忍淚含悲回頭望，
　　　　　　　玉鞭不舉扣絲繮。
　　　　　　　古城汝南兩失望，
　　　　　　　旌旗破損甲無光。
　　　　　　　駐馬回首增惆悵，
　　　　　　　中興漢室劉家掌，
　　　　　　　豈知空落淚兩行！
　　　　我想諸君皆有王佐之才，不幸跟隨劉備。劉備命窘，累及諸君，今日竟至身無立錐之地！誠恐有誤諸君。君等何不棄我，別投明主，以取功名。
衆　　　哎呀，主公啊！（哭介）
劉　備　諸君啊！
　　　　（唱）智士知機須早想，
　　　　　　　豈肯累及諸忠良。
　　　　　　　百歲光陰休輕放，
　　　　　　　各投明主入朝堂。
趙　雲　主公差矣！昔日高祖與項羽争奪天下，數敗於羽。後九里山一戰成功，乃開四百年之基業。勝負乃兵家之常也！

張　飛　（唱）稱強誰能比楚項，
　　　　　　　七十餘戰敗高皇。
　　　　　　　九里山前只一仗，
　　　　　　　重瞳自刎在烏江。
　　　　　　　事之成敗從長看，
　　　　　　　何必失志帶愁腸！
　　　　　　　審時度勢君常講，
　　　　　　　得會風雲效高皇。
張　飛　哎呀呀，好不耐煩人也！
　　　　（唱）啼啼哭哭自淒惶，
　　　　　　　自倒銳氣不應當。
　　　　　　　何人輕慢某兄長，
　　　　　　　老張戳他數百槍！
趙　雲　（唱）三爺耐性莫魯莽，
　　　　　　　患難之交情義長。
　　　　　　　龍困沙灘非長久，
　　　　　啊！主公請看！
　　　　（唱）沙灘前面有大江。
劉　備　三弟，前去問過，來此什麼地方？
張　飛　喳！（向內）列位請了！
　　　　（幕內：請了！）
張　飛　這是什麼地方？
　　　　（幕內：乃是漢江。將軍何處人馬？）
張　飛　豫州牧劉皇叔。
　　　　（幕內：原來是劉豫州。我等就送羊酒前來。）
張　飛　多謝了哇，多謝了！哈哈哈……啊大哥，此乃漢江地面。不用走了，就有人送酒肉來了。
劉　備　漢江地方，離曹兵已遠。眾將官，可在沙灘，暫紮行營。
　眾　　得令！（紮營介）
孫　乾　主公，劉景升坐鎮九郡，兵強糧足。他與主公皆是漢室宗親。何不往投？
劉　備　所言雖是，唯恐不容。如之奈何？

孫　乾　孫乾願先往說之,管叫劉景升出境迎接主公。
劉　備　如此就請先生一行。
孫　乾　遵命!
　　　　(唱)主公且把寬心放,
　　　　　　借住荊州有何傷?
　　　　　　催馬揚鞭忙前往,(上馬介)
　　　　　　學一個張良說楚王。(下)
劉　備　咳!
　　　　(唱)扶保漢室忠心朗,
　　　　　　英雄失勢無主張。
　　　　　　心意彷徨把馬上,
　　　　(眾上馬介)
張　飛　大哥!
　　　　(唱)且放愁腸莫自傷。
　　　　(同下)

第　五　場

(四文堂、四大鎧、四將官、蔡瑁、張允上,站門。劉表上)
劉　表　(念)【引】荊山鍾秀氣,領九郡,雄才會聚。(歸座介)
　　　　(念)(詩)方城爲城,
　　　　　　　　漢水爲池。
　　　　　　　　世稱八俊,
　　　　　　　　名動一時。
　　　　某,荊州刺史劉表,字景升。威震九郡。只是北有曹操,東有孫權。兩面受敵,實甚勞煩。近日聞得袁紹、曹、劉爭戰,未知勝敗如何。
　　　　(宋忠上)
宋　忠　(念)不知爲將事,且學迎賓能。
　　　　啓主公:今有劉玄德謀士孫乾求見。
劉　表　啊,我正要探聽曹、劉消息,孫乾來得正好。快快有請!
宋　忠　有請!
　　　　(孫乾上)

孫　乾	（念）蘇秦張儀口，陸賈隨何心。
	孫乾參見明公！
劉　表	先生少禮，遠來不易。請坐！
孫　乾	謝坐！
劉　表	公從玄德，何故至此？
孫　乾	劉使君與公乃漢室宗親，俱爲天下英雄。使君雖兵微將寡，而志欲匡扶社稷。今新敗於曹操，欲往投江東孫權。彼時孫乾阻而言曰："人生豈可背親向疏。荆州劉將軍禮賢下士，何不往投？"因此使君命乾先來拜白，唯明公命之。
劉　表	好啊！玄德乃吾弟也。久欲相會，而不可得。今肯惠顧，實爲幸甚。
蔡　瑁	主公不可！
	（唱）劉備梟雄藏奸膽，
	留他在此惹傷殘。
	啓主公：劉備先從呂布，後事曹操，近投袁紹，皆不克終。足可見其爲人。今若納之，曹操必加兵於我。不如斬孫乾之首，獻與曹操，曹操必然重待主公。
孫　乾	住了！乾非懼死之人。劉使君忠心爲國，非曹操、袁紹、呂布等可比。前之相從，不得已也。今聞劉將軍乃是漢室苗裔，誼切同宗，故千里相投。汝何獻讒而妒賢如此！
劉　表	哈哈哈……此言是也。蔡瑁休得多口！
蔡　瑁	啊！
劉　表	就煩先生回拜玄德，我親自出郭相迎。
孫　乾	謝將軍！正是：
	（念）不負名稱俊，果然心愛賢。（下）
劉　表	蔡瑁！玄德是我堂弟，不可輕慢。吩咐衆將，同我前去迎接。
蔡　瑁	得令！下面聽者：隨同主公前去迎接劉備！
衆	啊！
	（四文堂、四大鎧、四將官、張允、宋忠、蔡瑁下）
劉　表	（念）招賢雖有三千客，同心難得一家人。（下）
	（連場——蔡瑁上）
蔡　瑁	可惱啊！可惱！劉表與我乃郎舅之親。荆州之事，在我掌握之中。

劉備到此,定分我之權也！罷！等他到來,設計殺之。正是：
(念)人本無有打虎意,須防虎有傷人心。(下)

第 六 場

(四文堂、四大鎧、簡雍、孫乾、糜竺、糜芳、關平、周倉、張飛、趙雲、甘夫人、糜夫人、二車夫、劉備上,過場下)

第 七 場

(場設城。大吹打。四文堂、四大鎧、四將官、蔡瑁、張允、蔡忠、蔡和、中軍、劉表上,出城介。劉備原人上。劉表率衆迎接介)

劉　表　啊賢弟,劉表迎接！
劉　備　宗兄,劉備拜投。何敢勞動遠迎！
劉　表　哈哈哈……賢弟,爲兄渴慕久矣,幸得相逢。請！
　　　　(劉表挽劉備介。雙方原人進城介,同下)
　　　　(連場——吹打。劉備、劉表原人上)
劉　表　來,將使君夫人安居客館。
四將官　得令！
　　　　(四將官引甘夫人、糜夫人、二車夫下)
　　　　(劉表、劉備原人挖門。兩邊站介。劉備、劉表入座介)
劉　備　兄長請上,容備一拜！
劉　表　我弟少禮！衆將官,參見吾弟！
蔡　瑁
張　允　我等參見劉使君！
蔡　忠
蔡　和
劉　備　公等少禮！
蔡　瑁
張　允　謝使君！
蔡　忠
蔡　和
劉　備　衆將參見吾兄！

| 簡糜糜關周張趙 | 雍竺芳平倉飛雲 | 我等參見劉主！ |

| 劉 | 表 | 衆位將軍少禮！ |

| 簡糜糜關周張趙 | 雍竺芳平倉飛雲 | 謝劉主！ |

| 劉 | 表 | 衆將官，陪同新到衆位將士、孫先生，花亭飲酒。 |

| 簡孫糜糜關周張趙 | 雍乾竺芳平倉飛雲 | 謝劉主！ |

（四文堂、四大鎧、蔡瑁、張允、蔡忠、蔡和，四文堂、四大鎧、簡雍、孫乾、糜竺、糜芳、關平、周倉、趙雲、張飛同下）

劉	表	酒筵擺下，弟兄叙話。
中	軍	啊！（擺宴介）
中	軍	啓主公：宴齊。（下）
劉	表	賢弟請！

   （唱）誼切同宗多違面，
     幸得相逢須盡歡。
     葡萄酒貯梨花盞，
     弟兄推心且飲乾。

| 劉 | 備 | （唱）叨蒙惠愛心深感， |

     帡幪之下念恩寬。

|劉　表| 　　何年治平興炎漢，
　　　　與兄携杖閑笑談。
哈哈哈……請！
|劉　備| 請！
（蔡氏暗上）
|蔡　氏| （唱）離却寢室行款款，
　　　　屏後竊聽他人言。
我，劉荊州續弦之妻蔡氏。今夫君與劉備飲宴。聽我兄蔡瑁言説，劉備乃是梟雄。我不免隱身屏後，聽他説些什麼。
（唱）自古養虎須防患，
　　　　凡事常須冷眼觀。
（蔡氏隱身屏後，竊聽介）
|劉　表| 賢弟，近聞曹操提兵回許都，勢日強盛，必有吞併荊襄之心！
|劉　備| 宗兄坐踞九郡。有此基業，何懼曹賊猖獗！
|劉　表| 咳！賢弟啊！
（唱）提起基業多坷坎，
　　　　人生最苦是心煩。
　　　　有子無謀心自慘，
　　　　思量不覺淚漣漣。
|劉　備| 兄長何事難決，掉下淚來？
|劉　表| 有一心事，未敢明言。
|劉　備| 兄且言來。倘有用弟之處，雖死不辭。
|劉　表| 唉！愚兄前妻陳氏，所生長子劉琦，爲人雖賢，而柔懦不足立事。後妻蔡氏，所生少子劉琮，頗爲聰明。我欲廢長立幼，恐礙于禮法。欲立長子，怎奈蔡氏族中，皆掌軍務，後必生亂。因此委决不下。
|劉　備| 自古廢長立幼，取亂之道。若憂蔡氏權重，可徐徐削之。不可溺愛而立少子也！
|劉　表| 是。立長子，立長子。
|劉　備| （唱）立嗣不正必生亂，
　　　　骨肉之間有傷殘。
　　　　姶姬重耳與鄭段。
　　　　古來之事可鑒觀。

劉　表　賢弟之言是也！
蔡　氏　哼！鬧出個壞種來啦！
　　　　（唱）聽言粉面流香汗，
　　　　　　　梟雄言語我心寒。
　　　　　　　氣滿胸懷四肢軟，
　　　　劉備呀！劉備！
　　　　　　　叫你不能把身安。
　　　　我不殺你，誓不爲人！（暗下）
劉　備　（背躬介）哎呀，失言了哇！
劉　表　賢弟請！
劉　備　唉！
　　　　（唱）名未顯達酒却滿，
　　　　唉！
　　　　（唱）髀肉復生心內酸。
　　　　　　　四十功名事業晚，
　　　　　　　光陰虛度自羞慚！
　　　　唉！（嘆氣介）
劉　表　賢弟爲何長嘆？
劉　備　弟往常身不離鞍，髀肉皆散。今久不騎，髀裏肉生。日月蹉跎，老將至矣，而功業未建。是以悲耳！
劉　表　吾聞弟在許昌，與曹操青梅煮酒，共論英雄。賢弟盡舉當世名士，操皆不許，而獨曰："天下英雄，唯使君與操耳。"以曹操之權力，猶不敢居吾弟之先，何慮功業不建！
　　　　（唱）青梅煮酒論名言，
　　　　　　　當世英雄相共談。
　　　　　　　曹操居前猶不敢，
　　　　　　　賢弟何憂功業難！
劉　備　哈哈哈！
　　　　（唱）並非虛誇英雄膽，
　　　　　　　天下碌碌何足觀？
　　　　　　　若有基業豈愁嘆，
劉　表　哈哈哈！（點頭介）

劉　備　哎呀！
　　　　（唱）醉後失言心不安。
　　　　愚弟不勝酒力，今已醉也。告歸館舍。
劉　表　且住。賢弟既恐廢武事，現今襄陽屬邑新野縣，頗稱富庶。賢弟可引本部軍馬，前往屯紮如何？
劉　備　喂呀，多承兄長盛情！
劉　表　為兄即與弟簽證。但憑賢弟選定吉日榮任。
劉　備　愚弟拜辭，就要起程。
劉　表　如此甚好。請去客館收拾，愚兄柜送一程。
劉　備　謝兄長！
劉　表　請！
　　　　（唱）如今休悔時光晚，
劉　備　兄長呀！
　　　　（唱）教民只恐弟不堪。
　　　　（劉表、劉備挽手下）
　　　　（連場——蔡瑁上）
蔡　瑁　哎呀！
　　　　（唱）劉表他把同宗念，
　　　　　　　惹動某家心愁煩。
　　　　主公一味顧念同宗。叫那劉備到新野屯駐兵馬，終是荊州後患。這便怎麼處？啊！我自有殺他之計。
　　　　（唱）劉備不除心頭患，
　　　　　　　設計殺他不遲延。（下）

第　八　場

（大吹打，四文堂、四大鎧、簡雍、孫乾、糜竺、糜芳、關平、周倉、張飛、趙雲、甘夫人、糜夫人、二車夫上，劉表、劉備挽手上）

劉　備　多謝兄長遠送！
劉　表　賢弟請行！
劉　備　告辭了！
　　　　（劉備原人上馬介，同下）

劉　表　回府！
四文堂　啊！
　　　　（同下）

第 九 場

　　　　（二丫鬟、蔡氏上）
蔡　氏　（念）明中好語君爲是，暗裏深謀我自知。
　　　　（劉表上）
劉　表　（念）論親還是同族弟，相顧須念漢苗裔。
蔡　氏　活不久啦！活不久啦！
劉　表　啊！什麼活不久了？
蔡　氏　我在屏風後面，聽那劉備言語，話多輕視，日後他必有吞併荊州之意。若不殺他，定是後患。你想啊，你我還活得久嗎？
劉　表　哎！吾弟仁人也，焉有此事？
蔡　氏　嗐！只恐他心不似你心！
劉　表　哎！家内之事，你可以管。府外之事，你休多嘴！正是：
　　　　（念）理從讓處三分是，話不投機半句多！
　　　　唉！婦人家就有許多疑心。可惱哇！可惱！（下）
蔡　氏　哼！劉備呀，劉備！我定要定計殺你！
　　　　（唱）你道是我子幼兄位弟佔，
　　　　　　　父傳位理應當先立長男。
　　　　　　　哪知道夫人我暗中窺探，
　　　　　　　將你做籠中鳥不放回山！
　　　　丫鬟！
丫鬟甲　有！
蔡　氏　有請蔡將軍。
丫鬟甲　是！
　　　　（丫鬟甲上場門下）
　　　　（丫鬟甲引蔡瑁上）
蔡　瑁　（念）外權雖不行霸道，執事還是半荊州。
　　　　蔡瑁參見！

蔡　氏　兄長請坐。
蔡　瑁　謝坐。有何吩咐？
蔡　氏　我叫主君刺殺劉玄德，他執意不肯。劉備不死，終是後患。要定個
　　　　什麼計策，將他害死纔好。
蔡　瑁　我早有一計：年例不日大會，眾官宴於襄陽，以示勸撫。就請劉備
　　　　到彼陪客，席前謀之。
蔡　氏　好，就是這個主意。你明日稟請設宴，襄陽聚會。我便勸説主君，
　　　　請劉備陪客，任你席前殺之。不得有誤！
蔡　瑁　遵命！
蔡　氏　正是：
　　　　（念）害人之計休洩露，
　　　　（二丫鬟、蔡氏下）
蔡　瑁　（念）管叫魚兒來吞鉤。（下）

第　十　場

　　　　（四將官、趙雲、張飛、劉備上，挖門。劉備入座介）
劉　備　（唱）四野歡聲誇福降，
　　　　　　　日月旋轉嘆滄桑。
　　　　　　　昔日平原爲縣令，
　　　　　　　今日崎嶇赴襄陽。
　　　　（宋忠上）
宋　忠　（念）欲知陰謀事，難瞞下書人。
　　　　門上哪位在？
一將官　什麼人？
宋　忠　下書人求見。
一將官　候着！啟主公：下書人求見。
劉　備　喚他進見。
一將官　下書人進見！
宋　忠　是。（進見介）參見皇叔。宋忠叩頭！
劉　備　起來！
宋　忠　謝皇叔！

劉　備　到此何事？
宋　忠　我主襄陽設宴，衆官赴會。特請皇叔與宴陪客。
劉　備　回復你主，說我即來。
宋　忠　遵命！（出門介）正是：
　　　　（念）猛虎離山谷，鰲魚吞釣鈎。（下）
張　飛　大哥，常言道："酒無好酒，筵無好筵。"不去也罷。
劉　備　三弟啊！
　　　　（唱）吾兄好意來相請，
　　　　　　　怎能辭他却盛情？
張　飛　（唱）纔得安身又宴飲，
　　　　　　　怕是鴻門巧計行。
趙　雲　（唱）素無嫌隙與讎恨，
　　　　　　　若要不去反疑心。
　　　　　　　俺比樊噲相隨定，
　　　　　　　鞍前馬後三百兵。
　　　　　　　如有謀害假恭敬，
　　　　　　　殺他個荆州不太平！
劉　備　好！急速點兵！
　　　　（唱）三弟且自守縣印，
　　　　　　　子龍相隨可放心。
　　　　　　　請我赴宴當遵命，
　　　　　　　何須懷疑得罪人。
（趙雲、劉備、四將官、張飛分下）

第 十 一 場

（伊籍上）
伊　籍　走啊！
　　　　（唱）適纔府堂得凶信，
　　　　　　　蔡氏兄妹起毒心。
　　　　　　　謀害劉備不要緊，
　　　　　　　只恐激變荆襄民。

我，劉荊州幕賓伊籍是也。蔡瑁設計，請宴襄陽，暗害劉玄德。我不免也假意前去陪宴，於中通信救他便了！

（唱）襄陽設宴假傳令，
　　　糊塗可稱劉景升。
　　　見死不救釀大錯，
　　　知機而行做好人。（下）

第 十 二 場

（四文堂、四上手、蔡忠、蔡和、蔡勳、蒯越、文聘、王威、蔡瑁上）

蔡　瑁　（唱）席前要取劉備命，
　　　　　　設宴故做假人情。
　　　　俺，蔡瑁是也。稟准襄陽設宴，瞞着主公，謀害劉備。諸事俱已準備停當，且候玄德到來。

（宋忠上）

宋　忠　（念）不向江南擒猛虎，却從新野覓蛟龍。
　　　　啓奏將軍：劉玄德隨後就到。
蔡　瑁　隨後就到？
宋　忠　隨後就到。
蔡　瑁　何人跟隨？
宋　忠　趙子龍跟隨。
蔡　瑁　啊，趙子龍！哼！諒他也飛走不了！下面歇息去罷！
宋　忠　啊！（下）
蒯　越　啊將軍，既欲殺之，當做準備。
蔡　瑁　吾弟蔡忠聽令！
蔡　忠　在！
蔡　瑁　帶兵五千，把守東門峴山大路，休要放走劉備。
蔡　忠　得令！（下）
蔡　瑁　蔡和聽令！
蔡　和　在！
蔡　瑁　帶兵五千，把守南門，休要放走劉備。
蔡　和　得令！（下）

蔡　瑁	吾侄蔡勳聽令！
蔡　勳	在！
蔡　瑁	帶兵五千，把守北門，休要放走劉備。
蔡　勳	得令！（下）
蒯　越	東南北三門，俱已遣兵馬把守。還有西門，爲何不遣兵將？
蔡　瑁	西門前有檀溪阻隔。縱使插翅，不能飛過。文聘、王威！
文　聘 王　威	在！
蔡　瑁	你二人在廳外設席，等待時機。先將子龍擒住，劉備定難脫逃了。
文　聘 王　威	得令！
蔡　瑁	蒯越聽令！
蒯　越	在！
蔡　瑁	今殺劉備，乃瞞過主公。你悄悄傳諭出去：若有走漏消息，定斬不饒！
蒯　越	得令！（下）
報　子	（內）報！（上） 啟稟將軍：劉使君到！
蔡　瑁	他來了！哈哈哈，請！
報　子	有請劉使君！（下） （大吹打。四文堂、四下手、趙雲、劉備上，蔡瑁原人迎介。蔡瑁、趙雲對望介）
蔡　瑁	劉使君，哈哈哈……
劉　備	蔡將軍，哈哈哈……
蔡　瑁	使君請！
劉　備	將軍請！ （雙方原人挖門，站門。劉備、蔡瑁坐介）
劉　備	備奉兄長之命，特來奉陪各位守牧。
蔡　瑁	使君與我主是弟兄。我與荆州乃是郎舅，理當做東。
劉　備	啊！原來是大舅！失禮了！
蔡　瑁	豈敢！
報　子	（內）報！（上）

	啓禀將軍！九郡四十二州官俱已到齊。
蔡　瑁	有請！
報　子	有請！（下）
劉　備	一同迎接。
蔡　瑁	請！

（大吹打。四文官、四武官上）

蔡　瑁	啊列位大人！將軍！
四文官 四武官	蔡將軍！
蔡　瑁	見過玄德公！
四文官 四武官	啊劉使君！
劉　備	衆位大人！將軍！備奉兄長之命，特來奉陪。
四文官 四武官	不敢！
劉　備	當得的！
蔡　瑁	看宴伺候！
衆	啊！

（大吹打。兩文官、兩武官中坐，一文官、一武官、劉備、蔡瑁兩邊分坐介）

蔡　瑁	請趙將軍與衆將外廳飲宴。
文　聘 王　威	請趙將軍外廳赴宴！
趙　雲	俺趙某焉敢赴宴！
蔡　瑁	既已到此，焉有不赴席之理。煩使君一言。
劉　備	既蒙盛意，子龍暫去一飲。
趙　雲	遵命！

（唱）非我杯中見蛇影，
　　　此事還得加小心。
　　　府堂暫領主公命，
　　　必須要嚴防範見機而行。

|文　聘
王　威|將軍請！哈哈哈……|

（文聘、王威、四文堂、四下手、趙雲下）
（伊籍上）

伊　籍　走哇！
　　　　（唱）明爲陪客暗通信，
　衆　　伊先生來了，請坐！
伊　籍　衆位少禮，衆位請！
　　　　（唱）伊籍把盞敬一巡。（把盞敬酒介）
　衆　　不敢！不敢！（衆舉杯飲酒介）
伊　籍　（唱）再敬一盞使君請！（向劉備敬酒介）
劉　備　不敢！不敢！
　　　　（劉備舉杯，伊籍暗扯劉備示意介，劉備點頭會意介）
伊　籍　（唱）再飲一杯好辭行。
　　　　將軍請！（向蔡瑁敬酒介）
蔡　瑁　哎呀，先生請！先生請！
劉　備　呀！
　　　　（唱）辭席假作酒不勝，
　　　　　　　伊籍行爲必有因。
　　　　　　　急赴後園將他等，
　　　　　　　心似分明又不明。
　　　　劉備酒醉，暫且告辭！（上場門急下）
伊　籍　少陪了！少陪了！（上場門下）
蔡　瑁　哎呀！
　　　　（唱）酒過三巡殺機定，
　　　　　　　劉備離席必有因。
　　　　啊列位！實不相瞞。那劉備乃當世梟雄。投奔荆襄，必爲後患。某想借此宴會殺他，不知何人走漏風聲。今劉備離席，定是逃走。衆官暫且散席。待某殺了劉備，再來飲酒。請！
　　　　（唱）畫虎不成不要緊，
　　　　　　　殺人不死反禍臨。
　　　　（四文堂、四上手、蔡瑁下）
四文官　（唱）鴻門之宴何堪飲，
四武官　　　　蔡瑁原來有私心。（下）

第 十 三 場

（劉備上）

劉　備　（唱）是非凶吉難猜論，
　　　　　　　　莫非凶宴果是真？

（伊籍拿衣帽上）

伊　籍　（唱）心急忙把園門進，
　　　　　　哎呀，使君啊！
　　　　　（唱）死在臨頭還沉吟！

劉　備　啊！何出此言哪？

伊　籍　哎呀，使君啊！蔡瑁設計害你，東南北門俱有兵將把守，只有西門可逃。的盧馬現在園外。公即速出逃，稍遲則性命休矣！

劉　備　哎呀！承教了！
　　　　（唱）容日登堂謝活命，
　　　　（劉備、伊籍急出園，劉備上馬介）

劉　備　請了！

伊　籍　請了！

劉　備　（唱）斷開金鎖龍入雲。（下）

伊　籍　這就好了！
　　　　（唱）且喜皇叔無傷損，
　　　　　　伊籍今日做好人。（下）

第 十 四 場

（趙雲上）

趙　雲　哎呀！
　　　　（唱）正飲忽聽人言論，
　　　　　　　果然不見我主君！
　　　　俺正飲酒，聽得人言，蔡瑁提兵，意欲加害。是我去至席前，尋找主公，為何不見？這便奇了！
　　　　（唱）是吉是凶難斷定，

　　　　　　此宴果真效鴻門。（思忖介）
　　　　　　劉表忠義心端正，
　　　　　　定是蔡瑁起不仁。
　　　　　　尋找將士仔細問，
　　（文聘、王威兩邊上）

文聘
王威　　趙將軍！

　　　　（唱）爲何不飲起身行？
　　　　啊！將軍爲何停杯離筵？

趙　雲　大席已散，我主公哪裏去了？

文聘
王威　　我二人不知。

趙　雲　呔！
　　　　（趙雲拉住文聘、王威介）

趙　雲　（唱）常山將軍威名震，
　　　　　　　姓趙名雲字子龍。
　　　　　　　斬將奪旗臨戰陣，
　　　　　　　曹兵見俺也掉魂。
　　　　　　　是奸是計全不論，
　　　　　　　快快交還我主公！
　　　　還我主公來！

文聘
王威　　我二人陪伴將軍飲酒，未曾離席，怎麼知道你主公去處？將軍參詳！

趙　雲　想是你主謀害我主公。

文聘
王威　　我主與使君乃是同宗兄弟。義同手足，哪有謀害之理？

趙　雲　當是蔡瑁設計！

文聘
王威　　諒他也不敢！

趙　雲　啊，這又奇了！
　　　　（唱）二將出言語和順，
　　　　　　　蔡瑁提兵是何因？
　　　　　　　我主爲何離席行？

　　　　　　　定有緣故在其中。
　　　　　　　大小三軍齊奮勇，

四文堂
四下手　（內）啊！（上）

四文堂
四下手　將軍有何吩咐？

趙　雲　（唱）襄陽赴宴失主公。
　　　　　　　號令一聲兵催動，

四文堂
四下手　啊！

文　聘
王　威　送將軍！

趙　雲　呔！
　　　　（唱）沙灘無水敢藏龍？
　　　　　　　若是計害我主命，
　　　　　　　莫怪我頃刻動刀兵！
　　　　（趙雲率四文堂、四下手下）

文　聘
王　威　哈哈哈……
　　　　（唱）子龍此時猶做夢，
　　　　　　　死到臨頭逞英雄。
　　　　諒他也飛走不了！（下）

第 十 五 場

　　　　（四龍套、四上手、蔡忠上）
蔡　忠　（唱）吾兄權大能壓衆，
　　　　　　　一令傳出萬人從。
　　　　（同下）

第 十 六 場

　　　　（劉備上）

劉　備　哎呀！
　　　（唱）兄長劉表仁義重，
　　　　　　蔡瑁狼心毒計行。
　　　哎呀！蔡瑁設計暗害于我，兄長劉表豈有不知！若非伊籍送信，命喪席前。啊，子龍尚不見到來，想必不知此事。伊籍叫我從西門逃走。慌亂之中，辨不出東南西北了！也罷！我只得信馬由韁，且往前行便了！
　　　（唱）曹操奪了古城郡，
　　　　　　投親荆州暫藏身。
　　　　　　我與蔡瑁無讎恨，
　　　　　　暗計謀害是何因？
　　　　　　前途且把子龍等，
衆　　　（內）捉殺劉備，莫使逃脫！
劉　備　哎呀！害我是真了！
　　　（唱）人馬吶喊亂紛紛。
　　　　　　帶轉絲韁往回奔，
　　　　　　加鞭策馬急速行。（上場門下）

第 十 七 場

（四龍套、四藤牌兵、蔡和下場門上）

蔡　和　（唱）兵馬層層如鐵桶，
　　　　　　　管叫劉備難逃生！
　　　（同追下）

第 十 八 場

（劉備上）

劉　備　哎呀！
　　　（唱）策馬逃生追兵緊，
　　　　　　難辨東南西北門。
　　　哎呀！前有人馬埋伏，後有追兵，難以逃生。趙子龍啊趙子龍！你

　　　　　　往何方去了哇！
衆　　　（內）埋伏人馬，莫使劉備逃脫！
劉　備　哎呀，又遇埋伏了！
　　　　（唱）心忙意亂難踏蹬，
　　　　　　　子龍何處把身存？
　　　　　　　想是城內遭圍困，
　　　　　　　故而遲遲難脫身！（急逃下）

第 十 九 場

　　　　（四龍套、四大鎧、蔡勳上）
蔡　勳　（唱）襄陽設下陷人阱，
　　　　　　　捉拿劉備休放行。
　　　　（同下）

第 二 十 場

　　　　（劉備上，過場下）
　　　　（連場——四文堂、四下手、趙雲上）
趙　雲　（唱）尋主不見心急痛，
　　　　　　　滿城尋問無影蹤！
　　　　（四龍套、四上手、蔡忠上。會陣介）
趙　雲　來將通名！
蔡　忠　蔡瑁之弟，蔡忠是也！
趙　雲　可曾看見我主公玄德過去？
蔡　忠　不曾看見。
趙　雲　呔！你兄設宴，暗傷我主公，擅敢阻擋我軍。看槍！
　　　　（起打介。蔡忠下，四上手、四下手接打，下。蔡忠上，接打，趙雲打蔡忠下。趙雲下）
　　　　（連場——劉備上，過場下）
　　　　（連場——四文堂、四下手、趙雲上）
趙　雲　（唱）只說保主平安返，

宴前失散無影蹤。

（四龍套、四藤牌兵、蔡和上。會陣介）

趙　雲　來將通名！

蔡　和　蔡瑁之弟，蔡和是也！

趙　雲　可見我主公玄德過去？

蔡　和　不曾看見。

趙　雲　吥！説什麽不曾看見。看槍！

（起打介，蔡和下。四藤牌兵、四下手接打，下。蔡和又上，接打，趙雲打蔡和下。趙雲下）

（連場——劉備上，過場下）

（連場——四龍套、四上手、四藤牌兵、蔡忠、蔡和、蔡勳、蒯越、蔡瑁上）

蔡　瑁　（唱）襄陽兵將齊調動，
　　　　　　　爲滅後患早除根。

（同下）

第二十一場

（劉備上）

劉　備　哎呀！
　　　　（唱）逃臨至此前路盡，
　　　　（幕内水聲）

劉　備　（唱）耳邊又聞水流聲。
　　　　哎呀！前面大溪，攔住去路。看這溪闊數丈，水流甚急，如何過得去！

衆　　　（内）追殺劉備！

劉　備　哎呀！後面追兵又到，無有藏身之處！趙子龍啊，趙子龍！你貪杯飲酒。我如今身遭此難，怎的不前來救我？今番我命休矣！

（馬嘶介）

劉　備　啊！的盧馬呀，的盧馬！爾果是妨主之馬耶？

衆　　　（内）追殺劉備！勿使逃走！

劉　備　哎呀！追兵已近，豈能坐以待斃！也罷！待我縱馬過溪便了！

　　　　　（唱）退不能退進難進，
　　　　　　　　　後面追兵又逼臨。
　　　　　罷！揮鞭策馬身加勁，
　　　　　（劉備策馬躍溪介。馬嘶，火彩，過溪介）
劉　備　哈哈哈……跳過溪來了！好馬呀，好馬！
　　　　　（唱）果然躍過溪水深。
　　　　　　　　　遇難成祥今方信，
　　　　　（四龍套、四上手、四藤牌兵、蔡忠、蔡和、蔡勳、蒯越、蔡瑁上）
蔡　瑁　啊！
　　　　　（唱）水深溪寬他怎能行？（驚介）
劉　備　蔡瑁趕來則甚？
蔡　瑁　使君爲何逃席，不辭而行？
劉　備　備與你無讎無恨，爲何設計殺我？
蔡　瑁　俺並無此意，休聽旁人之言。
劉　備　哦！你蒙哄誰來！
　　　　　（唱）古言吉人有天相，
　　　　　　　　　奸謀毒計怎能行！
　　　　　　　　　曹操奸心將某害，
　　　　　　　　　你却毒計暗殺人。
　　　　　　　　　今日寬恩留你命，
　　　　　　　　　他日相逢不容情！（下）
蔡　瑁　哼！
　　　　　（唱）出籠之鳥雖僥倖，
　　　　　（幕內喊殺聲）
蔡　瑁　啊？
　　　　　（唱）又是何方兵馬臨？
　　　　　（四文堂、四下手、趙雲上）
趙　雲　呔！蔡瑁，還我主公來！
蔡　瑁　你主現在城內飲宴。
趙　雲　我主公既在城內飲宴，你爲何帶兵到此？
蔡　瑁　九郡四十二州文武官員俱在城內。某爲上將，豈可不巡行防護？
趙　雲　哦！一派胡言！看槍！

（趙雲、蔡瑁架住，雙方原人分下。趙雲、蔡瑁起打介，蔡瑁敗下。四藤牌兵上，接打，趙雲打四藤牌兵下。四上手上，接打，趙雲下。四下手上，接打，四上手敗下。蔡忠、蔡和、蔡勳、蔡瑁上，接打，四下手下。趙雲上，接打，蔡忠、蔡和、蔡勳下。趙雲、蔡瑁起打。蔡瑁敗下，趙雲追下）

（四文堂、四下手、趙雲上。挖門）

趙　雲　（唱）蔡瑁臨戰敗了陣，
　　　　　　　俺今槍下暫留情。
　　　啊，主公爲何不見？看這樣大溪，人馬焉能過得去！本待進城尋訪，恐有埋伏。也罷！俺且回新野商議，再來打聽便了！
　　　（唱）一路逢人須問信，
　　　　　　　訪着主公再相迎。

（四文堂、四下手、趙雲下）

（四龍套、四上手、四藤牌兵、蔡忠、蔡和、蔡勳、蒯越、蔡瑁上。挖門）

蔡　瑁　哎呀且住！劉備越過檀溪，真神助也！子龍驍勇，某難取勝。俺即進城與妹子商議，再謀害殺劉備便了。衆將官！

　衆　　啊！

蔡　瑁　收兵！

　衆　　啊！

　　　　（同下）

馬跳檀溪

佚　名　撰

解　題

　　京劇。現代佚名撰。《京劇劇目辭典》著録，題《馬跳檀溪》。《京劇劇目初探》著録，題《襄陽宴》，一名《馬跳檀溪》，後接《水鏡莊》，均未署作者。劇寫劉備依劉表寄居新野。劉表後妻蔡氏與妻弟蔡瑁嫉之，欲害劉備。一日，劉表大宴各郡官牧，因患病，請劉備代爲主持。蔡瑁乘此機會，暗伏甲士五百，擬於宴間殺之。劉備由趙雲陪同，衆人畏懼不敢下手。蔡瑁另設席款待趙雲。幸得伊籍告密，劉備推脱更衣，至後園跨馬逃走。蔡瑁急率部追趕。劉備逃出西門，爲檀溪所阻。劉備乘的盧馬竟然一躍而過。蔡瑁急追，遇趙雲尋蹤而至，將蔡瑁戰敗，退入城中。劉備過檀溪後，迤邐而行，恰遇水鏡先生司馬徽，請入莊中，以禮相待，交談中，水鏡謂"這襄陽左近，有卧龍鳳雛，若得一人輔佐，天下定矣"，劉備問此二人情況，水鏡不答。中夜，劉備聽到有人來訪，疑是卧龍鳳雛。黎明時，趙雲帶領人馬來迎劉備，同回新野。本事出於《三國演義》第三十四、三十五回。《三國志·魏書·劉表傳》裴松之注引《世語》載有其事。元刊《三國志平話》、元雜劇《襄陽會》、清宫大戲《鼎峙春秋》、清京劇三慶班連臺本《三國志》均有類似情節。版本今有《戲考》本。另有《京劇彙編》收録的馬連良藏本（不帶《水鏡莊》）及以該本重刊的《京劇傳統劇本彙編》本。今以《戲考》本爲底本，參考其他本校勘整理。

第　一　場

　　　　（劉琦、劉琮同上）
劉　琦　（念）父王鎮守在荆襄，各處不敢動刀槍。
劉　琮

俺，

劉琦　劉琦。

劉琮　劉琮。

劉琦
劉琮　今日請九郡四十一州官牧筵宴。父王染病，不能出堂。特請玄德叔代主，這般時候，爲何還不見到來？

劉琮　想必來也。

（四上手、四馬童、趙雲、劉備上）

劉備　（唱）【西皮搖板】
　　　　來在衙前下了馬，
　　　　只見二侄相迎咱。

劉琦
劉琮　叔父到此，小侄等未能遠迎，叔父恕罪。

劉備　自家叔侄，何須禮套！

劉琦
劉琮　今日特請四十一州官牧，設擺筵宴。父王舊病復發，不能出堂。特請叔父代主。

劉備　某本不敢當此。今既奉兄王之命，只好相陪。

劉琦　天氣尚早，請叔父先到館驛歇息。

（【排子】，同下）

第　二　場

（四龍套、蔡瑁上）

蔡瑁　（念）【引】威震荆襄，掌兵權，四海名揚。
　　　（念）相貌堂堂力超群，
　　　　　執掌兵權數十春。
　　　　　當朝國舅人人敬，
　　　　　各處不敢動刀兵。

俺，蔡瑁。荆襄王駕前爲臣，官拜領兵大都督之職。可恨劉備，每每在吾主面前妄進讒言，要將俺的兵權撤去。是某懷恨在心，今當吾主撫勸各州郡官僚，命他前來，代作主人。正好就此殺之，以消吾恨。來！

龍套　有。

蔡　瑁　請蒯大夫進帳。

龍　套　蒯大夫進帳！

蒯　越　（內）來也！

　　　　（蒯越上）

蒯　越　（念）治國全憑經濟，用兵須有機謀。

　　　　參見將軍！

蔡　瑁　大夫少禮，請坐。

蒯　越　謝坐。傳下官進帳，有何國事議論？

蔡　瑁　只因劉備，每每與俺做對，並有吞併荊襄之意。若不及早除之，難免後患。

蒯　越　倘若害了劉備，恐失士民之望，眾百姓不服。

蔡　瑁　吾已奉了主公之命，料無妨礙。

蒯　越　若要殺他，必須定一良計方可下手。

蔡　瑁　吾已命吾弟蔡和，在東門帶兵把守；南門命蔡中把守；北門命蔡勳把守。只有西門，不須派兵前去，由檀溪阻隔。即有萬人，也難渡過。

蒯　越　但是一件：那趙雲勇猛非常，他竟不離左右，恐難成功。

蔡　瑁　吾伏五百軍在城內準備，待等宴罷之後，一齊動手。哪怕他飛上天去。

蒯　越　既然如此，還須另設一席，以宴武將。命文聘、王威二人，專陪趙雲，大功可成。

蔡　瑁　此計甚妙。照計而行便了。正是：

　　　　（念）一邊撒下青絲網，

蒯　越　（念）那怕魚兒不上鉤。

　　　　（同下）

第　三　場

（金旋、劉度、韓玄、趙範同上。【點絳唇】）

金　旋　俺，武陵太守金旋。

劉　度　零陵太守劉度。

韓　玄　長沙太守韓玄。

趙　範	桂陽太守趙範。
金　旋	請了。
衆　人	（同）請了。
金　旋	（白）今日荊襄王邀我等飲宴，不免就此同往。
衆　人	請。正是：

（念）國泰民安君主樂，
　　　年豐歲熟萬民歡。
來此已是。門上那位將軍在？
（文聘上）

| 文　聘 | （念）安排酒筵席， |

　　　撫勸衆官僚。
嚇，列位太守到了。有請劉使君。
（劉琦、劉琮、趙雲、劉備同上）

劉　備	何事？
文　聘	衆位官牧到。
劉　備	有請。
文　聘	有請。

（吹打介）

劉　備	今日我兄王有病在身，不能奉陪諸位。命備前來代主，望列位海涵。
衆　人	我等久聞使君大名，如雷貫耳。今日得能相逢聚會，我等不勝榮幸之至。
劉　備	豈敢。來，看宴。

（吹打介。文聘、王威上）

文　聘 王　威	（同）趙將軍，前面酒筵已齊，請將軍暢飲。
趙　雲	俺趙雲侍奉主公，心領了罷。
文　聘	既然到此，焉有不入席之理？
劉　備	子龍，去去無妨。
趙　雲	遵命。

（文聘、王威、趙雲同下）

| 劉　備 | （白）當今天下大亂，刀兵四起，各處旱潦不均，黎民困苦。獨我荊 |

　　　　　裏,九郡四十一州歲熟年豐,萬民歡樂,四方安靖,足見列公教化有
　　　　　方,不勝欽佩之至。
衆　人　（同）此乃我主洪福,我等何功之有？
劉　備　列公請酒。
　　　　（唱）【西皮慢板】
　　　　　　我兄王請列公駕來臨,
　　　　　　他染病命劉備代作主人。
　　　　　　今天下刀兵起百姓遭困,
　　　　　　旱潦不均瘟疫流行。
　　　　　　惟有我荆襄地四十餘郡,
　　　　　　歲熟年豐五穀收成。
　　　　　　勸列公今日裏須要暢飲,
　　　　　請了。
衆　人　（同）請。
劉　備　（唱）【西皮搖板】
　　　　　　主有道民安樂共享太平。
衆　人　（同唱）【西皮搖板】
　　　　　　這也是我主公洪福天大,
　　　　　　慶昇平同宴飲快樂無涯。
　　　　（伊籍上）
伊　籍　（唱）龍潭虎穴安排定,
　　　　　　速對使君説分明。
　　　　　使君在此。待我將他喚將出來。
　　　　（伊籍暗用手招介）
劉　備　列公請坐,備告便。
衆　人　請便。
劉　備　原來是伊先生。
伊　籍　哎呀,使君吓！大禍將至。我伊籍特來奉告。
劉　備　有何大禍？
伊　籍　此地非講話之所,你快快隨我來。（同下）
劉　琦
劉　琮　（同）列位長官,再飲幾杯。

衆　人	（白）公子請。
金　旋	（唱）【西皮搖板】
	多謝公子設筵酒，
劉　度	（唱）大家齊飲太平甌。
韓　玄	（唱）國泰民安人長壽，
	（趙雲上）
趙　雲	俺家主公往那裏去了？
劉　琦 劉　琮	（同）方纔外出，想是天氣溫暖，更衣去了。
趙　雲	待俺前去看來。（下）
趙　範	（唱）常言一醉解千愁。
衆　人	我等酒已夠了。
劉　琦 劉　琮	請列位長官後堂一叙。
衆　人	請。
	（吹打，同下）

第　四　場

（劉備、伊籍同上）

劉　備	伊先生，備有何大禍臨身，請道其詳。
伊　籍	今有蔡瑁，要害使君一死：東、南、北三門皆有蔡氏兄弟把守，蔡瑁自領五百軍，城中埋伏；只有西門無人看守，使君速速從西門逃走了罷。
劉　備	但不知我的坐騎現在何處？
伊　籍	想必在後院，使君隨我來。
	（劉備上馬介）
劉　備	多謝先生，備告辭了。
	（唱）【西皮搖板】
	辭別先生足踏鐙，
	加鞭催馬奔西門。
	（劉備下）

伊　　籍　（白）哈哈！他走了，我也溜了罷。（下）

第　五　場

（趙雲上）

趙　　雲　（白）尋找各處，並不見主公。莫非有人傳信，主公逃走了麼？待我先回館驛，帶領從人，追尋便了。

（下）

第　六　場

劉　　備　（內唱）【西皮導板】

　　　　　　時纔伊籍把信通，

（劉備上）

（唱）好似飛鳥出樊籠。

　　　　催馬加鞭往前擁，

　　　　西城果然無有兵。

（二兵卒同上）

二兵卒　（白）來者不是劉使君麼？你先別走，蔡將軍要拿你吶。（劉備衝下）你看他一言也不發，他竟闖過去啦，待我報於蔡將軍知道。

（下）

第　七　場

（【急急風】，四龍套、四下手、二將、蔡瑁同上。二兵卒同上）

二兵卒　劉備單人匹馬闖出西門，我等攔擋不住，特來稟報。

蔡　瑁　衆將官！追。

（同下）

第　八　場

（劉備上）

劉　備	來此檀溪，一無舟船，二無橋梁，這便怎麼處？想我得馬之時，伊籍也曾言道：此馬名曰的盧，善妨主人。是俺不信，今日果然應了此言。的盧吓，的盧！不料你今竟妨吾也！
	（唱）【西皮快板】
	人言的盧生來凶，
	此馬善妨主人翁。
	劉備今日果喪命，
	（劉備跑介）
劉　備	（唱）【西皮快板】
	忽然插翅騰了空。
	四蹄如飛往前擁，
	好似海上走蛟龍。
	（四龍套、四下手、二將、蔡瑁同上）
蔡　瑁	劉使君慢走，我主公有要言相告。
劉　備	我已躍過溪來，怎能回轉？
蔡　瑁	使君爲何逃席而去？
劉　備	蔡瑁吓，賊子！我劉備與你往日無冤，夙日無讎，你爲何設計害我？異日相逢，定不與爾干休！
蔡　瑁	看弓箭伺候。（射介。出龍形放火彩，劉備下）看隔溪一片紅光，劉備不見，不免收兵便了。
	（四馬童、四上手、趙雲上）
趙　雲	蔡瑁，可曾見我家主公？
蔡　瑁	聞聽小卒言道：他出了西門，我等到此，並不曾見。
趙　雲	你休得胡言，看槍。
	（起打介，蔡瑁敗下，趙雲追下）

第　九　場

（四龍套、四下手、二將、蔡瑁同上）

蔡　瑁	趙雲十分驍勇，衆將收兵。
	（衆同下。趙雲上）
趙　雲	（白）蔡瑁兵敗，待我去尋主公者。

（下）

第 十 場

（劉備上）

劉　備　（唱）【西皮原板】
　　　　　我心中恨蔡瑁狗奸讒，
　　　　　無故的要害我所爲哪般？
　　　　　多虧了伊籍把信傳，
　　　　　因此上逃出了虎穴龍潭。
　　　　　西門以外，
　　　（轉唱）【西皮二六板】
　　　　　有檀溪險，
　　　　　既無橋梁又無渡船。
　　　　　幸有的盧好坐戰，
　　　　　一躍跳過了檀溪邊。
　　　　　想是有鬼神暗助俺，
　　　　　理當焚香謝蒼天。
　　　　　紅日西沉天色晚，
（小童暗上）

劉　備　（轉唱）【西皮搖板】
　　　　　見一童子在莊前。
　　　　　來此一座大莊院，待我下馬過問路徑。
　　　（下馬介）

小　童　來者莫非是劉玄德麼？
劉　備　嚇，你小小年紀，我與你夙不相識，爲何你知道我的名字？
小　童　我家師父，曾對俺言講：今日有英雄劉玄德到此，此人生得兩耳垂肩，雙手過膝，兩眼能自視其耳。我看相貌如此，故爾曉得。
劉　備　但不知你家師父，姓甚名誰？
小　童　俺師傅，覆姓司馬，名徽，字德操，道號水鏡先生。
劉　備　但不知今在何處？
小　童　現在莊內不遠。

劉　備　我正要拜莊,你與我帶路。
小　童　隨我來。
劉　備　來了。
　　　　（唱）【西皮搖板】
　　　　　　何處仙人在此隱,
　　　　　　未過先知算得真。
　　　　　　童兒與我把路引,
　　　　　　去到莊中看分明。
小　童　有請師父。
　　　　（司馬徽上）
司馬徽　（唱）【西皮快板】
　　　　　　昨晚窗前占一卦,
　　　　　　應有豪傑到我家。
　　　　　　時纔彈琴音聲高大,
　　　　　　待我前去看根芽。
小　童　劉使君來了。
司馬徽　説我出迎。
小　童　師父出迎。
劉　備　先生在那裏?
司馬徽　將軍你受驚了。
　　　　（劉備詫異介）
　　　　請坐,將軍從哪道而來?
劉　備　久聞先生大名,今日到此,特來拜謁。
司馬徽　將軍休説謊話哄我,定是有人加害於你,你逃難到此,是與不是?
劉　備　這……先生未過先知,備亦不敢多言了。
司馬徽　將軍英雄蓋世,早應飛黃騰達,不想如今仍是潦倒風塵,依然落魄。
劉　備　奈備運途多舛,東顛西倒,流蕩天涯。一事無成,功業不建,真慚愧也。
司馬徽　自古英雄創業,必須左右有人輔弼,方能成功。將軍你却缺人扶助耳!
劉　備　先生吓!
　　　　（唱）【西皮原板】

　　　　　　　先生說話理欠通，
　　　　　　　劉備言來你聽心中。
　　　　　　　我雖然才學淺無有大用，
　　　　　　　文武之材却早相逢。
　　　　　　　文孫乾合簡雍糜子仲，
　　　　　　　武有關張趙子龍。
　　　　　　　他隨我數年間頗能效命，
　　　　　　　你怎說他不曾建立奇功？
司 馬 徽　（唱）【西皮原板】
　　　　　　　自盤古創基業須有良相，
　　　　　　　左輔右弼纔定家邦。
　　　　　　　周文王開國基全憑姜尚，
　　　　　　　那伊尹他也曾扶保成湯。
　　　　　　　想當年漢高皇把基業開創，
　　　　　　　有蕭何合陳平，韓信、張良。
　　　　　　　那孫乾簡雍輩書生一樣，
　　　　　　　他怎能用經濟治國安邦？
　　　　　　　倘能夠得良佐兵權執掌，
　　　　　　　也可以調遣那趙雲關張。
劉　　備　（唱）【西皮原板】
　　　　　　　先生的言和語甚實可信，
　　　　　　　但不知到何處可得賢臣？
　　　　　　　深山巖谷備曾訪盡，
　　　　　　　並不見有定國安邦之人。
　　　　　　　望求先生來指引，
　　　　　　　劉備也好去訪尋。
司 馬 徽　（唱）【西皮原板】
　　　　　　　十室之邑必有忠信，
　　　　　　　那怕海内少賢人？
　　　　　　　並不必到深山幽谷去問，
　　　　　　　離襄陽城不遠就有奇人。
　　　　　　　童謠言八九年衰了運氣，

　　　　文臣武將大半凋零。
　　　　泥途中有蟠龍向天奔，
　　　　天命有歸就應在將軍。
　　近日襄陽城外，童謠四起，謠曰："八九年間運始微，到十三年各東西。天命到頭有所歸，泥中蟠龍向天飛。"四句謠詞，起在建安初年，八九年間，劉景升喪了前妻，家事紊亂，所謂運始微也；至十三年景升棄世，文武四散凋零，所謂各東西也；泥中蟠龍、天命有歸二句，就應在將軍身上了。

劉　備　備有何德能，焉敢當此？但不知先生所言奇人，今在何處？
司馬徽　這襄陽左近，有臥龍鳳雛，若得一人輔佐，天下定矣。
劉　備　但不知此二人，是何等樣人，居在何處？
司馬徽　此二人好得狠，好得狠。天已不早，將軍歇息在此，明日再行。
劉　備　初次相逢，怎好攪擾？
司馬徽　山人得會將軍，也是三生有幸。少陪了。
　　　　（下）
劉　備　看此人童顏鶴體，飄飄似仙。他言道什麼臥龍鳳雛，若得一人，即可安邦定國矣。看他這樣清高，他所道之人，定必不差。可惜他未說出此二人的來歷，待我明日細細的問來便了。
　　　　（起更介）
劉　備　夜已深了，不免安歇了罷。
　　　　（唱）【西皮搖板】
　　　　　　水鏡先生把話論，
　　　　　　我求賢若渴挂在心。
　　　　　　明日定要仔細盤問，
　　　　　　劉備即刻去訪尋。
　　　　（徐庶上）
徐　庶　（唱）【西皮搖板】
　　　　　　夜靜更深酒方醒，
　　　　　　水鏡與我快開門。
　　　　（司馬徽上）
司馬徽　（唱）【西皮搖板】
　　　　　　深夜何人敲莊門，

　　　　　急忙向前看分明。
（司馬徽開門介）
　　我道是誰，原來是元直，黑夜之間，
（劉備暗聽介）
　　因何到此？
徐　庶　人言劉景升，善善惡惡，禮士招賢。今日我與他相見，甚是平常，蓋好善而不能用、惡惡而不能去者也。徒有虛名，並無實迹。我與他留一束帖，不辭而去。是以到此。
司馬徽　劉表之輩，焉能容納足下？你此番見他，未免看自己也太輕了。良禽擇木而棲，良臣擇主而事。眼前就有英雄，你爲何不往投之？
徐　庶　我明日定要前去。
司馬徽　賢弟，你同我來，吃酒去罷。
（司馬徽拉徐庶同下）
劉　備　方纔聽他二人言語，莫非所來之人，就是臥龍鳳雛不成？待我去到後堂，會他一會。噯，且住，想我今日，與水鏡先生乃是初次見面，深夜闖入人之後堂，未免造次。待等明日，再問也還不遲。
（唱）【西皮搖板】
　　　　　踏破草鞋無覓處，
　　　　　得來全不費工夫。
（五更，天明。趙雲帶原人上）
趙　雲　來此一座莊院，待我向前問來。
（趙雲下馬介，童暗上）
趙　雲　那一童子，昨日有一人乘騎白馬，可曾從此經過？
小　童　你問的敢是那劉使君？
趙　雲　正是。
小　童　現在我家。
趙　雲　你引我等前去一會，
小　童　隨我來。
（轉場）
小　童　劉將軍，開門來。
劉　備　（唱）【西皮導板】
　　　　　身疲力倦將就枕，

　　　　　　耳旁又聽有人聲。
　　　　　　急忙開門來觀定，
　　（劉備開門介）
　　　　　　又只見子龍到莊門。
趙　雲　主公受驚了。
劉　備　幸喜逃出羅網，尚得無恙，可謂邀天之幸也。
趙　雲　蔡瑁那廝，回得城去，恐不甘心，只怕他帶兵，到新野厮殺。主公速
　　　　速回縣要緊。
劉　備　待我見過水鏡先生再走。
小　童　我家師父，天未明亮，同一朋友上山遊玩去了。
劉　備　真可算得是高士也。
　　（唱）【西皮搖板】
　　　　　　叫子龍快快上能行，
　　（上馬介）
　　　　　　急速轉回新野城。
　　（同下）

徐母罵曹

佚 名 撰

解 題

京劇。現代佚名撰。《京劇劇目初探》《京劇劇目辭典》著錄,均題《徐母罵曹》,又名《擊曹硯》《女罵曹》,未署作者。劇寫徐庶輔佐劉備,連敗曹兵。程昱獻計,曹操令人賺徐母至許昌,勸其寫書命子棄劉歸曹。徐母不允,大罵曹操,並取硯擊曹。曹欲殺之,程昱勸止,乃將徐母軟禁。本事出於《三國演義》第三十六回。版本今有《戲考》本、《戲典》本、上海市《傳統劇目彙編》本、《京劇彙編》收錄的馬連良藏本及以該本重刊的《京劇傳統劇本彙編》本。今以《京劇彙編》馬連良藏本爲底本,參考其他本校勘整理。

第 一 場

（四文堂、四大鎧、曹洪、許褚、張郃、夏侯惇、夏侯淵、于禁、樂進、程昱引曹操上）

曹 操 （唱）老夫興兵誰敢當,
　　　　　　威震諸侯姓名揚。
　　　　　　且喜兵强衆將勇,
　　　　　　掃滅煙塵各一方。
　　　　　　滅却袁紹報主上,
　　　　　　安撫黎民回許昌。
　　　　　　將身坐在寶帳上,
　　　　　　細聽探馬報端詳。
　　　　（曹仁、李典上）
曹 仁 （唱）敗陣而歸見丞相,

李　典　（唱）含羞帶愧臉無光。
曹　仁　參見丞相！死罪啊死罪！
李　典
曹　操　二位將軍請起。
曹　仁　謝丞相！
李　典
曹　操　二位將軍爲何狼狽而歸？
曹　仁　啓丞相：我二人奉令鎮守樊城，擋住桃園。末將命呂曠、呂翔弟兄攻取新野，俱喪桃園之手。末將帶兵黑夜偷營劫寨，不料中了他人空營之計。末將敗回，樊城又被關羽佔去。我二人回至許昌，在丞相台前請罪！
曹　操　兵家勝敗，古之常理，何罪之有？請起！
曹　仁　謝丞相！
李　典
曹　操　但不知近日劉備得了何人相助？
曹　仁　末將也曾差人打探，他有個軍師單福，智謀廣遠，韜略精通，丞相須要提防此人！
曹　操　哦，這單福他的出身你可知曉？
曹　仁　末將不知他的來歷。
程　昱　啓丞相：這"單福"二字乃是假名，他的來歷，下官盡知。
曹　操　先生請講！
程　昱　此人乃潁州人氏，姓徐名庶，字表元直。因打傷人命，用粉塗面，披髮而逃，改姓更名，流落他鄉，拜訪名師，結交良友，此人眞乃天下第一名士也！
曹　操　但不知比先生如何？
程　昱　丞相啊！
　　　　（唱）丞相不必來動問，
　　　　　　他比程昱強十分。
　　　　　　下官如何將他比，
　　　　　　天地相隔幾萬層。
曹　操　呀！
　　　　（唱）聽罷言來當頭震，

　　　　　　　劉備倒得智謀人。
　　　　　　　玄德素日心不正，
　　　　　　　要想滅曹整乾坤。
　　　　　　　關羽張飛趙雲等，
　　　　　　　各個武藝超凡群。
　　　　　　　越思越想心煩悶，
　　　　　　　要想掃除萬不能。
程　昱　（唱）下官倒有一條計，
　　　　　　　叫徐庶來歸許昌城。
曹　操　（唱）開言便把先生問，
　　　　　　　有何妙計請言明。
程　昱　丞相容稟！
　　　　（唱）單福家住在潁州，
　　　　　　　某對此人知根由。
　　　　　　　字表元直徐門後，
　　　　　　　單名徐庶有名頭。
　　　　　　　擊劍走馬正年幼，
　　　　　　　曾替別人報冤讎。
　　　　　　　披髮塗面街市走，
　　　　　　　却被官人把他收。
　　　　　　　中途遇著同伴救，
　　　　　　　更名單福四海遊。
　　　　　　　遍訪名師結良友，
　　　　　　　六韜三略記心頭。
　　　　　　　司馬德操爲契友，
　　　　　　　臥龍鳳雛最相熟。
　　　　　　　如今落在劉備手，
　　　　　　　兩軍陣前做對頭。
曹　操　（唱）徐庶雖有擎天手，
　　　　　　　難敵孟德用計謀。
程　昱　（唱）元直才能世少有，
　　　　　　　達變通權鬼神愁。

　　　　　　程昱比他差八九，

　　　　　　丞相憐才早設謀。

曹　操　（唱）既與玄德爲好友，

　　　　　　要想收他無計求。

　　　　　這等大才之人，既與劉備相投，叫孤無處下手，惜哉呀惜哉！

程　昱　丞相要用此人，却也不難！

曹　操　怎見得？

程　昱　徐庶幼年喪父，只有老母在堂。他弟徐康早已亡故，徐母無人奉養。丞相可差心腹之人，將徐母賺在許昌，令其修書與她子元直。元直至孝，諒無不來之理。

曹　操　先生此計甚妙。待孤即差心腹之人，將徐母接來，再作道理。來，喚曹用進見！

一文堂　曹用進見！

曹　用　（内）來也！（上）

　　　　參見丞相！有何吩咐？

曹　操　命你帶領二十名兵丁，到穎州去誆徐庶老母。須要見機而行，不得違誤！

曹　用　遵命！

曹　操　我今吩咐你，

曹　用　怎敢有違誤！（下）

曹　操　後堂擺宴，與先生、衆將軍痛飲。

程　昱
衆　將　謝丞相！

曹　操　請哪！

　　　　（同下）

第 二 場

（四文堂、曹用上）

曹　用　俺，曹用，奉了丞相之命，去往穎州誆請徐母。大家趲行者！

四文堂　啊！

　　　　（同下）

第 三 場

（徐母上）

徐　母　（念）【引】悶坐草堂，自淒涼，好不慘傷！
　　　　（念）（詩）大兒四海訪良朋，
　　　　　　　　　　次子一命赴幽冥。
　　　　　　　　　　可嘆老身缺侍奉，
　　　　　　　　　　淒涼孤苦在家中。
　　　　老身，徐庶之母，所生兩個孩兒：長子徐庶，在外尋朋訪道，久未歸家；次子徐康，身得重病，一命身亡。撇下老身伶仃孤苦，獨守家中。思想起來，好不傷感人也！
　　　　（唱）老身生來命不強，
　　　　　　　不幸中年居了孀。
　　　　　　　長子在外賓朋訪，
　　　　　　　次子徐康一命亡。
　　　　　　　不盼徐庶歸家往，
　　　　　　　但盼我兒早把名揚。
　　　　唉，兒呀！（下）

第 四 場

（四文堂、曹用上）

曹　用　（唱）丞相差我潁州往，
　　　　　　　迎接徐母進許昌。
　　　　俺，曹府家將曹用是也。奉了丞相之命，迎接徐母進京。此番前去，必須見機而行。看離潁州不遠，馬上加鞭！
　　　　（唱）揚鞭打馬朝前闖，
　　　　　　　轉眼來到一村莊。
　　　　列位請了！

衆　　　（內）請了！

曹　用　借問一聲，此處有位徐老太太，她在哪裏？

衆	（內）哪位徐老太太？
曹　用	徐庶、徐康之母。
衆	（內）前面黑漆門樓就是。
曹　用	多謝了！徐老太太，開門來！
	（徐母上）
徐　母	（唱）門外有人把話講，
	莫非徐庶轉還鄉。
	外面擊戶之人是哪裏來的？（開門介）
曹　用	京都來的。
徐　母	到此做甚？
曹　用	迎接徐老太太進京。
徐　母	老身就是。
曹　用	原來是徐老太太，小人叩頭。
徐　母	不消。起來，裏面講話。
曹　用	是。你們隨我進來，大家見過，這是徐老太太。
四文堂	參見徐老太太！
徐　母	罷了。起來！
四文堂	謝過徐老太太！
徐　母	他們都是甚等之人？
曹　用	他們都是一路上伺候老太太的。
徐　母	好，大家坐下！
四文堂	謝坐！
徐　母	你奉何人所差？
曹　用	小人奉家主程大老爺與徐庶徐大老爺所差。
徐　母	程大老爺他是何人？
曹　用	姓程名昱，與徐老爺同殿爲官，結拜弟兄。
徐　母	他兩人身居何職？
曹　用	俱是議郎之職。
徐　母	我兒官居議郎，待老身謝天謝地！
曹　用	當謝天地。
徐　母	他二人因何接我進京？
曹　用	二位老爺聞聽二老爺現已亡故——

徐　母　兒呀！（哭介）
曹　用　恐怕老太太無人奉養，特差小人前來迎接老太太進京，同享榮華。
徐　母　可有書信？
曹　用　這個……並無書信。
徐　母　爲何無有書信？
曹　用　二位老爺官差繁忙，修書不及。
徐　母　既然如此，老身後面收拾收拾，你去準備車輛。
曹　用　小人遵命。
　　　　（曹用、四文堂下）
徐　母　這就好了！
　　　　（唱）我兒在京官議郎，
　　　　　　　迎接老身進許昌。
　　　　　　　母子會面喜天降，
　　　　　　　可嘆徐康一命亡。
　　　　唉，兒呀！（下）

第　五　場

　　　　（四文堂、一車夫、曹用上）
曹　用　（唱）門前備下車一輛，
　　　　　　　有請太太赴京堂。
　　　　有請老太太！
徐　母　（內）來了！（上）
　　　　（唱）安排行李皆停當，
　　　　　　　母子相逢夢一場。
　　　　　　　家將引路把車上，
　　　　　　　想起徐康好心傷。
　　　　唉！兒呀，你大哥接爲娘進京同享榮華，你是怎的不來，怎的不往？徐康！吾兒！我那苦命的兒呀！（哭介）
　　　　（同下）

第 六 場

曹　操　（內唱）漢業衰微天地蕩，
　　　　（四文堂、四大鎧、四朝臣、八大將、曹操上）
曹　操　（唱）各路烟塵起四方。
　　　　　　　東吳孫權聲勢壯，
　　　　　　　西蜀有個小劉璋。
　　　　　　　劉備新野招兵將，
　　　　　　　景升坐鎮在荆襄。
　　　　　　　呂布白門樓下喪，
　　　　　　　袁氏弟兄自殘傷。
　　　　　　　衆諸侯不在我心上，
　　　　　　　單防劉備與孫郎。
　　　　　　　老夫時刻把名士訪，
　　　　　　　搜羅天下衆賢良。
　　　　　　　程昱曾把徐庶講，
　　　　　　　賽過當年的張子房。
　　　　　　　因此差人潁州往，
　　　　　　　迎接徐母進許昌。
　　　　　　　撩袍端帶二堂上，
　　　　　　　這就是我爲國求賢日夜忙。
　　　　（曹用上）
曹　用　（唱）相府門外住車輛，
　　　　　　　見了丞相說端祥。
　　　　丞相在上，小人叩頭。
曹　操　曹用你回來了？
曹　用　回來了。
曹　操　迎接徐母，可曾接到？
曹　用　現已接到。
曹　操　你同衆位將軍前去迎接。

曹 用 眾 將	得令！

（眾將、曹用下）

徐　母　（內唱）來在府門下車輛，

（眾將、曹用、徐母上）

眾　將　太夫人一路安泰？

徐　母　老身安泰！

（唱）眾位官員列兩旁。

眾　將　我等奉丞相鈞旨，前來迎接。

徐　母　有勞了！

（唱）丞相與我無來往，

眾　將　丞相與徐老爺同殿為官。

徐　母　（唱）迎接老身為哪樁？

眾　將　丞相有大事相商。

徐　母　（唱）就裏根由難猜想，

眾　將　太夫人見了丞相便知。

徐　母　（唱）我兒徐庶在哪廂？

眾　將　往新野公幹未回。

徐　母　（唱）邁步且把二堂上，

眾　將　徐太夫人到！

曹　操　有請！

眾　將　丞相有請！

徐　母　（唱）見了丞相問端詳。

丞相在上，老身萬福！

曹　操　太夫人少禮。請坐。

徐　母　謝坐。

曹　操　太夫人一路風塵，身體可好？

徐　母　承問。請問丞相，我兒徐庶他往哪裏去了？

曹　操　太夫人有所不知，元直現在新野，請太夫人修書一封，招他回來。

徐　母　未知我兒在新野依附何人？

曹　操　現在新野幫助逆臣劉備，正如美玉陷在淤泥，明珠埋於塵垢。太夫人將他招回，老夫奏知天子，必有封贈也！

|（唱）元直本是一英豪，
　　　幫助劉備爲哪條？
　　　美玉埋沒淤泥泡，
　　　一顆明珠在溝濠。
　　　太夫人作書將他召，
　　　管保位列在群僚。
　　　人來看過文房寶！
（一文堂捧文房四寶放徐母面前介）

徐　母　（唱）這事其中有蹊蹺！
　　　請問丞相，老身聞家將言道，我兒現在京都，官居議郎。請問丞相，如今丞相又命我修書，保他官職，是何道理？

曹　操　老夫差家將奉請，恐怕太夫人不肯前來，託言元直在京爲官，以安老夫人之心。

徐　母　原來是爾等詭計！曹丞相，你可知劉備他是何等人物？

曹　操　他乃涿縣小輩，妄稱皇叔，全無信義，外君子而內小人者也！
　　　（唱）劉備家住在樓桑，
　　　　　結拜弟兄關與張。
　　　　　共滅董卓隨軍往，
　　　　　袁術與他事參商。
　　　　　老夫暗把美言講，
　　　　　送他斗酒表心腸。
　　　　　如今兩相無來往，
　　　　　反把恩人當禍殃！

徐　母　（唱）聽他言來怒滿腔，
　　　　　纔知就裏與行藏。
　　　曹丞相，此言差矣！

曹　操　怎見得？

徐　母　老身聞劉玄德乃是中山靖王之後，孝景皇帝玄孫。屈身下士，恭己待人，義氣行於四方。仁聲著於天下，雖牧子、樵夫、黃童、白叟，誰不稱他爲仁人君子？真乃當世的英雄，超群的豪傑！吾兒若果輔之，正是如魚得水。既遇賢良，我徐門三代宗親千萬之幸。汝雖名爲漢相，實爲漢賊，內懷謀朝篡位之心，外達挾主專權之技。新都移駕,致使百姓游離;許田打圍,衆官無不切齒。用禰衡爲鼓吏,名士心寒;殺太醫於市朝,忠臣皆裂。甚而貴妃斬於宮掖,甄氏霸爲兒媳,種種奸謀,彰明昭著。世之三尺童子,未有不想殺爾之頭,食爾之肉,割爾之心,碎爾之骨!今又欲離間吾兒的知遇,拆散劉備的股肱,曹操哇曹操!你乃名教中之罪人、衣冠中之禽獸也!

(唱)劉備本是英雄將,
　　　義氣仁聲著四方。
　　　吾兒輔他如臂膀,
　　　英明之主遇賢良。
　　　爾本曹嵩來抱養,
　　　夏侯族中棄兒郎。
　　　明在朝中爲宰相,
　　　內懷篡逆亂朝綱。
　　　許田射獵欺主上,
　　　無故遷都赴許昌。
　　　借刀殺人禰衡喪,
　　　可嘆吉平刑下亡。
　　　帶劍常把宮闈闖,
　　　勒死貴妃實可傷。
　　　爾比當年賊王莽,
　　　爾比董卓更猖狂。
　　　無故差人我家往,
　　　誆騙老身來許昌。
　　　欲使我兒歸你掌,
　　　除非是日起在西方!

曹　操　(唱)我本堂堂朝中相,
　　　　　惡言惡語將我傷。
　　　　　相府如同虎口樣,
　　　　　你命若懸絲敢逞强!

徐　母　(唱)聽他言來氣上撞,
　　　　　大罵曹賊聽端詳:
　　　　　老身既來不思往,

　　　　　　休拿虎口嚇老娘！
　　　　　　我有心替主除奸黨，
　　　　　　手中缺少刀與槍。
　　　　　　文房四寶桌上放，
　　　　　　擊死奸賊赴無常！
　　　　　　這硯臺就是你對頭樣，
　　　　　　送你一命見閻王！
　　　　（徐母用硯臺打曹操介）
曹　操　反了哇反了！
　　　　（唱）人來與我上了綁，
　　　　　　　推出斬首在雲陽！
　　　　（四武士上）
曹　操　膽大的惡婦，竟敢用硯擊打老夫？武士們，推出斬了！
四武士　啊！（押徐母下）
　　　　（程昱上）
程　昱　刀下留人！
　　　　（唱）聽說徐母上了綁，
　　　　　　　程昱慌忙上二堂。
　　　　　丞相因何要斬徐母？
曹　操　這惡婦進得帳來，百般辱罵，又用硯臺擊打老夫，故而將她斬首。
程　昱　如今正當用人之際，斬了徐母，恐與丞相不利。
曹　操　怎見得？
程　昱　徐母觸犯丞相，正欲求死，以全名節。若果殺之，丞相落下不義之名，反成徐母之德。況徐母既死，徐庶必然盡心竭力幫助玄德，借報殺母之恨。卑人愚見，不如赦了徐母，留在我營，使徐庶心懸兩地，縱然幫助劉備，斷不能盡心竭力也！
　　　　（唱）丞相將她來斬首，
　　　　　　　不義名兒天下留。
　　　　　　　徐庶本是經綸手，
　　　　　　　借幫劉備報冤讎。
　　　　　　　赦卻徐母休放走，
　　　　　　　卑人自有巧機謀。

丞相赦回徐母，養之別室。昱自有妙計，將徐庶賺來，以輔丞相。不知丞相意下如何？

曹　操　先生有何妙計？

程　昱　卑人詐稱與徐庶有八拜之交，日往徐母處問候，待將她筆迹套出，仿其字體，詐修家書一封，差一心腹之人，持書前往新野，投遞單福。那徐庶乃大孝之人，見了家信，必然星夜前來。丞相得一謀臣，何惜赦一徐母？望丞相思之！

曹　操　先生之言，正合老夫之意。來，將徐母赦回！

衆　將　將徐母赦回！

（徐母上）

徐　母　（唱）欲借曹賊帳下刀，
　　　　　　　使我半世美名標。
　　　　　　忽然堂上傳赦詔，
　　　　　　　倒叫老身心內焦。

曹賊！要斬開刀，爲何又將老身解下？真正豈有此理！

曹　操　非是某不斬於你，程先生言道，他與你子有八拜之交，斬你如斬他母。故而赦回。

徐　母　啊，程先生，你好多事啊！
（唱）先生只顧將我保，
　　　　　吾兒在新野住不牢。

程　昱　伯母！
（唱）侄與元直曾交好，
　　　　　怎忍伯母吃一刀！

曹　操　程先生，將徐老太太安置別室，小心侍奉。哪個如敢輕慢，軍法從事！

程　昱　遵命。伯母請！

徐　母　唉，兒呀！

程　昱　伯母來呀，哈哈哈……

（程昱、徐母下）

曹　操　正是：
（念）只愛單福才似錦，且將怒惱忍心頭。
哈哈哈……真真的豈有此理！咳！

（同下）

徐母失柬

佚 名 撰

解 題

  京劇。現代佚名撰。《京劇劇目辭典》著録,題《徐母失柬》,又名《賺書》,署龔繼雲新改。劇寫程昱賺徐母至家,勸其令徐庶棄劉歸曹。徐母不允,大罵曹操。程昱使丫鬟小春以送寒衣爲名,用花言巧語,博得徐母歡心,勸徐母修書,囑徐庶切勿前來。徐母果然中計,給徐庶寫一書信,讓小春縫在徐庶舊衣内,將所穿舊衣送交與程昱。程昱騙得徐母手書,仿其筆迹另寫一信。曹操命人往新野送給徐庶。本事出於《三國演義》第三十六回。事不見史傳。清宮大戲嘉慶本《鼎峙春秋》有《程昱賺書》一齣(載《故宫週刊》),内容與此劇同。今見版本有上海市《傳統劇目彙編》京劇四集何潤初藏本。《辭典》所云龔雲甫曾演出的龔繼雲新改本、寳文堂版,未見。今以上海市《傳統劇目彙編》京劇四集何潤初藏本爲底本進行整理。

第 一 場

  (四校尉上,站門,曹操上)

曹 操 (念)【引】巍巍虎帳,列刀槍,將勇兵强。

   (念)(詩)兒郎如虎豹,

      將士似龍蛟。

      胸中謀略廣,

      漢室掌中摇。

   老夫,曹操。漢室爲臣,官拜首相,位列三台。只因徐庶輔佐劉備,曹仁、李典不能取勝。是老夫將徐庶之母,誆至許昌,令她修書,召徐庶前來相助。誰知徐母性情剛直,百般毁駡於我,用硯擊打。老夫意欲將她斬首，多虧程昱講情，纔得活命。是程昱將她接進府去，言道慢慢用計，使徐庶來降。這幾日不見動靜，不知是何緣故？不免請仲德進帳，問個明白。來！

四校尉　有。

曹　操　請程謀士進帳。

校　尉　丞相有令，程謀士進帳。

程　昱　（內）來也。（上）

　　　　（念）六韜安社稷，
　　　　　　三略定華夷。
　　　　參見丞相。

曹　操　先生少禮，請坐。

程　昱　謝坐。

曹　操　先生，這幾日徐母動靜如何？

程　昱　那徐母自到學生家中，倒也安然，只是並不提徐庶之事。

曹　操　那徐庶若不前來，大功不成，如何是好？

程　昱　丞相不必著急，待學生慢慢設法。

曹　操　那徐老太婆性如烈火，先生須要小心纔是。

程　昱　不妨事。學生自有裁處。

曹　操　老夫被她打怕了。

程　昱　丞相啊！

　　　　（唱）【西皮搖板】
　　　　　　丞相但把寬心放，
　　　　　　自有機關袖內藏。
　　　　　　辭別丞相回府往；
　　　　　　管叫徐庶來許昌。（下）

曹　操　（唱）【西皮散板】
　　　　　　劉備不久遭羅網，
　　　　　　東吳西蜀踏平陽。
　　　　　　天下一統歸我掌，
　　　　掩門！
　　　　　　方顯老夫是忠良。（同下）

第 二 場

（徐母上）

徐　母　（念）【引】白髮星霜，居虎穴，何懼刀槍。
　　　　（念）（詩）千里風塵來許昌，
　　　　　　　　　奸曹胸中詭計藏。
　　　　　　　　　不圖富貴安樂享，
　　　　　　　　　只願萬古美名揚。
老身徐庶之母，乃潁川人氏[1]。可恨奸曹，詐稱我兒在此，將老身賺至許昌，令我修書召子，使徐庶棄劉歸曹。是老身氣忿難忍，辱罵奸曹，用硯擊打。那奸賊要斬於我，多蒙程昱相救，安置在他府。想這奸賊欺天行事，炎漢江山，恐難保矣！
（唱）【西皮正板】
　　　　恨佞賊謀社稷行事兇惡，
　　　　欺天子壓諸侯逆禮朝歌。
　　　　高祖爺傳留到當今軟弱，
　　　　眼看得漢基業被賊篡奪。
　　　　滿朝中文武臣順薦逆禍，
　　　　各路的烟塵起累動干戈。
　　　　徐庶兒輔劉備
（轉唱）【二六】
　　　　使用妙策，
　　　　襲取樊城惹風波。
　　　　奸曹圈套賺哄我，
　　　　來至許昌陷入賊窩。
　　　　見面別無閑話說，
　　　　修書使兒來降賊，
　　　　忿怒難忍心頭火，
（轉唱）【快板】
　　　　順手取硯擊奸賊。
　　　　刀斧手兩廂齊威嚇，

　　　　　推出轅門要把頭割。
　　　　　程昱講情赦回我，
　　　　　軟禁曹營悶心窩。
　　　　　身居虎穴眉頭鎖，
　　　　　願死刀下作鬼魔。
程　昱　（內）嗯呸！（上）
　　　（唱）【西皮原板】
　　　　　適纔丞相言囑就，
　　　　　要與徐母把信求。
　　　　　邁步且進二堂口，
徐　母　嗯哼！
程　昱　呀！
　　　（接唱）只見伯母怒不休。
　　　　　伯母在上，侄男拜揖。
徐　母　先生少禮，請坐。
程　昱　謝坐。
徐　母　前日帳中蒙先生相救之恩，又在貴府打擾，當面謝過。
程　昱　豈敢。侄男這幾日公務特忙，未來問安，恕侄男不周之罪。
徐　母　豈敢。老身有一事不明，當面請教。
程　昱　伯母何事不明，請講當面，何言請教二字。
徐　母　請問先生，那曹操既不斬於我，又不將我送歸故郡，是何道理？
程　昱　伯母有所不知，曹丞相禮賢下士，並非奸詐之人，那劉備冒認宗親，實爲漢室之患。丞相匡扶社稷，求賢若渴。元直兄若能來至許昌，一來侍奉晨昏，二不失封侯之位，伯母心意如阿？
徐　母　程先生此言差矣！
　　　（唱）【西皮原板】
　　　　　程先生說此話情理不順，
　　　　　賺老身來許昌難歸故林，
　　　　　劉玄德並非是宗親冒認，
　　　　　靖王後稱皇叔當世豪英。
　　　　　奸曹操篡奪心萬民痛恨，
　　　　　你因何反助那亂國之人？

程　昱　伯母哇！
　　　（唱）【西皮原板】
　　　　　老伯母休動怒暫息雷霆，
　　　　　曹丞相並無有篡奪之心。
　　　　　皆因是君不明難理朝政，
　　　　　將權衡賜與了爲國良臣。
徐　母　（怒）啊！
　　　（唱）【快二六】
　　　　　你説奸曹多忠正，
　　　　　因何殺害忠良臣？
　　　　　仁孝禮義俱喪盡，
　　　　　下壓群僚上欺君。
　　　　　若要老身修書信，
　　　　　你將我首級帶至曹營。
程　昱　哎呀！
　　　（唱）【西皮搖板】
　　　　　好一個徐母多烈性，
　　　　　倒叫程昱無計行。
　　　　　低下頭來自思忖，
　　　也罷，
　　　　　暫將謊言安她心。
　　　伯母不必動怒，既然如此，且待侄男公務完畢，將伯母送回潁郡也就是了。
徐　母　老身性命，俱在爾等之手，這送與不送，但憑你們所爲。
程　昱　侄男告辭。
徐　母　請便。
程　昱　正是：
　　　（念）剛強烈性徐伯母，
　　　　　堂堂鬚眉愧不如！（下）
徐　母　哎呀且住！看這程昱，哪裏是前來問安。分明是爲奸曹作説客來了。雖然他與我兒原有故交，看他面帶忠厚，也難免是一奸詐之輩。嗯，日後倒要提防一二纔是呀！

（唱）【西皮散板】
　　只道那小程昱禮貌恭謹，
　　怕的是隱奸詐欺哄老身。
　　任爾等妙策千般用，
　　難動我的鐵石心。（下）

校記

［1］乃潁川人氏："潁"，原作"穎"，據《三國志·魏書》改。下同。

第　三　場

（小春上）

小　春　（唱）【四平調】
　　小丫鬟生來喜風流，
　　臉兒俊俏性溫柔。
　　侍奉老爺隨左右，
　　恨他不敢把奴收。
　　（念）奴家名喚小春，
　　生得珠圓玉潤。
　　正在豆蔻年華，
　　愛穿紅色羅裙。
　　上下渾身帶俏，
　　只嘆無人共枕。
　　一向鋪床叠被，
　　虛度花月良辰。
　　都說丫鬟命薄，
　　一心想做夫人。
　　我，程府丫鬟小春。來在府下，三年已整。來的時候，我還是個黃毛丫鬟，沒想到日子過得飛快，瞧！把我出落得跟小水蔥兒似的啦。聞聽人說，西施是個美人，也不知道我比她美多少？我們老爺，把我當朵鮮花似的捧着，鬧得我有點迷迷瞪瞪、想三想四的。我心想：要是有個竹竿，我就敢蹬着上房；要是有個梯子，怕不敢上天的嗎？噯，閒活少說，這兩天我們老爺愁眉不展的，他要是喜歡了，說不定誰要倒楣；他要是發愁，說不定我的好福氣到啦！

程　昱　（內）嗯哼！（上）
小　春　說着念着，我們老爺他回來啦。
　　　　（程昱上）
程　昱　（唱）【西皮散板】
　　　　　　徐母無意將兒召，
　　　　　　難取新野成功勞。
　　　　　　低頭思想心急躁，
　　　　（行弦，圓場，小春在後暗隨）
程　昱　想那徐母，性情剛烈，威脅利誘，不肯修書召子，這便如何是好？
　　　　（小春咳嗽下）
程　昱　小春，回來！噯呀，這個丫頭，她倒去了。（望小春背影想）呀！
　　　　（唱）忽然一計上眉梢。（拍掌）
　　　　有了，眼看天氣嚴寒，徐母從潁郡而來，並未携帶冬衣，不免再命丫鬟送上棉衣幾件，以人子之道，打動於她。
　　　　（小春暗上）
小　春　老爺！你回來啦？
程　昱　適纔叫你不應，怎麼如今却又轉來？
小　春　請老爺寬恕，方纔去夫人房中，路過此處，見老爺愁容滿面，不敢打擾。心想老爺定有什麼心事煩惱，因此轉來侍奉老爺。
程　昱　原來如此，老爺我無有什麼心事煩惱。
小　春　沒有什麼心事，那叫我走吧。（欲走）
程　昱　回來！
小　春　回來就回來。
程　昱　哪裏去？
小　春　老爺既然沒有心事，我在這兒也沒有用，回我的屋子，想我們自己的心事去。
程　昱　你哪裏來的什麼心事？
小　春　哼！老爺的心事，我們一猜就猜著，小春我的心事，老爺可沒法猜。
程　昱　哎呀呀，老爺我的心事，你一猜就著？你且猜來。
小　春　我們不敢猜，再說猜著了也沒用。

程　昱　猜中了有重賞。

小　春　我們丫鬟家可不敢領老爺的重賞。

程　昱　刁嘴的丫頭，你要怎樣？

小　春　老爺用著我們靠前，用不著我們靠後，我們做丫頭的，可不是這樣，要説爲了老爺麽……

程　昱　怎樣？

小　春　常言説的却好：人爲財死，鳥爲食亡。你看我這花容月貌的……可又有誰爲我……

程　昱　哈哈哈！（笑）（以扇挑小春）既然如此，老爺就命你辦上一樁大事。

小　春　什麽大事？

程　昱　命你去到徐母居處，送上幾件棉衣。

小　春　又是送東西呀！

程　昱　啊啊！此番去送棉衣，她收也好，她不收也好。

小　春　這是幹什麽？

程　昱　附耳上來。（與小春耳語）那徐母氣性剛烈，你要小心了。

小　春　哼，她氣性剛烈，那纔好上咱們的圈套呢！我是見機行事。

程　昱　事成之後，决不虧待於你。

小　春　遵命。事成之後，小春可不要銀子。（急下）

程　昱　哈哈哈！徐母呀徐母，任你縱是鐵石心腸，也難逃程昱我掌握之中也。

　　　　（唱）【西皮散板】

　　　　　　好言相求將兒召，

　　　　　　威脅利誘她志不搖。

　　　　　　任爾剛强世間少，

　　　　　　難逃仲德的巧計高。

　　　　哈哈哈……（下）

第　四　場

（徐母上）

徐　母　（唱）【二黄原板】

　　　　　　干戈起民不安生靈塗炭，

　　　　　但願得除奸黨掃盡狼烟。
　　　　　奸曹操行詭計心田不善，
　　　　　諒老身落虎穴命難保全。
　　　（小春上）
小　春　（念）奉了老爺命，
　　　　　　　送衣走一程。
　　　　　來此已是，待我進去。（進門）
　　　　　參見太夫人。
徐　母　罷了，起來。
小　春　謝過太夫人，太夫人您好！
徐　母　嗯，好。啊，小春姐到此何事？
小　春　奉了我們老爺之命。給太夫人送棉衣來啦！
徐　母　啊，怎麼，你家老爺命你與老身送棉衣來了？
小　春　正是。太夫人，您看天氣日漸寒冷，您來的時候，沒帶防寒棉衣，要把太夫人您凍着，別説我們老爺心裏不安，就是小春我也是怪過意不去的。
徐　母　（冷笑）哼哼哼……我來問你，你家老爺是怎樣囑咐於你？
小　春　啓稟太夫人，我家老爺言説：太夫人自潁州而來，孤身在此，並無親人侍奉。故此命我送幾件棉衣來給您禦寒，以盡人子之道。
徐　母　如此説來，這是你家老爺一片誠意了？（小春點點頭）常言道：無功受禄，寢食不安，你將這衣服帶了回去，道老身容日面謝。
小　春　太夫人，我們老爺説，務必請您把衣服收下，要是你不肯收下，就得要責罰我。
徐　母　也罷，待老身親自送還就是。
小　春　太夫人，我們老爺派我給您送棉衣，怎麼敢勞動您給送回去！前幾回就因爲您不肯收下禮物，老爺説我不會辦事，一罰就罰我跪一柱香。這回您要再不收下，太夫人，説不定我就要挨打了。太夫人，您體念我們老爺一片孝心，再可憐可憐我，您就收下吧！（跪）
徐　母　（尋思……突然地）
　　　　　小春姐，你口口聲聲言説你家老爺的一片孝心：莫非是想以人子之道打動老身不成？
小　春　啊！這……

徐　母　什麼？

小　春　唉！太夫人，你真是聖明之人，一猜就猜出我們老爺的心事來啦！

徐　母　那你就該從實講來。

小　春　事到如今，我也不敢再瞞哄您啦。您是離鄉背井、無依無靠的老太太，我是命薄如紙的小丫鬟，您我都是落到難處的，我就實話實說吧！

徐　母　起來，快講。

小　春　我家老爺言說，與徐大老爺有八拜之交，親如手足。太夫人背井離鄉，孤身在此，並非長久之計。只爲太夫人氣性剛烈，不願叫徐大老爺前來京都，因此落得骨肉分離，不能團圓。我家老爺定了一計，命我前來送衣，打動太夫人，只盼太夫人回心轉意。

徐　母　程昱呀程昱！你果然是個面裝忠厚，內懷奸詐之徒。這棉衣我是萬萬的不收！

小　春　哎喲，這可壞了！

徐　母　何事驚慌？

小　春　太夫人，小春一時嘴快，把我們老爺的計策，全都告拆您啦，您這麼一不收衣服，小春見到老爺，怎麼答對？這、這、這豈不叫我家老爺疑心小春我泄露機關？要是怪罪下來，別說我這個苦命丫頭，就是鐵打的羅漢，也難逃毒手。那時節，太夫人沒有棉衣穿，凍也凍壞了；小春沒人保命，怎麼再見太夫人的面！太夫人哪，您想想法救我一救！

徐　母　說得倒也有理，這便怎麼處？

小　春　聽說曹丞相最不饒人，我家老爺要是稟告給丞相。啊，我這條小命……就算完了。太夫人，您得救我一條活命啊！

徐　母　（唱）【二黃原板】
　　　　　　小程昱命丫鬟棉衣來獻，
　　　　　　却原來隱藏着詭計一端。（小春哭）
　　　　　　那小春哭啼啼淚流滿面，
　　　　　　可憐她爲老身受了牽連，
　　　　哎呀呀，我倒沒有主意了！

小　春　太夫人，如其不然，您就將計就計，把衣服收下。

徐　母　嗯，不錯，收下衣服，倒可開脫於你。

小　　春　　多謝太……

徐　　母　　且慢！

小　　春　　太夫人，怎麼樣了？

徐　　母　　小春：你可是奉你家老爺所差？

小　　春　　是啊！

徐　　母　　莫非叫老身收下這不義之物？

小　　春　　正是叫太夫人收下。

徐　　母　　莫非叫老身回心轉意？

小　　春　　哎呀太夫人哪，您別這麼三心兩意的啦，我既然把真情實話告訴您啦，還怕您怪著麼？衣服穿在您身上，回心也罷，不回心也罷，這不全在您了麼？我要是勸您回心轉意，也用不著這麼擔驚受怕的。再説天也冷了，放着衣服不穿，凍壞了身子骨兒，那徐大老爺遠在他鄉，不定怎麼挂念您哪！他不願叫您在這兒受委屈，你說是不是呀？

徐　　母　　（有動於衷）可也是啊。起來，起來，是我錯怪你了。

小　　春　　您還是快穿上吧！

徐　　母　　慢來，慢來。

小　　春　　您又怎麼啦？

徐　　母　　唉！徐庶兒啦！（泣）

小　　春　　太夫人，您就別再難受啦！

徐　　母　　小春，收下衣服，怕的是你家老爺還是逼我回心轉意，你看如何是好？

小　　春　　依小春看，您要是拿定主意，不讓徐大老爺前來——

徐　　母　　老身主意已定，至死不叫我兒前來。

小　　春　　那您——乾脆，給徐大老爺寫一封書信，告訴他別來，不就得了麼！

徐　　母　　嗯……無人投送，也是枉然。

小　　春　　（想）這……

徐　　母　　（看自己衣服，想出計策，身段）有了，我將棉衣收下，就命你將老身這件舊衣帶給你家老爺，請他捎與我兒。使我兒感念程大老爺之恩，你家老爺見老身如此，也就不再為難老身了。

小　　春　　喲，我那老太太，這可不是鬧着玩的，徐老爺要是一時想錯，見了衣服，當作是您叫他前來，那可怎麼辦哪？

徐　母　（冷笑）哼哼哼……

你那徐大老爺是有心之人，見到老身舊衣，定然想起父母養育之恩，他、他、他不會辜負父母之教啊！

（唱）【二黃散板】

　　只怕兒郎功業毀，
　　哪得鴻雁捎書歸？
　　一片衣衫如父母，
　　北地飄零知為誰？

小　春　太夫人，您別太高興了，依我看，叫徐大老爺拿着您的衣裳猜"燈虎"，總怕有個陰差陽錯呢！

徐　母　哦哦，衣包之內，暗藏家書一封，你看怎樣？

小　春　放在衣裳包之內，只怕被人覷見，不給投送，還是枉然哪，這……

徐　母　這……縫在衣內，你看如何？

小　春　嗯——對對！只好如此。

徐　母　小春，溶墨來。

小　春　是。（溶墨）

徐　母　（寫信。）

（唱）【四平調】

　　親生骨肉分南北，
　　千里捎得舊衣回。
　　他鄉莫灑思親淚，
　　但願不把母命違。

小春姐，更衣來。

小　春　是。（【牌子】，更衣）叫我來縫吧！

（行弦，小春縫衣，縫畢，交徐母驗視）

徐　母　快快拿回去吧。

小　春　告辭了。

徐　母　（喜悅）哼，詭計多端的丫頭！

小　春　（一驚）啊！（將包袱丟落地下）

徐　母　你慌的什麼，快快去吧。

小　春　啊啊，是，多謝太夫人啦。（急下）

徐　母　（深思）唉！

　　　　（唱）【二黃搖板】
　　　　　　這丫鬟甚聰明叫人憐見，
　　　　　　可恨那小程昱暗設機關。
　　　　　　任憑你行詭計把我誆騙，
　　　　　　要我兒來降賊千難萬難。
　　　　　　既陷在虎穴內不想回轉，
　　　　　　豈把那生和死放在心間？
　　　　（冷笑）哼哼……！（下）

第　五　場

（程昱上）

程　昱　（唱）【西皮散板】
　　　　　　小春送衣未回轉，
　　　　　　倒教下官挂心間。

　　　　（小春內咳嗽，上）

小　春　（念）賺得徐母手書到，
　　　　　　見了老爺報功勞。（進門）
　　　　老爺在上，小春回來了。

程　昱　怎麼？那徐母未將衣服收下？

小　春　徐老夫人許是怕冷，把衣服收下了。

程　昱　你手中拿的什麼？

小　春　這是她的舊衣一件，託你捎給徐大老爺，說是叫他感念您贈衣的恩德。

程　昱　好，那書信呢？

小　春　什麼書信？

程　昱　徐老夫人的書信哪！

小　春　她沒寫。

程　昱　她怎樣對你言講？

小　春　徐老夫人說：（學徐母）小春姐，多多拜上你家老爺，我不寫回書了。

程　昱	哎呀，那豈不枉費心機了啊？哎！
小　春	嘻。老爺，您許下的願可忘了麽？
程　昱	哦？莫非事已成功？——定有重賞。
小　春	賞什麽？
程　昱	百兩黃金。
小　春	我不要。
程　昱	要什麽？
小　春	花轎一頂，迎我上堂。
程　昱	哦哦，定然照辦。
小　春	可是真心？
程　昱	（摘佩玉）奉上聘禮。書信呢？
小　春	衣襟裏面去找。（奪玉跑下）
程　昱	哎呀呀，好個潑辣的丫頭。（拆衣取信）待我拆書一觀。【牌子】哎呀呀，徐母精通書法，寫得鐵劃銀勾，令人可敬。待我照樣摹寫。（【小開門】，仿寫）摹寫了一回，略略得了些筆意，不免套寫她家書一封便了。（寫）

（唱）【流水】

　　程昱提筆精神爽，
　　字字行行寫端詳。
　　書寄新野中軍帳，
　　曉諭徐庶小兒郎。
　　兒取樊城大禍闖，
　　將娘賺來囚許昌。
　　朝夕常把兒盼想，
　　速來京都救爲娘。
　　聚精會神字迹仿；

（轉唱）【散板】

　　只爲元直早歸降。

書信修齊。（與徐母之信對比）筆迹倒也相似。諒來徐庶難辨真假。待我去至丞相府，稟知丞相便了。正是：

（念）仿照筆迹修字柬，
　　　火速新野去召賢。（下）

第 六 場

（四校尉上，站門，曹操上）

曹　操　（唱）【西皮原板】
　　　　　　想當年獻寶劍行刺董卓，
　　　　　　泄漏了巧機關引起風波。
　　　　　　中牟縣遇陳宮釋放於我，
　　　　　　到如今統貔貅執掌山河。
　　　　　　都只爲徐元直廣有韜略，
　　　（轉唱）【流水板】
　　　　　　取樊城敗我軍輔助玄德。
　　　　　　賺徐母來許昌她性如烈火，
　　　　　　求書信反惹她執硯擊額。
　　　　　　二次裏程仲德又定妙策，
　　　　　　此一番管教她難逃網羅。
　　　（程昱上）

程　昱　（念）徐母讀盡千篇策，
　　　　　　　中了學生巧計謀。
　　　　參見丞相。

曹　操　先生少禮，請坐。

程　昱　謝坐。

曹　操　先生，徐母動靜如何？

程　昱　啓稟丞相，學生誆得徐母字柬，冒修家書一封，召喚徐庶前來許昌。那徐庶乃是至孝之人，見了書信，焉有不來之理？那時他必傾心輔佐丞相，何愁大功不成！

曹　操　呈上來，待老夫一觀。（【牌子】，看書）哈哈哈，先生真乃妙計。

程　昱　丞相誇獎了。

曹　操　來，喚旗牌進帳。

旗　牌　（內）來也！（上）
　　　　（念）帳中傳下令，必是送公文。
　　　　參見丞相。

曹　　操　這裏有書信一封,下到新野城内,單福營幕那裏投遞,不得有誤。
旗　　牌　遵命!(下)
曹　　操　書信已去,且待徐庶前來,發兵攻打新野,掃滅劉備。後堂設宴,與先生痛飲。
程　　昱　多謝丞相。
曹　　操　請!(同下)

薦諸葛

佚 名 撰

解　題

　　京劇。現代佚名撰。《京劇劇目初探》著錄，題《薦諸葛》，一名《走馬薦諸葛》。《京劇劇目辭典》著錄，題《走馬薦諸葛》，又名《薦諸葛》。均未署作者。劇寫程昱仿徐母筆迹寫信，誆徐庶速往許昌。徐庶至孝，見信知母在曹營有難，大痛，立即辭別劉備，起程赴許昌。劉備率衆將送徐庶至長亭，置酒餞行，依依惜別。徐庶爲桃園兄弟仁義深情感動，去而復返，將孔明、龐統薦於劉備。本事出於《三國演義》第三十六回。《三國志・蜀書・諸葛亮傳》載有其事。元刊《三國志平話》載有其事，情節與《演義》略有不同。版本今有《戲考》本、《京劇大觀》本、《修訂平劇》本、《京劇彙編》本及以該本重刊的《京劇傳統劇本彙編》本。今以《戲考》本爲底本，參考其他本校勘整理。按：《戲考》本，題《薦諸葛》，一名《徐庶走馬薦諸葛》。

第　一　場

（徐庶上）

徐　庶　（念）【引】八卦陰陽有準，
　　　　　　　　　胸中判斷無錯。
　　　（念）只爲不平天涯走，
　　　　　　袖內陰陽斷不差。
　　　　　　八卦暗藏天地理，
　　　　　　要與皇叔定邦家。
　　　山人姓徐名庶字元直，只爲在家路見不平，將凶人刺死，逃亡在外，已二十餘年。改名單福，投在劉皇叔駕下。多蒙皇叔十分寵愛，拜爲參謀。得了樊城地界,這也不表。天色尚早,不免進帳問我主金安。

(唱)【二簧原板】
　　自幼兒在家中將人刺死,
　　到樊城保皇叔駕坐金階。
　　多只爲臣保主忠心不改,
　　君有仁臣有義難以分開。
　　但願得我老母福壽康泰,
　　那時節焚清香答謝天台。

(徐庶下)

第　二　場

衆　　呵!

(劉備上)

劉備　(念)【引】憶及當年敘英雄,
　　　　　　　爭破黃巾立大功。
　　　　　　　弟兄失散古城會,
　　　　　　　虎牢關前定邦家。

孤,劉備。前日多得單福先生妙計,得了樊城。又恐曹操心懷不服,興動大兵前來,我朝並無人馬抵敵。軍校!

衆　　有。

劉備　有請先生並三位將軍進帳。

衆　　有請先生並三位將軍進帳。

(徐庶上)

徐庶　(念)執掌絲綸起鳳毛,

(關羽上)

關羽　(念)全憑六略並三韜。

(張飛上)

張飛　(念)曾破黃巾兵百萬,

(趙雲上)

趙雲　(念)東滅孫權北滅曹!

徐　庶	
關　羽	主公宣召，一同進帳。主公在上，臣等參見。
張　飛	
趙　雲	

劉　備　少禮，一同坐下。

徐　庶　謝坐。啓主公：宣山人進帳，有何軍事議論？

劉　備　多蒙先生妙計，得了樊城，又恐曹操心懷不服，興動大兵前來，我朝並無人馬抵敵。

徐　庶　我主但放寬心，山人早已算就。曹操有下書人前來，命哪位將軍把守營門？

劉　備　如此，三弟聽令。

張　飛　在。

劉　備　命你把守營門。

張　飛　得令。領了大哥令，把守在營門。

（下書人上）

下書人　（念）爲人不怕死，前來下戰書。

噯！

（念）來得不湊巧，遇著黑臉老。

人人說道：張飛殺人不眨眼，這書信怎得上去？哦，有了，不免作個金蟬脫殼之計，將書藏在帽內。三千歲在上，小人叩頭。

張　飛　你是哪裏來的？

下書人　曹……

張　飛　拿住了！

劉　備　三弟拿住了什麼？

張　飛　拿住曹營奸細。

劉　備　在哪裏？

張　飛　三軍！

衆　　有。

張　飛　有頂帽兒賞與你們。

衆　　啓三千歲：有書信一封。

張　飛　拿來！啓大哥：有書信一封。

劉　備　呈上來嚇！上寫着"徐庶開拆"。我道曹營打戰表，原來是徐庶家書。先生，想我營中並無姓徐之人。

徐　庶　臣啓主公：此乃是臣的家書。

劉　備　既是先生家書，拿去請看。

徐　庶　主公、三位將軍同拆。

同　　先生請。

徐　庶　老母在上，恕孩兒不孝之罪也！

（唱）【二簧原板】

　　　有徐庶接家書心如刀絞，
　　　不由人心悲切眼淚巴巴。
　　　上寫着八句母親筆諭劄，
　　　曉諭了徐庶兒不孝娃娃。
　　　在家中爲不平將人刺死，
　　　別萱堂離故土久不回家[1]。
　　　多虧了徐康兒孝心第一，
　　　每日裏在膝前侍奉無差。
　　　遭不幸你兄弟一命甘休，

（哭介）兄弟嚇！

（唱）只哭得爲娘的兩眼昏花。
　　　曹丞相差校尉將娘拿下，
　　　他說兒在新野逆犯國法。
　　　傳一聲進帳去與娘共話，
　　　那時節爲娘的怎肯順他！
　　　一霎時發雷霆綁娘去殺，
　　　多虧了程昱侄苦苦保下。
　　　望嬌兒早回來與娘共話，
　　　遲延了又恐怕命喪黃沙。
　　　我本當辭主公前去救母，
　　　劉皇叔待山人如同一家。
　　　我若是保主公不去救母，
　　　只恐怕不孝名傳遍中華。
　　　左一想又一想無計無法，
　　　我只得坐一旁珠淚灑灑。

劉　備　先生看了書信，爲何雙眼流淚？
徐　庶　臣啓主公：只因老母在曹營有難，故而雙眼流淚。
劉　備　既是伯母有難，理當搭救。
徐　庶　主公大事未成。
劉　備　怎奈劉備福薄德淺，不能成其大事。
徐　庶　待臣救母之後再來扶助。
劉　備　先生可算忠孝雙全！但不知幾時起程？
徐　庶　即日起程。
劉　備　四弟聽令。
趙　雲　何令？
劉　備　長亭擺宴與先生餞行。
趙　雲　得令。
　　　　（念）百萬軍中戰長江，久不興兵破襄陽。
徐　庶　（念）老母修書兒悲切，
劉　備　（念）偶遇高人不久長。
關　羽　（念）相煩竭力來保主，
張　飛　（念）準備人馬動刀槍！
　　　　（衆人同下）

校記

［１］別萱堂離故土久不回家："家"，原作"返"，失韻，今改。

第　三　場

　　　　（趙雲上）
趙　雲　（念）小將生來膽氣衝，
　　　　　　　　要與我主立大功。
　　　　　　　　哪怕曹營兵百萬，
　　　　　　　　難當常山趙子龍！
　　　　俺，趙雲。奉了大哥將令，長亭設宴與先生餞行。人來！
　衆　　　有。
趙　雲　打道長亭。

眾　　　吓！啓爺：來此長亭。
趙　雲　主公、先生駕到，速報俺知。
眾　　　是。
　　　　（劉備、徐庶同上）
劉　備　（唱）
　　　　　　手挽手送先生出大營，
　　　　　　難舍難分我的先生。
徐　庶　（唱）
　　　　　　實指望保主公大事早成，
　　　　　　俺徐庶倒做了失信之人。
劉　備　（唱）
　　　　　　這多是漢劉備福分淺薄，
　　　　　　難留你徐先生在此間。
徐　庶　（唱）
　　　　　　勸主公你那裏龍心放下，
　　　　　　到後來總有那一家能人。
劉　備　（唱）總有能人有何用？
　　　　　　要比你徐先生萬萬不能。
　　　　　　叫四弟看過了皇封御宴，
　　　　　　我與先生來餞行：
　　　　　　馬跳檀溪孤遭困，
　　　　　　中途路上遇先生。
　　　　　　我愛先生陰陽準，
　　　　　　我愛先生用兵能。
　　　　　　老伯母來了書和信，
　　　　　　先生要做忠孝人。
　　　　　　今日長亭無別敬，
　　　　　　一斗水酒敬先生。
徐　庶　多謝主公！
　　　　（唱）徐庶接酒心膽驚，
　　　　　　轉過身來謝蒼天。
　　　　　　指望與主同一殿，

　　　　　　半途而斷何不周全？
關　羽　酒來！
　　　　（唱）關某敬酒淚雙流，
　　　　　　尊聲先生聽我言：
　　　　　　弟兄當年結義在桃園，
　　　　　　誓願同死與共生。
　　　　　　先生救母速請轉，
　　　　　　須要言行莫食言。
徐　庶　（唱）二將軍敬酒敢不遵，
　　　　　　嚇得山人戰兢兢。
　　　　　　背地私下來排算，
　　　　　　後來不久爲神明。
　　　　　　大義參天誰不敬，
　　　　　　俺徐庶比他萬不能！
張　飛　叫人來。
　衆　　有。
張　飛　將酒滿滿斟！
　　　　（唱）一斗酒兒滿滿篩，
　　　　　　翼德掩袍跪塵埃。
　　　　　　上跪天來下跪地，
　　　　　　跪父跪母不跪人。
　　　　　　今日跪在先生面，
　　　　　　只爲大哥錦乾坤。
　　　　　　先生說話言有信，
　　　　　　俺老張帶馬接先生。
徐　庶　（唱）好一個粗中有細三將軍，
　　　　　　他把山人看得真。
　　　　　　皇叔駕前有了你，
　　　　　　好似金殿柱一根。
趙　雲　馬來！
　　　　（唱）兄敬酒來弟薦行，
　　　　　　趙雲帶過馬能行。

     有請先生忙上馬，
     俺趙雲送先生早到曹營。
徐 庶 吓，不敢。將馬帶過。
    （唱）山人在此有何能，
     怎敢勞動四將軍？
     上前來辭別了仁義主，
     回頭別過文武衆三軍。
     辭別了主公上馬行，
     馬上加鞭到曹營。
劉 備 （唱）一見先生過山林，
關 羽 （唱）只見樹木不見先生。
張 飛 叫人來！
 衆 有。
張 飛 （唱）將樹木一齊砍伐，
趙 雲 （唱）又只見四下起黃沙。
徐 庶 （唱）帶住繮繩勒住馬，
     又只見四下起黃沙。
     攀鞍離鐙把馬下，
劉 備 （唱）先生因何不歸家？
徐 庶 （唱）非是山人不歸家，
     主公因何把樹砍伐？
劉 備 （唱）弟兄們望不見先生駕，
     故此樹木一齊伐。
徐 庶 （白）吓！
    （唱）人說桃園仁義深，
     話不虛傳果是真。
     罷罷罷，
    （唱）不免將兩個謀士薦了罷，
     主公吓！
    （唱）手挽手兒站山崗，
     山人言來記心旁。
     離此不過二十里，

　　　　　　臥龍崗前有道家。
　　　　　　雙姓諸葛單名亮，
　　　　　　道號孔明就是他。
　　　　　　袖內陰陽藏八卦，
　　　　　　知天識地不毫差。
　　　　　　看他年紀不多大，
　　　　　　如今還是娃娃家。
　　　　　　主公若得將他訪，
　　　　　　興劉滅曹要去請他！
劉　備　（唱）聽罷先生說的話，
　　　　　　水鏡先生舉薦他。
　　　　　　臥龍鳳雛是二家。
徐　庶　（唱）鳳雛家住襄陽地，
　　　　　　姓龐名統字士元。
　　　　　　本當同主一齊訪，
　　　　　　老母望兒淚巴巴。
　　　　　　辭別主公把馬跨，
　　　　　　馬上加鞭走天涯。
　　　（徐庶下）
劉　備　（唱）先生打馬你去了，
　　　　　　不由孤王心內焦。
　　　　　　二弟三弟一聲叫，
　　　　　　子龍四弟聽根苗：
　　　　　　諸葛先生同去訪，
　　　　　　請得先生破奸曹。
　　　　　　掙下江山我不要，
　　　　　　兄弟同孤掌代勞。
　　　　　　軍士們擺駕返營壕，
　　　　　　要學文王訪賢曹。
　　　（同下）

徐庶勸友

佚　名　撰

解　題

　　京劇。現代佚名撰。《京劇劇目辭典》著錄，題《徐庶勸友》，未署作者。劇寫徐庶被誑赴許昌探母，臨行前向劉備推薦孔明。徐庶恐其不肯出山，又親自前往勸説。孔明問徐庶將欲何往。徐庶告孔明老母被賺進曹營，老母有病寫信召我前往許昌。孔明謂你不去老母尚安然無事，若去曹營，恐有不測，那時後悔已晚。徐庶堅往。徐庶將薦其出山輔佐劉備之事告知孔明，並再三相勸，孔明堅決不允，徐庶無奈只得恨然而去。本事出於《三國演義》第三十六回。版本今有《京劇彙編》收錄的馬連良藏本及以該本重刊的《京劇傳統劇本彙編》本。今以《京劇彙編》收錄的馬連良藏本爲底本進行整理。

第　一　場

（徐庶上）

徐　庶　（唱）山人馬上鞭敲鐙，
　　　　　　　陡然一事上心中。
　　山人，徐庶。方纔在劉皇叔面前，薦舉孔明，輔佐漢室。又恐他不肯出山，是我放心不下，看此地離卧龍崗不遠，不免前去勸説於他，扶保皇叔，共成大事。天色尚早，馬上加鞭。
　　（唱）孔明生來性情傲，
　　　　　恐他不肯扶漢朝。
　　　　　轉眼之間茅廬到，
　　　　　奉勸諸葛走一遭。（下）

第 二 場

（諸葛亮上）

諸葛亮　（念）【引】追念前賢，居隆中，自在安然。
　　　　（念）（詩）綸巾齊整帶雙飄，
　　　　　　　　　胸懷錦繡廣略韜。
　　　　　　　　　不貪世間名和利，
　　　　　　　　　抱膝長吟任逍遙。
（童兒暗上）
山人，複姓諸葛，名亮，字孔明，道號臥龍。乃山左人氏，寄居南陽。先父曾在漢室爲臣，生我弟兄三人。我兄諸葛瑾，扶保孫權，官拜參謀。我與三弟諸葛均躬耕於此。這且不言，只因漢室傾危，群雄各佔一方。孫、曹二家，各據一地；唯有皇叔劉備，尚未立足。雖爲仁義之主，奈無高人輔佐。山人有心出山輔佐，又恐枉用心機，怎比這隆中清閑自在，安然逍遙，好不快樂人也。
（唱）有山人居南陽何等清靜，
　　　每日裏無非是樂把田耕。
　　　閑來時在山前觀看美景，
　　　悶倦時到山後聽鳥啼鳴。
　　　酒醉後發狂歌信口吟詠，
　　　酒醒來焚名香撫琴吹笙。
　　　寒冬夜著鶴氅綸巾齊整，
　　　酷暑天搖羽扇陣陣風清。
　　　我腹中懷韜略神機妙用，
　　　往來的石廣元公威州平。
　　　小猿猴常叩戶獻桃相慶，
　　　老白鶴守門戶夜夜聽更。
　　　桌案上擺的是琴棋古鏡，
　　　那邊廂挂的是寶劍七星。
　　　這幾日同諸友閑談古洞，
　　　並未曾觀看那文史五經。

　　　　　　揮灰塵來至在交椅坐定，
　　　　　　取過了聖賢書細看分明。
　　　　　　前三皇後五帝許多賢聖，
　　　　　　爲王家爭名利俱喪幽冥。
　　　　　　有幾個爲文官心機盡用，
　　　　　　有幾個爲武將陣前傾生。
　　　　　　太平年君待臣頗知敬重，
　　　　　　離亂世作忠臣哪有收成？
　　　　　　滿朝中盡都是賊臣奸佞，
　　　　　　斬殺的全是那忠烈公卿。
　　　　　　看起來倒不如埋名隱姓，
　　　　　　貪什麼名和利富貴功名。
　　　　　　看古書不由我心神不定，
　　　　　　叫童兒焚名香撫琴一聽。
　　　　　童兒！
童　兒　有。
諸葛亮　焚香伺候！山人要操琴一曲。
徐　庶　（內）馬來！（上）
　　　　（唱）實可嘆同胞弟一旦喪命，
　　　　　　恨曹賊將老母誆進曹營。
　　　　　　投新野蒙皇叔賓客相敬，
　　　　　　拜山人爲參謀言必聽從。
　　　　　　老娘親病沉重修來書信，
　　　　　　別皇叔爲的是母子之情。
　　　　　　都只爲桃園的情深義正，
　　　　　　臨行時薦舉了謀士二人。
　　　　　　那臥龍與鳳雛智謀相應，
　　　　　　如得一便可作漢室重臣。
　　　　　　有山人催坐騎揚鞭敲鐙，
　　　　　　又只見臥龍崗霧氣騰騰。
　　　　　　遠望着好一似蛟龍現影，
　　　　　　近看時懸瀑布流水傳聲。

山坡中草茅廬十分齊整,
有蒼松和翠柏四季常青。
來至在山岡下離了鞍鐙,
又只見日將午分外光明。
拴坐騎又聽得瑤琴調正,
我只得在門外側耳細聽。
（諸葛亮撫琴介,【夜深沉】,忽驚介）

諸葛亮　（唱）正撫琴忽然間音調變動,
想必有知音客門外竊聽。
下草亭出門來觀看動靜,

徐　庶　賢弟,愚兄在此。

諸葛亮　（唱）見仁兄走向前施禮相迎。
仁兄請!

徐　庶　請!（進門介）

諸葛亮　請坐!

徐　庶　有坐。

諸葛亮　不知仁兄駕到,未曾遠迎,望乞恕罪!

徐　庶　豈敢!少問金安,賢弟海涵!

諸葛亮　好說。許久未會,兄往何處去了?

徐　庶　兄聞劉表名揚八郡,招賢納士。兄至荆州,見他善善而不能進,惡惡而不能退,徒有虛名,是以見機而退。

諸葛亮　劉景升乃無用之人,兄長提他作甚?

徐　庶　愚兄又至新野,多蒙皇叔拜爲參謀,禮賢下士,言聽計從,乃仁德之主也。可恨曹賊將愚兄老母誑至許昌,屢欲加害,多虧程昱搭救。

諸葛亮　兄長不去,伯母安然無事。兄至曹營,伯母倘有不測,豈不悔之晚也?

徐　庶　你我所見相同。怎奈母子天性,無可奈何!愚兄臨行,已將賢弟薦於皇叔,萬望出山,大展奇才,輔佐漢室,落得留芳千古,青史留名,不愧賢弟胸中之志,平生所學也。

諸葛亮　哎!你去便去,薦我做甚?你真真多此一舉!

徐　庶　哎!賢弟呀!
（唱）一句話説得我口呆目瞪,

　　　　　　不由人耳發赤滿面通紅。
　　　　　　無奈何對賢弟把話告稟，
　　　　　　聽愚兄表一表肺腑之情。
　　　　　　劉玄德居樓桑炎漢正統，
　　　　　　獻帝爺稱皇叔叙譜傳宗。
　　　　　　自幼兒在原郡品高術正，
　　　　　　與關張結昆仲義氣相同。
　　　　　　在桃園起義兵人人欽敬，
　　　　　　一心要滅群寇扶漢中興。
　　　　　　數百人擋住了千萬賊衆，
　　　　　　衆百姓擔酒漿俱把他迎。
　　　　　　立功勞得授了平原縣令，
　　　　　　虎牢關戰呂布四海揚名。
　　　　　　論仁義比堯舜禹湯平等，
　　　　　　投劉表守新野大運未通。
　　　　　　並非是池中物守拙無用，
　　　　　　有一朝時運至平地雷鳴。
　　　　　　望賢弟輔佐他縱橫馳騁，
　　　　　　興漢室滅孫曹名就功成。
　　　　　　你若是在茅廬安然清靜，
　　　　　　豈不怕高明士笑我弟兄！
諸葛亮　（唱）徐仁兄你心中名利甚重，
　　　　　　小弟我並不想富貴功名。
　　　　　　劉玄德漢宗親根基雖正，
　　　　　　怎奈他並無有輔助英雄。
徐　庶　（唱）論武將有關張趙雲猛勇，
諸葛亮　　文士呢？
徐　庶　（唱）有糜竺和糜芳孫乾簡雍。
諸葛亮　（唱）論關張和子龍皆可用命，
　　　　　　論文官全都是白面書生。
徐　庶　（唱）曹孟德孫仲謀雖然强勝，
　　　　　　論爭戰怎比得桃園英雄？

　　　　　　　一個個有萬夫不當之勇，
　　　　　　　關雲長過五關四海揚名。
　　　　　　　張翼德他生來虎豹之性，
　　　　　　　當陽橋一聲吼曹賊膽驚。
　　　　　　　趙子龍戰場上威風凛凛，
　　　　　　　金鎖陣破袁紹百萬雄兵。
諸葛亮　（唱）桃園中一個個旗開得勝，
　　　　　　　兄去後何人能遣將用兵？
徐　庶　（唱）薦賢弟爲的是漢室爲重，
　　　　　　　萬望你扶皇叔早把功成。
　　　　　　　兄在曹弟在漢兩相呼應，
　　　　　　　咱二人暗通信共掃奸雄。
諸葛亮　（唱）老兄長説的是治國之政，
　　　　　　　弟本是閑散人不堪用兵。
徐　庶　（唱）徐元直百般地好言相請，
　　　　　　　他那裏只當做耳旁風聲。
　　　　　　　無奈何近前來施禮告禀，
　　　　　　　有一派古聖賢賢弟細聽。
　　　　　　　昔日裏有伊尹可稱賢聖，
　　　　　　　他也曾保江山萬古留名。
　　　　　　　周文王夜得兆飛熊入夢，
　　　　　　　姜子牙興周朝八百餘冬。
　　　　　　　蘇季子説六國相印獨領，
　　　　　　　小樂毅下齊國七十餘城。
　　　　　　　漢高祖逼霸王烏江喪命，
　　　　　　　全憑着小韓信張良陳平。
　　　　　　　漢光武被困在南陽路徑，
　　　　　　　雲臺觀廿八將輔保江洪。
　　　　　　　望賢弟早下山兵將來統，
　　　　　　　平曹操掃孫權大展奇能。
　　　　　　　榮宗祖揚名聲何等有幸，
　　　　　　　封妻子蔭兒孫光耀門庭。

諸葛亮　（唱）勸兄長你不必古人比定，
　　　　　　　這一般棟梁才哪個善終？
　　　　　　　漢高祖滅秦楚咸陽定鼎，
　　　　　　　殺彭越斬韓信未央宮中。
　　　　　　　光武興爲東漢洛陽一統，
　　　　　　　雲臺觀衆將軍俱喪殘生。
　　　　　　　我縱然輔漢室心血盡用，
　　　　　　　功不就名不成勞而無功。
　　　　　　　任你説海水乾枯柳現影，
　　　　　　　小弟我只當做耳邊狂風。
　　　　　　　勸兄長早登程速奔路徑，
　　　　　　　也免得老伯母雙眼盼紅。
　　　　　　　到許昌見伯母代我叩禀，
　　　　　　　你就説諸葛亮少問安寧。
　　　　　　恕不送兄，另請高明。請吧！（下）
徐　庶　（唱）諸葛亮性情傲言語強勝，
　　　　　　　羞得我徐元直面赤耳紅。
　　　　　　　無奈何出門來扳鞍認鐙，
　　　　　　　可惜了他胸中智廣才能。
　　　　　　　心不死在馬上八卦算定，
　　　　　　　一樁樁一件件早已知情。
　　　　　　　少不得劉皇叔茅廬三請，
　　　　　　　不得已他自然要下山峰。
　　　　　　　保漢室只落得心血盡用，
　　　　　　　怕的是五丈原命歸陰城。
　　　　　（下）

徐母訓子

佚 名 撰

解　題

　　京劇。現代佚名撰。《京劇劇目辭典》著錄，題《賺書訓子》，未署作者。劇寫徐庶辭別劉備來到許昌，拜見母親，徐母怪問來此之故。徐庶告以接得書信，故星夜趕至，徐母責其看信不辨真假，竟然棄明投暗。徐母想她若在，徐庶難離。於是退入内堂，自盡而死。徐庶大慟。本事出於《三國演義》第三十七回。事不見史傳。《辭典》云《賺書訓子》虞仲衡藏本，未見。今見版本有上海市《傳統劇目彙編》京劇四集何潤初藏本，題《徐母訓子》。今以該本爲底本進行整理。

第　一　場

（徐母上）

徐　母　（念）【引】身居華堂，終日裏珠淚成行。
　　　　（念）（詩）漢室江山裂土分，
　　　　　　　　　 幸喜我兒遇明君。
　　　　　　　　　 曹操暗中設巧計，
　　　　　　　　　 難動老身冰雪心。
　　　　老身徐母。我兒徐庶，四海雲遊。聞聽他在劉皇叔帳下爲臣。曹操心生奸計，將老身賺到許昌，命我修書召子。老身一時性急，用硯石打擊奸賊。曹操怒恨，將老身推出轅門，就要問斬。後被程昱講情，將我赦回安置此處。雖然衣食無缺，終日如坐囹圄。這且不言。今早起來，心驚肉跳，不知爲了何事？天到這般時候，吉凶未見。丫鬟！看茶伺候。

丫　鬟　有。

徐　母　（唱【二黃慢板】）

　　　　　　想當年徐庶兒出外遊蕩，
　　　　　　習騎射與擊劍自逞豪強。
　　　　　　抱不平打死了他人命喪，
　　　　　　因此上黑夜裏逃奔外鄉。
　　　　　　也是我養姣兒教訓不當，
　　　　　　纔闖下殺身禍天大災殃。
　　　　　　我的兒離膝下十年以上，
　　　　　　幸喜得保皇叔際遇賢良。
　　　　　　恨只恨曹孟德癡心妄想，
　　　　　　他命我修書信召子還鄉。
　　　　　　那時節惱得我氣衝上撞，
　　　　　　用硯石擊打他要賊命亡。
　　　　　　狗奸賊傳一令將我上綁，
　　　　　　頃刻間要將我斬首雲陽。
　　　　　　內有個小程昱把情來講，
　　　　　　那曹賊他將我解下法樁。
　　　　　　將老身安置在靜室奉養，
　　　　　　居此間好一似縲絏高牆。
　　　　　　小程昱來問安謙謙讓讓，
　　　　　　早問安晚送膳錦衣美食，
　　　　　　丫鬟侍女蒼頭僕婦，
　　　　　　伺候的我心內著慌；
　　　　　　小程昱也難免詭計暗藏，
　　　　　　任你等設下了天羅地網，
　　　　　　打不動老身我鐵石心腸。
　　　　　丫鬟，程老爺到此，稟我知道。

丫　鬟　是。

　　　　（徐母下，丫鬟隨下）

第 二 場

（四青袍，旗牌，徐庶上）

徐　庶　（唱）【二黃原板】
　　　　　聞聽得老萱堂囚禁許昌，
　　　　　在新野辭別了創業豪強。
　　　　　好一個劉使君寬宏大量，
　　　　　在長亭餞行時桃園弟兄舉杯捧觴。
　　　　　趙子龍墜蹬扯絲韁，
　　　　　俱都是珠淚成行，
　　　　　好叫我痛斷肝腸。
　　　　　得書信致使我神魂飄蕩，
　　　　　走馬回薦諸葛表我的心腸。
　　　　　非是我無終始半途異想，
　　　　　都只爲母子情五倫綱常。
　　　　　過幾處招商店日夜盼望，
　　　　　恨不能插雙翅飛到了許昌。
　　　　　適纔間進都門愁眉展放，
　　　　　皆因爲子不孝累及高堂。

旗　牌　來此已是。
徐　庶　快去通稟。（院子暗上）
旗　牌　裏面哪位在？
院　子　何事？
旗　牌　徐老爺回來了。
院　子　大相公在上，小人叩頭。
徐　庶　罷了。快去稟報太夫人知道。
院　子　是。有請太夫人。
徐　母　（內）來了。（徐母上）
徐　母　（唱）【西皮搖板】
　　　　　吉凶二字難猜想，
　　　　　眼跳心驚爲哪樁？

何事?
院　子　恭喜太夫人!賀喜太夫人!
徐　母　喜從何來?
院　子　大相公回來了。
徐　母　莫非徐庶到此?
院　子　正是。
徐　母　他不在新野,到此則甚?
院　子　小人不知。
徐　母　他在何處?
院　子　現在門外。
徐　母　喚他進來。
院　子　大相公,太夫人喚你進去。
徐　庶　知道了。(旗牌、四青袍下)
徐　庶　母親在哪裏?母親在上,孩兒徐庶參拜。
徐　母　畜生哪!
　　　　(唱)【西皮導板[1]】
　　　　　　蠢才你把良心壞!
徐　母　徐庶,
徐　庶　母親,
徐　母　我兒,
徐　庶　老娘,
徐　母　我把你這不孝的奴才吆!
　　　　(接唱)【西皮搖板】
　　　　　　大罵徐庶小奴才,
　　　　　　不在新野爲將帥,
　　　　　　私到許昌爲何來?
徐　庶　(【叫頭】)娘啊!
　　　　(唱)【二六】
　　　　　　想當年兒把人打壞,
　　　　　　黑夜逃走潁川來[2]。
　　　　　　兒離膝下十餘載;
　　　　　　常把兒的老娘挂在兒的心懷。

因避難兒把名姓改，
扶助皇叔把兵排。
母親差人把書帶；
孩兒一見痛心懷。
寧可娘在兒不在，
豈忍白髮赴泉臺？

徐　母　哽！
（唱）聽罷言來牙咬壞！
定是曹操巧安排。
兒自幼訪友四海外，
一封書信誆兒來。
你平日聰明今何在？
（哭頭）我的兒啦！
（唱）爲娘的筆迹兒就解不開！

徐　庶　（唱）孩兒見信不自揣，
辭別皇叔探娘來。
匆促之間兒難解，
（哭頭）兒的娘啊！
（唱）母親恕兒無學才。

徐　母　（唱）此信何人與你帶？
徐　庶　（接唱）代信人兒一齊來。
徐　母　（接唱）問家院那人可在外？
院　子　（接唱）大相公進門他走開。
　　　　大相公進門之時，他就走去了。

徐　母　哦，原來如此。徐庶徐庶，我把你這無智無才不孝之子！（坐）想當年你因激於義憤，將人打死。黑夜之間，塗面逃走。那時爲娘帶汝弟徐康，苦守家門，並無一言責備於你。我兒雖然闖下殺身大禍，乃是義氣肝膽。自兒塗面出外之後，爲娘晝夜放心不下，刻刻在外託人打聽兒的着落。聞得我兒江湖訪友，四海尋師。指望你達練人情，洞明世事。志量自然開展，學業必然精通。誰料你遇事粗心，當局魯莽。忘却三思之戒，不顧時局之箴。兒既讀聖賢之書，必達周公之禮。忠孝二字，不能同盡；家國兩地，豈能兼全？況曹操乃欺君罔上之徒,怎及劉皇叔仁義之士;又是中山靖王之後裔,爲漢室嫡派宗親。兒既傾心輔佐,可謂得其主也。今憑一紙書,竟不查虛實,不辨筆迹,怎麼,你竟別皇叔棄明投暗,自取臭名,玷辱宗祖。使爲娘擔不義之名,兒貽笑五湖三江。我縱死九泉,有何顏面去見徐氏門中之祖先也。

(唱)【西皮原板】

　　恨畜生你把那綱常來敗,
　　好一似狼牙箭刺我胸懷。
　　在家中因不平將人打壞,
　　黑夜間塗面目遠避禍災。
　　在新野佐皇叔終身有賴,
　　也不枉爲娘我教訓奴才。
　　豈不知盡其忠孝名例外?
　　接着了假書信星夜趕來!
　　到如今降逆賊臭名萬代,
　　辜負了白髮人鐵石心懷。

徐　庶　(唱)【西皮原板】

　　老娘親休得要身體氣壞,
　　怨孩兒不細揣莽撞前來。
　　這也是兒不該榮膺三代,
　　誤中了狗奸賊巧計安排。
　　任憑他再作出千奇百怪,
　　想孩兒扶助他轉世投胎。

徐　母　(唱)【搖板】

　　你雖然不能把奸賊依賴,
　　走新野棄皇叔大大不該。

徐　庶　(唱【搖板】)

　　孩兒不願爲官宰,
　　願在膝下奉萱臺。
　　無奈何我只得連連叩拜,
　　兒的娘啊……

徐　母　(接唱)【搖板】

　　　　　氣得老娘眼發呆。
　　　　　老身若有三寸在，
　　　　　徐庶焉能走得開？
　　　　　倒不如一死歸陰界，
　　　　　我兒也好死心懷。
　　　　　輕移蓮步屛風拐，
　　　　　點點珠淚灑下來。
　　　　　腰間解下無情帶，
　　　（哭頭）我的兒啦！
　　　罷！
　　　（接唱）要想相逢夢中來！
　　　（徐母上吊，死）
徐　庶　（唱）母親請出屛風外，
　　　　　孩兒跪的腿難挨。
　　　（丫鬟上）
丫　鬟　大相公，大事不好！
徐　庶　何事驚慌？
丫　鬟　太夫人自縊身死！
徐　庶　閃開了！（看）（【叫頭】）母親，老娘，咳，娘啊！（暈倒）
丫　鬟　大相公醒來！
徐　庶　（唱）【西皮導板】
　　　　　見老娘自縊死魂飛天外！
　　　（【叫頭】）母親，老娘，咳娘啊……
　　　（唱）【搖板】
　　　　　不由我一陣陣刀割胸懷。
　　　　　兒離膝下十餘載，
　　　　　少奉甘旨老萱臺。
　　　　　哪裏是曹操假書帶？
　　　　　分明是老母勾魂來。
　　　　　不孝的孩兒將娘害，
　　　　　萬剮千刀也應該。
　　　　　忠孝二字今何在？

| | 兒的娘啊！
此事叫兒怎安排？
丫鬟
院子 | 老爺不必悲傷，安排大事要緊。
徐　庶　丫鬟，將太夫人搭在靈床之上，待我準備棺槨。
　　　　（丫鬟搭徐母下）
徐　庶　正是：
　　　　（念）指望歸家奉母終，
　　　　　　　誰知一旦失音容？
　　　　　　　從今難見慈母面，
　　　　　　　母子相逢夢寐中。
　　　　哎，娘啊！（哭）
　　　　（同下）

校記

［１］西皮導板："導"，原本作"倒"，據京劇曲譜改。下同。
［２］黑夜逃走潁川來："潁"，原作"穎"，據《三國志·蜀書·諸葛亮傳》改。

曹營見母

佚　名　撰

解　題

　　京劇。現代佚名撰。《京劇劇目辭典》著錄，題《曹營見母》，未署作者。劇寫徐庶接母信，知母病，不分晝夜，急回探母。徐母忽然見子歸來，怪問其故。徐庶告以接到母親書信，便星夜趕回，徐母責其不辨真偽，命其速回新野。隨即退入內堂，自縊而死。徐庶痛悔。曹操知徐庶已到許昌，與程昱同往徐府看望，以示禮賢下士。徐庶佯允，決定終身不為曹操設一謀。本事出於《三國演義》第三十七回。版本今有上海市《傳統劇目彙編》收錄的產保福藏本。今以此本為底本進行整理。

第　一　場

（院子、徐母同上）

徐　母　（唱）可恨曹操眼無珠，
　　　　　　　癡心妄想兒來扶。
　　　　　　　不是老身賢愚識，
　　　　　　　險把我兒韜略辜。
　　　　老身徐母吳氏。可恨曹操誘我作書，喚回徐庶。我想我兒既投劉備，喜得其主，那有喚回背明投暗之理，被我當面辱罵一場，彼時要將我推出斬首，多虧程昱再三保全，又承他早晚在此殷勤致意，使我心中不安。家院！

院　子　有。

徐　母　今早程老爺可曾到來？

院　子　今早到此，見夫人未起，不曾通報，回去了。

| 徐　母 | 下面伺候。 |
| 院　子 | 是。 |

（徐庶上）

徐　庶	自離新野，不覺來此許昌。
院　子	主人回來了。
徐　庶	回來了，老夫人在何處？
院　子	在堂上。啓稟老夫人：主人回來了。
徐　母	呵，我兒回來了。
徐　庶	母親，孩兒拜揖。
徐　母	罷了，聞兒在襄陽扶助劉皇叔，得了樊城一帶地方，今日因甚到此？
徐　庶	哎呀，母親呵，孩兒自離膝下二十餘載，東投西奔，多蒙水鏡先生指引，投於劉皇叔駕下爲臣，僥倖得了樊城一帶地方，正在用兵之際，忽接母書，言道身在縲絏，要孩兒急急趕回，因此不分晝夜，趕回見母。
徐　庶	哧，我書從何來，書從何來？我道你在外二十餘載，諒必廣見多聞，這等看將起來，反不如初。我聞知你扶助劉皇叔，以爲得其主矣，不辨真假，憑一紙僞書，竟辭主而歸，你活活氣煞爲娘也！

（唱）娘自幼配兒父賢德兼併，
　　　生爾輩弟兄們小小娃嬰。
　　　你父親去世早家門不幸，
　　　爲娘的守孤孀弟兄二人。
　　　我心中學孟母朝夕教訓，
　　　只說是兒長成顯親揚名。
　　　你不肖殺死人埋名隱姓，
　　　又誰知徐康兒命喪幽冥。
　　　你在外二十載杳無音信，
　　　爲娘的在家中倒也放心。
　　　誰知你胸無才真假不認，
　　　今日裏回家中氣煞娘親。

徐　庶	（唱）徐元直跪塵埃含悲答應，
	尊一聲老娘親暫息雷霆。
	是孩兒胸無才錯認書信，

　　　　　　望娘親念孩兒思母之情。
　　　　　　離膝下二十載埋名隱姓，
　　　　　　今日裏回家中得見娘親。
　　　　　　雖則是兒不才胸無學問，
　　　　　　看在了父死早孤苦伶仃。
徐　母　（唱）聽伊言我這裏珠淚難忍，
　　　　　　罵一聲不肖子大膽畜生。
　　　　　　昔日裏孟子母居鄰擇正，
　　　　　　到後來成大賢領袖群倫。
　　　　　　幼年間爾不學還可發奮，
　　　　　　到如今年三十一事無成。
　　　　　　食君禄報君恩爲臣本份，
　　　　　　保玄德無始終萬古罵名。
　　　　　　今日裏回家來見我則甚，
　　　　　　倒不如早與我速速登程。
　　　　畜生呵畜生！我也不來責備與你，你與我速速地去罷，哎呀！皇天呵皇天，我徐門爲何這等不幸？呵！也罷，我想這等不肖之子，我有何面目再見人，你與我速速地去，你與我速速地去呵！
　　　　（徐母哭下）
院　子　主人請起，老夫人進内堂去了。
徐　庶　哎！
　　　　（唱）母悲兒説得我抬頭不起，
　　　　　　錯中了奸雄計難以回頭。
　　　　　　今日裏落圈套思想無計，
　　　　哦！有了。
　　　　　　且做個明保曹暗保漢自有神機。
　　　　（丫鬟上）
丫　鬟　哎呀老爺不好了，老夫人在二堂自盡了！
徐　庶　怎麽講？
丫　鬟　老夫人二堂自盡了。
徐　庶　哎呀，母親呀，爲什麽尋此短見，兀的不痛煞我也！
　　　　（唱）一陣陣痛煞我徐庶元直，

爲什麼我的母自盡喪身。
叫家院和丫鬟上房引路，
回家來害了母一命歸陰。

（哭）

（同下）

第 二 場

（曹操上）

曹　操　（念）安下天羅地網，
　　　　（程昱上）
程　昱　（念）難逃袖裏機關。
　　　　主公。
曹　操　先生。
程　昱　聞聽徐庶歸家。
曹　操　你我前去看看。
程　昱　有理。
曹　操
程　昱 請。
曹　操　（唱）只爲求賢到臣門，
　　　　　　　回轉頭來叫先生：
　　　　　　　若得元直忠心順，
　　　　　　　管叫劉備走無門。
　　　　　　　你我前去將他問，
　　　　　　　看看元直是怎生？
程　昱　來此已是，主公站立一時，待臣前去看來。門上哪位在？
　　　　（院子上）
院　子　什麼人？
程　昱　前去通報，說丞相同我要見。
院　子　是。主人有請。
　　　　（徐庶上）
徐　庶　何事？

院　子	曹丞相與程老爺在外。
徐　庶	有請！
院　子	有請！
徐　庶	徐庶迎接丞相。
曹　操	豈敢，先生請。
徐　庶	請。丞相駕到，徐庶有制在身，未曾遠迎，望乞恕罪。
曹　操	好説，老夫來得莽撞，幸勿見怪。
徐　庶	豈敢。
程　昱	元直，丞相特來拜請，同扶漢室，平定天下，命登廊廟，未知尊意如何？
徐　庶	徐庶有何德能，敢勞丞相駕臨，何以克當，只是徐庶庸才，有負丞相、先生之意耳！
曹　操	好説，如果不嫌，便請同行。
徐　庶	當得遵命。
曹　操	先生請。
徐　庶	丞相請。
曹　操	（唱）一見先生喜眉梢， 　　　　曹操馬上仔細瞧。 　　　　元直胸中不可料， 　　　　韜略必定比人高。 　　　　可嘆劉備無才調， 　　　　這樣人兒放他逃。 　　　　我今將他來收了， 　　　　勝似得了龍一條。
徐　庶	（唱）徐庶心中悶悠悠， 　　　　不忠不孝罵名留。 　　　　只説歸家將母救， 　　　　誰知反逼母命休。 　　　　他今詭計安排就， 　　　　他想元直把他投。 　　　　要我歸心不能够， 　　　　終身再不設一謀。（同下）

一　請　諸　葛

佚　名　撰

解　題

　　京劇。現代佚名撰。《京劇劇目辭典》著錄,題《一請諸葛》。未署作者。劇寫徐庶到許昌見到母親,知道中計。徐母含恨自縊而死。水鏡先生到新野拜訪徐庶不遇,向劉備盛讚諸葛亮,並稱此人必須禮聘。劉備與關羽、張飛前往臥龍崗親往相請。來到隆中草廬,不料諸葛亮已外出,歸期不知。劉備無奈,只得返回新野。歸途遇諸葛亮好友崔州平,告知來意並請崔州平出山。崔婉言謝絕。劉備乃告辭而歸。本事出於《三國演義》第三十七回。《三國志・蜀書・諸葛亮傳》載有請亮三往語。元刊《三國志平話》、明傳奇《草廬記》、清宮廷大戲《鼎峙春秋》均有一請諸葛情節。版本今見《京劇彙編》收錄的馬連良藏本及以該本重刊的《京劇傳統劇本彙編》本。今以《京劇彙編》收錄的馬連良藏本爲底本校勘整理。

第　一　場

（四文堂、四大鎧、張郃、許褚、張遼、曹洪、夏侯淵、夏侯惇、李典、樂進、于禁、曹仁、中軍引曹操上）

曹　操　（念）【引】執掌威權,收天下,文武英賢。
　　　　（念）（詩）漢室江山氣運終,
　　　　　　　　　四方群起各爭鋒。
　　　　　　　　　老夫坐鎮許昌地,
　　　　　　　　　搜羅天下衆英雄。
　　　　老夫曹操,在漢帝駕前爲臣,官居首相。一切内外軍國大事,皆由老夫一人作主,天子不敢聞問。這且不言。只因曹仁、李典失守樊

　　　　城，我聞劉備軍中有一徐庶，此人懷有奇才。亦曾命程昱套寫筆
　　　　迹，修寫假信，命曹用去往新野，誆那徐庶到來。去了許久，還未見
　　　　回來。站堂軍，伺候了！
衆　　　啊！
　　　（曹用上）
曹　用　（念）忙將徐庶事，報與相爺知。
　　　　叩見相爺！小人交差。
曹　操　起來。
曹　用　謝相爺！
曹　操　命你誆那徐庶怎麽樣了？
曹　用　徐庶誆到，現在府外。
曹　操　站立一旁。
曹　用　是。
曹　操　衆位將軍，隨孤出府迎接。
衆　將　啊！有請徐先生！
　　　（吹打。徐庶上）
徐　庶　啊丞相！
曹　操　啊元直！
徐　庶
曹　操　啊哈哈哈……
曹　操　請！
徐　庶　請！丞相在上，徐庶參拜！
曹　操　元直少禮，請坐！
徐　庶　謝丞相！
曹　操　久聞先生高明傳於四海，才志貫滿宇宙，幾次想會，無由得見。今
　　　　將令堂自潁州請入許昌，討得華翰，纔把先生請至此處，實遂我平
　　　　生之願也！來，看茶！
　　　（曹用獻茶介）
曹　操　元直請茶！
徐　庶　丞相、衆位將軍請！
曹　操　請！
衆　將　請！

徐　庶　老母多蒙丞相款待，庶感恩匪淺！
曹　操　理所當然。
徐　庶　愚下歸順來遲，望丞相休得見怪！
曹　操　豈敢！
徐　庶　丞相，容庶見過家母，再與丞相相談。
曹　操　先生真孝子也！曹用，將徐先生領到館驛，見過徐太夫人！
曹　用　是。
徐　庶　謝丞相！暫時相別。
曹　操　少刻奉陪。請！
徐　庶　請！
曹　用　先生，隨我來！
　　　　（曹用、徐庶下）
曹　操　左右預備酒宴，與徐先生接風。掩門！
　　　　（同下）

第 二 場

　　　　（二丫鬟、徐母上）
徐　母　（唱）嘆兒夫一旦間去世甚早，
　　　　　　　徐康兒壽命短命赴陰曹。
　　　　　　　思想起慘淒淒無依無靠，
　　　　　　　不由我年邁人珠淚如潮。
　　　　　　　惱恨這奸曹操設下圈套，
　　　　　　　每日裏在館驛好不心焦。（坐介）
　　　　（曹用上）
曹　用　啓太夫人：徐先生由新野而來，現在館外。
徐　母　（怒介）啊！叫他進來！
曹　用　有請徐先生！
　　　　（徐庶上）
徐　庶　有勞了！
曹　用　隨我來！
　　　　（徐庶進門介，曹用、二丫鬟暗下。徐庶跪哭介）

徐　庶　母親哪！

　　　　（唱）一見老娘忙跪倒，
　　　　　　　點點珠淚往下拋。
　　　　　　　孩兒忙把娘親叫，
　　　　　　　恕兒來遲望母饒。
　　　　　　　兒罪深重該萬死，
　　　　　　　連累老娘受煎熬。

徐　母　兒呀！（哭介）

　　　　（唱）兒在新野却然好，
　　　　　　　就該忠心扶漢朝。
　　　　　　　爲娘在此兒怎曉，
　　　　　　　來至許昌爲哪條？

徐　庶　啊！

　　　　（唱）娘親言道有蹊蹺，
　　　　　　　中了奸相計籠牢。
　　　　　　　老母發書兒來到，
　　　　　　　因此星夜見年高。

徐　母　奴才！

　　　　（唱）聽兒之言娘心惱，
　　　　　　　果然心中少略韜。
　　　　　　　兒來許昌事非小，
　　　　　　　一定扶保奸曹操。

懦子！你飄蕩江湖，數載有餘。近聞你輔保玄德，所爲得其主也。爲娘心中甚是喜歡。指望身得榮耀，改換門庭。你今憑一紙隻字，不辨真假，舍其真而投其假，這麼一點機關都參解不透，還要扶佐明主以圖王霸之業麼？以後還有什麼面目在人前講文論武？你這個冤家，跪在這裏，不許起來。等老身回來發落於你。唉，兒呀！
（哭介，恨介，下）

徐　庶　（唱）如今自知入圈套，
　　　　　　　來見老母枉徒勞。
　　　　　　　老娘怒恨來訓教，
　　　　　　　進退兩難在今朝。

（二丫鬟上）

二丫鬟　哎呀徐先生，大事不好啦！

徐　庶　啊！何事驚慌？

二丫鬟　太夫人在後房懸梁自盡啦！

（曹用暗上，聽介）

曹　用　待我報與丞相知道！

（曹用下）

徐　庶　哎呀，現在哪裏？

二丫鬟　隨我來！

（二丫鬟、徐庶同下）

第 三 場

（場設徐母屍。二丫鬟引徐庶）

徐　庶　哎呀，娘啊！

（唱）一見老娘命喪了，

老娘！母親！唉，娘啊！

（唱）不由徐庶珠淚拋。

我哭哭一聲老娘親！

我叫叫一聲兒的娘啊！啊啊啊，兒的娘啊！

只因入了賊圈套，

連累老娘赴陰曹。

娘啊！

（曹用引程昱上）

程　昱　（唱）聽得曹用一聲報，

伯母自盡爲哪條？

曹用帶路館驛到，

見了元直説根苗。

先生啊！

且免悲傷休淚掉，

安葬伯母要酬勞。

徐　庶　娘啊！

程　昱　先生請坐！
徐　庶　程先生請坐！
程　昱　元直，伯母今日已死，也是她老人家陽壽已滿。須要置辦棺槨，預備壽衣，停放入殮要緊。待我稟明丞相，文武弔喪，擇選黃道發引。先生，隨我一同去見相。
徐　庶　先生先行，我徐庶隨後就到！
程　昱　先生，你要來啊！（下）
徐　庶　唉，娘啊！
　　　　（唱）心中暗把奸曹恨，
　　　　　　　逼勒老娘喪殘生。
　　　　　　　從今住在許昌郡，
　　　　　　　一計不獻與曹營。
　　　　　　　人前不把韜略論，
　　　　唉！
　　　　　　　只念玄德情義深！
　　　　唉，娘啊！
　　　　（同下）

第 四 場

（曹操原人上）
曹　操　（唱）適纔曹用報一信，
　　　　　　　徐母一命歸了陰。
　　　　　　　假意殷勤言語順，
　　　　　　　要買元直扶乾坤。
　　　　　　　將身且把大廳進，
　　　　　　　等候程昱報信音。
（程昱、徐庶上）
程　昱　走哇！
　　　　（唱）二人同把府門進，
　　　　　　　見了丞相説詳情。
徐　庶　參見丞相！

| 曹 操 | 元直少禮，請坐！
| 徐 庶 | 謝坐！（哭介）唉，娘啊！
| 曹 操 | 元直且免悲傷。伯母已死，也是陽壽已滿。程謀士，就在館驛高搭席棚，與徐老伯母急速預備壽衣，置辦棺槨，吉時裝殮；元直披麻帶孝，相請高僧高道，超度亡魂，與伯母免罪！
| 程 昱 | 下官遵命。
| 徐 庶 | 謝丞相！啓丞相：我母已死，我徐庶要在老母墳前守孝。百日孝滿，再來扶保丞相，重整漢室基業。
| 曹 操 | 慢說百日，就是周年半載，又待何妨？辦理喪事要緊。程謀士，預備祭禮，文武隨同行禮，擇選黃道吉日，與伯母安葬發引。
| 程 昱 | 遵命！
| 徐 庶 | 多謝丞相！
| 曹 操 | 掩門！

（分下）

第 五 場

（四文堂、糜竺、糜芳、簡雍、張飛、劉備同上）

劉 備 （唱）自從徐庶分別後，
　　　　　　猶如浪裏失扁舟。
　　　　　　指望扶孤永長久，
　　　　　　誰知半途不到頭。
　　　　　　指望扶孤功成就，
　　　　　　重整漢室永無憂。
　　　　　　每日思念眉頭皺，
　　　　　　悶悶不樂孤憂愁。

（家將上）

家 將 啓主公：二將軍由樊城回轉新野。
劉 備 有請！
家 將 有請！

（四月華旗引關羽上）

關 羽 啊兄長！

| 劉 備 | 賢弟！請！
| 關 羽 | 請！參見兄長。
| 劉 備 | 賢弟少禮，請坐！
| 張 飛 | 二哥，一向可好？小弟有禮！
| 關 羽 | 三弟少禮，請坐！
| 張 飛 | 告坐。
| 劉 備 | 前者二弟奪取樊城，多有辛苦！
| 關 羽 | 些許小事，兄長何必挂齒？這幾日不見兄長，小弟時常挂念。
| 劉 備 | 有勞二弟挂心。奪取樊城乃賢弟大功。
| 關 羽 | 樊城糧草甚厚，已命能將把守城池，料無妨礙。
| | （孫乾上）
| 孫 乾 | 啟主公：外面來了一位老翁，自稱水鏡先生，求見主公。
| 劉 備 | 水鏡先生到了！待孤親自迎接。
| | （劉備等出門介，水鏡上）
| 劉 備 | 啊水鏡先生！
| 水 鏡 | 啊明公！
| 劉 備
水 鏡 | 啊哈哈哈……
| 劉 備 | 先生請！
| 水 鏡 | 明公請！
| 劉 備 | 前者多承先生指教，未曾拜謝。今幸鶴駕光臨，我劉備失於遠迎，面前恕罪！
| 水 鏡 | 豈敢！吾乃山野愚民，蒙明公優待，足見皇叔敬賢之意，哈哈哈……

（唱）聞聽皇叔多饒倖，
　　　元直在此伴明公。
　　　特來與他來相會，
　　　那就是舍下借宿人。
　　　蓋世奇才好人品，
　　　胸中韜略果然精。
　　　皇叔得他相扶助，
　　　數年之間整乾坤。

劉　備　（唱）水鏡聽我一言稟，
　　　　　　　司馬先生請聽明。
　　　　　　　元直剛到新野郡，
　　　　　　　數日之間取樊城。
　　　　　　　誰知劉備淺福份，
　　　　　　　曹操誆去他娘親。
　　　　　　　他母修來書和信，
　　　　　　　喚去元直奔京城。
　　　　　　　相送長亭心難忍，
　　　　　　　得而失之好傷心。
　　　　　　　劉備意欲相攔定，
　　　　　　　缺其孝道我虧心。
水　鏡　（唱）徐庶不去母命在，
　　　　　　　徐庶到京母命傾。
劉　備　（唱）劉備躬身把教領，
　　　　　　　此事叫我好不明。
水　鏡　（唱）徐母大賢比孟母，
　　　　　　　不肯發書喚親生。
　　　　　　　此番母子見了面，
　　　　　　　差見元直命難存。
劉　備　（唱）開言便把先生問，
　　　　　　　還有一事請說清。
　　　　　　　元直臨行對我論，
　　　　　　　有一位諸葛臥龍先生。
　　　　　　　叫我親自去聘請，
　　　　　　　未知可否請指明。
水　鏡　咳！
　　　　（唱）明公何必細究問，
　　　　　　　請他出來保乾坤。
　　　　　　　事不宜遲去聘請，
　　　　　　　速往茅廬請孔明。
劉　備　先生，但不知這位臥龍先生比徐元直的才學如何？

司馬徽	皇叔，將相之才，聚於潁州之內。
劉　備	請問先生有多少賢士？
水　鏡	昔日此處出了一位大賢，名叫鮑旭，善觀天文，深知地理。見群星聚於潁州之地，他嘗對人言：此處必聚賢士。若要提起這個諸葛，有經綸濟世之才，包羅乾坤之秀，腹隱鬼神莫測之機，胸藏百萬帶甲之將。身居隆中，才自天生，勝似管仲、樂毅。
關　羽	先生之言差矣！
水　鏡	何差？
關　羽	某觀《春秋》，管仲糾合諸侯，以匡天下，乃春秋蓋世之傑。孔明何等人也？竟敢比前輩先生！豈不妄談？甚爲謬矣！
水　鏡	（冷笑介）哈哈哈！他與諸人不同，休將孔明以俗夫相比。他可以比得開八百年周業的呂望，定四百載漢業的子房。當以禮聘之，休得輕視。我要告辭了。
劉　備	難得先生到此教導，請留此盤桓幾日，我劉備還要領教。
水　鏡	聘請孔明之事要緊，公可速往。徽懶於在繁華之地，吾今去也！
劉　備	待備親送！
司馬徽	（唱）臥龍可算得其主， 　　　　他日龍虎會風雲。 請！哈哈哈……
劉　備	請！哈哈哈…… （水鏡下）
劉　備	（唱）世外之人清高種， 　　　　自然與衆不相同。 二位賢弟，看天色已晚，待兄沐浴，明日你我弟兄三人一同去往臥龍崗相請諸葛先生。
關　羽 張　飛	我弟兄與大哥同去就是。
劉　備	來，明日弟等備辦禮物，隨我去到臥龍崗相請高人，記下了！
關　羽 張　飛	是。
劉　備	二位賢弟，隨兄後面飲酒！
關　羽 張　飛	奉陪兄長。

劉　備　哈哈哈……

（唱）水鏡他又來指引，
　　　命我即速請孔明。
　　　重整江山掃奸佞，
　　　恢復漢業錦乾坤。

哈哈哈……

（同下）

第　六　場

四農夫　（內）走哇！（上）
農夫甲　（念）務農種田，
農夫乙　（念）勝似作官。
農夫丙　（念）多下好雨，
農夫丁　（念）只怕天旱。
農夫甲　列位請了！
三農夫　請了！
農夫甲　你我吃了早飯，莊稼甚忙，須要多辛苦些纔是。
農夫乙　做了這半天活啦，你我就在崗上歇息歇息。不免唱個曲兒歌詞，省得困倦。
三農夫　言之有理！

（同唱歌曲下）

第　七　場

（四兵丁、四家將、劉備、關羽、張飛上）

劉　備　馬來！

（唱）弟兄出了新野城，
　　　坐立雕鞍自沉吟。
　　　細想萬事由天定，
　　　任意而行却不能。
　　　馬跳檀溪險不幸，

　　　　　　巧遇水鏡指教明。
　　　　　　回轉新野得徐庶，
　　　　　　談笑一陣取樊城。
　　　　　　偏遇他母發書信，
　　　　　　治世高賢又離分。
　　　　　　昨日水鏡對我論，
　　　　　　命我茅廬請孔明。
　　　　　　但願諸葛他應允，
　　　　　　扶助劉備大事成。
　　　　　　勒住絲韁來觀定，
　　　　　　山明水秀景幽清。
關　羽　（唱）兄長休得心急性，
　　　　　　小弟言來兄長聽：
　　　　　　徐庶走馬曾講論，
　　　　　　隆中茅廬隱臥龍。
　　　　　　此處水秀青山隱，
　　　　　　弟兄同來訪高明。
　　　　　　水鏡言論如非假，
　　　　　　一定重整漢室興。
張　飛　大哥！
　　　　（唱）兄長求賢敬意正，
　　　　　　一片誠心請賢能。
　　　　　　大家催馬朝前進！
　　　（衆小圓場）
　　　（四農夫上）
四農夫　（唱歌）蒼天如傘蓋，
　　　　　　陸地似棋局。
　　　　　　世人黑白分，
　　　　　　往來爭榮辱。
　　　　　　榮者自安安，
　　　　　　辱者自碌碌。
　　　　　　南陽有隱居，

　　　　　　高眠睡不足！
　　　　　　哈哈哈……好爽快也！
張　飛　　呀！
　　　　（唱）又聽農夫歌唱聲。
　　　　（劉備下馬介）
劉　備　　好俊雅的歌詞，真是清高之句。啊，那位作歌之人，莫非是臥龍先生？
農夫甲　　我輩之中，無有臥龍先生。我們所念之歌，是臥龍先生親自所作。
劉　備　　呀！
　　　　（唱）臥龍先生居何處？
農夫甲　（唱）西南一帶草茅廬。
劉　備　（唱）有勞眾位指引路，
四農夫　（同唱）尊公上馬奔前途。
　　　　　　咱們回去吧！（下）
劉　備　（唱）弟兄一齊上坐騎，
　　　　　　催馬加鞭快如飛。
　　　　　　高士隱居非俗地，
　　　　　　臥龍崗上景頗奇。
　　　　　　清幽靜雅真有趣，（小圓場）
　　　　　　寂靜無人掩柴扉。
小　童　（內）啊哈！（上）
小　童　（唱）掃地不傷螻蟻命，
　　　　　　一片真心好修行。
劉　備　　哈哈哈……啊仙童，在下有事相託：我姓劉名備字玄德，乃漢家皇叔、宜城亭侯領豫州牧事，現在新野居住。久聞臥龍先生名如皓月，特來拜訪，乞求通稟。
小　童　　呃！我哪裏記得許多？你簡直說吧！
劉　備　　如此，你只說新野的劉備特來拜訪先生。
小　童　　你來晚啦。我家主人今早出門去啦。
　　　　（唱）你今來得不湊巧，
　　　　　　一早出門去逍遙。
　　　　　　改日再會倒正好，

　　　　　　　算你白來這一遭。
劉　備　（唱）一番恭敬臉帶笑，
　　　　　　　尊聲仙童聽根苗：
　　　　　　　先生歸期你可曉？
小　童　（唱）未定歸期在哪朝。
　　　　　　　不是玩景去訪道，
　　　　　　　就是携琴訪故交；
　　　　　　　不是講道談玄妙，
　　　　　　　就是飲酒樂漁樵。
　　　　　　　吟詩作賦心性傲，
　　　　　　　一生着棋最爲高。
　　　　　　　留下名姓我禀告，
　　　　　　　哪有閑時叙叨叨！
　　　　　請回去吧，哈哈哈……（關門介，下）
劉　備　哎呀呀！
　　　　（唱）指望相見來領教，
　　　　　　　未曾會面心內焦。
　　　　　　　一同上馬山路繞，
　　　　　　　到底玄德福分薄。
　　　　　　　來到平川曠野道，（看介）
　　　　　啊！
　　　　　　　來了一人有風標。（下馬介）
崔州平　（內）走哇！（上）
崔州平　（唱）諸葛與我甚交好，
　　　　　　　款步逍遥樂陶陶。
劉　備　呀！
　　　　（唱）觀看此人多英俊，
　　　　　　　舉止動作甚斯文。
　　　　　　　頭帶儒巾端又正，
　　　　　　　皂氅青衫緊着身。
　　　　　　　綠絨絲縧腰中繫，
　　　　　　　足登雲履不染塵。

　　　　　啊！來的可是臥龍先生麼？
崔州平　啊！尊駕貴姓？
劉　備　吾乃新野劉備，特來拜訪先生。
崔州平　吾非孔明，乃臥龍之友也，姓崔名州平，博陵人氏。
劉　備　久聞先生高名，可肯見教？若是慨允，席地一坐，足見高情。
崔州平　豈敢豈敢！既是明公不棄，相坐一敘。
張　飛　二哥！
　　　　（唱）大哥如今心太勝，
　　　　　　　他想孔明迷了心。
　　　　　　　不論是誰全恭敬，
　　　　　　　難道臥龍他是天外人？
　　　　　　　你我弟兄威遠震，
　　　　　　　誰不知桃園結義名？
關　羽　（唱）三弟休得語高聲，
　　　　　　　大哥聽見怒氣嗔。
　　　　　　　兄長定然有高論，
　　　　　　　你我只可一旁聽。
崔州平　這裏有許多石塊，大家坐下叙談叙談。
劉　備　先生請坐！
崔州平　大家請坐！
關　羽
張　飛　請坐。
崔州平　哈哈哈……
　　　　（唱）明公要見諸葛亮，
　　　　　　　不知所爲哪一樁？
劉　備　（唱）目今漢室君軟弱，
　　　　　　　權臣當道起干戈。
　　　　　　　意欲扶君除奸惡，
　　　　　　　無有謀士保山河。
　　　　　　　水鏡徐庶曾舉薦，
　　　　　　　命我南陽請諸葛。
　　　　　　　當世高人休錯過，

	聘請前來治邦國。
崔州平	（唱）聞聽公言笑呵呵，
	尊聲明公請聽着：
	治亂之道公即可，
劉　備	（唱）領教先生渡坎坷！
崔州平	（唱）自古治亂賢良佐，
	亂極生治果無訛。
	猶如陰陽消長落，
	寒來暑往兩相合。
	除却強秦漢業建，
	高祖斬蛇人難學。
	二百年平帝起下禍，
	出了王莽來篡奪。
	光武中興莽除却，
	全仗鄧禹定干戈。
	今請孔明扶漢祚，
	他的奇才能治國。
劉　備	（唱）先生今去何處所？
崔州平	（唱）我也前來拜諸葛。
	明公，你如將孔明請出茅廬，他定能扭轉乾坤，治此大亂。他的韜略兵機，神通妙策非我等可比，只是怕他不允。
劉　備	我到茅廬，小童說道，並未在家。不知往何方去了。
崔州平	既是如此，我也就不去了！
劉　備	我有意請先生同到新野，不知尊意如何？
崔州平	我乃山野愚民，命小福薄，難當重任。"功名"二字，久不想矣。他日再會！哈哈哈……請哪！哈哈哈……（下）
關　羽	兄長，方纔崔州平所言如何？
劉　備	"危邦不入，亂邦不居，邦有道則顯，無道則隱"。此乃儒家之見。但如今漢室將傾，民有倒懸之苦，愚兄豈肯坐視！因此晝夜懸思，力圖匡扶社稷，整理山河。奈力所不能，只有求賢訪才，共圖大事。
關　羽	兄長念祖宗之基業，理當如此。
劉　備	二弟知兄之肺腑也。一同上馬，回轉新野！

劉　備　（唱）兄弟馬上閑談論，
　　　　　　　遠遠望見新野城。
　　　　　　　不見諸葛發躁性，
　　　　　　　還須耐性訪賢能！
　　　　（同下）

三顧茅廬

佚 名 撰

解 題

　　京劇。現代佚名撰。《京劇劇目初探》著錄，題《三顧茅廬》，一名《臥龍崗》；《京劇劇目辭典》著錄，題《三顧茅廬》，又名《三請諸葛亮》《臥龍崗》《隆中策》。均未署作者。劇寫劉備寄居新野，授更名單福的徐庶爲軍師。徐庶調練人馬，命關羽、張飛等將出征斬呂翔、呂曠，敗曹仁、李典，襲取樊城。曹仁、李典逃回許都，禀告曹操。程昱知徐庶之來歷，設計賺徐母至許都，使其寫書招子。徐母極有見識，不肯聽從，毀罵曹操，且以石硯擊曹操。曹操怒欲斬之，爲程昱諫阻，安置於別室。程昱賺得徐母筆迹，仿修一書，送新野。徐庶見信哭告劉備，擬即星夜奔許都。劉備郭外餞行。兩相依依，涕泣而別。徐庶忽然拍馬而回，向劉備薦舉諸葛亮。徐庶至許都，徐母見子大怒，責備徐庶不辨真僞，棄明投暗。言畢，轉入屏風後，自縊而死。徐庶抱恨終天，立誓不爲曹操設一謀。劉備自徐庶走後，同關羽、張飛至臥龍崗，聘請孔明。孔明外出不遇，怏怏而回。後值隆冬，冒雪再往，又未遇。再往臥龍崗，關羽、張飛不悦，勉强離臥龍崗尚有半里，下馬步行。途遇諸葛均，告知其兄在家，劉備非常高興。及至門首，孔明午睡未醒。劉備拱立階下，越一時之久。孔明乃欠身而起，知有客來，復進内更衣，始出相見。劉備欲請孔明出山，泣請相佐。孔明感其來意誠摯，慨然許之。孔明與劉備談論天下大事。未出茅廬，早定三分之局。孔明告其弟，功成歸隱，然後與劉備一行同去新野。本事出於《三國演義》第三十五至三十八回。《三國志》《三國志平話》載有三顧事。元雜劇《諸葛亮博望燒屯》、明傳奇《草廬記》、清宫大戲《鼎峙春秋》寫有三顧事。清盧勝奎編《三國志》，有一本《三顧茅廬》。然此劇本自《徐母駡曹》起，至《走馬薦諸葛》《徐母訓子》《諸葛出山》爲止，與盧劇不同。版本今有《戲考》本、《京劇叢刊》本、《戲匯》本（未見）。今以《戲考》本爲底本，參考其他本校勘整理。

第 一 場

（四龍套、曹操同上）

曹　操　（念）【引】扶保江山，專國政，獨霸朝班。
　　　　（念）身爲首相位尊嚴，
　　　　　　　胸藏韜略掌兵權。
　　　　　　　惱恨梟雄漢劉備，
　　　　　　　暗投劉表亂中原。
　　　　老夫曹操，漢室爲臣，官拜首相，統領雄兵，執掌朝綱。朝中政事，天子不敢過問，任憑老夫調度。可恨劉備，暗通劉表，擾亂中原。也曾命曹仁、李典鎮守樊城，這幾日爲何不見探馬報來？左右，伺候了！
　　　　（曹仁上）

曹　仁　（念）失守樊城鎮，請罪到曹營。
　　　　參見丞相，曹仁死罪死罪。

曹　操　爲何這等模樣？

曹　仁　今有劉備，帶兵攻打樊城。是某誤中他人詭計，人馬大敗，失守樊城，望丞相開恩恕罪。

曹　操　軍家勝敗，古之常理。但不知是何人與那劉備主謀？

曹　仁　那劉備新得一位軍師，名叫單福。此人頗有機謀。

曹　操　將軍後帳歇息。

曹　仁　謝丞相。
　　　　（曹仁下）

曹　操　宣程昱進帳。

　衆　　程昱進帳。
　　　　（程昱上）

程　昱　（念）胸藏三索並九丘，日爲曹公定計謀。
　　　　參見丞相。

曹　操　先生少禮，請坐。

程　昱　謝坐。丞相有何軍情議論？

曹　操　今有曹仁，失守樊城，言道劉備新得一個軍師，名叫單福，此人頗有韜略。先生可知此人？

程　昱　若問單福，下官却知一二。

曹　操　先生請道其詳。

程　昱　丞相容稟。

(唱)【西皮原板】
　　　　單福並非真名姓，
　　　　丞相細聽説分明：
　　　　此人家住潁川郡，
　　　　徐庶就是他的名。
　　　　都只爲在原郡打傷人命，
　　　　投奔他鄉逃了生。
　　　　想必是劉備將他聘，
　　　　因此上帶兵奪了樊城。

此人姓徐，名庶，字元直，乃潁川人氏。只因他爲人報讎，打死人命，他改裝塗面，逃奔異鄉。所言單福，乃託名耳。

曹　操　原來如此。可惜一個賢士，誤投劉備。

程　昱　丞相若要徐庶到此，却也不難。下官倒有一計在此。

曹　操　先生有何妙計？

程　昱　徐庶他早年喪父，事母最孝。其弟徐康，近聞得病身死。丞相可命人前去，將徐母請來，叫她寫下一封書信，那徐庶自然就來了。

曹　操　先生此計甚好，就請先生命人去接徐母便了。掩門。

(同下)

第　二　場

(徐母上)

徐　母　(念)【引】悶坐草堂，終日裏，受盡淒凉。
　　　　(念)不幸兒夫命早亡，
　　　　　　長子徐庶奔他鄉。
　　　　　　徐康得病身遭喪，
　　　　　　倒叫老身慟肝腸。

老身，徐庶之母。不幸吾夫，早年喪命。所生二子：長子徐庶，打傷人命，隱姓埋名，逃奔他鄉躲禍；次子徐康，身得重病而亡。只剩老身，零丁孤寡。思想起來，好不傷感人也！

（唱）【西皮原板】

老身生來運不祥，

吾夫少年把命亡。

大兒避禍他鄉往，

但不知何日回轉故鄉。

（下）

第 三 場

（魏軍上）

軍　（唱）【西皮搖板】

都中奉了程爺命，

搬請徐母到曹營。

俺，曹丞相營中差官是也。奉了程老爺之命，搬請徐老太太。來此已是，不知是哪一家，待我問來。列位請了，徐老太太，住在哪裏？

（內白）哪一個徐老太太呀？

軍　徐庶之母，徐老太太。

（內白）就在前巷。小小黑門，就是。

軍　勞有了。想必就是此處，待我喊叫一聲。徐老太太，開門來。

徐母　（內白）來了！（上）

（唱）【西皮搖板】

忽聽門外人喧嚷，

想是吾兒轉還鄉。

用手開門來觀望，

見一軍官站道傍。

吓，你是何人，到此則甚？

軍　你敢麼就是徐老太太麼？

徐母　正是。

軍　參見老太太。

徐母　此地非是講話之所，請到寒舍一敘。

| 軍 | 遵命。
| 徐母 | 軍爺到此何事？
| 軍 | 啓禀太夫人：某奉程老爺所差，徐老爺現在朝中爲官，特命我前來，迎接太夫人去到許昌。
| 徐母 | 可有書信？
| 軍 | 並無書信。
| 徐母 | 爲何無有書信？
| 軍 | 那徐老爺公事過忙，所以未寫書信。
| 徐母 | 但不知我兒現居何職？
| 軍 | 現爲議郎。
| 徐母 | 現爲議郎！如此，待老身去至後面，收拾收拾。
| 軍 | 待小人前去呼喚車輛。（下）
| 徐母 | （唱）【西皮搖板】
　　　　聽説我兒作議郎，
　　　　倒叫老身喜洋洋。
　　　　此番去到京都上，
　　　　母子們一同叙衷腸。
（下。軍引車輛同上）
| 軍 | （唱）【西皮搖板】
　　　　小小車輛頗平穩，
　　　　一路之上要小心。
（徐母上）
| 徐母 | （唱）【西皮搖板】
　　　　行李收拾多停當，
　　　　即刻起程離故鄉。
　　　　將身且把車輛上，
　　　　不分晝夜奔許昌。
（同下）

第　四　場

（四龍套、四戰將、程昱、曹操上）

曹　操　（唱）【西皮搖板】
　　　　　　胸中妙計安排定，
　　　　　　迎接徐母到都城。
　　　　　　將身且坐寶帳等，
　　　　　　且聽探馬報分明。
　　　　（軍上）
　軍　　叩見丞相。
曹　操　命你迎接徐母之事如何？
　軍　　徐母已到十里長亭。
曹　操　眾位將軍，前去迎接徐母。進帳，掩門。
　眾　　得令。
　　　　（同下）

第　五　場

徐　母　（內唱）【西皮導板】
　　　　　　披星戴月到許昌，
　　　　（四龍套、四戰將、程昱、軍引徐母上）
徐　母　（唱）【西皮原板】
　　　　　　文臣武將列兩廂。
　　　　　　來至在營門下車輛，
　　　　　　見了我兒問端詳。
　　　　（同下）

第　六　場

　　　　（四龍套、曹操同上）
曹　操　（念）聞聽徐母到，安排計籠牢。
　　　　（程昱上）
程　昱　啟丞相：徐母已到帳外。
曹　操　有請。
程　昱　請徐母進帳。

（徐母上）

徐　母　（念）來在曹營地，進帳問端的。
　　　　參見丞相。

曹　操　老夫人少禮，請坐。

徐　母　謝坐。

曹　操　聞令郎徐元直，經綸滿腹，天下奇才。今在新野，暗助逆臣劉備，背叛朝廷，誠爲可惜，正如美玉落於糞土之中。今煩老母，修書一封，將他喚到許都，吾於天子之前保奏，必有重賞。來，看文房四寶過來。

徐　母　且慢。請問丞相：那劉備，是何如人也？

曹　操　他乃涿郡小輩，妄稱皇叔，全無信義，所謂外君子內小人也。

徐　母　你此言差矣。吾聞劉玄德，乃中山靖王之後，孝景皇帝閣下玄孫。屈身下士，恭己待人。德行聞於四方，仁聲著於天下。雖黃童白叟，牧子樵夫，皆知其名，真蓋世之英雄也。吾兒輔之，可謂得其主矣。想你這曹操，雖託名爲漢相，實爲漢賊，上壓天子，下壓諸侯，殘害忠良，暴虐百姓。天下之人，恨不得食爾之肉。汝反道劉玄德爲逆臣，使吾兒背明投暗，豈不自羞？也罷，待吾打死你這個奸賊！
（取硯打介）

曹　操　大膽！
　　　　（唱）罵聲徐母真膽大，
　　　　　　　辱罵老夫理太差。
　　　　　　　人來與吾忙綁下，
　　　　　　　速斬人頭正國法。
（衆綁徐母下，程昱上）

程　昱　刀下留人！
　　　　（唱）聽說要把徐母斬，
　　　　　　　急忙進帳說根源。
　　　　丞相爲何將徐母問斬？

曹　操　只因她辱罵老夫，故而將她斬首。

程　昱　丞相若將她斬首，那徐庶聞知，勢必一心扶保劉備，領兵與他母報讎。留得徐母在，徐庶必然來矣。

曹　操　怎見得？

程　昱　下官倒有一計。

曹　操　有何妙計？

程　昱　丞相將徐母赦回，安置一處。昱就説，與她子曾經結拜，日往問候。學習她的筆迹，作一書信，送至新野。徐庶見母之信，自必到來。總然不來，使徐庶心懸兩地，即助劉備，亦不能盡心也。

曹　操　此計雖好，只是老夫這惡氣難消。就請先生安置徐母便了。（下）

程　昱　將徐母解下椿來。

（徐母上）

徐　母　那老賊爲何不殺？

程　昱　我程昱與元直八拜爲交，因此搭救伯母性命。

徐　母　先生，你好多事也。

程　昱　伯母吓！

（唱）伯母不必怒氣生，

　　　　程昱定當奉晨昏。

徐　母　正是：

（念）人言曹賊多奸詐，今日看來果不差。

（同下）

第　七　場

（二童子、徐庶上）

徐　庶　（念）【引】攻取樊城，施巧計，殺退曹軍。

（念）憶昔當年把人殺，

　　　　埋名隱姓走天涯。

　　　　習就陰陽合八卦，

　　　　重整漢室錦邦家。

山人，徐庶，字元直。只因昔年，爲人報讎，殺死凶徒，塗面改裝，逃出原郡。來在新野，改名單福，扶助劉使君得了襄陽。那曹操定然不肯干休，必要帶兵前來報讎，還須要用計來敵擋。

（唱）【西皮原板】

　　　　在原郡殺傷人更名改姓，

　　　　到新野來扶助劉使君。

　　　　　昨日裏奪取了襄陽城郡，
　　　　　　那曹操一定要帶兵來臨。
　　　　（下書人上）
下書人　（念）離了許昌地，來此新野城。
　　　　　門上哪位在？
童　子　何事？
下書人　下書人求見。
童　子　候着。啓家爺：下書人要見。
徐　庶　書信先，人落後。
童　子　書信先，人落後。
　　　　（童接信呈上，徐庶接看）
徐　庶　原來是老母書信，待我拆開看來。（吹排子）哦喝喝呀！老母今被曹操所囚，叫我速到許昌，我若不去，老母性命難保！
　　　　（唱）【西皮搖板】
　　　　　見書信不由人珠淚滿腮，
　　　　　好一似鋼刀刺心懷。
　　　　　邁步且到寶帳外，
　　　　　見了使君作安排。
　　　　（下）

第 八 場

（四龍套、劉備上）
劉　備　（念）【引】累動干戈，欲重整，漢室山河。
　　　　（念）自幼居住在樓桑，
　　　　　桃園結義美名揚。
　　　　　大破黃巾衆賊黨，
　　　　　重整漢室錦家邦。
　　　　孤，劉備。自投劉景升以來，在這新野屯軍養馬。只因得了單福先生，與曹仁大戰，奪取襄陽，那曹賊定然興兵前來報讎，還須做一準備。來，有請三位將軍。
衆　　　有請三位將軍進帳。

（關羽、張飛、趙雲同上）

關　羽
張　飛　（同念）衝鋒對壘起戰征，誰不聞名膽怕驚。
趙　雲

（同白）參見大哥。

劉　備　少禮請坐。

衆　　　（同白）有坐。

劉　備　你我弟兄，得了襄陽，那曹操定不干休。倘若他發兵前來，怎生抵禦？

關　羽　此事必要請出先生，大家商議。

（徐庶上）

徐　庶　（念）且將許昌事，說與主公知。

參見主公。

劉　備　先生請坐。

徐　庶　有坐。

劉　備　先生爲何面帶淚痕？

徐　庶　咳！某本潁川徐庶，字元直。爲因逃難，改名單福，前聞劉景升，招賢納士，特往見之。及與談論，方知是無用之人，故留書辭去，貪夜曾至司馬徽水鏡莊上，訴說其事。水鏡深責吾不識明主，因說劉豫州在此，何不事之。庶故作狂歌於市，以動使君。幸蒙不棄，即賜重用。爭奈老母今被曹操所囚，將欲加害。現有老母手書來喚，庶不能不去。非不願效犬馬之勞，以報使君，爲慈親囚禁，不能盡力圖報。今當速歸，再作後會。

劉　備　子母乃天性至親。元直先生，無以備爲念。待等與老夫人相見之後，再當奉教。但不知先生何日起程？

徐　庶　即刻起程。

劉　備　四弟聽令。

趙　雲　在。

劉　備　命你設筵在長亭伺候，備當與先生餞行。

趙　雲　遵命。（下）

劉　備　先生請再住一宵，明日備與先生送行。

徐　庶　多謝使君。（下）

張　飛　大哥，我倒有一妙計。

劉　備　你有何妙計？

張　飛　想這徐元直，久在新野，盡知我軍中虛實。今見曹操，必然重用。大哥要苦苦將他留住，不放他前去。曹操見他不到，必殺其母。他母一死，定要爲其母報讎，必力攻曹操也。

劉　備　此事斷斷不可。使人殺其母，而吾用其子，是不仁也；留之不令去，以絶其母子之情，是不義也。想這不仁不義之事，吾劉備寧死不爲。三弟休得多言。同至後帳。

（衆同下）

第　九　場

徐　庶　（內唱）【西皮導板】

　　　加鞭催馬出陽關，

（徐庶上）

徐　庶　（唱）【西皮原板】

　　　坐雕鞍不由人珠淚漣漣。

　　　實指望助使君望長久遠，

　　　又誰知半途中起了禍端。

　　　來在了長亭外下坐戰，

（唱）【西皮搖板】

　　　再與使君把話言。

庶有何德能，敢勞使君同衆位將軍遠送。

劉　備　先生此行，備無以爲敬。謹備水酒一杯，與先生餞行。

徐　庶　庶聞老母被囚，寸心如割。雖金波玉液，亦不能下咽矣。

劉　備　備因先生遠別，如失左右手。雖龍肝鳳膽，亦不能甘味矣。

徐　庶　某與使君共圖王霸之業者，恃此方寸。今以老母之故，方寸已亂。縱然在此，亦是無益。

劉　備　先生此去，備亦要遁迹山林矣。

徐　庶　使君何出此言？必須另請高賢，以圖大業。

劉　備　只恐天下高賢，無出先生右者。

徐　庶　庶就此告辭了。

（唱）【西皮搖板】
　　辭別衆位跨金鐙，
　　淚珠點點濕衣巾。（下）

劉　備　先生已去，叫我劉備，好不傷心也！
（唱）一見先生他去遠，
　　好叫我劉備慟傷慘。
　　站在高坡來觀看，
　　道旁樹木來遮攔。
　　人來與吾把樹斫，
（關、張斫樹介）

劉　備　（唱）又見先生轉回還。
（徐庶上）

劉　備　先生爲何去而復返？
徐　庶　請問使君，爲何將道旁樹木盡行斫斷？
劉　備　先生吶！
（唱）只爲先生轉回家，
　　備欲目送把樹伐。
徐　庶　（唱）人言劉備仁義大，
　　今日一見果不差。
　　罷罷罷，我將孔明薦與他罷，
　　尊聲使君聽根芽。
庶因心緒如麻，忘却了一言：此地有一奇士，就在襄陽城外，二十里之遙，地名隆中，使君何不求之？
劉　備　既然如此，就煩先生爲備請來相見。
徐　庶　此人不可招至，使君必須親往求之。若得此人，如周得呂望、漢得張良也。
劉　備　但不知此人才學，比先生如何？
徐　庶　若以某比之，直如駑馬並麒麟、烏鴉配鸞鳳也。
劉　備　但不知此人的姓名？
徐　庶　此人係琅琊陽都人，覆姓諸葛，名亮，字孔明，乃漢司隸校尉諸葛豐之後。躬耕南陽，抱膝隆中。所居之地有一岡，名卧龍崗，因自號卧龍先生。有經天緯地之才，蓋天下一人也！

劉 備	哦喝哈呀！昔日水鏡先生曾經言道：伏龍、鳳雛，若得一人，可安天下。先生所云，莫非伏龍、鳳雛麽？
徐 庶	鳳雛乃襄陽龐統字士元，這伏龍，正是諸葛孔明。此人自比管仲、樂毅。若此人肯相輔佐，何愁天下不定乎？
劉 備	備今日方知伏龍、鳳雛之語，不料大賢近在目前！若非先生言講，備幾有眼如盲矣！
徐 庶	告辭了。 （唱）若得諸葛來輔佐， 　　　成王霸業定山河。（下）
劉 備	看先生已去，你我且回新野，準備禮物，聘請諸葛先生下山便了。 （吹排子下）

第 十 場

（徐母上）

徐 母	（念）曹賊用計將我禁，到叫老身不安寧。

（程昱引徐庶上）

程 昱	（白）啓伯母：元直兄來了。
徐 庶	（白）孩兒叩見母親。
徐 母	（白）吓！你爲何不在新野，扶助劉使君，到此則甚？
徐 庶	（白）因奉母親書信，故而前來。
徐 母	（白）書信在哪裏？
徐 庶	在這裏。母親請看。
徐 母	（接書信看介）哧！大膽的奴才！想當年你爲人報讎，打傷人命，塗面改裝，逃出在外。爲娘因你是一番義氣，並不曾責備於你。以爲兒飄蕩江湖，學業定有進益，何以反不如初？你既讀書，須知忠孝不能兩全。豈不知曹操本欺君罔上之賊，劉玄德仁義布於四海，況又是漢室之冑。今既事之，得其主矣。怎麽，你竟憑這一紙僞書，不加詳察，遂棄明投暗，自取惡名，辱沒祖先。即老身死在九泉，也無面目見徐氏三代宗親。你眞氣死爲娘也！（急下）
徐 庶	母親息怒。
程 昱	元直兄，令堂怒氣衝衝，去往後堂去了。

徐　庶　你我同到後堂觀看。
（徐庶拉程昱下）

第 十 一 場

（徐母上）

徐　母　且住。吾兒徐庶，被曹賊用假書將他誆至許昌。我母子中了奸計，何日纔能出得曹營。也罷！待我懸梁，自盡了罷！
（唱）曹賊用計心毒狠，
　　　害得我母子落惡名。
　　　倒不如懸梁來自盡……
（閉門自縊介，程昱、徐庶上，踢門介，解救，哭）

徐　庶　（唱）一見母親把命喪，
（程昱暗下）

徐　庶　（唱）好叫我徐庶慟肝腸。
　　　哭一聲先娘親我不能奉養，
　　　老娘親吓！
　　　我不孝名兒萬古揚。
（程昱引曹操上）

曹　操　徐先生，莫要悲傷，請起。來。
（四龍套暗上）

四龍套　有。

曹　操　速備上等棺木，將徐母承殮起來。待老夫明日啟奏聖上，加封旌表。徐先生，隨老夫後堂敘談。
（曹操拉徐庶下）

徐　庶　（白）母親吓！
（徐庶、程昱、四龍套同下）

第 十 二 場

（司馬徽上）

司馬徽　山人司馬徽，聞聽徐元直，投了劉豫州，大破曹軍，得了樊城。我不免前去，拜望他一番。來此已是。門上有人麼？
（趙雲上）

趙　雲　（念）柳營春試馬，虎帳夜談兵。
　　　　什麼人？
司馬徽　山人要見劉使君。
趙　雲　候着。有請主公。
（劉備、關羽、張飛同上）
劉　備　何事？
趙　雲　外面來一道人，要見主公。
劉　備　莫非是諸葛先生來了？
張　飛　他到來了。
劉　備　來者莫非是諸葛先生？噯呀呀，原來是水鏡先生，請坐。
司馬徽　有坐。
劉　備　自從那日，備馬跳檀溪，曾到先生家中借宿一宵，尚未叩謝。今蒙光降，不勝榮幸。
司馬徽　豈敢。聞聽徐元直輔助使君，山人特地前來拜訪。
劉　備　那徐元直，因曹操囚禁其母，徐母有書到來，喚他到許昌去了。
司馬徽　元直今日中了曹操之計了！吾久聞徐母最賢，雖爲曹操所囚，必不肯作書招其子，此書一定有詐。元直不去，其母尚存；元直此去，徐母必死矣！
劉　備　怎見得？
司馬徽　徐母高義，今見其子，必無生理。
劉　備　元直臨行之時，曾薦南陽諸葛孔明，此人若何？
司馬徽　元直，你去即去耳，何必又惹出他來嘔心血呀！
劉　備　先生你何出此言？
司馬徽　那孔明，與北陵崔州平、潁川石廣元、汝南孟公威、徐元直四人爲密友。此四人皆務於精純，惟孔明獨觀其大略。此人嘗抱膝長嘯，高臥隆中，自比管仲、樂毅。以吾觀之，管、樂未必能及。此人，可以比興周八百年之姜子牙、旺漢四百年之張子房也。
關　羽　想管、樂是何等人物，竟言孔明才過其人，真乃是一派誑言。（下）
張　飛　這一道人，竟將孔明誇得如此大才，俺老張實實有些不信，真乃胡言也。

（唱）道人説話太狂妄，

　　　活活氣壞了我翼德張！（下）

司馬徽　山人告辭了。

劉　備　先生何必去心太急？

司馬徽　臥龍吓，孔明！今日雖得其主，只是未得其時。可惜哉！可惜哉！哈哈哈哈……（下）

劉　備　（白）看他飄然而去，真乃神仙中人也！

（下）

第 十 三 場

（關羽上）

關　羽　（唱）時纔聽得一番話，

　　　到叫關某怒氣發。

（張飛上）

張　飛　（唱）邁步且把二堂上，

　　　見了二哥問端詳。

二哥。

關　羽　三弟請坐。

張　飛　有坐。適纔那一道人，將孔明誇得天花亂墜。他道孔明，自比管仲、樂毅。但不知那管、樂，在戰國之時是何等人物？

關　羽　想那管仲，曾在齊國，相桓公，霸諸侯，一匡天下；那樂毅扶燕伐齊，一日曾下七十二城。此二人，皆戰國時有名將相。孔明何如人，焉能比得？

張　飛　如此看來，那道人真乃是誑言了。

（劉備上）

劉　備　二位賢弟，聽水鏡先生之言，爲何一怒而去？

關　羽　弟恐那道人，言過其實。

劉　備　二弟休得多疑。愚兄要親往隆中，聘請諸葛。

張　飛　大哥要請孔明，何必親自前去？派人將他叫了來，就是了。

劉　備　想當年文王訪姜尚，曾經親至渭水。二弟隨愚兄同走一番。

關　羽　弟遵命。

張　飛　既然二哥同去，小弟也要跟隨。
劉　備　你性情鹵莽，不去也罷。
張　飛　我不鹵莽就是了。
劉　備　既然如此，一同前往。
　　　　（劉備、關羽、張飛同下）

第 十 四 場

（二耕夫上）
耕夫甲　（念）春前有雨花開早，
耕夫乙　（念）秋後無霜葉落遲。
耕夫甲　夥計，天氣不早，你我到田中去耕種便了。
　　　　（劉備、關羽、張飛同上）
劉　備　（唱）弟兄一同訪高賢，
　　　　　　　又見詩句在山巖。
　　　　看這山巖之上，題得詩句，待我看來：
　　　　（念）蒼天如圓蓋，
　　　　　　　陸地如棋局；
　　　　　　　世人黑白分，
　　　　　　　往來爭榮辱；
　　　　　　　榮者自安安，
　　　　　　　辱者定碌碌；
　　　　　　　南陽有隱居，
　　　　　　　高眠臥不足！
　　　　此詩不知何人所作，待我上前問來。吓，二位農家請了。
二耕夫　（同白）請了。
劉　備　這山上的詩句，可是那諸葛先生所題的麼？
耕夫甲　正是諸葛先生所作。
劉　備　但不知那先生，住在何處？
耕夫乙　此山之南，有一帶高崗，那就是臥龍崗了。崗前疏林之內，有座茅廬，就是先生所臥之地。
劉　備　有勞了。二位賢弟，你我一同前往。

（劉備、關羽、張飛同下）

耕夫甲　天已不早，你我回去罷。

（二耕夫同下）

第 十 五 場

（劉備、關羽、張飛上）

劉　備　來此已是。

（童子上）

劉　備　借問一聲，諸葛先生可在此處吓？

童　子　在格。

劉　備　先生可在家中？

童　子　在格。

劉　備　煩勞通稟，你就說：漢左將軍、宜城亭侯、領豫州牧、皇叔劉備，特來拜見先生。

童　子　嗳呀呀！你這長篇大論，哩哩啦啦，許多一大套，吾實在記弗住格。

劉　備　你只說劉備拜訪。

童　子　"劉備拜訪"，記下了。先生弗在家。

劉　備　但不知先生往哪裏去了？

童　子　他却行蹤無定：或是遊山，或是玩水，或是訪友，或是釣魚……弗曉得哪裏去呀。

劉　備　但不知幾時可以回來？

童　子　幾時回來，也弗能定：或三五日，或十數日，或者一年半載，都說弗定。

張　飛　他既不在家中，你我弟兄回去了罷。

劉　備　少待片時。

關　羽　大哥不如且回，使人前來探聽，幾時回來，你我再來不遲。

劉　備　童兒，你家先生回來，你就說劉備拜訪。

童　子　"劉備拜訪"，曉得哉。（下）

劉　備　二弟、三弟，你看這隆中景物，果然非凡。山不高而雅秀，水不深而澄清；地不廣而平坦，林不大而茂盛。松篁交翠，山鳥相呼。真仙界也！

（唱）山清水秀林茂盛，
　　　松篁交翠山鳥鳴。
（崔州平上）

劉　備　看那邊有一人來，想是諸葛先生到了，快快迎上前去。來者莫非是諸葛先生？

崔州平　請問將軍何人？

劉　備　劉備，特來拜訪先生。

崔州平　吾非孔明，乃孔明之友：北陵崔州平也。

張　飛　錯了！不是孔明。

劉　備　久聞大名，幸得相遇，可就席地一談。

崔州平　將軍何事，要見孔明？

劉　備　當今之世，天下大亂，四方雲擾，欲見孔明，求一安邦定國之計。

崔州平　但自古以來，治亂無常。自高祖起義，誅無道秦，是由亂而治；至哀、平之世，王莽篡位，又由治而亂；光武中興，重整基業，復由亂而治；至今二百餘年，民安已久，故干戈四起。此即由治入亂之時，不可猝然而定也。將軍欲使孔明，斡旋天地，補綴乾坤，恐不易爲，徒費心力耳。

劉　備　先生所言，誠爲高見。但備身爲帝胄，合當匡救漢室。

崔州平　吾乃山野之夫，不足與論天下事，適承下問，故妄言之。

劉　備　但不知孔明往何處去了？

崔州平　吾亦欲見孔明，不知他何往。

劉　備　請先生同至新野，若何？

崔州平　愚性閒散，無志功名久矣，容日再會。（下）

張　飛　孔明又見不著，又被這腐儒閒談許久。

劉　備　此亦隱居高士。你我回去罷。
（劉備、關羽、張飛同下）

第 十 六 場

（孟公威、石廣元同上）

孟公威　(同白)吾　孟公威。
石廣元　　　　　　石廣元。

孟公威　賢弟，你我隱居山林，倒也清閑自在。看天降大雪，奇冷非常。何不尋一酒樓，沽飲一回？
石廣元　（白）好，請。
孟公威　（唱）大雪紛紛滿天飛，
石廣元　（唱）去至酒樓飲一杯。
　　　　（孟公威、石廣元同下）

第 十 七 場

（四遊人上）
遊人甲　請了。看天降大雪，同至酒樓，痛飲幾杯。
衆　　　一同前往。
　　　　（四遊人同下）

第 十 八 場

（劉備、關羽、張飛上，同拉架勢亮相）
劉　備　近日無事，吾欲去訪諸葛。
張　飛　想那孔明，乃一村夫，何必大哥親往。命人將他抓了來，就是了。
劉　備　汝豈不聞孟子云：欲見賢而不以其道，猶欲其入而閉之門也。孔明當世大賢，豈可召乎！
張　飛　這天寒地凍，尚不用兵，何必遠見無益之人！到不如在此，以避風雪。
劉　備　吾正要叫孔明知我殷勤相敬之意。三弟，你若怕冷，就不必同去。
張　飛　小弟死且不怕，豈能怕冷？但恐大哥勞神無益。
劉　備　不必多言，一同上馬。
　　　　（同下）

第 十 九 場

（四遊人同上）
遊人甲　來此已是酒樓。酒家哪裏？

　　　　　（酒保上）
酒　保　　來了。四位是飲酒的麼？請上樓罷。
　　　　　（孟公威、石廣元同上）
孟公威　　酒家。
酒　保　　來了。二位樓下請坐。
孟公威　　好酒一壺。
酒　保　　酒到。
孟公威　　賢弟請。
　　　　　（劉備、關羽、張飛同上）
劉　備　　看酒樓內這二人，相貌清奇，莫非有孔明在內？
孟公威　　我有一歌，賢弟聽了：
　　　　　（念）東海老叟辭荊榛，
　　　　　　　　後車遂與文王親。
　　　　　　　　八百諸侯不期會，
　　　　　　　　白魚躍舟渡孟津。
石廣元　　我也有一歌：
　　　　　（念）吾儕長嘯空拍手，
　　　　　　　　悶來村店飲村酒。
　　　　　　　　獨善其身盡日安，
　　　　　　　　何須千古名不朽！
劉　備　　此二人歌詞清雅，定有孔明在內，待吾下馬問來。二公哪一位是臥龍？
孟公威　　公係何人？要尋臥龍何事？
劉　備　　某劉備，欲訪先生，求定國安民之術。
孟公威　　吾等非臥龍，皆臥龍之友也。
張　飛　　又錯了！不是孔明。
孟公威　　吾乃汝南孟公威，此位是潁川石廣元。
劉　備　　久聞二位大名，幸得相遇。今有隨行馬匹在此，敢請二公，同到臥龍崗上一談。
石廣元　　吾等皆山野慵懶之人，不知定國安邦之事。將軍請自上馬，尋訪臥龍去罷。
劉　備　　這……備就少陪了。

（劉備、關羽、張飛同下）

孟公威　天已不早，我等何不到山後一遊？

石廣元　請。

（孟公威、石廣元同下）

第二十場

（童子上，掃雪介）

童　子　天氣好冷，這雪再也掃不凈哉。

（劉備、關羽、張飛同上）

劉　備　到了。下馬問來。吓，童兒。

童　子　你又來哉！

劉　備　先生今日可在莊中？

童　子　在格。待吾來引路。

（同入介。諸葛均鼓琴介）

劉　備　久慕先生大名，特來奉拜。前日不遇面回，今日特冒風雪而來。得瞻道貌，實爲萬幸！

諸葛均　將軍莫非劉豫州麼？

劉　備　正是。

諸葛均　某乃卧龍之弟，諸葛均也。

張　飛　又不是孔明！

諸葛均　家兄昨日，爲崔州平相約，出外閑遊去矣。

劉　備　但不知到何處閑遊？

諸葛均　或駕小舟游於江湖之中，或訪僧道於山嶺之上，或尋朋友於村落之間，或樂琴棋於洞府之內。往來莫測，不知去所。

劉　備　備兩次不遇大賢，真乃緣分淺薄也！

張　飛　那先生既不在家，請大哥回去罷。

劉　備　吾既到此，焉能無一語而回？聞令兄日看兵書，胸藏韜略，可得聞乎？

諸葛均　某却不知。

張　飛　大哥問他則甚！外面風雪甚大，不如回去罷。

劉　備　你休要多言。先生既不在家，願借筆硯，留一書信，以表備殷勤之意。
（劉備寫書。吹排子）

劉　備　書信留此，吾等改日再來拜訪。
（諸葛均送介。黃承彥騎驢上）

黃承彥　（念）一夜北風寒，
　　　　　　　萬里彤雲厚。
　　　　　　　長空雪亂飄，
　　　　　　　改盡江山舊。

童　子　老先生來哉。
劉　備　此真臥龍矣。吓，先生冒寒而來，劉備等候久矣。
諸葛均　此非家兄。乃家兄之岳父，黃承彥也。
張　飛　又不是孔明！
（黃承彥下驢介）

劉　備　適聞所吟之句，極爲高雅。
黃承彥　老夫在小婿家，曾觀《梁父吟》，記得這一篇。方纔遇得小橋，見籬邊梅花，故感而誦之。
劉　備　不知先生曾見賢婿否？
黃承彥　老夫正是前來看他。少陪了。
（同下介）

劉　備　兩番不遇，只好待來年春暖花開，再來便了。
（唱）也是我劉備緣分淺，
　　　　兩番不能遇高賢。
（劉備、關羽、張飛同下）

第二十二場

（諸葛亮上）
諸葛亮　（唱）【西皮搖板】
　　　　　　花明柳暗豔陽天，
　　　　　　山前訪友轉回還。
　　　　童兒。
（童子上）

童　　子　先生回來哉。
諸葛亮　你這頑童，花木也不灌溉，階砌也不灑掃，是何道理？
童　　子　我只顧在門外迎接先生，就無有灑掃院子。
諸葛亮　你怎麼知道我要回來？
童　　子　我會算。我算先生一定要回來格。
諸葛亮　這幾日可有俗客來麼？
童　　子　有一人，叫作"劉備拜訪"。
諸葛亮　吓？
童　　子　劉備拜訪。
諸葛亮　既有人來，為何不通報？
童　　子　他來過兩次，他說他還要來格。
諸葛亮　這書信是何人留下的呢？
童　　子　叫作"劉備拜訪"，他留下格。
諸葛亮　待吾看來。若有人前來，速報我知。
　　　　（劉備、關羽、張飛同上）
劉　　備　（唱）三次催馬到隆中，
　　　　　　　　虔心來訪臥龍公。
　　　　吓，童兒，先生可曾在家嚇？
童　　子　在格。待我引路。我家先生在裏面困覺格。你等要輕聲，不可大聲言語。先生性情不好，厲害得很。（進內介）
諸葛亮　（念）大夢誰先覺？平生我自知。
　　　　（做轉身介）
諸葛亮　（念）草堂春睡足，窗外日遲遲。
童　　子　劉備拜訪。
諸葛亮　他來了，待吾後面更衣。
　　　　（諸葛亮下，劉備看介）
劉　　備　好了，好了，今日可見著孔明先生了。
張　　飛　看這孔明，在此睡臥多時，今已睡醒，又到後面去了，真真的可惱。待我打進去！
劉　　備　你又來鹵莽！還不與吾退下。
　　　　（張飛下，關羽隨下。諸葛亮上，劉備迎上）
劉　　備　漢室末冑、涿郡愚夫，久慕大名，如雷貫耳。昨日兩次奉訪，不得一

諸葛亮	見，已書賤名於文几之上，未知入覽否？
諸葛亮	南陽野人，疏懶成性，屢蒙將軍辱臨，不勝惶愧。童兒看茶。

（童子奉茶介）

諸葛亮　昨觀將軍之書，足見憂民憂國之意。但亮年幼才疏，有負垂問。
劉　備　司馬德操之言，徐元直之語，豈虛談哉？望先生賜教。
諸葛亮　想那德操、元直，皆是世之高士。亮乃一耕夫，安敢妄談天下事？二公可謂謬舉。將軍爲何棄美玉而求頑石哉？
劉　備　（白）先生幸勿過謙，望先生以天下蒼生爲念。
諸葛亮　（白）願聞將軍之志。
劉　備　今當漢室傾頹，奸臣專政，備雖不才，欲伸大義於天下。願先生不吝教誨，實爲萬分之幸。
諸葛亮　自桓、靈以來，董卓造逆，天下英雄並起。那袁紹擁百萬之眾，以拒曹操。曹操終能滅袁紹者，非惟人力，實天時所致也。今操合袁紹之兵，專權誤國，挾天子以令諸侯，不可以與爭鋒，誠得天時。孫權據守江東，恃長江之險，承父兄之遺業，可謂得其地利。荊州東連吳越，西通巴蜀，乃用武之地，非其主不能守。將軍仁德布於天下，信義施於萬民，可得人和。若以荊州暫爲駐足，然後西取秦川，順流而下，得了益州，內修德政，外結孫權，以圖中原，豈非天意乎？

（唱）【西皮原板】

　　天下紛紛刀兵動，
　　豪傑群起各逞雄。
　　曹孟德佔中原天時應，
　　有孫權據長江鎮守江東。
　　將軍仁德海內尊重，
　　先駐荊州起雄兵。
　　長驅直入西川境，
　　鼎足三分霸業可成。

劉　備　先生所言甚善。只是荊襄王劉表，與西川劉璋，俱與備同宗。我若奪取他的基業，豈不被天下之人唾罵？
諸葛亮　亮仰觀天象，那劉景升不久人世；益州劉璋，不納忠言，性情暗弱。將軍若不取西川，後來定有他人來取。童兒，取畫圖過來。

（童子呈圖介）

諸葛亮　現有地圖一張，乃西川山川戶口，將軍請看。
　　　　（諸葛亮挂圖介）
諸葛亮　（唱）【西皮原板】
　　　　　　西川地圖忙挂定，
　　　　　　戶口山川載得真。
　　　　　　國富民殷人心順，
　　　　　　山高路險兵難侵。
　　　　　　將軍若得西川郡，
　　　　　　天下自此定三分。
劉　備　（唱）【西皮搖板】
　　　　　　多謝先生來指點，
　　　　　　雲霧大開見青天。
　　　　　　劉備向前把禮見，
　　　　　　就請先生快出山。
　　　　備名微德薄，願先生不棄鄙賤，出山相助，備當拱聽教誨。
諸葛亮　亮久樂躬耕，懶于應世，不能奉命。
劉　備　先生不出，如蒼生何呀！（哭介）
諸葛亮　將軍既不相棄，亮謹遵命。
劉　備　二弟、三弟，快來見過先生！
　　　　（關上作揖）
諸葛亮　此位是？
劉　備　此乃二弟關羽。
諸葛亮　久仰威名。
關　羽　豈敢。
劉　備　三弟見過先生。
張　飛　先生！請了！請了！
諸葛亮　此位是？
劉　備　三弟張飛。
諸葛亮　此人如此狂暴，諒胸中定有大才。
劉　備　並無有什麼大才。
諸葛亮　如此說來，此人這樣形景，山人不下山了。
劉　備　看在備的面上，還求先生下山纔好。

諸葛亮　叫山人下山，却也不難。山人要考他一考。
劉　備　三弟，你惹了禍了。
張　飛　小弟惹了什麼禍了？
劉　備　孔明先生看你性情狂傲，要考你一考。
張　飛　就叫他考來。
劉　備　先生考他什麼？
　　　　（諸葛亮比手式介，張飛同比介）
諸葛亮　將軍，你令弟，果然的高才。
劉　備　哦？他有什麼高才呀？
諸葛亮　我伸了一指：我道是"若要一統山河"，他對我伸了二指：他說是"必要兩家爭鬥"；我又伸了三指：我道是"三墳"，他又對我出了五指：他說是"五典"；我手拍胸膛：我道是必須"滿腹經綸"，他又擺擺袖子：他說是"袖內陰陽"。豈不是才學高大麼？
劉　備　待我前去問來。三弟，你是怎樣對答先生吶？
張　飛　大哥，我來這兒大半天啦，我肚子裏頭早就餓啦。我看他伸了一個指頭，我想他定然是"要與我一個饅頭吃"，我就伸了兩個指頭：我說"兩個饅頭，我也不夠"；他又伸了三個指頭，他說"三個"？我至少也要"五個"！他又拍了拍肚子，他說"你吃得了麼？"，我就擺一擺袖子，我說"吃不了，我萬不能袖了走？"
劉　備　你真真的是蠢才了。
　　　　（諸葛均上）
諸葛亮　吾受劉皇叔三顧之恩，不容不出。你可躬耕田野，無使田畝荒蕪。待吾成功之後，仍當歸隱。
　　　　（四龍套、四馬童、四上手，趙雲同上）
趙　雲　雲帶領人馬，特來迎接主公。
劉　備　好。就此帶馬，請先生一同前赴新野。
　　　　（吹【排子】下）

三 求 計

佚 名 撰

解 題

　　京劇。現代佚名撰。《京劇劇目初探》《京劇劇目辭典》著録，均題《三求計》，未署作者。"辭典"另題一名《求高計》。劇寫孔明初到新野，劉表即請劉備往荆州議事。孔明同往但告劉備：劉表若令你征討江東，切勿應允。二劉相見，劉表請劉備代爲荆州之主，劉備不從命。劉表長子劉琦求見，告繼母欲害己，請劉備相救。劉備轉請孔明爲其劃策，孔明不肯。劉備無奈爲劉琦謀劃，讓劉琦以看古書爲名，請孔明上樓，然後撤去樓梯，跪地三求賜教。孔明仍然不允。劉琦欲自刎，孔明無奈，讓其學重耳故事，請求出鎮江夏，可以免禍。劉琦大喜。劉備辭歸新野，拜諸葛亮爲軍師，招兵買馬，操練士卒，以拒曹兵。本事出於《三國演義》第三十九回。《三國志・蜀書・諸葛亮傳》、同書《先主傳》注引《英雄記》及《魏書》載有其事。版本今有《京劇彙編》收録的馬連良藏本及以該本重刊的《京劇傳統劇本彙編》本、上海市《傳統劇目彙編》京劇集本。今以《京劇彙編》馬連良藏本爲底本，參考其他本校勘整理。

第 一 場

　　（場設城門）
劉　備　（内唱）弟兄離了臥龍崗，
　　　　（四文堂、四將官、張飛、關羽、劉備、諸葛亮上）
劉　備　（唱）我與先生叙衷腸。
　　　　　想我高祖把業創，
　　　　　楚漢相争動刀槍。
　　　　　先到咸陽爲皇上，

　　　　　後到咸陽保朝堂。
　　　　　多虧韓信韜略廣，
　　　　　還有軍師漢張良。
　　　　　項羽英勇無人擋，
　　　　　韓信用計喪烏江。
　　　　　二百年出了賊王莽，
　　　　　毒死平帝實慘傷。
　　　　　光武白水興兵將，
　　　　　掃除莽賊喪無常。
　　　　　四百年獻帝朝綱掌，
　　　　　又出奸曹似虎狼。
　　　　　因此纔把臥龍訪，
　　　　　重整漢業舊家邦。
　　　　　勒住絲韁用目望，
　　　　　又見新野旌旗揚。
　　　　　人來與爺朝前闖！
　　　（衆圓場。八上手執大纛旗引糜竺、糜芳、孫乾、簡雍、趙雲出城迎接介）
劉　　備　（唱）衆卿免禮站兩旁。
　　　　　坐立馬上把話講，
　　　　　四弟進前聽端詳。
　　　　　頭前引路城內往，
　　　　先生！
諸葛亮　明公！
劉　　備　（唱）並馬同行共商量。
　　　　　（衆進城介，下）
　　　　　（連場。劉備原人上，挖門）
劉　　備　先生請來上坐！
諸葛亮　山人怎敢。主公請上坐！
劉　　備　備斗膽了。衆位賢弟，請坐！
關　　羽
張　　飛　謝坐！
趙　　雲

劉　　備　今得先生扶孤,乃備之幸也!
　　　　　(家將上)
家　　將　啓主公:今有荆州差人到此,請主公前去議事。來人外面等候
　　　　　回音。
劉　　備　叫他急速回去,説我隨後就到。
家　　將　遵命!(下)
劉　　備　先生,今有劉表差人來請議事。望先生指教,還是去與不去?
諸葛亮　　主公,他既然差人相請,斷無不去之理。此事必因江東破了黃祖,
　　　　　故此來請主公前去商議報讎。亮隨同前去,隨機應變,主公以爲
　　　　　如何?
劉　　備　先生所言有理。二弟!
關　　羽　大哥!
劉　　備　你同衆位將軍護守新野。三弟帶領五百人馬,一同前往荆州。
關　　羽
張　　飛　遵命!
劉　　備　先生,備此番到了荆州,見了景升,與他怎樣言講?
諸葛亮　　主公不必爲難。此去見了劉表,先拜謝襄陽之事。他若令主公征
　　　　　討江東,切不可應允,只説我等回歸新野,整頓人馬,再作商議。他
　　　　　若另有別言,看我眼色行事。
劉　　備　備謹記。三弟,吩咐外面備馬伺候。大家飲宴之後,同往荆州
　　　　　去者!
張　　飛　遵命。(下)
劉　　備　先生請!
諸葛亮　　主公請!
　　　　　(同下)

第　二　場

　　　　　(四太監引劉表上)
劉　　表　(唱)孫權興兵來攻打,
　　　　　　　　可嘆黃祖染黃沙。
　　　　　　　　程普甘寧威風大,

　　　　　要把荆州一馬踏。
　　　　　怎奈兵微將又寡，
　　　　　難以興兵抵擋他。
　　　　　差人去請族弟駕，
　　　　　一同商議把兵發。
　　　（大太監上）
大太監　啟主公：劉皇叔到。
劉　表　待孤迎接。
大太監　主公出迎！
　　　（吹打。四文堂、四大鎧、張飛、劉備、諸葛亮上）
劉　表　啊賢弟！
劉　備　宗兄！
劉　表　啊哈哈哈……
劉　備
劉　表　賢弟請！
劉　備　宗兄請！
劉　表　賢弟請坐！
劉　備　有坐！
劉　表　賢弟駕到，未曾遠迎，面前恕罪！
劉　備　豈敢豈敢！前者小弟酒後失言，望乞宗兄海涵！
劉　表　豈敢！愚兄已知賢弟被害之苦，即欲斬蔡瑁首級以獻賢弟，因眾將哀求，方肯饒恕。都是愚兄失察之過，幸勿見罪！
劉　備　豈敢豈敢！此非蔡將軍之錯，皆下人所作。
劉　表　賢弟，同來此位却是何人？
劉　備　此乃徐元直走馬舉薦的臥龍先生，小弟聘請前來相助。
劉　表　哦！
劉　備　先生見過劉主！
諸葛亮　山人參見劉主！
劉　表　先生少禮！
諸葛亮　謝劉主！
劉　表　久仰先生大名，如雷貫耳，恨不能早會尊顏。今得相見，三生有幸！
諸葛亮　不敢不敢。我乃山村愚人，何勞明公過獎。

劉　　表	先生請坐！
諸葛亮	謝坐！
劉　　備	三弟見過我宗兄！
張　　飛	參見劉主！
劉　　表	三將軍少禮，請坐！
張　　飛	謝坐！
劉　　備	宗兄呼喚小弟前來，有何事議？
	（太監獻茶介）
劉　　表	賢弟請用茶，茶罷再講。
劉　　備	宗兄請！
劉　　表	先生、三將軍請！
諸葛亮 張　　飛	請！
劉　　備	宗兄到底爲了何事？
劉　　表	唉，賢弟呀！ （唱）只爲東吳犯邊境， 　　　甘寧帶兵取夏城。 　　　恐怕難保荆州郡， 　　　程普東門紮大營。 　　　黃祖奮勇把兵領， 　　　他與甘寧來戰征。 　　　甘寧一人難取勝， 　　　詐敗佯輸用計行。 　　　程普帶兵去助陣， 　　　甘寧暗中放雕翎。 　　　可嘆黃祖身喪命， 　　　猶恐來奪荆州城。 　　　差人去把賢弟請， 　　　商議破關可安寧。
劉　　備	（唱）黃祖失計身喪命， 　　　性暴疆場喪殘生。 　　　今若興兵破吳境，

又叫何人保守城？

劉　表　（唱）愚兄年邁少血性，
　　　　　　　　多病難醫實無能。
　　　　　　　　只求賢弟來助陣，
　　　　　　　　執掌荊州大事情。

（諸葛亮與劉備使眼色介）

劉　表　賢弟，愚兄精神恍惚，不能理事。我死之後，賢弟你便執掌爲荊州之主！

（諸葛亮暗喜介）

劉　備　宗兄何出此言，弟安敢當此重任？弟回歸館驛，再作商議。
劉　表　愚兄相送！
劉　備　宗兄請回！

（劉備原人下）

劉　表　唉！
　　　　（唱）賢弟執意不應允，
　　　　　　　　叫我心中無計行。
　　　　　　　　此時兩難無計論，
　　　　　　　　只恐荊州付他人。

（衆分下）

第　三　場

（劉備原人上）

諸葛亮　（唱）主公因何不應允，
　　　　　　　　好叫諸葛解不明。
　　　　　　　　早定良謀且佔定，
　　　　　　　　只恐荊州付旁人。
　　　　方纔景升欲以荊州交付主公。主公反倒推却不受，亮實不明。
劉　備　先生有所不知，非我推却不受，只因景升待我恩義甚重，安忍乘危奪之，豈不貽笑於人！
諸葛亮　主公眞乃仁慈之主也！
　　　　（唱）我主可稱仁義主，

　　　　　天下第一世間無。
　　　　　就便與他來相顧,
　　　　　累斷肝腸親也疏。
　　　（家將上）
家　將　啓主公:公子劉琦前來求見。
劉　備　有請!
家　將　有請!
　　　（劉琦上）
劉　琦　啊叔父!
劉　備　賢侄!
劉　琦
劉　備　啊哈哈哈……
劉　琦　叔父在上,侄男大禮參拜!
劉　備　賢侄少禮!
劉　琦　謝叔父!
劉　備　賢侄見過,這就是臥龍先生!
劉　琦　啊先生,劉琦有禮!
諸葛亮　公子少禮,請坐!
劉　備　賢侄見我,爲了何事?
劉　琦　唉,叔父啊!
　　　（唱）【西皮導板】
　　　　　未曾開言淚雙淋!
劉　備　有話慢慢講來!
劉　琦　（唱）尊聲叔父聽分明:
　　　　　我父年邁身多病,
　　　　　看看不久赴幽冥。
　　　　　荆州現有各州郡,
　　　　　小侄無能掌權衡。
　　　　　繼母時常心懷恨,
　　　　　心中有些氣不平。
　　　　　一心要害侄男命,
　　　　　怎能停妥保穩成。

稟告叔父：繼母偏向劉琮，只恐劉琦攀受荊州事業，暗地商議要害侄男。小侄今日前來面見叔父，我劉琦情願不圖事業，懇求叔父救了侄兒的性命！
（哭介）

劉　備　賢侄，此乃你家務之事，難以管理。你今前來問我，實無主意相救。
諸葛亮　哈哈哈……
劉　備　先生發笑，定有妙計，何不救一救我侄兒的性命！
諸葛亮　主公之言差矣！此乃劉姓家務之事，主公尚不能管，亮焉能料理！
　　　　（唱）滿面堆歡腮帶笑，
　　　　　　尊聲主公聽根苗：
　　　　　　家務之事臣難料，
　　　　　　叫他另想妙計高。
　　　　　　荊州事業並非小，
　　　　　　關乎性命豈耽勞。
　　　　　　快請高明去領教，
　　　　　　尋個妙計出穴巢。
劉　琦　呀！
　　　　（唱）我今看到這光景，
　　　　　　心中明白就裏情。
　　　　　　皇叔心中必有計，
　　　　　　故此他纔這等行。
　　　　　　站起身形把話論，
　　　　　　告辭叔父與先生。
諸葛亮　（唱）恕我不能多遠送，
　　　　　　望乞公子多諒情。
劉　琦　先生請回！
　　　　（唱）即忙撩衣出大廳，
　　　　　　故意慢慢且自行。
劉　備　賢侄慢走！
劉　琦　叔父！
劉　備　賢侄附耳上來！（與劉琦耳語介）
劉　琦　是，是，是。

劉　　備　必須如此如此，包管他有計策救你呀！
　　　　　（唱）賢侄休得心急性，
　　　　　　　　孔明救你命殘生。
　　　　　　　　打發孔明到家内，
　　　　　　　　囑咐言語定有成。
劉　　琦　謝叔父！哈哈哈……
　　　　　（唱）聽罷言來笑盈盈，
　　　　　　　　叔父倒有巧計行。
　　　　　　　　但願諸葛能救我，
　　　　　　　　再謝叔父指教情。
劉　　備　賢侄請回！
劉　　琦　是。哈哈哈……（下）
劉　　備　先生，公子劉琦前來拜望，必須回拜纔是。我今有些心中不爽，煩勞先生替我過府拜望。未知先生肯去否？
諸葛亮　　主公！
　　　　　（唱）主公何必忒謙遜，
　　　　　　　　小事休得這樣云。
　　　　　　　　過府回拜禮當正，
　　　　　　　　赴湯投火臣應承。
　　　　　　　　吩咐外面帶能行！
　　　　　（四文堂帶馬介，下）
諸葛亮　　（唱）臣替主公走一程！（下）
劉　　備　（唱）一見先生跨金鐙，
　　　　　　　　靜坐館中聽信音。哈哈哈……
　　　　　（同下）

第　四　場

　　　　　（四文堂、諸葛亮上）
諸葛亮　　（唱）穿街過巷催馬緊，
　　　　　　　　不覺來到大府門。
　　　　　來，前去通稟，諸葛先生前來回拜。

一文堂	是。門上哪位在？

（門官上）

門　官	什麼人？
一文堂	諸葛先生前來回拜。
門　官	請稍待。有請公子！

（劉琦上）

劉　琦	（念）有事在心頭，終日皺眉頭。
	何事？
門　官	諸葛先生前來回拜！
劉　琦	待我出迎。（出門介，看介）啊先生！
諸葛亮	啊公子！
劉　琦 諸葛亮	啊哈哈哈……
劉　琦	先生請！
諸葛亮	公子請！
劉　琦	先生請來上坐。
諸葛亮	告坐。我奉主公之命，特來回拜公子。
劉　琦	不敢不敢！我與皇叔乃長幼之分，反勞先生的大駕至此，我劉琦擔當不起。

（作揖介）

諸葛亮	公子多禮了哇，哈哈哈……

（門官獻茶介）

劉　琦	先生請茶！
諸葛亮	公子請！
劉　琦	請！先生，琦有禮了！
諸葛亮	方纔已經見過禮了。此禮爲何？
劉　琦	唉，先生哪！
	（唱）先生既然將我問，
	請坐聽我說原因。
	皆因繼母心忒狠，
	苦苦害我命殘生。
	懇求先生施惻隱，

		想個妙計救我身。
諸葛亮	（唱）	此乃家事非國政，
		公子你好欠聰明。
		我不過寄居把身穩，
		怎能隨便論家情？
		皇叔不能來料理，
		外人誰敢亂調停！
		倘若洩漏風聲緊，
		反害公子怎擔承！
		（四家丁暗上）
劉　琦	（唱）	既承光臨甚為幸，
		輕客之罪我不能。
		先生隨我密室進，
		家丁與我設杯巡。
家丁甲		遵命！
諸葛亮		叼擾了哇，哈哈哈……
劉　琦		不成敬意。先生請！
諸葛亮		公子請！
劉　琦		你等迴避了！
		（四文堂、四家丁下）
劉　琦		請！
諸葛亮		請！
劉　琦	（唱）	我與先生把話論，
		恭誠敬酒表衷情。（敬介酒）
		走向前來忙跪定，
		口中不住尊先生。
		此處密室人肅靜，
		先生有計快言明。
		只求繼母少毒狠，
		劉琦一世感大恩。
諸葛亮	（怒介）	呃！
	（唱）	公子行事忒欺心，

	我無計策對你云。
	怒氣不息出房門，
	（諸葛亮欲走，劉琦急拉介）
劉　琦	（唱）先生休要動無名。
	有部古書先生看，
	請駕上樓看個真。
諸葛亮	（唱）有勞引路一同請！
	（劉琦領諸葛亮走小圓場，上樓介，劉琦作撤樓梯介，跪介）
劉　琦	（唱）再向先生求計行。
諸葛亮	（唱）公子三求也無計，
	怎忍離間你骨肉情！
劉　琦	哎！
	（唱）先生執意不應允，
	也罷！
	不如自刎命歸陰！（拔劍介）
諸葛亮	且慢！
	（唱）恐有泄漏我不肯，
	三番兩次難我心。
劉　琦	哎呀先生，你看這樓中，上不至天，下不在地，出君之口，入琦之耳，還有何人知曉？正可以先生賜教矣！
諸葛亮	公子，你可知疏不間親，亮何敢爲公子獻計？
劉　琦	今求先生已至三次。料先生計議已定矣，執意不肯指教我劉琦，此乃琦之不幸。天之命矣！我今死於先生面前，強如喪在別人之手。不如還是自刎了吧！
	（劉琦欲自刎介，諸葛亮抱劉琦手介）
諸葛亮	公子休得如此，我與你想計就是了！
	（唱）事已至此我應允，
	有什麼風波我擔承。
	公子請起心放定，
劉　琦	（唱）劉琦隨即謝先生。
諸葛亮	（唱）有一個典故聽我論，
	晉國重耳誰不聞？

申生宮中身喪命，
重耳在外得安寧。
你在荊州命不穩，
早離此地可逃生。
現有機會倒也正，
討兵護守夏口存。
避禍全身免受害，
再也不生嫉妒心。
江夏若是你威鎮，
江東征討可擋迎。
這條計策保管準，
若依此計你命存。

劉　琦　哈哈哈……先生此計甚好。若是如此而行，我劉琦可得生矣。多謝先生指教之恩！（拜介）
諸葛亮　豈敢！亮要告辭回歸館驛去了。
劉　琦　來，將樓梯取過來！
　　　　（四家丁同上，抬樓梯介）
劉　琦　琦送先生下樓。
諸葛亮　請！
劉　琦　請！
　　　　（諸葛亮、劉琦下樓介）
諸葛亮　告別了哇，哈哈哈……
　　　　（唱）囑咐之言牢牢記，
　　　　　　　切莫走漏此消息。
　　　　哈哈哈……
　　　　（四文堂上，帶馬介）
諸葛亮　請！
　　　　（四文堂、諸葛亮下）
劉　琦　（唱）怪不得叔父把臥龍請，
　　　　　　　胸中奇才果高明。
　　　　（同下）

第 五 場

（四文堂、四大鎧、張飛、劉備上）

劉　　備　（唱）諸葛過府去回拜，
　　　　　　　　想他自有巧安排。
　　　　　　　　袖內機關人難解，
　　　　　　　　方顯臥龍有奇才。

（諸葛亮上）

諸葛亮　（唱）暗救劉琦免其害，
　　　　　　　　主公大事稱心懷！
　　　　　　參見主公！

劉　　備　先生少禮，請坐！
諸葛亮　告坐。
劉　　備　先生回拜公子劉琦，他講些什麼啊？
諸葛亮　啟主公：那公子劉琦求計三次，是我再三不與他獻計，劉琦要自刎身死。是臣暗用巧計，叫他在他父王駕前討下人馬，出鎮江夏，以避繼母陷害。
劉　　備　多謝先生！

（家將上）

家　　將　啟主公：劉主差人請主公過府議事！
劉　　備　哦，先生、三弟，在館驛等候我過府議事，不久就回。
諸葛亮　主公請！
張　　飛　大哥請！
劉　　備　來！帶馬過府！
四文堂　啊！

（分下）

第 六 場

（四太監、二大太監、劉琦引劉表上）

劉　　表　（唱）劉琦請兵鎮江夏，

　　　　　孤王猶疑自嗟訝。
　　　　　久病憂思心牽挂，
　　　　　一陣昏迷眼又花。
　　　　　劉琦總把繼母怕，
　　　　　只恐設計暗害他。
　　　　　東吳若再興人馬，
　　　　　劉琦怎能動殺伐！
　　　　（門官上）
門　官　啓主公：皇叔駕到！
劉　表　待我出迎！
　　　　（吹打。四文堂、劉備上，四文堂下）
劉　備　啊宗兄！
劉　表　啊賢弟！
劉　表　啊哈哈哈……
劉　備
劉　表　賢弟請！
劉　備　宗兄請！
　　　　（門官獻茶介）
劉　表　賢弟請茶！
劉　備　宗兄請！
劉　表　請哪！
劉　備　宗兄喚弟，又議何事？
劉　表　賢弟呀！
　　　　（唱）相請不爲別的事，
　　　　　江夏無人掌權奇。
　　　　　劉琦請兵他要去，
　　　　　愚兄爲他心猶疑。
　　　　　賢弟總有高妙計，
　　　　　你替愚兄再尋思。
劉　備　（唱）兄長不必憂思慮，
　　　　　小弟有言聽端的：
　　　　　江夏雖然重要地，

　　　　　別人只怕難扶持。
　　　　　宗兄休得心二意，
　　　　　命公子即去莫延遲。
劉　表　（唱）近聞曹操把兵起，
　　　　　探馬不住報端的。
　　　　　有朝來把荊州取，
　　　　　無人與曹去對敵。
　　　　　假道荊州東吳洗，
　　　　　愚兄也要多防提。
　　　　　賢弟新野多得意，
　　　　　得了臥龍英名題。
　　　　　每日操練兵和將，
　　　　　夏侯惇一旁氣不息。
　　　　　愚兄將微難抵擋，
　　　　　怕與荊州見高低。
　　　　賢弟，倘若曹操興兵前來，如何是好？
劉　備　宗兄只管放心。東南之事，交與宗兄父子抵擋；西北之事，自有我桃園弟兄三個，料也無妨。小弟告辭，要回轉新野去了！
劉　表　待愚兄擺宴，你我寬飲幾杯。
劉　備　小弟要回轉新野，安排兵馬，提防曹兵攻打。
劉　表　軍情緊急，兄不能相留。
劉　備　宗兄，早些打發公子劉琦帶兵威鎮江夏要緊！
劉　表　愚兄隨後就命他往江夏，帶兵威鎮！
劉　備　東吳、曹兵如有動靜，小弟候信便了！
　　　　（唱）宗兄但把寬心放，
　　　　　些許小事弟承當。
　　　　　哪怕兩處兵馬壯，
　　　　　自有桃園劉關張。
　　　　　辭別宗兄把馬上！
　　　　（四文堂上，帶馬介，下）
劉　備　（唱）翻江鬧海戰一場！
　　　　請！（下）

劉　表　哈哈哈……劉琦！
劉　琦　父王！
劉　表　就命你帶領三千人馬，前去鎮守江夏，不得有誤！
劉　琦　兒臣遵命！
　　　　（劉琦下）
劉　表　唉，兒呀！
　　　　（唱）父子未説知心話，
　　　　　　　叫我兩眼淚如麻。
　　　　　　　兒行百里父牽挂，
　　　　　　　心中好似滚油炸。
　　　　（衆分下）

第　七　場

　　　　（諸葛亮上）
諸葛亮　（唱）玄德公三請我纔把山下，
　　　　　　　憑陰陽如反掌恢復漢家。
　　　　　　　算就了曹孟德必興人馬，
　　　　　　　我把他比作了井底之蛙。
　　　　　　　奸曹操誆徐庶多有奸詐，
　　　　　　　最可嘆老徐母命染黄沙。
　　　　　　　賊指望徐元直智謀廣大，
　　　　　　　又誰知隱曹營一計不發。
　　　　　　　每日裏閑談論情虚意假，
　　　　　　　笑徐庶暗地間誆哄於他。
　　　　　　　我孔明扶漢室心胸浩大，
　　　　　　　秉忠心用妙計保定中華。
　　　　（四文堂、劉備上，張飛下場門上，看介）
張　飛　大哥回來了！
劉　備　（唱）劉玄德到館驛忙下戰馬，
張　飛　大哥！
劉　備　三弟！

張　飛	大哥請！
劉　備	三弟請！
	（唱）我見了臥龍公細説根芽。
諸葛亮	啊主公回來了，請坐！
劉　備	先生、三弟請坐！
諸葛亮 張　飛	主公，那劉景升動静如何？
劉　備	景升請我，只爲公子劉琦鎮守江夏之事。已然命公子前往江夏去了。我那宗兄猶恐孫、曹興兵，攻取荆州，我言俱有桃園抵擋。
諸葛亮	主公人馬度比曹操如何？
劉　備	却也不如。
諸葛亮	主公之兵，不過數千人馬。萬一曹兵至此，何以迎敵？
劉　備	我正愁此事，無有良策！
	（唱）正躊躇曹操的兵勢甚重，
	兵卒强戰將勇數萬餘零。
	我這裏一萬人焉能取勝，
	兵又少將又微怎能戰征？
	有崔琰與毛玠文可調動，
	夏侯惇真有那萬敵之能。
	司馬懿鎮潁州終有大用，
	知天文曉地理韜略精通。
	夏侯惇他若是把兵來領，
	必得要加防範怎把計行？
諸葛亮	（唱）勸主公免憂慮寬心放定，
	有爲臣施妙計把賊來平。
	全憑着諸葛亮一支將令，
	管叫他瓦解冰消血染沙塵。
	主公可速回新野，招募民兵。亮自教之，可以迎敵。
劉　備	啊，但則一件：一時間招募民兵，只怕難以訓練，怎去迎敵？
諸葛亮	哈哈哈……主公可知當初孫武子操練女子，尚然不難；何况這些民兵俱是男子，焉有不能之理！

劉　　備　就依先生之言。

諸葛亮　請主公即回新野，爲臣自有安置。外面備馬伺候！

　　　　（唱）孫武子用兵鬼神驚，
　　　　　　　胸中韜略顯奇能。
　　　　　　　主公上馬足踏鐙，
　　　　　　　爲臣自然有調停。

　　　　（同下）

第　八　場

（四文堂、糜竺、糜芳、簡雍、孫乾上）

糜　　竺
糜　　芳　（唱）在新野遵奉了關公之命，
簡　　雍　　　　往中途迎主公怎得消停。
孫　　乾

孫　　乾　孫乾。
簡　　雍　簡雍。
糜　　竺　糜竺。
糜　　芳　糜芳。
孫　　乾　列位請了！
簡　　雍
糜　　竺　請了！
糜　　芳
孫　　乾　你我奉了二將軍之命，迎接主公回轉新野，大家馬上加鞭！
簡　　雍
糜　　竺　請！
糜　　芳
孫　　乾　（唱）遠望着旌旗飄空中擺定，
　　　　　　　一定是主公回人馬翻騰。
　　　　　　　忙加鞭在路旁下馬立等，
　　　　　　　人馬到向前去把駕來迎。

（四文堂、四大鎧、張飛、諸葛亮上，孫乾等下馬迎接介，劉備上）

劉　　備　（唱）一路上共談論孤心方穩，

三　求　計　869

		臥龍公猶如那皓月之明。
孫簡糜糜	乾雍竺芳	臣等迎接主公！
劉	備	少禮！一同上馬回轉新野。
孫簡糜糜	乾雍竺芳	遵命！
劉	備	（唱）軍情緊回新野臥龍拜印，
		張挂榜曉黎民招募民兵。
		衆將官前引路新野城進，
		（衆人圓場。四月華旗、四大鎧、趙雲、關羽出城，迎接介）
劉	備	（唱）見二弟與子龍親身相迎。
關趙	羽雲	迎接 大哥！ 　　　主公！
劉	備	（唱）尊二弟與子龍雕鞍來整，
		同進城兄還有緊急軍情。
關趙	羽雲	遵命！
		（衆人進城介，下）（連場—吹打。四文堂、四大鎧、孫乾、簡雍、糜竺、糜芳、趙雲、張飛、關羽、諸葛亮、劉備上，劉備坐介）
趙孫簡糜糜	雲乾雍竺芳	參見主公！
關	羽	參見大哥！
劉	備	大家免禮。請坐！
關趙孫簡糜	羽雲乾雍竺芳	謝坐！

關　羽　大哥去往荊州,那劉景升怎樣動靜?
劉　備　賢弟,那荊州劉琦,向臥龍先生三求計呵!(【牌子】)
關　羽　原來如此!
劉　備　那景升命他長子鎮守江夏。愚兄與先生議論,猶恐曹操發兵攻取新野。曹兵勢重,你我兵微,難以抵擋。先生要招募民兵,操演軍卒,與曹對敵。臥龍公就此分派!
諸葛亮　啟主公:即命書吏張挂榜文,曉諭百姓知悉,招募民兵。若有願意入隊伍者,賞錢糧一分。糜竺、糜芳,你二人拿此畫圖一軸,照式操演。就在東門以外,高搭蘆棚一座,內設公案、令旗五色、印劍、文房四寶,完備之時,速速前來回我!山人朝夕教演陣法。
糜　竺
糜　芳　遵命!(下)
劉　備　明日乃是黃道吉日,就請先生登臺拜過軍師大印,衆文武也好叩拜軍師,料理軍務。
諸葛亮　我諸葛學疏才淺,不敢承當重任。還是主公料理軍務,爲臣幫助。
劉　備　先生不必忒謙,趁明日正好良辰授印!
諸葛亮　哈哈哈……是主公吩咐,亮敢不遵命!待等糜竺、糜芳軍卒熟練,觀看陣式之後,臣再登臺拜印,也還不遲。
劉　備　先生言之有理。後面備宴,大家同飲。
關　羽
張　飛
趙　雲　主公請!
孫　乾
簡　雍
劉　備　先生請!
諸葛亮　主公、衆位將軍請!
劉　備
關　羽
張　飛　先生請!
趙　雲
孫　乾

| 諸葛亮
| 劉　備
| 關　羽
| 張　飛　　啊哈哈哈……
| 趙　雲
| 孫　乾
| 簡　雍

　　　　（同下）

第　九　場

（四文堂、糜竺、糜芳上）

糜　竺　俺，糜竺。
糜　芳　　　糜芳。

糜　竺　賢弟請了！
糜　芳　請了！
糜　竺　你我奉了諸葛先生之命，招募民兵，且喜招了一萬有餘。先生賜我等畫圖一軸，照圖操演軍卒陣式，練了數日，俱已練熟。不免報與先生知道，就此前往！
糜　芳　請！
　　　　（同下）

第　十　場

（四文堂、四大鎧、簡雍、孫乾、趙雲、張飛、關羽上，諸葛亮、劉備上）

劉　備　（唱）威震新野招兵將，
　　　　　　　熟練軍卒似虎狼。
　　　　　　　全仗先生韜略廣，
　　　　　　　運籌帷幄世無雙。
　　　　　　　但願早滅賊奸黨，
　　　　　　　重整漢室錦家邦。
　　　　（四文堂、糜竺、糜芳上）
糜　竺
糜　芳　參見主公、先生！

劉備 諸葛亮	二位將軍少禮！
劉備	先生命你二人招募民兵、照圖操練一事如何？
糜竺 糜芳	我等招募民兵，共有一萬有餘。奉命照圖操演軍卒，陣式熟練，特來回稟主公、先生。將原物呈與先生。
諸葛亮	好。你二人傳與外面眾民兵，叫他們都在東門以外蘆棚前伺候，操演陣式，不得違誤！
糜竺 糜芳	遵命！

（糜竺、糜芳同下）

諸葛亮	就請主公同到東門以外，觀看民兵陣式如何？
劉備	左右帶馬，往東門觀看陣式去者！
眾	啊！

（同下）

第十一場

（【牌子】。四文堂、四大鎧、四藤牌手、四弓箭手、四長槍手、四將官上，站門。糜竺、糜芳上）

糜竺 糜芳	爾等可曾到齊？
眾兵	俱已到齊。
糜竺 糜芳	少時主公、先生到來，爾等須要精心操演陣式。聽我吩咐！（【牌子】）話言未了，主公人馬來也。大家小心伺候！
眾兵	啊！（下）

（【牌子】。劉備原人上，眾挖門。諸葛亮上高臺，劉備旁坐。關羽、張飛等兩旁站介）

糜竺 糜芳	參見主公、先生！
劉備 諸葛亮	二位將軍少禮！
糜竺 糜芳	謝主公、先生！

諸葛亮　你二人吩咐下去,眾民兵操演上來!
糜　竺
糜　芳　眾民兵操演上來!
眾　兵　(內)啊!
　　　　(諸葛亮搖黃旗介。第一將由上場門執大纛旗帶四藤牌手同上,大圓場,歸中場,一排站介。諸葛亮搖黃旗介,眾分兩邊站介。諸葛亮又搖黃旗介,四藤牌手操演介,完,歸中場,一排站介。諸葛亮擺黃旗,第一將領四藤牌手由上場門下)
　　　　(諸葛亮又搖黃旗介。第二將手執大纛旗由下場門帶四弓箭手上,大圓場,歸中場,一排站介。諸葛亮搖黃旗介,眾分兩邊站介。諸葛亮又搖黃旗介,四弓箭手操演介,完,歸中場,一排站介。諸葛亮擺黃旗,第二將領四弓箭手由下場門下)
　　　　(諸葛亮又搖黃旗介。第三將由上場門手執大纛旗帶四長槍手上,大圓場,歸中場,一排站介。諸葛亮搖黃旗介,眾分兩邊站介。諸葛亮又搖黃旗介,四長槍手同操演介,完,歸中場,一排站介。諸葛亮擺黃旗介,第三將帶四長槍手由上場門下)
　　　　(諸葛亮又搖黃旗介。第四將由下場門手執大纛旗帶四火槍手上,大圓場,歸中場,一排站介。諸葛亮搖黃旗介,眾分兩邊站介。諸葛亮又搖黃旗介,四火槍手操演介,完,歸中場,一排站介。諸葛亮擺黃旗介,第四將帶四火槍手由下場門下)
諸葛亮　你二人吩咐他們,先擺八卦陣,後擺一字長蛇陣!
糜　竺
糜　芳　下面聽者!先擺八卦陣,後擺一字長蛇陣。急速演來!
眾　兵　(內)啊!
　　　　(【將軍令】牌子。四將官各領一隊,四隊全上,大圓場,歸中場,一排站介。諸葛亮手執五色旗搖介,眾兵走陣介,完,歸中場,一排站介。【急急風】。諸葛亮又搖五色旗介,四將官四隊雙抄下)
劉　備　看軍卒演陣,真威武也!(【牌子】)請問先生,隊伍整齊,此陣何名?
諸葛亮　啓主公:看黃旗操演,五色旗擺各樣陣勢,為的是好困敵人。這也不過是九宮、八卦、七星、六定、五方、四門、三才、二龍、九宮顛倒陣式。先是從頭至尾,後是一字長蛇大陣!
劉　備　從東門而進,西門而出,越走越緊,這是什麼緣故呢?

諸葛亮	啓主公：看那一杆黃旗，擺得慢，走得慢；擺得快，走得快。此乃軍令森嚴。
劉　備	難得數日功夫熟練，擺的陣式，不露生疏。先生費了許多心力。今乃黃道吉日，就請先生登臺拜印！
諸葛亮	臣遵命！
	（大吹打。劉備手捧印介，拜完，劉備拜介，諸葛亮拜印介）
劉　備	衆位將軍，齊赴臺前參拜軍師！
	（關羽、張飛、趙雲、簡雍、孫乾同向諸葛亮參拜介）
諸葛亮	衆位將軍少禮！
衆　將	謝軍師！
諸葛亮	衆位將軍，站立兩旁，聽我令下！
衆　將	啊！
諸葛亮	（念）一朝得志起風雲， 　　　　統領雄師掃烟塵。 　　　　恢復漢室社稷整， 　　　　未出隆中定三分。 山人，諸葛亮。蒙主公親到茅廬，御駕三請，纔下山林，輔保主公恢復漢室基業。衆將官，明日仍在此處按冊點名。如有一名不到者，定按軍律治罪，法不寬容也！（【牌子】）
衆　將	遵命！
劉　備	軍師，軍務已畢，看天色已晚，即請軍師回轉城中，殺豬宰羊，廳前大擺筵宴，慶賀軍師之功！
諸葛亮	臣謝主公！衆將官！
衆　將	有！
諸葛亮	人馬擺隊進城！
衆　將	得令！
劉　備	就請軍師上馬。
諸葛亮	主公請哪！
	（【牌子】。四隊人馬兩邊上，領衆同下）

火燒博望坡

王鴻壽　撰

解　題

　　京劇。現代王鴻壽撰。《京劇劇目辭典》著錄，題《火燒博望坡》。署王鴻壽編劇，李洪春演出本。《京劇劇目初探》著錄，題《博望坡》，一名《張飛負荊》，未署作者。劇寫曹操命夏侯惇攻劉備，孔明暫假印信，陞帳調兵遣將。諸葛亮分遣關羽、趙雲等迎擊，唯張飛不聽調遣，並與孔明賭頭爭印。曹兵至，夏侯惇與趙雲會陣。關平、劉封放火燒糧。關羽趕至截殺，夏侯惇大敗而逃。張飛刺死夏侯蘭，誤爲夏侯惇。回營報功，方知有誤。孔明欲斬之，劉備、關羽等講情，孔明方許以後立功折罪。張飛至此始信服孔明。該劇與舊本《博望坡》不同，舊本以孔明、張飛爲主，該本關羽戲較突出。本事出於《三國演義》第三十九回。《三國志·蜀書·諸葛亮傳》與《先主傳》均載有其事。元雜劇《諸葛亮博望燒屯》、明傳奇《草廬記》、清宮大戲《鼎峙春秋》均演此事，情節有所不同。版本今有《關羽戲集》收錄的王鴻壽編劇、李洪春演出本，今以該本爲底本進行整理。

第　一　場

（四龍套、四下手、毛玠、崔琰、司馬懿、夏侯惇同上）

夏侯惇　打道轅門！
衆　人　俺！
夏侯惇　夏侯惇。
毛　玠　毛玠。
崔　琰　崔琰。
司馬懿　司馬懿。

夏侯惇	衆位將軍請了！
毛玠 崔琰 司馬懿	（同）請了！
夏侯惇	丞相大典之期，定然興師，征剿孫、劉，大家轅門伺候。衆將官，打道轅門。

（【牌子】。當場挖門）

夏侯惇	丞相尚未陞帳，我等打座片時。
毛玠 崔琰 司馬懿	（同）請！

（四文堂、四大刀手、四下手、四藤牌手、徐庶、荀彧、曹操同上）

曹 操	（念）【引】智謀壓群雄，統雄師，掌生殺，獨霸朝中。
衆 人	參見丞相！
曹 操	站立兩廂！

（念）（詩）威名壓群雄，統領百萬兵。
中原歸我掌，孫劉頃刻終。

老夫孟德曹。漢室稱臣，官居丞相之職，掃蕩各路烟塵。可恨桃園弟兄，敗走古城，霸佔新野之地，今不掃除，恐爲後患矣！

夏侯惇	丞相，近聞劉備在新野，每日操演士卒，必爲後患。末將情願統領人馬，滅却劉備。
荀 彧	且慢！劉備乃英雄也。現今請諸葛以爲軍師，足智多謀，不可輕敵。
夏侯惇	劉備鼠輩，我必生擒之！
徐 庶	將軍且勿輕視玄德，今劉備請諸葛亮爲輔，如虎生翼矣！
曹 操	元直，諸葛何人也？
徐 庶	亮字孔明，道號臥龍，有經天緯地之才，出鬼入神之計，真當今之奇士，非可小視耳！
曹 操	比公如何？
徐 庶	庶焉敢比亮。庶乃螢火之光，亮乃皓月之明也。
夏侯惇	元直差矣。我看諸葛亮如草芥耳，何足懼哉！我若不能一戰生擒劉備，活捉諸葛，願將首級獻與丞相！
曹 操	汝等不必爭論。夏侯惇聽令！拜你爲都帥，于禁、李典、韓皓、夏侯

蘭爲副將，曹真、曹仁、曹洪、文聘協力相助，領兵十萬，直抵博望，以窺新野。早傳捷報，以慰我心，不得違誤！

夏侯惇　得令！
　　　　（唱）元直說話真量小，
　　　　　　　荀彧先生也不高。
　　　　　　　辭別丞相仰天笑，
　　　　　　　洋洋得意逞英豪。（下）
徐　庶　（接唱）駿馬初行恨路小，
荀　彧　（接唱）損兵折將在今朝。
徐　庶　（接唱）看他此去威風好，
荀　彧　（接唱）回來鳳凰脫翎毛。
徐　庶　（接唱）你我所言他不曉，
荀　彧　丞相呀！
　　　　（接唱）定中諸葛計籠牢。
曹　操　（接唱）老夫威名誰不曉，
　　　　　　　何足懼哉小兒曹；
　　　　　　　三軍各自歸營號，
　　　　　　　眼見中原歸孤曹。
（衆人同下）

第 二 場

（李典、于禁、夏侯蘭、韓皓、曹真、曹洪、曹仁、文聘同上。起霸）

衆　人　俺！
李　典　李典。
于　禁　于禁。
夏侯蘭　夏侯蘭。
韓　皓　韓皓。
曹　真　曹真。
曹　洪　曹洪。
曹　仁　曹仁。
文　聘　文聘。

李　　典　眾位將軍請了，都督陞帳，兩廂伺候！

　　　　　（【發點】。四下手、四藤牌手、四龍套、四大刀手、夏侯惇同上）

夏侯惇　（念）（詩）

　　　　　　匹馬單刀抖威風，

　　　　　　三國上將夏氏雄。

　　　　　　統領戰將雄兵眾，

　　　　　　奪取新野除梟雄。

　　　　　本督，夏侯惇。奉丞相將令，奪取新野，剿滅劉備。眾位將軍，人馬可齊？

眾　　人　俱已齊備。

夏侯惇　起兵前往！

　　　　　（眾人同下）

第　三　場

　　　　　（四龍套、劉備同上）

劉　　備　（唱）弟兄三顧臥龍崗，

　　　　　　　　聘請諸葛下山崗。

　　　　　　　　文韜武略智謀廣，

　　　　　　　　元直之言不虛謊。

　　　　　　　　暫居新野屯兵將，

　　　　　　　　扭轉漢室錦家邦。

　　　　　來，請二將軍、三將軍進帳！

龍　　套　請二將軍、三將軍進帳。

關　　羽
張　　飛　（內）來也！

　　　　　（關羽、張飛同上）

關　　羽　（念）三顧茅廬臥龍崗，

張　　飛　（念）迎風踏雪受淒涼；

關　　羽　（念）聘請高賢難測量，

張　　飛　（念）活活氣壞翼德張。

關　　羽
張　　飛　（同）參見大哥。

劉　備	二弟、三弟少禮。請坐。
關　羽 張　飛	（同）謝坐。
張　飛	唉！
劉　備	三弟爲何悶悶不語？
張　飛	非是小弟煩悶。弟兄三顧，聘請高賢，自到吾營，未見絲毫奇才，大哥相敬如師，實實令人罕見！
劉　備	我記水鏡先生之言，臥龍、鳳雛，若得一人，可安天下。今得諸葛輔助，如魚得水。
關　羽	大哥！那孔明年幼娃娃，有什麼才學，大哥待他過甚。又無見他真實效驗，憑他花言巧語，指揮軍情。
劉　備	二弟、三弟，可知昔日漢韓信，當時年幼，高祖二十四拜，登臺拜帥之事乎？
張　飛	他如何比得！
	（報子上）
報　子	今有夏侯惇，統領人馬，攻打博望、新野。
劉　備	再探。（報子下）
張　飛	大哥！何不使魚去打，使水去衝？
劉　備	智賴孔明，勇須二弟，何可推諉，弟等暫退。
	（關羽、張飛同下）
劉　備	請軍師進帳。
龍　套	軍師進帳。
	（諸葛亮上）
諸葛亮	（念）豫州當年嘆孤窮，何須南陽有臥龍。 參見主公。
劉　備	先生請坐。
諸葛亮	謝坐。主公傳山人進帳，敢是曹操興兵前來嗎？
劉　備	正是。探馬報道：夏侯惇統兵攻打新野、博望，先生計將安出？
諸葛亮	自古道：兵來將擋，水來土屯。
劉　備	先生就請遣將對敵。
諸葛亮	但恐關、張不聽吾令，亮欲向主公暫假劍印。
劉　備	就依先生。

諸葛亮	今乃黃道吉日,速聚衆將,帳前聽令。
劉　備	正是:
	(念)提兵調將按軍令,
諸葛亮	(念)保國常懷憂慮心。

(諸葛亮、劉備同下)

第 四 場

(關羽、張飛、趙雲、關平、劉封同上)

關　羽	(念)馳騁疆場美名標,
張　飛	(念)敵人聞名望風逃。
趙　雲	(念)如魚得水歸劉主,
關　平 劉　封	(同念)同心協力保漢朝。
衆　人	俺——
關　羽	關羽。
張　飛	張飛。
趙　雲	趙雲。
關　平	關平。
劉　封	劉封。
關　羽	諸位將軍,諸葛高賢陞帳,看他如何調度。吾等兩廂伺候!

(四龍套、四上手、四馬童、四月華旗手、四長槍手、四火牌手、簡雍、孫乾、糜竺、糜芳、劉備、諸葛亮同上)(拜印拜劍)

衆　將	參見軍師!
諸葛亮	諸位將軍少禮!
	(念)(詩)避世隱居在山林,
	三顧茅廬蒙君恩。
	韓信登臺令樊噲,
	山人今日學先生。

山人複姓諸葛,名亮,字孔明,道號臥龍。蒙主公敬拜爲軍師,掃除曹瞞螻蟻之衆。昨日樊城調回趙雲,今此一戰,驚破曹瞞,以服關、張。衆位將軍,博望之左,有山名曰玉山,山右有林名安林,可以埋

关羽	请问军师，吾等皆去迎敌，未审军师却作何事？
诸葛亮	我只坐守此城。
张飞	咋，咋，咋！哇呀呀呀！军师！我等都去厮杀，你却在此城中坐守，逍遥自在，你倒快乐的紧呀！
诸葛亮	岂不闻：运筹帷幄之中，决胜千里之外。剑印在此，违令者斩！
张飞	咋，咋，咋！哇呀呀呀！

（唱）闻言怒发三千丈，
　　　活活气坏翼德张。
　　　我军个个年高长，
　　　提兵何用村夫郎。
　　　老张遵令去打仗，
　　　除非红日出西方。

|关羽|三弟呀！

（接唱）三弟说话太莽撞，
　　　　莫忘桃园一炉香。
　　　　军师年幼剑印掌，
　　　　弟兄聘请下山岗。
　　　　你我不遵他令将，
　　　　教他怎伏众儿郎。

|诸葛亮|（接唱）众将休要纷纷讲，
　　　　　　顺者昌来逆者亡。

今日此战，非比寻常。赵云听令！

赵云	在！
诸葛亮	命你统领本部人马，埋伏博望坡后，曹兵到此，且战且败，不得违误。
赵云	得令！（下）
诸葛亮	关平、刘封听令！
关平 刘封	（同）在！
诸葛亮	带领军卒，准备引火之物，埋伏博望两厢，等候初更时分，速速放火，不得有误！

關　平 劉　封	（同）得令！（下）
諸葛亮	二將軍聽令！
關　羽	在！
諸葛亮	帶領一千人馬，埋伏玉山南面，火起之時速速殺退賊兵，不得有誤！
關　羽	得令！（下）
諸葛亮	三將軍聽令！
張　飛	在！
諸葛亮	命你帶領五百軍卒，埋伏背後山谷之中，看南面火起，上博望城搶屯糧草，用火焚燒。若遇夏侯惇，殺退不可緊追。
張　飛	軍師講什麼殺退不可緊追，俺今若遇夏侯惇，定要生擒入帳。
諸葛亮	慢說你生擒夏侯惇，你若得夏侯惇之首，山人願將軍師大印，付你執掌。你若幹辦不來，便怎麼樣？
張　飛	咋，咋，咋！軍師，俺若擒不得夏侯惇，定斬那賊首級獻上；如若幹辦不來，願將咱的黑頭號令轅門。
諸葛亮	軍無戲言。
張　飛	願立軍狀。
諸葛亮	當帳寫來。
張　飛	軍師請看。
諸葛亮	待山人收下。
張　飛	啊？慢來，慢來！軍師若要此狀，必須我們雙手交換。
諸葛亮	好好好！山人也立軍狀。
	（【牌子】，寫完）
諸葛亮	將此軍狀，煩勞主公收訖。
劉　備	待我收起。
張　飛	大哥！好好收存，咱老張的性命，還在裏面。三軍的！馬來，馬來！（下）
諸葛亮	糜竺、糜芳聽令！
糜　竺 糜　芳	（同）在！
諸葛亮	帶領五百人馬，緊守新野縣門，不得違誤！
糜　竺 糜　芳	得令！（下）

諸葛亮　孫乾、簡雍聽令！
孫　乾
簡　雍　（同）在！
諸葛亮　準備酒宴，安排功勞簿伺候！
孫　乾
簡　雍　得令！（下）
劉　備　我軍兵微將寡，今次勝負如何？
諸葛亮　哎，主公啊！
　　　　（唱）我主休疑心安定，
　　　　　　　軍少將勇敵萬人。
劉　備　（接唱）但願旗開早得勝，
　　　　　　　運籌帷幄賴先生。
　　　　（諸葛亮、劉備、眾人同下）

第　五　場

（夏侯惇原人上）

夏侯惇　前道爲何不行？
四龍套　離博望不遠。
夏侯惇　人馬列開。于禁聽令！
于　禁　在！
夏侯惇　帶領本部人馬，護糧而行！
于　禁　遵命！（下）
夏侯惇　前面已是羅川口，衆將官，分兵攻打！
　　　　（夏侯惇衆同下）

第　六　場

（四龍套、四上手、趙雲【急急風】上，站門）
（夏侯惇原人上。會陣，起打下）

第 七 場

（四龍套、四火牌手、關平、劉封站門歸正場。于禁糧車站門。當場擺開。關平、劉封放火起打。于禁敗下）

第 八 場

關　羽　（內唱）【西皮導板】
　　　　　新野城外擺戰場，
（四月華旗手、四馬童、大馬童、關羽同上）
關　羽　（接唱）博望坡上放火光[1]。
　　　　　騰騰烈火高千丈，
　　　　　諸葛韜略果然強。
　　　　　三軍奮勇戰場上，
　　　　　等候曹兵衆兒郎。
（關羽原人下）

校記

[1]博望坡上放火光："上"，原無，據句式、文意補。

第 九 場

（關羽原人、夏侯惇原人同上）
夏侯惇　來將通名！
關　羽　漢壽亭侯關。
（起打，夏侯惇原人敗下，關羽原人下）

第 十 場

（四馬夫、四龍套、四上手、四長槍手、張飛上。夏侯惇原人上。夏侯蘭與張飛會陣）

張　飛	來的可是夏侯惇？
夏侯蘭	來者敢是張飛？
張　飛	正是你老爺，看槍！
	（起打。張飛刺死夏侯蘭）
夏侯惇	兵敗原郡。
	（夏侯惇原人同下）
張　飛	哈哈，哈哈，啊呵哈哈哈！
	（張飛原人下）

第 十 一 場

（關羽、張飛、趙雲、關平、劉封、龍套同上）

龍　套	那賊大敗！
衆　人	回營交令！
	（衆人同下）

第 十 二 場

（四龍套、孫乾、糜竺、糜芳、簡雍、諸葛亮、劉備同上）

劉　備	（唱）戰鼓喧天鸞鈴響，
	敵敗我勝喜洋洋！
	（關羽、趙雲、關平、劉封同上）
關　羽 趙　雲 關　平 劉　封	交令！
	（張飛上）
張　飛	參見大哥。軍師，咱老張斬了夏侯惇，人頭獻上。啊？未曾聽見，你的好陰陽！好八卦！道俺擒不著那夏侯惇，咱斬了夏侯惇的首級，特來交令。啊，軍師！明知咱老張旗開得勝，馬到成功，斬來夏侯惇之頭，你就該迎接咱老張，將軍師大印，付咱執掌。你在那廂，大模大樣，揚揚不睬，是何道理？

諸葛亮　三將軍回營，想是那夏侯惇被你擒住了？
張　飛　擒倒不曾擒著，斬有夏侯惇的人頭，特來繳令！
關　羽　三弟，此非夏侯惇之頭，乃是他弟夏侯蘭的首級。
張　飛　啊！糟了，糟了！
諸葛亮　嘿嘿嘿嘿！（冷笑）陞帳！來，將翼德推出斬了！
關　羽　且慢！軍師，桃園弟兄，誓同生死，今日斬了翼德，我桃園弟兄，就不義氣了！
劉　備　是呀！軍師開恩。
諸葛亮　恐衆將不服。
衆　將　我等皆服，望軍師開恩。
諸葛亮　翼德！本當將你斬首，看在主公金面，諸位將軍講情，將你饒過。從今以後，立功折罪。你要仔細了，你要打點了！
張　飛　大哥！小弟實實服了軍師了！
劉　備　三弟！吾得孔明軍師，可稱得如魚得水。
張　飛　咋，咋，咋！
諸葛亮　今日取功，乃諸位將軍之力，後帳擺宴，與衆將軍賀功，與三將軍壓驚。正是：
　　　　（念）博望相持用火攻，
劉　備　（念）指揮如意言談中。
關　羽　（念）一戰驚破曹兵膽，
張　飛　（念）初出茅廬第一功。
　　　　（衆人同下）

長　坂　坡

佚　名　撰

解　題

　　京劇。現代佚名撰。《京劇劇目初探》《京劇劇目辭典》著録，均題《長坂坡》，又名《單騎救主》《當陽橋》。未署作者。劇寫劉備兵敗，投奔江夏，曹操大軍追殺。劉備將家眷託付給趙雲，讓他護家眷先走，自己與張飛抵擋曹軍。甘夫人、糜夫人和幼主阿斗在亂軍中與趙雲失散。趙雲單槍匹馬，力闖重圍，救出糜芳、簡雍、甘夫人等。糜夫人受重傷，不願拖累趙雲，將阿斗託付給趙雲，投井而死。趙雲懷抱阿斗，奪得曹操寶劍，力戰突圍脱險。張飛在長坂坡橋頭橫矛立馬，嚇退曹兵。本事出於《三國演義》第四十一回、第四十二回。《三國志·蜀書·趙雲傳》《甘后傳》《張飛傳》及裴松之注《趙雲別傳》載有此事。明傳奇《草廬記》、清宫大戲《鼎峙春秋》有此内容。清代京戲李世忠編《梨園集成》有此劇目。版本今有《戲考》本、《京劇彙編》收録的馬連良藏本及以該本重刊的《京劇傳統劇本彙編》本。今以《京劇彙編》馬連良藏本爲底本，參考其他本校勘整理。

第　一　場

劉　備　（内唱）【西皮導板】
　　　　　堪嘆萬般都是命！
　　　　（四龍套、四上手、衆百姓、糜竺、糜芳、孫乾、簡雍、趙雲、糜夫人、甘夫人、二車夫上）
劉　備　（轉唱）【西皮原板】
　　　　　算來由命不由人。
　　　　　桃園結義秉忠信，

　　　　　保國安民破黃巾。
　　　　　虎牢關前威風凜,
　　　　　三讓徐州得美名。
　　　　　只望治亂國家定,
　　　　　誰知奸操作權臣!
　　　　　許田射鹿違聖命,
　　　　　衣帶血詔殺董承。
　　　　　我幸脫身荊州郡,
　　　　　劉表待我情義深。
　　　　　徐庶別去嘆不盡,
　　　　　三顧茅廬訪孔明。
　　　　　商量同心扶漢鼎,
　　　　　豈知兵敗走樊城。
　　　　　世事如夢拿不定,
　　　　　可嘆英雄功不成。
　　　　　連累荊州好百姓,
　　　　　攜老扶幼相隨跟。
　　　　　不覺心酸淚難忍──
　　　　（風旗上,過場,下）
劉　備　呀!
　　　　（唱）狂風刮起馬前塵。
　　　　　哎呀簡雍!
簡　雍　有。
劉　備　你看馬前這陣大風,不知主何吉凶?
簡　雍　（掐指算介）哎呀呀,此乃大凶之兆也,應在今夜。主公快棄了百姓逃走了吧!
劉　備　此言差矣!百姓們從新野相隨至此,我安忍棄之?
簡　雍　非是為臣多言。主公若不棄百姓逃走,曹兵追來,禍不遠矣。
劉　備　前面是什麼所在?
簡　雍　前面是當陽縣景山地方。
劉　備　也罷!且到當陽山下駐紮,再作計較。
簡　雍　是。

劉　備	（唱）抛却百姓心不忍，
	且到當陽見機行。
	大家小心往前進——
張　飛	（內）百姓們，趲行者！
	（衆百姓、張飛上，過場，下）
劉　備	（唱）不由珠淚濕衣襟。
簡　雍	啓主公：已到山下。
劉　備	天色已晚。吩咐衆百姓好生歇息一宵，明日早行。
簡　雍	是。百姓聽者！皇叔諭下：爾等在此山下歇息一宵，明日再行。
衆百姓	啊！
	（衆百姓、張飛上，過場，下）
劉　備	哎呀子龍啊！
趙　雲	主公！
劉　備	你看這秋末冬初，涼風透骨，黃昏將盡，哭聲遍野。好不傷感人也！
趙　雲	主公且免愁腸，保重要緊！
劉　備	大家暫且席地而坐，且等天明便了。
衆	是。（席地坐介）
劉　備	唉！
	（唱）悲風瑟瑟夜已靜，
	四面隱隱俱哭聲。
	英雄至此無限恨，
	不是愁人也斷魂。（睡介）
	（起二更）
糜夫人	（唱）【西皮原板】
	夜涼只覺透骨冷，
	點點霜露濕衣裙。
	阿斗睡覺也不穩，
	默求蒼天保太平。（睡介）
	（起三更）
劉　備	（唱）未曾朦朧先已醒，
	心驚肉戰爲何情？
	莫非是我氣數盡，

今宵怎能到天明！（睡介）

（幕内呐喊聲。衆驚起介。張飛急上）

張　飛　（唱）只聽西北殺聲近，

大哥！

　　　　曹賊連夜發追兵。

劉　備　（唱）子龍保送家眷走，

　　　　我與翼德擋曹兵。

（四曹兵、四曹將、鍾繇、鍾紳、淳于導、夏侯惇、文聘、晏明、張郃上，張飛擋介。趙雲護糜夫人、甘夫人、二車夫下）

（曹兵喊殺聲。劉備、糜竺、糜芳、簡雍、孫乾急下）

（曹兵擁上。衆百姓亂介，逃下，曹兵追下）

第 二 場

（四曹兵、文聘上）

文　聘　俺，文聘。曹丞相命俺以爲前部先行，追拿玄德。（看介）天色已明，不免擋住東頭大路，諒他難逃。衆將官，小心攔擋，捉拿劉玄德去者！

四曹兵　啊！

（劉備上）

文　聘　呔！劉玄德休走。俺文聘奉了曹丞相將令，前來拿你。還不快快下馬受縛！

劉　備　咳！文聘，你好無恥厚顏也！

（唱）【西皮二六板】

你本是荆州一小將，

劉主公待你恩德長。

忠義二字全不想，

背主求榮把曹降，

劉琮母子俱命喪，

逆賊一群獻荆襄。

吾兄陰靈豈肯放，

必有報應教你亡！

　　　　　　大罵文聘無話講，
　　　　　　何敢前來見沙場？
　　　　　　羞恥全無非人樣，
　　　　　　虧你還能對三光！
文　聘　哎呀！
　　　　（唱）文聘良心未全喪，
　　　　　　乘此逃奔向東方。
　　　　（四曹兵、文聘下）
　　　　（四曹將、張郃上，圍殺介）
張　郃　呔！劉備，快快下馬歸降！
劉　備　（唱）曹兵四面如羅網，
　　　　　　口口要我來歸降。
　　　　　　奮勇催馬向前闖！
　　　　（劉備闖介，曹兵圍介。張飛衝上）
張　飛　（唱）張爺在此少猖狂！
　　　　（張飛殺介。曹兵散開，劉備急下。張郃追下，張飛追下，眾曹兵擁下）

第 三 場

（四曹兵、四曹將、鍾縉、鍾紳、趙雲上，殺介。同下）

第 四 場

（糜芳帶箭上）
糜　芳　哎呀！方纔一隊人馬殺來，衝散主公。那趙子龍他不力救，反向西北去了，連累我受了數箭，情實可恨。我不免趕向東南報與主公知道便了！（下）

第 五 場

（眾百姓、簡雍、糜竺、糜夫人抱阿斗、甘夫人上）

簡　雍　啊呀不好,曹兵大隊又來了!

（四曹兵、四曹將、夏侯惇衝上,衆百姓、糜夫人、甘夫人跑下。夏侯惇刺簡雍、擒糜竺介,衆下）

第六場

（趙雲上）

趙　雲　（唱）黑夜之間破曹陣,
　　　　　　　　主公不見已天明。
　　　　且住!俺趙雲自四更時分,與曹兵厮殺。如今不見主公家眷。我想主公將甘、糜二位夫人,並幼主阿斗重託於我,今夜軍中失散,有何面目去見主公?不如前去決一死戰,好尋主母與幼主人下落也!
　　　　（唱）知恩報恩是本分,
　　　　　　　　上天入地去找尋。
　　　　　　　　催馬向北來找問——

（簡雍上）

簡　雍　子龍將軍,快快救我一救!

趙　雲　啊!簡先生,你可看見二位主母與小主人麽?

簡　雍　二位主母棄了車輛抱着阿斗而走。是我飛馬保護,被曹營一將刺了一槍,跌倒在地。馬被他們牽去。將軍你要救我一救!

（幕內喊殺聲）

趙　雲　那旁有隊曹兵。待俺殺將奪馬與你便了。

（四曹兵、一曹將上,起打。趙雲刺死曹將,奪馬介）

趙　雲　簡先生,今幸奪得戰馬一匹。待我扶你上馬前去,報與主公。說俺上天入地,好歹必要尋著主母與小主人。倘若尋找不著,我便戰死在沙場也!
　　　　（唱）相勞報與主公信,
　　　　　　　　說我拼死找夫人。（下）

簡　雍　哎呀!
　　　　（唱）子龍忠勇往前進,
　　　　　　　　忍痛我去報主人。（下）

第 七 場

（四老軍、四龍套、張飛、劉備上）

劉　備　（唱）漫山遍野旌旗繞，
　　　　　　　曹賊兵馬似湧潮。
　　　　　　　幸得脫身珠淚掉，
　　　　　蒼天哪！
　　　　　（唱）數萬百姓一旦拋。

張　飛　大哥，你且不用哭。如今人困馬乏。且坐此地，歇息歇息再講。

劉　備　三弟！我想這數萬生靈，皆因戀我，遭此大難。糜竺、糜芳、孫乾、簡雍、趙雲和家眷老小，不知生死存亡，叫我怎不傷心也！

張　飛　事已至此，不必傷悲。那旁好似糜芳來了。

　　　　　（糜芳上）

糜　芳　嚇煞我也！痛煞我也！

劉　備　啊！糜芳受傷了。那子龍呢？

糜　芳　子龍投奔曹操去了！

劉　備　胡說！子龍是我故友，豈能背叛？

糜　芳　我親眼看見他投向西北去了。

張　飛　是了。子龍他見我們勢窮力盡，反投曹操，以圖富貴，也是有的。

劉　備　呃！子龍從我於患難之中，心如鐵石，非富貴所能動搖也。

糜　芳　這也奇了！我親眼看見他向西北去的，如何不是降曹？

張　飛　待俺親自轉去尋他。倘若撞見，一槍將他刺死，以消此恨。

劉　備　三弟你休要多疑！子龍決不會如此負心。你可記得你二兄弟斬顏良、誅文醜之事乎？我料子龍此去，必有事故。你不可妄為！

張　飛　大哥既如此說，我且前去打聽，見機而行便了。

劉　備　這却使得，須要小心。我在前面緩緩而行，等候於你。

張　飛　小弟知道了。

劉　備　你們跟隨三將軍前去，須要早回！

四老軍　啊！

張　飛　（唱）見機而行弟知道，
　　　　　　　飛馬轉去探一遭。

（張飛、四老軍下）

劉　　備　（唱）子龍忠義我知曉，
　　　　　　　　何況患難舊故交。
　　　　　　　　三弟此去性暴躁，
　　　　　　　　但願同來免離拋。
　　　　　　　　糜芳緩緩前引道，
　　　　　　　　蒼天何苦困英豪！

（衆同下）

第 八 場

（趙雲上）

趙　　雲　（唱）匹馬單槍來尋找，
　　　　　　　　不見主母心內焦。
　　　　　　　　睜開虎目高聲叫，
　　　　　　　啊主母！

（軍卒上）

軍　　卒　趙將軍，救我一救！
趙　　雲　啊！
　　　　　（唱）你是何人說根苗？
軍　　卒　小人乃是劉使君帳下護送車輛的小軍，被箭射倒在此。
趙　　雲　你可看見二位主母麼？
軍　　卒　適纔看見甘夫人披頭跣足，相隨一群百姓向南方去了。
趙　　雲　如此，你可隨我向南趕去！
　　　　　（唱）失散主母罪非小，
　　　　　　　　追尋哪怕賊奸曹！

（趙雲、軍卒下）

第 九 場

（甘夫人上）

甘夫人　（唱）兵荒馬亂四逃奔，

　　　　　　天明不見皇叔身。
　　　　　　　悲悲切切來藏隱——
　　　　（趙雲上）
趙　雲　（唱）來了常山保駕人。
甘夫人　趙將軍來了？
　　　　（趙雲下馬，拜介）
趙　雲　主母受驚，雲之罪也！請問主母：幼主與糜夫人安在？
甘夫人　我與她棄了車仗，藏在百姓群內步行。忽然來了一支人馬，將我們衝散。糜夫人懷抱阿斗，不知逃往何處去了！
　　　　（幕內吶喊聲）
趙　雲　啊！那廂來了一支人馬。主母且請站在坡上，待我斬將奪馬。
　　　　（四曹兵綁糜竺上。【急三槍】牌子。淳于導上）
趙　雲　哎呀，馬上綁的好似糜竺。呔！賊子休走，看槍！
　　　　（趙雲刺死淳于導，四曹兵逃下。趙雲與糜竺鬆綁介）
趙　雲　糜子仲如何被擒？
糜　竺　我正欲尋主公逃走，遇著此人，名叫淳于導，乃曹仁部下之將，將我擒住。幸得將軍相救。你可知道主公的下落麼？
趙　雲　俺同主母失散，四處尋找，遇見甘夫人在此。快快請來上馬，同去尋找主公。
糜　竺　請！
甘夫人　（唱）只說亂軍必喪命，
　　　　　　　幸得相逢忠勇人。
　　　　　　　但願脫身離陷阱，
　　　　　　　一家團圓保安寧。
　　　　（眾同下）

第 十 場

　　　　（四老軍、張飛上）
張　飛　（唱）適纔簡雍來報信，
　　　　　　　方知忠勇將趙雲。
　　　　　　　催馬長坂坡前等，

（甘夫人、糜竺、趙雲上）

趙　雲　（唱）只見坡前三將軍。

張　飛　呔！子龍，你敢反我大哥嗎？

趙　雲　哎呀，哪有此事！我尋不見主母與小主人，因此落後。何言反耶？

張　飛　若非簡雍報信，我豈肯與你甘休？

趙　雲　主公今在何處？

張　飛　現在前面松林之內。

趙　雲　糜子仲，你保甘夫人去見主公，就説我好歹要尋找糜夫人和小主人。

張　飛　呔！子龍，曹兵厲害。待俺去找嫂嫂、侄兒，你快快過橋！

趙　雲　翼德，你好小量俺也！

　　　　（唱）自古英雄有血性，

　　　　　　豈肯怕死與貪生？

　　　　　　此去找尋無蹤影，

　　　　　　枉在人世走一巡。（下）

張　飛　哈哈哈……好子龍啊！請嫂嫂過橋。

甘夫人　（唱）不見阿斗淚難忍，

　　　　　　但願找得糜夫人。

　　　　（甘夫人、糜竺下）

張　飛　（唱）子龍果然算忠勇，

　　　　　　老張低頭自思忖。

　　　　且住！子龍此去，必然與曹操大戰。倘有賊兵擁來，如何是好？（想介）唔，有了。三軍們，你等去樹林之內來往疾走，以爲疑兵。

四老軍　請問三將軍，這是什麼意思？

張　飛　呔！這是你三爺爺的好計。快去！

　　　　（四老軍下）

張　飛　（唱）怕的曹賊追兵緊，

　　　　　　走馬拖起林中塵。（下）

第十一場

（四曹兵、夏侯恩上）

夏侯恩　（唱）大將出兵威風凜，
　　　　　　　身背寶劍似天神。
　　　　俺夏侯恩，乃曹丞相帳下背劍大將軍是也。自恃勇猛，帶領兵丁，四路擄掠。今日生擒劉玄德，活捉趙子龍，方顯俺夏侯恩本領也！
　　　　（唱）好歹只在這一陣，
　　　　（趙雲上）

趙　雲　呔！
　　　　（唱）相逢教爾槍下傾！
　　　　（起打。趙雲刺夏侯恩、四曹兵死介）

趙　雲　呀！
　　　　（唱）交鋒一合賊喪命，
　　　　　　　只見他身旁放光明。
　　　　且住！這賊身旁背了寶劍一口，光芒耀眼。待俺下馬看來！
　　　　（唱）忙下雕鞍離金鐙，
　　　　　　　解開寶劍看分明。
　　　　"青釭劍"！哈哈！哈哈！啊哈哈哈……原來是一口寶劍。此乃天賜俺趙雲也。我今日有了此劍，遠者槍挑，近者劍砍。曹賊呀曹賊，俺趙雲就是你的對頭也！
　　　　（唱）扳鞍上馬衝賊陣，
　　　　（四曹兵、四曹將上，起打。趙雲殺曹兵、曹將介）

趙　雲　（唱）哪怕曹賊百萬兵！
　　　　哈哈哈……（下）

第 十 二 場

　　　　（【急急風】。四曹兵，張郃上，挖門，領起。糜夫人上，張郃箭射糜夫人介）

糜夫人　哎呀！（中箭倒地介）
　　　　（張郃、四曹兵下）

糜夫人　（唱）【西皮搖板】
　　　　　　　只望軍中逃性命，

誰知受傷步難行。
勉強抱子來紮挣,
（哭介）喂呀……（小圓場）
缺墻之内暫安身。
（趙雲上）

趙　雲　（唱）飛馬沙場逢人問,
糜夫人　（哭介）喂呀……
趙　雲　（唱）前面缺墻有哭聲。
即忙向前來探信,（看糜夫人介）
哎呀！
果然懷抱小主人。（拜介）
哎呀！主母不必啼哭,趙雲在此。
糜夫人　哎呀呀,這就好了！妾今幸得將軍前來,阿斗有命矣。將軍,可憐他父飄蕩半世,只有這點骨血,將軍可護此子,叫他得見父面。妾死無恨矣。
趙　雲　夫人受傷,雲之罪也。不必多言,快請上馬。趙雲步行死戰,保護夫人殺出重圍！
糜夫人　不可！將軍無馬,怎能交戰？此子全賴將軍保護。妾已重傷,死何足惜！望將軍抱了此子前去,勿以妾爲累也。喂呀！（哭介）
（幕内吶喊聲）
趙　雲　哎呀,賊兵喊聲逼近。快請夫人上馬,不可遲延,誤了大事！
糜夫人　妾身傷重,實實難行,休得兩誤。此子性命,全在將軍身上。快快去吧！
（遞阿斗介）
趙　雲　哎呀主母,不必遲延,快請上馬！
糜夫人　哎呀將軍哪！
（唱）非是妾身不行走,
無奈將軍只一人。
失却戰馬難交戰,
曹兵到來兩傷生。
（幕内吶喊聲）
趙　雲　哎呀夫人哪！

糜夫人	（唱）千言萬語你不肯， 　　　　曹兵到來怎樣行？
糜夫人	哎呀天哪，蒼天！ （唱）蒼天如何不憐憫， 　　　　將軍無馬怎戰征！ （幕內吶喊聲）
糜夫人	（唱）我今趁此墜下井， 　　　　好讓阿斗早逃生。 兒呀！ 　　　兒見父面是要緊， 　　　爲娘一死也甘心。 （幕內吶喊聲）
趙　雲	哎呀不好了，賊兵他殺來了！
糜夫人	（唱）壽活百歲終命盡， 也罷！ 　　　不如留個節烈名。 將軍，你看那旁有人來了！ （趙雲回頭一看，糜夫人跳井介，下）
趙　雲	哎呀！ （唱）一見夫人墜下井，（跪叩介） 　　　　哭壞常山將趙雲。 　　　　推倒缺墻遮掩定， 　　　　解開甲胄藏主人。 　　　　扳鞍上馬衝賊陣—— （四曹兵，晏明上）
趙　雲	哦！ （唱）來將快快通姓名！
晏　明	呔！聽者：俺乃曹洪將軍麾下大將晏明，前來取你首級！
趙　雲	無名小輩，看槍！ （起打，趙雲刺晏明死介。四曹兵跑下）
趙　雲	（唱）無名小將敢見陣， 　　　　馬前頃刻命歸陰。

催趲坐騎向前奔，

（四曹兵、張郃上）

張　郃　（唱）張郃前來將你擒。

（起打。趙雲敗下，張郃原人追下）

第 十 三 場

（【急三槍】牌子。馬延、焦觸、張顗、張南上）

馬　延　馬延
焦　觸　焦觸
張　顗　張顗
張　南　張南
馬　延　趙雲殺法驍勇。你我一齊上陣，四面圍殺，必擒此人！
焦　觸
張　顗　殺！
張　南

（【合頭】。同下）

第 十 四 場

（趙雲上）

趙　雲　（唱）四面八方曹兵緊，
　　　　　　　身抱幼主難脫身。
　　　　　　　只得奮勇往前進——

（張郃上）

張　郃　呔！

（唱）想脫重圍萬不能！

（許褚、李典、樂進、曹仁、文聘、張遼、夏侯惇、夏侯淵上，圍打。趙雲陷坑介，火彩，現龍形。張郃刺介，趙雲奪槍介，張郃愣介。眾敗下）

趙　雲　哈哈哈……

（唱）紅光照耀困龍飛，

　　　　　征馬衝開長坂圍。
　　　　　想是後來真命主，
　　　　　趙某因得顯神威。
　　　　吠！曹營有膽量的來呀！
　　　　（張延、焦觸、張顗、張南上，殺介，俱被趙雲刺死介）
趙　雲　哈哈哈……（下）

第 十 五 場

　　　（張郃原人上，挖門）
張　郃　且住！趙雲頭上一道紅光，跳出土坑，莫非後來福命甚大？追趕也是無益。眾將官，殺往別處去者！
衆　　　啊！

第 十 六 場

曹　操　（內唱）【西皮導板】
　　　　　旌旗招展龍蛇影——
　　　（西紅文堂、四紅大鎧、許褚、曹洪、程昱、蔣幹引曹操上，一傘夫隨上）
曹　操　（唱）【西皮流水板】
　　　　　干戈擾攘照眼明。
　　　　　細想劉備實可恨，
　　　　　竟敢忘了保奏恩。
　　　　　青梅煮酒英雄論，
　　　　　聞雷失箸妙計生。
　　　　　逃脫徐州來拿問，
　　　　　河北兵敗去古城。
　　　　　投入劉表荊州郡，
　　　　　蛟龍得水難治平。
　　　　　幸得劉琮喪了命，
　　　　　荊襄九郡歸太平。

　　　　　井底之蛙難逃遁，
　　　　　今日必將玄德擒。
　　　　　衆將上山把路引，
衆　　啊！
　　　（衆上山介）
曹　操　（唱）眼望山川起烟塵。
　　　（趙雲上，曹兵、曹將上，起打。曹兵、曹將敗介）
曹　操　（唱）耳邊只聽戰鼓震，
　　　　　軍中一將似天神。
　　　　　馬頭到處人頭滾，
　　　　　劍砍槍挑血屍橫。
　　　　　這員虎將實英勇，
　　　　　教他快快通姓名。
　　　（趙雲打曹兵、曹將敗下）
曹　操　啊！軍中一將，勇不可當。所到之處，衆將敗走。曹洪，快快問來！
曹　洪　得令！呔！軍中敗將，可留姓名？
趙　雲　吾乃常山趙子龍是也！
曹　洪　哎呀好將！
　　　（趙雲下）
曹　洪　啓丞相！乃是常山趙子龍。
曹　操　真乃虎將也！孤當生擒之。曹洪聽令！
曹　洪　在。
曹　操　飛馬報與各處衆兵將得知：趙子龍所到之處，不許暗放冷箭，只要活捉獻功。違令者斬！
曹　洪　得令！（下）
曹　操　趙雲真乃虎將也！
　　　（唱）世傳虎將今方信，
　　　　　子龍可算真將軍。
　　　　　衆將下山忙傳令，
　　　　　安排牢籠要活擒。
　　　哈哈哈……
　　　（同下）

第 十 七 場

（趙雲上）

趙　　雲　哈哈哈……
　　　　　（念）曹操傳將令，
　　　　　　　　大小兵丁聽。
　　　　　　　　只要活子龍，
　　　　　　　　不要死趙雲。
　　　　　這場大戰，砍倒大旗兩面，奪槊三條。槍挑、劍砍殺死曹營軍將五十餘員，兵馬不計其數。真不負俺平日英雄也！正是：
　　　　　（念）血染戰袍透甲紅，
　　　　　　　　當陽誰敢與爭鋒？
　　　　　　　　打開甲冑觀幼主，
　　　　　哈哈！哈哈！啊哈哈哈……
　　　　　（念）喜壞常山趙子龍。
　　　　　（鍾縉、鍾紳上）

鍾　　縉
鍾　　紳　呔！趙雲，還不下馬受綁，等待何時？

趙　　雲　來者何人？

鍾　　縉
鍾　　紳　俺乃曹丞相帳前鍾縉鍾紳是也。

趙　　雲　無名小輩，看槍！
　　　　　（起打。趙雲刺死鍾縉、鍾紳介）
　　　　　（趙雲哨望介。文聘、張郃、曹洪、許褚上，起打。趙雲敗下，眾追下）

第 十 八 場

（張飛上）

張　　飛　（唱）子龍一去無音信，
　　　　　　　　不知交戰死和生。

勒馬且上橋梁等——
（趙雲上）

趙　　雲　（唱）殺透重圍血滿身。
翼德，快快援我！

張　　飛　子龍速速過橋。追兵到此，我自擋之。

趙　　雲　有勞了！（勒馬過橋介，下）
（四紅文堂、四紅大鎧、張郃、文聘、曹洪、許褚、夏侯傑、程昱、蔣幹引曹操上）

張　　郃　啟丞相：張飛匹馬單槍，獨立長橋，恐是諸葛亮之詭計，故爾不敢進兵，請丞相觀看。

曹　　操　待孤看來！

張　　飛　呔！張翼德在此，誰敢與老子決一死戰？

曹　　操　昔日關羽曾向我言，張翼德于百萬軍中取上將首級，如探囊取物，不可輕敵。

張　　飛　呔！燕人張翼德在此，誰敢前來與我戰上幾百回合？
（曹將無人敢應）

張　　飛　哈哈！哈哈！啊哈哈哈……

夏侯傑　我的媽呀！（倒介）
（曹操原人急退下）

張　　飛　哈哈哈……這個毬囊的，被俺嚇走了。三軍的，你們將橋梁拆斷，免得曹兵過河！

眾　　　（內）啊！

張　　飛　曹操哇曹操！
（唱）長坂橋頭殺氣生，
　　　橫槍立馬眼圓睜。
　　　一聲好似轟雷震，
　　　喝退曹操百萬兵。
哈哈！哈哈！啊哈哈哈……
（【尾聲】，張飛下）

漢 津 口

王鴻壽　編演

解　題

　　京劇。王鴻壽編演。《京劇劇目初探》《京劇劇目辭典》著録，題《漢津口》，一名《摔子驚曹》。未署作者。劇寫長坂坡之戰，趙雲懷抱阿斗力戰突圍，將阿斗交給劉備。劉備摔子以慰藉血戰的趙雲。張飛拆橋阻擋曹軍回報劉備。曹操判斷，張飛拆橋乃心怯，命將士急追劉備。危急關頭，諸葛亮和關羽從江夏借得劉琦援兵，一同前來救應，擋住曹操，保護劉備一行安全渡過漢津口，同往江夏。本事出於《三國演義》第四十二回。《三國志·蜀書·先主傳》與同書《關羽傳》裴松之注引《蜀記》載有此事。元刊《三國志平話》有劉備摔子一節。清盧勝奎編有京劇《漢津口》一本。版本今有《關羽戲集》李洪春演出本。今以李洪春演出本爲底本進行整理。

第　一　場

（四文堂、關羽上）

關　羽　（念）【引】威震乾坤，扶漢室，一點丹誠，秉赤心！
　　（念）（詩）忠義一腔貫古今，
　　　　　　補天化日慶昇平。
　　　　　　英雄儕輩稱天子，
　　　　　　怎比當年古聖人。
　　某，漢室關。可恨曹操，上欺天子，下壓群臣，誆哄孺子劉琮，獻了荆襄，反遭其害。某大哥棄了新野，欲取荆州。曹兵百萬，追趕甚緊。因此孔明先生令吾前來江夏，與公子劉琦調兵救急。怎奈劉琦染病未愈，不能發兵。使某焦躁也！

(唱)【西皮導板】
　　　炎漢家運氣衰令人悲悼。
(轉唱)【西皮原板】
　　　嘆不盡創業主勞苦功高，
　　　漢劉邦三尺劍斬却蟒蛟。
　　　承天意下咸陽滅秦除暴，
　　　蕭相國薦韓信火燒棧道。
　　　楚霸王喪烏江波浪滔滔，
　　　四百年錦江山雨順風調。
　　　王莽後出董卓今又曹操，
　　　衆黎民陷水火有苦難告。
　　　我大哥帝室胄欲將國保，
　　　時不至空使人枉費劬勞。
(劉琦上)

劉　琦　(唱)這幾日染沉病今日略好，
　　　　　　進帳去與叔父共議破曹。
　　　　姪兒參見叔父！
關　羽　公子少禮！
劉　琦　啊，君侯。劉琦抱病失信，貽誤大事。有罪，有罪！
關　羽　公子貴恙痊癒，即速傳令發兵，前去救應，恐皇叔懸望。
劉　琦　叔父之事，小姪急如星火，適纔已發令傳諭，大小將官，府堂伺候。
關　羽　如此點將前往。
　　　　(報子上)
報　子　公子，孔明軍師到。
關　羽
劉　琦　(同)孔明先生爲何來此？快快有請！
報　子　有請！
　　　　(龍套、車夫、諸葛亮上)
關　羽
劉　琦　(同)參見先生。
諸葛亮　少禮。
關　羽　軍師，某大哥現在何處？

諸葛亮　此刻閑言不及叙了，主公兵敗當陽，盼望救兵不到，故此我親自來求救，望公子念昔日之情，即速接應！

劉　琦　哎呀！俺劉琦一聞叔父兵敗之訊，恨不能插翅前去，怎奈患病數日，二叔父到此，正欲發兵，不想軍師到來。

諸葛亮　如此快快點齊衆將。

劉　琦　衆將聽令！

　　　　（衆將上）

衆　將　參見軍師。

諸葛亮　兩旁聽令！

劉　琦　就請軍師發令。

諸葛亮　有僭了。二將軍聽令！命你領兵一萬，從漢津陸地前往當陽，接應主公，不得遲誤！

　　　　（唱）顯神威領雄兵接應切要，
　　　　　　　阻漢賊扶炎漢全在今朝。

關　羽　得令！

　　　　（唱）在府堂領將令曉諭小校，
　　　　　　　斬曹操準備俺偃月寶刀。（下）

諸葛亮　（唱）關雲長此一去嚇煞曹操，
　　　　　　　還得要劉公子水路分勞。

　　　　公子，你可帶兵一萬，從荆江水路前往救應，我自在夏口料理。舟船之上，須要小心。

劉　琦　得令。

　　　　（唱）多謝了好軍師將兵提調，
　　　　　　　去水路接皇叔何懼辛勞。（下）

諸葛亮　（唱）【西皮搖板】
　　　　　　　曾學得黃石公兵機玄妙，
　　　　　　　秉忠心保皇叔輔佐漢朝。

　　　　看二將軍、劉琦水陸二路已去，諒可無慮，我趁此時，前去夏口料理。左右，隨我去者！

　　　　（接唱）這二路安排定諒已可保，
　　　　　　　趁此時回夏口運籌略韜。（下）

　　　　（衆同下）

第 二 場

（衆將、曹操上）

衆　將　（同）哎呀，好厲害呀！

曹　操　啊！張飛大吼一聲，猶如霹靂一般！我營百萬之衆，聞聲而逃。想昔日關羽曾在許昌言道：張飛在百萬軍中，取上將之首級，猶如探囊取物一般。衆將，以後若遇張飛，不可輕敵，速速回兵者。

衆　將　啊！

曹　操　（唱）【西皮導板】

　　　　　張翼德長坂橋天神模樣，

　　　　（轉唱）【西皮流水板】

　　　　　嚇壞了曹孟德馬蹄奔忙。
　　　　　怕的是吼一聲如同雷響，
　　　　　怕的是諸葛亮埋伏橋旁。

許　褚
張　遼　（內）馬來！

（許褚、張遼上）

許　褚
張　遼　（唱）又不曾打敗仗丞相何往？

　　　　　急趕來扶玉鞍挽住絲韁。

　　　　丞相休驚，張飛一人，何足深懼？急令回軍，殺上前去，劉備可擒也！

曹　操　唉，爾等哪裏知道也！

　　　（唱）擒劉備這三字再也休講，
　　　　　怕的是豹子頭鬢眼老張。
　　　　　幸喜得我首級還在項上，
　　　　　且退兵息爭戰免了恐慌。

衆　將　丞相身經百戰，會過多少有名上將，尚且不懼。今遇張飛，未曾交鋒，聞聲而退。張飛雖勇，寡不敵衆，丞相何其弱也？

曹　操　衆將！非是老夫怕他，不戰而退，昔日關雲長有言，張翼德在萬馬軍中，取上將首級，猶如探囊取物，今恐有傷諸將，故此退走。

眾　將　若如丞相之言，我等皆是無用之輩了！
　　　　（唱）【西皮搖板】
　　　　　　隨丞相經百戰無人抵擋，
張　遼　（接唱）今日裏遇張飛未分弱強。
曹　仁　（接唱）大家去長坂橋莫要驚慌，
曹　操　眾將哪裏去了？
眾　將　（接唱）擒桃園保丞相駕坐許昌。
曹　操　住了！爾等既要前去大戰張飛，待老夫差人打探長坂橋消息，再戰不遲。
眾　將　啊！
曹　操　許褚、張遼聽令！
許　褚
張　遼　（同）在。
曹　操　命你二人即去長坂橋邊，探看張飛如何？速來回報。
　　　　（唱）【西皮搖板】
　　　　　　你二人探消息小心前往，
　　　　　　遇張飛急跑回遲恐有傷。
許　褚
張　遼　（同）得令。
張　遼　（接唱）說一派喪氣話軍威不壯，
許　褚　（接唱）且去看是真否便知端詳。（同下）
曹　操　（接唱）我本是驚弓鳥謹慎爲上，
　　　　　　他二人初生犢不怕虎狼。
　　　　眾將！爾等休逞血氣之勇，藐視張飛，我今說與爾等聽者！
　　　　（唱）只見他眼與鬚那等怪相，
　　　　　　便可知戰呂布天下名揚。
　　　　　　我與你惜性命豈可孟浪，
　　　　　　那張飛丈八矛英勇非常。
　　　　（許褚、張遼上）
許　褚
張　遼　（同唱）探知他退當陽回復丞相，
　　　　　　霎時間影無蹤拆斷橋梁。
　　　　啟稟丞相：那張飛拆斷橋梁而去。

曹　操　啊，那張飛拆斷橋梁而去！哈哈哈！
　　　　（唱）聽此言不由人大笑拍掌，
　　　　　　　諒張飛他也知曹某之強。
衆　將　（唱）適纔間欲退兵多少惆悵，
　　　　　　　問丞相因何事喜氣眉揚。
　　　　丞相，爲何發笑？
曹　操　我不笑別人，只笑張翼德到底怕我，拆橋而走，衆將官！
衆　將　啊！
曹　操　傳令速搭浮橋三座，今夜便要過去，擒那劉備。
李　典　丞相此去，恐諸葛亮用誘兵之計，不可輕去。
曹　操　張飛一勇之夫，豈有此智。搭橋只恐不及，傳令衆將，各取大石一塊，填平河溪，追趕劉備，違令者斬！
　　　　（唱）又有兵又有將誰能阻擋，
　　　　　　　投砂石便可以填平長江。
　　　　　　　擒劉備釜底魚休得輕放，
　　　　　　　再遇見猛張飛有我莫慌。
（曹操、衆將同下）

第　三　場

（糜竺、糜芳、甘夫人、劉備上）
劉　備　（唱）敗當陽過長江夏口逃奔，
　　　　　　　猛回頭望不見襄陽縣城。
　　　　　　　堪可嘆十餘萬百姓生靈，
　　　　　　　劉荊州生劣子誤了黎民。
　　　　哎，想我劉備，好生命苦！實指望困守新野，緩圖功業；誰知兵敗當陽，竟成畫餅。子龍雖然救得甘夫人，還有那糜夫人與阿斗尚無著落。三弟又去接應，未知吉凶，使我好不放心。
衆　人　主公但請放心，子龍、翼德，定保阿斗無恙也！
劉　備　縱然救得此子，怎奈新野十萬百姓身遭慘毒，好不傷人心也！
　　　　（唱）自桃園三結義誓扶漢鼎，
　　　　　　　與關張投公孫建立功勳。

　　　　　　在安喜鞭督郵棄了縣印，
　　　　　　仗大義救孔融陶謙讓城。
　　　　　　收呂布却反被呂布兼併，
　　　　　　飲曹操青梅酒一場虛驚。
　　　　　　失徐州投河北袁紹不信，
　　　　　　幸喜得關二弟挂印封金。
　　　　　　弟兄們古城會團圓僥倖，
　　　　　　又失機投荆州新野安身。
　　　　　　吃盡了千般苦萬種悲恨，
　　　　　　到如今反落得奔波飄零。
　　　　（衆人啼哭）
劉　備　（接唱）看起來功業事無有憑準，
　　　　　　　　不由人傷心處淚滿衣襟。
趙　雲　（内）主公慢走！
　　　　（趙雲上）
趙　雲　（唱）血染了素白袍銀甲紅映，
　　　　　　　亂軍中救不出糜氏夫人。
　　　　　　　見主公忙下馬惶愧不定，
　　　　哎呀主公啊！
　　　　（接唱）失夫人臣之罪萬死猶輕。
劉　備　（接唱）可憐你血染袍勇力用盡，
　　　　　　　　因何事忽然間兩淚淋淋？
　　　　　　　　這期間反叫我惶愧不定，
　　　　　　　　恨只恨福分淺有累賢卿。
　　　　啊，子龍，吃苦了！
趙　雲　哎呀主公啊！趙雲之罪，萬死猶輕。
劉　備　啊，何耶？
趙　雲　糜夫人身帶箭傷，不肯上馬，投井而死！
　　　　（甘夫人哭泣）
趙　雲　趙雲只得推倒土墻，填井掩埋。
　　　　（劉備哭泣）
趙　雲　雲便懷抱公子，力突重圍。賴主公洪福，幸而得脱。

劉　備　阿斗何在？
趙　雲　適纔公子尚在懷中啼哭，此時不見動靜，想是不保了！
甘夫人　（驚哭）速速看來！
劉　備　唉！
趙　雲　待雲解甲看來。咦！他倒睡著了！幸得公子無恙，主公請看！
劉　備　（接過阿斗）小畜生！爲了你這孺子，幾乎傷我一員股肱大將也！
　　　　（唱）說不得年半百子是根本，
　　　　　　　爲孺子險喪我股肱之臣。
　　　　　　　思想起怒冲冲要爾做甚？（欲摔阿斗）
　　　　　　　我豈肯學袁紹溺愛不明。
甘夫人　（哭泣）哎呀皇叔啊！
　　　　（唱）趙子龍行忠勇幸無傷損，
　　　　　　　小阿斗也算是死裏逃生。
　　　　　　　此時間真可算險中僥倖，
　　　　喂呀呀呀！
　　　　（接唱）望垂憐乞恕他無知無聞。
趙　雲　主公啊！
　　　　（唱）在疆場受辛勞雲之本分，
　　　　　　　又何必將公子摔落埃塵？
　　　　　　　似這般愛將意猶如堯舜。（哭泣）
　　　　　　　趙子龍願獻上碧血丹心。
　　　　蒙主公如此厚恩，雲雖肝腦塗地，也不能相報於萬一也！
　　　　（唱）蒙大德待趙雲如此信任，
　　　　　　　縱然是碎肝腦也難報恩。
劉　備　（接唱）我與你患難交兄弟相稱，
　　　　　　　又何必分彼此談論報恩。（遞阿斗與甘夫人）
甘夫人　（接唱）可憐我小姣兒險些喪命，
　　　　　　　最可嘆殉難的糜氏夫人。
　　　　（四軍門、張飛上）
張　飛　（唱）長坂橋喝一聲曹兵退淨，
　　　　　　　到柳林說與我大哥知聞。
　　　　大哥！俺退了曹兵了。

劉　備　三弟，你是怎樣退的？
張　飛　俺獨立橋上，大喝一聲，把那曹兵都嚇跑了！小弟心生一計，將橋梁拆斷，量那曹兵一輩子也過不來了！
劉　備　唉，我弟勇則勇，惜乎失了計較。
張　飛　啊？怎麼失了計較？
劉　備　曹操多謀，你今斷橋，彼必來追趕矣！
張　飛　他被我一喝，倒退數里，爲何反來追趕？
劉　備　你不斷橋，彼恐我有埋伏，不敢進兵。今既拆斷橋梁，彼料我軍怯戰，必來追趕。他有百萬之衆，江河可填石而過，豈懼一橋之斷也！
張　飛　這……
劉　備　（唱）勸賢弟你休誇自己本領，
　　　　　　　弄巧計反成拙惹來追兵。
趙　雲　主公言的極是，速從小路投漢津而去。
張　飛　哎咦，張飛你錯了！
　　　　（唱）我只說拆橋梁又牢又穩，
　　　　　　　想不到他有兵還能填平。
　　　　　　　尊大哥柳林下你且略等，
劉　備　哪裏去？
張　飛　（接唱）我再去搭起了橋曹兵必驚。
劉　備　住了！
　　　　（唱）笑三弟說此話又乖又蠢，
　　　　　　　曹孟德又不是三歲童生。
（內吶喊聲）
趙　雲　（接唱）塵土起烏雲合遙見旗影，
張　飛　（接唱）緊戰袍忙上馬準備戰爭。
趙　雲　哎呀主公啊！後面塵土四起，曹兵即至，速上馬前去。
劉　備　三弟開路，子龍押後隊，漢津去者！
衆　將　得令！
劉　備　（唱）受不盡凶險苦鋒劍白刃，
　　　　　　　戰不退奸雄賊亂國曹兵。
　　　　　　　車和馬向夏口風卷雲緊，
　　　　　　　但願得有船隻起渡漢津。

（眾人同下）

第　四　場

（眾將引曹操上）

曹　操　（唱）追桃園兵將勇龍吟虎嘯，
　　　　　　　此一番膽包天個個英豪。
　　　　　　　似簇擁轉眼時小山過了，
　　　　　　　望平原是一派旌旗飄搖。
眾　將　啓丞相：已是長坂斷橋了。
曹　操　爾等各抱石頭一塊，填塞溪河，追趕劉備，違令者斬。
眾　將　啊。
曹　操　（唱）每一人抱一塊不分大小，
　　　　　　　填平這小溪河也算功勞。
　　　　　　　頃刻間水斷流成了路道，
　　　　　　　呵哈哈哈！
　　　　　（接唱）何必要費功夫搭起浮橋。
眾　將　啓丞相：橋已填滿。
曹　操　眾將聽令！
眾　將　啊。
曹　操　今日劉備，如同釜中之魚，牢中之虎。若不就此擒之，一如放魚入河，縱虎歸山。須速努力向前，不得違誤！
　　　　　（唱）釜中魚牢中虎容易擒到，
　　　　　　　休放他入大海歸山脫逃。
　　　　　　　生擒者萬戶侯凌烟閣表，
　　　　　　　要成功忙催鞭就在今朝。
（眾人同下）

第　五　場

關　羽　（內唱）【西皮導板】
　　　　　　　青龍偃月威風凛，

（四龍套、馬童、關羽上）

關羽　（唱）【西皮原板】
　　　　　赤兔胭脂起風雲。
　　　　　提起曹操衝天恨，
　　　　　許田射鹿藐視君。
　　　　　弄權意在奪漢鼎，
　　　　　猶如王莽之後身。
　　　　　桃園弟兄秉忠正，
　　　　　誓必扶轉漢乾坤。
　　　　　相逢曹操難饒命，
　　　　　但願除奸在漢津。

（四龍套、馬童、關羽下）

第 六 場

（衆引張飛、趙雲、糜竺、甘夫人抱阿斗、劉備同上）

劉備　（唱）兵敗當陽何足論，
　　　　　借兵江夏渡漢津。
　　　　　曹兵百萬難抵擋，
　　　　　車滯馬遲愈覺慌。
　　　　　前行不走舉目望，
　　　　哎呀！
　　　　　汪洋一片是長江。
　　　唔呼呀！行至此地，前有大江，後有追兵，這便如何是好？
張飛　大哥！怕些什麼？曹兵到來，待俺與他決一死戰。
劉備　唉，人雖不怕，馬匹困乏，如何是好？
　　　（唱）此時已難逞强壯，
　　　　　務須留意再緊防。
　　　　　加鞭催馬向前往，（內喊聲）
　　　　　奮勇抗敵休著慌。

（曹將上，開打。劉等下，再上。曹將追下，再追上，開打。曹操暗上）

劉　備　（唱）二次又入虎穴境，
曹　操　眾將官！軍中騎白馬的，就是劉備。有人生擒者，加封萬戶侯。
劉　備　呸！
　　　　（接唱）把話說與列位將軍：
　　　　　　　　我本是新野縣逃難的百姓，
　　　　　　　　望列位放我走感你等大恩。
曹　操　不要聽他的謊言。
劉　備　罷！
　　　　（唱）勒韁催馬往外闖，
　　　　（張飛上）
張　飛　（唱）後面來了翼德張。
　　　　（救劉備下。曹操率眾將追下）

第　七　場

　　　　（關羽原人上。張飛、劉備原人上）
張　飛　二哥你來了，殺這些王八旦的！
　　　　（曹操原人上）
許　褚　來將？
關　羽　漢壽亭侯關。
曹　操　吾中孔明之計矣！大軍速退！
　　　　（曹將敗下，曹操溜下）
關　羽　小弟來遲，兄長受驚了。
劉　備　不是賢弟前來，必遭毒手。
關　羽　二嫂為何不在？
劉　備　唉，在當陽亂軍之中投井而亡了！
關　羽　唉，可憐！可嘆！大哥，昔日許田射鹿之時，若從我意，殺了曹操，決無今日之患！
劉　備　我於那時，唯恐投鼠忌器，而今曹兵雖退，還恐復來，即往江岸尋船，到了夏口再講。
眾　人　有理。夏口去者！
劉　備　（唱）渡江要緊休孟浪，

　　　　　尋覓船隻渡蘆旁。
　　　　　今日生死由天掌，
關　羽
張　飛　（同唱）盡可放心少驚慌。
趙　雲

　　　（衆人同下）

第　八　場

　　　（曹將一捧相貂、一捧玉帶，引曹操【亂錘】上）
曹　操　又中了諸葛之計也！
　　　（唱）孔明用計果然精，
　　　　　遍地都有埋伏兵。
　　　　　心膽嚇破頭發暈，
　　　　　渾身却是冷如冰。
　　　哎呀呀，唬煞我也！老夫原説拆斷橋梁是張飛之計，爾等不信，必要追趕。果然關雲長埋伏在彼。不是跑得快，定遭毒手了！
衆　將　丞相的膽太小了，我兵百萬之衆，怕他何來？
曹　操　怕是不怕，只是那關羽，刀急馬快，猶如白馬坡上斬顏良一般。百萬軍中，將我首級取去，你們又待如何？
衆　將　那也未必。請丞相上好冠帶。
曹　操　你們將冠帶撿著了？
衆　將　是。請丞相戴好。
曹　操　我只顧催馬性急，竟落了冠帶。來來來！與我穿戴起來。
衆　將　啊。
曹　操　（唱）並非懼怕逃性命，
　　　　　馬走驚慌掉冠纓。
　　　　　按轡重整威風振，
　　　　　孔明枉稱有才能。
　　　哈哈哈！
衆　將　丞相爲何發笑？
曹　操　我想濮陽逢呂布，火燒不死；渭南戰馬超，箭射不死；今日追劉備，跑跌不死。這三不死,只怕還有立大功業,掃靖四海之日。

衆　將　丞相洪福,必然如意。

曹　操　劉備逃走,恐他水路奪取江陵,結連東吳,爲患不小,你們有何計較?

張　遼　丞相且屯兵荆江,遣使馳檄東吳,請孫權會獵於江夏,共擒劉備,同分荆州之地,永結盟好。孫權必驚疑而來降,則大事濟矣!

曹　操　此言極是!傳檄孫權,同擒劉備,倘他不從,我便興兵百萬之衆,大下江南,以取東吳也!衆將聽令:屯兵漢津,傳檄江南!

衆　將　啊。

曹　操　(唱)兵壓江陵六州郡,
　　　　　　東吳孫權膽顫驚。

(曹操、衆同下)

第　九　場

(衆引劉琦上)

劉　琦　(唱)失却荆州恨非小,
　　　　　　辜負前人汗馬勞。
　　　　　　咬牙切齒恨曹操,
　　　　　　吞謀冤讎何日消。
　　　　我,劉琦。奉了孔明軍師之命,自江夏乘船,前來接應叔父。

衆　將　禀少爺:對岸似有人馬前來。

劉　琦　想是皇叔人馬,急速駕槳迎接。

衆　將　啊。

劉　琦　(唱)諸葛軍師智謀高,
　　　　　　果然對岸旌旗飄。
　　　　　　衆將向前速搖棹,
　　　　　　接應叔父興漢朝。

(衆引劉備、關羽、張飛、趙雲、糜竺、簡雍同上)

劉　備　(唱)勝負兵敗難測料,
　　　　　　三弟不該拆坂橋。
　　　　　　長江無路如何好?

劉　琦	叔父。
劉　備	哎呀！
	（唱）戰船一列人虎嘯。
劉　琦	叔父，小侄在此，請速上船。
劉　備	原來是賢侄。眾將，快快上船者！
眾　將	啊。
劉　備	（唱）天幸賢侄接應到，
	不然殘兵無下梢。
劉　琦	小侄迎接來遲，有罪，有罪！
劉　備	唉，不想蔡瑁、張允，如此不仁，失陷荊州，以致遭此離亂。
劉　琦	此乃家門不幸也！叔父且請至江南再議。
劉　備	言得極是。擺槳速行。
劉　琦	艄手駕槳速行！
眾　將	啊。
劉　備	唉，波浪滾滾。人生碌碌，漢室傾頹，功名不遂，好不傷感人也！
	（唱）長江滾滾如海潮，
	漢室社稷似波濤。
	英雄容顏易衰老，
	不立功勳非英豪。
	（內鼓聲。眾望）
眾　將	稟主公：江面上來戰船無數。
劉　備	哎呀，這是何處人馬？
劉　琦	江夏之兵，小侄已盡集在此矣。今有戰船攔路，非曹操之兵，即江東人馬，如之奈何？
關　羽 張　飛 趙　雲	（同）且待近前瞭望。
劉　備	須要小心防備。
	（唱）遙看戰船又阻撓，
	蒼天如何困英豪？
	（眾引諸葛亮上）
諸葛亮	（唱）困龍入水片雲照，

　　　　　　　從此親吳與破曹。
　　　　　　　主公！諸葛亮在此。
關　羽
張　飛　（同）原來是軍師！
趙　雲
劉　備　快請過船。
　　　　　（大吹打。諸葛亮過船）
諸葛亮　主公受驚了！
劉　備　先生何故在此？
諸葛亮　亮自到江夏，先令關二將軍於漢津陸戰救應；公子從水路迎接；我自夏口盡起大軍前來相助，故在此地。
劉　備　妙啊！我今不想衆將又復團聚，今將何往？
諸葛亮　夏口城險，頗有軍兵，以爲犄角之勢，打聽江南消息，共同破曹可也！
劉　琦　軍師之言甚善。但愚意欲請叔父暫至江夏一敘，再回夏口不遲。
劉　備　賢姪之言亦是，就請軍師同往江夏。
諸葛亮　可也！吩咐船行江夏。
衆　將　啊。呔！船行江夏去者！
　　　　　（衆人同下）

舌戰群儒

佚 名 撰

解 題

　　京劇。現代佚名撰。《京劇劇目初探》《京劇劇目辭典》著錄,題《舌戰群儒》,又名《孔明過江》。未署作者。劇寫曹操得了荊州、襄陽各郡之後,趁勢直下江南,要吞併東吳。東吳的文官主張投降,武將主張迎戰。孫權猶豫不決。魯肅到江夏探聽曹操虛實,請諸葛亮過江,共商破曹大計。東吳張昭等衆文官向諸葛亮問難,爲諸葛亮一一駁倒,並列舉敵我形勢,勸孫權不要投降。孫權被説服,聯合劉備,共同抗拒曹操。本事出於《三國演義》第四十三回。《三國志·吳書》中《孫權傳》、《周瑜傳》、《魯肅傳》與《三國志·蜀書·先主傳》及其注引《江表傳》均載有魯肅過江邀孔明入吳事。明無名氏《草廬記》傳奇有舌戰群儒情節。清宮大戲《鼎峙春秋》據此改編爲《商拒敵夏口維舟》《戰群儒舌吐蓮花》二齣戲。清盧勝奎據此改編爲京戲《舌戰群儒》。版本今有《戲考》本、《京劇彙編》收錄的馬連良藏本及以該本重刊的《京劇傳統劇本彙編》本。今以《京劇彙編》馬連良藏本爲底本,參考其他本校勘整理。

第 一 場

（四太監、孫權上）

孫　權　（念）【引】南面稱孤,鎮江東,霸業宏圖。
　　　　（念）（詩）父兄征戰有數年,
　　　　　　　　開基創業在江南。
　　　　　　　　曹操統領兵百萬,
　　　　　　　　要與孤家起爭端。
　　　　孤,孫權。承父兄之基業,坐鎮江南,領守九州八十一郡。今有曹操得了荆、襄各郡，帶兵百萬，直下江南，有吞併東吳之意。昨日與群臣商議，文官要降，武將主戰，倒叫孤家猶疑不決。也曾修書去到柴桑口宣召周瑜，等他到來，再作商議。

（魯肅上）

魯　肅　（念）江夏請臥龍，同來見主公。
　　　　參見主公！
孫　權　大夫少禮。
魯　肅　謝公主！
孫　權　今有曹操遣使送來檄文，孤與衆卿商議，文官要降，武將要戰，不知大夫意下如何？
魯　肅　衆人俱可降曹，惟主公萬萬不可。
孫　權　怎見得？
魯　肅　若肅等降曹，自然加官受爵，封妻蔭子；若主公降曹，位不過封侯，馬不過一騎，從者不過數人。再想南面稱孤，只怕不能了！
孫　權　衆人之言，大失孤望。大夫之言，正合孤意。只是那曹操滅了袁紹，冀州兵馬皆爲所得，近日又得荆、襄之衆，其勢甚大，恐難對敵。
魯　肅　主公休要多慮，肅至江夏請來諸葛孔明，主公與他相見，定知曹操虛實。
孫　權　莫非就是那臥龍先生麽？
魯　肅　正是此人。
孫　權　他現在何處？
魯　肅　現在驛館。
孫　權　今日天色已晚，明日聚衆文武於帳下，教他先看我江東之英俊，然後孤再與他相見便了。
魯　肅　遵命！正是：
　　　　（念）欲圖定國事，須問智謀人。（下）
孫　權　待等明日見了諸葛孔明，看他是怎樣議論。退班！
　　　　（同下）

第　二　場

（四龍套、四大鎧、中軍、周瑜上）

周　瑜　（唱）【點絳唇】
　　　　　幼習兵機，智謀無敵；逞雄威，制勝出奇，名震東吳地。
　　　　（念）（詩）甘羅十二智謀高，
　　　　　　　　　少年拜將姓名標。
　　　　　　　　　男兒須抱凌雲志，
　　　　　　　　　治國安邦立功勞。
　　　　某，姓周名瑜，字公瑾。吳侯駕前爲臣，鎭守柴桑一帶等處。昨日吳侯有書信到來，命我回朝議事。衆將官，兵發南徐去者！
衆　　　啊！
　　　　（同下）

第　三　場

（張昭、虞翻、步騭、薛綜、陸績、嚴畯上）

張　昭
虞　翻　（念）衣冠濟濟珮瑲瑲，

步　騭
薛　綜　（念）朝臣待漏五更忙。

陸　績
嚴　畯　（念）九天閶闔開宮殿，

張　昭
虞　翻
步　騭　（念）萬里山河定帝邦。
薛　綜
陸　績
嚴　畯

張　昭　　　　張昭。
虞　翻　　　　虞翻。
步　騭　下官，步騭。
薛　綜　　　　薛綜。
陸　績　　　　陸績。
嚴　畯　　　　嚴畯。
張　昭　衆位大人請了！

| 虞翻
步騭
薛綜
陸績
嚴畯 | 請了！

張　昭　今有諸葛孔明，過江來見主公，定是前來遊説。今日曹操欲伐劉備，那孔明欲借我東吳之兵以敵曹操，幸勿使吳侯中了他的詭計。待他到來，我等與他辯論一番。

| 虞翻
步騭
薛綜
陸績
嚴畯 | 就依大人。

魯　肅　（內）諸葛先生到。

| 張昭
虞翻
步騭
薛綜
陸績
嚴畯 | 有請！

（魯肅引諸葛亮上，張昭等迎介。魯肅暗下）

諸葛亮　啊，眾位大夫請了！

| 張昭
虞翻
步騭
薛綜
陸績
嚴畯 | 先生請了！請坐！

諸葛亮　有坐。

| 張昭
虞翻
步騭
薛綜
陸績
嚴畯 | 先生駕到，我等未曾遠迎，當面恕罪。

諸葛亮　豈敢！亮來得倉猝，眾位大夫海涵。

張昭 虞翻 步騭 薛綜 陸績 嚴畯	豈敢！
張　昭	久聞先生隱居南陽，高臥隆中，自比管仲、樂毅，不勝欽敬之至。
諸葛亮	此亮平生小可之比耳，何勞大夫挂齒！
張　昭	那劉豫州曾三顧茅廬，聘請先生，言聽計從，就該席捲荊、襄，今日荊、襄州郡盡屬曹操，不知是何主見？
諸葛亮	想我主劉豫州自出世以來，以仁德爲本，信義當先，若取漢上之地，易如反掌。怎奈荊襄王劉表也是漢室之冑，我主不忍取同宗之基業，故力辭不受。那劉琮小兒聽信蔡瑁等讒言，將荊、襄各郡盡獻於曹操，使曹操得以猖獗。今我主屯兵江夏，別有良圖，非君等所知也。
張　昭	先生自比管仲、樂毅，想當年管仲相桓公，霸諸侯，一匡天下；樂毅扶保燕國，下齊邦七十二城，名震當時，皆天下之奇才。今劉豫州聘請先生下山，必能興利除害，抑强扶弱。劉豫州未得先生之前，尚且佔據城池，縱橫宇內；既得先生之後，則曹兵一出，拋戈棄甲，望風而逃，棄新野，走樊城，敗當陽，奔夏口，竟無容身之地。若有管仲、樂毅，必不至如此。
諸葛亮	（笑介）哈哈哈……萬里鵬飛，群鳥難及；鴻鵠之志，燕雀難知。譬如人身染重病，必先用粥糜調養，復用藥劑醫治，待其臟腑充盈，形骸平復，然後再用肉食以補之，猛藥以役之，則病根除矣。若不待氣脉和緩，即投以猛藥厚味，病人斷無生理。我主劉豫州自汝南兵敗之後，暫依劉表，兵不過千人，將則只有關、張、趙雲等，此正如病勢尪羸已極之時。想那新野之地，乃是山僻小縣，生民既少，糧草無多；城郭未修，軍馬未練，器械不足，輜重不備，而能博望燒屯，白河決水，使曹仁、夏侯惇輩心膽俱裂，棄甲而逃。當日管、樂用兵，未必過此。況軍家勝敗，乃古之常理，昔日漢高皇帝與項羽爭雄，屢戰屢敗，到後來垓下一戰成功，豈非韓信之良謀乎？

（唱）【西皮搖板】

　　我主行事多義信，

打從新野赴江陵。
難民倒有數十萬,
我主不忍兩離分。
曠野荒郊哭聲震,
一日只行數十程。
因此當陽敗了陣,
曹操得勝逞其能。
自古兵家無常勝,
征戰全在主謀人。

虞　翻　今曹公帶兵百萬,勇將千員,蜂擁而來。奪取江夏,不知先生當用何計?

諸葛亮　曹操收袁紹蟻聚之兵,劉表烏合之衆,雖有數百萬,何足懼哉!

虞　翻　你主劉豫州兵敗當陽,逃奔夏口,幾無容身之地。今將求救于人,尚言不懼曹兵,可謂大言欺人也!

諸葛亮　我主當陽之敗,乃因携帶數十萬難民,扶老携幼,號泣相隨,我主不忍舍而去之,一日只行數十里,身旁只有數千仁義之兵,豈能敵曹操百萬殘暴之衆!今日你東吳兵有數萬,將有百員,且據長江之險,你等竟欲使你主屈膝降曹,貽笑天下,以此比之,我主則真不懼曹操矣!

步　騭　孔明,你今日過江,莫非要學那蘇秦、張儀之輩,遊說我東吳麼?

諸葛亮　你道蘇秦、張儀爲舌辯遊説之輩。豈知那蘇、張也是豪傑英雄。蘇秦六國封相,張儀兩次相秦,皆有匡扶人國之謀,並非畏强凌弱、避刀怕劍之流。你等只信曹操詭妄之言,萬分畏懼,貪生怕死,勸主投降,還敢笑蘇秦、張儀,真真不知羞耻!

薛　綜　啊孔明,你道曹操是何等樣人?

諸葛亮　曹操名爲漢相,實爲漢賊,人人皆知,何必問耶?

薛　綜　你此言差矣!漢室衰微,氣運已盡,曹公應天之運,天下歸心。你主不知時務,强欲相爭,如同以卵投石,以薪救火!

諸葛亮　薛敬文,你怎麼竟説出無父無君之言來了!那曹操祖宗累食漢朝爵禄,理應忠心爲國,報效朝廷。哪知他心懷叛逆,常懷篡漢之心,天下之人無不痛恨。你今竟以天命歸之,真無父無君之人也。幸勿多言!

陸　績　想那曹操，雖然挾天子以令諸侯，他本是開國丞相曹參之後。劉豫州雖說是中山靖王之後，却不可考。他織席賣履，人人皆知，似難與曹操抗衡。

諸葛亮　你莫非是昔日在袁術座前懷橘遺親之陸郎乎？請安坐，聽山人講來：那曹操既爲相國曹參之後，世爲漢臣，爲何霸持朝政，上欺天子，下壓群臣？不但無君，亦且蔑祖；不但是漢室之亂臣，真乃曹氏門中之賊子。我主劉豫州，堂堂帝室之冑，當今天子也曾按譜稽查，當殿賜爵，怎道無可稽查！漢室高皇帝以亭長出身而有天下，則織席賣履何足耻哉！

嚴　畯　聽你之言，可謂強詞奪理，但不知你所治是何經典？

諸葛亮　引經據典乃腐儒之論。昔日伊尹耕於莘野，太公釣於渭水之濱，陳平、張良之流，耿弇、鄧禹之輩，經文緯武，治國安邦，圖畫凌烟，名標青史，並不曾聞治何經典。豈似爾等下士書生，徒守筆硯，專尚虛文，並無實學，終日戲墨弄文而已！

（唱）自古功臣扶社稷，
　　　經綸抱負定出奇。
　　　功勳卓越立戰績，
　　　豈似你書生見識低！

（魯肅上）

魯　肅　（唱）諸君不必紛紛論，
　　　先生快見我主君。

先生，我主有請！

諸葛亮　請！
（唱）江東文臣將我問，
　　　一個個俱懷降曹心。
　　　舌戰群儒他等無有話論，
　　　管叫他認識我南陽孔明。

（魯肅、諸葛亮下）

張　昭　（唱）人言孔明才學廣，
　　　今日一見果然強。
　　　自比管樂無虛謊，

| 張昭 虞翻 步騭 薛綜 陸績 嚴畯 | （唱）倒叫我等臉無光。 |

（同下）

第　四　場

（四太監、孫權上）

孫　權	（唱）曹操帶兵下江東，
	倒叫孤王挂心中。
	將身且坐銀安等，
	單等相會臥龍公。

（魯肅上）

魯　肅	孔明先生到。
孫　權	有請。
魯　肅	有請諸葛先生！

（吹打。諸葛亮上）

諸葛亮	吳侯！
孫　權	先生！請坐。
諸葛亮	告坐。我主劉玄德問候吳侯金安。
孫　權	豈敢！久聞魯子敬言道：先生躬耕南陽，抱膝隆中，有安邦定國之才。今幸相會，特地領教。
諸葛亮	不才無學，有辱尊問。
孫　權	先生曾在新野扶佐劉豫州，與曹兵交戰，必知曹營軍情虛實。
諸葛亮	想那新野城池狹小，糧食不足。我主劉豫州兵微將少，寡不敵衆，豈能與曹操相持！
孫　權	曹操此番前來，不知兵將共有多少？
諸葛亮	馬步水軍約有百萬。
孫　權	百萬兵將，恐是詐詞。
諸葛亮	非詐也。想那曹操據有青、兗、幽、冀之兵，已有二三十萬，平了袁

紹，又有五六十萬，今又得荊、襄之兵二三十萬，中原新招之兵三四十萬，如此計算，已有一百五十餘萬。亮方纔言百萬者，恐驚嚇江東將士耳！

孫　　權　但不知他帳下戰將共有多少？
諸葛亮　他帳下足智多謀之士，能征慣戰之將，至少也有一二千人。
孫　　權　今曹操平定荊、襄，但不知他尚有遠圖否？
諸葛亮　看他沿江下寨，準備戰船，教練軍士，不是要取江東，他要取何處？
孫　　權　他既有併吞我江東之意，戰與不戰，願先生與孤決之。
諸葛亮　亮有一言，恐吳侯不肯聽從。
孫　　權　願聞高論。
諸葛亮　吳侯要自己裁處：若以吳越之眾，可與中原抗衡，不如早與之絕。如其不能，莫如從眾謀士之言，投降可也！
孫　　權　那劉豫州為何不降曹操？
諸葛亮　想昔日田橫乃齊之壯士，猶能守義不辱，況劉豫州乃帝室之冑，英才蓋世，百姓仰慕，事之不成，乃天命也。豈能屈膝於人下哉！
孫　　權　（怒介）孔明大言，欺我忒甚！（下）
魯　　肅　哎呀先生哪！你何出此言？幸我主寬宏大量，不肯面責於你。未免藐視我主太甚矣！
諸葛亮　你主也忒以不能容物了。我視曹兵如拾草芥，你主不問，我故而不言。
魯　　肅　如此，待我去請主公。有請主公！
　　　　　（孫權上）
孫　　權　何事？
魯　　肅　那孔明言道：他有破曹之計。適纔肅曾責備於他，他倒說主公不能容物。
孫　　權　既然如此，待孤再去相見。（見介）先生，適纔有犯尊顏，幸勿見怪。
諸葛亮　亮出言冒昧，尚祈恕罪。
孫　　權　豈敢！想那曹操生平所懼者，唯呂布、劉表、袁術、玄德與孤，今日數雄皆滅，唯玄德與孤尚在，孤豈肯以江東之地受制於人！但恐玄德新敗之後，不能與孤同抗此難耳！
諸葛亮　吳侯哇！
　　　　　（唱）【二黃原板】

　　　　　說什麼兵敗新野城，
　　　　　細聽山人說分明：
　　　　　我主仁德威名震，
　　　　　關雲長張翼德勇敵萬人，
　　　　　還有那趙子龍無人敢近，
　　　　　哪怕那曹兵百萬人。
　　我主帳下關、張、趙雲，皆能勇敵萬人。現有精兵兩萬，劉琦坐鎮江夏，也有萬人。曹操雖有百萬之衆，遠道而來，疲乏已極。青州之兵不習水戰，荊州之兵雖然歸曹，也非本心。今日如與我主同心破曹，曹敗之後，勢必北還，則荊、吳勢強，鼎足形成矣！

孫　權　（笑介）啊哈哈哈……先生之言，頓開茅塞，孤意已定，擇日興兵，共滅曹操！
　　　　（唱）聽一言來喜在心，
　　　　　　　同心協力破曹軍。
　　　　　　　先生暫請館驛歇息。
諸葛亮　告退。正是：
　　　　（念）全憑三寸不爛舌，激動江東孫仲謀。（下）
孫　權　魯大夫，等待公瑾到了南徐，命他與孔明相見，商議破曹之計。退班！
　　　　（同下）

臨 江 會

佚 名 撰

解 題

　　京劇。現代佚名撰。馬連良藏本。《京劇劇目初探》《京劇劇目辭典》著錄，均題《臨江會》，未署作者。二書均謂該劇有紅唱、黑唱之分。紅唱係演關公故事，黑唱則表張飛勳績。此劇爲"黑唱"之《臨江會》。劇寫曹操欲吞東吳。是戰還是降，孫權猶豫不決，請都督周瑜來決定。魯肅主戰，爲了聯合劉備，特地邀請諸葛亮過江。諸葛亮見到周瑜，故意激周瑜，說曹操攻打東吳的真正目的是想要搶二喬。周瑜聞言大怒，決心出戰。周瑜認爲劉備是心腹大患，於是設計騙劉備過江，欲設伏加害劉備。張飛跟隨保護劉備。周瑜看劉備有張飛護駕，不敢貿然行動。諸葛亮聞知劉備過江，甚憂，見有張飛護駕，心方安。由於有張飛護駕，劉備得以安然返回。本事出於《三國演義》第四十五回。《三國志·蜀書·先主傳》裴松之注引《江表傳》載有劉備過江見周瑜事。明無名氏《草廬記》傳奇、清宮大戲《鼎峙春秋》均無此情節。清盧勝奎編撰《三國志》中有一本《臨江會》敷演此事。版本今有《戲考》本（該本爲"紅唱"）、《關羽戲集》李洪春演出本、《京劇彙編》收錄的馬連良藏本及以該本重刊的《傳統京劇劇本彙編》本。今以《京劇彙編》馬連良藏本爲底本，參考其他本校勘整理。

第 一 場

　　　　（吳國太上）

吳國太　　（念）【引】婺星飛彩，享榮華，福自天來。

　　　　　　（念）（詩）轉瞬光陰去悠悠，

　　　　　　　　　　　人生看透不須愁。

>　　　　有女尚香超巾幗，
>　　　　有子孫權燕貽謀。

老身，吳氏。自夫孫堅去世，長子孫策，得定江東，不幸早亡；次子孫權，承領基業，頗稱能幹。正是：

（念）一門忠孝稱神武，三代英雄踞東吳。

（四小太監、孫權、張昭、魯肅、八朝臣上）

孫　權　（唱）曹操兵多將又廣，
　　　　　　　虎視東吳實難當。
　　　　　　　內堂來向國太講，

張　昭
八朝臣　（唱）若要安寧不如降。

孫　權　國太在上，孩兒拜揖！

吳國太　少禮。

孫　權　謝母后！

張　昭
魯　肅　臣等參見，國太安好！
八朝臣

吳國太　眾卿少禮。

張　昭
魯　肅　謝國太！
八朝臣

吳國太　我兒進宮，有何話講？

孫　權　只因曹操破了劉表，奪取荊襄，意欲吞併江東，檄文前來，要孩兒去江夏會獵，共破劉玄德。

吳國太　哦！

孫　權　文臣張昭等商議欲降；魯肅却執意不肯，勸我迎敵。故此主意不定，不知母后以爲如何？

吳國太　請問魯子敬，迎敵可能保全？

魯　肅　啓國太：江東已歷三世，根深蒂固，兵精糧足，何懼曹操之有！

吳國太　張子布欲降，是何意也？

張　昭　曹操挾天子，令諸侯，名正言順，兵強將勇，天下莫敵，降之可保安穩。

吳國太　子布所言似是而非也！

　　　　（唱）【西皮原板】

　　　　　　我本婦道無智量，
　　　　　　曾記夫君稱英豪。
　　　　　　長子伯符心雄強，
　　　　　　江東人稱小霸王。
　　　　　　傳留三世德澤廣，
　　　　　　也非容易創家邦。
　　　　　　子布因何心沮喪，
　　　　　　竟自前來主投降？
張　昭　（唱）此事張昭三思想，
　　　　　　無奈曹操勢力強。
　　　　　　既不能敵應退讓，
八朝臣　（唱）當機立斷免危亡。
魯　肅　（唱）此等言詞休要講，
　　　　　　全軀保位誤家邦！
　　　　　　東吳兵力足相抗，
孫　權　（唱）此事誠難作主張。
　　　　稟母后：眾臣議論紛紛，人心不一，恐非國家祥兆。孩兒寢食不安，猶疑不定，如何是好？
吳國太　伯符臨終有言：內事不明問張昭，外事不決問周瑜。今何不請公瑾問之？
孫　權　哎呀！若非國太提醒，幾乎誤了大事。先兄遺言：內事不明問張昭，外事不決問周瑜。公瑾現在鄱陽訓練水軍。魯子敬即速宣詔到來，切勿遲誤！
魯　肅　臣聞周公瑾已離鄱陽，回柴桑郡來了。
孫　權　如此甚好。就煩子敬前去迎接，速來見孤。
魯　肅　遵命！
　　　　（唱）辱承君命欣然往，
　　　　　　公瑾堪稱一棟梁。（下）
吳國太　（唱）仲謀不必心惚恍，
　　　　　　公瑾定然有主張。
孫　權　是。
　　　　（唱）眾臣今且隨我往，

張　　昭 八朝臣	（唱）同見公瑾再商量。

（孫權、四小太監、張昭、八朝臣下）

吳國太　（唱）八十一州地土廣，
　　　　　　　糧草充足兵馬強。
　　　　　　　可笑張昭無智量，
　　　　　　　開口就是勸投降。
　　　　　　　此議糊塗不可想，
　　　　　　　庸夫誤國至堪傷。
　　　　　　　我且內堂去安享，
　　　　　　　周瑜自有好主張。（下）

第　二　場

（【六幺令】牌子。四下手、四大鎧、中軍引周瑜上，大纛旗隨上）

周　瑜　兵將外面安歇！

衆　　　啊！

（四文堂、四下手、四大鎧、大纛旗下）

周　瑜　（念）（詩）身爲都督在吳邦，
　　　　　　　訓練水軍鎮鄱陽，
　　　　　　　聞得曹兵欲南下，
　　　　　　　入朝星夜過柴桑。

（旗牌上）

旗　牌　禀都督：魯子敬大夫拜見。

周　瑜　有請！

旗　牌　有請魯大夫！（下）

（大吹打。魯肅上）

魯　肅　都督！

周　瑜　大夫！

魯　肅
周　瑜　啊哈哈哈……

周　瑜　請！

魯　肅　請！
（魯肅、周瑜同進介）
魯　肅　都督來得正好，主公命肅迎接。
周　瑜　有勞大夫駕至，即請坐談。
魯　肅　請！
周　瑜　大夫請講！
魯　肅　曹操破了荊襄，屯兵漢上，欲下江東。張子布力勸主公納降。是我在江夏請得劉皇叔軍師諸葛亮來此，商議同心破曹。無奈主公聽信子布之言，猶疑不決。江東三世基業，豈不休矣！
周　瑜　子敬休得憂慮。瑜見主公，自有主張。你可速去相請諸葛孔明前來相見。
魯　肅　如此暫且告別。少刻孔明就到。
周　瑜　請！
魯　肅　告辭！
（吹打。魯肅下，旗牌上）
旗　牌　稟都督：謀士張昭等拜見。
周　瑜　請！
旗　牌　有請！（下）
（大吹打。張昭、顧雍、張紘、步騭上）
張　昭
顧　雍　啊都督！
張　紘
步　騭
周　瑜　啊眾位大人，請！
張　昭
顧　雍　請！
張　紘
步　騭
周　瑜　請坐！
張　昭
顧　雍　有坐。
張　紘
步　騭
張　昭　都督可知江東之危急否？

周　瑜	未知也。
張　昭	曹操擁百萬之衆，兵屯漢上，傳檄文至此，欲請主公會獵於江夏。昭等勸主公暫且降順，以免江東之禍。不想魯子敬從江夏帶來劉玄德軍師諸葛亮至此。那諸葛亮自欲雪忿，特下説詞，以激我主。子敬執迷不悟，正欲待都督一決。
周　瑜	公等之見皆同否？
張　昭 顧　雍 張　紘 步　騭	我等所見皆同。
周　瑜	我亦久欲降曹。公等請回，明日早朝見主，自有定奪。請！
張　昭 顧　雍 張　紘 步　騭	全仗都督，我等告辭！
周　瑜	（冷笑介）嘿嘿嘿……請哪！
張　昭 顧　雍 張　紘 步　騭	請！（下）

（旗牌上）

旗　牌	稟都督：武將程普、黃蓋等拜見。
周　瑜	有請！
旗　牌	有請！（下）

（大吹打。程普、黃蓋、太史慈、韓當上）

程　普 黃　蓋 太史慈 韓　當	都督在上，我等參見！
周　瑜	列公少禮，請坐！
程　普 黃　蓋 太史慈 韓　當	告坐。
程　普	都督，可知江東早晚屬於他人否？

周　　瑜	未知也。
程　　普	我等自隨孫將軍開基創業，大小數百戰場，方得六郡城池。今主公聽謀士之言，欲降曹操，此真可恥可恨之事，吾等寧死不辱。望都督勸主公決計興兵，我等願效力死戰。
周　　瑜	將軍等所見皆同否？
程　　普	我等皆同。
黃　　蓋	我頭可斷，誓不降曹！
太史慈 韓　　當	我等都不願降。
周　　瑜	我正欲與曹操決戰，安肯投降？將軍等請回，瑜見主公，自有定議。
程　　普 黃　　蓋 太史慈 韓　　當	如此，暫別。

（吹打。程普、黃蓋、太史慈、韓當下。旗牌上）

旗　　牌	稟都督：文官諸葛瑾、呂範等求見。
周　　瑜	有請。
旗　　牌	有請！（下）

（吹打。諸葛瑾、呂範、薛綜、陸績上）

諸葛瑾 呂　　範 薛　　綜 陸　　績	都督！
周　　瑜	諸葛先生請！
諸葛瑾	都督駕回，未曾遠迎，多多有罪！
周　　瑜	豈敢，請坐！
諸葛瑾	有坐。
周　　瑜	請！
諸葛瑾	舍弟諸葛亮自漢上來，言劉豫州欲結東吳，共伐曹操。文官眾人，商議未定。舍弟爲使，瑾不敢多言。專候都督來此。
周　　瑜	公之所見如何呢？
諸葛瑾	降者易安，戰則難保！
周　　瑜	先生之言，分明是文官保身，武將惜死了？

諸葛瑾　正是此意。

周　瑜　先生請回,瑜自有定見。來日同至府下商議。

諸葛瑾
呂　範　如此,告別。
薛　綜
陸　績

周　瑜　奉送!

（吹打。諸葛瑾、呂範、薛綜、陸績下）

周　瑜　好一班文官衆臣也!

（唱）嚇煞文官無膽量,

　　　却教武將氣軒昂。

　　　本督心中暗思想,

　　　且待孔明觀行藏。

（魯肅上）

魯　肅　（唱）適纔已對諸葛講,

　　　　面見都督要謹防。

　　　孔明已經請到。

周　瑜　有請!

魯　肅　有請卧龍先生!

（大吹打。諸葛亮上）

魯　肅　此乃我家都督。

諸葛亮　啊都督!

周　瑜　先生!

諸葛亮
　　　啊哈哈哈……
周　瑜

周　瑜　請!

諸葛亮　請!

周　瑜　久仰先生大名,今日得見,實爲萬幸。

諸葛亮　亮也久聞都督威望,今識尊顔,實慰平生。

周　瑜　先生請坐!

諸葛亮　都督請坐!

周　瑜　大夫請坐!

魯　肅　告坐。此刻寒溫不叙。今曹操南侵,戰、降二字,主公不能決定,一聽於都督。都督之意如何？

周　瑜　曹操以天子之名，其師不可以拒。且其勢大，未可輕敵。戰則必敗，降則易安。我意已決。來日去見主公，便當遣使納降。

魯　肅　(驚介)啊，君意差矣！江東基業，已歷三世，豈可一旦棄於他人？伯符遺言：外事託付都督。奈何從懦夫之議耶？

(唱)外事託付都督掌，
　　　便是國家之棟梁。
　　　曹操勢大乃虛謊，
　　　豈可無謀俯首降！

周　瑜　子敬之言雖是，無奈江東六郡生靈，若遭兵戎之禍，必要歸怨於我，故決計請降耳。

魯　肅　不然！以都督之英雄，東吳之險固，曹操未必便能得志也。

諸葛亮　(冷笑介)嘿嘿嘿……

周　瑜　先生何故發笑？

諸葛亮　亮不笑別人，笑子敬不識時務耳。

魯　肅　先生為何反笑我不識時務？

諸葛亮　公瑾主意降曹，甚為合理。

周　瑜　好哇！孔明乃識時務之士，必與我有同心共識。

魯　肅　孔明，你也如何說此？

諸葛亮　曹操極善用兵，天下莫敵；只有劉豫州不識時務，強與爭衡。今寄身江夏，存亡未保。公瑾決計降曹，可以保妻子，可以全富貴。國祚遷移，付之天命，何足惜哉！

魯　肅　唉！汝叫我主屈膝受辱於國賊乎？

(唱)孔明說話全不想，
　　　貪生怕死不忠良！

諸葛亮　(唱)大夫不必怒氣放，
　　　某有一計定家邦。

周　瑜　請教先生，有何妙計？

諸葛亮　此計並不勞牽羊擔酒或納士獻印，只須遣一介之使，駕扁舟送兩個人到江上。曹操得此二人，必然大喜而去。

魯　肅　莫非要送我同張昭前去麼？

諸葛亮　非也。

周　　瑜　果用何人，曹操便可退兵？
諸葛亮　亮居隆中之時，即聞曹操於漳河新造一臺，名曰"銅雀臺"，極其壯麗，廣選天下美女以實其中。
周　　瑜　哦！
諸葛亮　曹操本是好色之徒，久聞江東喬公有二女……
周　　瑜　啊！
諸葛亮　長曰大喬，次曰小喬，有沉魚落雁之容，閉月羞花之貌。
（魯肅變色介，周瑜視介）
諸葛亮　啊子敬，怎……
周　　瑜　先生請講！
諸葛亮　曹操曾發誓曰：我一願掃平四海，以成帝業；一願得江東二喬，置之銅雀臺，以樂晚年，雖死無恨矣。
周　　瑜　哦！
諸葛亮　今雖引百萬之衆，虎視江南，其實爲此二女也。都督何不去尋喬公，以千金買此二女，差人送與曹操。他得此二女，必然班師去矣。此乃范蠡獻西施之計，都督何不急速圖之？
周　　瑜　曹操欲得二喬，有何憑證？
諸葛亮　曹操幼子曹植，字子建，下筆成文。曹操曾命他作一賦，名曰《銅雀臺賦》。賦中之意，單道他家合爲天子，誓取二喬。
周　　瑜　（氣介）此賦公能記得否？
諸葛亮　吾愛其文華美，嘗竊記之。
周　　瑜　如此，煩先生試誦一遍。
諸葛亮　公瑾請聽！（牌子）
周　　瑜　（起介）哎呀，老賊欺吾忒甚也！
諸葛亮　（故發愣介）啊！
周　　瑜　（唱）老賊行爲忒狂妄，
　　　　　　　不由怒氣滿胸膛。
諸葛亮　啊！這！公瑾且休生怒。昔單于屢侵疆界，漢天子許以公主和親。今何惜民間二女乎？
周　　瑜　先生有所不知，大喬乃孫伯符將軍主婦……
諸葛亮　哦！
周　　瑜　小喬乃瑜之妻也。

諸葛亮	哎呀,惶愧惶愧!亮實不知,失口亂言,死罪呀,死罪!
周　瑜	吾與曹賊勢不兩立!
諸葛亮	事要三思,免得後悔。
周　瑜	吾受伯符重託,安有屈身降曹之理?適纔所言,故相試也。
魯　肅	啊!原來是假意相試我等?
周　瑜	我自離鄱陽,便有北伐之心,雖刀斧加身,不易其志也。望先生助我一臂之力,同破曹賊。
諸葛亮	若蒙不棄,願效犬馬之勞,早晚恭聽驅策。
周　瑜	如此甚好。煩子敬送臥龍先生館驛暫住,容再領教。
魯　肅	遵命!
諸葛亮	告辭了!
周　瑜	奉送!
諸葛亮	(唱)暫別公瑾館驛往,
	準備謀略到戰場。
	銅雀臺故扯二喬謊,
	非此不能激周郎。
魯　肅	哦!
	(魯肅領諸葛亮下)
周　瑜	(唱)人言孔明多智量,
	今日一見也平常。
	吩咐開道府堂上!
	(四文堂下)
周　瑜	(唱)去請吳侯擺戰場。(下)

第　三　場

(八文官——張昭、虞翻、步騭、薛綜、陸績、嚴峻、呂範、程德樞上,八武將——程普、黃蓋、韓當、太史慈、周泰、甘寧、徐盛、丁奉上,【點絳唇】)

張　昭	吳侯陞堂議事,一同伺候!
八文官 八武將	請!

（四小太監引孫權上）

孫　權　（念）【引】弔膽提心憂社稷，宵衣旰食保江南。

八文官八武將　臣等見駕，主公千歲！

孫　權　眾卿平身。

八文官八武將　千千歲！

孫　權　（念）（詩）拒敵恨無力，
　　　　　　　　納降事可傷。
　　　　　　　　再同文武議，
　　　　　　　　何計保家邦？

（魯肅、周瑜上）

周　瑜　（念）要知兵勝敗，
　　　　　　　必得忠良臣。
　　　　臣周瑜參見主公！

孫　權　公瑾平身。

周　瑜　謝主公！

魯　肅　魯肅參見主公！

孫　權　大夫少禮。

魯　肅　謝主公！

周　瑜　近聞曹操屯兵漢上，馳書會獵。主公之意如何？

孫　權　連日籌議此事，有勸我降者，有勸我戰者。吾意未定，敬候公瑾一決。

周　瑜　請問主公：誰勸主公獻降？

孫　權　張昭等皆主其議。

周　瑜　請問先生高見，降者何意？

張　昭　曹操挾天子而征四方，動以"朝廷"之名。近又得荊州之眾，其勢浩大。不如且降，更圖後計。

周　瑜　此乃愚儒之論也！

魯　肅　罵得好！

周　瑜　江東自開國以來，今歷三世，安忍一旦廢棄！

孫　權　若此，計將安出？

周　瑜	曹操託名漢相，實爲漢賊。主公以神武雄才，仗父兄基業，兵精糧足，正當橫行天下，爲國除害，焉能降賊？
魯　肅	張子布！公瑾此言，你有何説？
張　昭	只恐曹操士馬强勝，難以迎敵。
周　瑜	曹操此來，多犯兵家禁忌。
孫　權	何也？
周　瑜	北土未平，馬騰、韓遂爲其後患，操來南征，此一忌也。
魯　肅	是啊！
周　瑜	北軍不習水戰，舍鞍馬而仗舟楫，與東吳爭衡，二忌也。
魯　肅	不錯不錯，妙論妙論！
周　瑜	時值隆冬盛寒，馬無槁草，此三忌也。
魯　肅	是是是。
周　瑜	驅中原士卒，遠涉江湖，不服水土，多生疾病，此四忌也。
魯　肅	妙論之至。
周　瑜	曹操之兵，犯此四忌，雖多必敗。主公擒曹，正在今日。
魯　肅	好志氣！
周　瑜	瑜請兵數千，進屯夏口，必爲主公破之！
孫　權	老賊欲廢漢自立久矣。所懼袁紹、袁術、呂布、劉表與孤耳。今數雄已滅，唯孤尚存。孤與老賊，勢不兩立也！
	（唱）提起曹操心頭恨，
	威挾天子敢橫行。
	今日之事議已定，
	孤與老賊不同生！
魯　肅	主公，如今可拿定主意破曹了？
孫　權	公瑾言戰，甚合孤意，此天以卿授我也。
周　瑜	臣爲都督決一死戰，萬死不辭。只恐主公狐疑不定。
張　昭	此事須當三思，未可妄動！
孫　權	住了！（拔劍介）諸官將若再有言降曹者，與此案同！（砍案介，怒介）
	（張昭羞介）
魯　肅	好主公，真有決斷！
孫　權	此劍賜予公瑾，封爲大都督！

周　瑜	謝主公！
孫　權	程普爲副都督！
程　普	謝主公！
孫　權	魯子敬爲贊軍校尉！
魯　肅	謝主公！
孫　權	文武將官有不聽號令者，用此劍誅之！
周　瑜	遵命！衆官聽者：吾奉主公之命，率衆破曹。諸將官吏來日俱在江畔行營聽令。如遲誤者，依"七禁令、五十四斬"施行！
衆	遵命！
孫　權	公瑾暫退歇息，明早起兵。
周　瑜	請駕！
孫　權	（念）今朝堂上封良將，
周　瑜	（念）明日江邊起義兵。

（孫權、四小太監下。衆分下）

第　四　場

（二書童引諸葛亮上）

諸葛亮	哈哈哈……
	（唱）可笑周郎假聰敏，
	《銅雀臺賦》認了真。
	我今求他恐不應，
	他反求我笑煞人。

（魯肅上）

魯　肅	（唱）適纔奉了都督令，
	軍機大事問孔明。
諸葛亮	啊！子敬來了？
魯　肅	先生請坐！
諸葛亮	請！
魯　肅	今日府下公議已定，即日起兵。我奉公瑾之命，請教先生，願求破曹良策。
諸葛亮	此時孫將軍心尚未穩，不可決策也。

魯　肅　吾主已拔劍砍案，立意破曹，何謂"心尚未穩"？
諸葛亮　非有別故，心怯曹兵之多，懷寡不敵衆之意。公瑾若能將曹軍之數開解，使其了然無疑，方可用兵。
魯　肅　先生此言甚善，待我回復公瑾。
諸葛亮　請！
魯　肅　告辭！
　　　　（唱）先生言語定有準，
　　　　　　　回復都督見主君。（下）
諸葛亮　（唱）忠厚要算魯子敬，
　　　　　　　機關全然不知情。
　　　　　　　計巧雖誇周公瑾，
　　　　　　　行爲焉能瞞孔明？
　　　　　　　隨風就浪我主意穩，
　　　　　　　借他將帥好用兵。
　　　　啊哈哈哈……
　　　　（諸葛亮、二書童下）

第　五　場

　　　　（四白文堂、二旗牌引周瑜上）
周　瑜　（唱）破曹之計心已定，
　　　　　　　良謀巧計方能贏。
　　　　　　　已命子敬去探信，
　　　　　　　看那孔明怎樣云。
　　　　（魯肅上）
魯　肅　（唱）主公出兵意已定，
　　　　　　　孔明之言未必真。
　　　　孔明言道，主公心怯曹兵之多，懷寡不敵衆之意，都督必要將曹操軍數開解，使主公了然無疑，方可用兵。
周　瑜　哎呀是呀，孔明之言是也。他竟早已料著吳侯之心，其計謀高我一頭，久必爲我江東之患。不如殺之，以絕後患。
魯　肅　不可！今曹操未破，先殺賢士，乃自去其助也。

周　　瑜　此人輔佐劉玄德，必爲江東之患。
魯　　肅　諸葛瑾乃孔明胞兄，可令招他同事東吳，豈不妙哉！
周　　瑜　此言也是。快請諸葛瑾先生！
旗牌甲　有請諸葛瑾先生！
　　　　（諸葛瑾上）
諸葛瑾　（念）只因手足義，
　　　　　　　難把嫌疑分。
　　　　都督在上，諸葛瑾參見！
周　　瑜　先生少禮，請坐！
諸葛瑾　謝坐！
周　　瑜　令弟孔明有王佐之才，今幸至江東。欲煩先生不惜齒牙餘論，說令弟身歸東吳，主公既得良輔，而先生弟兄又得相處，豈不美哉！
諸葛瑾　瑾至江東，未立寸功。都督有令，敢不效力！
周　　瑜　如此甚好。即速一行。
諸葛瑾　告辭！
　　　　（念）好將夷齊話，
　　　　　　　去說同胞人。（下）
周　　瑜　諸葛瑾此去，孔明未必肯於歸順東吳。
魯　　肅　何以見得？
周　　瑜　劉玄德三顧孔明於茅廬之中，情同魚水，義比桃園，諸葛亮定不從其兄也！
　　　　（唱）三顧茅廬恩義盛，
　　　　　　　何況相待魚水情。
　　　　　　　子瑜此去必不允，
魯　　肅　（唱）暫且忍坐聽好音。
　　　　（諸葛瑾上）
諸葛瑾　（唱）我去說他反被問，
　　　　　　　教我無詞難以云。
　　　　都督在上，諸葛瑾有罪之至！
周　　瑜　先生去說令弟如何？
諸葛瑾　我將伯夷、叔齊之事說他，同來東吳。他却以漢臣之義說我，同事皇叔。致難開口，故此空回。

周　瑜	令弟之言，公意若何？
諸葛瑾	吾受孫將軍厚恩，安肯相背！
周　瑜	公既忠心事主，不必多言。請退，吾自有服孔明之計。
諸葛瑾	謝都督！
	（唱）我與同胞言不信，
	實是無才少智人。（下）
周　瑜	孔明哪，孔明！
	（唱）既到虎口難救應，
	你要想逃萬不能。
魯　肅	孔明不降東吳，如之奈何？
周　瑜	子敬休言，吾自有別計。吩咐眾將披挂伺候！
魯　肅	是。
	（周瑜下）
魯　肅	哎呀，孔明性命休矣！下面聽者：都督吩咐，眾將披挂，行營伺候！
眾	（內）啊！
	（魯肅下）

第 六 場

（【風入松】。四文堂、黃蓋、韓當、蔣欽、周泰上）

黃　蓋	黃蓋。
韓　當	韓當。
蔣　欽	俺，蔣欽。
周　泰	周泰。
黃　蓋	都督有令，帶兵行營伺候，你我一同前往！
韓　當	
蔣　欽	請哪！
周　泰	

（【牌子】。眾同下）

第 七 場

（【急三槍】牌子。四大鎧、凌統、潘璋、太史慈、呂蒙上）

凌　統	凌統。
潘　璋	俺，潘璋。
太史慈	太史慈。
呂　蒙	呂蒙。
凌　統	都督有令，帶兵行營伺候！
潘　璋	
太史慈	請哪！
呂　蒙	

（牌子。衆同下）

第　八　場

（【風入松】牌子。四文堂、陸遜、呂範、董襲、朱治上）

陸　遜	陸遜。
呂　範	俺，呂範。
董　襲	董襲。
朱　治	朱治。
陸　遜	都督令下，行營發兵，一同前往！
呂　範	
董　襲	請哪！
朱　治	

（合頭。衆同下）

第　九　場

（【急三槍】牌子。四大鎧引程普上）

程　普	俺，程普。前以周瑜年輕懦弱，爵居我上，欺三世老臣，是以心中不服。昨見他議論風生，動定有法，真將才也，令我心敬，只索行營謝罪。左右，催馬速行者！
四大鎧	啊！

（牌子。衆同下）

第 十 場

（四白文堂、四白大鎧、四上手、中軍、魯肅引周瑜上）

周　瑜　（唱）【點絳唇】
　　　　奉命點將，將勇兵強。中軍帳，擺列刀槍，要把賊掃蕩！
　　　（念）（詩）北斗之旁武曲明，
　　　　　　　　今朝江畔發雄兵。
　　　　　　　　旌旗遙指山河動，
　　　　　　　　席捲曹軍報太平。
　　　　中軍，傳衆將進賬！
中　軍　得令！都督有令：衆將進賬！
　　　　（黄蓋、韓當、蔣欽、周泰、凌統、潘璋、陸遜、董襲、太史慈、呂蒙、朱治、呂範、徐盛、丁奉上）
衆　將　衆將官參見都督！
周　瑜　兩旁聽令！
衆　將　啊！
周　瑜　方今曹操弄權，甚於董卓，囚天子於許昌，屯暴兵於境上。吾今奉命討賊，諸君幸皆努力向前。大軍到處，不得擾害黎民，踐踏田墓。王法無私，犯者不貸！
　　　　（【風入松】牌子）
衆　將　都督將令，我等敢不凜遵。
周　瑜　黃蓋、韓當聽令！
黃　蓋
韓　當　在！
周　瑜　命你二人爲前部先鋒，帶領戰船，前至三江口下寨，別聽將令！
黃　蓋
韓　當　得令！
周　瑜　蔣欽、周泰聽令！
蔣　欽
周　泰　在！
周　瑜　命你二人帶領戰船，作爲二隊！

| 蔣　欽 | 得令！ |
| 韓　當 | |

周　瑜　凌統、潘璋聽令！

| 凌　統 | 在！ |
| 潘　璋 | |

周　瑜　命你二人爲第三隊！

| 凌　統 | 得令！ |
| 潘　璋 | |

周　瑜　太史慈、呂蒙聽令！

| 太史慈 | 在！ |
| 呂　蒙 | |

周　瑜　命你二人爲第四隊！

| 太史慈 | 得令！ |
| 呂　蒙 | |

周　瑜　陸遜、董襲聽令！

| 陸　遜 | 在！ |
| 董　襲 | |

周　瑜　命你二人爲第五隊！

| 陸　遜 | 得令！ |
| 董　襲 | |

周　瑜　朱治、呂範聽令！

| 朱　治 | 在！ |
| 呂　範 | |

周　瑜　命你二人爲四方巡警，催督六郡官軍，水陸並進，克期取齊，不得遲誤！

| 朱　治 | 得令！ |
| 呂　範 | |

周　瑜　子敬，請孔明議事！

魯　肅　是。有請孔明先生進帳議事！

　　　　（吹打。諸葛亮上）

諸葛亮　都督！

周　瑜　先生請坐！

諸葛亮　有坐。

周　瑜　昔日曹操兵少，袁紹兵多，曹操反勝袁紹者，因用許攸之計，先斷烏

		巢之糧也。今曹兵八十三萬，我兵只有五六萬人，安能拒之？亦必須先斷曹之糧道，然後可破。
諸葛亮	是是，此亦用兵之法。
周　瑜	我已探知曹軍糧草屯於聚鐵山。先生久居漢上，熟知地理，敢煩與關、張、子龍輩，吾亦助兵千人，星夜往聚鐵山斷曹操糧道。彼此各爲主人之事，幸勿推辭！
諸葛亮	此乃公事，都督委令，敢不前往！
周　瑜	（喜介）哈哈哈……好，孔明先生真乃妙人也。就此即請一行，成功再謝。
諸葛亮	都督放心，亮今告辭去也。
周　瑜	請！
諸葛亮	劫奪敵糧謀已定，告別都督就此行。
	（唱）出得門來暗自忖，哈哈哈……　　　　借刀焉能殺孔明！（下）
魯　肅	啊！
	（唱）看他出營有行徑，　　　　都督耍他爲何情？
	都督使孔明劫糧，是何意見？
周　瑜	我欲殺孔明，恐人笑話，故借曹操之手殺之，以絶後患耳。
魯　肅	原來如此。
周　瑜	子敬，可去催他即速起行！
魯　肅	領命！
	（唱）烏巢劫糧計毒狠，　　　　孔明乃是糊塗人。　　　　可笑空來送性命，　　　　我還去做催死人。（下）
周　瑜	（唱）借刀之計他不省，　　　　從此斬草除後根。
	衆將官，即速起行，兵紮三江口！
衆　將	啊！
	（【牌子】。衆同下）

第 十 一 場

（四文堂引劉備上）

劉　備　（唱）孔明一去無音耗，
　　　　　　　糜竺探信路途遙，
　　　　　　　事情好歹難逆料，
　　　　　　　悶悶懨懨實無聊。

（糜竺上）

糜　竺　（念）只爲探信去，依舊扁舟回。
　　　　主公在上，糜竺參見！
劉　備　糜子仲回來了，探聽事體如何？
糜　竺　三江口乃周瑜統兵，並未見孔明。周郎收了禮物，欲請主公到彼面會，商議良策。
劉　備　啊！周瑜要接我到彼商議良謀麼？
糜　竺　正是。
劉　備　如此，吩咐收拾快船一隻，今日便行。
糜　竺　是。下面聽者！主公吩咐：收拾快船一隻，去往三江口去者！
衆　　　（內）啊！

（糜竺下。張飛上）

張　飛　（念）此番會江口，恐是宴鴻門。
　　　　大哥，方纔二哥言道：周瑜多謀之士，又無孔明書信，其中有詐，不可輕去！
劉　備　我今結好東吳，共破曹操。周郎欲我前去，我若不往，非同盟之意。惹他猜忌，事不諧矣。
張　飛　兄長若堅意要去，二哥叫弟相隨同往。
劉　備　也罷！你就同我前去，調二弟與子龍守寨。
張　飛　如此，待俺吩咐。下面聽者！大哥有令：命俺張飛相隨臨江赴會，調換二哥與子龍把守營寨！
衆　　　（內）啊！
張　飛　吩咐已畢。請大哥上船！
劉　備　隨我收拾前往！

(唱)孫劉兩家來結盟，
　　相邀豈可不一行？
　　同上舟船須安靜，
　　莫被東吳看得輕。
(吹打。四水手、四武士上。劉備、張飛上船介)

劉　備　上得舟中，好一派江景也！
(唱)漢陽江上烟波渺，
　　成敗興衰憶前朝：
　　荊州立地本劉表，
　　誰知蔡瑁反降曹。
　　我和東吳固然好，
　　聞聽周郎智謀高。
　　船到江心思計較，
　　防備未然細推敲。
三弟！

張　飛　大哥！

劉　備　我想周郎請我會合，孔明在彼，緣何無有音信？此中必有巧計。

張　飛　昔日藺相如獨保趙王入秦赴會，後又完璧歸趙，名垂千古。如今二哥命俺保大哥臨江赴會，倘有不測，俺便一人拼命，管叫他萬夫難當也！
(唱)臨江會上將兄保，
　　豈懼周郎小兒曹？
　　出水困龍方現爪，
　　何必江心絮叨叨？

水　手　船已近岸。

劉　備　差一伶俐軍校，報與周郎知道！

張　飛　遵命！
(【風入松】牌子。眾同下)

第 十 二 場

(四文堂引周瑜上)

周　　瑜　（念）計就月中擒玉兔,謀成海底捉金鰲。
　　　　　（中軍上）
中　　軍　禀都督：劉玄德到。
周　　瑜　哦,劉備過江來了！隨帶多少人馬？
中　　軍　一軍十卒。
周　　瑜　哦,一軍十卒？哈哈哈……如此,劉備命合休矣。吩咐刀斧手帳前埋伏,只聽金鍾三響,一齊動手！
中　　軍　得令！（下）
周　　瑜　擺隊相迎！
四文堂　啊！
　　　　　（四文堂、四大鎧上,眾同下）

第 十 三 場

（四文堂、四大鎧、中軍引周瑜上,四武士引劉備上,中軍示威介,劉備驚介,張飛衝上,逼中軍退介,劉備原人下,周瑜原人下）

第 十 四 場

（四武士、劉備上,周瑜原人上）
周　　瑜　久仰皇叔大名,今幸相見。請上臺座,容周瑜一拜！
劉　　備　豈敢！將軍名傳天下,備無才無德,何煩將軍重禮！
周　　瑜　皇叔如此謙遜,瑜只得從命。
劉　　備　請！
周　　瑜　皇叔降臨,未曾遠迎,多多恕罪！
劉　　備　豈敢！昨承相邀,必有見教,故敢前來求益。
周　　瑜　東吳多蒙皇叔同心破曹,瑜故此請皇叔杯酒表情,談議軍務。
劉　　備　多承美意。
周　　瑜　看宴！
　　　　　（大吹打。中軍擺宴介,劉備、周瑜入席介）
中　　軍　（跪介）上宴！舉杯,告乾！
劉　　備　都督,備有何德,當此大禮？

周　瑜	皇叔威德，理當跪敬。
劉　備	不敢，請起！
周　瑜	謝過皇叔！
中　軍	謝皇叔！
劉　備	酒席筵前，緣何不見孔明先生？
周　瑜	因有公務去了。皇叔請酒！
劉　備	哦，請！

（【園林好】牌子。劉備、周瑜飲酒介）

周　瑜	來！
中　軍	有。
周　瑜	問皇叔帶來多少兵將？
中　軍	是。（向武士甲）皇叔帶來多少兵將？
武士甲	一軍十卒。
中　軍	（背躬介）不够二手下料理。（向周瑜）一軍十卒。
周　瑜	酒肉犒賞！
中　軍	啊。抬酒肉來！

（四卒抬酒肉上，放介，下）

中　軍	啊朋友，都督犒賞你們酒肉。
武士甲	有請三爺！

（張飛上）

張　飛	唔！
武士甲	禀三爺：都督有酒肉。
張　飛	肉拿去，酒放下。
中　軍	啊！酒爲什麽不抬下去？
武士甲	有人好杯。
中　軍	哪個好杯？
張　飛	俺好杯！
中　軍	你好杯？來來來！
張　飛	主不飲，客不隨。酒來酒來！
中　軍	你哪是"主不飲，客不隨"？分明是你怕酒裏有毒藥。我喝一杯，讓你瞧瞧。

（飲酒介）（張飛抱酒桶，一飲而盡）

張　　飛　酒來！
中　　軍　嘿！十個人的酒，你一個人喝啦，還叫酒來？
張　　飛　唔！
中　　軍　看你們這些人，真是酒囊飯袋！
張　　飛　唔，爾好小器也！
　　　　　（四武士暗下）
　　　　　（唱）英雄度量爾豈曉，
　　　　　　　　不比東吳小兒曹。
　　　　　　　　俺且忍耐假醉倒，（伴醉介）
　　　　　啊！
　　　　　　　　只見周郎殺氣高。
　　　　　且住！俺看大哥面帶喜容，周郎面帶殺氣。兩旁懸挂壁隱，其中必有埋伏。俺且裝呆，緊隨大哥身後，看他怎生下手！
　　　　　（唱）好比樊噲膽如豹，
　　　　　　　　鴻門宴上保漢高。
　　　　　（金鍾響聲）
張　　飛　啊！
　　　　　（唱）金鍾響亮有圈套，
　　　　　　　　管教周郎膽魂消！
周　　瑜　皇叔請！
劉　　備　都督請！哈哈哈……
周　　瑜　（唱）胸藏機謀臉帶笑，（看張飛介）
　　　　　啊！
　　　　　　　　劉備身旁一英豪。
劉　　備　都督請！
周　　瑜　啊！皇叔請酒，瑜後乾。請問皇叔，身後何人？
劉　　備　三弟張飛。
周　　瑜　啊！莫非虎牢關戰呂布，安喜縣鞭督郵，當陽橋喝退曹瞞的張翼德三將軍麼？
劉　　備　正是。些小之事，都督挂齒。
周　　瑜　久仰！
劉　　備　豈敢！

周　瑜　皇叔請坐，瑜告便。
劉　備　都督請便。
周　瑜　（背躬介）哎呀！俺聞張翼德百萬軍中取上將首級，如探囊取物。我若動手，豈不被他先殺於我？（洒介）周瑜呀周瑜，你此計用錯了！罷！不如放過，再作計較。（向張飛）啊三將軍，既來敝營，何不入席？
張　飛　俺兄長在此，多有不便。
周　瑜　三將軍到此是客，這却何妨！
張　飛　如此，叨擾了！
　　　　（唱）張飛不會假客套，
　　　　　　即便入座飲瓊醪。
　　　　（諸葛亮上）
諸葛亮　（唱）適纔江邊童子報，
　　　　　　皇叔到此有蹊蹺。
　　　　　　暗步進帳心驚跳——
　　　　（魯肅上）
魯　肅　（唱）先生何故鎖眉梢？
諸葛亮　大夫，帳內筵宴者何人？
魯　肅　聞聽是劉皇叔。
諸葛亮　亮欲帳外一看。
魯　肅　使得，請！
諸葛亮　（唱）筵無好筵必有巧，
　　　　　　皇叔何故入虎巢？
　　　　　　邁步進帳觀容貌——
　　　　哎呀！
　　　　　　周郎竟是暗藏刀。
　　　　哎呀，周郎面帶殺氣，兩壁暗有埋伏。我主公面帶笑容，全然不曉，這便怎好！
張　飛　唔！
諸葛亮　（看張飛介）哎呀妙哇！幸有張翼德在此，主公無憂矣。啊大夫，亮已看過了，告辭！
魯　肅　請！

諸葛亮	（唱）明知假意裝不曉，（下）
魯　肅	咳！
	（唱）只恐玄德一命抛。（下）
劉　備	請！
	（唱）相逢寒温叙不了，
	甚佩都督意氣豪。
	請問都督，兵馬多少，何計破曹？
周　瑜	兵機不能泄露。依瑜看來，曹操不過烏合之衆，只要旌旗一指，即可破曹。
張　飛	説得如此容易。俺們在此無益，不如回營聽信。
劉　備	正是。備今日相擾，容日再謝。告辭！
周　瑜	怎麽，就要去了麽？瑜也不敢違命久留，奉送！
劉　備	請！
	（唱）臨江會上備叨擾，
周　瑜	（唱）破曹之後再相邀。
張　飛	呔！
	（唱）鼇魚焉肯由人釣？
	周郎錯用計籠牢。
	（四武士上，劉備、張飛、四武士下）
周　瑜	（洒介）哎呀！
	（唱）畫虎不成反見笑，
	絲綸無力走金鼇。
	回想不覺羞又惱，
	唉！
	不殺此人怎開交！
	（魯肅上）
魯　肅	（唱）謀成計就誑來到，
	如何放走撲天雕？
	邁步進帳來請教，
	啊！
	都督愁鎖兩眉梢。
	啊都督，用計已就，誑請劉玄德到來，因何不殺，放他回去，是何

|周　瑜|哎呀大夫哇！張翼德乃當世之虎將，緊緊相隨劉玄德，若是動手，他豈不先殺我了麼？
|魯　肅|哎呀，險之極矣！幸而未曾動手。
|周　瑜|不必多言，你且坐下。
|魯　肅|是是是。

（中軍上）

|中　軍|禀都督：曹營有下書人求見。
|周　瑜|傳他進來！
|中　軍|傳下書人！

（二曹使上）

|二曹使|（念）此行真大膽，舉動要小心。

曹營下書人叩見都督！

|周　瑜|何人所差？呈書上來！

（二曹使呈書介，周瑜看介）

|周　瑜|"漢大丞相"，"漢大丞相"，呀呀呸！你在曹營，你為"漢大丞相"；書來東吳，誰稱你"漢大丞相"！（扯書介）

（唱）曹賊敢把東吳藐，
　　　見書不由怒衝霄。
　　　喝令兩旁衆軍校，
　　　斬一人來放一人逃！

|中　軍|啊！（推二曹使下，又上）
|魯　肅|哎呀！兩國相爭，不斬來使。爲什麼殺一個放一個，却是何意？
|周　瑜|大夫，那是曹操的奸計，與本都督我有書信來往，禍亂軍心。我斬曹賊的來人，以震軍威。何必多言？中軍聽令！吩咐甘寧、韓當、蔣欽、周泰：來日在三江口挑戰，違誤者斬！
|中　軍|得令！（下）

（衆同下）

群 英 會

佚 名 撰

解 題

　　京劇。現代佚名撰。《京劇劇目初探》《京劇劇目辭典》著錄,題《群英會》,又名《草船借箭》《蔣幹中計》《蔣幹盜書》。未署作者。劇寫孫、曹兩軍對峙於赤壁,曹操令周瑜的同窗蔣幹過江勸降,周瑜故借蔣幹之手盜去假書,以反間計使曹操殺了水軍將領曹瑁、張允。周瑜與諸葛亮計議破曹之策,均以火攻爲先。周瑜嫉諸葛亮,欲借造箭之名加害之。諸葛亮草船借箭成功,使周瑜謀害落空,更使魯肅深服諸葛亮才智過人。本事出於《三國演義》第四十五回、第四十六回。《三國志・吳書・周瑜傳》注引《江表傳》記有蔣幹過江事,但與劇情不同。《三國志・吳書・吳主傳》裴松之注引《魏略》云借箭爲孫權事。元刊《三國志平話》改爲周瑜借箭,《三國演義》再改爲諸葛亮借箭。明《草廬記》、清宮大戲《鼎峙春秋》本《三國演義》敷演借箭事。清盧勝奎編京劇《三國志》有《群英會》一本。今見版本有《戲考》本、《戲典》本與以此本整理重印的《民國版京劇劇本集》本、《京劇大觀》本、《馬連良演出劇本選》本。今以《戲考》本爲底本,參考其他本校勘整理。

第 一 場

（黃蓋上,起霸[1]）

黃　蓋　（念）二十年前擺戰場,
　　　　　　　好似猛虎趕群羊。
　　　　　　　光陰不催人自老,
　　　　　　　不覺兩鬢白如霜。
　　　　　老夫,姓黃名蓋字公覆。都督陞帳,在此伺候。

(甘寧上，起霸)

甘　寧　（念）東吳大將是甘寧，
　　　　　　　文韜武略肚內存。
　　　　　　　任他四路刀兵起，
　　　　　　　衝鋒破敵把功成。
　　　　俺，姓甘名寧字興霸。老將軍請了，請了！
黃　蓋　（白）都督陞帳，在此伺候。
　　　　（四白龍套同上，周瑜上）
周　瑜　（唱）【點絳唇牌】
　　　　　　奉敕登臺，紅衣秀蓋，孫武才，社稷安排，好把凌烟黛。
黃　蓋
甘　寧　參見都督！
周　瑜　轅門伺候。
　　　　（周瑜坐）
　　　　（念）肥馬輕裘白玉鞍，
　　　　　　　手提令箭一登壇。
　　　　　　　興師斬將吞社稷，
　　　　　　　擒王報效用機關。
　　　　本都督，姓周名瑜字公瑾。奉主旨意，領兵破曹，昨日與程普將軍共議水陸軍機，調遣已明，爲此今日出堂理事。來，有請魯大夫！
手　下　有請魯大夫！
　　　　（魯肅上）
魯　肅　（念）旌旗指日衝霄漢，劍戟凌雲貫斗寒。
　　　　參見都督。
周　瑜　罷了。
魯　肅　謝都督。
周　瑜　命你請那諸葛先生，可曾到來？
魯　肅　現在館驛。
周　瑜　說我有請。
　　　　（諸葛亮上）
諸葛亮　（念）不惜一身探虎穴，計高哪怕入龍潭。
周　瑜　吓，先生！

諸葛亮　都督！

周　瑜　先生請坐！

諸葛亮　有坐。傳亮進帳，那路軍情？

周　瑜　請先生到此非爲別事，孫、劉兩家同心破曹，但不知這兵馬未動，何物當先？

諸葛亮　兵馬未動，糧草先行。

周　瑜　嚇，糧草先行。想南郡正在乏糧之際，瑜聞曹操在聚鐵山屯糧，煩先生帶領關、張、趙雲等，前去劫糧，料無推辭。

諸葛亮　都督委用，亮敢不效勞，請傳令。

周　瑜　好，先生聽令。

諸葛亮　得令。
　　　　（念）明知周郎借刀計，佯裝假作不知情。
　　　　（諸葛亮下）

魯　肅　都督爲何命孔明前去劫糧？

周　瑜　大夫，我殺孔明，豈不被天下人等耻笑？命他此去，必被曹操殺之，以除後患。大夫去至後面，聽他講些什麼，速報我知。

魯　肅　得令。
　　　　（魯肅下）

周　瑜　孔明吓，孔明！此去必被曹操殺之，方去我心頭之恨也。
　　　　（唱）【西皮搖板】
　　　　　　曹孟德領人馬廣聚糧草，
　　　　　　聚鐵山必埋伏大將英豪。
　　　　　　諸葛亮此一去性命難保，
　　　　　　這是我暗殺他何用鋼刀？
　　　　（魯肅上）

魯　肅　（唱）【西皮搖板】
　　　　　　諸葛亮出大言將人耻笑，
　　　　　　他笑那周都督用計不高。
　　　　都督！

周　瑜　大夫回來了，他可曾講些什麼？

魯　肅　那孔明出得營去，哈哈大笑，他說他能陸戰馬戰步戰，各戰精奇，非比都督，只習水戰一能耳。

周　瑜	孔明欺我不能陸戰，就不用他劫糧，將令追回。	
魯　肅	遵命。	

（魯肅下）

周　瑜	孔明吓，我不殺你，誓不爲人也！	

（唱）【西皮搖板】
　　　　我只説借刀計將他瞞過，
　　　　故命他聚鐵山去把糧奪。
　　　　又誰知諸葛亮藐視於我，
　　　　必須要生巧計將他滅却。

（魯肅上）

魯　肅	將令追回。
周　瑜	大夫，但不知曹營水軍頭目，是誰掌管？
魯　肅	荆州降將，蔡瑁、張允二賊。
周　瑜	吓，他二人慣習水戰，本都督大功難成也。

（唱）【西皮搖板】
　　　　他二人習水戰難敵難破，
　　　　恨蔡瑁和張允二賊作惡。
　　　　將荆州獻曹操是他之過，
　　　　除非是殺二賊好動干戈。

甘　寧	蔣幹過江。
周　瑜	再探。
甘　寧	得令。（下）
周　瑜	（笑）哈哈……
魯　肅	都督聞聽蔣幹過江，爲何發笑？
周　瑜	大夫，蔣幹過江，必與曹操做説客而來，待我略施小計，管叫曹操中計。來，客廳伺候。（【江兒水】）大夫。
魯　肅	在。
周　瑜	將此書放在後帳戰策之内，附耳上來，如此如此。
魯　肅	得令。（下）
周　瑜	來！

（衆允）

周　瑜	有請蔣先生！

衆　　　有請蔣先生！
　　　　（蔣幹上）

蔣　幹　賢弟！
周　瑜　仁兄請坐！
蔣　幹　有坐。
周　瑜　不知仁兄駕到，瑜未得遠迎，望乞恕罪。
蔣　幹　好說，輕造寶帳，賢弟海涵。
周　瑜　豈敢！仁兄跋涉江湖，從江北而來，大普爲曹氏作說客耳。
蔣　幹　這個……久別足下，特來與賢弟作賀，怎說作說客耳？
周　瑜　弟雖不及師曠之聰，略聞弦歌之雅意。
蔣　幹　賢弟待故人如此，告辭。
周　瑜　子翼兄因何去心太急？
蔣　幹　賢弟的疑心太重。
周　瑜　弟乃戲言。
蔣　幹　雖是戲言，兄却臉上無光。
周　瑜　請入帳。
蔣　幹　請。
周　瑜　（念）江上思良友，
蔣　幹　（念）特地會故交。
周　瑜　請坐，傳衆將進帳！
衆　　　傳衆將進帳！
　　　　（衆將同上）
衆　將　參見都督！
周　瑜　見過蔣先生！
衆　將　吓！敢你是與曹操作說客而來？
蔣　幹　吓，賢弟。
周　瑜　衆位將軍，此乃本都督昔日之同窗好友，雖從江北而來，非是曹操之說客，公等不必疑慮。看酒來，待我與子翼把盞。
蔣　幹　擺下就是。
　　　　（吹打，擺酒）
周　瑜　太史慈聽令！
太史慈　在。

周　瑜　這有寶劍一口,命你與我爲監酒令官:今日酒席筵前,只敘朋友之交,有人提起"孫、曹"二字,即便斬之!

太史慈　得令!(三笑)哈哈哈!

周　瑜　子翼兄請!仁兄請!

衆　　　(喊)喊!

蔣　幹　吓,賢弟請。(拂子)

周　瑜　仁兄這裏來,看我滿營中的將士可雄壯否?

蔣　幹　一個個如狼似虎。

周　瑜　你看這後營中的糧草可充足否?

蔣　幹　真乃是兵精糧足。

周　瑜　子翼兄,想小弟自幼與兄同窗學藝之時,未曾望有今日耳。

蔣　幹　賢弟大才必有大用。

周　瑜　哈哈吓,仁兄!想大丈夫出世,要遇知己之際,外託君臣之義,內結骨肉之情,言聽計從,禍福共之。假如蘇秦、張儀、陸賈、酈生,口若懸河,舌似利刃,豈能同我此心哉?子翼兄,今日此宴,可稱得群英會也!

蔣　幹　群英會?妙得緊!

周　瑜　(同笑)哈哈……
蔣　幹

周　瑜　(唱)【西皮原板】

　　　　　人生聚散實難料,
　　　　　今日相逢會故交。
　　　　　群英會上當酒飽,
　　　　　暢飲高歌在今宵。

　　　　子翼兄,想小弟自奉君以來,滴酒不聞;今乃故友數載未晤,並無別意,豈肯不醉之理?你我飲個盡醉方休。將小杯挨過,各飲一百觥。

蔣　幹　愚兄乃溝渠之水[2],難比弟量如滄海,不能奉陪。

周　瑜　故友數載未會,哪有不醉之理!

蔣　幹　如此三觥罷[3]。

周　瑜　兄言三觥,小弟奉陪。

　　　　(唱)【西皮搖板】

　　　　　富貴榮華人生造,
　　　　　請,

眼看中原酒自消。
蔣　幹　白酒有些性暴。
周　瑜　（唱）【西皮搖板】
　　　　暴酒難逃三江口，
蔣　幹　順流而下醉得快，吓！
周　瑜　（唱）【西皮搖板】
　　　　順流而下東海飄。（吐介）
蔣　幹　賢弟怎麼樣了？
周　瑜　小弟醉了。
蔣　幹　兄亦醉了。
周　瑜　久未與仁兄同榻，今日必須抵足而眠，來，將蔣先生扶入後帳安歇。
　　　　（龍套扶蔣幹下）
太史慈　交令。
周　瑜　黃蓋聽令！
黃　蓋　在。
周　瑜　命你三更時分，即報軍情。
黃　蓋　報什麼？
周　瑜　附耳上來。
黃　蓋　得令。
周　瑜　甘寧聽令！
甘　寧　在。
周　瑜　今晚命你巡營，各營不許落鎖。
甘　寧　得令。
　　　　（甘寧下）
周　瑜　眾將官，蔣幹若是逃走，爾等不許阻攔。
　眾　　得令。
周　瑜　掩門。
　　　　（同下）

校記

［1］起霸："霸"，原作"白"，據《戲典》本改。本劇下同。

［2］愚兄乃溝渠之水："溝渠"，原作"瓦溝"，據《戲典》本改。

〔3〕如此三觥罷："觥"，原作"舷"，據《戲典》本改。下同。

第 二 場

（魯肅上，藏書，下。起更。龍套扶蔣幹上）（周瑜上）

周　瑜　仁兄！子翼！他竟自睡著了。
（唱）【西皮搖板】
　　　我有心放他回營門不鎖，
　　　回頭看蔣子翼早已睡覺。
　　　假意兒伴裝睡和衣而卧，
　　　偷眼看仔細觀他行事如何？
（二更）（蔣幹起）

蔣　幹　賢弟！公瑾！他竟睡著了。哎，想我蔣幹深入虎穴，怎能脫身？
（唱）【西皮搖板】
　　　離曹營到東吳身帶重禍，
　　　行不安坐不寧兩眼難合。
　　　我只望念故交看待於我，
　　　又誰知掌軍令賽過閻羅。
（白）左也睡不著，右也睡不著，這便怎麽？有了，桌案有書，待我看來解悶，有理吓，有理。原來一部戰策，車戰、馬戰、陸戰、水戰、步戰，乃是他的本等，吓，有一小束，待我看來。"蔡"，吓，賢弟！公瑾！睡著了，待我掌燈看來。"蔡瑁、張允，頓首拜上都督麾下：我等降曹，亦非真心，今將北軍困於水寨，但得其便，七日之內，定取曹操首級來見，早晚捷報，幸勿見疑。"哎呀，丞相吓，丞相！不是我蔣幹過江，你的性命，險送二賊之手！
（唱）【西皮搖板】
　　　曹丞相洪福大安然穩坐，
　　　他哪知二賊子裏應外合。
　　　若不是我過江機關識破，
　　　七日內取首級休想命活。
（白）我不免將書帶回，獻於丞相觀看，豈不是一場大功也。（睡介）
（三更。黃蓋上）

黃　蓋	（念）	譙樓鼓打三更盡，夜戰貔貅百萬兵。
	（白）	吓，都督醒來！
周　瑜	（白）	何事？
黃　蓋	（白）	今有蔡……
周　瑜	（白）	禁聲！子翼！仁兄！睡著了。"蔡"什麼？
黃　蓋	（白）	今有蔡瑁、張允，有書到來，不用七日，只用三天，定取曹操首級來見。
周　瑜	（白）	唉！幸喜蔣先生睡著，若是聽見，本都督大事難成。你行軍多年，還是這等粗魯，與我退下。

（四更）

周　瑜	（白）	仁兄，你看我七日之內，定取曹操首級來見。
蔣　幹	（白）	怎樣的取法？
周　瑜	（白）	我自有妙計。
蔣　幹	（白）	難吓！
周　瑜	（白）	不難。
蔣　幹	（白）	哎呀！譙樓鼓打四更，倘五更天明，不當穩便。趁此機會，逃過江東去罷。

（五更）

蔣　幹	（唱）	【西皮搖板】 倘若是他知道豈肯放我？ 恨不得插雙翅飛過江河。

（魯肅暗上）

魯　肅	（白）	蔣先生請了。
蔣　幹	（白）	大夫請了。

（蔣幹下）

魯　肅		吓，都督醒來。

（周瑜起）

周　瑜		何事？
魯　肅		蔣幹逃走了。
周　瑜		書信呢？
魯　肅		他盜走了。
周　瑜	（笑）	吓，哈哈……

（唱）【西皮搖板】
　　　　曹孟德差蔣幹千差萬錯，

魯　肅　（唱）【西皮搖板】
　　　　周都督用計謀神鬼不覺。

周　瑜　（唱）【西皮搖板】
　　　　這件事天下人我都瞞過，

魯　肅　（唱）【西皮搖板】
　　　　怕只怕瞞不過南陽諸葛。

（同下）

第 三 場

（四紅龍套同上，曹操上）

曹　操　（唱）【西皮搖板】
　　　　每日裏飲瓊漿醺醺大醉，
　　　　我心中想不起一條計策。
　　　　自造起銅雀臺缺少二美，
　　　　掃東吳殺劉備天意不遂。

（蔣幹上）

蔣　幹　（唱）【西皮搖板】
　　　　在東吳得書信喜之不美，
　　　　進帳去見丞相獨佔高魁。
　　　　參見丞相！

曹　操　子翼回來了？
蔣　幹　回來了。
曹　操　周郎降意如何？
蔣　幹　周郎執意不降，得來一椿機密大事。
曹　操　什麼大事？
蔣　幹　這個……耳目甚衆[1]。
曹　操　兩廂退下。

（衆下）

蔣　幹　書信在此，丞相請看。

曹　操	待老夫看來。(【牌子】)吓,有這等事,吩咐起鼓陞堂!
	(衆手下上,喝)
曹　操	傳水軍頭目進帳。
	(衆允照白)(蔡瑁、張允上)
蔡　瑁 張　允	參見丞相。
曹　操	老夫即日進兵,水軍可成練熟?
蔡　瑁 張　允	水軍不成練熟,丞相不可進兵。
曹　操	哽,等爾水軍練熟,老夫性命,斷送你二人之手! 來,斬了!
	(衆推蔡瑁、張允下)
曹　操	哎,"不用七日,只要三日",七日,三日還早,哼哼,是計,不要中了他人之計。來,將他二人赦回。
衆	斬去了。
曹　操	哦呵!
	(唱)【西皮搖板】
	一時間錯中了周郎之計,
	殺蔡瑁和張允悔之不及。
	來。
	(衆允)
曹　操	水軍頭目,換那毛玠、于禁二人掌管,傳蔡中、蔡和進帳。
	(衆照白)(蔡中、蔡和同上)
蔡　中	(念)兩膀千斤力,
蔡　和	(念)能開寶刁弓。
蔡　中 蔡　和	參見丞相。
曹　操	罷了,老夫誤殺你二人兄長,可有怨恨?
蔡　中 蔡　和	違誤軍機,斬者無虧。
曹　操	好個"斬者無虧"! 老夫有意命爾詐降周郎,意下如何?
蔡　中 蔡　和	如此就走。
曹　操	敢有逃走之意?

蔡 中
蔡 和　　我二人家眷俱在荊州，那有別意？

曹　操　　好，成功回來，另加陞賞。

蔡 中
蔡 和　　得令。

蔡 中　　（念）辭別曹丞相，

蔡 和　　（念）詐降小周郎。

　　　　　（蔡中、蔡和同下）

蔣　幹　　丞相，這場大功勞，全虧我蔣幹罷！

曹　操　　呸！

　　　　　（唱）【西皮搖板】
　　　　　　　書呆子盜書信全不思量，
　　　　　　　去了我左右膀反助周郎。
　　　　　　　我爲爾錯殺了兩員上將，
　　　　　　　你就是他二人送命無常。

　　　　　（曹操下）

蔣　幹　　（唱）【西皮搖板】
　　　　　　　這一場大功勞不加陞賞，
　　　　　　　爲什麼對衆將羞辱一場？
　　　　　　　我這裏低下頭暗暗思量，
　　　　　　哦，是了！
　　　　　　　一定是爲周郎不來投降。
　　　　周郎不降，與我什麼相干？哎，曹營事情，實實難辦。哼，真是難辦吓！
　　　　　（蔣幹下）

校記

［1］這個……耳目甚衆：此句，原本作"這耳目甚重"，據文意從《馬連良演出劇本選》本（簡作"馬本"）改。

第　四　場

　　　　　（周瑜上）

周　瑜　（唱）【西皮搖板】
　　　　　奉君命破曹兵勝負未定，
　　　　　日操兵夜觀策坐卧不寧。
　　　（魯肅上）
魯　肅　（唱）【西皮搖板】
　　　　　曹孟德果殺了蔡瑁張允，
　　　　　周都督他算得天下能人。
　　　（笑）哈哈……
周　瑜　大夫爲何這等大笑？
魯　肅　啓都督：那曹操，果中了都督借刀之計，殺了蔡瑁、張允，水軍頭目，换了毛玠、于禁，豈不是一喜？
周　瑜　此事當真？
魯　肅　當真。
周　瑜　那孔明可知？
魯　肅　他未必。
周　瑜　量他不知，有請諸葛先生。
　　　（魯肅照白）（諸葛亮上）
諸葛亮　（唱）【西皮搖板】
　　　　　昨夜晚觀天象早已算定，
　　　　　曹孟德中巧計自殺水軍。
　　　恭喜都督，賀喜都督！
周　瑜　喜從何來？
諸葛亮　那曹操，中了都督借刀之計，殺了蔡瑁、張允，水軍頭目，换了毛玠、于禁，此二人不識水性，豈不是六大的一喜？
周　瑜　先生真乃神人也。吾觀曹營水寨，十分齊整，故略施小計，何足挂齒。
諸葛亮　都督的高才。
周　瑜　瑜朝暮思得一計破曹，但是猶豫未決，欲煩先生決一良謀。
諸葛亮　不必説破，各寫一字在手，看看心事對與不對？
周　瑜　如此，先生請寫。
諸葛亮　大夫請看。
魯　肅　你二人俱是一個"火"字！

周　瑜	只恐未必。
周　瑜 諸葛亮	如此兩下對來。
周　瑜 諸葛亮	火！
周　瑜 諸葛亮 魯　肅	（同笑）哈哈……
周　瑜	請坐。請問先生，這水面交鋒，何物當先？
諸葛亮	弓箭當先。
周　瑜	吓，弓箭當先，怎奈我營缺少狼牙。瑜有請先生監造十萬狼牙[1]，諒無推辭了？
諸葛亮	當得效勞，但不知限山人多少日期？
周　瑜	限一月之期。
諸葛亮	多了。
周　瑜	十日如何？
諸葛亮	倘曹兵殺來，豈不誤了國家大事？
周　瑜	七日如何？
諸葛亮	七日麼，還多。
魯　肅	太少了。
周　瑜	住口！如此，請先生自限日期。
諸葛亮	三日交箭。
周　瑜	三日無箭？
諸葛亮	依軍法從事。
周　瑜	軍中不可戲言！
諸葛亮	願立軍令狀。
周　瑜	先生請。
魯　肅	先生立不得吓！
周　瑜	多口。
	（諸葛亮寫狀，【牌子】）
諸葛亮	吓，大夫，這是軍令狀，還有你的保人，三日後，命五百軍士，去到江邊搬箭，大夫收好了。
魯　肅	我看你怎麼好。

諸葛亮　告辭了。
周　瑜　子敬代送。
諸葛亮　（唱）【西皮原板】
　　　　　在帳中辭別了子敬公瑾，
　　　　　三日後到江邊去收刁翎。
魯　肅　吓，都督，孔明止限三日交箭，莫非有詐？
周　瑜　你不用管他，吩咐我國匠人，故意遲挨。三日後江邊搬箭，誤了日期，按軍法施行，斬他無虧。
　　　　（黄蓋上）
黄　蓋　（報）啓都督：今有蔡中、蔡和轅門投降。
周　瑜　命他進帳。
黄　蓋　二位將軍這裏來。
　　　　（蔡中、蔡和同上）
蔡　中
蔡　和　（念）離了曹營地，來此是東吳。
　　　　參見都督。
周　瑜　你二人既以降曹，爲何又背主投降？
蔡　中
蔡　和　曹操無故殺我二人兄長，現投在都督麾下，日後好借兵報讎。
周　瑜　好，二位將軍，棄暗投明，果稱英豪也。
蔡　中
蔡　和　都督誇獎。
周　瑜　傳甘寧進帳！
　　　　（衆照白）（甘寧上）
甘　寧　（念）東吳將甘寧，威風誰敢當。
　　　　參見都督。
周　瑜　將二位將軍，撥在你的帳下，日後自有用處。
甘　寧　得令。
　　　　（甘寧、蔡中、蔡和同下）
魯　肅　都督，他二人莫非詐降？
周　瑜　那曹操無故殺他二人兄長，投在本都督帳下，日後好借兵報讎，似你這樣多慮[2]，怎容天下賢士？退下了！

魯　肅	是。
	（念）分明指破平川路，反把忠言當惡言。（下）
周　瑜	魯大夫乃忠直之人，他也乖巧起來了[3]，老將軍還在？
黃　蓋	在。
周　瑜	可知他二人降意如何？
黃　蓋	乃是詐降。
周　瑜	怎見得詐降？
黃　蓋	不帶家眷，就是詐降。
周　瑜	吓，不帶家眷，就是詐降。惜乎吓，惜乎！想他曹營就有此能人前來詐降；我東吳，我東吳就無人敢去詐降那曹操。
黃　蓋	都督，末將不才，願去詐降曹營。
周　瑜	老將軍願獻詐降之計麼？
黃　蓋	正是。
周　瑜	此乃非同小可，若不受些苦刑，怎能瞞過細作之耳目？
黃　蓋	蓋受東吳三世厚恩，慢說身受苦刑，就粉骨碎身，理所當然。
周　瑜	老將軍可是真心？
黃　蓋	哪有假意。
周　瑜	好，請上，受我一拜。
	（唱）【西皮原板】
	老將軍秉忠心大義凜凜，
	可算得我東吳第一功臣。
	瞞住了我營將全要你忍，
	怕只怕年紀邁難受五刑。
黃　蓋	（唱）【西皮原板】
	周都督你不必禮下恭敬，
	俺黃蓋受東吳三世厚恩。
	我雖然年紀邁忠心當秉，
	學一個奇男子大破曹營。（下）
周　瑜	（唱）【西皮原板】
	好一個黃公覆忠心耿耿，
	我二人定此計大功必成。（下）

校記

［1］瑜有請先生監造十萬狼牙：按，此句《戲典》本作"敢煩先生監造十萬雕翎"，"馬本"作"敢煩先生監造十萬枝狼牙"。

［2］似你這樣多慮："似"，原作"想"，據"馬本"改。按：此句，《戲典》本作"你如此多慮"。

［3］他也乖巧起來了："乖巧"，原作"乖"，據《戲典》、"馬本"改。

第 五 場

（諸葛亮上）

諸葛亮 （唱）【西皮原板】
　　　　小周郎命魯肅巡監作守，
　　　　叫山人背地裏冷笑不休。
　　　　你那裏欲殺我怎能得夠，
　　　　一樁樁一件件記在心頭。

（魯肅上）

魯　肅 （唱）【西皮原板】
　　　　限三日去交箭不多時候，
　　　　爲什麼坐一旁不睬不愁[1]？
　　　　吓！先生！
　　　　你昨日在帳中誇下海口，
　　　　這件事好叫我替你擔憂。

諸葛亮 我有什麼事情，叫你替我擔憂？

魯　肅 吓，咳，你昨日在帳中誇下海口，立下軍狀，限三日交箭，只是明日一天，支箭全無，看你怎得了？

諸葛亮 不是大夫提起，亮倒把此事忘懷了。

魯　肅 你看這樣大事，他就忘了！

魯　肅 我們來算算日期。

魯　肅 算算看。

諸葛亮 昨日？

魯　肅 一天。

諸葛亮　今日？
魯　肅　兩天。
諸葛亮　明日？
魯　肅　拿來！
諸葛亮　拿什麼來？
魯　肅　拿箭來！
諸葛亮　大夫你要救我一救！
魯　肅　先生請起，大家想來……吓，先生！下官倒有一計。
諸葛亮　有何妙計？
魯　肅　不如駕一小舟，逃過江去罷。
諸葛亮　大夫，亮奉主公之命[2]，過江同心破曹。如今大功未成，逃了回去，怎麼回覆吾主？此計使不得。
魯　肅　這、這，也罷，你莫若投江一死，落個全屍罷！
諸葛亮　螻蟻尚且貪生，爲人豈不惜命乎！大夫，這一法更使不得。
魯　肅　叫你走，你又不走；叫你死，又死不得。真真叫我作難吓！
諸葛亮　大夫吓！
魯　肅　大夫不會下藥！
諸葛亮　（唱）【西皮搖板】
　　　　　　魯大夫你平常待我恩厚，
　　　　　　你保我過江來無挂無憂。
　　　　　　周公瑾要殺我你不相救，
　　　　　　看起來算不得什麼好朋友！
魯　肅　（唱）【西皮快板】
　　　　　　這件事本是你自作自受，
　　　　　　爲什麼把我來埋怨不休？
諸葛亮　大夫，你不能救亮，問你借幾樣東西，可有吓？
魯　肅　你所要的東西，我早已辦好了！這壽衣、壽帽、壽鞋，大大的一口棺材！
諸葛亮　什麼話？
魯　肅　要什麼東西？
諸葛亮　戰船二十隻？
魯　肅　有的。

諸葛亮　軍士五百名？
魯　肅　有的。
諸葛亮　茅草千擔？
魯　肅　有的。
諸葛亮　青布幔帳，鑼鼓全套？
魯　肅　有的。
諸葛亮　還要備酒一席。
魯　肅　這些東西軍中所用，這酒席何用？
諸葛亮　我與大夫，舟中飲酒取樂吓。
魯　肅　明日進帳，沒有箭交，我看你還是飲酒，還是取樂吓！
諸葛亮　你去辦來。
魯　肅　（唱）【西皮快板】
　　　　　十萬箭今夜晚怎生造就？
　　　　　怕只怕見都督難保人頭。
　　　　　倒不如我這裏放你逃走，
　　　　　魯子敬爲朋友順手推舟。
　　　　（魯肅下）
諸葛亮　（唱）【西皮搖板】
　　　　　這件事量魯肅猜疑不透，
　　　　　他那知我腹內另有機謀。
　　　　　要借箭只等到四更時候，
　　　　　趁大霧到曹營去把箭收。
　　　　（魯肅上）
魯　肅　（唱）【西皮搖板】
　　　　　一樁樁一件件俱已辦就，
　　　　　請先生到江邊速速登舟。
諸葛亮　大夫來了，可曾齊備？
魯　肅　俱以齊備。
諸葛亮　請。
魯　肅　哪裏去？
諸葛亮　同往舟中飲酒。
魯　肅　下官營中有事，不能奉陪。

諸葛亮　走走走。

（諸葛亮拉魯肅下）

校記

［1］爲什麼坐一旁不睬不愁："愁"，原作"休"，《戲典》本、"馬本"均作"憂"。今因下句韻爲"憂"，改爲"愁"。
［2］亮奉主公之命："公"，原無，據"馬本"補。

第 六 場

（諸葛亮拉魯肅又上，二水手上）

二水手　啓爺：滿江大霧，觀不見水景。
諸葛亮　將船往北而進。
魯　肅　曹營在北，去不得的，我要下去了。
諸葛亮　船離了岸，不能攏岸。大夫請。
　　　　（唱）【西皮原板】
　　　　　　一霎時白茫茫滿江大霧，
　　　　　　傾刻間觀不見在岸在舟。
　　　　　　似這等巧機關世間少有，
　　　　　　學軒轅造指車去借地遊。
魯　肅　（唱）【西皮原板】
　　　　　　魯子敬在舟中渾身戰抖，
　　　　　　把性命當兒戲全不耽憂。
　　　　　　這時候哪還有心腸飲酒？
　　　　　　此一去到曹營把命來丟！
二水手　啓爺：離曹營只有四十餘里。
諸葛亮　將船直放曹營。
魯　肅　水手，去不得的！我要上岸了。
諸葛亮　船行半江，越法不能去了，只好飲酒取樂。
魯　肅　好，拼着性命不要，相遇你這朋友，先生請酒。
諸葛亮　（唱）【西皮搖板】
　　　　　　勸大夫放開懷寬心飲酒，

些須小事何要你這等的憂愁。

二水手　離曹營只有一箭之地。

諸葛亮　吩咐鳴鑼，擂鼓吶喊。

（蔣幹上）

蔣　幹　啓禀丞相：外面人聲吶喊。

曹　操　（內白）人聲吶喊，想是周郎偷營，吩咐放箭！

（蔣幹照白放箭）（【牌子】）

二水手　啓爺：小舟沉載不起。

諸葛亮　前去大喊三聲："南陽諸葛借箭，謝丞相贈十萬刁翎。"

（二水手照介）

魯　肅　我這纔明白了。（同下）

（曹操上）

曹　操　我道周郎偷營，原來孔明借箭，吩咐眾將追趕！

蔣　幹　順風順水，追之不上。

曹　操　（念）時時防計巧，

蔣　幹　（念）著著讓人高。

曹　操　（念）丟了十萬箭[1]，

蔣　幹　（念）明日再來造。

曹　操　又中他人之計了！

蔣　幹　下次不中就是。

曹　操　又壞在你手[2]！

蔣　幹　又是我的不好，真真難辦事嚇。

（曹操、蔣幹下）

校記

[1] 丟了十萬箭："丟"，原作"去"，據《戲典》本、"馬本"改。

[2] 又壞在你手："在"，原作"了"，據文意與"馬本"改。此句，"馬本"作"此事又壞在你一人的身上"。

第　七　場

（諸葛亮冷笑上）（魯肅上）

魯　肅　先生,我真伏了你了!
諸葛亮　伏我何來?
魯　肅　伏你好陰陽,好八卦,怎麼知道今夜此大霧?
諸葛亮　爲謀士者,焉有不識天文的道理?
魯　肅　先生真乃神人也。
諸葛亮　查看多少刁翎?
龍　套　除去破壞,還有十萬有餘。
諸葛亮　大夫,可以交得令麼?
魯　肅　交令有我。
諸葛亮　一同進帳。
魯　肅　先生請轉。
諸葛亮　作什麼?
魯　肅　我真真伏你。
諸葛亮　伏我何來?
魯　肅　伏你好妙算。
諸葛亮　山人也伏你吓!
魯　肅　伏我何來?
諸葛亮　我伏你在舟中飲酒,渾身哪哪哪戰抖。
魯　肅　我的膽險些被你唬破了!
諸葛亮　笑話。
　　　　(同下)

第　八　場

(周瑜原人同上,【急急風】)
周　瑜　(念)轅門鼓角聲高,兩傍排列槍刀。
　　　　(白)本督奉吳侯之命[1],領兵破曹,孔明限三日交箭。本督量他無箭。按軍法施行無虧。傳魯大夫!
(魯肅上)
魯　肅　(念)忙將稀奇事,報與智謀人。
　　　　交令。
周　瑜　大夫,那孔明造箭可造齊了?

魯　肅	他造齊了。
周　瑜	他是怎樣的造法？
魯　肅	都督容稟：那孔明出得帳去，一天也不忙，兩天也不慌，到了三日，他並不用我國工匠人等，只用戰船二十隻，茅草千擔，軍士五百名，青布帳幔，鑼鼓全套，四更時分，去往曹營擂鼓吶喊，借來十萬狼牙，特地前來交令。
周　瑜	哎呀，孔明真乃神人也！
魯　肅	哼，算得個活神仙！
周　瑜	有請！
魯　肅	有請活神仙！

（諸葛亮上）

諸葛亮	（念）狼牙已造就，只在險中求。
周　瑜	先生請坐。
諸葛亮	告坐。
周　瑜	先生妙算，令人敬伏！
諸葛亮	些小之事，何必誇獎。
周　瑜	帳中備得酒宴，與先生賀功。
諸葛亮	叨擾了。
周　瑜	看宴，待瑜把盞。
諸葛亮	擺下就是。
周　瑜	二位大夫奉陪。
魯　肅 闞　澤	先生請！

（【牌子】）

周　瑜	黃蓋聽令！
黃　蓋	在。
周　瑜	命你帶領三月糧草，準備破曹。
黃　蓋	都督且慢。
周　瑜	老將軍，爲何阻令？
黃　蓋	啓都督：慢說三月糧草，就是週年半載，也不得成功。
周　瑜	依你之見？
黃　蓋	依末將之見，丟盔卸甲，前去降曹。

周　瑜　咦！本帥奉吳侯之命，領兵破曹，何敢怠慢軍情！來，斬了！
　　　　（眾推黃蓋下）
甘　寧　啓都督：念在用兵之際，望乞恕饒！
周　瑜　你是甚等之人，敢來講情！來，叉了出去！
　　　　（眾推甘寧下）
魯　肅　蓋乃東吳老臣，望都督饒恕！
闞　澤
周　瑜　也罷，念在二位大夫講情，招回來！
　　　　（黃蓋上）
黃　蓋　謝都督不斬之恩！
周　瑜　非是本督不斬於你，念在二位大夫講情，死罪已免，活罪難饒！來，扯下去，重責四十軍棍！
　　　　（二手下扯黃蓋下打介，眾押黃蓋上）
黃　蓋　謝都督的責！
周　瑜　我東吳用你不著，來，叉了出去！
　　　　（闞澤扶黃蓋下）
周　瑜　先生請！
　　　　（周瑜氣介下，手下同下）
諸葛亮　大夫請酒吓！
魯　肅　我這一下，就不伏你了。
諸葛亮　怎麼不伏山人了？
魯　肅　方纔都督怒責黃蓋，我等俱是他帳下之人，不好講情；你乃是一個客位，禮當講個人情纔是。你還在那裏，"請吓"，"乾吓"，真真豈有此理！
諸葛亮　大夫，他二人一個願打，一個願挨，與山人什麼相干？
魯　肅　世間之上，只有願打，哪有願挨？來來，我願打，你可願挨？
諸葛亮　你家都督，與黃蓋定下苦肉之計，何必瞞我？
魯　肅　他又是計？
諸葛亮　大夫吓！
　　　　（唱）【西皮搖板】
　　　　　　周都督定的是苦肉之計，
　　　　　　收蔡中合蔡和暗通消息。

>　　　　　黃公覆受五刑都是假意，
>　　　　　進帳去切莫説孔明先知。

（諸葛亮下）

魯　肅　（唱）【西皮搖板】
>　　　　　是這等巧機關難解其意，
>　　　　　我實在伏孔明妙算神機。

（下）

校記

［1］本督奉吳侯之命："督"，原本作"都"，據下文改。《戲典》本、"馬本"均作"督"。

借東風

佚 名 撰

解 題

　　京劇。現代佚名撰。《京劇劇目初探》《京劇劇目辭典》著錄,題《借東風》,一名《南屏山》。未署作者。劇寫曹操聽從龐統所獻之連環計,將戰船釘鎖,連成一片。周瑜欲用火攻,隆冬季節,未有東風,憂愁成病。諸葛亮知其病因,借探病獻計,於南屏山祭借東風,助其火攻。周瑜愈嫉其能,遣丁奉、徐盛在諸葛亮借得東風之後殺之。諸葛亮早料周瑜不能容己,預遣趙雲在江邊艤舟而待,接諸葛亮同回夏口。本事出於《三國演義》第四十九回。元刊《三國志平話》有諸葛祭風情節,元雜劇有《諸葛祭風》,今已不傳。明《赤壁記》傳奇、《草廬記》傳奇均有諸葛祭風故事。清宮大戲《鼎峙春秋》有諸葛祭風情節。清盧勝奎編京劇《三國志》有《借東風》一本。版本今有《戲考》本。另有《馬連良演出本選集》本,此本《借東風》與《群英會》接連,與《戲考》本不同。今以《戲考》本爲底本,參考其他本校勘整理。

第 一 場

（四龍套、四大鎧、四將引周瑜上）

周　瑜　（唱）【西皮搖板】
　　　　　前日裏與曹軍江中交戰,
　　　　　傷却他青州將焦觸張南。
　　　　　曹營中一個個聞風喪膽,
　　　　（轉場,上桌介）
　　　　　上樓船我這裏細看一番。
　　　　呵哈哈呀！看曹軍操演水寨,旌旗蔽日,劍戟如麻;竟用龐統連環之計，將戰船結成一片，人馬如履平地一般！曹賊吓，曹賊！你中了本都督之計也！

（唱）【西皮原板】

　　我看他旌旗飄空中招展，
　　衆人馬在船頭如履平川。
　　任憑他終日裏演習水戰，
　　他怎擋我東吳大將魁元。
　　他總有人和馬八十三萬，
　　怎料到龐士元計獻連環。
　　準備着火攻計與賊交戰，
　　管叫他身插翅也難保全。
　　一霎時朔風起我用目觀看，

（轉唱）【西皮搖板】

　　噯呀！
　　又只見旌旗飄盡向西南。
嗚嚕嚕嚕！
（衆將扶下，衆同下）

第　二　場

（魯肅上）

魯　肅　（唱）【西皮搖板】

　　周都督觀水寨忽發舊症，
　　這件事倒叫我難以調停。
　　似這等緊軍務他忽染重病，
　　怕的是奸曹賊趁此偷營。

魯　肅　正在軍務吃緊之時，都督忽得重病，這便如何是好？我不免去尋諸葛先生，倘若能治都督之病，豈不是好？

魯　肅　（唱）【西皮搖板】

　　我這裏出大營把諸葛來請，
　　此一番見了他細說分明。

（魯肅下）

第 三 場

（諸葛亮上）

諸葛亮　（唱）【西皮原板】
　　　　　昨夜晚觀天象陰陽料定，
　　　　　曹孟德衆人馬盡被火攻。
　　　　　小周郎到如今身得重病，
　　　　　爲的是初冬時缺少東風。
　　　　　將身兒來至在小舟坐定，
　　　　　看一看周公瑾是怎樣施行。

（魯肅上）

魯　肅　（唱）急急忙忙往前走，
　　　　　又只見先生在船頭。

諸葛亮　吓，大夫來了。
魯　肅　先生請。
諸葛亮　大夫請坐。大夫不在營中與周都督共參軍務，來到江邊做甚？
魯　肅　先生有所不知，只因我家都督，忽染大病，當此軍務要緊之時，不久就要與曹兵交戰，是我特來與先生商議。
諸葛亮　公瑾之病，山人却能醫治。
魯　肅　呵，先生若能將我家都督病體治好，不但我魯肅感激於你，就是我主吳侯，也是感恩非淺！
諸葛亮　如此大夫帶路，就此前往。
魯　肅　先生請！

　　　　（唱）【西皮搖板】
　　　　　遭不幸天逢災公瑾染病，
　　　　　還得要仗先生一妙手回春。

諸葛亮　（唱）【西皮搖板】
　　　　　叫大夫你與我忙把路引，
　　　　　管叫你周都督疾病離身。

（同下）

第 四 場

（二旗牌擁周瑜上）

周　瑜　（唱）【西皮搖板】

　　　　　　實指望破曹軍大功可定，
　　　　　　又誰知天不佑難遂人心。
　　　　　　將身兒且把後營來進，
　　　　　　恨天公不由我愁悶在心。

（諸葛亮隨魯肅同上）

魯　肅　（念）請得良醫到，進帳說分明。
　　　　啓都督：諸葛先生到。

周　瑜　說吾有請。

魯　肅　是。有請諸葛先生！

諸葛亮　都督在那裏？吓，參見都督！

周　瑜　瑜染病在身，未能遠迎，望先生恕罪！

諸葛亮　豈敢！

周　瑜　先生請坐！

諸葛亮　告坐。請問都督：貴體欠安，未知因何而起？

周　瑜　想是瑜才拙意笨，連日軍事匆忙，又感風寒，以至舊疾復作。

魯　肅　此所謂天有不測的風雲，人有旦夕的禍福，但不知都督胸中怎樣？

周　瑜　只是胸中膨悶得緊。

諸葛亮　此病必須理氣，氣順，則病自除。

周　瑜　就請先生賜一良方，待瑜試服一二劑如何？

諸葛亮　若要治病，必須先知病源。待山人先開一脉案，請都督觀看。

周　瑜　大夫，看筆墨伺候！

魯　肅　是。

（諸葛亮寫介，【排子】）

諸葛亮　請都督看來！

周　瑜　待我看來。"長江水戰，大破曹兵；安排妙計，專用火攻；萬事俱備，只欠東風！"噯吓先生吓！你今將我心事猜透，務祈先生看在國事爲重，速設良謀，瑜感恩非淺！

諸葛亮　都督但放寬心。亮自幼曾遇異人傳授呼風喚雨，今日事既至此，亮當略試其技。望都督差人，在南屏山下高築一臺，名曰"七星壇"。臺凡三層，每層高五丈。第一層上設五色旗幟二十八面，以應二十八宿，用看臺兵四名、童子十二名，伺候拈香拜斗等事；第二層用紅旗六面、黑旗七面，共一十三面，以應南北斗之勢，亦用看臺兵四名、童子十二名；第三層用黑白旗八面，以應乾、坎、艮、震、巽、離、坤、兌八卦之象，用看臺兵四名、童子十二名。不得有雞犬、婦人之聲。山人披髮仗劍、誦咒祈禱。自本月二十一日甲子酉時起風，至二十三日丙寅之日風息。有三晝夜的東風，諒都督定必足用了。

周　瑜　慢説三晝夜，只須一夜東風，大功即可成就了。就命大夫速速築造起來，一夜定要告竣，不得有誤！

魯　肅　遵命。

諸葛亮　告辭了。

　　　　（唱）【西皮搖板】
　　　　　　此一番南屏山把東風祭定，
　　　　　　怕的是小周郎又起殺心。（下）

（魯肅上）

魯　肅　（唱）【西皮搖板】
　　　　　　南屏山築高臺連夜造起，
　　　　　　準備那諸葛亮禱告神祇。

周　瑜　大夫回來了。

魯　肅　高臺明日即可造成。

周　瑜　那孔明口出狂言，難道他真有呼風喚雨之能麼？

魯　肅　此人博學多能，善會奇門遁甲，都督不可輕視於他。

周　瑜　他倘能如此多能，日後東吳定受其害。孔明吓，孔明！我不殺你，誓不爲人也！

　　　　（唱）【西皮搖板】
　　　　　　那孔明博學問驚天動地，
　　　　　　專奇門習遁甲曉暢兵機。
　　　　　　此一番若借得東南風起，
　　　　　　我定要差兵將將他殺之！（下）

魯　肅　（唱）【西皮搖板】

周都督雖聰敏心太嫉妒，
只想殺諸葛亮令人難服。（下）

第 五 場

（諸葛亮上）

諸葛亮　（唱）【西皮搖板】
　　　　昨日裏與周郎誇下海口，
　　　　到南屏借東風好把功收。

（魯肅上）

魯　肅　（念）一腔心腹事，說與知心人。
諸葛亮　大夫來了。
魯　肅　先生請！
諸葛亮　大夫請坐。南屏山"七星壇"可曾築起？
魯　肅　俱已齊備，就請先生前往。
諸葛亮　如此，大夫一同前去。
魯　肅　肅還有要事在身，不能奉陪。我有一言，先生你要牢牢緊記！
　　　　（唱）【西皮二六板】
　　　　未曾開言我的淚難忍，
　　　　尊一聲先生聽分明。
　　　　魯肅過江把你請，
　　　　同心協力破曹軍。
　　　　草船借箭功勞盛，
　　　　蔣幹盜書入曹營。
　　　　蔡瑁張允喪了命，
　　　　中了都督巧計行。
　　　　聰明不過周公瑾，
　　　　可惜他有些嫉妒心。
　　　　屢次要害先生命，
　　　　多虧我魯肅暗調停。
　　　　今日又害東風病，
　　　　他叫我江邊去請知音。

　　　　　先生醫好他的病，
　　　　　準備曹兵用火焚。
　　　　　南屏山借風有靈應，
　　　　　怕的是先生命難存。
　　　　　千言萬語我的話不盡，
　　　　先生吓！
　　　　（唱）【西皮搖板】
　　　　　下臺之後要小心！（下）
諸葛亮　（唱）【西皮搖板】
　　　　　好一個魯子敬忠信厚道，
　　　　　他爲我諸葛亮屢受煎熬。
　　　　　任憑那小周郎詭計天巧，
　　　　　我猛虎怎能讓小小狸猫。（下）

第　六　場

（四童子、四兵丁同上，打掃壇介）

（諸葛亮上披髮仗劍，叩拜介）

諸葛亮　弟子諸葛亮，禱告天地神祇：今同吳侯共破曹賊，願借東風三晝夜。爲此祈禱者！（吹【排子】，起風）小軍聽令：山人有事，急須下臺。來來來，你暫替山人一時。就在此地，不可擅離！

　　　　（諸葛亮下，衆同下）

第　七　場

（四龍套、周瑜上）

周　瑜　（念）急欲破曹軍，晝夜不安寧。

　　　　吓，外面風起，待我看來！哎吓，果然東南風大起。這諸葛亮真有巧奪造化、翻覆陰陽之力！來，傳丁奉、徐盛進帳！

衆　人　丁奉、徐盛進帳！

丁　奉　（內白）來也！
徐　盛

（丁奉、徐盛上）

丁　奉
徐　盛　　參見都督！

周　瑜　　命你二人去至南屏山，將諸葛亮殺來見我！

丁　奉
徐　盛　　得令！

（丁奉、徐盛同下）

周　瑜　　傳蔣欽、周泰進帳。

衆　人　　蔣欽、周泰進帳！

蔣　欽
周　泰　　（內白）來也！

（蔣欽、周泰上）

蔣　欽
周　泰　　參見都督！

周　瑜　　去至江岸，若遇孔明，將他殺死，即是爾等第一大功！

蔣　欽
周　泰　　得令！

（蔣欽、周泰下）

周　瑜　　（白）哎！衆將官！吩咐大小三軍[1]，飽餐戰飯，全身披挂，準備大破曹兵者！

（吹排子。周瑜下）

校記

[1] 吩咐大小三軍："吩咐"二字之後，原本有"滿臺"二字，據文意刪。

華　容　道

王鴻壽　編演

解　題

　　京劇。現代王鴻壽編演。《京劇劇目初探》《京劇劇目辭典》著録，題《華容道》，一名《華容擋曹》。未署作者。劇寫諸葛亮回夏口，派遣諸將分路襲擊曹操潰敗之兵，唯獨不遺關羽。關羽不悦，堅决請令並立軍令狀，前往華容道埋伏，等待曹操殘兵。曹操率殘兵敗將十八騎果至。曹操懇請關羽念及往日情誼和許諾，關羽甘願違令放其逃走。關羽回營交令，諸葛亮按其違軍令狀要斬。劉備講情，諸葛亮命關羽取襄陽，將功折罪。本事出於《三國演義》第五十回。元刊《三國志平話》有華容擋曹故事。明《草廬記》傳奇有華容釋曹情節。清宮大戲《鼎峙春秋》亦有華容釋曹情節。清盧勝奎編京劇《三國志》有《華容道》一本。版本今有《戲考》本、《關羽戲集》李洪春演出本、《京劇彙編》收録的李萬春藏本及以該本重刊的《京劇傳統劇本彙編》本。今以《關羽戲集》李洪春演出本爲底本，參考其他本校勘整理。

第　一　場

　　　　（趙雲、張飛、關羽同上）
關　羽　（念）衝鋒對壘建奇功，
張　飛　（念）當陽橋頭殺氣横。
趙　雲　（念）長坂坡前威風勇，
關　羽
張　飛　（同念）扶保漢室滅奸雄。
趙　雲
　　　　某——

關　羽　關雲長。
張　飛　張翼德。
趙　雲　趙子龍。
關　羽　二位將軍請了！軍師陞帳，兩廂伺候！
　　　　（四文堂、四上手、四月華旗手、四下手、劉備、諸葛亮同上）
諸葛亮　（念）【引】三顧茅廬，下山林，漢室重興。
關　羽
張　飛　參見軍師！
趙　雲
諸葛亮　衆位將軍少禮！
關　羽
張　飛　（同）謝軍師！
趙　雲
諸葛亮　（念）（詩）單人獨自過江東，
　　　　　　　　　南屏山上借東風。
　　　　　　　　　周郎縱有千般計，
　　　　　　　　　難逃山人掌握中。
　　　　山人諸葛亮。孫、劉同心破曹，南屏山祭借東風，回轉江夏，暗中取事。趙雲聽令！
趙　雲　在！
諸葛亮　命你帶領三千人馬，埋伏烏林，曹兵到此，劫殺一陣。
趙　雲　得令！帶馬！
　　　　（四上手、趙雲下）
諸葛亮　翼德聽令！
張　飛　在！
諸葛亮　帶領本部人馬，埋伏在葫蘆峪口，曹兵到此，奪他鑼鼓、帳篷、器皿等件，不得違誤。
張　飛　得令！帶馬！
　　　　（四下手、張飛下）
諸葛亮　軍務完畢，退帳！
關　羽　且慢！
　　　　（關羽三笑）
諸葛亮　二將軍爲何發笑？

關　羽	軍師，今逢大敵，掃蕩曹瞞，滿營將官，均有差遣，獨把關某一字不提，是何理也？
諸葛亮	今逢大敵，掃蕩曹瞞，將官均有差遣，哪有不用二將軍之理？今有一緊要之處，非二將軍不可。只恐二將軍幹辦不來。
關　羽	軍師，哪有塌天崩地之事，俺關某就幹辦不來？
諸葛亮	一非塌天，二非崩地，只因曹操赤壁兵敗，從華容經過，本當命二將軍前去，猶恐你擒不住那曹操。
關　羽	軍師，慢說是那曹操赤壁兵敗，殘兵殘將，就是蛟龍猛虎，俺關某也要生擒入帳。
諸葛亮	不是喲，公在曹營時，那曹操待公實在恩厚，故而不敢相煩。
關　羽	軍師，那曹操雖然恩厚，俺也曾白馬解圍，報效與他。今日狹路相逢，各爲其主，豈能以私廢公。俺此番前去，若是擒不住那曹操，當按軍令，願輸項上的人頭！
諸葛亮	軍無戲言。
關　羽	願立軍狀！
諸葛亮	當帳立來。
關　羽	關羽呵！（【牌子】，立軍狀）軍師請看。軍師，俺此番擒不著曹操，當按軍令。那曹操若是不走華容呢？
諸葛亮	那曹操若是不走華容，山人願將軍師大印，付與將軍執掌。
關　羽	口説無憑。
諸葛亮	山人也立軍令狀。
關　羽	但憑軍師。
諸葛亮	孔明呵！（【牌子】，立狀）
關　羽	得罪了。
諸葛亮	兩下抵換。二將軍聽令！
關　羽	在。
諸葛亮	命你帶領五百校刀手，埋伏華容，曹操至時，一夥擒拿，若放一兵一卒，按軍令斬！
關　羽	得令！ （唱）【西皮散板】 　　背地裏笑軍師用兵不到， 哈哈哈哈！

（轉唱）【西皮流水板】
　　　　他那裏在大營藐視英豪。
　　　　此一番領兵埋伏在華容道，
　　　　準備智謀去拿奸曹操。
　　　　安排打虎牢籠套，
　　　　準備金鈎去弔海鰲。
　　　　將校帶過爺的赤兔胭脂豹，
（轉唱）【西皮散板】
　　　　一戰成功立功勞。
（四月華旗手、關羽下）

諸葛亮　（接唱）【西皮散板】
　　　　雲長討令出帳道，
　　　　去至華容擒奸曹。
　　哈哈哈哈！（大笑）
（四文堂、劉備、諸葛亮下）

第　二　場

（四龍套、張遼等六將、曹操上）

衆　將　丞相醒來！
曹　操　好燒啊，好燒！衆將，來此什麼地方？
衆　將　來此烏林。
曹　操　烏林？哈哈哈哈！
衆　將　丞相爲何發笑？
曹　操　笑的是諸葛亮，他不會用兵。此處若有一起人馬，我們大家性命難保！
　　　　（內【鼓架子】。四上手、趙雲上）
趙　雲　呔！曹操，趙雲在此！
　　　　（曹操下。開打，曹將同敗下，趙雲追下）

第　三　場

（四下手引張飛過場下）

第 四 場

（曹操原人敗上）

曹　操　好殺，好殺！衆將，來此什麼所在？
衆　將　葫蘆峪口。
曹　操　葫蘆峪口，快快埋鍋造飯。
張　飛　（內）呔！曹操，張翼德在此！
曹　操　哎呀！
　　　（四下手、張飛上。開打，曹操跑下。曹將敗下。張飛追下）

第 五 場

（四月華旗手、關平、周倉、關羽上）

關　羽　關平、周倉！大路埋伏烟塵，小路埋伏火炮，華容去者！
曹　操　（內唱）【西皮導板】
　　　　　曹孟德在馬上長吁短嘆，
　　　（衆曹將、曹操上）
曹　操　（唱）【西皮原板】
　　　　　手捶胸眼含淚口怨蒼天。
　　　　　在中原領人馬八十三萬，
　　　　　實指望滅劉備掃平江南。
　　　　　恨只恨小周郎詭計陰險，
　　　　　諸葛亮借東風火燒戰船。
　　　　　只燒得衆將官頭焦肉爛，
　　　　　只剩下一十八騎好不可憐！
　　　　　勒絲繮停戰馬喜笑滿面，
　　　　哈哈哈哈！
衆　將　（接唱）【西皮搖板】
　　　　　丞相發笑爲哪般？
曹　操　（唱）【西皮流水板】
　　　　　笑只笑周郎見識淺，

　　　　　孔明袖內少機關。
　　　　　此處若有人和馬，
　　　　　大家性命難以還。
　　　（內鼓聲）
曹　　操　哎呀！
　　　（接唱）【西皮散板】
　　　　　耳旁聽得金鼓喊，
　　　　　旌旗招展心膽寒。
　　　　看看是什麼旗號？
衆　　將　啓稟丞相：此乃關字旗號。
曹　　操　關字旗號，待我謝天謝地！
衆　　將　事到如今，謝的什麼天地？
曹　　操　那關雲長在許昌曾許我三不死，難道今日一次全都不饒嗎？
衆　　將　如此説來，不用我們殺了？
曹　　操　不用你們殺了。
衆　　將　也不用我們戰了？
曹　　操　也不用你們戰了。你們歇息去吧。
　　　（唱）【西皮快板】
　　　　　聽説來了關美髯，
　　　　　不由孟德喜心間。
　　　　　走向前把禮見，
　　　（轉唱）【西皮散板】
　　　　　許昌一別有數年。
關　　平
周　　倉　啓稟父侯，曹操到！
關　　羽　（唱）【西皮導板】
　　　　　耳邊廂又聽得馬嘶人鬧，
　　　（轉唱）【西皮原板】
　　　　　皺蠶眉睁鳳眼仔細觀瞧。
　　　　　狹路上莫不是奸曹操來到，
　　　　　奉軍命誰認你是舊日的故交。
　　　　　漢朝中論奸雄要算曹操，

　　　　　　　一派的假殷勤暗裏藏刀。
　　　　　　　敗赤壁走華容擅敢發笑，
　　　　　　　奉軍命捉拿你怎肯輕饒。
曹　操　（接唱）
　　　　　　　曹孟德在馬上一言稟告，
　　　　　　　尊一聲二君侯細聽根苗：
　　　　　　　在赤壁中火攻一陣敗了，
　　　　　　　只燒得衆兒郎皮肉全焦。
　　　　　　　只留下十八騎殘兵來到，
　　　　　　　二君侯若不信請來觀瞧。
關　羽　周將！向前查看，多少人馬？
周　倉　得令！呔，曹操你們站齊了！一五，一十，十五，一、二、三。呔！曹操！你要小心了，你要打點了，哇哇哇哇！啓父侯：曹操一十八名殘兵敗將。
關　羽　軍師啊，軍師！慢說曹操一十八騎殘兵敗將，就是蛟龍猛虎，關某何懼！
　　　（唱）【西皮二六板】
　　　　　　　料想他好一似鰲魚吞鈎，
　　　　　　　爾是驚弓鳥縱有翅也難飛逃。
曹　操　（接唱）【西皮快板】
　　　　　　　在曹營我待你恩高意好，
　　　　　　　上馬金下馬銀美女紅袍。
　　　　　　　保薦你壽亭侯爵祿不小，
　　　　　　　難道說你忘却了舊日故交。
關　羽　（接唱）【西皮快板】
　　　　　　　你雖然待我的恩高意好，
　　　　　　　我也曾戰白馬立過功勞。
　　　　　　　斬顏良誅文醜立功報效，
　　　　　　　亭侯印挂中梁封金辭曹。
曹　操　（接唱）【西皮快板】
　　　　　　　我也曾命文遠文憑送到，
　　　　　　　灞陵橋又送你美綾紅袍。

關　羽　（接唱）【西皮快板】
　　　　　　休提起送文憑令人可惱，
　　　　　　誅孔秀刺孟坦王植被削。
　　　　　　過黃河斬秦琪文憑纔到，
　　　　　　謝丞相沽美酒大紅袍某哪放在心梢。
曹　操　（接唱）【西皮快板】
　　　　　　在許昌曾許我雲陽答報，
　　　　　　爲什麼今日裏一次不饒？
關　羽　（接唱）【西皮快板】
　　　　　　非是我忘却了雲陽答報，
　　　　　　因爲你這奸曹罪惡難逃。
　　　　　　在許田射鹿時把君欺藐，
　　　　　　挾天子令諸侯欺壓群僚。
　　　　　　害死了董貴妃其罪非小，
　　　　　　殺董承刺馬騰謀篡漢朝。
　　　　　　恨不得拿住你剝皮餡草，
　　　　　　向前來試一試偃月鋼刀。
曹　操　（轉唱）【西皮散板】
　　　　　　一見雲長變了臉，
　　　　　　倒叫孟德無話言。
　　　　　　望求君侯開恩典，
　　　　　二君侯啊！
　　　　（唱）【西皮散板】
　　　　　　釋放孟德活命還。
關　羽　（接唱）【西皮散板】
　　　　　　曹孟德苦哀求淚流滿面，
　　　　　　倒叫我關雲長有口難言。
　　　　　　我往日殺人不眨眼，
　　　　　　今日鐵打心腸軟如棉。
　　　　　　本當擒住曹孟德，
　　　　　　奏功受賞在帳前；
　　　　　　本當放了曹孟德，

　　　　　定斬我頭挂高竿。
　　　　　背地只把軍師怨，
　　　　　左思右想某難上難。
　　　　　大丈夫説話要兌現，
　　　　　我豈能忘却當初諾言。
　　　　　罷罷罷！關某豈是無義漢，
　　孟德！
　　（轉唱）【西皮快板】
　　　　　孟德近前聽根源：
　　　　　當初待某有恩典，
　　　　　關某並非無義男。
　　　　　今日放你回朝轉，
　　　　　千萬不可反中原。
　　　　　我這裏陣式忙開展，
　　　　　認得此陣你就馬加鞭。
曹　操　看看是什麼陣式？
衆　將　一字長蛇陣。
曹　操　一字長蛇陣，想是放我們逃走？大家逃走了吧！
　　（唱）【西皮散板】
　　　　　好個大義關美髯，
　　　　　釋放孟德回中原。
　　　　　老天若能逞我願，
　　　　　整頓了人馬再下江南。
　　（衆曹將、曹操下）
關　平
周　倉　啓父侯：曹操逃走。
關　羽　回營交令！
關　平
周　倉　啊！
關　羽　（唱）【西皮流水板】
　　　　　聽説是曹操逃走了，
　　　　　不由關某心內焦。

　　　　　我當年曾許他雲陽答報，
　　　　　今日裏應人情又犯律條。
　　　　　叫小校你與爺馬前通報，
　　　　　你就說關二爺放了奸曹。
　　　　　青峰劍，把馬梟，
　　　　　一腔熱血染戰袍。
　　　　　汗馬功勞齊拋掉，
　　　　　見了軍師把令交。
　　（關羽原人同下）

第　六　場

　　（曹操原人上）
曹　操　（唱）【西皮散板】
　　　　　曹操兵敗走華容，
　　　　　正與關公狹路逢。
　　　　　只爲當年義氣重，
　　　　　放開金鎖走蛟龍。
　　（內吶喊聲）
曹　操　哎呀！
　　（接唱）
　　　　　耳旁又聽鼓咚咚，
　　　　　想是曹操命該終。
　　（四文堂、曹仁上，下馬）
曹　仁　末將曹仁，迎接丞相。
曹　操　曹子孝，幾乎與汝不能相見！
曹　仁　聞得丞相兵敗，末將鎮守南郡，不敢遠離。特在附近迎接，丞相恕罪。
曹　操　今已到南郡，正好歇馬。汝何罪之有？就此兵撤南郡。
曹　仁　啊。衆將官！兵回南郡。
衆　將　啊！
　　（衆扯斜，分開。曹操進城下）

第 七 場

（吹打。四文堂、諸葛亮、劉備上。劉備歸正場小座，諸葛亮歸大邊旁座。【急急風】。張飛、趙雲同上交令。諸葛亮用扇一揮，命張飛、趙雲下。【急急風】。四月華旗手、馬童、關平、周倉引關羽一條邊上，關羽勒馬望營門，慚愧、猶豫，下馬，低首含羞進帳，關平、周倉欲進帳保護，關羽攔阻，關平、周倉等退下）

關　羽　（向諸葛亮）末將交令！

諸葛亮　（故意地）哦，二將軍得勝回營，來，來，來，看酒來！（執酒杯向關羽，關羽後退步）恭喜二將軍，賀喜二將軍！將軍統領人馬，埋伏華容，想必旗開得勝，馬到成功；擒住曹操，如山去虎，如水去蛟，與民除害，與國除患，來來來，請飲得勝酒！

關　羽　那曹操……

諸葛亮　擒住？

關　羽　他……逃走了！

諸葛亮　是啊！想那曹操未走華容也是有之，未能擒得曹操，擒來他幾員上將也是一功，請來飲酒。

關　羽　曹操未獲，擒他將士何用？

諸葛亮　是啊，曹操未獲，擒他將士何用。（進而逼問）哦！是，想是奪了他的糧草器皿等件，也是莫大之功，來來來，請飲這斗酒！

關　羽　這……曹操未獲，將士未擒，要他糧草器皿何用？

諸葛亮　二將軍！想你統領人馬埋伏華容，亦曾先立軍狀；你若擒不住那曹操，也該擒住他幾員上將，既不能擒得將士，就該奪了他糧草器皿等件。這三功，一件未成，請問公，這軍令狀是該怎樣銷去？

關　羽　軍師！俺立有軍令狀在先，就請按軍令施行。

諸葛亮　（氣怒，冷笑）好，如此山人要得罪了！陞帳！

　　　　（逼視關羽，關羽退步，驚呆、羞愧）

　　　　（吹打。諸葛亮入大帳）

諸葛亮　來，將雲長綁出轅門！

關　羽　且慢！（叫頭）且住！想俺身為大將，豈可綁在旗下，受小卒一刀！待俺自刎了罷！

劉　　備	(【叫頭】)哎呀二弟呀！桃園結拜，誓同生死，一在三在，一死三亡。二弟一死，兄如何生於世上！（哭）
關　　羽	大哥！小弟統領人馬埋伏華容，曾先立軍令狀，如今錯釋曹操，若不將小弟斬首，怎服三軍，你我桃園弟兄就此永別了！
劉　　備	啊，先生，我桃園結義，誓同生死，望先生寬恕。
諸葛亮	看主公金面，容過就是。（劉備急暗示關羽謝諸葛亮）
關　　羽	謝軍師。
諸葛亮	不消謝過！命你帶兵三千，暗襲襄陽，將功折罪！
關　　羽	得令。
諸葛亮	後帳備宴，與眾將賀功！主公請。

（眾人同下）

取　南　郡

佚　名　撰

解　題

　　京劇。現代佚名撰。《京劇劇目初探》著錄，題《取南郡》，一名《一氣周瑜》；《京劇劇目辭典》著錄，題《取南郡》，又名《一氣周瑜》《二氣周瑜》。劇寫赤壁鏖戰之後，周瑜率領衆將欲取南郡。守將曹仁用曹操秘計，擊敗東吳將士，周瑜中箭受傷。周瑜將計就計，佯死以誘之。曹仁命陳矯守城，親率兵馬前去劫寨，擬奪周瑜之屍，以報赤壁之讎。曹仁中計，被周瑜伏兵戰敗逃走。周瑜以爲南郡已在掌握之中，待到城下，看趙雲已端坐敵樓，稱奉諸葛軍師將令，早已襲取了南郡。周瑜氣憤，欲揮兵攻城，趙雲亦欲命兵射箭。魯肅急忙勸解，周瑜無奈，暫且收兵。本事出於《三國演義》第五十一回、第五十二回。《三國志》無孫劉兩家争南郡事。元刊《三國志平話》始有争南郡故事，甚簡略。清宮大戲《鼎峙春秋》有取南郡情節。清盧勝奎編京劇《三國志》有取南郡四本。版本今有《戲考》本。另有寶文堂版馬連良藏本，爲清盧勝奎編劇，情節與此本不盡相同。今以《戲考》本爲底本進行整理。按：《戲考》本題《取南郡》，一名《二氣周瑜》。《三國演義》叙趙雲取南郡爲一氣周瑜，孫夫人回荆州爲二氣周瑜。《戲考》《京劇劇目辭典》均云《取南郡》又名《二氣周瑜》，誤。

第　一　場

　　（四大鎧、四上手引張飛上）
張　飛　俺，張翼德。奉了軍師將令，奪取南郡。衆將官！
衆　　　有。
張　飛　殺上前去。
　　（同下）

第 二 場

（四大鎧、四上手引趙雲上）

趙　雲　俺，趙雲。奉了師爺之令，恐怕翼德此去，放走陳矯；叫俺前去幫助捉拿陳矯，以取南郡兵符印信。眾將官，就此前往。
（同下）

第 三 場

（陳武、丁奉、甘寧、蔣欽同上）

陳　武　（念）東吳大將顯威名，
丁　奉　（念）赤壁鏖兵顯威風。
甘　寧　（念）曹賊聞名皆喪膽，
蔣　欽　（念）保定吳侯錦江東。
陳　武
丁　奉
甘　寧　俺——
蔣　欽
陳　武　陳武。
丁　奉　丁奉。
甘　寧　甘寧。
蔣　欽　蔣欽。
陳　武　請了！
　眾　　請了！
陳　武　都督中箭，傷勢甚重。那牛金屢次前來罵陣，無人作主，如何是好？
甘　寧　依某之見，莫若將兵馬暫退東吳，等候都督病體痊癒，再與曹兵交戰，也還不遲。
　眾　　雖然如此，只是無人作主，也是枉然。
甘　寧　你我不如請魯大夫出來，大家一同商議。
　眾　　好，有請魯大夫！
魯　肅　（內白）來也。

（魯肅上）

魯　肅　（念）吳魏連年起戰征，令人晝夜不安寧。
　　　　衆位將軍，喚我何事？
　衆　　大夫請坐。
魯　肅　有座。
　衆　　今有牛金，終日在營門叫罵，周都督身得重病，我等亦不敢出陣。時纔我等計議，不如將兵馬退回東吳，等待都督箭傷痊癒，再來征剿。特請大夫商議此事。
魯　肅　列位將軍嚇！
　　　　（唱）【西皮原板】
　　　　　　列位休要紛紛論，
　　　　　　聽我魯肅說分明：
　　　　　　周都督做事太好勝，
　　　　　　不料暗中箭雕翎。
　　　　　　今日傷勢甚實重，
　　　　　　不能出兵會敵人。
　　　　　　若想退兵把氣忍，
　　　　　　只怕公瑾不依從。
　　　　爲今之計，你我一同進帳，觀看都督病勢，再作計較。
　衆　　如此，大夫請！
魯　肅　請！
　　　　（同下）

第　四　場

（四龍套引周瑜同上）

周　瑜　（唱）【西皮搖板】
　　　　　　昨日陣前大交兵，
　　　　　　誰知暗中箭雕翎。
　　　　　　將計就計心拿穩，
　　　　　　且聽探馬報軍情。
　　　　（魯肅、陳武、丁奉、甘寧、蔣欽同上）

眾　　　參見都督！

周　瑜　大夫，眾位將軍少禮。

魯　肅　都督箭傷如何？

周　瑜　十分疼痛。

眾　　　必須好生保養。（內喊擂鼓介）

周　瑜　哪裏有喊殺之聲？

魯　肅　想是將士在營外操演！

周　瑜　大夫休要瞞我，此必是曹兵前來罵陣。眾位將軍，既是曹軍前來罵陣。你等爲何不來通報？

眾　　　只因都督中箭，恐怕都督一聞此言，箭瘡崩裂，我等吃罪不起。

魯　肅　適纔我等計議，都督既然抱病，不如將人馬暫退東吳，待等都督病癒，再動干戈，也還不遲。

周　瑜　大夫説哪裏話來。想我周瑜，深受吳侯厚恩，分身碎骨，理所當然。豈得爲瑜一身而誤國家大事？想那南郡，指日即可到手，若將兵馬退回，豈不妄費國家錢糧？

魯　肅　話雖如此，都督病體也要保重。

周　瑜　自古大將臨陣，若得身死戰場，以馬皮裹屍回還[1]，方爲大丈夫。子敬，你好糊塗也！

（唱）【西皮摇板】

　　自古豪傑豈惜命，

　　軍務大事要耽承。

　　縱然曹兵甚英勇，

　　我指日定得南郡城。

魯　肅　（唱）【西皮摇板】

　　都督休要太好勝，

　　箭瘡一發命難存。

　　你心中只想得南郡，

　　我魯肅怕的是諸葛孔明。

　　倘若失機有傷損，

　　反叫人笑我太無能。

（探子上）

探　子　牛金罵陣。

鲁　肅　再探。
　　　　（探子下）
周　瑜　（唱）【西皮搖板】
　　　　　　膽大牛金太逞勝，
　　　　　　猛虎怎能讓犬行。
　　　　　　人來帶過馬能行，
鲁　肅　都督斷斷去不得。
周　瑜　（唱）【西皮搖板】
　　　　　　去到營外會敵人。
　　　　（衆同下）

校記

［1］以馬皮裹屍回還："馬"，原作"虎"，據文意改。

第　五　場

　　　　（四龍套、四下手、四曹將引曹仁同上）
曹　仁　（念）統兵鎮南郡，累累動刀兵。
　　　　吾，曹仁。奉了丞相之命，鎮守南郡。昨日周瑜小兒，中了暗箭，回營染病。是俺命牛金在吳營之外百般叫罵，那周郎聞知，定必氣死。今日不免我親自前去叫罵。衆將官，殺奔吳營。
　　　　（唱）【西皮搖板】
　　　　　　三軍催動人和馬，
　　　　　　一來一往動殺法。
　　　　　　來在吳營高聲罵，
　　　　　　誰敢出營會會咱！
　　　　（四大鎧、四將、魯肅、周瑜同上）
周　瑜　呔！大膽曹仁，爾擅敢前來送死麼？
曹　仁　周郎小兒，我家丞相，久要報赤壁之讎，未曾伐吳，爾反敢前來送死。今日定要將你殺死，將你國二喬，送與丞相府取樂也！
周　瑜　氣死我也！
　　　　（吐介下，衆隨下）

曹　仁　衆將回營。
　　　　（同下）

第 六 場

（四大鎧、四龍套、四將、魯肅、周瑜上）（兩將攙周瑜坐介）

衆　　　都督怎麽樣了？
周　瑜　（笑介）哈哈，哈哈，呵哈哈哈哈哈！
衆　　　都督爲何發笑？
周　瑜　你等道我眞有病麽？本督何曾有病來？
　　　　（去膀帶介）
衆　　　都督這是什麽緣故吓？
周　瑜　你等哪裏知道，前日在兩軍陣前，雖然暗中冷箭，並未射著身體。是我將舌尖咬破，假裝受傷吐血之勢，狼狽而回。今日在陣前，那曹仁看我身帶重傷，破口大罵；他看我此番受辱而回，一氣這箭傷必發，我就此將計就計，假裝氣死，滿營將士挂孝舉哀，那曹仁定必前來劫寨，我將人馬埋伏營外，曹仁可擒也。
魯　肅　都督此計雖好，只是生人裝死，此乃是大大不祥之兆！
周　瑜　"死生有命，富貴在天"。這有何妨？衆位將軍與大夫，就此哭起來便了。吓，大夫哭吓，衆位將軍哭吓！
魯　肅　我就是不會哭。
周　瑜　你當眞不哭？
魯　肅　我當眞不哭。
周　瑜　你果然不哭？
魯　肅　我果然不哭。
周　瑜　你不哭我就殺了你！
魯　肅　你當眞叫我哭麽？
周　瑜　正是。
魯　肅　周都督、周公瑾，你在天之靈吓！
　　　　（唱）【反西皮搖板】
　　　　　　想當年我與你結交親近，
　　　　　　你薦我爲參謀同領雄兵。

雖年少用計謀人人猜定，
在赤壁燒曹兵大顯威名。
可憐你為國家心血用盡，
東西征南北剿立下功勳。
到今日帶大兵攻取南郡，
不料你中冷箭命赴幽冥。
此時間哭得我咽喉哽哽，
我的周都督吓……

周　瑜　大夫不要哭了。
　　　　（周瑜哭介）
魯　肅　（唱）噯噯噯，我的周公瑾吓！
周　瑜　（唱）【西皮搖板】
　　　　勸大夫休要哭暫且消停。
　　　　夠了、夠了，不要哭了。
魯　肅　今日我這一場哭，就如同你真死了一般。
周　瑜　"陰陽天理，百無禁忌"。來，傳守營將校進帳。
眾　　　守營將校進帳！
　　　　（二小校同上）
二小校　（同念）聞聽都督喚，急忙到帳前。
　　　　參見都督。
周　瑜　罷了。我命你二人去到南郡詐降曹仁，就說我今日在陣前被他大罵一番，怒衝箭傷，瘡口崩裂，一氣而死。現在滿營將士正在挂孝成喪，特來稟報。那厮定必前來劫營。倘若功成之後，必有重賞。
二小校　遵命。
　　　　（同念）但憑三寸舌，能勝十萬兵。（下）
周　瑜　眾位將軍，今晚在大營左右埋伏，曹兵到來，截殺一陣，曹仁可擒也。
陳武
丁奉
甘寧
蔣欽　　得令！
　　　　（同下）

周　瑜　魯大夫替我傳令，吩咐營中大小將官飽餐戰飯，黃昏時候埋伏在大營前後，曹兵到來，奮勇殺出。不得有誤！

魯　肅　遵命。下面聽者：滿營大小將官飽餐戰飯，黃昏時候埋伏在大營前後，曹兵到來，奮勇殺出。不得有誤。傳令已畢。

周　瑜　大夫，你看我今日，定要成功也。

　　　　（唱）【西皮搖板】

　　　　　　此一番詐降計安排定，

　　　　　　今夜晚取南郡定殺曹仁。

　　　　（同下）

第　七　場

（四大鎧、四上手、四曹將、曹仁上）

曹　仁　（唱）【西皮搖板】

　　　　　　吳魏不和刀兵動，

　　　　（唱）【西皮快板】

　　　　　　不分晝夜起戰征。

　　　　　　將身且坐寶帳等，

　　　　　　且聽探馬報軍情。

（牛金上）

牛　金　啟元帥：東吳有人前來投降。

曹　仁　叫他進帳。

牛　金　降兵進帳！

（二小校同上）

二小校　（念）離了吳營寨，來到南郡營。

　　　　參見元帥。

曹　仁　你等前來做甚？

二小校　啟元帥：我家都督今日在陣前被元帥辱罵一番，回得營去，怒髮衝冠，箭瘡崩裂，吐血身死。營中將士，挂孝舉哀，紛紛無主。我等觀其形景，大事難成，故而前來稟報。

曹　仁　可是實言？

二小校　句句實言。

曹　仁　好。牛金將他等帶在帳外，功成之後必有陞賞。
二小校　謝元帥。
　　　　（下）
曹　仁　來，請參謀陳矯進帳。
　衆　　參謀陳矯進帳。
　　　　（陳矯上）
陳　矯　（念）周瑜攻取南郡城，晝夜辛勞不安寧。
　　　　參見元帥！
曹　仁　參謀請坐。
陳　矯　謝坐。
曹　仁　今有東吳小校前來投降，言道周郎在陣前被我辱罵，怒氣回營，箭瘡崩裂而亡。某意欲趁此機會今晚帶兵劫殺吳營，得了周郎首級，去到丞相台前請功。不知參謀意下如何？
陳　矯　此計甚好，大可趁此前往。
曹　仁　現有兵符印信，交與參謀執掌，須要小心。
陳　矯　遵命。（下）
曹　仁　衆將官，三更時分，劫殺吳營去者！
　　　　（衆同下）

第　八　場

　　　　（四上手、牛金同上）
牛　金　俺，牛金。奉了元帥將令，去劫吳營，來此已是。看元帥大兵來也。
　　　　（四龍套、四大鎧、四曹將、曹仁同上）
牛　金　啓元帥：來此已是吳營。末將未敢前進，候元帥定奪。
曹　仁　一齊殺入大營。
　衆　　乃是空營！
曹　仁　不好！中他計也。
　　　　（陳武、丁奉、甘寧、蔣欽同上）
陳　武
丁　奉
甘　寧　曹仁哪裏走！
蔣　欽

（起打。曹仁原人下，陳等追下）

第 九 場

（四龍套、四上手引張飛同上）

張　飛　開城！

（陳矯上城樓介）

陳　矯　何人叫關？莫非是我國人馬不成？

張　飛　正是我國人馬得勝而回，快快開關！

陳　矯　原來元帥得勝而回。黑夜之間望乞恕罪！來，開城。

（衆同擁入）

陳　矯　吓，看這人馬，不像我國之兵。爲何慌慌張張一擁而入？想是中了周郎之計。待我帶了兵符印信，投奔樊城，再做道理！

（陳矯轉場。四龍套、四大鎧引趙雲同上）

趙　雲　你是何人？來，與我綁了！

（綁陳矯同下。四龍套、四上手、張飛上）

張　飛　拿陳矯，拿陳矯吓！這陳矯王八旦的，他往哪裏去了？

（四龍套、趙雲上）

趙　雲　翼德，陳矯你可曾擒住？

張　飛　我進得城來，各處搜尋，並不見這個王八旦的。

趙　雲　你將陳矯放走，少時軍師到來，你怎生交令？

張　飛　這個……

龍　套　（內白）主公到！

趙　雲　有請。

（四龍套、周倉、關平、諸葛亮、劉封、劉備上，吹打介）

趙　雲
張　飛　參見主公、先生。

劉　備　罷了。

諸葛亮　翼德，陳矯可曾拿到？

張　飛　這！俺老張進得城來，就尋不見這個王八旦的！

諸葛亮　兵符、印信可曾到手？

張　飛　這個……並未到手。

趙　雲	陳矯現在帳外。
張　飛	這就奇了！
諸葛亮	將陳矯押上來。
	（陳矯上）
陳　矯	叩見皇叔、先生。現有南郡兵符、印信呈上。
諸葛亮	呈上來。暫請帳外，日後定有封贈。
陳　矯	謝主公。（下）
張　飛	子龍，你將陳矯拿住，敢是搶我的頭功麼？
諸葛亮	此地豈是爭功之所？翼德聽令：命你帶領三千人馬，去至樊城；如遇夏侯惇，不可莽撞，附耳上來。
張　飛	咋咋、咋咋、咋。來，帶馬！
	（四上手隨下）
諸葛亮	關平、周倉聽令：命你二人去至荊州安排一切，不得有誤。
關　平 周　倉	得令。
	（關平、周倉同下）
諸葛亮	（白）子龍聽令：就命你鎮守南郡，須要小心。山人保定主公樊城去也。來，帶馬。
劉　備	（唱）【西皮搖板】 　　軍師八卦算得準， 　　果然得了南郡城。 　　這也是劉玄德真僥倖， 　　大事全憑臥龍先生。
	（眾同下）

第　十　場

（陳武、丁奉、甘寧、蔣欽追曹仁同上，同開打，曹仁敗下。四龍套、魯肅、周瑜同上）

陳　武 丁　奉 甘　寧 蔣　欽	（白）啓都督：曹仁敗走。

周　瑜　（白）不必追趕，同往南郡去者。
　　　　（大轉場）
陳　武　（白）開城！
　　　　（趙雲上城）
趙　雲　（白）何人叫城？
陳　武　（白）周都督大兵到此。城上何人答話？
趙　雲　（白）俺趙雲在此。俺奉軍師之令，已得南郡。周都督要恕俺佔先了。
魯　肅　（白）果然被諸葛佔先了！
　　　　（周瑜氣極）
周　瑜　（白）眾將與我攻城！
趙　雲　（白）眾將亂箭伺候！
魯　肅　（白）慢來慢來。啟都督：南郡已被孔明佔先，都督明日再來攻取也還不遲。子龍且莫放箭。
趙　雲　（白）依某相勸，可將兵馬撤回，免傷兩家和氣。
魯　肅　（白）都督息怒，暫請回營再作道理。
　　　　（周瑜氣介，小轉場。同下，吹排子下）

取 桂 陽

佚 名 撰

解 題

京劇。現代佚名撰。《京劇劇目初探》《京劇劇目辭典》著録,題《取桂陽》,又名《桂陽城》《打趙範》《拳打趙範》《趙子龍招親》《趙雲招親》。劇寫趙雲奉軍師令攻打桂陽,守將趙範不敵,向趙雲請降。趙範設宴招待趙雲,又與趙雲結爲兄弟,並想把自己有國色的寡嫂樊氏改嫁趙雲。趙雲不允,怒打了趙範。趙範派遣陳應、鮑龍詐降,又被趙雲識破。趙雲將計就計,智取了桂陽。劉備進桂陽城之後,仍讓趙範爲桂陽太守,並代趙範説媒,趙雲仍然不答應。張飛見趙雲立了大功,也争着要出戰。諸葛亮用激將法,使張飛攻取了武陵。本事出於《三國演義》第五十二回、第五十三回。《三國志・蜀書・趙雲傳》裴松之注引《趙雲別傳》、元刊《三國志平話》均記有其事,但與《三國演義》不同。元明間雜劇《龐掠四郡》内容接近《平話》,明無名氏《四郡記》傳奇情節接近《三國演義》,今不傳。清宫大戲《鼎峙春秋》寫此故事,或即由《四郡記》改編。版本今見有兩種:一種單寫取桂陽事,有《戲考》本、上海市《傳統劇目彙編》京劇集本、北京市戲曲學校藏本(未見);一種既寫取桂陽,又寫取武陵,有《京劇彙編》收録的劉硯芳藏本及以此本重印的《京劇傳統劇目彙編》本。今以《京劇彙編》劉硯芳藏本爲底本,參考其他本校勘整理。

第 一 場

(四上手、二大纛旗、張飛、趙雲兩邊上。起霸)

張　飛　(念)(詩)從來征戰奪頭功,
　　　　　　　　　轉瞬荆襄入掌中!
趙　雲　(念)(詩)陷陣衝鋒忠主事,

建功立業逞英雄！

張　飛　某張飛。
趙　雲　某趙雲。
張　飛　子龍賢弟，可笑曹操那八十三萬大兵，燒得乾乾净净，周郎真妙人也！
趙　雲　若非諸葛軍師祭起東風，焉能如此！
張　飛　著哇，咱的好軍師。如今大哥得了荆襄，那周郎氣走。今日孔明先生陞帳，一同伺候！
張　飛
趙　雲　請！

（四紅文堂、四紅大鎧、馬良、簡雍、劉備、諸葛亮上）

諸葛亮　（唱）【點絳唇】
　　　　龍蟠漢陽，虎踞荆襄，民瞻仰，意氣軒昂，孫曹在指掌。
劉　備　（念）（詩）孫曹苦鬥互爭雄，
　　　　　　　　赤壁樓船一掃空。
諸葛亮　（念）（詩）借得荆襄扶明主，
　　　　　　　　衝濤破浪賴東風。
劉　備　孤，劉玄德。屢遭蹉跎，今日幸得荆襄。請問先生還有何策？
諸葛亮　要使荆襄能保障，還須拓地與開疆。
馬　良　啓稟主公：荆襄四面受敵之地，恐不可久守。必須廣施恩惠，以安民心。然後南征武陵、長沙、桂陽、零陵四郡，積收錢糧，以爲根本。此乃久遠之計也！
　　　　（唱）荆襄已得不能讓，
　　　　　　　威德兼施乃久長。
　　　　　　　先安民心計爲上，
　　　　　　　後取四郡實軍糧！
劉　備　此言是也。啊軍師，若取四郡，何處爲先？
諸葛亮　湘潭之西，零陵最近，亮與主公前往取之。只這荆襄之東，桂陽一郡，何人敢取？
趙　雲　趙雲願往！
張　飛　張飛願往！
諸葛亮　子龍先應，就命子龍前往。

張　飛　啊軍師，你好欺負人也！怎見得咱老張便去不得呢？
　　　（唱）軍師休欺俺鹵莽，
　　　　　　胸中也有韜略藏。
　　　　　　前曾活捉劉岱將，
　　　　　大哥！
　　　　　　別人不知你當詳！
趙　雲　啊！
　　　（唱）常言理直氣便壯，
　　　　　　應聲在先軍令當。
　　　　　　翼德何須强爭往，
　　　　　　誰是將軍誰兒郎？
張　飛　你不能啊！
趙　雲　你不能！
諸葛亮　你二人不必爭執，吾寫兩個鬮兒，拈不著，便不去。
張　飛
趙　雲　好，軍師快寫！
諸葛亮　待我寫來！
　　　（唱）攻城掠地在指掌，
　　　　　　遣將不如激將强。
　　　　　　去否二字寫鬮上，
　　　　　　你二人拈下免參商。
張　飛　請了。
　　　（唱）陷陣立功誰肯讓？
　　　　　　若去不成鬧一場！
趙　雲　住了！
　　　（唱）同爲主公把業創，
　　　　　　拈鬮何須氣倉忙？
張　飛　俺先拈！
趙　雲　就讓你先拈。
張　飛　請了，請了。（拈鬮介）待咱看來！
趙　雲　去？
張　飛　不去。呀呸！子龍不用使巧。啊大哥、軍師，某不用人相幇，只領三千軍馬前去,穩取桂陽城池!
（唱）爲人休把良心喪,
　　　你弄巧施乖欺老張。
　　　不用參謀不用將,
　　　三千軍馬取桂陽!

趙　雲　稟主公、軍師：某也只用三千軍馬前去,如取不得桂陽,願受軍令!
（唱）非是趙雲誇膽量,
　　　披堅執銳誰敢當?
　　　銀鬃馬到城開放,
　　　鞭梢一指太守降!

諸葛亮　我便令你帶領三千人馬,攻取桂陽,不得有誤!
張　飛　哎呀!（怒介）
趙　雲　得令!哈哈哈……
（唱）軍師令下出虎帳,
　　　大將臨陣顯風光。
　　　小校帶馬營外上,

四上手　啊!
（四上手、趙雲出營、一上手帶馬,趙雲上馬介,四望介）

趙　雲　哈哈哈……
（唱）三軍踴躍喜洋洋。
（【四擊頭】。四上手、趙雲下）

張　飛　哇呀呀呀……嗯!
（唱）胸中怒火三千丈,
　　　這般羞惱甚難當。
　　　不是眼紅是手癢,
　　　軍師他有偏心腸!

大哥,小弟幾時是不中用的?今日軍師此舉,欺我忒甚!

劉　備　子龍領命在先,何謂欺你?不必爭執。
張　飛　那却不能,小弟今日偏要前去!
劉　備　（唱）調兵遣將軍師掌,
　　　何敢多言自主張?
　　　子龍此去是一樣,

　　　　　　難道不如你剛強？
　　　　　出帳去吧！
張　飛　（唱）大哥也是這樣講，
　　　　　　　把咱看成酒飯囊。
　　　　　　　一時有口難言講，（出帳介）
　　　　　嘿！
　　　　　　　老張悶氣滿胸膛！
諸葛亮　主公！
　　　　（唱）趁此機會拔營帳，
　　　　　　　安撫軍民定荆襄！
劉　備　（唱）曹操託名爲漢相，
　　　　　　　孫權軍事有周郎。
　　　　　　　深憂荆襄難執掌，
諸葛亮　主公啊！
　　　　（唱）有我卧龍保無妨！
　　　　（同下）

第 二 場

（梅香引錢氏上）
錢　氏　（念）【引】滿城桃李齊爭艷，階前盈盈芝蘭香。
　　　　（念）（詩）秋波深沉少是非，
　　　　　　　　畫簾不卷掩春暉。
　　　　　　　　小鬟似解東風意，
　　　　　　　　引得遊蜂去後歸！
　　　　奴家，錢氏。乃桂陽太守趙範之妻，夫唱婦隨，頗爲相得。有一寡嫂樊氏，雖不傾城傾國，却也閉月羞花。幾番勸其再醮，她總低首無言。今日老爺出堂理事去啦，我不免去嫂嫂處談叙談叙。梅香，好生看守房門！
梅　香　是。（下）
錢　氏　（唱）花獻媚鳥爭喧良辰美景，
　　　　　　　居富貴享安樂無限閑情。

看寡嫂好似那禪心未定，
我再去問安好探問真情！（下）

第 三 場

（二丫鬟引樊氏上）

樊　氏　（唱）嘆光陰去不歸紅顏薄命，
　　　　　　　誇甚麼賦柏舟徒負良辰。
　　　　　　　想人家都是那鴛鴦交頸，
　　　　　　　好叫奴悶懨懨珠淚暗淋。
　　　　退下！

二丫鬟　是。（下）

樊　氏　奴家，樊氏。先夫趙廉，去世三載。奴家立志守節，相隨叔叔趙範度日。嗐！常見他夫妻和好，令奴見景生悲。今日天清氣爽，桃柳爭妍，嗐！好不傷感人也！
　　　　（唱）世間上最苦是衾寒枕冷，
　　　　　　　羞對那梁上燕對對新鶯。
　　　　　　　倒不如效文君風流私奔，
　　　　　　　免却了受孤凄芳心無憑。

（錢氏上）

錢　氏　（唱）泄春光不提防花間人在，
　　　　　　　真果是害相思暗自呻吟。（進門介）
　　　　啊嫂嫂，你方纔之言，我已聽見啦。

樊　氏　啊！我未曾說些什麼，你聽見何言？

錢　氏　嫂嫂，休要瞞我，你在此好一番春思也！
　　　　（唱）嘆光陰如逝水愁對春景，
　　　　　　　惜芳年重青春怕誤終身。
　　　　　　　却何妨效文君佳話傳誦，
　　　　　　　好嫂嫂你還是月白風清！

樊　氏　住口！我乃寡居，旁人聽見這般言語，成何道理？

錢　氏　這怕什麼！妯娌戲言，又無別人，誰來笑話？

樊　氏　胡說！

錢　氏　嫂嫂莫怪,我看你青春年少,終非了局,莫若聽我之言,擇個門當戶對,琴瑟好合,免致誤了終身!

樊　氏　啊,你敢是不容我守節麼?不想我夫一死,令人如此輕視!哎呀天哪!我好命苦也!

錢　氏　嗐!嫂嫂,一句話你就經不起,弟婦這裏賠罪啦。

樊　氏　出言無輕無重,誰要你賠罪!

錢　氏　啊嫂嫂,你休認錯了我的好心!請想光陰似箭,日月如梭,紅顏易老,青春難再。古來韓憑之妻死節,墳頭生出連理枝來,如今連在哪裏?枝在何處?反不如卓文君風流,改嫁了司馬相如,如今成了千古佳話。你想還是改嫁的好,還是守節的好?嫂嫂,我是真心愛你疼你,纔說這話,你自己想想看,我說的是不是?

樊　氏　呀!
　　　　（唱）聽此言好叫我主意難定,
　　　　　　　守空幃怕的是誤了終身!
　　　　　　　倒不如信她言脂粉重整,
　　　　　　　且落得溫柔鄉陪侍良人!
　　　　啊嬸嬸,先前是我錯了,你休要見怪!

錢　氏　啊嫂嫂想開啦,可見是達人!

樊　氏　再嫁雖可,只是要依我三件事!

錢　氏　請問哪三件事呢?

樊　氏　第一人要文武全才,名聞天下!

錢　氏　啊,這樣人也有。第二件呢?

樊　氏　第二要相貌堂堂,威儀出眾!

錢　氏　這也有。請問第三件?

樊　氏　第三件嗎?那人也要姓趙。

錢　氏　也要姓趙?

樊　氏　三件事俱全,方可應允。

錢　氏　嘿嘿嘿……這又不是我的甚麼事,你忒刁難些啦。

樊　氏　若不依此三件,誓不再嫁!

錢　氏　也罷,嫂嫂放心,我去對你叔叔說知,教他尋訪就是啦。

樊　氏　嗐,易求無價寶,難得有才身!

錢　氏　哎,天下無難事,只怕有心人!

（梅香上）

梅　香　（念）筵前紫燕迎人語，簾外春風報好聲！
　　　　啓夫人：老爺退堂，在內花廳，請夫人同大夫人過去賞花！
錢　氏　如此，請嫂嫂同去。
樊　氏　你自去吧，我還有針黹未完，不得相隨。正是：
　　　　（念）春風竟日不成妝，一任花枝過短墻！（下）
錢　氏　咳！
　　　　（念）莫倚瓊瑤歌玉樹，東風吹散繡裙香！
（同下）

第 四 場

（趙範上）

趙　範　（念）（詩）詩書功業與才長，
　　　　　　　　誥敕深叨日月光。
　　　　　　　　熊車朱輪誇五馬，
　　　　　　　　自思無事負黃堂！
　　　　下官，趙範。奉曹丞相之命，坐鎮桂陽。適纔審事退堂。庭前花香鳥語，堪可賞玩，已命梅香去請嫂嫂同夫人宴樂。啊丫鬟，夫人出堂否？
梅　香　（內）來啦！
　　　　（梅香引錢氏上）
錢　氏　（念）翠鈿光耀迷花柳，玉韻聲清響珮鬟！
　　　　老爺萬福！
趙　範　夫人少禮，請坐！
錢　氏　請！
趙　範　啊，嫂嫂為何不來？
錢　氏　說起嫂嫂一場笑話。
趙　範　嫂嫂弄出什麼笑話來了？
錢　氏　不是別的笑話，我方纔到她房中去問好，見她傷春不已。
趙　範　你便怎樣？
錢　氏　我見她如此，只好勸她再嫁。

趙　範　再嫁！唔，她便怎樣説？
錢　氏　她説改嫁倒可，得要依她三件事！
趙　範　是哪三件事？
錢　氏　第一人要文武全才，名聞天下！
趙　範　難哪！第二呢？
錢　氏　二要相貌堂堂，威儀出衆。
趙　範　哎呀，一要文武全才，名聞天下；二要相貌堂堂，威儀出衆。這樣看來，莫非她想嫁那曹操？
錢　氏　她不是想曹操。你聽還有第三件哪！
趙　範　除了曹操，別人哪有這樣十全？你且説第三件是什麽？
錢　氏　第三件越發好笑！她説這個人也要姓趙！
趙　範　哈哈，這樣説來一萬年也嫁不成了，天下哪有這樣合適的人哪？
錢　氏　話雖如此，她既心動，還須留意纔是。
趙　範　啊，這也只好碰碰她的運氣而已。來，且自開懷，擺宴賞花！
　　　　（幕内擊鼓聲）
趙　範　啊！何事堂鼓咚咚？前去問來！
梅　香　何事擊鼓？
　　　　（院子上）
院　子　（念）羽書城外至，將軍天上來。
　　　　禀老爺：今有劉皇叔佔了荆州地方，特差趙子龍前來攻取桂陽，離城不遠了！
趙　範　啊，趙子龍來取桂陽？哎呀，快傳管軍校尉陳應、鮑龍大堂叙事！
院　子　是！
　　　　（念）此人英勇誠難抵，校尉馳驅何所能！（下）
趙　範　夫人且退。正是：
　　　　（念）區區太守憂敵勁，
錢　氏　（念）驚破芳筵不太平！
　　　　（同下）

第　五　場

（陳應、鮑龍上，起霸）

陳　應　（念）（詩）四海紛爭國計空，
　　　　　　　　　　將軍奮勇立殊功。
鮑　龍　（念）（詩）龍泉光放腰中劍，
　　　　　　　　　　鵲血新調手內弓！
陳　應　俺，桂陽左營校尉陳應。
鮑　龍　　　　右營校尉鮑龍。
陳　應　將軍請了！
鮑　龍　請了！
陳　應　太守傳請議事，在此伺候！
鮑　龍　請！
　　　　（四藍文堂、四大鎧、趙範上）
趙　範　（念）既是強敵來討戰，須將妙計息狼烟！
陳　應
鮑　龍　參見太守！
趙　範　二位將軍少禮！今有趙子龍來攻桂陽，如何是好？
陳　應
鮑　龍　太守且放寬心，某等二人情願領兵出城，生擒趙雲！
趙　範　非也。我聞劉皇叔寬仁厚德，更兼孔明足智多謀，關、張、趙雲能征慣戰。今來的趙雲，昔日在長坂坡前百萬軍中，如入無人之境。我桂陽能有多少軍馬，如何抵擋？看來不如投降為妙！
陳　應　啊！太守何故重抬趙雲，輕視我等？俺陳應善使飛叉，能保桂陽郡。
鮑　龍　哈哈哈，是啊，俺鮑龍曾殺雙虎，何況趙雲一人！
陳　應　戰如不勝，再憑太守投降！
　　　　（唱）堂堂桂陽一太守，
　　　　　　　投降之事甚蒙羞！
鮑　龍　（唱）非是俺等誇海口，
　　　　　　　沙場能斬趙雲頭！
趙　範　你二人既逞其勇，或能得勝，也未可知。且帶三千人馬出戰，好生在意。去吧！
陳　應
鮑　龍　得令！

陳　應　（唱）脫去冠袍換甲冑，
　　　　　　　雄兵猛將似貔貅！（下）
鮑　龍　（唱）生擒趙雲名不朽，
　　　　　　　今日將軍明日侯！（下）
趙　範　他二人恃勇逞強，恐非趙雲對手，且待敗回，再作計較。正是：
　　　　（念）無有舉鼎拔山勇，怎敵驚天動地人！
　　　　（同下）

第　六　場

　　　　（趙雲上，起霸）
趙　雲　（念）（詩）破袁紹八門金鎖，
　　　　　　　　戰曹操百萬雄兵。
　　　　　　　　長坂坡威名蓋世，
　　　　　　　　桂陽郡視若無人。
　　　　俺，趙雲。奉命攻取桂陽。呔，衆將官！
四上手　（內）啊！
　　　　（四上手兩邊上）
趙　雲　攻打桂陽去者！
四上手　得令！
　　　　（四上手、趙雲半圓場）
　　　　（【干牌子】。四下手、陳應、鮑龍上，會陣）
陳　應　呔！來將可是趙雲？
趙　雲　既知老爺威名，就該下馬投降！
鮑　龍　呔！趙雲，何故犯我邊界？
趙　雲　聽者！吾主劉皇叔乃劉景升之弟，今輔公子劉琦統領荆州，特來安
　　　　民，爾等何敢拒敵？
陳　應　住了，吾等只輔曹丞相，豈順劉玄德！
趙　雲　唉！無知鼠輩，聽吾言也！
　　　　（唱）漢家天下雖未分，
　　　　　　　荆州原屬姓劉人。
　　　　　　　奉命前來取四郡，

　　　　　　鼠輩何能敢拒兵！
陳　應　呃！
　　　　（唱）老爺陳應威風凛，
　　　　　　荆襄九郡誰不聞！
　　　　　　二股飛叉急又狠，
　　　　　　勸你早降免喪生！
鮑　龍　（唱）校尉鮑龍威名振，
　　　　　　曾打雙虎顯奇能。
　　　　　　睁開狗眼認一認，
　　　　　　俺比霸王強十分。
趙　雲　哈哈哈……
　　　　（唱）鼠輩狂言真可恨，
　　　　　　愚夫孺子敢欺人！
　　　　　　銀槍略抖三分勁，
　　　　　　馬前教爾狗命傾！
　　　　看槍！
　　　　（殺介，陳應、鮑龍等不支，趙雲刴介，陳應、鮑龍架住）
趙　雲　呔！饒爾不死，回去説與趙範知曉，叫他早早獻城投降！
　　　　（唱）暫免一死饒性命，
　　　　　　説知趙範早開城！
陳　應　哎呀！
　　　　（唱）抛叉不成扭了頸，
鮑　龍　（唱）馬蹄踢破脚後跟。
　　　　（四下手、陳應、鮑龍下）
趙　雲　（唱）此輩留之何所損？
　　　　　　放他傳知太守聞。
　　　　　　三軍且將城圍定，
四上手　啊！
趙　雲　（唱）不久必然報好音！
　　　　（同下）

第 七 場

（四藍文堂、趙範上）

趙　範　（念）將軍不知己，出兵難勝人！
　　　　（陳應、鮑龍上）
陳　應　（唱）險些被你送性命，
鮑　龍　嗐！
　　　　（唱）誰叫你拋叉不小心！
陳　應
鮑　龍　末將交令。
趙　範　可曾捉住趙雲？
陳　應
鮑　龍　我二人被趙雲活捉下馬，輕輕地放回！
趙　範　險哪！難得你二人回來了，還算你二人能幹！啊，那趙雲今在何處？
陳　應
鮑　龍　趙雲兵紮城外，只教說與太守，早早獻城投降！
趙　範　如此說來，還求二公奮勇當先，生擒趙雲，方保無事！
陳　應
鮑　龍　哎呀！末將等是知道那趙雲的厲害了，求太守早早投降吧！
趙　範　咳！我先本要降順他的，你二人強要出戰，以致敗殘如此。哼！還不站開些！左右，扯起降旗，看印來，隨我出城投降去者。
四文堂　啊！
趙　範　正是：
　　　　（念）遇險休輕進，臨危速轉身。
　　　　（同下）

第 八 場

（吹打。扯城。四藍文堂、四下手、陳應、鮑龍、趙範上，出城迎介，四上手、趙雲上）

趙　範　桂陽太守趙範，特捧印綬投降將軍！（跪介）

趙　雲　將軍請起！
趙　範　請將軍進城，安撫軍民。
趙　雲　請！
　　　　（吹打。同進城下）

第　九　場

　　　　（趙雲、趙範上）
趙　雲　太守請坐！
趙　範　謝坐！
趙　雲　太守，本郡有多少兵馬錢糧？
趙　範　馬兵一千，步兵三千，糧草二萬斛。
趙　雲　分咐安營，聽候皇叔到來。
趙　範　是是是！範有一言，斗膽奉告。
趙　雲　有何高論？
趙　範　將軍姓趙，某亦姓趙，五百年前合是一家。將軍乃是真定人氏，又是同鄉。若不棄嫌，結爲兄弟，是爲至幸。
趙　雲　既承美意，請問尊庚幾何？
趙　範　甲子年八月十五日生辰。
趙　雲　某甲子年四月十五日生辰。
趙　範　如此長範四個月了。啊兄長請上，受小弟一拜！
趙　雲　某亦有一拜！
趙　範　正是：
　　　　（念）罷息干戈保全城，忝繫同宗幸結盟！
趙　雲　（念）天使相逢存義氣，情投意合快生平。
趙　範　後堂設宴，請兄長暢飲，叙叙衷腸！
趙　雲　（念）盛意深情應拜領，
趙　範　（念）義結金蘭慰初衷。
趙　雲
趙　範　請！
　　　　（同下）

第 十 場

（錢氏上）

錢　氏　（唱）人間奇事難猜想，
　　　　　　　　天上紅鸞報吉祥！
　　　　方纔老爺著人來說，要將樊氏嫂嫂許配趙雲，叫她即刻梳妝，前去相見。哈哈哈，急往她房中報喜去也！
　　　　（唱）且伴神女陽臺上，
　　　　　　　　盛裝去會楚襄王。（下）

第 十 一 場

（吹打。二院子、四丫鬟上，設宴介）

二院子　
四丫鬟　有請老爺出堂！

（趙雲、趙範上）

趙　範　兄長請！
趙　雲　請！
　　　　（唱）誼切同宗桑梓好，
　　　　　　　　彼此堪稱道義交。
　　　　　　　　筵前景色實佳妙，
　　　　　　　　麗日花影射征袍。
趙　範　來，請樊夫人！
丫　鬟　有請樊夫人！
趙　範　兄長請！
趙　雲　請！

（樊氏上）

樊　氏　（唱）自憐素質天生俏，
　　　　　　　　忍教春閨落寂廖？
　　　　　　　　隔簾望見將軍貌，
　　　　　　　　果然英雄美豐標！

趙　範　快請過來，敬趙將軍酒。
樊　氏　（唱）銀杯淺斟玉手皓，
　　　　　　　眼光羞澀臉紅潮。
趙　雲　啊，此是何人？
趙　範　家嫂樊氏，特來把盞。
趙　雲　哎呀！
　　　　（唱）奉酒何敢煩尊嫂，
　　　　　　　飲之有愧情忒高！
趙　範　嫂嫂請坐，陪將軍多飲一杯纔是。
樊　氏　是。
趙　雲　啊賢弟，愚兄不勝酒力，請嫂嫂快快進去。
趙　範　必要奉敬一杯纔是。
趙　雲　這却不敢。
趙　範　既如此，嫂嫂再敬一杯便進內去！
樊　氏　將軍請！（奉酒介）
　　　　（唱）將軍今日須醉飽，
趙　雲　嫂嫂請便了！
樊　氏　（唱）且將薄酒當醇醪。
　　　　　　　臨行斂衽回眸笑，
　　　　　　　幾度心情付英豪。（下）
趙　雲　啊！
　　　　（唱）這等光景失婦道，
　　　　　　　來蹤去迹甚蹊蹺！
　　　　啊賢弟，你我相飲甚歡，何必煩尊嫂奉杯？
趙　範　哈哈哈……中間有段緣故，請兄長飲了大杯再說。
趙　雲　請講！有何緣故？
趙　範　只因先兄去世三載，家嫂寡居，終非了局！
趙　雲　哦，如此說來，是要愚兄做媒。俺趙雲從不做這勾當！
趙　範　非也，非也，拙妻勸其再嫁，家嫂言道：若得三件事全，方可言嫁。兄長，你道是哪三件？
趙　雲　我却不知。
趙　範　一件要文武雙全，名聞天下。二件要相貌堂堂，威儀出衆。三件要與先兄同姓。你道天下哪有這樣湊巧的人？今日會見吾兄，堂堂儀表，名震天下，又與家兄同姓，正合家嫂所言，若不嫌棄家嫂貌陋，願陪嫁資與將軍爲妻，結累世之親如何？

趙　雲　呀呸！趙範，你好胡言！吾與你結爲兄弟，汝嫂亦即吾嫂，豈可做此亂倫之事？

趙　範　這怕甚麼？俗話說得有："要得好，叔就嫂。"何況你我是結拜的……

趙　雲　哦！
　　　　（唱）出言不怕人恥笑，
　　　　　　　枉結金蘭認同胞！
　　　　　　　你自不能保親嫂，
　　　　　　　禮義廉恥無分毫。
　　　　　　　怒氣冲冲如雷暴，（打介）
　　　　　　　從茲割席動槍刀！（下）

趙　範　哎喲，哎喲，原來此人是個草包，可恥啊可恨！來，快傳陳、鮑二將進帳！

院子甲　陳、鮑二將進帳。

趙　範　你等退下！

二院子
四丫鬟　是。（下）

陳　應　（唱）太守傳令忙來到，

鮑　龍　（唱）必是賜酒獎功勞。

陳　應
鮑　龍　太守傳喚我等，有何見諭？

趙　範　方纔酒宴之上，我好意將家嫂再醮與那趙雲，誰知他不問好歹，打我一拳，竟自發怒而去，只索與他廝殺！

鮑　龍　趙雲如此不懂好歹，太守若將令嫂嫁我，我決不像他發怒打你！

趙　範　你無有福分，快快點兵，出去廝殺！

鮑　龍　我是殺他不過！

趙　範　殺不過他，難道就罷了不成？

陳　應　啊，我有個絕妙的主意在此。

趙　範　有何妙計？

陳　應　我兩個前去詐降，太守却引兵擲戰，我二人以爲內應，他必然被擒矣！
鮑　龍　計倒是好，必須多帶人馬。
陳　應　五百足矣！
趙　範　好，就是這個主意，快快打點前去，我隨後領兵救應便了！
陳　應
鮑　龍　得令！
　　　　（趙範下）
陳　應　（唱）滿江設鈎鰲魚釣，
　　　　　　　任他乖巧也難逃！（下）
鮑　龍　（唱）我的傷痕略略好，
　　　　咳。
　　　　　　　怕是肉上又加刀！（下）

第 十 二 場

　　　　（四上手引趙雲上）
趙　雲　（唱）手指桂陽罵趙範，
　　　　　　　枉是男兒在世間。
　　　　　　　嫁嫂求榮廉恥喪，
　　　　　　　公然出醜在筵前。
　　　　可恨趙範，如此無恥！幸得出城回營，今日歇息一宵，明早攻取城池便了！
報　子　（內）報！（上）
　　　　啓禀將軍：陳應、鮑龍帶兵五百，前來投降！
趙　雲　陳應、鮑龍此來，必定有詐也！嗯，自有道理。來，備蒙汗藥酒一瓶聽用，傳陳應、鮑龍二位將軍進帳，隨行兵丁營外伺候！
報　子　啊！將軍有令：陳、鮑二位將軍進帳，隨行兵丁營外伺候！（下）
　　　　（陳應、鮑龍上）
陳　應　（唱）未進營來先打顫，
鮑　龍　（唱）心虛色變不自然。
陳　應　（唱）硬着頭皮放大膽，

鮑　　龍　（唱）進帳叩頭又請安！
陳　　應
鮑　　龍　末將等參見將軍！
趙　　雲　兩位將軍少禮！此來何爲？
陳　　應　只因趙範用美人計誆賺將軍，只等酒醉，便加殺害，將頭獻與曹操
鮑　　龍　請功，不想將軍怒走。我二人恐遭連累，因此帶了本部人馬，前來
　　　　　投降！
趙　　雲　哈哈哈……二位知機，我當與二位將軍結爲心腹之好，共擒此賊！
陳　　應
鮑　　龍　多謝將軍美意！
趙　　雲　來，看酒，某與二位將軍賀功！
一上手　　啊！（斟酒介）
陳　　應
鮑　　龍　謝將軍！（坐介）
趙　　雲　請！
　　　　　（唱）軍校將酒俱斟滿，
　　　　　　　　既結心腹須盡歡！
陳　　應　（唱）躬身施禮謝玉盞，
鮑　　龍　（唱）腿痛頭昏坐不安。
趙　　雲　二位將軍真乃好人也！請！
陳　　應　（唱）趙範真是胡扯淡！
　　　　　好酒！
鮑　　龍　（唱）美人之計也玩兒完！
　　　　　請！乾！
趙　　雲　真乃好量，你我英雄相會，盡醉方休！請！
陳　　應　（唱）陳應今日敢斗膽，
鮑　　龍　啊，只怕吃醉了。啊啊啊將軍要我……
　　　　　（唱）殺上許昌擒曹瞞。
陳　　應　啊，我的嘴呢？哈哈哈……
　　　　　（唱）舌頭不見心頭亂！
鮑　　龍　我説你吃不得酒，哎呀我啊！
　　　　　（唱）三杯下肚地翻天！

（陳應、鮑龍暈倒介）

趙　雲　（笑）哈哈哈……
　　　　（唱）蠢輩竟敢將我賺，
　　　　　　看你此醉幾時還！
　　　　來，將他二人綁了！
四上手　啊！（綁陳應、鮑龍介）
趙　雲　喚他隨軍進帳！
一上手　陳、鮑二將隨軍進帳！
　　　　（四下手上）
四下手　我等叩頭！
趙　雲　爾等可知我在長坂坡前，百萬軍中如入無人之境？今爾等相隨二賊前來謀害於我，那陳應、鮑龍已被我拿下，爾等從實說來，免爾一死！
四下手　哎呀將軍哪！這都是陳應、鮑龍與趙範定計前來詐降，裏應外合，就中殺害將軍，不干我等之事！
趙　雲　原來害我者是陳應、鮑龍二賊，既不干爾等之事，可聽吾令而行！
四下手　願聽指揮。
趙　雲　爾等且退回桂陽城下，揚言我已被害，叫開城門，皆有重賞！
四下手　我等遵命！
趙　雲　來，將陳、鮑二賊推出斬了！
四上手　啊！
　　　　（四上手推陳應、鮑龍下，鑼響，四上手上）
四上手　斬首已畢！
趙　雲　連夜前去叫城！
　衆　　啊！
　　　　（同下）

第 十 三 場

（四藍文堂引趙範上）
趙　範　（念）棋高難操勝，謀畫怕成空！
　　　　陳應、鮑龍前去詐降，迄無消息，我且親自巡城，以重防守。左右，

四文堂　　上城！

四文堂　　啊！

（衆圓場。下場門扯城，四文堂、趙範上城，四下手、四上手、趙雲上）

四上手　　呔！城上聽者：陳應、鮑龍二位將軍，殺了趙雲回軍，快快開城！

趙　範　　黑夜之中，未知真假。軍士們，點起火把照看！

四文堂　　啊！

（四文堂持火把照看介，四下手掩護介）

趙　範　　果是自家人馬，吩咐開城！

四文堂　　啊！

（四文堂開城，趙雲揮軍進城，衝下。四下手、四上手引趙雲綁趙範上）

趙　雲　　哓！好匹夫，焉敢誆我！左右，將他暫且監守，候令定奪！

四上手　　啊！（綁趙範下）

趙　雲　　衆將官，吩咐衆軍不許驚擾百姓，申報皇叔到來，自有封賞！

　衆　　　啊！

（同下）

第 十 四 場

（四白文堂引金旋上）

金　旋　　（念）【引】召伯甘棠，統兵將，九郡名揚！

（念）（詩）旌旗搖日月，

　　　　　　隊伍動風雷。

　　　　　　太守施民惠，

　　　　　　黎民頌口碑！

下官，武陵太守金旋是也。今聞趙子龍攻破桂陽，玄德必然攻我武陵，不免請從事官鞏志，商議戰守之策。左右，請鞏從事。

四白文堂　有請鞏從事！

（鞏志上）

鞏　志　　（念）武陵花似錦，名士集如雲。

　　　　　鞏志參！

金　　旋	今聞桂陽已失，倘孔明前來攻城，如何是好？
鞏　　志	想劉玄德乃大漢皇室，仁義布於天下，加之關、張、趙雲之勇，更兼孔明之智，豈能抵敵？不如納降爲上。
金　　旋	唗！你欲與孔明通連，出言亂我軍心耶？來，推出斬了！
四白文堂	啓太守：未曾出兵，先斬家人，於軍不利。求太守施恩。
金　　旋	看衆軍之面，暫饒不死。來，叉下去！
鞏　　志	哎呀！
	（念）犬馬豈堪同虎鬥，魚蝦怎能與龍爭！（下）
金　　旋	衆將官，人馬前往，努力迎敵者！
四白文堂	啊！
	（同下）

第十五場

（【牌子】。四紅文堂、四大鎧、張飛、孔明、劉備上）

劉　　備	適纔探馬報到，子龍已得桂陽，特此前往安撫軍民。衆軍，馬上加鞭！
衆	啊！
	（同下）

第十六場

（四上手引趙雲上）

趙　　雲	（念）諸葛神機多妙用，翼德必然取武陵。
報　　子	（內）報！（上）皇叔到！
趙　　雲	整隊迎接！
報　　子	整隊迎接。（下）
	（四上手、趙雲下。連場，扯城，四上手、趙雲上，出城迎介，四紅文堂、四大鎧、張飛、孔明、劉備上，進城，圓場）
張　　飛	恭喜恭喜得了城池！
劉　　備	趙範何在？

趙　　雲	將趙範押上來！
四是手	啊！
	（四上手押趙範上，跪介）
劉　　備	你可歸降否？
趙　　範	啓皇叔：趙範不但早已歸降，而且將家嫂樊氏許嫁子龍。誰知他大發其怒，反將我擒下。伏乞皇叔、軍師原情宥恕！
劉　　備	你且請起！
趙　　範	謝皇叔。
孔　　明	婚姻亦乃美事，子龍奈何固執？
趙　　雲	趙範既與我結爲弟兄，今若娶其嫂，惹人唾罵，一也。其婦再嫁使失大節，二也。趙範初降，其心難測，三也。主公新定江漢，枕席未安，雲安敢以一婦人而廢主公之大事！
劉　　備	今日大事已定，與你娶之若何？
趙　　雲	天下女子不少，但恐身名不立，大丈夫何患無妻子？
劉　　備	難得呀！子龍真丈夫也！
孔　　明	哈哈哈……趙範，你求婚不成，我主爲媒，又不允許，此乃尊嫂之厄數也，此事另爲調停便了。
趙　　範	是。
劉　　備	趙範，如今仍拜你爲桂陽太守，好生安民勿誤！
趙　　範	謝皇叔。
孔　　明	花廳設宴，與子龍賀功。
張　　飛	啊大哥、軍師，只見子龍幹了功勞，咱老張就是無用之人麼？如今只撥三千人馬與俺去取武陵，活捉太守金旋來獻如何？
孔　　明	啊，你當真要取武陵，可寫下軍令狀來！
張　　飛	得令！（【牌子】。立軍狀介）呔！馬來！
四紅文堂	啊！（帶馬介）
	（四紅文堂、張飛下）
孔　　明	哈哈哈……三將軍此去武陵，必然成功。請主公花廳飲宴。
劉　　備	請！
	（同下）

第十七場

（二丫鬟引樊氏上）

樊　　氏　（唱）堪嘆命途多偃蹇，
　　　　　　　　一片心機火化烟。
　　　　　（二丫鬟引錢氏上）
錢　　氏　（唱）一樁好事風雲變，
　　　　　　　　難怪嫂嫂淚不乾。
趙　　範　（内）走哇！（上）
　　　　　（念）許嫁不成羞人面，全仁全義婚難全。（進門介）
樊　　氏　喂呀……（哭介）
趙　　範　嫂嫂，事已如此，不必啼哭，凡事有我。
錢　　氏　啊老爺，如今到底是怎樣啦？
趙　　範　劉皇叔做媒，趙雲也是不允，嫂嫂不如——
錢　　氏　不如什麼呀？
趙　　範　不如胡亂招個人吧！
樊　　氏　哦！趙範不要胡言，若再逼迫，我拼着一死，哎呀，以了此身哪！
趙　　範　哎喲嫂嫂，若果真心守節，我夫婦奉養你老，皇天在上，別無異心！
樊　　氏　如此，多謝叔嬸。
錢　　氏　請嫂嫂後堂用膳。
樊　　氏　正是：
　　　　　（念）漫漫歲月嘆無邊，
錢　　氏　（念）仍喜妯娌聚堂前。
趙　　範　（念）看破世情如夢幻，
　　　　　　　　從今但求子孫賢！
　　　　　（同下）

第十八場

（【急急風】。四紅文堂引張飛上）

張　　飛　（念）（詩）橫矛臨戰陣，
　　　　　　　　叱咤起風雲。
　　　　　　　　每到爭名處，
　　　　哈哈哈……
　　　　　　　　諸葛難解紛！
　　　　俺老張到底今日領兵攻取武陵。呔，眾將官，隨俺攻城去者！
四紅文堂　啊！
　　　　（圓場）
　　　　（【牌子】。四白文堂引金旋上，會陣）
金　　旋　呔！張飛，吾奉曹丞相令，鎮守此郡，汝何敢前來犯境？
張　　飛　放你娘的屁！看槍！
　　　　（起打，金旋被殺下，鞏志捧印上）
鞏　　志　武陵從事官鞏志，捧印投降！
張　　飛　哈哈哈……好快！好快！眾將官，進城去者！嘻嘻嘻，哈哈哈，啊哈哈哈……
　　　　（同下）

戰　長　沙

王鴻壽　編演

解　題

　　京劇。現代王鴻壽編演。《京劇劇目初探》《京劇劇目辭典》著錄，題《戰長沙》，又名《義釋黃忠》《義釋黃漢升》《黃忠歸漢》。均未署作者。劇寫關羽奉令攻長沙，太守韓玄命老將黃忠出戰。黃忠落馬，關羽以不斬落馬之將，令其換馬再戰，黃忠感之。韓玄令可百步穿楊的黃忠箭射關羽，黃忠射中其盔纓，羽亦有所感。韓玄怒責黃忠通敵，欲斬之。魏延押糧歸來，見此情，進帳請求韓玄赦免黃忠。韓玄不允，激怒魏延。魏延殺死韓玄，救下黃忠，勸黃忠同降關羽，並呈上長沙印信，關羽大喜。劉備、諸葛亮至長沙，爲關羽慶功。諸葛亮善待黃忠，卻以魏延獻土弒主，日後恐反之由要斬之。劉備、關羽講情方免。本事見《三國演義》第五十三回。《三國志·蜀書·先主傳》載有取四郡事。同書《黃忠傳》《魏延傳》所載與此劇情節不同。元刊《三國志平話》有此內容，爲元明間雜劇《龐掠四郡》所本，與《演義》不同。清宮大戲《鼎峙春秋》有《老將甘爲明主用》一出，與《演義》相同。京戲《戰長沙》係由《鼎峙春秋》改編。版本今有《戲考》本、《戲典》本及以此本整理重印的《民國版京劇劇本集》本、《京劇彙編》本及以此本重印的《京劇傳統劇本彙編》收錄的北京市藝術研究所藏本、瑞德寶藏本（未見）、《關羽戲集》李洪春演出本。今以李洪春演出本爲底本，參考其他本校勘整理。

第　一　場

　　（四紅龍套、關羽同上）

關　羽　（念）【引】壯志凌雲衝霄漢，統領雄師扶漢鼎。
　　　　（念）（詩）赤人赤馬秉赤心，

　　　　　青龍偃月建功勳。
　　　　　將令一出山搖震，
　　　　　某保大哥錦乾坤。
　　　　某，漢室關。桃園結義，誓同生死，三顧茅廬，聘請諸葛先生下山，攻無不取，戰無不勝。某與軍師打賭爭印，奪取長沙。今乃黃道吉日，正好興師。軍士們！
四龍套　　有。
關　羽　　聽某一令！
　　　　（唱）【西皮導板】
　　　　　某奉軍師將令差，
　　　　（轉唱）【西皮原板】
　　　　　威風凜凜坐將臺。
　　　　　旌旗不住空中擺，
　　　　　大小兒郎顯英才。
　　　　　此一番奪取長沙界，
　　　　　個個奮勇不延挨[1]。
　　　　　某家出世威名在，
　　　　　哪把長沙挂心懷。
　　　　　三軍與爺把馬帶，
　　　　　施展虎威擒敵來。
　　　　（衆人同下）

校記

[1] 個個奮勇不延挨："延挨"，原作"遲延"，失韻。今依文意改。

第 二 場

　　　　（黃忠、魏延同上，起霸）
黃　忠　（念）英雄威名大，
魏　延　（念）疆場把敵殺。
黃　忠　（念）全憑刀和馬，
魏　延　（念）保韓鎮長沙。

| 黃　忠 | | |
| 魏　延 | （同）俺—— | |

黃　忠　姓黃名忠字漢升。

魏　延　姓魏名延字文長。

黃　忠　將軍請了！

魏　延　請了！

黃　忠　元帥陞帳，你我兩廂伺候。

魏　延　請。

（四藍龍套、韓玄同上）

韓　玄　（念）【引】鎮守長沙，掌兵權，保主家邦。

（念）（詩）堂堂男兒將，

烈烈震疆場。

全憑黃魏將，

與主定家邦。

本帥，韓玄。奉丞相將令，鎮守長沙。近聞桃園弟兄，興兵前來，不免與黃、魏二將，商議退敵之策。來！黃忠、魏延進帳。

龍　套　黃、魏二將進帳！

黃　忠
魏　延　（同）報，黃忠／魏延告進，參見元帥。

韓　玄　二位將軍少禮，請坐！

黃　忠
魏　延　（同）謝坐。傳末將等進帳，有何軍情議論？

韓　玄　近聞桃園弟兄，興兵前來。請二位將軍進帳，商議退敵之策。

黃　忠
魏　延　（同）且聽探馬一報。

（報子上）

報　子　關羽挑戰！

黃　忠
魏　延　（同）再探！

探　子　得令！（下）

黃　忠　元帥，關羽挑戰，末將願領人馬生擒關羽進帳。

魏　延　慢、慢、慢着！老將軍，想那關羽，文韜武略，戰法精通，老將軍出馬，恐不是關羽對手，待俺魏延出馬，一戰成功。

黃　忠　魏將軍，末將老則老，這頭上髮，額下鬚，胸中韜略，却還不老。有道是：
　　　　（念）虎老雄心在，這年邁力剛強！
　　　　（唱）【西皮二六板】
　　　　　　魏文長把話錯來講，
　　　　　　有幾輩古人聽端詳：
　　　　　　趙國廉頗年高長，
　　　　　　力舉千斤鎮疆場。
　　　　　　昔日有個姜吕望，
　　　　　　八十二歲遇文王。
　　　　　　你道那關羽是好將，
　　　　　　強手之中還有強。
魏　延　老將軍哪！
　　　　（轉唱）【西皮快板】
　　　　　　老將軍休要逞剛強，
　　　　　　末將言來聽端詳：
　　　　　　關羽威名某久仰，
　　　　　　千里路上保皇娘。
　　　　　　過五關曾斬六員將，
　　　　　　擂鼓三通斬蔡陽。
　　　　　　你今此去恐難擋，
　　　　　　此任讓與魏文長。
黃　忠　你不能！
魏　延　你不能！
韓　玄　（接唱）【西皮搖板】
　　　　　　魏文長說話少智量，
　　　　　　甘把自家威風喪。
　　　　　　魏延暫且退寶帳，
　　　　　　黃忠進前聽端詳：
　　　　　　我今賜你一支令，
　　　　　　命你大戰關雲長。
黃　忠　得令！

　　　　　（唱）【西皮摇板】
　　　　　　　黄忠接令下宝帐，
　　　　　　　那旁气坏魏文长。
　　　　　　　抖擞精神把马上，
　　　　　　　舍死忘生战一场。
　　　　　（四上手上）
黄　　忠　带马！
　　　　　（四上手与黄忠带马，黄忠、四上手同下）
韩　　玄　（接唱）【西皮摇板】
　　　　　　　魏延听我把令降，
　　　　　　　命你四路去催粮。
魏　　延　（接唱）【西皮摇板】
　　　　　　　韩玄小视魏文长，
　　　　　　　压下不满且去催粮。
　　　　　（魏延下）
韩　　玄　（接唱）【西皮摇板】
　　　　　　　黄忠魏延下宝帐，
　　　　　　　且听探马报端详。
　　　　　（四蓝龙套、韩玄同下）

第　三　场

　　　　　（四红龙套、关羽同上）
四红龙套　兵到长沙！
关　　羽　夺取长沙！
　　　　　（四上手、黄忠同上，会阵）
黄　　忠　呔，马前来的敢是关羽？
关　　羽　然。
黄　　忠　关羽！你有多大本领，敢来夺取长沙？
关　　羽　若问某家本领，你且听道：
　　　　　（唱）【西皮导板】
　　　　　　　勒马停蹄站疆场，

(起鼓。【二龍出水】,轉場)

關　　羽　(轉唱)【西皮二六板】
　　　　　　黃忠老兒聽端詳:
　　　　　　某大哥堂堂帝王相,
　　　　　　當今皇叔天下揚。
　　　　　　某三弟翼德猛勇將,
　　　　　　大吼一聲斷橋梁。
　　　　　　某四弟子龍常山將,
　　　　　　長坂坡前救過小王。
　　　　　　三請軍師諸葛亮,
　　　　　　神機妙算世無雙。
　　　　　　某家出世斬熊虎,
　　　　　　匹馬單刀斬顏良。
　　　　　　過五關曾斬六員將,
　　　　　　擂鼓三通斬蔡陽。
　　　　　　勸你早把長沙讓,
　　　　　　稍若遲延在某的刀下亡。

黃　　忠　(接唱)【西皮二六板】
　　　　　　勒住絲繮把話講,
　　　　　　叫聲蒲州關雲長。
　　　　　　某家今年六旬上,
　　　　　　斬人猶如宰雞羊。
　　　　　　你取長沙心妄想,
　　　　　　頃刻命你刀下亡。

(開打,關羽敗下,黃忠追下)

第 四 場

(關羽原人上)

關　　羽　且住！黃忠老兒,倒也驍勇。他若來時,拖刀計傷他！
　　　　　(黃忠上,開打,黃忠落馬)
黃　　忠　呔,關羽！老夫跌下馬來,你為何不殺?

關　羽　某家出師以來，不斬落馬之將，回營換馬再戰。
　　　（黃忠下）
關　羽　好一員老將！軍士們，收兵。
　　　（衆人同下）

第　五　場

　　　（四藍龍套、韓玄同上）
韓　玄　（唱）【西皮搖板】
　　　　　　黃忠領令去打仗，
　　　　　　勝負難測挂心上。
　　　　　　坐臥不安進寶帳，
　　　　　　漢升回來問端詳。
　　　（四上手、黃忠上）
黃　忠　參見元帥！
韓　玄　老將軍勝負如何？
黃　忠　兩軍交鋒，不分勝敗，明日末將出馬，定要生擒關羽進帳。
韓　玄　好，聽本帥令下！
　　　（唱）【西皮散板】
　　　　　　你若擒得關雲長，
　　　　　　凌烟閣上把名揚。
　　　（四藍龍套、韓玄同下）
黃　忠　得令！
　　　（唱）【西皮散板】
　　　　　　黃忠接令出寶帳，
　　　　　　倒叫老將無主張。
　　　（【叫頭】）且住！今日陣前，某被關羽拖下馬來，不忍傷我性命，反叫我回營換馬，再決勝負。似這等恩情，焉能不報。也罷！明日兩軍陣前，施起百步穿楊之技，只射盔纓，不射咽喉，以報他不殺之恩便了！
　　　（唱）【西皮散板】
　　　　　　明日黃忠到陣上，

不把關羽咽喉傷。

（下）

第 六 場

（四紅龍套、關羽同上）

關　羽　（唱）【西皮流水板[1]】
　　　　　　黃忠老將好武藝，
　　　　　　敢與關某來對敵。
　　　　　　我把黃忠好一比，
　　　　　　綿羊見虎把頭低。
　　　　　　將身來到寶帳裏，
　　　　（【掃頭】）
　　　　　（唱）【西皮散板】
　　　　　　且聽探馬報端的[2]。
　　　　（報子上）
報　子　黃忠討戰！
關　羽　再探！
報　子　得令！
　　　　（報子下）
關　羽　（唱）【西皮散板[3]】
　　　　　　三軍帶過追風騎，
　　　　　　今日戰場見高低。
　　　　（四上手、黃忠同上。會陣）
關　羽　黃忠，昨日饒你不死，今日又來送命不成？
黃　忠　今日與你決一死戰。
關　羽　口出不利之言，定被我擒。
黃　忠　看刀！
　　　　（開打，黃忠敗下，關羽追下）

校記

[1] 西皮流水板：此五字，原本無，據《京劇傳統劇本彙編》本補。

〔2〕唱【西皮散板】且聽探馬報端的：此句十二字，原本無，據《京劇傳統劇本彙編》本補。

〔3〕西皮散板：此四字，原無，據《京劇傳統劇本彙編》本補。

第 七 場

（四藍龍套、韓玄同上）

韓　玄　（唱）【西皮散板】
　　　　　黃忠二次戰場到，
　　　　　不由本帥挂心梢。
　　　　　下得馬來上城道，
　　　　　觀看兩家比英豪。
（黃忠上）

黃　忠　（唱）【西皮搖板】
　　　　　緊催戰馬用目瞧，
　　　　　關羽追我不欲饒。
　　　　　拉弓搭弦扭轉腰，
（黃忠射箭，下。關羽上，接箭）

關　羽　（接唱）【西皮搖板】
　　　　　接過雕翎箭一條，
　　　　　明知深山有虎豹，
　　　　　大膽上山去砍樵。
（關羽下。黃忠上）

黃　忠　（接唱）【西皮搖板】
　　　　　關羽不解其中情，
　　　　　緊急加鞭隨後跟。
　　　　　二次開弓放雕翎，
（黃忠射箭，下。關羽上，接箭）

關　羽　（接唱）【西皮搖板】
　　　　　連接雕翎箭二根。
　　　　　百步穿楊射雖準，
　　　　　放箭哪有某接箭能。

（關羽下。黃忠上）

黃　忠　（【叫頭】）且住！關羽不解其中之情，緊緊跟隨。俺不免折去箭頭，直射盔纓，不射咽喉，看他可解否？

（黃忠去箭頭）

黃　忠　呔，關羽看箭！

（黃忠射箭，下。關羽上，四紅龍套自兩邊分上）

關　羽　嗚呼呀！原來是無頭雕翎。黃忠老將定有降順桃園之意。眾將官！

四龍套　啊！

關　羽　將長沙團團圍住了！

四龍套　啊！

（關羽、四龍套同下）

韓　玄　哎喲，不好了！

（唱）【西皮散板】

　　　本帥敵樓來觀定，
　　　黃忠起了降敵心。
　　　人來帶馬回大營，
　　　定斬老兒黃漢升。

（四上手、黃忠同上）

黃　忠　（唱）【西皮散板】

　　　攬住絲韁到轅門，
　　　元帥發怒爲何情？

參見元帥！

韓　玄　不消。

黃　忠　元帥怒氣不息，爲着何來？

韓　玄　就爲你來。

黃　忠　爲末將何來？

韓　玄　黃忠，你百步穿楊，百發百中，今日連放三箭，直射盔纓，不射咽喉，是何道理？

黃　忠　（【叫頭】）元帥！事到如今，末將也不敢隱瞞。昨日在兩軍陣前，末將被關羽拖下馬來，他不忍傷害，反放我回營，換馬再戰。爲此今日在陣前連放三箭，直射盔纓，不射咽喉，以報他不殺之情。明日

　　　　　末將出馬,定要生擒關羽進帳。
韓　玄　你待怎講?
黃　忠　生擒關羽進帳。
韓　玄　大膽!
　　　　(唱)【西皮搖板】
　　　　　　分明你欲把敵投,
　　　　　　暗把長沙送敵手。
　　　　　　喝令兩旁刀斧手,
　　　　　　速速斬却黃忠頭。
　　　　(四刀斧手同上)
黃　忠　(接唱)【西皮搖板】
　　　　　　號令一聲繩上肘,
　　　　　　推出營門要斬人頭。
　　　　　　大丈夫一死何懼有?
　　　　　　可嘆長沙付水流。
　　　　(四刀斧手押黃忠同下)
韓　玄　刀下暫且停刑!
　　　　(唱)【西皮散板】
　　　　　　又恐關羽來爭鬥,
　　　　　　誰人領兵到陣頭?
　　　　　　且候魏延催糧轉,
　　　　　　黃忠首級暫停留。
　　　　(衆人同下)

第 八 場

　　　　(四車夫、魏延同上)
魏　延　(唱)【西皮散板】
　　　　　　元帥傳令如雷吼,
　　　　　　四路催糧轉營頭。
　　　　俺,魏延。奉了元帥將令,四路催運糧草,軍前聽用。糧草催齊,回營交令。軍士們,趲行者!

(唱)【西皮流水板】
　　韓玄老兒理不周，
　　不允魏延統貔貅。
　　鞭梢一指催前走，
　　到陣前建功勳方趁某心頭。
(衆人同下)

第 九 場

黄　忠　(內唱)【西皮導板】
　　年邁爲國反斬首，
(四刀斧手、黄忠同上)
黄　忠　(唱)【西皮原板】
　　汗馬功勞不到頭。
　　都只爲奉命去爭鬥，
　　某與關羽動貔貅。
　　百步穿楊報恩厚，
　　軍法無情不容留。
　　再不能領兵疆場走，
　　再不能建功把名留。
　　再不能把敵齊掃就，
　　再不能確保長沙太平秋。
　　含悲淚且進法場口，
　　好一似祭祀豬羊等時候。
(四車夫、魏延同上)
魏　延　(接唱)【西皮原板】
　　來到法場用目瞅，
　　只見老將綁椿頭。
　　翻鞍離鐙下走獸，
　　老將軍醒來問從頭。
黄　忠　(唱)【西皮導板】
　　眼望蒼天無人求，

　　　　（唱）【西皮流水板】
　　　　　　抬頭只見魏參謀。
　　　　　　將軍快來把我救，
　　　　　　遲來一步我命休。
魏　延　（接唱）【西皮流水板】
　　　　　　你與關羽來爭鬥，
　　　　　　爲何捆綁法場口？
黃　忠　（接唱）【西皮流水板】
　　　　　　我被關羽拖下馬，
　　　　　　他不忍殺害把命留。
　　　　　　百步穿楊報恩厚，
　　　　　　只射盔纓不射咽喉。
　　　　　　元帥敵樓冲冲怒，
　　　　　　他道我黃忠把敵投。
　　　　　　進帳去不容某張口，
　　　　　　因此上捆綁就要斬人頭。
魏　延　（接唱）【西皮流水板】
　　　　　　老將軍，免耽憂，
　　　　　　有俺魏延莫驚愁。
　　　　　　他若是准了我請求，
　　　　　　萬事全了兩罷休。
　　　　　　他若是不准我請求，
　　　　　　定叫韓玄露乖醜。
　　　　　　回頭來叫一聲劊子手，
　　　　　　你把老將留一留。
　　　　　　老將若有好和歹，
　　　　　　定要爾等項上頭。
　　　　　　人來與爺帶走獸，
　　　　　　魏延進帳把情求。
　　　　（四車夫、魏延同下）
黃　忠　（唱）【西皮搖板】
　　　　　　魏文長說話多粗魯，

怕的是元帥不能留。

（衆人同下）

第 十 場

（四藍龍套、韓玄同上）

韓　玄　（唱）【西皮搖板】
　　　　　　黃忠老兒真膽大，
　　　　　　箭射盔纓犯軍法。

（四車夫、魏延同上）

魏　延　（接唱）【西皮搖板】
　　　　　　來到轅門下戰馬，

（衆車夫下）

魏　延　（接唱）【西皮搖板】
　　　　　　假意不知故問他。
　　　　參見元帥，末將交令。

韓　玄　將軍少禮，請坐。
魏　延　謝坐。
韓　玄　糧草可曾催齊？
魏　延　俱已催齊，請元帥查點。
韓　玄　不必查點，將軍之功也！

（魏延四下觀看）

韓　玄　將軍看什麼？
魏　延　爲何不見黃老將軍？
韓　玄　老兒起了降敵之心，將他推出轅門斬首。
魏　延　黃老將軍南征北戰，大有功勞，元帥寬容纔是。
韓　玄　定斬不赦！
魏　延　斬了黃忠，桃園興兵前來，何人抵擋？
韓　玄　自然是魏將軍出馬。
魏　延　你赦了黃老將軍，俺便出馬；若是不赦黃忠，俺便不管你的閒事。
韓　玄　嗯！

（唱）【西皮搖板】

魏　　延　（接唱）【西皮搖板】

　　　　　　魏延說話理太差，
　　　　　　軍法無私怎容他？
　　　　　　不看你素日功勞大，
　　　　　　定要將你頭來殺。

魏　　延　（接唱）【西皮搖板】

　　　　　　聽一言來怒氣發，
　　　　　　你把魏延當小娃。
　　　　　　你赦了黃忠還則罷，
　　　　　　你不赦呀我要犯軍法。

韓　　玄　大膽！

　　　　　（接唱）【西皮搖板】

　　　　　　魏延說話真膽大，
　　　　　　藐視軍法把我壓。
　　　　　　吩咐兩旁刀斧手，
　　　　　　黃忠魏延一齊殺。

魏　　延　喳喳喳！哇呀呀呀！

　　　　　（接唱）【西皮搖板】

　　　　　　怒髮沖冠火上發，
　　　　　　不由魏延咬鋼牙，
　　　　　　鋼刀一舉頭割下，（殺韓玄）
　　　　　　兩邊兒郎一齊殺，（殺士兵）
　　　　　　用刀劈開長沙印，
　　　　　　我看你赦他不赦他？
　　　　　嗯嗯嗯！我殺他的滿門家眷！（下）

第 十 一 場

　　　　　（四刀斧手、黃忠同上）

黃　　忠　（唱）【西皮散板】

　　　　　　魏延進帳把情求，
　　　　　　此時不來反加愁。

　　　　　（魏延上）

魏　延　（接唱）【西皮散板】
　　　　　　開刀先殺劊子手，
（刀斧手被殺下）
魏　延　（接唱）【西皮散板】
　　　　　　老將軍醒來說從頭。
黃　忠　（唱）【西皮導板】
　　　　　　綁得骨疼冷汗透，
　　　　　　只見屍倒血水流。
　　　魏將軍講情，元帥可曾應允否？
魏　延　那韓玄老兒不從，怒惱某家，我將他殺死了！
黃　忠　我呀，不信哪！
魏　延　不信你去看來。
黃　忠　哎呀！
　　　（唱）【西皮散板】
　　　　　　一見人頭心顫抖，
　　　　　　點點珠淚往下流。
　　　　　　我哭哭一聲韓元帥，
　　　　　　我叫叫一聲韓主公呀！
　　　　　　啊啊啊——韓元帥呀！
魏　延　哈哈哈哈！
黃　忠　（唱）【西皮散板】
　　　　　　再與魏延說根由。
　　　（【叫頭】）魏將軍！你把元帥殺死，此禍非小，你我去到許昌，丞相台前請罪呀！
魏　延　你住了！事到如今，不去逃生，反去送死不成？
黃　忠　依你之見？
魏　延　長沙印信，在我手中，我們前去歸降桃園。
黃　忠　啊？歸順桃園，要去你去，我是不去的。
魏　延　當真不去？
黃　忠　當真不去。
魏　延　你果然不去？
黃　忠　果然不去。

魏　延　你不去，我就殺了你！
黃　忠　好好好！我們去，走啊！
魏　延　走啊！
黃　忠　走啊！
魏　延　走啊！
黃　忠　走、走、走、走啊！
　　　　（唱）【西皮搖板】
　　　　　　頃刻之間散了隊，
魏　延　（接唱）【西皮搖板】
　　　　　　長沙的兒郎各自歸。
黃　忠　（接唱）【西皮搖板】
　　　　　　你做此事悔不悔？
魏　延　（接唱）【西皮搖板】
　　　　　　事到頭來埋怨誰。
黃　忠　（唱【哭頭】）韓元帥！
魏　延　我不許你哭！
黃　忠　（接唱【哭頭】）啊啊啊！
魏　延　我不許你嚎！
黃　忠　（唱）【西皮搖板】
　　　　　　魏文長你是個冒失鬼。
　　　　（【冲頭】。同下）

第 十 二 場

　　　　（四龍套、關羽同上）
關　羽　（唱）【西皮搖板】
　　　　　　奉令奪取長沙地，
　　　　　　威風凛凛把兵提。
　　　　　　義扶漢室三分鼎，
　　　　　　且聽探馬報軍機。
　　　　（報子上）
報　子　啓稟君侯：黃忠、魏延轅門投降。

關　羽	吩咐架起刀門！
	（吹打）
關　羽	傳黃忠、魏延進帳！
報　子	下面聽者！君侯有令：黃忠、魏延進帳！
	（報子下。黃忠、魏延同上）
黃　忠	（唱）【西皮散板】
	人言桃園多仁義，
魏　延	（接唱）【西皮散板】
	話不虛傳果第一。
黃　忠	（接唱）【西皮散板】
	來到轅門用目覷，
魏　延	（接唱）【西皮散板】
	刀槍箭戟擺列齊。
黃　忠	（接唱）【西皮散板】
	歸順桃園我不去，
魏　延	呔！
	（接唱）【西皮散板】
	你若不去我不依。
黃　忠	（接唱）【西皮散板】
	我這裏報門跪帳裏，
	恕黃忠——
魏　延	（接唱）【西皮散板】
	魏延
黃　忠 魏　延	（同唱）【西皮散板】歸降遲。
關　羽	（唱）【西皮散板】
	丹鳳眼來觀覷，
	只見二將跪丹墀，
	爲什麼停兵不交戰？
	歸降的事兒說端的。
黃　忠	（接唱）【西皮散板】
	都只爲韓玄不仁義，

魏　延　（接唱）【西皮散板】
　　　　　　末將講情他不依。
黃　忠　（接唱）【西皮散板】
　　　　　　怒惱魏延將他斬，
魏　延　（接唱）【西皮散板】
　　　　　　韓玄的首級在手裏。
關　羽　（接唱）【西皮散板】
　　　　　　將首級高挂營門地，
　　　　　　我兄王到此報功績。
　　　　請坐。
黃　忠
魏　延　（同）謝坐。
關　羽　老將軍好刀法。
黃　忠　二君侯也不差。
關　羽　昨日陣前爲何不見魏將軍？
魏　延　末將奉令催糧，回來與黃將軍求情，韓玄不允。惱怒殺死韓玄，斬了他的家眷，長沙印信呈上。
關　羽　某兄王駕到，定有封賞。
　　　　（報子上）
報　子　主公、軍師到！
關　羽　二位將軍帳外候令！
黃　忠
魏　延　（同）遵命。（同下）
關　羽　有請！
報　子　有請！
　　　　（報子下。四龍套、諸葛亮、劉備同上）
劉　備
諸葛亮　恭喜君侯，賀喜君侯！一戰成功，可喜可賀！
關　羽　主公洪福，軍師妙算。末將何功之有？
劉　備
諸葛亮　君侯之功也！
關　羽　收來黃忠、魏延現在帳外聽令。
諸葛亮　傳他二人進帳。

關　羽	黃、魏將軍進帳。
	（黃忠、魏延同上）
黃　忠 魏　延	來也！
關　羽	見過主公、軍師。
黃　忠 魏　延	參見主公、軍師。
諸葛亮	黃老將軍出帳歇息。
黃　忠	謝軍師。（下）
諸葛亮	眾將，將魏延綁了！
魏　延	啊？爲何將某綁了？
諸葛亮	來！將魏延推出斬了！
	（刀斧手押魏延同下）
關　羽	刀下留人！軍師爲何將魏延斬首？
諸葛亮	魏延居其地，獻其土，食君禄，弒其主，居心叵測，喜怒無常。似這等人今日若不將他斬首，日後恐有反漢之舉。
關　羽	若將魏延斬首，我桃園弟兄就不義氣了！
劉　備	是啊，外人談論，我弟兄就不義氣了！
關　羽	望軍師開恩。
諸葛亮	好。將魏延赦回。
	（魏延上）
魏　延	謝軍師不斬之恩。
諸葛亮	謝過主公、君侯講情。
魏　延	多謝主公、君侯講情。
諸葛亮	魏延！從今以後，在山人帳中聽用，山人軍法無情，你要仔細了！你要打點了！
魏　延	啊。
關　羽	長沙印信呈上。
諸葛亮	後帳擺宴，與君侯賀功。
關　羽	謝軍師。
	（眾人同下）

戰 合 肥

佚 名 撰

解 題

京劇。現代佚名撰。《京劇劇目初探》著錄,題《戰合肥》,謂駱連翔曾演出;《京劇劇目辭典》著錄,題《戰合肥》,均未署作者。劇寫孫權接張遼戰書,命太史慈往攻合肥,程普與諸將接應。張遼與太史慈交戰,李典、樂進助戰,爲程普、陸遜等所敗。李典射死宋謙,吳軍大敗。張遼爲防吳軍乘虛攻擊,傳令三軍不可卸甲離鞍。太史慈依戈定計,派其入魏營,聯絡結義兄弟馬夫作内應,殺張遼,爲宋謙報讎,舉火爲號,即時攻城。戈定入城,見馬夫。馬夫因受責打正怨恨張遼,願與戈定同謀。但張遼有備,一見火起,即將放火呼反的馬夫、戈定擒獲斬首,傳令三軍,不得亂動。張遼將計就計,令人放起火號。太史慈見火光,領兵攻城,爲張遼暗箭射傷,落荒而走。吳軍大敗。本事出於《三國演義》第五十三回。版本今有《京劇彙編》收録的王連平藏本及以該本重刊的《京劇傳統劇本彙編》本。今以《京劇彙編》王連平藏本爲底本進行管理。按:"合肥",原作"合淝",今據《三國志》統改。

第 一 場

(魯肅、諸葛瑾上)

魯　肅 (唱)【點絳唇】
諸葛瑾　　軍容顯耀,旌旗前導。威風浩,胸藏略韜。仰賴蒼穹照。

魯　肅　下官 魯肅。
諸葛瑾　　　 諸葛瑾。

魯　肅　先生請了!
諸葛瑾　大夫請了!

魯　肅	昨日程普將軍督領新軍到來，主公不勝歡悅。正值犒賞兵將，不想張遼差人來下戰書。且待主公陞殿，一同啓奏。
諸葛瑾	看香烟繚繞，主公陞殿來也。

（四太監引孫權上）

孫　權	（念）【引】坐鎮江東，顯軍容，仰賴蒼穹。
魯　肅 諸葛瑾	臣等見駕，主公千歲。
孫　權	平身。
魯　肅 諸葛瑾	千千歲。
孫　權	（念）（詩）先父先兄事業留， 　　　　文忠武勇用機謀。 　　　　八十一州四郡守， 　　　　同歸孤掌樂無憂。 孤，孫權。前者赤壁鏖兵，得了許多兵馬器械，犒勞將士，張筵賀功。近聞張遼據守合肥，虎視上游，乃江東之患。衆卿，何策破之？
魯　肅	啓主公：張遼乃匹夫之勇，一戰可破。那廝差人來下戰書，主公請看。
孫　權	呈上來！

（魯肅呈書。【牌子】。孫權看書介）

孫　權	嗯，張遼欺孤忒甚，豈容他人猖狂！啊子敬，來日不用新軍赴敵，待孤親臨大戰如何？
魯　肅	啓主公：張遼一旅之師，何用大軍迎敵！可命太史慈督師攻取合肥，定然成功。
孫　權	如此，傳孤口詔：命太史慈爲將軍，統兵三千，攻取合肥；再命程普等諸將隨後接應。成功之日，另有陞賞。退班！
魯　肅	領旨！

（四太監、孫權、諸葛瑾、魯肅分下）

第　二　場

（太史慈上，起霸）

太史慈　（念）（詩）壯志英雄戰沙場，
　　　　　　　　扶保吳侯把名揚；
　　　　　　　　安邦妙策韜略廣，
　　　　　　　　除却曹瞞奪荆襄。
　　　　（四文堂、四上手、一旗夫上）
太史慈　俺，太史慈，字子義。奉主公鈞旨，攻取合肥，大戰張遼。衆將官！人馬直抵合肥！
四文堂
四上手　啊！
　　　　（【牌子】。同下）

第　三　場

（【牌子】。四文堂、四小軍、程普、陸遜、宋謙、賈華上）

程　普
陸　遜
宋　謙　（念）欣鏖兵沙場逞强，聞交鋒喜氣揚揚。
賈　華

程　普　　　　程普。
陸　遜　某，　陸遜。
宋　謙　　　　宋謙。
賈　華　　　　賈華。

程　普　列位將軍請了！

陸　遜
宋　謙　請了！
賈　華

程　普　主公攻取合肥，命太史慈爲先鋒，我等以爲後應，大戰張遼。

程　普
陸　遜
宋　謙　合肥去者！
賈　華

　衆　　啊。
　　　　（【牌子】。同下）

第 四 場

（四文堂、四下手、四火牌、一旗夫、張遼上）

張　遼　（唱）【粉蝶兒】
　　　　　　統精兵，威武雄壯。看輸贏，決勝負，斬將擒王。
　　　　（念）（詩）胸懷謀略吞江東，
　　　　　　　　　　修文習武虎師雄；
　　　　　　　　　　鎮守合肥三軍統，
　　　　　　　　　　試看沙場立戰功。
　　　　俺，張遼。奉曹丞相之命，督兵鎮守合肥，抵敵孫權。也曾打下戰書，爲此，整頓軍馬，以待交鋒也。
　　　　（李典、樂進上）

李　典
樂　進　兵和馬嚴陣提防，挂甲將緊勒絲繮。（下馬介）啓將軍：吳兵將近城壕，請令定奪。

張　遼　二位將軍奮勇當先！

李　典
樂　進　得令。

張　遼　衆將官，開關迎敵者！

四文堂
四下手　啊。
四火牌

　　　　（張遼原人圓場，出城介，太史慈原人上，會陣）

太史慈　呔！張遼休得猖獗，俺太史慈在此！

張　遼　太史慈，爾有多大本領，竟敢前來挑戰？看槍！

太史慈　張遼，大膽的匹夫！
　　　　（唱）陣前張遼太猖狂，
　　　　　　　不識時務爭甚麼强？
　　　　　　　赤壁鏖兵想一想：
　　　　　　　曹兵百萬喪長江。
　　　　　　　爾爲奸賊把命喪，
　　　　　　　遺臭罵名萬載揚。

|||勸爾倒戈歸降上，
|||兩軍陣前免遭殃。
|張　遼|住口！|
||（唱）|笑煞東吳無謀將，
|||聽從詭計一周郎。
|||暗借東風諸葛亮，
|||火燒戰船害吾行。
|||四郡落入他人掌，
|||可嘆東吳自彷徨。
|||今日戰場休狂妄，
|||頃刻叫汝槍下亡！
|太史慈|呸！|
||（唱）|號令我軍安停當。
|張　遼|看槍！|
||（唱）|膽大匹夫敢逞強！
|太史慈|（唱）|抖動金槍忙抵擋，
|張　遼|（唱）|奮武揚威戰沙場。

（張遼、太史慈架住，雙方原人鑽下。張遼、太史慈打大快槍，雙收下）

第　五　場

（四文堂、四小軍、賈華、宋謙、陸遜、程普上）

程　普		
宋　謙	（唱）	殺氣騰騰高千丈，
陸　遜			往來衝突動刀槍。
賈　華		

（李典、樂進上，起打）

李　典	（唱）	持刀奮勇沙場上，
樂　進			生擒爾等獻許昌。
程　普		
宋　謙	住了！	
陸　遜		
賈　華		

（唱）休得猖狂胡亂講，
　　　決勝千里威名揚。
（起打。李典、樂進敗下。程普、陸遜、宋謙、賈華收下）

第 六 場

（張遼上，太史慈追上，起打。樂進上，戰太史慈，張遼下。宋謙上，刺樂進。李典執弓箭暗上，射宋謙落馬死介，樂進下。太史慈回戰李典，李典下）

太史慈　哎呀！
　　　（唱）敵將暗把雕翎放，
　　　　　宋謙中箭一命亡。
　　　　　抖擻精神重圍闖。
（四火牌引張遼上，圍殺。程普上，接殺。李典、樂進上，衆起打）

太史慈　（唱）火牌圍攻難提防。
　　　　　一馬衝鋒戰賊黨，
（起打。太史慈、程普敗下）

張　遼　（唱）匹夫之勇敢爭強！

李　典
樂　進　太史慈大敗。

張　遼　天色漸晚，不可追襲，就此收兵進城。
（唱）【朱奴兒】

張　遼
李　典　捲旌旗凱歌齊唱，
樂　進　太史慈敗走慌忙。
　　　　掌握軍威言非狂，
　　　　譽聲名久戰疆場。
（連場。吹打。場設城。四兵士出城迎介。四火牌、李典、樂進進城介，圓場，下馬，進門。張遼、李典、樂進同坐介）

李　典　恭喜將軍得此大功，真乃國家洪福也！

張　遼　大家之功，即日表奏，自有陞賞。

李　典
樂　進　多謝將軍！今日全勝，吳兵遠遁潛逃，請將軍卸甲安息。

張　遼	非也。爲將者須知："勿以勝爲喜，勿以敗爲憂。"倘吳兵度我無備，乘虛攻擊，何以應之？傳令三軍，不可卸甲離鞍，小心防備，謹慎爲要！
衆	啊！
張　遼 李　典 樂　進	（唱）【合頭】 　　擾攘，拓土開疆， 　　漢家業，落分張。

（同下）

第　七　場

（戈定上）

戈　定	（念）好漢愛好漢，惺惺惜惺惺。 俺，戈定。在太史慈將軍部下當一小軍。昨日陣上大敗，令人痛恨，忽然想起結義弟兄現在張遼帳下養馬。我不免與太史慈將軍商議，悄悄前去，殺却張遼，以報宋將軍之讎也。（下）

第　八　場

（四文堂、四上手引太史慈上）

太史慈	（唱）戰合肥不報捷某心焦躁， 　　折兵將好叫我氣忿難消。 　　悶懨懨坐寶帳越思越惱， 　　何日裏定江山封爵官高！

（程普、陸遜、賈華上）

程　普 陸　遜 賈　華	（唱）重整軍威再征剿， 　　定勝張遼小兒曹。 參見將軍！
太史慈	衆位將軍少禮。請坐！
程　普 陸　遜 賈　華	謝坐。將軍營中有一小軍，名喚戈定，求見將軍，有軍情回報。
太史慈	此人今在何處？

程　普	
陸　遜	現在營外。
賈　華	

太史慈　喚他進帳！
賈　華　戈定快來！
　　　　（戈定上）
戈　定　（念）宋謙遭箭陣上亡，使人悲嘆兩淚汪。
　　　　參見將軍！
太史慈　罷了。
戈　定　謝將軍！
太史慈　你有甚麼軍情回報？講！
戈　定　小人因見張遼猖狂，忽然想起一計，特見將軍商議。
太史慈　有何計策，只管講來！
戈　定　小人有一結義弟兄，現在張遼帳下後槽養馬，時常被責，已深怨恨。
　　　　小人意欲混進城去，與彼商議，若能殺却張遼，亦可與宋將軍報讎，
　　　　特來稟告將軍。
太史慈　啊！看你不出竟有此膽量。到了城中以何爲號？
戈　定　舉火爲號。
太史慈　好，成功之後，另有陞賞。倒要小心爲妙，今夜三更大兵擁入合肥。
　　　　快去！
戈　定　正是：
　　　　（念）悄悄去行計，秘密不漏情。（下）
太史慈　衆位將軍！

程　普	
陸　遜	將軍！
賈　華	

太史慈　今宋謙死於鋒鏑之下，皆是俺太史慈輕敵之故也！
　　　　（唱）從今後當改過共商計較，
　　　　　　恨機謀不遂心貽笑英豪。
　　　　　　待來日按奇計且把讎報，
　　　　　　將曹兵斬殺盡凱歌還朝。

程　普	
陸　遜	將軍！
賈　華	

　　　　　（同唱）決一勝克曹兵功成及早，
　　　　　　　　　合肥城會戈定活捉張遼。
太史慈　（唱）太史慈在北海人稱忠孝，
　　　　　　　　降東吳一心要報主恩高。
　　　　　　　　試看俺此一計舉火爲號，
　　　　　　　　滅奸賊大功成氣恨方消。
　　　　　（同下）

第　九　場

　　　　　（馬夫上）
馬　夫　（唱）心恨那張將軍全無分曉，
　　　　　　　　無故地責打我養馬後槽。
　　　　　在下，張將軍帳下一個養馬的便是。近因交鋒甚緊，排馬不熟，將我責打。是我悶氣不出。想起結交的一個好友，現在太史慈部下爲軍，名喚戈定。我二人約定今晚相會，舉火爲號，便中刺殺張遼，以消胸中怨氣也！
　　　　　（唱）這些事在今晚須做計較，
　　　　　　　　免受這惡人氣不憚辛勞。
　　　　　（戈定上）
戈　定　（唱）改做了曹軍樣混進城道，
　　　　　　　　見賢弟作商量預備籠牢。
馬　夫　來者敢是大哥麼？
戈　定　原來是賢弟。愚兄將你被屈之事，報知太史慈將軍了。今夜三更，大隊即至，你我照計而行便了。
馬　夫　你我先到各營放火，吶喊叫反，候城中兵亂，就便刺殺張遼，前去獻功，豈不是好？
戈　定　此計甚妙。請哪！
　　　　　（唱）弟兄們知彼此恩當圖報，
　　　　　　　　見不平早打點別作開交。
　　　　　（同下）

第 十 場

　　　　　（起初更。四文堂引張遼上）
張　遼　（唱）俺張遼今夜晚親自巡哨,
　　　　　（火彩。幕內吶喊介）
張　遼　（唱）因何故喊聲高事有蹊蹺。
　　　　　　忙上馬叫軍士站立兩道,
四文堂　啊!
　　　　　（四文堂、張遼上高臺,火彩,幕內吶喊介。戈定、馬夫執刀上）
戈　定
馬　夫　大家反了吧!有膽量的反啊!(喊下)
　　　　　（起二更。四下手、樂進、李典執刀上）
李　典
樂　進　（唱）捉拿到舉火賊定斬不饒。
　　　　　（戈定、馬夫上）
戈　定
馬　夫　大家反哪!
李　典
樂　進　哪裏走!
　　　　　（李典、樂進與戈定、馬夫起打,戈定、馬夫被綁介）
四下手　啓將軍:叫反放火者,就是此二賊!
張　遼　綁回大營!
四下手　啊!
　　　　　（四下手綁戈定、馬夫圓場）
馬　夫　饒了我吧!
張　遼　你叫甚麼名字?
戈　定　咱叫戈定。
張　遼　啊,爾不是我營後槽養馬的麼?
馬　夫　是我呀。
張　遼　爲何舉火叫反?
馬　夫　小人因受了將軍的責打,約會戈定今夜舉火爲號,投奔太史慈,故爾叫反,望將軍饒命。

樂　　進　啓將軍：這戈定不是我營的軍卒，必是太史慈所遣的內應擾亂我軍，當與馬夫一同斬首，以正軍法！

張　　遼　就將二賊斬首號令！

四下手　啊。

（四下手押戈定、馬夫下）

四下手　（內）開刀！

（幕內鑼聲，四下手上）

四下手　斬首已畢。

張　　遼　傳令三軍，如有亂動者，定斬不赦！

四下手　啊。下面聽者！將軍有令：三軍如有亂動者，定斬不赦！

報　　子　（內）報！（上）

啓將軍：城外鳴鑼擊鼓，喊聲大振，特來報知。

張　　遼　再探！

報　　子　啊。（下）

張　　遼　既是吳兵外應，吾當就計破之。眾將官，放起火號，大開城門，放下弔橋者！

（唱）今夜晚此一陣難猜難料，

　　　管叫他機謀洩望風而逃。

（同下）

第 十 一 場

（四文堂、四上手、四小軍、賈華、陸遜、程普、太史慈上）

（起三更）

太史慈　（唱）排兵預定功成就，

　　　方顯胸中有良謀。

（眾圓場）

眾　　　來此合肥。

太史慈　且住！只聽城中吶喊，必是內變。眾將，放膽入城者！

眾　　　啊。

（眾擁入城介，張遼原人擁上，開打，同下）

第 十 二 場

(【急急風】。四文堂、四下手、四火牌、李典、樂進、張遼上。四文堂、四上手、四小軍、賈華、陸遜、程普、太史慈上。會陣,開打,太史慈打四火牌攢,立碑,雙方原人分下)
(李典上,程普上,開打,李典敗下。張遼上,開打,程普敗下。太史慈上,開打,張遼敗下。太史慈耍下)

第 十 三 場

(四文堂、四下手、四火牌、李典、樂進、張遼上,佯敗入城介)

張　遼　弓箭伺候!
衆　　　啊。
(四下手執弓箭城內站斜門。太史慈上,攻城。四下手放箭,太史慈中箭敗下,張遼原人出城追下)

第 十 四 場

太史慈　(內唱)【西皮導板】
　　　　　太史慈中亂箭合肥城口!(上)
　　　　(唱)小張遼施詭計埋伏敵樓。
　　　　　我只得忍箭痛落荒而走,
(李典、樂進上,衝殺。四文堂、四上手、四小軍、賈華、陸遜、程普上,起打,李典、樂進下)
太史慈　(唱)貪功勞忘利害失却機謀。
程　普
陸　遜　看將軍身帶重傷,且請回營調治,待我等迎敵。
賈　華
太史慈　哎呀,大丈夫生於亂世,要立不世之功,方稱英雄。咱雖帶箭傷,何足爲慮!呔!小校的,與咱拔箭!
四上手　是。(拔箭介)

太史慈　哎呀！（作疼介）咱太史慈一命仃矣！
　　　　（四上手扶太史慈忍痛下）
　　　　（四文堂、四下手、四火牌、李典、樂進、張遼上，起打，程普原人敗下）
李　典
樂　進　吴兵大敗！
張　遼　收兵進城！
　衆　　啊。
　　　　（【尾聲】。同下）

龍鳳呈祥

佚 名 撰

解 題

　　京劇。現代佚名撰。《京劇劇目辭典》著錄，題《龍鳳呈祥》。另有《甘露寺》。《京劇劇目初探》著錄，題《甘露寺》。另有《美人計》，一名《回荊州》，未署作者。劇寫孫權因劉備佔據荊州不還，同周瑜設下美人計，假稱把妹妹孫尚香許婚給劉備，賺劉備過江，將其扣留，以換荊州。諸葛亮將計就計，讓劉備過江招親，命趙雲同去並授錦囊妙計。劉備到江東依錦囊計，先拜謁國老喬玄，喬玄將此事稟報給吳太后。吳太后不知情，怒責孫權，決定在甘露寺爲女兒相親，經喬國老多方周旋撮合，弄假成真，孫尚香與劉備成親。劉備入贅東吳後，周瑜故意用宮室聲色迷惑劉備，劉備沉浸聲色，果然不想回荊州了。趙雲用諸葛亮所付錦囊之計，詐稱曹操偷襲荊州。劉備這纔驚慌，急着要回荊州，並將此情告知孫尚香。孫尚香辭別母親，與劉備出逃。周瑜派兵追截，都被孫尚香仗尚方寶劍假稱太后旨意斥退。周瑜親自率兵來追，劉備已登上諸葛亮早已預備的接應船隻，安然脫險。諸葛亮讓張飛高喊，"周郎妙計安天下，陪了夫人又折兵"，以辱周瑜。本事出於《三國演義》第五十四、五十五回。《三國志・吳書・周瑜傳》及注引《江表傳》記有周瑜獻美人計事，孫權未採納，並無追殺劉備事。元刊《三國志平話》載有劉備過江招親事。元人本此創作雜劇《隔江鬥智》。明傳奇《錦囊記》《草廬記》則本《三國演義》。清宮大戲《鼎峙春秋》敷演此故事，與《草廬記》同。現代版本有《戲考》本（題《甘露寺》，一名《龍鳳配》）、《戲典》本及以此本整理重印的《民國京劇劇本集》本（收《甘露寺》《美人計》兩本）、《馬連良演出劇本選集》本（題《甘露寺》)、《京劇大觀》收錄的中國京劇院演出本（題《甘露寺》）、《經典京劇劇本全編》本（題《甘露寺》，一名《龍鳳呈祥》）、《京劇彙編》本及以此本重印的《京劇傳統劇本彙編》收錄的北京戲曲藝術職業學院藏本（題《龍鳳呈祥》）。各本故事情節相同，結構、細節、唱詞念白有所不同，各具特色。今以《京劇彙編》北京戲曲藝術職業學院藏本爲底本，參考其他本校勘整理。

第 一 場

（趙雲上，起霸）

趙　雲　（念）（詩）八門金鎖破陣奇，
　　　　　　　　九扣連環鐵甲披。
　　　　　　　　長坂坡前救幼主，
　　　　　　　　殺得曹兵魂魄飛。
　　　　俺，趙雲。奉了軍師將令，保定主公過江招親。遠遠望見主公來也。
（四文堂引劉備上）

劉　備　（唱）東吳招親休妄想，
　　　　　　　　誆哄孤王過長江。
趙　雲　參見主公！
劉　備　罷了。船隻可曾齊備？
趙　雲　俱已齊備。
劉　備　帶馬過江去者！
趙　雲　遵旨！
（二船夫上。劉備下馬，與趙雲等上船介。船夫開船介）
劉　備　好一派江景也！
（唱）【西皮原板[1]】
　　　　　劉玄德坐舟中心神不定，
　　　　　分明是那東吳又把計生。
　　　　　轉面來我對四弟論，
　　　　　此一番到東吳見機而行。
趙　雲　（唱）主公且把心放定，
　　　　　　　　去到東吳見機行。
二船夫　船到東吳。
趙　雲　啓主公：船到東吳。
劉　備　搭了扶手！

　　　　　（二船夫搭扶手，劉備、趙雲等下船介，二船夫下）
　　　　　（呂範上）
呂　範　皇叔過江來了。下官奉吳侯之命，特來迎接。
劉　備　煩勞大夫報與吳侯，備少時拜訪。
呂　範　遵命！
　　　　　（呂範下）
劉　備　四弟，臨行之時，先生講些甚麼？
趙　雲　臨時之時，先生賜俺錦囊三封，待臣打開頭封。（打囊介）主公請看。
劉　備　待孤看來！
　　　　（念）好姻緣，歹姻緣，
　　　　　　　莫把姻緣當等閑。
　　　　　　　君臣來在東吳地，
　　　　　　　必須先去謁喬玄。
趙　雲　主公，這喬玄他是何人？
劉　備　乃大喬、小喬之父，孫策、周郎之岳父。先生叫孤拜他，必有所爲。備厚禮一份，隨孤前去拜訪。吩咐人役館驛伺候！
趙　雲　遵命！
　　　　（衆同下）

校記

［1］唱西皮原板：原無"西皮原板"之類的曲調提示，今據《京劇大觀》中國京劇院演出本（下簡稱"京劇院本"）補。本劇下同。

第　二　場

　　　　　（喬玄上）
喬　玄　（念）【引】丹心鎮國，扶君王，社稷安康。
　　　　（念）（詩）社稷原應重老臣，
　　　　　　　爲子孝親臣奉君。
　　　　　　　皇圖永固民安樂，
　　　　　　　但願我主萬萬春。

（喬福暗上）

喬　玄　老夫，喬玄，乃江東人氏。吳侯駕前爲臣，官居太尉。夫人姜氏。膝下無兒，所生二女：長女配與孫策，次女配與周郎。這且不言。適纔老夫下得朝來，見大街之上，懸燈結彩，府下人等一個個交頭接耳，不知他們講些甚麼。啊喬福！

喬　福　太尉！

喬　玄　他們講的是甚麼話呀？

喬　福　你敢是要吃茶？

喬　玄　老夫問你，他們講的是甚麼話呀？

喬　福　講的甚麼話，此乃孫、劉兩家結親之事。

喬　玄　孫、劉兩家結親！老夫我怎麼一些兒也不知啊？

喬　福　哎呀，此事鬧得滿城風雨，人人皆知。況且那劉皇叔已然過江來了，現在館驛居住。你老人家怎會不知道呢？

喬　玄　既是劉皇叔到此，也該前來拜望老夫纔是啊！

喬　福　想必是要來的。

喬　玄　你且外廂伺候！

喬　福　是。

（趙雲上）

趙　雲　（念）離了館驛地，特拜喬太尉。

　　　　　來此已是。門上哪位在？

喬　福　是哪位？

趙　雲　煩勞通稟：劉皇叔拜。（遞帖介）

喬　福　你且少待。（進門介）啓稟太尉：劉皇叔拜。（呈帖介）

喬　玄　果然來了。吩咐動樂有請！

喬　福　動樂有請！

趙　雲　有請主公！

（吹打。劉備上，喬玄出迎介）

劉　備　太尉！

喬　玄　皇叔過江來了？

劉　備　過江來了。

喬　玄　
劉　備　啊哈哈哈……

喬　玄	請！
劉　備	請！
	（劉備、喬玄、趙雲、喬福進門介）
喬　玄	請坐！
劉　備	有坐。
喬　玄	皇叔駕到，蓬蓽生輝。老朽有失遠迎，當面恕罪！
劉　備	豈敢！長江阻隔，少來問候，太尉海涵！
喬　玄	豈敢！
劉　備	四弟，見過太尉！
趙　雲	參見太尉！
喬　玄	罷了。（向劉備）啊皇叔，此將是？
劉　備	四弟趙雲。
喬　玄	噢，這就是當年長坂坡前救阿斗的趙子龍將軍麼？
劉　備	正是。
喬　玄	真乃虎將也！
劉　備 趙　雲	太尉誇獎了。
劉　備	四弟，看禮單過來！
趙　雲	是。（取禮單介）
劉　備	太尉，這有薄禮一份，望祈笑納。
喬　玄	且慢！皇叔將將到此，老朽怎敢受此重禮？
劉　備	還是收下的是呀。
喬　玄	實實不敢收。
劉　備	莫非嫌輕麼？
喬　福	不嫌輕，不嫌輕！
喬　玄	不不不，不敢收。
喬　福	收下了，收下了。（收禮單介）
喬　玄	老朽愧領了。
劉　備	告辭！
喬　玄	皇叔為何去心忒急？
劉　備	還有列位大人，未曾拜訪。
喬　玄	是呀，他們那裏也該前去。只是老朽我還未曾領教啊？

劉　　備　改日再叙。
喬　　玄　奉送！
　　　　　（劉備、趙雲下）
喬　　玄　嘟！我把你這膽大的老狗，老夫未曾吩咐，你怎麼大膽地收下人家的禮物啊？
喬　　福　太尉，皇叔到此，乃是客位。他的禮物，你若不收，他的心中就不快活了。
喬　　玄　嗯，我想孫、劉兩家和好，方能同心破曹。不免進宮撮合此事。來！
喬　　福　有。
喬　　玄　吩咐外廂打道進宮！
喬　　福　（向內）外廂打道進宮！
　　　　　（喬玄、喬福分下）

第　三　場

　　　　　（四宮女引吳太后上）
吳太后　（念）【引】桑榆暮景，喜我兒，獨霸爲尊。
　　　　（念）（詩）可惜光陰半生忙，
　　　　　　　　　　夫亡子喪甚悲傷。
　　　　　　　　　　且喜次子能承繼，
　　　　　　　　　　佔領江東姓名揚。
　　　　本后，吳氏。配夫孫堅，早年亡故。長子孫策，創立基業。不幸早逝。次子孫權，繼承父兄，執掌江東九郡八十一州。幼女尚香，尚未婚配，叫我終朝挂懷。正是：
　　　　（念）尚香婚姻事，時刻挂在心。
　　　　　（喬玄上）
喬　　玄　（念）天上生瑞彩，人間配鳳鸞。
　　　　　待我叩鬟。（叩鬟介）
一宮女　何人叩鬟？
喬　　玄　喬玄求見！
一宮女　候着。（向吳太后）啓國太：喬玄求見。
吳太后　宣他進宮！

一宮女	領旨！（向喬玄）國太有旨：喬玄進宮！
喬　玄	領旨！（進宮介）
	臣，喬玄見駕，國太千歲！
吳太后	太尉平身。
喬　玄	千千歲！
吳太后	賜坐。
喬　玄	謝坐！
吳太后	無旨宣召，進宮何事？
喬　玄	恭喜國太！賀喜國太！
吳太后	啊！我喜從何來呀？
喬　玄	國太將郡主招贅劉備，豈不是一喜呀？
吳太后	啊！孫、劉兩家結親，本后一概不知呀！
喬　玄	太后不知，哪個敢做主意？
吳太后	是呀！是何人的主見哪？
喬　玄	莫非是二千歲的主意？
吳太后	也是有的。宣他進宮。
喬　玄	領旨！（向內）國太有旨：二千歲進宮！
孫　權	（內）領旨！（上）
	（念）忽聽母后宣，
	進宮把駕參。
	兒臣見駕，母后千歲！
吳太后	皇兒平身。
孫　權	千千歲！
吳太后	賜坐。
孫　權	謝坐！
喬　玄	老臣見駕，主公千歲！
孫　權	平身。
喬　玄	千千歲！
孫　權	太尉請坐。
喬　玄	謝坐！
孫　權	母后，宣兒臣進宮，有何訓教？
吳太后	孫、劉兩家結親，可是你的主見？

孫　權　這！兒臣不知。

吳太后　嗯！爲娘已然知曉，你還敢隱瞞麼？

孫　權　母后既然知道，兒臣不敢隱瞞。只因劉備借去荆州，屯兵養馬，久討不還。兒臣定下一計，假借婚姻，將他誆過江來，老死東吳，荆州豈不唾手而得？

吳太后　嘟！我把你這無智的蠢子！既然他不還荆州，就該差遣能將，前去征討，怎麼用你胞妹定下美人之計？縱然將荆州討回，豈不被天下人恥笑於你！似你這等智疏略短、不肖之子，真真氣、氣、氣……死我也！（氣椅）

喬　玄　太后醒來！

吳太后　（唱）【西皮導板】
　　　　　　一霎時氣壞了吳太后——

喬　玄　啊千歲，若用此計，豈不被天下人恥笑哇？

孫　權　若問此事，須問令婿周郎。

喬　玄　怎麼，又是周郎的詭計？

孫　權　你多口！

喬　玄　反道我多口！啊千歲，此計欠通啊欠通！

吳太后　蠢子！

孫　權　嘿！

吳太后　（唱）【原板】
　　　　　　只氣得年邁人冷汗交流。
　　　　　　既爲荆州把怨構，
　　　　　　你就該與周郎善籌良謀。
　　　　　　將胞妹定巧計世間少有，
　　　　　　豈不怕罵名兒萬古傳流？

孫　權　（唱）【原板】
　　　　　　母后教訓兒當受，
　　　　　　對面不敢强抬頭。
　　　　　　兒殺劉備心已久，
　　　　　　千方百計爲荆州。
　　　　　　殺人妙計安排妥，
　　　　　　不殺劉備誓不休。

喬　玄　（唱）【原板】
　　　　　勸千歲殺字休出口，
　　　　　老臣啓主説從頭：
　　　　　劉備本是靖王後[1]，
　　　　　漢帝玄孫一脉留。
　　　　　他有個二弟（轉唱）【流水板】漢壽亭侯，
　　　　　青龍偃月神鬼皆愁。
　　　　　白馬坡前誅文醜，
　　　　　在古城曾斬過老蔡陽的頭。
　　　　　他三弟翼德威風有，
　　　　　丈八蛇矛慣取咽喉。
　　　　　曾破黃巾兵百萬[2]，
　　　　　虎牢關前戰温侯。
　　　　　當陽橋前一聲吼，
　　　　　喝斷了橋梁水倒流。
　　　　　他四弟子龍英雄將[3]，
　　　　　蓋世英名貫九州。
　　　　　長坂坡，救阿斗，
　　　　　殺得曹兵個個愁。
　　　　　這一班虎將哪國有[4]？
　　　　　還有諸葛運計謀。
　　　　　你殺劉備不要緊，
　　　　　他弟兄聞知怎肯甘休？
　　　　　若是領兵來爭鬥，
　　　　　東吳哪個敢出頭[5]？
　　　　　我扭轉回身奏太后，
　　　　　將計就計結鸞儔。
孫　權　啊母后，想那劉備是甚等樣人，焉能配得我妹！
喬　玄　啊太后，想那劉備乃帝王根本，若招他爲婿，可謂"淑女"配"君子"也。
孫　權　配不得！
喬　玄　配得的！

吳太后　嗯！你二人不必爭論，明日打掃甘露寺，本后要面相劉備。
喬　玄　太后，若相得上呢？
吳太后　稱我孫門之婿。
孫　權　母后，若相不上呢？
吳太后　但憑我兒所爲。出宮去吧！
孫　權　兒臣告退。（出宮介）嘿！（下）
喬　玄　太后，那劉備生得儀表非凡，老臣也曾見過，太后不相也罷。
吳太后　本后心意已定。不必多奏，出宮去吧！
喬　玄　是。老臣告退。正是：
　　　　（念）青龍白虎相爭鬥，各逞機謀怎甘休！（下）
　　　　（四宮女扶吳太后下）

校記

［１］劉備本是靖王後：此句《馬連良演出劇本選集》本（下簡稱"馬本"）作"劉備本是那中山靖王的後"。

［２］曾破黄巾兵百萬：此句"馬本"作"鞭打督郵他氣衝斗牛"。

［３］他四弟子龍英雄將："英雄"，"馬本"作"常山"。

［４］這一班虎將哪國有："班"，原作"般"，據"京劇院本"改。"虎將"，"馬本"作"武將"。

［５］東吳哪個敢出頭：此句，"馬本"作"曹操坐把漁利來收"。

第　四　場

　　　　（四太監、大太監引孫權上）
孫　權　且住！母后傳下旨意，明日要在甘露寺面相劉備，倘若相上，豈不弄假成真！這便怎麼處？（想介）有了，我不免宣呂範進宮，商議良策。來，呂範進宮！
大太監　千歲有旨：呂範進宮啊！
呂　範　（内）領旨！（上）
　　　　參見千歲！
孫　權　平身。
呂　範　千千歲！

孫　權　賜坐。
呂　範　謝坐！宣臣進宮,有何國事議論?
孫　權　明日國太在甘露寺面相劉備,倘若相上,豈不弄假成真?宣你進宮,想一良策,殺了劉備,以絕後患。
呂　範　這有何難,千歲可命賈華埋伏在甘露寺外,等劉備到來,將他殺死,不知千歲意下如何?
孫　權　哈哈哈……此計甚好。就命卿家吩咐他們!
呂　範　領旨!
孫　權　正是:
　　　　（念）計就月中擒玉兔,
呂　範　（念）謀成日裏捉金烏。
　　　　（眾分下）

第　五　場

（喬玄上,喬福隨上）

喬　玄　唉！太后傳下旨意,明日要在甘露寺面相劉備。若是相他不上,豈不被我東吳所害?哎呀這、這、這……唉,旁人之事,與我甚麼相干,我不管也罷呀。
喬　福　哎呀呀！收下人家的禮物,不管人家的閒事,真真的豈有此理!
喬　玄　呀呀呸！都是你這狗才不好,我不肯收人家的禮物,你就大膽地收下了。如今豈不叫老夫為難了嗎?
喬　福　總要想條妙計方好哇!
喬　玄　是呀,總要想個計策纔是呀!（想介）有了。喬福過來,這有烏鬚藥一包,命你送至館驛,叫那劉皇叔連夜將鬚髮染黑,明日太后在甘露寺相親,一相麼,也就相上了!
喬　福　遵命!（欲行介）
喬　玄　轉來!
喬　福　在。
喬　玄　你再對皇叔言講,恐怕席前有詐,叫那保駕將軍內穿鎧甲,外罩袍服,做一個防而不備,備而不防。
喬　福　甚麼?

喬　玄　防而不備,備而不防。

喬　福　防而不備,備而不防。哈哈哈……(下)

喬　玄　這個老狗才!(下)

第 六 場

　　　　(劉備、趙雲上)

劉　備　(念)來在東吳地,

趙　雲　(念)晝夜費心機。

劉　備　四弟,你我君臣到此,須要多加小心。外廂伺候!

趙　雲　遵旨!

　　　　(喬福上)

喬　福　(念)離了喬府地,來此是館驛。

　　　　來此已是。那旁有位將軍,也不知他姓啥?有了,就叫他啥將軍。啊,啥將軍請了!

趙　雲　你是做甚麼的?

喬　福　煩勞通稟:喬府管家求見。

趙　雲　候着!

喬　福　是。

趙　雲　啟主公:喬府管家求見。

劉　備　傳!

趙　雲　是。(向喬福)主公喚你進去。

喬　福　有勞了。(進門介)喬府管家與皇叔叩頭!

劉　備　罷了。

喬　福　謝皇叔!

劉　備　到此何事?

喬　福　我家太尉叫我送來烏鬚藥一包,請皇叔連夜將鬚髮染黑,明日甘露寺相親,太后一相麼,也就相上了。

劉　備　四弟,看賞。

趙　雲　是。(與喬福銀介)

喬　福　多謝皇叔!(背躬介)咦哈哈哈……倒是荊州人大方,一包烏鬚藥就是一錠銀子。我把那兩句話再說與皇叔,少不得又是一錠啊!

	（對劉備）我家太尉他還說道，明日席前恐其有詐，叫那保駕將軍內穿鎧甲，外罩袍服，做一個防而不備，備而不防。
劉　備	多謝太尉關懷。四弟，再看賞。
趙　雲	是。（付銀介）
喬　福	哎呀呀，好大方啊！果然又是一錠啊，啊哈哈哈……（看趙雲介）有了，我不免將這兩句話，再對那位將軍去講，少不得又是一錠啊！（對趙雲）啊將軍，明日甘露寺相親，可是將軍保駕？
趙　雲	是俺保駕。
喬　福	我家太尉言道，明日席前，恐其有詐，請將軍內穿鎧甲，外罩袍服，做一個防而不備，備而不防。
趙　雲	曉得。
喬　福	防而不備，備而不防。（伸手介）
趙　雲	知道了。
喬　福	防而不備，備而不防。（伸手介）
趙　雲	哼！太囉唆了！
喬　福	這個人不是荊州來的，他不大方！（下）
劉　備	四弟，明日去到甘露寺，必須多加小心！
趙　雲	是。
劉　備	（唱）【西皮搖板】 　　　多蒙太尉恩高大， 　　　此恩何日纔報答。 　　　怕只怕席前有奸詐， 　　　你我君臣要防備他。

（劉備、趙雲同下）

第　七　場

（四太監、四官女、喬玄引吳太后上）

吳太后	太尉，皇叔可曾駕到？
喬　玄	催帖已去，想必來也。
趙　雲	（內）劉皇叔到！
喬　玄	啟太后：劉皇叔到。

吴太后　有請！
喬　玄　有請！
　　　　（吹打。趙雲、劉備上，喬玄出迎介）
喬　玄　皇叔！
劉　備　太尉！
喬　玄
劉　備　啊哈哈哈……
喬　玄　請！
劉　備　請！
　　　　（劉備、趙雲、喬玄進門介）
劉　備　母后請上，備大禮參拜！
吴太后　不敢哪不敢。你乃當今皇叔，老身怎敢受得一拜！
喬　玄　太后，新女婿過門，總是要拜的。（向劉備）皇叔，你要多拜幾拜呀！
吴太后　哦，是要拜的？好，生受你了。
　　　　（劉備拜介）
吴太后　哈哈哈……請坐！
劉　備　謝坐！
吴太后　身後何人？
劉　備　四弟趙雲。（向趙雲）見過太后！
趙　雲　參見太后！
吴太后　將軍免禮。賜酒一席，西廂去飲。
趙　雲　遵命！（下）
吴太后　太尉，宣二千歲上佛殿！
喬　玄　遵旨！（向內）國太有旨，二千歲上佛殿！
孫　權　（內）領旨！（上）
　　　　（念）忽聽母后宣，上殿把駕參。
　　　　兒臣參見母后！
吴太后　見過皇叔！
孫　權　皇叔！
劉　備　啊吴侯！
孫　權　嘿！
吴太后　老身久聞皇叔乃漢室苗裔。請講一遍，洗耳恭聽。

劉　備　太后容禀！
　　　　（唱）【西皮導板】
　　　　　　太后請坐大佛殿，
　　　　（接唱）【原板】
　　　　　　細聽劉備表一表根源。
　　　　　　我皇高祖興炎漢——
喬　玄　啊太后，可知皇叔的根基？
吳太后　本后不知。
喬　玄　皇叔乃中山靖王之後，孝景皇帝之玄孫，荊襄王劉表之堂弟，當今萬歲之皇叔。喏喏喏，國太請看，生得是：龍眉鳳目，兩耳垂肩，雙手過膝，真乃是帝王根本哪！
孫　權　他是帝王的根本？
喬　玄　帝王的根本。
孫　權　與你甚麼相干？
喬　玄　我說說，也無妨啊！
孫　權　多口！
喬　玄　反道我多口！
吳太后　你也要少說！
孫　權　是。
劉　備　（唱）弟兄們結義在桃園。
　　　　　　結拜二弟關美髯——
喬　玄　啊太后，可曉得關美髯？
吳太后　這倒不知，太尉請講！
喬　玄　乃皇叔結拜之二弟，姓關名羽字雲長，乃蒲州解良人也。弟兄結拜以來，誓同生死。不幸在徐州失散，萬般無奈，暫歸曹營。那曹操待他十分恩厚：三日一小宴，五日一大宴，上馬金，下馬銀，美女十名，俱都不受。聞得皇叔有了下落，那位將軍保定皇嫂，辭曹歸漢，挂印封金，在灞橋挑袍，過五關，斬六將，弟兄們在古城相會。這位將軍他的義氣不小啊！
孫　權　他的義氣不小？
喬　玄　他的義氣不小！
孫　權　可是你親眼得見？

喬　玄　雖不是我親眼得見，是誰人不知，哪個不曉啊？
孫　權　真真的嘮叨哇！
喬　玄　反道我嘮叨！
劉　備　（唱）范陽翼德居第三。
喬　玄　啊太后，張翼德太后可知？
吳太后　本后不知。
喬　玄　乃皇叔結拜之三弟，姓張名飛字翼德，乃涿州范陽人氏。那位將軍生得豹頭鬟眼，手使丈八蛇矛，在虎牢關前大戰呂布；在當陽橋前大吼一聲，嚇得曹操收了青龍傘，跌死夏侯傑。這位將軍好威風啊好煞氣！
孫　權　他的好威風？好煞氣？
喬　玄　嗯，好威風！好煞氣！
孫　權　你呀，養養你的老精神吧！
喬　玄　是是是。
吳太后　你也要少講！
孫　權　是。
劉　備　（唱）趙子龍渾身俱是膽——
喬　玄　啊太后，可曉得趙子龍麼？
吳太后　倒也不知。
喬　玄　方纔那位將軍就是趙雲，乃是真定常山人氏。這位將軍懷揣幼主，在長坂坡前與曹兵交戰，只殺得七進七出！
孫　權　呃！"三進三出"！
喬　玄　不不不，"七進七出"！
孫　權　嗯！"三進三出"！
喬　玄　"七出七進"，是"七進七出"！
孫　權　你也不怕絆壞了你那老嘴！
喬　玄　本來是"七進七出"呀！
劉　備　（唱）長坂坡前救兒男。
　　　　　　三請軍師諸葛亮——
喬　玄　啊太后，諸葛亮，太后可曉得？
吳太后　太尉請講！
喬　玄　此人複姓諸葛名亮字孔明，道號臥龍。這位先生初出茅廬，先燒博望坡，繼焚新野縣，赤壁鏖兵，火燒戰船，在南屏山祭借東風，燒死曹兵八十三萬。真是好燒哇好燒！

孫　　權　諸葛亮的火大，燒得你在此胡說八道！

劉　　備　（唱）赤壁鏖兵破曹瞞。
　　　　　　我本中山靖王後，
　　　　　　現有歷代宗譜傳。

（呂範上）

呂　　範　請吳侯批發表章。

孫　　權　知道了。（向吳太后）啓稟母后：有本章到來，兒臣要去批發去了。

吳太后　嗯！皇叔在此，你去批發，何人把盞？

喬　　玄　老臣代敬。

吳太后　批發去吧。

孫　　權　遵命！正是：
　　　　　（念）金風未動蟬先覺，暗算無常死不知。

（孫權、呂範下）

喬　　玄　啓太后：宴齊。

吳太后　老身把盞。

劉　　備　兒臣不敢！

吳太后　太尉把盞！

齊　　玄　是。（把盞介）

吳太后　（唱）【原板】
　　　　　　甘露寺內擺酒席，
　　　　　　觀看劉備相貌奇。
　　　　　　龍眉鳳目帝王體，
　　　　　　兩耳垂肩手過膝。
　　　　　　回頭來叫聲喬太尉，
　　　　　　哀家言來聽端的：
　　　　　　冰人月老就是你，
　　　　　　選擇良辰配佳期。

喬　　玄　遵旨！

吳太后　皇叔請！

劉　　備　請！

孫　權　（內唱）
　　　　　將人馬紮在甘露寺！
　　　　（孫權上，賈華隨上）
孫　權　（唱）【快板】
　　　　　刀槍劍戟擺列齊。
　　　　　安排打虎牢籠計，
　　　　　準備香餌釣鰲魚。
　　　　　站立寺門用目覷，
　　　　　大耳劉備坐首席。
　　　　　一旁坐定喬太尉，
　　　　　母后臉上笑嘻嘻。
　　　　　本當傳令殺進去——
賈　華　殺！殺！殺！
孫　權　殺不得！
賈　華　呃！
孫　權　（唱）又恐母后她不依。
　　　　　叫賈華！
賈　華　喳！
孫　權　（唱）將人馬——
賈　華　啊！
孫　權　（唱）暫退一箭地！
賈　華　嘿！（下）
孫　權　（唱）【散板】
　　　　　少時殺他也不遲。（下）
　　　　（趙雲上）
趙　雲　（唱）【散板】
　　　　　趙雲抬頭用目覷，
　　　　　刀槍劍戟擺列齊。
　　　　　轉面再對主公啓，
　　　　　主公啊！
　　　　　（唱）甘露寺內有奸細。
劉　備　哎呀！

（唱）【散板】
　　　　聽說一聲有奸細，
　　　　嚇得劉備魂魄飛。
　　　　甘露寺內刀兵起，
母后哇！（跪介）
　　　　不殺兒臣是殺誰！

吳太后　哦！
（唱）尊聲貴人快請起！
　　　　哪個大膽敢把我的愛婿欺！

喬　玄　啓太后：席前有詐，就爲不恭敬了。
吳太后　四外埋伏，是何人的主意？
喬　玄　想必又是二千歲的主意吧。
吳太后　宣他上佛殿！
喬　玄　是。國太有旨，二千歲上佛殿！
孫　權　（內）領旨！（上）
　　　　參見母后！
吳太后　四外埋伏，可是你的主意？
孫　權　兒臣不知，須問呂範。
吳太后　宣呂範！
孫　權　領旨！太后有旨，呂範進佛殿！（下）
呂　範　（內）領旨！（上）
　　　　呂範見駕，國太千歲！
吳太后　大膽呂範！四外埋伏，可是你的主意？
呂　範　此乃是賈華……
吳太后　啊太尉，乃是一句假話。
喬　玄　國太有所不知，我東吳有員大將，名喚賈華。
吳太后　哦，有一賈華。宣賈華！
呂　範　賈華上佛殿！
賈　華　（內）來也！（上）
呂　範　太后宣你，你要小心了！（下）
賈　華　別忙，等我卸了武裝。（卸兵器介）賈華與國太叩頭！
吳太后　嘟！大膽賈華，甘露寺的埋伏，可是你的主意？

| 賈　　華 | 啓禀國太：甘露寺的埋伏，無非是刀槍劍戟，斧鉞鈎叉，鐺棍槊棒，鞭鐧錘抓，拐子流星，這帶鈎兒的帶刃兒的，帶尖兒的，帶刺兒的，哦呵我的老太太呀，我都不知道。
| 吳太后 | 嗯！全身披挂，還説不知？推出斬了！
| 劉　　備 | 啊母后，斬了此人，於兒花燭不利。
| 吳太后 | 他們定計，謀害於你，你還與他們講情？
| 劉　　備 | 母后開恩！
| 喬　　玄 | 太后，新姑老爺講情，是要准的呀。
| 吳太后 | 哦，是要准的。皇叔真乃仁義君子！
| 劉　　備 | 母后過獎。
| 吳太后 | 本當將你斬首，皇叔講情，向前謝過！
| 賈　　華 | 多謝皇叔！
| 劉　　備 | 罷了。
| 吳太后 | 出去！
| 賈　　華 | 是。（出門介）今日也要殺劉備，明日也要殺劉備，要不是劉備講情，我這吃飯的傢伙，早就分家了。從今以後，誰要再説殺劉備，他就是劉備的大舅子！
| 趙　　雲 | 哼！
| 賈　　華 | 你看，説好話你也哼兒哈的！（下）
| 劉　　備 | 兒臣告退。
| 吳太后 | 太尉代送。
| 喬　　玄 | 老臣代送。

（喬玄送劉備、趙雲下）

| 喬　　玄 | 啊太后，老臣的眼力不差吧？
| 吳太后 | 果然不差。選擇良辰，成就配偶。
| 喬　　玄 | 請駕回宫！
| 吳太后 | 擺駕同宫！

（吳太后、四宫女、四太監下。喬玄另下）

第　八　場

（四宫女引孫尚香上）

孫尚香　（唱）【西皮散板】

　　　　　　昔日梁鴻配孟光,
　　　　　　今朝仙女會襄王。
　　　　　　暗地堪笑我兄長,
　　　　　　安排巧計害劉王。
　　　　　　月老本是喬國丈,
　　　　　　縱有大事料無妨。
（念）（詩）威武經綸女裙釵,
　　　　　　簪纓閨秀逞英才。
　　　　　　妝臺冷落胭脂面,
　　　　　　今日得配帝王諧。
奴家,孫尚香。自幼不習女工,愛喜兵戈,常聚武士爲樂。我兄孫權,稱霸東吳,爲九郡八十一州之主。這且不言。昨日母后做主,將我許配劉皇叔爲偶。今乃良辰吉日,只見笙歌節奏,刀槍森嚴,好不壯觀也!
（唱）【搖板】
　　　　　　耳旁聽得笙歌亮,
　　　　　　想是貴人入洞房。
（劉備、趙雲上）

劉　　備　（唱）【西皮搖板】

　　　　　　人逢喜事精神爽,
　　　　　　月至中秋分外光。
　　　　　　來在宮門用目望,
　　　　　　刀槍劍戟列兩旁。
　　　　　　回頭我對四弟講,
　　　　　　你保孤王回荆襄。

趙　　雲　（唱）主公錯把話來講,
　　　　　　爲臣言來聽端詳:
　　　　　　此處好比鴻門宴,
　　　　　　要學樊噲保漢王。

劉　　備　（唱）你可比得樊噲將,
　　　　　　孤王怎比漢高皇?

		用手拉住常山將，
		四弟呀！
		（唱）你保孤王入洞房。
趙　雲	（唱）	臣見君妻罪該喪，
		怕學韓信喪未央。
劉　備	（唱）	四弟只管隨孤往，
		孤不怪你又何妨！
趙　雲	主公，那旁有人來了！
劉　備	在哪裏？
		（劉備望介，趙雲下）
劉　備	四弟慢走！唉！
		（唱）【搖板】
		往日趙雲有膽量，
		今日看來也平常。
		大膽且把宮門闖，
		龍潭虎穴走一場。
四宮女	參見貴人！
劉　備	罷了。宮門為何擺列刀槍？
四宮女	此乃郡主所喜之物。
劉　備	孤心不安，速速免去！
四宮女	是。（向孫尚香）啓郡主：宮門擺列刀槍，貴人心中不安。
孫尚香	廝殺半生，何懼武事？吩咐將刀槍撤去！
四宮女	是。（向內）郡主有令：將刀槍撤去！
四武士	（內）啊！（上，撤刀槍下）
孫尚香	有請貴人！
四宮女	有請貴人！（下）
		（劉備進門介，孫尚香迎接介）
劉　備	郡主！
孫尚香	貴人請！
劉　備	蒙太后恩德，得配郡主，備之幸也！
孫尚香	妾乃蒲柳之姿，得配貴人，真乃榮幸也！
劉　備	但令兄與周郎設計害孤，還望郡主相護！

孫尚香　貴人但放寬心。有母后做主，料然無事。
劉　備　全仗郡主。正是：
　　　　（念）千里遙途來配鳳，
孫尚香　（念）且喜佳期得乘龍。
　　　　（衆同下）

第　九　場

（四龍套引張飛上）

張　飛　（念）【引】異姓如同胞，扶漢室，剿滅孫曹！
　　　　（念）（詩）英雄秉性剛，
　　　　　　　　威名在當陽。
　　　　　　　　大吼如雷震，
　　　　　　　　一聲斷橋梁。
　　　某，姓張名飛字翼德。弟兄結義桃園，名揚天下，輔助炎漢，坐鎮荆襄。只爲荆州之事，東吴定下美人之計，誆俺大哥過江招親。且喜婚姻成就。先生言道，俺大哥年終駕歸，看看日期已近，爲何還不見到來？不免去至先生帳中問個明白，也免得咱老張挂心。來，帶馬伺候！
四龍套　啊！
張　飛　（唱）【西皮流水】
　　　　　　　當陽獨把曹兵擋，
　　　　　　　翼德威名天下揚。
　　　　　　　弟兄結義掃奸黨，
　　　　　　　扶保大哥坐荆襄。
　　　　　　　東吴招親無音響，
　　　　　　　不由老張挂心旁。
　　　　　　　但願得煙塵俱掃蕩，
　　　　馬來！
　　　　（唱）【搖板】
　　　　　　　炎漢帝業永遐昌[1]。
　　　　（衆同下）

校記

［１］炎漢帝業永遐昌："帝業",原作"柢牢",據"京劇院本"改。

第 十 場

（諸葛亮上，童兒隨上）

諸葛亮　（唱）【西皮原板】
　　　　　桓靈無道寵張讓，
　　　　　董曹相繼霸朝綱。
　　　　　江東九郡孫權掌，
　　　　　美人之計把主誆。
　　　　　主在東吳樂安享，
　　　　　龍鳳得配遇呈祥。
　　　　　雖然暫把荊州忘，
　　　　　山人自有巧主張。
　　　　山人，諸葛亮。只因主公過江招親，約定年終駕歸，今已臘月之中，我不免差遣兵將，沿江接駕。童兒！

童　兒　有。
諸葛亮　拿我令箭，喚黃忠、魏延、糜竺、糜芳進帳！
童　兒　遵命！（下）
諸葛亮　周郎啊周郎！
　　　　（唱）教你損兵又折將，
　　　　　　　羞愧難以回柴桑。
　　　　（童兒引黃忠、魏延、糜竺、糜芳上）

黃　忠
魏　延　（唱）接得令箭進寶帳，
糜　竺　　　　見了軍師問端詳。
糜　芳

黃　忠
魏　延　參見軍師！
糜　竺
糜　芳

諸葛亮　罷了。
黃　忠
魏　延
糜　竺
糜　芳　喚我等進帳，有何軍情議論？
諸葛亮　只因主公過江招親，約定年終駕歸。今已臘月之中，命你等各帶本部人馬，沿江接駕，聽我令下！
　　　　（唱）戰船我已備停當，
　　　　　　　悄悄埋伏在船艙。
　　　　　　　追殺之時休鹵莽，
　　　　　　　自有妙計破周郎。
黃　忠
魏　延
糜　竺
糜　芳　得令！
　　　　（唱）接令同把江邊往，
　　　　　　　沿江接駕退周郎。（下）
諸葛亮　周郎啊！
　　　　（唱）任你縱有千員將，
　　　　　　　難阻我主回荊襄。
　　　　（張飛上）
張　飛　（唱）【流水】
　　　　　　　夢寐憂思我兄長，
　　　　　　　年終不見轉還鄉。
　　　　　　　先生八卦皆虛謊，
　　　　（諸葛亮彈琴介，張飛聽介）
張　飛　啊！
　　　　（唱）【流水】
　　　　　　　琴音激怒咱老張。
　　　　　　　不容通報寶帳闖——
　　　　　　　先生！
諸葛亮　三將軍！
張　飛　（唱）【搖板】

　　　　　　　　快樂逍遥駕安康？
諸葛亮　托三將軍洪福！
張　飛　啊！
　　　　（唱）【摇板】
　　　　　　　　某兄之事他不講，
　　　　　　　　托福問好氣老張。
　　　　　　　　事到如今難分講，
　　　　　　　　暫將惡氣抛一旁。
諸葛亮　請坐！
張　飛　有坐。
諸葛亮　三將軍駕臨，必有所爲？
張　飛　先生，你道俺大哥幾時回來？
諸葛亮　年終駕歸。
張　飛　如今甚麽時候了？
諸葛亮　臘月之中。
張　飛　俺大哥呢？
諸葛亮　現在東吳。
張　飛　爲何不見回來？
諸葛亮　日期未到哇。
張　飛　啊，先生哪！
　　　　（唱）【流水】
　　　　　　　　徐庶道你賽子房，
　　　　　　　　三請先生下山崗。
　　　　　　　　頭次火攻燒博望，
　　　　　　　　曹兵大半受災殃。
　　　　　　　　江東九郡孫權掌，
　　　　　　　　美人之計將兄誆。
　　　　　　　　看看年終無音響，
　　　　　　　　龍駕爲何不還鄉？
諸葛亮　三將軍！
　　　　（唱）【摇板】
　　　　　　　　姻緣本是月老掌，

　　　　　常言好事哪在忙。
　　　　　夫行自有妻隨往，
　　　　　龍鳳得配遇呈祥。
張　飛　先生算俺大哥與皇嫂一路回來？
諸葛亮　一路回來。
張　飛　無人阻擋？
諸葛亮　縱有兵將，難阻龍駕。
張　飛　哎呀先生哪！
　　　（唱）【流水】
　　　　　只爲荊州屢不讓，
　　　　　計誆龍駕落平陽。
　　　　　主回荊襄龍出網，
　　　　　沿江之險路途長。
　　　　　周郎帳下兵將廣，
　　　　　未必擅放咱的大兄王。
諸葛亮　三將軍！
　　　（唱）【搖板】
　　　　　你道周郎謀略廣，
　　　　　山人看來也平常。
　　　　　他命現在我手掌，
　　　　　此後方知巧主張。
張　飛　你算俺大哥同俺皇嫂一定回來？
諸葛亮　一定回來。
張　飛　就該差派兵將，沿江接駕纔是。
諸葛亮　也曾命黃忠、魏延、糜竺、糜芳各帶兵將，沿江接駕去了。
張　飛　諸將俱有差遣，也該差咱老張這麼一差！
諸葛亮　三將軍願往？
張　飛　請軍師傳令。
諸葛亮　如此，三將軍聽令！
張　飛　在！
諸葛亮　命你帶領三千人馬，沿江接駕，不得有誤！
張　飛　得令！

　　　　　（唱）【流水】
　　　　　　　披挂登舟兵雄壯，
　　　　　　　鋼鞭蛇矛在身旁。
　　　　　　　吳兵追殺某的大兄長，
　　　　　馬來！
　　　　　（四龍套上，帶馬介）
張　飛　（唱）【搖板】
　　　　　　　殺他個攪海與翻江！
　　　　　（張飛、四龍套下）
諸葛亮　（唱）【搖板】
　　　　　　　臨行扮做漁夫樣，
　　　　　　　駕一小舟蘆葦藏。
　　　　　（諸葛亮、童兒下）

第 十 一 場

　　　　　（趙雲上）
趙　雲　（唱）【西皮搖板】
　　　　　　　看看年終已將到，
　　　　　　　主公只顧樂逍遥。
　　　　　　　進得宮去忙通報，
　　　　　　　君臣一同轉還朝。（下）

第 十 二 場

　　　　　（劉備上）
劉　備　（唱）【西皮原板】
　　　　　　　深宮無處不飛花，
　　　　　　　年老得配女嬌娃。
　　　　　　　朝歡暮樂無牽挂，
　　　　　　　耳聽歌聲鬧喧嘩。
　　　　　（趙雲上）

趙　雲　（唱）【搖板】
　　　　　　深宮不敢跨戰馬，
　　　　　　君臣之禮豈能差。
　　　　來此已是，待我叩鬟。（叩鬟介）
　　　　（宮女上）
宮　女　何人叩鬟？
趙　雲　煩勞通稟：趙雲求見。
宮　女　候着。（向劉備）啓貴人：趙雲求見。
劉　備　喚他進宮。
宮　女　是。（向趙雲）趙雲進宮！（下）
趙　雲　領旨！（進門介）參見主公！
劉　備　啊四弟，你還不曾走嗎？
趙　雲　主公在此，叫臣哪裏去？
劉　備　你回荊州去呀！
趙　雲　主公在此，臣焉能回去？
劉　備　你只管回去，對孤那二弟、三弟、先生言講，就說孤在東吳招親，太后十分恩德，郡主倒也賢慧。孤在此處麼，是好，好，好！哈哈哈⋯⋯
趙　雲　主公若不回去，軍國大事何人料理？
劉　備　自有先生料理。難道他吃糧不當差嗎？
趙　雲　主公，還是回去的好！
劉　備　再若催促，孤就不耐煩了！
趙　雲　唉！
劉　備　噢噢是了，想是你一人孤凄冷淡。無妨事，我這裏的宮娥彩女，她們俱會彈唱歌舞，叫她們唱上一段曲兒，與你消愁解悶如何？
趙　雲　唉，主公啊！
　　　　（唱）【西皮散板】
　　　　　　久在此地恐有詐，
劉　備　太嘮叨了！
趙　雲　（唱）禍到臨頭不知差。
劉　備　你又來了，出宮去吧！
趙　雲　領旨！（出門介）且住！主公不肯回轉荊州，如何是好？（想介）有

了，臨行之時，先生賜俺錦囊三封，頭封已然看過。待俺打開二封觀看。（解囊看介）
（念）主到東吳地，
　　　迷戀不還鄉。
　　　進宮報一信，
　　　曹操奪荊襄。
曹操奪荊襄！哈哈哈……
（唱）進宮再稟一句話，
　　　曹操許昌把兵發。
啓主公：大事不好了！

劉　備　何事這樣大驚小怪呀？
趙　雲　先生差人前來報道，那曹操帶領人馬，奪取荊州，要報當年赤壁之讎！
劉　備　你待怎講？
趙　雲　要報赤壁之讎！
劉　備　哎呀，不、不、不……好了！
（唱）【西皮散板】
　　　聽説曹操發人馬，
　　　快想良策救孤家。
哎呀四弟呀！曹操發動人馬奪取荊州。荊州一失，無有安身之處，這、這、這……便怎麼處？
趙　雲　事到如今，並無別計。不如你我君臣悄悄逃走，回到荊州，再做道理。
劉　備　還要説與郡主知道啊！
趙　雲　若被郡主知道，你我君臣就走不成了。
劉　備　這！你且準備起行，孤自有道理。
趙　雲　領旨！（下）
劉　備　郡主啊，我劉備要逃走了！
（唱）【西皮散板】
　　　本當在此多瀟灑，
　　　失却荊州哪是家？
　　　見郡主難説分離話，
（孫尚香暗上，聽介）

劉　備　（唱）千言萬語我瞞過了她。
孫尚香　啊貴人！
劉　備　郡主！
孫尚香　貴人因何落淚？
劉　備　唉！看看年終，祖先墳墓無人祭掃，故而落淚。
孫尚香　適纔趙雲進宮何事？
劉　備　啊，這！
孫尚香　欲言不言，是何道理？
劉　備　哎呀郡主呀！適纔趙雲進宮報道：曹操要報當年赤壁之讎，帶領人馬奪取荊州。倘若荊州有失，孤無安身之處。本當逃走，只是難捨郡主！
孫尚香　貴人哪！哪裏是曹操興動人馬？分明是你要私回荊州。也罷！自古道：嫁一夫，隨一主。待我進宮辭別母后，與你同行便了。
劉　備　此話當真？
孫尚香　焉有假意！
劉　備　如此請上，受我一拜！
　　　　（唱）【西皮散板】
　　　　　　令兄若是行強霸，
　　　　　　還要郡主回復他。
孫尚香　貴人哪！
　　　　（唱）【西皮散板】
　　　　　　男已完婚女已嫁，
　　　　　　兄有言來我有答。
　　　　　　暫將愁眉且放下，
　　　　　　登山涉水要走天涯。（下）
劉　備　（唱）【西皮散板】
　　　　　　郡主進宮去別駕，
　　　　　　準備起行我等候她。（下）

第 十 三 場

（四宮女引吳太后上）

吳太后　（唱）【西皮導板】
　　　　　堪嘆光陰去不轉，
　　　　（接唱）【西皮原板】
　　　　　度過春秋數十年。
　　　　　長子孫策壽命短，
　　　　　可憐他爲國喪黃泉；
　　　　　次子孫權國事管，
　　　　　江東九郡掌兵權。
　　　　　將身且坐皇宮院，
　　　　　清宸宮內樂安然。
（孫尚香上）

孫尚香　（唱）【西皮搖板】
　　　　　腮邊有淚眉難展，
　　　　　低頭見母話難言。
　　　　　跌跪塵埃袖遮面，
吳太后　（唱）問聲貴人駕可安？
孫尚香　貴人問母后金安！
吳太后　平身，賜坐。
孫尚香　謝坐！
吳太后　兒呀，無旨宣召，進宮何事？
孫尚香　啓稟母后：今乃年終之期，貴人要到江邊望空祭奠劉氏先祖。兒意欲同去，特來進宮辭別母后。
吳太后　此事理應前去。不必稟我，出宮去吧！
孫尚香　兒多謝母后！（哭介）
吳太后　啊！我兒因何落淚？
孫尚香　這！
吳太后　有話快講，不必隱瞞。
孫尚香　母后哇！今既問起，兒也不敢隱瞞。適纔趙雲進宮報道，曹操興動人馬，奪取荊州。倘若有失，桃園弟兄無處安身。兒意欲從貴人回去。
吳太后　噢！你要從貴人回轉荊州麼？
孫尚香　母后開恩！
吳太后　尚香！

孫尚香	母后！
吳太后	我兒！
孫尚香	老娘！
吳太后	唉，兒呀！
孫尚香	母后哇！
吳太后	（唱）【西皮散板】 　　我哭哭哭一聲孫尚香！
孫尚香	（唱）我叫叫叫一聲老娘親！
吳太后	（唱）兒此去好比弓上箭，
孫尚香	（唱）難捨母后這樣的老年。
吳太后	（唱）尚香兒呀！
孫尚香	（唱）老娘親哪！
吳太后	（唱）啊……我的兒呀！
孫尚香	（唱）啊……老娘親哪！
孫尚香	（唱）【西皮搖板】 　　含悲忍淚出宮院，
吳太后	我兒轉來！
孫尚香	（唱）母后有何訓教言？
吳太后	兒呀，你此番同貴人回轉荊州，必從柴桑關經過。想那柴桑乃是周瑜把守，豈肯容你夫妻過去？
孫尚香	這！
吳太后	為娘賜你寶劍一口，有人攔阻，只管斬首，為娘與你做主。你、你、你……出宮去吧！
孫尚香	謝母后！ （唱）【西皮散板】 　　軍令不勝三尺劍， 　　兄令哪有母命嚴！ 　母后！
吳太后	尚香！
孫尚香	親娘！
吳太后	我兒！
孫尚香	唉，（哭介）母后哇！（下）

吴太后 （哭介）兒呀！
（唱）【西皮散板】
一見皇兒出宮院，
不由老娘淚漣漣。
但願路上無凶險，
穩坐宮中盼凶還。
（四宮女攙吴太后下）

第 十 四 場

（劉備、趙雲上）

劉　備　（唱）四弟備馬宮門候！
趙　雲　領旨！（下）
劉　備　（唱）等候郡主回荆州。
（孫尚香上）
孫尚香　（唱）龍離沙灘鳳隨走，
見了貴人説從頭。
劉　備　郡主回來了？
孫尚香　回來了。
劉　備　太后講些甚麽？
孫尚香　母后言道，你我夫妻回轉荆州，路過柴桑口，周郎在彼把守，恐不放你我過去，賜有寶劍在此，任你我所爲。
（趙雲暗上）
劉　備　太后恩德。郡主速速改裝。（向趙雲）四弟備馬伺候！
趙　雲　領旨！
劉　備　（唱）四弟帶馬隨孤走！
（劉備、孫尚香下）
趙　雲　先生真乃妙人也！
（唱）先生錦囊爲我留。（下）

第 十 五 場

（四龍套、四大鎧、中軍引周瑜上）

周　瑜　（唱）【點絳唇】
　　　　　手握兵符，關當要路，仗英武。威震東吳，誰敢關前渡！
（念）（詩）金印是國寶，
　　　　　爲將須英豪。
　　　　　休笑青年貌，
　　　　　威壓劉與曹。
本督，姓周名瑜字公瑾。吳侯駕前爲臣。只因劉備借去荆州不還，是我與吳侯定下美人之計，誆哄劉備過江招親，困至東吳。誰想太后將此事弄假成真。是我又生二計，命人起蓋新府，每日彈唱歌舞，那劉備貪受酒色，不回荆州，豈不老死東吳？劉備呀劉備，你今中我之計也！
（丁奉、徐盛、蔣欽、周泰上）

丁　奉
徐　盛
蔣　欽　啓都督：劉備與郡主要一同回轉荆州。
周　泰

周　瑜　哦！那劉備同郡主要回轉荆州麼？

丁　奉
徐　盛
蔣　欽　正是。
周　泰

周　瑜　就命你等追回劉備，不得有誤！

丁　奉
徐　盛
蔣　欽　得令！
周　泰

魯　肅　（內）且慢哪！（上）
　　　　（唱）【西皮散板】
　　　　　明明知道劉備走，
　　　　　都督何必作對頭。
　　　　　凡事若不早料就，

　　　　　日後方知失計謀。
　　　　　邁步且進寶帳口，
　　都督！
　　（唱）放他走又何必結此冤讎？
　　哎呀都督哇！那劉備與郡主回轉荆州，乃是正理。你爲何要將他們趕回？

周　瑜　我意欲將他趕回，囚死東吳。
魯　肅　使不得呀使不得！
周　瑜　怎麼使不得？
魯　肅　他乃是我們東吳的嬌客呀。
周　瑜　甚麼"嬌客"？
魯　肅　難爲你呀！原定的美人之計，將劉備誆過江來。不想弄假成真，太后將郡主招贅，那劉備豈不是"嬌客"麼？
周　瑜　本督費了千方百計，將他誆過江來，難道就白白放他回去不成？
魯　肅　不難哪不難！
周　瑜　怎麼不難？
魯　肅　只要都督多備下幾個美人，慢説是劉備，就是那張飛，他也是願意來的呀。
周　瑜　我定要將他追回，囚死東吳！
魯　肅　太后未必答應。
周　瑜　有吳侯做主。
魯　肅　荆州興兵前來？
周　瑜　本督抵擋。
魯　肅　哎呀我怕呀！
周　瑜　你怕甚麼？
魯　肅　那諸葛亮的計策是厲害的呀！
周　瑜　啊！他主現在東吳，那孔明他還有甚麼計呀？
魯　肅　都督，難道你就忘懷了麼？
周　瑜　忘懷甚麼？
魯　肅　曾記得當年赤壁鏖兵，火燒戰船，那孔明在南屏山借東風，都督派丁奉、徐盛暗害於他，不想他早已逃走。那時他二人駕舟追趕，又被趙雲將篷索射落。都督統率大兵，親自追趕，那時遇見關、張、子龍等，將都督殺得大敗，幾乎把你氣死，那不是諸葛亮他、他、他……的計策嗎？
周　瑜　氣死我也！
魯　肅　都督不要生氣呀！這生氣的日子麼，還在後頭呢。
周　瑜　老兄！
魯　肅　不敢不敢，少弟。
周　瑜　你是老實人哪！
魯　肅　我老實人，纔說老實話呀。
周　瑜　你不要管我的閑事呀。
魯　肅　哪個管你的閑事？不過勸你幾句，盡我交朋友的熱心哪。
周　瑜　哦！魯大夫想是吃醉了。中軍，快快攙出帳去！
魯　肅　哦，我吃醉了？好好好！（背躬介）哎呀，好心勸他，反說我吃醉了。正是：
　　　　（念）如今不聽我言語，損兵折將後悔遲。（下）
周　瑜　衆將聽令！
丁　奉
徐　盛　在！
蔣　欽
周　泰
周　瑜　命你等追回劉備，不得有誤！
丁　奉
徐　盛　得令！（下）
蔣　欽
周　泰
周　瑜　衆將官，跟隨本督追趕劉備去者！
　衆　　啊！
　　　　（衆同下）

第 十 六 場

（趙雲、劉備、孫尚香、車夫上）
劉　備　（唱）催馬加鞭休遲慢，
　　　　　　　只恐吳兵追我還。

（丁奉、徐盛、蔣欽、周泰上）

丁　　奉
徐　　盛　　咋！劉備哪裏走？
蔣　　欽
周　　泰

孫尚香　　嗯！你等趕來做甚？

丁　　奉
徐　　盛　　郡主在此，下馬見過。（下馬介）參見郡主！
蔣　　欽
周　　泰

孫尚香　　免！

丁　　奉
徐　　盛　　多謝郡主！我等奉了都督將令，請郡主回去。
蔣　　欽
周　　泰

孫尚香　　住了！我奉母后之命，同定貴人回轉荆州，乃是正理。你等懼怕周郎，竟敢前來攔擋鳳駕。（向趙雲）趙雲！

趙　　雲　　在！

孫尚香　　現有太后寶劍，與我斬！

趙　　雲　　領旨啊！
　　　　　（唱）趙雲渾身皆是膽，
　　　　　　　　猛虎何懼犬阻攔！（拔劍介）
　　　　　　　　主公龍駕且前趨，
　　　　　（孫尚香、車夫下）

劉　　備　（唱）你姑老爺要走你們誰敢攔！
　　　　　走了哇！（下）
　　　　　（趙雲隨下）（丁奉、徐盛、蔣欽、周泰下）

第 十 七 場

（四龍套、四大鎧、中軍引周瑜上，丁奉、徐盛、蔣欽、周泰上）

丁　　奉
徐　　盛　　啓都督：劉備逃走。
蔣　　欽
周　　泰

周　　瑜　隨本督一同追趕！
丁　　奉
徐　　盛　啊！
蔣　　欽
周　　泰

　　　　（衆追下）

第 十 八 場

劉　　備　（內唱）【西皮導板】
　　　　　　　心急馬慢途程遠！
　　　　（趙雲、劉備、孫尚香、車夫上）
孫尚香　（唱）【西皮快板】
　　　　　　　飛馬越過柴桑關。
　　　　　　　此去哪怕路途遠，
　　　　　　　妻隨夫行理當然。
　　　　　　　母后賜我上方劍，
　　　　　　　哪怕周郎追趕還！
　　　　　　　不分晝夜往前趲！
　　　　（孫尚香、車夫、劉備下）
趙　　雲　（唱）【西皮散板】
　　　　　　　俺要學關公過五關。（下）

第 十 九 場

（周瑜原人上，過場，下）

第 二 十 場

（劉備原人上）
劉　　備　（唱）【西皮散板】
　　　　　　　君臣同闖天羅網，

    恨不得插翅回荆襄。

  （周瑜原人追上）

周　　瑜　劉備，往哪裏走？

孫尚香　嗯！

周　　瑜　參見郡主！

孫尚香　周瑜，趕來做甚？

周　　瑜　奉了吳侯之命，請郡主回去。

孫尚香　住了！你與我兄定下美人之計，將皇叔誆至東吳。誰想弄假成真，母后做主，將我許配皇叔，今日一同回轉荆州，乃是正理。你是甚等樣人，竟敢前來攔阻鳳駕？趙雲！

趙　　雲　在！

孫尚香　執我母后所賜之劍，將他誅之！

趙　　雲　領旨！

  （唱）【快板】

    勸你早收兵和將，

    稍若遲延劍下亡！

周　　瑜　住了！

  （唱）【西皮散板】

    劉備縱有包天膽，

    諒你插翅也難還。

孫尚香　住了！

  （唱）執我寶劍將他斬！

  （趙雲拔劍，周瑜原人退介，孫尚香、劉備、車夫下）

趙　　雲　哈哈哈……（下）

周　　瑜　追！

 衆　　啊！

  （衆追下）

第二十一場

  （趙雲、劉備、孫尚香、車夫上）

劉　　備　（唱）【西皮散板】

　　　　　　加鞭催馬往前進，
　　　　　　大江阻路怎能行？
　　　　哎呀四弟呀！前有長江，後有追兵，這便如何是好？
趙　雲　待臣看來。
諸葛亮　（內）打魚喲！
趙　雲　那旁有一漁船。
劉　備　快將他喚來！
趙　雲　漁船，快快搖過來！
諸葛亮　（內）來了！（上）
　　　　（唱）【西皮搖板】
　　　　　　三國紛紛刀兵動，
　　　　　　來了南陽一臥龍。
劉　備　搭了扶手！
　　　　（諸葛亮搭扶手，劉備、孫尚香、車夫、趙雲上船介）
諸葛亮　諸葛亮迎接主公！
劉　備　你是諸葛先生哪？
諸葛亮　正是。
劉　備　哎呀，你弄得好險哪！
諸葛亮　險中有吉。
張　飛　（內）催舟！
　　　　（四龍套、張飛上）
張　飛　（唱）【西皮散板】
　　　　　　眼望長江翻波浪，
　　　　　　抬頭只見大兄王。
　　　　恭喜新郎官！賀喜新郎官！張飛接駕！
劉　備　三弟！
張　飛　大哥！
劉　備　啊哈哈哈……
張　飛
張　飛　啊先生，咱老張實實地服了你了！
諸葛亮　服山人何來？
張　飛　我服你好陰陽，好八卦。你說俺大哥過江招親，年終駕歸。如今果

	然回來了。你真是好先生哪,哈哈哈……
諸葛亮	三將軍誇獎了。
張　飛	四弟,我也服了你了!
趙　雲	服我何來?
張　飛	我服你好武藝,好膽量,保定我大哥過江招親,平安無事,駕回荊裏。真乃忠勇之將,令人尊敬啊,哈哈哈……
趙　雲	過獎了。
劉　備	三弟,見過新嫂嫂!
張　飛	是呀,咱老張正要看看新嫂嫂。(向孫尚香)小弟張飛參見新嫂嫂!
孫尚香	三弟免禮。
張　飛	嘁!

（幕內鼓聲）

劉　備	後面追兵前來,如何是好?
諸葛亮	山人自有妙計。
劉　備	先生分派。
諸葛亮	三將軍聽令!
張　飛	在!
諸葛亮	命你站在高坡,高聲喊道:周郎妙計安天下,賠了夫人又折兵!
張　飛	咋咋咋……得令!

　　　　（唱）三軍與爺催舟往,
　　　　　　　截殺東吳小周郎。

（張飛、四龍套下）

諸葛亮	開船!

（【尾聲】。眾同下[1]）

校記

[1] 眾同下:此場劇終。"京劇院本"於其下還有一場張飛用"周郎妙計安天下,賠了夫人又折兵"之語氣周瑜之情節。

破 石 兆

佚 名 撰

解 題

　　京劇。現代佚名撰。《京劇劇目初探》《京劇劇目辭典》著録，題《破石兆》，未署作者。劇寫趙雲保護劉備在東吳招親，一日到城外打圍。劉備上山閑遊，遇頑石擋路，禱告天地，破石爲兆，以問吉凶。劉備以劍劈石爲兩半，得吉兆。孫權見狀，問知其故，亦借劍劈石，亦得吉兆。二人同游，見女駕漁舟，劉備笑東吳男子不善騎馬。孫權不服，上馬馳騁，果然英雄出衆。孫權欲殺劉備。趙雲知劉備與孫權並馬出城，二人厮殺，趕至相救。趙雲因勸劉備無事不可出宫。本事出於《三國演義》第五十四回。版本今有上海市《傳統劇目彙編》京劇十四集産保福藏本。今以此本爲底本整理。

第 一 場

　　　　（四下手引趙雲上）
趙　雲　（念）忠勇常山將，
　　　　　　　威名鎮荆襄，
　　　　　　　護駕東吳地，
　　　　　　　赤膽保劉王。
　　　　小將趙雲，保主南郡招親。今朝獨坐無聊，不免帶領軍士，出館驛往城外打圍則個。衆將官！
四下手　有。
趙　雲　將人馬扯出城去！
四下手　哦！
　　　　（【牌子】。同下）

第 二 場

（劉備上）

劉　備　（唱）先生八卦果不妄，
　　　　　　　今朝東閣配鸞凰。
　　　　　　　將身來在山頭上，
　　　　　　　頑石擋路惱人腸。
　　　　且住！慢說東吳不容我劉備，就是一塊頑石也不容我劉備！有劍在此，不免禱告天地，破石爲兆，以問吉凶。哎，蒼天吓，蒼天！我劉備若得重回荆襄，復興漢室，劍下石破！（【牌子】。將石劈爲兩半）

（孫權上）

孫　權　吓，皇叔！此石有何礙處，爲何一劍，揮爲兩段？
劉　備　劉備在此，破石爲兆。
孫　權　如此，我也破石爲兆。借劍一厎！
劉　備　拿去！且慢，可知大丈夫行事？
孫　權　豈肯暗地傷人！
劉　備　拿去！
孫　權　哎，蒼天吓，蒼天！我孫權若得北滅曹操，西滅劉——
劉　備　劉甚麽？
孫　權　西滅劉璋，劍下石破！（【牌子】。將石劈開）
孫　權　果然劍下石破！（內喊介）
劉　備　哪裏這等喧嚷？
孫　權　江面漁船遊戲。
劉　備　同登高岡一望！
孫　權　請！（同上棹介。眾漁婦同上過場。【步步嬌】牌子下）
劉　備　（笑介）吓哈哈哈！
孫　權　皇叔爲何發笑？
劉　備　非孤發笑。我笑你東吳男子不會乘騎，婦人倒會駕舟。
孫　權　皇叔！你道我國男人，不會乘騎，待我出一彎頭你看！馬來！（下）
劉　備　吓！你看孫權：人又高，馬又大，騎在馬上，猶如天神一般。怪不得曹操常常言道：生子當如孫仲謀，此言誠不謬也！且看他回馬如何。

（孫權上）

劉　備　果然英雄出衆，大事必成！

孫　權　皇叔！有馬在此，何不也去一彎？

劉　備　使得。馬來！（同下）

第　三　場

（【風入松】牌子，四下手、趙雲上）

趙　雲　且住！方纔小軍報道主公與孫權並馬出城，恐爲所害。不免將人馬埋伏駐馬坡。衆將官！

四下手　有。

趙　雲　人馬埋伏駐馬坡！

四下手　哦！（【風入松】牌子下）

（劉備、孫權同上）

劉　備　（唱）二馬相聚駐馬坡，

孫　權　（唱）一來一往争山河。

劉　備　（唱）一朝鼎足非小可，

孫　權　（唱）只恐目下動干戈！

（劉備、孫權殺介，四下手、趙雲上。劉備跌介，趙雲鬥孫權，孫權敗下）

趙　雲　趙雲救駕！

劉　備　吓，你是趙雲！你保的好駕？

趙　雲　方纔孫權拔劍要害主公，若非爲臣在此，主公一命休矣。

劉　備　哎吓！方纔孫權面帶殺氣，拔劍斬孤，若不是趙雲在此，險遭毒手。趙雲，你我深入虎穴，難保無事？

趙　雲　以後有事無事，不可出宮。權居東閣，自有太后護庇。

劉　備　將人馬扯回館驛！

趙　雲　得令！衆將！

四下手　有。

趙　雲　人馬扯回館驛！

四下手　吓！（【江兒水】牌子同下）

黄　鶴　樓

佚　名　撰

解　題

　　京劇。現代佚名撰。《京劇劇目初探》《京劇劇目辭典》著録，均題《黄鶴樓》，又名《竹中藏令》。未署作者。劇寫周瑜欲討還荆州，設計請劉備過江赴宴。劉備恐中周瑜計，欲辭之。諸葛亮力勸，並使趙雲隨往保護。趙雲以不帶人馬，恐遭不測，不敢應允。諸葛亮乃以竹節授趙雲，謂"事急可開視之，内有妙計，可抵十萬師也"。趙雲乃隨劉備過江。周瑜迎至黄鶴樓。席間索要荆州。劉備推諉。趙雲厲言，謂欲索荆州，須還我東風。周瑜大怒，下令軍士圍困黄鶴樓，逼劉備立書還荆州字據，無令不得放行。周瑜去。劉備、趙雲困於樓中。趙雲乃劈竹視之，見内藏周瑜令箭，即前時南屏山借風時諸葛亮索得。劉備大喜，即持令箭下樓過江，諸將見都督令箭，不敢阻攔，遂任其下樓過江而去。及周瑜聞知，率兵追襲，爲時已晚。本事出於元刊《三國志平話》。元朱凱有《劉玄德醉走黄鶴樓》，明《草廬記》傳奇有黄鶴樓故事，情節大體相同。清代京劇《黄鶴樓》亦寫此題材，但情節與元雜劇、明傳奇不盡相同。此本係據清代京劇《黄鶴樓》改編。版本今有《戲考》本、《京劇彙編》收録的蕭連芳藏本及以該本重刊的《傳統京劇劇本彙編》本。今以《戲考》本爲底本，參考其他本校勘整理。

第　一　場[1]

（四紅龍套引劉備同上）

劉　備　（念）【引】義得人和，滅孫曹，孤心安樂。
　　　　（念）（詩）日月重明照英雄，
　　　　　　　　　全仗卧龍建奇功。
　　　　　　　　　雖得土地觀王化，

　　　　　未能遂意高祖風。
　　　孤,劉備,乃大樹樓桑人氏。曾與關、張桃園結義,共破黃巾。弟兄三顧茅廬,請來諸葛先生,累建奇功。孤雖暫住荆州,與東吳未分明白,叫孤常常憂慮。正是:
　　　(念)蒼天遂孤意,重整漢帝基。
　　　(劉封上)

|劉　　封|(念)忙將東吳事,報與父王知。
參見父王。|
|劉　　備|罷了,進帳何事?|
|劉　　封|東吳有書到來,父王請看。|
|劉　　備|呈上來。東吳有書到來,待孤拆開觀看。
(【排子】)|
|劉　　備|原來東吳太后,染病在床,請孤過江探病。來。
(劉封允)|
|劉　　備|有請諸葛先生。|
|劉　　封|有請諸葛先生。(劉封下)|
|孔　　明|(内白)哽哼!
(諸葛亮上)|
|孔　　明|(念)東吳擺下殺人場,狸猫焉能勝虎狼。
參見主公!|
劉　　備	先生少禮,請坐。
孔　　明	謝坐。宣臣進帳,有何軍情?
劉　　備	東吳有書到來,先生請看。
孔　　明	山人不必看書,也曾回覆甘寧,道主公即刻過江。
劉　　備	此番過江,還是好意,還是奸計?
孔　　明	自然是奸計,有甚麼好意?
劉　　備	既是奸計,孤就不去了。
孔　　明	主公不去,荆州又是他人的了。
劉　　備	去,孤便去,必須多帶能將保駕纔是。
孔　　明	山人自有道理。來!
四紅龍套	有。
孔　　明	請四將軍進帳。

四紅龍套　四將軍進帳。
趙　　雲　（內白）來也！
　　　　　（趙雲上）
趙　　雲　（念）憶昔長坂建奇功，
　　　　　　　　衝鋒對壘氣概雄。
　　　　　　　　曹兵見俺皆喪膽，
　　　　　　　　誰不聞名趙子龍。
　　　　　參見主公！
劉　　備　四弟少禮，見過先生。
趙　　雲　參見先生！
孔　　明　四將軍少禮，請坐。
趙　　雲　謝坐。宣臣進帳，有何軍情？
劉　　備　先生有差。
趙　　雲　先生有何差遣？
孔　　明　主公過江飲宴，命你保駕前去。
趙　　雲　但不知賜我君臣多少人馬？
孔　　明　不帶人馬，就是你君臣二人。
趙　　雲　這個……
劉　　備　慢來，慢來，前番過江，乃是我君臣二人，險些命喪東吳；今番過江，又是我君臣二人。要去你去，孤是不去的了！
孔　　明　主公吓！
　　　　　（唱）【西皮原板】
　　　　　　　　自古道吉人有天相，
　　　　　　　　主公何必帶愁腸？
　　　　　　　　黃鶴樓上把宴賞，
　　　　　　　　四將軍保駕諒無妨。
劉　　備　先生！
　　　　　（唱）【原板】
　　　　　　　　先生把話錯來講，
　　　　　　　　休提起當年赴會在河梁。
　　　　　　　　孫劉結讎山海樣，
　　　　　　　　孤豈肯把性命送入虎狼？

孔　　明　呀！
　　　　　（唱）【流水板】
　　　　　　　再三相勸主不往，
　　　　　　　到叫山人無主張。
　　　　　　　回頭激動常山將，
　　　　　四將軍！
趙　　雲　先生！
孔　　明　（唱）難道你也怕周郎？
趙　　雲　先生！
　　　　　（唱）【搖板】
　　　　　　　百萬軍中獨自闖，
　　　　　（唱）【快板】
　　　　　　　當陽救主姓名揚。
　　　　　　　主公但把寬心放，
　　　　　　　爲臣保駕諒無妨！
劉　　備　哦！
　　　　　（唱）【搖板】
　　　　　　　他二人把話一樣講，
　　　　　　　到叫孤王無主張。
　　　　　　　回言便與先生講，
　　　　　　　孤王言來聽端詳。
　　　　　　　倘若我命東吳喪，
　　　　　　　招孤靈魂入廟堂。
　　　　　孤去便去，多帶能將保駕纔是。
孔　　明　不用人馬，就是你君臣二人。
趙　　雲　（【叫頭】）先生！不叫俺君臣多帶人馬，到了黃鶴樓上，倘若東吳暗有埋伏，難道叫俺拳打足踢不成？
劉　　備　照吓！
孔　　明　四將軍要退兵之計？
趙　　雲　正是。
孔　　明　來來來，這有竹節一根，帶在身旁。倘遇不測，能當百萬雄兵。
趙　　雲　遵命。

劉　備		四弟打開竹節一看，裏面藏着多少人馬？
趙　雲		待臣看來。
孔　明		且慢，看過就不靈了。
劉　備		哪裏是看過不靈，分明是孤的引魂幡！
孔　明		主公吓！

　　　　（唱）【流水板】

　　　　　　竹節不過三尺長，

　　　　　　內藏兵將人難防。

　　　　　　急難之中對它講，

　　　　　　放出人馬退周郎。

趙　雲　先生！

　　　　（唱）【搖板】

　　　　　　先生把話無虛謊，

　　　　　　君臣何日轉荊襄？

孔　明　本月十六日，迎接你君臣回朝。

趙　雲　啟稟主公，本月十六日，迎接我君臣回朝。

劉　備　本月十六日，迎接孤的靈魂罷！

孔　明　看衣衾更換。

劉　備　（唱）【搖板】

　　　　　　好一個大膽諸葛亮，

　　　　　　勒逼孤王過長江。

　　　　　　龍潭虎穴孤去闖，

　　　　（龍套帶馬。趙雲、龍套同下）

孔　明　送主公。

劉　備　噯，

　　　　（唱）你分明送孤去見閻王！（劉備下）

孔　明　（唱）【搖板】

　　　　　　一見主公出寶帳，

　　　　　　那傍來了翼德張。

張　飛　（內白）走吓！

張　飛　（上唱）【搖板】

　　　　　　啊，心中惱恨諸葛亮，

　　　　　做事不與某商量。
　　　　怒氣不息寶帳闖,
　哎吓,
　(唱)【西皮搖板】
　　　　你快快還我大兄王!
　可惱吓,可惱!

孔　明　三將軍怒氣不息,爲着誰來?
張　飛　我就爲你來!
孔　明　爲山人何來?
張　飛　俺大哥過江赴宴,怎麼不叫俺老張知道?
孔　明　叫你知道,也要前去;不叫你知道,也要前去。
張　飛　咦,但不知兵帶多少,大將幾員?
孔　明　不帶人馬,就是子龍一人。
張　飛　啊,我四弟一人,也能成功?待我趕他回來。
孔　明　且慢,趕他回來,也要前去;不趕他回來,也要前去。此時用你不著,出帳去吧!
張　飛　諸葛亮吓,諸葛孔明[2]!我弟兄三顧茅廬,請你下山,扶保漢室基業。到如今一事未成,將俺大哥送入虎口!諸葛亮吓,諸葛孔明!你好狠毒也!
　(唱)【搖板】
　　　　孫劉結讎山海樣,
　　　　誆我大哥過長江。
　　　　既去多帶兵和將,
　　　　傳下將令差老張。
　　　　手摸胸膛想一想,
　　　　你是人面獸心腸!
孔　明　(唱)【搖板】
　　　　周郎請主把宴賞,
　　　　將軍何必帶愁腸?
　　　　子龍能敵千員將,
　　　　準備十六轉還鄉。
　　　　算定無虛準陰陽,

張　　飛　如若不準呢？
諸葛亮　（唱）【摇板】
　　　　　　首級送到你營房。
張　　飛　好先生！
　　　　（唱）【摇板】
　　　　　　先生把話無虛謊，
　　　　　　休怪老張語癲狂。
　　　　　　辭別先生出寶帳，
　　　　　嗳，
　　　　（唱）【流水板】
　　　　　　想起大哥淚兩傍。
　　　　　　小周郎他的韜略廣，
　　　　　　一封書將俺大哥誆過江。
　　　　　　俺大哥若在東吳喪，
　　　　　　我帶領着人馬過長江。
　　　　　　要把那東吳俱掃蕩，
　　　　　　周郎兒難逃爺的丈八槍！
　　　　走！（張飛下）
諸葛亮　（唱）【摇板】
　　　　　　欲害我主自損將，
　　　　　　孫權屢次爲荆襄。
　　　　　　漢室基業漢執掌，
　　　　　　你今只好笑一場。
　　　　哈哈哈……（下）

校記

［１］第一場：原本不分場次，今依《京劇彙編》本分場次。
［２］諸葛孔明："葛"，原漏，今補。下同。

第　二　場

（四白龍套引周瑜上）

周　瑜　（唱）【搖板】
　　　　　　　水軍衝破長江浪，
　　　　　　　對對兒郎武藝強。
　　　　　　　劉備中計命必喪，
　　　　　　　討回荊州取襄陽。
　　　　（甘寧上）
甘　寧　（白）啟都督：劉備過江來了。
周　瑜　哦，劉備過江來了。帶領多少人馬？
甘　寧　未帶人馬，只是子龍一人。
周　瑜　哦，只有子龍一人。
　　　　（三笑）哈哈哈……劉備吓，劉備！此番過江，中了本督之計也！甘將軍！
甘　寧　在。
周　瑜　準備戰船，江口伺候。
甘　寧　遵命。（甘寧下）
周　瑜　眾將官！
　　　　（龍套允）
周　瑜　排隊相迎。
　　　　（龍套排隊下，周瑜下）

第　三　場

（四紅水手、一船夫引趙雲上場門介。四水手、一船夫引甘寧上在下場門介）

趙　雲　（同白）有請主公。
甘　寧　　　　　有請都督。
　　　　（劉備、周瑜自兩邊分上。周瑜過船）
周　瑜　吓，皇叔過江來了！
劉　備　備過江來了。
周　瑜　（笑）哈哈哈……
劉　備　（笑）哈哈哈……
周　瑜　皇叔請來過船。

劉　備　不敢，都督請。
周　瑜　皇叔請。
劉　備　不敢。
周　瑜　你我挽手而行。
　　　　（劉備、周瑜、趙雲同過船）
周　瑜　這是何人？
劉　備　四弟子龍。
　　　　（衆人催船同下）

第　四　場

　　　　（周瑜、劉備、趙雲、甘寧、四白龍套同上）
周　瑜　皇叔請坐。
劉　備　有坐。
周　瑜　不知皇叔駕到，瑜未曾遠迎，當面恕罪。
劉　備　豈敢，備少來問候，望都督恕罪。
周　瑜　豈敢。看甚麼？
劉　備　如何不見吳侯？
周　瑜　太后染病在床，吳侯不離左右，故而命瑜代勞。
劉　備　告辭。
周　瑜　哪裏去？
劉　備　進宮探病。
周　瑜　且慢，吳侯言道，皇叔到此，命瑜陪伴黃鶴樓上飲宴。宴罷之後，一同進宮。
劉　備　遵命。
甘　寧　宴齊。
周　瑜　甘將軍，吩咐將宴擺在黃鶴樓上，命魯大夫把盞。
甘　寧　遵命。
　　　　（甘寧下）
周　瑜　皇叔請。
劉　備　都督請。
周　瑜　正是：

|（念）相逢花中錦，
劉　備　（念）知己叙衷腸。
　　　　（趙雲、周瑜亮架子。劉備下。趙雲下）
周　瑜　（笑）哼哼哼……
　　　　（同下）

第　五　場

（魯肅上）
魯　肅　擺宴。有請都督！
　　　　（吹打。劉備、趙雲、周瑜同上）
魯　肅　皇叔過江來了！
劉　備　備過江來了。
魯　肅　請。
周　瑜　皇叔請。
劉　備　都督請。
　　　　（劉備上樓，趙雲攔周瑜。趙雲上樓，周瑜上樓，魯肅上樓）
周　瑜　魯大夫下樓，料理軍務去罷！
魯　肅　遵命。皇叔少刻奉陪。
劉　備　請便。
魯　肅　請。正是：
　　　　（念）黃鶴樓上酒一席，死在眼前還不知。
　　　　劉備吓，劉備！你這一下準死的了！哈哈哈……
　　　　（魯肅下。劉備、趙雲、周瑜三人亮架子）
周　瑜　皇叔請，皇叔請，噯，皇叔請。
劉　備　噯，都督請。
　　　　（【排子】。趙雲暗下）
周　瑜　這……
劉　備　這……
周　瑜　啊啊啊，（笑）哈哈哈……
劉　備　啊啊啊，（笑）哈哈哈……
周　瑜　吓，皇叔，瑜有一言奉告，只是難以啓齒。

劉　　備　都督有何金言,當面請講。
周　　瑜　想當年赤壁鏖兵,火燒戰船,耗費我國多少兵馬錢糧。得來荊州,被皇叔借去,屯軍養馬,久借不還,是何道理?
劉　　備　這個……
周　　瑜　噯,快快還我國的荊州來!
劉　　備　吓,都督吓!(哭)
周　　瑜　哼哼哼……
劉　　備　(唱)【西皮原板】
　　　　　　劉備出世無根本,
　　　　　　東闖西奔無安存。
　　　　　　等我西川身安穩,
　　　　　　依然還你荊襄城。
周　　瑜　皇叔你此言差矣。
劉　　備　哦,我又差了?
周　　瑜　(唱)【西皮原板】
　　　　　　出言何不口問心,
　　　　　(趙雲暗上)
　　　　　　三番兩次朦哄人。
　　　　　　赤壁鏖兵俺臨陣,
　　　　　　你國何曾當雄兵?
　　　　　　早還荊州免讎恨,
　　　　　　不然玉石俱皆焚!
趙　　雲　住口!
　　　　　(唱)【搖板】
　　　　　　周郎休要言語蠢,
　　　　　　怎敢欺壓我主君?
　　　　　　曹操百萬江南進,
　　　　　　你國君臣害頭痛。
　　　　　　我國軍師陰陽準,
　　　　　　南屏山上借風雲。
　　　　　　再要提起荊州郡,
　　　　　　休要怒惱趙將軍!

周　瑜　住了!
　　　　(唱)【西皮導板】
　　　　　　聞言怒發山搖動,
　　　　(唱)【西皮快板】
　　　　　　開言大罵趙子龍。
　　　　　　羊入虎口把命送,
　　　　　　諒你插翅難騰空!
　　　(趙雲、周瑜比架子)
趙　雲
周　瑜　(同)哼哼哼,哼哼哼。
劉　備　呔,大膽,下站! 都督吓,
　　　　(唱)【搖板】
　　　　　　四弟説話太莽撞,
　　　　　　惡言惡語把人傷。
　　　　　　周都督他倒有容人的量,
　　　都督,我四弟言語冒犯,備這廂賠禮。都督,我四弟説話莽撞,備這廂賠禮。都督吓!
　　　　(唱)【搖板】
　　　　　　萬事還要好商量。
趙　雲　主公!
　　　　(唱)【搖板】
　　　　　　主公休要學堯舜,
　　　　　　漢室基業誰敢爭?
　　　　　　四百年來承天運,
　　　周郎,
　　　　(唱)周郎小兒敢奪乾坤!
周　瑜　住了!
　　　　(唱)【搖板】
　　　　　　我樓下兵多將你困,
趙　雲　(唱)【搖板】
　　　　　　猛虎豈怕犬一群!
周　瑜　(唱)【搖板】

　　　　　　　將你君臣踏齏粉，
趙　雲　（唱）【搖板】
　　　　　　　子龍將軍膽包身！
周　瑜　劉備！
　　　　（唱）【搖板】
　　　　　　　今日不還荊州郡，
　　　　　　　諒你插翅難飛騰！
趙　雲　周郎！
　　　　（唱）【搖板】
　　　　　　　你要荊州俺應允，
周　瑜　拿來！
趙　雲　拿甚麼來？
周　瑜　還俺的荊州來！
趙　雲　拿來！
周　瑜　拿甚麼來？
趙　雲　拿我國的東風來！
周　瑜　這個……
趙　雲　呸！
　　　　（唱）【搖板】
　　　　　　　你東吳還有幾美人？
　　　　（周瑜氣死）
劉　備　唉！下站！都督醒來！都督醒來！
　　　　（周瑜下樓。兩邊白套上）
周　瑜　眾將官！
　　　　（眾允）
周　瑜　本督有令：叫那劉備寫下謄國的文約，方許他君臣下樓；無有本督將令，不許他君臣逃走，違令者斬！
　　　　（眾允）
周　瑜　（三笑）哈哈哈。
　　　　（周瑜下。龍套抄下）
趙　雲　主公醒來，主公醒來。
劉　備　諸葛亮吓，諸葛孔明！你害死孤王了！

(唱)【搖板】
勒逼孤王把酒飲，
黃鶴樓上遇殺星。
周郎苦苦的要孤命，
叫孤退還荆州城。
哎吓，四弟吓，那周郎叫孤寫下騰國文約，這便如何是好？

趙　　雲　主公可記得，為臣在那長坂坡前，殺曹兵七進七出，何況周郎小兒乎？

劉　　備　他又是長坂坡！

趙　　雲　(唱)【搖板】
長坂坡前威風凜，
殺退曹瞞百萬兵！

劉　　備　哎吓，四弟吓！你在長坂坡前，手中有槍，足下有馬；來在這黃鶴樓上，難道你拳打足踢不成？

趙　　雲　哎吓，主公臨行之時，先生賜我竹節一根。到黃鶴樓上，暗有埋伏，打開竹節，能退周郎百萬兵將。

劉　　備　那都是老道的謠言！

趙　　雲　待臣看來！竹節吓，竹節！先生道你能退周郎百萬兵將，今日我君臣在黃鶴樓上有難，你是怎的不言，怎的不語？
(唱)【搖板】
先生道你能知音，
為何今日不喊聲？
摔開竹節如碎粉，
(三笑)哈哈哈。
(唱)一支箭能擋他百萬雄兵！
主公醒來，我君臣有救！

劉　　備　事到如今，救在哪裏？

趙　　雲　打開竹節，內藏周郎的令箭。

劉　　備　我却不信。

趙　　雲　主公請看。

劉　　備　"水軍都督周"，哎吓吓，真乃是好陰陽，好八卦！四弟，接孤下樓。
(趙雲、劉備下樓)(龍套、魯肅兩邊同上)

鲁　肃　呔，你君臣敢是逃走？
赵　云　你都督有令箭在此！
鲁　肃　拿來我看！
赵　云　拿去！
鲁　肃　请。
　　　　（刘备下）
赵　云　（三笑）哈哈哈。（下）
鲁　肃　（白）有请都督。
　　　　（周瑜上）
周　瑜　（念）孔明总有千只手，
　　　　　　　刘备难下黄鹤楼。
　　　　呔，大夫，刘备可曾写下腾国文约？
鲁　肃　刘备君臣，已经去远了。
周　瑜　你如何放他逃走呀？
鲁　肃　是都督放他走的。
周　瑜　我何曾放他走呀？
鲁　肃　现有都督令箭在此。
周　瑜　在哪里？
鲁　肃　请看。
周　瑜　待我看来。"水军都督周"，嗳呀！
　　　　（周瑜气死）
鲁　肃　（白）都督醒来，都督醒来！
　　　　（周瑜醒）
鲁　肃　既是都督放他走的，为何又要生气？
周　瑜　我何曾放他走的？
鲁　肃　既不是都督放他走的，这枝令箭，哪里来的？
周　瑜　这个……哎呀，大夫呀！想当年赤壁鏖兵之时，我命孔明在南屏山借东风的那枝令箭，东风一起，谁想他带箭而逃。不料至今，他他他还在呀！孔明呀，孔明！我不杀你，誓不为人！
鲁　肃　料他君臣走之不远，都督何不起兵追赶？
周　瑜　好！众将官，起兵追赶刘备去者！
　　　　（众允）

魯　肅　都督此番要小心了！
周　瑜　小心甚麼？
魯　肅　小心那枝令箭！
　　　　（周瑜亮架子。【尾聲】。同下）

三氣周瑜

佚 名 撰

解 題

　　京劇。現代佚名撰。李萬春藏本。《京劇劇目辭典》著錄,題《三氣周瑜》(之二),又名《柴桑關》《周瑜歸天》《喪巴丘》,未署作者。劇寫諸葛亮知周瑜以收川爲名,意欲奪取荊州,用劉備之名修書令糜竺送給周瑜,假意合兵共同取川。同時調動人馬,四處埋伏。周瑜得信,請糜竺轉告劉備出南城迎接,乘機奪取荊州。周瑜率兵到南城下,不見劉備。趙雲揭破周瑜詭計,出城殺退吳兵。黃忠、魏延亦率伏兵迎頭截殺。周瑜敗走蘆花蕩,與張飛交戰,被槍挑馬下。周瑜兵敗退守巴丘。孔明修書相勸,謂兩家交鋒,實出無奈。周瑜讀信,甚怒,自知不久於人世,修書奏孫權,推薦魯肅接替都督職務,怨天:"既生瑜,何生亮",吐血而死。本事出於《三國演義》第五十六、五十七回。《三國志·吳書·周瑜傳》及《蜀書·先主傳》裴注引《獻帝春秋》,載有此事。版本今有《京劇彙編》收錄的李萬春藏本和以此本重刊的《京劇傳統劇目彙編》本、上海市《傳統劇目彙編》產保福藏本、《京戲考》本(未見)、《新戲典》本(未見)。今以《京劇彙編》李萬春藏本爲底本,參考其他本校勘整理。

第 一 場

　　(四馬夫、四上手、四龍套、魏延、黃忠、趙雲、張飛、糜竺、諸葛亮上)
諸葛亮　(念)【引】三顧茅廬出山林,保漢家,鼎足三分。
　　(念)(詩)地爲陰來天爲陽,
　　　　　　九宮八卦腹內藏。
　　　　　　周郎點動兵和將,
　　　　　　要奪荊州夢一場!

　　　　　山人，諸葛亮。周郎意欲奪取荊州，不免點動人馬，抵擋於他。糜
　　　　　竺聽令！
糜　　竺　在。
諸葛亮　這有書信一封，下到周郎那裏，不得有誤！
糜　　竺　得命！（下）
諸葛亮　四將軍聽命！
趙　　雲　在。
諸葛亮　命你帶領一哨人馬，鎮守南城，周郎兵到，説破與他！
趙　　雲　得令！（下）
諸葛亮　黃老將軍聽令！
黃　　忠　在。
諸葛亮　命你帶領一哨人馬，埋伏公安，周郎兵到，截殺一陣，不得有誤！
黃　　忠　得令！（下）
諸葛亮　魏延聽令！
魏　　延　在。
諸葛亮　命你帶領一哨人馬，埋伏江陵，周郎兵到，截殺一陣，不得有誤！
魏　　延　得令！（下）
諸葛亮　三將軍聽令！
張　　飛　在。
諸葛亮　命你帶領一哨人馬，埋伏蘆花蕩口！附耳上來！
張　　飛　喳、喳、喳……得令！馬來，馬來！（上馬介）
　　　　　（四馬夫、張飛下）
諸葛亮　掩門！
　　　　　（同下）

第　二　場

　　　　　（丁奉、徐盛上，雙起霸）
丁　　奉　俺，　丁奉。
徐　　盛　　　　徐盛。
丁　　奉　將軍請了！
徐　　盛　請了！

丁　奉	都督陞帳，你我兩廂伺候！
徐　盛	請！

（四龍套、周瑜上。【點絳唇】）

丁　奉 徐　盛	參見都督！
周　瑜	二位將軍少禮。站立兩廂！
丁　奉 徐　盛	啊！
周　瑜	（念）（詩）白馬銀槍配玉鞍， 　　　　　　手持令箭登將壇。 　　　　　　吳侯駕前保社稷， 　　　　　　斬將奪旗用機關。 本都，姓周名瑜字公瑾。吳侯駕前爲臣。今奉旨意，催討荊州。丁、徐二將！
丁　奉 徐　盛	在。
周　瑜	人馬可齊？
丁　奉 徐　盛	俱已齊備。
周　瑜	吩咐帶馬登舟去者！
丁　奉 徐　盛	帶馬登舟！
衆	啊！

（周瑜、丁奉、徐盛上馬介。衆圓場，二水手上，周瑜、丁奉、徐盛下馬。衆上船介）

周　瑜	開船！
二水手	啊！

（同下）

第　三　場

（糜竺上）

糜　竺	奉了軍師之命，與周郎下書。遠遠望見周郎來也！

(【牌子】。四龍套、丁奉、徐盛、周瑜上)

周　瑜　人馬爲何不行？
四龍套　糜竺當道！
周　瑜　人馬列開。
衆　　　啊！
糜　竺　參見都督！
周　瑜　先生到此何事？
糜　竺　奉了主公之命，前來下書。
周　瑜　有勞了！劉皇叔有書信到來，待我拆開一觀。

(【二三鑼】)

周　瑜　上寫："漢室宗親劉玄德，拜上東吳水軍大都督周公瑾：前者魯肅過江催討荆州，備因無有存身之地，暫借荆州容身。望求都督與備二兵合一，攻打東西兩川，若得一川，定將荆州奉還，決不食言。話不多叙，後會有期。劉備頓首拜。"先生稟報皇叔，就説本督照書行事。
糜　竺　告辭！
周　瑜　回來！依我一件！
糜　竺　哪一件？
周　瑜　本督人馬到了南城，要皇叔迎接本督進城！
糜　竺　遵命！
周　瑜　先生請便。

(糜竺下)

周　瑜　(三笑介)哈哈，哈哈，啊哈哈哈……
丁　奉
徐　盛　都督爲何發笑？
周　瑜　劉備這封書信，叫本督二兵合一，攻打東西兩川，我軍人馬到了南城，他必然開城相迎，那時本督乘虛而入，殺他個措手不及，這豈不是明取西川，暗取荆州！
丁　奉
徐　盛　都督高才！
周　瑜　衆將官！
四龍套　有。

周　　瑜　南城去者！
四龍套　啊！
　　　　（四龍套、丁奉、徐盛下。周瑜亮相介，下）

第　四　場

（【急急風】。四白龍套、趙雲上，上城介）
（【風入松】。周瑜原人上）

周　　瑜　人馬爲何不行？
四龍套　來此已是南城。
周　　瑜　人馬列開！
四龍套　啊！
周　　瑜　來在南城，爲何不見劉備迎接於我！看城上插有白旗，難道又中了那諸葛亮之計！待我打馬向前。呔，守城兒郎聽者！禀報你家主帥：就説本督大兵到了！
四白龍套　候着！啓將軍：周都督到！
趙　　雲　（唱）忽聽兒郎一聲報，
　　　　　　　　再與周郎説根苗。
　　　　　城下可是周都督？
周　　瑜　正是。
趙　　雲　周都督，帶兵何往？
周　　瑜　劉皇叔有書信與我，要本督二兵合一，共取西川。
趙　　雲　哪裏是攻打西川，分明是暗奪荆州，你道是與不是？
周　　瑜　四將軍此言差矣！孫、劉兩家合好，豈能如此！
趙　　雲　瞞得了你營衆將，瞞不了諸葛先生。
周　　瑜　住口！
　　　　　（唱）聽一言來心頭惱，
　　　　　　　　兩目圓睁似火燒。
　　　　　　　　本督把計錯用了，
　　　　　　　　反中諸葛計籠牢。
　　　　　　　　勒住絲繮把話表，
　　　　　子龍！

(唱)叫聲子龍聽根苗：
　　　　本督今日大兵到，
　　　　不奪荊州我不還朝！
趙　　雲　(唱)三軍與爺開城道。
　　　　(【掃頭】。開城，趙雲原人出城介，會陣，起打介，周瑜原人敗下)
趙　　雲　收兵回城！
　　　　(同下)

第　五　場

(【急急風】。四紅龍套、黃忠上，過場下。周瑜原人上，黃忠原人上，會陣，起打介，周瑜原人敗下。黃忠原人收下)

(【急急風】。四藍龍套、魏延上，過場下。周瑜原人上，魏延原人上，會陣，起打介，周瑜原人敗下。魏延原人收下)

第　六　場

(【急急風】。四馬夫、張飛上，張飛兩望門，埋伏介，眾虛下)
周　　瑜　(內唱)【西皮導板】
　　　　在南城與趙雲打一仗，
　　　　(【急急風】。周瑜原人上，周瑜摔弔毛。【亂錘】。周瑜拉馬，上馬介。【四擊頭】)
周　　瑜　(唱)【西皮二六板】
　　　　口吐鮮血冒紅光。
　　　　人馬來在南城下，
　　　　遇見趙雲擺戰場。
　　　　我二人在南城打一仗，
　　　　(轉唱)【西皮快板】
　　　　殺得我丟盔卸甲敗回營房。
　　　　耳邊廂又聽得鸞鈴響，
　　　　兩國人馬到戰場，
　　　　不顧生死往前闖。

　　　　（周瑜勒馬介，滾頭。周瑜下馬，上高介。黃忠、魏延原人上，與周瑜原人起打介，黃忠、魏延、丁奉、徐盛打四股檔，丁奉、徐盛敗下。黃忠、魏延收下。周瑜下高臺，拉馬，上馬介）

周　瑜　（唱）兩國人馬到戰場；
　　　　　　　他國人馬打勝仗，
　　　　　　　我國人馬刀下亡。
　　　　　　　不顧生死往前闖。
　　　　（四馬夫下場門上，倒脫靴，張飛上）

張　飛　（唱）蘆花蕩閃出翼德張！
　　　　　　　披頭散髮一員將，
　　　　　　　想必他是小周郎。
　　　　　　　周郎我兒你是不是？

周　瑜　看槍！

張　飛　（唱）通上名來好動刀槍！

周　瑜　哎呀！
　　　　（唱）我實實服了諸葛亮，
　　　　　　　神機妙算比我強。
　　　　　　　公安埋伏黃老將，
　　　　　　　江陵埋伏魏文長。
　　　　　　　張翼德埋伏在蘆花蕩，
　　　　　　　趙子龍在南城擺戰場。
　　　　　　　勒住馬頭把話講，
　　　　　　　叫聲翼德聽端詳：
　　　　　　　孫劉和好除奸黨，
　　　　　　　共滅曹賊保家邦。

張　飛　住口！
　　　　（唱）黃鶴樓上擺戰場，
　　　　　　　誆俺大哥過長江。
　　　　　　　今日來在蘆花蕩，
　　　　　　　要想活命夢一場！
　　　　（周瑜，張飛起打介，張飛槍挑周瑜下馬介）

周　瑜　翼德，三將軍！（上馬介）

|（唱）【西皮二六板】
| | 三將軍休要逞剛強，
| | 剛強怎比楚霸王。
| | 霸王剛強烏江喪，
| | 韓信剛強命喪未央。
| | 你國軍師韜略廣，
| | 水軍都督天下揚。
張　飛　（唱）今日來在蘆花蕩，
| | 轉世投胎再認爹娘！
　　　（起打介，周瑜敗下。四馬夫上）
張　飛　收兵！
四馬夫　啊！
　　　（同下）

第　七　場

　　　（四龍套、孫瑜上）
孫　瑜　（念）鎮守巴丘地，晝夜不安寧。
　　　（丁奉、徐盛上）
丁　奉
徐　盛　參見千歲！
孫　瑜　二位將軍少禮。
丁　奉
徐　盛　謝千歲！
孫　瑜　二位將軍，周都督哪裏去了？
丁　奉
徐　盛　周都督臨陣疆場！
孫　瑜　衆將官！
四龍套　有。
孫　瑜　起兵前往！
四龍套　啊！
　　　（【急急風】。四龍套、周瑜上，周瑜下馬進帳介）

周　瑜　（唱）拼性命逃出了天羅地網，
　　　　　　　千歲何時到營房？
孫　瑜　周都督今日出戰，爲何這等模樣？
周　瑜　千歲呀！爲臣帶兵，實指望奪回荆州，不想誤中諸葛亮的詭計，損兵折將而歸，慚愧呀，慚愧！
孫　瑜　軍家勝敗，古之常理。丁奉、徐盛！
丁　奉
徐　盛　在。
孫　瑜　攙扶都督後帳歇息！
丁　奉
徐　盛　是。
周　瑜　（【叫頭】）諸葛亮啊，孔明！借去我國荆州，數載不還，反將本督殺得大敗，本督回轉江東，重整人馬，若不殺你，誓不爲人也！
　　　　（丁奉、徐盛攙周瑜下）
孫　瑜　掩門！
　　　　（同下）

第 八 場

　　　　（四龍套、諸葛亮上）
諸葛亮　（唱）打量周郎命不久，
　　　　　　　柴桑弔孝用計謀。
　　　　（四馬夫、黃忠、魏延、趙雲、張飛上）
黃　忠
趙　雲
魏　延
張　飛　參見軍師！
諸葛亮　罷了。可知周郎兵敗何處？
張　飛　周郎兵敗巴丘。
諸葛亮　衆位將軍後帳歇息！
黃　忠
趙　雲
魏　延
張　飛　謝軍師！（下）

諸葛亮　啓開文房！
　　　　（【牌子】。修書介）
諸葛亮　旗牌進見！
　　　　（旗牌上）
旗　牌　參見軍師！
諸葛亮　罷了。
旗　牌　軍師有何差遣？
諸葛亮　這有書信一封，下到周郎營中，書信送到，即刻回還！
旗　牌　得令！（下）
諸葛亮　正是：
　　　　（念）諒你縱有千條計，難逃山人掌握中！
　　　　（同下）

第 九 場

（丁奉、徐盛、孫瑜、周瑜下）
周　瑜　（唱）【西皮原板】
　　　　　　周公瑾每日裏操兵演箭，
　　　　　　七歲上學兵法九歲登壇。
　　　　　　十三歲掌水軍領兵征戰，
　　　　　　爲社稷把我的心血用乾。
　　　　（旗牌上）
旗　牌　門上哪位聽事？
丁　奉　哪裏來的？
旗　牌　奉諸葛亮先生所差，前來下書。
丁　奉　少站。啓稟都督：諸葛亮差人前來下書。
周　瑜　書先進，人落後！
丁　奉　書先進，人落後！
旗　牌　是。（呈書信介，下）
丁　奉　書信一封，都督請看。
周　瑜　呈上來！（看書信介）上寫："漢軍師中郎將諸葛亮拜上水軍都
　　　　督周公瑾：前者自柴桑一別，至今念念不忘。聞聽都督帶兵遠征，只怕曹操乘虛而入，馬踏東吳。你我兩家交鋒，實出無奈。都督雖然損兵折將，不必驚慌！……"不不……必驚慌！傳下書人！

丁　奉　下書人！啓稟都督：下書人不見了！
周　瑜　哎呀！
　　　　（唱）【西皮導板】
　　　　　　這封書好比那純鋼寶劍，
　　　　（轉唱）【西皮搖板】
　　　　　　周公瑾要活命難上加難。
孫　瑜　啊都督，見了這封書信，爲何這等煩惱？
周　瑜　這不是書信！這是閻王的勾魂牌票，勾臣的生魂來了！
孫　瑜　都督若有好歹，水軍之事何人掌管？
周　瑜　我觀東吳韓當、周泰、陳武、潘璋、呂蒙、甘寧、丁奉、徐盛等，皆不能執掌水軍，惟臣部下魯肅，辦事謹慎，我若有好歹，挂他爲帥，料然無事！
孫　瑜　就該修本，稟報吳侯知道。
周　瑜　溶墨伺候！
　　　　（唱）【西皮原板】
　　　　　　未曾提筆淚雙流，
　　　　　　誠惶誠恐稟吳侯：
　　　　　　倘若爲臣身死後，
　　　　（轉唱）【西皮快板】
　　　　　　魯肅他能統貔貅。
　　　　　　周瑜修本頓首拜，
　　　　　　還望千歲細思籌。
孫　瑜　（接本介）都督保重了！馬來！
　　　　（四龍套上）
孫　瑜　（唱）辭別都督跨馬走，（上馬介）
　　　　（四龍套下）
孫　瑜　（唱）手托本章見吳侯。（下）
周　瑜　丁奉、徐盛！攙扶本督帳外觀看！

丁 奉 徐 盛		外面風大,不去也罷!
周 瑜		不妨事,攙我來!

（丁奉、徐盛攙周瑜出帳介,周瑜看介）

周　瑜　丁奉、徐盛！這邊是甚麼所在？

丁 奉 徐 盛　乃是我國京都建業！

周　瑜　（【叫頭】）吳侯哇,吳侯！爲臣命在旦夕,只恐今生今世不能保主江山社稷了！

（唱）眼望着東吳忙叩首,
　　　拜謝我主爵祿恩。
　　　爲臣我盡不得忠來顧不得孝,
　　　但等來世報聖君。

丁奉、徐盛！那邊黑暗暗霧沉沉是甚麼所在？

丁 奉 徐 盛　那就是荊州地面！

周　瑜　（推丁奉、徐盛介）哦,那那那……就是荊州麼！

（周瑜殭屍介。【亂錘】。丁奉、徐盛攙起介）

周　瑜　（【叫頭】）諸葛亮啊,孔明！借去我國荊州不還,反將本督殺得大敗,我死在陰曹地府,也要勾爾的魂魄也！

（唱）眼望荊州咬牙恨,
　　　捶胸跺足罵孔明。
　　　本督若是喪了命,
　　　死在陰曹也要勾爾的魂！

（【叫頭】）天哪,天！既生瑜,何生亮！蒼天生下周公瑾,漢室不該出孔明！三計不成,豈不氣……（吐介）嗚嚕嚕嚕……（死介）

丁 奉 徐 盛　（唱）一見都督喪了命,
　　　怎不叫人痛在心！

丁　奉　將軍,都督已死,你我稟報吳侯知道。

（同下）

討 荊 州

佚 名 撰

解 題

　　京劇。現代佚名撰。《京劇劇目辭典》著錄,題《討荊州》(之二),又名《智氣周瑜》,未署作者。劇寫周瑜接孫權詔,封爲南郡太守,令魯肅過江索討荊州。劉備問計於諸葛亮。諸葛亮告其如魯肅提荊州二字,可放聲大哭。魯肅進見劉備。諸葛亮告魯肅劉備如今進退兩難,請轉告孫權,再寬限幾時。魯肅恐孫權不允,諸葛亮謂:"吳侯既以胞妹聘嫁於我主,焉有不允的道理。"魯肅回告周瑜。周瑜責魯肅中計,命再往荊州,告諸葛亮東吳情願代取西川,作嫁資,換回荊州。魯肅再次過江,告知劉備、諸葛亮。劉備稱謝,諸葛亮知其是假途滅虢之計,告以雄師到日,自有犒勞。魯肅歸報,周瑜甚喜,以爲諸葛亮中計,立刻率師前往,兵至城郊,無人迎接,魯肅大叫開城。趙雲端坐城樓,揭穿周瑜詭計。周瑜氣極,搥胸頓足。聞報劉備四路兵馬殺來,周瑜吐血落馬,被衆人抬回。本事出於《三國演義》第五十六、五十七回。事不見史傳。元刊《三國志平話》載有周瑜收川事,但與《演義》不盡相同。明代傳奇《草廬記》、清宮大戲《鼎峙春秋》有此情節。版本今有《戲考》本、《京劇彙編》本、上海市《傳統劇目彙編》京劇集本。今以《戲考》本爲底本,參考其他本校勘整理。

第 一 場[1]

（四龍套、中軍引周瑜同上）

周　瑜　（唱）【點絳唇】
　　　　　　執掌兵權,神機妙算,習水戰。鎮守江南,威名天下傳。
　　　　（念）威風凜凜統貔貅,
　　　　　　胸藏韜略有機謀。

　　　　　一心只恨諸葛亮，
　　　　　滅却劉備方罷休。
本督，姓周名瑜字公瑾。吳侯駕前爲臣，官拜水軍都督之職。昨日天子有詔到來，封俺爲南郡太守。想這南郡，乃是荆州統轄之地。可恨劉備，借去荆州，屢次討取不還，吾不免再令魯大夫過江催問。來，魯大夫進帳。

中　軍　　魯大夫進帳！
魯　肅　　（內白）來也！
　　　　（魯肅上）
魯　肅　　（念）爲國辛勞用機謀，不知干戈幾時休。
　　　　　參見都督！
周　瑜　　大夫少禮！
魯　肅　　喚肅進帳，有何軍情？
周　瑜　　只因劉備借去荆州，屢次不還，令人可惱！
魯　肅　　啓都督：前番魯肅過江，他曾言道："等待他奪了西川，必將荆州送還東吳。"現有文約在此，都督何必著急？
周　瑜　　想當初所立文約，乃是孔明詭計，蒙哄於你。他既説奪取西川，爲何不興兵發馬？此乃有意欺吾。叫吾等到何時？就命大夫過江去見劉備，看他是怎樣回答！
魯　肅　　遵命。
周　瑜　　聽本督一令：
　　　　（唱）【西皮摇板】[2]
　　　　　論文約本是那諸葛詭計，
　　　　　他言道取西川本是推詞。
　　　　　此一番過江去把荆州來取，
　　　　　也免得我兩家又動兵機。
魯　肅　　（唱）【西皮摇板】[3]
　　　　　周都督言和語肅當遵命，
　　　　　我只得再討取荆州城。
　　　　　邁步撩衣出大營，
　　　　　怕的是説不過南陽孔明。（下）
周　瑜　　（唱）【西皮摇板】

　　　　　　魯子敬他生來老成持重，
　　　　　　屢次裏中諸葛詭計牢籠。
　　　　　　將身且把後帳進，
　　　　掩門。
　　（龍套退下）
周　瑜　（唱）【西皮搖板】
　　　　　　待等魯肅信回程。
　　（周瑜下）

校記

［１］第一場：原本未分場次，今依《京劇彙編》本分場。
［２］唱西皮搖板："唱"字提示，原無，今補。下同。
［３］西皮搖板：原無此曲牌，今依《傳統京劇劇本彙編》本補。本劇凡缺曲牌的，均補，不另出校。

第 二 場

　　（魯肅上）
魯　肅　（唱）【西皮原板】
　　　　　　辭別了周公瑾忙出寶帳，
　　　　　　魯子敬在馬上自己思量。
　　　　　　悔不該在他營立下保狀，
　　　　　　見了那諸葛亮我面帶徬徨。
　　　　　　這是我志實人自取魘障，
　　　　　　講一篇大道理細訴衷腸。
　　　　　　倘若是他把那荊州來讓，
　　　　　　回營中見都督臉上有光。
　　（魯肅下）

第 三 場

　　（四龍套、劉備上）

劉　備　（念）【引】坐守荊州，每日裏，爲國憂愁。
　　　　（念）周郎定計設牢籠，
　　　　　　　美人之計害孤窮。
　　　　　　　弄假成眞結鸞鳳，
　　　　　　　夫妻幸喜出樊籠。
　　　　孤，劉備。可恨周瑜，設下美人之計，將孤誆到東吳，陷害於我；不料弄假成眞，竟成姻眷。且喜郡主保定孤家轉回荊州。想那周郎，此計不成，定不能與我甘休，還須要隄防一二。正是：
　　　　（念）天不從人意，枉自費心機！
　　　　（劉封上）
劉　封　（念）忙將東吳事，稟報父王知。
　　　　啓父王：魯肅過江來了。
劉　備　魯肅又過江來了？有請諸葛先生。
劉　封　有請諸葛先生！
　　　　（諸葛亮上）
諸葛亮　（念）袖內八卦早算定，魯肅又討荊州城。
　　　　參見主公！
劉　備　先生少禮，請坐。
諸葛亮　謝坐。
劉　備　魯肅今日又過江來，不知何意？
諸葛亮　昨日孫權表主公爲荊州牧，乃是懼怕曹操，方用此計。而曹操又封周瑜爲南郡太守，此欲叫我兩家自相吞併；他於中取利。今魯肅前來，定是周郎既受太守之職，徒有虛名，而無其地；是以又來索討荊州。
劉　備　既然如此，當以何言答對？
諸葛亮　那魯肅到此，不提荊州之事便罷，若提荊州，主公便放聲痛哭；哭到悲切之時，亮自出來解勸。亮且在屏風之後躱避。（下）
劉　備　有請魯大夫。
劉　封　請魯大夫。
　　　　（吹打介。魯肅上）
魯　肅　皇叔！
劉　備　大夫！（見禮介）大夫請坐。

魯　肅　皇叔今日做了東吳女婿，便是肅之主人，如何敢坐？
劉　備　子敬與孤，素日交好，何必太謙。請坐。
魯　肅　告坐。
劉　備　不知子敬駕到，備有失遠迎，當面恕罪！
魯　肅　肅來得魯莽，皇叔海涵。
劉　備　來，看宴伺候！
　　　　（吹打介）
魯　肅　到此又要叨擾！
劉　備　大夫請。
魯　肅　皇叔請。【排子】肅今奉吳侯之命，特爲荆州一事而來。皇叔借住荆州，已經多日，未蒙見還。今日孫、劉兩家既爲秦晉之好，當看在這親情的面上，早早交付，以踐前言。諒皇叔斷無推辭了。
劉　備　唉，大夫呀！
　　　　（唱）【西皮原板】
　　　　　　未曾開言兩淚淋，
　　　　　　遵一聲魯子敬細聽分明：
　　　　　　這荆州原本是劉表所鎮，
　　　　　　思想起劉景升好叫我慟哭傷情。
　　　　　　恨只恨那蔡瑁太無學問，
　　　　　　竟將這荆襄地盡獻曹營。
　　　　　　實指望獻殷勤基業保定，
　　　　　　又誰知那奸曹下了絕情。
　　　　　　命李典帶人馬中途候等，
　　　　　　將劉琮母子們殺害喪生。
　　　　　　到如今他一家盡行喪命，
　　　　　　叫孤家怎不念那姓劉之人？
　　　　（諸葛亮上）
諸葛亮　（唱）【西皮搖板】
　　　　　　聞聽來了魯子敬，
　　　　　　急忙上前禮相迎。
魯　肅　先生來了，請坐。

諸葛亮	有坐。呀大夫,你看我主公在此慟哭流涕,你可知我主公哭的原故麼?
魯　肅	肅却不知。
諸葛亮	想我主公,當初借荆州之時,曾經言道:待等取了西川,便還荆州。但是仔細想來,劉景升是我主公同宗兄弟;那益州劉璋,也是我主公之弟,一般俱是漢朝骨肉。倘若興動人馬,奪了他的城池,豈不被天下之人唾罵!若是不還荆州,於尊舅面上甚不好看。若不取西川、還了荆州,叫我主公何處安身?因此進退兩難,是以慟哭不止。爲今之計,敢煩子敬,回轉江東,見了吴侯,將此悲情煩惱轉告;再容幾時,以圖良策!
魯　肅	話雖如此。倘吴侯不允,如之奈何?
諸葛亮	吴侯既以胞妹聘嫁於我主,焉有不允的道理?大夫再飲幾杯[1]!
魯　肅	先生呐!

　　(唱)【西皮原板】
　　　　見皇叔哭劉表感嘆不盡,
　　　　這纔是仁德主仗義之人。
　　　　輔劉琦守荆襄名正言順,
　　　　但自是苦了我魯肅一人。
　　　　奉命來説不出這長篇大論,

諸葛亮	子敬,你真乃是妙人也!
魯　肅	(唱)【西皮原板】

　　　　妙不妙你那裏自然
　　(轉唱)【西皮快板】
　　　　分明。
　　　　蒙厚意備酒筵肅當愧領,
　　　　辭皇叔別先生即刻登程。

劉　備	大夫呀。

　　(唱)【西皮快板】
　　　　子敬爲人真可敬,
　　　　劉備倒做了失信人。
　　　　此一番見吴侯把話來論,
　　　　且將孤爲難事細説分明。

魯　　肅　（唱）【西皮快板】

　　　　　　　皇叔不必細叮嚀，

　　　　　馬來！

　　　　　（旗牌帶馬介）

魯　　肅　（唱）【西皮快板】

　　　　　　　見了吳侯訴詳情。（下）

諸葛亮　（唱）【西皮快板】

　　　　　　　魯肅此番轉回程，

　　　　　　　只恐周郎不甘心。

　　　　　（同下）

校記

［1］大夫再飲幾杯："飲"，原作"領"，據文意改。

第　四　場

　　　　　（四龍套、中軍、周瑜上）

周　　瑜　（唱）【西皮搖板】

　　　　　　　旌旗遮掩柴桑郡，

　　　　　　　號令一出鬼神驚。

　　　　　　　將身且坐寶帳等，

　　　　　　　子敬回來問原因。

　　　　　（魯肅上）

魯　　肅　（唱）【西皮搖板】

　　　　　　　三番兩次來奔命，

　　　　　　　空手而回枉勞神。

　　　　　參見都督！

周　　瑜　大夫回來了？

魯　　肅　回來了。

周　　瑜　荊州之事何如？

魯　　肅　都督容稟：

　　　　　（唱）【西皮快板】

　　　　　都督不必問其情，
　　　　　劉備本是仁義人。
　　　　　本待奪取西川郡，
　　　　　劉璋是他同宗親。
　　　　　因此不便把兵進，
　　　　　再借荆州住幾春。
周　瑜　子敬，你又中諸葛之計也。
魯　肅　怎見得？
周　瑜　想當初劉備依劉表之時，常有吞併荆襄之意，何況西川劉璋乎！他今如此推諉，只恐怕要連累大夫了！
魯　肅　事到如今，都督有何妙策救我魯肅？
周　瑜　吾倒有一妙策在此，只是還須大夫一行。
魯　肅　都督有何妙策？肅當遵命。
周　瑜　大夫不必去見吳侯。再去荆州，對那劉備言講，就說："孫、劉兩家既結親眷，便是一家。若劉氏不忍去取西川，我東吳起兵去取，得了西川以作嫁資。那時即將荆州交還我東吳，豈不是兩全其美？"
魯　肅　想那西川，山高路遠，取之非易。都督此計，斷斷不可！
周　瑜　子敬！你真乃是忠厚長者也。你道我真取西川與他不成？我無非以此為名，明取西川，暗奪荆州，叫他不作準備。吾東吳兵馬去取西川，定要從荆州路過，叫他家一路之上應付些錢糧，劉備必定出城犒勞軍士，那時乘其不備，將劉備殺之，奪了荆州，以雪吾之恨，並解大夫之憂也。
魯　肅　（笑介）哈哈哈哈哈。
周　瑜　（唱）【西皮搖板】
　　　　　非是我要取西川郡，
　　　　　假途滅虢起雄兵。
　　　　　劉備犒軍定喪命，
　　　　　管叫他插翅也難騰。
魯　肅　（唱）【西皮搖板】
　　　　　好一個聰明周公瑾，
　　　　　神機莫測果然精。

辭別都督出營門，
再到荆州把話云。（下）

周　瑜　（唱）【西皮搖板】
胸中妙計安排定，
管叫劉備命難存。
（同下）

第　五　場

（四龍套、諸葛亮、劉備上）
劉　備　（念）魯肅過江東吳轉，
諸葛亮　（念）那怕周郎計多端。
（探子上）
探　子　魯肅過江來了。
劉　備　再探！（探子下）呀，先生，魯肅爲何他又來了？
諸葛亮　那魯肅必然是未回東吳、見過吳侯，只到柴桑，與周瑜又商量甚麽計策，前來誘我。主公見了魯肅，只看我點頭，主公便滿口應承，山人自有道理。
劉　備　有請魯大夫。
四龍套　請魯大夫！
（魯肅上）
魯　肅　呀，皇叔！
劉　備　大夫請！
（吹打。同坐介）
魯　肅　肅見了吳侯，訴説皇叔之意，吳侯甚稱皇叔盛德；遂與諸將商議：今日孫、劉結親，自是一家。吳侯要起兵，替皇叔收川，却換荆州當做嫁資。但是軍馬自此經過，却要應會些錢糧。
諸葛亮　如此説來，難得吳侯一番美意。
劉　備　此事全仗大夫美言，不勝感謝！
諸葛亮　若雄師到日，必要遠道犒勞。
魯　肅　告辭了。
（唱）【西皮搖板】

　　　　　　辭別皇叔出營門，
　　　　　　準備錢糧犒三軍。
　　　（魯肅下）
劉　備　（唱）【西皮搖板】
　　　　　　一見魯肅出營門，
　　　　　　再與先生把話論。
　　　　但不知周瑜又是何計？
諸葛亮　周郎這小兒，死期近矣！此計就是欺瞞三尺之童，也難瞞過。此乃是假途滅虢之意。虛言收川，實取荊州。等主公出城勞軍之時，乘勢拿下，殺入城中，攻其不備也。
劉　備　先生怎樣準備？
諸葛亮　四將軍進帳。
衆　人　四將軍進帳！
　　　（趙雲上）
趙　雲　（念）衝鋒對壘立戰功，
　　　　　　孫曹聞名膽怕驚。
　　　　參見主公、先生！
諸葛亮　周郎要替主公收川，乃是假途滅虢之計。要叫主公出城犒軍，趁此殺害，即奪荊州。山人同主公，暫到公安。就命將軍帶領五千人馬埋伏城中，偃旗息鼓；等周瑜到來，豎起槍刀，將他詭計道破。不得有誤！
趙　雲　遵命！（下）
諸葛亮　此番周瑜雖不即死，也要九分無氣也。
　　　（唱）【西皮搖板】
　　　　　　準備高弓擒猛虎，
　　　　　　安排香餌釣鰲魚。
　　　（同下）

第　六　場

（上六將拉起霸。【點絳唇】）

徐　盛　　　徐盛。
丁　奉　　　丁奉。
周　泰　俺，周泰。
凌　統　　　凌統。
陳　武　　　陳武。
甘　寧　　　甘寧。
丁　奉　請了！今日都督陞帳，你我兩廂伺候！
　衆　　　請。
　　　　（同下。大吹打。八龍套、四下手、中軍、周瑜、魯肅上）
周　瑜　（念）【引】暗設機謀，統貔貅，奪取荆州。
　　　　（衆將上）
衆　將　參見都督！
周　瑜　站立兩廂。
　衆　　（白）吓。
周　瑜　（念）黄公三略吕六韜，
　　　　　　　將令一出山嶽摇。
　　　　　　　假意興兵西川道，
　　　　　　　殺却劉備氣方消。
　　　　本督，周瑜。時方子敬歸來，言道劉備準備錢糧犒賞軍士，不免就此發兵。嘟，衆將官，兵發荆州！
　　　　（【泣顔回】。四排子，周瑜坐高臺）
周　瑜　上得船來，好一派江景！諸葛亮吓，孔明！你此番也中本督之計也。
　　　　（念）人言諸葛詭計巧，
　　　　　　　今日看來也不高。
　　　　　　　劉備出城把軍犒，
　　　　　　　定中本督計籠牢！
　衆　　啓都督：來此已離荆州不遠。
周　瑜　吓！一路之上，並不見有一人。衆將官，帶馬同到城外。
　　　　（大轉場）
周　瑜　爲何城樓之上，這樣静悄悄的？
魯　肅　莫非又中了孔明之計了罷？
周　瑜　大夫前去叫城。

魯　肅　呔！開城！
　　　（趙雲上城樓）
趙　雲　何人叫城？
魯　肅　東吳周都督到此。你是何人？答話！
趙　雲　俺乃常山趙子龍也！
　　　（魯肅退介）
趙　雲　請問都督到此何事？
周　瑜　吾替你主來取西川，難道你還不知麼？
趙　雲　諸葛軍師早知都督用假途滅虢之計，特留趙雲在此等候。我主公曾經言道：與劉璋皆漢室宗親，安肯背義而取西川？你東吳若能取得西川，我主公準定披髮入山，不失信於天下也！
　　　（周瑜氣介，捶胸頓足。程普上）
程　普　啓都督：末將探得四路兵馬一齊殺到。關公從江陵殺來，張飛從秭歸殺來，黃忠從公安殺來，魏延從零陵殺來；不知有多少人馬，皆說要擒都督。請都督速回江東。
　　　（周瑜氣介吐血介，落馬。衆抬下）

柴 桑 口

佚 名 撰

解 題

　　京劇。現代佚名撰。《京劇劇目辭典》著錄，題《柴桑口》，又名《孔明弔孝》《臥龍弔孝》；《京劇劇目初探》著錄，題《柴桑口》，一名《孔明弔孝》。均未署作者。劇寫周瑜身死，柩運柴桑。諸葛亮以弔孝爲名，往江東尋訪賢士。劉備恐亮遭不測，勸勿行。諸葛亮令趙雲隨行，令張飛率部在江南接應，請劉備放心。東吳衆將聞訊，告知代周瑜爲都督的魯肅，共謀殺之。諸葛亮見了魯肅，親往靈堂設祭，盛贊周瑜英雄業蹟及二人親密合作之情，痛哭盡哀。衆將深受感動，不僅不殺，反願共破曹操。諸葛亮祭畢辭別而去。程普、吕蒙引周瑜之子周循前來奔喪，見靈大哭，欲領兵往荆州殺諸葛亮爲父報讎。衆將齊頌諸葛亮。周循聞諸葛亮剛剛離去，立即帶兵追殺。諸葛亮路遇龐統，告其爲訪賢而來，給劉備修書付之，請往荆州，共輔漢室。張飛迎諸葛亮上船，周循率兵追至。周循請諸葛亮下船謝孝，張飛道破其計，以孝義相責。周循暈倒。張飛責其不孝不義，欲開弓射殺，爲諸葛亮攔阻。張飛下令開船。本事出於《三國演義》第五十七回，但無周循追殺諸葛亮被張飛斥退事。《三國志·蜀書·龐統傳》云："吳將周瑜助先主取荆州，因領南郡太守，瑜卒，統送喪至吳。"並無諸葛亮弔喪事。明傳奇《草廬記》、清宮大戲《鼎峙春秋》均有此情節。版本今有《戲考》本、《戲學指南》本、《京戲考》本、《戲匯》本、《京劇彙編》收錄的余勝蓀藏本及以該本重刊的《傳統京劇劇目彙編》本。今以《京劇彙編》余勝蓀藏本爲底本，參考其他本校勘整理。

第 一 場

（四龍套、諸葛亮、劉備上）

劉　備	（念）【引】人生禍福有定，機謀哪能勝天。
諸葛亮	（念）【引】英才各爲其主，難得知音同朝。
	主公！
劉　備	先生請坐！
諸葛亮	告坐。
劉　備	（念）（詩）干戈有時化玉帛，
	蜀吳修好結姻親。
諸葛亮	（念）（詩）炎漢正統有天相，
	不須人謀定隆興。
劉　備	孤，劉備。
諸葛亮	山人，諸葛亮。
劉　備	周瑜設下假途滅虢之計，意欲奪取荆州，興兵前來。幸被先生看破，用奇謀氣得他噴血墜馬。未卜性命如何？
諸葛亮	臣夜觀天象，見將星墜地，必應在周瑜身上。料想他此刻已赴黃泉矣！
劉　備	未必吧？
	（旗牌上）
旗　牌	啓禀主公、軍師：小人昨日奉命到吳營投書。周瑜拆看，一怒身亡。靈柩現已運往柴桑口去了！
諸葛亮	如何？
劉　備 諸葛亮	（笑介）哈哈哈……
劉　備	退下！
旗　牌	是。（下）
劉　備	果不出先生所料。彼已身死，又當如何裁處？
諸葛亮	臣料代周瑜者，必魯肅也。此人無能，不足爲患。臣觀天象，主賢士隱於東方。臣當借弔唁爲由，往江東訪求，以便同輔主公。
劉　備	哎呀，吳中將士恨軍師入骨。此番前去，凶多吉少，斷斷去不得！
諸葛亮	周瑜在日，臣尚不懼。他今已死，何畏之有？
劉　備	這却難料哇！
諸葛亮	主公但請放心，決無妨事。來，備辦祭禮，安排小舟一隻，著四將軍

子龍隨我往柴桑口弔祭去者！

衆　　啊！

劉　備　哎呀先生哪！帶子龍一將，駕一葉扁舟，身入險地，豈不是輕敵取禍麼？

諸葛亮　臣料此行，定然無妨。

劉　備　去得？

諸葛亮　去得。

劉　備　無妨事？

諸葛亮　無妨事。

劉　備　我終放心不下。來，命三將軍帶領鐵騎一萬，戰船千隻，護送軍師前往！

衆　　啊！

諸葛亮　且慢！既蒙主公垂念，可命三將軍領兵在江岸等候接我便了。

劉　備　先生！

（唱）【西皮原板】

　　非是孤膽量小心神不定，
　　都只為吳國將好似狼群。
　　你此番過江去倘若被困，
　　豈不是將孤的股肱離分！

諸葛亮　主公！

（唱）【西皮二六板】

　　從古來興衰事天心早定，
　　當治亂自有那應運之人。
　　周公瑾佐吳邦堪稱英俊，
　　諸葛亮抱定了扶漢忠心。
　　三江口曾協力要把曹并，
　　氣味投相愛慕何等相親！
　　有誰知他三次謀我性命，
　　因此上同道人變成讎人。
　　用計策將他氣非我毒狠，
　　對敵國自然要各顯才能。
　　可嘆他抱奇才青年命殞，

劉　　備	須要留意呀！
諸葛亮	（唱）【西皮散板】

　　　　臣此去決無妨且請放心。（下）

劉　　備	（唱）【西皮散板】

　　　　但見他赴險地神態安穩，
　　　　我這裏心忐忑憂慮不寧。
　　　　思一回只得將精神鎮定，
　　　　且盼望他事畢早日回程。（下）

從今後江東地少一能臣。
諸葛亮辭主公柴桑來奔！

第 二 場

（四龍套引魯肅上）

魯　　肅　（念）【引】身掛帥印，統雄兵，掃蕩烟塵。
　　　　本帥，姓魯名肅字子敬。周都督一死，吳侯挂我爲帥。今乃周都督開弔之期，衆將必然前來弔祭。來，伺候了！

　　　（唱）【西皮搖板】

　　　　可嘆那擎天柱一旦遭喪，
　　　　到如今我吳邦誰是棟梁！
　　　　蒙主恩責成我兵權執掌，
　　　　愧菲才怎使得國泰民康！

太史慈 凌　統 甘　寧 周　泰	（內）走哇！（上）

　　　（念）【滴溜子】

　　　　堪痛恨！堪痛恨諸葛毒計，
　　　　害得我，害得我都督身亡。
　　　　若來時，怎肯輕放！

太史慈 凌　統 甘　寧 周　泰	都督，末將打躬！

魯　肅　列位將軍進帳，怒氣冲冲，爲着何事？
太史慈
凌　統
甘　寧　今有諸葛孔明，帶定祭禮，前來祭奠先帥。故而進帳，請示都督：是先將他殺了祭靈呢，還是等他祭完再殺？
周　泰

魯　肅　啊，那……孔明竟敢大膽前來弔祭？

太史慈
凌　統
甘　寧　正是。
周　泰

魯　肅　哎呀，他帶領多少人馬？

太史慈
凌　統
甘　寧　只駕一葉扁舟，並無人馬。
周　泰

魯　肅　只駕一葉扁舟，並無人馬？

太史慈
凌　統
甘　寧　正是。
周　泰

魯　肅　哎呀，孔明哪，孔明！我東吳將士，恨不得生食你肉，你偏偏要前來作怪，縱然我魯肅能够容你，衆將盛怒，豈肯輕饒？他既來弔祭，衆公待要怎樣？

太史慈
凌　統
甘　寧　我家先帥，實是被他氣死。我等恨不得手刃此賊，以報讎恨！今日他既自來送命，請都督傳令，將他剖腹挖心，告祭先帥！
周　泰

魯　肅　不可。他既親身前來，定有一番道理。若驟然殺之，天下人必道我邦無容人之量。待他祭畢之後，再作道理！

太史慈
凌　統
甘　寧　只是便宜他多活一時！
周　泰

趙　雲　（內）諸葛先生到！

太史慈 凌　統 甘　寧 周　泰	呵呵，來了！
魯　肅	諸公當遵我命，斷斷不可造次！
太史慈 凌　統 甘　寧 周　泰	遵命！

（大吹打。諸葛亮、趙雲、一童兒抱劍上）

魯　肅	先生！
諸葛亮	都督！
魯　肅 諸葛亮	請！
魯　肅	一別經年，使人夢想。
諸葛亮	久違教益，如有所失。
魯　肅	荷蒙涉遠光臨，足見深情。
諸葛亮	聊具薄禮，以表鄙意。敢問公瑾靈帷，設在何處？
魯　肅	現在後帳，待下官引導。
諸葛亮	有勞了！

（吹打。魯肅、諸葛亮、童兒下。太史慈、凌統、甘寧、周泰亮相介，趙雲回看介，與太史慈、凌統、甘寧、周泰比粗介，周泰伸大指介）

甘　寧	哼！

（同下）

第　三　場

（小吹打。場設靈帳。太史慈、凌統、甘寧、周泰、魯肅、趙雲、童兒、諸葛亮上）

諸葛亮	唉，（哭介）周都督哇……

（唱）【二黃導板】

　　　見靈棺不由人淚如雨降，

（【叫頭】）都督，公瑾，唉！（哭介）都督哇……

（唱）【二黃迴龍腔】
　　　想儀容怎禁得痛斷肝腸！
周都督哇！
（轉唱）【二黃快三眼板】
　　　可惜你天姿秀才學高尚，
　　　可惜你年富強一旦夭亡。
　　　可惜你空勞碌清福未享，
　　　可惜你爲國事晝夜奔忙。
　　　實指望同舟共濟殲滅曹黨，
公瑾哪！
（唱）又誰知大數定你命喪柴桑。

趙　雲　請先生上香！
（小吹打）
周　泰　哎呀，這等看來，諸葛亮是個好人哪！
太史慈
凌　統　呃，此乃是假慈悲，何必信他！
甘　寧
周　泰　不錯，且將寶劍磨得快快的，以便對付於他。
太史慈
凌　統　有理。
甘　寧
趙　雲　就位，跪！叩首！再叩首！三叩首！
（念祭文）
　　　嗚呼公瑾，
　　　溘然而亡。
　　　修短有定，
　　　人豈不傷！
　　　知音空懷，
　　　我心實愴。
　　　謹具薄漿，
　　　聊表衷腸。
　　　君如有知，
　　　尚歆其饗！

（小吹打）

趙　雲　上香！一上香！二上香！三上香！

諸葛亮　哎呀公瑾哪！想你英雄蓋世，一代奇才，不幸一旦作古！唉！未能舒你生平的懷抱，其乃恨事也！

（唱）【反二黃慢三眼】
　　　　你是個人中龍智高才廣，
　　　　堪算是東方的豪傑賢良。
　　　　誰似你天生成忠貞雅量，
　　　　誰似你懷錦繡氣宇軒昂。
　　　　誰似你方幼年大權執掌，
　　　　誰似你定霸業保吳稱強。
　　　　恨奸曹統重兵如風涌浪，
　　　　江南士懼怕他似虎如狼。
　　　　仗着你智勇全陳兵相抗，
　　　　運機謀殺得他棄甲拋槍。
　　　　到如今方稍見太平景象，
　　　　哪知道遭逢了大廈斷梁。
　　　　閃得我無知音與誰倚傍，
　　　　從今後滅奸曹與誰商量。
　　　　今日裏你好比那古人鍾子期一樣，
　　　　我這裏恰好似牽挂着俞伯牙愁腸。
　　　　但望你陰靈兒鑒我這虔誠祭奠的諸葛亮，
　　　　淚紛紛捧觴進請受蒸嘗！

周　泰　唉！（哭介）周都督哇……
甘　寧　哼！

（小吹打）

趙　雲　初進爵！亞進爵！三進爵！
（念祭文）
　　　　嗚呼公瑾，
　　　　抱璞完貞。
　　　　生死永訣，
　　　　誰爲知音！

　　　　　　　道山云舊，
　　　　　　　英靈不泯。
　　　　　　　哀哉痛哉，
　　　　　　　尚其來歆！
諸葛亮　唉！（哭介）都督哇……
　　　（唱）【反二黃原板】
　　　　　　　你只顧撒手去無事一樣，
　　　　　　　落得俺諸葛亮百結愁腸。
　　　　　　　最可嘆志未酬先把身喪，
　　　　　哎呀都督哇！
　　　（唱）怎不叫知己友悲恨彌長！
　　　　　　　痛傷懷哭得我珠淚雙降，
太史慈
凌　統　（唱）【反二黃搖板】
甘　寧　　　不由得滿營中淚流千行！
周　泰
魯　肅　（唱）【反二黃搖板】
　　　　　　　尊先生休過悲且自將養，
太史慈
凌　統　先生哪！
甘　寧
周　泰

　　　（唱）【反二黃搖板】
　　　　　　　滅曹計還須要仗你主張。
魯　肅　先生且莫悲傷。既念先帥舊日之情，還當協力破曹要緊。
太史慈
凌　統　是呀，破曹之計，還要仗着先生呢！
甘　寧
周　泰
諸葛亮　亮此時心如刀攪，縱有千言萬語，也難盡衷腸。諸公既以忠義爲懷，亮敢不同心協力，共破曹賊？就此告辭！
魯　肅　已設樽酒，聊盡地主之誼。
諸葛亮　本當拜領。奈因公務繁冗，不敢久停。告辭！
魯　肅　如此，恕慢。

諸葛亮	好說。公瑾哪,你若有靈,夢中相會也!
	(唱)【反二黃搖板】
	到靈前話辭別千般惆悵,
	罄盡了南山竹難寫衷腸!
魯　肅 太史慈 凌　統 甘　寧 周　泰	恭送先生!
諸葛亮	(唱)【反二黃搖板】
	送千里終須別何勞過讓!
魯　肅 太史慈 凌　統 甘　寧 周　泰	如此,恕不遠送了!
諸葛亮	列公啊!
	(唱)【反二黃搖板】
	蒙福庇自能夠一路康莊。
	(童兒、趙雲、諸葛亮下)
凌　統 周　泰	好先生哪!
魯　肅	唉!
	(唱)【反二黃搖板】
	只看他義氣重真堪景仰,
太史慈 凌　統 甘　寧 周　泰	今日裏纔知道諸葛賢良!
魯　肅	列公,人言公瑾與孔明不睦。此番見他祭奠情態,豈其然乎!
凌　統	唉,孔明先生這番光景,就是伯牙哭子期也不過如此,怎說不睦呢!
太史慈 甘　寧 周　泰	是呀!

報　子	（內）報！（上）
	啓都督：程普、呂蒙二位將軍同定周公子來到柴桑。
太史慈 凌　統 甘　寧 周　泰	哦，公子來了！
魯　肅	快放中門，有請！
報　子	有請！（下）
	（四下手、程普、呂蒙引周循上）
周　循	（唱）【二黃搖板】
	聞凶信魂魄驚哪得安定，
	成孝服奔親喪匍匐前行。
魯　肅 太史慈 凌　統 甘　寧 周　泰	公子！
周　循	列位，我父在哪裏？
魯　肅	現在靈堂。
周　循	帶路！
	（衆進靈堂介）
周　循	（哭介）哎呀爹爹呀……
	（唱）【二黃導板】
	跪靈前只哭得淚如雨淋，
	（哭介）爹爹呀……
	（唱）見慈顏除非是夢中相逢。
	你爲國盡忠心勞瘁身殞，
	青史上姓字香萬載留名！
魯　肅 太史慈 凌　統 甘　寧 周　泰	公子，令尊仙逝，不能復生。請節哀保重，料理後事要緊。
周　循	蒙諸公面命，敢不謹遵？只痛先父，清福未享，遽爾棄養！

魯　　肅	
太史慈	
凌　　統	請勉抑悲傷。
甘　　寧	
周　　泰	

周　　循　　伯父、諸位將軍在此，循有一言，未知容納否？

魯　　肅	
太史慈	
凌　　統	公子請講！
甘　　寧	
周　　泰	

周　　循　　先父執掌兵權有年。雖無大功於吳邦，却也未挫銳氣於鄰國。今被諸葛亮那廝氣死。殺父之讎，不共戴天。望乞諸公，念舊日情誼，助循一臂之力，殺往荆州，立斬諸葛之首。祭奠先父，庶可安慰泉下矣！

凌　　統　　公子，諸葛先生是位誠實雅量的好人，怎麼反去怪他呢！

周　　循　　怎見得他是個好人呢？

凌　　統　　他一聞先帥訃報，就急駕扁舟而來。哭了又祭，祭了又哭，只哭得如酒醉一般，可見他是好人。

周　　循　　啊，那諸葛亮是幾時來的？

魯　　肅	
太史慈	
凌　　統	方纔來的。
甘　　寧	
周　　泰	

周　　循　　如今何在？

魯　　肅	
太史慈	
凌　　統	已經去了。
甘　　寧	
周　　泰	

周　　循　　（向魯肅）哎呀伯父哇，你要與我統領人馬，追殺此賊，好與我父報讎雪恨！

魯　　肅　　賢姪呀，他盡禮前來弔祭，怎麼反要殺他？

周　　循　　哦，伯父不肯殺他！罷，我不如撞死靈前！

魯　　肅　（攔介）哎呀賢侄呀！既是公子定要報讎，我們大家追殺前去！
太史慈
凌　　統　快快追趕！
甘　　寧
周　　泰

周　　循　快追！

魯　　肅　衆將官，追！

太史慈
凌　　統
甘　　寧　啊！
周　　泰

　　　　　（同下）

第　四　場

（【水底魚】。趙雲、童兒、諸葛亮上）

諸葛亮　（笑介）哈哈哈……
　　　　（唱）【西皮散板】
　　　　　　堪笑那東吳人無有智量，
　　　　　　焉能够識破我神秘行藏。
　　　　　　脫離了猛虎口逍遥路上，
　　　　（龐統上）
龐　　統　你往哪裏走！
諸葛亮　啊！
龐　　統　（唱）【西皮散板】
　　　　　　你縱有回天手難逃吳邦！
諸葛亮　原來是鳳雛先生！
龐　　統　好哇。你將周郎氣死，又假意前來弔祭，直是欺東吳無人！來來來，有去處和你講話。
諸葛亮　啊，久仰先生素抱奇才。此番相遇，其乃幸事！爲何忽出此言嚇我？
龐　　統　啊！
諸葛亮　啊！

| 龐　統 | 哈哈哈…… |
| 諸葛亮 | |

龐　統　先生！

諸葛亮　先生！我此行實爲尋訪吾兄而來。邂逅相遇，豈非天假之緣！玄德公寬洪仁厚，求賢若渴。倘得足下，必能重用。我已預修一函。兄可持往荆州，共輔漢室。博個名垂千古，方不負生平所學也！

龐　統　辱承厚愛，敢不遵命！

　　　　（幕內喊介）

龐　統　啊，你聽殺聲大作，莫非吳將悔悟，追趕先生來了？

諸葛亮　足下且自迴避，我即登舟去也！

　　　　（唱）【西皮搖板】

　　　　　生世間有榮枯事業無量，

| 龐　統 | 請了！ |
| 諸葛亮 | |

　　　　（龐統下）

趙　雲　放過船來！

　　　　（一水手搖船上，諸葛亮、童兒、趙雲上船介）

諸葛亮　（唱）【西皮散板】

　　　　　風雲際顯奇謀爲把名揚。
　　　　　身登舟舉目望一派波浪，

　　　　（四上手、一纛旗、一水手、張飛上）

張　飛　快快迎上前去！

　　　　（趙雲、童兒、諸葛亮上張飛船介）

張　飛　（唱）【西皮散板】

　　　　　張翼德早預備接應長江。

　　　　（四下手、太史慈、凌統、甘寧、周泰、程普、呂蒙、周循、魯肅、一水手上）

周　循　呔！那船頭之上，可是諸葛先生？

諸葛亮　然也。來者何人？

周　循　俺乃周都督之子，周循是也！

諸葛亮　原來是公子！前來做甚？

周　循　循感先生遠道賜奠，有失迎迓。特地趕來，奉請過船面謝！

諸葛亮　　公子是爲謝孝而來麼？
周　循　　然也。
諸葛亮　　既是謝孝，爲何執戈相向？
周　循　　這……哎，只請過船，另有話講！
諸葛亮　　我若過船，只恐與你大大不利也！
周　循　　快攏過船去！
張　飛　　呔！我把你這無知的乳臭小兒！你父既死，不在靈旁泣守，何以稱孝？假言致謝，謀襲弔祭之人，何以稱義？似此不孝不義之子，存留何用！請軍師閃開，待俺老張射死這個逆子！
　　　　　（張飛開弓介，諸葛亮攔介。吳衆將拉周循介）
張　飛　　罷！念爾重孝在身，暫且饒你不死！開船！
　　　　　（四上手、一纛旗、一水手、張飛、趙雲、童兒、諸葛亮下。周循昏介）
衆　　　　公子醒來！
周　循　　蒼天哪！
　　　　　（唱）【西皮搖板】
　　　　　　　空自布下天羅網，
　　　　　　　終教豺狼過長江！
　　　　　罷！
　　　　　（周循欲投江介，衆攔介）
衆　　　　公子意欲報讎，勿尋短見。可以從長計議！
周　循　　（哭介）爹爹呀……
　　　　　（同下）

耒陽縣

佚名撰

解　題

　　京劇。現代佚名撰。《京劇劇目初探》著錄，題《耒陽縣》，又名《鳳雛理事》《醉縣令》；《京劇劇目辭典》著錄，題《醉縣令》，又名《耒陽縣》。均未署作者。劇寫魯肅向吳侯薦龐統，孫權以貌醜，不用。魯肅又寫信將龐統轉薦給劉備。劉備仍以貌醜，使暫充耒陽縣令，並使孫乾暗察。龐統至縣，每日飲酒，不理民詞。孫乾告於劉備。劉備命張飛、孫乾前往察看。張飛至耒陽，見龐統醉卧於堂，怒而責之。龐統立即傳齊人役，擊鼓陞堂，百日積案，一日清結。張飛見此情，甚爲敬服。諸葛亮回見劉備，問龐統可到。劉備告之已令其充耒陽縣令及至縣之情。張飛回報劉備龐統在縣理事之情。龐統即到，見劉備、諸葛亮，取出諸葛亮、魯肅二封書信。劉備見信，封龐統爲中郎將、右軍師、兼理刑部大堂。本事出於《三國演義》第五十七回。《三國志·蜀書·龐統傳》載有此事。清宮大戲《鼎峙春秋》有此情節戲文一齣。版本今有《京劇彙編》收錄的李萬春藏本及以該本重刊的《傳統京劇劇目彙編》本。另有李洪春藏本（未見）。今以《京劇彙編》李萬春藏本爲底本校勘整理。

第　一　場

（魯肅上）

魯　肅　（念）【引】三國爭漢鼎，何日定太平。
　　　　下官魯肅。吳侯駕前爲臣，官拜水軍都督之職。只因公瑾棄世，吳侯思慕賢良，待吳侯陞殿，不免將龐統薦上，若得重用，東吳之幸也。看香烟繚繞，吳侯臨朝來也。

（四太監、大太監引孫權上）

孫　權　（念）【引】碧眼紫髯，懷宇宙，威鎮江南。
魯　肅　魯肅見駕，吳侯千歲！
孫　權　平身。
魯　肅　千千歲！
孫　權　（詩）胸懷韜略志謀遠，
　　　　　　　碧眼紫鬚貌不凡。
　　　　　　　南面稱孤承父業，
　　　　　　　聲震劉曹坐江南。
　　　　孤，孫仲謀。承父兄基業，威鎮江南九州八十一郡，國庫豐盈。可嘆公瑾棄世，荊州未還。此時缺少良才，子敬計將安出？
魯　肅　臣薦一人，吳侯若能重用，東吳幸甚也。
孫　權　何人？
魯　肅　前在曹營獻連環計的龐士元。
孫　權　莫非是龐統乎？
魯　肅　正是。
孫　權　此人何在？
魯　肅　現在館驛。
孫　權　宣他上殿，孤面試其才。
魯　肅　領旨。下面聽者：吳侯有旨，龐士元上殿。
龐士元　（內白）領旨。（上）
　　　　（唱）忽聽得吳侯來召宣，
　　　　　　　午門外來了我龐士元。
　　　　　　　曾記得曹操帶領兵百萬，
　　　　　　　勢如山倒下江南。
　　　　　　　東吳的文臣皆喪膽，
　　　　　　　武將不敢跨雕鞍。
　　　　　　　黃蓋他把苦肉獻，
　　　　　　　我龐統暗地巧獻連環。
　　　　　　　諸葛亮祭東風在那七星臺上面，
　　　　　　　曹孟德一時間他中了我的巧機關。
　　　　　　　在赤壁江中一場戰，

衝鋒破陣火燒戰船。
只殺得曹瞞嚇破膽，
丟盔卸甲敗回中原。
今日裏魯子敬把我舉薦，
怕的是孫仲謀與我也無有緣。
大搖大擺我就上金殿，
山呼吳侯把駕參。
臣龐統見駕，吳侯千歲！

孫　　權　先生平身。
龐士元　謝吳侯！
孫　　權　（唱）奇容怪狀真難看，
滿臉五嶽又朝天。
身體矮小皮骨賤，
怎在東吳爲將賢。
子敬道你才學高遠，不知你平生治何經典？
龐士元　問答經典，乃腐儒所爲耳。
孫　　權　你與公瑾比論如何？
龐士元　用兵之道神鬼莫測，臣與公瑾大不相同。
孫　　權　退班。
（四太監、大太監、孫權同下）
魯　　肅　先生請在館驛，待某再見吳侯。
龐士元　大夫不必費心了。
魯　　肅　依先生若何？
龐士元　東吳非我立身之處；聞得曹操現在洛陽練兵，某有意投之。
魯　　肅　先生滿腹才能，投順曹操，豈不是美玉投於淤泥之中矣！
龐士元　依大夫之見如何？
魯　　肅　如今劉備新定荆楚，仁義過天，先生何不投之，前程也可進步。
龐士元　只怕與仲謀一樣，豈非往返徒勞。
魯　　肅　不妨。待我修書一封，必不怠慢。
龐士元　有勞大夫。
（魯肅修書介。【牌子】）
魯　　肅　先生請看。

龐士元　有勞大夫！

　　　　（唱）大夫待某恩非淺，
　　　　　　　修書薦某入桃園。
　　　　　　　躬身施禮跨走戰，

　　　　（二道童帶馬，先下）
　　　　　　　要相逢除非天賜緣。

　　　　（魯肅、龐統分下）

第 二 場

　　　　（四龍套、二旗牌、張飛、孫乾、劉備上）

劉　備　（唱）蘆花蕩內一場戰，
　　　　　　　周郎小兒喪黃泉。
　　　　　　　先生過江未回轉，
　　　　　　　盼得孤窮兩眼穿。

　　　　（二道童引龐士元上）

龐士元　（唱）勒住絲韁用目看，
　　　　　　　特與皇叔來問安。

二道童　門上有人麼？

旗　牌　你們哪裏來的？

龐士元　通稟皇叔：龐士元有帖參拜。

旗　牌　候着。啓奏主公：龐士元有帖參拜。

劉　備　呈上來。龐統字士元，道號鳳雛。啊哈哈……當年司馬徽言道，伏龍、鳳雛得一可安天下，莫非就是此人！

張　飛　待小弟相迎先生。先生在哪裏？

龐士元　啊，將軍。

　　　　（張飛比相介）

龐士元　哎！皇叔在上，貧道頓首。

劉　備　先生請坐。

龐士元　謝坐。

張　飛　唔！

劉　備　先生光臨，有何見教？

龐士元　聞得皇叔仁義過天，特來效力。未知皇叔可能留用否？
劉　備　備初定荊楚，民心未定。離此百里有一耒陽縣，請先生權充縣事，日後有功陞遷。未知可能屈駕否？
龐士元　遵命！
　　　　（唱）辭別皇叔跨走戰，
　　　　（二道童帶馬，先下）
　　　　　　將計就計把身安。（下）
張　飛　大哥，弟觀龐統，面貌醜陋，身體矮小，必無韜略。大哥不審明白，放他耒陽縣宰；倘有差錯，豈不是禍國殃民！待小弟將他趕回，另派別人纔是。
劉　備　三弟不可性急，愚兄自有道理。孫乾過來！
孫　乾　在。
劉　備　命你暗地打探龐統行事如何。
孫　乾　遵命。（下）
張　飛　事雖如此，小弟放心不下。
劉　備　待等諸葛先生回來自有定奪。退班。
　　　　（同下）

第　三　場

（四青袍、二班頭、書吏捧印上）
書　吏　眾位請了。
班　頭　請了。
書　吏　新官到任，一同出城迎接去者！（同下）
龐士元　（內唱）【西皮導板】
　　　　　　時運不濟招人怨，
　　　　（二道童引龐士元騎馬上）
　　　　（唱）龐鳳雛坐馬上心怨蒼天。
　　　　　　可恨孫權瞎了眼，
　　　　　　他不該貌視我龐士元。
　　　　　　多蒙大夫將我薦，
　　　　　　不想孫權、劉備俱一般。

　　　　　　可笑劉備見識淺，
　　　　　　他命我耒陽爲縣官。
　　　　　　正行之間用目看，
　　　（四青袍、二班頭、書吏上）

書　吏　迎接太爺！
龐士元　（唱）只見衙役與三班。
　　　（【牌子】下。再上，挖門。接印，衆百姓拿狀上）
衆百姓　冤枉！
班　頭　啓太爺：衆百姓告狀。
龐　統　將狀子一概收下。傳話出去，過了百日前來聽審。掩門！（下）
班　頭　衆百姓，過了百日前來聽審。（分下）

第 四 場

　　　（四龍套、二旗牌、張飛引劉備上）
劉　備　（唱）鳳雛初把孤窮見，
　　　　　　放他耒陽把民安。
　　　　　　孤命孫乾暗打探，
　　　　　　如何這時不見還！
　　　（孫乾上）
孫　乾　啓奏主公：龐士元每日飲酒安睡，不理民詞，衙內狀紙堆積如山。主公速速定奪！
張　飛　大哥，我說龐統一派吹噓，不能重用。待小弟將他抓來殺之，與民除害。
劉　備　三弟不可造次，須要見機而行。
張　飛　知道了！
　　　　（唱）妖道做事真大膽，
　　　　　　好久不理百姓冤。
　　　　　　怒氣不息跨走戰，
　　　　　　斬他首級謝民冤。
　　　（張飛下）
劉　備　孫乾快快趕上，教他忍耐爲是。

孫　乾　遵命。（分下）

第　五　場

（一童捧酒盤、一童捧酒壺引龐士元同上）

龐士元　（唱）到任至今未審案，
　　　　　　　　終日酒醉樂安然。
　　　　　　　　童兒快把酒斟滿，
　　　　　　　　多飲幾杯可自閑。

（旗牌、孫乾、張飛【急急風】上）

張　飛　（唱）白虎堂前下走戰，
　　　　　　　　不見衙役與三班。
　　　　衙役，衙役，衙役！

（班頭上）

班　頭　幹甚麽雞毛子喊叫的，待我看看。可了不得啦，快快報與太爺知道。太爺醒來！

龐士元　（唱）時纔夢睡將合眼，
　　　　　　　　耳旁聽得有人言。
　　　　　　　　強睜二目來觀看，

班　頭　太爺不好啦！
龐士元　（唱）你等慌張爲哪般？
班　頭　太爺大事不好啦！
龐士元　何事驚慌？
班　頭　三千歲到啦！
龐士元　喔，張飛來了？
班　頭　正是。
龐士元　有甚麽大驚小怪的！今在哪裏？
差　人　這……
龐士元　閃開！翼德張，你還了得！（歸正坐）怒氣不息爲着誰來？
張　飛　是你來到荊裏寸功未見，我大哥放你耒陽縣宰，你就該治國安民纔是正理。誰教你好酒貪杯，醉臥仙鄉，不理民詞，狀積如山？想你這樣誤國殃民的匹夫，留你何用！呸，我打死你王八旦的！

孫　　乾　三將軍，主公教你不可造次。
張　　飛　你休管！
龐士元　我道爲了何事，原來爲此。翼德你與我站班，我來審斷你看看。
張　　飛　我原要你斷我看。
龐士元　差役過來，吩咐三班衙役站班伺候！
班　　頭　太爺陞堂啦！
張　　飛　高聲些，起鼓！
　　　　　（【急急風】。四青袍、二差人上。孫乾歸上場門，張飛歸下場門。龐士元內坐）
龐士元　來！
班　　頭　有。
龐士元　將原、被告一齊帶上堂來！
班　　頭　原、被告上堂回話！
　　　　　（衆百姓上）
衆百姓　與老爺叩頭。
龐士元　你等站立兩旁，聽本縣判斷。
　　　　　（唱）三班衙役兩邊站，
張　　飛　哇呀！
龐士元　（唱）張翼德在一旁怒髮衝冠。
　　　　　　　右手寫來左手判，
　　　　　　　連寫帶判再把狀觀。
　　　　　　　頭一狀告的王清善，
　　　　　　　欠我銀子十兩三。
　　　　　　　此銀借去一年限，
　　　　　　　至今本利未歸還。
　　　　　　　本縣與你來判斷，
　　　　　　　一月之內交銀還。（一百姓下）
　　　　　　　看罷頭狀我把二狀看，
　　　　　　　狀告墻內誤抛磚。
　　　　　　　本縣打他四十板，
　　　　　　　管押一月放他還。（一百姓下）
　　　　　　　看罷二狀再把三狀看，

　　　　　停妻再娶理不端。
　　　　　本縣與你來判斷，
　　　　　先正後偏同歸還。（一百姓下）
　　　　　看罷三狀我把四狀看，
　　　　　四狀告的胡春山。
　　　　　霸佔田土招民怨，
　　　　　無奈前來叩青天。
　　　　　公堂打他二百板，
　　　　　充軍千里永不還。（一百姓下）
　　　　　看罷四狀餘狀不必看，
　　　　　衆位父老聽我言：
　　　　　非是本縣不判斷，
　　　　　些小之事何足煩。（衆百姓同下）
　　　　　回頭再把翼德喚，
　　　　　你看我連寫帶判把狀觀，
　　　　　聽我判斷可斷得周全？
張　飛　好先生哪！
　　　　（唱）他耳聽口問連判斷，
　　　　　絲毫無差果非凡。
　　　　　右手寫來左手判，
　　　　　他比那孔明還在先。
　　　　　二次上堂把禮見，
　　　先生哪！
　　　　　尊聲先生聽我言：
　　　　　俺張飛胸中見識淺，
　　　　　望求先生海量寬。
　　　　　躬身施禮跨走戰。
　　　（二旗牌帶馬，先下）
張　飛　（唱）禀明大哥請你還。（下）
龐士元　（唱）站立大堂一聲喚，
　　　　　書吏進前聽我言：
　　　　　這顆印信你代管，（書吏接印）

　　　　　　每日勤勞莫偷閑。
　　　　　　長隨帶過千里戰，
　　　（二道童帶馬，先下）
　　　　　　此一去我必定官上加官。（下）

第　六　場

　　　（四龍套引劉備上）
劉　備　（唱）三弟耒陽去查看，
　　　　　　爲何這時不回還？
　　　　　　將身打坐仁德殿，
　　　　　　三弟到來問根源。
內　白　諸葛先生到。
劉　備　有請。
　　　（孔明上）
孔　明　主公！
劉　備　先生請坐。
孔　明　謝坐。
劉　備　先生辛苦了！
孔　明　龐士元可安泰否？
劉　備　先生怎知他來？
孔　明　臣有薦書與他前來，莫非未到麼？
劉　備　人已來了，並未提起薦書。孤未問其來由，命他爲耒陽縣宰。到任至今，日在醉鄉，不理民詞。三弟前去查看，未見回來。
孔　明　龐統非百里之才，主公輕賢了！
劉　備　等三弟到來，再作定奪就是。
張　飛　（內白）馬來！
　　　（二旗牌、孫乾、張飛上）
張　飛　（唱）查看士元轉回來，
　　　　　　不由老張喜心懷。
　　　　　　下得馬來上殿階，
　　　　　　大哥！

龐統果然有奇才。

先生來了。

劉　備　怎樣了？

張　飛　小弟觀看他不到片刻，將狀紙案卷連問帶判，斷得清清楚楚，明明白白，可算得絕世奇才。

孔　明　如何？

張　飛　大哥快快加他官職，共扶漢室的好。

內　白　龐士元先生到。

張　飛　有請！待小弟出迎。先生在哪裏？

（二道童隨龐士元上。【牌子】）

張　飛　我來帶馬！

劉　備
孔　明　啊，先生。

龐士元　主公、先生請！

劉　備　請坐。

龐士元　謝坐。

劉　備　先生屈駕了！

龐士元　豈敢。

孔　明　先生何不將薦書呈上？

龐士元　先生與子敬薦書一併在此。

劉　備　先生哪！

（唱）手挽着先生開笑顏，
　　　二位先生聽孤言：
　　　馬跳檀溪險遭難，
　　　水鏡莊上遇高賢。
　　　孤窮隔壁親聽見，
　　　他言道：伏龍鳳雛得其一，這天下就可安。
　　　幸得二公齊相見，
　　　從此後同心協力扶江山。
　　　三弟與兄同把盞，
　　　兄與鳳雛來加官。

士元聽封！

龐　　統　　臣。
劉　　備　　孤封你漢中郎將，右軍師，兼理刑部大堂。
龐　　統　　謝主公。
劉　　備　　後閣有宴，與先生賀功。請！
　　　　　　（劉備原人、孔明下）
龐　　統　　翼德，主公封我右軍師中郎將，你要與我仔細了，打點了！
張　　飛　　喳，喳，喳，喳，喳……
　　　　　　（龐士元暗笑，下）
張　　飛　　好嘚！（下）

反 西 涼

佚 名 撰

解 題

　　京劇。現代佚名撰。《京劇劇目初探》《京劇劇目辭典》著録，題《反西涼》，一名《割鬚棄袍》，《辭典》又一名《馬超出世》。劇寫曹操有意篡漢，恐西涼馬騰不服。曹操用夏侯惇計，矯詔召馬騰進京，令董平中途刺殺。馬騰果然中計，爲董平殺害。馬岱逃回，報知馬超。馬超令三軍戴孝，發兵爲父報讎。兵至潼關，徐晃懼戰，曹洪爲馬超所敗。潼關失守。曹操親率重兵前來。馬超大敗許褚。曹操割鬚棄袍逃走，仍被西涼兵將認出，乃用令旗兜鬚，登舟逃走。馬超箭射不中，收兵回西涼。本事出於《三國志·蜀書·馬超傳》《魏書·許褚傳》。元刊《三國志平話》謂曹操奏請漢獻帝劉協召馬騰入朝，以拒劉備。不意曹操夜間竟將馬騰斬首。馬超向太守邊璋、韓遂借得一萬人馬。往攻曹操。夏侯惇與馬超交戰。馬超詐敗，射傷夏侯惇，擒得曹兵，問知曹操貌美髯長，懸賞金珠萬貫以擒之。曹操刀斷其髯，幾乎死於萬刃之下。《三國演義》第五十七、五十八回叙此事較詳。明代傳奇《檜頭水》亦有割鬚棄袍故事。清宮大戲《鼎峙春秋》第三本《謀泄兩捐傾國命》《痛深共起報讎兵》《誓中軍孤軍泣血》《逢勁敵奸賊髡鬚》等齣，即係據以改編。道光四年《慶昇平班戲目》已列入此劇。本事出於《三國演義》第五十七、五十八回。版本今有《京劇彙編》李萬春藏本及據此本重刊的《京劇傳統劇本彙編》本。今以《京劇彙編》李萬春藏本爲底本進行整理。

第 一 場

（四文堂引夏侯惇上）

夏侯惇　（念）朝中天子宣，閫外法度嚴。

俺，夏侯惇。曹丞相密令傳喚，不知爲了何事。來，（衆應介）轅門去者！

（同下）

第 二 場

（四文堂引董平上）

董　平　俺，董平。丞相傳喚，不知爲了何事。來，（衆應介）轅門去者！
（圓場。夏侯惇原人上）

夏侯惇　前道爲何不行？

衆　　　董將軍擋道。

夏侯惇　人馬列開！（衆應介）啊，董將軍！

董　平　夏侯將軍！

夏侯惇　今欲何往？

董　平　丞相密令傳喚，不知爲了何事。因此起兵而來。

夏侯惇　俺也爲此而來。你我合兵一處。衆將官！（衆應介）帶馬！

（同下）

第 三 場

（四文堂、二旗牌引曹操上）

曹　操　（念）【引】代理山河，藐群雄，獨霸朝閣。
（念）（詩）老夫親領南征，
　　　　　袁紹抗吾之兵。
　　　　　群雄皆已服順，
　　　　　孫劉只在掌中。
老夫，曹操。自除董卓之後，諸侯皆已服順。惟有西涼馬騰，依仗他子英勇，有抗我之意。若不早除，必爲後患。我也曾命人去喚夏侯惇、董平二將議事，還不見到來。左右，（衆應介）伺候了！

四文堂　（內白）二位將軍到！

曹　操　有請！

（四文堂引夏侯惇、董平上）

夏侯惇
董　平　丞相在上，末將等大禮參拜。

曹　操　只行常禮。請坐。

夏侯惇
董　平　謝坐。

曹　操　二位將軍征伐邊庭，諸侯喪膽，真乃國家之支柱也。

夏侯惇
董　平　末將等全仗軍威，何勞丞相美贊！

曹　操　將軍虎威！

夏侯惇
董　平　丞相相約，有何見諭？

曹　操　二位將軍哪裏知道。只因除却董卓之後，諸侯皆已服順。唯有馬騰倚仗他子英勇，有抗我之意，必爲後患。故請二位將軍前來，共議此事。

夏侯惇　聽丞相之言，莫非有吞漢之意麽？

曹　操　哈哈哈……未知天意可遂？

夏侯惇　末將有計獻上。

曹　操　有何妙計？

夏侯惇　丞相假傳聖旨一道，召馬騰進京，加官受爵。再命董平將軍執金牌一面，帶領一支人馬，埋伏中途。等候馬騰到來，一齊殺之。何愁大事不成！

曹　操　倘若他子馬超倒反西凉，如何是好？

董　平　丞相可命徐晃、曹洪駐紮潼關，緊守不戰。候丞相大兵一到，開關一戰。前後夾攻，哪怕馬超不滅！

曹　操　哈哈哈……全仗二位將軍。老夫備得有酒，與二位將軍痛飲！

夏侯惇
董　平　末將等把盞。

（擺筵介）

曹　操　二位將軍請！

夏侯惇
董　平　丞相請！（【牌子】。飲酒介）啊丞相，此事宜早不宜遲。

曹　操　夏侯將軍聽令！

夏侯惇　在。
曹　操　命你假傳聖旨一道，去至邊關，召馬騰父子進京。不得有誤！
夏侯惇　得令。（下）
曹　操　董平聽令！
董　平　在。
曹　操　命你執金牌一面，帶領一千刀斧手，紮在中途。見了馬騰父子，一齊殺之。不得有誤！
董　平　得令。（下）
曹　操　來，傳我將令：命徐晃、曹洪緊守潼關。不得有誤！
旗　牌　得令。（下）
曹　操　正是：
　　　　（念）但願蒼天遂人意，殺却馬騰稱心機。
　　　　（同下）

第　四　場

（四文堂、四車旗引馬岱上）

馬　岱　（唱）帳中奉了父帥令，
　　　　　　　解押糧草要小心。
　　　　俺，馬岱。奉了父帥將令，催押糧草。糧草催齊，不免回營交令。眾將官！
眾　　　有。
馬　岱　回營去者！
眾　　　啊。
馬　岱　（唱）三軍與爺把路引，
　　　　　　　見了父帥把功擎。
　　　　（同下）

第　五　場

（四文堂、旗牌引馬騰上）

馬　騰　（念）【引】鎮守西羌，秉忠心，扶保朝堂。

反西涼

（念）（詩）炎漢社稷如絲懸，
　　　　　曹操竟比董卓奸。
　　　　　許田射鹿欺天子，
　　　　　血詔不密枉徒然。

本督，姓馬名騰字壽成。獻帝駕前為臣。奉了萬歲之命，鎮守西涼一帶。只因曹操在朝專政，欺君罔上。是獻帝修下血詔，命董承約請眾諸侯共滅曹操。也是董承做事不密，將大事洩漏，全家被害。為此本督回至西涼，每月操演人馬，誓滅國賊。這且不言。我命馬岱前去催糧，這般時候，還不見到來。

馬　岱　（內白）馬來！（帶原人上）
　　　　（念）將相本無種，男兒當自強。
　　　　參見父帥！孩兒交令。
馬　騰　罷了。糧草可曾催齊？
馬　岱　糧草催齊。請父帥查點。
馬　騰　不必查點，吾兒之功也！
夏侯惇　（內白）聖旨下！
旗　牌　啟元帥，聖旨下。
馬　騰　香案接旨！
　　　　（四文堂引夏侯惇上）
夏侯惇　聖旨下，跪！
馬　騰　萬歲！
夏侯惇　聽宣讀："詔曰：馬騰父子鎮守邊關，受盡風霜之苦。朕思念功臣，召卿進京，加官受爵，議論朝事。"旨意讀罷，望詔謝恩！
馬　騰　萬萬歲！
夏侯惇　請過聖旨。
馬　騰　香案供奉。有勞將軍，捧旨前來。後帳擺宴！
夏侯惇　朝命在身，不敢久停。告辭。
馬　騰　奉送！
　　　　（夏侯惇帶原人同下）
馬　騰　聖旨到來，召我進京，議論朝事。就命馬超、龐德鎮守西涼，操練人馬，聽候調用。不得有誤。
馬　岱　得令！

馬　騰　就此起馬！
　　　　（衆應介。同下）

第　六　場

　　　　（四下手引董平上）
董　平　俺，董平。奉了丞相將令，密發金牌，中途路上刺殺馬騰。軍士們！
　　　　（衆應介）趲行者！
　　　　（同下）

第　七　場

馬　騰　（內唱）聖旨一到奔京城。
　　　　（四文堂、馬岱引馬騰上）
馬　騰　（唱）帶領大小衆三軍。
　　　　　　人來與爺往前進！
董　平　（內白）金牌下！
馬　騰　啊！
　　　　（唱）金牌到此爲何情？
　　　　兒呀，哪裏來的金牌呀？
馬　岱　想必曹操定下詭計，須要提防一二。
馬　騰　吾兒不必多言，閃在一旁。有請！
　　　　（四下手引董平上）
董　平　金牌下。
馬　騰
馬　岱　萬歲！
董　平　"朕言：朝中有緊要軍情。命馬騰父子，不分晝夜，火速進京，勿負朕命。"
馬　騰
馬　岱　萬萬歲！
董　平　看劍！
　　　　（殺死馬騰。馬岱跑下）

四下手　馬騰已死！
董　平　回覆丞相去者！（同下）

第 八 場

（馬超上）

馬　超　（念）【引】劍氣衝霄漢，英名震西羌。
　　　　（念）（詩）韜略兵機歷代傳，
　　　　　　　　　　文修武備在心間。
　　　　　　　　　　父授戰策威名顯，
　　　　　　　　　　壓服西凉半壁天。
　　　　俺，姓馬名超字孟起。我父馬騰，獻帝駕前爲臣。奉命鎮守西凉一帶。前日聖旨到來，召我父進京議事。只因昨晚偶得一夢，是我身卧雪地。醒來不覺心驚肉跳，不知是何吉凶？正是：
　　　　（念）心中懷念血帶詔，何日纔能報君王。

馬　岱　（内白）馬來！（上）
　　　　參見兄長，大事不好了！
馬　超　何事驚慌？
馬　岱　曹操使用奸計，假傳聖旨一道，中途將我叔父殺死！
馬　超　你待怎講？
馬　岱　將我叔父殺死！
馬　超　哎呀！（昏介）
馬　岱　兄長醒來！
馬　超　（唱）聽説嚴親把命喪，
　　　　（【叫頭】）爹爹，我父，哎，爹爹呀！
　　　　（唱）點點珠淚灑胸膛。
　　　　　　　開言大罵賊奸黨，
　　　　曹操哇，曹操！
　　　　　　　殺却國賊反西凉。
　　　　馬岱聽令！
馬　岱　在。
馬　超　命龐德帶領大小三軍，齊穿孝服，校場聽點！（下）

馬　岱　得令。下面聽者：大小三軍，齊穿孝服，校場聽點！（下）

第　九　場

（龐德上，起霸）

龐　德　（念）奉了公子命，校場點雄兵。
　　　　俺，龐德。奉了公子之命，校場點動人馬。一言未盡，公子來也。
（四文堂、四馬童、馬岱引馬超上）
龐　德　參見公子！
馬　超　站下。
龐　德　啊！
馬　超　（念）心中惱恨賊奸黨，
　　　　　　　殘害忠良亂朝綱。
　　　　　　　今日點動人和馬，
　　　　　　　要學韓信滅項王。
　　　　俺，馬超。今日點動人馬，與我父報讎。龐德聽令！
龐　德　在。
馬　超　命你帶領一哨人馬，攻打頭陣！
龐　德　得令。（下）
馬　超　眾將官！
眾　　　有。
馬　超　起兵前往！
眾　　　啊。
（【牌子】。同下）

第　十　場

（四文堂引徐晃上）
徐　晃　（唱）【點絳唇】
　　　　鎮守潼關，威風浩蕩。統兵將，四海名揚，軍權我執掌。
　　　　（念）（詩）轅門以外月兒高，
　　　　　　　　馬配雕鞍將挂袍。

男兒若掌封侯印，
斬將回來血染刀。
某,姓徐名晃字公明。奉了丞相之命,鎮守潼關。昨日丞相有密令到來,言說倘若馬超倒反西涼,教我謹守。爲此今日陞帳,先傳一令。衆將官！

衆　　　有。

徐　晃　傳我將令：只可謹守,不可出戰。違令者斬！

衆　　　啊。

報　子　(內白)報！(上)馬超倒反西涼！

徐　晃　再探！

報　子　啊。(下)

徐　晃　衆將官！

衆　　　有！

徐　晃　免戰高懸！

衆　　　啊。

曹　洪　(內白)慢着！(上)

(念)赤髮紅鬚膽氣粗,
赫赫威名蓋世無。
站立陣前人皆怕,
寶刀一舉鬼神服。

某,姓曹名洪字子廉。正在後帳飲酒,忽聽元帥免戰高懸,不免進帳問過。報,曹洪告進！參見元帥。

徐　晃　少禮,請坐。

曹　洪　謝坐。

徐　晃　將軍,無令進帳何事？

曹　洪　元帥免戰高懸,是何理也？

徐　晃　丞相有令：且候大兵一到,方可出城對敵。

曹　洪　啊呵,元帥！末將不才,願討一令,生擒馬超進帳。

徐　晃　那馬超爲報父讎而來,銳氣方盛。況他英勇無敵,只恐將軍不是馬超的對手。

曹　洪　元帥,你好小量俺也。

(唱)元帥你把某小量,

長他志氣滅俺强。
馬超縱是天神將，
霜雪焉能見太陽。

報　子　（內白）報！（上）啓元帥：馬超討戰！
徐　晃　再探。
報　子　啊。（下）
曹　洪　元帥，那馬超討戰。待俺生擒馬超，獻於帳下。
徐　晃　丞相有令：不許出戰。
曹　洪　哎呀！（搶令旗介）你拿過來吧！（下）
徐　晃　哎呀！待我將他趕回。（下，衆隨下）
　　　　（連場——曹洪上，徐晃追上，揪住曹洪大刀介）
徐　晃　將軍不可出戰！
曹　洪　嘿！（奪過大刀）走了。（下）
徐　晃　且住，曹洪不聽我令，竟自出戰去了。待我報與丞相知道便了。
　　　　（下）

第十一場

（四文堂引曹洪上）
曹　洪　衆將官！（衆應介）殺！
（四文堂引龐德上，會陣，開打。將龐德打下。曹洪耍下場下）

第十二場

馬　超　（內唱）手提長槍列旗門，
　　　　（馬超帶原人同上）
馬　超　（唱）層層戈甲將紛紛。
　　　　　　龐德領兵打頭陣，
　　　　　　殺卻國賊方稱心。
　　　　　　三軍與爺往前進，
　　　　　　且聽龐德報分明。
（龐德上）

龐　德　參見公子！末將交令。
馬　超　勝敗如何？
龐　德　大敗而歸！
馬　超　無用之將，敗我頭陣，餒我銳氣。重責四十，扠出營去！
龐　德　嘿！（下）
馬　超　眾將官！（眾應介）殺上前去！
　　　　（四文堂倒脫靴下。連場——曹洪上。會陣）
馬　超　來將通名！
曹　洪　大將曹洪。
馬　超　看槍！
　　　　（開打。曹洪敗下。馬超耍下場下）

第 十 三 場

　　　　（四文堂引曹操上）
曹　操　（念）【引】志量如天高。
許　褚　（內白）啊嘿！（急上。亮相）
曹　操　（接念）【引】鼓鼕鼕，旌旗飄繞。
許　褚　參見丞相！
曹　操　站下。
許　褚　啊！
曹　操　（念）（詩）赫赫威名鎮許昌，
　　　　　　　　文韜武略世無雙。
　　　　　　　　但願狼烟齊掃蕩，
　　　　　　　　統領貔貅滅西羌。
　　　　老夫，曹操。日前用計斬了馬騰，他子馬超必要倒反西涼。我也曾命徐晃鎮守潼關，以防不測。老夫有令在先：只宜堅守，不可出戰。俟老夫大兵一到，方可開城對敵。許褚！
許　褚　在。
曹　操　吩咐大小三軍，齊往潼關去者！
許　褚　啊！兵發潼關。
　　　　（眾應介）

曹　操　催軍！

（唱）老夫興兵誰敢擋，
　　　赫赫威名天下揚。
　　　溝渠之水難起浪，
　　　何懼馬超小兒郎。
　　　大隊人馬往前闖，
（徐晃上）
　　　前道不行爲哪樁？

衆　　　徐晃擋道！
曹　操　馬前回話！
徐　晃　參見丞相！
曹　操　哽！老夫命你謹守潼關，爲何私離汛地？
徐　晃　啓丞相：今有曹洪不遵我令，私自出戰。末將特到丞相台前請罪。
曹　操　潼關呢？
徐　晃　失守了！
曹　操　界牌？
徐　晃　失了！
曹　操　速速披挂，隨營保護！
徐　晃　謝丞相。（下）
曹　操　催軍！

（唱）聽説界牌失落了，
　　　不由老夫心内焦。
　　　衆將與爺齊引道，
　　　人馬不行爲哪條？
（曹洪上）

衆　　　曹洪擋道。
曹　操　人馬列開！
曹　洪　參見丞相。死罪呀，死罪！
曹　操　嘟，膽大曹洪，違犯軍令。本當將你斬首。念在用兵之際，暫且饒恕。打入後隊！
曹　洪　嘿！（下）
報　子　（内白）報！（上）啓禀丞相：馬超討戰。

曹　操　再探！
報　子　得令！（下）
曹　操　衆將官！
　衆　　有。
曹　操　陣前去者！
　　　　（馬超原人上）
馬　超　看槍！
　　　　（曹操原人退下。許褚與馬超起打。許褚敗下，馬超追下）

第十四場

（【亂錘】。曹操領原人跑上，兩望門）

馬營兵
馬營將　（內白）穿紅袍的是曹操！

　　　　（曹操驚慌奔上場門）

馬營兵
馬營將　（內白）穿紅袍的是曹操！

曹　操　哎呀，且住。敵軍言道：穿紅袍的是曹操。哎呀這、這……呵呵，有了。我不免將紅袍脫下，他們就認我不出了。將紅袍脫下。
　　　　（脫介）

馬　超　（內白）哪裏走？
　　　　（馬超原人上，漫曹操頭。曹洪挑出來，曹操下。許褚上，馬超打曹洪、許褚下。馬超耍下場下）

第十五場

（【亂錘】。曹操跑上，兩望門）

馬營兵
馬營將　（內白）長髯鬚的是曹操！

曹　操　哎呀！敵軍言道：長髯鬚的是曹操。這便怎麼處？咦……有了。我不免將這髯鬚割去，他們就看我不出了。我將這髯鬚割將下來！
　　　　（割介）

馬　超　（內白）哪裏走？

（馬超原人上，漫曹操頭。曹洪挑出來，曹操下。馬超與曹洪打大刀槍，打曹洪下。馬超耍下場下）

第 十 六 場

（【亂錘】。曹操上，兩望門）

馬營兵
馬營將　（內白）割了髯鬚的是曹操！

曹　操　放屁！哎呀，敵軍言道：割了髯鬚的是曹操。哎呀，這、這……啊呵有了。不免用令旗將髯鬚兜了起來。（兜介）

馬　超　（內白）哪裏走？

（馬超上，漫曹操頭。許褚架住，走圓場，曹操下。打許褚搶背下。馬超耍下場下）

第 十 七 場

（許褚拿船槳下場門下。曹操上場門上）

曹　操　搭了扶手。

（曹操上船。馬超原人上場門上，一字）

馬　超　放箭！

（許褚擋箭。馬超倒領下。曹操圓場，望門）

曹　操　嚇！

（曹操帶原人下）

（連場——馬超原人上）

馬　超　且住。正要擒拿曹操，不想那賊乘船而逃，真乃天不滅曹。也罷，不免回轉西羌，點動人馬，殺奔許昌，再報父讎。眾將官！（眾應介）收兵！

（尾聲。倒領下）

戰潼關

佚名撰

解題

　　京劇。現代佚名撰。未見著錄。劇寫曹操想除掉馬騰，於是假傳聖旨，調馬騰任潼關太守。暗地裏又命董平持金牌在途中，將馬騰殺害。馬超聞知父親被害，怒氣衝天，率領西凉兵馬爲父報讎。兵抵潼關，徐晃不敢出戰，曹洪敗超將龐德，但又爲馬超所敗。潼關亦失守。曹操聞報領兵前來潼關，將曹洪貶入後隊。馬超與許褚交戰，大敗曹兵。曹操怕被人認出，先扔掉身上的紅袍，又割掉顯眼的鬍鬚，以令旗兜鬚，乘舟逃走。本事出於《三國演義》第五十七、五十八回。《三國志·蜀書·馬超傳》與《魏書·許褚傳》載有戰潼關事，但與此劇情節不同。元刊《三國志平話》載有斬馬騰、曹操斷髯事，亦與此劇情節不同。明傳奇《檣頭水》亦有割鬚棄袍故事。清宮大戲《鼎峙春秋》寫有此故事。現代京劇《反西涼》，題材、情節與該劇同中有異。版本今有《京劇彙編》收錄的王連平藏本。今以此本爲底本整理。

第 一 場

（四龍套引曹操上）

曹　操　（念）【引】袖內藏刀，位壓群僚。
　　　　（念）（詩）眼看乾坤已破，
　　　　　　　　　一心想佔山河。
　　　　　　　　　斬殺不由獻帝，
　　　　　　　　　孫劉已在掌握。
　　　　老夫，曹操。昨晚仰觀天象，那西涼馬騰，非但有不順老夫之意，反有害老夫之心。我不免請來夏侯淵、董平二將到此，一同商議，斬了馬騰方好。

（報子上）

報　子　啓丞相：二位將軍到。

曹　操　有請！

報　子　有請。

（夏侯淵、董平上）

夏侯淵
董　平　參見丞相！

曹　操　二位將軍請坐！

夏侯淵
董　平　謝坐。提調我等，有何事議？

曹　操　昨晚老夫仰觀天象，那西涼馬騰，非但有不順老夫之意，反有害老夫之心。我意欲斬了馬騰方好。

夏侯淵　末將倒有一計。

曹　操　有何妙計？

夏侯淵　丞相假傳聖旨一道，命馬騰調陞潼關。再發金牌一面，命董平將軍劫殺馬騰。

曹　操　言之有理。夏侯將軍聽令！

夏侯淵　在。

曹　操　命你假傳聖旨，調馬騰爲潼關太守。

夏侯淵　得令！

曹　操　董將軍！

董　平　在。

曹　操　可持金牌攔路劫殺，取他首級，不得違誤！

董　平　得令！

夏侯淵
董　平　帶馬！（下）

曹　操　馬騰哪馬騰！管叫你明槍容易躲，暗箭最難防！

（同下）

第 二 場

（四文堂引馬騰上）

馬　騰　（念）【引子】父子英雄將，奉王命，鎮守西涼。
　　　　（念）（詩）一口黃金印，
　　　　　　　　　令箭調三軍。
　　　　　　　　　馬踏花世界，
　　　　　　　　　與主保乾坤。
　　　　老夫，馬騰。鎮守西涼一帶等處。我也曾命馬岱前去運糧，為何不見到來？
馬　岱　（內）馬來！（上）
　　　　（念）將相本無種，男兒當自強。
　　　　參見父帥！
馬　騰　運糧之事，怎麼樣了？
馬　岱　糧草催齊，請父帥查點。
馬　騰　我兒之功也。
夏侯淵　（內）聖旨下！
馬　岱　聖旨下！
馬　騰　香案接旨！
馬　岱　香案接旨！
　　　　（四龍套引夏侯淵上）
夏侯淵　聖旨下！馬騰跪聽宣讀！
馬　騰　萬歲！
　　　　（跪介）
夏侯淵　你父子鎮守西涼有功，聖上見喜，封你為潼關太守，即刻上任。旨意讀罷，望詔謝恩！
馬　騰　萬萬歲！（起介）大人捧旨前來，多受風霜之苦。
夏侯淵　為國勤勞，何言辛苦！
馬　騰　與大人擺宴。
夏侯淵　還要回朝交旨。
馬　騰　不敢久留。

夏侯淵　告辭。帶馬！（上馬介）
　　　　（四龍套、夏侯淵下）
馬　騰　兒啊，適纔聖旨到來，命爲父調陞潼關，加官受爵，即刻起程。來，與爺帶馬！
四文堂　啊！
　　　　（馬騰上馬介，同下）

第　三　場

（四下手引董平上）
董　平　俺，董平。奉了丞相之命，劫殺馬騰。衆將官，催馬！
四下手　啊！
　　　　（同下）

第　四　場

馬　騰　（内唱）有老夫在馬上暗暗思想，
　　　　（四文堂、馬岱、馬騰上）
馬　騰　（唱）漢天子他待我恩重非常。
　　　　俺，馬騰。聖旨封我潼關太守。衆將官！
四文堂
馬　岱　有！
馬　騰　趲行者！
四文堂
馬　岱　啊！
馬　騰　（唱）揭鞭打馬往前闖，
董　平　（内）金牌下！
馬　騰　啊！
　　　　（唱）金牌到此爲哪樁？
馬　岱　這般時候，哪裏來的金牌？
馬　騰　我兒躲在松林。
馬　岱　遵命！（下）

馬　騰　有請！

　　　　（四下手引董平上）

董　平　馬騰跪！

馬　騰　萬歲！

董　平　只因你剋扣軍餉，聖上惱怒，斬你首級進京，接牌，看劍！

　　　　（董平斬馬騰介。四文堂下。四下手、董平下）

第　五　場

　　　　（馬超上）

馬　超　（念）【引】父祖功勳，歷代簪纓。

　　　　（念）（詩）歷代功勳漢闕間，

　　　　　　　　一身世業祖家傳。

　　　　　　　　我父執掌兵權印，

　　　　　　　　威鎮西涼半壁天。

　　　　俺，馬超。我父馬騰，奉命鎮守西涼一帶。只因前日聖旨到來，宣我父進京，加官受爵。我父去後，這幾日心驚肉戰，不知爲了何事？且等馬岱回來，便知分曉。

　　　　（馬岱上）

馬　岱　參見兄長！

馬　超　回來了？

馬　岱　大事不好了！

馬　超　何事驚慌？

馬　岱　只因曹操暗下假金牌，將父帥斬首道旁！

馬　超　怎麼講？

馬　岱　斬首道旁！

馬　超　爹爹！我父！哎呀！

　　　　（唱）聽說爹爹把命喪，

　　　　　　爹爹呀！

　　　　　　　　殺死我父爲哪椿？

　　　　馬岱聽令！

馬　岱　在！

馬　超　吩咐龐德全身披挂，校場聽點！
馬　岱　啊！
　　　　（同下）

第　六　場

　　　　（龐德上，起霸）
龐　德　（念）（詩）頭戴金盔映日輝，
　　　　　　　　身披鎧甲抖雄威。
　　　　　　　　兩軍紮下貔貅隊，
　　　　　　　　要把曹操魂魄追。
　　　　俺，龐德。奉了公子將令，校場聽點。人馬點齊，公子來也！
　　　　（四上手、四文堂、四馬童、馬岱、馬超上）
馬　超　（念）惱恨曹賊心不良，殘殺忠良霸朝綱。
　　　　今日點兵與父報讎。馬岱聽令！
馬　岱　在！
馬　超　兵馬未動，糧草先行！
馬　岱　得令！帶馬！
一馬童　啊！
　　　　（馬童帶馬。馬岱上馬介，下）
馬　超　龐德聽令！
龐　德　在！
馬　超　命你攻打頭陣！
龐　德　得令！帶馬！
一馬童　啊！
　　　　（馬童帶馬。龐德上馬介，下）
馬　超　爹爹呀爹爹！孩兒興兵，與父報讎，但願我父靈魂，暗地保佑。拿住曹操，俺要千刀萬剮！
　　　　【牌子】
馬　超　眾將官，起兵前往！
　衆　　啊！
　　　　（同下）

第 七 場

（四下手、董平，四上手、四文堂、龐德兩邊上，會陣，起打。龐德殺死董平介。四下手逃下，龐德原人收下）

第 八 場

（四龍套引徐晃上）

徐　晃　（念）（詩）轅門以外月兒高，
　　　　　　　　　馬被雕鞍將挂袍。
　　　　　　　　　男兒若挂封侯印，
　　　　　　　　　斬將回來血染刀。
　　　　某，徐晃。昨日曹丞相有文到來，言說馬超倒反西涼，叫我謹守城池。且聽探馬一報！
報　子　（內）報！（上）啓報都督：馬超倒反西涼！
徐　晃　再探！
報　子　啊！（下）
徐　晃　衆將官，免戰高懸！
四龍套　啊！
曹　洪　（內）嗯哼！（上）
曹　洪　（念）（詩）自幼生來膽氣高，
　　　　　　　　　虎臂熊腰握寶刀。
　　　　　　　　　站立陣前人皆怕，
　　　　　　　　　三國之中逞英豪。
　　　　俺，曹洪。都督免戰高懸，不免進帳問個明白。曹洪告進，參見都督！
徐　晃　將軍請坐！
曹　洪　謝坐。
徐　晃　將軍進帳何事？
曹　洪　都督爲何免戰高懸？
徐　晃　只因馬超倒反西涼，因此免戰高懸。

曹　洪　都督賜俺一支將令，待俺單刀匹馬，生擒馬超進帳！
徐　晃　你如何是他人對手？
曹　洪　都督，你好小量人也！
　　　　（唱）都督把話錯來講，
　　　　　　　長他志氣理不當。
　　　　　　　馬超縱有千員將，
　　　　　　　難逃某家刀下亡。
報　子　（內）報！（上）馬超討戰！
曹　洪　啊！哎呀都督，快快傳令！
徐　晃　等丞相大兵到此，再行交戰。
曹　洪　你拿過來吧！（奪令箭介）
徐　晃　將軍去不得！
　　　　（【亂錘】。曹洪下，徐晃、四龍套追下。連場。曹洪上，徐晃、四龍套追上，曹洪下）
徐　晃　曹洪此去，必然大敗，不免報與丞相。帶馬！
一龍套　啊！
　　　　（一龍套帶馬，徐晃上馬，同下）

第　九　場

　　　　（四文堂、四上手、龐德上。四龍套、曹洪上）
龐　德　來將通名！
曹　洪　大將曹洪。
龐　德　看刀！
　　　　（起打，龐德敗下，曹洪追下）

第　十　場

馬　超　（內唱）胸中惡氣衝霄漢，
　　　　（四文堂、四馬童、馬岱、馬超上）
馬　超　（唱）威風凛凛人膽寒。
　　　　　　　催馬來在疆場站，

　　　　　不殺曹賊心不甘。
　　　　（龐德、四上手上）
龐　德　龐德交令！
馬　超　勝負如何？
龐　德　大敗而回。
馬　超　哎！未曾出兵，先打敗仗，挫我銳氣。來，扠入後隊！
龐　德　嘿！（下）
馬　超　眾將官！
　眾　　有！
馬　超　殺上前去！
　眾　　啊！
　　　　（連場。四龍套引曹洪上，會陣）
馬　超　來將通名！
曹　洪　大將曹洪。
馬　超　看槍！
　　　　（馬超、曹洪架住，眾攢下，起打，曹洪下，馬超下）

第 十 一 場

　　　　（張遼、夏侯惇、夏侯淵、曹仁、李典、于禁上，起霸）
張　遼　眾位將軍請了！
夏侯惇
夏侯淵
曹　仁　請了！
李　典
于　禁
張　遼　丞相陞帳，兩廂伺候！
夏侯惇
夏侯淵
曹　仁　啊！
李　典
于　禁
　　　　（四龍套、四下手引曹操上，許褚隨上）
曹　操　（念）【引】志量如天高，鼓鼕鼕，旌旗飄緲。

張　遼	
夏侯惇	
夏侯淵	參見丞相！
曹　仁	
李　典	
于　禁	

曹　操　眾位將軍少禮！站立兩廂！

張　遼	
夏侯惇	
夏侯淵	啊！
曹　仁	
于　禁	
李　典	

曹　操　（念）（詩）單眉細眼韜略藏，
　　　　　　　　雄心爭比日月光。
　　　　　　　　可憐漢室氣數盡，
　　　　　　　　一心要學周文王。
　　　　老夫，曹操。只因斬了馬騰，他子馬超倒反西涼。因此統領大兵十萬，前去對敵。許褚！

許　褚　在！

曹　操　催軍！

許　褚　人馬前行！

曹　操　（唱）老夫興兵誰敢當！
　　　　　　赫赫威名天下揚。
　　　　　　只因斬了馬騰將，
　　　　　　他子馬超反西涼。

徐　晃　（內）徐晃求見！

張　遼	
夏侯惇	
夏侯淵	徐晃求見。
曹　仁	
于　禁	
李　典	

曹　操　傳他進來！

張　遼
夏侯惇
夏侯淵　　丞相有令，徐晃進見。
曹　仁
于　禁
李　典

　　　　　（徐晃上）
徐　晃　　參見丞相！
曹　操　　命你鎮守潼關，怎麼樣了？
徐　晃　　潼關失守了！
曹　操　　界牌呢？
徐　晃　　丟失了！
曹　操　　曹洪哪裏去了？
徐　晃　　大戰馬超去了。
曹　操　　速速披挂前來！
徐　晃　　得令！（下）
曹　操　　許褚，催軍！
許　褚　　人馬前行！
曹　操　　（唱）失落潼關與界牌，
　　　　　　　　不由老夫怒滿懷。
曹　洪　　（內）曹洪求見！
張　遼
夏侯惇
夏侯淵　　曹洪求見。
曹　仁
于　禁
李　典
曹　操　　傳他前來！
張　遼
夏侯惇
夏侯淵　　丞相有令，曹洪進見！
曹　仁
于　禁
李　典

　　　　　（曹洪上）

曹　洪　參見丞相！死罪呀死罪！
曹　操　咦！膽大曹洪，無有老夫將令，私自出兵！許褚！
許　褚　在！
曹　操　扠入後隊！
許　褚　得令！
　　　　（許褚、曹洪同下）
曹　操　眾將官，催動人馬上城！
眾　　　啊！
　　　　（圓場。下場門設城。曹操領眾上城介）
　　　　（四文堂、四上手、四馬童、龐德、馬岱、馬超上）
馬　超　呔！城上何人？
曹　操　老夫曹操。
馬　超　眾將官，四門攻打！
眾　　　啊！
曹　操　馬超小兒不會用兵。眾將官，開城，殺！
眾　　　啊！
　　　　（曹操原人出城，三通鼓，馬超原人與曹操原人會陣介，曹操原人下。許褚與馬超開打，許褚敗下）
馬　超　追殺曹操！
眾　　　啊！
　　　　（同下）

第 十 二 場

　　　　（曹操驚怕上）
眾西涼軍　（內）拿曹操！穿紅袍的就是曹操。
曹　操　哎呀且住！三軍們言道，穿紅袍的就是曹操。這便怎麼處？哎呀這……哎呀，有了！我將它脫下，逃命要緊。
　　　　（曹操下馬、脫袍、再上馬，下）

第 十 三 場

（曹操、馬超雙方原人上，起打，曹操原人下，馬超原人追追下，馬超耍下）

第 十 四 場

（曹操上）

衆西涼軍　（內）拿曹操！長鬍鬚的就是曹操。

曹　　操　哎呀且住！三軍們言道，長鬍鬚的就是曹操，這便怎麼處？哎呀這……哎呀，有了！現有寶劍在此，我將它割將下去，逃命要緊。
（曹操下馬、割鬚、再上馬，下）

第 十 五 場

（曹操原人敗上，馬超原人追上，起打，曹操原人敗下，馬超原人追下，馬超耍下）

第 十 六 場

（曹操上）

衆西涼軍　（內）拿曹操！割了鬍鬚的是曹操。

曹　　操　放你媽的屁！哎呀且住！三軍們言道，割了鬍鬚的是曹操，這便怎麼處？哎呀這……啊哈有了！現有令旗在此，我將它兜將起來，逃走了吧！
（曹操下馬、兜鬚、再上馬。馬超上，刺一槍，曹洪上救曹操介，曹操下，起打。曹操原人衝上，馬超原人追上，曹操原人下，馬超率衆追下）

第 十 七 場

（許褚引四水手下場門上，曹操原人上，上船。馬超原人上，曹洪射一箭，曹操率衆下）

馬　超　哎呀且住！真乃天不滅曹！衆將官，人馬紮住潼關！
　衆　　啊！
　　　（同下）

戰 渭 南

佚 名 撰

解 題

京劇。現代佚名撰。《京劇劇目辭典》《京劇劇目初探》著録,題《戰渭南》,又名《反間計》,均未署作者。劇寫曹操與馬超交戰,兵敗移師渭水北岸。馬超令馬岱、龐德率部伐木作筏,載大軍渡河,兵進渭南,連敗魏軍幾員大將。曹操依賈詡離間韓遂與馬超之計,約韓遂答話,只叙寒温,不提軍旅之事。夜間復使人給韓遂送信,故意將重要之處塗抹。馬超回營問韓遂日間與操所説何事,韓遂告以實情,馬超不信,韓遂取書給馬超看,超見信上多處塗抹心疑,以問韓遂。韓遂不能答。超疑韓遂已有異心,韓遂力辯,爲明心迹,約曹操陣上答話,使馬超乘機殺之。但曹操奸詐不出陣,却使曹洪上陣傳話,讓韓遂照書行事,事成,封爲西涼侯。馬超大怒,欲刺韓遂,被衆將勸阻。馬岱謂恐是曹操反間之計,不可妄信,馬超不聽。韓遂無奈,乃降曹操,並與曹操約好裏應外合,共擒馬超。馬超暗中聽見,盛怒之下,以劍砍斷韓遂左臂。韓遂舉火爲號,許褚率兵夾攻馬超。馬超大敗,三十六萬人馬僅餘三百餘騎,往投東川張魯,借兵報讎。本事出於《三國演義》第五十九回。《三國志·魏書·武帝紀》載有此事。明傳奇《檐頭水》有此情節。版本今有《京劇彙編》收録的王連平藏本及以此本重印的《京劇傳統劇目彙編》本、《京劇叢刊》本。今以《京劇彙編》王連平藏本爲底本,參考其他本校勘整理。

第 一 場

(四文堂、徐晃、曹仁、夏侯淵、夏侯惇、于禁、朱靈上)

六　將　(念)戈戟森嚴擁虎帳,旌旗招展遮日光。

　　　　俺,

徐　晃　徐晃。
曹　仁　曹仁。
夏侯淵　夏侯淵。
夏侯惇　夏侯惇。
于　禁　于禁。
朱　靈　朱靈。
徐　晃　眾位將軍請了！
眾　將　請了！
徐　晃　奉丞相之命，謹守大營，丞相親自領兵與馬超交戰，未知勝負如何。也曾命人打探，未見回報。
報　子　（內白）報！（上）丞相回營。
六　將　再探！
報　子　啊！（下）
徐　晃　丞相回營，你我出帳迎接。
　　　　（六將下）
　　　　（連場——曹洪、許褚、曹操及原人過場下）
　　　　（連場——徐晃原人下場門上。曹操、許褚上場門上。徐晃等迎曹操進，同下）
　　　　（連場——曹操、徐晃等原人同上，挖門）
眾　將　丞相醒來！
曹　操　哎呀！
　　　　（唱）連破關隘失了計，
　　　　　　　馬超英勇果稱奇。
眾　將　丞相為何這等模樣？
曹　操　老夫自破黃巾以來，掃滅群雄，身經百戰，未料馬超英勇非常。昨日一戰，殺得老夫割鬚棄袍；若非曹洪相救，險喪馬超之手！
眾　將　丞相受此驚恐，我等之罪也！（跪介）
曹　操　起來。軍家勝負，古之常理。
眾　將　謝丞相！
報　子　（內白）報！（上）馬超討戰。
眾　將　再探！
報　子　啊！（下）

曹　操　哎呀，馬超啊，馬超！你若不死，老夫不得安也！

（唱）纔離龍潭虎穴地，

　　　　又聞馬超把兵提。

　　　　西羌人馬如潮水，

　　　　殺得我兵將血染衣。

衆　將　丞相不必驚慌，某等併力迎戰。

曹　操　你等少安毋躁，老夫自有主張。許褚聽令！（應介）命爾速辦船隻，將人馬渡過北岸，不得有誤！

許　褚　得令。

　　　　（許褚帶四下手下）

曹　操　衆將官！（衆應介）人馬一齊渡過北岸去者！

（唱）三聲號炮把營起，

　　　　齊奔北岸莫延遲。

（衆同下）

第　二　場

馬　岱　（內白）馬來！

　　　　（龐德、馬岱上）

龐　德　俺，龐德。
馬　岱　　　　馬岱。

龐　德　請了。聞得曹操渡過北岸，不免回去報與公子知道便了。請！

馬　岱　請！（同下）

第　三　場

（四下手、許褚上）

許　褚　俺，許褚。奉了丞相之命，準備船隻，將人馬渡過北岸。來，（衆應介）北岸去者！

（同下）

（連場──【急急風】。四龍套、四上手、龐德、馬岱引馬超站門，領起來，下）

　　　　　（連場——曹操原人上）
曹　操　（唱）萬馬營前軍對壘，
　　　　　　　　晨時戰到日墜西。
　　　　　　　　馬超英勇無人敵，
　　　　　　　　好似大鵬展翅飛。
報　子　（內白）報！（上）啟丞相：馬超人馬，追趕甚緊！
曹　操　再探！
　　　　　（報子下）
衆　將　馬超追兵來到，請丞相急速登舟。
曹　操　賊兵追來，我何懼哉！
　　　　　（報子上）
報　子　馬超追兵，離此一里之遙！
曹　操　哎呀，速速登舟！
　　　　　（二船夫上。衆將上馬，圓場，許褚帶四下手下場門上，曹操原人上
　　　　　船。馬超原人上）
馬　超　放箭！
　　　　　（許褚擋箭，曹操原人下）
　　　　　（報子上）
報　子　曹操渡過北岸。
馬　超　正要擒那老賊，忽見一將把老賊救上船去。暫且回營與韓叔父商
　　　　議破曹之策。龐德、馬岱聽令！
龐　德
馬　岱　在。
馬　超　命你二人，各帶兵三千，將山中樹木伐倒，造成排筏，候大兵一到，
　　　　渡過北岸，不得有誤！
龐　德
馬　岱　得令。
　　　　　（倒領下。四文堂引韓遂上）
韓　遂　（唱）一戰驚破曹操膽，
　　　　　　　　威風凜凜下城關。
　　　　　　　　只殺得曹兵紛紛散，
　　　　　　　　馬超追賊未回還。

（馬超原人上。韓遂迎進。同坐）

韓　遂　勝負如何？

馬　超　賊兵渡河，只離一箭之地，未將曹賊擒住。忽有一將，將曹賊救上船去，不知此將何人也？

韓　遂　我聞曹操選精壯之將爲帳前護衞軍，乃大將典韋、許褚領之。那典韋已死，今救曹操者，必許褚也。此人英勇過人，人皆稱爲虎癡將軍。若遇此將，休得大意，千萬不可輕敵！

馬　超　叔父你好小量人也！

（唱）叔父休把許褚贊，

　　　不怕他是虎斑斕；

　　　好歹明日會一戰，

　　　殺他個丟盔卸甲還！

韓　遂　賢侄有此英勇，諒那許褚也不是你的對手。今曹兵渡過北岸，我兵宜急速攻之。待他樹立營寨，即難剿除。

馬　超　也曾命龐德、馬岱伐樹造筏，請叔父大兵一齊渡過北岸，曹操可擒也。

韓　遂　言之有理。大小三軍：拔寨起營，直抵渭南！

（衆應介。原人下）

第　四　場

（曹將起霸上——徐晃、于禁一對，夏侯淵、許褚一對，曹洪、夏侯惇一對，曹仁、朱靈一對。【點絳唇】）

徐　晃
于　禁　（念）威風凛凛膽氣高，

夏侯淵
許　褚　（念）殺氣騰騰披戰袍。

曹　洪
夏侯惇　（念）食王爵禄當報效，

曹　仁
朱　靈　（念）凌烟閣上美名標。

徐　晃　俺，徐晃。

于　禁　于禁。

夏侯淵	夏侯淵。
許　褚	許褚。
曹　洪	曹洪。
夏侯惇	夏侯惇。
曹　仁	曹仁。
朱　靈	朱靈。
徐　晃	眾位將軍請了！
眾　將	請了。
徐　晃	丞相陞帳，你我兩廂伺候！
	（四文堂、四大鎧、四火牌、四藤牌引曹操上）
曹　操	（念）【引】寒風陣陣衝霄漢，
	將士紛紛築城關。
	假命詔馬騰滅蜀，
	滅孺子頃刻之間。
	（念）（詩）數十年來統貔貅，
	南征北剿動戈矛。
	天意若能遂人願，
	朔風吹凍立營頭。
	老夫，曹操。可恨馬超小兒，統領雄兵，連日討戰，使老夫營寨難立。昨夜北風大作，命軍士擔土潑水，一夜而成大寨。此乃天助我也！眾將！（眾應介）今大寨已立，爾等只可緊守，不許出戰。吩咐眾軍，若違我令，按軍法從事！
眾　將	噢。
徐　晃	啟主公：西涼之兵，盡使長槍，我軍當選弩弓射之。
曹　操	戰與不戰，皆在於我，非在賊也。賊雖使長槍，安能刺我！
	（報子上）
報　子	韓遂大兵渡過北岸。
曹　操	再探！
	（報子下）
徐　晃	啟主公：西涼人馬，全部渡過北岸，潼關必無準備。若得一將，暗渡河西，卡住蒲板橋津，先截其歸路，使馬超首尾不能相顧，賊勢必危矣。

曹　操	公明之言，正合我意。就命你與朱靈帶兵三千，暗渡河西，使賊兵兩不相應，馬超可擒也！
徐　晃 朱　靈	得令。（同下）
	（報子上）
報　子	馬超討戰！
曹　操	再探！
	（報子下）
許　褚	丞相，馬超討戰，待俺許褚出馬，生擒此賊入帳。
曹　操	馬超英勇，仲康不可輕敵！
許　褚	丞相前在潼關，某只顧保護主公，不能交戰。今日定要與他決一雌雄！
曹　操	將軍此去，待老夫帶兵助陣。
許　褚	得令。帶馬！（帶四火牌下）
曹　操	眾將各執器械，往陣前去者！
眾　將	啊！
曹　操	（唱）勇冠三軍旌旗飄，
	南征北討費心勞。
	冀州河北滅袁紹，
	水淹下邳活捉小張遼。
	袁術壽春屯糧草，
	我把他當做了懦弱之輩哪放我心梢。
	統領三軍我把西涼掃，
	那馬超年紀小武術好，
	殺得我割鬚又棄袍。
	今日裏領兵前來到，
	我定要生擒活捉西涼小馬超。
	吩咐三軍前引道，（上山介）
	號炮驚天山動搖。
馬　超	（內唱）
	統領羌兵如山倒，
	（馬超原人同上）

　　　　　對對旌旗空中飄。
　　　　　眼望奸賊心頭惱，
　　　　　咬牙切齒恨奸曹。
　　　　　斬爾首級把讎報。
　　　　　老爺方可怨氣消！
曹　操　（唱）門旗之下用目瞧，
　　　　　陣前來了小馬超。
　　　　　你父本是天子召。
　　　　　不遵命召斬市曹！
　　　　　你若真心把我保，
　　　　　將軍永鎮在西遼。
馬　超　呸！
　　　　（唱）任爾賊子言語巧，
　　　　　馬超豈是小兒曹？
　　　　　臣盡忠來子盡孝，
　　　　　與國除害稱心梢！
　　　　　眾將官！（眾應介）攻山！
　　　　（許褚引四火牌上）
馬　超　呔！老爺不殺無名之輩，通上名來！
許　褚　你老爺虎癡將軍許褚是也。
馬　超　看槍！
　　　　（起打。許褚敗下，馬超追下）
曹　操　呀！
　　　　（唱）衝鋒相鬥似鷹鷂，
　　　　　馬超更比呂布高。
　　　　　如此勇將天下少，
　　　　　恐許褚中他計籠牢。
　　　　　夏侯淵、曹洪聽令！
夏侯淵
曹　洪　在。
曹　操　命你二人，助殺一陣，不得有誤！
夏侯淵
曹　洪　得令。（同下）

曹　操　（唱）戰鼓鼕鼕旌旗飄，
　　　　　　　陣前湧現二英豪。
　　　　　　　四面人聲馬嘶叫，
　　　　　　　且看二虎動槍刀。
　　　　（衆引曹操下。許褚、馬超上開打。夏侯淵、曹洪上，起打。許褚架住）
馬　超　敢是怯戰？
許　褚　非是怯戰，今日天色已晚，明日再戰。
馬　超　好！明日還在此處鏖戰。衆將官，收兵！
　　　　（雙下）

第　五　場

（賈詡上）
賈　詡　（念）將軍令運籌帷幄，勝千里掃滅戎蠻。
　　　　下官，中郎將賈詡。丞相領兵與馬超對敵，尚未回營，只得在此伺候。
　　　　（曹操原人上，衆將扶許褚上）
衆　將　敗回營來！
曹　操　下面歇息！
　　　　（衆將下）
賈　詡　賈詡參見丞相！
曹　操　一旁坐下。
賈　詡　謝坐。
曹　操　哎呀，吾見惡戰者，莫如馬超也！嗐，馬超呀馬超！你若不收兵，老夫恐無葬身之地也！
賈　詡　啓稟丞相：我料馬超之英勇，乃韓遂之謀略也。某有一計，管教韓遂、馬超自相殘殺，馬超可擒也。
曹　操　有何妙計！
賈　詡　主公可差徐晃、朱靈暗度河西，他營必然聞報。那馬超自恃其勇，必要領兵親自拒敵。丞相可修書一封，將信內改抹塗糊。丞相明日可往陣前請韓遂答話，莫言兩家交兵之事，只說昔年同朝之情。

　　　　　回寨之後，再命人將書信送至韓遂營中，馬超一見書信塗糊，心中必疑，疑則生亂，使韓遂、馬超自相殘害，此擒虎除狼反間之計，馬超可擒也。

曹　操　哈哈哈……文和之言，正合我意。來，溶墨伺候！
　　　　（【牌子】。寫書介）
　　　　文和，你看如何？
賈　詡　（看介）這，啊哈哈哈……
　　　　（同笑介。曹操塗介）
曹　操　來！
　　　　（旗牌上）
旗　牌　有。
曹　操　老夫明日回寨之後，將此書下到韓遂營中，不得有誤！
旗　牌　是。（下）
曹　操　文和，小心緊守營寨。掩門！
　　　　（同下）

第　六　場

　　　　（四文堂引楊秋、韓遂上）
韓　遂　（唱）風吹刁斗愁雲淡，
　　　　　　　沙場征客幾時還？
　　　　（馬超原人上）
馬　超　叔父！
韓　遂　賢侄請坐。適纔聞報，曹操命徐晃、朱靈帶兵，暗渡河西，截我歸路，稍有疏虞，反受其制，如之奈何？
馬　超　叔父，既是曹操前後夾攻，侄兒帶領本部人馬，輪流防備，斬此賊將，方無後患。
韓　遂　好，賢侄高見，可速速前去。
馬　超　遵命。
　　　　（唱）賊子焉敢把我犯，
　　　　　　　螻蟻安能抗泰山？
　　　　　　　帶過追風千里戰，

殺他個片甲不歸還！（帶原人下）

韓　遂　（唱）馬超可稱無敵漢，
　　　　　　　威風凜凜跨雕鞍。
　　　　（報子上）
報　子　啓爺：曹操請爺陣前答話。
韓　遂　啊！他帶來多少人馬？
報　子　隨帶數人，並無兵馬器械。
韓　遂　知道了。再探！
　　　　（報子下）
韓　遂　啊！這曹賊何故請我陣前答話？事有可疑。嗯，倒要會他一會。楊秋聽令！（應介）小心緊守營寨！
楊　秋　遵命。（下）
韓　遂　帶馬陣前去者！
　衆　　啊。（圓場）來到轅門。
　　　　（四龍套引曹操下場門上。韓遂、曹操站椅）
韓　遂　請曹丞相陣前答話。
　衆　　請曹丞相陣前答話！
曹　操　韓將軍請了！
韓　遂　請了。丞相相請，不知有何事議？請道其詳。
曹　操　某與將軍一別有二十餘載，未見尊容，本該到營中一叙，怎奈讎敵在彼，故請將軍陣前一叙。望勿見疑！
韓　遂　原來如此。
曹　操　我與將軍令尊同舉孝廉，吾嘗以叔父事之，今又與將軍同食爵祿，不覺有年矣。啊，將軍今年貴庚幾何？
韓　遂　哎，將近五十矣！
曹　操　哎呀，往年在京之時，俱皆青春年少，今已五旬矣！嗐，待等天下清平，你我共享太平也。哈哈哈……
　　　　（唱）昔年你我同患難，
　　　　　　　轉眼不覺兩鬢斑。
　　　　　　　二十餘載今相見，
　　　　請啊！
　　　　（唱）容日再會叙溫寒。

　　　　　請了！（帶原人下）
韓　遂　（唱）曹孟德素常心奸險，
　　　　　　　　巧言令色用機關。
　　　　　　　　勒馬加鞭回營轉，（楊秋上）
　　　　　　　　不覺紅日落西山。
　　　　　（圓場歸座。旗牌上）
旗　牌　來此已是。門上有人麼？
一文堂　甚麼人？
旗　牌　曹營下書人求見。
一文堂　候着。啓爺：曹營下書人求見。
韓　遂　啊！方纔請我陣前一敘，何故又有人前來下書？其中必有緣故。
　　　　吩咐書信進，人落後。
一文堂　來人呢？韓將軍有令：書信進，人落後。
　　　　（接書介。馬超原人上）
馬　超　呔！作甚麼的？
旗　牌　曹營下書的。
馬　超　嘔！
楊　秋　馬將軍回來了！
　　　　（旗牌下。韓遂迎馬超進介）
韓　遂
馬　超　請坐！
韓　遂　賢侄今日出戰，勝負如何？
馬　超　侄男出戰，殺得曹兵，望風而逃。
韓　遂　賢侄真乃能戰也！
馬　超　啊，叔父，聞聽曹操請叔父陣前答話，不知所言何事？
韓　遂　只說同朝舊日之好。
馬　超　可言軍務之事？
韓　遂　曹操不言，我何言之？
馬　超　適纔曹操差人前來下書，叔父爲何瞞我？
韓　遂　不錯，有書信前來，我拆開還未曾過目。賢侄請看。
馬　超　待我看來。（接書看介）啊！這書信上面，爲何改抹塗糊呢？
韓　遂　待我看來。嘔，是了，想是曹操將草稿封錯來了。

| 馬　超 | 想那曹操乃精細之人，焉有錯封草稿之理？啊呵，是了，想是叔父有害俺馬超之意，怕俺馬超知曉，因此將書信改抹塗糊，是也不是？
| 韓　遂 | 哎呀，賢侄呀！他原書至此，我還未看，何言改之？哎，豈有此理！
| 馬　超 | 俺馬超只爲殺父冤讎，統領西凉之衆，併力同心，誓殺國賊，奈何忽生異心？
| 韓　遂 | 哎呀，賢侄呀！你疑心太甚，我也難辯了。也罷！你我去到陣前，賺曹操出營答話，你從陣内突出，一槍將曹操刺死，以表我心。
| 馬　超 | 唔，若得如此，方見叔父真心。
| 韓　遂
  馬　超 | 衆將官！（衆應介）往陣前去者！（圓場）
| 韓　遂 | 請曹丞相陣前答話！
| 　衆 | 請曹丞相陣前答話！
| | （四文堂引曹洪下場門上）
| 曹　洪 | 啊，韓將軍請了。
| 韓　遂 | 請了。
| 曹　洪 | 我家丞相拜上將軍，務必照書行事，事成之後，以西凉侯賜之。請了請了！
| 韓　遂 | 呸，呸，呸！
| | （曹洪下）
| 馬　超 | 哎呀！
| | （唱）聞言心頭火難按。
| | 　　　怒氣填胸髮衝冠。
| | 　　　金槍一抖除後患！
| 韓　遂 | （唱）賢侄休得自相殘！
| | 賢侄呀，我並無此心，休要多疑！
| 楊　秋 | 韓將軍並無此心，請自三思。
| 馬　岱 | 是呀，恐是反間之計，兄長不可妄信。
| 馬　超 | 哦！他與曹操同謀，裏應外合，說甚麼反間之計？也罷，俺且回營，我看你怎生擒我！
| | （唱）勒馬臨崖收繮晚，
| | 　　　江心補漏後悔難。
| | （馬超原人下）

韓　遂　（唱）馬超無謀一莽漢，
　　　　　　　教人心中膽戰寒。
　　　　　　　坐在雕鞍空自嘆，
　　　　　　　回想馬騰淚漣漣。
　　　　　　兩廂退下！（四文堂下）
楊　秋　啊，主公。馬超倚仗英勇，並無仁德之心，我等便滅了曹操，他也不能感報主公。依末將愚見，不如暗投曹……
韓　遂　啊，曹甚麼？
楊　秋　不如暗投曹操，不失封侯之位。
韓　遂　住了！我與他父，結爲兄弟，安忍背之！
楊　秋　啊，今日陣前一槍若是刺死主公，也是"結爲兄弟，安忍背之"麼？這是他不仁，我們就不義了！
韓　遂　是啊，方纔若不是衆將解勸，險遭毒手。唉！馬騰兄啊，馬壽成！這是你子不仁，休怪爲弟不義了！話雖如此，誰往曹營一走？
楊　秋　末將願往。
韓　遂　待我修書。
　　　　（唱）多多拜上曹丞相，
　　　　　　　恕我助他反西涼；
　　　　　　　望乞收錄爲偏將，
　　　　　　　願效犬馬執鞭繮。
　　　　　　　將軍此去休慌張，
　　　　　　　即速回營作商量。
楊　秋　遵命。
　　　　（唱）遵行機密出寶帳，
　　　　　　　棄暗投明滅強梁。（下）
韓　遂　哎，我好悔也！
　　　　（起更）
　　　　（唱）悔不該與馬超同爲一黨，
　　　　　　　悔不該統雄師離却了西涼。
　　　　　　　數年來纔得了太平安享，
　　　　　　　奉聖命和馬騰共鎮西羌。
　　　　　　　在許田射鹿時曹操犯上，

　　　　　馬壽成與劉備私下商量。
　　　　　又誰知洩機密董承命喪,
　　　　　因此上衆諸侯各霸一方。
　　　　　曹孟德使巧計心如王莽,
　　　　　假命詔賺馬騰去到洛陽。
　　　　　可憐他是一個忠臣良將,
　　　　　可憐他父子們同受冤枉。
　　　　　馬孟起自恃勇全不思想,
　　　　　今日裏使長槍要把我傷。
　　　　　我本當將此事對他細講,
　　　　　怎奈他是一個莽撞兒郎。
　　　　　悶懨懨好叫我心中惆悵,
　　　　　行不安坐不寧待等天光。
　　（二更）
　　（馬超上）
馬　超　（唱）軍營二更月初上。
　　　　　　輾轉心焦意彷徨。
　　嗟！可恨韓遂,暗結曹操,苟圖富貴。俺一時憤怒,提槍便刺,竟被衆將解勸,道他無有此心,爲此俺悄悄到他營中探其動靜。他果真心降曹,俺今晚便結果他的性命也！
　　（唱）悄步輕行且進帳,（鈴響）
　　　　　　馬走鈴聲響叮噹。
　　哎呀且住！那旁來了一人,想必是韓遂耳目,俺且躲在一旁,看是何人也。
　　（唱）他果真心把曹降,
　　　　　　難逃在俺劍下亡。（下）
　　（楊秋上）
楊　秋　（唱）好個仁義曹丞相,
　　　　　　官封侯爵鎮西羌。
　　啊,主公。
韓　遂　將軍回來了。曹操講些甚麼?
楊　秋　曹丞相見了書信,心中大悅,若能擒得馬超,封主公爲西涼侯之位。

　　　　　（馬超暗上介）

韓　遂　奈馬超猛勇難擒,需要設計擒之,獻與曹丞相方好。
楊　秋　丞相大兵隨後就到,約定放火爲號,裏應外合,哪怕馬超飛上天去!
韓　遂　此計甚好。衆將可知?
楊　秋　也曾曉諭過了。
韓　遂　好,速速行之!
楊　秋　衆將官,放起火來!
馬　超　哎呀!
　　　　　（衆將亂下。馬超急介,砍韓遂膀介。楊秋揪馬超臂,同下)
　　　　　（連場——馬超原人上。韓兵兩邊抄過放火下）
龐　德
馬　岱　營中爲何自亂?
馬　超　可恨韓遂暗結曹操,被俺看破,砍斷他的左膀,他們降曹去了。
　　　　　（火介）
龐　德
馬　岱　看,營中火起,你我殺出重圍!
馬　超　殺!
　　　　　（同下）

第　七　場

　　　　　（曹操原人上。韓遂、楊秋上,跪介）

曹　操　你爲老夫吃了苦了。衆將奮勇當先!
　　　　　（曹操扯韓遂、楊秋下）
　　　　　（連場——衆大戰。殺馬超敗,追下。馬超跳澗,許褚追殺。馬超打許褚下）
　　　　　（連場——龐德、馬岱上架住）
龐　德　公子　　醒來!　龐德　在此。
馬　岱　大哥　　　　　馬岱
馬　超　看看還有多少人馬?
龐　德　三百餘騎。
馬　超　天哪,天!俺馬超,只爲父讎,統領三十六萬之衆,如今一戰,只剩

　　　　三百餘騎！怎不氣……（氣介）
馬　岱　兄長不必如此，你我投奔東川張魯那裏借兵，再來與叔父報讎。
馬　超　走！
　　　　（馬超領原人同下）
　　　　（曹操衆兵將上）
衆　兵　馬超敗走。
衆　將　回營交令！
　　　　（【尾聲】。同下）

反難楊修

佚名撰

解　題

　　京劇。現代佚名撰。《京劇劇目辭典》著錄，題《反難楊修》，未署作者。劇寫張魯欲奪西川，劉璋聞訊與衆官商議退敵之策。別駕張松獻策，請往許昌，說曹操兵襲漢中，以解西川之危。張松知劉璋懦弱，難成大事，暗帶西川地圖，擬獻與曹操。曹操新破馬超，益加驕橫，輕慢張松。張松譏笑曹輕慢賢士。主簿楊修與張松對話，誇耀曹操所著《孟德新書》。張松略看一遍，謂此書是戰國時無名氏所作，蜀中三尺小兒亦能背誦，並當面背給修聽。楊修驚爲奇才，以告曹操。曹操令張松次日到校場觀看軍容，顯示軍威，張松當衆則數說曹操歷次戰敗窘狀。曹操大怒，喝令將張亂棒打出。張松悔來請兵獻圖，但難以覆命，聞聽劉備禮賢下士，轉往荆州看看。本事出於《三國演義》第六十回。《三國志・蜀書・劉璋傳》：＂璋復遣別駕張松詣曹公，曹公時已定荆州，走先主，不復存錄松。松以此怨。＂《先主傳》裴注引《益都耆舊雜記》：＂松爲人短小，放蕩不治節操，然識達精果有才幹。劉璋遣詣曹公，曹公不甚禮松，主簿楊修深器之，白公辟松，公不納。修以公所撰兵書示松，松宴飲之間，一看便暗誦，修以此益奇之。＂《三國志平話》說諸侯皆有圖川之意，張松勸劉璋結一路諸侯以自保，劉璋因使張松持西川圖往長安見曹操。曹操見張松身材短小，面黃肌瘦，心中不喜。侍郎楊宿（即楊修）取《孟德書》十六卷授張松，張松閱讀一過，背誦如流，楊宿大驚，以告曹操。張松早已去遠。明傳奇《西川圖》即演此事，今不傳。《鼎峙春秋》有《遣張松許都說曹》《示威武張松肆謗》二齣，或係《西川圖》之一折。版本今有《京劇彙編》李萬春藏本及以該本重刊的《京劇傳統劇本彙編》本。今以《京劇彙編》李萬春藏本爲底本進行整理。

第 一 場

(【小開門】。四太監、大太監引劉璋上)

劉　璋　(念)【引】坐鎮西川,慶昇平,國富民安。
　　　　(念)(詩)漢室年長遠,
　　　　　　　　迄今四百年。
　　　　　　　　孤守西川地,
　　　　　　　　仁義四下傳。
　　　　孤,劉璋。今有張魯,興兵前來,奪取西川。不免將衆臣宣上殿來,共議退兵之計。內侍!宣衆臣上殿。
大太監　遵旨。衆臣上殿哪!
張　松
王　累　(內)領旨!(上)
朝官甲
朝官乙

朝官甲　(念)文章貫太虛,
王　累　(念)保主錦華夷。
朝官乙　(念)胸藏安邦論,
張　松　(念)過目便無遺。
　　　　列位大人請了!
王　累
朝官甲　請了!
朝官乙
張　松　主公有旨,一同上殿。
王　累
朝官甲　請!
朝官乙
　　　　(張松、王累、朝官甲、朝官乙進門介,拜介)
張　松
王　累　臣等見駕!
朝官甲
朝官乙
劉　璋　衆卿平身。

張　　松	
王　　累	謝主公！
朝官甲	
朝官乙	

劉　　璋　今有張魯奪取西川。衆卿有何妙策？

張　　松　啓稟主公：臣想曹丞相坐鎮中原，威名遠震，四海皆知。臣願憑三寸不爛之舌，使曹兵取漢中。那張魯必然拒敵，以解西川之危。

王　　累　主公，此事萬萬不可。想那曹操，性如虎狼，貪得無厭。若是領兵前來，比那張魯尤烈。豈不是引狼入室，爲禍不遠矣。

劉　　璋　不必多言，孤王自有道理。聽孤旨下！
　　　　　（唱）張魯領兵取西川，
　　　　　　　　張松之計也周全。
　　　　　　　　此去許昌把計獻，
　　　　　　　　順說曹操取東川。

張　　松　（唱）主公龍心且放寬，
　　　　　　　　願去許昌說阿瞞。
　　　　　　　　定下機關有主見，
　　　　　　　　竭盡忠心怎偷安？
　　　　　　　　辭王別駕下金殿，（拜辭介）
　　　　　　　　計成之後再回還。（下）

劉　　璋　（唱）張松領旨下金殿，
　　　　　　　　孤王纔把心放寬。
　　　　　　　　衆卿下殿把朝散，

王　　累	
朝官甲	領旨！
朝官乙	

　　　　　（王累、朝官甲、朝官乙、四太監、大太監兩邊分下）

劉　　璋　（唱）燕處危巢怎得全！（下）

第　二　場

　　　　　（二童兒引張松上）

張　　松　（唱）奉王旨意赴許昌，

　　　　說曹何用使刀槍？
下官,張松,字永年。官拜益州別駕。奉了主公之命去到許昌,順說曹操兵紮漢中,威嚇張魯,不敢虎視西川。唉！想我主劉璋,生來懦弱,不能治國,焉能成其大事？因此,臨行之時,暗帶西川地理圖形一軸。倘若見了曹丞相,須要見機而行。就此馬上加鞭！
(唱)漢高祖提劍入咸陽,
　　　神機妙算張子房。
　　　韓信平生有智量,
　　　挂印封侯保漢王。
　　　到後來逼項羽烏江喪,
　　　漢室纔得定家邦。
　　　後來出了賊王莽,
　　　鴆殺孝平一命亡。
　　　白水村中紫微降,
　　　光武重興在洛陽。
　　　傳至獻帝王綱喪,
　　　李傕郭汜動刀槍。
　　　董卓專權欺主上,
　　　中途被刺一命亡。
　　　我主西川不能掌,
　　　劉備仁德傳四方。
　　　若把世上賊掃蕩,
　　　萬民樂業享安康。
(同下)

第　三　場

(四龍套引曹操上)

曹　操　(唱)惱恨禰衡忒狂慢,
　　　　　　敢在相府出大言！
　　　　　　老夫惱恨奸舌辯,
　　　　　　此等之徒不容寬。

　　　　　　　將身且坐寶帳裏，
　　　　　　　生殺調遣掌大權。
　　　　　（楊修上）
楊　修　（唱）劉璋差人把貢獻，
　　　　　　　見了丞相說根源。（進門介）
楊　修　參見丞相！
曹　操　罷了。德祖進帳何事？
楊　修　今有西川劉璋派來別駕張松，前來進貢。
曹　操　西川久未來朝，其情可惱！今日差使臣到此，必有緣故。
楊　修　想那張松，乃是西川有名之人。將他喚進帳來，見機而作。
曹　操　傳他進帳！
楊　修　張松進帳！
張　松　（內）來也！
　　　　　（內唱）奉王旨意到許昌，（上）
　　　　　（唱）路途之上受風霜。
　　　　　　　少時見了曹丞相，
　　　　　　　隨機應變話短長。
　　　　　（張松進門參拜介）
張　松　西川使臣張松，參見丞相！
曹　操　罷了。張松，汝主劉璋連年不曾納貢來朝，是何道理？
張　松　只因兵戈滿地，盜寇叢生，故而未曾前來。
曹　操　老夫威震四方，天下太平，路上焉有盜賊？
張　松　南有孫權，北有張魯，西有劉備，豈謂太平無盜耶？
曹　操　此又是舌辯之徒。暫留館驛。掩門！
　　　　　（四龍套、曹操下）
張　松　（冷笑介）嘿嘿嘿……
楊　修　張先生爲何發笑？
張　松　公是何人？
楊　修　下官姓楊名修字德祖。
張　松　原來是德祖先生。久仰！久仰！
楊　修　豈敢。請至館驛一敘。請！
張　松　請！

（楊修、張松圓場，進門介）

楊　修　請坐。

張　松　謝坐。

楊　修　啊張先生，適纔爲何發笑？難道笑我家丞相不成？

張　松　誠然如此。可笑那曹丞相，輕慢賢士，目不識人，故而一笑。

楊　修　先生受屈了。

張　松　奉命而來，雖赴湯蹈火，理所應當。何言受屈？

楊　修　敢問先生，蜀中風土何如？

張　松　我蜀中田肥地茂，物阜民豐。歲無乾旱之憂，民無飢寒之苦。曠觀天下，莫可及也！

楊　修　但不知蜀中人物如何？

張　松　文有相如之賦，武有伏波之才。醫有仲景之能，卜有君平之隱。三教九流，出乎其類、拔乎其萃者，不可盡數也！

楊　修　貴處如張先生者，還有幾人？

張　松　如松不才之輩，車載斗量，不可勝數。

楊　修　請問先生官居何職？

張　松　濫充別駕。不知先生官居何職？

楊　修　現爲相府主簿。

張　松　下官久聞先生世代簪纓。何不立於廟堂，輔佐天子？怎麼，竟甘做相府區區小吏？豈不有辱先君門第？

楊　修　下官年幼無知。在這府內，不過是早晚受丞相教誨而已。

張　松　那曹操文不明孔孟之道，武不達孫武之機。先生你受他甚麼教誨？

楊　修　永年兄，你不要小視我家丞相。丞相現著《孟德新書》傳於我等，先生不信，請來觀看！（取書遞介）

張　松　待我開開眼界。（接書看介）啊楊先生，此爲何書？

楊　修　乃是我家丞相手著之書，文韜武略，內容皆備。

張　松　（冷笑介）嘿嘿嘿……此書乃是戰國無名氏所作。我蜀中三尺小兒，亦能背誦。曹丞相竊爲己作，只好瞞足下耳！

楊　修　明明是我家丞相親筆所著，成無多日，未傳於世。怎麼川中小兒皆能背誦呢？先生之言，太欺人也。

張　松　楊先生不必發急。如若不信，我當面背誦。尊意如何？

楊　修　請背！請背！

張　松　你且聽道！
　　　　（【牌子】）
楊　修　哎呀！
　　　　（唱）過耳不忘世間稀，
　　　　　　　先生奇才冠蜀西。
　　　　　　　今晚且居在館驛，
　　　　　　　明日對丞相把你提。
張　松　（唱）丞相傲慢輕賢士，
　　　　　　　有眼不能識高低。
　　　　　　　可嘆我千里到此地，
　　　　　　　山川遙遠路奔馳。
　　　　　　　千錯萬錯我的不是，
　　　　　　　不該錯走一著棋！
　　　　正是：
　　　　（念）暫且忍下心中氣，
楊　修　（念）明日報與丞相知。
張　松
楊　修　請！
　　　　（張松、楊修分下）

第　四　場

　　　　（四龍套、曹操上）
曹　操　（唱）將令一出如山倒，
　　　　　　　帳下兒郎殺氣高。
　　　　　　　夏侯惇，武藝好，
　　　　　　　文武全才數張遼。
　　　　　　　老夫威名誰不曉？
　　　　　　　全憑智謀佐當朝。
　　　　　　　但願烟塵一齊掃，
　　　　　　　收得天下衆英豪。
　　　　（楊修上）

楊　修	（念）過目成誦世間少，
	此人可稱有略韜。（進門介）
	參見丞相！
曹　操	進帳何事？
楊　修	啓稟丞相：昨日西川張松到來，丞相爲何不相容納？特來請教。
曹　操	舌辯之徒，何能容納？
楊　修	丞相容得禰衡，怎麼容不得張松？
曹　操	此人出言無狀，藐視老夫。豈能相容於他！
楊　修	張松非比禰衡。昨日他看見丞相所撰《孟德新書》，過目成誦。若不相容，丞相愛賢之名，付與流水。
曹　操	也罷！今日老夫親臨校場點將，教他去看軍容之威，出帳去吧！
楊　修	遵命！正是：
	（念）校場把兵點，
	邀請張永年。（下）
曹　操	來！
四龍套	有！
曹　操	吩咐滿營將官，校場聽點！
四龍套	啊！
	（同下）

第　五　場

（張遼，夏侯惇上，曹洪、李典上，雙起霸）

張　遼	（念）（詩）大將威風凛，
夏侯惇	（念）（詩）騰騰殺氣生。
曹　洪	（念）（詩）腰挂三尺劍，
李　典	（念）（詩）戰場顯奇能。
張　遼	張遼。
夏侯惇	夏侯惇。
曹　洪	曹洪。
李　典	李典。
張　遼	衆位將軍請了！

夏侯惇
曹　洪　請了！
李　典

張　遼　丞相登臺點將，你我兩廂伺候！

夏侯惇
曹　洪　請！
李　典

　　　　（【點絳唇】。四龍套、曹操上，入座介）

張　遼
夏侯惇　參見丞相！
曹　洪
李　典

曹　操　站立兩廂！

張　遼
夏侯惇　啊！
曹　洪
李　典

曹　操　（念）（詩）掃蕩群妖寇，
　　　　　　　　　威名冠九州。
　　　　　　　　　操練人和馬，
　　　　　　　　　要報赤壁讎。
　　　　老夫，曹操。只因張松口出狂言。爲此登臺點將，教他看看老夫的軍威。衆將官！

衆　　　啊！

曹　操　聽我一令！
　　　　（唱）將臺以上把令傳，
　　　　　　　大小兒郎聽我言。
　　　　　　　抖擻精神威風顯，
　　　　　　　莫使小丑恥笑咱！

衆　　　得令！

曹　操　（唱）傳令速把張松喚，

張　遼　丞相喚張松！

　　　　（楊修、張松上）

楊　修　（唱）相約台駕到軍前。

張　松　（唱）先生相邀到軍前，
　　　　　　　分明欺嚇張永年。
　　　　　　　自恨無能見識淺，
　　　　　　　不該與我主誇大言。
　　　　　　　進得校場一旁站，
　　　　　　　問我一聲答一言。
曹　操　下站可是張松？
張　松　正是。
曹　操　你蜀中可有此嚴肅軍威？
張　松　我蜀中以仁義治國，何用兵凶戰危！
曹　操　老夫視天下鼠輩，猶如草芥。大兵到處，攻無不取，戰無不勝。順我者生，逆我者死。你可曉得？
張　松　我早已曉得了。丞相既稱大兵到處，攻無不取，戰無不勝。想那濮陽逢呂布，宛城戰張繡，赤壁遇周郎，華容逢關羽，割鬚棄袍於潼關，奪船避箭於渭水。此皆是丞相無敵於天下耶？
曹　操　哽！（怒介）
張　松　（唱）丞相不必出大言，
　　　　　　　細聽張松說根源：
　　　　　　　曾記當年赤壁戰，
　　　　　　　中了龐統計連環。
　　　　　　　將士被燒死得慘，
　　　　　　　八十三萬人馬就化作灰烟。
　　　　　　　連夜敗走怎怠慢，
　　　　　　　華容道又遇關美髯。
　　　　　　　一見關羽你的魂魄散，
　　　　　　　苦苦哀求在馬前。
　　　　　　　花言巧語來折辯，
　　　　　　　險些不得活命還。
　　　　　　　若不是關羽行方便，
　　　　　　　你早已脫生有數年。
曹　操　（唱）好一張松真大膽，
　　　　　　　惡言傷人理不端。

　　　　　若不看你把貢獻，
　　　　　定斬人頭挂高竿。
　　　　嘟，大膽張松！本當將你斬首。念你千里而來，饒恕於你。來呀！
四龍套　有！
曹　操　亂棒打出！
四龍套　啊！
　　　　（四龍套打張松介）
張　松　嘟，你們不要狐假虎威！張老爺焉能懼怕！正是：
　　　　（念）原來曹操非明主，
　　　　　　　不該千里來獻圖！
　　　　（冷笑介）嘿嘿嘿……（下）
曹　操　衆將官！
　衆　　有！
曹　操　帶馬回營！
　衆　　啊！
　　　　（同下）

第 六 場

　　　　（二童兒引張松上）
張　松　哎呀且住！只望來見曹操，明邀發兵，暗獻地圖。不想徒勞往返，我是怎樣回去覆命哪？也罷！聞聽劉皇叔禮賢下士，我不免去往荊州走走。童兒！
二童兒　有！
張　松　帶馬！
二童兒　啊！
張　松　（唱）人言曹操心太偏，
　　　　　　　今日一見是果然。
　　　　　　　去往荊州看一看，
　　　　　　　劉備不能似阿瞞。
　　　　（同下）

張松罵曹

佚 名 撰

解 題

　　京劇。現代佚名撰。《京劇劇目辭典》著錄，題《張松罵曹》，未署作者。劇寫楊修稟告曹操張松是奇才，過目可背誦《孟德新書》。曹操疑夢得古書，故與古人同心，命將新書焚毀。曹操讓張松到教場閱兵，誇示軍威。張松譏笑。曹操責其狂。張松歷數曹操以往兵敗濮陽、宛城、赤壁、潼關以及殺呂伯奢、對陳宮恩將讎報之事。曹操大怒，將張趕出大帳。張松悔來許昌，起程回川。本事出於《三國演義》第六十回。該劇截取京劇《反難楊修》部分情節，但唱詞道白均不相同。《反難楊修》唱詞基本爲七字句，而此劇則全部爲十字句；《反難楊修》無焚書一節，此劇中曹操則將《孟德新書》焚毀；此劇偏重唱工，《反難楊修》唱白並重。清宮大戲《鼎峙春秋》有《妒賢能孟德焚書》《示威武張松肆謗》二齣。版本今有上海市《傳統劇目彙編》京劇集產保福藏本。今以此本爲底本整理。

第 一 場

　　（楊修上）

楊　修　（念）【引子】參透詩書易，世人心難知。
　　　　有人麼？
　　　　（中軍上）
中　軍　是哪個？原來是德祖先生。
楊　修　丞相可曾陞座？
中　軍　現在書房。
楊　修　煩勞通稟。

中　　軍　　隨我進來。
　　　　　　（曹操上）
楊　　修　　主簿楊修，參見丞相。
曹　　操　　少禮。
楊　　修　　啓禀丞相：想那西川張松，乃天下奇才，丞相不可輕視於他。若得此人，必有大用。
曹　　操　　怎見得？
楊　　修　　昨日卑職與他在館驛閑談，說起丞相所做新書，令他看過。他說此書，乃是西蜀小兒熟讀。卑職叫他背誦，他從頭至尾，一一背念，半字不差。卑職問他，此書乃是何人所作。他說，此書是戰國時無名氏所作。如此看來，此人博古通今，豈非天下奇才乎？
曹　　操　　哎呀，且住！此書是我出自心裁，怎麼又與古人同心，莫非我夢得古書不成！罷了！既有此書，要他何用。中軍！
中　　軍　　有。
曹　　操　　將此書用火焚化，並令各班部，凡有此書，一概焚毀。
中　　軍　　遵命。
曹　　操　　我視張松形容古怪，出言猖狂，有些自大。我不輕視於他，他必然藐視於我。今日也不用他拜見，以待明日清晨，將文武官員調齊教場，命他在教場拜見，一來叫他看看我的威嚴，二來要他回轉西蜀，告與劉璋。此意如何？
楊　　修　　相爺高見，卑職告退。
曹　　操　　曉諭張松。
楊　　修　　是。
　　　　　　（念）領了丞相命，告知有才人。
　　　　　　（下）
曹　　操　　中軍！
中　　軍　　有。
曹　　操　　拿我令箭，曉諭文武各班，明日清晨，文穿補服，武披鎧甲，各帶人馬，教場伺候！（下）
中　　軍　　丞相有令：明日清晨，文穿補服，武披鎧甲，各帶人馬，教場伺候！
　　　　　　（下）

第　二　場

（張遼、許褚、夏侯惇、夏侯淵同上）

張　遼　（唱）【點絳唇】
　　　　　氣蓋中華，
許　褚　（接唱）保定邦家，
夏侯惇　（接唱）操練兵將，
夏侯淵　（接唱）威振川娃，
四　將　（同唱）管叫他心懼怕。
張　遼　（念）威風凛凛振，
許　褚　（念）昂昂殺氣生！
夏侯惇　（念）站立轅門外，
夏侯淵　（念）單聽將令行。
四　將　（同）俺！
張　遼　張遼。
許　褚　許褚。
夏侯惇　夏侯惇。
夏侯淵　夏侯淵。
張　遼　請了。
三　將　請了。
張　遼　丞相有令，命我等披挂整齊，各帶人馬，在教場以助雄威，驚嚇那西川張松，我等在此伺候！
四　將　（同）請。
　　　　（程昱、賈詡、荀攸、滿寵同上）
程　昱　（念）少小須勤學，
賈　詡　（念）文章可立身；
荀　攸　（念）滿朝朱紫貴，
滿　寵　（念）盡是讀書人。
程　昱　下官程昱，
賈　詡　賈詡，
荀　攸　荀攸，

滿　寵	滿寵。
程　昱	衆位大夫請了。
文　官	（同）請了。
三　官	丞相命我等教場伺候。請！
程　昱 三　官	（同）請。

（四文堂、曹操上，中軍同上）

| 曹　操 | （唱）【點絳唇】 |

　　　　　職掌兵權，獨霸中原。領人馬，掃盡狼烟，篡漢隨吾願。

文　官	（同）參見丞相！
曹　操	少禮。
文　官	謝丞相。
四　將	末將打恭！
曹　操	站立兩厢！

　　　（念）南征北戰膽氣豪，
　　　　　胸懷智謀比人高。
　　　　　只因張松逞才幹，
　　　　　特集文武唬兒曹。

　　　本爵，姓曹，名操，字孟德。只因張松到此，我看這厮，甚是狂傲。今日特聚文武，以伏他心。中軍！

中　軍	有。
曹　操	文武官員，可曾到齊？
中　軍	到齊多時。
曹　操	傳張松進帳！
衆	丞相有令，張松進帳！
張　松	（內白）來也！（上）

　　　（唱）好一個曹孟德威風不小，
　　　　　集文武特叫我張松觀瞧。
　　　　　文一邊端朝笏身穿朱皁，
　　　　　武一旁披鎧甲盔纓飄飄。
　　　　　將一概持斧鉞白光照耀，
　　　　　兵與卒各執着劍戟槍刀。

　　　　　俺張松觀一遍只當不曉，
　　　　　纔知道俺張松枉來一遭。
　　　　　我有心不會他轉回川道；
衆　　　張松入帳！
張　松　哎呀！
　　　（唱）又聽得衆將官喊聲更高。
　　　　　悔只悔我不該錯投此道，
　　　　　知奸相行霸道禍已自招。
　　　　　我只得氣昂昂大帳進了，
　　　　　看一看曹孟德怎樣開銷。
曹　操　你見本爵，立而不跪，念你是遠來之使，不加罪於你。爾今初到許昌，別無可觀，今日特集文武，齊至教場，你看老夫的威風，比爾西蜀如何？
張　松　這個！
曹　操　唔！
張　松　（冷笑）哈哈哈！
曹　操　哼！老夫到處戰無不勝，攻無不取，無敵於天下，順吾者昌，逆吾者亡！你倒笑起老夫來了。
　　　（唱）罵一聲小張松忒以狂詐，
　　　　　敢在這教場上恥笑於咱。
　　　　　我本當傳將令將他斬殺，
　　　　　又恐怕衆文武道我量狹。
　　　　　看張松形容異身材不大，
　　　　　古怪的猿猴背狗鬚亂軋。
　　　　　你縱有滿腹才全是自大，
　　　　　竟敢在我面前狂口自誇。
張　松　相爺英名，西蜀皆知！是戰不能勝，攻不能取，無顏於天下！
曹　操　怎見得？
張　松　你且聽道：
　　　（唱）曹丞相你不必說話太傲，
　　　　　可記得在潼關遇著馬超？
　　　　　戰渭南奪船舟避箭跑掉，

　　　　　只殺得曹丞相割鬚棄袍。
　　　　　在宛城遇張繡子侄喪了，
　　　　　濮陽城被呂布用火來燒。
　　　　　在赤壁遇周郎火攻計巧，
　　　　　華容道求關公纔得脫逃。
　　　　　這都是曹丞相威風不小，
　　　　　戰必勝攻必取莫大功勞！
曹　操　（唱）罵一聲小張松說話太錯，
　　　　　休得要在教場胡言亂說。
　　　　　大將軍誰無有勝敗之錯，
　　　　　你再說老夫我待人如何？
張　松　丞相待人，名揚天下，人人皆知！待我說來，你且聽了！
　　　　（唱）想當年獻鋼刀行刺董卓，
　　　　　各州縣畫圖形將你捕捉，
　　　　　行至在中牟縣巧言瞞過。
　　　　　陳公臺棄縣令隨你逃脫。
　　　　　呂伯奢他待你哪些有錯，
　　　　　殺他的一滿門命見閻羅！
　　　　　白門樓陳公臺被你拿獲，
　　　　　為甚麼恩不報反把頭割？
　　　　　這都是丞相你待人不錯，
　　　　　真果是量似海恩如江河。
曹　操　（唱）張松賊說此話忒以猖狂，
　　　　　竟敢在我面前說短道長。
　　　　　叫人來將張松趕出大帳，
　　　　　也免得這畜生任嘴逞狂。
張　松　（唱）可笑那曹孟德無才無量，
　　　　　他把我張永年當做平常。
　　　　　我本當將地圖獻於奸相，
　　　　　又誰知曹孟德一味逞強。
　　　　　我只得將川圖暫且收放，
　　　　　回西蜀見主公再作商量。

　　　　　　無奈何離去了中軍寶帳，
　　　　　　不料想這一遭枉來許昌。（下）
曹　操　（唱）我本是調文武叫他害怕，
　　　　　　不料想氣得我心火難壓！
　　　　　　忙吩咐衆將官各回府下，
　　　　　　任憑他作何爲走遍天涯。
　　　（同下。【尾聲】）

獻 西 川

佚 名 撰

解 題

　　京劇。現代佚名撰。《京劇劇目初探》著錄，題《張松獻地圖》，一名《獻西川》或《獻川圖》；《京劇劇目辭典》著錄，題《獻西川》，又名《獻地圖》《張松獻地圖》《西川圖》，均署汪笑儂編劇，然此劇非汪笑儂改編本。劇寫關羽探知張松被曹操驅逐，路過荊州，告知劉備。諸葛亮請以厚禮相待，劉備命趙雲在郊外二十里迎接安排館驛，關羽在十里長亭相接。劉備率衆將出城迎接，張松大喜。劉備設宴款待，言語投機。張松辭歸西川，劉備率衆將長亭餞行。張松大爲感動，勸劉備收西川，舉薦法正、孟達爲内應，並將西川地理圖贈給劉備。本事出於《三國演義》第六十回。《三國志·蜀書·先主傳》裴注引《吳書》云："備前見張松，後得法正，皆厚以恩義接納，盡其殷勤之歡，因問蜀中闊狹，兵器府庫人馬衆寡及諸要害道里遠近，松等樂言之，又畫地理山川處所，由是盡知益州虛實也。"元刊《三國志平話》寫劉備優待張松、獻圖情節較詳，《三國演義》因之。明傳奇《獻西川》以《演義》爲依據。清宮大戲《鼎峙春秋》有此情節。清末汪笑儂改編的京劇有《獻西川》。版本今有《京劇彙編》收錄的李萬春藏本及以該本重刊的《京劇傳統劇目彙編》本。今以《京劇彙編》李萬春藏本爲底本進行整理。

第 一 場

（關羽、張飛、趙雲上）

關　羽　（念）鳳眼蠶眉義氣豪，

張　飛　（念）上陣全憑丈八矛，

獻 西 川

| 趙　　雲 | （念）長坂威風誰不曉？
| 關　　羽
張　　飛 | （念）桃園結義美名標。
| 關　　羽 | 俺，姓關名羽字雲長。
| 張　　飛 | 俺，姓張名飛字翼德。
| 趙　　雲 | 俺，姓趙名雲字子龍。
| 關　　羽 | 三弟、四弟請了！
| 張　　飛
趙　　雲 | 請了。
| 關　　羽 | 今有張松去至中原，要結好於曹操。怎奈他出言衝撞，被亂棍打出。如今他回轉西川，打從荆州經過，不免前去迎接於他，借便打探西川消息。
| 張　　飛 | 二哥説哪裏話來！想那張松，生來身軀矮小，詭計多端。此番打此經過，想是私探俺荆州消息，待俺老張將他擒來，你看如何？
| 趙　　雲 | 三將軍，想你我桃園弟兄，向以仁義待人，此事萬萬不可用武。
| 關　　羽 | 四弟之言甚是。你我一同請示大哥便了。
| 關　　羽
張　　飛 | 有請大哥！
| 趙　　雲 | 有請主公！

（四龍套、八馬童、諸葛亮、龐統、劉備上）

| 劉　　備 | （念）【引】爲國憂民，
| 諸葛亮 | （念）【引】定陰陽，
| 龐　　統 | （念）【引】旋轉乾坤。
| 劉　　備 | （念）【引】屯軍養馬在荆州，
| 諸葛亮
龐　　統 | （念）救漢室，
| 劉　　備
諸葛亮
龐　　統 | （念）【引】協力同心！

（劉備、諸葛亮、龐統坐介）

| 關　　羽
張　　飛
趙　　雲 | 參見大哥、主公、兩位先生！

劉　　備	
諸葛亮	少禮，兩廂伺候！
龐　　統	
關　　羽	
張　　飛	啊！
趙　　雲	
劉　　備	（念）（詩）憶昔結義在桃園，
	烏牛白馬祭蒼天。
	協力同心扶漢室，
	不知何日滅曹瞞？
	孤，劉備。坐守荊州，一心匡扶漢室。因此屯兵養馬，以待良機。曾聞西川張松，往説曹操，使兵取漢中，未知如何？
關　　羽	啓稟大哥：今有西川張松，被曹操亂棍打出。聽他要從荊州經過，大哥何不將他接來，借此可探聽川中之事？
諸葛亮	那張松本欲獻西川圖於曹操，不料曹操因他傲慢，將他亂棍打出，主公正好趁此機會，向他索取西川地理圖。
張　　飛	大哥！想那張松既然從此經過，待俺老張前去，不用兵將，只要一條麻繩，將他捆來，何愁西川取不得？
諸葛亮	張將軍，此非用武之事，且莫魯莽。趙四將軍聽令！
趙　　雲	在！
諸葛亮	命你帶領二十名兵丁，去至二十里堡，準備館驛，掃清街道，迎接張松進城。
趙　　雲	得令！（下）
諸葛亮	二將軍聽令！
關　　羽	在！
諸葛亮	命你帶領五百名軍士，嚴整隊伍，在十里長亭，迎接張松入城！
關　　羽	得令！（下）
諸葛亮	山人隨同主公在城外等候，迎他入城，酒宴款待，哪怕西川圖不得！
劉　　備	就此帶馬！
八馬童	啊！
劉　　備	（唱）曹孟德做事大有錯，
	棒打張松却爲何？
	但願西川圖歸我，

（馬童帶馬，龐統、諸葛亮、劉備上馬。龐統、諸葛亮下）

劉　備　（唱）這件事怎瞞得南陽諸葛？（下）

第 二 場

（四馬童引趙雲上）

趙　雲　俺，趙雲。奉了軍師之命，在二十里堡，準備館驛，清掃街道，等候張松，就此前往！

四馬童　啊！

（四馬童、趙雲圓場介。二童兒引張松上）

張　松　（唱）不分晝夜奔荊襄，
　　　　　　　一路之上馬蹄忙。
　　　　　　　勒住絲韁用目望，
　　　　　　　見一武將站道旁。

趙　雲　迎接張先生！

張　松　請問將軍是何人也？

趙　雲　俺乃常山趙子龍。奉了我主之命，迎接張先生到館驛暫歇，少時一同進城。

張　松　我道是誰，原來是子龍將軍。久仰得很！

趙　雲　豈敢！

張　松　想張松乃西川一末吏，怎敢勞動將軍前來迎接，請將軍先行，松隨後即至也！

　　　　（唱）將軍威名天下震，
　　　　　　　長坂坡前立功勳。
　　　　　　　七進七出威風凜，
　　　　　　　殺退曹操百萬兵。

趙　雲　（唱）我與大夫把路引，
　　　　　　　快請台駕來進城。

（四馬童、趙雲下）

張　松　（唱）童兒與我把馬順，
　　　　　　　見了皇叔敘衷情。

（二童兒、張松下）

第 三 場

（四校尉、二馬童、關羽下場門上，列隊立候介。二童兒引張松上場門上）

張　松　（唱）來在道旁用目望，
　　　　　　　見一虎將面帶紅光。

關　羽　迎接張先生！

張　松　請問將軍是何人也？

關　羽　俺乃關羽。聞得大夫遠路而來，奉了大哥之命，迎大夫進城。

張　松　久聞大名，如雷貫耳！

關　羽　豈敢！

張　松　今日幸得相逢，可謂欣幸之至也！
　　　　（唱）手挽手，把話講，
　　　　　　　今日得見關雲長。
　　　　　　　丹鳳眼，蠶眉長，
　　　　　　　五綹長髯飄飄在胸膛。
　　　　　　　過五關，斬六將，
　　　　　　　在古城弟兄相會擂鼓斬過蔡陽。
　　　　　　　果算是當世英雄將，
　　　　　　　你前來相迎我怎敢當！

關　羽　（唱）深施一禮把馬上，（上馬介）
　　　　（四校尉、二馬童、關羽下）

張　松　（唱）當世豪傑關雲長。
　　　　　　　童兒帶馬朝前往，
　　　　　　　荆州城會一會劉關張。
　　　　（二童兒、張松下）

第 四 場

（四龍套、張飛、龐統、諸葛亮、劉備下場門迎上，立候於城側。二童兒、張松上，張松下馬介）

張　松	皇叔！
劉　備	大夫！請！
張　松	還是皇叔請！
劉　備	你我挽手而行。啊，
張　松	啊，
劉　備 張　松	（笑介）啊哈哈哈……

（同進城介，下）

第　五　場

（四龍套、二旗牌、張飛、龐統、諸葛亮、劉備、張松上，入座）

劉　備	大夫遠道而來，風塵跋涉。備未能遠路相迎，尚乞恕罪！
張　松	松乃西川末吏，有何德能，敢勞皇叔親迎於城外？當面請罪！
劉　備	豈敢。來！看宴伺候！
一旗牌	宴齊。
劉　備	大夫請！
張　松	皇叔請！
劉　備 諸葛亮 龐　統 張　飛	請！

（【牌子】。衆入席介）

劉　備	待我與大夫把盞。
張　松	這就不敢！啊！此位是？
劉　備	這就是諸葛先生。
張　松	啊！敢是隱居隆中，躬耕南陽，自比管、樂的諸葛先生？今日一見，果然名不虛傳。
諸葛亮	大夫誇獎了！
張　松	這位是？
劉　備	這就是龐士元龐先生，來來來，見過大夫！
龐　統	大夫！
張　松	啊！鳳雛先生，前在江東，獻連環之計，燒退曹兵百萬，真乃奇

　　　　　　人也！
　　　　　（唱）足智多謀龐士元，
　　　　　　　　曾在東吳獻連環。
　　　　　　　　燒退曹兵有百萬，
　　　　　　　　可算當今一奇男！
　　　　　　啊皇叔，人言臥龍、鳳雛乃當今賢士，若得其一，即成大事。今皇叔俱都聘請前來，眼前定成霸業。
張　飛　啊哈大夫！想你姓張，俺也姓張，五百年前是一家，你今到此，別無可敬，來！來！來！待俺老張敬你三大杯。來！
一旗牌　有！
張　飛　大杯伺候！
一旗牌　啊！
　　　　（旗牌換大杯斟酒介）
張　飛　大夫請！
張　松　三將軍請！
　　　　（唱）憶昔大戰在當陽，
　　　　　　　大吼一聲斷橋梁。
　　　　　　　喝退曹兵百萬將，
　　　　　　　落得美名天下揚。
張　飛　誇獎了！哈哈哈……請！（敬酒介）
劉　備　大夫再飲幾杯。
張　松　酒已夠了，松要告辭了！
劉　備　唉！備不能與大夫常相聚首，真乃無緣。備當恭送大夫十里長亭之外。
張　松　皇叔如此多情，松實感榮幸！只是豈敢勞動皇叔相送？
劉　備　一定要送的呀！請！
張　松　請！
　　　　（同送下）

第 六 場

張　松　（内唱）

張松打馬回西川,
（四龍套、八馬童引趙雲、張飛、關羽、龐統、諸葛亮、劉備、張松上,
二童兒隨上）

張　松　請！
劉　備

張　松　（唱）荊州城結識三桃園。
　　　　　劉皇叔可算得英雄漢,
　　　　　講衝鋒和陷陣關美髯。
　　　　　他三弟張翼德豹頭鬟眼,
　　　　　當陽橋喝一聲驚退曹瞞！
　　　　　有常山趙子龍能征慣戰,
　　　　　長坂坡殺曹兵七進七出救幼主回還。
　　　　　左有那臥龍公神機妙算,
　　　　　右有那足智多謀龐士元。
　　　　　來在長亭下馬站,
　　　　　辭別皇叔轉回西川！

劉　備　大夫哇！
　　　　（唱）劉備在長亭把話論,
　　　　　尊聲大夫聽分明：
　　　　　你今到此無別敬,
　　　　酒來！
　　　　（一龍套遞酒介）

劉　備　（唱）一杯水酒來餞行！（敬酒介）
　　　　（張松接酒飲介）

諸葛亮　酒來！
　　　　（一龍套遞酒介）

諸葛亮　（唱）人來看過酒一樽,
　　　　　　一路之上多安寧。（敬酒介）
　　　　（張松接酒飲介）

龐　統　酒來！
　　　　（一龍套遞酒介）

龐　統　（唱）手捧水酒大夫請,

　　　　　　　一路行走得太平。（敬酒介）
　　　　　（張松接酒飲介）
關　羽　（唱）人來看過杯中飲，
　　　　　（一龍套遞酒介）
關　羽　（唱）安然回到西川城。（敬酒介）
　　　　　（張松接酒飲介）
張　飛　酒來！
　　　　　（一龍套遞酒介）
張　飛　（唱）老張也來把酒敬，
　　　　　大夫！
　　　　　（唱）請來再飲這一樽。（敬酒介）
　　　　　（張松接酒飲介）
趙　雲　酒來！
　　　　　（一龍套遞酒介）
趙　雲　（唱）手執銀壺把酒敬，
　　　　　　　　回轉西川乘長風。（敬酒介）
　　　　　（張松接酒飲介）
張　松　多謝了！
　　　　　（唱）他君臣輪杯把酒敬，
　　　　　　　　只吃得張松醉醺醺。
　　　　　　　　辭別列公上馬行，
劉　備　大夫此去，未知何日纔能再見，教我劉備怎生得舍呀……
　　　　　（泣介）
張　松　（唱）又只見皇叔兩淚淋。
劉　備　唉！想我劉備東奔西走，二十年來，連個安身之地也無有。真真慚愧！
張　松　（唱）事到如今無以敬，
劉　備　唉！劉備暫居荊州，屢被東吳催討，我劉備真真是無處安身也！
張　松　（唱）忽然想起大事情。
　　　　　啊，皇叔！
劉　備　大夫！
張　松　請問在這荊州，是暫居，還是久住？

劉　備　這荊州乃是借自東吳的,近日他常來催討,備若離此,更無安身之處了!
張　松　松觀荊州,東有孫權,常懷虎踞;北有曹操,每欲鯨吞;斷非久戀之地。想西川益州,沃野千里,民殷財富;智能之士,久慕皇叔之德;若起荊襄之衆,長驅西指,霸業可成,漢室可興矣。
劉　備　想那西川劉季玉,乃是我同宗兄弟,備若攻取,豈不被天下人笑罵乎?
張　松　錯了!想這天下乃人人之天下,非一人之天下,劉璋秉性暗弱,不能用賢納諫,斷難久遠。皇叔今日不取,若被人捷足先登,取了西川,豈不悔之晚矣!皇叔若有收川之意,松願效犬馬之勞,今拜薦二人:一名法正,一名孟達。此二人以做內應,大功可成!
劉　備　話雖如此,怎奈蜀道艱難,山路險峻,車不能並軌,馬不能聯轡。雖欲取之,用何良策?
張　松　松感明公盛德,愧無以報。諾諾諾!這裏有地圖一張,西川地理、錢糧、人民、戶口,俱在上面,展圖觀看,便知分曉,非是張松賣了西州,只怪劉璋無能,須讓於有德者居之,方爲公允也!
　　　　(唱)在長亭我把這圖來進,
　　　　　　皇叔仔細看分明:
　　　　　　這圖上曾畫着西川九州四十一郡,
　　　　　　哪是州、哪是郡、哪是山、
　　　　　　哪是水、哪是村、哪是鎮、
　　　　　　地里行程、府庫錢糧、件件載得清。
　　　　　　從何處可以把兵進?
　　　　　　在何處可以紮大營?
　　　　　　有法正、孟達二人作內應,
　　　　　　兵到即可把功成。
　　　　　　躬身施禮跨金鐙,(上馬介)

劉　備
諸葛亮
龐　統　送大夫!
關　羽
張　飛
趙　雲

張　松　（唱）待皇叔到西川再叙舊情！
　　　　（張松、二童兒下）
劉　備　（唱）一見張松上馬行，
　　　　　　　地圖到手喜吟吟。
　　　　　　　胸中大事安排定，
　　　　　　　準備攻取西川城。
　　　　（同下）

對算薦雛

佚 名 撰

解 題

　　京劇。現代佚名撰。《京劇劇目辭典》著錄,題《對算薦雛》,未署作者。劇寫劉備將取西川,與諸葛亮、龐統共商發兵大事。令二人各占一課,以卜吉凶。諸葛亮算得落鳳坡前必損能人,中亂箭身亡者應在龐統。恐泄天機,不敢明言。龐統亦卜得凶兆,應在己身,雖知性命不保,情願以死報國。因此詐稱吉多凶少,命劉封、關平為先行,自請挂帥。諸葛亮爭代其行,龐統責其爭功,諸葛亮以占卜實情相告。龐統聲稱大丈夫當戰死沙場瞑目甘心。諸葛亮無奈,切囑劉備到陽平關後,君臣們切不可換馬分兵。劉備以荊州之事相托。諸葛亮令趙雲於長亭備宴,為劉備、龐統餞行。《三國演義》第六十回有龐統議取西川事,情節與此劇不同。元刊《三國志平話》有龐統挂帥、同劉備收川事,情節亦與此劇不同。版本今有上海市《傳統劇目彙編》京劇第二十四集收編的產保福藏本。今以此本為底本整理。

第 一 場

（太監、劉備上）

劉　備　（念）【引】昨日長亭作薦時,只為西川日夜思。

（念）堯背湯肩柳葉眉,

　　　　胸藏韜略任我為。

　　　　老天賜我三分力,

　　　　要把中原一掃歸。

孤劉備。昨日長亭與張松祖餞,蒙他將西川圖獻與孤家,要孤興兵取川,我想西川山路險峻,焉能取之。本當不去,又恐別人取之,不

		免請上二位先生商議發兵之策。來！
太	監	有。
劉	備	有請二位先生。
太	監	領旨。主公有旨，有請二位先生。
孔龐	明統	（內）領旨。（同上）
孔	明	（念）習就梅花數，
龐	統	（念）陰陽定鬼神。
孔龐	明統	參見主公。
劉	備	二位先生少禮，請坐。
孔龐	明統	謝坐。宣臣等進帳，有何國事商議？
劉	備	二位先生那裏知道，只因張松將地理圖獻與孤家，要孤興兵取川，我想西川山路險峻，焉能取之。本當不去，又恐別人取之，請上二位先生，商議發兵之策。
孔	明	主公趁此機會興兵前去。
龐	統	我想西川，山路雖險，但有張松以為內應。又恐別人取之，那時悔之晚矣！
劉	備	二位先生，陰陽有準，查明吉凶如何？
孔龐	明統	臣領旨。
孔	明	鳳雛先生請。
龐	統	先生請。
孔	明	有占了！

　　　（唱）劉主公取西川龍心已定，
　　　　　　算一算此一去可有功成。
　　　　　　周文王造八卦陰陽有準，
　　　　　　算一算吉凶事不差毫分。
　　　　　　劉主爺他本是帝王根本，
　　　　　　衆將官一個個俱是將星。
　　　　　　此一去陽平關山路險峻，
　　　　　　怕只怕落鳳坡必損能人。

　　　　　倒不知應在何人身上，待山人再算。
　　　　（唱）查將來算將去陰陽有準，
　　　　　　　中亂箭應在那龐統先生。
　　　　　　　我本當進帳去把話來禀，
　　　　　　　又恐怕泄天機其罪非輕。
　　　　　　　我這裏將此事權且按定，
　　　　　　　此一去取西川馬到功成。
劉　備　先生推算，吉凶如何？
孔　明　主公，山人推算，料然無事。
劉　備　鳳雛先生算來。
龐　統　遵命！
　　　　（唱）在帳前領過了主公嚴命，
　　　　　　　算一算取西川吉凶事情。
　　　　　　　算一天和二地三才四命，
　　　　　　　算五行和六爻八卦七星。
　　　　　　　劉主爺他本是帝王根本，
　　　　　　　衆將官一個個俱是將星。
　　　　　　　此一去取西川必然得勝，
　　　　　　　怕只怕落鳳坡必損能人。
　　　　且住，方纔推算，落鳳坡必損能人，但不知應在何人身上，待我再算。
　　　　（唱）此一去陽平關山路險峻，
　　　　　　　怕只怕張任賊埋伏刀兵。
　　　　　　　安排了弓箭手坡前紮定，
　　　　　　　中亂箭却原來應在我身。
　　　　　　　我本當不取川荆州看定，
　　　　　　　怕只怕誤劉主大事難成。
　　　　　　　没奈何統人馬去把賊征，
　　　　　　　此一去取西川馬到功成。
劉　備　先生推算如何？
龐　統　吉多凶少。
劉　備　妙計安在？

龐　統　主公命劉封、關平爲先行，貧道挂帥，料然無事。
孔　明　主公命山人挂帥，料然無事。
龐　統　先生休得要搶奪某的功勞。
孔　明　先生呵！
　　　　（唱）非是我在帳前把功爭定，
　　　　　　　諸葛亮有一言先生細聽：
　　　　　　　此一去陽平關山路險峻，
　　　　　　　怕只怕張任賊埋伏刀兵。
　　　　　　　安排了弓箭手坡前紮定，
　　　　　　　怕的是此一去一命歸陰。
龐　統　（唱）我先生説此話欺人太甚，
　　　　　　　難道我龐鳳雛八卦不靈？
　　　　　　　徐先生在長亭將我薦定，
　　　　　　　在此地受我主莫大之恩。
　　　　　　　因此上領人馬去把賊征，
　　　　　　　大丈夫死沙場瞑目甘心。
孔　明　啊！
　　　　（唱）好一個龐鳳雛令人可敬，
　　　　　　　看將來可算得古聖能人。
　　　　　　　没奈何進帳去把話來稟，
　　　　　　　尊一聲我主爺細聽分明：
　　　　　　　此一去陽平關山路險峻，
　　　　　　　君臣們切不可換馬分兵。
劉　備　呵！
　　　　（唱）他二人在帳前相爭相論，
　　　　　　　好叫我劉玄德大不放心。
　　　　　　　我本當不取川荆州看定，
　　　　　　　怕東吳和北魏暗地興兵。
　　　　　　　没奈何與先生去把賊征，
　　　　　　　君臣們取西川走上一程。
孔　明　主公既要興兵，山人不敢阻攔，來日命四將軍長亭備宴，與主公、先生餞行。

劉 備 龐 統	有勞先生。
孔 明	來。
下 手	有。
孔 明	命四將軍長亭備宴,與主公、先生餞行。
下 手	啊。(下)
劉 備	(念)辭別先生往西川,
孔 明 龐 統	(念)但願此去掃狼烟。

(同下)

第 二 場

(四下手、趙雲同上)

趙 雲	(念)奉了師爺命,長亭去餞行。
	俺趙雲,奉了師爺將令,與大哥、先生餞行,來。
四下手	有。
趙 雲	打道長亭。
	(【牌子】)
四下手	來此長亭。
趙 雲	遠遠觀見大哥、先生來也。
孔 明	(內唱)【西皮導板】
	君臣們手挽手出了都城,
	(劉備、龐統、諸葛亮同上)
孔 明	(唱)尊一聲劉主爺細聽分明:
	漢高祖奪天下全憑韓信,
	有幾個文武官齊把功成。
	此一去陽平關山路險峻,
	切不可離却了劉封關平。
	叫人來看過了御酒一樽,
	但願得此一去馬到功成。
劉 備	(唱)接過了軍師爺御酒一樽,

	再將這荊州事托付先生。
	有東吳和北魏是孤舊恨，
	望先生你那裏總要掃平。
孔　明	（唱）蒙主公在長亭叮嚀囑咐，
	酒來！
四下手	呵！
孔　明	（唱）再將酒敬過了鳳雛先生。
	你本是棟梁材令人可敬，
	諸葛亮要比你萬萬不能。
龐　統	（唱）接過了我師爺御酒一樽，
	龐鳳雛有一言先生是聽：
	倘若是此一去有點傷損，
	望先生你那裏早發救兵。
	此一去落鳳坡性命不穩，
	切不可誤劉王大事難成。
孔　明	（唱）龐鳳雛不利言錯出了唇，
	可惜他棟梁材一命難存。
	酒來！
四下手	呵！
孔　明	（唱）隨皇伯取西川處處留心，
	休離却龐先生任他獨行。
關　平	（唱）蒙師爺餞行酒我不敢飲，
	馬來！
	帶過了白龍馬皇伯登程。
劉　備	（唱）在長亭別先生脚踏金鐙，
	君臣們取西川走上一程。
	（劉備、龐統、關平同下）
孔　明	（唱）他君臣上馬時威風凜凜，
	想起了龐鳳雛大不放心。
	但願得此一去旗開得勝，
	那時節君臣們樂享昇平。
	（同下）

截 江 奪 斗

佚 名 撰

解　題

　　京劇。現代佚名撰。《京劇劇目初探》《京劇劇目辭典》著録，題《截江奪斗》，一名《攔江截斗》，均未署作者。劇寫周善奉吳侯命，詐稱母后病危，令孫尚香速回東吳探視。時劉備率兵去取西川，孫尚香怕人阻駕，忙携阿斗上船東下。趙雲聞報，知是孫權奸計，差人飛報張飛與孔明，並親自駕舟，追趕上東吳船。趙雲跳過船頭，孫尚香責罵趙雲阻攔。趙雲苦勸，謂此乃東吳奸計，請切勿前往。張飛趕到，責問孫尚香私自回吳，盛怒之下，刺死保駕的周善，奪下阿斗交趙雲。趙雲懷抱阿斗與張飛同回荆州。本事出於《三國演義》第六十一回。《三國志・蜀書・趙雲傳》裴松之注引《趙雲别傳》："權聞備西征，大遣舟船迎妹，而夫人内欲將後主還吳，雲與張飛勒兵截江，乃得後主還。"元刊《三國志平話》寫孫夫人乘機抱阿斗有意投東吳，被張飛奪回，夫人慚愧投江而死。明張翀《錦囊記》有趙雲奪斗故事，已失傳。清宫大戲《鼎峙春秋》有《趙子龍奮身救主》一齣。道光四年《慶昇平戲班戲目》已有此劇。版本今有上海市《傳統劇目彙編》京劇十四集李人俊藏本、《戲典》本、《戲學匯考》本。今以上海市《傳統劇目彙編》京劇集李人俊藏本爲底本，參考其他本校勘整理。

第　一　場

周　善　（内）馬來！
　　　　（周善上）
周　善　（念）奉了吳侯命，
　　　　　　　星夜到荆州。
　　　　俺周善。奉了吳侯之命，去往荆州，投遞書信，就此馬上加鞭。

（下）

第 二 場

（四宫女、孫尚香上）

孫尚香　（念）【引】金殿盤玉柱，彩鳳繞畫梁。

（念）（詩）隨駕荆襄坐九州，
　　　　　金枝玉葉樂無憂。
　　　　　愛喜刀槍讀書史，
　　　　　乘龍佳婿配夫劉。

本宫，孫尚香。兄長孫權，坐鎮東吳。自幼喜愛刀槍，深通書史。配於劉皇叔玄德爲室。只因夫君領兵攻取西川，至今未聞捷報。奴悶坐宫中，十分挂念。宫娥們，伺候了。

（太監引周善上）

太　監　啓娘娘，東吳周善求見。

孫尚香　傳他進來。

太　監　傳周善進見。

（周善傳入）

周　善　參見娘娘！

孫尚香　周善到此何事？

周　善　奉太后之命，特來下書。

孫尚香　書信呈上，下面歇息。

周　善　是。

（太監引周善下）

孫尚香　今日母后有書信到，來，待奴拆開觀看便了。

（唱）未曾拆書淚先淋，
　　　　紙上相逢母女情。
　　　　上寫爲娘修書信，
　　　　尚香兒從頭看分明。
　　　　爲母得了思兒病，
　　　　即速起程莫延停。
　　　　看罷書信心難忍，

　　　　　尚香心中暗沉吟。
　　　　　皇叔不在荊州郡，
　　　　　恐怕有人阻駕行。
　　　　　低下頭來自思忖，
　　　　　即時起駕便登程。
　　　　傳周善。
宮　　娥　傳周善。
　　　　（周善上）
周　　善　多謝娘娘酒飯。
孫尚香　此時回轉東吳，何人保駕？
周　　善　爲臣保駕。
孫尚香　速備船隻，即刻起程。
周　　善　領旨。
　　　　（周善下）
孫尚香　正是：
　　　　（念）雖無千丈線，
　　　　　　萬里繫人心。
　　　　（四宮女、孫尚香下）

第　三　場

　　　　（四龍套、趙雲上，起霸）
趙　　雲　（念）大將生來蓋世奇，
　　　　　　長坂坡前抖雄威。
　　　　　　單人獨騎扶幼主，
　　　　　　殺氣衝霄向空飛。
　　　　俺，趙雲。主公領兵攻取西川，俺奉軍師將令，把守江口，遠遠望見哨探來也！
　　　　（報子上）
報　　子　今有娘娘，私抱太子，回轉東吳！
趙　　雲　可曾報過軍師？
報　　子　未曾。

趙　雲　三將軍？

報　子　也無有。

趙　雲　速去通報。

　　　　（報子下）

趙　雲　且住！娘娘私抱幼主，回轉東吳，定是周郎奸計。俺不免駕舟追趕。眾將官，帶馬！

　　　　（四龍套、趙雲上馬下）

第　四　場

　　　　（四龍套、張飛上，起霸）

張　飛　（念）豹頭鬢眼氣軒昂，
　　　　　　　桃園結義世無雙。
　　　　　　　當陽橋前一場戰，
　　　　　　　嚇退曹營百萬郎！

　　　俺，張飛。如今大哥統領人馬，攻取西川。俺奉軍師將令，巡查江口，防備東吳。遠遠望見哨探來也！

　　　　（報子上）

報　子　稟三將軍！今有娘娘私抱太子，回轉江東，特來報知。

張　飛　可曾報過四將軍？

報　子　報過了。

張　飛　軍師那裏，可曾報過？

報　子　未曾報。

張　飛　速速通報。

　　　　（報子下）

張　飛　且住！適纔探子報道：皇嫂抱定太子，私回東吳，必是孫權之計。俺不免將他趕回。眾將官，帶馬！

　　　　（四龍套、張飛上馬下）

第　五　場

　　　　（四宮女、孫尚香抱子，周善過場下）

第 六 場

(四龍套、趙雲過場,上船追下)

第 七 場

(四龍套、張飛過場,上船追下)

第 八 場

(【牌子】。四宮女、周善、孫尚香抱太子上,四龍套、趙雲追上)

孫尚香　趙雲爲何來?
趙　雲　娘娘哪裏去?
孫尚香　你無軍師命,
趙　雲　你無主公差!
孫尚香　哎!
　　　　(唱)聽一言來怒氣生,
　　　　　　大罵常山將趙雲。
　　　　　　我爲過江探母病,
　　　　　　苦苦阻攔爲何情?
趙　雲　(唱)趙雲船頭打一躬,
　　　　　　娘娘鳳耳聽從容。
　　　　　　那東吳定下牢籠計,
　　　　　　皇娘落在圈套中!
孫尚香　(唱)四叔有所不知情,
　　　　　　哀家言來聽分明:
　　　　　　今日過江探母病,
　　　　　　骨肉相逢就回程。
趙　雲　(唱)孫劉結讎如山海,
　　　　　　恐怕一去難回程!
孫尚香　(唱)綱常禮義全不論,

　　　　　　　　劉孫本是骨肉親。
周　善　（唱）娘娘過江探母病，
　　　　　　　　哪個大膽阻路行？
趙　雲　（唱）聽一言來雙眉縱，
　　　　　　　　二目圓睜似火紅。
　　　　　　　　手使銀槍分心刺，
　　　　　　　　這一槍刺個滿江紅！
孫尚香　且慢！
　　　　（唱）任你說得天花轉，
　　　　　　　　哀家只當耳邊風！
趙　雲　（唱）娘娘不與臣作主，
　　　　　　　　烏鴉敢入鳳凰中。
孫尚香　（唱）罵一聲趙雲真大膽，
　　　　　　　　此去探病誰敢攔？
趙　雲　（唱）臨崖勒馬收繮晚，
　　　　　　　　船到江心補漏難。
　　　　　　　　娘娘若去留太子，
　　　　　　　　免得爲臣挂心間。
孫尚香　（唱）自古嬌兒不離娘，
　　　　　　　　倘有差錯誰承當？
趙　雲　（唱）娘娘此去有人阻，
孫尚香　（唱）哪個敢來阻我行！
趙　雲　（唱）趙雲船頭來擋駕，
孫尚香　大膽！
　　　　（唱）莫非起下反叛心？
趙　雲　（唱）娘娘若逼臣就死，
孫尚香　也罷，
　　　　（唱）不如一死落江心！
趙　雲　娘娘投江一死，不致緊要；那知爲臣在那長坂坡前，救幼主的苦處！
孫尚香　有甚麼苦處？
趙　雲　娘娘不嫌絮煩，容臣奏來：趙雲標英名，娘娘鳳耳聽！提起長坂事，令人心膽驚！

（唱）惱劉琮，恨劉琮，
　　　荆襄九郡歸奸雄。
　　　君臣無有安身處，
　　　一齊逃奔在江東。
只殺得：
（念）寶劍難入鞘，
　　　血染錦戰袍；
　　　疆場神鬼叫，
　　　方顯武將高！

臣奉命保定甘、糜二位夫人，在亂軍之中與甘、糜二位夫人失散。俺行在當陽橋，遇見了三將軍。那時三將軍叫道：趙雲哪子龍，言說你保的好家眷！問得爲臣啞口無言。俺只得勒轉馬頭，俺就殺——殺進曹營，尋見了糜夫人，糜夫人身帶箭傷，懷抱幼主，倒卧塵埃，是俺一見，心如箭穿。那糜夫人看見了爲臣，叫道：趙雲哪將軍！快快救我母子！那時節曹兵猶如潮水一般，臣殺前不能顧後，戰左不能顧右。那時爲臣奏道：臣保得娘娘，救不得幼主；救得幼主，保不得娘娘！好一位糜夫人，解了其情，那時節將幼主交付爲臣，那糜夫人她……她就投井一死！是臣推墻掩井，懷抱幼主，俺就殺入曹營，不想又得了那賊青虹寶劍，俺得此劍，尤如脅生雙翼，這遠者槍挑，近者劍砍，二次抖擻精神，俺就殺殺殺！只殺得真龍出現！

孫尚香　你是甚等樣人，爲何真龍出現？
趙　雲　爲臣那有這等造化！乃是幼主真龍出現，那曹操一見現出金龍，當時傳下一令，
孫尚香　曹操傳下甚麼將令？
趙　雲　曹操傳將令，曉諭衆三軍：不准放冷箭，只擒活趙雲！爲臣一聞此言，立時哈哈大笑！
孫尚香　你笑者何來？
趙　雲　笑只笑只有爲臣殺人，並無人來傷我！不想這馬不識高低，他就墜……墜落在丈二深壑，我君臣眼望蒼天，無救，忽然西南角下來了一將，打扮大不相同！
孫尚香　他怎樣打扮？

趙　　雲　來將頭戴烏油盔，身披烏油甲，跨下烏雕馬，手執皂英槍，對準為臣，分心就刺！

孫尚香　可曾刺著？

趙　　雲　有道是防者不會，會者不防！為臣讓過槍頭，抓住槍桿，那賊死不放槍，為臣死不放手。人借馬勢，馬借人力，俺就縱縱縱上了丈二深塹。娘娘，為臣在長坂坡前七進七出，好一場廝殺也！

　　　　　（唱）【撲燈蛾】
　　　　　　　趙雲怒氣衝，怒氣衝，
　　　　　　　殺得滿眼紅，滿眼紅。
　　　　　　　曹營將士心膽痛，
　　　　　　　一片丹心報主公！
　　　　　（唱）只殺遍地成血海，
　　　　　　　閻羅王差來追魂牌。
　　　　　　　娘娘若去留太子，
　　　　　　　免得為臣挂心懷。

孫尚香　（唱）四弟不必多言講，
　　　　　　探母一面就回來！

趙　　雲　（唱）問得娘娘無話解，

張　　飛　（內）四弟莫慌，俺張飛來了吓。

趙　　雲　（唱）三千歲駕定小舟來？
　　　　　（四龍套、張飛上）

張　　飛　（唱）大喝一聲把船搖，
　　　　　　　只為皇嫂過江來。
　　　　　　　將身跳在船艙外，
　　　　　皇嫂！
　　　　　（唱）你私自過江你大不該！

孫尚香　（唱）三弟有所不知情，
　　　　　　為嫂言來聽分明：
　　　　　　今日過江探母病，
　　　　　　骨肉見面就回程。

張　　飛　（唱）孫劉結讎似山海，
　　　　　　不該私自過江來！

　　　　　　我若不看大哥面，
　　　　　　一槍刺你穿心懷。
　　　　　四弟，何人保駕？
趙　雲　周善保駕。
張　飛　傳周善！
趙　雲　傳周善。
　　　　（周善上，張飛刺死周介）
張　飛　去你娘的！
　　　　（唱）一槍刺死小周善，
　　　　　　兩下分路把船開。
　　　　　　用手搶過皇太子，（搶太子交趙雲介）
　　　　皇嫂！
　　　　（唱）你死在東吳就莫回來！
　　　　（念）皇嫂作事大不該，
　　　　　　不該私自過江來，
　　　　　　俺若不看大哥面，
　　　　　　一槍刺你穿心懷！
　　　　俺去也！
　　　　（張飛、趙雲抱太子下）
孫尚香　（哭介）喂呀！
　　　　（孫尚香、四宮女下）
　　　　（張飛、趙雲、八龍套同上）
張　飛　（念）好個常山趙子龍，
　　　　　　攔江救主立奇功。
趙　雲　（念）可笑孫權無見識，
　　　　　　周郎妙計一場空！
張　飛　好吓！好個周郎用計一場空。四弟，你我同見軍師繳令！
趙　雲　三千歲之功！
張　飛　四弟之功！
趙　雲　大家之功！
張　飛　三軍的！人馬收回！一同繳令！
　　　　（張飛、趙雲、衆同下）

荊襄府

佚 名 撰

解 題

　　京劇。現代佚名撰。《京劇劇目初探》《京劇劇目辭典》著錄，題《荊襄府》，均未署作者。劇寫關羽、張飛令趙雲至江夏請孔明過江赴宴，問劉備入川後之情。孔明卜知龐統已在落鳳坡身亡，張飛不信。忽報關平前來下書，龐統命喪落鳳坡。張飛感念龐統功績，痛哭。關羽亦甚傷感。孔明知信中有意調兵入蜀，乃與張飛分兵兩路入川。令張飛率兵走旱路，授張飛錦囊一封，囑遇困難時拆看。留關羽鎮守荊州，告其牢記"東和孫權，北敵曹操"八字方略，即領趙雲由水路進川。本事出於《三國演義》第六十三回。《三國志·蜀書·諸葛亮傳》："亮與關羽鎮荊州，先主自葭萌還攻璋。亮與張飛、趙雲等率衆溯江分定郡縣。"《張飛傳》亦有此記。清宮大戲《鼎峙春秋》有《午夜觀星哭鳳雛》《詰朝解印辭荊土》二齣。版本今有上海市《傳統劇目彙編》京劇第十四集范叔年藏本。今以此本爲底本進行整理。

　　　　　　　（關羽、張飛上[1]）
關　羽　（念）蠶眉鳳目世無雙，
張　飛　（念）豹頭鬢眼氣軒昂。
關　羽　（念）弟兄勇戰千員將，
張　飛　（念）扶保大哥錦家邦。
關　羽　某漢室關。
張　飛　翼德張。
關　羽　三弟請坐。
張　飛　請坐。
關　羽　三弟，我也曾命四弟過江去請先生，至今未見回報。

張　飛	想必來也。
	（趙雲上）
趙　雲	參見二哥，三哥。
關　羽 張　飛	少禮，請坐。
關　羽	命你去到江夏去請先生，可曾到來？
趙　雲	現在帳外。
關　羽	有請。
	（孔明上）
孔　明	二位千歲在哪裏？
關　羽 張　飛	先生在哪裏？
孔　明 關　羽 張　飛	（笑介）哈哈哈……
關　羽	請坐。
孔　明	請坐。
關　羽 張　飛 趙　雲	不知先生駕到，俺弟兄未曾遠迎，先生恕罪。
孔　明	豈敢！亮少來問安，千歲恕罪。
關　羽 張　飛 趙　雲	好說了。
孔　明	貴帖相招，有何見論？
關　羽 張　飛 趙　雲	先生有所不知，今當七月七日，眾將煉甲之日，請先生前來飲宴，二來請問大哥之事如何？
孔　明	主公麼？凶多吉少。
關　羽 張　飛	怎見得？
孔　明	山人算來確是凶多吉少。
關　羽 張　飛	且慢，俺弟兄備得有酒，與先生同飲。
孔　明	到此就要叨擾。

關　羽	看酒，待俺弟兄把盞。
張　飛	
孔　明	不敢，擺下就是。
孔　明	
關　羽	將宴擺下。
張　飛	
關　羽	（唱）【導板】[2]

　　　　　　荆襄府內擺酒宴，
　　　（唱）【回龍】
　　　　　　俺與先生飲一番。
　　　　　　兄王攻打西川縣，
　　　　　　有勞先生算根源。

張　飛　　先生吓！
　　　（唱）俺弟兄結拜在桃園，
　　　　　　烏牛祭地白馬祭天。
　　　　　　俺兄王攻打西川縣，
　　　　　　仗先生韜略定中原。

趙　雲　（唱）趙雲歸降臥牛山，
　　　　　　尊一聲先生聽根源。
　　　　　　長坂坡前威風顯，
　　　　　　保定主公錦江山。

孔　明　（唱）多蒙千歲擺酒宴，
　　　　　　猛然想起事從前。
　　　　　　我算他落鳳坡身帶箭，
　　　　　　他算我拜北斗五丈原命喪黃泉。
　　　　　　猛然抬起頭來看，
　　　（孔明出位看星落介）

孔　明　（接唱）
　　　　　　斗大紅星殞西南。
　　　　　　袖內八卦暗排算，
　　　　　　龐統先生喪黃泉。
　　　　　　明知假裝佯不管，（進坐介）

　　　　　停杯不飲臥席前。

關　羽　想先生往日有百杯之量，今爲何倒臥席前？
張　飛　二哥，待小弟將他喚醒。
關　羽　三弟將他喚醒。
張　飛　師爺醒來。呔，先生醒來！
孔　明　三千歲，這是爲何？
張　飛　先生平日有百杯之量，今日酒未過三巡，菜未過五味，爲何倒臥席前？
孔　明　山人看見將星殞落，只恐龐統先生已在落鳳坡前帶箭身亡了。
張　飛　先生，你與龐統有讎？
孔　明　無讎。
張　飛　有恨？
孔　明　無恨。
張　飛　却又來，既無讎恨，爲何咒罵與他？
孔　明　三千歲如若不信，傳令下去，人馬休撤，酒宴休散，我與千歲飲個落花流水之間，西川必有人前來報信。
張　飛　待俺傳令。呔，三軍聽者：人馬休撤，酒宴休散，我與先生飲個落花流水，停杯等候，看西川有無人來。
　　　　（報子上）
報　子　蜀中關平到。
張　飛　再探。（報子下，關平上）待俺老張向前，關平兒在那裏？
關　平　三叔父在哪裏？
張　飛　關平兒，不在西川侍奉你皇伯，來在荆襄做甚？
關　平　奉了皇伯之命，前來下書。
張　飛　書信在那裏？
關　平　信在這裏。
張　飛　拿過來，隨我進來。見過師爺，見過你父，見過你叔。兒吓，一路之上，費了多少辛苦，下面歇息歇息去罷。（關平下）
張　飛　（笑介）哈哈哈……
孔　明　三千歲爲何發笑？
張　飛　先生吓，俺家兄王得了西川，命關平前來下書，接俺弟兄去到西川，同享榮華富貴，豈不叫俺老張好喜。

孔　明	可曾看過書信？
張　飛	一定得了西川，看這何來？
孔　明	還要看過。香案伺候。（同拜介）
衆	先生請看。
孔　明	二千歲請。
關　羽	三弟四弟請看。
張　飛 趙　雲	二哥請看。
孔　明	還是二千歲請看。
關　羽	兄王恕弟不跪之罪了。

（唱）【導板】

　　斬蛇起義漢室傳，

（唱）關平下書到席前。

　　俺弟兄分手有年半，

　　今日纔得信使還。

　　對西川施一禮忙拆書箋，

　　一一從頭往下觀。

　　上寫拜上多拜上，

　　拜上師爺虎位前。

　　拜上三弟和四弟，

　　再拜二弟關美髯。

　　愚兄帶兵攻西川，

　　兩地交界安營盤。

　　龐統先生帥印管，

　　黃忠魏延先鋒官[3]。

　　鳳雛先生帶了箭，

張　飛	（唱）倒叫俺老張痛心間。
孔　明	三千歲爲何大放悲聲？
張　飛	先生有所不知，想龐統先生隨俺兄王攻打西川，一日榮華未享，喪命落鳳坡，怎的不叫俺老張好痛痛痛吓。
孔　明	他有何好處？
張　飛	他的好處甚多。

| 孔　明 | 書信來曾看完，你且講來。
| 張　飛 | 先生不嫌，聽俺老張道來。
| 孔　明 | 三千歲請講。
| 張　飛 | 先生聽道：張松獻地理，龐統獻連環，黃蓋獻苦肉，先生燒戰船。想那龐統先生投漢營以來，俺兄王看他面黃鬚短，無有甚麼大才，封他爲耒陽縣正堂。想那龐統先生到任以來，每日好酒貪杯，不理民事。耒陽縣的百姓，做下了申冤狀，告在俺家兄王台前，俺兄王冲冲大怒，就命俺老張同了孫乾，帶領三千人馬，來到耒陽，查看此事。是俺來到十里接官亭，不見龐統先生迎接與俺，是俺一馬闖到衙前。誰想那龐統先生飲酒未眠和衣而出，俺老張一見，怒從心頭起，惡向膽邊生。舉鞭就打，不料想龐統先生也是行伍出身，雙手抱住鞭頭說：三千歲，因何怒髮衝冠？俺老張纔將俺兄王旨意取出。龐統先生接旨看罷，言道：原來一樁小事。三千歲不嫌耳煩，與卑職同審同問。大堂之下，設下兩副公案，頃刻擊鼓陞堂，將那九十九名人犯，一齊帶上堂來審問。那龐統先生果有先見之明，真正是眼觀十行字，耳聽亂人言，不用茶盞功夫，將那九十九名人犯，打的打了，罰的罰了。俺老張只當拿來的銀錢，買來的百姓，那時老張回到館驛，黃昏時候，換了青衣小帽，出離館驛，查看他虛實。耒陽縣的百姓，三個一群，五個一夥，他們言道，列位吓，列位吓，咱這耒陽縣來一個龐青天龐老爺，斷案如神，正是：國正天心順，官清民自安。俺老張一聞此言，哈哈哈，大笑而歸。回到京都，奏明俺大哥。俺兄王吃驚非小，纔知將龐統先生大才小用了，即刻將他召回京來，封爲西臺御史，隨定俺家兄王攻打西川。如今命喪落鳳坡前，怎不叫俺老張好哭吓！
| 孔　明 | 這書信可曾看完？
| 張　飛 | 一個人死了，還看它則什？
| 孔　明 | 好作準備。
| 張　飛 | 好，看他的結果。
| 關　羽 | 吓，先生哪！
| | （唱）時纔觀罷書和束，
| | 　　　不由關某淚漣漣。
| | 　　　抖起綠袍把淚沾，

　　　　　一一從頭往下觀。
　　　　　龐統先生身帶箭，
　　　　　落鳳坡前喪黃泉。
　　　　　愚兄帶兵去會戰，
　　　　　不勝張任敗回還。
　　　　　萬般出在無計奈，
　　　　　纔命關平把兵搬。
　　　　　早來三日還相見，
　　　　　遲來三日見兄難。
　　　　　看書信哭壞了某的丹鳳眼。
張　飛　（唱）倒叫俺老張淚不乾。
孔　明　三千歲，主公西川有難，你還是發兵不發兵吓？
張　飛　先生，想俺兄王被困西川，俺老張恨不能身生雙翅，飛到西川，焉有不發兵之理。
孔　明　三千歲帶兵走哪路？
張　飛　師爺走哪路？
孔　明　山人走南路。
張　飛　被俺老張佔了。
孔　明　山人走北路。
張　飛　又被俺老張佔了，
孔　明　兩條路徑，俱被三千歲佔去，難道說不叫山人發兵不成？
張　飛　先生哪，想你看過西川地理，路徑熟知，還望先生指教一二。
孔　明　告便。且住，此去西川有七十二座連關大寨，離了此人不能收服，山人自有道理。三千歲來看，南接江邊，北接五嶺，南山北水中間，有條小路，一人一騎，方可過去。
張　飛　先生，俺老張性情暴躁，水路有些顛三倒四，旱路被俺老張佔了。
孔　明　如此聽山人一令：
　　　　　（唱）一枝將令往下傳，
　　　　　　　　三千歲進前聽我言。
　　　　　　　　山人賜你一令箭，
　　　　　　　　命你帶兵攻西川。
張　飛　（唱）大帳領了師爺令，

		兄王西川等救兵。
		三軍帶過馬能行，
孔	明	三千歲請轉。
張	飛	（唱）師爺呼喚爲何情？
孔	明	此去西川，槍不許挑上將，鞭不准打老軍。山人有錦囊一封，帶在身旁，爲難之時，打開觀看，自有應驗。上馬去罷，上馬去罷。
張	飛	拿過來。

（唱）先生説話真奇巧，
　　　倒叫俺老張解不了。
　　　翻身上了呼雷豹，
　　　烏錐馬不住四蹄飄。（下）

孔　明　（唱）二枝將令往下傳，
　　　　四將軍進前聽我言。
　　　　山人與你一令箭，
　　　　命你江下備戰船。

趙　雲　（唱）帳中領了一令箭，
　　　　命我江下備戰船。（下）

孔　明　（唱）二位將軍出寶帳，
　　　　再與君侯做商量。
　　　　二千歲，主公西川有難，你還是發兵不發兵？

關　羽　先生，兄王被困西川，焉有不發兵之理？但是這荆州無人保守？
孔　明　二千歲還該在此鎮守荆州。倘若東吳興兵？
關　羽　衝鋒。
孔　明　曹操興兵？
關　羽　對敵。
孔　明　兩下一齊夾攻？
關　羽　這個……大丈夫除死方休。
孔　明　不好了。

（唱）二千歲出言太不祥，
　　　不由山人吃一驚。
　　　連孫拒曹方稱我心，
　　　保得荆州如長城。

二千歲鎮守荊襄,山人有八個字,牢牢記下:東和孫權,北敵曹操。告辭了。
(唱)在寶帳和君侯拱拱手,
　　　要相逢除非是海水倒流。
(孔明下)

關　羽　(唱)一見師爺出寶帳,
　　　　　不由關某兩淚汪。
　　　　　某兄王西川打敗仗,
　　　　　並無能將救兄王。
　　　　　關某有心親自往,
　　　　　實實難離這荊襄。
　　　　　悶慨慨且退連環帳,
　　　　　但聽探馬報端詳。(下)

校記

[1] 關羽、張飛上:這一提示之前,原有"第一場"。按,此劇僅一場,今刪。
[2] 導板:原作"倒板",徑改。本劇下同。
[3] 黃忠魏延先鋒官:"鋒",原作"封",據文意改。

過 巴 州

白玉春　錢鳴業　口述

解　題

　　京劇。現代白玉春、錢鳴業口述。《京劇劇目辭典》著錄,題《過巴州》,又名《夜過巴州》《義釋嚴顏》《兩張飛》《收嚴顏》;《京劇劇目初探》著錄,題《過巴州》,一名《收嚴顏》,又名《兩張飛》,均未署作者。劇寫嚴顏聞張飛攻打巴州,率兵迎戰,互有勝負。嚴顏差二老軍扮作百姓,前往張飛營中,探聽張飛是否中箭身死。二老軍探知張飛夜過巴州,急忙逃歸。張飛抓到奸細,虛告其入川路徑。想起臨行諸葛亮所賜錦囊,拆閱一看,知是要他用真假張飛之計。因見馬棚徐大漢面貌與己相似,遂命改扮,一同前往。嚴顏忽遇兩張飛,大驚失色,戰敗被擒。張飛勸降,嚴顏不允,張飛親釋其縛,屈膝下跪。嚴顏被張飛誠心感動,問明劉備待將恩重如山,方願歸降,並願做入川嚮導。本事出於《三國演義》第六十三回。《三國志‧蜀書‧張飛傳》云:"飛至江州,破璋將巴郡太守嚴顏,生獲顏。飛呵顏曰:'大軍至,何以不降,而敢拒戰!'顏答曰:'卿等無狀,侵奪我州,我州但有斷頭將軍,無有降將軍也。'飛怒,令左右牽去斫頭,(嚴)顏色不變,曰:'斫頭便斫頭,何必怒耶!'飛壯而釋之,引爲賓客。飛所過戰克,與先主會於成都。"元刊《三國志平話》亦有此事,但極簡略。版本今有《京劇彙編》收錄的白玉春、錢鳴業口述本及以該本重刊的《京劇傳統劇目彙編》本、上海市《傳統劇目彙編》京劇集本。今以《京劇彙編》收錄的白玉春、錢鳴業口述本爲底本,參考其他本校勘整理。

第 一 場

　　(四龍套持槍引嚴顏上)

嚴　顏　(念)(詩)轅門外戰鼓聲催,

　　　　　　衆兒郎虎豹雄威。
　　　　　　奉軍令巴州鎮守，
　　　　　　令鷹鷂插翅難飛。
　　　　老夫，嚴顏。鎮守巴州一帶等地。聞得張飛小兒攻打巴州，豈肯容他猖狂！衆將官！
四龍套　有！
嚴　顏　迎敵者！
四龍套　啊！
　　　　（同下）

第 二 場

　　　　（四下手引張飛上）
張　飛　（念）（詩）豹頭鬟眼鬚似鋼，
　　　　　　　　　當陽橋前美名揚。
　　　　　　　　　大吼一聲橋梁斷，
　　　　　　　　　嚇退曹營百萬郎。
　　　　咱，漢將張飛。奉了先生、大哥之命，攻打巴州。三軍的，馬來馬來！
四下手　啊！
　　　　（下手帶馬，張飛上馬介，圓場。四龍套，嚴顏上。會陣）
張　飛　呔！來的敢是嚴顏？
嚴　顏　然！
張　飛　啊哈！啊哈！啊哈哈哈……
嚴　顏　張飛，爲何發笑？
張　飛　嚴顏！我道你是天神下界，原來是一個老匹夫！怎受得某家一戰？
嚴　顏　一派胡言！衆將官，壓住陣角！
四龍套　啊！
嚴　顏　（唱）一言怒惱嚴老將，
　　　　（四龍套、四下手兩邊分下）
嚴　顏　（唱）張飛小兒聽端詳：
　　　　　　　巴州之內訪一訪，
　　　　　　　赫赫威名天下揚！

張　飛　住口！

　　　　（唱）聞言怒髮三千丈，
　　　　　　　嚴顔老兒聽端詳：
　　　　　　　某三氣周瑜蘆花蕩，
　　　　　　　大吼一聲斷橋梁。
　　　　　　　勸你早將巴州讓，
　　　　　　　稍若遲延槍下亡！
　　　　（起打，張飛敗下，嚴顔追下）

第　三　場

（張飛上）

張　飛　且往！嚴顔老兒來得厲害。再若來時，回馬鞭傷他！
　　　　（嚴顔上，起打。嚴顔敗下，張飛追下）

第　四　場

（嚴顔上）

嚴　顔　（唱）適纔陣前打一仗，
　　　　　　　張飛武藝果然強。
　　　　　　　催馬加鞭高坡上！
　　　　（張飛上）
嚴　顔　看箭！
　　　　（張飛接箭下。嚴顔下）

第　五　場

（四下手、張飛上）

張　飛　且住！嚴顔老兒暗放冷箭。不是某馬走如飛，險遭不測。三軍的，將巴州圍住了！
四下手　啊！
　　　　（同下）

第 六 場

（四龍套、嚴顏上）

嚴　　顏　（唱）適纔高坡把箭放，
　　　　　　　　不知張飛生和亡。
　　　　　　　　將身且坐寶帳上，
　　　　　　　　喚出老軍說端詳。
　　　　適纔老夫暗放冷箭，不知張飛生死存亡，我不免命老軍前去打探。來！

四龍套　　有！

嚴　　顏　喚老軍進見！

四龍套　　老軍進見！
　　　　（老軍甲、老軍乙上）

老軍甲　　（念）老軍無別幹，

老軍乙　　（念）埋鍋又造飯。

老軍甲
老軍乙　　參見總爺！

嚴　　顏　罷了。

老軍甲
老軍乙　　喚我二人進帳，有何吩咐？

嚴　　顏　命你二人去到張飛營中，探聽動靜，可敢前去？

老軍甲
老軍乙　　小人們不敢前去！

嚴　　顏　怎麼不敢？

老軍甲
老軍乙　　那張飛殺人不眨眼，小人們不敢前去！

嚴　　顏　無妨！待老夫教導你們。他若問時，你就說："我們是西川巴州好百姓。爲母許願，去到四川峨嵋山燒香還願。去時，不見千歲紮營在此。回來，千歲紮營在此，擋住小人的歸路。望千歲開一綫之恩，放小人們回去。見了妻兒老小，感激千歲大恩大德！"

老軍甲
老軍乙　　他要問西川路徑呢？

嚴　　顏　你就說：南是山，北是水，中間有一蜿蜒小道；騎不得馬，坐不得

	轎。一人步行，方能過去。
老軍甲 老軍乙	遵命！
嚴　顏	（念）我今吩咐你，
老軍甲 老軍乙	（念）怎敢誤遲延！（下）
	（同下）

第　七　場

（張飛上）

張　飛	（唱）張翼德在營中自思自嘆， 畫夜裏戰沙場哪得安然。 都只爲那張松地理圖獻， 某大哥一心要奪取西川。 眼望着兩川地路途遥遠，
	（内喊）唔！
張　飛	（唱）又聽得營門外鬧嚷聲喧。
	（報子上）
報　子	拿住奸細。
張　飛	綁了上來！
報　子	啊！將奸細綁上來！（下）
	（四下手綁老軍甲、老軍乙上）
老軍甲 老軍乙	參見千歲！
張　飛	嘟！大膽奸細！竟敢前來窺探？推出斬了！
老軍甲 老軍乙	且慢！留頭講話！
張　飛	講！
	我們是西川巴州好百姓，爲母許願，去到四川峨嵋山燒香還願。
老軍甲 老軍乙	去時，不見千歲紥營在此；回來，千歲紥營在此，擋住小人的歸路。望千歲開一綫之恩，放小人們回去。見了妻兒老小，感激千歲大恩大德！

張　飛	我且問你：既是西川百姓，西川路徑哪裏好走，哪裏好行？
老軍甲 老軍乙	南是山，北是水，中間有一蜿蜒小道；騎不得馬，坐不得轎。一人步行，方能過去。
張　飛	可是實言？
老軍甲 老軍乙	句句實言。
張　飛	好！三軍的！
眾	有！
張　飛	每人賞他們一串銅錢。去吧！
老軍甲 老軍乙	多謝千歲！我們回去吧！

（老軍甲、老軍乙出門介，偷聽介）

張　飛	三軍的，隨俺老張夜過巴州！
老軍甲 老軍乙	張飛要夜過巴州！（下）
四下手	還是奸細。
張　飛	抓回來！
四下手	去遠了。
張　飛	起過了。且住！俺老張正在營中用計，又被嚴顏差來的奸細聽得去了。這便如何是好？有了：臨行之時，先生賜我錦囊一封，打開觀看。（拆錦囊念介） （念）先生賜妙計， 　　　將軍看端倪。 　　　若要擒嚴顏， 　　　除非兩張飛。 呀呀呔！呀呀呔！想這漢營之中，只有老張一人，哪有第二？
四下手	啓禀三千歲！馬棚有一草包徐大漢，與千歲面貌相同。
張　飛	喚他前來！
四下手	徐大漢進帳！
徐大漢	（內）來也！（上） （念）咱本一員將， 　　　站在草頭上。

　　　　　行走如瓜滾，
　　　　　連他娘的母豬趕不上。
　　　　咱，徐大漢。正在後面鍘草餵馬。千歲呼喚，不知有何吩咐？待我進帳。報：徐大漢告進！參見千歲！

張　飛　下跪可是徐大漢？
徐大漢　正是。
張　飛　抬起頭來！
徐大漢　有罪不敢抬頭。
張　飛　恕你無罪。
徐大漢　謝千歲！
張　飛　哎呀喳！喳！喳！三軍的，俺老張就是這個樣兒？
四下手　就是這個樣兒。
張　飛　起來起來！
徐大漢　謝千歲！
張　飛　徐大漢，今晚俺老張我要用用你。
徐大漢　怎樣用我？
張　飛　出兵打仗用你。
徐大漢　不成將！
張　飛　怎麼"不成將"？
徐大漢　無有盔鎧。
張　飛　賜你半副掩旗甲，披挂去吧！
徐大漢　遵命！（下）
張　飛　三軍的！今晚俺老張夜過巴州，都要小心，聽我吩咐！
　　　　（唱）坐在寶帳傳將令，
　　　　　　大小三軍聽分明。
　　　　　　今晚夜過巴州郡，
　　　　　　鞍前馬後要小心！
　　　　（徐大漢上）
徐大漢　三千歲，看俺披挂起來，可像一員虎將？
張　飛　倒像虎將。不知你膽量如何？
徐大漢　飯量兒是好的。
張　飛　是他娘的飯桶！問你膽量？

徐大漢　膽量也是好的。
張　飛　三軍的，丈八蛇矛抬上來！
四下手　啊！（下）
　　　　（四下手由下場門抬矛上）
徐大漢　我拿它不動。
張　飛　換個小些的。
徐大漢　（拿槍介）看槍！
張　飛　這做甚麼？
徐大漢　上陣要擒王。
張　飛　好個"上陣要擒王"。私下演？
徐大漢　戰場用。
張　飛　不演習？
徐大漢　不中用。
張　飛　演習演習。呔！
徐大漢　喂喲喲！哪裏打雷呀？
四下手　千歲的喉音。
徐大漢　千歲，你好大的嗓子眼兒！
張　飛　老張的虎威。來將通名！
徐大漢　徐大漢。
張　飛　去你娘的！要通咱老張的名姓。
徐大漢　小人不敢！
張　飛　恕你無罪。來將通名！
徐大漢　漢將張飛。
張　飛　使勁嚷！
徐大漢　漢將張飛！
張　飛　還要高聲些！
徐大漢　漢將張飛！
張　飛　兩厢退下！
四下手　啊！（下）
張　飛　徐大漢！
徐大漢　在。
張　飛　帶路！

徐大漢　喳！
張　飛　（唱）營中定下牢籠計，
　　　　　　　徐大漢扮作假張飛；
　　　　　　　此一去你好比送命鬼，
徐大漢　三千歲，我還要陞官戴紗帽啊！
張　飛　徐大漢，咱的兒呀！
　　　　（唱）只怕你有命去來無命回。
　　　　（同下）

第　八　場

　　　　（嚴顏原人上）
嚴　顏　（唱）老軍哨探無音信，
　　　　　　　倒教老夫掛在心。
　　　　　　　將身且坐寶帳等，
　　　　　　　老軍回來問分明。
　　　　（老軍甲、老軍乙上）
老軍甲
老軍乙　參見總爺！
嚴　顏　詐騙張飛怎麼樣了？
老軍甲
老軍乙　張飛要夜過巴州。
嚴　顏　歇息去吧！
老軍甲
老軍乙　謝總爺！（下）
嚴　顏　且住！張飛小兒今晚夜過巴州，待老夫迎上前去。眾將官，迎敵者！
　衆　　啊！
　　　　（同下）

第　九　場

　　　　（張飛原人上）

張　飛　徐大漢爲何不走？
徐大漢　前面打閃要下雨。
張　飛　待我看來。徐大漢，乃是咱老張身影兒照的。走！
　　　　（張飛原人圓場。嚴顏原人上，會陣介。雙方原人下）
嚴　顏　來將通名！
徐大漢　漢將張飛！
嚴　顏　看槍！
　　　　（徐大漢敗下）
嚴　顏　來將通名！
張　飛　漢將張飛！
嚴　顏　看槍！
　　　　（起打。嚴顏敗下，張飛追下）

第　十　場

　　　　（嚴顏上）
嚴　顏　且住！來一個是張飛，來兩個也是張飛！難道説我怕張飛不成？來一個擒他一個！
　　　　（徐大漢上）
嚴　顏　來將通名？
徐大漢　漢將張飛！
嚴　顏　看槍！
　　　　（張飛上）
嚴　顏　來將通名！
張　飛　漢將張飛！
　　　　（起打。嚴顏被擒，四下手暗上）
張　飛　綁回去。
四下手　啊！
　　　　（同下）

第十一場

（張飛上）

張　飛　將嚴顏綁進帳來！
　　　　（四下手、徐大漢綁嚴顏上）

嚴　顏　哼！

張　飛　嚴顏，見了老張爲何不跪？

嚴　顏　你在兩軍陣前，用詭計擒人，真乃匹夫之輩！

張　飛　哪個是匹夫？

嚴　顏　你是匹夫！

張　飛　我就是匹夫。老將軍，歸降俺大哥，少不得封侯之位。

嚴　顏　要俺歸降，日從西起！

張　飛　你不降？

嚴　顏　我不降！

張　飛　不降我就要——

嚴　顏　要怎麼樣？

張　飛　我不怎麼樣。三軍的，嚴老將軍被擒，你們哪一個擒的？

徐大漢
四下手　我們擒的。

張　飛　哪一個綁的？

徐大漢
四下手　我們綁的。

張　飛　嘟！嚴老將軍在兩軍陣前，馬失前蹄。你們就該用八人大轎，就這樣抬，抬，抬，抬回營來。誰叫你們擒？誰叫你們綁？滾了下去！

徐大漢
四下手　啊！

張　飛　老將軍，三軍們不知，冒犯老將軍，待我與你鬆綁。
　　　　（張飛與嚴顏鬆綁介。嚴顏打張飛介）

張　飛　且住！嚴顏被擒，斬又斬不得，放又放不得。諸葛亮啊！孔明！你真真難壞咱老張也！
　　　　（唱）背地埋怨諸葛亮，

不差趙雲差老張。
無奈何屈膝跪寶帳，（欲跪介）

嚴　顏　哈哈哈……

張　飛　（唱）反被他人笑一場。
二次撩甲跪寶帳，（跪介）
再與將軍說端詳。
老將軍，歸降俺大哥，不失封侯之位。你若不降，你來看哪，俺老張這條腿也跪下了！

嚴　顏　但不知你主待將如何？

張　飛　恩重如山。

嚴　顏　好哇！巴州嚴老將，威名震四方，不願刀頭死，情願來歸降。
（唱）眼望西川淚汪汪，
休怨爲臣不忠良。
無奈何屈膝跪寶帳。

張　飛　歸降了？

嚴　顏　歸降了。

張　飛　啊哈哈哈……
嚴　顏

張　飛　老將軍歸降，乃漢室之幸也！

嚴　顏　豈敢！歸降來遲，三千歲恕罪！

張　飛　此處到西川還有多少路徑？

嚴　顏　七十二座連營大寨。

張　飛　喳！喳！喳！此處到西川，還有七十二座連營大寨！這頭一陣，就遇見老將軍。那些如何得破？

嚴　顏　無妨！這裏有令箭一支。過一關，降一關。過一寨，降一寨。

張　飛　多謝老將軍！後面備酒，與老將軍接風。

嚴　顏　請！

（同下）

取 雒 城

佚 名 撰

解 題

　　京劇。現代佚名撰。《京劇劇目辭典》著錄，題《取雒城》，又名《金雁橋》《擒張任》《赤伏岩》；《京劇劇目初探》著錄，題《金雁橋》，一名《取雒城》，又名《擒張任》，均未署作者。劇寫劉備興兵要奪取西川，不料龐統被雒城守將張任射死，命喪落鳳坡。劉備派關平到荊州搬救兵，久沒音信。劉備率黃忠、魏延出戰，又打了敗仗。諸葛亮從荊州帶兵來救援，與劉備的兵馬合在一起攻打雒城。諸葛亮定計引誘張任出城，詐敗，引張任過金雁橋。趙雲把橋拆斷，斷了張任退路，被張飛擒拿。本事出於《三國演義》第六十四回。《三國志・蜀書・先主傳》及裴注引《益都耆舊記》載有破雒城、擒張任事。元刊《三國志平話》有斬張任事。清宮大戲《鼎峙春秋》有擒張任情節。版本今有《戲考》本、《京劇彙編》收錄的王連平藏本及以此本重印的《京劇傳統劇本彙編》本。今以《京劇彙編》王連平藏本爲底本，參考其他本校勘整理。

第 一 場

（四紅文堂、四紅大鎧、劉封上，站門。劉備上）

劉　備　（念）【引】統領雄兵，何日裏，西川掃平！

（念）（詩）桃園結義聚英雄，
　　　　　　轉戰征殺屢奏功。
　　　　　　蒼天若得遂人意，
　　　　　　掃滅西川整江洪。

孤，劉備。自荊州興兵前來奪取西川，不料龐統先生命喪落鳳坡前，也曾命關平去往荊州搬兵，一去許久，並無音信。可恨張任累

	次興兵前來討戰，不免宣黃忠、魏延進帳，商議退兵之策。來！
一文堂	有！
劉　備	傳黃忠、魏延進帳！
一文堂	黃忠、魏延進帳！
黃　忠 魏　延	（內）來也！（上）
魏　延	（念）自幼生來志氣昂，
黃　忠	（念）練就百步箭穿楊。
魏　延	（念）上陣全憑刀和馬，
黃　忠	（念）保定吾主錦家邦。
魏　延 黃　忠	臣等見駕，吾主千歲！
劉　備	平身。
魏　延 黃　忠	千千歲！
劉　備	賜坐！
魏　延 黃　忠	謝坐！宣臣等進帳，有何軍情議論？
劉　備	只因龐統先生命喪落鳳坡前，可恨張任累次興兵前來討戰，宣二位將軍進帳，商議退兵之策。
魏　延	臣啟主公：關平去往荆州搬兵未回，候孔明先生到來，再發人馬與他對敵，也還不遲。
劉　備	若等關平回來，此城恐難保矣！
黃　忠	主公可賜臣一支人馬，前往他營，打一下馬陣勢，探聽那賊兵勢如何？
劉　備	好，就命老將軍帶領一支人馬，前往他營，打一下馬陣勢，探聽那賊兵勢如何。
黃　忠	得令！
魏　延	且慢！臣啟主公：老將軍年邁，只恐誤了軍情大事，可賜爲臣一支人馬，前去探聽那賊兵勢如何。
黃　忠	魏將軍，你此言差矣！想俺黃忠上有廉頗之勇，下有馬援之威，胸中韜略却還不老！ （唱）將軍說話言太差， 　　　老夫言來聽根芽：

　　　　　人老只老頭上髮，
　　　　　殺人寶刀如切瓜。
　　　　　此番帶領人和馬，
　　　　　要把雒城一馬踏。
魏　延　老將軍哪！有道是：
　　　　（念）少年英雄將，
　　　　　奮勇誰敢當？
　　　　　慢說擒張任，
　　　　　金剛又何妨！
　　　　（唱）老將軍不必逞剛強，
　　　　　某今言來聽端詳：
　　　　　你今倒有六十上，
　　　　　怎能比得少年郎？
　　　　　耳聾難聽戰鼓響，
　　　　　眼花難觀陣頭槍。
　　　　　張任非比等閒將，
　　　　　提兵上陣鬼神忙。
　　　　　倘若前去打敗仗，
　　　　　反被張任笑一場。
　　　　　非是俺誇口大話講，
　　　　　要將賊子一掃光！
黃　忠　魏將軍，你休誇大口，曾記得主公在荊州興兵前來奪取涪城，主公傳令二更造飯，三更起馬，攻打鄧、冷二寨。誰知你要搶頭功，私自前去偷營。哪知鄧、冷二人早有準備，將人馬四下埋伏，留下空營一座。你一馬殺進賊營，指望成功，不想賊營信炮一響，四下賊兵齊上，將你圍困核心，看看性命難保。若不是俺黃忠殺進賊營將你救出，你的性命休矣！
　　　　（唱）曾記得荊州興人馬，
　　　　　奪取西川定邦家。
　　　　　主公寶帳令傳下，
　　　　　要將二寨一馬踏。
　　　　　哪知你的心太大，

　　　　　　二更起馬去尋他。
　　　　　　將你困在核心下，
　　　　　　鄧冷二人將你拿。
　　　　　　若不是黃忠領人馬，
　　　　　　你的性命染黃沙！
魏　延　住口！
　　　　（唱）聽一言來怒氣發，
　　　　　　不由魏延咬鋼牙。
　　　　　　三軍與爺備戰馬，
黃　忠　呔！
　　　　（唱）你敢與俺比刀法？
魏　延　某家何懼！
劉　備　且慢！
　　　　（唱）二位將軍休爭鬥，
　　　　　　細聽孤家說從頭：
　　　　　　曹操欺君謀漢胄，
　　　　　　各路諸侯統貔貅。
　　　　　　但願西川歸孤手，
　　　　　　一統山河保龍樓。
　　　　　　你二人先鋒分左右，
　　　　　　攻取雒城莫記讎。
魏　延
黃　忠　領旨！
劉　備　（唱）劉封隨駕在左右，
　　　　　　滅却張任方甘休。
劉　封　得令！
劉　備　（唱）炮響三軍齊爭鬥，
衆　　　得令！
　　　　（起鼓介）
劉　備　（唱）要擒張任返荊州。
　　　　　　起兵前往！
衆　　　啊！

(【牌子】。同下)

第 二 場

(吳懿上,起霸)

吳　懿　（念）大將威風勇,

(卓膺上,起霸)

卓　膺　（念）殺氣貫長虹。

(劉瓆、吳蘭上,雙起霸)

劉　瓆
吳　蘭　（念）馬踏敵人境,

(張翼、雷同上,雙起霸)

張　翼
雷　同　（念）保主坐九重。

吳　懿　　　　吳懿。
卓　膺　　　　卓膺。
劉　瓆　俺,　劉瓆。
吳　蘭　　　　吳蘭。
張　翼　　　　張翼。
雷　同　　　　雷同。

吳　蘭　衆位將軍請了!

吳　懿
卓　膺
劉　瓆　請了!
張　翼
雷　同

吳　蘭　元帥陞帳,你我兩廂伺候!

吳　懿
卓　膺
劉　瓆　請!
張　翼
雷　同

(衆歸兩邊,四文堂、四下手、八大刀手引張任上)

張　任　（唱）【點絳唇】

　　　　將士英豪,兒郎虎豹,軍威浩。地動山搖,要把狼烟掃!

吴懿 劉吴張雷	參見元帥！
張　任	衆位將軍少禮！
吴懿 劉吴張雷	謝元帥！
張　任	（念）（詩）奉王旨意鎮雒城， 　　　　統領貔貅百萬兵。 　　　　今日點動兵和將， 　　　　要把劉備一鼓擒。 本帥，張任。奉王旨意鎮守雒城。可恨劉備帶領人馬來取我城，是本帥心生一計，在落鳳坡前將龐統亂箭射死，又恐他興兵前來與龐統報讎，也曾命探子前去打探，未見回報！
報　子	（內）報！（上） 啓元帥：劉備帶領人馬，前來攻取雒城！
張　任	再探！
報　子	啊！（下）
張　任	且住，劉備今日興兵，必爲龐統雪恨而來。衆將官！
衆	在！
張　任	準備了！
衆	得令！
張　任	衆將官！開關迎敵者！
衆	啊！
	（張任原人圓場。出城介，劉備原人上，會陣）
張　任	呔，劉備！想吾主與你乃是宗兄宗弟，你爲何興兵前來攻取雒城？勸你好好收兵回去，如若不然，槍下作鬼！
劉　備	嘟，大膽張任！你不該設計，在落鳳坡前射死孤的龐統先生，孤今

到此要與龐統先生報讎，爾即早投降，免喪疆場！
張　任　休得胡言，看槍！
劉　備　黃、魏二將！
魏延
黃忠　在！
劉　備　迎敵者！
魏延
黃忠　得令！
（劉備下。黃忠、魏延與張任雙方殺介，黃忠、魏延原人敗下。張任原人追下）

第　三　場

（【牌子】。八馬夫、嚴顏、張飛上）
（幕內喊殺介）
張　飛　老將軍！
嚴　顏　三千歲！
張　飛　咱兵行至此間，那裏人馬吶喊，想是咱大哥與賊兵交戰，你我去到陣前助陣便了！
嚴　顏　三千歲言之有理。
張　飛　三軍的，陣前去者！
（【牌子】。八馬夫抄下，張飛、嚴顏收下）

第　四　場

劉　備　（內唱）四下人馬難敵擋，（上）
（張任原人上，與劉備起打。張任原人分兩邊站，作包圍介）
劉　備　（唱）倒叫孤窮著了忙。
　　　　　　拼着生死往外闖，
（劉備、張任殺過合。張任原人歸小邊站一字，劉備架住介）
劉　備　（唱）要出重圍須逞強。
　　　　　　層層俱是蜀兵將，

　　　　　一人怎擋百萬郎！
　　　　　奮勇殺不出天羅網，（衝殺介）
　　　（四馬夫引張飛上）
張　　飛　（唱）陣前來了翼德張。
　　　　　（四馬夫救劉備下。張飛與衆將殺介，衆將敗下。張任接殺介，張
　　　　　任敗下。雷同、吳蘭接殺介，嚴顏上，大殺，二將落馬介）
張　　飛　看槍！
嚴　　顏　且慢，三千歲何不勸他二人歸順？
張　　飛　呔！你二人還不歸降！
吳　　蘭
雷　　同　我二人情願歸降。
張　　飛　好。歸降是你二人的造化，你二人叫甚麼名字？
吳　　蘭　小將吳蘭。
雷　　同　小將雷同。
吳　　蘭
雷　　同　情願歸順三千歲鞍前馬後。
張　　飛　好，隨咱回營！
吳　　蘭
雷　　同　啊！
張　　飛　回營！（同下）

第　五　場

　　　　　（四文堂、四下手、八大刀手、吳懿、卓膺、劉璝、張翼引張任上）
吳　　懿
卓　　膺
劉　　璝
張　　翼　元帥，我等正要活捉劉備，不想被張飛救去了！
張　　任　查點吾營將士！
　　　　　（衆看介）
吳　　懿
卓　　膺
劉　　璝
張　　翼　吳蘭、雷同出馬未回！

張　任　且聽探馬一報。
報　子　（內）報！（上）
報　子　吳蘭、雷同投降張飛去了！
張　任　再探！
報　子　啊！（下）
張　任　可惱哇可惱！（【牌子】）罵陣去者！
　眾　　啊！
　　　　（同下）

第　六　場

（四紅文堂、四紅大鎧、黃忠、魏延、劉封、劉備上）
劉　備　（念）眼觀旌旗起，耳聽好消息。
　　　　（八馬夫、嚴顏、張飛上）
張　飛　大哥受驚了！
劉　備　三弟，你好勇也！
張　飛　大哥，小弟今日救駕可算頭功？
劉　備　算你頭功！
張　飛　謝大哥！啊，老將軍過來，拜見咱大哥！
嚴　顏　主公在上，老臣參拜！
劉　備　老將軍請起！
嚴　顏　謝主公！
劉　備　三弟，這是何人？
張　飛　大哥，此人乃巴州守將，名喚嚴顏，西川路上也算第一員上將。現已歸順大哥，還望大哥另眼看待。
劉　備　原來是嚴老將軍，請坐！
嚴　顏　謝坐！
張　飛　小弟又收了雷同、吳蘭，已在營外候令！
劉　備　傳！
張　飛　二將快來！
吳　蘭
雷　同　（內）來也！（上）

吳　蘭	（念）交鋒打敗仗，
雷　同	（念）無奈來投降。
吳　蘭 雷　同	三千歲何事？
張　飛	過來見過咱家大哥！
吳　蘭 雷　同	是。參見皇叔！死罪呀死罪！
劉　備	二位將軍請起！
吳　蘭 雷　同	謝皇叔！
劉　備	你二人叫甚麼名字？
吳　蘭	小將吳蘭。
雷　同	小將雷同。
吳　蘭 雷　同	情願歸順皇叔鞍前馬後。
劉　備	隨在後營！
吳　蘭 雷　同	謝皇叔！（下）
報　子	（內）報！（上） 張任討戰！
張　飛	再探！
報　子	啊！（下）
張　飛	大哥，張任討戰，待小弟出馬。
劉　備	且慢，三弟不要性急，候孔明先生回營，方可出馬。
張　飛	哎呀！若等孔明先生回營，也不過是遣兵調將對敵張任，難道還有別計不成？
劉　備	三弟既要前去，須要小心！
張　飛	得令！ （唱）大哥不必挂心腸， 　　　出兵事兒弟承當。 　　　今日去到戰場上， 　　　定擒張任進營房。 帶馬！

一馬夫　啊！
　　　　（馬夫帶馬，張飛上馬介，八馬夫、張飛下）
劉　備　（唱）一見三弟上雕鞍，
　　　　　　　再傳黃忠與魏延。
　　　　　　　你二人帶兵去交戰，
　　　　　　　幫助三弟抖威嚴。
黃　忠
魏　延　得令！
　　　　（唱）主公安排兵和將，
　　　　馬來！（上馬介）
　　　　（唱）生擒張任小兒郎。（下）
劉　備　（唱）眾將隨孤進後帳，
　　　　　　　且聽探馬報端詳。
眾　　　啊！
　　　　（同下）

第　七　場

（四文堂、趙雲、諸葛亮、一車夫上）
諸葛亮　（唱）獻帝難把江山掌，
　　　　　　　群雄四起動刀槍。
　　　　　　　吾主皇叔仁義廣，
　　　　（幕內喊殺介）
諸葛亮　（唱）喊殺聲高震山崗。
　　　　四將軍，我兵到此，哪裏有人馬喊殺聲音？
趙　雲　想是主公與敵兵交戰，待末將前去接殺一陣。
諸葛亮　須要小心！
趙　雲　得令！
　　　　（四文堂、諸葛亮、車夫下）
　　　　（趙雲收下）

第 八 場

（四上手、八馬夫、張飛上。四下手、八大刀手、吳懿、卓膺、劉瓌、張翼、張任上。二龍出水，殺介；張飛敗下，張任追下。黃忠、魏延上，接殺，黃忠刀劈劉瓌，魏延活捉吳懿，卓膺、張翼下，張任上，接殺，魏延敗下。趙雲上，接殺，張任敗下。趙雲收下）

第 九 場

（四紅文堂、四紅大鎧、劉封、劉備上）

劉　　備　（念）三弟去對陣，未見轉回營。
報　　子　（內）報！（上）
　　　　　孔明先生到！
劉　　備　有請！
報　　子　有請。（下）
　　　　　（四文堂上，排一字，諸葛亮上）
諸葛亮　參見主公！
劉　　備　先生少禮，請坐！
諸葛亮　謝坐！
劉　　備　先生一路而來，多受風霜之苦。
諸葛亮　爲主江山，何言風霜之苦。爲何不見三千歲？
劉　　備　大戰蜀兵去了。
諸葛亮　哦，原來如此。
劉　　備　四弟爲何不同先生回來？
諸葛亮　也大戰蜀兵去了！
劉　　備　必然大獲全勝。
諸葛亮　主公料得不差。
　　　　　（四上手、八馬夫引張飛、黃忠、魏延、趙雲上）
張　　飛　先生，你倒早來了！
諸葛亮　三千歲辛苦了！
趙　　雲　參見主公！

劉　備	四弟少禮！
趙　雲	謝主公！
黃　忠	臣奉命出陣，刀劈劉璝落馬！
劉　備	上了功勞簿。
魏　延	臣活捉吳懿進帳，請主公發落！
劉　備	眾卿坐下！
眾	謝坐！
諸葛亮	將吳懿押上來！
眾	將吳懿押上來！
四上手	（內）啊！
	（四上手押吳懿上）
四上手	吳懿押到！
張　飛	呔！吳懿，見了咱大哥為何不跪？
吳　懿	豈肯屈膝與你！
張　飛	啊，來，將他砍了！
吳　懿	某家何懼！
諸葛亮	且慢！
張　飛	啊，慢來！慢來！
諸葛亮	三千歲，此人可勸他歸順。
張　飛	先生勸來！
諸葛亮	待山人向前。啊，吳將軍！想你主帥成擒在邇，聽山人相勸，何不歸順吾主，少不得封侯之位。將軍，你要再思啊再想。
張　飛	歸降的好。
吳　懿	這個！且住，俺久聞劉皇叔待人十分恩厚，諸葛先生下得位來相勸與俺，我不免趁此機會歸降了吧。先生，末將情願歸順，恐皇叔見罪！
諸葛亮	吾主仁義過天，焉能見罪？待山人與將軍鬆綁！
張　飛	且慢，咱老張替先生代勞了吧！
吳　懿	多謝三千歲。啊，先生！
諸葛亮	拜見主公！
吳　懿	吳懿歸降來遲，皇叔恕罪！
劉　備	將軍請起，見過眾位將軍！
吳　懿	眾位將軍！

衆　　　吳將軍！
劉　備　坐下！
吳　懿　謝坐！
諸葛亮　啊，吳將軍，山人有一事相求。
吳　懿　先生有何貴言請講！
諸葛亮　我君臣統兵到此，地理不熟，還要在將軍面前領教一二。
吳　懿　末將不敢。多蒙皇叔不斬之恩，吳懿當效犬馬之勞。
諸葛亮　豈敢。請問將軍，這西川路上何人為首？
吳　懿　張任為首。
諸葛亮　山人要取雒城，不知從哪條道路可以進兵？
吳　懿　末將知曉。
諸葛亮　請講！
吳　懿　離雒城不遠有一金雁橋，那橋下可以埋伏一支人馬。
諸葛亮　哦！
吳　懿　橋西可以埋伏弓箭手。
諸葛亮　哦！
吳　懿　橋北有一蘆葦深處，可以埋伏火炮手。
諸葛亮　還有橋東？
吳　懿　那橋東有一處山岩，只有蚰蜒小道，乘馬難以過去，只有步行方可行走。先生要取雒城，必須從此小道而行，大功必成。
諸葛亮　哦，領教了！
吳　懿　豈敢！
諸葛亮　主公後帳擺宴與吳將軍賀功，山人要出大營探看地理。
劉　備　先生要看地理，四弟同去！
趙　雲　得令！
劉　備　正是：
衆　　　（念）若要擒張任，
諸葛亮　（念）必須探雒城。
　　　　（劉備率衆下）
諸葛亮　（唱）吾主荊州統兵往，
　　　　　　　要取西川為帝邦。
　　　　　　　龐統落鳳坡前喪，

　　　　　　亂箭攢身一命亡。
　　　　（車夫暗上）
諸葛亮　（唱）山人獨將地理望，
　　　　（諸葛亮上車，趙雲上馬，圓場）
諸葛亮　（唱）只見石碑在路旁。
　　　　（諸葛亮下車，趙雲下馬）
諸葛亮　來此已是三岔路口，有一石碑在此，待山人看來！（看介）金雁橋。大漢建安元年立。哎呀，原來此處就是金雁橋了。看此橋下果然寬廣，山人回營調一支人馬埋伏此處，張任若是兵敗，不從此行走便罷，若從此經過，雖不能擒獲，也叫他亡魂喪膽！
　　　　（唱）橋下埋伏兵和將，
　　　　　　張任小兒他怎防？
　　　　　　林中一齊把箭放，
　　　　　　管叫敵人無處藏。
　　　　　　四下安排天羅網，
　　　　（諸葛亮上車，趙雲上馬，圓場）
諸葛亮　（唱）趙將軍近前聽端詳。
　　　　趙雲聽令！
趙　雲　在！
諸葛亮　傳令下去，命眾將將臺聽點！
趙　雲　得令！
諸葛亮　正是：
　　　　（念）任他縱有千般計，
趙　雲　（念）今番一戰定遭擒。
　　　　（同下）

第　十　場

（四上手、劉封上）
劉　封　俺，劉封。奉主公將令，齊集兵馬，將臺聽點，眾將官！
四上手　有！
劉　封　大營去者！

四上手	啊！
	（同下）

第 十 一 場

（八馬夫、嚴顏、魏延、黃忠、劉封、趙雲、張飛上）

張　飛 趙　雲 黃　忠 嚴　顏 魏　延 劉　封	（同唱）【點絳唇】 　　殺氣威風，將士英雄。兵將勇，戰馬如龍，誰敢犯邊境！
張　飛	張飛。
趙　雲	趙雲。
黃　忠	黃忠。
嚴　顏	嚴顏。
魏　延	魏延。
劉　封	劉封。
張　飛	眾位將軍請了！
趙　雲 黃　忠 嚴　顏 魏　延 劉　封	請了！
張　飛	先生探看地理，回營發兵，要取雒城，生擒張任。大家在此伺候！
趙　雲 黃　忠 嚴　顏 魏　延 劉　封	請！

（四文堂、四上手、八馬夫、諸葛亮、劉備上）

劉　備	（念）孤窮統兵西川地，
諸葛亮	（念）提兵調將奪地基。
劉　備	請先生登臺點將。
諸葛亮	有僭了！（登臺介）

張趙黃嚴魏劉　飛雲忠顏延封　　參見先生！
諸葛亮　　見過主公。
張趙黃嚴魏劉　飛雲忠顏延封　　參見主公！
劉　備　　少禮！
張趙黃嚴魏劉　飛雲忠顏延封　　謝主公！
諸葛亮　（念）（詩）探罷地理登將臺，
　　　　　　　大小三軍列兩排。
　　　　　　　今日點齊人和馬，
　　　　　　　要擒張任愚蠢才。
　　　　　山人，諸葛亮。今日發兵攻取雒城，擒拿張任，衆將！
張趙黃嚴魏劉　飛雲忠顏延封　　在！
諸葛亮　　聽我令下！
張趙黃嚴魏劉　飛雲忠顏延封　　啊！

諸葛亮　趙雲聽令!
趙　雲　在!
諸葛亮　命你帶兵三千,外帶五百長槍手,埋伏金雁橋下。張任到彼,接殺
　　　　一陣,將橋梁砍斷,不得有誤!
趙　雲　得令!馬來!(上馬介)
　　　　(四上手引趙雲下)
諸葛亮　黃忠、嚴顏聽令!
黃　忠
嚴　顏　在!
諸葛亮　命你二人帶領五百弓箭手,埋伏金雁橋西,候張任到彼,亂箭齊發,
　　　　不得有誤!
黃　忠
嚴　顏　得令!帶馬!(上馬介)
　　　　(四文堂引黃忠、嚴顏下)
諸葛亮　魏延、劉封聽令!
魏　延
劉　封　在!
諸葛亮　命你二人帶領火炮手埋伏金雁橋北,候張任到彼,火炮齊放,不得
　　　　有誤!
魏　延
劉　封　得令!帶馬!(上馬介)
　　　　(四馬夫引魏延、劉封下)
諸葛亮　三將軍聽令!
張　飛　在!
諸葛亮　命你青衣小帽打扮,帶領五百步兵,埋伏金雁橋東蚰蜒小道之內,
　　　　張任到彼,一鼓而擒,不得有誤!
張　飛　得令!馬來!(上馬介)
　　　　(八馬夫引張飛下)
諸葛亮　主公請守大營,待山人親自去會那張任。
劉　備　小心了!(下)
諸葛亮　來,調選老弱殘兵,隨定山人罵陣去者!
四馬夫　得令,老軍走上!
　　　　(四老軍、一車夫上)

諸葛亮　（唱）山人興兵威風遠，
　　　　　　　四海聞名心膽寒。
　　　　　　　曹操被吾嚇破膽，
　　　　　　　何況張任小兒男。（上車介）
　　　　　　　坐在車內高聲喊，（小圓場）
　　　　　　　蜀營的兒郎聽根源！
　　　　　　　別的將官休出戰，
　　　　　　　單叫張任到陣前。
張　任　（內唱）【導板】
　　　　　　　威風凜凜出虎帳，
　　　　（四文堂、四下手、八大刀手、卓膺、張翼引張任上）
張　任　（唱）身穿鎧甲似秋霜。
　　　　　　　來在陣前用目望，
　　　　啊！
　　　　（唱）只見妖道在路旁。
　　　　咦！車上敢是妖道諸葛亮麼？
諸葛亮　山人在此等候多時了。
　　　　（張任看介。笑介）
張　任　且住，久聞諸葛亮用兵如神，今日一見，却是虛名！咦，諸葛亮！你帶領這些老弱殘兵，前來搦戰，敢是送死不成！
諸葛亮　（冷笑介）啊哈哈哈……張任哪，張任！前者，你在落鳳坡前，射死龐先生，山人今日帶領這些老弱殘兵到此，定要生擒與你，與龐統先生報讎，爾好好下馬受降便罷，若要遲延，少時被擒，悔之晚矣！
張　任　滿口胡言，看槍！
諸葛亮　張任，你要仔細了！你要小心了！
　　　　（張任愣懼介）
諸葛亮　張任，來！來！來！
　　　　（四老軍、諸葛亮、車夫下）
　　　　（張任看介）
張　任　隨俺追趕！
　衆　　啊！
　　　　（張任引衆下）

第 十 二 場

（四老軍、諸葛亮、車夫上，過場，下）
（四文堂、四下手、八大刀手、卓膺、張翼、張任上，追下）

第 十 三 場

（四上手引趙雲上，四老軍、諸葛亮、車夫上，過橋下。四文堂、四下手、八大刀手、卓膺、張翼引張任急上，與趙雲殺介，張任原人過橋介，趙雲殺張任原人敗下，趙雲砍橋介，同下）

第 十 四 場

（四文堂、黃忠、嚴顏上。四文堂、四下手、八大刀手、卓膺、張翼引張任上。會陣，殺介。張任原人敗下。黃忠、嚴顏收下）

第 十 五 場

（四馬夫、魏延、劉封上。四文堂、四下手、八大刀手、卓膺、張翼引張任上。二龍出水，殺介。魏延、劉封敗下，張任收下）

第 十 六 場

（八馬夫引張飛上，過山介，下。四文堂、四下手、八大刀手、卓膺、張翼、張任上）

張　任　且住，西南北三路俱是埋伏，且回雒城，再作計較。眾將官！回關！
眾　　　啊！
　　　　（眾圓場）
張　任　且住，看此山口蚰蜒小道，乘馬披鎧不能得過，不免卸去鎧甲，爬山而過。眾將官，卸去鎧甲！
眾　　　啊！

（衆卸鎧甲介，登山介）
（八馬夫、張飛上）

張　飛　張任，你三爹爹等候多時了！
張　任　哎呀！
（張飛、張任架住，過山介，拉下，雙方原人隨過山，下）

第 十 七 場

（張飛、張任拉上，起打，黃忠、嚴顏、卓膺、張翼上，起打。張飛、張任收。雙方原人上，起打，黃忠、嚴顏、卓膺、張翼下。張任上，趙雲上，打快槍。雙方原人下，趙雲、張任雙收下。雙方原人上，攢下。張任、張飛上，對刀，雙收下。卓膺、張翼上，黃忠、嚴顏上，起打，魏延、劉封率衆上，黃忠、嚴顏、魏延、劉封擒卓膺、張翼下，張任上，接殺，削八馬夫蘿葡頭下，趙雲、張飛、黃忠、嚴顏、魏延、劉封上，大殺，張任被擒，張飛三笑介，同下）

鼎足三分

佚 名 撰

解 題

　　京劇。現代佚名撰。《京劇劇目辭典》著錄，題《鼎足三分》，未署作者。劇寫劉循與吳懿奉劉璋命協守雒城，召集眾將商議抵禦劉備來報張任射殺龐統之讎。張任願領兵迎戰劉備，劉循應允。劉備得孔明信，知其與張飛已分兵兩路入川，親自統兵往攻張任，爲張任所敗。張飛、嚴顏趕到，救出劉備。劉備聽張飛稟告嚴顏入川之功，甚喜，賜金甲一副。張飛聞知黃忠、魏延追趕川兵未還，前往接應，殺敗吳蘭、雷同，嚴顏勸二人歸降。張飛爲蜀軍所困，趙雲登岸衝入陣中，擒殺蜀將，救出張飛。孔明對張飛先到感到驚訝，劉備告知義釋嚴顏之事，孔明對張飛、嚴顏大加讚賞。黃忠刀劈劉璝，魏延生擒吳懿。吳懿爲孔明婉勸歸降。孔明設計，埋伏人馬於金雁橋，親往誘敵。張任中計，與卓膺、張翼被擒。卓膺、張翼願降，張任不屈，被張飛殺死。孔明命將張任葬在金雁橋下，以表忠烈。本事出於《三國演義》第六十四回。《三國志·蜀書·先主傳》及裴注引《益都耆舊記》載有破雒城、擒斬張任事。元刊《三國志平話》有黃忠得龐統陰魂相助斬張任情節。版本今有上海市《傳統劇本彙編》京劇二十四集產保福藏本。今以此本爲底本整理。

第 一 場

（四龍套、劉循上）

劉　循　（念）【引】父守西郡鎮益州，只爲干戈正日憂。
　　　　（念）（詩）讒臣賣國獻西川，
　　　　　　　　劉備梟雄心不端。
　　　　　　　　同宗失義干戈動，

千古之流恨永年。

小生劉循，父諱劉璋，坐鎮西川，可恨張松暗獻地理，劉備興兵入川，背却前盟，奪取關口，斬殺上將。我奉父王旨意，同舅父吳懿，帶兵協守雒城。前者張任定下一計，在落鳳坡將龐統射死，劉備必不甘心。我請衆將進帳商議，來！

衆　　有。

劉　循　衆位將軍進帳！

衆　　衆位將軍進帳。

（張任、劉璝、吳懿同上）

張　任　（念）丈夫忠義欲擎天，

吳　懿　（念）志氣凌雲震山川。

劉　璝　（念）六韜三略人欽羨，

三　將　（念）留得芳名萬古傳。

俺，

張　任　張任。

劉　璝　劉璝。

吳　懿　吳懿。

張　任　請了。

劉　璝
吳　懿　請了。

張　任　小千歲呼喚，一同進帳。

三　將　末將等參見。

劉　循　衆位將軍少禮，請坐。

三　將　謝坐。喚我等進帳，有何軍情？

劉　循　前者張將軍妙計，射死龐統，劉備必不甘心，若復此讎，定有一場惡戰，請衆位將軍進帳，商議對敵。

張　任　想那劉備貪心不足，背盟失約，雖然暫奪雒城，前者我軍射死龐統，漢兵俱已喪膽，我君臣兵駐紮雒城，擋住咽喉，使他不能相顧，不日將就擒，何足道哉！

吳　懿
劉　璝　我兵屢次駡陣，劉備閉門不出，定是等候救兵，必須早作準備。

劉　循　別無可慮，恐他調取荊州兵將，那諸葛亮足智多謀，關、張、趙雲等，俱是能征慣戰之將，倘若大兵一到，恐我兵難以對敵。

張　任　千歲但放寬心，縱然荆州發兵前來，四十餘處關隘，諒他難以飛過。我君臣守定雒城，生擒劉備，以除後患！

（唱）蜀主寬宏滄海量，
　　　張松賣國往荆襄。
　　　暗通劉備同結黨，
　　　梟雄心意起不良。
　　　悔却前言興兵將，
　　　併吞西蜀奪我邦。
　　　落鳳坡前鳳雛喪，
　　　他閉關不戰心膽慌。
　　　縱然荆州兵將廣，
　　　諸葛詭計何足強。
　　　關張趙雲稱虎將，
　　　兩雄相遇比剛強。
　　　任他猛勇千員將，
　　　一人拼命萬夫當。
　　　休要憂慮免愁腸，
　　　一戰成功掃荆襄。

劉　循　（唱）小生聞言心歡暢，
　　　　　果然將軍是棟梁。
　　　　　但願早退賊兵將，
　　　　　留得美名萬古揚。

將軍如此忠勇，待小王奏本與父王，催齊糧草，以助軍威，來！磨墨伺候。（【牌子】）傳旗牌進見。（旗牌上）小王有本章，星夜去往成都投送。

旗　牌　遵命。（下）

劉　循　張將軍帶兵迎敵劉備。劉、吳二位將軍爲左右先鋒。

吳　懿
劉　璝　遵命。

吳　懿　（唱）威風凛凛發兵將，（下）

劉　璝　（唱）凱歌得勝定邊疆。（下）

張　　任　（唱）衝鋒對敵韜略廣，
　　　　　　　　爲臣須當報君王。
　　　　　　　　不圖爵禄封侯賞，
　　　　　　　　忠義留傳萬古揚。（下）
劉　　循　（唱）文臣安邦爲卿相，
　　　　　　　　離亂武將定家邦。
　　　　　　　　三軍掩門往後帳，
　　　　　　　　且觀勝負作主張。
　　　　（同下）

第　二　場

　　　　（劉封、黃忠、魏延上）

劉　　封　（念）少小英雄宇宙中，
　　　　　　　　胸多韜略貫長虹。
黃　　忠　（念）憶昔長沙歸劉主。
魏　　延　（念）一片丹心立戰功。
三　　將　俺！
劉　　封　劉封。
黃　　忠　黃忠。
魏　　延　魏延。
劉　　封　請了！
黃　　忠
魏　　延　請了！
劉　　封　主公陞帳，兩廂伺候。
　　　　（四龍套、劉備上）
劉　　備　（念）【引】軍威龍虎風雲。英雄力敵千軍。
　　　　　（念）（詩）雄兵數萬出荆州，
　　　　　　　　　君臣將相統貔貅。
　　　　　　　　　落鳳坡前中奸計，
　　　　　　　　　空留遺恨血淚儵[1]。
　　　　孤劉備，自從兵入四川，斬却高、楊二將，奪了涪城。前番攻取雒

		城，張任暗用詭計，射死龐統，我軍失利，因此揚幡招魂設祭，表其忠義。我亦曾命關平回轉荊州，請諸葛先生前來，共議收川，因此閉關不戰。昨日先生有音信到來，與翼德分兵兩路入川，此時將兵已將到此。衆位將軍，孤意欲進兵攻取雒城，擒拿張任，以報鳳雛之讎。等諸葛先生到來，然後兵入成都，不知衆位將軍意下如何？
黃　忠	張任每日搦戰，見我兵不出，彼必懈怠，趁此興兵，攻其無備，必定全勝，老臣願為前部，保定主公臨陣。
劉　備	如此，命老將軍以為前部，孤自領大隊迎敵張任。
黃　忠	得令。
魏　延	且慢，老將軍，前者我軍大敗，挫動銳氣，今日衝鋒大敵，老將軍年邁，恐非張任對手，待末將保定主公，定拿張任。
黃　忠	魏將軍，老夫領下將令，你何敢僭越？
魏　延	老將軍休得逞能，張任乃蜀中名將，能征慣戰，並且足智多謀，老將軍倘有所失，豈不誤了主公大事！
黃　忠	魏延，你我前者奉命劫寨，你被冷苞困住，不是老夫救你回營，焉能得生？今日主公面前，強要爭戰，愧不自羞！ （唱）怒髮衝冠立寶帳， 　　　開言叫聲魏文長。 　　　你我奉命劫營帳， 　　　枉望貪功自逞強。 　　　被困重圍險命喪， 　　　黃忠救你無損傷。 　　　恩義二字全不講， 　　　反在人前自誇獎。
魏　延	（唱）聞言怒髮三千丈， 　　　羞得豪傑臉無光。 　　　比試高低分上下， 　　　看誰弱來那個強！ 老將軍，你自誇奇能，敢與某家比試刀馬？
黃　忠	老夫何懼！
魏　延 黃　忠	小校刀來！

劉　備　且慢，二位將軍，孤今攻取西川，全仗二位將軍之力，今二虎相爭，必有一傷，豈不誤孤大事，休要爭論，聽孤令下。
　　　　（唱）霸業爭鋒英雄量，
　　　　　　　諸葛神機賺荊襄。
　　　　　　　欲奪西川謀業掌，
　　　　　　　恢復漢室錦家邦。
　　　　　　　可恨張任鬼計廣，
　　　　　　　落鳳坡前鳳雛亡。
　　　　　　　靈魂相助擒蜀將，
　　　　　　　報讎雪恨祭靈堂。
　　　　　　　三軍奮勇馬鞍上，（上馬）
　　　　　　　旗開得勝定邊疆。（同下）

校記

［1］空留遺恨血淚讎："讎"，原作"愁"，據文意改。

第　三　場

　　　　（吳懿、劉璝、雷同、吳蘭同上，起霸）
吳　懿　（念）威風凛凛氣概雄，
劉　璝　（念）赫赫威名震蜀中。
雷　同　（念）血戰沙場扶蜀主，
吳　蘭　（念）萬古名標宇宙中。
四　將　俺，
吳　懿　吳懿。
劉　璝　劉璝。
雷　同　雷同。
吳　蘭　吳蘭。
吳　懿　請了。
　衆　　請了。
吳　懿　張將軍陞帳，在此伺候。
　　　　（吹打。四上手、四下手、四將、張任上）

張　任　（唱）【點絳唇】
　　　　　　奉主之命，鎮守雒城，軍嚴整，我操必勝。（坐）
　　　　（念）（詩）旌旗耀日分雲烟，
　　　　　　　　　鎧甲層層扣連環。
　　　　　　　　　鞘內寶劍如秋水，
　　　　　　　　　將令一出鬼神寒。
　　　　某，張任，奉命敵擋劉備，前者落鳳坡射死龐統，漢軍大敗，閉關不出，如此兩下停戰。某家今日興兵，定擒劉備，已命探馬前去探聽，未見回報。
　　　　（報子上）
報　子　啓元帥，劉備三路兵進，攻取西川。
張　任　再探。（報子下）本帥親敵劉備，衆位將軍殺出，截斷他後軍，使他首尾不能相顧，劉備可擒也。
　衆　　就此前往。
張　任　衆將，起兵前往。
　　　　（四文堂、劉封、魏延、黃忠、劉備上，會陣）
劉　備　呔，大膽張任，前者暗用鬼計，射死龐統。孤今親領大兵到此，還不下馬投降。
張　任　劉備，我主仁義相待與你，爾貪心不足，欲吞西川，惹動刀兵，勸你收兵，各守邊界，永結盟好，如若不然，槍下作鬼。
劉　備　一派胡言，與我擒來。
　　　　（衆殺下）
　　　　（張任、劉備殺。劉備敗下，張任追下）

第　四　場

　　　　（四下手、四馬夫、張飛、嚴顏【牌子】上）
張　飛
嚴　顏　某，
張　飛　張飛。
嚴　顏　嚴顏。
張　飛　老將軍，你我自離巴州，一路四十餘寨，俱已歸順，皆是老將軍之

嚴　顏　三千歲虎威。前面離城不遠,就此趲路。
　　　　（內喊）
張　飛　聽喊殺之聲,想是蜀兵交戰,待俺前去接應,老將軍隨後接戰。
　　　　（下）
嚴　顏　眾將官,迎上去者。
　　　　（同下）

第　五　場

（黃忠、魏延上打將下,劉備上破四將,張任上高）

劉　備　（唱）重重叠叠兵將廣,
　　　　　　　被困重圍難飛揚。
　　　　　　　舉目觀取山崗上,
　　　　　　　只見張任逞剛強。
　　　　　　　料想難出天羅網,
　　　　　　　千軍萬馬是銅墻。
張　任　（唱）九里山前滅楚項,
　　　　　　　馬到臨崖怎渡江,
　　　　　　　斬爾首級除賊黨,
　　　　　　　再興人馬奪荊襄。
劉　備　（唱）四面蜀將齊圍上,
　　　　　　　單人獨騎怎能擋。
　　　　　　　耳旁聽得鑾鈴響,
　　　　（張飛、四馬夫上,救劉備下。張飛殺眾,張任上接,嚴顏殺張任,敗下。劉備全上）
張　飛　（唱）好似猛虎下山崗。
　　　　　　　大哥受驚了,人馬回營。
　　　　（【牌子】）
張　飛　老將軍見過咱大哥。
嚴　顏　嚴顏歸降來遲,主公恕罪。
劉　備　將軍棄暗投明,真乃虎將也。

張　飛　大哥,軍師近江而來,尚且未到,小弟奪他的頭功了。
劉　備　一路關口隘隔,山路崎嶇,爲何先到?
張　飛　一路四十五處關隘,皆出老將軍之功,因此不費分毫之力。
劉　備　老將棄暗投明,又立此功,古今少有。
嚴　顏　主公誇獎了。
張　飛　大哥還不曾見過老將軍那樣威風呢!
　　　　(唱)西川巴州嚴老將,
　　　　　　赫赫威名鎮邊疆。
　　　　　　中計被擒進虎帳,
　　　　　　不肯屈膝降兄王。
　　　　　　千軍易得言不謊,
　　　　我的哥,
　　　　(唱)小弟跪求方歸降。
劉　備　(唱)聽一言來心歡暢,
　　　　　　有勇有謀翼德張。
　　　　　　平日剛強又粗莽,
　　　　　　禮義敬賢得棟梁。
　　　　　　黃金寶甲忙呈上,
　　　　　　送與老將表衷腸。
　　　　老將軍立此大功,孤賜黃金寶甲一副,以表情意。
嚴　顏　末將愧領了。
　　　　(報子上)
報　子　啓主公,黃、魏二將與川兵交戰,追往東南方去了。
劉　備　再探。
　　　　(報子下)
張　飛　大哥,待小弟出馬,生擒張任。
劉　備　候先生到來再戰。
張　飛　大哥休提軍師,滅小弟威風也。
　　　　(唱)大哥休言諸葛亮,
　　　　　　小弟謀略比他強。
　　　　　　又能殺,又能戰,
　　　　　　又能弱,又能剛,

|||此去定把雒城搶，
諸葛來時讓老張。
施罷一禮把馬上，
好似猛虎去吞羊。（下）
劉　備　（唱）翼德生來性情剛，
孤親押陣暗保防。
眾將官，隨孤搦陣去者。
（【牌子】。同下）

第 六 場

（黃忠、魏延上，殺四將，留吳蘭、雷同，接張飛殺追下。劉備、劉封、嚴顏【牌子】上）

劉　備　聽喊殺之聲，迎上前去。
吳蘭
雷同　何處人馬？
嚴　顏　老夫在此。
吳蘭
雷同　原來老將軍。
嚴　顏　二位因何至此？
吳蘭
雷同　被張飛戰敗到此。
嚴　顏　二位將軍，劉皇叔仁義過天，何不歸順，不失封侯之位。
吳蘭
雷同　煩老將軍引見。
嚴　顏　啓主公，吳蘭、雷同二將來降。
劉　備　請來相見。
嚴　顏　二位見過主公。
吳蘭
雷同　皇叔在上，吳蘭、雷同歸降來遲，皇叔恕罪。
劉　備　二位將軍棄暗投明，真乃豪傑也。
　　　　（張飛上）
張　飛　哪裏走！

劉　備　三弟，二位將軍降順了。
張　飛　呵，你二人降順了，真乃名將！大哥帶領二將回營，小弟大戰張任去也。
　　　　（下）
劉　備　人馬回營。
　　　　（同下）

第　七　場

（黃忠、魏延力殺，劉瓌上擒將，打下）

第　八　場

（孔明、趙雲【牌子】上）

孔　明　山人諸葛亮，自荊州起程，與翼德分兵入川，今離雒城將近，催舟前往。（內喊）聽喊殺之聲，定是川兵交戰，四將軍，吩咐催舟登岸，前去助陣。
趙　雲　下面聽者，催舟登岸，前去助陣。
　　　　（【牌子】下，又上，眾圍張飛，趙雲上殺一將，擒一將下，趙雲殺上，眾上殺張飛，趙雲救）
張　飛　有勞四弟相助。
趙　雲　人馬收回。
　　　　（同下）

第　九　場

（四上手、劉封、嚴顏、吳蘭、雷同、劉備上）

劉　備　（唱）陣前交戰拜良將，
　　　　　　　滅吳吞蜀定家邦。
　　　　　　　掃蕩中原除奸黨，
　　　　　　　四海昇平樂無疆。
　　　　（報子上）

報　　子	啓主公，諸葛先生到。
劉　　備	有請。
	（報子下）
	（吹打。孔明上）
孔　　明	主公。
劉　　備	先生請坐。
孔　　明	主公入川，多受風霜，亮時刻挂念。
劉　　備	只爲鳳雛身亡，故請先生到此，議論取川。今先生駕到，張任可擒也。
孔　　明	臣今到此，管保主公駕坐成都。
劉　　備	全仗先生！老將軍見過先生。
嚴　　顏	參見師爺。
孔　　明	此位何人？
劉　　備	嚴老將軍歸順孤家，立功報效。
孔　　明	久仰老將軍英名，今日一見，話不虛傳。
劉　　備	來，備酒與先生接風。
	（衆、張飛、趙雲【水底魚】上）
張　　飛 趙　　雲	參見先生、主公。
張　　飛	先生，我等在荆州分兵入川，俺先到，奪了你的頭功了。
孔　　明	山路崎嶇，一路豈無關口阻擋，何能先到？
劉　　備	孤三弟義釋嚴顏老將，一路之上，不費兵刃，連破四十五處關隘，全是老將軍之功，因此長驅大進。
孔　　明	三將軍能用智謀，皆主公洪福也。
劉　　備 張　　飛	先生妙算。
	（黃忠、魏延同上）
黃　　忠	啓主公，末將刀劈劉璝。
魏　　延	末將擒來吳懿。
劉　　備	綁上來。（衆綁吳懿上）既然被擒，還不屈膝歸降？
吳　　懿	俺乃堂堂大將，豈肯歸降。
張　　飛	來，推出斬了。

孔　明	且慢,將軍乃大丈夫,當知順逆,你主懦弱,豈能用事!劉皇叔乃仁義之主,恩義施與天下,將軍何不歸順,共扶漢室,不失封侯之位?
吳　懿	先生真乃金石之言,末將情願歸降。
劉　備	待孤鬆綁。
吳　懿	謝皇叔不斬之恩。
劉　備	將軍請坐。
吳　懿	謝坐。
孔　明	請問將軍,城內還有何人鎮守?
吳　懿	劉璋三子,名叫劉循,守住雒城,張任乃蜀郡人氏,能征慣戰,足智多謀,不可輕敵!
孔　明	明日開兵,先擒張任。
張　飛	待我活捉張任。
孔　明	主公請至後營,山人同吳將軍出營觀看地勢,然後點兵,四將軍同往。(劉備下)四將軍帶馬。

　　(唱)劉璋性懦基業闖,
　　　　接請我主共連邦。
　　　　手足失情興兵將,
　　　　張任鬼計鳳雛亡。
　　　　蜀營縱有猛勇將,
　　　　山人妙計弱克強。
　　　　馬行橋頭用目望,
　　　　山嶺險峻路幽陽。
　　請問將軍此橋何名?

吳　懿	此名金雁橋,望北一帶,盡是沙灘,橋南兩岸,盡是蘆葦深林。
孔　明	東南上高山是何所在?
吳　懿	山名石伏岩,山路崎嶇窄小,軍馬難行,單人獨騎,纔能過去。
孔　明	有此幾處險要之地,張任可擒也!催馬回營!

　　(唱)韓信十面排兵將,
　　　　九里山前把名揚。
　　　　四下安排天羅網,
　　　　準備弩弓射虎狼。

　　(同下)

第 十 場

（張翼、卓膺同上）

卓　膺　俺，卓膺。
張　翼　俺，張翼。
卓　膺　請了。
張　翼　請了。
卓　膺　奉了蜀主之命，解押糧草，與張將軍助戰，眾將官，人馬一同往雒城去者。
　　　　（同下）

第 十 一 場

（吹打。四下手、四上手、四馬夫、四段頭、魏延、黃忠、趙雲、張飛、劉備、孔明上）

孔　明　（念）【引】漢室鼎足三分，似高皇滅楚誅秦。
　眾　　參見師爺。
孔　明　站立兩廂。
　眾　　呵。
孔　明　（念）兩儀分四象，
　　　　　　　玄機按陰陽。
　　　　　　　扶劉興漢業，
　　　　　　　群雄拱手降。
　　　　山人諸葛亮，昨日觀看地勢，今日埋伏兵將，四將軍聽令。
趙　雲　在。
孔　明　命你帶兵三千，埋伏金雁橋，候山人過橋之時，那張任追趕我軍，待他過橋，將橋梁拆斷，同眾將努力奮戰，使張任往東南而走，恰好中計。
趙　雲　得令，馬來！（下）
孔　明　黃忠、嚴顏聽令。
黃忠
嚴顏　　在。

| 孔　明 | 命你二人帶領三千長槍手，埋伏橋左蘆葦之中，張任到來，奮勇殺出，不可違誤。 |

黃忠
嚴顏　　得令，馬來。（下）

孔　明　魏延、劉封聽令。

魏延
劉封　　在。

孔　明　命你二人帶領三千校刀手，埋伏橋右，張任到來，奮勇殺出，不可違誤。

魏延
劉封　　得令，馬來。（下）

孔　明　主公聽令。張任迎敵我軍，主公帶兵暗取雒城，劉循必向成都而走，不必追趕，城內準備酒宴與眾將賀功。

劉　備　得令。（下）

孔　明　三將軍聽令。

張　飛　喳！

孔　明　你帶兵三千，埋伏石崖之後，張任到此，必然卸甲越山而過，你可努力生擒張任，不得違誤。

張　飛　得令，馬來！（三笑）哈哈……
　　　　（下）

孔　明　眾將官，迎敵去者！
　　　　（唱）調虎離山計停當，
　　　　　　　捉拿無知小兒郎。
　　　　　　　兵至蜀營齊喧嚷，
　　　　　　　高叫張任獻表降。

張　任　（內唱）【導板】
　　　　　　　威風凜凜出虎帳，
　　　　（四下手、四小將、四大將、卓膺、張冀、張任同上）
　　　　（唱）刀槍劍戟似秋霜。
　　　　　　　來在陣前用目望，
　　　　　　　只見孔明在路旁。
　　　　咴，馬前來的敢是妖道孔明？

孔　明　山人在此。

張　任　妖道，俺道你株守荆州，不想你也來西川地界，還不早早納降？

孔　明　住了，只爲鳳雛先生，被你這小孺子一箭射死，爲此山人親領大兵，要與鳳雛先生報那一箭之讎！

張　任　孔明妖道，慢說是你，就是龐統小兒，被俺略施小計，將他射死，何況你這妖道！

孔　明　張任小孺子，你可曉得曹操帶領百萬之衆，大下江東，被山人略施小計，燒得他棄盔抛甲，望風而逃，何況於你，早早歸順，免其一死！

張　任　呔，妖道休出狂言，衆將官！一擁而上。

孔　明　張任，聽你之言，敢是要與山人見個高下？

張　任　正是。

孔　明　如此，你要與我仔細了！

張　任　你要與我打點了！

孔　明　你要與我小心了！

（圓場，張任拿槍刺）

來來來！（下）

（張任追下）

（又四白手上下，趙雲上，四紅手下，孔明進橋，張任衆上，接趙雲殺，打介下。又四下手、黃忠、嚴顏上，張任打介，敗下，漢兵追下。又四下手、魏延、劉封上，張任打介追下，又張任衆上接趙雲、黃忠、魏延、劉封、嚴顏同打，張任敗下，全追下。又上四黑手、八馬夫、張飛上。起霸）

張　飛　三軍的埋伏去者。

（【牌子】）

　衆　　來此山口。

張　飛　奮勇而上。

（衆上山下，又張任衆上）

張　任　且住。不想中了孔明鬼計，殺得大敗。衆將官，兵敗石伏崖。

　衆　　山路窄小，軍馬難行。

張　任　卸甲越山而過。（吹打卸甲介）一擁而上。

張　飛　招鞭。

（衆過山下，又上，趙雲、黃忠、嚴顏、魏延、劉封全手下，下馬過山

下。【三衝頭】。張任掃下，接打介，接衆起打連環完，殺死衆下，黃忠、嚴顏擒二將，張飛擒張任。全下）

第 十 二 場

（四紅手下、孔明、劉備上）

劉　備　（念）放出鷹鷂去，捉拿燕雀歸。
　　　　（衆上）
　衆　　二將擒到了。
劉　備　綁進帳來。
　　　　（衆押卓膺、張翼上）
劉　備　二將見了孤王，爲何不跪？
卓膺
張翼　　住了，要殺開刀，何必多言。
孔　明　二位將軍歸順我主，不失封侯之位。
卓膺
張翼　　要俺歸順，必須皇叔親自鬆綁。
劉　備　待孤鬆綁。
卓膺
張翼　　卓膺、張翼歸降來遲，皇叔恕罪。
劉　備　既然歸順孤王，何罪之有，請至後帳。（二將下）
　　　　（張飛上）
張　飛　啓奏大哥，張任被小弟我擒來了。
劉　備　快快綁上來。
　　　　（衆押張任上）
劉　備　張任，見了孤王，緣何不跪？
張　任　劉梟雄，大耳賊，俺乃堂堂的英雄，蓋世好漢，又道是大丈夫，忠不怕死，俺豈肯來跪你！
劉　備　張將軍，你若是歸順孤王，免其一死，日後也不失封侯之位。
張　任　住了，你老爺：
　　　　（念）損劍不損剛，
　　　　　　缺月不缺光，

　　　　　甘心刀下喪，
　　　　　不願來歸降。
　　　　吔，你們漢營之中，將官聽者：你等舉刀不殺，真乃是匹夫之輩！
　　　　（三笑）哈哈……
　　　　（張飛拿刀）
張　飛　看刀！（殺死張任）
劉　備　三弟爲何將他斬首？
張　飛　他辱罵大哥，因此小弟將他斬首。
劉　備　可惜一員虎將，今被三弟斬首。
孔　明　全其他的忠義，將屍首埋在金雁橋下，以表他忠烈之心。
劉　備　後帳擺宴，與衆將賀功！
　衆　　請。（【牌子】）
　　　　（【尾聲】同下）

戰　冀　州

蘇連漢　口述

解　題

　　京劇。現代蘇連漢口述。《京劇劇目辭典》著錄，題《戰冀州》，又名《冀州城》《有勇無謀》；《京劇劇目初探》著錄，題《冀州城》，一名《戰冀州》，又名《有勇無謀》，均未署作者。劇寫曹操戰敗馬超，欲回許昌。依楊阜計，命楊阜、韋康屯兵冀州，以防馬超。馬超潼關兵敗而回，依趙耀之計，命龐德往各郡借兵報讎。龐德至冀州借兵，韋康拒絕。龐德回報馬超，謂各郡均許借兵，唯韋康不允。馬超大怒，發兵冀州。韋康見夏侯淵救兵未到，開城投降，馬超因其反復無常，將其斬首。因楊阜有智謀，留用帳下。楊阜假意投降，並將梁寬、趙衢二人薦與馬超，然後請假歸葬妻子，馬超不識楊阜陰謀，一一應允。楊阜告梁、趙二人，他去歷城借兵，讓二人裏應外合，共除馬超。楊阜至歷城，見姜叙母子，説明借兵之意。姜叙以老母在堂，不敢遠離相拒。姜母是楊阜姑母，以大義責叙，並以死相逼。姜叙無奈，只得從命。馬超聞報，令梁寬、趙衢守城，親領龐德、馬岱出戰，擊敗楊阜、姜叙，收兵回城。不料梁、趙二人將馬超妻兒綁上城樓，威逼馬超投降。馬超大罵，二人竟殺馬超妻兒。馬超見狀，痛不欲生，憤而迎戰。夏侯淵、姜叙、楊阜分兵三路殺來。梁、趙二人開城出擊馬超。本事出於《三國演義》第六十四回。《三國志·蜀書·馬超傳》及《魏書·楊阜傳》均載有此事。道光四年《慶昇平班戲目》已有此劇。版本今有《京劇彙編》收錄的蘇連漢口述本及以該本重刊的《京劇傳統劇目彙編》本、《戲考》本。今以《京劇彙編》蘇連漢口述本爲底本，參考其他本校勘整理。

第 一 場

（許褚、曹仁、徐晃、楊秋、夏侯淵、曹洪、朱靈、侯選雙起霸上）

八　將　（念）【點絳唇】將士英豪，兒郎虎豹。軍威浩，地動山搖，要把狼烟掃！

　　　　俺，
許　褚　許褚。
曹　仁　曹仁。
徐　晃　徐晃。
楊　秋　楊秋。
夏侯淵　夏侯淵。
曹　洪　曹洪。
朱　靈　朱靈。
侯　選　侯選。
許　褚　列位將軍請了！
衆　將　請了。
許　褚　今日丞相返回許昌，你我兩厢伺候！
衆　將　請！

（四紅文堂、四大鎧，站門引曹操上）

曹　操　（念）【引】志略定乾坤，擁節鉞，虎威震，匡扶社稷秉丹心。撫昆吾，驅逐獐麕！
衆　將　參見丞相！
曹　操　列位將軍少禮。
衆　將　謝丞相！
曹　操　（念）（詩）櫛風沐雨已有年，
　　　　　　　　掃蕩群雄寰宇間。
　　　　　　　　仗天威福遂人願，
　　　　　　　　轉戈躍馬整歸鞭。
　　　　老夫，曹操。奉天子詔命，統領雄兵，征戰西凉。可恨馬超，驍勇非常，連破關隘，如入無人之境。老夫定下反間之計，殺得馬超鼠竄而逃，招安降兵十萬有餘。正是：

　　　　　（念）雖驅虎豹歸山谷，心患蛟龍起江河。
楊　阜　（內白）嗯哼！（上）
　　　　　（念）心存報國志，來投霸業人。
　　　　　有人麼？
一文堂　甚麼人？
楊　阜　涼州參軍楊阜求見。
一文堂　候着。啓禀丞相：涼州參軍楊阜求見。
曹　操　傳他進來！
一文堂　丞相傳你。小心了！
楊　阜　有勞了。丞相在上，楊阜參見！
曹　操　參軍少禮。請坐！
楊　阜　謝坐。
曹　操　參軍不在涼州，到此何事？
楊　阜　末將聞得丞相戰敗馬超，大兵欲回許昌，特來阻令。
曹　操　參軍因何阻令？
楊　阜　馬超有呂布之勇，深得羌人之心。今丞相若不乘勢剿滅，他日養成銳氣，隴上諸邦，非復國家之有也。望丞相且休回兵！
曹　操　吾豈不知，奈中原多事，南方未定，所慮者劉備、孫權也。故不能久留在此。參軍當爲我保之，以防馬超後患。
楊　阜　末將遵命。
曹　操　難得參軍前來，一片忠心爲國，吾今命你與刺史韋康，屯兵冀州，以防馬超後患。老夫奏明天子，自有封賞。
楊　阜　謝丞相！但長安須留重兵，以爲後援。
曹　操　吾自有安排，參軍但放寬心，安置去罷！
楊　阜　謝丞相！
　　　　　（念）令出如山重，屯兵守冀州。（下）
曹　操　夏侯淵！
夏侯淵　在。
曹　操　命你屯兵長安，將所降之軍，分撥各郡。
夏侯淵　遵命。
曹　操　想那韓遂被馬超劍斷左臂，已成廢人。老夫不負前言，授他爲西涼侯之職。就在長安，頤養暮年。不可怠慢於他，休違我命！

| 夏侯淵 | 丞相吩咐，怎敢違命。
| 曹　操 | 楊秋、侯選！
| 楊　秋
侯　選 | 在。
| 曹　操 | 你二人生長在西涼，素知地理與羌人之性，吾今封汝二人爲列侯，同守西涼一帶，以防馬超後患！
| 楊　秋
侯　選 | 謝丞相。
| 許　褚
徐　晃
夏侯淵
曹　洪 | 馬超初據潼關，賊勢猖獗，我軍不從河東擊賊，反向潼關。不幸戰敗，只得北渡渭河，立營固守。每聞馬超討戰，丞相則有喜色，末將等不解其意，求丞相指教！
| 曹　操 | 爾等哪裏知道？孤軍若從河東而進，馬超必然分兵，把守渡口。老夫雖則屢敗，只是示弱以驕其心。然後引兵北渡，立營堅守。故命徐晃、朱靈暗渡河西，使彼分兵防守，吾好巧用離間之計。一旦破之，正所謂迅雷不及掩耳。想用兵之變化，非同一道也！
| 許　褚
徐　晃
夏侯淵
曹　洪 | 丞相用兵如神，我等皆不及也！
| 曹　操 | 雖則聖天子之洪福，亦賴爾衆文武之力也。老夫即日班師回朝，爾等隨後分兵，各路鎮守。聽我吩咐！
（唱）中軍寶帳把將委，
　　　列位將軍聽指揮：
　　　各守關隘須防備，
　　　休使賊將逞雄威；
　　　虛插旌旗紮營壘，
　　　謹防馬超將中魁。
　　　若逢此人兵宜退，
　　　莫待臨時燃鬚眉。
　　　吾令一出休違背——

（曹仁等五將領兵下）

夏侯淵
楊　秋　送主公！
侯　選

曹　操　（唱）鞭敲金鐙奏凱回。（下）
夏侯淵　丞相命我等鎮守長安，二位將軍可分兵兩路，鎮守汛地便了！
楊　秋
侯　選　請！

夏侯淵　呔！衆將官！（衆應介）就此分兵去者！
　　　　（【牌子】。同下）

第 二 場

（四龍套引趙耀上）
趙　耀　（念）雲掩旌旗暗，
　　　　　　　風吹刁斗寒。
　　　　　　　古來征戰士，
　　　　　　　能有幾人還！
　　　　俺，西凉太守麾下守城官趙耀是也。聞得馬公子大戰潼關，兵敗而回，爲此統領將士迎接。衆將官！（衆應介）帶馬出城，迎接公子去者！
衆　　　啊。
　　　　（同下）

第 三 場

馬　超　（內白）衆將官！（衆應介）人馬暫回西羌者！（衆應介）
　　　　（四龍套、四上手、龐德、馬岱引馬超上）
馬　超　（唱）含羞帶愧西羌道，
　　　　　　　心中惱恨賊奸曹。
　　　　　　　慷慨英雄是年少，
　　　　　　　不殺曹賊氣怎消！
　　　　俺，馬超。

馬　岱　馬岱。
龐　德　龐德。
馬　超　自與韓遂統領西凉羌兵，去報父讎，殺得曹操潼關割鬚，渭水避箭，魂膽皆喪。誰想老賊定下反間之計，恨俺一時不明，將韓遂左臂斬斷，楊秋、侯選暗降曹操，裏應外合，殺得俺全軍盡没。今日回轉西凉，愧無面目去見西羌豪傑也！
龐　德　公子，軍家勝敗，古之常理。聞得漢中張魯，將勇兵强，待某前去借兵報讎，公子以爲如何？
馬　岱　大哥，我想漢中張魯，與西凉雖爲唇齒，素無往來之情。倘若借兵不允，反爲天下耻笑。依小弟之見，還是回轉西凉，整頓人馬，再來復讎。你看如何？
馬　超　賢弟之言，正合我意。馬上加鞭！
　　　　（唱）不能與父把讎報，
　　　　　　　愧無面目見同僚。（圓場）
　　　　（四龍套引趙耀下場門上）
趙　耀　守城將士趙耀迎接公子！
　衆　　西凉守城將士迎接將軍！
馬　超　人馬進城！
　　　　（同下。連場──同上，扠門）
趙　耀　守城將士趙耀參見公子！
馬　超　少禮，請坐。
趙　耀　謝坐。
馬　超　（念）（詩）堅甲叢中報父讎，
　　　　　　　　　征袍血染濺戈矛。
　　　　　　　　　青鋒要削奸佞首，
　　　　　　　　　從此英名遍九州。
趙　耀　聞得將軍大破潼關，殺得曹操割鬚棄袍。因何兵敗，請道其詳。
馬　超　那曹操定下反間之計，恨俺一時不明也！
　　　　（唱）俺只爲雪父讎滅却曹操，
　　　　　　　破潼關殺得他割鬚棄袍。
　　　　　　　在渭水賊避箭險未喪了，
　　　　　　　我中他反間計錯用一著。

趙　耀　但不知中他甚麼反間之計？請道其詳。

馬　超　可恨韓遂暗投曹操，竟將來信塗抹。是俺至韓遂帳外窺探，見楊秋等與韓遂交頭接耳，恐有害俺之意，恨俺一時不明耳！

（唱）一霎時心頭火氣衝頭腦，
　　　　劍光起傷韓遂他暗投曹操。

趙　耀　將軍且免愁煩。想老元戎在日，對羌人多有恩惠。只要安撫各郡，齊集人馬，再兵發長安復讎，有何難哉！

馬　超　將軍言得極是。龐德聽令！

龐　德　在。

馬　超　命你各郡借兵，不得有誤！

龐　德　得令。（下）

趙　耀　將軍一路勞乏，請至後帳歇息。

馬　超　爹爹呀！孩兒此番往各郡借兵報讎，仗父陰靈保佑也！

（唱）重整軍馬再爭戰，
　　　　仗父陰靈滅曹瞞。

（同下）

第　四　場

（四文堂、中軍引韋康上）

韋　康　（念）【引】職任封藩，鎮雄關，安撫戎蠻。
（念）（詩）腹內藏經史，
　　　　胸中伏甲兵。
　　　　三千莽兒漢，
　　　　同鎮冀州城。

下官，涼州刺史韋康。那年馬超爲報父讎，被曹操巧用反間之計，殺得大敗，奔回隴西。吾帳下參軍楊阜，結連曹操，命下官兵屯冀州，以防馬超。近聞龐德往各郡借兵，復報前讎，必要來此。且請參謀進帳，定一良策。來！

中　軍　有。

韋　康　請參謀楊阜，梁、趙二位將軍進帳！

中　軍　請參謀楊阜，梁、趙二位將軍進帳！

| 楊阜 |
| 趙衢 | （內白）來也！（同上）
| 梁寬 |

（念）勇將輕身思報主，謀臣爲國有同心。
使君在上，末將參見！

韋　康　少禮。請坐。

| 楊阜 |
| 趙衢 | 謝坐。呼喚我等進帳，有何軍情議論？
| 梁寬 |

韋　康　聞聽馬超，兵敗西涼，命龐德各郡借兵，復報前讎，必要到我冀州前來。若借兵相助，又恐丞相降罪；若不借兵，失了當年同盟之好。事在爲難，故請參謀與二位將軍共同商議。

楊　阜　俺想馬超乃叛君之徒，只仗英勇，不顧大義，當年曾將韓遂左臂斬斷，西羌人人皆怨，他若來借兵，使君切勿許他。

韋　康　若不借兵，那馬超性如烈火，必然興兵前來，冀州兵微將寡，何以制之？

楊　阜　使君不必憂慮，且修書一封，下到長安，夏侯將軍必然發兵前來，保守冀州，料然無事。

韋　康　待我修書。來，溶墨伺候！（【牌子】。寫介）來！（中軍應介）將書信下到長安夏侯淵將軍那裏投遞，不得有誤！

中　軍　得令。（下。報子上）

報　子　報！龐德求見！

韋　康　知道了。（報子下）

| 楊阜 |
| 趙衢 | 不出使君所料。
| 梁寬 |

韋　康　梁、趙二位將軍迴避！

| 梁寬 |
| 趙衢 | 遵命。（下）

韋　康　參謀代迎！

楊　阜　得令！（迎介）

龐　德　（內白）馬來！（上）

（念）奉命安州郡，來到冀州城。（下馬介）

龐　德　使君在上，龐德參拜！
韋　康　不敢，將軍少禮。請坐。
龐　德　謝坐。參謀請坐！
楊　阜　有坐。
韋　康　將軍從羌中而來，必有所爲？
龐　德　某奉馬公子之命，前來借兵與老元戎報讎。望使君念舊日同盟之情，幸勿推却！
韋　康　哦，將軍是爲借兵而來？
龐　德　正是。
韋　康　啊，龐將軍！想當年馬公子與韓遂將軍統領羌兵，大破潼關，殺得曹操魂膽皆亡，可謂報讎雪恨。況國家寧靖，海內清平，何得又起干戈，擾動軍民受塗炭之苦！望將軍善言回覆公子，保守疆土，豈不忠孝兩全？
龐　德　使君此言差矣。有道是："殺父之讎，不共戴天。"俺公子豈肯甘休！使君若不允借兵，恐怕怒惱馬公子，禍到臨頭，兵臨城下，不當穩便！
楊　阜　言之差矣！想天下諸侯，俱是漢家巨子，並非春秋之世。有道是："叛君之臣乃爲不忠，敗家之子則爲不孝。"今馬孟起妄興不義之師，其忠孝安在乎？
龐　德　啊參謀，俺老元戎在日，與西羌各郡，共盟同心，誓言殺國賊以安社稷。爾反助奸爲惡，口出不遜。有日兵臨城下，悔之晚矣！
韋　康　縱然馬超兵臨城下，我何懼哉！
龐　德　既然如此，俺回覆公子去也！
楊　阜　不送！
龐　德　（唱）只道你是仁義漢，
　　　　　　　不記當年反助奸。
　　　　　　　不辭韋康跨走戰，
　　　　　　　匹馬如飛奔西關。（下）
　　　　（梁寬、趙衢二將上）
梁　寬
趙　衢　使君，龐德不辭而去，待我二人，將他趕上，擒而殺之！
楊　阜　且慢！那龐德英勇非常，你二人不可輕視！
韋　康　就命你三人謹守城門，不可大意。掩門！

（同下）

第 五 場

（馬超、馬岱上）

馬　超　（念）剖膽屠腸難消恨，
馬　岱　（念）親戮奸首報忠魂。
馬　超　賢弟！
馬　岱　大哥！
馬　超　你我兵敗回羌，將近一載。隴西各郡，盡皆降順。唯有涼州刺史韋康，結連曹操，屯兵冀州，截我要路。俺意欲先滅此賊，後打長安。賢弟意下如何？
馬　岱　且候龐德回來，便知分曉。
龐　德　（內白）馬來！（上）
　　　　（念）壯士心頭存恩怨，男兒足下有風雲。
　　　　啊，二位公子，龐德交令。
馬　超
馬　岱　將軍回來了。請坐！
龐　德　告坐。
馬　超　往各郡借兵，怎麼樣了？
龐　德　末將奉命前往，各郡借兵無不應允；唯有涼州刺史韋康、參軍楊阜等，非但不肯借兵，反而出言不遜！
馬　超　那韋康講些甚麼？
龐　德　他道公子妄興不義之師，實乃反叛之徒，就是兵臨城下，他也不懼！
馬　超　這話是韋康講的麼？
龐　德　正是。
馬　超　韋康啊，匹夫！竟敢違我之命。龐德聽令！
龐　德　在。
馬　超　點動人馬，校場伺候！
龐　德　得令。（下）
馬　超　馬岱聽令！
馬　岱　在。

馬　超　命你準備車輛，保護家眷同行！
馬　岱　得令。
馬　超　賊子呀，賊子！
　　　　（念）犬猫何堪與虎鬥，蝦蟹豈敢與龍争！
　　　　（同下）

第　六　場

（四龍套引夏侯淵上）

夏侯淵　某，夏侯淵。奉了曹丞相之命，鎮守長安。今涼州刺史韋康，有書信到來，請俺保護冀州。衆將官，（衆應介）冀州去者！
衆　　　啊。
　　　　（【牌子】。同下）

第　七　場

（四上手引龐德上）

龐　德　俺，龐德。奉了馬公子之命，點動人馬，校場伺候。衆將官，（衆應介）校場去者！
衆　　　啊。
　　　　（【水底魚】。同下）
馬　超　（內唱）號炮一聲如雷震，
　　　　（四文堂、四馬童，斜一字上。馬超上）
　　　　（唱）層層戈甲將紛紛。
　　　　　　　列開隊伍聽號令，
　　　　（領起挖門。龐德下場門上）
　　　　（唱）龐德自領本部兵。
　　　　　　　登山涉水打頭陣，
　　　　　　　兵貴神速渡關津！
龐　德　得令！
　　　　（唱）帳中領了公子命，
　　　　　　　帶兵攻打冀州城。（下）

馬　超　（唱）冤讎不報衝天恨，
　　　　（夫人、小孩、車夫、馬岱護車過場下）
　　　　（四文堂倒脱靴）
　　　　（唱）馬超今日效伍員。
　　　　（同下）

第　八　場

　　　　（四文堂、韋康上）
韋　康　（唱）盼望長安兵不到，
　　　　　　　探馬不來心更焦。
　　　　　　　倘若馬超行強暴，
　　　　　　　只恐城池難保牢。
報　子　（內白）報！（上）
　　　　馬超帶兵，攻打冀州！
韋　康　再探！（報子下）不好了！
　　　　（唱）冀州將寡兵又少，
　　　　　　　難敵馬超小兒曹。
　　　　傳楊參謀、二位將軍進帳！
衆　　　楊參謀、二位將軍進帳！
楊　阜
趙　衢　（內白）來也！（同上）
梁　寬　（唱）探馬不住飛來報，
　　　　　　　四面旌旗空中飄。
韋　康　參謀啊！
　　　　（唱）這場禍事非輕小，
　　　　　　　救兵不到好心焦。
　　　　哎呀，參謀啊，馬超兵臨城下，救兵不到，如之奈何？
楊　阜　使君不必憂慮，只可緊守城池，候長安兵到，馬超可退矣！
韋　康　唉！若救兵不到，如之奈何？（內起鼓介）哎呀！
　　　　（唱）耳聽城外放號炮，
　　　　　　　百姓遭害受煎熬。

報　　子　（內白）報！（上）啓爺：馬超兵臨城下！
韋　　康　再探！（報子下）不好了！
　　　　　（唱）馬超親自領兵到，
　　　　　　　　孤城難守在今朝。
　　　　　哎呀，參謀啊！長安救兵不到，倒不如開城請降了吧！
楊　　阜　想那馬超乃叛君之徒，不可降之。
韋　　康　勢已至此，不得不降。
楊　　阜　俺想馬超雖有羌兵數萬，乃烏合之衆，兵心不一。況彼遠涉而來，士卒困乏，焉能一時打破城池？爲今之計，只可緊守數日，候長安兵到，開城一戰，前後夾攻，賊可擒矣。
韋　　康　既然如此，你們把守東南北三門，我自緊守西門便了。
梁　　寬
趙　　衢　得令！
楊　　阜　（唱）投降不如守城好，
　　　　　　　　同心協力擋馬超。（同下）
韋　　康　（唱）人來帶馬上城道，（上城介）
　　　　　　　　那旁來了小馬超。
　　　　　我想長安城池堅固，都被馬超攻破。我今不降，豈不重蹈長安故轍，參謀差矣！
　　　　　（唱）早已請救兵不到，
　　　　　　　　怎能抵禦小馬超？
　　　　　　　　人來帶路上城道，
　　　　　　　　羌兵潮湧圍城壕。
　　　　　（馬超原人同上）
馬　　超　呔！韋康！馬老爺興兵到此，還不開城請降，實乃可惡。衆將官，（衆應介）攻城！
　　　　　（衆喊介）
韋　　康　慢來，慢來！馬將軍不必如此，我情願開城請降。
馬　　超　速速開城！
韋　　康　衆將官，開城！
　　　　　（韋康原人下。馬超原人進城，連場——挖門。韋康原人上）
韋　　康　將軍在上，韋康歸降來遲，死罪呀死罪！

馬　超　嘟！膽大韋康，吾命龐德借兵，竟敢不允，反出言不遜，是何道理？
韋　康　將軍，我本當借兵，又恐曹操見罪，故而不敢發兵。
馬　超　住了！你結連曹操，助敵爲惡。似你這樣反覆之輩，要你何用。來！（衆應介）斬！
韋　康　罷了哇，罷了！（衆押下，斬介。衆上）
　衆　　斬首已畢。
馬　超　號令轅門！
　衆　　啊！
龐　德　啓公子：拒借兵者，不單韋康一人，還有參謀楊阜，此人當斬，不可容留！
馬　超　楊阜？
龐　德　正是。
馬　超　久聞楊阜足智多謀，我意欲將他收留帳下。來，喚楊參謀進帳！
　衆　　啊。楊參謀進帳！
楊　阜　（内白）來也！（上）
　　　　（唱）正在東門守城壕，
　　　　　　　不料使君降馬超。
　　　　且住！正在東門鎮守，不料使君從西門降賊。馬超不顧仁義，竟將使君斬首，真真的令人可恨！也罷，俺不免進帳假意歸順，騙出城去，再作計較也！
　　　　（唱）進得帳去强顏笑，
　　　　　　　恕我降遲把罪饒。
　　　　楊阜歸降來遲，死罪呀死罪！
馬　超　罪在韋康一人，參謀何罪之有。請起！
楊　阜　多謝將軍！
馬　超　請坐。
楊　阜　謝坐。
馬　超　久聞參謀，足智多謀，吾意欲先打長安，後破潼關。望參謀助我一臂之力，幸勿推却。
楊　阜　蒙將軍不罪，當效犬馬之勞。啓上將軍：冀州現有二人，一名梁寬，一名趙衢。此二人頗有韜略，望將軍收留帳下，以爲鞍前馬後。
馬　超　二將安在？

楊阜	現在帳外。
馬超	煩勞有請！
楊阜	啊，梁、趙二位將軍快來！
梁寬趙衢	（內白）來也！（上）
	（念）心懷舊讎恨，低頭見他人。
	何事？
楊阜	來，來，來，隨我見過馬將軍。
梁寬趙衢	啊，馬將軍在上，梁寬趙衢參見。歸降來遲，死罪呀死罪！
馬超	二位將軍請起。
梁寬趙衢	謝將軍！
馬超	參軍言道，二位將軍文武雙全，暫留軍中聽用。
梁寬趙衢	多謝將軍！
楊阜	啓將軍：某本當在此隨將軍效力，奈我妻子死在臨洮，我意欲告假一月，歸葬吾妻。望將軍許之！
馬超	既然如此，參軍速去急回，某在此屯兵等候便了！
	（唱）久聞參軍兵法妙，
	文韜武略是英豪。
	急去速回爲緊要，
	同心破曹保漢朝。
	（馬超率原人下）
楊阜	可惱哇可惱！
	（唱）馬超賊子行強暴，
梁寬趙衢	（唱）斬我使君氣怎消！
楊阜	可恨馬超不仁，竟將使君斬首轅門，真真的可惱、可恨！
梁寬趙衢	既然可惱、可恨，參謀爲何將我二人獻與讎人？
楊阜	二位你道俺是真心降賊麼？
梁寬趙衢	不然何也？

楊　阜	二位有所不知，我此番歸家葬妻者，乃一計也。
梁　寬 趙　衢	是何計也？
楊　阜	我此番去到歷城借兵，那撫彝將軍姜叙，乃是我的表兄，必然發兵前來。那時二位將軍候那馬超出城之後，二位將軍緊閉城門。那馬超殺轉回來，二位將軍將他妻子、孩兒綁在城樓，盡行殺死。那馬超一見，必然大怒。那時長安兵到，哪怕馬超不滅！
梁　寬 趙　衢	此計甚好。但不知參謀幾時起程？
楊　阜	即刻起程。看衣更換！（換衣介）帶馬！ （唱）準備強弓射虎豹， 　　　安排香餌釣金鰲。 　　　把賊比做籠中鳥， 　　　諒他插翅也難逃。 （分下）

第　九　場

（姜母上）

姜　母	（念）【引】桑榆暮景身猶健，喜吾兒，揚名爵顯。
	（丫鬟隨姜妻上）
姜　妻	（念）【引】雙飛紫燕，待高堂，安慰老年。 婆婆萬福！
姜　母	罷了。坐下。想我兒少年孝廉，頗有韜略，官居撫彝將軍，鎮守歷城。喜得吾兒孝道，媳婦賢德。今早我兒帶領兵丁，往校場操演。看日已過午，怎麼不見回來！
姜　妻	想必來也！
姜　叙	（內白）衆將官，（衆應介）散操回府！ （四文堂、四大鎧、四將官、一中軍、一纛旗引姜叙上。【出隊子】。下馬進門介。衆下）
姜　叙	兒參見母親！
姜　母	我兒回來了？坐下！

姜 叙	謝母親。
姜 妻	相公！
姜 叙	夫人。
姜 母	今日操演，爲何回來甚遲？
姜 叙	孩兒校場操演，探馬報道，説西凉馬超，起兵數萬，攻打冀州去了。禀告母親知道。
姜 母	哎呀兒呀，你表弟楊阜與韋康使君，同鎮冀州。倘若打破城池，定遭馬超之害也！
姜 叙	母親但放寬心，想我表弟智謀過人，必有禦敵之策。孩兒也曾差人打探消息，早晚必有回報。
姜 母	好哇，這便纔是。
中 軍	（内白）報！（上）啓禀將軍：參謀楊阜求見！
姜 母	嘔，我侄兒來了，快快有請！媳婦迴避。

（姜妻、丫鬟同下。楊阜上）

中 軍	有請楊老爺！
楊 阜	（念）烈士豈能從二主，可嘆使君一命傾。啊，表兄！
姜 叙	表弟！
姜 母	侄兒來了？
楊 阜	姑母在上，侄兒楊阜大禮參拜！
姜 母	只行常禮。一旁坐下。
楊 阜	謝坐。兄長，請坐。
姜 叙	表弟請坐。
楊 阜	告坐。
姜 母	老身聞得馬超兵犯冀州，你爲何脱身到此？
楊 阜	哎呀，姑母哇！侄兒守城不能保，主亡不能死，愧無面目來見姑母。馬超叛君，妄殺郡守，一州士民，無不怨恨。想我兄坐據歷城，竟無討賊之心，此豈人臣之理乎！ （唱）馬超領兵把城攻， 　　　妄殺郡守理難容。 　　　特地前來求兵衆， 　　　滅却賊党建奇功。

姜　母	（唱）聽言教人心酸痛，
	可憐韋康受劍鋒。
	啊，韋使君遇害，亦爾之罪也！
姜　叙	是，孩兒知罪！
楊　阜	望吾兄早發人馬，與使君報讎雪恨！
姜　叙	愚兄本待發兵，奈老母在堂，不敢遠離。
姜　母	哽！汝不早圖，更待何時？想人生誰不有死，死于忠義，死得其所，勿以老身爲念也！
姜　叙	母親膝下無人侍奉，孩兒不敢遠離。
姜　母	住了！你若不聽爲娘之言，吾當先死，以絕爾之念！
姜　叙	哎呀，母親不必如此，孩兒發兵就是。
姜　母	這便纔是。
姜　叙	中軍！吩咐各營將士，齊到校場聽點！
中　軍	是。（下）
姜　母	啊，侄兒！
楊　阜	姑母！
姜　母	你已降了馬超，既食其祿，今又何故討之？
楊　阜	吾從賊者，欲留殘生與韋使君報讎也。
姜　母	好哇，可見侄兒是個忠義男子！
姜　叙	賢弟！那馬超英勇異常，此番興兵，恐難圖之。
楊　阜	馬超有勇無謀，容易圖之。吾已暗中約定梁寬、趙衢二人，以爲內應。
姜　叙	原來如此。
	（中軍上）
中　軍	（念）一令傳千將，校場擁甲兵。
	啓老爺，人馬齊備，聽令調遣。
姜　叙	母親請至後面。
姜　母	但願爾等旗開得勝，馬到成功。（下）
姜　叙 楊　阜	請到後堂。衆將走上！
	（四文堂、四大鎧、四將、一纛旗兩邊上）
衆　將	衆將叩頭。
姜　叙	站立兩廂，聽吾號令！

眾　將　啊。
姜　叙　今有馬超，統領羌兵，攻破冀州，韋使君被害。爾等此去，須要協力同心，上保國家，下安黎民。成功之後，定有陞賞。就此起兵前往！
眾　將　啊！
（【泣顏回】。同下）

第　十　場

報　子　（念）打探軍情事，
　　　　　　名爲夜不收。
　　　　　　日間藏草内，
　　　　　　夜來奔荒丘。
　　　　俺乃馬將軍麾下能行探子是也。奉命四路打探，聽得歷城姜叙，領兵五萬，與韋康報讎。俺不免報與馬將軍知道便了！（下）

第　十　一　場

（四文堂、四大鎧、梁寬、趙衢、四上手、四將、龐德、馬岱、馬超上）
馬　超　（唱）【粉蝶兒】滿營中鎧甲鮮明。旌旗整，戰鼓聲，軍威齊振。
　　　　（念）（詩）父子齊芳烈，
　　　　　　忠貞著一門。
　　　　　　歃血盟言在，
　　　　　　除奸義壯存！
　　　　俺，馬超。日前參軍楊阜告假一月，歸葬他妻，至今四十餘天，未見回轉。我意欲先打長安，後破潼關，殺奔許昌，與父報讎。正是：
　　　　（念）決策安排定，專候智謀人。
報　子　（内白）馬來！（上）
　　　　（念）馬似流星月，人似箭離弦。
　　　　報，探子告進！馬將軍在上，探子叩頭。
馬　超　探得哪路軍情？起來講！
報　子　主帥容禀：奉命四路打聽，楊阜奔至歷城，借來强兵勇將，不分晝夜而行！

馬　　超	主帥是誰？
報　　子	姓姜名叙威風凜，官拜撫彝大將軍。
馬　　超	那賊兵勢如何？
報　　子	那賊兵勢好不威嚴也！
	（【牌子】）
馬　　超	賞你銀牌一面，再去打探！
報　　子	得令。（下）
馬　　超	楊阜哇，賊子！我道你是大義君子，原來人面獸心。龐德、馬岱隨我出戰！
龐　　德 馬　　岱	得令。
馬　　超	梁寬、趙衢，小心把守城池！
梁　　寬 趙　　衢	得令。
馬　　超	衆將官，（衆應介）開城迎敵者！
	（下場門拉城，衆出城，由上場門下。剩馬超、梁寬、趙衢）
馬　　超	小心把守！（下）
梁　　寬	哎呀，將軍，你看那馬超居然迎敵去了。你我將城門緊閉，候那馬超殺轉回來，將他妻子、孩兒綁在城樓之上，盡行殺死。那馬超一見，不用説殺，就是氣，也把他氣死了！
趙　　衢	就依將軍。正是：
	（念）安排牢籠套，
梁　　寬	（念）氣死小馬超。
趙　　衢	（念）絶計無人曉，
梁　　寬 趙　　衢	（念）方顯智謀高。（進城同下）

第十二場

（四文堂、四大鎧、四將、楊阜、一纛旗、姜叙上。馬超原人同上。會陣）

楊　　阜	呔！馬超反賊，天兵到此，還不下馬投降！

馬　　超	楊阜哇，賊子！我道你是大義君子，原來是反復之輩。休走，看槍！
	（楊阜下。姜叙架住。姜叙、馬超開打。姜叙敗下。龐德、馬岱率衆兩邊上）
衆　　將	那賊大敗！
馬　　超	敗兵不可追趕，收兵回城！
	（衆歸上場門一字，下場門拉城。梁寬、趙衢下場門上城介）
馬　　超	開城！
梁　寬 趙　衢	軍士們，放箭！
衆　　兵	啊！
馬　　超	馬老爺在此！
趙　　衢	馬超回來了。來呀！將他妻、兒綁上城樓！
	（馬超夫人、小孩，由下場門上城）
馬　　超	哎呀！
馬　　妻	唉！相公啊……
馬　　超	哎呀！（拋槍，僵屍介）
	（唱）一家人綁城樓魂飛魄灑，
	急得我怒衝衝咬碎鋼牙。
	匹夫哇！
	（唱）馬老爺待爾等恩高義大，
	爲甚麼將妻兒鎖連肩枷？
	叫三軍齊努力向前攻打，
	務必要將賊子生擒活拿！
馬　　妻	相公啊！
	（唱）你本是大英雄名揚天下，
	連累了我母子身受刀殺。
趙　　衢	馬超！你還不歸降嗎？
馬　　妻	好賊子！
	（唱）反復賊休得要言語奸詐，
	我相公輔忠義豈降讎家！
	城樓上罵賊子無言答話，
	賊子呀，賊子！

|趙　衢|馬超，快快投降！如若不然，將你妻、子一併斬首。|
|馬　超|呸！|

（唱）俺父子鎮西羌人人皆怕，
　　　爾好比螳螂輩井底之蛙。
　　　頃刻間破城關玉石焚化，
匹夫哇！
（唱）馬老爺一定要殺爾的全家！

|趙　衢|住了！|

（唱）好言語相勸你百般叫罵，
　　　我這裏使鋼刀將你妻室來殺。
（殺馬妻介，拋頭城下。馬超接頭介）

馬　超	哎呀！（僵屍）
梁　寬	你看那馬超，他氣死了哇！
趙　衢	氣死了，好哇！
馬　超	（唱）見賢妻血淋淋人頭拋下，

唉，妻呀！
（唱）連累你慘凄凄血染黃沙。
　　　將人頭拴至在馬鞍橋下，
賊呀！
（唱）氣得俺一陣陣兩眼昏花。
　　　叫三軍起連環向前攻打！

|梁　寬
趙　衢|馬超！|

（唱）爲甚麼在城外你們鬧鬧喳喳？
馬超，你執意不降，將你的兒子刺死了，屍首拋下城去！

|　衆|啊！|

（拋馬子屍介。馬超接介）

馬　超	哎呀！（僵屍）
梁　寬	將軍！你看那馬超他又氣死了！
趙　衢	這纔是大快人心哪！
馬　超	（唱）見嬌兒血淋淋屍首拋下，

	我心中好一似箭鑽刀紮。
	可憐兒慘淒淒喪賊手下，
	賊子啊，賊子！
	（唱）狠心賊絕了我後代根芽。
報　子	（內白）報！（上）啓爺：夏侯淵從長安殺來了！
馬　超	再探！
	（報子下）
梁　寬	將軍，夏侯淵的人馬來了！
趙　衢	不怕他了。哈哈哈……
馬　超	（唱）耳聽得探馬報長安兵發，
	夏侯淵亦非是八臂哪吒。
	叫龐德領人馬分兵攻打，（四下手領龐德下）
	展開了英雄志豈肯懼他！
報　子	（內白）報！（上）啓爺：姜叙、楊阜兵分兩路而來！
馬　超	再探！（報子下）哎呀！
	（唱）一支兵怎擋得三路人馬，
	哎呀！
梁　寬 趙　衢	馬超，你這纔是敗國亡家呀！啊哈哈哈……
馬　超	（唱）大丈夫說甚麼敗國亡家。
	帶馬！
	（唱）提銀槍勒絲韁攀鞍跨馬，
	（衆領下）
梁　寬 趙　衢	馬超！那夏侯淵也不是好惹的！
馬　超	呸！
	（唱）諒鼠輩逃不出海角天涯。（下）
趙　衢	梁將軍，你看馬超果然迎敵去了。你我趁此機會，大開城門，殺他個措手不及！
梁　寬	就依將軍。來呀，開城殺！
	（出城介，同下）

第十三場

（龐德、夏侯淵會陣，起打。夏侯淵敗下，龐德追下。梁寬下場門上，馬超上倒脫靴。馬超壓住梁寬。）

馬　超　（唱）只道爾飛出天涯外，
　　　　　　　　賊子自送人頭來。
　　　　　　　　妻室孩兒你殺害，
　　　　　　　　血染荒郊屍橫街。
　　　　（馬超紮梁寬死介下。趙衢上場門上。）
趙　衢　馬超你還不歸順麼？（跪介）
馬　超　呸！
　　　　（唱）殺我全家讎似海，
　　　　　　　　跪在馬前求誰來？
　　　　　　　　這是狼心天不貸，
　　　　（馬超拉趙衢刺死趙下。）
　　　　　　　　管叫狗命喪泉臺。
（姜叙上，與馬超起打。馬岱、夏侯淵續上。打四股檔。馬超、馬岱下。姜叙、夏侯淵雙下場下。）
（馬超、馬岱、龐德挖門上。）

馬　超　殺敗了！你我投奔哪裏安身？
龐　德
馬　岱　投奔漢中張魯那裏，再作道理。
馬　超　漢中去者！
　　　　（衆翻倒脫靴下。姜叙原人同上。）
　衆　　馬超大敗！
姜　叙　收兵！（【尾聲】。同下）

賺歷城

佚名撰

解題

京劇。現代佚名撰。《京劇劇目辭典》著錄，題《賺歷城》，又名《馬騰托兆》《母妻兄弟血》《詐歷城》《二本冀州城》；《京劇劇目初探》著錄，題《詐歷城》，一名《二本冀州城》，又名《馬騰托兆》《母妻兄弟血》。劇寫夏侯淵命楊阜兄弟、姜叙率部追殺兵敗冀州的馬超。馬超率殘部三百餘騎欲投漢中張魯，途經歷城，詐稱姜叙得勝回來，賺開城門。姜氏婆媳得知姜叙得勝歸來，滿心歡喜，不料馬超殺入衙內，大罵姜母，怒殺姜叙全家。楊阜兄弟七人兵臨城下，馬超開城迎敵，夏侯淵、姜叙聞訊追來，馬超難敵，率部敗走漢中。本事出於《三國演義》六十四回。《三國志·魏書·楊阜傳》有此記載。版本今有《京劇彙編》收錄的王連平藏本及以此本重刊的《京劇傳統劇目彙編》本、《戲考》本。今以《京劇彙編》王連平藏本爲底本，參考其他本校勘整理。按：此劇未寫馬騰托兆、馬超殺死楊阜七兄弟事，而《辭典》與《初探》均題此劇另名有《馬騰托兆》《母妻兄弟血》。據考，此乃《戲考》本。

第一場

（四龍套、四大刀手、四下手引夏侯淵上）

夏侯淵 （唱）【點絳唇】

雲掩長空，旌旗飄動。長安鎮，屏障帝京，保主歸一統。

（念）（詩）紅日照盔纓，

英雄膽氣橫。

雙眉斜入鬢，

塞外上將軍。

	某,夏侯淵。奉丞相之命,鎮守長安。可恨馬超兵犯冀州,韋康無謀,開城降順。馬超提起借兵之讎,將韋康斬首轅門。參謀楊阜假意歸降,告假葬妻,暗往歷城,求救於姜叙。會合我兵,三路夾攻,將馬超殺得大敗,逃回隴西去了。料他再也不敢攻打冀州。眾將!
眾　將	有。
夏侯淵	姜叙、楊阜進帳!
眾　將	姜叙、楊阜進帳!
姜　叙 楊　阜	(內白)來也!(上)
姜　叙	(念)妙用機關人難想,
楊　阜	(念)龍泉三尺劍收藏。
姜　叙 楊　阜	元帥在上,末將參見。
夏侯淵	二位將軍少禮。請坐。
楊　阜	謝坐。有勞元帥,領兵遠來,殺退馬超,我等備得有酒,與元帥賀功。
夏侯淵	多謝二位將軍。
姜　叙 楊　阜	看酒!我等把盞。
夏侯淵	不敢。擺下就是。
姜　叙 楊　阜	遵命。元帥請酒!
夏侯淵	二位將軍請哪!(牌子【畫眉序】)二位將軍,本帥鎮守長安,乃國家之要路,不可一日無主。本帥要兵回長安,就煩楊參謀鎮守此地,姜將軍兵回歷城,以防馬超後患。二公意下如何?
姜　叙 楊　阜	元帥高見,我等遵命。
報　子	(內白)報!(上)禀元帥:小人四路探事,馬超兵敗漢中去了。特來報知。
夏侯淵	再探!(報子下)
姜　叙	哎呀,元帥呀!想馬超投奔漢中,必從歷城經過,恐詐開城池,滿城百姓,老母妻子,必遭其害。請元帥定奪!
夏侯淵	將軍所慮不差。楊參謀聽令!

楊　　阜	在。
夏侯淵	吩咐三軍全身披挂，校場聽點！
楊　　阜	下面聽者：元帥有命，眾將全身披挂，校場聽點！
眾　　將	啊。

（同下）

第 二 場

（楊家六將上，起霸。楊阜上）

眾　　將	參見兄長！
楊　　阜	有勞眾位兄弟，領兵遠來相助。愚兄不勝之喜也！
眾　　將	提調我等，有何事議？
楊　　阜	元帥陞帳，你我兩廂伺候！

（四龍套、四大刀手、四下手、姜敘、夏侯淵上）

眾　　將	參見元帥！
夏侯淵	眾位將軍少禮！
眾　　將	啊。
夏侯淵	（念）（詩）兵似虎狼將似熊，
	堂堂氣概果威風。
	提兵調將英雄量，
	保定我主建奇功。
	本帥，夏侯淵。只因馬超投奔漢中，恐結連張魯，復起干戈，乃國家之大患。楊參謀聽令！
楊　　阜	在。
夏侯淵	命你弟兄七人，帶領三千人馬，追趕馬超。聽我吩咐！

（【風入松】）

| 楊　　阜 | 得令！ |

（四下手、楊阜、楊家六將同下）

夏侯淵	姜將軍聽令！
姜　　敘	在。
夏侯淵	命你二隊接應！
姜　　敘	得令。帶馬！

（四大刀手、姜叙同下）

夏侯淵　衆將此去，馬超可擒矣。正是：
　　　　（念）眼觀旌旗起，耳聽好消息。
　　　　掩門！
　　　　（同下）

第 三 場

馬　超　（內白）衆將官，趲行者！
　　　　（四文堂、四上手、四馬童、龐德、馬岱引馬超上）
馬　超　（唱）【新水令】
　　　　　　雄師威震在西涼。
　　　　　　報父讎，興兵遣將。
龐　德　（唱）殺氣衝牛斗，
馬　岱　　　　旌旗映斜陽。
馬　超　俺，馬超。
馬　岱　馬岱。
龐　德　龐德。
馬　超　自潼關兵敗，回轉隴西，命龐德借兵數萬，唯有冀州韋康不肯借兵，反結連曹操。俺只得統領羌兵，攻打冀州，將韋康斬首。不想楊阜假意歸降，私往歷城，搬來姜叙，會合長安夏侯淵，裏應外合，將俺妻子孩兒斬首城樓，三路兵馬將我等圍困垓心，且喜殺出重圍。龐德、馬岱！（應介）查看我軍還有多少人馬？
龐　德　還有三百餘騎。
馬　岱
馬　超　怎麼講？
龐　德　三百餘騎！
馬　岱
馬　超　蒼天哪，蒼天！俺馬超統領數萬之衆，今日冀州一戰，只剩三百餘騎，使俺有家難奔，有國難投。好不痛煞我也！
　　　　（接唱）【新水令】
　　　　　　血染沙場，

　　　　灑淚滿胸膛。
馬　岱　兄長兩次領兵失敗,羌中人皆怨恨。若回轉西涼,恐人暗算。不如投奔漢中張魯那裏,暫且安身,自有報讎之日。
馬　超　賢弟言得極是。衆將官!(衆應介)往漢中去者!
　　　　(唱)【折桂令】
　　　　　　殺曹賊棄袍奔忙,
　　　　　　逃亡地馬亂驚慌。
　　　　俺啊,得意揚揚,自逞豪强。
　　　　(唱)馬孟起好似天將,
　　　　　　殺曹兵難備難防。
　　　　(同下)

第　四　場

　　　　(四下手站門。【江兒水】。楊家六將、楊阜上)
楊　阜　俺,楊阜。奉夏侯將軍之命,帶領衆家弟兄,追趕馬超。衆位弟兄,速速追殺前去!
　　　　(【牌子】。衆下)

第　五　場

　　　　(丫鬟、院子引楊氏上)
楊　氏　(唱)日落關山掩蒼暝,
　　　　　　寒烟靄靄籠荒村。
　　　　　　陣陣鴉鳴歸宿境,
　　　　　　沙場征客未回音。
　　　　　　只爲强徒斬忠正,
　　　　　　督命吾兒統雄兵。
　　　　　　金樽不洗心頭恨,
　　　　　　梨花暮雨近黃昏。
　　　　(姜妻上)
姜　妻　(念)蘭房剪燭悲成陣,白髮悶坐翠黛顰。

	婆婆萬福！
楊　氏	一旁坐下。
姜　妻	告坐。
楊　氏	老身楊氏。我兒姜叙，官拜撫彞將軍，鎮守歷城。可恨馬超兵反冀州，將韋康斬首。我侄兒楊阜到此求兵，與韋使君報讎。我兒統領合郡人馬，前往冀州，剿滅馬超。一去數日，未見捷報。叫老身如何放心得下！
姜　妻	婆母但放寬心。想我夫智勇雙全，又有楊參軍弟兄七人，皆是武藝超群。那馬超雖勇，亦難抵擋也！
楊　氏	媳婦言雖如此，只是我夜間朦朧睡去，偶得一夢，甚是不祥！
姜　妻	婆婆所得何夢？
楊　氏	夢見闔家人等，出城遊玩，忽見一蛇一龍相鬥。一時驚醒，眼跳不止。不知主何吉凶？
姜　妻	此乃婆母思兒心切，偶得此夢，何足爲怪。夢中之事，不可相信。
楊　氏	院子可曾命人打聽少老爺勝負麽？
院　子	也曾命人打聽，未見回報。
姜　妻	請問婆母：馬超兩次領兵報讎，不知此事從何而起？
楊　氏	只爲江東孫權，屢犯中原。馬騰父子奉詔南征，兵至許昌，屯紮城外。曹操命侍郎黃奎到馬騰營中探其動靜。那黃奎反與馬騰同謀，欲害曹操。被人聞風出首，將馬騰擒去，與黃奎等一併斬首許昌也！

（唱）馬騰怕曹自謹慎，
　　　屯兵城外不見君。
　　　曹操多謀計藏隱，
　　　假意出城犒三軍。
　　　人馬早已安排定，
　　　首尾不能擋曹兵。
　　　只殺得人從馬鞍滾，
　　　只殺得力弱少精神，
　　　只殺得羌兵俱逃奔，
　　　只殺得紅日已西沉。
　　　父子三人俱被捆，
　　　並斬黃奎在都門。

只殺得馬岱逃性命，
馬超聞報似火焚。
他與韓遂統羌衆，
殘暴生靈不堪聞。
潼關一戰天地震，
嚇得曹操落魄消魂。
計用反間敗了陣，
二次攻打冀州城。
韋康素常行仁政，
愛惜百姓與子民。
馬超怒氣衝天恨，
怪其降曹斬營門。

姜　妻　原來如此。
　　　　（旗牌上）
旗　牌　（念）旗指山河外，人從關山來。
　　　　太夫人在上，小人叩頭。
楊　氏　起來！
旗　牌　奉老爺之命，有書信一封，請太夫人觀看。
楊　氏　呈上來。下面歇息！
旗　牌　多謝太夫人！（下）
楊　氏　待我拆開一觀。"不孝子姜叙，叩稟慈親台前：兒自領兵冀州，與夏侯將軍三兵會合，戰敗馬超，且喜得勝，不日兵回歷城，歸來定省。省城風聞不確，難免憂疑。專修寸楮，預爲稟明。"好哇！謝天謝地，幸喜我兒殺敗馬超，復得冀州。韋使君冤讎，可湔雪矣！
姜　妻　是。
楊　氏　家院，可吩咐守城將士，堅守城池。老爺得勝回來，均各有賞。
院　子　小人領命。
姜　妻　婆母請到後堂安寢。
　　　　（同下）

第 六 場

（四文堂、四上手、四馬童、龐德、馬岱引馬超上）

馬　超　人馬爲何不行？
衆　將　前面乃是歷城了。
馬　超　啊，可是楊阜借兵的歷城麼？
衆　將　正是。
馬　超　人馬列開！
衆　將　啊！
馬　超　哈哈，哈哈，啊哈哈哈……
龐　德　公子
馬　岱　大哥　爲何發笑？
馬　超　你等哪裏知道？楊阜匹夫搬兵於歷城，裏應外合，殺俺全家。諒那姜叙未回，俺趁此機會，打破歷城，殺他個雞犬不留！
龐　德　依某之見，趁此黑夜之間，假稱姜叙得勝回來，賺開城門，不用張弓之力，此城可破也！
馬　超　好。照計而行！衆將官，（衆應介）速往歷城去者！
　衆　　（合唱）【收江南】
　　　　　恨奸賊不良，
　　　　　恨奸賊不良，
　　　　　頃刻間，割腹剜心與肚腸。
　　　（衆同下）

第 七 場

楊　氏　（内白）掌燈！
　　　　（丫鬟、姜妻引楊氏上）
楊　氏　（唱）吾兒孝道爲根本，
　　　　　富貴榮華似慶雲。
　　　　　但願掃得狼烟淨，
　　　　　不愧臣子報君恩。

　　　　你們回房歇息去吧！
姜　妻　是。
　　　　（分下）

第　八　場

　　　　（馬超領原人上）
馬　超　呀！
　　　　（唱）【收江南】
　　　　　　但見那四野蒼蒼，
　　　　　　月昏黃。
　　　　　　俺今番，奔他鄉。
　　　　　　猛想起，
　　　　　　父弟含冤淚千行，
　　　　　　可憐你，
　　　　　　忠魂渺渺在何方！
　　　　（同下）

第　九　場

　　　　（四龍套站門，引姜叙上）
姜　叙　俺，姜叙。因為馬超投奔漢中張魯，必要打我歷城經過。恐被賺開城池，為此帶領人馬趕回防守。衆將官，趕上前去！【合頭】。下）

第　十　場

　　　　（二更夫、四下手上）
更　夫　（念）一個將軍出了兵，
　　　　　　　我等日夜守孤城。
　　　　　　　但願旗開得了勝，
　　　　　　　滿城百姓享太平。

我乃歷城夜巡軍便是。日前楊參謀到此搬兵，俺主帥統領人馬，征戰馬超去了。今日聞報，大獲全勝。太夫人吩咐我等謹守城池，等老爺回來，均各有賞。衆弟兄們，小心巡更者！

（唱）【水底魚】

　　　　奉命巡更，守夜不消停，
　　　　主將得勝，不日轉歷城。

（更夫上城介。四文堂、四上手、四馬童、龐德、馬岱、馬超上）

馬　超　趲行者！

（唱）【沽美酒】

　　　　賺城池休要慌，
　　　　喜東方天未光，
　　　　雞鳴狗盜出咸陽。
　　　　趁銀河星稀月朗，
　　　　聽歷城鼓角更長，
　　　　暗夜裏旌旗飄揚。

俺呵！

　　　　也是俺胸藏心壯膽壯氣昂昂！

龐　德　呔！開城！
更　夫　甚麼人？
龐　德　姜將軍得勝回來，速速開城！
更　夫　原來是將軍得勝回來。開城！
馬　超　（唱）威凜凜，兵歸虎帳！

（進城下。連場又上）

馬　超　呔！城中還有多少人馬？
更　夫　五百守城軍。我等情願歸降！
馬　超　龐德，馬岱！
龐　德
馬　岱　在！
馬　超　吩咐把守四門！
龐　德
馬　岱　遵命。（下）
馬　超　軍士們，殺往帥府去者！

(【園林好】。同下)

第 十 一 場

（院子、丫鬟、姜妻、楊氏上）

楊　氏　（唱）忽聽關外喊聲震，
　　　　　　　想是我兒回歷城。
　　　　　　　殺退賊臣方洩恨，
　　　　　　　此番不愧領雄兵。
（更夫領四文堂、四上手、四馬童、馬岱、龐德、馬超上）

更　夫　來到帥府！
馬　超　打進去！（正坐介）將他們綁了！
楊　氏　你是何人，將我等捆綁？
馬　超　老賊婢！你枉受朝廷之祿。吾父與董承有衣帶之詔，汝不思君臣之大義，助奸為惡，阻住大兵，殺俺妻兒。俺馬超今日殺爾全家，以消俺心頭之恨也！
楊　氏　賊子呀，賊子！
　　　　（唱）不思報國統羌人，
　　　　　　　擾亂漢室錦乾坤。
　　　　　　　爾父子不遵天子命，
　　　　　　　枉食朝廷爵祿恩。
　　　　　　　狼心賊子擾州郡，
　　　　　　逆賊！
　　　　　　　千秋萬載落罵名。
姜　妻　賊子呀！
　　　　（唱）不向曹家雪冤情，
　　　　　　　兵犯冀州斬韋君。
　　　　　　　西涼與我有何恨？
　　　　　　　繩捆索綁無罪人。
馬　超　賤婢呀！
　　　　（唱）俺父子威震西涼郡，
　　　　　　　歃血定盟共同心。

	兩次交鋒爾不問，
	裏應外合助讎人。
	殺爾全家難消恨，
	來！
	推出帳外斬滿門。
楊氏 姜妻	賊子呀！
	（四上手押楊氏、姜妻同下。四上手又上）
四上手	斬首已畢。
馬　超	起過了！（笑介）哈哈哈……
	（唱）滿腔怨恨今消盡，
	妻兒冤讎報分明。
	軍士們，甚麽時候了？
衆　將	三更時分了。
馬　超	但此孤城難守，爾等飽餐戰飯，待等天明，投往漢中去者！
衆　將	啊。
	（衆兩邊分下。打四更介）
馬　超	（唱）一片愁雲月暗隱，
	風吹刁斗冷無聲。
	轅門鼓打四更盡，
	憂憂切切不安神。
	苦苦爭戰却爲甚？
	皆因父弟冤難申。
	可恨楊阜暗合應，
	一軍怎擋三路兵！
	衝鋒破敵敗了陣，
	征袍銀盔染血腥。
	不能够回轉西羌郡，
	不能够親自斬讎人。
	血淚心事愁煩甚，
	今夜爲何天不明！
	（龐德、馬岱上）

龐　德　（唱）譙樓鼓打四更盡，
馬　超　（唱）龍泉寶劍緊隨身。
龐　德　公子，譙樓將近五鼓，待等天明，恐有追兵，須要小心方好。
馬　岱　將軍言之有理。請啊！
龐　德　（唱）朦朧月色雲暗隱，
馬　岱　（唱）提防奸細要小心。
　　　　（同下。五更介）
馬　超　（唱）一夜輾轉悲愁緊，
　　　　　　　不聞金雞報曉聲。
　　　　　　　江水難洗心頭恨，
　　　　　　　看看明月照愁人。
　　　　　　　越思越想心傷痛，
　　　　　　　父讎未報對誰云！
　　　　（烏鴉叫聲）
　　　　　呀！
　　　　　　　只見鴉鳴飛陣陣，
　　　　　　　不覺東方輾轉明。
　　　　（內喊拿馬超聲）
　　　　　呀！
　　　　　　　忽聽關外喊聲近，
　　　　　　　想是姜叙發來兵。
　　　　（龐德、馬岱同上）
龐　德　（唱）戰鼓不住鼕鼕震，
馬　岱　　　　看是誰弱與誰能！
　　　　公子
　　　　大哥，　楊阜兄弟七人，已到城下。請令定奪！
馬　超　楊阜匹夫，自來送死！若是擒住此賊，將他千刀萬剮，方除俺胸中之恨。衆將官，（衆應介）就此開城迎敵者！
　　　　（帶馬出城。倒領下）

第 十 二 場

（四上手、楊家六將引楊阜上。馬超原人上。會陣）

楊　阜　呔！馬超，你賺開城池，殘殺百姓，罪該萬死！
馬　超　呔！楊阜，你裏應外合，殺俺全家。今日見面，狹路相逢。休走，看槍！
（起打下。馬超追過場下）

第 十 三 場

（四文堂引姜叙上。報子上）

報　子　馬超殺奔大堂，將太夫人與全家斬首！
姜　叙　再探！殺！
（龐德、馬岱原人上。起打。同下）

第 十 四 場

（四龍套、四大刀手、四下手、夏侯淵、楊家六將、楊阜、姜叙上。馬超原人上。會陣。二龍出水，眾下。留夏侯淵、馬超）

馬　超　呔！夏侯淵！前番馬老爺饒爾不死，又來作甚？
夏侯淵　休得胡言。看刀！
　　　　（唱）戰鼓鼕鼕紅日照，
　　　　　　　兩眼睜睜來觀瞧。
　　　　　　　老爺今日領兵到，
　　　　　　　取爾人頭血染刀！
馬　超　（唱）賊將休要逞強暴，
　　　　　　　老爺言來聽根苗：
　　　　　　　把爾好比籠中鳥，
　　　　　　　某家擒爾在今朝。
（起打，馬超敗下。夏侯淵耍下場下。馬超原人又上）

馬　超　龐德，馬岱！投往漢中去者！
（【尾聲】。同下）

葭萌關

佚 名 撰

解 題

　　京劇。現代佚名撰。《京劇劇目辭典》著錄，題《葭萌關》，又名《夜戰馬超》《挑燈大戰》《兩將軍》；《京劇劇目初探》著錄，題《兩將軍》，一名《葭萌關》，又名《夜戰馬超》。均未署作者。劇寫劉璋因失雒城，成都危急，遣黃權賄賂張魯親信楊松，求其說張魯共拒劉備。若發兵得救，許割二十城致謝。時張魯新收馬超，見其英勇，欲招爲婿，被楊柏等勸阻。馬超知情，深恨楊柏，心有去意。楊松兄弟受賄，鼓動張魯，滅劉備，取西川。張魯准許，命馬超挂帥，以馬岱、楊柏爲左右翼，率二十萬人馬抵葭萌關。孔明命張飛迎敵，請劉備接應。楊柏欲搶頭功，引兵出戰，兵敗。馬超責其擅自出兵，責打四十軍棍，楊柏含恨而退。馬超與張飛交戰，直到天黑，不分勝負，命三軍燃燈籠火把夜戰。劉備愛馬超英勇，勸雙方各自收兵。孔明趕到，問明交戰情況，命李恢前往説降馬超。李恢面對馬超威脅，坦然不拒，説以利害。馬超醒悟，決心歸降。時張魯復遣二將討戰，被趙雲出馬斬首。馬超請命攻取成都，孔明授以密計，立即起程。本事出於《三國演義》六十四、六十五回。《三國志·蜀書·馬超傳》及裴注引《典略》、《蜀書·李恢傳》載其事，爲此劇所本。清宮大戲《鼎峙春秋》有三齣寫此事。版本今有《京劇彙編》收錄的王連平藏本及以此本重刊的《京劇傳統劇目彙編》本、《戲考》本、《戲考叢刊》本。今以《京劇彙編》王連平藏本爲底本（該本曾經蘇連漢改訂），參考其他本校勘整理。

第 一 場

（劉循、譙周、鄭度、董和、劉巴上，起霸。【點絳唇】）

劉循	（念）天道難憑，
譙周	（念）人心堪問，
鄭度	（念）賢與佞，
董和	（念）行止中分，
同	（念）試把巴西論。
	某——
劉循	劉循。
譙周	譙周。
鄭度	鄭度。
董和	董和。
劉巴	劉巴。
劉循	列位請了。
董和 鄭度 譙周 劉巴	請了！
劉循	我自昨日兵敗逃歸，已將雒城失陷之事啓奏。我父十分煩惱。爲此今早相召諸公一同公議。
董和 鄭度 譙周 劉巴	言之有理。請！

（四文堂、四小太監引劉璋上）

劉璋	（念）【引】忠厚摯純，全依憑，造化中分。
衆官	臣等參見主公！
劉璋	列位少禮。唉！

（念）良藥苦口利於病，忠言逆耳利於行。

某，益州劉璋字季玉。前者錯聽張松之言，誤招劉備入川，以致王累諫死，張任陣亡。昨日又得吾兒歸報，雒城失陷，眼見成都破在旦夕，爲此特召衆位商議。列位！該當如何裁處？

| 鄭度 | 臣鄭度啓上主公：劉備雖則攻城奪地，然兵不甚多，士衆未附，野穀爲糧，軍無輜重。不如盡驅巴西之民，避於涪水以西。將彼野穀倉廩，盡行燒除。彼無所恃，必然自走。我便乘虛擊之，則劉備可 |

擒矣！

劉　璋　吾聞拒敵以安民，未聞勞民以備敵也。此言非保全之計，再思可也。

（黃權上）

黃　權　（念）早知今日難禦敵，何不當初信諫臣。

啓主公：法正遣人致書在此。

劉　璋　呈上來。"昨蒙差遣，結好荆州，眷念舊好，不忘族誼。主公若能幡然歸順，諒不薄待。望三思裁示。"

衆　官　可惱啊，可惱！

劉　璋　嘟！法正啊法正，我把你這賣國求榮的賊子，吾必手刃伊頭，方消吾恨。

董　和　主公，事已急了，可速差人往東川張魯處求救，共討劉備便了。

劉　璋　張魯與我曾有世讎，安肯相救？

黃　權　臣黃權啓上主公：張魯駕下有幸臣楊松，此人性喜貪圖。臣願潛往東川，先見楊松，多與金帛，打通關節，事無不成。臣直説雒城事危，唇亡則齒寒，以此利害，去説張魯，不怕他不發人馬。

衆　官　黃將軍所見不差，主公當令走遭。

劉　璋　既是諸公所見皆同，吾便修書，備下金帛，命黃權前去走遭。溶墨伺候[1]！（書介）

（唱）吾未曾提羊毫心先自問，

　　　悔當初我不信死諫忠臣。

　　　那劉備到今朝果起梟性，

　　　奪吾地殺吾將好不悖心。

　　　這尺書謹呈上使君鈞聽：

　　　忝列在鄰邦地乞望援拯。

　　　若能够逐退那梟雄出境，

　　　願割下二十城以表微忱。

黃將軍！

（唱）你此去須道得樸厚誠信！

黃　權　主公！

（唱）管保他不日裏救兵來臨！

劉　璋　好哇！

	（唱）著司庫早把那財帛準備，
衆　官	領旨。
	（唱）好打點明日裏從速兼程。（分下）

校記

［1］溶墨伺候："溶"，原作"濃"，據文意改。

第　二　場

馬　超	（内唱）怒氣不息三千丈！
	（馬超領四下手、馬岱、龐德敗狀上）
馬　超	（唱）奔馬如飛難收繮。
	回望隴西添悲想，
	空灑英雄淚兩行。
	漢家天下恩德廣，
	四百年來思子房。
	曹操今日爲丞相，
	天下不見日月光。
	我父爲國忠心朗，
	誤中奸謀喪沙場。
	殺父之讎豈能忘，
	因此一怒離西涼。
	渭橋六戰賊膽喪，
	欲斬楊阜反損傷。
	如今好比子胥樣，
馬　岱	（唱）逃奔何處是家鄉？
	成敗如此真難量，
龐　德	（唱）行止還須自主張。
	患難之中無所往，
馬　超	（唱）丈夫生死又何妨！
	俺因見事不明，錯斬韋康全家，誤用楊阜、梁、趙等，以致妻、子全歿，軍兵喪盡。雖然姜、楊全家盡被俺殺，恨未手刃姜叙、楊阜之

頭,此爲終天恨事也!

馬　岱　兄長,事已至此,悔之無及。此處已離漢中不遠,你我及早投奔張魯,以圖報復便了。

馬　超　言之有理。

龐　德　哎呀!

馬　超　啊,龐將軍爲何如此?

龐　德　末將夜來正爾奔馳,忽然渾身戰抖,目亂心慌,將有采薪之憂也!

馬　超　叩!哎呀,將軍違和之因,皆因爲某所累之故也。

龐　德　公子何出此言!

馬　超　楊阜啊,楊阜!俺有日若不手刃爾頭雪恨,誓不爲丈夫也!

　　　　(唱)明知張魯非人望,
　　　　　　借他兵馬把身藏。
　　　　　　但願開基把業創,
　　　　　　重整威風破許昌。
　　　　　　奸賊首級懸掌上,
　　　　　　要保漢室定朝堂。
　　　　　　大家催馬休惆悵,
　　　　　　成事男兒當自強!

(同下)

第　三　場

(四大鎧站門引張魯上)

張　魯　(念)【引】攘臂踞東川,仗祖風,調化世衍。奈群雄,騷擾炎漢,致使藩籬倒懸。

　　　　(念)(詩)鵠鳴山中遺道書,
　　　　　　　　祖法人稱世間無。
　　　　　　　　不爲學術五斗助,
　　　　　　　　只願誠信安學巫。

　　　　某,漢寧太守張魯。原籍沛國豐人。祖父道陵公曾爲鵠鳴山造作道書,行之西川,人敬爲神。祖父去世,吾父張衡因此雄踞漢中。至某三世,國家以爲地遠山險,不能征伐,所以授鎮南中郎將,領漢

　　　　　寧太守事，只進貢賦而已。正是：

　　　　　（念）雖無皇王貴，別有一洞天。

四　將　（內白）走哇。

　　　　　（張衛、閻甫、楊松、楊柏上）

　　　　　（念）雖云男兒志四方，回首國家也斷腸。

張　衛　某，張衛。

閻　甫　閻甫。

楊　松　楊松。

楊　柏　楊柏。

張　衛　臣等參見主公！

張　魯　列公進帳，必有事故？

四　將　今有馬孟起因爲兵敗，特來漢中，願投麾下，故請主公示諭。

張　魯　啊，那馬超與曹操爭論雌雄，緣何前來投吾呢？

閻　甫　主公有所不知，他中了楊阜反間之計，妻子孩兒，盡遭屠戮。又被姜叙、夏侯淵等夾攻，兵敗無歸，遠來相投。

張　魯　哦，有這等事！哈哈哈……好哇！我今得了孟起，西則可以吞併益州，東則可以拒敵曹操。孟起今在哪裏？

閻　甫　現在府門以外。

張　魯　有請！

閻　甫　有請馬將軍！

　　　　　（吹打。龐德、馬岱、馬超同上）

張　魯　啊，馬將軍！

馬　超　使君！

張　魯　哈哈哈……

馬　超　哈哈哈……

張　魯　將軍請！

馬　超　不敢！

張　魯　馬將軍是客遠來，還是將軍請！

馬　超　不敢！

張　魯　來呀將軍！哈哈哈……

馬　超　使君請上，待馬超大禮參拜！

張　魯　將軍遠來敝地，怎敢受拜。只行常禮罷。

馬　超　從命。久慕仁風,何幸得近慈輝。
張　魯　邊僻叢爾,幸喜將軍青顏。
馬　超　衆位!
四　將　馬將軍!
馬　超　過來,見過使君。
龐　德
馬　岱　參見使君。
張　魯　不敢!此二位是?
馬　超　此是舍弟馬岱,這是驍騎龐德。
張　魯　久仰啊久仰!
龐　德
馬　岱　不敢!
張　魯　請坐。
馬　超　告坐。
張　魯　前者聞尊翁被曹賊陷害,後又聞將軍爲令先尊報雠,殺得曹賊割鬚棄袍,四野聞知,無不稱快。却怎生又被楊阜圖害起來?不知顛末,請道其詳!
馬　超　說也話長!
張　魯　請教。
馬　超　使君哪!

　　　　(唱)若提起這顛末怨氣千丈,
　　　　　　嘆蒼穹全不分善惡昭彰。
　　　　　　誰不知我的祖伏波名將,
　　　　　　誰不知吾的父壽成忠良。
　　　　　　賊董卓霸朝綱幸而誅喪,
　　　　　　奸曹操蹈故轍肆橫尤狂。
　　　　　　假敕命害吾父許昌市上,
　　　　　　俺一怒殺得他割鬚換裳。
　　　　　　又誰知賊楊阜爲虎作倀,
　　　　　　合姜叙害得俺家敗人亡。

張　魯　哦!
馬　超　(唱)似這等天無日人人難想,

張　魯	將軍請起！

　　　　　（唱）聽此言心悲慘自思自想，
　　　　　　　誰料得那逆賊如此猖狂！
　　　　　　　細看他真個是英雄形象，
　　　　　　　要倚重須將他招贅東床。

　　　　　且住！我想馬超今日雖在窮途，終非池中之物。此番若結識了他，不唯禦吾東西之患，亦可輔我國家興隆。吾有一女，尚在待字，不免招贅於他。

楊　柏	嗯！
張　魯	啊，楊柏你有何話講？
楊　柏	這……無有甚麼話講。
張　魯	既無話講，爲何在此眉來眼去？
楊　柏	臣見馬將軍遠來勞倦，又見龐將軍似有不安之態。主公何不請他們暫至館驛歇息，有話改日再談，豈不是好？
張　魯	原來如此。龐將軍何故這般光景？
馬　超	他爲我受盡辛勞，偶染疾病，故而如此。
張　魯	不妨。我這裏凡遇病者，只消虔誠設壇，病人住於靜室，自將己事通陳，然後祈禱。再令監令祭酒作文三通，名爲三官手書，一通奏於天，一通申於地，一通沉於水。如此之後，管保貴恙痊愈矣。
馬　超	如此甚妙。
張　魯	閻先生相陪馬將軍暫住館驛，並爲龐將軍祈禱祛病之事，一切供應好生辦理。憩息幾日，再請細談。
閻　甫	得令。
張　魯	啊，馬將軍哪！

　　　　　（唱）你安心且住這蕞爾小邦，
　　　　　　　管有日如伍員鞭屍平王。

馬　超	多謝使君！

直使那忠貞輩含恨泉壤。
某久慕老使君英勇豪爽，
敢效那伍子胥乞助吳邦。
若能够誅佞賊漢室重旺，
俺馬超感大恩墜鐙牽韁。（跪介）

（唱）深感得賢使君全人志向，
　　　　愧菲才庶不似伍相昂藏。
（龐德、馬岱、馬超同隨閻甫下）

張　魯　好哇！
　　　　（唱）觀看他威風凛昂然氣象，
　　　　　　　得此人輔吾時定霸稱王。
　　　　你等適見馬超如何？

張楊衛松　馬超果將才也！

張　魯　我欲以女兒，招他爲婿，結識其心，以圖大事。卿等以爲如何？

楊　柏　哎呀，哎呀！主公何無定見？馬超雖有外勇，實無內智。不聞冀州一敗，妻、子盡遭慘死，此非馬超之貽害麽？主公今欲以小姐招贅於他，只恐日後禍福難憑矣！

張楊衛松　是啊。主公切勿妄舉！

張　魯　唔，容我思之。卿等且自歸第。

張楊衛松楊柏　遵命。

張　魯　（念）守口如瓶勿妄講，

張楊衛松楊柏　（念）虛情僞意要謹防。

（分下）

第　四　場

張　飛　（內白）催軍哪！
　　　　（八小軍引張飛上）
　　　　（唱）【四邊靜】
　　　　　　欽奉鈞旨，撫州郡，敢辭苦與辛。但得士民順，社稷永安寧。
　　　　（念）試看新主來西蜀，不日漢祚已安靖。
　　　　某，漢將張飛。大哥來蜀，望風投誠者多。無奈劉璋聽信讒言，背盟拒關。爲此大哥已著子龍去撫收定江、犍爲等處,命俺去巡巴西、德陽所屬,方免新服壯士,從中生變。就此趲行者!
(唱)【前腔】
　　　加鞭馳騁,早去安民。撫得上下歡,聲氣自相應。
(同下)

第 五 場

(馬超上)

馬　超　(唱)慘凄凄空負我志凌霄漢,
　　　　　　悲切切回首處哪是家園!
俺自兵敗,來投東川。那張魯初次見面,甚有謙恭下士之意。近日以來,全不似初見情景。哦,莫非有甚麼小人在彼面前媒孽於我,故而冷落如此。即或不然哪!
(唱)却緣何不似那相逢初面,
　　　果慷慨果仁義下士敬賢。
　　　却緣何近日來三餐粗儉?
　　　俺又非那馮驩彈鋏一般。
　　　吾心想投明主早把功建,
　　　報君恩滅醜寇掃滅曹瞞!
　　　到今朝閃得俺無從施展,
　　　若遲滯平生志化爲雲烟。

(馬岱上)

馬　岱　(唱)好事多磨今始見,
　　　　　　果然姻緣非偶然。
兄長!

馬　超　賢弟,我看張使君初見之時,似有能識英雄之眼。近日以來,突將你我冷落。你連日在外竊聽,畢竟爲甚麼緣故?

馬　岱　兄長你道爲何?

馬　超　爲何呢?

馬　岱　張使君初見吾兄,果然十分愛慕,便欲將親女招贅兄長,以圖久遠之計。

馬	超	哦！又怎麽中止了呢？
馬	岱	不料被佞臣楊柏從中阻絕。
馬	超	他便何能阻絕？
馬	岱	他在使君面前，道：兄長雖有外勇[1]，實無內智；又道：冀州一戰，害得妻、子慘死，今番將小姐招贅，只恐日後禍福難憑。所以使君一聞此言，竟將兄長付之不問矣！
馬	超	嘔，這些話都是那楊柏説的？
馬	岱	正是。
馬	超	嗏，俺時不遭際，偏遇這等小人。唉！姻親原非吾願，但恨這廝不該如此誣衊於吾。哼！楊柏呀，楊柏，有日叫你死在俺劍鋒之下！
馬	岱	兄長！你我今日歸魯，何殊劉備倚劉表，爲有蔡氏姐弟，不能安身荆州。兄長，現有楊氏弟兄，豈能安居漢中乎？
馬	超	哎，雖有楊氏弟兄之奸，何足爲慮。但使君乃是忠厚長者，吾必以建功報之，然後去之有名。
馬	岱	兄長欲要建功報魯，却也容易。近日劉璋遣使來此借兵，事尚未決。兄長何不趁此機會，稍報微功，豈不是好？
馬	超	好，你我就此往公府去者！

（唱）但願此行把功建，
　　　去留由某有何難！
（同下）

校記

［1］兄長雖有外勇："兄"，原作"見"，據文意改。

第 六 場

（楊松上）

楊	松	（唱）有錢買得手指肉，

（楊柏上）

楊	柏	（唱）將計就計定良謀。
楊	松	兄弟，劉璋爲雒城被陷，前來求救我主。主公有殺母深讎，不肯興兵遣將。但你我受了他的重賄，怎好叫黃權白白回去？

楊　柏	昨夜黃權聽見我主不發人馬，他將兩川利害，說得來毛骨悚然。今日你我進府，待弟也將黃權之言陳說，不怕主公不發人馬。
楊　松	言之有理。一同前往！
	（唱）只要語言說得透，
楊　柏	（唱）張魯心情非諸侯。
楊　松 楊　柏	有請主公！

（四大鎧引張魯上）

張　魯	（念）願效梁惠當國首，不做楚莊霸諸侯。
楊　松 楊　柏	主公！
張　魯	二卿有何事故？
楊　松 楊　柏	昨日劉璋遣使到來求救，主公不借與他人馬，是何意耶？
張　魯	劉璋與我有不世之讎，恨不能手刃此賊，方消我恨。怎肯借人馬與他？
楊　柏	臣聞唇亡則齒寒。我東西兩川，實為唇齒之地。若西川一破，東川定不能存。主公若懷一己之怨，頓忘社稷之大計，竊為主公勿取焉！
楊　松	況他以二十州郡相謝，其意必誠。主公若遣將相助，劉璋自必發兵力戰。那時兩下夾攻，慢說是劉備，便是項羽再生，諒彼也難飛騰。
楊　柏	一則可先保國家平安，二則得他二十州郡。然後趁我得勝雄師，再圖私怨，有何難哉！
張　魯	嗚呼呀，若非二卿提起，險誤大事。快喚益州來使進見！
衆	啊。益州來使進來！
黃　權	（內白）來也！（上）
	（念）關節已打通，肩負頓然鬆。
	黃權參見使君。
張　魯	少禮。
黃　權	使君思之如何？
張　魯	若非二位楊將軍說透利弊，險些有傷兩處和氣，你可先從小道而回，多多拜上你主，說某即刻發兵。

黃　權　是。

張　魯　回來！事成之後，所許二十州郡，不可違背！

黃　權　使君以仁義待人，我主自當銜報，怎敢忘恩？

張　魯　好。多多上復你主。去吧！

黃　權　（念）得他心中肯，是我運通時。（下）

張　魯　傳令諸將，有何人願往？

楊　柏　衆將聽者：今有劉益州遣使來請救兵，前往葭萌關拒敵劉備。主公有命，誰可領兵前去？

馬　超　（內白）馬超願往！

楊　柏　啊，他倒願去！哈哈，好哇！我正在此愁他，今他願討此差，可謂除俺弟兄眼中之釘也。啓主公：馬孟起願討此差。

張　魯　哦，馬超願討此差？

楊　柏　正是。

張　魯　請過來！

楊　柏　啊，有請馬將軍！

　　　　（馬超上）

馬　超　使君，馬超打躬！

張　魯　將軍，近聞劉備占奪雒城、葭萌等處。劉璋特遣使向我求救。適聞將軍願往，可是真否？

馬　超　超感使君之恩，無可上報。願領一軍，前往葭萌關，先逐劉備出境，後要劉璋割二十州郡來獻。

張　魯　若得將軍前去，大事無不成功。令弟馬岱，可爲左翼，龐德有病，尚未痊癒，不能相隨。只是少個右翼，當擇何人才好？

馬　超　這……馬超知楊柏將軍足智多謀，眼寬識大，此右翼他堪勝任。

楊　柏　哎呀呀……小將眼界不如井底之蛙，志量不如守更之犬。哪裏當得這樣大任呢？

馬　超　此任非你不可！

楊　柏　罷罷罷，算我不行吧！

張　魯　住了！有道是：養兵千日，用在一時。你敢臨時退避麼？

楊　柏　是……哎呀，這可糟了！

張　魯　來！

楊　柏　有。

張　魯　調我營甲兵二十萬人馬，聽候馬將軍調遣！
楊　柏　是。
張　魯　孟起！
馬　超　使君！
張　魯　我付你兵符寶劍，便宜行事。明日準備啓程！
馬　超　得令。
張　魯　後帳擺宴，與馬將軍餞行！
　衆　　啊。
張　魯　（唱）安排佳釀寶帳後，
　　　　　　　預慶功成壯行酋。
　　　　（張魯原人同下）
馬　超　謝主公。楊柏！
　　　　（唱）可知一朝權在手，
　　　　　　　你再胡爲自招尤！
　　　　明日傳齊人馬，教場伺候！
　　　　（丟令箭，楊柏接介）
　　　　（内白：請馬將軍入席！）
馬　超　來了。（下）
楊　柏　嗻！
　　　　（唱）是非只爲多開口，
　　　　　　　煩惱皆因强出頭。
　　　　　　　左推右辭難縮首，
　　　　哦，有了！
　　　　　　　不奪他的頭功不甘休。
　　　　就是這個主意呀！（下）

第　七　場

（魏延、簡雍、廖化、任夔上，起霸。【點絳唇】）

魏　延　俺，魏延。
簡　雍　簡雍。
廖　化　廖化。

| 任 夔 | 任夔。
| 魏 延 | 丞相陞帳，你我兩廂伺候！
| 衆 將 | 請。
| | （【大開門】。四文堂、四上手、孔明上）
| 孔 明 | （念）【引】承兵權虎帳年年，
| | 　　　運神機不敢遷延。
| | （［吹打］介）
| 衆 將 | 參見軍師！
| 孔 明 | 列位將軍少禮。
| 衆 將 | 啊！
| 孔 明 | （念）（詩）高臥南陽歲月深，
| | 　　　酬恩不惜出山林。
| | 　　　秋風五丈空留恨，
| | 　　　何日誅曹慰素心！
| | 山人，諸葛亮。喜得綿竹已下，不日兵向成都。眼見益州劉璋，從此無能爲矣！（報子上）
| 報 子 | 報！稟軍師：今有東川張魯遣馬超爲將，攻打葭萌關甚緊，特來報知。
| 孔 明 | 再探！
| 報 子 | 得令。（下）
| 衆 將 | 軍師，既然馬超攻打葭萌關甚急，何不傳下軍令，末將等前往相救？
| 孔 明 | 馬超非等閑可比，諸將皆難對敵，且自退帳，待吾籌之再遣！掩門。
| | （吹打。孔明下，四文堂、四上手隨下）
| 衆 將 | 嘿！（攤手出帳介）
| 張 飛 | （內白）三軍的：回營！
| | （四下手引張飛上）
| 張 飛 | 列位將軍。
| 魏 延 | 三將軍回來了。
| 張 飛 | 回來了。
| 魏 延 | 三將軍辛苦了。
| 張 飛 | 大家辛苦了。
| 魏 延 | 在主公面前可曾交差？

張　飛　在俺大哥面前，交過差了。啊，列位將軍，這幾日可有甚麼軍情無有？
魏　延　今有東川張魯遣將馬超，攻打葭萌關甚緊。
張　飛　嘔，軍師可曾分派？
魏　延　軍師言道：籌思再遣。
張　飛　怎麼，籌思再遣？咦！莫非等俺老張不成？
魏　延　也是有的。
張　飛　你我再請軍師。
衆　將　有請軍師。
　　　　（吹打介。四文堂、四上手引孔明又上）
張　飛　參見軍師！
孔　明　三將軍回來了！
張　飛　回來了。
孔　明　可曾在主公面前交過差否？
張　飛　在俺大哥面前交過差了。不勞軍師費心！
孔　明　交過差方好。
張　飛　（背白）怎麼不提葭萌關之事，俺來先探他一探。
　　　　啊軍師，這幾日可有甚麼軍情無有？
孔　明　並無軍情。只有東川張魯遣馬超爲將，攻打葭萌關甚緊。
張　飛　軍師就該遣將去救！
孔　明　吾意豈不欲救？無奈黃忠、趙雲出差未回；你二兄長又不能一時來到。眼前無人可差，爲之奈何！
　　　　（張飛冷看介）
張　飛　咦！他把俺老張就忘懷了。啊軍師，咱老張可能當此任否？
孔　明　你麼？哈哈哈……
張　飛　俺老張可能當此任否？
孔　明　你麼？哈哈哈……
張　飛　【叫頭】哦呵軍師！俺張飛能當此重任麼？（急介）
孔　明　三將軍哪！
　　　　（唱）馬超英勇是好將，
　　　　　　　你若前去恐損傷。
張　飛　哇呀呀！

(唱)聽一言不由我烈火冒上，
　　問軍師因何故恥笑老張？
軍師，想俺老張在虎牢關，大戰呂布，槍挑紫金冠；當陽橋嚇退曹兵；金雁橋活擒了張任。那馬超慢說是個人兒，他就是天上的蛟龍，俺的打將鞭也要打，打折了他的爪，丈八槍我挑，挑斷了他的筋；你長他人志氣，滅俺老張的威風，是何道理？

孔　明　吾非小覷於你，怎奈馬超驍勇非常，天下皆知，你二兄長雲長未必能勝，何況於你？

張　飛　軍師，俺若勝不得馬超，甘當軍令！

孔　明　既要討令，魏延聽令！

魏　延　在。

孔　明　命你攻打頭陣，只許敗不許勝，不得有誤！

魏　延　得令。馬來！
　　　　（四下手領下）

孔　明　翼德聽令！

張　飛　在。

孔　明　命你帶領本部人馬，前往拒敵馬超。附耳上來！
　　　　（張飛聽介）

張　飛　吼、吼、吼……明白了。帶馬！（上馬帶原人下）
　　　　（內白：主公到！）

孔　明　有請！
　　　　（吹打介。孔明出帳迎接，劉備上）

孔　明　參見主公！

劉　備　先生，聞張魯特遣馬超來打葭萌關甚急，故來請問先生當如何裁處？

孔　明　亮正欲來稟，三將軍已受令拒敵去矣！

劉　備　啊！我三弟已受令拒敵去了？

孔　明　正是。

劉　備　哎呀！
　　　　（急起走介。孔明阻住）

孔　明　主公哪裏去？

劉　備　我去趕翼德回來。

孔　明　為何要趕他回來？
劉　備　哎呀先生啊！孤聞馬超英勇，世上無雙，渭橋一戰，殺得曹操割鬚棄袍，人人喪膽。我三弟焉能抵擋於他？倘若有失，孤的手足斷矣。待我趕他回來！
孔　明　主公請住。亮度遣得，然後遣之。主公何必過慮？
劉　備　嘔，據先生妙算，萬無一失；以備度之，怕他作了抱薪救火，自招其禍呀！
孔　明　主公但放寬心，亮已預定在此。如今只煩主公親率一軍，帶領眾將，從後接應。山人自守綿竹，等待子龍回來，將綿竹之事付他，亮即往葭萌，一同調停便了。
劉　備　此行無妨麼？
孔　明　事雖無妨，也須留心在意。
劉　備　軍士們，就此預備即行！
　眾　　得令。
劉　備　唶，三弟呀，你此行好不險也！
　　　　（唱）三弟討令去會戰，
　　　　　　　馬超驍勇取勝難。
　　　　　　　急忙加鞭朝前趕，
　　　　　帶馬！
　　　　　　　遲延恐怕生禍端。（同下）
孔　明　送主公。哎呀，且住！我聞張魯欲自立為漢寧王，不得其勢。我今修書與他，只說我與劉璋爭奪西川者，實為與他報讎，我若得了西川，保他以為漢寧王。張魯必喜，只叫他召回馬超軍兵，那時再施離間之計，管招取那馬超來降。（想介）嘔！計策雖好，須要打通關節纔好行事。有了，張魯有個謀士楊松，其人極貪賄賂。我今多備金帛，差人從小路直投漢中，先去通知楊松，叫他從中幫助。事成之後，許其重謝，管保成功無疑。孫乾進帳！
　　　　（孫乾上）
孫　乾　有。
孔　明　隨我後帳修書，授爾密計，前往漢中走遭也！
　　　　（唱）你喬裝行客隨機變，
　　　　　　　繞走小道莫遲延。

到東川投見楊松面，

叫他照書這一般。

（同下）

第 八 場

（四下手站門。楊柏上【風入松】）

楊　柏　俺，楊柏。只因我主張魯要招馬超爲婿，是我從中諫阻。今劉璋借兵漢中，我主遣馬超爲帥，馬超指名點我右翼。他的意見似要假公濟私，報我阻婚之恨。因此我爲前站，拼命立下頭功。我既立下了功勳，諒他也難奈何於我。爲此急急出戰，搶他頭功。衆將官，殺！

（四上手引魏延衝上）

魏　延　咄！來者何人？

楊　柏　俺乃漢中驍將楊柏是也。

魏　延　看刀！

（三刀，楊柏敗，魏延追下。衆追上。魏延趕楊柏下）

（四上手引馬岱急上，領下）

（楊柏上，魏延追上，兩漫頭，馬岱挑出，楊柏下，起打介，魏延敗下，馬岱追下）

（四上手、四文堂、一纛旗站門。張飛【急急風】過場下）

（魏延上，馬岱追上，一過合，魏延敗；張飛挑上，打馬岱下，張飛追下）

（四文堂引劉備上，過場下）

（馬岱上，張飛追上，漫頭，一磕一扯）

張　飛　咄，留下個名兒再走！

馬　岱　俺乃西凉馬岱！

張　飛　嘿！俺當是馬超，原來是馬岱。馬岱！某家放爾回去，叫那馬超快來會俺！說俺老子張翼德在此等他。饒爾不死，去吧！

馬　岱　看槍！

（馬岱敗下。劉備急上。拉住張飛鞭梢）

劉　備　三弟轉來！

張　飛　原來是大哥！

劉　備　愚兄在此。
張　飛　大哥！你今趕來做甚？
　　　　（四文堂、四將上，分站，劉備中間站）
劉　備　吾聞馬超十分驍勇，唯恐賢弟有失，故而親自趕來。只可進關緊守，不可與彼交戰。等待軍師到來，再作道理。
張　飛　哎，大哥呀！你怎麼聽信那牛鼻子老道的話呀。小弟乎！
　　　　（唱）不讀詩書不染翰，
　　　　　　　不懂斯文不弄酸。
　　　　　　　只要人言三個敢，
　　　　　　　何懼蹈火上刀山！
　　　　　　　不怕他虎鬚要捋斷，
　　　　　　　不怕他龍角也要扳。
　　　　　　　今日裏若輸與西凉漢，
　　　　　　　一世英名化灰烟！
劉　備　哈哈哈……（笑）
　　　　（唱）你的英勇原罕見，
　　　　　　　堪與馬超並比肩。
　　　　　　　若遇二虎相爭戰，
　　　　　　　難保兩下各完全。
張　飛　（唱）既受軍令難回挽，
　　　　　　　怎把白卷交案前。
劉　備　也罷！
　　　　（唱）今日暫且歇一晚，
　　　　　　　明朝再戰也不難。
張　飛　（唱）謹遵兄命明日戰！
劉　備　人馬進關！
衆　軍　啊。
劉　備　賢弟！
　　　　（唱）柔能克剛緊守關。
張　飛　哎！（同下）
　　　　（四龍套、四馬童、一大旗站門。馬超上）
馬　超　（唱）非是驟要把功立，

　　　　　一腔苦怨有誰知？
　　　　　上爲漢祚將傾圮，
　　　　　下爲父讎難緩期。
　　　　　若能一朝遂吾志，
　　　　　翦盡奸党安社稷！
　　　　　人馬暫且安營隊，
　　　　　專聽前站報是非。

馬　岱　（內白）馬來！（上）
楊　柏
馬　岱　兄長。
楊　柏　將軍。
馬　超　啊，你二人爲何這等狼狽而回？
馬　岱　小弟奉命前往探聽虛實，正遇楊柏殺得大敗。若非小弟將魏延打敗，我軍銳氣盡矣！
馬　超　楊柏，吾命你前來開路安營，緣何自行挑戰，先喪我的銳氣，是何緣故？
楊　柏　這是小將一時錯誤，求將軍原諒。
馬　超　住了！
　　　　（唱）你自仗韜略無人敵，
　　　　　　　憑你機巧少人知。
　　　　　　　喝令推出斬首級，
衆　軍　哦！
馬　岱　且慢！兄長來此，未見勝負，若是斬了楊柏，唯恐使君生疑。
馬　超　嘔，來呀！
　　　　（唱）一捆四十打賤軀！
　　　　（衆擁楊柏下）
　　　　（內白：一十、二十、三十、四十！）
　　　　（押楊柏上）
楊　柏　（唱）上陣交鋒功未立，
　　　　　　　打得兩腿血淋漓。
　　　　　　　忍恨且進寶帳裏，
　　　　　　　感謝將軍留首級。
馬　超　住了！

|馬　超|（唱）無有令箭敢前去，
　　　　誰許你恣意自徇私？
　　　　行軍自有一定理，
　　　　今番暫留這首級。
來呀，將他扠入後營，不用！|

衆　軍	啊。
楊　柏	哎呀！（下）
馬　超	你既打敗魏延，爲何也這般光景回來？
馬　岱	是小弟戰敗魏延，忽然閃出一將，口口聲聲叫兄長出馬！
馬　超	可曾問過那人的姓名？
馬　岱	那將言道：姓張名飛。
馬　超	嘔，張飛！久聞此人勇冠三軍，某倒要會他一會。馬岱聽令！
馬　岱	在。
馬　超	命你緊守大營，不得有誤！
馬　岱	遵命。（下）
馬　超	衆將官，開城迎敵者！
衆　軍	啊。（圓場）來此已是葭萌關。
馬　超	人馬列開。（看介）葭萌關。衆將官！與我抵關挑戰，大聲高叫，指名要張飛出馬！
衆　軍	啊。

（馬超耍槍花下，衆同下）

（内擂鼓三通，張飛上，望門）

|張　飛|哎呀！三軍的！|

（四文堂、四上手、四將、劉備上，拉張飛介）

劉　備	三弟，你你你往哪裏去？
張　飛	小弟要出關，大戰那馬超。
劉　備	且慢。你一心要去，愚兄也不來阻攔於你，你我去到敵樓，看個動靜，再戰不遲。
張　飛	好，就依大哥。
劉　備	帶馬。
（唱）人來帶馬敵樓上，（上城介）
觀看馬超小兒郎。

馬　　超　（内唱）萬馬營中旌旗展，（帶原人上）
　　　　　　（唱）兒郎個個甚威嚴。
　　　　　　　　三軍與我催走戰，
　　　　　　　　隊伍列在葭萌關。
　　　　　　　　三軍與我齊吶喊，
　　　　　　　　再叫張飛來下關！
張　　飛　待俺下去！
劉　　備　且慢出城。
張　　飛　嗐！
馬　　超　（唱）既是英雄來交戰，
　　　　　　　　爾爲何貪生怕死不出關？
張　　飛　三軍的，你們與咱老張開城哪！
　　　　　（四藍文堂、四上手、一纛旗引張飛出城，列陣，過合）
馬　　超　來將通名？
張　　飛　漢將張飛！
馬　　超　看槍！（架住）
張　　飛　來將通名？
馬　　超　西涼馬超！
張　　飛　啊哈，啊哈，啊哈哈哈……
馬　　超　爾爲何發笑？
張　　飛　俺道你是三頭的太歲，八臂的哪吒。今日一見，嘿嘿，却原來也只是如此的人兒！
馬　　超　看槍！
　　　　　（起打。對槍。雙收下）
劉　　備　真乃虎將也！
　　　　　（唱）一個好似南山豹，
　　　　　　　　一個好似浪裏鮫。
　　　　　　　　我對蒼天來祝告，
　　　　　　　　天助劉備收馬超。
張　　飛　（内唱）張翼德遇著了西涼漢，
　　　　　（張飛上，馬超追上。漫頭）
馬　　超　（唱）棋逢對手果一般。

張　飛	（唱）丈八蛇矛分心刺，
馬　超	（唱）銀槍一抖似風烟。
張　飛	（唱）不擒馬超不回轉！
馬　超	（唱）不擒張飛不回還，
	叫三軍與我齊吶喊！
張　飛	大哥呀！
	（唱）弟擒不住那馬超你莫開關！
劉　備	哽！
	（開打。兩過合。一架）
張　飛	馬超，敢是怯戰？
馬　超	你家鳴金收兵，怎說俺怯戰？
張　飛	好！放馬過來！
馬　超	且慢！
張　飛	馬超，你敢是怕了你三爹爹了嗎？
馬　超	非是俺懼怕於你，今日天色已晚，點起燈籠火把，你我夜戰。張飛，
	你敢是不敢？
張　飛	咱老張一生一世，最喜的是夜戰，你我各傳將令！
張　飛	衆將官，點起燈籠火把，隨　俺老張　夜戰　馬超！
馬　超	某　家　　　　　張飛！
衆　軍	啊！
	（張飛、馬超原人兩邊分下）
劉　備	真乃兩將軍也！
	（唱）孤王敵樓來觀陣，
	殺氣連天不住聲。
	那邊厢白袍英雄俊，
	這邊厢皂羅似天神。
	我三弟丈八蛇矛門路緊，
	那馬超銀槍上下騰。
	只殺得日月烏光繞，
	越殺越勇越精神。
	（兩邊兵士各執火把、燈亮兩邊上，走十字靠，翻下。張飛、馬超雙
	衝上，起打，卸家伙，空手過合。大吹打，比拳，雙扭下）

劉　備　哎呀！看他二人如此地力鬥，決不肯善退，這便怎麼處？哦呵，有了，眾將官，少時隨我衝開陣勢！

眾　將　啊。

（張飛、馬超扭上，打介，撒手，兩邊兵卒上，劉備從中三攔，推張飛入城介）

劉　備　啊，馬將軍，今日天色已晚，請回營去吧。

（馬超欲追入關介）

劉　備　啊，馬將軍，我家三弟魯莽，備這廂賠禮！

（馬超驚疑介）

劉　備　馬將軍，請回營去吧！

（劉備原人下，馬超看介）

馬　超　嗐！眾將官，帶馬回營！

眾　軍　啊。

（倒領，【四擊頭】下）

第　九　場

（四文堂引李恢、孔明上）

孔　明　山人諸葛亮。

李　恢　下官李恢。

孔　明　今有主公拒敵葭萌關，不知勝負，山人放心不下。軍士們，速速前往！

（【牌子】。同下。四文堂引劉備上）

劉　備　（唱）昨日軍前來觀戰，
　　　　　　棋逢對手難佔先。
　　　　　　三弟英勇雖好漢，
　　　　　　二虎相爭恐傷殘！

（報子上）

報　子　諸葛先生到。

劉　備　有請！

（孔明、李恢同上）

孔　明
李　恢　參見主公！

劉　備	少禮請坐。
孔　明 李　恢	謝坐。
孔　明	主公拒敵馬超，勝負如何？
劉　備	昨日陣前掠戰，見馬超英勇，好比當年虎牢關呂布之風。若不是孤衝開陣角，命衆將苦勸三弟回營，至今也不能罷兵。
李　恢	主公但放寬心，全憑爲臣三寸不爛之舌，前去順說馬超來降就是。
劉　備	先生此去，猶恐畫虎不成，反類犬也。
李　恢	主公啊！

（唱）主公但把心放穩，
　　　何勞衆將費精神？
　　　辭別主公出營門，
　　　順說馬超降漢營。（下）

劉　備　（唱）李恢可算忠心耿，
　　　　　赴湯投火奔敵營。
　　　　　但願馬超來歸順，
　　　　　又得擎天柱一根。

（同下）
（馬超、馬岱、四下手上）

馬　超　（唱）昨日陣前來交戰，
　　　　　翼德英名不虛傳。
　　　　　劉備果算仁義漢，
　　　　　且聽探馬報一番。

（報子上）

報　子	李恢在轅門求見。
馬　超	吩咐架起刀門。李恢到此，叫他報門而進！
衆　軍	李恢到此，報門而進！
李　恢	（內白）走哇！（上）

（唱）適纔通知他不請，
　　　虎狼之威驚嚇人。
　　　站立營門來觀定，
　　　刀槍劍戟似麻林。

> 　　大搖大擺寶帳進，
> 　　問我一言答一聲。

馬　超　下站可是李恢？

李　恢　然也。

馬　超　你今前來，莫非做說客麼？

李　恢　猶恐你執迷不醒，特來勸你幾句。

馬　超　你來看，某家新磨寶劍，從爾試之。

李　恢　你那寶劍雖快，不能殺人，猶恐自試耳！

馬　超　某身無過犯，何言自試？

李　恢　你且聽道：我聞越之西子，善毀者不能蔽其美；齊之無鹽，善美者不能掩其醜。日中則昃，月滿則虧，此天下之常理也。君與曹操有殺父之讎，而隴西又有切齒之恨。自渭南一敗，西凉人心皆寒。今將軍統兵前來，在此拒敵，前不能救劉璋而退荊州之兵，後不能制楊松而見張魯之面。況且你一身無主，天下難容。你若聽我相勸，歸順劉皇叔，要報父讎，有何難哉？將軍你要再思再想！

> （唱）你若真心來歸順，
> 　　　願借人馬與將軍。
> 　　　殺却曹操報讎恨，
> 　　　李恢願做引見人。

馬　超　（唱）若非李恢來提醒，
> 　　　險些做了夢中人。
> 　　　下得位來禮恭敬，
> 　　　接待不周少奉迎。

　　適纔言語冒犯，先生恕罪！

李　恢　豈敢！將軍歸順，乃我主之幸也。

馬　超　早有此心，歸順劉皇叔。只是無有引見之人，故而耽誤歲月。

李　恢　你今棄暗投明，俺李恢情願做個引見之人。歸順劉皇叔，後來少不得封侯之位。

馬　超　先生回去，報與皇叔知道，說俺馬超換了旗號，隨後投降。

李　恢　如此甚好。告辭了！

> （唱）辭別將軍出營門，
> 　　　同心輔佐仁義君。（下）

馬　超　（唱）一見李恢出營門，
　　　　　　　不由某家喜氣生。
　　　　　　　漢家旗號忙換定，
　　　　　　　掃開愁雲見月明。（下）

第 十 場

　　　　（四文堂引孔明、劉備上）
劉　備　（唱）李恢此去無音信，
　　　　　　　倒叫孤王挂在心。
　　　　　　　將身且坐寶帳等，
　　　　　　　且聽探馬報軍情。
　　　　（李恢上）
李　恢　參見主公！
劉　備　先生順說馬超，怎麼樣了？
李　恢　馬超換了旗號，隨後投降。
劉　備　先生之功，後帳歇息。
李　恢　謝主公。（下）
報　子　（內白）報！（上）
　　　　馬超統領滿營將官，營外投降。
劉　備　有請！
孔　明　待山人出迎！
　　　　（馬岱、四下手引馬超上）
馬　超　先生！
孔　明　馬將軍，請！
馬　超　主公在上，超大禮參拜。
劉　備　將軍，少禮請坐。
馬　超　謝坐。
劉　備　將軍棄暗投明，乃孤之幸也。
馬　超　久聞皇叔仁義，今日前來投降，乃超之萬幸也。
劉　備　備得酒宴，與將軍接風。
孔　明　待山人把盞。

馬　　超　擺下就是。
　　　　　（【牌子】。入座）
報　　子　（內白）報！（上）
　　　　　啓主公：張魯派來兩員大將，在關下討戰。
劉　　備　再探！
馬　　超　啓主公：既有人前來討戰，賜某一支將令，生擒那賊入帳，以爲進見之功。
孔　　明　些須小事，何勞將軍出馬！來！
衆　　軍　有。
孔　　明　四將軍進帳！
衆　　軍　四將軍進帳！
趙　　雲　（內白）來也！（上）
　　　　　（念）千軍列隊伍，萬馬紮連營。
　　　　　參見主公，有何將令？
孔　　明　城外有人討戰，命你帶領五百人馬，前去迎敵，不得違誤！
趙　　雲　得令。（下）
劉　　備　馬將軍，請啊！
　　　　　（【牌子】。飲酒。【一通鼓】。趙雲上）
趙　　雲　末將斬來首級，特來獻上。
劉　　備　號令營門！
趙　　雲　遵命。（下）
馬　　超　皇叔帳下有這樣的勇將，俺馬超乎！
　　　　　（唱）馬超不把功勞顯，
　　　　　　　　枉是西凉將魁元。
劉　　備　（唱）成都不下心輾轉，
　　　　　　　　腹內焦躁卧席前。
馬　　超　先生，主公倒在席前，是何原故？
孔　　明　主公只爲成都不下，故而如此。
馬　　超　這有何難！主公賜某一支將令，奪取成都，大功必成。
孔　　明　馬將軍，想那成都，山路險要，若不成功，豈不被他人恥笑？等雲長到來，再作道理。
馬　　超　先生啊！

|（唱）三義結拜恩非淺，
皇叔仁義天下傳。
大破黃巾兵百萬，
虎牢關前戰奉先。
火燒博望人皆見，
又借東風燒戰船。
只燒得曹操魂膽散，
哪怕劉璋據彈丸？
馬超討令爲前站，
奪取成都有何難！

孔　明　（唱）將軍既要把功獻，
自古軍中無戲言。
將軍要前去，命你帶領本部人馬，奪取成都，不得違誤！

馬　超　得令。

孔　明　轉來！附耳上來。

馬　超　啊哈，啊哈，啊哈哈哈……（下）

劉　備　馬超此去，可能成功否？

孔　明　那馬超受計而行，必定成功。保管我主高坐西川，等候好音便了。
（【尾聲】。同下）

喬府求計

佚名撰

解題

京劇。現代佚名撰。《京劇劇目辭典》著錄,題《喬府求計》,又名《魯肅求計》《借荆州》《喬國老諷魯肅》;《京劇劇目初探》著錄,題《魯肅求計》,一名《喬府求計》或《過府求計》,均未署作者。劇寫劉備既得西川,劉、孫、曹鼎足之勢已成。魯肅繼周瑜爲東吳都督,因劉備借荆州久索不還,到喬玄府中求計。喬玄分析天下大勢,指出孫、劉不宜輕啓戰端,使曹操從中漁利。勸魯肅不要討還荆州,魯肅不從。喬玄誇讚蜀將英勇,魯肅則稱東吳衆將亦不弱。魯肅告以劉備有歸還荆州之意,唯關羽不允。爲此定計邀請關羽過江赴宴,宴席間相機索討荆州,如關羽不允,即席擒之,荆州可得。喬玄譏諷此計不妥,並拒絕陪宴。本事出於元關漢卿《關大王單刀赴會》雜劇,該劇第一折寫魯肅與喬公相商索取荆州,喬公多方勸阻,魯肅不聽。《三國演義》六十六回寫魯肅向孫權獻計,約關羽赴宴,就便索取荆州,而闞澤以爲不可。清人依關漢卿雜劇、《三國演義》改編爲京劇《喬府求計》,收入李世忠所編《梨園集成》。版本今有《京劇彙編》收錄的馬連良藏本及以該本重刊的《京劇傳統劇本彙編》本、上海市《傳統劇目彙編》京劇集刊本。今以《京劇彙編》馬連良藏本爲底本,參考其他本校勘整理。

第 一 場

（四文堂、魯肅上）

魯　肅　（念）【引】只爲荆州憂悶,終日不展愁眉。
　　　　（念）（詩）憶昔當年赤壁,
　　　　　　　　　　火攻天下稱奇。

英雄沉於水底，
曹瞞魄散魂飛。

下官，魯肅。只爲桃園弟兄借去我國荆州屯兵養馬，是我從中作保。昔日言明：得了東西兩川，即刻歸還。如今他等東西兩川俱得，全然不提荆州二字。吾主爲了此事，終日憂悶。有所謂：食君之祿，當報君恩。我想喬太尉乃是三朝元老，胸中必有高見。不免去往喬府，求一妙計，討回荆州。左右，開道喬府！

四文堂　啊！
魯　肅　（唱）【西皮原板】
　　　　三國英雄紛紛鬧，
　　　　天地人和劉孫曹。
　　　　年年興兵南北剿，
　　　　歲歲征戰血染袍。
　　　　曹阿瞞中原稱王號，
　　　　銅雀臺上氣概高。
　　　　劉備佔住荆州道，
　　　　吾主終日把心焦。
　　　　安排打虎牢籠套，
　　　　準備金鈎釣海鰲。
　　　　左右與爺忙開道，
　　　　喬府去求計一條。
（同下）

第　二　場

喬　玄　（內唱）【導板】
　　　　前三皇後五帝歷代有道，（上）
（唱）【西皮慢板】
　　　　夏桀王寵妹喜社稷傾消。
　　　　湯伐夏國號商南巢放暴，
　　　　殷紂王寵妲己苦害群僚。
　　　　周文王訪賢士渭水垂釣，

姜子牙滅成湯扶保周朝。
周幽王寵褒姒烽臺發笑，
五霸强七雄出累動槍刀。
秦始皇歸一統長城修造，
傳二世楚漢爭百姓奔逃。
漢高祖創基業其功非小，
四百年至桓靈又起風潮。
獻帝時有董卓豺狼當道，
欺天子滅諸侯勢壓群僚。
王司徒除董卓連環計巧，
天降下蜀魏吴三分漢朝。
曹孟德佔中原稱爲王號，
吾主爺坐東吳雨順風調。
劉皇叔踞西川仁德有道，
這纔是天地人列土分茅。
到如今干戈息狼烟盡掃，
馬放山甲入庫快樂逍遥。
武將軍再不用南征北剿，
文職官也不用費盡心勞。
喬松山在東吳官封國老，
享不盡太平福常把香燒。
（院子暗上）
（四文堂、中軍、魯肅上）

魯　肅　（唱）吾主爺坐東吳治國有道，
　　　　　　終日裏爲荆州愁鎖眉梢。
　　　　　　魯子敬在馬上對天祝告，
　　　　　　但願得把荆州討轉回朝。
中　軍　來此喬相府。
魯　肅　向前通稟！
中　軍　門上有人麽？
（院子出問介）
院　子　甚麽人？

中　軍	魯大夫求見。
院　子	候着。（進介）
	啓相爺：魯大夫求見。
喬　玄	說我出迎！迴避了！
院　子	相爺出迎。
	（喬玄出迎介）
喬　玄	大夫在哪裏？
魯　肅	太尉！
喬　玄	大夫！
喬　玄 魯　肅	啊哈哈哈……
喬　玄 魯　肅	請！
	（魯肅、喬玄進門介，四文堂、中軍隨院子下）
喬　玄	請坐！
魯　肅	太尉請上，肅大禮參拜！
喬　玄	大夫少禮。
	（魯肅行禮介）
喬　玄	請坐！
魯　肅	告坐。
喬　玄	大夫駕到，未曾遠迎，當面恕罪。
魯　肅	豈敢。來得魯莽，太尉海涵！
喬　玄	大夫駕臨，有何見諭？
魯　肅	只爲劉備借去我國荊州，久借不還，主公憂悶。此事是下官作保，心想討還荊州，苦無良策。太尉乃三世元老，必有高見。特來求一妙計，討回荊州，望乞指示。
喬　玄	聽大夫之言，要討取荊州麼？
魯　肅	正是。
喬　玄	依老朽之見，荊州不討也罷。
魯　肅	若不討回荊州，豈不失了主公的銳氣？
喬　玄	你可記得赤壁鏖兵多虧何人？
魯　肅	令婿周郎。

喬　玄　非也，多虧孔明先生。
魯　肅　怎見得？
喬　玄　聽了！
　　　（唱）【二六板】
　　　　　曾記得曹瞞打戰表，
　　　　　要把東吳一筆消。
　　　　　雄兵百萬如山倒，
　　　　　嚇壞了東吳衆臣僚。
　　　　　文官準備寫降表，
　　　　　武將不敢動槍刀。
　　　　　不是孔明計策好，
　　　　　東吳早已降了曹。
　　　　　黃蓋苦肉獻糧草，
　　　　　鳳雛連環巧計高。
　　　　　不是孔明暗地保，
　　　　　怎能夠赤壁把兵鏖？
　　　　　只燒得戰船都沉了，
　　　　　百萬兒郎水上漂。
　　　　　到如今太平無事好，
　　　　　情理二字一旦拋！
　　　　　荆州不過彈丸地，
　　　　　何必累次把心焦？
　　　　　勸大夫休把荆州討，
　　　　　免得軍民受煎熬。
魯　肅　（唱）【快板】
　　　　　太尉說話言不妙，
　　　　　長他志氣滅吾朝。
　　　　　孔明破曹計雖好，
　　　　　吳侯也曾費辛勞。
　　　　　文官晝夜忙不了，
　　　　　武將何曾解戰袍？
　　　　　漁人取利令人惱，

　　　　　不討荊州留禍苗。
　　　　　借荊州本是下官保，
　　　　　豈肯與他兩開交！
喬　玄　（唱）休要提起你作保，
　　　　　大夫做事也不高。
　　　　　三番四次把荊州討，
　　　　　何曾討轉半分毫？
　　　　　一取荊州損糧草，
　　　　　我婿周郎帶箭逃。
　　　　　二取荊州美人計，
　　　　　吳太后弄假成真，
　　　　　在甘露寺內把親招。
　　　　　三取荊州更不妙，
　　　　　中了孔明計籠牢。
　　　　　只殺得人頭馬後掉，
　　　　　貫甲將軍血染袍！
　　　　　損兵折將還事小，
　　　　　我婿周郎一命拋！
魯　肅　提起令婿周郎命喪巴丘，還是下官搬屍回來。
喬　玄　可還記得路過哪些險要？
魯　肅　雲蒙山。
喬　玄　大夫，你只知搬屍回來，可記得你那丟臉現醜的日子？
魯　肅　年深日久，下官忘懷了。
喬　玄　曾記得大夫搬屍回來，路過雲蒙山，在那宜陽江中現出一員大將，頭戴烏油盔，身穿烏油甲，手執丈八矛，大吼一聲：吥！東吳搬屍的是誰？只嚇得大夫戰戰兢兢，躬身答道：我乃東吳魯（身段介），一個魯字未曾出口，你就掉在那船艙之中！
魯　肅　那是下官靴大失足。
喬　玄　說甚麼靴大失足，分明被那張飛嚇掉了你的三魂。那時節幸喜掉在那船艙裏面，若是掉在宜陽江中，那些江水，你一時怎能夠喝得乾哪！
　　　　（唱）大吼一聲如雷嘯，

　　　　　　你戰戰兢兢跌一交。
　　　　　　嚇得你歪戴烏紗帽，
　　　　　　身上斜穿紫羅袍。
　　　　　　三魂七魄都失了，
　　　　　　閻王面前走一遭。
　　　　　　再三再四苦哀告，
　　　　　　張翼德纔饒了你的命一條！
　　　　　　若不是素日之間孫劉兩家的情義好，
　　　　　　大夫一命赴陰曹！
　　　　　　你若要把荊州討，
　　　　　　提防張飛丈八矛！
魯　肅　（唱）太尉休得來取笑，
　　　　　　從前事兒一旦拋。
　　　　　　劉備孔明兵將少，
　　　　　　不敢與我國動槍刀！
喬　玄　（唱）你道劉備人馬少，
　　　　　　他有五虎將英豪。
　　　　　　黃忠八十剛強好，
　　　　　　百步穿楊箭法高。
　　　　　　馬孟起斬將賽虎豹，
　　　　　　在渭水殺曹操割鬚又棄袍。
　　　　　　趙子龍生來膽不小，
　　　　　　在長坂坡前稱英豪。
　　　　　　關羽《春秋》韜略好，
　　　　　　千里獨行膽量高。
　　　　　　張翼德大吼如雷嘯，
　　　　　　一聲喝斷當陽橋。
　　　　　　嚴顏八十不為老，
　　　　　　擋住西川路一條。
　　　　　　五虎上將比不了，
　　　　　　一個個殺氣森森廣略韜。
　　　　　　想想西蜀衆將校，

　　　　　　我東吳哪一個比他高？
魯　肅　（唱）太尉說話年邁了，
　　　　　　忘了我國將英豪：
　　　　　　文官闞澤韜略妙，
　　　　　　凌統甘寧是英豪。
　　　　　　蔣欽周泰年紀少，
　　　　　　程普潘璋志量高。
　　　　　　丁奉徐盛武藝好，
　　　　　　韓當呂蒙將名標。
　　　　　　眾將奮勇把荊州討，
　　　　　　只怕那五虎解戰袍！
喬　玄　（唱）你道東吳戰將好，
　　　　　　老朽看來沒一條。
　　　　　　凌統甘寧無智略，
　　　　　　蔣欽周泰小兒曹。
　　　　　　丁奉徐盛鍘馬草，
　　　　　　程普潘璋是毛包。
　　　　　　韓當戰策全不曉，
　　　　　　呂蒙粗鹵漢一條。
　　　　　　五虎若把東吳到，
　　　　　　怕的馬仰屍骸抛。
　　　　　　孫劉正在結交好，
　　　　　　何必又要動槍刀？
　　　　　　勸你莫把荊州討，
　　　　　　免得軍民受煎熬！
魯　肅　（唱）聽罷言來心焦躁，
　　　　　　怎知吾腹內巧計高。
　　　　　太尉，劉備倒有還荊州之意，但有一人不允。
喬　玄　何人不允？
魯　肅　關羽不允。昨日主公命諸葛瑾過江求親，關羽口出不遜之言。
喬　玄　甚麼不遜之言？
魯　肅　他說：虎女豈配犬子。將諸葛瑾趕出帳外。吳侯大怒，埋怨下官当初不该作保。为此，下官定了一计，不用一枪一刀，管保荆州唾手而得。

乔　玄　大夫定了何计？老夫倒要领教。

鲁　肃　在宜阳江中，摆下酒筵大会。舱内埋伏甲兵，请云长过江赴宴，酒席宴前讨取荆州。他还了便罢！

乔　玄　他若不还呢？

鲁　肃　他若不还，金钟为号，钟声一响，伏兵齐起，生擒关羽。哪怕他不还荆州！

乔　玄　此计可是大夫所定？

鲁　肃　是下官所定。

乔　玄　择於几时？

鲁　肃　本月十三日接他前来，荆州岂不是唾手而得？

乔　玄　且住，那孔明先生可在荆州？

鲁　肃　孔明若在荆州，下官我也不敢造次！

乔　玄　好计，好计。酒席宴前何人陪宴？

鲁　肃　少不得下官陪宴。

乔　玄　是你陪宴？

鲁　肃　正是。

乔　玄　（笑介）哈哈哈！

鲁　肃　太尉为何发笑？

乔　玄　非是老朽发笑，我笑只笑大夫你，好藐视关羽也！

　　　　（唱）非是老朽微微笑，
　　　　　　堪羡关羽有略韬。
　　　　　　屯兵聚义把贼扫，
　　　　　　谁人不知是英豪？
　　　　　　失徐州被困土山道，
　　　　　　万般无奈暂降曹。
　　　　　　三日宴来五日醪，
　　　　　　上马金下马银赐过锦袍。
　　　　　　美女十人他不要，
　　　　　　夜读《春秋》一通宵。
　　　　　　后来写下辞曹表，

　　　　　挂印封金不取分毫。
　　　　　那曹操灞陵橋邊備醇醪，
　　　　　酒祭青龍火焰飄。
　　　　　獨行千里保皇嫂，
　　　　　不中曹瞞計籠牢。
　　　　　你把關羽輕視了，
　　　　　難瞞孔明妙算高。
　　　　　大夫今把荆州討，
　　　　　水底撈月枉費勞！
魯　肅　下官定的此計，神鬼難測，諒關羽難以知曉。
喬　玄　孔明可知？
魯　肅　孔明若在彼，下官也不能定下此計。
喬　玄　諒你也不能哪。老朽倒有一計。
魯　肅　有何妙計？
喬　玄　請問大夫：河下船隻可多？
魯　肅　戰船多得很，要他何用？
喬　玄　你把戰船三十隻一連，五十號一連，都把它連將起來。
魯　肅　那豈不是送關羽的歸路麼？
喬　玄　不是關羽的歸路，是大夫的生路哇！
　　　（唱）船上安排連環套，
　　　　　江邊搭起一浮橋。
　　　　　倘若關羽行霸道，
　　　　　你好走來你也好逃！
魯　肅　兩旁俱是我國將士，諒他插翅難飛！
喬　玄　老朽還有一計。
魯　肅　又有甚麼計策？
喬　玄　你回去備下三牲祭禮，掀開你家祖先堂，祭過你的祖先。再備精美的酒席一桌，與你令正夫人吃上幾杯分別酒哇！
魯　肅　吃飽了，會上怎生動手？
喬　玄　哪還容得你動手哇！
　　　（唱）宜陽江上把荆州討，
　　　　　酒席筵前惹禍苗。

　　　　　　酒要多吃飯要飽，
　　　　　　作一個飽鬼好赴陰曹！
魯　肅　下官此來，非求計而來。
喬　玄　到此作甚？
魯　肅　請太尉前去陪宴。
喬　玄　陪宴何不早講？請！
魯　肅　請！
喬　玄　（做閃腰介）喔唷唷！
魯　肅　太尉怎麼樣了？
喬　玄　與大夫施禮，閃了我的腰了。
魯　肅　哪是閃了腰，分明是怕關羽的刀。
喬　玄　偃月刀我却不怕。
魯　肅　你怕甚麼？
喬　玄　我怕關羽身後一員虎將。
魯　肅　他叫甚麼名字？
喬　玄　名叫周倉。
魯　肅　咳，無名小卒，怕他做甚？
喬　玄　你道周倉無名小卒，老朽單單怕那一個呀！
魯　肅　怕他何來？
喬　玄　聽了！
　　　　（唱）你道周倉無名小，
　　　　　　他是將中一英豪。
　　　　　　兩軍陣前烟塵掃，
　　　　　　雙手慣用紫金鏢。
　　　　　　此番會上他必到，
　　　　　　酒席筵前惹禍苗。
　　　　　　大夫一言講差了，
　　　　　　劈頭就是那一刀。
　　　　　　老朽年邁七十了，
　　　　　　不把性命換酒肴。
　　　　　　閑來亭園觀花草，
　　　　　　悶來書房把琴操。

閑事閑非不問好，
學一個忙裏偷閑，自在逍遥。

魯　肅　太尉既不肯前去，下官告辭了！
喬　玄　老朽相送！
魯　肅　正是：
（念）逢君一席話，
喬　玄　（念）勝讀十年書。
魯　肅
喬　玄　請！
喬　玄　大夫請轉！
（魯肅復回介）
魯　肅　太尉唤回，有何話講？
喬　玄　我有幾句話你要牢牢謹記。
魯　肅　太尉請吩咐！
喬　玄　大夫哇！
（唱）昔日張良品玉簫，
赤膽忠心保漢朝。
逼霸王自刎在烏江道，
一統山河爵禄高。
得撒手來且撒手，
得饒人來把人饒。
此去要把荆州討，
關羽智略比你高，枉費徒勞。
哈哈哈……（下）
魯　肅　（唱）指望喬府領高教，
聞語顏面似火燒。
此番會上設圈套，
縱是鷹鷂也難逃！（下）

單刀會

王鴻壽　編劇

解　題

京劇。現代王鴻壽編劇。《京劇劇目辭典》著錄，題《單刀會》，又名《單刀赴會》《臨江亭》，署王洪（鴻）壽編劇；《京劇劇目初探》著錄，題《單刀會》，一名《臨江亭》，未署作者。劇寫魯肅奉吳侯命還朝。孫權因劉備久借荊州不還，問計於呂蒙。呂蒙獻計，囚禁諸葛瑾家屬，使其入蜀，求孔明勸劉備還荊州，若討不回荊州，滿門斬首。孫權依計，命諸葛瑾前往。劉備問明來意，怒而逐之。諸葛瑾與孔明跪求劉備，劉備允將零陵、桂陽、長沙三郡交還。諸葛瑾持劉備書信到荊州，請關羽交割三郡，關羽不允大怒，將諸葛瑾轟出去。諸葛瑾回稟吳侯，孫權責其索討不力，欲斬之，恰魯肅回朝，代爲説情，方得免死。魯肅獻計約關羽過江赴宴，逼寫割還文書，如不允，即席擒之。孫權依此計當即修書令黃文前往。關羽得信，知其有詐，並不推辭。衆將勸阻，關羽不從，命周倉隨往，單刀赴會，又令關平備快船二十隻，領五百水軍在江面接應。魯肅擺隊相迎，邀請入席，縱談往年功業。忽聞刀響。魯肅問其故，關羽答稱每響必斬大將。初次斬華雄，再次斬顔良、文醜，此次恐應在大夫頭上。魯肅責其仁義禮智俱全，獨缺一信字，繼而索取荊州，逼關羽寫割交文書，周倉怒而叱之，關羽亦怒。東吳伏兵齊出，關羽抓住魯肅至江邊，登上小舟，方釋魯肅，吳將要駕舟追趕，魯肅不允，關羽安然而去。本事出於《三國志・吳書・吳主傳》及《魯肅傳》與裴注引《吳書》、元關漢卿《關大王單刀會》、元刊《三國志平話》、《三國演義》第六十六回，赴會情節各有不同。清宮大戲《鼎峙春秋》中《赴單刀魯肅銷魂》一齣照録元關漢卿雜劇《單刀會》原文，而將劍響改爲刀響。此劇係依崑曲《刀會》改編。版本今有《關羽戲集》李洪春演出本。另有《關岳戲劇大觀》本、《戲考》本、《京劇叢刊》本，但情節與此劇不盡相同。今以《關羽戲集》李洪春演出本爲底本，參考其他本校勘整理。

第 一 場

（四龍套、四大刀手、東吳八將、四上手、中軍、魯肅同上）

魯　肅　（念）【引】熟讀經綸，蘊韜略，願竭丹心輔東吳。

（念）三尺龍泉萬卷書，

　　　　皇天生我意何如。

　　　　山東宰相山西將，

　　　　彼大夫兮我大夫。

本督，魯肅字子敬。吳侯駕前為臣，官拜水軍都督。只因前三日，吳侯有火牌到來，詔某回朝，不知為了何事？今乃黃道吉日，正好班師。中軍！

中　軍　有。

魯　肅　人馬可齊？

中　軍　俱已齊備。

魯　肅　人馬班師還朝。

中　軍　得令！令出。眾將官，人馬班師回朝。

（吹奏【五馬江兒水】牌，眾人同下）

第 二 場

（四太監、孫權同上）

孫　權　（念）【引】威鎮江東，恨劉備，霸孤疆土。

（念）（詩）當年孫劉破曹瞞，

　　　　得了荊州起禍端。

　　　　劉備借去屯軍馬，

　　　　霸佔數年不歸還。

孤，孫權字仲謀。當年孫、劉同心破曹，得了荊州，被劉備借去，屯軍養馬，言明三載交還。如今霸佔多年，其情可惱！不免召宣呂蒙，商議妙計，討回荊州。內侍。

太　監　有。

孫　權　宣呂蒙上殿。

太　監　呂蒙上殿哪！
呂　蒙　（內）領旨。
　　　　（呂蒙上）
呂　蒙　（念）幼習戰法武藝，扶保吳侯江山。
　　　　臣，呂蒙見駕，吳侯千歲！
孫　權　平身。
呂　蒙　千千歲！
孫　權　賜坐。
呂　蒙　謝坐。宣臣上殿，哪路軍情？
孫　權　只因劉備，久佔荊州不還，請將軍商議，討回荊州。
呂　蒙　想我朝諸葛瑾，乃孔明之兄，主公將瑾之家眷收入監牢，命他去討荊州，若是討不回荊州，將他滿門斬首。那諸葛瑾必將此情說與孔明，他二人有手足情份，定將荊州討回，豈不妙哉！
孫　權　此計甚好。來。
太　監　有。
孫　權　宣諸葛瑾上殿。
太　監　諸葛瑾上殿哪！
諸葛瑾　（內白）領旨。
　　　　（諸葛瑾上）
諸葛瑾　（念）忠心赤膽扶吳主，江東老臣個個賢。
　　　　臣，諸葛瑾見駕，吳侯千歲！
孫　權　平身。
諸葛瑾　千千歲！宣臣上殿，有何議論？
孫　權　命你過江，催討荊州，意下如何？
諸葛瑾　想為了荊州，費了多少兵馬錢糧，未能討回，為臣此番過江催討，也恐難以遂願。
孫　權　嘟！分明念你弟諸葛亮現在劉備營中，故而花言巧語，蒙哄孤王。現將你滿門老少，押在監牢。此去討不回荊州，定將你滿門斬首。退班！
　　　　（四太監、呂蒙、孫權同下）
諸葛瑾　哎呀！
　　　　（唱）【西皮搖板】
　　　　　　千歲一怒退了殿，

　　　　　不容臣子發一言。
　　　　　低頭下殿心盤算，
　　　　　怕的是討荊州有去無還。
　　　（諸葛瑾下）

第　三　場

　　　（四龍套、諸葛亮、劉備同上）
劉　備　（唱）孤王立帝坐西川，
　　　　　衆卿保孤錦江山。
　　　　　恢復中原平生願，
　　　　　滅除孫曹心始安。
　　　（報子上）
報　子　啓主公：東吳諸葛瑾過江，求見主公。
劉　備　再探。
　　　（報子下）
劉　備　令兄過江，不知爲了何事？倘爲荊州，孤允是不允？
諸葛亮　主公若是依從，二君侯哪裏安身？
劉　備　依先生之見？
諸葛亮　臣暫退，吾兄進帳，主公須要驚嚇與他。
劉　備　先生請便。
諸葛亮　告退。
　　　（諸葛亮下）
劉　備　有請諸葛先生。
四龍套　有請諸葛先生。
　　　（諸葛瑾上）
諸葛瑾　（念）全憑三寸舌，説回荊州城。
　　　　　外臣，諸葛瑾見駕，陛下千歲！
劉　備　子瑜少禮，請坐。
諸葛瑾　謝坐。
劉　備　子瑜過江，必有所爲？
諸葛瑾　這個……臣奉命催討荊州。

劉　　備　　嗯！大膽諸葛瑾，出言如此癲狂，不看你遠路風塵，定要你頭！左
　　　　　　右，轟了出去。
諸葛瑾　　哎呀！
　　　　（唱）【西皮搖板】
　　　　　　　險些又要喪了命，
　　　　　　　無國無家似遊魂。（【哭頭】）
　　　　　　　眼望蒼天悲聲震，蒼天哪……
（諸葛亮上）
諸葛亮　　（接唱）【西皮搖板】兄長痛淚爲何情？
　　　　　　兄長幾時來的，因何落淚？
諸葛瑾　　吾弟不知，只因我主，將兄滿門老小，押入監牢，兄若討不回荆州，
　　　　　　將吾滿門斬首。方纔進帳，你主大怒，將兄揪出帳來，望吾兄念在
　　　　　　手足情份，勸你主退還荆州，好救兄滿門性命。
諸葛亮　　吾兄但放寬心，你我一同進帳，跪求吾主。倘若將別地抵還你國，
　　　　　　你也好回覆你主。
諸葛瑾　　哎，兄弟啊！
　　　　（唱）【西皮搖板】
　　　　　　　一同進帳忙跪定，
諸葛亮　　（接唱）【西皮搖板】
　　　　　　　尊聲主公容告禀。
諸葛瑾　　（接唱）【西皮搖板】
　　　　　　　爲臣討不回荆州郡，
諸葛亮　　（接唱）【西皮搖板】
　　　　　　　他滿門老小命難存。
諸葛瑾　　（接唱）【西皮搖板】
　　　　　　　望陛下開天恩——
諸葛亮　　（同接唱）【哭頭】
諸葛瑾　　慈悲大發！主公呀！
劉　　備　　（接唱）【西皮搖板】
　　　　　　　倒叫孤王無計行。
　　　　　　先生、子瑜請起，請、請坐。

諸葛亮 諸葛瑾	（同）謝坐。
劉　　備	先生，子瑜如此悲痛，孤心難忍，先生你何計教我？
諸葛亮	主公！就將零陵、桂陽、長沙三郡，交還東吳，以抵荆州，命吾兄去至荆州，與二君侯去取，不知主公以爲如何？
劉　　備	就依先生之見，子瑜去至荆州，與孤二弟説知，定然退讓三郡，速速去吧。
諸葛瑾	謝皇叔。

　　　　　（唱）【西皮摇板】

　　　　　　　　多謝仁義劉主君，

　　　　　　　　回頭再謝手足情。

　　　　　　　　辭別皇叔出大營，

　　　　　　　　連夜飛奔荆州城。（下）

劉　　備	先生不叫退還荆州，反將三郡之地，交還東吳，是何理也？
諸葛亮	主公啊！

　　　　　（唱）【西皮摇板】

　　　　　　　　主公但把心放定，

　　　　　　　　管叫他晦氣回吳雙手空。

　　　（諸葛亮、劉備同下）

第　四　場

（四龍套、馬良、傅士仁、趙累、四馬童[1]、糜芳、廖化、王甫、關羽同上。【發點】）

關　羽	（念）【引】赤面長髯，秉丹心，
	（關平、周倉同上）
關　羽	（接念）威鎮荆州震乾坤。
衆　將	參見君侯。
關　羽	站立兩廂。
衆　將	啊！
關　羽	（念）（詩）赤兔馬千山踏遍，
	青龍刀遮日光寒。

　　　　　鎮荊州成王霸業，
　　　　　保大哥立帝西川。
　　　某，漢室荊州王關。桃園結義盟誓，恢復漢室。如今某大哥，西川立帝，三弟閬中爲將，封某荊州爲王。想這荊襄乃借東吳之地，未必甘休，每日敎演軍卒，提防衝鋒。站堂軍，伺候了。
　　　（報子上）

報　子　啓千歲：東吳諸葛瑾求見。
關　羽　有請。
報　子　有請諸葛先生。
　　　（吹打。諸葛瑾上）
諸葛瑾　君侯在上，瑾大禮參拜。
關　羽　遠路而來，只行常禮。請坐。
諸葛瑾　謝坐。
關　羽　子瑜駕臨，必有所爲？
諸葛瑾　瑾奉吾主之命，討回荊州，劉皇叔將零陵、桂陽、長沙三郡退還，以抵荊州，望君侯交還三郡之地。
關　羽　大膽！
　　　（唱）【西皮二六板】
　　　　　怒髮衝冠三千丈，
　　　　　一言怒惱關雲長。
　　　　　這荊州原本是關某執掌，
　　　　　你們哪一個大膽敢提奪荊襄。
　　　　　不看軍師諸葛亮，
　　　　　定斬你首級挂營房。
　　　哎！大膽諸葛瑾，進得帳來，如此言語冒昧，不看吾國軍師面上，定斬你的首級。衆將，轟出去。
諸葛瑾　哎。（下）
關　平　父王！諸葛瑾回去，他主未必干休！
關　羽　甕中之水，能起多大風浪？且勿多言，掩門。
　　　（衆人同下）

校記

［1］四馬童："童"字，原本作"夫"，徑改。下同。

第 五 場

（四太監、孫權同上）

孫　權　（唱）【西皮散板】
　　　　　　大耳劉備真可惱，
　　　　　　荊州不還欺吾朝。
　　　　　　子瑜過江去催討，
（諸葛瑾上）

諸葛瑾　（接唱）【西皮散板】含羞帶愧把旨交。
　　　　參見吾侯。

孫　權　討取荊州，可曾成功？

諸葛瑾　劉備將零陵、桂陽、長沙三郡歸還，荊州關羽不允，反將臣羞辱一場。

孫　權　唉！分明你念你弟諸葛亮現在他營，不肯討取。武士手，斬！
（諸葛瑾下。呂蒙上）

呂　蒙　刀下留人！啓吳侯：魯都督回朝。

孫　權　有請。

呂　蒙　有請魯都督。
（魯肅、四龍套、四大刀手、八將、四上手、中軍同上）

魯　肅　臣，魯肅見駕，吳侯千歲！

孫　權　賜坐。

魯　肅　謝坐。

呂　蒙　都督。

魯　肅　呂將軍請坐。請問主公，斬斬殺殺，是哪路功臣？

孫　權　乃諸葛瑾。命他討取荊州，未能取得，反而回朝舌辯巧言，故而將他斬首！

魯　肅　想爲了荊州，費盡多少兵馬錢糧，未能取得。今命子瑜入川，豈能討回。瑾在蜀營，定然受了許多驚恐，奔回東吳，主公若將他斬首，岂不虧負臣心。望吳侯開恩赦却。
孫　權　都督言之甚是。來，將諸葛瑾赦回。
（諸葛瑾上）
諸葛瑾　多謝吳侯不斬之恩。
孫　權　謝過都督講情。
諸葛瑾　多謝都督講情。
魯　肅　子瑜受驚，下殿去吧。
諸葛瑾　遵命。正是：
（念）不是子敬把本保，險些一命赴陰曹。
險啊！（下）
孫　權　子敬，想當年劉備借去荊州，屯軍養馬，言明三載歸還，乃都督作保。今劉備久不歸還，難道白白罷了不成？
魯　肅　臣倒有一計獻上。
孫　權　有何高見？
魯　肅　臣將人馬，埋伏陸口，修書一封，請關羽過江赴宴，酒席筵前，叫他寫下退割文約，他若不寫，吾即出伏兵擒之，荊州豈不唾手而得？
孫　權　好！待孤與你修書。
（【牌子】）
命何人前往？
吕　蒙　我國黃文，心粗膽壯。命黃文前去，定然成功。
孫　權　宣黃文上殿。
太　監　黃文上殿。
（黃文上）
黃　文　領旨。
（念）知彼知己為將士，能強能弱建奇功。
參見吳侯。
孫　權　將此書信，下到荊州關羽營中，不得有誤。
黃　文　遵命。
（黃文下）
孫　權　討回荊州，另有升賞。退班！
（孫權下，太監同下）
魯　肅　吕將軍，點齊人馬，教場伺候！

呂　蒙　　得令。
　　　　　（衆人同下）

第　六　場

　　　　　（黃文上）
黃　文　（念）離了東吳地，來此荊州城。
　　　　　哪位將軍聽事？
　　　　　（關平上）
關　平　（念）奉了父王命，緊守在轅門。
　　　　　作甚麼的？
黃　文　煩勞通稟，東吳下書人求見。
關　平　候着。啓稟父王：東吳下書人求見。
關　羽　（內）吩咐弓上弦，刀出鞘，站堂伺候。
關　平　下面聽者：弓上弦，刀出鞘，站堂伺候！
　　　　　（四龍套、馬良、傅士仁、趙累、四馬童、糜芳、廖化、王甫、周倉、關羽同上）
關　羽　周倉，命下書人報門而進！
周　倉　得令。吪，叫你報門，你要仔細了！吪，你要小心了！
黃　文　報！東吳黃文告進。君侯在上，小人叩頭。
關　羽　你叫甚麼名字？
黃　文　小人名叫黃文。
關　羽　奉何人所差？
黃　文　東吳魯都督所差，書信呈上。
關　羽　呈上來。外廂伺候。
黃　文　是。（下）
關　羽　關平拆書，爲父觀看。
　　　　　（【牌子】。關羽笑）
關　羽　黃文進帳。
　　　　　（黃文上）
黃　文　伺候君侯。
關　羽　拜上你家都督，關某修書不及，照書行事。

黃　文	謝君侯！（下）
關　平	書信上面，寫的什麼言語？
關　羽	魯大夫在陸口臨江亭設宴，請某過江赴會。
廖　化	魯肅相邀，必無好意，君侯何故許之？
關　羽	吾豈不知耶！此是諸葛瑾回報孫權，說我不肯交還三郡，故令魯肅屯兵陸口，邀我赴會，使索荆州。吾若不去，道吾怯矣。某獨駕小舟，只用親隨十餘人，單刀赴會，看那魯肅，如何近我？
趙　累 王　甫	（同）君侯萬金之軀，親蹈虎狼之穴，倘若有差，豈不負了漢中王之重托也！
關　羽	我於千軍萬馬之中，矢石交攻之際，匹馬縱橫，如入無人之境，豈憂江東群鼠乎？
馬　良	魯肅雖有長者之風，但今事急，不容不生異心，將軍不可輕往。
關　羽	昔年戰國時，趙人藺相如，手無縛雞之力，於澠池會上，視秦王君臣如無物，況我曾學萬人敵者乎？我已許之，豈能失信。
趙　累	君侯既要前去，亦當準備。
關　羽	公等不必心懸，某自有準備。周將，命你一人跟隨，準備船隻，不得違誤。
周　倉	得令！（下）
關　羽	關平聽令！選快船十隻，藏善水軍五百，於江上等候，看吾紅旗一揮，過江接應。
關　平	得令。（下）
關　羽	王甫、趙累、糜芳、傅士仁帶領本部人馬，四路巡哨，不得有誤！
王　甫 趙　累 傅士仁 糜　芳	（同）得令。
關　羽	馬良、廖化，鎮守城池。
馬　良 廖　化	（同）得令。
關　羽	帶馬江邊去者！
	（關羽下）
衆　將	送君侯。
	（衆人同下）

第 七 場

（東吳八將、呂蒙同上）

呂　蒙　（念）千軍列隊伍，萬馬紮團營。
　　　　諸位將軍請了，都督興兵，在此伺候。
　　　　（四龍套、大刀手、魯肅同上）

魯　肅　（念）準備香餌絲綸釣，管叫魚兒自吞鉤。

衆　將　參見都督。

魯　肅　人馬可齊？

衆　將　俱已齊備。

魯　肅　兵發陸口。

呂　蒙　衆將官，兵發陸口！
　　　　（衆人同下）

第 八 場

（周倉上，起霸）

周　倉　（念）（詩）志氣凌雲貫九霄，
　　　　　　　　今日周倉顯英豪。
　　　　　　　　父王江東去赴會，
　　　　　　　　全憑青龍偃月刀。
　　　　俺，周倉。父王要去江東赴會，命俺準備船隻，就此前往。呔，水手的，荊州王過江，小心伺候！
　　　　（船夫暗上）

船　夫　啊。

周　倉　遠遠望見父王來也！
　　　　（四龍套引關羽同上。關羽上船，四龍套同下）

船　夫　小人們叩頭！

關　羽　鳴金開船。

周　倉　鳴金開船。

關　羽　好一派威嚴也！

（唱）【新水令】
  大江東去浪千叠，
  乘西風小舟一葉。
  纔離了九重龍鳳闕，
  探千丈龍潭虎穴。

周　倉　好水呀，好水！
關　羽　周將打座船頭。
周　倉　啊。
關　羽　好一派江景也！

（唱）【喜遷鶯】
  觀江水滔滔浪涌，
  波浪中隱隱伏兵。
  俺驚也莫驚，
  憑着俺青龍偃月敵萬軍。

周　倉　父王，前面已是東吳了。
關　羽　（唱）【刮地風】
  觀東吳縹緲緲旌旗繞，
  恰便似虎入羊群何懼爾曹。

　　　周將，對東吳大喊，荆州王過江，命魯肅前來迎接。
周　倉　遵命。吥，東吳兒郎聽者：荆州王駕到，魯肅前來迎接。
　　　（吹打。衆人同下）

第　九　場

（八將、呂蒙、四龍套、大刀手、魯肅同上）

魯　肅　（唱）【西皮散板】
  三國紛紛蜀魏吳，
  隔江鬥志顯英武。
  我今若把荆州索，
  方顯東吳有丈夫。

（黄文上）

黄　文　關羽到！

魯　肅　呂將軍，領衆將埋伏去吧。
呂　蒙　得令。
　　　　（呂蒙下，八將同下）
魯　肅　擺隊相迎！
　　　　（衆人同下）

第　十　場

（呂蒙與衆將【急急風】過場下）

第 十 一 場

（八龍套、魯肅、周倉、關羽同上）
魯　肅　君侯久違了。
關　羽　久違了。
　　　　（魯肅、關羽同笑）
魯　肅　君侯請！
關　羽　不敢！大夫請。
魯　肅　你我挽手而行。
　　　　（過船落座）
魯　肅　君侯駕到，肅未曾遠迎，望君侯休罪！
關　羽　豈敢！關某有何德能，敢勞大夫陸口設宴。
魯　肅　孫、劉交厚，何必太謙。
　　　　（黃文上）
黃　文　宴齊。
魯　肅　看宴，來！待我把盞。
關　羽　這就不敢。
魯　肅　理應如此。
　　　　（定席。周倉搜看，三笑）
關　羽　大夫請，啊大夫請！
魯　肅　（驚呆）啊、啊、啊，君侯。
關　羽　在這廂。

魯　肅
關　羽　（同）請。

（【園林好】牌子）

魯　肅　久聞君侯，自桃園結義以來，屢建奇功，黃童白叟，牧子漁樵，皆知其名，無不敬仰。肅只是耳聞，未得目睹，今日得會尊顔，真乃三生有幸！望君侯賜講一遍，肅洗耳恭聽。

關　羽　大夫請聽。

（唱）【叨叨令】
　　　銀臺上輝煌的豐筵錦，
　　　引得俺威武赳赳血氣性。
　　　憶當年百戰疆場名遠震，
　　　兀的是喜煞人來也麼哥，

關　羽　（同）大夫請。
魯　肅　　　　君侯請。

關　羽　（接唱）兀的是惱煞人來也麼哥。

魯　肅　真是名不虛傳！請問君侯，怎樣斬顔良、誅文醜？君侯賜教一聽。

關　羽　某當年所做之事，聽者倒也驚人，見着却是平常。大夫若不嫌耳煩，待某下位細説一遍。當年我弟兄三人，徐州失散，關某困於土山，那曹操差去張文遠，順説關某降曹，某因不知哥弟存亡，二嫂依賴，萬般無奈，暫爲降曹。河北袁紹差去大將顔良攻打白馬坡，曹操請某觀敵掠陣，衆將不能取勝，是關某一怒，一馬衝下土山。

魯　肅　君侯你因何不戰？

關　羽　非但關某不戰，還落馬停刀。

魯　肅　君侯可慌？

關　羽　不慌。

魯　肅　可忙？

關　羽　一些兒也不忙，那時關某，青龍刀起，顔良頭落。後來又誅文醜，關某在曹營，立有些小之功，不足挂齒。大夫見笑了，見笑了！哈哈哈哈！

魯　肅　馬到頭落，將軍天生威武，令人欽佩！肅把敬一斗酒。
（小吹打。【急急風】。呂蒙領衆將兩邊抄上。魯肅出座）

魯　肅　動手還早。

（呂蒙領衆將下。魯肅入內歸座。周倉觀望）

周　倉　父王，東吳旌旗擺動，定有埋伏。

關　羽　嗯！小小年紀，舞口弄舌，想爲父衝鋒，未遇三合之將。東吳乃螻蟻之衆，他縱有刀山劍林，關某何懼？

魯　肅　啊君侯，聞聽曹操與公，三日一小宴，五日一大宴，上馬獻金，下馬獻銀，因何過關斬將？請道其詳。

關　羽　大夫不嫌絮煩，待某再説一遍。某自進曹營，曹公三日小宴，五日大宴，上馬獻金，下馬獻銀，贈袍賜馬，保某爲漢壽亭侯，十分恩德。某新恩雖厚，舊義難忘。某攻打汝南，陣前得遇孫乾，道俺大哥已在河北袁紹營中，不知真假，是某回師許昌，心懸兩地，悶悶不樂。某大哥使陳震前來下書。某得着大哥書信，連辭曹公，回避牌高掛，不容相見。是某萬般無奈，挂印封金，寫柬辭曹，出得北門，只聽得後面，這嘩喇喇人馬吶喊。

魯　肅　來的何人？

關　羽　許褚、張遼。

魯　肅　來此作甚？

關　羽　請某少行片時，曹公前來餞行。關某獨立橋梁，待得曹公趕到，送來古美酒、大紅袍，親自送行。某心生一計，這酒，酒祭青龍刀，這刀，刀挑大紅袍。某本應下馬稱謝，恐其有詐，是某催馬過這八里橋！

（唱）【四塊玉】

　　　　他他他，曹兵膽戰驚，
　　　　哪個大膽敢前進。
　　　　那是俺虎狼威嚇掉賊魂，
　　　　那曹兵個個往後退，
　　　　行過了灞陵橋日近黃昏。

（場面做刀響效果）

魯　肅　君侯甚麽響亮？

關　羽　關某刀響。

魯　肅　響過幾次？

關　羽　響過三次。

魯　肅　第一次？

關　羽　汜水關前斬華雄。

魯　肅　二次？
關　羽　斬顏良、誅文醜。
魯　肅　這第三？
關　羽　只怕應在你東吳,大夫的頭上。
魯　肅　君侯言重了,君侯言重了!
關　羽　言重了？哈哈哈哈!
魯　肅　君侯,肅有一言,不知當講不當講？
關　羽　有何金言？請講當面。
魯　肅　是。想君侯桃園結義,誓同生死,乃爲義也；降漢不降曹,乃爲仁也；千里尋兄,乃爲禮也；過關斬將,乃爲智也。想君侯仁義禮智,惜乎惜乎！怎麼單單缺少一個"信"字？
關　羽　嗯!
魯　肅　噯噯噯！君侯尚不失信於人,令兄玄德公,乃一國之主,言出如山,信義爲重,當年借去我國荆州,乃肅爲保,言明屯軍養馬,三載交還,久借不歸。前者催討,令兄言道,得了西川,退還荆州。今西川俱得,又去催討,將零陵、桂陽、長沙三郡退還,以抵荆州,又聞君侯不允,請問公啊,公啊,信義可在否？
關　羽　此皆吾兄之事,非某所宜與也!
魯　肅　某聞君侯與皇叔桃園結義,誓同生死,皇叔即君侯也,何得推托乎？
周　倉　想天下乃人人之天下,有德者居之,無德者失之,豈獨是你東吳當有……
關　羽　嗯！大夫,今日請某過江,還是飲宴,還是催討荆州？
魯　肅　這酒也要飲,荆州也要討。
關　羽　大膽！魯大夫請某赴宴,提起軍國之事,真正豈有此理!
魯　肅　君侯,今日之宴,原爲討取荆州,你今日寫下退割文約便罷,若是不寫呀,嗯……
關　羽　魯大夫！吾今日不寫退割文約,你便怎麼樣？
魯　肅　不是啊,我魯肅爲難哪!
關　羽　魯大夫,事到其間,你爲難何來？
魯　肅　君侯你來看,遍江都是我國人馬,你若不寫退割文約,慢說你是一將,就是一隻猛虎,你也難闖過江去。
關　羽　量不就!

魯　肅　量得就！
關　羽　量不就！
魯　肅　告便。
關　羽　請便。
魯　肅　眾將走上！
　　　　（眾將上）
關　羽　（抓住魯肅）魯大夫，請某過江，敢有奸詐？
魯　肅　並無奸詐。
關　羽　這些人馬？
魯　肅　護送君侯的。
關　羽　護送關某的？
魯　肅　是是是！
關　羽　關某領謝了！（挾魯肅至江邊）
關　羽　（唱）【尾聲】
　　　　　　漢江飲宴多叨擾，
　　　　　　孫劉還是舊故交。
　　　　　　若不看子敬情意好，
　　　　大夫！
　　　　（接唱）俺怎肯將你恕饒。
　　　　（周倉、關羽下）
眾　將　都督醒來，都督醒來！
魯　肅　那關公呢？
眾　將　逃走了！
魯　肅　逃走了？
眾　將　駕舟追趕！
魯　肅　你去趕，吾魯肅不去了。
眾　將　啊。
　　　　（眾人同下）

第 十 二 場

（四船夫、四龍套、四馬童、關平【急急風】上。迎周倉、關羽上船，大

圓場）
關　羽　哈哈哈哈！開船！
　　　（衆人同下）

逍 遥 津

魏紫秋　撰

解　題

　　京劇。現代魏紫秋撰。魏紫秋，生平不詳。《京劇劇目初探》著錄，題《逍遥津》，一名《白逼宮》，未署作者；《京劇劇目辭典》著錄，題《逍遥津》，又名《白逼宮》《曹操逼宮》《搜詔逼宮》，署魏紫秋編劇。劇寫張遼約會朝中文武官員，提議廢獻帝，立曹操，衆官皆贊同，惟荀攸不同意。荀攸回府口吐鮮血而亡。曹操假意不許。曹操啓奏獻帝，目前東吳、西蜀未除，乃是後患。獻帝令其自裁。曹操大怒，責其諷己專權，欲殺之，爲司馬懿等衆官阻攔。獻帝回宮，將此情告知伏后，二人定計，寫下血詔，搬請外鎮諸侯共滅逆賊。血詔交太監穆順。穆順出宮到伏完相府，告知此情，並讓伏完看了血詔。夏侯淵見穆順出宮可疑，急報曹操。曹操聞報，急往午門，截獲穆順細加盤詰，華歆搜出血詔，穆順大罵曹操並以死和其相拼，爲華歆殺死。曹操命華歆抄殺伏完滿門，又命華歆入宮搜伏后。伏后哀告華歆，司馬懿代爲説情，華歆不理。曹操命校尉將伏后以亂棍打死。華歆請殺二皇子，以除後患。二皇子哀求曹操開恩，曹操心動，華歆又進讒言，並親自將二皇子鴆殺。曹操命司馬懿帶兵二十萬下江南，逼獻帝立其女曹妃爲正宮。本事出於《三國演義》第六十六回。但《演義》無曹妃在側、二皇子苦求與司馬懿代爲説情等情節。《三國志·魏書·武帝紀》："（建安十九年）十一月，漢皇后伏氏，坐昔與父故屯騎校尉完書，云帝以董承被誅怨恨公，辭甚醜惡，發聞，后廢黜死，兄弟皆伏法。"裴注引《曹瞞傳》："公遣華歆勒兵入宮收后，后閉户匿壁中。歆壞户發壁牽后出。遂將后殺之，完及宗族死者數百人。"版本今有《戲考》本、《京劇彙編》本及以此本重刊的《京劇傳統劇本彙編》本、《戲典》本、《京戲考》本、《戲學匯考》本、《戲學指南》本、《京劇大全》本、《京劇叢刊》本。今以《京劇彙編》本爲底本，參考其他本校勘整理。

第 一 場

（二旗牌、張遼同上）

張　遼　（念）【引】腰挂昆吾劍，身披虎將衣。

（念）（詩）堂堂英雄將，

　　　　　　熱血染沙場。

　　　　　　輔佐曹丞相，

　　　　　　定國安家邦。

俺，張遼。漢室爲臣。只因獻帝懦弱，不能治國安邦。我今相請文武兩班，欲將龍床推倒，扶保曹丞相登極，方稱我心頭之願。來！

二旗牌　有。

張　遼　衆位大人到此，速報我知！

二旗牌　是。

（張遼、二旗牌同下）

第 二 場

（夏侯淵、司馬懿、華歆、賈詡、郄慮、王粲、曹植、文聘上）

衆　　　（唱）【點絳唇牌】

　　　　　懦弱之君，社覆將傾。干戈興，國不安寧，諸侯相吞併！

衆　　　下官，

夏侯淵　夏侯淵。

司馬懿　司馬懿。

華　歆　華歆。

賈　詡　賈詡。

郄　慮　郄慮。

王　粲　王粲。

曹　植　曹植。

文　聘　文聘。

夏侯淵　衆位大人請了！

|司　馬　懿|
|華　　　歆|
|賈　　　詡|
|郤　　　慮| 請了！
|王　　　粲|
|曹　　　植|
|文　　　聘|

夏侯淵　張將軍有帖相邀，不知爲了何事？

華　　歆　我等也爲此事而來，你我一同前往。

|夏侯　淵|
|司馬　懿|
|華　　歆|
|賈　　詡| 請。
|郤　　慮|
|王　　粲|
|曹　　植|
|文　　聘|

　　　　　（衆圓場，二旗牌、張遼上）

張　　遼　（念）柳營春試馬，虎帳夜談兵。

旗牌甲　衆位大人到！

張　　遼　有請！

旗牌甲　有請！

　　　　　（衆進門坐介）

張　　遼　不知衆位大人駕到，有失遠迎，當面恕罪！

|夏侯　淵|
|司馬　懿|
|華　　歆|
|賈　　詡| 來得魯莽，將軍海涵。
|郤　　慮|
|王　　粲|
|曹　　植|
|文　　聘|

張　　遼　豈敢！

賈　　詡　將軍相邀，爲了何事？

張　　遼　衆位有所不知，只因當今萬歲懦弱，不能治國安邦，以至烟塵四起，生靈塗炭！故而相請商議，將龍床推倒，扶保曹丞相登極。不知衆位大人意下如何？

夏侯淵
司馬懿
華　歆
賈　詡 張將軍高見，我等皆服，就請依此而行！
郗　慮
王　粲
曹　植
文　聘

張　遼　你我轉至朝房。

衆　　　請！

（衆圓場）

院　子　（內）荀尚書到！

（院子、荀攸上）

荀　攸　（念）憂國常帶病，何日稱我心。

夏侯淵
司馬懿
華　歆
賈　詡 荀尚書！
郗　慮
王　粲
曹　植
文　聘

荀　攸　列公請坐！

夏侯淵
司馬懿
華　歆
賈　詡 有座。
郗　慮
王　粲
曹　植
文　聘

荀　攸　列位大人，爲何來得甚早？

賈　詡　張將軍相邀我等。

荀　攸　張將軍相邀，所爲何事？

張　遼　只因獻帝懦弱，不能治國安邦，以致烟塵四起，生靈塗炭，故而相邀衆位大人，欲將龍床推倒，扶保曹丞相登極！如今衆位大人皆服

　　　　　　此議。
夏侯淵
司馬懿
華　歆　我等皆服。
賈　詡
郤　慮
王　粲
曹　植
文　聘
荀　攸　你們將龍床推倒，扶保曹丞相登極。不知欲將吾主置於何地？
張　遼　這個！
華　歆　衆位大人！自古道：老而不死是爲賊！
荀　攸　華歆，你好生無禮也！
　　　（唱）【西皮散板】
　　　　　　華歆出言無君臣，
　　　　　　枉受我主爵祿恩。
　　　　　　有口難説心頭恨，
　　　　　　昏昏沉沉回府門！
（院子扶荀攸下。四校尉、曹操上）
曹　操　列位大人。爲何來得甚早？
夏侯淵
司馬懿
華　歆
賈　詡　張將軍相邀我等。
郤　慮
王　粲
曹　植
文　聘
曹　操　但不知爲了何事？
張　遼　只因獻帝懦弱，不能治國安邦，故而特請衆位大人到此，欲將龍床推倒，扶保丞相相登極，如今衆位大人皆服愚見。
夏侯淵
司馬懿
華　歆　我等皆服此高見。
賈　詡
郤　慮

王　粲	
曹　植	
文　聘	
曹　操	休得胡言！自盤古以來，哪有臣坐君位之理！
張　遼	這！
曹　操	適纔何人到此？
夏侯淵	
司馬懿	
華　歆	
賈　詡	荀攸尚書。
郗　慮	
王　粲	
曹　植	
文　聘	
曹　操	嘿嘿，這老兒欲效荀彧之故耳！
	（院子上）
院　子	報：荀攸尚書回府，口吐鮮血而亡！
曹　操	嘿，可嘆哪，可嘆！這老兒跟隨老夫多年，如今口吐鮮血而亡，少時上殿，侍老夫奏明天子。賜他金井玉葬！
院　子	謝丞相！（下）
曹　操	列位大人，吏部之缺，不可一日無人掌管，老夫欲將我兒子建拜在賈大人名下學習。權受吏部之職。
曹　植	賈大人請上，受晚生一拜！
曹　操	列位大人，我死之後，奉托列公立一碑文，鐫上"漢大將軍曹公之墓"數字，也就夠了！
張　遼	
夏侯淵	
司馬懿	
華　歆	我等記下了。
賈　詡	
郗　慮	
王　粲	
曹　植	
文　聘	
曹　操	還有兩處烟塵未掃！

張　遼
夏侯淵
司馬懿
華　歆　哪兩處？
賈　詡
郤　慮
王　粲
曹　植
文　聘
曹　操　東吳孫權，虎踞江東；西蜀劉備，穩坐西川。兩寇不除，乃是我朝心腹大患！少時上殿。一同啓奏。正是：
　　　　（念）父母仁慈子行孝，
　　　　　　君王有道社稷牢。

張　遼
夏侯淵
司馬懿
賈　詡　（念）但願狼烟盡皆掃，
郤　慮
王　粲
曹　植
文　聘

華　歆　丞相！
　　　　（念）脫去紅袍換黃袍！

張　遼
夏侯淵
司馬懿
賈　詡　請！
郤　慮
王　粲
曹　植
文　聘

　　　　（同下）

第　三　場

（四太監、穆順、漢獻帝上）

漢獻帝　（念）【引】海宴河清，社稷寧，四海昇平。

（司馬懿、華歆、賈詡、夏侯淵、曹操自兩邊分上）

曹　　操　臣，曹操見駕，吾皇萬歲！
漢獻帝　　大丞相平身。賜坐！
曹　　操　萬萬歲！
漢獻帝　　（念）（詩）孤王立帝在許昌，
　　　　　　　　　　文臣武將保家邦。
　　　　　　　　　　南征北剿曹丞相，
　　　　　　　　　　忠心耿耿保孤王。
　　　　　孤，漢室獻帝。
曹　　操　嗯呵！
漢獻帝　　大丞相上殿，有何本奏？
曹　　操　臣啓萬歲：外面有兩處烟塵未掃，乃是我朝之後患！
漢獻帝　　但不知是哪兩處？
曹　　操　東吳孫權，虎踞江東；西蜀劉備，穩坐西川。兩寇不除，乃是後患！
漢獻帝　　大丞相說哪裏話來！自朕登極以來，諸事全仗丞相掌握，這些小事，可由丞相自裁，何必問朕！
曹　　操　怎麽講？
漢獻帝　　何必問朕！
曹　　操　昏王啊，昏王！今日上殿，好意奏旪與你，你反說諸事全在俺曹操掌握之中，倘被外邦聞知，豈不疑我是篡位的奸臣？也罷，待我就結果了你這昏王罷！

（衆圓場）

曹　　操　昏王啊，昏王！今日當着衆位大人在此，將某所作所爲細表一番：想當年董卓專權，李傕、郭汜等欺君叛逆，不是老夫頒請各路諸侯殺却董卓，剿除李傕、郭汜，哪個保你這昏王許昌接位？老夫爲你這江山，受盡千辛萬苦，方爲人上之人！昔日宛城遇張繡，可憐我長子曹昂命喪馬前；濮陽遇呂布，燒得老夫火內逃生！赤壁遇周郎，華容遇關羽，潼關遇馬超，殺得老夫割鬚棄袍，被那馬超一眼看準，提槍就刺，真乃天不滅曹，這一槍刺於柳樹之上，馬超一時拔槍不出，老夫纔得活命！我爲你這江山……可憐哪，可憐！渴飲刀頭血，倦在馬上眠，樁樁費辛勞，件件受熬煎。我爲你這江山，受盡千辛萬苦，如今反說老夫掌握大權，如被外邦聞知，老夫豈不是個大大的奸臣？今當衆位大人在此，不如將你這昏王結果了吧！
(衆攔介，曹操亮相下，衆隨下)

漢獻帝　好奸賊！
(唱)【西皮散板】
　　　奸賊做事太不仁，
　　　帶劍上殿刺寡人。
　　　內侍擺駕後宮進，
　　　安排妙計除奸臣！
(同下)

第 四 場

(四宮女、伏后、曹妃上)

伏　后　(念)風吹玉珮響，
曹　妃　(念)明月照紗窗。
(四太監、穆順、漢獻帝上)
漢獻帝　(唱)【西皮散板】
　　　內侍擺駕回宮廷，
(四太監下)
漢獻帝　(唱)【西皮散板】
　　　見了梓童說分明。
伏　后　妾身見駕，吾皇萬歲！
漢獻帝　平身。賜座！
伏　后　萬萬歲！
漢獻帝　可惱哇，可惱！
伏　后　萬歲爲何這樣煩惱？
漢獻帝　梓童有所不知，今日早朝只因曹——
曹　妃　萬歲，"曹"甚麽？
伏　后　御妹，去至光祿寺，安排早膳去吧！
曹　妃　是。適纔萬歲說個"曹"字，皇姐命我出宮，必有隱情！
(想介)噯，且自由他。正是：
(念)閉戶懶觀窗外月，一任梅花自主張。(下)

伏　　后　萬歲，"曹"甚麼？
漢獻帝　適纔曹操帶劍上殿，欲刺寡人，不是衆卿保駕，險遭不測！
伏　　后　既然如此，萬歲何不寫下血詔，搬請各路諸侯，共滅逆賊，以安社稷。
漢獻帝　只好如此，看白綾伺侯！
　　　　（唱）【西皮導板】
　　　　　　奸賊金殿行霸道，
　　　　（唱）【西皮原板】
　　　　　　刺殺孤王爲哪條？
　　　　　　含悲忍淚把指咬，
　　　　　　鮮血淋淋寫根苗：
　　　　　　上寫諭示衆卿曉，
　　　　　　各路諸侯把血詔瞧。
　　　　　　朝中出了
　　　　（轉唱）【西皮快板】
　　　　　　奸曹操，
　　　　　　上欺天子下壓羣僚。
　　　　　　衆卿領兵速來到，
　　　　　　共滅奸賊保皇朝。
　　　　　　一封血詔忙修好，
　　　　（唱）【西皮散板】
　　　　　　無有忠良走一遭！
　　　　只是無人有此膽量，去往各路搬請救兵，也是枉然！
伏　　后　我看穆順，忠心耿耿，何不命他前去。
漢獻帝　穆順！
穆　　順　萬歲！
漢獻帝　只因曹操帶劍上殿，欲刺孤王，多虧衆卿保駕，纔得回宮。如今修下血詔，命卿搬取各路諸侯，共滅曹賊，卿家可有此膽量？
穆　　順　曹操欺君，奴婢萬死不辭！
漢獻帝　如此，請上受孤一拜！
　　　　（唱）【二黄搖板】
　　　　　　穆愛卿請上孤拜定，
　　　　　　搬兵事兒你擔承。

　　　　　　　血詔交與梓童手，
伏　后　（唱）【二黄搖板】
　　　　　　　雙手付與穆愛卿。
穆　順　（唱）【二黄導板】
　　　　　　　君臣們只哭得珠淚滾滾，
　　萬歲，娘娘，（哭介）萬歲呀……
　　　　（唱）【二黄迴龍腔】
　　　　　　　我朝中出奸佞謀篡龍廷。
　　　　（唱）【二黄原板】
　　　　　　　將皇詔藏至在袍袖内，
　　　　　　　泄漏機密功難成；
　　　　　　　將皇詔藏至在靴筒内，
　　　　　　　恐怕欺了聖明君。
　　　　　　　左難右難難壞了我，
　　有了！
　　　　（唱）【二黄搖板】
　　　　　　　忽然心内巧計生。
　　　　　　　將皇詔藏至在髪髻内，
　　　　　　　大羅神仙難知情。
　　　　　　　辭別萬歲出宮廷，
漢獻帝　穆卿轉來！
穆　順　（唱）【二黄搖板】
　　　　　　　萬歲有話快説明！
　　奴婢去的好好，萬歲唤我爲了何事？
漢獻帝　此番出宮須要小心，若遇曹賊，你我君臣就不能見面了！
穆　順　不好了！
　　　　（唱）【二黄搖板】
　　　　　　　萬歲一言錯出唇，
　　　　　　　只恐出宮遇讎人。
　　　　　　　含悲忍淚出宮廷，
　　　　　　　舍死忘生走一程！
（穆順下）

漢獻帝　（唱）【二黃搖板】
　　　　　但願救兵早來到，
　　　　　滅却奸賊整吾朝。
　　　　（同下）

第　五　場

　　　　（四龍套、夏侯淵同上）
夏侯淵　俺，夏侯淵。今奉丞相之命，巡查御街。來，掌燈前往！
　　　　（穆順上，過場下）
夏侯淵　啊，適纔何人打此經過？
四龍套　穆公公。
夏侯淵　他往哪道而去？
四龍套　往伏相府而去！
夏侯淵　且住！穆順出宮，竟往伏相府而去，其中定有奸詐！來，打道相府，報與曹丞相知道！
　　　　（同下）

第　六　場

　　　　（穆順上）
穆　順　來此已是伏相府，門上哪位在？
　　　　（院子上）
院　子　甚麼人？
穆　順　煩勞通稟：穆順求見相爺。
院　子　有請相爺！
　　　　（伏完上）
伏　完　何事？
院　子　穆公公求見。
伏　完　説我出迎！
院　子　家爺出迎！
穆　順　啊，相爺！

伏　完　　穆公公到此何事？
穆　順　　今有奸賊曹操，在金殿之上，帶劍欲刺吾皇，萬歲有血詔在此，相爺請看！
伏　完　　待我看來！
　　　　　（【牌子】。伏完看血詔介）
伏　完　　原來如此！一路之上須要小心！
穆　順　　告辭啦！
伏　完　　請！
　　　　　（分下）

第　七　場

　　　　　（四校尉、司馬懿、華歆、曹操同上）
曹　操　　適纔夏侯淵報道，穆順出宮，慌慌張張往伏相府而去，其中定有別情！校尉的！
四校尉　　有。
曹　操　　打道午門！
四校尉　　啊！
　　　　　（眾圓場）
四校尉　　來到午門！
曹　操　　穆順到此，速報我知。
　　　　　（穆順上）
穆　順　　適纔在伏相府將我主之事，告訴一番，朝內之事托他照應，諒必無妨。
四校尉　　（喊介）哦！
穆　順　　哎呀！午門以外，這等喧嘩，定是曹賊在此！咳，真真不湊巧！不免轉去！
華　歆　　丞相。那旁穆順來了！
曹　操　　叫他回來！
華　歆　　是。穆公公請轉，曹丞相在此！
穆　順　　被他們看見了，待我上前說幾句話，再做道理。咳！
　　　　　（念）惱人記在心，相見又何妨！

　　　　　原來是曹丞相,曹國丈,曹外公!
曹　操　穆公公,清早出宮,有何貴幹?
穆　順　這個!哦,娘娘有病,命咱家出宮去請太醫,與娘娘調治病症。
曹　操　娘娘得何病症?
穆　順　娘娘得了氣悶不和之症。
曹　操　醫生為何不到?
穆　順　他是問病而下藥。
曹　操　用的是甚麼藥?
穆　順　乃是君臣父子禮義湯。
曹　操　嗳,藥內還有甚麼君臣?
穆　順　大丞相,我朝沒有君臣,難道連藥也沒有君臣了嗎!
曹　操　我朝是誰無有君臣?
穆　順　就是李傕、郭汜、董卓之輩。
曹　操　如今何在?
穆　順　都被大丞相劍下誅之。
曹　操　嘿嘿,好個劍下誅之!何藥為君?
穆　順　香附子為君。
曹　操　何藥為臣?
穆　順　藕節蓮子為臣。
曹　操　何藥為湊?
穆　順　東吳當歸,西蜀橘紅,吃在腹內,也好殺蟲!
曹　操　當歸就說當歸,橘紅就說橘紅,說甚麼東吳當歸,西蜀橘紅?
穆　順　這個,丞相不知,東吳出的當歸,西蜀出的橘紅,這豈不是東吳當歸,西蜀橘紅嗎!
曹　操　如此,老夫多問了。請便!
穆　順　告辭啦!
　　　　　(穆順急走,跌絆介,下)
華　歆　丞相,穆順臨行之時,絆了一跤!
曹　操　叫他回來!
華　歆　是。穆公公請轉!
　　　　　(穆順上)
穆　順　大丞相,咱家去得好好,喚我回來何事?

曹　操　你爲何絆了一跤？
穆　順　這個！只因萬歲賜我一件蟒袍，長了三寸，走路有些不便。故而絆了一跤！
曹　操　就該用刀割去！
穆　順　有道是：成物不可損壞！
曹　操　你今此來，有奸？
穆　順　無奸。
曹　操　有詐？
穆　順　無詐。
曹　操　既無奸詐，老夫我要——
穆　順　要怎麽樣？
曹　操　要盤！
穆　順　請盤。
曹　操　出宮何往？
穆　順　去請太醫與娘娘調治病症。
曹　操　娘娘得何病症？
穆　順　得的是氣悶不和之症。
曹　操　太醫爲何不到？
穆　順　他是問病而下藥。
曹　操　下的是甚麽藥？
穆　順　君臣父子禮義湯！
曹　操　何藥爲君？
穆　順　香附子爲君。
曹　操　何藥爲臣？
穆　順　藕節蓮子爲臣。
曹　操　何藥爲凑？
穆　順　東吳當歸，西蜀橘紅，吃在腹内，也好殺蟲。
曹　操　殺的是甚麽蟲？
穆　順　乃是大大的奸蟲！
曹　操　蟲還有甚麽忠奸？
穆　順　大丞相，蟲怎麽没有忠奸！他在人腹内，要吃人的心肝五臟，能害人的性命，這不是害人的奸蟲嗎！

曹　操　我看你有奸！
穆　順　無奸。
曹　操　有詐！
穆　順　無詐。
曹　操　既無奸詐，老夫就要——
穆　順　要怎麼樣？
曹　操　要搜！
穆　順　請搜！
曹　操　校尉的，上前搜來！
　　　　（華歆搜穆順介）
曹　操　趕了出去！
　　　　（穆順急下，以手扶帽介）
華　歆　丞相，我看穆順一定有奸！
曹　操　奸在何處？
華　歆　奸在髮內！
曹　操　唔，抓回來！
　　　　（一校尉下，拉穆順上）
穆　順　咱家去得好好，三番兩次，把咱家叫回，咱家我可有些不耐煩啦！
曹　操　你一定有奸！
穆　順　奸在哪裏？
曹　操　奸在髮內！
穆　順　告辭啦！
曹　操　拿下了！
　　　　（華歆搜出血詔，曹操看介）
曹　操　穆順，我待你不薄，你為何搬請各路諸侯，共滅老夫，是何道理？
穆　順　咱家對你實說了吧！只因你帶劍上殿，刺王殺駕，幸得眾臣保駕回宮，因此萬歲修下血詔，特命咱家搬取各路諸侯，共滅你這奸賊！如今在午門被你看破，乃是蒼天不佑，我死不足惜，只怕你日後遺臭萬年，罵名千古！也罷，破出我這條性命不要，我就與你拼了吧！
　　　　（穆順以頭撞曹操介，華歆殺死穆順介）
曹　操　華歆過來！
華　歆　在。

曹　操	命你抄殺伏相府滿門，不得有誤！
華　歆	得令！（下，又上）
華　歆	伏相府滿門，俱已斬盡殺絕！
曹　操	速將伏后抓來見我！
華　歆	得令！（下）
曹　操	校尉的！
四校尉	有。
曹　操	打道進宮！
四校尉	啊！

（同下）

第 八 場

（四太監、二皇子、伏后、漢獻帝上）

漢獻帝　（唱）【二黃搖板】

　　　　曹孟德起歹意令人可恨，
　　　　今早朝刺寡人膽戰心驚。
　　　　與伏后定密計血詔頒定，
　　　　但願得人馬到共滅奸臣！

（大太監上）

大太監　萬歲，大事不好啦！
漢獻帝　何事驚慌？
大太監　華歆帶劍進宮！
漢獻帝　哎呀，不好了！

（唱）【二黃搖板】

　　　　聽說華歆進宮門，
　　　　嚇得孤王無計行！
　　　　快把梓童一聲叫，
　　　　帶領皇兒快逃生！

伏　后　（唱）【二黃搖板】

　　　　辭別萬歲出宮廷，
　　　　御花園中去藏身！

（二皇子、伏后下。華歆上）

華　歆　萬歲請了！

漢獻帝　你進宮做甚？

華　歆　我且問你，那伏后她往哪裏去了？

漢獻帝　孤王不知！

華　歆　哦，你也不知她往哪裏去了！（望介）看這御花園門緊閉，伏后定在裏面！曹丞相，你若有九五之尊，就在俺這寶劍之上；你若無九五之尊，也在俺這寶劍之上，待我劍劈園門！

（華歆下，拉伏后、二皇子上）

華　歆　我把你這兩個小孽畜！

（曹妃上，擺手介，華歆拉伏后下）

曹　妃　皇兒不要害怕，爲娘在此。

二皇子　誰是你的兒子，好不害羞哇！

（曹妃怒下）

漢獻帝　皇兒，你母后呢？

二皇子　被那華歆拉出宮門去了！

漢獻帝　哎呀，不好了！隨爲父尋找你母后去吧！

（同下）

第　九　場

（四校尉、司馬懿、曹操上，華歆拉伏后上）

華　歆　伏后拿到！

曹　操　好賤人哪！

（唱）【二黄搖板】

一見賤人怒氣生，
胡作妄爲爲何情？

伏　后　（唱）【二黄搖板】

走向前來忙跪定，
搭救哀家命殘生！

司馬懿　（唱）【二黄搖板】

一見伏后跪埃塵，

	爲臣怎敢欺當今。
	官卑職小難救命，
	那旁懇求姓華人！
伏　后	（唱）【二黄摇板】
	轉身哀告求華卿，
	伏乞饒恕一綫恩！
華　歆	呸！
	（唱）【二黄摇板】
	你害忠良人人恨，
	誰是你的保駕臣！
	恨不得一足追爾的命，
	我與你君不君來臣不臣！
伏　后	（唱）【二黄摇板】
	哀家丹墀來站定，
	看你把我怎樣行！
曹　操	校尉的！
	（唱）【二黄摇板】
	綁下丹墀追爾的命，
司馬懿	（唱）【二黄摇板】
	丞相息怒暫停刑！
	啓禀丞相：她乃一朝國母，饒她個全屍吧！
曹　操	好。校尉的！亂棒打死！
	（四校尉打伏后介，伏后死介）
華　歆	伏后氣絕了！
曹　操	拖至荒郊！
司馬懿	看在獻帝分上，賞她一口棺木！
曹　操	好，拖了下去！
	（二校尉拖伏后屍首下）
曹　操	嘿嘿！
	（念）害人如害己，人容天不容！
華　歆	丞相，打死伏后，難道就罷了不成？
曹　操	午門劍劈穆順，亂棒打死伏后，抄殺伏相府滿門家眷數十餘口，也

華　歆　就夠了！
華　歆　宮中還有兩個小孽畜，日後長大成人，定報殺母之讎，丞相須要再思呀，再想！
曹　操　依你之見？
華　歆　必須斬草除根！
曹　操　好，打道進宮！
　　　　（同下）

第　十　場

漢獻帝　（內）伏后！御妻！（哭介）伏后哇……
　　　　（唱）【二黃導板】
　　　　　　父子們在宮中傷心落淚，
　　　　（二皇子、漢獻帝上）
漢獻帝　（唱）【二黃迴龍三眼】
　　　　　　想起了朝中事好不傷悲！
　　　　（唱）【二黃原板】
　　　　　　曹孟德與伏后冤家作對，
　　　　　　害得她魂靈兒不能夠相隨。
　　　　　　二皇兒年幼小孩童之輩，
　　　　　　他不能到靈前奠酒三杯。
　　　　　　我恨奸賊把孤的
　　　　（轉唱）【二黃三眼板】
　　　　　　牙根咬碎，
　　　　　　上欺君下壓臣胡作非爲。
　　　　　　欺寡人在金殿不敢回對，
　　　　　　欺寡人好一似羊入虎圍。
　　　　　　欺寡人好一似家人奴婢，
　　　　　　欺寡人好一似貓鼠相隨。
　　　　　　欺寡人好一似犯人受罪，
　　　　　　欺寡人好一似牆倒衆推。
　　　　　　欺寡人好一似鷹抓兔背，

　　　　　　欺寡人好一似揚子江駕小舟,風吹浪打,船行半江吾難以回歸。
　　　　　　欺寡人好一似殘兵敗隊,
　　（幕內喊介）
漢獻帝　（轉唱）【二黃搖板】
　　　　　　耳邊廂又聽得喧嘩如雷!
　　（四校尉、司馬懿、華歆、曹操上）
曹　操　打開宮門!昏王啊!昏王!
漢獻帝　哎呀,不好了!
　　（唱）【二黃搖板】
　　　　　　奸賊帶劍入宮廷,
　　　　　　嚇得孤王膽戰驚。
　　　　　　無奈何向前忙跪定,
　　　　　　尊聲國丈聽分明。
　　老國丈,曹外公!孤王金殿之上失於檢點,一言冒犯,如今你在午門劍劈穆順,丹墀杖斃伏后,伏相滿門抄斬,也就夠了!如今帶劍入宮,還要殺我兩個皇兒。你將他們殺死,不大要緊,只恐絕了我劉門香煙!有道是:母罪與子何干!如今望丞相開一線之恩,放條生路,讓他二人海走天涯。遇槍,槍下死;遇刀,刀下亡!討飯求乞,餓死他鄉!自古道:眼不見,心不痛!曹丞相啊!
　　（唱）【二黃搖板】
　　　　　　千錯萬錯孤王錯,
　　　　　　一時不明罪難容。
　　　　　　回頭便把皇兒叫,
　　　　　　兒呀!
　　　　　　向前哀告老外公。
　　兒呀,向前哀告去吧!
二皇子　待我二人向前。曹丞相!曹外公!我二人雖非曹母養,猶如曹母所生,哀求老外公放我二人一條生路,縱死九泉,也是瞑目甘心的呀……（哭介）
二皇子　（唱）【二黃搖板】
　　　　　　弟兄們跪宮庭珠淚滾滾,
　　　　　　尊一聲曹外公細聽詳情:

　　　　　　　我二人雖不是曹母生養，
　　　　　　　却猶如親生母不差毫分！
　　　　　　大丞相！曹外公！我的老外公啊！
曹　操　（唱）【二黃搖板】
　　　　　　　他二人哭得天地震，
　　　　　　　鐵石人兒也傷心！
　　　　　　起來，起來！不用哭了，站在一旁。司馬懿，你看是殺的好還是放的好？
司馬懿　殺也在丞相，放也在丞相。自古道："饒人是福"！
曹　操　好個"饒人是福"！華將軍！你看是放的好，還是殺的好？
華　歆　放也在丞相，殺也在丞相，有道是："放虎容易擒虎難"！
漢獻帝　哎呀，不不不……好了！
　　　　（唱）【二黃搖板】
　　　　　　　賊子説話心太狠，
　　　　　　　他比曹操狠十分！
　　　　　　兒呀！
　　　　　　　用好言和好語求他饒命，
　　　　　　　他若是不開恩、我父子把命拼！
二皇子　（唱）【二黃搖板】
　　　　　　　哀求外公施惻隱，
　　　　　　　來生銜鐶報你恩！
曹　操　（唱）【二黃搖板】
　　　　　　　他父子哭得如山倒，
　　　　　　　口口聲聲要我饒。
　　　　　　　三尺青鋒出了鞘，
　　　　（曹妃上，擺手介）
曹　操　（唱）【二黃搖板】
　　　　　　　我兒那廂把手搖。
　　　　　　　忙將寶劍入了鞘，
　　　　　　　看在內親把兒饒！
　　　　　　起來，看在內親分上，不殺你們了！
漢獻帝　啊，謝天謝地！

華　歆　丞相，你饒了他們不成？
曹　操　看在內親分上，饒恕他們了！
華　歆　丞相，你可記得屠岸賈搜孤救孤之故事乎？
曹　操　依你之見？
華　歆　賞他個全屍。
曹　操　只是未帶藥酒。
華　歆　早已備好。
曹　操　但憑於你！
華　歆　與我綁好了！
　　　　（四校尉綁二皇子介，華歆以藥酒毒死二皇子介）
華　歆　啓丞相：兩個小孽種氣絶了！
曹　操　搭了下去。司馬懿聽令：帶領二十萬雄兵，大下江南！
司馬懿　得令！（下）
曹　操　華歆聽令：吩咐衆將，校場聽點！
華　歆　得令！（下）
　　　　（曹妃捧茶上）
曹　妃　萬歲請用茶！
漢獻帝　孤家不用。
曹　妃　爹爹用茶！
曹　操　取來我飲。啊萬歲，伏后已死，正宫不可一日無主。
漢獻帝　難道封你女以爲正宫麼？
曹　操　吾兒謝恩！
曹　妃　謝主龍恩！
漢獻帝　吓，孤王未曾傳旨！
曹　操　有道是"君無戲言"！我爲你這江山，忠心耿耿，若有二意，定犯破腦風而死！
曹　妃　請駕回宫！
漢獻帝　唉，梓童啊……（哭介）
曹　妃　妾妃在。
漢獻帝　呀呀吓！
曹　操　請駕回宫！
　　　　（分下）

甘寧百騎劫魏營

清逸居士　撰

解　　題

　　京劇。現代清逸居士撰。清逸居士(生卒年不詳)原名愛新覺羅·溥緒，後改姓莊，號清逸居士。清莊親王，滿族。北京人。自幼嗜好京劇，與京劇界有廣泛交往，常登臺演出。1912年後專爲名伶編撰劇本。1918年據昆曲《千金記》和《史記·項羽本紀》爲楊小樓、尚小雲編寫京劇《楚漢争》，在北京首演。1931年加入余叔岩、梅蘭芳組織的國劇學會。晚年貧病，卒於北京。先後編寫劇本30餘種，其中爲尚小雲、楊小樓、高慶奎、馬連良、郝壽臣編寫劇本尤多，還爲尚小雲整理改編全部《玉堂春》、全部《雷峰塔》。還著有《清逸筆記》《南府之沿革》。本劇《京劇劇目初探》著錄，題《甘寧百騎劫魏營》，署清逸居士編，楊小樓演出；《京劇劇目辭典》著錄，題《甘寧百騎劫魏營》，又名《破曹營》，署楊小樓、郝壽臣編劇，清逸居士執筆。劇寫孫權攻合肥，曹操率部馳援。孫權部將凌統與甘寧爭功，出口相譏，動手扭打。孫權勸甘寧暫讓，令凌統出戰。張遼請令與凌統交戰，凌統大敗，回營請罪。甘寧請領百騎夜劫曹營，孫權從之，使其挑精兵百名，賜酒肉，以壯行色。並使程普、董襲、徐盛前往接應。甘寧回營，召集所選百名士卒暢飲，説明任務，曉以大義，願與曹兵死戰。甘寧率衆午夜衝入曹營放火，營中大亂，曹操聞喊殺連天，不知敵兵多少。程普、徐盛率衆殺來，曹兵大敗，曹操慌忙逃走。甘寧查點士卒，百名軍卒未損一兵一卒，回營交令，孫權贊嘆甘寧爲奇人，擺宴爲其慶功。本事出於《三國演義》第六十八回。《三國志·吳書·甘寧傳》："後曹公出濡須，寧爲前部督，受敕出斫敵前營。權特賜米酒衆餚。寧乃料賜手下百餘人食……至二更時，銜枚出斫敵。敵驚動，遂退。"裴注引《江表傳》："曹公出濡須，號步騎四十萬，臨江飲馬。權率衆七萬應之，使寧領三千人爲前都督，權密敕寧夜入魏軍。寧乃選手下健兒百餘人，徑詣曹公營下，使拔鹿角，逾桑入營，作鼓吹，稱萬歲。因夜見權……權曰：孟德有張遼，孤有興霸，足相敵也。"版本今有《京劇彙編》收錄的劉硯芳藏本及以該本重刊的《京劇傳統劇本彙編》本。該本提要云："這個劇本是楊小樓先生生前的演出本。"另有同名中國戲曲學校實驗京劇團 1960 年演出本，該本據大連京劇團演出團集體改編，情節與《京劇彙編》劉硯芳藏本大不同，劇本今亦未見。今以《京劇彙編》劉硯芳藏本爲底本進行整理。

第 一 場

（張郃上，起霸）

張　郃　（念）紅日照盔纓，
　　　　（曹洪上，起霸）

曹　洪　（念）英雄膽氣橫。
　　　　（夏侯淵上，起霸）

夏侯淵　（念）久戰疆場上，
　　　　（徐晃上，起霸）

徐　晃　（念）塞外逞英雄。

四　將　某——

張　郃　張郃。

曹　洪　曹洪。

夏侯淵　夏侯淵。

徐　晃　徐晃。

張　郃　列位請了！

曹　洪
夏侯淵　請了！
徐　晃

張　郃　丞相陞帳，兩廂伺候！
　　　　（【大開門】。四文堂、四大鎧、四上手、劉曄引曹操上）

曹　操　（念）【引】志滿定乾坤，挾天子，執掌權衡。
　　　　　　　掃蕩張魯取陽平，率雄師，奏凱回兵。

四　將　參見丞相！

曹　操　列公少禮！

四　　將　　啊。
曹　　操　（念）（詩）櫛風沐雨已有年，
　　　　　　　　　掃蕩群雄寰宇間。
　　　　　　　　　仗天威福遂人願，
　　　　　　　　　轉戈躍馬整歸鞭。
　　　　　　老夫，曹操。奉了聖上之命，統領雄兵，掃蕩張魯。目前奪了陽平關，且喜東川已得。正是：
　　　　　　（念）雖則驅魯得重地，心患蛟龍起江南。
薛　　悌　（內白）馬來！（上）
　　　　　　（念）心懷報國志，來見霸業人。
　　　　　　報！薛悌告進！參見丞相。
曹　　操　罷了。聞聽孫權兵抵宛城，直取合肥。張遼將軍如何迎敵，速報我知。
薛　　悌　丞相容稟：只因孫權攻破宛城，朱光將軍陣亡。張遼將軍因失宛城，又恐合肥有失，統兵死守。孫權帶兵前來，被張將軍一戰，敗往濡須口去了。
曹　　操　哦！孫權奪了宛城，如今又敗往濡須口麼？
薛　　悌　正是。
曹　　操　可惜朱光陣亡。老夫回朝，奏知天子，多請厚贈。
薛　　悌　聞知丞相取了東川。張將軍差小將前來，請問可攻西川否？
曹　　操　老夫猶豫未決。啊！先生有何妙計？怎樣進兵？
劉　　曄　啟丞相：今蜀中稍變，已有防備。莫如撤兵去救合肥，以定江南。
曹　　操　先生之言，正合吾意。夏侯淵聽令！
夏侯淵　　在。
曹　　操　命你鎮守定軍山隘口等處。不得違誤！
夏侯淵　　得令！
曹　　操　徐晃聽令！
徐　　晃　在。
曹　　操　命你鎮守蒙頭山口。不得有誤！
徐　　晃　得令！
曹　　操　其餘將士，隨定老夫，去救合肥。聽吾號令！

(唱)【流水板】
中軍寶帳把將委，
列位將軍聽指揮。
鎮守汛地須防備，
忠心報國守軍規。
統領雄兵救合肥，
要殺那東吳將片甲無歸。
衆家兒郎你們休違背，
滅東吳碧眼兒奏凱回歸。
（四文堂、四大鎧、劉曄、薛悌、張郃、曹洪領曹操下）

夏侯淵　啊，徐將軍！你我各守汛地，須要小心！
徐　晃　言之有理。
夏侯淵
徐　晃　衆兒郎！分兵把守去者！

（四上手應介，領夏侯淵、徐晃下）

第 二 場

（四下手、四馬夫、四龍套、李典、樂進引張遼上）

張　遼　（念）職任藩籬鎮雄關，
李　典
樂　進　（念）未息干戈起兇蠻。
張　遼　請坐！
李　典
樂　進　有坐。
張　遼　（念）腹內藏經史，胸中隱甲兵。
李　典　（念）三千莽兒漢，
樂　進　（念）同鎮合肥城。
張　遼　張遼。
李　典　李典。
樂　進　樂進。
張　遼　二位將軍！我等奉命鎮守合肥。不想朱光失去宛城，吳兵乘勢攻打合肥。逍遥津前一戰,若非二位之勇力,我兵焉能全勝也。

李典
樂進　此乃將軍虎威,末將等何能之有!只是失去宛城,朱光陣亡,我等如何去見丞相?

張　遼　我想丞相寬洪大量,必不降罪。聞聽丞相已得東川,曾命薛悌前去請教丞相收服西川之事。待他回來,便知分曉。

李典
樂進　將軍所見不差。

張　遼　軍士們!伺候了!

薛　悌　(內白)馬來!(上)

(念)雲掩旌旗暗,風吹刁斗寒。

末將參見。

張　遼　少禮。

薛　悌　啓將軍:丞相大兵,援救合肥,已經到了。

張　遼　丞相已到。吩咐擺隊相迎!

薛　悌　擺隊相迎!

衆　人　啊!

(同下)

第　三　場

(張遼等原人同上。曹操等原人同上)

張　遼
李　典　末將等迎接丞相!
樂　進

曹　操　大營伺候!(同下)

第　四　場

(前場原人同上。挖門歸座)

張　遼
李　典
樂　進　末將等參見丞相!
薛　悌

曹　　操	列公少禮！
張　　遼	
李　　典	謝丞相！
樂　　進	
薛　　悌	

張　　遼　丞相領兵遠來，受盡風霜之苦！

曹　　操　爲國勤勞，此乃老夫分內之事。列公軍威嚴整，使敵人不敢妄越雷池，老夫好生欽佩。

張　　遼	
李　　典	皆賴丞相虎威！只是朱光陣亡，失去宛城。末將等請罪！（跪介）
樂　　進	

曹　　操　那孫權聞老夫兵入漢中，不得首尾相顧，他乘勢而取。公等何罪之有？

張　　遼	
李　　典	謝丞相！聞聽丞相已得東川，何不乘勢奪取西蜀？
樂　　進	

曹　　操　公等言得極是。豈不知既已得隴，又何必望蜀？老夫此來，援救合肥。令士卒遠途跋涉，暫且安營。探聽吳兵消息，再作計較。軍帳擺宴，與衆位將軍同飲！

（同下）

第　五　場

（甘寧上，起霸）

甘　寧　（念）（詩）吳郡甘興霸，
　　　　　　　　　長江錦幔舟。
　　　　　　　　　酬君重知己，
　　　　　　　　　報友化仇讎。

俺，甘寧。隨定主公，四路征戰，屢建奇功。前者攻取宛城，衆將奮勇，爲國捐軀。那凌統在逍遙津小師橋救主有功，因此某心懷壯志，要做一驚天動地之事，教他見識見識。爲此全身披挂，去至主公台前討令。正是：

（念）胸懷大志如滄海，要顯甘寧虎將才。（下）

第 六 場

（四太監、徐盛、董襲、程普、張昭引孫權上）

孫　權　（唱）【西皮散板】
　　　　　逍遥津前擺戰道，
　　　　　張遼可算一英豪。
　　　　　馬跳橋頭兵敗了，
　　　　　軍回濡須重整袍。
　　　　孤，姓孫名權，字仲謀。日前奪了宛城，直取合肥。被張遼一戰，兵敗濡須口，多虧凌統相救。爲此重整船隻，以待水路進兵。也曾差人回朝搬取人馬。一去許久，未曾到來。内侍！伺候了！

凌　統　（内白）走啊！（上）
　　　　（唱）【西皮摇板】
　　　　　曹操統領大兵到，
　　　　　見了主公奏根苗。
　　　　凌統參見。主公千歲！

孫　權　平身。

凌　統　千千歲！啓奏主公：適纔探馬報道，曹操自漢中統領大兵，救護合肥。請旨定奪！

孫　權　啊，先生！那曹操領兵前來，先生妙計安在？

張　昭　臣啓主公：那曹操遠路而來，兵將正在疲乏之際。我兵先挫其鋭氣，那曹操必敗矣！

孫　權　所見不差。不知何人敢當此任？

凌　統　凌統願往！

孫　權　將軍願去？只是救兵未到。不知要用多少兵將，前去破敵？

凌　統　末將只用三千人馬，可以破曹矣！

孫　權　好！就命你挑選精兵三千，前去破曹。不得違誤！

凌　統　領旨！

甘　寧　（内白）且慢哪！（上）
　　　　（念）四海九州多變更，常將功業嘆韓彭。
　　　　甘寧參見主公！

孫　權　甘寧爲何帳外阻旨？
甘　寧　主公！臣在帳外聞得凌統將軍，討了三千人馬，前去破曹。現今朝中救兵未到。三千精兵，難以挑選。爲臣願討一支將令，只用百名兵馬，要殺曹操個片甲不存！
孫　權　這個……
凌　統　呔！甘寧休在主公台前誇口！前者在逍遥津，那張遼將小師橋拆斷，阻住主公的歸路。不是俺身帶數箭之傷，保定主公，跳過河來，東吳的兵將是全軍盡没。那時不知將軍，你往哪裏去了？
甘　寧　凌統！豈不知食君之禄，當報國恩。你不過仗着逍遥津些許的功勞，擅敢在主公台前誇口，請兵深入險地。倘若敗與曹操之手，東吳國體被你喪盡。真乃是不知用兵，一勇之夫也。
凌　統　住了！
　　　　（唱）【西皮摇板】
　　　　　　聞言不由心頭憤，
　　　　　　罵一聲甘寧太欺人。
　　　　　　自古軍家無常勝，
　　　　　　休賣弄口巧與舌能。
甘　寧　住了！
　　　　（唱）【西皮摇板】
　　　　　　小師橋救駕何足論，
　　　　　　趾高氣揚欺煞人。
　　　　　　爾今一定要討令，
　　　　　　分個上下再請兵。
凌　統　著打！
　　　　（凌統、甘寧二人起打扭住介）
孫　權　且慢！
　　　　（唱）【西皮摇板】
　　　　　　二將休得來争論，
　　　　　　均爲孤家錦乾坤。
　　　　甘將軍！
　　　　　　暫且退讓候孤令，
　　　　凌統！

　　　　　　　挑選人馬破曹兵。
凌　統　領旨！
　　　（唱）【西皮搖板】
　　　　　　主公台前領將令，
　　　　　　背轉身來喜盈盈。
　　　　　　邁開大步出營門，
　　　　　　挑選精兵踏曹營。（笑下）
孫　權　徐盛！
　　　（唱）【西皮散板】
　　　　　　帶領人馬暗接應，
　　　　　　他若有失速回營。
徐　盛　得令！（下）
孫　權　甘寧！
　　　（唱）【西皮散板】
　　　　　　將軍威名天下震，
　　　　　　文韜武略誰不聞？
　　　　　　後帳擺宴君臣飲，
　　　（四太監、董襲、張昭、程普分下）
孫　權　甘將軍！
甘　寧　主公！
孫　權　（唱）【西皮散板】
　　　　　　柔能克剛緊記心。
　　　　　　隨孤來呀！
甘　寧　嗻！
　　　（同下）

第　七　場

　　　（四文堂、劉曄、曹操上）
曹　操　（念）【引】東擋西殺威名震，
　　　　　　　　　運籌帷幄建功勳。
　　　（報子上）

報　子	啓丞相：凌統討戰！
曹　操	再探。
報　子	啊！（下）
曹　操	來！傳衆將進帳！
四兵卒	衆將進帳！

（張遼、張郃、李典、曹洪、樂進、薛悌同上）

六　將	參見丞相！有何將令？
曹　操	衆位將軍！老夫大兵將至，吳軍凌統前來討戰。何人出馬去戰凌統？
張　遼	張遼願往！
張　郃	張郃同去！
曹　操	好！就命張遼前去引戰。張郃可帶三千人馬，暗暗埋伏濡須口外。等他到此，一齊殺出，截其歸路，管教他片甲不回。不得違誤！
張　遼 張　郃	得令。馬來！

（四上手、四龍套兩邊上，與張遼、張郃帶馬同下）

曹　操	劉先生隨老夫出營觀陣去者！

（唱）【西皮散板】

　　　　勇冠三軍旌旗飄，

（唱）【流水】

　　　　紛紛將士逞英豪。
　　　　初破黃巾威風浩，
　　　　掃蕩群雄立功勞。
　　　　部下三軍你們齊引導！

（唱）【西皮散板】

　　　　號炮驚天山動搖。

（同下）

第　八　場

（四龍套、凌統上）

凌　統　（唱）【西皮散板】
　　　　　黃羅寶帳領將令，
　　　　　不由豪傑咬牙根。
　　　嗏！可恨甘寧，在主公面前，要搶某的頭功。多虧主公將他止住，命某挑選精兵三千，大戰曹兵。呔！眾將官！聽我一令！
　　　（唱）【流水】
　　　　　坐在雕鞍傳將令，
　　　　　大小兒郎聽分明：
　　　　　奮勇上前有賞贈，
　　　　　退縮斬首不容情。
　　　　　三軍隊隊往前進！
（四龍套領下）

凌　統　（唱）【西皮散板】
　　　　　得勝回營辱甘寧。（下）

第 九 場

（四龍套、張遼上）

張　遼　俺，張遼。奉了丞相將令，迎敵吳兵。眾將官！迎上前去！
　　　（四龍套、凌統上架住）
張　遼　呔！凌統！前番在逍遙津，饒爾不死。今日又來送命！
凌　統　今朝一定與爾死戰！
張　遼　敗軍之將，放馬過來！
　　　（兩邊龍套下。張遼、凌統起打。張遼敗下，凌統追下）

第 十 場

（四下手引徐盛【急急風】過場下）

第 十 一 場

（凌統、張遼上。起打介。張郃衝上，同打介。凌統敗下，張遼、張

郃追下）

第 十 二 場

（四下手、徐盛上。凌統敗上）

凌　統　哎呀！徐將軍，快快抵擋一陣！
徐　盛　待某向前！
張　遼
張　郃　（內白）哪裏走？

（張遼、張郃上，與徐盛、凌統起打。徐盛、凌統敗下）
（連場。四上手、四龍套兩邊上）

衆兵將　吳兵敗走！
張　遼
張　郃　敗兵不必追趕。回營交令！

（四上手、四龍套領張遼、張郃下）

第 十 三 場

（四太監、董襲、甘寧、程普、張昭、孫權上）

孫　權　（唱）【西皮散板】
　　　　　戰鼓鼕鼕連聲響，
　　　　　不知誰勝哪家強？
　　　　　將身坐在黃羅帳，

（凌統、徐盛上）

凌　統
徐　盛　（同唱【西皮散板】）
　　　　　含羞帶愧臉無光。
　　　　參見主公！爲臣失機敗陣，請主公按軍法施行。死罪呀死罪！（跪介）
孫　權　軍家勝敗，古之常理。何必如此？平身！
凌　統
徐　盛　謝主公！（起身介）
甘　寧　臣啓主公：如今凌將軍失機敗陣，那曹操必然軍威大振。爲臣今晚只帶領百人，去劫魏營。如若損傷一卒，情願按軍法從事。

孫　權　啊！將軍有此剛毅。這滿營兵卒，任你挑選一百名，今晚去劫魏營。孤賜美酒十壇，豬羊兩口，歸營去飲。立功之後，再爲獎賞。

甘　寧　得令！哈哈哈……（下）

凌　統　啊，臣啓主公：甘寧用百名兵卒去劫魏營，分明耻笑俺凌統。爲臣今晚要單人獨騎與曹兵決一死戰。

孫　權　啊！你二人千萬不可因私嫌而誤國家大事。從此你二人須要和美，孤纔放心。破曹之後，孤與你二人和解。不可各懷意見。

凌　統　遵命！

孫　權　程普、董襲、徐盛聽令！

程　普
董　襲　在！
徐　盛

孫　權　命你三人帶領本部人馬，見曹營火光一起，殺往曹營，接應甘寧。聽孤吩咐！
　　　　（唱）【西皮散板】
　　　　　　此番出兵非關小，
　　　　　　將士必須立功勞。
　　　　　　分派已畢歸營號，
　　　　（程普、董襲、徐盛下）

孫　權　（唱）【西皮散板】
　　　　　　走馬成功興吳朝。
　　　　（四太監、凌統、張昭、孫權下）

第十四場

甘　寧　（内唱）【西皮導板】
　　　　　　帳中誇口領將命，
　　　　（二小軍抬酒肉上，八軍士引甘寧上）

甘　寧　（唱）【快板】
　　　　　　百騎人馬劫曹營。
　　　　　　斬將擒王破敵陣，
　　　　　　甘寧今日顯奇能。

挑兵已畢回營門，（下馬）

（唱）【西皮散板】

再對衆卒說分明。

衆軍士　參見將軍！

甘　寧　汝等百人，均已集齊否！

衆軍士　俱已集齊。

甘　寧　小軍！

二小軍　有。

甘　寧　將主公所賜酒肉，擺在當地。俺今日要與列公大家席地而坐，痛飲一番。列公請坐！

衆軍士　我等不敢！

甘　寧　不妨，只管坐下同飲。

衆軍士　遵命。

甘　寧　來！將酒擺下！

二小軍　是。（擺酒）

甘　寧　大家團團而坐！

（衆軍士、甘寧同席地而坐）

甘　寧　啊！列公先自各飲一杯，請！（飲酒介）啊！列位！俺今奉命帶領汝等百人，今夜三更時分。去劫曹營。爾等須要努力爭先，以報國家俸祿之恩。

衆軍士　啟將軍：我等百人，如何能擋曹兵數萬？將軍思之！

甘　寧　啊！爾等面現難色，莫不是貪生怕死？吾令已出。如有不遵者，先試俺匣中之劍！

衆軍士　這個……

甘　寧　嘎！

衆軍士　將軍息怒。我等情願跟隨將軍同去。

甘　寧　哈哈哈……俺故意戲之耳。列公之應允，乃是懼吾之威，未必心口如一。恐難勝也。

衆軍士　將軍不須懷疑，我等心口如一。

甘　寧　好！請坐！飲酒一杯。俺有幾句言語，列公聽者！

衆軍士　啊！（飲酒介）

甘　寧　想人生天地之間，須要做一件驚天動地之事，方不愧奇男子。須知一入營伍當兵，乃是一件至尊至貴之事，所負責任不小。國家興亡，均在當兵的身上。身爲武夫，理當馬革裹屍，須以戰死沙場爲榮。休學那勇於私鬥、怯於公戰之輩。況且畏刀避箭，臨陣退縮，非我輩之行爲也。如今曹操挾天子壓群僚。帶領雄師，掃滅張魯，已得東川。欲吞西蜀，虎視江南。汝等俱是江南人民，家眷均在東吳。自古國家一體。國在家也在，國破家也亡。豈不知國家興亡，匹夫有責。皮之不存，毛將安附？前者主公逍遙津之敗，損兵折將，元氣已虧。此時我等若不振作精神，發奮圖強，恢復國威，倘若一旦再敗於曹賊之手，不但東吳九郡八十一州，俱歸外人所有，我等家小，均做了他人的牛馬奴隸。我今所講之言，不知列公以爲然否？

衆軍士　聽將軍之言，我等如夢方醒。今晚定與曹賊決一死戰！
甘　寧　好啊！列公可算有血性的男兒！你我已然痛飲一番。將酒撤下，聽俺吩咐！
二小軍　啊！（撤酒介）
甘　寧　衆兵卒！今晚三更時分，馬去鑾鈴，卷旗息鼓，頭上各插白鵝翎爲記，隨俺暗暗去劫曹營。約定放火爲號，須要努力爭先。聽吾一令！
（唱）【吹腔】
　　　男兒立志逞剛强，
　　　入軍伍效命疆場，
　　　爲國家，忠心盡，
　　　凌烟閣，把名揚。
爾等各戴白翎一支，隨某偸營劫寨者！
（接唱）【吹腔】
　　　萬古流芳，
　　　豈效那貪生怕死無名將。
（同下）

第 十 五 場

（初更介）

曹　　操　（内唱）【西皮導板】
　　　　　　　營門外起初更提鈴發號，
　　　　（四大鎧、四上手、四削刀手、四火牌手、四龍套、張遼、張郃、李典、樂進、曹洪、薛悌、二風燈、二旗牌、劉曄引曹操上）
曹　　操　（唱）【西皮原板】
　　　　　　　擺旌旗列營門來看六韜。
　　　　　　　有前營擺朱雀威風浩浩，
　　　　　　　後營隊擺玄武志廣謀高。
　　　　　　　左青龍右白虎層層飄繞，
　　　　　　　古金槍白玉鞍灶鼓齊敲。
　　　　　　　衆將官且休息各紮營道，
　　　　（起鼓。衆兵將走十字靠介，同喊介。衆兵將下）
曹　　操　哈哈哈……
　　　　（唱）【西皮搖板】
　　　　　　　執兵權我只得晝夜勤勞。
　　　　看我隊伍齊整，營盤堅固。縱有奸細，難以得手。先生，吩咐巡營兵卒，小心防守！
劉　　曄　遵命。
曹　　操　回營！
　　　　（四龍套、二風燈、二旗牌、劉曄、曹操下）

第 十 六 場

（二更夫上）
更夫甲　夥計小心點奸細呀！
更夫乙　知道啦！走！
　　　　（打更梆介。二更夫下）

第 十 七 場

（二更介。八軍卒引甘寧上）
（三更介）

甘　寧　放火！

　　　　（二更夫上）

二更夫　有奸細！

甘　寧　看戟！

　　　　（甘寧殺死二更夫）

　　　　（曹洪、張郃上，起打。曹洪、張郃敗下，甘寧原人追下）

第 十 八 場

　　　　（四上手、張遼上）

張　遼　前營火光衝天，是何緣故？

　　　　（報子上）

報　子　有奸細劫營！

張　遼　知道了。

　　　　（報子下）

張　遼　來！帶路大營去者！

　　　　（圓場。中場擺大帳子。曹操暗上，入帳介）

張　遼　丞相醒來！丞相醒來！

曹　操　（出帳介）啊！張將軍爲何這等模樣？

張　遼　丞相！大事不好了！

曹　操　何事驚慌？

張　遼　吳兵放火劫營！

曹　操　吩咐衆將速速拔寨！你可快帶火牌、削刀，速速抵擋。帶馬！帶馬！

甘　寧　（內白）隨俺殺啊！

　　　　（甘寧、八軍卒上。曹操上馬跑下。張遼、甘寧起打，張遼敗下。甘寧接火牌，削刀，攢介，追下）

第 十 九 場

　　　　（【亂錘】。火彩燒曹操上）

曹　操　（唱）【西皮搖板】

　　　　　恨吴兵劫营寨放火爲號，
　　　　　只燒得我兵將拔寨而逃。
　　　　　大諒着今夜晚性命難保，
　　（甘寧上）
甘　寧　（唱）【西皮摇板】
　　　　　吾兵卒抖神威活捉曹操。
　　（曹操跑下。曹洪上，與甘寧起打。曹洪敗下，甘寧追下）

第二十場

（甘寧上，與曹將起打介。曹將敗下，甘寧追下）

第二十一場

（四龍套、四下手、董襲、徐盛引程普上。過場下）

第二十二場

（【亂錘】。火彩燒曹操上）
曹　操　（唱）【西皮摇板】
　　　　　火衝天燒得我頭昏眼暈，
　　　　　黑夜裏找不著哪是營門。
　　　　　恨吴兵火攻計心腸太狠，
　　　　　身無力脚無根要跌倒埃塵。
　　（火彩燒曹操介，倒中場介。李典、樂進上）
李　典
樂　進　呀！丞相可曾傷了玉體？
曹　操　倒不曾傷着。你等可知那放火劫寨之將，他是何人？
李　典
樂　進　吴將甘寧。
曹　操　哦，甘寧！
李　典
樂　進　正是。

曹　操　此人如此英勇有謀。從今以後再遇此將，不可輕視於他！
　　　　（幕內喊介）
曹　操　敵兵又來。快快帶馬逃走！
　　　　（曹操上馬介，下。程普、徐盛上，與李典、樂進起打介，李典、樂進敗下。曹操上馬介，下。程普、徐盛上，與李典、樂進起打介，李典、樂進敗下。曹衆將上，甘寧上，起打介。曹衆將敗下）
甘　寧　衆位將軍！查看損傷多少兵卒？
程　普
徐　盛　啊！（查看人數）啓將軍：一百名軍卒，一名未損。
董　襲
甘　寧　哈哈！哈哈！哈哈……回營交令！
　　　　（同下）

第二十三場

（吹打。四太監、張昭、孫權上。甘寧、程普、徐盛、董襲、八軍士、四下手上）

甘　寧　參見主公！臣帶領百名兵卒，去劫曹營。殺得曹操大敗，未損一軍一卒。特來交令！
孫　權　將軍真乃奇人也。吩咐後帳擺宴賀功！
衆兵將　啊！
甘　寧　多謝主公！
　　　　（【尾聲】。原人同下）

三國戲曲集成

第六卷　現代京劇卷（下）

◎ 校理　胡世厚

◎ 胡世厚　主編

復旦大學出版社

元代卷	胡世厚　校理
明代卷	楊　波　校理
清代雜劇傳奇卷（上下）	胡世厚　衛紹生　校理
清代花部卷	衛紹生　楊　波　胡世厚　校理
晚清昆曲京劇卷	胡世厚　校理
現代京劇卷（上中下）	胡世厚　校理
山西地方戲卷	王增斌　田同旭　啜希忱　校理
當代卷（上下）	胡世厚　校理

《三國戲曲集成》編委會

顧　問　劉世德

主　任　胡世厚

副主任　范光耀　關四平　鄭鐵生　衛紹生　張蕊青

委　員　（按姓氏筆畫排列）

　　　　　王增斌　毛小曼　田同旭　啜希忱　康守勤

　　　　　張競雄　楊　波　趙　青　劉永成

主　編　胡世厚

◎戲畫 《趙顏求壽》◎
選自鄧元昌《京劇名劇名家240齣·戲畫白描》

◎戲畫 《定軍山》中小楊月樓◎
選自《民國戲劇人物畫》

◎劇照 《定軍山》◎
余叔巖飾黃忠
選自《中國京劇藝術百科全書》

◎劇照 《定軍山》◎
譚鑫培飾黃忠
選自《京劇老照片》

◎**戏画** 《定军山》◎
选自《粉墨梨园——张忠安戏画集》

◎劇照 《水淹七軍》◎
李洪春飾關羽（左） 選自《中國戲劇圖史》

◎戲畫 《水淹七軍》◎
選自《戴敦邦畫譜·中國戲曲畫》

◎戲畫 《走麥城》◎
選自鄧元昌《京劇名劇名家240齣・戲畫白描》

◎劇照 《連營寨》◎
王又宸飾劉備　選自《中國京劇藝術百科全書》

◎戲畫 《連營寨》◎
選自鄧元昌《京劇名劇名家240齣・戲畫白描》

◎戲畫 《別宮祭江》◎
選自戴一光《戲畫京劇百圖》

◎民國戲畫 《祭江》◎
選自《中國戲劇圖史》

◎劇照 《洛神》◎
梅蘭芳飾洛神 選自《京劇老照片》

◎戲畫 《洛神》◎
選自戴一光《戲畫京劇百圖》

◎清戲畫 《天水關》◎
選自《中國戲劇圖史》

◎戲畫《空城計》◎
劉鴻聲飾諸葛亮,小楊月樓飾孔明
選自《民國戲劇人物畫》

◎劇照 《空城計》◎
高慶奎飾諸葛亮
選自《中國戲曲發展史》

◎劇照 《空城計》◎
孟小冬飾諸葛亮
選自《中國京劇藝術百科全書》

◎民國戲畫 《空城計》◎
選自《中國戲劇圖史》

◎劇照　劉連榮飾鄭文（左），馬連良飾諸葛亮◎
選自《中國京劇藝術百科全書》

◎**清戲畫 《戰北原》**◎
選自《中國戲劇圖史》

◎**戲畫 《戰北原》**◎
選自戴一光《戲畫京劇百圖》

◎劇照 《脂粉計》◎
李和曾飾諸葛亮 選自《中國京劇藝術百科全書》

◎清戲畫 《七星燈》◎
選自《中國戲劇圖史》

◎戲畫 《七星燈》◎
選自鄧元昌《京劇名劇名家240齣·戲畫白描》

◎**戲畫** 《紅逼宮》◎
選自鄧元昌《京劇名劇名家240齣·戲畫白描》

◎戲畫 《亡蜀鑒》◎
選自戴一光《戲畫京劇百圖》

◎ **劇照 《哭祖廟》** ◎
何玉蓉飾劉諶(右),鄧薇薇飾崔氏　選自《中國京劇藝術百科全書》

◎戲畫　《哭祖廟》◎
選自鄧元昌《京劇名劇名家 240 齣·戲畫白描》

◎現代年畫　三國人物黃忠、姜維◎
選自《綿竹年畫精品集》

左 慈 罵 曹

佚 名 撰

解 題

　　京劇。現代佚名撰。《京劇劇目辭典》著錄,題《左慈罵曹》,又名《左慈戲曹》,未署作者。劇寫曹操命華歆至溫州採辦黃柑,曹操見呈之黃柑青氣撲鼻,剖開一看,中空無心,問華歆何故?歆云中途遇一道人,推動車輪,因而無心。曹操命拿道人。道人見曹操立而不跪,不認盜柑心事。剖柑驗之,柑心皆有。道人譏諷曹操狠心,言其殘害忠良,心腸狠毒,欺君叛逆,遺臭萬年。曹操怒而責之。道人揭罵曹操歷年戰敗狼狽相之短。曹操愈怒,責之愈毒。道人死而復蘇,又數其殺死呂伯奢全家,帶劍入宮逼死伏后,絞死董妃各項罪狀。曹操問其姓名,答稱四川峨嵋山左慈,得異人傳授天書三卷。曹操欲學天書好掌朝綱,左慈謂操掌不得,可付與劉備執掌。曹操疑其爲劉備奸細。左慈請畫龍取肝下酒,曹操許之。畫成,左慈騎龍而去。曹操命華歆領人追趕,不料滿城皆是左慈化身,曹操傳令盡殺之。本事出於《三國演義》第六十八回。但《演義》只是戲曹,無罵曹。《後漢書·左慈傳》所載與此劇情節完全不同。版本今有上海市《傳統劇目彙編》京劇十四集產保福藏本。今以此本爲底本整理。

第 一 場

（曹操上）

曹　操　（念）【引】四海名揚。各路諸侯拱手降。
　　　　（念）（詩）憶昔爭戰虎牢關,
　　　　　　　　朝廷將帥盡凋殘。
　　　　　　　　頂天立地男兒漢,

　　　　　　腰懸三尺斬苗蠻。
　　　　　老夫姓曹名操，字孟德。沛國譙郡人氏。在獻帝駕前爲臣，爵封魏王，這也不須言表。也曾命華歆前到溫州採辦黃柑，未見回來。
　　　　　（華歆上）
華　歆　（念）採辦黃柑事，
　　　　　　　報與魏王知。
　　　　　華歆打恭。
曹　操　免。命你採辦黃柑一事如何？
華　歆　採來了。
曹　操　呈上來，待老夫觀看。
華　歆　在此。
曹　操　（念）好黃柑，妙黃柑，
　　　　　　　青氣撲鼻，味美皮黃。
　　　　　待老夫剖開一觀。（剖柑介）爲何內面無心？
華　歆　華歆行至中途，遇一殘疾道人，將車輪推了幾步，故而無心。
曹　操　就該將他拿下！
華　歆　帶來了。
曹　操　帶上來。
華　歆　這道人，魏王傳你。
　　　　　（左慈上）
左　慈　（念）邁步上公廷，
　　　　　　　打動奸佞臣。
　　　　　明公在上，貧道稽首！
曹　操　見了老夫不跪，説甚麼稽首二字！
左　慈　貧道雲遊天下，兩跪一不跪。
曹　操　哪兩跪一不跪？
左　慈　跪天跪地，中不跪於國家。稽首頓首，恭賀魏王，天長地久。
曹　操　跪與不跪，但憑與你。爲何將老夫黃柑心盜去？
左　慈　貧道並沒有見甚麼黃柑。
曹　操　黃柑在此，拿去觀看。
左　慈　待貧道看來！
　　　　　（念）好黃柑，妙黃柑，

　　　　　　　青氣入骨透，
　　　　　　　皮黃肉不熟。
　　　　　　待我剖開一觀。（剖柑介）分明有心在內，說甚麼無心！
曹　操　你看有心，我看無心。
左　慈　（念）這黃柑只見得善心，
　　　　　　　見不得你那狠心。
　　　　　　　善心一見心還在，
　　　　　　　狠心一見心不存。
曹　操　老夫忠心為國，怎見心狠？
左　慈　你道你的心不狠麼？
　　　　（唱）你道你心不狠，
　　　　　　　我道你一片片蛇蠍心腸，
　　　　　　　一人夢想吞帝邦。
　　　　　　　起心不良勢壓鄉黨，
　　　　　　　拔劍害忠良，
　　　　　　　殺害許多忠良將。
曹　操　休要多講。
左　慈　（唱）非貧道多講。
　　　　　　　仔細從頭聽端詳。
　　　　　　　一人做事多詐誑，
　　　　　　　只圖自王哪管他人喪。
　　　　　　　全然不怕人談講。
　　　　　　　你好比篡位王莽，
　　　　　　　董卓專權，興漢劉邦；
　　　　　　　不學蕭何韓信張子房。
　　　　　　　說來慚愧你不可當！
曹　操　來，吩咐轉堂伺候。（原場轉堂衆手下上）少待。這道人道數老夫過惡。講得好，倒還則可，講得不好，當面打死！
左　慈　魏王要我道你過惡，講差了，休得見怪！
曹　操　你講！
左　慈　你聽！
曹　操　你說！

左　慈　你仔細聽了。
　　　　（唱）你自不忖量。
　　　　　　　仔細從頭聽端詳。
　　　　　　　人人有個心會想，
　　　　　　　萬結靈芝無推讓。
　　　　　　　欺君叛逆，狐群狗黨，
　　　　　　　作惡之徒，裝模作樣，
　　　　　　　陰曹地府怎見閻王。
　　　　　　　舉目油鍋要你受享，
　　　　　　　臭名萬代何處隱藏。
　　　　　　　貧道若得閻君做，
　　　　　　　拿住奸賊除禍殃。
曹　操　來！拿下去打！
　衆　　吓！（打左慈介）
華　歆　打死了！
曹　操　攙起來放下！氣絕了沒有？
華　歆　氣絕了！
曹　操　拖下去！（左慈又活介）
華　歆　又活了！
曹　操　這道人，打你不死，難道不知老夫的威名？
左　慈　講起你的威名，貧道好笑得緊！
曹　操　你講！
左　慈　你聽！
曹　操　你説！
左　慈　你仔細聽了。
　　　　（唱）不記長安受慘傷，
　　　　　　　呂布濮陽遇戰場。
　　　　　　　宛城張繡知你的威名大，
　　　　　　　赤壁屯兵知你的美名揚。
　　　　　　　黃驃馬，喪戰場，
　　　　　　　火燒墜高梁，
　　　　　　　墜在你身上。

　　　　　呂布金槍攔在你肩頭上，
　　　　　你那裏，生計巧，
　　　　　問聲曹操歸何處，
　　　　　反說曹操奔許昌。
　　　　　再說興兵下江南，
　　　　　東吳聞言膽戰慌。
　　　　　武將怕戰文官要降，
　　　　　周郎隔江打一望，
　　　　　不巧染病在營房，
　　　　　諸葛先生過大江，
　　　　　十六字神機袖裏藏。
　　　　　三日三夜東風降，
　　　　　一火燒得曹操精打光。
　　　　　華容道，遇關公，
　　　　　施仁義，將你放。
　　　　　潼關道，遇馬超，
　　　　　受慘傷，割鬚棄袍來逃走，
　　　　　險些一命喪黃粱。
　　　　　這是你聲名揚，
　　　　　說來慚愧不可當。
曹　操　來，又下去打！（打左慈介）
華　歆　打死了。
曹　操　攙起來放下！氣絕了沒有？
華　歆　氣絕了！
曹　操　拖下去！（眾拖左慈下，左慈又上介）
華　歆　轉來了！
曹　操　這道人，打你不死，難道不知王法？
左　慈　提起王法，貧道沒有你犯得多！
曹　操　你講！
左　慈　你聽！
曹　操　你說！
左　慈　你仔細聽了。

（唱）你辭董卓往他鄉，
　　　黑夜逃在呂家莊。
　　　好一個呂伯奢，
　　　與你父結交來往，
　　　捆殺猪羊擺成酒漿，
　　　那知你，生奸巧，
　　　你將他一家大小，老老少少，
　　　斬盡殺絕，殺一個精打光。
　　　許田射鹿欺君王，
　　　三呼萬歲你承當。
　　　平白帶劍入宮墻，
　　　逼死主母絞死娘娘。
　　　周圍布下天羅網，
　　　逼君立后在宮墻。
　　哎吓吓，苦吓！
　　（唱）董娘娘，一命亡，
　　　董承死，馬騰亡，
　　　吉平無故受慘傷。
　　哎吓吓，苦吓！
　　（唱）提起心頭淚汪汪，
　　　君要臣死不得不死；
　　　父要子亡不得不亡。
　　　貧道若得閻君做，
　　　拿住奸賊赴黃粱。
　　　先剜你的肝膽，
　　　後割你的肚腸，
　　　那時方稱得我心暢。

曹　操　一派胡言！叉下去打！（打介）
曹　操　住棍。
　　（念）【撲燈蛾】
　　　潑道太猖狂，
　　　言語來衝撞。

|叫人看棍打，
管叫一命亡，
烈烈轟轟鬧一場，鬧一場。

左　慈　且慢！

（念）【撲燈蛾】
身夢在黃粱，
耳邊風聲響，
任你假虎威，
任你似豺狼，
只當兒童戲耍場，戲耍場！

曹　操　這道人，打也打你不死，你家住哪裏？姓甚名誰？

左　慈　家住四川峨嵋山，姓左名慈，石洞修道，道號烏角先生。石壁響亮，得了天書三卷。

曹　操　上卷？

左　慈　騰雲駕霧。

曹　操　中卷？

左　慈　飛砂走石。

曹　操　下卷？

左　慈　飛劍能取項上人頭！

曹　操　老夫有意與你學這三卷天書，好掌朝綱大事。

左　慈　你怎麼掌得朝綱大事？

曹　操　何人能掌？

左　慈　貧道與你舉薦一人。

曹　操　舉薦何人？

左　慈　西川劉使君！

曹　操　少待。這道人開口劉使君，閉口劉使君，莫不是劉備差來細作，打聽老夫消息？來！將這道人斬訖報來！

華　歆　拿他不動！

曹　操　真乃有點道理。

左　慈　少待。你看這奸賊癡迷不醒，本待用飛劍傷他，怎奈天不滅曹，這便怎處？呵哈，有了。魏王，這黃柑服之無益，貧道略施小計，壁上畫龍，能取龍肝下酒！

曹　　操　要些甚麼用費？

左　　慈　只要凉水一碗。

曹　　操　看凉水過來。（手下取凉水上）

左　　慈　（念）貧道玄機貫九州，

　　　　　　　　五湖四海任遨遊。

　　　　　　　　明明指引道程路，

　　　　　　　　怎奈奸賊不回頭。

　　　　　　　　法水噴堂前，

　　　　　　　　壁上蛟龍現。（龍形上）

　　　　　（左慈騎龍下）

華　　歆　啓禀丞相，這道人跨龍逃走了！

曹　　操　前去追趕！（華歆等追下，又上）

華　　歆　頃刻之間，滿城盡是殘疾道人。

曹　　操　來日命宛城張繡，將殘疾道人，斬盡殺絶！掩門。

華　　歆　是。

曹　　操[1]　（念）偶遇峨嵋道，

　　　　　　　　空施半日威。（同下）

校記

［1］曹操：原作"左慈"，據文意改。

百 壽 圖

佚 名 撰

解 題

　　京劇。現代佚名撰。《京劇劇目初探》著録，題《百壽圖》，一名《趙顔求壽》；《京劇劇目辭典》著録，題《百壽圖》，又名《趙顔求壽》《趙顔借壽》《南北斗》，均未署作者。劇寫平原農家子弟趙顔，年十九。一日下田耕作，行經相士管輅卦棚，管輅相其氣色，說其三日後必夭亡。趙顔回家，告知父母。父子三人往見管輅，跪請相救。管輅囑趙顔攜帶鹿脯美酒，去終南山向神仙獻酒求壽。趙顔遵命而去，果見有二老人在松下對弈。趙顔獻酒食，跪求增壽。二老人爲南斗、北斗星君，掌管人間生死。無意中取用酒食，問知趙顔來意，將生死簿中趙顔壽活十九改爲九十九歲，並贈一《百壽圖》。趙顔叩謝而去。本事出於晉干寶《搜神記》、《三國演義》六十九回。趙顔，《搜神記》作顔超。版本今有《京劇彙編》收録的馬連良藏本及以該本重刊的《京劇傳統劇本彙編》本、《戲考》本。今以《京劇彙編》馬連良藏本爲底本，參考其他本校勘。

第 一 場

　　（管輅上）

管　輅　（念）【引】慧眼能識仙鬼，判斷禍福無差。
　　　　（念）（詩）天上星辰日月，
　　　　　　　　　人間山水物華。
　　　　　　　　　爭長論短空嗟呀，
　　　　　　　　　還是父母爲大。
　　　　貧道，姓管名輅字公明，乃平原縣人氏。自幼生就一雙慧眼，能知

　　　　　　過去未來之事。在這十字街前，擺了一座卦棚，無非指引世人。看今日天氣晴和，不免卦棚走走。
　　　（唱）【二簧慢板】
　　　　　　嘆光陰似箭穿過目烟雲，
　　　　　　見世間有草木盡已發青。
　　　　　　觀前面山崗上一派美景，
　　　　　　又看見這山下花開繽紛。
　　　　　　花開時比人生越開越盛，
　　　　　　花瓣落比人老遲暮光陰。
　　　　　　有等人貪酒色昏迷不醒，
　　　　　　有等人爲妻妾家業凋零。
　　　　　　有等人爲財産傷了性命，
　　　　　　有等人爲小事大禍臨身。
　　　　　　有家産必須要安守本分，
　　　　　　切不可以勢力欺壓貧人。
　　　　　　行一步且把這卦棚來進，
　　　　　　等候了繁華世癡迷之人。
　　　（趙顏上）
趙　顏　（唱）在家中遵奉了雙親嚴命，
　　　　　　手牽着青牛兒去把田耕。
　　　　　　小生，趙顏。奉了雙親之命，下田耕種。就此走走。
　　　（唱）【西皮導板】
　　　　　　世間人必須要耕種爲本，
　　　（唱）【西皮原板】
　　　　　　官出民民出土土内生金。
　　　　　　來至在十字路用目觀定，
　　　　　　卦棚內坐定了算命的先生。
　　　　　　放下犁拴上牛卦棚來進，
　　　　　　看一看他手托哪部古文。
管　輅　（唱）坐至在卦棚内心中煩悶，
　　　　　　觀前朝和後漢累代聖君。
　　　　　　有紂王寵妲己天心不順，

　　　　　　　　黃飛虎反五關去投國君。
　　　　　　　　且不論前朝事用目觀定，
　　　　　　　　猛抬頭見小哥大吃一驚。
　　　　　可嘆吶，可嘆！
趙　顏　啊，先生嘆者何來？
管　輅　請問小哥，家住哪裏，姓字名誰？身背犁杖，要向何往？
趙　顏　小子趙顏，奉了雙親之命，下田耕種。
管　輅　我勸你休要耕種；急速回家，好酒好肉飽餐三天。
趙　顏　先生何出此言？
管　輅　我看你氣色不正，三日後你定夭壽而亡。
趙　顏　啊，先生，我行路有影，痰嗽有聲，怎見得我三日後必死？
管　輅　小哥呀！
　　　　（唱）休道你行有影痰嗽有聲，
　　　　　　　豈不知天有那不測風雲？
趙　顏　（唱）管先生説此話我却不信，
　　　　　　　哪有個平白的死了好人？
管　輅　小哥！
　　　　（唱）勸小哥聽此話休要不信，
　　　　　　　待貧道下位去觀看五行。
　　　　　　　耳屬金金不能生水半寸，
　　　　　　　眉屬木木生火枝葉凋零。
　　　　　　　口屬水水已乾猶如枯井，
　　　　　　　眼屬火火無光不能生金。
　　　　　　　鼻屬土土入陷死氣已真，
　　　　　　　三日後你必定命喪殘生。
趙　顏　（唱）聽他言不由我心神不定，
　　　　　　　背轉身我這裏自己思忖。
　　　　　　　急忙忙向前去先生來問，
　　　　　　　三日後我不死有何爲憑？
管　輅　（唱）三日後你不死只管議論，
　　　　　　　如不然我和你去到公廳。
　　　　　　　再不然將我的卦棚拆損，

	任你羞任你辱任你施行。
趙　顏	（唱）聽他言嚇得我心意不定，
	想必是三日後要見閻君。
	轉過身牽着牛急往家奔，
	見雙親把此話細說分明。
	（趙顏下）
管　輅	（唱）可嘆他年少人大數已盡，
	這也是五閻君造定死生。
	（管輅下）

第　二　場

（趙範、趙母同上）

趙　範　（唱）一家人全憑着耕種爲本，
　　　　　　　小嬌兒下田去未見回程。

趙　顏　（內白）走啊！
　　　　（趙顏上）
　　　　（唱）放下犁拴上牛家門來進，
　　　　　　　見雙親淚汪汪跪在埃塵。
　　　　喂呀，爺娘啊！（哭）

趙　範
趙　母　兒啊，爲何啼哭？

趙　顏　爺娘有所不知，孩兒下田耕種，行至十字街前，有一算命先生，與兒看了一相。他道孩兒三日後夭壽而亡啊……（哭）

趙　範
趙　母　不好了！

趙　範　（唱）聽說是三日後我兒喪命，
趙　母　（唱）只恐怕絕了我趙氏後根。
　　　　兒呀！那算命先生現在何處？

趙　顏　現在十字街前。

趙　範
趙　母　待我二老前去哀告先生；倘有活命，也未可知。兒呀，帶路！

趙　顏　是。
趙　範　（唱）教媽媽你那裏將門帶定，
　　　　　　　卦棚裏去哀告算命的先生。
　　　　（同下）

第　三　場

　　　　（管輅上）
管　輅　（唱）將身兒來至在卦棚坐定，
　　　　　　　算人間生和死不差毫分。
趙　範
趙　母　（內白）走啊！
　　　　（趙範、趙母、趙顏同上）
趙　範　（唱）小嬌兒你與我把路來領，
　　　　　　　見先生淚汪汪跪在埃塵。（跪）
趙　範
趙　母　哎呀，先生呐！
趙　顏
管　輅　（唱）管公明坐卦棚用目觀定，
　　　　　　　見二老淚汪汪跪在埃塵。
　　　　趙顏。
趙　顏　有。
管　輅　這二老是你甚麼人？
趙　顏　二老雙親。
管　輅　年邁之人，快快請起。
趙　範
趙　母　多謝先生！
管　輅　你二老到此何事？
趙　範
趙　母　先生啊！
趙　範　（唱）小老兒名趙範六十三歲，
趙　母　（唱）我二老年半百有此嬌生。
趙　範　（唱）先生道我嬌兒三日喪命，

趙　母	（唱）	望先生發慈悲搭救嬌生。
管　輅	（唱）	我不是陰曹府輪回宮殿，
		我不是陰曹府掌簿判官。
		我不是觀世音救苦救難，
		我不是西天佛法力無邊。
趙　範 趙　母 趙　顏		哎呀，先生呐！
趙　範	（唱）	我哭哭一聲管先生，
趙　母	（唱）	我叫叫一聲管輅仙。
趙　範	（唱）	爲嬌兒我二老朝山拜頂，
趙　母	（唱）	爲嬌兒我二老把香來焚。
趙　範	（唱）	管先生！
趙　母	（唱）	仙長爺！
趙　範	（唱）	啊……啊……啊……
趙　母		望先生發慈悲搭救嬌生。
管　輅	（唱）	見二老只哭得我心好慘，
		不由人一陣陣心内痛酸。
		這時候怎救得殘生命轉，
		哦，有了！
		又只見南北斗移奔高山。
		二老請起。
趙　範 趙　母		多謝先生！
管　輅		趙顏有了救了。
趙　範 趙　母		救在哪裏？
管　輅		回到家去，準備鹿脯美酒，去至終南山，有二……
趙　顏		先生，二甚麼？
管　輅		有二位仙長在那裏著棋，你將這鹿脯美酒，暗暗獻上。他飲了你的酒，必要與你添壽。
趙　範 趙　母 趙　顏		請問先生，那二位仙長怎樣打扮？

管　輅　你們聽了！
　　　　（唱）有一個穿白的斯文體相，
　　　　　　　有一個穿紅的氣宇軒昂。
　　　　　　　你將這鹿脯酒暗暗獻上，
　　　　　　　飲了酒必與你添壽綿長。
趙　範　多謝先生。
　　　　（唱）辭別了管先生忙往家奔，
趙　母　（唱）準備下鹿脯酒送到山林。
　　　　（趙範、趙母同下）
趙　顏　（唱）辭別了管先生忙回家門，
管　輅　轉來。
趙　顏　（唱）問先生喚回我所為何情？
管　輅　（唱）你把這鹿脯酒暗暗獻上，
　　　　　　　必須要隱身形跌跪一旁。
趙　顏　（唱）仙長爺你不必仔細叮嚀，
　　　　　　　我趙顏縱一死不忘大恩。
　　　　　　　此一番到南山把酒來敬，
　　　　　　　見仙長求增壽小心殷勤。（下）
管　輅　（唱）這也是小趙顏不該命喪，
　　　　　　　他二老前世裏積下善良。
　　　　　　　哀告那南北斗將壽添上，
　　　　　　　到後來子孫多瓜瓞綿長。（下）

第　四　場[1]

南斗星
北斗星　（內白）走啊！（同上）
南斗星　（唱）【西皮搖板[2]】觀天地和日月乾坤浩蕩，
北斗星　（唱）【西皮搖板】天連水水連天渺渺茫茫。
南斗星　吾乃南斗星君是也。
北斗星　吾乃北斗星君是也[3]。
南斗星　星君請了。

北斗星　請了。

南斗星　你我奉了玉帝敕旨，巡查人間善惡。來此地已是南瞻部洲，今日閑暇無事，將歷代君王之事，細表一番。

北斗星　請。

南斗星　（唱）【西皮原板】自盤古分天地乾坤始創，

北斗星　（唱）【西皮原板】先太極分兩儀八卦陰陽。

南斗星　（唱）【西皮原板】按金木水火土五行方向，

北斗星　（唱）【西皮原板】先君臣後父子三綱五常。

南斗星　（唱）【西皮原板】堯傳舜舜傳禹江山揖讓，

北斗星　（唱）【西皮原板】夏桀暴商紂淫自取滅亡。

南斗星　（唱）【西皮原板】秦始皇歸一統山河執掌，

北斗星　（唱）【西皮原板】他不該焚詩書興建阿房。

南斗星　（唱）【西皮原板】楚項羽他倒有帝王之相，

北斗星　（唱）【西皮原板】他不該殺義帝強霸爲王。

南斗星　（唱）【西皮原板】

　　　　　　　把前朝君王事暫且慢講，
　　　　　　　有一輩忠良臣細説端詳：
　　　　（轉唱）【西皮快板】
　　　　　　　淮陰侯小韓信功高智廣，
　　　　　　　爲甚麼未央宮一命身亡？

北斗星　（唱）【西皮快板】
　　　　　　　休道那小韓信功高智廣，
　　　　　　　他不該活埋母九里山旁。
　　　　　　　他不該問道路把樵哥斬喪，
　　　　　　　他不該逼高祖拜他爲王。
　　　　　　　他不該困霸王烏江命喪，
　　　　　　　因此上未央宮一命身亡。

南斗星　（唱）【西皮快板】
　　　　　　　成蕭何敗蕭何蕭何該喪，
　　　　　　　爲甚麼那老兒壽命延長？

北斗星　（唱）【西皮快板】
　　　　　　　休道那漢蕭何該當命喪，

　　　　　　他本是忠良將壽命延長。
南斗星　（唱）【西皮搖板】嘆不盡前朝的忠臣良將，
北斗星　（唱）【西皮搖板】松林內擺棋盤散悶一場[4]。
趙　顏　（內白）走啊！（上）
　　　　（唱）【西皮搖板】
　　　　　　手捧着鹿脯酒終南山上，
　　　　　　又只見二仙長分坐兩廂。
　　　　　　我這裏將鹿脯暗暗獻上，
　　　　　　吞着氣躲着身跌跪一旁。
南斗星
北斗星　請！
南斗星　（唱）在石臺擺棋盤一帥一將，
北斗星　（唱）紅棋先黑棋後各佔一方。
南斗星　（唱）走一步當頭炮千軍難擋，
北斗星　（唱）還一個連環馬士相奔忙。
南斗星　（唱）又只見鹿脯酒從空而降，
北斗星　（唱）想必是天賜我美味清香。
南斗星　（唱）我和你棋不勝共飲佳釀，
北斗星　（唱）飛來物飲幾杯又何妨。
南斗星　你我再下一盤。
北斗星　請！
南斗星　（唱）戰勝了好一似漢高皇上，
北斗星　（唱）戰敗了好一似西楚霸王。
趙　顏　求壽哇！
南斗星　（唱）【西皮搖板】耳邊廂又聽得有人喧嚷，
北斗星　（唱）【西皮搖板】猛抬頭見小子跌跪道旁。
　　　　那一小子，家住哪裏，姓字名誰，到此何事？慢慢講來。
趙　顏　二位仙長容稟！
　　　　（唱）【西皮搖板】
　　　　　　家住在城廂外綠柳村上，
　　　　　　我的名叫趙顏耕種田莊。
　　　　　　都只爲在卦棚先生看相，

	他道我三日後一命身亡。
南斗星 北斗星	嘔！
南斗星	（唱）【西皮原板】聽小子說此話倒也清亮，
北斗星	（唱）【西皮原板】仙家事是何人泄漏陰陽？
南斗星	啊，星君！你我在此著棋，凡人怎能知曉？
北斗星	星君有所不知，只因凡間有一個管輅，生來一雙慧眼，能知人間過去未來之事，想是他指引前來，也未可知。
南斗星	星君何不將他陽壽查上一查。
北斗星	待我查來。（【牌子】）查得山西平原郡綠柳村趙範之子，名喚趙顏，前生作惡多端，今投趙門爲子。注定大漢建安一十二年，壽活一十九歲，夭壽而亡。趙顏，你今年多大了？
趙　顏	一十九歲。
南斗星	哈哈！完了哇！完了！
北斗星	（唱）【西皮搖板】 　　　教小子抬頭看生死簿上， 　　　這上面造定了字字行行。 　　　十九歲你就該把命夭喪， 　　　這時候並無有解救良方。
趙　顏	不好了！ （唱）【西皮原板】 　　　聽他言嚇得我魂魄飄蕩， 　　　不由我小趙顏無有主張。 　　　望仙長發慈悲將壽添上， 　　　可憐我家還有二老爺娘。
南斗星 北斗星	嘔！
南斗星	（唱）【西皮搖板】 　　　小趙顏只哭得淚如雨降， 　　　可憐他家還有二老爺娘。 啊，星君！你看趙顏哭得可憐，何不將他陽壽與他添上。
北斗星	星君說哪裏話來。你我奉了玉帝敕旨，巡查人間善惡。私添陽壽，

	玉帝聞知，吃罪不起。
南斗星	上蒼也有好生之德。何況你我……
北斗星	這是你好吃酒！
南斗星	你也好貪杯！
北斗星	彼此？
南斗星	一樣！
南斗星 北斗星	啊，哈哈哈哈……（笑）
北斗星	如此說來，這陽壽添得的？
南斗星	添得的！
北斗星	趙顏，你命活一十九歲，將這"一"字改爲"九"字。壽活九十九歲，也就夠了。
趙　顏	啊，仙長，將那一歲添上，豈不是百歲老人？
南斗星 北斗星	哎！貪心不足。聽我等道來！
南斗星	（唱）【西皮原板】我本是南斗星從空而降，
北斗星	（唱）【西皮原板】我本是北斗星降下天堂。
南斗星	（唱）【西皮原板】我掌生他掌死分毫不爽，
北斗星	（唱）【西皮原板】查人間生和死善惡昭彰。
南斗星	（唱）【西皮原板】我賜你子孫多富貴永享，
北斗星	（唱）【西皮原板】我賜你財源盛金玉滿堂。
南斗星	（唱）【西皮原板】我賜你椿萱茂代代興旺，
北斗星	（唱）【西皮原板】我賜你一家人無有災殃。
南斗星	（唱）【西皮原板】我賜你百壽圖懸挂堂上，
北斗星	（唱）【西皮原板】我賜你九十九大壽延長。
南斗星	（唱）【西皮原板】在人間休得要胡言亂講，
北斗星	（唱）【西皮原板】泄露了仙家事五雷身亡。
南斗星 北斗星	去吧！
趙　顏	（唱）辭別了二仙長忙下山崗，
南斗星 北斗星	轉來。
趙　顏	（唱）星君爺喚回我所爲哪樁？

南斗星　回去見了管輅，叫他從今以後，不要胡言亂語；再若胡言亂語，難免五雷擊頂。那旁有人來了。

趙　顔　在哪裏？在哪裏？

（南北斗星君同下）

趙　顔　二位仙長不見，待我望空一拜。

（唱）手捧着百壽圖忙下山崗，

回家去見爺娘細説端詳。（下）

校記

［1］第四場：《戲考》本無前三場情節，僅有第四場，人物、情節與原本相同，詞語、細節略有不同。

［2］唱西皮搖板："西皮搖板"腔調，原無，據《戲考》本補。下同。

［3］南斗星白吾乃南斗星君是也。北斗星白吾乃北斗星君是也：此二句原作"南斗星北斗星同白吾乃南北斗星君是也"，據《戲考》本改。

［4］有一輩忠良臣細説端詳至松林内擺棋盤散悶一場：原本此十五句對唱，《戲考》本作十七句，内容多有不同，録以供參考。

南斗星君　【西皮快板】

聽我把忠良臣細説端詳：

淮陰侯漢韓信功高名廣，

爲甚麽被吕后斬首未央？

北斗星君　【西皮快板】

休提起漢韓信功高德廣，

自幼兒行的事喪盡天良；

他不該困霸王烏江命喪，

因此上被吕后斬首未央。

南斗星君　【西皮快板】

漢蕭何造法律後人瞻仰，

爲甚麽那老兒壽命延長。

北斗星君　【西皮快板】

漢蕭何造律法治國興旺，

因此上那老兒壽命延長。

南斗星君　【西皮快板】

　　　　　　　有荊軻刺秦王英雄膽壯，
北斗星君　【西皮搖板】
　　　　　　　有專諸刺王僚蓋世無雙。
南斗星君　【西皮搖板】
　　　　　　　痛只痛控心死比干丞相，
北斗星君　【西皮搖板】
　　　　　　　嘆只嘆有蘇武白髮還鄉。
南斗星君　【西皮快板】
　　　　　　　嘆不盡前朝的忠臣良將，
北斗星君　【西皮搖板】
　　　　　　　松林內擺棋盤且消愁腸。

收 姚 斌

佚 名 撰

解 題

　　京劇。現代佚名撰。《京劇劇目辭典》著錄，題《收姚斌》，又名《真假關公》《姚斌盜馬》；《京劇劇目初探》著錄，題《真假關公》，一名《姚斌盜馬》，亦名《賢孝子》，均未署作者。劇寫曹操入侵雲南，爲雲南王吳蘆舉、川雲洞主所敗。孫權聞訊，命張昭聯結吳蘆舉夾攻劉備，約定奪取荊州事成共分疆土。吳蘆舉許諾。關羽聞曹仁攻打荊襄，命諸子前往劫寨，殺敗曹仁。惡霸張治平以打劫爲生，見獵户李誠之女玉貞貌美，欲搶爲妾，危急間，爲義士姚斌所救。姚斌回家，稟明其母，姚母責之。張治平率衆前來報讎，姚母向張治平謝罪，風波始息。樵夫方雄因老母病故，爲葬母曾向人借銀十兩。辛勞三載，湊够銀兩，前去歸還債主，行至途中，將銀失落，正欲自盡，被姚斌解救，並贈銀還債。時天降大雨，姚斌避雨古廟，夢與白猿相鬥，醒來得盔甲。方雄挑柴一擔酬謝姚斌，吳仁强買，方雄不允，互相扭打。姚斌問明情由，重責吳仁。姚母趕來，又向吳仁謝罪。姚母因姚斌屢次惹事，憂忿成疾。方雄請醫療治。姚斌聞醫生言母病須用千里馬肝方能治癒，盜了關羽所乘赤兔馬。欲闖出轅門，恰遇周倉，互相爭鬥。關羽父子回營，見狀，責姚斌。姚斌以實情相告。關羽憐其孝順可嘉，當即收留帳下。吳蘆舉率衆來攻荊州，爲關羽、姚斌等所敗。本事出於彭宗古《關帝外傳》第二十六回。清朱彝尊《日下舊聞》：“慈源寺東數百武，有關王廟，相傳即元崇恩萬壽宫。殿中塑像甚古，作姚彬被縛狀，殆元時舊作。……寺僧云：彬初爲黄巾賊將，貌類關壯繆。其母病，思食良馬肉。彬知壯繆所騎赤兔最良，因投麾下，竊赤兔以逃。關吏察其音不類河東，執以歸壯繆。姚彬慷慨請死，臨刑，忽大哭。壯繆問之，則以與母永訣故爾，乃釋之。”版本今有《京劇彙編》收録的北京市藝術研究所藏本及以此本重刊的《京劇傳統劇目彙編》本。今以《京劇彙編》北京市藝術研究所藏本爲底本校勘整理。

第 一 場

（許褚、樂進上，雙起霸）

許　褚
樂　進　（唱）【點絳唇】殺氣衝霄，

（徐晃、杜錫上，雙起霸）

徐　晃
杜　錫　（唱）【點絳唇】兒郎虎豹。

（張遼、李典上，雙起霸）

張　遼
李　典　（唱）【點絳唇】軍威浩，

（曹洪、于禁上，雙起霸）

曹　洪
于　禁　（唱）【點絳唇】地動山搖，

　衆　　（唱）【點絳唇】要把狼烟掃！

　　　　　俺——

許　褚　許褚。
樂　進　樂進。
徐　晃　徐晃。
杜　錫　杜錫。
張　遼　張遼。
李　典　李典。
曹　洪　曹洪。
于　禁　于禁。
許　褚　衆位將軍請了！
樂　進
徐　晃
杜　錫
張　遼　請了！
李　典
曹　洪
于　禁

許樂徐杜張李曹于　褚進晃錫遼典洪禁　丞相陞帳,兩廂伺候!

許樂徐杜張李曹于　褚進晃錫遼典洪禁　請!

(【發點】。四龍套、四大刀手、四上手、四長槍手引曹操上)

曹　操　(念)【引】掌握兵權扶漢室,整中原;南征北討費心機,掃烟塵干戈定。

許樂徐杜張李曹于　褚進晃錫遼典洪禁　參見丞相!

曹　操　衆位將軍少禮。

許樂徐杜張李曹于　褚進晃錫遼典洪禁　謝丞相!

曹　操　(念)(詩)征孫劉兩處興兵,
　　　　　　　　扶漢室費盡辛勤。
　　　　　　　　整中原大業未定,
　　　　　　　　剿南方去滅蠻人。
　　　　老夫,曹操。奉天子之命,征剿南方化外蠻地,今乃黃道吉日,正好興師。衆將官!人馬可齊?

許褚　俱已齊備。
樂進
徐晃
杜錫
張遼
李典
曹洪
于禁
曹操

褚　兵伐雲南！
進
晃
錫
遼
典
洪
禁

許　啊！
樂
徐
杜
張
李
曹
于
曹
許
樂
徐
杜
張
李
曹
于

（【牌子】。同下）

第　二　場

（報子上）

報　子　（念）奉命哨探不消停，不消停，
　　　　　　登山越嶺似流星，似流星，
　　　　　　打探中原發人馬，
　　　　　　奪取南方平川雲。

俺，川雲洞雲南王麾下能行飛報是也。今有曹操帶領雄兵數萬，戰將千員，前來征討南方，平滅川雲，不免報與大王知道。就此走遭也！

（唱）【黃龍滾】
　　　　只見那雲霧漫漫日無光，
　　　　一陣陣秋風起透骨淒涼。
　　　　俺只爲軍情緊急走慌忙，
　　　　登高山越險嶺來到關厢。

哎呀且住！天色已晚，城門緊閉，待俺越城而進。

（越城介，下）

第 三 場

吳蘆舉　（內唱）【粉蝶兒】
　　　　　將勇兵強，
　　　　（四下手、四土司兵上場門上，亮相。吳蘆舉上）
　　　　（接唱）鎮川雲將勇兵強。
　　　　（四下手、四土司兵下場門上，亮相）
　　　　（接唱）抖雄威，霸疆土，
　　　　　生殺獨掌。
　　　　（吳蘆舉上高臺介）

八下手　土司參！
八土司兵

吳蘆舉　各歸隊伍！

八下手　啊！
八土司兵

吳蘆舉　（念）（詩）土司百萬鎮川雲，
　　　　　　兵精糧足自為尊。
　　　　　　賞罰公平紀律正，
　　　　　　軍法森嚴殺氣騰。
　　　　孤，雲南王、川雲洞主吳蘆舉。威鎮南方一帶等處，土司數百餘萬，戰將千員，糧草足備，自立為王。今乃操演之期，為此陞帳理事。喂，衆土司，操演去者！

衆　　　啊！

報　子　（內）報！（上）
　　　　飛報告進！大王在上，飛報叩頭！

吳蘆舉　打探哪路軍情？起來講！

報　子　大王容稟！
　　　　（唱）【調笑令】
　　　　　奉軍令哨探，
　　　　　奉軍令哨探。

　　　　　　　晝夜裏哪得安然！
　　　　　哎呀！
　　　　　　　打探得中原把兵發，
　　　　　　　打探得中原把兵發，
　　　　　　　曹孟德親自把南方下。
　　　　　　　他要把土司齊拿，
　　　　　　　平滅了川雲歸漢家。
吳蘆舉　好惱！
　　　　（【風入松】。報子下）
　　　　且住！探子報道，曹兵前來犯境，豈肯容他猖狂！衆土司，迎敵者！
　衆　　　啊！
　　　　（衆出城介，下）

第 四 場

（【急急風】。曹操原人上，站門，吳蘆舉原人上，會陣，開打。曹操原人敗下）
吳蘆舉　哈哈！哈哈！啊哈哈哈……回關！
　衆　　　啊！
　　　　（同下）

第 五 場

（張昭、呂範、闞澤、諸葛瑾上。【點絳唇】）
張　昭　　　張昭。
呂　範　俺，呂範。
闞　澤　　　闞澤。
諸葛瑾　　　諸葛瑾。
張　昭　諸位大夫請了！
呂　範
闞　澤　請了！
諸葛瑾

張　　昭　吳侯陞殿，兩廂伺候！

呂　　範
闞　　澤　請！
諸葛瑾

（四太監、孫權上）

孫　　權　（念）【引】虎踞江東，恨劉備，霸佔荊州。

張　　昭
呂　　範　參見吳侯！
闞　　澤
諸葛瑾

孫　　權　諸位大夫少禮。

張　　昭
呂　　範　謝吳侯！
闞　　澤
諸葛瑾

孫　　權　（念）（詩）中原紛紛起戰爭，
　　　　　　　　　　孫劉共同破曹兵。
　　　　　　　　　　得了荊州九郡地，
　　　　　　　　　　劉備借去無音信。
　　　　　孤，姓孫名權字仲謀。當年孫、劉共同破曹，得了荊州，劉備借居，屯軍養馬，久借不還。眾卿，大耳劉備借去荊州不還，眾卿何計安在？

張　　昭　臣啟吳侯：近聞曹操平滅南方，奪取川雲，被番人殺得大敗，捲旗息鼓，回轉許昌。依臣之見，吳侯備下貴重禮品，去至川雲，借兵和好，奪取荊州，共破桃園，事成之後，兩下平分疆土。想那番人佔據中原地土不便，自然返回川雲，九郡仍歸吾國，望吳侯思之。

孫　　權　子布所言極是。就命卿押解黃金千兩，彩緞百端，去至川雲，結合土司，領旨下殿！

張　　昭　領旨！

（四太監、孫權下，眾另下）

第　六　場

（八土司兵、吳蘆舉上）

吴芦举　（唱）心中只把曹贼恨，
　　　　　　　大胆领兵夺川云。
　　　　　　　不是某家威风凛，
　　　　　　　曹兵焉能回许城！
报　子　（内）报！（上）
　　　　启禀大王：今有东吴张昭，奉命送来黄金千两，彩缎百端，前来求和。特来报知。
吴芦举　再探！
报　子　啊！（下）
吴芦举　众土司，摆队相迎！
　众　　啊！
　　　　（吹打。同下）

第 七 场

（四车夫、张昭上，过场，下）

第 八 场

（场设城。吴芦举原人上，迎介，四车夫、张昭上，进城介，同下）

第 九 场

（八土司兵、吴芦举、张昭上，进门，入座）
吴芦举　大夫贵驾光临，未曾远迎，当面恕罪！
张　昭　岂敢！山遥路远，少来拜望，大王海涵！
吴芦举　岂敢！大夫贵足踏贱地，有何见教？
张　昭　奉吾主之命，特求大王一事相帮。
吴芦举　何事相帮？大夫请讲！
张　昭　只因当年孙、刘合兵，共同破曹，刘备借去我国荆州，屯军养马，久借不还。今奉吾主之命，送来黄金千两，彩缎珠宝贵重物品，望大王笑納。懇求大王興師剿滅桃園弟兄,奪回荆州,吾主情願與貴國平分疆土,一切軍器糧草費用,我主擔負。久聞大王見義勇爲,此事諒無推辭的了!

吳蘆舉　既蒙見愛,某當協力相幫。後營備宴,與大夫接風。

張　昭　叨擾了!

（同下）

第　十　場

（關平、關興、關寧、關索上）

關　平　（念）隨父征戰創江山,

關　興　（念）朝朝殺砍馬蹄歡。

關　寧　（念）渴時慣飲刀頭血,

關　索　（念）倦來常在馬上眠。

關　平　　　關平。
關　興　俺,　關興。
關　寧　　　關寧。
關　索　　　關索。

關　平　衆位兄弟請了!

關　興
關　寧　請了!
關　索

關　平　想我弟兄跟隨爹爹開基創業,東征孫權,北剿曹操,内討患賊,外平巨寇,今日纔得清靜閑暇。不免請出爹爹,請教當年建功立業之事。

關　興
關　寧　言之有理。有請爹爹!
關　索

關　羽　（内）嗯咳!（上）

（唱）【點絳唇】

憂國憂民,中原紛爭,奪漢鼎。屢動刀兵,何日乾坤定!

關　平
關　興　參見爹爹!
關　寧
關　索

| 關羽 | 一旁坐下！
| 關平
| 關興
| 關寧
| 關索 | 謝坐！
| 關羽 | 兒等請爲父出來，有何事議？
| 關平 | 今日閑暇，請爹爹將昔年結義建功之事，指訓一番，兒等恭聽。
| 關羽 | 爲父當年闖走江湖，平霸除惡。與兒伯叔結義，大破黄巾，建功留名。不幸徐州失散，無奈暫時降曹，回想當年之事，令人酸鼻！
| 關平
| 關興
| 關寧
| 關索 | 請問爹爹：怎樣過關斬將，古城相聚？
| 關羽 | 汝等若問前情，待父寬去錦袍，將你三叔錯疑閉城，擂鼓助陣，爲父刀劈蔡陽，學與汝等一聽！（脱袍介）
（念）憶昔范陽遇英雄[1]，
　　　桃園結義破黄巾。
　　　徐州失散古城會，
　　　疆場廝殺到如今。

當年爲父挂印封金，保定汝等二位伯母，過關斬將，遠路奔行。聞土人言道：汝三叔在古城，招兵聚將。爲父命馬夫與他送信，叫他出城迎接你二位伯母。誰知他非但不迎，反跨馬提槍，怒髮出城，見了爲父，一言不發，提槍就刺。爲父問道：三弟爲何一言不發，提槍就刺？是他言道：你既降順曹操，有何臉面來會弟兄？劈面就是一槍。那時爲父忍氣吞聲言道：三弟休得魯莽，少停戰馬，聽兄道來！
（【牌子】。關羽作身段介）

| 關平
| 關興
| 關寧
| 關索 | 爹爹對三叔說明來意，三叔又講些甚麼？
| 關羽 | 你三叔問道：紅臉的，紅臉的，你在曹營安然瀟灑，因何來到此地？那時爲父言道：吾與曹公有言在先，立功便行，只因愚兄，在那白馬坡前！

(【牌子】。關羽作身段介)

(孫乾上)

孫　　乾　（念）軍中糧草至，報與君侯知。

　　　　　啓君侯：馬良送來糧餉，請君侯陞帳理事。

關　　羽　知道了。吩咐馬良將軍轅門候令。正是：

　　　　　（念）提兵調將按軍令，

孫　　乾　（念）疆場厮殺報君恩。

　　　　　（同下）

校記

［１］憶昔范陽遇英雄："范陽"，原作"鄱陽"，據《三國志》改。

第 十 一 場

(姚斌上)

姚　　斌　（念）【引】胸懷智謀，何日裏，顯姓揚名！

　　　　　（念）（詩）沙灘無水困蛟龍，

　　　　　　　　好似明珠墜土中。

　　　　　　　　何時得遇春雷動，

　　　　　　　　風雲際會稱英雄。

　　　　　俺，姚斌。不幸家父早亡，且喜老母尚還康健。是俺幼習文武，頗曉拳棒，奈無出頭之日。看今日天氣清和，不免去至街巷閑遊一番。待俺稟過母親。有請母親！

姚　　母　（內）做甚麼？

姚　　斌　孩兒要到大街遊玩遊玩。

姚　　母　（內）兒要早些回來！

姚　　斌　孩兒遵命！（出門介）唔呼呀，出得門來，好天氣也！

　　　　　（唱）【新水令】

　　　　　　　嘆平生時衰運未通，

　　　　　　　耗精神困頓風塵。

　　　　　　　秉承先嚴訓，

　　　　　　　立志耀門庭，

想俺姚斌呵！
　　素懷智謀，
　　顯英名不負辛勤。（下）

第 十 二 場

（四龍套、四下手、四大刀手、許褚、樂進、徐晃、杜錫、張遼、李典、曹洪、于禁、曹仁上。【粉蝶兒】）

曹　仁　（念）（詩）奉命統軍起戰爭，
　　　　　　疆場廝殺把賊擒。
　　　　　　威風凜凜金鼓震，
　　　　　　剿滅桃園立功勳。
　　某，曹仁。奉了曹丞相之命，統領人馬，攻打荊襄。衆將官，兵發荊襄！

衆　　　啊！
　　　　（同下）

第 十 三 場

（四馬童、四上手、關平、關興、關寧、大馬童引關羽上）

關　羽　（唱）每日教練兵和將，
　　　　　　緊守荊襄晝夜防。
　　　　　　轅門鼓角鼕鼕響，
　　　　　　必有軍情報端詳。
　　（關索上）

關　索　（唱）曹仁發兵奪荊襄，
　　　　　　報與爹爹作主張。
　　啓禀爹爹：今有曹仁發兵，攻打荊襄，爹爹速作準備。

關　羽　有道是：
　　（念）兵行千里，不戰自倦。
　　趁他目前安營未定，兒等帶領本部人馬，前去偷營劫寨，爲父隨後接應！

關　平	
關　興	得令！帶馬！（下）
關　寧	
關　索	
關　羽	軍士們，隨吾出戰者！
衆	啊！

（同下）

第 十 四 場

（四龍套、四下手、四大刀手、許褚、樂進、徐晃、杜錫、張遼、李典、曹洪、于禁、曹仁上，衆挖門，曹仁示意紮營介，同下）

第 十 五 場

（關平、關興、關寧、關索上，偷營介，曹仁原人上，開打，雙收下）

第 十 六 場

（四馬童、四上手上，站門。大馬童、關羽上。關平、關興、關寧、關索上，作身段介。曹仁原人上，二龍出水會陣介，開打，曹仁原人敗下，關羽原人追下）

第 十 七 場

（曹仁原人敗上，曹仁揮手收兵介，下）

第 十 八 場

（四馬童、四上手、關平、關興、關寧、關索、大馬童引關羽上，收兵介，關羽亮相，下）

第 十 九 場

張治平　（內）嗯咳！（上）
　　　　（念）自幼生來性情剛，
　　　　　　愛習棍棒與刀槍。
　　　　　　久走綠林慣奪搶，
　　　　　　江湖人稱活閻王。
　　　　（四家丁、興兒暗上）
張治平　（念）（詩）我本當年一宦家，
　　　　　　奸臣謀害走天涯。
　　　　　　闖蕩綠林爲本業，
　　　　　　倚仗搶奪作生涯。
　　　　某，活閻王張治平。當年先人在朝居官，被奸臣謀害，全家問斬。是俺逃出羅網，落在江湖，闖蕩綠林。因俺做事狠毒，人人稱俺"活閻王"，霸佔這荊襄四鄉一帶。看今日天清氣爽，不免請出諸位教師，郊外閑遊一番，順便做些買賣，倘遇機會，也未可知。興兒，有請教師爺！
興　兒　有請教師爺！
　　　　（四教師上）
四教師　（念）每日劫搶爲本分，全憑刀槍武藝精。
　　　　參見莊主！有何吩咐？
張治平　今日天氣清爽，同到郊外閑遊散逛，倘有好買賣做上幾件，豈不是好？
四教師　我等奉陪。
張治平　好，家丁們帶路，郊外去者！
　　　　（唱）俺本是宦門後官家根本，
　　　　　　因全家齊被害逃出禍門。
　　　　　　走綠林闖江湖倒也寧靜，
　　　　　　學一個柳展雄大顯威名。
　　　　（同下）

第二十場

（【急急風】。姚斌上，過場，下）

第二十一場

（李誠、李玉貞上）

李　　誠　（唱）每日裏在深山捕獸爲本，
李玉貞　（唱）母早亡父女們苦度光陰。
李　　誠　俺，李誠。
李玉貞　奴家，李玉貞。
李　　誠　只因內侄吳英幾日未到山中捕獸，想是身染重病。是我放心不下，爲此帶領女兒前去探望。兒呀，看天氣尚早，緩緩而行便了！
　　　　　（唱）嘆人生在世間禍福難定，
李玉貞　（唱）生和死正如那不測風雲。
　　　　　（同下）

第二十二場

（四家丁、四教師、興兒引張治平上）

張治平　（唱）一路上觀不盡青山美景，
　　　　　　　　柳蔭下好平陽花紅草青。
　　　　　好座柳林，大家席地而坐，涼爽涼爽。
　　　　　（衆席地坐介）
　　　　　（李誠、李玉貞上）

李　　誠　（唱）猛然想起事一件，
李玉貞　（唱）沉吟不走爲哪般？
　　　　　爹爹爲何不走？
李　　誠　兒呀，你在此等候。爲父去至前面，買些食物果品，去去就來。
李玉貞　是。
　　　　　（李誠下）

李玉貞　（看介）哎呀，好大的柳林，好一片平陽之地。
興　兒　嘿，那一女子，你一個人兒在這兒，必是由家裏偷跑出來的吧？你要是無處投奔，你看那邊站的是我家莊主爺，你給他做個二房夫人，你瞧好不好？
李玉貞　狂徒，著打！
張治平　一齊動手！
四家丁　啊！
　　　　（四家丁、四教師擁上，與李玉貞扭打介，李誠上）
李　誠　呔！你們這夥強人好生無理，與我女兒動起手來，是何道理？
張治平　快快將你女兒留下便罷；如若不然，叫你父女死無葬身之地！
李　誠　好狂徒，著打！
　　　　（開打，李誠、李玉貞敗下，張治平原人追下）

第二十三場

（姚斌上）
姚　斌　（唱）【折桂令】
　　　　俺只望封侯萬里班超，
　　　　生逼做叛國黃巾，
　　　　却做了背主黃巢。
　　　　恰好似脫韝蒼鷹，離籠狡兔，折網騰蛟。
　　　　救國難誰誅正卯？
　　　　掌刑罰難得皋陶。
　　　　只這鬢髮蕭蕭，
　　　　前程飄渺。
　　　　有一日若能够報效皇家，
　　　　哎呀！
　　　　免做這閑花野草。
　　　　（幕内喊聲）
姚　斌　且住。哪裏殺聲吶喊，待俺登高一望。（上高介）
　　　　（李誠、李玉貞上，張治平原人上，追打李誠、李玉貞下）
姚　斌　且住！看惡棍張治平與老者、幼女打在一處，定是張治平這廝胡爲

無禮,待俺打他個抱不平。呔,張治平休要欺人,俺姚斌來也!(下)

第二十四場

(李誠、李玉貞、張治平原人打上,姚斌上,接打,張治平原人敗下)

李　誠　多謝壯士搭救,請上受我父女一拜!
姚　斌　不敢!老者,你速速逃走,倘若惡棍餘黨到來,你就要走不成了。
李　誠　多謝了!
(李誠、李玉貞下)
姚　斌　且住!張治平此去,必不甘休,一定找到我家。我不免速速回家等候便了。(下)

第二十五場

(姚母上)
姚　母　(唱)想當年隨亡夫榮華安享,
　　　　　　到如今只落得苦度時光。
　　　　　　剩下了母子們鄉居荒甸,
　　　　　　願吾兒早日裏姓顯名揚。
(姚斌上)
姚　斌　(唱)非是我好爭鬥性情烈強,
　　　　　　皆因是張治平暗起不良。
　　　　參見母親!
姚　母　罷了,一旁坐下。
姚　斌　謝母親!
姚　母　兒呀,我看你臉上氣色不正,敢是在外面與人慪氣不成麼?
姚　斌　這個……
姚　母　講!
姚　斌　孩兒在外閒遊,見那惡棍張治平戲弄民女,將他父女打得甚是狼狽。孩兒路見不平,救了他父女,打走惡棍。孩兒恐那張治平找到家中,與母親辯理,因此急急回家。剛剛進得門來,不想被母親看破。

姚　母　嗯！好奴才！每每在外生事，不想家有老母在堂，倘若打傷人命，將兒拿到當官治罪，叫爲娘孤身一人，將靠何人奉養？從今以後，吾兒要改過前非，閑事少管，耐等機會，報效皇家，方爲人子之道。

姚　斌　孩兒遵命！（下）

（四家丁、四教師、興兒、張治平上）

張治平　來此已是。咄，姚斌出來受死！

姚　母　（開門介）哦，我當是何人，原來是張小哥，到此何事？

張治平　老夫人有所不知，俺在莊外與一行路的老者誤撞一處，言語不和，爭鬥起來，姚斌仗力欺人，故而來在府上與姚斌辯理。

姚　母　原來如此。張小哥，你們俱是少年氣壯，還要看在老身薄面，我這廂賠禮了。

張治平　老伯母不要如此。今後我弟兄見面，不言此讎也就是了。

姚　母　請到裏面吃杯茶吧！

張治平　某還有事，告辭了！

（張治平原人下）

姚　母　這個奴才，竟在外面闖禍，我定要教訓於他。正是：
（念）奴才無正志，使我暗傷心。（下）

第二十六場

（方雄上）

方　雄　（唱）屋漏偏遭連夜雨，
　　　　　　行船又遇頂頭風。
俺，方雄。每日打柴度日，只因老母病故，與夥計借了十兩紋銀葬埋老母。今已三載，是俺將銀兩湊够，與夥伴送去。不想行至中途，將銀兩失落。想俺每日打柴，幾時纔能積湊十兩銀子？此乃是天絕我也。俺不免在此林中行個自盡了吧！
（唱）這是我方雄該命盡，
罷！
　　　　不如一死早歸陰。

　　　　　　腰中繩帶忙解定，
　　　　（姚斌上）

姚　斌　啊！
　　　　（唱）此人慌忙有隱情。
　　　　　　藏身樹後偸觀定，
　　　　（方雄上弔,姚斌救方雄介）
　　　　（唱）因何短見把生輕？
　　　　壯士醒來！

方　雄　（唱）一時之間魂不定，
　　　　　　只見壯士面前存。

姚　斌　請問壯士尊姓大名，因何懸樹自盡？

方　雄　在下方雄。就在這荆山打柴度日。前三年家母病故之時，與夥伴借了十兩紋銀，葬埋老母。是俺每日積存，三載有餘，纔湊成十兩紋銀。今欲奉還夥伴，不料行至大街之上，將銀失落，因此懸樹自盡。

姚　斌　原來如此。我這裏現有十兩銀子，贈送壯士，去還你那夥伴去吧！

方　雄　請問壯士尊姓大名，府上住在哪裏？

姚　斌　在下姚斌，就在本城西門之內小平房居住。

方　雄　壯士贈銀，恩同再造。恩人在上，受我一拜！
　　　　（唱）恩同再造德匪淺，
　　　　　　來生犬馬當報還。（下）

姚　斌　（唱）孝子貧寒眞可慘，
　　　　　　見義勇爲理當然。
　　　　　　烏雲四起天色變，
　　　　　　大雨紛紛灑街前。
　　　　　　急急忙忙往前趕，（圓場）
　　　　　　不覺來在古廟前。
　　　　來此已是白雲寺，待俺進廟避雨。（進廟介）身體困倦，打睡片時。
　　　　（睡介）
　　　　（白猿上，撲姚斌介）

姚　斌　哎呀！
　　　　（念）【撲燈蛾】

　　　　　見一猿猴站面前，站面前，
　　　　　張牙舞爪咆哮歡，咆哮歡。
　　　　　兩膀抖開千斤力，
　　　　　管叫猿猴命難全，命難全！
　　　（【耍孩兒】。開打，白猿下）
姚　斌　且住！猿猴不見，有一石匣，待俺看來："若要石匣開，且候姚斌來。""且候姚斌來"！唔呼呀，原來是份盔甲，待俺望空一拜！（拜介）雨過天晴，不免回家便了。（下）

第二十七場

（方雄上）

方　雄　（唱）多蒙恩公來救命，
　　　　　　擔柴叩門謝恩人。
　　　俺，方雄。多蒙姚恩公贈銀，救俺性命。無恩可報，是俺打了許多乾柴，去到姚府登門叩謝，就此前往！
　　　（唱）受人家點水恩湧泉報定，
　　　（吳仁上）
吳　仁　（唱）又只見一樵夫重擔柴薪。
　　　吙！賣柴的！我看你擔的重擔柴薪，要賣到哪兒去？
方　雄　我這乾柴不是賣的，是送與姚斌府上的。
吳　仁　你把柴賣給我怎麼樣？
方　雄　這柴是不賣的。
吳　仁　你敢說三聲不賣？
方　雄　這乾柴是俺的，慢說三聲，就是三百聲不賣，你其奈我何！
吳　仁　大膽！
　　　　（唱）山林蠢漢敢狂言！
方　雄　（唱）強買柴薪理不端。
吳　仁　（唱）任你縱有包天膽，
方　雄　（唱）狹道相逢前世冤。
吳　仁　（唱）霎時叫你一命喪！
　　　　（吳仁、方雄打介）

（姚斌上）

姚　斌　（唱）你欺壓良民爲哪般？
　　　　呔！大膽吳仁，你欺壓良民，是何道理？
吳　仁　呔！姚斌，你來多事，難道你心中不服？
姚　斌　吳仁，你這廝强行無禮，遇見俺姚斌，叫你難逃公道！
吳　仁　哈哈，著打！
姚　斌　好狂徒！
　　　　（唱）俺平生好打抱不平，（打吳仁介）
　　　　　　你素日無賴欺良民。（打吳仁介）
　　　　　　俺今日一怒要你的命，
（姚母上）

姚　母　奴才！
　　　　（唱）違背慈訓不孝人！
吳　仁　老太太，打壞了我嘍！
姚　母　吳壯士，小兒無禮，老身這廂賠禮了。
吳　仁　老太太，不要折煞晚生。我二人口角之爭，是晚生的不是。你老人家不要如此，晚生告辭啦！（下）
姚　母　好奴才！
　　　　（唱）奴才不聽爲娘訓，
　　　　　　三番兩次把禍尋，
　　　　　　霎時心血往上奔。（灑介）
（姚斌扶姚母下）

方　雄　且住！恩公爲我與人爭鬥，不想驚動姚老夫人，口吐鮮血。俺不免暫將柴擔寄存旁處，去請姬世民大夫與姚老夫人調治病症便了。正是：
　　　　（念）不辭登山涉水，朋友盡在五倫。（下）

第二十八場

（四馬童、大馬童引關羽上）

關　羽　（唱）威風凛凛荆州鎮，
　　　　　　疆場厮殺報君恩。

（關平、關興、關寧、關索上）

關　平
關　興　（唱）白河水發波浪滾，

關　寧
關　索　（唱）金色鯉魚鬧龍門。

關　平　啓禀爹爹：白河水發，金色鯉魚各重百斤，在浪裏翻身，特來報知。

關　羽　有這等事！吾兒帶路，我父子五人同往觀魚去者！

　　　　（唱）兒等與我把路引，
　　　　　　　觀看鯉魚躍龍門。

（同下）

第二十九場

（傅萬年上）

傅萬年　（唱）要爲天下奇男子，
　　　　　　　須立人間未有功。

　　　　在下，傅萬年。在這荆州關君侯營中當了一名馬頭軍。只因君侯父子五人，出城觀看金色鯉魚在浪裏翻身，躍跳戲水，是我在營中無事，出營買些零用物品，就此走走也！

　　　　（唱）身當官差不得閑，
　　　　　　　忙裏偷閑到街前。
　　　　　　　購買物品快回轉，

（姚斌上）

姚　斌　（唱）心中有事不安然。

傅萬年　姚賢弟！

姚　斌　傅大哥！一向可好？

傅萬年　好。賢弟可好？

姚　斌　多謝大哥動問。

傅萬年　老伯母可好？

姚　斌　家母麼，病了。

傅萬年　她老人家病啦？

姚　斌　正是。請問傅大哥，現在哪裏公幹？

傅萬年　愚兄時運不至,如今在關君侯營中當了一名馬頭軍,專管關君侯赤兔千里馬。你有工夫,去到營裏找我去,咱倆人仔仔細細地談談。
姚　斌　請問,若是去尋大哥,從哪門而進?
傅萬年　你找我別走大轅門,西角上有個小門,那是私人走的路,出入方便極啦,也沒人問。
姚　斌　記下了。
傅萬年　兄弟,今天可別去。
姚　斌　却是爲何?
傅萬年　關君侯不在營裏,我是偸着出來買點兒東西,到家裏看看。兄弟,我話都説啦,你聽明白啦?哥哥失陪,我買東西去啦,改天再見!
　　　　(下)
姚　斌　哎呀且住!想我母身染重病,大夫言道:若要老娘病體痊癒,須用千里戰馬肝。方纔傅萬年言道:關君侯不在營中,我不免從西角門混入,偸盜赤兔千里馬,也好與我母治病。正是:
　　　　(念)爲母何惜闖虎穴,盡孝哪怕入龍潭。(下)

第 三 十 場

(【急急風】。四車夫、周倉上)
周　倉　某,姓周名倉字元豐。奉了君侯之命,催運糧草。糧草催齊。軍士們,回營!
四車夫　啊!
　　　　(同下)

第 三 十 一 場

(姚斌上,走邊)
姚　斌　(念)俺本將門後代根,
　　　　　　　一身俠骨志不貧。
　　　　　　　未遇明主酬宿願,
　　　　　　　闖蕩江湖隱綠林。
　　　　俺,姚斌。爲母療疾,改裝偸盜赤兔馬,就此走遭也!(下)

第三十二場

（四馬童、大馬童上）

大馬童　衆位兄弟請了！

四馬童　請了！

大馬童　傅萬年一去不歸，我們大家各自打睡片時便了。（看介）你看廖將軍來也！

（王甫、趙累、糜芳、傅士仁、廖化上）

廖　化　（念）明日閱操期限，三軍哪得安然！

四馬童
大馬童　參見諸位將軍！

王　甫
趙　累
糜　芳　罷了。明日閱操之期，你等速速將戰馬備齊，不可遲誤！
傅士仁
廖　化

四馬童
大馬童　啊！

（周倉上）

周　倉　諸位將軍在此！

廖　化　周將軍，糧草可齊？

周　倉　糧草催齊，君侯哪裏去了？

廖　化　往白河觀魚去了。

周　倉　大家齊到轅門伺候！

王　甫
趙　累
糜　芳　請！
傅士仁
廖　化

（王甫、趙累、糜芳、傅士仁、廖化下）

大馬童　弟兄們，各自準備！

四馬童　啊！

（同下）

第三十三場

（姚斌上）

姚　　斌	啊！西角門因何緊閉？也罷，待俺越墻而過！（越墻介）妙啊，四顧無人，待俺盜取戰馬。（盜馬介）戰馬到手，俺不免闖出轅門！ （姚斌圓場，王甫、趙累、糜芳、傅士仁、廖化、周倉兩邊上）
王　　甫 趙　　累 糜　　芳 傅士仁 廖　　化	迎接君侯！
姚　　斌	啊！
周　　倉	並非君侯，拿奸細！ （周倉奪馬介。關平、關興、關寧、關索、關羽上，衆持劍各亮像）
關　　羽	大膽！此是何人？爲何在轅門爭鬥起來？
周　　倉	此人偷盜赤兔馬，闖走營門，故而爭鬥。
關　　羽	啊！某與你素不相識，結有何怨，前來盜我戰馬？從實講來，某恕你不死。
姚　　斌	哎呀君侯啊！小人名叫姚斌，只因爲老母有恙，看病先生言道：若要我母身體安，須用千里戰馬肝。慢說小人家中貧寒，縱有銀錢，一時焉能購買得到！小人前思後想，萬般無奈，舍死忘生，前來盜馬，療親之病。小人謹遵古言：萬惡淫爲首，百善孝當先。爲療母病，縱死心甘。如今小人冒犯君侯虎威，理應千刀萬剮，小人雖死，爲親盡孝，分所當然。可憐我母年近六旬，孤身一人，無依無靠。望君侯開天高地厚之恩，收錄小人，情願舍死忘生，報效軍前，感謝君侯再造之德。望君侯開恩！
王　　甫 趙　　累 糜　　芳 傅士仁 廖　　化	君侯，忠臣孝子，令人欽佩，望君侯收錄姚斌，豈不又是一條膀臂！望君侯思之。
關　　羽	起來！
姚　　斌	謝君侯！

關　羽　姚斌,我看你相貌威武,舉止不凡,因何落身綠林,不習正業？從實講來！

姚　斌　君侯容禀！

（唱）【喜遷鶯】
　　　俺也是將門官宦,

哦呵！
　　　都只為內監專權。
　　　可嘆我父早亡全家離散遭兇險,
　　　因此上欲見慈親難。
　　　出艱險,落荒甸,
　　　走綠林,闖江湖,
　　　矢志貧賤愧無顏。
　　　為母病盜赤兔,
　　　舍身入險,冒威嚴。
　　　望君侯開恩典,
　　　收錄報效在軍前。

關　羽　呀！

（唱）【吹腔】
　　　聽此情好叫我憐憫暗嘆,
　　　真個似穎考叔仁孝感天。

關　平　（唱）可嘆他官宦後被陷遇難,
關　興　（唱）大英雄,
關　寧　（唱）臣當忠子應孝令人欽羨,
關　索　（唱）為母病舍性命闖入龍潭。
姚　斌　（唱）深施禮感恩典,
　　　　小將軍稱贊不敢擔。
　　　　望君侯收帳前,
　衆　　（唱）棄暗投明真英賢。
姚　斌　（唱）哀哀哀一場鏖戰,
　衆　　（唱）喜喜喜收姚斌將中魁元。
報　子　（內）報！（上）
　　　　啓禀君侯：今有雲南川雲洞主受東吳之約,領兵攻打荊州。

關　羽　再探！

報　子　啊！（下）

關　羽　衆將官，全身披挂，隨爺出戰者！

　衆　　啊！

　　　　（同下）

第三十四場

（【風入松】。八土司兵、八下手、吳蘆舉上）

吳蘆舉　前道爲何不行？

八土司兵
八　下　手　來此已離荆州地界不遠。

吳蘆舉　人馬列開！唔呼呀，看荆州地界如此寬闊，令人可欽。呔，衆土司，人馬急速趲行者！

　衆　　啊！（抄下）

吳蘆舉　看我軍個個虎狼之威，好一派殺氣也！

（唱）【折桂令】

　　觀吾軍盔鎧燦爛，

　　一個個如狼似虎奔走山川。

　　這邊廂旌旗飄揚，

　　那邊廂鼓樂聲喧殺氣連天。

　　俺今日呵！

　　俺今日抖擻威嚴，

　　奪荆州霸佔中原。（趟馬，下）

第三十五場

關　羽　（内唱）【粉蝶兒】

　　嘆蒼生亂世炎漢！

（四馬童、四上手、王甫、趙累、糜芳、傅士仁、廖化、姚斌、周倉、關平、關興、關寧、關索、大馬童引關羽上）

關　羽　（接唱）

　　　　論奸雄董卓、曹瞞。
　　　　破黃巾雄兵百萬，
　　　　氾水關斬華雄酒尚未寒。
報　子　（內）報！（上）
　　　　土司討戰！
關　羽　再探！
報　子　啊！（下）
關　羽　眾將官，奮勇當先！
　眾　　啊！
　　　　（同下）

第三十六場

（吳蘆舉原人上，關羽原人上，開打，吳蘆舉原人敗下，關羽原人下）

瓦口關

佚名撰

解題

　　京劇。現代佚名撰。《京劇劇目初探》《京劇劇目辭典》著錄，題《瓦口關》，一名《真假張飛》，均未署作者。《辭典》謂郝壽臣、錢寶鋒工此戲；《初探》云此劇係錢令福代表作。劇寫曹操命曹洪鎮守漢中。曹洪使夏侯淵守定軍山，張郃守瓦口關，親自領兵攻南隘口。隘口守將任夔開關迎敵，爲曹洪所敗，逃回見馬超。馬超責之，修書向劉備求援。劉備得馬超信，問計於孔明，孔明命張飛攻取瓦口關。劉備恐其貪杯誤事，孔明令張戒酒。又密告范疆、張達：如見張飛飲酒，速來稟報。張飛與張郃交戰。張郃大敗，退守關內，堅守不出。張飛大開酒戒，令衆將士豁拳暢飲。張、范二人使人密報孔明。孔明不惟不怒，反使魏延押解美酒十罎送交張飛，並密令黃忠、嚴顏、劉封等帶領人馬，隨同劉備，往瓦口關進發。張飛得酒大喜，令魏延埋伏城外，又密令范疆、張達前往曹營詐降。並將十罎美酒盡賞三軍，命在關前席地痛飲，又使雕塑匠急忙塑造一個與己相貌相仿之泥人，安置營中。范疆、張達見張郃，謂張飛終日飲酒，鞭打士卒，故來歸降。張郃命將二人綁上城樓，觀看動靜，果見張飛士卒口出怨言，乃將二人鬆綁。張郃中計，夜間劫營，直入張飛帳中，刺倒塑像，爲張飛所敗。魏延伏兵截殺。孔明詐稱張郃回城，賺開城門，人馬皆降。張郃回城，遭黃忠、嚴顏截殺，倉皇逃走，瓦口關失守。張飛入城，向孔明稱謝，劉備設宴爲孔明、張飛慶功。本事出於《三國演義》第六十九、七十回。《三國志・魏書・張郃傳》《蜀書・張飛傳》載有其事，情節不同。《辭典》云：舊本有曹洪破斬吳蘭、任夔，張飛、馬超敗走漢中事，後删去。道光四年《慶昇平班戲目》即有此劇。版本今有《京劇彙編》孫盛武藏本及以此本重刊的《京劇傳統劇目彙編》本、《京劇叢刊》本。今以《京劇彙編》孫盛武藏本爲底本，參考其他本校勘整理。

第 一 場

（夏侯淵上，起霸）

夏侯淵　（唱）【點絳唇】
　　　　　　威武名揚，英雄膽壯。
　　　　（張郃上，起霸）
張　郃　（唱）【點絳唇】
　　　　　　志昂揚，武藝無雙，
夏侯淵
張　郃　（接唱）【點絳唇】
　　　　　　扶助山河旺。
夏侯淵　（念）（詩）志氣昂揚統貔貅，
　　　　　　　　　威風凜凜貫九州。
張　郃　（念）（詩）萬馬營中掃賊寇，
　　　　　　　　　滅却孫劉方甘休。
夏侯淵　某，夏侯淵。
張　郃　　　張郃。
夏侯淵　將軍請了！
張　郃　請了。
夏侯淵　我等奉了魏王鈞旨，隨定元帥到漢中鎮守緊要之地。候元帥陞帳撥汛地，一同起兵便了！
張　郃　言之有理，在此伺候。
夏侯淵　請！
　　　　（四文堂、四下手、曹洪上）
曹　洪　（念）【引】金戈鐵馬掃狼烟，防禦西蜀守邊關！
夏侯淵
張　郃　參見元帥！
曹　洪　二位將軍少禮。請坐！
夏侯淵
張　郃　謝坐。
曹　洪　（念）（詩）凜凜威風將魁元，
　　　　　　　　　斬關奪寨賊膽寒。

　　　　　　胸中韜略無人比，
　　　　　　扶保我主錦江山。
　　　　本帥，曹洪。奉了魏王旨意，鎮守漢中一帶等處。今乃黃道吉日，二位將軍！

夏侯淵
張　郃　元帥！

曹　洪　你我分兵各守汛地便了。

夏侯淵
張　郃　敬聽元帥吩咐。

曹　洪　夏侯淵聽令！

夏侯淵　在。

曹　洪　命你帶領三千人馬，五百鐵騎軍，鎮守定軍山，不得有誤！

夏侯淵　得令！（下）

曹　洪　張郃聽令！

張　郃　在。

曹　洪　命你帶領三千人馬，五百校刀手，鎮守瓦口關，不得有誤！

張　郃　得令！（下）

曹　洪　待本帥統領大軍紮住南隘口一帶等處。眾將官！

眾　　　有。

曹　洪　起兵前往！

眾　　　啊！

　　　　（【牌子】。同下）

第　二　場

　　　　（任夔、吳蘭上）

任　夔　（念）奉命把關口，

吳　蘭　（念）緊防莫停留。

任　夔　某，任夔。
吳　蘭　　　吳蘭。

任　夔　將軍，你我奉了主公之命，馬元帥將令，把守隘口。不知曹操差何人領兵前來？

吳　蘭　我命報子前去打探，未見回報。
報　子　（內）報！（上）
　　　　曹洪討戰！
任　夔　再探！
報　子　啊！（下）
任　夔　曹洪領兵到此，你我迎上前去！
吳　蘭　且慢，無有元帥將令，不可輕敵！
任　夔　賊兵遠來，人馬困乏，你我正好立功，趁此機會殺他個措手不及！
吳　蘭　就依將軍之見。
任　夔　眾將官！
四龍套　（內）有。（上）
任　夔　迎上前去！
　　　　（任夔、吳蘭上馬介。四文堂、四下手、曹洪上，會陣介）
曹　洪　來將通名！
任　夔　馬元帥帳下驍將任夔！
吳　蘭　吳蘭！來將敢是曹洪？
曹　洪　既知本帥到此，就該下馬歸降，免做刀頭之鬼！
任　夔
吳　蘭　滿口胡言，放馬過來！
　　　　（起打介，任夔、吳蘭敗下）
曹　洪　蜀兵大敗，緊緊追趕！
　　　　（同下）

第　三　場

（四龍套、馬超上）

馬　超　（念）【引】欽奉君命鎮邊關，提防曹賊起征戰！
　　　　（念）（詩）英雄常懷衝天志，
　　　　　　　　　男兒須立蓋世功。
　　　　　　　　　三軍踴躍衝敵陣，
　　　　　　　　　萬里邊城掌握中。
　　　　俺，姓馬名超字孟起。可恨曹賊害死我父，是俺帶兵與父雪恨，在潼關只殺得那賊膽破魂消。劉皇叔仁義過人，爲此，俺帶領人馬投其麾下。今奉軍師將令，鎮守下川隘口，也曾派驍將任夔、吳蘭駐紮關外隘口，以防曹兵窺視。正是：
（念）不共戴天恨，至今未報清。
（任夔、吳蘭上）

任夔
吳蘭　參見元帥！

馬　超　罷了，爲何這等光景？

任夔
吳蘭　啓稟元帥：今有曹洪領兵前來，大戰隘口，末將等敗回來了！

馬　超　無有本帥將令，私自交鋒！來，推出斬了！

　衆　　元帥，用兵之際，望元帥開恩饒恕。

馬　超　念在衆將講情，記過一次！

任夔
吳蘭　謝過元帥。

馬　超　命你二人駐紮原地，無令不許出戰！

任夔
吳蘭　得令！正是：
（念）雙手捧起湘江水，難洗今朝滿面羞！（下）

馬　超　待我修起本章，啓奏主公，求援便了。掩門！
（衆同下）

第　四　場

曹　洪　（內唱）【西皮導板】
　　　　遵奉魏王鈞旨降，
（四文堂、曹洪上）

曹　洪　（唱）統領人馬離許昌。
　　　　三路分兵把賊擋。
　　　　各守汛地謹提防。
　　　　隘口交鋒排兵將，
　　　　蜀軍一戰敗疆場。

　　　　　　神卜管輅曾言講，
　　　　　　只怕南方有損傷。
　　　　　　悶懨懨且坐中軍帳，
　　　　　　且聽探馬報端詳。
　　　（四下手、張郃上）
張　郃　（唱）撩鎧甲邁步忙進帳，
　　　　　　且把軍情問端詳。
　　　參見元帥！
曹　洪　將軍少禮。請坐！
張　郃　謝坐。
曹　洪　我命將軍鎮守瓦口關，已然前往，何事又見本帥？
張　郃　聞得元帥大獲全勝，爲何退兵安營？
曹　洪　頭陣遇見馬超部將任夔、吳蘭，被本帥殺得大敗，我兵火速追趕。我料那馬超必定前來迎戰，誰想他閉關不出。前者，神卜管輅有言：南方恐傷大將。故而不敢輕敵，紮營於此。
張　郃　（三笑介）哈哈，哈哈，啊哈哈哈⋯⋯
曹　洪　將軍因何發笑？
張　郃　元帥爲何信卜者之言？末將不才，願領本部人馬，攻取巴西！
曹　洪　巴西有張飛把守，非比等閑，不可輕敵！
張　郃　哎呀！我觀張飛如同小兒一般，末將此去，管保成功。
曹　洪　倘有疏失，恐魏王歸罪於我！
張　郃　末將願立軍令狀。
曹　洪　也罷，將軍若取得巴西，吾將聖上所賜的玉帶，奉送與你。
張　郃　既然如此，看文房四寶過來！
　　　（唱）英雄志氣難忖量，
　　　　　　怎知豪傑性剛強。
　　　　　　任他縱有千員將，
　　　　　　管叫一戰盡歸降。
　　　　　　今日督兵立軍狀，
　　　　　　得勝玉帶垂身旁。
　　　　　　疆場若是損兵將，
　　　　　　願將人頭挂營房！

曹　洪　（唱）軍中無有戲言講，
　　　　　　　將軍在意要提防。
　　　　　　　但願成功回營帳，
　　　　　　　表章一道奏君王。
張　郃　待末將兵屯瓦口關內，攻取巴西便了！
　　　　（唱）元帥且把寬心放，
　　　　　　　馬到成功戰疆場。（下）
曹　洪　（唱）剛強猛烈須酌量，
　　　　　　　穩坐大營聽端詳。
　　　　（同下）

第　五　場

　　　　（四龍套、諸葛亮、劉備上）
劉　備　（念）【引】桃園結義聚英雄，何日裏，江山一統。
諸葛亮　參見主公！
劉　備　先生請坐！
諸葛亮　謝坐。
劉　備　先生，昨日馬超有本到來，今有曹洪兵分三路而來，夏侯淵鎮守定軍山，張郃把守瓦口關，窺我巴西。我軍理當防禦，不知先取何處？
諸葛亮　必須先取瓦口關，後攻定軍山。
劉　備　不知遣何人前去？
諸葛亮　瓦口關乃是曹操帳下勇將張郃把守，命三千歲前去，必然成功。
劉　備　三弟好酒貪杯，恐誤大事。
諸葛亮　山人自有調遣。
劉　備　但憑先生。
諸葛亮　來，請三千歲進帳。
　衆　　三千歲進帳！
張　飛　（內）來也！（上）
　　　　（念）威風凛凛氣軒昂，大吼一聲斷橋梁。
　　　　大哥在上，小弟參見！
劉　備　見過先生！

張　飛　參見先生！
諸葛亮　三千歲請坐！
張　飛　謝坐。喚某進帳，有何軍情議論？
劉　備　今有曹洪兵分三路而來，張郃駐紮瓦口關，攻打巴西。三弟速去防禦要緊。
張　飛　這有何難，待小弟回至巴西，領一支人馬，我要生擒那曹洪，活捉那張郃！
劉　備　先生，三弟並不把張郃放在心上！
諸葛亮　三千歲，張郃乃曹操帳下一員上將，三千歲回至巴西防守，待山人調子龍前來，攻取瓦口關，一戰成功。
張　飛　軍師不要小量與俺，曾記得咱老張夜過巴州，老將嚴顏被咱一鞭打下馬來，將他制服。難道那嚴顏不如那張郃麼？
諸葛亮　三千歲，那嚴顏是你跪而收之，你休來瞞我呀！
張　飛　喳喳喳……
劉　備　先生，那張郃不會飲酒，如何比我三弟呀！
諸葛亮　是呀，那張郃不會飲酒，越戰越勇，實在不如三千歲呀！
張　飛　你們說咱老張好酒貪杯，有誤大事！也罷，今日在大哥、軍師面前，把這酒戒了，你看如何？
諸葛亮　三千歲今日戒酒，就命你帶兵攻取瓦口關，何愁大功不成！來，看大斗酒過來，待山人與三千歲戒酒！
張　飛　喲喲喲，咱上了他們的當了！
劉　備　看酒！
　　　　（唱）同心破賊扶炎漢，
　　　　　　　南征北戰坐西川。
　　　　　　　曹兵勢重多強幹，
　　　　　　　莫把張郃視等閑！
諸葛亮　（唱）主公但把愁眉展，
　　　　　　　領兵迎戰到關前。
　　　　　　　全仗英雄隨機變，
　　　　　　　當此一戰賊膽寒。
張　飛　大哥、軍師！
　　　　（唱）大哥且把寬心放，

　　　　　　全憑小弟丈八槍。
　　　　　　哪怕張郃英雄將，
　　　　　　　一戰叫他來歸降！
諸葛亮　來，范疆、張達進帳！
衆　　　范疆、張達進帳！
范　疆
張　達　（內）來也！（上）
　　　　（念）忽聽一聲喚，邁步進帳前。
　　　　參見主公、軍師！
劉　備　罷了。
范　疆
張　達　有何將令？
諸葛亮　命你二人帶領三千人馬，隨定三千歲攻取瓦口關，三千歲已奉軍令戒酒，倘若私自飲酒，你二人速來稟報，不得有誤！
范　疆
張　達　得令！
張　飛　哎喲哎喲，軍師你忒以的小心了！
劉　備　三弟就此起兵前往！
張　飛　大哥、軍師請至後帳。
劉　備
諸葛亮　須要小心！（下）
　　　　（四上手兩邊暗上）
張　飛　衆將官！
衆　　　有。
張　飛　就此起兵前往！
　　　　（唱）一聲叱喝山搖震，
　　　　　　　奪取瓦口走一程。
　　　　　　　三軍帶馬速前進，（上馬介）
　　　　　　　活捉張郃把功成！
　　　　（同下）

第 六 場

（【牌子】。四文堂、四下手、張郃上）

張　郃　某，張郃。奉了魏王鈞旨，鎮守瓦口關。與曹洪立下軍令狀，攻取巴西，擒那張飛，衆將官！

衆　　　有。

張　郃　殺上前去！

（張飛原人上，會陣介）

張　飛　呔！馬前來的敢是張郃？

張　郃　然也！

張　飛　張郃呀，咱的兒呀！你三爹爹到此，還不歸順，如要遲延，必做槍下之鬼！

張　郃　滿口胡言，衆將官，壓住陣脚！

（唱）威風凛凛天兵降，

　　　　爾敢前來逞剛强？

　　　　今日遇某爾該喪，

　　　　管叫黑賊一命亡！

張　飛　（唱）萬馬營中誰敢擋，

　　　　大罵張郃小兒郎。

　　　　今日你我分上下，

　　張郃呀，咱的兒呀！

　　　　槍頭到處你命亡。

（起打介，張郃原人敗下，張飛原人追下）

（張郃原人上）

張　郃　且住，張飛殺法厲害，難以取勝。衆將官！

衆　　　有。

張　郃　收兵進城！

衆　　　啊！

（張郃原人進城介）

張　郃　免戰高懸！

衆　　　啊！

（張飛原人上）

衆　　那賊免戰高懸！

張　飛　管他娘的甚麽免戰不免戰，與咱老子攻城！

衆　　攻城不開！

張　飛　與咱老子叫罵！

衆　　呔！城上軍卒聽者：快些開城交戰，若不開城，都是匹夫之輩！

衆　　啓千歲：叫罵不開！

張　飛　嘿嘿，攻又攻不開，罵又罵不開，叫咱老子無可奈何！三軍的！

衆　　有。

張　飛　收兵回營！

衆　　啊！

（【水底魚】。衆圓場。當場挖門）

張　飛　（三笑介）哈哈，哈哈，啊哈哈哈……這一陣殺得快活！來，看酒來！

范　疆
張　達　且慢，啓千歲：軍師與你戒酒，私自開戒，有違軍令！

張　飛　住了！咱今日戰敗張郃，難道不吃個得勝酒麽？

范　疆
張　達　軍令要緊！

張　飛　管他娘的甚麽將令！來來來，看酒來！大家都要用上幾杯！（飲酒介）啊，你們爲何不飲？

衆　　小人們不敢飲！

張　飛　我把你們這些狗頭，我叫你們吃，你們只管吃！

衆　　軍師的將令！

張　飛　有咱承當，只管吃酒！

（衆飲酒介）

張　飛　哎呀且住！張郃閉關不出，這便如何是好？有了！來，你們各持兵刃，去到關前狂言大罵，若有動靜，速來回報！

四龍套
四上手　遵命！（下）

張　飛　張郃呀，咱的兒呀！你這等怯戰，算不得英雄也！

（唱）笑你枉爲有名將，
　　　不敢出戰動刀槍。

　　　　　無勇無謀無智量，
　　　　　畏刀避劍怯戰場！
　　（四龍套、四上手上）

四龍套
四上手　我等到了關前，百般叫罵，城內並無動靜。

張　飛　怎麼，並無動靜麼？

四龍套
四上手　正是。

張　飛　張郃呀，呸！咱差人辱罵於你，難道你連一點怒氣也無有？若是別人辱罵咱老張，我就胯下馬、掌中槍，殺他個落花流水！嘿，罵他不應，咱也無計奈何！來來來，還是吃酒哇！

范　疆
張　達　且慢！軍師知道，大家吃罪不起！

張　飛　啊，又是甚麼軍師，不要管他，大家多吃幾杯吧！
　　（眾飲酒介）

張　飛　不是這等的吃法，賞你們一大罐子，三個一夥，五個一團，大家劃拳，好吃個爽快！
　　（眾劃拳、飲酒介，張飛看介）

張　飛　（笑介）啊哈哈哈……這纔爽快，隨咱後帳來呀！
　　（唱）張郃匹夫無膽量，
　　　　　日與三軍飲瓊漿。
　　　　　范疆張達來阻擋，
　　（四龍套、四上手下）

張　飛　（唱）怎知我胸中有主張。（下）

范　疆　你看三千歲任意飲酒，你我何不差人報與主公、軍師知道！

張　達　就依將軍。

范　疆　旗牌進見！

旗　牌　（內）來也！（上）
　　（念）任職傳宣事，司報各路情。
　　參見二位將軍！有何吩咐？

范　疆
張　達　命你報與主公、軍師知道，就說三千歲終日飲酒，不理軍情。請令定奪！

旗　　牌　遵命！（下）

范　　疆
張　　達　正是：

　　　　　（念）軍令森嚴緊，怎敢亂胡行！

　　　　　（同下）

第 七 場

　　　　　（四龍套、諸葛亮、劉備上）

劉　　備　（唱）三弟疆場相爭勝，

　　　　　　　　心中懸念不安寧。

諸葛亮　（唱）鼎足三分天機定，

　　　　　　　　枉自相持決雌雄。

　　　　　（旗牌上）

旗　　牌　（念）一心忙似箭，特來報軍情。

　　　　　啓禀主公、軍師：三千歲在營中終日飲酒，不理軍情，特來報知。

諸葛亮　知道了。

旗　　牌　是。（下）

劉　　備　如何，我說他戒不了酒！

諸葛亮　主公但放寬心，山人正要與他開酒。來，魏延進帳！

一龍套　魏延進帳！

魏　　延　（內）來也！（上）

　　　　　（念）中軍帳內一聲喚，來了大將名魏延。

　　　　　參見主公、軍師！

劉　　備
諸葛亮　將軍少禮。

魏　　延　有何將令？

諸葛亮　命你解押十罐美酒，送到三千歲營中，與他消閑解悶，不得有誤！

魏　　延　得令！（下）

劉　　備　哎呀先生哪！明知他好酒貪杯，不理軍情，就該降罪於他，怎麼又差人前去送酒，倘若他吃得大醉，被張郃領兵偷襲，只恐三弟性命難保！

(唱)三弟用兵多性傲，
　　　爲何送酒在今朝。
　　　疆場對敵兵來到，
　　　只恐一命赴陰曹！

諸葛亮　主公放心，山人自有道理。來，吩咐黃忠、嚴顏、劉封等整頓人馬，今夜隨定主公，悄抵瓦口關，不得有誤！
　　　（唱）主公放心免焦躁，
　　　其中定有計籠牢。
　　　香醪與他齊送到，
　　　以酒誘敵把勝算操。
（同下）

第 八 場

（四上手抬酒罎，引魏延上）

魏　延　（唱）軍師機關難測料，
　　　遵奉將令莫辭勞。
　　　兩軍勝負無分曉，
　　　未知疆場誰爲高。
　　　俺，魏延。奉了軍師將令，解押十罎美酒，送到三千歲營中，與他消愁解悶。軍士們！
衆　　　有。
魏　延　趲行者！
　　　（唱）大將驅軍威風浩，
　　　星夜電轉走荒郊。
　　　加鞭催馬往前趲，
　　　（四上手下）
魏　延　（唱）軍師遣我送香醪。（下）

第 九 場

（四龍套、四上手、范疆、張達、張飛上）

張　飛　（唱）張郃村夫無豪性，
　　　　　　　畏刀怯戰閉關城。
　　　　　　　百般辱罵不相應，
　　　　　　　咱的悶氣實難伸！
報　子　（內）報！（上）
　　　　啟三千歲：魏將軍到！
張　飛　哦，魏將軍到了麼！有請有請！
報　子　有請！（下）
　　　　（四上手抬酒，引魏延上）
　　　　（張飛出迎介）
魏　延　三千歲！
張　飛　魏將軍！請！
　　　　（同進帳介）
張　飛　魏將軍請坐！
魏　延　謝坐。三千歲連日廝殺，辛苦了！
張　飛　豈敢！將軍一路多受風霜之苦！
魏　延　豈敢！
張　飛　來在大營做甚？
魏　延　奉軍師將令，送來美酒十罈，與三千歲消愁解悶。
張　飛　咦！這個軍師倒也有趣，必是聞聽咱私自開了酒戒！他不降罪於我，怎麼倒差人送酒來了？啊哈哈哈……咱自有道理。魏將軍聽令！
魏　延　在呀！
張　飛　命你帶領一支人馬，駐紮張郃的城外，聽號炮一響，奮勇殺上前去，不得有誤！
魏　延　得令！馬來！（上馬介）
　　　　（魏延原人下）
張　飛　范疆、張達附耳上來！
　　　　（范疆、張達附耳介，張飛與范疆、張達耳語介）
張　飛　去吧！
范　疆
張　達　得令！（下）

張　飛	衆將官，賞你們一大罐水，拿去吃吧！
四上手	三千歲每日賞酒，今日怎麼賞起水來了。
張　飛	你們這些癡呆的東西，今日將水當酒，你們去到瓦口關前席地而坐，大家飲水當酒，高聲喊叫，就說那張飛鞭打士卒，不理軍情，終日醺醺大醉。我們在他帳下，也沒有甚麼出頭之日，咱們大家逃往他方去吧！說到此處，你們四下埋伏，聽號炮一響，你們四面殺出，不得有誤！
四上手	得令！（下）
張　飛	且住，他們此去，張郃聞知，必然前來偷營劫寨。有了！來，傳塑匠來見！
一龍套	塑匠來見！
	（得成功上）
得成功	（念）修造廟宇我塑神，諸般手藝我都行。
	塑匠與三千歲叩頭！
張　飛	罷了。你叫甚麼名字？
得成功	小人叫得成功。
張　飛	怎麼，你叫得成功！好個名字，今晚咱老子必定成功。
得成功	有何吩咐？
張　飛	得成功，命你用草、泥紮起一個人來，與你三千歲相貌一樣，身背鋼鞭，手中拿着酒壺、酒杯，自斟自飲，我還要一個活動的！你可能做？
得成功	做你這樣的我會呀。
張　飛	甚麼東西！依計辦理，不可洩漏，成功之後，重重有賞！你要走漏風聲，打斷你的狗腿！
得成功	小人不敢。
張　飛	辦理去吧！
得成功	遵命！（下）
張　飛	衆將官，聽爺吩咐！
	（唱）衆將今晚須準備，
	衣甲整齊聽指揮。
	提防張郃劫營壘，
	個個奮勇顯雄威。

（四小塑匠抬假張飛引得成功上）

得成功　啓三千歲：工已告竣。
張　飛　演習演習！
得成功　總要演習演習。
張　飛　咦，爲何這樣黑污的？
得成功　還没開光呢。
張　飛　快些開光！
得成功　是啦，開光嘍。
張　飛　得成功，他的眉眼可能活動？
得成功　能活動，您一揪他的耳朵，眉眼兒一齊活動。
張　飛　待咱試來！啊哈哈哈……眉眼雖然活動，只是他不能自斟自飲！
得成功　屁股後頭有機關，拿棍一捅他就自斟自飲啦。
張　飛　好，拿咱的鋼鞭捅來！咦，倒也有趣！待咱演來！（笑介）啊哈哈哈……賞你一錠銀子。
得成功　多謝三千歲！
張　飛　去吧！

（四小塑匠、得成功下）

張　飛　三軍的，就此準備！
衆　　　啊！
張　飛　正是：

（念）不施萬丈深潭計，怎得驪龍項下珠！

啊哈哈哈……（下）

（衆同下）

第 十 場

（張郃原人上）

張　郃　（念）閉關養鋭氣，待時動刀兵。
報　子　（内）報！（上）
　　　　啓將軍：今有張飛帳下范疆、張達前來投降，被守城將士將他二人綁定，特來報知。
張　郃　我想范疆、張達乃是張飛心腹之將，今來投降，其中有詐！將他二

	人押上來！
報　子	押上來！（下）
	（四下手押范疆、張達上）
范疆 張達	將軍在上，范疆 張達　叩頭！
張　郃	你二人此來何意？
范疆 張達	將軍有所不知，只因張飛終日飲酒，鞭打士卒，不理軍情。我二人前來投降，望將軍收留。
張　郃	嘟！你二人乃是張飛心腹之人，今來投降，其中有詐！來，將他二人推出斬首！
范疆 張達	哎呀，將軍哪！不必動怒，可將我二人綁至城頭之上，觀看他營的動靜，若是怨聲載道，便是真情，若是軍容嚴整，必然是假，那時再將我二人斬首不遲！
張　郃	衆將官！
衆	有。
張　郃	將他二人綁至城頭之上，觀看他營的動靜便了！
	（張郃原人、范疆、張達圓場，上城介。四上手上）
一上手	列位，張飛每日飲酒，不理軍情，鞭打士卒，我們在他帳下無有出頭之日，大家各自逃生去吧！
	（四上手下）
范疆 張達	將軍，你看是真是假？
張　郃	果然是真。衆將官，回營！
	（張郃原人、范疆、張達下城，圓場，入帳介）
范疆 張達	將軍，趁他軍心離亂之際，今晚三更時分前去偷營劫寨，一定成功。
張　郃	啊哈哈哈……將他二人鬆綁。
	（二下手爲范疆、張達鬆綁介）
范疆 張達	謝將軍！
張　郃	衆將官，整齊人馬，二位將軍引路，悄悄出城劫寨去者！
	（張郃原人、范疆、張達圓場出城介，下）

第 十 一 場

（起更。正場設座，四上手抬假張飛上，安假張飛坐介。張飛隨上，藏假張飛背後介。張郃原人、范疆、張達上）

四下手　來到張飛營盤。

張　郃　悄悄而進！

范　疆
張　達　張飛在後帳飲酒。

張　郃　待我看來。（假張飛飲酒介）果然在那裏飲酒。呔！張飛休走，看槍！

（張郃刺假張飛倒地介。張飛抓張郃槍介）

張　飛　張郃，咱的兒呀！

（張飛原人上）

張　郃　哎呀！

張　飛　你上了你三爹爹的當了！

張　郃　匹夫之輩！殺！

（起打，張郃原人下，范疆、張達敗下。張飛原人追下）

第 十 二 場

（四上手、魏延上）

魏　延　俺，魏延。奉了三千歲將令，埋伏瓦口關外。軍士們，埋伏去者！

四上手　啊！

（同下）

（張郃敗上，張飛追上，起打介。魏延上，助張飛雙打張郃介，張郃敗下，張飛、魏延追下）

（場設城。守城軍站城上。四龍套、黃忠、嚴顏、諸葛亮、劉備上）

諸葛亮　守城軍士聽者：快快開城！

守城軍　何人叫關？

諸葛亮　本帥張郃，前去偷劫張飛的營盤，不想中了他人之計，後有追兵，快快開城！

守城軍	原來如此。軍士們,開城!
	(四龍套、黃忠、嚴顏、諸葛亮、劉備進城介。范疆、張達上,進城介。衆圓場,進門介)
范疆 張達	參見主公、軍師!
劉備 諸葛亮	罷了。
范疆 張達	啓軍師:張郃人馬俱願歸降。
諸葛亮	按册點名,安慰百姓便了。
范疆 張達	得令!
諸葛亮	主公請到後面。黃忠、嚴顏隨山人城頭等候張郃便了。
黃忠 嚴顏	得令!
	(劉備下。四龍套、黃忠、嚴顏、諸葛亮上城介)
	(張郃原人上)
張郃	嘿,不想中了張飛之計!衆將官,回城!
	(衆圓場)
張郃	呔!開城!
諸葛亮	何人叫城?
張郃	本帥張郃,中了張飛之計,大敗而回!快快開城!
諸葛亮	山人久候多時了!
張郃	哎呀!
諸葛亮	黃忠、嚴顏出城殺賊!
黃忠 嚴顏	得令!
	(四龍套、黃忠、嚴顏出城介,起打介,張郃原人敗下。黃忠、嚴顏原人進城介)
	(張飛原人上)
張飛	且住,殺了半夜,不知張郃敗往哪裏去了。三軍的,攻取瓦口關去者!
衆	啊!

（衆圓場）

張　飛　呔！城上軍卒聽者！你家主帥被咱殺得大敗，快些開城！如若不然，攻破城池，雞犬不留！

諸葛亮　城下敢是三千歲麼？

張　飛　咦，這好像軍師的聲音。他怎麼倒先來了！城上可是軍師麼？

諸葛亮　正是山人。

張　飛　真有你的，快快開城吧！

諸葛亮　軍士們！

衆　　有。

諸葛亮　開城！

衆　　啊！

（開城介。四龍套、諸葛亮、劉備出城迎介。張飛原人、劉備原人進城介，同圓場。進帳介）

張　飛　參見大哥！

劉　備　三弟征戰張郃，連日辛苦。

張　飛　不敢，多謝軍師的美酒！哪裏是與咱消愁解悶，分明是叫咱用計。哈哈哈……

劉　備　此乃軍師、三弟之功也！

諸葛亮　豈敢！

劉　備　後帳擺宴，與軍師、三弟賀功。

諸葛亮　謝主公！

張　飛　謝大哥！

（【尾聲】。同下）

定 軍 山

佚 名 撰

解 題

　　京劇。現代佚名撰。《京劇劇目辭典》著錄,題《定軍山》,又名《一戰成功》《老將得勝》《取東川》,未署作者。劇寫張郃大戰葭萌關,諸葛亮用計激老將,黃忠、嚴顏請令迎敵,大敗張郃,乘勝取天蕩山,黃忠殺守將韓浩、嚴顏殺夏侯德。張郃同夏侯尚敗走定軍山,投奔夏侯淵。孔明調回黃忠,再度相激,黃忠不服老,立下軍令狀,十日之內,奪取定軍山,刀斬夏侯淵。兩軍交戰,夏侯淵擒獲蜀將程芝,黃忠擒回夏侯淵之侄夏侯尚,雙方約定走馬換將。屆時,黃忠射死夏侯尚,刀劈夏侯淵。本事出於《三國演義》第七十、七十一回。《三國志·蜀書·黃忠傳》《法正傳》、《魏書·夏侯淵傳》都載有定軍山斬夏侯淵事。元刊《三國志平話》有斬夏侯淵情節。清宮大戲《鼎峙春秋》用四齣篇幅敷演此事。版本今見《戲考》本、據《戲考》本整理的《中國京劇戲考》本、《京劇彙編》收錄的北京藝術研究院藏本及以該本重刊的《京劇傳說劇本彙編》本、《綏中吳氏抄本稿本戲曲叢刊》本。此本題《戰東川》,與《戲考》本有差異,當屬另一系統。今以《中國京劇戲考》本爲底本,參考其他本,進行校勘整理。

第 一 場

　　（四紅龍套、四大鎧引趙雲、諸葛亮上）
諸葛亮　（唱[1]）【點絳唇牌】
　　　　奉旨領命,統領雄兵,掃烟塵。要整乾坤,鼎足定三分[2]。
　　（諸葛亮上高臺）
諸葛亮　（念）地爲陰來天爲陽,
　　　　　九宫八卦腹內藏。

|一片丹心扶劉主，
|扭轉漢室錦家邦。

山人[3]，諸葛亮。聞聽張郃大戰葭萌關，必須派一能將，前去抵敵。來，趙雲聽令！

趙　雲　在。

諸葛亮　傳令下去：若有能人，去到閬中，調回三千歲大戰張郃。

趙　雲　得令。下面聽者：丞相有令，若有能人，去到閬中，調回三千歲大戰張郃。

黃　忠　（內）且慢！

趙　雲　阻令者何人？

黃　忠　（內）黃忠。

趙　雲　隨令進帳。

黃　忠　（內）來也！

（黃忠上）

黃　忠　報，黃忠告進，參見師爺。

諸葛亮　黃老將軍少禮。

黃　忠　謝軍師。

諸葛亮　老將軍因何阻令？

黃　忠　聞聽張郃大戰葭萌關，何用調回三千歲，師爺賜某一枝將令，生擒那張郃進帳。

諸葛亮　老將軍，想那張郃，乃曹營名將，只恐將軍年邁，難以對敵。

黃　忠　（念）末將年邁勇，
　　　　　　血氣貫長虹。
　　　　　　殺人如削土，
　　　　　　跨馬走西東。
　　　　　　兩膀千斤力，
　　　　　　能開鐵胎弓。
　　　　　　若論交鋒事，
　　　　　　還算老黃忠。

諸葛亮　帳下有一寶雕，你若開得，就命你前去。

黃　忠　得令。

（唱）【西皮二六板】

　　　　　師爺說話藐視咱，
　　　　　不由黃忠怒氣發。
　　　　　一十三歲習弓馬，
　　　　　赫赫威名我就鎮守在長沙。
　　　　　自從歸順皇叔駕，
　　　　　匹馬單刀取過巫峽。
　　　　　斬關奪寨全虧咱，
　　　　　軍師爺不信你在功勞簿上查一查。
　　　　　亦非是黃忠誇大話，
　　　弓來！
　　　（龍套遞弓）
黃　忠　（唱）【西皮快板】
　　　　　鐵胎寶弓手內拿。
　　　　　滿滿搭上珠紅扣，
　　　（黃忠開弓，眾人同喝彩）
黃　忠　（唱）【西皮快板】
　　　　　帳下兒郎把咱誇。
　　　　　二次再用兩膀力，
　　　（黃忠開弓，眾人同喝彩）
黃　忠　（唱）【西皮快板】
　　　　　人有精神力又加。
　　　　　三次開弓秋月滿，
　　　（黃忠開弓，眾人同喝彩）
黃　忠　（唱）【西皮快板】
　　　　　連開三膀力不乏。
諸葛亮　膂力雖佳，未知刀法如何？
黃　忠　若論刀法，能取上將首級。
諸葛亮　當面演來。
黃　忠　刀來。
　　　（上手撫刀上。黃忠耍刀）
黃　忠　刀法如何？
諸葛亮　後帳歇息去罷。

黄　　忠　（笑）哈哈……
　　　　　（黄忠下）
諸葛亮　四將軍傳令下去：可有能人，保定黃老將軍，前去大戰張郃。
趙　　雲　嘎。下面聽者：可有能人，保定黃老將軍，前去大戰張郃。
嚴　　顏　（內）且慢！
趙　　雲　何人阻令？
嚴　　顏　（內）嚴顏願往。
趙　　雲　隨令進帳。
嚴　　顏　（內）來也。
　　　　　（嚴顏上）
嚴　　顏　嚴顏告進，參見師爺。
諸葛亮　老將軍少禮。
嚴　　顏　謝師爺。
諸葛亮　老將軍進帳何事？
嚴　　顏　末將不才，願保黃老將軍，前去大戰張郃。
諸葛亮　老將軍年邁，豈是那張郃對手？
嚴　　顏　（【叫頭】）師爺！
　　　　　（念）老將今年八十一，
　　　　　　　　拔山舉鼎有餘力。
　　　　　　　　萬馬營中無人敵，
　　　　　　　　斬將擒王哪在奇？
諸葛亮　這幾日未曾出兵，不知你槍法如何？
嚴　　顏　若論槍法，能取上將咽喉。
諸葛亮　當帳演來。
嚴　　顏　得令。
　　　　　（唱）【西皮快板】
　　　　　　　　師爺休道末將差，
　　　　　　　　有幾輩老將聽根芽：
　　　　　　　　趙國廉頗年高大，
　　　　　　　　齊國紀業也不差。
　　　　　　　　老只老，頭上髮，
　　　　　　　　胸中韜略賽子牙。

定　軍　山

|　　　　　　（上手撫槍）
嚴　顏　（唱）【西皮快板】
　　　　　　虎頭金槍耍一耍，
　　　　　（嚴顏耍槍）
　　　　　（唱）【西皮快板】
　　　　　　某比黃忠也不差。
諸葛亮　來：傳黃老將軍進帳。
龍　套　黃老將軍進帳。
黃　忠　（內）來也！
　　　　　（黃忠上）
黃　忠　參見師爺。
諸葛亮　黃老將軍與爲正帥。
黃　忠　得令。
諸葛亮　嚴老將軍與爲副帥。
嚴　顏　得令。
諸葛亮　聽我令下：
　　　　（唱）【西皮快板】
　　　　　　一個西川威名大，
　　　　　　一個鎮守在長沙。
　　　　　　二位老將齊上馬，
　　　　　　得勝回來把功加。
黃　忠　（唱）【西皮搖板】
　　　　　　黃忠得令把帳下，
嚴　顏　（唱）【西皮搖板】
　　　　　　不由嚴顏笑哈哈。
黃　忠　（唱）【西皮搖板】
　　　　　　一不用戰鼓鼕鼕打，
嚴　顏　（唱）【西皮搖板】
　　　　　　二不要旌旗腦後插。
黃　忠　（唱）【西皮搖板】
　　　　　　事不宜遲請上馬，
嚴　顏　馬來！

　　　　　（四龍套同上，帶馬，引黃忠同下）
　　　　　（唱）【西皮搖板】
　　　　　　　要把張郃一馬踏。
　　　　　（嚴顏下）
趙　雲　二位老將軍，此去可能成功？
諸葛亮　二位老將軍，此去必然成功。命你押解糧草，軍前聽用。
趙　雲　得令。
　　　　　（諸葛亮、趙雲同下）

校記

[1] 唱：原無"唱"的提示，今均據情補。下同。
[2] 鼎足定三分："定"，原無，據曲牌字數補。
[3] 山人：原本"山人"之前，有"白"的提示。今刪。下同。

第　二　場

　　　　　（四綠龍套引程芝同上）
程　芝　（念）轅門戰鼓響，兒郎報端詳。
　　　　　（報子上）
報　子　二位老將軍到。
程　芝　有請。
　　　　　（報子下。黃忠、嚴顏、四龍套同上）
程　芝　參見二位老將軍。
黃　忠
嚴　顏　（同白）罷了，一旁坐下。
程　芝　謝坐。
黃　忠　可曾與那賊見過陣來？
程　芝　見過陣，大敗而回。
嚴　顏　唉！無名之將，敗我頭陣。來，斬了！
黃　忠　且慢，軍家勝敗，古之常理。
嚴　顏　敢是與他講情？
黃　忠　老將軍開恩。

嚴　顏　謝過黃老將軍。
程　芝　謝過老將軍。
黃　忠　罷了。程芝過來，城樓之上，高扯紅旗兩面，上寫"黃"、"嚴"二字，那賊一見，聞名喪膽。
程　芝　遵命。
　　　　（報子上）
報　子　張郃討戰。
黃　忠　再探。
　　　　（報子下）
黃　忠　老將軍。
嚴　顏　將軍。
黃　忠　你我紅旗未出，那賊就來討戰，你我抖抖精神，殺他一陣。
嚴　顏　請。
黃　忠　衆將官殺。
　　　　（同下）

第　三　場

（四龍套引張郃同上）
張　郃　某，張郃。奉了丞相將令，打敗桃園[1]，衆將官，殺！
　　　　（黃忠、嚴顏、四龍套同上，會陣）
張　郃　來將通名！
黃　忠　老夫黃忠。
嚴　顏　老夫嚴顏。
張　郃　（三笑）哈哈，哈哈，哈哈哈！
黃　忠　爾爲何發笑？
張　郃　我道黃忠、嚴顏天神下界，原來是兩個老匹夫，怎受某家一伐。
黃　忠　一派胡言，衆將官，殺！
　　　　（黃忠、張郃同開打，衆人同下）

校記

［1］打敗桃園："敗"，原作"散"，據文意改。

第 四 場

（韓浩、夏侯尚同上）

韓　浩
夏侯尚　（同白）俺，

韓　浩　韓浩。

夏侯尚　夏侯尚。

（黃忠上，開打，同下。嚴顏、張郃同上，開打，張郃下，嚴顏下）

第 五 場

（韓浩、夏侯尚同上，張郃上）

張　郃　二位將軍，黃忠、嚴顏，殺法厲害，如何是好？

夏侯尚　將軍不必驚慌，我有一兄長，鎮守天蕩山，你我去到那裏，搬兵求救[1]。

張　郃　請。

（張郃、韓浩、夏侯尚同下）

校記

[1] 搬兵求救："搬"，原作"頒"，據文意改。下同。

第 六 場

（黃忠、嚴顏、四龍套自兩邊分上）

黃　忠　老將軍追趕何人？

嚴　顏　追趕張郃。

黃　忠　那賊逃走了。

嚴　顏　便宜了那賊。老將軍追趕何人？

黃　忠　韓浩、夏侯尚。

嚴　顏　那二賊走了。

黃　忠　便宜了那二賊。老將軍抬頭觀看，前面已是天蕩山，乃是曹操屯糧之所，此山不破，大功難成。
嚴　顏　末將到有一計在此。
黃　忠　有何妙計？
嚴　顏　老將軍前山罵陣，末將後山放火[1]，兩下夾攻，何愁此山不破。
黃　忠　此計甚好，衆將官照計而行。
　　　　（四龍套同允。黃忠、嚴顏、四龍套自兩邊分下）

校記

［1］末將後山放火："放"，原作"防"，據《京劇彙編》本改。

第　七　場

（四綠龍套引夏侯德同上）
夏侯德　（念）鎮守天蕩山，兒郎心膽寒。
　　　　（報子上）
報　子　張郃將軍到。
夏侯德　有請。
　　　　（報子下。張郃、夏侯尚、韓浩同上）
張　郃　可惱吓！可惱吓！
夏侯德　將軍爲何著惱？
張　郃　黃忠、嚴顏殺法厲害，特到寶山搬兵相救。
夏侯德　且聽探馬一報。
　　　　（報子上）
報　子　黃忠討仗。
　　　　（報子下）
夏侯德　韓浩攻打頭陣。
　　　　（韓浩允，下）
張　郃　夏侯尚命你二隊接殺。
　　　　（夏侯尚允，下。報子上）
報　子　山寨起火。
張　郃
夏侯德　（同）再探！

（報子下）

張　郃
夏侯德　（同）衆將官，殺！

（張郃、夏侯德同下）

第 八 場

（黃忠上）

黃　忠　（唱）【西皮快板】
　　　　　心中惱恨諸葛亮，
　　　　　他道老夫少剛強。
　　　　　年紀邁，精神爽，
　　　　　殺人如同宰雞羊。
　　　　　催馬來在戰場上，
　　　　　那旁來了送死郎。

（韓浩上）

韓　浩　哪裏走？
黃　忠　來將通名？
韓　浩　韓浩。
黃　忠　看刀。

（黃忠殺韓浩）

黃　忠　（唱）【西皮快板】
　　　　　寶刀一舉狗命喪，
　　　　　無知匹夫喪疆場。
　　　　　眼前若有諸葛亮，
　　　　　管叫他含羞帶愧臉無光。

（黃忠下）

第 九 場

（嚴顏上）

嚴　顏　（唱）【西皮快板】

　　　　　　天蕩山前把火放，
　　　　　　燒得兒郎無躲藏。
　　　　　　催馬來在戰場上，
　　　　　　那旁來了送死郎。
　　　　（夏侯德上）
夏侯德　哪裏走？
嚴　顏　來將通名？
夏侯德　夏侯德。
嚴　顏　看槍。
　　　　（嚴顏殺夏侯德）
嚴　顏　（唱）【西皮快板】
　　　　　　金槍一舉兒命喪，
　　　　　　可笑少年無智郎。
　　　　　　老夫不把功勞建，
　　　　　　反被諸葛笑一場。
　　　　（嚴顏下）

第 十 場

　　　　（張郃、夏侯尚同上）
張　郃　將軍，韓浩哪裏去了？
夏侯尚　被黃忠刀劈馬下。
張　郃　不好了。
　　　　（【排子】）
夏侯尚　將軍，我兄長哪裏去了？
張　郃　被嚴顏槍挑下馬。
夏侯尚　哎吓，不好了。
　　　　（【排子】）
張　郃　將軍有何妙計？
夏侯尚　將軍不必驚慌，我有一叔父名叫夏侯淵，鎮守定軍山，你我去到那裏，搬兵求救。
張　郃　好，請。

（張郃、夏侯尚同下）

第 十 一 場

（黃忠、嚴顏、四龍套自兩邊分上）

黃　　忠　多謝老將軍火攻之計。
嚴　　顏　多謝老將軍一戰成功。
黃　　忠　你我且在此地安營紮寨，候師爺調遣。
嚴　　顏　好。
黃　　忠　（同）眾將官，安營紮寨。
嚴　　顏

（同下）

第 十 二 場

（四龍套引劉封同上）

劉　　封　（念）奉了先生命，調轉黃漢升。
　　　　　小王劉封，奉先生將令，調黃老將軍回朝，議論國家大事。來，趲行。
（劉封、四龍套同下）

第 十 三 場

（黃忠、嚴顏、四龍套同上）

黃　　忠　（念）大將軍八面威風，
嚴　　顏　（念）天蕩山一戰成功。
劉　　封　（內）令下。
（劉封、四龍套同上。吹打。黃忠、嚴顏迎接）
劉　　封　老將軍，先生有令：調黃老將軍回朝，議論大事，嚴老將軍鎮守天蕩山。
黃　　忠　後帳擺宴。
劉　　封　軍令在身，告辭。

黃　忠	（同）請。
嚴　顏	

　　　　　（吹打。劉封、四龍套同下）

黃　忠　嚴老將軍，師爺命我回朝，拜辭了。
嚴　顏　你我一笑而別。

黃　忠	（同笑）哈哈哈！
嚴　顏	

　　　　　（黃忠下）

嚴　顏　眾軍士，把守營門小心，掩門。
　　　　　（嚴顏、四龍套同下）

第 十 四 場

　　　　　（四太監引諸葛亮、劉備同上）
劉　備　（念）孤王立帝在成都，
諸葛亮　（念）江山猶如掌上浮。
　　　　　（劉封上）
劉　封　（念）調回黃漢升，進帳交令行。
　　　　　參見父王、先生，老將軍到。
諸葛亮　有請。
　　　　　（劉封下。黃忠、四龍套同上）
黃　忠　主公在上，末將參見。
劉　備　老將軍少禮，一旁坐下。
黃　忠　謝坐。
劉　備　恭喜將軍，賀喜將軍，一戰成功可喜可賀。
黃　忠　一來吾主洪福，二來先生妙算，末將何功之有？
諸葛亮　將軍的虎威。
劉　備　先生，孤欲奪取定軍山，命何人出馬？
諸葛亮　要奪定軍山，非二千歲不可。
劉　備　先生傳令！
諸葛亮　得令。令出。
黃　忠　且慢。

諸葛亮　坐下講來。
黃　忠　謝坐[1]。
諸葛亮　老將軍爲何阻令？
黃　忠　先生，主公要奪取定軍山，何用調回二千歲，賜某一支將令，立斬那夏侯淵首級來獻。
諸葛亮　想那夏侯淵，非比張郃耳！
黃　忠　師爺，想那張郃，乃三國名將，被某殺得他卸甲丢盔，望風而逃，何況那夏侯淵乃一勇之夫。
諸葛亮　哦，老將軍，此去斬了夏侯淵，軍師大印付你執掌。你呢？
黃　忠　也罷，我若斬不來夏侯淵，願許項上人頭。
諸葛亮　口説無憑，敢與山人擊掌？
黃　忠　請。
劉　備　且慢，打賭事小，軍情事大。老將軍聽令：命你奪取定軍山，得勝回來，孤王迎接十里長亭。
黃　忠　得令。
諸葛亮　將倒是一員虎將，可惜他老了。
黃　忠　哦！

（唱）【西皮二六板】
　　在黃羅寶帳領將令，
　　氣壞老將黃漢升。
　　某昔年大戰長沙鎮，
　　偶遇亭侯二將軍。
　　某中了他的拖刀計[2]，
　　俺的百步穿楊箭射他的盔纓。
　　棄暗投明來歸順，
　　食王的爵禄，
（轉唱）【西皮快板】
　　當報王的恩。
　　吾當竭力把忠盡[3]，
　　再與先生把話論：
　　一不用戰鼓鼕鼕打，
　　二不用虎將隨後跟；

　　　　　　只要黃忠一騎馬，
　　　　　　匹馬單刀取定軍。
　　　　　　十日之內功得勝，
　　　　　　軍師大印付在我的身；
　　　　　　十日之內不得勝，
　　　　　　願將首級挂營門，
　　　　　　來來來，帶過爺的馬能行，
　　　　（龍套甲帶馬）
黃　　忠　（唱）【西皮快板】
　　　　　　要把那定軍山一掃平。
　　　　（黃忠下）
劉　　備　（唱）【西皮搖板】
　　　　　　老將此去可得勝？
諸葛亮　（唱）【西皮搖板】
　　　　　　遣將哪有激將能。
　　　　（同下）

校記

［1］謝坐：此二字，原作"請坐"，據文意改。
［2］某中了他的拖刀計："他"字後，原有一"人"字，據文意刪。
［3］吾當竭力把忠盡："吾"，原作"孝"，據文意改。

第 十 五 場

　　　　（四黃龍套引黃忠同上）
黃　　忠　（唱）【西皮快板】
　　　　　　我主爺攻打葭萌關，
　　　　　　將士紛紛取東川。
　　　　　　張郃被某嚇破膽，
　　　　　　卸甲丟盔奔荒山。
　　　　　　可笑師爺見識淺，
　　　　　　他道我不勝夏侯淵。

　　　　坐立雕鞍把令傳，
　　　　大小兒郎聽根源：
　　　　一鼕鼓，用戰飯，
　　　　二鼕鼓來扣連環。
　　　　三軍與爺催前戰，
　　　　一仗成功取東川。
　　（同下）

第 十 六 場

　　（四黑龍套引夏侯淵同上。黃忠、四黃龍套同上，會陣）

黃　忠　（唱）【西皮快板】
　　　　夏侯淵打扮真不錯，
　　　　黑面長髯賽閻羅。
　　　　你好比蛟龍纔離水，
　　　　你好比猛虎下山坡。
　　　　勸你馬前歸順我，
　　　　少若遲延命難活！

夏侯淵　（唱）【西皮搖板】
　　　　二馬連環戰山坡，
　　　　黃忠老兒你聽着：
　　　　三國大將就是我，
　　　　烏鴉敢奪鳳凰窩？
　　（開打，同下）

第 十 七 場

　　（程芝上，罵陣。夏侯淵上，開打，四黑龍套同擒程芝）

夏侯淵　綁下去！
　　（同下）

第 十 八 場

（黃忠、四黃龍套同上）

黃　忠　（唱）【西皮搖板】
　　　　　　　三國紛紛屢不和，
　　　　（轉唱）【西皮快板】
　　　　　　　一來一往動干戈。
　　　　　　　我營打罷收軍鼓，
　　　　　　　他營為何不鳴鑼？
　　　　（報子上）
報　子　夏侯尚討戰。
黃　忠　再探！
　　　　（報子下）
黃　忠　（唱）【西皮搖板】
　　　　　　　聽罷言來怒氣火，
　　　　　　　不由老夫咬牙角。
　　　　　　　三軍與爺把刀托。
　　　　（夏侯尚上，開打，黃忠擒夏侯尚）
黃　忠　綁回去！
　　　　（黃忠、四黃龍套、夏侯尚同下）

第 十 九 場

（張郃上）

張　郃　（念）將軍去出兵，未見轉回營。
　　　　（夏侯淵、四黑龍套、程芝同上）
張　郃　將軍請坐。
夏侯淵　有坐。
張　郃　勝負如何？
夏侯淵　兩下不分勝敗。擒來他國先行程芝，押下去。
　　　　（程芝下）

夏侯淵　我侄兒哪裏去了？
張　郃　掠陣未回。
夏侯淵　且聽探馬一報。
　　　　（報子上）
報　子　夏侯尚被擒。
　　　　（報子下）
夏侯淵　不好了。
　　　　【排子】
張　郃　將軍不必驚慌，修書一封，明日與他走馬換將。
夏侯淵　好，溶墨伺候[1]。
　　　　【排子】
夏侯淵　傳旗牌。
　　　　（旗牌上）
旗　牌　參見將軍。
夏侯淵　這有書信一封，下到黃忠營盤，不得違誤。
旗　牌　遵命。
夏侯淵　（念）我今吩咐你，
旗　牌　（念）怎敢誤遲挨。
　　　　（旗牌下）
夏侯淵　請至後面。
　　　　（夏侯淵、張郃同下）

校記

[1] 溶墨伺候："溶"，原作"容"，據文意改。

第二十場

　　　　（黃忠、四龍套同上）
黃　忠　（唱）【西皮快板】
　　　　　　夏侯淵刀法是奸巧，
　　　　　　可算得將中一英豪。
　　　　　　一騎馬把住了咽喉道，

　　　　　　　刀刀不讓半分豪。
　　　　　　　將身且坐蓮花寶，
　　　（旗牌上）
黃　　忠　（唱）【西皮搖板】
　　　　　　　營外爲何鬧吵吵？
旗　　牌　門上哪位在？
龍套甲　甚麼人？
旗　　牌　煩勞通禀：下書人求見。
龍套甲　候着。啓禀老將軍：下書人求見。
黃　　忠　傳他進來。
龍套甲　下書人，傳你進見，小心了。
　　　（旗牌允）
旗　　牌　參見老將軍。
黃　　忠　罷了，奉何人所差？
旗　　牌　夏侯將軍所差，有書信呈上。
黃　　忠　呈上來，外面伺候。夏侯淵有書信前來，待我拆開一觀。
　　　（【排子】。黃忠看信）
黃　　忠　來，傳下書人。
旗　　牌　在。
黃　　忠　回覆你家將軍，説老夫修書不及，照書行事。
旗　　牌　遵命。
　　　（旗牌下）
黃　　忠　且住，老夫正在爲難之處，這封書信來得剛剛凑巧：明日午時三刻，與他走馬換將。先叫他放回我國先行程芝，然後放他侄兒夏侯尚，那時老夫使起百步穿楊，將他侄兒射死，那夏侯淵必然與他侄兒報讎。那時老夫殺一陣敗一陣，敗至在曠野荒郊，夏侯淵我的兒吓，你不來便罷，你若追來，中了老夫拖刀之計。
　　　（唱）【西皮快板】
　　　　　　　這封書來的剛凑巧，
　　　　　　　天助老夫成功勞。
　　　　　　　三軍且退蓮花寶，
　　　（四龍套同下）

黄　忠　（唱）【西皮散板】
　　　　　　午時三刻立功勞。
　　　（黄忠下）

第二十一場

（四黑龍套、夏侯淵、程芝、四黄龍套、黄忠、夏侯尚自兩邊分上）
夏侯淵　老將軍請了。
黄　忠　請了。
夏侯淵　可曾見過某家書信？
黄　忠　亦曾見過。
夏侯淵　但不知哪家先放？
黄　忠　自然是你家先放。
夏侯淵　老將軍若有二意？
黄　忠　老夫若有二意，死在那藥箭之下。
夏侯淵　好！來，將程芝放回。
　　　（程芝過營）
夏侯淵　吓，爲何不將我侄兒放回？
黄　忠　哪有不放之理？來，放過去。
　　　（夏侯尚過營，黄忠射箭）
黄　忠　看箭！
夏侯淵　哎呀！
　　　（夏侯淵追黄忠同下。衆人同下。衆人過場同上。黄忠、夏侯淵同上，黄忠拖刀斬夏侯淵。四黄龍套同上）
黄　忠　（三笑）哈哈，哈哈，哈哈哈！
　　　（同下）

陽 平 關

佚 名 撰

解 題

京劇。現代佚名撰。《京劇劇目初探》《京劇劇目辭典》著錄,均題《陽平關》,一名《趙雲護忠》,均未署作者。該劇包括《陽平關》《收王平》《五界山》三折內容。劇寫曹操聞報,定軍山失守,夏侯淵戰死,憤甚,親統大軍奪回定軍山,爲夏侯淵報讎。孔明得訊,曹操領兵前來報讎,黃忠請令往劫曹軍輜重,諸葛亮命趙雲前往輔佐。黃忠夜闖入曹營糧囤放火,爲張郃、杜襲所圍。趙雲趕到,力戰使黃忠脫險。趙雲知副將張著尚陷重圍,再次衝入敵陣,救出張著,一同回營。曹操見趙雲雄風尚在,一面命徐晃、王平據守漢水,一面親率衆將前往追趕。徐晃背水列陣,犯了兵家大忌。王平勸阻,徐晃不聽。曹操殺進蜀營,趙雲早有防備,伏兵萬弩齊發,曹兵大敗,棄糧而走。趙雲追至漢水,殺敗徐晃。徐晃怒王平不來相助,重責四十棍,趕出帳外。王平知劉備仁義,當即放火燒營,投降劉備。曹操中趙雲疑兵之計,率兵敗走。又見徐晃兵敗,王平投劉備,乃下書約劉備在五界山前決一死戰。劉備得勝,王平降見劉備,得授偏將軍、嚮導使。曹操、劉備在五界山前會陣,操兵折傷大半,棄陽平關敗走。本事出於《三國演義》第七十一回。《三國志・魏書・武帝紀》、《蜀書・王平傳》、《蜀書・趙雲傳》注引《趙雲別傳》載有此事。版本今有《戲考》本及以該本整理的《中國京劇戲考》本、《戲典》本及以此本整理重印的《民國京劇劇本集》本、《京劇叢刊》本。今以《戲考》本爲底本,參考其他本校勘整理。

第 一 場[1]

(六將上)

徐晃 曹洪 許褚 王平 焦炳 慕容	（唱）【點絳唇[2]】 　　細柳營開，麗日䌽旞。軍威壯，文武全才，管取孫劉敗[3]。
	某——
徐　晃	徐晃。
曹　洪	曹洪。
許　褚	許褚。
王　平	王平。
焦　炳	焦炳。
慕　容	慕容。
衆　將	請了。
徐　晃	魏王聞聽劉備直犯漢中，爲此親率大兵，來決勝負。前有手書，令夏侯淵拒敵，尚無捷音。
衆　將	且請主公陞帳，你我領兵相援便了。
徐　晃	有理[4]。來，有請主公。
	（八軍引曹操上）
曹　操	（念）【引】雙手獨擎天， 　　　　奇功已早建。 　　　　主名扶漢祚， 　　　　時勢魏將遷。
衆　將	主公。
曹　操	列位。
	（念）三台入虎帳， 　　　九烈冠朝纓。 　　　今朝借鑾輿， 　　　不日九五登。
	孤，魏王曹。假義氣於陳留，念諸侯與後明，以伊尹之作用，暗后羿之圖謀，赫耀天下，位加九錫。諸鎮皆服[5]，孫劉未除，近因漢中被侵，爲此親臨南鄭。前者命夏侯淵開兵試武，此時未聞捷報，好生猶疑也。

徐　晃	主公既慮夏侯無音，何不選別將代替，豈不是好？
曹　操	容孤思之。
報　子	（上念）地下鳴鼓角，天上落將星。
	探子告進。報，今有定軍山失守，夏侯將軍被黃忠斬了。
	（衆喝）
曹　操	那、那、那老賊，怎樣斬孤的夏侯將軍呢？
報　子	聽禀！
曹　操	起來講！
報　子	夏侯將軍自恃軍令伏威，便欲提兵，張郃苦諫不納，獨自領兵逞勝對山，息鼓歇戰，我軍辱罵，門旗開處，閃出老壽星，嗑喳人頭瓜滾[6]！
衆　人	吓。
報　子	（唱）【園林好】
	真果是天崩地損，
	將來我軍無剩。
衆　將	哎呀！
	（唱）【園林好】
	聽言來髮直竪，
	怎消心頭怒。
	（曹操急作倒式）
衆　將	下去。
	（報子下）
曹　操	（唱）【西皮導板】
	聽言來氣得我口呆目瞪，
	哎呀將軍吓！
	（唱）【西皮搖板】
	又何殊失却孤足拆手分。
	咳！
	孤今朝纔信那管輅神讖，
	果黃猪遭虎口己亥之徵。
衆　將	請主公保重。
曹　操	咳，孤今方悟管輅之言。他説三八縱橫，乃建安二十四年，黃猪遇

　　　　　虎,屬寅年也,今己亥正月也,定軍之南,乃定軍山之南也,今日方
　　　　　信管輅言語不謬,咳,管輅何其神也。吓,淵弟何其苦也!
衆　將　唔。
曹　操　(唱)【西皮摇板】
　　　　　　　望定西蜀咬牙恨,
　　　　　　　指着大耳罵幾聲!
　　　　　　　孤一怒叫你成碎粉,
　　　　　　　看是誰能誰不能!
衆　將　主公不必悲傷。
徐　晃　主公何不親率大兵,奪轉定軍山,拿住劉備,以消夏侯之恨。
曹　操　照吓。就命你爲先鋒,諸將副之,吩咐拔寨,速往定軍山進發。
衆　將　得令。(照白)
　　　　　(【八聲甘州】排子。同下)

校記

[1] 第一場:原不分場,今依劇情分爲十三場。
[2] 唱點絳唇:此四字,原作"點絳",今改。《京劇叢刊》本作"分唱點絳唇"。"唱"字提示,原無者今補。下同。
[3] 軍威壯,文武全才,管取孫劉敗:"壯",原無;"管取孫劉敗"五字,原無。今依北曲譜、《京劇叢刊》本補。
[4] 有理:"理",原作"禮",據文意改。
[5] 諸鎮皆服:"皆",原作"背",據《民國京劇劇本集》改。
[6] 嗑喳人頭瓜滾:"嗑喳",原作"嗑唱",非是。《民國京劇劇本集》本改爲"嗑嗆";《京劇叢刊》本改爲"嘩啦啦",均不從。今依文意改。

第　二　場

　　　　　(上龍套,移糧。張郃、杜襲上)
張　郃　(唱)【西皮摇板】
　　　　　　　定軍山一仗魂膽驚,
杜　襲　(唱)【西皮摇板】
　　　　　　　可惜大將一命傾。

張 郃	請了。 某，張郃。
杜 襲	杜襲。
張 郃	將軍，你我奉了魏王鈞旨，把守定軍山，奈夏侯將軍軍令自恃，不肯聽諫，以至命喪沙場，定軍山失陷。前者飛騎請兵，今日魏王將到，你我迎上前去。
杜 襲	有理。

（曹操原人同上）

曹 操	（念）豪雄威鎮儀仗新，浩浩蕩蕩鬼神驚。
張 郃 杜 襲	張郃 杜襲　迎接主公，恕罪恕罪！
曹 操	此係前定之數，與你等何干，起過。
張 郃 杜 襲	謝主公。
曹 操	孤家此來，實爲夏侯將軍復讎。今定軍山失守，可將米倉山糧草，移於北山寨中屯積，喘息定了，然後觀其虛實而動。聽孤吩咐。 （唱）【西皮搖板】 　　口傳令旨淚如傾， 　　叫聲股肱衆將軍： 　　孤自起兵陳留郡， 　　爲的董卓目無君。 　　吾謀不勝孫吳起， 　　東蕩西除自勞績。 　　掃滅群雄都歸依， 　　只剩孫劉在手掌裏。 　　爾等須要奮勇進， 　　任他有翅難飛起。 　　今晚且自各安息， （衆允喏，兩邊下）
曹 操	（唱）【西皮搖板】 　　擇選黃道來對敵。 （同下）

第 三 場

(四軍士引劉備上)

劉　　備　(念)【引】非孤勞形,只爲漢祚將傾,怎敢辭却辛勤。
孔　　明　(上念)注定三分,從權秉政。
　　　　　(趙雲、張著、劉封、孟達上)
趙　　雲
張　　著
劉　　封　(念)惟願取宇宙安寧。
孟　　達
　　　　　主公。
劉　　備　先生,衆位將軍,請坐。
衆　　人　告坐。
劉　　備　(念)揚眉喜目顏頓開,
　　　　　　　　幸得將軍斬將來。
孔　　明　(念)今日暫領功臣宴,
趙　　雲
張　　著
劉　　封　(同念)他朝齊鳴凱歌回。
孟　　達
劉　　備　乃先生妙算,漢升智勇,賊將授首,定軍山已得,大張筵宴,預備慶賀功臣。黃老將軍可曾到來?
衆　　人　想必來也!
　　　　　(報子上)
報　　子　黃老將軍,離此不遠。
劉　　備　吩咐擺隊,迎接黃老將軍下馬。
　　　　　(衆允下。黃忠上。劉備原人上)
劉　　備　吓,老將軍!
　　　　　(黃忠下馬,劉備看首級)
劉　　備　咳!
　　　　　(同下。劉備、黃忠原人同上。黃忠遞刀,劉備搶)
黃　　忠　吓,主公罪死爲臣也。

劉 備	禮當扶起。
	（黃忠執首級）
黃 忠	老臣賴主公洪福，斬得夏侯淵首級來獻。
劉 備	將軍莫大之功也。將首級號令了。
	（衆允）
劉 備	加卿爲征西大將軍之爵。
黃 忠	謝主公。
劉 備	請起，看酒來。與將軍賀功。（謝天換杯）老將軍。
黃 忠	哎呀，折殺老臣。
劉 備	當得。
黃 忠	不敢。
劉 備	我兒代敬。
	（劉封允，衆定席。排子【玉芙蓉】。劉封執杯與黃忠，黃忠謝天地）
劉 備	堪爲慶古稀邁倫，惟願同並遐齡。
	（報子上）
報 子	今有曹操，自領大兵二十萬，來與夏侯淵報讎。令張郃將米倉山糧草搬運漢水北山脚下，特來報知。
孔 明	再探。（報子下）衆位，曹操自引到大軍至此，恐糧草不敷，故按兵不動，若得一人深入其寨，奪其輜重，曹操銳氣自墮，誰敢當此重任否？
黃 忠	末將願往。
趙 雲	住了，老將軍太覺勞倦，待趙某前去走走。
孔 明	適聞張郃守糧，此人乃魏之名將。夏侯淵雖是總帥，乃一勇之夫耳，若斬得張郃，勝夏侯淵十倍也。
黃 忠	某立斬張郃。
趙 雲	軍家豈有常勝之理？
黃 忠	（唱）【西皮快板】
	說甚麼軍家無常勝，
	你仔細看看黃漢升。
	一馬直將曹營闖，
	恰似猛虎入羊群。
趙 雲	（唱）【西皮快板】若是趙雲單退任，
黃 忠	照吓！

　　　　（唱）【西皮快板】
　　　　　　你讓黃忠掙一掙。
　　　　　　躬身施禮忙請令，
　　　　　　差訛甘當軍令行。
孔　明　（唱）【西皮搖板】
　　　　　　此行亦非是小任，
　　　　　　自去忖度要小心。
黃　忠　得令。
　　　　（唱）【西皮搖板】
　　　　　　俺越老越硬越好勝，
　　　　馬來！
　　　　（唱）【西皮搖板】
　　　　　　他越欺越侮越要行。
　　　　（下）
趙　雲　（唱）【西皮搖板】
　　　　　　這老兒從來施慣性，
　　　　　　不去激他功難成。
孔　明　（唱）【西皮搖板】
　　　　　　張著吾與你一枝令，
　　　　　　輔佐黃忠見機行。
　　　　（張著允，下）
孔　明　（唱）【西皮搖板】
　　　　　　子龍暗暗歸本營，
　　　　　　準備勁卒候時辰。
　　　　　　黃忠午時無消息，
　　　　　　急速救援莫消停。
趙　雲　得令。
　　　　（唱）【西皮搖板】
　　　　　　軍師妙算從來準，
　　　　　　調妥自然不差分。
　　　　（趙雲下）
孔　明　劉封少將軍帶領軍馬三千，於險要去處多設旌旗，以壯軍威。令敵

　　　　　　人驚疑。
劉　封　得令。（下）
孔　明　孟達隨領吾密令，去往下汴調出馬超。以計而行。再令老將嚴顏，
　　　　去往巴西閬中，替回翼德、魏延，一同來取漢中。
孟　達　得令。（下）
孔　明　臣同主公專聽捷音。
劉　備　有理。
　　　　（唱）【西皮搖板】
　　　　　　調度差遣安排定，
孔　明　（唱）【西皮搖板】
　　　　　　專聽旌旗報好音。
　　　　（同下）

第　四　場

黃　忠　（內唱）【西皮導板】
　　　　　　我非是人前誇老硬，
　　　　（黃忠上）
　　　　（轉唱）【西皮快板】
　　　　　　胸中韜略藏三分。
　　　　　　那趙國廉頗八十整，
　　　　　　尚食斗米肉十斤。
　　　　　　吾年未足七十五，
　　　　　　怎薆俺朽老便無能。
　　　　　　任他兵來如潮涌，
　　　　　　殺得他屍橫馬難行。
　　　　　　我揚揚得意往前進，
張　著　（內白）老將軍等著。
黃　忠　（唱）【西皮快板】
　　　　　　張著趕來必有因。
　　　　（張著上）
張　著　老將軍。

黃　忠　敢是軍師疑我不能成功,著你趕我回去麼?
張　著　非也。軍師諒你必然成功,但恐獨力難支,故使某來聽候驅策。
黃　忠　哈哈,軍師可爲知我也。
張　著　話雖如此,只是曹兵甚衆,若仗力敵,難以成功,必得奇計,方好劫他的糧草。
黃　忠　吾斬夏侯淵,張郃已經喪膽,再者曹兵連日運糧,必然疲倦。我若今晚三更飽餐,四更悄悄走至北山,放火燒糧,張郃必然來救。那時就而擒之,豈不爲快?
張　著　老將軍真好計算也。
黃　忠　將軍既已來助,我合你歸寨辦理去者。
　　　　(唱)【西皮搖板】
　　　　　　兵不厭詐從來論,
　　　　　　也效那諸葛燒甲兵。
(同下)

第　五　場

(二更夫上。四更)

二更夫　(唱)【山歌】
　　　　　　四更鼓兒敲,
　　　　　　瞌睡要來了。
　　　　　　吓吓喂!
　　　　　　連夜來巡更,
　　　　　　通宵不懼勞。
　　　　　　吓!仍將梆兒敲,
　　　　　　常言糧儲軍命脉,
　　　　　　稍有差池便糟糕。
　　　　　　吓吓喂!
更夫甲　我乃曹營守糧更夫便是,連日將糧草搬在北山,鬧得人困馬乏,不能偷閒。糧已搬定,又要巡更。好不耐煩。此時四更,人皆熟睡,你我也去安閒安閒。
更夫乙　有理。

	（念）雖有應守責，無奈眼難睜。
	（黃忠、張著上，殺更夫下）（四龍套上）
黃　忠	與我放火。
	（張郃、杜襲、左右上）
張　郃 杜　襲	賊將何人？
黃　忠	黃漢升在此。
張　郃 杜　襲	哎呀，快去相救！
	（打介。黃忠、張著敗，張郃追下）（趙雲、四軍士同上）
趙　雲	（白）俺趙雲。昨日黃忠誇張，去劫曹營糧草，軍師吩咐午時三刻，前去相應，快快殺到北山。（下）

第　六　場

曹　操	（內唱）【西皮導板】
	北山腳下火焰飄，
	（曹操上）
曹　操	（唱）【西皮快板】
	滿營將士盡咆哮。
	與孤高坡憑高眺，
曹　操	（唱）【西皮快板】
	遙望誰家將英豪。
	（眾追黃忠上，黃忠敗下，追下。趙雲原人上）
趙　雲	（唱）【西皮搖板】
	看看午時已過了，
	不由趙雲心內焦。
	（慕容上）
趙　雲	蜀兵何在？
慕　容	已困死垓心，爾來何幹？
趙　雲	看槍！
	（慕容死，衝下）

黃　　忠　（內唱）【西皮導板】
　　　　　　　越殺越爽精神好，
　　　　（徐晃、眾同上，黃忠殺上）
徐　　晃
曹　　洪　哪裏去？
許　　褚
王　　平
黃　　忠　（唱）【西皮快板】
　　　　　　　無奈曹兵似湧潮。
　　　　　　　俺在寶帳不服老，
　　　　　　　藐視曹兵如蓬蒿。
　　　　　　　今日若是遭圈套，
　　　　　　　一世英名被人嘲。
　　　　哎！
　　　　　　　抖擻威風往前搗，
　　　　（開打）
徐　　晃
曹　　洪　呔！黃忠要想出圈套，除非是孫行者方可潛逃！
許　　褚
王　　平
黃　　忠　呸！
　　　　（唱）【西皮快板】
　　　　　　　錯把太山比揉搔。
　　　　也罷！
　　　　　　　吾今日權作了立門道，
　　　　　　　殺得他龜走鱉也逃。
　　　　　　　越戰愈怒心頭惱，
　　　　（六將戰架攢。趙雲上）
趙　　雲　（接唱）【西皮快板】
　　　　　　　元始天尊下九霄。
　　　　（同挑開過門，黃忠下，趙雲戰六將同下）
趙　　雲　誰敢來？
　　　　（趙雲笑，下）

曹　操　哎吓！
　　　　（唱）【西皮搖板】
　　　　　　看看猛虎將擒到，
　　　　　　何方來了這條蛟？
　　　　　　只見他白盔白甲白旗號，
　　　　　　好似那趙子龍他又到了灞陵橋。
　　　（六將上）
六　將　主公，北山糧草，黃忠正困垓心，指望將他拿下，突然來了趙子龍，將黃忠救去，反傷我兵無數，眾軍不敢追趕，請令定奪。
曹　操　咳，那穿白的果是常山趙子龍？
　眾　　正是。
曹　操　不道這廝英勇尚在。徐晃聽令，你可帶了本部人馬，於漢水下寨，守殺蜀兵。
王　平　末將王平，頗知地理，願助徐先鋒一臂之力。
曹　操　速速同去。
徐　晃
王　平　（同白）得令。
　　　（徐晃、王平下）
曹　操　眾將，快與孤王追趕趙子龍去者。
　　　（眾允。同下）

第　七　場

　　　（徐晃、王平同上）
徐　晃　（唱）【西皮搖板】
　　　　　　領兵漢水無截道，
　　　（原人同上）
王　平　（唱）【西皮搖板】
　　　　　　勝負全憑計爲高。
徐　晃　你我奉命於漢水截戰，吾今欲令軍士渡水列陣，守待黃忠、趙雲，一鼓擒之，以爲何如？
王　平　將軍若還渡水列陣，倘蜀兵驟至，我軍急切難退，爲之奈何？

徐　晃　昔日韓信背水爲陣，所爲置之死地而後生也。
王　平　韓信能料敵人無謀，故設此計。今將軍能料黃忠、趙雲否？
徐　晃　你且莫管，看俺渡水取勝。來，速搭浮橋，於隔岸列陣，守殺蜀兵者。
　　　　（唱）【西皮搖板】
　　　　　　軍到急切必踴躍，
　　　　（徐晃下）
王　平　哎呀！
　　　　（唱）【西皮搖板】
　　　　　　不納我言定禍招。
　　　　（同下）

第 八 場

（黃忠、趙雲、張著同上）
黃　忠　（唱）【西皮搖板】
　　　　　　鰲魚脫却金鈎釣，
趙　雲　（唱）【西皮搖板】
　　　　　　猛虎歸山落得驕。
　　　　請坐。
黃　忠　有坐。
趙　雲　老將軍今日越發辛苦了。
黃　忠　哎，說甚麼辛苦不辛苦，我指望那曹兵有限，却帶五百名小卒，同張著將軍，直殺到曹營大寨，心想劫他的糧草，奪他的軍器，一到北山，便爾放起火來燒糧。不料曹操親統大兵，一擁而來，却是老夫左衝右突，如入無人之境一般，正在殺得高興，忽見將軍也在其中，真正殺得好爽快也。
趙　雲　這趙某若不進去，相請老將軍出來，此時那些曹兵，大約被將軍都要殺盡了。
黃　忠　盡呢却也難盡，只是燒得那賊，糧草已完，軍兵喪半，雖未擒得張郃，眼見得那賊銳氣盡矣。
趙　雲　此皆老將軍之功也。

陽 平 關 1581

黃　忠　哎。
趙　雲　（笑）哈。
黃　忠
趙　雲　（同笑）哈哈！
黃　忠　多謝。
報　子　（上）啓爺：曹操親統大兵，追殺我營來也。
張　著　吩咐緊閉寨門，上敵樓觀望。
趙　雲　且慢，軍家緊要，在此一刻，若緊閉寨門，守則必死，棄則必擒，昔年我在當陽，單槍匹馬一戰，曹軍八十三萬，如同草芥，今日何足懼哉。將軍暫請後帳歇息。爾等聽者，只須弓弩手百名，埋伏在寨外壕中，將旗鼓盡皆掩息，俺一人單槍匹馬，獨自立於營外，但見我槍尖一擺，你等萬弩齊發。
　　　　　（唱）【西皮搖板】
　　　　　　　俺非自譽把人弔，
　　　　　（衆下）
趙　雲　（唱）【西皮搖板】
　　　　　　　但看曹兵鼠竄逃。
　　　　　（趙雲勒槍立介。曹操原人同上）
曹　操　前隊因何不行？
衆　人　啓主公：遠遠望去，只見蜀營大開，旗鼓全無，只有趙雲一人，單槍匹馬，立於營外，日已黃昏，我兵還是殺進，還是退去，請令定奪。
曹　操　待我看來。（望介）此就是趙雲有計，快些退兵，快些退兵。
　　　　　（趙雲擺槍介）
趙　雲　放箭。
　　　　　（四上手放箭，曹操、衆原人退下。黃忠上，看望，大笑）
黃　忠　曹兵去了。
趙　雲　追趕。
　　　　　（衆允下）（曹操原人同上跑下，趙雲原人上追下）（劉封上棹介）（曹操原人上跑下）（趙雲原人追上）
劉　封　二位，劉封在此。
趙　雲　小將軍爲何而來？
劉　封　軍師命我來此，虛張聲勢，且喜曹操棄糧而逃，二位同我搬他糧草，

　　　　　　檢他軍器，好去報功。
趙　雲　有理。老將軍！
　　　　（唱）【西皮搖板】
　　　　　　可笑那老曹瞞他是傷弓鳥，
黃　忠　將軍！
　　　　（接唱）【西皮搖板】
　　　　　　他見我不怕他怎不膽落魂銷。
趙　雲　哎！
黃　忠　哎！
趙　雲
黃　忠　（同笑）哈哈哈！
趙　雲　（唱）【西皮搖板】
　　　　　　軍士們檢軍器收拾糧草，
黃　忠　（唱）【西皮搖板】
　　　　　　好向那大營中去表功勞。
　　　　（同下）

第　九　場

（徐晃原人同上）
徐　晃　（唱）【西皮搖板】
　　　　　　轟聲炮震響連天，
　　　　　　干戈不住民倒懸。
　　　　　　將士披甲不辭倦，
　　　　　　驊騮幾見解征鞍。
（趙雲、黃忠原人同上）
趙　雲　（唱）【西皮搖板】
　　　　　　堪笑曹人無識見，
　　　　　　見虛便覺心膽寒。
徐　晃　呔，趙雲，俺徐晃等你久矣[1]，還不下馬受綁？
趙　雲　這厮好不知分量。
黃　忠　殺這狗頭！

趙　雲　　看槍！
　　　　　（殺介。徐晃丟盔上下攢，四下手、徐晃衆下，追下，又上，徐晃上，
　　　　　　落馬，下船介）
趙手下　　徐晃渡河去了。
趙　雲　　不用追趕，回大營去者。
　　　　　（唱）【西皮搖板】
　　　　　　　鼠輩無知何狠膽，
　　　　　　　至死全攻奔忙逃。
　　　　　（衆人同下）

校記

［1］俺徐晃等你久矣："徐"，原無，據《民國京劇劇本集》本補。

第　十　場

　　　　　（徐晃、王平同上）
徐　晃　　好殺吓好殺！
王　平　　將軍受驚了。
徐　晃　　你是王平？
王　平　　正是末將。
徐　晃　　哼哼。
王　平　　哎，將軍何得如此起來？
徐　晃　　我把你這貪生怕死的小卒，不知廉恥的老賊！你我奉命而來，合當
　　　　　協力相扶。蜀兵倒山潑水而來，你因何袖手不理，是何定見？呵
　　　　　呵，氣死我也。
王　平　　將軍，你意欲渡水截戰，以阻險要，你是效韓信背水拒敵的故事，我
　　　　　道黃忠、趙雲非等閑之輩，你定要如此而行，今番兵敗，乃自取耳，
　　　　　怎麼怪起我來，我若是一動，只怕此營還難保也。
徐　晃　　呸！
　　　　　（唱）【西皮搖板】
　　　　　　　你明明縮頭貪性命，
　　　　　　　指東話西反說人。

速即將他推出斬,

眾　人　啟將軍:正在用人之際,望將軍寬恕。

徐　晃　(唱)【西皮搖板】
　　　　　　捆打四十不容情。
　　　　(眾允,押王平打介)

王　平　(上)呵呵,好打吓,好打!

徐　晃　王平,可打得公?

王　平　不公。

徐　晃　打得是?

王　平　打得不是。

徐　晃　你可知食人之祿,當報人恩,你須曉得將士臨敵不顧身。

王　平　哈哈! 可不是:
　　　　(念)智士當要見機行,
　　　　　　傴僗只會恒螯心。

徐　晃　誰是智士,誰是傴僗?

王　平　吾雖不智,則你便是傴僗!

徐　晃　哎!
　　　　(徐晃扭王平摔)

徐　晃　來,趕出帳去。
　　　　(徐晃下)

王　平　(在場白)喂,呀呀呸! 王平吓王平,你自不見機,還分甚麼智士傴僗? 現今劉皇叔附義興仁,名揚天下,何不前去投他? 眾將官,我今棄曹歸劉,你等願隨者隨,不願隨者聽其自便。

眾　人　我等久有此心。

王　平　來! 與我備下鞍馬,放火燒去營寨,一同前去歸劉。
　　　　(眾允,放火)

王　平　(唱)【風入松】
　　　　　　飛速準備莫延遲,
　　　　　　即向西蜀急速行。
　　　　　　執薪火一齊放,
　　　　　　那管他焦面爛額。

（放火介，王平上馬。徐晃、衆人上）

徐　晃　呔！王平你敢造反麽？
王　平　你老爺反了！
徐　晃　咳，了不得了不得！
　　　　（打介。王平下）
徐　晃　來，就此棄營寨報魏王去者。
　　　　（衆允同下）

第十一場

（曹操原人同上）

曹　操　慚愧吓，慚愧！想吾親統大兵，追趕趙雲，不料他行下以逸待勞之計誘我，若非老夫識破機關，幾乎入他彀中。來，看看後面，追兵怎麽樣了？
衆　人　主公只顧前跑，其實趙雲久已退了。
曹　操　哈哈，孤被那厮幾次失利，故於每事留心，如今大寨已失，往何處紮營方好？
衆　人　前面已是陽平關，不如暫到那裏屯紮便了。
曹　操　容孤思來。
報　子　（上）啓主公：探子在前面打探明白，那趙雲不足一旅之師，見我兵潮涌而來，難以對敵，故設疑兵之計，其實只有弓弩手百名，驚退我軍兵耳。
曹　操　子龍吓子龍，你的膽何其大也。曹操吓曹操，你的心何其太惑也。
徐　晃　（上）參見主公。
曹　操　你爲何如此狼狽而來？
徐　晃　啓主公：末將同王平，奉令前去截殺子龍，不料王平從中造反，竟投劉備去了。
曹　操　大耳賊吓大耳賊，孤與你勢不兩立！來，兵撤陽平關紮營。命下書人約定劉備，在五界山前，孤與他決一死戰。
　　　　（衆允介）
曹　操　（唱）【西皮搖板】
　　　　　咬牙切齒難消恨，

這一回與他決輸贏。
（同下）

第 十 二 場

（劉封、趙雲、黃忠、張著同上）

劉　封　（唱）【西皮搖板】
　　　　捷旗早已傳報訊，
黃　忠　（同唱）【西皮搖板】
趙　雲　　但聽滿營笑聲喧。
　　　　（劉備、諸葛亮上）
四　將　（同白）臣等奉命，奪得曹營糧草軍器，斬首數萬，特來覆命。
劉　備　上冊記功。這場血戰，全虧老將軍也。
黃　忠　哎呀，惶恐老臣。
劉　備　方知將軍智勇雙全，一身都是膽也！（同笑）
報　子　（上）啟爺：曹營有驍將王平，帶領本部人馬，前來投降。
劉　備　請進來。
報　子　王將軍有請。
　　　　（報子下。王平原人上）
王　平　（念）年來如暗寶，今日見明君。
　　　　王平叩見皇叔，乞恕愚昧之罪。
劉　備　哎呀哎呀，請起請起。孤得子鈞，管取漢中無疑矣。見過諸葛先生。
王　平　先生，王平參見。
諸葛亮　子鈞。
王　平　列位。
衆　人　將軍。
劉　備　暫授卿爲偏將軍，兼理嚮導使。
王　平　謝主公。
　　　　（報子上）
報　子　啟主公：曹操復領大兵前來，命人來約主公，明日在五界山前會戰，要面見主公。

諸葛亮　回他明日準去。
　　　（報子下）
劉　備　先生,今日之事如何?
諸葛亮　今日暫爲擺宴賀功,明日山人自有定奪。
劉　備　如此,吩咐擺宴後帳,大家一同前去暢飲者。
　　　（衆允,同下）

第十三場

（劉備原人同上,曹操原人同上）

曹　操　劉備!
劉　備　曹操!
曹　操　劉梟雄!
劉　備　曹奸雄!
衆　人　哏。
曹　操　你本是大樹樓桑,一個織席販履之輩,假充漢室苗裔,仗關、張之英雄,依諸葛之雄才,徐州之失不知辱,當陽之敗不知羞,計窮投奔袁紹,何殊喪家之犬?今朝尚不識天威,還敢肆志於西蜀,似此貪夫,死有餘辜!
　　　（唱）【西皮搖板】
　　　　你一朝得志膽似天,
　　　　依仗人才作倒懸。
　　　　看孤威威天兵見,
　　　　今日叫你不生還。
　　　罵得可爽快?
徐　晃　罵得好爽快!
劉　備　住了!我本大漢宗親,天下誰不知之?想爾乃夏侯之乳臭,冒認曹氏子孫,一朝得志,不思報本。明以伊尹之忠,暗造王莽之逆,目無君上,心嫉賢能,今日擅敢僭用天子之鑾輿,似此豺狼行爲,人神共憤,你死在頃刻,膽敢向吾面前,搖唇鼓舌麼?
曹　操　也説的是。
徐　晃　罵得也爽快。

曹　操　哏！
劉　備　（唱）【西皮搖板】
　　　　　　毒人須將本分佔，
　　　　　　撮土也能比泰山？
　　　　　　今日教你難回轉，
　　　　　　斬首好謝天下冤。
曹　操　（唱）【西皮搖板】
　　　　　　眼見孤身受恩眷，
劉　備　（唱）【西皮搖板】
　　　　　　你明假君命暗造奸。
曹　操　（唱）【西皮搖板】
　　　　　　周公伊尹我不佔，
劉　備　（唱）【西皮搖板】
　　　　　　梁冀王莽見一斑。
曹　操　（唱）【西皮搖板】
　　　　　　孤一朝得權誰敢謾？
劉　備　（唱）【西皮搖板】
　　　　　　須知趙高枉作奸。
曹　操　（唱）【西皮搖板】
　　　　　　拼個雌雄敢不敢？
劉　備　（唱）【西皮搖板】
　　　　　　兵來將擋有何難？
曹　操　（唱）【西皮搖板】
　　　　　　氣得我髮竪睜圓眼，
劉　備　（唱）【西皮搖板】
　　　　　　罵得你心痛口難言。
曹　操　來！
　　　　（唱）【西皮搖板】
　　　　　　與孤擂鼓忙催戰，
劉　備　（唱）【西皮搖板】
　　　　　　劉封與我拿頑奸。
劉　封　得令。

曹　　操　住了，你每使假子前來拒敵，孤若喚我那黃鬚兒來，叫你假子立爲肉醬！
劉　　封　看槍！
　　　　　（大衆齊架，曹衆敗下）（劉、曹犯下）（徐衆左右分下）（兩下衆將大攢）
衆　　　　（上）曹兵敗走。
趙　　雲　敗兵不可深追，收兵收兵。
　　　　　（【尾聲】。同下）

五　截　山

佚　名　撰

解　題

　　京劇。現代佚名撰。《京劇劇目初探》《京劇劇目辭典》著錄，題《五截山》，一名《收王平》。劇寫徐晃欲激勵士氣，效仿古人背水列陣以抗蜀兵，不聽王平勸阻。曹軍中趙雲計兵敗退走。徐晃嗔王平坐視不救，責打四十棍。王平憤而投降劉備。曹操逃至陽平關，始知中趙雲計。徐晃敗歸，告曹操王平投降劉備。曹操大怒，下戰書約劉備決戰於五截山。劉備得勝，嘉獎有功衆將，並厚待王平，授其爲偏將軍兼嚮導使。次日，兩軍如約決戰，曹操、劉備對面互相責罵。劉封、趙雲與張郃、徐晃交戰，曹兵敗走。本事出於《三國演義》第七十一、七十二回。五截山，《演義》作五界山。該劇與《陽平關》題材、情節同中有異，曲白不同。版本今有《京劇彙編》王連平藏本及以此本重刊的《京劇傳統劇本彙編》本。今以《京劇彙編》王連平藏本爲底本進行整理。

第　一　場

（四下手、四文堂、王平、徐晃同上）

徐　晃　（唱）領兵漢水把賊掃，
王　平　（唱）勝負全憑計謀高。
徐　晃　王將軍請了！
王　平　請了！
徐　晃　你我奉了魏王鈞旨，漢水截戰，我欲命軍士渡水列陣，待等黃忠、趙雲到來，一鼓擒之，將軍意下如何？
王　平　哎呀將軍哪！我軍若渡水列陣，倘蜀兵驟至，我軍急切難退，如之奈如？

徐　晃　昔日韓信背水爲陣，所謂"置之死地而後生"也！

王　平　韓信因料定敵人無謀，故設此計。今將軍能料黄忠、趙雲之意麽？

徐　晃　你且莫管，看我渡水取勝者！來，速搭浮橋，列陣防守，以待蜀兵到來！

　　　　（唱）軍到急切必踴躍，

　　　　（四下手引徐晃下）

王　平　唉！

　　　　（唱）他不聽我言把禍招。

　　　　（同下）

第　二　場

（四上手、張著、黄忠、趙雲上）

黄　忠　（唱）鰲魚脱去金鈎釣，

趙　雲　（唱）猛虎歸洞回山巢。

黄　忠　請坐！

趙　雲　請坐！老將軍辛苦了！

黄　忠　哎，説什麽辛苦不辛苦，俺只道曹兵有限，故而帶領五百小卒，同了張將軍殺到曹營大寨，心想劫他的糧草，奪他的軍器。誰想到了北山角下，正待放火燒他糧草，不料曹操親統大兵數萬，一擁而來，老夫左衝右闖，如入無人之境。正在殺得高興之際，忽見趙將軍也在其内。（笑介）哈哈哈……這一戰殺得好爽快也！

趙　雲　趙某若不進去相請老將軍出來，此時那些曹兵都被老將軍殺盡了！

黄　忠　盡哪却也難盡，只是殺得那賊東逃西散，兵將喪膽，雖未擒着張郃，眼前那賊鋭氣盡也！

趙　雲　如此，老將軍之功也！

黄　忠　啊！

趙　雲　啊！

黄　忠
趙　雲　（笑介）啊哈哈哈……
張　著

報　子　（內）報！（上）啓稟二位將軍：曹操親統大兵，追到我營來了！
張　著　二位將軍，曹軍驟至，我軍恐難抵敵，就該緊閉寨門纔是！
趙　雲　住了！此乃緊要關頭，若要緊閉寨門，守則必死，棄則被擒！
張　著　依將軍之見？
趙　雲　俺在當陽，單槍匹馬，覷那曹兵八十三萬人馬如同草芥。今日曹兵，何足懼哉！老將軍後帳歇息。只須弓弩手百名，埋伏營外壕中，將旗鼓盡皆掩息，待俺趙雲獨自立於門首，曹兵來時，但看俺槍尖一擺，萬弩齊發也！
　　　　（唱）俺非是沽名把譽釣，
黃　忠　（唱）但看曹兵鼠竄逃！
　　　　（四上手引張著、黃忠下。趙雲執槍上馬站營門）
　　　　（四文堂、張郃、杜襲、曹洪、許褚、曹操、傘夫上）
張　郃　啓魏王：蜀營轅門大開，旗鼓皆無，只有趙雲單槍匹馬獨自立於營門，此時不可進兵！
曹　操　待孤看來！唔呼呀，其中定有奸詐，快快收兵！
趙　雲　放箭！
曹　操　（驚介）收兵收兵！
　　　　（曹操原人逃下）（四上手、張著、黃忠上）
趙　雲
黃　忠　（笑介）啊哈哈哈……追！
　　　　（同下）

第　三　場

（【牌子】。四龍套、劉封上，上高介）（曹操原人敗上，過場下）
（趙雲、黃忠、張著原人追上）
劉　封　（下高介）二位將軍，劉封在此！
趙　雲
黃　忠　小將軍因何至此？
劉　封　軍師命我到此虛張聲勢，且喜曹操棄寨而逃，你我同去搬他糧草，好去報功。
趙　雲
黃　忠　言之有理。

赵　云　老将军请！
　　　　（唱）可笑那曹瞒贼是惊弓之鸟，
黄　忠　（唱）未交锋即溃败胆破魂消。
赵　云　（唱）众将官捡军器收拾粮草，
黄　忠　（唱）回到了大营中去表功劳。
　　　　（同下）

第　四　场

　　　　（四下手、四文堂、王平、徐晃上）
徐　晃　（唱）轰轰炮震响连天，
王　平　（唱）干戈不住民倒悬。
徐　晃　（唱）身披铠甲不辞倦，
王　平　（唱）骅骝几见解征鞍。
　　　　（徐晃、王平原人列阵介，同下）
　　　　（赵云、黄忠原人上）
赵　云　（唱）堪笑曹操无识见，
黄　忠　（唱）望影而逃心胆寒。
　　　　（四下手、徐晃冲上）
徐　晃　呔，赵云！俺徐晃等候多时了！
赵　云　这厮好不知分晓！
黄　忠　杀这匹夫！
　　　　（起打介，四下手、徐晃败下）
四上手　徐晃渡水而去。
赵　云　不必追赶，回营去者！
　　　　（唱）鼠辈无知何大胆，
黄　忠　（唱）我军得胜回营盘。
　　　　（同下）

第　五　场

　　　　（四下手、徐晃败上。四文堂、王平暗上）

徐　晃　好殺呀，好殺！
王　平　將軍受驚了！
徐　晃　我受的甚麼驚！你是王平？
王　平　正是末將。將軍爲何如此？
徐　晃　我把你這貪生怕死的小輩，不知恥的匹夫！你我俱是奉命而來，便當協力相助，蜀兵排山倒海殺到，你爲何袖手不理？真真氣死我也！
王　平　將軍要渡水列陣，王平也曾勸阻，你要學韓信背水拒敵的故事；我道趙雲、黃忠非比等閑，將軍一定要如此而行！今番之敗，乃是自取，怎麼怪起末將來了！我若離此大營，只恐此時老營亦無救矣！
徐　晃　唉！
　　　　（唱）你明明縮頭保性命，
　　　　　　　指東説西反怪人。
　　　　來！
　　　　　　　速將王平推出斬，
　　　　（衆跪介）
衆　　　元帥正與蜀兵交戰，先斬大將，於軍不利，望求元帥饒恕！
徐　晃　（唱）一捆四十不容情！
　　　　打！
　　　　（二下手押王平同下，幕内打王平介。二下手擁王平上）
王　平　謝元帥的責！
徐　晃　我打的你可公？
王　平　不公！
徐　晃　打的你可是？
王　平　不是！
徐　晃　可知食君之禄，當報君恩，須曉臨敵不顧命！
王　平　你可知道：
　　　　（念）智士當要見機作，闒茸只念征戰心。
徐　晃　誰是智士，誰是闒茸？
王　平　我雖不智，你便是闒茸！
徐　晃　呸！趕出帳去！
　　　　（四下手、徐晃下）

王　平　（唱）我枉自隨征空受任，
　　　　　　　滿腹雄才難顯能。
　　　　　　　含恨忍痛將己問，
　　　　　　哎呀！
　　　　　　　自不見機怨誰人！
　　　　王平哪，王平！你還分甚麼智士、闖茸，是你自己不見機，誤投奸人麾下。唉，到不如棄曹歸劉，做個明哲保身。軍士們，爾等願隨者隨，不願隨者各自散去！
四文堂　我等久有此心，怎奈將軍未曾言過，今既如此，我等無不願隨！
王　平　好哇！與我備下鞍馬，焚燒營寨，一同投降去者！
四文堂　啊！（放火介）
　　　　（四下手、徐晃上）
徐　晃　王平，你敢是反了？
王　平　你老爺反了！
　　　　（起打介。徐晃敗下，王平原人追下）

第　六　場

（四下手、徐晃同上）
徐　晃　且住！王平背反我主，就此棄寨，報與魏王去者！
　　　　（唱）怎知王平要謀叛，
　　　　　　　急速報與魏王前。
　　　　（同下）

第　七　場

（四文堂、張郃、杜襲、曹洪、許褚、曹操、傘夫同上）
曹　操　慚愧呀，慚愧！我道趙雲帶兵有限，故而親率大兵追趕，不料他用了以逸待勞之計。若非老夫識破，定然深入險地！衆將官，後面追兵怎麼樣了？
　衆　　魏王只顧退兵，其實趙雲早已收軍了！
曹　操　咳，孤遇這厮，幾次失利，故而事事留心。如今兵敗寨失，往何處駐梨方好？

衆　　前面已是陽平關，那裏可以駐軍。

曹　操　好，兵撤陽平關！

報　子　（內）報！（上）啓魏王：趙雲不過一旅之師，見我軍潮湧而來，無可抵敵，故設此疑兵之計，驚退我軍。

曹　操　再探！

報　子　啊！（下）

曹　操　趙雲哪，趙雲！你的膽也忒大了；曹操哇，曹操！你的膽也忒小了！（徐晃原人上）

徐　晃　參見魏王！

曹　操　罷了。

徐　晃　末將同王平截殺趙雲，不料王平從中謀叛，燒毀大寨，竟自投降劉備去了！

曹　操　哦，有這等事！大耳賊呀，大耳賊！孤與你誓不兩立也！來，就此兵撤陽平關！一面打下戰書，約定明日叫劉備親來五截山前決一死戰！

衆　　啊！

曹　操　（唱）咬牙切齒難消恨，
　　　　　　　與賊交戰決輸贏！

（同下）

第 八 場

（四龍套、諸葛亮、劉備上）

劉　備　（唱）點兵遣將戰曹瞞，

諸葛亮　（唱）且聽捷報到帳前。

（四上手、張著、劉封、黃忠、趙雲上）

黃　忠
趙　雲　臣等奉命破曹，奪得曹操糧草、軍器，大敗曹兵，特來交令。

劉　備　記上功勞簿！

黃　忠
趙　雲　多謝主公！

劉　備	衆卿請坐。
黃　忠 趙　雲 劉　封 張　著	謝坐！
諸葛亮	這場血戰，全虧黃老將軍！
黃　忠	哎呀，惶恐啊，惶恐啊！末將今日方知趙四將軍智勇雙全，一身是膽也！
報　子	（內）報！（上）啓主公：今有曹營驍將王平，帶領本部人馬，前來投降。
劉　備	請進帳來。
報　子	有請王將軍！（下）

（王平上）

王　平	（念）領兵棄曹營，今日見明君。 王平叩見皇叔！望恕愚昧之罪！
劉　備	王將軍請起！
王　平	謝皇叔！
劉　備	孤得子鈞，保取漢中無疑矣！哈哈哈……見過諸葛先生。
王　平	王平參見先生！
諸葛亮	見過衆位將軍！
王　平	衆位將軍！
黃　忠 趙　雲 劉　封 張　著	王將軍！
劉　備	（向王平）暫授將軍爲偏將軍之職，兼領嚮導使。
王　平	謝主公！
報　子	（內）報！（上）啓主公：曹操帶領大兵駐棃陽平關，約定明日在五截山前決一死戰。
諸葛亮	回覆於他，明日交鋒。
報　子	得令！（下）
劉　備	先生，明日陣前之事，如何調動？
諸葛亮	暫且擺宴賀功，山人自有準備。同去暢飲者！

劉　備　（唱）且自安排慶功宴，
　　　　　　　勝負但看在明天。
　　　　（同下）

第　九　場

（四上手、四龍套、劉封、趙雲、劉備下場門上。四上手、四文堂、張郃、徐晃、曹操上場門上，同列陣介）

曹　操　劉備！
劉　備　曹操！
曹　操　劉梟雄！
劉　備　曹奸雄！
曹　操　大耳賊！
劉　備　曹逆賊！
曹　操　你本大樹樓桑一個織席編履之輩，假充漢室苗裔，冒爲天子之皇叔，仗關、張之英勇，依諸葛之奇才，擅用武事，徐州之失不知辱，當陽之敗不識羞！計窮力盡，奔投表紹，何殊喪家之犬！不知天命，還敢放肆，既已得隴，何又望蜀！似此貪夫，死有餘辜！
　　　　（唱）你一朝得志膽似天，
　　　　　　　倚仗人才弄倒懸。
　　　　　　　試看孤威天兵現，
　　　　　　　今日叫你不生還！
　　　　孤罵的好爽快也！（笑介）哈哈哈……
劉　備　住了！我本大漢宗親，誰人不曉，笑只笑你乃夏侯氏之乳臭，冒爲曹氏之子孫！一朝得志，不思報本，明爲伊尹之忠，暗造王莽之逆，目無君上，心嫉賢能！潼關脫生猶不悟，赤壁失機尚不省！欺君罔上，作盡狗畜之行！今日僭用天子鑾輿，似此豺狼，人神共怒，爾死在頃刻，尚敢在我面前搖唇鼓舌麼！
曹　操　嗯！
劉　備　（唱）賊人須將本分佔，
　　　　　　　撮土焉能比泰山。
　　　　　　　今日叫你難回轉，

　　　　　　斬首好雪天下冤！
曹　操　（唱）孤奉皇命把烟塵掃，
劉　備　（唱）你假借君命暗算難。
曹　操　（唱）周公伊尹我不佔，
劉　備　（唱）你比梁冀王莽奸！
曹　操　（唱）孤一朝權在誰敢慢！
劉　備　（唱）你好比趙高把君瞞。
曹　操　（唱）拼個雌雄敢不敢？
劉　備　（唱）兵來將擋有何難！
曹　操　哎呀！
　　　　（唱）氣得孤發怒睜兩眼，
劉　備　（唱）罵得你心痛口難言！
曹　操　（唱）與孤擂鼓催前戰，
劉　備　（唱）劉封出馬會奸頑！
劉　封　得令！
曹　操　住了！大耳賊！你每每使你那假兒子前來拒敵，孤若喚我那黃鬚兒來，直叫你那假子立爲肉泥矣！
劉　封　（怒介）看槍！
　　　　（張郃、徐晃急架住。曹操、劉備暗下，劉封、趙雲、張郃、徐晃起打介。張郃、徐晃原人敗下）
劉　封　曹兵敗走！
趙　雲　鳴金收兵！
　　　　（同下）

取 襄 陽

王鴻壽　撰

解　題

　　京劇。現代王鴻壽撰。《京劇劇目辭典》著録,題《取襄陽》,署王洪(鴻)壽編劇。劇寫曹操遣滿寵往東吳求和,共攻荆州。孫權依步騭獻策,命諸葛瑾向關羽爲世子求婚,以結納西蜀,共同抗曹。關羽拒之,稱虎女焉能配犬子。孫權聞此大怒,決心與曹操聯盟。劉備進位漢中王,封關羽、張飛、趙雲、馬超、黄忠爲五虎上將,關羽雖爲五虎上將之首,但知黄忠亦在此列,拒不奉詔。費詩竭力相勸,關羽方受命。劉備密令關羽攻襄陽、樊城,關羽命糜芳、傅士仁爲先鋒。二人縱容軍士飲酒,致使營中失火,損失糧草、軍器,士兵也有傷亡。關羽大怒,欲斬二人,經費詩講情,各責四十軍棍,摘去先鋒大印,使二人鎮守公安、南郡。廖化勸其不要重用二人,關羽又不聽。法正奉旨到荆州促關羽出兵。關羽與曹仁交戰,大敗曹兵,佔領襄陽,命使王甫沿江建造烽火臺,以防吳兵偷襲。關羽命關平坐鎮襄陽,自己親自率兵攻打樊城。本事出於《三國演義》第七十三回。《三國志·蜀書·關羽傳》《費詩傳》載有此事。元刊《三國志平話》有《皇叔封五虎將》回目,但無拒封情節。清宫大戲《鼎峙春秋》有二齣敷演此事。版本今有《關羽戲集》李洪春演出本。今以李洪春演出本爲底本整理。

第 一 場

（張昭、諸葛瑾、步騭、闞澤上）

衆　將　（念）【點絳唇牌】

　　　　　　三國紛紛,屢起戰争。何日裏,干戈寧静,軍民齊安定。

張　昭　張昭。

諸葛謹	諸葛謹。
步　騭	步騭。
闞　澤	闞澤。
張　昭	列公請了。
諸葛謹 步　騭 闞　澤	（同）請了。
張　昭	今有曹操差滿寵前來求和，稍時吳侯登殿，把本啓奏。看！香烟繚繞，聖駕臨朝，分班伺候。 （四太監引孫權同上）
孫　權	（念）【引】佔據江東，承父業，虎拒龍爭。
張　昭 諸葛謹 步　騭 闞　澤	（同）臣等見駕，吳侯千歲！
孫　權	衆卿平身。
張　昭 諸葛謹 步　騭 闞　澤	（同）千千歲！
孫　權	（念）（詩）承父兄業守江東， 　　　　　　人傑地靈稱英雄。 　　　　　　劉備借去荆州地， 　　　　　　久據不還惱心中。 孤，姓孫名權字仲謀。承父兄基業，虎踞江東。當年赤壁鏖兵，得了荆襄九郡。可恨劉備，借去荆州，屯兵養馬，久據不還，欺人忒甚。今日設立早朝，商議討回荆州之策。
張　昭	臣啓吳侯：今有曹操，命滿寵前來求和，現在殿角候旨。
孫　權	代孤傳旨，滿寵上殿。
張　昭	滿寵上殿。
滿　寵	（內）領旨！ （滿寵上）
滿　寵	（念）離了許昌地，求和到東吳。 滿寵見駕，吳侯千歲。

孫　權	罷了。先生駕臨江東，有何見教？
滿　寵	奉了我主之命，前來議和，現有書信呈上。
孫　權	呈上來。
	（張昭接信遞與孫權）
孫　權	曹公有書信到來，待孤拆開一觀。
	（吹奏【急三槍】牌子。孫權觀書信）
孫　權	請滿先生暫到迎賓館待茶，容我君臣商議。
滿　寵	告退。（下）
孫　權	眾卿！曹操差滿寵前來，會同東吳合攻荊州，眾卿之意如何？
步　騭	臣有一計獻上。
孫　權	卿家有何妙計？
步　騭	聞得關羽生有一女，甚為賢淑，我主世子，聰明過人。可命一人前去求婚，倘若應允，孫劉合兵，共破曹操；若不成功，孫曹聯盟，先取荊州，後破西蜀，有何難哉。千歲聖裁。
孫　權	此計甚好，就命子瑜速往荊州求婚，聯盟破曹，不得有誤。
諸葛瑾	領旨。（下）
孫　權	子布準備酒宴。款待滿寵。退班。
	（眾人同下）

第 二 場

（四馬童過場[1]。關平、廖化、王甫、周倉、四綠文堂、四上手、糜芳、傅士仁、馬良、伊籍、關興、趙累、關羽上）

關　羽	（念）【引】綠袍金甲鬚似灰，鳳目蠶眉美髯公。
眾　將	參見君侯！
關　羽	少禮，站下。
眾　將	謝君侯。
關　羽	（念）（詩）志氣凌雲貫斗牛，
	平生最喜讀《春秋》。
	丈夫須抱凌雲志，
	自然談笑覓封侯。
	某，漢室關。今奉大哥與軍師將令，鎮守荊州一帶等處。可恨曹

操，命曹仁據守襄陽、樊城，久欲前去攻取，怎奈未奉大哥詔諭，未便妄動。我想荆州乃東吳之地，未必就此甘休，爲此每日操演人馬，緊防對敵。站堂軍！

衆　將　啊。
關　羽　伺候了！
　　　　（報子上）
報　子　啓禀君侯：諸葛瑾求見。
關　羽　再探。
　　　　（報子下）
關　羽　唔呼呀！想諸葛瑾乃軍師令兄，不可慢待。來！
衆　將　有。
關　羽　有請諸葛先生。
衆　將　有請諸葛先生。
　　　　（諸葛瑾上）
諸葛瑾　（念）奉了吳侯命，講和來求親。
　　　　君侯在上，瑾大禮參拜。
關　羽　子瑜遠道而來，只行常禮。
諸葛瑾　哪有不拜之理。
關　羽　來！與先生看座。
諸葛瑾　慢來，君侯帳下，哪有瑾的座位！
關　羽　遠來貴客，焉有不坐之理。
諸葛瑾　謝坐。
關　羽　先生到此，必有所爲？
諸葛瑾　恭喜君侯，賀喜君侯！
關　羽　何喜之有？
諸葛瑾　我主有一世子，聰明過人，聞得君侯令愛十分賢淑。瑾奉我主之命，前來求婚，兩家結爲秦晉之好，共同破曹。望乞君侯，幸勿推辭。
關　羽　汝主犬子，豈配關某虎女？
諸葛瑾　公言犬子不配虎女。可記得令兄玄德公，在甘露寺招親之事乎？
關　羽　子瑜大膽！
　　　　（唱）【西皮二六板】

　　　　　　聞言怒髮三千丈,
　　　　　　一言怒惱關雲長。
　　　　　　若不看軍師諸葛亮,
　　　　　　定斬爾首級挂營房。
　　　　　咥!膽大諸葛瑾,進得帳來,信口胡言。若不看有令弟之面,定要汝頭。來,扠出帳去!
衆　將　出帳去吧!
諸葛瑾　(念)用手捧盡湘江水,難洗今朝滿面羞。(下)
廖　化　二君侯失計了。
關　羽　怎見得?
廖　化　諸葛瑾前來提親,君侯既不應允,就該用善言回覆,不該將他羞辱一場。他今回去,定在孫權面前,搬動是非。倘若孫曹合兵,同取荆州,豈不又費波折。望君侯從速準備應敵,以防措手不及。君侯三思!
關　羽　甕中之水,能起多大波浪;螻蟻之輩,焉能撼動泰山。且勿多言。掩門!
　　　　(衆人同下)

校記

[1]四馬童過場:"四馬童",原作"四馬夫",今改。下同。

第 三 場

　　　　(四太監、步騭、張昭、孫權上)
孫　權　(唱)【西皮散板】
　　　　　　子瑜荆州去求婚,
　　　　　　但願此去把功成。
　　　　　　誓掃中原烟塵定,
　　　　　　同心破曹方趁心。
　　　　(諸葛瑾上)
諸葛瑾　(接唱)【西皮散板】
　　　　　　可恨關羽言不順,
　　　　　　上殿啓奏我主君。

	參見主公。
孫　權	子瑜回來了，提親之事如何？
諸葛瑾	關羽不允親事，反而出言不遜，臣未敢冒奏。
孫　權	無妨，只管奏來。
諸葛瑾	是他言道：虎女不配犬子。並將爲臣羞辱一場。
孫　權	可惱哇，可惱！

（接唱）【西皮散板】

　　　　惱恨關羽言不遜，

　　　　不該胡云傷孤身。

可恨關羽口出不遜，藐視東吳，欺孤忒甚，衆卿有何對策？

張　昭	臣啓主公：既然如此，正好命滿寵回覆曹公，照書行事，孫曹合兵，攻打荆州，哪怕關羽不滅。
孫　權	卿言正合孤意，滿先生上殿。
太　監	滿寵先生上殿！

（滿寵上）

滿　寵	參見吳侯！
孫　權	罷了！拜上你主，照書行事，請速進兵，先取荆州，後破西蜀。
滿　寵	告退。

（滿寵下）

孫　權	衆卿！不知命何人挂帥，方可當此重任？
步　隲	速調呂蒙還朝議事，就命子明挂帥，必然成功。
孫　權	子布替孤傳旨，速調子明還朝議事。
張　昭	領旨。
孫　權	退班。

（衆人同下）

第　四　場

（關平、周倉同上）

關　平	（同念）父子同心秉忠義，
周　倉	扶保漢室錦乾坤。

（內聲："詔命下。"）

關　羽　（内）香案接詔。
　　　　（四紅文堂引關羽、費詩上。衆將分上）
關　羽　司馬爲何不開讀？
費　詩　有密言相告，請過聖命。
關　羽　香案供奉。司馬有何密言？當面賜教。
費　詩　主公進位漢中王了。
關　羽　某大哥進位漢中王，封某何職？
費　詩　五虎上將之首。
關　羽　五虎將不知都是何人？
費　詩　關、張、趙、馬、黃。
關　羽　關、張、趙、馬、黃？翼德，我弟也。子龍久隨大哥，建立功勳，猶我弟也。孟起世代名家。黃忠老兒乃長沙一武夫耳，焉能與某等並列？關某不受此爵。
費　詩　二君侯此言差矣！
關　羽　怎見得？
費　詩　二君侯何必計位高下。昔日高祖與蕭、曹共議大事，韓信乃楚國之亡將耳，後封三齊王，並未曾聞蕭、曹爭過爵位。漢中王與君侯親同手足，視爲一體，漢中王即君侯，君侯即漢中王。君侯受漢中王厚恩，當與同共休戚，不宜計較官爵之高下，望君侯三思！
關　羽　唔呼呀！若不是司馬明言指教，險誤大事，看印拜過。
費　詩　現有密旨一道，命二君侯攻打襄陽、樊城。
關　羽　領旨。糜芳、傅士仁聽令！
糜　芳
傅士仁　（同）在。
關　羽　命你二人以爲前站先鋒，城外紮營，聽候調遣。
糜　芳
傅士仁　（同）得令！（同下）
關　羽　備有酒宴，與司馬同飲。
費　詩　到此就要叨擾。
關　羽　關平把盞。司馬請。
　　　　（報子上）
報　子　啓禀君侯：城外營中失火。

關 羽	再探！
	（報子下）
關 羽	關平聽令！
關 平	在。
關 羽	速往城外查看。
關 平	得令！（下）
關 羽	司馬請。
	（關平上）
關 平	啓父王：糜芳、傅士仁縱軍飲酒，自不小心，因而起火，傷損糧草、軍器、炮火，死傷本部軍卒數名。
關 羽	噢！竟有這等事，將他二人抓來見我。
關 平	得令！（下）
關 羽	司馬請！
	（關平上）
關 平	糜芳、傅士仁傳到。
關 羽	周將！
周 倉	在！
關 羽	叫他二人報門而進。
周 倉	得令。
	（糜芳、傅士仁上）
周 倉	嘚！糜芳、傅士仁，君侯叫你二人報門而進。要仔細了！要打點了！報門！
糜芳 傅士仁	（同）報 糜芳 告進！參見君侯。 傅士仁
關 羽	嘟！你二人竟敢縱軍飲酒，傷損本部軍卒，推出斬了！
費 詩	且慢！用兵之際，斬將不利。
關 羽	司馬敢是與他二人講情？
費 詩	君侯開恩！
關 羽	看在司馬份上，每人重責四十軍棍。
周 倉	打！
	（四上手押糜芳、傅士仁下責打，復上）
糜芳 傅士仁	（同）謝君侯的責！

關　　羽　　撤回先鋒大印，命你二人鎮守公安、南郡，若有差錯，提頭來見。

周　　倉　　出去！

糜　　芳
傅士仁　　（同）嘿！

　　　　　（糜芳、傅士仁同下）

廖　　化　　啓君侯：想糜芳、傅士仁既然重用，就不該責打；今犯軍令，撤去先鋒之職，又不該再爲重用。想公安、南郡，乃荆州之命脉，倘若二人心懷二意，則荆州危矣。趙累將軍，爲人忠正，不如命他將糜、傅二人換回，望君侯思之。

關　　羽　　某素知他二人行爲，既已派定，不須更改。

費　　詩　　下官告辭。

關　　羽　　恕不遠送。

　　　　　（四紅文堂引費詩同下）

關　　羽　　廖化聽令。

廖　　化　　在！

關　　羽　　命你以爲前站先鋒。

廖　　化　　得令！

關　　羽　　關平以爲副將。

關　　平　　得令！

關　　羽　　馬良、伊籍聽令。

馬　　良
伊　　籍　　（同）在。

關　　羽　　以爲隨軍參謀。

馬　　良
伊　　籍　　（同）得令！

關　　羽　　餘下之將，隨營調遣。掩門。

　　　　　（衆人同下）

第　五　場

　　　　　（糜芳、傅士仁同上）

糜　　芳　　將軍受屈了！

傅士仁　彼此一樣,只是當着滿營眾將面前受責,十分可恨,你看關公近日性情高傲,你我不如投——
糜　芳　禁聲!投甚麼?
傅士仁　投順東吳,你意如何?
糜　芳　正合吾意,但等東吳攻取荊州之時,順水推舟,將公安、南郡獻與東吳,關公可擒也!正是:
　　　　(念)量小非君子,
傅士仁　(念)無毒不丈夫。
　　　　(同下)

第　六　場

(四文堂、法正上)

法　正　下官法正。今奉漢中王之命,去往荊州傳旨。軍士們!
四文堂　有!
法　正　趲行者!
　　　　(眾人同下)

第　七　場

(四文堂、四上手、關羽上)

關　羽　(唱)【西皮散板】
　　　　某家興兵誰敢擋,
　　　　威風凛凛鎮荊襄。
　　　　但願烟塵齊掃蕩,
　　　　扭轉漢室錦家邦。
　　　　(眾將上)
眾　將　啟君侯:聖旨下。
關　羽　香案接旨。
　　　　(法正上)
法　正　聖旨下,跪。
　　　　(關羽、眾將齊跪下)

關 羽	萬歲。
眾 將	
法 正	跪聽讀詔曰：漢中王有旨，命二將軍攻打襄陽、樊城。旨意讀罷，望詔謝恩。
關 羽	（同）萬萬歲！
眾 將	
法 正	請過聖命。
關 羽	香案供奉。太傅一路之上，多受風霜之苦。
法 正	爲國效勞，何言辛苦。
關 羽	後堂留宴。
法 正	朝命在身，不敢久停，告辭。
關 羽	奉送。

（四文堂引法正下）

關 羽	關平聽令！
關 平	在。
關 羽	攻打頭陣。
關 平	得令！帶馬。

（四上手引關平下）

關 羽	眾將官！
眾 將	在。
關 羽	各帶器械，隨某出戰者。
眾 將	啊！

（眾人同下）

第 八 場

（曹洪、張遼、許褚、文聘、夏侯惇、于禁、李典、樂進同起霸上）

眾曹將　（念）【粉蝶兒】

　　　　中原紛紛起戰爭，
　　　　烟塵四起馬不停。
　　　　協力同心扶社稷，
　　　　封妻蔭子報君恩。

		俺──
張　遼	張遼。	
許　褚	許褚。	
文　聘	文聘。	
夏侯惇	夏侯惇。	
曹　洪	曹洪。	
于　禁	于禁。	
李　典	李典。	
樂　進	樂進。	
張　遼	眾位將軍請了！	
眾曹將	請了。	
張　遼	元帥陞帳，兩厢伺候。	
眾曹將	請。	

（四文堂、四下手、曹仁上。【點絳水龍吟】）

眾曹將	參見元帥。
曹　仁	站立兩厢。

（念）（詩）大將生來蓋世無，
　　　　　要與國家立帝都。
　　　　　統領中原人和馬，
　　　　　殺却劉備滅東吳。

本帥曹仁。奉了魏王旨意，鎮守襄陽、樊城，聞得關羽進兵來犯，也曾命人打探，未見回報。

報　子	（上）關平討戰。
曹　仁	再探。

（報子下）

曹　仁	眾將官！
眾　將	啊。
曹　仁	帶馬，殺！

（眾人上馬出城，下）

第 九 場

（四上手、關平、衆曹將、曹仁自兩邊上。會陣，關平敗下，曹仁追下）

第 十 場

（四旗手、馬良、王甫、趙累、周倉等同上站門。馬童翻引關羽上。衆人轉場下。馬童從下場門斜場翻上。關羽亮相。馬童引關羽下）

第 十 一 場

（關平上，曹仁追上，開打，關平敗下。于禁、曹洪、文聘、李典同上，關羽上，交戰。四將敗下，關羽下。關平過場下。曹仁追上，關羽擋住，交戰，曹仁敗下，關羽亮相下。兵追下）

第 十 二 場

（四上手、六曹將、曹仁上）

曹　仁　兵撤樊城。

（下場門扯城。衆曹將出城下。四旗手、四關將、關羽上，同進城）

關　平　啓父王：襄陽已得。

關　羽　挂榜安民。王甫聽令！

王　甫　在。

關　羽　沿江一帶，或三十里，或二十里，選高岡之處，建造烽火臺，若有吳兵偷襲，日則放烟，夜則舉火，某當親往擊之。

王　甫　得令，帶馬。（下）

關　羽　趙累聽令！

趙　累　在。

關　羽　攻打樊城！

趙　累	得令，帶馬。（下）
關　羽	關平聽令！
關　平	在。
關　羽	坐鎮襄陽！
關　平	得令。
關　羽	眾將官！
眾　將	啊。
關　羽	攻打樊城。

（馬童扛刀帶馬，關羽出門轉身，抄刀提左右貼上馬亮相。扯城。眾人反領出城下。關羽左走反圓場，隨眾人出城，停步抖刀，面向上場門亮相）

| 關　平 | 送父王。 |
| 關　羽 | 小心防守。 |

（關羽上場門下。關平進城下）

水 淹 七 軍

王鴻壽　撰

解　題

　　京劇。現代王鴻壽撰。《京劇劇目初探》著錄,題《水淹七軍》,一名《威震華夏》,謂紅生戲、老三麻子代表作。《京劇劇目辭典》著錄,題《水淹七軍》,又名《威震華夏》《水擒龐德》,署王鴻壽編劇。唱詞均爲昆曲曲牌。劇寫關羽在襄陽大敗曹仁,曹操命于禁爲元帥,龐德爲先鋒,統率七軍往救曹仁解樊城之圍。龐德自備皮櫬一口,誓與關羽死戰,二人交戰一百餘合,關羽力不能敵。于禁嫉龐德立功,鳴金收兵,命龐德領兵屯紮山谷,自率兵移住襄陽城北山下。關羽聞關平探知于禁移住山口,決定沿江決口,水淹其七軍。龐德見荆州兵馬移駐高阜,疑關羽決口放水,勸于禁移營。于禁反責龐德貪功好勝。龐德請將本部人馬移駐高阜,以防不測,于禁思之未決,襄江已決口,江水直灌曹營,七軍或死或降,全部覆沒。于禁、龐德被擒。于禁請降,關羽不許,裝入囚車,解回荆州。關羽勸龐德歸順。龐德寧死不降,被斬。關羽從此威震華夏,英名遠播。本事出於《三國演義》第七十四回。《三國志・蜀書・關羽傳》及《魏書・于禁傳》有此記載。《龐德傳》云:"德與麾下將一人,五伯二人,彎弓傅矢,乘小船,欲還仁營。水盛船覆,失弓矢,獨抱船覆水中,爲羽所得,立而不跪。羽謂曰:'卿兄在漢中,我欲以卿爲將,不早降何爲?'德罵羽曰:'豎子,何謂降也?魏王帶甲百萬,威振天下,汝劉備庸才耳,豈能敵耶!我寧爲國家鬼,不爲賊將也。'遂爲羽所殺。"《鼎峙春秋》有《救樊城小軍昇櫬》《守樊士卒無生氣》《昇櫬先鋒有死心》等齣。版本今有《關羽戲集》李洪春演出本、《戲考》本、《京劇彙編》馬連良藏本、《京戲考》本、《京調大觀》本。今以《關羽戲集》李洪春演出本爲底本,參考其他本校勘整理。

第 一 場

（龐德上，起霸）

龐　德　（念）烏葉盔鎧皂羅袍，
　　　　　　　大將威風殺氣高。
　　　　　　　于禁挂了元帥印，
　　　　　　　龐德奮勇逞英豪。
　　　　俺，姓龐名德字令名。只因曹仁襄陽敗陣，魏王挂于禁爲帥，命俺以爲先行。俺自備皮櫬一口，此去援軍，定與關羽決一死戰。遠遠望見元帥來也！

（四龍套、四上手、于禁同上）

龐　德　參見元帥！
于　禁　人馬可齊？
龐　德　俱已齊備。
于　禁　起兵襄陽去者！

（衆人同下）

第 二 場

（小馬童引關羽同上）

關　羽　（念）【引】赤面雄心鬚似烏，

（周倉上，亮相）

關　羽　（接念）綠袍錦甲逞威武。
　　　　　　　秉燭達旦天下曉，
　　　　　　　漢室美髯一丈夫。
周　倉　參見父王！
關　羽　少禮。
周　倉　啊。
關　羽　（念）（詩）威鎮荆州統雄兵，
　　　　　　　運籌帷幄鬼神驚。
　　　　　　　東吳君臣俱喪膽，

　　　　　　智壓曹瞞百萬軍。
　　　　桃園結義，玄德兄、翼德弟，誓同生死。某奉大哥之命，威鎮荊襄九郡。前者曹仁失機兵敗，曹操定不干休。也曾命趙累將軍，探聽魏軍動靜，未見回報。
　　　　（趙累上）

趙　累　（念）探得機密事，回報君侯知。
　　　　啓禀君侯：今有曹操，挂于禁爲帥，統領七路人馬。龐德以爲先鋒，自帶皮櫬一口，要與君侯决一死戰。
關　羽　參謀，緊守大營。
　　　　（趙累下）
關　羽　且住！龐德小兒，不過是馬超帳下一員小將，何敢出此狂言？龐德呀，龐德！任你英勇無敵手，難逃關某偃月刀。周將！
周　倉　啊。
關　羽　排開陣式，迎敵者！
周　倉　咋，排開陣式，迎敵者！
　　　　（衆人同下）

第 三 場

　　　　（四龍套、馬童、龐德、關羽上）
關　羽　呔，馬前來的敢是龐德？
龐　德　然！
關　羽　龐將軍！關某威名，爾豈不知？若肯歸降，關某有愛將之癖，饒你不死。
龐　德　關羽！某奉魏王之命，來解樊城之圍。今日陣前相會，倒要看看你的刀法如何？
關　羽　關羽馬前，未遇三合之將。
龐　德　看刀！
　　　　（吹打。對刀。于禁、馬良雙上，搖旗）
龐　德　呔，關羽你敢是怯戰？
關　羽　你營先自鳴金，何言關某怯戰？衆將官！
衆　將　有！

關　羽　收兵。
　　　　（關羽原人下）
龐　德　且住。某與關羽，大戰一百餘合，眼見關羽氣力不足。不知元帥爲何鳴金收兵？衆將官！
四上手　有。
龐　德　回營。
　　　　（衆人同下）

第 四 場

（四龍套、于禁上）
于　禁　（念）統領七軍身爲重，豈容龐德立頭功。
　　　　（龐德原人上）
龐　德　參見元帥！
于　禁　龐將軍辛苦了。
龐　德　元帥，適纔關羽陣前，力已不支，正要擒他下馬，元帥爲何鳴金收兵？
于　禁　這個……某恐關羽有詐，故而鳴金。
龐　德　元帥，依某之見趁此銳氣，統領七軍，衝入敵營，以解樊城之圍。
于　禁　哎！臨行之時，魏王曾傳諭旨，告誡我等不可輕敵。依本帥之見，只宜謹守，切莫貪功。
龐　德　元帥！魏王有言，可取則取，不可取則宜謹守。今日一戰，勝負即見，理當進取。何言龐某貪功？
于　禁　本帥遵奉諭旨，早有成算在心。就將七路大軍，移往樊城之北，依山下寨。
龐　德　啊？
于　禁　龐德聽令！
龐　德　在！
于　禁　命你帶領本部人馬，屯紮山谷之內，無令不可進兵，本帥自有奇謀破敵。
龐　德　得令！帶馬。
　　　　（龐德原人下）

于　　禁　眾將官！

龍　　套　啊。

于　　禁　將人馬紮在山旁，截斷大路，阻擋關羽，並防龐德擅自進兵。就此移營者。

（于禁原人下）

第　五　場

（馬童、周倉引關羽上）

關　　羽　周將。

周　　倉　在。

關　　羽　傳令下去，人不可卸甲，馬不可離鞍，明日五鼓天明，大戰龐德。

周　　倉　咋，咋，咋！三軍的，人不可卸甲，馬不可離鞍，明日五鼓天明，大戰那龐德。

（內聲："啊！"）

（馬童下）

周　　倉　傳令已畢。

關　　羽　起過一旁。

周　　倉　啊。

關　　羽　（念）收了刀槍捲了旗，

兩下鳴金各自歸。

強中自有強中手，

龐德刀法世間稀。

周　　倉　龐德好刀法！

關　　羽　（唱）【吹腔】恨龐德英勇無敵，

刀來！

（周倉交過刀）

關　　羽　刀哇！想你過關斬將，何等威風。今日小小龐德，戰他不過，好不氣煞人也！

（唱）【吹腔】

縱有青龍刀要爾何用。

大罵龐德爾好威風，爾好煞氣，

	陣前逞能輕視俺關某，
	赤兔馬要爾還何用。
周 倉	只怕那龐德，明日再來討戰。
關 羽	（唱）【吹腔】那龐德明日裏若來討戰，
周 倉	待俺周倉會他一會。
關 羽	你麼？
周 倉	某與少將軍一同出馬。
關 羽	嗯？
周 倉	我等隨定君侯，殺他個三馬連環。
關 羽	哼！
	（唱）【吹腔】三馬連環戰龐德，豈不羞慚！
	（關平上）
關 平	（念）于禁遷移營，進帳報軍情。
	（關平進帳）
關 平	啓稟爹爹：今有于禁將七路軍馬，移在山口紮營。
關 羽	有這等事？關平、周將隨我查看者。
	（唱）【粉蝶兒】
	離却寶帳，（向下場望）
	出營房敵情查防，（向上場望）
	霧騰騰殺氣彌漫，（向中場望）
	上山岡仔細觀望。（正場高望）
	白茫茫一帶襄江，（水聲）
	又聽得水聲滄浪。
	（七軍過場下）
周 倉	哇呀呀！
關 羽	（唱）【粉蝶兒】
	魏營中移營盤軍號喧嚷，
	猛然間計上胸膛。
	乘襄江狂濤怒漲，
	擒龐德和七軍盡赴汪洋。
	回營！
	（關羽等人下山，歸座。衆將上）

關　　羽　哈哈哈！

關　　平　爹爹爲何發笑？

關　　羽　我笑的是龐德恃勇，于禁無謀。七路大軍，屯紮在罾口川低窪之處。魚入罾口，豈能久乎？某略施小計，管叫他全軍盡沒。

周　　倉　君侯之計如何？
關　　平

關　　羽　沿江決口，水淹七軍。周將聽令！

周　　倉　咋。

關　　羽　命你將樹伐倒，造成木排，帶領五百水手，生擒龐德。

周　　倉　得令。

（周倉下）

關　　羽　關平聽令！

關　　平　在。

關　　羽　命你帶領一千人馬，準備沙囊土袋，去至襄江，將上下流水堵塞。只等江水暴漲，將近上流土袋撤去，決破堤口，然後水面殺敵。

關　　平　得令！（下）

關　　羽　衆將官！

衆　　將　有！

關　　羽　全軍人馬，連夜移駐高阜之上，準備船隻，盡滅七軍去者！

（關羽等原人下）

第　六　場

（四龍套、于禁上）

于　　禁　（念）兵紮罾口川，猶如鐵桶般。

（龐德原人上）

龐　　德　參見元帥。

于　　禁　龐將軍到此何事？

龐　　德　適纔差人暗探敵人動靜，荊州兵馬，移駐高阜之上，其中有詐。

于　　禁　關羽移營，何詐之有？

龐　　德　想這七軍屯於川口，地勢甚低，而今秋雨連綿，江水暴漲。倘若關羽決口放水，我軍危矣。就請元帥傳令，速速移營！

于　禁　哎！移營方定，軍士辛苦，再若移動，那關羽乘勢截殺，如何抵擋？

龐　德　兵貴神速，不可遲疑。關羽殺來，有某抵擋。

于　禁　說甚麽遲疑不遲疑，分明是你危言聳聽，貪功好勝。

龐　德　元帥！某以七軍爲重，何言貪功好勝？元帥不肯移營，俺龐德願將本部軍馬，移駐高阜之上，倘有不測，也好接應。

于　禁　容某思之。

（報子上）

報　子　啓元帥，襄江決口，直灌我營。

于　禁　哎呀！

龐　德　衆將官！速速離營！

（水聲衝衆下）

第　七　場

（馬童、關平過場下）

周　倉　（內）好大水也！

（周倉執排上，擒七軍原人下）

第　八　場

（衆將、馬童、關羽上）

關　羽　哈哈哈！

（關平上）

關　平　于禁被擒。

關　羽　綁進帳來。

關　平　綁進帳來。

（二兵卒押于禁上）

于　禁　君侯啊！于禁歸降來遲，死罪呀，死罪！

關　羽　唗！大膽于禁，關某興兵至此，爾竟敢猖狂。來！將于禁打入囚車，解回荆州，待某擒住曹操，一齊斬首。

（二兵卒押于禁下。周倉上）

周　倉　龐德被擒。

關　羽　押進帳來。
周　倉　押進帳來。
　　　　（二兵士押龐德上）
關　羽　下站可是龐德？
龐　德　然！
關　羽　既已被擒，爲何不跪？
龐　德　俺乃堂堂英雄，豈肯屈膝於你。
關　羽　今日被擒，可知關某威名？
龐　德　關羽！今日之事，只因于禁不聽某言，致有此敗。那日若不是他鳴金收兵，只怕你早做了俺的刀頭之鬼。
關　羽　大膽！
　　　　（唱）【風入松】
　　　　　　龐德出言太猖狂，
　　　　　　敢說刀法比我強。
　　　　斬！
眾　將　且慢！龐德乃馬超將軍帳下舊將，勇猛非常，勸他歸降，豈不又添一員猛將？
關　羽　這……
眾　將　君侯三思。
龐　德　某寧死不降。
關　羽　斬！
　　　　（周倉推龐德下，周倉再上）
周　倉　斬首已畢。
關　羽　將他自帶皮櫬，盛殮他的屍首，埋葬起來。（出位）今日七軍已滅，樊城指日可破，皆眾位將軍之功。
眾　將　末將等何功之有。君侯謀略滅七軍，于禁被擒，龐德被斬，聲威大震，君侯可稱威震華夏矣！
關　羽　威震華夏？
眾　將　威震華夏。
關　羽　哈哈哈！（三笑）後帳擺宴，與眾將賀功。
眾　將　謝君侯。
關　羽　（唱）【沽美酒】

奉君命鎮荊襄，
統雄師戰襄陽，
全憑着青龍偃月英名好。
今日裏龐德命喪，
擒于禁七軍皆亡，
滅吳魏猶如反掌，
指日裏把中原掃蕩，
俺乎，顯得俺威風抖擻凌雲智廣，
哎呀！
保大哥展土開疆。
（衆人同下）

刮 骨 療 毒

王鴻壽　撰

解　題

　　京劇。現代王鴻壽撰。《京劇劇目初探》著録，題《刮骨療毒》，未署作者。《京劇劇目辭典》著録，題《刮骨療毒》，又名《神醫華佗》，署王洪（鴻）壽編劇。劇寫關羽水淹七軍後，再取樊城。曹仁以毒箭射傷關羽右臂。名醫華佗仰慕關羽神威，主動前往醫治。關羽正與馬良對弈，華佗求見治傷，華佗診知箭頭有毒，請關羽忍痛就醫。關羽不懼，周倉哭、關羽笑而與馬良飲酒。華佗刮骨療毒，立治癒。關羽贊華佗爲神醫，華佗稱關羽爲天神。本事出於《三國演義》第七十五回。《三國志·蜀書·關羽傳》："羽嘗爲流矢所中，貫其左臂。後創雖愈，每至陰雨，骨常疼痛。醫曰：'矢簇有毒，毒入於骨，當破骨作創，刮骨去毒，然後此患乃除耳！'羽便伸臂令醫劈之，時羽適請諸將，飲食相對，臂血流注，盈於盤器，而羽割炙飲酒，言笑自若。"未言醫者爲華佗。《三國志·魏書》及《後漢書·華佗傳》均無爲關羽治臂傷事。元刊《三國志平話》已有華佗爲關羽治箭傷、刮骨療毒事，但時間在單刀赴會之前。清宮大戲《鼎峙春秋》有《暗傷毒矢迎頭發》《分痛揪枰對手談》兩齣。版本今有《關羽戲集》李洪春演出本。今以此本爲底本整理。

第　一　場

　　　　（四文堂、吕常上）

吕　常　（念）奉了魏王命，鎮守在樊城。

　　　　（曹仁原人同上）

曹　仁　殺敗了哇，殺敗了！

吕　常　將軍爲何這等模樣？

曹　仁　襄陽失守，關羽追殺前來，如何是好？
呂　常　將軍不必驚慌，末將有一計在此。
曹　仁　有何妙計？
呂　常　末將出城，與關羽對敵，將軍伏在城樓，暗放冷箭，哪怕關公不滅。
曹　仁　此計甚好！但聽一報。
　　　　（報子上）
報　子　關羽討戰。
曹　仁　再探。
　　　　（報子下）
曹　仁　眾將官，殺！
　　　　（呂常隨眾人出城。曹仁站城上。眾關將、關羽上。二龍出水。關羽與呂常架住）
關　羽　來將通名。
呂　常　大將呂常。
關　羽　看刀！
　　　　（劈死呂常。關羽望城）
關　羽　曹仁閉關不戰，真乃匹夫之輩。
　　　　（關羽面向外三笑。曹仁放冷箭，中關羽右臂。眾關將扶關羽下。曹仁下城）
曹　仁　小心防守。
　　　　（眾人同下）

第　二　場

　　　　（馬良上）
馬　良　（念）君侯去出征，未見轉回程。
　　　　（關羽原人上）
眾　將　君侯醒來！
關　羽　唔！
　　　　（唱）【吹腔】
　　　　　　這一陣殺得我精神衰，
　　　　看刀！（撫傷）唔！

（接唱）膽大的曹仁賊暗放冷箭。

馬　良　君侯出戰，中了何人冷箭？

關　羽　適纔兩軍陣前，曹仁暗施冷箭，傷我右膀。曹仁哪，賊！我不殺你，非爲丈夫也！

（接唱）是好漢爾就該衝鋒對壘，（手撫傷處）

唔！

（接唱）冷箭傷人爾非爲英雄。

免戰牌高懸。

（衆人同下）

第　三　場

（華佗上）

華　佗　（唱）【新水令】

清水池邊紅日懸，

松柏滴翠柳成行。

濟世仙人行善念，

堪笑世人利祿忙。

（念）天上星辰日月，

人間山水物華；

山中風景多幽雅，

還是天地爲大。

貧道姓華名佗字元化，乃沛郡人也。自幼入山修煉，蒙異人傳授岐黃，醫治爲本，並非貪利，不過濟世救人。前者在東吳醫治周泰箭傷；近聞關公在襄陽身中箭傷，不免前去醫治，順便瞻仰關公虎威。童兒！

（小童暗上）

小　童　有。

華　佗　背了藥箱前往蜀營去者。

（接唱）【新水令】

只爲雲長一箭傷，

親自前往。

（同下）

第 四 場

（周倉上）

周　倉　（念）懸挂招醫榜，
　　　　　　　滿營晝夜忙。
華　佗　（內）帶路！
　　　　（小童引華佗上）
華　佗　（唱）【江兒水】
　　　　　　路行飄蕩速速去慌忙，
　　　　　　携帶藥箱奔荆襄；
　　　　　　五虎上將人欽仰，
　　　　　　特來醫治到樊襄。
　　　　門上哪位聽事？
周　倉　作甚麼的？
華　佗　煩勞通禀，華佗求見。
周　倉　候着。有請父王。
　　　　（馬良引關羽同上）
關　羽　（念）惟恐軍心亂，忍痛下圍棋。
　　　　何事？
周　倉　華佗求見。
關　羽　馬將軍，華佗何許人也？
馬　良　華佗乃世外高人，前在東吳曾醫周泰箭傷，君侯快快傳見。
關　羽　說我有請。
周　倉　有請華先生。
華　佗　君侯在上，貧道有禮。
關　羽　先生少禮，請坐。
華　佗　君侯在上，哪有貧道的座位。
關　羽　有話叙談，焉有不坐之理。
華　佗　謝坐。
關　羽　先生到此，有何見教？

華　佗　聞得君侯在樊城中箭,特來醫治。
關　羽　就勞先生一看。
華　佗　待貧道一觀。唔呼呀！此乃弩箭所傷,箭頭有毒透入骨髓,若不急速醫治,此臂就殘廢了。
關　羽　唔！請問先生可有治法？
華　佗　在廳前立一標杆,上釘銅鐶,君侯將膀臂穿在鐶內,用繩索捆住；再選數名精壯大漢,扶定將軍,方可醫治。
關　羽　先生醫治箭傷,用標杆銅鐶大漢何用？
華　佗　君侯哪裏知道,治此箭傷,必須割破皮兒,挖去爛肉,刮淨骨兒療去毒,恐君侯難以忍痛耳。
關　羽　嗯嗯嗯！（冷笑）某久歷疆場,百萬軍中,向無懼色,今日何懼箭傷！我與馬將軍飲酒弈棋,就請先生動手。周將！
周　倉　在。
關　羽　設下棋盤,與先生更衣。
周　倉　遵命。
　　　　（【萬年歡】牌子,大邊斜擺豎桌,關羽、馬良對坐。周倉站小邊,華佗更衣,小童跪端盆,華佗置關羽右手於小童頭上。關羽舉杯。）
關　羽　先生請。（飲酒）
關　羽　（唱）【吹腔】
　　　　　　設下棋盤兩交戰,
　　　　　　不用刀槍我和你廝殺一場。
　　　　（【萬年歡】牌子。醫傷時,周倉哭泣。關羽笑,馬良敬酒。周倉不時攔阻。華佗刮毒時,關羽舉杯讓酒。）
關　羽　乾！（笑）嗯──（示周倉不許攔阻）
華　佗　請二君侯試臂。
關　羽　（站起,三伸右膀,三笑）哈哈,哈哈,哈哈哈哈！
　　　　（關羽上坐,華佗下坐）
關　羽　馬良聽令！
馬　良　在。
關　羽　鎮守荊州去吧！
馬　良　得令！（下）
關　羽　先生真乃神人也。

華　佗　貧道一生未嘗見過君侯如此虎威，真乃天神也。
關　羽　周將！
周　倉　在！
關　羽　看黃金千兩，贈送先生。
華　佗　且慢！貧道浪迹江湖，要那黃金何用！
關　羽　關某何以答報？
華　佗　君侯乃當世英雄，貧道特來解救，未敢望報。
關　羽　先生幾時啓程？
華　佗　明日動身。
關　羽　周將！
周　倉　在。
關　羽　準備船隻，明日送先生過江。後帳擺宴，與先生送行。
　　　　（衆人同下）

關羽之死

馬少波　撰

解　題

京劇。現代馬少波撰。馬少波(1918—2009)原名馬志遠，筆名郊坡、蘇揚、紅石等。山東掖縣人。1933年從事文藝創作，曾任膠東文化協會會長。1949年以後，歷任文化部戲曲改進委員會秘書長、中國戲曲研究院副院長、北京市文化局顧問、戲曲研究所所長等職。編著有《闖王進京》《正氣歌》《寶燭記》《木蘭從軍》《明鏡記》《關羽之死》等劇本。《正氣歌》獲1981年北京市劇目創作一等獎、《寶燭記》獲文化部優秀劇作文華獎。主編《中國京劇史》。著有《馬少波劇作選》《戲曲改革論集》《戲曲改革散論》《花語集》《看戲散論》以及散文集《東行兩月》《在南極邊緣》。1957年獲瑞典戲曲家協會授予的功勛獎章，2009年10月，獲中國戲曲家協會授予的終身成就獎。該劇《京劇劇目辭典》著録，題名《荆州之戰》，署馬少波編劇。劇寫劉備兵敗，龐統中箭陣亡，關平奉命到荆州調諸葛亮、張飛、趙雲入川。諸葛亮留關羽鎮守荆州，再三囑咐，東和孫權，北拒曹操。關羽自以爲是，不以爲然。曹操知關羽留鎮荆州，派滿寵使吴，與吴修好。諸葛瑾從西蜀回吴，告孫權劉備願還三郡，關羽不允。孫權往探魯肅病，求計於肅。肅告，聯劉抗曹。肅死，吕蒙爲都督，赴陸口。諸葛瑾獻計，聘關羽女爲孫權子媳，兩家和好，共抗曹操。權命其前往説親，並説關羽若允，則聯合抗曹，若不允，與曹操修好，關羽竟以虎女焉配犬子相拒。劉備進位漢中王，封關、張、趙、馬、黃爲五虎上將，關羽爲首。費詩奉旨到荆州授印。關羽不願與黃忠同列拒受。經費詩、馬良勸説方受。劉備令關羽攻襄陽、樊城。關羽留潘濬守荆州，馬良諫其不可重用，羽不聽。關羽令糜芳、傅士仁爲先鋒。二人失於檢點，營中失火，燒毀軍器糧草，關羽欲斬二人，衆將講情，重責四十，摘去先鋒印，令去守南郡、公安。馬良勸阻，關羽不從。關羽奪取了襄陽，欲渡江攻樊城。馬良諫言，要防東吴趁虛襲荆州，關羽不重視，僅令王甫在沿江築烽火臺，遇情舉火爲號，回兵救援。曹操令于禁挂帥、龐德爲先鋒率七軍援救樊城。關羽與龐德交戰對刀，關羽力不支，于禁恐龐德搶了頭功，鳴金收兵。于禁命七軍移營於樊城之北，依山下寨，令龐德兵紮山谷之内，無令不可進兵。關羽欲以襄江水淹曹兵七軍，廖化言此傷及百姓，馬良獻策，關羽不從。馬良再諫，決江之計，某非不知，只是失之殘暴，縱然淹滅七軍，攻破樊城，亦不爲訓。望關羽三思。關羽不聽，水淹七軍，百姓亦隨遭殃。于禁降、龐德被擒，拒降被斬，關羽威震華夏。曹操聞報大驚，召衆臣議遷都河北，避其鋒芒，司馬懿諫阻，派人聯吳，襲荆州。時諸葛瑾來許昌回禮，正合操意，允諾事成割江南之地贈東吳。吕蒙因荆州難取，憂愁稱病。陸遜來見，説出病因，同見孫權。孫權用陸、吕之驕兵之計，任陸遜代吕蒙爲都督。陸遜至陸口，卑躬致信贈禮於關羽。關羽果然中驕羽之計，輕視陸遜，撤荆州兵攻樊城。吕蒙白衣渡江，攻破烽火臺，襲取了荆州，潘濬投降。糜芳、傅士仁獻南郡、公安降吳。曹操令徐晃率兵奪回了襄陽。關羽腹背受敵，渡江而逃，命馬良去成都求救兵，兵撤麥城。麥城被圍，内無糧草，外無救兵，軍心渙散，士卒外逃，城内僅有二百傷殘之兵。關羽命廖化突圍往上庸求救兵。關羽痛悔自己不敏，違背了諸葛軍師的東和孫權之策。關羽命周倉、王甫守城，自己與關平突圍。關羽父子殺出北門，途遇重重伏兵，關羽父子被擒。本事出於《三國演義》第六十三、六十六、七十三至七十六回。傳統京劇有《荆襄府》、《取荆襄》、《水淹七軍》、《走麥城》。版本有1948年膠東新華書店出版的《關羽之死》（未見）、寶文堂出版的《荆州之戰》（即關羽之死，未見）、1992年中國戲劇出版社出版李慧中編的《馬少波戲劇代表作》本。今以《馬少波戲劇代表作》本爲底本整理。

第 一 場

（幕啓。關平内聲："呔！"催馬上）

關　平　（唱）【流水板】

　　　　奉命離了西川地，

　　　　星夜來到荆州城。

　　　　翻身離鞍後帳進⋯⋯

（關平下馬進帳。趙雲佩劍上）

趙　雲　什麼人？

關　平　小侄關平。

趙　雲　（接唱）關平到來爲何情？

關　平　參見趙叔父。

趙　雲　罷了。少將軍不在西川隨定主公，爲何黃夜至此？

關　平　玄德伯伯命小侄前來下書。

趙　雲　（吃驚）哦！

關　平　趙叔父，快快引我去見軍師。

趙　雲　好，隨我來。（入內）軍師可曾安歇？

　　　　（諸葛亮內應："未曾。"上）

諸葛亮　哦，四將軍何事？

趙　雲　關少將軍奉了主公之命，星夜前來下書。

諸葛亮　（有些驚疑）哦，關平現在哪裏？

關　平　參見軍師。

諸葛亮　少將軍免禮。主公手諭何在？

關　平　書信在此，軍師請看。

　　　　（諸葛亮接過書信。趙雲持燭，諸葛亮燭下拆視）

諸葛亮　（驚，悵然若失）唉！眼睜睜主公失去了一隻膀臂呀！

趙　雲　（驚）啊，軍師何出此言？

諸葛亮　（嘆息）唉！……

關　平　唉！鳳雛先生在落鳳坡被張任箭射身亡了！

趙　雲　（驚，拭淚）唉！

　　　　（關平亦拭淚）

諸葛亮　（唱）【西皮散板】

　　　　聽說是鳳雛死悲痛難忍，

　　　　取西川守荊州還要分兵。

　　　　少將軍，主公現在何處？

關　平　新敗之後，困守在涪關，無力出戰。臨行之時，伯伯再三叮囑：請軍師急速帶定三叔、四叔及大隊人馬，星夜兼程前去解圍。

諸葛亮　二將軍是否同去呢？

關　平　伯伯未曾提及。

諸葛亮　這荊州重地，命何人鎮守，主公可有面諭？

關　平	教軍師量才委用。
諸葛亮	哦,量才委用——少將軍報與關將軍知曉。子龍,傳令文武進帳。
關　平 趙　雲	遵命。(下)
諸葛亮	哎呀,且住!主公命關平傳信,調我增援西川。這荆州重地,曹操在北,孫權在東,此地乃是西蜀的命脈,必須以大智大勇之人留守,方可勝任。荆州留將,以何人爲好?——啊,主公此番下書,爲何單差關平?而且關平傳主公口諭,爲何只要翼德、子龍隨我前去,不曾提及關二將軍?由此看來,雖然主公命我量才委用,其實已行示意,分明是留二將軍鎭守荆州。哎啊,慢來!那雲長雖然英勇超群,但目空天下。目今孫權盤踞江東,虎視眈眈;曹操統兵百萬,蓄機以待。爲今之計,必須東和孫權,北拒曹操,方可奠定大局。倘若關雲長恃一時血氣之勇,變更政略,一旦荆州有失,則大局不可收拾了!有心不留雲長,却又無人可擔此任。這這這……
	(趙雲上)
趙　雲	啓稟軍師,文武已齊。
諸葛亮	傳令進帳!
趙　雲	文武進帳!
	(張飛、廖化、糜芳、傅士仁、馬良、潘濬、王甫分上)
張飛等	參見軍師。
諸葛亮	列位將軍少禮。
張飛等	啊!
張　飛	軍師!方纔聽子龍將軍言道,鳳雛先生在落鳳坡遇難。快請軍師傳令,放俺老張殺入西川,活捉張任,與鳳雛先生報讎!
諸葛亮	三將軍且休急躁,只等雲長將軍到來,即有分派。
張　飛	咱的二哥怎麼還不到來?
諸葛亮	已命關平去請,想必就要到來。
張　飛	(急躁地)嘿!
	(關羽內聲:"左右!帶路往大營去者!")
	(關平,周倉引關羽上)
關　羽	(唱)【西皮散板】
	大哥兵敗鳳雛喪,

怒上眉梢悲滿腔！
不待通報進大帳……
軍師！
（接唱）軍情緊急待商量。
軍師！方纔關平報信，鳳雛先生遇難。俺大哥在西川兵敗，困守涪關，請軍師前去增援。不知軍師何日前往？

諸葛亮　軍情緊急，即日去川，只是這荆州重地，必須留一大將鎮守。
關　羽　荆州留將，必須智勇雙全、德高望重之人，方可勝任。
張　飛　二哥講的不差。
關　羽　依關某看來，不如留三弟鎮守。
張　飛　呃，二哥說哪裏話來！俺老張乃是粗人，若論衝鋒陷陣，俺便一馬當先，若是留守荆州，軍政大事，俺却幹辦不來。俺已有言在先，一定要活抓張任，替鳳雛先生報讎。叫俺去，俺就去；不叫俺去，俺也要去！荆州留守，須要膽大心細、文武雙全之人。要留你留，俺是不留！
諸葛亮　依二將軍之見？
關　羽　還是三弟留守的好。
張　飛　還是二哥留守的好。你熟讀《春秋》，深通兵法，過五關，斬六將，曹操、孫權聞名喪膽。有二哥坐鎮荆州，嚇也把他們嚇壞了。
關　羽　（捋髯傲然）唔，還是三弟留守爲好。
張　飛　還是二哥留守的好。軍師快請下令！二哥，義不容辭，您就別推讓了。
諸葛亮　（爲難）這……
關　羽　但聽軍師傳令，如有差遣，關某幸不辱命。
張　飛　軍師，二哥已然應允，快請下令交印，也好急速起程！
諸葛亮　二將軍願當此重任？
關　羽　正如三弟所云：義不容辭。
諸葛亮　二將軍威名遠震，留守荆州甚好。只是主公轉戰半生，得到荆州這片立足之地，有所憑依，方得開拓西川。此處乃西蜀命脉，倘若荆州有失，王業難成。這荆州重任，二將軍不可大意。
關　羽　關某深知。
諸葛亮　請問，倘若曹操來攻，將軍怎樣處之？

關　羽　水來土掩，兵來將擋。打他回去！
諸葛亮　倘曹操、孫權聯合夾攻，如之奈何？
關　羽　分兵抵擋！
諸葛亮　若如此，荊州危矣！
關　羽　何以見得？
諸葛亮　想那曹操，佔據中原，挾天子以令諸侯，孫、劉兩家，不降曹即不能言和，但獨力又難以拒曹。當年東和孫權，北拒曹操，乃有赤壁鏖兵之全勝。這一聯吳破曹之大計，在東吳只有魯子敬與我所見略同；周公瑾雖然贊同此議，惜氣量狹小，屢次與我不睦，臨危之時，方纔悔悟，推薦了魯子敬繼任都督。二將軍如能堅守東和孫權、北拒曹操之大計，則荊州萬無一失，否則將軍縱然英武，也難抵兩國夾攻之局；不但荊州難保，只恐西蜀、東吳俱要亡於曹操之手也！
　　　　（唱）【西皮原板】
　　　　　　曹孟德滅孫權蓄謀已久，
　　　　　　我兩家結盟好方保無憂。
　　　　　　二將軍在荊州坐鎮留守，
　　　　　　切不可逞意氣與孫結讎。
關　羽　軍師！
　　　　（唱）【西皮搖板】
　　　　　　軍師任命所望厚，
　　　　　　不負重托爲漢劉。
諸葛亮　如此甚好，（擎印）二將軍，就將這荊州大印交付於你，成敗都在將軍身上！
關　羽　大丈夫既領重任，除死方休。
　　　　（諸葛亮交印，關羽拜受）
諸葛亮　翼德聽令！
張　飛　在！
諸葛亮　撥精兵一萬，取大路殺奔巴州、洛成之西，即日起行，不得有誤！
張　飛　得令！（下）
諸葛亮　子龍聽令！
趙　雲　在！
諸葛亮　點動精兵兩萬，與我一同溯江而上。將軍統領本部，以爲先鋒！

趙　雲　得令！（下）

諸葛亮　餘下文武，俱留荊州，輔佐二將軍。

衆　人　得令！

關　羽　請問軍師，何時啓行？

諸葛亮　明日辰時起行。

關　羽　關某拜辭，明日江邊送行。

諸葛亮　請便。

（關羽下）

諸葛亮　衆位將軍！留輔二將軍鎮守荊州，責任非輕，衆位勉之！

（唱）【西皮搖板】

聯吳拒曹是定論，

善自輔佐二將軍。

衆　人　軍師！

（唱）【西皮搖板】

我等謹遵軍師命。

（衆人出帳）

諸葛亮　馬參謀、關將軍轉來！

（衆下。馬良、關平重入帳）

諸葛亮　（接唱）

行前還須緊叮嚀。

二將軍的體性，參謀與少將軍深知，倘有失著之處，必須正言規勸，共襄大事。

馬　良
關　平　末將記下了。

諸葛亮　請。

（馬良、關平下）

諸葛亮　（唱）【西皮搖板】

但願荊州無風險，

明日清晨入西川。

（衆同下）

（幕閉）

第 二 場

（幕啓。蜀兵士、張飛過場）

（諸葛亮、趙雲、關羽、關平上）

諸葛亮　前面已是江岸，二將軍留步。

關　羽　軍師一路保重。

諸葛亮　啊，將軍，山人臨行留贈八個大字，可保荊州平安。

關　羽　關某聆教。

諸葛亮　就是那"東和孫權，北拒曹操"。

關　羽　（不甚耐煩）哦……

諸葛亮　告辭了！

（水手暗上）

諸葛亮　（唱）【西皮搖板】

辭將軍登戰船波濤洶涌……

（上船，【行弦】，諸葛亮以羽扇作向東拱手，向北力拒的手勢）將軍哪！

（接唱）

必須要睦江東同破曹兵！

二將軍珍重了。請！（下）

關　羽　（大笑）哈哈哈……

（唱）【西皮搖板】

笑孔明臨行時百喻千諷，

竟把某當作了三歲頑童！

關　平　啊，爹爹，適纔軍師在船頭所作手勢，是何意也？

關　羽　還不是"東和孫權，北拒曹操"的老調兒！

關　平　啊，爹爹，軍師叮囑，不可大意！

關　羽　哎——呀！爲父作了半生大將，讀爛了一部《春秋》，還用他耳提面命，真乃是書生迂闊也！

關　平　依孩兒看來，軍師所言甚是。曹操來勢洶洶，孫、劉兩家，如不同心協力，勢難自保，望爹爹明察。

關　羽　哼！小孩兒家懂得甚麼！爲父當年誅文醜，斬顏良，過五關，斬六將,橫截華容道,殺得曹兵望風而逃。漫說荊州兵精馬壯,單憑俺胯下赤兔馬,手中偃月刀,足可以百戰百勝,無敵於天下也!

關　平　爹爹呀!

(唱)【西皮散板】

孫仲謀在江東英才不少,

曹孟德兵將廣勢同狂潮。

關　羽　哈哈哈……

(唱)【西皮散板】

可笑那小東吳渺不足道,

曹兵將如鼠雀哪在心梢。

(眾同下)

(幕閉)

第　三　場

(幕啓。魏兵、曹操上)

曹　操　(唱)【西皮搖板】

赤壁前燒戰船驚心破膽,

恨劉備據荊州又入西川。

孤有心領人馬前去征戰,

怕的是孫與劉和好無間。

(司馬懿上)

司馬懿　(唱)【西皮搖板】

關羽奉命守荊州,

報與大王定計謀。

參見大王。

曹　操　仲達請坐。進帳何事?

司馬懿　荊州細作來報,孔明率兵入川,荊州只留關羽鎮守。

曹　操　哦!是那關雲長麼?

司馬懿　正是。

曹　操　雲長體性,孤深知之,他今擔此重任……

司馬懿　孫、劉就要失和了。

曹　操　哈哈哈……爲今之計，又當如何？
司馬懿　不如乘此機會，派使結好東吳，約他攻取荆州，一面增兵襄樊，待機而動。若因此而孫、劉失和，我必坐收其利。
曹　操　好，傳滿寵進見。
司馬懿　滿伯寧進見。
　　　　（滿寵上）
滿　寵　（念）敵情了如指掌，
　　　　　　　全憑舌劍唇槍。
　　　　參見大王。
曹　操　命你去至江東，結好孫權，順説他攻取荆州，孤派兵在襄樊策應。
滿　寵　遵命。
曹　操　孤即修書。（寫信）
　　　　（唱）【西皮散板】
　　　　　　聯吳拒蜀計爲上，
　　　　　　哪怕荆州兵馬强。
　　　　　　伯寧即速東吳往……
　　　　（滿寵、司馬懿分下）
曹　操　（接唱）管叫他鷸蚌争兩敗俱傷。
　　　　（衆同下）
　　　　（幕閉）

第 四 場

（幕啓。内侍、呂蒙、孫權上）

孫　權　（念）【引】濟濟英才，承基業，虎踞江東。
　　　　（念）子瑜入川越天險，
　　　　　　　但願討得荆州還。
　　　　　　　子敬得病難釋念，
　　　　　　　早佔勿藥心方安。
　　　　（内侍上）
内　侍　今有曹操派滿寵爲使，來到東吳，現在宫門求見，請主公定奪。
孫　權　滿寵此來，必有説詞。宣他上殿。

內　　侍　有請滿大夫。
　　　　　（滿寵上）
滿　　寵　（念）一騎風雷動，片言說江東。（進內）
　　　　　滿寵參見吳侯！
孫　　權　大夫少禮，請坐。
滿　　寵　謝坐。
孫　　權　大夫此來，有何見教？
滿　　寵　魏王願與吳侯修好，現有書信奉呈。
孫　　權　（接信，拆閱）大夫請至館驛歇息，容與文武商議之後，再來相邀。
滿　　寵　遵命，告退。（下）
孫　　權　孟德來書，願與東吳修好，並約孤夾擊關羽。卿等以為如何？
呂　　蒙　曹操勢大，結好為宜。
孫　　權　此事重大，不可貿然從事。且等諸葛瑾回來，再做計較。
　　　　　（諸葛瑾上）
諸葛瑾　（唱）【西皮散板】
　　　　　　劉備已允還三郡，
　　　　　　不料關羽太欺人。
　　　　　　徒勞跋涉忙復命，
　　　　　　又恐因此起紛爭。（進內）
　　　　　參見主公。
孫　　權　子瑜回來了。討還荊州之事如何？
諸葛瑾　主公啊！臣奉命去至西川，面見劉備。他已應允先還三郡，並修下書信，命關羽交付。是臣去到荊州，不想關羽目中無人，不但不遵劉備將令，反而出言不遜，辱我東吳。
孫　　權　哦，關羽如此無禮！
呂　　蒙　主公！關羽欺我江東太甚，趁他立足未穩，何不進兵奪還荊州！
孫　　權　唉！魯子敬現在病中，孤一時也難決斷，不免到他府中求計。子瑜先行，孤隨後就到。
諸葛瑾　遵命。（下）
孫　　權　子明，隨孤前往。
　　　　　（唱）【西皮搖板】
　　　　　　和戰大計難決定，

當與子敬畫策行。

（衆同下）

（幕閉）

第　五　場

（幕啓。魯肅在病帳中垂簾假寐。諸葛瑾上）

諸葛瑾　（念）都督正臥病，

　　　　　　　過府問賢能。

　　　　（家院上）

家　院　參見大夫。

諸葛瑾　都督病勢如何？

家　院　服藥之後，未見功效。

諸葛瑾　都督現在哪裏？

家　院　大夫隨我來。（同進內）待我喚醒。

諸葛瑾　（低聲）不要驚動了！

魯　肅　（在帳內）何人講話？

家　院　諸葛大夫前來探病。

諸葛瑾　都督，下官在此。

魯　肅　子瑜到了。家院快快扶我起床。

　　　　（家院卷起帳子，扶魯肅坐起）

諸葛瑾　（坐）啊，都督，近日尊體可好些麼？

魯　肅　唉！病入膏肓了。

諸葛瑾　都督還是寬心靜養，勿以國事爲慮。

魯　肅　子瑜，某身繫國家重任，怎能放懷！聞得曹操派滿寵到我東吳，不知群臣所見如何？

諸葛瑾　呂子蒙力勸主公，與曹操修好，先取荊州。

魯　肅　唉！非謀國之計也。主公有何主見？

諸葛瑾　主公雖然信從都督素日之言，只是自從關羽拒還三郡之後，我國文武，憤憤不平。滿寵此來，主公也未嘗無動於衷了。

魯　肅　（欲起，支撐不佳）唉！關羽如此狂傲，也難怪主公。只是吳蜀之交若斷，那曹操就要坐收漁人之利了。

　　　　　（唱）【二黄散板】
　　　　　　　曹孟德對孫劉常思吞併，
　　　　　　　拒曹兵必須要兩家同心。
　　　　　　　望子瑜勸主公大計拿穩……
　　　　　（幕內聲："主公到。"）
　　　　　（呂蒙，孫權上）
孫　權　（接唱）見子敬病纏綿怎不傷心！
魯　肅　主公——（欲起）
孫　權　快快安坐。（坐）啊，子敬，近日病勢如何？
魯　肅　我這病麼，只恐是難得痊愈了！
孫　權　但願子敬安心靜養，早日康復！
魯　肅　唉！主公啊！
　　　　　（唱）【二黄正板】
　　　　　　　爲臣我年紀邁身染重病，
　　　　　　　眼見得風中燭要喪殘生。
　　　　　　　鳥將死鳴也哀惶恐拜稟，
　　　　　　　望主公緊記這孫劉聯盟。
　　　　　　　臣挂帥十餘載素持此論，
　　　　　　　與孔明相知音共破曹兵。
　　　　　　　孫劉和曹孟德無計可逞，
　　　　　　　倘若是孫劉決裂東吳的江山一旦傾！【行弦】
孫　權　子敬之言，雖是正論，只是那關羽狂妄，屢次修好，俱都是惡言相報，如何是好？
魯　肅　主公啊！
　　　　　（唱）【二黄原板】
　　　　　　　關雲長雖然是剛愎成性，
　　　　　　　却不可啓爭端擴大裂痕。
　　　　　　　小不忍亂大謀不可不慎，
　　　　　　　莫忘了那鷸蚌相爭、孫劉不和，
　　　　　　　在一旁站穩了得利的漁人！【行弦】
呂　蒙　啊，都督！荆州乃軍家必爭之地，關羽居心叵測，叫主公怎能安枕？
魯　肅　唉！子明啊！

(接唱)
　　　據理争切莫要輕列戰陣,
　　　因小端失其大智者不行。【行弦】
呂　蒙　連都督也曾屢受其辱,我等皆為之憤憤不平!
　　　(孫權暗止)
魯　肅　(接唱)
　　　聯劉拒曹是正論,
　　　存亡大計莫看輕。
　　　千言萬語述不盡……
　　　(叫散,吐血)
　　　(孫權、諸葛瑾忙攙扶坐下)
孫　權　呀!
　　　(接唱)看此情不由孤暗中沉吟。
　　　卿等暫退。
　　　(吕蒙、諸葛瑾退下)
孫　權　(移坐向床)啊,子敬,你……你好生保重!
魯　肅　(喘息)主公,老臣年邁病重,不久於人世了。曹操蓄意吞併天下,孫、劉若不聯合拒曹,決難共存自保。事關國家存亡,主公務要當機立斷,不可為小利所動也!
　　　(唱)【二黃碰板】
　　　　望主公休憂煩心要穩定,
　　　　踞江東舉大業要你擔承。
　　　　臣死後必須要擇人代任,
　　　　這軍權於國家關繫非輕。【行弦】
孫　權　子敬看來,何人可以代你之任?
魯　肅　(接唱)主公你素日裏知人善任,
　　　　　依鈞意看何人可以擔承?
孫　權　甘寧如何?
魯　肅　(沉吟)甘——寧。
　　　(接唱)甘興霸雖勇武智謀難勝。
孫　權　蔣欽呢?
魯　肅　蔣欽麼!(搖頭,接唱)

　　　　　　蔣公奕非帥才只將一軍。

孫　權　此外還有何人？

魯　肅　這個……

孫　權　那呂蒙如何呢？

魯　肅　唉！

　　　　（接唱）小有其才是那呂子明。

　　　　東吳大將之中，子明倒是小有才略，只是……他的遠慮不足！

　　　　（唱）【散板】

　　　　　　望中原難放懷我的心血上涌。

　　　　（吐血）

孫　權　（忙扶住）子敬，保重了！

魯　肅　唉！

　　　　（掙扎，接唱）眼見得西風起一旦凋零。

　　　　（見孫權拭淚）主……主公！

　　　　（接唱）主公你擔大事保重要緊……

　　　　（【長絲頭】，氣氛低沉）

　　　　主公不必以肅為念，就請……請回宮去吧。

孫　權　這……好！留子瑜等在此陪伴，孤明日再來探望。

　　　　（欲行）

魯　肅　（急招手）啊，主公請轉，主公……

孫　權　孤還未去。子敬何事？

魯　肅　（喘息地）孫……劉……

孫　權　好，孤記下了。子敬還有何事？

魯　肅　（搖頭。向孫權揮手）……

孫　權　唉！孤去了。

　　　　（出門，接唱）【散板】

　　　　　　但願得魯子敬死裏回生。

　　　　（衆同下）

　　　　（幕閉）

第 六 場

（幕啓。諸葛瑾上）

諸葛瑾　（唱）【二黃散板】
　　　　　都督叮嚀語未盡，
　　　　　英雄氣盡喪殘生。
　　　　　爲報此事把宮進。
（進宮）
（孫權、呂蒙上）

孫　權　（見狀）啊！
　　　　（接唱）莫不是子敬他，他，他棄孤而行！

諸葛瑾　哎呀，主公啊！魯都督他，他，他故去了！

孫　權　哎呀！
　　　　（唱）【二黃散板】
　　　　　子敬果然把命喪，
　　　　　天亡我左右臂令人斷腸！

諸葛瑾　啓主公！都督不能復生，主公保重尊體要緊，軍中不可一日無帥，望主公速定大計。

孫　權　這……（尋思）呂蒙聽令！

呂　蒙　在。

孫　權　令卿接任都督，即赴陸口之任。

呂　蒙　遵命。

孫　權　子明！子敬已死，這軍國大事，都托付與你了。

呂　蒙　臣自當竭力，不負重托。

孫　權　子敬臨終再三叮囑：要北拒曹操，西和劉備，言猶在耳，孤怎肯不從。孤有意遣使去到荆州再與關羽通好，倘若他顧念大體，兩家同心破曹，豈不是好？

呂　蒙　那關羽剛愎自用，未必肯與我結好，只恐又是徒勞！

孫　權　話雖如此，總要先去看那關羽的動靜。

諸葛瑾　臣倒思得一計，可保兩家和好無間。

孫　權　子瑜有何高見？

諸葛瑾　聞得關羽有一女兒，尚未婚配，主公的世子，尚無妻室。某願前往代世子求婚，兩家結爲姻親之好，自能同心合力，何懼曹操！

孫　權　此計甚好，就命子瑜前去，若是關羽應允，便與他同心破曹。

呂　蒙　他若不允？

孫　權　只得與曹操修好。子瑜，速到荆州去吧！

諸葛瑾　遵命！

（唱）【二黄摇板】

　　再去荆州求親近，

　　但願關羽肯回心。（下）

（衆分下）

（幕閉）

第　七　場

（幕啓。關羽内聲："衆將官！回營！"）

（【牌子】。蜀兵、馬僮、周倉、關平引關羽上）

（馬良自下場門迎上）

（關羽下馬。蜀兵、馬僮下。馬良、關平、周倉、關羽同入）

馬　良　君侯操演人馬，多有辛苦。

關　羽　既擔重任，何辭辛苦。

馬　良　啓禀君侯，適纔聞報，東吴魯肅因病去世了。

關　羽　魯肅爲人忠厚，可惜呀，可惜！不知東吴都督之職，何人接任？

馬　良　吕蒙接任。

關　羽　怎麽，吕蒙接任？

馬　良　正是。

關　羽　（狂笑）啊哈哈哈……

馬　良　君侯爲何發笑？

關　羽　想那吕蒙乃志大才疏之輩。孫權將東吴軍國大事，付他執掌，可見東吴無人了。

馬　良　皆因吕蒙之輩氣量狹小，與魯肅不同，東吴君臣又念念不忘荆州之事，只恐孫劉聯合之策，將失去主腦。

關　羽　哎！想這孫劉聯合之策，乃軍師書生之見，有某坐鎮荆州，東吴君臣聞名喪膽！

馬　良　東吳雖不足懼，曹操野心未死。如今我西蜀，只有東和孫權，方能北拒曹操，還望君侯三思。

關　羽　哼，參謀不必多言，出帳去吧！

馬　良　這……告退！

（馬良下）

關　平　啊，爹爹，參謀所見甚是有理，望爹爹三思。

關　羽　哼！小小年紀，休來多口。

關　平　是。

（中軍上）

中　軍　啟稟君侯，費司馬到。

關　羽　有請。

中　軍　有請。

（吹打。費詩捧印綬上，下馬）

費　詩　啊，君侯。

關　羽　司馬，請！

（關羽、費詩同入座）

關　羽　司馬此番自西川而來，不知爲了何事？

費　詩　主公進位漢中王，下官特來報喜。

關　羽　怎麼，某大哥進位漢中王了？

費　詩　正是。有書信呈閱。

關　羽　（接信在手，未即拆閱）真乃是可喜呀可賀。啊，司馬，不知漢中王封某何等爵位？

費　詩　五虎上將，將軍爲首。

關　羽　何謂五虎上將？

費　詩　關、張、趙、馬、黃是也。

關　羽　怎麼講？

費　詩　關、張、趙、馬、黃。

關　羽　哼！司馬上覆漢中王，關某不敢受封。

費　詩　君侯何出此言？

關　羽　想翼德吾弟也，子龍久隨吾兄，亦我弟也，馬孟起世代名家，爵位與我並列，尚無不可，那黃忠老兒是何等樣人，敢與某齊名同列？大

　　　　丈夫誓不與老卒爲伍！司馬速將印綬帶回，關某不受。
費　詩　君侯此言差矣！
關　羽　何差？
費　詩　想當年蕭何、曹參隨高祖同舉大事，十分親近。那韓信乃是楚之亡將，後來韓信封王，位在蕭、曹之上，蕭何、曹參並無怨言。如今漢中王雖有五虎將之封，而與君侯有兄弟之義，親同一體。君侯就是漢中王，漢中王就是君侯，誰還敢與君侯相比？君侯當以國事爲重，不宜計較爵位上下。
關　羽　這個……
關　平　司馬之言甚是，就請爹爹收下印綬。
關　羽　如此，某暫且收下就是。（接印）
費　詩　（提醒）啊，君侯，漢中王手諭，君侯請看。
關　羽　哦哈，我倒忘懷了！待某觀看。（【急三槍】，看信，笑）哈哈哈……只因曹操南犯、漢中王命某攻取襄陽、樊城。風雲際會，正是大丈夫建立功業之時也！中軍！
中　軍　在。
關　羽　傳令下去，命糜芳、傅士仁爲先鋒，帶領一軍，先行出城，屯紮郊外，候令發兵，不得有誤！
中　軍　得令。（下）
費　詩　啊，君侯，臨行之時，軍師再三囑咐：望君侯此番發兵，務要與東吳聯合，以免後顧之憂啊！
關　羽　哎！西川距此山高路遠，他們哪裏知道其中的詳情。後堂設宴，與司馬洗塵。
費　詩　且慢！王命在身，不能久停，就此告辭回川去了。
關　羽　就請司馬回覆漢中王：關某此番出兵，決不辱命。
費　詩　下官遵命。只是軍師之言，還望君侯謹記。
關　羽　某自曉得。
費　詩　君侯啊！
　　　　（唱）【西皮搖板】
　　　　　　聯孫拒曹是定論，
　　　　　　還望君侯記在心。（下）
關　羽　（唱）【搖板】

　　　　　　笑孔明對東吳小心過甚，
　　　　　　在西川還不忘早晚叮嚀。
　　　　　　點人馬破曹兵忙傳將令！
　　　（中軍上）
中　軍　啓君侯，東吳諸葛瑾求見。
關　羽　嗯！
　　　（接唱）
　　　　　　諸葛瑾又到此必有原因。
　　　嗯！想東吳魯肅已死，諸葛瑾此來，定是又爲荆州之事，三番兩次，
　　　令人可惱。
關　平　啊，爹爹，他既專誠來見，必有要事相商，應以禮相待。況且魯肅已
　　　死，爹爹更應謹慎行事纔好。
關　羽　如此，且聽其來意，再做計較。——中軍，傳話有請。
中　軍　遵命。——有請諸葛大夫。
　　　（中軍下）
　　　（諸葛瑾内聲："來也。"）
　　　（諸葛瑾上）
諸葛瑾　（念）只爲聯蜀事，前來把親求。
關　平　啊！諸葛伯父！
諸葛瑾　啊，少將軍！
關　平　請！
　　　（諸葛瑾、關平同進門）
諸葛瑾　參見君侯。
關　羽　子瑜來了，請坐。
諸葛瑾　謝座。
關　羽　子瑜今日過江，你的來意，某已知曉。
諸葛瑾　啊？君侯曉得何事？
關　羽　不過是爲了荆州之事。
諸葛瑾　非也。
關　羽　既非爲此，你前來做甚？
諸葛瑾　聞得君侯有一愛女，尚未婚配，吳侯有意將東吳世子與令愛結爲婚
　　　姻，命我前來求親，望君侯俯允。

關　羽　（冷笑）哈哈哈……某虎女豈肯下嫁犬子！
諸葛瑾　君侯此言差矣。
關　羽　何差？
諸葛瑾　君侯可還記得令兄玄德公在甘露寺招親之故事麼？
關　羽　（怒）大膽！
　　　　（唱）【西皮搖板】
　　　　　　說甚麼兩家婚姻就，
　　　　　　龍爭虎鬥伏奸謀。
諸葛瑾　君侯！
　　　　（接唱）孫劉兩家接姻友，
　　　　　　破曹兵全憑這風雨同舟。
關　羽　嘟！你進得帳來，再三嘮叨，若不看在我家軍師面上，叫你回不得東吳！周倉，送客！
諸葛瑾　啊，君侯！……
周　倉　出去！
諸葛瑾　（嘆氣）咳！
　　　　（念）三言未畢送客走，
　　　　　　關羽枉自讀《春秋》。（下）
關　平　爹爹此事做差了。
關　羽　怎見得？
關　平　想諸葛瑾前來求親，爹爹不允，就該好言回覆與他。如今將他羞辱一場，他回至東吳，倘若激怒那孫權，發兵前來奪取荊州，如何是好？
關　羽　哎！縱然興兵前來，爲父何懼！
關　平　爹爹縱然不怕，豈不傷了兩家和氣，違了軍師聯吳大計？
關　羽　說甚麼聯吳大計，爲父自有主見。休再多言了！
　　　　（唱）【西皮散板】
　　　　　　可恨孫權生妄想，
　　　　　　某虎女豈肯配犬郎！
　　　　　　耳旁又聽人喧嚷……
　　　　（見火光）啊！
　　　　（唱）後營爲何起火光？

（中軍急上）

中　軍　啓稟君侯：糜芳、傅士仁臨行之時，失於檢點，營中一時火起，軍器糧草盡皆燒毀。

關　羽　啊！有這等事！陞帳！

中　軍　陞帳！

（四蜀兵、馬良、廖化、潘濬、王甫同上）

（關羽入座）

關　羽　將糜芳、傅士仁押上來！

（兵士押糜芳、傅士仁上）

糜　芳
傅士仁　末將請罪！

關　羽　嘟！身爲先鋒，未曾出兵，先將糧草軍器燒毀，如此誤事，要你二人何用！來，推出斬了。

糜　芳
傅士仁　君侯開恩。

潘　濬　啊，君侯，未曾出兵，先斬大將，恐於軍心不利。

關　羽　哼！權留項上人頭。來，摘去先鋒印綬，重責四十！（對糜芳、傅士仁）爾等在此無用，令你二人分守南郡、公安，再有差池，待某得勝回來，二罪俱罰。出帳去吧！

糜　芳
傅士仁　謝君侯！

（四蜀兵押糜芳、傅士仁下）

馬　良　君侯，今日將糜芳、傅士仁二將重責，又派他等分守隘口，那公安、南郡乃是荆州要路，他二人倘不盡心，豈不誤了大事？

關　羽　哎！今日此責，量他二人再也不敢粗心大意，參謀不必多慮。

馬　良　這——

（報子上）

報　子　報！曹仁增兵襄陽。

關　羽　再探！

報　子　得令。

（報子下）

關　羽　曹仁增兵，定有南犯之意，待某即刻發兵，攻取襄陽！潘濬聽令！

潘濬　　在。
關羽　　命你留守荊州，須要小心！
潘濬　　得令。
　　　　（潘濬下）
馬良　　啊，君侯，潘濬為人多疑好利，不宜重用。
關羽　　某將令既出，何能更改。
馬良　　這……
關羽　　兵發襄陽去者！
眾人　　啊！
　　　　（牌子。眾上馬，起兵下）
　　　　（幕後金鼓大作）
　　　　（幕閉）

第 八 場

　　　　（蜀兵引關羽、周倉與廖化、王甫分上）
廖化　　啓報君侯，曹仁兵敗，直奔樊城去了。
關羽　　不知關平攻取襄陽，勝負如何？
　　　　（關平上）
關平　　啓禀爹爹：曹兵大半死於襄江之中，我軍已得襄陽。
關羽　　如此分兵一部留守襄陽，我軍乘勝渡江，直取樊城！
馬良　　且慢！君侯一鼓而下襄陽，曹兵雖然喪膽，只是東吳呂蒙屯兵陸口，必有進犯之意，我軍遠離，倘呂蒙乘虛而入，如何是好？
關羽　　這個——我自有道理。王甫聽令！
王甫　　在！
關羽　　命你在沿江上下，或二十里，或三十里，築起烽火臺，每臺命五十名軍士把守，倘若吳兵渡江，舉火為號，某必回兵援救。
王甫　　得令！（下）
關羽　　兵進襄陽，歇兵一日，攻取樊城！
眾人　　啊！
　　　　（探子上）
探子　　啓君侯：今有曹操，命于禁挂帥，龐德為先鋒，帶領七路軍馬，援救樊城,那龐德前來討戰,要與君侯一決勝負。
關　羽　再探!
探　子　啊!
關　羽　且住!想龐德小兒不過馬超帳下之將,何敢出此狂言!龐德呀,龐德!任爾英勇無敵手,難逃某的青龍偃月刀!眾將,排開陣勢迎敵者!
關　平　且慢!想那龐德乃西涼名將,甚是驍勇,父帥不可輕敵,待孩兒會他一陣。
關　羽　爲父今日出戰,定要以刀法降伏此人。吾兒不必多言,謹守大營!
關　平　得令!(下)
關　羽　眾將官!迎敵者!
　　　　(眾同下)
　　　　(幕閉)

第　九　場

(幕啓。龐德、周倉會陣。周倉敗。關羽上)

關　羽　馬前來的敢是龐德?
龐　德　然!
關　羽　龐德!關某威名爾豈不知,若肯歸降,某素有愛將之癖,饒爾不死!
龐　德　關羽!某奉魏王之命,來解樊城之圍,今日陣前相會,倒要看看你的刀法如何?
關　羽　某這刀法麼!哈哈哈……!某馬前並無三合之將。看刀!
　　　　(關羽、龐德起打,【牌子】,對刀。關羽不支)
　　　　(蜀方先鳴金;龐德正要追殺,魏方也鳴金,同住手)
　　　　(雙方兵士、周倉等分上)
龐　德　呔!關羽!敢是怯戰?
關　羽　分明是你營先自鳴金,何言關某怯戰!(三笑)眾將官!收兵!
龐　德　呸!
　　　　(關羽率周倉、眾兵士下)
龐　德　(一望)且住!某與關羽,大戰一百餘合,眼見他氣力不加,不知元帥爲何鳴金收兵?眾將官!回營!

衆兵士　啊！
　　　　（衆同下）
　　　　（幕閉）

第 十 場

（幕啓。魏兵引于禁上）

于　禁　（念）統率七軍聲威重，
　　　　　　　豈容龐德立頭功。
　　　　（兵士、龐德上，下馬進營）
龐　德　參見元帥。
于　禁　龐將軍辛苦了。
龐　德　元帥，適纔在陣前，關羽力已不支，正要擒他下馬，元帥爲何鳴金收兵？
于　禁　這個——某恐關羽有詐，故而傳令鳴金。
龐　德　依某之見，趁此銳氣，統領七軍，殺入敵營，以解樊城之圍。
于　禁　哎！臨行之時，魏王曾傳諭旨，告誡我等，不可輕敵。依本帥之見，只宜謹守，切莫貪功！
龐　德　元帥！魏王有言：可取則取，不可取方宜謹守。今日一戰，勝負即見，理當進取，何言龐某貪功？
于　禁　本帥遵奉魏王諭旨，早有成竹在胸，就將這七路大軍，移駐樊城之北，依山下寨！
龐　德　（驚詫地）啊！
于　禁　龐德聽令！命你帶領本部人馬，屯紮山谷之内，無令不可進兵，本帥自有奇計破敵。
龐　德　得令！帶馬！（下）
　　　　（四兵士同下）
于　禁　衆將官！將人馬紮在山旁，截斷大路，阻擋關羽，並防龐德擅自進兵。就此移營者！
衆兵士　啊！
　　　　（衆同下）
　　　　（幕閉）

第 十 一 場

（馬僮、周倉引關羽上，下馬）

關　羽　（念）收了刀兵戰鼓息，
　　　　　　　各自鳴金兩相知。
　　　　　　　強中自有強中手，
　　　　　　　龐德刀法世間稀！
　　　　（唱）【吹腔】
　　　　　　　恨龐德英勇無敵……（戰場鑼）
　　　　刀哇！想你過關斬將，何等威風！今日小小龐德戰他不過，爾好不欺人也！
　　　　（接唱）縱有這青龍刀要爾何用！（拋刀）
　　　　大罵龐德，爾好威風，好殺氣，陣前逞能，輕視俺關某，
　　　　（看馬，嘆息，接唱）辜負這赤兔馬逐日追風！

周　倉　只怕那龐德明日還來討戰！

關　羽　（吸口冷氣）哦……
　　　　（接唱）那龐德明日若來討戰……
　　　　（先還矜持，繼而躊躇）

周　倉　待周倉會他一會？

關　羽　你麼？……（搖頭）

周　倉　周倉與少將軍一同出馬！

關　羽　（擺手，沉思）……

周　倉　我等隨君侯出戰，殺他個三馬連環！

關　羽　嗯……
　　　　（接唱）休把關某小看，
　　　　　　　三馬連環豈不羞慚！（愁思，頹喪）
　　　　（馬良上）

馬　良　君侯可在帳中？

周　倉　現在帳中，只是心中煩躁，參謀要小心了。

馬　良　曉得。（轉對關羽）參見君侯。

關　羽　參謀。

馬　良　君侯面色憂煩,莫非爲今日陣前之事麼?

關　羽　某以樊城爲重。龐德小兒,何足挂齒!

馬　良　某料龐德,明日必不出戰矣。

關　羽　何以見得?

馬　良　以今日鳴金之事度之,于禁多疑而量小,怯懦而忌才,他既不願龐德陣前立功,焉能容他再來出戰。

關　羽　龐德不來,某便容他多活幾日。只是這七路大軍……

馬　良　君侯不必憂慮。于禁、龐德,將帥不和,若能施以奇計,不但七軍可破。于禁可擒,龐德亦可爲我所用矣。

關　羽　參謀爲我思之。

馬　良　遵命!(下)

　　　　(關平上)

關　平　啓爹爹:今有于禁,將七路軍馬,移在山口紮營。

關　羽　有這等事!周倉、關平,隨吾到山頭察看者!

關　平
周　倉　啊!

關　羽　(唱)【粉蝶兒】
　　　　　　同上山崗!
　　　　　　站山坡舉目望一帶襄江。
　　　　(兵士、于禁過場)

關　羽　(唱)見于禁移營紛忙,在罾口旁。
　　　　(兵士、龐德過場)

關　羽　(唱)見龐德,分兵設防,紮營在平陽。
　　　　　　耳邊厢又聽得水流聲響,(水聲)
　　　　　　猛然間妙計上心房,
　　　　　　乘襄江狂濤怒漲,
　　　　　　管教那曹營七軍盡赴汪洋。
　　　　回營!
　　　　(唱)【風入松】
　　　　　　觀罷陣勢回營往,
　　　　　　好打點決破襄江。
　　　　(關平、周倉引關羽下山。兵士、廖化迎上)

關　羽　（大笑）哈哈哈……
關　平　爹爹，察看敵營回來，爲何發笑？
關　羽　笑的是：龐德恃勇，于禁無謀，七路大軍，屯紮在罾口川低窪之處，某只略施小計，管叫他全軍盡沒！
廖　化　君侯，敢是要決襄江之水，以淹七軍？
關　羽　（拈髯得意）嗯……
廖　化　啊，君侯，決江之計，雖然可操勝券，只是沿江百姓，俱被波及，望君侯以蒼生爲重，另想別計爲是。
關　羽　請問將軍，別計何在？
廖　化　這個——
　　　　（馬良上）
馬　良　參見君侯。
關　羽　參謀哪裏去了？
馬　良　適纔聞報，于禁移營，某特地前去察看地勢。現有一計，可破七軍。
關　羽　參謀之計如何？
馬　良　那于禁自率七軍屯紮山旁，却命龐德紮營谷口之内，分明是前拒我軍，後阻龐德。方纔某已命人探明路徑：谷口之後，有一小路。君侯可命少將軍帶領三千精兵，暗襲龐德後路，君侯自率大軍，進攻魏營，使其腹背受敵，不戰自亂，我軍乘勢截殺，則七軍可破，于禁可擒，龐德可收爲我用矣。
廖　化　馬參謀之言，乃上策也。
關　羽　雖合兵法，却不足道。
馬　良　君侯之計如何？
關　羽　（鄭重地）沿江決口，水淹七軍！
馬　良　君侯啊！決江之計，某非不知，只是失之殘暴，縱能淹滅七軍，攻破樊城，亦不足爲訓。還望君侯三思。
關　羽　某意已決，不必多言！關平聽令！
關　平　在。
關　羽　命你帶領一千兵卒，準備土袋沙囊，去至襄江，將上下流水頭堵塞，只等江水暴漲，將上流土袋撤去，決破堤口，然後水面殺敵！
關　平　得令！（下）
關　羽　周倉聽令！命你帶領五百水手，務要生擒龐德。

周　倉　得令！（下）
關　羽　全軍人馬，連夜移駐高阜之上，準備船隻，盡滅七軍！
　　　　（衆同下。幕閉）

第 十 二 場

　　　　（幕啓。魏兵、于禁上）
于　禁　（念）七路雄兵逞天險，
　　　　　　　關羽難逃罾口川。
　　　　（魏兵、龐德上。龐德下馬）
龐　德　參見元帥。
于　禁　龐將軍到此何事？
龐　德　適纔得知，荆州兵馬，移駐高阜之上，只恐其中有詐。
于　禁　關羽移營，何詐之有？
龐　德　想這七軍，屯於川口，地勢甚低，而今秋雨連綿，江水日漲，倘若關羽決江放水，我軍危矣。就請元帥傳令速速移營。
于　禁　哎！移營方定，軍士辛苦，再若移動，那關羽乘勢截殺，如何抵擋？
龐　德　兵貴神速，不可遲疑，關羽殺來，有某抵擋！
于　禁　説甚麼遲疑不遲疑，分明是你危言聳聽，貪功好勝！
龐　德　元帥！某以七軍爲重，何言好勝貪功？元帥不肯移營，俺願將本部軍馬移駐高阜之上，倘有不測，也好接應。
于　禁　容某思之！
　　　　（報子上）
報　子　啓元帥，襄江決口，直灌我營！（下）
于　禁　哎呀！
龐　德　衆將官！速速離營！
　　　　（衆百姓被水衝上，曹兵逐波而去，衆同下）
　　　　（幕閉）

第 十 三 場

　　　　（幕啓。水手，周倉上）

周　倉　（念）襄江堤口破，
　　　　　　　戰場成澤國。
　　　　　　　君侯吩咐我：
　　　　　　　水上擒龐德。
　　　　俺奉君侯之命，水擒龐德，水手們，催舟！
　　　　（水手、關平綁于禁上）
關　平　七軍盡沒，于禁已降。我父帥有令，切莫放走龐德！
周　倉　得令！請！
　　　　（關平、于禁、水手下）
周　倉　水手！
水　手　啊！
周　倉　七軍已沒，于禁被擒，君侯有令，莫放龐德，就此催舟前往！
　　　　（龐德上，水鬥。周倉擒龐德，同下）
　　　　（幕閉）

第 十 四 場

（緊吹打。蜀兵、馬良引關羽上，陞帳。關平上）
關　平　啓爹爹：于禁被擒。
關　羽　押上來！
　　　　（二兵士押于禁上）
于　禁　（跪下）君侯啊！于禁歸降來遲，死罪呀，死罪！
關　羽　嘟！大膽于禁，關某興兵至此，爾竟敢猖狂！來！
衆　人　啊！
關　羽　將于禁打入囚車，解回荆州，囚入監中，候某擒住曹操，一同斬首！
二兵士　啊！
　　　　（二兵士押于禁下。周倉上）
周　倉　龐德擒到。
關　羽　押進帳來！
　　　　（二兵士押龐德上）
關　羽　下站可是龐德？
龐　德　然！

關　羽　既已被擒，爲何不跪？
龐　德　俺乃堂堂英雄，豈能屈膝於你！
關　羽　今日被擒，可知關某厲害？
龐　德　關羽！今日之事，只因于禁不聽某言，致有此敗，那日若不是他鳴金收兵，只怕你早做了俺的刀下之鬼，你又何必大言不慚！
關　羽　嗯！

　　　　（唱）【散板】
　　　　　　龐德出言太狂妄，
　　　　　　敢説刀法比某強。
　　　　　　速速斬首押出帳！

馬　良　且慢！

　　　　（接唱）不如勸他來歸降。
　　　　啊！君侯，想龐德乃馬超將軍舊部，勇猛非常，若能勸他歸降，豈不又添一虎將。

關　羽　怎麼，又添一虎將？哎！

　　　　（唱）【散板】
　　　　　　參軍錯把情來講。

周　倉
馬　良　君侯三思。

關　平　爹爹三思。
龐　德　某寧死不降！
關　羽　（接唱）豈能任他逞豪強。
　　　　斬！
龐　德　走！

　　　　（兵士押龐德下，起鼓，兵士上）

兵　士　斬首已畢。
關　羽　嗯——

　　　　（唱）【散板】
　　　　　　龐德死誰還能與某較量！
　　　　龐德屍首不可損壞，好生盛殮起來。

兵　士　啊。
關　羽　（接唱）

方顯某英雄量氣度非常。
(出帳)
眾位將軍！關某略施小計,滅却曹操七路大軍,于禁被擒,龐德被斬,某的聲威大震,可稱得威震華夏否?

關 平
周 倉　稱得威鎮華夏。

關 羽　威震華夏！啊！哈哈哈……！
(指周倉手中刀,唱)【沽美酒】
　　　　全憑着青龍刀。
　　　　全憑着青龍刀,
　　　　誰敢擋蓋世英豪。
　　　　威鎮華夏美名標,
　　　　稱得起將中佼佼。
　　　　決襄江七軍屍漂,
　　　　管叫他樊城難保。
　　　　搗許都生擒曹操,
　　　　顯俺啊,顯得俺凌雲志高。
　　　　似風涌怒濤,哎——
　　　　指日把中原橫掃。
眾位將軍,七軍已滅,樊城指目可破,然後乘勢北進,直搗許都!

馬　良　啊,君侯,既要攻破樊城,乘勢北進,何不遣使結好東吳,以免後顧之憂。

關　羽　現有潘濬鎮守荆州,況且烽火臺已然造齊,還有什麼後顧之憂!

馬　良　這個……

關　羽　不必多慮,乘此水勢未退,速起大兵,圍困樊城去者!
(眾同下)
(幕閉)

第 十 五 場

(幕啓。魏兵、中軍引曹操上)

曹　操　(唱)【西皮散板】

　　　　　　于禁龐德定奏凱，
　　　　　　至今未見捷報來。
　　　　　（報子急上）
報　　子　啓大王：關雲長將襄江決口，水淹七軍。
曹　　操　啊！
報　　子　于禁被擒。
曹　　操　啊！
報　　子　龐德被斬。
曹　　操　啊！
報　　子　七軍人馬，無一生還。樊城危急，旦夕難保！
曹　　操　哎呀！不好了！
　　　　　（報子暗下）
曹　　操　（唱）【西皮散板】
　　　　　　聽説七軍水淹盡，
　　　　　　龐德捐軀好痛心！
　　　　　　此事叫孤實難忍，
　　　　　　快快有請文武臣。
中　　軍　衆文武進帳。
　　　　　（司馬懿、徐晃分上）
衆　　人　魏王千歲。
曹　　操　哎呀，衆卿哪！適纔探馬來報：關羽水淹七軍，于禁被擒，龐德被斬，樊城危急，旦夕不保。關羽鋭氣正盛，倘若直取許昌，如之奈何！孤擬遷都河北，以避鋒芒，衆卿意下如何？
司馬懿　　不可。關羽水淹七軍，乃于禁無謀，非戰之罪。那關羽自恃匹夫之勇，不足爲慮，大王何必遷都。
曹　　操　爲今之計，又當如何？
司馬懿　　依某之見，仍須派使結好東吳，以收漁人之利。
曹　　操　哎呀，仲達呀！孤前番派滿寵去至東吳，雖然孫權願結盟好，只是未曾進兵，孤並未坐收其利，反而失去襄陽，損兵折將，如今若再派使前去，只恐徒勞往返。
司馬懿　　不然。前番孫權雖未出兵，却是心已向我。如今關羽得志，越發驕狂，必與東吳失好結雠。大王可遣使陳説利害，令孫權暗地攻取荆州；一面派遣大將挫關羽之銳，解樊城之圍，關羽腹背受敵，覆亡可待也。

曹　　操　嗯，此計甚好。不知派何人前去？

司馬懿　這——

（滿寵上）

滿　　寵　啓大王：東吳派諸葛瑾爲使，前來答禮。

曹　　操　（喜）哦，諸葛瑾來了！快快動樂有請！

滿　　寵　有請諸葛大夫。

（諸葛瑾上，曹操迎入，坐）

曹　　操　不知大夫駕臨，未曾遠迎，大夫莫怪。

諸葛瑾　答拜來遲，魏王海涵。

曹　　操　大夫此來，有何見教？

諸葛瑾　我主有書信呈閱。

曹　　操　孤當拜讀。（讀信）關雲長欺人太甚，真乃可恨！孤必與吳侯同心合力，大夫附耳上來。（與耳語）功成之日，必割江南之地奉贈吳侯。來！大擺筵宴，與大夫洗塵。

諸葛瑾　事關緊要，不可遲延，瑾告辭。

曹　　操　大夫既以國家大事爲重，不便強留，請在吳侯面前，代孤再三致意啊，哈哈哈……

（唱）【西皮搖板】

　　從今後魏和吳同舟共濟，

　　望吳侯勿失這千載良機！

諸葛瑾　拜辭了！

（唱）【搖板】

　　拜別大王覆命去。

曹　　操　（出送）大夫，恕孤不遠送了，哈哈哈……

諸葛瑾　（接唱）訂盟好結同心此行不虛。

　　大王留步。（下）

曹　　操　哈哈哈……

（唱）【搖板】

　　諸葛瑾到許昌正遂孤意，

　　管教那關雲長腹背受敵。

徐晃聽令！命你率精兵五萬，克日起程，去到楊陵陂駐紮，以拒關羽，只等東吳兵馬策應，即揮戈南下，不得有誤！

徐　晃　得令！（下）

曹　操　（唱）【西皮搖板】
　　　　　運籌帷幄定妙計。
　　　　關雲長啊，關羽！
　　　　（接唱）管教你日暮途窮插翅難飛。
　　　　（衆同下。幕閉）

第 十 六 場

（呂蒙上）

呂　蒙　（唱）【西皮搖板】
　　　　　身擔重任守陸口，
　　　　（接唱）【流水】
　　　　　爲荊州每日用機謀。
　　　　　關雲長雖英勇見識淺陋，
　　　　　他只知前進全不思念後顧憂。
　　　　　吳侯駕前某誇了口，
　　　　　奉命待機取荊州。
　　　　　怎奈那烽火臺利於防守，
　　　　　倒叫我用心機無計可籌。
　　　　　悶懨懨坐帳中雙眉緊皺……（掃一句）
　　　　（中軍上）

中　軍　啓都督，陸遜大夫到！

呂　蒙　啊，說我有病，不能出迎，快快有請！（趕緊鑽進帳中）

中　軍　有請陸大夫！
　　　　（陸遜上）

陸　遜　（念）奉命來探子明病，
　　　　　　　但願勿藥早進兵。

中　軍　都督臥病不能出迎，請大夫入帳相談。

陸　遜　曉得了。（入內）子明都督，某探病來了。啊，子明……

（中軍掀開帳子）

呂　蒙　哦，伯言來了。恕某病未痊愈，有失遠迎，恕罪呀恕罪！
陸　遜　是某來的莽撞，多有驚擾！
呂　蒙　伯言請坐。
陸　遜　某奉吳侯之命，前來探望。請問子明，得何貴恙？
呂　蒙　這——賤體偶病，何勞探問。
陸　遜　啊，子明，自魯都督病故之後，吳侯以重任付予子明，子明不乘時而動，心中不快何也？
呂　蒙　這——唉！
陸　遜　某有一方，能治都督之病。
呂　蒙　大夫，還會治病？
陸　遜　（打趣）大夫麼，自然是會治病的。
呂　蒙　但望伯言相助。
陸　遜　這——（旁顧）
呂　蒙　中軍退下。

（中軍下）

呂　蒙　望即賜教！
陸　遜　哈哈哈……子明之病，不過因荊州兵馬整肅，沿江有烽火臺之備，不能過江耳。
呂　蒙　啊！
陸　遜　某有一計，令烽火臺不能舉火，荊州之兵束手歸降！
呂　蒙　哎呀！伯言一語洞見某之肺腑，願聞良策。
陸　遜　關羽英雄自恃，以爲天下無敵，目下所慮者惟子明耳。子明應即乘此機會，托疾辭職，讓於他人。繼任者以卑辭厚禮，驕其心志，那關羽必然盡撤荊州之兵以向樊城。那時只用一旅之師，別出奇計，乘機襲取，則荊州在我掌握之中矣。
呂　蒙　哈哈哈！伯言所見，真良策也。走！
陸　遜　哪裏去？
呂　蒙　你我一同去見主公。
陸　遜　子明，你的病呢？
呂　蒙　哈，有了好大夫，我的病就痊愈了。
陸　遜　哈哈哈……

吕　　蒙　哈哈哈……請了。
　　　　　（唱）【搖板】
　　　　　　　　伯言果然有智謀，
陸　　遜　（唱）藥到病除不憂愁。
吕　　蒙　（唱）你我一同離陸口，
陸　　遜　（唱）獻計主公取荆州。
　　　　　（衆同下）
　　　　　（幕閉）

第 十 七 場

　　　　　（幕啓。侍從引孫權上）
孫　　權　（唱）【西皮搖板】
　　　　　　　　關雲長踞荆州狂妄自傲，
　　　　　　　　我東吳求結好幾次徒勞。
　　　　　　　　差子瑜去許都聯曹自保。
　　　　　（諸葛瑾上）
諸葛瑾　（接唱）曹孟德果然是器大才高。
孫　　權　哦，子瑜回來了。與曹操結好之事，怎麼樣了？
諸葛瑾　大事已成，曹孟德修有書信，主公請看。
孫　　權　（看畢）哈哈哈……！曹操與我同心合力，關羽不難擊敗也！
　　　　　（唱）【搖板】
　　　　　　　　曹孟德果然是真誠可信，
　　　　　　　　結盟好取荆州其意殷殷。
　　　　　　　　可惜是吕子明因勞成病，
　　　　　　　　但願得陸伯言早有回音。
　　　　　（吕蒙，陸遜上）
陸　　遜　（唱）【搖板】
　　　　　　　　子明隨我把宫進！
吕　　蒙　（接唱）奏請主公速用兵。
陸　　遜　參見主公。
吕　　蒙

孫　權　哎呀,子明病已痊愈了!
呂　蒙　臣哪裏是真病,只爲荆州預有防備,無法過江,心中愁悶而已。
孫　權　哎呀,子明哪!曹孟德修書前來,與孤結好,約定雙方夾攻關羽,事成之後,許以江南之地相贈。爲今之計,如之奈何?
呂　蒙　主公不必憂慮。(附耳而語)
孫　權　如此甚好。子明托疾休養,陸口之任,望卿薦一才高望重者代卿才好。
呂　蒙　若用望重之人,關羽必然戒備。陸伯言頗有實學而未有遠名,更兼年幼,非關羽所忌,若即用以代臣之任,大事可成。
陸　遜　啓主公:臣年幼無學,恐不堪此任。
孫　權　子明保薦,必無差錯,即日拜卿爲偏將軍右都督,替回呂蒙,鎮守陸口。荆州之事,你二人相機辦理。退殿!(下)
呂　蒙
陸　遜　遵命!(出殿)
呂　蒙　伯言!主公委以重任,你我怎樣入手?
陸　遜　待某連夜去至陸口,接管三軍,一面揚言將軍病重,一面具書備禮,面見關羽,卑詞稱賀,以驕其心。關羽必撤荆州之兵,那時將軍用計襲取,荆州可得矣!
呂　蒙　好啊!只等荆州撤防,某便點動精兵,扮做客商模樣,白衣渡江。先破烽火臺,後詐荆州城,安撫荆州百姓,厚待關兵家屬,管叫他軍心渙散,迎風而降。奪還荆州,生擒關羽,在此一舉也。
　　　　(奏【風入松】,同亮相,下。幕閉)

第 十 八 場

(幕啓。蜀兵、周倉引關羽上)

關　羽　(唱)【散板】
　　　　　　斬龐德擒于禁威震華夏,
　　　　　　烽火臺設荆州巧計堪誇。
　　　　(馬良上)
馬　良　參見君侯!
關　羽　罷了。參謀進帳何事?

馬　良	啓禀君侯：陸口守將呂蒙病危，上書辭職，已回建業休養去了。
關　羽	（喜）哦！呂蒙病危，已調回休養去了。
馬　良	正是。
關　羽	呂蒙病危，荆州越發無慮了，但不知何人代將？
馬　良	孫權已拜陸遜爲都督，代替呂蒙防守陸口。
關　羽	怎麼，已命陸遜代將！　（喜極）哈哈哈！可笑孫權竟用孺子爲將，好無識見！
馬　良	君侯且莫發笑，那陸遜差人拜見君侯來了。
關　羽	好，叫他進來！
馬　良	有請東吳差官進帳！

（吳使上，擔禮人搭禮物隨上）

吳　使	啊，參謀！
馬　良	我家君侯，請你進帳，須要小心講話！
吳　使	是。（進帳）參見關將軍。
關　羽	罷了。你東吳竟用乳臭未退之小兒爲帥，可見東吳無人！
吳　使	陸都督年幼，特命我呈書備禮前來，一來與君侯賀功，二來求兩家和好。我家都督言道：天下英雄，唯君侯耳！陸都督初當大任，還望將軍賜教。

（吳使呈上書信，周倉轉送關羽）

關　羽	（看信）哈哈哈！
	陸遜小兒，恭敬老實，倒也可取。來，收了禮物，款待差官回去！

（擔禮人將禮物交蜀兵擔下）

吳　使	多謝將軍。（率擔禮人退下）
關　羽	呂蒙病危，陸遜無能，樊城一時又難以攻破，正好調取荆州軍馬，加緊圍攻，生擒曹仁，直搗許都！
馬　良	啊，君侯，若調集兵馬，攻取樊城，荆州空虛，恐爲東吳所乘。
關　羽	哎！呂蒙病重，陸遜小兒，畏懼於我，荆州又有烽火臺，料然無事。若不調兵攻取樊城，豈不是坐失良機！
馬　良	陸遜差人下書，如此謙卑，莫非有詐？
關　羽	陸遜年幼無知，分明見某威震華夏，前來稱賀，何詐之有！某意已定，速命人將荆州軍馬，調來聽用，不得有誤！（拂袖而下）

（周倉隨下）

馬　良　（長嘆）唉！（下）
　　　　（幕閉）

第 十 九 場

（幕啓。【牌子】。魏兵引徐晃上）

徐　晃　衆將官！
衆　人　在。
徐　晃　攻取偃城，就勢復奪襄陽！
衆　人　啊！
　　　　（蜀兵引關平上，會陣）
徐　晃　關平！老夫興兵至此，爾還不將偃城拱手獻上嗎？
關　平　老匹夫休得胡言，待俺關平取爾首級！
　　　　（起打，關平敗下）
徐　晃　追！
　　　　（徐晃追下）
　　　　（幕閉）

第 二 十 場

（幕啓。蜀兵、周倉引關羽上）
（關平、廖化分上）

關　平
廖　化　參見　爹爹
　　　　　　　君侯！
關　羽　爲何這般模樣？
關　平　啊呀，爹爹呀！徐晃已奪了偃城等處，魏兵分三路援救樊城來了。
關　羽　嗯——
廖　化　君侯！聞聽人言，荆州已被呂蒙襲取。
關　羽　此乃敵人所造流言，亂我軍心耳。呂蒙病重，危在旦夕；陸遜小兒，不足爲慮！
　　　　（四下金鼓聲）
關　羽　爲何殺聲甚近？

關　平　（向右瞭望）徐晃的大軍掩殺過來了！

廖　化　（向左瞭望）樊城曹仁的兵馬，也殺出城來了！

關　羽　關平、廖化，抵擋曹仁兵馬，為父會會徐晃。

關　平
廖　化　得令！（帶兵下）

關　羽　眾將官：迎上前去！

　　　　（魏兵引徐晃上，與關羽起打，關羽敗下）

　　　　（探子上）

探　子　報！我軍得了襄陽，關羽渡江而走。

徐　晃　隨後追殺！

　　　　（眾同下）

　　　　（幕閉）

第二十一場

（幕啓。蜀兵，馬僮、周倉、馬艮引關羽上。蜀兵、關平、廖化上，會合。眾相視而嘆，下馬。王甫急上）

王　甫　參見君侯。

關　羽　啊？王甫何來？

王　甫　啓稟君侯：呂蒙襲取荊州，潘濬投降東吳了。

關　羽　啊！烽火臺因何不舉火告警？

王　甫　哎呀，君侯哇！君侯將荊州兵馬調來之後，那呂蒙暗率精兵，扮作客商模樣，黑夜之間，乘江中風浪大起，偷渡大江，先擒了守臺兵卒，因此不能舉火告急。

關　羽　（氣極）唉！某中陸遜孺子之計也！

報　子　（上）報！公安守將傅士仁，殺了催糧差官，會合南郡守將糜芳，一同投降東吳！

關　羽　怎麼講？

報　子　糜芳、傅士仁獻了公安、南郡，投降東吳！

關　羽　再探！

報　子　得令。（下）

關　羽　二賊獻地投降，真真氣煞人也！呂蒙賊子啊，陸遜小兒！某不殺盡

馬　良	君侯！事已緊急，何不差人去往成都求救？
關　羽	好！就命參謀前去報與主公、軍師，即刻起程！
馬　良	遵命。

（擂鼓，衆望門）

關　羽	關平，周倉！護送一程！

（關平、周倉應，與馬良同上馬，下。探子上）

探　子	報！呂蒙派丁奉、徐盛殺到！
關　羽	再探！
探　子	得令。（下）
關　羽	廖化聽令！——應戰！
廖　化	得令！（上馬，下）
關　羽	王參謀！吳、魏兩軍夾攻，我等腹背受敵，如何是好？
王　甫	昔日軍師再三囑咐，東和孫權，北拒曹操，如今……
關　羽	哎，往事提它做甚！爲今之計奈何？
王　甫	君侯！爲今之計，只好沿沮水西走，尋一縣城，整頓軍馬，等候援軍到來，再圖恢復。
關　羽	某自出兵以來，未嘗敗北，如今麼，哎，也只好如此了。

（擂鼓，衆望門。關羽長嘆。廖化急上）

廖　化	東吳人馬甚衆，難以力敵。
關　羽	待某迎戰！
衆　人	君侯不可！

（關平、周倉急上）

關　平	爹爹
周　倉	君侯！吳兵大至，急速撤兵要緊！
關　羽	前面甚麼所在？
關　平	臨沮附近。
關　羽	那邊厢呢？
關　平	乃是麥城。
關　羽	哎！……麥城。也罷！兵撤麥城！

（衆頽喪地下。幕閉）

第二十二場

（吳兵、呂蒙上，坐帳。丁奉、潘璋分上）

眾　人　參見都督。
呂　蒙　站立兩廂！
眾　人　啊！
呂　蒙　（念）白衣渡江襲荊州，
　　　　　　　用兵如神世無儔。
　　　　　　　麥城敗軍如困獸，
　　　　　　　關羽雄心一旦休！
　　　　關羽兵敗麥城，軍心渙散，糧盡援絕，必然突圍而走。丁奉聽令！
丁　奉　在。
呂　蒙　命你率領本部人馬，攻取麥城，關羽若突圍而走，將他逼入城北小道，隨後掩殺，不得有誤！
丁　奉　得令！（下）
呂　蒙　潘璋聽令！
潘　璋　在。
呂　蒙　命你帶領五百精兵，埋伏在麥城以北決石口小道，掘下陷坑，生擒關羽，不得有誤！
潘　璋　得令。（下）
呂　蒙　眾將官！隨本部緊守荊州，以防曹兵！
　　　　（眾同下。幕閉）

第二十三場

（幕啟。麥城關羽大帳）
（內攻城喊采聲、金鼓聲）
（廖化、王甫分上，驚慌張望）

廖　化　哎呀參謀啊！東吳人馬攻城甚急，麥城地小糧盡，守軍逃散，難再堅守。
王　甫　你我去見君侯。

（關羽、關平、周倉上。廖化、王甫出迎）

關　羽　唉！（按劍入座）

王　甫　啓報君侯，我軍荊州眷屬在城外山上指名呼喚，守軍紛紛越城而逃，如何是好？

關　羽　啊！留而未散者還有多少？

王　甫　還有殘兵二百名，身帶重傷，不能厮殺了！

關　羽　還有幾日糧草？

廖　化　糧草已盡。

關　羽　事已危急，哪位將軍願突圍而出，去往上庸求救？

廖　化　末將願往！

關　平　待孩兒護送廖化將軍殺出重圍！

關　羽　事不宜遲，王甫將軍同去護送，快去快回！

關　平
廖　化　遵命！（同下）
王　甫

周　倉　君侯，遠水救不得近火，上庸救兵不到，難道就困死麥城？

關　羽　這個……周倉！看酒！

（周倉執壺斟酒）

關　羽　（接杯，欲飲又止，長嘆）唉！刀來！

周　倉　咋！（呈青龍刃）

關　羽　（執杯出座，向刀祭酒，擲杯，接刀，揮周倉下，激動）

（唱）【黃龍滾】

　　青龍刀日耀月暈，
　　青龍刀日耀月暈，
　　伴俺戰殺鬼神驚。
　　今日裏你爲何刃也鈍，
　　今日裏你爲何刃也鈍？

啊呀！

　　都怪俺關羽不敏，
　　違背了諸葛軍師睦吳論，
　　落得荊州失，麥城困——

刀啊！青龍刀！關某當年氾水關溫酒斬華雄，是你！虎牢關連環戰呂布,有你! 白馬坡,斬顏良;延津口,誅文醜;封金辭曹,千里尋兄;壩橋挑袍,過關斬將,單刀赴會,水淹七軍,唉,何曾離過你來!今日失荊州,困麥城,糧草盡,援兵絕,恢復中原成泡影,義膽忠肝一旦傾,你、你、你也是親眼得見的了!

愧煞俺喪師辱命,

愧煞俺喪師辱命。

刀啊!

空負你晝嘯夜鳴,

空負你晝嘯夜鳴。

有朝見到某大哥和軍師啊!

前後事替俺奉聞,

前後事替俺奉聞!

(關平、廖化與周倉分上。周倉接刀。關羽喟嘆入座)

關　平	爹爹! 廖化將軍已經殺出重圍!
周　倉	君侯不如棄此孤城,突圍而走,奔入西川,再圖恢復。
關　羽	只好如此。方纔在城樓上,見北門以外,兵馬略少,不知此處往北,地勢如何?
周　倉	皆是山僻小路,可通西川。
關　羽	今夜突圍,可走此路。
王　甫	小路恐有埋伏。
關　羽	顧不得許多。周倉、王甫堅守麥城,一死方休!
王　甫 周　倉	我等死守此城,望君侯入川之後,速來救援!
關　羽	哪能不來。關平隨某出城!
周　倉	君侯一路保重,我等護送君侯突圍。
關　羽	不送也罷!
周　倉 王　甫	一定要送。
關　羽	如此……走!

(關羽等同下。突圍殺聲)

(幕閉)

第二十四場

（幕啓）

關　羽　（内唱）【高撥子導板】
　　　　父子突圍出麥城，
（關平、關羽上）
關　羽　（唱）重重埋伏遇敵兵。
關　平　（唱）殺了一陣又一陣，
關　羽　（唱）筋疲力懈兩眼昏。
關　平　（唱）當日荊州軍容盛，
關　羽　（唱）不堪回首想前塵！
關　平　（唱）如今父子落荒走，
關　羽　（唱）好似猛虎離山林。（聞殺聲）
　　　　眼見敵兵已迫近！
關　羽　兒啊，甚麼所在？
關　平　決石口！
關　羽　殺！
（潘璋上，開打。關羽、關平遇伏被擒）
潘　璋　關羽父子就擒，回營交令去者！
衆　人　啊！
（尾聲。幕閉）

走麥城

王鴻壽　撰

解　題

京劇。現代王鴻壽撰。《京劇劇目初探》《京劇劇目辭典》著録，題《走麥城》，一名《麥城升天》，又名《白衣渡江》《荊州失計》。《辭典》署王洪（鴻）壽編劇，李洪春演出本。劇寫孫曹聯合，夾擊關羽。吕蒙見關羽已在沿江一帶建造烽火臺早有防備，不能西進，遂詐稱患病。陸遜奉孫權命前往探問，問知情由，回報孫權。孫權命陸遜替回吕蒙。陸遜致書關羽，望兩家和好如初。關羽中計，撤退荊州之兵。吕蒙乘機襲擊烽火臺，詐取荊州。糜芳、傅士仁降吴，獻出公安、南郡。徐晃攻打襄陽，關平兵敗，棄城而走。關羽欲復奪襄陽，與徐晃交戰，大敗。關羽聞報糜芳、傅士仁投敵，烽火臺、荊州失守，欲自刎，爲關平勸阻。關羽令馬良、伊籍馳報劉備，自率兵撤往麥城。孫、曹兩軍夾攻，關羽箭創復發，不能出戰，修書求吕蒙罷兵，吕蒙不允。東吴下書人捎來荊州將士家信，衆軍士大嘩。關平一再謝罪，衆怒未息。關羽見狀，又欲自刎。衆軍士始允竭力相助。廖化突圍前往上庸求救，劉封聽信孟達讒言，按兵不動。廖化無奈，入川求救。諸葛瑾奉命勸關羽歸降，關羽不從。關羽留王甫、周倉守被吴、魏軍包圍的麥城，自與關平、趙累連夜殺出北門，往漢中搬兵求救。突圍中，趙累戰死，關羽、關平陷坑被擒，王甫自刎，周倉墜城而死。本事出於《三國演義》第七十六回。《三國志·吴書·吴主傳》："權征羽，先遣吕蒙襲公安，獲將軍傅士仁。蒙到南郡，南郡太守糜芳以城降。蒙據江陵，撫其老弱，釋于禁之囚。……關羽還當陽，西保麥城。權使誘之，羽僞降，立幡旗爲象人於城上，因遁走，兵皆解散，尚十餘騎。權先使朱然、潘璋斷其徑路。十二月，璋司馬馬忠獲羽及其子平、都督趙累等於章鄉，遂定荊州。"《吴書·吕蒙傳》云："及蒙代肅，初至陸口，外倍修恩厚，與羽結好。後羽討樊，留兵將備公安、南郡，……權聞之遂行，先遣蒙在前。蒙至潯陽，盡伏其精兵艣艫中，使白衣搖櫓，作商賈人服，晝夜兼行，至羽所置江邊屯候，盡收縛之，是故羽不聞知，遂到南郡。士仁、糜芳皆降。蒙入據城，盡得羽及將士家屬，皆撫慰。……（關羽軍士）咸知家門無恙，見待過於平時，故羽吏士無鬥心。"所記與劇情略同。版本今有《關羽戲集》李洪春演出本、《戲考》本、《關岳戲劇大觀》本。今以《關羽戲集》李洪春演出本爲底本，參考其他本校勘整理。

第 一 場

（張昭、諸葛瑾、步騭、闞澤同上）

張　昭
諸葛瑾　（唱）【點絳唇】
步　騭　　　三國紛紛，屢起戰爭，何日裏，干戈寧靜，軍民齊安定？
闞　澤

張　昭　　　　　張昭。
諸葛瑾　俺，　諸葛瑾。
步　騭　　　　　步騭。
闞　澤　　　　　闞澤。

張　昭　列公請了。

諸葛瑾
步　騭　請了。
闞　澤

張　昭　今有曹操差滿寵前來求和，少時主公登殿，把本啟奏。看香烟繚繞，聖駕臨朝，分班伺候。

諸葛瑾
步　騭　請。
闞　澤

（【小開門】。四太監、孫權上）

孫　權　（念）【引】雄踞江東，承父業，虎鬥龍爭。

張　昭
諸葛瑾
步　騭　臣等見駕，我主千歲！
闞　澤

孫　權　衆卿平身。

張　　昭	
諸葛謹	千千歲！
步　　騭	
闞　　澤	

孫　　權　（念）（詩）承父基業守江東，

　　　　　　　　　　龍蟠虎踞舊家風。

　　　　　　　　　　劉備借去荊州地，

　　　　　　　　　　久不還歸藐英雄。

　　　　　　孤，姓孫名權字仲謀。承父兄之基業，虎踞江東。當年赤壁鏖兵，得了荊襄九郡。可恨劉備借去荊州，屯兵養馬，久借不還，欺人忒甚。今日設立早朝，商議討取荊之事。

張　　昭　臣啟主公：今有曹操命滿寵前來求和，現在殿角候旨。

孫　　權　替孤傳旨，宣滿寵上殿！

張　　昭　吳侯有旨，滿寵上殿！

滿　　寵　（內）領旨！（上）

　　　　　（念）離了許昌地，求和到東吳。

　　　　　滿寵見駕，吳侯千歲！

孫　　權　罷了。先生駕臨江東，有何事議？

滿　　寵　奉了我主之命，前來求和，現有書信呈上。（呈信介）

孫　　權　曹公有書信到來，待孤拆開一觀。

　　　　　（【牌子】。孫權拆書，看介）

孫　　權　滿寵先生一路勞乏，請至迎賓館歇息，容我君臣商議進兵之策。

滿　　寵　告退。（下）

孫　　權　眾卿！曹操命滿寵前來，會同我東吳攻打荊州，眾卿意下如何？

張　　昭　臣啟主公：可命一人先到關羽那裏求和。

步　　騭　子布之言不可，臣有一計獻上。

孫　　權　有何妙計？

步　　騭　聞得關羽生有一女甚是賢淑，主公世子聰明過人，可差人前去求婚，關羽若是應允，孫劉合兵，共同破曹；若其不允，孫曹合兵，先打荊州，後破西蜀。請主公聖裁。

孫　　權　此計甚好，就命子瑜速往荊州求婚，結盟破曹，不得有誤。

諸葛瑾　領旨。（下）

孫　權	子布，準備酒宴，款待滿寵。退班！
張　昭	
步　騭	請駕回宮！
闞　澤	

（衆人同下）

第 二 場

（【急急風】。八馬童上，過場下）
（關平、廖化、王甫、周倉上，亮像，兩邊分站）
（四文堂、四大鎧、四上手、糜芳、傅士仁、馬良、伊籍、關興、趙累、關羽上）

關　羽	（念）【引】綠袍金甲，鬚髭灰；鳳目蠶眉美髯公。
衆	參見君侯！
關　平 周　倉	參見父王！
關　羽	站立兩廂！
衆	啊！
關　羽	（念）（詩）志氣凌雲貫斗牛， 　　　　平生最喜讀《春秋》。 　　　　丈夫須抱凌雲志， 　　　　自然談笑覓封侯。 某，漢室關。今奉大哥、軍師將令，鎮守荊州一帶等處。可恨曹操命曹仁據守襄陽、樊城，本欲前去攻打，怎奈未奉大哥命詔，不敢私自出兵。想荊州乃東吳之地，此事未必停當。爲此，每日操演人馬，提防對敵。站堂軍，伺候了！
四文堂	啊。
報　子	（內）報！（上）
報　子	啓君侯：東吳諸葛瑾過江求見。
關　羽	再探。
報　子	得令！（下）
關　羽	唔呼呀！想諸葛瑾乃軍師令兄，不可慢待。來！有請諸葛先生！

眾　　　　有請諸葛先生！
諸葛瑾　　（內）嗯嚇。（上）
　　　　　（念）奉了主公命，講和來求親。
　　　　　君侯在上，瑾大禮參拜！
關　羽　　遠路而來，只行常禮。
諸葛瑾　　哪有不拜之理？
關　羽　　來！與諸葛先生看座！
諸葛瑾　　且慢，君侯在此，哪有瑾的座位！
關　羽　　遠來是客，哪有不坐之理？請坐！
諸葛瑾　　謝坐。
關　羽　　先生此來，必有所爲。
諸葛瑾　　只因孫曹合兵，要攻打荆州。
關　羽　　哼！孫曹合兵，某有何懼哉？
諸葛瑾　　恭喜君侯，賀喜君侯。
關　羽　　何喜之有？
諸葛瑾　　我主有一世子甚是聰明，聞得君侯令嬡甚是賢淑。瑾奉我主之命，前來求婚，兩下結爲秦晉之好，共同破曹。想君侯是萬無推辭的了？
關　羽　　關某虎女，豈配犬子！
諸葛瑾　　公言虎女不配犬子。可記得令兄玄德公在甘露寺招親之故耳？
關　羽　　大膽！
　　　　（唱）【西皮二六板】
　　　　　　聞言怒髮三千丈，
　　　　　　一言怒惱關雲長。
　　　　　　這荆州原本是關某執掌，
　　　　　　你們哪一個大膽敢來奪荆襄？
　　　　　　不看軍師諸葛亮，
　　　　　　定斬爾首級挂營房。
　　　　嘟！膽大諸葛瑾！進得帳來，如此胡言亂語，不看我家軍師面上，定要將爾斬首。來，扠出去！
眾　　　　出去！
諸葛瑾　　（念）用手掬盡三江水，難洗今朝滿面羞。（下）

廖　化　二君侯失言了。
關　羽　怎見得？
廖　化　諸葛瑾前來提親，君侯既不應允，就該用好言回覆於他，不該將他羞辱一場。他此番回去，必定在孫權面前搬弄是非。倘若孫曹合兵，攻打荊州，又是一番波折。君侯須當準備，以防不測。望君侯詳細思之。
關　羽　溝渠之水，能起多大波浪？小小螻蟻，焉能撼動泰山！且勿多言。掩門！
（眾人同下）

第　三　場

（四太監、步騭、張昭、孫權上）
孫　權　（唱）【西皮散板】
　　　　子瑜荊州去求婚，
　　　　但願此去把功成。
　　　　吳蜀姻親如結定，
　　　　同心破曹方稱心。
（諸葛瑾上）
諸葛瑾　（唱）【西皮散板】
　　　　可恨關羽言不遜，
　　　　上殿啟奏我主君。
　　　　參見主公！
孫　權　子瑜回來了，關羽可曾應允親事？
諸葛瑾　那關羽不獨不允親事，反出言不遜，臣不敢冒奏。
孫　權　無妨，當面奏來。
諸葛瑾　他言道：虎女不配犬子。反將為臣羞辱一場。
孫　權　可惱哇，可惱！
（唱）【西皮散板】
　　　　惱恨關羽言不遜，
　　　　不該開口傷孤身。
　　　　關羽出言不遜，藐視東吳，欺孤太甚。眾卿何計教我？

張　昭	臣啓主公：就命滿寵回覆曹操，照書行事，孫曹合兵，攻打荊州。
步　騭	哪怕關羽不滅！
孫　權	滿寵上殿。
步　騭 張　昭 諸葛瑾	有請滿先生。

（滿寵上）

滿　寵	參見吳侯！
孫　權	罷了！拜上你主，就說東吳照書行事，速請進兵，先打荊州，後破西蜀。
滿　寵	是。告退！（下）
孫　權	衆卿，不知命何人挂帥，纔能當此重任？
步　騭	主公傳旨：速調呂蒙還朝，命其爲帥，必能成功。
孫　權	張子布，速調呂蒙還朝。
張　昭	領旨！
孫　權	退班！

（同下）

第　四　場

（關平、周倉上）

關　平	（念）父子同心秉忠義，
周　倉	（念）扶保漢室錦乾坤。

（幕內費詩念：詔命下！）

關　平 周　倉	啓父王：詔命下。
關　羽	（內）香案接詔。
關　平 周　倉	香案接詔！

（四文堂、四大鎧、四上手、糜芳、傅士仁、馬良、伊籍、關興、趙累、關羽上。四藍文堂、費詩上）

關　羽	司馬何不開讀？
費　詩	有密旨相告。請過聖命。

關　　羽　香案供奉。請坐！司馬有何密言，當面賜教。
費　　詩　皇叔進位漢中王了。
關　　羽　某大哥進位漢中王，封某何職？
費　　詩　五虎將之首。
關　　羽　五虎將不知都是何人？
費　　詩　關、張、趙、馬、黃。
關　　羽　這關、張、趙、馬、黃？翼德，我弟也；子龍隨某大哥多年，累建奇功，亦我弟也；孟起世代名家；那黃忠老兒乃長沙一武夫，焉能與某同列？關某不受此爵。
費　　詩　君侯此言差矣！
關　　羽　何差？
費　　詩　君侯何必計位之高下，昔日高祖與蕭、曹共議大事，韓信乃楚國之亡將也，到後來官封三齊王，並未曾聞蕭、曹爭過爵位。漢中王與君侯有兄弟之義，親如一體，漢中王即君侯，君侯即漢中王。君侯受漢中王之厚恩，當與共同休戚，不宜計較位祿高下纔是，望君侯三思。
關　　羽　唔呼呀！不是司馬明言指教，險誤大事。看印拜過！
　　　　　（【牌子】。關羽排印介）
費　　詩　有密旨一道，攻打襄陽、樊城。
關　　羽　糜芳、傅士仁聽令！
糜　　芳
傅士仁　在！
關　　羽　命你二人以爲先鋒，城外紮營，聽候調遣。
糜　　芳
傅士仁　得令！
　　　　　（糜芳、傅士仁同下）
關　　羽　備得酒宴，與司馬同飲。
費　　詩　到此就要叨擾！
關　　羽　關平把盞。司馬請。
　　　　　（【牌子】。關羽、費詩同入座飲酒）
報　　子　（內）報！（上）
報　　子　啓君侯：城外營中失火。

關　羽　再探！

報　子　得令！（下）

關　羽　關平聽令！

關　平　在！

關　羽　前去查看，因何失火？

關　平　得令！帶馬！

（四上手、關平下）

關　羽　司馬請。

（【牌子】。關羽、費詩同飲酒介）

（關平上）

關　平　啓稟父王：糜芳、傅士仁縱軍飲酒，自不小心，營中失火。損傷糧草、軍器、炮火，炸死本部軍卒數名。

關　羽　將他二人抓來見我。

關　平　得令！（下）

關　羽　司馬請！

（關平上）

關　平　二人帶到。

（四上手押糜芳、傅士仁上）

關　羽　周將！糜芳、傅士仁到此，叫他等報門而進！

周　倉　得令！呔！父王有令，叫你二人報門而進。你要仔細了！你要與我打點了！

糜　芳
傅士仁　報！糜　芳
　　　　　傅士仁　告進，參見君侯！

關　羽　嘟！竟敢縱軍飲酒，損傷本部軍卒。斬了！

費　詩　且慢！正在用兵之時，斬將不利。

關　羽　敢是與他等講情？

費　詩　君侯開恩！

關　羽　看在司馬講情，每人重責四十軍棍。

周　倉　打！

（四上手打糜芳、傅士仁介）

糜　芳
傅士仁　謝君侯的責！

關　羽	將你二人先鋒大印撤去，糜芳鎮守公安、傅士仁鎮守南郡，若有差錯，提頭來見！
周　倉	出去！
糜　芳 傅士仁	嘿！（下）
廖　化	君侯失計了。
關　羽	何出此言？
廖　化	想糜芳、傅士仁既然重用，就不該責打；今犯軍令，既然責打，撤去先鋒，就不該重用。想那公安、南郡乃荆州之命脉，倘若他二人心懷舊恨，投降東吴，那時我軍難免後顧之憂。我觀趙累將軍爲人正直，不如將他二人撤回，命趙累將軍鎮守公安、南郡，望君侯思之。
關　羽	某素知他二人行爲，既已派出，豈可更改。
報　子	（内）報！（上）啓君侯：胡班求見。
關　羽	有請！
報　子	有請！（下） （吹打。胡班上）
胡　班	參見君侯！
關　羽	當年多蒙將軍搭救，關某常常在念；今日幸會，多謝將軍相救之恩。
胡　班	豈敢！
關　羽	到此何事？
胡　班	奉了家父之命，隨營報效來了。
關　羽	原來如此。司馬，胡班將軍乃關某救命恩人，將他帶入川中，面見漢中王授職。
費　詩	遵命！告辭了！
關　羽	恕不遠送。 （四藍文堂、胡班、費詩下）
關　羽	廖化聽令。
廖　化	在！
關　羽	以爲先鋒。
廖　化	得令！
關　羽	關平聽令！
關　平	在！

關　　羽　以爲副將。

關　　平　得令！

關　　羽　馬良、伊籍聽令！

馬　　良
伊　　籍　在！

關　　羽　以爲軍中參謀！

馬　　良
伊　　籍　得令！

關　　羽　餘下之將，隨營調遣。掩門。

　　　　　（同下）

第　五　場

　　　　　（糜芳、傅士仁上）

糜　　芳　將軍受驚了！

傅士仁　彼此一樣。只是當着衆軍面前，責打羞辱，實是可恨。你看關羽近日性情高傲，不如你我投——

糜　　芳　禁聲！

　　　　　（糜芳、傅士仁兩邊望介）

糜　　芳　投甚麼？

傅士仁　投順東吳，你意如何？

糜　　芳　此計甚好。待等東吳攻打荊州，你我將公安、南郡獻上。關公被擒，此讎可雪。正是：

　　　　　（念）量小非君子，

傅士仁　（念）無毒不丈夫。

　　　　　（同下）

第　六　場

　　　　　（二旗牌、關羽上）

關　　羽　（唱）【吹腔】

　　　　　譙樓上打罷了初更鼓響，

　　　　　衆將官解連環各歸營房。
　　　　　長隨官掌紅燈後營帳上，
　　　呀！
　　　　　又聽得兵架上青龍偃月響叮噹。
　　　（關羽入帳，二旗牌下。猪形上，驚醒關羽介）

關　羽　（唱）【撲燈蛾】
　　　　　見一怪物撲帳中，撲帳中，
　　　　　張牙舞爪來逞兇。
　　　　　青鋒利刃將爾斬，
　　　　　霎時教爾一命終！
　　　（關羽斬猪形介，猪形下）（四文堂、四大鎧、四上手、關興、趙累、廖化、馬良、伊籍、周倉、關平上。）

衆　將　君侯醒來！
關　平
周　倉　父王醒來！
關　羽　奇怪呀，奇怪！
衆　將　何出此言？
關　羽　適纔睡夢之間，見一黑猪，其大如牛，咬某左足，忽然驚醒，此時只覺隱隱作痛，不知主何吉凶？
關　平　此乃大吉之兆。
關　羽　怎見得？
關　平　猪乃龍相，父王有昇騰之兆。
廖　化　此乃不祥之兆。
關　羽　何出此言？
廖　化　猪乃亥，亥乃水也。想襄陽、樊城，雄據在北，君侯夜夢此兆不祥，此番出戰，恐有損傷手足之意。君侯今後須當謹慎。
關　羽　誒呀！關某年近六旬，生而何歡，死而何懼，區區一夢，何足道耳！操演戰船，提防對敵。
　　　（關羽下。周倉、關平、馬良、伊籍、關興、趙累、四上手、四大鎧、四文堂隨下）
廖　化　且住，近日以來，君侯性情倔强，不納忠言，用人不當，我觀荊州難免後顧之憂也！

(唱)說什麼豬有飛騰相，
　　　夜夢此兆非吉祥。
　　　他任性用人自不當，
咳！
　　　還須要晝夜裏緊緊提防。(下)

第　七　場

(四龍套、法正上)

法　正　下官，法正。奉漢中王之命，去往荊州讀旨。軍士們！趕行者！

四龍套　啊！

(【牌子】。同下)

第　八　場

(四文堂、四大鎧、四上手、八馬童、大馬童、關羽上)

關　羽　(唱)某家興兵誰敢擋，
　　　　　威風凛凛鎮荊襄。
　　　　　但願烟塵齊掃蕩，
　　　　　重整漢室錦家邦。

(關興、趙累、廖化、伊籍、馬良、周倉、關平上)

衆　將　聖旨下！

關　羽　香案接旨！

衆　將　香案接旨！

(四龍套、法正上)

法　正　聖旨下，跪。

衆　　　萬歲！

法　正　漢中王有旨：命二將軍攻打襄陽、樊城。旨意讀罷，望詔謝恩。

衆　　　萬萬歲！

法　正　請過聖命。

關　羽　香案供奉。有勞太傅捧旨前來，一路之上，多受風霜之苦。後堂留宴。

法　正	朝命在身,不敢久停。告辭了。	

（四龍套、法正下）

關　羽　關平聽令!
關　平　在。
關　羽　攻打頭陣。
關　平　得令! 帶馬。

（四上手、關平下）

關　羽　衆將官,隨某出戰者!

（同下）

第　九　場

（張遼、許褚上,雙起霸）

張　遼
許　褚　（念）中原紛紛累戰爭,

（文聘、夏侯惇上,雙起霸）

文　聘
夏侯惇　（念）烟塵四起馬不停。

（曹洪、于禁上,雙起霸）

曹　洪
于　禁　（念）拼命厮殺扶社稷,

（李典、樂進上,雙起霸）

李　典
樂　進　（念）封妻蔭子報王恩。

張　遼　　　　張遼。
許　褚　　　　許褚。
文　聘　　　　文聘。
夏侯惇　俺,　夏侯惇。
曹　洪　　　　曹洪。
于　禁　　　　于禁。
李　典　　　　李典。
樂　進　　　　樂進。

張　遼　衆位將軍請了!
衆　將　請了!

張　遼　元帥陞帳，兩廂伺候！
衆　將　請！
　　　　（四龍套、四下手、曹仁同上。【點絳唇】）
衆　將　參見元帥！
曹　仁　站立兩廂。
衆　將　啊！
曹　仁　（念）（詩）大將生來蓋世無，
　　　　　　　　　南征北討展雄圖。
　　　　　　　　　統領中原人和馬，
　　　　　　　　　殺却劉備滅東吳。
　　　　本帥，曹仁。奉了魏王旨意，鎮守襄陽、樊城，聞得關羽興兵前來，也曾命人打探，未見回報。
報　子　（内）報！（上）關平討戰！
曹　仁　再探！
報　子　得令！（下）
曹　仁　衆將官，殺！
衆　將　啊。
　　　　（衆人同出城，同下）

第　十　場

（四上手、關平上，四龍套、四下手、張遼、許褚、文聘、夏侯惇、曹洪、于禁、李典、樂進、曹仁上。會陣，開打介。關平敗下，曹仁率衆追下）

第　十　一　場

（四文堂、四大鎧、四上手、王甫、趙累、周倉、關平、大馬童上，站門，關羽上，過場同下）

第　十　二　場

（四龍套、四下手、二曹將、曹仁同上，四上手、關平上，會陣，開打。

關平敗介,關羽挑上,關平下。關羽殺死二曹將,曹仁敗下,關羽追下)

第 十 三 場

(四龍套、四下手、張遼、許褚、文聘、夏侯惇、曹洪、于禁、李典、樂進、曹仁上)

曹　仁　兵撤樊城。
眾　將　啊!

(曹仁原人出城下。四文堂、四大鎧、四上手、王甫、趙累、周倉、關平、大馬童、關羽上)

眾　將　襄陽已得。
關　羽　挂榜安民。王甫聽令!
王　甫　在。
關　羽　沿江一帶,或三十里,或二十里,選擇高崗之處,建造烽火臺。若有吳兵偷渡,日則舉烟,夜則舉火,某當親自擊之!
王　甫　得令,帶馬。(下)
關　羽　趙累聽令!
趙　累　在。
關　羽　鎮守麥城!
趙　累　得令,帶馬。(下)
關　羽　關平聽令!
關　平　在。
關　羽　坐鎮襄陽!
關　平　得令。
關　羽　眾將官!攻打樊城去者!
　眾　　啊!
(眾出城介,下)
關　平　送父王。
關　羽　小心防守。
(分下)

第 十 四 場

（四龍套、呂常上）

呂　常　（念）奉了魏王命，鎮守在樊城。

（四龍套、四下手、張遼、許褚、文聘、夏侯惇、曹洪、于禁、李典、樂進、曹仁上）

曹　仁　殺敗了！

呂　常　元帥為何這等模樣？

曹　仁　襄陽失守，關羽老兒十分厲害，如何是好？

呂　常　將軍不必驚慌，某有一計在此。

曹　仁　有何妙計？

呂　常　待某出城與關羽交戰，將軍在城樓之上暗放冷箭，哪怕關羽不滅！

曹　仁　此計甚好！且聽探馬一報。

報　子　（內）報！（上）關羽討戰！

曹　仁　再探！
呂　常

報　子　得令。（下）

曹　仁　殺！
呂　常

（曹仁原人下。四龍套、呂常同轉場。四文堂、四大鎧、四上手、周倉、關羽上，會陣）

關　羽　來將通名。

呂　常　大將呂常。

關　羽　看刀！

（關羽殺死呂常。曹仁暗上，登城介）

關　羽　曹仁哪，曹仁！閉關不戰，真乃匹夫之輩！哈哈！哈哈！啊哈哈哈……

曹　仁　看箭！

關　羽　哎呀！

（眾救關羽下）

曹　仁　眾將官，小心防守！

眾　　（內）啊！
　　　（曹仁下）

第 十 五 場

（馬良上）

馬　良　（念）君侯去出征，未見轉回程。
　　　（八馬童、伊籍、廖化、周倉、關羽上）
眾　將　君侯醒來！
關　羽　唔！
　　　（唱）【吹腔】
　　　　　這一陣殺得我精神衰，
　　　看刀！唔唔唔……
　　　　　大膽的曹仁賊敢放雕翎。
馬　良　君侯，此番出戰，中了何人雕翎？
關　羽　適纔兩軍陣前刀劈呂常，不料曹仁暗放冷箭，傷某膀臂。曹仁哪，
　　　曹仁！我不殺你，非為丈夫也！
　　　（唱）【吹腔】
　　　　　是好漢爾就該衝鋒對壘，
　　　　　冷箭傷人爾非為英雄。
　　　免戰高懸！
眾　將　免戰高懸！
　　　（同下）

第 十 六 場

（四上手、王甫上）

王　甫　俺，王甫。奉了君侯將令，去往沿江一帶建造烽火臺。軍士們，沿
　　　江去者！
四上手　啊！
　　　（同下）

第 十 七 場

（華佗上）

華　佗　（唱）【新水令】
　　　　　清水池邊紅日懸，
　　　　　柳成行松柏翠樣。
　　　　　濟世行善念，
　　　　　普濟遇仙緣。
　　　（念）天上星辰日月，
　　　　　人間山水物華。
　　　　　觀來風景難描畫，
　　　　　還是天地爲大。

（童兒暗上）

貧道，姓華名佗字元化。乃沛國譙郡人也，自幼入山修煉，蒙異人傳授岐黃異術，醫治爲本，並非貪利，不過濟世活人。前者，在東吳曾醫周泰箭傷；近聞關羽攻打襄陽，身中箭傷，正在張挂招醫榜，不免前去醫治便了。童兒！

小　童　有。
華　佗　背了藥箱，往蜀營去者！
　　　（唱）【新水令】
　　　　　只爲雲長，
　　　　　醫箭傷親自前往。
　　　（同下）

第 十 八 場

（周倉上）

周　倉　（念）懸挂招醫榜，周倉晝夜忙。
華　佗　（内）帶路！
　　　（華佗、小童上）
華　佗　（唱）【江兒水】

　　　　　急行風飄蕩，
　　　　　速速走慌忙，
　　　　　携帶藥箱奔荊襄；
　　　　　五虎上將人欽仰，
　　　　　特來醫治到他行。
　　　　門上哪位聽事？
周　倉　呔！做甚麼的？
華　佗　煩勞通稟：就說醫者華佗求見。
周　倉　下站！有請父王。
　　　　（關羽、馬良上）
關　羽　（念）尤恐軍心亂，忍痛下圍棋。
　　　　何事？
周　倉　華佗求見。
關　羽　馬將軍，華佗何人也？
馬　良　當年在東吳曾醫周泰箭傷，乃世外高人，醫家聖手，君侯賞他一見。
關　羽　有請！
周　倉　在請！
華　佗　是。君侯在上，貧道稽首！
關　羽　先生少禮，請坐！
華　佗　且慢，君侯在此，哪有貧道的座位。
關　羽　有話叙談，焉有不坐之理？請坐！
華　佗　謝坐。
關　羽　先生乃世外高人，貴駕光臨，有何見教？
華　佗　近聞君侯身帶箭傷，特來醫治，藉以瞻仰將軍的虎威。
關　羽　先生請看！
華　佗　待貧道一觀。唔呼呀！此乃弩箭之傷，箭頭有毒，直透入骨，若不早醫，此臂就成廢物了！
關　羽　先生可有治法？
華　佗　就在廳前立一標杆，上釘銅鐶。君侯將膀臂穿在鐶內，用繩索捆住；再選精壯大漢數名，扶定君侯，方可醫治。
關　羽　先生醫治箭傷，要標杆、銅鐶、大漢何用？
華　佗　不是啊，貧道要破開皮兒，割去爛肉，直至於骨，刮去骨上箭毒。如此治法，恐君侯懼痛耳！

關　羽　哈哈哈……某久戰沙場，百萬軍中，尚且不懼，何在一箭傷耳！我與馬將軍飲酒、圍棋，請先生醫治。周將，設下棋盤，與先生更衣。

周　倉　是。

關　羽　將軍請！

（唱）設下棋盤兩交戰，

　　　　不用刀槍我和你厮殺一場。

（華佗刮骨醫治介）

關　羽　請！乾！

周　倉　先生，慢着些！哎呀呀呀……

（華佗治完介）

華　佗　君侯，請試此膀。

關　羽　（試臂介）先生請坐！馬良聽令！

馬　良　在。

關　羽　鎮守荊州去吧！

馬　良　得令！（下）

關　羽　先生醫治箭傷，真乃神人也。

華　佗　某行醫以來，未嘗見過君侯如此虎威，真天神也！

關　羽　來，看黃金千兩，奉送先生。

華　佗　且慢！華佗素不愛財，要黃金做甚？

關　羽　待關某奏知大哥，與先生授爵。

華　佗　某乃世外之人，久已無意功名，要官職何用？

關　羽　先生醫治箭傷，某何以答報？

華　佗　某只爲醫治箭傷、瞻仰君侯虎威，非爲圖報。

關　羽　不知先生幾時啓程？

華　佗　明日啓程。

關　羽　周將，準備船隻，明日送先生過江。

周　倉　遵命！

關　羽　後帳擺宴，與先生痛飲。

華　佗　多謝君侯！

關　羽　先生請！

華　佗　請！

(同下)

第十九場

(四下手、八火牌、呂蒙同上)

呂　蒙　軍士們，催軍！

四下手
八火牌　啊！

呂　蒙　某，東吳大將軍呂蒙。吳侯調某回朝議事，不知有何軍情？軍士們，催軍哪！

四下手
八火牌　啊！

(【牌子】。同下)

第二十場

(四太監、孫權同上)

孫　權　(唱)赤壁鏖兵到如今，
　　　　　　劉備強佔荊州城。
　　　　　　關羽出言實可恨，
　　　　　　不滅桃園心不平。

(張昭上)

張　昭　呂蒙將軍回朝。

孫　權　宣他上殿！

張　昭　呂蒙將軍上殿！

呂　蒙　(內)領旨。(上)臣，呂蒙見駕，吳侯千歲！

孫　權　平身。賜坐！

呂　蒙　謝座！調臣回朝，有何旨意？

孫　權　劉備借去荊州，久不歸還，欺孤太甚，調將軍回朝，議論進兵之策。

呂　蒙　主公請放寬心，臣統領人馬奪取荊州，大功必成。

孫　權　就命卿家掛帥，奪取荊州，不得有誤！

呂　蒙　領旨！

孫　權　退班！
　　　　（同下）

第二十一場

　　　　（四老軍上）
老軍甲　衆位請啦！
三老軍　請啦！
老軍甲　你我奉命建造烽火臺好,且喜烽火臺造齊,不免請出王將軍。
四老軍　有請王將軍。
　　　　（四上手、王甫同上）
王　甫　何事？
四老軍　烽火臺造齊,請將軍查看。
王　甫　待我看來。（遥望介）好,你等小心把守,待某報與君侯知道。帶馬！
四老軍　送將軍！
王　甫　免！
　　　　（衆人自兩邊分下）

第二十二場

　　　　（四下手、八火牌引吕蒙同上）
吕　蒙　（唱）奉命奪取荆州郡,
　　　　　　　統領兒郎虎一群。
　　　　　　　但願狼烟齊掃盡,
　　　　　　　東吳一統錦乾坤。
報　子　（内）報！（上）蜀營沿江一帶,建造烽火臺,特來報知。
吕　蒙　再探！
報　子　得令！（下）
吕　蒙　衆軍退下。
四下手
八火牌　啊！

呂　蒙　且住！實指望奪取荊州，一戰成功。誰想關羽沿江造下烽火臺，早有預防，某不能進兵，如何是好？有了，不免假裝有恙，主公必定將俺調回，另遣別將前來。眾將走上！

（四下手、八火牌上）

呂　蒙　帶馬伺候！

下手甲　啊！

呂　蒙　（唱）適纔間探馬報一信，

　　　　　　　呂蒙豈是膽小人。

　　　　　　　軍士與爺把馬順，（上馬介）

　　　　　哎呀！

　　　　　　　霎時一陣腹內疼。

　　　　　　　心血上涌難禁挣，

　　　　　　　別選黃道再興兵。

（同下）

第二十三場

（四太監、孫權上）

孫　權　（唱）子明領兵去出征，

　　　　　　　不知勝負與誰能？

（張昭上）

張　昭　呂蒙將軍身得重病。

孫　權　啊！呂蒙正要出征，身染重病？來，宣陸遜上殿。

張　昭　陸遜上殿。

陸　遜　（內）領旨！（上）

　　　　（念）磨穿鐵硯習經綸，文修武備韜略深。

　　　　臣，陸遜見駕，主公千歲。

孫　權　平身。

陸　遜　千千歲！宣臣上殿，有何旨意？

孫　權　只因呂蒙在陸口得病，卿家有何妙計？

陸　遜　呂蒙之病，恐其別有計謀。

孫　權　好，就命卿家去往陸口，看看呂子明虛實動靜，速速回奏。

陸　遜　領旨！正是：

　　　　（念）要知心腹事，陸口見機行。

　　　　（分下）

第二十四場

　　　　（四下手、八火牌、呂蒙上）

呂　蒙　（唱）不該金殿誇口論，

　　　　　　　統兵來取荊州城。

　　　　　　　不想一旦成畫餅，

　　　　　　　無有良謀來進兵。

報　子　（內）報！（上）

　　　　陸遜到。

呂　蒙　有請！

報　子　有請！（下）

　　　　（四龍套、陸遜上）

呂　蒙　伯言來了，請坐！

陸　遜　子明兄，病體如何？

呂　蒙　病體越發沉重了。

陸　遜　子明之病，莫非爲了荊——

呂　蒙　禁聲。兩廂退下！

四下手
八火牌　啊！（下）

呂　蒙　荊甚麼？

陸　遜　爲了荊州之事，不能進兵，假裝有恙，是與不是？

呂　蒙　伯言既知，何不想一良謀，助我成功。

陸　遜　這有何難。待我回朝奏與主公，添一能將前來，幫同將軍設計進兵，哪怕荊州不唾手而得！

呂　蒙　伯言請上，受我一拜。（拜介）

　　　　（四下手、八火牌上）

陸　遜　這就不敢。告辭了！

　　　　（唱）【西皮散板】

　　　　　子明請把心放定，
　　　　　此事助你把功成。
　　　（陸遜、四龍套同下）
呂　蒙　（唱）【西皮散板】
　　　　　陸遜年少有本領，
　　　　　韜略精通非虛名。
　　　（同下）

第二十五場

　　　（四太監、孫權上）
孫　權　（唱）陸伯言到軍前觀看動靜，
　　　　　却爲何此一去未見回程？
　　　（陸遜上）
陸　遜　（唱）暗地裏笑子明無有學問，
　　　　　急忙忙上銀安啓奏主君。
　　　參見主公！
孫　權　子明病勢如何？
陸　遜　子明因荊州不能進兵，假裝有恙。
孫　權　軍務緊急，卿家何計敎我？
陸　遜　主公可命一能人前往陸口，調回子明，另行設計，大功必成。
孫　權　就命卿家挂帥，去至陸口，調回子明，下殿去吧！
陸　遜　領旨！
孫　權　退班！（下）
　　　（四太監隨下）（四龍套上）
陸　遜　帶馬去至大營。
　　　（衆一翻、兩翻介）
陸　遜　且住！俺不免明求關羽退兵，暗中取事，有何不可？來，文房四寶伺候！（寫信介）傳旗牌！
　　　（旗牌上）
旗　牌　有何吩咐？
陸　遜　下到關羽營中，不得有誤。（遞信介）

旗　牌　是。(下)
陸　遜　衆將官,起兵陸口!
衆　　　啊。
　　　　(同下)

第二十六場

　　　　(八馬童、關羽上)
關　羽　(唱)一支兵紮天邊外,
　　　　　　　漢室江山扭轉來。
　　　　(王甫上)
王　甫　啓君侯:烽火臺造齊。
關　羽　烽火臺造齊,將軍之功也。
周　倉　(內)隨我來!
　　　　(周倉引旗牌上)
周　倉　在此伺候。啓父王:下書人求見。
關　羽　傳!
周　倉　下書人,君侯傳你,小心了。
旗　牌　是。(進門介)參見君侯!
關　羽　你奉何人所差?
旗　牌　奉我家陸元帥所差,書信呈上。
關　羽　外廂伺候。陸遜有書信到來,待某拆書一觀。
　　　　(【牌子】。關羽看信介)
關　羽　傳下書人。
周　倉　下書人!
旗　牌　伺候君侯。
關　羽　拜上你家元帥,說關某照書行事。
旗　牌　遵命!(下)
關　羽　仲謀何以見短,黃口孺子焉能成其大事。周將傳令,撤退荊州之兵!
周　倉　得令。
　　　　(分下)

第二十七場

（四老軍上）

老軍甲　列位請了！

三老軍　請了！

老軍甲　奉了王將軍之命，看守烽火臺，大家小心了！

三老軍　小心了！

（八火牌同上）

老軍甲　做甚麼的？

八火牌　我們看看烽火臺。

老軍甲　我們不許看。

八火牌　多把銀錢，讓我們進去觀看。

老軍甲　不許觀看。

八火牌　多把銀錢。

老軍甲　哦，多把銀錢？

（八火牌殺四老軍。呂蒙上）

八火牌　烽火臺已得。

呂　蒙　攻打荊州。

衆　　　啊！

（同下）

第二十八場

（馬良上）

馬　良　俺，馬良。奉了君侯之命，鎮守荊州，每日親自防守，就此前往。

（四下手、八火牌、呂蒙上）

呂　蒙　呔，開城！

馬　良　何人叫城？

呂　蒙　奉了君侯將令，前來荊州，以防吳兵偷渡。

馬　良　啊，援兵到了，開城！

呂　蒙　看刀！

馬　良	哎呀！（敗下）
呂　蒙	一擁而進！
四下手 八火牌	荆州已得。
呂　蒙	挂榜安民。軍士們，不可騷擾百姓，一半人馬鎮守荆州；一半人馬奪取公安、南郡。
	（糜芳、傅士仁上，迎呂蒙。衆進城介）
糜　芳 傅士仁	呂將軍，我二人投降東吳，願將公安、南郡獻上。
呂　蒙	將軍投降，大功一件。衆將官，準備酒宴，與二位將軍慶功。
糜　芳 傅士仁	多謝將軍！
呂　蒙	請！
	（同下）

第二十九場

（四藍龍套、四白龍套、四大鎧、徐晃上）

徐　晃	某，徐晃。奉了魏王之命，攻打襄陽。衆將官！襄陽去者！
四藍龍套 四白龍套 四大鎧	啊！
	（衆圓場）
徐　晃	呔，城上兒郎聽者！哪個有膽量，出城與某對敵？
關　平	（内）衆將官，開城！
	（四上手、關平上。會陣）
關　平	原來是徐叔父，恕小侄有甲胄在身，不能全禮，請了！
徐　晃	罷了！
關　平	徐叔父統領人馬，今欲何往？
徐　晃	奉了魏王之命，攻取襄陽。
關　平	徐叔父！你與我父交好甚厚，何出此言？
徐　晃	各為其主。
關　平	看槍。

（起打介。關平敗下。徐晃要下場追下）

第 三 十 場

（八馬童、伊籍、王甫、廖化、周倉、大馬童、關羽同上，關平下場門上）

關　平　啓稟父王：孩兒將襄陽失守了！
關　羽　咦！無用之輩，斬了！
廖　化　且慢！用兵之際，君侯開恩。
關　羽　隨在馬後。
關　平　謝父王！
關　羽　衆將官！復奪襄陽！
伊　籍
王　甫　啊！
廖　化
周　倉

（衆人同下）

第 三 十 一 場

徐　晃　（內唱）【西皮導板】
　　　　　　　殺氣連天威風顯，
　　　　（四藍龍套、四白龍套、四大鎧、徐晃上）
徐　晃　（唱）【西皮搖板】
　　　　　　　蜀軍紛紛敗馬前。
　　　　　　　鞭梢一指催前站，
　　　　　　　關平小兒聽我言！
　　　　呔！關平小兒，不必驚慌，爲叔的不趕爾了！
關　羽　（內）呔！徐公明休得猖狂，關雲長來也！
　　　　（八馬童、伊籍、王甫、廖化、周倉、大馬童、關羽上，會陣介）
徐　晃　我當是何人，原來是二將軍。
關　羽　嗯！
徐　晃　二將軍！恕某有甲冑在身，馬上不能全禮，請了！

關　羽　請了！

徐　晃　二將軍，當年在曹營，多蒙指教刀法，某這廂謝過。

關　羽　豈敢！

徐　晃　二將軍！數載未見，你的鬍鬚也蒼白了！

關　羽　公明，你也蒼白了！

徐　晃　彼此。

關　羽　一樣。

徐　晃　老了！

關　羽　老了！

徐　晃
關　羽　啊，哈哈哈……

關　羽　徐公明，苦苦追殺吾兒關平，是何理也？

徐　晃　這個！衆將官，有人擒住關羽，千金重賞。

關　羽　公明，這算何意？

徐　晃　各爲其主。

關　羽　看刀！

　　　　（開打介。徐晃敗下，四藍龍套、四白龍套、四大鎧上，打介。徐晃上，打，關羽敗介。關平上，攙關羽下，徐晃追下）

第三十二場

　　　　（八馬童、伊籍、廖化、周倉、關平、大馬童、關羽上）

報　子　（內）報！（上）糜芳、傅士仁將公安、南郡獻與東吳！

關　羽　再探！

報　子　得令！（下）

廖　化　如何？

關　羽　不聽將軍之言，悔之晚矣！

　　　　（王甫上）

王　甫　烽火臺失守！

關　羽　烽火臺失守，荆州難保！

　　　　（馬良上）

馬　良　荆州失守！

關　羽	哎呀且住！荊州失守，某有何面目去見漢中王？待某自刎了吧！
關　平	且慢，前面已是麥城，兵撤麥城，再作道理。
關　羽	馬良、伊籍聽令！
馬　良 伊　籍	在！
關　羽	連夜馳奔川中[1]，奏知漢中王，說某兵撤麥城去了！
馬　良 伊　籍	得令！（下）
關　羽	衆將官！兵撤麥城！
衆	啊！

（衆圓場。趙累上，接關羽原人進城介）

報　子	（內）報！（上）吳兵、魏將圍城要戰。
關　羽	再探！
報　子	得令！（下）
關　羽	哎呀且住！兵撤麥城，吳兵、魏將前來討戰，我的膀臂疼痛，不能出戰，真真的急、急、急——
關　平	父王與呂蒙交好甚厚，何不修書，求他罷兵？
關　羽	為父膀臂疼痛，難以提筆。
關　平	孩兒代筆。
關　羽	我兒代筆。（下）
關　平	關羽呵——

（【牌子】。關平修書介。旗牌暗上）

關　平	旗牌過來！
旗　牌	在。
關　平	下到呂蒙營中，不得有誤。
旗　牌	得令！（下）
關　平	小心防守！
衆	啊！

（同下）

校記

[1] 連夜馳奔川中："馳"，原作"够"，據文意改。

第三十三場

（四下手、四火牌、呂蒙上）

呂　　蒙　（唱）且喜得了荊州郡，
　　　　　　　　眼望西川在掌心。

（旗牌上）

旗　　牌　來此已是。門上哪位在？
火牌甲　做甚麼的？
旗　　牌　下書人求見。
火牌甲　候着。啓稟都督：下書人求見。
呂　　蒙　傳！
火牌甲　下書人，裏面傳你，小心了！
旗　　牌　是。參見都督！
呂　　蒙　你奉何人所差？
旗　　牌　奉我家君侯所差，有書信呈上。
呂　　蒙　呈上來。關羽有書信到來，待某拆開一觀。
　　　　　（【牌子】。呂蒙看書介）
呂　　蒙　下書人，回去對你家主帥去講，就說兩國交鋒，各爲其主。去吧！
旗　　牌　是。
呂　　蒙　轉來！備得有酒，與你同飲。
旗　　牌　到此就要叨擾。
呂　　蒙　酒宴擺下。
旗　　牌　擺下就是，都督請！
呂　　蒙　請！
　　　　　（【牌子】。呂蒙、旗牌同飲酒。旗牌醉介）
呂　　蒙　再飲幾杯。
旗　　牌　酒已够了。我要回去了。
呂　　蒙　出帳去吧！
　　　　　（呂蒙下。衆百姓上）
衆百姓　啊，旗牌官！你可是蜀營來的？
旗　　牌　正是。

衆百姓	我們這裏有書信，煩你帶去。
旗　牌	你們全都與我就是了。
衆百姓	有勞了！

（分下）

第三十四場

（八馬童、王甫、廖化、周倉、關平、關羽上）

關　羽	（念）吳魏兩夾攻，英雄困麥城。

（旗牌上）

旗　牌	參見君侯！
關　羽	回來了？
旗　牌	回來了。
關　羽	下書一事如何？
旗　牌	呂蒙言道：兩國交鋒，各爲其主。
關　羽	啊？爲何這等模樣？
旗　牌	呂蒙營中大擺筵宴，故而吃得這般大醉。
關　羽	大膽！呂蒙啊，呂蒙！某生不能殺爾之頭，死後也要捉爾的靈魂，方消我恨，真真氣、氣、氣——

（周倉扶關羽下，王甫、廖化隨下）

八馬童	啊，旗牌官，可有我們的家信哪？
旗　牌	你們不要嚷嚷，待我與你們拿。這是你爹爹帶來的，這是你母親給你的，這是你兄弟帶來的。
八馬童	有勞了。
旗　牌	依我相勸，倒不如各回荆州去吧。
關　平	吶！大膽旗牌，竟敢惑亂軍心，休走，看劍！

（關平殺死旗牌）

八馬童	吶！關平殺死旗牌是何道理？
關　平	危急之時，惑亂軍心，理應斬首。
八馬童	關平！敢是欺壓我等不成？
關　平	住了！你們可知軍法無私？
八馬童	說甚麼軍法無私，我們要散去了。

關　　平　　使不得。
八馬童　　散去了。
關　　平　　使不得！哎呀！
　　　　　（唱）三軍休要紛紛論，
　　　　　　　　關平有言聽分明。
　　　　哎呀，軍士們哪！想你們均是我父王部下的親卒，久戰疆場，建立功業。如今我軍困在麥城，爾等聽信旗牌之言，各自灰心散去，豈不將往日功勞，一旦付與流水？大家抖擻精神，殺退孫、曹之兵，尚不失封妻蔭子。望列位再思呀，再想！
八馬童　　不要聽他的！
關　　平　　哎呀，軍士們哪！
　　　　　（唱）食君禄報王恩理所當應，
　　　　　　　　封妻子蔭兒孫汗馬功勳。
　　　　　　　　無奈何我只得雙膝跪定，
八馬童　　我們不懂。哦！他跪下了。
關　　平　（唱）尊一聲衆軍士貴耳細聽：
　　　　　　　　雖然是戰沙場努力效命，
　　　　　　　　帥愛將將愛兵骨肉相親。
　　　　　　　　望爾等齊奮勇莫生疑問，
　　　　　　衆三軍、哥弟們哪！
八馬童　　你哭死，我們也是不幹了！
關　　平　　哎呀！
　　　　　（唱）千言萬語枉費唇。
　　　　　　　　回頭便把父王請，
　　　　　（關羽、周倉、廖化、王甫、趙累上）
關　　平　　父王啊！
關　　羽　（唱）我兒爲何兩淚淋？
關　　平　　哎呀，父王啊！三軍們聽信旗牌之言，大家灰心，俱要散去了啊！
　　　　　（哭介）
關　　羽　　哎呀且住！軍心已亂，待我自勿了吧！
八馬童　　君侯不必如此，我等情願協力相助。
廖　　化　　君侯！此地離上庸不遠，待末將殺出重圍，搬兵求救。

關　羽	哎呀將軍哪！前有吳兵，後有魏將，只怕你難出重圍。
廖　化	君侯！末將受漢中王與君侯的厚恩，慢說是性命難保，就是粉身碎骨，理所當然。
關　羽	將軍有此忠心？
廖　化	當報君恩！
關　羽	你的性命？
廖　化	萬死不辭！
關　羽	請上受我一拜！關平護送出城！
關　平	得令！

（關平、廖化同下）

關　羽	王甫聽令！
王　甫	在。
關　羽	巡視三軍，若有交頭接耳者，提頭來見！
王　甫	得令！

（同下）

第三十五場

（四白龍套、徐晃同上，四上手、關平上，架住。會陣介。廖化上，出城。徐晃、關平起打，關平敗，進城。徐晃耍下場下）

第三十六場

（四紅龍套、劉封、孟達上）

劉　封 孟　達	（唱）奉命鎮守上庸郡， 　　　提防孫曹動刀兵。
報　子	（內）報！（上）廖化將軍前來搬兵。
劉　封	快快有請。
報　子	有請！（下）

（廖化上，下馬，進門，暈介）

劉　封 孟　達	廖將軍醒來！廖將軍醒來！

（廖化醒介）

劉　封　　廖將到此何事？
孟　達

廖　化　此時不及閑言，二將軍失守荊州，特地前來搬兵求救。

孟　達　廖將軍請至後面，容我君臣商議。

廖　化　請！（下）

劉　封　孟將軍，我叔父兵困麥城，你我發兵纔是。

孟　達　你我發兵，失守汛地哪個擔待？

劉　封　若不發兵，我二叔困死麥城，豈不失了我叔侄之情？

孟　達　小千歲，你難道忘懷了？當初主公收你之時，那關羽心中不悅，如今主公進位漢中王，關羽言道，你封不得世子。難道你就忘懷了？

劉　封　依將軍之見？

孟　達　叫他進帳，我自有言語答覆於他。

劉　封　叫他進帳。

孟　達　廖化進帳！（上）

廖　化　小千歲，幾時發兵？

劉　封　上庸還要防備敵軍，你別處借兵去吧。

廖　化　哎呀小千歲呀！想二君侯兵敗麥城，內無糧草，外無救兵，眼睜睜全軍盡沒，小千歲還是速速發兵纔是。

孟　達　廖將軍，倘若失守汛地，哪個擔待？

廖　化　孟將軍，二君侯困守麥城，有如烈火望水一般，將軍發兵纔是呀！

孟　達　廖將軍，我這一杯之水，怎能救得那車薪之火？

廖　化　孟將軍，想麥城乃孤城一座，吳、魏人馬猶如潮水一般，四門攻打，兵糧全無，你若不發動人馬，二君侯他、他、他……的性命難保！

　　　　（唱）二君侯困守在麥城，

孟　達　那是他不會用兵！

廖　化　（唱）內無糧草外無兵。

孟　達　無糧草怨着誰來？

廖　化　（唱）無奈何我只得雙膝跪定，

劉　封　你我發兵吧！

孟　達　嘿！

廖　化　（唱）尊一聲小千歲細聽分明：

那漢中王與君侯有手足情分，
難道説你……不念叔侄之情？
小千歲、孟參謀慈悲憐憫，
小千歲，孟將軍哪！

孟　達　衆將官，掩門！
（四紅龍套、孟達、劉封下）

廖　化　（唱）他揚揚不睬藐視人。
我本當拔劍尋自盡，
又恐誤了大事情。
只得搬兵成都奔，
哎呀！
山遥路遠去不成。
也罷！
舍死忘生跨金鐙，
不分晝夜搬救兵。
（趟馬下）

第三十七場

（諸葛瑾上）

諸葛瑾　開城！
（四上手、關平同上，登城介）
關　平　放箭！
諸葛瑾　諸葛瑾在此。
關　平　到此何事？
諸葛瑾　來見君侯。
關　平　開城！
（衆開城介）
關　平　可有夾帶？
諸葛瑾　並無夾帶。
關　平　須要搜查。
諸葛瑾　請搜！

關　平　　隨我來。有請父王！
　　　　　（八馬童、趙累、王甫、周倉、關羽上）
關　羽　　何事？
關　平　　諸葛瑾求見。
關　羽　　喚他進來！
關　平　　我父王傳你，小心了！
諸葛瑾　　參見君侯！
關　羽　　你又來做甚？
諸葛瑾　　如今荆州已失，糜芳、傅士仁又將公安、南郡獻與東吳。想這麥城孤城一隅，內無糧草，外無救兵，旦夕必破。望君侯應允親事，投降東吳，永結盟好。君侯再思呀再想。
關　羽　　某乃解良一武夫，蒙漢中王不棄，以同胞手足相待，豈肯失義以降敵國？有道是：玉可碎不可改其堅，竹可焚不可毀其節；身雖殞，名可垂於竹帛也！城在人在，城破人亡。汝速去，某即出城，與東吳決一死戰！
諸葛瑾　　君侯此言差矣！想如今吳、魏將麥城圍困得水泄不通，君侯獨守孤城，不如從瑾之言，再圖破曹之計。望君侯思之。
關　羽　　要某歸降，除非日從西起！
諸葛瑾　　哪有日從西起？
關　羽　　哪有背主投降？
諸葛瑾　　君侯，識時務者方爲俊傑。
關　平　　呔！膽大諸葛瑾！在此絮絮叨叨，休走看劍！
關　羽　　且慢！他弟在蜀，佐汝伯父，不可傷他手足之情。出帳去吧。
諸葛瑾　　君侯，歸降了吧！
　　　　　（衆推諸葛瑾出介）
諸葛瑾　　嘿，完了！（下）
關　羽　　軍士退下。
　　　　　（八馬童、四上手下）
關　羽　　關平、周倉、王甫、趙累！隨我瞭陣者！
關　平
周　倉
王　甫
趙　累　　啊！

關　羽　（唱）離却九錦八寶連環帳，
　　　　（衆上城介。吴、魏兵將上，過場，下）
關　羽　（唱）又只見吴魏人馬鬧嚷嚷。
　　　　　　　觀罷了陣勢回營往，（【掃頭】）
　　　　（衆下城介）
關　羽　適纔敵樓觀看那賊兵勢，東、西、南三面，人馬猶如潮水一般。只有北門一條小路，並無人馬。今晚從北門偷出，去往漢中，搬兵求救。
王　甫　君侯，想這麥城，前有吴兵，後有魏將，君侯千萬不可冒險出城啊啊啊！
　　　　（哭，跪介）
關　羽　縱有吴兵、魏將，某何懼哉！我意已定，不必多言。起來！
趙　累　君侯，想這麥城四外，山路崎嶇，小道定有伏兵，君侯千萬不可冒險出城啊！
　　　　（趙累哭，跪）
關　羽　某出征以來，從未走過小路。那賊人馬必在大路埋伏，小路定無人烟。不必多言。起來！
關　平　哎呀父王啊！廖化已到上庸搬兵，耐等救兵到來，那時我等一同殺出城去，再到漢中搬兵不遲。今晚千萬不可冒險出城啊！
　　　　（哭，跪介）
關　羽　我兒所言雖是。想這麥城，内無糧草，外無救兵，倘若敵兵殺進城來，束手被擒，豈不使我一世英名付與流水！父意已定。兒呀，起來！
周　倉　哎呀父王啊！想這麥城，前有吴兵，後有魏將，千萬不可冒險——
王甫
趙累
關平
周倉　　出城啊！
　　　　（哭介）
關　羽　起來，起來！起來！汝等所見雖是。想這麥城孤城一隅，前有吴兵，後有魏將，將我困在垓心；廖化上庸搬兵，不見到來，難道叫我等死不成？吾意已决，哪個多言，定斬汝頭。王甫、周倉，緊守城池。

王甫 周倉	得令！
關　羽	關平、趙累！今晚隨我從北門殺出，去往漢中搬兵求救！
關平 趙累	得令！

（關羽離座欲行介）

王甫 趙累 關平 周倉	君侯去不得！
關　平	父王！外面落雪，去不得！

（關羽撫髯，頓足介）

關　羽　定走麥城！

（同下）

第三十八場

（四太監、呂蒙、孫權上）

孫　權　（唱）幸喜得回荊州郡，
　　　　　　　關羽被困在麥城。
　　　　　　　蒼天助我功成定，
　　　　　　　先滅西蜀後破曹兵。

（諸葛瑾上）

諸葛瑾　參見主公！

孫　權　罷了！那關羽如何言講？

諸葛瑾　那關羽言道：若要歸降，除非日從西起。

孫　權　呂將軍，那關羽不肯歸降，如何是好？

呂　蒙　某有一計在此。

孫　權　有何妙計？

呂　蒙　臣會同曹兵，將麥城東、西、南三門團團圍住，只留北門一條出路，挖下七十二座陷馬坑生擒關羽，哪怕他飛上天去！

孫　權　照計而行，不可傷他性命！

呂　蒙　領旨！

| 孫 權 | 退班！
| | （同下）

第三十九場

（四藍龍套、四白龍套、四大鎧、徐晃上，過場，下）

第四十場

（八馬童、趙累、關平同上，自上場門同下。關羽、王甫、周倉、大馬童同上）

| 周 倉 | 父王，去不得！
| 關 羽 | 兒呀，緊守城池，不可出戰。爲父搬兵回來，還在此處相見。
| 周 倉 | 父王，去不得！
| 關 羽 | 帶馬！
| | （大馬童帶馬，關羽上馬。大馬童、關羽同下）
| 周 倉 | 父王，去不得！
| 王 甫 | 周將軍，緊守城池。
| | （同下）

第四十一場

（徐晃、呂蒙、關羽三方原人上，開打介。下）

第四十二場

（關羽、關平同上）

| 關 平 | 父王慢走。啓父王：趙累死在萬馬軍中。
| 關 羽 | 啊？那趙累他、他、他死了嗎？
| 關 平 | 他、他、他、他死了！
| | （關羽、關平同哭介）
| 關 羽 | 兒呀！不要害怕。

關　平　不害怕。
關　羽　兒放大了膽,隨爲父殺出重圍!
　　　　（徐晃、呂蒙原人上,開打介。關羽、關平被擒介。王甫自刎,周倉墜城介。幕急落）

關公顯聖

夏月潤　夏月珊　夏月恒　撰

解　題

　　京劇。現代夏月潤等撰。《京劇劇目辭典》著錄,題《二本走麥城》,又名《關公顯聖》《活捉呂蒙》《玉泉山》,署夏月恒、夏月珊、夏月潤編劇。夏月潤(1878—1931)字雲礎,京劇演員,工武生。安徽懷寧人。京劇武生夏奎章之第四子,京劇演員譚鑫培女婿。夏月珊(1868—1924)原名夏昌樹,京劇演員,工文武老生和文丑,夏奎章第三子。夏月恒(1865—1934),京劇演員,工武丑,夏奎章次子。他們兄弟在梨園界很有威望,被梨園稱爲夏氏兄弟。他們首次把關羽走麥城的故事改編成京劇,搬上舞臺。夏月潤飾關羽。他們兄弟和潘月樵於 1908 年在上海修建中國近代第一個新式設備的劇場"新舞臺"。他們思想進步,參加同盟會,親自參加同盟會進攻南京高昌廟江南製造局的戰役,被譽爲梨園界革命黨。他們致力於京劇改革運動,創建上海伶界聯合會,夏月珊是第一任會長,夏月潤繼任多屆會長。本劇《京劇劇目初探》著錄,題《玉泉山》,一名《活捉呂蒙》,又名《關公顯聖》《二本走麥城》,未署作者。劇寫關羽父子被殺,孫權希圖嫁禍,將關羽首級獻與曹操。曹操見關羽頭,面貌如生,鬚髮皆動,自此曹操頭痛發作,欲請華佗醫治。曹操以楠木配成關羽屍身,用上好棺木與首級一同盛殮,並親自率文武衆將送喪行禮。關羽陰魂不散,在玉泉山顯聖,索取呂蒙人頭。普净長老善爲解説,關羽始悟而去。華歆請華佗爲曹操治病。華佗謂須開顱取腦髓。曹操疑其爲關羽報讎,乃將華佗下獄,拷打追同謀。曹操垂危,見衆多冤魂索命,知不久於人世,乃命做七十二疑冢,以防後人掘墓。張飛聞廖化來報關羽已死,並告以劉封、孟達不肯發兵相助,張飛大怒,急令廖化報知劉備。時關羽已給劉備托夢,告其父子遇害事。劉備悲憤,令孔明發兵。孔明謂今冬出兵不利,請候明春。張飛至成都,見劉備按兵不動,責其忘桃園情義。劉備以孔明之言相告。張飛決定回閬中,率部立即伐吳。劉封歸見劉備,劉備尚念父子之情,孔明依法將劉封斬首。張飛回閬中,令部將范疆、張達連夜趕造滿營兵將白旗白甲,限七日內造齊。二人跪地哀求哀請寬限日期,張飛不許,並將二人弔打。厲言限期內如完不成,提頭來見。二人夜間入帳殺死張飛,割下首級,逃往東吳。張苞見父被殺,查點兵將,只少范、張二人,急報劉備。劉備痛不欲生,即傳令興兵報讎。趙雲入帳勸阻,劉備不聽。孔明無可奈何。呂蒙歸見孫權,孫權爲其設宴慶功。關羽忽附呂蒙之體索命,大罵孫權行使奸計,呂蒙七竅流血而死。孫權令用大大棺木盛殮呂蒙屍首,葬東門以外。本事出於《三國演義》第七十七、七十八、七十九、八十一回。《三國志·蜀書·張飛傳》:"先主伐吳,飛當率兵萬人,自閬中會江州。臨發,其帳下將張達、范疆殺飛,持其首而奔孫權。"據《戲考》云:"蓋編排是劇者,係滬上新舞臺著名藝員夏氏昆仲月潤、月珊、月恒。研究盡善之傑構。每逢串演,的確聚精會神,而通場觀劇諸君,皆有色舞眉飛之興會。"版本今有北京市戲曲研究所藏本、《關岳戲劇大觀》本、《關羽戲集》李洪春演出本、《戲考》本及以該本整理的《中國京劇戲考》本。今以《戲考》本爲底本,參考其他本校勘整理。

第 一 場[1]

(四龍套、四上手、夏侯惇、許褚、徐晃、李典、樂進、曹洪、夏侯尚、曹仁同上)

夏侯惇[2]　衆位將軍請了。

衆　　　請了。

夏侯惇　關公父子,麥城被擒。我等前去,報與魏王知道便了。

衆　　　請。

(吹【排子】下)

(四龍套、四下手、潘璋、陳武、丁鳳、徐盛、蔣欽、周泰、譚雄、馬忠同上)

潘　璋　衆位將軍請了。

衆　　　請了。

潘　璋　關公父子在麥城被擒,不免奏與吳侯知道便了。

衆　　　請。

(龍套、上手、曹八將原人同上)

曹八將	將軍請了。
潘　等	請了。
夏侯惇	關公被擒，吾等兩家兵馬一同撤回。
潘　璋	請。

（大繞場，雙挖門下）

校記

[1] 第一場：原本不分場。今據劇情分爲十八場。
[2] 夏侯惇：原作"惇"，今改用姓名。下文出場人物，均用全名，不另出校。

第 二 場

（張昭上）

張　昭　（唱）【西皮搖板】
　　　　　　關公被擒在麥城，
　　　　　　倒叫下官挂在心。
下官，張昭。聞聽探馬報到，關公父子兵敗麥城，今已被擒，我不免去至大營啓奏吳侯，保全關公性命便了。
（唱）催馬加鞭往前進，
　　　把話啓奏吾主君。（下）
（四太監、二內侍、虞翻、孫權上）

孫　權　（念）【引】鳳閣龍廷，承父兄業，坐鎮江東。
　　　　（念）碧眼紫鬚氣不凡，
　　　　　　父兄創定錦江山。
　　　　　　東吳佔據長江險，
　　　　　　稱雄立業在江南。
孤，孫權，坐鎮東吳。也曾命呂蒙奪取荊州，攻打關公，不知勝負如何，倒叫孤家時時挂念。內侍！

內　侍　有。
孫　權　閃放銀案。
（潘璋等原人同上）
潘璋等　參見主公。

孫　權　眾位將軍少禮。

眾　　謝主公。

孫　權　孤命眾卿攻打荊州之事如何？

眾　　蒙主公洪福，關公父子被擒。

孫　權　哦，關公他今已死了麼？

潘　璋　正是。

孫　權　此乃眾卿之力也。

潘　璋　今將關公大刀獻上。

（孫權看介）

孫　權　這就是關公所使之青龍偃月刀麼？

潘　璋　正是。

孫　權　就將此刀賜與將軍。

潘　璋　謝主隆恩。

（丑將上）

丑　將　啟主公，今將關公之坐騎牽在宮外。

孫　權　牽上殿來，待孤家觀看。

丑　將　將馬牽上來。

（八馬童牽赤兔馬上）

孫　權　這就是赤兔胭脂馬麼？

丑　將　正是。

孫　權　將馬賞與你，快快用草料來餵。

丑　將　遵命。

（托盤餵馬介。馬不吃踢死丑將介。馬復咆哮介）

孫　權　來，與孤用亂鞭將它打死。

（八馬童持鞭打，馬死，倒介）

孫　權　此馬已死，與孤搭下去。

（眾抬馬同下。張昭上）

張　昭　臣張昭見駕，吾主千歲。

孫　權　卿家上殿有何本奏？

張　昭　臣聞聽關公父子被擒，特地前來保全他的性命。

孫　權　關公父子業已斬首了。

張　昭　主公將關公父子斬首，禍不遠矣。

孫　權	怎見得？
張　昭	想那關公與劉備桃園結義，誓同生死。今日主公將他父子斬首，那劉備定要與他二弟報讎，倘若發來傾國之兵，攻打東吳，豈不是大禍至矣？
孫　權	如此，卿家何計安哉？
張　昭	依爲臣之見，用木匣將關公首級盛訖，遣人送到許昌，獻於曹操。那劉備見人頭既在曹營，定必攻打曹操，主公可以避禍矣。
孫　權	此計甚好，來，濃墨伺候。(吹【排子】介)喚旗牌走上。
衆	旗牌走上。
	(二旗牌上)
孫　權	現有書信一封，將關公首級速速送至許昌，獻於曹操，不得有誤。
	(旗牌下)
孫　權	衆卿退班。
	(同下)

第　三　場

(四龍套、四大鎧、華歆、司馬懿、曹操上)

曹　操　(念)【引】主政專權，壓文武，獨立朝班。
　　　　　　雙手可擎天，
　　　　　　滅群雄，掃蕩狼烟。
　　　　(念)欲謀漢室錦家邦，
　　　　　　文韜武略腹中藏。
　　　　　　會合孫權滅劉備，
　　　　　　加封九錫稱魏王。
　　　　孤，魏王曹操。前者命曹仁、夏侯惇等，攻打襄陽，這幾日不見動靜，未知勝負如何，且聽探馬一報。

(四龍套、四上手、夏侯惇原人等同上)

衆　　　參見魏王。
曹　操　罷了。命爾等攻打襄陽之事如何？
夏侯惇　今有關公父子中了東吳呂蒙之計，失了荊州，兵敗麥城，今已被擒，孫權已將他斬首。

曹　操　關公他今已死了麽？
夏侯惇　正是。
曹　操　關公已死，吾無憂矣。
　　　　（二旗牌上）
二旗牌　來此已是。門上哪位將軍在？
李　典　甚麼人？
一旗牌　東吴下書人求見。
李　典　候着。啓魏王，東吴下書人求見。
曹　操　傳他進帳。
李　典　傳你進帳。要小心了。
一旗牌　叩見魏王。今有吴侯書信呈上。
曹　操　待孤看來。（吹【排子】介）關公首級現在何處？
一旗牌　現在帳外。
曹　操　拿來吾看。
　　　　（一旗牌捧匣呈送桌上）
曹　操　你等退下。
　　　　（二旗牌下，曹操離位）
曹　操　想關公當年，斬顔良誅文醜，過五關斬六將，擒于禁捉龐德，是何等的威風殺氣，不料也有今日。待孤家看來，明公，別來無恙。噯呀呀呀，嚇煞我也！看關公雖死，面貌如生，鬚髮皆動，好不怕人也！
司馬懿　啓奏魏王，東吴此番將關公首級送來，並非好意，此乃是嫁禍於人之計。
曹　操　孤豈不知！事已至此，就將關公首級配成楠木屍身，用上好棺木盛殮，埋葬在洛陽高阜之上。滿朝文武，隨同孤家，頂喪挂孝，一同送殯便了。華歆聽令，就命你前去，辦理一切，不得有誤。
華　歆　遵命。（下）
曹　操　衆將文武官員，準備一同送葬者。掩門。
　　　　（同下）

第　四　場

　　　　（二開道大鑼、八龍套各執鑾駕儀仗四黄傘，五僧人各執法器，五道士各執鐃鈸等，五尼姑各執提幡，八雲童敲十番鑼鼓，曹八將、司馬懿、華歆、二內侍、曹操同上，大轉場下。復上。曹操拈香行禮，【吹排子】介。衆將文武同行禮介。）

曹　操　君侯，雲長，明公吓！

（唱）【二黃導板[1]】

　　見將軍不由人珠淚滾，

將軍，君侯，雲長公呀！

（唱）【搖板】

　　可嘆你昔年間大破黃巾，

　　過五關斬六將威風凛凛。

　　斬顏良誅文醜殺氣騰騰，

　　在襄陽捉龐德生擒于禁。

　　可算得大英雄名震乾坤。

　　耳邊廂又聽得怪風一陣，（鬼卒持風上，繞下）

　　一霎時只覺得頭暈眼昏。

嗚哈哈呀，老夫爲何一時頭痛起來了？

華　歆　魏王要請名醫調治纔好。

曹　操　只是無有名醫，如何是好？

華　歆　此處有一華佗，治病神效。

曹　操　敢麼是治東吳周泰者乎？就命你速速聘請他來，與孤醫治。

華　歆　得令。

曹　操　一同回宮去者。

　　　　（同下）

校記

[1] 二黃導板："導"，原作"倒"，今改。下同。

第　五　場

（八馬童執八卦旗跑上，繞圓場，斜站門。周倉提刀，關平抱印，關羽上，拉式子）

關　羽　（唱）【粉蝶兒】

想當年大破黃巾，

在桃園三結義，

誓共死生。（轉場另拉式子）

（接唱）恨呂蒙奸計狠，

陷荊州兵敗麥城。

內無糧外無兵，

遭圍困。

也是我，

走荒郊往成都奔。（再轉場另拉式子）

（接唱）不提防絆馬繩，

父子們同歸天庭。（上高臺）

（念）英雄失計陷荊州，

敗走麥城一命休。

關　平　（同念）惱恨呂蒙下毒手，
周　倉　　　　父子同去要人頭。
關　羽　某，漢世雲長。惱恨呂蒙小兒，設下詭計，拆毀烽火臺，陷了荊州，敗走麥城，夜走小路，被絆馬繩跌下馬來，父子遇難。今奉玉帝敕旨，活捉呂蒙。眾雲童，駕雲前往。

（八馬童大轉場，下）（普淨長老上）

普　淨　（唱）【吹腔】

一寸光陰一寸金，

黃金用去度光陰。

老僧，普淨。昔年曾在泗水關鎮國寺內出家，只因卞喜要害關公，那時是老僧將機關道破，救了關公。卞喜竟被關公殺死。是老僧雲遊天下，來在這玉泉山上，見此處山清水秀，林竹幽深，就在此地結一茅庵，參禪悟道，不免就此打坐。

（關羽、關平、周倉同立雲端，普淨入茅庵介）

關　羽　快快還我頭來！
普　淨　吓，空中是何人答話？
關　羽　某家關雲長在此。
普　淨　原來是君侯到了。但不知還記得老僧普淨麼？
關　羽　原來是普淨禪師。昔年泗水關前，多蒙搭救之恩，常常在念。恕某

普　净	岂敢岂敢！适纔將軍言道：還我頭來，但不知要同哪個要頭？
關　羽	可恨吕蒙設下奸計，我父子遇害身死。願求法師清誨，指點迷津。
普　净	今非昔比，一切休論。後果前因，彼此不爽。今將軍爲吕蒙所害，大叫還我頭來。然則當日，將軍斬顏良誅文醜，過五關斬六將等衆人之頭，又將向誰人索取耶？
關　羽	多蒙指教。某已大悟，後會有期，關某去也。

（閉幕同下）

第 六 場

（四鬼卒執風旗，伏后、伏完、董妃、董承、二太子、穆順同上）

伏　后	（唱）【搖板】
	我心中只把奸曹恨，
	苦害哀家爲何情？
	吾乃伏后鬼魂是也。
伏　完	伏完是也。
董　妃	董貴妃是也。
二太子	二太子是也。
穆　順	穆順是也。
董　承	董承是也。
伏　后	可恨曹操名爲漢相，實爲漢賊，在朝上欺天子，下壓群臣。那時哀家見萬歲終日愁煩，因此寫下血詔一道，欲請各路諸侯共滅奸賊。不料事機不密，泄漏機關，曹賊在午門，劍劈穆順，去到宫中，將哀家殺害，並殺了二皇子。今日奸賊，大限已到，惡貫滿盈，是哀家帶同被害冤魂前去同他要命，冤冤相報也。
	（唱）叫鬼卒駕陰風往前進，
	定要奸賊命殘生。

（同下）

第 七 場

（華佗上）

華　佗　（念）救得人一命，勝念千聲佛。
　　　　貧道，華佗，字元化，乃沛國譙郡人也。素善青囊，爲人治病。前者曾爲關公刮骨療毒，是我念關公爲人忠義，因此爲他調治。近聞曹操患頭痛之病，欲請我醫治，想他乃是漢室大大奸臣，屈害忠良無數，他若請我，我自有治法。

（華歆上）

華　歆　華先生請了。
華　佗　原來是華將軍。到此何事？
華　歆　只因魏王曹公，得了頭痛之症，特命吾請先生前去調治。
華　佗　如此。一同前往。

（同下）

第 八 場

（二內侍扶曹操上）

曹　操　（唱）自那日在郊外得了病症，
　　　　　　　每日裏只覺得遍體昏沉。
　　　　　　　人來攙扶我後宮來進，
　　　　　　　等候了華佗到細把話明。

（華歆引華佗上）

華　歆　先生少候。啓魏王，華佗已到。
曹　操　好，快快請他進來。
華　歆　先生請至宮內。
華　佗　魏王在上，貧道稽首了。
曹　操　先生少禮，請坐。
華　佗　告坐。大王將貧道喚進宮來，有何鈞諭？
曹　操　老夫頭痛非常，請先生看看是何病症。
華　佗　待貧道看來。請將尊冠，往上升一升[1]。

（華佗用繩挂兩耳，以繩頭套曹左右手，診脉介，【拉排子】介）

華　佗　此病名爲轉腦風，病根在腦髓之中，非醫藥所能治。

曹　操　難道就無有治法麼？

華　佗　要治却也不難。用大斧一個，用盆貯以冷水，將腦袋斫破，取出腦髓，在水中洗去風涎，再裝入頭内，用藥綫縫好，撒以藥末，七日之後，可以全愈。

曹　操　先生此言差矣。若將頭用斧劈開，老夫豈不死了麼？

華　佗　想關公中了藥箭，貧道也曾與他治過，也是將臂膀用刀割開，將骨上毒氣刮净，然後縫以藥綫，那關公並無懼色。大王你今日何必多疑？

曹　操　臂痛可刮，頭痛焉能斫開？此必是你與關公交厚，要替關公報讎。來，唤獄官走上。

華　歆　獄官走上。

獄　官　（上）參見魏王。

曹　操　將華佗帶在獄内，百般拷打，看他與何人同謀，快快帶下去。

華　佗　曹操吓，曹操！你在朝中，殘害忠良，看你的病症，不久也就無生理了。

（隨獄官下）

華　歆　想華佗乃是世間名醫，不可殺害。

曹　操　此人要乘機害我，正與吉平無異。不必多言，出宫去吧。

（華歆下）

校記

［1］往上升一升："往"字，原作"望"，據文意改。

第　九　場

（四鬼卒、伏后、董承、貴妃、二皇子、穆順同上）

伏　后　（唱）叫鬼卒一齊進宫裏，

　　　　　　見了曹賊把命追。

曹　操　（唱）霎時間只覺得頭痛難忍，

　　　　嗳，咳咳咳。（看介）吓，我面前站定了一群鬼魂。我這裏，持寶劍

　　　　　來研定。（眾鬼推曹操倒地介，眾鬼亂打介。二內侍上，扶曹操起介）
曹　　操　（唱）霎時間好一似刀刺在身。
　　　　　來，傳夏侯惇進宮議事。
內　　侍　遵命。（下）
曹　　操　（唱）見伏后他父女一旁站定，
　　　　　　　　二皇子與董承在面前存。
　　　　　　　　那一個好似那太監穆順，
　　　　　　　　怕只怕我今生性命難存。
　　　　　（內侍引夏侯惇上）
夏侯惇　　參見魏王。
曹　　操　孤今病危，恐無生理，現有劉備，尚未剿除，特召卿家商議。
夏侯惇　　待等魏王病體全愈，再滅劉備不遲。
曹　　操　只是我面前站定許多鬼魂，前來向孤要命。卿家不曾看見麼？
夏侯惇　　哪裏有鬼？我夏侯惇，就從不怕鬼。
　　　　　（眾鬼推夏侯惇倒介）
夏侯惇　　噯呀，打鬼。（死介）
曹　　操　來，快傳眾家文武，進宮議事。
內　　侍　遵命。眾文武官員，進宮議事吓！
　　　　　（眾將、司馬懿、華歆、曹丕等同上）
　眾　　　參見魏王。
曹　　操　眾卿，想孤家縱橫天下三十餘年，群雄皆滅，只有東吳孫權、西蜀劉備，尚未剿滅。今已病危，再不能與眾卿相聚。孤長子曹丕篤厚恭禮，可繼孤業，卿等要輔佐之。孤死之後，將棺木葬於漳河之北，再做七十二疑冢，以防後人掘墓。命姬妾等，多造絲履，賣之以自給。話已講明，孤命休矣。
　　　　　（眾鬼魂牽曹操下）
華　　歆　今日魏王駕崩，必須先扶世子登基，然後再辦喪事。
　眾　　　請。
　　　　　（吹【排子】下）

第 十 場

（四龍套、張飛上）

張　飛　（念）【引】鎮守閬中，統領雄兵。
　　　　（念）憶昔結義在桃園，
　　　　　　　同破黃巾美名傳。
　　　　　　　虎牢關前戰呂布，
　　　　　　　也曾槍挑紫金冠。
　　　　吾，張翼德。大哥坐鎮西川，二哥鎮守荊州，俺老張就把守這閬中。昨晚三更時分偶得一夢，見一斗大紅星，打從東南而起，就是這樣的花拉拉拉拉，落在西北海底，是俺驚醒，嚇了一身冷汗，不知主何吉凶。（打噴嚏介，連三次）吓，想當年在徐州弟兄失散之時，俺曾經鼻中發燥，今日爲何又是這等發燥？三軍的，伺候了。
　　　　（旗牌上）

旗　牌　啓三千歲，今有廖化，披頭散髮，匹馬單身，直奔閬中來了。
張　飛　快快有請。
　　　　（廖化上，下馬，坐介）
張　飛　將軍醒來。
廖　化　（唱）【西皮搖板】
　　　　　　　一見千歲淚淋淋，
　　　　　　　好叫廖化慟傷心。
張　飛　廖將軍爲何這等模樣？
廖　化　三千歲，大事不好了。
張　飛　何事驚慌？
廖　化　今有孫權命呂蒙挂帥，這賊定下詭計，白衣渡江，拆毀沿江一帶的烽火臺，荊州失陷。二千歲兵敗麥城，內無糧草，外無救兵，命廖化去至上庸[1]，領兵求救，不想劉封，誤聽孟達之言，不肯發兵。二千歲黃夜逃出麥城，被呂蒙暗設埋伏，二千歲遇害歸天去了。
張　飛　你待怎講？
廖　化　歸天去了。
　　　　（張飛絕氣介）

众　　　三千歲醒來。

張　飛　（唱）【導板】
　　　　　　　聞聽二哥喪了命，
　　　　　二哥，兄長，二哥呀！
　　　　（唱）【搖板】
　　　　　　　冷水澆頭懷抱冰。
　　　　　　　回頭再把廖化問，
　　　　　　　上庸城爲何不發兵？

廖　化　孟達不肯發兵，劉封因此按兵不動。

張　飛　（唱）眼望上庸高聲叫，
　　　　　　　大罵劉封小畜生。

廖　化　也是孟達之過，不可專罪劉封。

張　飛　（唱）說甚麼孟達兵不進，
　　　　　　　難道他不念叔侄情？
　　　　　　　有朝見了你的面，
　　　　　　　剝你皮來抽你的筋。
　　　　我大哥可曾知道？

廖　化　廖化就要前去報信。

張　飛　好，快快前去。
　　　　（唱）快快去到成都郡，
　　　　　　　速報大哥莫消停。
　　　　快去！快去！
　　　　（廖化上馬急下）

張　飛　二哥已死，待俺老張去到成都，請大哥速速發兵，替二哥報讎。
　　　　三軍的，帶馬。
　　　　（上馬，同下）

校記

[1] 命廖化去至上庸："上庸"，原作"上郎"，《三國志》《三國演義》均作"上庸"，據改。

第 十 一 場

　　　　（内起更鼓介）
劉　備　（内白）内侍，掌燈。
　　　　（内唱）【二黃導板】
　　　　　　譙樓上打罷了三更時分，
　　　　（四太監、二内侍提燈，劉備上）
劉　備　（唱）【原板】
　　　　　　在宮中倒叫孤暗自思忖。
　　　　　　孤二弟鎮守在荆州郡，
　　　　　　孤三弟坐守閬中城。
　　　　　　這幾日孤二弟無有音信，
　　　　　　倒叫孤終日裏常挂在心。
　　　　　　内侍臣掌紅燈後宮院進，
　　　　　　一霎時只覺得朦睡沉沉。
　　　　（二内侍、四太監同下）
　　　　（八雲童、周倉、關平、關羽上，周倉、關平欲入介，關羽攔介，周倉、關平同下）
關　羽　大哥醒來！
　　　　（劉備掀帳放火彩介，關羽拜介）
劉　備　二弟爲何這般光景？
　　　　（關羽坐介）
關　羽　（白）大哥容稟，小弟奉了大哥之命鎮守荆州，不想呂蒙小兒暗設詭計，白衣渡江，拆毀烽火臺，荆州失陷，小弟無奈兵敗麥城，不料曹兵與吳兵連合一處，圍困麥城。小弟黃夜由小路逃走，又中他人奸計，我父子遇害，望祈大哥速速發兵，爲小弟報讎雪恨。
　　　　（關羽下，劉備入帳睡介，二内侍上）
二内侍　萬歲醒來。
劉　備　（唱）【導板】
　　　　　　時纔間夢見了二弟來臨，（看介）
　　　　（轉唱）【搖板】

　　　　　醒來時只覺得遍體汗淋。
　　　　且住。昨夜三更時分，偶得一兆，夢見二弟前來，兩眼落淚，不知主何吉凶。來，有請諸葛先生。
內　　侍　有請諸葛先生。
　　　　（諸葛亮上）
諸葛亮　（念）仰觀天象將星墜，
　　　　　　　大約應在二君侯。
　　　　參見主公。
劉　　備　先生少禮。請坐。
諸葛亮　謝坐。
劉　　備　昨夜三更時分偶得一夢，夢見二弟雲長，站在孤的面前，雙眼落淚，不知主何吉凶。
諸葛亮　此乃主公思想二千歲，故有此兆，主公不必多疑。
劉　　備　但願如此。
　　　　（唱）常言道夢是心頭想，
　　　　　　　但願二弟永安康。（下）
　　　　（許靖上）
許　　靖　噯呀，先生，大事不好了！
諸葛亮　何事驚慌？
許　　靖　適纔聞聽人言，荆州失守，二千歲兵敗麥城，父子遇害。
　　　　（劉備暗上聽介）
諸葛亮　此事山人早已知曉。昨晚仰觀天象，見將星從東南直落於荆楚之地，必定應在二千歲的身上。
劉　　備　噯呀先生吶！既有此大事，爲何還要瞞哄孤家？
諸葛亮　此事乃太傅聞之言，主公不可深信。
　　　　（馬良、伊籍上）
馬　良
伊　籍　參見主公。
劉　　備　你二人到此何事？
馬　　良　今有呂蒙設下詭計，將沿江烽火臺拆毀，荆州失陷，二千歲兵敗麥城，望主公速速發兵搭救。
劉　　備　如此，待孤親率大軍前往。

（內侍急上）
內　侍　啓主公，今有廖化披頭散髮，匹馬單身，直奔宮門而來。
劉　備　快快喚他前來見我。
（廖化急上，下馬跪地暈倒介）
諸葛亮　主公在此。
廖　化　叩見主公。
劉　備　你從何處而來？快快奏來！
廖　化　容臣啓奏。
　　　　（唱）呂蒙奪了荆州郡，
　　　　　　　二千歲兵敗在麥城。
　　　　　　　命我廖化到上庸，
　　　　　　　劉封孟達不發兵。
　　　　　　　二千歲夜走臨沮地，
　　　　　　　誤中奸計歸天庭。
劉　備　你待怎講？
廖　化　二千歲歸天了。
　　　　（劉備氣絕介）
　衆　　主公醒來！
劉　備　（唱）【西皮導板】
　　　　　　　聽説是二弟喪麥城，
　　　　二弟，雲長，兄弟呀！
　　　　（唱）【搖板】
　　　　　　　點點珠淚濕袍襟。
　　　　　　　回頭便把話來論，
　　　　　　　先生快快發大兵。
諸葛亮　今冬出兵不利，待等明春報讎不遲。
劉　備　（唱）説甚麼發兵到明春，
　　　　　　　可嘆二弟喪殘生。
　　　　（關興帶孝哭上，跪介）
劉　備　（唱）一見賢侄跪埃塵，
　　　　　　　好似亂箭攢我心。
　　　　　　　眼望東吳咬牙恨，

殺却孫權方稱心。

（同下）

第 十 二 場

（劉封上）

劉　封　俺，劉封。只因關叔父被困麥城，命廖化來到上庸搬兵，也是我不該聽信孟達的讒言，按兵不動，以致關叔父父子被害，到如今叫我有家難奔，有國難逃。我不免去到成都，到父王台前請罪便了。

（唱）【搖板】

　　心中只把孟達恨，

　　離間我叔侄爲何情？

　　到如今有口難分論，

　　去到成都請罪名。（下）

第 十 三 場

（四龍套、四大鎧、八火牌手、四下手、八戰將上，【點絳唇】呂蒙上高臺）

呂　蒙　（念）胸藏韜略掌兵權，

　　　　保定東吳錦江山。

　　　　設計得了荆州地，

　　　　指日定要掃中原。

吾，東吳大都督呂蒙，奉了吳侯將令，奪取荆州。且喜荆州已得，關公父子被擒。昨日有公文到來，要把吾調回荆州，不知所爲何事。衆將官。（衆允介）兵馬可齊？

衆　　　俱已齊備。

呂　蒙　兵發荆州去者。

（衆允介。吹排子【泣顔回】。衆大轉場，下）

第 十 四 場

劉　備　（內唱）【導板】
　　　　　滿朝中文武官俱挂孝，
　　　　（四太監、四文堂、馬良、伊籍、廖化、許靖、劉備上）
劉　備　（唱）【哭瀝頭叫板】
　　　　　孤的二弟呀！
　　　　（唱）【原板】
　　　　　漢營中好一似大雪飄。
　　　　　文官俱戴着白戰袍，
　　　　　實可嘆二弟一命喪了。
　　　　　到城外去招魂轉還朝，
　　　　　侍內臣擺鑾駕回朝到[1]。
　　　　（改唱）【搖板】
　　　　　且聽探馬報根苗。
　　　　（探子上）
探　子　三千歲回朝。
劉　備　有請。
探　子　有請。
　　　　（四龍套、四上手、張飛上）
張　飛　大哥呀！
劉　備　三弟呀！
　　　　（同哭介，對扯手轉場，跪介）
張　飛　（唱）【搖板】
　　　　　一見大哥兩淚淋，
　　　　　小弟言來聽分明。
　　　　　二哥麥城喪了命，
　　　　　大哥你快快發大兵！
劉　備　（唱）三弟休得淚雙淋，
　　　　　細聽孤王說詳情。
　　　　　孤也曾命先生把兵進，

張　飛　他說些甚麼？
劉　備　（唱）他、他、他、他、他，他說是，
　　　　　　　發兵要等來春。
張　飛　好，你妖道呀！
　　　　（唱）不幸二哥喪了命，
　　　　　　　就該發兵報冤情。
　　　　　　　說甚麼發兵到來春，
　　　　大哥呀，大兄王！
　　　　（唱）難道你忘了桃園情？
劉　備　（唱）非是我忘了桃園情，
　　　　　　　先生陰陽算得清。
　　　　　　　倘若陣前有傷損，
　　　　　　　三弟你還要細推尋。
張　飛　（唱）聽一言來心酸痛，
　　　　　　　到叫老張無計行。
　　　　　　　抱住兄王咬一口，（咬劉備介）
　　　　　　　看你知痛不知痛。
　　　　大哥呀！
　　　　（唱）非是小弟心腸狠，
　　　　　　　桃園結拜共死生。
　　　　　　　思念二哥心中痛，
　　　　　　　你不發兵我發兵。
　　　　　　　怒氣不息出殿庭，
　　　　　　　調動閬中全部兵。（下）
劉　備　（唱）一見三弟上能行，
　　　　　　　到叫孤家淚雙淋。
　　　　　　　三弟雖然太烈性，
　　　　　　　看他却有手足情。
　　　　（劉封上）
劉　封　（唱）將身且把金殿進，
　　　　　　　雙膝跌跪淚淋淋。
劉　備　下跪何人？

劉　　封　孩兒劉封。
劉　　備　好奴才！
　　　　　（唱）一見劉封怒氣生，
　　　　　　　　大罵無知小畜生。
　　　　　　　　你叔父麥城遭圍困，
　　　　　　　　爲何膽敢不發兵？
劉　　封　（唱）父王不必怒氣生，
　　　　　　　　孩兒言來聽分明。
　　　　　　　　孟達不肯把兵進，
　　　　　　　　因此孩兒未出兵。
劉　　備　呸！（打劉封介）
　　　　　（唱）孟達不把大兵進，
　　　　　　　　難道你不念叔侄情？
　　　　　請諸葛先生。
內　　侍　有請先生。
　　　　　（諸葛亮上）
劉　　備　劉封犯罪，先生當治以何罪？
諸葛亮　劉封犯罪理當論斬。來，推出斬了。
　　　　　（衆推劉封下）
劉　　備　吓，劉封往哪裏去了？
諸葛亮　已將劉封推出午門問斬。
劉　　備　劉封雖然按兵不發，非是他一人之罪，俱是聽信孟達之言，快快將他解下椿來。
諸葛亮　遵命。將劉封（用扇子作斬式）解下椿來。
　　　　　（二龍套持首級上）
劉　　備　（唱）孤王一言未出唇，
　　　　　　　　血淋淋人頭落埃塵。
　　　　　　　　孟達犯罪斬了你，
　　　　　　　　倒叫孤王痛傷情。
　　　　　（同下）

校記

［1］侍內臣擺鑾駕回朝到："到"，原作"道"，據文意改。

第 十 五 場

（張苞上）

張　苞　（念）父王到西川，

　　　　　　未見轉回還。

　　　　俺，張苞。父王去到成都未見回營，不免在此伺候。

（四龍套、四上手、張飛上）

張　苞　參見爹爹。

張　飛　罷了。

張　苞　爹爹，見了皇伯是怎樣傳旨？

張　飛　你皇伯本欲發兵為你二伯父報讎，可恨諸葛亮妖道奏道：說甚麼今冬出兵不利，必待來春。你道惱是不惱？

張　苞　既然如此，爹爹就該發兵前去。

張　飛　為父就要出兵，張苞聽令。

張　苞　在。

張　飛　命范疆、張達連夜速造滿營將官白旗白甲，七日之內定要造齊，不得有誤。掩門。（下）

張　苞　下面聽者，父王有令，命范疆、張達連夜趕造滿營兵將白旗白甲全別，七日之內一準造齊，不得有誤。

（范疆、張達上）

范　疆　將軍你可曾聽見吶？

張　達　聽見甚麼？

范　疆　方纔三千歲傳下令來，命你我趕造滿營兵將白旗白甲，七日之內一準造齊。

張　達　噯呀，將軍呀！想這滿營兵將的旗甲，非是一針一綫可以造得來的，七日之內焉能造齊？

范　疆　是吓，就是用外國機器來打也來不及，這便如何是好？

張　達　我倒有個主意。

范	疆	你有甚麼主意？快快講來。
張	達	你我二人待等他陞帳時，你我就跪在他面前苦苦哀告於他，求他多展限期，我們慢慢的造來就是。
范	疆	此事也只好是苦苦哀求於他，倘若展限可就好了。

（四龍套、張飛上）

張	飛	傳范疆、張達。（范疆、張達跪介）我命爾等趕造白旗白甲怎麼樣了？
范	疆	這滿營將官旗甲工程浩大，一時趕辦不及，望祈千歲多展日期。
張	飛	軍中之事豈容兒戲。來，將他二人弔起來用皮鞭與我責打。

（眾弔范疆、張達打介，范疆、張達跪介）

張	飛	限你七日速速造齊旗甲便罷。如若不然，提頭來見。掩門。（同下）
范	疆	看他這人十分的不講理麼，將軍你可曾聽見沒有？
張	達	聽見甚麼？
范	疆	他還是叫你我去造盔甲，七日之內，若造不齊，提頭來見。他要殺你我的頭，這便如何是好？
張	達	真可算得是一個猛張飛，我也看出來了，事到如今，也說不得了，非下毒手不可。常言道得好，先下手的為強，後下手的遭殃。今晚三更時分，去至他的帳中，等到他睡著時候，你我各帶短刀一把，就是這樣刺。
范	疆	禁聲。（兩旁看介）你說道刺甚麼呀？
張	達	等候他睡著之時，你我用短刀將他刺死，把他頭來割下，你我去至東吳獻功，定有一場大富大貴，你看如何呀？
范	疆	哦哈哈哈哈哈，我倒看你弗出，你還有這樣的高材。
張	達	好主意，吾是沒有革壞主意，肚皮裏倒是蠻有革。
范	疆	此計甚妙，你我今晚就去行刺，走走。（下）

第 十 六 場

張	飛	（內唱）【導板】

　　　譙樓上打罷了三更鼓響，
（四龍套提燈、抱酒罈引張飛上）

張　飛　（唱）【原板】
　　　　　張翼德在營中自己思量。
　　　　　曾記得在桃園結拜了二位兄長，
　　　　　誓生死如同胞祝告上蒼。
　　　　　恨孫權合呂蒙兩個奸黨，
　　　　　害得我二兄長一命身亡。
　　　　二哥吓！
　　　　（唱）但願得擒住了兩個狗黨，
　　　　　千刀萬剮剖腹刮腸。
　　　　二哥，你在此作甚呐？二哥，二哥！
龍　套　那不是二千歲，那是太湖石。
張　飛　是太湖石，不是你家二千歲。咳，二哥呀！
　　　　（唱）耳邊廂又聽得空中響亮，
　　　　二哥，你在那裏做甚麼？你下來罷。
龍　套　那不是二千歲，那是檐前鐵馬響。
張　飛　是檐前鐵馬響亮。噯呀，兄長呀！
　　　　（唱）是檐前鐵馬兒風吹叮噹。
　　　　　叫人來準備下葡萄佳釀，
　　　　（龍套斟酒介）
　　　　（舉杯）二哥，你來飲一杯罷。（自飲介）二哥呀，（連飲介）
　　　　　再不能與二哥共飲瓊漿，
　　　　　將身兒睡臥在中軍帳，
　　　　　夢赴陽臺轉故鄉。
　　　　（龍套退下，范疆、張達上）
范　疆　將軍，天已不早，夜已深了，你我到帳中去看看動靜。
　　　　（同入介，又出介）
張　達　你可曾看見他睡著了吓？
范　疆　他還不曾睡著。
張　達　怎見得？
范　疆　他還在那裏睜着眼睛，如何說是睡著了？
張　達　你是弗曉得，他睡覺向來是瞪着眼睛睡的。
范　疆　我倒不相信。

張 達		你若是弗相信,你再去看一看,聽聽他打鼻鼾不打。
范 疆		待我去看上一看,不錯哉,他是睡著了。
張 達		待我去下手。
范 疆		你要小心了,千萬不可將他驚醒。倘若被他知覺了,他的手又大力氣又大,若要將你抓住,一捏就把你給捏扁了,千萬要小心了。
張 達		我曉得,張飛你看刀。(殺,張飛下)哈哈,已將他殺死,你我將他首級割下,快快逃往東吳。倘若天明,可就是走不脫了。
范 疆		快走快走。
		(同下)

第 十 七 場

(張苞上)

張 苞　這般時候,父王還未陞帳,待我看來,噯呀,不好了,(跪介哭)父王被人刺死。待我到營中查點一回,眾三軍。(內允介)營中可少甚麼兵將麼?

(內白)只少范疆、張達二人。

張 苞　哦喝,是了,定是此二人趕造盔甲不及,將父王刺死。待我去往成都報於皇伯知道便了。(下)

(四太監、二內侍、馬尹、關興同上,劉備上)

劉 備　(唱)【搖板】
　　　心中只把孫權恨,
　　　謀害二弟甚慘情。
　　　內臣擺駕金殿進,
　　　且聽探馬報軍情。

(張苞上,跪介)

劉 備　賢姪,為何這般光景?

張 苞　只因范疆、張達爲造盔甲不及,夜間竟將我父刺死,往東吳去了。

劉 備　你待怎講?

張 苞　投奔東吳去了。

(劉備氣絕介)

眾　　主公醒來。

劉　　備　（唱）【導板】
　　　　　　　聽一言倒叫孤三魂不定，
　　　　　三弟，翼德，兄弟呀！（扯張苞、關興）
　　　　　（唱）【二六板】
　　　　　　　叫一聲二賢侄細聽分明，
　　　　　　　你的父鎮守在荊州郡，
　　　　　　　你的父閬中顯威名，
　　　　　　　到如今一旦俱喪命，
　　　　　　　怎不叫孤慟在心。
　　　　　　　事到如今無別論，
　　　　　　　即刻興兵要殺讎人。
　　　　　（趙雲上）
趙　　雲　（唱）【搖板】
　　　　　　　忽聽主公要發兵，
　　　　　　　急忙上殿奏明君。
　　　　　參見陛下。
劉　　備　四弟上殿有何本奏？
趙　　雲　臣聞陛下欲興傾國之兵東伐孫權，臣以爲不可。
劉　　備　四弟爲何攔阻？
趙　　雲　當今國賊乃是曹丕。陛下若要親統大兵出征，必須先去伐魏，魏若平定，東吳自然賓服，望陛下思之。
劉　　備　孤自桃園結義以來，誓同生死，今不幸二弟被東吳所害，三弟又以報讎心急被刺，孤若不報讎，是背盟也。四弟且勿攔阻。
趙　　雲　國賊，乃曹丕也。先除國賊之讎公也，後報兄弟之讎私也。陛下務要三思。
劉　　備　孤心一定，不必多奏。
趙　　雲　（唱）陛下不准爲臣本，
　　　　　　　倒叫趙雲無計行。（下）
劉　　備　（唱）傳令發兵往前進，
諸葛亮　喝喝，完了。
劉　　備　（唱）要把東吳一掃平。
　　　　　（同下）

第 十 八 場

（四太監、二內侍、張昭、孫權上）

孫　權　（唱）呂蒙奪回荊州郡，
　　　　　　　　不由孤家喜在心。
　　　　　　　　內侍擺駕龍廷進！
　　　　（掃頭，步騭上）
步　騭　啓吳侯，大都督呂蒙回朝。
孫　權　擺隊迎接。
　　　　（同下）（八龍套、四大鎧、八火牌、八將、呂蒙上，蹚馬）
　　　　（八雲童、八卦旗、周倉、關平、關羽上，衝上迎接呂蒙介，呂蒙落馬，
　　　　撲虎，大轉場。八旗、周倉、關平、關羽下）（馬童帶馬）
馬　童　請都督上馬。
　　　　（呂蒙轉場比勢介）
呂　蒙　馬來。（上馬，衆大繞場，下）
　　　　（四太監、張昭、步騭、孫權上，迎介）
　　　　（龍套、火牌、八將、呂蒙上，急下馬）
　　　　（孫權拉呂蒙同下，衆隨下。原人又同上，衆下）
呂　蒙　臣呂蒙，參見主公千歲！
孫　權　卿家平身。
呂　蒙　千千歲！
孫　權　賜坐。
呂　蒙　謝坐。
孫　權　卿家一戰成功，得了荊州，關公被擒，可喜可賀。
呂　蒙　此乃吾主洪福也。
孫　權　備得有宴，待孤與卿家把盞。
呂　蒙　折煞爲臣了。
孫　權　內侍，將宴擺下。
　　　　（【吹排子】介，對桌坐介）
孫　權　卿家請。
　　　　（【吹排子】，孫權笑介，三笑）

呂　蒙　主公爲何發笑？
孫　權　孤有三件大事可喜，因此發笑。
呂　蒙　但不知是哪三件？
孫　權　想當年，周公瑾韜略過人，智謀出衆，以數萬之軍火燒赤壁，破曹操八十三萬之衆，殺得曹瞞棄走華容，丟盔卸甲，此一喜也。
呂　蒙　但不知這第二？
孫　權　不幸公瑾少年夭折，魯子敬帶兵多年，諸事皆稱孤意，此二喜也。
呂　蒙　這第三？
孫　權　想那劉備借吾荆州，日久不還，今日幸蒙子明設下巧計，得了荆州，此三喜也。來，來，來，待孤與卿把盞。
　　　　（幃屏內關平、周倉、關羽坐介）
關　羽　呂蒙小兒，快快還我頭來。
　　　　（呂蒙自桌內跳下介，作見鬼式，轉場跑躲介）
孫　權　卿家，怎麼樣了？
　　　　（呂蒙對孫權呆看，同轉身介）
呂　蒙　呔，你等道吾是誰？
孫　權　你是呂子明，卿家吓。
呂　蒙　呸，吾乃漢壽亭侯，關雲長是也。
　　　　（衆同退跪拜介，呂蒙比式上桌立介）
呂　蒙　吾關雲長，自從桃園結義以來，誓同生死，弟兄三人，同破黃巾，威名四海，虎牢關前三戰呂布，弟兄徐州失散，暫居曹營，斬顔良誅文醜，過五關斬六將，坐鎮荆州二十餘載，水淹七軍，捉龐德擒于禁，聲震華夏。你這呂蒙小兒，膽敢暗設詭計，白衣渡江，拆毀沿江烽火臺，奪取荆州，又復結連曹操。想那曹操名爲漢相，實爲漢賊，久想謀篡漢室天下，所謂亂臣賊子，人人得而誅之，怎麼你等竟同他合兵一處，將吾困在麥城。不想你這小兒，又用絆馬繩，在小路埋伏，以致我父子遇害。事到如今，還不還我頭來？今日吾先捉你性命，然後再捉孫權。（孫權嚇跌介）管叫你東吳君臣皆無葬身之地也。（自桌跳下拉孫權介）我把你這碧眼小兒、紫髯鼠輩，你可認得我關某乎？
　　　　（唱）憶昔當年破黃巾，
　　　　　　　虎牢關前顯威名。

　　　　五關斬將功勞盛，
　　　　坐鎮荊州數十春。
　　　　你用奸計奪取荊州郡，
　　　　不該困我在麥城。
　　　　我誤中奸計喪了命，
　　　　今日捉爾命殘生。
　　（跌霸介，起，七竅流血，死介）
孫　權　將呂蒙屍首用大大棺木盛殮起來，葬至東門以外，不得違誤。
　　（吹【排子】，同下）

七 步 吟

佚 名 撰

解 题

京劇。現代佚名撰。《京劇劇目初探》著録,題《七步吟》;《京劇劇目辭典》著録,題《七步吟》,又名《七步成章》,均未署作者。劇寫曹操死,曹丕嗣位魏王,因無天子詔書,恐文武不服。華歆恐兄弟爭位,威逼獻帝寫下詔書。曹丕恐衆兄弟不服,依華歆計,派殿前指揮責曹植、曹彰、曹熊等不奔喪之罪。但恐曹植拒不受命,令許褚持上方劍至臨淄抓曹植。曹植見來使問罪,大怒,喝令亂棒打出,乃與丁儀、丁廙擺酒痛飲。許褚至,殺死丁氏兄弟,帶走曹植。曹熊自縊身死。許褚押曹植上殿。卞后得訊,上殿見曹丕,怒責其骨肉相殘,不念手足情。曹丕辯解。華歆進讒言,請殺曹植,以免後患。並獻計,命曹植七步之内吟詩一首,若不成則以欺君之罪殺之。曹植果在七步之内賦詩《萁豆》,曹丕有所感,不忍殺。雖免其死,但貶爲安鄉侯外地上任。忽報曹彰領兵十萬,來爭王位。本事出於《三國演義》七十九回。曹植所吟詩見《曹子建集》:"煮豆燃豆萁,豆在釜中泣:本是同根生,相煎何太急?"版本今有《京劇彙編》北京市藝術研究所藏本及以該本重刊的《京劇傳統劇本彙編》本、上海市《傳統劇目彙編》京劇第四集産保福藏本。今以《京劇彙編》北京市藝術研究所藏本爲底本,參考其他本校勘整理。

第 一 場

曹 丕 (内)擺駕!

（四太監、王朗、陳矯、賈詡、許褚、曹丕上）

曹 丕 （唱）【二黄原板[1]】

金鐘響玉磬鳴王登寶殿,

　　　　　未爲君也有那文武兩班。
　　　　　可笑那漢皇帝龍身鼠膽,
　　　　　由着孤改年號哪個敢攔。
　　　　　我父王人忠正性情太軟,
　　　　　爲旁人出死力整頓江山。
　　　　　可笑他秉忠心不忘炎漢,
　　　　　全不想坐天下唯有强權。
　　　　　雖然是衆文武保孤登殿,
　　　　　衆兄弟未奔喪孤心不安。
　　　　　黃鬚兒平日裏能征慣戰,
　　　　　怕的是要學那袁尚袁譚。
　　　　　面上喜心中憂長吁短嘆,
　　　　　爲富貴哪顧得骨肉自殘。
　　　　衆位公卿,孤今嗣位,無有天子詔書,恐怕文武不服。
陳　　矯　魏王已死,天下震動,若不早立嗣王,則兄弟相争,國家危矣。何必等那木偶皇帝的詔書?文武誰敢不服,請看此袍!(割袍介)
王　　朗　辦大事不可草率,何妨請卞王后下一道懿旨,先立世子爲王。
賈　　詡　名不正則言不順,言不順則事不成。諸君不必著急,先王必有安排。
　　　　(華歆上)
華　　歆　參見主公。
曹　　丕　你到此何事?
華　　歆　先王已死,臣恐弟兄争位,學當年袁尚、袁譚故事,因此威逼漢帝,寫下詔書,特此獻上。
曹　　丕　卿真社稷之臣也!封爲相國。
華　　歆　謝主隆恩!
曹　　丕　只怕我家兄弟們心中不服!
華　　歆　先王已死,他等不來奔喪,就該問罪!
曹　　丕　言之有理,殿前指揮進見!
華　　歆　殿前指揮進見!
殿前指揮　(內)來也!(上)
　　　　參見殿下。

曹　　丕　平身！
殿前指揮　有何差遣？
曹　　丕　孤命你去至曹植、曹彰、曹熊那裏，問他們不奔喪之罪！
殿前指揮　領旨！（下）
華　　歆　臣有本啟奏。
曹　　丕　何事？
華　　歆　臨淄侯曹植，天下奇才，必不遵命，指揮此去，難以成功！
曹　　丕　許褚聽旨：孤命你帶定尚方寶劍，去到臨淄，抓來我弟曹植。誰敢阻攔，殺死勿論！
許　　褚　領旨！（下）
華　　歆　主公尚有手足之情乎？
曹　　丕　（念）雖然兄弟恩情厚，
　　　　　　　　佔我權力變成讎[2]。
　　　　　　　　不奪王位便罷手，
　　　　　　　　免得同室操戈矛。
　　　　　　退班！
　　　　　　（同下）

校記

[1] 唱二黃原板："二黃原板"，原無，今據上海產保福藏本補。下同。
[2] 佔我權力變成讎：此句，上海產保福藏本作"佔我權利變仇讎"。

第　二　場

　　　　　　（四青袍、丁儀、丁廙、曹植上）
曹　　植　（唱）蓋世聰明有學問，
　　　　　　　　眼空四海目無人。
　　　　　　　　吾父在朝官極品，
　　　　　　　　富貴榮華一滿門。
　　　　　　　　我兄曹丕人兇狠，
　　　　　　　　助紂爲虐是華歆。
　　　　　　　　亂臣賊子人人恨，

家不安來國不寧。
我只以酒來解悶，
作首新詩散散心。
（四龍套、殿前指揮上）

殿前指揮 （念）人行千里路，馬過萬重山。
參見殿下！
曹　植 將軍少禮，到此何事？
殿前指揮 今奉魏王之命，因殿下父死不奔喪，特來問罪！
丁　儀 誰是魏王？
殿前指揮 世子曹丕，詔封魏王，難道你不知道麼！
丁　儀 可惱哇，可惱！
（唱）聽一言來心頭恨，
大罵曹丕禽獸心！
先王死後屍骨未冷，
忍心自殘骨肉親！
匹夫！當日先王欲立我主爲世子，被讒臣所阻，纔立曹丕。今先王孝服未滿，就來問罪骨肉，你們於心何忍！
丁　廙 我主出口成章，比曹丕勝強十倍，反不立他爲王。你等文武大臣，一味徇私，不識人才，令人可恨！
曹　植 著，著，著！
（唱）我兄曹丕豺狼性，
無端問罪骨肉親。
人來與我亂棍打，
快快將他趕出門！
（四青袍追打四龍套、殿前指揮介。四龍套、殿前指揮跑下。四青袍追下）
丁　儀
丁　廙 打得好！打得好！
曹　植 （唱）叫人來酒宴安排定，
你我飲酒把詩吟。（向丁儀、丁廙）
你比管仲，你比晏嬰，
丁　儀 （唱）你好比孔聖人死而復生。

曹　　植　（唱）自古文人不永命，
丁　　廙　（唱）可笑曹丕是庸人！
曹　　植　（唱）你可知庸人有福分，
丁　　儀
丁　　廙　（唱）運敗時衰，他就大禍臨身！
曹　　植　（唱）我三人飲酒多高興，
　　　　　（曹植、丁廙、丁儀同飲酒介）
曹　　植　（唱）酒酣不覺醉沉沉。
　　　　　（【急急風】。四龍套、許褚上。許褚殺丁儀、丁廙介。拉曹植下）

第　三　場

（四龍套、王朗、陳矯、賈詡、華歆、曹丕上）

曹　　丕　（唱）代漢當政有先兆，
　　　　　　　　三馬怎能共同槽。
　　　　　　　　曹植文章比我好，
　　　　　　　　曹彰武藝比我高。
　　　　　　　　恐怕我王位不能保，
　　　　　　　　殺他們豈能念同胞。
　　　　　　　　斬草除根遵父教，
　　　　　　　　這時候哪顧得母親劬勞。
　　　　　（報子上）
報　　子　蕭懷侯曹熊聽說問罪，自縊身死！
曹　　丕　哎呀！
　　　　　（唱）我本無心來殺弟，
　　　　　　　　你死不是誰來逼。
　　　　　　　　哭聲苦命好兄弟，
　　　　　　　　金井玉葬埋了你。
　　　　　將我弟金井玉葬，追封王位。
報　　子　領旨！（下）
　　　　　（【水底魚】。許褚上）
許　　褚　啓稟我主：丁儀、丁廙被俺殺了。曹植拿到！

曹　丕		好。弓上弦、刀出鞘,將曹植押上來!
		(【急急風】。卞后上)
卞　后		(唱)罵聲曹丕好大膽!
曹　丕		(唱)吩咐文武且退班。
		(王朗、陳矯、賈詡、許褚、華歆下)
卞　后		(唱)奴才你坐銀安殿,
		弟兄何忍自相殘!
曹　丕		參見母親!
卞　后		罷了!
曹　丕		母親怒氣不息,爲着誰來?
卞　后		就爲你來!
曹　丕		爲兒何來?
卞　后		你這冤家,纔得了王位,便逼死了曹熊,鎖拿曹植,你只貪圖富貴,全不想手足之情,自殘骨肉!兒呀,你居心何忍哪!
		(唱)自殘骨肉心何忍,
		全不念同胞手足情!
		看起來你父無德行,
曹　丕		(唱)一句話感動了我的良心!
		曹熊膽小,非兒逼死。曹植自恃其才,終日飲酒,狂傲無知,故而拿來警教於他。兒也深愛曹植之才,何忍殺害。母親請回去吧!
卞　后		唉!
		(唱)丈夫奸詐人人恨,
		此子與父一樣心。
		且在殿角觀動靜,(下)
曹　丕		(唱)這事教我怎樣行!
		(王朗、陳矯、賈詡、許褚、華歆上)
華　歆		適纔太后上殿,莫非勸我主勿殺曹子建麼?
曹　丕		然也。
華　歆		主公,那曹子建才高八斗,終非池中之物。若不早除,必爲後患!
曹　丕		母命不可違!
華　歆		人言子建出口成章,請我主考試於他,若不能對,將他殺了,以正欺君之罪。太后亦不能怪。

曹　丕　好。宣曹植上殿！
華　歆　曹植上殿！
　　　　（四龍套押曹植上）
曹　植　（唱）大醉沉沉剛剛醒，
　　　　　　　銀安殿上冷森森。
　　　　　　　曹丕高坐威風凛，
　　　　　　　狐假虎威是華歆。
　　　　　　　要害曹植我命難保，
　　　　　　　他全無一點手足情。
　　　　　　　未曾進殿哭聲震，
　　　　　　　跪倒階前放悲聲！
曹　丕　（唱）見曹植只哭得珠淚滾滾，
　　　　　　　我有心要殺他却也不能！
　　　　大膽曹植，父死你不奔喪，我命殿前指揮傳你，竟敢亂棍打出，該當何罪？
曹　植　（唱）【二六板】
　　　　　　　未曾開言淚難忍，
　　　　　　　尊聲王兄龍耳聽：
　　　　　　　父王晏駕太不幸，
　　　　　　　怕的是那孫劉趁機起兵！
　　　　　　　保護城池最要緊，
　　　　　　　因此不敢把喪奔。
　　　　　　　丁儀丁廙書生性，
　　　　　　　恃才酗酒胡亂行，
　　　　　　　小弟醉後迷了性，
　　　　　　　不該當把指揮棍打趕出門。
　　　　　　　小弟焉敢抗王命，
　　　　　　　只因醉後糊塗記憶不清。
　　　　　　　兄王台前把罪領，
　　　　　　　念同胞，望兄王開天地之恩！
曹　丕　（唱）聞言不由心暗忖，
　　　　　　　曹植哭得好傷心！

　　　　　　有心殺他傳將令，
　　　　　　又恐母親殿後聽；
　　　　　　有心饒他不傳令，
　　　　　　華歆一旁眼圓睜。
　　　　　　眉頭一皺忙傳命：
　　　　　　王弟免禮且平身！
曹　植　謝王兄不斬之恩！
曹　丕　且慢。孤與你同胞兄弟，又屬君臣，先王在日，你自恃聰明，以文章誇示於人，我疑你有人代筆，欺騙父王。孤今出題，限你七步吟詩一首，若不能作，加重問罪！
曹　植　請兄王出題。
曹　丕　就以此畫爲題，詩中不許犯"二牛鬥墻下""一牛墜井死"的字樣。
曹　植　遵命！
曹　丕　華歆數步！
華　歆　遵旨！一、二、三、四、五、六、七。
曹　植　（吟）兩肉齊道行，
　　　　　　頭上帶凹骨。
　　　　　　相遇塊山下，
　　　　　　郯起相唐突。
　　　　　　二敵不俱剛，
　　　　　　一肉臥土窟。
　　　　　　非是力不如，
　　　　　　盛氣不泄畢。
華　歆　呀！
　　　　（唱）曹植七步把詩吟，
　　　　　　看來果然是聰明。
　　　　　　轉面再對主公論，
　　　　　　子建真是不凡人！
曹　丕　七步吟詩，不足爲奇。你常言出口成章，我再出題，你若不能應聲作詩一首，定將你斬了！
曹　植　就請哥哥出題！
曹　丕　我與你乃是同胞弟兄，也就以兄弟爲題，詩中不准犯"兄弟"

　　　　　　　二字。
曹　植　遵命！
　　　　（念）煮豆燃豆萁，
　　　　　　　豆在釜中泣。
　　　　　　　本是同根生，
　　　　　　　相煎何太急！
曹　丕　哎呀！
　　　　（唱）聞此言不由我心生不忍，
　　　　　　　他與我本來是一娘所生。
　　　　　　　爲富貴我不該天良喪盡，
　　　　（卞后上）
卞　后　（唱）在殿外哭壞了卞氏夫人。
　　　　　　　我的兒逼兄弟未免太甚，
曹　丕　（唱）論國法我不能爲了私情。
　　　　　　　我貶你安鄉侯快快上任，
曹　植　（唱）謝兄長開大恩再謝娘親。
卞　后　（唱）苦命兒隨娘來我有話論，
曹　植　（唱）兒不去怕兄王又起疑心！
　　　　（曹植、卞后下）
　　　　（報子上）
報　子　報！鄢陵侯曹彰領兵十萬，來争王位！
曹　丕　再探！
報　子　啊！（下）
曹　丕　不好了！
　　　　（唱）聽說曹彰來把位争，
　　　　　　　領兵十萬進京城。
　　　　　　　黃鬚兒素有本領，
　　　　　　　不如讓位早逃生！
賈　詡　主公不必驚慌，臣願勸說於他！
曹　丕　此事非大夫不可！華歆你可同去。
華　歆　這……現在臣身有病，不能同去。
賈　詡　你今日膽子太小了！哈哈哈……

曹	丕	華歆,你亦怕我黃鬚兒兄弟麼?
華	歆	不怕!
		(華歆看曹丕介)
華	歆	臣不敢不怕!
曹	丕	膽小的庸才!
賈	詡	(同笑介)哈哈哈……
華	歆	臣同去便是!
		(同下)

滚 鼓 山

佚 名 撰

解 題

京劇。現代佚名撰。《京劇劇目辭典》著錄,題《滾鼓山》,又名《戰山》《滾鼓劉封》;《京劇劇目初探》著錄,題《滾鼓山》,一名《戰山》,均未署作者。劇寫張飛在閬中,聞廖化報知荊州失守,關羽被害。並告關羽命他去上庸搬求救兵,劉封不肯發兵相助。張飛大怒,率兵前往上庸,假意討好劉封,擁戴其繼承帝位,赴成都殺劉備,誘之入銅鼓,命衆將推鼓滾墜山下,劉封碎骨而死。本事出於《三國演義》第七十九回,但"劉封伏法"的情節與本劇不同。版本今有《戲考》本及以此本整理的《中國京劇戲考》本、《京劇彙編》收錄的卞榮坤藏本及以此本整理的《京劇傳統劇本彙編》本。另有北京市戲曲研究所藏本。情節與上述版本不盡相同。今以《戲考》本爲底本,參考其他本校勘整理。

第 一 場[1]

(四龍套、四上手、旗牌、張飛上)

張　飛　(唱)【點絳唇】

　　　　執掌兵權,威風八面,雄兵萬。扶保江山,指日掃中原。

　　(念)(詩)憶昔結義在桃園,
　　　　　扶保大哥錦江山。
　　　　　二哥鎮守荊州地,
　　　　　吾鎮閬中把名傳。

吾姓張名飛字翼德。自從桃園結義以來,大破黄巾,掃滅吕布,三顧茅廬,聘請諸葛先生。戰無不勝,攻無不取。可恨孫、曹,屢屢與

		我弟兄作對。但願早滅孫、曹，江山歸成一統，方稱俺老張之意。三軍們，伺候了。

探　子　（上）啓禀三千歲，廖將軍到。
張　飛　廖化到此，必有所爲。有請。
探　子　有請。
　　　　（吹打介。廖化上）
廖　化　三千歲！
張　飛　廖將軍，請坐。
廖　化　有坐。
張　飛　將軍不在荆州，來到閬中做甚？
廖　化　三千歲，大事不好了！
張　飛　何事驚慌？
廖　化　二千歲中了東吳吕蒙之計，敗走麥城，被吳、魏兩國圍困，受害歸天去了！
　　　　（張飛拉廖化）
張　飛　你待怎講？
廖　化　歸天去了！
張　飛　（【叫頭】）二哥！兄長！
　　　　（死介）
廖　化　三千歲醒來！
張　飛　（唱）【西皮導板】
　　　　　　聽一言不由人三魂不在，
　　　　（【三叫頭】）二哥！兄長！二哥吓！
　　　　（唱）【西皮摇板】
　　　　　　點點珠淚灑下來。
　　　　　　二哥爲何歸天界，
　　　　　　再與廖化説開懷。
　　　　廖將軍，我家二哥，素與東吳交好。那孫權爲何下此毒手？
廖　化　三千歲有所不知：只因孫權，曾命諸葛瑾，來到荆州求親。二千歲不允，曾經言道："虎女焉能匹配犬子"，將諸葛瑾趕出帳去。不想那諸葛瑾回到東吳，搬動是非，故而孫權設此毒計。
張　飛　原來如此。想俺二哥，既然敗至麥城，爲何不到上庸，借兵相助？

廖　化　哎吓三千歲吓！二千歲也曾命廖化去到上廊,搬兵求救。怎奈劉封坐觀成敗,不肯發兵,並將末將趕出帳外。
張　飛　就是他！
廖　化　正是。
張　飛　小奴才吓！
　　　　（唱）【西皮搖板】
　　　　　　聽一言來怒氣生,
　　　　　　大罵劉封小畜牲！
　　　　　　俺二哥麥城被兵困,
　　　　　　你竟膽敢不發兵。
　　　　　　你手撫胸膛想一想,
　　　　　　他是爾的甚麼人。
　　　　　　越思越想心頭恨,
　　　　　　我不殺你氣怎平！
　　　　劉封這小奴才,如此喪心昧良,俺老張豈肯與你甘休。來,起兵前往！
廖　化　且慢！
張　飛　廖將軍爲何阻攔？
廖　化　想那劉封,有我主賜他尚方斬殺寶劍,又有九頭獅子魚耳印。三千歲此番前去,只怕畫虎不成,反類犬也。
張　飛　將軍但放寬心,俺老張自有道理。（廖化暗下）衆將官,兵發上庸武印山。
　　　　（衆允介。排子【泣顏回】。同下）

校記

［1］第一場：原本不分場次,今依劇情分二場。

第 二 場

　　　　（四龍套、四大鎧、劉封上）
劉　封　（念）營門戰鼓響,軍士賽虎狼。
旗　牌　（内）三千歲到！

劉　　封　有請。
　　　　　（四龍套、四上手、旗牌引張飛上。吹打介）
劉　　封　參見三叔父。
張　　飛　罷了。一旁坐下。
劉　　封　謝座。三叔父多日不見，身體可好？
張　　飛　爲叔的倒好，你可好？
劉　　封　侄兒尚好。但不知叔父打從何處而來？
張　　飛　咱老子打從成都而來。
劉　　封　既從成都而來，我父王身體可好？
張　　飛　你父甚是安泰。
劉　　封　我那二叔父現在荊州，不知身體安泰否？
　　　　　（張飛做沉吟介）
張　　飛　這個奴才，他倒同我裝起傻來了。劉封，你還不知麼？
劉　　封　小侄不知吓。
張　　飛　你二叔父，兵敗麥城，已在玉泉山前，歸天去了！
　　　　　（劉封做驚駭介）
劉　　封　吓！我二叔父，怎麼歸天了？
張　　飛　只因孫權遣諸葛瑾前來提親，你二叔父不允，將他趕出了營外。不想他在孫權面前，搬動是非，連合曹操，故而全軍覆沒。
劉　　封　既然如此，待侄兒發兵，前去與我二叔父報讎。
張　　飛　且慢！
劉　　封　三叔父爲何阻攔？
張　　飛　我且問你，你這上庸城，有多少人馬？
劉　　封　現有十萬雄兵。
張　　飛　既有十萬雄兵，却也不少。今日爲叔的，要幫助於你。
劉　　封　三叔幫助，必定成功。
張　　飛　但是一件。
劉　　封　哪一件？
張　　飛　必須將尚方斬殺寶劍、九頭獅子魚耳印，交付俺老張，方可前去。
劉　　封　倘若殺退孫、曹兩路兵將，三叔還要交付侄兒纔好。
張　　飛　那是自然。看印拜過！
　　　　　（劉封抱劍舉印。【吹排子】。張飛拜介，劉封拔劍欲殺張飛介，復

		退介。張飛起,接印、劍介,劉封拜印,張飛欲殺劉封介介,復退介)
劉	封	印、劍也交付三叔,望三叔傳令起兵。
張	飛	慢來,慢來。
劉	封	却是爲何?
張	飛	爲叔的還有一言,要同我兒言講。
劉	封	叔父有何金言,當面請講。
張	飛	咱老張打從成都而來,見你父年邁,只恐不久人世。倘若晏駕,這漢室江山,不知何人承襲?
劉	封	倘若我父王晏駕,這江山定是阿斗的了。
張	飛	不能,不能!
劉	封	爲何不能?
張	飛	想那阿斗,年輕幼小,怎能坐得江山?他是不能得够。
劉	封	阿斗年幼,不能執掌江山,只怕就要讓與關興坐了。
張	飛	關興正在服孝之中,不能登基繼位。
劉	封	關興不能,還有三叔父的兒子張苞,也坐得。
張	飛	俺乃異姓之人,也不能坐。
劉	封	如此說來,這江山竟無人可坐了。
張	飛	(哭介)只怕這江山,就、就是我兒你的了!
劉	封	小侄若坐,只恐滿朝文武不服。
張	飛	說甚麽滿朝文武不服。你今既有十萬雄兵,待老夫幫助於你,倘有不服者,即按軍法從事。
劉	封	倘能叔父替侄兒保駕,侄兒登了大寶,定封叔父爲一字並肩王之位。
張	飛	好!好!好!據俺老張看來,事不宜遲,到不如點動人馬,先到成都,將你父王刺死,我兒就可身登大寶,你看如何?
劉	封	此事可以做得麽?
張	飛	做得的。
劉	封	如此就修兵前往。
張	飛	且慢。爲叔的有一計在此。
劉	封	有何妙計?
張	飛	爲叔的有一銅鼓,將你裝在鼓內,就說是外國進來之寶,你父那時定要觀看,待爲叔在一旁,一鞭將鼓打開,你就勢一刀,可就將你父

|劉　封|此計甚好！
|張　飛|衆將官，起兵蠍子山。
||（衆允介。吹排子【水龍吟】。大轉場）
|張　飛|來，將銅鼓抬上來。
||（四上手抬鼓上）
|張　飛|我兒藏在鼓內。
||（劉封脫衣去盔介，四上手推劉封入鼓內介）
|張　飛|衆將官！
||（衆允介）
|張　飛|將鼓與我擲於山下！
||（四上手拋鼓介）
|四上手|劉封屍骨碎如齏粉！
|張　飛|（三笑介）劉封已死，方解俺老張心頭之恨！衆將官，去往成都，待俺報與大哥知道便了。
||（吹排子【尾聲】。同下）

刺死了。

造 白 袍

佚 名 撰

解 題

　　京劇。現代佚名撰。《京劇劇目初探》《京劇劇目辭典》著錄，題《造白袍》，又名《張飛歸天》，均未署作者。劇寫關興至成都將荊州失守、父兄喪命報與劉備。劉備非常悲痛，令關興至閬中報與張飛。張飛得凶信，痛不欲生，趕至成都，責劉備不立即發兵報讎雪恨，劉備告其孔明已決定明春東征。張飛急不可待，回轉閬中，即命部將范疆、張達於三日內造齊三千套白盔、白甲聽用。范、張二人失期被責打，心懷怨恨。張飛飲酒解憂入睡。范、張二人入帳將張飛殺死，取其首級逃降東吳。劉封聞關羽身死，至成都見劉備，劉備責其不發兵相救，請孔明正其罪。孔明令將劉封斬首，劉備反而後悔。張苞來成都向劉備報知張飛噩耗，劉備悲痛得肝腸寸斷。適東吳命人將糜芳、范疆、張達等送來，劉備即令關興、張苞安設其父靈位，殺死衆犯，摘心祭靈。本事出於《三國演義》八十一回。《三國志·蜀書·張飛傳》載有張飛遇難事。版本今有《京劇彙編》北京大學圖書館藏本及以該本重刊的《京劇傳統劇本彙編》本。今以《京劇彙編》北京大學圖書館藏本爲底本整理。

第 一 場

　　（四太監、劉備上）

劉　備　（念）【引子】紛紛刀兵動，軍民塗炭，何日得安寧？
　　　　（念）（詩）桃園結義破黃巾，
　　　　　　　　　南征北戰費盡心；
　　　　　　　　　有日得把孫曹滅，
　　　　　　　　　大漢江山萬萬春。

孤,劉備。駕坐西蜀。這幾日心驚肉跳,坐卧不寧,不知主何吉凶?（關興上）

關 興 （念）荆州失守父命喪,來至成都報其詳。（下馬,進介）啓奏皇伯:大事不好了!

劉 備 皇侄爲何這等驚慌?

關 興 啓皇伯:我父失落荆州,兵敗麥城,潘璋、糜芳裏應外合,我父命喪沙場啊!（哭介）

劉 備 你待怎講?

關 興 我父命喪沙場!

劉 備 不好了!
（唱）聽得關興一聲報,
　　　孤的魂魄上九霄。
　　　忍淚含悲把關興叫,
關興!
　　　快把此事説根苗。

關 興 （唱）眼含悲淚把皇伯叫,
　　　我父兵敗麥城把命拋!
　　　賊人兵馬如山倒,
　　　中了那潘璋糜芳計籠牢!

劉 備 （唱）聽説糜芳孤的心頭惱,
　　　切齒痛恨小兒曹!
　　　有日拿他將讎報,
　　　碎屍萬段恨難消。
　　　關興速去把喪報,
　　　叫你三叔準備滅孫曹。

關 興 領旨!
（唱）金殿領了皇伯旨,
　　　飛馬閬中報根苗。（下）

劉 備 （唱）三弟聞聽凶信報,
　　　他性如烈火怎煎熬?
　　　叫内臣把靈位設擺好,
二弟呀,雲長啊!啊啊啊,孤的好兄弟呀!

且讓孤對靈牌痛哭一遭。

（同下）

第　二　場

（四軍卒、張飛上）

張　飛　（念）弟兄桃園三結義，大破黃巾天下知。

　　　　某，張飛。這幾日心驚肉跳，不知主何吉凶？來！

四軍卒　有！

張　飛　伺候了！

（關興上）

關　興　（念）領了皇伯旨，報與叔父知。

　　　　叔父在上，小侄參拜！

張　飛　侄兒爲何這等模樣？

關　興　啓稟叔父：大事不好了。

張　飛　何事驚慌？

關　興　我父失落荊州，兵敗麥城，歸天去了！（哭介）

張　飛　你待怎講？

關　興　我父歸天去了！

張　飛　哎呀！二哥！兄長！（哭）我那好哥哥呀！

　　　　（唱）聽一言來痛斷腸，
　　　　　　　太陽頭上冒火光！
　　　　　　　你父在荊州誰敢擋，
　　　　　　　因何麥城把命亡？

關　興　（唱）我父英雄無人擋，
　　　　　　　龍蟠虎踞鎮荊襄！
　　　　　　　可憐他絆馬索下把命喪，
　　　　　　　裏應外合是糜芳。

張　飛　（唱）切齒痛恨賊糜芳，
　　　　　　　碎屍萬段恨難償！
　　　　　　　三軍起兵成都往，
　　　　　　　去上金殿見兄王。

四軍卒　啊！
張　飛　二哥！兄長！我那難得見的兄長啊！（哭介）
　　　（同下）

第　三　場

（四太監、劉備上）
劉　備　（念）【引】二弟命喪在沙場，孤王日夜淚兩行！
　　　（念）（詩）東吳把兵變，
　　　　　　　　切齒恨孫權；
　　　　　　　　麥城埋伏計，
　　　　　　　　二弟喪黃泉。
　　　（大太監上）
大太監　啓主公：三千歲駕到。
　　　（衆軍卒、張飛上）
張　飛　兄王在哪裏？
劉　備　三弟在哪裏？
　　　（劉備拉張飛手同哭介）
張　飛　二哥歸天去了，兄長因何還不發兵報讎雪恨？
劉　備　三弟呀！爲兄本當發兵，怎奈諸葛先生言道，今乃數九隆冬，兵馬難行，待等明春天氣和暖，百草生芽，那時起動西川人馬，報讎雪恨，也未爲晚。
張　飛　兄王怎講？
劉　備　待等明春發兵。
張　飛　呃！兄王啊！
　　　（唱）聽一言來怒氣生，
　　　　　　老張頭上冒火星！
　　　　　　二哥喪命你不痛，
　　　　　　桃園弟兄是假情。
　　　　　　報讎雪恨還要明春等，
　　　　　　穩坐成都你不發兵！
　　　　　　氣得老張將你咬，（咬劉備介）

　　　　　　　看你心疼不心疼！
劉　備　三弟！（哭介）哎二弟呀！
張　飛　（唱）兄王不念結義情，
　　　　　　　安然坐視不發兵！
　　　　　　　某回閬中造白甲，
　　　　　　　尅日興兵拿讎人。（怒下）
劉　備　（唱）三弟既然要起兵，
　　　　　　　孤王也要把令行。
　　　　　　　潘璋糜芳齊拿住，
　　　　　　　二弟！雲長！
　　　　　　　孤王與你來祭靈。

　　　（同下）

第 四 場

　　　　（張苞上）

張　苞　（念）少年英雄將，與主定家邦。
　　　　俺，張苞。爹爹金殿見駕，請旨發兵去了，爲何不見轉來？
　　　　（幕內：三千歲回府！）
　　　　（張苞出迎，衆軍卒引張飛上，坐哭介）
張　苞　爹爹，孩兒參見！
張　飛　免！
張　苞　爹爹請旨發兵，皇伯怎樣傳旨？
張　飛　兒呀！你那皇伯言道，如今天氣寒冷，要待明春發兵。
張　苞　爹爹怎樣打算？
張　飛　兒呀！不管你那皇伯發兵不發兵，爲父的要即日發兵，與你二伯父報讎雪恨！
張　苞　好哇！
張　飛　我兒傳令下去，命范疆、張達要在三日以內，造齊三千身白盔白甲，違令者斬！（下）
張　苞　得令！（傳令介）三千歲有令：命范疆、張達三日以內，造下三千身白盔白甲，違令者斬！

（幕内：得令！）
（張苞下，眾軍卒隨下）

第 五 場

（張達、范疆上）

張　達　（念）聽得大帳傳將令，
范　疆　（念）不由我等膽戰驚。
張　達　俺，張達。
范　疆　　　范疆。
范　疆　仁兄，三千歲傳令下來，三天以內，要造起三千身白盔白甲，這如何造得起？三千歲性如烈火，怒便殺人，這便如何是好啊？
張　達　賢弟，你我一同逃走如何？
范　疆　這如何使得？你我逃走，倘若拿回，定按軍法斬首。
張　達　如今走也是死，不走也是殺，如何是好？
范　疆　我有一計在此。
張　達　快快講來。
范　疆　你我今晚三更時分進得帳去，手執短刀一把，把那張飛刺死，將首級割下，投獻東吳，豈不是一件莫大之功？
張　達　真乃好計！照計而行。
（同下）

第 六 場

（眾軍卒引張飛上）

張　飛　（念）心中痛恨興軍馬，要把讎人一掃平。
　　　　來！
眾軍卒　有。
張　飛　傳范疆、張達進帳。
軍　卒　范疆、張達進帳。
（范疆、張達上）
范　疆
張　達　見三千歲！

張　　飛　你二人起造的白盔白甲，想是造起了？
范　　疆
張　　達　啓禀三千歲：三千身白盔白甲，限期三日，難得造成，還望三千歲開恩展限。
張　　飛　我把你兩個狗娘養的，竟敢前來討限，不看你二人素日勤勞，定斬不貸！死罪已免，活罪難饒，來呀！
衆軍卒　有。
張　　飛　將他二人每人重責皮鞭一百。
　　　　　（軍卒弔打范疆、張達介）
范　　疆
張　　達　謝三千歲不斬之恩。
張　　飛　再限你等三日，如若違誤，定斬不赦。
范　　疆
張　　達　謝千歲！
范　　疆　（念）忍痛下大帳，
張　　達　（念）讎恨腹中藏！
　　　　　（范疆、張達下）
張　　飛　（唱）惱在胸頭心惆悵！
　　　　　　　　三日違限爲哪樁？
　　　　　　　　悶慨慨坐大帳心神飄蕩，
　　　　　　　　想二哥一陣陣痛斷肝腸！
　　　　　　　　猛聽得帳外廂甲葉聲響，
　　　　　　　　莫非是二哥他死又還陽？
　　　　　　　　我這裏出大帳急忙張望，
　　　　　　　　請二哥進帳來叙叙衷腸！
　　　　　二哥！
軍　　卒　三千歲：不是二千歲，那是檐鈴響亮。
張　　飛　不是二千歲，是檐鈴響亮？（哭介）哎，二哥呀！
　　　　　（唱）轉過身又聽得鑾鈴聲響，
　　　　　　　　莫不是他的赤兔馬脫了絲韁？
　　　　　二哥！這分明是你的赤兔馬鑾鈴響亮！來來來，小弟在此久候多時了，你我一同進帳痛飲幾杯！
軍　　卒　三千歲：那不是二千歲的赤兔馬，是風吹桐葉聲響。

張　飛　怎麽説，那不是二千歲的赤兔馬鑾鈴響亮，乃是風吹桐葉聲響？
　　　　（哭介）哎！二哥呀！
　　　　（唱）難得見的兄長啊！
　　　　　　　叫三軍一個個退出内帳，
　　　　（衆軍士下）
張　飛　（唱）爲悲痛我還要自飲酒漿！
　　　　（張飛飲酒後，睡介。范疆、張達暗上）
張　達　來此已是中軍帳，你我挨身而進。
范　疆　小心了！
　　　　（范疆、張達殺張飛，割首級介，下。張苞上）
張　苞　（念）五鼓天明起，大帳報軍情！
　　　　哎呀！不好了！何人將我爹爹殺死？母親快來！
　　　　（張夫人上）
張夫人　我兒何事驚慌？
張　苞　不知何人將我爹爹殺死，頭已割去。
張夫人　哎呀老爺呀！
　　　　（唱）一見老爺把命喪，
　　　　　　　不由母子斷肝腸！
　　　　　　　將屍首抬在後堂放，
　　　　　　　我兒前去查端詳。
　　　　苞兒，快去營前營後問來，合營短少何人？
張　苞　遵命！（喊介）呔！合營聽者：查看營中短少何人？
　　　　（幕内：范疆、張達不見了！）
張　苞　啓稟母親：那范疆、張達不見了。
張夫人　快去奏與皇伯知道。
張　苞　是。
　　　　（同下）

第　七　場

（四軍卒、四將引劉備上）

劉　備　（唱）悶坐皇宮心悵惘，

　　　　　　　思想二弟淚兩行！
　　　　　（劉封上）
劉　　封　（唱）聞得二叔把命喪，
　　　　　　　　來到成都見父王。
　　　　　兒臣見駕，父王千歲！
劉　　備　兒是劉封？
劉　　封　正是孩兒。
劉　　備　好奴才！
　　　　　（唱）一見奴才跪帳中，
　　　　　　　　孤王怒氣往上衝！
　　　　　　　　二叔兵敗麥城地，
　　　　　　　　奴才爲何不發兵？
　　　　　　　　坐視不理該何罪？
　　　　　　　　快請先生問典刑。
　　　　　快請諸葛先生！
四 軍 卒　有請諸葛先生！
　　　　　（諸葛亮上）
諸 葛 亮　（念）雲長把命喪，西蜀殞將星！
　　　　　主公在上，山人有禮！
劉　　備　先生請坐。
諸 葛 亮　主公宣山人進帳，有何國事議論？
劉　　備　雲長兵敗麥城，劉封竟敢按兵不動，請先生按軍法治罪。
諸 葛 亮　領旨！
　　　　　（唱）昊天墜落大將星，
　　　　　　　　二千歲兵敗困麥城！
　　　　　　　　小千歲你不該按兵不動，
　　　　　來！
　　　　　　　　論軍法推午門速問典刑。
　　　　　斬了！（下）
　　　　　（四軍卒推劉封下。幕內鼓響，斬劉封。四軍卒捧首級上）
四 軍 卒　斬首已畢。
劉　　備　（捧首級哭介）

(唱)一句話兒錯傳了,
　　　我兒送了命一條!
　　　兒不該按兵裝不曉,
　　　兒不該成都把父瞧。
　　　軍令既出如山倒,
　　　我兒送了命一條。
啊啊啊,我的兒呀!(哭介)
(張苞忙上)

張　苞　(念)忙將閬中事,報與皇伯知。
　　　　啓皇伯:大事不好了!
劉　備　何事驚慌?
張　苞　我父被那范疆、張達殺死,將首級割下逃走了。
劉　備　你待怎講?
張　苞　我父被范疆、張達殺死!
劉　備　二弟,雲長! 三弟,翼德!(氣椅介)
張　苞　皇伯醒來!
劉　備　(唱)【西皮導板】
　　　　　　聽一言來魂嚇掉!
　　　　(【叫頭】)雲長、翼德,我那好兄弟呀!
　　　　(唱)嘆二弟和三弟俱赴陰曹!
　　　　　　兒的父因甚事死出意料?
　　　　　　小張苞快對孤細說根苗。
張　苞　(唱)命范疆和張達白袍起造,
　　　　　　他二人違限令犯了軍條!
　　　　　　因鞭撻他二人懷恨計較,
　　　　　　夜行刺斬父頭逃之夭夭。
劉　備　(唱)聽他言痛得我肝腸碎了!
　　　　　　只哭得淚成血灑染龍袍!
　　　　　　叫張苞和關興侄兒聽道:
　　　　　　你二人起川兵準備槍刀!
　　　　(蜀將上)
蜀　將　啓主公:今有東吳差人,將糜芳、范疆、張達,送至御營,候旨發落。

劉　　備　知道了！
　　　　　（蜀將下）
劉　　備　此乃是二位賢弟英魂有靈，將讎人拿住。關興、張苞！
關　　興
張　　苞　皇伯！
劉　　備　將爾父的靈位設好，將讎人摘心，爲伯我要拜祭一回。
關　　興
張　　苞　領旨！
　　　　　（關興、張苞同下）
劉　　備　（念）要把賊人犯，摘心祭靈前！
　　　　　雲長！翼德！我那好兄弟呀！（哭介）
　　　　　（同下）

伐東吳

佚名撰

解題

京劇。現代佚名撰。《京劇劇目初探》著録,題《伐東吳》,一名《黃忠帶箭》;《京劇劇目辭典》著録,題《伐東吳》,又名《大報讎》、《黃忠帶箭》,均未署作者。劇寫劉備伐吳,關興、張苞隨行,爲報父讎,二人爭作先鋒。劉備命其比武以定優劣,結果不相上下,互不相讓,對打起來。劉備喝止,向他們述説當日桃園盟好,勝似同胞,使二人息爭,共禦强敵。並令二人折箭爲誓,情同骨肉,以後患難相扶。劉備大喜,使吳班爲先鋒,命二人爲左右翼護軍都統領,立即興兵。關興、張苞與吳將交戰,劉備懸念不安。黃忠正在相勸,關興已刀劈射傷張苞戰馬的謝旌,活捉譚雄而歸。劉備命斬譚雄,祭奠關羽。設宴爲關興、張苞慶功,邀黃忠同飲。席筵上,劉備誇讚小將關興、張苞,謂當年之將盡已老邁無能。黃忠不服,負氣提刀上馬投東而去。劉備自知失言,即命關興、張苞前往接應。黃忠見先鋒吳班,以實相告。吳班亦言其老。黃忠愈怒,乘馬衝出營外,正遇吳將崔禹、史績,僅戰三合即將二人劈於馬下。潘璋得知東吳二將被斬,趕來追殺,又爲黃忠所敗。馬忠出馬,亦被殺退。潘、馬二人定計引誘黃忠,暗放冷箭傷黃忠。關興、張苞趕到,救出帶箭的黃忠。劉備見黃忠身帶箭回營,痛悔失言,激怒老將,責關興、張苞未能勸阻。劉備欲親自起箭醫治,黃忠言箭上有毒,箭在人在,箭起人亡,説畢自己拔箭身死。劉備甚爲悲憤,親帶關興、張苞和潘璋交戰。潘璋戰敗逃走。關興追趕潘璋,夜間借宿與村民崔成家中,見崔家供奉關羽神像,大爲哀痛。潘璋迷路,亦來借宿。崔成恐關興有失,先誆去潘璋刀馬,並令衆家丁幫助關興斬了潘璋,取其首級。劉備又刺其一劍,並封崔成爲行軍嚮導官、伐吳開路先鋒。此劇包括《小桃園》《伐東吳》《活捉潘璋》三齣情節。本事出於《三國演義》八十一至八十三回。《三國志·蜀書·先主傳》載劉備伐吳事甚詳。《關羽傳》:"興字安國,少有令問,丞相諸葛亮深器異之,弱冠爲侍中監軍,數歲卒。"《張飛傳》:"長子苞,早夭。"均無二人伐吳事。明人有《雙忠孝》傳奇。《鼎峙春秋》亦有《勢當全盛讎將復》一齣,均演劉備伐吳事。版本今有《京劇彙編》馬連良藏本及以此本重刊的《京劇傳統劇本彙編》本、《戲考》本、《京劇叢刊》本、《京劇大觀》本。今以《京劇彙編》馬連良藏本爲底本,參考其他本校勘整理。

第 一 場

（關興、張苞上,起霸）

張　　苞　（念）（詩）素甲白盔日月寒,
關　　興　（念）（詩）悲聲萬里恨江南。
張　　苞　（念）（詩）不共戴天讎當報,
關　　興　（念）（詩）思親血淚染征衫。
　　　　　（四上手暗上）
關　　興　俺,　關興。
張　　苞　　　　張苞。
張　　苞　賢弟!
關　　興　兄長!
張　　苞　皇伯兵伐東吳,爲你我父王報讎雪恨,命我二人點兵伺候。來此校場,請問賢弟,如何發令?
關　　興　理當兄長傳令。
張　　苞　如此,一同傳令。衆將官!
四上手　　有!
關　　興
張　　苞　聽我吩咐!
四上手　　啊!
張　　苞　（唱）食王爵祿當報效,
關　　興　（唱）養軍千日用一朝。
張　　苞　（唱）此番出兵事非小,
關　　興　（唱）先掃東吳後滅曹。
張　　苞　（唱）一則消恨把讎報,

| 關　興 | （唱）重整漢室慕唐堯。
| 張　苞 | （唱）人馬遍是白旗號，
| 關　興 | （唱）忠義之氣貫九霄。
| 張　苞 | （唱）聖駕此番行征討，
| 關　興 | （唱）人人奮勇立功勞！
| 張　苞 | （唱）曉諭三軍鳴號角，
| 關　興 | （唱）皇伯駕臨山動搖！
| 劉　備 | （内唱）【西皮導板】
　　　　　　二弟、三弟難得見！
　　　　　（四白文堂、中軍、劉備上）
| 劉　備 | 哎！二弟、三弟呀！
（唱）弟兄們何日裏再得團圓？
　　　想當年結拜時如同轉眼，
　　　那桃園花開落數十餘年。
　　　說甚麼一在三人在，
　　　說甚麼不同生願同死一命相連。
　　　到如今你二人雙雙命喪，
　　　留下我空悲切獨對蒼天！
　　　朕慟手足不見面，
　　　傷心怎對衆臣言！
　　　眼望旌旗銀光閃，
　　　悲聲直透九重天。
　　　七十五萬兵雪片，
　　　何愁平吳斬孫權！
　　　山川旗纛神明鑒，
　　　報讎雪恨奏凱還。
（念）（詩）
　　　一怒輕天下，
　　　飲淚戰東吳！
　　　願得神靈佑，
二弟！三弟！
　　　斬草把根除！

　　　　　天哪,天!朕今爲二位賢弟報讎,立誓要踏平江南。不知衆將之中
　　　　　誰可挂得先鋒大印?
張　苞　啓奏皇伯:兒臣願挂先鋒大印。
劉　備　好哇!賢侄壯志可嘉。左右,快取先鋒大印賜與張苞。
關　興　且慢!先鋒大印,應留與兒臣。
張　苞　咦!我已奉召,你小小年紀何能當此先鋒重任!
關　興　你有何能,敢當此任?
張　苞　愚兄自幼習武,槍馬純熟,箭無虛發。
劉　備　我正要觀看你二人武藝,以定優劣。左右,於百步之外,立一標旗,
　　　　　上畫紅心,張苞先去射來。
張　苞　領旨!
　　　　　(唱)養由基神箭何足道,
　　　　　　　軍前今日顯張苞。
　　　　　　　要報父讎子行孝,
　　　　　　　爭奪先鋒保漢朝。
　　　　　　　弓開好似滿月抱,
　　　　　　　雕翎寶箭一條條。
　　　　　　　弓弦撒處流星繞,
衆　　　(喊介)好箭!
劉　備　果然好箭!
關　興　住了!
　　　　　(唱)射中紅心豈爲高!
　　　　　似這等尋常的箭法,焉能挂得先鋒大印!
張　苞　呀呀呸!你道這是尋常箭法,你可能箭箭射中紅心?
關　興　射中紅心何足爲奇!
　　　　　(雁叫介)
關　興　你看飛來一隊鴻雁。看我單射那第三只,方顯本領。
張　苞　且慢誇口,你且射來。
關　興　你且看來。
　　　　　(唱)一隊賓鴻天空到,
　　　　　　　今朝奪印顯英豪!
　　　　　　　觀定雁陣弓開了,

（雁落，關興笑介）

關　興　（笑）哈哈哈……
　衆　　（喊）好箭法！
張　苞　（唱）敢與某比丈八矛？
關　興　住了！
　　　　（唱）倚恃箭槍實可笑，
　　　　　　　難道我無家傳刀？
　　　　（張苞、關興對打介）
劉　備　（喊止介）休得無禮！
　　　　（唱）弟兄相爭何爲孝？
　　　　　　　失却大義嘆爾曹！
　　　　　　　滴淚傷心叫，
　　　　　　　關興與張苞：
　　　　　　　只因黄巾起，
　　　　　　　天下動槍刀！
　　　　　　　三人同結拜，
　　　　　　　桃園義氣高。
　　　　　　　情同親骨肉，
　　　　　　　生死願同巢。
　　　　　　　爾等既昆仲，
　　　　　　　應當如同胞。
　　　　　　　共把父讎報，
　　　　　　　方顯志量高。
　　　　　　　相争惹人笑，
　　　　　　　違教又犯條。
　　　　　　　我在尚如此，
　　　　　　　他年怎相交？
　　　　　　　霎時心如攪，
　　　　二弟、三弟呀！
　　　　（唱）悲淚灑征袍！
張　苞　（唱）皇伯訓教兒臣曉，
關　興　（唱）求赦無知這一遭。

關　興 張　苞	（同跪介）兒臣深知冒失之罪，望乞皇伯天恩寬恕。
劉　備	既然過悔，起來！
關　興 張　苞	謝皇伯！（立起介）
劉　備	你二人今日折箭爲誓。以後情同骨肉，兄友弟恭，患難相扶。就此當朕一拜。
關　興 張　苞	兒臣領旨！
張　苞	（唱）當年桃園天地表，
關　興	（唱）勝如羊左刎頸交。
張　苞	（唱）義重黃金如蒿草，
關　興	（唱）情深誼厚萬古標。 （關興、張苞接箭介）
張　苞	（唱）你我縱無皇伯詔，
關　興	（唱）應念先人即同胞。 （關興、張苞折箭介）
張　苞	（唱）從此患難永相保，
關　興	（唱）御前謝恩滅孫曹。
劉　備	好哇！ （唱）情深義重方爲孝， 　　朕今從此眉展梢。 二皇侄和好，朕心甚喜。站立兩旁。
關　興 張　苞	謝皇伯！
劉　備	宣黃忠、吳班進帳。
中　軍	黃忠、吳班進帳！ （黃忠、吳班上）
黃　忠	（念）英雄回首憶長沙，百戰威名誰不誇。
吳　班	（念）難消最是閬中恨，此番定要將讎殺。
黃　忠 吳　班	聖上宣召，一同進帳。臣等見駕。願吾皇萬歲！
劉　備	平身。

黄　忠 吳　班	萬萬歲！宣臣等進帳，有何旨意？
劉　備	五虎上將今失其二[1]，朕實慘傷！黄老將軍可隨朕左右，以慰朕懷。今命吳班將軍以爲先行，開路伐吳，須當小心在意。
吳　班	領旨！
劉　備	關興、張苞！
關　興 張　苞	在。
劉　備	朕命你二人爲左右翼護軍都統領，以佐吳班將軍。
關　興 張　苞	領旨！
劉　備	其餘大小軍校，各守其職。吩咐起馬。
衆	啊！
劉　備	（唱）報讎也是奉天討， 　　　　滅却東吳恨方消。 　　　　衆將須當齊報效， 　　　　效法光武復漢朝。 　　　　二十八宿如虎嘯， 　　　　卿等何難凌烟標。 　　　　傳令已畢放號炮， 　　　　旌旗蔽日地天摇。

（【五馬江兒水】牌子。同下）

校記

[1] 五虎上將今失其二："二"，原作"三"，據下文第十六場黄忠卒後劉備唱詞"五虎上將三不見"改。

第　二　場

（譚雄、謝旌上，起霸）

譚　雄	（念）才高白起志如龍，
謝　旌	（念）身爲上將顯奇能。

（四下手兩邊上）

譚　雄　某，譚雄。
謝　旌　　　謝旌。
譚　雄　請了！
謝　旌　請了！
譚　雄　你我奉了吳侯旨意，鎮守猇亭。如今劉備統兵前來，我等如何迎敵？
謝　旌　自古道兵來將擋。大丈夫豈懼一區區劉備哉！
譚　雄　所言極是。準備迎敵。

（【水底魚】。同下）

第　三　場

（張苞上）

張　苞　（唱）左鋒護軍當頭陣，
　　　　　　　斬將立功逞英雄。
　　　　俺，張苞。聞得吳兵已出猇亭。是俺匹馬前來，要立斬來將，皇伯駕前獻功，也顯一顯俺蜀兵的威風、張苞的英勇也！
　　　　（唱）我父當年威名震，
　　　　　　　嚇得曹操喪了魂！
　　　　　　　俺今要把功勞掙，
　　　　　　　誓報父讎與國恩。

（譚雄、謝旌上）

張　苞　呔！來將通名受死。
譚　雄　大將譚雄。
謝　旌　大將謝旌。
張　苞　無名小輩，還不早早下馬投降，免爾一死。
譚　雄　看你這娃兒胎髮未退，乳臭未乾，出此狂言，諒你不知老子的厲害！謝將軍出馬。

（張苞、謝旌起打。謝旌敗下。譚雄接與張苞起打介）

譚　雄　（唱）小兒敢把威風逞，
　　　　　　　不知老爺有威名。

張　苞　住了！
　　　（唱）縱使你有大本領，
　　　　　　槍尖送你命歸陰。
　　　（起打介，譚雄下。謝旌上，起打介，敗下。張苞追下）

第　四　場

（譚雄持弓上）
譚　雄　（唱）張苞英勇難取勝，
　　　　　　暗暗彎弓放雕翎。
　　　（謝旌、張苞上，起打。譚雄放箭介。張苞戰馬中箭，關興急上，劈死謝旌介）
關　興　兄長回營換馬再戰。
張　苞　待我回營換馬。賢弟你要小心了！（下）
關　興　射死我兄戰馬可是你？
譚　雄　然也！
關　興　看刀！
　　　（關興、譚雄起打介。關興擒譚雄下）

第　五　場

（張苞上）
張　苞　（唱）適纔交戰逞驍勇，
　　　　　　馬頭中了箭雕翎。
　　　　　　不是關興來救應，
　　　　　　險些臨陣一命傾。
　　　（關興擒譚雄上）
張　苞　賢弟擒來何人？
關　興　就是暗放雕翎射兄長戰馬的賊將譚雄。
張　苞　好！就將此賊綁回御營。
關　興　言之有理。就此去者。
張　苞　（唱）交鋒對壘暗防損，

關　興　（唱）賊將無知敢逞能！
張　苞　（唱）賢弟今日功上等，
關　興　（唱）皇伯駕前奏捷音。
　　　　（同下）

第　六　場

　　　　（四上手、劉備上）
劉　備　（唱）風吹旌旗山搖動，
　　　　　　　張苞關興去出兵。
　　　　　　　未知此去可得勝？
　　　　　　　舉首翹望心不寧。
　　　　（黃忠上）
黃　忠　（唱）憶昔當年長沙鎮，
　　　　　　　算來不覺幾度春。
　　　　　　　荆州閬中遭不幸，
　　　　　　　一心要把東吳平。
　　　　　　　黃漢升撩袍把帳進，（施禮介）
劉　備　（唱）老將軍免禮且平身。
　　　　　　　暫陪朕坐消愁悶，
黃　忠　（唱）行軍不必淚傷心。
　　　　（張苞、關興上）
張　苞　（唱）斬將擒賊破敵陣，
關　興　（唱）弟兄御前顯奇能。
張　苞　啓奏皇伯：兒臣出陣，不料譚雄暗放雕翎，射死戰馬。幸得關興趕到，不然性命難保！
關　興　兒臣見張苞兄長落馬，趕到陣前，刀劈謝旌，活捉譚雄。特來獻功。
劉　備　好哇！快將譚雄綁了上來。
　　　　（四上手押譚雄上）
劉　備　好吳狗！
　　　　（唱）四百年來爭漢鼎，
　　　　　　　東吳不君也不臣。

鼠竊犬偷眞可恨,
快斬逆賊立即行。

（劉備斬譚雄介）

劉　備　將這厮首級祭奠二千歲靈前，灑下熱血以祭死馬。快快搭了下去。
四上手　啊！

（四上手抬屍下）

劉　備　朕今兵伐東吳，與二位賢弟報讎。幸得二虎侄頭陣取勝，足破吳人之膽。左右看酒，與二位皇侄賀功。
（唱）慶賀頭功二侄親，
　　　想起當年破黃巾。
　　　桃園弟兄威名震，
　　　如今又見小將軍。
關興、張苞！
　　　爾父忠勇眞血性，
　　　可憐一旦俱歸神！
　　　將門虎子稱爾等，
　　　一戰便將吳賊擒。
朕想當年與爾父等桃園結義之後，破黃巾，得徐州，收襄陽，入西川，皆爾父等之力也。不幸他們一旦去世。所有當年之將，盡皆老邁無能！幸有二皇侄斬將破敵。如此英勇，何愁東吳不平？看酒來。朕親爲二皇侄慶功！

（一上手給劉備斟飲介）

劉　備　（唱）可喜皇侄多英俊，
　　　　　此酒酬勞慶功勳。
黃　忠　（唱）主公言詞太含混，
　　　　　安知老將便無能？
（背躬介）關興、張苞乃是子侄之輩。不過立了些許功勞，主公便如此誇獎，說老者無能。俺不免暗出御營，刀劈上將，看俺黃忠老也不老？
（唱）太公八十方交運，
　　　廉頗斗米肉十斤。
　　　黃忠豈是無本領，

再學個走馬取定軍。（下）

（報子上）

報　　子　　黃老將軍私自出營，向東而去。

劉　　備　　快去打探。

報　　子　　得令！（下）

劉　　備　　哎呀！黃漢升絕非反叛之人。想是適纔朕言老將無能，故而一怒出營，意在斬將顯能耳。雖然如此，誠恐有失。關興、張苞！

關　興
張　苞　　在。

劉　　備　　你二人急速前去保護。倘若老將軍得勝，勸他回營。不得有誤。

關　興
張　苞　　領旨！（下）

劉　　備　　將宴撤去。

（唱）得意忘形錯是朕，
　　　　激怒老將黃漢升。
　　　　但願他馬到功成早得勝，
　　　　平安無事回御營。

（同下）

第　七　場

黃　　忠　　（內唱）【西皮導板】
　　　　黃忠馬上哈哈笑，（上）
老了哇，老了！
（唱）我主寵信小英豪。
　　　　溺愛不明誇不了，
　　　　反說老將無略韜。
　　　　某曾把天蕩定軍掃，
　　　　夏侯淵一命赴陰曹。
　　　　黃忠雖老刀馬少，
　　　　哪怕鬚髮似雪飄！
　　　　耳旁聽得人馬鬧，

關 興 張 苞	（内）老將軍慢走！
黃 忠	（唱）二小將趕來爲哪條？
	（關興、張苞上）
關 興 張 苞	我等奉了皇伯之命，請老將軍回營。誠恐年邁有失。
黃 忠	唗！
	（唱）二小將把話錯講了， 　　　説什麽有失把命抛。 　　　我一心要把吳營掃， 　　　恢復大業保漢朝。 　　　我不圖凌烟把名標， 　　　也不圖封侯爵禄高。 　　　黃忠的刀馬誰不曉？ 　　　敵將聞名望風逃。 　　　回朝報與主公曉，
關 興 張 苞	老將軍不要逞能，還是隨我等一同回去纔是。
黃 忠	呀呀呸！
	（唱）你就説我年邁的黃忠也要立功勞。（下）
張 苞	（唱）黃忠年邁性情傲，
關 興	（唱）相隨保護莫辭勞。
	（同下）

第 八 場

（四上手、吳班上）

吳 班	（唱）大將出川把賊剿， 　　　挂印先鋒兵一標。 　　　連營下寨恐非妙， 　　　見機而行穩重高。
報 子	（内）報！（上）

黄老將軍到。
吳　班　有請！
報　子　有請！（下）
　　　　（吹打。黄忠上）
吳　班　黄老將軍，怒氣不息，所爲何來？
黄　忠　哎呀先鋒啊！主公兵伐東吳，某當前隊纔是。今關興、張苞小勝，主公誇獎不已，反説老將無能。因此某私自出營，前來殺敵，定要刀劈上將。那時看俺老是不老！
吳　班　老將軍本來的老了哇！
黄　忠　呀呀呸！
　　　　（唱）爲何人人道我老？
　　　　　　不由老夫怒眉梢！
　　　　　　某十歲弓馬便知曉，
　　　　　　十三十四使寶刀。
　　　　　　八十三歲不爲老，
吳　班　老將軍休怪。老將軍本來的老了哇！
黄　忠　呀呀呸！
　　　　（唱）實不服少年將英豪。
　　　　　　人來帶馬出營道！（上馬介）
吳　班　老將軍本來的老了哇！
黄　忠　呀呀呸！
　　　　（唱）我斬幾個人頭把我的怒氣消。（下）
吳　班　呀！
　　　　（唱）老將人老心不老，
　　　　　　馬來！
　　　　　　我當保護走一遭。
　　　　（同下）

第　九　場

　　　　（四軍士、崔禹、史績上）
崔　禹　（唱）今日出兵眼先跳，

史　績	（唱）出言不利事蹊蹺。
崔　禹	俺，東吳大將崔禹。
史　績	俺，東吳大將史績。
崔　禹	我等奉了吳侯旨意，鎮守猇亭。探子報道，黃忠前來討戰。你我二人前去擋他一陣。
史　績	請！
崔　禹	（唱）想必黃忠死運到，
史　績	（唱）見我叫他魂魄銷。

（黃忠上）

黃　忠	（唱）耀武揚威把賊討， 　　　 踏平東吳恨方消。 呔！馬前來的吳狗，通名受死。
崔　禹	呔！你老花了眼睛不成？
黃　忠	哼！
崔　禹	連你老爺東吳大將崔禹全不認識了嗎？
史　績	俺就是大將史績。
黃　忠	呀呀呸！我只道爾等是吳狗八員上將之數，却原來是兩個無名小輩！饒爾命活，回去快叫潘璋小兒前來受死。
崔　禹	（笑介）哈哈哈⋯⋯你這老兒偌大年紀，說話不懂好歹。慢着，讓我擋他一陣。呔！黃忠，你的武藝雖好，可惜老了，哪是我們的對手。
黃　忠	我雖年邁，這手中寶刀不老。少時取你兩個狗頭，方見本領。
崔　禹	將軍，我們擒這老倭瓜便了。

（崔禹、史績、黃忠殺過合，黃忠佯敗下）

崔　禹	將軍！
史　績	將軍！
崔　禹	人道黃忠乃是好將。未戰兩個回合，他就敗下陣去了。
史　績	想是不忍殺你。
崔　禹	不要胡言，你我追上前去。

（同下）

第 十 場

（黃忠上，崔禹、史績上，起打介。黃忠殺崔禹、史績介。吳班上）

吳　班　老將軍刀劈崔、史二將，就是莫大之功，可以回營去了。

黃　忠　先鋒！我還要殺進吳營，刀劈八員上將，方見我黃忠不老。

吳　班　老將軍哪！
　　　　（唱）吳班有言來稟告，
　　　　　　　破敵須防戰馬勞。
　　　　　　　老將軍威風誰不曉，
　　　　　　　何妨饒他這一遭。

黃　忠　（唱）先鋒此話說得妙，
　　　　　　　使俺怒氣一半消。
　　　　　　　非是我黃忠不服老，
　　　　　　　雖然年邁武藝高。
　　　　　　　藐視東吳如腐草，
　　　　　　　先斬孫權後滅曹。
　　　　　　　暫且回營君休笑，
　　　　先鋒！
　　　　　　　我把那一群吳狗不放在心梢。

吳　班　老將軍說得極是。請回營歇息，明日再戰。

黃　忠　只是便宜那厮多活一晚。

黃　忠
吳　班　哈哈哈……（下）

第 十 一 場

（四下手引潘璋上）

潘　璋　（唱）適纔軍中探馬報，
　　　　　　　黃忠斬我兩英豪。
　　　　俺，潘璋。前者同呂蒙定計，襲取荊州。我主大喜，將關羽刀馬賜俺。那赤兔馬不食草料而死。青龍刀雖在我手，却未斬一將。適纔探子報道黃忠踏營。待俺出馬迎敵,擒此老兒便了!
（唱）奪取荊州用圈套,
　　　今退川兵逞英豪。
　　　催馬出營如虎嘯,
（黃忠上）

潘　璋　呀!
（唱）黃忠猶如龍一條。
黃　忠　呔!來將通名。
潘　璋　大將潘璋。
黃　忠　噢!
（唱）怒髮衝冠鋼牙咬,
　　　爾敢使青龍偃月刀!
　　　見此刀不由我珠淚掉,
　　　劈爾狗頭恨也難消!
（黃忠、潘璋起打介。潘璋敗介,黃忠追下）

第 十 二 場

（四下手引馬忠上）

馬　忠　（念）旌旗飛龍影,干戈耀日明。
俺,馬忠。只因潘璋出營,大戰黃忠,不知勝負如何。俺且出營一望。
（【水底魚】。潘璋上）
馬　忠　將軍勝負如何?
潘　璋　黃忠十分驍勇,難以取勝。
馬　忠　將軍且退後陣,待俺擒捉老兒。
潘　璋　多加小心!（下）
（黃忠上）
黃　忠　賊將看刀!
（黃忠、馬忠起打介。馬忠下,黃忠追下）

第 十 三 場

（潘璋、馬忠又上）

潘　璋　將軍！

馬　忠　將軍！

潘　璋　你我被黃忠殺敗，主公見罪，如何是好？

馬　忠　黃忠果然驍勇。潘將軍你且與他交戰，待俺暗暗射他一箭。

潘　璋　黃忠善射，百步穿楊。若射他不中，豈不被他見笑。

馬　忠　你豈不知會家不防麼？

潘　璋　既然如此，待俺再去會他一陣。

馬　忠　須要小心！（下）

（潘璋引黃忠上，起打介，潘璋敗下。四下手上，黃忠破四下手下，黃忠追下）

（擂鼓介。馬忠持弓箭上，下場門立介。潘璋引黃忠上。馬忠放箭，黃忠中箭介。眾圍下）

第 十 四 場

（【水底魚】。關興、張苞上）

張　苞　黃老將軍殺入重圍去了。倘有不測，如何是好？你我速去護救。

關　興　請！

（同下）

第 十 五 場

黃　忠　（內唱）【西皮導板】

　　　　四下喊聲兵圍繞！（上）

（八軍士上，黃忠殺八軍士介。潘璋、馬忠上，上高臺）

黃　忠　哎呀！

　　　　（唱）躍馬橫刀怒衝霄。

　　　　　　　大喝潘璋爾知曉，

　　　　　　交鋒不怯是英豪。
　　　　　　冷箭傷人實可笑，
　　　　　　難怪説吳狗慣放刁。
潘　璋　（唱）可恨黃忠不服老，
　　　　　　臨危還敢逞英豪！
　　　　　　急早下馬快拜倒，
　　　　　　不然教你命難逃。
黃　忠　（唱）大將臨陣神威保，
　　　　（衆吳兵上，圍黃忠介。關興、張苞上）
關　興
張　苞　（唱）來了關興與張苞。
　　　　（起打介。關興、張苞救黃忠下）
潘　璋　黃忠帶箭，被二小將救出重圍。你我速速追趕。
馬　忠　追上前去！
　　　　（同下）

第 十 六 場

（四龍套引劉備上）
劉　備　（唱）黃忠性傲見識淺，
　　　　　　不該匹馬去爭先。
　　　　　　張苞關興料難勸，
　　　　　　但願平安得勝還。
　　　　（黃忠、關興、張苞上）
劉　備　（唱）一見老將身帶箭，
　　　　　　霎時膽落百丈淵！
　　　　　　早知出兵遭兇險，
　　　　　　漢升！老將軍哪！
　　　　（唱）朕悔一時錯出言。
黃　忠　（唱）精神恍惚四肢軟！
　　　　　　耳旁聽得有人言。
　　　　　　大喝潘璋行奸險，

劉　　備　老將軍！
黃　　忠　哎呀！
　　　　　（唱）原來陛下在眼前。
　　　　　　　　急忙跪拜謝恩典，
　　　　　　　　黃忠性命難保全！
劉　　備　老將軍，朕一言之錯，使你怒出大營。如今帶箭而回，叫朕痛斷肝腸了！
黃　　忠　哎呀主公啊！老臣出馬刀劈崔禹、史績——
劉　　備　就該回營。
黃　　忠　因見吳賊潘璋，手提二君侯的青龍偃月刀。老臣一見，心膽俱裂。正欲擒捉此賊，不防冷箭中臣肩窩！
劉　　備　老將軍乃是善射的神手，爲何不防？
黃　　忠　哎呀陛下呀！
　　　　　（唱）老臣本是一軍漢，
　　　　　　　　臨陣豈可不當先？
　　　　　　　　況且讎人兩相見，
　　　　　　　　哪有心腸防弓弦！
劉　　備　哎！
　　　　　（唱）真是風雲不測變，
　　　　　　　　空將血淚灑胸前！
　　　　　　　　回頭便把小將怨：
　　　　　　　　臨行何等對你言？
　　　　　　　　成功當把老將勸，
　　　　　　　　臨陣加意要保全。
　　　　　　　　如今竟然身帶箭，
　　　　　　　　年輕無知小兒男。
關　　興
張　　苞　兒臣等知罪！
黃　　忠　陛下，這是臣自不小心，埋怨二位小將軍何來？
劉　　備　既然如此，朕與老將軍將箭起出。
黃　　忠　哎呀萬歲呀！這箭上有毒。箭在臣在，這箭起臣亡！
劉　　備　老將軍差矣！這毒箭焉有不起之理。敢是怕痛？

黃　忠　老臣死且不怕，何懼痛哉！一言永別，伏乞聖聽：
　　　　（唱）平生今灑淚幾點，
　　　　　　　回想功名數十年。
　　　　　　　臣受主公恩非淺，
　　　　　　　粉身碎骨理當然。
　　　　　　　幸得全屍已無怨，
　　　　　　　好謝龍恩歸九泉！
　　　　　　　萬歲須當慮謀遠，
　　　　　　　平吳不如取中原。
劉　備　（唱）老將軍休得心驚戰，
　　　　　　　起箭醫瘡早愈痊。
　　　　　　　康復之後功臣宴，
　　　　　　　朕願你康寧壽百年。
黃　忠　（唱）見主公説話淚滿眼，
　　　　　　　張苞關興哭兩邊！
　　　　　　　大丈夫一死終難免，
　　　　　　　強打精神做歡顏。
劉　備　（唱）事到臨頭難挽轉，
　　　　　　　張苞關興聽朕言。
　　　　　　關興、張苞！攙扶老將軍。待朕與老將軍起箭。
黃　忠　慢來，大丈夫取箭，何要人攙？待老臣親自拔取。閃開了！（灑介，死介，下）
劉　備　（唱）一見老將歸九天，
　　　　　　　冷水澆頭落空潭！
　　　　　　　從今何處再相見？
　　　　　　漢升老將軍哪！
　　　　　　（唱）熱淚行行灑征衫！
張　苞　（唱）大將屍全世少見，
關　興　（唱）皇伯不必損龍顏。
張　苞　（唱）屍首後帳好收殮，
關　興　（唱）準備滅吳報讎冤。
劉　備　（唱）五虎上將三不見，

漢升！二弟！三弟呀！
（唱）休想古城再團圓。
　　　黃忠有靈當應顯，
　　　踏平東吳在眼前。
　　　張苞關興傳令箭，
拿潘璋！
　　　刀出鞘來弓上弦。
（同下）

第 十 七 場

（四龍套引關興、張苞、劉備上。四下手、潘璋上。會陣介）

潘　璋　劉皇叔慢催戰馬，東吳大將潘璋在此。
關　興　醜賊休走，看刀！
張　苞　　　　　　　　槍！
（起打。潘璋原人敗下，劉備率衆追下）

第 十 八 場

（潘璋上）
潘　璋　哎呀且住！關興殺法驍勇。等他追來，用鋼抓抓他下馬便了。
（關興上）
關　興　哪裏走！
（起打。潘璋敗下，關興追下）

第 十 九 場

（潘璋上）
潘　璋　關興奪去俺的鋼抓。如今人馬盡折，他又在後面追來。這便怎麼處？哦呵有了！此間有塊大石，將身藏躲。等他過去，也好逃命。
（關興上）
關　興　哪裏走！（下）

潘　璋　看關興去遠，俺逃命去也！（下）

第 二 十 場

（崔成上）

崔　成　（念）行善雖無人見，存心自有天知。
　　　　老漢，崔成。崔家莊人氏。想當年關雲長坐鎮荆襄，愛民如子。如今歸神。各家念其功德，俱已焚香供奉。天色已晚，不免燒香去者。

（關興上）

關　興　（唱）追趕潘璋天色晚，
　　　　　　　暫借村莊把身安。
　　　　裏面有人麼？

崔　成　原來是一位小將軍。到此何事？

關　興　天色已晚，要在寶莊借宿一宵。明日早行，重禮相謝。

（小二暗上）

崔　成　原來如此。草堂奉陪，何言相謝。小二，接過刀馬。請進！

關　興　請！（看像介）哎呀！上面畫像，好似我家父王一般。哎，父王啊！
　　　　（唱）見畫像令某傷肝膽，
　　　　　　　活像生前貌一般。
　　　　　　　只說父子永隔斷，
　　　　父王啊！
　　　　　　　相逢相識不相言！

崔　成　（唱）你是何方男兒漢，
　　　　　　　痛哭關爺爲哪般？
　　　　小將軍，你見我家關爺神像，爲何痛哭？

關　興　這是我父王畫像。我名關興。不知老丈因何供奉？

崔　成　小老兒不知少將軍到此，多有怠慢。

關　興　豈敢！不知老丈因何如此？

崔　成　他老人家生時愛民，如今歸神。我這一方百姓，人人香火，家家圖形供奉。

關　興　爹爹呀！

（【水底魚】。潘璋上）

潘　璋　天色已晚，幸有人家可以借宿，明日再尋路回營。吥！裏面有人麼？

關　興　啊！外面好像潘璋聲音，待我擒住此賊。

崔　成　且慢！待小老兒出去誆了他的刀馬，再擒不遲。

關　興　就依老丈。

崔　成　（出門介）是哪位？

潘　璋　俺乃行路之人。行到此間，天色已晚。欲在寶莊借宿一宵，明日早行。望老丈行個方便。

崔　成　這有何難。小二！

小　二　在。

崔　成　將刀馬接了過來。

小　二　是。

潘　璋　多謝了！

（小二接刀、牽馬下）

崔　成　將軍請進！

潘　璋　老丈請！（進介）

關　興　潘璋！爾往哪裏走！

潘　璋　啊！（跑下）

（關興追潘璋下）

崔　成　看關將軍年幼，恐被潘璋暗算，不免叫眾家丁前去幫助。小二快來！

（小二上）

崔　成　眾家丁走上。

小　二　是。眾家丁走上！

（眾家丁上）

崔　成　你們各執棍棒，追趕潘璋，保護關將軍去者！

眾家丁　啊！

（同下）

第二十一場

（關興領眾家丁趕潘璋上，跑圓場。潘璋昏倒介。關興斬潘璋介，

　　　　　持刀看介）
關　興　父王啊！
　　　　（同下）

第二十二場

　　　　（四龍套、張苞、劉備急上。關興上）
劉　備　這是何人首級？
關　興　吳狗潘璋！
劉　備　呈上來讓朕賞他一劍。
　　　　（崔成上）
崔　成　崔成迎接萬歲！
劉　備　封你行軍嚮導官、伐吳開路先鋒。
崔　成　謝萬歲！
劉　備　歇兵三日，馬踏江南。
　　　　（【牌子】。同下）

連營寨

佚名撰

解題

京劇。現代佚名撰。《京劇劇目初探》著錄，題《連營寨》，一名《哭靈牌》，又名《火燒連營》。前半爲《戰猇亭》。《京劇劇目辭典》著錄，題《連營寨》，又名《哭靈牌》。均未署作者。《初探》云爲譚鑫培代表作。劇寫甘寧挂帥，領吳兵征剿西蜀。劉備率傾國人馬出川佔關斬將。蜀將沙摩柯射死吳軍統帥甘寧。糜芳、傅士仁爲求自保，殺死吳將馬忠，將首級獻與劉備，劉備恨二人出賣關羽，收押帳下。孫權聞報甘寧陣亡，大驚。諸葛瑾請命將張飛首級及范疆、張達送還蜀營議和，並願歸還荆州，劉備不允，趕諸葛瑾出帳。劉備令人將范、張、糜、傅四人在靈堂下同時斬首，祭奠二弟。諸葛瑾歸報孫權，孫權無將挂帥。闞澤薦舉陸遜挂帥，兵紮猇亭以拒蜀兵。劉備聞陸遜乃一介書生，未引起重視。蜀兵罵陣，陸遜堅守不出。時天氣酷熱，劉備不聽馬良勸阻，在茂林深處紮寨結成連營。陸遜用計火攻，蜀兵七十五萬喪於火海。孔明見馬良所報紮營圖形，知必中東吳火攻之計，但已來不及挽救，即遣趙雲前往營救劉備，暫住白帝城。本事出於《三國演義》第八十三、八十四回。《三國志》記此事頗詳，《蜀書·先主傳》《吳書·吳主傳》《吳書·陸遜傳》均記之。但無甘寧、潘璋參戰事。《三國志平話》不提連營一事。但説劉備先敗於呂蒙，後敗於陸遜，最後過江立下小寨。又被呂蒙火攻。《鼎峙春秋》有《探得連營火可攻》《偵羽書屯營一炬》兩齣，劇情與《演義》略同，係以《雙忠記》傳奇爲依據改編。版本今有《戲考》本、《戲典》本、《平劇彙刊》本（未見）、《京劇叢刊》本、《京劇彙編》孟小如藏本及以此本重刊的《京劇傳統劇本彙編》本。今以《京劇彙編》孟小如藏本爲底本，參考其他本校勘整理。

第 一 場

　　　　　（韓當上,起霸）
韓　當　（唱）【點絳唇】
　　　　　　　殺氣衝霄,
　　　　　（周泰上,起霸）
周　泰　（唱）【點絳唇】
　　　　　　　兒郎虎豹,
　　　　　（糜芳、傅士仁上,起霸）
糜　芳　（同唱）【點絳唇】
傅士仁　　　　軍威浩,
　　　　　（馬忠、夏旬上,起霸）
馬　忠　（同唱）【點絳唇】
夏　旬　　　　地動山搖,
　　衆　（同唱）【點絳唇】
　　　　　　　要把狼烟掃。
韓　當　　　　韓當。
周　泰　　　　周泰。
糜　芳　俺,　糜芳。
傅士仁　　　　傅士仁。
馬　忠　　　　馬忠。
夏　旬　　　　夏旬。
韓　當　衆位將軍請了!
　　衆　請了!
韓　當　元帥起兵,剿滅西蜀,我等在此伺候。
　　衆　請!
　　　　　（四龍套、四大鎧、甘寧上）
甘　寧　（念）【引】爲臣須當報君恩,秉丹心扶保乾坤。
　　衆　參見元帥!
甘　寧　衆位將軍少禮。
　　衆　啊!
甘　寧　（念）（詩）戰鼓響驚天震地,

　　　　　殺氣騰鳥不敢飛。
　　　　　帳下有雄兵百萬，
　　　　　號令出敢不遵依！
　　　　本帥，甘寧。蒙聖恩拜我爲帥，征剿西蜀。今乃黃道吉日，衆位將軍！
衆　　　元帥！
甘　寧　人馬可齊？
衆　　　俱已齊備。
甘　寧　起兵前往！
衆　　　啊！
　　　（【泣顏回】牌子。同下）

第　二　場

　　　（四文堂、四大鎧、沙摩柯、關興、張苞、張南、劉備上）
劉　備　（念）（詩）眼觀江下水滄滄，
　　　　　好似漢陽對武昌。
　　　　　常德武陵依然在，
　　　　　虎口裏面藏荊襄。
　　　　孤，劉備。帶領傾國人馬要與二弟、三弟報讎。兵出川口，搶奪城池，佔關斬將。孔明先生在成都聞聽黃忠去世，又發來蠻兵十萬，以壯軍威。也曾命探子打探，未見回報。
報　子　（内）報！（上）
　　　　吳兵討戰。
劉　備　再探！
報　子　啊！（下）
劉　備　沙摩柯、關興、張苞抵擋一陣。
沙摩柯
關　興　得令！帶馬！
張　苞
四文堂　啊！
　　　（四大鎧、張南、劉備下。沙摩柯、關興、張苞上馬介。四文堂、沙摩

柯、關興、張苞轉場。甘寧原人上，會陣介，起打，雙收下）

連　　場

（沙摩柯、關興、張苞上，甘寧、韓當、周泰上。打六股檔。沙摩柯、關興、張苞敗下。甘寧、韓當、周泰追下）

連　　場

（沙摩柯、關興、張苞上）

關　興 張　苞	甘寧殺法厲害，如何是好？
沙摩柯	弓箭傷他。
甘　寧	（內）哪裏走！（上）

（關興、張苞雙戰甘寧介，沙摩柯放箭，甘寧中箭介）

甘　寧	哎呀！（下）
沙摩柯	追！

（關興、張苞、沙摩柯下）

第　三　場

（甘寧上）

甘　寧　　罷了啊！罷了！蜀兵甚是厲害，我兵不能取勝，我又身中毒箭。吳侯啊，吳侯！臣不能保全你的江山社稷了！（死介）

（韓當、周泰、糜芳、傅士仁、馬忠、夏旬上）

韓　當	元帥已死，不免打本進京，請兵救援。
周　泰	南北江岸何人把守？
馬　忠 糜　芳 傅士仁	我等把守江南岸。
韓　當 周　泰 夏　旬	我等把守江北岸。

韓　當　衆位將軍把守去者！
　　　　（同下）

第 四 場

　　　　（四下手、馬忠上）
馬　忠　軍士們！此乃咽喉之地，小心把守！（下）
一下手　列位，看蜀兵連連得勝，此地難保，不如殺了糜芳、傅士仁，將首級獻與劉備，豈不是頭功一件？
四下手　說得有理。走！（下）

第 五 場

　　　　（糜芳、傅士仁上）
糜　芳　將軍，衆將個個要殺你我，如何是好？
傅士仁　不如你我先將馬忠殺了，獻與劉備，豈不是好。
　　　　（馬忠上，被殺介）
糜　芳　趁此無人看見，你我逃走了吧！
傅士仁　正是：
　　　　（念）雙手劈開生死路，一身跳出是非門。
　　　　（同下）

第 六 場

　　　　（四下手上）
一下手　馬忠不知被何人殺死，我等不如散去了罷！
四下手　正是：
　　　　（念）瓦罐不離井口破，將軍難免陣頭亡！（下）

第 七 場

　　　　（呂範、諸葛瑾、闞澤、趙咨上）

呂　範	（念）（詩）午夜漏聲催曉箭，
諸葛瑾	（念）（詩）九重春色醉仙桃。
闞　澤	（念）（詩）旌旗日暖龍蛇動，
趙　咨	（念）（詩）宮殿風微燕雀高。
呂　範 諸葛瑾 闞　澤 趙　咨	下官，　呂範。 　　　　諸葛瑾。 　　　　闞澤。 　　　　趙咨。
呂　範	諸位大人請了！主公登殿，你我兩厢伺候。
衆	請！
	（孫權上）
孫　權	（念）【引】終日焦煩，恨劉備，心似熬煎！
呂　範 諸葛瑾 闞　澤 趙　咨	臣等見駕，主公千歲！
孫　權	平身。
呂　範 諸葛瑾 闞　澤 趙　咨	千千歲！
孫　權	孤，孫權。承受父兄基業，掌管江東一帶等處。可恨劉備如今連連佔去城池，我兵不能取勝，孤之憂也！
呂　範	啓主公：韓當、周泰有告急本章到來，主公觀看。
孫　權	呈上來！甘寧陣亡了！哎，卿家呀！咳，昔有公瑾。公瑾之後有子敬，子敬之後有呂蒙，如今國空邦虛，有誰來解孤之危也！
諸葛瑾	主公可將范疆、張達並張飛首級送至蜀營，待臣前去講和。
孫　權	就命卿家將范疆、張達與張飛首級送至蜀營。
諸葛瑾	領旨！（下）
趙　咨	臣觀諸葛瑾此去，必不轉來。
孫　權	不必多奏。忠心諸葛瑾，豈是反復人！退班！
	（同下）

第 八 場

（二太監引劉備上）

劉　　備　（唱）夢寐之間恨吳狗，
　　　　　　　　不殺孫權誓不休。
　　　　　　　　想當年結桃園對天發咒，
　　　　　　　　同甘苦共富貴共友同儔。
　　　　　　　　到如今半途中死別分手，
　　　　　　　　撇下了我劉玄德如大海孤舟！
　　　　　（張苞、關興上）

關　　興
張　　苞　啓皇伯：今有糜芳、傅士仁捧馬忠首級來見。

劉　　備　二賊來了，綁了上來！

關　　興
張　　苞　啊！將糜芳、傅士仁綁了上來！
　　　　　（四下手綁糜芳、傅士仁上）

劉　　備　（唱）獻荊州害我弟是何讎恨？
　　　　　　　　全不念我與你郎舅之親！
　　　　　　　綁下去！

四下手　　啊！
　　　　　（四下手押糜芳、傅士仁下）
　　　　　（張南上）

張　　南　啓陛下：今有諸葛瑾解范疆、張達，並三千歲首級來見。

劉　　備　啊！三千歲首級來了？哎！三弟呀！
　　　　　（唱）聽說是首級到珠淚滾滾，
　　　　　　　　臨行時囑咐話你全不在心！
　　　　　　　　放悲聲哭三弟叫之不應，
　　　　　　　　你在那黃泉路等兄同行！
　　　　　　　關興、張苞！

關　　興
張　　苞　在！

劉　備	後營設下靈位，待爲伯親自祭奠。
關　興 張　苞	遵命！（下）
劉　備	有請諸葛瑾先生。
張　南	有請諸葛瑾先生！
	（諸葛瑾上）
諸葛瑾	（念）全憑三寸舌，打動蜀君臣。
	諸葛瑾拜見皇叔！
劉　備	平身。
諸葛瑾	多謝皇叔！
劉　備	請坐！
諸葛瑾	皇叔在此，焉有瑾的座位？
劉　備	哪有不坐之理。
諸葛瑾	告坐！
劉　備	子瑜此來，敢是與孫權做說客麼？
諸葛瑾	非也！瑾久思皇叔，一來問安，二來講和。想我吳蜀不幸興兵，豈不被曹操所笑。今奉我主之命，送來降將與三千歲的首級。荆州仍歸皇叔，從此兩國和好，免得生靈塗炭。
劉　備	諸葛先生，你好巧言善辯！
諸葛瑾	瑾並非巧言善辯，皇叔乃漢帝之後，不爭江山一統，反爭荆州一城一地，失其重而就其輕也。
劉　備	先生之言差矣！孤與孫權有敵國之讎，不看孔明先生之面，定要斬你首級，出帳去吧！
諸葛瑾	（念）用手捧盡三江水，難洗今朝滿面羞！（下）
劉　備	難得讎犯俱已到齊，待孤親自一祭。咳！蒼天若是隨孤意，孫權哪孫權！定把東吳一掃平。
	（同下）

第 九 場

（二上手押糜芳、傅士仁上）

傅士仁	（唱）你說劉備待你好，

糜　芳　（唱）哪個叫你獻荊州？
傅士仁　（唱）既出羅網就該走，
糜　芳　（唱）飛蛾自把火來投。
傅士仁　（唱）觀音菩薩把我救，
糜　芳　（唱）救我不死把道修。
　　　　（二上手押范疆、張達上）
張　達　（唱）事到頭來悔不悔？
范　疆　（唱）哪個叫你殺張飛！
張　達　（唱）我説此事真有鬼，
范　疆　（唱）死在眼前埋怨誰！
　　　　（小吹打。關興、張苞、劉備上）
劉　備　（唱）滴淚靈前痛悲傷，
　　　　　　弟兄三人兩命亡。
　　　　　　桃園結義遥相望，
　　　　　　不想中途兩分張！
　　　　　二弟呀！
　　　　　　在靈前叫二弟咽喉氣斷，
　　　　　　止不住傷心淚灑濕衣衫。
　　　　　　曾記得在徐州弟兄失散，
　　　　　　曹孟德他待你恩重如山。
　　　　　　用美女和金銀買你不轉，
　　　　　　古城邊斬蔡陽弟兄團圓。
　　　　　　走當陽奔夏口無處立站，
　　　　　　卧龍崗請諸葛纔佔住襄樊。
　　　　　　孤宣召諸葛亮仔細查看，
　　　　　　他奏道荊州地永保平安。
　　　　　　有廖化對孤王細説一遍，
　　　　　　纔知你在麥城一命歸天。
　　　　　　因此上孤領兵七十五萬，
　　　　　　一心要掃東吴殺却孫權。
　　　　　　傅士仁與糜芳捉在你靈前祭奠，
　　　　　　孤死在九泉下也得心甘。

關　興　皇伯啊！
　　　　（唱）劉皇伯爲父王咽喉哭啞，
　　　　　　　我的心好一似刀劍來紮。
　　　　　　　叫人來將二賊千刀萬剮，
　　　　　　　拋在那荒郊外豬食犬拉。
　　　　（二上手押糜芳、傅士仁下）
劉　備　三弟呀！
　　　　（唱）放悲聲把三弟聲聲高叫，
　　　　　　　孤與你雖異姓勝似同胞。
　　　　　　　虎牢關戰呂布誰人不曉？
　　　　　　　長坂坡擋曹兵智斷長橋。
　　　　　　　嚇煞了曹瞞兵魂飛膽掉，
　　　　　　　馬尾上綁柳枝計謀才高。
　　　　　　　蘆花蕩氣周瑜他一命喪了，
　　　　　　　葭萌關逞雄威戰過馬超。
　　　　　　　只因爲你二哥悲耗傳到，
　　　　　　　爲報讎造白袍結下讎苗。
　　　　　　　有范疆與張達懷讎暗報，
　　　　　　　半夜裏割人頭東吳奔逃。
　　　　　　　在夔關遇張苞孤纔知道，
　　　　　　　孤與那賊孫權誓不開交。
　　　　　　　手拉住張苞兒心如刀攪，
　　　　　　　兩軍陣報父讎且莫輕饒。
張　苞　爹爹呀！
　　　　（唱）老皇伯爲父王把心血用盡，
　　　　　　　靈堂下綁的是殺父的讎人！
　　　　　　　叫人來將二賊心肝挖盡，
　　　　　　　拋在那荒郊外用火燒焚。
　　　　（二上手押范疆、張達下）
劉　備　停兵三日，掃盡東吳。
　　　　（同下）

第 十 場

　　　　（孫權上）

孫　權　（念）蒼天若助三分力，滅却劉備方稱心。
　　　　（諸葛瑾上）
諸葛瑾　（念）忙將講和事，報與主公知。
　　　　參見主公！那劉備不肯講和。
孫　權　他不肯講和，這便如何是好？
闞　澤　主公，我朝現有能士，何不用之？
孫　權　能士何人？快些講來。
闞　澤　那陸遜智廣才高，可以挂帥。
孫　權　那陸遜是甚等樣人？
闞　澤　乃九江都尉陸駿之子。
孫　權　快快宣上殿來！
闞　澤　主公有旨：宣陸遜上殿！
陸　遜　（內白）領旨！（上）
　　　　（念）無緣得展平生志，哪知胸藏百萬兵。
　　　　臣陸遜見駕，主公千歲！
孫　權　平身。
陸　遜　千千歲！宣臣上殿，有何旨意？
孫　權　闞澤舉你甚有將才，孤今命你帶領人馬，征剿劉備。
陸　遜　啓主公：這江東文武，皆主公故舊之臣，臣年少德薄，不敢當大任。
闞　澤　爲臣情願全家力保。
陸　遜　倘文武不服？
孫　權　賜你尚方寶劍，先斬後奏。闞卿，連夜築起拜將臺，拜陸遜爲帥。
闞　澤　領旨！
孫　權　退班！
　　　　（同下）

第十一場

（八吴兵、四吴將上，四太監、陸遜、孫權上，拜帥介）

孫　權　陸遜聽封！封卿爲招討大元帥，賜卿尚方寶劍，如有不尊者，先斬後奏。

陸　遜　謝主公。

孫　權　卿家，孤與劉備有敵國之讎，願卿家此去，旗開得勝，孤之幸也。

陸　遜　主公但請放心，臣當肝腦塗地，以報主公知遇之恩，必滅劉備！

孫　權　擺駕回宫！

（四太監、孫權下）

八吴兵
四吴將　參見元帥！

陸　遜　站立兩廂。

　衆　　啊！

陸　遜　衆將官！主公拜我爲帥，此番出戰，須要人人奮勇，個個爭先，就此響炮起營。

（【玉芙蓉】前半支。同下）

第十二場

（四龍套、韓當、周泰上）

韓　當　（念）聽說援兵到，

周　泰　（念）大旱遇甘霖！

韓　當　將軍，主公拜陸遜爲帥，他乃一介書生，年紀輕輕，怎知行軍交戰之事？

周　泰　不要管他，你我出城迎接去者。

韓　當　衆將官，人馬出城！

　衆　　啊！

（四龍套、韓當、周泰轉場，出城介。八吴兵、四吴將、陸遜上，進城介）

（衆轉場。陸遜入座介）

周　泰 韓　當	元帥駕到，末將等未曾遠迎，望乞恕罪！
陸　遜	豈敢！
周　泰	元帥此來，那劉備一定不戰自降。
陸　遜	我乃一介書生，全仗眾位將軍之力，破蜀之後，再救孫桓。
韓　當 周　泰	元帥，破蜀之後，那孫桓豈不困死？
陸　遜	此乃用兵之計，不必多言。掩門！（下）

（八吳兵、四吳將隨下）

韓　當	將軍，看此光景，東吳休矣！
周　泰	且自由他。
	（念）既在矮檐下，
韓　當	（念）怎敢不低頭。
	（同下）

第 十 三 場

（四文堂、四上手、關興、張苞、張南、馬良、劉備上）

劉　備	（念）報讎心急如烈火，掃平東吳恨方休。
馬　良	啟主公：東吳拜陸遜為帥，兵紮猇亭。
劉　備	那陸遜何如人也，卿可知否？
馬　良	乃東吳一介書生，當日謀取荊州，即是此人的詭計。
劉　備	取荊州就是此人之計？賊子來得正好，起兵前往。
馬　良	且慢！那陸遜之才可比周郎，主公不可輕敵。
劉　備	孤王用兵多年，何懼這無名的小輩！
馬　良	啟主公：我等每每罵陣，陸遜緊守不出，如之奈何？
劉　備	我軍兵精糧足，就與他對守何妨？
馬　良	天氣炎熱，兵紮烈日之下，況且取水不便。
劉　備	不妨。張苞、關興，將營寨移在茂林之中，候夏天一過，秋後再與他對敵。
馬　良	且慢！我兵若動，倘陸遜前來，如之奈何？
劉　備	關興、張苞帶兵埋伏山后，陸遜趕來，一齊衝殺，此賊可擒也。

| 張　南 | 主公妙計，臣等不及。
| 馬　良 | 主公既要移營，可將地圖畫成，送與丞相一觀。
| 劉　備 | 呃！孤頗知兵法，何必又問丞相！
| 馬　良 | 自古道：兼聽則明，偏聽則蔽。主公思之。
| 劉　備 | 也罷，你將紮營地圖畫成去見丞相，若有不便，即來報我。
| 馬　良 | 領旨！（下）
| 劉　備 | 關興、張苞，吩咐移營。
| 關　興
張　苞 | 遵命！衆將官，移營者！

（同下）

第 十 四 場

（韓當、周泰上）

| 韓　當
周　泰 | 劉備移營，稟知元帥。有請元帥！

（八吳兵、四吳將、陸遜上）

| 陸　遜 | （念）胸藏孫吳諳六韜，準備香餌釣金鰲。
何事？
| 周　泰 | 劉備移營。
| 陸　遜 | 有這等事？待我一觀。帶馬！

（唱）【新水令】

　　山河國事帝王憂，
　　統雄師帷幄運籌。
　　山河泄不盡，
　　天地靈祈佑，
　　國事凝眸，
　　都只爲名繮利鎖緊迤逗！

（陸遜登高介。劉備原人上，過場下）

| 陸　遜 | 呀！

（唱）【折桂令】

　　覷他行隊伍馳驟，

　　　　　人馬咆哮，驊騮不休。
　　　　　只見他移營松茂，
　　　　　喜眉梢胸有良謀。
　　　　　整頓着弓刀箭手，
　　　　　管叫他數百營頭，
　　　　　只這頃刻盡休。
　　　　　仗奇謀，
　　　　　俺這裏火攻一舉，霎時功收。

韓當
周泰　元帥！劉備兵移未定，可傳將令，待我二人出馬，殺他個措手不及。

　　　　（【江兒水】。韓當、周泰作身段介）

陸遜　爾等哪知俺的妙計也！
　　　（唱）【雁兒落】
　　　　　憑着他百萬兵巧計謀，
　　　　　料群雄怎脫俺的牢籠囚？
　　　　　方顯俺展韜略逞智謀，
　　　　　一憑他移營寨暗計投。

韓當
周泰　元帥！

　　　　（【叨叨令】。韓當、周泰作身段介）

陸遜　不必多言，帶馬回營。呀！
　　　（唱）【收江南】
　　　　　準備着打魚舟，
　　　　　收拾了釣魚鈎，
　　　　　感天地威靈佑，
　　　　　保東吳全金甌！
　　　　　伊休！
　　　　　齊凱歌昇平奏，
　　　　　清幽！
　　　　　享廟廊玉殿秋、玉殿秋。

　　　　（同下）

第 十 五 場

（一童兒引諸葛亮上）

諸葛亮　（念）【引】袖內乾坤按星斗，扶漢室錦繡龍樓。
　　　　（馬良上）
馬　良　（念）忙將主公事，報與智謀人。
　　　　參見丞相！
諸葛亮　啊！將軍回來了？
馬　良　回來了。現有地圖，丞相請看。
諸葛亮　展開！
　　　　（【園林好】牌子。諸葛亮看地圖介）
諸葛亮　哎呀！茂林結營，乃兵家之大忌！這連營七百里，倘吳兵使用火攻之計，如何是好？馬良，何人主張移營，理當斬首。
馬　良　乃主公自己的主意。
諸葛亮　咳！可嘆七十五萬漢室官兵，盡喪在烈火之中了。
馬　良　待俺趕回，奏與主公知道。
諸葛亮　來不及了哇！
馬　良　若是主公兵敗，如何是好？
諸葛亮　若是主公兵敗，速奔白帝城。
馬　良　倘若陸遜追來？
諸葛亮　不妨，我自有安排。哎，主公啊主公！當初不聽為臣諫阻，只恐命喪白帝城矣！
　　　　（同下）

第 十 六 場

（【沽美酒】牌子。陸遜原人上）

陸　遜　劉備中我之計。韓當、周泰聽令！你二人統領人馬，各帶硫磺焰硝，等候風起，攻打江南岸。
韓　當
周　泰　得令！（下）

陆　逊　徐盛、丁奉听令！你二人统领人马，各带硫磺焰硝，等候风起，攻打江北岸。

丁　奉
徐　盛　得令！（下）

陆　逊　众将官，待蜀营火起，一拥杀去，不得有误。

　众　　啊！

陆　逊　起兵前往！

（同下）

第 十 七 场

（四文堂、关兴、张苞、刘备上）

刘　备　（念）眼观旌旗起，耳听好消息！

张　南　（内）走！（上）

　　　　启主公：帅字旗无风自断。

刘　备　帅字旗无风自断，恐吴兵劫营，吩咐小心防守。

（报子上）

报　子　江南岸火起。

刘　备　再探！

（报子下）

刘　备　江南岸火起，乃是我军自不小心。

（报子上）

报　子　江北岸火起。

关　兴　再探！

（报子下）

关　兴　两岸火起，定有奸谋。

（报子上）

报　子　连营火起。

（报子下）

刘　备　不、不、不好了！

（念）【扑灯蛾】

　　　　闻言胆战惊！胆战惊！

　　　　　失魄又消魂，
　　　　　小卒報軍情，
　　　　　好似孤雁失了群！失了群！
　　　　帶馬！
關　興　啊！
　　　　（劉備上馬介，衆逃下）

第 十 八 場

（四吳兵、丁奉、徐盛、韓當、周泰上，轉場。四蜀兵、關興、張苞、張南、沙摩柯上，會陣，起打介。蜀方原人敗下，吳方原人追下）

第 十 九 場

（【急急風】。四上手、趙雲上）
（關興、張苞、劉備上）
趙　雲　臣，趙雲救駕來遲，主公恕罪！
劉　備　你是何人？
趙　雲　臣趙雲在此。
劉　備　四弟呀！不是你來，孤命休矣！
關　興　請皇伯快快上馬。
劉　備　蒼天哪！蒼天！可憐我七十五萬漢室官兵，盡喪烈火之中了。
　　　　四弟！
趙　雲　在！
劉　備　殺！
趙　雲　領旨！
　　　　（關興、張苞、劉備下）
　　　　（四吳兵、丁奉、徐盛、韓當、周泰上，會陣介，起打。吳方原人敗下。
　　　　趙雲耍下場追下）

洛　　神

齊如山　撰

解　　題

　　京劇。現代齊如山撰。齊如山（1875—1962），京劇理論家、劇作家。又名宗康，河北高陽人。出身宦門，父親爲清代進士。幼年博習經史，酷愛京劇。後入清朝總理各國事務衙門所屬同文館，學習德文、法文。畢業後三次赴西歐各國遊歷，涉獵外國戲劇。回國後致力於戲曲工作，幫助梅蘭芳設計身段、化裝、演唱、舞蹈，爲其編劇三十多種，主要有《麻姑獻壽》《廉錦風》《洛神》《霸王別姬》《太真外傳》《鳳還巢》《花木蘭》《春秋配》《紅綫盜盒》《天女散花》《鄧霞姑》等。還著有《國劇身段譜》《梅蘭芳歌曲譜》《梅蘭芳》《梅蘭芳遊美記》《中國之臉譜》《中國劇之組織》《國劇藝術匯考》《京劇角色名詞考》等。本劇《京劇劇目初探》著錄，題《洛神》。劇寫三國魏曹植赴京朝覲，其兄曹丕將甄后遺物玉縷金帶枕，賜給與甄后默默相戀的曹植。曹植歸藩途宿洛川館驛，夜夢神女，自稱宓妃，約明日赴洛川一會。曹植如約前往，果有漢濱遊女、湘水神妃引洛神（即宓妃）至洛川。曹植與宓妃相會，二人互通款曲，宓妃贈曹植耳珠一顆，曹植贈宓妃玉帶一事。宓妃道後會無期，望曹植萬千珍重而別。本事出於曹植《感甄賦》（即《神女賦》）。明人有雜劇《陳思王洛水生悲》、清有黃燮清雜劇《凌波影》，齊如山據《凌波影》改編。由梅蘭芳演出。版本今見綴玉軒抄本（封面題《洛神》單本、首頁題《宓妃》，右上角有一"梅"字，缺第一場）、《梅蘭芳演出劇本選》本、根據《梅蘭芳演出劇本選》整理的《中國京劇戲考》本。今以《梅蘭芳演出劇本選》爲底本，參考其他本校勘整理。

第　一　場

（【西皮小開門】。四御林軍、四小太監、二大太監引曹植上）

曹子建 （念）【引】帝城春老，杜宇催歸早。
　　　　（念）（詩）洛陽冠蓋地，
　　　　　　　　　車馬分驅馳。
　　　　　　　　　崇臺接烟起，
　　　　　　　　　翠閣與雲齊。
　　　　本藩，雍邱王曹植。承恩北闕，備位東陲。雄誇文陣之師，健樹騷壇之幟。今日朝覲禮畢，承命歸藩。內侍！
大太監 有！
曹子建 儀仗可曾齊備？
大太監 俱已齊備！
曹子建 吩咐起程！
大太監 是。外面起程啊！
**　衆　** 啊！
曹子建 （唱）【西皮導板】
　　　　　　　金殿上辭聖駕緩御東返，
　　　　（接唱）【正板】
　　　　　　　適纔間背伊闕又越轘轅。
　　　　　　　一路上經通谷把景山來踐，
　　　　　　　不覺得日西墜車殆馬煩。
　　　　　　　稅蘅皋秣芝田忙催前站，
　　　　　　　猛然見馬頭前已是洛川。
　　　　（驛官迎上）
驛　官 （念）春完古驛無鶯語，日落荒郊有馬嘶。
　　　　洛川驛驛丞吳可銘，叩接王爺！
曹子建 引路！
驛　官 是！
曹子建 （唱）【搖板】
　　　　　　　一陣陣晚鴉聲歸心似箭，
　　　　　　　轉瞬間來到了洛水驛前。
　　　　（衆同下）

第 二 場

（初鼓）

洛　　神　（内唱）【二黄導板】
　　　　　　滿天雲霧濕輕裳，
（八雲女引洛神上）

洛　　神　（唱）【散板】
　　　　　　如在銀河碧漢旁。
　　　　　　縹緲春情何處傍？
　　　　　　一汀烟月不勝涼。
　　吾乃洛川神女是也。掌握全川水印，修成一點仙心。因與曹王子建尚有未盡之緣，猶負相思之債。今日聞他駐槳本驛，爲此御雲而來，對他略表因由，藉通誠悃。侍兒們！

八雲女　有！

洛　　神　駕雲洛川驛中去者！

八雲女　是！

洛　　神　（唱）【散板】
　　　　　　思想起當年事心中惆悵，
　　　　　　再相逢是夢裏好不淒惶。
（衆人同下）

第 三 場

（【二黄小開門】。驛官、二大太監、曹子建同上）

曹子建　你且退下！

驛　官　是！（下）

曹子建　長途跋涉，好生困倦。唉！你冷驛蕭條，春光潦草，令人惆悵！唉！想起甄后飲恨而死，倍增傷感。這情懷……唉，好難安頓也！
　　（唱）【二黄散板】
　　　　　　身不慣長途苦好生困倦，
　　　　　　惡情懷無聊賴待向誰言！

（驛官上）

驛　官　王爺請用晚膳。
曹子建　不消！我要靜息片時，你且迴避！
驛　官　是！（下）
曹子建　唉！夜靜更長，情懷難遣！哦，有了，前日入朝之時，聖上以玉鏤金帶枕見賜，想那枕兒乃是甄后遺物，當此枯坐無聊，我不免在燈下撫玩一番，聊以解愁。內侍！
大太監　有！
曹子建　將聖上所賜玉鏤金帶枕取來！
大太監　遵旨！
（二更。二大太監分取燈、枕）
大太監　金帶枕在此。
曹子建　放下。爾等迴避。
大太監　是。（同下）
曹子建　哎呀呀，好一個枕兒也！
（唱）【原板】
　　手把着金帶枕殷勤撫玩，
　　想起了當年事一陣心酸。
　　都只爲這情絲牽連不斷，
　　好教我終日裏寢食不安。
　　一霎時只覺得神昏意懶，
　　無奈何我只得倚枕而眠。
（曹子建入睡。三更。八雲女引洛神上）
洛　神　（唱）【散板】
　　野荒荒星皎皎夜深人靜，
　　駕雲來轉瞬間已到驛門。
　　來此已是館驛。侍兒們。
八雲女　有。
洛　神　外厢伺候。
八雲女　是。（同下）
洛　神　唉，看他早已酣睡也！
（接唱）進門來暗昏昏一燈搖影，

　　　　　　可憐他伏几臥獨自淒清。
　　　　　　我有心向前去將他喚醒，
　　　　　　羞怯怯只覺得難以爲情。
　　看他懷抱之中，乃是玉鏤金帶枕。睹物傷情，益增悲感。待要將他喚醒，怎奈難以爲情。這便怎麼處！哦，有了。不免夢中約他明日川上相會便了。子建哪，子建！我與你未了三生，尚須一面。來日洛川之上，專待君臨，牢牢緊記！小仙去也！
　　（八雲女暗上）

洛　　神　（接唱）明日裏洛川前將君來等，
　　　　　　莫遲疑休爽約緊記在心。
　　　　　　出門來喚衆仙祥雲駕定，
　　　　　　待來朝見了面再説前塵。
　　（八雲女引洛神下。四更）

曹子建　（唱）【導板】
　　　　　　猛然間睜開了朦朧睡眼，
　　啊？
　　（接唱）【散板】
　　　　　　那天仙好一似甄后容顏。
　　好奇怪呀！方纔朦朧睡去，分明見一神女，水珮風裳，姿容絶世，竟似那甄后的模樣，兀的不教人愁煞也！我想這夢還去之不遠，待我喚她轉來！（招手）我那神女呢？喂！我那仙姑呢？唉！竟自去遠了。我想人生在世，似這等佳夢，能有幾場？偏是醒得這樣快法。唉！我好恨也！
　　（唱）【搖板】
　　　　　　荒郵內亂雞聲把好夢驚散，
　　　　　　却教我何處裏再覓嬋娟。
　　那夢中神女分明約我明日在川上相會，我不免早些安歇，明日也好前去。
　　（二大太監持燈上）

大太監　夜已深了，請王爺後殿安寢！
曹子建　帶路。正是：
　　（念）好夢難尋容易掉，柝聲偏向枕邊敲。

（曹植、二大太監同下）

第 四 場

（漢濱遊女、湘水神妃同上）

漢濱遊女	（念）昔日曾遊漢水濱，肌膚凝雪玉裁身。
湘水神妃	（念）同心執掌南湘水，六幅輕羅碧紗裙。
漢濱游女	吾乃漢濱遊女是也。
湘水神妃	吾乃湘水神妃是也。
漢濱游女	仙姑請了！
湘水神妃	請了！
漢濱游女	今有洛川仙姐相召我等，不知爲了何事？
湘水神妃	既蒙相召，自當前去纔是。
漢濱游女	如此，請。
湘水神妃	請。
漢濱遊女	（唱）【二黃搖板】 姊妹雙雙出洞門，
湘水神妃	（接唱）仙姐相召必有因。
漢濱遊女	（接唱）同駕祥雲朝前進，
湘水神妃	（接唱）不覺來到仙府門。
漢濱遊女 湘水神妃	門上哪位在？

（八雲女上）

雲　　女	二位仙姑到此何事？
漢濱遊女 湘水神妃	煩勞通稟：就說我等應邀前來。
雲　　女	是。有請仙子。

（洛神上）

洛　　神	何事？
雲　　女	二位仙姑駕到。
洛　　神	有請！
雲　　女	有請！

　　　　　　（【二黃小開門】牌子。洛神出迎）
洛　　神　二位仙妹請！
漢濱遊女
湘水神妃　仙姐請！
　　　　　　（洛神、漢濱遊女、湘水神妃進入）
洛　　神　二位仙妹駕到，未曾遠迎，當面恕罪。
漢濱遊女
湘水神妃　豈敢。相召我等，有何見教？
洛　　神　二位仙妹有所不知：只因雍邱王曹植與小仙前生尚有未盡之緣，今日聞他在此經過。此人頗識風情，深明禮義；意欲相煩二位仙妹同定小仙，去往川上遊戲一番，藉了前緣。不知二位仙妹意下如何？
漢濱遊女
湘水神妃　小仙等甚願奉陪。
洛　　神　如此甚好，小仙先行一步，二位仙妹帶同儀仗，即刻前來。
漢濱遊女
湘水神妃　請！
洛　　神　請！
　　　　　　（漢濱遊女、湘水神妃同下）
洛　　神　侍兒們！
　眾　　　有。
洛　　神　隨我前往！
　　　　　　（唱）【散板】
　　　　　　　　雲鬟罷梳慵對鏡，
　　　　　　　　羅袂輕颺出殿門。
　　　　　　　　衆位仙真把路來引，
　　　　　　　　一派清光不見人。
　　　　　　（洛神站立雲端，八雲女鬟繞侍立。曹子建上）
曹　子　建　（唱）【搖板】
　　　　　　　　一路行來到洛濱，
　　　　　　　　烟水茫茫何處尋！
　　　　　　　　一片誠心往前進，
　　　　　　　　但願得見夢中人。（看洛神）

		遠而望之，皎若太陽昇朝霞；迫而察之，灼若芙蕖出綠波。真乃仙人也！看她脉脉含愁，盈盈欲語，待我聽她説些甚麽。
洛	神	子建啊，子建！你我彼此一別，十有餘年，可還記得小仙麽？
曹子建		哎呀呀！她那裏明明説着本藩與她舊有相識；只是仙凡異體，不能親近仙姿，這便如何是好！有了，待我祝告於她。啊，仙姑，既蒙以色身相示，何妨接近一談呀！
洛	神	感君相念，也是前緣，只是不可越禮。
曹子建		是，是，是。待我望空拜她一拜，感動於她，或者得相親近，也未可知。（拜）啊，仙姑，既説與本藩舊有前緣，敢請稍停仙趾，追話前因！
洛	神	如此，侍兒們！
衆		有。
洛	神	祥雲下降。
衆		是。
		（洛神下雲端。八雲女暗下）
曹子建		承蒙仙姑下降，小王這厢有禮了。
洛	神	子建休要如此，你可還記得我麽？
曹子建		恍惚曾在夢中見過。
洛	神	幾時？
曹子建		昨夜啊！
洛	神	唉！蒙君見愛，已非一朝，怎麽説是昨夜纔見呢？
曹子建		怎麽，難道仙姑從前就與小王相識麽？
洛	神	正是。
曹子建		如此，仙姑來蹤去迹，望乞説個明白。
洛	神	若問我的蹤迹麽？
曹子建		正是。
洛	神	説起來和你要遠就遠，要親就親。
曹子建		怎説要遠就遠？
洛	神	你我二人，從未交過一言。
曹子建		這要親就親呢？
洛	神	這要親就親麽？……
曹子建		正是。

洛　　　神　唉！這就難説了！
曹 子 建　怎麽又難説了哇？
洛　　　神　（念）絮果蘭因難細講，意中緣分任君猜。
曹 子 建　這……還求明教。這要親就親是怎麽講？
洛　　　神　這要親就親麽？……
曹 子 建　正是。
洛　　　神　唉！你也曾爲我忘餐廢寢，與他人生過氣來。
曹 子 建　啊？怎麽，小王還與他人生過氣來？
洛　　　神　正是。
曹 子 建　莫非小王此時還是做夢不成？
洛　　　神　是夢是醒，後來便知。
曹 子 建　還求仙姑明教！
洛　　　神　唉！殿下呀！

　　　　　　（唱）【二黃原板】

　　　　　　　　提起前塵增惆悵，
　　　　　　　　絮果蘭因自思量。
　　　　　　　　精誠略訴求鑒諒，
　　　　　　　　難得同飛學鳳凰。
　　　　　　　　勸君休把妾念想，（接【小拉子】）

曹 子 建　怎麽樣？
洛　　　神　殿下呀！

　　　　　　（接唱）【搖板】

　　　　　　　　鶯疑燕謗最難當。

曹 子 建　仙姑既與小王有緣，何妨請降臨敝府，共證前因。
洛　　　神　你我相契以神，不過空中愛慕；一涉形迹，便生魔障。千古多情之人，從無越禮之事；小仙一到尊府，則悠悠之口，何患無辭。
曹 子 建　既是不能下臨敝府，爲何昨夜又到驛中呢？
洛　　　神　（羞）這個……
曹 子 建　（拉洛神）去去何妨！（被洛神甩脱）哎呀，我得罪了。
洛　　　神　無妨。
曹 子 建　仙姑啊！

　　　　　　（唱）【搖板】

　　　　　　既然是與小王前有情分，
　　　　　　又何妨賜顔色暫屈同行。
　　　　　　非敢望與仙姑影連肩並，
　　　　　　只不過到客邸略話前塵。
　　　　說了半日，還不知仙姑名姓，敢請以實相告。小王回去，也好香花供奉。

洛　　神　要知我的端的麽？
曹子建　正是。
洛　　神　如此，子建！
曹子建　在。
洛　　神　隨我來。
曹子建　是，是，是，來了！
　　　　（圓場。洛神向曹子建招手下）
曹子建　哎呀且住！她教我隨她前去，爲何忽然不見了呢？看此光景，莫非甄后果然的成了仙了麽？
　　　　（幕內傳來細樂聲）
曹子建　遠遠聞得仙樂之聲，待我急急趕上前去，看個明白便了！
　　　　（圓場）
　　　　（唱）【散板】
　　　　　　她那裏柔情意嬌羞滿面，
　　　　　　既相逢却爲何不肯明言；
　　　　　　那仙樂隨風起聲聲哀怨，
　　　　　　難道說我此時還在夢間。（下）
洛　　神　（內唱）【西皮導板】
　　　　　　屏翳收風天清明，
　　　　（開幕。洛神、漢濱遊女、湘水神妃站立雲端。十童子分執傘、扇、彩旄、挂旂侍立左右）
洛　　神　（接唱）【慢板】
　　　　　　過南崗越北沚雜遝仙靈。
　　　　　　一年年水府中修真養性，
　　　　　　今日裏衆姊妹同戲川濱。
　　　　（洛神、漢濱遊女、湘水神妃同起舞）

洛　　　神	（接唱）	乘清風揚仙袂飛髟體迅，
		拽瓊琚展六幅湘水羅裙。（接唱）【原板】
		我這裏翔神渚把仙芝采定，
		我這裏戲清流來把浪分；（接【回回曲】牌子）
		我這裏拾翠羽斜簪雲鬢，（接【山羊坡】牌子）
		我這裏采明珠且綴衣襟。（接【萬年歡】牌子）
		衆姊妹動無常若危若穩，（接【一枝花】牌子）
		竦輕軀似鶴立婉轉長吟。（接【香柳娘】牌子）
		桂旂且將（轉唱【二六】）芳體蔭，
		（曹子建暗上，遥望）
洛　　　神	（接唱）	免他旭日射衣紋。
		須防輕風掠雲鬢，
		彩旄斜倚態伶俜。
		齊舞翩躚成雁陣，（邊唱邊舞）
		（衆漸走下雲端）
洛　　　神	（接唱）【快板】	
		輕移蓮步踏波行。
		翩若驚鴻來照影，
		宛似神龍戲海濱。
		徙倚傍徨形無定，
		看神光離合乍陽陰。
		雍邱王他那裏目不轉瞬，
	（接唱）【散板】	
		心振蕩默無語何以爲情！
曹　子　建	哎呀呀，這就不錯了！她一定是甄后無疑的了，待我上前一拜。	
漢濱遊女 湘水神妃	此位就是雍邱王麼？	
洛　　　神	正是。待我向前。啊子建，不要如此。小仙偶蹈塵緣，昔日曾在宫中，與殿下兩相愛慕，難道果真忘懷了麼？	
曹　子　建	朝夕思念，怎能忘懷。提起前情，令人可恨！	
洛　　　神	如今仙凡路殊，得此一會，也是前緣。小仙這裏有常戴耳珠一顆，特奉殿下，以報知己。	

曹子建　受此重賜,何以報德!小王這裏也有常戴玉珮一事,敬獻仙姑,
　　　　聊作瓊瑤之報。
洛　神　多謝殿下。
曹子建　豈敢。
洛　神　殿下,你我言盡於此,後會無期。殿下萬千珍重,小仙告別了。
曹子建　仙姑的情誼深厚,小王此生難忘矣!
洛　神　侍兒們。
　衆　　有。
洛　神　回府去者。
　　　　(吹打。洛神等駕雲上昇,分站原位)
洛　神　殿下保重,小仙去也。
曹子建　(悵然地)請。
　　　　(【尾聲】牌子。幕落)

白 帝 城

佚 名 撰

解 題

　　京劇。現代佚名撰。《京劇劇目初探》《京劇劇目辭典》著錄，題《白帝城》，一名《永安宮》，《辭典》又一名《劉備托孤》，均未署作者。劇寫劉備兵敗白帝城，孔明與文武百官前往接駕。劉備自覺病體沉重，命在旦夕，因托孤於孔明，孔明答：臣縱肝腦塗地，鞠躬盡瘁，死而後已。劉備使二子拜孔明爲相父，命張苞將張飛靈柩運回閬中安葬。孔明乃命關興帶領人馬抵擋吳兵。劉備悔恨當初不聽孔明勸諫，囑咐孔明務要掃蕩中原，恢復漢室。並謂馬謖言過其實，用他必須要查端的，言訖吐血而死。本事出於《三國演義》第八十五回。《三國志·蜀書·先主傳》："先主病篤，托孤於丞相亮，尚書令李嚴爲副。夏四月癸巳，先主殂於永安宮，時年六十三。"《諸葛亮傳》："章武三年春，先主於永安病篤，召亮於成都，囑以後事。謂亮曰：'君才十倍曹丕，必能安國，終定大事。若嗣子可輔，輔之。如其不才，君可自取。'亮泣涕曰：'臣敢竭股肱之力，效忠貞之節，繼之以死。'先主又爲詔敕後主曰：'汝與丞相從事，事之如父。'"《三國志平話》所記與《演義》大體相同，即爲此劇所本。《鼎峙春秋》有《托孤遺詔輔取兩全》一齣。道光四年《慶昇平班戲目》已列此劇。清京劇《醉白集》有《白帝城》。版本今有上海市《傳統劇目彙編》京劇集產保福藏本。今以此本爲底本整理。

第 一 場

　　（諸葛孔明上）

孔　明　（唱）【西皮原板】

　　　　我主爺坐山河未享安靜，

全憑着五虎將保定乾坤。
我心中恨的是東吳陸遜，
必須要把孫曹一旦掃平。

李　嚴　（上）啓先生，主公兵敗白帝城！
孔　明　命你傳文武百官，去至白帝城接駕便了！（李嚴下）正是：
（念）陰陽八卦早算定，
主公兵敗白帝城。（下）

第 二 場

劉　備　（內）攙扶。
（關興、張苞攙劉備上）
劉　備　（唱）【二黃慢板】
爲江山把孤的心血用盡。
何日裏把孫曹一旦掃平？
二皇侄攙孤王龍床養静，
活活的把桃園兩下離分。
（馬良、馬謖、趙雲、鄧芝、費褘、二太子、孔明上）
孔　明　（唱）【二黃搖板】
主公兵敗白帝城，
急忙進宮問分明。
臣等見駕，吾皇萬歲。
劉　備　（唱）【二黃導板】
正在龍床來養静，
（接唱）【搖板】
昏昏沉沉有人聲。
睁開了昏花眼强自扎挣，
（【三叫頭】）先生！
孔　明　主公！
劉　備　四弟！
趙　雲　萬歲！
劉　備　啊，衆卿哪……

众　　（同哭）万岁呀……
刘　备　（接唱）【摇板】
　　　　　抬头只见众公卿。
孔　明　主公，自觉龙体如何？
刘　备　先生哪。孤患此疾，只恐死在旦夕。
孔　明　主公切须保重龙体缱是。
刘　备　先生有治国大才，比曹丕胜强十倍，当能安邦定国。嗣子懦弱，当扶则扶；如若不才，先生你你你就自己消受了罢。
孔　明　哎呀主公啊！多蒙主公三顾之恩，臣纵肝脑涂地，鞠躬尽瘁，死而后已！（哭）
刘　备　好个忠义的先生！二皇儿过来。尔弟兄三人，以父事丞相，不可怠慢，向前拜过先生，以为相父。（吹打，二太子拜）
孔　明　谢主龙恩。
刘　备　张苞，命你将你父的尸首搬回阆中安葬去罢。
张　苞　遵命。（下）
孔　明　关兴听令，命你带领三千人马，抵挡吴兵。
关　兴　得令。（下）
刘　备　唉！
　　　　（念）从前不听先生言，
　　　　　　损兵折将也枉然。
　　　　　　马到临崖收缰晚，
　　　　　　船至江心——唉，补漏难哪……（哭）
　　　　（唱）【二黄慢板】
　　　　　　事到临头纔知悔，
　　　　　　自己错了埋怨谁？
　　　　　　楚霸王他不听范增语，
　　　　　　乌江岸前把命逼。
　　　　　　曹孟德中原成大器，
　　　　　　他人的奸诈有谁知？
　　　　　　阿斗年幼终何用，
　　　　　　还望先生费心机。
　　　　　先生哪！

孔　明　（唱）【二黃原板】
　　　　　　主公不必淚悲啼，
　　　　　　爲臣言來奏主知。
　　　　　　蒙主公三顧之恩義，
　　　　　　鞠躬盡瘁死而後已。
劉　備　（接唱）
　　　　　　嘆先生説此話世間稀，
　　　　　　二皇兒近前來細聽端的。
　　　　　　待先生如同待父意，
　　　　　　他保阿斗立帝基。
　　　　　　二皇兒近前來攙父體，
　　　（下位）
　　　　　　手攙先生淚悲啼。
　　　　　　孤還有緊要事囑咐你，
　　　　　　還望先生勞記心裏。
　　　　　　頭一件掃蕩中原地，
　　　　　　第二要恢復漢室基。
　　　　　　哭一聲懦弱的漢獻帝，
　　　　　　四百載基業化灰泥。
趙　雲　（唱）【二黃搖板】
　　　　　　萬歲還須保龍體，
　　　　　　臣等保主不敢欺。
劉　備　（接唱）
　　　　　　回頭又見趙四弟，
　　　　　　你的功勞王盡知。
　　　　　　自從患難來相聚，
　　　　　　又誰知今日兩分離。
　　　　　衆位卿家！
　　衆　　萬歲。
劉　備　鄧芝！
鄧　芝　有。
劉　備　馬良！

馬　良　有。
劉　備　（唱）衆位卿家請站起，
　　　　　　叫聲鄧芝、馬良和費褘。
　　　　　馬謖，馬謖，馬謖！
馬　謖　哦——
劉　備　唉！
　　　　（唱）【二黃搖板】
　　　　　　言過其實是馬謖！
　　　　　先生，
　　　　　　你你你……用他必須要查端的。
　　　　　　觀見二弟和三弟，
　　　　　　等等愚兄一路隨。
　　　　　　霎時間難接我的咽喉氣。
　　　　（三吐血）
　　　　　　無常到萬事休一命歸西。（死）
衆　　　哎呀！
　　　　（唱）【二黃搖板】
　　　　　　一見龍駕歸了西，
　　　　　　文武百官淚悲啼。
孔　明　衆位將軍、大人，不必悲慟，暫將龍駕移了下去。
衆　　　呵！
　　　　（劉備下）
孔　明　衆位將軍，歇兵三日，齊奉梓宮，退還成都便了。
衆　　　（哭）主公啊！
　　　　（同下）

別宮·祭江

佚　名　撰

解　題

　　京劇。現代佚名撰。《京劇劇目初探》著録，題《別宮祭江》，一名《祭長江》；《京劇劇目辭典》著録，題《別宮·祭江》，又名《祭長江》，均未署作者。劇寫孫尚香聞劉備晏駕白帝城，非常悲痛，往見其母，告其欲身穿孝服往江邊設祭。孫母不許。孫尚香欲碰死，孫母始允。尚香乃拜別而去。尚香至江邊，祭奠已畢，放聲痛哭，想兄長不能容我，願隨夫君劉備，跳入大江。龍王傳玉帝旨：孫尚香爲夫盡節，投江而死，敕封爲梟磯娘娘。本事出於《三國演義》八十四回："時孫夫人在吳，聞猇亭兵敗，訛傳先主死於軍中，遂驅車至江邊，望西遥哭。投江而死。後人立廟江濱，號曰梟姬祠。"《三國志平話》爲孫尚香於趙雲截江奪斗時，因受張飛責備，羞慚投江而死。清宫大戲《鼎峙春秋》有《自沉江浦欲全名》一齣。清京劇有《祭長江》。版本今有《京劇彙編》臧嵐光藏本及以該本重刊的《京劇傳統劇本彙編》本、《戲考》本、《戲學匯考》本、《戲學指南》本（該本僅有《祭江》，無《別宮》）、《名伶京調大觀》本。今以《京劇彙編》臧嵐光藏本爲底本，參考其他本校勘整理。

別　宮

第　一　場

　　（二宫娥引孫尚香上）
孫尚香　（念）【引】慚慚瘦損，怎能消，終日愁悶。
　　　　（念）（詩）別君常挂念，

    難忘夫妻情。
    雖無千丈綫，
    萬里繫人心。

哀家孫氏尚香。只因兄王爲討荆州，定下胭粉之計，將我招贅劉備。不想以假成真。未及三載，他君臣又生一計。命人將我誆回東吳。思想起來，好不愁悶人也。

（唱）【二黃慢板】
    孫尚香坐皇宮自思自想，
    想起了劉皇叔好不慘傷。
    遭不幸我父王龍歸海藏，
    仲謀兄承父業執掌朝綱。
    坐江南據九郡貪心妄想，
    他君臣定巧計要奪荆襄。

（二宮娥上）

二宮娥　啓公主，大事不好了！
孫尚香　何事驚慌？
二宮娥　今有劉賢主，晏駕白帝城了！
孫尚香　怎麼講？
二宮娥　晏駕白帝城了！
孫尚香　皇叔，夫君，哎呀夫哇！（氣椅）

（唱）【導板】
    聽一言只覺得神魂飄蕩，
（接唱）【搖板】
    不由得尚香女淚灑胸膛。
    實指望夫妻們同歡同暢，（哭介）

皇叔哇……
（接唱）【搖板】
    要相逢除非是夢裏黃粱。

且住。想皇叔與我有夫妻之義。他今晏駕白帝城，不免身穿孝服，奏知母后，去到江邊一祭便了。宮娥們！

二宮娥　有。
孫尚香　看孝服伺候！（換孝服介）喂呀！

(唱)宮娥女速擺駕長壽宮往，
　　　別母后到江邊祭奠一場。
(同下)

第　二　場

吳國太　(內唱)【導板】
　　　一日清閑一日安，
(二內侍引吳國太上)
(唱)【西皮原板】
　　　十日無事靠青天。
　　　孫權他把大事管，
　　　每日征戰不得閑。
　　　可恨曹丕把位篡，
　　　圖謀漢室錦江山。
　　　我的婿劉備重興漢，
　　　三國紛紛有數年。
　　　將身且坐皇宮院，
　　　等候我兒來問安。
(孫尚香上)

孫尚香　(唱)【搖板】
　　　嘆皇叔爲社稷今把駕晏，
　　　含悲淚進宮去參母問安。
　　兒臣見駕。願母后千歲！
吳國太　平身。
孫尚香　千千歲！
吳國太　賜座。
孫尚香　謝坐。
　　(哭)喂呀呀……
吳國太　兒啊，今日進宮，身穿素服，面帶淚痕，爲了何事？
孫尚香　啓奏母后：今早官人報導，劉皇叔晏駕白帝城了。
吳國太　哦，劉皇叔晏駕了？

孫尚香　正是。

吳國太　哎,可嘆哪,可嘆!兒啊,你進宮何事?

孫尚香　因此兒臣身穿孝服,奏知母后,要到江邊一祭。

吳國太　兒啊,你雖然與他有夫妻之情,只是你兄王與他有敵國之恨。兒還祭奠他做甚?

孫尚香　哎,母后啊!

　　　（唱）【慢板】
　　　　　母后說話理太偏,
　　　　　兒臣有本奏根源:
　　　　　都只爲荆州討不轉,
　　　　　將兒定計把姻聯。
　　　　　荆州未及三年滿,
　　　　　又命周善誆兒還。

吳國太　（唱）【原板】
　　　　　尚香兒說話理不端,
　　　　　細聽爲娘說根源:
　　　　　不幸兒父他把駕晏,
　　　　　早年一命喪黃泉。
　　　　　丟下基業無人管,
　　　　　江南九郡付與孫權。
　　　　　今日殺來明日戰,
　　　　　只爲荆州他不還。
　　　　　定計本是周郎獻,
　　　　　纔把我兒配鳳鸞。
　　　　　劫兒回國是周善,
　　　　　母女分別又團圓。
　　　　　我兒一心去祭奠,
　　　　　一滴何曾到九泉?

孫尚香　母后啊!

　　　（唱）【垛板】
　　　　　說甚麼祭奠空祭奠,
　　　　　一滴何曾到九泉。

	兒在東吳他在漢，
	千里姻緣一綫牽。
	母后不教兒祭奠，
	不該與兒配婚男。
吳國太	（唱）我兒本是閨閣女，
	反道爲娘來阻攔。
	任兒説得蓮花現，
	爲娘不准也枉然。
孫尚香	（唱）兒要祭奠偏祭奠。
吳國太	（唱）爲娘阻攔要阻攔。
孫尚香	呀！
	（唱）母后不叫兒祭奠，
	罷！
	不如碰死娘面前。
吳國太	（唱）我兒不必行短見，
	爲娘送你到江邊。
	我兒不必如此。爲娘同兒去江邊一祭如何？
孫尚香	母后年邁，不勞前去。現有宮娥陪伴，兒去去就回。
吳國太	内侍！
内　侍	有。
吳國太	看半份鑾駕，隨你郡主去到江邊一祭。千萬不可教你主公知道！
内　侍	是。
孫尚香	母后請上。兒臣就此拜別了！
吳國太	哎呀兒啊，不過一時，何言拜別二字？
孫尚香	母后啊！……
	（唱）【二六】
	雖然暫離母后前，
	爲人須要孝當先。
	辭別母后出宮院，
吳國太	我兒要早去早回！
孫尚香	（唱）【散板】
	有淚不敢灑面前。（下）

吳國太　（唱）【搖板】
　　　　　　我兒江邊去祭奠，
　　　　　　只怕要學古聖賢。
　　　　　　將身且坐皇宮院，
　　　　　　盼望嬌兒早回還。
　　　　（同下）

祭　江

第　一　場

孫尚香　（內白）擺駕！
　　　　（四大鎧、四內侍、二宮女、車夫引孫尚香上）
孫尚香　（唱）【二黃慢板】
　　　　　　曾記得當年來此境，
　　　　　　浪打鴛鴦兩離分。
　　　　　　從今後我不照菱花鏡，
　　　　　　清風一綫未亡人。
內　侍　來到江邊。
孫尚香　香案擺下。
　　　　（四內侍擺香案。孫尚香祭奠畢，脫衣介）
孫尚香　退下。
　　　　（衆分下）
孫尚香　（念）設祭長江岸，
　　　　　　舉目望西川。
　　　　　　夢魂何日到，
　　　　　　空教淚不乾。
　　　　（唱）【二黃導板】
　　　　　　在江邊擺祭禮一聲告稟，
　　　　（【叫頭】）皇叔，先主，哎呀夫哇……
　　　　（唱）【迴龍】

　　　　　　尊一聲漢皇叔在天之靈。
　（唱）【反二黃】
　　　　　　好夫妻惡因緣悲聲不盡，
　　　　　　半空中須鑒妾一點誠心。
　　　　　　可嘆你大英雄出世受困，
　　　　　　可嘆你結桃園義共死生。
　　　　　　可嘆你破黃巾功勞被隱，
　　　　　　可嘆你虎牢關方顯威名。
　　　　　　可嘆你跳檀溪險些喪命，
　　　　　　可嘆你三顧那諸葛先生。
　　　　　　可嘆你敗當陽夏口來奔，
　　　　　　可嘆你燒赤壁同破曹兵。
　　　　　　可嘆你佔荊州周郎不忿，
　　周郎不忿，我的夫哇！
　　　　　　可嘆你入虎穴東吳招親。
　　　　　　好容易得西川坐立未定，
　　　　　　偏遇着戰荊州二叔歸神。
　　　　　　爲報讎戰虢亭遇著陸遜，
　　　　　　失機謀被他人火燒連營。
　　　　　　空負了五虎將九泉含恨，
　　　　　　空負了諸葛亮赤膽忠心。
　　　　　　看起來嘆人生總是夢境，
　　　　　　必須要圖一個萬古留名。
　（祭奠畢）
孫尚香　且住。想我兄長，既不能容我。爲妹此時不隨皇叔一死，更待何時？
　（四水旗上）
孫尚香　（唱）【反二黃搖板】
　　　　　　江水茫茫波浪滾，
　　　　　　孫氏拜別養育恩。
　　　　　　叫聲皇叔你且等……
　　罷！

不如一死命歸陰。

（孫尚香跳江介。四水旗同下）

第 二 場

（四水旗、龍王、孫尚香同上）

龍　　王　敕旨下。跪！

孫尚香　聖壽。

龍　　王　今有孫尚香在江邊爲夫盡節，投江而死。蒙上帝憐憫，敕爲梟磯娘娘。旨意讀罷，望詔謝恩。

（孫尚香接旨介）

孫尚香　聖壽無疆。

（換衣介）

孫尚香　衆水卒！

四水旗　啊！

孫尚香　同我歸位去者！

四水旗　領法旨！

（【牌子】。同下）

孝 節 義

佚 名 撰

解 題

　　京劇。現代佚名撰。《京劇劇目初探》著錄,題《孝節義》,一名《索廟》。另有《鴞姬傳》一本,明場叙封神經過,未署作者。《京劇劇目辭典》著錄,題《孝節義》,一名《尚香托夢》。另有《索廟》《鴞姬傳》,情節與此劇不盡相同。劇寫劉備晏駕,孫尚香投江盡節,玉帝敕封爲神,奈無廟堂不能享受人間祭祀,故托夢於其母后。吳國太因尚香祭江久久不歸,正思念間,忽得噩耗,大爲悲痛。吳國太夢中與孫尚香陰魂相見。尚香告母后自己因爲夫盡節,已受封爲鴞姬娘娘,請爲立廟享祭。吳國太應允爲其建廟堂。本事出於《三國演義》第八十四回、《列女傳》。版本今有《京劇彙編》本及以此本重刊的《京劇傳統劇本彙編》本、《戲學指南》本、《戲考》本及以該本整理的《中國京劇戲考》本。今以《戲考》本爲底本,參考其他本校勘整理。

第 一 場

（四龍套引孫尚香同上）

孫尚香　（唱[1]）【點絳唇牌】
　　　　　滄海連江,乾坤浩蕩,雖受職,哪有廟堂,何處受祭享!

（孫尚香上高臺）

孫尚香　（念）大孝能感天,
　　　　　　節義須周全。
　　　　　　神光照水府,
　　　　　　慧眼望西川。
　　吾乃孫氏尚香靈魂是也。配夫玄德,在西蜀爲君。只因荆州失陷,在白帝城晏駕。幸喜阿斗接位。奴在東吳，投江盡節一死。蒙上帝憐憫，敕封爲神。奈無廟堂，誰來祭祀？今去托兆母后，建造廟堂，重名於世。衆水卒，

（四龍套同允）

孫尚香　隨我同往。

（孫尚香下高臺）

孫尚香　（唱）【西皮導板】

　　　　駕神風急衝開長江波浪，

（唱）【西皮慢板】

　　　　靈光照齊護擁梟姬娘娘[2]。

　　　　我本是千金女皇宮生長，

　　　　今方見世間人名利奔忙。

　　　　蒙敕封並無有

（唱）【西皮搖板】坐位神像，

（四龍套同下）

孫尚香　（唱）【西皮搖板】

　　　　長壽宮托母兆建造廟堂。

（孫尚香下）

校記

[1] 唱：原本無"唱"字提示，今補。本劇下同。

[2] 靈光照齊護擁梟姬娘娘："梟"，原作"孝"，據《三國演義》第八十四回改。本劇下同。

第 二 場

（二宮女、吳國太同上）

吳國太　（唱）【西皮原板】

　　　　夫本是炎漢家輔國大將，

　　　　小孫策壽命短少年夭亡。

　　　　孫仲謀霸江東獨把業掌，

　　　　漢江山分三國俱想稱皇。

　　　　　　魏天時吳地利人和氣旺，
　　　　　　爲荊州嘆我婿白帝城亡。
　　　　　　尚香兒全節義祭夫親往，
　　　　　　兒百步母枕憂難解愁腸。
　　本后吳氏。長子孫策，少年夭亡。次子孫權，虎踞江東。幼女尚香，配夫玄德，西川爲帝。只爲荊州，被陸遜火燒連營，嘆我兒婿，身喪白帝城中。女兒親往江邊祭奠，怎麼還不回宮？
　　（大太監上）
大太監　太后大事不好了！
吳國太　何事驚慌？
大太監　郡主投江已死！
吳國太　你纔怎講？
大太監　郡主投江而亡！
吳國太　哎吓！
　　　（唱）【西皮導板】
　　　　　　兒爲夫盡節死魚腸埋葬，
　　　【三叫頭】尚香！我兒！哎兒吓！
　　　（唱）【西皮搖板】
　　　　　　比前朝漢昭君不捨劉王。
　　　　　　夫身喪妻盡節雖有榜樣，
　　　（哭）哎呀！
　　　（唱）【西皮搖板】
　　　　　　恐難效孟姜女受職表揚。
　　內臣！
　　（大太監允）
吳國太　郡主投江，可有人搭救？
大太監　難以救起。
吳國太　報與主公知道。
大太監　領旨。
　　（大太監下）
吳國太　【三叫頭】尚香！我兒！兒吓！
　　　　爲娘若知你有此盡節之心，我也不要你江邊祭奠去了吓！

　　　　（唱）【西皮搖板】
　　　　　　要盡節也應該對娘直講，
　　　　　　討祭奠投江死魂靈渺茫。
　　　　　　天保佑兒命在免娘癡想，
　　　　（哭）兒吓！
　　　　（唱）【西皮搖板】
　　　　　　宮娥們扶本后即歸龍床。
　　　　（二宮女攙吳國太同下）

第　三　場

　　　　（二門神同上）
門神甲　（念）上蒼有旨意，
門神乙　（念）看守宮門庭。
　　　　請了。
門神甲　請了。
門神乙　奉了玉帝敕旨，看守宮門。遠遠望見，孫氏尚香來也。
　　　　（四龍套引孫尚香同上）
孫尚香　（唱）【二黃搖板】
　　　　　　水晶宮與陽間一般模樣，
　　　　　　也有這銀鑾殿畫角雕梁。
　　　　　　眾神將且肅靜休要聲嚷，
　　　　　　比不得水府內任兒猖狂。
　　　　尊神請了。
二門神　到此何事？
孫尚香　尊神吓！
　　　　（唱）【二黃搖板】
　　　　　　奴雖受玉帝封魂魄飄蕩，
　　　　　　哪一處是我的神位廟堂？
　　　　　　乘夜來見我母待求方向，
　　　　　　托一兆不久停即出宮墻。
二門神　只許你一人進去，休要驚嚇於她。

孫尚香　知道了。
　　　　（唱）【二黃搖板】
　　　　　　你等在宮門外隱身休闖，
　　　　（四龍套同下）
孫尚香　（唱）【二黃搖板】
　　　　　　二尊神請讓路暫息張揚。
　　　　（孫尚香下。二門神同下）

第　四　場

　　　　（二宮女引吳國太同上）
吳國太　（唱）【二黃原板】
　　　　　　恨的是陸伯言智足謀廣，
　　　　　　火攻計燒連營雞犬難藏。
　　　　　　大限到在數災難逃羅網，
　　　　　　尚香在吳國內未離蘭房。
　　　　　　將身兒且坐在龍鳳錦帳，
　　　　（二宮女同下）
　　　　（唱）【二黃原板】
　　　　　　悶懨懨只想我幼女尚香。
　　　　（孫尚香上）
孫尚香　（唱）【二黃搖板】
　　　　　　在生前常出進宮人隨往，
　　　　　　今見母孤單單躲躲藏藏。
　　　　　　欲開言老年人心散神恍，
　　　　　　跪御榻音聲細忍住悽惶。
　　　　母后醒來！
吳國太　（唱）【二黃導板】
　　　　　　空負我數十年兒女嬌養，
孫尚香　母后！
吳國太　哎吓！
　　　　（唱）【二黃搖板】

　　　　　　　　聽姣音真是我幼女尚香。
　　　　　　　　見兒面方把我愁眉展放，
孫尚香　　（唱）【回龍】
　　　　　　　　人命大關係重豈能謊談。
　　　　　（唱）【反二黃慢板】
　　　　　　　　盡節死陰靈魂水府路上，
　　　　　　　　未報答哺乳恩難舍親娘。
吳國太　　兒吓！
　　　　　（唱）【反二黃慢板】
　　　　　　　　聽兒言似空中霹靂下降，
　　　　　　　　娘好似燕銜泥枉費心腸。
　　　　　　　　爲荊州獻兒計恨你兄長，
　　　　　　　　甘露寺娘見面相兒招夫郎。
　　　　　　　　今盡節不盡孝娘誰供養？
孫尚香　　（唱）【反二黃慢板】
　　　　　　　　老娘親缺甘旨還有兄王。
　　　　　　　　盡節烈以圖了後人欽仰，
　　　　　　　　兒不是梟鳥心天大倉娘。
吳國太　　（唱）【反二黃慢板】
　　　　　　　　古今來女生時面生外向，
　　　　　　　　但不知兒屍首漂流何方？
　　　　　　　　陰靈魂既見娘直言話講，
　　　　　　　　尋着你屍和首好去奔喪。
孫尚香　　（唱）【反二黃慢板】
　　　　　　　　兒的屍向西方逆水漂上，
　　　　　　　　蒙上帝敕封我梟姬娘娘。
吳國太　　哦，兒封爲梟姬娘娘？
孫尚香　　正是。
吳國太　　兒的屍首呢？
孫尚香　　母后。
　　　　　（唱）【反二黃原板】
　　　　　　　　女陰魂想西川獨自難往，

　　　　　　　屍現在蕪湖關江北路旁。
吳國太　（唱）【反二黃原板】
　　　　　　　孝義心感天地上帝旌獎，
孫尚香　（唱）【反二黃原板】
　　　　　　　雖敕封並無有寺院廟堂。
吳國太　（唱）【反二黃原板】
　　　　　　　娘傳旨建廟堂兒受祭享，
孫尚香　（唱）【反二黃搖板】
　　　　　　　謝母后天地恩日月壽長。
　　　　（起五更鼓）
　　　　（唱）【反二黃搖板】
　　　　　　　睜眼看月光隱日出浮山。
　　　　（孫尚香下。二宮女同上）
二宮女　太后醒來！
吳國太　（唱）【二黃導板】
　　　　　　　見姣兒訴衷腸平日一樣，
二宮女　醒來！
吳國太　哎呀，兒吓！
　　　　（唱）【二黃搖板】
　　　　　　　宮娥女驚醒了大夢一場。
　　　　（哭）兒吓！
　　　　（二宮女攙吳國太同下）

安居平五路

佚 名 撰

解 題

京劇。現代佚名撰。《京劇劇目初探》《京劇劇目辭典》著錄，題《安居平五路》，又名《安五路》《鄧芝赴油鍋》，《辭典》又一名《安居退敵》，均未署作者。劇寫曹丕用司馬懿計，起五路大兵伐西川。諸葛亮聞訊，密調趙雲鎮守陽平關以拒曹真；使馬超自西平關往退羌兵；命魏延到永昌防南蠻，使關興、張苞前往接應；假作李嚴書信勸孟達按兵不動。唯有東吳一路，未得下說詞之人，因而閉門稱病謀劃。劉禪聞警大驚，急令董允、杜瓊往見孔明，孔明推病不見。劉禪禀告吳太后。二人回奏劉禪、吳太后，並請劉禪親臨相府責問。劉禪徑入孔明內宅。孔明正在花園觀魚，忽見劉禪，伏地請罪。劉禪告其來意。孔明奏稱身受先帝重托，敢不盡心竭力以報，但恐軍馬調動驚擾人心。況蜀軍新敗，元氣未復，機密泄露，則大勢去矣。故退居私宅，籌劃退敵之策。並告劉禪已用計退走四路軍兵，唯東吳一路尚在謀劃，但需一人前往東吳下說詞，即可保無虞。劉禪大喜，辭別而歸。孔明知鄧芝有才辯，膽識過人，乃命其入吳。鄧芝赴東吳。孫權已知攻蜀四路已退，用張昭計設油鼎於殿前以恐嚇鄧芝，聽其下何說詞。鄧芝見狀，神態安然自若，以言語激動孫權，陳說吳蜀聯合，抗拒曹魏之利害，挺身撲向油鼎。孫權急忙止之，請芝上座，重申與西蜀言和，決心捐棄前嫌，永修和好，並遣張溫入蜀轉達吳蜀和好之意。本事出於《三國演義》八十五、八十六回。安居退敵事，不見史傳。鄧芝出使東吳，見《三國志‧蜀書‧鄧芝傳》而無設油鼎之說。版本今有《京劇彙編》馬連良藏本及以此本重刊的《京劇傳統劇本彙編》本、《戲考》本、《戲典》本、《戲學指南》本、上海市《傳統劇目彙編》京劇集伍月華藏本。今以《京劇彙編》馬連良藏本爲底本，參考其他本校勘整理。

第 一 場

（四蠻兵上，站斜一字。孟獲上，趟馬。四蠻兵挖門）

孟　獲　（唱）執掌西南多瀟灑，
　　　　　　　銀坑洞中是我家。
　　　　某，銀坑洞主孟獲是也。坐鎮西南七十二洞，倒也逍遥自在。今日
　　　　天氣清和，帶領人馬在山後操演。操演已畢，不免回洞去者！
　　　　（唱）某家生來威風大，
　　　　　　　七十二洞尊重咱。
　　　　　　　積草屯糧養兵馬，
　　　　　　　若遇機會奪中華。
（同下）

第 二 場

（賈詡、辛毗、曹真、司馬懿上）

賈　詡　（念）自古良禽擇木栖，
辛　毗　（念）如今喜得拜丹墀。
曹　真　（念）男兒須挂封侯印，
司馬懿　（念）正是英雄得志時。
賈　詡　賈詡。
辛　毗　辛毗。
曹　真　曹真。
司馬懿　司馬懿。
賈　詡　諸位大人請了！
辛　毗
曹　真　請了！
司馬懿
賈　詡　今日早朝，萬歲陞殿，必有軍情議論。
辛　毗
曹　真　大家分班伺候。
司馬懿

（吹打。四太監、大太監、曹丕上）

曹　丕　（念）【引】駕坐朝閣，承父業，重整山河。
　　　　　（念）（詩）獻帝無福民不安，
　　　　　　　　　　人心歸朕樂堯天。
　　　　　　　　　　上蒼若肯遂孤願，
　　　　　　　　　　掃平東吳滅西川。
　　　　　孤，曹丕。國號黃初在位。蒙眾卿忠勇，扶孤繼位，更改國號，深感上蒼福佑。聞得劉備兵伐東吳，中了陸遜火攻之計。敗入白帝城，氣憤身亡。朕聞此信，心無憂矣。此番攻取西川，必獲全勝。眾卿！

賈　詡
辛　毗　萬歲！
曹　真
司馬懿

曹　丕　劉備新亡。乘他國中無主，人心未定，攻取西川，必然唾手而得。

賈　詡　臣賈詡有本啓奏。

曹　丕　奏來。

賈　詡　臣想劉備雖亡，必托孤於諸葛亮。那孔明感劉備知遇之恩，必要盡心竭力扶持嗣主。陛下不可輕伐。

司馬懿　臣司馬懿有本啓奏。

曹　丕　奏來。

司馬懿　西蜀新敗，休容他養成銳氣。若不乘此發兵，等待何時！

曹　丕　卿家所奏，正合孤意。當用何計？

司馬懿　若用中原之兵，恐難取勝。須用五路大兵，四面攻打，叫那諸葛亮首尾不能相顧，我軍必勝也。

曹　丕　哪五路呢？

司馬懿　可修國書，差使臣去到鮮卑國。見那國王軻比能，賄以金帛。令起羌兵十萬，攻打西平關。此一路也。

曹　丕　二路呢？

司馬懿　差人直入蠻洞，買通蠻主孟獲。令起蠻兵十萬，攻打益州、永昌、牂牁、越巂四郡。此二路也。

曹　丕　三路呢？

司馬懿　再遣能言使臣入吳和好，許以割地爲約。令孫權起吳兵十萬，入峽

曹　丕	四路呢？
司馬懿	即調孟達起上庸大兵十萬，攻打漢中。此四路也。
曹　丕	那五路呢？
司馬懿	就命曹真起中原大兵十萬，攻取陽平關。此五路也。共起大兵五十萬，併力攻取西川。那孔明縱有呂望之才，難逃此五路雄兵也。
曹　丕	此本奏之有理，孤王依計而行。曹真聽旨！
曹　真	萬歲！
曹　丕	卿領大兵十萬，攻取陽平關。得勝回來，另加陞賞。
曹　真	領旨！
	（念）金殿領君命，校場點雄兵。（下）
曹　丕	退班！
	（同下）

第　三　場

（四青袍、二小軍抬箱籠引差官上）

差　官	吾乃魏主駕下差官是也。今奉我主之命，押解禮物，去到鮮卑國聘請國王軻比能。令起羌兵十萬，攻打西平關。身奉君命，不敢怠慢。軍士們！
四青袍 二小軍	有！
差　官	速速趲行！
四青袍 二小軍	啊！
	（同下）

第　四　場

報子甲 報子乙 報子丙 報子丁	（內）馬來！（兩邊上）
報子甲	（唱）【豹子令】

　　　　　　　紛紛羽書似雪片，
　　　　　　　騰騰報馬如閃電。
報子甲
報子乙　（同唱）日夜不辭身勞苦，
報子丙　　　　　馳驅來到轅門前，
報子丁
　　　　　【合頭】
　　　　　　　奈丞相連朝不見音信傳。
　　　　　我等乃各路探子是也。
報子甲　近日探知魏王起五路大兵，來取西川。倘若五路邊關失守，如何是好？
報子乙　事在燃眉，不得遲延。你我去報當地衙門，請他轉達聖聽。我料萬歲一聞此信，自必發兵救援。
報子甲
報子丙　言之有理。就此分往各衙門報信去者！
報子丁
　　　　　（同下）

第 五 場

　　　　　（四文堂、中軍、孟達上）
孟　達　（念）【引】只爲一著錯，滿盤棋盡輸。
　　　　　（念）（詩）昔事蜀君今事魏，
　　　　　　　　　俱是三呼稱萬歲。
　　　　　　　　　嘆想原郡故鄉土，
　　　　　　　　　誰到墳前化紙灰。
　　　　　俺，孟達。昔在漢中稱臣，後來棄蜀投魏。魏王命俺鎮守上庸等處。日前聖旨到來，命俺起兵十萬，攻取漢中。我想永安宮乃李嚴鎮守。我若攻打，有礙生死之交。如不攻打，又恐魏王見疑。好不兩難人也！
　　　　　（旗牌上）
旗　牌　（念）四季關銀餉，一年走慌忙。
　　　　　來此已是營門，有人麼？

中　軍　甚麼人？
旗　牌　永安宮李嚴差人下書。
中　軍　候着。啓禀帥爺：永安宮李嚴差人下書。
孟　達　傳他進帳。
中　軍　是。下書人，裏面傳。小心了！
旗　牌　是。下書人叩頭！
孟　達　你奉何人所差？
旗　牌　奉永安宮李老爺所差。有書信呈上。
孟　達　後營用飯。
旗　牌　多謝帥爺！（下）
孟　達　待我看來。（牌子。看書信介）傳下書人！
中　軍　傳下書人！
　　　　（旗牌上）
旗　牌　（念）後營用罷飯，帳下聽回音。
　　　　謝帥爺的酒飯。
孟　達　回覆你家老爺：修書不及，照書行事。
旗　牌　是。小人記下了。（下）
孟　達　我正猶疑之問，李嚴有書到來。我豈能忘了生死之交，不免假裝重病。中軍，傳令下去：就説你老爺偶得重病，甚是沉重。暫將人馬撤回，另聽調用。
中　軍　得令！下面聽者：元帥偶得重病。暫將人馬撤回，再聽調用！
衆　　　（內）啊！
孟　達　（念）誰人不思故鄉土，洛陽雖好不如家。
　　　　哎喲，哎喲喲！好不痛死人也！
　　　　（二文堂攙孟達下）
中　軍　掩門！
　　　　（二文堂、中軍下）

第　六　場

　　　　（【牌子】。四文堂、四下手、陸遜上）
陸　遜　俺，東吳水軍都督陸遜。今有北魏曹丕五路攻川。許以割地爲約，令起大兵十萬，出峽口攻打涪城。吾想吳、魏皆非諸葛之敵手，萬難取勝。是我奏明主公，用兩全之計，虛作人情。兵紮三江口，坐觀勝敗，就中取事。衆將官！

四文堂
四下手　有！

陸　遜　三江口去者！

四文堂
四下手　啊！

（【牌子】。衆圓場）

四文堂
四下手　來到三江口！

陸　遜　安營紮寨！

四文堂
四下手　啊！

（同下）

第 七 場

（四太監、大太監、劉禪上）

劉　禪　（唱）先皇爺白帝城晏了聖駕，
　　　　　　　多虧了老相父扶保邦家。
　　　　　　　文治內武鎮外太平天下，
　　　　　　　民豐富國殷實同享榮華。

（董允、杜瓊上）

董　允　（唱）曹丕無故興人馬，

杜　瓊　（唱）忙上金殿奏根芽。

董　允
杜　瓊　臣等見駕。我主萬歲！

劉　禪　二卿平身。

董　允
杜　瓊　萬萬歲！

劉　禪　上殿有何本奏？

董　允　臣啓萬歲：今有曹丕結聯東吳與羌兵蠻將，兵分五路，攻打西蜀。

　　　　　請主定奪！
劉　禪　有這等事？內侍！
大太監　有！
劉　禪　命你去至相府，傳孤旨意，召請相父諸葛亮速速入朝，說寡人當殿立等！
大太監　領旨！
　　　　（念）口銜君王命，召請輔國臣。（下）
劉　禪　想那曹丕聞父皇殯天，有意欺我也！
　　　　（唱）望着洛陽心頭憾，
　　　　　　惱恨曹丕小兒男。
　　　　　　篡位臭名萬難免，
　　　　　　爾不久現報在眼前！
　　　　（大太監上）
大太監　（唱）人言君命無敢慢，
　　　　　　豈知將令更森嚴。
　　　　啟萬歲：奴婢奉旨去召丞相，相府門官說道："丞相染病，未便應召。"特來繳旨。
劉　禪　軍務緊急，這便如何是好？
董　允
杜　瓊　陛下勿憂。待臣等親到相府，將此五路入寇之事稟知，料丞相必有一番調度。
劉　禪　事在燃眉，遲緩不得。就煩二卿代朕多多致意，請丞相早早退賊為要！
董　允
杜　瓊　領旨！
董　允　（唱）那曹丕謀篡了漢家天下，
杜　瓊　（唱）今又想興兵將擾我邦家。
　　　　（董允、杜瓊下）
劉　禪　（唱）為王我掌西蜀尚未坐穩，
　　　　　　那曹丕無故地又要興兵。
　　　　　　內侍臣擺御駕後宮來進，
　　　　　　奏明了我母后緊急事情。
　　　　（同下）

第 八 場

（門官上）

門　官　（唱）丞相鈞命擋衆駕，
　　　　　　　府門禁地免喧嘩。

（四青袍、董允、杜瓊上）

董　允　（唱）軍務緊急無定準，
杜　瓊　（唱）奉命來問智謀人。

（四青袍下）

董　允
杜　瓊　來到相府。尊官請了！

門　官　原來是二位大人到此。請坐！

董　允
杜　瓊　有坐。

門　官　二位大人到此何事？

董　允
杜　瓊　奉了聖命，求見丞相，有大事相商。

門　官　我家丞相染病在床，須得靜養，外人免見。門外高挂止步牌，一切雜務休禀來。

董　允
杜　瓊　丞相近日起居如何？飲食可有增減？

門　官　小官也曾打聽明白。起居安適不曾衰，肥肉三餐不吃齋。

董　允
杜　瓊　既然身健食壯，爲何不理國事？

門　官　小官想來，我家相爺是害心病！

董　允
杜　瓊　害甚麽心病？

門　官　二位大人，從來出入將相之家，不是歌童舞女成群，便是嬌妻美妾無數。可憐我家相爺，喏喏喏，就是一位黃夫人。心性雖有姜嫄之德，其貌却如無鹽之醜，叫我家相爺如何耐得住呢！

董　允
杜　瓊　胡説！

門　官	事情想來如此,不是小官妄說。	
董　允 杜　瓊	你可進去通報,就說我二人一來問候金安,二來還有大事面稟。	
門　官	相爺數日前傳諭:所有大小官員,不得闖入稟事。方纔聖命來召,尚還辭去,何況大人乎!	
董　允	你不知目下曹丕令五路大兵入寇西川。丞相若推病不出,豈不是誤了國家大事!	
杜　瓊	我等也是奉聖命而來,定要請見。	
門　官	待小官冒昧傳稟便了。(下)	
杜　瓊	大人,丞相果然有病還則罷了。不然,有負先帝托孤之言也!	
董　允	(念)莫非有意效伊尹, 　　　規勸太甲入洞庭?	
杜　瓊	(念)今上雖懦無廢政, 　　　何可作得那章程!	

(門官上)

門　官　回稟二位大人:丞相說知道了,請二位不必進見。有甚麼國家大事,待病體稍愈,改日自出都堂會議。請二位大人回去吧。

(四青袍上)

董　允　(唱)老丞相竟不把國事惦念,

(四青袍下,門官關門下)

杜　瓊　(唱)辜負了先帝爺托孤之言!

(董允、杜瓊同下)

第　九　場

(四宮女、吳后上)

吳　后　(唱)嘆先王開基業心機用壞,
　　　　　　在桃園曾結義漢室重開。
　　　　　　對蒼天發誓願一再三再,
　　　　　　一人死三人亡神目鑒哉。
　　　　　　都只爲荊州城未分地界,
　　　　　　因此上與東吳結下讎來。

　　　　　實可嘆關二弟在吳遇害，
　　　　　先帝爺要報讎親把兵排。
　　　哀家，吳后。先王劉備。太子劉禪，乃先后糜氏所生。只爲先帝伐吳，在白帝城殯天。多虧相父保定皇兒安坐西川，軍民俱服。思想先王一世勞碌，好不傷感人也！
　　　（四太監、大太監、劉禪上）
劉　　禪　（唱）外寇侵偏偏的丞相有病，
　　　　　　　我只得見母后陳說其情。
　　　　兒臣見駕。母后千歲！
吳　　后　皇兒平身。
劉　　禪　千千歲！
吳　　后　賜坐。
劉　　禪　謝坐。唉！
吳　　后　皇兒如此長嘆，爲了何事呀？
劉　　禪　啓母后，大事不好了！
吳　　后　有何大事，如此驚慌？
劉　　禪　曹丕發動大兵五十萬，兵分五路攻打西川，怎不叫人驚怕！
吳　　后　衆文武就無退兵之策了麼？
劉　　禪　文武雖多，惶惶無策。
吳　　后　諸葛丞相必有退兵之計，何不召來一問？
劉　　禪　母后有所不知。兒也曾宣召。怎奈他有病在床，不容入見。兒又命董允、杜瓊同到相府問計，亦未見回奏。
吳　　后　哦！
　　　（唱）聞言使人動無名，
　　　　　　難道諸葛昧了心？
　　　　　　他要效曹瞞那行徑，
　　　天哪！
　　　　　　我孤兒寡母怎退兵？
　　　（董允、杜瓊上）
董　　允　（唱）腳步踉蹌走御道，
杜　　瓊　（唱）氣喘吁吁似油澆！
董　　允　（唱）丞相忠心改變了，

杜　瓊	（唱）托孤之言拋九霄！
董　允 杜　瓊	原來老承奉在此！煩勞轉奏：董允、杜瓊前來交旨。
大太監	二位大人回來了？
董　允 杜　瓊	回來了。
大太監	萬歲在延壽宮與國太等候回奏。待咱家與你二人請駕。
董　允 杜　瓊	有勞老承奉。
大太監	啓萬歲：董允、杜瓊宮門候旨。
劉　禪	小王問明，回奏母后。
吳　后	董允、杜瓊乃舊日老臣。國事緊急，暫止肅避之條。宣進延壽宮，前來面奏，何必去問！
劉　禪	母后之言甚是。內侍，宣董允、杜瓊進宮！
大太監	董允、杜瓊進宮啊！
董　允 杜　瓊	領旨！臣　董允 　　　　　　杜瓊　參見國太，願國太千歲！
吳　后	二卿平身。
董　允 杜　瓊	千千歲！
吳　后	二卿同到相府求計，丞相有何良策？
董　允 杜　瓊	臣啓國太：丞相推病在府，不容臣等相見。特來回奏。
劉　禪	哎呀母后哇！丞相以病爲辭，並不入朝理事，又無良策。待兒臣我死了吧！
吳　后	哎呀皇兒呀，休得如此！如今那孔明不上朝議事，我倒明白了。
劉　禪	明白何來？
吳　后	想你父臨終之時，曾囑托於他，言道："吾兒當輔則輔。"如其不然，叫他自立爲君。他今不設計謀，托病不出。看此光景，定因你父前言，懷有異志。也罷！我當親身往見，叫他同進太廟，對先王御影問之便了！速速起駕！
董　允 杜　瓊	太后不可輕往。料丞相不出府門，必有奇謀。依臣等之見，可請萬歲御駕親往。如若怠慢，再請國太宣召丞相入太廟可也！

劉　禪　二卿奏之有理。不知母后聖意如何？
吳　后　好。既然如此，二卿隨駕速往。候聽回奏。
董　允
杜　瓊　領旨！
吳　后　皇兒呀！
　　　　（唱）皇兒親去見孔明，
　　　　　　　必須要低心下氣探真情。
　　　　　　　他若不失君臣體，
　　　　　　　定有奇謀退曹兵。
　　　　　　　若是他仍然抗君命，
　　　　　　　定然是謀反已露形。
　　　　　　　那時節我將太廟進，
　　　　　　　好對着先王斬叛臣。
　　　　　　　囑咐你言語須謹慎，
　　　　（吳后下，四宮女隨下）
劉　禪　起駕相府去者！
大太監　起駕相府哇！
劉　禪　（唱）禍福安危在此行。
　　　　　　　軍民仰賴唯師尹，
　　　　　　　若懷異志國必傾。
　　　　　　　暗祝先皇與列聖，
　　　　　　　陰靈護持我嗣君。
　　　　（門官下場門上）
門　官　小臣接駕！
劉　禪　丞相今在何處？
門　官　臣實不知。丞相鈞命，叫百官勿得闖入。
劉　禪　起來。
門　官　謝萬歲！
劉　禪　眾臣門外伺候，勿得喧嘩。
董　允
杜　瓊　領旨！
　　　　（大太監、董允、杜瓊下）

劉　禪　門官，引朕內室去者！
門　官　領旨！
劉　禪　帶路！
　　　　（唱）棄乘輿進相府自度自問，
　　　　（門官、大太監、劉禪進頭門介）
劉　禪　（唱）將相家比內廷嚴肅十分。
　　　　　　　常聞道我文帝勞軍親幸，
　　　　（門官、大太監、劉禪進二門介）
劉　禪　（唱）到柳營不由得按轡徐行。
門　官　已是三重門了，小官不敢闖入，請萬歲爺御駕進幸。（下）
劉　禪　內侍帶路！
　　　　（唱）我父皇在茅廬三次顧請，
　　　　　　　不料我今日也三進其門。
　　　　　　　遵慈命收斂這皇王心性，
　　　　　　　放出那卑躬禮請出賢臣。
　　　　（同下）

第　十　場

　　　　（諸葛亮執竹杖上）
諸葛亮　（唱）【二黃三眼板】
　　　　　　　報國恩報不盡皇恩深大，
　　　　　　　扭人心扭不過定數無差。
　　　　　　　恨曹丕受禪臺威逼聖駕，
　　　　　　　臣欺君終有日報應相加。
　　　　　　　我本當去問罪發動人馬，
　　　　　　　怎奈我兵新敗怎能去殺！
　　　　　　　哭獻帝慟先王淋漓淚灑，
　　　　　　　好叫我肝膽碎心亂如麻！
　　　　（大太監、劉禪上）
劉　禪　（唱）入相府穿廊廈肅靜幽雅，
　　　　　　　過幾層曲彎處景色堪誇。

　　　　　　　進花園見相父垂釣瀟灑，
　　　　　　　孤這裏走近前細細看他。
諸葛亮　（唱）漢高祖滅秦楚帝業創下，
　　　　　　　二百年孝平帝喪了邦家。
　　　　　　　光武興白水村重整人馬，
　　　　　　　訪鄧禹收岑彭到處爭伐。
　　　　　　　誅蘇獻剮王莽神愁鬼怕，
　　　　　　　洛陽城修宮殿一統中華。
　　　　　　　東西漢四百載江河日下，
　　　　　　　獻帝爺坐江山盜賊如麻。
　　　　　　　十常侍賊董卓朝堂獨霸，
　　　　　　　黃巾賊曾叛亂地陷天塌。
　　　　　　　連環計刺董卓長安正法，
　　　　　　　滅餘黨曹瞞賊把主欺壓。
　　　　　　　今曹丕篡漢位人人怒髮，
　　　　　　　先皇爺恨賊子咬碎齒牙。
　　　　　　　在白帝受血詔遺言留下，
　　　　　　　滅魏賊報國讎整理中華。
　　　　　　　受君托臣須要扶定大廈，
　　　　　　　保幼主安民心停止爭伐。
　　　　　（大太監下，諸葛亮觀魚指點介）
　　　　　（唱）這魚兒比陸遜行兵詭詐，
　　　　　　　有此計無能人怎能退他！
劉　　禪　相父可安樂否？
諸葛亮　哎呀，臣罪該萬死！（跪介）
　　　　　（唱）見萬歲駕到此急忙跪下，
劉　　禪　相父平身。
　　　　　（唱）相父病孤親臨來看卿家。
諸葛亮　請聖駕稍待。容臣更衣，內堂參駕。（下）
劉　　禪　看相父如此瀟灑，想是胸有成竹也！
　　　　　（唱）見相父觀魚躍垂釣瀟灑，
　　　　　　　莫非是他胸中早有安插？

這件事好叫我放心不下，
候相父出堂來細問根芽。
（諸葛亮上）

諸葛亮　（唱）請萬歲進內堂老臣參駕，
（劉禪、諸葛亮進內堂介）

諸葛亮　（唱）聖駕到臣門第蓽蓽生花。
萬歲駕到，未曾遠迎，罪該萬死。望主恕罪！

劉　禪　相父平身。

諸葛亮　萬萬歲！

劉　禪　賜坐。

諸葛亮　謝坐。

劉　禪　孤聞聽相父身體不爽，放心不下，特來探病。

諸葛亮　老臣有何德能，敢勞聖駕寵臨！

劉　禪　孤一來探病，二來與相父商議軍國大事。

諸葛亮　但不知所議何事？

劉　禪　今有曹丕兵發五路，攻取西川。相父有病，不能出府理事。是孤放心不下，故而前來商議退敵之策。

諸葛亮　臣啟陛下：曹丕兵發五路，攻取西川而來，老臣安敢坐視不理！若用成都人馬，黎民震動，不能安穩。機關泄露，大勢去矣！臣已用計退去四路，今只有東吳一路。臣之觀魚，正爲此事躊躇也！

劉　禪　呀！
（唱）聽一言來纔知情，
老丞相果稱得妙算如神。
開言便把相父問，
怎樣退賊說分明。

諸葛亮　容奏！
（唱）鮮卑王軻比能武藝頗勝，
帶領着兵十萬來犯西平。
臣也曾命馬超前去平定，
那羌兵見馬超必然退兵。
他祖住西凉地聲名遠震，
那羌人稱他是神威將軍。

劉　　禪	不用戰管叫他東逃西奔，
	此一路請陛下但放龍心。
	臣料定大功必成。
劉　　禪	（唱）老相父講兵法胸藏妙論，
	常言道運籌帷幄是能臣。
	南路有那孟獲兵犯四郡，
	但不知老相父怎樣退兵。
諸葛亮	（唱）孟獲賊雖驍勇疑心太甚，
	使魏延左出右進、右進左出叫他疑心。
	統兵將必然是不敢前進，
	出奇兵殺他個片甲不存。
劉　　禪	此二路不足爲慮？
諸葛亮	是。
劉　　禪	還有曹眞攻打陽平關甚緊。相父怎樣退賊？
諸葛亮	容奏！
	（唱）陽平關並非是用武之地，
	山路崎嶇糧草難行。
	遣趙雲統雄師把守關津，
	密調那關興張苞暗地接應。
	那曹眞果然是前來攻打，
	若交鋒殺他個片甲不存！
劉　　禪	（唱）恨孟達大不該把逆賊歸順，
	他深知我西蜀地理眞情。
	倘若是領兵馬西川來進，
	殺我個措手不及軍民吃驚。
	那上庸孟達深知西蜀地理，當用何人去退呢？
諸葛亮	臣啓陛下：想那孟達，與我朝李嚴乃是生死之交。臣套寫李嚴假信一封，命人送到孟達營中。孟達見了此信，必然裝病而回。況且孟達非李嚴對手，臣回成都，留李嚴鎭守永安官，正爲此故。四路之兵，聖上萬勿憂心。東吳孫權與我國久有和好之意。若遣一能言之人，前去順說於他，必然罷兵。
劉　　禪	聽相父之言，這五路大兵不日全退了？

諸葛亮　　然也。
劉　禪　　哎呀呀,相父真有神鬼莫測之機,移星換斗之智,使寡人萬慮皆釋矣!
諸葛亮　　陛下既釋疑懷,請聖駕快快回宮,奏知太后要緊。
劉　禪　　既有如此萬全之計,何必這等著忙,定要奏知太后呢?
諸葛亮　　不是呀。陛下若不即早回奏,誠恐太后在太廟召臣。那時叫老臣何以擔當得起!
劉　禪　　此話相父何以知之?
諸葛亮　　(笑介)哈哈哈……
　　　　　臣不過推情度理。
劉　禪　　哎呀呀,羞煞人也!
　　　　　(大太監暗上)
劉　禪　　內侍!吩咐外廂伺候!
大太監　　領旨!
劉　禪　　相父哇!
　　　　　(唱)老相父設奇謀令人欽敬,
　　　　　　　果不愧調和鼎鼐臣。
諸葛亮　　陛下呀!
　　　　　(唱)鞠躬盡瘁臣之分,
　　　　　　　怎忘先帝重托恩。
　　　　　(分下)

第十一場

　　　　　(四蠻女、祝融夫人上。【點絳唇】)
祝融夫人　(念)(詩)自幼生長在南方,
　　　　　　　　喜讀戰策演刀槍。
　　　　　　　　上陣能斬千員將,
　　　　　　　　誰人敢犯我邊疆。
　　　　　咱家,乃孟獲之妻祝融夫人是也。只因中原曹丕兵發五路,攻取西蜀。遣使臣前來聘請咱家大王,起蠻兵十萬攻取西川四郡。去之日久,不見回來。是咱家放心不下。爲此催辦糧草,置買水牛菜蟒，咱家要親身押赴軍營聽用。衆將進帳！
（四蠻將上）

四　蠻　將　參見夫人！

祝融夫人　命你們所辦糧草等物，可曾齊備？

四　蠻　將　齊備多時。

祝融夫人　隨咱家解送軍營去者！

四　蠻　將　啊！

祝融夫人　（唱）漢室三分爭江山，
　　　　　　　　曹魏使臣把兵搬。
　　　　　　　　大王率領兵十萬，
　　　　　　　　攻打四郡奪西川。
　　　　　　　　咱家算來日期遠，
　　　　　　　　不見大王轉回還。
　　　　　　　　解押糧草日夜趕，
　　　　　　　　到軍營夫妻們重續團圓。
　　　　　（同下）

第 十 二 場

（【風入松】牌子。四蠻兵、四蠻將、孟獲上）

孟　　獲　俺，孟獲。受魏王聘請，起蠻兵十萬，攻取四郡。到此安營紮寨，數日不見蜀將出馬。素聞孔明用兵，詭計多端。不要中了他人之計。不免將人馬撤回，觀其動靜，再來交戰。吙，衆蠻兵！

四　蠻　兵　有。

孟　　獲　人馬撤回！

四　蠻　兵　啊！
　　　　　（同下）

第 十 三 場

（魏延上，起霸）

魏　　延　（念）（詩）當年失意走天涯，

　　　　　　後投曹操守長沙。
　　　　　　棄暗投明歸玄德，
　　　　　　保定劉氏錦邦家。
　　　　（四龍套上）
　　　　某，西蜀大將魏延。奉了軍師將令，擋住蠻王孟獲。不准臨陣交鋒，只叫我軍每日左出右進作爲疑兵之計。那蠻王生性多疑，必要自退。軍師之言，不可不信。也曾命人前去打探，未見回報。
報　　子　（內）報！（上）
　　　　蠻兵不戰自退。
魏　　延　再探！
報　　子　得令！（下）
魏　　延　且住，果然不出軍師妙算。衆將官！
四龍套　　有！
魏　　延　殺上前去！
四龍套　　啊！
　　　　（同下）

第 十 四 場

　　　　（孟獲原人上）
報　　子　（內）報！（上）
　　　　蜀將追殺前來！
孟　　獲　再探！
報　　子　得令！（下）
孟　　獲　衆蠻兵！迎上前去！
四蠻兵
四蠻將　　啊！
　　　　（魏延原人上，會陣介）
孟　　獲　蜀將通名！
魏　　延　聽者！某乃西蜀大將魏延！既知某家厲害，快快下馬受死！
孟　　獲　孤家開恩，饒爾不死。竟敢前來追趕孤家，自來送死！
魏　　延　住了！蠻賊無故興兵助逆，侵我邊界，佔我疆土。要想逃走。留下爾的人頭！

孟　獲　休要多言，看槍！

（孟獲、魏延起打介，同下）

（四上手、關興、張苞上，過場下）

（孟獲、魏延上，起打介。四蠻將上，包圍魏延介。四上手、關興、張苞急上，包圍孟獲、四蠻將介，起打介。同下）

第 十 五 場

（四蠻兵、四蠻女、四蠻將上，站門。祝融夫人上）

報　　子　（內）報！（上）

大王被圍！

祝融夫人　再探！

報　　子　啊！（下）

祝融夫人　殺上前去！

衆　　　　啊！

（同下）

（連場——孟獲敗上，四上手、關興、張苞追上。四蠻兵、四蠻女、四蠻將、祝融夫人上，救孟獲下。四上手、關興、張苞追下）

（連場——孟獲、祝融夫人原人上）

孟　獲　漢將殺法厲害，如何是好？

祝融夫人　待咱家飛刀傷他。

孟　獲　引他到來！

（張苞上。祝融夫人拋飛刀介，張苞墜馬介。四上手、關興上，救張苞下）

孟　獲　且住。孤自起兵以來，從無此敗。今有何面目回見各家洞主？不如死了吧！

祝融夫人　勝敗乃兵家常事，大王不可行此短見。不如暫且回洞，整頓人馬，再報此讎！

孟　獲　好，人馬撤回！

衆　　　啊！

（同下）

第 十 六 場

（魏延、張苞、關興原人上）

魏　延
關　興　將軍怎麼樣了？

張　苞　我身未受傷，可惜我的戰馬被那賊飛刀砍傷了！

魏　延
關　興　且喜將軍不曾受傷。此乃萬千之幸，謝天謝地。那賊已敗，收兵進關。眾將官！

眾　　　有！

魏　延
關　興　收兵！

眾　　　啊！

（同下）

第 十 七 場

（【水底魚】。報子上）

報　子　（念）西蜀邊防緊，使命往來行。

俺，能行探子是也。今有西蜀諸葛亮派鄧芝來我東吳，不免飛報朝中知道。就此馬上加鞭！（下）

第 十 八 場

（黃門官上）

黃門官　（唱）適纔探馬來報信，
　　　　　　　孔明已退四路兵。
　　　　　　　打金鐘忙把吳侯請，（打鐘介）

（四太監、二大太監、孫權上）

孫　權　（唱）邊防必有急軍情。

黃門官　黃門官見駕。吾主千歲！

孫　權　平身。有何本奏？

黄門官　剛纔探馬報導：羌兵來到西平關，見了馬超，不戰自退。南蠻孟獲，中了魏延疑兵之計，敗回山洞。

孫　權　哦，西、南兩路俱退！還有兩路呢？

黄門官　上庸孟達，兵行半途，忽然有病，不能進兵。曹真在陽平關被趙子龍擋住，不能前進，已經退去了。

孫　權　唔呼呀！有這等事。果不出陸伯言所料也！
　　　　（唱）探馬報四路兵俱已退了，
　　　　　　　諸葛亮比樂毅不差分毫。
　　　　　　　若不是陸伯言胸有謀略，
　　　　　　　險些兒與西蜀又種讎苗。
　　　　（張昭、顧雍、虞翻、張温上）

張　昭
顧　雍　（唱）西蜀的鄧伯苗東吳來到，

虞　翻
張　温　（唱）他今番來和吳一同拒曹。

張　昭
顧　雍
虞　翻　臣等見駕。吳侯千歲！
張　温

孫　權　有何本奏？

張　昭　今有西蜀遣鄧芝到此，求見主公。

孫　權　鄧芝來見，是何意也？

張　昭　定是孔明退兵之計，遣鄧芝來為説客耳。

孫　權　孤何以答之？

張　昭　依臣之見，先於殿前設一油鼎。再派長大武夫千人，各執刀槍，從午門擺至殿前。再唤鄧芝上殿。莫等他開口下説詞，以酈生説齊故事質之，看他如何答對。

孫　權　好，替孤傳旨安排者！
　　　　（張昭、顧雍、虞翻、張温下）

孫　權　（唱）獨霸江東承天運，
　　　　　　　黄武稱號順人心。
　　　　　　　近來全仗小陸遜，
　　　　　　　年幼智廣謀超群。

西蜀今日遣使臣,
擺駕上殿!
(四太監、二大太監、孫權圓場,挖門)

孫　權　(唱)孤要學齊王烹酈生。
鑾仗此際料齊整,
(大吹打。孫權上高臺。張昭、顧雍、虞翻、張溫、四大鎧上,四武士抬油鼎上。油鼎設於臺前)

衆　　　叩見吳侯!

孫　權　站立兩厢!
(唱)器仗刀槍亮如銀。
殿角下又設大油鼎,
油沸火烈煙騰騰。
叫那蜀使來認一認,
方知我東吳非虛名。
即與寡人傳旨命,
快宣鄧芝來見寡人!

衆　　　蜀使上殿!

鄧　芝　(内白)來也!
(唱)【西皮導板】
鄧芝囊錐脫穎現,(上)
(唱)今奉鈞旨到江南。
只因曹丕兵勢展,
五路進攻奪西川。
軍師妙策早籌算,
只愁無人見孫權。
是我鄧芝秉赤膽,
不怕斧鉞入龍潭。
大搖大擺忙上殿,
刀槍劍戟列兩邊。
文東武西兩邊站,
又有油鼎設殿前。
此事鄧芝不入眼,

　　　　　　人生怕死非奇男。
　　　　　　已入虎穴殿前站，
　　　　　　問我一聲答一言。
　　　　　吳侯在上，鄧芝拜揖！
孫　權　大膽鄧芝！見了孤家，爲何只行常禮？
鄧　芝　我乃上國天使，來此小邦。你不倒履相迎，便爲不恭。爲何拜你？
孫　權　你不自量，欲憑三寸之舌，要效酈生說齊乎？你來看！（指油鼎介）可識此物？
鄧　芝　（笑介）哈哈哈……人皆言東吳多賢，不料懼怕我一個儒生。何其鄙哉！
孫　權　寡人富有半壁江山，雄兵數百餘萬。你乃一匹夫，何懼之有？你爲諸葛亮來作說客，欲孤絕魏向蜀麽？
鄧　芝　我實奉漢大丞相諸葛孔明的鈞諭，特來爲汝陳說利害。請問吳侯，如今是向蜀哇還是向魏呢？
孫　權　曹丕據有中原，有磐石之堅。西蜀劉禪焉能與魏抗衡！
鄧　芝　（笑介）哈哈哈……大王此言差矣！魏雖竊據中原，實爲篡賊苗裔。想漢室自高祖創業以來，四百餘載。傳至獻帝，讒臣當道。曹操專權亂政，殘害忠良。上欺天子，下壓諸侯。逼死董貴妃，絞殺伏皇后。帶劍入宮，目無君上。其子曹丕心懷篡逆，南郊以外設下受禪臺，篡奪漢室天下，可謂是亂臣賊子，人人得而誅之！今日吳侯與魏講和，北面稱臣。這東吳九郡八十一州錦繡山河，必將付與東流矣！蜀雖暫處西川，實爲漢帝宗脉。自上古以來，誰見篡逆之後，而能長享之理也！
　　　　（唱）鄧芝出言原不慎，
　　　　　　目無高下妄批評。
　　　　　　試問那王莽移漢鼎，
　　　　　　他怎得遺留到子孫？
　　　　　　一朝事敗身家隕，
　　　　　　慘禍波及害滿門。
　　　　　　曹丕賊目下雖僥倖，
　　　　　　諒他不久禍臨身。
　　　　　　我主繼位承天運，
　　　　　　不日舊業復重興。

　　　　　　　　吳侯捫心自思忖，
　　　　　　　　只恐怕前車之鑒你後車跟！
孫　權　（唱）言如金石令人信，
　　　　　　　　不似蘇張憑舌唇。
　　　　　　　　興亡大事且不問，
　　　　　　　　爲今之事怎樣行？
鄧　芝　（唱）吳侯問我實言禀：
　　　　　　　　不敢乖謬論世情。
　　　　　　　　我主誠是真命主，
　　　　　　　　丞相也算佐命臣。
　　　　　　　　一邊仗有山川險，
　　　　　　　　一邊仗有江漢深。
　　　　　　　　若能聯合爲唇齒，
　　　　　　　　兼併山河可共分。
　　　　　　　　如若棄蜀把魏順，
　　　　　　　　我川兵不久順流征。
　　　　　　　　那時節魏蜀合兵進，
　　　　　　　　你便是鐵打的山河也保不成！
孫　權　（唱）孤便絕魏從你請，
　　　　　　　　誰爲介紹兩通情？
鄧　芝　（唱）吳侯信我我從命，
　　　　　　　　若還疑我便烹臣。
　　　　　　　　我今甘願撲油鼎，（撲油鼎介）
孫　權　且慢！
　　　　（唱）先生自是有信人。
　　　　　　　　孤一時不明聽謬論，
　　　　　　　　快快將油鼎撤去！
　　　　（四武士抬油鼎下）
孫　權　（唱）險些錯待大賢人。
　　　　　　　　孤王下殿忙相請，
　　　　（孫權、鄧芝見禮介）
孫　權　（唱）請入偏殿有話云。

		先生請坐！
鄧	芝	謝坐。
孫	權	孤一時冒昧，有慢先生。請勿見怪。
鄧	芝	臣言語冒瀆。吳侯恕罪。
孫	權	先生之言，正合孤意。我今與蜀主言和，先生可肯與我致意否？
鄧	芝	適纔欲烹小臣，乃大王也。今又用小臣，亦大王也。大王猶自狐疑未定，安能取信於人！
孫	權	孤意已決，先生勿疑。衆卿！
張顧虞張	昭雍翻温	臣。
孫	權	孤願與蜀主和好。當遣使同鄧先生入川，以達孤意。不知何人願往？
張顧虞	昭雍翻	這……
張	温	臣張温願往。
孫	權	恐卿到蜀，見了孔明不能達孤之情。
張	温	孔明不過一人耳，臣何畏彼哉！ （唱）臣今奉命到西川， 　　　轉達聖意有何難。
孫	權	（唱）公同伯苗蜀主見， 　　　替孤致意問金安。
鄧	芝	（唱）吳蜀聯合同心願， 　　　和好無間掃中原。

（同下）

撲 油 鼎

佚 名 撰

解 題

　　京劇。現代佚名撰。《京劇劇目辭典》著錄,題《撲油鼎》,又名《鄧芝舌辯》,未署作者。劇寫孔明退去四路大軍,欲與東吳修好,缺一下說詞之人。孔明知鄧芝有高見,約其過府敘話,言明己意。鄧芝欣然領命,起程赴東吳。孫權聞四路攻蜀大軍均已撤退,慶幸吳未發兵。忽報西川使臣鄧芝入吳,知是說客。孫權用張昭計,命左右在殿前預設油鼎,嚴陣以待。鄧芝上殿,見東吳君臣有意輕蔑,乃向孫權長揖不拜。孫權以言相責,命刀斧手燒沸油鼎,以示威脅。鄧芝神色泰然自若,反唇相譏,責吳不能容人,奮身撲向油鼎。孫權見鄧芝忠烈,知不可屈,命撤去油鼎,改容以禮相待。鄧芝向孫權陳說吳、蜀聯合之利,孫權深以為是,請鄧芝回去轉達其聯合之意,並差人過江,與西蜀重訂盟好。本事出於《三國演義》第八十六回。《三國志·蜀書·鄧芝傳》有出使東吳事,但無撲油鼎事。版本今有《京劇彙編》李萬春藏本及以此本重刊的《京劇傳統劇本彙編》本。今以《京劇彙編》李萬春藏本為底本整理。

第 一 場

　　(二琴童、諸葛亮同上)

諸葛亮　(念)【引】安居平五路,報先主,口詔托孤。

　　　　(念)(詩)費盡心機定良謀,

　　　　　　　　掃蕩奸曹滅東吳。

　　　　　　　　秉定忠心輔幼主,

　　　　　　　　不負先皇顧茅廬。

　　　　老夫,諸葛亮。後主駕前為臣,官封武鄉侯。內外國事,皆托老夫。

只因曹丕結連東吳、羌、蠻等，五路進兵，攻取西川。老夫終日劃策，未曾上朝理事。適纔聖上親臨，滿朝文武齊來探問。老夫奏明後主，五路之兵已然退去四路，只有東吳，必須聯合，方爲上策。意欲差人說之，只是未得其人。那鄧芝在一旁發笑。我料他必有高見，要和東吳，非此人不可。童兒！有請鄧先生！

琴童甲　有請鄧先生！

鄧　芝　（內）來也！
　　　　（鄧芝上）

鄧　芝　（唱）五路兵犯西川地，
　　　　　　　丞相因何佯不知？
　　　　　　　保定聖駕臨府第，
　　　　　　　前來探聽此消息。
　　　　參見丞相！

諸葛亮　鄧先生少禮，請坐！

鄧　芝　謝丞相！將門下留在府內，不知有何鈞諭？

諸葛亮　老夫有一言，要向伯苗領教領教。

鄧　芝　丞相有何金言，當面吩咐，何言領教二字？

諸葛亮　如今魏、蜀、吳鼎足三分，我意欲東伐孫權，北取曹丕，一統漢室，但不知先取哪路？

鄧　芝　以我愚見，北魏雖是漢賊，其勢甚大，只恐一時難以搖動，緩圖爲妙。況幼主新登大寶，民心未安，必須聯合東吳，結爲唇齒之邦，一來可釋舊怨，二來可使曹丕不敢藐視西川，此乃敲山震虎之計，不知丞相鈞意如何？

諸葛亮　伯苗所見不差。但須有一智勇雙全之人過江，順說孫權。公既明此意，擔當此任，非伯苗不可。

鄧　芝　門下才疏學淺，焉能負此重任，只恐有誤丞相大事。

諸葛亮　不必推辭，明日奏知幼主，替老夫一往。
　　　　（唱）【西皮散板】
　　　　　　　鄧伯苗懷赤膽負此重任，
　　　　　　　待老夫奏幼主舉薦賢臣。
　　　　　　　但願你過江去順流而進，
　　　　　　　見了那孫仲謀見機而行。

鄧　芝　丞相！

（唱）【西皮散板】
　　　　鄧芝躬身領鈞命，
　　　　何勞丞相細叮嚀。
　　　　順說東吳擔此任，
　　　　報答先王知遇恩。
　　　　丞相且把好音等，
　　　　學生即刻就登程。
（鄧芝下）

諸葛亮　（唱）【西皮散板】
　　　　鄧芝說吳功必成，
　　　　何用勞師去出征？
　　　　安居相府早算定，
　　　　不用刀槍要退賊兵。
（諸葛亮、二琴童下）

第　二　場

（【水底魚】。家將、鄧芝上）

鄧　芝　下官，鄧芝。官居戶部尚書之職。奉了丞相之命，順說吳侯。來此江邊。家將！
家　將　有。
鄧　芝　過江去者！
家　將　是。

（船夫暗上。家將、鄧芝上船介）

鄧　芝　開船！

（唱）【西皮原板】
　　　　丞相府我奉了武侯鈞命，
　　　　連夜裏奔程途不敢留停。
　　　　大江中蕩孤舟波平浪穩，
　　　　放大膽且向那虎口而行。
　　　　此一番見吳侯我把主意拿定，

學一個舌戰群儒諸葛先生。

（同下）

第 三 場

（四太監、孫權上）

孫　權　（唱）虎踞江東九州郡，
　　　　　　　衆卿扶保我爲尊。
　　　　　　　曹丕差人下書信，
　　　　　　　攻取西川發大兵。
　　　　　　　孤王猶豫心不定，
　　　　　　　合朝文武無計行。

（張昭上）

張　昭　（唱）曹丕中原篡漢鼎，
　　　　　　　安排攻蜀五路兵。
　　　　　臣，張昭見駕，主公千歲！

孫　權　先生平身。上殿有何本奏？

張　昭　臣打聽得曹丕安排五路人馬，那番王軻比能兵出西平，見了馬超，不戰自退。蠻王孟獲，攻打四郡，中了魏延疑兵之計，回南而去。那孟達兵至中途，忽然有病，不能進兵。魏國曹真兵到陽平關，被趙子龍阻住，不能前進。這四路之兵，盡皆退去。特來奏知。

孫　權　果然不出陸伯言所料，諸葛亮神機莫測，幸未發兵，孤之幸也！
　　　　　（唱）曹丕奸計難得逞，
　　　　　　　番王蠻主退了兵。
　　　　　　　孟達曹真不能進，
　　　　　　　怎能瞞過諸葛孔明。

張　昭　（唱）臥龍先生有本領，
　　　　　　　三國之中第一人。

報　子　（內）報！（上）
　　　　　今有西川使臣往東吳而來，離城不遠。

孫　權　再探！

報　子　啊！（下）

孫　權　此人必是諸葛亮所差,他今前來,定有緣故。
張　昭　此乃孔明退敵之計。差人到此,必有説詞,臣有一計,可使來人不敢藐視東吳。
孫　權　先生妙計安在?
張　昭　先於殿前設一巨鼎,貯油百斤,用火燃沸。再選雄壯武士多人,各持刀槍,列於兩旁,將使臣宣上殿來,休待其人講話,即刻烹之。且看他膽量如何,再做道理。
孫　權　此計甚好,就命先生迎他進城。
張　昭　遵命!
　　　　（張昭下）
孫　權　宣衆將上殿!
四太監　千歲有旨:衆將上殿!
四將官　(內)來也!
　　　　（四將官同上）
四將官　(念)三國標名姓,東吳舊有名。
　　　　參見主公!
孫　權　平身。
四將官　謝主公! 有何聖諭?
孫　權　今有西川使臣到來,命你等陳設油鼎,各持刀槍,威嚇來人,不得違誤!
四將官　領旨!
　　　　（分下）

第　四　場

　　　　（下場門拉城。張昭暗上）
鄧　芝　(內)馬來!
　　　　（家將、鄧芝上）
鄧　芝　(唱)【西皮二六板】
　　　　　　幼主待我龍恩重,
　　　　　　拼着性命到江東。
　　　　　　全憑唇舌來打動,

　　　　　同心破曹結聯盟。
　　　　　非是鄧芝誇本領，
　　　　　管叫他君臣入牢籠。
張　昭　來者何人？
鄧　芝　下官鄧芝。奉了諸葛丞相之命，來見吳侯。
張　昭　原來如此。隨我上殿面君。
鄧　芝　有勞了。請！
　　　　（同下）

第　五　場

　　　　（【急急風】。四龍套、四將官同上，四校尉抬油鼎引孫權上）
孫　權　（念）設下牢籠計，使臣魂魄消！
　　　　（張昭上）
張　昭　使臣鄧芝，在午門候旨。
孫　權　宣他上殿！
張　昭　使臣上殿！
　　　　（張昭下）
鄧　芝　（內）來也！（上）
　　　　（唱）忽聽一聲傳口詔，
　　　　　他君臣藐視鄧伯苗。
　　　　　放心大膽登御道，
　　　　　兩旁武士逞英豪。
　　　　　盔明甲亮豪光繞，
　　　　　凜凜威風殺氣高。
　　　　　弓上弦，刀出鞘，
　　　　　油鼎滾滾烈火燒。
　　　　　分明是吳侯設圈套，
　　　　　把我看做小兒曹。
　　　　　站立在殿前來觀瞧，
　　　　　吳侯孫權坐龍朝。
　　　　　碧眼紫髯好相貌，

　　　　　金冠玉帶杏黃袍。
　　　　　這一班武將如虎豹,
　　　　　文官胸中有略韜。
　　　　　俺鄧芝破出命不要,
　　　　　學一個酈生保漢朝。
　　　　啊千歲,鄧芝有禮了!
孫　權　咦!大膽來使!見了孤王,長揖不拜,昂然而立,是何道理?
鄧　芝　上國天使,不拜小邦之主,是古之常理。
孫　權　你今前來,是要學那酈生說齊歸漢的故事麼!爾來看,殿前油鼎,
　　　　你可敢下?
鄧　芝　俺鄧芝乃是堂堂奇男子,慢說這小小的油鼎,就是刀山劍嶺,虎穴
　　　　龍潭,俺若皺皺眉頭,就算不得天朝人物也!
　　　　(唱)俺鄧芝保幼主盡忠報效,
　　　　　哪把這生和死挂在心梢。
　　　　　我若是膽量小怎能來到?
　　　　　你君臣休得要小看英豪。
孫　權　住了!
　　　　(唱)小鄧芝出狂言孤心好惱,
　　　　　你好比籠中鳥有翅難逃!
　　　　刀斧手!
四校尉　有!
孫　權　(唱)爾快些燃烈火把油鼎燒好,
四校尉　啊!
孫　權　(唱)霎時間管叫你骨肉煎焦!
鄧　芝　好哇!
　　　　(唱)可笑吳侯忒膽小,
　　　　(笑介)哈哈哈……
　　　　　却原來無能輩懼怕伯苗。
孫　權　滿口亂道!想當年你主劉備,七百里連營,被我國燒毀,全軍覆沒,
　　　　何懼你這區區的匹夫!
鄧　芝　既是不怕鄧伯苗,何懼來說汝等?
孫　權　孤王早已知之,爾爲諸葛村夫差來做說客,勸孤絶魏從蜀,是與不是?

鄧　芝　不錯，誠然如此。我受諸葛丞相之命，原爲你東吳利害而來，你不以賓客相待，反倒設兵陳鼎，可見你東吳不能容人，今日死在君侯之前，以成我說客之名也！

　　　　（唱）俺此番奉相命原爲和好，
　　　　　　並無有奸滑心笑裏藏刀。
　　　　　　今死在吳侯前是以心相照，
　　　　　　方顯得大朝臣德重義高。
　　　　　　急忙忙奔油鼎躍身而跳，

孫　權　且慢！
　　　　（唱）這纔是忠烈臣膽比天高！
　　　　武士們！

四校尉　有！

孫　權　（唱）你快將這油鼎搭下御道，
　　　　　　孤王我有一言請教伯苗。
　　　　孤王一時不明，有慢先生，望祈恕罪！

鄧　芝　豈敢！

孫　權　請坐。

鄧　芝　謝千歲！

孫　權　請問先生，東吳有何利害，望求指教。

鄧　芝　臣啓大王：現在魏、蜀、吳相爭漢鼎，爲今之計，是與蜀結盟，還是與魏連合，大王可有方略？

孫　權　孤意欲與蜀連合，只恐你主年幼，有始無終，惹人恥笑。

鄧　芝　千歲，此言差矣！
　　　　（唱）【西皮原板】
　　　　　　鄧伯苗在金殿一本奏道：
　　　　　　尊吳侯龍耳聽始末根苗。
　　　　　　漢後主雖年幼他的見識不小，
　　　　　　還有那武鄉侯執掌龍朝。
　　　　　　穩坐在丞相府略施智巧，
　　　　　　退去了各路兵未受辛勞。
　　　　　　趙子龍擋曹兵阻住進道，
　　　　　　西羌人馬怕馬超。

　　　　　　一封書到永安將孟達退了，
　　　　　　魏文長疑兵計蠻寇奔逃。
　　　　　　我西蜀憑地利山川險要，
　　　　　　東吳地有長江洶湧波濤。
　　　　　　如若是吳與蜀兩下和好，
　　　　　　同心協力滅奸曹，永保固牢。
孫　權　（唱）鄧伯苗説此話不明世道，
　　　　　　魏曹丕應天時勢壓群僚。
　　　　　　孤若是順他人納上降表，
　　　　　　從此後坐江東快樂逍遥。
　　　　孤若降曹，江東永保無事，豈不快樂也！
鄧　芝　大王如若降曹，那曹丕必求太子作質，如其不從，魏必攻吳，我西蜀順流進取，江東之地不復爲大王所有矣！如吳蜀聯合，魏不敢輕犯。再者，蜀有山川之險，吳有三江之固，二國結爲唇齒，進可以吞併天下，退亦可鼎足而立。大王若以臣言爲不然，禍不遠矣！
孫　權　孤與蜀連合，先生可爲孤介紹否？
鄧　芝　欲烹小臣，也是大王。欲使小臣，也是大王。衷心不定，猶自狐疑，焉能取信於人而安天下！
孫　權　孤心已定，不要多疑。
鄧　芝　既然君意已定，臣應效犬馬之勞。
孫　權　先生賓館歇息，明日差人過江，以達孤意。
鄧　芝　謝千歲！
　　　　（唱）多謝千歲情意好，
　　　　　　鄧芝願效犬馬勞。
　　　　　　下得殿來心暗笑，
　　　　　　他中了我鄧芝巧計籠牢。
　　　　（鄧芝下）
孫　權　（唱）吳蜀結親原和好，
　　　　　　曹丕欺君謀漢朝。
　　　　　　明日金殿傳口詔，
　　　　　　孫劉同心滅奸曹。
　　　　（同下）

七擒孟獲

佚 名 撰

解 題

京劇。現代佚名撰。《京劇劇目辭典》《京劇劇目初探》著錄，均題《七擒孟獲》，未署作者。劇寫孟獲興兵寇蜀，已侵奪三郡，孔明率部南征，兵至永昌，功曹呂凱獻平蠻圖。兩軍交戰，趙雲、魏延殺死敵將。張嶷、張翼擒董荼那、阿會南歸，孔明將二人釋放。孟獲出戰，中計首次被擒。孔明責以大義，然後釋之。馬岱奉命斷孟獲糧道，不聽鄉民之言，強渡瀘水，三千人馬死傷過半。馬岱與董荼那、阿會南交戰，以言責之，二人羞愧退走。孟獲責其通敵，二人於夜間擒孟獲獻與孔明。孔明命往營外參觀，示以軍威，二次釋之。孟獲定計詐降，爲孔明識破，三擒而釋之。孟獲夜間再往劫營。孔明使魏延掘下深坑，四次生擒孟獲。獲謂如蒙放回，倘再被擒，即當歸服。孔明依允。楊鋒夫婦定計，將孟獲及前來助戰的朶思大王一同擒獲，獻於孔明。孟獲稱此非兵敗被擒，仍不服，孔明五放孟獲。孟獲夫人祝榮夫人來助戰，擒張嶷、馬忠回營。趙雲、魏延力擒祝榮夫人。孟優見孔明，要用所擒二將換祝夫人。孔明應允。交換陣上，孔明用假祝榮換了二將，並將孟獲六次擒獲，心仍不服，孔明六次釋放。兀突大王以藤甲兵來助戰，中伏，所部均被燒死，孟獲七次被擒，始心悅誠服，情願年年進貢，歲歲來朝。孔明班師回朝，瀘水風浪大作，孟獲告知是猖神作禍，須用黑牛白羊祭之。孔明用燭四十九盞、饅頭二百，親念祭文，風清浪平。本事出於《三國演義》第八十七至九十一回。《三國志·蜀書·諸葛亮傳》："（建興）三年春，亮率衆南征，其秋悉平。"裴注引《漢晉春秋》："亮至南中，所在戰捷，聞孟獲者，爲夷、漢所服，募生致之。既得，使觀於營陣之間，問曰：'此軍如何？'獲對曰：'向者不知虛實，故敗。今蒙賜觀看營陣，若只如此，即定易勝。'亮笑，縱使更戰。七縱七擒，而亮猶遣獲。獲止不去，曰：'公天威也，南人不復反矣耳。"元刊《三國志平話》記七擒七縱，極簡略，細節與《演義》多不相同。明紀振倫《七勝記》傳奇係據

《演義》編成。清宮大戲《鼎峙春秋》寫七擒七縱事極詳。清另有二種《平蠻圖》傳奇,一種八本一百二十八齣,寫七擒七縱事甚詳,一種四本六十二齣,未寫七擒七縱事。版本今有《戲考》本及以該本整理的《中國京劇戲考》本、北京市戲曲研究所藏本、上海市《傳統劇目彙編》京劇二十一集產保福藏本。今以《戲考》本爲底本,參考其他本校點整理。按:《京劇劇目辭典》著錄,題《孟獲》,故事情節與此劇同,亦云有北京市戲曲研究所藏本(未見),不知是否爲同一版本,待考。

第 一 場[1]

（幕外）（上四朝官）
（王連、蔣琬、費禕、董厥四人同上）

王　連
蔣　琬　（同唱[2]）【點絳唇】
費　禕　　　忠心朗朗,扶保君王,皇恩浩,保定家邦,由家由民亮。
董　厥

（各通名介）

王　連　下官大夫王連。
蔣　琬　下官參軍蔣琬。
費　禕　下官長史費禕。
董　厥　下官掾史董厥。
王　連　列位大人請了!
蔣　琬
費　禕　請了。
董　厥
王　連　只因諸葛丞相營中探馬報道,言說蠻王孟獲大起蠻兵十萬犯境,一同上殿啓奏。
蔣　琬
費　禕　看香烟繚繞,陛下登殿,分班伺候。
董　厥

（兩邊分下）
（四小太監、二大太監引劉禪上）

劉　　禪　（念）【引】山河錦繡,帝道遐昌。
　　　　　（四朝官王連、蔣琬、費禕、董厥兩邊上）
王　　連
蔣　　琬　臣等見駕,陛下萬歲!
費　　禕
董　　厥
劉　　禪　眾卿平身。
王　　連
蔣　　琬　萬萬歲!
費　　禕
董　　厥
劉　　禪　（念）堯舜禹湯共桀紂,
　　　　　　　　強者爲王敗者休。
　　　　　　　　多虧眾卿扶小王,
　　　　　　　　滅却曹賊併東吳。
　　　　　孤,大漢天子建興在位。自孤登基以來,天下太平,各處不敢進犯[3]。今乃早朝,內侍!
大太監　　有。
劉　　禪　傳旨下去:有本早奏,無本退班。
大太監　　領旨。萬歲有旨:滿朝文武,有本早奏,無本捲簾退班。
王　　連　臣奏萬歲,諸葛丞相現在殿角候奏。
劉　　禪　內侍傳旨,宣相父上殿。
太　　監　領旨。萬歲有旨,宣諸葛丞相上殿!
孔　　明　（內白）領旨。（上）
　　　　　（念）陰陽反掌早注定,
　　　　　　　　要除後患蠻曹孫。
　　　　　臣諸葛亮見駕,陛下萬歲!
劉　　禪　相父平身。
孔　　明　萬萬歲!
劉　　禪　賜坐。
孔　　明　謝坐。
劉　　禪　相父上殿有何本奏?
孔　　明　啓奏陛下,這幾日邊報不佳。今有建寧、牂牁、越巂三處失去,被孟獲佔了。臣觀南蠻不服,乃是國家之大患。臣要自領人馬前去征討,因此啓奏聖知。

劉　禪　孤想東有孫權,北有曹丕,今日相父棄孤而去,倘若吳魏夾攻,叫孤如之奈何?

孔　明　臣啓萬歲,那東吳方與我國講和,料無妨礙。想那李嚴在白帝城,可當陸遜。那曹丕新敗,銳氣已喪,未能遠圖。且有馬超把守漢中,又留關興、張苞在都,保陛下萬無一失。爲臣先掃除蠻方,然後北伐,以圖中原,臣報先帝三顧之恩、托孤之重也。

(唱)【西皮搖板】

　　　　　想先皇托孤事怎能忘懷,
　　　　　食皇禄報君恩理所當然。

劉　禪　相父,非是小王這等阻攔,乃小王年幼無知,唯相父斟酌而行之。

王　連　吓,丞相,想此事不可。那南方乃不毛之地,丞相只須差一大將征討,必然功成也。

劉　禪　相父還是不去爲妙。

王　連　是吓。

孔　明　南方人多不習王化,吾當親自去討,別有斟酌也。

劉　禪　既然攔阻不住,擇一良辰,起兵就是。朝事已畢。

衆　　　請駕回宮。

太　監　退班。

　　　　(劉禪原人兩邊下,四朝官王連、蔣琬、費禕、董厥、孔明兩邊同下)

校記

[1] 第一場:原本不分場,今依劇情分爲四十二場。
[2] 同唱:原本無,今補。下文若無,亦視情補。不另出校。
[3] 各處不敢進犯:"進",原作"近",據文意改。

第 二 場

(【急急風】。開幕,內布山景,山洞衆蠻兵、四大旗兵、四甲兵、四平章、三元帥、金鬃三級、董荼那[1]、阿會南、孟獲坐山,幕開)

孟　獲　(唱)【昆曲・天下樂】

又聽得吶喊搖旗齊操鼓，
縱征駝吾去取。
只今番一陣要定個輸贏，
爲君要的開基創業齊天福。
爲臣要安邦定國上那功勞簿。
平地下起上了一坐好戰波，
那高阜之上列着帥府。
更有那董荼那阿會南，
和那金鬢三級。
俺孟獲就在那個山上面，
只要用些機謀。
（念）朝朝日日操兵煉，
各穿鎧甲使刀箭。
貔貅帳內齊人馬，

|金鬢三級|（同念）
|董　荼　那|
|阿　會　南|要奪漢室半邊天。
|四　　　人|某，
|孟　　　獲|銀坑洞主孟獲是也。
|阿　會　南|阿會南元帥是也。
|董　荼　那|董荼那元帥是也。
|金鬢三級|金鬢三級元帥是也。
|孟　　　獲|久居此地山界，每日練習兵將。可恨漢朝妖道孔明，屢次欺負我邦，因此邀請各洞元帥，奪取蜀漢天下。呔，衆番兵！
|衆|有。
|孟　　　獲|操演上來。

（【急急風】。衆下山介）

|衆|呵。（站好操介）

（唱）【昆曲·寄生草】
將漢王困只在龍虎穴，
艮坑山一字兒擺了陣。
更有那諸葛亮伐來人和將，

管叫他死無歸故鄉。

（操完，孟獲三笑介）

孟　　獲　（笑）呵呵呵呵，哈哈哈。

今日操演甚奇，三位元帥，分兵三路而攻。董荼那打左路，阿會南打右路，各引兵五萬，依令起程。眾番兵一同下山去者。

（拉幕同下）

校記

［1］董荼那："荼"字，原本誤作"秦"。據本劇下文改。

第　三　場

（幕外）（四雲童引伏波將軍站門【排子】上）

馬　援　吾乃伏波將軍馬援是也。今有漢大丞相諸葛亮領兵帶將，征討南蠻，已到禿龍洞，不免前去指引他的明路。眾雲童！駕雲前往。

（【排子】同下）

（趙雲起霸上）

趙　雲　（念）豪傑有名闖西東，

　　　　　　　萬馬營中逞威風。

　　　　　　　銀槍一杆無人敵[1]，

　　　　　　　可算老將趙子龍。

俺，姓趙名雲，字子龍。（八馬夫兩邊上介）

今有南蠻犯界，丞相登臺點將，不免轅門候令。眾將帶馬候令者[2]。

（馬夫帶馬同下）

（魏延起霸上）

魏　延　（念）大將威風凜，

　　　　　　　騰騰煞氣生。

　　　　　　　豪傑表名姓，

　　　　　　　三國久有名。

某，姓魏名延，字文長。（四馬夫兩邊上介）

今有南方興兵，已到我國犯界。丞相登臺點將，不免去至營門候

　　　　　　令。衆將帶馬。(馬夫帶馬同下)
　　　　　　(幕外)(【一錘鑼】,四將上站門)

王　　平
馬　　忠　(念)柳林曉馳馬,虎帳夜談兵。
張　　嶷　俺,
張　　翼

王　　平　王平。
馬　　忠　馬忠。
張　　嶷　張嶷。
張　　翼　張翼。
王　　平　諸位將軍請了。
馬　　忠
張　　嶷　請了。
張　　翼
王　　平　今有南蠻興兵擾亂,丞相登臺點將,一同營門候令。
　　　　　　(八下手上)
王　　平
馬　　忠
張　　嶷　帶馬。
張　　翼
　　　　　　(八下手帶馬,小圓場[3],站門)
　　　　　　(十二馬夫上,趙雲、魏延同上)
趙　　雲
魏　　延　吓,將軍!
王　　平
馬　　忠
張　　嶷　吓,將軍!
張　　翼
　　　　　　(同上馬介)
趙　　雲　列位將軍,今欲何往?
王　　平
馬　　忠
張　　嶷　今有丞相登臺點將,如此前去營門候令。
張　　翼
趙　　雲
魏　　延　吾等也爲此事而來,一同去到營門候令。

趙　雲		
魏　延　平		
王　　　忠	帶馬。	
馬　　　嶷		
張　　　翼		

　　　　　　（小圓場，下馬介）
馬　夫　來此營門。
衆　將　打了幾鼓？
　　　　　　（鼓介二下）
馬　夫　打了二鼓。
衆　將　兩廂退下。
馬　夫　吓。（下）
趙　雲　列位將軍。
　衆　　老將軍。
趙　雲　丞相陞帳，你我兩廂伺候。
　衆　　請。（兩邊下）

校記

［1］銀槍一杆無人敵："槍"，原作"銓"，據文意改。
［2］衆將帶馬候令者："候"，原作"俟"，據文意改，下文同。
［3］小圓場："圓"，原本音假作"元"，徑改。

第　四　場

（紅龍套、藍龍套、衆童光、十二馬夫、四大將、六大旗引孔明上）
孔　明　（唱）【點絳唇】
　　　　　手扶兵符，誰敢擋要路？恨南蠻，興兵擾亂，因此動干戈。（裏坐大公堂介）
　　　　　（衆將兩邊上）
衆　將　參見丞相。
孔　明　列位將軍少禮。

眾　將	謝丞相。
孔　明	（念）胸藏韜略扶漢室，
	袖裏陰陽破孫曹。
	可恨南蠻無王化，
	萬古凌雲一羽毛。
	山人，諸葛亮。今有南方孟獲不服王化，前來擾亂，因此今日登臺點將。王平、馬忠聽令！
王　平 馬　忠	在。
孔　明	今日蠻兵必然是三路而來，命你二人左路迎敵。附耳上來。
王　平 馬　忠	呵（介）。得令。（同下）
孔　明	張嶷、張翼聽令！
張　嶷 張　翼	在。
孔　明	命你二人在右路迎敵。附耳上來。
張　嶷 張　翼	呵（介）。得令。（同下）
孔　明	點將已畢。眾將官！
眾	有。
孔　明	起兵前往。
趙　雲 魏　延	且慢。
魏　延	好，讓你來。
趙　雲	丞相吓，慢着。
孔　明	趙老將軍，如何阻令？
趙　雲	丞相吓，今日登臺點將，不差我二人，是何道理？
魏　延	照吓。
孔　明	非是山人不差二位將軍，怎奈你二人均已年老，恐怕爲南方所算，失了這銳氣耳。
趙　雲	這……
	（魏延氣介）
孔　明	你二人不必多言，後營去罷。

赵云
魏延　咳。

　　　（马夫领赵云、魏延同下）
孔明　掩门。（掩门介，下）

第　五　场

　　　（幕外）【水底鱼】。站门，四龙套、四马夫、王平、马忠、张嶷、张翼同上）
王平　列位将军请了。
马忠
张嶷　请了。
张翼
王平　奉了丞相将令，两路迎敌。就此分路前往。众将官，杀！（介下）
　　　（幕外）【水底鱼】。八马夫引赵云、魏延上。凹门）
魏延　咳。
赵云　吓，魏将军。不想你我跟随丞相多年，今日反不用我二人，倒差些后辈，吾等岂不羞乎？
魏延　倒不如你我二人去到阵上，看看南蛮三路人马，丞相命四将取左右，你我二人去取他中路如何？
赵云　此计甚好。众将杀！
　　　（同下）

第　六　场

　　　（树林。【急急风】。众蛮兵上。八下手、董荼那、阿会南、金镮三级上）
　　　（报子上）
报子　蜀将杀来了。
金镮三级　再探。杀！
　　　（八马夫上，四将原人上。会阵起打档子。四将杀，金镮三级败下。众退下）

(董荼那、阿會南上。四將原人擒董荼那、阿會南介)

|王　　平|
|馬　　忠|綁回營去。(同下)
|張　　嶷|
|張　　翼|

(【亂錘】。衆蠻兵、金鬢三級元人上。凹門)

金鬢三級　衆番兵，就在此地埋鍋造飯，再與蜀兵交戰。

(八馬夫、趙雲、魏延上介)

|趙　　雲|
|魏　　延|殺！

(又起打。金鬢三級敗下。兵馬打介，兵敗。金鬢三級上，打，馬敗下。趙雲、魏延上，殺死金鬢三級介)

|趙　　雲|
|魏　　延|報與丞相知道。

(同下)

第　七　場

(幕外)(【急急風】。四紅文堂、藍文堂、四大鎧、衆童兒、孔明上介)
(八馬夫、趙雲、魏延上)

|趙　　雲|
|魏　　延|丞相，我等斬了金鬢三級首級，特地獻上。

孔　明　號令營門。

(四將王平、馬忠、張嶷、張翼上)

|王　　平|
|馬　　忠|
|張　　嶷|兩路元帥被擒。
|張　　翼|

孔　明　押進帳來。

(馬夫押董荼那、阿會南上)

孔　明　嘟！膽大董荼那、阿會南，今日被擒，見了山人，還不屈膝？

|董荼那|
|阿會南|要殺開刀，不必多言。

孔　明　吓，二位不必這樣。如今山人放你二人回去，各自歸洞，勿助孟獲

	爲惡。待山人與你二人鬆綁。（鬆綁介）請罷。
董荼那 阿會南	咳。（同下）
魏　延	丞相，今日纔得擒來，爲何不將他二人決斬，反放他二人回去吓？
孔　明	山人用兵，你知道甚麼？諸位將軍！
衆	丞相。
孔　明	來日，那孟獲他必定親自領兵前來，便可擒之也。
衆	丞相就該分排吾等。
孔　明	趙雲、魏延聽令。
趙　雲 魏　延	在。
孔　明	命你二人帶領五千人馬，一路而殺，不得違誤。
趙　雲 魏　延	得令。（八馬夫帶馬介[1]，同下）
孔　明	王平、馬忠、張嶷、張翼聽令！
王　平 馬　忠 張　嶷 張　翼	在。
孔　明	命你四人攻打頭陣。
王　平 馬　忠 張　嶷 張　翼	得令。（四馬夫帶馬介，同下）
孔　明	來，看過美酒。山人且等擒了孟獲，將他款待是也。

（唱）【西皮搖板】

　　　想當年先帝爺托孤在心，
　　　須要這食君祿禮當報恩。
　　　叫左右你於我大帳退定，
　　　但願得盡滅南方要取三郡。

（衆兩邊同下，孔明下）

校記

[1] 八馬夫帶馬介："帶"，原作"代"，據文意改。下同。

第 八 場

（樹林。【風入松[1]】。衆蠻兵、平章引孟獲上）

（速跟一報子上）

|報　子| 報，啓大王，今有諸葛亮將二將擒去，刀劈了金鬠三級，部下之兵各自散去。

|孟　獲| 再探。

|報　子| 呵。（下）

|孟　獲| 衆番兵，殺！

|衆| 呵。

（衆馬夫引王平、馬忠、張嶷、張翼上，會陣。起四將，孟獲打介，收下。番兵、馬夫打介，番兵敗下。孟獲上介，馬夫敗下，四將上打介，敗下。孟獲原人追下）

（樹林。【急急風】。衆馬夫引趙雲、魏延上。站門，跑圓場，趙雲、魏延同下）

（四將上，孟獲上，打介，四將敗下。趙雲、魏延上，打，收下，起套子完。孟獲殺上，趙雲、魏延、王平、馬忠、張嶷又殺上，孟獲敗下，追下）

（山景。三響鼓。【急急風】。孟獲上介）

|孟　獲| 哎呀。

（唱）【昆曲·賞官花】

俺只見雄赳赳的衆兒郎，催着戰驫，

迷慘慘愁去遮天，

太虛山頂上鳴金，

他那裏擂鼓。

那諸葛亮率着衆將手指空，聲高呼。

（吶喊介。魏延上，擒孟獲。衆馬夫上，擒番兵綁介，衆將全上）

|衆　將| 綁回去。

（同下）

校記

［1］風入松："入"，原作"兀"，據曲牌改。

第 九 場

（幕外）【長錘】。四紅文堂、四藍文堂、八大鎧、衆童兒引孔明上）

孔　明　（唱）【西皮搖板】
　　　　　　山人興兵誰不驚，
　　　　（唱）【快流水板】
　　　　　　膽大孟獲敢威凜。
　　　　　　將身且坐寶帳進，
　　　　　　衆將回來問分明。
（趙雲、魏延、王平、馬忠、張嶷、張翼又同上）

衆　　　孟獲擒到。
孔　明　吩咐陞帳。
　　　　（吹打。孔明裏坐）
孔　明　將擒來番兵綁來。
　　　　（衆番兵上，跪介）
孔　明　想汝等皆是好百姓，又被孟獲所拘，今受此驚唬。吾想你等父母兄弟妻子必然盼望，若聽知陣敗，定然挂肚牽腸，眼中流血。吾今放你等回去，以安父母兄弟妻子之心，去罷。（鬆綁介）
　　　　（番兵謝下）
孔　明　再將孟獲綁進帳來。
　　　　（衆馬夫押孟獲上介）
孔　明　嘟，膽大孟獲。想吾主待你不薄，你爲何反叛？
孟　獲　妖道吓，你主自強獨稱爲帝，某世居此處，你等無禮，佔俺土地，何言俺反你也？
孔　明　吾來問你，吾今擒你，你心中可服？
孟　獲　住了。想山僻路狹，誤遭汝手，俺如何肯服你？
孔　明　你既不服，吾今放你回去怎樣？
孟　獲　你若放吾回去，再整頓人馬以決死戰。你若再擒著與俺，俺便服你。
孔　明　好好好，吾就放你回去。來吓，與他鬆綁趕出去。（將鬆介，推介）
將　　　出去。

孟　獲　咳。(下)
趙　雲　呵呵,丞相。那孟獲乃南方渠魁,今日被擒,南方一定,何故將他放回?
孔　明　(笑介)哈哈哈……
　　　　吾擒此囚,如同囊中取物一般。直須降伏其心,自然平也。吓,今日乃衆將之功。魏延聽令!
魏　延　在。
孔　明　命你營盤內外巡視,不得違誤。
魏　延　得令。(四馬夫帶領下)
孔　明　後帳與衆將同飲。
　　　　(同下)

第　十　場

(幕外)(【急急風】。衆兵丁、衆車夫引馬岱上,斜一字)
馬　岱　衆軍士!
衆　　　催軍。
　　　　(【排子】。凹門)
馬　岱　俺,馬岱。奉了萬歲旨意,解押暑藥、兵糧,軍中一用。軍士們,催軍。
　　　　(同下)

第 十 一 場

(大帳。【長錘】。衆龍套、衆大鎧、衆童兒、王平、馬忠、張嶷、張翼四將、趙雲、魏延引孔明上)
孔　明　(唱)【西皮搖板】
　　　　奉主旨命到南方,
　　　　(轉唱)【快板】
　　　　孟獲無恥太強量。
　　　　那日禿龍擺戰場,
　　　　刀對刀來槍對槍。

　　　　　孟獲那時失機想，
　　　　　殺得他卸去鎧甲奔走慌郊，
　　　　　抱頭藏在山中無主張。
　　　　　魏延將他擒寶帳，
　　　　　他在帳中殊逞強。
　　　　　將身且坐寶帳上，
　　　　　且聽探馬報端詳。
　　　　（報子上）
報　子　報。馬岱到。
孔　明　傳他進帳。
馬　岱　（內白）來也。
　　　　（報子下，馬岱上）
馬　岱　參見丞相。
孔　明　少禮。
馬　岱　謝丞相。
孔　明　將軍到來何事？
馬　岱　奉主旨命，帶兵解暑藥、兵糧，軍中聽用。
孔　明　將軍之功。你今帶領多少軍馬前來？
馬　岱　有三千餘軍士。
孔　明　今因吾兵累戰疲困，欲用將軍之兵，未知可肯向前否？
馬　岱　俱是朝庭人馬，何分彼我？丞相要用，萬死不辭。
孔　明　今有孟獲拒住瀘水，無路可渡。吾欲斷其糧道，令彼軍自亂。
馬　岱　如何斷得？
孔　明　離此一百五十里，瀘水下流沙口，此處水滿，可以紮筏而渡。將軍提本部三千軍，渡水直入蠻洞，先斷其糧，然後會合董荼那、阿會南兩個洞主，便為內應，不得違誤。
馬　岱　某將遵命。（下）
孔　明　馬忠聽令。命你保護馬岱，不得違誤。
馬　忠　得令。（下）
孔　明　魏延、趙雲，好好把守營盤，且聽好音便了。
　　　　（同下）

第 十 二 場

（水景）

馬　岱　（內唱）【二黃導板[1]】

奉軍令領兵丁觀探沙口，

（眾兵丁引馬岱上）

馬　岱　（唱）【頂板二黃】

爲國家頭戴盔身穿甲不離馬鞍。

每年間哪顧得安享道然？

（轉唱）【原板】

觀只見瀘水灘順坡下流，

那邊厢又只見那山谷上鄉頭。

叫三軍忙探路往前遊，

（小圓場，眾鄉人上）（馬岱唱一句）

前面不行說從頭。

軍　士　土人擋道。

馬　岱　列開。（人馬列開介）

鄉　人　參見將軍。

馬　岱　你等作甚麼的？

鄉　人　吾等此地的土人。

馬　岱　到此何事？

鄉　人　聞得將軍要渡瀘水，此水有毒，不可輕過。

馬　岱　好，各人賞銀去罷。

（鄉人下）

馬　岱　眾軍士，出沙口去者。

（小圓場，馬忠上）

馬　忠　將軍。

馬　岱　到此何事？

馬　忠　奉丞相將令，前來保護。

馬　岱　好，一同前往。

（同下）

校記

［1］二黃導板："導",原本音假作"倒",徑改。

第 十 三 場

(幕外)【長錘】。董荼那、阿會南上)

董荼那
阿會南　(同唱)【西皮搖板】
　　　　　　將身且坐山崗上,
　　　　　　且聽探馬報端詳。

　　　　(報子上)

報　子　報,銀坑大王到。
董荼那　有請。

　　　　(孟獲上)

孟　獲　咳。

董荼那
阿會南　大王如何放回?

孟　獲　你等哪裏知道,蜀人監我在帳中,被吾殺死十餘人,乘黑夜而走。正行間,逢着一哨人馬,亦被吾殺之,奪了此馬,因此得脫。今日還要二位元帥,助我一陣。

報　子　(內白)報。(上)
　　　　蜀兵不知多少,暗渡瀘水,斷了夾山糧道,看看殺到了。

孟　獲　再探。

　　　　(報子應,下)

董荼那
阿會南　大王準備要緊。

　　　　(孟獲笑介)

孟　獲　量此小輩,何足道哉?殺!

　　　　(眾兵丁引馬岱上,起打介,董荼那、阿會南、孟獲失敗,下,馬岱原人追下)

　　　　(幕外)【亂錘】。眾番兵、董荼那、阿會南、孟獲凹門上,報子上)

報　子　報,馬岱討戰。
孟　獲　再探。

（報子應，下）

孟　獲　二位元帥，哪位敵當？

董荼那
阿會南　且慢。想那馬岱英雄，抵敵不住，大王另派。

孟　獲　嘟，吾也知道，你二人原受諸葛亮之恩，今故不戰而退，正是賣陣之計，豈能容得？推出斬了。

衆番兵　大王饒恕。

孟　獲　死罪已免，活罪難饒。來嚇，重責四十大棍，打！（打介）命你帶領三千番兵攻打，快去！（下）

董荼那　咳，這還了得。

阿會南　吓，元帥。想吾等強居南方，未敢犯中國，中國亦未曾犯我。今孟獲勢力相迫，不得而已造反，想諸葛亮妙算，何人不懼？何況我南方人。我等皆受他活命之恩，無可答報，今欲舍命反孟獲投諸葛亮，以免百姓塗炭之苦也。

董荼那　未知你等心意如何？

衆　　　吾等皆願。

董荼那　一同往帳中去者。（同下）

（大營。【長錘】。四兵丁引孟獲上）

孟　獲　（唱）【西皮搖板】

皆因不合動干戈，
不知此去勝負如何？
來在帳中飲美酒，
一去心煩一解眉頭怒。（飲介，醉介）

（衆兵丁下。董荼那、阿會南、四番兵上）

董荼那
阿會南　你我動手綁。

（孟獲醉醒介）

孟　獲　呵，怎麼將吾綁了？

董荼那　孟獲，有道是：有讎不報非君子，有恩不報是小人。那諸葛亮待你不薄，有恩不報，今日帶你去見諸葛亮。

孟　獲　好漢奸吓！

董荼那　走吓。（同下）

（眾馬夫引趙雲、魏延上）

趙　雲　魏將軍請了。

魏　延　請了。

趙　雲　今因丞相命你我把守大營以外，不許閑人囉唣，如若查出，即刻斬決。你我在此伺候。
（董荼那、阿會南上）

董荼那　
阿會南　（念）只因孟獲事，報與丞相知。

　　　　來此已是，我二人上前。

魏　延　吙，何方奸細？看劍。

趙　雲　且慢，不可莽撞。呵，丞相放你二人回去，今日又來則甚？

董荼那　
阿會南　吓，趙老將軍有所不知，那孟獲累次要反中原，我二人相勸，他執意不聽，是他酒醉，我二人將他擒著，獻與丞相，以報前恩。

趙　雲　你二人少站，待我稟知丞相。

董荼那　有勞老將軍。

趙　雲　有請丞相。
（八龍套、眾大鎧、眾童兒、四大將引孔明上）

孔　明　何事？

趙　雲　今有董荼那、阿會南營門求見。

孔　明　叫他二人進來。

趙　雲　丞相叫你二人進去。

董荼那　
阿會南　有勞了。報，董荼那、阿會南告進。參見丞相。

孔　明　罷了。

董荼那　
阿會南　謝丞相。

孔　明　山人將你二人放回，今日又來何故？

董荼那　丞相哪裏知道，我二人多蒙丞相放回之恩，感恩不淺。誰知那負義的孟獲，不念丞相不斬之恩，累次的要整兵再犯中原，我二人相勸，他執意不聽，怒惱我二人，去到帳內，他吃得大醉，我二人將他擒著，獻與丞相，以報前番不殺之恩也。

孔　明　那孟獲現在哪裏？

董荼那　现押在帐外。

孔　明　此乃你二人之功,重加赏赐,下去。

董荼那
阿会南　多谢丞相。(同下)

孔　明　来,将孟获绑上来。
　　　　(四马夫押孟获上)

孟　获　(笑介)哼哼。

孔　明　孟获,是你前番被擒,有言在先道:若再被我擒住,便肯降服。你今日被擒如何?

孟　获　此番被擒,非是你之能,擒的乃是我手下之人,他们要害我,如何肯服?

孔　明　吾自出兵以来,战无不胜,攻无不取。你蛮邦之人,何为不服?
　　　　(孟获不睬介)

孔　明　你看我帐下精兵能将,粮草如山,你安能胜我否?你肯顺我,奏明天子,保你子子孙孙以后永镇蛮邦,来,与孟获松绑。(松介)

孔　明　看酒来,我与孟获同饮。请。(【排子】完)

孔　明　孟获,你可降服?

孟　获　多谢丞相款待,俺还是不服。

孔　明　好,你既不服,吾再放你回去如何?

孟　获　俺虽蛮人,也知兵法,若丞相放吾回去,吾当率兵再定胜负。这番再若被擒,那时倾心吐胆归顺,不改移也。

孔　明　好,你回去罢。

孟　获　走吓,走吓。(下)

众　将　丞相如何又放他回去?

孔　明　那孟获情性难改,又道天机不可泄露。你等好好把守。
　　　　(同下)

第十四场

(幕外打上)(众蛮兵、众平章、众番将引孟优上)

孟　优　(念)兄长去不还,叫人挂心间。
　　　　(坐介)某,孟优。兄长孟获,与诸葛亮交战,未知胜负,因此常挂在心,也曾命人前去打探,未見回報。
(報子上)

報　子　　報。大大王回洞。
孟　優　　有請。
報　子　　有請。
　　　　（吹打。孟獲上）
孟　獲　　吓,賢弟。
孟　優　　兄長請坐。
孟　獲　　有坐。
孟　優　　兄長如何這等狼狽?
孟　獲　　賢弟有所不知,那諸葛亮累次欺壓爲兄,我這氣難消。
孟　優　　兄長,必須想一良計,滅却與他。
孟　獲　　那諸葛亮虛實,爲兄盡知。我有意命賢弟前去獻寶爲名,那時爲兄入他營中,放火爲號,哪怕諸葛亮不滅?
孟　優　　小弟前去就是。
孟　獲　　爲兄在洞派兵就到,須要小心。
孟　優　　大哥。
　　　　（唱）【西皮快板】
　　　　　大哥不必言語講,
　　　　　小弟言來聽端詳。
　　　　　此番到了他營帳,
　　　　　管叫諸葛喪無常。
　　　　　辭別兄長出寶帳,
　　　　　我諒諸葛難知其詳。（下）
孟　獲　　（唱）但願大事稱心腸,
　　　　　滅却諸葛除後患。（下）

第 十 五 場

（幕外打上）（衆龍套、衆大鎧、衆童兒、四將、趙雲、魏延引孔明上）
孔　明　　（念）兩國相爭鬥,將士用機謀。
　　　　（衆馬夫引馬岱上）

馬　岱	參見丞相。
孔　明	將軍回來了。爲何這樣？
馬　岱	某將帶的兵丁，死於瀘水一大半。今有孟獲差他兄弟前來獻寶。
孔　明	諸位將軍，可知此番來意？
衆　將	吾等不知，諒他並無好意。
孔　明	想那孟獲差他兄弟前來，獻寶爲名，放火爲號。
衆　將	丞相還有防備。
孔　明	那是自然。馬岱。
馬　岱	在。
孔　明	命你去至瀘水邊，附耳上來。
馬　岱	得令。（衆馬夫齊下）
孔　明	王平聽令！
王　平	在。
孔　明	埋伏松林左，不得違誤[1]。
王　平	得令。（下）
孔　明	趙雲聽令！
趙　雲	在。
孔　明	附耳上來。（趙雲聽介）
趙　雲	得令。（衆馬夫領下）
孔　明	魏延聽令！
魏　延	在。
孔　明	附耳上來。（魏延聽介）
魏　延	得令。（馬夫領下）
孔　明	馬忠聽令！
馬　忠	在。
孔　明	命你暗殺，不得違誤。
馬　忠	得令。（下）
孔　明	張翼、張嶷聽令！
張翼張嶷	在。
孔　明	叫孟優報門而進。
張翼張嶷	呔！孟優報門而進。

孟　優	（内白）來也。（上）
張　翼 張　嶷	呔！孟優可有夾帶？
孟　優	並無夾帶。
張　翼 張　嶷	吾要搜。
孟　優	請搜。（搜介）
張　翼 張　嶷	呔，報門。
孟　優	是。報，孟優告進，參見丞相。
孔　明	罷了。今來獻寶如何？
孟　優	家兄孟獲多感丞相活命之恩，無可奉獻，輒具金珠寶玉，貢獻呈上。
孔　明	你兄今在何處？
孟　優	爲感丞相天恩，往銀坑洞中去了，少時就來歸降。
孔　明	但不知你此番前來帶領多少人馬？
孟　優	只有百餘人。
孔　明	叫上來。
孟　優	從兵走上。（四兵丁上）
四兵丁	來也。
孟　優	見過丞相。
四兵丁	參見丞相。
孔　明	罷了。張翼、張嶷，看過酒宴，你二人陪伴。 （衆龍套、大鎧、童兒、孔明自兩邊同下）
張　翼 張　嶷	擺下酒宴，與將軍同飲。 （【排子】完。三更。絲邊。衆番兵、孟獲抬轎上）
孟　獲	殺。 （殺介，張翼、張嶷架住，打。張翼、張嶷敗下，孟獲追下） （連場——衆馬夫、王平站門上，下。張翼、張嶷、孟獲上，打。孟優上，打。魏延上，打。趙雲、馬忠同上，打。孟獲敗下，衆擒孟優同下） （一石碑三山一片水景。【急急風】。孟獲上，翻介）
孟　獲	且住。蜀兵三路夾攻，吾弟不知去向，又中孔明詭計，四去無路，來

　　　　　在此處河邊,這便怎處?
　　　　　(下場立一石碑介)
孟　獲　這邊有一石碑,待吾踢倒,墊水中過去。(踢介)
　　　　　(一車夫、假孔明上,過山,孟獲看介)
孟　獲　呵,這孔明,待吾追。(上山介)
　　　　　(魏延上,打,孟獲敗,魏延追下。三通鼓)
　　　　　(孟獲上)
孟　獲　且住。又中一計,這便怎處?
　　　　　(馬岱扮漁夫,衆馬夫扮船夫上)
孟　獲　呔,渡我過去。
馬　岱　漁船不渡人。
孟　獲　多把銀錢。
馬　岱　好,上來。(孟獲上船介)
　　　　　拿錢來。
孟　獲　你是何人?問我要錢。
馬　岱　俺馬岱在此。
孟　獲　呵呵。
　　　　　(打介,馬夫擒孟獲介)
馬　岱　綁回營去。(拉幕下)

校記

[1] 不得違誤:"違",原作"爲",據文意改。下同。

第十六場

　　　　　(幕外)(【急急風】。衆龍套、衆大鎧、衆童兒引孔明上。衆將同上)
衆　將　孟獲、孟優拿到。
孔　明　綁上來。
　衆　　綁上來。
　　　　　(衆馬夫押孟獲、孟優上)
孔　明　嘟,膽大孟獲,無恥之徒,有恩不報,又差你弟前來行詐,如何瞞得過山人?你今番又被我擒住,這次可服否?

孟　　獲	此番吾弟貪口腹之故，誤中你毒，因此失了大事。吾若自來，弟以兵應之，必然成功。此乃天敗，非吾不能，如何肯服於你？
孔　　明	你今乃三次被擒，如何不服？（笑介）哼哼哼，也罷。吾再放你回去，你便如何？
孟　　獲	丞相若是放吾弟兄二人回去，收拾家丁親丁，和丞相大戰一場，那時再若被擒，方可死心塌地而降順。
孔　　明	再若擒住，必不輕恕，你可小心了。那時且莫後悔，與他鬆綁，放出去。

（孟優、孟獲出介）

孟　優 孟　獲	咳！（同下）
孔　　明	張翼、張嶷、王平聽令！
張　翼 張　嶷 王　平	在。
孔　　明	命你三人埋伏瀘水東、南、西三處，號炮一響，一齊殺出，不得違誤。
張　翼 張　嶷 王　平	得令。
孔　　明	馬岱、趙雲隨定左右，不得違誤。
馬　岱 趙　雲	得令。
孔　　明	魏延聽令。命你埋伏松林，孟獲到山人面前，急速殺出。就此拔營，瀘水去者。

（一車夫上，推孔明，眾同下）

第十七場

（幕外）【水底魚】。眾馬夫、王平、張翼、張嶷同上）

王　平 張　翼 張　嶷	列位，你我就站在此埋伏便了。（同下）

（松林。【急急風】。眾馬夫引趙雲、馬岱上站門，領歸，下）

（四龍套、一車夫、孔明上介）

孟　獲　（内唱）【西皮導板】
　　　　　　　　點動雄兵報前雛，
　　　　　（衆蠻兵、四大族、四遼丁引孟護上）
　　　　　（轉唱）【快板】
　　　　　　　　要把蜀兵一筆勾。
　　　　　　　　人馬紮在瀘水口，
　　　　　　　　面前只見一山頭。
　　　　　且住。來到此處，不見蜀兵前來。
孔　明　山人在此。
孟　獲　呵呵！
孔　明　山人今日到此，還不早早歸順？
孟　獲　休得多言，你看槍。（槍介）
孔　明　衆將出馬。（下）
　　　　　（魏延上）
魏　延　招打。
孟　獲　呵，看槍。
　　　　　（趙雲、馬岱上，打介。王平、張翼、張嶷上。馬夫同下。打，下。蠻兵、馬夫打一場，下。孟獲上，打。蜀兵將全上，擒孟獲，下）
　　　　　（連場——衆龍套、衆大鎧、衆童兒引孔明上，吹打）
　　　　　（衆將上）
衆　將　（站門）孟獲擒到。
孔　明　押上來。
　　　　　（衆馬夫押孟獲上）
孟　獲　（唱）【快板】
　　　　　　　　時纔陣前失了機，
　　　　　　　　虎落平陽被犬欺。
　　　　　　　　大膽且進寶帳裏，
　　　　　　　　一見妖道怒衝起。（怒介）
　　　　　諸葛亮吓，孔明。今日不將俺殺死，你非爲人也。
孔　明　我勸你歸順的好，免受一刀。
孟　獲　你若斬，就將吾斬首；你若不斬，我還是不服。
孔　明　哼哼哼，好好好。我再放你回去如何？

孟　獲	你放吾回去，吾再點兵，以報四擒之恨。
孔　明	我就放你。（放孟獲介）去罷。
孟　獲	正是：
	（念）回洞點雄兵，再報四番讎。（下）
	（馬岱上）
馬　岱	啓奏丞相，三軍誤飲毒水俱不開口，不知何故？
孔　明	唔唔呀，想此處這樣兇惡，你等不必驚慌。魏延、趙雲、王平、馬岱聽令。
魏　延 趙　雲 王　平 馬　岱	在。
孔　明	你四人隨定山人，前去探探路徑便了。
	（同下）

第 十 八 場

（山景。【急急風】。衆蠻兵引朶思大王上）

朶　思	（唱）【點絳唇】
	居住禿龍，無人敢犯，練雄兵。瀟灑安然，好比海外藩。（坐）
	（念）此山是我開，
	此樹是我栽。
	某，禿龍洞朶思大王是也。在這禿龍洞倒也安然瀟灑。來吓，伺候了。
	（一小兵上）
小　兵	啓大王，孟獲到。
朶　思	有請。
小　兵	有請。（下）
	（孟獲上）
孟　獲	吓，大王。
朶　思	大王請坐。
孟　獲	有坐。

朵　思　大王爲何這等狼狽的狠?
孟　獲　大王聽了。
　　　　(【風入松】)
朵　思　大王但放寬心,蜀兵不來便罷,他若到來,管叫他一人一騎不得還鄉,叫那妖道孔明死於此處。
孟　獲　大王妙計安在?
朵　思　此路中間有二條道路,東北上一條就是大王所來之路,地勢平坦,土厚水甜,人馬可行,若以木石壘斷洞口,雖有百萬之衆,不能進也。西北上一條路,山險嶺惡,道路窄狹[1],其中雖有小路,多藏毒蛇惡蟲,黃昏時分烟瘴大起,直至巳午之時纔能收去。唯未申酉三時可以往來。水不可飲,人馬難行。此處有四個毒泉,一名啞泉,其水頗甜,人若飲者則不能言,不過一日必死。一名滅泉,此水與湯無異,人若是下去沐浴,皮肉俱爛,見了骨格必死。一名黑泉,其水碧清,人若是濺在身上,只能一黑必死。一名柔泉,其水如同冷冰一般,若是有人飲之,咽喉無煖氣,渾身如棉而死。此處蟲鳥俱無,就是一人到過此處。
孟　獲　是哪一個?
朵　思　漢朝伏波將軍曾到過,以後可無人到此。想那諸葛亮,若是興兵到此,別路不通,必走此路而來。諒他百萬人馬,無一能歸,何用刀兵?
孟　獲　哈哈哈……今日纔有容身之處也。(【風入松】)此番全仗大王相助與我。
朵　思　有吾擔待,料然無事。
孟　獲　正是:
　　　　(念)諸葛總有神機算,諒他難逃四泉災。
　　　　(同下)

校記

[1] 道路窄狹:"窄",原本作"穿",據《三國演義》第八十九回改。

第 十 九 場

(高山景。當中一廟宇)

孔　明　（內唱）【二黃導板】
　　　　　　奉王命下南邦狼烟掃蕩。
（魏延、趙雲、王平、馬岱引孔明上）
孔　明　（唱）【頂板】
　　　　　　君臣們先帝爺托孤一場。
（轉唱）【原板】
　　　　　　小孟獲不尊漢領兵反上，
　　　　　　有山人統人馬來到南方。
　　　　　　叫眾將你與我山崗來上。（上山介）
（唱）帶兵將必須要事事提防，
　　　　　　山人吾這八卦月日無妄，
　　　　　　任是虎也叫它無有下場。
　　　　　　眾將官忙帶路廟宇以上，（進介）
吓，
（唱）尊一聲神聖你細聽端詳。
神聖在上，弟子漢大丞相諸葛亮，曾受先帝托孤之重，今奉聖旨到此平蠻，待南蠻一平，然後伐魏吞吳，續重安漢室。今有軍士，不知地理，誤飲毒水，不能出聲，還望神聖，念本朝恩義，通靈獻聖，護佑三軍也。（拜介）
（唱）【搖板】
　　　　　　望神聖保佑我平定南蠻，
　　　　　　滿斗焚香謝上蒼，
　　　　　　恭身一拜出廟堂。
（山片倒下，現出山神，暗上）
山　神　（唱）【山歌】
　　　　　　站立山頭用目睜，
　　　　　　諸葛武侯到來臨。
　　　　　　特地到此來相等，
　　　　　　問我一言答一聲。
眾　將　有人作歌。
孔　明　哦。
　　　　（唱）見一老丈在山崗，

呵,老丈,請下來敘話。
山　　神　我下來了。(下介)
孔　　明　老丈請了。
山　　神　請了。久聞大國丞相隆名,幸得拜見蠻方之人。多蒙丞相活命,皆感恩不盡。
孔　　明　請問老丈,此處泉水,軍士飲之不言,因何這等兇惡?請老丈道其詳。
山　　神　軍士飲的乃是啞泉之水,飲之不言,數日而死。以外還有三泉,東南有一泉,其水甚冷,人若飲之,咽喉無煖氣,身如棉而必死,名柔泉。正南有一泉,人若濺在身上,手足發黑而死,名黑泉。西南有一泉,滾熱如湯,人若沐浴,皮肉脱去而死,名滅泉。敝處有四泉,毒氣所聚,無藥可知治法;又烟瘴甚起,唯未申西三時可以往來,餘者而死。
孔　　明　聽老丈之言,南方不可平麼?想這南方不平,安能併吞吳魏,再興漢室?有負先帝托孤之重,山人生不如死。
山　　神　丞相勿憂,老夫指引一處所在,可以解之。
孔　　明　老丈有無高見,望乞指教。
山　　神　此處正西上數里有一山谷,內行二十里,有一溪名萬安溪,上有一高士爲萬安隱者,此人不出溪有數十年矣,其草庵有一泉名叫安藥泉,人若中毒,吸其水即痊癒無事。丞相可速前去。
孔　　明　山人不知路徑,望求老丈領我前去。我這裏(頂板二簧五音續彈)
　　　　　(唱)【原板】
　　　　　　躬身施禮把話講,
　　　　　　尊聲老丈聽端詳。
　　　　　　望求老丈指明路,
　　　　　　待山人早燒香晚點燈,
　　　　　　燒香點燈點燈燒香,
　　　　　　一日三次,
　　　　　　感老丈恩光。
山　　神　(接唱)丞相八卦無虛謊,
　　　　　　　　保定漢室錦家邦。
　　　　　　　　這老將名何姓?
孔　　明　(接唱)常山勇將。

趙　雲　（接唱）我是真定趙子龍，
　　　　　　　七進七出在長坂，
　　　　　　　殺曹兵百萬兒郎。
山　神　（接唱）這員將威風凛，
馬　岱　（唱）我姓馬名岱。
　　　　　　胞兄馬超鎮西凉，
　　　　　　殺曹兵水面而亡[1]。
山　神　（接唱）這員將名何姓？
孔　明　（接唱）魏延文長。
山　神　（接唱）少言講。
　　　　　　他不該殺韓玄三百口，
　　　　　　一刀一個，一個一刀，
　　　　　　所爲哪樁？
　　　　　　快説端詳。
魏　延　（接唱）尊老丈，
　　　　　　你聽我把話講。
　　　　　　都只爲那韓玄，
　　　　　　要殺黃忠一老將。
　　　　　　我殺了他三百口，
　　　　　　一刀一個，
　　　　　　刀刀個個見了閻王。
山　神　（接唱）還有這一員將名何姓？
孔　明　（接唱）姓王名平一忠良。
王　平　（接唱）我保定劉王。
山　神　（接唱）名利二字我不想，
　　　　　　樁樁件件我承當。
　衆　　（同接唱）我們大家把心放，
　　　　　　　一步一步隨定前往。
　　　　（行介）（陰鑼）（山神叫介）（同下）

校記

[1]殺曹兵水面而亡："面"，原作"百"，據文意改。

第 二 十 場

(幕外)(小鑼上。孟節扮道家上)

孟　節　(念)【引】居住茅屋多静閒，安然瀟灑。(坐介)

貧道孟節，二弟孟獲，三弟孟優，俱不尊王化，是我看破世間，隱姓埋名，來此山中修煉，倒也逍遥自在。是我心血一動，定有甚事，我不免山外觀看便了。

(二小童兒上)

孟　節　童兒，隨了為師山外去者。

(唱)【西皮正板】

　　　　自幼父母命早喪，
　　　　只剩下我三人無下場。
　　　　二弟三弟不尊王化，
　　　　因此上我一人入深山修養。

(四馬夫、趙雲、魏延、王平、馬岱引孔明上)

孔　明　(唱)【搖板】

　　　　時纔老丈把路引，
　　　　霎時不見影無蹤。
　　　　來在山坡用目睁，
　　　　抬頭立見一道人。

看那廂有一道長，莫非他就萬安隱者？待我上前。呵，道長請了。

孟　節　那廂來者，莫非是漢大丞相麽？

孔　明　呵呵呵……我與高士從不相識，何以知之？

孟　節　丞相不必驚慌，久聞丞相南征，安得不知麽？請大丞相草堂待茶。

孔　明　哎呀呀，初次相會，怎好打擾？

孟　節　不必太謙，請進。

孔　明　如此，打擾了。(小過門，進介)

(馬夫下，四將凹門)

孟　節　請坐。

孔　明　有坐。

孟　節　看茶。(童兒上茶介)大丞相不在營中，來到山野則甚？

孔　明	亮受昭烈皇帝托孤之重，今奉聖旨，領兵到此，智伏南蠻，使歸王化。不期孟獲未平，只因軍士們誤飲啞泉之水，夜來夢見伏波將軍聖言，高士有藥泉可以治之。望乞大發慈悲之念，賜神水以救武丁賤生，感恩不盡。
孟　節	老夫山野廢人，何勞丞相枉駕？此泉就在後面。來！
童　兒	有。
孟　節	領他們去到溪邊，汲水飲之[1]。
童　兒	遵命。隨我來。

（四馬夫、王平、童兒同下）

孟　節	他們隨即出，吐出惡涎，便能言語。
孔　明	請問道長，此泉因何這兇惡？
孟　節	此乃蠻方洞中最多毒蛇惡蟲柳花，若飄入水中，水不可飲，但掘地爲泉[2]，汲水飲之方可。
孔　明	呵呵，原來如此。請問道長尊姓大名？
孟　節	某乃孟獲之兄孟節是也。

（孔明愕介）

孔　明	呵呵！
孟　節	丞相休疑，容吾片言。
孔　明	道長請講。
孟　節	吾與孟獲乃是一母一父所生。弟兄三人，吾長孟節，次者孟獲，三者孟優。父母早亡，二、三弟強惡不歸王化，吾屢屢諫他不從，故而吾更名改姓隱居也。今辱地造反，又勞丞相深入不毛之地，如此生受，吾孟節合該萬死，合該萬死。
孔　明	方信盜跖、下惠之事，今亦有之。呵，道長，待山人申奏天子，立公爲主，意下可否？
孟　節	爲嫌功名而逃於此，豈復有貪富貴之意？
孔　明	待吾金帛贈送。
孟　節	（念）出家不愛財，愛財不出家。
孔　明	只是無恩爲報了。

（童兒引馬夫、王平等上）

王　平	啓丞相，三軍飲了此水，俱以能言了。
孔　明	多謝道長！這樣大恩，怎樣得報也？

(唱)【摇板】
　　　别了道长下山岗，
　　　这样大恩怎报还？
(四将、马夫同下)

孟　节　(笑介)好好看守。(下)

校記

[１]汲水飲之："汲"，原作"吸"，據文意改。
[２]但掘地爲泉："掘"，原本作"屈"，據文意改。

第二十一場

(幕外)(【長錘】。衆蠻兵、朵思、孟獲上)

孟　獲　(唱)時纔觀罷西蜀兵，
　　　　　毫無變色事有因。
　　　　　將身且坐寶帳上，
　　　　　再與大王把話云。
　　　呵，大王，這幾日不見蜀兵動靜呢？

朵　思　你我既已由他，如果蜀兵到此，有我吓。後面擺宴。
(同下)

第二十二場

(客堂。衆宮女引楊夫人上)

楊夫人　(唱)【昆曲・遍地清】
　　　　　秋高氣爽雁行時，
　　　　　風吹亂青絲悲咽。
　　　　　平康人靜俏，
　　　　　深巷路迂折，
　　　　　聽犬吠不迭。(坐介)
　　　(念)逢春桃花放，
　　　　　遇夏荷花滿。

秋飲菊花酒，

冬來臘梅黃。

奴，楊氏。我夫楊鋒[1]。夫妻所生四子，居住西銀，倒也自在。這幾日不見老爺，何方去了？是我常常挂念。官女們，伺候了。

（衆蠻兵引楊鋒上）

楊　　鋒　（念）忙將孟獲事，說與夫人知。（蠻兵出門介）

呵，夫人，哈哈哈！

楊夫人　老爺請坐。

楊　　鋒　有坐。

楊夫人　老爺往何方去了？

楊　　鋒　夫人哪知，今有銀坑洞主孟獲，與諸葛亮累次交戰不勝，被擒四次，他在各洞借兵助戰，兵丁俱以喪去。現今以往禿龍洞朶思大王那裏，豈能勝得諸葛亮兵多將廣！他再不勝，必到我處借兵，是我想出一計，將他擒住，獻與諸葛亮，以去後患。

楊夫人　此計甚好。

楊　　鋒　兵丁們，不可泄露。此番到那裏，我叫你們綁[2]，你們就綁[3]。夫人附耳上來。（耳語介）

楊夫人　遵命。

（官女、楊夫人同下）

楊　　鋒　兵丁們，照計而行便了。

（下）

校記

［1］我夫楊鋒："鋒"，原作"峰"，據《三國演義》第八十九回改。下同。
［2］我叫你們綁："綁"，原作"挪"，據文意改。
［3］你們就綁："綁"，原作"挪"，據文意改。

第二十三場

（幕外）（【長錘】。衆蠻兵、朶思、孟獲上）

孟　　獲　（唱）【搖板】

將身且坐寶帳上，

不知何日享安康。

（幕內白：楊鋒到）

孟　獲　哦，楊鋒來了。有請。

（兵丁引楊鋒上，吹打）

楊　鋒　呵，大王，哈哈哈。

孟　獲　請坐。

楊　鋒　有坐。

孟　獲　今日楊洞主到來何事？

楊　鋒　是我聞聽大王累敗，是我點動了三萬大兵、二十一洞的洞主前來與大王去助戰，管叫諸葛亮插翅難逃。

孟　獲　有勞大王。來，看宴，與大王同飲。

楊　鋒　到此就要叨擾。

孟　獲　將宴擺下。（擺宴介）請吓。

（同飲介。【排子】）

孟　獲　咳！

楊　鋒　大王爲何長嘆？

孟　獲　吾這心中煩悶吓。

楊　鋒　大王不必心煩，是我隨帶有美女歌妓，叫他們前來跳舞解悶，豈不是好？

孟　獲　好好好，叫他們進來。

楊　鋒　待吾叫他們去。呵，衆歌妓走上。

（四宮女引楊夫人上）

楊夫人　（唱）【崑曲·不是路】

　　　　　徐步花街，
　　　　　抹過西廂旁小齋。
　　　　　你隨我內去看，
　　　　　輕輕悄悄到門來。

楊　鋒　見過上面大王。

楊夫人　參見大王。

孟　獲　罷了。哈哈哈，叫他們唱吓！

楊　鋒　跳舞上來。

楊夫人　遵命。（斟酒介）

(唱)【昆曲一段】
　　　　家住在蓬萊路遙，
　　　　開幾度春風碧桃。
　　　　鶴駕乘風鬟珮響醉，
　　　　紫府下丹霄，
　　　　紫府下丹霄。（飲酒介，朵思、孟獲醉介）

楊　鋒　你等退下。
　　　（宮女、楊夫人下）

楊　鋒　來，將孟獲、朵思一同綁好，去見諸葛丞相便了。（同綁介，孟獲醒介）

孟　獲　咳，我上了你的當了。
　　　（同下）

第二十四場

（大帳。【長錘】。衆龍套、衆大鎧、衆童兒、張翼、張嶷、王平、馬岱、趙雲、魏延引孔明上）

孔　明　（唱）【西皮原板】
　　　　可笑那小孟獲不遵王化，
　　　　因此上領雄兵收服於他。
　　　　他被我擒四次俱以不怕，
　　　　他那裏心兒內笑我怕他。
　　　　想當年臥龍崗三請愚下，
　　　　先帝爺江山事托付與咱。
　　　　拜師過講過禮大隊人馬，
　　　　但願得收服他扶保漢家。
　　　　將身兒坐之在寶帳之下，
　　　　我且聽探馬到好作兵法。
　　　（楊鋒上）

楊　鋒　來此已是大營，待吾上前，裏面哪位在？（張翼出介）

張　翼　哪裏來的？

楊　鋒　煩勞通禀，就說西銀洞洞主楊鋒，將孟獲、朵思大王擒住，獻與

		丞相。
張	翼	少站。
楊	鋒	是是是。
張	翼	啓禀丞相,今有西銀洞洞主楊鋒,解來孟獲、朵思二人,營外等候要見。
孔	明	叫他進來。
張	翼	遵命。楊鋒,丞相叫你進來,小心了。
楊	鋒	有勞了。參見丞相。
孔	明	罷了。
楊	鋒	謝丞相。
孔	明	你是怎樣將孟獲擒住?
楊	鋒	我等感丞相恩德,故擒那孟獲等呈見。
孔	明	此乃是你的一場大功,待山人奏明天子,皆封官爵重賞。你等先回去,且候聽封。
楊	鋒	多謝丞相。(下)
孔	明	來!
	衆	有。
孔	明	吩咐弓上弦刀出鞘,將孟獲與朵思押出來。
張	翼	呵,下面聽者,丞相有令,刀出鞘,弓上弦,將孟獲、朵思一同綁上來。
		(衆馬夫押孟獲、朵思上)
孔	明	下站可是孟獲、朵思?
孟朵	獲思	然。
孔	明	孟獲,哼哼,你今番五次被擒,可要心服了罷?
孟	獲	住了。今番被擒,非你等在戰場擒來,是乃我洞中之人自相殘害,以致如此。要殺就殺,我還是不服於你。
孔	明	你將吾兵賺入無水之地,更以啞泉、滅泉、柔泉、黑泉如此之毒,我軍無恙,豈非天意?汝何如此執迷呢?
孟	獲	住了。我祖居銀坑山,有三江之險,重關之固,你若再擒之,吾當子子孫孫,傾心佩服。
孔	明	好,吾再放你回去,重整人馬,與我共决一勝負。如那時再被擒,再

不服，可要將你滅門九族，你意如何？
孟　獲　我還懼你不成？
孔　明　來，鬆綁，趕出去。
　衆　　出去。
孟　獲　咳。（下）
孔　明　來，朵思鬆綁出去。
朵　思　咳。（下）
孔　明　衆將聽令。
　衆　　在。
孔　明　那朵思不懷好意，你等路邊跟隨，將他殺死，不得違誤。
　　　　（孔明原人下）
　衆　　得令。帶馬。
　　　　（馬夫領下）

第二十五場

（山景。【急急風】。衆蠻兵獅子形、虎形、象形、豹形、駱駝形、豺狼二形引木鹿大王上，斜一字）
木　鹿　呔，衆蠻兵，郊外去者。
　　　　某，八納洞木鹿大王是也。今日郊外操兵之期。呔，衆蠻兵，操演去者。
　　　　（朵思上）
朵　思　哎呀。
木　鹿　原來是朵思大王。
朵　思　木鹿大王。
木　鹿　爲何這般模樣？
朵　思　後面蜀兵殺得要緊，快快救吾。
木　鹿　你閃躲一旁，待我使了法寶。
　　　　（蜀衆將全上介，木鹿使法寶介，蜀將敗下）
朵　思　好好好。
木　鹿　你隨我回到山中，料然無事。
朵　思　多謝了。

(同下)

第二十六場

(幕外)(【發點】。眾蠻兵引帶來洞主、祝榮夫人上[1])

祝榮夫人　(唱)【點絳唇】
　　　　　　居住番下,多飲萬物,任憑咱。各處遊玩,誰敢來攔擋?
帶來洞主　(念)居住南方有數秋,
祝榮夫人　(念)憑誰不敢到處遊。
帶來洞主　(念)轉易貨物其風運,
祝榮夫人　(念)每日度光留不休。
帶來洞主　某,帶來洞主是也。
祝榮夫人　我,祝榮夫人是也。
帶來洞主　每日靜閑自在,今日面紅過耳,是何原故? 來吓,伺候了。
　　　　　(幕內白:孟獲到)
帶來洞主　有請。
　　　　　(孟獲上,吹打)
孟　　獲　呵,洞主。
帶來洞主　吓,大王,請坐。
孟　　獲　有坐。
帶來洞主　大王與那諸葛亮交戰如何?
孟　　獲　想吾屢次受辱於蜀兵,立誓欲報之。吾特到寶地,洞主可有什麼高見?
祝榮夫人　大王不必著忙,我有一計在此。
孟　　獲　有何妙計?
祝榮夫人　待我前去,去到蜀營,叫諸葛亮前來觀陣,那時兩廊埋伏,聽號令一起便殺出來,哪怕擒他不住。
孟　　獲　就請前去,須要小心。
祝榮夫人　告辭了。
　　　　　(唱)【快板】
　　　　　　大王不必細叮嚀,
　　　　　　小事何勞挂在心。

　　　　　　　此一番到了西蜀營，
　　　　　　　將計就計暗使行，
　　　　　　　諸葛總有千條計。
　　　　　　　諒他難逃我掌中。
　　　　　　　辭別大王下山林，
　　　　　　　爲報冤讎走一程。（下）
孟　　獲　（唱）但願此去事成功，
　　　　　　　擒住孔明報冤恨。
　　　　　（同下）

校記

［1］祝榮夫人上："榮"，《三國演義》作"融"。

第二十七場

　　　　　（幕外，打上）（衆龍套、衆大鎧、衆童兒引孔明上）
孔　　明　（念）興兵交戰日，何日得安寧。
　　　　　（衆將上）
衆　　將　啓丞相，那賊用的走獸邪法，難以取勝。
孔　　明　我自有道理。馬岱聽令。命你去到……附耳上來。
馬　　岱　得令。（下）
　　　　　（張翼上）
張　　翼　啓丞相，營外來一女蠻要見。
孔　　明　傳她進來。
張　　翼　女蠻進帳。
　　　　　（祝榮夫人上）
祝榮夫人　漢大丞相，請吓！
孔　　明　到此何事？
祝榮夫人　請大丞相到我國中，你可敢去？
孔　　明　山人何懼？
祝榮夫人　你要來的。
　　　　　（念）來者是君子，不來是小人。

		走吓。（下）
孔	明	女流之輩，何懼道哉[1]？魏延、趙雲聽令！
趙魏	雲延	在。
孔	明	你二人隨我前去，不得違誤。
趙魏	雲延	得令。
孔	明	王平、張翼、馬忠、張嶷聽令！
王張馬張	平翼忠嶷	在。
孔	明	你四人山外接應，不得違誤。
王張馬張	平翼忠嶷	得令。
孔	明	一同前往。
		（同下）

校記

[1] 何懼道哉："道"字，原本作"倒"，據文意改。下同。

第二十八場

（幕外）（【長錘】。眾蠻兵引帶來洞主、孟獲上）

帶來洞主	（唱）夫人一去不回轉，
	倒叫心中自揣諒。
	將身且坐寶帳上，
	夫人回來問端詳。
	（祝榮夫人上）
祝榮夫人	參見大王。
孟　獲	回來了？
祝榮夫人	回來了。

孟　　　獲	諸葛亮言講甚麼？
祝榮夫人	他言道何懼道哉，他一準來的。
孟　　　獲	夫人之功也。
祝榮夫人	早點準備好了。
孟　　　獲	不當緊，來。
	（一兵丁上）
兵　　　丁	有。
孟　　　獲	去請二大王孟優、禿龍洞朵思大王、八納洞木鹿大王、各洞平章、各洞兵丁，快去。
兵　　　丁	是。（下）
孟　　　獲	你我準備交戰便了。
	（同下）

第二十九場

（幕外）（【急急風】。馬謖、呂凱、朱褒、王伉、高定、四龍套、四車夫上，斜一字）

馬　　謖	軍士們。
衆	有。
馬　　謖	趲行者。
	（圓場，凹門）
衆	俺，
馬　　謖	馬謖。
呂　　凱	呂凱。
朱　　褒	朱褒。
王　　伉	王伉。
高　　定	高定。
馬　　謖	列位請了。
衆	請了。
馬　　謖	奉了丞相將令，各路催齊糧草，草草催齊，回營交令。衆將官，大營去者。（同下）

第 三 十 場

（幕外）（【急急風】。眾兵丁、眾平章、朵思、木鹿、孟優上）

孟　優　列位大王請了。

　眾　　請了。

孟　優　吾兄王命吾等前去助陣，就此前往。眾番兵催動人馬。（同下）
（山門。魏延、趙雲、孔明上）

孔　明　（念）大膽闖虎穴，哪怕龍潭深。
　　　　來此營盤一座，趙雲上前速速問明見我。

趙　雲　得令。呔，裏面有人麼？
（孟優上）

孟　優　甚麼人？

趙　雲　丞相到了，快去通報。

孟　優　請丞相隨我進去。

趙　雲　請丞相，請到裏面。

孔　明　叫他帶路。

趙　雲　帶路。

孟　優　帶路，是。（帶路介）
（朵思、帶來暗上，砍孔明介）

朵　思
帶　來　殺。

（殺介。魏延上，拉孔明下。趙雲、孟優、朵思、帶來會打介，趙雲敗下，孟優、朵思、帶來追下）

（山林。【急急風】。眾馬夫、王平、馬忠、張翼、張嶷站門上介，下。魏延、孔明上）

魏　延　殺。

王　平
張　翼
馬　忠　呵。
張　嶷

（孔明下。眾蠻兵、朵思、帶來、孟優上，會陣，打鬘介，番兵敗下，正追下）

（山林。【急急風】。眾蠻兵、木鹿、祝榮夫人、孟獲站門上介，朵思、帶來、孟優上）（報子上）

報　　子　蜀兵殺來了。

孟　　獲　殺。

　　　　　（蜀將原人上，會陣）

趙　　雲　呔！膽大孟獲，被擒五次，不報丞相天寬地厚之恩，怎麼反加害丞相？你是真的無禮！

孟　　獲　住了。我勸你等今日馬前歸順於我，得了漢室，與你平分，你若再三不決，可知道今日你是難回你國。

趙　　雲　住了。勸你快快早早回心，歸順丞相，免得傷兵損將，後悔不及。

孟　　獲　住了。你若再多言，某家魯莽了。

趙　　雲　一派的胡言。眾將官！

　　眾　　（同白）有。

孟　　獲　眾番兵！

　　眾　　有。

孟　　獲　殺。

趙　　雲　殺。

　　　　　（殺介，打介，打套子介，孟獲原人上，趙雲原人上，孟獲原人敗下，趙雲原人追下）

　　　　　（山林。【亂錘】。眾蠻兵、朵思、祝榮夫人、孟優、帶來、木鹿、孟獲原人凹門上）

孟　　獲　列位大王、洞主，蜀兵殺法實實英勇，你我不能取勝，如何是好？

木　　鹿　大王不必慌忙，待我使起走獸法術擒他，哪怕不成。

孟　　獲　好，你快去，待我領他們前來。

木　　鹿　遵命。（下）

孟　　獲　你等四下埋伏便了。

　　眾　　呵。（同下）

孟　　獲　呔，有膽量者上前來。

　　　　　（趙雲原人上）

趙　　雲　哪裏走？

　　　　　（全上，殺，孟獲敗下，趙雲原人追下。山林，【陰鑼】。四蠻兵、木

鹿上)

木　　鹿　　埋伏了。

（孟獲敗上,趙雲原人殺上,孟獲敗下,木鹿跳出介,打敗下,趙雲原人追下）

（連場——木鹿上）

木　　鹿　　且住。蜀兵殺法厲害,使法術擒他。

（趙雲原人上）

趙　　雲　　哪裏走？

（趙雲殺上,木鹿敗下,獅子形、虎形、豹形、象形、駱駝形跳上介,趙雲原人敗下,木鹿上）

木　　鹿　　收。（眾獸形全下）回見大王去者。（幕內吶喊聲）吓,他們又殺來了,我這番使起法來,不能輕放。

（趙雲殺上,木鹿敗下,眾獸形又上,追趙雲原人,下）

木　　鹿　　追吓。

（眾馬夫抬火箱子引馬岱上,【排子】）

馬　　岱　　俺,馬岱。（吶喊聲）吓,哪裏喊殺？待吾迎上前去。

（趙雲原人上）

趙　　雲　　呵,馬將軍。那賊法術厲害,後面追趕,如何是好？

馬　　岱　　待我放火,燒他回去。

趙　　雲　　將軍辦來。

（木鹿、眾獸形追上,眾馬夫抬火放介,木鹿、眾獸形下）

馬　　岱　　你我追上前去。（下）

（幕外）【排子】。祝榮夫人、朵思、孟優、孟獲、眾蠻兵上,木鹿敗回上）

木　　鹿　　見大王。

孟　　獲　　怎麼樣了？

木　　鹿　　我頭一陣得勝,二陣也勝[1],第三陣正要擒那蜀將,被一員大將將吾法寶燒去,我急趕回來。

孟　　獲　　蜀將這樣厲害,叫我難中無計了。

祝榮夫人　　大王,待我去陣中使飛刀擒他便了。（下）

孟　　獲　　眾蠻兵,殺。（下）

（山林。【三下鼓】。眾馬夫、張翼、張嶷、馬忠、馬岱、王平、魏延、

　　　　　　趙雲自上場門上）
　　　　　（衆蠻兵、孟優、朵思、木鹿、帶來、孟獲自下場門上）
　　　　　（兩邊會陣,又打介,孟獲敗下,趙雲追下。朵思敗,魏延追下。張翼、張嶷上,祝榮夫人殺上,擒住二將,衆蠻兵上綁介,下。趙雲原人上,打,祝榮夫人敗下）

趙　　雲　張翼、張嶷被擒,如何是好？
魏　　延　你我速速殺上,救他二人要緊。
趙　　雲　追。(同下)
　　　　　（連場——祝榮夫人上）
祝榮夫人　且住。他等後面跟隨,待我使起飛刀傷他。
　　　　　（魏延上）
魏　　延　哪裏走？（殺上）
　　　　　（祝榮夫人敗下,一飛刀鬼上,趙雲原人上,看介）
趙　　雲　哎呀。
　　　　　（趙雲原人下,飛刀鬼下。祝榮夫人上）
祝榮夫人　待我回洞便了。（下）
　　　　　（趙雲原人自凹門上）
趙　　雲　番女厲害,報與丞相便了。（下）

校記

[1] 二陣也勝：“二”,原作“一”,據文意改。

第三十一場

　　　　　（幕外）【長錘】。衆龍套、衆大鎧、衆童兒引孔明上）
孔　　明　（唱）衆將一去不回還,
　　　　　　　　孟獲小兒反營房。
　　　　　　　　將身且坐寶帳上,
　　　　　　　　衆將回來問端詳。
　　　　　（趙雲原人全凹門上）
趙　　雲　參見丞相。
孔　　明　勝負如何？

趙　雲	頭一陣遇見木鹿,使出走獸傷人,多虧馬岱,將他用火箱燒去。二陣遇見一蠻女,將張翼、張嶷二人擒去,正在追殺,那蠻女使起飛刀,難以取勝。
孔　明	山人自有道理。
	(幕內白:走吓)
	(四龍套、四車夫、高定、王伉、朱褒、呂凱、馬謖同上,凹門)
高　定 王　伉 朱　褒 呂　凱 馬　謖	參見丞相。
孔　明	少禮。
高　定 王　伉 朱　褒 呂　凱 馬　謖	呵。
孔　明	糧草可曾催齊?
馬　謖	俱已催齊,丞相查點。
孔　明	眾將之功也。馬岱聽令。
馬　岱	在。
孔　明	命你埋伏山後,等有蠻兵過來,將他用絆馬索絆倒,不得違誤。
馬　岱	得令。(下)
孔　明	馬忠、王平,埋伏山左,號炮一響,一齊出迎。
馬　忠 王　平	得令。(下)
孔　明	馬謖、王伉,命你二人埋伏山右,號炮一響,一齊出敵。
馬　謖 王　伉	得令。(下)
孔　明	魏延聽令,命你前去罵陣,等他們出來時,即不可迎敵,可以敗,不可勝,快去。
魏　延	得令。(下)
孔　明	趙雲聽令,等魏延敗走,你且殺出,將那蠻女引道山中,不得違誤。
趙　雲	得令。(下)

孔　明	高定、朱褒、呂凱聽令，你三人隨後接殺，不得違誤。
高　定 朱　褒 呂　凱	得令。（下）
孔　明	眾將官，觀陣去者。（領下）

第三十二場

（眾蠻兵、眾平章、朵思、木鹿、孟優、孟獲上，祝榮夫人上）
（幕外，打上）

祝榮夫人	參見大王，擒來二將，那賊俱已敗回。
孟　獲	將二將綁上來。

（四蠻兵、張翼、張嶷上）

孟　獲	看你二人全身本領，也有今日。
木　鹿	將他二人斬了。
孟　獲	且慢。想那諸葛亮擒我五次放回，若是將他二人斬首，我孟獲無義了。暫將留在洞中，拿住諸葛亮一齊開刀，押下去。

（一蠻報子上）

蠻報子	洞外有一將叫罵。
祝榮夫人	大王，待我出洞會他。
孟　獲	須要小心。
祝榮夫人	是。（下）
孟　獲	孟優前去觀看，回報我知。（下）

（孟優應，下）
（幕外）【急急風】。魏延上）

魏　延	呔！王八旦的出來吓。

（祝榮夫人上，砍魏延介）

魏　延	呵。（敗下）

（馬忠、王平殺上，敗下）
（馬謖、王伉殺上，敗，祝榮夫人下）
（眾馬夫引趙雲站門，領下）
（拉開山景。馬忠、王平、馬謖、王伉上，祝榮夫人殺上，馬忠、王

　　　　　　平、馬謖、王伉自兩邊下)

祝榮夫人　呔,何人靠前來?
趙　　雲　趙雲在此。
　　　　　(殺介,趙雲敗下,馬忠、王平、馬謖、王伉殺上,魏延上)
魏　　延　看鞭。
　　　　　(朱褒、高定殺上,趙雲殺上,祝榮夫人一扯二扯敗下,蜀將追下)
　　　　　(衆馬夫引馬岱上)
馬　　岱　埋伏了。
　　　　　(祝榮夫人上,衆將殺上,祝榮夫人領走,分倒脫靴)
　　　　　(馬岱上,打介,擒祝榮夫人)
衆　　將　綁回去。
　　　　　(同下)

第三十三場

(衆蠻兵、衆平章、朶思、木鹿、帶來、孟獲上)
(幕外)(【長錘】)
(孟優上)

孟　　優　兄王,祝榮夫人被蜀將擒去了。
孟　　獲　呵,這還了得,也罷,現今洞中擒得二將,待吾差人前去,將二將換夫人回來。你們何人前去?
孟　　優　待小弟前去。我怕何來?
孟　　獲　好,速速快去。
　　　　　(同下)

第三十四場

(幕外)(【長錘】。衆龍套、衆大鎧、衆童兒引孔明上)
孔　　明　(唱)將身且坐寶帳上,
　　　　　　　　等候衆將問一番。
　　　　　(衆將上)
　衆　　　參見丞相,蠻女擒來了。

孔　　明	綁上來。
	（衆馬夫押祝榮夫人上）
孔　　明	你是蠻邦什麼人？
祝榮夫人	吾乃祝榮夫人，你何必多問。
孔　　明	來，暫且押了下去，擒著孟獲再來發落[1]，押下去。
	（四馬夫上）
四 馬 夫	拿住一個奸細。
孔　　明	綁上來。
	（孟優上）
孟　　優	參見丞相。
孔　　明	你因何被我帳下兵丁擒住？
孟　　優	我乃有事前來。
孔　　明	你有何事？講。
孟　　優	奉吾兄王之命，請丞相明日午時，兩下去到山下，請丞相將夫人送回洞去我家兄王將二將放回營，豈不是好？
孔　　明	這有何難？回去對孟獲言説，照言而辦，與他鬆綁，趕出去。
	（孟優下）
孔　　明	（笑）呵呵，呵呵，啊，哈哈哈！
衆	丞相爲何發此大笑？
孔　　明	等明日山下，不用吹火之力，又擒孟獲。
衆	丞相就該分排吾等。
孔　　明	那是自然。明日看我號令行事。
	（同下）

校記

［1］擒著孟獲再來發落："孟獲"，原無，據文意補。

第三十五場

（拉開外片，後搭山景。拉開。孟獲坐內，木鹿、朵思、帶來坐兩邊，衆蠻兵站兩邊，衆平章兩邊）

（孟優上）

孟　優　參見兄王。
孟　獲　怎麼樣了？
孟　優　諸葛亮言說，明日照言行事。
孟　獲　諸葛亮吓，諸葛亮吓，明日山下，諒你難回中原。孟優，命你將二將押至山下，不可輕放，看我眼色行事。
孟　優　呵。
孟　獲　木鹿大王，命你埋伏山左。朵思大王，埋伏山右。帶來洞主，隨我壓陣，生擒諸葛亮，安排已畢，下山去者。
　　　　（同下）

第三十六場

（幕內山景。擂鼓介。上場門站孔明、魏延、趙雲、王平、馬岱、馬忠、馬謖、朱褒、王伉、呂凱、高定、祝榮夫人、眾龍套、眾大鎧、眾童兒、眾馬夫）

（下場門站孟獲、朵思大王、木鹿大王、帶來、孟優、張翼、張嶷、眾蠻兵、眾平章）

孔　明　孟獲，山人待你不薄，怎麼擒去我二將？是真真無義之徒也。
孟　獲　誰叫他二人苦苦追殺祝榮夫人，因此纏得如此。
孔　明　不要多言，快將二人放出，免得又動干戈。
孟　獲　你先將祝榮夫人放過來。
孔　明　好，來，放過去。（放過假夫人介）
孟　獲　來，二將放過去。（放二將過介）
祝榮夫人　大王，我還在這裏。
孟　獲　哎呀。妖道，你看刀。
趙　雲　孟獲，你真真無禮，殺。

（孔明下，祝榮夫人下，正反打介，朵思殺介，魏延上，殺朵思死介，下）

（馬岱殺死木鹿介，下。六將上，殺死帶來介，下）

（眾平章殺上，馬岱上，砍死平章介，下）

（趙雲單上，棒拳蠻兵死介，下）

（孟獲上，打，趙雲下，眾將上，打介，孟優上，對殺，雙擒住）

衆　　　綁回去。
　　　　（同下）

第三十七場

　　　　（幕外）【急急風】。衆龍套、衆大鎧、衆童兒、孔明上）
孔　明　伺候了。
　　　　（衆馬夫、衆將同上）
衆　　　啓丞相，孟獲、孟優俱已擒住。
孔　明　綁上來。
　　　　（馬夫押孟獲、孟優上）
孔　明　孟獲，想你用下千條些小詭計，如何瞞得過山人。想你前番兩次被擒，俱是你洞中之人所擒，非山人之能，山人不加害與你，只道我深信，欲就洞中殺吾。你今日被擒，心可服否？
孟　獲　此是我等自來送死，我還是不服吓。
孔　明　吾擒你六次，還是不服，欲待何時？
孟　獲　你七次再將吾擒住，吾纔得傾心歸順服你，誓不反也。
孔　明　你的山穴已破，還有何處？我就放你一去，再若擒住，定不輕恕。與他鬆綁，趕出營去。
孟　獲　慢來，還有一個人呢。
孔　明　來，喚祝榮夫人。
　　　　（祝榮夫人上）
祝榮夫人　吓，大王。
孟　獲　咳，回去罷。
　　　　（孟優、祝榮夫人、孟獲下）
孔　明　馬岱聽令，隨後看他怎樣行事，速報我知。
　　　　（孔明原人同下）（留衆馬夫）
馬　岱　得令。帶馬。
　　　　（同下）

第三十八場

（山景片子。【急急風】。眾藤甲兵上，引兀突大王上）

兀突大王　眾兵丁回山。（圓場凹門）某，烏戈國兀突大王是也。每日練就藤甲，演習齊備，眾兵丁回山。【急急風】。凹門）（幕內白：慢走）有人來了。

（孟獲上）

孟　獲　吓，大王。

兀突大王　為何這等樣兒？

孟　獲　孟獲乎……

【排子】

兀突大王　暫且一同回山，改日與他交戰，再報此讎，哪怕蜀兵不滅？

孟　獲　全仗大王。

兀突大王　請吓。

（同下）

第三十九場

（幕外，打上）（眾馬夫、馬岱下馬介）

馬　岱　有請丞相。

（孔明原人全上）

孔　明　命你打探如何？

馬　岱　那孟獲請了烏戈國國王，名叫兀突骨，引了三十萬藤甲兵，現屯於桃花渡口[1]，孟獲又在各洞番蠻，聚集兵力拒戰，特來回報。

孔　明　何足道哉？眾位將軍，奮勇當先，山人燒他藤甲。眾將官，起兵桃花渡口。【排子】。圓場。歸下場門一字）

孔　明　為何不行？

眾　　　來在桃花渡口。

孔　明　人馬列開，馬岱聽令！命你帶領黑油櫃車十輛，須用竹竿千條，附耳上來。

馬　岱　得令。（下）

孔　　明	趙雲聽令,你在盤蛇谷後埋伏。魏延,命你在桃花渡口紮寨,北岸如有蠻兵渡水到來,敵不可勝,望白旗敗走,限半個月,須要連輸十五寨,棄去七營,若輸十四,你休來見我。
魏　　延	得令。(下)
孔　　明	張翼、張嶷、馬忠、王平,築立寨棚,不得違誤。
張翼張嶷馬忠王平	得令。(下)
孔　　明	王伉、朱褒、呂凱、馬謖,你四人隨定山人去到盤蛇谷,把守山頭,觀看去者。 (同下)

校記

[1] 現屯於桃花渡口:"現屯",原作"見兆",據《三國演義》第九十回改。

第四十場

(山景層山加小山。【急急風】。衆馬夫、馬岱站門介,領圓場走馬蕩介,下)

(原佈景。【急急風】。衆藤甲兵引兀突大王上,站門,領走。【排子】。圓場。凹門)

兀突大王	埋伏了。
	(蠻兵引孟獲上)
孟　　獲	好好把守。
	(衆馬夫、馬岱抬轎上介)
馬　　岱	燒。
	(燒介,藤甲兵、兀突大王跑出山介,同燒死介) (三通鼓。孟獲上,撲火介,甩山翻介,往門)
孟　　獲	哎呀,哎呀。
	(魏延上)
魏　　延	哪裏走呵?

（殺介，趙雲上，張翼、張嶷、馬忠、王平上，王伉、朱褒、呂凱、馬謖上，大圓場）

（孟獲敗，上山介，山機關開門，孔明在內，滾木雷石介）

孟　獲　哎呀。

（孟獲下山介，眾擒孟獲介）

孔　明　綁回營去。

（拉幕介，同下）

第四十一場

（幕外）（吹打。眾龍套、眾大鎧、眾童兒、孔明凹門上，孔明坐大帳，眾將全上）

眾　　　孟獲、孟優，擒在營外。

孔　明　押上來。

眾　　　押上來。

（眾馬夫押孟獲、孟優上）

孟　獲　拜見丞相，死罪吓，死罪吓。

孔　明　孟獲，你今番可服否？

孟　獲　吓，丞相，孟獲七擒七縱，自古未有也。吾雖化外之人[1]，頗知禮儀[2]，望丞相開恩天威，南人不復反也。

孔　明　你心意如何？

孟　獲　某子子孫孫皆感覆載生成之恩，焉得不服？

孔　明　吾再放你整頓人馬交戰如何？

孟　獲　你再擒住與我，我便服你。

孔　明　與他鬆綁。（介）

孟　獲　吾走了。

孔　明　（對眾將介）抓回來。

（趙雲、魏延抓回孟獲）

孔　明　孟獲，你好匹夫。

（唱）【二六】（五音弦彈介）

小孟獲站在路道旁，

叫一聲孟獲小兒郎。

　　　　　　　吾今將你擒寶帳，
　　　　　　　為何願死不願降？
孟　獲（唱）丞相把話錯來講，
　　　　　　　皆因難我兵將強。
馬　岱（唱）兩軍陣前來打仗，
魏　延（唱）你的武藝也平常。
孔　明（唱）自古常言道德講，
　　　　　　　軍家勝敗古之常。
魏　延（唱）說甚麼軍家勝敗古之常，
　　　　　　　皆因他將帥不合將你誆。
趙　雲（唱）二次被擒我營帳，
孟　獲（唱）將帥不合將吾誆。
王　平（唱）二擒二放休要講，
　　　　　　　聽我把話說比方，
　　　　　　　亦是你兵敗自投羅網。
馬　岱（唱）你上了我的船，
魏　延（唱）你上了我的當。
馬　謖（唱）丞相用兵賽姜尚，
趙　雲（唱）被困橋梁你面上無有光。
　　　　　　　四擒四放我趙老將，
　　　　　　　郊外失敗我營房。
孔　明（唱）陷馬坑中一命亡，
孟　獲（唱）總然一死有何妨？
孔　明（唱）叫孟獲你抬頭來觀看，
　　　　　　　我的糧足將又強。
　　　　　　　今日將你擒寶帳，
衆　將（同唱）
　　　　　　　看你歸降不歸降？
孔　明（唱）此一番回朝把功上，
　　　　　　　孟獲你若來歸順，
　　　　　　　子子孫孫在朝岡。
　　　　　　　七擒七放不要講，

眾		（同唱）清史名表萬古揚。
孔　明		孟獲，你還有何言？
孟　獲		咳，歸降來遲，丞相恕罪。情願年年進貢，歲歲來朝。
孔　明		這便纔是，請起。
孟　獲		謝丞相。
孔　明		山人要班師回朝，這瀘水風浪大作，是何原故？
孟　獲		此水有猖神作禍，往來者必須祭之，方可過去。
孔　明		不知怎樣祭之，用些何物？
孟　獲		舊日國中，因猖神作禍，用黑牛白羊祭之，風去浪平，年年如此。
孔　明		我今事已平定，不可妄殺。用燭四十九盞，並饅頭二百，今晚三更時分，眾將隨山人去到瀘水邊，祭之便了。

（吹打，下介）

校記

［1］吾雖化外之人："雖"，原作"誰"，據文意改。
［2］頗知禮儀："頗"字，原作"額"，據文意改。

第四十二場

（山水景。【絲邊】。拉開內擺物件。眾龍套、眾大鎧、眾童兒、眾馬夫、眾蠻兵、孟獲、孟優、張翼、張嶷、馬忠、朱褒、馬謖、王伉、高定、呂凱、王平、馬岱、魏延、趙雲、四車夫、孔明。【急急風】。拉開。孔明拜介，念文介）

孔　明　（念）維大漢建興三年九月初一日，漢大丞相武鄉侯領益州牧丞相諸葛亮，謹陳祭儀，享於故歿王事蜀中將校，以及南人亡者陰魂曰：我大漢皇帝，威勝五霸，明繼三王。作自遠方侵境，異俗起兵，縱薑尾以興妖[1]，恣狼心而逞亂。我奉王命，問罪遐荒，大舉貔貅，悉除螻蟻，雄軍雲集，狂寇冰消[2]，纔聞破竹之聲，便是失猿之勢。但士卒兒郎，盡是九州之豪傑；官僚將校，皆為四海之英雄。習武從戎，投明事主，莫不同聲三令，共展七擒；齊堅奉國之誠，並效忠君之志。何期汝等，偶失兵機[3]，緣落奸計，或為流矢所中，魂掩泉臺，或為刀劍所傷，魂歸長夜，生則有勇，死則成名。今凱歌欲還，獻俘將及[4]。汝等陰靈尚在，祈禱必聞，隨我旌旗，隨我部曲，同回上國，各認本鄉，受骨肉之蒸嘗[5]，領家人之祭祀，莫作他鄉之鬼，徒爲異域之魂。我當奏之天子，使你等各家盡沾恩露，年給衣糧，月賜廩禄，用兹酬答，以慰汝心。至於本境土神、南方亡鬼，血食有常，憑依不遠；生者既凜天威，死者已歸王化，想宜寧帖[6]，毋致號啕。聊表丹誠[7]，敬成祭祀。嗚呼哀哉，伏惟尚饗[8]。（燒介）
（唱）【二簧導板】
　　　　見此情不由人——
衆　（同唱）
　　　　珠淚滚滚，
孔　明（唱）【反二簧快三眼】
　　　　衆將官一個個大放悲聲。
魏　延（唱）我奉了一支命南方來平，
王　平（唱）枉滅了那反夷來把功成。
　　　　可嘆你誤失機把了忠盡，
衆　（同唱）
　　　　爲國家表你的萬古美名。
孟　獲（唱）他等們受皇恩西蜀來進，
　　　　他父母與妻兒骨肉相親。
孔　明（唱）爲爾等只哭得心神不定，
　　　　又只見衆三軍——
衆　（同唱）大悲傷心。（衆拜介）
孔　明　祭祀已畢。
　　（四風旗自兩邊上，下）
孔　明　哦呀呀，霎時風清浪平。衆將官，就在此處安營三日，班師回朝。
衆　　　呵。
　　（【尾聲】）

校記

［1］縱蠆尾以興妖："縱"，原作"從"，據《三國演義》第九十一回改。
［2］狂寇冰消："寇"，原作"冠"，據《三國演義》第九十一回改。
［3］偶失兵機：此句，原作"失偶兵機"，據文意改。

［4］獻俘將及："獻"，原作"現"，據《三國演義》第九十一回改。
［5］受骨肉之蒸嘗："嘗"，原作"賞"，據《三國演義》第九十一回改。
［6］想宜寧帖："寧"，原作"領"，據《三國演義》第九十一回改。
［7］聊表丹誠："聊"，原作"也"，據《三國演義》第九十一回改。
［8］伏惟尚饗："饗"，原作"在"，據《三國演義》第九十一回改。

雍凉關

佚 名 撰

解 題

　　京劇。現代佚名撰。《京劇劇目初探》《京劇劇目辭典》著録,題《雍凉關》,一名《流言記》,均未署作者。劇寫孔明平服南蠻之後,欲進伐中原,突聞馬謖探報,曹丕死,曹叡繼位,封司馬懿爲驃騎大將軍,統領兵馬督陣雍凉。孔明欲先發制人,用馬謖反間計:令人散佈流言,誣司馬懿謀反;並僞造司馬懿告示,遍貼各處,曉諭百姓。賈詡得報,急奏曹叡。曹叡欲親征擒殺司馬懿,賈詡獻計請效漢高祖僞游雲夢,以擒彭越故事,御駕至安邑閱兵,待司馬懿迎駕時,於車前擒之。曹叡准奏。司馬懿正在練兵準備破蜀,忽報曹叡駕到。司馬懿欲示軍威,命衆將士全身披挂列隊迎駕。曹叡責其造反,撤去兵權,削職爲民。本事出於《三國演義》第九十一回。於史無考。版本今有《戲考》本及以該本整理的《中國京劇戲考》本、《京劇彙編》本及以此本重刊的《京劇傳統劇本彙編》本、上海市《傳統劇目彙編》京劇集伍月華藏本。今以《戲考》本爲底本,參考其他本校勘。

第 一 場[1]

（四龍套、四大鎧、王平、馬岱、廖化、張嶷引諸葛亮上）

諸葛亮　（唱）【西皮慢板】

　　　　嘆先皇白帝城龍歸天上,

　　　　托孤與諸葛亮扶保朝綱。

　　　　怎奈我受先帝皇恩浩蕩,

　　　　保幼主登大寶國泰民康。

　　　　都只爲南蠻賊强悍狂妄,

奉聖命統大兵渡過瀘江。
我也曾與蠻兵連打數仗，
深入那不毛地累動刀槍。
用巧計戰孟獲七擒七放，
火燒盡藤甲兵轉回朝堂。
南方平須把那中原掃蕩，
滅却了小曹賊答報先皇。
悶懨懨坐至在中軍大帳，
（轉唱）【西皮搖板】
待等那探馬報便知端詳。
（馬謖上）

馬　謖　（念）探聽中原事，報與丞相知。
　　　　參見丞相。
諸葛亮　將軍少禮。
馬　謖　謝丞相。
諸葛亮　命你打聽中原之事如何？
馬　謖　啓禀丞相：曹丕已死，曹叡繼位，加封文武官員。封司馬懿爲驃騎大將軍，統領兵馬，督陣雍涼等處，特來報與丞相知道。
諸葛亮　呵，哈哈呀！曹丕已死，孺子曹叡繼位，皆不足慮。惟有司馬懿，此人深有謀略，頗能用兵。今日提督雍涼兵馬，倘若訓練已成，必爲我漢中之大患。必須起兵征剿，以滅此人。
馬　謖　啓丞相：今當平定南蠻而回，軍馬疲敝，只可存恤，不可遠征。末將倒有一計獻上。
諸葛亮　將軍有何妙計？
馬　謖　司馬懿雖是魏國大臣，怎奈曹叡年少，素懷疑忌。丞相何不遣人，散佈流言，道此人欲反；遍貼告示，曉喻百姓。那曹叡聞之，必殺此人也。
諸葛亮　此計甚妙。就命將軍去至洛陽、鄴郡等處，散佈流言，遍貼榜文，告示天下，不得有誤。
馬　謖　得令。（下）
諸葛亮　看馬謖此去，行此反間之計，管叫司馬性命難保！
　　　　（唱）【西皮搖板】

　　　　　惱恨曹叡狗奸黨，
　　　　　他命司馬鎮雍涼。
　　　　　榜文遍貼在城門上，
　　　　　管叫那司馬懿無有下場。
　　　（同下）

校記

［1］第一場：原本未分場次，今依劇情分爲十場。

第 二 場

（司馬懿上）

司馬懿　（念）【引】虎躍龍驤，統貔貅，督鎮雍涼。
　　　　（念）長鬚如雪鬢如霜，
　　　　　　　戰策兵機腹內藏。
　　　　　　　願學孫武與呂望，
　　　　　　　扶保魏國錦家邦。
　　　　老夫，司馬懿。魏王駕前爲臣，官拜驃騎大將軍，提督全國兵馬，坐鎮雍涼。每日帶領兩個孩兒，操練軍士。待等兵馬練熟，定要掃滅西蜀，生擒諸葛亮，以報國恩。
　　　　（司馬師、司馬昭同上）
司馬師　（念）黃公三略安天下，
司馬昭　（念）呂望六韜定太平。
司馬師
司馬昭　參見父帥。
司馬懿　吾兒少禮。
司馬師
司馬昭　謝父帥。
司馬懿　命你等整頓兵馬，可曾點齊？
司馬師　人馬將士，均在校場伺候，請父帥前去閱操。
司馬懿　好，一同前往。正是：
　　　　（念）校場訓練兵和將，要與諸葛定雌雄。

（同下）

第 三 場

（馬謖上）

馬　謖　（唱）【西皮搖板】
　　　　帳中奉了丞相令，
　　　　去到洛陽貼榜文。
俺，馬謖。奉了丞相將令，去到洛陽、鄴郡等處，遍貼榜文，散佈流言，就此前往。
（唱）【西皮搖板】
　　　　加鞭催馬往前進，
　　　　散佈流言走一程。
（馬謖下）

第 四 場

諸葛亮　（內唱）【二黃導板】
　　　　譙樓上打罷了三更鼓響，
（四龍套、二童兒提燈引諸葛亮同上）
諸葛亮　（唱）【二黃慢板】
　　　　秉忠心重整頓漢室家邦。
　　　　高皇帝創基業起義沛上，
　　　　全憑着駕下臣韓信張良。
　　　　到後來出了個奸賊王莽，
　　　　用藥酒毒平帝篡奪家邦。
　　　　光武興仗雲臺二十八將，
　　　　滅莽賊承漢統遷都洛陽。
　　　　十常侍亂宮闈黃巾結黨，
　　　　恨奸曹逞兇心霸佔朝堂。
　　　　欺天子挾諸侯欺君藐上，
　　　　有曹丕受禪臺篡奪家邦。

　　　　　到如今有曹叡加官封賞，
　　　　　命司馬統大兵督鎮雍涼。
　　　　　叫人來掌紅燈觀星臺上，
　　（諸葛亮上桌子）

諸葛亮　（唱）【二黃慢板】
　　　　　又只見南北斗齊發光芒。
　　　　　看北方旺氣盛明星甚亮，
　　　　　只有那司馬星暗淡少光。
　　　　　想必是他一時命不該喪，
　　　　　還需要設妙計另作主張。
　　　　　我這裏下星臺且歸大帳，（下桌子）
　　（轉唱）【二黃搖板】
　　　　　且待那馬謖回便知端詳。
　　（同下）

第　五　場

（賈詡上）

賈　詡　（唱）【西皮搖板】
　　　　　時纔探馬報一聲，
　　　　　大膽司馬起反心。
　　下官，賈詡。適纔探馬報導，洛陽、鄴郡等處，遍貼司馬懿的榜文，他要造反，告示天下。不免將榜文呈進我主，速滅此人，以安天下便了。
　　（唱）【西皮搖板】
　　　　　司馬榜文袖藏定，
　　　　　去至金殿奏主君。
　　（下）

第　六　場

（四太監、內侍引曹叡上）

曹　叡	（念）【引】鳳閣龍樓，萬古千秋。
	（念）（詩）金殿當頭紫閣重，
	仙人掌上玉芙蓉。
	太平天子朝元日，
	五色雲車駕六龍。
	寡人，大魏天子曹叡在位。自登基以來，風調雨順，國泰民安。今當早朝。內侍，傳旨：文武百官，有本早奏，無本退班。
內　侍	領旨。萬歲有旨：文武百官，有本早奏，無本退班吶！
賈　詡	（內白）來也！
	（賈詡上）
賈　詡	（念）忙將機密事，啓奏萬歲知。
	臣賈詡見駕，吾皇萬歲！
曹　叡	卿家平身。
賈　詡	萬萬歲！
曹　叡	卿家上殿，有何本奏？
賈　詡	啓萬歲：大事不好了！
曹　叡	何事驚慌？
賈　詡	今有司馬懿，意欲造反，在各州郡遍貼榜文，佈告天下，不久就要起兵反上。臣今將他的榜文，抄錄呈上，請我主御覽。
曹　叡	竟有這等之事！將榜文呈上來，待寡人觀看。
	（賈詡呈文，曹叡接看）
曹　叡	驃騎大將軍總領雍涼兵馬軍司馬懿，謹以信義佈告天下：昔太祖武皇帝，創立基業，本欲立陳思王子建爲社稷之主；不幸奸讒交集，歲久潛龍。皇孫曹叡，素無德行，妄自居尊，深負太祖之遺意。今吾應天順人，克日興師，以慰萬民之望。告示到日，各宜歸命新君。如不順者，當滅九族！先此告聞。唔咳咳呀！竟有這等之事！卿家何計安哉？
賈　詡	想那司馬懿上表，乞守雍涼，正爲此耳。當年太祖武皇帝嘗謂臣等曰：司馬懿鷹眼狼顧，不可付以兵權；久必爲國家大禍。今日反情已露，可速誅之。
曹　叡	如此，待寡人點動傾國人馬，御駕親征，以殺此人。
賈　詡	萬歲，若要御駕親征，是逼之速反也。萬歲可倣漢高祖僞游雲夢之

計。御駕至安邑閱兵，司馬懿必然來迎；觀其動靜，就車前擒之可也。

曹　叡　此計甚好。就命卿家傳旨：寡人帶領御林軍十萬，駕幸安邑，就此響炮離京。

賈　詡　御林軍走上。

（四龍套、四大鎧、黃傘同上。【泣顏回】排子。大轉場，同下）

第　七　場

（司馬懿上）

司馬懿　（念）轅門旌旗起，耳聽好消息。

（司馬師上）

司馬師　（念）忙將朝中事，啓稟父帥知。

　　　　參見父帥。

司馬懿　吾兒少禮。進帳何事？

司馬師　時纔探馬報到：萬歲駕幸安邑，不久即到。特來稟告父帥。

司馬懿　如此，吾兒傳令下去，命全部人馬，大小將官，全身披挂，刀槍要齊整，盔甲要鮮明。排列隊伍，出城迎接聖駕，不得有誤。

司馬師　遵命。（下）

司馬懿　正是：

　　　　（念）整頓全部人和馬，欲令天子識威嚴。（下）

第　八　場

（四龍套、四大鎧、二內侍、四將、賈詡引曹叡）

曹　叡　（內唱）【西皮導板】

　　　　　　龍駒鳳輦出帝京，

（同上）

曹　叡　（唱）【西皮慢板】

　　　　　　刀槍劍戟排列如林。

　　　　　　帶領着十萬御林軍，

　　　　　　文武百官隨駕行。

　　　　　惱恨那司馬賊奸佞，
　　　　　他本是我朝中兩代老臣。
　　　　　身受那先皇帝恩意重，
　　　　　因何故一旦間起下反心。
　　　　　今日裏纔把那雍涼來鎮，
　　　　　竟敢在各州郡遍貼榜文。
　　　　　有寡人此一番安邑西幸，
　　　　　司馬懿他必然帶兵來迎。
　　　　　朕看他到那時是何動靜，
　　　　　就車前一定要把他來擒。
　　　　　叫人來催人馬齊往前進，
　　　（四龍套等同下）
曹　叡　（唱）【西皮搖板】
　　　　　但願得此一去滅却反臣。
　　　（下）

第　九　場

（四龍套、四上手、四將、司馬師、司馬昭、司馬懿自下場門上，出城迎接介。四龍套、四大鎧、四將、二內侍引曹叡由上場門上。司馬懿跑接。吹打介）

曹　叡　膽大司馬懿！你身受先皇帝厚意，不知報效，擅敢造反。本當將你斬首問罪，姑念你是先朝老臣，加恩撤去兵權，削職爲民。去罷！
　　　（衆同入城下。司馬懿看司馬師、司馬昭）
司馬懿　咳！
　　　（下）

第　十　場

（四龍套、諸葛亮上）
諸葛亮　（唱）【西皮搖板】
　　　　　司馬督兵守雍涼，

　　　　　　老夫刻刻挂心旁。
　　　　　　將身且坐寶帳上，
　　　　　　待等馬謖報端詳。
　　　（馬謖上）
馬　謖　（唱）【西皮搖板】
　　　　　　司馬削職還鄉井，
　　　　　　見了丞相説分明。
　　　參見丞相。
諸葛亮　罷了。命你散佈流言，不知那曹叡是怎樣行事？
馬　謖　末將奉命，在洛陽、鄴郡等處，散佈流言，遍貼榜文。那曹叡即刻帶了御林軍十萬，兵出洛陽，駕幸安邑。那司馬懿不知此中之事，帶那數十萬相迎。曹叡心疑，當時就撤去兵權，削他父子爲民，兵權交付曹休執掌。曹叡已回洛陽去了。
諸葛亮　老夫久有伐魏之心，奈因司馬懿兵鎮雍凉，吾甚可慮。今既中計，司馬懿遭貶，罷職還鄉，吾又何慮！明日修本，啓奏幼主，點動人馬，兵發中原便了。吩咐掩門。
　　　（衆同下。吹【排子】）

鳳 鳴 關

佚 名 撰

解 題

  京劇。現代佚名撰。《京劇劇目辭典》著録，題《鳳鳴關》，又名《力斬五將》；《京劇劇目初探》著録，題《鳳鳴關》，一名《斬五將》，均未署作者。劇寫諸葛亮領兵攻鳳鳴關，命王平、廖化、嚴顔、馬忠爲四路總先鋒。餘下之將隨營調遣。趙雲見無委用，心中不服。諸葛亮謂趙雲年邁，乃托孤老臣，恐陣前有失。趙雲欲效黃忠取定軍山故事，如不應允，即碰死轅門。諸葛亮無奈，命爲先鋒，付與三千人馬，並令鄧芝暗中保護。諸葛亮率軍行經沔陽地界，與馬岱等同往馬超墳前設祭，十分悲痛。魏延報知夏侯楙挂帥，韓德父子爲前仗先行。魏兵恰與趙雲相遇。趙雲奮勇殺死韓德父子五將。大獲全勝。本事出於《三國演義》第九十一、九十二回。事不見史傳。版本今有《戲考》本、據《戲考》本整理的《中國京劇戲考》本、《京劇彙編》本及以此本重刊的《京劇傳統劇本彙編》本。今以《戲考》本爲底本，參考其他本校勘整理。

第 一 場[1]

  （四龍套、鄧芝同上，孔明上。【點絳唇】。魏延、馬岱、關興、張苞同上）

孔　明　（念）天爲陽來地爲陰，

　　　　　　　九宫八卦腹内存。

　　　　　　　我今奉了幼主命，

　　　　　　　一戰成功取鳳鳴。

　　　　山人諸葛亮。奉了幼主之命，奪取鳳鳴。鄧芝聽令。

　　　　（鄧芝允）

孔　明　傳令下去：命王平、廖化、嚴顔、馬忠輿爲四路總先鋒。餘下之將，

　　　　　　隨營調遣，大隊人馬，兵發鳳鳴。
趙　雲　（內白）且慢。
鄧　芝　何人阻令？
趙　雲　（內）趙雲。
鄧　芝　隨令進帳。
趙　雲　（內）來也。
　　　　（趙雲上）
趙　雲　（念）桓公三略安天下，呂望六韜定邦家。
　　　　報：趙雲告進，參見相爺。
孔　明　老將軍少禮。請坐。
趙　雲　謝坐。
孔　明　老將軍無令進帳則甚？
趙　雲　相爺今日登臺點將，滿營將官，俱有差遣，把俺趙雲一字不提，是何
　　　　理也？
孔　明　想老將軍年邁，又是先帝托孤的老臣，倘若陣前有失，山人吃罪不起。
趙　雲　相爺，末將老只老頭上髮項下鬚，胸中韜略，却也不老。有道是：
　　　　（念）虎老雄心在，年邁力剛強。
　　　　（唱）【西皮二六板】
　　　　　　　相爺說話藐視人，
　　　　　　　細聽俺趙雲表一表功勳：
　　　　　　　憶昔磐河與主相認，
　　　　　　　殺敗了袁紹救過了公孫。
　　　　　　　長坂坡曾救幼主的性命，
　　　　　　　七進七出顯過了奇能。
　　　　　　　只殺得張郃無處投奔，
　　　　　　　卸甲丟盔奔回了曹營。
　　　　　　　大功勞一時說不盡，
　　　　　　　小功勞一時我記也記不清。
　　　　　　　相爺若還不憑信，
　　　　　　　你在功勞簿上查分明。
　　　　　　　快快與我一枝令。
　　　　　　　要學那黃忠取定軍。

孔　明　（唱）【西皮搖板】
　　　　　　老將軍不必表功勳，
　　　　　　山人心中明如燈。
　　　　　　你今年邁七十整，
　　　　　　怕你難學黃漢升。
趙　雲　（唱）【西皮搖板】
　　　　　　相爺不與我先鋒印，
　　　　　　兵發中原去不成。
孔　明　（唱）【西皮搖板】
　　　　　　山人奉了幼主命，
　　　　　　哪個大膽阻令行。
趙　雲　（唱）【西皮搖板】
　　　　　　相爺說話我好恨，
　　　　　　不如碰死在轅門。
孔　明　且慢。
　　　　（唱）【西皮快板】
　　　　　　一句話兒錯出唇，
　　　　　　險些逼壞老將軍。
　　　　　　鄧芝看過先鋒印，
　　　　　　雙手付與老將軍。
　　　　　　三千人馬你帶定，
　　　　　　鞍前馬後要小心。
趙　雲　得令。
　　　　（唱）【西皮搖板】
　　　　　　用手接過先鋒印，
　　　　（轉唱）【西皮快板】
　　　　　　背轉身來自思忖：
　　　　　　怕的此去不得勝，
　　　　　　笑壞南陽諸葛孔明。
　　　　　　機謀二字心拿穩，
　　　　馬來！
　　　　（龍套上，帶馬，下）

趙　雲　（唱）【西皮摇板】
　　　　　　鳳鳴關前見計行。
　　　　（趙雲下）
孔　明　（唱）【西皮摇板】
　　　　　　鄧芝近前聽一令：
　　　　　　暗地保護老將軍。
鄧　芝　（唱）【西皮摇板】
　　　　　　帳中領了相爺令，
　　　　　　保護老將把功成。
　　　　（鄧芝下）
孔　明　（唱）【西皮摇板】
　　　　　　滿營將官俱遣定，
　　　　　　一戰成功取鳳鳴。
　　　　衆將官，兵發鳳鳴。
　　　　（衆人同允，上車夫，原人同下）

校記

［1］第一場：原本未分場次，今依劇情分爲十一場。

第　二　場

趙　雲　（内唱）【西皮導板】
　　　　　　三國紛紛刀兵動，
　　　　（四龍套引趙雲上）
趙　雲　（唱）【西皮快板】
　　　　　　我朝中出了漢奸雄。
　　　　　　曹操中原把權弄，
　　　　　　孫權霸佔在江東。
　　　　　　我主爺，怒氣衝，
　　　　　　一心要滅漢奸雄。
　　　　　　相爺道我老無用，
　　　　　　不由老夫怒氣衝。

　　　　　　三軍與爺往前湧，
　　　　　　　此去一仗定成功。
　　　　　（原人同下）

第 三 場

　　　　　（孔明原人同上）
孔　　明　魏延聽令：命你打聽魏邦，何人掛帥。
魏　　延　遵命。（下）
馬　　岱　啟禀丞相：來此綿遠地界，乃是我兄長墳墓，末將討下一祭。
孔　　明　山人也有一祭。來，看祭禮伺候。將軍吓！
　　　　　（唱）【西皮搖板】
　　　　　　　見墳臺不見馬將軍，
　　　　　　　怎不叫人痛在心。
　　　　　　　爲國忠良喪了命，
　　　　　將軍吓！
　　　　　（魏延上）
魏　　延　（唱）【西皮搖板】
　　　　　　　見了丞相說分明。
　　　　　（白）啟禀丞相：打聽魏邦，夏侯楙掛帥，韓德父子與爲前仗先行。
孔　　明　老將軍此去必然成功，衆將官起兵前往。
　　　　　（同下）

第 四 場

　　　　　（四龍套、韓德、韓瑛、韓瑤、韓瓊、韓琪同上）
韓　　德　某，韓德。趙雲老兒興兵前來，豈肯容他猖狂。衆孩兒上。
　　　　　（鄧芝上）
韓　　德　來將通名受死。
鄧　　芝　聽者：俺乃趙老將軍麾下前部先鋒鄧芝是也。
韓　　德　無名小輩。看刀。
　　　　　（韓德追鄧芝同下）

第 五 場

（四白龍套、趙雲上）

趙　雲　（唱）【西皮搖板】
　　　　　老夫興兵誰不怕，
　　　　　赫赫威名揚天涯。
　　　　　我命鄧芝去出馬，
　　　　　等他回來問根芽。

（鄧芝上）

鄧　芝　（唱）【西皮搖板】
　　　　　來在營門下戰馬，
　　　　　見了老將把話答。

趙　雲　（唱）【西皮搖板】
　　　　　命你魏營去把仗打，
　　　　　一一從頭說根芽。

鄧　芝　（唱）【西皮搖板】
　　　　　韓德父子威名大，
　　　　　要與老將動廝殺。

趙　雲　（唱）【西皮搖板】
　　　　　聽罷言來怒氣發，
　　　　　不由老夫咬鋼牙。
　　　　　人來帶過刀和馬。

（掃一句同下）

第 六 場

（上韓一子，趙雲上，殺韓下）（鄧芝上）

趙　雲　（唱）【西皮搖板】
　　　　　鄧芝看我老不老？

鄧　芝　將軍不老。

趙　雲　（唱）【西皮搖板】

军师爷台前报功劳。

（同下）

第 七 场

（上韩二子，赵云上杀韩下）（邓芝上）

赵　云　（唱）【西皮摇板】
　　　　　杀了一个又一个，
　　　　　越杀越勇越快活。

（同下）

第 八 场

（韩三子上）

韩三子　（唱）【西皮摇板】
　　　　　二位兄长把命丧，
　　　　　不由豪杰怒满膛。
　　　　　开弓就把雕翎放，

（赵云上）

赵　云　（唱）【西皮摇板】
　　　　　老夫接箭也不慌也不忙。

（赵云下）（韩三子上）

韩三子　（唱）【西皮摇板】
　　　　　二次来在战场上，
　　　　　赵云老儿果然强。
　　　　　二次开弓雕翎放，（下）

（赵云上）

赵　云　（唱）【西皮摇板】
　　　　　接过雕翎第二条。
　　　　　儿说儿的武艺好，
　　　　　放箭哪有接箭高。
　　　　　认扣搭弦箭放了，

（韓三子上，中箭下）（韓四子上打，趙雲追下）

第 九 場

（韓三、四子上，趙雲上殺二子，二下。鄧芝上殺頭）

趙　雲　（唱）【西皮快板】
　　　　　寶刀一舉狗命喪，
　　　　　無知匹夫喪疆場。
　　　　　眼前若有諸葛亮，
　　　　　管叫他含羞帶愧臉無光。
　　　　（下）

第 十 場

（韓德上、四龍套上）（報子上）

報　子　四小將落馬。
韓　德　吓。
　　　　（趙雲原人同上，開打）
趙　雲　（唱）【西皮快板】
　　　　　二馬連環戰疆場，
　　　　　韓德老兒聽端詳：
　　　　　四子俱在刀下喪，
　　　　　頃刻叫爾一命亡。
　　　　（開打，追趙雲同下）

第 十 一 場

（趙雲上）

趙　雲　且住，韓德老兒殺法厲害。倘若追來，拖刀計傷他。
　　　　（韓德上，趙雲拖刀斬韓德下）
趙　雲　（三笑）哈哈哈！
　　　　（同下）

天　水　關

佚　名　撰

解　題

　　京劇。現代佚名撰。《京劇劇目辭典》著錄，題《天水關》，又名《收姜維》《初出祁山》《取三郡》；《京劇劇目初探》著錄，題《天水關》，一名《收姜維》，亦名《賢孝子》。均未署作者。劇寫諸葛亮上表兵伐中原，攻至天水關，魏國守將聞韓德父子陣亡，免戰牌高懸。姜維請令出戰，與趙雲交戰。趙雲力不能支，被關興救走。姜維得勝而歸。諸葛亮授計魏延，又命馬岱、關興、張苞等誘姜維至鳳凰山，輪流交戰。魏延假扮姜維，請馬遵開城一同歸降。黑夜間馬遵不辨真假，果然中計，大罵姜維。姜維戰敗馬岱得勝回城，馬遵拒不開城，却命人放箭，逼走姜維。姜維途中見諸葛亮在山崗之上，欲殺之，被魏延、馬岱等將阻擋。諸葛亮好言相勸，並告知其母已被接走妥善安置，姜維感其大義，乃跪道旁傾心歸順。本事出於《三國演義》第九十一、九十二、九十三回。《三國志·蜀書·諸葛亮傳》及同書《姜維傳》與注引《魏略》均載有諸葛亮出師收姜維事。清道光四年(1824)《慶昇平班戲目》已有此劇。版本今有《京劇彙編》收錄的北京市藝術研究所藏本及以此本重刊的《京劇傳統劇本彙編》本、《戲考》本、《戲匯》本、《戲學指南》本、《修訂平劇選本》本。今以《京劇彙編》北京市藝術研究所藏本爲底本，參考其他本校勘整理。

第　一　場

　　（四太監、大太監、劉禪上）
劉禪　（念）【引】鳳閣龍樓，萬古千秋。
　　　（念）（詩）三國紛紛屢戰爭，
　　　　　　　晝夜殺砍馬不停；

　　　　　　文憑相父安天下，
　　　　　　武憑皇叔定乾坤。
　　　　小王，劉禪。國號建興在位。自登基以來，風調雨順，國泰民安。今當早朝。內侍！

大太監　奴婢在。
劉　禪　展放龍門！
大太監　遵旨。展放龍門哪！
諸葛亮　（內）嗯哼！（上）
　　　　（念）帶礪山河，掌絲綸，運籌帷幄。
　　　　臣，諸葛亮見駕。我主萬歲！
劉　禪　相父平身。
諸葛亮　萬萬歲！
劉　禪　賜坐。
諸葛亮　謝坐。
劉　禪　相父手捧何物？
諸葛亮　臣有出師表章，請我主龍目御覽。
劉　禪　唔呼呀！纔得干戈寧靜，相父又要領兵掃滅中原，叫孤心何忍！
諸葛亮　陛下！
　　　　（唱）【二黃慢三眼板】
　　　　　　先帝爺白帝城龍歸海境，
　　　　　　傳口詔命老臣常挂在心。
　　　　　　叫老臣保我主社稷重整，
　　　　　　命老臣把孫曹一掃平。
　　　　　　臣上本並非爲別事議論，
　　　　　　望我主准本章臣好發兵。
劉　禪　（唱）【二黃原板】
　　　　　　老相父上條陳孤心難忍，
　　　　　　你本是先帝爺托孤老臣。
　　　　　　待等到明早朝文武議論，
　　　　　　待等到明日裏長亭餞行。
諸葛亮　（唱）【二黃原板】
　　　　　　食君祿報主恩忠心秉正，

臣怎敢勞我主長亭餞行！

劉　　禪　（唱）【二黃原板】

　　　　　　　內侍臣擺鑾駕

　　　　　（轉唱）【二黃搖板】

　　　　　　　後宮來進，

　　　　　（四太監、大太監下）

劉　　禪　（唱）【二黃搖板】

　　　　　　　老相父回府去調動三軍。

　　　　　（諸葛亮、劉禪分下）

第　二　場

　　　　　（魏延、馬岱、關興、張苞上）

魏　　延　（念）大將生來蓋世雄，

馬　　岱　（念）萬馬營中逞威風。

關　　興　（念）耀武揚威英雄將，

張　　苞　（念）斬將奪旗立大功。

魏　　延　　　　魏延。

馬　　岱　俺，馬岱。

關　　興　　　　關興。

張　　苞　　　　張苞。

魏　　延　列位將軍請了！

馬　　岱
關　　興　請了！
張　　苞

魏　　延　丞相發兵，在此伺候！

馬　　岱
關　　興　請！
張　　苞

　　　　　（四白文堂、趙雲上）

趙　　雲　（念）白髮蒼蒼似銀條，東戰孫權北滅曹。

魏　　延
馬　　岱
關　　興　參見老將軍！
張　　苞

| 趙 雲 | 人馬可曾齊備？ |

| 魏 延 |
| 馬 岱 |
| 關 興 |
| 張 苞 | 俱已齊備。 |

| 趙 雲 | 聖駕到此，速報我知。 |

| 魏 延 |
| 馬 岱 |
| 關 興 |
| 張 苞 | 聖駕到！ |

| 趙 雲 | 一同接駕！ |

（四紅文堂、四太監、大太監、諸葛亮、劉禪上）

| 劉 禪 | （唱）【二黃原板】
　　　　手挽手與相父長亭來進，

| 趙 雲 |
| 魏 延 |
| 馬 岱 |
| 關 興 |
| 張 苞 | 臣等見駕！

| 劉 禪 | （唱）【二黃原板】
　　　　眾將官一個個殺氣騰騰。
看香案！

（二太監擺香案介）

| 劉 禪 | （唱）【二黃原板】
　　　　內侍臣看香案當中供定，
　　　　待小王祭過了旗纛尊神。

（劉禪跪介，諸葛亮、趙雲、魏延、馬岱、關興、張苞隨跪介）

| 劉 禪 | （唱）【二黃原板】
　　　　但願得此一去旗開得勝，
　　　　但願得此一去馬到功成。

（劉禪起介，諸葛亮、趙雲、魏延、馬岱、關興、張苞隨起介）

| 劉 禪 | 看酒！

（一太監斟酒介）

| 劉 禪 | （唱）【二黃原板】

内侍臣看過了皇封御飲，
我與相父來餞行。
（劉禪遞酒與諸葛亮，諸葛亮接介）

諸葛亮　（唱）【二黃原板】
我主爺賜爲臣皇封御飲，
背轉身謝過了旗纛尊神。
（諸葛亮以酒祭天地介）

劉　禪　看酒！
（一太監斟酒介）

劉　禪　（唱）【二黃原板】
四皇叔近前夾孤王賜飲，
（劉禪遞酒與趙雲介，趙雲接介）

劉　禪　（唱）【二黃原板】
但願得把狼烟一掃而平。

趙　雲　（唱）【二黃原板】
臣年邁仗我主洪福天定，
臣怎敢勞我主長亭餞行。（以酒祭天地介）

諸葛亮　（唱）【二黃原板】
我朝中有二臣忠心秉正，
蔣公琰費文偉二大賢臣。
主臨朝大小事和他們議論，
常言道軍國事依理而行！

劉　禪　（唱）【二黃原板】
老相父奏的事
（轉唱）【二黃搖板】
孤當從命，

諸葛亮　（唱）【二黃搖板】
臣擇就午時後就要發兵。

劉　禪　（唱）【二黃搖板】
御林軍擺鑾駕皇城來進，
（四太監、大太監下）

劉　禪　（唱）【二黃搖板】

得勝回孤迎接十里長亭。
（劉禪下）

諸葛亮　（唱）【二黃搖板】
　　　　傳將令衆三軍齊跨金鐙，
　　　　文武官齊免送響炮拔營！
　　　衆將官！
衆　　　有。
諸葛亮　兵出祁山！
衆　　　啊！
　　　（同下）

第 三 場

（四紅龍套、馬遵上）

馬　遵　（念）鎮守天水關，兒郎心膽寒！
報　子　（內）報！（上）韓德父子五人落馬！
馬　遵　再探！
報　子　啊！（報下）
馬　遵　來！
四龍套　有。
馬　遵　免戰高懸！
四龍套　啊！免戰高懸！
姜　維　（內）嗯哼！（上）
姜　維　（念）一顆明珠土內藏，數載未曾放豪光！
　　　　某，姓姜名維字伯約。正在後帳觀看兵書，忽聽太守免戰高懸，不免進帳問個明白。報，姜維告進！太守在上，末將參見！
馬　遵　將軍少禮。請坐！
姜　維　謝坐！
馬　遵　無令進帳何事？
姜　維　太守爲何免戰高懸？
馬　遵　只因韓德父子五人落馬，故而免戰高懸。
姜　維　太守賜某一支人馬，生擒趙雲進帳！

馬　　遵　　將軍有此膽量？
姜　　維　　有此膽量！
馬　　遵　　如此，姜維聽令！
姜　　維　　在。
馬　　遵　　命你大戰趙雲，不得有誤！
姜　　維　　得令！
馬　　遵　　（念）令出山搖動，
姜　　維　　（念）言發鬼神驚！
　　　　　　（四紅龍套、馬遵下。四綠龍套上）
姜　　維　　眾將官！
四龍套　　　有。
姜　　維　　站立兩廂，聽某令下！
四龍套　　　啊！
姜　　維　　（唱）【西皮導板】
　　　　　　　　姜伯約在校場忙傳令號，
　　　　　　（唱）【西皮原板】
　　　　　　　　叫一聲眾三軍細聽根苗：
　　　　　　　　劉玄德坐西川人稱有道，
　　　　　　　　全憑着五虎將立下功勞。
　　　　　　　　他二弟關美髯誰人不曉，
　　　　　　　　他三弟張翼德喝斷了當陽橋。
　　　　　　　　西涼將小馬超英雄年少，
　　　　　　　　還有個老黃忠慣使大刀。
　　　　　　　　這一班五虎將
　　　　　　（轉唱）【西皮快板】
　　　　　　　　俱已喪了，
　　　　　　　　只剩下趙子龍老邁年高。
　　　　　　　　劉阿斗坐西川年紀幼小，
　　　　　　　　有關興和張苞哪在心梢。
　　　　　　　　三軍與爺帶馬戰場到，
　　　　　　（姜維上馬介，四綠龍套下）
姜　　維　　（唱）【西皮散板】

擒子龍滅孔明就在今朝。
（下）

第　四　場

（趙雲上）

趙　雲　（唱）【西皮快板】
　　　　韓德父子打敗仗，
　　　　不由老夫喜洋洋。
　　　　催馬來在戰場上，
　　　　那旁來了送死郎。

（姜維上）

姜　維　（唱）【西皮搖板】
　　　　兩軍陣見一將年紀邁了，
　　　　叫老兒通上名好把戰交！

趙　雲　（唱）【西皮搖板】
　　　　你老爺趙子龍誰人不曉，
　　　　黃毛賊通上名好把戰交！

姜　維　（唱）【西皮搖板】
　　　　你老爺姜伯約誰人不曉，
　　　　生擒你滅孔明就在今朝！

（姜維、趙雲起打介，趙雲不支介。關興上，擋介。趙雲、關興下。四綠龍套上）

姜　維　（唱）【西皮搖板】
　　　　正要擒那趙子龍，
　　　　忽然閃出一孩童。
　　　　手使大刀威風勇，
　　　　亞賽當年美髯公。
　　　　三軍齊打得勝鼓，

（四綠龍套下）

　　　　（唱）【西皮搖板】
　　　　太守台前報頭功。

（姜維下）

第 五 場

（四紅文堂、諸葛亮上）

諸葛亮　（念）轅門戰鼓響，將士列兩旁。

（趙雲上）

趙　雲　參見丞相！

諸葛亮　老將軍回來了？

趙　雲　回來了。

諸葛亮　勝敗如何？

趙　雲　頭一陣槍挑韓德父子五人落馬。後來一將，將俺殺得大敗。不是關興搭救，險遭不測。

諸葛亮　可曾問過敵將的名姓？

趙　雲　姓姜名維字伯約。

諸葛亮　哦姜維！老將軍後帳歇息。

趙　雲　謝丞相！（下）

諸葛亮　傳魏延、馬岱、關興、張苞進帳！

一文堂　魏延、馬岱、關興、張苞進帳！

魏　延
馬　岱　（內）來也！（上）
關　興　（念）豪傑標名姓，三國舊有名。
張　苞　參見丞相！

諸葛亮　站立兩廂，聽老夫令下。

魏　延
馬　岱
關　興　啊！
張　苞

諸葛亮　（唱）【西皮散板】
　　　　　　一支將令往下傳，
　　　　（轉唱）【西皮流水板】
　　　　　　鎮北將軍名魏延。
　　　　　　假扮姜維關前戰，

　　　　　　　口口聲聲出反言。
魏　延　得令！
　　　（唱）【西皮散板】
　　　　　　　接過丞相一令箭，
　　　　　　　假扮姜維去詐關。（下）
諸葛亮　（唱）【西皮散板】
　　　　　　　傳令再把馬岱喚，
　　　（唱）【西皮流水板】
　　　　　　　你虛心假意戰魏延。
　　　　　　　若遇姜維莫交戰，
　　　　　　　命你兵敗鳳凰山。
馬　岱　得令！
　　　（唱）【西皮散板】
　　　　　　　丞相將令往下傳，
　　　　　　　大戰姜維在鳳凰山。（下）
諸葛亮　（唱）【西皮散板】
　　　　　　　龍虎二將一聲喚，
　　　（唱）【西皮流水板】
　　　　　　　齊心努力莫偷閑。
　　　　　　　二馬連環把姜維戰，
　　　　　　　殺得他四路無門跪馬前。
關　興
張　苞　（同唱）【西皮散板】
　　　　　　　丞相將令往下傳，
　　　　　　　好似猛虎下高山。（下）
諸葛亮　（唱）【西皮散板】
　　　　　　　人來看過四輪輦，
　　　（四紅文堂下。車夫上，諸葛亮上車介）
諸葛亮　（唱）【西皮散板】
　　　　　　　一戰成功定中原。
　　　（諸葛亮、車夫下）

第 六 場

（四紅龍套、馬遵上）
馬　遵　（念）轅門戰鼓響，兒郎報端詳。
報　子　（內）報！（上）姜維降漢！
馬　遵　不好了！
　　　　（報子下）
馬　遵　（唱）【西皮搖板】
　　　　　　聽說姜維把漢降，
　　　　　　不由本帥著了慌。
　　　　　　人來帶路敵樓上，
　　　　　　看是何人擺戰場！
　　　　（魏延上）
魏　延　（唱）【西皮搖板】
　　　　　　催馬來在疆場上，
　　　　　　太守開關作商量。
馬　遵　（唱）【西皮搖板】
　　　　　　黑夜迷漫難觀望，
　　　　　　你是何人到戰場？
魏　延　（唱）【西皮搖板】
　　　　　　太守不必問其詳，
　　　　　　某是姜維把漢降。
馬　遵　（唱）【西皮搖板】
　　　　　　耳旁又聽鸞鈴響，
　　　　（魏延下）
馬　遵　（唱）【西皮搖板】
　　　　　　又是何人到戰場！
　　　　（姜維、馬岱上，起打介。馬岱敗下）
姜　維　（唱）【西皮搖板】
　　　　　　催馬來在戰場上，
　　　　　　都督開關作商量。

馬　遵　呔！

(唱)【西皮摇板】

你今降了諸葛亮，

不念你母在此方。

開弓便把雕翎放。

(馬遵放箭介，掃頭下。姜維下)

第　七　場

(四紅文堂、諸葛亮、車夫上)

諸葛亮　(唱)【西皮摇板】

四面安排天羅網，

姜維小兒無躲藏。

四輪輦暫停在山崗上，

(諸葛亮下車介，車夫下。四紅文堂、諸葛亮上山介)

諸葛亮　(唱)【西皮摇板】

準備弩弓要射虎狼。

(魏延、馬岱、關興、張苞上，四綠文堂、姜維上)

姜　維　(唱)【西皮摇板】

四面俱是蜀營將，

殺得豪傑無躲藏。

勒住絲繮用目望，

啊！

諸葛孔明在山崗。

認得他是諸葛亮，

不由豪傑怒滿膛。

手執金槍朝上闖，

(魏延、馬岱、關興、張苞架住姜維槍介)

諸葛亮　(唱)【西皮摇板】

姜維小兒休逞強！

要保保個真明主，

爲什麽扶保篡位王？

	（唱）【西皮搖板】
魏　　延 馬　　岱 關　　興 張　　苞	姜維小兒休逞强， 剛强怎比楚霸王。 猛虎又被烈虎當， 看你歸降不歸降！
姜　　維	呀！
	（唱）【西皮搖板】 豪傑入了天羅網， 一人怎敵百萬郞！ 無奈何只得下絲繮，（下馬介） 含羞帶愧降劉王。
魏　　延	姜維降漢！
諸葛亮	哦！
	（唱）【西皮導板】 先天大數如反掌，
魏　　延 馬　　岱 關　　興 張　　苞	姜維降漢！
諸葛亮	（笑介）哈哈哈……
	（四紅文堂、諸葛亮下山介）
諸葛亮	（唱）【西皮原板】 事不隨心意彷徨。 我不愛將軍韜略廣， 愛將軍是一個行孝的兒郞。
姜　　維	丞相！
	（唱）【西皮原板】 久聞丞相韜略廣， 某早有降心歸順劉王。 望丞相開大恩將某放，
諸葛亮	却是爲何？
姜　　維	（唱）【西皮原板】

|||歷城還有年邁娘！
諸葛亮　將軍！
　　　　（唱）【西皮原板】
　　　　　　我早已安排令堂母，
姜　維　謝丞相！
諸葛亮　（唱）【西皮原板】
　　　　　　將軍何必挂在胸膛。
　　　　　　一出祁山收此將,
　　　　　　暗中得意喜洋洋。
　　　　　　怕只怕五丈原秋風降，
　　　　　　軍師大印他承當。
　　　　　　將軍請把
　　　　（轉唱）【西皮散板】
　　　　　　車輦上,
姜　維　（唱）【西皮散板】
　　　　　　姜維撩袍跪道旁！
諸葛亮　（唱）【西皮散板】
　　　　　　將酒宴擺在中軍帳，
　　　　　　我和你談論兵機好做商量。
　　　　（同下）

賢 孝 子

佚 名 撰

解 題

　　京劇。現代佚名撰。《京劇劇目辭典》著録，題《賢孝子》，未署作者。劇寫趙雲不服老，奉命攻鳳鳴關，孔明令關興、張苞暗地保護。守將韓德派四子出戰，均爲趙雲所殺。韓德親自出馬，亦爲趙雲所敗。韓欲自刎，爲夏侯楙勸阻。二人商議，前往天水搬兵。孔明佔領長安，乘勝進兵南安。天水關參軍姜維得訊，拜別老母，回關見太守馬遵。馬遵得南安求救書信，正欲出兵，姜維識破其中有詐，與馬遵定計設伏。趙雲前來襲取天水，與姜維戰，不敵。孔明得報，知姜維爲孝子，且才略過人，有意收降，因而設計，命衆將照計行事。姜維還家探母，姜母責其不應擅離汛地，姜維復回天水關，殺敗攻城的魏延。趙雲趁機入城，請姜母至大營。孔明以禮相待，姜母允使姜維降漢。魏延假扮姜維，至天水關勸馬遵一同降漢。馬遵大怒。姜維戰敗魏延回關，馬遵以姜維已降漢，拒不開城，並令放箭，逼走姜維。姜維被圍，衆將勸降，孔明告其母已被趙雲接走安置，姜維方歸降。本事見《三國演義》第九十二回。《三國志‧蜀書‧趙雲傳》未載此。有關收姜維事，可參見《天水關》題記。版本今有上海市《傳統劇目彙編》京劇第二十四集產保福藏本、《京戲考》本（未見）。今以產保福藏本爲底本進行整理。

第 一 場

（韓英、韓瑶、韓瓊、韓琪【急急風】上，【發點】，四龍套、八馬夫、韓德上）

韓德　（念）殺氣衝衝透九霄，

　　　　　　父子威名逞英豪，

　　　　我今發兵漢中掃，
　　　　　滅却劉王保吾朝。
　　某，西涼大將韓德，今漢室孔明帶兵前來，與魏邦交戰，我今助魏滅漢，眾將官，迎敵者。
　　（【牌子】。同下）

第　二　場

（四龍套、四下手、夏侯楙上）

夏侯楙　（念）【引】鎮守長安，領雄兵晨夕膽寒。
　　　　（念）（詩）長安起義扶魏邦，
　　　　　　　　　某與孔明排戰場。
　　　　　　　　　今日接領兵和將，
　　　　　　　　　西齊魏王鎮四方。
　　　　某，夏侯楙，長安起居，有兵數萬，與劉王決一死戰。我命旗牌西涼下書，搬請韓家父子前來助戰，為何不見到來，伺候了。
　　　　（報子上）
報　子　韓將軍到。
夏侯楙　有請。
　　　　（韓德原人上）
　　　　不知將軍駕到，未曾遠迎，當面恕罪。
韓　德　豈敢。你我二兵合一，哪怕孔明不滅。
夏侯楙　此言有理。後面備酒，與將軍接風同飲。
　　　　（同下）

第　三　場

（魏延、趙雲上，起霸）

趙　雲　（唱）憶昔當年威風勇，
魏　延　（唱）協力忠心保江洪。
趙　雲　（唱）長坂坡前扶幼主，
魏　延　（唱）自從長沙效漢宗。

赵 云
魏 延　俺，

赵 云　赵云。

魏 延　魏延。

赵 云　将军请了！今乃黄道吉日，丞相发兵，你我辕门伺候。

　　　　（带马，同下）

第 四 场

　　　　（张支、张义、马岱、马忠、王平、邓芝上）

众　　（念）英雄志气贯斗牛，

　　　　　　扶保汉室几千秋。

　　　　（丞相陞帐，赵云、魏延上）

赵 云
魏 延　众位将军，丞相可曾陞帐？

众　　尚未陞帐。

赵 云　听听打了几鼓？

众　　打了二鼓，两厢伺候。

　　　　（全下）

　　　　（四龙套、张苞、关兴、孔明上）

孔 明　（念）【引】掌握兵权，扫狼烟，尺土归汉。

　　　　（众两边上）

众　　参见丞相。

孔 明　众将少礼。

　　　　（念）（诗）蒙恩三召在卧龙，

　　　　　　　　南阳妙算保汉宗。

　　　　　　　　山人带兵长安取，

　　　　　　　　全凭将军立奇功。

　　　　山人诸葛亮，汉室驾前为臣，奉幼主之命，扫灭狼烟，闻得夏侯楙兵聚长安，待山人遣将对敌。众位将军！

众　　丞相。

孔 明　今有夏侯楙兵聚长安，哪位将军愿带兵攻取长安，当帐请令。

趙　　雲	趙雲願往。
魏　　延	且慢。老將軍，看你年邁蒼蒼，這事讓俺魏延走走。
趙　　雲	魏將軍，有道是：老只老，頭上髮，項下鬚。俺虎老雄心在，年邁力剛強。
	（唱）魏延把話錯來講，
	長他人志氣滅自強。
魏　　延	（唱）勸你休要逞剛強，
	此差讓俺魏文長。
孔　　明	（唱）二位將軍休爭論，
	細聽山人把話云。
	魏延以後聽將令，
	此事讓與趙將軍。
魏　　延	（唱）某今讓你頭一陣，
趙　　雲	（唱）讓俺趙雲佔幾分。
	走上前來請將令，
	延遲願當軍令行。
孔　　明	（唱）你今掌管先鋒印，
	馬前馬後要留神。
趙　　雲	（唱）用手接過先鋒印，
	背轉身來自思忖。
	怕的此去不得勝，
	笑壞南陽諸葛孔明。（下）
孔　　明	（唱）關興張苞聽將令，
	暗地保護老將軍。
關　興張　苞	得令，帶馬。（同下）
孔　　明	掩門。
	（同下）

第　五　場

| 趙　　雲 | （內唱）【倒板】 |

　　　　　　　寶帳領了丞相令，
　　　　　（四龍套引上）
趙　　雲　（唱）大小三軍聽分明。
　　　　　　　此番出兵臨敵陣，
　　　　　　　個個奮勇立功勳。
　　　　　　　人來與爺往前奔，
　　　　　（關興、張苞上）
關　　興
張　　苞　參見老將軍。
趙　　雲　（唱）來了張苞和關興。
　　　　　到此則甚？
關　　興
張　　苞　前來助陣。
趙　　雲　就在此安營紮寨。
　　　　　（同下）

第　六　場

　　　　　（夏侯楙、韓德原人上）
夏侯楙　（唱）統領雄兵數十萬，
　　　　　　　且聽探馬報一番。
　　　　　（報子上）
報　　子　趙雲攻打長安。
夏侯楙　再探。（報子下）呔，帶馬。
韓　　德　何勞將軍出馬。韓英聽令，弟兄四人，攻打頭陣。
四　　人　得令。（下）
　　　　　（同下）

第　七　場

　　　　　（趙雲殺四將下）

第 八 場

（夏侯楙、韓德原人上）

夏侯楙　（念）轅門戰鼓響，
　　　　　　　雄師列兩旁。
　　　　（報子上）
報　子　四將落馬。
韓　德　不好了。（【牌子】）
夏侯楙　一同殺上前去。
　　　　（同下）

第 九 場

（趙雲上）

趙　雲　（唱）兩國交鋒屢爭鬥，
　　　　　　　各爲其主動貔貅，
　　　　　　　殺了四將心抖擻。
　　　　（報子上）
報　子　韓德討戰。
趙　雲　再探。（報子下）帶馬。
　　　　（當場韓德打敗下）

第 十 場

（夏侯楙、韓德上）

韓　德　四子被殺，今又大敗，待我自刎了罷。
夏侯楙　何必如此，去至天水搬兵報讎！
韓　德　就依將軍。
夏侯楙　天水去者。
　　　　（同下）

第 十 一 場

（孔明上）

孔　明　（唱）先帝托孤怎敢抗，
　　　　　　　遣將對敵排戰場。
　　　　　　　張苞關興同前往，
　　　　　　　料賊必敗走他鄉。
　　　　（報子上）
報　子　夏侯楙、韓德敗走長安。
孔　明　再探。（報子下）且住。那賊敗走，爲何不見趙老將軍回來，是何道理？
　　　　（趙雲上）
趙　雲　參見丞相。某攻打長安，斬來首級，特來獻上。
孔　明　老將軍之功，號令轅門。適纔探馬報道，夏侯楙、韓德敗走南安，衆將官，歇兵三日，攻南安去者。
　　　　（同下）

第 十 二 場

（姜維上）

姜　維　（念）【引】蒼天閉日困英雄，何日裹纔見浮雲。
　　　　（念）（詩）三尺龍泉萬卷書，
　　　　　　　　　可嘆英雄奈何如。
　　　　　　　　　奮勇萱堂不能奉，
　　　　　　　　　盼盡波濤顯英雄。
　　　　俺，姓姜名維，字伯約，冀縣人氏。在馬太守帳下，身爲參軍司。今聞諸葛亮攻打天水，不免請母親出堂話別，有請母親。
　　　　（姜母上）
姜　母　（念）扶養姣兒多孝順，
　　　　　　　老身每日費心勞。
姜　維　參見母親。

姜　母　坐下。將爲娘請出，何事議論？
姜　維　今有孔明佔了長安，兒想天水離長安不遠，恐怕事急，有意營中探聽，奈母親無人侍奉。
姜　母　我兒說哪裏話來，有道是：盡忠保國，理所當然。爲娘年邁，倒也康健，我兒只管前去。有幾句言語，你且聽了。
　　　　（唱）我的兒近前來聽娘教訓，
　　　　　　　有幾句言和語牢記在心。
　　　　　　　久聞得諸葛亮用兵謹慎，
　　　　　　　臨陣上交兵時自己留神。
姜　維　（唱）母親教訓兒遵命，
　　　　　　　孩兒稟告老娘親。
　　　　　　　老娘在堂多保重，
　　　　　　　免兒在外常挂心。
　　　　母親言語，孩兒一一緊記，母親請至後廳。（姜母下）馬童走上！
　　　　（衆、馬童上）
姜　維　帶馬營中去者。
　　　　（同下）

第十三場

（四龍套、馬遵上）

馬　遵　（念）奉命鎮守天水郡，
　　　　　　　將軍一出鬼神驚。
　　　　　　　帳下兒郎個個勇，
　　　　　　　長聚人馬數十春。
　　　　俺，馬遵。鎮守天水。聞聽諸葛亮攻打長安，不知勝負如何，伺候了。
　　　　（旗牌上）
旗　牌　參見太守。
馬　遵　到此何事？
旗　牌　奉夏侯駙馬之命，現有書信呈上。
馬　遵　待我一觀。修書不及，照書行事。

旗　牌　是。（下）
馬　遵　南安前來搬兵，城內無人把守，如何是好？
　　　　（報子上）
報　子　諸葛亮攻打天水甚緊。
馬　遵　再探。
　　　　（報子下）
馬　遵　孔明攻打甚緊。如何是好？
　　　　（報子上）
報　子　姜維回營。
馬　遵　有請。
報　子　有請。（下）
　　　　（姜維上）
姜　維　來也！
　　　　（唱）適纔離了冀州郡，
　　　　　　　母親言語敢不聽。
　　　　　　　諸葛用兵多謹慎，
　　　　　　　怎當某家韜略能。
　　　　　　　來在營門下馬行，
　　　　　　　見了太守報軍情。
　　　　參見太守。
馬　遵　請坐。
姜　維　諸葛亮攻打甚緊，就該遣將對敵。
馬　遵　適纔有人報道，南安求救。
姜　維　依某看其中有詐！
馬　遵　怎見得？
姜　維　想那諸葛亮佔了長安，必然兵困南安，又差人前來下書，暗取天水，此乃詭計之策，太守思之。
馬　遵　是啊，不是參軍提起，中了那賊鬼計。
姜　維　何不與他個計上加計。
馬　遵　何爲計上加計？
姜　維　某領三千人馬，埋伏要路，太守出城厮殺，兩下夾攻，孔明必擒。
馬　遵　此計甚好。姜維聽令：命你帶領三千人馬，照計而行。

姜　　維　　得令。衆將官,你等飽餐飯食,全身披挂,整頓貔貅,出城迎敵。
　　　　　　（【四擊頭】。同下）

第 十 四 場

　　　　　　（四龍套、趙雲上）
趙　　雲　　（唱）寶帳領了丞相命,
　　　　　　　　　暗取天水巧計生。
　　　　　　　　　將身坐在寶帳等,
　　　　　　　　　且聽探馬報分明。
　　　　　　（報子上）
報　　子　　天水調兵,去救南安。
趙　　雲　　再探。（報子下）果中丞相之計！衆將官,城下去者。
　　　　　　（同下）

第 十 五 場

　　　　　　（姜維上）
姜　　維　　（唱）姜伯約站教場忙傳令號,
　　　　　　　　　大小三軍聽根苗,
　　　　　　　　　人來與爺催虎豹。
　　　　　　（去掃頭下,再會陣,打,趙雲下）

第 十 六 場

　　　　　　（孔明原人上）
孔　　明　　（念）八卦安排定,
　　　　　　　　　要取天水郡。
　　　　　　（趙雲上）
趙　　雲　　參見丞相。
孔　　明　　攻取天水怎麽樣了？
趙　　雲　　奉命攻取,不料半途閃出一將,甚是驍勇,敗陣而歸。

孔　明　可曾問過那人名姓？
趙　雲　此人姓姜名維字伯約，冀縣人氏，奉母至孝，甚有才能。
孔　明　待山人收服此人。關興、張苞，命你二人前去罵陣。
關　興
張　苞　得令。（下）
孔　明　魏延聽令，去至冀縣，附耳上來。
魏　延　得令。（下）
孔　明　掩門。（同下）

第 十 七 場

（姜母上）
姜　母　（念）耳聽軍鼓震，
　　　　　　我兒迎敵兵。
（姜維上）
姜　維　參見母親。
姜　母　呵，今乃臨陣之期，我兒回來則甚？
姜　維　母親不知，兒去至營中打探，正當太守發兵去救南安，是孩兒看破孔明巧計，帶領三千人馬，將漢兵殺敗，恐怕諸葛亮暗取冀縣，怕母親耽心，一來保護母親，二來怕冀縣黎民遭此塗炭也！
姜　母　聽兒之言，分明貪生怕死，我把你這大膽奴才，臨行爲娘怎樣吩咐與你，盡忠報國，理所當然，我兒盡忠方能盡孝，況且天水乃咽喉要路，天水不失，方有冀縣，有了冀縣，方有爲娘安身之所，這些言語，你還不知？我看你不忠不孝之子，有何臉面活於人世？也罷，待我碰死了罷！
姜　維　呵，母親，不必動怒，保重身體，待孩兒回去，保護天水，望母親不要與孩兒生氣。
姜　母　保護天水去罷。
姜　維　孩兒遵命。
（同下）

第 十 八 場

（關興、張苞【急急風】會陣，姜維追下）

第 十 九 場

魏　延　（內唱）【倒板】
　　　　戰馬不住連聲吼，（上）
　　　（唱）蓋世英雄貫九州。
　　　　馬一匹來刀一口，
　　　　要把天水一戰收。
　　　　三軍與爺催走獸，
　　　　大罵兒郎聽從頭。
　　　呔，城上兒郎聽者：有能將出來對敵，置之不理，匹夫之輩。

姜　維　（內）衆將官開打！
　　　（姜維上，打，魏延敗下）

第 二 十 場

　　　（趙雲上）
趙　雲　來此已是，門上哪位在？
　　　（丫鬟上）
丫　鬟　是哪位？
趙　雲　煩勞通稟，我要見姜母。
丫　鬟　有請老夫人。
　　　（姜母上）
姜　母　何事？
丫　鬟　外面有一老將求見。
姜　母　叫他進來。
丫　鬟　隨我進來。
趙　雲　參見老夫人。

姜　母　你是何人，到此則甚？
趙　雲　我乃常山趙雲。
姜　母　哦，莫非當陽救主趙子龍？
趙　雲　正是。
姜　母　是了，想是我兒中計，你等暗取冀縣。
趙　雲　非也，我丞相仁義待人，並無加害，今請老夫人歸漢營，收服小將軍，就請上車。
姜　母　也罷，待我見了你丞相，再作計較，車輛伺候。
　　　　（同下）

第二十一場

　　　　（孔明上）
孔　明　（念）袖內陰陽如反掌，
　　　　　　　要取天水定家邦。
　　　　（關興、張苞、魏延上）
魏　延　啓丞相，我將姜維引出，趙雲一馬當先，闖入冀縣，特來交令。
孔　明　果中山人之計也！
　　　　（趙雲上）
趙　雲　姜母請到。
孔　明　有請。
　　　　（姜母上）
姜　母　呵丞相。
孔　明　請坐。
姜　母　謝坐。我兒與丞相交戰，乃各爲其主，聽老將軍之言，收服小兒，望丞相傳令，戰時請勿傷損。
孔　明　那是自然，請至後營。（姜母下）聽山人令下。
　　　　（唱）一支將令往下降，
　　　　　　　馬岱魏延聽端詳。
　　　　　　　魏延爾把陣前上，
　　　　　　　佯輸詐敗走戰場。
馬　岱　（唱）帳中得令把馬上，

魏　延　（唱）暗取天水走一場。（同下）
孔　明　（唱）回頭叫聲趙老將，
　　　　　　　臨陣交鋒要提防。
趙　雲　（唱）老夫年邁無虛妄，
　　　　　　　何懼姜維小兒郎。（下）
孔　明　（唱）再叫龍虎二小將，
　　　　　　　保護趙雲赴沙場。
關　興　（唱）接得丞相一支令，
張　苞　（唱）保護老將要小心。（同下）
孔　明　（唱）人來看過四輪輦，
　　　　　　　一戰成功定中原。
　　　　（同下）

第二十二場

　　　　（四龍套、馬遵上）
馬　遵　（唱）姜維一去無音信，
　　　　　　　不由時刻挂在心。
　　　　（報子上）
報　子　蜀兵臨城。
馬　遵　再探。
　　　　（報子下）
馬　遵　（唱）人來帶馬敵樓上，
　　　　　　　觀看蜀兵戰沙場。
　　　　（魏延、馬岱上）
魏　延　（唱）戰敗西蜀一員將，
　　　　　　　太守開關作商量。
馬　遵　（唱）站立敵樓用目望，
　　　　　　　你是何人說端詳。
魏　延　（唱）太守不必問其詳，
　　　　　　　我是姜維降漢王。
馬　遵　（唱）耳旁又聽鑾鈴響，

又是何人到戰場？
(姜維上，魏延下)

姜　維　(接唱)陣前戰敗一員將，
　　　　　　　太守開關作商量。
馬　遵　(唱)爾今降了諸葛亮，
　　　　　　不由本鎮怒滿腔。
　　　　　　開弓我把雕翎放。
(掃，四將打，同下)

第二十三場

(四龍套、車夫、孔明上)
孔　明　(唱)四下安排天羅網，
　　　　　　姜維小兒無躲藏。
　　　　　　四輪暫停山崗上，
　　　　　　準備弓箭射虎狼。
(姜維上，二敗下)
姜　維　(唱)【導板】
　　　　　　殺到了臨垓地收繮晚，
　　　(【叫頭】)母親，老娘，咳娘呵！
　　　　(唱)【二六】
　　　　　　臣盡忠子當孝某入了虎穴龍潭。
　　　　　　到如今不忠不孝好不傷慘，
　　　　　　奉將令領雄兵前來勦漢。
(魏延上)
魏　延　(唱)催戰馬來到陣前，
姜　維　(唱)魏賊抬頭看似螻蟻敢當泰山。
魏　延　(唱)休得要出此狂言。
姜　維　(唱)你可殺？
魏　延　(唱)爾可戰？
姜　維　看槍。
　　　　(唱)殺得兒難以保全。

　　　　　（魏延下）
姜　維　（唱）見魏延敗下陣不必追趕，
　　　　　（趙雲上）
趙　雲　（唱）見一將赤面長髯。
姜　維　（唱）你是何人敢來挑戰？
趙　雲　（唱）我本是常山趙雲來到前。
姜　維　（唱）莫非是救阿斗長坂坡前？
趙　雲　（唱）既知我名下馬降漢何必多言？
姜　維　何足道哉？哪放在我的心上。
　　　　　（趙雲下）
姜　維　（唱）常山將敗陣去不必追趕，
　　　　　　　漢營中似猛虎下了高山。
　　　　　（關興、張苞上）
關　興　（唱）催一騎快馬似風如電，
　　　　　　　手提着青龍刀敵將阻攔。
姜　維　（唱）觀小將頭戴盔盔纓明顯，
　　　　　　　這員將頭戴銀盔，身穿鎧甲，好不威嚴。
張　苞　（唱）罵一聲姜伯約真大膽，
姜　維　（唱）且住口休出狂言。
　　　　　你們來此何干？
關　興　（唱）我奮勇當先。
張　苞　（唱）我勸你下馬早早降漢，
姜　維　（唱）叫我歸降日出西天。
關　興　（唱）我一刀，
張　苞　（唱）我一鞭，
姜　維　（唱）若是歸順登天還難。（衆上）
　　　　　　　東擋西殺難交戰，
　　　　　　　一個個似猛虎下了高山。（衆又上）
　　　　　　　我本當在戰場決一死戰，
　　　　　　　年邁老娘無人看。
　　　　　　　姜伯約甩鐙下走戰，
　　　　　　　含羞帶愧跪平川。

孔　明　（唱）【導板】
　　　　　　　衆將官在殺場連環大戰，
　　　　（唱）【二六】
　　　　　　　又只見姜伯約含羞帶愧跪至在山前。
　　　　　　　我聞得將軍威名顯，
　　　　　　　今日裏降漢王理所當然。
姜　維　（唱）某早有此心降順劉漢，
　　　　　　　最可嘆年邁老母在堂前，
　　　　　　　無人侍奉也枉然。
孔　明　（唱）將軍母早安排何必挂念？
魏　延　（唱）魏延上前忙把話言。
馬　岱　（唱）就請丞相把令傳，
趙　雲　（唱）姜母本是趙雲搬。
孔　明　（唱）龍虎二將一聲喚，
關　興
張　苞　（唱）丞相喚我有何金言？
孔　明　（唱）準備後帳擺酒宴，
關　興
張　苞　（唱）丞相將令怎敢遲延。
姜　維　（唱）多蒙丞相將某贊，
　　　　　　　還望列位照應咱。
魏　延　（唱）今日降漢居官一殿，
趙　雲　（唱）扶保漢室錦繡江山。
孔　明　（唱）吩咐衆將齊跨走戰，
張　苞　（唱）今日裏收姜維可算得我主洪福，衆將虎威，
　衆　　（唱）丞相妙算。
　　　　　　　八卦有準，
　　　　　　　今日一見，
　　　　　　　大家有緣。

　　　　（同下）

罵　王　朗

佚　名　撰

解　題

　　京劇。現代佚名撰。《京劇劇目辭典》著錄，題《罵王朗》，又名《氣死王朗》；《京劇劇目初探》著錄，題《罵王朗》，均未署作者。劇寫諸葛亮智取三城後，魏王大驚，遣曹真爲帥、王朗爲軍師，至祁山拒之。王朗自恃元老，有舌辯，約諸葛亮陣前答話，勸諸葛亮退兵歸降，不失王侯之位。諸葛亮笑且罵朗，歷數其種種奸佞無恥之事，王朗氣滿胸膛，羞憤難當，落馬而死。本事出於《三國演義》第九十三回。《三國志・蜀書・諸葛亮傳》與《許靖傳》二文注引《諸葛亮集》及《魏略》，僅載王朗曾與諸葛亮、許靖書勸降。《三國志・魏書・明帝紀》載，王朗死於諸葛亮退兵之後。清末汪笑儂有《罵王朗》。版本今有《戲考》本、《京劇彙編》馬連良藏本及以此本重刊的《京劇傳統劇本彙編》本。今以《京劇彙編》馬連良藏本爲底本，參考其他本校勘整理。

第　一　場

（四龍套、四大鎧、諸葛亮上）

諸葛亮　（唱）【二黄慢板】

　　　　嘆先帝白帝城龍歸海藏，
　　　　托孤與諸葛亮扶保朝綱。
　　　　遵聖命與魏兵連打數仗，
　　　　夏侯楙無名輩奔走西羌[1]。
　　　　取天水多虧了子龍老將，
　　　　幸喜得姜伯約前來投降。

　　　　　　我看他用兵法孫吳一樣，
　　　　　　將我這兵機戰策傳授他參詳。
　　　　　　悶懨懨坐至在中軍寶帳，
　　　　　　且等候衆將歸再做商量。
　　　　（馬岱、高翔、關興、張苞上）

馬　　岱
高　　翔　參見丞相。
關　　興
張　　苞

諸葛亮　罷了。命你等打探魏兵之事如何？

馬　　岱
高　　翔　啓丞相：今有曹叡命曹真爲帥，郭淮爲副帥，司徒王朗爲軍師，帶
關　　興　領二十萬雄兵前來征戰，已在渭河之西紮了營寨，特地前來稟報。
張　　苞

諸葛亮　想那曹真、郭淮，雖然帶兵多年，也不足論。
　　　　（旗牌上）

旗　　牌　（念）奉了元帥命，下書到蜀營。
　　　　　營中哪位在？

馬　　岱　甚麼人？

旗　　牌　奉曹元帥之命，前來下書。

馬　　岱　候着！啓丞相：魏營差人前來下書。

諸葛亮　傳！

馬　　岱　傳你進帳，小心了！

旗　　牌　是。叩見丞相！

諸葛亮　你奉何人所差？

旗　　牌　奉曹元帥所差，有書信呈上。

諸葛亮　呈上來！（【牌子】。看介）原來如此。你道我修書不及，照書
　　　　行事。

旗　　牌　遵命！（下）

馬　　岱
高　　翔　丞相，魏營有書信前來，不知所爲何事？
關　　興
張　　苞

諸葛亮　那王朗老兒，明日要在陣前與我答話。那老兒頗有口才，我當隨機

	應之。馬岱、高翔聽令！
馬　岱 高　翔	在。
諸葛亮	命你二人各帶三千人馬，在祁山左右紮營，不得有誤！
馬　岱 高　翔	得令！（下）
諸葛亮	關興、張苞聽令！
關　興 張　苞	在。
諸葛亮	你等明日隨同老夫出陣，督率三軍，不得有誤！
關　興 張　苞	得令！
	（關興、張苞同下）
諸葛亮	（唱）【西皮搖板】 　　奉聖命統大兵山搖地震， 　　來至在祁山口紮下大營。 　　明日裏與魏兵山前會陣， 　　會一會老王朗再退曹真。
	（衆同下）

校記

[1] 夏侯楙無名輩奔走西羌："楙"，原作"懋"，據《三國志》改。

第　二　場

	（【牌子】。四龍套、王朗、郭淮、曹真上）
曹　真	（念）【引】奉命西征，
王　朗	（念）【引】仗智謀，
郭　淮	（念）【引】大戰蜀兵。
曹　真	軍師、將軍請坐！
王　朗 郭　淮	有坐。
	（旗牌上）

旗　牌　叩見元帥！
曹　真　命你下書，那諸葛亮怎樣回答？
旗　牌　那諸葛言道：修書不及，照書行事。
曹　真　下面歇息。
旗　牌　謝元帥！（下）
曹　真　啊軍師，明日與蜀兵交戰，必須定計而行，方可取勝。
王　朗　元帥明日出兵，務要嚴整隊伍，大展旌旗。只要老夫陣前一席言語，順說孔明，管教他不戰而降也。
曹　真　如此，就命郭將軍點動人馬，旌旗務要鮮明，軍士俱要強壯，刀槍明亮，鼓角整齊，五更造飯，天明起兵，不得有誤！
郭　淮　得令！（下）
曹　真　（唱）心中惱恨諸葛亮，
王　朗　（唱）縱有機謀也無妨。
曹　真　（唱）明日陣前來較量，
王　朗　（唱）管叫他馬前來歸降。
　　　　（眾同下）

第　三　場

（【牌子】。四龍套、四上手、馬岱、高翔上）
馬　岱
高　翔　俺，馬岱。高翔。
馬　岱　請了！
高　翔　請了。
馬　岱　奉了丞相將令，在祁山左右紮下營寨，準備截殺曹兵，就此前往！
高　翔　請！
　　　　（眾同下）

第　四　場

（四龍套、四下手、郭淮、王朗、曹真下場門上；四龍套、四上手、關興、張苞、諸葛亮上場門上，對陣）

諸葛亮	關興聽令！
關　興	在！
諸葛亮	命你去至陣前，就說漢丞相請司徒陣前答話。
關　興	得令！曹營將士聽者：漢丞相請司徒陣前答話！
王　朗	老夫來也。來者敢是臥龍先生麼？
諸葛亮	然也！陣前來的莫非是王司徒麼？
王　朗	豈敢。久聞先生抱經世之才，隱居隆中，躬耕南陽，淡泊明志，自比管仲、樂毅。既然出山，就該扶保明主，爲何輔助劉備，豈非背天道而逆人情哉！
諸葛亮	想吾昭烈皇帝，乃大漢中山靖王之後，孝景皇帝閣下玄孫。統領義師，掃蕩海內，安漢興劉，匡扶漢室，正合天道而順人情，豈同那曹丕篡逆之賊也？
王　朗	蓋天數有變，神器更易，而歸有德之人，此自然之理。漢室數盡，天下爭鋒——董卓叛逆，催、汜行兇，袁術僭號於壽春，袁紹稱雄於鄴上，劉表佔據荊州，呂布虎吞徐郡。社稷傾覆，生靈塗炭，我太祖武皇帝，掃清四海，平定八荒，並非以權勢所取，實天命所歸也。世祖文帝，聖神文武，以膺大統，法唐堯禪位虞舜之道以治天下，豈非天心人意？古人有云：順天者昌，逆天者亡。先生幸勿逆天行事，枉費辛勞。倘若馬前歸順吾主，定不失封侯之位！
諸葛亮	啊哈哈哈……吾道你是漢朝大老元臣，必有高論，不料你竟是一派胡言，令人好笑也！

(唱)【西皮二六板】

　　　　王朗你本是漢老臣，
　　　　食君之祿當報國恩。
　　　　匡扶漢室你全不論，
　　　　興劉安漢心無毫分。
　　　　助桀爲虐篡了漢鼎，
　　　　甘心願爲諂媚臣。
　　　　今敢在馬前胡亂論，
　　　　細聽老夫說分明。
老夫今有一言，你且聽着：昔日桓、靈之世，漢統凌替，十常侍作亂於先，董卓、催、汜相繼而起，劫奪聖駕，殘害生靈，國亂歲凶，蒼生塗炭。以致狼心狗肺之徒，皆食祿於廟堂；奴顏婢膝之輩，均垂紳於殿閣。幸皇天不絕漢嗣，昭烈皇帝親承漢統，踐位西川。吾今奉幼主之命，興師前來討賊。你既爲叛逆之臣，就該潛身縮首，怎麼還敢在這行伍之前，講甚麼天數？我把你這皓首的匹夫，蒼髯的老賊，罪孽深重，惡貫滿盈，神鬼之所共怒，天地之所不容。有道是：亂臣賊子，人人得而誅之。我恨不得食爾之肉也！

（唱）【西皮搖板】

　　　　罪惡滔天人人恨，

　　　　我罵死你這老讒臣。

王　朗　（唱）【西皮搖板】

　　　　一席話罵的我無言可論，

　　　　氣滿胸膛我有話難云。

（王朗落馬，死介。衆抬下。曹真、郭淮下）

關　興　王朗落馬已死，曹兵退去。

諸葛亮　曹真雖然兵退，豈能甘心？今晚定來偷營。衆將暫且回營去者！

（唱）【西皮搖板】

　　　　老夫奉命出西秦，

　　　　胸抱雄才敵萬人。

　　　　王朗陣前已喪命，

　　　　安排人馬破曹真。

（衆同下）

失 街 亭

佚 名 撰

解 題

  京劇。現代佚名撰。《京劇劇目辭典》《京劇劇目初探》著錄,均題《失街亭》,未署作者。劇寫諸葛亮探知司馬懿復出,親領大軍前來奪取街亭。參軍馬謖自請領兵前往禦敵。孔明謂司馬用兵如神,不可輕視。馬謖立軍令狀保證萬無一失。諸葛亮另派王平爲副同鎮街亭,切囑必須靠山近水紮寨,安營之後立即畫圖上報。又令趙雲率兵鎮守列柳城,令馬岱催督糧草。馬謖至街亭,剛愎自用,不聽王平勸告,紮營山頂,自謂兵法有云:置之死地而後生,士卒用命,必能一以當百。王平無奈,請分兵另紮小寨於山下。安營既定,王平急繪圖令人飛報諸葛亮。張郃領兵殺來,王平敗走,馬謖親自出戰,亦爲張郃所敗。街亭失守。馬謖欲自刎,王平勸阻,二人回營請罪。司馬懿得了街亭,知西城空虛,領兵前往。本事出於《三國演義》第九十五回。《三國志・蜀書・諸葛亮傳》載有此事。道光四年(1824)《慶昇平班戲目》已有此劇。版本今有《京調戲書》孫春恒藏本、《戲考》本、《戲匯》本、《戲學指南》本、《平劇新編》本、據《戲考》本整理的《中國京劇戲考》本、《京劇彙編》本及以此本重刊的《京劇傳統劇本彙編》本。今以《戲考》本爲底本,參考其他本校勘整理。

第 一 場[1]

  (趙雲、王平、馬岱、馬謖上,起霸)
趙　雲　(念)憶昔長坂建奇功[2],
馬　岱　(念)交鋒對壘氣概雄。
王　平　(念)上陣全憑槍和馬,

馬　謖	（念）保定我主錦江洪。
趙　雲	俺，趙雲。
馬　岱	馬岱。
王　平	王平。
馬　謖	馬謖。
趙　雲	衆位將軍請了。
衆　將	請了。
趙　雲	丞相陞帳，兩廂伺候。
衆　將	請。

（兩邊站。四紅套、諸葛亮上）

諸葛亮	（念）【引】羽扇綸巾，四輪車，快似風雲。陰陽反掌定乾坤，保漢家，兩代老臣。
衆　將	丞相在上，末將等參見。
諸葛亮	衆位將軍少禮。
衆　將	謝丞相。
諸葛亮	（念）憶昔當年居卧龍， 　　　萬里乾坤掌握中。 　　　掃盡中原歸漢統， 　　　方顯男兒大英雄。 山人，複姓諸葛，名亮，字孔明，道號卧龍，官拜武鄉侯之職。蒙先帝托孤之重，一要掃清中原，二要重整漢室。雖然龍御殯天，此言猶然在耳。昨日探馬報到，司馬懿帶兵攻取街亭，吾想街亭乃是漢中咽喉之要道，必須要派一能將把守，方保無慮。衆位將軍，
衆　將	丞相。
諸葛亮	今有司馬懿帶兵前來，奪取街亭。哪位將軍領兵前去鎮守街亭者，當帳請令。
馬　謖	且住，丞相傳下將令，並無人應聲，待俺進帳討令。啟丞相：末將不才，願帶領人馬鎮守街亭！
諸葛亮	馬將軍，那司馬雖然年邁，用兵如神，將軍不可輕視。
馬　謖	末將跟隨丞相以來，戰無不勝，攻無不取，何況小小的街亭！
諸葛亮	街亭雖小，干係甚重。
馬　謖	如有錯誤，願照軍令施行！

諸葛亮　軍無戲言。
馬　謖　願立軍狀！
諸葛亮　當帳寫來。
馬　謖　馬謖書……
　　　　（馬謖寫狀介）
諸葛亮　帳外候令。
馬　謖　得令。
　　　　（下）
諸葛亮　哪位將軍願保馬謖同鎮街亭，當帳請令。
王　平　王平願往。
諸葛亮　好，王將軍平日用兵謹慎；此番到了街亭，必須要靠山近水，安營紮寨。安營之後，必須畫一地理圖，送來山人觀看。
王　平　得令。（下）
諸葛亮　趙老將軍聽令：命你帶領三千人馬，鎮守列柳城。
趙　雲　得令。（下）
諸葛亮　馬岱聽令：命你押解糧草，軍前聽用。
馬　岱　得令。（下）
諸葛亮　來，傳馬謖進帳。
龍　套　馬謖進帳。
　　　　（馬謖上）
馬　謖　參見丞相。
諸葛亮　罷了，請坐。
馬　謖　謝坐。宣末將進帳，有何吩咐？
諸葛亮　馬將軍，此番鎮守街亭，非比尋常。山人有一言，你且聽了：
　　　（唱）【西皮原板】
　　　　　　兩國交鋒龍虎鬥，
　　　　　　南征北勦幾時休。
　　　　　　將軍領兵街亭守，
　　　　　　靠山近水紮營頭。
　　　　　　犒賞三軍要寬厚，
　　　　　　責罰分明莫自由。
馬　謖　（唱）【西皮快板】

　　　　　　丞相休要叮嚀叩，
　　　　　　馬謖自有巧計謀。
　　　　　　辭別丞相出帳口，
　　　　　　要把司馬一筆勾！
　　　（馬謖下）
諸葛亮　（唱）【西皮搖板】
　　　　　　蒙先帝托孤時叮嚀恩厚，
　　　　　　諸葛亮保幼主怎肯無憂？
　　　　　　但願得此一去掃蕩賊寇，
　　　　　　免得我終日裏常挂憂愁。
　　　（衆人同下）

校記

［1］第一場：原本未分場次，今依《中國京劇戲考》本分場。
［2］憶昔長坂建奇功："坂"，原作"板"，據《戲學指南》本改。

第　二　場

　　　（四上手引馬謖同上）
馬　謖　俺，馬謖。在丞相帳前討下將令，鎮守街亭，不知哪位的副帥？來，伺候了！
　　　（王平、四龍套同上）
王　平　參見元帥。
馬　謖　原來是王將軍的副帥！
王　平　伺候元帥。
馬　謖　此番到了街亭，全仗將軍調遣！
王　平　末將不敢。
馬　謖　王將軍請來傳令。
王　平　元帥請來傳令。
馬　謖　你我一同傳令：
馬　謖
王　平　（同）衆將官兵發街亭。

（衆上，同下）

第三場

（四下手引張郃同上）

張　郃　俺，張郃。奉了都督將令，奪取街亭。衆將官，街亭去者！
　　　　（衆同下）

第四場

（馬謖原人同上）
馬　謖　前導爲何不行？
　衆　　已至街亭。
馬　謖　人馬列開。
王　平
　　　　（挽門）
馬　謖　王將軍來到街亭，你我上山一望。
王　平　好，來，接馬。
　　　　（上山）
馬　謖　（笑）哈哈……
王　平　元帥爲何發笑？
馬　謖　將軍哪裏知道，你看此山奇險，吾軍就在山頂紮營，憑高視遠。倘若魏兵到來，我便乘勢衝下，殺他個措手不及，豈不是好？
王　平　倘被司馬團團圍住，阻斷我兵汲水道路，如何是好？
馬　謖　王將軍你哪裏知道兵法，昔日孫子有言："置之死地而後生。"倘若魏兵到來，斷了吾兵汲水之路，我兵自然個個奮勇爭先，以一當百，哪怕司馬不滅？
王　平　馬將軍在山頂紮營，可將人馬各分一半，在山下紮一小營。倘若司馬來時，也好作一準備。
馬　謖　好便好，你不搶了我的頭功？
王　平　末將不敢。
馬　謖　吾諒你不敢！來，將人馬分與王平一半，隨你山下紮營去罷。

王　平　得令。

　　　　（四下手、王平同下）

馬　謖　王平哪裏知道用兵之法，衆將官！就在山頂安營下寨。

　　　　（衆同，排子同下）

第　五　場

（王平、四下手同上）

王　平　且住，你看馬謖不聽我言，要在山頂安營紮寨。倘若失却街亭，怎樣回覆丞相？哦，臨行之時，丞相命吾到了街亭，速畫地理圖形稟報。來，溶墨伺候[1]！

　　　　（畫圖介。【排子】）

　　　　傳旗牌進帳。

　　　　（旗牌上）

旗　牌　（念）站在營門外，

　　　　　　　單聽將令行。

　　　　參見將軍。

王　平　罷了。這有地理圖形，命你送至大營，呈與丞相，不得違誤！

　　　　（旗牌允，下）

王　平　衆將官！就此安營。

　　　　（衆允，同下）

校記

［１］溶墨伺候："溶"，原作"容"，據文意改。

第　六　場

（四下手引張郃同上）

張　郃　爲何不行？

衆　人　已至街亭。

張　郃　向前攻打！

　　　　（王平上，開打。王平敗，張郃追下）

第 七 場

（馬謖原人上）

馬　謖　（念）兵紮街亭地，要擒司馬懿。
　　　　（王平上）
王　平　參見元帥。
馬　謖　勝敗如何？
王　平　大敗而回。
馬　謖　咦！無用的東西！隨在馬後，待俺斬將立功！
　　　　（張郃上，開打。馬謖敗，張郃下）

第 八 場

（馬謖、王平同上。報子上）

報　子　張郃奪取街亭。
馬　謖　你我保守街亭要緊！
　　　　（張郃原人上，開打。馬謖、王平敗下）
報　子　街亭已得。
張　郃　速速報與都督知道。
　　　　（同下）

第 九 場

（馬謖、王平原人同上）

馬　謖　是我不聽將軍之言，將街亭失守，有何臉面去見丞相，待我自刎了罷！
王　平　且慢，你我去到大營苦苦哀求，丞相饒却你我，也未可知。
馬　謖　如此走。
王　平　走。
馬　謖　走。
王　平　哎，我的性命斷送你手！

馬　謖　　哎哎！
　　　　　（同下）

第　十　場

　　　　　（四白文堂引司馬懿上，司馬師、司馬昭同上）
司馬懿　（念）眼觀旌旗起，耳聽好消息。
　　　　　（報子上）
報　子　啓都督：張郃奪了街亭。
司馬懿　再探！
　　　　　（報子下）
司馬懿　張郃得了街亭，乃是我主之洪福齊天！
　　　　　（報子上）
報　子　啓都督：西城乃是一座空城。
司馬懿　再探！
　　　　　（報子允下）
司馬懿　且住，方纔探馬報導：西城一兵一將沒有。老夫趁此機會發兵前住，西城豈不唾手而得？衆將官兵發西城！
　　　　　（衆人允，同下）

空　城　計

佚　名　撰

解　題

　　京劇。現代佚名撰。《京劇劇目辭典》《京劇劇目初探》著錄，均題《空城計》，一名《撫琴退兵》，未署作者。劇寫諸葛亮見王平送來紮營圖樣，大驚失色，料知街亭難保。急令人速將趙雲調回，以防萬一。探馬不斷連報街亭失守，司馬懿大軍已距西城不遠。時城中僅有老弱兵卒二千餘人，諸葛亮進退兩難，乃定計將四門大開，使老軍在城外灑掃。老軍心中不安，諸葛亮詐稱城內埋伏十萬神兵，以安其心。司馬懿與二子率兵至城下，見城門大開，諸葛亮在城樓撫琴自樂，神色安閑。司馬懿疑有伏兵，即令全部人馬後退四十里。諸葛亮料知司馬懿必然重來，急令兼程趕來的趙雲在前路埋伏截殺。司馬懿聞報西城是空城，命即回軍，恰遇趙雲，以爲中計，悄悄退走。本事出於《三國演義》第九十五回。《三國志・蜀書・諸葛亮傳》裴注引郭冲所云其事甚詳。版本今有《京調戲書》孫春恒藏本、《戲典》本、《修訂平劇選》本、《戲學匯考》本、《戲學指南》本、《舊劇集成》本、《名伶京調大觀》本、《戲匯》本、《戲考》本及以此本整理的《中國京劇戲考》本。今以《戲考》本爲底本，參考其他本校勘整理。

第　一　場[1]

　　　　（二童同上，諸葛亮上）
諸葛亮　（念[2]）兵紮祁山地，要擒司馬懿。
　　　　（旗牌上）
旗　牌　（念）手捧地理圖，報與丞相知。
　　　　來此已是。門上哪位在？

童　兒	甚麼人？
旗　牌	煩勞通稟：獻圖人求見。
童　兒	候着。啓稟丞相：獻圖人求見。
諸葛亮	傳。
童　兒	獻圖人，丞相傳進。
旗　牌	是，是。參見丞相。
諸葛亮	罷了。
旗　牌	謝丞相。
諸葛亮	你奉何人所差？
旗　牌	奉王將軍所差。
諸葛亮	手捧何物？
旗　牌	地理圖。
諸葛亮	展開。(【排子】)
諸葛亮	轉來。
旗　牌	在。
諸葛亮	快快去到列柳城，調趙老將軍回營！快去！
旗　牌	遵命。(旗牌下)
諸葛亮	嗳，好一個膽大的馬謖吓。臨行之時，山人怎樣囑咐於你：叫你靠山近水，安營紥寨。怎麼你不聽我言，偏偏在山頂紥寨？只恐街亭難保。
報　子	(上)啓稟丞相：馬謖失守街亭。
諸葛亮	再探！
報　子	得令。(下)
諸葛亮	如何，果然把街亭失守了。雖然馬謖失守街亭，乃是我諸葛亮之罪也。
報　子	(上)司馬懿帶兵復奪西城。
諸葛亮	再探！
報　子	得令。(下)
諸葛亮	果然，司馬帶兵復奪西城。哎，想先帝在白帝城托孤之時，言道：馬謖言過其實，終無大用。悔不聽先帝之言，錯用馬謖，失守街亭，我是悔之晚矣！
報　子	(上)司馬懿大兵離西城還有四十餘里。

諸葛亮	再探！
報　子	得令。
	（報子下）
諸葛亮	噯，司馬懿的大兵，他來得好快吓！哽，他來得好快吓！人道司馬用兵如神，今日一見，是令人可服，令人可敬。哎吓，且住。說甚麼令人可服，令人可敬？想這西城的兵將，俱被山人調遣在外，司馬懿大兵到此，難道叫我束手被擒，這束手被擒！來，
	（童兒允）
諸葛亮	傳老軍們進見！
童　兒	傳老軍們進見！
二老軍	（上）哽唬！
老軍甲	（念）司馬兵到，
老軍乙	（念）心驚肉跳。
二老軍	（同）參見丞相。
諸葛亮	罷了。
二老軍	（同）喚小人們進帳，有何差遣？
諸葛亮	你們可是西城的老軍？
二老軍	（同）正是。
諸葛亮	你等將西城四門大開，打掃街道。司馬懿大兵到此，不要害怕，違令者斬。
二老軍	（同）遵命。
老軍甲	（念）丞相吩咐我，
老軍乙	（念）準死不能活。
	（二老軍同下）
諸葛亮	琴童，
	（童兒允）
諸葛亮	帶定瑤琴、美酒，隨山人敵樓去者。
童　兒	遵命。
諸葛亮	（【叫頭】）天吓，天哪！漢室興敗就在我這空城一計也！
	（唱）【西皮搖板】
	我用兵數十年從來謹慎，
	悔不該差馬謖無用之人。

　　　　設下了空城計我的心中不定，
　　　　望空中求先帝要大顯神靈。
　　（下）

校記

［1］第一場：原本未分場次。今從《中國京劇戲考》本分此劇爲六場。
［2］念：原本念、唱提示不全。今均從《中國京劇戲考》本補。

第　二　場

（四白龍套同上，司馬懿、司馬師、司馬昭同上，【急急風】過場下）

第　三　場

（四上手領趙雲【急急風】過場下）

第　四　場

（二老軍同上，打掃街道）

二老軍　（同）有請丞相。
　　　　（二童兒引諸葛亮上）
諸葛亮　（唱）【西皮搖板】
　　　　那馬謖失街亭令人可恨，
　　　　這時候倒叫我難以調停。
老軍甲　夥計，司馬懿大兵到此，丞相不遣將對敵，反將四門大開，是何原故呢？
老軍乙　我倒明白了。
老軍甲　你明白甚麼？
老軍乙　丞相有點老糊塗呢。
諸葛亮　哽。
　　　　（唱）【西皮搖板】
　　　　老軍們因何故你們紛紛議論？

二老軍　（同）非是小人們紛紛議論,司馬懿大兵到此,不遣將對敵,反將四門大開,是何原故？

諸葛亮　（唱）【西皮搖板】

　　　　哎,國家事用不著爾等當心。

二老軍　（同）話雖如此,國家事不用小人們當心。西城到漢中,乃是咽喉路徑,司馬大兵到來,一擁而進,西城失守,如何是好？

諸葛亮　（唱）【西皮搖板】

　　　　從西城到漢中乃是咽喉路徑,

　　　　爾來看,

　　　　（唱）【西皮搖板】

　　　　我城內早埋伏有十萬神兵。

老軍甲　哦,夥計,怪不得丞相不著急,城裏頭埋伏好的十萬神兵呢！

老軍乙　我倒不信,我去看看。

老軍甲　你去看看。

老軍乙　（看）夥計,

老軍甲　你看見沒有？

老軍乙　認甚麼,無有看見。

老軍甲　你肉眼凡胎,看不見的,讓我去看。

老軍乙　你去看看。

老軍甲　（看一笑）哈哈哈……

老軍乙　你看見沒有？

老軍甲　不要説人,連個鬼都沒有。

諸葛亮　哎。

　　　　（唱）【西皮搖板】

　　　　勸你們放大了膽把街道掃淨,

　　　　（後場擂鼓）

諸葛亮　（唱）【西皮搖板】

　　　　退司馬保空城全占此琴。

司馬懿　（內唱）【西皮導板】

　　　　得了街亭望西城,

　　　　（四龍套、司馬懿、司馬師、司馬昭同上）

司馬懿　（唱）【西皮搖板】

城門大開爲何因？

且住。時纔探馬報導：西城乃是空城。老夫興兵到此，爲何四門大開。咦，你看諸葛亮又在那裏弄鬼，不要中了他人之計，待我先傳一令。衆將官，聽我令下：

（唱）【西皮快板】

坐在馬上傳一令，
大小將官聽分明：
有人若把西城進，
定斬首級不容情。

衆　　人　　哦。
諸 葛 亮　　（唱）【西皮慢板】

我本是臥龍崗散淡的人，
論陰陽如反掌保定乾坤。
先帝爺下南陽御駕三請，
算就了漢家業鼎足三分。
官封到武鄉侯執掌帥印，
東西征南北剿博古通今。
周文王訪姜尚周室大振，
諸葛亮怎比得前輩的先生。
閑無事在敵樓亮一亮琴音，

哈哈哈……

我面前缺少個知音的人。

司 馬 懿　　（唱）【西皮原板】

坐在馬上來觀定，
城樓上坐的是諸葛孔明。
左右琴童來捧酒，
打掃街道老弱殘兵。
我本當傳將令殺進城，

衆　　人　　喝！
司 馬 懿　　且慢。

（唱）【西皮搖板】

又恐怕中了他巧計行。

　　　　　　　你的計策休瞞我，
　　　　　　　棋逢敵手一樣人。
諸葛亮　（唱）【西皮二六板】
　　　　　　　我正在城樓觀山景，
　　　　　　　耳聽得城外亂紛紛。
　　　　　　　旌旗招展空翻影，
　　　　　　　却原來是司馬發來的兵。
　　　　　　　我也曾命人去打聽，
　　　　　　　打聽那司馬領兵往西行。
　　　　　　　一來是馬謖無謀少學問，
　　　　　　　二來是將帥不和，失守了我的街亭。
　　　　　　　連得我三城多僥倖，
　　　　　　　貪而無厭又奪我的西城。
　　　　　　　諸葛亮在城樓把駕等，
　　　　　　　等候你司馬到此，
　　　　　　　咱們談、談、談談心。
　　　　　　　進得城來無別敬，
　　　　　　　我只有羊羔美酒，美酒羊羔，
　　　　　　　犒賞你的三軍。
　　　　　　　左右琴童人兩個，
　　　　　　　又無有埋伏又無有兵。
　　　　　　　你休要胡思亂想心不定，
　　　　　　　你就來、來、來，請上城樓，
　　　　　　　司馬你聽我來撫琴。
司馬懿　（唱）【西皮搖板】
　　　　　　　左思右想心不定，
　　　　　　　城內必有埋伏兵。
司馬昭　聽他琴內慌迫，一定是空城。乘此機會，殺進城去。
司馬懿　嘿。那孔明平生謹慎，從不弄險，不要中了他人之計。將前隊改為後隊，人馬倒退四十餘里。
　　　　　（龍套將下）
司馬懿　待我說破於他。諸葛亮吓，諸葛孔明，你實城也罷，空城也罷，你司馬老爺是不進城了。請吓請吓！
(司馬懿下)

二老軍 啓禀丞相：司馬懿人馬倒退四十餘里。

諸葛亮 (笑)哈哈哈……
(二老軍同下，諸葛亮下城)

諸葛亮 (唱)【西皮搖板】
　　人言司馬有才能，
　　帶兵不敢進西城。
　　看起來我主爺還有天分，
　　等馬謖回營來以正軍情。
(四上手、趙雲上)

趙　雲 參見丞相。

諸葛亮 哎吓，老將軍吓。今有司馬帶兵奪取西城，被山人略施小計，他兵退四十里。恐他復奪西城，老將軍快快抵擋一陣。

趙　雲 得令。(領四上手下)

諸葛亮 正是：
(念)虎豹歸山禽獸遠，蛟龍得水快如滄[1]。
(下)

校記

[1] 虎豹歸山禽獸遠，蛟龍得水快如滄：此二句，《戲曲指南》本作"(生白)虎豹深山人咸遠，蛟龍得水又復還，險哪"。

第 五 場

(司馬懿全人同上)

報　子 (上)西城乃是空城。

司馬懿 再探！
(報子下)

司馬師
司馬昭 (同)如何？

司馬懿 衆將官，復奪西城！

（衆允）（四上手引趙雲上）（兩下會陣）

司馬懿　來將通名。

趙　雲　常山趙雲。

司馬懿　收兵，收兵！

（司馬懿原人同下。趙雲原人同下）

第 六 場

（司馬懿原人又上）

司馬懿　呸呸！我說是實城，你們說是空城。那趙雲從天上掉下來的不成？

司馬昭　我等哪裏知道[1]。

司馬懿　諸葛亮吓，你的膽也就太大了！司馬懿吓，你的膽也就太小了！看將起來，司馬不如亮也。衆將官，悄悄地收兵。

（同下）

校記

[1] 我等哪裏知道：此句，《戲曲指南》本作：

"報　子　（上）西城實是空城。

　司馬懿　那諸葛亮呢？

　報　子　回漢中去了。

　司馬懿　再探。

　　　　（報子下）"

斬馬謖

佚名撰

解題

　　京劇。現代佚名撰。《京劇劇目辭典》《京劇劇目初探》著錄，均題《斬馬謖》，未署作者。劇寫王平、馬謖回營向諸葛亮請罪。亮先傳王平，因其繪有紮營圖形，責其四十軍棍。馬謖被押進帳見孔明，自知罪重，伏地請死，但望厚待八旬老母。諸葛亮因街亭失守，關係戰爭全局，立有軍令，不斬難以服衆。諸葛亮告馬謖你死之後，將你錢糧撥與你老母名下，爲養老之費，揮淚下令斬之。諸葛亮想起劉備遺言："馬謖言過其實，終無大用。"後悔不已，上表自貶武鄉侯。本事出於《三國演義》第九十六回。《三國志·蜀書·諸葛亮傳》及同書《馬謖傳》與裴注引《襄陽記》、同書《王平傳》，都載有斬馬謖事。版本今有《京調戲書》孫春恒藏本、《戲學指南》本、《戲匯》本、《戲考》本及以此本整理的《中國京劇戲考》本。今以《戲考》本爲底本，參考其他本校勘整理。

　　　　　（四龍套引諸葛亮上）
諸葛亮　（唱[1]）【西皮搖板】
　　　　　先帝創業三分鼎，
　　　　　險些一旦化灰塵。
　　　　　將身且坐寶帳等，
　　　　　馬謖回來問斬刑。
報　子　（上）王平、馬謖回營請罪。
諸葛亮　再探。（報子下）吩咐擊鼓陞帳！
報　子　（上）趙老將軍得勝回營[2]。
諸葛亮　有請。
　　　　　（趙雲上，諸葛亮敬酒，趙雲下[3]）

諸葛亮　來，傳王平進帳！
　　　　（手下照白）
王　平　（上唱）【西皮快板】
　　　　　　忽聽丞相傳將令，
　　　　　　好叫王平膽戰驚。
　　　　　　邁步且把寶帳進，
　　　　　　等候丞相把令行。
諸葛亮　（唱）【西皮導板】
　　　　　　反來覆去難消恨，
　　　　（唱）【西皮快板】
　　　　　　抬頭只見小王平。
　　　　　　先前怎樣對你論，
　　　　　　靠山近水紮大營。
　　　　　　失落街亭不打緊，
　　　　　　反被司馬笑山人。
　　　　　　他道我平日用兵多謹慎，
　　　　　　交鋒對壘錯用了人！
王　平　（唱）【西皮快板】
　　　　　　丞相不必怒氣生，
　　　　　　細聽末將說分明：
　　　　　　雖然失却街亭地，
　　　　　　先有畫圖到來臨。
諸葛亮　（唱）【西皮快板】
　　　　　　不是畫圖來得緊，
　　　　　　定與馬謖同罪名，
　　　　　　來吓！
　　　　　　將王平責打四十棍，
　　　　（龍套押王平下打，一十、二十、三十、四十。）
諸葛亮　（唱）【西皮搖板】
　　　　　　再傳馬謖無用的人！
　　　　（龍套押馬謖上）
馬　謖　（唱）【西皮快板】

    只恨不聽王平話，
    失落街亭犯王法。
    將身跪在寶帳下，
    且候丞相把令發。
諸葛亮　（唱）【西皮快板】
    一見馬謖跪帳下，
    不由山人咬鋼牙。
    先前吩咐你的話，
    不該山頂把營紮！
    失落街亭倒也罷，
    有何臉面對漢家？
馬　謖　（唱）【西皮快板】
    丞相不必怒氣發，
    末將言來聽根芽：
    白虎當頭凶難化，
    因此街亭失落他。
    丞相快把令傳下，
    斬了馬謖正軍法。
諸葛亮　（唱）【西皮搖板】
    想起先帝托孤話，
  先王吓！
    一時大意錯用他。
    吩咐兩傍刀斧手，
    快將馬謖正軍法！
馬　謖　（唱）【西皮搖板】
    丞相寶帳令傳下，
    要將馬謖正軍法。
    我今一死倒也罷，
    家中還有老白髮。
    將身跪在寶帳下，
    還求丞相饒全家。
  丞相，末將一時大意，今將街亭失落，丞相將我斬首，末將一死倒也

　　　　罷了。家中還有八旬老母，無人侍奉，我死之後，還求丞相另眼看待，謖縱死九泉也感丞相大恩也，吓！
　　　　（哭）哎哎，丞相吓！

諸葛亮　（唱）【西皮導板】
　　　　　　見馬謖只哭得淚如雨灑，
　　　　（【叫頭】）馬謖，參謀吓！
　　　　（唱）【西皮搖板】
　　　　　　我心中好似快刀紮。
　　　　（【叫頭】）馬謖！

馬　謖　丞相！
諸葛亮　參謀！
馬　謖　武侯！
諸葛亮　非是山人定要將你斬首，只因你未曾出兵，先立軍狀，今日失守街亭，若不將你斬首，焉能服得漢營中大小三軍？
　　　　（【叫頭】）馬謖！

馬　謖　丞相！
諸葛亮　參謀！
馬　謖　武侯！（哭）吓吓……
諸葛亮　來，斬！
　　　　（手下允介）
諸葛亮　招回來！馬謖，你方纔言道：家有八旬老母，無人侍奉。你死之後，將你錢糧撥與你老母名下，爲養老之費。

馬　謖　多謝丞相，
諸葛亮　（【叫頭】）馬謖！
馬　謖　丞相！
諸葛亮　參謀！
馬　謖　武侯！
諸葛亮
馬　謖　（對哭介）哎哎……
諸葛亮　來，斬！
　　　　（手下允，押馬謖開刀下。龍套上，獻首級）
諸葛亮　（唱）【西皮搖板】

　　　　　適纔帳中來敘話，
　　　　　一腔鮮血染黃沙。
　　　　　我哭一聲馬參謀，
　　　　　叫叫一聲馬幼常，吓吓！
　　　（趙雲暗上）
趙　　雲　（接唱）【西皮搖板】
　　　　　丞相爲何淚如麻？
　　　　丞相，今日斬了馬謖，爲何流淚？
諸葛亮　哎呀，老將軍，我想先帝白帝城托孤之時，言道：馬謖言過其實，終無大用。山人一時大意，錯用馬謖，失守街亭。我哭的先主，何曾哭的馬謖？待山人拜本進京，自貶武鄉侯，以安軍心。掩門。
　　　（【尾聲】）（同下）

校記

［１］唱：原無，據《戲學指南》本補。下同。
［２］趙老將軍得勝回營："得勝"，原無，據《戲學指南》本補。
［３］趙雲上，諸葛亮敬酒，趙雲下：這十一個字，是原本提示。《戲學指南》本作"（趙）丞相，末將參見。（生送酒白）老將軍得勝回來，請飲一杯。（趙接酒介）"。

割麥裝神

賈洪林　撰

解　題

　　京劇。現代賈洪林編劇。《京劇劇目辭典》著錄，題《割麥裝神》，又名《隴上麥》，署賈洪林編劇。賈洪林(1873—1917)，京劇演員，二老生，梨園世家，祖父增壽，昆曲小生；父潤亭，戲曲伴奏；叔川麗川，二老生。賈洪林十二歲入春茂堂學老生，嗓音圓潤。變聲後，嗓帶沙啞，遂專攻做二老生。他的念白俏麗，動作灑脱，表演細膩傳神。長期與譚鑫培合作，爲譚飾演二路老生。據《劇學月刊》二卷五期吉水《近百年來皮黃劇本作家》一文云："王九齡曾取《三國演義》諸葛亮裝神故事作《隴上麥》一折，頗轟動一時，原本久佚。今所存爲賈洪林補撰。"《京劇劇目初探》著錄，題《割麥裝神》，一名《木門道》，又名《隴上麥》，謂王九齡、賈洪林曾演出。劇寫劉禪聽信讒言，疑諸葛亮有稱帝之意，召之回朝。諸葛亮回朝對劉禪辨明竭誠心迹，並查出散佈留言之佞臣，劉禪後悔。諸葛亮再次請旨五出祁山，與司馬懿在祁山會戰。蜀軍因糧草不足，派人催糧沒有回音。諸葛亮聽説隴上麥熟，計劃帶兵去隴上割麥，充實軍糧。没料到司馬懿早有防備。諸葛亮使計，讓部下兵將假扮天兵天將，並在軍中挑選三位與自己相貌相似之人，喬裝成自己，坐在車上迷惑魏軍，引司馬懿出營並將他拖住，同時派兵搶收隴上小麥。司馬懿中計。隴上小麥全部被蜀軍割走。本事出於《三國演義》第一〇一回。事不見史傳。版本今有《京劇彙編》收録的孫盛文藏本及以此本重刊的《京劇傳統劇本彙編》本。今以《京劇彙編》孫盛文藏本爲底本，參考其他本校勘整理。

第　一　場

（四文堂、四大鎧、諸葛亮上）

諸葛亮　（念[1]）【引】撤兵增灶，敗司馬，乘勝還朝。
　　　　（念）（詩）奉命伐曹魏，
　　　　　　　　　　欽承御詔回。
　　　　　　　　　　天若遂人願，
　　　　　　　　　　漢室一統歸。
　　　　老夫，諸葛亮。北伐中原，奉命還朝。兵撤祁山，增灶而退。可恨司馬懿帶兵隨後追趕。曾命姜維等前去截殺，料可獲勝。且候回令。
　　　　（四上手、魏延、馬岱、關興、王平、姜維上）

姜　維
魏　延
馬　岱　末將等交令。
關　興
王　平

諸葛亮　站立兩廂！

姜　維
魏　延
馬　岱　啊！
關　興
王　平

諸葛亮　勝負如何？
姜　維　司馬懿敗走。特來交令。
諸葛亮　記上功勞簿。

姜　維
魏　延
馬　岱　謝丞相！
關　興
王　平

諸葛亮　眾將官！
　眾　　有。
諸葛亮　兵回成都！
　眾　　啊！
　　　　（【牌子】。同下）

校記

[1] 念：原本無此提示。今補。下同。

第 二 場

（四太監、劉禪上）

劉禪　（念）【引】鼎峙三雄，滅吳魏，方成一統。
　　　（念）（詩）蜀中立帝稱王號，
　　　　　　　　　地利天時孫與曹。
　　　　　　　　　先君深得人和義[1]，
　　　　　　　　　南征北戰半世勞。
　　　孤，劉禪。立帝成都。父王晏駕白帝城，衆卿輔孤繼位。只因諸葛丞相兵出祁山，征伐中原。前者群臣奏道：相父兵屯箕谷，有稱帝之意。曾下旨召他全軍回朝，未見交旨。
　　　（蔣琬、費禕上）

蔣琬　（念）丞相秉忠征曹魏，
費禕　（念）主聽讒言反召歸。
蔣琬
費禕　啓主公：諸葛丞相全軍回朝，已在午門候旨。
劉禪　傳朕旨意：宣丞相上殿。
蔣琬
費禕　領旨！主公有旨：宣諸葛丞相上殿。
諸葛亮　（内）領旨！
　　　（諸葛亮上）
諸葛亮　陛下萬歲！
劉禪　老相父平身。
諸葛亮　萬萬歲！
劉禪　賜坐。
諸葛亮　謝坐。（諸葛亮向蔣琬、費禕）啊二公！
蔣琬
費禕　丞相！
諸葛亮　啓陛下：老臣兵出祁山，欲取長安。陛下忽然降詔，不知有何大事？
劉禪　這……啊，孤久不見相父之面，心甚思念，故召相父回朝。別無

　　　　　他事。
諸葛亮　此非陛下之心。必有奸臣讒陷,言臣有異志也!
劉　禪　這、這、這……
諸葛亮　唉!老臣受先帝厚恩,誓以死報。今若內有奸邪,老臣安能討賊乎!
劉　禪　這……嗐!
　　　（唱）相父言如金石星明月朗,
　　　　　　問得孤自沉吟滿面慚惶。
　　　　　　父晏駕軍國事全仗丞相,
　　　　　　平南蠻又掃北扶保孤王。
　　　　　　久不見老相父朝思暮想,
　　　　　　食同餐行相伴國事相商。
　　　　　　今回朝享清福富貴安享,
　　　　　　朕不舍年邁人親臨戰場,力竭神傷!
諸葛亮　陛下!
　　　（唱）三顧恩銘肺腑時刻難忘,
　　　　　　臣怎能懷異志辜負先王!
　　　　　　用火攻燒藤甲兵亡馬喪,
　　　　　　東西戰南北剿保定家邦。
　　　　　　這幾件些小功可對主上,
　　　　　　又請旨伐中原報答先王。
　　　　　　秉忠心盡勞瘁曹魏掃蕩,
　　　　　　王降旨召臣回所爲哪樁?
　　　　　　臣不是前朝的篡位王莽,
　　　　　　這一片竭誠心,興王霸業定國安邦,可對上蒼!
劉　禪　呀!
　　　（唱）孤自恨聽讒言無有度量,
　　　　　　錯疑了老相父爲國忠良!
　　　　　咳,朕因誤聽宦官之言,一時召回相父。今日茅塞頓開,悔不及矣!
諸葛亮　龍心寬放。蔣、費二公!
蔣　琬
費　禕　丞相!

諸葛亮	二公在朝，何以不能覺察奸邪，規諫天子？（稍停）速去將奸佞查明，待我發落。
蔣琬 費禕	遵命！（同下）
劉禪	老相父，魏國兵勢如何？
諸葛亮	陛下！ （唱）魏曹叡雖然是兵多將廣， 　　　我國兵破數關虎趕群羊。 　　　指日裏取長安陛下執掌， 　　　掃烟塵歸一統國祚無疆。 　　　倚仗着得勝兵臣要復往， 　　　錯過了此機會枉費心腸。 　　　臣回朝司馬懿必起風浪， 　　　不收服空費了數載風霜， 　　　請我主仔細參詳！
劉禪	奏之有理。 （蔣琬、費禕同上）
蔣琬	（念）奸佞險誤國，
費禕	（念）主幼聽讒言。
蔣琬 費禕	啓丞相：此等流言，乃是李嚴部將苟安回朝散佈。今已查明。
諸葛亮	噢！是苟安散佈的麽？
蔣琬 費禕	正是。
諸葛亮	只爲押糧誤期，責打八十軍棍，以致如此！苟安何在？
蔣琬 費禕	投魏去了！
諸葛亮	便宜了他！啓陛下：請將妄奏的宦官誅戮，其餘廢出宮外。
劉禪	丞相替孤代勞。
諸葛亮	領旨！蔣、費二公！
蔣琬 費禕	丞相！
諸葛亮	將妄奏的奸佞查明正法！

蒋　琬　
费　禅　遵命！（下）

诸葛亮　启陛下：臣请以得胜之兵，复出祁山。不敢久停，就此辞别陛下。

刘　禅　咳，相父哇！

　　　　（唱）出祁山取中原多感丞相，
　　　　　　　为社稷不辞劳饱受风霜。
　　　　　　　狼烟尽奏凯归富贵同享，

诸葛亮　老臣不敢。

刘　禅　（唱）孤赐你得胜酒即入陈仓。

　　　　（同下）

校记

[１] 先君深得人和义："人和"，《京剧传统剧本汇编》改作"仁和"。

第　三　场

（【牌子】。四文堂、四大铠、四上手、姜维、魏延、马岱、关兴、王平、马忠、诸葛亮上）

诸葛亮　众将官！

众　　　有！

诸葛亮　兵发祁山！

众　　　啊！

　　　　（【牌子】。同下）

第　四　场

（报子上）

报　子　（念）日行千里走西川，
　　　　　　　披星戴月哪得闲。
　　　　　　　魏蜀几番争社稷，
　　　　　　　孔明五次伐中原。

　　　　俺，司马都督帐下能行探子是也。打听那孔明又出祁山，马上飞报都督得知便了！
（下）

第　五　場

（四龍套、四下手、司馬懿上）

司　馬　懿　（唱【點絳唇】）

魏蜀爭强，統領兵將，大權掌。拓土開疆，韜略胸中藏。

（念）（詩）運籌帷幄制敵軍，

又承君恩領雄兵。

諸葛逞强扶漢鼎，

人力豈能扭天心！

本督，司馬懿。多虧苟安散佈流言，孔明全軍撤回成都。我料他必然再出祁山。主公命我領兵禦敵。爲此大會各路兵將，共議破蜀之策。曾命探子打探，未見回報！

報　　子　（内）報！（上）啓都督：孔明人馬又出祁山！

司　馬　懿　噢！

報　　子　前部王平、張嶷徑出陳倉，過劍閣，由散關往斜谷而來。特來報知。

司　馬　懿　再探！

報　　子　得令！（下）

司　馬　懿　左右！

四龍套
四下手　有！

司　馬　懿　傳張郃、郭淮進帳！

一　龍　套　張郃、郭淮進帳！

張　　郃
郭　　淮　（内）來也！（上）

張　　郃　（念）豪傑衝鋒無人當，

郭　　淮　（念）文韜武略腹内藏。

張　　郃
郭　　淮　某，　張郃。
　　　　　郭淮。

張　　郃
郭　　淮　都督有令，一同進帳。參見都督！

司馬懿　將軍少禮。

張　郃
郭　淮　喚末將進帳，有何差遣？

司馬懿　適纔探子報道：孔明人馬從斜谷而來。特與二位將軍商議破蜀之計。

張　郃　某願親領兵將，去守雍、郿，以拒蜀兵。

郭　淮　某願聽指揮。

司馬懿　我前軍既不能獨擋孔明之衆，分兵前後，亦非勝算。不如留下兵將以守上邽，餘衆悉往祁山。張將軍可爲先鋒否？

張　郃　某素懷忠義，盡心報國，只是未遇知己。都督肯委重任，萬死不辭。

司馬懿　好。就命將軍以爲先鋒，總督大軍。

張　郃　謝都督！

司馬懿　孔明長驅大進，必割隴上小麥，以資軍糧。張將軍領兵四萬去守祁山，郭將軍巡瞭天水諸郡。本督親領大兵，保守隴上，以防賊兵割麥。

張　郃
郭　淮　遵命！

司馬懿　就此分兵而行！

張　郃
郭　淮　得令！（下）

司馬懿　衆將官！

四龍套
四下手　有！

司馬懿　隴上去者！

四龍套
四下手　啊！

（【牌子】。同下）

第　六　場

（四文堂、四大鎧、四上手、諸葛亮上）

諸葛亮　（念）【引】五伐中原，神妙策，輔漢順天。

我到鹵城日久。屢遣軍人催糧，只是一去不見回音。據當地太守

	言道，隴上麥熟。我不免帶領兵丁，前往隴上割麥，以充軍糧。眾將官！隴上去者！
四文堂 四大鎧	啊！
諸葛亮	（唱）我五次伐中原一呼百應，
	自古道兵未動糧草先行。
	今割麥助我軍絕他軍命，
	軍無糧必自散如鳥失林。
報　子	（內）報！（上）啟丞相：司馬懿已在隴上紮營。特來報知。
諸葛亮	再探！
報　子	得令！（下）
諸葛亮	唔呼呀，司馬懿已知我前來割麥！這、這、這……（想介）哦、哦，我自有道理。眾將官！
四文堂 四大鎧	有。
諸葛亮	撤兵回營！
四文堂 四大鎧	啊！
諸葛亮	（唱）司馬懿是將才甚是聰敏，
	猜透我諸葛亮肺腑之情。
	左右！
四上手 四大鎧	有。
諸葛亮	傳我將令：命王平、張嶷、吳班、吳懿四將，去守祁山營寨！
四大鎧	啊！
	（四大鎧下）
諸葛亮	再推三輛車來，皆要與我乘坐的車一樣裝設。
四上手	遵命！
諸葛亮	傳姜維、魏延、馬岱、關興進帳！
一上手	姜維、魏延、馬岱、關興進帳！
姜　維 魏　延 馬　岱 關　興	（內）來也！（上）參見丞相！

諸葛亮　列位將軍少禮。
姜　維
魏　延　謝丞相！
馬　岱
關　興
諸葛亮　姜維！
姜　維　在。
諸葛亮　命你帶領一千雄兵，保護車輛。五百人擂鼓，埋伏在上邽之後。
姜　維　得令！
諸葛亮　馬岱在左，魏延在右，各帶領雄兵一千，保護車輛。五百人擂鼓。
魏　延　得令！
馬　岱
諸葛亮　每輛車上要二十四人，身穿皂衣，披髮仗劍。手執七星幡，左右護車。
衆　　　得令！
諸葛亮　吩咐三萬精兵，各執鐮刀，拿了繩索，準備割麥。
衆　　　得令！
諸葛亮　再選二十四個精壯軍士，各穿皂衣，披髮仗劍，護擁車之前後，以爲推車使者。
衆　　　得令！
諸葛亮　關興！
關　興　在。
諸葛亮　你可扮做天篷星模樣，手執七星皂幡，步行於吾車之前。
關　興　得令！
諸葛亮　查看營內將士，與山人相貌相似者，挑選三人。須要與我一般裝束，坐在四輪車上，嚇退魏軍。我軍兵丁好在隴上割麥。
衆　　　得令！
姜　維　丞相精通奇門遁甲之法，何須要營中軍人扮做丞相？
諸葛亮　今日之計，所用者雖是奇門遁甲之術，但與司馬懿交兵之時，扮我之人須要對陣講話，方好哄那司馬懿出營。
姜　維　原來如此。
諸葛亮　我今日吩咐之事，衆將速速安排停當。聽我令下！
　　　　（唱）軍無糧兵無將怎能臨陣，

　　　　　我安排神妙計吩咐衆軍。
　　　　　各扮做天神將須要謹慎，
　　　　　嚇退了司馬懿大功告成。

姜　維
魏　延
馬　岱　　得令！
關　興

馬　岱
關　興　　（唱）奉將令將軍務安頓齊整，（下）

姜　維
魏　延　　（唱）要割麥教你我扮鬼裝神。（下）

諸葛亮　　（唱）出祁山取關口收復數郡，
　　　　　　　　罵王朗死陣前嚇壞曹真。
　　　　　　　　四輛車四孔明諒他難認，
　　　　　　　　要驚嚇司馬懿割麥裝神。

（同下）

第　七　場

（四龍套、四下手、樂綝、張虎引司馬懿上）

司馬懿　　（唱）在隴上紮大營差人打聽，
　　　　　　　　此一戰我要擒諸葛孔明。

報　子　　（內）報！（上）
　　　　　啟都督：四輪車上端坐孔明。前後多少天兵天將，披髮仗劍，殺到我營來了！請令定奪！

司馬懿　　啊！俱是天兵天將，披髮仗劍，護着孔明，殺進我營來了？

報　子　　正是。

司馬懿　　嗯！這是孔明興妖作怪。豈有天兵天將下界之理！衆將官！

四龍套
四下手　　有！

司馬懿　　一齊出營，連人帶馬與我搶回。不要放走孔明！

四龍套
四下手　　啊！

報　子	哎呀元帥呀！那些護車天將，形容古怪。慢説兵丁前去，就是都督出營，也要嚇得失魂。快快逃走，可保性命！
司馬懿	胡説！下去！
報　子	喳！（下）
司馬懿	焉有此事！待本督親自出馬。衆將官！
四龍套 四下手	有。
司馬懿	捉拿孔明去者！
四龍套 四下手	啊！
司馬懿	（唱）魏蜀吳英雄們俱争漢鼎， 　　　　我前番中了計失了小心。 　　　　今日裏我定要孔明性命， 　　　　司馬懿非誇口能説能行。 （同下）

第　八　場

（四小軍穿皂衣、持皂旗、戴鬼臉、執短刀，假法師仗劍持碗，關興披髮仗劍引諸葛亮上，車夫隨上）

諸葛亮	（唱）要割麥調虎計安排已定， 　　　　特誆哄司馬懿早出大營。 　　　　天篷星護車輛急向前進， （幕內喊聲）
諸葛亮	呀！ （唱）衆將士休驚怕緩緩而行。 （司馬懿原人上）
司馬懿	（唱）拿住了諸葛亮凌烟標名， 　　　　爲武將須竭力好建功勳。 （司馬懿、諸葛亮照面。諸葛亮原人下）
司馬懿	衆將官！
四龍套 四下手	有。

司馬懿　車上坐的乃是孔明。與我追趕！
四龍套
四下手　哎呀都督，孔明有天神保護，我們不敢追拿。
司馬懿　甚麼天神！分明是諸葛亮裝神扮鬼。何必信他！快快追趕！
　　　　（唱）他縱有呂望韜黃石本領，
　　　　　　　有本督壯着膽只管找尋。
　　　　（同下）

第　九　場

四兵士　（內）走啊！（扮百姓拿鐮刀、繩索上）
兵士甲　列位請了！
兵士乙
兵士丙　請了。
兵士丁
兵士甲　且喜丞相將司馬懿誆出營來。乘此機會，前往隴上割麥。
兵士乙
兵士丙　走啊！
兵士丁
　　　　（同下）

第　十　場

　　　　（諸葛亮原人上，挖門）
諸葛亮　（唱）司馬懿中我計追兵甚緊，
　　　　　　　讓我軍去割麥大膽寬心。
　　　　　　　衆將士休害怕慢慢行進，
　　　　（幕內喊聲）
諸葛亮　天哪！
　　　　（唱）賜一陣大雲霧遮掩前行。
　　　　（諸葛亮原人下）
　　　　（司馬懿原人上）
司馬懿　（唱）諸葛亮包天膽今日方信，

　　　　　巧裝扮蒙哄我瞽目無睛。
　　　　　衆將官拿孔明官封極品，
　　（放烟霧介）
衆　　　哎呀，看不見了！
司馬懿　哎呀！
　　　　（唱）一霎時滿天霧所爲何情？
　　　　　哎呀！爲何滿天大霧，二目難睁？衆將官，你們在哪裏呀？
衆　　　我們在這裏！
　　（收烟霧介）
司馬懿　哎呀，滿天大霧散去，霎時紅光現出！衆將官，可曾得見孔明？
衆　　　不曾看見。
司馬懿　孔明精通奇門遁甲，能驅六丁六甲之神。此乃六甲天書内縮地之法也，焉能瞞得過司馬！衆將官！
衆　　　有。
司馬懿　緊緊追趕！
衆　　　啊！
　　（幕内喊聲）
衆　　　哎呀都督！後面又是孔明來了！
司馬懿　哎呀，果然是孔明來了！衆將官！
衆　　　有。
司馬懿　快快轉去！
衆　　　啊！
司馬懿　（唱）按奇門遁甲書某也讀盡，
　　　　　諸葛亮有何能扭轉天心！
　　（同下）

第 十 一 場

　　（四皂旗、一鼓夫、一鑼夫、假法師、姜維引假諸葛亮披髮仗劍拿七星旗上，車夫隨上）
假諸葛亮　（笑介）哈哈哈……
　　　　　（唱）我本是打草軍一時僥倖，

		奉軍令巧裝扮諸葛孔明。
		眾神將駕祥雲前把道引，
假　法　師	哎，不要說大話。你看魏兵殺來了！	
假諸葛亮	啊！	
		(唱)叫法師必須要大顯威靈！
		(司馬懿原人上)
司　馬　懿	(唱)又一班天兵將威風凛凛，	
		眾將官將妖道掠搶回營！
假諸葛亮	山人在此。還不投降！	
司　馬　懿	將孔明拿下！	
		(司馬懿原人怕介)
假諸葛亮	法師作法！	
假　法　師	吾奉太上老君急急如律令敕！	
		(假諸葛亮原人下)
眾	哎呀，孔明走了！	
司　馬　懿	唗！	
		(唱)眾將官大不該惜身重命，
		現成的諸葛亮怎不生擒？
		現成的孔明，坐在車上，怎不捉拿？
樂　綝 張　虎	都督，那車前車後，俱是天兵天將保護孔明。末將等不敢近前！	
司　馬　懿	啊，你們不敢近前？	
樂　綝 張　虎	是。	
司　馬　懿	哎呀且住！方纔那個車上坐的孔明趕之不上，爲何這裏又有個孔明？真乃奇怪也！	
		(唱)某枉在大魏國統帥三軍，
		現成的諸葛亮我不能擒！
		啊，難道遁甲兵就如此地異變？真令人難解也！
		(幕内喊聲)
眾	哎呀，都督！那厢又有孔明來了！	
司　馬　懿	哎呀，果然又是孔明！眾將官！	

衆	有。
司馬懿	追殺前去！
衆	啊！
司馬懿	（唱）似這等巧機關我難悟省，
	拿住了諸葛亮可保太平。
	（同下）

第 十 二 場

（四皂旗、鼓夫、鑼夫、假法師、魏延引假諸葛亮上，車夫隨上）

假諸葛亮	（笑介）哈哈哈……
	（唱）不想我打更漢也是好命，
	戴簪冠穿鶴氅羽扇綸巾。
	法師！
假法師	在。
假諸葛亮	（唱）須謹記李老君急急敕令，
假法師	敕！
假諸葛亮	哎，還早！
假法師	領法旨！
假諸葛亮	（唱）遇魏兵你擋住讓我先行。
	（司馬懿原人上）
司馬懿	（唱）齊奮勇建奇功舍命相拼，
	享功名當竭力報效朝廷。
	快拿孔明！
假法師	敕，敕，敕！
	（假諸葛亮原人下）
司馬懿	呸！
	（唱）兩軍陣又不是龍潭陷阱，
	遇敵人爲什麼膽戰心驚？
	啊，你們爲何又未拿住孔明？
樂綝 張虎	都督，孔明真有天神保護。不可追趕！

| 司 馬 懿 | 是呀，就是奇門遁甲之法，哪有許多變化？此必神兵也！
（幕內喊聲）
| 衆 | 哎呀都督，北面又有孔明來了！
| 司 馬 懿 | 啊，今日哪裏來的這許多孔明？衆將官！
| 衆 | 有。
| 司 馬 懿 | 追殺前去！
| 樂　綝
張　虎 | 哎呀都督！再若追趕，恐中他計！
| 司 馬 懿 | 亂軍之中，料想孔明無計。我兵緊緊追趕。他縱有計，一時也難措手。你們駭怕，可壓後隊。本督獨騎追趕。若是拿住孔明，你們一擁而上。休違吾令！
| 衆 | 啊！
| 司 馬 懿 | （唱）他縱有埋伏計我兵不進，
　　　　衆將官放大膽搶劫蜀營。
（同下）

第 十 三 場

（四皂旗、鑼夫、鼓夫、假法師、馬岱引假諸葛亮上，車夫隨上）

假諸葛亮　（唱）數十年從未見如此光景，
　　　　假扮做諸葛亮誆誘魏兵。
　　　　念一聲無量佛慢慢前進，
假 法 師　有法師在此！
假諸葛亮　（唱）全仗你大法力我便放心。
（司馬懿原人上）
司 馬 懿　呔！
（唱）我拿你凌烟閣留名標姓，
　　　　似飛蛾撲燈火自把身焚。
（假諸葛亮原人下）
司 馬 懿　（笑介）哈哈哈……
（唱）衆將官催戰鼓休違我令，
　　　　此一戰功成就答報君恩。

（同下）

第 十 四 場

（中場擺山。諸葛亮、三假諸葛亮原人上，挖門）

諸葛亮　（笑介）哈哈哈……
　　　　（唱）四下裏人和馬安排已定，
　　　　　　　誆哄那司馬懿離了大營。
　　　　　　　將魏兵緊圍困難退難進，
　　　　　　　只笑那司馬懿無智無能。
　　　　（司馬懿原人上。諸葛亮原人歸原位介）
假法師　敕，敕，敕！
司馬懿　哎呀！
　　　　（唱）果然是天神將來輔漢鼎，
　　　　　　　今日裏何處來許多孔明！
假法師　吾神饒你不死。去吧！
司馬懿　哎呀！
　　　　（唱）衆神將圍住我又不前進，
　　　　　　　却不知是天將還是妖精！
假法師　吾等俱是天神。還不快走！
司馬懿　哎呀！
　　　　（唱）倒不如跨馬走以保性命，
　　　　　　　回營去再計較抵擋蜀兵。
　　　　哎呀！
　　　　（司馬懿原人下）
諸葛亮　（笑介）哈哈哈……
　　　　（唱）放走了司馬懿心存憐憫，
　　　　　　　衆將官快裝鬼各現本身！
　衆　　啊！
報　子　（內）報！（上）
　　　　啓丞相：我兵割完壠上小麥。特來報知。
諸葛亮　起過。

報　子　啊！（下）
諸葛亮　我軍割完隴上小麥，司馬懿必定領兵麥田征殺。衆將官！
　衆　　有。
諸葛亮　埋伏麥田，抵擋魏兵！
關　興
姜　維　得令！（下）
魏　延
馬　岱
諸葛亮　（唱）出祁山遇司馬幾次臨陣，
　　　　　　　今日裏管叫他喪膽失魂。
　　　　（同下）

第 十 五 場

（司馬懿原人上，挖門）
司馬懿　哎！
　　　　（唱）大英雄失計較險遭不幸，
　　　　　　　諸葛亮真果是仙人降臨。
　　　　哎呀，某今日被孔明作弄一場。且喜未中他計，還算萬幸！
報　子　（內）報！（上）
　　　　啓都督：孔明兵丁俱在隴上割麥！
司馬懿　再探！
報　子　得令！（下）
司馬懿　哎呀，我中孔明之計也！他誆我調兵追趕，好割我隴上小麥！衆將官！
　衆　　有。
司馬懿　兵撤麥田！
　衆　　啊！
　　　　（同下）

第 十 六 場

（四文堂、四上手、魏延、馬岱、關興、王平、姜維上，挖門）

姜　　維　眾位將軍請了！
魏　　延
馬　　岱　請了。
關　　興
王　　平
姜　　維　你我奉丞相將令，埋伏麥田以擋魏兵。就此埋伏去者！
魏　　延
馬　　岱　請！
關　　興
王　　平

（幕內吶喊）

姜　　維　司馬懿帶兵來了，迎上前去。
魏　　延
馬　　岱　啊！
關　　興
王　　平

（四龍套、四下手、張虎、樂綝、司馬懿上，與姜維原人鑰匙頭會陣介。雙方原人鑽烟筒下。姜維、司馬懿起打，雙收下）
（四上手、四下手上，連環起打介，同下）
（司馬懿上，姜維跟上，起打介。司馬懿敗下，姜維追下）
（張虎、樂綝上，馬岱、王平跟上，起打介。魏延、關興續上，打六股檔。張虎、樂綝敗下，魏延、馬岱、關興、王平追下）
（雙方原人上，打總攢。司馬懿原人敗下，魏延原人追下。姜維耍下場下）

第 十 七 場

（司馬懿原人敗上）

司 馬 懿　哎呀，隴上之麥，俱被孔明兵丁割去。本督今又遭此大敗！眾將官！
　　眾　　有。
司 馬 懿　收兵！
　　眾　　啊！

（司馬懿原人下）

（連場——魏延原人上）

衆　　魏軍敗走！

姜　維　回營交令！

衆　　啊！

　　　（【尾聲】。同下）

戰 北 原

佚 名 撰

解 題

　　京劇。現代佚名撰。《京劇劇目辭典》《京劇劇目初探》著錄，題《戰北原》，一名《斬鄭文》。《辭典》題《戰北原》之二，署馬連良改編；《初探》未署作者，而此本非馬連良改編本。劇寫諸葛亮六出祁山，與司馬懿相拒於北原。懿命鄭文至蜀營詐降，孔明允留帳下。忽報魏將秦朗討戰，單叫鄭文出馬。諸葛亮率衆將觀戰，二人戰不三合，鄭文刺死敵將，提首級報功。諸葛亮心疑，仔細盤詰鄭文，識破其計，鄭文承認奉命爲詐降，諸葛亮將計就計，命鄭文修書與司馬懿，約其夜間前來劫寨，他作內應。隨即將鄭文綁押後帳。諸葛亮在下書人回營之後，命斬鄭文，將其首級貯在木匣中送往司馬營。司馬懿見信，果然中計，魏兵敗，秦朗被殺。本事出於《三國演義》第一〇二回。《三國志・魏書・郭淮傳》載有魏兵屯北原事。版本今有《戲考》本、《戲學指南》本、《戲匯》本、《京劇彙編》收錄的安舒元藏本及以此本整理重印的《京劇傳統劇本彙編》本。今以《京劇彙編》安舒元藏本爲底本，參考其他本校勘整理。

第 一 場

（四龍套、秦朗、司馬師、司馬昭上）

秦　朗　（念[1]）（詩）武將當思報國心，
司馬師　（念）血戰疆場不顧身；
司馬昭　（念）開疆拓土須盡力，
秦　朗
司馬昭　（念）留得英名萬古存。
司馬師

秦　朗	秦朗。
司馬師	俺，司馬師。
司馬昭	司馬昭。
秦　朗	衆位將軍請了！
司馬師 司馬昭	請了。
秦　朗	前番孔明犯我中原，夏侯駙馬屢次大敗，聖上召司馬都督總督兵馬，與孔明交戰。可算棋逢對手，將遇良才。
司馬師	雖則如此，前番張郃誤走木門道而亡，皆因輕敵太甚。
司馬昭	身爲武將，不可貪功，知己知彼，方能百戰百勝。
秦　朗	今蜀兵三年不動，我想孔明必是訓練兵馬，倘若練熟，必爲我大魏之患也。
司馬師 司馬昭	你我大家去見都督，商議防範之策。
秦　朗	言得極是。衆將官！
四龍套	有。
秦　朗	帶馬轅門去者！
四龍套	啊！

（同下）

校記

［1］念：原本無此字提示。今補。下同。

第　二　場

（四龍套、司馬懿上）

司馬懿　（念）【引】漢室將終，扶大魏，錦繡朝廷。

（念）（詩）漢室江山四百春，
　　　　　魏王正位順人心。
　　　　　東吳西蜀難除盡，
　　　　　天下兵荒何日寧。

本督，複姓司馬，名懿，字仲達。魏主駕前爲臣，官拜大都督。可笑孔明，前者用計將我削職，多蒙太傅鍾繇保奏，加封平西大都督，提

　　　　　　調各路人馬，以擋西蜀。正是：
　　　　　　（念）但願吳蜀早掃盡，大魏江山萬萬春。
　　　　　　（秦朗、司馬師、司馬昭上）
秦　　朗
司 馬 師　（念）大衆同心意，來見智謀人。
司 馬 昭　參見都督！
司 馬 懿　衆位將軍少禮。請坐！
秦　　朗
司 馬 師　謝坐。
司 馬 昭
司 馬 懿　衆位將軍進帳，有何事議論？
秦　　朗　前者孔明屢出祁山，幸被我軍擋住，此乃都督調度有方。今已三載不曾犯境，不知西蜀國內動靜如何？
司 馬 懿　前者孔明退兵，皆因糧盡。張郃義輕敵身亡，雖然蜀兵不曾犯境，但孔明用兵非比尋常，你等必須將兵馬練熟，倘若他再出祁山，也好抵擋。我有一言，你等聽了！
　　　　　　（唱）【西皮原板】
　　　　　　　　武將衛國當報效，
　　　　　　　　訓練兵馬要勤勞。
　　　　　　　　戰守之策須通曉，
　　　　　　　　常讀三略並六韜。
　　　　　　　　各將士卒訓練好，
　　　　　　　　以防孔明犯邊壕。
秦　　朗　（唱）都督之令如山倒，
司 馬 師　（唱）訓練兵馬要勤勞。
司 馬 昭　（唱）三軍帶馬校場到，
　　　　　　（秦朗、司馬師、司馬昭上馬介，司馬師、司馬昭下）
秦　　朗　（唱）以防吳蜀動槍刀。
司 馬 懿　（唱）飽讀詩書將之道，
　　　　　　　　六韜三略兵法高。
　　　　　　　　天文地理要知曉，
　　　　　　　　好與國家立功勞。
　　　　　　　　張郃義誤入木門道，

　　　　皆因輕敵貪功勞。
　　　　但願吳蜀早滅了,
　　　　一統山河勝唐堯。
　　（同下）

第 三 場

（四龍套、中軍、司馬昭、司馬師、秦朗上）

秦　朗　來此已是校場。衆位將軍請來傳令!
司馬師
司馬昭　將軍傳令!
秦　朗　中軍,長槍手開操!
中　軍　長槍手開操!
　　　　（四長槍手上,操演介,下）
秦　朗　短刀手開操!
中　軍　短刀手開操!
　　　　（四短刀手上,操演介,下）
司馬昭　火炮手開操,
中　軍　火炮手開操!
　　　　（四火炮手上,操演介,下）
秦　朗　藤牌手開操!
中　軍　藤牌手開操!
　　　　（四藤牌手上,操演介,下）
秦　朗
司馬師
司馬昭　（三笑介）哈哈,哈哈,啊哈哈……帶馬回營!
　　　　（同下）

第 四 場

（譙周、費禕上）
譙　周　（念）共沐恩波鳳池上,

費　禕　（念）朝朝翰墨侍君王。
譙　周　下官，譙周。
費　禕　下官，費禕。
譙　周　請了！
費　禕　請了！
譙　周　今有諸葛丞相上表，北伐中原，聖上登殿，一同啓奏。
費　禕　金鐘三響，聖駕臨朝。分班伺候！
　　　　（四太監、劉禪上）
劉　禪　（念）【引】龍門展放，衆文武，齊拜孤王。
譙　周
費　禕　臣等見駕，陛下萬歲！
劉　禪　平身。
譙　周
費　禕　萬萬歲！
劉　禪　（念）（詩）先王創業數十秋，
　　　　　　　　南征北戰幾曾休。
　　　　　　　　文臣武將皆忠勇，
　　　　　　　　寡人纔得坐龍樓。
　　　　小王，劉禪。先王創業，坐鎮西川。只是吳、魏未平，孤王日夜憂慮。今日駕臨早朝。有本早奏！
譙　周
費　禕　臣啓陛下：諸葛丞相有北伐表本，請我主龍目御覽。
劉　禪　呈上來，待孤觀看。（看介）宣相父上殿！
譙　周　領旨！萬歲有旨：諸葛丞相上殿！
諸葛亮　（内）領旨！（上）
　　　　（念）胸中常思托孤重，腹内怨恨篡逆臣。
　　　　臣，諸葛亮見駕，陛下萬歲！
劉　禪　相父平身。
諸葛亮　萬萬歲！
劉　禪　賜坐！
諸葛亮　謝坐。
劉　禪　相父，方今三國已成鼎足之勢，吳、魏不曾入寇，相父何不安享太

	平。勞師動衆,又要遠征,孤心何忍!
諸葛亮	臣今存恤軍士,已經三載,糧草豐足,軍器完備,人馬雄壯,可以伐魏矣。今番若不掃除奸党,恢復中原,誓不見陛下也!
譙　周	丞相,我今掌司天臺,但有禍福,不可不奏。昨觀天象,見奎星纏於太白,盛氣在北,不利伐魏。丞相思之!
諸葛亮	我豈不知應天順人,方能制勝。只是我受先帝知遇之恩,夢寐之間未嘗不設伐魏之策。竭力盡忠,爲陛下恢復中原,重興漢室,我之願也!
譙　周	又聞成都人民,皆聞柏樹夜哭,近有群鳥數萬,自南飛來,投於漢水而死,不祥之兆,有此數端,只宜謹守,不可妄動!
諸葛亮	我曾受先帝托孤之重,當竭力討賊,豈可以虛妄之象,而廢國家大事! 我今起兵,先告太廟,以顯名正言順!
劉　禪	如此,就令譙、費二卿打掃太廟,準備祭禮,請丞相一祭。
譙　周 費　禕	領旨!(下)
劉　禪	正是:
	(念)但得烟塵俱掃盡,
諸葛亮	(念)恢復漢室錦江山。
	(同下)

第　五　場

(祭官甲、乙上)

祭官甲	(念)丞相祭太廟,
祭官乙	(念)我等當效勞。
祭官甲	請了!
祭官乙	請了。
祭官甲	今有諸葛丞相,來祭太廟,我等小心伺候!
祭官乙	一言未盡,列位大人來也!
	(譙周、費禕上)
譙　周	列位大夫請了!
祭官甲 祭官乙	請了。

費　禕
譙　周
　　　今有諸葛丞相兵出祁山,要在昭烈皇帝太廟上祭。聖上有旨,命我等文武陪祭,早來伺候。

祭官甲
祭官乙
費　禕
　　　話言未了,丞相來也!

（四龍套、王平、姜維、諸葛亮上）

諸葛亮　祭禮可曾齊備?

祭官甲　俱已齊備。

諸葛亮　香案伺候!（祭介）臣,諸葛亮。今奉王命,統領全國人馬,再出祁山,望先帝神靈暗助! 先王,我主! 哎,先王啊!

（唱）【二黃導板】
　　嘆先皇開基業心機用碎,
先王,我主! 哎,先王啊!
（轉唱）【二黃回龍腔】
　　受盡那千辛萬苦,
　　得又失,失又得,
　　成敗興衰,
　　千折萬磨不把心灰!
（接唱）【二黃原板】
　　都只爲漢朝中群雄爭位,
　　我主爺一心要舊業重輝。
　　天不佑又出了孟德曹賊,
　　上欺君下壓臣顛倒是非。
　　孫仲謀在江東文武齊備,
　　魏蜀吳三分鼎各逞兵威。
　　先帝爺以人和無有地位。
　　借荆州屯兵馬暫顧燃眉。
　　張永年獻地圖把西川奉上,
　　西川平劉璋滅各路來歸。
　　真可嘆龐士元疆場命廢,
　　我主爺在綿竹受困被圍。
　　差翼德和子龍兩大兵隊,

　　　　　擒張任破綿竹救主而回。
　　　　　入西川衆百姓焚香拜跪，
　　　　　不料想失荆州惹下是非。
　　　　　我主爺要與那東吳作對，
　　　　　兵敗在白帝城海境龍歸。
　　　　　曾受過三顧恩鞠躬盡瘁，
　　　　　屢次裏出祁山失望而歸。
　　　　　望我主助漢家早歸正位，
　　　　　保佑我諸葛亮奏凱而回。
　　　　王平聽令！
王　平　在。
諸葛亮　傳我將令，衆將全身披挂，校場聽點！
王　平　得令！（下）
諸葛亮　列位大人各自回府。
譙　周
費　禕　請！

　　　（同下）

第 六 場

　　　（四上手、吳班上）
吳　班　（念）軍令一出如山倒，大小將士不辭勞。
　　　某，吳班。奉了丞相將令，帶領五千人馬，伐木爲舟，去燒渭水浮橋。衆將官！
四上手　有。
吳　班　渭水去者！
四上手　啊！
吳　班　（唱）人馬速行休囉唣，
　　　　　伐木爲舟燒浮橋。

　　　（同下）

第 七 場

（姜維、魏延、廖化、馬岱、王平、張翼、吳懿、馬忠上，起霸）

姜維	姜維。
魏延	魏延。
廖化	廖化。
馬岱	俺，馬岱。
王平	王平。
張翼	張翼。
吳懿	吳懿。
馬忠	馬忠。

姜維　眾位將軍請了！

魏延
廖化
馬岱
王平　請了。
張翼
吳懿
馬忠

姜維　丞相起兵點將，你我兩廂伺候！

魏延
廖化
馬岱
王平　請！
張翼
吳懿
馬忠

（四龍套、四上手、諸葛亮上）

諸葛亮　（念）【引】掌握兵權，掃狼烟，一統河山。

姜維
魏延
廖化
馬岱　參見丞相！
王平
張翼
吳懿
馬忠

諸葛亮	衆位將軍少禮！
姜　維 魏　延 廖　化 馬　岱 王　平 張　翼 吳　懿 馬　忠	謝丞相！

諸葛亮　（念）（詩）漢室桓靈氣數終，
　　　　　　　　　無謀何進做三公。
　　　　　　　　　董卓催汜交相哄，
　　　　　　　　　曹操專橫害生靈。
　　　　老夫，複姓諸葛，名亮，字孔明，道號臥龍。今番兵出祁山，必須水陸並進，曾命吳班伐木爲舟，順水先取魏軍浮橋，然後兵分五路，同出祁山。伯約！

姜　維　丞相！
諸葛亮　魏兵於北原安營，懼吾取此路阻絕隴道，我今虛攻北原，暗取渭濱，你意如何？
姜　維　丞相妙算如神，我以後軍先渡，順水去取浮橋，放火燒斷，以攻其後。再自引一軍去取前營，若得渭水之南，則進兵不難也！
報　子　（內）報！（上）
　　　　龍驤將軍關興，因病身亡！
諸葛亮　怎麼講？
報　子　關興一病身亡了！
諸葛亮　哎呀！（昏介）
　　　　（姜維踢報子下）

姜　維 魏　延 廖　化 馬　岱 王　平 張　翼 吳　懿 馬　忠	丞相醒來！

諸葛亮　（唱）【西皮導板】
　　　　　聞凶報不由人肝腸痛斷——
　　　關興，將軍，（哭介）將軍哪……
　　　（唱）點點珠淚灑胸前。
　　　　　我哭哭一聲關將軍，
　　　　　我叫叫一聲龍驤將！
　　　　　想先前隨山人屢次出戰，
　　　　　魏吳將聞名姓個個膽寒。
　　　　　隨先皇報父讎把潘璋來斬，
　　　　　將人頭祭靈前忠孝雙全。
　　　　　想至此哭得我肝腸痛斷，
　　　將軍哪！
　　　（唱）中途喪命實可憐！
姜　維　丞相，死者不能復生。丞相休要傷心過重，就該差派我等，掃滅國賊。
諸葛亮　可憐忠義之人，天不與壽。今番出兵又少一員大將。分兵前進者！（同下）

第　八　場

報　子　（內）馬來！（上）
　　　我乃魏營邊報是也。今有孔明復出祁山，兵分五路，水陸並進。不免報與都督知道。就此馬上加鞭！（下）

第　九　場

（四龍套、四下手、司馬懿上）
司馬懿　（唱）在金殿奉聖命統領雄兵，
　　　　　來至在祁山地紮下大營。
　　　　　每日裏命眾將排兵佈陣，
　　　　　提防那諸葛亮來動刀兵。
　　　　　但願得將吳蜀早日除盡，

鞭敲那金鐙響奏凱回程。

報　　子　（內）報！（上）
今有孔明復出祁山，兵分五路，水陸並進。特來報知！

司馬懿　再探！

報　　子　啊！（下）

司馬懿　來，傳眾將進帳！

一龍套　眾將進帳！

（秦朗、司馬師、司馬昭上）

秦　　朗
司馬師　（念）軍中敲戰鼓，將士奮神威。
司馬昭　參見都督！有何將令？

司馬懿　適纔探馬報導，諸葛亮兵出祁山，水陸並進，以取北原爲名，順水來燒浮橋，亂我的後路。我兒可命張虎、樂綝準備戰船，埋伏渭濱，休叫蜀兵衝動浮橋。

司馬師
司馬昭　得令！（下）

司馬懿　秦朗聽令！命你帶領本部人馬，往渭水岸上救應，不得違誤！

秦　　朗　得令！（下）

司馬懿　傳鄭文進帳！

一龍套　鄭文進帳！

鄭　　文　（內）來也！（上）
（念）武將舍身把忠盡，謀臣爲國應同心。
參見都督！

司馬懿　將軍少禮。

鄭　　文　謝都督！傳末將進帳，有何將令？

司馬懿　命將軍四路催押糧草，軍前聽用，不得違誤！

鄭　　文　得令！
（唱）在帳中奉軍令忙出寶帳，
今日裏特命我四路催糧。（下）

報　　子　（內）報！（上）
郭、孫二將軍到！

司馬懿　有請！

报　子　有請！（下）
　　　　（郭淮、孫禮上）

司馬懿　不知二位將軍到此，未曾遠迎，面前恕罪。

郭　淮
孫　禮　豈敢！末將來得魯莽，都督海涵。

司馬懿　豈敢！二位將軍到此，必有所爲？

郭　淮
孫　禮　今蜀兵現在祁山，若跨渭登原，接連北上，阻絕隴道，大可慮也！

司馬懿　孔明暗來北原，偷渡渭水，我軍新立之營，人馬不多，二位將軍可領本部人馬伏於半路，若蜀兵午後渡河，黃昏時候必來攻我。你等詐敗而走，蜀兵必追，你等皆以弓箭射之，不可違誤！

郭　淮
孫　禮　得令！（下）

司馬懿　正是：
　　　　（念）伏弩齊飛星萬點，渭水埋伏射敵兵。
　　　　（同下）

第 十 場

（四文堂、吳懿、吳班上。四龍套、樂綝、張虎上。吳懿、吳班、樂綝、張虎水戰介。樂綝、張虎敗下，吳懿、吳班追下）
（四龍套、秦朗上，過場下）
（四龍套、樂綝、張虎上，棄舟登岸介。四文堂、吳懿、吳班上，棄舟登岸下）
（四龍套、郭淮、孫禮上。四龍套、樂綝、張虎上）

樂　綝
張　虎　蜀兵追殺前來！

郭　淮
孫　禮　殺！

（四文堂、吳懿、吳班上，雙方會陣介，起打。吳班、吳懿敗下，樂綝、張虎、郭淮、孫禮追下）
（四上手、魏延、王平、廖化、馬岱、張翼、馬忠、姜維上）
（四龍套、吳懿、吳班上）

吴　懿	魏兵殺來！
吴　班	
姜　維	迎上前去。

（郭淮、孫禮、樂綝、張虎原人上，會陣介，起打。姜維原人敗下，郭淮原人追下。姜維原人敗上，郭淮原人追上，大開打。秦朗上，射死吴班介，姜維原人敗下，郭淮原人追下）

第 十 一 場

（四下手、四車夫、鄭文上）

鄭　文　（唱）都督帳中傳將令，
　　　　　　　　四路催糧要小心。
　　　　某，鄭文。奉了都督將令，四路催糧，糧草催齊，回營交令。軍士們！

四上手	有！
四車夫	

鄭　文　趕行者！
　　　　（唱）行兵糧草最要緊，
　　　　　　　奉命哪敢半路停。
　　　　（同下）

第 十 二 場

（四龍套、四下手、司馬懿上）

司馬懿　（念）鄭文催糧不回轉，倒叫老夫挂心間。
　　　　（鄭文上）
鄭　文　參見都督！末將交令。
司馬懿　將軍少禮。糧草可曾催齊？
鄭　文　糧草已齊，請都督查點。
司馬懿　將軍之功。一旁坐下！
鄭　文　謝坐。
　　　　（郭淮、孫禮、樂綝、張虎、秦朗上）

秦　　朗　末將等射死吳班，將蜀兵戰敗。特來交令。
司馬懿　眾位將軍後面歇息。
（郭淮、孫禮、樂綝、張虎、秦朗下）
司馬懿　蜀軍雖有此敗，只是不知孔明虛實，如何是好？
鄭　　文　末將有計獻上。
司馬懿　有何妙計？
鄭　　文　耳目甚眾！
司馬懿　兩廂退下！
（四龍套、四下手下）
司馬懿　將軍有何妙計？
鄭　　文　都督派一心腹之人，詐降孔明，探聽虛實，於中取事，哪怕大功不成！
司馬懿　將軍哪裏知道，那孔明足智多謀，我哪有心腹之人！
鄭　　文　都督，末將不才，願詐降那孔明！
司馬懿　哎，想那諸葛亮久慣用兵，若不用苦刑，如何瞞哄於他！
鄭　　文　都督，慢說苦刑，就是千刀萬剮，萬死不辭！
司馬懿　真乃社稷之臣也！
（唱）鄭將軍可算得忠勇之將，
　　　受苦刑行此計蓋世無雙。
鄭　　文　（唱）尊都督休得要好言來講，
　　　某鄭文頗知曉大義綱常。
　　　此一番詐降計將他欺哄，
　　　要擒那諸葛亮好滅蜀王。
司馬懿　升帳！
（吹打。四龍套、四下手、樂綝、張虎、郭淮、秦朗上）
司馬懿　眾位將軍，趁此孔明新敗，各整本部人馬，殺奔敵營，活捉孔明！
鄭　　文　且慢！
司馬懿　鄭將軍為何攔阻？
鄭　　文　想那孔明，用兵如神，前番張郃輕敵而亡。依末將之見，深溝高壘，以待彼糧盡而退，免得士卒徒受勞苦！
司馬懿　嘟！本督用兵多年，你敢在帳前多言！來，扯下去重責一百軍棍！

二下手　啊！
　　　　（二下手押鄭文下，打介。二下手攙鄭文上）
鄭　文　謝都督的責！
司馬懿　打得你可公？
鄭　文　打得公！
司馬懿　將你的人馬撥在秦朗部下聽用！叉入後營，等老夫擒住孔明，再來發放！叉出帳去！
　　　　（鄭文下）
司馬懿　秦朗以爲前部，將鄭文人馬撥在你的標下！
　　　　（同下）

第 十 三 場

（鄭文拉馬上）

鄭　文　（唱）在營中與司馬把計來定，
　　　　　　　　苦肉計到蜀營詐降孔明。
　　　　　　　　悄悄地出大營向前投奔，（上馬介）
　　　　　　　　要誆那諸葛亮智謀之人。（下）

第 十 四 場

（四文堂、諸葛亮上）

諸葛亮　（唱）先帝爺三請我纔把山下，
　　　　　　　　論陰陽如反掌保定漢家。
　　　　　　　　在金殿奉王旨統領人馬，
　　　　　　　　來至在祁山地纔把營紮。
　　　　　　　　這幾日不出兵未把仗打，
　　　　　　　　司馬懿他笑我懼怕了他。
　　　　　　　　選一個黃道日發動人馬，
　　　　　　　　滅司馬掃東吳恢復漢家。
報　子　（內）報！（上）
　　　　啟丞相：司馬營中來了一將，名喚鄭文，前來投降！

諸葛亮　再探！

報　子　得令！（下）

諸葛亮　來！傳衆將進帳！

一文堂　衆將進帳！

姜　維
魏　延　（内）來也！（上）
馬　岱　參見丞相！
王　平

諸葛亮　衆位將軍少禮！

姜　維
魏　延
馬　岱　謝丞相！傳我等進帳，有何軍情？
王　平

諸葛亮　司馬營中來了一將，名喚鄭文，他是甚等樣人？

姜　維　啓禀丞相：司馬營中新收一將，名喚鄭文，此人武藝高強。丞相要提防一二！

諸葛亮　傳鄭文進帳！

一文堂　鄭文進帳！

鄭　文　（内）來也！（上）
　　　　（唱）昔日裏伍子胥吳國投下，
　　　　　　　爲報那父兄讎奔走天涯。
　　　　　　　到後來他也曾鞭打王駕。
　　　　　　　方顯得奇男子做事不差。
　　　　　　　來至在蜀營外翻身下馬，
　　　　　　　轅門外擺刀槍劍戟如麻。
　　　　　　　我這裏進大營將頭低下，
　　　　　　　見了那諸葛亮好把話答。（跪介）

四文堂　鄭文跪帳！

諸葛亮　（唱）見一將跪帳中身體高大，

鄭　文　（假哭介）丞相啊……

諸葛亮　（唱）爲甚麼帶愁容兩淚如麻？
　　　　　　　問來將因何故反背司馬，
　　　　　　　說你的名和姓在哪裏有家？

| 鄭　文 | （唱）家住在西蜀地秦山脚下，
我的名叫鄭文幼學槍法。
都只爲勸司馬被他責打，
功勞簿勾了名不用某家。
望丞相開大恩收留帳下。
分屍身碎屍骨答報漢家。 |
| --- | --- |
| 諸葛亮 | （唱）久聞那司馬懿才學高大，
看起來英雄漢做事有差。
見過了合營將請坐敘話，
待山人奏幼主定把功加。 |
| 報　子 | （内）報！（上）
司馬營中來了一將，名叫秦朗，單叫鄭將軍出馬！ |
諸葛亮	再探！
報　子	啊！（下）
諸葛亮	鄭將軍，司馬營中來了一將，名叫秦朗，他是何人？
鄭　文	啓禀丞相：司馬營中有一秦朗，此人武藝高强，不可輕視！
諸葛亮	待山人遣一能將出馬。
鄭　文	且慢！末將進得營來，寸功未立，願斬秦朗獻與丞相台前！
諸葛亮	就命鄭將軍出馬，立此大功。
鄭　文	得令！（下）
諸葛亮	（笑介）哈哈哈……
（唱）看起來我主爺洪福高大，
收鄭文好一似龍生爪牙。
待老夫觀陣勢衆將退下，
姜　維
魏　延
馬　岱
王　平	啊！

（姜維、魏延、馬岱、王平下。車夫上，諸葛亮上車介，四文堂、諸葛亮圓場上高臺，車夫下）

諸葛亮	（唱）看鄭文與秦朗怎樣戰殺。

（四龍套、假秦朗、四文堂、鄭文兩邊上）

鄭　文　　秦朗,你趕來則甚?
假秦朗　　奉了都督之命,取你首級!
鄭　文　　看槍!(刺死假秦朗介)
鄭　文　　(唱)金槍一舉鬼神怕,
　　　　　　　　無知匹夫染黃沙。
　　　　　　　　下得馬來頭割下,
　　　　　　　　見了那諸葛亮再把話答。(下)
諸葛亮　　(唱)他二人見了面雙槍並架,
　　　　　　　　未見那三兩合就把他殺。
　　　　　　　　莫不是司馬懿叫他來行詐?
　　　　　　　不錯,是的。回營!
　　　　　　　(四文堂、諸葛亮下高臺,車夫圓場,入帳介,車夫下)
諸葛亮　　(唱)候鄭文回營來仔細盤查!
　　　　　　　(鄭文上)
鄭　文　　末將斬得秦朗首級,特來獻上!
諸葛亮　　號令轅門。鄭將軍!
鄭　文　　丞相!
諸葛亮　　司馬營中有幾個秦朗?
鄭　文　　就是一個秦朗,並無第二。
諸葛亮　　你待怎講?
鄭　文　　並無第二。
諸葛亮　　鄭將軍,你這是何苦哇!哈哈哈……
　　　　　　(唱)我本是臥龍崗一道家,
　　　　　　　　先帝爺三請我扶保漢家。
　　　　　　　　適纔間斬秦朗多有勞駕,
　　　　　　　　在山頭把山人活活笑煞。
鄭　文　　(唱)有鄭文在帳中巧言回話,
　　　　　　　　尊一聲老丞相細聽根芽。
　　　　　　　　小秦朗雖然是武藝高大,
　　　　　　　　將在謀哪在勇將他斬殺。
諸葛亮　　(唱)人道那小秦朗武藝高大,
　　　　　　　　未戰到三兩合就被你殺。

|||莫不是司馬懿叫你來行詐,
|||小小的詐降計怎能瞞咱!
|鄭　文|(唱)|適纔間斬秦朗功勞甚大,
|||進帳來你為何苦苦盤查?
|諸葛亮|大膽!(冷笑介)嘿嘿嘿……|
||(唱)在帳中我勸你一派好話,
|||你不該在我營胡言亂答。
|||我勸你在此間講了實話,
|||待山人奏我主定把功加。
|||你若是在我營不講實話,
|||頃刻間傳將令定把你的頭殺。
|||諸葛亮興人馬誰人不怕,
|||我服你好大膽敢在我虎口拔牙[1]。
|鄭　文|(唱)|早知道諸葛亮會算八卦,
|||小小的詐降計焉能瞞他!
|||這時候顧不得老將司馬,
||司馬懿,我顧不得你了!|
||(唱)|尊一聲老丞相細聽根芽:
|||適纔間斬秦朗果然是假,
|||望丞相開大恩饒恕某家。
|諸葛亮|(唱)|見鄭文在帳下講了實話,
|||待山人奏幼主定把功加。
	鄭將軍,你與司馬定下何計?
鄭　文	定下苦肉之計,裏應外合,要殺丞相。
諸葛亮	何不與他個計上加計!
鄭　文	何為計上加計?
諸葛亮	就煩鄭將軍修書,誆那司馬,倘若司馬被擒,豈不是鄭將軍大功一件麼!
鄭　文	某願修書。
諸葛亮	來!溶墨伺候。
鄭　文	鄭文拜!
	(【牌子】。修書介)

諸葛亮　傳旗牌！
一文堂　傳旗牌！
　　　　（旗牌上）
旗　牌　參見丞相！有何差遣？
諸葛亮　鄭將軍有差。
旗　牌　鄭將軍有何差遣？
鄭　文　這有書信一封，下到司馬營中，叫他照書行事！
旗　牌　遵命！（下）
諸葛亮　將鄭文綁了！
　　　　（一文堂綁鄭文介）
鄭　文　為何將末將綁了？
諸葛亮　鄭將軍，擒住司馬，再來發放於你。
鄭　文　諸葛亮啊，諸葛孔明！你好狠毒也！
　　　　（二龍套押鄭文下，二龍套又上）
諸葛亮　（唱）可笑司馬少才學，
　　　　　　　用兵全然不揣摩。
　　　　　　　詐降之計錯又錯，
　　　　（四文堂下）
　　　　（唱）這件事瞞不過南陽諸葛。（下）

校記

［１］我服你好大膽敢在我虎口拔牙："拔"，原作"扳"，據《戲學指南》本改。

第 十 五 場

　　　　（四龍套、司馬懿上）
司馬懿　（唱）可恨那諸葛亮做事太差，
　　　　　　　他屢次出祁山來奪中華。
　　　　　　　哪知魏家有司馬，
　　　　　　　調兵遣將勝似他。
　　　　　　　但願得詐降計把孔明瞞過，
　　　　　　　擒諸葛滅西蜀扶保魏家。

　　　　　　（旗牌上）
旗　　牌　（念）離了蜀營地，前來下書文。
　　　　　　門上有人麼？
一龍套　　什麼人？
旗　　牌　煩勞通稟，下書人求見。
一龍套　　候着，下書人求見。
司馬懿　　傳！
一龍套　　都督傳你！
旗　　牌　是。與都督叩頭！
司馬懿　　罷了。奉何人所差？
旗　　牌　鄭將軍所差。書信呈上。（呈書介）
司馬懿　　下面伺候！
旗　　牌　是。
司馬懿　　鄭文有書信到來，待我觀看。（【牌子】。看書介）傳下書人！
一文堂　　下書人！
旗　　牌　來也！
司馬懿　　修書不及，照書行事。
旗　　牌　是。（下）
司馬懿　　傳秦朗進見！
一文堂　　秦朗進見！
　　　　　　（秦朗上）
秦　　朗　（念）三國爲大將，丹心保家邦。
　　　　　　參見都督！有何將令？
司馬懿　　命你今晚三更時分，帶領本部人馬，前去偷營，不得違誤！
秦　　朗　得令！（下）
司馬懿　　衆將官！
四龍套　　有。
司馬懿　　接應去者！
四龍套　　啊！
　　　　　　（同下）

第 十 六 場

（四文堂、諸葛亮上）

諸葛亮　（唱）老夫用兵無人敵，
　　　　　　　魏朝中又出司馬懿。
　　　　　　　提兵調將有算計，
　　　　　　　他比我諸葛亮不差毫釐。
　　　　　　　鄭文來用詐降計，
　　　　　　　哪知老夫未卜先知。
　　　　　　　因此上我與他計上加計，
　　　　　　　方顯我諸葛亮韜略高低。

（旗牌上）

旗　　牌　小人交差。
諸葛亮　下書一事如何？
旗　　牌　司馬一見書信，十分歡喜，今晚前來偷營。
諸葛亮　好，傳令下去，將鄭文開刀！
旗　　牌　得令！下面聽者！丞相有令：將鄭文開刀！（下）

（三通鼓介，旗牌捧鄭文頭上）

旗　　牌　首級到。
諸葛亮　命你將鄭文首級貯在木匣之內，送到司馬營中，言說我家丞相見都督連日用兵辛苦，送此一份厚禮，望乞收納。
旗　　牌　遵命！（下）
諸葛亮　來！眾將進帳！
一文堂　眾將進帳！

（姜維、魏延、馬岱、王平上）

姜　維
魏　延　參見丞相！
馬　岱
王　平
諸葛亮　命你等營外埋伏，看號火一起，四下殺出，不得違誤！

姜　　維	
魏　　延	得令！（下）
馬　　岱	
王　　平	
諸葛亮	四輪車伺候。
	（車夫上）
諸葛亮	（唱）人來看過四輪輦，（上車介）
	擒捉司馬就在眼前。
	（同下）

第 十 七 場

（四下手、秦朗上）

秦　　朗　來此蜀營。殺！

（四文堂、姜維、魏延、馬岱、王平上，會陣介，起打，殺秦朗死介，姜維原人下）

胭粉計

佚名撰

解題

京劇。現代佚名撰。《京劇劇目辭典》著録,題《胭粉計》,又名《辱仲達》《上方谷》;《京劇劇目初探》著録,題《胭粉計》,一名《上方谷》或《火燒葫蘆峪》,又名《六出祁山》,均未署作者。劇寫諸葛亮用計將司馬懿父子困在葫蘆峪,並於事先埋好火藥,準備將其燒死。同時將誘敵進峪的魏延一併燒死。不料天降大雨,司馬氏父子及魏延得救。諸葛亮知魏延不會與他干休,乃與馬岱定苦肉計。魏延回營,怒責諸葛亮事先不告知,險些燒死。亮詐稱已令馬岱引魏延出陣,責怪馬岱違誤軍令,重責四十軍棍,派在魏延帳下聽用。司馬懿父子回營,不敢出戰。諸葛亮使旗牌將胭粉、釵裙送往司馬營中以示羞辱。司馬懿毫不介意,堅守不出。諸葛亮飲食漸少,心力交瘁,知大勢已去,急命姜維搭法臺禳星祈壽,無令不許入壇。六日後,七星果然復明,亮正高興時,魏延急報軍情,闖入帳中,不慎將本命燈撲滅。諸葛亮命魏延前往禦敵;急召李福,告以將不久於人世,請將遺表轉後主。付姜維錦囊一封,囑咐三件後事。又召楊儀使掌軍師大印,與一小束,命照束行事。又與王平、馬岱小束各一紙,令定期拆看。言畢死而復醒。李福復回營問軍國大事何人可托?亮一一答對。言未了而死。姜維取出錦囊,遵亮命以沉香雕成諸葛亮偶像聽用。魏延奉諸葛亮命迎敵,魏兵不戰自退,回營交令。見李福,知諸葛亮已死,兵權交給姜維、楊儀,大爲不滿,決定謀反。司馬懿見將星墜落,料諸葛亮已死,率領人馬踹營,搶其屍首,及見孔明偶像,驚懼退走。姜維兵回西川。本事出於《三國演義》第一〇三、一〇四回。《三國志·蜀書·諸葛亮傳》裴注引《魏書》《晉陽秋》《漢晉春秋》載有此事,均不同。元刊《三國志平話》已有諸葛亮禳星之説,並云孔明臨死命魏延爲帥,死後,姜維乃斬魏延。元人雜劇有《五丈原諸葛禳星》,道光四年(1824)《慶昇平班戲目》已列此劇。按此劇實際包括《葫蘆峪》《胭粉計》《七星燈》三折。版本今有《京劇彙編》收錄的劉硯芳藏本及以此本整理重印的《京劇傳統劇本彙編》本、《戲考》本。今以《京劇彙編》劉硯芳藏本爲底本，參考其他本校勘整理。

第 一 場

（司馬師、司馬昭上，起霸）

司馬師　（念）（詩）大將生來膽氣豪，
司馬昭　（念）（詩）腰橫秋水雁翎刀；
司馬師　（念）（詩）胯下一騎白龍馬，
司馬昭　（念）（詩）馳騁沙場保皇朝。

司馬師　俺，司馬師。
司馬昭　　　司馬昭。

司馬師　今日爹爹奉命興師，你我弟兄在此伺候。

司馬師　請！（下）
司馬昭

第 二 場

（四龍套、四下手、四將官、司馬懿上）

司馬懿　（唱【點絳唇】）
　　　　殺氣衝霄，經綸懷抱；傳令號。地動山搖，丹心保魏朝。
　　　（念）（詩）兩鬢銀霜似雪飛，
　　　　　　　　胸藏韜略逞雄威。
　　　　　　　　多謀足智人人畏，
　　　　　　　　老邁年高挂鐵衣。
　　　　老夫，司馬懿。可恨孔明統領大兵，六出祁山，今奉聖旨，與其對壘。只是他詭計多端，老夫這裏興兵，他便拔營退去；老夫這裏收兵，他竟又來討戰。今日必須多發人馬，與他決一死戰。來！

四龍套　有！
四下手

司馬懿　傳先行進帳！

一下手　先行進帳！

（司馬師、司馬昭上）

司馬師
司馬昭　爹爹在上，孩兒打躬！

司馬懿　罷了。人馬可曾齊備？

司馬師　俱已齊備。

司馬懿　起兵前往！

司馬師
司馬昭　衆將官！

衆　　　有！

司馬師
司馬昭　起兵前往！

衆　　　啊！

（【牌子】。同下）

第　三　場

（四文堂、四上手、姜維、魏延上）

姜　維　（念）豪傑凌雲志，

魏　延　（念）英雄掣電威。

姜　維　某，姜維。

魏　延　魏延。

姜　維　你我奉了丞相之命，征討司馬懿父子，一同殺上前去！

魏　延　殺！

（姜維、魏延原人圓場，四龍套、四下手、四將官、司馬師、司馬昭上，會陣介，雙方原人下。姜維、魏延、司馬師、司馬昭起打介。姜維、魏延敗下，司馬師、司馬昭追下）

第　四　場

（姜維、魏延原人上）

姜　維　看司馬弟兄殺法驍勇，你我不能取勝，如何是好？

魏　延	且自退兵回營,見了丞相,再做道理。
姜　維	好,衆將官!
四文堂 四上手	有。
姜　維	回營去者!
四文堂 四上手	啊!

（同下）

第　五　場

（司馬師、司馬昭原人上）

司馬師	姜維、魏延大敗而逃,你我回營交令。
司馬師 司馬昭	衆將官!
四龍套 四下手	有。
司馬師 司馬昭	回營去者!
四龍套 四下手	啊!

（同下）

第　六　場

（四龍套、二琴童、諸葛亮上）

諸葛亮	（念）三國起戰爭,何日得太平。

（姜維、魏延上）

姜　維 魏　延	丞相在上,末將交令。
諸葛亮	勝負如何?
姜　維	司馬弟兄殺法驍勇,某等敗下陣來!
諸葛亮	山人早已知道,此陣必敗。魏延聽令!

魏　　延　在。
諸葛亮　前山之麓,有一山谷名叫葫蘆峪。命你帶領一千人馬,與司馬父子交戰,只許敗,不許勝!引他等進得峪來,老夫自有道理。
魏　　延　得令!(下)
諸葛亮　姜維聽令!
姜　　維　在。
諸葛亮　命你帶領三千人馬,埋伏葫蘆峪口,等候魏延引司馬父子到來,接殺一陣,不得有誤!
姜　　維　得令!(下)
諸葛亮　馬岱進帳!
一龍套　馬岱進帳。
馬　　岱　(內)來也!(上)
　　　　　(念)朝中天子宣,閫外將軍令。
　　　　　參見丞相!
諸葛亮　馬將軍少禮。山人前番命你在葫蘆峪口內,安排連環地雷、九節大炮,可曾齊備?
馬　　岱　俱已齊備,專候丞相使用。
諸葛亮　好,就命你帶領五千名小軍,埋伏葫蘆峪口,等候魏延引司馬父子到來,進了峪口,你可吩咐小軍放起火炮,將他父子一齊燒死,速來通報!
馬　　岱　得令!(下)
諸葛亮　正是:
　　　　　(念)山人暗用火攻計,不知蒼天依不依。
　　　　　(同下)

第　七　場

(四文堂、魏延上。四龍套、四下手、四將官、司馬師、司馬昭、司馬懿上。會陣,起打介,魏延敗下,司馬懿原人追下)

第　八　場

(魏延原人敗上,司馬懿原人追上。起打,魏延原人敗下。四兵士、

姜維上,接殺,下,司馬懿原人追下)

第 九 場

(四上手、馬岱上,作埋伏介,虛下)
(魏延原人敗上,司馬懿原人追上,起打介)
(四雲童、風、雨、雷、電四神上,上高臺介)
(馬岱放火介,四雲童、風、雨、雷、電四神下高臺。行雲布雨介。四雲童、風、雨、雷、電下)
(魏延下,司馬師、司馬昭、司馬懿雙收下)
(馬岱引四上手下)
(司馬懿引司馬師、司馬昭上,撲地倒介)

司馬懿　哎呀兒呀!不想中了孔明毒計,不是天降大雨,你我父子性命休矣!
司馬師　你我父子望空一拜!
　　　　【牌子】。司馬懿、司馬師、司馬昭拜介)
司馬懿　殺出重圍,再做道理!
　　　　(同下)

第 十 場

(四文堂、魏延上)

魏　延　且住。可恨這牛鼻子老道在葫蘆峪口,安下地雷、九節連環大炮,怎麼他也不對俺言講!若不是天降大雨,連俺魏延一併也燒死在內,此番回營,我是定不與那孔明甘休!來,回營!
四文堂　啊!
　　　　(同下)

第 十 一 場

(四上手、馬岱上)

馬　岱　堪堪大事已成,不料天降大雨,將地雷火炮打滅!不免報與丞相知

　　　　　道便了！回營！
四上手　啊！
　　　　（同下）

第 十 二 場

　　　　（二琴童、諸葛亮上）
諸葛亮　（念）派兵調將行軍令，天意難回功不成！
　　　　（姜維上）
姜　維　末將交令。
諸葛亮　那司馬父子呢？
姜　維　堪堪大事將成，不料天降大雨，將火炮打熄，司馬父子竟殺出重圍去了！
諸葛亮　哎！此乃天意也！將軍下面歇息。
姜　維　謝丞相！（下）
　　　　（馬岱上）
馬　岱　末將交令。
諸葛亮　那司馬父子呢？
馬　岱　堪堪大事將成，不料天降大雨，將火炮打熄，被他父子殺出重圍去了！
諸葛亮　哎呀且住！我只想安下地雷火炮，將司馬父子燒死，以除外患；將魏延燒死，以除內患。不料天意難違，倘若魏延回來，他豈肯與我甘休，這便怎麼處啊！馬將軍！
馬　岱　丞相！
諸葛亮　老夫平日待你如何？
馬　岱　待末將恩重如山。
諸葛亮　想那魏延回營，定不與老夫甘休，你可知當日黃公覆之故事乎[1]？
馬　岱　末將情願受責！
諸葛亮　好，將軍暫請後營歇息。
馬　岱　遵命！（下）
　　　　（魏延上）
魏　延　可惱哇，可惱！

諸葛亮　魏將軍怒氣不息，爲着誰來？
魏　延　我就爲你來！
諸葛亮　爲老夫何來？
魏　延　丞相，既然安下地雷火炮，怎不叫俺魏延知道？若不是天降大雨，俺魏延豈不也燒死在內？
諸葛亮　啊？老夫也曾命馬岱在兩軍陣前，引將軍出陣！
魏　延　兩軍陣前哪見甚麼馬岱！
諸葛亮　來！傳馬岱進帳！
一琴童　馬岱進帳！
　　　　（馬岱上）
馬　岱　丞相有何吩咐？
諸葛亮　老夫命你在兩軍陣前，引魏將軍出陣，你往哪裏去了？
馬　岱　這個……
　　　　（四上手暗上）
諸葛亮　分明是違誤軍令，理應斬首，念在用兵之際，死罪已免，活罪難逃！來！
四上手　有。
諸葛亮　重責四十軍棍！
四上手　啊！
　　　　（四上手扯馬岱下，打介）
魏　延　打、打、打！
　　　　（四上手扶馬岱上）
馬　岱　謝丞相的責。
諸葛亮　馬岱，老夫打得你可公？
馬　岱　打得公！
諸葛亮　打得你可是？
馬　岱　打得是！
諸葛亮　從今以後，將你派在魏將軍的名下聽用，你要聽他的號令。
馬　岱　是。
諸葛亮　魏將軍領了下去。
魏　延　得令！呔，馬岱！丞相將你派在某的名下聽用，你要與我仔細了！你要與我打點了！隨俺來！

馬　岱　是。
　　　　（魏延、馬岱下）
諸葛亮　一計不成，只得再用二計。來，傳旗牌進帳！
一上手　旗牌進帳！
　　　　（旗牌上）
旗　牌　（念）堂上一呼，階下百諾。
　　　　叩見丞相！
諸葛亮　罷了。現有胭粉、釵裙，命你送到司馬懿營中。你就說我家丞相見都督連日興兵辛苦，送來幾樣玩物，望都督笑納！
旗　牌　遵命！
諸葛亮　（念）一言吩咐你，
旗　牌　（念）怎敢稍延遲。
　　　　（同下）

校記

［１］你可知當日黃公覆之故事乎："覆"，原作"復"，據《三國志・吳書・黃蓋傳》改。

第 十 三 場

　　　　（四龍套、司馬懿上）
司馬懿　（念）魏主洪福大，天佑保國臣。
　　　　老夫，司馬懿。前日在葫蘆峪口，險遭不測，因此停兵不戰。我想孔明必然差人前來，探聽我的消息。來，伺候了！
　　　　（旗牌上）
旗　牌　（念）英雄探虎穴，大膽入龍潭。
　　　　門上有人麼？
一龍套　甚麼人？
旗　牌　諸葛丞相差人求見。
一龍套　候着。諸葛丞相差人求見。
司馬懿　是大將，還是小卒？
一龍套　乃是一個旗牌。

司馬懿　吩咐動樂有請！
旗　牌　小人叩見都督！
司馬懿　請起。
旗　牌　謝都督！
司馬懿　手捧何物？
旗　牌　我家丞相見都督連日興兵辛苦，特命小人送來幾件玩物，望乞都督笑納。
司馬懿　待某看來！（看介）哎呀呀！你看孔明見本督按兵不動，差人送來胭粉、釵裙。（想介）待本督穿戴起來，倒要拜他幾拜。來，看衣更換！

（吹打。司馬懿換女人衣裙走浪頭介）

司馬懿　恥笑由他恥笑，只是各有用兵不同。來，將衣物收訖去吧！（脫衣介）
旗　牌　告辭。
司馬懿　且慢，將軍到此，乃是客位，理當看宴。
旗　牌　不敢打攪。
司馬懿　看宴伺候！

（【牌子】。一龍套擺宴介）

司馬懿　將軍請！
旗　牌　都督請！
司馬懿　（唱）【西皮原板】
　　　　中軍帳內排酒宴，
　　　　將計就計誘他言。
　　　　你丞相在營中做何消遣，
　　　　酒飲幾巡飯幾餐？
旗　牌　都督哇！
　　　　（唱）俺丞相在營中無可消遣，
　　　　爲軍務勞心力晝夜不眠。
　　　　我看他這幾日飲少食減，
　　　　酒一巡來飯只一餐。
司馬懿　（唱）【西皮搖板】
　　　　你丞相勞心血肝腸用斷，

快叫他收了兵早回西川。

旗　牌　（唱）多謝都督賜酒宴，
　　　　　　回轉大營說根源。（下）

司馬懿　（唱）孔明做事太欺情，
　　　　　　送來胭粉並釵裙。
　　　　　　大丈夫由你來取笑，
　　　　　　各有神機腹內存。
　　　　　　人來掌燈把路引，
　　　　　　觀看北斗一星辰。

（同下）

第十四場

（二琴童、諸葛亮上）

諸葛亮　（念）智敵千員將，胸藏百萬兵。
　　　　（旗牌上）

旗　牌　（念）忙將魏營事，報與丞相知。
　　　　參見丞相！

諸葛亮　你回來了？

旗　牌　回來了。

諸葛亮　胭粉、釵裙可曾送去？

旗　牌　送去了。

諸葛亮　那司馬懿見着禮物便怎麼樣？

旗　牌　小人到了他營，將胭粉、釵裙交與那司馬懿，我說丞相見你停兵不戰，送你胭粉、釵裙，叫你穿在身上，望丞相處拜他幾拜，丞相就可收兵。

諸葛亮　他說些甚麼？

旗　牌　那司馬懿就將釵裙穿戴起來，言道：譏笑由丞相譏笑，只是各自用兵不同。

諸葛亮　啊，這是那司馬懿說的？

旗　牌　正是。

諸葛亮　後來呢？

| 旗　　牌 | 他還留小人在他營中飲宴。
| 諸葛亮 | 你還在他營中吃了酒飯來麼？那司馬懿在酒席筵前講些甚麼？
| 旗　　牌 | 他問道：丞相這幾日飲食如何？
| 諸葛亮 | 你是怎樣回答？
| 旗　　牌 | 小人回答得好。
| 諸葛亮 | 你是怎樣講的？
| 旗　　牌 | 我道丞相這幾日飯食減少。
| 諸葛亮 | 嘎！退下！
| 旗　　牌 | 是。（下）
| 諸葛亮 | 且住。指望送去胭粉、釵裙，恥笑那司馬懿，不料被旗牌將機關泄露，這大事休矣！

（唱）【二黃慢板】
　　仰面朝天自己嗟嘆，
　　司馬懿可算得將中魁元。
　　送胭粉和釵裙不惱可贊，
　　反與那旗牌官酒食來餐。
　　有剛有柔是好漢，
　　我諸葛要學他難上加難。
　　先帝爺下南陽君臣相見，
　　受深恩要扭轉漢室江山。
　　博望坡燒曹兵初次交戰，
　　借東風助周郎火燒戰船。
　　用火攻燒藤甲南蠻喪膽，
　　誰不知諸葛亮計能扭天。
　　到如今遇司馬兩下會戰，
　　葫蘆峪設地雷定下機關。
　　我料他父子們定遭此難，
　　又誰知天不遂也是枉然。
　　一時間心血涌神昏意亂，（吐介）

（唱）【二黃搖板】
　　傳姜維和魏延快到帳前。

| 一琴童 | 丞相有令：姜維、魏延進帳！

（姜維、魏延上）

姜　維　（唱）忽聽丞相一聲喚，
魏　延　（唱）來了姜維並魏延。
姜　維
魏　延　丞相爲何這等模樣？
諸葛亮　二位將軍有所不知，老夫本欲重興漢室，恢復中原，怎奈天命難違，大數已定，只怕我命就在旦夕了！
姜　維　丞相自幼精習奇門之法，何不在此高搭法臺，祝告上蒼，保得陽壽，也未可知。
諸葛亮　老夫正欲祈禱。但不知天意如何？
魏　延　嘎！
諸葛亮　魏延聽令！
魏　延　在。
諸葛亮　命你帶領一哨人馬，巡營瞭哨，以防司馬。無令不許入壇！
魏　延　得令！（下）
諸葛亮　姜維聽令！
姜　維　在。
諸葛亮　命你在中央戊己土高搭壇臺，上用七星黑旗，安置明燈七盞，中間一盞，乃是我本命之燈，不可熄滅，倘若熄滅，大事難成！
姜　維　得令！（下）
諸葛亮　（唱）【二黃搖板】
　　　　　設壇排星拜北斗，
　　　　　但願天意早回頭。
　　　　　三寸氣在千般用，
　　　　　一旦無常萬事休！
　　　　　掃滅中原難回首，
　　　　　只恐那大數難逃不自由！
（同下）

第 十 五 場

（四龍套、司馬懿上）

司馬懿　（唱）【二黃導板】

　　　　大營內靜悄悄玉兔東上，

（四龍套持燈引司馬懿上）

司馬懿　（轉唱）【二黃回龍腔】

　　　　好一似丹青畫現出天堂。

（接唱）【二黃原板】

　　　　那孔明可算得周朝呂望，
　　　　我的計未曾行他知其詳。
　　　　葫蘆峪設毒計險些命喪，
　　　　天不絕我父子方免災殃。
　　　　送來了釵裙衣怒火上撞，
　　　　對衆軍叫老夫羞愧難當。
　　　　爲孔明每日間神魂飄蕩，
　　　　我若是再興兵不知存亡。
　　　　叫衆軍忙帶路高崗來上，

（四龍套、司馬懿上高臺介）

司馬懿　（接唱）【二黃原板】

　　　　熄銀燈忙迴避細觀四方。
　　　　觀天罡和地煞各有方向，
　　　　將水火木金土細看端詳。
　　　　只見那二十八宿星明燦亮，
　　　　明朗朗紫微星鎮住中央。
　　　　南極星壽如天光芒下降，
　　　　北斗星爲甚麼底角生凉？
　　　　算就了五丈原諸葛有恙，
　　　　一霎時叫老夫放下愁腸。
　　　　但願得諸葛亮眼前命喪，

（四龍套、司馬懿下高臺介）

司馬懿　（接唱）【二黃原板】

　　　　免得我司馬懿晝夜提防。

（同下）

第 十 六 場

（【柳搖金】。姜維捧燈上，打掃壇臺介）

姜　　維　有請丞相！
諸葛亮　（內）攙扶了！
　　　　　（二琴童攙諸葛亮上）
諸葛亮　（唱）【二黃慢板】
　　　　　　爲漢家把我的心血用盡，
　　　　　　都只爲先帝爺托孤之恩。
　　　　　　執寶劍上壇臺難以扎挣，（上臺介）
　　　　（轉唱）【二黃原板】
　　　　　　險些兒把老夫跌倒埃塵！
　　　　（姜維、二琴童暗下）
　　　　上蒼啊！亮生亂世，隱居隆中，蒙先帝三顧之恩，任後主托孤之重。統衆兵出祁山，討賊不果，將星欲落，陽壽將終。虔誠祝告上蒼，假我數年陽壽，扶持漢室，上報先帝托孤之恩，下免萬民一切之苦，神明在上，鑒我此心！（焚表三道介）
　　　　（接唱）【二黃原板】
　　　　　　諸葛亮不敢扭天行，
　　　　　　爲的是我主錦乾坤。
　　　　　　拜南斗和北斗賜我陽壽，
　　　　　　掌簿官執筆吏留下人情。
　　　　　　按中央戊己土深深拜定，（觀星介）
　　　　（笑介）哈哈哈……
　　　　（轉唱）【搖板】
　　　　　　見將星比往常顯見光明。
　　　　　　雖然是星明亮吉凶未定，
　　　　　　怕的是天意難違大事難成！
　　　　（魏延急上）
魏　　延　（唱）【二黃搖板】
　　　　　　司馬懿父子來踹營，

　　　　　　報與丞相得知情。
　　　　（魏延將燈撲滅介）
諸葛亮　（唱）【二黃搖板】
　　　　　　想是我大限有一定，
　　　　　　魏延打熄我的本命燈。
　　　　　　將本命燈撇在塵埃地，
　　　　（姜維上）
姜　維　（唱）丞相爲何發雷霆？
諸葛亮　（唱）我今拜斗六天整，
　　　　　　看看七天大功成。
　　　　　　恨魏延他把我本命燈撲熄，
　　　　　　我的性命只怕難保存。
姜　維　哎呀，好賊子！
　　　　（唱）【二黃搖板】
　　　　　　我師父拜斗六天整，
　　　　　　看看拜起本命星。
　　　　　　爲何將燈來打熄？
　　　　　　想是賊子起歹心。
　　　　　　手執寶劍將你砍，
魏　延　你不能！
諸葛亮　（唱）將軍息怒且消停。
　　　　魏延，你慌慌張張跑上壇臺，可是司馬懿命人前來罵陣麼？
魏　延　正是。
諸葛亮　命你帶領本部人馬，抵敵司馬來將，無令休來見我！
魏　延　得令！正是：
　　　　（念）量小非君子，無毒不丈夫！（下）
諸葛亮　姜維，攙我下臺！
　　　　（姜維攙諸葛亮下臺介）
諸葛亮　（唱）【二黃搖板】
　　　　　　姜維與我快些請，
　　　　　　後帳快請李大人！
姜　維　有請李大人！

（李福上）

李　　福　（唱）【二黃搖板】
　　　　　　　　忽聽丞相一聲請，
　　　　　　　　急忙進帳問分明。
　　　　　　參見丞相！

諸葛亮　罷了。

李　　福　喚我進帳，有何事議？

諸葛亮　李大人哪！我今病已沉重，不久於人世，有遺表一道，煩勞大人去往成都，轉奏幼主，意下如何？

李　　福　丞相差遣，願去不辭。

諸葛亮　姜維，看表過來！

姜　　維　是。

諸葛亮　攙扶了！

姜　　維　是。

諸葛亮　聖上啊！念臣氣盡力衰，不能扶保社稷了！
　　　　　（唱）【二黃搖板】
　　　　　　　　眼望着西川深深拜，
　　　　　　　　拜謝我主爵祿恩。
　　　　　　　　羞愧難見劉先主，
　　　　　　　　李大人你速速轉奏奔都城。

李　　福　（唱）辭別丞相跨金鐙，
　　　　　　　　不分晝夜奔都城。（下）

諸葛亮　姜維！

姜　　維　丞相！

諸葛亮　伯約！

姜　　維　師父！

諸葛亮　將軍哪！
　　　　　（唱）【二黃快三眼】
　　　　　　　　我和你雖是將帥却有那師徒之義，
　　　　　　坐下！
　　　　　（姜維坐介）

諸葛亮　（轉唱）【二黃原板】

　　　　　　必須要秉忠心扶保華夷。
　　　　　　一封錦囊交與你，
　　　　　　内藏着妙算與神機。
　　　　　　我死後拆開觀仔細，
　　　　　　内有妙法退強敵。
　　　　　　我死後三件大事托付你，
　　　　　　一樁樁一件件切莫泄機。
姜　維　第一件？
諸葛亮　（接唱）【二黄原板】
　　　　　　第一件我死後休要挂孝，
姜　維　第二件？
諸葛亮　（接唱）【二黄原板】
　　　　　　第二件必須要緩緩移營。
姜　維　這第三件？
諸葛亮　（接唱）【二黄原板】
　　　　　　第三件我死後魏延必反，
姜　維　啊！
諸葛亮　（轉唱）【二黄摇板】
　　　　　　我自有妙計殺此人。
　　　　　姜維！
　　　　　（接唱）【二黄摇板】
　　　　　　我將這奇門遁甲傳與你，
　　　　　　陣陣不離此圖形。
　　　　　　這一弩能發十條箭，
　　　　　　九伐中原你當承。
姜　維　遵命！
諸葛亮　（接唱）【二黄摇板】
　　　　　　將軍與我傳一令，
　　　　　　快傳馬岱、楊儀與王平！
姜　維　馬岱、楊儀、王平進帳！
　　　　（馬岱、楊儀、王平上）

馬　岱	（唱）【二黃搖板】
楊　儀	忽聽帳中傳一令，
王　平	見了丞相問分明。

（諸葛亮昏介）

姜　維	
馬　岱	丞相醒來！
楊　儀	
王　平	

（諸葛亮醒介）

諸葛亮　（唱）【二黃搖板】
　　　　　　只期霸業歸炎漢，
　　　　　　誰知半路不周全。
　　　　　　猛然睜開昏花眼，
　　　　　　又只見衆將官站立面前。

姜　維	
馬　岱	丞相！
楊　儀	
王　平	

諸葛亮　楊儀！
楊　儀　在。
諸葛亮　（唱）【二黃搖板】
　　　　　　我死後軍師大印你掌管，
　　　　　　事事小心須周全。
　　　　　　我今與你一小柬，
　　　　　　這裏暗藏巧機關。
楊　儀　遵命！
諸葛亮　王平！
王　平　在。
諸葛亮　（唱）【二黃搖板】
　　　　　　我今與你一書柬，
　　　　　　我死之後仔細觀。
王　平　遵命！
諸葛亮　馬岱！

馬　岱　　在。
諸葛亮　　（唱）【二黃搖板】
　　　　　　我今與你一書柬，
　　　　　　這裏暗藏巧機關。
　　　　　　倘若魏延造了反，
　　　　　　只須如此並這般。
馬　岱　　遵命！
諸葛亮　　（唱）【二黃搖板】
　　　　　　衆將官攙扶我把先帝爺拜見，
　　　　　　諸葛亮在營中叩謝龍顏。
　　　　　　恕爲臣不能與我主重興漢，
　　　　　　恕爲臣不能與我主保江山。
　　　　　　霎時間心血涌遍體是汗，
　　　　　　我面前站定了龐統士元！
姜　維
馬　岱
楊　儀　　他前來做甚？
王　平
諸葛亮　　（唱）【二黃搖板】
　　　　　　在荆州對將八字推算，
姜　維
馬　岱
楊　儀　　算甚麼？
王　平
諸葛亮　　（唱）【二黃搖板】
　　　　　　我二人各有不周全！
姜　維
馬　岱
楊　儀　　丞相算他何來？
王　平
諸葛亮　　（唱）【二黃搖板】
　　　　　　我算他落鳳坡帶箭死，

姜維 馬岱 楊儀 王平	他算丞相怎樣？
諸葛亮	（唱）【二黃搖板】 　　他算我難逃五丈原！
姜維 馬岱 楊儀 王平	丞相保重了！
諸葛亮	（唱）【二黃搖板】 　　一霎時咽喉哽心血上泛， 　　無常到萬事休命赴九泉！（死介）
姜維 馬岱 楊儀 王平	（哭介）哎，丞相啊……
	（李福上）
李福	衆位將軍，丞相怎樣了？
姜維 馬岱 楊儀 王平	丞相下世去了！
李福	哎呀，耽誤國家大事了！ （諸葛亮醒介）
諸葛亮	唔！
姜維 馬岱 楊儀 王平	啊，丞相醒來，李大人來了！
諸葛亮	李大人轉來做甚？
李福	我主問道：丞相下世，軍中大事何人料理？
諸葛亮	姜維、楊儀。
李福	朝中大事？
諸葛亮	蔣公琰。

李　福	蔣公琰之後？
諸葛亮	費文偉。
李　福	費文偉之後？
諸葛亮	三國歸於……（死介）
李　福 姜　維 馬　岱 楊　儀 王　平	（同哭介）哎，丞相啊……
李　福	眾位將軍！你等料理丞相後事，待我奏與幼主知道！（下）
姜　維	列位將軍！丞相下世，有錦囊一封，大家拆開一看，便知明白。 （【牌子】。看介）
姜　維	啊，原來丞相說道：用沉香木雕成丞相偶像，自能退兵，你我照計而行。
姜　維 馬　岱 楊　儀 王　平	（哭介）哎，丞相啊……
	（同下）

第十七場

　　（四上手、魏延上）

魏　延　（唱）萬馬營中爲魁首，
　　　　　　　斬將擒王鬼神愁。
　　　　俺，姓魏名延字文長。奉了丞相鈞諭迎敵，賊兵不戰自退，不免回營交令。
　　　　（唱）豪傑生來威名大，
　　　　　　　昔日鎮守在長沙。
　　　　　　　韓玄不聽某的話，
　　　　　　　將他一劍染黃沙。
　　　　　　　催馬來在山坡下，
李　福　（內）將軍慢走！

魏　延　（唱）看是何人把話答。
　　　　　（四文堂、李福上）
李　福　（唱）諸葛丞相歸泉下，
　　　　　　　見了將軍說根芽。
魏　延　我道是誰，原來是李大人。
李　福　魏將軍迎敵，勝敗如何？
魏　延　那賊兵不戰自退。
李　福　（哭介）苦哇……
魏　延　大人為何這樣悲淚？
李　福　哎呀將軍哪！丞相下世去了！
魏　延　（假哭介）丞相啊……但不知這兵權大印由何人執掌？
李　福　這……姜維、楊儀執掌。
魏　延　身背何物？
李　福　乃是丞相遺表。
魏　延　啊大人，你我各有公幹，就此分別了吧！
李　福　正是：
　　　　　（念）相逢不下馬，
魏　延　（念）各自奔前程。
李　福　請！
　　　　　（四文堂、李福下）
魏　延　且住！我想孔明已死，兵權大印付與姜維、楊儀執掌，俺豈肯聽他二人調遣！不免回營興動人馬，火焚棧道，不許他等發喪弔祭，諒他等哪個把俺怎麼樣！
　　　　（唱）心中只把諸葛恨，
　　　　　　　兵權大印付他人。
　　　　　　　此番回營調人馬，
　　　　　　　火焚棧道扭乾坤。
　　　　　　　先殺姜維與楊儀，
　　　　　　　斬却眾將我恨伸。
　　　　　　　阿斗小兒何足論，
　　　　　　　豪傑稱尊為了君。
　　　　（笑介）啊哈哈哈……

（四上手、魏延下）

第 十 八 場

（四龍套、四下手、四將官、司馬師、司馬昭、司馬懿上）

司馬懿　老夫，司馬懿。昨夜仰觀天象，將星墜落，想是孔明已死。本督帶領人馬，前去搶他屍首！眾將官！

四龍套
四下手　有。

司馬懿　就此前去，暗地踹營！

四龍套
四下手　啊！

（四文堂、四上手、楊儀、馬岱、王平、姜維上，會陣介）

姜　維　暗地踹營，豈爲大將！我家丞相正要拿你！

司馬懿　我却不信！

姜　維　有請師父！

（內推諸葛亮偶像上。司馬懿驚介，率原人同下）

姜　維　丞相已死，威名還在！眾將官！

四文堂
四上手　啊！

姜　維　兵回西川！

四文堂
四下手　啊！

（同下）

第 十 九 場

（四龍套、四下手、四將官、司馬師、司馬昭、司馬懿上）

司馬懿　哎呀，我只說孔明已死，誰知他有移星轉斗詐遁之法，不是老夫早爲防備，險些又中他計！

報　子　（內）報！（上）報知都督：孔明已死，用沉香木雕成偶像以作退兵之計！

司馬懿　再探！

報　　子	啊！（下）
司馬懿	且住，我本當興兵追殺，又恐中他之計！也罷，就此收兵！眾將官！
四龍套 四下手	有。
司馬懿	就此收轉人馬！
四龍套 四下手	啊！

（同下）

七　星　燈

佚　名　撰

解　題

　　京劇。現代佚名撰。《京劇劇目初探》著録，題《七星燈》，一名《孔明求壽》，未署作者。《京劇劇目辭典》著録，題《七星燈》，又名《五丈原》《諸葛禳星》《孔明求壽》，亦未署作者。劇寫諸葛亮屯兵五丈原，勞於軍務，嘔血病重，自知不起。姜維勸其用祈禳之法，諸葛亮乃於帳中設祭，分佈大燈七盞，踏罡步斗，以求延壽。魏延因報司馬劫營，闖入帳中，誤將主燈撲滅。姜維怒欲殺之，諸葛勸止，命魏延抵禦司馬兵將，無令不准進帳。然後預囑後事而死。司馬懿聞諸葛亮死，蜀軍撤退，遂起兵追趕。姜維等把諸葛亮之偶像推出，嚇退司馬懿。本事出於《三國演義》第一百三回、一百四回。史傳有死諸葛退生仲達事，無禳星事。元刊《三國志平話》寫有孔明禳星事。元雜劇有《五丈原諸葛禳星》。清有京劇《七星燈》。版本今有《戲考》本、《戲學指南》本。今以《戲考》本爲底本整理。

第　一　場[1]

　　（諸葛亮上）

諸葛亮　（念）安排脂粉計，恥笑司馬懿。

　　（旗牌上）

旗　牌　（念）忙將機密事，報與丞相知。

　　　　　參見丞相。

諸葛亮　你回來了？

旗　牌　小人回來了。

諸葛亮　脂粉、釵裙可曾送去？

旗　　牌　　送去了。
諸葛亮　　那司馬懿見禮物便怎麼樣？
旗　　牌　　我說："丞相見你停兵不戰，送你脂粉、裙釵，穿在身上，往丞相處拜他幾拜，丞相就可收兵。"
諸葛亮　　他說些甚麼？
旗　　牌　　他說道："取笑由他，各有用兵之計。"
諸葛亮　　吓，這是司馬懿說的！後來呢？
旗　　牌　　小人還在他營中，飲過宴來。
諸葛亮　　如此說來，他還款待你的？酒席筵前，說些甚麼？
旗　　牌　　他問道丞相飲食如何？
諸葛亮　　你是怎麼回答的？
旗　　牌　　小人說道："丞相飲食減少。"
諸葛亮　　唉！退下！
旗　　牌　　是。（下）
諸葛亮　　且住。指望送去脂粉釵裙，恥笑那司馬懿，不想被旗牌將機關泄漏，這大事休矣！
　　　　　（唱）【二簧慢板】
　　　　　　　　仰面朝天自己嗟嘆，
　　　　　　　　司馬懿可算得將中魁元。
　　　　　　　　送脂粉和釵裙不惱可贊，
　　　　　　　　反與那旗牌官酒食來餐。
　　　　　　　　有剛有柔是好漢，
　　　　　　　　我諸葛要學他難上加難。
　　　　　　　　先帝爺下南陽君臣見面，
　　　　　　　　受深恩定扭轉漢室江山。
　　　　　　　　博望坡燒曹兵初次交戰，
　　　　　　　　借東風助周郎火燒戰船。
　　　　　　　　用火攻燒籐甲南蠻喪膽，
　　　　　　　　誰不知諸葛亮計能扭天。
　　　　　　　　到如今遇司馬兩下會戰，
　　　　　　　　葫蘆谷設地雷定下機關。
　　　　　　　　我料他父子們定遭此難，

　　　　　又誰知天不隨也是枉然。

　　　　　一霎時急得我遍體是汗，（吐介）

　　　　　怕的是大數到性命難全。

　　　（衆將上）

衆　將　（唱）【二簧搖板】

　　　　　忽聽帳內鬧聲喧，

　　　　　忙到帳內看分明。

　　　　丞相爲何這等模樣？

諸葛亮　列位將軍有所不知，老夫昨晚仰觀天象，見北斗昏暗，看來老夫性命休矣！

姜　維　丞相自幼精習奇門之法，何不在此高搭玄臺，祝告上蒼，保得陽壽，也未可知。

諸葛亮　不知天意如何？

魏　延　嗄。

諸葛亮　魏延聽令！

魏　延　何令？

諸葛亮　命你帶領一哨人馬，巡營瞭哨，以防司馬，無令不許擅入！

魏　延　得令。

　　　　（魏延下）

諸葛亮　姜維聽令！

姜　維　在。

諸葛亮　命你在中央戊己土，高搭玄臺，上用七星黑旗一面，安明燈七盞，却是老夫本命之燈，不可打熄；倘若打熄，大事難成。

姜　維　末將知道。（下）

諸葛亮　正是：

　　　　（念）三寸氣在千般用，

　　　　　　一旦無常萬事休。

　　　　（諸葛亮下）

校記

［1］第一場：原本不分場次，今依劇情分爲五場。

第 二 場

（二白龍套引司馬懿上觀星）

司馬懿 （唱）【二簧導板】

一霎時玉兔升星明朗見，

（轉唱）【二簧原板】

又聽得營棚內打罷初更。

叫三軍掌銀燈把高崗來進，

（上桌子）

虎目圓睜看分明：

觀東方甲乙木木旺生火，

觀南方丙丁火火能克金。

正西方亢金龍昂然坐定，

觀北方壬癸水水見壬庚。

在北斗口內仔細看，

（孔星、魏星拿黑旗兩邊同上，孔、魏星碰頭，兩邊同下）

司馬懿 吓！

（唱）【二簧原板】

見北斗主星黑暗不明。

那諸葛本是七星保命，

算就了五丈原必落此星。

叫三軍把高崗下聽我號令，

（眾喝）

司馬懿 （唱）【二簧搖板】

若見那靈官走定是孔明。

四更時分造戰飯，

五更一打要交兵。

此一番一個個用力戰勝，

回營中奏皇封都是功臣。

（同下）

第 三 場

（姜維捧燈上，打掃玄臺）

姜　維　有請師父！
　　　　（諸葛亮上）
諸葛亮　（唱）【二簧慢板】
　　　　　　爲國家把我的心血用盡，
　　　　　　都只爲先帝爺托孤之恩。
　　　　　　執寶劍上玄臺難以扎挣，
　　　　　　險些兒把老夫跌倒埃塵。
　　　　上蒼吓！亮在亂世，隱居隆中。蒙先帝三顧之恩，任幼主托孤之重。統衆六出祁山，討賊不果。將星欲落，陽壽已終。虔誠祝告上蒼：假我數年，扶持漢室，上報先帝托孤之恩，下免萬民一切之苦。神明在上，鑒我此心！
　　　　（燒表三道）
諸葛亮　（唱）【二簧原板】
　　　　　　諸葛亮不敢扭天行，
　　　　　　爲的是吾主錦乾坤。
　　　　　　拜北斗和南斗賜我陽壽，
　　　　　　執簿官掌筆吏留下人情。
　　　　　　中央戊己深深拜，
　　　　（看介笑）哈哈哈……
　　　　（轉唱）【二簧搖板】
　　　　　　北斗星光漸漸明！
　　　　　　總然拜起主星合北斗，
　　　　　　不知生死若何論？
　　　　（下臺）（魏延急上）
魏　延　（唱）【二簧搖板】
　　　　　　司馬懿父子來踹營，
　　　　　　報與丞相得知情。
　　　　（魏延熄燈介。諸葛亮執劍上）

諸葛亮　（唱）【二簧搖板】
　　　　　想是我大限有一定，
　　　　　魏延打熄本命燈。
　　　　　將寶劍插在塵埃地，
　　　（姜維上）
姜　維　（接唱）【二簧搖板】
　　　　　丞相爲何發雷霆？
諸葛亮　（接唱）【二簧搖板】
　　　　　我今拜燈整六天，
　　　　　看看七日大功全。
　　　　　恨魏延他把我本命燈撲暗，
　　　　　我的性命就在頃刻間。
　　　　　哎吓，賊子吓！
姜　維　（唱）【二簧搖板】
　　　　　我師父拜斗六天整，
　　　　　看看拜起本命星。
　　　　　爲何將燈來打熄？
　　　　　想是賊子起反心！
　　　　　手執寶劍將你砍，
魏　延　你不能！
諸葛亮　（唱）【二簧搖板】
　　　　　將軍息怒慢稍停。
　　　　魏延，你慌慌張張走進帳內，跑上玄臺，可是司馬命人前來罵戰麽？
魏　延　正是。
諸葛亮　命你帶領本部人馬，抵敵司馬來將，無令休來見我。
魏　延　得令。
　　　　（念）恨小非君子，無毒不丈夫！
　　　　（下）
諸葛亮　姜維攙我下玄臺。
　　　　（姜維攙諸葛亮下玄臺）
諸葛亮　（唱）【二簧搖板】
　　　　　姜維與我快些請，

	後帳快請李大人。
姜　　維	有請李大人。
	（李福上）
李　　福	（唱）【二簧搖板】
	忽聽丞相喚一聲，
	急忙進帳問分明。
	參見丞相！
諸葛亮	罷了。
李　　福	喚我進帳，有何軍情？
諸葛亮	李大人吓，我今病已沉重，不久於人世。有遺表一道，煩勞大人，去往成都，轉奏後主，意下如何？
李　　福	丞相差遣，願去不辭。
諸葛亮	姜維看表過來。
姜　　維	是。
諸葛亮	攙扶了。
姜　　維	是。
諸葛亮	聖上吓！念臣鞠躬盡瘁，死而後已！
	（唱）【二簧搖板】
	對着西川深深拜，
	拜謝後主爵祿恩。
	羞愧難見劉先主，
	李大人你速速轉奏奔都城！
李　　福	（唱）【二簧搖板】
	辭別丞相跨金鐙，
	不分晝夜奔都城。（下）
諸葛亮	姜維！
姜　　維	丞相！
諸葛亮	姜伯約！
姜　　維	師父！
諸葛亮	將軍吓！
	（唱）【二簧快三眼】
	我和你雖是將帥，

　　　　　却有那師徒之義，
　　　坐下。
　　　（轉唱）【二簧原板】
　　　　　必須要學師父扶保乾坤。
　　　　　我命該活七十四，
　　　　　祭東風損去十年春。
　　　　　燒藤甲又損我十年壽，
　　　　　到如今五十四歲命歸陰。
　　　　　我死後要依我三件要事，
　　　　　一樁樁一件件牢記在心。
姜　維　這頭一件？
諸葛亮　（唱）【二簧原板】
　　　　　第一件滿營中休要舉哀挂孝，
姜　維　第二件？
諸葛亮　（唱）【二簧原板】
　　　　　第二件必須要緩緩移營。
姜　維　這第三件？
諸葛亮　（唱）【二簧原板】
　　　　　第三件我死後魏延必反，
姜　維　吓！
諸葛亮　（轉唱）【二簧搖板】
　　　　　我自有妙計殺此人。
　　　姜維，
　　　（唱）【二簧搖板】
　　　　　我將這奇門遁甲傳與你，
　　　　　陣陣不離此圖形。
　　　　　這一弩能發十條箭，
　　　　　九伐中原你當承！
姜　維　遵命。
諸葛亮　（唱）【二簧搖板】
　　　　　將軍與我傳一令，
　　　　　快傳馬岱、楊儀與王平！

姜　維　　馬岱、楊儀、王平進帳！
　　　　　（馬岱、楊儀、王平同上）
衆　將　　（同唱）【二簧搖板】
　　　　　　　　忽聽帳中傳一令，
　　　　　　　　　見了丞相問分明。
　　　　　（諸葛亮昏介）
衆　將　　丞相醒來！
　　　　　（諸葛亮醒介）
諸葛亮　　（唱）【二簧搖板】
　　　　　　　　只望霸業歸炎漢，
　　　　　　　　誰知半路不周全。
　　　　　　　　猛然睜開昏花眼，
　　　　　　　　又只見衆將官站立面前。
衆　將　　丞相。
諸葛亮　　楊儀！
　　　　　（楊允）
諸葛亮　　（唱）【二簧搖板】
　　　　　　　　我死後軍師牌印你掌管，
　　　　　　　　事事小心須周全。
　　　　　　　　我今與你一小束，
　　　　　　　　裏面安排巧機關。
楊　儀　　遵命。
諸葛亮　　王平！
王　平　　在。
諸葛亮　　（唱）【二簧搖板】
　　　　　　　　我與你一封書和束，
　　　　　　　　我死之後仔細觀。
王　平　　遵命。
諸葛亮　　馬岱！
馬　岱　　在。
諸葛亮　　（唱）【二簧搖板】
　　　　　　　　我今與你書和束，

　　　　　這裏面暗藏巧機關。
　　　　　倘若魏延造了反，
　　　　　只須如此並這般。
馬　岱　遵命。
諸葛亮　（唱）【二簧搖板】
　　　　　衆將官攙扶我把先帝爺拜見，
　　　　　諸葛亮營中叩龍顔。
　　　　　恕爲臣不能與主重興漢，
　　　　　恕爲臣不能與主保江山。
　　　　　霎時間心血涌遍體是汗，
　　　　　我面前站定了龐統士元。
衆　將　他前來作甚？
諸葛亮　（唱）【二簧搖板】
　　　　　在荆州對將八字推算，
衆　將　算些甚麼？
諸葛亮　（唱）【二簧搖板】
　　　　　我二人各有不周全。
衆　將　丞相算他何來？
諸葛亮　（唱）【二簧搖板】
　　　　　我算他落鳳坡前帶箭死，
衆　將　他算丞相怎樣？
諸葛亮　（唱）【二簧搖板】
　　　　　他道我難逃五丈原。
衆　將　丞相保重了！
諸葛亮　（唱）【二簧搖板】
　　　　　一霎時咽喉哽心血上犯，
　　　　　無常到萬事休命赴九泉。
　　　　（死介）
衆　將　（哭）哎呀，丞相吓！
　　　　（李福上）
李　福　衆位將軍，丞相怎麼樣了？
衆　將　丞相下世去了。

李　福　哎呀,耽誤國家大事了!
　　　　（諸葛亮醒介）
諸葛亮　哼!
衆　將　啊!丞相醒來!李大人來了!
諸葛亮　李大人轉來則甚?
李　福　幼主問道,丞相下世,軍中大事,何人料理?
諸葛亮　姜維、楊儀。
李　福　朝歌大事?
諸葛亮　蔣公琰。
李　福　蔣公琰之後?
諸葛亮　費文偉。
李　福　費文偉之後?
諸葛亮　三國歸於……
　　　　（諸葛亮死介。衆哭介）
李　福　列位將軍,你等料理丞相,待我報與幼主知道。
　　　　（李福下）
姜　維　列位將軍,丞相下世,有錦囊一封,大衆拆開一看,便知明白。
衆　將　有理。
　　　　【排子】
姜　維　吓,原來丞相說道,用沉香木雕成偶像,自有退兵之計。你我照計而行。
衆　將　（哭介）哎呀,丞相吓!

第　四　場

（司馬懿上,司馬師、司馬昭、衆將、龍套同上）
司馬懿　俺,司馬懿。昨夜仰觀天象,將星墜下,孔明已死。本帥帶領人馬前去搶他屍首、糧草。衆將!
衆　將　有。
司馬懿　就此前去,暗地踹營。
衆　將　得令!
　　　　（會陣。姜維原人上）

姜　維　暗地裏踹營，何爲大將？我家師父，正在用兵拿你！
司馬懿　我却不信！
姜　維　有請丞相！
　　　　（内推諸葛亮上。司馬懿唬，退下介）
姜　維　丞相已死，威名還在。衆將官，好好看守！
衆　將　哦！
　　　　（原人同下）

第　五　場

　　　　（司馬懿原人同上）
司馬懿　哎呀，我只説孔明已死，誰知他有移星轉斗詐遁之法！不是俺早爲防備，險些又中他計！
　　　　（報子上）
報　子　報知元帥：孔明已死，用沉香木雕成偶像，以作退兵之計。
司馬懿　再探！且住，我本當興兵前去，又恐中他之計。也罷，就此收兵。衆將！
衆　將　有。
司馬懿　就此收轉人馬。
衆　將　得令。哦哦哦……
　　　　（同下）

鐵籠山

佚 名 撰

解 題

　　京劇。現代佚名撰。《京劇劇目初探》著錄,題《鐵籠山》,一名《草上坡》,又名《大戰蠻兵》《九伐中原》;《京劇劇目辭典》著錄,題《鐵籠山》,又名《九伐中原》《山頂拜泉》《敗陣祈泉》《大戰蠻兵》,均未署作者。劇寫姜維伐魏,困司馬師於鐵籠山。山內無水,將士喧嘩,司馬師焚香拜泉得水。姜維約羌王迷當爲助,魏將陳泰往見迷當,假稱姜維辱罵,迷當怒,遂反助魏以攻姜維。司馬師、郭淮合兵衝殺,姜維大敗。本事出於《三國演義》第一〇九回。小說係寫司馬昭事。版本今有《戲考》本及依此本整理的《中國京劇戲考》本。今以《戲考》本爲底本整理。

第 一 場[1]

　　（四龍套、四下手、陳泰、司馬師敗陣同上）

司馬師　且住,看姜維殺法厲害,如何是好?
陳　泰　前面已是鐵籠山,暫到那山內,安下營頭,再作道理。
司馬師　好。衆將官,山內躲避。
　　　　（衆允介。【排子】。下）

校記

[1] 第一場:原本不分場次,今依劇情分爲七場。

第 二 場

（四龍套、郭淮上）

郭　淮　殺了兩日一夜，也不知都督逃往何方去了？看鐵籠山內，塵土飛揚，想是我兵在內。眾將官，鐵籠山去者。
（【排子】。下）

第 三 場

（四龍套、四下手、陳泰、司馬師同上）

司馬師　（念）蜀兵殺法多英勇，我兵退敗在鐵籠。
（四龍套、郭淮上）

郭　淮　參見都督。

司馬師　將軍少禮，請坐。

郭　淮　謝坐。

司馬師　姜維如此雄猛，我兵只得在此安營，稍避其鋒，再作道理。
（內喊介）

司馬師　營外何事喧嘩？

陳　泰　待末將前去看來。
（陳泰下。內喊介。陳泰上）

陳　泰　啓都督：不料此山荒僻，山內無水，故而眾將士喧嘩。

司馬師　噯呀不好了！
（吹【排子】介）

司馬師　想這營中無水，三軍不戰自亂，這便如何是好？

郭　淮　啓都督：想昔年諸葛亮征剿南蠻，七擒孟獲之時，也是軍中無水。那孔明上山祈禱，山泉暴出。都督何不也上山祈告上蒼，或者天賜泉水，也未可知。

司馬師　好，山頭去者。
（【排子】。轉場，設香案）

司馬師　弟子，魏國都督司馬師，禱告皇天上帝、濟瀆等神：今日帶兵與蜀兵交戰，敗至此山，不想此山無水，三軍大亂，叩求上蒼，賜下甘泉，

　　　　　　以救生命。
　　　　　　(【排子】。撤香案。探子上)
探　子　啓都督：山下泉水涌出。
司馬師　再探。天賜甘泉，我等保有生命，我等望空一拜。
　　　　　　(吹【排子】。探子上)
探　子　今有姜維，借得西羌十萬蠻兵，前來助戰。
司馬師　再探。
　　　　　　(探子下)
司馬師　呀。郭將軍，今有姜維借得蠻兵助戰，如何是好。
陳　泰　啓都督：想那西羌國王迷當，與末將有一面之緣，末將願去，順説與他，叫他將兵馬借與我國，不知都督意下如何？
司馬師　只怕他未必肯棄姜維，來助我國。
陳　泰　那迷當爲人，喜怒無常，待末將前去搬動是非，借得兵來，也未可知。
司馬師　就命將軍前去，須要小心。
陳　泰　得令。
　　　　　　(念)但憑三寸舌，要借十萬兵。
　　　　　　(陳泰下)
司馬師　陳泰此去借兵，若得成功，此乃是天助我也。正是：
　　　　　　(念)暗地設下反間計，要與姜維見高低。

第　四　場

(四上手、四蠻婆、四將、迷當同上)

迷　當　(唱)(【點絳唇】)
　　　　　　坐鎮西羌，統領兒郎，英雄將。威震四方，無人敢抵擋。
　　　　　　(念)三國紛紛起戰爭，
　　　　　　　　孔明火燒藤甲兵。
　　　　　　　　七擒孟獲某在内，
　　　　　　　　陳泰領兵到如今。
　　　　　　孤，迷當。鎮守西羌，只因姜維命人前來借兵，是孤未即應允，今特帶領蠻兵番將，迎上前去，看那姜維是怎樣行事。孩子們！

众　人　有。

迷　当　起兵前往。

（转场。陈泰上）

陈　泰　参见老大王。

迷　当　我当是谁，原来是陈将军，前来作甚？

陈　泰　今奉我都督之令，特与老大王借兵。

迷　当　陈将军，你来晚啦。我的兵，已经借与姜维啦。

陈　泰　呀，老大王，那姜维在背地曾经辱骂大王，为何借兵与他？

迷　当　原来如此，那姜维胆敢无礼。孤就将兵马，借与你家就是。

陈　泰　如此，多谢老大王。

迷　当　孤虽将兵马借与你国，但是一件。

陈　泰　哪一件。

迷　当　阵前交战，伤孤一卒……

陈　泰　赔将一员。

迷　当　伤孤一骑……

陈　泰　赔银十两。

迷　当　君子一言……

陈　泰　岂能反悔。

迷　当　好。陈将军先回，孤家大兵，随后就到。

陈　泰　多谢老大王。（下）

迷　当　孩子们！兵发魏营。

（众同下）

第　五　场

（姜维上，起霸）

姜　维　（念）小小一计非等闲，
　　　　　　　司马被困铁笼间。
　　　　　　　幼习黄公三略法，
　　　　　　　姜维曾受武侯传。
　　　　吾，姓姜名维，字伯约。今奉幼主之命，带领四十五万铁甲雄兵，扫荡中原，司马师被某一战，被困在铁笼山。昨晚夜观天象，见将星混亂,今日難免一場鏖戰。馬岱、夏侯霸聽令。

(馬岱、夏侯霸同上)

馬　岱
夏侯霸　(念)譙樓鼓打三更盡,夜宿貔貅百萬兵。

姜　維　命你等各帶三千人馬,埋伏在鐵籠山口,司馬師到來,接殺一陣。

馬　岱
夏侯霸　得令。

(念)機謀安排定,盡在一戰中。(下)

姜　維　蒼天呀,蒼天!

(念)若助弟子三分力,管取中原一戰成。

眾將官,你等三更時分,飽餐戰飯,整頓貔貅,個個奮勇當先,隨我出陣。

(群場,迷當對陣)

姜　維　原來是老大王,姜維馬上不能全禮,請了。
迷　當　姜維你下得馬來,孤家有話對你講。
姜　維　老大王有何金言,馬上請講。
迷　當　叫你下馬,難道孤還有甚麼歹意之處?
姜　維　看老大王變臉變色,待我下馬。
迷　當　看槍。
姜　維　老大王,為何提槍就刺?
迷　當　這兵將人馬,本是孤家的,借與不借,全憑孤家。你為何再背地辱罵孤家?
姜　維　此話是何人講的?
迷　當　此乃是陳泰講的,難道還是假的不成嘛!
姜　維　老大王,有道是旁耳之言,不可深信。
迷　當　甚麼旁耳之言,你看槍吧!
姜　維　老大王再三逼迫,姜維無禮了。

(打下)

第 六 場

(司馬師上,起霸)

司馬師　（念）蜀魏連年動刀兵，
　　　　　　　東蕩西殺數十春。
　　　　　　　姜維用計心太狠，
　　　　　　　將吾圍困鐵籠心。
　　　　吾，大都督司馬師。今有姜維，帶領四十五萬鐵甲雄兵，將吾兵圍困在鐵籠山內，也曾命陳泰向西羌借兵，未見回來。
　　　　（陳泰上）
陳　泰　（念）千軍容易得，一將更難求。
　　　　參見都督。
司馬師　借兵一事如何？
陳　泰　老大王已經允准，大兵隨後即至。
司馬師　好。一同接殺前去。
　　　　（眾同下）

第　七　場

　　　　（起打介。姜維敗上）
姜　維　馬岱，看看還有多少人馬？
馬　岱　還有七人五騎。
姜　維　想我姜維，帶領四十五萬鐵甲雄兵，如今只剩得七人五……（吐血介）唔嚕嚕嚕嚕。
馬　岱　請主帥暫且回營，等候幼主大兵到來，再行交戰。
姜　維　好。收兵。
　　　　（同下）

司馬逼宮

佚　名　撰

解　題

　　京劇。現代佚名撰。《京劇劇目辭典》著録，題《司馬逼宮》，又名《定中原》《紅逼宮》《廢曹芳》；《京劇劇目初探》著録，題《司馬紅逼宮》，一名《廢曹芳》，又名《定中原》，均未署作者。劇寫姜維帶領四十五萬大軍圍困潼關。守將陳泰打來告急本章。賈詡奏明此情，請曹芳派司馬師率兵五百前往救應。賈詡告曹芳：司馬師殺姜維去了外患，爲姜維所殺除了内患，均對朝廷有利，曹芳准奏。司馬師不受命，反殺賈詡。曹芳回宮，與張后計議，寫下血書，命國丈張緝搬取各路諸侯剪除司馬師及其黨羽。事泄，司馬師殺張緝，帶劍入宮，絞死曹芳之妻張皇后，又代傳聖旨，自命統領傾國人馬大戰姜維，若是得勝，立功贖罪；若是敗了，乃是古之常理，赦罪於你。説罷大笑而去。本事出於《三國演義》第一〇九回。《三國志・魏書・三少帝紀》載有此事，但本事與劇情差别很大。明《龍鳳衫》傳奇、明鄒玉卿《檜頭水》傳奇，均寫此事。版本今有《戲考》本及依此本整理的《中國京劇戲考》本、《京劇大觀》本、《戲學匯考》本、《京劇彙編》王介林藏本及以此本整理重印的《京劇傳統劇本彙編》本。今以《戲考》本爲底本，參考其他本校勘整理。

第　一　場[1]

　　（賈詡上。【點絳唇】。打朝）

賈　詡　下官賈詡。只因昨日陳泰，打來告急本章，姜維帶領四十五萬大兵圍困潼關，爲此早朝啓奏。看香烟繚繞，聖駕臨朝。

　　（四太監上）

四太監　咦咦咦！

曹　芳　（念）鳳閣龍樓，萬古千秋。
賈　詡　臣賈詡見駕，陛下千歲！
曹　芳　平身！
賈　詡　千千歲！
曹　芳　（念）曾記先王下江南，
　　　　　　　誤中龐統計連環。
　　　　　　　南征北剿狼烟定，
　　　　　　　小王纘坐錦江山。
四太監　噯！
曹　芳　小王曹芳。自朕登基以來，風調雨順，國泰民安；刀槍入庫，馬放南山。今當早朝，卿家有何本奏？
賈　詡　臣啓陛下：今有陳泰打來告急本章，姜維帶領四十五萬大兵圍困潼關，請我主龍目觀看。
曹　芳　哎呵呀！原來姜維人馬將潼關圍得水泄不通。想我朝將士，各守疆界，不知何人征戰？
賈　詡　今有大都督在朝，逍遙無事，何不命他前去？
曹　芳　不知賜他多少人馬？
賈　詡　五百人馬。
曹　芳　呀！卿家。五百人馬，慢説交鋒打仗，就是墊馬蹄，也是不够。
賈　詡　臣有一兩全之計：此番大都督前去，滅却姜維，去了我朝外患；若是姜維將大都督滅却，去了我朝内患，豈不事在兩全麽？
曹　芳　依卿所奏。但是他性情不好，上得殿來，小王有些害怕！
賈　詡　不妨。照爲臣眼色行事。
曹　芳　如此，與朕傳旨：宣大都督上殿。
賈　詡　聖上有旨：宣大都督上殿。
司馬師　（内）領旨！
　　　　（司馬師上）
司馬師　（念）腰挂寶劍按七星，上擎天子下群臣。
　　　　大都督司馬師。正在朝房表本，忽聽聖上宣召，不知爲了何事？待某上殿走走。臣司馬師見駕，陛下千歲！
曹　芳　大都督平身。
司馬師　千千歲！

曹　芳　賜坐。
司馬師　謝坐。
賈　詡　參見都督。
司馬師　罷了！臣啓陛下：宣臣上殿，有何國事議論？
曹　芳　大都督哪裏知道，今日早朝，陳泰打來告急本章，姜維帶領四十五萬大兵圍困潼關。孤有意命大都督征戰，不知大都督可願往？
司馬師　臣啓陛下：爲臣好比我主跨下之駒，揚鞭即走，勒繮即住，哪有不去之理？不知賜臣多少人馬？
曹　芳　這……
　　　　（賈詡伸手）
曹　芳　五百人馬！
司馬師　陛下怎講？
曹　芳　五百人馬。
司馬師　哎呀！到底年幼爲君……想這五百人馬，慢説交鋒打仗，就是墊馬蹄，也是不够！
賈　詡　呀，大都督。想那姜維，聞聽大都督人馬一到，不戰自退。何必爭論人馬！
司馬師　呀呀賈詡！某觀你在金殿之上，與陛下眉來眼去，管是你的詭計！
賈　詡　呀大都督！想你我爲大臣者，在金殿之上，抗旨不遵，論理當斬……
　　　　（司馬師殺賈詡。曹芳躲桌下。司馬師看兩次，下）
四太監　奸賊去了，陛下醒來。
曹　芳　先生呀！
　　　　（唱）【二黄搖板】
　　　　　　都只爲先王做事差，
　　　　　　不該寶劍賜與他。
　　　　　　上殿孤王心害怕，
　　　　　　下殿文武懼怕他。
　　　　　　內侍屍首來搭下，
　　　　　　金井玉葬賜與他。
　　　　　　內侍擺駕後宮往，
　　　　　　見了梓童説根芽。

（下）

校記

［1］第一場：原本不分場次，今依劇情分爲四場。

第 二 場

（張后上）

張　后　（唱）宫娥擺駕昭陽進，
　　　　　　　　心神恍惚爲何情？
　　　　（曹芳、丑太監上）
曹　芳　（唱）内侍擺駕宫院進，
　　　　　　　　見了梓童説分明。
張　后　妾妃見駕，陛下千歲！
曹　芳　梓童平身，賜坐。
張　后　謝坐。
曹　芳　賈大夫……呀呀呀！
張　后　陛下今日回宫，爲何龍心不悦？
曹　芳　梓童那裏知道，今日早朝，陳泰打來告急本章，姜維帶領四十五萬人馬，將潼關圍得水泄不通。孤有意命大都督征戰，誰想他抗旨不去，反將賈大夫劍劈金階而亡。呀呀呀呀！
張　后　又去了我朝一家大大的忠臣了。呀陛下，何不修下草詔，搬請各路諸侯，共滅此賊！
曹　芳　内侍，溶墨侍候。
大太監　領旨。
曹　芳　（唱）【西皮摇板】
　　　　　　手提羊毫寫草詔，
　　　　　　墨不落紙爲哪條？
　　　　梓童，墨不落紙，如何是好？
張　后　陛下何不咬破中指，血詔諸侯！
曹　芳　先王呀！
　　　　（唱）【西皮導板】

　　　　　咬指尖心內痛珠淚滔滔，
梓童，哎唷呀呀！
（唱）【西皮原板】
　　　　　十指連心痛至心梢。
　　　　　司馬師在朝中行霸道，
　　　　　上欺孤王下壓群僚。
　　　　　眾卿家若念起先王義好，
　　　　　帶領人馬把賊剿；
　　　　　眾卿家若不念先王義道，
　　　　　各守邊界莫入朝。
　　　　　寫罷了血詔玉璽來罩，
　　　　　不知何人走一遭？
梓童，詔書修好，不知命何人前去？

張　　后	我父在朝無事，何不命他前去？
曹　　芳	內侍！
大太監	奴婢在。
曹　　芳	金牌宣，銀牌召，張老太師悄悄進宮。

　　　　　（太監照説一遍）

張　　緝　（內）領旨！（上）
　　　　　（唱）【西皮搖板】
　　　　　金牌宣來銀牌召，
　　　　　三宣兩召為那條？
　　　　　重重叠叠把宮院到，
　　　　　參王駕來合聖朝。
老臣張緝見駕，陛下千歲！

曹　　芳	太師平身。
張　　緝	娘娘千歲！
張　　后	賜坐。
張　　緝	謝坐。
張　　后	參見爹爹！
張　　緝	我兒罷了。臣啟陛下：宣老臣進宮，有何國事議論？
曹　　芳	太師有所不知，今日早朝，陳泰打來告急本章，姜維圍困潼關。孤

　　　　　有意命大都督征戰，誰知他抗旨不遵，反將賈大夫劍劈金階而亡。
　　　　　呀呀呀！
張　緝　呀！去了我朝一家忠臣！
曹　芳　孤有意命太師搬請各路諸侯，共滅此賊，不知太師可願往否？
張　緝　陛下傳旨。老臣碎身粉骨，理當一行。
曹　芳　如此請上，受小王一拜！
張　緝　折殺老臣了！
曹　芳　（唱）【西皮搖板】
　　　　　太師請上禮恭敬，
　　　　　不念孤王看先君。
　　　　　將血詔付與梓童手，
張　后　（接唱）【西皮搖板】
　　　　　此去小心早回程。
張　緝　陛下，娘娘！哎，咦咦咦！
　　　　（唱）【西皮導板】
　　　　　在宮中領過了陛下、娘娘命，
　　　　陛下、娘娘！呀呀呀！
　　　　（唱）背轉身來自沉吟。
　　　　　那司馬在朝中獨霸朝政，
　　　　　上欺天子下壓群臣。
　　　　　在宮庭領陛下血詔聖命，
　　　　　搬諸侯請兵將滅却賊人。
　　　　　將血詔藏之在袍袖內，
大太監　太師當心奸賊搜查。
張　緝　哎！
　　　　（唱）又恐怕那奸賊知解其情。
　　　　　將血詔藏之在我朝靴內，
大太監　太師爺，這豈不是欺壓聖上麼？
張　緝　哎！
　　　　（唱）又恐怕欺壓聖明君。
　　　　　低下頭來暗思忖……
　　　　有了！

　　　　　（唱）【西皮搖板】
　　　　　　　　陡生一計在我心：
　　　　　　　　將血詔藏在相刀內，
　　　　　　　　就是大羅神仙難知情。
　　　　　　　　辭別了陛下、娘娘出宮庭，
曹　芳　太師請轉！
張　緝　（唱）陛下有話快快云。
曹　芳　此番前去，可記先王逼死董貴妃之故耳！
張　緝
張　后　哎呀！
張　緝　（唱）【西皮搖板】
　　　　　　　　真命天子開了口，
　　　　　　　　怕的我兒有難星。
　　　　　　　　二十年前曹破漢，
　　　　　　　　只恐怕司馬逼曹君。
　　　　　　　　這纔是一報還一報，
　　　　　　　　冤冤相報何日清？
　　　　　　　　辭別了陛下、娘娘出宮庭，
張　后　爹爹小心了！
張　緝　兒呀！
　　　　　（唱）【西皮搖板】
　　　　　　　　適纔言語謹記心！（下）
曹　芳　（唱）【西皮搖板】
　　　　　　　　一見太師出宮庭，
張　后　（唱）【西皮搖板】
　　　　　　　　倒叫妾妃挂在心。
曹　芳　（唱）【西皮搖板】
　　　　　　　　內侍擺駕後宮進，
張　后　（唱）【西皮搖板】
　　　　　　　　不知何日轉回程。
　　　　　（下）

第 三 場

（四大鎧、四龍套上）

司馬師 （內白）打道！

（司馬師上）

司馬師 （念）冷眼取觀朝政，聖天子俱在掌握。

某，司馬師。今晨有人報道，昨夜昏王將太師宣進宮去，一夜未曾出宮；必有事故。爲此清晨來在午門，等他到來，觀他動靜如何。校尉的，打道午門。

四大鎧
四龍套 來在午門。

司馬師 少時張老太師到來，報我知道。

（張緝上）

張　緝 （唱）【西皮搖板】

適纔宮中領聖命，

搬動諸侯滅賊人。

匆匆忙忙出宮庭，

冤家又遇對頭人。

哎呀，我道誰人，原來這奸賊在此！待我迴避。呀唷！

（念）惱人擺在肚，相見又何妨。

哎，大都督！

司馬師 老太師！

張　緝
司馬師 （同笑介）哈哈哈！

司馬師 請！

張　緝 都督，哈哈哈哈，這做甚麼？

司馬師 與太師安坐。

張　緝 這就不敢！

司馬師 理當。

（張緝將司馬師安坐動作照做一遍）

張　緝 （笑）呀，哈哈哈哈！

司馬師　這做甚麼？
張　緝　與都督安坐。
司馬師　這就不敢！
張　緝　理當！
司馬師　（同笑）呀哈哈哈！
張　緝　請坐！
張　緝　都督因何來得甚早？
司馬師　爲因匆忙故耳。呀太師，昨夜聖上宣太師進宮，爲了何事？
張　緝　昨夜聖上龍體悶倦，將老夫宣進宮去，下了幾盤圍棋。
司馬師　哪有這許多功夫！
張　緝　又看了幾部古書。
司馬師　看的甚麼古書？
張　緝　商湯殷紂。
司馬師　可有忠奸？
張　緝　怎的無有？
司馬師　忠者何人？
張　緝　箕子、微子，比干亞相。
司馬師　奸呢？
張　緝　就是費仲、尤渾等。
司馬師　哦！老太師，我朝可有忠奸？
張　緝　怎的無有？
司馬師　我朝誰忠誰奸？
張　緝　想老夫久隨先王，三朝元老，可算得一家忠臣？
司馬師　老太師本來是大大的忠臣。
張　緝　不敢！
司馬師　呀，太師，想我兄弟在朝，爲官如何？
張　緝　想大都督、二都督在朝，乃是個大……
司馬師　大甚麼？
張　緝　大大的忠臣！
司馬師　大大忠臣。
張　緝
司馬師　（同笑）呀，呵哈哈哈哈！

司馬師　老太師,某家朝房多有得罪,太師海涵!
張　緝　豈敢!
司馬師　太師請便。
張　緝　老夫告辭。
　　　　（走跌下）
校　尉　太師行走慌迫,絆跌一跤。
司馬師　招回來!
　　　　（張緝上）
張　緝　（唱）鰲魚脫却金鈎釣,
　　　　　　　搖頭擺尾又上鈎。
　　　　呀,大都督。老夫去得好好,又將我招回,敢是戲弄老夫當朝國丈麼?
司馬師　老太師,你有詐!
張　緝　老夫何詐之有?
司馬師　既無奸詐,爲何絆跌一跤?
張　緝　老夫年邁,行走慌迫,絆跌一跤。都督何必多疑!
司馬師　某家不信,某家要……
張　緝　要怎麼?
司馬師　要搜!
張　緝　老夫告辭。
司馬師　抓回來!搜哇搜哇,搜哇搜哇!
　　　　（搜頭上,去盔。出血詔）
司馬師　哎!我把你這老匹夫!想我弟兄在朝,有何虧負於你?捧此血詔,搬請諸侯,共滅於俺,是何道理?
張　緝　司馬師呀,奸賊!想你身帶三項大罪,全然不知、全然不曉。
司馬師　我且問你這一?
張　緝　你帶劍上朝,仰面視君,你的罪一。
司馬師　這二?
張　緝　你金殿之上,抗旨不遵,劍劈賈詡,罪二。
司馬師　這三?
張　緝　你攔在午門,私搜大臣,罪三。今日老夫這條老命不要,我與你拼了!一次,二次,三次。

（司馬師殺張緝）

司馬師　校尉的，打道進宮！
　　　　（下）

第 四 場

（曹芳、張后同上）

曹　芳　（念）龍心不定，
張　后　（念）鳳心不安。
　　　　（丑大太監上）
大太監　啓萬歲：大事不好了！
曹　芳　何事驚慌？
大太監　奸賊前來搜宮。
曹　芳　將宮門緊閉！
　　　　（校尉衆同上）
司馬師　來在宮門，打進去！（闖宮）呔，昏王！我弟兄在朝，何虧於你？你爲何修下血詔，搬請諸侯，共滅於俺，是何道理？
曹　芳　這、這、這！
張　后　好奸賊！
司馬師　呔，綁了[1]！
張　后　（唱）【西皮導板】
　　　　　　半空中跳下一隻虎，
司馬師　打坐。
　　　　（曹芳坐）
張　后　（唱）搖頭擺尾要傷人。
　　　　　　上前跪在萬歲面，
司馬師　唔唔唔唔……
張　后　（唱）大都督一旁發恨聲。
　　　　　　不跪萬歲來跪你，
　　　　　　都督饒我命殘生。
司馬師　呸！
　　　　（唱）【西皮搖板】

|||||昔日紂王寵妲己，
|||||摘星樓臺排宴席。
|||||件件樁樁你婦人計，
|||||哪有忠良保華夷？
|||||恨不得一足踏、踏、踏、踏死你，
|||||要出昭陽日出西！

張　后　（唱）哀家一死有何恨，
　　　　　　恐怕你罵名萬古存[2]！

司馬師　校尉的，將賤妃推出斬了！

曹　芳　大都督，看在小王，饒她個全屍！

司馬師　來呀！將賤妃與我三絞斃命！

眾校尉　氣絕了！

司馬師　呀！

（轟鑼。一驗，二驗，給曹芳看過）

司馬師　搭下去！（眾抬張后下）且住。想某帶劍進宮，逼死正宮主母，已有這些小罪過。待俺上前請罪。臣大都督司馬師見駕，陛下千歲！臣帶劍進宮，逼死主母，已有些小罪過，望我主降旨……你講、你說！你聾了？你啞了？哈哈哈哈，這小昏王，到底年幼爲君，被某這一嚇，嚇昏了！哦，也罷。待某家替他傳旨。咦！大膽的司馬師，在金殿之上，劍劈賈詡；又在午門私搜太師張緝；今又帶劍進宮，逼死正宮主母，已有這些罪過，寡人也不計較與你；今有姜維，圍困潼關，命你帶領傾國人馬，大戰姜維，若是得勝，將功贖罪；若是敗了哇……

（司馬師偷看曹芳）

哎，自古道：軍家勝敗，古之常理，赦罪於你也就是了。卿家出宮去，去吧[3]！喳。臣領旨！

（大太監偷看。司馬師回笑介）

司馬師　哈哈哈哈！哇哇哇哇！（下）

大太監　奸賊去了，陛下醒來！

（曹芳扶大太監肩）

曹　芳　哎，梓童呀呀呀！

（上段【尾聲】）

曹　芳　梓童，陰魂休散，隨孤王來罷。呀呀呀！

　　　（下段【尾聲】）

校記

［１］（曹芳）這、這、這！（張后）好奸賊！（司馬師）呔，綁了：此三人白，原作"（曹芳）這、這、這、這乃梓童之過耳！（司馬師）洗剿了"，據《京劇彙編》王介林藏本改。

［２］哀家一死有何恨，恐怕你罵名萬古存：此二句原作"將身站在丹墀下，看他把我怎樣行"，據《京劇彙編》王介林藏本改。

［３］哎，自古道：軍家勝敗，古之常理，赦罪於你也就是了。卿家出宮去，去吧：此數句，原作"哎，也就罷了！你去，你走"，據《京劇彙編》王介林藏本改。

罎山谷

佚 名 撰

解 題

　　京劇。現代佚名撰。《京劇劇目辭典》著錄，題《罎山谷》；《京劇劇目初探》著錄，題《罎山》，又名《姜維屯田》。均未署作者。劇寫鄧艾、鍾會奉司馬昭之命，分兵進攻西蜀。鍾會攻打漢中，鄧艾駐兵祁山。鄧艾派王瓘詐降，爲姜維識破，姜維將計就計，在罎山谷設伏，大敗魏軍。鄧艾派人秘密入川，以金寶賄賂宦官黃皓。黃皓向劉禪進讒言，陷害姜維。劉禪相信讒言，召姜維班師回朝，姜維功虧一簣。姜維見到劉禪，問伐魏得勝，何故召回？劉禪不能答。姜維痛斥黃皓專權且進讒言，請斬之。劉禪代爲說情。姜維怒視而言，乞往沓中屯田練兵，等待時機伐魏。本事出於《三國演義》第一一四、一一五回。《三國志・蜀書・姜維傳》裴注引《華陽國志》載有奏殺黃皓、沓中屯田事。版本今有《京劇彙編》收錄的劉硯芳藏本及以此本重印的《京劇傳統劇本彙編》本。今以《京劇彙編》劉硯芳藏本爲底本整理。按：罎山谷之"罎"，《辭典》與《初探》俱作"壇"。今從《京劇彙編》本，題《罎山谷》。

第 一 場

（四龍套、四下手、四將、旗牌引鍾會上）

鍾　會　衆軍士，趲行者！

（【牌子】。衆領起，挖門）

鍾　會　某，鎮西將軍鍾會。奉了司馬大將軍之命，統領關中人馬，總督青、徐、兗、豫、荊、揚等處兵馬，假節鉞，持符令，會同征西將軍鄧艾，約期伐蜀。起兵之時，假作拘集海船，虛張聲勢，征伐東吳，使吳兵不敢妄動。因此領兵，徑取漢中。左右二軍：一取駱谷，一取子午谷，由崎岖小路，险道而行。众将官，起兵前往！
(【牌子】。众领下)

第 二 场

(傅佥、蒋舒、廖化、张翼上，起霸)

傅　佥　(念)一片丹心扶炎汉，
蒋　舒　(念)欲继前贤美名传。
廖　化　(念)久经沙场曾百战，
张　翼　(念)恢复疆土定中原。

傅　佥　　　　傅佥。
蒋　舒　俺，　蒋舒。
廖　化　　　　廖化。
张　翼　　　　张翼

傅　佥　列位将军请了！

蒋　舒
廖　化　请了！
张　翼

傅　佥　今当景耀元年，大将军姜伯约起兵伐魏，因此齐集辕门。已打二鼓，两厢伺候！

(【水龙吟】牌子。四绿龙套、四上手、四大刀手、四月华旗、中军、姜维上)

姜　维　(唱)【点绛唇】
　　　　扶保炎汉，恢复中原，遵师言。誓扫狼烟，重整旧江山。
　　　　(念)(诗)遵师遗命统貔貅，
　　　　　　　誓将壮志继武侯。
　　　　　　　屡伐中原兵力厚，
　　　　　　　不靖国贼愧吴钩。
　　　　某，姓姜名维字伯约。今值景耀元年，奏明幼主，兴兵伐魏。近来朝政日非，君王溺於酒色，信任中侍黄皓，不理国事。某一息尚存，誓靖烽烟，恢复中原，以继先师武侯之志。前在汉中，选得名将傅佥、蒋舒二员，训练人马，领兵伐魏。今当出师之日，来！

众　　　有！

姜　　維　　夏侯將軍進帳。
　衆　　　　夏侯將軍進帳！
夏侯霸　　（內）來也！（上）
　　　　　（念）只爲敵國君王恨，投蜀依人滅權臣。
　　　　　參見將軍！
姜　　維　　仲權少禮，請坐。
夏侯霸　　謝坐。
姜　　維　　今司馬師新亡，司馬昭初握重權，即行弒主，鄰邦理宜問事。況又是讎敵之國，吾今伐魏，正是機會，當用何法？
夏侯霸　　蜀地淺狹，宜暫據險守分，恤軍愛民，徐圖中原，此乃保國之計也。
姜　　維　　不然！昔丞相六出祁山，不幸半途而喪。某遵遺命，當盡忠報國，以繼其志。今魏有隙可乘，此時不伐，更待何時？
夏侯霸　　將軍之言甚是。可將輕騎先出枹罕，若得洮西、南安，則諸郡可定矣。
姜　　維　　仲權之意，甚合兵法。出其不意，攻其不備，必能一戰成功。仲權可領三千鐵騎，先出枹罕，直取洮水，須要小心。
夏侯霸　　得令！
　　　　　（夏侯霸帶四上手下）
姜　　維　　衆將官，兵伐中原！
　　　　　（【五馬江兒水】。倒脫靴同下）

第　三　場

（四龍套、四下手引鄧艾上）

鄧　艾　　（念）【引】天資捷敏，明韜略，才智超群。
　　　　　（念）（詩）幼讀兵書韜略精，
　　　　　　　　　　胸懷大志性聰明。
　　　　　　　　　　丈夫無毒難稱勇，
　　　　　　　　　　別有奇謀建功勳。
　　　　　俺，姓鄧名艾，表字士載。乃義陽人氏。幼年喪父。素懷大志，喜讀兵書，熟知山川形勢。平生口吃，故有艾艾之誚。受知於司馬公子兄弟，參贊軍機。後爲兗州刺史。因討平壽春文欽父子，命爲征西將軍，征討西蜀。幾次與姜維交鋒，互有勝負，不能得絲毫之利。那姜維堪稱勁敵。司馬大將軍又命鍾會爲鎭西將軍，進兵西蜀，如今兵紮漢中。俺今駐軍祁山，須密定良謀，窺測川中山川形勢，再定進取，以免大功爲鍾會奪去。昨聞密探報道，姜維有入寇消息，尚不知由哪路進兵。曾命參軍王瓘探聽虛實，未見回報。左右，伺候了！

（王瓘紮巾、紫臉花三塊瓦、黑滿、箭袖、馬褂帶寶劍上）

王　瓘　（念）欲施奇謀須有隙，恰逢機會正應時。
　　　　末將王瓘參！
鄧　艾　參軍免禮，請坐。
王　瓘　謝坐。
鄧　艾　探聽得姜維從哪路進兵？
王　瓘　末將探明那姜維人馬，仍奔祁山而來。末將並有一計獻上。
鄧　艾　參軍有何妙計？
王　瓘　將軍容稟！
　　　　（唱）恰值王經全家喪，
　　　　　　　忠烈名兒天下揚。
　　　　　　　借此機會即前往，
　　　　　　　諒那姜維不提防。
　　　　末將願往蜀營，前去詐降。
鄧　艾　參軍此計雖妙，只怕瞞不過那姜維。
王　瓘　將軍，末將願舍命前往！
鄧　艾　參軍既探聽明白，蜀軍直奔祁山而來，未從他路分兵，但行此計無妨。某命司馬望領大軍在罐山接應。參軍可領精兵五千，連夜由斜谷迎接。蜀兵有何消息，參軍可密寄司馬望便了！
王　瓘　得令！
　　　　（唱）帳中領了將軍令，
　　　　　　　前去詐降投蜀營。
　　　　　　　全仗機緣相扶定，
　　　　　　　要把姜維一鼓擒。（下）
鄧　艾　（唱）參軍心志多堅定，
　　　　　　　要瞞姜維恐不能。
　　　　　　　即命人馬去接應，

且在祁山等好音。

來！持我令箭一支，命司馬望統領洮西人馬，在罎山接應。俟接到參軍密信，即刻進兵。掩門！

（同下）

第 四 場

（四綠龍套、四大刀手、四月華旗、四將、姜維、大纛上）

姜　維　（唱）【西皮散板】
　　　　　累戰挫折魏人膽，
　　　　　要繼武侯伐中原。
　　　　　統領雄兵三十萬，（圓場）
（王瓘自大邊上，帶四下手擋住介）

姜　維　（唱）前哨不行爲哪般？
　　　　　前哨爲何不行？

衆　　　魏兵攔路。

姜　維　人馬列開！
（王瓘下馬介）

王　瓘　魏國降將王瓘，求見主帥！

衆　　　魏國降將，求見大將軍。

姜　維　喚爲首之人，馬前答話！

衆　　　啊！爲首之人，馬前答話！

王　瓘　魏國降將王瓘，叩見將軍！

姜　維　（看介）王瓘，你今前來，爲了何事？

王　瓘　末將乃王經之侄男。可恨司馬昭弒君，將我叔父殺死，末將痛恨在心。今幸將軍興兵問罪，故領本部心腹兵丁五千，前來投降。乞將軍開恩，收留麾下。

姜　維　（看王瓘，作了然介）既是真心投降，起來。

王　瓘　謝將軍！

姜　維　你且隨某同赴軍前便了。
（王瓘出帳介）

姜　維　（唱）王瓘復儲投炎漢，

　　　　　　天助蜀軍遇機緣。
　　　　　　傳令靠山安營寨，
　　　　（衆安營介）
姜　維　（唱）且喚王瓘問根源。
　　　　喚降將！
四　將　降將進帳！
　　　　（王瓘進帳介）
王　瓘　參見將軍！
姜　維　汝既真心來降，某豈能不誠心相待？現在軍中所患者，不過糧草耳。今有糧車數百輛，屯於川口，汝可運赴祁山，待等將軍將糧草運到，某即起兵祁山，攻取魏營。聽某令下！
　　　　（唱）【西皮搖板】
　　　　　　蜀魏連年常交戰，
　　　　　　只有往來糧道難。
　　　　　　沿途小心防顛險，
　　　　　　早將軍餉運祁山。
　　　　王瓘，你可帶領本部兵馬一半，前去運糧；其餘一半，隨某攻打祁山魏營。去吧！
王　瓘　得令！
　　　　（唱）軍情緊急恐遲慢，
　　　　　　星夜運糧赴祁山。
　　　　（王瓘領四下手下）
姜　維　（唱）將計就計來行險，
　　　　　　大破魏兵得勝還。
夏侯霸　（內）走啊！（上）
　　　　（唱）適纔探馬來報信，
　　　　　　王瓘投降是虛情。
　　　　　　將身且把中軍進，
　　　　　　見了將軍問分明。
　　　　末將參！
姜　維　仲權少禮，請坐。
夏侯霸　謝坐。聞聽魏將王瓘，自稱王經之侄，投降我軍，將軍已准其投降。

当年末将在魏时,未闻王经有侄。王瓘前来投降,必然有诈!

姜　　维　某早已知王瓘之诈,想那司马昭奸雄不亚曹操,既杀王经,安肯留其侄统兵在外。我今分其兵势,将计就计而行。傅佥听令!

傅　　佥　在!

姜　　维　命你率兵二千,暗地探听王瓘消息,报我知道。

傅　　佥　得令!(下)

姜　　维　我军暂不出斜谷,等候王瓘消息,自有破敌之法。仲权暂在营中候信。掩门!

（众同下）

第 五 场

（四上手引王瓘上）

王　　瓘　(唱)姜维已中诈降计,
　　　　　　　修书告与魏营知。

俺,王瓘。前来诈降蜀营,已将姜维瞒过,命我去至川口运粮。待我修书一封,报与司马望将军:八月二十日,从小路运粮,送归大寨。请司马望将军,带领人马在罐山接应。待我修书。王瓘呵!

（【急三枪】）来,传旗牌!

上　　手　旗牌进见!

（旗牌上）

旗　　牌　参见将军!

王　　瓘　这有书信一封,下到罐山司马望将军麾下,叫他照书行事。须要小心!

旗　　牌　遵命!(下)

王　　瓘　众将官,人马往川口去者!

（唱）前往川口把粮运,
　　　一战成功破蜀兵。

（众同下）

第 六 场

（四龙套、四校刀手、四将上,司马望紫红靠、黑三上）

司馬望　（念）奉命提兵將，連夜離洮陽。
　　　　俺，司馬望。奉了征西將軍之命，駐紮鑵山，接應王瓘，大戰姜維。就此起兵前往。衆將官，兵發鑵山去者！
　　　　（【牌子】。衆領下）

第　七　場

（四上手、傅僉上）
傅　僉　（念）兵紮崎嶇境，等候捉賊人。
　　　　俺，傅僉。奉了都督將令，埋藏山路，探聽王瓘動靜。衆軍士，小心了！
　　　　（旗牌上）
旗　牌　（念）奉了將軍命，鑵山報信音。
　　　　（四上手拿旗牌介）
四上手　拿著了。啓將軍：拿住魏營奸細。
傅　僉　細細搜來！
四上手　有書信一封。
傅　僉　綁赴斜谷去者！
　　　　（衆押旗牌同下）

第　八　場

（四綠龍套、姜維披斗篷上）
姜　維　（唱）【西皮原板】
　　　　　　秉忠心懷赤膽力扶炎漢，
　　　　　　繼先師未竟志誓伐中原。
　　　　　　將用命軍效死連年鏖戰，
　　　　　　報國家一息存不敢偷安。
　　　　（傅僉上）
傅　僉　（唱）夤夜入營來稟見，
　　　　　　捉住魏營奸細還。
　　　　參見都督！

姜　維　將軍深夜進帳，有何軍情？
傅　僉　末將拿獲魏營奸細，搜出書信一封，將軍請看。
　　　　（姜維看書介）
姜　維　吩咐擊鼓陞帳！
　　　　（姜維下。四綠龍套分下）
傅　僉　擊鼓陞帳！
　　　　（【急急風】。四綠龍套、四月華旗、四將、中軍、姜維上，亮相，進帳）
姜　維　將魏營奸細綁上來！
　　　　（四上手押旗牌上）
旗　牌　小人與主帥叩頭！
姜　維　你奉何人所差？
旗　牌　小人奉王瓘王參軍所差。命小人將書下到罎山司馬望將軍營內，叫他照書行事。不想小人爲都督拿獲，都督饒命！
姜　維　可是實言？
旗　牌　俱是實言。
姜　維　將他衣服剝下，押入後營。
　　　　（四上手押旗牌下）
姜　維　待某將原書八月二十日改爲八月十五日，約魏兵在罎山等候接應便了。（改書介）中軍，命你假做魏營下書人，將書下與司馬望，約他八月中秋月明之時，罎山接應！
中　軍　得令！（接書下）
姜　維　張翼聽令！
張　翼　在！
姜　維　命你準備大車五百輛，裝載引火之物，八月十五日月明時，在罎山等候，放火截殺！
張　翼　得令！
姜　維　傅僉聽令！
傅　僉　在！
姜　維　命你帶兵二千，扮作魏兵模樣，打着運糧旗號，大戰魏兵！
傅　僉　得令！
姜　維　蔣舒、廖化引兵直取祁山。不得有誤！

蔣舒	
廖化	得令！
姜維	待等八月中秋，本督與夏侯霸各引一軍，埋伏山中，大破魏兵。
	正是：
	（念）棄却糧車將計就，不滅魏兵誓不休。
	掩門！
	（眾分下）

第 九 場

（四龍套、四校刀手、四將、司馬望上）

司馬望	（唱）統領雄兵候交戰，
	等候王瓘書信還。
	（中軍上）
中　軍	（念）奉了都督令，假意獻書文。
	門上哪位在？
龍　套	做甚麼的？
中　軍	奉了王參軍之命，來下密信，求見司馬將軍。
龍　套	候着！啓將軍：下書人求見。
司馬望	喚他進見！
龍　套	將軍傳，小心了。
中　軍	小人與將軍叩頭！
司馬望	罷了。你奉何人所差？
中　軍	奉王參軍所差，密書呈上。
司馬望	待我拆書一觀。（【急三槍】）你回去禀告王參軍，我這裏照書行事。
中　軍	八月中秋月明時，在罐山相會。將軍千萬早早起兵，不可遲誤。
司馬望	知道了。回覆參軍去吧！
	（中軍下）
司馬望	等到八月中秋，往罐山接應王參軍便了。
	（唱）等待中秋月光滿，
	迎接糧車在罐山。
	（眾同下）

第 十 場

（四白龍套引夏侯霸上）

夏侯霸　俺，夏侯霸。奉了都督將令，往川口擒拿王瑾，乘勝攻取洮陽。此乃反客爲主之計。衆將官！

衆　　　啊！

夏侯霸　起兵前往！

衆　　　啊！

（同下）

第 十 一 場

（四上手推糧車引張翼上）

張　翼　（唱）乾柴茅草堆車上，
　　　　　　　爲賺魏兵做軍糧。
　　　　　　　等待中秋明月上，
　　　　　　　罎山谷裏冒火光。

（同下）

第 十 二 場

（四龍套引傅僉上）

傅　僉　衆將官！

衆　　　有！

傅　僉　假扮魏軍，迎上前去！

衆　　　啊！

（同下）

第 十 三 場

（四龍套、四校刀手、四將引司馬望上）

司馬望　（唱）前日參軍報一信，
　　　　　　　中秋月下破蜀軍。
　　　　　　　且上高峰觀動靜，
　　　　（衆引司馬望上山，看介）
　　　　（四上手推糧車引張翼上，過場下）
　　　　（四龍套，一掌旗上寫"運糧官王"字樣隨傅僉上，過場下）
司馬望　（唱）果有糧車向前行。
　　　　遠遠望見山窪之中，果有糧車，盡皆魏兵護送。想此事，王瓘定然成功也！
四　將　我等何不迎上前去？
司馬望　且慢！王瓘雖然成功，但山勢掩映，若有伏兵，急難退步，只可在此等候。
　　　　（假魏兵上）
假魏兵　前軍可是司馬將軍？王參軍糧車過界，蜀軍大隊人馬已入罐山，我軍截殺，正是機會。
司馬望　既有此機會，你在前面引路，迎上前去！
假魏兵　隨我來！
　　　　（假魏兵引司馬望原人同下）

第十四場

（張翼引四上手推車上，站下場門，吶喊介。假魏兵引司馬望原人上）

司馬望　前面可是王參軍的人馬？
張　翼　正是魏營人馬。
司馬望　王參軍今在何處？
張　翼　現在山後引蜀兵入山，將軍在此等候截殺便了。
　　　　（四龍套、傅僉上）
司馬望　來的可是王參軍？
傅　僉　司馬望，你中我家都督之計，還不下馬受死！
司馬望　看槍！
　　　　（傅僉、司馬望過合架住。張翼放火介。衆鑽烟筒下。留司馬望、

　　　　　傅僉、張翼打三股檔,亮相下。上下手單起打)
　　　　(【急急風】。四龍套、四月華旗、蔣舒、廖化上,站門。一馬童翻上,
　　　　姜維拿大刀上,一馬童打纛旗上)
　　　　(下場門撒火彩)
姜　　維　看前面號火已起。眾將官,殺上前去!
　眾　　　啊!
　　　　(姜維原人跑圓場,過場下)
　　　　(姜維趟馬,一馬童翻介。姜維、蔣舒、廖化大走圓場)
　　　　(姜維、蔣舒、廖化亮相,同下)

第 十 五 場

　　　　(四下手引王瓘上)
王　　瓘　(念)兵紮川口地,日夜不安寧!
　　　　(探子上)
探　　子　夏侯霸領兵殺進營來。
王　　瓘　再探!
探　　子　啊!(下)
王　　瓘　消息已漏,迎敵者!
　　　　(四龍套引夏侯霸上)
夏侯霸　　大膽賊子,休走看槍!
　　　　(起打介。王瓘敗下。夏侯霸追下。司馬望、傅僉、張翼上,打三股
　　　　檔。廖化、蔣舒上,打檔捧攢,司馬望將四人轟下,向上場門把拉倒
　　　　脫靴。姜維換槍上,同司馬望打小快槍。司馬望敗下,姜維接四校
　　　　刀手,挑四槍背,蜀兵上,追下,姜維耍下場下)

第 十 六 場

　　　　(王瓘上,夏侯霸跟上,漫頭打介,王瓘敗下,四白龍套上,領夏侯霸
　　　　追下。司馬望、王瓘、四校刀手、四將上)
司馬望　　王參軍,消息已漏,我軍大敗,速速保守洮陽要緊!
　　　　(姜維、夏侯霸同追上,雙漫頭,轟眾下。留司馬望、王瓘、姜維、夏

侯霸,小四股檔,姜維刺死王瓘介,司馬望敗下。姜維原人暗上)

夏侯霸　我軍已然得手,乘勝攻打洮陽,都督率兵接應便了。
姜　維　須要小心!
夏侯霸　得令!(下)
姜　維　眾將官!起兵殺奔洮陽!
　　　　(眾領下)

第 十 七 場

(四校刀手、四將引司馬望上)

司馬望　人馬速回洮陽!
　　　　(四白龍套、傅僉、蔣舒、夏侯霸上,會陣。司馬望敗下,眾追下。留夏侯霸耍下場下)
　　　　(下場門設"洮陽城",司馬望原人入城介。夏侯霸追上,搶進城介)
　　　　(司馬望放箭,夏侯霸中箭摔槍背介。蔣舒救夏侯霸介。司馬望殺出城,傅僉架住。姜維原人同上,打介,挑司馬望下馬,司馬望跑入城介)
　　　　(蜀兵追進城,姜維望城門三指介,進城下)

第 十 八 場

(司馬望上)

司馬望　洮陽已失,速速報與鄧將軍知道!(下)

第 十 九 場

【牌子】。四綠龍套、四月華旗、張翼、廖化上,站門。姜維上,坐介。蔣舒、傅僉扶夏侯霸帶箭上。姜維起箭介,夏侯霸死介)

姜　維　洮陽已然攻破。可惜夏侯將軍爲國捐軀,待本督請旨,旌表忠良,歇兵三日,收復諸郡,追趕鄧艾便了。正是:
　　　　(念)可惜投漢智勇將,洮陽一戰箭下亡!
　　　　(同下)

第 二 十 場

（四龍套引鄧艾上）

鄧　艾　（唱）【西皮搖板】
　　　　　　王瑾詐降計來獻，
　　　　　　只恐難把姜維瞞。
　　　　　　已差党均行奸險，
　　　　　　結連黃皓散流言。
　　　　（司馬望上）
司馬望　（唱）失機敗北把洮陽陷，
　　　　　　見了將軍帶羞顏。
　　　　末將失落洮陽，死罪呀死罪！（跪介）
鄧　艾　將軍請起。
司馬望　謝主帥！（起介）
鄧　艾　請坐。
司馬望　謝坐。
鄧　艾　將軍前去接應王瑾，洮陽失陷，想是被姜維識破此計？
司馬望　罎山一戰，我軍大敗，末將即收兵歸保洮陽。夏侯霸領輕騎追至洮陽，末將雖將夏侯霸一箭射死，怎奈姜維大兵已到，無法禦敵，將洮陽竟自失陷。特來主帥台前請罪！
鄧　艾　噢！那姜維竟佔據洮陽了？
司馬望　正是。
鄧　艾　想那姜維文武兼全，韜略過人，如今既得了洮陽，兵力甚強，不可力敵。想劉禪乃昏庸之主，寵幸中貴黃皓。某前已令党均齎金珠寶貴之物，徑往成都，結連黃皓，佈散流言，說姜維有投魏之心，管叫姜維空建奇勳，勞而無功。
司馬望　主帥良謀，必然成功。
鄧　艾　事之成敗，只看天意如何。將軍可領一支人馬，暫守狄道，姜維如若班師，即領人馬截殺。
司馬望　得令！
鄧　艾　且聽姜維消息便了。

（唱）姜維忠心扶蜀漢，
　　　韜略奇才武侯傳。
　　　只恐蜀兵不回轉，
　　　難滅劉禪入西川。

（衆同下）

第二十一場

（四太監引黃皓上）

黃　皓　（念）【引】得君寵幸，專朝政，嫉妒功臣。
　　　（念）（詩）恃寵專權恨元勳，
　　　　　　　引誘君王遠賢臣。
　　　　　　　只貪敵國金珠贈，
　　　　　　　哪管朝政與軍情。
　　咱家，中貴黃皓。在西蜀景耀天子駕前稱臣。頗得君王寵幸。慣會小意殷勤，引誘君王，貪戀酒色，日遠賢臣。是我嫉妒大都督姜維，功高望重，欲薦右將軍閻宇繼姜維之任。尚未保薦，恰有魏王差党均前來晉謁，並送一份厚禮。只求奏請天子將大將軍姜維調回，尋找機會，陷害於他。咱家雖然明白，這是反間之計，奈咱家平時就嫉妒姜維，怕他成功；又有這一份厚禮，因爲這個，管他甚麼軍情，又管他甚麼國家興亡？我就在天子面前，道那姜維原是魏人，恐其仍有降魏之意。天子信以爲真，命郤正前往軍前，調姜維班師還朝。候姜維還朝，即令閻宇駐軍劍閣，以代姜維。今天入朝，先秘保閻宇便了。孩子們，打道上朝去者！
（唱）心嫉姜維把功建，
　　　又值党均入西川。
　　　看在厚禮把讒言獻，
　　　提調姜維把師班。

（同下）

第二十二場

（【牌子】。四文堂、背旨官、傘夫執傘引鄧正上）

鄧　正　下官，鄧正。奉旨前往軍前，詔大都督姜維班師還朝。聞聽大都督駐軍洮陽，只得前往。衆軍士，洮陽去者！
（【牌子】。衆同下）

第二十三場

（四綠龍套、四月華旗、中軍、姜維上）

姜　維　（念）軍威大震驚賊膽，得勢縱橫取中原。
鄧　正　（內）詔旨下！
中　軍　啓都督：詔旨下。
姜　維　香案接旨！
中　軍　香案接旨。
（【牌子】。四文堂引鄧正上）
鄧　正　聖旨下！
姜　維　萬歲！
鄧　正　跪聽宣讀。詔曰：大將軍姜維連年伐魏，未獲全功。今幸洮陽之捷，足寒敵人之膽。況蜀民窮困，正宜借此休養。俟有機會，再伐中原。見詔迅速班師，勿負朕意。旨意宣詔，即日回朝！
姜　維　萬歲！
（【牌子】）
鄧　正　請過聖命。
姜　維　有勞大夫押旨而來，多受跋涉之苦！
鄧　正　爲國勤勞，理當如此。
姜　維　奉命伐魏，進取洮陽，軍聲大震。未識天子詔維班師，爲了何故？
鄧　正　都督有所不知。聖上近來寵幸黃皓，朝政日非。聞黃皓欲薦閻宇爲將，故有此旨，詔將軍回朝。
姜　維　（氣介）我必誅此宦豎也。
（唱）惑君心獻讒言令人可恨，

		致使我伐中原枉建奇勳。
		回朝去諫君王親賢遠佞，
		整紀綱除宦豎誓斬讒臣。
郤	正	（唱）大將軍繼武侯身負重任，
		爲國家安危事須保自身。
		大都督身繫國家安危，必須持重。愛身即是保國，千萬不可造次！
姜	維	請先生教我保國安身之策！
郤	正	大都督欲保國安身，何不效法武侯屯田之事？
姜	維	哦，哦，哦，多謝了！
		（唱）先生一言來點醒，
		妙法保國兼保身。
		屯田得麥助軍用，
		且傳衆將說分明。
		傳衆將進帳！
中	軍	衆將進帳！
		（四將上）
四	將	參見都督！
姜	維	罷了！見過郤先生。
四	將	郤先生！
姜	維	諸位將軍，今有聖旨到來，召我軍即日班師回朝。特與諸位將軍共議退兵之計。
四	將	啓都督："將在外，君命有所不受。"況我軍軍威大震，豈可輕議退兵之計？
姜	維	既有聖命，豈能不遵？且蜀中黎民亦皆困苦，趁此班師，前往沓中，效先師武侯屯田之法，徐圖進取。今日我軍班師，那魏兵必然追趕，請郤先生統領中軍，命蔣舒保護而行。張翼領三千人馬，以爲後軍。
蔣張	舒翼	得令！
姜	維	傅僉、廖化各領三千人馬，埋伏鐘堤左右，等魏兵回程，截殺一陣。
傅廖	僉化	得令！

姜　維　本督自領輕騎,在劍閣大戰魏兵。鄧先生請在營中歇息一日,明日一同班師回朝。

鄧　正　請!

姜　維　正是:

（念）樂毅伐齊遭奸計,

鄧　正　（念）軍威大震驚強敵。

姜　維　請!

（眾同下）

第二十四場

（四下手跑上,鄭倫上）

鄭　倫　（念）統帶飛虎騎,奮勇逐蜀師。（上高臺介）

（念）（詩）英雄年少力剛強,

刀馬無敵震四方。

年年鏖戰沙場上,

一片忠心保魏王。

某,鄭倫。鄧征西麾下正印先鋒。只因蜀兵連夜班師入川,兵行甚速。某奉征西將軍將令,統領飛虎軍,會同司馬望,起兵追趕姜維。眾將官,追趕姜維去者!

（眾領下）

第二十五場

（四白龍套、四大刀手、蔣舒、張翼、鄧正上）

鄧　正　眾將官!趲行者。

（【粉孩兒】。眾領下）

第二十六場

（四下手、四校刀手、四將、鄭倫、司馬望上）

司馬望　眾將官,奮勇追趕蜀軍去者!

（眾追下）

第二十七場

（四白龍套、四大刀手、蔣舒、張翼、鄧正上。四下手、四校刀手、四將、鄭倫、司馬望上）

司馬望　咄！蜀兵休走！好好將糧餉留下，饒你性命！
張　翼
蔣　舒　一派胡言。看槍！

（殺過合，張翼、蔣舒領圓場，敗下。司馬望、鄭倫原人追下）

第二十八場

姜　維　（內唱）班師回歸守棧道，
　　　　（四綠龍套、四月華旗、二馬童上，站斜一字。姜維上）
姜　維　（唱）要擒鄧艾小兒曹，
　　　　　　施展奇謀擒虎豹。
（姜維原人領至大邊。鄧正、張翼、蔣舒原人上。司馬望、鄭倫原人追上。司馬望、鄭倫把拉倒脫靴。姜維原人翻下。姜維拿刀一磕）
姜　維　鼠子休得猖狂，本督姜維在此！
（司馬望怕介，鄭倫架介。姜維起大刀花切鄭倫搶背介。鄭倫、司馬望敗，由上場門跑下。姜維耍下場，由上場門追下）
（四上手上，站門。傅僉、廖化上。司馬望、鄭倫原人上，同傅僉、鄭倫會陣，起打介。廖化刺死鄭倫介。司馬望敗下）
（姜維上）
眾　　　魏兵大敗！
姜　維　班師回朝！（三笑介）
（眾擁下）

第二十九場

（四太監、黃皓引劉禪上）

劉　禪　（唱）【西皮散板】
　　　　　　先帝創業立家邦，
　　　　　　朕躬繼位樂安康。
　　　　　　朝歡暮樂多歡暢，
　　　　　　閑聽歌聲奏笙簧。
　　　　朕，大漢天子劉禪在位。自親政以來，全仗武鄉侯扶保，朕躬止聽政而已。武侯身故，軍國大事，命姜維料理。朕在深宮，日日尋些歡樂。啊黃愛卿！
黃　皓　奴婢在。
劉　禪　朕今日甚覺煩悶，如何是好？
黃　皓　陛下聖心不爽，請駕至御花園中散悶散悶。
劉　禪　好！傳孤旨意，命各舞女歌伎齊集御花園。擺駕前往！
　　　　（唱）朕躬寂寞心不爽，
　　　　　　御花園中飲瓊漿。
　　　　　　內侍擺駕閑遊賞，
　　　　　　妙舞清歌召紅妝。
黃　皓　奴婢啟奏陛下：想那姜維多次討伐中原，並無寸功。陛下理當傳旨，解去姜維兵權，以正其罪。
劉　禪　哎！朕方欲飲酒取樂，你在一旁說些無味之言，擾亂清興。想人生最難逢者，樂境耳。今朕方欲安享，你無故尋此是非，豈不可惱！
黃　皓　奴婢說錯啦。你們傳舞女歌伎侍宴哪！
　　　　（大太監上）
大太監　啟陛下：大將軍姜維還朝，在御花園外候旨！
劉　禪　這個……
黃　皓　哎喲，老頭子！萬歲爺，您救救我吧！
劉　禪　曉諭姜維，說朕偶有小疾，明日早朝再見。
大太監　領旨！（下）
劉　禪　惜乎！為他攪了孤的樂趣。
黃　皓　陛下若將他貶去，再也沒人敢攪啦！
劉　禪　多口！
　　　　（大太監上）
大太監　啟陛下：大將軍徑入御花園見駕來了。

劉　禪　這……咳！
黃　皓　這可怎麼好哇？
劉　禪　快快藏在山石以後。
　　　　（黃皓到下場門山石後藏介）
　　　　（姜維上）
姜　維　（唱）將欲成功破魏將，
　　　　　　　恢復祁山取洮陽。
　　　　　　　忽接班師聖旨降，
　　　　　　　御花園內叩君王。
　　　　臣，姜維見駕，陛下萬歲！
劉　禪　卿家平身。
姜　維　萬萬歲！
劉　禪　賜坐。
姜　維　謝坐！
劉　禪　卿家班師回朝，朕擇日賜宴，與卿家暢飲。
姜　維　此次奉旨伐魏，頗得機會。忽有聖旨，召臣班師，不知有何聖諭？
劉　禪　這！是朕召卿班師，只因黃……（不語介）是朕念卿久在疆場，故召卿還朝，並無別事。
姜　維　臣此番伐魏，已得洮陽，大敗魏兵，困鄧艾於祁山。正欲立功，不期半途而廢。此必中鄧艾反間之計矣！
　　　　（劉禪不語介）
姜　維　陛下降詔，召臣班師之意，臣已知之。此皆中侍黃皓之讒言也！
　　　　（唱）臣伐魏困鄧艾祁山之下，
　　　　　　　取洮陽破敵兵扶保邦家。
　　　　　　　欲收功不料想班師詔下，
　　　　　　　皆因是奸佞輩起禍根芽！
　　　　黃皓奸巧專權，近則鑒於張讓，遠則當思趙高。望陛下早日誅此佞臣，朝政自然清平，中原方可恢復。伏乞聖裁！
劉　禪　卿家此言，未免過慮。那黃皓不過一小臣，朕已不使他過問朝政，望卿家恕之。
姜　維　陛下不殺黃皓，禍不遠矣！
劉　禪　卿家不可動怒！（出位介）卿家何不容朕有一宦官？待朕替他謝

罪，再喚他來與卿家叩頭。看在朕之薄面，饒恕於他。黃皓快來，與大將軍叩頭求饒！

（黃皓怕介，出，跪介）

黃　皓　奴婢早晚間伺候陛下，不、不、不敢干、干、干預國政，大將軍休信外人之言哪！

（姜維推髯怒視，黃皓抱頭跪望介）

姜　維　陛下呀！

（唱）陛下不殺此奸佞，
　　　恐怕朝政不清平。
　　　乞恩賜臣隴西郡，
　　　沓中屯田練雄兵。
　　　心懷義憤出園門，
　　　避禍保國可安身。

咳！（下）

劉　禪　（唱）姜維一怒出園門，

黃　皓　（唱）叩謝天恩救殘生！（起介）

劉　禪　咳！今日姜維攪了孤的樂趣。擺駕回宮！

（眾同下）

第 三 十 場

（四綠龍套、四月華旗、中軍、蔣舒、傅僉、張翼、廖化引姜維上）

姜　維　（唱）天子昏弱喜奸佞，
　　　忠心枉自建奇勳。

眾位將軍，本督已奏明天子，求沓中之田，效武侯屯田之法，練兵聚穀，徐圖進取，兼守劍閣，把守關隘。即刻起兵，沓中去者。帶馬！

眾　　啊！

（【牌子】。眾同下）

渡 陰 平

佚 名 撰

解 題

　　京劇。現代佚名撰。《京劇劇目辭典》《京劇劇目初探》著録，題《渡陰平》，未署作者。劇寫魏將鄧艾、鍾會領兵攻取西川，蜀國軍師姜維退守劍閣。劍閣地勢險峻，易守難攻。鄧艾設計欲先攻佔陰平，直逼成都，迫使姜維撤兵救援，以便魏軍乘虛奪取劍閣。姜維派張翼回朝向劉禪告急，請求派兵支援。劉禪沉溺酒色，聽信宦官黃皓讒言，不但不發兵，反而從陰平撤二千人馬支援，致使鄧艾得以偷渡陰平，直取江油。張翼向江油守將馬邈求救，被馬邈拒絶。鄧艾率兵到江油，馬邈妻子李氏勸其出兵迎戰，馬邈不聽，踢死李氏，獻地圖投降魏軍。鄧艾隨之進兵綿竹。劉禪命諸葛瞻父子挂帥出戰，多次獲勝。然而奸宦黃皓不發糧草，東吳不出兵支援，諸葛瞻父子終於忠勇戰死。此劇實包括《渡陰平》《取江油》《戰綿竹》三折，情節與單折《取江油》《戰綿竹》大不相同，但採用了其中的一些臺詞。本事出於《三國演義》第一一七回。《三國志・魏書・鄧艾傳》載有馬邈降魏事。版本今有《京劇彙編》收録的劉硯芳藏本及以此本重印的《京劇傳統劇本彙編》本。今以《京劇彙編》劉硯芳藏本爲底本整理。據《京劇彙編》本《渡陰平》提要云：此劇經劉硯芳協助校正。

第 一 場

　　（鄧忠上，起霸）
鄧　忠　（念）漢中關隘今已定，
　　　　（師纂上，起霸）
師　纂　（念）劍閣不久一掃平。

（丘本上，起霸）

丘　本　（念）但願旗開早得勝，

（田續上，起霸）

田　續　（念）全憑奇謀與強兵。

鄧　忠　　　鄧忠。
師　纂　俺，師纂。
丘　本　　　丘本。
田　續　　　田續。

鄧　忠　三位將軍請了！

衆　將　請了。

鄧　忠　父帥陞帳，你我兩廂伺候。

衆　將　請！

（【水龍吟】。八文堂、四下手、八馬夫引鄧艾上）

鄧　艾　（唱）【點絳唇】

上馬馳驅，跋涉千里。今好比，樂毅伐齊，踏平敵國地。

衆　將　參見元帥！

鄧　艾　站立兩廂。

衆　將　啊！

鄧　艾　（念）（詩）自幼能籌畫，

多謀善用兵。

凝眸知地理，

仰面識天文。

本督，姓鄧名艾字士載。官拜征西將軍。與鍾會同領兵將，奪取西川。某在沓中絆住姜維，助鍾會成功。聞聽鍾會果然取了漢中，如今又攻劍閣。某也曾命諸葛緒前去助戰，怎麼還未見回轉？因此陞帳，聽候好音。正是：

（念）馬到臨崖斷，劍斬玉石分。

衛　瓘　（內）馬來！（上）

（念）忙將不平事，報與將軍知。

參見都督！

鄧　艾　衛監軍少禮。

衛　瓘　可惱啊可惱！

鄧　艾	衛監軍爲何這等煩惱？
衛　瓘	都督有所不知。諸葛緒中了姜維之計，失機敗陣。鍾會不念都督情面，要將他斬首。末將言道："諸葛緒乃都督部下之將，將軍殺之，恐傷和氣。"
鄧　艾	他可曾饒恕？
衛　瓘	他不但不聽末將之言，反說道："我奉天子命詔、晉公鈞命，特來伐蜀。就是鄧艾有罪，亦當斬之。"仍將諸葛緒用檻車押往洛陽，任晉公發落。將諸葛緒之兵，收入他的部下調遣。你道惱是不惱？
鄧　艾	啊！我與他官品一般，況且我久戰疆場，爲國多勞。他敢妄自尊大，待我會他一會。
鄧　忠	且慢！啊爹爹，有道是"小不忍則亂大謀"。爹爹如與鍾會不睦，必誤國家大事。望爹爹容忍纔是！
鄧　艾	話雖如此。那諸葛緒乃我部下之將，雖然敗陣，禮應送來治罪，可恨鍾會反送至晉公那裏發落，一可怒也。不還我諸葛緒之兵，二可怒也。他道爲父有罪，也當斬之，三可怒也。如此可惡，待我親自與他辯理。
鄧　忠	爹爹一人前去，恐中詭計。
鄧　艾	諒他溝渠之水，能起多大風浪。小小螻蟻，焉能動搖泰山！
鄧　忠	爹爹一定要去，孩兒相隨保護。爹爹此去不可動怒，假意致賀。他若能曲意伏罪，還望爹爹以國家大事爲重，不可傷了兩家和氣。
鄧　艾	好，就依我兒。速領二十騎相隨。丘本、師纂看守大營。
丘本師纂	得令！
鄧　艾	帶馬往鍾會營中去者！
	（四下手、鄧忠下）
丘本師纂	送都督！
鄧　艾	免。（下）
丘本師纂	衆將官，緊守營寨！
衆	啊！
	（同下）

第 二 場

（八文堂引鍾會上）

鍾　會　（念）【引】奉命統領千員將，奪取漢中威名揚。
　　　　（念）（詩）髫年稱時慧，
　　　　　　　　　曾做秘書郎。
　　　　　　　　　妙計平西蜀，
　　　　　　　　　要比張子房。
　　　　某，姓鍾名會字士季。官拜鎮西將軍。奉天子命詔、晉公鈞旨，前來伐蜀。本督略施小計，奪了漢中，困住姜維。可恨諸葛緒，敗陣失機，使姜維乘機逃回劍閣。本當將諸葛緒斬首，奈眾將苦苦講情，故此解往京都，任憑晉公發落。我想諸葛緒乃鄧艾之將，被我解進京去，我又收了諸葛緒之兵馬，大諒鄧艾必不甘休，倒要提防一二。正是：
　　　　（念）察言觀色須謹慎，提防鄧艾生異心！
　　　　（旗牌上）
旗　牌　（念）忙將軍情事，報與將軍知。
　　　　啟稟都督：鄧征西到！
鍾　會　噢！那鄧艾來了？
旗　牌　正是。
鍾　會　帶領多少人馬？
旗　牌　十數餘騎。
鍾　會　眾將進帳！
旗　牌　眾將進帳！
四　將　（內）來也。（上）
　　　　參見都督！
鍾　會　站立兩廂。
四　將　啊！傳末將等進帳，有何將令？
鍾　會　眾位將軍，前者本都督將諸葛緒解往晉公處發落，那鄧艾必不甘休。他今前來，必有緣故。你等排列帳前，等他進帳！看我眼色行事。

四　將	得令！	
鍾　會	來，有請鄧征西將軍！	
旗　牌	是。有請鄧將軍！	

（四下手、鄧忠、鄧艾上）

鄧　艾　（唱）軍容整肅殺氣生，
　　　　　　　鄧艾心中不安寧。
　　　　　　　大事安排小事忍，
鄧　忠　（唱）爹爹還要三思行。
鄧　艾　著，著，著！
旗　牌　都督出迎！
鍾　會　鄧將軍！
鄧　艾　鍾將軍！

（鄧艾、鍾會同冷笑介。鄧艾進帳介，鄧忠同鍾會比粗，同進帳介。鄧艾、鍾會同坐介）

鍾　會　不知鄧將軍駕到，未曾遠迎，面前恕罪！
鄧　艾　豈敢！今聞鍾將軍得了漢中，此乃蓋世奇功。國家幸甚，天下幸甚。特來道賀！
鍾　會　豈敢！今諸葛緒敗陣，也曾替將軍解京。恕未通知，將軍莫怪！
鄧　艾　將軍說哪裏話來？你我同領兵將伐蜀，將軍發落也是一樣，何必通知於我。但要同心滅蜀，千萬莫生二意！
鍾　會　是啊！來，看宴伺候！
鄧　艾　到此就要討擾。

（吹打。旗牌斟酒介）

旗　牌　上宴。
鄧　艾
鍾　會　請！

【牌子】

鄧　艾　將軍既得漢中，乃朝廷之大幸。何不定策，早取劍閣？
鍾　會　這個？將軍明見如何？
鄧　艾　鄧艾無才無學，怎比大將軍決勝千里？鄧艾懇請妙策，恭聽號令！
鍾　會　將軍過譽，惶恐之至。鍾會怎比大將軍運籌帷幄？若有奇謀，當面指教，何必太謙！

鄧　艾　哈哈哈……以愚意度之，可引一軍從陰平小路，出漢中德陽亭，用奇兵徑取成都。那姜維必撤兵去救。將軍乘虛奪取劍閣，可獲全勝也！
　　　　（唱）憶昔韓信掌軍機，
　　　　　　　謀深智廣顯神奇。
　　　　　　　我今暗渡陰平地，
　　　　　　　指日走馬轉旌旗。
鍾　會　（冷笑介）嘻嘻嘻！
　　　　（唱）聽罷言來心歡喜，
　　　　　　　將軍謀略世間稀。
　　　　　　　祝你早定西川成功績，
　　　　　　　麒麟閣上美名題。
　　　　將軍真乃大才也。此番暗渡陰平，必然是旗開得勝，馬到成功。將軍速速帶兵前去，鍾會在此專候捷音。
鄧　艾　討擾盛宴。某告辭了！
　　　　（唱）將軍使我添豪氣，
　　　　　　　滿懷壯志與天齊。
　　　　　　　非是我大言誇妙計，
　　　　馬來！
　　　　（下手帶馬，鄧艾上馬介。四下手、鄧忠下）
鄧　艾
鍾　會　請！
鄧　艾　（唱）偷渡陰平志不移。（下）
鍾　會　（冷笑介）嘻嘻嘻！
　　　　（唱）人言鄧艾多妙計，
　　　　　　　依某看來不出奇。
　　　　諸位將軍，人言鄧艾有謀，今日觀之，乃庸才耳。
四　將　何以見得？
鍾　會　想陰平小路，皆高山峻嶺。聞聽諸葛亮在世，留兵守其險要。鄧艾此去，若有蜀兵斷其歸路，鄧艾父子難保性命，焉能成功？我以正道而行，何愁蜀地不破？衆將官！
衆　　　啊！

鍾　會　速製雲梯炮架，攻打劍閣！
　衆　　啊！
鍾　會　正是：
　　　　（念）可笑鄧士載，冒險是庸才。
　　　　掩門！
　　　　（同下）

第 三 場

（四太監、黃皓引劉禪上）
劉　禪　（唱）孤王即位坐龍庭，
　　　　　　　四十二載享太平。
　　　　　　　朝政全憑諸葛亮，
　　　　　　　可惜他一命歸陰城。
　　　　　　　如今姜維輔國政，
　　　　　　　現在沓中練雄兵。
　　　　　　　豈怕敵人來犯境，
　　　　　　　西川路險難進軍。
　　　　（大太監上）
大太監　啓奏陛下：左將軍張翼回朝，在午門候旨。
劉　禪　宣他進宮！
大太監　萬歲有旨：張翼進宮啊！
張　翼　（內）領旨！（上）
　　　　（唱）鍾會兵取漢中境，
　　　　　　　劍閣風波忽又生。
　　　　　　　奉命回朝把兵請，
　　　　　　　金殿叩見我主君。
　　　　臣，張翼見駕。陛下萬歲！
劉　禪　平身。
張　翼　萬萬歲！
劉　禪　卿家不在沓中，回朝有何國事？
張　翼　啓萬歲：大事不好了！

劉　禪　何、何、何事驚慌？

張　翼　司馬昭差鍾會、鄧艾分兵兩路，侵犯我邦。如今漢中失守，大將軍姜維現在劍閣抵禦敵兵，十分危急。萬歲定奪！

劉　禪　哎呀！不、不、不好了！

　　　　（唱）鍾會兵佔漢中境，
　　　　　　　心中著慌膽戰驚。
　　　　　　　左右爲難無計定，（想介）
　　　　　　　且與黃皓商議行。
　　　　你、你、你、你下面伺候，容孤商議退兵之計！

張　翼　遵旨！（下）

劉　禪　如今漢中已失，劍閣危急，這便如何是好？

黃　皓　萬歲不必著急，哪有此事？此乃姜維欲立功名，故來此信。陛下，奴婢聞得城中有一巫婆，供奉一神，能知吉凶。可召來問之。不知陛下心意如何？

劉　禪　好，快去請來！

黃　皓　領旨！

　　　　（唱）陛下但請放寬心，
　　　　　　　萬事臨頭不必驚。
　　　　　　　此去虔誠巫婆請，（下）

劉　禪　（唱）黃皓忠腸慰朕心。
　　　　　　　但願巫婆有靈應，
　　　　　　　得保孤王享太平。

　　　　（黃皓、巫婆上）

黃　皓　（唱）仙師且在宮門等，
　　　　　　　待我奏知聖明君。
　　　　啓奏陛下：奴婢已將巫師請到。

劉　禪　快快宣她進見！

黃　皓　陛下，那巫師乃是仙人，必須焚香迎請。

劉　禪　內侍，焚香迎請！

黃　皓　有請仙師！

　　　　（巫婆進殿介，坐正場椅。劉禪焚香跪拜介）

黃　皓　陛下必須誠心拜禱纔是。

劉　禪　蜀漢天子劉禪,於炎興元年孟冬月己酉朔越九日,叩祝神聖:望神聖保朕天下太平,魏兵自退。請示吉凶!(拜介)
　　　　(巫婆做打噴嚏介,變花臉腔)
巫　婆　哇呀呀!(出桌外跳介,坐桌上介)吾乃西川土神是也。萬歲放心,樂享太平,何必多慮。再過幾年,魏國江山,自歸陛下,切勿憂思。吾神去也!
　　　　(巫婆從桌上摔下,作醒介)
黃　皓　陛下在此。
巫　婆　陛下,小巫叩頭!
劉　禪　黃皓,賞她黃金千兩,出宮去吧!
巫　婆　謝陛下!
　　　　(黃皓拿黃金與巫婆同出門介)
黃　皓　我一會兒來分。
巫　婆　有你的,沒錯兒。(下)
劉　禪　內侍,宣張翼上殿!
太　監　張翼上殿!
張　翼　(內)領旨!(上)
　　　　參見陛下,不知兵發多少,大將幾員?
劉　禪　方纔神人降臨,言道:數年之後,魏土盡歸寡人。劍閣之魏兵,不久自退,何用救兵?將軍快去對大將軍言講,叫他放心,自有神聖保佑。
張　翼　哎呀陛下呀!此言不可聽信。依臣之見,還是派兵接應。神聖若靈驗,魏兵自退。神聖若無靈驗,此兵也好做個防備!
劉　禪　此計甚好。黃皓,該派多少人馬可以成功?
黃　皓　做個防備嘛?有啦,武侯在世,陰平嶺留有兩千人馬,也就夠啦!
劉　禪　好!卿先回劍閣,朕就傳旨,去調這兩千人馬前往便了。
張　翼　哎呀陛下呀!想丞相在世,留這兩千人馬,原為保守陰平,以防有人偷渡。若一旦撤去,倘有不測,如何是好?這支兵馬是萬萬動不得!
黃　皓　哎!諸葛丞相,也是多慮。想陰平嶺高有萬丈,漫說是人,就是雀鳥也難飛過。
張　翼　住了!丞相神算,難道不如你?就是陰平無慮,調運兩千老弱殘兵去到劍閣,有甚麼用處?哎呀陛下呀!還是多派兵將接應劍閣纔是!
劉　禪　這個?
黃　皓　神聖言道,魏兵不久自退。陛下無兵接應。你快快下殿去吧!
張　翼　啊,你是何人,竟敢多言!
黃　皓　咱家黃皓,你都不知道嗎?
張　翼　久聞你在朝專權,通敵媚外。哎呀陛下呀!此人乃遠之趙高,近之張讓。此賊不滅,國家無救也!
黃　皓　哎呀陛下,他把奴婢比做趙高、張讓,陛下一定是二世、靈帝了。分明罵萬歲是昏君。張翼有欺君之罪,就該將他斬首!
劉　禪　嘟!膽大張翼,敢拿孤王比那無道昏君!本當斬首。念你素日有功,暫免一死。快回劍閣去吧!
張　翼　遵旨!
　　　　(唱)賊黃皓專大權媚外通敵,
　　　　　　我主爺貪酒色終日昏迷。
　　　　　　無奈何出朝門心下遲疑,
　　　　　　有了!
　　　　　　到江油學包胥秦庭流涕。(下)
劉　禪　內侍,傳旨下去:命人調陰平嶺兩千人馬,往劍閣駐紮!
大太監　領旨!(下)
黃　皓　陛下為這點兒小事費了許多精神,叫奴婢好不心痛。現在備得有酒,請陛下定定神兒。
劉　禪　定定神兒?正是:
　　　　(念)同卿作樂笑顏開,盡歡哪有半點哀。
　　　　　　黃皓隨孤來呀!
　　　　(劉禪、黃皓下,眾隨下)

第　四　場

　　　　(八文堂、八馬夫、師纂、丘本、田續上)
師　纂　(念)不久三國歸一統,
丘　本
田　續　(念)全仗將軍八面風。

鄧　艾　（內）回營！

（【風入松】。四下手、鄧忠、鄧艾上）

師　纂
丘　本　都督，今日與鍾會相見，有何高論？
田　續

鄧　艾　這？（向鄧忠）兒呀！方纔鍾會待我如何？

鄧　忠　回稟爹爹：孩兒觀其顏色，甚不以爹爹之言爲然。只恐他口是心非！

鄧　艾　（冷笑介）嘿嘿嘿！我以實言相告，彼竟以庸才視我。彼今得漢中，以爲莫大之功。若非我沓中絆住姜維，彼安能成功也？鍾會呀！小奴才！你料我不能取得成都，我定要取之。我若取了成都，勝似漢中。哎呀且住！只是陰平高山峻嶺，無路可通，如何是好？有了！暫用詭軍之計，去到陰平，爬山而行。雖然行險，若僥倖成功，也未可知。我就是這個主意。（坐介）眾位將軍，本督有意領兵從陰平小路，出漢中德陽亭，用奇兵徑取成都，眾位將軍以爲何如？

眾　將　陰平道路全無，只恐不能成功，還是另想別計。

鄧　艾　你等哪裏知道。我幼年間曾過陰平，有條鳥道可以得渡。此番定能成功。嘚！眾軍士，我今乘虛去取成都，與你等立功於不朽。你等肯從否？

眾　　　願遵將令，萬死不辭！

鄧　艾　好哇！只要你等奮勇當先，哪怕大功不成。我兒聽令！

鄧　忠　在。

鄧　艾　命你領五千精兵，不穿衣甲，各執斧鑿器具。凡遇峻危之處，鑿山開路，搭造橋梁以便行軍。各帶乾糧、繩索、氈毯，以備應用。不得有誤！

鄧　忠　得令！

（鄧忠、八馬夫下）

鄧　艾　丘本修下密書，遣使馳報晉公。

丘　本　得令！

鄧　艾　師纂帶領大隊人馬，隨後進發，依樣行事。本都督先行。帶馬！

（四下手帶馬介。鄧艾上馬介下，四下手隨下）

師　纂　眾將官，準備乾糧、氈毯等物，明日向陰平小路進發！

眾　　啊！
　　（同下）

第 五 場

（八文堂、馬邈上）

馬　邈　（念）【引】擁爐飲酒，誰管那，國憂民愁？
　　　　（念）（詩）大將生來厲害，
　　　　　　　　　要學孫武人才。
　　　　　　　　　腰懸寶劍鋒快，
　　　　　　　　　豆腐一切兩塊。
　　　　某，江油太守馬邈。可恨天子寵信黃皓，溺於酒色。聞東川已失，我料禍不遠矣。倘若魏兵至此，我自有道理。這叫做：
　　　　（念）各人自掃門前雪，哪管他人瓦上霜！
　　　　（旗牌上）
旗　牌　啓稟將軍：左將軍張翼求見！
馬　邈　有請。
　　　　（【牌子】。張翼上）
張　翼　馬將軍！（下馬介）
馬　邈　張將軍！請坐！
　　　　（張翼、馬邈同坐介）
張　翼　可惱啊可惱！
馬　邈　將軍為何這等模樣？
張　翼　今東川已失，大將軍退守劍閣。難道將軍還不知道麼？
馬　邈　我早已知道。但大將軍退守劍閣，就該求天子添派兵將。一來防守劍閣，二來好恢復東川。
張　翼　大將軍十分危急，命某到成都求救。不想天子聽信黃皓之言，請來巫婆，妖言惑眾。派兵之事，主上置之不問。你道惱是不惱？
馬　邈　何不回覆大將軍早定良謀？將軍到此何事？
張　翼　聞得江油兵多糧足。特來相求將軍，分兵一半，去救劍閣，保護西川。將軍莫大之功也。
馬　邈　原來如此。雖然江油多兵，但汛地要緊，不敢遠離。將軍還是往別

	處去借吧！
張　翼	將軍此言差矣！劍閣危在旦夕。你若按兵不動，倘若劍閣失守，豈不罪歸於你？只恐你擔待不起！
馬　邈	這又奇了！劍閣失與不失，與我何干？又豈能罪歸於我？這兵是我所管，借與不借全在於我。你其奈我何？
張　翼	住了！你這般無禮，執意不肯借兵。倘若劍閣一破，成都必亡。那時節國敗家亡，難免罵名萬載！
馬　邈	哎！動不動就出口傷人。我來問你：你來調兵，可有天子聖旨？
張　翼	這！無有。
馬　邈	大將軍的將令？
張　翼	也無有。
馬　邈	一無聖旨，二無將令，就敢來私自調兵。真真豈有此理！
張　翼	哎呀！

（唱）馬邈按兵不救應，
　　　眼看劍閣難久存。
　　　將軍發兵去救應，
將軍哪！（跪介）
　　　國亡家敗怎爲人？

馬　邈	呸！

（唱）一無聖旨二無令，
　　　任你七夜哭秦庭。
　　　我的主意拿得穩，
　　　不借將來不借兵。
掩門！
（馬邈原人同下）

張　翼	好賊子！

（唱）千言萬語他不允，
　　　貪生怕死顧自身。
　　　暫且忍下心頭恨，（上馬介）
　　　奸賊誤國害黎民！（下）

第 六 場

（八馬夫、丘本、田續、師纂、鄧忠、鄧艾上）

鄧　艾　（唱）七百里觀不盡高山峻嶺，
　　　　　　　無人地只聽得百鳥聲音。
　　　　　　　衆軍士大着膽鑿山前進，（圓場。望介）
　　　　　呀！
　　　　　　　來到了摩天嶺道路難行。
　　　　　且住！自十月從陰平進兵，凡二十餘日，行七百里，皆無人之地。來在這摩天嶺，怎麼當初的鳥道不見？豈不前功盡廢了！

鄧　忠　既無鳥道，不能渡過，不如回去另想別計！

鄧　艾　大丈夫只有向前，哪有退後之理！若要回去，有何面目去見鍾會？

鄧　忠　爹爹不肯回去，這摩天嶺峻壁懸崖，怎能得過？

鄧　艾　這個？（看介）有了，上有藤葛。我等攀藤挂樹而上，去到山頂再作道理。

鄧　忠　此嶺高有萬丈。若是一時失手，跌將下去，豈不骨碎如泥？望爹爹不可行險而進！

鄧　艾　生而何歡，死而何懼？不入虎穴，焉得虎子？今日縱然爲國喪身，雖死猶榮。軍士們：各將乾糧解下，飽餐一頓，隨本督攀藤而上！

衆　　遵命！

鄧　艾　（唱）【二黃導板】
　　　　　　　衆軍士飽餐飯隨某越嶺，
　　　　　（鄧艾領衆攀藤越嶺介）

鄧　艾　（轉）【二黃回龍】
　　　　　　　山又高，水又深，
　　　　　　　父子們爲國效勞，
　　　　　　　統領雄兵，
　　　　　　　千里迢迢爲的是功名。
　　　　　（轉）【二黃原板】
　　　　　　　鄧士載向空中禱告神聖，
　　　　　　　願軍上過高嶺能獲太平。

衆軍士攀藤葛魚貫而進，魚貫而進，（上山介）
觀峻壁與懸崖直接天庭。
但不知計行險（轉【散板】）可能僥倖？

（衆轉山。衆哭介）

鄧　艾　（唱）又只見一個個啼哭紛紛！
你等爲何啼哭？

衆　　　行至此地，無路可下。前功盡廢，怎的不哭？

鄧　艾　衆軍士，此地並無鳥道。因鍾會笑我不能成功，故用詭軍之計，來至此間。過此不遠，便是江油。成功在邇，豈可退後？我等備下氈毯，圍襯其身。用繩索束腰，攀木挂樹，翻下嶺去。若得過此嶺，必定成功，富貴共之。有道是：
（念）欲求真富貴，須下死工夫。

鄧　忠　爹爹不可行險。還是回去了吧！

鄧　艾　呀呀呸！爾等定要回去，但憑爾等。怎奈我難見鍾會？也罷！待我拔劍自刎了吧！

衆　　　都督休得如此。我等願從將軍之命。

鄧　艾　好哇！既願從我令，先將軍器扔下山去！

（衆扔刀槍介）

鄧　艾　取氈毯過來。待我自裹其身，先行下山便了。

（衆同裹氈下山介。衆將氈毯解下介）

鄧　忠　爹爹醒來！

鄧　艾　（唱）一霎時不由我昏迷不醒，（看介，三笑介）
　　　　天保佑過高山性命猶存。
幸喜過得高山。衆軍站齊，待我查點。（查點介）咳！五千兵士過山，還剩兩千餘人，總算蒼天保佑。你我望空一拜！

（衆拜介。衆拿起兵器）

鄧　艾　（唱）拜上蒼保佑我大功早定，
（衆圓場。衆見碑介）

鄧　艾　呀！
（唱）見道旁一石碑上刻題文。
此處有一碑碣，待我看來："二火初興，有人越此。二士爭衡，不久必死。"啊？兒呀，後二句不解，前二句應在今日。

鄧　忠　怎樣解法？
鄧　艾　"二火初興"，想"二火"者乃"炎"字也。蜀主新改"炎興元年"，豈不是"二火初興"？"有人越此"，分明算就今日之事。但不知何人有此神算，立此碑記？
鄧　忠　旁有一行小字，爹爹請看。
鄧　艾　（看介）"漢丞相諸葛武侯題"。哎呀！諸葛先生真乃神人也。你若在世，我當以師事之！
　　　　（念）（詩）陰平峻嶺與天齊，
　　　　　　　　　雲雀徘徊難騰飛。
　　　　　　　　　某今裹氈從此下，
　　　　　　　　　誰知武侯有先機。
　　　　諸葛先生受我一拜！（拜介）
　　　　（唱）嘆服武侯真神人，
　　　　（衆圓場。衆見空營介）
鄧　艾　（唱）誰料此處有伏兵！
　　　　哎呀兒呀！你看有營帳數座。若有伏兵，我等休矣！
鄧　忠　待兒前去探望虛實。
鄧　艾　小心了！
　　　　（鄧忠搜營介）
鄧　忠　啓爹爹：不必驚慌，乃是數座空營。
鄧　艾　待我觀看。（看介）啊？有營無兵，必有原故。（看介）你看那邊，有一土人。問個虛實便了。
　　　　（土人上）
土　人　（念）前面有人聲，上前問原因。
馬　夫　呔！土人慢走！
　　　　（土人看介）
土　人　將軍！（跪介）
鄧　艾　老者不必害怕，我們不傷你命。起來有話問你。
土　人　謝將軍。
鄧　艾　我且問你：此處可有人馬？
土　人　諸葛武侯在世，曾派兩千人馬守此險隘。
鄧　艾　這數座空營原有人馬，如今駐紮何處？

土　人	内侍黃皓奏道："此處兩千人馬，空費錢糧，一無用處。"故此申奏蜀主，將此處守兵撤去，剩下這數座空營在此。
鄧　艾	知道了。請便。
馬　夫	去！

（土人怕介，下）

鄧　艾	幸喜黃皓廢去此處守兵，助我成功。若依諸葛武侯舊令，駐兵在此，我等被擒矣！
鄧　忠	是啊。
鄧　艾	眾軍士，我等有來路無歸路。抬頭觀看，前面已是江油，乃是馬邈把守。城中糧草齊備。我等前進可活，後退即死。須要併力攻之，方能成功。
眾	我等情願死戰，絕不偷生。
鄧　艾	好哇！馬邈本是膽小無謀之輩。大家捨身向前，哪怕大功不成？眾將官，奮勇當先！

（【急急風】。同下）

第　七　場

（李氏上）

李　氏	（念）【引】夫榮妻貴，必須要，愛國有爲。

（念）（詩）奴本閨閣一女流，
　　　　　隨夫馬邈鎮江油。
　　　　　一心常懷憂國事，
　　　　　不知干戈幾時休？

奴家，李氏。老爺馬邈，鎮守江油。可恨黃皓專權。國家大事，是奴常常憂慮。又聞鍾會得了漢中，邊情甚急。我家老爺全無憂色，不知何故？今日操演人馬未歸。等他回府，問個端的便了。

（唱）聖天子溺酒色不理朝政，
　　　　親小人遠君子四起烟塵。
　　　　屢聞聽邊情急常有凶信，
　　　　我老爺因何無半點心驚？
　　　　莫不是良計謀早已定準，

　　　　　　虛與實操演回細問分明。

馬　邈　（內）回操！

　　　（八文堂、馬邈上，八文堂接馬下）

馬　邈　可惱啊可惱！

李　氏　將軍操演回來，因何煩惱？

馬　邈　方要操演人馬，忽然張翼前來搬兵。是他言道：鍾會得了漢中，大將軍姜維退守劍閣，甚是危急。可恨黃皓在朝專權，天子昏迷，聽信妖言，不發救兵接應姜維。

李　氏　張翼到此何事？

馬　邈　前來借兵。我說了個汛地要緊，別處去借。那張翼便開口傷人，說我罵名萬載。你道惱是不惱？

李　氏　哎呀，將軍差矣！大將軍退守劍閣，危急萬分。張翼前來借兵，就該分兵救應。將軍豈有坐視不救之理？

馬　邈　我若發兵去救劍閣，魏兵前來，叫我束手被擒不成？

李　氏　將軍若不發兵救應，劍閣失守，西川不保，將軍又便如何？

馬　邈　哈哈哈！天子聽信黃皓之言，溺於酒色。我料禍不遠矣！

李　氏　近來屢聞邊情緊急。將軍全無憂色，不知何故？

馬　邈　大事自有姜伯約掌握，與我何干？

李　氏　雖然如此，將軍所守城池，也不為不重。你可知食君之祿，當報國恩麼？

馬　邈　婦道人家，曉得甚麼？魏兵若來，我自有妙計。

　　　（旗牌上）

旗　牌　啟將軍：大事不好了！

馬　邈　何事驚慌？

旗　牌　聞聽謠傳，鄧艾偷渡陰平，直奔江油而來。

馬　邈　再探！

　　　（旗牌下）

李　氏　啊將軍，鄧艾偷渡陰平，事在危急。速速準備纔是。

馬　邈　休要慌張。我想陰平高山峻嶺，並無道路可行。何況摩天嶺高有萬丈，由何處而下？謠言不足信也。縱然魏兵至此，我早定下萬全之計，可以高枕無憂。夫人何慮也！

李　氏　既有萬全之計，妾願洗耳恭聽。

馬　邈　若魏兵到來，我全身披挂，統領衆將，將全城兵馬調齊。見了那鄧艾，我就——

李　氏　決死一戰！

馬　邈　跪在他的馬前歸降，豈不是萬全之計？

李　氏　哎呀將軍哪！國家養兵千日，用在一時。江油城中，兵精糧足。將軍若不戰而降，豈不落個罵名千載，遺臭萬年？還是背城一戰，寧做斷頭將軍，不做降將軍，方能流芳百世，名垂千古！

馬　邈　婦道人家，不識天命。如今事已如此。若歸降鄧艾，一可保全身家性命，二可陞官發財，豈不勝似交戰？有道是螻蟻尚且貪生，人而豈不惜命哪！

李　氏　馬邈哇！賣國的賊子！既食君祿，當報君恩。爾有何才何能，鎮守江油？皇恩不爲不厚。今當有事之秋，正是報效之時。想你身爲大將，先懷不忠不義之心，枉受國家爵祿之恩。降賊求榮，全無心肝，真乃人面獸心。我恨不得食爾之肉，喝爾之血。有何面目與先人相見也！

（李氏撞介。馬邈踢死李氏介）

（旗牌上）

旗　牌　魏將鄧艾不知從何而來，一擁進城了！

馬　邈　哎呀！

（八馬夫、鄧忠、鄧艾、一旗手執"鄧"字旗上。鄧艾、鄧忠同馬邈比相介。馬邈跪介）

鄧　艾　呔！你是何人？

馬　邈　馬邈歸降來遲，死罪呀死罪！

鄧　艾　馬邈事急歸降，非真心也。看劍！

馬　邈　且慢！某有心歸降久矣。因拙妻不肯，故一足將她踢死。今願招城中居民及本部人馬，盡歸將軍！

鄧　艾　我却不信！

馬　邈　將軍不信，我妻在此。

（鄧艾看介）

鄧　艾　好哇！

（念）蜀主荒淫社稷顚，
　　　天差鄧艾取西川。

　　　　　可惜巴蜀多名將，
　　　　　不如江油李氏賢。
　　　好個節烈的夫人，愧煞了鬚眉男子。左右！將李氏屍首不可損壞，用大大棺木盛殮起來。本督親自祭奠於她。

鄧　忠　搭下去！
　　　（八馬夫抬李氏下）
鄧　艾　爾鎮守江油，兵精糧足。不去舍命決戰，甘心貪生投降，分明是無謀無耻、不忠不義、賣國求榮、反復小人。要你何用？看劍！
馬　邈　哎呀！將軍斬了馬邈，不值緊要。若取成都，恐一路之上的將士就不敢歸降了。
鄧　艾　（笑介）哈哈哈！我是與你作耍呢。
馬　邈　作耍？嚇了我一身冷汗！
鄧　艾　將軍請坐。
馬　邈　謝坐！
鄧　艾　鄧忠聽令！
鄧　忠　在。
鄧　艾　迎接師纂大隊，前去涪城，聚齊攻打。不得有誤！
鄧　忠　得令！（下）
鄧　艾　馬將軍暫為我軍嚮導。且候事定，奏知魏王，定有封賜。
馬　邈　謝大將軍！待某將江油之事辦理辦理，再差兵將把守。末將隨同將軍，去取涪城。
鄧　艾　好。速速料理，不得遲誤！
馬　邈　得令！大堂備酒，與大將軍接風。
鄧　艾　討擾了。
　　　（眾同下）

第　八　場

　　　（【急急風】。四龍套、四上手、吳常上）
吳　常　（念）（詩）聞聽魏兵西蜀來，
　　　　　可嘆陛下無計裁。
　　　　　黃皓心存欺國意，

　　　　　　空負姜維濟時才。
　　（報子上）

報　子　啓將軍：大事不好了！
吳　常　何事驚慌？
報　子　鄧艾偷渡陰平，破了江油，殺到涪城來了！
吳　常　再探！
報　子　啊！（下）
吳　常　啊！鄧艾從天上掉下來的不成？待我速速點兵迎敵。
報　子　（內）報！（上）
　　　　　啓將軍：鄧艾攻破城關，殺奔帥府來了！
吳　常　帶馬迎敵！
　　（鄧艾原人上。會陣介）
鄧　艾　來將通名！
吳　常　大將吳常。
　　（鄧艾殺吳常死介，下）
馬　邈　爾等可願歸降？
衆　　　情願歸降。
鄧　艾　各去駐紮，少時點名立册。
衆　　　啊！（下）
鄧　艾　衆軍士！吾軍涉險而來，甚是勞頓。歇息數日，然後進兵。
　　（衆應介，下）
鄧　艾　將軍，欲取成都，有何妙計？
馬　邈　末將並無計策。蒙大將軍令我爲嚮導，獻上地理圖一軸。將軍請看。
鄧　艾　還望將軍指點，大家一觀。
　　（唱）馬將軍展開了一本地理，
　　　　　一字一行看仔細。
　　　　　上寫着涪城、成都一百六十餘里，
　　　　　哪一關、哪一隘、哪是郡、哪是縣、哪處高來哪處低。
　　　　　綿竹奇險堅固多注意，
　　　　　破了這綿竹城，成都必然失。
　　　　　忽然觀到前山地，

成敗就在這著棋。

且住！吾觀前山乃是險要之地。若被蜀兵先佔，我軍休矣。眾將走上！

（眾將上）

眾　將　參見都督，有何將令？

鄧　艾　我等只知暫守涪城。倘被蜀兵據住前山，何能成功？如遲延日久，姜維兵到，我軍危矣。因此，傳你等前來，速速起兵前往！

田　續　且慢！我軍勞頓，豈可進兵？

鄧　艾　嘟！爾可知"兵貴神速"，竟敢亂我軍心？左右，推出斬了！

馬　邈　且慢！若斬這位將軍，於軍不利。望大將軍饒恕！

鄧　艾　本當將你斬首。念在馬將軍講情，饒爾不死。軍中不用你這無用之輩，命你把守涪城！

田　續　謝都督！

鄧　艾　馬將軍，某方纔看過地理圖，心已明白。將軍回鎮江油去吧！

馬　邈　得令！（下）

鄧　艾　眾將官，兵發綿竹！

（眾領下）

田　續　好個鄧艾！偷渡陰平，僥倖成功，竟敢倨傲如此。日後若是犯在我手——嗯！眾將官，小心把守。正是：

（念）今日之辱成讎怨，不報此恨心不甘！

（眾同下）

第　九　場

（四太監、大太監、黃皓、劉禪上）

劉　禪　（唱）昨夜歡娛落玉兔，

　　　　　　　常共愛卿論琴書。

（郤正上）

郤　正　（唱）告急本章無其數，

　　　　　　　我主憂愁半點無！

來此已是宮門。待我叩鬠。

大太監　何人叩鬠？

郤　正	郤正有緊急國事，面奏陛下。	
大太監	候着！啓陛下：郤正有緊急國事面奏。	
劉　禪	宣他進宮！	
大太監	陛下有旨：郤正進宮！	
郤　正	領旨！郤正見駕。陛下萬歲！	
劉　禪	進宮有何緊急國事？	
郤　正	哎呀陛下呀！今有鄧艾偷渡陰平，江油守將馬邈投降，涪城失守。鄧艾又進兵攻打綿竹。若綿竹有失，成都不保。我主速做準備！	
劉　禪	哎呀卿家呀！這便如何是好？	
郤　正	陛下若抵擋鄧艾，非一人不可。	
劉　禪	哪一個？	
郤　正	就是諸葛武侯之子，駙馬都尉諸葛瞻。陛下何不宣上殿來，共議退兵之策！	
劉　禪	他如托病不出，如何是好？	
郤　正	想那諸葛瞻，忠心赤膽。況且又是駙馬都尉，必不負陛下之托。	
劉　禪	恐駙馬不是鄧艾敵手。	
郤　正	諸葛駙馬自幼韜略精通，諸書無所不曉。此去可以成功。	
劉　禪	既然如此，拿孤旨意，速詔駙馬前來！	
郤　正	領旨！（下）	
	（張遵上）	
張　遵	來此宮門。待我叩鬢。	
大太監	何人叩鬢？	
張　遵	尚書張遵，求見陛下。	
大太監	啓奏陛下：尚書張遵求見。	
劉　禪	宣他進宮。	
大太監	張遵進宮！	
張　遵	（内）領旨！（上）	
	臣張遵見駕。吾皇萬歲！	
劉　禪	平身。	
張　遵	謝萬歲！	
劉　禪	卿家有何本奏？	
張　遵	啓奏陛下：遠近告急本章，好似雪片而來。往來使者，連絡不絕。	

　　　　　請陛下御覽。
劉　禪　待孤一觀。(【牌子】)這便如何是好？
張　遵　陛下不必驚慌。有道是："兵來將擋，水來土填。"就該選一能將，迎敵鄧艾。一面差人東吳求救，方保無慮。
劉　禪　郤正保舉駙馬都尉，可能成功？
張　遵　駙馬頗有武侯之風。陛下速降旨意，宣詔纔是。
劉　禪　只恐駙馬托病不出。命卿拿孤旨意，二次催詔。速去速回！
張　遵　領旨！(下)
劉　禪　黃皓，許多本章，爲何不奏？你難免有欺君之罪！
黃　皓　哎呀陛下，奴婢不奏，怕陛下勞神。奴婢是心痛陛下，怎麼反要治奴婢之罪？陛下你好沒良心哪！
劉　禪　咳！哪個要治罪於你？只怕鄧艾殺來，破了成都，朕性命休矣！
黃　皓　陛下不必著急。當初問過巫師，大諒神人必不欺哄陛下。駙馬領兵前去，魏兵必退。
劉　禪　朕怕駙馬托病不出，又便如何是好？
黃　皓　陛下何不連發三詔。駙馬再若不來，就治他個違抗聖旨之罪！
劉　禪　如此內侍捧旨，速詔駙馬前來。
大太監　領旨！(下)
劉　禪　朕的酒，吃不太平了！
　　　　(唱)告急本章入成都，
　　　　　　　不由孤王主意無。
　　　　　　　擺駕金殿前引路，
　　　　　　　急盼駙馬出門廬。
　　　　(【急急風】。大太監、郤正、張遵、諸葛瞻上)
諸葛瞻　(唱)三詔好比是三顧，
　　　　　　　父子肝腦把地塗。
　　　　　　　哪怕鄧艾如狼虎，
　　　　　　　舍死忘生報皇圖。
　　　　臣諸葛瞻見駕。陛下萬歲！
劉　禪　駙馬平身。賜坐。
諸葛瞻　謝坐！陛下今日連發三詔，宣臣上殿，莫非爲鄧艾之事？
劉　禪　正爲此事著急。駙馬急速領兵，去保綿竹纔是！

諸葛瞻	啓奏陛下：臣因黃皓專權，朝政日非，故托病不出。陛下之事，皆爲黃皓所誤，國人恨入骨髓。今若不治黃皓之罪，恐諸將不肯用命。
黃　皓	假病不出，便是欺君。三詔纔至，便是抗命。命你出兵，又推三阻四。莫非你貪生怕死嗎？
劉　禪	嘟，大膽！還不下去！駙馬，他乃小臣，不要與他一般見識。你看鄧艾之兵，已屯涪城，成都危急。卿看先君之面，救朕之命。若是執意不肯，朕就跪下了。
諸葛瞻	哎呀陛下呀！臣父子蒙先帝厚恩、陛下殊遇，雖肝腦塗地，不能補報。願陛下盡發成都之兵，臣願與那鄧艾決一死戰。但少一先鋒。
劉　禪	駙馬呀！ （唱）不念今日念當初， 　　　快選先鋒把漢扶。
諸葛瞻	領旨！ （唱）君臣金殿心酸楚， 　　　不由一陣掩面哭。 　　　下殿急忙把話訴， 　　　今日奉旨把兵出。 　　　誰當先鋒把魏兵堵？
諸葛尚	（內）孩兒願往！（上） （唱）願當大任滅賊徒。 孩兒願當先鋒。
諸葛瞻	好哇！隨爲父見駕。
諸葛尚	臣諸葛尚見駕。陛下萬歲！
劉　禪	原來是外甥願當先鋒麼？
諸葛尚	臣父子願與鄧艾決一死戰！
劉　禪	好。命你挂先鋒大印。掃平鄧艾，回來另有陞賞。點兵去吧！
諸葛瞻 諸葛尚	領旨！（下）
郤　正	陛下何不命張遵去往東吳求救？
劉　禪	張卿速往東吳求救。
張　遵	領旨！（下）

劉　禪　郤正小心緊守成都。

郤　正　領旨！（下）

黃　皓　陛下，朝事已畢。奴婢後宮備酒，與陛下壓驚。

劉　禪　哎呀！魏兵看看殺來，哪有心腸飲酒？

黃　皓　巫師言道："不久天下盡歸陛下。"況且駙馬足智多謀，此番鄧艾必滅。陛下何苦壞龍體。還是飲酒取樂，但聽捷報！

劉　禪　但聽捷報？

黃　皓　正是。

劉　禪　有理。正是：

（念）暫取樂聽捷音，神師保孤太平。

（劉禪笑介。同下）

第　十　場

鄧　艾　（内唱）兵貴神速快如風！

（四文堂、八馬夫、四下手、丘本、鄧忠、師纂、鄧艾上）

鄧　艾　（唱）可笑馬邈似張松。

今得地圖越奮勇，（圓場）

前道不行爲哪宗？

衆　　此處離綿竹不遠。

鄧　艾　人馬列開。鄧忠、師纂聽令！

鄧　忠
師　纂　在。

鄧　艾　你等可領一支軍馬，徑取綿竹，佔據前山，以拒蜀兵。我隨後便至。切不可遲誤。若有遲誤，提頭來見！

鄧　忠
師　纂　得令。帶馬！

（鄧忠、師纂領八馬夫下）

鄧　艾　衆將官！

衆　　啊！

鄧　艾　綿竹去者！

（同下）

第 十 一 場

（黃崇、李球上，起霸）

黃　崇　（念）爲國秉忠心，千秋仰義名。
李　球　（念）寧做斷頭死，不爲負國生。
黃　崇　綿竹守將黃崇。
李　球　副將李球。
黃　崇　將軍請了！
李　球　請了。
黃　崇　鄧艾帶兵直往綿竹而來。聖上命諸葛將軍督戰，小將軍諸葛尚爲先鋒。我等點齊人馬，準備迎敵。遠遠望見諸葛將軍來也！
　　　　（【牌子】。八龍套、八大刀手、諸葛瞻、諸葛尚、大纛旗上）
黃　崇
李　球　參見大將軍！
諸葛瞻　將軍少禮。此番出兵，全仗諸將之力也！
黃　崇
李　球　末將等願一死報國。
諸葛瞻　多謝將軍。國家興亡，在此一戰。二位將軍聽令！
黃　崇
李　球　在！
諸葛瞻　將我父木像埋伏陣後。交戰之時，推出陣前。嚇退魏兵，隨後追殺。
黃　崇
李　球　得令！（下）
諸葛瞻　我兒聽令！
諸葛尚　在！
諸葛瞻　傳令下去：迎敵去者！
諸葛尚　衆將官！迎敵去者！
　衆　　啊！
　　　　（同下）

第 十 二 場

（八馬夫、鄧忠、師纂上，八文堂、八大刀手、諸葛瞻、諸葛尚上。會陣）

鄧　　忠　吠！你是何人，擋住少爺去路？
諸葛瞻　本督襲爵武鄉侯、行軍護衛、駙馬都尉、漢大將軍諸葛瞻。
鄧　　忠　諸葛瞻，我父子奉魏王之命，奪取西川。天兵到處，無不望風歸順。你尚不識天命，竟敢前來送死！
諸葛瞻　住了！你父子僥倖成功。今大兵到此，即便掃除爾等。你去叫那鄧艾前來受死。你乃黃口孺子，非吾敵手。饒爾不死。去吧！
鄧　　忠　一派胡言。殺！

（雙方兵將鑽烟筒下。諸葛瞻、諸葛尚、鄧忠、師纂一過合，兩過合，起打介。黃崇、李球推諸葛亮木像上，一大旗上寫"漢丞相諸葛武侯"。鄧忠、師纂見木像驚介）

鄧　　忠
師　　纂　哎呀！（跑下）

諸葛瞻　收兵！

（諸葛瞻領衆下）

第 十 三 場

（【風入松】。四文堂、四上手、丘本、鄧艾上。八馬夫上介，站一字。鄧忠、師纂上，跪介）

鄧　　艾　爲何不戰而退？
鄧　　忠
師　　纂　蜀陣中諸葛亮尚在，領兵殺來。因此逃回。
鄧　　艾　哇！縱是諸葛重生，我何懼哉？你等輕退，以至於敗。快快斬首，以正軍法！
丘　　本　都督念在用人之際，暫且饒恕。日後立功贖罪。
鄧　　艾　看在監軍面上，饒爾等不死。起去！
鄧　　忠　　　　父帥！
　　　　　謝
師　　纂　　　　都督！

　　　　　（報子上）
報　子　　報！孔明之子諸葛瞻爲大將，諸葛瞻之子諸葛尚爲先鋒，領兵前來對陣。
鄧忠
師纂　　方纔軍中坐者是誰？
報　子　　乃孔明木刻遺像！
鄧　艾　　再探！
　　　　　（報子下）
鄧　艾　　鄧忠、師纂，命你等二次攻打。成敗之機，在此一舉。你二人再若不勝，必當斬首。快去！
鄧忠
師纂　　得令！（下）
鄧　艾　　衆位將軍，安營紮寨！
　　　　　（【急急風】。衆同下）

第 十 四 場

（八文堂、八大刀手、黃崇、李球、諸葛瞻、諸葛尚上，八馬夫、鄧忠、師纂上。二龍出水會陣，起打介）
（諸葛瞻、諸葛尚、鄧忠、師纂打四股檔。接大刀手、馬夫上天梯。接黃崇，接八馬夫大棒攢，師纂掃黃崇下。李球、師纂打介。鄧忠、諸葛尚上，雙漫頭，快槍，諸葛尚挑鄧忠搶背，八馬夫救下。諸葛瞻領上，衆追下。諸葛尚要下場下）

第 十 五 場

（四文堂、四上手、丘本引鄧艾上）
鄧　艾　　（唱）進攻綿竹遭敗仗，
　　　　　　　　諸葛瞻智勇非尋常。
　　　　　　　　師纂鄧忠把陣上，
　　　　　　　　不知誰勝與誰強？
　　　　　（八馬夫、鄧忠、師纂上）

鄧忠師纂　參見　父帥！
　　　　　　　　都督！

鄧　艾　勝負如何？

鄧忠師纂　諸葛瞻用兵如神，我等重傷而逃。死罪呀死罪！

鄧　艾　斬了！

丘　本　且慢！他二人俱帶重傷，非是不肯用力。望大將軍饒恕。

鄧　艾　起過一旁！

鄧忠師纂　謝　父帥！
　　　　　　　　都督！

鄧　艾　啊！諸葛瞻善繼父志，兩番傷我許多人馬。今若不速破，必是大患。也罷！待我修書，勸他歸降。

丘　本　且慢！他父孔明受劉備三顧之恩。他家忠孝，人所共知。此書豈不枉費心機？

鄧　艾　他父子忠義，我豈不知？此書乃是誘兵之計也。溶墨伺候。（牌子。修書介）旗牌過來！

旗　牌　在！

鄧　艾　命你下書綿竹。快去！

旗　牌　得令！（下）

鄧　艾　鄧忠、師纂，帶領兩路人馬，埋伏蜀營左右。倘若諸葛瞻帶兵出營，你等劫寨，斷他歸路。不得有誤！

鄧忠師纂　得令！

鄧　艾　今用奇兵勝他，非比尋常，少不得本督親自出馬。眾將官！抬刀帶馬！

眾　　　啊！

（鄧艾上馬介。同下）

第 十 六 場

（四文堂、八大刀手、諸葛瞻、諸葛尚上）

諸葛瞻　（唱）魏兵兩番失了機，

　　　　　　　全憑將軍妙算奇。

　　　　　　我父鞠躬已盡瘁，
　　　　　　一家忠孝報社稷。
　　　　　　我把鄧艾好一比，
　　　　　　綿羊見虎把頭低。
　　　　　　但願賊兵早殺退，
　　　　　　重整漢室錦繡基。
　　　　　（黃崇上）
黃　崇　營中無糧。大將軍定奪。
諸葛瞻　哎呀且住！魏兵看看破在旦夕，怎麼軍糧還未前來？再遲一日，前功盡棄了！
　　　　　（李球上）
李　球　啓將軍：大事不好了！
諸葛瞻　何事驚慌？
李　球　成都催糧使者，回來言道："黃皓不發糧草。"三軍無糧，怎能交戰！
諸葛瞻　啊！黃皓誤國，不發軍糧，只恐我軍不戰自亂。咳，大勢去矣！
　　　　　（張遵上）
張　遵　參見大將軍！
諸葛瞻　罷了。吳侯可能發兵相救？
張　遵　吳侯命丁奉爲帥，領兵三萬，向壽春進發。孫異爲副將，領兵兩萬，向沔中而進。吳侯自率一軍，三路來援。
諸葛瞻　這個……蜀有倒懸之急。如今吳侯分兵三路來救，有何益處？分明是吳侯不肯實力相助。眼睜睜漢室休矣！
　　　　　（旗牌上）
旗　牌　營門哪位聽事？
李　球　（出帳看介）哪裏來的？
旗　牌　下書人求見。
李　球　候着！啓將軍：下書人求見。
諸葛瞻　傳！
李　球　下書的，將軍傳！
旗　牌　參見大將軍！
諸葛瞻　奉何人所差？
旗　牌　鄧將軍所差。書信呈上。

諸葛瞻	衆位將軍：此書必有奸計。大家聽我念來！（念書介）"征西大將軍鄧艾，致書於行軍護衛諸葛恩遠麾下：竊觀近代賢才，未有如公之尊父者。昔自出茅廬，一言已分三國。掃平荆益，遂成霸業，古今鮮有及者。後六出祁山，非其智力不足，乃天數耳。今後主昏弱，王氣已終。艾奉天子之命，以重兵伐蜀，已皆得其地矣。成都危在旦夕。公何不應天順人，仗義來歸？艾當表公爲琅琊王，以光耀祖宗，決不虛言。幸存照鑒！"（冷笑介）哈哈哈！果不出我之所料。（扯書介）敵人亂我軍心。看劍！ （諸葛瞻斬旗牌介）
張　遵	將軍爲何斬了來使？
諸葛瞻	鄧艾亂我軍心。我父子荷國厚恩，以死相報。如今救兵不到，糧草將斷，久守非良策也。情願匹馬衝入賊營，一死方休！
張　遵 黃　崇 李　球	大將軍既願以死報國，我等願隨大將軍決一死戰！
諸葛瞻	好哇！衆將有此忠心，請上受我一拜！ （同拜介）
諸葛瞻	我兒聽令！
諸葛尚	在！
諸葛瞻	好好把守城池！
諸葛尚	得令！（下）
諸葛瞻	衆將官，殺進賊營！ （八大刀手、黃崇、李球、諸葛瞻下）
張　遵	衆軍士，小心把守！ （八馬夫、鄧忠、師纂上，劫營。起打介。張遵敗下。師纂、鄧忠原人追下）

第 十 七 場

（八大刀手、黃崇、李球、諸葛瞻上。四文堂、張遵上）

張　遵	大營失火！
諸葛瞻	殺！

(八馬夫、師纂、鄧忠上。會陣介。眾下。諸葛瞻打鄧忠、師纂下。四文堂、四下手倒脫靴上，鄧艾上)

諸葛瞻　來將通名！

鄧　艾　征西大將軍鄧艾。來者敢是諸葛瞻？

諸葛瞻　然！

鄧　艾　諸葛瞻，魏王當興，蜀主當滅。我修書相勸，你爲何將我來使斬首？你好不識時務也！

諸葛瞻　你僥倖成功，乃天數也。你諸葛將軍，頭可斷，志不可移！速速放馬過來，我與你決死一戰。看刀！

(對刀。鄧艾打諸葛瞻下。鄧艾殺黃崇、李球，殺八大刀手，殺張遵。諸葛瞻上，打鄧艾下。諸葛瞻耍槍下場下)

第十八場

(【急急風】。四文堂、諸葛尚下馬，上城介。【亂錘】。四下手、四文堂拿弓箭引鄧忠、師纂、鄧艾上)

鄧　艾　諸葛瞻殺法驍勇。弓箭伺候！

眾　　啊！

(諸葛瞻上)

鄧　艾　放箭！

(諸葛瞻中箭介)

諸葛瞻　吾力盡矣。當一死報國！(拜介，自刎介)

諸葛尚　哎呀！

(諸葛尚墜城。鄧艾殺諸葛尚介)

鄧　艾　(念)不是忠臣獨少謀，
　　　　　　蒼天有意絕炎劉。
　　　　　　今日諸葛留嘉胤，
　　　　　　節義真堪繼武侯！
　　　　父子忠義，令人可敬！速備棺木，將屍首好好盛殮起來。眾將官，歇兵一日，攻取成都！

(眾同下)

取 江 油

佚 名 撰

解 題

　　京劇。現代佚名撰。《京劇劇目辭典》著錄，題《取江油》，又名《江油關》；《京劇劇目初探》著錄，題《江油關》，一名《亡蜀鑒》，又名《李氏殉節》，謂程硯秋改編。劇寫魏將鄧艾領兵至陰平，因要隘無人把守，遂得偷渡而長驅直入，兵至江油。江油守將馬邈爲保全富貴想要投降，其妻李氏斥馬邈不忠，親自帶兵出城迎敵。李氏與鄧艾交戰，戰敗回城。馬邈謂他已降魏，你若肯降，方可開城。李氏不降，自刎殉國。馬邈開城降魏，鄧艾取佔了江油。本事出於《三國演義》第一一七回。《三國志·魏書·鄧艾傳》載有馬邈降魏事。但此劇情節多有增飾，與《演義》有別。版本今有《京劇彙編》收錄的劉硯芳藏本及以此本重印的《京劇傳統劇本彙編》本。今以《京劇彙編》劉硯芳藏本爲底本整理。據《京劇彙編》中《取江油》提要云："此劇本經劉硯芳先生協助校正。"

第 一 場

（【小開門】。四太監、黃皓引劉禪上）

劉　禪　（念）【引】海不揚波，樂春秋，永鎮山河。

　　　　（念）（詩）日月輝三界，
　　　　　　　　君臣樂八荒。
　　　　　　　　盈廷歌濟濟，
　　　　　　　　齊進萬年觴。

　　朕，蜀漢天子劉禪在位。承父皇基業，坐鎮西川，四十二年，雨順風調，黎民樂業。前日黃皓奏道，自古天子有巡狩之儀，因此今日鑾

	輿起行。黃皓！
黃　皓	在。
劉　禪	傳旨命御林軍開道，隨朕巡狩。
黃　皓	領旨。御林軍起鑾，巡狩郊外去者！

（四御林軍、車輦上。四太監持儀仗）

劉　禪　（唱）【西皮導板】

　　　　荒郊巡幸駐龍輦，（扯四門）

（轉唱）【西皮原板】

　　　　君臣相戀樂安然。
　　　　四野山川花增艷，
　　　　農民耕種水稻田。
　　　　今日巡狩同遊玩，
　　　　太平盛世官民歡。
　　　　卿家有本須進諫，
　　　　朕躬無不納善言。

　　　　啊卿家，今與朕同巡，天下有何利弊，可細細向朕躬奏明，即頒行天下。

黃　皓　啓陛下：奴婢不才，仰荷天恩，所知者不敢不奏。因川中連年大有，禾生雙穗，皆陛下洪福所致。只是軍中耗費，未免太重。請降旨先將大都督姜維部下口糧減少，令其散兵爲農，以免耗費無用之餉；再將武都、陰平戍守之五千兵丁撤去。現在三分天下，各守疆土。況武都、陰平乃是天險之處，要防兵何用？這就是奴婢一片丹心，請陛下聖裁！

劉　禪　好，依卿所奏，即日施行。傳旨今晚駐蹕行宮，別尋意外之歡。

黃　皓　領旨。御林軍，駕幸行宮，駐蹕去者！

（【泣顏回】。圓場。領衆下）

第　二　場

（四文堂、四大刀手、四將、衛瓘、鍾會上）

鍾　會　（唱）【西皮散板】

　　　　昨日陣前大交兵，

　　　　　姜維智勇有才能。
　　　　　我今守寨相持定，
　　　　　且俟機會把功成。
衛　瑾　參見大將軍！
鍾　會　衛參謀少禮，請坐。
衛　瑾　謝坐！
鍾　會　本帥，鍾會。欽奉天子明詔、晉公鈞命，領兵伐蜀。可恨鄧艾小兒每每恃才，小視於俺。倘有機會，必先制服鄧艾，然後再滅蜀兵，參謀以爲如何？
衛　瑾　主帥既與鄧征西一同奉命伐蜀，倘若爭論，恐傷和氣。請主帥三思！
鍾　會　某奉命督師，若鄧艾有罪，也當斬之！
衛　瑾　主帥應以寬大爲懷。
鍾　會　參謀哇！
　　　　（唱）欽承君旨晉公令，
　　　　　　督師監戰把蜀平。
　　　　　　軍法不明難服衆，
　　　　　　怎能陣前把功成！
衛　瑾　（唱）主帥嚴令人驚恐，
　　　　　　默默無言暗沉吟。
　　　　（報子上）
報　子　鄧征西將軍到。
鍾　會　但不知帶領多少人馬？
報　子　並無人馬，只有馬夫二名，隨行旗牌一人。
鍾　會　起過了。
報　子　啊！（下）
鍾　會　且住！想鄧艾既未領人馬前來，待本帥震懾於他。衆將官，腰懸寶劍，擺隊迎接鄧艾去者！
中　軍　擺隊相迎！
　　　　（【牌子】。四文堂拿標子、四大刀手拿大刀、四將各佩寶劍擺隊下。衛瑾、鍾會下。二馬童上，一馬童牽馬，一馬童打旗，旗上寫"征西將軍鄧"。一旗牌隨鄧艾上）

鄧　艾　（唱）鍾會平定漢中郡，
　　　　　　　狂傲欺人自爲尊。
　　　　　　　又見營門軍容盛，
　　　　（【牌子】。鍾會原人上）
鄧　艾　（唱）旁若無人敘寒溫。（下馬介）
鍾　會　啊征西將軍！
鄧　艾　鎮西將軍！
鍾　會　
鄧　艾　哈哈哈！
鍾　會　將軍請！
鄧　艾　請！
　　　　（【牌子】。衆同下）
　　　　（連場——雙方原人同上）
鍾　會　征西將軍駕到，未能遠迎，當面恕罪！
鄧　艾　豈敢！某家來得莽撞，將軍海涵！
鍾　會　啊將軍，彼此軍務紛繁，今幸過營一敘，敬備小宴，恭請暢飲。
鄧　艾　如此打攪了。
鍾　會　看筵伺候！
中　軍　啊！（排宴介。【牌子】）
中　軍　（跪介）宴齊。
鍾　會　將軍請！
鄧　艾　請！
　　　　（鍾會、鄧艾入座介）
鍾　會　將軍請！
鄧　艾　請！
　　　　（【園林好】）
鄧　艾　將軍得了漢中，乃朝廷之大幸也。何不定策，早取劍閣？
鍾　會　若取劍閣，將軍有何明見，即請示知！
鄧　艾　（想介）哦，將軍欲取西川，以愚意度之，可引一支奇兵，從陰平小路，出漢中德陽亭，徑取成都。那姜維必撤兵去救成都，將軍乘虛，奪取劍閣，可獲全功也！
　　　　（唱）憶昔韓信掌軍機，

　　　　　深謀智廣顯神奇。
　　　　　吾今兵渡陰平地，
　　　　　指日走馬轉旌旗。
鍾　會　（唱）聽罷言來心歡喜，
　　　　　將軍謀略世間稀。
　　　　　祝你早定成都建功績，
　　　　　麒麟閣上把名題。
　　　　將軍奇才，令人可敬。自古道：用兵之法，置之死地而後生。將軍此計，與韓信可謂先後媲美，開我愚蒙，不勝佩服。
鄧　艾　將軍休要過獎。想我欲行此計，能否成功，毫無把握。何勞預先誇獎！
鍾　會　將軍此去，馬到成功。某在此敬候捷音。
鄧　艾　（不悅介）如此告辭了！
鍾　會　再飲幾杯。
鄧　艾　討擾盛筵，告辭了！
　　　　（唱）辭別將軍添豪氣，
　　　　　　滿懷壯志與天齊。
　　　　　　非是大言誇妙計，
　　（二馬童帶馬介）
鍾　會　將軍請！
鄧　艾　請！（上馬介）
　　　　（唱）管取一戰定華夷。
　　　　（【四擊頭】。鄧艾下，二馬童隨下）
鍾　會　哈哈哈！
　　　　（唱）人言鄧艾多妙計，
　　　　　　依某看來不出奇。
　　　　且住！想那鄧艾之計，分明行險僥倖。想那陰平小路，皆高山峻嶺，倘蜀兵有備，豈不全軍覆沒。看來鄧艾乃庸才耳。正是：
　　　　（念）深沉自足逞雄略，僥倖何能立大功。
　　　　掩門！
　　　　（眾同下）

第 三 場

（師纂、鄧忠上）

師　纂　（念）勇敢酬知遇，
鄧　忠　（念）英雄出少年。
師　纂　俺，師纂。
鄧　忠　　　鄧忠。
師　纂　請了！
鄧　忠　請了。
師　纂　今日都督，往鍾鎮西營中議事，尚未回營，我等營門伺候！
　衆　　（內）大將軍回營！
師　纂　吩咐開門迎接！
鄧　忠

（【大開門】。四藍龍套、四大鎧、四上手上。鄧艾、二馬童、旗牌上。師纂、鄧忠迎介。鄧艾一看，下馬進門。入大帳）

師　纂　參見　都督！
鄧　忠　　　　父帥！
鄧　艾　罷了。可惱哇可惱！
鄧　忠　父帥由鍾將軍營中歸來，因何震怒？
鄧　艾　你等哪裏知道，因姜維兵屯劍閣，不能前進。某以實意相告，欲從陰平小路，襲取成都，可恨彼以庸才視我，你道惱是不惱！
鄧　忠　父帥且請息怒。須知"小不忍則亂大謀"。望乞恕之。
鄧　艾　彼料我不能襲取成都，待某與晉公修表一道。師纂、鄧忠。
師　纂　在。
鄧　忠
鄧　艾　聽我一令啊！
　　　　（唱）軍國大事非容易，
　　　　　　　用兵不險不爲奇。
　　　　　　　西川道路雖險僻，
　　　　　　　唯有陰平更崎嶇。
　　　　鄧忠、師纂，某欲偷渡陰平，同建功業，你二人可願舍身前往？

| 师纂 邓忠 | 末将等愿随 都督／父帅 建功，万死不辞！

邓　艾　好哇！邓忠、师纂听令！

| 师纂 邓忠 | 在。

邓　艾　命你二人领五千精兵，各备钢刀利斧，不穿衣甲，前往阴平小道，凿山开路，搭造桥阁。若有畏难者，军法示众！

| 师纂 邓忠 | 得令！

邓　艾　（念）欲求生富贵，

| 师纂 邓忠 | （念）须下死工夫。

（师纂、邓忠领四上手下）

邓　艾　众将官，歇息七日，各备粮饷，随本督偷渡阴平去者！

众　将　得令！

邓　艾　掩门！

（众分下）

第　四　场

（四太监、黄皓引刘禅上）

刘　禅　（唱）【西皮原板】

朕躬即位坐龙廷，
四十二载享昇平。
朝政全凭孔明整，
五丈原中殒将星。
如今姜维持国柄，
现在沓中屯雄兵。
岂惧敌人来犯境，
剑阁险路怎样行！

（郤正上）

郤　正　（唱）钟会兵取汉中境，
忙上金阶奏圣明。

　　　　臣，郤正見駕，陛下萬歲！
劉　禪　卿家平身。
郤　正　謝萬歲！
劉　禪　卿家入宮，有何本奏？
郤　正　臣啟陛下：今有大將軍姜維，因炎興元年秋九月魏鍾會入寇漢中，
　　　　大將軍姜維現在劍閣拒敵，告急本章呈上。
劉　禪　（看介）哎呀不好了！
　　　　（唱）鍾會兵犯漢中境，
　　　　　　　心中著忙膽戰驚。
　　　　　　　左難右難無計定，
　　　　（黃皓作手勢介）
劉　禪　（唱）再與黃皓定計行。
　　　　卿家暫且出宮，朕明日再降諭旨。
郤　正　領旨。
　　　　（念）侍宦讒言亂朝政，一木難將大廈擎。（下）
劉　禪　鍾會兵犯漢中，如之奈何？
黃　皓　奴婢看來，此乃姜維欲立功名，故上此表。陛下寬心，不必疑懼。
　　　　奴婢聞城中有一神師，供奉一神，能知吉凶，可召來問之。
劉　禪　好！既有神師，卿家可速速召來，朕一問休咎。
黃　皓　奴婢領旨！
　　　　（唱）陛下但請放寬心，
　　　　　　　萬事臨頭不必驚。
　　　　　　　此去虔誠神師請，（下）
劉　禪　（唱）黃皓忠腸慰朕心。
　　　　　　　但願神師多靈應，
　　　　　　　得保朕躬享太平。
　　　　（黃皓同神師上）
黃　皓　（唱）仙師且在宮門等，
　　　　　　　待我奏知聖明君。
　　　　啟奏陛下：奴婢已將神師請到。
劉　禪　快快宣他進見！
黃　皓　陛下不可。那神師乃是仙人，必須焚香迎請！

劉　禪　內侍，焚香迎請！
　　　　（【牌子】。巫婆上，黃皓引進介，巫婆坐正場椅）
黃　皓　陛下必須誠心拜禱。
劉　禪　（焚香介）朕蜀漢天子劉禪，於炎興元年孟冬月己酉朔越九日，叩祝
　　　　神庥，保朕天下昇平，魏寇自退，請示吉凶。（拜介）
巫　婆　（打噴嚏介。披髮、袒一臂變花臉腔）哇呀呀！
　　　　（出桌外跳介，三笑）哈哈、哈哈、啊哈……
　　　　（坐桌上介）吾乃西川土神是也。萬歲放心，樂享太平，何必多慮。
　　　　再過幾年，魏國江山，自歸陛下，切勿憂思。吾神去也！（三笑介）
　　　　哇呀呀！（從桌上摔下，作死介）
黃　皓　啓陛下：神靈已去。（攙巫婆介）
劉　禪　卿家備金銀彩帛，送與神師。
巫　婆　多謝陛下。告辭了！
　　　　（唱）辭別陛下出宮門，（下）
黃　皓　（唱）但請快樂放寬心。
劉　禪　（唱）神師此語添逸興，
　　　　　　　不由朕躬喜在心。
　　　　　　　內侍擺駕後宮進，
　　　　　　　從今朝暮飲杯巡。
　　　　（眾同下）

第　五　場

　　　　（四上手、四大刀手，各執刀斧引鄧忠、師纂上。起霸）
師　纂　（念）塵沙驚蔽目，
鄧　忠　（念）木石此同居。
師　纂　俺，師纂。
鄧　忠　鄧忠。
師　纂　小將軍請了！
鄧　忠　請了。
師　纂　我二人奉令，暗渡陰平，沿路鑿山開道，已行二十餘日，計程只七百
　　　　餘里，好不辛苦人也！

鄧　忠　啊將軍,大丈夫做事,須知有進無退。既已辛苦到此,倘若不進,豈不前功盡棄?你我仍領精兵,勉力鑿山前進。

師　纂　就依小將軍。衆兵丁,就此啓程便了!

　　　　(唱)奉令開山不怠慢,

鄧　忠　(唱)行程七百少人烟。
　　　　　　暫把愁腸且寬減,
　　　　　　又見峻嶺高齊天。

　　　　啊將軍,你看山路奇險。衆兵丁,奮勇上山,小心了!

衆　　　啊!

　　　　(鄧忠、師纂領衆循次上桌、下桌,做艱難之狀,至下場門,二張桌上立一山石,寫"摩天嶺")

師　纂　啊將軍,你看摩天嶺高可齊天,如何開鑿?

鄧　忠　哎呀!果然峭壁巉崖,萬萬不能開鑿。真叫人有力難施也!

　　　　(唱)準備着開山路軍行取便,
　　　　　　又誰知摩天嶺高可齊天。
　　　　　　好教我苦工夫一朝斷綫,

　　　　蒼天哪!

　　　　(師纂與衆軍俱哭介)

師　纂　(唱)不由我淚珠兒灑落胸前。

鄧　艾　(內唱)【西皮導板】
　　　　　　連日山行奇險境,

　　　　(四藍龍套、四大刀手、二馬童引鄧艾上)

鄧　艾　(唱)立志豈懼苦與辛。
　　　　　　遠望峻嶺催軍進,

鄧　忠
師　纂　蒼天爺呀!

鄧　艾　(唱)爾等因何淚紛紛?
　　　　鄧忠,你等為何悲泣?

鄧　忠
師　纂　末將等奉令開山,行至這摩天嶺,盡皆峭石陡壁,不能開鑿,因此悲泣。

鄧　艾　這個!你等暫在松林歇息,待本督細看分明。

　　　　(師纂、鄧忠立上場門)

鄧　艾　呀！

　　　　　（唱）一片苦心成畫餅，

　　　　　　　　豈肯退步棄功勳。

　　　　　　　　待我攀崖觀動靜，（登上場門山看介）

　　　　　哦呵有了！

　　　　　　　　不拼冒險功不成。（下山介）

　　　　　衆位將軍，想我軍至此，已行七百餘里，渡過此險，便是江油城池。"不入虎穴，焉得虎子"。本督與爾等既到此地，若得成功，日後富貴共之！

衆　　　　願聽都督將令！

鄧　艾　想人生在世，須知"死生有命，富貴在天"。我先舍身立業，奮勇登山。就此各備氈衫，將刀槍扔下山去，待本督先登偷渡，爾等依次而行。無氈衫者，可用繩索束腰，攀木挂樹，魚貫而行，違令者斬！

鄧　忠
師　纂　得令！

鄧　艾　待我先登此山，改扮起來。（【陰鑼】。鄧艾用綢裹身介）

　　　　（鄧艾登上場門桌，過山下。衆隨下。正場開幕擺大山子，鄧艾上山，由山上作一跌一翻下。鄧忠、師纂、衆將兵，或由上翻下，或由上滾下，或用繩繫下，均下山介。彩火由山內推出碑介）

鄧　忠　啓父帥：山下火光一閃，現出一通碑碣。

鄧　艾　待我看來。哦，此碑乃武侯所題："二火初興，有人越此；二士爭衡，不久自死。"哎呀！武侯真神人也！想我雖渡陰平，今見此碑，恐不能生還故國。待我向碑一拜，以盡仰慕之情也！

　　　　（唱）讀碑文不由淚如雨，

　　　　　　　枉行冒險巧計施。

　　　　　　　丈夫生死何足懼，（拜介）

　　　　　　　武侯神奇堪爲師。

鄧　忠　啓父帥：看路旁有一座營房。

鄧　艾　（看介，驚介）倘若蜀軍有備，那還了得！

樵　夫　（內）伐木喲！

鄧　艾　來，將山上采樵之人，帶來見我。不可驚嚇於他。

馬　童　啊！（下）

（馬童同樵夫由下場門上）

樵　　夫　（念）深山無曆日，冷暖識春秋。

將軍在上，老樵拜揖！

鄧　　艾　樵夫少禮。我且問你：這營房是何人駐軍？從實說來，自有重賞。

樵　　夫　此處乃是諸葛丞相防兵駐守。因天子聽信黃皓讒言，將兵撤走，將軍方能到此。請將軍入境，幸勿枉殺生靈。老樵不願領賞，告別了。

鄧　　艾　多謝樵翁！

（樵夫下）

鄧　　艾　聽樵夫之言，若非劉禪撤去防兵，我等休矣！今我軍只有來路，而無歸路，前進者生，後退者死。并力攻取江油城池，以為駐軍之地。眾將官！

　　眾　　啊！

鄧　　艾　攻取江油去者！

　　眾　　啊！

（【朱奴犯】。領眾下）

第　六　場

（四龍套、二將引馬邈上）

馬　　邈　（念）【引】鎮守江油，何慮何憂？

（念）（詩）密密刀槍動地來，

　　　　　　聽殘畫角鬼神哀。

　　　　　　兵微將寡終何用，

　　　　　　唯有投降免禍災。

下官，馬邈。奉蜀主之命，鎮守江油。只因聖上信寵黃皓，近日聞聽，東川已失，倘若魏兵入境，如何是好？也罷！如魏兵到來，我只得歸降，免得傷害生靈，又可保全富貴，何必憂慮也！

（唱）蜀主無道貪花酒，

　　　　信寵黃皓獻奸謀。

　　　　三軍且退歸帳口，

（四龍套、二將下。院子暗上）

馬　邈　（唱）請出夫人說根由。
　　　　請夫人出堂！
院　子　請夫人出堂！
　　　　（李夫人上，丫鬟隨上）
李夫人　（念）紅粉修臣節，壯志愧鬚眉。
　　　　啊老爺！
馬　邈　夫人請坐。
李夫人　有坐。
馬　邈　今日喜得天降瑞雪，請夫人出堂，擁爐暢飲。
李夫人　啊老爺，屢聞邊情甚急，將軍全無憂容，此何故也？
馬　邈　夫人何必多慮。想朝中大事，閫外軍情，自有姜維掌握，干我甚事？
李夫人　老爺此言差矣！
　　　　（唱）身受君恩爲官宦，
　　　　　　　鎮守江油掌兵權。
　　　　　　　豈可臨難推苟免，
　　　　　　　愧你鬚眉將魁元！
馬　邈　（唱）夫人此言少識見，
　　　　　　　非我負國枉爲官。
　　　　（二將上）
二　將　啓將軍：大事不好了！
馬　邈　何事驚慌？
二　將　今有鄧艾由陰平小路越嶺，奪取江油。魏兵離城三十餘里，特來報知！
馬　邈　既然魏兵入境，江油城內，兵微將寡，難以迎敵。魏兵一到，降之爲上，何必多慮！
李夫人　住了！你爲男子，先懷不忠不義之心，枉受國家爵祿，豈不可恥！
馬　邈　講甚麼可恥不可恥，只要保全富貴性命爲上。
李夫人　快些住口！
　　　　（唱）聽罷言來容顏變。
　　　　　　　哪見爲官這等奸。
　　　　叫人來！
二　將　有！

李夫人　（唱）傳令齊聽點，
　　　　　　擊鼓催軍不遲延！
　　　　傳令下去，令眾將披挂，隨奴出城，征剿鄧艾去者！
二　將　啊！
李夫人　（向馬邈）呸！
　　　　（李夫人下。二將隨下）
馬　邈　賤人哪賤人！自古道：牝雞司晨，其家必敗。我看你如此猖獗，難奈我降心已定。
　　　　正是：
　　　　（念）我且旁觀作冷眼，看你怎唱凱歌旋！
　　　　（馬邈、家院下）

第　七　場

（四藍龍套、四下手、四大刀手、二馬童、鄧忠、師纂引鄧艾上）
鄧　艾　（念）神速兵如虎，功憑一戰中。
　　　　本督，鄧艾。自陰平提兵到此，前面已是江油，成敗之機，在此一舉。眾將官！
　眾　　啊！
鄧　艾　攻打江油去者！
　眾　　啊！
　　　　（【牌子】。眾同下）

第　八　場

（李夫人上。起霸）
李夫人　（念）（詩）痛恨鬚眉是庸徒，
　　　　　　　忘君背義實可誅。
　　　　　　　我今誓死全疆土，
　　　　　　　方顯人間女丈夫。
　　　　（四上手、四女兵兩邊上）
　　　　奴家，李氏。可恨丈夫馬邈，不思報國，聞敵兵犯境，即欲投降，令人髮指。奴今掃蕩賊兵，上報國恩，下保民命，成敗在此一舉。衆將官！

衆　　　啊！

李夫人　今日出戰，須要人人努力，個個爭先，上報君恩，下安百姓。如有退縮者，號令軍前。起兵前往！

（李夫人拿槍上馬。師纂、鄧忠、四下手、四大刀手上。會陣）

李夫人　逆賊通名！

師　纂
鄧　忠　聽了！某乃鄧征西將軍麾　師　纂
　　　　　　　　　　　　　　　　鄧　忠　是也。女將留名。

李夫人　奴乃江油守將馬邈之妻李氏是也。

鄧　忠　勸你馬前歸降，仍保你夫妻功名富貴；如執迷不悟，玉石俱焚，悔之晚矣！

李夫人　大膽逆賊，放馬過來！

（起打。雙方原人鑽烟筒下。打三股檔，師纂下。李夫人、鄧忠打快槍，雙收亮住。師纂上，紮脖。李夫人蓋四腰封，全把拉上，倒脫靴，師纂接鼻子，鄧忠接腰封，師纂、鄧忠敗下。四上手、四女兵上，追過場下。李夫人要下場，追下）

第　九　場

（四藍龍套、二馬童引鄧艾上）

鄧　艾　（唱）陰平偷渡逞虎膽，
　　　　　　　歷盡辛苦到此間。
　　　　　　　但願早取江油縣，
　　　　　　　再攻成都捉劉禪。

（師纂、鄧忠上）

師　纂
鄧　忠　參見　都督！
　　　　　　　父帥！

鄧　艾　勝負如何？

師　纂
鄧　忠　陣前遇一女將，乃江油馬邈之妻，將我等殺得大敗。

鄧　艾　嘟！

（師纂、鄧忠同跪介）

鄧　艾　初次交鋒，陣前失利，若不正法，何以令衆？推出斬了！

　衆　　（跪介）求都督施恩！

鄧　艾　也罷！看在衆將講情，暫且寬恕，起過了。

師　纂
鄧　忠　謝 都督／父帥 不斬之恩！

（下書人上）

下書人　（念）離了江油地，來此是魏營。

　　　　門上有人麼？

龍　套　做甚麼的？

下書人　我乃江油馬老爺差來，與大都督下書的。

龍　套　候着！啓都督：江油下書人求見。

鄧　艾　傳！

龍　套　都督傳你，小心了！

下書人　是。都督在上，小人叩頭！

鄧　艾　你奉何人所差？

下書人　奉馬將軍所差，書信呈上。

鄧　艾　呈上來。

（下書人遞書介）

鄧　艾　下面伺候！

（下書人下）

鄧　艾　馬邈有書信到來，待某拆書一觀。（【急三槍】）原來馬邈有意投降，只因他妻子不肯依從，特馳書報我，請我設下埋伏之計，助我成功。哼！世上竟有這等男子，豈不可恨！傳下書人！

龍　套　傳下書人！

（下書人上）

鄧　艾　賞你官寶一錠，回覆你家主人，説我照書行事。俟成功後，奏明魏天子，定加封贈！

下書人　謝都督！（下）

鄧　艾　師纂、鄧忠！

師　纂
鄧　忠　在！

鄧　艾　今夜本督親自埋伏，你二人詐敗，引那女將追趕。前後夾攻，大功必成。起兵前往！

衆　　啊！

（衆同下）

第　十　場

（定更。四女兵引李夫人上）

李夫人　（念）千古忠臣唯一死，誰肯甘學息夫人。

報　子　（內）報！（上）
魏兵劫營！

李夫人　再探！

報　子　啊！（下）

李夫人　殺！

衆　　啊！

（師纂、鄧忠上，起打介。師纂、鄧忠敗下。四女兵、李夫人追下。四龍套、二馬童、鄧艾上。一亮）

鄧　艾　埋伏山林者！

（師纂、鄧忠上，李夫人追上，鄧艾上，接着打，李夫人敗下。鄧艾接四女兵，扒拉倒脫靴。李夫人上，領圓場，敗下。鄧艾原人上，過場追下。下場門設城，馬邈上城執降旗。李夫人上）

李夫人　快快開城！

馬　邈　吾已投降！你若肯降，方放你入城！

李夫人　（氣介）好惡賊！聖上啊聖上，臣妾不能保全蜀漢社稷了！（自刎，下）

（鄧艾原人上）

衆　　李夫人自刎已死！

鄧　艾　可惜一個忠烈奇女，將屍身用白綾包裹，不可損壞。

衆　　啊！

（【牌子】。馬邈開城跪執降旗。鄧艾原人進城，鄧艾望城，不理馬邈，由下場門下。馬邈起來，下）

（連場——鄧艾原人上）

鄧　艾　傳馬邈。
馬　邈　小官歸降來遲，死罪呀死罪！
鄧　艾　恕你無罪。
馬　邈　謝都督！
鄧　艾　可惜令正夫人忠烈捐軀，令鬚眉有愧。待本督請旨，建立專祠，以彰忠烈！
馬　邈　謝都督！
鄧　艾　歇兵三日，進取綿竹。衙中設筵，與衆將賀功。掩門！
　　　　（衆同下）

亡 蜀 鑒

金仲蓀 改編

解 題

　　京劇。現代金仲蓀改編。《京劇劇目辭典》著錄,題《亡蜀鑒》,又名《李氏殉節》,署程硯秋改編。劇寫鄧艾偷渡陰平,直取江油,守將馬邈決意投降,與夫人商議。馬邈謂天水關守將蔣舒降魏,仍爲將軍;傅僉不降,爲魏兵所殺。李氏以大義相勸,勸其堅守城池。馬邈則謂劉禪寵信黃皓,自取滅亡,蜀漢大勢已去,決意降魏。李氏苦口相勸,馬邈假意應允,隨即擊鼓陞堂,傳齊衆將,不是迎敵,而是前往投敵。李氏暗中窺探,已知夫邈甘作亡國奴,自己不願作降人之婦,決心自盡。馬邈見鄧艾,説明來意,請鄧艾在城外放火焚燒民房,恐嚇城内居民,不敢反抗。鄧艾連損帶挖苦,還要抄查其家財,犒賞軍士。馬邈始有悔意。丫鬟、僕婦聞馬邈投敵,僕婦大罵,辭去。丫鬟另找新主。李氏見狀,痛苦昏迷,幼子摔地而死,隨即自刎。鄧艾進衙,問明原委,命將馬邈斬首,稱道李夫人是義烈之婦,命予厚葬,親自祭奠。本事出於《三國演義》第一一七回。版本今有《程硯秋演出劇本選集》本。今以該本爲底本整理。

第 一 場

（四魏兵、四將引鄧艾上）

鄧　艾　本帥鄧艾,奉魏主旨意、晉王千歲將令,奪取西川,且喜將士忠勇,渡過陰平。軍士們！你等看此處有個空寨,想是劉禪撤了防守,真乃庸才也。只是再過前面,就是江油,兵精糧足,我等孤軍深入,無有接濟,前進可活,後退即死,還要奮勇當先,奪取江油,有是生路。

衆　　　我等自然奮勇當先。

鄧　艾　如此聽我一令：爾等飽餐戰飯，安歇一宵，明日五鼓殺奔江油去者！

衆　　　啊！

（衆人同下）

第 二 場

（探子上）

探　子　俺江油關探子是也。探得魏國大將鄧艾帶領數千精兵，鑿山開路，攀崖滾壁，偷渡陰平，好似從天下降，不分晝夜，殺奔江油而來。不免報與太守知道便了！

（探子下）

第 三 場

（四蜀兵、二家將同上，馬邈挂劍上）

馬　邈　（念）【引子】鎮守江油，心內憂愁。

　　　　（念）（詩）此是存亡危急秋，
　　　　　　　　　　偏安王業恐難留。
　　　　　　　　　　國家大事何須問，
　　　　　　　　　　只有浮沉寡怨尤。

　　　　下官馬邈，漢室爲臣，奉命鎮守江油。連日接得邊報：魏兵入寇，姜維兵敗於劍閣，蔣舒獻了陽平關，傅僉戰死沙場，看來我這江油也就險得很了！幸有陰平險要，魏兵定難飛渡也！

（探子上，跪）

探　子　啓太守：鄧艾偷渡陰平，快要殺奔江油來了！

馬　邈　再探！

（探子下）

馬　邈　哎呀且住！探馬報道：鄧艾偷渡陰平，殺奔江油而來，眼看大事去矣！咳！我想興是興他劉家的江山，滅是滅他劉家的社稷；這國家興敗，與我何干？魏兵不來便罷，來則降之，這叫做"在王駕下願王興，王不興來我變心"。我的降意已決，不免請出夫人商議商議。

　　　　　　家將，請夫人出堂。
家將甲　有請夫人出堂！
　　　　（李夫人上，丫鬟、僕婦抱兒隨上）
李夫人　（念）【引子】恨作女兒身，空負了，義氣凌雲。
　　　　將軍。
馬　邈　夫人請坐。
李夫人　有座。將軍喚妾身何事？
馬　邈　今日天氣寒冷，要與夫人圍爐飲酒。
李夫人　今乃操演之期，將軍理應先到校場；待閱操已畢，你我夜飲不遲。
馬　邈　寒天大雪，我已免操了。
李夫人　國家多事之秋，爲何輕易免操？
馬　邈　因有一事比操演更爲緊要，故此免操。
李夫人　不知你們做武將的，更有何事比操演還要著急？
馬　邈　這個……耳目甚衆。
李夫人　這也奇了！
馬　邈　家將將酒擺下，你們退去。
家　將　啊。
　　　　（馬邈解劍放桌上）
馬　邈　夫人教丫鬟僕婦迴避。
李夫人　你們抱了小公子外面玩耍。
　　　　（丫鬟、僕婦同允，四蜀兵、二家將同下，丫鬟、僕婦同下）
李夫人　將軍有何要事？
馬　邈　請夫人先飲三杯再講。
李夫人　妾身性急，請將軍講了再飲。
馬　邈　下官性慢，請夫人飲了再講。
李夫人　怪道哇，怪道！
　　（唱）【西皮搖板】
　　　　　　聞言如在霧中走，
　　　　　　因何露尾又藏頭！
　　　　　　沒奈何只得先飲酒，
　　　　　　飲過三巡你說根由。
　　　　將軍，妾身已經飲過三杯，將軍請道其詳。

馬　邈　夫人有所不知，我連日接得邊報：魏兵入寇，姜維兵敗於劍閣，魏兵奪了陽平關。適纔探馬報道：鄧艾偷渡陰平，來取江油，只恐我國大勢去矣！

李夫人　不知江油有多少人馬？

馬　邈　五千人馬。

李夫人　糧草如何？

馬　邈　糧草可支一年。

李夫人　却又來！既有五千人馬，糧草又可支持一年，怕那魏兵作甚？

馬　邈　這個……（背供，改京白）這個娘們真糊塗，把我的死活全都不管啦！——啊夫人，你可知道鎮守陽平關的蔣舒、傅僉？

李夫人　蔣舒、傅僉便怎麽樣？

馬　邈　蔣舒知天命，降了魏邦，不失將軍之位；傅僉不降，教魏兵給殺啦！誰給他償命啊！

李夫人　好，這叫做：
　　　　（念）一日抒忠憤，
　　　　　　千秋仰義名。
　　　　　　寧爲傅僉死，
　　　　　　不作蔣舒生！
　　　　（唱）【西皮快板】
　　　　　　鍾會領兵來入寇，
　　　　　　傅僉在陽平禦強讎。
　　　　　　只殺得魏兵卸甲走，
　　　　　　蔣舒歸降作馬牛。
　　　　　　傅僉與賊決死鬥，
　　　　　　血染袍，馬倒地，自刎而休！
　　　　　　爲國捐軀大義就，
　　　　　　可算人間第一流。

馬　邈　得啦，你不用説啦！傅僉是白死啦，一點益處也沒有，我纔不那麽傻哪！我總得想個主意。

李夫人　著啊！
　　　　（唱）【西皮流水板】
　　　　　　鄧艾孤軍難奮鬥，

　　　　　無糧缺草怎淹留？
　　　　　將軍不戰理應守，
　　　　　以逸待勞逞奇謀。
　　　　　堅壁清野制窮寇，
　　　　　管教鄧艾指日休。
　　　　　你若是能把亡國救，
　　　　　比那傅僉又勝一籌。
馬　邈　啊夫人，想傅僉當年大戰長城嶺，活捉王真，鐧打李鵬，殺得司馬昭喪膽亡魂。如今也教魏兵殺死！想我本領平常，怎能擋得他過？
李夫人　不如堅守城池。他孤軍深入，料難久持。待等數日，他軍不戰自亂矣。
馬　邈　慢來，我想鄧艾既已渡過陰平，這小小的江油關，如何能保守得住？
李夫人　哦，將軍，魏兵到來，就該出戰；既不出戰，就該守城；如今你不戰不守，意欲何爲？
馬　邈　一個字。
李夫人　哪一個字？
馬　邈　降！
李夫人　怎麽，你要降魏麽？哎呀將軍哪！想蜀中立國並非容易；你若歸降，恐怕這四百年的漢室，從此滅亡了！
馬　邈　嗳！想天下非一人之天下，乃有德者居之！主上昏庸，不理國事。我看這國家換換主人，也就不錯！
李夫人　哎呀，這豈是將軍所説之話？好好的國家，豈可教他滅亡！
馬　邈　你說咱們這一國不該亡麽，我説他有兩樣該亡。
李夫人　哪兩樣該亡？這第一？
馬　邈　第一，姜維九伐中原，忠心耿耿；主上却聽信黄皓讒言，不加重用；他只落得屯田避禍。這樣對待忠臣，你説該亡不該亡？
李夫人　第二呢？
馬　邈　第二，黄皓專權，見錢就要；上上下下賄賂公行，主上反而非常的信任，你説該亡不該亡？我們這西蜀要是不亡，倒是沒有天理了！我今天是降定啦！
李夫人　將軍哪！想當年先帝敗走當陽，荆州百姓冒死相從者十餘萬人！比那曹操父子欺君擾民，世代爲奸，屠殺忠良，真乃一仁一暴。你若棄明投暗，枉落個千載的罵名！

馬邈　這個——

（家將上）

家將　啓老爺：魏兵直奔江油而來！

馬邈　知道了，再探！

（家將下）

李夫人　哎呀將軍，想那魏兵遠道而來，孤軍深入，我們若不與他交鋒，那魏兵糧草不繼，定然不戰自亂；那時正是將軍建功立業之日了。

馬邈　這個——（想）夫人好言相勸，下官如夢方醒，待我傳齊衆將，商議戰守之策便了！

李夫人　這便纔是。

馬邈　我陞堂去了。

李夫人　快去，快去！

（馬邈下）

李夫人　（凝想，猛悟）哎呀且住！想夫君素多心計，今日陞堂，不知是議戰守之策，還是要去投降？我不免到屏風後面聽個明白。（圓場）來此已是，待我側耳細聽。

馬邈　（內）陞堂！

（吹打。馬邈上，衆兵將同上）

馬邈　衆位將軍，魏兵到此，你等願意抵擋，還是願意歸降？

衆將　但憑將軍！

馬邈　魏兵十分厲害，依我之見，不如歸降魏國。

衆將　這個——

馬邈　有不降者，軍法從事！

衆將　就依將軍。

馬邈　真乃識時俊傑，帶馬出城！（下）

（衆人同下）

李夫人　哎呀！

（唱）【西皮散板】

　　果然他是賣國手，

　　眼見江油一旦休！

哎呀且住，方纔我苦口相勸，要那馬邈爲國宣勞；誰知他口是心非，甘心賣國，竟自帶了滿城文武降順讎敵去了！天哪天！這等之人，豈可與他生同食，死同穴？他甘爲亡國之人，我不願作降人之婦；我不免就此碰死了罷！

（李夫人欲碰）

哎，且慢！想我生有一子，將將週歲，還要我自己哺乳；我不免去到後堂將姣兒安頓一番，再行自盡便了！

（唱）【西皮散板】

　　嫁夫如此傷非偶，
　　又把姣兒虎口投。
　　花未發芽根已朽，
　　恩情從此一筆勾！

（李夫人下）

第 四 場

（四魏兵、鄧艾同上）

鄧　艾　（唱）【西皮搖板】

　　旌旗浩蕩籠星斗，

（轉唱）【西皮流水板】

　　人馬紛紛奔江油。
　　三軍戮力往前走，
　　管取此城一旦休。

魏　兵　探子求見。

鄧　艾　隊伍列開。

（探子上）

探　子　（跪）啓都督：今有江油太守馬邈，帶領大隊人馬殺出城來。

鄧　艾　再探。

（探子下）

鄧　艾　衆將官，迎敵去者。

（魏兵反抄，蜀兵反上，對陣，馬邈上，跪）

鄧　艾　啊！你是何人？

馬　邈　小官係江油太守馬邈，情願棄暗投明，出城歸順。

鄧　艾　既願歸順，為何帶領人馬出城，莫非詐降？

馬　邈　本待都督兵臨城下，開城迎接，奈因城中百姓思念那死鬼劉備、諸葛亮的假仁假義；縱然都督進城，還恐有人抵擋。依小官之見，都督在城外放火焚燒民房，城內百姓害怕，自然不敢胡為。

鄧　艾　呸！你真乃匹夫之輩！本帥弔民伐罪，豈肯焚燒民房？自古用兵之人，若是殘民以逞，必受天下笑罵，縱然城中有變，本帥自有機謀。

馬　邈　請都督隨我進城。

鄧　艾　江油城中多少人馬？

馬　邈　五千人馬。

鄧　艾　糧草如何？

馬　邈　糧草可支一年。

鄧　艾　既然有兵有糧，如何不戰而降？

馬　邈　小官頗知順逆，豈敢扭天行事！

鄧　艾　本帥聽你之言，想起一輩古人來了。

馬　邈　不知哪輩古人？

鄧　艾　本帥想起斷頭將軍嚴顏來了。

馬　邈　那嚴老將軍，到底不曾斷頭，依然做了個降將軍；依小官看來，他也是識時務的呀！

鄧　艾　哼！你國人多半如此，這也難怪於他！今日本帥進城，要在你府上歇馬。

馬　邈　小官有家眷，恐其不便。

鄧　艾　住了，你既已做了亡國之人，還顧得甚麼家眷？且隨本帥進城，不許回到私宅；等待本帥安民已畢，帶你同到後堂，抄查你的家財，犒賞軍士。起來。

馬　邈　（起）多謝都督。（背）哎呦！連損帶挖苦，外帶罰跪，還要抄家，這個滋味，敢情也不大舒坦。

鄧　艾　來！將他的兵馬器械一齊收了。眾將官，起兵進城。（下）

第 五 場

李夫人　（內）走哇！

（李夫人上）

李夫人 （唱【二黃搖板】

　　　　國破家亡何處走？
　　　　蒼天生我是女流！
　　　　夫君怕死迎強寇，
　　　　亂中無計洗奇羞。

（丫鬟上）

丫　鬟　夫人可了不得啦！城裏頭塌天動地，一會兒就要換魏國的旗號啦！
李夫人　哦！有甚麼塌天動地之事，你這樣大驚小怪？
丫　鬟　魏兵殺進城來啦！老爺去投降人家，夫人還不知道嗎？
李夫人　我知道了。

（僕婦抱兒暗上）

僕　婦　啊夫人，想蜀中自開國以來，待我們百姓倒還寬厚！如今江油失守，只恐蜀國休矣！
李夫人　（嘆）咳！
僕　婦　但不知老爺是真降，還是詐降？
李夫人　他真心降順，不是詐降。
僕　婦　怎麼講？那馬邈當真降魏了！李氏啊李氏，那馬邈降魏便是國賊，你便是國賊之妻，我老人家是蜀國百姓，不是魏國黎民；我如今不伺候你了！來來來，這是你們的逆種，抱過去，抱過去！我走了，氣死我也。

（遞兒，下。李夫人呆，哭）

丫　鬟　李氏，你瞧你們家幹的事，連這個老梆子都不服啦！
李夫人　啊！你、你爲何這樣講話？
丫　鬟　爲甚麼跟你這樣講話？告訴你說：這個江油城從今不屬你們管啦！我跟着你們，你們也養活不起我！乾脆，我另找新主兒去啦！

（下）

李夫人　唉！這纔是賢愚不等啊。

（唱）【二黃散板】

　　　　那一個咬牙切齒罵賊寇，
　　　　這一個低頭甘心去事讎。
　　　　兩人辱罵難忍受，

罷！
　　不如一死殉江油。（兒啼）
我方纔要哺乳姣兒，一時忿怒竟爾忘懷！不免將兒哺乳一番，這正是：
（念）懷抱姣兒血淚流，
　　　恩情從此一旦休。
　　　一家不料成吳越，
馬太守哇！馬將軍！
（念）我替你無面對江油！
（唱）【二黃導板】
　　　李氏女哺姣兒頃刻分手！
我兒，姣生，哎呀兒呀！
（接唱）【迴龍】
　　　兒年幼怎知娘萬苦千愁。
（接唱）【二黃慢板】
　　　那魏國強欺弱興兵入寇，
　　　我蜀邦文貪武鬥政事不修。
　　　賊兵到不投降便要逃走，
　　　眼見得好山河付與東流。
　　　但願得兒長大潔身自守，
　　　灑熱血報國耻一洗父羞。
　　　也不負娘今日江油刎首——
哎呀！我兒呀！（放兒，欲自刎，兒啼，又抱兒坐）哎呀兒啊！
（暈，兒摔地，驚醒）

李夫人　（唱）【二黃散板】
　　　啊啊啊！
　　　可憐兒好命苦摔閉咽喉！
　　　你莫怨爲娘我一時失手——（看兒，冷笑）
啊，你死得好！
（唱）【二黃散板】
　　　兒死去倒免作亡國之囚。
　　　到此時一身輕無可留守，

　　　　　　　願國人齊努力共保神州。（自刎）
　　　　（四魏兵、馬邈、鄧艾同上）
鄧　艾　這婦人爲何自盡？
馬　邈　待小官看來！（看）啓元帥：這是小官之妻李氏，不願歸降，他母子一齊喪命了。
鄧　艾　真乃義烈婦人！屍首搭了下去！
　　　　（衆兵搭屍下）
馬　邈　元帥，小官只爲歸順貴國，妻子皆亡，可算爲國忘家的忠臣了。
鄧　艾　你願作忠臣？
馬　邈　我本是大大忠臣。
鄧　艾　叫你做個忠臣，左右，推去斬了。
　　　　（魏兵綁馬邈）
馬　邈　天哪！想我馬邈哇！
　　　　（唱）【二黄散板】
　　　　　　只望富貴能長久，
　　　　　　甘心賣國獻江油。
　　　　　　迎新棄舊誇能手，
　　　　　　事到頭來不自由！
　　　　　　這樣死後還丟醜，
　　　　　　也是我賣國求榮的下場頭！
　　　　（魏兵推馬邈下；上，報斬）
鄧　艾　李夫人屍首好生埋葬，本帥親自祭奠！歇兵三日，攻取綿竹。
四魏兵　啊！
　　　　（衆人同下）

戰綿竹

佚名撰

解題

　　京劇。現代佚名撰。《京劇劇目辭典》《京劇劇目初探》著錄，均題《戰綿竹》，未署作者。劇寫魏將鄧艾率大軍至涪城。劉禪聞報，急召神師，神師早已逃走。劉禪無奈，只得派駙馬諸葛瞻領兵前往退敵。諸葛瞻痛恨黃皓專權亂政，憂慮國是日非，托病家居。劉禪命其出征，保守綿竹。諸葛瞻奉旨，決心以死報國。其子諸葛尚因父病未愈，請求代替出征，諸葛瞻不允。父子二人一同出戰，殺退魏兵，屢獲奇勝。鄧艾多次勸降，屢屢被拒。鄧艾定計誘諸葛瞻至綿竹城外叢林，令五千伏兵萬箭齊發。諸葛瞻中箭受傷，拒不投降。諸葛尚聞父陷重圍，出城力戰。諸葛瞻傷重，讓子尚逃命，尚不從。父子雙雙自刎。本事出於《三國演義》第一一七回。《三國志·蜀書·諸葛亮傳》、《三國志·魏書·鄧艾傳》載有其事。版本今有《京劇彙編》收編的劉硯芳藏本及以此本重印的《京劇傳統劇本彙編》本。今以《京劇彙編》劉硯芳藏本爲底本整理。據《京劇彙編》中《戰綿竹》提要云："此劇曾由劉硯芳協助校正。"

第 一 場

　　（四太監、黃皓引劉禪上）

劉　禪　（念）【引】坐鎮西川，快樂安然。
　　　　（念）（詩）父王結拜在桃園，
　　　　　　　　　諸葛關張創江山。
　　　　　　　　　魏蜀與吳三分鼎，
　　　　　　　　　朕躬繼統坐西川。

　　　　朕，蜀漢天子劉禪在位。今當炎興元年，值魏兵入寇，命大將軍姜維領兵鎮守劍閣。蜀中路途多險，魏兵尚不能深入。雖然如此，朕仍然不能安寧。黃愛卿！

黃　皓　奴婢在。

劉　禪　朕想蜀魏吳，三分天下已定，正宜各守疆界，互享太平。何必無故興兵擾亂，使朕心實不安？只恐魏兵日久不退，反誤朕躬安樂。

黃　皓　陛下聖懷萬安，不必憂慮。況有師婆神言，絕無可慮之事。陛下只宜日尋樂境，以保龍體。

劉　禪　卿家所奏，甚合朕心。傳旨群臣，無事退班！

黃　皓　領旨。萬歲有旨，無事退班！

郤　正　（內）郤正有緊要軍情面奏！

黃　皓　隨旨上殿！

郤　正　（內）領旨！（上）
　　　　（念）陰平江油軍情緊，上殿奏與萬歲聞。
　　　　臣，郤正見駕，吾皇萬歲！

劉　禪　平身。

郤　正　萬萬歲！

劉　禪　卿家上殿，有何本奏？

郤　正　臣適接緊要軍報：鄧艾已渡陰平，取了江油，兵至涪城。請旨定奪！

劉　禪　哎呀！
　　　　（唱）聽罷言來淚欲淋，
　　　　　　　半籌莫展膽戰驚。
　　　　　　　左右為難無計定，
　　　　　　　快請師婆到來臨。
　　　　黃愛卿，速宣師婆上殿！

黃　皓　領旨。萬歲有旨，宣神師上殿！
　　　　（幕內：神師逃走了！）

黃　皓　啟陛下：神師逃跑了！

劉　禪　不好了！
　　　　（唱）神師既然逃性命，
　　　　　　　有何妙計保此城。
　　　　郤卿家，如今神師逃走，鄧艾得了江油，兵至涪城。事甚緊急，卿等速籌善策，保護江山。

郤　正　臣啓陛下：涪城與綿竹相連，倘若有失，大勢去矣。請速降旨，宣武侯之子、駙馬諸葛瞻，命他提兵前去退敵，此人素懷忠義，必不負陛下所托。

劉　禪　駙馬如今在家養病，朕發諭旨一道，命卿家前往，召駙馬諸葛瞻尅日領成都兵馬七萬，以退魏兵。待朕親書諭旨。內侍溶墨！

（唱）【西皮原板】

　　　朕躬都城遭圍困，
　　　欽敕卿家統雄兵。
　　　當念先人救朕命，
　　　早退鄧艾保朝廷。

郤　正　領旨！

（唱）成都欽承君王命，
　　　速召忠良保乾坤。（下）

劉　禪　（唱）魏兵已入西蜀境，
　　　城池失陷喪忠臣。
　　　但願駙馬功成定，
　　　殺退鄧艾保朝廷。

（衆同下）

第　二　場

（諸葛瞻上）

諸葛瞻　（念）【引】托病經年，憂國政，惱恨權奸。

（念）（詩）家傳忠孝列簪纓，
　　　叨承父蔭荷君恩。
　　　惱恨權奸亂朝政，
　　　未襄聖治愧臣心。

本官，駙馬都尉武鄉侯諸葛瞻，表字思遠。恩承父蔭，爵封列侯。又蒙隆寵，將公主賜婚，晉封駙馬都尉之職。只因今上信寵黃皓，疏遠忠良，紀綱不振。是我驚心國是日非，托病家居，經年未朝聖駕。前聞大將軍姜伯約請旨往沓中屯田，想爲避禍之計。內政不修，必招外患。倘魏兵借此入寇，如何是好？思念至此，叫我好生憂慮也！

（唱）【西皮搖板】

　　　蒙君寵幸恩匪淺，
　　　愧無良謀除佞奸。
　　　驚心朝政紀綱亂，
　　　托病久未列朝班。

（家將上）

家　將　啓爺：聖旨下！

諸葛瞻　香案接旨！

（【牌子】。四太監、郤正捧旨上）

郤　正　聖旨下！

諸葛瞻　萬歲！

郤　正　跪聽宣讀，詔曰："今有鄧艾，偷渡陰平，佔據江油，兵屯涪城，窺伺成都。卿看先君之情，速救朕躬。領兵七萬，迎敵魏寇。剋日前往，勿負朕意。"旨意讀罷，望詔謝恩！

諸葛瞻　萬萬歲！（【牌子】）

郤　正　請過聖旨。

諸葛瞻　香案供奉。大人請坐！

郤　正　有坐。

諸葛瞻　請問大人：伯約兵紮劍閣，那鄧艾人馬，從何入川，直據涪城？請大人示知！

郤　正　駙馬有所不知，只因陛下聽信黃皓之言，將陰平防兵撤退，故而鄧艾偷渡陰平，佔據江油，其勢甚急。聖上命駙馬速領成都衛兵七萬，剋日進剿鄧艾，以安社稷。

諸葛瞻　本官世受國恩，敢不竭力報效；只愁魏寇已深，實不忍言，本官既受君命，惟有一死，以報陛下也！

（唱）【快二六板】

　　　我父當日有遠見，
　　　陰平安設軍二千。
　　　聖上聽信讒言獻，
　　　天險失去保守難。

郤 正	（唱）馬邈貪生將城獻，
	鄧艾僥倖入西川。
	涪城已為魏兵佔，
	速守綿竹保江山。
諸葛瞻	（唱）事已至此何更變，
	只拚一死報天顏。
	大人回朝把言獻，
	成敗如今只問天。
郤 正	（唱）辭別駙馬回朝轉，
諸葛瞻	送大人！
郤 正	（唱）待將此意奏龍顏。（下）
諸葛瞻	聖上啊！聖上！想先帝開基辛苦，臣父鞠躬盡瘁，保全社稷。陛下不該聽信黃皓讒言，致誤大事。我家世受國恩，只拚一死，以報殊恩。來！
家 將	有！
諸葛瞻	喚你少爺前來。
家 將	有請少爺！
	（諸葛尚上）
諸葛尚	（念）未受君王隆恩重，先隨椿親建奇功。
	參見爹爹！
諸葛瞻	罷了，一旁坐下。
諸葛尚	告坐！爹爹，適纔聖旨到家，所為何事？
諸葛瞻	兒呀，只因聖上聽信黃皓之言，撤退陰平防兵，致使鄧艾偷渡陰平，佔據江油，窺伺成都。聖上命為父統兵七萬，征剿鄧艾。事到如今，為父只好拚着一死，以酬君恩！
諸葛尚	爹爹尊體未愈，還是孩兒出兵的為是。
諸葛瞻	我兒差矣！想爾祖父受昭烈先帝三顧之恩，吾今奉命，可繼先人之志，以酬君恩，豈惜性命？速速傳令大小三軍，披挂整齊，校場聽點！
諸葛尚	得令！
諸葛瞻	（唱）欽奉君王敕旨臨，
	誓甘血戰把賊平。
	齊集三軍聽號令，

　　　　　　殺退鄧艾保朝廷。（下）
諸葛尚　下面聽者：主帥有令，大小三軍，全身披挂，明日五鼓校場聽點！
　　　　（下）
　　　　（內應介。同下）

第 三 場

（【牌子】。四下手、四龍套、師纂、鄧忠上）

師　纂　俺，師纂。
鄧　忠　　　鄧忠。
師　纂　小將軍請了！
鄧　忠　請了！
師　纂　主帥得了江油，兵取涪城，西川大勢已去。你我奉命攻取綿竹。聞蜀主挂諸葛瞻爲帥，此人乃諸葛武侯之子，武藝精通，此番攻取綿竹，須要小心！
鄧　忠　言之有理，起兵前往。
　　　　（【牌子】。同下）

第 四 場

（諸葛尚上，起霸）

諸葛尚　（念）（詩）經文緯武保朝廷，
　　　　　　　　父子忠心振家聲。
　　　　　　　　全憑韜略誅狂寇，
　　　　　　　　誓掃烟塵慰聖明。
　　　　俺，諸葛尚。父帥今日點兵，征剿魏寇，因此全身披挂，前往候令。軍士們！
衆　　　啊！
諸葛尚　打道校場！（上馬介。小圓場）遠遠望見主帥大隊人馬來也！
　　　　（【大開門】。四白龍套、四月華旗、四大刀手、一武中軍上。站門。諸葛瞻披蟒梨靠上。【點絳唇】,【水龍吟】。諸葛瞻入大帳介）
諸葛瞻　（念）（詩）欽承王命統雄師，

　　　　　倚天壯氣貫虹霓。
　　　　　男兒赤膽繼先志，
　　　　　拼將熱血報君知。
　　　本帥，諸葛瞻。只因鄧艾偷渡陰平，兵據涪城，聖上命本帥統兵，征剿鄧艾。本帥欲領兵佔住前山，以待伯約回師，裏外夾攻，何愁鄧艾不滅。今當出師之期，眾將官，人馬可曾齊備？

諸葛尚　俱已齊備。
諸葛瞻　看纛旗致祭！
　　　（【朝天子】。當場設香案，豎纛旗介）
諸葛瞻　謹祝告於山川社稷、萬里旗纛尊神，信官武鄉侯諸葛瞻，奉命征剿魏寇鄧艾，國家興亡，在此一戰。但願此去旗開得勝！
眾　　　馬到成功！
諸葛瞻　（奠酒介）諸位將軍，想魏寇現據涪城，成都危在旦夕，國家興衰，在此一戰。朝廷養士，用在今朝，必須人人奮勇，個個爭先，國家大事，全在此時，聽俺一令！
　　　（唱）【醉花陰】
　　　　　曉諭戎行赴戰地，
　　　　　扶炎劉江山社稷。
　　　　　劍光爍伏隱神機，
　　　　　赴戰場奮勇迎敵，
　　　　　要奪那涪城邑！
　　　　　憑着俺槍尖上挑征衣，
　　　　　殺退那魏寇賊兵，
　　　　　從此後，標名在凌烟閣裏。
　　　吾兒聽令，攻打頭陣！
諸葛尚　得令！（下）
諸葛瞻　起兵前往！
　　　（【出隊子】。眾同下）

第 五 場

（二龍出水。師簒、鄧忠原人上，諸葛尚、四上手上，會陣介）

| 師　纂 | 蜀將通名！ |
| 鄧　忠 | |

諸葛尚　聽者！吾乃武鄉侯麾下先行官諸葛尚。爾等何名？

師　纂　魏邦左先鋒師纂。

鄧　忠　右先鋒鄧忠。

諸葛尚　無用之輩，賞爾一槍！

（兩過合。雙方原人鑽煙筒下。師纂、鄧忠、諸葛尚打三股檔。諸葛尚敗下，師纂、鄧忠追下）

（【急急風】。四龍套、四月華旗、諸葛瞻持槍、鞭上。諸葛尚敗上，過場下）

諸葛瞻　迎敵者！

（師纂、鄧忠上，與諸葛瞻架住，眾鑽烟筒下。留諸葛瞻、師纂、鄧忠打三見面。師纂接鼻子、打鄧忠搶背下。蜀兵追過場下。諸葛瞻耍槍、鞭下場下）

第　六　場

（四藍龍套、四馬童引鄧艾上）

鄧　艾　（念）眼觀旌旗影，耳聽好消息。

（師纂、鄧忠上）

| 師　纂 | 參見元父帥，我二人與蜀兵交戰，被諸葛瞻鞭打槍挑，敗陣而歸，死罪呀死罪！ |
| 鄧　忠 | |

鄧　艾　嘟！初次臨敵，傷我士氣，推出斬了！

（眾跪介）

鄧　艾　也罷！看在眾將分上，饒爾等性命，戴罪圖功。

| 師　纂 | 謝元父帥不斬之恩！ |
| 鄧　忠 | |

鄧　艾　起過了。且住！諸葛瞻父子，倘若死守綿竹，遷延時日，姜維回兵，我軍豈不進退無門？待本督親臨軍前，然後再定破敵之法。眾將官！

眾　　啊！

鄧　艾　迎敵去者！

（【鑰匙頭】。會陣介。四龍套、四月華旗、諸葛尚、諸葛瞻上）

諸葛瞻　鄧艾呀逆賊！屢次興兵犯界，今敢偷渡陰平，佔城據地，真乃滔天狂寇。如若知悔，速返中原，倘若執迷，槍下做鬼！（用槍刺介）

鄧　艾　（壓槍介）諸葛將軍，你乃武侯之子，應知天數。況你主寵信侍宦，疏遠忠良，不可匡扶。君若肯歸降，不失榮寵，豈非明哲保身之理？若迷而不悟，難免玉石皆焚。請君三思！

諸葛瞻　住了！

（唱）爾助奸賊行霸道，
　　　　不思青史把名標。
　　　　勸爾收兵卷旗號，
　　　　免得伏誅喪荒郊。

鄧　艾　（唱）自古順昌逆難保，

諸葛瞻　（唱）無君之徒逞英豪。

鄧　艾　（唱）早獻成都是正道，

諸葛瞻　（唱）揚威奮勇滅賊曹。

　　　　狐群狗黨俱傾掃！（掃頭）

（鄧艾、諸葛瞻殺過合，架住。衆鑽烟筒下。諸葛瞻、鄧艾對鞭槍雙收下。起打。上下手開檔。鄧忠、中軍起打。諸葛尚打鄧忠下。師纂、諸葛尚打介。諸葛瞻、鄧艾上，雙漫頭略起打，鄧艾領衆下）

諸葛尚　魏兵已退。

諸葛瞻　收兵！哈哈，哈哈，啊哈哈哈……

（衆同下）

第 七 場

（丘本上）

丘　本　（念）元帥臨軍陣，且聽報好音。

（鄧艾原人上，鄧艾下馬介）

丘　本　參見主帥！

鄧　艾　監軍少禮，請坐。

丘　本　謝主帥！主帥臨陣，勝負如何？

鄧　艾　諸葛瞻善繼父志，兩番大戰，殺傷我軍兩萬有餘。諸葛瞻之軍若不速破，必有後患！

丘　本　　主帥何不作書一封，以爲誘敵之計！

鄧　艾　　監軍所見甚是。待某修書，鄧艾啊，(【急三槍】)來，傳旗牌！

龍　套　　旗牌進帳！

　　　　　（旗牌上）

旗　牌　　旗牌與主帥叩頭！

鄧　艾　　今有書信一封，速速下至綿竹城中，面呈諸葛駙馬。

旗　牌　　得令！（下）

鄧　艾　　師纂聽令！

師　纂　　在！

鄧　艾　　命你帶領三千人馬，前往綿竹城外誘敵。倘諸葛瞻出馬，將他引至九折坡前，本督當用奇兵勝之。

師　纂　　得令！（下）

鄧　艾　　監軍聽令！

丘　本　　在！

鄧　艾　　煩勞領五千弩弓手，埋伏九折坡叢林之內。諸葛瞻到此，萬弩齊發！

丘　本　　得令！（下）

鄧　艾　　鄧忠聽令！

鄧　忠　　在！

鄧　艾　　命你帶領虎衛軍一萬，埋伏綿竹城外，倘若諸葛瞻出城追趕我軍，隔斷蜀兵歸路，不許放一人回去；若放過援兵，軍法示衆！

鄧　忠　　得令！（下）

鄧　艾　　衆將官，起兵前往！

衆　　　　啊！

　　　　　（同下）

第　八　場

（四龍套、四月華旗、四上手、中軍、諸葛尚引諸葛瞻上）

諸葛瞻　　（唱）前日鬥陣起戰爭，
　　　　　　　　鄧艾小兒武藝精。

只愁伯約難救應，
日久無援困危城。
（旗牌上）

旗　牌　門上哪位在？
中　軍　做甚麼的？
旗　牌　我乃鄧征西將軍所差，有書信一封，面呈諸葛駙馬。
中　軍　候着！
旗　牌　是。
中　軍　啓主帥：今有鄧艾差人下書，要面呈主帥。
諸葛瞻　傳！
中　軍　主帥傳你，小心了！
旗　牌　有勞了。諸葛駙馬在上，下書人叩頭！
諸葛瞻　呈上來！（拆書念介）"征西將軍鄧，致書於諸葛思遠麾下：今爾君昏弱，王氣已終，社稷危在旦夕。公何不應天順人，仗義來歸？艾當表公爲琅琊王，以光宗祖。絕不虛言，幸存鑒照。"氣煞人也！
（唱）鄧艾匹夫行奸佞，
瞻敢上書惑軍心。
速斬來使傳軍令，
斬！
（中軍殺旗牌介）
諸葛瞻　（唱）即行出馬踏魏營。
衆將官，開城往魏營討戰去者！
諸葛尚　且慢！請父帥息怒，恐中那賊誘敵之計！
諸葛瞻　吾兒哪裏知道，我兵利在速戰。今趁此士氣大振，正好借此一戰成功，免得師老無援，久困危城。就命吾兒，防守城池。
諸葛尚　得令！
諸葛瞻　衆將官！
衆　　　有。
諸葛瞻　殺！
衆　　　啊！
（四龍套、四月華旗、諸葛瞻出城介，下）
諸葛尚　衆軍士，小心防守城池。

（四上手、中軍、諸葛尚下）

第　九　場

（四下手、師纂上。諸葛瞻原人上，會陣介）

諸葛瞻　敗陣之將，擅敢前來逞能！
師　纂　你老爺今日要報一鞭之讎！
諸葛瞻　看槍！
（打介。師纂下。諸葛瞻接四下手毛兒攢，砍蘿蔔頭兒，師纂上飄槍，諸葛瞻打師纂下。諸葛瞻原人上，過場追下）
（師纂上，諸葛瞻上漫頭，鄧艾帶兵衝上，同諸葛瞻打快槍介，諸葛瞻敗下，鄧艾追下）
（四龍套拿弓箭引丘本上）

丘　本　俺，丘本。奉令埋伏叢林，等候諸葛瞻到來，截殺一陣！
（諸葛瞻上，丘本吩咐放箭介，諸葛瞻帶箭下。丘本追下）

第　十　場

（四上手引諸葛尚上。報子上）

報　子　啓禀小將軍：主帥失陷賊陣！
諸葛尚　再探！
報　子　得令。（下）
諸葛尚　迎敵去者！
（四上手、諸葛尚出城介。四下手引鄧忠上）
鄧　忠　你父已被擒獲，還不投降！
諸葛尚　看槍！
（打介。鄧忠下，諸葛尚追下）

第 十 一 場

諸葛瞻　（內唱）【西皮導板】
　　　　英雄豈甘遭毒手！

（諸葛瞻帶箭上。鄧艾、師纂、丘本三人漫頭，壓住諸葛瞻槍介）

諸葛瞻　（唱）蒼天有意絕炎劉。
　　　　　　　身被箭傷威風抖，
（諸葛尚上）

諸葛尚　（唱）奮不顧身闖陣頭！
（諸葛尚救諸葛瞻介，諸葛瞻下，諸葛尚打介，敗下，鄧艾原人追下）
（內【三衝頭】。諸葛瞻、諸葛尚上，諸葛尚攙諸葛瞻介。內喊介，諸葛瞻、諸葛尚抱介）

諸葛瞻　兒呀，爲父身受重傷，有死無生。你快快逃命去吧！

諸葛尚　父帥，吾家受國厚恩，情願同死，以酬君父。

諸葛瞻　好哇！吾兒有此忠烈，可見爾祖父於九泉矣。待我父子拜謝君恩，尋個自盡了吧！
（唱）【撲燈蛾】
　　　　父子全忠酬君恩、酬君恩！
　　　　拼將熱血灑埃塵。
　　　　未掃國賊心懷恨，
（幕內：諸葛瞻還不投降！）

諸葛瞻　罷！
（唱）三尺青鋒了餘生。
（諸葛瞻搶諸葛尚劍自刎介；諸葛尚自刎介。鄧艾原人上）

鄧　艾　來，將他父子屍骨，用白綾裹好，不可傷損。就此整頓人馬，直取成都！

衆　　啊！
（同下）

哭 祖 廟

佚 名 撰

解 題

　　京劇。現代佚名撰。《京劇劇目辭典》《京劇劇目初探》著録，均題《哭祖廟》。《辭典》署汪笑儂編劇；《初探》云汪笑儂編演。劇寫鄧艾破綿竹後，圍困蜀都成都。劉禪懼怕，想要投降。劉禪之子劉諶苦諫不要投降，劉禪不聽。劉諶怒而回宫，與妻子共議殉國，崔氏先行碰死。劉諶又殺死自己的兩個兒子，提着人頭到祖廟，哭訴祖上創業之難和自己不忍國亡之心，然後自刎殉國。本事出於《三國演義》第一一八回。《三國志·蜀書·後主傳》及裴注引《漢晉春秋》載有此事。汪笑儂生當清代末年，編演此劇，爲托古喻今之作。汪撰之劇已入《晚清昆曲京劇卷》。此本當是據汪本改編的另一種演出本。版本今見《戲考》本、《京劇彙編》收編的李萬春藏本及據此本重刊的《京劇傳統劇本彙編》本。今以《京劇彙編》李萬春藏本爲底本，參考其他本校勘整理。

第 一 場

　　（四龍套上，劉諶騎馬上。門官上，跪迎介）

門　官　啓稟千歲：今有鄧艾，圍困都城，聖上明日就要開城投降，特來報知。

劉　諶　知道了！

　　（門官下）

劉　諶　（念）（詩）鳳子龍孫須盡忠，

　　　　　　　　孝當竭力祖光榮。

　　　　　　　　腰挎龍泉誅奸佞，

夜做龍吟虎嘯聲。

本爵，北地王劉諶。打從校場回府，門官報道：鄧艾賊子暗渡陰平，圍困都城，父皇聽信譙周、黃皓之言，明日就要開城納降！國家存亡，只在今日，勢已危急，亡在旦夕，我不免進宮諫阻。兩廂退下！

（四龍套下）

劉　諶　（唱）鄧艾暗中渡陰平，

　　　　　　　　重兵圍困我都城。

　　　　　　　　進宮勸諫奏一本，

　　　　　　　　背城一戰退賊兵。（下）

第　二　場

（四太監、劉禪上）

劉　禪　（唱）【西皮散板】

　　　　　　　　暗渡陰平困都城，

　　　　　　　　嚇得孤王膽戰驚。

　　　　　　　　黃皓去把神師請，

　　　　　　　　為何不見到宮廷。

（黃皓上）

黃　皓　叩見萬歲！神師請到，宮門候旨。

劉　禪　有請！

黃　皓　有請神師！

（女巫附神上，劉禪起，讓女巫坐介）

女　巫　我乃西川土神是也！

劉　禪　參見上神！

女　巫　請來吾神，為了何事？

劉　禪　只因鄧艾暗渡陰平，襲了綿竹，圍困都城，滿朝文武降戰不一。是孤毫無主見，請上神下界，賜一明示。

女　巫　依吾神之見，若肯投降，管保你天下太平。

劉　禪　謹遵上神之命。

女　巫　（做醒介）哎呀，原來聖駕在此！參見萬歲爺！

劉　禪　罷了。來！
黃　皓　有。
劉　禪　賞她白銀千兩，送她出宮去吧。
　　　　（女巫、黃皓出門介，劉諶上，相遇介，劉諶怒目視女巫、黃皓，女巫、黃皓慌張下）
劉　諶　（唱）父聽女巫胡言論，
　　　　　　　只怕江山難保存。
　　　　　　　邁步且把金殿進，
　　　　　　　父皇駕前把本呈。
　　　　兒臣見駕，父皇萬歲！
劉　禪　平身。
劉　諶　萬萬歲！
劉　禪　皇兒進宮，有何本奏？
劉　諶　鄧艾賊子兵困成都，父皇因何坐視不理？
劉　禪　只因滿朝文武議論紛紛，並無決策。孤想若動干戈，恐難取勝。不如投降，可免生靈塗炭。
劉　諶　自古以來，江山只有爭鬥，哪有禪讓之理！
劉　禪　孤也曾問過神師，還是投降的好！
劉　諶　父皇莫信妖巫之言。想那鄧艾，孤軍入險，利在速戰，如今只可固守成都，待兒臣率領衆將，背城一戰，何愁敵人不滅！
劉　禪　嘟！動不動就要去戰，勝了還好，若是敗了，豈不送了你老子的性命嘛！
劉　諶　父王啊！
　　　　（唱）劉諶殿上把話論，
　　　　　　　父皇在位仔細聽。
　　　　　　　巫婆之言何足信，
　　　　　　　兒願上陣退敵人！
劉　禪　（唱）皇兒休得胡言論，
　　　　　　　神師指引敢不遵！
劉　諶　（唱）千言萬語父不信，
　　　　　　　倒做進退兩難人。
　　　　　　　走向前來忙跪定，

　　　　　　　抱住父皇放悲聲。
　　　（唱）【西皮二六板】
　　　　　　　未曾開言淚難忍，
　　　　　　　父皇聽我把話明：
　　　　　　　鄧艾孤軍把城困，
　　　　　　　盡是讒臣哄聖君。
　　　　　　　可嘆姜維爲國來效命，
　　　　　　　累死英雄費盡心。
　　　　　　　如今咱父子君臣背城一戰戰必勝。
　　　　　　　殺他個片甲不回走無門。
　　　　　　　非是兒臣抗君命，
　　　　　　　祖宗的基業莫看輕！
劉　禪　（唱）爲父心意業已定，
　　　　　　　午時三刻便開城。
劉　諶　（唱）堂堂天子坐龍庭，
　　　　　　　爲何甘當亡國君？
　　　　　　　此事留與後世論，
　　　　　　　辱罵父皇是無道人！
劉　禪　（唱）奴才出言敢不遜，
　　　　　　　竟然金殿來欺君。
　　　　　　　恨不得一足要兒的命，
　　　　　　　不殺你念在父子情！
劉　諶　父皇啊！
劉　禪　不必多言，出宮去吧！
劉　諶　（唱）父皇不聽兒奏本，
　　　　　　　一足踢我出宮門。
　　　　　　　國破家亡心何忍？
　　　　　　　先祖哇！罷！
　　　　　　　回府去殺妻兒然後殺身！（下）
劉　禪　（唱）神師與孤安排定，
　　　　　　　投魏之後享太平。
　　　（同下）

第 三 場

（董敏帶二王子上）

董　　敏　（唱）自幼净身入宫院，

　　　　　　　　侍奉先王有數年。

　　　　　咱家，董敏。領着二位殿下御花園遊玩，天氣不早，回宫去者！

　　　　　（唱）手領世子忙回轉，

　　　　　　　　但願國家早平安。

　　　　　（同下）

第 四 場

（崔夫人抱嬰孩上）

崔夫人　（唱）【二黄慢三眼板】

　　　　　　　恨賊人困成都十分危險，

　　　　　　　一旦間國事衰黎民不安。

　　　　　　　我夫王領人馬校場操練，

　　　　　　　爲甚麽這時候不見回還！

劉　　諶　（内唱）【二黄導板】

　　　　　　　怒冲冲離了皇宫院，（上）

　　　　　（接唱）【二黄摇板】

　　　　　　　不由本爵咬牙關。

　　　　　　　未曾進宫先拔劍，

崔夫人　王爺！

劉　　諶　（接唱）【二黄摇板】

　　　　　　　這纔是兒女情長英雄氣短、我的兩手酸！

崔夫人　王爺呀，進得宫來，一語不發，爲何仗劍就殺？

劉　　諶　婦道人家，不問也罷！

崔夫人　王爺説哪裏話來！有道是：國家有事，君臣商議；家中有事，夫妻商量。哪有丈夫有事，妻子不問的道理！

劉　　諶　既是一定要問，對你實説了罷！只因鄧艾兵困成都，父皇聽信讒言，明日就要開城投降，本爵欲殉國一死！

崔夫人 如此説來，妾請先死！（將嬰孩放桌上）

（唱）將嬌兒放在御書案，
　　　心中好似滚油煎。
　　　人生百歲死難免，
　　　恩愛夫妻不團圓。
也罷！（碰死介）

劉 諶 （唱）一見夫人染黄泉，
　　　點點珠淚灑胸前。
　　　可嘆你爲夫殉國難，
夫人哪……（割崔夫人頭介）
　　　劍斬三歲小兒男！（殺嬰孩介）
　　　手提人頭出宮院，
（董敏帶二王子上，與劉諶相遇介）

劉 諶 （唱）一見二子眼睁圓！（拔劍砍二王子介）

董 敏 哎呀王爺呀！爲何一語不發，要殺二位殿下？

劉 諶 國破家亡，死了倒也乾净！

二王子 父王要殺孩兒，容我們見母一面哪！

劉 諶 你們要見母一面麽！兒來看！
（劉諶手舉人頭介，董敏、二王子驚介，圓場。劉諶殺王子甲）

董 敏 哎呀王爺呀！殺一位留一位，日後也好接續劉氏香烟！

劉 諶 好，出宮去吧！

董 敏 是。
（董敏拉起王子乙急出門介，劉諶趕上，殺王子乙介）

董 敏 國破家亡，二位殿下已死，咱家也撞死了吧！（碰死介）

劉 諶 哎呀！
（唱）好一個忠心董太監，
　　　同殉國難美名傳，
　　　忙將人頭齊割斷，（割人頭介）
　　　祖廟之内祭祖先！（提人頭下）

第 五 場

（四太監、黃皓、劉禪出城迎接介，鄧艾領四龍套上）

鄧　艾　（三笑介）哈哈，哈哈，啊哈哈哈……
（鄧艾原人進城介，下。劉禪原人隨進城介，下）

第 六 場

（劉諶提人頭、持寶劍上，入祖廟介）

劉　諶　（唱）【二黃導板】
　　　　進祖廟不由人傷心淒慘，（插劍介，做三次供四人頭介，拜介。
　　　　立起）
　　　先祖，昭烈帝，皇祖哇……
　　（唱）【二黃迴龍腔】
　　　　將人頭供神案祭奠祖先。
　　（接唱）【反二黃三眼板】
　　　　高皇祖手提着三尺寶劍，
　　　　滅強秦誅暴楚纔定江山。
　　　　至孝平國運敗王莽謀篡，
　　　　毒藥酒鴆先帝龍駕歸天。
　　　　光武帝走南陽遷都爲東漢，
　　　　全仗着雲臺將二十八員。
　　　　傳位到桓靈帝信用太監，
　　　　十常侍亂朝綱惹起狼烟。
　　　　吾皇祖滅黃巾威名振顯，
　　　　宴桃園三結義牛馬祭天。
　　　　遭不幸在徐州弟兄失散，
　　　　到後來在古城又得團圓。
　　（唱）【反二黃原板】
　　　　走荊州依劉表重興炎漢，
　　　　不料想蔡夫人爲人不賢。

跳檀溪吾皇祖身遭大難，
水鏡莊貪夜裏得遇名賢。
隔墻壁皇祖爺龍耳聽見，
他言道卧龍鳳雛得一人天下可安。
徐元直走馬回把諸葛亮薦，
卧龍崗三顧請纔得出山。
博望坡新野縣兩次大戰，
火攻計燒曹兵魂膽皆寒。
攜良民不忍拋來至長坂，
實可憐皇祖母喪在井泉。
好一個趙子龍他渾身皆膽，
百萬軍中七進七出救主還。
闖重圍解鎧甲低頭來看，
那時節我父皇睡夢中昏昏沉沉到如今數十餘年。

（接唱）【反二黄原板】

曹阿瞞領大兵八十三萬，
玄武池練水軍吞併江南。
東吳臣武將官都要征戰，
文部官願投降歸順中原。
魯子敬過江來把諸葛亮見，
卧龍公一帆舟去往江南。
他也曾說群儒全憑舌戰，
他也曾草船借箭在大霧之間。
他也曾借東風七星臺上面，
他也曾赤壁鏖兵火燒戰船。
得荆州氣死那周郎命斷，
張永年獻地圖纔得西川。
報弟讎與東吳兩下開戰。
七百里燒連營火焰滿天。
兵敗在白帝城身逢大限，

我的皇祖爺呀……

（接唱）【反二黄原板】

方知道得天下創業艱難！
　　　鄧艾賊渡陰平十分冒險，
　　　我父皇聞此言心膽皆寒。
　　　滿朝中文武臣無有主見，
　　　我劉諶勸父皇倒不如君臣父子背城一戰，殺他個片甲不還。
　　　再不然學左車破陣謀算，
　　　再不然燒了都城退守深山。
　　　鄧艾賊進退兩難，糧草盡三軍自亂，
　　　殺他個落花流水屍骨堆山！
　　　吾父皇特昏庸不聽良言相諫，
　　　每日裏在深宮苟且偷安。
　　　投降後有何顏把軍民來見，
　　　黃泉下怎見那漢室的祖先！
　　　想當年讓成都劉璋好慘，
　　　到如今我父皇焚符棄璽，反縛輿櫬，
　　　帶領着軍民人等、文武百官，
　　　匍匐塵埃，投降鄧艾，
　　　比劉璋還要可憐！
　　　莫非是炎漢家氣數已滿，
　　　纔知道創業難守業更難。
　　　在宗廟只哭得肝腸痛斷、肝腸痛斷，
（接唱）【反二黃搖板】
　　　又聽得金鼓鳴喊叫聲喧。
　　　恨不能將亂臣刀刀來斬，
　　　姜伯約空征戰九伐中原。
　　　咬牙關惡狠狠拔出寶劍，
　　　殉國難見先君死也心甘！（自刎介）
（幕落。劇終）

假 投 降

佚 名 撰

解 題

　　京劇。現代佚名撰。《京劇劇目辭典》著録，題《假投降》，又名《一計害三賢》《第一大膽》；《京劇劇目初探》著録，題《一計害三賢》，一名《第一大膽》。均未署作者。劇寫綿竹失守，劉禪召集文武百官問計。劉諶、郤正請往南中七郡暫避敵鋒可以自守，速調姜維前來保駕。譙周則勸劉禪降魏，上可安宗廟，下可保黎民，劉禪採納，劉諶諫父不可降魏。劉禪斥之，逐其出宮。劉禪開城親到鄧艾營中納降，並傳旨令姜維早日投降。姜維得旨，見大勢已去，欲自殺。廖化、張翼勸維別圖良謀，三人定計借鍾會之手殺鄧艾，之後再殺鍾會，復興蜀漢，因而三人前往鍾會營中詐降，鍾會即與姜維結爲兄弟。鍾會因與鄧艾結怨，乃上表誣鄧艾有意謀反，借平叛之名殺了鄧艾。姜維又獻出西川地圖，與鍾會密謀，同司馬昭抗衡，不料泄密，司馬昭率兵星夜趕到成都。姜維欲趁機殺死鍾會，因心痛病發作，壯志未酬，自刎而死。司馬昭擒鍾會綁回故宮。本事出於《三國演義》第一一八、一一九回。《三國志》鄧艾、鍾會、姜維本傳與裴注引《世語》《晉諸公贊》《漢晉春秋》載有此事。明《龍鳳衫》傳奇亦演此事。版本今有《京劇彙編》收録的劉硯芳藏本及以此本重印的《京劇傳統劇本彙編》本。今以《京劇彙編》劉硯芳藏本爲底本整理。據《京劇彙編》中《假投降》提要云："此劇本經劉硯芳先生協助校正。"

第 一 場

　　（四太監、黄皓、劉禪上）

劉　禪　（唱）自那日報鄧艾兵犯皇圖，
　　　　　　　教寡人腸九轉日夜難舒。

但願得諸葛瞻將賊擒獲,
一霎時飛報到奏捷成都。
（譙周上）

譙　周　（唱）鄧艾已取綿竹郡,
諸葛駙馬喪殘生。
啓奏陛下：大事不好了！

劉　禪　何事驚慌？

譙　周　今有諸葛駙馬父子陣亡,綿竹已失,鄧艾必然進兵奪取成都。請旨定奪！

劉　禪　哎呀不好了！
（唱）駙馬疆場把忠盡,
去了擎天柱一根。
回頭便對譙周論,
快宣文武衆朝臣。

譙　周　領旨！萬歲有旨：衆文武上殿！

衆　　　（內）領旨！
（劉諶、郤正、蔣顯、鄧良上）

劉　諶　（唱）連日飛報軍情緊,

郤　正　（唱）鄧艾兵困綿竹城。

蔣　顯　（唱）諸葛駙馬臨敵陣,

鄧　良　（唱）但願捷報到朝廷。

劉　諶
郤　正
蔣　顯　臣等見駕,陛下萬歲！
鄧　良

劉　禪　衆卿平身。

劉　諶
郤　正
蔣　顯　謝萬歲！宣臣等上殿,有何國事議論？
鄧　良

劉　禪　頃接飛報,諸葛瞻父子戰死綿竹。鄧艾再若進兵,則成都危矣。衆卿速籌退兵之策！

郤　正　啓陛下：現在成都兵微將寡,難以迎敵。不如早棄成都,奔南中七

譙　周　啓陛下：此事不可！南蠻乃久反之人，陛下投之，必受其害。
劉　諶　蜀吳同盟，今既事急，可往投之。
譙　周　益發不可！自古以來，無寄他國爲天子者。
劉　禪　哎呀！
　　　　（唱）南中七郡不能往，
　　　　　　　欲投東吳理不當。
　　　　　　　衆卿速籌良謀上，
　　　　　　　早退鄧艾保孤王。
　　　　事到如今，朕只求平安，便割地求和，未爲不可。
譙　周　陛下既願求和，依臣之見，不如降魏，魏必列土以封陛下。這上，可安宗廟；這下，可保黎民。請陛下思之！
劉　禪　孤已思之：若再動兵，難免百姓受苦。今聞大夫之言，朕心已決。速備降表，降魏便了。
劉　諶　住了！譙周豎儒，妄論社稷大事。自古焉有降天子？
劉　禪　今大臣皆議降魏，獨你仗血氣之勇，欲使滿城流血麼？此處用你不著，出宮去吧！
劉　諶　哎！
　　　　（念）捐身酬列祖，搔首泣蒼穹。（恨介，下）
劉　禪　譙周速作降書，同侍中張紹、都尉鄧良捧定玉璽，往雒城請降。
譙　周　領旨！（下）
劉　禪　退班！
　　　　（衆分下）

第 二 場

（四龍套、四下手、師纂、鄧忠、鄧艾上，站斜一字）

鄧　艾　催軍！
　　　　（衆領起，圓場）
鄧　艾　軍馬爲何不行？
師　纂　前面已是成都，請令定奪！
鄧　艾　將成都團團圍住！

眾　　啊！
　　　（兩邊下）

第　三　場

（四太監、黃皓、劉禪上）

劉　禪　（念）獨坐深宮內，心煩意不寧。
　　　　（大太監上）
大太監　啓萬歲：北地王在太廟自刎了！
劉　禪　哎，兒呀！
　　　　（唱）可嘆劉諶把忠盡，
　　　　　　　頃刻父子兩離分。
　　　　　　　耳邊又聽炮聲震，
　　　　　　　快宣朝臣入宮廷。
黃　皓　萬歲有旨：群臣上殿哪！
　　　　（譙周、鄧良上）
譙　周
鄧　良　（念）破碎三分國，可惜舊江山。
　　　　臣 譙周
　　　　　 鄧良 見駕，陛下萬歲！
劉　禪　平身。譙周，命你當殿再寫降書。
譙　周　臣領旨。（寫介）陛下御覽！
　　　　（劉禪看降書介）
劉　禪　就命卿家隨同孤王去到魏營投獻迎降。
譙　周　領旨！
劉　禪　孤再修手詔，命蔣顯曉諭姜維，早早投降。傳眾文武上殿！
黃　皓　眾文武上殿哪！
　　　　（蔣顯、郤正、張峻上）
蔣　顯
郤　正
張　峻　參見陛下！
劉　禪　眾卿隨孤一同出城，迎降去者！
　　　　（【牌子】。劉禪換素褶、甩髮，領眾下）

第 四 場

（四龍套、師纂、鄧忠、鄧艾上）

鄧　艾　（念）年來征戰無暇日，成都今日豎降旗。
　　　　（報子上）
報　子　蜀主君臣前來投降。
鄧　艾　再探！
報　子　啊！（下）
鄧　艾　大擺隊伍，迎接蜀主進營！
師　纂　得令！
　　　　（【牌子】。眾同下）

第 五 場

（【牌子】。四龍套、四下手、四大刀手、師纂、鄧忠、中軍、鄧艾上，鄧艾坐帳。四朝臣、張峻、譙周、劉禪上。譙周捧表、劉禪捧印盤跪介。鄧艾下位接印、表，攙劉禪介）

鄧　艾　大王請起。歸順天朝，自有封贈。
劉　禪　謝都督！請都督進城。
鄧　艾　擺隊進城。
　　　　（【牌子】。劉禪扶鄧艾上馬，鄧艾攔介，請劉禪上馬介。眾同下）

第 六 場

（四龍套、廖化、張翼上，站門。姜維披蟒、軟靠上）

姜　維　（唱）屯田避禍恨奸佞，
　　　　　　　統領雄師鎮劍門。
　　　　　　　連日心驚神不定，
　　　　　　　可恨奸賊亂朝廷。
　　　　（報子上）
報　子　啓都督：太僕蔣顯押旨前來！

姜　　維　　有請！
　　　　　　（【牌子】。蔣顯上）
姜　　維　　請太僕開讀聖諭！
蔣　　顯　　此旨不必開讀。只因鄧艾入川，主上業已投降，命下官捧旨前來，請大將軍早日投降。
姜　　維　　你待怎講？
蔣　　顯　　請大將軍早日投降！
姜　　維　　哎呀！（氣椅）
蔣　　顯
廖　　化　　大將軍醒來！
張　　翼
姜　　維　　（唱）聽此言不由人心頭憤恨，
蔣　　顯　　大將軍醒來！
姜　　維　　（唱）主上投降是何心？
　　　　　　　　　欲將情由把太僕問，
廖　　化　　吾等三軍死戰，主上何故投降？
姜　　維　　（唱）又見眾將亂紛紛。
廖　　化　　大將軍，可恨黃皓將陰平防兵撤去，剋減軍士錢糧，我等恨不得生
張　　翼　　食其肉！
姜　　維　　哎！主辱臣死，待某自刎了吧！
　　　　　　（廖化、張翼奪劍介）
廖　　化
張　　翼　　大將軍不必如此。我等願隨大將軍，另圖良策。
姜　　維　　（背躬介）且住！看人心思漢，不免密定詐降之計，去往鍾會營中詐降。管叫鄧艾、司馬昭一班奸賊，自行殺害，再扶保我主重整江山，但願蒼天助俺三分力也！
　　　　　　（唱）詐降妙計安排定，
　　　　　　　　　偷天換日鬼神驚。
　　　　　　　　　眾將進前聽號令，
　　　　　　　　　要把中原一掃平。
　　　　　　廖化、張翼你二人附耳上來。
　　　　　　（廖化、張翼附耳，作點頭介）

廖　化　
張　翼　得令！

姜　維　太僕，吾今行此計，願太僕助之。

蔣　顯　願聽指揮。

姜　維　衆將官！

　衆　啊！

姜　維　就此往鍾會營中去者！

　衆　啊！

　　　　（【牌子】。衆同下）

第　七　場

　　　　（四黑龍套、四下手、丘建、鍾會上）

鍾　會　（念）【引】憤恨難平，嫉鄧艾，偷渡陰平。

　　　　（念）（詩）登臺拜帥統兵將，
　　　　　　　　妙算神機似子房。
　　　　　　　　可恨明珠輕脫掌，
　　　　　　　　反爲人做嫁衣裳。

　　　　某，鍾會。駐兵在此，與姜維相持，反被鄧艾小兒行險收川，真叫人十分惱恨。欲設法除却鄧艾，只是未有機會。左右，伺候了！

　　　　（報子上）

報　子　啓都督：姜維前來投降。

鍾　會　噢！姜維前來投降。再探！

報　子　得令！（下）

鍾　會　且住！姜維此來，倘是真心，某除鄧艾易如反掌；若是假意，這，某自有道理。來！吩咐擊鼓陞帳。（下）

　　　　（【急急風】。四龍套、四下手、四大刀手、丘建上，站門。鍾會上，亮相。【四擊頭】。入大帳）

鍾　會　丘建！

丘　建　在。

鍾　會　傳姜維一人進帳！

丘　建　得令！都督有令：命姜維一人進帳！

姜　維　（內）來也！
　　　　（二軍士引姜維上）
　　　　（唱）國破家亡成畫餅，
　　　　　　　九伐中原枉逞能。
　　　　　　　慢解佩劍心酸痛，
　　　　（姜維作淒涼介，將劍交二軍士介）
姜　維　你二人下面候令！
　　　　（二軍士應介，下）
　　　　（唱）且進大帳看分明。（望介，悲憤、跺腳介）
　　　　報！姜維告進！
衆　　　哦！
　　　　（姜維挖門進介）
姜　維　鎮西將軍在上，亡國之臣姜維拜見！
鍾　會　伯約來何遲也？
　　　　（姜維作相介）
姜　維　國家全軍在我，今日至此，猶爲速也！
鍾　會　（起立介）某久知伯約乃當代奇才，惜劉禪孱弱，致有今日。
姜　維　久聞都督自淮南以來，算無遺策。司馬氏之盛，皆公之力，維深佩服。若鄧艾小兒，維當與決一死戰，安肯歸降！
鍾　會　鄧士載收川有功，伯約不可妄言。
姜　維　那鄧艾行險僥倖，恃寵而驕。維歸降將軍，願領兵征除鄧艾，以雪亡國之恨！
鍾　會　鄧征西功高望重，伯約不可妄言。
姜　維　（怔介，想介）既然如此，維請死帳前，以表此心！
　　　　（姜維欲撞介，鍾會急出帳拉住）
鍾　會　伯約休要如此。掩門！
　　　　（四龍套、四下手、四大刀手下。姜維、丘建、鍾會仍留臺上）
鍾　會　伯約請坐！
姜　維　有坐。
鍾　會　鄧艾行險，我豈不知。適纔之言，乃相試耳。吾欲除却此人，伯約肯相助否？
姜　維　維願效犬馬之勞。但此事不宜造次，須定計而行。

鍾　會　伯約之言，正合我意。某願同兄結爲兄弟，幸勿推却！
姜　維　維乃亡國之臣，怎敢仰攀。
鍾　會　休得過謙。丘建，香案伺候！
丘　建　香案齊備。
鍾　會　請仁兄上香！
姜　維　大膽了！
　　　　（唱）我二人結金蘭三生有幸，
鍾　會　（唱）對蒼天發誓願願共死生。
姜　維　（唱）你我望空忙拜定，
　　　　（姜維、鍾會同拜介）
鍾　會　仁兄！（欲下拜）
　　　　（姜維扶鍾會介）
姜　維　賢弟！
　　　　（姜維、鍾會同笑介）
鍾　會　（唱）患難相扶不離分。
　　　　酒筵伺候！
　　　　（【牌子】。姜維、鍾會入席介）
鍾　會　仁兄請！
　　　　（【園林好】）
姜　維　賢弟，兄聞鄧艾收川之後，大彰功績，不肯班師。吾弟何不趁此上書晉公，報告鄧艾有不臣之意。未識可否？
鍾　會　妙啊！照此而行。丘建溶墨。（【江兒水】。鍾會修書介）仁兄請看！
姜　維　（看介）可速差人前往。
鍾　會　傳下書人！
丘　建　傳下書人！
　　　　（旗牌上）
旗　牌　參見都督！
鍾　會　罷了。將此封章，封呈晉公，不得有誤！
旗　牌　得令！
鍾　會　（念）曉夜莫停住，
旗　牌　（念）馳報似流星。（下）
鍾　會　仁兄再飲幾杯。

姜　維　兄酒已够了。
鍾　會　仁兄請！
　　　　（同下）

第 八 場

（【大開門】。四月華旗、四上手、四將、司馬昭上。【點絳唇】、【水龍吟】。司馬昭入帳）

司馬昭　（念）（詩）拜將封王氣概雄，
　　　　　　　　　文韜武略在胸中。
　　　　　　　　　轉戰疆場干戈動，
　　　　　　　　　一統山河掌握中。
　　　　孤，晉公司馬昭。只因命鍾會、鄧艾二人伐蜀，大功已成。只是鄧艾上書，頗有驕傲之意，反形已露，爲此孤甚憂慮也！
　　　　（旗牌上）
旗　牌　門上有人麽？
一　將　哪裏來的？
旗　牌　鍾鎮西將軍，有封章呈上。
一　將　候着！啓晉公：鍾會下書人求見。
司馬昭　傳！
一　將　晉公傳你。小心了！
旗　牌　是。小人與晉公叩頭！
司馬昭　奉何人所差？
旗　牌　鍾將軍所差。封章呈上！
司馬昭　下面伺候！
旗　牌　是。（下）
司馬昭　待我拆開一觀。（【牌子】）衛瓘、邵悌進見！
衆　　　衛瓘、邵悌進見。
衛　瓘
邵　悌　（內）來也！（上）
衛　瓘　（念）大志安軍國，
邵　悌　（念）機謀不等閒。

衛　瑾 邵　悌	參見晉公！
司馬昭	少禮。請坐。
衛　瑾 邵　悌	告坐。
司馬昭	今有鍾會封章，道鄧艾反形已實。命衛將軍領兵五萬入蜀，以爲監軍；再使鍾會伺察鄧艾，如有反形，就勢誅之！
衛　瑾	得令！ （念）親承晉公令，統兵兼程行。（下）
司馬昭	我看鍾會亦有二心，衛瑾監軍恐難成功。待孤即日起兵，駐紮隴西便了。衆將官！
衆	啊。
司馬昭	後日隨孤起兵征西。掩門！
衆	啊！ （衆同下）

第　九　場

（四龍套、丘建、姜維、鍾會上）

鍾　會	（念）杯酒重增知己興，
姜　維	（念）燈花同照有心人。
鍾　會	仁兄請坐！
姜　維	請坐。
鍾　會	前者上書晉公，怎麼還未見回音？
姜　維	吾料晉公回書，旦夕即至。 （報子上）
報　子	衛監軍到。
鍾　會	有請！
報　子	有請！（下） （【牌子】。四文堂引衛瑾上）
衛　瑾	都督！
鍾　會	監軍！

衛　瓘　此位是？
鍾　會　此人即姜伯約也。二公見過。
衛　瓘　瓘久慕將軍英名,今日相會,真乃有幸。
姜　維　亡國之臣,何勞誇獎！
衛　瓘　晉公有命示知都督,如鄧艾反形已成,請即征討。
　　　　（鍾會視衛瓘作神氣介）
鍾　會　既有晉公鈞命,敢求監軍領兵征伐鄧艾,本督大兵隨後,諒監軍必無推卻的了。
衛　瓘　下官理當遵命,只請伯約同征,諒不誤事。
鍾　會　好！就請伯約統本部隨行。
衛　瓘　告辭了！
　　　　（【牌子】,四文堂引衛瓘下）
鍾　會　丘建！令大小三軍,明日五鼓發兵前往。正是：
　　　　（念）疆場催戰馬,
姜　維　（念）征塵滿鐵衣。
　　　　（同下）

第 十 場

（【牌子】。四龍套引衛瓘上,下馬介）
衛　瓘　且住！看鍾會之意,欲令鄧艾殺我,以正其罪。這,我自有妙法。我看鍾會麾下,丘建乃狗狼之輩,待我用金銀買通此人,暗暗窺測鍾會便了。
　　　　（唱）我使丘建暗窺探,
　　　　　　　管叫鍾會難自專。
　　　　（衆同下）

第 十 一 場

（四下手引鄧艾上）
鄧　艾　（唱）不是偷渡陰平道,
　　　　　　　怎能飛達上青霄。

　　　　　自收西川迫降表，
　　　　　　大權獨掌樂逍遙！
　　　　（師纂、鄧忠上）
師　纂　（唱）鍾會統領人馬到，
鄧　忠　（唱）見了父帥說根苗。
師　纂
鄧　忠　啓主父帥！今有鍾會領兵前來，請令定奪。
鄧　艾　鍾會領兵前來，莫非有劫我之意？起兵迎敵者！
衆　　　啊！
　　　　（衆同下）

第 十 二 場

（鍾會原人上，站門。姜維、鍾會上，亮相介）
姜　維
鍾　會　殺！
衆　　　啊！
　　　　（衆同下）

第 十 三 場

（鄧艾原人，姜維、鍾會原人二龍出水上，會陣介）
鄧　艾　鍾會，你敢是造反？
鍾　會　奉晉公鈞旨，捉拿爾等！
　　　　（起打。姜維殺師纂、鄧忠。鍾會擒鄧艾介）
鍾　會　綁回大營！
鄧　艾　罷了哇！罷了！
　　　　（同下）

第 十 四 場

（【牌子】。鍾會原人、衛瓘上，入座介）

姜　維 衛　瓘	參見都督！
鍾　會	二位將軍少禮，請坐。
姜　維 衛　瓘	謝坐。

（設三分公座。鍾會正場，姜維大邊，衛瓘小邊）

鍾　會　將鄧艾押上帳來！

　衆　　將鄧艾押上帳來！

（四劊子手抬轎押鄧艾上）

鄧　艾　（唱）怒氣難平心頭恨，

　　　　　　　鍾會忌才陷我身。

　　　　　　　果然弓藏因鳥盡，

　　　　鍾會呀鍾會！

　　　　　　　狡兔死後爾走狗烹。

鍾會，我把你這忌才的惡賊，今將某陷害，爾也難逃一刀之苦！

鍾　會　（笑介）鄧艾，諒你這養犢小兒，恃寵狂妄。吾今奉詔討賊，何言陷害！

姜　維　鄧艾！匹夫！你僥倖成功，自以爲是。誰想你仍死在某家面前，爾羞也不羞？

（鄧艾低頭介。衛瓘背躬介）

鄧　艾　事已至此，休得多言。快快開刀！

鍾　會　將他推出斬首！

鄧　艾　（三笑介）鍾會，我死之後，你要小心了！（下）

（鍾會笑介。劊子手獻頭上）

鍾　會　號令轅門！

（劊子手應介下）

衛　瓘　末將告退！

鍾　會　監軍請便。

衛　瓘　謝都督！（作相介，下）

鍾　會　後堂擺筵，與仁兄杯酒談心。

姜　維　請！

（鍾會、姜維挽手下。衆分下，丘建留場上）

丘　建　且住！前者衛監軍送我黃金千兩，叫我窺探鎮西將軍的行蹤。今見他二人行跡可疑，不免至後堂暗中察看，亦好報與監軍知道。正是：

（念）要知心腹事，但聽口中言。（下）

第 十 五 場

（鍾會挽姜維上）

鍾　會　（唱）弟兄挽手後堂進，
　　　　　　　你我商定大計行。
　　　　仁兄請坐。今日成功皆吾兄之力，弟當面謝過。
姜　維　吾弟何出此言？想今雖然成功，兄尚有一言奉告。
鍾　會　仁兄請講！
姜　維　想當年越大夫文種不從范蠡於五湖，卒伏劍身死；韓信不聽蒯通良言，致有未央宮之禍。此二人豈非功名赫赫，只為利害未明。今吾弟功業已成，何不歸隱峨嵋之陽，以樂晚年也！
　　　　（唱）想鄧艾枉立功一朝喪命，
　　　　　　　天地間興廢事到底分明。
　　　　　　　從此後定計謀乘時應運，
　　　　　　　方不愧大丈夫明哲保身。
　　　　（丘建由大邊暗上，偷聽介）
鍾　會　兄言差矣！弟今年未及四旬，豈肯做此退閒之事。
姜　維　既然如此，兄有一事奉告。（出圖介）昔先師武侯，以此圖獻與昭烈先皇，且曰：益州之地，沃野千里，國富民殷。以吾弟智力所能，則霸業可成矣。
鍾　會　好啊！吾意已決。事成則取天下，不成退守西蜀。但恐衆將不服，如何是好？
姜　維　無妨！兄將本部人馬，調至故宮。元宵日大張燈火，衆將飲宴，有不從者，囚在後宮，秘密殺之。
　　　　（丘建作怕介，下）
鍾　會　全仗吾兄，事成後富貴共之！
姜　維　兄明日親至各部，調齊軍將，元宵節起義便了。

鍾　會　（唱）全仗仁兄相扶助！
姜　維　（唱）早成霸業展宏圖。
　　　　（同下）

第十六場

（四文堂、四上手、四將、司馬昭上。衛瓘大邊上，立介）
司馬昭　前軍爲何不行？
上　手　衛監軍擋道。
司馬昭　人馬列開！
衛　瓘　參見晉公！
司馬昭　監軍少禮，大事如何？
衛　瓘　今有丘建密報，那姜維、鍾會啊！（【牌子】）
司馬昭　有這等事？衆將官！
衆　　　啊！
司馬昭　兼程行走，元宵日趕至成都！
衆　　　啊！
　　　　（衆同下）

第十七場

（【急急風】。四蜀兵、廖化、張翼上，站門。鍾會、姜維上）
鍾　會　（念）定霸圖王真快意，
姜　維　（念）別有良謀除佞臣。
鍾　會　今天元宵佳節，吾於故宮掘一大坑，魏將有不從者，打死掩埋！
　　　　（報子上）
報　子　啓都督：晉公大隊人馬入城。
鍾　會　再探！
報　子　啊！（下）
鍾　會　仁兄，大事泄露，如何是好？
姜　維　吾弟休慮，待兄臨陣，以破魏兵。廖、張二將！今日出戰，非比等閒，要記下了！

（報子上）

報　子　晉公人馬，圍官放火。
姜　維　再探！殺！

（放火彩。司馬昭原人上，雙方會陣）

司馬昭　鍾會逆賊，因何謀反？
姜　維　看槍！

（起打。鍾會敗下，司馬昭追下）

第 十 八 場

（姜維軟靠、甩髮上，與四魏將打介，四魏將敗下）

姜　維　哎呀，好心痛也。（摔坐子，起介。【叫頭】）且住！事到如今，豈懼心痛，誓誅逆賊，以報先師！

（耍下場）

第 十 九 場

（鍾會、司馬昭上，對刀起打。姜維上，打介，砍蘿蔔頭子，四將跑下）

姜　維　好心痛也！

（鍾會上）

鍾　會　仁兄，因何心痛？
姜　維　呀呀呸！誰是你的仁兄？誰是你的仁兄？

（姜維用劍砍鍾會頭介，鍾會下）

姜　維　俺一片忠心，只望一計害三賢。事已將成，誰想心忽大痛，此乃天絕炎漢，待俺拜謝先皇，自盡便了。

（【牌子】。姜維跪拜介，一將上，用槍刺姜維介，姜維跪奪槍反打將搶背介，立起接四將攢，四將敗下）

姜　維　聖上啊聖上！臣力盡矣！（拔劍自刎介）

（司馬昭、鍾會上，對打介，司馬昭擒鍾會介）

司馬昭　姜維已死，將鍾會綁回故官。收兵！

（同下）

圖書在版編目(CIP)數據

三國戲曲集成·現代京劇卷:全3冊/胡世厚主編;胡世厚校理. —上海:
復旦大學出版社,2018.6
ISBN 978-7-309-13348-6

Ⅰ.三… Ⅱ.①胡… Ⅲ.京劇-劇本-作品集-中國-現代 Ⅳ.I230

中國版本圖書館 CIP 數據核字(2017)第 264901 號

三國戲曲集成·現代京劇卷:全3冊
胡世厚　主編　胡世厚　校理
總　策　劃/張蕊青
責任編輯/杜怡順
裝幀設計/馬曉霞

復旦大學出版社有限公司出版發行
上海市國權路 579 號　郵編:200433
網址:fupnet@fudanpress.com　http://www.fudanpress.com
門市零售:86-21-65642857　團體訂購:86-21-65118853
外埠郵購:86-21-65109143　出版部電話:86-21-65642845
浙江新華數碼印務有限公司

開本 787×1092　1/16　印張 142.5　字數 2217 千
2018 年 6 月第 1 版第 1 次印刷

ISBN 978-7-309-13348-6/I·1080
定價:640.00 元

如有印裝質量問題,請向復旦大學出版社有限公司出版部調換。
版權所有　侵權必究